《聊齋志异》

全注全译全本
彩图典藏版

下

凌天明 译注

華中科技大學出版社
http://press.hust.edu.cn
中国·武汉

有书至美
BOOK & BEAUTY

目录

【邢子仪】

原文

滕有杨某，从白莲教党，得左道之术。徐鸿儒诛后，杨幸漏脱，遂挟术以遨。家中田园楼阁，颇称富有。至泗上某绅家，幻法为戏，妇女出窥。杨睨其女美，归谋摄取之。其继室朱氏，亦风韵，饰以华妆，伪作仙姬，又授木鸟，教之作用，乃自楼头推堕之。朱觉身轻如叶，飘飘然凌云而行。无何，至一处，云止不前，知已至矣。是夜，月明清洁，俯视甚了。取木鸟投之，鸟振翼飞去，直达女室。女见彩禽翔入，唤婢扑之，鸟已冲帘出。女追之，鸟堕地作鼓翼声，近逼之，扑入裙底，展转间，负女飞腾，直冲霄汉。婢大号，朱在云中言曰："下界人勿须惊怖，我月府姮娥也。渠是王母第九女，偶谪尘世。王母日切怀念，暂招去一相会聚，即送还耳。"遂与结襟而行。方及泗水之界，适有放飞爆者，斜触鸟翼，鸟惊堕，牵朱亦堕，落一秀才家。

○滕：旧县名。位于山东南部，治所在今山东滕州。
○左道：旁门邪道。指非光明正大的法术。
○挟：凭借。遨：游。
○泗上：泛指泗水北岸。泗水也叫泗河，源于山东泗水陪尾山，古时流经山东曲阜、江苏徐州入淮。
○作用：操作，使用。
○了：清楚。
○结襟：并肩。
○泗水：县名。清属兖州府。

译文

滕县有个杨某，学得一些旁门左道的法术。白莲教的首领徐鸿儒被杀后，杨某侥幸逃脱，于是凭借法术四处游荡。家里有田园楼阁，很是富有。他有一次到了泗上一个乡绅家里，用幻术表演变戏法，这家的妇人也出来偷看。杨某看见乡绅的女儿长得美丽，回到家后就打算用法术把她摄取过来。杨某的继室朱氏，也很有风韵，杨某让她穿上华丽的服装，扮作仙女，又给了她一只木鸟，教给她操纵木鸟的方法，然后从楼顶上把朱氏推了下去。朱氏觉得身轻如叶，飘飘然驾着云朵前行。没多久，到了一个地方，云停止不前，朱氏知道到乡绅家了。这天夜里，月亮明亮皎洁，往下一看，一切都看得清清楚楚。朱氏拿出木鸟往下一扔，木鸟张开翅膀飞走了，直接飞到乡绅女儿的闺房。女子看见一只五彩的鸟飞进来，唤婢女抓住它，鸟却已经冲过门帘飞出了门。女子去追鸟，鸟掉到地上发出扑腾翅膀的声音，她往前走，离鸟越来越近，鸟突然扑进女子的裙底，转眼间，驮着她飞了起来，直冲霄汉。婢女大声哭号，朱氏在云中说："下面的人不要惊慌，我是月府的嫦娥。你家小姐是王母娘娘的第九个女儿，偶然下凡到人间。王母娘娘每天都很想念她，所以把她召回去相聚，很快就会送她回来。"说完就和女子并肩而行。两人刚走到泗水地界，正好有人放爆竹，爆竹冲上天触碰到了木鸟的翅膀，木鸟受惊掉了下去，两人也掉了下去，落到一个秀才家。

原文

秀才邢子仪，家赤贫而性方鲠。曾有邻妇夜奔，拒不纳。妇衔愤去，谮诸其夫，诬以挑引。夫固无赖，晨夕登门诟辱之。邢因货产僦居别村。有相者顾某善决人福寿，邢踵门叩之。顾望见笑曰："君富足千钟，何着败絮见人？岂谓某无瞳耶？"邢嗤妄之。顾细审曰："是矣。固虽萧索，然金穴不远矣。"邢又妄之。顾曰："不惟暴富，且得丽人。"邢终不以为信。顾推之出，曰："且去且去，验后方索谢耳。"是夜，独坐月下，忽二女自天降，视之，皆丽姝。诧为妖，诘问之，初不肯言。邢将号召乡里，朱惧，始以实告，且嘱勿

○方鲠：正直。

○踵门：登门。叩：拜访。

○败絮：破烂的棉絮。指破棉袄。

○号召：通告，告诉所有人。

泄，愿终从焉。邢思世家女不与妖人妇等，遂遣人告其家。其父母自女飞升，零涕惶惑，忽得报书，惊喜过望，立刻命舆马星驰而去。报邢百金，携女归。

译文

这个秀才叫邢子仪，家境贫寒却性情耿直。曾经有个邻居家的妇人夜里到了他家，他坚决不接纳。妇人含恨而去，在她丈夫面前说邢子仪的坏话，诬陷邢子仪。她的丈夫原本就是个无赖，被妻子挑唆后，便登门辱骂邢子仪。邢子仪因此把田产变卖后搬到别的村子租房住。有个看相的顾某擅长判断一个人的福气和寿命如何，邢子仪就登门拜访他。顾某看见他就笑着说："你家中富足，粮有千钟，为什么穿着破衣服见人呢？难道是觉得我有眼无珠吗？"邢子仪嗤笑他胡说八道。顾某仔细看看他说："确实是这样啊。虽然目前还很贫穷，但你离发财已经不远了。"邢子仪又以为他是乱说。顾某又说："你不但会富有，还会得到美人。"邢子仪始终不信他的话。顾某推他出门，说："赶紧走，赶紧走，应验后我再去找你要谢钱。"这天夜里，邢子仪独自坐在月下，忽然有两个女子从天而降，仔细一看，都是美人。邢子仪很惊讶，以为她们是妖怪，就问她们是谁，开始她们都不说话。邢子仪说要告诉乡里的人，朱氏害怕了，这才告诉了他实情，并且叮嘱他不要泄露此事，自己愿意从此跟随他。邢子仪想着那位世家女跟妖人的妇人不一样，于是派人去她家报信。自从那世家女飞到天上去后，她的父母痛哭害怕，忽然得到消息，大喜过望，立刻派车马连夜去接女儿。他们给了邢子仪一百两银子当作报酬，带着女儿回到家中。

原文

邢得艳妻，方忧四壁，得金甚慰。往谢顾，顾又审曰："尚未尚未。泰运已交，百金何足言！"遂不受谢。先是，绅归，请于上官捕杨。杨预遁，不知所之，遂籍其家，发牒追朱。朱惧，牵邢饮泣。邢亦

○四壁：家徒四壁的略称，形容贫穷。

○泰运：吉祥的命运。引申为安宁、顺遂。

○籍其家：抄没其家产。籍，簿册，抄家时将其家产登记入册。

○牒：公文。追：追捕。

计窘，姑赂承牒者，赁车骑携朱诣绅，哀求解脱。绅感其义，为竭力营谋，得赎免。留夫妻于别馆，欢如戚好。绅女幼受刘聘，刘，显秩也，闻女寄邢家信宿，以为辱，反婚书，与女绝姻。绅将议姻他族，女告父母，誓从邢。邢闻之喜，朱亦喜，自愿下之。绅忧邢无家，时杨居宅从官货，因代购之。夫妻遂归，出囊金，粗治器具，蓄婢仆，旬日耗费已尽。但冀女来，当复得其资助。一夕，朱谓邢曰："孽夫杨某，曾以千金埋楼下，惟妾知之。适视其处，砖石依然，或窖藏无恙。"往共发之，果得金。因信顾术之神，厚报之。后女于归，妆赀丰盛，不数年，富甲一郡矣。

○承：承办。

○信宿：再宿，两宿。

○于归：出嫁。

译文

邢子仪得了一个美艳的妻子，正忧心家里太穷，得到乡绅送来的酬金，心里很是安慰。他去感谢顾某，顾某又仔细看看他说："好运还没到还没到，你已经交上好运了，一百两银子不足挂齿！"就没有接受邢子仪的谢礼。在这之前，乡绅回到了家里，请官府缉捕杨某。杨某已经提前逃跑了，不知道去了哪里，官府就抄没了他的家产，发公文追捕朱氏。朱氏很害怕，拉着邢子仪哭泣。邢子仪也想不出办法，只能先贿赂承办公文的人，然后租马车带着朱氏去拜见乡绅，苦苦请求他饶了朱氏。乡绅被他的情义感动，竭力帮助他谋划，朱氏最终得以用钱赎罪。乡绅留夫妻二人住在别馆中，两家关系好得像亲戚一样。乡绅的女儿从小跟刘家定亲，刘家是大官，听说乡绅的女儿在邢家住了两晚，认为是耻辱，就退回婚书，与她退亲。乡绅要给女儿另外议定婚事，女儿告诉父母，她发誓要跟随邢子仪。邢子仪听说后很高兴，朱氏也开心，自愿将名分降到她之下。乡绅担忧邢子仪没个像样的家，这时杨某之前住的宅子正被官府拍卖，乡绅就代邢子仪买了过来。邢子仪夫妻于是回到新家，拿出之前得到的银子，粗略买了器具，买了几个仆人，十几天就把钱花光了。只希望乡绅的女儿嫁过来，从乡绅那里再得到资助。一天晚上，朱氏对邢子仪说：“杨某曾经将一千两银子埋在楼下，这事只有我知道。刚才我去看了那个地方，上面的砖石都没动过，或许里面埋的东西安然无恙。”两个人一起去挖，果然挖到了银子。邢子仪因此相信顾某看相术的神奇，拿了很多钱去酬谢他。后来乡绅的女儿嫁了过来，带了丰厚的嫁妆，没几年，邢子仪就富甲一方了。

原文

异史氏曰：白莲歼灭而杨独不死，又附益之，几疑恢恢者疏而且漏矣。孰知天留之，盖为邢也。不然，邢即否极而泰，亦恶能仓卒起楼阁、累巨金哉？不爱一色，而天报之以两。呜呼！造物无言，而意可知矣。

○附益：增加，增益。这里指杨某继续干坏事。

○恢恢者疏而且漏：比喻作恶的人逃脱了上天的惩处。

○否极而泰：运气坏到极点即转而通泰。

○造物：创造万物。指大自然。

译文

异史氏说：白莲教被歼灭但唯独杨某没有死，甚至接着干坏事，几乎让人怀疑。谁知道上天留下他，是为了邢子仪。要不然，邢子仪即使否极泰来，又怎么能在短时间内盖起高楼、积累万贯家财呢？由于他先前拒绝了一个妇人，上天就送给了他两个女子。唉！造物主虽然没说话，但他的意思可以知道了。

【李生】

原文

商河李生，好道。村外里余，有兰若，筑精舍三楹，趺坐其中。

○商河：县名。地处山东西北部，明清时代属济南府，今属济南管辖。○道：此处兼指佛道两家。○精舍：初时指儒家讲学的学社。三楹：三间。楹，量词，屋一间为一楹。

游食缁黄，往来寄宿，辄与倾谈，供给不厌。一日，大雪严寒，

○游食缁黄：指四方云游的僧道。僧人缁（黑色）服，道士黄冠，合称缁黄。

有老僧担囊借榻，其词玄妙。信宿将行，固挽之，留数日。适生以他故归，僧嘱早至，意将别生。鸡鸣而往，扣关不应。逾

○关：门闩，闩门的横木。这里指门。

垣入，见室中灯火荧荧，疑其有作，潜窥之。僧趣装矣，一瘦驴絷灯檠上。细审，不类真驴，颇似殉葬物，然耳尾时动，气

○灯檠（qíng）：灯架。

咻咻然。俄而装成，启户牵出。生潜尾之。门外原有大池，僧系驴池树，裸入水中，遍体掬濯已。着衣牵驴入，亦濯之。既

○超乘：本指跳跃上车。此处指腾身跨上驴背。

而加装超乘，行绝驶。生始呼之。僧但遥拱致谢，语不及闻，

○绝驶：谓驴蹄不点地飞奔而去。绝，绝尘。驶，驰。

去已远矣。

译文

商河县有位李生，喜欢佛道。村外一里多地，有座寺庙，李生在其中修筑了三间精舍，在里面打坐参禅。云游四方的和尚和道士，来来往往也都会住在这里，李生经常跟他们倾心交谈，提供饭食，从来不觉得厌烦。有一天，下着大雪，天气寒冷，有个老和尚挑着行李来借宿，说出的话很有玄机。住了两个晚上后，老和尚要走，李生再三挽留，他又住了几天。正赶上李生有事要回家一趟，老和尚叮嘱他早些回来，意思是要跟他道别。第二天鸡鸣时分李生回来了，敲庙门没人应答。于是翻墙进入庙中，

看见屋内灯火还亮着，怀疑老和尚在做什么，就躲在一边偷看。看见老和尚在飞快地收拾行装，一头瘦驴拴在灯架上。仔细一看，不像真驴，倒很像殉葬品，但是它的耳朵和尾巴时不时地甩动，还会喘气。很快收拾好了行李，老和尚打开门牵着驴走了出去。李生偷偷地尾随在后。门外原来有个大水池，老和尚把驴拴在水池边的树上，赤裸着身子进入水里，把全身上下都洗干净。穿上衣服后牵着驴进入水里，也给它洗。接着把行装放在驴身上，跳上驴身，驴子足不点地，飞快地往前跑。李生这才喊了老和尚，老和尚只远远地向他拱手致谢，说的话都没听到，就已经走远了。

原文

王梅屋言：李其友人。曾至其家，见堂上额书“待死堂”，亦达士也。

○达士：明智达理之士。

译文

王梅屋说：李生是他的朋友。他曾经到过李生家，看见堂上的匾额上写着“待死堂”三个字，这李生也是一位豁达之人啊！

【陆押官】

原文

赵公，湖广武陵人，官宫詹，致仕归。有少年伺门下，求司笔札。公召入，见其人秀雅。诘其姓名，自言陆押官，不索佣值。公留之，慧过凡仆。往来笺奏，任意裁答，无不工妙。主人与客弈，陆睨之，指点辄胜。赵益优宠之。

○宫詹：即太子詹事。属东宫詹事府。
○湖广：明清时期指湖北、湖南两地。武陵：旧指湖南常德府武陵县，即今湖南常德。
○致仕：纳还其官职。指告老辞官，还归乡里。
○司笔札：主管文书之事。
○凡仆：一般的奴仆。
○笺奏：书信和奏疏。
○裁答：裁笺作答，提笔为文。

译文

赵公是湖广武陵人，曾任太子詹事，年老后告老还乡。有个少年在赵公门前等候，请求为赵公管理文书。赵公召他进来，只见他面容清秀。问他的名字，他说自己叫陆押官，自己做事不需要工钱。赵公把他留了下来。陆押官比一般的仆人聪慧，赵公平日里往来的书信和奏疏，他随意一写，就精妙无比。赵公和客人对弈，陆押官在一旁观看，稍一指点，赵公就获胜。赵公因此对他更加优待和宠爱。

原文

诸僚仆见其得主人青目，戏索作筵。押官许之，问："僚属几何？"会别业主计者皆至，约三十余人，众悉告之数以难之。押官曰："此大易。但客多，仓卒不能遽办，肆中可也。"遂遍邀诸侣赴临街店，皆坐。酒甫行，有按壶起者曰："诸君姑勿酌。请问今日谁作东道主？宜先出赀为质，始可放情饮啖。不然，一举数千，哄然都散，

○青目：即青眼，看重。
○主计者：仆役中管事的，骨干。
○甫行：刚刚开始。甫，才，刚刚。

向何取偿也?”众目押官。押官笑曰:“得无谓我无钱耶?我固有钱。”乃起向盆中捻湿面如拳,碎掐置几上,随掷遂化为鼠,窜动满案。押官任捉一头,裂之,啾然腹破,得小金,再捉,亦如之。顷刻鼠尽,碎金满前。乃告众曰:“是不足供饮耶?”众异之,乃共恣饮。既毕,会直三两余。众秤金,适符其数。众索一枚怀归,白其异于主人。主人命取金,搜之已亡。反质肆主,则偿赀悉化蒺藜。还白赵,赵诘之。押官曰:“朋辈逼索酒食,囊空无赀。少年学作小剧,故试之耳。”众复责偿,押官曰:“我非赚酒食者,某村麦穰中,再一簸扬,可得麦二石,足偿酒价有余也。”因浼一人同去。某村主计者将归,遂与偕往。至则净麦数斛,已堆场中矣。众以此益奇押官。

○小剧:谓小戏法,今称魔术。

○麦穰:指铡碎的麦秆。穰,泛指黍、稷、稻、麦等植物的秆茎。

○斛(hú):中国旧量器名,也是容量单位。1斛本为10斗,后来改为5斗。

译文

其他的仆人看到陆押官受到主人的重视,都让他请客。陆押官同意了,问:“一共有多少人?”正好赵公别墅的管事者也都来了,大约有三十个人,众人就把这些人都算了进去,想为难他。陆押官说:“这事很好办。只是客人太多,仓促之间酒席不能立刻置办好,我们去饭馆吧。”于是邀请大家到了临街的一家饭馆,大家都落了座。刚开始喝酒,有个人按住酒壶起身对众人说:“大家先别喝酒。请问今天是谁做东请客?应该先把钱拿出来押在这里,这样我们才可以尽情吃喝。要不然,最后要付几千钱,店家找谁要钱呢?”大家都看着陆押官。陆押官笑着说:“不会是认为我没钱吧?我当然有钱。”说完就起身从盆里拽了一团拳头大的面团,掐碎后扔在桌子上,面团随扔随变成老鼠，满桌子乱窜。陆押官随意抓住一只，往两边一扯，嗤的一声肚子就裂开了，从里面拿出一小块银子，再抓住一只，用同样的方法又得到银子。顷刻之间，老鼠被抓光了，只留下满桌的银子。陆押官问众人："这些钱还不够喝酒吗？"众人很惊异，接着就一起开怀畅饮。酒喝完了，一共需要三两多银子。众人把桌上的银子一称，刚好是这个数。有人要了一小块银子带回去，将发生的怪异的事情告诉了主人。赵公让他把银子拿出来，那人在身上找了又找，却发现已经不见了。他回去问饭馆的老板，才知道付给老板的银子都变成了蒺藜。他连忙回去把这事告诉了赵公，赵公就责问陆押官，陆押官说："朋友们逼着我请客喝酒，但我没有钱。少年时跟人学过耍小把戏，所以就试了试。"众人又让他还饭馆的钱，陆押官说："我不是白吃白喝的人，把某村的麦秸再簸扬一遍，就可以得到两石麦子，用来偿还酒钱绰绰有余。"因此请求一个人跟他同去。正好那个村的管事要回去，就跟陆押官同去。到了地方一看，好几斛簸扬干净的麦子已经堆在场院里了。大家因此对陆押官更加感到好奇。

原文

一日，赵赴友筵，堂中有盆兰甚茂，爱之，归犹赞叹之。押官曰："诚爱此兰，无难致者。"赵犹未信。凌晨至斋，忽闻异香蓬勃，则有兰花一盆，箭叶多寡，宛如所见。因疑其窃，审之。押官曰："臣家所蓄，不下千百，何须窃焉？"赵不信。适某友至，见兰惊曰："何酷肖寒家物！"赵曰："余适购之，亦不识所自来。但君出门时，见兰花尚在否？"某曰："我实不曾至斋，有无固不可知。然何以至此？"赵视押官。押官曰："此无难辨。公家盆破，有补缀处，此盆无也。"验之始信。夜告主人曰："向言某家花卉颇多，今

○箭：兰花一茎为一箭。

○寒家：贫寒之家。自谦之辞。

屈玉趾，乘月往观。但诸人皆不可从，惟阿鸭无害。”鸭，宫詹僮

◎玉趾：对人脚步的敬称。

也。遂如所请。公出，已有四人荷肩舆，伏候道左。赵乘之，疾

◎肩舆：轿子。

于奔马。俄顷入山，但闻奇香沁骨。至一洞府，见舍宇华耀，迥异人间。随处皆设花石，精盆佳卉，流光散馥，即兰一种，约有数十余盆，无不茂盛。观已，如前命驾归。押官从赵十余年。后赵无疾卒，遂与阿鸭俱出，不知所往。

译文

有一天，赵公去朋友家赴宴，看见厅堂中有一盆茂盛的兰花，非常喜爱，回家后还不停地赞叹。陆押官说：“您如果真的喜爱那盆兰花，得到它也不难。”赵公不信。凌晨到了书斋，忽然闻到浓郁的奇异香气，接着就看见一盆兰花，箭叶的数量，和在朋友家看到的那盆一模一样。赵公怀疑是陆押官偷来的，就把他叫过来审问。陆押官说：“我家养的兰花，有成百上千盆，哪里需要去偷呢？”赵公不信。正巧赵公的那个朋友来了，看见这盆兰花，惊讶地说：“这盆花可真像我家的那盆！”赵公说：“这花是我刚买回来的，也不知道它的来历。但是你出门的时候，你家的兰花还在吗？”那个人说：“我来的时候没去厅堂看，不知道还在不在。但如果是我家的，怎么会在这里呢？”赵公看着陆押官，陆押官说：“这不难分辨。您家的花盆有个地方破了，有修补的痕迹，这个花盆没有。”赵公和朋友一查验，果然是这样，这才相信了陆押官的话。夜里，陆押官对赵公说：“刚才我跟您说我家的花卉很多，今天请您屈尊前往我家，乘着月色观赏。但其他人都不能跟着，只有阿鸭可以跟着。”阿鸭，是赵公在詹事府的小童。赵公答应了他的要求。赵公刚走出家门，已经有四个人抬着轿子在路旁等候了。赵公上了轿，轿夫走起来比马还快。很快进了一座山，赵公闻到一股沁人心脾的奇香。又往前走，到了一个洞府，只见屋舍华丽，跟人间的大不相同。各种精美的花盆里种着奇花异草，流光溢彩，馥郁芳香，光是兰花一种，就有十多盆，都长得很茂盛。观赏完毕，又跟来的时候一样将赵公送回了家。陆押官跟随赵公十多年。后来赵公无疾而终，陆押官和阿鸭就一起离开赵家，不知到何处去了。

【蒋太史】

原文

蒋太史超，记前世为峨嵋僧，数梦到故居庵前潭边濯足。为人笃嗜内典，一意台宗，虽早登禁林，尝有出世之想。假归江南，抵秦邮，不欲归。子哭挽之，弗听。遂入蜀，居成都金沙寺。久之，又之峨嵋，居伏虎寺，示疾怛化。自书偈云：翛然猿鹤自来亲，老衲无端堕业尘。妄向镬汤求避热，那从大海去翻身。功名傀儡场中物，妻子骷髅队里人。只有君亲无报答，生生常自祝能仁。

- 峨嵋：山名。也作"峨眉"，在四川西南。山势雄伟，因两峰相对如蛾眉，故名。
- 蒋太史超：蒋超，蒋鸣玉之子。字虎臣，号绥庵，自号华阳山人，江苏镇江府金坛人。太史，明清两朝，修史之事由翰林院负责，蒋超曾任翰林院编修、修撰，故称其为太史。
- 内典：指称佛教经典。
- 台宗：指天台宗。
- 禁林：翰林院的别称。
- 秦邮：今江苏高邮的别称。秦王嬴政于此筑高台，置邮亭，故名。
- 偈（jì）：一般指佛经中的颂词。不问三言四言乃至多言，要必四句。多是悟道之语。
- 示疾怛（dá）化：佛家谓患病逝去。示疾，佛家语。佛菩萨及高僧生病，都说示疾，谓示现有疾。
- 翛（xiāo）然：形容无拘无束或自由自在的样子。
- 老衲：僧人自称。衲，僧衣。业尘：指尘世，世间。
- 镬（huò）汤：滚沸着开水的锅。镬，锅。
- 大海：即苦海。佛教谓人间烦恼，苦深如海。
- 傀儡：木偶。
- 生生：世世代代，佛教指轮回。

译文

翰林修撰蒋超，记得自己前世是峨嵋山的和尚，多次梦见自己到前世居住的庵前水塘边洗脚。蒋超特别爱读佛经，一意归附天台宗，虽然很早就进入翰林院，但心中常常有出家的念头。晚年时他告假回江南，到秦邮后，不想回家了。儿子哭着挽留他，他也不听。于是他去了四川，住在成都金沙寺。住了很久，又到了峨嵋山，住在伏虎寺，就在那里病逝了。他在去世前曾写过一篇偈语：翛然猿鹤自来亲，老衲无端堕业尘。妄向镬汤求避热，那从大海去翻身。功名傀儡场中物，妻子骷髅队里人。只有君亲无报答，生生常自祝能仁。

【邵士梅】

原文

邵进士，名士梅，济宁人。初授登州教授，有二老秀才投刺，睹其名，似甚熟识，凝思良久，忽悟前身。便问斋夫："某生居某村否？"又言其丰范，一一吻合。俄两生入，执手倾语，欢若平生。谈次，问高东海况。二生曰："狱死二十余年矣，今一子尚存。此乡中细民，何以见知？"邵笑云："我旧戚也。"先是，高东海素无赖，然性豪爽，轻财好义。有负租而鬻女者，倾囊代赎之。私一媪，媪坐隐盗，官捕甚急，逃匿高家。官知之，收高，备极搒掠，终不服，寻死狱中。其死之日，即邵生辰。后邵至某村，恤其妻子，远近皆知其异。

○邵进士：指邵士梅。字峄晖，山东济宁人，顺治十五年（1658）进士。曾任登州教授，栖霞教谕，后任吴江、震泽县令，不三月以病归。

○登州：明清府名。明清时治所在今山东蓬莱。教授：明清府学学官。

○斋夫：学舍杂役。斋，书房。

○丰范：容貌风度。

○负租：欠租。

○隐盗：藏匿强盗。

○收：逮捕。

译文

有个邵士梅，是山东济宁人。他刚被任命为登州教授时，有两个老秀才前来投递名帖，他见名字熟悉，沉思良久，忽然想起前世的事。于是问学舍的杂役："某生是住在某村吗？"跟实际情况完全吻合。两个老秀才进来了，邵士梅拉着他们的手倾心交谈，高兴得像老朋友相见。谈话中，邵士梅问起高东海的近况。两个老秀才说："他在狱中死去，已二十多年了，有一个儿子还活着。他只是一个平民百姓，你怎么知道他？"邵士梅笑着说："他是我以前的亲戚。"原先，高东海是个泼皮无赖，但性情豪爽，轻财好义。有个人因为欠了地租被逼得卖女还债，高东海把所有的钱都拿了出来，替他把女儿赎了回来。高东海跟一个老妇人私下有来往，老妇人因为藏匿盗贼，被官府追捕得太急，躲藏到了高家。官府知道后，把高东海抓了起来，用尽各种刑罚，他都不承认，没多久就死在狱中。他死的那天，正是邵士梅出生的日子。后来邵士梅到了高东海所在的村子，接济高东海的妻子和儿子，远近的人都知道这件奇怪的事。

原文

此高少宰言之，即高公子冀良同年也。

〇高少宰：指高珩。字葱佩，号念东，别号紫霞道人。山东淄川（今淄博）人。

〇高公子冀良：高之騊，字冀良，高珩长子。

译文

这件事是高少宰讲的，邵士梅是高少宰长子高冀良的同年。

【顾生】

原文

江南顾生，客稷下，眼暴肿，昼夜呻吟，罔所医药。十余日，痛少减。乃合眼时辄睹巨宅，凡四五进，门皆洞辟，最深处有人往来，但遥睹不可细认。一日，方凝神注之，忽觉身入宅中，三历门户，绝无人迹。有南北厅事，内以红毡贴地。略窥之，见满屋婴儿，坐者、卧者、膝行者，不可数计。愕疑间，一人自舍后出，见之曰："小王子谓有远客在门，果然。"便邀之。顾不敢入，强之乃入。问："此何所？"曰："九王世子居。世子疟疾新瘥，今日亲宾作贺，先生有缘也。"言未已，有奔至者，督促速行。

- ○稷下：战国齐国都城临淄（今山东淄博临淄）城的稷门。此处指济南府城，即今山东济南。
- ○江南：省名。清顺治二年（1645）置，治所在江宁府（今江苏南京）。康熙六年（1667）分置为江苏、安徽两省。后仍称这两省为江南。
- ○乃：才。
- ○洞辟：敞开，大开。
- ○历：经过。
- ○厅事：官府的办公处所。
- ○膝行：双腿跪着向前挪动。

译文

江南有个顾生，客居稷下，有一天眼睛突然肿得很厉害，疼得整天呻吟，用了很多药都没有效果。过了十多天，疼得没那么厉害了。但他一合上眼睛就能看见一座巨大的宅院，有四五进院子，门都敞开着，最深处的院子里有人来往，但太远了，看不清楚。有一天，他正在全神贯注地看，忽然发觉自己进入了宅院里，进了三道门，都没看见一个人。有一个坐南朝北的大厅，里面用红毡铺地。顾生悄悄往里看，看见满屋都是婴儿，有坐着的、躺着的、爬着的，不计其数。正当他感到惊愕和疑虑的时候，一个人从屋后出来，看见他后，说："小王子说有远道而来的客人在门口，果然不错。"便邀请顾生进去。顾生不敢进，那个人再三邀请，他才进去。顾生问："这是哪里？"那人回答："九王世子的住所。世子得了疟疾刚刚痊愈，今天亲朋好友前来庆贺，先生与世子很有缘分啊。"话还没说完，有个人跑了过来，催他们快点儿走。

原文

俄至一处，雕榭朱栏，一殿北向，凡九楹。历阶而升，则客已满座。见一少年北面坐，知是王子，便伏堂下。满堂尽起。王子曳顾东向坐。酒既行，鼓乐暴作，诸妓升堂，演《华封祝》。才过三折，逆旅主人及仆唤进午餐，就床头频呼之。耳闻甚真，心恐王子知，遂托更衣而出。仰视日中夕，则见仆立床前，始悟未离旅邸。

○榭：中国园林建筑中依水架起的观景平台，平台一部分架在岸上，一部分伸入水中。常与廊、台组合在一起。

○楹：堂屋前部的柱子。

○东向坐：面向东坐。古代以东为上方、尊位。

○折：场次，幕。折是元杂剧剧本结构的一个段落，同时也是音乐结构的一个单元，即用同一个宫调的若干曲子联成的一个整套曲子。后来也指传奇中的一出。此处《华封祝》应为传奇。

○更衣：指更换衣服。常用来指宴会时离席。

译文

很快就到了一处地方，雕榭朱栏，一座大殿坐南朝北，殿前有九根柱子。顾生沿着台阶往上走，看见厅堂里坐满了人。只见一个少年在北面面朝南坐着，顾生知道是王子殿下，便跪在堂下参拜。满堂的人都站了起来。王子拉着顾生，让他面向东坐下。喝了一会儿酒，鼓乐声大作，歌伎们登上大堂，开始演《华封祝》。才唱了三折戏，旅店的主人和仆人喊顾生吃午饭，在他的床头不停地喊他。顾生耳朵里听得很真切，担心被王子知道，于是借口更衣离开了厅堂。抬头看太阳，正是中午，又看见仆人站在自己床前，这才明白原来自己根本没离开旅店。

原文

心欲急反，因遣仆阖扉去。甫交睫，见宫舍依然，急循故道而入。路经前婴儿处，并无婴儿，有数十媪蓬首驼背，坐卧其中。望见顾，出恶声曰："谁家无赖子，来此窥伺！"顾惊惧，不敢置辨，疾趋后庭，升殿即坐。见王子颔下添髭尺余矣。见顾，笑问："何

往？剧本过七折矣。”因以巨觥示罚。移时曲终，又呈出目，顾点

○出目：戏剧演出剧目，戏单。

《彭祖娶妇》。妓即以椰瓢行酒，可容五斗许。顾离席辞曰：“臣目

○彭祖：传说为颛顼帝之后。姓篯名铿，尧将其封于彭城。相传他活了800岁，是中国长寿之祖。

疾，不敢过醉。”王子曰：“君患目，有太医在此，便合诊视。”东座一客，即离坐来，两指启双眥，以玉簪点白膏如脂，嘱合目少睡。王子命侍儿导入复室，令卧，卧片时，觉床帐香软，因而熟眠。居无何，忽闻鸣钲锽聒，即复惊醒。疑是优戏未毕，开目视之，则旅

○鸣钲（zhēng）锽（huáng）聒：打击乐器发出震耳欲聋的声响。钲，古代用铜做的一种乐器，形似钟而狭长，有长柄可执，口向上，以物击之而鸣，在行军时敲打。锽，钟鼓敲击发出的声音。聒，喧闹，声音高响或嘈杂。

舍中狗舐油铛也。然目疾若失。再闭眼，一无所睹矣。

○铛：烙饼或做菜用的平底浅锅。

译文

顾生想赶紧返回王子那里，于是打发仆人关上门离开。刚闭上眼睛，就看见先前进去的宫殿，急忙沿着原先的道路走进去。路过先前全是婴儿的大殿，现在里面并没有婴儿，只有几十个头发蓬乱、弯腰驼背的老妇人，在厅中或坐或卧。看见顾生，恶声恶气地说：“你是谁家的无赖子弟，来这里偷看！”顾生又惊又怕，不敢分辩，急忙走到后院，走进大殿坐下。却看见王子下巴上多了一尺多长的胡须。王子看见顾生，笑着问他：“你去哪里了？戏已经演了七折了。”然后让顾生喝一大杯酒以示惩罚。没多久一曲终了，下人又递上戏单，顾生点了一出《彭祖娶妇》。这时歌伎拿出用椰壳做的瓢来斟酒，一瓢能装五斗酒。顾生离开座椅推辞说：“我有眼疾，不敢喝太多酒。”王子说：“你有眼病，正好有太医在这里，让他给你诊治。”东边座上的一位客人，马上离开座位来到顾生旁边，他用两根手指分开顾生的眼皮，用玉簪往里点了一些像油脂一样的白膏，叮嘱他合上眼睛稍微睡一会儿。王子让侍从带顾生到内室，让他躺下休息，顾生躺了一会儿，感觉床铺又香又软，很快就熟睡过去了。没过多久，顾生忽然听到锣鼓喧天的喧闹声，立刻就惊醒过来。开始的时候还以为是戏还没唱完，睁开眼睛一看，原来是旅店里的狗舔舐油锅弄出的声响。然而他发现自己的眼病已经好了。再闭上眼，宅院之美都看不见了。

【陈锡九】

原文

陈锡九，邳人。父子言，邑名士。富室周某，仰其声望，订为婚姻。陈累举不第，家业萧索，游学于秦，数年无信。周阴有悔心。以少女适王孝廉为继室，王聘仪丰盛，仆马甚都。以此愈憎锡九贫，坚意绝昏。问女，女不从，怒，以恶服饰遣归锡九。日不举火，周全不顾恤。一日，使佣媪以馌饷女，入门向母曰：“主人使某视小姑姑饿死否。”女恐母惭，强笑以乱其词。因出榼中肴饵，列母前。媪止之曰：“无须尔！自小姑入人家，何曾交换出一杯温凉水？吾家物，料姥姥亦无颜啖噉得。”母大恚，声色俱变。媪不服，恶语相侵。纷纭间，锡九自外入，讯知大怒，撮毛批颊，挞逐出门而去。次日，周来逆女，女不肯归。明日又来，增其人数，众口呶呶，如将寻斗。母强劝女去，女潸然拜母，登车而去。过数日，又使人来，逼索离婚书，母强锡九与之。惟望子言归，以图别处。周家有人自西安来，知子言已死，陈母哀愤成疾而卒。

○邳（pī）：古代州名。位于江苏西北部，治所在今江苏邳州境内。

○秦：地名。指今陕西。

○都：华美。

○绝昏：终止婚姻关系。

○举火：做饭的婉称。

○馌（yè）：原指田头送饭。此处指食盒。饷：馈食于人。

○啖噉（dàn）：吃，大口吃。

○呶呶（náo）：七嘴八舌，喋喋不休。

译文

陈锡九是邳州人。他的父亲陈子言，是县里的名士。有个富商周某，敬仰陈子言的声望，让女儿和陈锡九定了亲。陈子言屡次参加科举都没有考中，家业逐渐衰败，于是他到陕西游学，好多年都没有音讯。周某私下产生了悔婚的想法。后来他把小女儿嫁给王孝廉为继室，王家给的聘礼十分丰厚，送聘礼的仆人和车马都很有派头。周某因此更加厌恶陈锡九贫穷，坚决要取消女儿跟他的婚约。周某问了女儿，女儿不同意，他很生气，让女儿穿上粗劣的衣服嫁给了陈锡九。陈锡九家穷得常常吃不上饭，周某一点儿都不照顾体恤他们。有一天，周某让老女仆给女儿送点儿吃的，老女仆进门就对陈母说："我家主人让我来看看我家姑娘饿死没有。"周女担心婆婆难堪，勉强作出笑脸打断她的话。周女拿出食盒里的饭菜，摆放在婆婆面前。老女仆连忙阻止道："不要这样！自从姑娘嫁到你家，我们主家什么时候换得过一杯温水？我家的东西，想必老太太也没有脸面吃下去。"陈母非常生气，声音和脸色都变了。老女仆也不服气，对着陈母大骂。正当吵嚷之际，陈锡九从外面走了进来，听完事情的来龙去脉后大怒，拽着老女仆的头发，给了她几耳光，把她打出门去了。第二天，周某来接女儿，女儿不肯跟他回去。他第二天又来了，多带了几个人，这些人七嘴八舌，吵闹不休，像是要打架。陈母再三劝周女回去，周女哭泣着拜别陈母，登上马车走了。过了几天，周某又派人来，逼迫陈锡九向他索要离婚文书，陈母强迫陈锡九写了离婚文书交给周家。陈母一心盼望自己的丈夫能回来，想别的办法。不久有个周家人从西安回来，陈母得知丈夫已经去世的消息，伤心气愤之下得病死了。

原文

锡九哀迫中，尚望妻归，久而渺然，悲愤益切。薄田数亩，鬻治葬具。葬毕，乞食赴秦，以求父骨。至西安，遍访居人，或言数年前有书生死于逆旅，葬之东郊，今冢已没。锡九无策，惟朝丐市廛，暮宿野寺，冀有知者。会晚经丛葬处，有数人遮道，逼索饭价。锡九曰："我异乡人，乞食城郭，何处少人饭价？"共怒捽之仆地，以埋儿败絮塞其口。力尽声嘶，渐就危殆。忽共惊曰："何处官府至矣！"释手寂然。俄有车马至，便问："卧者何人？"即有数人扶至车下。车中人曰："是吾儿也。孽鬼何敢尔！可悉缚来，勿致漏脱。"锡九觉有人去其塞，少定，细认，真其父也。大哭曰："儿为父骨良苦。今固尚在人间耶！"父曰："我非人，太行总管也。此来亦为吾儿。"锡九哭益哀，父慰谕之。锡九泣述岳家离昏，父曰："无忧，今新妇亦在母所。母念儿甚，可暂一往。"遂与同车，驰如风雨。

○捽（zuó）：揪，抓。

○太行总管：阴间的官吏名。

译文

陈锡九在悲伤和窘迫中，还希望妻子能够回来。但时间一长，希望越来越渺茫，于是更加悲愤。他把家里的几亩薄田卖掉，给母亲买了棺木等丧葬用具。安葬完母亲，陈锡九一路乞讨到陕西去，希望找到父亲的遗骨。到了西安，他将当地的人都问了一遍，有人说几年前有个书生死在了旅店里，被葬在东郊，如今坟头已经找不到了。陈锡九没有办法，只能白天在市井里一边乞讨一边寻访，晚上睡在荒废的寺庙，希望能遇到知道父亲下落的人。有天晚上他经过一个乱葬岗，有几个人拦路不让他走，逼问他索要饭钱。陈锡九说："我是外地人，在城里讨饭吃，在哪里欠了别人的饭钱？"这些人愤怒地抓住他然后摔在地上，将掩埋夭折孩子用的破棉絮塞在他的嘴里。陈锡九声嘶力竭，慢慢地快要死了。忽然那几个人吃惊地说："这是哪个官府里的人来了！"他们放开手就不见了。一会儿就有车马过来，有人问："躺在地上的是谁啊？"立刻有几个人过来将陈锡九扶到车旁。车里的人说："是我的儿子。孽鬼怎么敢这么做！把他们都绑过来，一个都不要漏掉。"陈锡九感觉有人将他嘴里的棉絮取了出来，稍微定定神，仔细辨认了车里的人，果真是他的父亲。陈锡九大哭道："儿子为找您的遗骨受了很多苦。没想到如今您还活着！"他的父亲说："我不是人，而是阴间的太行总管。这次来也是为了儿子你。”陈锡九哭得越发哀切，陈父不停地宽慰他。陈锡九哭着讲述岳父逼迫他离婚的经过，陈父说：“不用担心，如今你的妻子也在你母亲那里。你的母亲很想念你，你暂且和我一起去看看她吧。”陈锡九和父亲一起坐上马车，马车奔驰得快如风雨。

原文

移时，至一官署，下车入重门，则母在焉。锡九痛欲绝，父止之，锡九啜泣听命。见妻在母侧，问母曰：“儿妇在此，得毋亦泉下耶？”母曰：“非也，是汝父接来，待汝归家，当便送去。”锡九曰：“儿侍父母，不愿归矣。”母曰：“辛苦跋涉而来，为父骨耳。汝不归，初志为何也？况汝孝行已达天帝，赐汝金万斤，夫妻享受正远，何言不归？”锡九垂泣。父数数促行，锡九哭失声。父怒曰：“汝不行耶！”锡九惧，收声，始询葬所。父挽之曰：“子行，我告之，去丛葬处百余步，有子母白榆是也。”挽之甚急，竟不遑别母。门外有健仆，捉马待之。既超乘，父嘱曰：“日所宿处，有少资斧，可速办装归，向岳索妇，不得妇，勿休也。”锡九诺而行。马绝驶，鸡鸣至西安。仆扶下，方将拜致父母，而人马已杳。寻至旧宿处，倚壁假寐，以待天明。坐处有拳石碍股，晓而视之，白金也。市棺赁舆，寻双榆下，

○数数：屡屡，一再。

得父骨而归。合厝既毕，家徒四壁。幸里中怜其孝，共饭之。将往索妇，自度不能用武，与族兄十九往。及门，门者绝之。十九素无赖，出语秽亵。周使人劝锡九归，愿即送女去，锡九乃还。

◎合厝（cuò）：夫妻同葬一墓穴。

译文

不一会儿，到了一座官署前，陈锡九跟着父亲下了车穿过几道门，看见母亲已经等在那里。陈锡九悲痛欲绝，父亲劝阻他，陈锡九啜泣着听了父亲的话。他看见妻子在母亲身旁，问母亲："儿子的媳妇也在这里，难道她也到九泉之下了吗？"陈母说："不是，是你父亲把她接过来的，等你回家时，就会把她送回去。"陈锡九说："我要在这里侍奉父母，不想回去。"陈母说："你千辛万苦跋山涉水而来，就是为找到你父亲的遗骨。你不回去，当初立志是为了什么？况且你的孝行已经被天帝知道了，赐给你黄金万斤，你们夫妻享福的日子还长远着呢，为什么说不回去呢？"陈锡九低着头只是哭泣。陈父多次催促他启程，陈锡九痛哭失声。陈父生气地说："你还不走！"陈锡九害怕了，不敢再哭，这才问父亲葬在哪里。陈父拉着他说："你走吧，我告诉你，离乱葬岗百步左右，有一大一小两棵白榆树的地方就是。"父亲拉他走得太快，竟然来不及跟母亲告别。门外有个强壮的仆人，牵着马正等着陈锡九。等陈锡九骑上马，父亲叮嘱他："你近日睡觉的地方，有一些银钱，可以拿去置办行装赶紧回去，向岳父讨要你的妻子，得不到妻子，不要罢休。"陈锡九答应后就走了。马跑得很快，鸡叫时就到了西安。仆人将他从马上扶下，陈锡九正准备让仆人代自己拜谢父母，却发现仆人和马都不见了。陈锡九找到之前睡觉的地方，靠在墙上假寐，等待天亮。他坐的地方有拳头大的石头硌屁股，等天亮了一看，是一块银子。陈锡九拿着银子买了棺材租了马车，找到父亲说的两棵榆树，在树下挖出父亲的遗骨，运回了家。回到家，将父母合葬后，钱也用完了，又成了家徒四壁。幸亏乡里的人怜惜陈锡九孝顺，就给他送饭吃。陈锡九打算去岳父家里讨要妻子，心里想着不能动武，就跟族兄陈十九一起前往。到了岳父家门口，看门的人不让他们进去。陈十九是个无赖，就在门口污言秽语地骂起来。周某让人劝陈锡九先回去，他愿意立刻将女儿送到陈家，陈锡九这才回去。

原文

初，女之归也，周对之骂婿及母，女不语，但向壁零涕。陈母死，亦不使闻。得离书，掷向女曰："陈家出汝矣！"女曰："我不曾悍逆，何为出我？"欲归质其故，又禁闭之。后锡九如西安，遂造凶讣，以绝女志。此信一播，遂有杜中翰来议姻，竟许之。亲迎有日，女始知，遂泣不食，以被韬面，气如游丝。周正无法，忽闻锡九至，发语不逊，意料女必死，遂舁归锡九，意将待女死以泄其愤。锡九归，而送女者已至，犹恐锡九见其病而不内，甫入门，委之而去。邻里代忧，共谋舁还。锡九不听，扶置榻上，而气已绝，始大恐。正遑迫间，周子率数人持械入，门窗尽毁。锡九逃匿，苦搜之。乡人尽为不平，十九纠十余人锐身急难，周子兄弟皆被夷伤，始鼠窜而去。周益怒，讼于官，捕锡九、十九等。锡九将行，以女尸嘱邻媪。忽闻榻上若息，近视之，秋波微动矣，少时，已能转侧。大喜，诣官自陈。宰怒周讼诬，周惧，啖以重赂，始得免。

○中翰：明清时期内阁中书之别称，也称"内翰"。

○韬面：蒙面。韬，藏。

○内："纳"的古字，接纳。

○夷伤：创伤。

译文

当初，周女回到娘家，周某当着她的面骂陈锡九和陈母，周女不说话，只面对着墙壁哭泣。陈母死的消息，周某也不让女儿知道。周某得到离婚书后，将它扔到女儿面前说："陈家把你休了！"周女说："我不曾有过凶悍忤逆的行为，为什么要休我？"她想回陈家去问个明白，周某又将她关了起来。后来陈锡九去了西安，周某就伪造陈锡九死了的消息，好让女儿死心。这个消息一散播出去，杜中翰就前来提亲，周某居然答应了。娶亲的日子快到了，周女才知道这件事，她整日哭泣，不肯进食，用被子蒙着脸，气若游丝。周某正不知如何是好，忽然听说陈锡九来了，还出言不逊，心想自己的女儿肯定活不了了，就让人把女儿抬回陈家，准备等女儿死了以后再去陈家寻衅泄愤。陈锡九回到家，送周女的人已经到了，他们害怕陈锡九看见周女病着不收留她，刚一进门，放下周女就离开了。邻里都替陈锡九担忧，出主意要将周女送回去。陈锡九不听，将周女扶到床上，却发现她已经断气了，他这才开始恐慌。正在惊慌失措的时候，周某的儿子率领几个人拿着棍棒等打了进来，门窗全都被毁。陈锡九连忙逃走藏了起来，周家人到处找他。乡里人都为陈锡九打抱不平，陈十九纠集了十多个人挺身相助，周某儿子等人都被打伤了，这才抱头鼠窜。周某更加愤怒，把他们告到官府，请求抓捕陈锡九、陈十九等人。陈锡九临出门时，将周女的尸体托付给邻居婆婆。忽然听到床上有微弱的气息，走近一看，周女的眼睛微微转动，过了一会儿，已经能侧身了。陈锡九大喜过望，到了官府诉说实情。县令恼怒于周某诬告，周某很害怕，用一大笔钱贿赂县令，罪责才被免除。

原文

锡九归，夫妻相见，悲喜交并。先是，女绝食奄卧，自矢必死。忽有人捉起曰："我陈家人也，速从我去，夫妻可以相见，不然，无及矣！"不觉身已出门，两人扶登肩舆，顷刻至官廨，见公姑具在。问："此何所？"母曰："不必问，容当送汝归。"一日，见锡九至，甚喜。一见遽别，心颇疑怪。公不知何事，恒数日不归。昨夕忽归，曰："我在武夷，迟归二日，难为保儿矣。可速送儿归去。"遂以舆

○自矢：自誓。

○公姑：公婆。

○武夷：武夷山。位于福建西北部与江西的交界处。

马送女。忽见家门，遂如梦醒。女与锡九共述曩事，相与惊喜。由此夫妻相聚，但朝夕无以自给。

译文

陈锡九回到家，夫妻相见，悲喜交加。先前，周女在周家绝食，奄奄一息地躺着，心里发誓一定要死。忽然有人把她拉起来说：“我是陈家人，快跟我去，你就能和陈锡九相见，要不然，就来不及了！”周女不知不觉已经出了门，有两个人扶着她上了轿，顷刻间到了一个官署，看见公公婆婆都在里面。周女问：“这是哪里？”陈母说：“不用问是哪里，很快就送你回去。”有一天，看见陈锡九来了，周女很高兴。谁知刚见面就分别了，周女心里很是奇怪。公公不知道有什么事，好多天都不回来。昨晚忽然回来，说：“我在武夷山被绊住了，晚回来了两天，难为锡九这孩子了。我可要赶快送你回去了。”于是用车马送周女离开。周女忽然看见陈家大门，就像是从梦里醒过来一样。周女和陈锡九一起讲述之前经历的事，互相都觉得很惊喜。从此夫妻团聚，但每日的生活还是无法保证。

原文

锡九于村中设童蒙帐，兼自攻苦。每私语曰：“父言天赐黄金，今四堵空空，岂训读所能发迹耶？”一日，自塾中归，遇二人，问之曰：“君陈某耶？”锡九曰：“然。”二人即出铁索絷之，锡九不解其故。少间，村人毕集，共诘之，始知郡盗所牵。众怜其冤，醵钱赂役，途中得无苦。至郡见太守，历述家世。太守愕然曰：“此名士之子，温文尔雅，乌能作贼！”命脱缧绁，取盗严梏之，始供为周某贿嘱。

○设童蒙帐：做启蒙教师。童蒙，蒙昧无知的儿童。

○训读：讲解诵读。谓教小孩读书。

○醵（jù）钱：凑钱。醵，聚合。

○缧（léi）绁：捆绑犯人的黑绳索。借指监狱，囚禁。

锡九又诉翁婿反面之由，太守更怒，立刻拘提。即延锡九至署，与

○反面：反目成仇。 ○延：请。

论世好，盖太守旧邳宰韩公之子，即子言受业门人也。赠灯火之费以

○受业门人：直接教授的弟子。 ○灯火之费：学习费用的委婉说法。

百金，又以二骡代步，使不时趋郡，以课文艺。转于各上官游扬其

○课文艺：考察功课。指检查八股文作业。 ○游扬：传播，宣扬。

孝，自总制而下，皆有馈遗。锡九乘骡而归，夫妻慰甚。一日，妻母

○总制：总督。总督别称"制府""制军""制台"。

哭至，见女伏地不起。女骇问之，始知周已被械在狱矣。女哀哭自咎，但欲觅死。锡九不得已，诣郡为之缓颊。太守释令自赎，罚谷一百石，批赐孝子陈锡九。放归，出仓粟，杂糠秕而辇运之。锡

○糠秕（kāng bǐ）：谷皮和瘪谷。

九谓女曰："尔翁以小人之心度君子矣。乌知我必受之，而琐琐杂糠覈耶？"因笑却之。

○糠覈（hé）：指粗劣的食物。

译文

陈锡九在村里开设私塾教小孩子读书，同时自己也刻苦学习。经常自言自语地说："父亲说上天会赐给我黄金，如今家徒四壁，难道教小孩子读书能发财吗？"有一天，陈锡九从私塾回家，路上遇到两个人，问他："你是陈锡九吗？"陈锡九说："是。"两个人就拿出铁链子把他捆起来，陈锡九不明白是什么缘故。不一会儿，村里人都聚集过来，一起质问这两个人，这才知道陈锡九是被郡里的强盗牵连。村里人可怜他被冤枉，凑了钱贿赂两个衙役，陈锡九在路上才没有受苦。陈锡九到郡里见了太守，就向他讲述了自己的家世。太守惊愕地说道："这是名士的儿子，温文尔雅，怎么会作贼呢！"命人给陈锡九脱下枷锁，把盗贼押过来严加审问，盗贼才供认是被周某花钱收买来诬陷陈锡九的。陈锡九又陈述了自己和岳父反目的原因，太守听完更加愤怒，立刻拘捕周某。然后邀请陈锡九到官署，跟他谈论起两家的交情，原来太守是之前邳州长官韩公的儿子，也是陈子言的学生。太守送给陈锡九一百两银子作为求学的费用，又送给他两头骡子代步，便于他时常到郡里来，指导他写文章。太守又对各

位上级官员宣扬陈锡九的孝行，因此总督以下的官员都对陈锡九有馈赠。陈锡九骑着骡子回到家中，夫妻二人都很欣慰。有一天，周女的母亲哭着到了陈家，看见女儿就趴在地上不起来。周女惊骇地问是怎么回事，这才知道父亲被关在了大牢里。周女伤心痛哭，很自责，只想寻死。不得已，陈锡九去郡里太守处为周某说情。太守放了周某并让他花钱赎罪，罚他交一百石谷子，并批示将这些谷子赏给了孝子陈锡九。周某被放回家后，从粮仓里取出谷子，在里面夹杂了糠秕后用车拉着送给陈锡九。陈锡九对妻子说："你父亲是以小人之心度君子之腹啊。他怎么知道我一定会接受这些东西？还故意在里面掺杂了糠秕呢？"于是笑着拒绝了这些粮食。

原文

锡九家虽小有，而垣墙陋敝。一夜，群盗入。仆觉，大号，止窃两骡而去。后半年余，锡九夜读，闻挝门声，问之寂然。呼仆起视，则门一启，两骡跃入，乃向所亡也。直奔枥下，咻咻汗喘。烛之，各负革囊，解视，则白镪满中。大异，不知其所自来。后闻是夜大盗劫周，盈装出，适防兵追急，委其捆载而去。骡认故主，径奔至家。周自狱中归，刑创犹剧，又遭盗劫，大病而死。女夜梦父囚系而至，曰："吾生平所为，悔已无及。今受冥谴，非若翁莫能解脱，为我代求婿，致一函焉。"醒而呜泣。诘之，具以告。锡九久欲一诣太行，即日遂发。既至，备牲物酹祝之，即露宿其处，冀有所见，终夜无异，遂归。周死，母子逾贫，仰给于次婿。王孝廉考补县尹，以

○枥下：马槽，拴牲口的地方。

○冥谴：民俗传说中阴间的处罚。

○县尹：县令，知县。

墨败，举家徙沈阳，益无所归。锡九时顾恤之。异史氏曰：善莫大于孝，鬼神通之，理固宜然。使为尚德之达人也者，即终贫，犹将取之，乌论后此之必昌哉？或以膝下之娇女，付诸颁白之叟，而扬扬曰：‘某贵官，吾东床也。’呜呼！宛宛婴婴者如故，而金龟婿以谕葬归，其惨已甚矣，而况以少妇从军乎？

○墨：贪墨，贪污受贿。

○尚德：崇尚德行。

○颁白之叟：须发花白的老头。颁白，半白，花白。

○东床：指女婿。

○宛宛：柔美的样子。婴婴：娇小的样子。均指少女。

○金龟婿：担任贵官的女婿。谕葬：奉皇上谕旨埋葬，指规格很高的葬仪。

○从军：充军。它是轻于死刑、重于流刑的一种刑罚，类似现在的劳改。

译文

陈锡九家虽然有了些家产，但院墙还是很破败。一天夜里，一群强盗闯进了陈家。偷了两头骡子就走了。后来过了半年多，陈锡九夜里正在读书，听到敲门声，叫仆人起来去看两头骡子跳了进来，正是之前丢的那两头。两头骡子直接跑到食槽那里，大汗淋漓，喘着粗气。每头骡子都驮着一个皮囊，里面全都是白银。陈锡九觉得很奇怪这些银子是从哪里来的。后来听说那天夜里有个大盗抢劫了周某，将抢来的财物装得满满的刚要离开，正巧遇到巡逻的士兵，把财物扔下跑了。骡子认得旧主人家，径直跑了回来。周某从狱中回到家，又遭受盗劫，生了大病死了。周女夜里梦见父亲戴着枷锁前来，说：“我生平的所作所为，后悔已经来不及了。如今受到阴间的处罚，除了你的公公没人能救我，代我求求女婿，写封信给他的父亲吧。”周女醒来后低声抽泣。陈锡九问她为什么哭，她就把梦里的事告诉了他。陈锡九早就想去一趟太行山，听完妻子的话当天就出发了。到了地方，陈锡九摆上祭祀品，希望能见到父亲，但一晚上都没有异动，只好回家了。周某死后，他的妻子和儿子越来越贫穷，只能仰仗小女婿王孝廉。王孝廉候补了县令，之后因为贪污被罢官，举家迁到沈阳，周家母子更加无人依靠。陈锡九时不时接济他们。异史氏说：善行中没有比孝行更大的。具有高尚品德的通达之人，即使终生贫困，也会遵守孝道，有的人把自己心爱的女儿，许配给满头白发的老头，还洋洋得意地说：“某位高官，是我的女婿。”唉！那年轻貌美的女儿容颜未改，可那位做高官的女婿已经埋在土里，这种景象太悲惨了，更何况有的少妇还要和犯罪的丈夫一起去服刑呢？

【邵临淄】

原文

临淄某翁之女，太学李生妻也。未嫁时，有术士推其造，决其必受官刑。翁怒之，既而笑曰："妄言一至于此！无论世家女必不至公庭，岂一监生不能庇一妇乎？"既嫁，悍甚，指骂夫婿以为常。李不堪其虐，忿鸣于官。邑宰邵公准其词，签役立勾。翁闻之，大骇，率子弟登堂，哀求寝息。弗许。李亦自悔，求罢。公怒曰："公门内岂作辍尽由尔耶？必拘审！"既到，略诘一二言，便曰："真悍妇！"杖责三十，臀肉尽脱。异史氏曰：公岂有伤心于闺阃耶？何怒之暴也！然邑有贤宰，里无悍妇矣。志之，以补循吏传之所不及者。

○临淄：县名。明清属青州府，现为山东淄博管辖。

○太学：中国古代教育体系中的最高学府。太学生即监生。

○术士：擅长占卜之术的人。推其造：推算她的生辰八字。

○世家：旧时指门第高贵并且世代相延续的人家。

○邑宰邵公：邵如蕃，湖北天门人，康熙二十一年（1682）任临淄知县。

○签役立勾：派发签牌给衙役，立即拘捕到案。签，签牌，官府拘捕犯人的凭证。

○寝息：原指睡觉休息。后也指搁置，停息。

○作辍：动止。辍，中止。

○循吏传：指为奉公守法的官员所作的传记。循，循良，守法尽职。

译文

临淄一位老翁的女儿，是太学生李生的妻子。她还没有出嫁时，有个术士给她算命，说她必定会受到官府的刑罚。老翁听后愤怒至极，接着又笑着说："胡言乱语到这种地步！先不说世家女必定不会到公堂之上，就算上了公堂，难道一个监生还庇护不了一个妇人吗？"女子嫁给李生之后，李生忍受不了她的虐待，愤愤不平地跑去官府鸣冤。县令邵公立刻发签让衙役把李生的妻子抓捕过来。老翁听说此事，率领子弟去哀求邵公撤销案子。邵公不同意。李生也后悔请求撤诉。邵公愤怒地说："公门内的事，办与不办难道都由你们说了算吗？一定要把她拘捕过来！"李妻被带到大堂上，邵公说道："真是个悍妇！"令衙役将其杖责三十，直打得臀部肉都掉了下来。异史氏说：邵公难道是受到过伤害吗？怎么会如此愤怒呢！然而县里有贤明的长官，乡里就没有泼妇了。记下这件事补上史书循吏传中所没有记载的人吧！

【于去恶】

原文

北平陶圣俞，名下士。顺治间，赴乡试，寓居郊郭。偶出户，见一人负笈侄儴，似卜居未就者。略诘之，遂释负于道，相与倾语，言论有名士风。陶大说之，请与同居。客喜，携囊入，遂同栖止。客自言：“顺天人，姓于，字去恶。”以陶差长，兄之。

○北平：旧府名。亦北京旧称。
○名下士：有盛名之士。
○负笈：背负书箱。侄儴（kuāng ráng）：惶急不安。
○卜居：寻找住所。就：完成，妥当。
○说：后作“悦”，喜欢。
○差长（zhǎng）：略为年长。差，比较，略微。

译文

北平的陶圣俞，是个颇有盛名的士人。顺治年间，参加乡试，住在城外。偶然有天出门，看见一个人背着书箱，神色慌张，像是没找到住处。陶圣俞就上前问了几句，那个人就把书箱解下来放在道边，跟陶圣俞攀谈起来，说话很有名士风范。陶圣俞很喜欢他，邀请他跟自己同住。那个人也很高兴，带着行囊进了陶圣俞的住所，两个人就住在了一起。他自我介绍说：“我是顺天人，姓于，字去恶。”因为陶圣俞年龄稍长，于去恶称他为兄长。

原文

于性不喜游瞩，常独坐一室，而案头无书卷。陶不与谈，则默卧而已。陶疑之，搜其囊箧，则笔研之外，更无长物。怪而问之，笑曰：“吾辈读书，岂临渴始掘井耶？”一日，就陶借书去，闭户抄甚疾，终日五十余纸，亦不见其折叠成卷。窃窥之，则每一稿脱，辄烧灰吞之。愈益怪焉，诘其故，曰：“我以此代读耳。”便诵所抄书，顷

○游瞩：游览。
○临渴始掘井：喻事到临头才备办，临时抱佛脚。

刻数篇，一字无讹。陶悦，欲传其术，于以为不可。陶疑其吝，词涉诮让。于曰：“兄诚不谅我之深矣。欲不言，则此心无以自剖；骤言之，又恐惊为异怪。奈何？”陶固谓：“不妨。”于曰：“我非人，是鬼耳。今冥中以科目授官，七月十四日奉诏考帘官，十五日士子入闱，月尽榜放矣。”陶问：“考帘官为何？”曰：“此上帝慎重之意，无论乌吏鳖官，皆考之。能文者以内帘用，不通者不得与焉。盖阴之有诸神，犹阳之有守、令也。得志诸公，目不睹坟、典，不过少年持敲门砖，猎取功名，门既开，则弃去，再司簿书十数年，即文学士，胸中尚有字耶！阳世所以陋劣幸进，而英雄失志者，惟少此一考耳。”陶深然之，由是益加敬畏。

○诮让：责问。

○科目：指隋唐以来分科选拔官吏的名目。

○帘官：科举时代，乡、会试贡院内之官。外帘官管事务，内帘官管阅卷。

○乌吏鳖官：对于大小官吏的蔑称。

○坟典：即三坟五典。相传为我国最古老的书名。

○敲门砖：指拣砖头敲门，门开后即弃砖。

○司簿书：管理文书簿册。

○幸进：侥幸得到进取。进，升迁。这里是考中之意。

译文

于去恶生性不喜欢到处游逛，经常独自坐在室内，但书案上却没有书卷。陶圣俞如果不跟他说话，他就默默地躺着。陶圣俞对他有些疑虑，查看过他的行囊和书箱，发现除了笔墨纸砚之外，没有其他的东西。陶圣俞感到奇怪，就问他，他笑着说：“我们读书人，怎么能等到渴了才想起来挖井呢？”有一天，他从陶圣俞那里借了书，关上门快速地抄书，一天抄了五十多张纸，也不见他将抄好的纸装订成册。陶圣俞偷偷去看，发现他每抄好一页就烧成灰吃掉。陶圣俞更加觉得奇怪，问他为什么这么做，他说：“我用它来代替读书。”接着便把抄写的内容背了出来，顷刻间背了好几篇，一个字都没错。陶圣俞很高兴，想让于去恶将这种方法传授给自己，于去恶认为不行，陶圣俞疑心他小气，言语间有些责备他的意思。于去恶说：“兄长真是太不体谅我了。如果不说实情，你就不会明白我的心意；如果突然告知真相，又担心你受惊，以为我是妖怪。怎么办才好呢？”陶圣俞坚持说：“你说吧，不妨事。”于去恶说：“我不是人，是鬼。如今冥府要以科举考试授官，七月十四日奉命考核帘官，十五日考生进入考场，月底就放榜了。”陶圣俞问道：“为什么要考核帘官？”于去恶回答道：“这是上帝慎重对待科考的意思，无论大官小官，都要考。能写文章的当内帘官，文笔不通的不能当帘官。阴间有各位神灵，就像阳间有太守、县令一样。得志的官员，再也不读经史典籍，书籍不过是他们少年时获取功名的敲门砖罢了，目的既然达到，书籍就被扔到一边去了，如果再掌管十几年文书籍簿，就算是文学士，胸中还能剩下多少文墨呢！阳间之所以粗陋低劣的人能当上官，而有才华的人却当不上官，就是因为少了这一科考试。”陶圣俞深以为然，因此更加敬重于去恶。

原文

一日，自外来，有忧色，叹曰：“仆生而贫贱，自谓死后可免，不谓迍邅先生相从地下！”陶请其故，曰：“文昌奉命都罗国封王，帘官之考遂罢。数十年游神耗鬼，杂入衡文，吾辈宁有望耶！”陶问：“此辈皆谁何人？”曰：“即言之，君亦不识。略举一二人，大概可知：乐正师旷、司库和峤是也。仆自念命不可凭，文不可恃，不如休耳。”言已怏怏，遂将治任。陶挽而慰之，乃止。

○迍邅（zhūn zhān）：迟缓难行。喻命运不佳。

○文昌：神名。即梓潼帝君，掌管文昌府及人间功名禄位之事。

○游神耗（mào）鬼：游手好闲、不学无术的试官。游，飘荡无根。耗，耗乱不明。

○衡文：评论裁衡文章，指审阅考卷。

○乐正：官名，周时乐官之长。师旷：春秋时晋国的乐师，生而目盲，但辨音能力很强。司库：主管钱库之官。和峤：晋人。

○休：罢休，算了。

○治任：整理行装离去。

译文

有一天，于去恶从外面回来，面带忧愁，叹息道：“我在世时就出身贫贱，自认为死后可以摆脱，没想到霉运跟着我到了阴间！”陶圣俞问他是怎么回事，于去恶说：“文昌帝奉命到都罗国封王，考核帘官的考试也就取消了。数十年游手好闲、不学无术的游神和耗鬼，都来充当考官，我们这些人怎么可能考中呢！”陶圣俞问道：“这些人都有谁？”于去恶说：“就算说了，你也不认识。略微列举一两个人，你大概知道：乐正师旷、司库和峤等。我想既然无法依托命运，又无法依仗文才，不如就这样算了。”说完怏怏不乐，于是整理行装打算离开。陶圣俞将他挽留下来好生安慰，他这才没有走。

原文

至中元之夕，谓陶曰：“我将入闱，烦于昧爽时，持香炷于东野，三呼去恶，我便至。”乃出门去。陶沽酒烹鲜以待之。东方既白，敬如所嘱。无何，于偕一少年来，问其姓字，于曰：“此方子晋，是我良友，适于场中相邂逅。闻兄盛名，深欲拜识。”同至寓，秉烛为礼。少年亭亭似玉，意度谦婉，陶甚爱之。便问：“子晋佳作，当大快意？”于曰：“言之可笑！闱中七则，作过半矣，细审主司姓名，裹具径出。奇人也！”陶扇炉进酒，因问：“闱中何题？去恶魁解否？”于曰：“书艺、经论各一，夫人而能之。策问：‘自古邪僻固多，而世风至今日，奸情丑态，愈不可名，不惟十八狱所不得尽，抑非十八狱所能容。是果何术而可？或谓宜量加一二狱，然殊失上帝好生之心。其宜增与、否与，或别有道以清其源，尔多士其悉言勿隐。’弟策虽不佳，颇为痛快。表：‘拟天魔殄灭，赐群臣龙马天衣有差。’次则‘瑶

○中元：中元节。中国古代以一、七、十月之十五日分称上元、中元、下元，上元是天官赐福日，中元为地官赦罪日，下元为水官解厄日。

○昧爽：拂晓，黎明。

○炷：点香使燃。

○亭亭似玉：形容秀雅挺拔。亭亭，耸立的样子。

○裹具：收拾起文具。裹，包裹。

○魁解（jiè）否：是否高中。魁解，乡试中式第一名。

○书艺、经论：指根据“四书”“五经”所出的八股文试题。从“四书”里出的题叫书艺，从“五经”里出的题叫经论或经义。

○策问：以简策发问的形式，提出有关史事或时政等问题征求对答。

○邪僻：不正当的行为。僻，邪，不正。

○名：名状，称呼。

○清其源：从根本上杜绝邪僻。源，本源。

○多士：古指众多的贤士，也指百官。此指应考的众生员。

○表：是臣下对皇帝有所陈述、请求、建议时用的一种文体。

○龙马：指骏马。天衣：指帝王所赐的冠带朝服。差（cī）：等级，差别。

○拟：拟稿。天魔：佛教所说的从天上降到人间破坏佛道的恶魔，旧时以之代指旁门邪道。

台应制诗'‘西池桃花赋'。此三种，自谓场中无两矣！”言已鼓

○应制诗：奉皇帝之命所作的诗。制，帝王的命令。

掌。方笑曰：“此时快心，放兄独步矣。数辰后，不痛哭始为男

○独步：出众，独一无二。 ○数辰后：几天之后。放榜之时。

子也。”

译文

到了七月十五中元节的晚上，于去恶对陶圣俞说：“我将要去考试了，烦请你在天亮时，在东郊拿一炷燃起的香，叫三声‘去恶’，我就会来。”然后就走出门去。陶圣俞准备了酒菜等着他。东方刚亮，陶圣俞就恭敬地按照于去恶的嘱咐做了。不一会儿，于去恶和一个少年一起来了，陶圣俞问少年的名字，于去恶说：“这是方子晋，是我的好朋友，刚才在考场上遇见。他听说了你的大名，很想来拜见你。”三人一同到了陶圣俞的住处，点上烛火见了礼。少年亭亭玉立，气度谦和，陶圣俞很喜欢他。就问道：“方子晋的佳作，一定很满意吧？”于去恶说：“说来可笑！考场上要作七篇文章，子晋已经作了一半了，仔细问了主考官的姓名，然后就收起文具直接离开了考场。真是奇人！”陶圣俞扇着温酒的炉火，问道：“考场上出了什么题？于去恶能考中吧？”于去恶说：“书艺、经论各一篇，这些人人都会写。策问：‘自古以来，邪僻之气本来就多，而世风日下到了今天，各种奸情丑态，多得都叫不出名堂，十八层地狱不仅无法涵盖这些名目，而且也容纳不下。这个结果有什么办法能解决吗？有人说应该再加一两层地狱，但这样做就违背了上帝的好生之德。应该增加还是不增加，或者有其他的方法可以正本清源，你们都可以提出意见，不要有所保留。’我的策论虽然不太好，但很痛快。表：‘拟天魔殄灭，赐群臣龙马天衣有差。’其次则是‘瑶台应制诗’‘西池桃花赋’。这三篇，自认为考场上无人可及！”说完自己鼓起掌来。方子晋笑着说：“这时候感觉大快人心，任你独一无二。过几天放榜时，不痛哭才是真正的男子汉。”

原文

天明，方欲辞去。陶留与同寓，方不可，但期暮至。三日，竟不复

○期：约定。

来。陶使于往寻之，于曰：“无须。子晋拳拳，非无意者。”日既西，

○拳拳：忠诚，重言诺。

方果来，出一卷授陶，曰：“三日失约，敬录旧艺百余作，求一品题。”陶捧读大喜，一句一赞，略尽一二首，遂藏诸笥。谈至更深，方遂留，与于共榻寝。自此为常，方无夕不至，陶亦无方不欢也。

○品题：评论。

译文

天亮时分，方子晋准备告辞离开。陶圣俞留他跟自己同住，方子晋不同意，但约定了晚上过来。过了三天，也没有来。陶圣俞让于去恶去找方子晋，于去恶说：“不用。方子晋很重承诺，肯定不是故意不来。”太阳落山时，方子晋果然来了，拿出一个册子交给陶圣俞，说：“这三天失约没来拜访，我抄了之前写的一百多篇诗作，请你点评。”陶圣俞高兴地接过册子读起来，读一句称赞一句，略读了一两首后，收藏在了书箱里。两个人交谈到了深夜，方子晋就留了下来，跟于去恶同床睡。从此以后习以为常，方子晋每天晚上都来，陶圣俞也是一天看不见方子晋就不习惯。

原文

一夕，仓皇而入，向陶曰：“地榜已揭，于五兄落第矣！”于方卧，闻

○揭：公开，公布。

言惊起，泫然流涕。二人极意慰藉，涕始止。然相对默默，殊不可堪。方曰：“适闻大巡环张桓侯将至，恐失志者之造言也，不然，文场尚有翻覆。”于闻之，色喜。陶询其故，曰：“桓侯翼德，三十年一巡阴曹，三十五年一巡阳世，两间之不平，待此老而一消也。”乃起，拉方俱去。两夜始返，方喜谓陶曰：“君不贺五兄耶？桓侯前夕

○大巡环：虚拟的官名，取巡回视察之意。张桓侯：三国时蜀汉名将张飞，字翼德，死后谥号桓侯。故虚拟张飞巡视试场，以消士子不平。

○造言：造谣，无稽之谈。

至，裂碎地榜，榜上名字，止存三之一。遍阅遗卷，得五兄甚喜，荐作交南巡海使，旦晚舆马可到。”陶大喜，置酒称贺。酒数行，于问陶曰：“君家有闲舍否？”问：“将何为？”曰：“子晋孤无乡土，又不忍恝然于兄。弟意欲假馆相依。”陶喜曰：“如此，为幸多矣。即无多屋宇，同榻何碍？但有严君，须先关白。”于曰：“审知尊大人慈厚可依。兄场闱有日，子晋如不能待，先归何如？”陶留伴逆旅，以待同归。

○遗卷：没被录取者的试卷。

○交南：交州南部地区。今广东、广西属于古之交州。

○恝（jiá）然：淡漠、不在意。

○关白：禀告，通禀。

译文

一天晚上，方子晋仓皇走进屋子，对陶圣俞说：“阴间已经放榜了，于五兄落榜了！”于去恶正躺着，听见这话吃惊地起身，痛哭流涕。两个人极力安慰他，他才止住哭泣。但是三个人默默地相互看着，心里都很难过。方子晋说：“刚才听说大巡环张桓侯要来了，恐怕是落榜的人编造的谣言，否则，考场可能会有反复。”于去恶听见这话，面露喜色。陶圣俞问是什么缘故，于去恶说：“桓侯翼德，三十年巡视一遍阴间，三十五年巡视一遍阳间，阴阳两间的不公平之事，都等着这位老先生来解决。”然后站起身，拉着方子晋一起走了。过了两晚他俩才回来，方子晋高兴地对陶圣俞说：“你不祝贺于五兄吗？桓侯前天晚上到了，把地榜撕得粉碎，地榜上的名字，只留下了三分之一。他把落选考生的考卷审阅了一遍，看到于五兄的文章很高兴，推荐他去作交南巡海使，接于五兄的车马很快就到了。”陶圣俞很高兴，置办酒席表示祝贺。酒过三巡，于去恶问陶圣俞：“你家有没人住的房子吗？”陶圣俞问：“你要做什么？”于去恶说：“方子晋孤身一人，没有家，又不忍心离开你。我打算借间房子让你跟他做伴。”陶圣俞高兴地说：“原来是这样，这是我的荣幸啊。即使没有多的房子，跟我同睡又有何妨？只是我家有父亲，这事得先跟他禀报一声。”于去恶说：“早知道你父亲慈爱宽厚，为人可靠。你进考场还有些日子，方子晋如果等不及，先去你家怎么样？”陶圣俞想要留方子晋跟他一起住在旅店做伴，等到时候一起回去。

原文

次日，方暮，有车马至门，接于莅任。于起握手曰：“从此别矣。一言欲告，又恐阻锐进之志。”问：“何言？”曰：“君命淹蹇，生非其时。此科之分十之一；后科桓侯临世，公道初彰，十之三；三科始可望也。”陶闻，欲中止。于曰：“不然，此皆天数，即明知不可，而注定之艰苦，亦要历尽耳。”又顾方曰：“勿淹滞，今朝年、月、日、时皆良，即以舆盖送君归。仆驰马自去。”方忻然拜别。陶中心迷乱，不知所嘱，但挥涕送之。见舆马分途，顷刻都散。始悔子晋北旋，未致一字，而已无及矣。

○莅（lì）任：到任，履职。莅，到。

○淹蹇（jiǎn）：艰难窘迫，坎坷不顺。

○淹滞：淹留，拖延。

译文

第二天，天色刚暗下来，就有车马到了门前，接于去恶前去上任。于去恶起身握着陶圣俞的手说：“从此我们就分别了。有句话想告诉你，又担心打击你的进取之心。”陶圣俞问道：“什么话？”于去恶说：“你命中注定坎坷，生不逢时。这次参加科考考中的可能性只有十分之一；下一次科考桓侯驾临阳世，才有些公道可言，考中的可能性有十分之三；第三次科考才有考中的希望。”陶圣俞听说这话，就打算不去科考了。于去恶说：“不能这样想，这都是天数，就算明知道不可能，但是注定的艰难困苦，也是一定要经历的。”又看着方子晋说：“不要停留太长时间，今天的年、月、日、时辰都很好，马上用接我的车马送你回去，我骑马去上任。”方子晋欣然跟二人拜别。陶圣俞心中迷乱，不知道说些什么，只能挥泪送他们离开。只见车、马分道而驰，顷刻间都不见了踪影。这才后悔方子晋回家，连句话也没有交代给他，但是已经来不及了。

原文

三场毕，不甚满志，奔波而归。入门问子晋，家中并无知者。因为父述之。父喜曰："若然，则客至久矣。"先是，陶翁昼卧，梦舆盖止于其门，一美少年自车中出，登堂展拜。讶问所来，答云："大哥许假一舍，以入闱不得偕来。我先至矣。"言已，请入拜母。翁方谦却，适家媪入曰："夫人产公子矣。"恍然而醒，大奇之。是日陶言，适与梦符，乃知儿即子晋后身也。父子各喜，名之小晋。儿初生，善夜啼，母苦之。陶曰："倘是子晋，我见之，啼当止。"俗忌客忤，故不令陶见。母患啼不可耐，乃呼陶入。陶呜之曰："子晋勿尔！我来矣！"儿啼正急，闻声辍止，停睇不瞬，如审顾状。陶摩顶而去。自是竟不复啼。

○三场毕：此指乡试完毕。明清时，乡试共分三场。

○满志：满意。

○俗忌客忤：旧时习俗，禁忌生人进入产妇卧室，以免冲犯。

○呜：哄弄，抚儿声。

○摩顶：以手抚其头顶。

译文

三场考完，陶圣俞不太满意，一路奔波回到家中。进了家门就问方子晋有没有来，家里却没人知道这个人。陶圣俞就向父亲讲述了自己在外时遇到的事。父亲高兴地说："要是这么说，那客人已经来了很久了。"之前，陶父白天躺在床上睡觉，梦见一辆马车停在自己家门口，一个翩翩少年从车里出来，登上厅堂拜见陶父。陶父惊讶地问他从哪里来，他说："大哥答应借给我一间屋子，因为他要参加科考，所以不能跟我一起回来。我就先来了。"说完，请求进入内室拜见陶母。陶父正在推辞，家里的老女佣进来说："夫人生了一个小公子。"陶父恍然醒来，觉得很奇怪。今天陶圣俞说的，正好跟梦境相符，这才知道小儿子就是方子晋托生的。父子俩都很高兴，给刚生下的小孩子取名叫小晋。小孩子刚生下来，夜里总是啼哭，陶母苦不堪言。陶圣俞说：“倘若是子晋，我去见他，他应该就不哭了。”当地的风俗是不让刚出生的小孩子见生人以免受惊吓，所以父亲不让陶圣俞去见。但陶母实在忍受不了小孩子的啼哭，就把陶圣俞叫了进来。陶圣俞哄着小婴儿说：“子晋不哭，我来了！”小婴儿哭得正厉害，听到陶圣俞的话立刻就不哭了，目不转睛地盯着陶圣俞看，像是在仔细地辨认。陶圣俞摸了摸婴儿的头顶就离开了。从此以后婴儿就不再啼哭了。

原文

数月后，陶不敢见之，一见，则折腰索抱，走去，则啼不可止。陶亦狎爱之。四岁离母，辄就兄眠，兄他出，则假寐以俟其归。兄于

○假寐：打盹儿，假装睡觉。俟：等待。

枕上教《毛诗》，诵声呢喃，夜尽四十余行。以子晋遗文授之，欣

○《毛诗》：指现在流行于世的《诗经》。

然乐读，过口成诵，试之他文，不能也。八九岁，眉目朗彻，宛然一子晋矣。陶两入闱，皆不第。丁酉，文场事发，帘官多遭诛遣，

○丁酉，文场事发：指清顺治十四年（1657），在山东、山西、河南等地都发生了乡试科场案。

贡举之途一肃，乃张巡环力也。陶下科中副车，寻贡。遂灰志前途，

○寻贡：不久举为贡生。科举时代，取得副车资格的生员，可以贡入国子监读书。

隐居教弟。常语人曰：“吾有此乐，翰苑不易也。”

○副车：清代乡试有正副两榜。正榜取中的称举人，又称“公车”；副榜取中的，如备取生，称“副车”。

○翰苑不易：做个翰林也比不上。翰苑，翰林院，此指考中进士在翰林院为官。

译文

几个月以后，陶圣俞都不敢见他了。小晋一看见陶圣俞，就闹着要他抱，陶圣俞如果走开，小晋就哭闹不停。陶圣俞也越来越喜爱他。小晋四岁后就离开母亲，跟哥哥睡在一起，哥哥有事要外出，他就假装睡觉等着哥哥回来。陶圣俞在枕头上教他学习《毛诗》，他轻声细语地诵读，一夜能读四十多行。陶圣俞用方子晋留下的文章教他，他非常喜欢读，读一遍就能背诵，用别人的文章试验他，他就背不下来。到了八九岁，眉目疏朗，宛然是另一个方子晋。陶圣俞两次参加科考，都没有

考中。丁酉年，考场舞弊案事发，很多帘官被杀或被流放，科考之路被整肃一清，这都是张桓侯的功劳。陶圣俞考中了下科的副榜，不久成了贡生。于是对科考心灰意冷，隐居在家教养小晋。他常常对人说："我有这等开心事，给个翰林也不换。"

原文

异史氏曰：余每至张夫子庙堂，瞻其须眉，凛凛有生气。又其生平喑哑如霹雳声，矛马所至，无不大快，出人意表。世以将军好武，遂置与绛、灌伍，宁知文昌事繁，须侯固多哉！呜呼！三十五年，来何暮也！

〇张夫子：张飞。夫子，对男性长者的尊称。

〇喑哑：怒声呵叱。

〇矛马所至，无不大快，出人意表：蒲松龄有聊斋俚曲《快曲》，即写张飞在华容道上将曹操一矛刺死，称"不是一矛快千古，万年犹恨寿亭侯"。

〇置与绛、灌伍：把他同周勃、灌婴放在同等地位。绛，指汉初名将周勃，曾封为绛侯。灌，灌婴，也是汉初名将。这两个人都勇武无文。这里指张飞与勇武无文的绛、灌不同。

〇暮：晚，迟。

译文

异史氏说：我每次到张夫子的庙堂，看到他的须眉，凛然而有生气。他生平叱咤如霹雳，枪马所到之处，无不大快人心，出人意料。世人因为将军好武，于是让他和汉代的绛侯周勃、灌婴为伍，哪里知道文昌帝事务繁忙，需要张桓侯的时候本来就很多啊！唉！三十五年一次，来得太晚了。

经论

经论是明清科举制度中乡试和会试的一种考试形式，指根据儒家五经出题的八股文。这类考试要求考生以固定的格式和规范对经书中的经典内容进行分析和论述，展现对儒家经典的深刻理解。经论在科举考试中占据重要地位，是士子通过乡试和会试，迈向仕途的重要关卡。

【狂生】

原文

刘学师言：济宁有狂生某，善饮，家无儋石，而得钱辄沽，殊不以穷厄为意。值新刺史莅任，善饮无对。闻生名，招与饮而悦之，时共谈宴。生恃其狎，凡有小讼求直者，辄受薄贿，为之缓颊，刺史每可其请。生习为常，刺史心厌之。一日早衙，持刺登堂，刺史览之微笑。生厉声曰："公如所请，可之；不如所请，否之。何笑也！闻之：士可杀而不可辱。他固不能相报，岂一笑不能报耶！"言已，大笑，声震堂壁。刺史怒曰："何敢无礼！宁不闻灭门令尹耶！"生掉臂竟下，大声曰："生员无门之可灭！"刺史益怒，执之。访其家居，则并无田宅，惟携妻在城堞上住。刺史闻而释之，但逐不令居城垣。朋友怜其狂，为买数尺地，购斗室焉。入而居之，叹曰："今而后畏令尹矣！"

○刘学师：刘支裔，济宁人，举人出身。康熙二十二年（1683）任淄川县儒学教谕，三十五年（1696）卒于官。见乾隆《淄川县志》。学师，府、州、县学学官。

○家无儋石（dàn dàn）：生活贫穷。儋石，又作"担石"，百斤之量。无儋石喻口粮储备不足。

○沽：买。多指买酒。

○刺史：明清时期知府、知州的代称。

○狎：亲昵，熟悉。

○求直：胜诉，有利于己的判决。

○缓颊：求情。

○可：答允。

○刺：名帖。

○灭门：灭绝全家。令尹：原为古代楚国宰相一级的高官，后泛指府县行政长官。

○掉臂：甩动手臂，大摇大摆走路。

○城堞：城上短墙，又叫"女墙""睥睨"。

○斗室：指小得像斗一样的房子。形容屋子极小。

译文

刘学师说：济宁有个狂放的书生，喜欢喝酒，就算家里穷得揭不开锅了，得到一点钱也要去喝酒，根本不把贫穷放在心上。恰逢新刺史来济宁上任，新刺史很能喝酒但没有对手。听说狂生也很能喝酒，就把他叫过来一起喝酒，喝得很高兴，之后就经常叫他一起谈笑宴饮。狂生仗着自己和刺史关系亲近，凡是有打小官司想胜诉的，就收他们一些钱，为他们向刺史求情，刺史每次都答应他的请求。狂生渐渐习以为常，刺史却心生厌烦。一天早上，刺史在衙门处理公务，狂生拿着一张名帖到了堂上，刺史看了名帖之后微笑不语。狂生大声说：“您如果答应我的请求，就同意；不答应我的请求，就不同意。为什么要笑！我听说：士可杀不可辱。其他的固然不能报复，难道一笑也不能报复吗！”说完，大笑起来，笑声大得震动了大堂的墙壁。刺史生气地说道：“怎么敢如此无礼！难道没听说过令尹可以灭门吗！”狂生竟然大摇大摆地走下公堂，大声说：“我无门可灭！”刺史更加生气，把他抓了起来。接着查访他的家庭情况，才知道他没有田地和房子，只带着妻子在城墙上住。刺史听说这些后将他放了，但下令驱逐他，不让他在城墙上住。朋友可怜他，给他买了几尺田地和一间很小的屋子。狂生住进屋子，感叹道：“从今往后要敬畏令尹啊！”

原文

异史氏曰：士君子奉法守礼，不敢劫人于市，南面者奈我何哉！然仇

○南面者：泛指南向而治的官员。

之犹得而加者，徒以有门在耳，夫至无门可灭，则怒者更无以加之

矣。噫嘻！此所谓“贫贱骄人”者耶！独是君子虽贫，不轻干人，乃

○贫贱骄人：仗着贫穷低贱而骄人傲人。 ○独是：但是，只是。 ○干：请求。

以口腹之累，喋喋公堂，品斯下矣。虽然，其狂不可及。”

○口腹之累：指为生活所迫。 ○狂不可及：疏狂任性，无人可及。

译文

异史氏说：读书人尊奉律法、谨守礼节，不敢在集市上抢劫，当官的人又能拿我怎么办！但是仇视他的人还能对他加以报复，只是因为他还有家门在，如果到了无门可灭的地步，那么当权者再生气也不能加以报复了。唉！这就是所谓的“贫贱骄人”的人啊！只是君子虽然贫穷，却不轻易求人，如果被生活所迫，在公堂上喋喋不休，品德就十分低下了。就算是这样，狂生的狂妄也是无人能及的。

【澂俗】

原文

澂人多化物类，出院求食。有客寓旅邸时，见群鼠入米盎，驱之即遁。客伺其入，骤覆之，瓢水灌注其中，顷之尽毙。主人全家暴卒，惟一子在。讼官，官原而宥之。

○澂（chéng）：澂江，郡名。清蔡方炳《广舆记》："云南澂江府，古滇国地。"澂，"澄"的古字。

○瓢水：用瓢舀水。

○原：本原，缘由。宥：宽免，饶恕。

译文

澂江人大多能变化成其他动物，外出找食。有一位客人住在旅店时，看见一群老鼠钻进米缸里，一赶它们，它们就都逃了。这位客人等老鼠再钻进米缸时，突然把缸盖上，用瓢向缸里灌水，不一会儿，老鼠全都死了。同时，店主人全家暴死，只有一个儿子还活着。店主儿子把他告到官府，官员问明他是因为不懂得当地习俗而误杀店主一家，就赦免了他。

【风仙】

原文

刘赤水，平乐人，少颖秀，十五入郡庠。父母早亡，遂以游荡自废。家不中赀，而性好修饰，衾榻皆精美。一夕，被人招饮，忘灭烛而去。酒数行，始忆之，急返。闻室中小语，伏窥之，见少年拥丽者眠榻上。宅临贵家废第，恒多怪异，心知其狐，亦不恐。入而叱曰："卧榻岂容鼾睡！"二人惶遽，抱衣赤身遁去。遗紫纨袴一，带上系针囊。大悦，恐其窃去，藏衾中而抱之。俄一蓬头婢自门罅入，向刘索取。刘笑要偿。婢请遗以酒，不应；赠以金，又不应。婢笑而去，旋返曰："大姑言：如赐还，当以佳偶为报。"刘问："伊谁？"曰："吾家皮姓，大姑小字八仙，共卧者胡郎也；二姑水仙，适富川丁官人；三姑凤仙，较两姑尤美，自无不当意者。"刘恐失信，请坐待好音。婢去复返曰："大姑寄语官人：好事岂能猝合？适与之言，反遭诟厉。但缓时日以待之，吾家非轻诺寡信者。"刘付之。

○颖秀：聪明秀雅。

○平乐：旧县名。在今广西东部。三国时置，明清时为广西平乐府治。

○入郡庠：进入府学。

○卧榻岂容鼾睡：比喻不能让别人侵占自己的利益。

○罅（xià）：缝隙，裂缝。

○要（yāo）偿：索要酬报。

○富川：旧县名。在今广西东北部。

○轻诺寡信：随便应许而不守信用。

译文

刘赤水是平乐人，年少的时候聪颖俊秀，十五岁就进入府学读书。父母在他很小的时候就去世了，所以他就整天游逛，导致学业荒废。家里虽然不是很有钱，但他很喜欢修饰打扮，床上用具都很精美。一天晚上，有人叫他去喝酒，他忘了熄灭蜡烛就出了门。酒过三巡，他才想起来这事，急忙返回家中。到门口时听见屋里有人轻声说话，就伏下身子往里看，只见一个少年搂着一个美女睡在床上。他家的房子旁边是一座富贵人家废弃的宅子，平时就有很多怪事，他心里知道他们是狐狸，也不害怕。于是走入房内呵斥道："我的床怎么能让别人在上面睡觉！"床上的两个人惊慌失措，抱着衣服赤裸着身体跑了。遗落下一条紫色的裤子，裤带上还系着一个针线荷包。刘赤水很高兴，怕他们来偷回去，就藏在被子中抱着。一会儿一个蓬头散发的婢女从门缝里进来，向刘赤水讨要衣服。刘赤水笑着索要报酬。婢女说给他送酒喝，他不答应；赠给他银子，他也不答应。婢女笑着走了，很快就返回来说："我家大姑娘说：要是把衣服还回去，就送给你个漂亮媳妇当作回报。"刘赤水问："你家大姑娘是谁？"婢女说："我家主人姓皮，大姑娘小名叫八仙，跟她躺在一起的是胡郎；二姑娘水仙，嫁给了富川的丁官人；三姑娘凤仙，比前两个姑娘都漂亮，从来没有人看见她说不满意的。"刘赤水担心她食言，要求坐在这里等着好消息。婢女走了又返回说："大姑娘告诉官人：好事怎么能一下子就成呢？刚才跟三姑娘说了这件事，反倒遭到训斥。只请你宽缓几天，我家不是随意许诺不讲信用的人家。"刘赤水就把衣服给了她。

原文

过数日，渺无信息。薄暮，自外归，闭门甫坐，忽双扉自启，两人以被承女郎，手捉四角而入，曰："送新人至矣！"笑置榻上而去。近视之，酣睡未醒，酒气犹芳，赪颜醉态，倾绝人寰。喜极，为之捉足解袜，抱体缓裳。而女已微醒，开目见刘，四肢不能自主，但恨曰："八仙淫婢卖我矣！"刘狎抱之。女嫌肤冰，微笑曰："今夕何夕，见此凉人！"刘曰："子兮子兮，如此凉人何！"

○甫：刚刚。

○今夕何夕，见此凉人：《诗·唐风·绸缪》："今夕何夕，见此良人。子兮子兮，如此良人何。"是一首欢庆新婚的诗。这里借用其意，谐"良"为"凉"，以相戏谑。

遂相欢爱。既而曰："婢子无耻，玷人床寝，而以妾换袴耶！必小报之！"从此无夕不至，绸缪甚殷。袖中出金钏一枚，曰："此八仙物也。"又数日，怀绣履一双来，珠嵌金绣，工巧殊绝，且嘱刘暴扬之。刘出夸示亲宾。求观者皆以赀酒为贽，由此奇货居之。女夜来，作别语。怪问之，答云："姊以履故恨妾，欲携家远去，隔绝我好。"刘惧，愿还之。女云："不必，彼方以此挟妾，如还之，中其机矣。"刘问："何不独留？"曰："父母远去，一家十余口，俱托胡郎经纪，若不从去，恐长舌妇造黑白也。"从此不复至。

○珠嵌金绣：上有珍珠嵌缀，且用金线绣成。

○暴（pù）扬：曝光，公开展露。扬，宣扬。

译文

过了好几天，皮家没有一点儿消息。一天傍晚，刘赤水从外面回家，关上门刚坐下，忽然两扇门自己打开了，两个人用手抓着一床被子的四个角，抬着一个姑娘走了进来，说："送新娘子来了！"笑着把姑娘放在床上就走了。刘赤水走近一看，姑娘还在酣睡，身上散发着醇香的酒气，醉态下的脸蛋红扑扑的，容貌倾国倾城。刘赤水高兴极了，握着她的脚给她脱下袜子，抱着她给她褪下衣裳。这时姑娘已经微微清醒，睁开眼睛看见刘赤水，但身体不能动弹，只能恨恨地说："八仙那个贱婢出卖了我！"刘赤水亲热地抱着她。凤仙嫌他的身体太凉，微笑着说："今夕是何夕，遇见这么凉的人！"刘赤水说："你啊你啊，能把我这个凉人怎么样啊！"接着两个人便欢爱起来。凤仙接着说："小妮子无耻，把他人的床铺弄脏了，却用我来换回裤子！我必须得小小地报复她一下！"从此以后每天晚上都来，两个人情意绵绵，感情深厚。有一天，凤仙从袖中拿出一枚金钏，说："这是八仙的东西。"又过了几天，凤仙怀里揣着一双绣花鞋来了，鞋上嵌着珍珠，金线绣的花纹，工艺精巧，凤仙叮嘱刘赤水将鞋拿出去宣扬。刘赤水拿出鞋在亲朋好友面前夸耀。请求观看绣鞋的人都拿来钱、酒作为礼物，刘赤水因此将绣鞋当成珍奇的物品保存起来。凤仙夜里来了，说了一些离别的话。刘赤水感觉很奇怪，就问了她，凤仙回答道：“姐姐因为绣鞋的事恨我，准备带着家人远走，用来阻隔我们俩。”刘赤水害怕了，愿意把鞋还给她。凤仙说：“不用，她正用这个要挟我，如果还给她，正好中了她的计。”刘赤水问：“你为什么不独自留下来？”凤仙说：“父母远走他乡，一家十来口人，都托给胡郎照顾，如果我不跟着去，恐怕长舌妇会造谣生事。”从那以后凤仙就不再来了。

原文

逾二年，思念綦切。偶在途中，遇女郎骑款段马，老仆鞚之，摩肩过，反启障纱相窥，丰姿艳绝。顷，一少年后至，曰：“女子何人？似颇佳丽。”刘亟赞之。少年拱手笑曰：“太过奖矣！此即山荆也。”刘惶愧谢过。少年曰：“何妨。但南阳三葛，君得其龙，区区者又何足道！”刘疑其言。少年曰：“君不认窃眠卧榻者耶？”刘始悟为胡。叙僚婿之谊，嘲谑甚欢。少年曰：“岳新归，将以省觐，可同行否？”刘喜，从入萦山。山上故有邑人避难之宅，女下马入。少间，数人出望，曰：“刘官人亦来矣。”入门谒见翁媪。又一少年先在，靴袍炫美。翁曰：“此富川丁婿。”并揖就坐。少时，酒炙纷纶，谈笑颇洽。

○款段马：行动迟缓的马。

○鞚（kòng）：带嚼子的马笼头。这里指控制驾驭马匹。

○山荆：山野村妇。对别人称自己妻子的谦辞。

○南阳三葛，君得其龙：意指皮氏三姊妹，你得到的是其中最美的。南阳三葛，指三国时诸葛亮、诸葛谨、诸葛诞兄弟三人。相传诸葛亮曾躬耕南阳，时人称之为卧龙。

○僚婿：姊妹之夫相称，叫僚婿，俗称连襟。

○省觐：探望父母或其他尊长。

○谒：拜见。

○酒炙纷纶：行酒上菜纷繁忙碌。纷纶，忙碌。

译文

过了两年，刘赤水对凤仙的思念越来越深。有一天，他偶然在路上遇到一个女子骑着一匹马慢慢地走着，一个老仆拉着缰绳，跟他擦肩而过，女子转过头撩开面纱偷偷看着他，容貌美丽绝伦。很快，一个少年从后面赶了上来，刘赤水问：“这个女子是谁？看起来挺漂亮的。”刘赤水极力赞美女子。少年拱手笑着说：“过奖过奖！这是我的妻子。”刘赤水惶恐地道歉。少年说：“没关系。只是南阳诸葛三兄弟中，你得到了其中的卧龙，其余的两位又有什么好称道的！”刘赤水不太懂他说的意思。少年说：“你不认识偷睡在你床上的人了吗？”刘赤水这才明白他就是胡郎。两个人畅叙连襟的情义，亲近地说笑起来。胡郎说：“岳父最近回来了，我们要去看望他，你要跟我们一起去吗？”刘赤水很高兴，跟着他们一起进了蒙山。山上有当地人避难时住的房子，八仙下马进去了。过了一会儿，好几个人一起出来看，说道：“刘官人也来了。”刘赤水进门拜见了岳父岳母，然后看到还有一个少年也在，身上的袍子和鞋子都很华美。岳父说：“这是富川县的丁姑爷。”两个人互相作揖后落座。不一会儿，酒菜都端上了桌，席间众人谈笑风生，气氛很融洽。

原文

翁曰：“今日三婿并临，可称佳集。又无他人，可唤儿辈来，作一团聚之会。”俄，姊妹俱出。翁命设坐，各傍其婿。八仙见刘，惟掩口而笑；凤仙辄与嘲弄；水仙貌少亚，而沉重温克，满座倾谈，惟把酒含笑而已。于是履舄交错，兰麝熏人，饮酒乐甚。刘视床头乐具毕备，遂取玉笛，请为翁寿。翁喜，命善者各执一艺，因而合座争取，惟丁与凤仙不取。八仙曰：“丁郎不谙可也，汝宁指屈不伸者？”因以拍板掷凤仙怀中，便串繁响。翁悦曰：“家人之乐极矣！儿辈俱能歌舞，何不各尽所长？”八仙起，捉水仙曰：“凤仙从来金玉其音，不敢相劳，我二人可歌《洛妃》一曲。”二人歌舞方已，适婢以金盘进果，都不知其何名。翁曰：“此自真腊携来，所

○团栾（luán）：团聚，环绕状。

○温克：温和恭敬。

○履舄（xì）交错：男女同席，人数众多。古时席地而坐，脱鞋就席。履，鞋。舄，古代的一种附有木底的复底鞋。

○各执一艺：各自献一艺。艺，技艺，这里指演奏乐器。

○串繁响：指加入合奏。串，串演。繁响，诸般乐器，响声繁杂。

○金玉其音：珍视自己的歌声，不轻易歌唱。

○《洛妃》：歌舞名。明代汪道昆曾作杂剧《洛神记》，又名《洛水悲》。洛妃，即洛神。三国魏曹植曾作有《洛神赋》。

谓‘田婆罗’也。”因掬数枚送丁前。凤仙不悦曰：“婿岂以贫富为爱

○田婆罗：《隋书》称为“婆田罗树，花叶实似枣而小异”。

憎耶？”翁微哂不言。八仙曰：“阿爹以丁郎异县，故是客耳。若论

○哂：笑。

长幼，岂独凤妹妹有拳大酸婿耶？”凤仙终不快，解华妆，以鼓拍

○阕（què）：曲终。

授婢，唱《破窑》一折，声泪俱下。既阕，拂袖径去，一座为之不

○《破窑》：戏曲名。元代王实甫杂剧《吕蒙正风雪破窑记》围绕贫富悬殊展开戏剧冲突，写富家女刘月娥掷彩球，选中穷秀才吕蒙正为婿，被父亲赶出家门，夫妇同住破窑之中。后吕蒙正考中状元，夫妇父女始获团圆。一折：杂剧一出叫一折。

欢。八仙曰：“婢子乔性犹昔。”乃追之，不知所往。

○乔性：矫情，个性乖戾。

译文

岳父说：“今天三个女婿一起来了，可称为难得的聚会。这里又没有外人，不如把女儿们叫出来，大家团聚团聚。”很快，姊妹们都出来了。岳父让人摆上座椅，各自坐在自己夫婿的旁边。八仙看见刘赤水，只是捂着嘴笑；凤仙就和她拌嘴逗乐；水仙的容貌稍差一些，但性格沉稳，温和谦恭，座上的其他人都在谈笑，只有她端着酒杯微笑而已。于是众人觥筹交错，席间香气熏人，大家喝酒十分尽兴。刘赤水看见床头有各种乐器，就拿了一支玉笛，请求吹奏一曲为岳父祝寿。岳父很高兴，就让会乐器的人各自选取自己擅长的乐器演奏，因而大家都争着去拿乐器，只有丁生和凤仙不拿。八仙说：“丁郎不擅长乐器可以不拿，你怎么也不拿？”因此将拍板扔到凤仙怀里，于是大家便合奏起曲子来。岳父高兴地说：“家人在一起最欢乐也就是这样了吧！女儿们都能歌善舞，为什么不各尽所长呢？”八仙起身，拉着水仙说：“凤仙从来都是不轻易唱歌的，不敢劳烦她，我们两个唱一曲《洛妃》。”两人的歌舞刚结束，就有婢女将装有果子的金盘放在桌子上，大家都不认识这是什么果子。岳父说：“这是从真腊带来的果子，就是所谓的‘田婆罗’。”然后拿了几个送到丁生的面前。凤仙不高兴地说：“难道因为女婿的贫富而对他爱憎不同吗？”岳父笑了笑没说话。八仙说：“因为丁郎是外县来的，所以阿爹将他当作客人。要是论长幼，难道只有凤妹妹有个拳头大的穷酸夫婿吗？”凤仙还是不高兴，脱下华丽的衣饰，把鼓拍给了婢女，唱了一折《破窑》，声泪俱下。一曲终了，拂袖而去，满座的人都因此不快。八仙说：“小妮子傲娇的性子跟以前一样。”然后就出去追她，但不知道她去了哪里。

原文

刘无颜，亦辞而归，至半途，见凤仙坐路旁，呼与并坐。曰：“君一丈夫，不能为床头人吐气耶？黄金屋自在书中，愿好为之！”举足云：“出门匆遽，棘刺破复履矣。所赠物，在身边否？”刘出之，女取而易之。刘乞其敝者，辴然曰：“君亦大无赖矣！几见自己衾枕之物，亦要怀藏者？如相见爱，一物可以相赠。”旋出一镜付之曰：“欲见妾，当于书卷中觅之，不然，相见无期矣。”言已，不见。怊怅而归。

○黄金屋自在书中：读书上进自有富贵前景。

○辴（chǎn）然：笑的样子。

○几见：几曾见得。

○怊（chāo）怅：惆怅，感伤。

译文

刘赤水觉得很丢人，也告辞回去了，走到半路，看见凤仙坐在路边，招呼他跟自己坐到一起。凤仙说：“你是个大丈夫，不能给枕边人出气吗？书中自有黄金屋，希望你好自为之！”抬起脚说：“我出门太匆忙，荆棘把我的鞋子扎破了。我送给你的东西，在身边吗？”刘赤水拿出绣鞋，凤仙拿过来穿上。刘赤水向她要那双旧鞋，凤仙笑着说：“你真是个大无赖！你什么时候见过自己的被子枕头等物品也要藏在怀里的？如果你真爱我，有一个东西可以赠给你。”说完就拿出一面镜子给他说：“要想看见我，就去书里面寻找，要不然，就再也看不见我了。”说完就不见了。刘赤水惆怅地回去了。

原文

视镜，则凤仙背立其中，如望去人于百步之外者。因念所嘱，谢客下帷。一日，见镜中人忽现正面，盈盈欲笑，益重爱之。

○去：距离，离开。

○谢客：拒绝客人。下帷：闭门读书。

无人时，辄以共对。月余，锐志渐衰，游恒忘返。归见镜影，惨然若涕，隔日再视，则背立如初矣：始悟为己之废学也。乃闭户研读，昼夜不辍，月余，则影复向外。自此验之，每有事荒废，则其容戚，数日攻苦，则其容笑。于是朝夕悬之，如对师保。如此二年，一举而捷。喜曰："今可以对我凤仙矣！"揽镜视之，见画黛弯长，瓠犀微露，喜容可掬，宛在目前。爱极，停睇不已。忽镜中人笑曰："'影里情郎，画中爱宠'，今之谓矣。"惊喜四顾，则凤仙已在座右。握手问翁媪起居，曰："妾别后，不曾归家，伏处岩穴，聊与君分苦耳。"刘赴宴郡中，女请与俱，共乘而往，人对面不相窥。既而将归，阴与刘谋，伪为娶于郡也者。女既归，始出见客，经理家政。人皆惊其美，而不知其狐也。

○师保：古时教导贵族子弟的官员，有师有保，统称师保。

○画黛：画眉。黛，古时女子用以画眉的青黑色颜料。

○瓠（hù）犀：瓠瓜的种子。因其洁白整齐，常用以比喻女子的牙齿。

○"影里情郎，画中爱宠"：语出元王实甫《西厢记》："他做了个影儿里的情郎，我做了画儿里的爱宠。"

译文

拿出镜子看，凤仙在镜子里背对着自己，像是在看着百步之外的人一样。刘赤水记着凤仙的叮嘱，就闭门谢客用功读书。有一天，忽然看见镜子里的凤仙露出了正脸，笑意盈盈，于是更加珍爱这面镜子。没人的时候，就把镜子拿出来看。过了一个多月，刘赤水的进取心志渐渐消退，出去玩常留连忘返。等他回到家中拿出镜子看凤仙，只见她面色惨然，像是要哭出来，第二天再去看，凤仙又像最开始那样背对着自己：刘赤水这才明白，凤仙这样是因为自己荒废了学业。于是关上门努力读书，昼夜都不停歇，过了一个多月，镜中的凤仙又把脸露了出来。从此以后，每当刘赤水荒废学业，镜中的凤仙就愁容满面，刻苦读书几日，凤仙就面带笑容。于是刘赤水将镜子早晚都挂在面前，像是对着老师。就这样过了两年，一举高中。刘赤水高兴地说：“今天可以面对我的凤仙了！”把镜子拿过来仔细看，只见里面的凤仙黛眉又细又长，牙齿微露，笑容可掬，像是真人在眼前。刘赤水喜爱极了，目不转睛地看着镜子。忽然镜中的凤仙笑着说：“‘影里情郎，画中爱宠’，说的就是今天这种情境吧。”刘赤水惊喜地看看四周，才发现凤仙已经出现在自己的右边。刘赤水拉着凤仙的手问起岳父岳母的情况，凤仙说：“我跟你分别后，没有回过家，住在山洞里，以此来分担你受的苦。”刘赤水要去县里赴宴，凤仙请求跟他一起去，两个人乘同一辆车，别人跟她面对面都看不见她。接着准备回家，凤仙私下跟刘赤水商量，假装自己是刘赤水在郡中娶的妻子。凤仙回到家后，才开始出来接待客人，管理刘家的家务。人们都因她的美貌感到震惊，却不知道她是狐狸。

原文

刘属富川令门人，往谒之。遇丁，殷殷邀至其家，款礼优渥。言：“岳父母近又他徙。内人归宁，将复。当寄信往，并诣申贺。”刘初疑丁亦狐，及细审邦族，始知富川大贾子也。初，丁自别业暮归，遇水仙独步，见其美，微睨之。女请附骥以行，丁喜，载至斋，与同寝处。棂隙可入，始知为狐。女言：“郎无见疑。妾以君诚笃，故愿托之。”丁嬖之，竟不复娶。刘归，假贵家广宅，备客燕寝，洒扫光洁，而苦无供帐。隔夜视之，则陈设焕然矣。过数日，果有三十余人，赍旗采酒礼而至，舆马缤纷，填溢阶巷。刘揖翁及丁、胡入客舍，凤仙逆妪及两姨入内寝。八仙曰：“婢子今贵，不怨冰人

○邦族：籍贯姓氏。

○别业：别院。

○附骥（jì）：追随，跟从。骥，好马。

○棂：窗棂。

○嬖（bì）：宠爱。

○燕寝：居息，居住。

○供帐：陈设的帷帐。也泛指陈设之物。

○冰人：媒人。

矣。钏履犹存否?”女搜付之，曰:“履则犹是也，而被千人看破矣。”八仙以履击背，曰:“挞汝寄于刘郎。”乃投诸火，祝曰:“新时如花开，旧时如花谢。珍重不曾着，姮娥来相借。”水仙亦代祝曰:“曾经笼玉笋，着出万人称。若使姮娥见，应怜太瘦生。”凤仙拨火曰:“夜夜上青天，一朝去所欢。留得纤纤影，遍与世人看。”遂以灰捻柈中，堆作十余分，望见刘来，托以赠之，但见绣履满柈，悉如故款。八仙急出，推柈堕地，地上犹有一二只存者，又伏吹之，其迹始灭。次日，丁以道远，夫妇先归。八仙贪与妹戏，翁及胡屡督促之，亭午始出，与众俱去。

○珍重不曾着，姮（héng）娥来相借：此句化用唐李商隐《袜》诗：“尝闻宓妃袜，渡水欲生生。好借嫦娥著，清秋踏月轮。”姮娥，即传说中的月中女神嫦娥。

○曾经笼玉笋：指曾被女子穿过。笼，罩。玉笋，喻女子的尖足。

○瘦生：瘦弱的样子。

○柈（pán）：盘子。

○故款：原来的式样。款，款式。

○亭午：中午。

译文

刘赤水是富川县令的学生，他前去拜访县令。遇到了丁生，丁生殷勤地请他到自己家做客，盛情款待了他。他对刘赤水说：“岳父岳母最近又搬到别的地方了。我的妻子回娘家了，也快回来了。我一定写封信将你高中的消息告诉他们，并和他们一起去给你庆贺。”刘赤水一开始怀疑丁生也是狐狸，等细细询问他的家世后，才知道他是富川一个富商的儿子。之前，丁生傍晚从别院回家，遇见水仙独自走在路上，见她生得漂亮，就偷偷看她。水仙请求跟着他一起走，丁生很高兴，带着她到了书房，跟她住在一起。丁生发现水仙能从窗棂的空隙进来，才知道她是狐狸。水仙说：“郎君不要害怕。我看你诚实稳重，所以愿意托付终身。”丁生很宠爱她，竟然不再娶妻。刘赤水回到家，借了富人的大宅子，准备让客人在宴席结束后在此休息，打扫得干净整洁，却苦于没有陈设之物。第二天再去看，陈设焕然一新。过了几天，果然有三十几个人，带着礼品来了，车马纷杂，巷子都快填满了。刘赤水向岳父、丁生、胡郎等行礼，请他们进入客房，凤仙请母亲和两个姊妹进入内室。八仙说：“小妮子如今富贵了，不埋怨媒人了。金钏和绣鞋还在吗？”凤仙说：“绣鞋还是那双绣鞋，却被千人看破了。”八仙拿着鞋打她的背，说：“打你的这次记到刘郎身上。”然后将绣鞋丢到火里，祝福凤仙：“新时如花开，旧时如花谢。珍重不曾着，姮娥来相借。”水仙也接着祝道：“曾经笼玉笋，着出万人称。若使姮娥见，应怜太瘦生。”凤仙拨着火说道：“夜夜上青天，一朝去所欢。留得纤纤影，遍与世人看。”说完就捻起灰放在盘中，分成十几堆，看见刘赤水来了，就托起盘子送给他，只见满盘里都是绣鞋，跟原来的那双款式一样。八仙急忙出来，将盘子推落在地，地上还有一两只绣鞋，她又伏下身去吹，绣鞋才不见了。第二天，丁生说自家离得太远，就和妻子先回家了。八仙贪图和妹妹嬉戏，岳父和胡郎催了她好几遍，等到中午她才出门，跟众人一起回去了。

原文

初来，仪从过盛，观者如市。有两寇窥见丽人，魂魄丧失，因谋劫诸途。侦其离村，尾之而去。相隔不盈一矢，马极奔，不能及。至一处，两崖夹道，舆行稍缓，追及之，持刀吼咤，人众都奔。下马启帘，则老妪坐焉。方疑误掠其母，才他顾，而兵伤右臂，顷已被缚。凝视之，崖并非崖，乃平乐城门也，舆中则李进士母，自乡中归耳。一寇后至，亦被断马足而絷之。门丁执送太守，一讯而伏。时有大盗未获，诘之，即其人也。明春，刘及第。凤仙以招祸，故悉辞内戚之贺。刘亦更不他娶。及为郎官，纳妾，生二子。

○不盈一矢：不到一箭射程之地。盈，满。

○兵：兵器。

○及第：指科举考试应试中选，因榜上题名有甲乙次第，故名。这里指考中进士。

○郎官：指六部的郎中、员外郎之类的官员。

译文

这些客人当初来的时候，排场很大，前来观看的人像赶集一样。其中有两个盗贼看见这样漂亮的女人，魂都飞走了，所以商量着要在他们回家的路上抢劫。盗贼侦察到他们离开了村子，就尾随在后面。相隔不到一箭地，他们的马车跑得很快，盗贼追不上。到了一个地方，道路两旁都是悬崖，前面的马车速度慢了一些，盗贼追上他们，拿着刀大声吼叫，众人都吓得跑走了。盗贼下马掀起车帘，却是个老婆婆坐在里面。盗贼正疑惑是不是误把美人的母亲给劫了，正向别处张望，就被兵器伤了右臂，顷刻间被绑了起来。他再仔细一看，先前所见的悬崖并非真的悬崖，而是平乐城的城门，马车中坐的是李进士的母亲，刚从乡下回来。另一个盗贼从后面赶来，也被砍断了马腿，绑了起来。守门士兵将他俩押送到太守处，一审讯就认罪了。当时有大盗没被抓获，一问，就是他们。第二年春天，刘赤水考中了进士。凤仙担心招惹事端，所以辞谢了亲友们的祝贺。刘赤水也没有另娶他人。等到他当上了郎官，纳了个妾，生了两个儿子。

原文

异史氏曰：嗟乎！冷暖之态，仙凡固无殊哉！“少不努力，老大徒伤”。惜无好胜佳人，作镜影悲笑耳。吾愿恒河沙数仙人，并遣娇女昏嫁人间，则贫穷海中，少苦众生矣。

○殊：差别。

○好胜：争强。

○恒河沙数：佛经中语，形容数量多得无法计算。

译文

异史氏说：唉！世态炎凉，仙人和凡人并没有区别呀！“少壮不努力，老大徒伤悲”。只可惜没有好强的佳人，在镜中作出悲哀或欢喜的影子催人奋进罢了。我希望有恒河沙子那样多的仙人，把他们的女儿嫁到人间，那么，贫穷的苦海中，众生就能少受些苦了。

【佟客】

原文

董生，徐州人，好击剑，每慷慨自负。偶于途中遇一客，跨

○徐州：州名。清代治所即今江苏徐州。 ○自负：自以为是，自以为能。

蹇同行。与之语，谈吐豪迈。诘其姓字，云“辽阳佟姓。”问：

○蹇（jiǎn）：驴。 ○辽阳：今辽宁辽阳。明代为辽东都指挥使司治所。后金一度于此建都，清初置辽阳府。

“何往？”曰：“余出门二十年，适自海外归耳。”董曰：“君遨

游四海，阅人綦多，曾见异人否？”佟曰：“异人何等？”董乃

○綦（qí）：很，极。 ○异：不同寻常，不一般。

自述所好，恨不得异人之传。佟曰：“异人何地无之，要必忠臣孝

子，始得传其术也。”董又毅然自许，即出佩剑，弹之而歌，又斩

○弹之而歌：弹剑作歌。表示有志未伸，壮志难酬。

路侧小树，以矜其利。佟掀髯微笑，因便借观，董授之。展玩一

○矜：自负。利：锋利。

过，曰：“此甲铁所铸，为汗臭所蒸，最为下品。仆虽未闻剑术，

○甲铁：指废旧铠甲之铁。

然有一剑，颇可用。”遂于衣底出短刃尺许，以削董剑，脆如瓜瓠，

应手斜断，如马蹄。董骇极，亦请过手，再三拂拭而后返之。邀佟

○过手：经手，交手。此指接手观赏。

至家，坚留信宿。叩以剑法，谢不知。董按膝雄谈，惟敬听而已。

○信宿：住两宿。 ○雄谈：高谈阔论。

译文

有位董生，是徐州人，他喜欢击剑，总是情绪激昂，自以为了不起。有天偶然在路上遇到一个人，骑着驴跟他一起走。董生跟他交谈，那个人谈吐豪迈。问他叫什么名字，那人说：“辽阳人，姓佟。”董生问：“你要去哪里？”佟生说：“我出门在外二十多年，刚从海外回来。”董生说：“你遨游四海，阅人无数，曾见过异于常人

之人吗？”佟生问：“什么是异于常人之人？”董生就说自己喜好击剑，只是遗憾得不到异于常人之人教授剑法。佟生说：“异于常人之人哪里没有，必须得是忠臣孝子，才能得到他们的传授。”董生又坚称自己是忠臣孝子，立刻抽出佩剑，弹剑而歌，又用剑砍路旁的小树，用以表明它的锋利。佟生捋着胡子微笑，要借剑看一看，董生给了他。佟生看了看说：“这剑是用废铁锻造的，被汗臭味熏蒸过，是最下品。我虽然没听说过剑术，但有一把剑，很好用。”接着从衣服底下拿出一把一尺多长的短剑，用来削董生的剑，董生的剑像瓜一样脆，被随手斜着削断，断口像马蹄一样。董生惊骇极了，请求看一下佟生的剑，拿到剑后再三擦拭然后还给了佟生。董生邀请佟生到自己家，执意留他住了两晚。董生请他教自己剑法，佟生推说自己不懂。董生双手按在膝盖上夸夸其谈，佟生只是恭敬地听着。

原文

更既深，忽闻隔院纷拏。隔院为生父居，心惊疑。近壁凝听，但闻人作怒声曰：“教汝子速出即刑，便赦汝！”少顷，似加搒掠，呻吟不绝者，真其父也。生捉戈欲往，佟止之曰：“此去恐无生理，宜审万全。”生皇然请教，佟曰：“盗坐名相索，必将甘心焉。君无他骨肉，宜嘱后事于妻子，我启户，为君警厮仆。”生诺，入告其妻。妻牵衣泣。生壮念顿消，遂共登楼上，寻弓觅矢，以备盗攻。仓皇未已，闻佟在楼檐上笑曰：“贼幸去矣。”烛之已杳。逡巡出，则见翁赴邻饮，笼烛方归，惟庭前多编菅遗灰焉。乃知佟异人也。

○纷拏：亦作“纷拿”，混乱错杂的样子。纷，纷纭，杂乱貌。拏，搏持。

○戈：中国古代一种主要用于勾、啄的格斗兵器。

○生理：活命生存的希望。

○审：仔细考虑。万全：万无一失的办法。

○坐名：指名。

○甘心：称心，快意。

○编菅（jiān）：盖屋的茅苫。遗灰：遗留下来的灰烬。

译文

夜深人静，董生忽然听到隔壁院传来吵吵嚷嚷的声音。隔壁院住的是董生的父亲，董生心里又惊又疑。他贴在墙上凝神细听，只听有人愤怒地说：“让你的儿子立刻出来受刑，就放了你！”不一会儿，像是在用棍棒拷打，不断呻吟的，是他的父亲。董生正准备拿起武器冲过去，佟生制止了他，对他说：“你这样去恐怕活不下来，应该找个万全之策。”董生恐惶不安，向他请教该怎么办，佟生说：“盗贼喊着你的名字要找你，必定要抓到你才甘心。你没有其他的骨肉血亲，最好给妻子交代后事，我把门打开，为你防备那些人。”董生答应了，接着就去把计划告诉了妻子。妻子拉着他的衣服哭泣。他的心一下子就软了，刚才的豪情也全没了，跟妻子一起登到楼上，寻找弓箭，用以防备强盗进攻。二人正在仓皇之际，听到佟生在楼檐上笑着说：“幸亏贼走了。”点上灯一看，盗贼已经连影子都没了。董生犹犹豫豫地出了门，看见父亲到邻居家喝酒，提着灯笼刚回来，只是庭院里多了一些草木灰。这才知道佟生是异于常人之人。

原文

异史氏曰：忠孝，人之血性。古来臣子而不能死君父者，其初岂遂无提戈壮往时哉？要皆一转念误之耳！昔解缙与方孝孺相约以死，而卒食其言，安知矢约归后，不听床头人呜泣哉？

○血性：刚强正直的气质和品性。

○死君父：为君父而死。君父，国君，皇帝。

○食其言：违背诺言。

○矢约：折箭为誓，盟誓。

译文

异史氏说：忠孝是人的血性。自古以来，臣子不能为国君死难的，难道最初就没有拿起武器悲壮前往的时刻吗？都是因为一念之差而耽误了啊！过去，明代解缙和方孝孺相约要以死忠于皇帝，而解缙后来违背诺言，怎么能知道他们盟誓之后，回到家里没有听妻子的劝阻和哭泣呢？

原文

邑有快役某，每数日不归，妻遂与里中无赖通。一日归，值少年自

○快役：又称“快手”“捕快”。旧时州县官署掌缉捕、行刑等职事的差役。

房中出，大疑，苦诘妻。妻不服。既于床头得少年遗物，妻窘无词，惟长跪哀乞。某怒甚，掷以绳，逼令自缢。妻请妆服而死，许之。妻乃入室理妆，某自酌以待之，呵叱频催。俄妻炫服出，含涕拜曰："君果忍令奴死耶？"某盛气咄之。妻返走入房，方将结带，某掷盏呼曰："咍，返矣！一顶绿头巾，或不能压人死耳。"遂为夫妇如初。此亦大绅者类也，一笑。

◎妆服：修饰打扮。

◎咍（hāi）：语气词。往往用以表示强忍、自宽。

◎绿头巾：元明娼妓及乐人家男子着青碧头巾。后因指妻子有外遇，丈夫为着绿头巾者。

译文

县里有个捕快，总是好几天不回家，他的妻子就跟乡里的无赖私通。有一天他回到家，正好撞见那个无赖从屋里出来，心里很是怀疑，就再三盘问妻子。妻子不承认跟人私通，他在床头找到了无赖留下来的东西，妻子羞愧得无言以对，只好跪在地上请求他原谅。捕快愤怒极了，扔给她一根绳子，逼着她上吊自杀。妻子请求梳妆打扮以后再死，他同意了。妻子于是进入房间整理妆容，捕快在外面自斟自饮等着，还不停地催促妻子。一会儿妻子穿着华丽的衣服出来了，眼眶含泪地向他行礼说："你真的忍心让我死吗？"捕快盛气凌人地呵斥她。妻子转身走进房内，刚把绳子打好结，捕快就把酒杯往地上一扔，喊道："唉！回来吧！一顶绿帽子，还不能把人压死。"然后夫妇二人又和好如初了。这也是类似解缙的人，一笑置之。

【辽阳军】

原文

沂水某，明季充辽阳军。会辽城陷，为乱兵所杀，头虽断，犹不甚死。至夜，一人执簿来，按点诸鬼。至某，谓其不宜死，使左右续其头而送之。遂共取头按项上，群扶之，风声簌簌，行移时，置之而去。视其地，则故里也。沂令闻之，疑其窃逃。拘讯而得其情，颇不信，又审其颈无少断痕，将刑之。某曰："言无可凭信，但请寄狱中。断头可假，陷城不可假。设辽城无恙，然后受刑未晚也。"令从之。数日，辽信至，时日一如所言，遂释之。

○充辽阳军：去辽阳服兵役。

○辽城陷：据《明史·熹宗纪》记载，天启元年（1621）三月，辽阳被清兵攻占，明辽东经略使袁应泰等死难。

○宜：应。

○寄狱：暂押在狱。

译文

沂水县有个人，明朝末年的时候充军到辽阳。正好遇上辽阳城被攻破，他被乱军杀害，头虽然被砍断了，但还没有彻底死亡。到了夜里，一个人拿着簿书前来，按照簿书上的名字清点这些鬼。点到这个人的时候，说他不应该死，就让身边的人把他的头给他安上送他走。身边的人于是拿过他的头给他安上，一群人扶着他走，只听得风声簌簌，走了一段时间，把他放下就离开了。这个人仔细一看，原来到了自己的家乡。沂水县的县令听说了这件事，疑心他是偷偷逃回来的。把他拘捕起来审问，知道了事情的来龙去脉，但很不相信，又仔细查看他的脖子，上面没有断痕，就要处死他。这个人说："我说的话没有凭据，只请求暂时将我关在牢里。断头的事可以是假的，城池陷落不可能作假。假如辽阳城安然无恙，你再杀我也不晚。"县令同意了。过了几天，辽阳陷落的消息传来了，时间和他说的一样，县令就把他放了。

【张贡士】

原文

安丘张贡士，寝疾，仰卧床头。忽见心头有小人出，长仅半尺，儒冠儒服，作俳优状。唱昆山曲，音调清澈，说白自道名贯，一与己同，所唱节末，皆其生平所遭。四折既毕，吟诗而没。张犹记其梗概，为人述之。

○安丘：位于山东半岛中部，明清时期属青州府，今为安丘市。

○寝疾：卧病在床。

○昆山曲：即昆曲。本为元末明初流行于昆山一带的戏曲。

○俳优：古代以乐舞谐戏为业的艺人。后来泛指戏曲、曲艺、杂技演员。

○说白：戏剧中人物的对话和独白。名贯：姓名籍贯。

○节末：情节本末。

○四折：每剧四折是元杂剧的基本体制。

○吟诗而没：指杂剧中人物在剧末例吟四句诗（下场诗），然后下场。

译文

安丘市的张贡士，生了病躺在床上，仰卧在床头。忽然看见心窝处出来一个小人，只有半尺高，戴着读书人的帽子，穿着读书人的衣服，做出俳优的样子。唱着昆曲，声调清澈，说白中述说了自己的姓名和籍贯，都和张贡士一样，唱出的内容情节，都是张贡士的平生遭遇。唱完四折戏，吟着诗就不见了。张贡士还记得戏文的梗概，向其他人讲述过。

【爱奴】

原文

河间徐生，设教于恩。腊初归，途遇一叟，审视曰：“徐先生撤帐矣。明岁授教何所？”答曰：“仍旧。”叟曰：“敬业姓施，有舍甥，延求明师，适托某至东疃聘吕子廉，渠已受贽稷门。君如苟就，束仪请倍于恩。”徐以成约为辞。叟曰：“信行君子也。然去新岁尚远，敬以黄金一两为贽，暂留教之，明岁另议何如？”徐可之。叟下骑呈礼函，且曰：“敝里不遥矣。宅綦隘，饲畜为艰，请即遣仆马去，散步亦佳。”徐从之，以行李寄叟马上。

○河间：府名。府治在今河北河间。

○设教：办学。此处指坐馆执教。恩：旧县名。清属东昌府，故治在山东平原恩城。

○撤帐：古称教书为设帐，称年终散馆为撤帐。

○敬业：施叟名字。

○疃（tuǎn）：村庄，屯。

○受贽稷门：接受稷门的聘请，另有高就。

○苟就：屈就。请别人应聘的敬辞。

○束仪：束脩。古时亲友之间互相赠献的一种礼物，后专指学生向老师致送的酬金。

○信行：行事遵守信义。

○礼函：致送聘金的函封，类似今之聘书。礼，贽币。

○隘：狭窄。

译文

河间府的徐生，在恩县一个学馆里教书。腊月初放假回家，路上遇到一位老者，端详徐生后说：“徐先生放假了。明年去哪里教书呢？”徐生回答说：“还去原来的地方。”老者说：“我叫施敬业，有个外甥，正在寻求一位名师，刚才托我去东疃请吕子廉先生，但是他已经收了稷门某家的聘金。您如果愿意屈尊去我家，酬金一定比恩县多一倍。”徐生以已经跟恩县学馆有约为由推辞。老者说：“您真是信守约定的君子。但离新年还早，我先给您一两黄金当作聘金，暂时留下来教几天，明年再商议如何？”徐生答应了。老者下马送上聘金，对徐生说：“我家离这里不远。院子狭小，不方便喂养牲畜，不如您让仆人和马车先回去，我们走路去也挺好的。”徐生听从了他的意见，把自己的行李放在了老者的马上。

原文

行三四里许，日既暮，始抵其宅，沤钉兽镮，宛然世家。呼甥出拜，十三四岁童子也。叟曰：“妹夫蒋南川，旧为指挥使。止遗此儿，颇不钝，但娇惯耳。得先生一月善诱，当胜十年。”未几，设筵，备极丰美，而行酒下食，皆以婢媪。一婢执壶侍立，年约十五六，风致韵绝，心窃动之。席既终，叟命安置床寝，始辞而去。天未明，儿出就学。徐方起，即有婢来捧巾侍盥，即执壶人也。日给三餐，悉此婢。至夕，又来扫榻。徐问：“何无僮仆？”婢笑不言，布衾径去。

○沤钉兽镮（huán）：贵族府第的门饰。沤钉，门上装饰的凸起的钉状物。兽镮，铸有兽口衔环图像的门环。

○指挥使：明朝的军事指挥职务，为卫所一级最高军事长官，秩正三品，下辖指挥同知、指挥佥事等属员。

○下食：添菜让客。下，布。

○盥（guàn）：浇水洗手。泛指洗。

译文

走了三四里路，天都黑了，才到老者家，家门口的大门上装饰着沤钉和兽环，像是世家大族。老者叫外甥出来拜见老师，徐生一看，是个十三四岁的少年。老者说：“我的妹夫蒋南川，生前为指挥使。只留下这么一个儿子，不算愚钝，只是有些娇生惯养。先生您能用心教他一个月，比他自己读十年书都强。”很快，酒席就摆好了，饭菜极其丰盛，而且倒酒和布菜的都是女仆。一个婢女拿着酒壶站在旁边，有十五六岁，风姿绰约，徐生很为她心动。酒席终了，老者派人给徐生收拾床铺安寝，然后告辞离去。天还没亮，少年就起床读书。徐生刚起床，就有婢女捧上脸巾伺候他盥洗，原来是昨天拿酒壶的婢女。一日三餐，都是这个婢女前来伺候。到了晚上，她又来给徐生铺床。徐生问：“这里怎么没有书童和男仆？”婢女笑而不语，铺好被褥就走了。

原文

次夕复至。入以游语，婢笑不拒，遂与狎。因告曰："吾家并无男子，外事则托施舅。妾名爱奴。夫人雅敬先生，恐诸婢不洁，故以妾来。今日但须缄密，恐发觉，两无颜也。"一夜，共寝忘晓，为公子所遭，徐惭怍不自安。至夕，婢来曰："幸夫人重君，不然，败矣！公子入告，夫人急掩其口，若恐君闻，但戒妾勿得久留斋馆而已。"言已，遂去。徐甚德之。然公子不善读，诃责之，则夫人辄为缓颊。初犹遣婢传言，渐亲出，隔户与先生语，往往零涕。顾每晚必问公子日课。徐颇不耐，作色曰："既从儿懒，又责儿工，此等师我不惯作！请辞。"夫人遣婢谢过，徐乃止。自入馆以来，每欲一出登眺，辄锢闭之。一日，醉中快闷，呼婢问故。婢言："无他，恐废学耳。如必欲出，但请以夜。"徐怒曰："受人数金，便当淹禁死耶？教我夜窜何之乎？久以素食为耻，贽固犹在囊耳。"遂出金置几上，治装欲行。夫人出，脉脉不语，惟掩袂哽咽，使婢返金，启钥送之。徐觉门户偪侧，走数步，日光射入，则身自陷冢中出，四望荒凉，一古墓也。大骇。心感其义，乃卖所赐金，封堆植树而去。

○游语：游词浮语。指调戏的话语。

○雅敬：尊敬。雅，敬辞。

○日课：每天按照规定所学的课业。

○责：责成，要求。工：指精于所学。

○淹禁：软禁，约束。

○素食：不劳而获，无功而食。

○偪（bī）侧：亦作"偪仄"。狭窄。

○封堆植树：填土加封，植树为记。即整修坟墓。

译文

第二天晚上那个婢女又来了。……她告诉徐生："我家并没有男子，外面的事都托付给舅舅。我叫爱奴。夫人对先生十分尊敬，所以让我来侍奉您。今天的事需要保密，要是被别人发觉了，我俩都没脸见人了。"一天夜里，两个人被公子撞见了，徐生惭愧不安。到了晚上，爱奴来了说："幸亏夫人看重您，要不然就坏了。公子去夫人那里告状，夫人急忙捂住他的嘴，好像怕您听见，只是告诫我不要在您的书房停留太长时间。"说完就走了。徐生对夫人很是感激。但是公子不爱读书，徐生严厉地责备他，夫人就会给他求情。开始还是派婢女出来传话，后来就亲自出面，隔着窗户跟徐生说话，说着说着就流泪哭泣。每天晚上她都要过问儿子的功课，徐生很不耐烦，拉着脸说："你纵容儿子偷懒，又要求儿子学业精进，这样的老师我做不来！请让我离去吧。"夫人派婢女前来道歉，徐生才同意留下来。徐生自从到这里教书以后，每次想出去登高远望，都因为宅院大门紧锁而作罢。有一天，徐生喝醉后心情烦闷，叫来婢女问为什么锁着大门。婢女说："没有其他的原因，只是担心公子会荒废学业。如果您一定要出去，请在晚上出去。"徐生愤怒地说："得到了你家一点钱，就要被你家禁锢到死吗？让我晚上到哪里去？我早就因为白拿钱而深以为耻，聘金还在我的包袱里。"接着拿出钱放在桌子上，收拾行装准备走。这时夫人走了出来，默默不语，只是掩面哭泣，让婢女把钱还给徐生，打开门送他出去。徐生觉得门口很窄，往前走了几步，有阳光射进来，才发现自己是从一个陷下去的坟里面走出来的，四处张望，满目荒凉，原来是一个古墓。徐生很害怕。心里感激夫人的仁义，就把她给自己的金子卖了，给这个坟培土植树之后离开了。

原文

过岁，复经其处，展拜而行。遥见施叟，笑致温凉，邀之殷切。心知其鬼，而欲一问夫人起居，遂相将入村，沽酒共酌，不觉日暮。叟起偿酒价，便言："寒舍不远，舍妹亦适归宁，望移玉趾，为老夫祓除不祥。"出村数武，又一里落，叩扉入，秉烛向客。俄，蒋夫人

○展拜：拜谒，行跪拜之礼。

○祓（fú）除不祥：古时除灾求福的一种祭仪，一般于岁首行之。这里是邀请客人拜访的客气话。

○武：步。　○里落：村落。

自内出，始审视之，盖四十许丽人也。拜谢曰：“式微之族，门户零落，先生泽及枯骨，真无计可以偿之。”言已，泣下。既而呼爱奴，向徐曰：“此婢，妾所怜爱，今以相赠，聊慰客中寂寞。凡有所须，渠亦略能解意。”徐唯唯。少间，兄妹俱去，婢留侍寝。鸡初鸣，叟即来促装送行。夫人亦出，嘱婢善事先生，又谓徐曰：“从此尤宜谨秘，彼此遭逢诡异，恐好事者造言也。”徐诺而别，与婢共骑。至馆，独处一室，与同栖止。或客至，婢不避，人亦不之见也。偶有所欲，意一萌，而婢已致之。又善巫，一挼挲而疴立愈。清明归，至墓所，婢辞而下。徐嘱代谢夫人，曰：“诺。”遂没。数日反，方拟展墓，见婢华妆坐树下，因与俱发。终岁往还，如此为常。欲携同归，执不可。岁杪，辞馆归，相订后期。婢送至前坐处，指石堆曰：“此妾墓也。夫人未出阁时，便从服役，夭殂瘗此。如再过，以炷香相吊，当得复会。”

○式微：衰微。式，发语辞。微，衰落。

○挼挲（ruó suō）：揉搓，按摩。疴：病。

○展：展谒，拜见。

○岁杪（miǎo）：年终。

○瘗（yì）：掩埋。

译文

过了一年，徐生又经过那个地方，在坟前祭拜了一番后走了。远远地看见姓施的老者，笑着问候徐生，殷切地邀请他去自己家。徐生知道他是鬼，但想问问夫人的近况，就跟着他进了村，到酒馆喝酒，不知不觉天就黑了。老者起身付了酒钱，就对徐生说：“我家离这里不远，我的妹妹这几天正好回娘家，希望你移动贵步，到我家去做客。”出村后走了几步，到了一个院子，敲门进去以后，老者点上蜡烛和徐生对坐。过了一会儿，蒋夫人从内室走了出来，徐生这才仔细看她，是个四十岁左右的美妇人。她向徐生拜谢道：“我家族没落，门户冷落，先生能将恩泽施给已死之人，真是没有办法能够偿还。”说完就哭了起来。接着叫出爱奴，对徐生说：“这个婢女，我一直很怜爱，今天就赠给你，用以慰解你客居外地的寂寞。只要有所需要，她也能知道你的意思。”徐生连连答应。不一会儿，老者兄妹二人都离开了，爱奴留下给徐生侍寝。鸡刚开始打鸣，老者就来催促徐生整理行装为他送行。蒋夫人也出来了，叮嘱爱奴好生照顾先生，又对徐生说：“从此尤其要谨慎保密，我们的交往在别人眼里很是诡异，恐怕好事的人会编造谣言。”徐生答应后跟她告别，跟爱奴乘一匹马走了。到了学馆，爱奴就跟徐生同吃同住。有客人来时，爱奴也不避开，其他人也看不见她。徐生偶然想要什么东西，刚萌生想法，爱奴就给他拿了过来。爱奴还会治病，一按摩病就好了。清明时徐生回家，到了那个墓地，爱奴辞别徐生下马。徐生叮嘱她代自己向夫人道谢，爱奴说：“好。”然后就消失了。过了几天徐生返回，到了墓地正准备拜谒，看见爱奴盛装坐在一棵树下，然后跟徐生一起出发。此后每年都这样来来回回，习以为常。徐生要带爱奴回家，她执意不肯。年终，徐生辞别学馆回家，约定了明年来的日期。爱奴送他到了之前自己坐的地方，指着石堆说：“这是我的坟墓。夫人没嫁人时，我就服侍她，死后就埋在这里。以后你再路过此处，点上一炷香悼念，我就前来跟你见面。”

原文

别归，怀思颇苦，敬往祝之，殊无影响。乃市榇发冢，意将载骨归葬，以寄恋慕。穴开自入，则见颜色如生，肤虽未朽，而衣败若灰，头上玉饰金钏，都如新制。又视腰间，裹黄金数铤，卷怀之。始解袍覆尸，抱入材内，赁舆载归。停诸别第，饰以绣裳，独宿其旁，冀有灵应。忽爱奴自外入，笑曰：“劫坟贼在此耶！”

◎市榇（chèn）：买棺材。市，买。榇，棺材。

徐惊喜慰问，婢曰："向从夫人往东昌，三日既归，则舍宇已空。

○东昌：府名。府治在今山东聊城。

○舍宇：宅舍。此处指墓穴。

频蒙相邀，所以不肯相从者，以少受夫人重恩，不忍离逷耳。今

○离逷（tì）：远离。逷，远。

既劫我来，即速瘗葬，便见厚德。"徐问："古人有百年复生者，今芳体如故，何不效之？"叹曰："此有定数。世传灵迹，半涉幻妄。要欲复起动履，亦复何难？但不能类生人，故不必也。"乃启

○动履：举步。指行动像活人一样。

棺入，尸即自起，亭亭可爱。探其怀，则冷若冰雪。遂将入棺复卧，徐强止之。婢曰："妾过蒙夫人宠，主人自异域来，得黄金数万，妾窃取之，亦不甚追问。后濒危，又无戚属，遂藏以自殉。

○濒危：病危。濒，迫近。

夫人痛妾夭谢，又以宝饰入敛。身所以不朽者，不过得金宝之余气耳。若在人世，岂能久乎？必欲如此，切勿强以饮食，若使灵气一散，则游魂亦消矣。"徐乃构精舍，与共寝处。笑语一如常人，但不食不息，不见生人。年余，徐饮薄醉，执残沥强灌之，立刻

○残沥：杯中剩酒。沥，清酒。

倒地，口中血水流溢，终日而尸已变。哀悔无及，厚葬之。

译文

徐生跟爱奴分别后回到家中，对她很是想念，就到了她的坟前烧香祈祷，可爱奴并没有出来相见。于是他就买了棺材挖开坟墓，准备把爱奴的尸骨带回去安葬，以寄托自己的爱慕之情。墓穴打开后徐生进去看，只见爱奴的脸色像活着一样，皮肤虽然没有腐朽，但衣服却腐成灰尘，头上的金玉首饰都像新做的一样。又看了看她的腰

间，裹有几锭金子，于是卷起来放到自己怀里。这才解开身上的衣袍盖住尸骨，抱起来放到新买的棺材里，租了辆马车载回家。徐生把棺材停放在另一个院子里，给爱奴穿上绣花衣服，独自睡在旁边，希望爱奴能出现。忽然爱奴从外面进来，笑着说：“偷坟贼在这里！”徐生又惊又喜，连忙问她去了哪里，爱奴说：“前些日子跟夫人去了东昌府，三天后就回来了，一看，我的房子都没了。你多次邀请我，之所以没有跟你回家，是因为从小受夫人的大恩，不忍心远离她。如今既然把我劫了过来，应该立刻把我埋了，这便是你对我最大的恩德了。”徐生问道：“古时有人死了一百年还能复活，如今你的身体还和活着的时候一样，为什么不复活呢？”爱奴叹息道：“这是有定数的。世间流传下来的灵异传说，一半都是假的。要想站起来走路，又有什么难的？只是不能像活人一样，所以不必那么做。”说完打开棺材进去了，尸体立刻自己起身，亭亭玉立，十分可爱。徐生伸进她的怀里摸了摸，像冰雪一样冷。爱奴于是准备进入棺材重新躺下，徐生极力阻止她。爱奴说：“我蒙受夫人过多的宠爱，主人从异域回来，带回来几万两黄金，我将黄金偷走，夫人也没有追问此事。后来我快要病死了，又没有亲戚和家人，就把黄金藏起来给自己殉葬。夫人因为我的死而痛惜，又给我陪葬了一些珠宝首饰。我的身体之所以没有腐烂，不过是得到了金玉珠宝的余气。如果在人间，怎么能长久呢？如果一定要我留在人世，千万不要强迫我吃东西，要是灵气散了，那么游魂也会消失的。”徐生于是建了一座精美的房子，跟爱奴一起住。爱奴的欢声笑语和常人一样，但不吃不睡，也不见陌生人。过了一年多，徐生喝酒后小醉，举杯把剩的几滴酒强行灌给爱奴，她立刻倒在地上，血水从嘴里流出来，过了一天，尸体已经腐坏了。徐生后悔莫及，厚葬了爱奴。

原文

异史氏曰：夫人教子，无异人世，而所以待师者何厚也！不亦贤乎！

余谓艳尸不如雅鬼，乃以措大之俗莽，致灵物不享其年，惜哉！

○措大：旧时对贫寒读书人的轻慢称呼。俗莽：庸俗鲁莽。

译文

异史氏说：夫人教育儿子，跟人间没有区别，她对待老师是多么宽厚啊！真是很贤明的人啊！我认为艳丽的女尸不如雅致的女鬼，却因为穷书生庸俗鲁莽的行为，导致灵物不能长寿，太可惜啦！

原文

章丘朱生，素刚鲠，设帐于某贡士家。每谴弟子，内辄遣婢为乞免，不听。一日，亲诣窗外，与朱关说。朱怒，执界方，大骂而出。妇惧而奔，朱追之，自后横击臀股，锵然作皮肉声。一何可笑！

○刚鲠（gěng）：刚正耿直。

○关说：讲情。

○界方：也称“戒方”。旧时塾师对学生施行体罚时所用的小木板。

译文

章丘有个朱生，素来刚正耿直，在一个贡士家里开馆授课。每次责备学生，贡生的妻子就派婢女前去求情，朱生不听。有一天，贡生的妻子亲自到窗外，跟朱生讲情。朱生大怒，拿起界方，高声叫骂着出来。贡生的妻子吓得赶紧跑，朱生在后面追她，从后面用界方横着打她的屁股，发出铿锵的声响。多么可笑啊！

原文

长山某，每延师，必以一年束金，合终岁之虚盈，计每日得如干数，又以师离斋、归斋之日，详记为籍，岁终，则公同按日而乘除之。马生馆其家，初见操珠盘来，得故甚骇。既而暗生一术，反嗔为喜，听其覆算不少校。翁大悦，坚订来岁之约。马辞以故，遂荐一生乖谬者自代。及就馆，动辄诟骂，翁无奈，悉含忍之。岁杪，携珠盘至。生勃然忿极，姑听其算。翁又以途中日尽归于西，生不受，拨珠归东。两争不决，操戈相向，两人破头烂额而赴公庭焉。

○长山：旧县名。明清时属济南府。今属山东邹平。

○束金：束脩。旧时称给教师的工资。

○终岁之虚盈：指全年的实际天数。虚盈，指月小月大。

○乘除：计算。

○诛盘：算盘。

○乖谬：古怪，不合常情。

○以途中日尽归于西：把塾师就馆时在路上的日数都算在塾师的账上，不给工资。西，西席，旧时对家塾教师的称呼。

○拨诛归东：拨动算盘诛，算在主人的账上。东，东家，旧时塾师对主人的称呼。

○操戈：指动武。操，持。戈，兵器。

译文

长山县有个人，每次请教师，必定要把一年的酬金，按照全年实际的天数，计算出每天应得的钱数，又将教师离开书房、回到书房的日子，详细记在本子上，到了年末，就按照实际授课的天数计算酬金。马生去他家教书，当初看见他拿着算盘前来，知道原因后很吃惊。接着心生一计，转怒为喜，听任他反复计算也不计较。这个人很高兴，坚持要跟马生订立第二年的契约。马生找个借口推辞后，推荐了一个脾气古怪的人代替自己。这个先生到了以后，动辄辱骂他人，东家没办法，只能强忍着。到了岁末，东家拿着算盘来了。先生勃然大怒，姑且听听他怎么算。东家把先生来家里时花在路上的时间算到先生的头上，先生不接受，拿过算盘将珠子拨向东家。两个人争执不下，拿起东西厮打起来，最后破头烂额地来到公堂请官府裁断。

【单父宰】

原文

青州民某，五旬余，继娶少妇。二子恐其复育，乘父醉，潜割睾丸而药糁之。父觉，托病不言。久之，创渐平。忽入室，刀缝绽裂，血溢不止，寻毙。妻知其故，讼于官。官械其子，果伏。骇曰："余今为单父宰矣！"并诛之。

○青州：今山东青州。

○药糁（sǎn）之：在创口敷上药粉。糁，粉末。

○械：用刑。

○伏：服罪。

○单（shàn）父宰：单父，春秋鲁邑名。明清为单县地，属山东兖州府。因单父与"骟父"谐音，故青州县令自嘲为"单父宰"，慨叹自己做了骟父亲之民的官宰。

译文

青州有个人，五十多岁了，娶了个少妇当继室。两个儿子担心他会再生育孩子，就伤害了父亲。父亲假托自己生病没有提起这件事。不久去世了，妻子知道了他的死因，将这件事告到官府。官府对他的两个儿子用刑，果然他们招供了。审判的官员惊骇地说："我如今成为单父宰了！"然后就把他的两个儿子都处死了。

原文

邑有王生者，娶月余而出其妻。妻父讼之。时淄宰辛公，问王何故出妻。答云："不可说。"固诘之，曰："以其不能产育耳。"公曰："妄哉！月余新妇，何知不产？"忸怩久之，告曰："其阴甚偏。"公笑曰："是则偏之为害，而家之所以不齐也。"此可与单父宰并传一笑。

○出：休弃。

○淄宰辛公：辛民，字先民，直隶大兴人，崇祯十五年（1642）举人，顺治元年（1644）任淄川知县。

○忸怩（niǔ ní）：羞惭貌。

○不齐：指夫妻失和，家庭破裂。

译文

县里有个王生，他娶回妻子一个多月就把她休了。妻子的父亲去县衙告状。当时淄川的县令辛公，问王生为什么休妻。王生回答："不能说。"辛公再三问他，他说："因为她不能生孩子。"辛公说："荒唐！刚结婚一个多月，怎么知道她不能生育？"王生忸怩良久，告诉辛公："她的身体有缺陷。"辛公笑着说："这就是身体缺陷成了害处，所以家里才不和睦呀。"这件事可以和单父宰一起当作笑话。

【孙必振】

原文

孙必振渡江，值大风雷，舟船荡摇，同舟大恐。忽见金甲神立云中，手持金字牌下示。诸人共仰视之，上书“孙必振”三字，甚真。众谓孙：“必汝有犯天谴，请自为一舟，勿相累。”孙尚无言，众不待其肯可，视旁有小舟，共推置其上。孙既登舟，回首，则前舟覆矣。

○孙必振：号卧云，字孟起，山东诸城人。顺治十六年（1659）进士。历任河南怀庆府推官、山西陵川知县、河南道御史。

○金甲神：传说中佛、道两教的护法神，一般认为是韦驮菩萨。

译文

孙必振渡江，正遇上狂风暴雨，船不停地摇晃，跟他同船的人都惊恐万分。忽然出现一位金甲神站在云中，手里拿着写有金字的牌匾给下面的人看。众人一起抬头看，上面写着“孙必振”三个字，很清楚。众人对孙必振说：“肯定是你触犯了天条被上天惩罚，你还是自己到另一条船上去吧，不要连累我们。”孙必振还没说话，众人不等他同意，看见旁边有条小船，就一起把他推了上去。孙必振登上小船，回头一看，之前坐的那艘船已经倾覆了。

【邑人】

原文

邑有乡人，素无赖。一日，晨起，有二人摄之去。至市头，见屠人以半猪悬架上，二人便极力推挤之，忽觉身与肉合，二人亦径去。少间，屠人卖肉，操刀断割，遂觉一刀一痛，彻于骨髓。后有邻翁来市肉，苦争低昂，添脂搭肉，片片碎割，其苦更惨。肉尽，乃寻途归，归时，日已向辰。家人谓其晏起，乃细述所遭。呼邻问之，则市肉方归，言其片数、斤数毫发不爽。崇朝之间，已受凌迟一度，不亦奇哉！

○低昂：指重量或价钱的高低。昂，高。

○向辰：接近辰时。辰时相当于早上7点至9点。

○晏起：起床晚。晏，晚。

○崇朝（zhāo）：终朝。从天亮到早饭时，一个早晨。亦指整天。

○凌迟：即剐刑。一度：一次。

译文

县里有个乡人，他平时是个无赖。一天，早晨起来，有两个人把他抓走了。到了集市上，他看见屠夫将半扇猪挂在架子上，这两个人就使劲推挤他，他忽然觉得自己的身体和猪肉融合在了一起，那两个人就径直走了。没一会儿，屠夫开始卖肉，拿起刀切割猪肉，无赖感觉到屠夫每下一刀他就痛一下，痛彻骨髓。后来邻居老翁来买肉，跟屠夫讨价还价，又让屠夫添点肥肉搭点瘦肉，一片片地切割，无赖更是觉得苦不堪言。肉卖完了，他才找到回家的路，回到家已经辰时了。家里人说他起晚了，他就详细讲述了自己的遭遇。家里人不信，他就把邻居老翁叫过来问，老翁买肉刚回来，说起买肉的片数、斤两和无赖讲述得分毫不差。一个早晨的时间，就受了一次凌迟，这难道不是奇异之事吗？

【元宝】

原文

广东临江山崖巉岩，常有元宝嵌石上。崖下波涌，舟不可泊。或荡桨近摘之，则牢不可动，若其人数应得此，则一摘即落，回首已复生矣。

○巉(chán)岩：险峻的山岩。巉，山势高峻。○元宝：马蹄形银锭或金锭。○泊：停泊。○数：命运。

译文

广东临江陡峭山峰的岩石上，常常有元宝嵌在上面。山崖下波涛汹涌，船都不能停泊。有人划着船桨靠近岩石去摘元宝，牢固得摘不下来。如果有人命中注定应该得到这些元宝，一摘就能摘下，回头一看，那个位置又生了一个元宝。

【研石】

原文

王仲超言：洞庭君山间有石洞，高可容舟，深暗不测，湖水出入其中。尝秉烛泛舟而入，见两壁皆黑石，其色如漆，按之而软。出刀割之，如切硬腐，随意制为研。既出，见风则坚凝过于他石。试之墨，大佳。估舟游楫，往来甚众，中有佳石，不知取用，亦赖好奇者之品题也。

○洞庭君山：古称"洞庭山""湘山""有缘山"。位于岳阳境内，是八百里洞庭湖中的一个小岛，与千古名楼岳阳楼遥遥相对，由大小72座山峰组成，被道书列为天下第十一福地。○硬腐：豆腐干。○研：通"砚"。○估舟：商船。游楫：游船。楫，船桨。○品题：观赏，评论。

译文

王仲超说：洞庭湖的小岛中有个石洞，洞顶很高，可以容纳船进出，里面幽深黑暗，湖水从里面进出。我曾划船进入其中，只见两边的墙壁都是黑色的石头，色泽像漆一样，按一按是软的。用刀割，像是在切豆腐干，可以做成砚。拿出洞来，被风一吹就凝固。用来试着研墨，非常好。洞庭之上，商船和游船往来的非常多，有这么好的石头，他们都不知取用，还得靠我这样好奇的人来欣赏宣扬啊。

【武夷】

原文

武夷山有削壁千仞，人每于下拾沉香玉块焉。太守闻之，督数百人

○武夷山：地处中国福建西北部，是中国著名的风景旅游区和避暑胜地。

作云梯，将造顶以觇其异，三年始成。太守登之，将及巅，见大足

○云梯：攀援登高工具的一种，安置在底架上，可以移动。

○觇（chān）：看，偷窥。

伸下，一拇指粗于捣衣杵，大声曰："不下，将堕矣！"大惊，疾下。

○捣衣杵：洗衣服的棒槌。杵，舂米或捶衣的木棒。

才至地，则架木朽折，崩坠无遗。

译文

武夷山有一处峭壁高约千尺，人们常常在峭壁下捡到沉香木块和玉块。当地太守听说了这件事，命令几百个人做了一架云梯，想到山顶上去看看有何怪异，三年才做好云梯。太守登上云梯，快到山顶的时候，看见一只大脚伸了下来，其大拇指比捣衣杵还要粗，大声说着："不下去，就把你踹下去！"太守大惊，连忙下去。刚下到地面，云梯就像腐朽的木头一样折断了，全都崩裂坠落下来。

沉香

沉香是指沉香木树心部分在自我修复过程中分泌出的油脂，因受到真菌感染而凝结成的固体物质。沉香质地坚硬、香气浓郁，因其稀有和独特的香味，被广泛用于香料、药材中。它不仅具有高经济价值，还在传统医学中被视为珍贵的药材，有理气、镇静、安神等功效。

【大鼠】

原文

万历间，宫中有鼠，大与猫等，为害甚剧。遍求民间佳猫捕制之，辄被啖食。适异国来贡狮猫，毛白如雪。抱投鼠屋，阖其扉，潜窥之。猫蹲良久，鼠逡巡自穴中出，见猫，怒奔之。猫避登几上，鼠亦登，猫则跃下。如此往复，不啻百次。众咸谓猫怯，以为是无能为者。既而鼠跳掷渐迟，硕腹似喘，蹲地上少休。猫即疾下，爪掬顶毛，口龁首领，辗转争持，猫声呜呜，鼠声啾啾。启扉急视，则鼠首已嚼碎矣。然后知猫之避，非怯也，待其惰也。彼出则归，彼归则复，用此智耳。噫！匹夫按剑，何异鼠乎！

○剧：猛烈，厉害。

○逡巡：犹豫不前。这里是窥探警觉的样子。

○不啻（chì）：不止，不只。

○无能为：无本领，无所作为。

○彼出则归，彼归则复：即"敌进我退，敌驻我扰，敌疲我打，敌退我追"之意。

○匹夫按剑：指勇而无谋的逞能，匹夫之勇。匹夫，一般人，庸人。按剑，怒貌。

译文

明朝万历年间，皇宫里有一只大老鼠，大小跟猫差不多，祸害很大。于是遍求民间的猫去抓它，却都被它吃掉了。恰逢国外前来进贡一只狮猫，毛色白得像雪。宫人把这只狮猫抱到有老鼠的屋子，关上门，偷偷地观察。只见狮猫蹲了很久，老鼠警觉地从洞里出来，看见狮猫，发怒地跑向它。狮猫避开老鼠，蹬腿跳上了茶几，老鼠也爬上茶几，狮猫就跳了下来。如此来来回回，不止百次。众人都说这只狮猫胆小，认为它没有能力抓住老鼠。接着老鼠跳得就慢慢迟缓起来，硕大的肚子像是在喘息似的抽动，蹲在地上稍作休息。狮猫立刻跳下来，用爪子抓住老鼠头顶的毛，用嘴咬住老鼠的头和脖子，翻来覆去地争斗。宫人听到声音赶紧打开门去看，发现老鼠的头已经被嚼烂了。这才知道狮猫避开老鼠，不是胆怯的表现，而是等待老鼠疲惫。敌进我退，敌退我进。唉！一时逞匹夫之勇的人，跟这只老鼠有什么区别！

【张不量】

原文

贾人某，至直隶界，忽大雨雹，伏禾中。闻空中云："此张不量田，勿伤其稼。"贾私意张氏既云"不良"，何反佑护？雹止，入村，访问其人，且问取名之义。盖张素封，积粟甚富。每春间贫民就贷，偿时多寡不校，悉纳之，未尝执概取盈，故名"不量"，非不良也。众趋田中，见稞穗摧折如麻，独张氏诸田无恙。

○贾人：商人。

○直隶：清代直隶省，相当于今北京、天津、河北大部和河南、山东的小部地区。

○佑护：庇佑，保护。

○不校：不计较。校，计较。

○执概取盈：拿着量器计较多寡。概，量取谷物时刮平斗斛的尺状工具。

○稞（kē）穗：庄稼的穗。稞，籽实裸露的一种麦类植物。

译文

有个商人，到了直隶的地界，忽然下起了冰雹，他急忙到庄稼地里去躲避。忽然听到空中有人说："这是张不量的田地，不要伤害他的庄稼。"商人心想，张氏既然"不良"，为什么要护佑他呢？冰雹停了以后，商人进入村子，就打听张不量这个人，并且问这个名字的含义。原来张不量是个有钱人，家里存了很多粮食。每年春天青黄不接的时候，贫苦百姓就会向他借粮食，还粮食给他时，他也不计较多少，都收下，也不用量器量，所以叫"不量"，并不是"不良"。众人跑去田里，只见庄稼被冰雹砸得歪七扭八，只有张氏田里的庄稼都安然无恙。

【牧竖】

原文

两牧竖入山至狼穴，穴有小狼二，谋分捉之。各登一树，相去数十步。少顷，大狼至，入穴失子，意甚仓皇。竖于树上扭小狼蹄耳故令嗥，大狼闻声仰视，怒奔树下，号且爬抓。其一竖又在彼树致小狼鸣急，狼辍声四顾，始望见之，乃舍此趋彼，跑号如前状。前树又鸣，又转奔之。口无停声，足无停趾，数十往复，奔渐迟，声渐弱，既而奄奄僵卧，久之不动。竖下视之，气已绝矣。

○牧竖：牧童。竖，小孩。

○仓皇：慌乱，惊惶失措。

○嗥（háo）：动物的嗥叫。

○趾：脚，爪。

○奄奄：气息微弱的样子。

译文

两个牧童在山里发现一处狼的洞穴，洞里面有两只小狼，两人商量后各抓走一只。接着他俩分别爬上一棵树，两棵树相距几十步远。过了一会儿，大狼回来了，进入洞穴发现小狼不见了，立刻惊慌起来。一个牧童在树上扭着小狼的爪子和耳朵，故意让小狼嗥叫，大狼听见声音抬头看见小狼，愤怒地跑到树下，一边号叫一边往树上抓爬。另一个牧童又在另一棵树上让小狼不停地叫，大狼停止号叫四处张望，才发现另一只小狼的存在，于是丢下之前那棵树，跑到这棵树旁边，像之前一样又叫又抓。之前那棵树上的小狼又叫了，大狼又转头跑过去。嘴里不停地叫，脚不停地跑，来回跑了几十趟之后，跑得越来越慢，声音越来越弱，最后奄奄一息地卧在地上，很长时间都不动弹。两个牧童从树上下来一看，大狼已经断气了。

原文

今有豪强子，怒目按剑，若将搏噬，为所怒者，乃阖扇去。豪力尽

○豪强子：强梁霸道的人。

○搏噬：攫而食之。搏，攫取。噬，吞噬。

○阖扇：关门。阖，关，合。扇，指门扇。

声嘶，更无敌者，岂不畅然自雄？不知此禽兽之威，人故弄之以为戏耳。

○畅然自雄：得意地自命为英雄。

○弄：耍弄，玩弄。

译文

如今有些豪强人家的子弟，总是瞪大眼睛、手按佩剑，像是要跟人搏斗把人吃掉似的，而那些被他们惹怒的人，却关上门走了。这些豪强子弟叫得声嘶力竭，却找不到对手，难道要得意地自以为是英雄吗？却不知道这种如同禽兽的威风，是人们故意戏弄他们取乐而已。

【富翁】

原文

富翁某，商贾多贷其赀。一日出，有少年从马后，问之，亦假本者。翁诺之。至家，适几上有钱数十，少年即以手叠钱，高下堆垒之。翁谢去，竟不与赀。或问故，翁曰：“此人必善博，非端人也。所熟之技，不觉形于手足矣。”访之果然。

○贷：借。赀：钱。

○假：借。本：本钱。

○高下堆垒之：摞成高低不等的几叠。垒，摞，堆。

○谢去：拒绝。

○善博：好赌博。

○端人：正派人，规矩人。

译文

有个富翁，很多商人都找他借钱。有一天他出门办事，有个少年跟在他的马后，他问少年有什么事，原来也是想找他借钱。富翁答应了他。到了富翁家里，正巧桌上有几十枚钱币，少年就用手把钱摞起来，摞成高低不等的几摞。富翁看后就让少年离开了，没有借钱给他。有人问他是什么缘故，富翁说：“这个人一定很爱赌博，不是正经人。他熟悉赌博的手法，不知不觉就在举手投足间表现了出来。”一打听少年的情况，果然如富翁所说。

【王司马】

原文

新城王大司马霁宇镇北边时，常使匠人铸一大杆刀，阔盈尺，重

○新城：明清时期属济南府。即今山东桓台。王大司马：王象乾，字子廓，号霁宇，新城人。镇北边：自明万历二十年（1592）至天启、崇祯间，王象乾四度总督宣大、蓟辽军务，力主款抚，边境以安。

百钧。每按边，辄使四人扛之。卤簿所止，则置地上，故令北人捉

○按边：巡视边防。按，巡行。　○卤簿：扈从仪仗。卤，护卫所用大盾。

之，力撼不可少动。司马阴以桐木依样为刀，宽狭大小无异，贴以银箔，时于马上舞动。诸部落望见，无不震悚。又于边外埋苇薄为界，

○银箔：银片。箔，金属制成的薄片。　○苇薄：苇帘。以绳编芦苇为之。

横斜十余里，状若藩篱，扬言曰："此吾长城也。"北兵至，悉拔而

○藩篱：用竹木编成的篱笆或栅栏。引申为边界、屏障。

火之。司马又置之。既而三火，乃以炮石伏机其下，北兵焚薄，药

○炮石：古代炮车用机指发石，相当于今日之炮弹。伏机其下：指在炮石下埋以机括和火药，燃发后杀伤敌人，相当于今日之地雷。

石尽发，死伤甚众。既遁去，司马设薄如前。北兵遥望皆却走，以故帖服若神。后司马乞骸归，塞上复警。召再起，司马时年八十有

○乞骸归：古代官员自请退职，常称乞骸骨。

三，力疾陛辞。上慰之曰："但烦卿卧治耳。"于是司马复至边。每

○卧治：借助威望，不劳而治。

止处，辄卧幛中。北人闻司马至，皆不信，因假议和，将验真伪。

○幛：幛子。指军中营帐。

启帘，见司马坦卧，皆望榻伏拜，挢舌而退。

○坦卧：坦然高卧，安卧。　○挢（jiǎo）舌：翘舌不能出声。形容惊讶或畏惧。

译文

新城的大司马王霁宇镇守北部边关时，曾铸造了一把有一尺多宽、重达百钧的大刀。他每次到边防巡查，就让四个人扛着大刀。仪仗随从在一个地方停下来，就把大刀放在地上，故意让北边的人去拿，他们用力去拿，大刀却纹丝不动。大司马私下用桐木按照铁刀的样子做了一把木刀，再贴上银箔，经常在马上挥舞。北方的部落看见，

都很震惊和害怕。他又在边界线外埋上芦苇做的帘子当作界线，长十余里，并扬言道：“这是我的长城。”北兵全都将这些芦苇拔出来用火烧了。大司马又派人重新埋上。接连烧了三次，大司马就在芦苇帘下埋上炮石和引火装置，北兵点火焚烧帘子时炮石全部炸开，北兵死伤惨重。北兵逃跑以后，大司马又像以前一样埋上苇帘。北兵远远看见苇帘就跑了，因此对大司马像对待神明一样恭敬。后来大司马辞官回家，边塞烽烟又起。朝廷又下令起用大司马，那一年他已经八十三岁了，撑着病体向皇帝请辞。皇帝安慰他说：“只需您躺着管理边防事务。”于是大司马又到了边塞。每停一处，就躺在营帐中。北方部族听说大司马来了，都不相信，因此假称要议和，好验证真假。使者掀开营帐，看见大司马坦然高卧在床上，连忙对着床榻跪拜，畏惧地退了出去。

【岳神】

原文

扬州提同知，夜梦岳神召之，词色愤怒。仰见一人侍神侧，少为缓颊。醒而恶之。早诣岳庙，默作祈禳。既出，见药肆一人，绝肖所见。问之，知为医生。既归，暴病，特遣人聘之。至则出方为剂，暮服之，中夜而卒。或言：阎罗王与东岳天子，日遣侍者男女十万八千众，分布天下作巫医，名勾魂使者。用药者不可不察也！

○同知：同知为知府的副职，正五品。

○岳神：即下文“东岳天子”。指泰山之神，东岳天齐仁圣大帝。传说中能主宰人之生死，为百鬼之主管。

○侍者：指供神役使的鬼卒。

○勾魂使者：民俗中的黑白无常，人死时勾摄生魂，来接引阳间死去之人的阴差。

译文

扬州有位同知官员姓提，梦见自己被岳神召见，岳神的言辞神色很愤怒。他抬头看见一个人侍奉在岳神旁边，为自己说了几句好话。他醒后对这个梦很厌恶，因此他一大早到了岳庙，低头默默祈祷。从岳庙出来，他看见药店里有个人，很像梦中的那个人；上前打听，才知道这个人是医生。同知回到家，得了急病，于是特意派人去药店请那个人。那个人到了以后开方煎药，同知晚上喝下药半夜就死了。有人说：阎罗王和东岳天子，每天派十万八千个侍者，到天下做巫医，又叫勾魂使者，吃药的人一定小心啊！

【小梅】

原文

蒙阴王慕贞，世家子也。偶游江浙，见媪哭于途，诘之。言：“先夫止遗一子，今犯死刑，谁有能出之者？”王素慷慨，志其姓名，出橐中金为之斡旋，竟释其罪。其人出，闻王之救己也，茫然不解其故，访诣旅邸，感泣谢问。王曰：“无他，怜汝母老耳。”其人大骇曰：“母故已久。”王亦异之。抵暮，媪来申谢，王咎其谬诬。媪曰：“实相告，我东山老狐也。二十年前曾与儿父有一夕之好，故不忍其鬼之馁也。”王悚然起敬，再欲诘之，已杳。

○蒙阴：县名。位于山东东南部，明清时期属青州府。现隶属于临沂。

○斡（wò）旋：说和，调解。

○鬼之馁：指无后嗣，祭享无人。

译文

蒙阴县的王慕贞，是世族大家的子弟。他偶然到江浙地区游玩，看见一个老妇人在路上哭，就上前去问。老妇人说：“我的丈夫去世时只给我留下一个儿子，如今他犯了死罪，谁能把他救出来呢？”王慕贞一向慷慨，就记下老妇人儿子的名字，自己出钱替他打点，最后官府免了他的罪责。那个人出狱后，听说是王慕贞救了自己，很茫然，不明白他为什么要这么做，就去王慕贞住的旅馆感激涕零地道谢，同时问他为什么要帮助自己。王慕贞说：“没有其他原因，只是可怜你的母亲年老而已。”那个人吃惊地说：“我的母亲早就去世了。”王慕贞也很惊异。到了傍晚，老妇人前来道谢，王慕贞责怪她欺骗自己。老妇人说：“实不相瞒，我是东山的老狐狸。二十年前曾经跟儿子的父亲有过一段情缘，所以不忍心他后继无人。”王慕贞肃然起敬，想再问问她，她已经消失不见了。

原文

先是，王妻贤而好佛，不茹荤酒，治洁室，悬观音像，以无子，日日焚祷其中。而神又最灵，辄示梦，教人趋避，以故家中事皆取决焉。后有疾，綦笃，移榻其中，又别设锦裀于内室而扃其户，若有所伺。王以为惑，而以其疾势昏瞀，不忍伤之。卧病二年，恶嚣，常屏人独寝。潜听之，似与人语，启门视之，又寂然。病中他无所虑，有女十四岁，惟日催治装遣嫁。既醮，呼王至榻前，执手曰："今诀矣！初病时，菩萨告我，命当速死，念不了者，幼女未嫁，因赐少药，俾延息以待。去岁，菩萨将回南海，留案前侍女小梅，为妾服役。今将死，薄命人又无所出。保儿，妾所怜爱，恐娶悍怒之妇，令其子母失所。小梅姿容秀美，又温淑，即以为继室可也。"盖王有妾，生一子，名保儿。王以其言荒唐，曰："卿素敬者神，今出此言，不已亵乎？"答云："小梅事我年余，相忘形骸，我已婉求之矣。"问："小梅何处？"曰："室中非耶？"方欲再诘，闭目已逝。

○趋避：趋吉避凶。趋，向。

○笃：指病沉重。

○扃：关门，闭户。

○疾势：病情。昏瞀（mào）：昏沉，神志不清。瞀，紊乱，错乱。

○恶嚣：厌恶喧闹。

○既醮（jiào）：已婚。醮，婚。

○诀：诀别，永别。

○薄命人：王妻自称，自己福运单薄。无所出：未曾育子。

○亵：亵渎。

○相忘形骸：谓彼此不拘形迹，无所顾忌。形骸，躯体。

○诘：问。

译文

之前，王慕贞的妻子贤惠好礼佛，不沾荤腥也不喝酒，收拾出了一间干净的屋子，在里面挂上观音像，因为膝下无子，所以日日在观音像前焚香祈祷。而观音也很灵验，总是托梦给她，教她趋吉避凶，所以家中的事务都按照神的旨意处理。后来王妻生了病，病势沉重的时候，让人把床挪到那间屋子，又另外铺设被褥在内室，将门关上，像是在等待着什么。王慕贞对此很疑惑，但妻子病得昏昏沉沉，他又不忍心让她伤心，就听之任之。王妻卧病在床两年，厌恶吵闹声，常常屏退旁人自己一个人睡。王慕贞偷偷在门外听，妻子像是在跟人说话，打开门一看，又十分寂静。王妻在病中也没有别的事忧心，只是有个女儿，已经十四岁，她就整天催人给女儿准备嫁妆，好把她嫁出去。女儿出嫁以后，她把王慕贞叫到床前，拉着他的手说："今天我就要跟你永别了！刚生病的时候，菩萨告诉我，我命中注定是很快要死的，心里放不下的就是女儿还没出嫁，所以菩萨赐给我一些药，让我延缓一段时日等着。去年，观音菩萨要回南海，留下她的案前侍女小梅服侍我。如今我就要死了，可惜我这个薄命人也没生下个儿子。保儿，我很怜爱他，又担心你将来娶个凶悍的媳妇，让他们母子无所依靠。小梅长相秀美，又温柔贤淑，你可以娶她为继室。"原来王慕贞有个妾室，生了一个儿子，叫保儿。王慕贞认为她的话很荒唐，对她说："你平日对神仙很恭敬，如今说出这种话，不是对神仙的亵渎吗？"王妻说："小梅服侍我一年多，我们之间已经无所顾忌，我已经求过她了。"王慕贞问："小梅在哪里？"王妻说："屋里难道没有吗？"王慕贞正准备再问，王妻闭上眼睛已经去世了。

原文

王夜守灵帏，闻室中隐隐啜泣，大骇，疑为鬼。唤诸婢妾启钥

○灵帏：灵幛。遮隔灵床的帐幔。　○啜泣：饮泣，抽泣。

视之，则二八丽者，缞服在室。众以为神，共罗拜之，女敛涕

○缞（cuī）服：丧服。

扶掖。王凝注之，俯首而已。王曰："如果亡室之言非妄，请即

○扶掖：用手扶着别人的胳膊或自腋下搀扶。　○亡室：亡妻。

上堂，受儿女朝谒。如其不可，仆亦不敢妄想，以取罪过。"

○朝谒：拜见。

女繙然出，竟登北堂。王使婢为设坐南向，王先拜，女亦答拜；

○繙（tiǎn）然：羞惭貌。　○北堂：堂屋，正房。

下而长幼卑贱，以次伏叩，女庄容坐受；惟妾至，则挽之。自夫

人卧病，婢惰奴偷，家久替。众参已，肃肃列侍。女曰：“我感夫人盛意，羁留人间，又以大事相委，汝辈宜各洗心，为主效力，从前愆尤，悉不计校，不然，莫谓室无人也！”共视座上，真如悬观音图像，时被微风吹动。闻言悚惕，哄然并诺。女乃排拨丧务，一切井井，由是大小无敢懈者。女终日经纪内外，王将有作，亦禀白而行，然虽一夕数见，并不交一私语。

- 婢惰奴偷：奴婢们懈怠苟且。
- 替：衰败，规范废弃。
- 参：参拜。
- 肃肃：恭敬，严整。
- 洗心：洗涤邪恶之心，改过自新。
- 愆（qiān）尤：过失，罪过。
- 悚（sǒng）惕：惶恐戒惧。
- 排拨：调拨指挥。
- 井井：有条不紊的样子。
- 经纪：经管。

译文

王慕贞夜里为妻子守灵，听到屋里隐隐传出哭泣声，很害怕，疑心有鬼。他把妾室和婢女都叫来，打开门一看，只见一位十五六岁的美丽女子，身穿孝服在屋里哭。众人以为她是神仙，一起对她叩拜，女子停止哭泣，把众人扶了起来。王慕贞目不转睛地看着她，女子只是低着头。王慕贞说：“如果亡妻所说的话是真的，请您坐在厅堂之上，接受儿女们的拜谒；如果不行，我也不敢妄想，以免自取罪责。”小梅有些羞涩地走出来，径直走入正堂。王慕贞让婢女给小梅搬了把椅子，让小梅面朝南坐下，自己先拜，小梅也回拜；接着其他人按照长幼卑贱，依次叩头拜见，小梅端庄地坐着受礼。只有妾室前来拜见时，小梅把她扶了起来。自从王妻卧病在床，家里的奴婢都开始偷懒、懈怠，各种规矩都废弛了。众人参拜完以后，严肃整齐地列队站好。小梅说：“我被夫人的盛情感动，留在人间，夫人又将大事托付给我，你们应该洗心革面，为主人效力，从前的过错，全都既往不咎，要不然，不要以为家里没人管你们！”众人抬头看坐着的小梅，真像挂着的观音像，时不时被微风吹动。听到小梅的话都很惶恐，连忙高声答应。小梅这才开始安排丧事，一切都井井有条，从此家中的大小奴仆没有敢懈怠的。小梅整天忙着管理家里的内外事务，王慕贞要做什么事，也要先跟小梅说了才做，两个人虽然一天见好几次，但从不会说一句私房话。

原文

既殡，王欲申前约，不敢径告，嘱妾微示意。女曰：“妾受夫人谆嘱，义不容辞，但匹配大礼，不得草草。年伯黄先生，位尊德重，求使主秦晋之盟，则惟命是听。”时沂水黄太仆，致仕闲居，于王为父执，往来最善。王即亲诣，以实告。黄奇之，即与同来。女闻，即出展拜。黄一见，惊为天人，逊谢不敢当礼，既而助妆优厚，成礼乃去。女馈遗枕履，若奉舅姑，由此交益亲。合卺后，王终以神故，亵中带肃，时研诘菩萨起居。女笑曰：“君亦太愚，焉有正直之神，而下婚尘世者？”王力审所自，女曰：“不必研穷，既以为神，朝夕供养，自无殃咎。”

○殡：安葬。
○谆嘱：恳切地嘱托。
○年伯：明清时对于与父同年登科者的尊称，也泛称父辈友人。
○秦晋之盟：春秋时期秦、晋两国世为婚姻，后因以秦晋指称两姓联姻之好。
○太仆：官名。
○致仕：退休。
○父执：父亲的朋友。
○逊谢：谦逊推辞。
○助妆：馈赠妆奁之费，婚礼贺仪。
○舅姑：公公婆婆。
○研诘：探究询问。起居：日常生活。
○正直之神：此处指菩萨案前侍女。
○所自：来历。
○研穷：追根究底。
○殃咎：灾患。

译文

将王妻安葬以后，王慕贞想跟小梅提成亲的事，又不敢直接去说，就让小妾委婉地跟小梅说。小梅说：“我受夫人的嘱托，义不容辞，但婚姻大事不能草草了事。年伯黄先生，地位尊贵德行高尚，如果能求他来主持婚礼，我唯命是从。”这时，沂水的黄太仆辞官后在家闲居，他是王慕贞父亲的朋友，两家往来十分密切。王慕贞听完小梅的话，立刻亲自去黄太仆家拜访，将实情告诉了他。黄太仆觉得很惊奇，立即跟王慕贞一同回来了。小梅听说黄太仆来了，马上出来拜见。黄太仆一见小梅，惊为天人，连忙谦逊地表示不敢受礼，然后给小梅置办了丰厚的嫁妆，等婚礼结束以后才回去。小梅又送给他枕头和鞋子，像对待公婆一样，从此两家交往更加密切。成婚之后，王慕贞始终认为小梅是神仙，跟她亲热时有些拘谨，还经常向她询问观音菩萨的日常起居。小梅笑着说：“你也太傻了，哪有真正的神仙下凡跟凡人结婚的？”王慕贞再三问她从哪里来，小梅说："不要穷追不放了，既然认为我是神仙，就早晚供养着我，自然没有灾祸。"

原文

女御下常宽，非笑不语。然婢贱戏狎时，遥见之，则默默无声。女笑谕曰："岂尔辈尚以我为神耶？我何神哉！实为夫人姨妹，少相交好，姊病见思，阴使南村王姥招我来。第以日近姊夫，有男女之嫌，故托为神道，闭内室中，其实何神。"众犹不信，而日侍边傍，见其举动，不少异于常人，浮言渐息。然即顽奴钝婢，王素挞楚所不能化者，女一言无不乐于奉命。皆云："并不自知。实非畏之，但睹其貌，则必自柔，故不忍拂其意耳。"以此百废具举。数年中，田地连阡，仓廪万石矣。

○御下：对待下人、下属。

○神道：神祇或神意。

○浮言：流言，传言。

○仓廪：粮仓。万石：极言数量之多。石，古代粮食重量单位，120斤为一石。

○连阡：阡陌相连。指地产增多，连成了一片。阡，南北走向的田埂。

译文

小梅对下人很宽厚，跟他们说话的时候都面带微笑。但是婢女们玩耍嬉闹时，远远看见小梅来了，都默不作声。小梅笑着揶揄她们："你们还以为我是神仙吗？我哪里是什么神仙啊！我其实是夫人的姨妹，年少时交好，姐姐病了以后很思念我，私下里让南村的王姥姥把我叫来。但是因为天天接近姐夫，有男女之嫌，所以假托我是神，将我关在屋内，其实哪里是神。"众人还是不相信，但每天侍奉在她身旁，看她的一举一动，跟平常人没什么不一样，流言才渐渐平息。但即使是那些顽劣、懒惰的奴仆，王慕贞素日用鞭子打也不能让他们改变，小梅一说，他们却很乐于改正。这些人都说："我们自己也不知道为什么。其实并非畏惧她，一旦看见她的脸，心里就软了，所以不忍心违逆她的意思。"从此家里的事务都操持起来。几年时间，王家的田地就连成片，粮仓里有万石粮食。

原文

又数年，妾产一女。女生一子。子生，左臂有朱点，因字小红。弥月，女使王盛筵招黄。黄贺仪丰渥，但辞以耄，不能远涉。女遣两媪，强邀之，黄始至。抱儿出，袒其左臂，以示命名之意，又再三问其吉凶。黄笑曰："此喜红也，可增一字，名喜红。"女大悦，更出展叩。是日，鼓乐充庭，贵戚如市。黄留三日始去。

○弥月：满月。弥，满。 ○丰渥：丰盛。 ○耄（mào）：年老。 ○更：再，又。展叩：相见叩谢。

译文

又过了几年，小妾生了个女儿，小梅生了个儿子。儿子生下来的时候，左胳膊上有个红点，所以小名叫小红。孩子满月时，小梅让王慕贞设宴款待黄太仆。黄太仆给的贺礼很丰厚，但推辞说自己年老，不能出远门。小梅派了两个老妇人强邀，黄太仆才前来。小梅把儿子抱出来，把他的左胳膊露出来，以示给他取名的意思，又再三询问这个孩子的吉凶。黄太仆笑着说："这是喜红，可以在名字中加一个字，叫喜红。"小梅听了很高兴，再一次拜谢他。这一天，庭院里充满了鼓乐声，富贵亲友来来往往，热闹得像集市。黄太仆在这里住了三天才离去。

原文

忽门外有舆马来，逆女归宁。向十余年，并无瓜葛，共议之，而女若不闻。理妆竟，抱子于怀，要王相送，王从之。至二三十里许，寂无行人，女停舆，呼王下骑，屏人与语，曰："王郎王郎，会短离长，谓可悲否？"王惊问故，女曰："君谓妾何人也？"答曰："不知。"女

○逆：迎，接。归宁：回娘家。

曰:“江南拯一死罪,有之乎?”曰:“有。”曰:“哭于路者吾母也,感义而思所报,乃因夫人好佛,附为神道,实将以妾报君也。今幸生此襁褓物,此愿已慰。妾视君晦运将来,此儿在家,恐不能育,故借归宁,解儿厄难。君记取,家有死口时,当于晨鸡初唱,诣西河柳堤上,见有挑葵花灯来者,遮道苦求,可免灾难。”王曰:“诺。”因讯归期。女云:“不可预定。要当牢记吾言,后会亦不远也。”临别,执手怆然交涕。俄登舆,疾若风。王望之不见,始返。

○襁褓物:孩子。

○晦运:不吉利的命运。

○要当:必须,一定要。

译文

忽然有一天,门外有车马来,说是要接小梅回娘家。这十多年,小梅跟娘家并没有来往,众人都议论纷纷,而小梅却像没听见一样。她梳洗打扮好,把儿子抱在怀里,要王慕贞送她,王慕贞答应了。马车走了二三十里远,四周寂静无人,小梅让马车停下来,把王慕贞叫下马,屏开旁人对他说:“王郎啊王郎,相会的时间短但分别的时间长,是不是很悲惨?”王慕贞吃惊地问她为什么这么说,小梅说:“你觉得我是什么人?”王慕贞说:“不知道。”小梅说:“你在江南救过一个犯了死罪的人,有这回事吗?”王慕贞说:“有。”小梅说:“当时在路边哭的是我的母亲,她被你的义气感动所以想着要报答你,只因夫人好礼佛,所以她假称自己是神仙,实际上是用我来报答你。如今幸而生下这个孩子,这个心愿已了。我看你的霉运快要来了,这个孩子在你家,恐怕养活不了,所以借口回娘家,解除儿子的厄运。你要记得,家里有人死的时候,要在早晨鸡刚叫的时候,到西河的柳堤上,看见提着葵花灯的人,就拦路苦苦哀求他,可免除灾难。”王慕贞说:“好。”接着问她什么时候回来。小梅说:“这个无法预知。要牢牢记住我的话,再相会的日子就不远了。”临别时,两个人手拉着手悲伤痛哭。接着小梅登上马车,一溜烟地走了。王慕贞直到看不见马车,才返回家中。

原文

经六七年，绝无音问。忽四乡瘟疫流行，死者甚众，一婢病三日死。王念曩嘱，颇以关心。是日与客饮，大醉而睡。既醒，闻鸡鸣，急起至堤头，见灯光闪烁，适已过去。急追之，止隔百步许，愈追愈远，渐不可见，懊恨而返。数日暴病，寻卒。王族多无赖，共凭陵其孤寡，田禾树木，公然伐取，家日陵替。逾岁，保儿又殇，一家更无所主。族人益横，割裂田产，厩中牛马俱空。又欲瓜分第宅，以妾居故，遂将数人来，强夺鬻之。妾恋幼女，母子环泣，惨动邻里。

○凭陵：侵夺。

○日：一天天，越来越。凌替：衰落。

○殇：夭折。

译文

过了六七年，一点儿没有小梅的音讯。忽然附近的村镇瘟疫肆虐，死了好多人，王家一个婢女得了瘟疫，三天之后就死了。王慕贞想起小梅之前的叮嘱，开始留心此事。这一天他和客人喝酒，喝醉之后睡着了。醒来，听到鸡叫，急忙起床来到堤头，看见灯光闪烁，那个人方才刚刚过去。王慕贞迭忙去追，两人相距只有一百多步，却越追越远，逐渐看不见了，只好懊恼悔恨地返回家中。过了几天王慕贞突然生病，很快就去世了。王氏家族中有很多无赖，知道王慕贞去世后家里只剩孤儿寡母，都来侵占他的家产，田里的庄稼和树木，都公然占取、砍伐，王家越来越衰落。过了一年，保儿也夭折了，王家更无人主事了。族人更加蛮横，把他家的田产都分割了，马厩中的牛马也都牵走了。他们还准备瓜分他家的宅子，因为小妾住在里面，于是好几个人要强行将她卖掉。小妾眷恋幼小的女儿，母女俩抱在一起哭，凄惨的情景惊动了邻里。

原文

方危难间，俄闻门外有肩舆入，共觇，则女引小郎自车中出。四顾人纷如市，问："此何人？"妾哭诉其由。女颜色惨变，便唤从来仆役，关门下钥。众欲抗拒，而手足若痿。女令一一收缚，系诸廊柱，日与薄粥三瓯。即遣老仆奔告黄公，然后入室哀泣。泣已，谓妾曰："此天数也。已期前月来，适以母病耽延，遂至于今。不谓转盼间已成邱墟！"问旧时婢媪，则皆被族人掠去，又益欷歔。越日，婢仆闻女至，皆自遁归，相见无不流涕。所絷族人，共噪儿非慕贞体胤，女亦不置辨。既而黄公至，女引儿出迎。黄握儿臂，便捋左袂，见朱记宛然，因袒示众人，以证其确。乃细审失物，登簿记名，亲诣邑令，令拘无赖辈，各笞四十，械禁严追。不数日，田地马牛，悉归故主。黄将归，女引儿泣拜曰："妾非世间人，叔父所知也。今以此子委叔父矣。"黄曰："老夫一息尚在，无不为区处。"黄去，女盘查就绪，托儿于妾，乃具馔为夫祭扫，半日不返。视之，则杯馔犹陈，而人杳矣。

○肩舆：轿子。

○痿（wěi）：筋肉萎缩，瘫软无力。

○转盼间：转眼间。

○体胤：亲生骨肉。胤，嗣。《隋书·房陵王勇传》："云定兴女，在外私合而生，想此由来，何必是其体胤！"

○械禁：刑讯关押。

○区处：安排料理。

○具馔：备办祭品。祭扫：祭奠扫墓。

译文

正在危难之时，听到门外有轿子进来，大家一看，原来是小梅领着儿子从轿子里出来。小梅四下一看，人多得像集市，就问："这是什么人？"小妾哭着诉说了缘由。小梅的脸色立刻变了，就叫来仆人将大门锁上。众人正准备抗拒，但手脚却瘫软无力。小梅让人将他们都绑了起来，系在廊下的柱子上，每天只给他们喝三碗稀粥。又立即派老仆人赶去告诉黄太仆，然后进入内室哀哀哭泣。哭完后，对小妾说："这是天数。我本来打算一个月前就来的，但因为我的母亲生病就耽搁了，所以今天才来。没想到转眼间家里已经成了废墟！"又问之前的女仆都去了哪里，小妾说都被族人抢去了，小梅更加唏嘘。第二天，奴仆们听说小梅回来了，都逃了回来，两相见面都痛哭流涕。被绑着的那些族人，都吵嚷着说小梅的儿子不是王慕贞亲生的，小梅也不加以辩解。接着黄太仆也来了，小梅领着儿子出来迎接。黄太仆拉着小儿的胳膊，捋开左臂的衣服，红色的痣清清楚楚，因此袒露给大家看，证明他确实是王慕贞的儿子。然后黄太仆仔细审查丢失的物品，登记在册子上，亲自去找县令，县令把那些无赖都抓了起来，每人打四十大板，戴上刑具后关押起来。没过几天，田地马牛，都还了回来。黄太仆要回去了，小梅领着儿子哭着拜别他："我不是尘世中人，叔父您是知道的。今天就将这个孩子拜托给您了。"黄太仆说："只要我还有一口气在，就不会不管他。"黄太仆走了，小梅把东西盘查完毕，就把儿子托付给小妾，然后带上祭品为王慕贞夫妇扫墓去了，半天都没回来。人们去看，发现祭品都在墓前，人却已经不见了。

原文

史氏曰：不绝人嗣者，人亦不绝其嗣，此人也而实天也。至座有良朋，车裘可共，迨宿莽既滋，妻子陵夷，则车中人望望然去之矣。死友而不忍忘，感恩而思所报，独何人哉！狐乎！倘尔多财，吾为尔宰。

○陵夷：衰落，衰败。

○车裘可共：车和皮衣服都可以（与好朋友）共用。

○宿莽既滋：墓草萌出新芽。指主人死后经年。《礼记·檀弓》："朋友之墓，有宿草而不哭焉。"

○车中人：这里指有身份地位的人。望望然：躲避惟恐不及的样子。

○死友：意思是指交情甚笃，至死不相负的朋友。

○宰：管家。

译文

异史氏说：不断绝别人后嗣的人，别人也不会断绝他的后嗣，这表面上是人事，实际上是天意。活着的时候座中有好朋友，车马、皮衣都可以共用，等到死后经年，坟头草长得很高，妻子和儿子落魄，当初一起坐车的人却唯恐避之不及。然而，朋友死了却不忍忘怀，心怀感恩而想着去报答，这是什么人啊！是狐狸呀！假如你有很多钱，我愿意为你当管家。

秦晋

“秦晋”指的是春秋时期秦国与晋国的联姻关系，两国世代通过婚姻缔结盟约。因秦晋两国以婚姻巩固政治同盟，后人将这种婚姻关系称为“秦晋之盟”。这一典故广泛用于指代两姓联姻或象征婚姻缔结的美好结合，是古代婚姻文化中的重要象征。

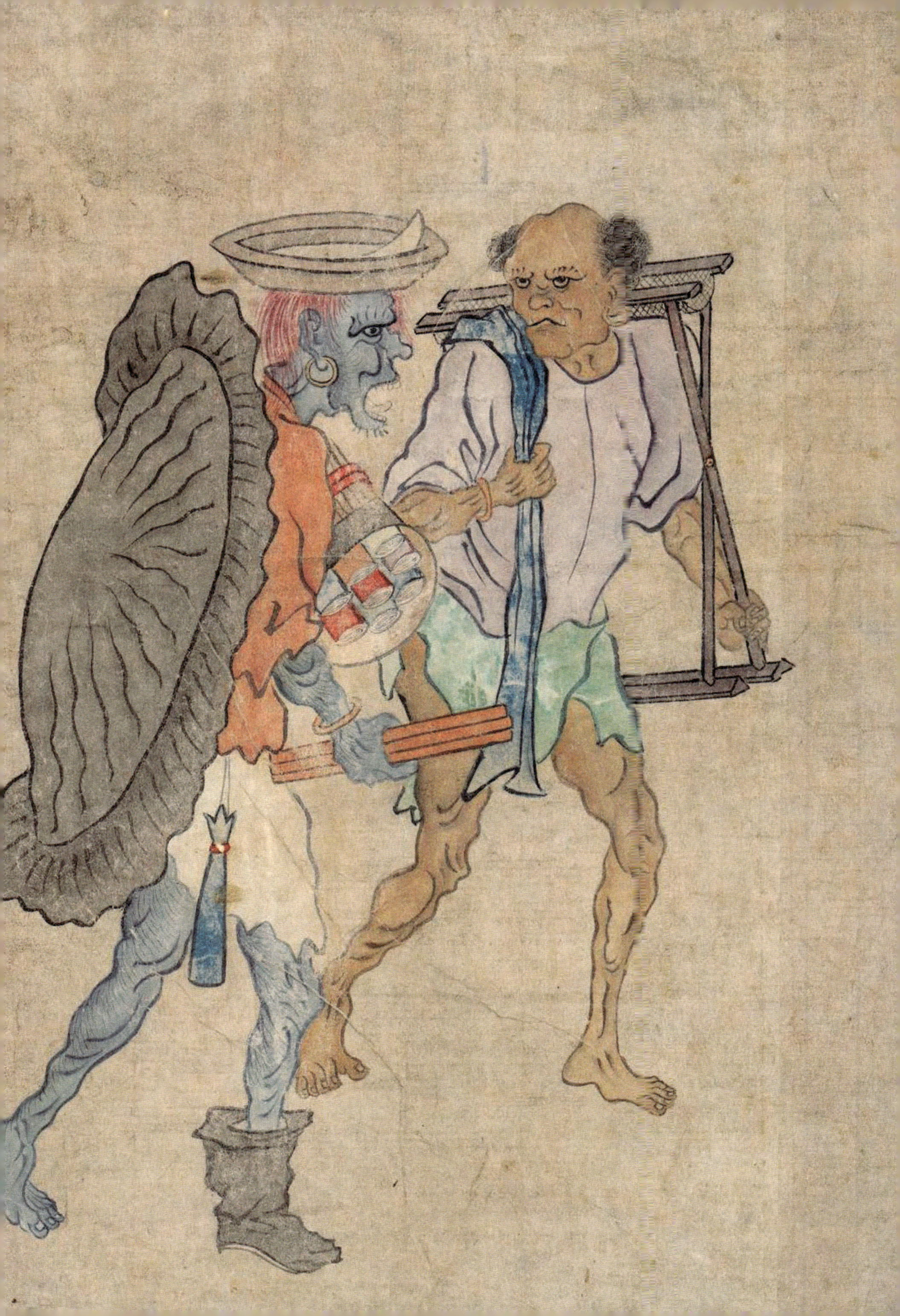

【药僧】

原文

济宁某，偶于野寺外，见一游僧，向阳扪虱，杖挂葫芦，似卖药者。因戏曰："和尚亦卖房中丹否？"僧曰："有。弱者可强，微者可巨，立刻见效，不俟经宿。"某喜求之。僧解衲角，出药一丸，如黍大，令吞之。约半炊时，下部暴长，逾刻自扪，增于旧者三之一。心犹未足，窥僧起遗，窃解衲，拈二三丸并吞之。俄觉肤若裂，筋若抽，项缩腰橐，而阴长不已。大惧，无法。僧返，见其状，惊曰："子必窃吾药矣！"急与一丸，始觉休止。解衣自视，则几与两股鼎足而三矣。缩颈蹒跚而归，父母皆不能识。从此为废物，日卧街上，多见之者。

○济宁：位于山东西南腹地，明清之交属兖州府。

○扪虱：捉虱子。

○房中丹：性药。

○衲：僧衣。

○黍（shǔ）：粘米。

○遗：入厕。

○项：脖颈。橐（tuó）：骆驼。这里谓腰背弯曲。

○蹒跚（pán shān）：腿脚不灵便，走路缓慢、摇摆的样子。

译文

济宁有个人，偶然在一个野寺外，看见一个云游的僧人，正在太阳底下捉虱子，像是个卖药的。于是他就向僧人求这种药。僧人解开衲衣的一角，拿出一丸药，药丸和黍一样大，让这个人吞下去。……他从此变成了废物，每天躺在街上，很多人都见过他。

【于中丞】

原文

于中丞成龙，按部至高邮。适巨绅家将嫁女，妆奁甚富，夜被穿窬席卷而去。刺史无术。公令诸门尽闭，止留一门放行人出入，吏目守之，严搜装载。又出示谕阖城户口，各归第宅，候次日查点搜掘，务得赃物所在。乃阴嘱吏目：设有城门中出入至再者，捉之。过午，得二人，一身之外，并无行装。公曰："此真盗也。"二人诡辩不已。公令解衣搜之，见袍服内着女衣二袭，皆奁中物也。盖恐次日大搜，急于移置，而物多难携，故密着而屡出之也。

○按部：巡视属下州县。

○于中丞成龙：于成龙，字北溟，山西永宁州人。于成龙在二十多年的仕途生涯中，以卓著的政绩和清廉深受百姓爱戴。中丞：明清两代常以副都御史或佥都御使出任巡抚，因此明清巡抚也称中丞。

○穿窬（yú）：穿壁逾墙。指偷窃行为。

○吏目：清代知州下佐理刑狱并管理文书的小官。

○再：两次。

○二袭：两身。衣裳一套叫一袭。

译文

于成龙任职中丞时，巡视州县到了高邮。正巧遇上一个富绅家要嫁女儿，嫁妆很丰厚，夜里有小偷打穿他家的墙，将嫁妆席卷一空。当地刺史对此也没有办法。于公下令关闭所有城门，只留一个门让行人出入，由吏目看守，严格搜查往来行人携带的物品。又贴出告示晓谕城里的百姓，回到各自的家里，等待第二天查点搜掘，务必找到藏赃物的地方。他还私下里叮嘱吏目：如果有人再三出入城门，就把他抓起来。中午过后，抓了两个人，除了身上穿的衣服，没有带其他的东西。于公说："这俩人是真的盗贼。"两个人不停地狡辩，说自己不是盗贼。于公让人把他俩的衣服解开搜查，发现他们在外袍里面穿了两身女性的衣服，都是所丢嫁妆里的物品。原来他们害怕第二天的大搜查，急于转移赃物，但赃物很多又不好携带，所以就偷偷地穿在身上多次出入城门。

原文

又公为宰时，至邻邑，早旦经郭外，见二人以床舁病人，覆大被，枕上露发，发上簪凤钗一股，侧眠床上。有三四健男夹随之，时更番以手拥被，令压身底，似恐风入。少顷，息肩路侧，又使二人更相为荷。于公过，遣隶回问之，云是妹子垂危，将送归夫家。公行二三里，又遣隶回，视其所入何村。隶尾之，至一村舍，两男子迎之而入。还以白公。公谓其邑宰：“城中得无有劫寇否？”宰曰：“无之。”时功令严上下讳盗，故即被盗贼劫杀，亦隐忍而不敢言。公就馆舍，嘱家人细访之，果有富室被强寇入家，炮烙而死。公唤其子来，诘其状。子固不承。公曰：“我已代捕大盗在此，非有他也。”子乃顿首哀泣，求为死者雪恨。公叩关往见邑宰，差健役四鼓出城，直至村舍，捕得八人，一鞫而伏。诘其病妇何人，盗供：“是夜同在勾栏，故与妓女合谋，置金床上，令抱卧至窝处始瓜分耳。”共服于公之神。或问所以能知之故。公曰：“此甚易解，但人不关心耳。岂有少妇在床，而容入手衾底者。且易肩而行，其势甚重，交手护之，则知其中必有物矣。若病妇昏愦而至，必有妇人倚门而迎，

○为宰时：指于成龙任广西罗城县知县时。宰，知县。

○舁（yú）：抬。

○凤钗：股端镌作凤头状的发钗。股：量词。

○更番：轮换，分次。拥：推而塞之。

○息肩：休息。这里指放下抬的床。

○劫寇：被劫夺盗之事。

○功令：法律暨朝廷考核官员的有关条例。

○隐忍：隐瞒忍耐。

○馆舍：驿馆。

○炮烙：指强盗逼受害者交出财物所施的烧烫的酷刑。

○四鼓：四更天。

○鞫：审讯。

○勾栏：妓院。

○窝处：窝藏罪犯或赃物之所。此处指罪犯聚居处。

○易肩：换人抬。

○昏愦：昏迷不醒。谓病重。

止见男子，并不惊问一言，是以确知其为盗也。”

译文

还有一回，于公当县令时，到了邻县，大清早经过城外，看见两个人用床抬着病人，病人身上盖着一床大被子，枕头上露出一截头发，头发上簪着一支凤钗，侧身睡在床上。有三四个健壮的男人在床的两边，时不时用手掖掖被子，使被子压在身子下面，好像担心风吹走被子。过了一会儿，他们停在路边休息，又换了两个人抬床。于公走过去以后，派衙役返回去问问情况，这些人说是妹妹性命垂危，要把她送去夫家。于公走了二三里路，又派衙役返回去，看他们进了哪个村子。衙役跟随他们到了一户人家，有两个男子将他们迎了进去。衙役回来将情况告诉了于公。于公问本县的县令："城中有没有盗贼？"县令说："没有。"当时朝廷考核官员很严格，上上下下都避讳说到盗贼，所以即使被盗贼抢劫或者杀害，也是隐忍下来不敢报官。于公住进驿馆，叮嘱仆人仔细查访，果然有强盗进入富人家里，富人炮烙而死。于公把富人的儿子叫来，询问盗贼的情况。富人的儿子坚决不承认有这回事。于公说："我已经替你把强盗抓住了，没有别的意思。"富人的儿子这才磕头哭泣，请求于公为自己的父亲报仇雪恨。于公又去见县令，派强健的衙役在四更天的时候出城，去盗贼所在的屋舍，抓了八个人，一审讯，这些人就认罪了。于公问生病的妇人是什么人，盗贼供述道："那天夜里我们一起在妓院，所以跟妓女合谋，把金子放在床上，让她抱到窝藏的地方然后瓜分掉。"众人都很佩服于公的神机妙算。有人问他是怎么知道的。于公说："这很容易，只是人们不留心罢了。哪有少妇睡在床上，而能容忍男人把手伸到被窝里的。而且还要换人抬，说明很重，有人在旁边护着，就可以知道里面一定有重要的东西。假如生病的妇人昏迷着到了家里，肯定有妇人站在门口相迎，但是只看见男人，也没有吃惊地问一句话，所以可以确定他们就是盗贼。"

【皂隶】

原文

万历间，历城令梦城隍索人服役，即以皂隶八人书姓名于牒，焚庙中。至夜，八人皆死。庙东有酒肆，肆主故与一隶有素。会夜来沽酒，问："款何客？"答云："僚友甚多，沽一尊少叙姓名耳。"质明，见他役，始知其人已死。入庙启扉，则瓶在焉，贮酒如故。归视所与钱，皆纸灰也。令肖八像于庙。诸役得差，皆先酬之乃行，不然，必遭笞谴。

○历城：县名。今为山东济南管辖。

○皂隶：指县署衙役。明朝规定官府衙役服皂色盘领衫。牒：造纸术发明以前的竹书或木书。

○有素：有旧，有交情。

○僚友：指同署供职朋友。

○尊：盛酒器。少叙姓名：指见面互相通报姓名寒暄。

○令：指历城知县。肖，画像。

○酬：主人与客人一起畅饮美酒。

译文

明朝万历年间，历城县令梦见城隍找他要人去服役，他就将八个衙役的名字写在文牒上，在城隍庙里烧了。到了夜里，那八个人都死了。城隍庙东边有个酒馆，店主跟其中一个衙役有来往。正巧那天夜里这个衙役来买酒，店主问："买酒款待什么客人啊？"衙役回答："同僚很多，买壶酒大家一起聊聊。"天亮以后，店主看见了其他的衙役，才知道买酒的衙役已经死了。他进入城隍庙打开庙门，发现酒瓶还在，瓶里的酒还是满的。回来看衙役给的酒钱，都是纸灰。县令让人在城隍庙给这八个人塑了像。以后各衙役去办差事，一定要先来拜祭他们，要不然，就要遭到县令的惩罚。

【绩女】

原文

绍兴有寡媪夜绩，忽一少女推扉入，笑曰：“老姥无乃劳乎？”视之，年十八九，仪容秀美，袍服炫丽。媪惊问：“何来？”女曰：“怜媪独居，故来相伴。”媪疑为侯门亡人，苦相诘。女曰：“媪勿惧，妾之孤，亦犹媪也。我爱媪洁，故相就，两免岑寂，固不佳耶？”媪又疑为狐，默然犹豫。女竟升床代绩，曰：“媪无忧，此等生活，妾优为之，定不以口腹相累。”媪见其温婉可爱，遂安之。

○绍兴：旧县名。明清为绍兴府治，即今浙江绍兴。绩：纺线。

○姥（mǔ）：老妇人的通称。

○侯门亡人：谓显贵人家出逃的姬妾之类。

○岑寂：孤寂。

○优为：擅长。

译文

绍兴有位守寡的老婆婆在夜里纺线，忽然有个少女推门进来，笑着说：“老婆婆不累吗？”老婆婆一看，少女年龄有十八九岁，相貌秀美，身上的衣服很华丽。老婆婆吃惊地问：“你从哪儿来的？”女子说：“我可怜老婆婆一个人住，所以来跟你做伴。”老婆婆疑问她是从大户人家私逃出来的，再三问她从哪儿来的。女子说：“老婆婆别怕，我也孤身一人，跟你一样。我喜爱你爱干净，所以来找你难道不好吗？”老婆婆又疑心她是狐仙，沉默着有些犹豫。女子竟然坐上床替她纺起线来，说：“老婆婆不要担心，这种生活，我很擅长，肯定不会白吃你的饭的。”老婆婆见她温婉可爱，也就安心了。

原文

夜深，谓媪曰：“携来衾枕，尚在门外，出溲时，烦捉之。”媪出，果得衣一裹。女解陈榻上，不知是何等锦绣，香滑无比。媪亦设布

○出溲：小解。溲，尿。

○捉：拿，提。

被，与女同榻。罗衿甫解，异香满室。既寝，媪私念：遇此佳人，可惜身非男子。女子枕边笑曰："姥七旬，犹妄想耶？"媪曰："无之。"女曰："既不妄想，奈何欲作男子？"媪愈知为狐，大惧。女又笑曰："愿作男子，何心而又惧我耶？"媪益恐，股战摇床。女曰："嗟乎！胆如此大，还欲作男子！实相告，我真仙人，然非祸汝者。但须谨言，衣食自足。"媪早起，拜于床下。女出臂挽之，臂腻如脂，热香喷溢，肌一着人，觉皮肤松快。媪心动，复涉遐想。女哂曰："婆子战栗才止，心又何处去矣！使作丈夫，当为情死。"媪曰："使是丈夫，今夜那得不死！"由是两心浃洽，日同操作。视所绩，匀细生光，织为布，晶莹如锦，价较常三倍。媪出，则扃其户，有访媪者，辄于他室应之。居半载，无知者。

○罗衿：罗衣衣襟。衿，衣襟。

○浃（jiā）洽：融洽。

译文

夜深了，女子对老婆婆说："我带的被褥，还在门外，你出去方便的时候，麻烦给我拿进来。"老婆婆出了门，果然找到了一个包袱。女子解开包袱，将里面的被褥铺在床上，不知道是什么样的绸缎，又香又滑。女子刚解开衣服，满屋子都是奇异的香气。睡下以后，老婆婆心想：遇到这么漂亮的女子，可惜自己不是个男人。……两个人感情融洽，白天一起纺线。女子纺的线，均匀细致地泛着光，线织成布，晶莹得像锦缎，价钱比一般的布高出三倍。老婆婆外出办事，就把门锁起来，有人来拜访老婆婆，她就在别的屋子里待着。女子在她家住了半年，都没有外人知道。

原文

后媪渐泄于所亲，里中姊妹行皆托媪以求见。女让曰：“汝言不慎，我将不能久居矣。”媪悔失言，深自责。而求见者日益众，至有以势迫媪者。媪涕泣自陈，女曰：“若诸女伴，见亦无妨，恐有轻薄儿，将见狎侮。”媪复哀恳，始许之。越日，老媪少女，香烟相属于道。女厌其烦，无贵贱，悉不交语，惟默然端坐，以听朝参而已。乡中少年闻其美，神魂倾动，媪悉绝之。

○让：责备。

○朝参：参拜，拜见。

译文

后来老婆婆把这个消息透露给自己的亲友，住在附近的姐妹们都托老婆婆去求见女子。女子推辞说：“你说话不谨慎，我不能在这里久住了。”老婆婆后悔自己失言，很自责。但是求见的人越来越多，甚至有人以权势来逼迫老婆婆。老婆婆在女子面前哭泣地乞求，女子说：“如果是那些女伴，见见面倒是无妨，就担心有些轻薄的男人，会轻薄我。”老婆婆又苦苦哀求，女子才答应了她。第二天，很多老太婆和少女，都拿着点燃的香纷至沓来。女子很厌烦这样的场景，无论是有钱人还是穷人，都不跟她们说话，只是沉默地端坐着，接受她们的参拜。乡里的少年听说她貌美，为她神魂颠倒，老婆婆对他们的求见一概拒绝。

原文

有费生者，邑之名士，倾其产，以重金啖媪。媪诺，为之请。女已知之，责曰：“汝卖我耶！”媪伏地自投。女曰：“汝贪其赂，我感其痴，可以一见。然而缘分尽矣。”媪又伏叩。女约以明日。生闻之，

○啖（dàn）：以利引诱。

喜，具香烛而往，入门长揖。女帘内与语，问：“君破产相见，将何以教妾也？”生曰：“实不敢他有所干，只以王嫱、西子，徒得传闻，如不以冥顽见弃，俾得一阔眼界，下愿已足。若休咎自有定数，非所乐闻。”忽见布幕之中，容光射露，翠黛朱樱，无不毕现，似无帘幌之隔者。生意眩神驰，不觉倾拜。拜已而起，则厚幕沉沉，闻声不见矣。悒怅间，窃恨未睹下体，俄见帘下绣履双翘，瘦不盈指。生又拜。帘中语曰：“君归休！妾体惰矣！”

○干：请托，追求。

○王嫱：王昭君。西子：西施。

○冥顽：愚钝。

○休咎：祸福，吉凶。休，吉。咎，凶。

○翠黛朱樱：翠眉朱唇。黛，眉。樱，唇。

○绣履双翘：旧时指女子的绣花鞋翘起的鞋尖。

译文

有位费生，是县里的名士，他倾家荡产，用重金贿赂老婆婆，请求见女子一面。老婆婆答应他请求女子一见。女子已经知道了这件事，责备老婆婆说：“你把我卖了！”老婆婆趴在地上认错。女子说：“你贪图他的钱财，我也被他的痴情感动，可以见一面。但是我们之间的缘分尽了。”老婆婆又趴在地上叩头。女子约定明天和费生见面。费生听到消息，很高兴，拿上香烛去见女子，进了门就长作一揖。女子在帘子里面跟他说话，问道：“你花光家产来跟我相见，有什么要跟我说的吗？”费生说：“实在不敢有其他要求，像王昭君、西施这样的绝世美女，只在传闻里听过，如果您不嫌弃我愚蠢，让我开阔眼界见见您，我就心满意足了。像福祸这类事情自有天定，我并不想知道。”他忽然看见布幕之中显露出女子的面容，光芒四射，黛色的眉毛、朱红的嘴唇，全都显露出来，像是没有帘子隔挡。费生心中荡漾，不觉俯身拜下。拜完起身，眼前的帘幕又变得厚重，只能听见声音却看不见人。费生正在郁闷惆怅，恼恨没有看全女子的整体形象，立刻看见帘下露出一双穿着绣花鞋的小脚，瘦小得不满一掌。费生又拜。女子在帘后说：“你回去休息吧！我累了！”

原文

媪延生别室，烹茶为供。生题《南乡子》一调于壁云：隐约画帘

○《南乡子》：词牌名。本为唐代教坊曲名，有单调、双调两体。此为双调。

前，三寸凌波玉笋尖。点地分明，莲瓣落纤纤，再着重台更可怜。

○凌波玉笋：指旧时女子所着弓鞋亦兼咏足。 ○莲瓣：指女子足或绣鞋。 ○重台：重台履，古代的高底鞋。

花衬凤头弯，入握应知软似绵。但愿化为蝴蝶去裙边，一嗅余香

○凤头：鞋面绣饰凤凰的头。

死亦甜。题毕而去。女览题不悦，谓媪曰：“我言缘分已尽，今不

妄矣。”媪伏地请罪。女曰：“罪不尽在汝。我偶堕情障，以色身

○情障：因情爱而造成的业障。情网。

示人，遂被淫词污亵，此皆自取，于汝何尤。若不速迁，恐陷身情

○尤：怨恨，归咎。

窟，转劫难出矣。”遂襆被出。媪追挽之，转瞬已失。

○转劫：历劫，转世。 ○襆（fú）被：用袱子包扎衣被。意为整理行装。

译文

老婆婆把费生请到别的屋子，烹茶给他喝。费生在墙上题了一首《南乡子》：隐约画帘前，三寸凌波玉笋尖。点地分明，莲瓣落纤纤，再着重台更可怜。花衬凤头弯，入握应知软似绵。但愿化为蝴蝶去裙边，一嗅余香死亦甜。题完就走了。女子看完词后不高兴，对老婆婆说：“我们的缘分已尽，今日看来是真的。”老婆婆跪在地上请罪。女子说：“罪也不全在你。我偶然坠入情网，让人看见了我的容貌，然后被淫词玷污，这都是我咎由自取，跟你没关系。我如果不赶紧离开，恐怕会身陷情窟，历劫难脱。”她整理好行李就走了。老婆婆追着挽留她，转眼间她已经消失不见了。

【红毛毡】

原文

红毛国，旧许与中国相贸易。边帅见其众，不许登岸。红毛人固请："赐一毡地足矣。"帅思一毡所容无几，许之。其人置毡岸上，仅容二人；拉之，容四五人；且拉且登，顷刻毡大亩许，已数百人矣。短刃并发，出于不意，被掠数里而去。

◎红毛国：指荷兰或英国，亦泛称欧洲诸国。

译文

昔日，红毛国得到中国朝廷恩准，允许其与中国进行商贸往来。然边境官员见其人数众多，遂拒绝其登陆请求。红毛国人再三恳求，声称："仅需赐予吾等一块毡毯大小之地便足矣。"边境官员思量，一小块毡毯之地无法容纳多人，遂应允。于是，红毛国人将毡毯置于岸边，初时仅够两人立足；随后一拉，竟可容四五人；边拉边登，顷刻间，毡毯竟扩展至一亩之广，足以容纳数百之众。此刻，红毛国人突然抽出短刀，发起攻击。因事发突然，众人措手不及，致使其抢掠数里之地后方才离去。

【抽肠】

原文

莱阳民某昼卧，见一男子与妇人握手入。妇黄肿，腰粗欲仰，意象愁苦。男子促之曰：“来，来！”某意其苟合者，因假睡以窥所为。既入，似不见榻上有人，又促曰：“速之！”妇便自坦胸怀，露其腹，腹大如鼓。男子出屠刀一把，用力刺入，从心下直剖至脐，蚩蚩有声。某大惧，不敢喘息。而妇人攒眉忍受，未尝少呻。男子口衔刀入手于腹，捉肠挂肘际，且挂且抽，顷刻满臂。乃以刀断之，举置几上，还复抽之。几既满，悬椅上，椅又满，乃肘数十盘，如渔人举网状，望某首边一掷。觉一阵热腥，面目喉膈覆压无缝。某不能复忍，以手推肠，大号起奔。肠堕榻前，两足被絷，冥然而倒。家人趋视，但见身绕猪脏，既入审顾，则初无所有。众各自谓目眩，未尝骇异。及某述所见，始共奇之。而室中并无痕迹，惟数日血腥不散。

○莱阳：旧县名。位于山东东部，明清时期属山东登州府。今为山东烟台管辖。

○蚩蚩：象声词。

○攒眉：皱眉。

○喉膈：喉咙。膈通“膈”。

译文

在莱阳，有一位居民，在白天卧床小憩时，忽见一男一女手牵手走入屋内。女子身形臃肿，腰部粗大似将倾颓，面容满是愁苦之色。男子催促道：“快来，快来！”此居民初以为二人有私，佯装熟睡，欲窥其行径。二人入屋后，仿佛未察觉床上有人，男子再次催促："快些！"随即，女子袒露胸膛，肚皮显露，腹部鼓胀如同巨鼓。男子取出一柄锋利的屠刀，猛然刺入女子腹部，自心口向下剖至肚脐，发出"嗤嗤"声响。居民心惊胆战，不敢喘息。女子紧蹙眉头，强忍疼痛，几未发出呻吟。男子以口叼刀，伸手入腹，抓取肠子拉出，缠绕于臂肘之上，边缠边抽，顷刻间手臂上已满是肠子。随后，他挥刀切断，高举置于桌上，复又回身继续抽取。桌上堆满后，又挂于椅上，椅子亦满，便在臂肘上缠绕数十圈，宛如渔人撒网，最后向居民头部一掷。居民只觉一阵腥热扑面，脸上、颈间都被覆盖。他再难忍受，推开肠子，惊呼而起，夺路而逃。肠子散落在床边，绊住了他的双脚，使他昏昏沉沉地摔倒在地。家人闻声赶来，只见他满身缠绕着似猪内脏之物，细察之下，却又空无一物。众人皆以为眼花所致，并未感到惊奇。待居民讲述了所见之事，众人才一同感到诧异。然而屋内并无任何异样痕迹，只是那股血腥味，数日不散。

【张鸿渐】

原文

张鸿渐，永平人，年十八，为郡名士。时卢龙令赵某贪暴，人民共苦之。有范生被杖毙，同学忿其冤，将鸣部院，求张为刀笔之词，约其共事。张许之。妻方氏，美而贤，闻其谋，谏曰："大凡秀才作事，可以共胜，而不可以共败。胜则人人贪天功，一败则纷然瓦解，不能成聚。今势力世界，曲直难以理定，君又孤，脱有翻覆，急难者谁也！"张服其言，悔之，乃婉谢诸生，但为创词而去。质审一过，无所可否。赵以巨金纳大僚，诸生坐结党被收，又追捉刀人。

○永平：府名。

○杖毙：受杖刑被打死。

○鸣部院：去部院鸣冤。

○为刀笔之词：撰写诉状。刀笔，古时称主办文案的官吏为刀笔吏。后世也称讼师为刀笔，指其笔利如刀。

○贪天功：喻指将别人和集体的功绩，说成是自己之力。

○瓦解：喻崩溃之势如屋瓦散脱，各自分离。

○脱：假如，倘若。

○急难：解救危难。

○创词：起草讼状。创，草创。

○坐：定罪。结党：结成党羽。

○捉刀人：替别人代笔作文的人。

译文

张鸿渐，年仅十八，乃永平郡内一名声显赫的读书人。彼时，卢龙县的赵县令贪婪成性，凶暴无情，致使百姓苦不堪言。曾有一名范姓学子，不幸遭棍棒加身，含冤而亡。范生的同窗们义愤填膺，决意赴巡抚处状告赵县令，遂恳请张鸿渐代为撰写诉状，并邀他共襄此举。张鸿渐欣然应允。张鸿渐之妻方氏，不仅容貌出众，且贤良淑德。闻听此事，她深谋远虑地劝诫丈夫："秀才们共事，易共成而难共败。事成则争相邀功，事败则各自逃散，难以团结一心。况乎今世，权势横行，是非黑白岂是公理所能定夺？你孤身一人，倘有变故，危急关头，何人能来援手？"张鸿渐听后，深感其言有理，心中悔意渐生，遂婉拒了诸书生的邀请，仅为他们草拟了诉状初稿。书生们呈上诉状，巡抚虽予审理，却未能明辨是非。赵县令不惜重金，贿赂审案官员，致使书生们反被诬陷为结党营私，身陷囹圄。继而，赵县令又追查撰写诉状之人，意图一并治罪。

原文

张惧，亡去。至凤翔界，资斧断绝。日既暮，踟躇旷野，无所归
○凤翔：府名。地处关中平原，治所在今陕西凤翔。
宿。欻睹小村，趋之。老媪方出阖扉，见生，问所欲为，张以实告。
○欻（xū）：忽然。
媪曰："饮食床榻，此都细事，但家无男子，不便留客。"张曰："仆亦不敢过望，但容寄宿门内，得避虎狼足矣。"媪乃令入，闭门，授以草荐，嘱曰："我怜客无归，私容止宿，未明宜早去，恐吾家小娘
○草荐：草垫。荐，草垫子，席。
子闻知，将便怪罪。"媪去，张倚壁假寐。忽有笼灯晃耀，见媪导一女郎出。张急避暗处，微窥之，二十许丽人也。及门，见草荐，诘媪，媪实告之。女怒曰："一门细弱，何得容纳匪人！"即问："其
○细弱：指老、幼、妇女。 ○匪人：不是亲近的人。
人焉往？"张惧，出伏阶下。女审诘邦族，色稍霁，曰："幸是风雅
○霁：雨雪停止。比喻怒气消散。
士，不妨相留。然老奴竟不关白，此等草草，岂所以待君子！"命
○关白：禀告。
媪引客入舍。俄顷，罗酒浆，品物精洁，既而设锦裀于榻。张甚德之，因私询其姓氏。媪曰："吾家施氏，太翁、夫人俱谢世，止遗三女。适所见，长姑舜华也。"媪去。

译文

张鸿渐心生恐惧，遂逃离家门。行至陕西凤翔地界，所带路费已用尽。夜幕降临，他徘徊于旷野之中，茫然不知所向。忽见前方隐现一小村落，便急忙奔了过去。恰逢一

位老妪正关门外出，见到张鸿渐，便询问其来意。张鸿渐便将自身遭遇和盘托出。老妪言道："供你餐食、宿处本是小事，只是家中并无男丁，留宿恐有不便。"张鸿渐连忙表示："我并不敢有所奢求，只望能在门内暂避一宿，免受虎狼之扰便已足矣。"老妪听后，方允他入内，关上门后，递给他一个草垫，并叮嘱道："我怜你无处栖身，私自留你住宿，但天亮前你必须尽快离开，以免我家小姐知晓后责怪我。"说完，老妪便离去了。张鸿渐靠着墙壁，勉强打起盹来。忽地，一阵灯笼光亮起，只见老妪引领着一位女子走出。张鸿渐慌忙躲入暗处，偷偷窥视，只见那女子年约二十，貌美如花。女子行至门口，见到草垫，便询问老妪缘由。老妪据实以告。女子听后，怒道："家中皆是柔弱女流，怎可随意收留来历不明的男子！"随即追问："那人现在何处？"张鸿渐心中惊骇，只得走出，跪伏在台阶之下。女子细细询问了他的籍贯姓名，面色稍缓，说道："幸好是位知书达理之人，留下也无妨。只是这老奴竟不先来禀报，如此轻率，岂是待客之礼！"于是，她吩咐老妪引领客人进屋。不久，便摆上了精致可口的酒食。饭后，又取出绣花锦被，为他铺好床铺。张鸿渐心中感激不尽，便私下向老妪打听女子的姓氏。老妪答道："我家姓施，老爷、夫人均已过世，只留下三个女儿。你方才所见，正是大小姐舜华。"说完，老妪便离去了。

原文

张视几上有《南华经注》，因取就枕上，伏榻翻阅。忽舜华推扉入。张释卷，搜觅冠履。女即榻捺坐曰："无须，无须！"因近榻坐，觍然曰："妾以君风流才士，欲以门户相托，遂犯瓜李之嫌。得不相遐弃否？"张皇然不知所对，但云："不相诳，小生家中，固有妻耳。"女笑曰："此亦见君诚笃，顾亦不妨。既不嫌憎，明日当烦媒妁。"言已，欲去。张探身挽之，女亦遂留。未曙即起，以金赠张，曰："君持作临眺之资。向暮，宜晚来，恐傍人所窥。"张如其言，

○《南华经》：即《庄子》。

○以门户相托：指招男人入赘。

○瓜李之嫌：身处嫌疑之中。

○遐弃：远相抛弃。

○临眺之资：旅游费用。临眺，登高望远，指游览。

早出晏归，半年以为常。

○晏：晚。

译文

张鸿渐瞥见桌上放置着一部《南华经注》，便随手取来，置于枕边，俯卧于床上细细品读。忽然间，舜华推门而入。张鸿渐连忙放下手中书籍，慌乱地寻找鞋帽，意欲起身相迎。舜华缓步走至床边，轻轻按下他，柔声道："无须起身，无须起身！"随即，她挨着床边坐下，脸上泛起一抹羞涩，低语道："我观你乃风流才俊，有心将此家交付于你，因此不避嫌疑，亲自向你表露心迹。你该不会因此轻视我，拒我于千里之外吧？"张鸿渐听后，惊慌失措，不知所措，只得道："实言相告，我家中已有妻室。"舜华听后轻笑，道："这倒也显出你的诚恳，不过此事无妨。只要你对我不嫌弃，明日我便请媒人来议亲。"说完，她起身欲离。张鸿渐情急之下，探身拉住她，舜华也就顺势留了下来。次日，天尚未明，舜华便已起身，赠给张鸿渐一些银两，轻声道："你拿去作为游玩之资。夜晚归来时，记得晚些，以免被人瞧见。"张鸿渐依照她的吩咐，每日早出晚归，如此度过了半年的时光。

原文

一日，归颇早，至其处，村舍全无，不胜惊怪。方徘徊间，闻媪云："来何早也！"一转盼间，则院落如故，身固已在室中矣，益异之。舜华自内出，笑曰："君疑妾耶？实对君言：妾，狐仙也，与君固有夙缘。如必见怪，请即别。"张恋其美，亦安之。夜谓女曰："卿既仙人，当千里一息耳。小生离家三年，念妻孥不去心，能携我一归乎？"女似不悦，曰："琴瑟之情，妾自分于君为笃。君守此念彼，是相对绸缪者，皆妄也！"张谢曰："卿何出此言！谚云：'一日夫妻，

○千里一息：瞬间可致千里。息，气息，呼吸。

○自分（fèn）：自认为。

○绸缪：情深意长，缠绵。

百日恩义。’后日归念卿时，亦犹今日之念彼也。设得新忘故，卿何取焉？”女乃笑曰：“妾有褊心，于妾，愿君之不忘；于人，愿君之忘之也。然欲暂归，此复何难，君家咫尺耳。”

○褊（biǎn）心：心胸狭窄。

译文

一日，张鸿渐提早归来，抵达那熟悉之地时，却惊异地发现村庄、房屋竟全然消失，心中充满了疑惑与震惊。正当他徘徊不定，满心困惑之际，耳畔响起了老太太的声音：“今日怎么回来得如此之早？”话音未落，转眼间，院落重现，一切如旧，而他已身处于屋内，这份突如其来的变化令他更加惊诧不已。舜华自内室款步而出，面带笑意，轻声道：“你可是对我产生了疑虑？实话告诉你吧，我乃是狐仙，与你有前世未了的情缘。若你心生怪异，那我们便即刻分离。”张鸿渐贪恋着她的绝世容颜，心中的疑虑瞬间被温情所取代，决意安心留下。夜幕降临，张鸿渐对舜华倾诉道：“你既为仙人，定能瞬息千里。我离家已三载有余，心中时刻挂念妻儿，你能否带我回家一趟？”舜华听后，神色似乎略显不悦，言道：“论及夫妻之情，我自信对你情深意重。然而，你与我相守，心中却仍念及她人，可见你对我的恩爱，不过是虚情假意罢了！”张鸿渐连忙致歉：“你何出此言！俗话说得好：‘一日夫妻，百日恩义。’即便我日后回家，想念你之时，亦会如同今日想念她一般。若我是个忘恩负义、得新忘旧之人，你又怎会爱上我呢？”舜华听后，方才展颜笑道：“我心眼儿小，对我而言，自然希望你永远铭记；对她人，则希望你能够忘怀。不过，你若想暂时回家一趟，又有何难？你的家，其实就近在眼前。”

原文

遂把袂出门，见道路昏暗，张逡巡不前。女曳之走，无几时，曰：“至矣。君归，妾且去。”张停足细认，果见家门。逾垝垣入，见室中灯火犹荧。近以两指弹扉，内问为谁，张具道所来。内秉烛启关，

○把袂：拉着衣袖。袂，衣袖。

○垝（guǐ）垣：倒塌的垣墙。

真方氏也。两相惊喜，握手入帷。见儿卧床上，慨然曰："我去时儿才及膝，今身长如许矣！"夫妇依倚，恍如梦寐。张历述所遭。问及讼狱，始知诸生有瘐死者，有远徙者，益服妻之远见。方纵体入怀，曰："君有佳偶，想不复念孤衾中有零涕人矣！"张曰："不念，胡以来也？我与彼虽云情好，终非同类，独其恩义难忘耳。"方曰："君以我何人也？"张审视，竟非方氏，乃舜华也。以手探儿，一竹夫人耳。大惭无语。女曰："君心可知矣！分当自此绝矣，犹幸未忘恩义，差足自赎。"

○瘐（yǔ）死：病死狱中。瘐，囚徒病死。

○远徙：流放到边远地区。徙，流刑。

○竹夫人：夏天放在床上的取凉用具。竹制，圆柱形，中空，周围有洞，可以通风。

○分（fèn）当：自应，本应该。

○差足自赎：勉强可以赎罪。自赎，自己弥补罪过。

译文

舜华于是挽起张鸿渐的衣袖，一同走出门外。只见眼前道路昏暗，张鸿渐心中畏惧，不敢贸然前行。舜华紧紧拉着他的手，引领着他一路前行。不久，舜华轻声道："我们到了。你回去吧，我先行一步。"张鸿渐停下脚步，仔细辨认，果然隐约看见了自家的门户。他穿过倒塌的垣墙，跳入院内，只见屋中灯烛明亮。他上前两步，用两个手指轻轻弹叩窗户。屋内之人闻声询问是谁，张鸿渐连忙应声，说自己回来了。屋内之人手持灯烛，打开门扉，竟是妻子方氏。两人相见，又惊又喜，手拉着手一同走进床帷之中。张鸿渐看见儿子躺在床上熟睡，不禁感叹道："我离开时，儿子只有我膝头那么高，如今竟已长得如此高大了！"夫妇二人依偎在一起，恍如置身于梦境之中。张鸿渐从头到尾，将自己出逃后的遭遇一一向方氏述说。又问起那件官司的进展，方知那些书生有的已在狱中病逝，有的被流放至远方，心中对方氏的远见更加佩服。方氏扑入张鸿渐怀中，含泪道："你如今有了漂亮的新夫人，想必不会再惦记我这个终日哭泣、孤苦伶仃的人了吧！"张鸿渐连忙解释道："若不惦记你，我怎会回来？我与她虽感情深厚，但终究非同类，只是她的恩义让我难以忘怀罢了。"方氏听后，轻笑一声，问道："你以为我是谁？”张鸿渐定睛一看，竟发现眼前之人并非方氏，而是舜华。他伸手去摸儿子，却发现竟是一个消暑用的竹夫人。张鸿渐顿时羞愧难当，无言以对。舜华轻声道：“你的心意，我已明了。本应就此分别，但幸而你还未忘掉我的恩情，勉强还可以赎你的罪。”

原文

过二三日，忽曰：“妾思痴情恋人，终无意味。君日怨我不相送，今适欲至都，便道可以同去。”乃向床头取竹夫人共跨之，令闭两眸，觉离地不远，风声飕飕。移时，寻落。女曰：“从此别矣。”方将订嘱，女去已渺。怅立少时，闻村犬鸣吠，苍茫中见树木屋庐，皆故里景物，循途而归。逾垣叩户，宛若前状。方氏惊起，不信夫归，诘证确实，始挑灯呜咽而出。既相见，涕不可仰。张犹疑舜华之幻弄也，又见床卧一儿，如昨夕，因笑曰：“竹夫人又携入耶？”方氏不解，变色曰：“妾望君如岁，枕上啼痕固在也。甫能相见，全无悲恋之情，何以为心矣！”张察其情真，始执臂欷歔，具言其详。问讼案所结，并如舜华言。

○涕不可仰：哭泣得不能仰视。仰，抬头。

○望君如岁：像盼望丰年一样想念你。岁，一年的农业收成。

译文

过了两三天，舜华忽然开口道：“我这一厢情愿地痴恋着你，终究似乎并无多大意义。你日日埋怨我不送你回去，今日恰逢我要去京城，便顺道送你一程吧。”说完，她从床头上取过那竹夫人，两人一同跨坐上去，舜华吩咐张鸿渐闭上眼睛。

张鸿渐只觉身体轻盈，离地不远，耳边风声呼啸。未几，便已稳稳落地。舜华轻声道："我们就在此分别吧。"张鸿渐正欲与她约定重逢之日，却见舜华已渐行渐远，直至消失不见。他失望地站立片刻，忽闻村中传来狗吠声，朦朦胧胧间，只见树木房屋，皆是故乡熟悉的景致。于是，他顺着道路，向家中走去。跳过院墙，他再次敲门，一切情景与上次无异。方氏被惊醒，起身相迎，却不敢相信丈夫真的回来了。她隔着门仔细盘问，确认无误后，才点亮灯烛，呜咽着出门迎接。一见面，方氏便泣不成声，抬不起头来。张鸿渐见状，心中仍有些疑惑，以为是舜华在戏弄他。然而，当他看见床上躺着一个孩子，与那日所见一般无二时，不禁笑道："你又把竹夫人带来了吗？"方氏听后，一脸茫然，生气地说道："我日夜盼望你回来，度日如年，枕头上的泪痕犹在。如今好不容易相见，你却毫无悲伤之情，真是让人心寒！"张鸿渐见状，方知眼前之人确是真真切切的方氏。他拉起她的手，泪水盈眶，详细地向她述说了自己的一切遭遇。又问及官司的结果，与舜华所言相符，心中更是感慨万分。

原文

方相感慨，闻门外有履声，问之不应。盖里中有恶少，久窥方艳，是夜自别村归，遥见一人逾垣去，谓必赴淫约者，尾之入。甲故不甚识张，但伏听之。及方氏亟问，乃曰："室中何人也？"方讳言："无之。"甲言："窃听已久，敬将以执奸耳。"方不得已，以实告。甲曰："张鸿渐大案未消，即使归家，亦当缚送官府。"方苦哀之，甲词益狎逼。张忿火中烧，把刀直出，剁甲中颅。甲踣，犹号，又连剁之，遂死。方曰："事已至此，罪益加重。君速逃，妾请任其辜。"张曰："丈夫死则死耳，焉肯辱妻累子以求活耶！卿无顾虑，但

○踣（bó）：倒地。

○辜：罪。

令此子勿断书香，目即瞑矣。”天明，赴县自首。赵以钦案中人，姑薄惩之。寻由郡解都，械禁颇苦。

○勿断书香：不要中断读书。书香，古人以芸香草藏书辟蠹，故有书香之称。此处指读书的家风。

○钦案：皇帝关照审办的案件。钦，旧时对皇帝行事的敬称。

译文

两人正沉浸在感慨之中，忽然，门外传来了脚步声，他们连忙询问是谁，却无人应答。原来，这乡里有个恶少，一直对方氏的美貌垂涎三尺。这天晚上，他从别的村子返回，远远地看见一个人跳过墙去，便以为定是与方氏有私情之人，于是悄悄尾随而入。这恶少名叫甲，他本不太认识张鸿渐，只是悄悄趴在外面偷听。当方氏连连询问外面是谁时，他才开口问道：“屋里是谁？”方氏情急之下，谎称：“屋里没人。”甲却冷笑道：“我已经听了半天了，分明是来捉奸的。”方氏无奈之下，只好告诉他实话，说是丈夫回来了。甲却不肯善罢甘休，他威胁道：“张鸿渐这桩大案还没了结呢，即便他真的回来了，也该绑了送官。”方氏苦苦哀求，甲却趁机逼迫她，言语间愈发不堪入耳。张鸿渐听得怒火中烧，他拿起刀，直冲出门，一刀剁在甲的头上。甲倒在地上，仍在叫喊，张鸿渐又连剁几刀，终于将他杀死。方氏惊恐万分，她说道：“事已至此，你的罪孽更加深重了。你快逃吧，我来替你顶罪。”张鸿渐却斩钉截铁地说道：“大丈夫何畏生死？我岂能连累妻子、儿子，而苟且偷生！你不必管我了，只要让这个孩子读书成才，我死也瞑目了。”天亮后，张鸿渐毅然决然地到县里去自首。赵县令因他是朝廷追查的犯人，所以只是轻轻地用了些刑罚。不久，他便被郡县押解到京城，一路上枷重铐紧，受尽了折磨与苦难。

原文

途中遇女子跨马过，一老妪捉鞚，盖舜华也。张呼妪欲语，泪随声堕。女返辔，手启障纱，讶曰：“表兄也，何至此？”张略述之。女曰：“依兄平昔，便当掉头不顾，然予不忍也。寒舍不远，即邀公役

○障纱：面纱。

同临，亦可少助资斧。”从去二三里，见一山村，楼阁高整。女下马入，令妪启舍延客。既而酒炙丰美，似所夙备。又使妪出曰：“家中适无男子，张官人即向公役多劝数觞，前途倚赖多矣。遣人措办数十金，为官人作费，兼酬两客，尚未至也。”二役窃喜，纵饮，不复言行。日渐暮，二役径醉矣。女出，以手指械，械立脱，曳张共跨一马，驶如龙。少时，促下，曰：“君止此。妾与妹有青海之约，又为君逗留一晌，久劳盼注矣。”张问：“后会何时？”女不答，再问之，推堕马下而去。既晓，问其地，太原也。遂至郡，赁屋授徒焉。托名宫子迁。

○一晌：一段时间。

○太原：旧县名。明清时的太原县，今山西太原。

○郡：指太原府治阳曲县。

译文

途中，他们偶遇一名女子骑马疾驰，身旁一位老太太紧握着马缰，细细一看，那女子竟是舜华。张鸿渐连忙唤住老太太，欲开口言语，却不由自主地泪流满面。舜华见状，立刻拉紧马缰，回转马头，轻轻撩开面纱，面露惊讶之色，问道：“表兄，你怎会落得如此田地？”张鸿渐简要地将事情经过叙述了一遍。舜华听后，叹息道：“若依表兄往日之行径，我本应转身离去，不再理会。但念及旧情，我仍心有不忍。我家离此不远，不妨请两位差官也一同前往，我可略尽绵薄之力，助你一些路费。”众人随她行走了二三里路，眼前出现了一座山村，楼阁巍峨，排列整齐。女子下马步入村中，吩咐老太太开门迎客。不久，便摆上了丰盛的酒菜，仿佛一切早已准备妥当。接着，她又派老太太出门传话：“家中恰好无男子在，张官人不妨多劝两位差官饮几杯。日后路上，还需二位多多关照。我已派人去筹措几十两银子，作为张官人的路费，并酬谢两位差官，此刻尚未归来。”两位差官心中暗喜，于是放量畅饮，不再提及赶路之事。天色渐晚，两位差官皆已酩酊大醉。

此时，舜华走出屋来，轻轻一指张鸿渐身上的枷锁，锁链便应声而开。她拉着张鸿渐共乘一马，如龙腾空，飞驰而去。不久，舜华让他下马，说道："你就在此处下马吧。我与妹妹有青海之约，因你耽搁了片刻，恐怕她已等候多时。"张鸿渐急忙问道："我们何时才能再次相见？"舜华却沉默不语，再问之下，她轻轻将张鸿渐推下马背，转身离去。天亮后，张鸿渐打听此处何地，得知乃是太原县。于是，他前往郡城，租了一间屋子，以开课教学为生，并化名为宫子迁。

原文

居十年，访知捕亡寝息，乃复逡巡东向。既近里门，不敢遽入，俟夜深而后入。及门，则墙垣高固，不复可越，只得以鞭挝门。久之，妻始出问。张低语之。喜极，纳入，作呵叱声，曰："都中少用度，即当早归，何得遣汝半夜来？"入室，各道情事，始知二役逃亡未返。言次，帘外一少妇频来，张问伊谁，曰："儿妇耳。"问："儿安在？"曰："赴郡大比未归。"张涕下曰："流离数年，儿已成立，不谓能继书香，卿心血殆尽矣！"话未已，子妇已温酒炊饭，罗列满几。张喜慰过望。居数日，隐匿房榻，惟恐人知。一夜，方卧，忽闻人语腾沸，捶门甚厉。大惧，并起。闻人言曰："有后门否？"益惧，急以门扇代梯，送张夜度垣而出，然后诣门问故，乃报新贵者也。方大喜，深悔张遁，不可追挽。

○寝息：消歇，懈怠。

○大比：乡试。

○报新贵者：向新贵人报喜的人。

译文

张鸿渐在太原隐姓埋名度过了十年光阴，待他打听到官府对他的追捕已日渐松懈，才缓缓踏上了归家之路。抵达村口时，他心中仍存畏惧，不敢贸然进村，直等到夜深人静之时，才悄悄潜入。来到家门口，他只见院墙高耸厚实，已非昔日可比，再也无法攀爬而入，只得拿起马鞭轻轻敲门。过了许久，妻子方氏才出门询问来者何人。张鸿渐压低声音，向妻子报明身份。方氏听后，欣喜若狂，连忙开门迎他进屋，却故意高声斥责道："少爷在京城里钱财不济，理应早些回来，为何派你三更半夜地偷偷摸摸回来？"进屋后，两人互诉别后衷肠，方氏告知张鸿渐，那两个差官一直逃亡在外，未曾归来。他们正交谈间，门帘外忽有一少妇来回走动，张鸿渐好奇询问是谁，方氏答道："是儿媳。"他又问："儿子呢？"方氏回道："他参加科举考试，尚未归来。"张鸿渐听后，不禁泪流满面，感慨道："我在外漂泊多年，儿子已然长大成人，竟能承继我们家的书香门第，你真是费尽了心血啊！"话未说完，儿媳已端来热酒，备好饭菜，满满当当地摆了一桌。张鸿渐心中喜悦难以言表。他在家中住了几日，因惧怕被人发现，一直躲在屋里不敢出门。一日夜里，他们刚刚躺下休息，忽然听见外面人声鼎沸，有人用力捶打房门。两人吓得魂飞魄散，连忙起身。只听外面有人问道："有后门吗？"他们心中更加惊恐，急忙用门扇搭成简易梯子，送张鸿渐翻墙逃走。方氏随后到门口询问来者何人，得知是儿子中举的消息传来，有人特来报喜。方氏大喜过望，却也为让张鸿渐逃走而后悔不已。然而，此时再想追回他，已来不及了。

原文

张是夜越莽穿榛，急不择途，及明，困殆已极。初念本欲向西，问之途人，则去京都通衢不远矣。遂入乡村，意将质衣而食。见一高门，有报条黏壁上，近视，知为许姓，新孝廉也。顷之，一翁自内出，张迎揖而告以情。翁见仪貌都雅，知非赚食者，延入相款。因

○通衢：四通八达的大路。

○质：典当。

○报条：报告考中消息的纸条。

○赚食：骗吃。

诘所往，张托言："设帐都门，归途遇寇。"翁留诲其少子。张略问官阀，乃京堂林下者，孝廉，其犹子也。月余，孝廉偕一同榜归，云是永平张姓，十八九少年也。张以乡、谱俱同，暗中疑是其子，然邑中此姓良多，姑默之。至晚解装，出齿录，急借披读，真子也，不觉泪下。共惊问之，乃指名曰："张鸿渐，即我是也。"备言其由。张孝廉抱父大哭。许叔侄慰劝，始收悲以喜。许即以金帛函字，致告宪台，父子乃同归。

○京堂林下者：退休的京官。清代都察院、通政司及诸卿寺的堂官，均称京堂。林下，僻静之处，指退隐之地。

○犹子：侄子。

○同榜：科举时代同榜取中的人叫同榜或同科。

○乡、谱：籍贯和姓氏。乡，乡里，乡贯。谱，祖谱，记录族姓世系的簿籍。

○齿录：也称"同年录"。

○披读：翻阅。

○金帛函字：礼品及书信。

○宪台：上司。东汉称御史府为宪台，后乃以之通称御史，亦用为地方官吏对知府以上长官的尊称。

译文

这一夜，张鸿渐在荒芜的林木间仓皇逃窜，慌不择路，直至天边泛起鱼肚白，他已疲惫不堪，几近极限。起初，他打算向西行进，但询问过路的行人后，方知距离通往京城的大道已近在咫尺。于是，他走进一座村庄，打算卖掉衣物以换取一顿饱饭。他注意到一所大宅门上贴着喜庆的告示，走近一看，得知这户人家姓许，且家中有人新中了孝廉。不久，一位老翁从宅内走出，张鸿渐迎上前去行礼，并说明了自己的困境。老翁见他举止文雅，知他并非那种欺诈之人，便邀请他进屋，并为他准备了饭菜。席间，老翁询问张鸿渐的去向，张鸿渐谎称："我原在京城教书，归家途中不幸遭遇强盗。"老翁听后，便挽留他在家中教授自己的小儿子。张鸿渐在与老翁的交谈中，得知老翁曾在京城为官，如今已告老还乡，而新中的孝廉正是他的侄子在许家住了一个多月后，许孝廉带着一位同榜的举人回家，说此人来自永平，姓张，十八九岁。张鸿渐见这举人的家乡和姓氏都与自己相同，心中暗自揣测他可能是自己的儿子。然而，考虑到县里姓张的人很多，他并未急于表露身份。到了夜晚，许孝廉打开行李，取出一本记录同科举人信息的齿录。张鸿渐急忙借来翻阅，仔细查找，终于确认这位举人确实是自己的儿子。他顿时泪流满面，众人见状，纷纷询问缘由。他指着齿录上的名字，哽咽道："张鸿渐，那就是我。"接着，他详细讲述了自己的遭遇。许孝廉听后，抱着父亲痛哭流涕。

许家叔侄在一旁极力劝慰，两人才渐渐止住泪水，转悲为喜。随后，许翁开始为张鸿渐的官司四处奔波，写信送礼给几位大官，请求他们疏通关系。最终，在许翁的帮助下，父子俩得以一同返回家乡。

原文

方自闻报，日以张在亡为悲，忽白孝廉归，感伤益痛。少时，父子并入，骇如天降，询知其故，始共悲喜。甲父见其子贵，祸心不敢复萌。张益厚遇之，又历述当年情状，甲父感愧，遂相交好。

⊙在亡：亡命，在逃。

译文

自收到儿子的喜报后，方氏整日沉浸在张鸿渐流亡在外的悲伤之中。忽有一日，有人传来消息说孝廉归来，她心中不禁更加沉痛。然而，未过多久，她竟见到父子二人并肩步入家门，这份突如其来的惊喜让她惊愕不已，仿佛丈夫是从天而降一般。待她详细询问了事情的经过后，心中的情感如同翻涌的江海，悲喜交织，难以言表。与此同时，甲的父亲得知张鸿渐的儿子中了举人，心中的报复之念瞬间烟消云散。张鸿渐对甲父给予了格外的关照，并详尽地叙述了当初的那段往事。甲父听后，深感羞愧，两人之间的恩怨就此化解。从此，他们摒弃前嫌，成为了好朋友。

【太医】

原文

万历间，孙评事少孤，母十九岁守节。孙举进士，而母已死。尝语人曰："我必博诰命以光泉壤，始不负萱堂苦节。"忽得暴病，綦笃。素与太医善，使人招之。使者出门，而疾益剧，张目曰："生不能扬名显亲，何以见老母地下乎！"遂卒，目不瞑。

○评事：大理寺属员，出使推按，参决疑狱，清朝官职为正七品。

○守节：指妇女在丈夫死后不再结婚或未婚夫死后终身不结婚。

○博：博得，取得。诰命：帝王的封赠命令。

○萱堂：母亲的代称。

译文

在明朝万历年间，孙评事自幼便失去了父亲的庇护，其母在年仅十九岁时便开始了守寡的生涯。当孙评事高中进士时，他的母亲却已离世，未能亲眼见证儿子的荣耀。他曾向人倾诉："我必定要为母亲争取到朝廷的诰命，让母亲在九泉之下也能感受到荣耀，这样才能不负母亲一生守寡所经历的清苦与孤独。"然而，命运弄人，孙评事突然身患急症，病情凶险。他平日里与太医交情深厚，于是急忙派人去请太医前来诊治。可遗憾的是，派出的人刚刚踏出门槛，他的病情就急剧恶化。他瞪大着双眼，满含遗憾地说道："我活着时未能扬名立万，让亲人感到荣耀，死后又有何颜面去见地下的老母亲啊！"说完，他便溘然长逝，双眼却依然睁着，仿佛还在诉说着未尽的孝心与遗憾。

原文

无何，太医至，闻哭声，即入临吊。见其状，异之。家人告以故。太医曰："欲得诰赠，即亦不难。今皇后旦晚临盆矣，但活十余日，诰命可得。"立命取艾，灸尸一十八处。炷将尽，床上已呻，急灌以

○临盆：分娩，生产。

○艾(ài)：艾炷。用艾草卷制的灸用药物。

药，居然复生。嘱曰：“切记勿食熊虎肉。”共志之，然以此物不常有，颇不关意。既而三日平复，乃从朝贺。

○朝贺：群臣入朝向皇帝贺喜的仪式。

译文

未几，太医匆匆赶到，听到室内哭声一片，遂入门吊丧。目睹逝者双眼未瞑，太医心生诧异。家属随即向其说明了缘由。太医听后道：“欲获朝廷诰赠，实则非难事也。闻皇后近日将娩，倘若他能再撑十余日，诰赠必可得之。”语毕，太医即刻命人取来艾炷，欲对遗体之十八处穴位施以艾灸。艾炷燃至将尽之时，榻上孙评事竟微微呻吟，众人急忙喂其服药，奇迹般地，他竟渐渐苏醒过来。太医叮嘱道：“切记，切不可让他食用熊肉与虎肉。”全家皆铭记太医之言，然因这两种肉食并不常见，故也未过分在意。三日之后，孙评事竟已康复如初，仍能与同僚共赴朝堂，庆贺喜事。

原文

过六七日，果生太子，召赐群臣宴。中使出异品，遍赐文武，白片朱丝，甘美无比。孙啖之，不知何物。次日，访诸同僚，曰：“熊膰也。”大惊，失色，即刻而病，至家遂卒。

○中使：太监。异品：珍品，不一样的东西。

○白片朱丝：指熊掌切片。熊掌掌心有脂如玉，并筋络煮熟后皆为白色，肌肉断面则呈红色纹理。

○熊膰（fán）：熊掌。

译文

六七日之后，皇后果然诞下一位太子，皇帝大喜，遂召集群臣设宴共庆。席间，有太监端出一盘非同寻常的佳肴，赐予文武百官品尝。此物色泽白皙，间杂红丝，口感鲜美至极。孙评事品尝之后，却未知其究竟为何物。次日，他特地询问了各位同僚，方有人告知他：“那是珍贵的熊掌。”听后，孙评事大惊失色，心中惶恐不安。不久，他便病倒了，匆匆返回家中，未几便与世长辞。

【牛飞】

原文

邑人某，购一牛，颇健。夜梦牛生两翼飞去，以为不祥，疑有丧失。牵入市损价售之。以巾裹金，缠臂上。归至半途，见有鹰食残

○损价：低价，降价。

兔，近之甚驯。遂以巾头絷股，臂之。鹰屡摆扑，把捉稍懈，带巾

○头：这里指边角。絷：捆，缚。股：腿。

腾去。此虽定数，然不疑梦，不贪拾遗，则走者何遽能飞哉？

○拾遗：拾取他人失物，指鹰。

○走者：走兽。

译文

在县城里，有一个人购得了一头体格健壮的牛。某夜，他梦见这头牛竟生出双翼，振翅高飞而去，这让他心生忧虑，认为此梦乃不祥之兆，暗自揣测牛可能会丢失。于是，他决定将牛牵至市场，以低于市场价的价格匆匆出售。售卖所得的钱财，他用头巾紧紧包裹，并缠绕在手臂上。在归家的途中，他偶遇一只正在啄食兔子的鹰，奇怪的是，即便他走近，那鹰也并未飞离，显得异常温顺。见此情景，他便用头巾的一角绑住鹰的脚，将其搁置于臂上。然而，鹰却不断地挣扎扑腾，他稍一松懈，鹰便趁机带着包有钱财的头巾腾空而去。此事虽似天命所为，但细想一下，若非此人深信梦兆，又贪图意外之财，怎会让这原本属于陆地的走兽有机会展翅高飞呢？

【王子安】

原文

王子安，东昌名士，困于场屋。入闱后，期望甚切。近放榜时，痛饮大醉，归卧内室。忽有人白：“报马来。”王踉跄起曰：“赏钱十千！”家人因其醉，诳而安之曰：“但请睡，已赏矣。”王乃眠。俄又有入者曰：“汝中进士矣！”王自言：“尚未赴都，何得及第？”其人曰：“汝忘之耶？三场毕矣。”王大喜，起而呼曰：“赏钱十千！”家人又诳之如前。又移时，一人急入曰：“汝殿试翰林，长班在此。”果见二人拜床下，衣冠修洁。王呼赐酒食，家人又绐之，暗笑其醉而已。久之，王自念不可不出耀乡里。大呼长班，凡数十呼，无应者。家人笑曰：“暂卧候，寻他去。”又久之，长班果复来。王捶床顿足，大骂：“钝奴焉往！”长班怒曰：“措大无赖！向与尔戏耳，而真骂耶？”王怒，骤起扑之，落其帽。王亦倾跌。妻入，扶之曰：“何醉至此！”王曰：“长班可恶，我故惩之，何醉也？”妻笑曰：“家中止有一媪，昼为汝炊，夜为汝温足耳。何处长班，伺汝穷骨？”子女皆笑。王醉亦稍解，忽如梦醒，始知前此之妄。然犹记长班帽落，

○场屋：考场。

○报马：也称“报子”。为科举中式者报喜的人，因骑马快报故称报马。

○都：京城。明清时进士考试在京城举行。

○长班：又称“长随”。明清时官员随身使唤的差役。

○绐（dài）：骗。

○钝奴：笨奴才。钝，笨。

○措大：旧时对贫寒读书人的轻慢称呼。

寻至门后，得一缨帽如盏大，共疑之。自笑曰：“昔人为鬼揶揄，吾今为狐奚落矣。”

○缨帽：红缨帽。清代的官吏所戴的帽子，帽顶披红缨。盏：杯子。

○昔人为鬼揶揄：指晋代罗友仕途失意，被鬼揶揄。

译文

王子安，东昌县的闻名才子，然于科举之路却屡遭挫败。此番赴考，他满怀希冀，心绪难平。及至放榜前夕，他借酒浇愁，直至酩酊大醉，方蹒跚归家，沉睡于卧榻之上。忽闻人声喧哗，有言：“报喜之人已至！”王子安恍惚间起身，慷慨言道：“赏银十千！”家人知其醉酒，遂以谎言安抚：“汝且安睡，赏银已给。”王子安方才安心入眠。未几，又有人入内禀报：“恭喜高中进士！”王子安喃喃自语：“尚未赴京，何来进士之说？”来人提醒：“莫非忘却，三试皆已圆满结束。”闻此言，王子安大喜过望，起身高呼：“再赏银十千！”家人复以故技重施，哄骗于他。又过片刻，一人匆匆闯入，急报：“殿试夺魁，荣膺翰林，随从已在外候命。”王子安举目望去，果见两人拜于床前，衣着光鲜，气度不凡。他吩咐家人设宴款待，家人再度以笑瞒之，心中暗笑其醉态可掬。随后，王子安心念一动，欲出外炫耀于乡里。他连呼随从数十声，却无人应答。家人笑言：“汝且稍候，吾等前去寻觅。”良久，随从似又归来。王子安怒不可遏，拍床顿足，大骂：“蠢奴何在？”随从不悦，反驳道：“你这落魄书生，不过与你嬉戏，岂料你真个动怒？”王子安怒火中烧，猛然起身扑向随从，一击之下，竟将其帽打落。而他自身亦失足跌倒。此时，王妻步入，扶他起身，责问道：“怎醉得如此？”王子安辩解：“随从可恶，我不过略施惩戒，岂是真醉？”妻子忍俊不禁，笑道：“家中唯有老妪一人，日间为你烹食，夜间为你暖被。何来随从，侍奉你这清贫之骨？”儿女闻之，皆笑出声来。王子安醉意渐消，恍如大梦初醒，方悟前事皆为虚幻。然犹记随从之帽落于地，他寻至门后，发现一小帽，大小如杯，众人皆觉奇异。王子安自嘲而笑，言道：“昔日有人为鬼所戏，今朝我却被狐所弄。”

原文

异史氏曰：秀才入闱，有七似焉：初入时，白足提篮，似丐。唱名

○白足提篮：清代科举场规非常严格，为了防止作弊，规定考生入场携带格眼竹柳考篮，只准带笔墨、食具等物。

时，官呵隶骂，似囚。其归号舍也，孔孔伸头，房房露脚，似秋末之冷蜂。其出场也，神情惝恍，天地异色，似出笼之病鸟。迨望报也，草木皆惊，梦想亦幻。时作一得志想，则顷刻而楼阁俱成；作一失志想，则瞬息而骸骨已朽。此际行坐难安，则似被絷之猱。忽然而飞骑传人，报条无我，此时神色猝变，嗒然若死，则似饵毒之蝇，弄之亦不觉也。初失志，心灰意败，大骂司衡无目，笔墨无灵，势必举案头物而尽炬之；炬之不已，而碎踏之；踏之不已，而投之浊流。从此披发入山，面向石壁，再有以“且夫”“尝谓”之文进我者，定当操戈逐之。无何，日渐远，气渐平，技又渐痒，遂似破卵之鸠，只得衔木营巢，从新另抱矣。如此情况，当局者痛哭欲死，而自旁观者视之，其可笑孰甚焉。王子安方寸之中，顷刻万绪，想鬼狐窃笑已久，故乘其醉而玩弄之。床头人醒，宁不哑然失笑哉？顾得志之况味，不过须臾。词林诸公，不过经两三须臾耳，子安一朝而尽尝之，则狐之恩与荐师等。

○号舍：标有号码的小房子。

○惝恍（chǎng huǎng）：神志迷乱，无所适从。

○望报：盼望消息。报，发榜。

○猱（náo）：猿类。

○报条：喜报。

○飞骑（jì）传人：报马传送喜报是给别人的。飞骑，指报马。

○嗒（tà）然：怅然若失的样子。

○饵毒：服毒。饵，吃。

○司衡无目：考官瞎眼。司衡，主持评卷官员。

○笔墨无灵：文章缺乏灵气。

○浊流：黄河。

○披发入山，面向石壁：遁入深山，出家修道。

○“且夫”“尝谓”之文：指八股文。

○戈：兵器。

○破卵之鸠：刚出生的鸠鸟。

○抱：孵卵。

○当局者：当事人。指落榜士子。

○方寸：心。

○床头人醒：妻子旁观清醒。床头人，妻子。

○得志：得意，愿望实现。况味：境况和情味。

○须臾：极短的时间，片刻。

○词林诸公：指翰林院的诸位先生。词林，翰林院的别称。

○荐师：科举时代士子称向主考官举荐自己的达官显贵。

译文

异史氏言道：秀才踏入科举考场，其状百态，凡有七般：初入时，赤足提篮，宛若乞儿；及至点名，受考官呵斥，遭差役叱骂，状似囚犯；入号舍后，各洞探头，每房露足，形似秋末寒风中之蜜蜂；出考场，则魂飞魄散，天地为之变色，犹如病鸟脱笼；待榜期间，草木皆兵，日夜梦寐以求，念及高中则楼阁瞬息眼前，思及落第则骨肉顷刻腐朽；此时，人心绪难宁，坐卧不安，犹如被缚之猴；忽闻快马传报，若榜上无名，则面色骤变，怅然若失，如服毒蝇，触之无感。初尝败绩，心灰意冷，怒骂考官无珠，笔墨无灵，誓将案头之物尽数焚毁，未烬则踩，不碎则掷于污渠，誓不再试。遂欲散发入山，面壁石崖，凡有以“且夫”“尝谓”之文荐之者，必执戈逐之。然时日推移，败绩渐远，心气渐平，作文之念复萌，遂如破壳之鸠，衔枝筑巢，重始新篇。此番情景，当局者悲痛欲绝，而旁观者则忍俊不禁。王子安心潮澎湃，思绪万千，料想鬼狐早已暗中窃笑，趁其酒醉而戏之。床头之妻，清醒旁观，又怎能不哑然失笑？细观得意之时，其景其味，不过须臾；翰林诸公，亦不过历经二三须臾耳。王子安一朝尽尝，故知狐之恩与考官之恩，实则无异。

【刁姓】

原文

有刁姓者，家无生产，每出卖许负之术，实无术也。数月一归，

○许负之术：指相面之术。

则金帛盈橐。共异之。会里人有客于外者，遥见高门内一人，冠

○橐：囊。

华阳巾，言语啁嗻，众妇丛绕之，近视，则刁也。因微窥所为。

○华阳巾：道士所戴的头巾。其式上下皆平。 ○啁嗻（zhōu zhē）：多言，声音细碎刺耳。

见有问者曰："吾等众人中，有一夫人在，能辨之乎？"盖有一贵

○夫人：明清时代对高官的母亲或妻子加封，称诰命夫人，也指称有身份的妇人。

妇微服其中，将以验其术也。里人代为刁窘。刁从容望空横指

○微服：为隐蔽身份而改着地位低下者的服装。 ○窘：窘迫。

曰："此何难辨。试观贵人顶上，自有云气环绕。"众目不觉集视

一人，觇其云气。刁乃指其人曰："此真贵人！"众惊以为神。里

人归述其诈慧。乃知虽小道，亦必有过人之才，不然，乌能欺耳

○诈慧：诡诈的小聪明。 ○小道：小技术，小把戏。相对于儒家大道而言，习指其他学说和技能。

目、赚金钱，无本而殖哉！

○无本而殖：无本生意。即不须资本而孳生财利。殖，孳生，繁殖。

译文

有一位姓刁的人士，家境贫寒，缺乏稳定的生计，因此他常年在外游荡，以卖相面术为生，尽管他并无真才实学。每隔数月，当他返回家乡时，总是携带满满的钱袋，这让周围的人感到十分诧异。某日，乡里有一位在外做客的人，偶然间远眺到一座宏伟的宅邸内，有一人头戴华阳巾，口中念念有词，周围簇拥着众多妇人。待他走近细看，发现那人竟是姓刁的。于是，他好奇地暗中观察姓刁的究竟在做什么。只听有人问道："在我们这群人中，有一位是贵妇人，你能否辨认出来？"显然，是有一位尊贵的妇人乔装打扮混在人群中，想要试探他的相面术是否灵验。同乡人听后，不禁为姓刁的捏了一把汗。然而，姓刁的却从容不迫地仰望天空，随手

一指，说道："这有何难？你们只需观察那位贵妇人的头顶，自然会有云气缭绕。"众人听后，纷纷将目光投向其中一人，试图寻找那所谓的云气。姓刁的则趁机指定那人说道："这位便是真正的贵妇人！"众人听后，无不惊叹，甚至有人认为他具有神仙般的神通。待同乡人返回后，他将姓刁的这套欺人之术公之于众。由此，人们才恍然大悟，即便是这样的小伎俩，也需要有过人的才智和技巧。否则，又如何能够欺骗他人、赚取钱财，实现无本万利的生意呢？

【农妇】

原文

邑西磁窑坞有农人妇，勇健如男子，辄为乡中排难解纷，与夫异县而居。夫家高苑，距淄百余里，偶一来，信宿便去。妇自赴颜山，贩陶器为业。有赢余，则施丐者。一夕与邻妇语，忽起曰：“腹少微痛，想孽障欲离身也。”遂去。天明往探之，则见其肩荷酿酒巨甕二，方将入门。随至其室，则有婴儿绷卧。骇问之，盖娩后已负重百里矣。故与北庵尼善，订为姊妹。后闻尼有秽行，忿然操杖，将往挞楚，众苦劝乃止。一日，遇尼于途，遽批之。问：“何罪？”亦不答，拳石交施，至不能号，乃释而去。

○磁窑坞：集镇名。在淄川西南乡。

○排难解纷：为人排除危难，调解争执。

○高苑：旧县名。在淄川东北，明清属青州府。今为山东高青之一部分。

○颜山：又名“颜神山”“神头山”“凤凰山”。位于山东淄博。

○孽障：佛教认为过去作恶导致的后果。此处是对腹中胎儿的昵称。

○甕：一种盛水或酒等液体的陶器。

○绷：束，裹。

○秽行：龌龊的行为。引指男女关系混乱。

○遽：迅捷。批：批颊，打嘴巴。

○交施：交加。施，施行。

译文

在县城西侧的磁窑坞，有一位农妇，她体魄强健，胆识过人，宛若男子，时常为乡亲们调解矛盾。她与丈夫分别居住在两个不同的县份，丈夫的家在高苑，距离淄川县有一百多里远，偶尔回来探望，住上两晚便匆匆离去。这位农妇独自前往颜山，以贩卖陶器为生，赚得的钱财常常慷慨施予流浪者。某晚，她与邻居妇人正闲聊时，突然起身说道：“我腹部隐隐作痛，恐怕是腹中的孩子即将降生。”说完便匆匆离去。次日清晨，邻居妇人前往探望，只见她肩上扛着两只酿酒用的大坛子，正欲进门。跟随她进入屋内，惊讶地发现一个婴儿被包裹着躺在那里。询问之下，才知她分娩后竟已背负着重物行走了上百里路。农妇曾与北庵的一位尼姑交情深厚，两人以姐妹相称。但后来听闻尼姑行为不端，她怒不可遏，执起木棒欲去教训尼姑，幸得众人极力劝阻。一日，农妇在路上偶遇那位尼姑，当即上前扇了她一耳光。尼姑质问：“我究竟有何过错？”农妇并未回答，只是拳脚与石块并用，直打得尼姑无法出声，方才罢休，独自离去。

原文

异史氏曰：世言女中丈夫，犹自知非丈夫也，妇并忘其为巾帼矣。其豪爽自快，与古剑仙无殊，毋亦其夫亦磨镜者流耶？

○巾帼（guó）：妇女的头巾和发饰。指代妇女。

○剑仙：指技能超凡入化的剑客。

译文

异史氏有言：世人谈及女中豪杰之时，往往自知非男儿身，而此农妇则全然忘却自己乃巾帼之辈。观其豪放不羁、直率坦荡之态，与古时仗剑天涯的剑仙并无区别。莫非其夫亦是如《聂隐娘》中所述，那位神秘莫测、身怀绝技的磨镜少年吗？

磨镜者流

磨镜者流指古时以磨铜镜为职业的一类人。铜镜需要经常打磨才能保持明亮，因而产生了专以此为生的磨镜人。这个典故源自唐代传奇《聂隐娘》中的故事，聂隐娘是魏博大将聂锋之女，幼时随尼师学剑术，后嫁给一位磨镜少年。虽然其夫无特别才能，只会磨镜，但聂隐娘自身技艺高超，因而屡次救护丈夫。该典故后来常用来形容那些平凡之人或从事简单职业的人，与他们有卓越伴侣的对比。

【金陵乙】

原文

金陵卖酒人某乙，每酿成，投水而置毒焉，即善饮者，不过数盏，便醉如泥。以此得中山之名，富致巨金。早起，见一狐醉卧槽边，缚其四肢。方将觅刃，狐已醒，哀曰：“勿见害，请如所求。”遂释之，辗转已化为人。时巷中孙氏，其长妇患狐为祟，因问之，答云：“是即我也。”乙窥妇娣尤美，求狐携往，狐难之。乙固求之。狐邀乙去，入一洞中，取褐衣授之，曰：“此先兄所遗，着之当可去。”既服而归，家人皆不之见，袭常衣而出，始见之。大喜，与狐同诣孙氏家。见墙上贴巨符，画蜿蜒如龙。狐惧曰：“和尚大恶，我不往矣！”遂去。乙逡巡近之，则真龙盘壁上，昂首欲飞，大惧亦出。盖孙觅一异域僧，为之厌胜，授符先归，僧犹未至也。次日，僧来，设坛作法。邻人共观之，乙亦杂处其中。忽变色急奔，状如被捉，至门外，踣地化为狐，四体犹着人衣。将杀之。妻子叩请。僧命牵去，日给饮食，数月寻毙。

○金陵：南京。一般认为因南京钟山在春秋时称金陵山而得名。

○中山：指产于中山的名酒，又名“千日酒”，是一种酒力很大的陈酿。

○妇娣：弟妻。兄妻为姒，弟妻为娣，统称娣姒，即妯娌。

○袭：穿着。

○大恶：太凶。很厉害。

○厌（yā）胜：古代方士的一种巫术，谓能以诅咒制服人或物。厌，有倾覆、堵塞、压制等意思。

○坛：平地筑土以供祭祀作法的高台。

译文

在金陵，有一位名叫某乙的卖酒人，每当新酒酿成之际，他都会趁机在酒中掺入清水及强烈的麻醉药物。因此，即便是酒量大的人，几杯下肚也会醉得不省人事。正因如此，他酿的酒声名远播，冠以“中山”之名，使他积累了巨额财富。一日清晨，某乙起床后发现一只狐狸醉卧在酒槽旁，便用绳索将其四肢绑住。正欲寻刀处置，狐狸却苏醒过来，向他苦苦哀求：“请不要伤害我，无论你有何要求，我都愿意满足。”某乙心软，遂将其释放。狐狸瞬间化为人形。当时，胡同里住着一户姓孙的人家，家中大媳妇正被一只狐狸纠缠。某乙询问此狐狸缘由，它答道：“那便是我。”某乙曾私下里对孙家的二媳妇心生仰慕，觉得她貌美如花，于是请求这只狐狸带他去见二媳妇。狐狸显得为难，但某乙坚持请求，便答应了，并邀他一同前往。他们进入一个洞穴，狐狸取出一件褐色衣物交给某乙，说：“这是我已故兄长的遗物，穿上它你便能前往。”某乙穿上衣物返回家中，家人竟都看不见他，直到他换回自己的衣裳，才重新现身。某乙大喜过望，与狐狸一同前往孙家。抵达孙家后，他们见到墙上贴着一张巨大的符咒，符咒蜿蜒如龙。狐狸见状惊恐万分，说道：“那和尚太过厉害，我不敢去了！”随即逃之夭夭。某乙小心翼翼地靠近，只见一条真龙盘踞在墙上，昂首欲飞，吓得他连忙逃了出来。原来，孙家请来了一位外地和尚为他们驱邪，和尚给了他们一张符咒，让他们先贴在家中，而他自己则尚未到来。次日，和尚抵达并设坛施法。邻居们纷纷前来围观，某乙也混杂在人群中。突然，某乙脸色骤变，急忙往外逃，仿佛被什么抓住了一般。到了门外，他倒在地上，化为了一只狐狸，身上还穿着人的衣物。和尚正欲将其斩杀，某乙的妻子连忙向和尚磕头求饶。和尚最终同意让她将狐狸牵走。妻子每日给它喂食，然而过了几个月，狐狸便离世了。

【郭安】

原文

孙五粒，有僮仆独宿一室，恍惚被人摄去。至一宫殿，见阎罗在上，

○孙五粒：孙秠，后改名治龄，字五粒。○摄：捉拿，拘捕。

视之曰：“误矣，此非是。”因遣送还。既归，大惧，移宿他所。遂

有僚仆郭安者，见榻空闲，因就寝焉。又一仆李禄，与僮有夙怨，

○僚仆：同一主人家的仆人。

久将甘心，是夜操刀入，扪之，以为僮也，竟杀之。郭父鸣于官。

○久将甘心：久欲报复，以求快意。

时陈其善为邑宰，殊不苦之。郭哀号，言：“半生止此子，今将何以

○殊不苦之：对李禄很宽容。

聊生！”陈即以李禄为之子。郭含冤而退。此不奇于僮之见鬼，而

奇于陈之折狱也。

○折狱：断决狱讼。

译文

孙五粒家中有一小僮，平日常独居于一室。某夜，小僮在迷迷糊糊间感觉自己被人掳走，待他回过神来，已身处一座宫殿之中。只见阎王爷高坐堂上，审视了他一眼，说道：“抓错人了，不是他。”随即便命人将他送回了人间。小僮经历此番奇遇，心中惊恐万分，不敢再住原处，于是搬到了别的地方。此后，名叫郭安的仆人见那间屋子空了出来，便搬进去住。而另一个仆人李禄，因与小僮素有仇怨，一直寻机报复。某日夜晚，他手持利刃潜入那间屋子，黑暗中摸索了一番，误以为是小僮在床，便一刀砍了下去，结果却将郭安杀害。郭安的父亲得知噩耗，悲痛欲绝，愤而将此事告到了官府。当时，陈其善正担任县令，对此案却显得颇为轻率。郭父在堂上痛哭流涕，诉说道：“我半生苦守，只有这一个儿子，如今他惨遭横祸，我日后该如何活啊！”陈县令听后，竟做出一个匪夷所思的判决：命李禄做郭父的儿子。郭父含冤难诉，只得黯然离去。这段故事之奇，并不在于小僮的见鬼经历，而在于陈县令那匪夷所思的断案方式。

原文

济之西邑有杀人者，其妇讼之。令怒，立拘凶犯至，拍案骂曰：“人家好好夫妇，直令寡耶！即以汝配之，亦令汝妻寡守。”遂判合之。此等明决，皆是甲榜所为，他途不能也。而陈亦尔尔，何途无才！

○济之西邑：指济南府西部的某县。○直：径直，竟然。○合：结合。○明决：明快决断。○甲榜：指考中进士者。○尔尔：如此，这样。

译文

在济南西部的某个县里，发生了一起命案，受害者的妻子将此事报给了官府。县令闻讯后大为震怒，当即下令将凶手缉拿归案。面对凶手，县令拍案而起，怒斥道：“人家本是一对恩爱夫妻，你竟残忍地让她变成了寡妇！既然如此，就判你娶她为妻，也让你的妻子尝尝守寡的滋味！”就这样，县令做出了这个独特的判决。这种判决方式，既直接又迅速，充分展现了官员的决断力和智慧，是那些非进士出身的人难以企及的。陈县令便是这样一位才华横溢的官员，他无论处理何种事务，都能展现出卓越的才能和独到的见解。

甲榜

甲榜指科举考试中考中进士者。根据清代赵翼的《陔余丛考·甲榜乙榜》记载，进士被称为甲榜，是因为他们经过殿试，被列入一甲、二甲、三甲的名次。举人最初被称为“一榜”，但由于进士被称为甲榜，后来举人便被称为乙榜。因此，甲榜专指考中进士，象征着在科举考试中取得最高荣誉。

【折狱】

原文

邑之西崖庄，有贾某被人杀于途。隔夜，其妻亦自经死。贾弟鸣于官。时浙江费公祎祉令淄，亲诣验之，见布袱裹银五钱余，尚在腰中，知非为财也者。拘两村邻保审质一过，殊少端绪，并未搒掠，释散归农，但命地约细察，十日一关白而已。逾半年，事渐懈。贾弟怨公仁柔，上堂屡聒。公怒曰：“汝既不能指名，欲我以桎梏加良民耶！”呵逐而出。贾弟无所伸诉，愤葬兄嫂。一日，以逋赋故，逮数人至。内一人周成，惧责，上言钱粮措办已足，即于腰中出银袱，禀公验视。公验已，便问：“汝家何里？”答云：“某村。”又问：“去西崖几里？”答：“五六里。”“去年被杀贾某，系汝何人？”答云：“不识其人。”公勃然曰：“汝杀之，尚云不识耶！”周力辨，不听，严梏之，果伏其罪。

○自经：自缢，上吊。

○费公祎祉：费祎祉，字支峤，又字锡兹，浙江鄞县（今宁波）人，顺治六年（1649）进士，十五年（1658）为淄川县令，十七年（1660）以诖误离职。

○邻保：邻居，近邻。

○端绪：线索。

○搒掠：用刑，刑讯。

○地约：指乡约、地保之类的乡中小吏。

○聒：聒噪，吵闹。

○桎梏：是中国古代的一种刑具，在手上戴的为梏，在脚上戴的为桎。类似于近世的手铐脚镣。

○逋赋：拖欠赋税。

○银袱：包裹银钱的包袱，钱包。

译文

县里的西崖庄中，一名商人在途中遇害。次日，其妻亦自缢身亡。商人的弟弟随即向官府报案。彼时，浙江的费祎祉正担任淄川县的县令，他亲自前往现场验尸，发现死者腰间包袱内尚存有五钱多银子，据此判断此案并非因财起意。费县令召集了两村的村民进行询问，但未能获得任何线索，他未对任何人施加刑罚，更让众人离开，仅嘱咐地方保长细致调查，并每十日汇报一次进展。然而，半年过去了，案件调查逐渐松懈。商人的弟弟对费县令的宽仁处理感到不满，屡次到公堂吵闹。费县令大为恼火，斥责道："你既无法指出凶手，难道要我无端抓捕无辜之人吗？"随即将他逐出官府。商人的弟弟无处诉苦，只得愤懑地安葬了兄长与嫂子。某日，因赋税拖欠问题，衙门拘捕了几人，其中一人名唤周成。周成因惧怕受罚，忙称钱粮已备齐，并从腰间取出一个钱袋呈给费县令查验。费县令验毕后，询问周成的住处，得知其村离西崖不过五六里远。接着，费县令又问周成是否认识去年被杀的那名商人，周成说不认识。费县令顿时怒不可遏，指责道："你是凶手，竟还敢说不认识！"周成极力否认，但费县令不予理会，对其施以严刑，最终周成供认了罪行。

原文

先是，贾妻王氏，将诣姻家，惭无钗饰，聒夫使假于邻。夫不肯，妻自假之，颇甚珍重。归途，卸而裹诸袱，纳袖中，既至家，探之已亡。不敢告夫，又无力偿邻，懊恼欲死。是日，周适拾之，知为贾妻所遗，窥贾他出，半夜逾墙，将执以求合。时溽暑，王氏卧庭中，周潜就淫之。王氏觉，大号。周急止之，留袱纳钗。事已，妇嘱曰："后勿来，吾家男子恶，犯恐俱死！"周怒曰："我挟勾栏数宿之赀，宁一度可偿耶！"妇慰之曰："我非不愿相交，渠常善病，不如从容以待其死。"周乃去，于是杀贾，夜诣妇曰："今某已被人杀，请如所约。"妇闻大哭，周惧而逃，天明则妇死矣。公廉得情，以周抵罪。共服其神，而不知所以能察之故。公曰："事无难办，要在随

○诣：前往，去。姻家：亲戚家。

○钗饰：妇女的首饰。钗，两股笄。

○溽暑：暑湿之气，指盛夏。

○留袱纳钗：留下包袱，把钗饰给了王氏。袱，包袱。纳，支付。

○廉：考察。情：案情。

处留心耳。初验尸时，见银袱刺万字文，周袱亦然，是出一手也。及诘之，又云无旧，词貌诡变，是以确知其真凶也。”

○万字文：万字的图案。文，纹饰。

○词貌诡变：言词和神态异常。

○无旧：无旧交。旧，故旧，交情。

译文

原来，商人的妻子王氏计划拜访亲戚，因缺少首饰，自觉颜面无光，便一再催促丈夫前往邻家借取。丈夫拒绝后，王氏便自行前往，并成功借得，对之倍加珍视。归途中，她将首饰取下，包裹于钱袋之中，藏于袖内。然而，到家后却发现首饰不翼而飞。王氏因惧怕丈夫责备不敢告诉他，又无力赔偿，心中懊悔绝望。恰在此时，周成在路上拾得了那个钱袋，知晓是商人妻子所失。于是，他暗中窥伺，趁商人外出，半夜翻墙潜入商人家中，意图以首饰为饵，胁迫王氏……。时值酷暑，王氏在庭院中乘凉，周成便悄无声息地接近并……。王氏惊醒后大声呼喊，周成慌忙制止，并将首饰给了王氏。事后，王氏恳求周成：“日后切勿再来，我丈夫性情刚烈，若被他发现，我们都难以活命！”周成却不满地说：“我拿来的首饰换成钱足以在妓院逍遥数夜，岂能只此一次便作罢！”王氏只好安抚他：“并非我不愿与你相好，只是我丈夫常患病，不如待他病逝后，我们再作打算。”周成听后离去，随即杀害了商人。当夜，他又来到王氏处，声称：“如今你丈夫已死，请你兑现你的承诺。”王氏听后痛哭，周成心中惊惧，慌忙逃离。次日天明，王氏亦自尽身亡。费县令查明了此案的来龙去脉，最终判周成的罪刑。众人对费县令的明察秋毫深感敬佩，却对他的破案方法一无所知。费县令解释道：“这其实不难，只需处处留心。当初验尸时，我注意到钱袋上绣有万字纹，而周成的钱袋上也有相同的纹路，显然是出自同一人之手。当我审问周成时，他声称不认识死者，言辞闪烁，神色多变，因此我断定他就是凶手。”

原文

异史氏曰：世之折狱者，非悠悠置之，则缧系数十人而狼籍之耳。堂上肉鼓吹，喧阗旁午，遂颦蹙曰：“我劳心民事也。”云板三敲，则

○缧（léi）系：囚禁。狼籍之：折磨他们。狼籍，折磨，作践。

○喧阗（tián）旁午：哄闹嘈杂。喧阗，哄闹声。旁午，交错，纷繁。

○悠悠置之：指长期搁置，不加处理。悠悠，安闲自在，漫不经心。

○云板三敲：指打点退堂。

○肉鼓吹：喻拷打犯人的声响。鼓吹，击鼓奏乐。

○颦蹙：皱眉蹙容，忧心的样子。

声色并进，难决之词，不复置念，耑待升堂时，祸桑树以烹老龟耳。

○难决之词：难以判断的官司。词，词讼，诉讼。 ○耑：同"专"。 ○祸桑树以烹老龟：比喻胡乱判案，使众多无辜者牵累受害。此处以桑树与老龟比喻诉讼的双方。

呜呼！民情何由得哉！余每曰："智者不必仁，而仁者则必智，盖用心苦则机关出也。""随在留心"之言，可以教天下之宰民社者矣。

○机关：智谋或计策。此指弄清案情的线索和办法。 ○宰民社者：地方官。

译文

异史氏评论道：世间那些负责断案之人，在处理案件时，往往冷漠无视，或者动辄拘捕数十人，施以酷刑折磨。公堂之上，拷问之声不绝于耳，喧嚣嘈杂，而断案者却皱着眉头自诩："我这是在尽心尽责啊。"退堂之后，他们便沉溺于酒色之中，享乐无度，哪里还会将那些棘手的案件放在心上？只待再次升堂时，便草率结案，致使众多无辜之人受到牵连，蒙受不白之冤。唉！如此办案，又岂能真正体察民情，了解百姓疾苦！我常说："智者未必仁，而仁者必智，因为尽心竭力，所以必有解决之道。""处处留心"这一训诫，应当作为天下所有官员的座右铭，时刻铭记于心。

原文

邑人胡成，与冯安同里，世有隙。胡父子强，冯屈意交欢，胡终猜之。一日，共饮薄醉，颇倾肝胆。胡大言："勿忧贫，百金之产不难致也。"冯以其家不丰，故嗤之。胡正色曰："实相告：昨途遇大商，载厚装来，我颠越于南山眢井中矣。"冯又笑之。时胡有妹夫郑伦，托为说合田产，寄数百金于胡家，遂尽出以炫冯。冯信之。既散，阴以状报邑。公拘胡对勘，胡言其实，问郑及产主皆不讹。

○世有隙：世代不和睦。隙，嫌隙。 ○猜：猜疑，不信任。 ○倾肝胆：敞开心扉，披肝沥胆。 ○嗤：讥笑。 ○厚装：丰厚的行装，很多东西。 ○颠越：陨坠，死亡。眢（yuān）井：无水的井，枯井。 ○对勘：查对核实。

乃共验诸眢井。一役缒下，则果有无首之尸在焉。胡大骇，莫可置辨，但称冤苦。公怒，击喙数十，曰："确有证据，尚叫屈耶！"以死囚具禁制之。尸戒勿出，惟晓示诸村，使尸主投状。

○缒（zhuì）：用绳索拴住人或物，从上往下放。

○喙（huì）：嘴。

○死囚具：为死刑囚犯所用的刑具。禁制：拘禁。

译文

县里有位名叫胡成的人，与冯安是同乡，但两家世代结怨，关系不和。胡成父子性格强硬，而冯安曲意与他们交好，然而胡成始终对冯安心存戒备，难以信任。一日，两人共饮，酒过三巡，都有些微醺，便开始互诉衷肠。胡成酒后夸大其词，声称："无须惧怕贫穷，百两银子轻而易举便能得手。"冯安深知胡家并不宽裕，便出言讥讽。胡成却一本正经地回应："实话告诉你，昨日我在路上偶遇一位大商人，携带着众多行李，我一时贪念，将他推入了南山的一口枯井中。"冯安听后，再次嘲笑胡成。彼时，胡成的妹夫郑伦正委托胡成帮忙购置田产，并在胡家寄存了数百两银子。胡成便借此机会，取出银两向冯安炫耀，以证其言非虚。冯安见状，信以为真。酒宴结束后，冯安暗中撰写状书，将此事上报官府。县令费公接报后，立即将胡成拘捕归案，进行对质。胡成在堂上供出了实情，费公又传来郑伦及卖田之人，众人所述均与胡成相符。于是，他们一同前往枯井处进行查验。费公派遣一名差役下井探查，却真的发现了一具无头尸体。胡成见状，惊骇万分，无言以对，只喊冤枉。费公大怒，打了胡成数十个耳光，怒斥道："铁证如山，你还敢喊冤！"随即下令用死囚刑具将胡成拘禁。同时，费公还吩咐不要将尸体从井中捞出，只发布告示至各村，让死者的家属前来认领。

原文

逾日，有妇人抱状，自言为亡者妻，言："夫何甲，揭资百金出作贸易，被胡杀死。"公曰："井有死人，恐未必即是汝夫。"妇执言甚坚。公乃命出尸于井，视之，果不妄。妇不敢近，却立而号。公

○抱状：抱持状纸，亲诣公堂。

○却立：后退站立。号：大声哭，干号。

曰："真犯已得，但骸躯未全。汝暂归，待得死者首，即招报令其抵偿。"遂自狱中唤胡出，呵曰："明日不将头至，当械折股！"押去终日而返，诘之，但有号泣。乃以梏具置前作刑势，却又不刑，曰："想汝当夜扛尸忙迫，不知坠落何处，奈何不细寻之？"胡哀祈容急觅。公乃问妇："子女几何？"答曰："无。"问："甲有何戚属？""但有堂叔一人。"慨然曰："少年丧夫，伶仃如此，其何以为生矣！"妇乃哭，叩求怜悯。公曰："杀人之罪已定，但得全尸，此案即结，结案后，速醮可也。汝少妇，勿复出入公门。"妇感泣，叩头而下。

○械折（shé）股：夹断腿。械，指夹棍之类的刑械。

○梏具：刑具。刑势：行刑的样子。

译文

次日，一位妇人呈上状纸，自称乃死者之妻，哭诉道："我夫何甲，携带数百两银子外出经商，却遭胡成毒手。"费公沉吟道："井中确有尸体，但恐非你丈夫。"妇人却坚称无误。费公遂命人将尸体从井中捞出，经辨认，确为何甲无疑。妇人不敢靠近，站在一旁嚎啕大哭。费公安慰道："凶手已擒，但尸体尚不完整。你且先回家等候，待找到你丈夫的头颅，即刻通知你，定让凶手偿命。"随后，费公将胡成从狱中提出，厉声喝道："明日若不交出头颅，必打断你的双腿！"便派人押着胡成四处寻找。一日寻访未果，归来后，胡成只是痛哭流涕。费公见状，便将刑具摆于堂前，故作动刑之势，却并未真的施刑，只言道："想你当日匆匆扛尸，头颅不知何时遗落，为何不仔细寻找？"胡成连忙恳求宽限时日，以便仔细搜寻。费公转而询问那个妇人："你膝下有几多子女？"妇人答道："并无子女。"费公又问："何甲有何亲人？"妇人回道："仅有一位堂叔。"费公听后，叹息道："你年轻丧夫，孤苦无依，日后生活可如何是好？"妇人听后再次痛哭，叩头求怜。费公便道："杀人之罪已定，只待寻得全尸，此案便可了结。结案后，你便可改嫁他人。你身为年轻妇人，日后切莫再抛头露面，涉足公门。"妇人感激涕零，叩头谢恩后，便退下堂去。

原文

公即票示里人，代觅其首。经宿，即有同村王五，报称已获。问验既明，赏以千钱。唤甲叔至，曰：“大案已成，然人命重大，非积岁不能成结。侄既无出，少妇亦难存活，早令适人。此后亦无他务，但有上台检驳，止须汝应身耳。”甲叔不肯，飞两签下，再辩，又一签下。甲叔惧，应之而出。妇闻，诣谢公恩。公极意慰谕之，又谕：“有买妇者，当堂关白。”既下，即有投婚状者，盖即报人头之王五也。公唤妇上，曰：“杀人之真犯，汝知之乎？”答曰：“胡成。”公曰：“非也。汝与王五乃真犯耳。”二人大骇，力辨冤枉。公曰：“我久知其情，所以迟迟而发者，恐有万一之屈耳。尸未出井，何以确信为汝夫？盖先知其死矣。且甲死犹衣败絮，数百金何所自来？”又谓王五曰：“头之所在，汝何知之熟也！所以如此其急者，意在速合耳。”两人惊颜如土，不能强置一词。并械之，果吐其实。盖王五与妇私已久，谋杀其夫，而适值胡成之戏也。乃释胡。冯以诬告，重笞，徒三年。事结，并未妄刑一人。

○票示：公示，公告。票，印的或写的凭证。

○上台：上司。检驳：查察辨正。

○签：旧时官府交给差役拘捕犯人或用刑的片状凭证，多用竹、木做成。

译文

费公即刻签发公文，嘱咐乡里民众协助搜寻尸体的头颅。翌日，同村的王五前来报告，声称已寻得头颅。费公细加询问，并亲自验看后，赏赐王五千吊铜钱以示嘉奖。随后，费公传唤何甲的堂叔至公堂，告知他：“此桩大案已查清，但人命关天，难以结案。你侄子既无子嗣，侄媳又年轻，生活实属不易，不如趁早让她改嫁。日后若有上级官员复审此案，只需你出面应对即可。”何甲的堂叔不肯答应，费公便当即掷下两支刑签以示警告，堂叔仍不从，费公又掷下一签。堂叔心生畏惧，只得应允，随后退出公堂。妇人得知此事后，向费公致谢。费公好言安慰，并当众宣布：“若有意愿娶此妇者，可当堂表明。”此言一出，即刻有人应声，竟是那寻得头颅的王五。费公遂传妇人上堂，问道：“你可知真凶为谁？”妇人答道：“胡成。”费公说道：“非也。你与王五才是真凶。”二人极力辩解。费公沉声道：“我早已洞悉此案真相，之所以未结案，是唯恐冤枉好人。尸体尚未出井，你何以确信那是你丈夫？必定是事先已知其死讯。再者，何甲身亡时衣衫褴褛，何来数百两银子？”接着，费公又对王五：“你对头颅所在之处如此熟悉，急于寻得，无非是为了你们二人能尽快结合。”二人听后无言以对。费公随即对二人用刑，二人果然说出了实情。原来，王五与妇人早已私通，二人合谋杀害了她的丈夫，恰巧胡成开了那样的玩笑。真相大白后，胡成无罪释放。而冯安则因诬告之罪被重责一顿，判刑三年。此案圆满解决，未对任何无辜之人滥用刑罚。

原文

异史氏曰：我夫子有仁爱名，即此一事，亦以见仁人之用心苦矣。方宰淄时，松裁弱冠，过蒙器许，而驽钝不才，竟以不舞之鹤为羊公辱。是我夫子生平有不哲之一事，则松实贻之也。悲夫！

○我夫子：指费祎祉。夫子，旧时对老师的专称。

○器许：器重和赞许。

○松：蒲松龄自称。弱冠：古时男子20岁成人，初加冠，因体弱未壮，故称弱冠。

○驽钝：愚笨。

○竟以不舞之鹤为羊公辱：自己驽钝不才，辜负了赏识者的厚望。

○不哲：不明智。

○贻：留赠，给予。

译文

异史氏说：吾师素以仁爱著称，仅此一事，便足以彰显仁人之心，实乃煞费苦心。昔时，吾师担任淄川县令，我正值青春年少，师对我寄予厚望。然而，我才疏学浅，辜负了吾师。倘若吾师一生中有些许不明智之举，那必是因我而起。悲哉！

【义犬】

原文

周村有贾某，贸易芜湖，获重赀。赁舟将归，见堤上有屠人缚犬，

○周村：集镇名。今属山东淄博。贾（gǔ）：商人。
○芜湖：县名。明清属太平府。今为安徽芜湖。

倍价赎之，养豢舟上。舟人固积寇也，窥客装，荡舟入莽，操刀欲

○倍价：价格的一倍。
○积寇：积年盗匪，惯匪。
○莽：草莽。指蒹葭、芦苇丛生的地方。

杀。贾哀赐以全尸，盗乃以毡裹置江中。犬见之，哀嗥投水，口衔

裹具，与共浮沉。流荡不知几里，达浅搁乃止。

○浅搁：搁浅。船或他物阻滞于浅滩，不能进退。

译文

有一位周村的商人，前往芜湖经商，获利颇丰。在归程时，他租借了一艘船。途中，他注意到江堤边有一位屠夫正捆绑着一只狗，心生怜悯，于是出高价将那只狗买下，并悉心照料。然而，这位船家实则是个匪徒，他暗中观察到商人携带的行李颇为沉重，便心生恶念。船行至一处芦苇茂密之地，匪徒举刀欲对商人行凶。商人见状，恳请匪徒能留他全尸。匪徒听后，便用毡毯将商人包裹投入江中。就在这时，那只被商人救下的狗见状，发出哀号，毅然跃入水中。它用嘴紧紧叼住包裹着商人的毛毡，与商人在江面上随波逐流。就这样，他们不知漂流了多少里，直至搁浅方才停下。

原文

犬泅出，至有人处，狺狺哀吠。或以为异，从之而往，见毡束水中，

○泅（qiú）：游泳，泅水。
○狺狺（yín）：犬吠声。

引出断其绳。客固未死，始言其情。复哀舟人，载还芜湖，将以伺盗

船之归。登舟失犬，心甚悼焉。抵关三四日，估楫如林，而盗船不见。

○估楫　商船。估，商。楫，船桨。

译文

当那只狗奋力浮出水面后，它立即奔向人群，汪汪哀号，引得众人侧目。有人心生好奇，便跟随其后。抵达江边，只见一个毡卷静静地躺在江中，那人连忙将其拉出，并割断了上面束缚的绳索。幸运的是，商人尚未丧生，他清醒后随即向众人讲述了自己遭遇抢劫的经过。之后，商人恳求一位船家能助他返回芜湖，以待强盗船只的归来。船家应允，商人得以成行。然而，当他登上船只时，却未发现那只忠勇的狗，心中不禁涌起深深的痛惜之情。抵达芜湖后，商人连续搜寻了三四日，只见商船云集，却始终未见那条强盗船的踪迹。

原文

适有同乡估客将携俱归，忽犬自来，望客大嗥，唤之却走。客下舟趁之。犬奔上一舟，啮人胫股，挞之不解。客近呵之，则所啮即前盗也。衣服与舟皆易，故不得而认之矣。缚而搜之，则裹金犹在。呜呼！一犬也，而报恩如是。世无心肝者，其亦愧此犬也夫！

○却走：倒着跑，掉头跑。

○趁：追逐，赶。

○胫股：腿。胫，小腿。股，大腿。

○无心肝：无良心。

译文

恰巧此时，有一位同乡商人正打算启程回家，便邀请这位遭遇不幸的商人同行。就在这时，那只狗竟奇迹般地自行返回，一见到主人便大声号叫。商人呼唤它时，它却跑开了。商人心中疑惑，但还是决定下船随狗一探究竟。只见那条狗敏捷地跳上了一条船，紧接着一口咬住了一个人的小腿，任凭那人如何挣扎打骂，它都死死不放。商人急忙上前呵斥狗，定睛一看，才发现狗咬住的正是那个抢劫他的匪徒。原来，这个匪徒为了躲避追捕，已经更换了衣物和船只，因此难以被认出。商人当机立断，将匪徒捆绑起来进行搜查，结果在他身上找到了那天被抢走的银子。唉！一只狗，尚且能够这样报答恩人。世上忘恩负义没有心肝的人，看到这条狗的行为大概也会感到惭愧吧！

【杨大洪】

原文

大洪杨先生涟，微时为楚名儒，自命不凡。科试后，闻报优等者，

○大洪杨先生涟：杨涟，字文孺，号大洪，湖北应山（今属湖北广水）人。○微时：地位卑微的时候。○科试：明清时各省学政周历各地府州巡回考试欲应乡试的士子，称科试。

时方食，含哺出问："有杨某否？"答云："无。"不觉嗒然自丧，咽

○含哺（bǔ）：口中含饭。哺，口中所含食物。○嗒然自丧：自感灰心沮丧。

食入鬲，遂成病块，噎阻甚苦。众劝令录遗才，公患无赀，众

○鬲：通"膈"。胸腹间的隔膜。○病块：中医学说认为因积食不化所致胸腹闷满结块之症，即痞症。○录遗才：指参加录遗考试以取得参加乡试资格。

醵十金送之行，乃强就道。夜梦人告之云："前途有人能愈君疾，

○醵（jù）：凑钱。

宜苦求之。"临去，赠以诗，有"江边柳下三弄笛，抛向江心莫叹

○三弄笛：三度吹笛或吹奏三阕。弄，奏乐或乐曲的一段、一章。

息"之句。明日途次，果见道士坐柳下，因便叩请。道士笑曰："子误矣，我何能疗病？请为三弄可也。"因出笛吹之。公触所梦，拜求益切，且倾囊献之。道士接金，掷诸江流。公以所来不易，哑然惊惜。

○哑（yā）然：叹词，表示惊讶，惋惜。

道士曰："君未能恝然耶？金在江边，请自取之。"公诣视果然。又益奇之，呼为仙。道士漫指曰："我非仙，彼处仙人来矣。"赚公回顾，力拍其项曰："俗哉！"公受拍，张吻作声，喉中呕出一物，堕地

堛然，俯而破之，赤丝中裹饭犹存，病若失。回视道士已杳。

○堛（bì）然：象声词，"噼"地一声。堛，本义为土块。

译文

杨涟先生，号大洪，在未显达之时，已是楚地颇负盛名的学者，因此心中不无自傲。某日参与科举考试后，正吃饭间，忽闻有人宣读及第名单，他急忙口中含着饭食

出门询问："可有我杨某之名？"回答却是："未见君名。"他顿感沮丧，仓促间吞咽饭菜，不料竟因此噎住，引发了一场病痛，令他苦不堪言。友人们见状，纷纷劝他参加补录考试，但杨大洪顾虑盘缠不足，众人便集资十两白银赠予他，他才勉强同意。一日夜晚，他梦中得遇一人告知："前方路上有能治愈你疾病之人，你当竭诚恳求于他。"临别时，那人还赠予他一首诗，其中有云："江边柳荫下，三弄笛声扬，掷入江心去，莫再叹哀伤。"次日，杨大洪行于路上，果见一道士端坐于柳树之下，便上前恭敬行礼，请求道士为他治病。道士笑道："先生恐是误会了，我岂有治病之能？不过，若听我吹奏几曲，倒是乐意之至。"说完，便取出笛子吹奏起来。杨大洪回想起梦中情景，更加恳切地请求道士为他治病，并将身上所有钱财都奉上。道士接过银子，却随手掷入江中。杨大洪见这些银子得来不易，不禁叹息，心中甚是惋惜。道士问道："你对此仍不能释怀吗？银子尚在江边，你去自取吧。"杨大洪至江边，果然见银子完好无损地躺在那里，心中更觉惊奇，遂称道士为神仙。道士却随意一指，说道："我非神仙，那边真正的神仙来了。"趁杨大洪回头张望之际，道士猛然一拍他的脖颈，笑道："真是俗气未脱！"这么一拍，杨大洪张口出声，从喉咙中吐出一物，"啪"地落在地上。他俯身查看，只见红血丝中包裹着未消化的饭粒，而病痛似乎也随之消失了。待他转身再寻，道士早已不见踪影。

原文

异史氏曰：公生为河岳，没有日星，何必长生乃为不死哉！或以未能免俗，不作天仙，因而为公悼惜。余谓天上多一仙人，不如世上多一圣贤，解者必不议予说之傎也。

○生为河岳，没有日星：指杨涟生前死后，其浩然正气经天纬地，受人景仰。

○傎：同"颠"。谓颠倒事理。

译文

异史氏评论道：杨公之生，犹如河岳般壮丽，死后也如日星之辉煌，又何须追求长生不死之境！世人或有因其未能超脱凡尘成仙而感惋惜。然吾以为，天界多一仙人，实不如人间多一贤士。能解吾意者，必不认为此言乃狂妄之谈。

【查牙山洞】

原文

章丘查牙山，有石窟如井，深数尺许。北壁有洞门，伏而引领望见之。

○引领：伸颈远望。

会近村数辈九日登临，饮其处，共谋入探之。三人受灯，缒而下。

○九日登临：重九登高。

译文

在章丘的查牙山中，隐藏着一个状似深井的石洞，其深度可达数尺。此洞的北壁上，开设有一扇洞门，人若俯首贴地，伸展颈项，便能窥见洞内情形。恰逢邻近村落中的几位村民，于九月九日重阳登高之际，相聚于洞畔饮酒作乐。酒酣耳热之际，他们共同商议，决定一探此洞之究竟。于是，三人携带着灯火，借着垂下的绳索，小心翼翼地降入洞中。

原文

洞高敞与夏屋等，入数武，稍狭，即忽见底。底际一窦，蛇行可入。烛之，漆漆然暗深不测。两人馁而却退，一人夺火而嗤之，锐身塞而进。幸隘处仅厚于堵，即又顿高顿阔，乃立，乃行。顶上石参差危耸，将坠不坠。两壁嶙嶙峋峋然，类寺庙中塑，都成鸟兽人鬼形，鸟若飞，兽若走，人若坐若立，鬼罔两示现忿怒，奇奇怪怪，类多丑少妍。心凛然作怖畏，喜径夷，无少陂。逡巡几百步，西壁开石室，门左一怪石鬼，面人而立，目努，口箕张，

○夏屋：大屋。○窦：洞。○蛇行：匍匐爬行。○馁：气馁，失去勇气。○锐身：挺身。喻勇于承担。○堵：墙。○嶙嶙峋峋：怪石重叠高耸的样子。○鬼罔两：鬼怪。示现：显现。○径夷：道路平坦。○无少陂（pō）：没一点斜坡。陂，斜坡。○努：突起，突出。

齿舌狞恶，左手作拳，触腰际，右手叉五指，欲扑人。心大恐，毛森森以立。遥望门中有爇灰，知有人曾至者，胆乃稍壮，强入之。见地上列碗盏，泥垢其中，然皆近今物，非古窑也。旁置锡壶四，心利之，解带缚项系腰间。即又旁瞩，一尸卧西隅，两肱及股四布以横。骇极。渐审之，足蹑锐履，梅花刻底犹存，知是少妇。人不知何里，毙不知何年。衣色黯败，莫辨青红，发蓬蓬，似筐许乱丝，黏着髑髅上，目、鼻孔各二，瓠犀两行，白巉巉，意是口也。存想首颠当有金珠饰，以火近脑，似有口气嘘灯，灯摇摇无定，焰庵黄，衣动掀掀。复大惧，手摇颤，灯顿灭。忆路急奔，不敢手索壁，恐触鬼者物也。头触石，仆，即复起，冷湿浸颔颊，知是血，不觉痛，抑不敢呻。坌息奔至窦，方将伏，似有人捉发住，晕然遂绝。

○爇（ruò）灰：烧的灰。

○古窑：指古代陶瓷器皿。

○项：此指锡壶颈部。

○肱：手臂。

○锐履：尖足女鞋。

○梅花刻底：指纳有梅花的鞋底。粗线刺纳使其图案鲜明，叫做刻。

○巉巉（chán）：瘦削峭拔的样子。

○首颠：头顶。

○焰庵黄：灯光暗淡。庵黄，黄中透红之色。

○颔颊：脸和下巴。颔，下巴。颊，面颊。

○坌（bèn）息：喘着粗气。

译文

此洞穴之规模，仿佛一间宽敞的居室，走了数步后，空间略显狭窄，转瞬之间，已至洞底。洞底又现一洞口，需俯身爬行方可进入。以灯火照之，只见漆黑一片，深浅莫测。同行二人心生畏惧，遂退却而出，另一人则夺灯在手，嘲笑其二人怯懦，鼓足勇气，勉强挤身而入。幸而狭窄之处不过一墙之厚，穿越之后，空间豁然开朗，此人便起身前行。洞顶岩石错落有致，仿佛摇摇欲坠；两壁岩石重叠，高耸入云，宛如寺中雕塑，所刻皆为鸟兽人鬼之形，鸟似飞翔，兽似奔跑，人或坐或立，鬼怪则面露怒容，形态各异，其中丑陋者居多，美丽者甚少。此人心中不禁生出一股寒意，感到十分害怕。所幸道路平坦，鲜有坡度，便缓缓前行数百步。忽见西边洞壁上有一敞开的石室，门左侧立有一怪石鬼，面朝此人，瞪眼张口，口如簸箕 牙舌狰狞，左手握拳置于腰间，右手五指张开，似欲抓人。此人心中大骇，毛骨悚然。遥望石门之内，有火烧之灰烬，方知曾有人至此，心中稍安，勉强步入石室。只见地上散落着碗杯等物，内积尘垢，但可辨出皆为近世之物，并非古物。旁置四锡壶，此人欲取之，便解带系于壶颈，挂于腰间。又向旁视之，见一尸体横卧于西边墙角，四肢摊开。此人惊骇万分，细观之下，发现尸体脚穿尖鞋，鞋底梅花图案犹存，知为年轻女子。然不知其来自何方，亦不知其何时亡故。衣物颜色已褪，难辨青红；头发散乱如筐中乱丝，紧贴头骨；眼鼻各有两孔，牙齿森然，想是嘴巴无疑。此人心中暗想，尸体头顶或许藏有金银珠宝首饰，便将灯火凑近查看。不料似有气体从尸体口中呼出，吹得灯火摇摆不定，火焰昏黄，尸衣亦随之飘动。此人再次感到恐惧，手开始颤抖，灯火遂灭。他急忙回想来路，匆匆往回跑，不敢用手扶石壁，唯恐触及石头鬼怪。慌乱中头撞石壁，跌倒在地，随即爬起，只觉脸上湿冷，知是血渍，却不觉疼痛，也不敢声张。他喘着粗气跑到洞口，正欲出洞，却似有人抓住他的头发将他拉住，他顿时昏过去了。

原文

众坐井上俟久，疑之，又缒二人下。探身入窦，见发罥石上，血淫淫已僵。二人失色，不敢入，坐愁叹。俄井上又使二人下，中有勇者，始健进，曳之以出。置山上，半日方醒，言之缕缕。所恨未穷其底，极穷之，必更有佳境。后章令闻之，以丸泥封窦，不可复入矣。

○罥（juàn）：缠绕。

○言之缕缕：叙述详尽。

○章令：章丘知县。 ○丸泥：泥团。

译文

其余的人坐在洞外等候多时，心中渐渐怀疑洞内发生了不测。于是，他们再次利用绳索，将另外两人缓缓送入洞中。这两人小心翼翼地探身进入，却惊见先前那人的头发被石头紧紧缠绕，头部鲜血淋漓，已陷入昏迷状态。见此情景，两人大惊失色，不敢再深入洞内，只能坐在原地，满面愁容，不知所措。不久之后，上面又放下两人前来支援，其中一人颇为勇敢，毅然决然地踏入洞内，将昏迷者拉了出来。他们将昏迷者安置在山上，过了许久，那人终于苏醒过来，将自己惊险一幕一五一十地讲述了出来。众人听后，都感到十分惋惜，因为未能探到洞底，想必那里定有更为奇妙的景致。后来，章丘县的县令听闻了此事，便下令用泥团将洞口封死，从此再也无人能够进入那个神秘的洞穴。

原文

康熙二十六七年间，养母峪之南石崖崩，现洞口，望之，钟乳林林如密笋。然深险，无人敢入。忽有道士至，自称锺离弟子，言：“师遣先至，粪除洞府。”居人供以膏火，道士携之而下，坠石笋上，贯腹而死。报令，令封其洞。其中必有奇境，惜道士尸解，无回音耳。

○锺离：锺离权。传说道教中的八仙之一。

○粪除：打扫卫生。

○尸解：道教对于死的婉称或神化。

译文

在康熙二十六年或二十七年间，养母峪南侧的石崖发生了崩塌，从而显露出一个隐秘的洞口。向洞内望去，只见钟乳石密布，犹如簇拥的竹笋一般。然而，这个洞口既深邃又险峻，无人敢于冒险进入。忽有一日，一位道士出现在众人面前，他自称是锺离仙师的弟子，并宣称：“我师父派我来此地，是清理洞府。”村民们听后，便为他准备了灯火，助他进入洞中。不料，道士在洞内不慎失足，跌落在石笋上，竟被石笋刺穿了腹部，不幸身亡。此事很快报告给了县令，县令闻讯后，便下令将这个洞口封闭。众人纷纷猜测，这个洞内必然藏有奇异的景观，只可惜道士不幸丧生，探洞的行动终止，实在令人惋惜。

【安期岛】

原文

长山刘中堂鸿训，同武弁某使朝鲜。闻安期岛神仙所居，欲命舟往游。国中臣僚佥谓不可，令待小张。盖安期不与世通，惟有弟子小张，岁辄一两至。欲至岛者，须先自白。如以为可，则一帆可至，否则飓风覆舟。逾一二日，国王召见。入朝，见一人，佩剑，冠棕笠，坐殿上，年三十许，仪容修洁。问之，即小张也。刘因自述向往之意，小张许之，但言："副使不可行。"又出，遍视从人，惟二人可以从游。遂命舟导刘俱往。

○长山刘中堂鸿训：刘鸿训，字默承，号青岳，山东长山人。

○武弁：武官。弁，低级武官。在泰昌元年（1620）的二月。

○安期岛：传说仙人安期生所居的海岛。

○佥（qiān）：皆，都。

译文

长山县的刘中堂鸿训，与某位武官一同被派遣出使朝鲜。在朝鲜期间，他们听闻安期岛乃是神仙居住的地方，心中便生出了乘船前往游历的念头。然而，朝鲜的官员们纷纷劝阻，告诫他们需要等待小张到来。原来，安期岛与世隔绝，唯有神仙的弟子小张，每年往来一两次。若有人欲上岛，必须先向小张禀明意图。若得小张首肯，则航行顺利无阻；否则，便会遭遇飓风，船只倾覆。过了一两日，朝鲜国王召见了刘中堂。刘中堂入宫后，只见一人腰间佩剑、头戴棕笠，端坐于殿堂之上，年纪约莫三十，面容俊朗，仪态整洁。一经询问，方知此人便是小张。刘中堂随即向小张表达了自己前往安期岛的愿望，小张应允了，但提出条件："你的副官不能同行。"说完，小张又走出大殿，逐一审视刘中堂的随从，最后只挑选了两人可随同前往。于是，他带领刘中堂等人，一同乘船前往安期岛。

原文

水程不知远近，但觉习习如驾云雾，移时已抵其境。时方严寒，既至，则气候温煦，山花遍岩谷。导入洞府，见三叟趺坐。东西者见客入，漠若罔知，惟中坐者起迎客，相为礼。既坐，呼茶。有僮将盘去。洞外石壁上有铁锥，锐没石中，僮拔锥，水即溢射，以盏承之，满，复塞之。既而托至，其色淡碧。试之，其凉震齿。刘畏寒不饮。叟顾僮颐示之。僮取盏去，呷其残者，仍于故处拔锥，溢取而返，则芳烈蒸腾，如初出于鼎。窃异之。问以休咎，笑曰："世外人岁月不知，何解人事？"问以却老术，曰："此非富贵人所能为者。"刘兴辞，小张仍送之归。既至朝鲜，备述其异。国王叹曰："惜未饮其冷者，是先天之玉液，一盏可延百龄。"

○趺（fū）坐：盘腿打坐。

○罔知：不知。罔，不。

○锐没石中：锥尖插在石孔中。锐，尖。

○颐示：谓以下巴的动向示意而指挥人。

○呷（xiā）：吸饮。

○却老：不老，长生。

○兴辞：起身告辞。

译文

他们不知航行了多久，只觉耳边风声阵阵，仿佛置身于云雾之中，转瞬之间便已抵达安期岛的领域。那时正值严冬，但岛上却气候宜人，山谷间山花烂漫，春意盎然。小张引领他们进入一个洞穴，只见三位老者正盘腿而坐。东西两侧的老者似乎对来客视而不见，唯有中间的老者起身相迎，与客人互相行礼致意。大家落座后，老者便吩咐人送上茶水。只见一个小童端着盘子走出洞外。洞外石壁上嵌着一个铁锥，其刃尖深深没入石中。小童轻轻一拔，铁锥便应手而起，随即一股水流喷涌而出。他用杯子接住水流，待杯子满后，又迅速将铁锥塞回原处。然后，他小心翼翼地端着水走进来，那水色呈现出淡淡的绿色。刘中堂试着抿了一小口，只觉茶水冰凉刺骨，忍不住打了个寒颤。由于畏寒，他并未继续饮用。老者见状，回头向小童示意。小童便接过杯子，将剩余的水一饮而尽。随后，他再次走到洞外，拔下铁锥，接满水后返回。这一次，杯中的水却热气腾腾，仿佛刚从炉火上取下。刘中堂心中不禁感到十分惊奇。他向老者请教自己的吉凶祸福，老者却笑着回答道："我们这些世外之人，连何年何月都搞不清楚，又怎么能知晓人间的事情呢？"刘中堂又询问长寿的秘诀，老者则说："这可不是富贵之人所能追求的。"于是，刘中堂起身告辞，小张也陪同他返回。回到朝鲜后，刘中堂详细地向国王讲述了这次奇遇。国王听后感慨万分，说道："可惜你没能喝下那杯冷茶，那可是先天的玉液啊，一杯就能延长百年的寿命呢。"

原文

刘将归，王赠一物，纸帛重裹，嘱近海勿开视。既离海，急取拆视，去尽数百重，始见一镜，审之，则蛟宫龙族，历历在目。方凝注间，忽见潮头高于楼阁，汹汹已近。大骇，极驰，潮从之，疾若风雨。大惧，以镜投之，潮乃顿落。

○重裹：多层包裹。

○汹汹：波涛汹涌的样子。

译文

刘中堂即将踏上归途之际，国王赠予他一件神秘之物，此物被层层纸帛精心包裹，国王叮嘱他，在离开海域之前切勿打开。然而，刚一远离海岸，刘中堂便迫不及待地取出此物，逐层剥开那数百层的纸帛包裹。终于，一面镜子展现在他的眼前。他定睛一看，镜中竟映现出龙宫水族，一切景象都栩栩如生，仿佛近在咫尺。正当他全神贯注地注视着镜中景象时，猛然发现海水已经高涨，甚至越过了楼台殿阁，汹涌澎湃地逼近而来。刘中堂心中惊骇万分，急忙转身逃跑，但潮水却如影随形，紧追不舍，其速度之快，犹如狂风一般。刘中堂愈发感到恐惧，情急之下，他将手中的镜子奋力投向海中。潮水奇迹般地瞬间退去，一切又恢复了平静。

【沅俗】

原文

李季霖摄篆沅江，初莅任，见猫犬盈堂，讶之。僚属曰：“此乡中百姓瞻仰风采也。”少间，人畜已半，移时，都复为人，纷纷并去。一日，出谒客，肩舆在途。忽一舆夫急呼曰：“小人吃害矣！”即倩役代荷，伏地乞假。怒诃之，役不听，疾奔而去。遣人尾之。役奔入市，觅得一叟，便求按视。叟相之曰：“是汝吃害矣。”乃以手揣其肤肉，自上而下力推之，推至少股，见皮内坟起，以利刃破之，取出石子一枚，曰：“愈矣。”乃奔而返。后闻其俗有身卧室中，手即飞出，入人房闼，窃取财物。设被主觉，絷不令去，则此人一臂不用矣。

○李季霖：李鸿霔（zhù），字季霖，号厚余。摄篆：代理官职，掌其印信。因印信刻以篆文，故名。

○瞻仰风采：见面、认识的敬辞。瞻仰，怀着崇高的敬意看。

○吃害：遭到伤害。

○倩（qìng）：请。代荷：代替抬。

○相：观察，看视。

○揣：用手触摸、探测。

○坟起：隆起，鼓起。

○房闼（tà）：卧房，寝室。闼，房门。

○不用：不听使用，残废。

译文

李季霖代理沅江县令之初，甫一到任，便发现衙门内猫狗簇拥，大为惊讶。属官见状，连忙解释道：“这些其实是本地的百姓。”不多时，衙门之内竟已是人与猫狗混杂，那些猫狗纷纷化为人形，陆续离去。一日，李季霖外出拜访宾客，轿子行进在路上。突然，一名轿夫焦急地喊道：“我受伤了！”随即请求他人接替自己抬轿，自己则跪在地上告假。李季霖听后大怒，呵斥轿夫，但轿夫急匆匆地离去只见轿夫匆匆跑进市场，寻得一位老者，恳请他为自己诊治。老者审视轿夫一番，沉声道：“你确实受伤了。”说罢，他伸手自上而下用力推拿，直至小腿处。此时，轿夫的皮肉下鼓起一个小包，老者迅速取出快刀，划破小包，从中取出一枚石子，轻声道：“已无大碍。”轿夫这才如释重负，匆匆赶回。后来，李季霖又听闻沅江之地有一种奇异的风俗：有人躺在家中，却能让自己的手飞出去窃取财物。若被主人发现会断臂求生。

【云萝公主】

原文

安大业，卢龙人。生而能言，母饮以犬血，始止。既长，韶秀，顾影无俦，慧而能读，世家争婚之。母梦曰："儿当尚主。"信之。至十五六，迄无验，亦渐自悔。一日，安独坐，忽闻异香。俄一美婢奔入，曰："公主至。"即以长毡贴地，自门外直至榻前。方骇疑问，一女郎扶婢肩入，服色容光，映照四堵。婢即以绣垫设榻上，扶女郎坐。安仓皇不知所为，鞠躬便问："何处神仙，劳降玉趾？"女郎微笑，以袍袖掩口。婢曰："此圣后府中云萝公主也。圣后属意郎君，欲以公主下嫁，故使自来相宅。"

○卢龙：县名。地处河北东北部，明清时属永平府，即今河北卢龙。

○韶秀：美好秀丽。

○无俦：无人能比。俦，比，相比。

○尚主：娶公主为妻。

○玉趾：对人脚步的敬称。

译文

安大业，是卢龙县人，自出生起便能言语，其母给他喂食狗血后才止住这一奇能。及至成年，他风度翩翩，俊朗非凡，既聪慧又嗜好读书，引得众多名门望族竞相与他缔结婚姻之盟。其母曾得一梦，梦中有人预言："你儿命中注定将娶公主为妻。"母亲对此深信不疑。然而，直至安大业十五六岁，此梦仍未成真，母亲心中渐渐有了悔意。一日，安大业独处于室，忽闻异香扑鼻。须臾之间，一名美貌丫环匆匆闯入，言道："公主驾到。"随即将一条毛毡自门外铺展至床前，安大业正惊疑不定，只见一位女郎扶着丫环的肩膀缓步而入，其容颜绝美，瞬间照亮了整个房间。丫环取来绣垫置于床上，扶女郎坐下。安大业慌忙鞠躬问道："您是哪位神仙降临此地，竟让我有幸得见？"女郎听后微笑。丫环解释道："这位是圣后府中的云萝公主。圣后有意将公主许配给您，因此公主亲自前来察看。"

原文

安惊喜，不知置词，女亦俯首，相对寂然。安故好棋，楸枰尝置坐侧。一婢以红巾拂尘，移诸案上，曰：“主日耽此，不知与粉侯孰胜？”安移坐近案，主笑从之。甫三十余着，婢竟乱之，曰：“驸马负矣！”敛子入盒，曰：“驸马当是俗间高手，主仅能让六子。”乃以六黑子实局中，主亦从之。主坐次，辄使婢伏坐下，以背受足，左足踏地，则更一婢右伏。又两小鬟夹侍之，每值安凝思时，辄曲一肘伏肩上。局阑未结，小鬟笑云：“驸马负一子。”进曰：“主惰，宜且退。”女乃倾身与婢耳语。婢出，少顷而还，以千金置榻上，告生曰：“适主言居宅湫隘，烦以此少致修饰，落成相会也。”一婢曰：“此月犯天刑，不宜建造，月后吉。”女起，生遮止，闭门。婢出一物，状类皮排，就地鼓之，云气突出，俄顷四合，冥不见物，索之已杳。母知之，疑以为妖。而生神驰梦想，不能复舍。急于落成，无暇禁忌，刻日敦迫，廊舍一新。

○楸枰：棋盘。因多用楸木制成，故名。

○粉侯：对帝王女婿的美称。

○着（zhāo）：下围棋放棋子一枚叫一着。

○实：充实，放。局：棋盘。

○局阑未结：棋终未结算胜负。阑，终。结，结算。

○湫（jiǎo）隘：低湿狭小。

○犯天刑：星相家选择日子的术语。触犯上天的禁忌，不吉利。

○皮排：鼓动吹气的皮囊，古称“橐籥”。

译文

安大业心中既惊又喜，一时之间竟不知该如何言语，而公主也低垂着头，两人皆沉默不语，气氛微妙。安大业平素酷爱围棋，棋盘常伴其侧。此时，一名丫环用红手巾轻轻拂去棋盘上的尘埃，将其移至桌上，笑道：“公主日常亦喜对弈，不知与驸马对局，谁能更胜一筹？”安大业听后，便移至桌旁坐下，公主亦含笑相随。棋局方启，仅三十余子，忽听丫环笑道：“驸马输了！”随即收起棋子归入盒中，又言：“驸马定是人间棋艺高手，公主只能让六子。”说完，于棋盘上置六颗黑子，公主亦欣然应允。对弈间，公主端坐，便有丫环伏于座下，以其背承公主之足；若公主左脚触地，则换另一丫环伏于右侧，以承其右脚。又有两小丫环侍立于侧，每当安大业凝神思索，公主便屈肘搁于小丫环肩上，姿态闲适。棋局未了，胜负未分，小丫环忽笑道：“驸马输了一子。”随即，另一丫环上前言道：“公主乏了，该是归时。”公主听后，侧身与丫环低语几句，丫环便领命而出，不久返回，将一千两银子置于床上，告知安大业：“公主方才言，此宅院低湿狭窄，望君以此银略作修缮，待完工后便可相会。”另一丫环又言：“本月犯天刑，不宜动土，下月方为吉日。”公主起身欲行，安大业急忙阻拦，关门欲留，却见一丫环取出一物，形似鼓风皮囊，就地鼓胀，顷刻间云雾缭绕，四周昏暗，人影难辨。再寻公主，已踪迹全无。安母闻知此事，疑为妖异。然安大业却日夜思念，他心急如焚，欲速修宅院，不顾禁忌，限定日期，日夜督工，终使宅院焕然一新。

原文

先是，有滦州生袁大用，侨寓邻坊，投刺于门。生素寡交，托他出，又窥其亡而报之。后月余，门外适相值，二十许少年也。宫绢单衣，丝带乌履，意甚都雅。略与倾谈，颇甚温谨。悦之，揖而入。请与对弈，互有赢亏。已而设酒留连，谈笑大欢。明日，邀生至其寓所，珍肴杂进，相待殷渥。有小童十二三许，拍板清歌，又跳掷作剧。生大醉，不能行，便令负之。生以其纤弱，恐不胜，袁强之。僮绰有余力，荷送而归。生奇之。次日，犒以金，

○滦州：今河北滦县。

○侨寓：外地暂住。邻坊：邻街。坊，城市街市里巷。

○又窥其亡而报之：又乘着他外出而去回访他。仍是有意不相会面。亡，出外，不在家。

○宫绢：宫中所用之丝绢。

○跳掷作剧：奔腾跳跃表演节目。剧，指魔术杂技等类曲艺。

再辞乃受。由此交情款密，三数日辄一过从。袁为人简默，而慷慨

○过从：往来。 ○简默：沉默寡言。

好施。市有负债鬻女者，解囊代赎，无吝色。生以此益重之。过

数日，诣生作别，赠象箸、楠珠等十余事，白金五百，用助兴作。

○象箸：象牙筷子。楠珠：伽南香木制作的成串念珠，为念佛记数用具。

生反金受物，报以束帛。

○束帛：帛五匹为一束。

译文

昔日，滦州有一位名叫袁大用的书生，暂居于安大业家邻近的街道，曾多次递送名帖，意图拜访安大业。然而，安大业素日里不善交际，常以不在家为由，推辞未见，又趁袁大用外出时，前往回访以礼尚往来。时光荏苒，一个多月后，两人竟在门外不期而遇。袁大用乃是一位年约二十的俊朗少年，身着宫绢衣裳，头戴丝带，脚踏黑鞋，举止间尽显儒雅之风。安大业与他简短交谈几句，便觉其教养深厚，心中大为赞赏。于是，安大业热情地邀请他进屋，两人对弈数局，棋艺相当，互有胜负。随后，安大业设宴款待，两人相谈甚欢，气氛融洽。次日，袁大用回邀安大业至其家中，备下山珍海味，招待得极为周到。席间，袁家一名十二三岁的小童子，在席前击板清唱，又跳跃表演，为宴席增添了无限乐趣。安大业畅饮至醉，无法自行归家，袁大用便吩咐小童子背他回去。安大业见小童子瘦弱，担心他无法承受，但袁大用坚持如此。小童子背起安大业，轻松地将他送回了家。安大业对此感到十分惊奇。次日，安大业欲给小童子赏钱，小童子推辞再三，方才接受。自此以后，安大业与袁大用的交往愈发密切，每隔两三天，两人便要互相拜访一次。袁大用性格沉静寡言，却慷慨大方，乐于助人。有一次，他在市上见到一人因欠债而欲卖女还债，便毫不犹豫地拿出钱财，替其还清了债务。安大业因此更加敬重他。又过了几天，袁大用来到安大业家中告别，赠予他象牙筷子、楠木珠等十余件珍贵礼物，还送了五百两银子，以助安大业修缮宅院。安大业收下了礼物，将银子退回，并回赠了些绢帛以表谢意。

原文

后月余，乐亭有仕宦而归者，橐赀充牣。盗夜入，执主人，烧铁钳灼，

○乐亭：县名。清初为滦州属县，今河北乐亭。 ○充牣（rèn）：丰满，充实。

劫掠一空。家人识袁，行牒追捕。邻院屠氏，与生家积不相能，因其土木大兴，阴怀疑忌。适有小仆窃象箸，卖诸其家，知袁所赠，因报大尹。尹以兵绕舍，值生主仆他出，执母而去。母衰迈受惊，仅存气息，二三日不复饮食。尹释之。生闻母耗，急奔而归，则母病已笃，越宿遂卒。收殓甫毕，为捕役执去。尹见其年少温文，窃疑诬枉，故恐喝之。生实述其交往之由。尹问："何以暴富？"生曰："母有藏镪，因欲亲迎，故治昏室耳。"尹信之，具牒解郡。邻人知其无事，以重金赂监者，使杀诸途。

○行牒：官府发出公文。
○积不相能：一向不和睦。积，久。
○大尹：对县令的敬称。古时县令也称县尹。
○笃：深，沉重。
○藏镪（qiǎng）：收藏的很多银子。镪，银子或银锭。

译文

逾月之后，乐亭县内有一位卸任归乡的高官，携带了大量搜刮而来的财宝。某夜，一伙强盗潜入其府邸，将这位高官擒获，以炽热的铁钳熨烫其身，最终将其所有钱财洗劫一空。由于该府仆人识得袁大用，官府遂发布通缉令，追捕袁大用归案。此时，安家邻里中有一屠姓人家，与安家素有嫌隙。见安家大兴土木，修建宅院，屠家心生猜疑与嫉妒。恰逢安家一小仆人私取象牙筷子，转手卖给了屠家。屠家得知此筷乃袁大用所赠，便借此向官府举报了安大业。县官闻讯，立即派兵包围了安家。不巧的是，安大业正携仆人外出不在家，官兵便将安母抓捕归案。安母年迈且体弱多病，经此一惊，病情愈发严重，连续两三天粒米未进，生命垂危。县官见状，便将其释放回家。安大业在外得知母亲被捕的噩耗，急忙赶回家中。然而，安母病情已重，仅隔一夜便撒手人寰。安大业刚将母亲安葬完毕，官府捕役便将他缉拿归案。县官见安大业年轻且温文尔雅，怀疑其遭人陷害诬告，便故意吓唬他，令其如实招供。安大业便将自己与袁大用交往的经过和盘托出。县官又问道："你家何以突然变得如此富裕？"安大业回答道："我母亲原有些许积蓄，因我即将娶亲，她便取出这些积蓄，供我修造婚房。"县官听信其言，将口供记录在案，并准备将其押送至府里。屠家得知安大业并未受罚，便花费重金买通押送的差人，企图让他们在半路上将安大业杀害。

原文

路经深山，被曳近削壁，将推堕之。计逼情危，时方急难，忽一虎自从莽中出，啮二役皆死，衔生去。至一处，重楼叠阁，虎入，置之。见云萝扶婢出，凄然慰吊："妾欲留君，但母丧未卜窀穸。可怀牒去，到郡自投，保无恙也。"因取生胸前带，连结十余扣，嘱云："见官时，拈此结而解之，可以弭祸。"生如其教，诣郡自投。太守喜其诚信，又稽牒知其冤，销名令归。至中途，遇袁，下骑执手，备言情况。袁愤然作色，默不一语。生曰："以君风采，何自污也？"袁曰："某所杀皆不义之人，所取皆非义之财。不然，即遗于路者，不拾也。君教我固自佳，然如君家邻，岂可留在人间耶！"言已，超乘而去。生归，殡母已，柴门谢客。忽一夜，盗入邻家，父子十余口，尽行杀戮，止留一婢。席卷赀物，与僮分携之。临去，执灯谓婢："汝认之：杀人者我也，与人无涉。"并不启关，飞檐越壁而去。明日，告官。疑生知情，又捉生去。邑宰词色甚厉。生上堂握带，且辨且解，宰不能诘，又释之。

○计逼情危：阴谋逼近，情势危急。

○慰吊：慰问。吊，慰问不幸者。

○未卜窀穸（zhūn xī）：没有安葬。窀穸，墓穴。

○弭祸：平息灾祸。

○超乘（chèng）：跳跃上车。此指飞身上马。

○柴（zhài）门谢客：关门不接待客人。柴，堵塞。

○启关：开门。关，门闩。

译文

他们途经一座巍峨大山，安大业被差役拉至陡峭山崖边，眼看就要被推下深渊。就在这千钧一发之际，一只猛虎突然从草丛中窜出，咬死了两名差役，随后叼起安大业，带他离开险境。到达一处地方，只见楼阁错落有致，猛虎步入其中，将安大业轻轻放下。此时，云萝公主扶着丫环缓缓走出，悲伤地安慰他道："我本欲留你，但念及你母亲尚未安葬，你可持此押解公文，前往府衙自首，必能保你无事。"说罢，她取下安大业胸前的带子，迅速打了十多个结，并叮嘱他："见官时，只需逐一解开这些结，便能消解灾祸。"安大业遵从公主吩咐，前往府衙自首。太守对他的诚实颇为满意，又仔细审阅了公文，得知他实属冤枉，便撤销了他的罪名，允许他返回家中。在归家途中，安大业恰巧遇见了袁大用。他连忙下马，与袁大用握手相见，并详细叙述了自己的不幸遭遇。袁大用听后义愤填膺，却沉默不语。安大业不解地问道："你才华横溢，仪表堂堂，为何要做这等玷污自己名声之事？"袁大用沉声道："我所杀之人，皆是不义之徒；所取之财，皆是不义之财。若非如此，即便是路旁遗落的钱财，我也不会多看一眼。你的劝诫自是好意，但像你那邻居屠某之人，岂能留于世间！"说完，他纵身跃上马背，疾驰而去。安大业回到家中，安葬了母亲后，便闭门谢客，不再与外界往来。然而，某夜邻居家突遭盗贼洗劫，一家十余口全部被杀，仅留下一名丫环。盗贼席卷了屠家的所有财物，与小僮平分后离去。临走前，盗贼提着灯对丫环说道："你给我看清楚了，杀人的是我，与他人无关。"说完，他并未开门，而是飞檐走壁，消失在夜色之中。次日，丫环向官府报案。县官怀疑安大业知情不报，便再次将他捉拿归案。县官严厉审讯他，但安大业手握带子，一边辩解一边解开带子上的结。县官审问无果，只好再次将他释放。

原文

既归，益自韬晦，读书不出，一跛妪执炊而已。服既阕，日扫阶庭，以待好音。一日，异香满院。登阁视之，内外陈设焕然矣。悄揭画帘，则公主凝妆坐，急拜之。女挽手曰："君不信数，遂使

○韬晦：把锋芒收敛起来，深藏不露。韬，掩蔽。

○服既阕（què）：服丧期满以后。阕，尽。

○焕然：光彩照人的样子。

○凝妆：盛妆。

土木为灾，又以苫块之戚，迟我三年琴瑟：是急之而反以得缓，天

○土木：兴建宅舍。指上文“犯天刑”。 ○苫（shān）块之戚：丧亲之悲。

下事大抵然也。”生将出赀治具，女曰：“勿复须。”婢探椟，肴羹热

○椟（dú）：木戏，木匣。

如新出于鼎，酒亦芳冽。酌移时，日已投暮，足下踏婢，渐都亡去。

○鼎：古代炊器。○芳冽：芳香而清醇。

女四肢娇惰，足股屈伸，似无所着。生狎抱之。女曰：“君暂释手。今有两道，请君择之。”生揽项问故。曰：“若为棋酒之交，可得三十年聚首，若作床笫之欢，可六年谐合耳。君焉取？”生曰：“六年后再商之。”女乃默然，遂相燕好。女曰：“妾固知君不免俗道，此亦数也。”因使生蓄婢媪，别居南院，炊爨纺织，以作生计。北院中并无烟火，惟棋枰、酒具而已。户常阖，生推之则自开，他人不得入也。然南院人作事勤惰，女辄知之，每使生往谴责，无不具服。

译文

返回家中后，安大业变得更加循规蹈矩，他闭门不出，勤勉地埋头于书海之中，仅留下一位跛脚的老妪为他料理日常饮食。当母亲的丧期结束后，他每日都细心打扫庭院，满心期待着公主归来的喜讯。某日，一股奇异的香气弥漫了整个庭院。安大业登上阁楼，惊讶地发现家中内外已被重新布置得焕然一新。他轻轻掀开画帘，只见公主身着华服，端庄地坐在那里。他连忙上前，恭敬地行礼参拜。公主挽起他的手，温柔地说道：“你曾不信天命，执意大兴土木，才招致了那场灾祸。又因守丧之事，让我们的好事耽搁了三年。这便是欲速则不达，世间的许多事情都是如此。”安大业提议出钱置办酒宴以庆祝，但公主却笑道：“无须如此麻烦。”只见一个丫环伸手入柜，瞬间便端出了热气腾腾的佳肴与汤品，还有那芬芳清澈的美酒。他们欢饮许久，直至夕阳西下，公主脚下的丫环们也渐渐离去。此时，公主显得四肢娇软，双腿不时地屈伸，

似乎找不到合适的放处。安大业见状，亲昵地想要拥抱她。公主轻轻说道：“你先放开手。现在有两个选择摆在你面前，请你做出决定。”安大业搂着公主的脖子，好奇地询问是哪两个选择。公主答道：“若我们只做棋酒之友，可享三十年相聚之乐；若成为夫妻，则仅有六年欢聚时光。你愿选哪一种？”安大业犹豫片刻后说：“六年后再做决定吧。”公主听后不再言语，随即与安大业成为了夫妻。公主轻叹道：“我早知道你难以摆脱世俗之念，这也是天命所归。”于是，她让安大业蓄养了丫环与仆妇，安排她们单独住在南院，每日负责烹饪与纺织，以维持生计。而公主则住在北院，那里从不生火做饭，只有棋盘、酒具等物。北院的大门常常紧闭，但每当安大业到来时，门轻轻一推便开，其他人却无法进入。然而，公主对南院人的勤勉与懒惰都了如指掌。每当她发现有人偷懒时，便会叫来安大业，让他前去责备。那些被责备的人，无不心悦诚服地接受公主的训诫。

原文

女无繁言，无哂笑，与有所谈，但俯首微哂。每骈肩坐，喜斜倚人。生举而加诸膝，轻如抱婴。生曰：“卿轻若此，可作掌上舞。”曰：“此何难！但婢子之为，所不屑耳。飞燕原九姊侍儿，屡以轻佻获罪，怒谪尘间，又不守女子之贞，今已幽之。”阁上以锦裤布满，冬未尝寒，夏未尝热。女严冬皆着轻縠，生为制鲜衣，强使着之，逾时解去，曰：“尘浊之物，几于压骨成劳！

○繁言：多话。

○骈肩：并肩。

○掌上舞：体态轻盈，能舞于掌上。

○幽：幽闭，囚禁。

○縠（hú）：丝织的绉纱。

译文

公主言辞简约，很少高声嬉笑，每当安大业与她交谈，她总是低着头，嘴角含着温柔的微笑。两人并肩而坐时，她总爱轻轻斜倚在安大业的身旁。安大业将她抱起，置于膝上，感觉她轻盈得如同一个婴儿。他笑道：“你如此轻盈，定能跳那掌上之舞。”公主轻轻摇头，说道：“那又有何难？只是此乃丫环所为，我不屑于去做。飞燕原是我九姐的侍女，因多次行为轻佻而获罪，九姐恼怒之下，将她贬罚至人间。而她又不守女子贞节，如今已被囚禁。”公主所居的阁楼内，挂满了锦缎制成的帷幕，使得冬日不寒，夏日不热。即便是在严冬之际，公主也仅穿一件薄如蝉翼的纱衣。安大业见状，特地为她制作了一件鲜艳华丽的衣裳，并强行让她穿上。然而，不久之后，她便自行脱下，皱眉道：“这尘世间的衣物，沾满了不洁之气，压在身上，几乎把我压出病来。”

原文

一日，抱诸膝上，忽觉沉倍曩昔，异之。笑指腹曰：“此中有俗种矣。”过数日，颦黛不食，曰：“近病恶阻，颇思烟火之味。”生乃为具甘旨，从此饮食遂不异于常人。一日曰：“妾质单弱，不任生产。婢子樊英颇健，可使代之。”乃脱衷服衣英，闭诸室。少顷，闻儿啼，启扉视之，男也。喜曰：“此儿福相，大器也！”因名大器。绷纳生怀，俾付乳媪，养诸南院。女自免身，腰细如初，不食烟火矣。忽辞生，欲暂归宁。问返期，答以“三日”。鼓皮排如前状，遂不见。至期不来。积年余，音信全渺，亦已绝望。生键户下帏，遂领乡荐。终不肯娶，每独宿北院，沐其余芳。一夜，辗转在榻，忽见灯火射窗，门亦自辟，群婢拥公主入。生喜，起问爽约之罪。女曰：“妾未愆期，天上二日半耳。”生得意自诩，告以秋捷，意主必喜。女愀然曰：“乌用是傥来者为！无足荣辱，止折人寿数耳。三日

○恶（è）阻：肠胃不佳，不思饮食。指怀孕厌食。

○烟火之味：人间饮食。道家以屏除谷食作为修养成仙之道，称人世间的饮食为烟火。

○衷服：贴身内衣。

○大器：有大前途，成大气候的人。

○免身：分娩。免，通“娩”。

○键户下帏：指闭门苦读。键户，闩门。下帏，放下室内悬挂的帷幕。

○愆（qiān）期：耽误，过期。

○秋捷：考中举人。乡试于秋季举行，所以称秋闱。

○傥（tǎng）来者：无意得来或非本分所得的东西，指功名富贵。

不见，入俗幛又深一层矣。”生由是不复进取。过数月，又欲归宁，

○俗幛：指妨碍修道的世俗贪欲。

生殊凄恋。女曰：“此去定早还，无烦穿望。且人生合离，皆有定

○穿望：切盼，望穿眼睛的意思。

数，撙节之则长，恣纵之则短也。”既去，月余即返。

○撙（zǔn）节：节制，控制。

译文

一日，安大业将公主轻拥入怀，置于膝上，却忽感其体重倍增，颇觉奇怪。公主笑靥如花，轻指腹部，言道：“此中已孕育一凡胎矣。”数日之后，公主眉宇间略显愁容，食欲不佳，叹道：“近日胃口欠佳，颇想尝尝人间烟火。”安大业听后，即刻为她烹制佳肴，自此公主饮食便与常人无异。某日，公主忧虑道：“我体质柔弱，恐难以承受分娩之苦。而丫环樊英身强体健，或可代我。”于是，她脱下贴身衣物为樊英穿上，将其安置于屋内。不久，便闻婴儿啼哭之声，开门视之，已诞下一男婴。公主欣喜万分，赞道：“此子相貌福泽，日后必成大器！”遂为其取名大器。公主细心包裹婴儿，交予安大业，嘱其送往南院由奶妈抚养。自分娩后，公主腰身纤细如前，且复不食人间烟火。一日，公主忽向安大业告别，言欲暂回娘家探望。安大业问及归期，公主答以“三日”。说完，她再如前番，鼓起皮囊，腾云驾雾而去。然至期未归，年余音讯全无，安大业心灰意冷。他闭门谢客，潜心苦读，终得举人功名。然他始终未再娶妻，每夜独守北院，以缅怀公主之遗香。某夜，安大业辗转难眠，忽见灯火映窗，门自开，一群丫环簇拥着公主翩然而入。安大业欣喜起身，埋怨公主失约。公主笑道：“我并未失约，天上不过才过了两日半。”安大业得意地向公主炫耀自己秋试中举，以为公主会为之欢欣。不料，公主却神色黯然，叹道：“你何必追求这等微不足道之物！此事无关荣辱，只会折损人寿。三日未见，你已深陷世俗泥潭，难以自拔。”安大业听后，遂不再追求功名。数月后，公主又欲回娘家，安大业心中不舍。公主安慰道：“此次定当早日归来，无须你长久等待。况且人生离合，皆有定数，珍惜则长久，挥霍则短暂。”公主离去后，果真一个多月便返回。

原文

从此一年半岁辄一行，往往数月始还，生习为常，亦不之怪。又生

一子，女举之曰：“豺狼也！”立命弃之。生不忍而止，名曰可弃。甫周岁，急为卜婚。诸媒接踵，问其甲子，皆谓不合。曰：“吾欲为狼子治一深圈，竟不可得，当令倾败六七年，亦数也。”嘱生曰：“记取四年后，侯氏生女，左胁有小赘疣，乃此儿妇。当婚之，勿较其门地也。”即令书而志之。后又归宁，竟不复返。

○甲子：指生辰八字。

○接踵：一个接着一个。踵，脚后跟。

○赘疣：皮肤上长的肉瘤。

○门地：即门第。

译文

自此以后，公主每隔一年半载便回娘家一次，往往数月后才归来，安大业对此已习以为常，并不觉得有何异样。后来，他们又添了一子，公主举起婴儿，语气冷峻地说：“这是个豺狼！”随即命人将其丢弃。安大业心生不忍，便私下将他留下抚养，并取名为可弃。可弃刚满周岁之时，公主便迫不及待地开始为他张罗婚事。媒人络绎不绝地前来，但公主一一询问了女方的生辰八字后，均表示不合。公主叹息道：“我本想给这个小狼崽找一个深牢大狱般的家庭，以束缚他的野性，却始终找不到合适的。看来，他注定要败家六七年，这也是天命所归啊。”接着，公主郑重地嘱咐安大业：“你一定要牢记，四年之后，会有一户姓侯的人家生下一个女儿，她的左胁上有一个小赘疣。这个女孩就是可弃未来的媳妇。你一定要将她娶进门，不要在乎她家的门第高低。”说完，公主还让安大业将此事记录下来，以免遗忘。不久后，公主再次回娘家，而这一次，她却再也没有回来。

原文

生每以所嘱告亲友。果有侯氏女，生有疣赘，侯贱而行恶，众咸不齿，生竟媒定焉。大器十七岁及第，娶云氏，夫妻皆孝友。父钟爱之。可弃渐长，不喜读，辄偷与无赖博赌，恒盗物偿戏债。父怒，

○戏债：赌债。戏，博戏，指赌博。

挞之，卒不改。相戒堤防，不使有所得。遂夜出，小为穿窬。为主所觉，缚送邑宰。宰审其姓氏，以名刺送之归。父兄共絷之，楚掠惨棘，几于绝气。兄代哀免，始释之。父忿恚得疾，食锐减。乃为二子立析产书，楼阁沃田，悉归大器。可弃怨怒，夜持刀入室，将杀兄，误中嫂。先是，主有遗袴，绝轻耎，云拾作寝衣。可弃斫之，火星四射，大惧，奔去。父知，病益剧，数月寻卒。可弃闻父死，始归。兄善视之，而可弃益肆。年余，所分田产略尽，赴郡讼兄。官审知其人，斥逐之。兄弟之好遂绝。又逾年，可弃二十有三，侯女十五矣。兄忆母言，欲急为完婚。召至家，除佳宅与居。迎妇入门，以父遗良田，悉登籍交之，曰："数顷薄产，为若蒙死守之，今悉相付。吾弟无行，寸草与之，皆弃也。此后成败，在于新妇。能令改行，无忧冻饿，不然，兄亦不能填无底壑也。"

○惨棘：严苛峻急。指鞭打严酷。棘，通"亟"。

○耎：同"软"。

○除：打扫。

○登籍：造册登记。

○若：你。蒙死：冒死。

○无底壑：无底洞。

译文

安大业时常将公主的叮嘱告知亲朋好友。果不其然，有一户姓侯的人家，其女儿出生时身上带有赘疣。侯家家境贫寒，品行不端，常遭人轻视。尽管如此，安大业还是毅然决然地为他们定下了这门亲事。大器在十七岁那年便中了举人，随后娶了云家的女儿为妻。夫妻俩都极为孝顺父亲，对弟弟也关爱有加。父亲对他们很是喜爱。然而，可弃渐渐长大，却不喜欢读书，反而偷偷与一些无赖闲人混在一起赌博，常常从家里偷东西去还赌债。父亲对此极为生气，多次责打他，他却始终不改。家里人因此都互相提醒要提防他，不让他有机会在家里偷东西。于是，可弃便开始在夜里偷偷溜出去，到别人家去偷盗。终于有一次，他被主人发现，被绑起来送到了官府。县官一审问他的姓名，便用自己的名帖将他送回了家。父亲和哥哥一起把他绑起来，安大业痛打他一顿，他几乎断了气。幸好兄长及时求饶，父亲才放过了他。然而，这件事让父亲气得不轻，饭量也大减。于是，父亲便立下分家的文书，将宅院、良田都分给了大器。可弃因此心怀怨恨，夜里竟然拿着刀闯进哥哥的屋子，意图杀害哥哥，却误砍到了嫂子身上。先前，公主留下一条极为轻软的裤子，云氏便拿来做了睡衣。可弃一刀砍上去，火星四溅，吓得他连忙逃了出去。父亲得知此事后，病情更加严重，过了几个月便离世了。可弃在得知父亲去世的消息后，才回到了家中。哥哥对他依然很好，但他却变得更加放肆。一年多的时间里，他所分得的田产几乎被他挥霍一空。于是，他便到官府里去控告哥哥。然而，县官对可弃的为人了如指掌，便将他责备了一顿，赶出了衙门。从此，兄弟之间便断绝了往来。又过了一年，可弃已经二十三岁，侯家的女儿也十五岁了。哥哥记起了母亲的话，便准备为可弃完婚。他将可弃叫到家里，为他打扫了一间好房子让他住下。新媳妇迎进门后，大器将父亲留下的良田都登记在册交给了她，并说道："这几顷薄田是我拼命留下来的，现在全都交给你。我兄弟品行不端，就算是一寸草给了他，他也会丢光。此后家业的兴败都在你身上了。你能让他改过自新，就不愁吃穿；不然的话，我这个做哥哥的也填不满这个无底洞。"

原文

侯虽小家女，然固慧丽，可弃雅畏爱之，所言无敢违。每出，限以晷刻，过期，则诟厉不与饮食，可弃以此少敛。年余，生一子。妇曰："我以后无求于人矣。膏腴数顷，母子何患不温饱，无夫焉，亦可也。"会可弃盗粟出赌，妇知之，弯弓于门以拒之。大惧，避去。窥妇入，逡巡亦入。妇操刀起，可弃返奔，妇逐斫之，断幅伤臀，血沾袜履。忿极，往诉兄，兄不礼焉，冤惭而去。过宿复至，跪嫂

○晷刻：日晷与刻漏，古代的计时仪器。这里指代时间。

○逐：追。斫（zhuó）：砍。

哀泣，求先容于妇，妇决绝不纳。可弃怒，将往杀妇，兄不语。可弃忿起，操戈直出。嫂愕然，欲止之，兄目禁之。俟其去，乃曰："彼固作此态，实不敢归也。"使人觇之，已入家门。兄始色动，将奔赴之，而可弃已坌息入。盖可弃入家，妇方弄儿，望见之，掷儿床上，觅得厨刀。可弃惧，曳戈反走，妇逐出门外始返。兄已得其情，故诘之。可弃不言，惟向隅泣，目尽肿。兄怜之，亲率之去，妇乃纳之。俟兄出，罚使长跪，要以重誓，而后以瓦盆赐之食。自此改行为善。妇持筹握算，日致丰盈，可弃仰成而已。后年七旬，子孙满前，妇犹时捋白须，使膝行焉。

○曳戈反走：拖着兵器反向逃跑。走，跑。

○要（yāo）以重誓：逼着对方发重誓。要，要挟。

○仰成：仰首等待成功。比喻坐享其成。

译文

侯氏虽出身贫寒，却貌美贤淑，可弃对她既爱慕又畏惧，从不敢违背她的意愿。每当可弃外出时，侯氏都会设定归家时间，若他不按时返回，便会遭到严厉斥责，甚至不给他饭吃，因此可弃逐渐有所收敛。婚后一年多，侯氏诞下一子。她说道："自此以后，我无须再依赖他人。我们母子拥有几顷良田，足以确保衣食无忧，即便没有丈夫也能生活。"有一次，可弃偷盗粮食外出赌博，被侯氏察觉。她手持弓箭，守候在门口，阻止他进门。可弃惊恐万分，急忙逃跑。直到偷偷看到侯氏进屋后，他才战战兢兢地返回家中。然而，侯氏已手持利刃等候，可弃见状转身奔逃，却被侯氏追上，一刀划破衣物，伤及臀部，鲜血染红了袜履。可弃怒火中烧，前往哥哥处告状，却未得理会，只得羞愧离去。次日，他又来到哥哥家，跪在嫂子面前痛哭流涕，恳请嫂子为他说情，让他得以回家。但侯氏态度坚决，拒不接受他。可弃盛怒之下，扬言要杀侯氏，哥哥却未加劝阻。可弃气愤之下，手持矛枪冲出门去。嫂子惊恐万分，欲加阻拦，却被哥哥制止。待可弃离去后，哥哥才说："他这只是做戏给我们看，其实并不敢真的回家。”嫂子心中仍感不安，派人暗中观察，发现可弃已返回家中。哥哥此时才略感惊慌，准备前往查看。然而，可弃却气喘吁吁地返回了哥哥家。原来，他回家后，侯氏正逗弄儿子玩耍，一见到他，便将孩子扔到床上，寻来一把厨刀。可弃见状，吓得拖着矛枪转身逃跑，侯氏一直将他赶出门外才罢休。哥哥已经得知事情经过，故意询问可弃。可弃默不作声，只是对着墙角哭泣，双眼肿胀。哥哥心生怜悯，亲自领他回家，侯氏这才接纳了他。待哥哥离开后，侯氏便罚他长时间跪着，逼他发下重誓，然后才用瓦盆盛饭给他吃。自此以后，可弃痛改前非，重新做人。侯氏掌管家务后，家业日益兴旺，而可弃则坐享其成。后来，他活到七十多岁，儿孙满堂时，侯氏仍时常揪着他的白胡子，让他跪着行走以示惩戒。

原文

异史氏曰：悍妻妒妇，遭之者如疽附于骨，死而后已，岂不毒哉！

○疽（jū）：一种毒疮。

然砒、附，天下之至毒也，苟得其用，瞑眩大瘳，非参、苓所能及

○砒：砒霜，毒药。附：附子，又名“乌头”，叶茎有毒，根尤剧。可入药。

○瞑（míng）眩：饮烈性药而引起的头晕目眩。大瘳（chōu）：病愈。

○参、苓：人参和茯苓。均为滋补温和之药。

矣。而非仙人洞见脏腑，又乌敢以毒药贻子孙哉！

○洞见脏腑：喻看透本质。

译文

异史氏评论道：那些凶悍善妒的妻子，一旦遇上便如同骨髓中生出毒瘤，唯有死亡方能解脱，这岂非毒辣至极！然而，论及天下至毒之物，砒霜与附子首当其冲，但若能巧妙运用，虽令人头目昏眩，却能治愈沉疴，此等奇效，即便是人参、茯苓等良药也难以企及。若非仙人洞明世事，又岂敢将如此毒药遗留子孙呢！

原文

章丘李孝廉善迁，少倜傥不泥，丝竹词曲之属皆精之。两兄皆

○倜傥：洒脱，少拘束。不泥：不羁。泥，拘泥。

登甲榜，而孝廉益佻脱。娶夫人谢，稍稍禁制之。遂亡去，三年不

○登甲榜：指考中进士。科举时代，会试之榜称为甲榜。

返，遍觅不得。后得之临清勾阑中，家人入，见其南向坐，少姬十数左右侍，盖皆学音艺而拜门墙者也。临行，积衣累笥，悉诸妓所贻。既归，夫人闭置一室，投书满案。以长绳絷榻足，引其端自棂内出，贯以巨铃，系诸厨下。凡有所需，则蹑绳，绳动铃响，则应之。夫人躬设典肆，垂帘纳物而估其直，左持筹，右握管，老仆供奔走而已。由此居积致富。每耻不及诸姒贵。锢闭三年，而孝廉捷。喜曰："三卵两成，吾以汝为毈矣，今亦尔耶？"

○拜门墙：拜师。

○笥（sì）：竹箱，竹制容器。

○躬设典肆：亲自开设当铺。○纳物：指收受典当的物品。

○筹：筹码，代指算盘。管：毛笔。

○三卵两成：指李氏兄弟三人中有两人登甲榜成进士。

○毈（duàn）：生不出鸟的蛋。

译文

章丘有位名叫李善迁的孝廉，年轻时风度翩翩，不拘泥于琐碎之事，对于吹拉弹唱及词曲创作颇为精通。他的两位兄弟皆已考取进士，而他反而更加放任自由。他娶了一位谢氏夫人，夫人对他略有管束，他便离家出走，三年未归，家人四处寻觅亦无果。后来，家人在临清的一家院子里找到了他。他们进去一看，只见他面南而坐，身旁围绕着十几个年轻女子，都是向他学习说唱技艺的学徒。临行回家时，他的衣物装满了好几个箱子，皆是赠送的礼物。回到家后，谢夫人将他关在一间屋内，桌上摆满了书籍。她用一条长绳绑在床腿上，另一端则从窗格中穿出，系上一个大铃铛，挂在厨房里。每当他有需要时，便踩动绳子，绳子一动，铃铛便响，仆人便会应声而来。谢夫人则亲自经营当铺，坐在帘子后面对典当品进行估价，左手持算盘，右手握笔，老仆人在中间忙碌穿梭。就这样，他们逐渐富裕起来。然而，谢夫人时常为自己的身份不如妯娌们而感到羞耻。她将李善迁关了三年，终于使他也考上了进士。得知喜讯后，谢夫人欣喜地说道："原本以为三人中只有两人能考中进士，没想到你也能考中，今日也终得成器。"

原文

又耿进士崧生，亦章丘人。夫人每以绩火佐读，绩者不辍，读者不敢息也。或朋旧相诣，辄窃听之，论文则瀹茗作黍，若恣谐谑，则恶声逐客矣。每试得平等，不敢入室门，超等，始笑逆之。设帐得金，悉内献，丝毫不敢隐匿。故东主馈遗，恒面较锱铢。人或非笑之，而不知其销算良难也。后为妇翁延教内弟，是年游泮，翁谢仪十金，耿受榼返金。夫人知之曰："彼虽周亲，然舌耕谓何也？"追之返而受之。耿不敢争，而心终歉焉，思暗偿之。于是每岁馆金，皆短其数以报夫人。积二年余，得如干数。忽梦一人告之曰："明日登高，金数即满。"次日，试一临眺，果拾遗金，恰符缺数，遂偿岳。后成进士，夫人犹诃谴之。耿曰："今一行作吏，何得复尔？"夫人曰："谚云：'水长则船亦高。'即为宰相，宁便大耶？

○绩火：纺织的灯火。

○瀹茗作黍：泡茶做饭。

○平等：明清时岁试或科试按成绩分为六等，给予赏罚。平等谓处于不赏不罚这一等级。

○榼（kē）：古代盛酒的器具。泛指盒一类的器物。

○周亲：最亲近的人。

○舌耕：旧时指教书谋生。

○一行作吏：一经为官，指身份变化。行，从事。

译文

还有耿崧生，亦是章丘人士，曾高中进士。其夫人常以纺线所用之灯为他照明，供其夜读。纺织之声不绝，耿生亦不敢稍有懈怠。每有友人来访，夫人便暗中窃听，若谈及学问文章，则热情款待；若闲聊琐事，便态度恶劣，逐客出门。耿生每次考试，若得中规中矩之评，便不敢踏入家门；唯有超越平常等级，夫人才会笑脸相迎。耿生在外设馆授徒所得之资，皆悉数交给夫人，不敢有丝毫隐瞒。因此，每当东家付钱时，他总是当面清点，分毫不差。有人嘲笑他过于计较，却不知他背后的苦衷。后来，他被岳父请去教导妻弟，一年之后，妻弟便成功考入学宫。岳父为表感谢，赠予他十两银子，耿生却将钱原封不动地退回。夫人得知后，说道：“虽为至亲，但我们教书育人，岂能有功而不受禄？”于是，她催促耿生将钱取回。耿生不敢违抗夫人的意愿，但心中始终感到愧疚，便暗自决定偿还岳父。此后，他每年教书的报酬都向夫人少报一些，积攒了两年多，终于攒得差不多了。一日，他梦见有人告诉他：“明日登高，你所需之钱便足够了。”第二日，他试着登高望远，果然拾到了一笔钱，数目恰好是他所缺的。于是，他便将这笔钱还给了岳父。后来，耿生高中进士，夫人却依旧对他严厉呵斥。耿生不解地问道：“如今我已身居官职，你为何还如此待我？”夫人答道：“俗话说得好，‘水涨船高’，即便你做了宰相，难道就能超过我吗？”

【鸟语】

原文

中州境有道士，募食乡村。食已，闻鹂鸣，因告主人使慎火。问故，

○中州：河南的古称。河南古为豫州，处于九州中间，故称为中州。

答曰："鸟云：'大火难救，可怕！'"众笑之，竟不备。明日，果火，延烧数家，始惊其神。好事者追及之，称为仙。道士曰："我不过知鸟语耳，何仙也！"适有皂花雀鸣树上，众问何语，曰："雀言：'初六养之，初六养之，十四、十六殇之。'想此家双生矣。今日为初十，

○双生：孪生，双胞胎。

不出五六日，当俱死也。"询之，果生二子，无何并死，其日悉符。

译文

在河南的一个村落里，有一位道士挨家挨户地化缘。饭后，他忽然听到了黄鹂的鸣叫声，随即告诫屋主需留意防火之事。当被问及缘由时，道士解释道："那鸟儿在说：'大火无情，难以扑救，实在可怕！'"然而，在场的人非但没有警觉，反而都嘲笑起道士来。不料，次日真的发生了火灾，火势汹涌，蔓延至数户人家，众人这才对道士的预知能力感到震惊与佩服。一些爱凑热闹的人追上道士，纷纷称他为神仙。道士却谦逊地说："我只不过是能听懂鸟语罢了，哪里是什么神仙呢！"恰在此时，树上有一只皂花雀在叫，众人好奇地问道士这鸟在说些什么。道士回答道："这鸟儿在说：'初六生的，初六生的，十四、十六就会死。'我猜这家生了对双胞胎，按照鸟的说法，今天是初十，那么不出五六天，这两个孩子恐怕都会离世。"众人听后，前去打听结果发现这家人真的生了一对男孩，而且不久之后，这两个孩子都在道士所说的日子里去世了。道士的预言与实际情况惊人地一致，让村民们更加敬畏他的能力。

原文

邑令闻其奇，招之，延为客。时群鸭过，因问之，对曰：“明公内室，必相争也。鸭云：‘罢罢！偏向他！偏向他！’”令大服，盖妻妾反唇，令适被喧聒而出也。因留居署中，优礼之。时辨鸟言，多奇中。而道士朴野，肆言辄无所忌。令最贪，一切供用诸物，皆折为钱以入之。一日方坐，群鸭复来，令又诘之，答曰：“今日所言，不与前同，乃为明公会计耳。”问：“何计？”曰：“彼云：‘蜡烛一百八，银朱一千八。’”令惭，疑其相讥。道士求去，令不许。逾数日，宴客，忽闻杜宇。客问之，答曰：“鸟云：‘丢官而去。’”众愕然失色。令大怒，立逐而出。未几，令果以墨败。呜呼！此仙人儆戒之，而惜乎危厉熏心者，不之悟也。

○延：请，引进。

○明公：对为尊者的敬称。

○反唇：争吵。

○奇中（zhòng）：预言与实况贴合得神奇。

○肆言：任情直言。

○会计：计算，合计。

○银朱：矿物名。为正赤色粉末。可入药，亦可作颜料，供官府朱批用。

○杜宇：杜鹃鸟的别名。

○以墨败：因贪赃而丢官。墨，贪污受贿，不廉洁。

○危厉熏心：谓履凶险之事，使人忧苦。指县令醉心于贪欲，遂蹈危履险。

译文

县令闻及道士之奇能，遂召其至府，奉为座上宾。恰逢一群鸭子悠然行过，县令心生好奇，询问道士鸭子所鸣何意。道士答道：“大人府中，必有争执。鸭子正言：‘罢了，罢了！偏向她，偏向她！’”县令听后，大为叹服，原来妻妾正争吵不休，他不胜其烦，故而外出。于是，县令决定将道士留于衙门内，待之以上宾之礼。道士时常解读鸟语，所言多中。然而，他性情淳朴，言谈间毫无顾忌。这位县令贪财无度，凡衙门之物，皆被他折算成银两，私吞入囊。一日，县令与道士刚坐下，又见一群鸭子走来，县令复问其意，道士回曰：“今日所言，与往昔不同，它们在为大人算账呢。”县令追问：“所算何账？”道士答道：“它们说：‘蜡烛一百八，银朱一千八。’”县令听后，羞愧难当，疑心道士此举乃是故意嘲讽。道士见状，请求离去，却被县令拒绝。数日之后，县令设宴款待宾客，忽闻杜鹃鸟鸣。宾客好奇，问鸟鸣何意，道士解释道："此鸟言：'丢官而去。'"众人听后，皆大惊失色。县令怒不可遏，当即下令将道士逐出府门。没过多久，县令果然因贪污之罪被罢免官职。唉！此皆仙人警示，可惜那些心智迷乱之人，终不肯醒悟啊。

原文

齐俗呼蝉曰"稍迁"，其绿色者曰"都了"。邑有父子，俱青、社生，将赴岁试，忽有蝉集襟上。父喜曰："稍迁，吉兆也。"一僮视之，曰："何物稍迁，都了而已。"父子不悦。已而果皆被黜。

○齐：指今山东北部和河北东南部地域，原春秋战国齐地。

○岁试：学政到任的第一年为岁考。

○稍迁：稍见（或逐步）升迁的谐音，故认为是吉兆。

○都了：全部了结，完了。了，完了。因与绿色的蝉名谐音，故被认为是凶兆。

译文

在齐地，人们习惯将蝉称为"稍迁"，而在这些蝉中，有一种绿色的特别被称为"都了"。在这个县里，有一对父子，皆是饱读诗书的学者，他们正准备前往参加年度的岁考。忽然间，一只蝉落在了父亲的衣襟之上。父亲满心欢喜地说道："看，是'稍迁'，这定是一个好兆头，预示着我们此次考试定能顺利。"这时，旁边的一个书童瞥了一眼那只蝉，不以为意地说道："哪有什么'稍迁'，这不过是一只'都了'罢了。"父子俩听了这话，心中大为不悦。然而，考试的结果却出乎意料地印证了书童的话，他们二人果然都未能考中。

【天宫】

原文

郭生，京都人，年二十余，仪容修美。一日薄暮，有老妪贻尊酒，怪其无因，妪笑曰：“无须问，但饮之，自有佳境。”遂径去。揭尊微嗅，洌香四射，遂饮之。忽大醉，冥然罔觉。及醒，则与一人并枕卧。抚之，肤腻如脂，麝兰喷溢，盖女子也。问之，不答，遂与交。交已，以手扪壁，壁皆石，阴阴有土气，酷类坟冢。大惊，疑为鬼迷，因问女子：“卿何神也？”女曰：“我非神，乃仙耳。此是洞府。与有夙缘，勿相讶，但耐居之。再入一重门，有漏光处，可以溲便。”既而女起，闭户而去。久之，腹馁，遂有女僮来，饷以面饼、鸭臛，使扪啖之。黑漆不知昏晓。无何，女子来寝，始知夜矣。郭曰：“昼无天日，夜无灯火，食炙不知口处。常常如此，则姮娥何殊于罗刹，天堂何别于地狱哉！”女笑曰：“为尔俗中人，多言喜泄，故不欲以形色相见。且暗摸索，妍媸亦当有别，何必灯烛！”

○洌香：香气清醇。

○鸭臛：鸭汤。臛，肉羹。

○罗刹，恶魔名。指丑妇。

译文

郭生，是一位京都青年，年方二十有余，相貌堂堂，气宇轩昂。某日黄昏时分，一位老妪突然到来，手捧一尊美酒赠予他。郭生心中诧异，不明就里，为何会有此等无缘无故的好意。老妪笑眯眯地说道："无须多问，饮下此酒，自会带你去往好去处。"说完，便转身离去。郭生轻轻揭开酒尊，霎时酒香扑鼻，于是他便一饮而尽。不料，酒力汹涌，郭生瞬间沉醉，失去了知觉。待他醒来时，发现自己竟与一人并肩而卧。他伸手触摸，只觉那人肌肤如脂，滑腻异常，同时一股麝兰之香扑鼻而来，原来是个女子。郭生询问她的身份，女子却默不作答，……事毕，郭生用手摸索四周，发现墙壁皆为石砌，阴冷潮湿，泥土味浓重，恍若身处坟墓之中。他心中大惊，怀疑自己是被女鬼所迷惑，于是问女子："你究竟是何方神圣？"女子回答道："我非神祇，乃是仙子。此处乃是我的洞府。我与你前世有缘，你无须惊慌，只管安心住下便是。再过一道门，有个透光之处，可供你方便。"说完，女子便起身关门离去。过了许久，郭生感到饥肠辘辘，这时一个小女仆送来面饼和鸭汤，让他摸索着食用。洞内漆黑一片，不分昼夜。不久之后，女子回来共寝，郭生才知道已是夜晚。他感叹道："白日不见天日，夜晚没有灯火，吃东西时连嘴在哪里都摸不着。若长期如此，那嫦娥与罗刹又有何差异，天堂与地狱又岂有区别！"女子听后笑道："因你是凡尘中人，多言易泄露秘密，所以我才不让你看见我的真容。况且在黑暗中摸索，同样能分辨美丑，又何必非要点灯呢？"

原文

居数日，幽闷异常，屡请暂归。女曰："来夕与君一游天宫，便即为别。"次日，忽有小鬟笼灯入，曰："娘子伺郎久矣。"从之出。星斗光中，但见楼阁无数。经几曲画廊，始至一处，堂上垂珠帘，烧巨烛如昼。入，则美人华妆南向坐，年约二十许，锦袍眩目，头上明珠，翘颤四垂。地下皆设短烛，裙底皆照，诚天人也。郭迷乱失次，不觉屈膝，女令婢扶曳入坐。俄顷，八珍罗列，女行酒曰："饮此以送君行。"郭鞠躬曰："向觌面不识仙人，实所惶悔。如容自赎，

○南向：面向南，尊者的位置。

○迷乱失次：神志迷乱，举止失措。

○八珍：泛指丰美的菜肴。

愿收为没齿不二之臣。”女顾婢微笑，便命移席卧室。室中流苏绣

○没齿不二：终身不怀异心。没齿，老掉牙齿。

帐，衾褥香软。使郭就榻坐。饮次，女屡言：“君离家久，暂归亦

无所妨。”更尽一筹，郭不言别。女唤婢笼烛送之，郭不言，伪醉

○更尽一筹：一更已尽。筹，更筹，古代夜间报更的竹签。

眠榻上，抗之不动。女使诸婢扶裸之。一婢排私处曰：“个男子

○抗（yǎn）：推搡。

容貌温雅，此物何不文也！”举置床上，大笑而去。女亦寝，郭

乃转侧。女问：“醉乎？”曰：“小生何醉！甫见仙人，神志颠倒

耳。”女曰：“此是天宫。未明，宜早去。如嫌洞中怏闷，不如早

别。”郭曰：“今有人夜得名花，闻香扪干，而苦无灯烛，此情何以

能堪？”女笑，允给灯火。漏下四点，呼婢笼烛抱衣而送之。入洞，

见丹垩精工，寝处褥革棕毡尺许厚。

○丹垩精工：装饰绘画非常精致。丹，红色染料。垩，白粉。

○褥革棕毡：毛皮褥子和棕榈垫子。

译文

在洞府中住了数日，郭生渐感烦闷，屡次恳请女子允许他暂时返回家中。女子回应道：“明日我与你一同游历天宫，之后便可让你离去。”次日，忽有一小丫环手执灯笼步入，言道：“夫人已等候先生多时。”郭生随其而出，只见夜空繁星点点，星光之下，楼阁巍峨，数不胜数。穿行数道画廊后，方至一处殿堂，珠帘低垂，巨烛高燃，光照如昼。入内，郭生得见一位绝美女子，身着华服，面南而坐，年约二十，锦袍璀璨夺目，头戴明珠，熠熠生辉，摇曳生姿。地面遍布短烛，连女子裙摆都被照亮，恍若天上仙女下凡。郭生目眩神迷，不知所措，不由自主地欲跪下行礼。女子忙命丫环将其扶起，送其入座。不久，珍馐佳肴摆满桌案，女子劝酒道：“且饮此杯，以表送行之意。”郭生躬身道：“昔日相会，未能识得仙人真容，心中惶恐不安。若仙人能宽恕我前日之过，我愿终生侍奉左右，忠心耿耿。”女子听后，回首向丫环微笑，随即命人

将酒席移至卧室。……女子轻声道：“此处乃天宫。天亮之前，你应尽早离去。若洞中生活令你烦闷，不如早些返家。”郭生却道：“如今有人夜得名花，虽能嗅其香、抚其枝，却苦于无灯观赏，此情此景，怎能忍受？”女子听后而笑，答应为他点亮灯火。至四更时分，女子命丫环点亮灯笼，抱着衣物送郭生进入洞中。只见洞内装饰精美绝伦，睡榻上铺着厚厚的棕革毡垫，足有一尺多厚，令人倍感舒适。

原文

郭解屦拥衾，婢徘徊不去。郭凝视之，风致娟好，戏曰：“谓我不文者，卿耶？”婢笑，以足蹴枕曰：“子宜僵矣！勿复多言。”视履端嵌珠如巨菽。捉而曳之，婢仆于怀，遂相狎，而呻楚不胜。郭问：“年几何矣？”笑答云：“十七。”问：“处子亦知情乎？”曰：“妾非处子，然荒疏已三年矣。”郭研诘仙人姓氏，及其清贯、尊行。婢曰：“勿问！即非天上，亦异人间。若必知其确耗，恐觅死无地矣。”郭遂不敢复问。次夕，女果以烛来，相就寝食，以此为常。

○蹴：踢。

○僵：直。睡眠的谑称。

○巨菽：大颗豆粒。

译文

郭生脱鞋上床，丫环却徘徊不去。他仔细打量，发现这丫环容貌秀美，便开玩笑道：“昨晚说我不文雅的人是你吧？”丫环笑着用脚踢了踢枕头说：“你赶紧躺下休息吧，别再多说了。”郭生观察到她鞋上镶嵌的珠子如大豆般大小，心生好奇。他一把握住丫环的手，轻轻将她拉向自己，丫环不慎扑入他的怀中。……郭生想要了解更多关于这位仙人的信息，问道：“能告诉我你家主人的姓名、籍贯以及在家中的排行吗？”丫环却警觉地回答说：“这些你不必知道！这里既不是天上，也与人间有所不同。如果你一定要追问这些真实情况，我怕你会惹来祸端，甚至可能丧命。”郭生听后，不敢再追问下去。第二天晚上，女子果然挑着灯烛过来与郭生同食同寝，从此便习以为常。

原文

一夜，女入曰："期以永好，不意人情乖沮，今将粪除天宫，不能复相容矣。请以卮酒为别。"郭泣下，请得脂泽为爱。女不许，赠以黄金一斤、珠百颗。三盏既尽，忽已昏醉。既醒，觉四体如缚，纠缠甚密，股不得伸，首不得出。极力转侧，晕堕床下。出手摸之，则锦被囊裹，细绳束焉。起坐凝思，略见床棂，始知为己斋中。时离家已三月，家人谓其已死。郭初不敢明言，惧被仙谴，然心疑怪之。窃间一告知交，莫有测其故者。被置床头，香盈一室，拆视，则湖绵杂香屑为之，因珍藏焉。后某达官闻而诘之，笑曰："此贾后之故智也。仙人乌得如此？虽然，此事亦宜慎秘，泄之，族矣！"有巫尝出入贵家，言其楼阁形状，绝似严东楼家。郭闻之，大惧，携家亡去。未几，严伏诛，始归。

○乖沮：背离，相违。沮，终止，阻止。

○卮：杯。

○脂泽：脂粉、香膏之类化妆品。爱，念想。

○略见床棂：隐约望见卧榻和窗棂。

○湖绵：湖州所产优质丝绵，称湖绵。香屑：香料细末。

○贾后之故智：贾后的旧花招。

○慎秘：小心保密。

○族：灭族。

译文

一日夜晚，女子步入屋内，轻声道："我本欲与你长相厮守，奈何世事无常，今日天宫需进行清扫，我无法再留你于此。且以此酒，纪念我们的分别。"郭生听后，不禁泪湿眼眶，恳请女子能留下某样物件作为念想。然而，女子却婉拒了，只赠予他一斤黄金与一百颗珍珠作为离别之礼。郭生含泪饮下三杯酒后，竟忽然醉倒。待他再次醒来时，只觉四肢被紧紧束缚，仿佛被什么缠绕着，腿脚无法伸直，头部也难以探出。他奋力挣扎，迷迷糊糊间从床上滚落。伸手触摸，才发现自己全身被锦被紧紧包裹，并用细绳牢牢捆绑。郭生勉强坐起身来，细细回想，隐约间望见了熟悉的床榻与窗户，这才恍然大悟，原来自己已经回到了书房中。此时，他离家已有三月之久，家人都以为他已经遭遇不幸。郭生初时不敢透露自己的经历，生怕惹来仙人的责罚，但心中却充满了疑惑。他暗自将此事告诉了好友，却无人能解其中之谜。那锦被放置在床头，香气四溢，郭生拆开一看，发现是用湖棉掺杂着香料制成的，于是便将其珍藏了起来。后来，有位大官听闻了此事，便向郭生询问了详细的经过。大官听后，笑道："这乃是晋朝贾皇后所用的手段。仙人怎会如此行事？不过，此事你应当严守秘密，一旦泄露，恐怕会连累到你的家族！"有个巫婆常常出入于显贵之家，她听闻此事后，便说那楼阁的形状，与严嵩之子严东楼的家极为相似。郭生听后，心中大骇，连忙带着家人逃走了。不久之后，他听说严氏被朝廷处决的消息，这才带着家人安然返回。

原文

异史氏曰：高阁迷离，香盈绣帐，雏奴蹀躞，履缀明珠，非权奸之淫纵，豪势之骄奢，乌有此哉！顾淫筹一掷，金屋变而长门；唾壶未干，情田鞠为茂草。空床伤意，暗烛销魂。含颦玉台之前，凝眸宝幄之内。遂使糟丘台上，路入天宫；温柔乡中，人疑仙子。伧楚之帷薄固不足羞，而广田自荒者，亦足戒已！

○迷离：模糊，隐约。

○雏奴：小丫环，年幼奴婢。

○情田鞠为茂草：即前丫环所谓"荒疏"。

○含颦玉台：对镜伤怀。玉台，谓玉镜台，即玉饰妆台。

○凝眸：目不转睛地看。

○糟丘：积酒糟成丘。极言酿酒之多，谓纵酒荒淫。

○广田自荒：广置田亩，任其荒芜。比喻盛蓄姬妾，而让她们独守空房。

译文

异史氏评曰：高楼耸立，云雾缭绕，绣花帐内香气袭人，年轻婢女轻盈徘徊，珍珠镶嵌于鞋履之上，此番景象，若非权倾一时之奸臣沉溺淫乐，或豪门望族之极度奢靡，岂能见到如此排场！……金屋藏娇转瞬便成冷宫怨妇；唾壶尚未干涸，情感之田却已杂草丛生。孤枕难眠，长夜漫漫，孤灯相伴，令人悲痛欲绝。对镜自怜，凝视绣帐，心中无限哀愁。于是，有人借酒为媒，寻得通往天宫之路；沉溺于温柔乡中，竟疑心所遇之人为仙女下凡。严氏之家丑，固然不值得称道，但那些广蓄姬妾却任正妻独守空房之人，亦应以此为鉴，警醒自身！

【乔女】

原文

平原乔生，有女黑丑，壑一鼻，跛一足，年二十五六，无问名者。

○平原：县名。位于山东西北部，属济南府。今为德州管辖。 ○壑一鼻：鼻翼的一侧塌陷。壑，深沟。 ○问名：议婚，提亲。

邑有穆生，年四十余，妻死，贫不能续，因聘焉。三年，生一子。

○聘：娶为妻子。

未几，穆生卒，家益索，大困，则乞怜其母。母颇不耐之，女亦愤

○索：萧索，衰败。

不复返，惟以纺织自给。有孟生丧偶，遗一子乌头，裁周岁，以乳

哺乏人，急于求配，然媒数言，辄不当意。忽见女，大悦之，阴使

人风示女。女辞焉，曰：“饥冻若此，从官人得温饱，夫宁不愿？然

○风示：暗示，用言语示意。

残丑不如人，所可自信者，德耳，又事二夫，官人何取焉！”孟益

贤之，向慕尤殷，使媒者函金加币，而说其母。母悦，自诣女所，

○尤殷：更加恳切。殷，殷切。 ○函金加币：封送银两缯帛，作为彩礼。函，谓用拜盒装盛。币，缯帛，纳采所用礼品。

固要之，女志终不夺。母惭，愿以少女字孟。家人皆喜，而孟殊不

○要，强迫。

愿。居无何，孟暴疾卒，女往临哭尽哀。

译文

在平原县，有一位姓乔的书生，他有个女儿相貌不佳，肤色黝黑，且面部有缺陷，一侧鼻翼塌陷，一只脚残疾，二十五六岁，仍未婚配。城中有位姓穆的书生，年逾四十，家境贫寒，丧偶后无力再娶，于是迎娶了乔家的这位女儿。乔女过门三年后，为穆家诞下一子。然而，好景不长，穆生离世，家境愈发困顿，生活举步维艰。乔女无奈之下，向自己的母亲求助，却遭到母亲的冷漠对待。乔女心生不满，决意不再回娘家，转而依靠纺纱织布来维持生计。此时，城中有位姓孟的书生，同样丧偶，留下

一个名叫乌头的儿子，刚满周岁。因孩子急需哺乳，孟生急于续娶，但媒人推荐的几位女子，他均不满意。一日，孟生偶然见到乔女，心中大喜，暗中派人向她表达心意。然而，乔女却婉拒道：“我如今生活困顿，若能嫁给官人，得以温饱，又怎会不愿意呢？但我身有残疾，相貌丑陋，无法与他人相比。我所能倚仗的，唯有自己的品德。但若我改嫁他人，连这品德也将受损。那么，官人你究竟看重我什么呢？”孟生听后，对乔女更加敬重，爱慕之情也愈发深厚。于是，他让媒人带上礼物和金钱，去说服乔女的母亲。乔母见状，欣喜异常，亲自前往女儿家，力劝女儿答应婚事。但乔女心意已决，坚决不嫁。乔母深感羞愧，便提出将小女儿嫁给孟生。孟家上下皆感欢喜，唯独孟生不同意。不久之后，孟生突患急病，不幸离世。乔女闻讯后，前往孟家吊唁，悲痛欲绝，尽显哀思之情。

原文

孟故无戚党，死后，村中无赖，悉凭陵之，家具携取一空，方谋瓜分其田产。家人亦各草窃以去，惟一妪抱儿哭帏中。女问得故，大不平。闻林生与孟善，乃踵门而告曰：“夫妇、朋友，人之大伦也。妾以奇丑，为世不齿，独孟生能知我，前虽固拒之，然固已心许之矣。今身死子幼，自当有以报知己。然存孤易，御侮难，若无兄弟父母，遂坐视其子死家灭而不一救，则五伦中可以无朋友矣。妾无所多须于君，但以片纸告邑宰，抚孤，则妾不敢辞。”林曰：“诺！”女别而归。林将如其所教，无赖辈怒，咸欲以白刃相仇。林大惧，闭户不敢复行。女听之数日寂无音，及问之，则孟氏田产已尽矣。

○戚党：亲族戚属。

○草窃：趁乱窃取，小偷。

○大伦：伦常之大端，大的伦理。

○存孤：保全、抚育孤儿。

○御侮：抵御欺辱。

○坐视：坐着观看。指漠视不管。

○五伦：即古人所谓君臣、父子、兄弟、夫妇、朋友五种人伦关系。

○须：期待。

女忿甚，锐身自诣官。官诘女属孟何人。女曰：“公宰一邑，所凭者理耳。如其言妄，即至戚无所逃罪；如非妄，即道路之人可听也。”官怒其言戆，诃逐而出。女冤愤无以自伸，哭诉于搢绅之门。某先生闻而义之，代剖于宰。宰按之，果真，穷治诸无赖，尽返所取。

①戆（gàng）：刚直而愚。

译文

孟生原本没有多少亲朋好友，他去世后，村里的无赖们纷纷趁机欺凌孟家，将他家洗劫一空，并密谋瓜分孟家的田产。家中仆人也趁此混乱之际，偷盗财物后逃逸，仅留下一名老妈子抱着乌头在帷帐中哭泣。乔女得知事情经过后，心中愤愤不平。她听说孟生生前与林生交情深厚，便亲自上门拜访林生，对他说道：“夫妻与朋友，乃是人间伦理之重要组成。我因相貌丑陋，常被人轻视，唯有孟生能看重我。虽然我之前曾坚决拒绝过他，但心中其实已默默相许。如今孟生离世，孩子尚幼，我自认为应当做些什么来报答孟生的知遇之恩。然而，抚养孤儿虽易，防范外人欺凌却难。若无人愿意挺身而出，眼睁睁看着他家破人亡而不施救，那么朋友这一伦常便失去了它的意义。我并不想过多麻烦您，只请您帮我写一份状子告到县里，至于抚养孤儿之事，我绝不会推辞。”林生听后，答应道：“好！”乔女便告辞回家。林生准备按照乔女的吩咐行事，但村里的无赖们得知后，纷纷威胁他，扬言要对他动武。林生心生恐惧，紧闭家门，不敢再外出。乔女等待数日，却未见任何动静。一打听，才知道孟家的田产已经被瓜分殆尽。乔女气愤至极，决定亲自出面到官府告状。县令询问乔女与孟生的关系，乔女毅然答道：“您作为一县之长，应当秉持公理。若所言不实，即便是至亲也应受罚；若所言属实，即便是路人之言也应倾听。”县令不满她言辞直率，将她逐出门外。乔女气愤难平，无处申诉，便前往当地大户人家哭诉。有一位先生听闻此事，被她的义举所感动，代她向县令陈述了事情的原委。县令经查证，发现乔女所言属实，于是追究了那些无赖的罪行，并将他们夺走的产业全部追回。

原文

或议留女居孟第，抚其孤，女不肯。扃其户，使妪抱乌头，从与俱归，另舍之。凡乌头日用所需，辄同妪启户出粟，为之营办。己锱铢无所沾染，抱子食贫，一如曩日。积数年，乌头渐长，为延师教读，己子则使学操作。妪劝使并读，女曰：“乌头之费，其所自有，我耗人之财以教己子，此心何以自明？”又数年，为乌头积粟数百石，乃聘于名族，治其第宅，析令归。乌头泣要同居，女乃从之，然纺绩如故。乌头夫妇夺其具，女曰：“我母子坐食，心何安矣？”遂早暮为之纪理，使其子巡行阡陌，若为佣然。乌头夫妻有小过，辄斥谴不少贷，稍不悛，则怫然欲去。夫妻跪道悔词，始止。未几，乌头入泮，又辞欲归。乌头不可，捐聘币，为穆子完婚。女乃析子令归。乌头留之不得，阴使人于近村为市恒产百亩而后遣之。

○食贫：居贫，贫穷自守。

○析：分开，分析。

○要：苦求。

○巡行阡陌：谓督理稼穑之事。阡陌，田地。

○不悛（quān）：不悔改，不停止。悛，停止。

○斥谴：斥责。贷：宽容。

○怫（fú）然：生气的样子。

○入泮：考中秀才，入县学。

○捐聘币：代为交纳聘礼。捐，捐助，出资助人。聘币，婚姻费用。

译文

有人建议乔女留在孟家，抚养孤儿，但乔女拒绝了这一提议。她锁上了孟家的大门，带着老妈子和乌头一同回到了自己的家，并另外寻找了房屋安置她们。每当乌头需要日常用品时，乔女便会与老妈子一同打开孟家的门，取出粮食换取钱财，为乌头购置所需。而她自己则分文不取，依旧过着清贫的生活，与以往并无二致。时光荏苒，乌头渐渐长大，乔女便为他聘请了老师，教他读书识字。而对于自己的儿子，她则让他学习农活，以期将来能够自食其力。老妈子见状，劝乔女让两个孩子一同读书，但乔女却坚决地说：“乌头的费用，是他应得的，我怎能消耗别人的钱财来教育自己的儿子呢？这样做，我心里怎能坦然呢？”又过了几年，乔女为乌头积攒了几百石粮食，并为他娶了一位名门之后为妻。她还修葺了宅院，将产业交给了乌头，让他自己回去过日子。然而，乌头却哭着要求和乔女一起住。乔女虽然答应了，但仍然像往常一样，坚持纺线、织布，不肯闲着。乌头夫妇见状，便夺走了她的工具，想要让她停下来休息。但乔女却说：“我们母子如果坐着白吃，心里怎么能安稳呢？”于是，她整天为乌头经营家业，让自己的儿子去田里监工，就像雇工一样。每当乌头夫妇有小过失时，乔女都会严厉责备他们，从不肯放宽要求。如果他们稍有不悔改之意，乔女就会生气地想要离开。直到夫妻俩跪着道歉，她才肯罢休。不久之后，乌头考上了秀才，乔女便又提出要离开他们回家。乌头不同意，便拿出钱来为穆生的儿子娶了妻。乔女见状，便让自己的儿子回家生活。乌头见留不住他，便暗中让人在附近的村子为穆子买了百亩地，才让他回去。

原文

后女疾求归，乌头不听。病益笃，嘱曰：“必以我归葬！”乌头诺。

○归葬：谓送还穆姓坟茔安葬。

既卒，阴以金啖穆子，俾合葬于孟。及期，棺重，三十人不能举。

穆子忽仆，七窍血出，自言曰：“不肖儿，何得遂卖汝母！”乌头惧，

○七窍：人体眼、耳、口、鼻共七处孔穴，称七窍。《庄子·应帝王》：“人皆有七窍，以视听食息。”

○不肖儿：不孝之子。不肖，谓不类其父。

拜祝之，始愈。乃复停数日，修治穆墓已，始合厝之。

○合厝（cuò）：合葬。夫妻同葬一个墓穴。

译文

后来，乔女生病欲归家，乌头却不同意。随着病情日渐加重，乔女在临终前郑重嘱咐道：“我死后，务必将我安葬在穆家！”乌头含泪答应了她的请求。乔女离世后，乌头心中充满了哀痛与不舍。他私下里给穆子送了一些钱财，打算将乔女与孟生合葬在一起，以了却孟生的心愿。然而，在出殡的那天，怪事发生了。棺材竟然沉重得三十个人都抬不起来。就在这时，穆子突然倒在地上，七窍流血，他喃喃自语道：“这个不孝的儿子，怎么能卖掉你的母亲呢！”这番话让在场的所有人都感到毛骨悚然，乌头更是吓得连忙拜倒在地，虔诚地祈祷。幸运的是，在乌头的祈祷下，穆子逐渐恢复了

正常。于是，众人决定让棺材再停放几天，等到将穆生的墓地修整妥当后，再将乔女与穆生合葬在一起。最终，在众人的共同努力下，乔女得以安息在穆家的墓地中，与穆生永远相伴。

原文

异史氏曰：知己之感，许之以身，此烈男子之所为也。彼女子何知，

○知己之感，许之以身：指甘愿为赏识自己、了解自己的人献身。

而奇伟如是？若遇九方皋，直牡视之矣。

○九方皋：春秋时善相马的人，能识骏马于牝牡骊黄之外。后常以九方皋喻善识贤才之士。

译文

异史氏评曰：甘愿为赏识自己、深知自己之人献身，此乃刚强勇毅之男儿的壮举。然则，此女何智之有，竟能成就如此非凡之事？倘若遇上那善于辨别良马的九方皋，定会将她视为英勇男儿。

【蛤】

原文

东海有蛤，饥时浮岸边，两壳开张，中有小蟹出，赤线系之，离壳数尺，猎食既饱，乃归，壳始合。或潜断其线，两物皆死。亦物理之奇也。

○蛤（gé）：蛤蜊。泛指具有两片相等的壳的软体动物。

○猎食：捕捉食物。

○潜：暗暗地，偷偷地。

○物理之奇：超出常理的奇特现象。物理，事物的常理。

译文

于东海之域，存有一种奇特的蛤蜊，每当饥饿之时，便会浮至海岸边，双壳缓缓张开，从中爬出一只小巧的螃蟹。这小螃蟹身上系着一根细细的红线，与蛤蜊相连。小螃蟹沿着红线，离蛤壳数尺之遥，自由觅食。待其饱餐一顿后，便沿着红线回归壳内，而蛤蜊之壳也随之紧紧闭合。有人出于好奇，偷偷地将那连接两者的红线扯断。不料，这一举动竟导致蛤蜊与小螃蟹同时丧命。此情此景，真可谓是自然界中的一大奇观，令人叹为观止。

【刘夫人】

原文

廉生者，彰德人，少笃学，然早孤，家綦贫。一日他出，暮归失途。

○彰德：明清府名。治所在今河南安阳。 ○笃学：专心好学。

入一村，有媪来谓曰：“廉公子何之？夜得毋深乎？”生方皇惧，更不暇问其谁何，便求假榻。媪引去，入一大第。有双鬟笼灯，导一妇人

○假榻：借宿。

出，年四十余，举止大家。媪迎曰：“廉公子至。”生趋拜。妇喜曰：

○举止大家：风度很有教养。举止，一举一动，风度。大家，大户人家，世家望族。

“公子秀发，何但作富家翁乎！”即设筵，妇侧坐，劝釂甚殷，而自己

○秀发：颖异。指人的才具器宇不凡。晋陆机《辨亡论》：“长沙桓王逸才命世，弱冠秀发。” ○釂（jiào）：饮酒干杯。

举杯未尝饮，举箸亦未尝食。生惶惑，屡审阀阅，笑曰：“再尽三爵告

○阀阅：门第，家世。

君知。”生如命已。妇曰：“亡夫刘氏，客江右，遭变遽殒。未亡人独

○江右：长江下游西部地区。又称“江西”。 ○未亡人：旧时寡妇自称。

居荒僻，日就零落。虽有两孙，非鸱鸮，即驽骀耳。公子虽异姓，亦

○鸱鸮（chī xiāo）：猫头鹰。古人视为恶禽，喻奸邪凶恶之人。

三生骨肉也，且至性纯笃，故遂觍然相见。无他烦，薄藏数金，欲

○三生骨肉：隔代骨肉至亲。暗指廉生将成为刘夫人甥婿。

倩公子持泛江湖，分其赢余，亦胜案头萤枯死也。”生辞以少年书痴，

○泛江湖：在江湖上闯荡。指做买卖。 ○赢余：利润。 ○案头萤枯死：谓只知读书，清贫至死。

恐负重托。妇曰：“读书之计，先于谋生。公子聪明，何之不可？”

○读书之计，先于谋生：有两解。其一，谋生是读书的基础。其二，读书人的聪明才智优于谋生的普通人。

遣婢运赀出，交兑八百余两。生惶恐固辞，妇曰：“妾亦知公子未惯懋迁，但试为之，当无不利。”生虑重金非一人可任，谋合商侣。妇云：

○懋迁：贸易。 ○谋合商侣：打算与其他商人合伙经营。

“勿须，但觅一朴悫谙练之仆，为公子服役足矣。”遂轮纤指一卜之曰：

○朴悫（què）谙练：朴厚谨慎，熟悉商务。悫，诚实，谨慎。谙练，熟悉。 ○轮纤指一卜之：用手指掐算。卜，占卜。

"伍姓者吉。"命仆马囊金送生出，曰："腊尽涤盏，候洗宝装矣。"又顾仆曰："此马调良，可以乘御，即赠公子，勿须将回。"

○腊尽：年末。腊，农历十二月。涤盏：洗杯。

○洗宝装：洗尘。宝装，行装的敬辞。

○调（tiáo）良：驯顺易驭。

译文

有一位姓廉的读书人，出生于彰德，自幼酷爱学问，不幸早年丧父，家境贫寒。某日，廉生外出后，于黄昏时分归来时迷失了方向，误入一村。正当他徘徊无助之际，一位老妪上前询问："廉公子欲往何处？天色已晚，何不早归？"廉生心急如焚，未及细问老妪身份，便恳请借宿一晚。老妪欣然应允，引他进入一座宅邸。宅内，两名丫环手提灯笼，引领一位夫人缓缓而出。夫人年约四旬，举止端庄，尽显大家风范。老妪迎上前去，通报："廉公子已到。"廉生连忙上前行礼问安。夫人面露喜色，赞道："公子风度翩翩，清新俊逸，富贵可期！"随即设宴款待，夫人坐于一旁，频频劝酒，自己却滴酒未沾，饭菜也未动分毫。廉生心中疑惑，屡次询问夫人家世，夫人笑答："再饮三杯，我自会相告。"廉生依言饮尽三杯。夫人缓缓言道："我亡夫姓刘，昔日客居江西时，不幸遭遇意外身故。我独自居住在这荒凉之地，家境日渐没落。虽有两个孙子，却是不肖之徒、庸碌之辈。公子虽与我非亲非故，却似有三生之缘，且性情纯良忠厚，因此我才冒昧相见。我并无他事相求，只因藏有一些积蓄，想请公子代为经营，以图微利，也胜过公子苦守书卷。"廉生谦逊地推辞，称自己年轻且书生气重，恐难当此重任。夫人则劝慰道："谋生乃读书之本。以公子之才智，何事不可为？"随即命丫环取出银两，当面交付给廉生，共计八百多两。廉生惶恐不安，坚持推辞。夫人却道："我知公子不善经商，但尝试一番，必无不顺之理。"廉生虑及如此巨款，非一人所能承担，便提议寻找合伙人。夫人却摇头道："无须如此。只需寻一诚实能干的仆人，助公子打理即可。"说罢，她以纤纤玉指掐算一番，言道："姓伍者吉。"随后命家人备马、装银送廉生离去，并叮嘱道："腊月底定当备好美酒佳肴，恭候公子归来。"又转身对家人吩咐："此马已驯，可供公子骑乘，无须牵回。"

原文

生归，夜才四鼓，仆系马自去。明日，多方觅役，果得伍姓，因厚

○四鼓：四更天。

价招之。伍老于行旅，又为人戆拙不苟，赀财悉倚付之。往涉

○老于行旅：富于出门经商的经验。老，谓经时久，历事多。○戆拙不苟：耿直固执，凡事不苟且。

荆襄，岁杪始得归，计利三倍。生以得伍力多，于常格外，另有馈

○荆襄：指湖广一带。

赏，谋同飞洒，不令主知。甫抵家，妇已遣人将迎，遂与俱去。见

○飞洒：指将破格送给伍姓的钱杂摊于其他支出项下报账。

堂上华筵已设，妇出，备极慰劳。生纳赀讫，即呈簿籍，妇置不顾。

少顷即席，歌舞鞺鞳，伍亦赐筵外舍，尽醉方归。因生无家室，留

○歌舞鞺鞳（tāng tà）：歌舞齐作，鼓乐轰鸣。鞺鞳，钟鼓声。

守新岁。次日，又求稽盘。妇笑曰："后无须尔，妾会计久矣。"乃

○稽盘：查验账目。

出册示生，登志甚悉，并给仆者，亦载其上。生愕然曰："夫人真神

人也！"过数日，馆谷丰盛，待若子侄。

○馆谷：食宿供给。

译文

廉生归家之时，天色尚早，仅至四更，仆人将马拴好后便自行返回。次日，廉生四处寻觅合适的仆人，终得一姓伍之人，以重金聘之。伍仆人对贩运贸易之事颇为熟悉，且性情憨厚耿直，廉生遂将全部钱财托付于他。二人一同前往湖北地区经商，直至年终方归，盘点之下，发现所获利润竟为本金之三倍。廉生深感伍仆人之力，除应给工钱外，还欲额外赏赐，并打算将此额外赏赐巧妙计入其他账目，以免夫人知晓。刚抵家门，便见夫人已遣人等候迎接，于是随同前往。至堂上，只见宴席已备，丰盛异常，夫人出迎，屡次表达慰劳之意。廉生呈上钱财，并附上财簿，夫人接过后置于一旁。不久，众人入席，歌舞升平，热闹非凡。伍仆人也在外间受赐酒席，醉后方归。因廉生尚未娶妻成家，便留在夫人家中过年。次日，廉生又向夫人请求核查账目。夫人笑曰："日后无须如此，我早已心中有数。"随即取出账本展示给廉生观看，只见上面记载得详尽无遗，甚至连给予仆人的赏赐也一一记录在案。廉生惊叹道："夫人真乃神人也！"在夫人家中逗留数日，夫人待他如侄儿般周到体贴。

原文

一日，堂上设席，一东面，一南面，堂下一筵向西。谓生曰：“明日财星临照，宜可远行。今为主价粗设祖帐，以壮行色。”少间，伍亦呼至，赐坐堂下。一时鼓钲鸣聒。女优进呈曲目，生命唱《陶朱富》。妇笑曰：“此先兆也，当得西施作内助矣。”宴罢，仍以全金付生，曰：“此行不可以岁月计，非获巨万勿归也。妾与公子，所凭者在福命，所信者在腹心，勿劳计算，远方之盈绌，妾自知之。”生唯唯而退。往客淮上，进身为鹾贾，逾年，利又数倍。然生嗜读，操筹不忘书卷，所与游，皆文士，所获既盈，隐思止足，渐谢任于伍。

○财星：主财的星宿。民间传说认为此星照临，财运就兴旺。

○主价（jiè）：店主和伙计。这里指廉生和伍某。

○钲：打击乐器，铜制，形似钟而狭长，有长柄可执，口向上，以物击之而鸣。

○内助：妻子。

○盈绌：盈利或亏本。绌，不足。

○淮上：淮河沿岸。指安徽蚌埠一带。当时淮河为盐运水道。

○鹾（cuó）贾：盐商。鹾，盐的别名。

○操筹：指经商。

○止足：知足而止。

○谢任：卸任，把责任交付他人。

译文

某日，堂上设宴，一桌朝向东方，一桌面南而置，堂下则另设一桌朝西。夫人对廉生言道：“明日财星高照，正是出远门经商之佳期。今日我特设此宴，为你们主仆二人饯行，愿你们此行顺利。”说完不久，便将姓伍的仆人也唤来，让他在堂下入座。一时间，鼓乐声起，悠扬动听。女戏子呈上剧目，廉生便点了一曲《陶朱富》来助兴。夫人听后笑语盈盈：“此乃吉兆，预示着你必将得遇西施般的贤内助。”酒宴毕，夫人将全部钱财交予廉生，并叮嘱道：“此次出行，不必限定归期，若非赚得万贯家财，切勿归来。我与公子所倚仗的是福气与命运，所托付的是心腹之人，你们无须费心计算，远方的盈亏，我了然于胸。”廉生连连应诺，随即退席。他们一行人前往两淮地区，投身盐商行列。转眼一年过去，所获利润竟翻了数倍。然而，廉生始终酷爱读书，即便在经商之余，也不忘捧卷研读。他所交往之人，皆为文人雅士。随着生意日渐兴隆，廉生心中渐生退意，想要停下商贾之事，于是逐渐将全部事务交由姓伍的仆人打理。

原文

桃源薛生与最善，适过访之，薛一门俱适别业，昏暮无所复之。阍人延生入，扫榻作炊。细诘主人起居，盖是时方讹传朝廷欲选良家女，犒边庭，民间骚动。闻有少年无妇者，不通媒妁，竟以女送诸其家，至有一夕而得两妇者。薛亦新婚于大姓，犹恐舆马喧动，为大令所闻，故暂迁于乡。初更向尽，方将扫榻就寝，忽闻数人排闼入。阍人不知何语，但闻一人云："官人既不在家，秉烛者何人？"阍人答："是廉公子，远客也。"俄而问者已入，袍帽光洁，略一举手，即诘邦族。生告之。喜曰："吾同乡也。岳家谁氏？"答云："无之。"益喜，趋出，急招一少年同入，敬与为礼。卒然曰："实告公子：某慕姓，今夕此来，将送舍妹于薛官人，至此方知无益。进退维谷之际，适逢公子，宁非数乎！"生以未悉其人，故踌躇不敢应。慕竟不听其致词，急呼送女者。少间，二媪扶女郎入，坐生榻上。睨之，年十五六，佳妙无双。生喜，始整巾向慕展谢，又嘱阍人行沽，略尽款洽。慕言："先世彰德人，母族亦世家，今

○桃源：县名。现隶属于湖南常德，以境内有桃花源，故称。

○阍人：看门人。

○犒：犒赏。边庭：边防。

○大令：对知县的敬称。

○排闼：推门。闼，门扇。

○举手：拱手致意。

○卒然：贸然，唐突。

○进退维谷：进退两难。

○略尽款洽：略表殷勤相待之意。款洽，殷勤。

陵夷矣。闻外祖遗有两孙，不知家况何似。”生问：“伊谁？”曰：

○何似：怎么样，如何。

“外祖刘，字晖若，闻在郡北三十里。”生曰：“仆郡城东南人，去北里颇远，年又最少，无多交知。郡中此姓最繁，止知郡北有刘荆卿，亦文学士，未审是否，然贫矣。”慕曰：“某祖墓尚在彰郡，每欲扶两榇归葬故里，以资斧未办，姑犹迟迟。今妹子从去，归计益决矣。”生闻之，锐然自任。二慕俱喜。酒数行，辞去。生却仆移灯，琴瑟之爱，不可胜言。次日，薛已知之，趋入城，除别院馆生。

○郡北：指彰德府城之北。

○两榇：指父母的灵柩。

○迟迟：迁延。

译文

桃源县的薛生与廉生交情笃厚。一日，廉生恰逢路过薛府，便欲前往探访，不料薛家上下皆已前往乡间别院，天色已晚，廉生一时无处落脚。幸得薛家门人热情相邀，引他入室，并为他清扫床铺、烹煮饭菜以表款待。廉生向门人细问薛生近况，方知时下谣言四起，传朝廷欲选良家女子以慰边关将士，百姓因此人心惶惶。听说谁家有年轻未婚之男，甚至不等媒妁之言，便直接将女子送进门，更有一夜之间得两新妇之家。薛生亦是新近与一大户人家之女结为连理，因恐车马喧嚣引来官府注意，故暂时移居乡下。初更将尽，廉生正欲就寝，忽闻众人推门而入。不知门人与来客说了什么话，只听其中一人问道：“主人既不在家，那持烛之人又是何人？”门人答道：“此乃廉公子，远方来客。”片刻之后，问话之人步入屋内，衣着华丽，向廉生略施一礼，便询问其籍贯姓氏。廉生如实相告，那人听后大喜，道：“原来我们是同乡。不知公子岳父何人？”廉生答以未婚，那人更为高兴，急忙出门，唤来一年轻人，恭敬地向廉生行礼。那人忽又言道：“实不相瞒，我姓慕，今夜来此，本欲将舍妹许配给薛官人，不料扑了个空。正当我进退两难之际，幸遇公子，这难道不是天意吗？”廉生因与此人素昧平生，心中犹豫，不敢轻易应允。然而姓慕的竟不等廉生回答，便急忙吩咐送亲之人准备。不久，两位老妪扶着一位姑娘进屋，让她坐在廉生的床上。廉生斜眼一看，那姑娘十五六岁，貌美如花。廉生心中大喜，于是整衣正帽，向姓慕的致谢，并命门人去买酒款待他们。姓慕的言道："我先祖乃彰德人氏，母族亦是大户，如今虽已败落，但听闻外祖父尚有两个孙子，不知家境如何。"廉生问道："你外祖父是谁？"那人答道："外祖父姓刘，字晖若，听闻住在城北三十里处。"廉生听后说道："我住在城东南，离北面甚远，又年轻交游不广。郡中刘姓极多，我只知道郡北有个刘荆卿，也是文人雅士，但家境贫寒，不知是否是你外祖父。"姓慕的又道："我祖父的坟茔尚在彰郡，我一直想将父母棺椁归葬故乡，只因路费不足，一直未能如愿。如今舍妹既已跟了公子，我归乡的决心更加坚定了。"廉生一听，便爽快地答应帮他移葬。慕家兄弟听后皆大欢喜。酒过三巡后，慕家人便告辞离去。廉生送走仆人，移过灯烛，与新娘入眠，自不必说。次日，薛生得知此事，急忙进城为廉生夫妇选了一所宅院安置下来。

原文

生诣淮，交盘已，留伍居肆，装赀返桃源，同二慕启岳父母骸骨，两家细小，载与俱归。入门安置已，囊金诣主。前仆已候于途，从去。妇逆见，色喜曰："陶朱公载得西子来矣！前日为客，今日吾甥婿也。"置酒迎尘，倍益亲爱。生服其先知，因问："夫人与岳母远近？"妇云："勿问，久自知之。"乃堆金案上，瓜分为五，自取其二曰："吾无用处，聊贻长孙。"生以过多，辞不受。凄然曰："吾家零落，宅中乔木，被人伐作薪。孙子去此颇远，门户萧条，烦公子一营办之。"生诺，而金止受其半。妇强纳之。送生出，挥涕而返。生疑怪间，回视第宅，则为墟墓。始悟妇即妻之外祖母也。既归，赎墓田一顷，封植伟丽。

○交盘：移交盘点。

○居肆：留守、主持店务。

○甥婿：外孙女婿。

○迎尘：迎接客人，为之洗尘。

○远近：族属亲疏。

○封植伟丽：培土植树，墓田壮观。古代士以上的葬礼，聚土为坟叫封，植树为记叫植。

译文

廉生重返淮上，妥善处理了商务事宜，留下伍仆人在那里继续打理，随后装载着钱财返回桃源。他与慕家兄弟一同启程，将岳父岳母的遗骸迁出，并带领着两家老少，一同踏上了归乡的路途。回到家中，廉生安顿好一切后，便携带着钱财去见夫人。之前送他的仆人已经在路上等候，廉生便随他前往。夫人满面喜色地迎了出来，笑道："陶朱公带着西施回来了！之前你是客，如今却成了我的外孙女婿。"随即设宴洗尘，对廉生更加照顾。廉生对夫人的先见之明深感佩服，于是问道："夫人与我岳母究竟是何关系？"夫人答道："不必多问，日子久了，你自然会明白。"说罢，她将银子堆放在桌上，分成五份，自己取了两份，说道："我无须太多，这些是留给长孙的。"廉生觉得夫人分给自己的份额过多，便推辞不肯接受。夫人神色哀伤地说道："我家道中落，院中的大树也被人砍去烧柴。孙子远在他乡，家门冷落，还劳烦公子费心照料。"廉生听后答应下来，但只愿接受一半银子。夫人却执意要将全部份额给他，并送他出门，挥泪告别后转身离去。廉生心中疑惑，回头望向那座宅院，却惊讶地发现那里竟是一片坟地。此时，他才恍然大悟，原来夫人竟是妻子的外祖母。他回到家中，购得一顷坟地，封土植树，将其修建得蔚为壮观。

原文

刘有二孙，长即荆卿，次玉卿，饮博无赖，皆贫。兄弟诣生申谢，生悉厚赠之。由此往来最稔。生颇道其经商之由，玉卿窃意冢中多金，夜合博徒数辈，发墓搜之，剖棺露胔，竟无少获，失望而散。生知墓被发，以告荆卿。荆卿诣生同验之，入圹，见案上累累，前所分金具在。荆卿欲与生共取之，生曰："夫人原留此以待兄也。"荆卿乃囊运而归，告诸邑宰，访缉甚严。后一人卖坟中玉簪，获之，

○稔：熟惯。

○露胔（zì）：露出腐尸。胔，肉还没有烂尽的骨殖。

○访缉：访查捉拿。

穷讯其党，始知玉卿为首。宰将治以极刑，荆卿代哀，仅得赊死。

○赊死：免死。

墓内外两家并力营缮，较前益坚美。由此廉、刘皆富，惟玉卿如

○营缮：营造修缮。

故。生及荆卿常河润之，而终不足供其博赌。

○河润：资助，帮助。

译文

刘氏家族中有两个孙子，长兄为刘荆卿，幼弟则是刘玉卿，此弟素以饮酒赌博为乐，行径无赖，兄弟二人生活拮据。某日，他们特地拜访廉生，对其修整自家祖坟之举深表感激。廉生慷慨解囊，赠予他们大笔钱财，自此两家交往日益密切。廉生曾向兄弟俩详述自己受夫人嘱托经商的经历，不料玉卿听后心生贪念，暗自揣测祖坟中或许藏有巨额财富。于是，他趁夜勾结了几位赌友，偷偷挖开祖坟探寻，甚至不惜打开棺材暴露先人遗体，却一无所获，最终只能悻悻而散。廉生得知祖坟被盗的消息后，立即告知了荆卿。二人一同前往查看，进入墓坑后，只见桌上赫然堆放着之前夫人所分的两份银子。荆卿见状，提议与廉生一同瓜分，但廉生却婉言拒绝，说道："夫人原本就打算将这些留给你。"于是，荆卿便将银子收起运回家中，并随即向官府报案，称自家祖坟被盗。官府对此事极为重视，展开了严密的追查。后来，有人因出售坟中盗得的玉簪而被捕，经过审讯，其同党逐渐浮出水面，玉卿作为首犯也被揭露。县令本欲对玉卿施以极刑，但在荆卿的恳切求情下，最终免去了他的死罪。经历此番波折后，廉、刘两家携手合作，重新修缮了坟墓内外，使其比以往更加坚固壮美。自此以后，廉、刘两家都逐渐富裕起来，唯独玉卿仍旧恶习不改。尽管廉生与荆卿时常资助他，但始终无法填满他赌博的无底洞。

原文

一夜，盗入生家，执索金赀。生所藏金，皆以千五百为个，发示

○以千五百为个：以一千两或五百两白银铸为一锭。个，量词。此指一锭。

之。盗取其二，止有鬼马在厩，用以运之而去。使生送诸野，乃

○鬼马：指刘夫人先前赠廉生之马。

释之。村众望盗火未远，噪逐之，贼惊遁。共至其处，则金委

路侧，马已倒为灰烬。始知马亦鬼也。是夜止失金钏一枚而已。先是，盗执生妻，悦其美，将就淫之。一盗带面具，力呵止之，声似玉卿。盗释生妻，但脱腕钏而去。生以是疑玉卿，然心窃德之。后盗以钏质赌，为捕役所获，诘其党，果有玉卿。宰怒，备极五毒。兄与生谋，欲以重贿脱之，谋未成而玉卿已死。生犹时恤其妻子。生后登贤书，数世皆素封焉。呜呼！“贪”字之点画形象，甚近乎“贫”。如玉卿者，可以鉴矣！

○质赌：典押作为赌本。

○五毒：五种酷刑，指械、镣、棍、拶、夹棍之类五种刑罚。也有人认为是指四肢及身躯都受到刑讯。

○登贤书：科举时代指乡试中式，考中举人。贤书，举贤书。

译文

一天深夜，盗贼潜入了廉生的家中，将他制服并索要钱财。廉生所藏的银两，皆是每个重达一千五百两的大银锭，他取出几锭展示给盗贼看。盗贼仅取了两锭，由于只有一匹鬼马拴在马厩里，便用它来搬运银子。盗贼胁迫廉生送至野外，方才将其释放。村民们眼见盗贼的火把，得知他们尚未远去，便呼喊着追赶上去。盗贼惊慌失措，急忙逃遁。村民们一同追到那处，只见银子散落在路边，而马匹已倒在地上，化为一堆灰烬。此时，众人才恍然大悟，原来那匹马也是鬼魅所化。当晚，除了丢失的一枚金钏外，别无其他损失。起初，盗贼曾擒住廉生的妻子，见她貌美如花，意图不轨。幸而另一名戴着面具的盗贼大声呵止了他，那声音与玉卿极为相似。盗贼于是放了廉生的妻子，只夺走了她手腕上的金钏。廉生因此怀疑那名戴面具的盗贼便是玉卿，心中虽感疑惑，却也暗暗感激他的相助。后来，盗贼用那枚金钏作为赌注参与赌博，结果被捕役擒获。经过审问，他的同党中果然有玉卿。县令闻讯大怒，将玉卿捉拿归案，并对他施以了五种酷刑。荆卿与廉生商议，打算用重金贿赂县令，以图救玉卿脱罪。然而，尚未等他们疏通关系，玉卿便已经毙命。尽管如此，廉生仍然时常接济玉卿的妻儿。廉生后来考中了举人，家道兴盛，几代人都过着富裕的生活。唉！细观“贪”字与“贫”字的笔画形态，实在是相近至极。像玉卿这样的人，他的下场应当成为后人的鉴戒啊！

【陵县狐】

原文

陵县李太史家，每见瓶鼎古玩之物，移列案边，势危将堕。疑厮仆所为，辄怒谴之。仆辈称冤，而亦不知其由，乃严扃斋扉，天明复然。心知其异，暗觇之。一夜，光明满室，讶为盗。两仆近窥，则一狐卧椟上，光自两眸出，晶莹四射。恐其遁，急入捉之。狐啮腕肉欲脱，仆持益坚，因共缚之。举视，则四足皆无骨，随手摇摇若带垂焉。太史念其通灵，不忍杀，覆以柳器。狐不能出，戴器而走。乃数其罪而放之，怪遂绝。

○陵县：位于山东西北部，德州中部。清代属济南府德州。

○严扃斋扉：牢牢地锁住书房的门。扉，门扇。

○通灵：智能通神，具有灵性。

○柳器：用杞柳枝条编制的容器。

译文

在陵县，李太史家时常发生怪事：屋内的瓶瓶罐罐、鼎器及各类古玩，总会被莫名其妙地移动到桌边，仿佛随时都会跌落。起初，李太史怀疑是家中奴仆所为，便对他们进行了责罚。奴仆们纷纷喊冤，表示对此事一无所知。为了查明真相，他们将书房的门紧紧锁上，然而天亮之后，那些古玩依然如故。李太史意识到此事非同寻常，便开始暗中观察。一天夜里，整个房间突然亮如白昼，以为有盗贼闯入。他急忙派两个仆人靠近窗户偷看，只见一只狐狸正卧在匣子上，那耀眼的光芒正是从它的双眼中射出的。仆人担心狐狸逃跑，急忙冲进去抓捕。不料狐狸一口咬住了仆人的手腕，几乎要咬掉一块肉。仆人却更紧地抓住狐狸不放，其他仆人见状也上前帮忙，最终将这只狐狸牢牢绑住。他们举起狐狸一看，发现它的四条腿竟然没有骨头，软绵绵地垂着，就像带子一样。李太史见状，猜想这只狐狸可能通了灵气，便不忍心杀它。于是，他用柳筐将狐狸扣住，防止它逃跑。狐狸虽然被困，但仍然能够带着筐子四处跑动。李太史列举了狐狸的罪过后，便将它放走了。从此以后，家中再也没有发生过怪事。

【王货郎】

原文

济南业酒人某翁，遣子小二如齐河索贯价。出西门，见兄阿大。时大死已久。二惊问：“哥那得来？”答云：“冥府一疑案，须弟一证之。”二作色怨讪。大指后一人如皂状者，曰：“官役在此，我岂自由耶！”但引手招之，不觉从去。尽夜狂奔，至太山下。忽见官衙，方将并入，见群众纷出。皂拱问：“事何如矣？”一人曰：“勿须复入，结矣。”皂乃释令归。大忧弟无资斧，皂思良久，即引二去。走二三十里，入村，至一家檐下。嘱云：“如有人出，便使相送，如其不肯，便道王货郎言之矣。”遂去。二冥然而僵。既晓，第主出，见人死门外，大骇。守移时，微苏，扶入饵之，始言里居，即求资送。主人难之，二如皂言。主人惊绝，急赁骑送之归。偿之，不受，问其故，亦不言，别而去。

○业酒人：以卖酒为业之人。
○小二：山东方言，指次子。如：往。齐河：县名。东邻济南。索贯（shì）价：追讨酒债。贯，赊欠。
○作色怨讪（shàn）：变脸怒骂。作色，脸上变色。讪，骂詈。
○皂：皂隶，衙门的差役。
○太山：即泰山。
○结：结案，完结。
○资斧：盘缠，路费。
○第主：宅院主人。第，宅第，宅舍。
○饵：食物的总称。这里是给他吃饭的意思。
○资：资助。

译文

在济南，有一位卖酒的老者，他吩咐儿子小二前往齐河去催收拖欠的酒资。小二刚出西门不久，竟碰到了早已过世的兄长阿大。小二满心惊诧，问道：“兄长，你怎会在此出现？”阿大答道：“阴间有一桩悬而未决的案件，需要你前去做证。”小二听后面色骤变，埋怨起兄长来。阿大则指向身旁一位装扮如官差的人，解释说：“这是官府的人，岂是我能随意安排的！”随即，那官差向小二招手，小二不由自主地随他而去。他们疾驰了一整夜，直至泰山脚下。此时，眼前出现了一座官府衙门，正欲进入，却见一群人正从里面走出。官差上前拱手询问案件进展，其中一人回答：“无须再进，案件已了结。”于是，官差便放了小二，让他返回家中。阿大担忧小二没有路费，官差思索片刻后，便领着小二前行。他们行进了二三十里，进入了一个村庄，来到一户人家的屋檐下。官差对小二说：“若有人出来，你就请他送你回家；倘若他不愿，你就提及王货郎的名字，说是他让你这么做的。”说完，官差便离去了。小二则昏昏沉沉地睡了过去。次日天亮，屋主出门时，发现门外竟躺着一个人，大惊失色。他守候在旁，不久见小二渐渐苏醒，便将他扶进屋内，喂了些食物。小二告知了自己的住处，并请求屋主出钱助他回家。屋主面露难色，小二便按照官差的吩咐说了一遍。屋主听后，神色慌张，急忙租了车马送小二返家。小二想要偿还路费，但屋主却婉拒了，他又询问起缘由，屋主也只是沉默不语，道别后便离去了。

【疲龙】

原文

胶州王侍御，出使琉球。舟行海中，忽自云际堕一巨龙，激水高数丈。龙半浮半沉，仰其首，以舟承颔，睛半含，嗒然若丧。阖舟大恐，停桡不敢少动。舟人曰：“此天上行雨之疲龙也。”王悬敕于上，焚香共祝之。移时，悠然遂逝。舟方行，又一龙堕，如前状。日凡三四。又逾日，舟人命多备白米，戒曰：“去清水潭不远矣。如有所见，但糁米于水，寂无哗。”俄至一处，水清澈底。下有群龙，五色，如盆如瓮，条条尽伏。有蜿蜒者，鳞鬣爪牙，历历可数。众神魂俱丧，闭息含眸，不惟不敢窥，并不能动。惟舟人握米自撒。久之见海波深黑，始有呻者。因问掷米之故，答曰：“龙畏蛆，恐入其甲。白米类蛆，故龙见辄伏，舟行其上，可无害也。”

○琉球：古国名。在我国台湾省东北方向，今称琉球群岛。

○颔：下巴，颌上方、下颌下方的柔软处。

○嗒（tà）然若丧：茫然自失。此处形容极度疲惫之状。

○桡：船桨。

○疲龙：疲惫之龙。

○敕：皇帝的诏书，即圣旨。

○戒：告诫，警告。

○糁（sǎn）米于水：把米撒入水中。糁，纷散，撒。

○鬣（liè）：颈上的长毛。此处指背鳍。

译文

在胶州，有一位被称为王侍御的官员，他奉皇上的旨意出使琉球国。当船只正在浩瀚的大海上航行时，突然间，一条巨龙自云端坠落，激起数丈高的海浪。这条龙半身浮出水面，半身潜于水下，高昂着头颅，下巴搁在船舷上，双眼半开半闭，显得极度疲惫，仿佛生命垂危。船上众人惊恐万分，纷纷停下划桨，不敢有丝毫动弹。船夫解释道：“这是一条在天际行云布雨的疲惫之龙。”于是，王侍御将圣旨悬挂于船上，点燃香火，带领众人虔诚祈祷。过了一会儿，那条龙便悠然地消失了。然而，船刚继续前行不久，又有一条龙以同样的方式落下。这样的情况在一天之内竟然发生了三四次。次日，船夫嘱咐大家多准备些白米，并告诫道："我们离清水潭已经不远了。若看到什么异常情况，只管把米撒入水中，切记要保持安静，切勿大声喧哗。"不久，船只来到了一处海域，海水清澈透明。只见水下有一群色彩斑斓的龙，它们有的粗如盆，有的则如瓮，都蜷缩在那里。有的龙身形蜿蜒，身上的鳞片、鬣毛、爪子、牙齿都清晰可见。众人被吓得魂飞魄散，屏息闭眼，不仅不敢偷看，连动都不敢动。只有船夫勇敢地抓起白米向水中抛撒。过了许久，当海水变成深黑色时，才有人敢轻声说话。于是，他们询问船夫为何要向水中撒米。船夫回答道："龙害怕蛆虫，生怕蛆虫爬进它的鳞甲里。而白米的形状与蛆虫相似，所以龙一见到白米就会趴伏在那里。这样，我们的船就能安全地从上面驶过，不会受到伤害。"

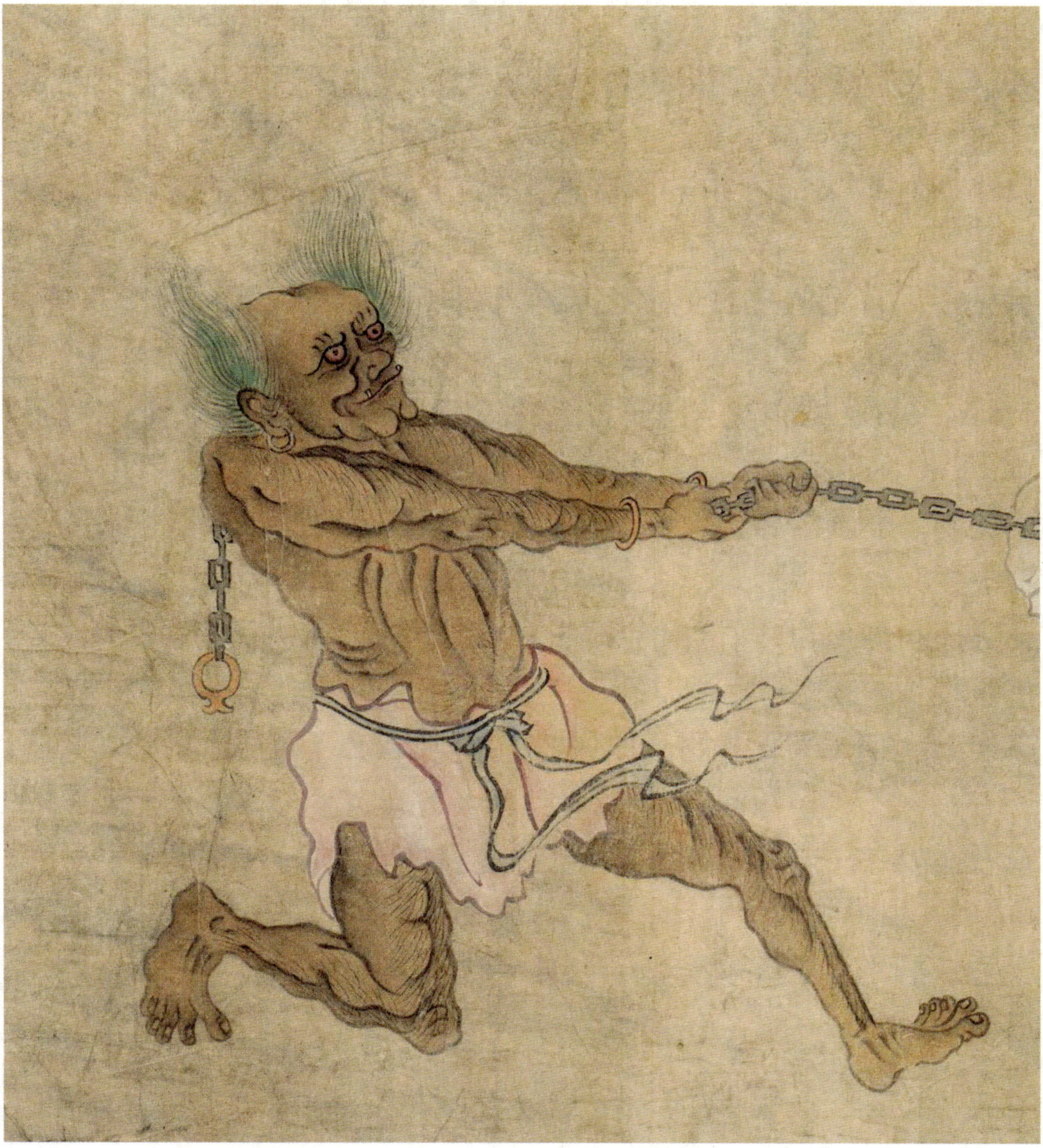

【真生】

原文

长安士人贾子龙，偶过邻巷，见一客，风度洒如。问之，则真生，咸阳僦寓者也。心慕之。明日，往投刺，适值其亡。凡三谒，皆不遇。乃阴使人窥其在舍而后过之，真走避不出，贾搜之始出。促膝倾谈，大相知悦。贾就逆旅，遣僮行沽。真又善饮，能雅谑，乐甚。酒欲尽，真搜箧出饮器，玉卮无当，注杯酒其中，盎然已满，以小盏挹取入壶，并无少减。贾异之，坚求其术。真曰：“我不愿相见者，君无他短，但贪心未净耳。此乃仙家隐术，何能相授？”贾曰：“冤哉！我何贪，间萌奢想者，徒以贫耳。”一笑而散。由是往来无间，形骸尽忘。每值乏窘，真辄出黑石一块，吹咒其上，以磨瓦砾，立刻化为白金，便以赠生。仅足所用，未尝赢余。贾每求益，真曰：“我言君贪，如何，如何！”贾思明告必不可得，将乘其醉睡，窃石而要之。一日，饮既卧，贾潜起，搜诸衣底。真觉之曰：“子真丧心，不可处矣！”遂辞别，移居而去。

○长安：即今陕西西安。

○洒如：潇洒，洒脱。如，然。

○咸阳僦寓者：在这里赁屋而居的咸阳人。咸阳，地名。即今陕西咸阳。僦，租赁。

○投刺：投递名片，请求谒见。刺，名片。

○亡：外出。

○逆旅：客舍，旅店。

○行沽：买酒。

○雅谑：文雅的玩笑。

○玉卮（zhī）无当：无底的玉酒杯。卮，酒器。无当，无底。

○盎然：满的样子。

○挹取：舀，把液体盛出来。

○形骸尽忘：谓彼此亲密无间，如同一人。形骸，人的形体，躯壳。

○要：强迫，要挟。

○丧心：失心，精神失常，疯了。

译文

长安有一个名叫贾子龙的读书人，某日，他偶然间漫步至邻近的巷弄，遇见了一位举止洒脱的异乡人。上前询问得知，此人名唤真生，来自咸阳，目前暂居于此。贾子龙心中顿生敬意，次日便前往拜访，却不巧真生外出未归。贾子龙接连三次造访，均未得见。于是，他暗中安排人手，确认真生在家后，再次前往。真生却故意避而不见，贾子龙索性进屋寻找，真生这才现身。两人席地而坐，促膝长谈，彼此引为知己，心中满是喜悦。贾子龙回到旅店后，便吩咐小书僮买来美酒。真生酒量大，又擅长讲些风雅趣事，两人饮酒作乐，十分尽兴。酒至半酣，真生从竹箱中取出一件酒器，那是一个无底的白玉杯。真生往杯中倒酒，瞬间即满，再用小杯从中舀酒倒入酒壶，而玉杯中的酒竟丝毫未减。贾子龙见状，惊叹不已，央求真生传授此法术。真生却道："我之所以避而不见，皆因你贪心未泯。此乃仙家秘法，岂能轻易传授？"贾子龙辩解道："我何曾贪心？只是偶尔有些奢望，实乃生活所迫。"两人相视而笑，随即告别。自那以后，两人交往甚密，无话不谈。每当贾子龙陷入困境，真生便拿出一块黑石，吹一口气，念几句咒语，再用它去磨瓦砾，瓦砾即刻变为银子。真生将银子赠予贾子龙，但仅够其日常开销，从无多余。贾子龙总想多要一些，真生便说："我就说你贪心吧，怎么样，怎么样！"他暗自思量，明着索要无望，不如趁真生醉酒熟睡时，将黑石偷来，以此要挟。一日，两人饮酒后同榻而眠，贾子龙趁真生熟睡之际，悄悄起身，在其衣下搜寻黑石。不料真生突然惊醒，怒道："你竟如此无情无义，我再也无法与你共处了！"说罢，真生便辞别贾子龙，迁居他处。

原文

后年余，贾游河干，见一石莹洁，绝类真生物。拾之，珍藏若宝。

○河干：河岸，河边。

过数日，真忽至，瞲然若有所失。贾慰问之，真曰："君前所见，乃

○瞲（tì）然：失意相视的样子。

仙人点金石也。曩从抱真子游，彼怜我介，以此相贻。醉后失去，

○抱真子：传说中仙人名。　○怜：爱。介：有节操。　○贻：赠。

隐卜当在君所。如有还带之恩，不敢忘报。"贾笑曰："仆生平不敢

○还带之恩：归还珍贵失物之恩。

欺友朋，诚如所卜。但知管仲之贫者，莫如鲍叔，君且奈何？”真请以百金为赠。贾曰：“百金非少，但授我口诀，一亲试之，无憾矣。”真恐其寡信。贾曰：“君自仙人，岂不知贾某宁失信于朋友者哉！”真授其诀。贾顾砌上有巨石，将试之。真掣其肘，不听前。贾乃俯掬半砖，置砧上曰：“若此者，非多耶？”真乃听之。贾不磨砖而磨砧，真变色欲与争，而砧已化为浑金。反石于真，真叹曰：“业如此，复何言？然妄以福禄加人，必遭天谴。如逭我罪，施材百具、絮衣百领，肯之乎？”贾曰：“仆所以欲得钱者，原非欲窖藏之也。君尚视我为守财卤耶？”真喜而去。

○知管仲之贫者，莫如鲍叔：管仲和鲍叔都是春秋齐国人。管仲的才智和人品均深为鲍叔所理解，鲍叔宽容管仲的贪财。

○砌上：阶上。

○砧：捣衣石。指垫在砖下的石头。

○逭（huàn）：逃避，躲过。

○材：棺材。絮衣：棉衣。

○守财卤：即守财奴。卤，通“虏”，奴。

译文

后来，时光流转，一年多过去了，贾子龙在河畔悠然漫步时，偶然发现一块晶莹剔透的石头，与真生曾拥有的那块点金石极为相似。他欣喜地将其拾起，视若珍宝般细心收藏。数日之后，真生突然造访，面容略显憔悴，仿佛有所失落。贾子龙见状，连忙上前安慰，并询问缘由。真生坦言道：“你昔日所见之石，实为仙家至宝——点金石。昔日我随抱真子游历四方，他欣赏我耿直的性情，特将此石赠予我。不料日前酒后失手，将其遗落，我心中暗自推算，此石应在你处。若你能将其归还，我必铭记此恩，定当报答。”贾子龙听后，正色道：“我生平从未欺瞒友朋，你所言非虚，那石头确实在我手中。但正如鲍叔深知管仲之贫，你要如何对待我呢？”真生听后，提议以百两白银作为答谢。贾子龙却笑道：“百银虽丰，但我更愿习得那口诀，亲自一试，方无遗憾。”真生顾虑其是否守信，贾子龙坚定地说：“你乃仙人，岂不知我贾某从不背信弃义于朋友吗？”真生见他态度坚决，遂将口诀传授。贾子龙见阶旁有巨石一块，便欲试之。真生急忙拉住他，劝阻其勿轻易尝试。贾子龙灵机一动，俯身拾起半块砖头，置于巨石之上，笑道："如此大小，应不为过吧？"真生无奈应允。岂料，贾子龙并未磨砖，而是转而磨那巨石，真生见状，面色大变，欲上前阻止，却已来不及，那巨石瞬间化为纯金。贾子龙将点金石归还真生，真生叹息道："事已至此，夫复何言？然而我随意施加福禄于人，必遭天谴。你若愿助我解脱此罪，便请施舍百具棺木、百领棉衣，可否？"贾子龙笑道："我欲得钱财，非为囤积，你难道将我视为守财奴吗？"真生听后，心中释然，欣然离去。

原文

贾得金，且施且贾，不三年，施数已满。真忽至，握手曰："君信义人也！别后被福神奏帝，削去仙籍。蒙君博施，今以功德消罪。愿勉之，勿替也。"贾问真系天上何曹，曰："我乃有道之狐耳。出身綦微，不堪孽累，故生平自爱，一毫不敢妄作。"贾为设酒，遂与欢饮如初。贾至九十余，狐犹时至其家。

○施：施舍。贾：经商。

○替：懈怠。

○曹：曹属，职业。

○綦（qí）微：甚为低微。綦，甚。

○孽累：罪孽牵累。

译文

获得这笔巨额财富后，贾子龙一边慷慨解囊、广行善事，一边精心经营生意。不到三年的时间，他所施舍的财物便达到了既定的数额。一日，真生突然到访，他紧紧握住贾子龙的手，感慨万分地说："你果真是个守信之人！自上次分别后，我被福神上奏天帝，不幸被削去了仙籍。幸亏你广施恩德，如今我的罪孽终得功德相抵。望你今后继续勉力前行，切勿懈怠。"贾子龙好奇地询问真生在天庭的职位，真生笑道："我乃得道之狐，出身卑微，不敢有丝毫妄为，生怕承受不起罪孽，因此生平一直自重自爱。"贾子龙听后，立即为真生设宴摆酒，两人如同昔日，欢聚一堂，畅饮美酒。贾子龙寿至九旬有余，那位狐仙朋友仍时常来访，共享欢乐时光。

原文

长山某，卖解信药，即垂危，灌之无不活。然秘其方，即戚好不传

○解信药：即解砒霜的药。信，信石，砒石的别称，为中药的一种。有剧毒，呈粉末状。生者称“砒黄”，俗称“黄信”；经炼制者称“砒霜”，俗称“白信”。因砒石性猛如貔（pí），故名。

也。一日，以株累被逮。妻弟饷食狱中，隐置信焉。坐待食已而后

○株累：别人有罪而受到牵连。 ○饷食：送饭。

告之，某不信。少顷，腹中溃动，始大惊，骂曰：“畜产速行！家中

○畜产：畜生。

虽有药末，恐道远难俟，急于城中物色薜荔为末，清水一盏，速将

○俟（sì）：等。 ○薜荔：又名“凉粉子”“木莲”等。桑科榕属，常绿攀缘性灌木藤本植物。

来！”妻弟如其教。迨觅至，某已呕泻欲死，急投之，立刻而安。

其方自此遂传。此亦犹狐之秘其石也。

译文

在长山县有这样一个人，他专门售卖能解救砒霜之毒的灵药。即便是那些已吞下砒霜、生命危在旦夕的病人，只要服下他的解药，都能起死回生。然而，他对此药方极为珍视，从不轻易传授给他人。一日，此人因故受到牵连，被捕入狱。他妻子的弟弟前来送饭时，竟在饭中偷偷加入了砒霜。待他吃完后，妻弟才将实情告知。起初，他并不相信，但不久之后，腹中剧痛难忍，他才大惊失色，怒骂道：“你这畜生！快去！家中虽有药末，但路途遥远，来不及取回。你速去城中寻找薜荔，将其磨成粉末，再取一盏清水来，快些！”妻弟按照他的吩咐，急忙去准备这些东西。待妻弟带着薜荔粉和清水赶回时，那人已经上吐下泻，生命垂危。他急忙取过服下，片刻之间，便恢复了健康。自此之后，他的解毒秘方逐渐流传开来。这个故事与狐仙珍藏点金石的经历颇为相似，都因一次意外而使原本秘不示人的宝物或秘方得以公诸于世。

【布商】

原文

布商某，至青州境，偶入废寺，见其院宇零落，叹悼不已。僧在侧

○青州：府名。地处山东半岛中部，今为潍坊下属青州。

曰：“今如有善信，暂起山门，亦佛面之光。”客慨然自任。僧喜，

○善信：善举，做善事的诚意。 ○山门：佛寺的大门。

邀入方丈，款待殷勤。既而举内外殿阁，并请装修，客辞以不能。

○方丈：佛寺长老和住持的居所，接待、说法之处。 ○举：列举，举凡。

僧固强之，词色悍怒。客惧，请即倾囊，于是倒装而出，悉授僧。

将行，僧止之曰：“君竭赀实非所愿，得毋甘心于我乎？不如先之。”

○得毋甘心于我乎：该不是想杀我以快心意吧。甘心，称心，快意。

遂握刀相向。客哀之切，弗听，请自经，许之。逼置暗室而迫促之。

○自经：上吊自杀。

适有防海将军经寺外，遥自缺墙外望见一红裳女子入僧舍，疑之。

下马入寺，前后冥搜，竟不得。至暗室所，严扃双扉，僧不肯开，

○冥搜：到处搜索。

托以妖异。将军怒，斩关入，则见客缢梁上。救之，片时复苏，诘

○斩关：破门。关，指门扇。

得其情。又械问女子所在，实则乌有，盖神佛现化也。杀僧，财物

○现化：现身变化。 ○械问：刑讯逼供。 ○乌有：虚幻，没有。

仍以归客。客益募修庙宇，由此香火大盛。赵孝廉丰原言之最悉。

○赵孝廉丰原：赵丰原，字于京，号香坡，又号容亭，历城人。武举出身，康熙三十二年（1693）选任城武教谕。

译文

一名布商行至青州地界，偶然间踏入了一座荒废的寺庙，目睹庙堂之破败，心中不禁涌起无限感慨。此时，一旁的和尚开口道：“施主若能发慈悲心，即便是修缮山门这样的小善举，也是对佛门的一大贡献。”布商听后，爽快地应承了下来。和尚大喜过望，随即邀请布商进入方丈室，热情款待。然而，和尚并未就此罢休，他又逐

一列举了寺内外的殿堂楼阁，请求布商一并修缮。布商感到力不从心，婉言拒绝。但和尚却态度强硬，言辞凶悍，甚至面露怒色。布商心中惊恐，只得勉强同意，并将随身携带的所有财物交出。就在他起身准备离开之际，和尚却突然拦住他，恶狠狠地说道："你虽然倾囊而出，但我知道你心中并不情愿，想必是想杀了我才肯罢休吧？不如我先下手为强！"说罢，和尚手持利刃逼近布商。布商苦苦哀求，但和尚却毫不理会。无奈之下，布商只得请求自行了断，和尚这才勉强答应。于是，布商被和尚逼进了一间暗室，催促他赶紧自尽。就在这时，防海将军路过寺庙，他远远看见一位红衣女子走进僧舍，心中顿生疑惑。将军随即下马入寺，四处搜寻，却一无所获。当他来到暗室前时，只见双门紧闭，和尚拒不开门，还谎称里面有妖怪。将军大怒之下，破门而入，只见布商已经悬吊在房梁上。将军急忙上前施救，经过一番努力，布商终于苏醒过来。将军查明真相后，对和尚严刑拷问，追问那红衣女子的下落。原来，并没有什么红衣女子，而是神佛显灵救了布商一命。将军愤怒之下杀了和尚，将财物归还给布商。布商感激涕零，更加积极地筹集资金修缮庙宇。从此，这座寺庙香火鼎盛，成为一方名胜。此事武举人赵丰原讲述得最为详尽细致。

【彭二挣】

原文

禹城韩公甫自言：与邑人彭二挣并行于途，忽回首不见之，惟空

○禹城：县名。地处山东省西北部，明清属济南府，今为德州下属县级市。

蹇随行。但闻号救甚急，细听则在被囊中。近视囊内累然，虽则

○蹇（jiǎn）：跛。此指跛驴或驽劣之马。

○被囊：即被袋，行李袋。北方风俗以之搭于驴背。

○累然：众多累积的样子。

偏重，亦不得堕。欲出之，则囊口缝纫甚密，以刀断线，始见彭

犬卧其中。既出，问何以入，亦茫不自知。盖其家有狐为祟，事

○犬卧：像犬一样蜷伏。

如此类甚多云。

译文

禹城县的韩甫公亲自叙述道：昔日，我与同乡彭二挣结伴同行。突然间，我转身回望，却惊讶地发现彭二挣已无踪迹，唯有他骑乘的驴子仍紧随其后。此时，一阵急促的呼救声传入耳中，我仔细聆听，那声音竟似乎源自我们携带的行李之中。靠近一看，只见行李鼓胀异常，虽因重量不均而偏斜，却并未坠落。我心急如焚，欲将彭二挣救出，却发现行李的封口被细密地缝了起来。无奈之下，我只得取刀割断缝线，这才赫然发现，彭二挣竟如犬般蜷缩在行李之内。待他脱困后，我询问他为何会陷入此等境地，他却一脸茫然，对自己的遭遇一无所知。我猜测，这或许是他家中狐狸作祟所致。据闻，此类怪事在他家中已非首次发生，实在令人啧啧称奇。

【何仙】

原文

长山王公子瑞亭，能以乩卜。乩神自称何仙，为纯阳弟子，或谓是吕祖所跨鹤云。每降，辄与人论文作诗。李太史质君师事之，丹黄课艺，理绪明切。太史揣摩成，赖何仙力居多焉，因之文学士多皈依之。然为人决疑难事，多凭理，不甚言休咎。

○长山：旧县名。明清时期属济南府，今为山东邹平境东面的长山镇。

○乩（jī）卜：扶乩问卜。"扶乩"为旧时民间问卜的一种方术。

○纯阳：吕纯阳，即吕洞宾。

○丹黄课艺：评改习作文章。丹黄，古时校点书籍时所用的两种颜色。课艺，研读八股文习作。

○揣摩成：指考中进士，入翰林。揣摩，研究琢磨。此处指科举。

○皈（guī）依：本指佛教称身心归向佛、法，此指信仰、依赖何仙。

译文

长山县的王瑞亭公子擅长扶乩占卜之术，所请之乩神自称何仙，据传乃吕洞宾之高徒，亦有说法认为其实是吕洞宾所乘之仙鹤化身。每次何仙降临凡尘，总爱与人探讨文章、吟诗作词，尽显才情。李质君太史对其极为敬仰，尊为师长，在诗文创作等事宜上，何仙总能为他指点迷津，使其豁然开朗。李太史能够在科举考试中脱颖而出，取得举业成功，多亏何仙鼎力相助。因此，众多读书人纷纷投奔到李太史门下，希望能借助何仙的神力提升自己的学识与运势。然而，何仙在为他人解答疑惑、排忧解难时，往往依据事理进行推断，并不过分强调吉凶祸福的预测，这种务实态度也赢得了更多人的尊敬与信赖。

原文

辛未岁，朱文宗案临济南，试后，诸友请决等第。何仙索试艺，悉月旦之。座中有与乐陵李忭相善者，李固好学深思之士，众属望之，因出其文，代为之请。乩注云："一等。"少间，又书云：

○辛未岁：清圣祖康熙三十年（1691）。

○朱文宗：指朱雯，字复思，石门县人，康熙甲辰（1664）进士。

○等第：指生员岁、科试的等第。

○试艺：考试时所作八股文。

○月旦：品评。

○乐陵：县名。清属武定府，在山东与河北的交界处。今为山东德州下辖市。

○一等：依据清初岁考生员六等黜陟法，一等的标准为"文理平通者"。

"适评李生，据文为断。然此生运数大晦，应犯夏楚。异哉！文与数适不相符，岂文宗不论文耶？诸公少待，试一往探之。"少顷，又书云："我适至提学署中，见文宗公事旁午，所焦虑者殊不在文也。一切置付幕客六七人，粟生、例监，都在其中，前世全无根气，大半饿鬼道中游魂，乞食于四方者也。曾在黑暗狱中八百年，损其目之精气，如人久在洞中，乍出，则天地异色，无正明也。中有一二为人身所化者，阅卷分曹，恐不能适相值耳。"众问挽回之术。书云："其术至实，人所共晓，何必问？"众会其意，以告李。李惧，以文质孙太史子未，且诉以兆。太史赞其文，因解其惑。李以太史海内宗匠，心益壮，乱语不复置怀。

○运数大晦：运气很坏。运数，命运，运气。晦，倒霉。

○夏(jiǎ)楚：皆木名。古代用作教育的惩戒刑具。夏，同"槚"，楸树。楚，荆条。

○旁午：繁杂。

○粟生：即廪生，又称"廪膳生"，因其岁发廪饩银两或粮食而得名。例监：科举制度中监生名目之一。明清时代，以捐纳取得监生资格者曰"例监"。

○根气：根器、根基，指禀赋。

○黑暗狱：民间传说中的地狱之一。

○阅卷分曹：清制，负责考务的官员分为内帘官和外帘官。头场考毕，其试卷由外帘封送内帘后，正、副主考按房签、卷签分送各房官案前，然后依例主考同考官校阅试卷，是谓"分曹"。

○兆：预兆。

○质：质询。孙太史子未：孙子未，名勷，字子未，号莪山，又号诚斋。康熙二十四年（1685）进士，改庶吉士，授检讨。官至大理寺少卿，终于通政司参议。

○宗匠：文宗巨匠。指学问文章为海内所宗仰的人。

译文

在辛未之年，提学使朱雯亲临济南，主持岁末的科举考试。考后，一群考生围聚一堂，恳请何仙为他们预测各自的考试等第。何仙应允，逐一审视了他们的试卷并作出评价。当时，在座有位乐陵人士，他是李忭的挚友，深知李忭勤奋好学且思维敏捷，深受众人赞誉，于是他便取出李忭的文章，请求何仙给予评判。何仙阅后，断定其为"一等"。然而，片刻之后，何仙又补充道："先前对李生的评价，仅是基于其文章的优劣。但遗憾的是，这位学子的命运似乎并不顺遂，注定要遭遇某种挫折。真是奇哉怪也！文章之才与命运之数竟如此不相吻合，难道朱雯在评判时竟不顾及文章本身吗？诸位稍候，我且前往提学署一探究竟。"不久，何仙归来，继续写道："我刚才潜入提学署，只见朱雯忙于公务，他真正关心的并非文章质量。所有的评判工作都交由六七名幕客处理，其中不乏通过捐纳获得监生身份的人。这些人前世毫无根基，多半是饿鬼道中的游魂，四处乞讨为生。他们曾在暗无天日的地狱中煎熬了八百年，以致目力衰退，精神恍惚，如同长期困于洞穴之人，一旦走出，便觉天地变色，无法看清真相。虽然他们中有一两个可能是人身转世，但评判试卷时各自为政，恐怕很难保证李生的试卷能得到公正评判。”众人听后，急忙询问是否有补救之策。何仙回答道：“这办法其实显而易见，大家都心知肚明，又何必多问呢？”众人恍然大悟，随即将此事告知了李忭。李忭听后心生恐惧，便带着自己的文章去请教太史孙子未，并向他透露了“扶乩”的内容。孙太史对李忭的文章赞不绝口，从而李忭便无疑虑。李忭深知孙太史是海内闻名的文章大家，心中顿时充满了勇气，不再将“扶乩”的预言放在心上。

原文

后案发，竟居四等。太史大骇，取其文复阅之，殊无疵摘。评云：“石门公祖，素有文名，必不悠谬至此。是必幕中醉汉，不识句读者所为。”于是众益服何仙之神，共焚香祝谢之。乩书曰：“李生勿以暂时之屈，遂怀惭怍。当多写试卷，益暴之，明岁可得优等。”李如其教。久之署中颇闻，悬牌特慰之。次岁果列前名，其灵应如此。

○案发：公布岁考判定的名次。

○疵摘：缺点，可指责的地方。

○公祖：明清时士绅对知府以上官员的尊称。

○悠谬：荒谬，荒诞无稽。

○句读（dòu）：古时称文词停顿的地方叫做“句”或“读”。“句”是语意完整的一小段，“读”是句中语意未完、语气可停的更小的段落。古文没有像现在的标点符号，因此需要“明句读”。不识句读，即连最基础的都不懂之意。

○惭怍：惭愧，不好意思。

○暴（pù）：晒。这里是公示、亮相的意思。

译文

及至放榜之日，李忭竟意外地仅被列于四等之列。这一结果让孙太史大为震惊，他再次取来李忭的文章细细品读，确实找不出任何瑕疵。于是，他感慨道：“石门公祖向来以文名著称，绝不会犯下如此离谱的错误。这肯定是那些幕僚中的酒囊饭袋、不懂文章之辈所为。”此言一出，众人对何仙更加钦佩，纷纷焚香祈祷以示感谢。何仙又传来讯息：“李生切莫因一时的委屈而心生惭愧。你应当更加勤奋写作，让更多的人欣赏到你的才华。明年，你定能取得优等。”李忭听从了何仙的劝诫，更加努力地钻研学问。久而久之，学署也听闻了这些议论，便特意挂牌对李忭进行安慰。到了第二年，李忭果然如愿以偿，名列优等。何仙的话果真灵验。

原文

异史氏曰：幕中多此辈客，无怪京都丑妇巷中，至夕无闲床也。呜呼！

○幕中：即幕客中，指学署中的幕僚。

译文

异史氏有言：幕僚中若多此等无能之辈，也难怪京城中那些丑陋妇人所居的巷子里，到了夜晚连一张空床都找不到。唉，真是可悲可叹！

【牛同人】

原文

（上缺）牛过父室，则翁卧床上未醒，以此知为狐。怒曰："狐可忍也，胡败我伦！关圣号为'伏魔'，今何在，而任此类横行！"因作表上玉帝，内微诉关帝之不职。

○牛过父室：此句以上残缺。篇名依据稿本《牛同人》目录补录。

○胡败我伦：为什么败坏我家人伦。

○关圣号为"伏魔"：明万历三十三年（1605），关羽被加封为"三界伏魔大帝神威远震天尊关圣帝君"。

○横行：胡作非为。

○不职：不作为，不尽职。

译文

（上文缺失）当牛同人经过父亲的寝室时，发现父亲仍旧卧床未醒，心中顿时明了，这必是狐狸在暗中作祟。他愤怒地控诉道："狐狸的恶行岂能容忍，为何要破坏我家的伦理纲常！关圣帝君被誉为'伏魔'之神，如今他在哪里？为何任由这些妖魔鬼怪肆意妄为！"愤慨之下，牛同人决定上表奏请玉帝，同时在表文中暗含对关帝未尽职守的指责。

原文

久之，忽闻空中喊嘶声，则关帝也。怒叱曰："书生何得无礼！我岂专掌为汝家驱狐耶？若禀诉不行，咎怨何辞矣。"即令杖牛二十，股肉几脱。少间，有黑面将军缚一狐至，牵之而去，其怪遂绝。

○黑面将军：当指关羽部将周仓。周仓，字元福，是历史小说《三国演义》中的人物。在民间传说中，周仓以关羽护卫的形象出现。

译文

许久之后的一天，牛同人突然听到空中传来呼喊声，仔细辨认，竟是关帝的声音。关帝怒气冲冲地责备道："你这书生怎能如此无礼！我难道是专为你家驱除狐妖的吗？你若向我禀报申诉无果，那我受埋怨自无话可说"说罢，关帝便下令对牛同人施以杖刑，二十杖下，打得他大腿上的肉几乎要脱落下来。过了一会儿，只见一位黑脸将军出现，他绑来了一只狐狸，并将其牵走。自此之后，牛家的怪异现象便消失无踪了。

原文

后三年，济南游击女为狐所惑，百术不能遣。狐语女曰：“我生平所畏惟牛同人而已。”游击亦不知牛何里，无可物色。适提学按临，牛赴试，在省偶被营兵迕辱，忿愬游击之门。游击一闻其名，不胜惊喜，伛偻甚恭。立捉兵至，捆责尽法。已，乃实告以情。牛不得已，为之呈告关帝。俄顷，见金甲神降于其家。狐方在室，颜猝变，现形如犬，绕屋嗥窜，旋出自投阶下。神言：“前帝不忍诛，今再犯不赦矣！”絷系马颈而去。

○游击：官名。清代绿营兵统兵官，职位次于参将。

○何里：什么地方的人。里，籍贯。

○物色：访求，寻访。

○迕辱：侮辱。迕，触犯。

○伛偻（yǔ lǚ）：弯腰曲背。这里是恭敬的样子。

译文

此后三年，济南府游击将军的爱女不幸被一只狐狸精所迷惑，使用何种法术都无法将其驱逐。狐狸精对将军女儿坦言道：“我这一生中，唯一惧怕的人便是牛同人。”然而，游击将军对牛同人的身份和来历一无所知，无从寻找。恰巧此时，提学官来到济南主持科举考试，牛同人也前来应考。在省城中，他偶然遭到军兵的欺凌，愤怒之下，他径直来到游击将军的府邸告状。游击将军一听到牛同人的名字，顿时喜出望外，对他表现出了极度的恭敬。他立刻将那些欺凌牛同人的军兵抓获，并依照军法将其捆绑责打。处理完此事之后，游击将军便将家中狐狸作祟的实情详细告诉了牛同人。牛同人虽感无奈，但还是答应替将军向关帝呈表禀告此事。不久之后，只见一位身披金甲的神祇降临到游击将军的家中。此时，狐狸精正在家中，见状脸色骤变，瞬间现出了原形，形如一条狗，在屋内四处嚎叫乱窜。不久，它慌不择路地逃了出来，自己投到了台阶之下。金甲神祇严厉地说道：“上次关帝慈悲为怀，不忍杀你，如今你竟又敢作祟，真是罪无可赦！”说完，他便将狐狸精绑在马的颈下，带着它离去了。

【神女】

原文

米生者，闽人，传者忘其名字、郡邑。偶入郡，醉过市廛，闻高门中箫鼓如雷。问之居人，云是开寿筵者，然门庭亦殊清寂。听之，笙歌繁响，醉中雅爱乐之，并不问其何家，即街头市祝仪，投晚生刺焉。或见其衣冠朴陋，便问："君系此翁何亲？"答言："无之。"或言："此流寓者，侨居于此，不审何官，甚贵倨也。既非亲属，将何求？"生闻而悔之，而刺已入矣。无何，两少年出逆客，华裳眩目，丰采都雅，揖生入。见一叟南向坐，东西列数筵，客六七人，皆似贵胄。见生至，尽起为礼，叟亦杖而起。生久立，待与周旋，而叟殊不离席。两少年致词曰："家君衰迈，起拜良艰，予兄弟代谢高贤之见枉也。"生逊谢而罢。遂增一筵于上，与叟接席。未几，女乐作于下。座后设琉璃屏，以幛内眷。鼓吹大作，座客不复可以倾谈。筵将终，两少年起，各以巨杯劝客，杯可容三斗。生有难色，然见客受，亦受。顷刻四顾，主客尽釂，生不得已，亦强尽之。少年复斟，生觉惫甚，起而告退，少年强挽其

○闽：福建省的简称。

○市廛（chán）：市中店铺。

○市：买。祝仪：贺礼。

○晚生刺：自称晚生的名帖。晚生，旧时后辈对前辈的谦称。

○贵倨：自视富贵而傲人。

○贵胄（zhòu）：指贵族子弟。胄，后代。

○杖而起：扶着拐杖站起。

○周旋：揖让应酬。

○枉：枉驾，光临。

○尽釂（jiào）：饮酒干杯。

裾。生大醉遏地，但觉有人以冷水洒面，恍然若寤。起视，宾客

〇遏（dàng）地：倒地。遏，跌倒。

尽散，惟一少年捉臂送之，遂别而归。后再过其门，则已迁去矣。

译文

米生，是一位来自福建的士子，其姓名与籍贯已随讲述者的记忆淡去。某次，他偶然间踏入城中，酒酣耳热之际穿梭于喧嚣的市集，忽闻高门之内传来阵阵如雷鸣般的箫鼓之声，悠扬入耳。他好奇地向邻近人家打听，得知是那户人家正在为家中老者祝寿，然而奇怪的是，这家门前却显得格外冷清，与内里的热闹形成鲜明对比。米生在醉意中，被那嘹亮的笙歌深深吸引，竟不问其详，直接在街头购置了祝寿之礼，并以晚辈的身份投进了一张名片。旁人见他衣着朴素，不禁好奇地询问他与那老翁的关系，米生坦然回答并无亲缘。又有人提醒他："这户人家乃是外乡迁来，不知官至何位，身份尊贵且态度傲慢，既非亲戚，又何必有所求呢?"米生听后心中懊悔，但名片已投，无法收回。不久，两位衣着华丽、风采出众的少年出门迎客，他们向米生行礼后，便引领他入内。米生进了宅院，只见一位老者端坐于南，东西两侧各设几桌宴席，六七位宾客围坐，皆像是气度不凡的贵族子弟。他们见米生到来，纷纷起身行礼，老者亦以杖支地，缓缓起身。米生站立良久欲与老者应酬，但老者却未离座。此时，两位少年上前解释："家父年迈体衰，便由我们兄弟二人代父感谢您的光临。"米生谦逊回礼。于是又为米生加设一桌宴席，紧邻老者。席间，堂下伎乐开始表演，座后设有琉璃屏风，遮掩着内眷的身影。鼓乐齐鸣，宾客间的交谈声逐渐被淹没。酒宴将尽时，两位少年起身，各持大杯向宾客敬酒，每杯可容三斗之量。米生面露难色，但见其他宾客都欣然接受，也只好勉强应承。他环顾四周，发现主人与宾客都已一饮而尽，无奈之下，也只好勉强饮尽。少年再次斟酒时，米生已感疲惫不堪，欲起身告退，却被少年紧紧拉住衣襟。醉意中，米生瘫倒在地，只觉有人以冷水洒面，恍惚间似乎清醒过来。他挣扎着站起身，发现宾客已散，唯有一位少年扶着他的手臂送他出门。米生便告辞归家。此后，米生再次路过那户人家门前时，却发现他们已悄然搬离。

原文

自郡归，偶适市，一人自肆中出，招之饮。视之，不识。姑从之入，则座上先有里人鲍庄在焉。问其人，乃诸姓，市中磨镜者也。问：“何相识？”曰：“前日上寿者，君识之否？”生言：“不识。”诸言：“予出入其门最稔。翁，傅姓，但不知何省何官。先生上寿时，我方在墀下，故识之也。”日暮，饮散。鲍庄夜死于途。鲍父不识诸，执名讼生。检得鲍庄体有重伤，生以谋杀论死，备历械梏，以诸未获，罪无申证，颂系之。年余，直指巡方，廉知其冤，出之。

○磨镜者：磨镜人。古代使用铜镜，镜久用之发黯，需磨洗使之发亮。

○稔（rěn）：熟悉。

○墀（chí）下：台阶下。

○械梏：刑讯。

○申证：明证。申，明白。

○廉：考察，查访。

○颂（sòng）系：关押在狱，不加刑具。颂，宽容。

○直指：本汉代官名。汉武帝时朝廷设置专管巡视、处理各地政事的官员。也称“直指使者”。巡方：巡行地方考察。

译文

米生自郡城归来，途中偶然来到市集，有个人自店铺中走出，热情地邀他共饮。米生细看之下，并不识得此人，但出于礼貌，还是随他进入了店铺。一进门，便见同乡鲍庄端坐于席间。米生好奇地问鲍庄那人是谁，鲍庄答道，此人姓诸，是市集上以磨镜为生的匠人。米生心中疑惑，便向诸某问道：“你我素不相识，你怎会知晓我是谁？”诸某微微一笑，反问道：“前几日，你可曾去过某家为老者拜寿？”米生回想片刻，答道：“确实去过，但我并不认识那家人。”诸某解释道：“我时常出入那户人家，对他们颇为熟悉。那老者姓傅，来自何方、身居何职，我亦不甚了解。你当日去拜寿时，我正巧坐在堂下，因此认得你。”三人把酒言欢，不觉天色已晚，便各自散去。然而，就在这天夜里，鲍庄在归家途中不幸遭人杀害。鲍庄的父亲悲痛欲绝，因不识诸某，便将米生误认为是凶手，一纸诉状将其告到了官府。官府派人验尸，发现鲍庄身上伤痕累累，米生因此被指控为谋杀罪，遭受了种种严酷的刑罚。由于诸某一直未找到，缺乏旁证，米生便被关押在狱中。时光荏苒，一年多后，一位直指巡方巡视至此地，经过深入调查，终于查明了米生的冤情，将他从狱中释放。

原文

家中田产荡尽，而衣巾革褫。冀其可以辨复，于是携囊入郡。日将暮，步履颇殆，休于路侧。遥见小车来，二青衣夹随之。既过，忽命停舆，车中不知何言。俄一青衣问生："君非米姓乎？"生惊起诺之。问："何贫窭若此？"生告以故。又问："安之？"又告之。青衣去，向车中语，俄复返，请生至车前。车中以纤手搴帘，微睨之，绝代佳人也。谓生曰："君不幸得无妄之祸，闻之太息。今日学使署中，非白手可以出入者。途中无可解赠……"乃于髻上摘珠花一朵，授生曰："此物可鬻百金，请缄藏之。"生下拜，欲问官阀，车行甚疾，其去已远，不解何人。执花悬想，上缀明珠，非凡物也。珍藏而行。至郡，投状，上下勒索甚苦。出花展视，不忍置去，遂归。归而无家，依于兄嫂。幸兄贤，为之经纪，贫不废读。

○衣巾革褫（chǐ）：褫夺衣冠，指革除功名。旧时生员犯罪，先由学官报请革除功名，才能逮捕动刑。

○辨复：辨明无罪，恢复功名。

○贫窭（jù）：贫穷，贫寒。

○无妄之祸：意外的灾祸。

○太息：叹息。

○白手：空手。

○置去：指卖掉。置，弃置。

译文

米生返回家园，却发现田产已尽数失去，秀才的身份也被剥夺。他心中仍怀有希望，梦想着有朝一日能洗刷冤屈，重拾往日的身份与荣耀。于是，他收拾行装，毅然决然地踏入了郡城的大门。临近黄昏，米生走得疲惫不堪，便在路边找了个地方歇息。远远地，他望见一辆小车缓缓驶来，车旁跟随着两名身着青衣的女子。车子从他身边经过时，车中人突然下令停车，似乎在低声交谈着什么。片刻之后，一名青衣女子走到米生面前，轻声问道："您可是姓米？"米生听后，惊讶地站起身，点头应是。女子又问："您为何落得如此贫寒？"米生便将自己的遭遇一一告诉了她。女子听后，又关切地问："您打算去哪里呢？"米生也如实相告。青衣女子随即走到车旁，与车中人低语了几句，然后转身回来，请米生走到车前。车帘被轻轻撩起，一只纤细的手露了出来，米生一看，车内竟坐着一位绝世美女。她望着米生，叹息道："您不幸遭遇无妄之灾，实在令人痛心。如今的学使署，可不是空手就能随便进出的地方。我身在路途，也没什么好物可以相赠……"说着，她从发髻上摘下一朵镶嵌着明珠的珠花，递给米生，"这珠花价值百两，请您妥善保管。"米生感激地行礼致谢，正想问及女子的出身门第，不料马车已迅速启程，渐行渐远，最终消失在视线之中，他终究也没能知道她是谁。米生握着珠花，细细端详，只见珠花上镶嵌的明珠熠熠生辉，显然不是凡物。他小心翼翼地将珠花收好，继续前行。到了郡中，他前往官府投递诉状，却遭到府里官吏的层层勒索。米生取出珠花，心中万般不舍，终究还是不忍心用它去换取财物，只好黯然返回家乡。然而，家乡已无处为家，他只得寄居在哥嫂家中。幸运的是，哥哥为人贤良，不仅替他打理生计，还鼓励他不要荒废学业。虽然生活贫困，但米生并未放弃希望，他坚信总有一天，自己能够洗清冤屈，重拾往日的荣耀。

原文

过岁，赴郡应童子试，误入深山。会清明节，游人甚众。有数女骑

○应童子试：参加科举的初级考试。尚未取得县、府生员的资格称"童生"。这里指米生放弃"辨复"，欲重新考取生员资格。

来，内一女郎，即曩年车中人也。见生停骖，问其所往，生具以对。

○停骖（cān）：停马。骖，本指一车三马中的边马。

女惊曰："君衣顶尚未复耶？"生惨然于衣下出珠花，曰："不忍弃此，

○衣顶：指生员冠服。这里代指生员资格。

故犹童子也。"女郎晕红上颊。既，嘱坐待路隅，款段而去。久之，

○童子：即"童生"。明清时，未取得生员资格的读书人，不论年龄大小，都称"童生"或"儒童"。

○款段：马慢行。

一婢驰马来，以裹物授生，曰："娘子言：今日学使之门如市，赠白

○如市：如同贸易的场所，隐指学使之门贿赂公行。

金二百，为进取之资。"生辞曰："娘子惠我多矣！自分掇芹非难，重

○进取：指辨复功名。

○掇芹：科举时代称考取秀才为"掇芹"。

金所不敢受。但告以姓名，绘一小像，焚香供之，足矣。"婢不顾，

委地下而去。生由此用度颇充，然终不屑夤缘。后入邑庠第一。以

○夤（yín）缘：攀附权要。此指贿赂学使，准予辨复。

金授兄，兄善居积，三年，旧业尽复。

○居积：囤积，做买卖。

译文

一年后，米生再次踏入郡城，满怀期待地参加秀才考试。然而，他竟在途中迷失方向，误入了深山之中。正值清明时节，山中游人如织，热闹非凡。突然，一阵马蹄声由远及近，几位女子骑马而来，其中一位女郎，正是当年赠他珠花的那位佳人。她一眼便认出了米生，立刻停住马匹，关切地询问他要去往何处。米生心中苦涩，如实相告。女子听后，惊讶地问道："你的功名竟还未恢复吗？"米生心中凄凉，从衣襟中取出那朵珍藏已久的珠花，轻声道："我始终不忍心拿它去换钱，所以至今仍是个童生。"女子脸上泛起一抹红晕，轻声嘱咐米生坐在路边等候，然后便缓缓地骑马离去。过了许久，一个丫环骑马疾驰而来，手中拿着一个包裹，递给米生道："我们家娘子说，如今学使署门前人潮涌动，没有钱办不成事。这里有两百两银子，作为你恢复功名的资费。"米生连忙推辞道："你家娘子已经给予我太多的恩惠了！我自认考取功名并非难事，这笔重金我实在不敢接受。只请你告诉我你家娘子的芳名，我回家后便画一幅小画像，焚香供奉，也就心满意足了。"然而，那丫环却对他的推辞置若罔闻，将包裹扔在地上便转身离去。自此以后，米生的生活变得颇为充裕，但他始终坚守自己的原则，不屑于用金钱去购买功名。后来，他凭借自己的实力在郡学中考取第一，将所得的钱财全部交给了哥哥。哥哥善于理财，只用了三年的时间，便帮助米生恢复了家业。

原文

适闽中巡抚为生祖门人，优恤甚厚，兄弟称巨家矣。然生素清鲠，虽

○清鲠：清正梗直，不苟随俗。

属大僚通家，而未尝有所干谒。一日，有客裘马至门，都无识者。

○通家：世代交好之家。指两代以上交谊深厚，如同一家。

○干谒：有所求见。干，求取，请托。

○裘马：衣轻裘、策肥马，形容阔绰。

出视，则傅公子也。揖而入，各道间阔。治具相款，客辞以冗，然

○间（jiàn）阔：远隔。指久别之情。

○冗：不必，多余。

亦不竟言去。已而肴酒既陈，公子起而请间，相将入内，拜伏于地。

○请间：请避开他人，单独谈话。间，隙。

生惊问："何事？"怆然曰："家君适罹大祸，欲有求于抚台，非兄不可。"生辞曰："渠虽世谊，而以私干人，生平所不为也。"公子伏地哀泣。生厉色曰："小生与公子，一饮之知交耳，何遂以丧节强人！"公子大惭，起而别去。

○罹（lí）：遭遇。

○抚台：对巡抚的敬称。

○丧节：丧失品节。强人：逼人。

译文

此时，闽中巡抚恰为米生祖父的门生，对米生家给予了极为丰厚的抚恤，使得米氏兄弟一跃成为富甲一方的人家。然而，米生向来品行高洁、性格耿直，即便与大官有世交之谊，也从未主动上门寻求帮助或提出任何请求。一日，一位身着华丽服饰的客人骑马来到米家，但府中上下竟无人识得此人。米生闻讯而出，一看之下，原来是昔日的傅公子。米生连忙行礼，并请他入内，两人相见甚欢，互道寒暄。米生欲设酒宴款待傅公子，但傅公子却以事务繁忙为由推辞，但他也并未立即离去。片刻后，酒菜上桌，傅公子起身请求米生到另一间屋子商谈。两人相继进入屋内，傅公子却突然跪地叩拜，米生见状，惊讶地问道："这是何意？"傅公子面带悲色，说道："我父亲正遭遇大难，想要请求抚台大人的帮助，而这件事，非你出手不可。"米生听后，连忙推辞道："虽然我家与他家是世交，但为了私事去求人，是我平生从未做过的事情。"傅公子听后，竟趴在地上痛哭起来。米生面色一沉，说道："小生与公子不过是昔日有过一面之缘、共饮过一杯酒的朋友罢了，为何要强迫人做出丧失品节的事情啊！"傅公子听后，深感惭愧，连忙起身告辞而去。

原文

越日，方独坐，有青衣人入，视之，即山中赠金者。生方惊起，青衣曰："君忘珠花否？"生曰："唯唯，不敢忘！"曰："昨公子，即娘子胞兄也。”生闻之，窃喜，伪曰：“此难相信。若得娘子亲见一言，则油鼎可蹈耳。不然，不敢奉命。”青衣出，驰马而去。更尽复返，抑扉入曰：“娘子来矣！”言未已，女郎惨然入，向壁而哭，不作一语。生拜曰：“小生非卿，无以有今日。但有驱策，敢不惟命！”女曰：“受人求者常骄人，求人者常畏人。中夜奔波，生平何解此苦，只以畏人故耳，亦复何言！”生慰之曰：“小生所以不遽诺者，恐过此一见为难耳。使卿夙夜蒙露，吾知罪矣！”因挽其袪，隐抑搔之。女怒曰：“子诚敝人也！不念畴昔之义，而欲乘人之厄。予过矣！予过矣！”忿然而出，登车欲去。生追出谢过，长跪而要遮之。青衣亦为缓颊。女意稍解，就车中谓生曰：“实告君：妾非人，乃神女也。家君为南岳都理司，偶失礼于地官，将达帝听，非本地都人官印信，不可解也。君如不忘旧义，以黄纸一幅，为妾求之。”言已，车发遂去。

○油鼎可蹈：即赴汤蹈火，喻不计生死。蹈，赴。

○遽诺：立即应允。

○袪（qū）：袖。

○敝人：薄德之人，心术不正的人。

○乘人之厄：乘人之危。厄，危难。

○过：错。

○要遮：拦阻。

○缓颊：说情。

○帝：天帝。

○南岳：衡山。道教中南岳之神自唐之后屡次被封为南岳真君。都理司：当系南岳之神的属官。

○地官：道教所信奉的神。道教以天官、地官、水官为三官。传说天官赐福，地官赦罪，水官解厄。

○本地都人官：指该省最高长官巡抚。都，总领。印信：官印。

译文

次日，米生正独坐沉思，忽见一位青衣女子步入屋内，米生一看，原来是那日在山中赠他白银的丫环。他惊讶地站起身，丫环开口道：“您可曾忘记那朵珠花？”米生连忙答道：“哪里敢忘，时刻铭记于心！”丫环接着说：“昨日来访的公子，正是我家娘子的亲兄。”米生听后，心中暗喜，却故作疑惑地说：“此事难以置信。若能让你家娘子亲自前来，说明此事，我便是赴汤蹈火也在所不辞。否则，我实难从命。”丫环听后，转身出门，疾驰而去。直至半夜，她又匆匆返回，敲门而入，说：“我家娘子来了！”话音未落，女子便神色凄惨地走进屋内，面对着墙壁默默哭泣，一言不发。米生见状，连忙行礼道：“小生若非小姐眷顾，哪有今日。无论小姐有何吩咐，我岂敢不从？”女子哽咽着说：“求人者常怀畏惧，被人求者往往傲慢。我连夜奔波，平生何曾受过如此苦楚？而今只是因为有求于人的缘故，又有何话可说？”米生安慰道：“小生之所以未立即应允，是担心错过此次机会，日后难以再见小姐。让你连夜奔波，受尽霜露之苦，实乃我的过错。”说罢，他上前轻拉女子的袖口，暗中摩挲。女子怒道：“你真是个薄情郎！不念当日我对你的恩情，却想趁人之危。这是我的过错，我的过错啊！”说完，她愤怒地转身出门，登上车便欲离去。米生急忙追出，赔礼道歉，并挺直身子跪在地上拦住她。丫环也在一旁为他求情。女子的怒气稍稍平息，在车里对米生说：“实话告诉你吧，我并非凡人，而是神女。我的父亲是南岳都理司，因一时疏忽对土地神失了礼数，土地神将他告到了天帝那里。若没有人间地方长官的官印，便无法消解此难。你若不忘旧日情义，便用一张黄纸，替我求大人盖上官印。”说完，车子便缓缓离去。

原文

生归，悚惧不已。乃假驱祟，言于巡抚。巡抚谓其事近巫蛊，不许。生以厚金赂其心腹，诺之，而未得其便也。既归，青衣候门，生具告之，默然遂去，意似怨其不忠。生追送之曰：“归语娘子：如事不谐，我以身命殉之！”既归，终夜辗转，不知计之所出。适院署有宠姬购珠，乃以珠花献之。姬大悦，窃印为之嵌之。怀归，

○院署：指巡抚衙门。院，抚院。巡抚例兼都察院右副都御史衔，故称“抚院”。

○嵌：盖印。

青衣适至。笑曰：“幸不辱命。然数年来贫贱乞食所不忍鬻者，今还为主人弃之矣！”因告以情，且曰：“黄金抛置，我都不惜。寄

语娘子：珠花须要偿也！

译文

米生回到家中后，心中充满了无法完成承诺的恐惧。为了解决这个问题，他决定采取一种策略，假装是在驱邪避凶，向巡抚请求在一张黄纸上盖上官印。然而，巡抚却认为这种做法近似于巫师的邪术，坚决不肯答应。米生见直接请求无望，便转而尝试用重金贿赂巡抚的心腹。心腹虽然答应了，但却一直找不到合适的时机。当米生回到家中，发现那丫环已经在门口等候多时。他无奈地向丫环说明了实际情况，丫环听后，一句话也没说便转身离去，脸上流露出明显的怨恨，似乎对米生的不诚感到失望。米生连忙追上去送她，并郑重地说道：“请你回家告诉你家娘子，如果这件事办不成，我会以死来报答她的恩情！”说完，米生目送丫环远去，心中却仍然焦虑不安。回到家中，米生整夜辗转反侧，无法入眠，却始终想不出更好的解决办法。就在这时，他得知巡抚宠爱的小妾正在购买珠宝，便决定将那朵珍贵的珠花献给她。小妾见到珠花后，大为高兴，为了表示感激，她竟然偷偷拿出官印，替米生在黄纸上盖上了印。米生将这张盖了印的黄纸小心翼翼地揣在怀里，带回了家中。此时，那丫环也恰好到了。米生笑着对她说：“幸不辱命，但我几年来甘愿忍受贫贱、乞讨食物，也不忍心卖掉的宝贝，今天为了它的主人，终究还是失去了！”说完，他将事情的经过告诉了丫环，并接着说道：“扔掉黄金，我一点儿也不觉得可惜。不过，请你转告你家娘子，那朵珠花，我可是要她偿还的！”

原文

逾数日，傅公子登堂申谢，纳黄金百两。生作色曰：“所以然者，为令妹之惠我无私耳。不然，即万金岂足以易名节哉！”再强之，声色益厉。公子惭而去，曰：“此事殊未了！”翼日，青衣奉女郎命，进明珠百颗，曰：“此足以偿珠花否耶？”生曰：“重花者，非贵珠也。

设当日赠我万镒之宝，直须卖作富家翁耳，什袭而甘贫贱，何为乎？

○万镒（yì）之宝：价值万金的宝物。镒，古时一镒为一金，一金为二十四两。
○什袭：层层包裹。指珍藏。

娘子神人，小生何敢他望，幸得报洪恩于万一，死无憾矣！”青衣置珠案间，生朝拜而后却之。越数日，公子又至，生命治肴酒。公子使从人入厨下，自行烹调，相对纵饮，欢若一家。有客馈苦糯，公子饮而美之，引尽百盏，面颊微赪，乃谓生曰：“君贞介士，愚兄弟不能早知君，有愧裙钗多矣。家君感大德，无以相报，欲以妹子附为婚姻，恐以幽明见嫌也。”生喜惧非常，不知所对。公子辞而出，曰：“明夜七月初九，新月钩辰，天孙有少女下嫁，吉期也，可备青庐。”

○苦糯：一种米酒。
○赪（chēng）：赤色。
○贞介士：坚贞耿介的读书人。
○裙钗：代指女子。此处谓神女。
○幽明：幽为阴，明为阳。指人神隔绝不同类。
○天孙：星名，即织女星。
○青庐：古时婚俗，以青布幔为屋，于此交拜迎妇，称“青庐”。

译文

数日之后，傅公子亲临米府，专程致谢，并赠上黄金百两以表心意。米生见状，面色一沉，正色道：“我之所以愿意相助，全因你妹妹曾无私地对我施以援手。若非如此，纵使黄金万两，也休想让我动摇名节。”傅公子再三恳请米生收下黄金，但米生的语气愈发严厉，拒不接受。傅公子深感惭愧地离去，临行前留下一句：“此事尚未了结！”次日，丫环奉女子之命，携一百颗明珠前来，询问米生：“这些明珠足以偿还那朵珠花了吧？”米生摇了摇头，叹道：“我珍视的是那颗珠花所承载的情谊，而非明珠本身。倘若当日你赠我价值连城的宝物，我或许早已将其变卖，成为富翁。但我宁愿珍藏珠花，甘守贫贱，这是为了什么？娘子乃是神人，我岂敢有非分之想？只望能报答大恩之万一，便死而无憾了！”丫环将明珠放在桌子上，米生对明珠拜了拜，又将其交还给丫环。又过了几天，傅公子再次来访，米生便命人备下酒宴。傅公子则吩咐随从自行到厨房烹调佳肴，两人对坐畅饮，欢乐融融，宛如一家。席间，有客人赠予米生的苦糯酒，傅公子品尝后觉得甘美异常，竟一口气喝了上百杯，脸上泛起微微红晕。他望着米生，感慨道：“您真是位忠贞正直的君子，我们兄弟未能早日结识您，比起我妹妹我差远了。家父对您的大恩大德感激不尽，无以为报，便想将我妹妹许配给您。只恐您因人神殊途而有所顾忌。”米生听后，心中既喜又惊，一时不知如何作答。傅公子见状，便起身告辞，临行前说道：“明日晚上乃是七月初九，新月初升之时，正是织女小女儿下嫁凡人的良辰。您可准备好迎娶新娘的洞房，以待佳音。”

原文

次夕，果送女郎至，一切无异常人。三日后，女自兄嫂以及婢仆，大小皆有馈赏。又最贤，事嫂如姑。数年不育，劝纳副室，生不肯。适兄贾于江淮，为买少姬而归。姬，顾姓，小字博士，貌亦清婉，夫妇皆喜。见髻上插珠花，甚似当年故物，摘视，果然。异而诘之，答云：“昔有巡抚爱妾死，其婢盗出鬻于市，先人廉其直，买而归，妾爱之。先人无子，生妾一人，故所求无不得。后父死家落，妾寄养于顾媪之家。顾，妾姨行，见珠，屡欲售去，妾投井觅死，故至今犹存也。”夫妇叹曰：“十年之物，复归故主，岂非数哉！”女另出珠花一朵，曰：“此物久无偶矣！”因并赐之，亲为簪于髻上。姬退，问女郎家世甚悉，家人皆讳言之。阴语生曰：“妾视娘子，非人间人也，其眉目间有神气。昨簪花时，得近视，其美丽出于肌里，非若凡人以黑白位置中见长耳。”生笑之。姬曰：“君勿言，妾将试

○鬻（yù）：卖。

○偶：双。

之，如其神，但有所须，无人处焚香以求，彼当自知。”女郎绣袜精工，博士爱之，而未敢言，乃即闺中焚香祝之。女早起，忽检箧中，出袜，遣婢赠博士。生见之而笑，女问故，以实告。女曰：“黠哉婢乎！”因其慧，益怜爱之，然博士益恭，昧爽时，必熏沐以朝。

○昧爽：天未亮。

○熏沐：薰香沐浴，消除污秽，表示虔敬。

译文

次日夜晚，傅小姐果真被送来了，她与常人无异，举止言谈皆显自然。过了三日，无论是兄嫂还是仆人，傅小姐都一一给予了慷慨的馈赠。她尤为贤惠，对待嫂子如同侍奉婆婆一般恭敬。数年过去，傅小姐未能生育，便劝米生纳妾以续香火，但米生坚决拒绝。恰逢米生的兄长前往江淮经商，为他带回一名年轻女子。此女姓顾，小名博士，相貌清雅秀丽，深得米生夫妇的喜爱。一日，米生夫妇注意到博士发髻上插着一朵珠花，与当年那朵极为相似。摘下细看，发现竟是原物。米生夫妇大感惊奇，询问博士缘由。博士答道：“昔日，有位巡抚的爱妾去世，她的丫环偷出珠花，在集市上售卖。先父见价格低廉，便将其买下。我对此花甚是喜爱。先父无子，仅生我一女，因此凡我所求，无有不得。后来，家父去世，家境衰败，我便被寄养在顾妈妈家。顾妈妈是我的远房姨娘，她见到珠花后，屡次想将其卖出。我宁死也不愿卖掉此花，因此得以保存至今。”米生夫妇听后，感叹道：“十年前的旧物，今日竟能重归旧主，这难道不是天意吗？”傅小姐也拿出一朵珠花，说道：“这朵花很久不曾成双了！”说完，她将两朵珠花一并赠给博士，并亲自为她簪在发髻上。博士离开房间后，好奇地打听傅小姐的家世，但家人们皆避而不谈。博士私下对米生说：“我看大娘子绝非凡人，她的眉宇间透露出一股神气。昨日她为我簪花时，我近距离观察，发现她的美丽源自肌肤之内，而非一般人的表面之美。”米生听后，只是笑而不语。博士又说：“您别告诉她，我要去试试。如果她真是神女，只要您有所需求，在无人之处焚香向她祈求，她一定会知道的。”原来，博士对傅小姐绣的袜子极为喜爱，但不敢明言，于是在自己屋内焚香祈祷。次日清晨，傅小姐忽然翻找竹箱，找出袜子，派丫环送给博士。米生见状，不禁笑出声来。傅小姐询问原因，米生便将实情告诉了她。傅小姐笑道：“这丫头真是机灵啊！”因为博士聪慧过人，傅小姐更加喜爱她，而博士对她也更加恭敬。每日晨起天未亮时，博士必定沐浴更衣后，去向傅小姐行礼问候。

原文

后博士一举两男，两人分字之。生年八十，女貌犹如处子。生抱病，

○一举：一次行动。这里指分娩。 ○字：养育。

女鸠匠为材，令宽大倍于寻常。既死，女不哭，男女他适，则女已

○鸠匠：召集工匠。鸠，集。材：棺材。

入材中死矣。因并葬之，至今传为“大材冢”云。

译文

后来，博士诞下了一对双胞胎男婴，这两个孩子分别由傅小姐与博士抚养。岁月流转，当米生年届八旬之时，傅小姐的容颜依旧如青春少女般姣好。不幸的是，米生身患重病，傅小姐便开始着手准备后事。她召来工匠，吩咐他们制作一口比寻常棺材大出一倍的棺木。米生离世后，傅小姐并未在人前落泪，而是待到众人散去，她毅然决然地跃入棺材之中，随米生而去。人们被这份深情厚意所感动，便将他们合葬在一处。时至今日，仍有人传颂着那座“大棺材坟”的故事，它成了永恒爱情的见证。

原文

异史氏曰：女则神矣，博士而能知之，是遵何术欤？乃知人之慧固有灵于神者矣！

译文

异史氏有言：傅小姐确为神女无疑，然而博士竟能洞悉其身份，所依凭的又是何种方法呢？此事足以证明，世间凡人的智慧，亦有超越神仙、更显灵异之处啊！

【湘裙】

原文

晏仲，陕西延安人，与兄伯同居，友爱敦笃。伯三十而卒，无嗣，

○延安：清代府名。治所即今陕西延安。 ○敦笃：淳厚，诚挚。

妻亦继亡。仲痛悼之，每思生二子，则以一子为兄后。甫举一男，

而仲妻又死。仲恐继室不恤其子，将购一妾。邻村有货婢者，仲

往相之，略不称意，情绪无聊，被友人留酌，醺醉而归。途中遇

○略：颇，很。

故窗友梁生，握手殷殷，邀过其家。醉中忘其已死，从之而去。

○窗友：同窗学友，同学。 ○殷殷：殷切、诚恳的样子。

入其门，并非旧第，疑而问之。答云："新移此耳。"入而谋酒，

则家酿已竭，嘱仲坐待，挈瓶往沽。

○家酿：自家酿制的酒。 ○沽：买。多指买酒。

译文

晏仲，陕西延安人士，与兄长晏伯同住，兄弟间情深意厚，相处融洽。不幸的是，晏伯在三十岁那年便撒手人寰，未能留下子嗣，其妻随后也离世了。晏仲对兄嫂的离世深感悲痛，心中常怀思念，并时常想，若能诞下两子，定将其中一子视为兄长之后，以续其血脉。然而，命运弄人，他刚得一子，其妻却也离世。晏仲忧虑继室难以妥善照料此子，便有了再纳一妾的念头。某日，邻村有人售卖使女，晏仲闻讯前往相看，但并未能如愿找到满意的人选，心中不免有些失落。恰巧此时，他被一位朋友留住，一同饮酒，直至醉意朦胧方才归家。在归途中，他偶遇了昔日的同窗好友梁生。两人相见甚欢，热情握手，梁生便邀请晏仲到家中做客。晏仲因酒醉未醒，竟忘却了梁生已然离世的事实，便随他一同前往。及至梁生家门口，晏仲才察觉此处并非梁生旧居，心中不免生疑，便开口询问。梁生回答说："这是新搬的家。"进入屋内后，梁生欲寻酒共饮，却发现家中自酿的酒已经喝光。于是，他嘱咐晏仲稍坐片刻，自己则拿着酒瓶前去打酒。

原文

仲出立门外以俟之，见一妇人控驴而过，有童子随之，年可八九岁，

○可：估摸，大概。

面目神色，绝类其兄。心恻然动，急委缀之。便问童子何姓，答言：

○委缀：尾随。

“姓晏。”仲益惊，又问：“汝父何名？”答言：“不知。”言次，已至其门，妇人下驴入。仲执童子曰：“汝父在家否？”童诺而入。顷之，一媪出窥，真其嫂也。讶叔何来。仲大悲，随之而入，见庐落亦复整顿。因问：“兄何在？”曰：“责负未归。”问：“跨驴何人？”曰：

○整顿：整齐利落。

○责负：索债。责，索取。负，欠债。

“此汝兄妾甘氏，生两男矣。长阿大，赴市未返，汝所见者阿小。”坐久，酒渐解，始悟所见皆鬼。以兄弟情切，即亦不惧。嫂温酒治具，仲急欲见兄，促阿小觅之。良久，哭而归曰：“李家负欠不还，反与父闹。”仲闻之，与阿小奔而去。见有两人方捽兄地上，仲怒，

○捽（zuó）：揪，扯。

奋拳直入，当者尽踣。急救兄起，敌已俱奔。追捉一人，捶楚无算，

○当：阻挡，抵挡。踣（bó）：倒地。

始起。执兄手，顿足哀泣，兄亦泣。既归，举家慰问，乃具酒食，兄弟相庆。

译文

晏仲走出门外，静立等候，忽见一妇人骑驴缓缓行来，身后紧跟着一个八九岁的孩童，那孩童的面容神情竟与他逝去的兄长惊人地相似。晏仲心头一震，急忙尾随其

后。他询问孩童的姓氏，孩童答道："我姓晏。"晏仲听后更为惊奇，又追问："你父亲叫什么名字？"孩童却摇头表示不知。言谈间，他们已来到孩童家的门前，妇人下驴入门。晏仲紧拉着孩童的手，急切地问道："你父亲可在家中？"孩童应声便领他进屋。不多时，另一位妇人出门探视，晏仲一看，竟是他昔日的嫂子。嫂子也惊讶不已，忙问叔叔怎会来此。晏仲心中悲痛涌上，随嫂子进屋，只见院落整洁有序。他忙问："哥哥现在何处？"嫂子答道："他外出收债，尚未归来。"晏仲又问："那骑驴的妇人是谁？"嫂子解释道："那是你哥哥的妾室甘氏，已为他生下两个男孩。大的叫阿大，此刻去集市未归，你见到的这个是阿小。"晏仲坐定，酒意渐消，才恍然大悟，原来自己所见皆是鬼魂。但念及兄弟情深，他心中并无惧意。嫂子温热了酒，摆好餐具，晏仲心系兄长，催促阿小前去寻找。过了许久，阿小哭着跑回来，说："李家欠债不还，反与父亲起了争执。"晏仲听后，立即与阿小一同奔去。正见两人将哥哥推倒在地，晏仲怒火中烧，挥拳直上，阻拦者皆被他打倒在地。他急忙扶起哥哥，那些恶人已逃之夭夭。晏仲追上去捉住一个，痛打一顿方才罢休。他紧紧握住哥哥的手，跺脚痛哭，哥哥也泪流满面。他们一同回家，全家人纷纷上前慰问，随即备好酒食，兄弟二人对饮相庆。

原文

居无何，一少年入，年约十六七。伯呼阿大，令拜叔。仲挽之，哭向兄曰："大哥地下有两男子，而坟墓不扫，弟又子少而鳏，奈何？"伯亦凄恻。嫂谓伯曰："遣阿小从叔去，亦得。"阿小闻之，依叔肘下，眷恋不去。仲抚之，倍益酸辛，问："汝乐从否？"答云："乐从。"仲念鬼虽非人，慰情亦胜无也，因为解颜。伯曰："从去，但勿娇惯，宜啖以血肉，驱向日中曝之，午过乃已。六七岁儿，历春及夏，骨肉更生，可以娶妻育子，但恐不寿耳。"言间，门外有少女

○鳏（guān）：无妻或丧妻的男人。

○解颜：开颜，欣慰。

○曝：晒。

○不寿：不能长寿。

窥听，意致温婉。仲疑为兄女，便以问兄，兄曰：“此名湘裙，吾妾妹也。孤而无归，寄养十年矣。”问：“已字否？”伯云：“尚未。近有媒议东村田家。”女在窗外小语曰：“我不嫁田家牧牛子。”仲颇有动于中，而未便明言。既而伯起，设榻于斋，止弟宿。

○无归：没有出嫁。归，古代称女子出嫁。

○字：订婚，许配。

○中：同“衷”，心。

译文

不多时，一名十六七岁的少年步入屋内，晏伯唤他阿大，命其向叔叔行礼。晏仲连忙扶起阿大，含泪对兄长说道：“兄长在地府有二子相伴，而人间之坟茔却无人祭扫；愚弟仅有一子，且又孑然一身，这可如何是好？”晏伯听后，亦感心中凄凉。嫂子见状，便对晏伯提议道：“不如让阿小随叔叔去吧，这或许能解燃眉之急。”阿小听后，便依偎在叔叔身旁，流露出依依不舍之情。晏仲抚摸着阿小，心中愈发酸楚，便问道：“你愿意随叔叔去吗？”阿小点头答道：“我愿意。”晏仲心想，虽阿小为鬼非人，但毕竟是兄长之子，念及此，心中便豁然开朗。晏伯说道：“阿小可随你去，只是千万不可溺爱，需喂食血肉之物，并让他在正午时分暴晒于日光之下，直至午后方可停歇。他现今六七岁，历经春夏，骨肉得以重生，日后亦可娶妻生子，只恐寿命不长。”正说话间，门外有一少女在窃听，她看上去文静温婉。晏仲疑心她是兄长的女儿，便向兄长询问。兄长答道：“此女名唤湘裙，是我妾室的妹妹。她父母皆无，又未出嫁，已在此寄居十年了。”晏仲又问：“她可曾许配人家？”兄长答道：“尚未。近日正与媒人商议，欲将她嫁给东村的田家。”那少女在窗外低声言道：“我才不愿嫁给田家的放牛娃呢。”晏仲听后，心中颇为所动，但碍于情面，并未明言。片刻之后，晏伯起身，在书房中铺设好床铺，留弟弟过夜。

原文

仲雅不欲留，而意恋湘裙，将设法以窥兄意，遂别兄就榻。时方初春，气候犹寒，斋中夙无烟火，森然起粟。对烛冷坐，思得小饮。

○雅：很。

俄而阿小推扉入，以杯羹斗酒置案上。仲喜极，问谁之为，答云：“湘姨。”酒将尽，又以灰覆盆火，掷床下。仲问：“爷娘寝乎？”曰：“睡已久矣。”“汝寝何所？”曰：“与湘姨共榻耳。”阿小俟叔眠，乃掩门去。仲念湘裙惠而解意，益爱慕之，又以其能抚阿小，欲得之心益坚。辗转床头，终夜不寝。早起，告兄曰：“弟孑然无偶，烦大哥留意也。”伯曰：“吾家非一瓢一担者，物色当自有人。地下即有佳丽，恐于弟无所利益。”仲曰：“古人亦有鬼妻，何害？”伯似会意，便言：“湘裙亦佳。但以巨针刺人迎，血出不止者，乃可为生人妻，何得草草？”仲曰：“得湘裙抚阿小，亦得。”伯但摇首，仲求之不已。嫂曰：“试捉湘裙强刺验之，不可乃已。”遂握针出。门外遇湘裙，急捉其腕，则血痕犹湿，盖闻伯言时，早自试之矣。嫂释手而笑，反告伯曰：“渠作有意乔才久矣，尚为之代虑耶？”妾闻之怒，趋近湘裙，以指刺眶而骂曰：“淫婢不羞！欲从阿叔奔去耶？我定不如其愿！”湘裙愧愤，哭欲觅死，举家腾沸。仲乃大惭，别兄嫂，率阿小而出。兄曰：“弟姑去，阿小勿使复来，恐损其生气也。”仲诺之。

○惠：通“慧”，聪明。

○孑（jié）然：孤独的样子。

○非一瓢一担者：不是贫寒人家。一瓢一担，喻家当一担可装，食具唯有一瓢。

○物色：按照一定标准寻访。

○人迎：中医切脉部位。在左手寸部。

○草草：草率，不负责任。

○乔才：坏坯子，装样子。戏谑语。

○奔：私奔。

译文

晏仲本无意留下，但心中对湘裙充满眷恋，遂决定试探兄长的态度，于是向兄长告辞后上床就寝。此时正值初春，天气尚寒，书斋内从未生火，晏仲感到阴森冷冽，身上不禁泛起了鸡皮疙瘩。他正孤寂地坐在烛火旁，心想若能饮些酒便好了。不久，阿小推门而入，将杯羹斗酒置于桌上。晏仲大喜过望，询问是谁准备的，阿小答道："是湘姨。"酒至半酣，阿小又将炭灰覆盖于火盆之上，置于床底取暖。晏仲关切地问："你父母可曾安睡？"阿小回答："他们已沉睡多时。""那你睡在哪里呢？"阿小答道："我与湘姨同榻而眠。"待晏仲上床后，阿小方关门离去。晏仲心中暗自思量，湘裙不仅贤淑，而且善解人意，更添几分爱慕；又念及她能悉心照料阿小，娶她的念头愈发坚定。他在床上辗转反侧，一夜无眠。次日清晨，晏仲向兄长坦言："小弟孑然一身，尚无配偶，恳请兄长为我留意。"晏伯答道："我家并非贫寒之家，若想寻觅佳偶，自能寻得。即便地下有美貌女子，但恐对弟弟不利。"晏仲言道："古人亦有鬼妻，何妨一试？"晏伯似乎洞悉了弟弟的心思，便说："湘裙确是好姑娘，但若想让她成为活人的妻子，需用大针刺其人迎穴，若出血不止方可。此事岂能草率？"晏仲又说："若能娶湘裙以照顾阿小，亦是美事一桩。"晏伯只是摇头不允，晏仲则再三恳求。嫂子见状，便说："不妨将湘裙捉来，强行试针，若不成他便断了这念头。"说完，她持针出门，恰遇湘裙，急忙捉住她的手腕。只见湘裙手上的血痕犹在，原来她早已听闻晏伯之言，自行试针。嫂子松开湘裙的手，笑着回来告诉晏伯："原来这鬼灵精怪的丫头早已有此心意，我们还替她担心什么？"晏伯的妾室甘氏闻讯后大怒，赶到湘裙面前，指着她的眼眶骂道："不要脸的丫头，真是不知羞耻！莫非想与阿叔私奔？我绝不会让你如愿！"湘裙听后，又羞又愤，哭着要寻短见，家中顿时一片哗然。晏仲也感到十分尴尬，便向兄嫂告辞，带着阿小离门而去。兄长叮嘱道："弟弟，你先回家去，莫让阿小再回来，以免伤了他的元气。"晏仲点头应允。

原文

既归，伪增其年，托言兄卖婢之遗腹子。众以其貌酷类，亦信为伯遗体。仲教之读，辄遣抱一卷就日中诵之。初以为苦，久而渐安。

○遗腹子：指怀孕妇人于丈夫死后所生的孩子。

○遗体：后代。

六月中，几案灼人，而儿戏且读，殊无少怨。儿甚惠，日尽半卷，夜与叔抵足，恒背诵之。仲甚慰。又以不忘湘裙，故不复作“燕楼”想矣。

○不复作“燕楼”想：不再有蓄妓娶妾的打算。

译文

晏仲返回家中，将阿小的年岁略作增添，谎称他是兄长昔日卖掉的丫环所遗下的腹中子。邻里们见阿小面容与晏伯酷似，便都信以为真，认为他确是晏伯的遗腹子。晏仲开始教阿小读书，让他手持一卷书在烈日下诵读。起初，阿小感到颇为吃力，但随着时间的推移，他渐渐习惯了这种学习方式。到了六月酷暑时节，桌子热得几乎烫手，而阿小却能在玩耍与读书之间自如切换，毫无怨言。阿小天资聪颖，白天能读完半卷书，到了夜晚，他便与叔叔同榻而眠，常常能背诵出白天所学的内容。晏仲见此情景，心中倍感欣慰。由于心中始终无法忘怀湘裙，他也绝了再娶妾室的念头。

原文

一日，双媒来为阿小议婚，中馈无人，心甚躁急。忽甘嫂自外入曰：“阿叔勿怪，吾送湘裙至矣。缘婢子不识羞，我故挫辱之。叔如此表表，而不相从，更欲从何人者？”见湘裙立其后，心甚欢悦。肃嫂坐，具述有客在堂，乃趋出。少间复入，则甘氏已去。湘裙卸妆入厨下，刀砧盈耳矣。俄而肴胾罗列，烹饪得宜。客去，仲入，见湘裙凝妆坐室中，遂与交拜成礼。至晚，女仍欲与阿小共宿。仲曰：“我欲以阳气温之，不可离也。”因置女别室，惟晚间杯酒一往

○中馈无人：谓无妻子。

○表表：出众，品德卓异。

○肃：敬，敬请。

○刀砧盈耳：充满切菜剁肉的声音。砧，案板。盈，满。

○肴胾（zì）：饭菜。肴，熟的肉食。胾，大块的肉。

欢会而已。湘裙抚前子如己出，仲益贤之。

译文

一日，两名媒人上门为阿小议亲，而晏仲家中却无女子主持内务，这让他心中颇为焦虑。突然，他的嫂嫂甘氏从外而入，说道："阿叔切莫怪我，我已将湘裙送来。当初因这丫头不知天高地厚，我才故意羞辱于她。阿叔风度翩翩，她若不嫁你，还想嫁与何人？"晏仲见湘裙立于嫂嫂身后，心中大喜。他连忙请嫂嫂上座，并告知堂上还有客人，随即匆匆离去。待他片刻后再度返回，嫂嫂甘氏已离去。此时，湘裙已卸下妆容，进入厨房忙碌，只闻刀板声此起彼伏。不久，桌上便摆满了佳肴，烹饪技艺甚是了得。客人离去后，晏仲回到屋内，见湘裙又已梳妆打扮，端坐在那里。于是，两人便行交拜之礼，结为夫妻。到了夜晚，湘裙仍欲与阿小同眠，晏仲却道："我欲以阳气温暖他，他尚不能离我。"说罢，便安排湘裙住在另一间屋内，只是晚餐时与她共饮欢聚。湘裙对晏仲前妻所生的孩子视如己出，悉心抚育，晏仲愈发觉得她贤良淑德。

原文

一夕，夫妻款洽，仲戏问："阴世有佳人否？"女思良久，答言："未见。惟邻女葳灵仙，群以为美，顾貌亦犹人，要善修饰耳。与妾往还最久，心中窃鄙其荡也。如欲见之，顷刻可致。但此等人，未可招惹。"仲急欲一见。女把笔似欲作书，既而掷管曰："不可，不可！"强之再四，乃曰："勿为所惑。"仲诺之。遂裂纸作数画若符，于门外焚之。少时，帘动钩鸣，吃吃作笑声。女起曳入，高髻云翘，殆类画图。扶坐床头，酌酒相叙间阔。初见仲，犹以红袖掩口，不

○要：主要，要点。

○犹人：平常人。

○阔：离别。

甚纵谈，数盏后，嬉狎无忌，渐伸一足压仲衣。仲心迷乱，不知魂之所舍。目前惟碍湘裙，湘裙又故防之，顷刻不离于侧。葳灵仙忽起，搴帘而出，湘裙从之，仲亦从之。葳灵仙握仲，趋入他室。湘裙甚恨，而无可如何，愤然归室，听其所为而已。既而仲入，湘裙责之曰："不听我言，后恐却之不得耳。"仲疑其妒，不乐而散。次夕，葳灵仙不召自来。湘裙甚厌见之，傲不为礼，仙竟与仲相将而去。如此数夕。女望其来，则诟辱之，而亦不能却也。月余，仲病不起，始大悔，唤湘裙与共寝处，冀可避之。昼夜防稍懈，则人鬼已在阳台。湘裙操杖逐之，鬼忿与争，湘裙荏弱，手足皆为所伤。仲浸以沉困。湘裙泣曰："吾何以见吾姊矣！"又数日，仲冥然遂死。

○阳台：原指男女合欢之处。 ○荏弱：柔弱。

○浸：渐渐。沉困：指沉重、病重。

译文

一晚，晏仲与湘裙亲密之时，他半开玩笑地问道："阴间可有美人？"湘裙沉思片刻，回答道："我未曾见过。只知道邻家女葳灵仙，众人皆赞其美貌，观其容颜与常人无异，主要是擅长妆扮罢了。她与我交往甚密，但我内心对她的放荡之行颇为不屑。你若想见她，即刻便可召来。然而，此人最好勿要招惹。"晏仲却急着想见葳灵仙一面。湘裙提笔欲书，却又执笔叹道："不可，不可！"晏仲再三恳求，湘裙只得无奈地说："你可千万别被她所迷惑。"晏仲满口答应。于是，湘裙撕纸作画，仿若符咒，出门焚之。不久，门帘轻动，传来一阵嬉笑声。湘裙起身，引入一人，只见她发髻高挽，宛如画中仙子。湘裙扶她坐于床头，共饮酒，话旧情。初时，葳灵仙见晏仲，以红袖掩口，言辞不多；酒过三巡，便肆无忌惮地嬉笑，渐而伸脚轻踩晏仲衣襟。晏仲心猿意马，魂飞天外，只因湘裙在旁，且有意提防，故未敢轻举妄动。葳灵仙忽起身，掀帘而出，湘裙紧随，晏仲亦步其后。葳灵仙一把握住晏仲之手，疾步奔入另一屋。湘裙虽怒，却无可奈何，只得愤然回屋，任其二人胡来。片刻后，晏仲归来，湘裙责备道：“你不听我劝，只恐日后难以摆脱她。”晏仲疑湘裙嫉妒，二人不欢而散。次日夜，葳灵仙不请自来。湘裙厌恶之极，待之无礼，葳灵仙竟与晏仲同去。如此数夜，湘裙一见葳灵仙便辱骂她，却仍不能阻其来。一个月后，晏仲一病不起，方深悔之，召湘裙同住，希望能避开葳灵仙。然昼夜提防，稍一松懈，葳灵仙又与晏仲……湘裙持棍驱赶葳灵仙，她却愤然反击，湘裙体弱，手脚皆伤。晏仲病势日重，湘裙泣道：“我何颜见姐姐啊！”又数日，晏仲昏昏沉沉，终至离世。

原文

初见二隶执牒入，不觉从去。至途患无资斧，邀隶便道过兄所。兄见之，惊骇失色，问：“弟近何作？”仲曰：“无他，但有鬼病耳。”实告之。兄曰：“是矣。”乃出白金一裹，谓隶曰：“姑笑纳之。吾弟罪不应死，请释归，我使豚子从去，或无不谐。”便唤阿大陪隶饮，反身入家，遍告以故，乃令甘氏隔壁唤葳灵仙。俄至，见仲欲遁。伯揪返骂曰：“淫婢！生为荡妇，死为贱鬼，不齿群众久矣，又祟吾弟耶！”立批之，云鬓蓬飞，妖容顿减。久之，一妪来，伏地哀恳。伯又责妪纵女宣淫，诃詈移时，始令与女俱去。伯乃送仲出，飘忽间已抵家门，直抵卧室，豁然若寤，始知适间之已死也。伯责湘裙曰：“我与若姊，谓汝贤能，故使从吾弟，反欲促吾弟死耶！设

○牒（dié）：公文。

○资斧：盘缠，路费。

○豚子：谦称自己的儿子。

○不齿群众：被众人瞧不起。表示极端鄙视。

○祟：害人，兴妖作怪。

○诃詈（lì）：厉声责骂。

非名分之嫌，便当挞楚！”湘裙惭惧啜泣，望伯伏谢。伯顾阿小喜

○名分之嫌：依封建礼教，大伯不得过问弟媳之事。名分，名义地位所应守之本分。

曰：“儿居然生人矣！”湘裙欲出作黍，伯辞曰：“弟事未办，我不

遑暇。”阿小年十三，渐知恋父，见父出，零涕从之。父曰：“从叔

○遑暇：闲暇，工夫。

最乐，我行复来耳。”转身遂逝，自此不复通闻问矣。

译文

起初，两名差役手持文书步入，晏仲不知不觉间便随他们离去。行至半途，晏仲忽忧路费无着，遂邀差役顺道访其兄长。兄长一见晏仲，面色骤变，惊问：“弟近日有何作为？”晏仲答道：“别无他事，唯染鬼疾耳。”随即将实情和盘托出。晏伯听后，沉吟道：“原来如此。”随即取出一包白银，递予差役，言道：“请笑纳。舍弟罪不至死，恳请放他回去，我遣犬子随行，必无不妥。”说完，唤来阿大陪差役饮酒，自己则转身入内室，向家人说明情况，随后遣甘氏至邻家唤来葳灵仙。不久，葳灵仙至，一见晏仲便欲逃遁。晏伯眼疾手快，一把将她揪回，怒斥道：“淫贱之女！生时为荡妇，死后为贱鬼，久已为人所不齿，竟又敢来祸害我弟弟！”说完，便对她施以拳脚，打得葳灵仙披头散发，面目全非。过了许久，一位老妇匆匆赶来，伏地苦求。晏伯又怒斥老妇放纵女儿淫荡，痛骂一番后，才允其带女儿离去。随后，晏伯送晏仲出门。恍惚间，二人已至家门，直入卧室。晏仲猛然惊醒，方知自己方才已死。晏伯责备湘裙道：“我与你姐姐，以为你贤惠能干，方让你嫁于我弟弟。未料你竟欲催我弟弟早死！若非有名分之嫌，真应打你一顿！”湘裙又羞又怕，低声哭泣，向晏伯下跪谢罪。晏伯转身见阿小，欣喜道：“我儿竟已成活人！”湘裙欲去做饭，晏伯婉拒道：“弟之事尚未办妥，我无暇多留。”阿小已十三岁，渐知留恋父亲。见父亲出门，含泪相随。晏伯道：“随叔叔最开心，我以后还会再来。”说完，转身即逝，自此再无音讯往来。

原文

后阿小娶妇，生一子，亦年三十而卒。仲抚其孤，如侄生时。仲

年八十，其子二十余矣，乃析之。湘裙无所出，一日，谓仲曰：

○析：分家产，分家。

“我先驱狐狸于地下可乎？”盛妆上床而殁。仲亦不哀，半年亦殁。

○先驱狐狸于地下：先死的委婉说法。狐狸居荒坟之中，为其驱狐清圹，即先进入坟墓。

○殁（mò）：死。

译文

后来，阿小娶妻生子，然而他仅至三十岁便离世了。晏仲承担起了抚养阿小遗孤的重任，就像对待阿小一样充满关爱。岁月流转，晏仲年届八十，阿小的儿子也已二十多岁，晏仲于是决定分家，让孙子独立生活。湘裙始终未能生育，一日，她对晏仲轻声道：“让我先至地下，为你驱散那些恼人的狐狸，可好？”说完，她换上华服，躺于床上，安然离世。晏仲对于湘裙的离去并未表现出悲伤，半年后，他也随湘裙而去，离开了这个世界。

原文

异史氏曰：天下之友爱如仲，几人哉！宜其不死而益之以年也。

阳绝阴嗣，此皆不忍死兄之诚心所格，在人无此理，在天宁有此

○阳绝阴嗣：人世间绝后而在阴间生子。绝，绝嗣。嗣，后代，子息。

○格：感通。

数乎？地下生子，愿承前业者，想亦不少，恐承绝产之贤兄贤弟，

○绝产：绝嗣之人的产业。按，封建宗法制度，无子绝嗣者，当由兄弟之子承继其产业。

不肯收恤耳！

○收恤：收留顾恤。

译文

异史氏言道：世间能如晏仲般对兄长深怀手足之情者，实乃寥寥可数！无怪乎他本不应死，反而得以延寿。在人世未能留下子嗣，却在阴间得以延续血脉，此皆因其敬爱兄长之诚心，感天动地所致。人间难觅此理，难道天上便有此定数吗？至于那些在阴间降生的儿子，愿意承继先辈家业者，想来亦不乏人。只恐那些继承了无后之人产业的好兄弟，未必肯收养并抚育这些孤儿罢了！

【三生】

原文

湖南某，能记前生三世。一世为令尹，闱场入帘。有名士兴于唐被黜落，愤懑而卒。至阴司执卷讼之。此状一投，其同病死者以千万计，推兴为首，聚散成群。某被摄去，相与对质。阎罗便问：“某既衡文，何得黜佳士而进凡庸？”某辨言：“上有总裁，某不过奉行之耳。”阎罗即发一签，往拘主司。久之，勾至。阎罗即述某言，主司曰：“某不过总其大成，虽有佳章，而房官不荐，吾何由而见之也？”阎罗曰：“此不得相诿，其失职均也，例合笞。”方将施刑，兴不满志，戛然大号，两墀诸鬼，万声鸣和。阎罗问故，兴抗言曰：“笞罪太轻，是必掘其双睛，以为不识文之报。”阎罗不肯，众呼益厉。阎罗曰：“彼非不欲得佳文，特其所见鄙耳。”众又请剖其心。阎罗不得已，使人褫去袍服，以白刃劙胸，两人沥血鸣嘶。众始大快，皆曰：“吾辈抑郁泉下，未有能一伸此气者，今得兴先生，怨气都消矣。”哄然遂散。

○闱场入帘：做乡试同考官。宋以后科举制度，凡乡、会试同考官名“帘官”。

○令尹：明清指知县。秦汉以后县的长官称“县令”，元代改称“县尹”，后因以“令尹”作为知县的别称。

○黜落：落榜。黜，免去。

○衡文：审阅衡量文章优劣。

○总裁：官名。明代直省主考、清代会试主司（主试官），均称“总裁”。

○房官不荐：清代科举制度，头场考毕，房官可取其当意者向主考推荐。房官不荐，则不能取中。

○相诿：互相推诿。

○例合笞：按例应受笞刑。

○满志：满意。

○戛（jiá）然：象声词。大号：大叫。

○抗言：高声而言。

○褫（chǐ）：褫夺，脱下。

○劙（lí）胸：剖胸剜心。劙，浅割。

译文

在湖南，有这样一个人，他能清晰回忆起自己前三世的经历。第一世，他身为地方长官，参与了科举考试的评审工作。那时，有位名叫兴于唐的名士，因考试未中，心怀愤懑，郁郁而终。死后，兴于唐在阴间递交了诉状，控告此人。此状一出，无数同样因科举失利而含冤死去的鬼魂，以兴于唐为首，纷纷聚集起来。此人的魂魄被拘至阴间，与这些告状的鬼魂当面对峙。阎王质问："你既为阅卷之官，为何贬退有才之士，却让平庸之辈得以高中？"他辩解道："我之上还有主考官，我只是奉命行事而已。"阎王随即发下一支令牌，派人去捉拿主考官。许久之后，主考官被押至阴间。阎王将此人的辩解告知主考官，主考官回应："我不过负责总揽全局，即便有好的文章，若同考官不推荐，我又怎能看见？"阎王说道："此事你们不可相互推脱，两人均属失职，按律当受杖责。"正当阎王准备对二人施刑时，兴于唐对判决表示不满，痛哭流涕，大喊大叫，两旁的冤鬼也齐声呼应。阎王询问缘由，兴于唐争辩道："杖责太轻，必须挖去他们的双眼，作为他们不识文章好坏的惩罚。"阎王不肯答应，众鬼的呼喊声却越发响亮。阎王解释道："他们并非不愿得到好文章，只是水平有限罢了。"然而，众鬼又要求挖出他们的心。阎王无奈之下，命人剥去他们的官服，用锋利的刀剖开他们的胸膛。两人鲜血四溅，惨叫连连。众鬼见状，方感心满意足，纷纷说道："我等在九泉之下含冤受屈，无人替我们出头。如今全靠兴先生，我们的怨气才得以消散。"说完，众鬼一哄而散。

原文

某受剖已，押投陕西为庶人子。年二十余，值土寇大作，陷入贼中。有兵巡道往平贼，俘掳甚众，某亦在中。心犹自揣非贼，冀可辨释。及见堂上官，亦年二十余，细视，乃兴生也。惊曰："吾合尽矣！"既而俘者尽释，惟某后至，不容置辨，竟斩之。某至阴司投状讼兴。阎罗不即拘，待其禄尽，迟之三十年，兴

○兵巡道：官名。明代各省下均分为数道，由按察司副使、按察佥事等官员分别巡察，称作"按察分司"，有分巡道、兵巡道、兵备道等。清初因之。

○自揣：自我揣度。

○禄：福，禄命。民间传说认为人的一生兴衰贵贱，活多大岁数都是命中注定的禄。

以草菅人命，罚作畜。稽某所为，曾挞其父母，其罪维均。某恐来生再报，请为大畜。阎罗判为大犬，兴为小犬。

○草菅（jiān）人命：轻视生命，轻易杀人。草菅，草茅，喻轻贱。

○维均：均等，一样。

译文

在遭受剖心之刑后，某人被差役押解至陕西，转世投胎于一户寻常人家，成为了他们的儿子。及至二十多岁，当地土匪肆虐，他竟不幸身陷匪窝。恰逢一位将军前来平匪，捕获众多土匪，某人也在其中。他心存侥幸，认为自己既然无辜，定能说明情况，获得释放。然而，当他被带到堂上，见到那位端坐的官员，也是二十多岁的模样，仔细辨认之下，竟是前世的兴于唐。他心中大惊，暗自叹道："我命休矣！"不久，其他俘虏均被释放，唯独他一人被留下。兴于唐不容他辩解，径自下令将他斩首。某人死后，灵魂再入阴间，愤而递交诉状，控告兴于唐。但阎王并未立即拘捕兴于唐，而是等待其阳间寿数尽了，方才将其召至阴间，与某人当面对质。兴于唐因滥杀无辜之罪，被罚转世为牲畜。阎王又审查某人的生前行为，发现他曾有殴打父母之举，其罪孽与兴于唐相仿。某人唯恐来世再遭报应，恳请转世为大牲畜。于是，阎王判他转世为一条大狗，而兴于唐则转世为一条小狗。

原文

某生于北顺天府市肆中。一日，卧街头，有客自南中来，携金毛犬，大如狸。某视之，兴也。心易其小，龁之。小犬咬其喉下，系缀如铃。大犬摆扑嗥窜，市人解之不得。俄顷，俱毙。并至冥司，互有争论。阎罗曰："冤冤相报，何时可已？今为若解之。"乃判兴来世为某婿。某生庆云，二十八举于乡。生一女，娴静娟好，世族争委禽焉，某皆弗许。偶过临郡，值学使发落诸生，其第一卷李姓，

○北顺天府：府名。治所在今北京。

○庆云：县名。明清属河北，今属山东德州管辖。

○举于乡：即乡试中举。

○委禽：求婚，即纳采。

○学使发落诸生：学使到任第一年，对生员进行的岁考。发落诸生，指岁考毕，学使为生员定等拆发，分别赏罚。

○第一卷：指第一名。

实兴也。遂挽至旅舍，优厚之，问其家，适无偶，遂订姻好。人皆谓某怜才，而不知有夙因也。既而娶女去，相得甚欢。然婿恃才辄侮翁，恒隔岁不一至其门。翁亦耐之。后婿中岁偃蹇，苦不得售，翁百计为之营谋，始得志于名场。由此和好如父子焉。

○夙因：前世因缘。

○中岁：中年。偃蹇：困顿，窘迫。

○名场：争逐功名之场，即科举时代的考场。

译文

某人诞生于北顺天府的繁华市集之中。一日，他正躺在街角休息，忽见一位南方来的客人，携带着一只与狸猫大小相仿的金毛犬。定睛一看，那犬竟是兴于唐转世。见它体型小巧，似乎易于欺凌，某人便猛地扑上前去欲咬它。不料，那小狗反应敏捷，一口咬住了某人的喉咙，宛如挂在他颈间的铃铛。这突如其来的攻击让某人措手不及，他痛苦地挣扎，嗥叫着四处逃窜，而集市上的人们虽试图分开两者，却无济于事。片刻之后，两只狗均不幸丧生。它们的灵魂再次相聚于阴曹地府，各自诉说着冤屈，争执不下。阎王听后，叹道：“你们这冤冤相报，何时才能了结？今日，我便为你们化解这段恩怨。”于是，阎王判定兴于唐来世将成为某人的女婿。某人转世投胎于庆云府，二十八岁时便高中举人。他膝下有一女，性情温婉贤淑，容貌出众，引得当地世族纷纷前来求亲，但某人均一一婉拒。某次，他偶经邻郡，恰逢学使正在评判试卷。得知榜首考生姓李，实则是兴于唐转世，某人便将他邀至旅舍，盛情款待。询问其婚配情况后，得知他尚未娶妻，于是便促成了两人的婚事。旁人只道某人爱惜人才，却不知这背后隐藏着一段宿缘。兴于唐娶得某人之女后，夫妻二人感情深厚。然而，女婿自恃才高，时常对岳父不敬，甚至一两年都不愿前往岳父家拜访。尽管如此，某人仍选择宽容以待。后来，女婿中年时运势不佳，科举之路屡遭挫折。岳父见状，千方百计为他打点，终于助他在名利场上崭露头角。自此以后，两人关系和好如初，宛如父子一般亲密无间。

原文

异史氏曰：一被黜而三世不解，怨毒之甚至此哉！阎罗之调停固

○怨毒：怨恨。毒，痛恨。

善，然墀下千万众，如此纷纷，勿亦天下之爱婿，皆冥中之悲鸣号动者耶？

○墀（chí）：丹墀，古时宫殿台阶。

译文

异史氏评论道：仅因一世被贬黜，竟导致三世无法和解，这怨恨之深，实乃骇人听闻！阎王虽以巧妙手段调和了此等恩怨，但试想那阴曹地府之中、殿阶之下，冤魂千千万万，数目何其庞大。难道说，世间那些深受宠爱的女婿，都曾是阴间那些悲愤呼号的冤魂吗？

【长亭】

原文

石太璞，泰山人，好厌禳之术。有道士遇之，赏其慧，纳为弟子。启牙签，出二卷，上卷驱狐，下卷驱鬼，乃以下卷授之，曰："虔奉此书，衣食佳丽皆有之。"问其姓名，曰："吾汴城北村玄帝观王赤城也。"留数日，尽传其诀。石由此精于符箓，委贽者踵接于门。

○泰山：指泰安府，治所在今山东泰安。

○厌禳（yā ráng）：指以巫术祈祷鬼神除灾降福，或致灾祸于人，或降伏某物。

○牙签：指图书函套上的用象牙或骨制成的扣签。亦指书籍。

○汴城：汴州城，即今河南开封。

○符篆：也称"符字""丹书""墨篆"。道教认为可以用来"驱鬼""镇邪""治病"。

○委贽（zhì）：送礼品。贽，古时初次求见人时所送的礼物，见面礼。

译文

石太璞，籍贯泰山，对以画符驱逐鬼神之术颇感兴趣。一日，有幸遇得一道士，道士见其聪颖过人，便收其为徒。道士启开书匣，取出珍藏的两卷秘籍，上卷专注于驱狐之法，下卷则详述驱鬼之术。道士慷慨地将下卷赠予石太璞，并言道："只要你诚心学好此书，此生衣食无忧，美女相伴亦非难事。"石太璞好奇询问道士的姓名，道士自报家门："我乃汴城北村玄帝观的王赤城。"石太璞盛情款待道士数日，期间道士倾囊相授，将驱鬼逐神的秘诀全部传授给了他。自此以后，石太璞精通了驱鬼之法，前来送礼的人络绎不绝，门槛几乎被踏破。

原文

一日，有叟来，自称翁姓，炫陈币帛，谓其女鬼病已殆，必求亲诣。石闻病危，辞不受贽，姑与俱往。十余里入山村，至其家，廊舍华好。入室，见少女卧縠帏中，婢以钩挂帏。望之年十四五许，支缀于床，形容已槁。近临之，忽开目云："良医至矣。"举

○炫陈币帛：夸耀地展示礼金。币帛，钱财。

○縠（hú）帏：薄纱帏。縠，绉纱。

○支缀：气息微弱之状。

家皆喜，谓其不语已数日矣。石乃出，因诘病状。叟言：“自昼见少年来，与共寝处，捉之已杳，少间复至，意其为鬼。”石曰：“其鬼也，驱之匪难，恐其是狐，则非余所敢知矣。”叟云：“必非必非。”石授以符，是夕宿于其家。夜分，有少年入，衣冠整肃。石疑是主人眷属，起而问之，曰：“我鬼也。翁家尽狐。偶悦其女红亭，姑止焉。鬼为狐祟，阴骘无伤，君何必离人之缘而护之也？女之姊长亭，光艳尤绝，敬留全璧，以待高贤。彼如许字，方可为之施治，尔时我当自去。”石诺之。

○匪：同“非”。

○阴骘（zhì）：阴德，默默行善的德行。

○离人之缘：拆散别人情缘。

○全璧：完璧。谓不予沾污，保其贞洁。

○高贤：高人贤者。对别人的敬称。

○许字：应允婚姻。字，古代指女子出嫁。

译文

一日，有位老者来访，自称姓翁，炫耀般地展示了一大笔财富，焦急地说他的女儿被鬼缠身，已近生命垂危，非得请石太璞亲自前往救治不可。石太璞听其女儿病重，拒绝了钱财，毅然决定与老者同行。两人徒步十余里，穿越重重村落，最终抵达翁老头的华美宅邸。石太璞踏入屋内，只见一名少女躺在轻纱帐中，侍女正用帐钩轻轻挑起帐帘。他定睛一看，那少女十四五岁，躺在床上精神萎靡，面容憔悴，身形消瘦。石太璞刚靠近，少女突然睁开双眼，轻声说道：“良医来了。”全家听后，皆感欣喜，因她已多日未曾开口。石太璞随即退出房间，详细询问了少女的病情。翁老头答道：“白日里，总能见到一个少年前来，与她同榻而眠，待要捉拿时，却又无影无踪；但不久他又会回来，我们猜测他可能是鬼。”石太璞沉吟道：“若是鬼魅，驱散并不难，只怕是狐狸作祟，那便非我所能及了。”翁老头连连摇头，坚称绝非狐狸所为。于是，石太璞交给翁老头一道符咒，并决定当晚留宿于此。夜半时分，一名衣着光鲜的少年悄然进入，石太璞初以为是主人家眷，便起身询问。少年坦然自陈：“我乃鬼魅，翁老头一家实为狐狸。我因偶然间对红亭心生爱慕，才留宿于此。鬼魅迷惑狐狸，并不违背阴德，您又何必拆散我们的姻缘，而偏袒他们呢？红亭的姐姐长亭，更是美貌绝伦，我一直小心翼翼地保护着她，等待有缘人的出现。如若他们愿意将长亭许配给您，您再为红亭治病，到那时我自会离去。”石太璞听罢，点头应允。

原文

是夜，少年不复至，女顿醒。天明，叟喜，以告石，请石入视。石焚旧符，乃坐诊之。见绣幕有女郎，丽若天人，心知其长亭也。诊已，索水洒幛，女郎急以碗水付之，蹀躞之间，意动神流。石生此际，心殊不在鬼矣。出辞叟，托制药去，数日不返。鬼益肆，除长亭外，子妇婢女，俱被淫惑。又以仆马招石，石托疾不赴。明日，叟自至。石故作病股状，扶杖而出。叟拜已，问故，曰：“此鳏之难也！曩夜婢子登榻，倾跌，堕汤夫人泡两足耳。”叟问：“何久不续？”石曰：“恨不得清门如翁者。”叟默而出。石走送曰：“病瘥当自至，无烦玉趾也。”又数日，叟复来，石跛而见之。叟慰问三数语，便曰：“顷与荆人言，君如驱鬼去，使举家安枕，小女长亭，年十七矣，愿遣奉事君子。”石喜，顿首于地，乃谓叟：“雅意若此，病躯何敢复爱？”立刻出门，并骑而去。入视祟者既毕，石恐背约，请与媪盟。媪遽出曰：“先生何见疑也？”即以长

○蹀躞（dié xiè）之间：谓往来之间。蹀躞，小步行走之状。

○病股：腿病。股，大腿。

○鳏（guān）：光棍。

○汤夫人：也称“汤婆子”。或陶瓷或铜锡制的一种扁壶，冬日充以热水放入被中暖足用。泡两足：烫得两足起泡。

○清门：高雅清白人家。

○瘥（chài）：病愈。

○无烦玉趾：不劳前来。玉趾，脚步的敬称。

○荆人：对自己妻子的谦称。

○顿首：叩头。

亭所插金簪，授石为信。石朝拜之。已，乃遍集家人，悉为祓除。惟长亭深匿无迹，遂写一佩符，使人持赠之。是夜寂然，鬼影尽灭，惟红亭呻吟未已，投以法水，所患若失。石欲辞去，叟挽止殷恳。

◎祓（fú）除：古时除凶去秽的一种仪式。

译文

当夜，那鬼魅少年未再出现，红亭随即苏醒。次日天明，翁老头满心欢喜，前来告知石太璞，并邀他入内诊视。石太璞先将之前的符咒焚毁，方才落座为红亭诊断。透过绣幕的缝隙，他瞥见一位女子，美若天仙，心中已知她便是长亭。诊断结束后，石太璞索求清水以洒帐驱邪。那女子迅速端来一碗水，步履轻盈，风姿绰约，眉眼间流露出无限情意。此刻，石太璞的心神已全然被长亭所吸引，不再专注于鬼魅之事。他离开内室，向翁老头告辞，假称需去制备药物，数日未归。那鬼魅趁石太璞不在，更加肆无忌惮，除了长亭外，翁家的媳妇丫环均遭其迷惑玷污。翁老头无奈，又遣仆人骑马去请石太璞，却被他以病为由拒绝。次日，翁老头亲自前来。石太璞故意装作腿部有疾，拄拐而出。翁老头行礼后询问病情，石太璞叹道："此乃独身之苦啊！昨夜丫环上床时失足，打翻了汤婆子，烫伤了我的双脚。"翁老头问："那你为何久久不续弦呢？"石太璞答："只恨未遇如您家这般高洁的门第。"翁老头听后，默默离去。石太璞追出相送，言道："待我病愈，自会前往，无须您再劳顿。"又过数日，翁老头再次来访。石太璞跛脚相见。翁老头慰问几句后，接着说："我来之前与老伴商议，你若能驱走鬼魅，还我家安宁，我家女儿长亭，今年十七岁，愿许配于你。"石太璞大喜，伏地叩头，对翁老头说："您有此美意，我又岂敢惜病？"说完，即刻出门，与翁老头同骑而去。抵达翁家后，石太璞先查看了病人，唯恐翁家背信，便请求与老太太签订婚约。老太太急忙出来说："先生何故疑我？"随即将长亭头上的一支金簪交给石太璞作为信物。石太璞欣然接过，向老太太行礼后，又将翁家人全部召集起来，为她们驱除了邪气。家中唯独长亭行踪隐秘，石太璞便写了一道佩符，派人送去给她。深夜，万籁俱寂，鬼魅无踪，唯听到红亭仍在低吟。石太璞洒下法水，红亭的病瞬间痊愈。次日清晨，石太璞准备辞行，翁老头恳切地挽留了他。

原文

至晚，肴核罗列，劝酬殊切。漏二下，主人乃辞客去。石方就枕，闻叩扉甚急，起视，则长亭掩入，辞气仓皇，言："吾家欲以白刃相仇，可急遁！"言已，径返身去。石战惧无色，越垣急窜。遥见火光，疾奔而往，则里人夜猎者也。喜，待猎毕，乃与俱归。心怀怨愤，无之可伸，思欲之汴寻赤城，而家有老父，病废已久，日夜筹思，莫决进止。

○掩：迅捷。○辞气仓皇：言辞不被人知。

○白刃相仇：加害，兵戎仇杀。

○里人：住户。

译文

夜幕降临，翁家备下了一桌丰盛的宴席，极尽热情地邀石太璞共饮。酒过数巡后，直至二更时分，主人才向石太璞告辞离去。石太璞刚躺下不久，便听到一阵急促的敲门声。他起身查看，只见长亭匆匆闪身而入，语气焦急地说："我家人欲持刀相害，你快些逃命吧！"说完，便转身离去。石太璞听后，心中惊骇万分，面色惨白，急忙跳墙而逃。远处，他隐约看见有火光闪烁，便奋力朝那方向奔去。原来是村里夜间打猎的队伍。石太璞心中稍安，待他们打猎结束后，便随同他们一同返回家中。虽然逃得一命，但石太璞心中仍充满了怨愤，却苦于无处发泄。他本想前往汴城寻找王赤城，无奈家中老父病重已久，令他左右为难，日夜思索也不知该如何是好。

原文

忽一日，双舆至门，则翁媪送长亭至，谓石曰："曩夜之归，胡再不谋？"石见长亭，怨恨都消，故亦隐而不发。媪促两人

○胡再不谋：为什么不再商量一下。

庭拜讫。石将设筵，辞曰："我非闲人，不能坐享甘旨。我家老子昏髦，倘有不悉，郎肯为长亭一念老身，为幸多矣。"登车遂去。盖杀婿之谋，媪不之闻，及追之不得而返，媪始知之。颇不能平，与叟日相诟谇，长亭亦饮泣不食。媪强送女来，非翁意也。长亭入门，诘之，始知其故。

○甘旨：可口美味，指美食。

○昏髦（mào）：老糊涂。髦，通"耄"。

○不悉：不全，不周到之处。

○诟谇（suì）：诮责，埋怨。

译文

忽有一日，两辆马车停在了门前，原来是翁家老太太亲自送长亭前来。她对石太璞说道："那日夜里你离去后，为何再也不曾踏入我家？"石太璞一见到长亭，心中的怨愤瞬间烟消云散，于是强忍住没有发作。老太太催促着两人在庭院中拜了天地。石太璞本想设宴款待，但老太太婉拒道："我并非清闲之人，无法在此享受美食。我家老头子是个糊涂人，若有不周之处，请郎君为了长亭，不要与他计较，我便深感荣幸了。"说完，她便登车离去。原来，对于翁老头想要杀害女婿的事情，老太太并不知情。直到翁老头追杀石太璞未果，回到家中，老太太才得知此事。她心中大为不悦，日日与翁老头争吵不休，长亭也泪流满面，不肯进食。老太太毅然决定将女儿送来石家，这并非翁老头的本意。长亭进门后，石太璞细细询问，才得知了事情的全部真相。

原文

过两三月，翁家取女归宁。石料其不返，禁止之。女自此时一涕零。年余，生一子，名慧儿，买乳媪哺之。然儿善啼，夜必归母。一日，翁家又以舆来，言媪思女甚。长亭益悲，石不忍复留之。欲抱子去，

○归宁：回娘家。

石不可，长亭乃自归。别时，以一月为期，既而半载无耗。遣人往探之，则向所僦宅久空。又二年余，望想都绝，而儿啼终夜，寸心如割。既而石父病卒，倍益哀伤，因而病惫，苫次弥留，不能受宾朋之吊。方昏愦间，忽闻妇人哭入。视之，则缞绖者长亭也。石大悲，一恸遂绝。婢惊呼，女始辍泣，抚之良久，始渐苏。自疑已死，谓相聚于冥中。女曰："非也。妾不孝，不能得严父心，尼归三载，诚所负心。适家人由海东经此，得翁凶问。妾遵严命而绝儿女之情，不敢循乱命而失翁媳之礼。妾来时，母知而父不知也。"言间，儿投怀中。言已，始抚之，泣曰："我有父，儿无母矣！"儿亦噭啕，一室掩泣。女起，经理家政，柩前牲盛洁备，石乃大慰。而病久，急切不能起。女乃请石外兄款洽吊客。丧既闭，石始杖而能起，相与营谋斋葬。葬已，女欲辞归，以受背父之谴。夫挽儿号，隐忍而止。未几，有人来告母病，乃谓石曰："妾为君父来，君不为妾母放令去耶？"石许之。女使乳媪抱儿他适，涕洟出门而去。去后，数年不返，石父子渐亦忘之。

○僦（jiù）宅：租住的屋子。

○苫（shān）次：居丧期间。苫，旧时居丧睡的草席。

○吊：吊丧慰问。

○缞绖（cuī dié）：丧服。

○尼（nì）归：受阻不归。尼，受外力阻止。

○凶问：凶信，即死亡的消息。问，音信。

○严命：古代尊称父亲为严君、严父。

○乱命：指父亲临死时神志昏乱的遗命。

○噭（jiào）啕：大哭。

○柩前牲盛（chéng）洁备：摆在灵柩前面的肉食祭品周全而洁净。牲盛，牲祭、供设。

○外兄：表兄。

○斋葬：祭祀殡葬。

○涕洟（tì）：一把眼泪，一把鼻涕。

译文

两三个月后，翁家来接长亭回去探望双亲。石太璞担心长亭此去难返，便试图阻止她。因此长亭时常伤心落泪。时光荏苒，一年多后，长亭诞下一子，取名慧儿，并雇了一位奶妈照料。但慧儿夜间爱哭，非要妈妈陪伴才能入睡。某日，翁家又派车来接长亭，说是老太太思女心切。长亭听后更加悲伤，石太璞见状也不忍再强留她。长亭希望能带儿子一同回家，但石太璞未允，她只能独自离去。临别时，双方约定一个月后便回，但半年过去，杳无音讯。石太璞派人打听，得知翁家原先的租住地早已人去楼空。又过两年有余，石太璞的希望与幻想皆成泡影，而慧儿仍旧夜夜啼哭，令他心如刀割。不久，他的父亲也病逝了，他悲痛欲绝，自己也病倒在床，连前来吊唁的宾客都无法接待。在石太璞昏迷之际，忽闻有妇人哭着进来。他抬头一看，竟是身着孝服的长亭。他心中大悲，痛哭一声后便昏死过去。丫环吓得惊呼，长亭连忙止住泪水，轻轻抚弄他许久，他才渐渐苏醒。他疑心自己已死，以为众人是在阴间相聚。长亭忙解释道："并非如此。我不孝，不能讨得父亲欢心，回家三年，他都不让我回来，确实辜负了你。恰好家人经过此地，才得知公公去世的消息。我遵照父亲的吩咐，虽已断绝儿女私情，但也不敢违抗他无理的命令，丧失作为儿媳的礼节。我来时，母亲知晓，但父亲并不知情。"说话间，慧儿已钻进母亲怀中。长亭说完，才抚摸着慧儿，哭着道："我尚有父亲，可我儿却没了母亲啊！"慧儿也嚎啕大哭起来，满屋的人皆掩面而泣。长亭站起身，开始料理家务。灵柩前的祭品摆放得完备而整洁，石太璞心中大感安慰。但由于他病久未愈，一时还无法起床。长亭便请石太璞的表兄代为接待吊唁的宾客。丧礼结束后，石太璞才能拄拐起床，与长亭一起商议父亲的安葬事宜。安葬完毕，长亭准备告辞回家，去接受父亲对她违抗父命的责备。石太璞紧拉着她不放，慧儿也大哭不止，她只好暂且留下。不久，有人来告诉长亭说她母亲病了。长亭便对石太璞说："我是为你父亲而来的，夫君难道不能为了我的母亲放我回去吗？"石太璞答应了她的请求。长亭便让奶妈抱着慧儿到别处去玩，她自己则流着泪出门而去。长亭离去后，好几年都没有回来。石太璞父子渐渐地已经把她淡忘了。

原文

一日，昧爽启扉，则长亭飘入。石方骇问，女戚然坐榻上，叹曰：

⓪昧爽：拂晓，黎明。扉：门。

“生长闺阁，视一里为遥，今一日夜而奔千里，殆矣！”细诘之，女欲言复止。请之不已，哭曰：“今为君言，恐妾之所悲，而君之所快也。迩年徙居晋界，僦居赵搢绅之第。主客交最善，以红亭妻其公子。公子数逋荡，家庭颇不相安。妹归告父，父留之，半年不令还。公子忿恨，不知何处聘一恶人来，遣神绾锁，缚老父去，一门大骇，顷刻四散矣。”石闻之，笑不自禁。女怒曰：“彼虽不仁，妾之父也。妾与君琴瑟数年，止有相好而无相尤。今日人亡家败，百口流离，即不为父伤，宁不为妾吊乎？闻之忭舞，更无片语相慰藉，何不义也！”拂袖而出。石追谢之，亦已渺矣。怅然自悔，拚已决绝。

○迩年：近年。迩，近。晋界：山西地面。

○搢（jìn）绅：插笏于绅，后用为官宦的代称。绅，围在腰上的大带。

○数（shuò）逋荡：多次外出嫖赌放荡。数，屡屡。逋荡，游荡（放纵）。

○尤：怨恨，过失。

○吊：慰问。

○忭（biàn）舞：欢欣鼓舞。

○拚（pàn）：舍弃，抛却。

译文

一日清晨，天色初明，石太璞轻开窗户，不料长亭竟如幽灵般悄然出现。石太璞大惊失色，正开口询问，却见长亭满面愁容，径自坐于床畔，叹息道：“我自幼生长于闺中，昔日里一里之路便觉遥远，而今竟能一日一夜奔行千里，实是疲惫不堪！”石太璞心中疑惑，细细询问，长亭却欲言又止。石太璞坚持要她说明原委，长亭终是潸然泪下，哭诉道：“今日我要告知你的事情，恐怕会令我伤心欲绝，却让你感到快意。近年来，我家迁居至山西，寄居于赵员外府中。两家本相交甚笃，父亲便将红亭许配给了赵公子。谁料赵公子生性放荡，使家中不和。妹妹归家向父亲哭诉，父亲便将她留在家中，半年不许她回去。赵公子因此恼羞成怒，不知从何处请来一个恶徒，请来神仙将父亲套上枷锁带走了。全家惊恐万分，顷刻间便四散逃亡。”石太璞听完，竟忍不住笑出声来。长亭见状，怒道：“他虽不仁，但毕竟是我父亲。我与你结为夫妻数年，只有恩爱，并无怨恨。如今我家破人亡，上百口人流离失所，你即便不为我父亲感到伤心，难道也不为我表示一丝同情吗？你听后竟然欣喜若狂，连一句安慰的话都没有，真是无情无义至极！”说完，长亭愤然拂袖而去。石太璞急忙追出，欲赔礼道歉，却见长亭已消失得无影无踪。他怅然若失，悔恨不已，也暗自决定要与长亭彻底断绝关系。

原文

过二三日，媪与女俱来，石喜慰问。母子俱伏，惊而询之，母子俱哭。女曰：“妾负气而去，今不能自坚，又欲求人，复何颜矣！”石曰：“岳固非人，母之惠，卿之情，所不忘也。然闻祸而乐，亦犹人情，卿何不能暂忍？”女曰：“顷于途中遇母，始知絷吾父者，盖君师也。”石曰：“果尔，亦大易。然翁不归，则卿之父子离散；恐翁归，则卿之夫泣儿悲也。”媪矢以自明，女亦誓以相报。石乃即刻治任如汴，询至玄帝观，则赤城归未久。入而参之。便问：“何来？”石视厨下一老狐，孔前股而系之，笑曰：“弟子之来，为此老魅。”赤城诘之，曰：“是吾岳也。”因以实告。道士谓其狡诈，不肯轻释。固请，乃许之。石因备述其诈，狐闻之，塞身入灶，似有惭状。道士笑曰：“彼羞恶之心，未尽亡也。”石起，牵之而出，以刀断索抽之。狐痛极，齿龈龈然。石不遽抽，而顿挫之，笑问

○絷（zhì）：抓，捕。

○孔前股而系之：把前腿穿了洞用绳拴系着。

○老魅：老鬼，老东西。魅，传说中的鬼怪。

○龈龈（kěn）然：咬啮的样子。龈，啃，咬。

○顿挫：摧折，凌辱。

曰："翁痛之，勿抽可耶？"狐睛睒，似有愠色。既释，摇尾出观而去。

○睛睒（shǎn）：眼睛闪闪发亮，形容愤怒的眼神。 ○愠（yùn）：恼怒。

译文

过了两三天，翁老太和女儿一同前来，石太璞见了，心中一喜，连忙上前慰问。不料，翁家母女突然一同跪倒在地，石太璞大吃一惊，连忙询问缘由，母女二人顿时泣不成声。长亭哽咽道："那日我一时气愤离去，如今却又无法坚持，还是想来求你，实在是无颜面对你！"石太璞叹了口气，说道："岳父虽然行为不端，但岳母大人的恩情和你的情意，我始终铭记在心。不过，听到他遭遇祸事便心生欢喜，这也是人之常情。你当时为何不能稍稍忍耐一下呢？"长亭答道："方才在路上遇到母亲，才得知抓走父亲的人，竟然是你的师父。"石太璞听后，说道："若真是如此，那事情就好办了。不过，若你父亲无法回来，你们父女便要离散；只怕他回来后，你的丈夫和儿子却要遭受痛苦了。"翁老太听完，连忙发誓表明心迹，长亭也誓言要报答石太璞的恩情。于是，石太璞立即准备行装，前往汴城寻找师父王赤城。到了玄帝观，只见王赤城刚回来不久。石太璞进门参见师父，王赤城便问他来此何事。石太璞见灶下有一只老狐狸，前腿被绳子穿透绑着，便笑着说道："弟子此次前来，正是为了这只老妖精。"王赤城问明缘由，石太璞答道："他是我的岳父。"接着便将实情告诉了师父。王赤城听后，说这只狐狸阴险狡诈，不肯轻易放他走。石太璞再三请求，王赤城才勉强答应。石太璞于是详细叙述了岳父的狡诈行为，狐狸听了，竟将自己的身子塞进灶膛里，仿佛心中有愧一般。王赤城见状，笑着说道："看来他的羞耻之心倒还没有完全丧失。"石太璞站起身来，牵着狐狸出了门，用刀割断绳索抽打狐狸。狐狸疼得牙齿咬得"格格"作响。石太璞并不一气抽完，而是一顿一顿地抽打，还笑着问道："岳父大人觉得疼痛吗？不抽可以吗？"狐狸的眼睛里闪着怒光，仿佛十分生气的样子。待绳子解开后，狐狸便摇着尾巴离开了玄帝观。

原文

石辞归。三日前，已有人报叟信，媪先去，留女待石。石至，女逆而伏。石挽之曰："卿如不忘琴瑟之情，不在感激也。"女曰：
○逆：迎。

"今复迁还故居矣，村舍邻迩，音问可以不梗。妾欲归省，三日
○音问：音讯，书信。不梗：不梗阻，顺畅。

可旋，君信之否？"曰："儿生而无母，未便殇折。我日日鳏居，

习已成惯。今不似赵公子，而反德报之，所以为卿者尽矣。如其

不还，在卿为负义。道里虽近，当亦不复过问，何不信之与有？"

女次日去，二日即返。问："何速？"曰："父以君在汴曾相戏弄，

未能忘怀，言之絮絮。妾不欲复闻，故早来也。"自此闺中之往

来无间，而翁婿间尚不通吊庆云。
○无间：没有隔阂，亲密。
○不通吊庆：互不往来。吊，宽慰忧伤。庆，庆祝喜事。

译文

石太璞向师父道别后返回家中。三日前，已有人传来消息，告知老头已被释放，翁老太便独自一人先行离去，留下长亭等待石太璞归来。石太璞刚踏进家门，长亭便迎上前来，跪倒在地。石太璞连忙将她扶起，说道："你若真念及我们夫妻之情，便无须如此感激我。"长亭回答道："如今我家已搬回原住处，离此不远，消息也不会再中断。我想回家探望父亲，三日后便可返回，你信任我吗？"石太璞叹了口气，说道："慧儿自出生以来，便未曾得到过母亲的照料，却也能健康成长。我长久以来独自一人生活，也已习惯。如今我并非如赵公子那般，反而以德报怨，对你可说是仁至义尽。若你不愿回来，那便是你负了我。即便两村相邻，我也不会再去寻你，又何必谈论信任与否呢？"次日，长亭离去，仅两日便返回。石太璞问道："为何如此匆匆便回？"长亭答道："父亲因你在汴城时曾戏弄他，一直耿耿于怀，整日絮叨不已。我实在不愿再听下去，便提早回来了。"自此以后，长亭与她母亲往来频繁，但翁老头与石太璞之间却仍然互不问候。

原文

异史氏曰：狐情反复，谲诈已甚。悔婚之事，两女而一辙，诡可知矣。然要而婚之，是启其悔者已在初也。且婿既爱女而救其父，止宜置昔怨而仁化之，乃复狎弄于危急之中，何怪其没齿不忘也！天下有冰玉之不相能者，类如此。

○一辙：同一车轮碾出的痕迹，比喻相同。

○要：要挟，以不正当手段相胁迫。

○狎弄：戏弄，耍弄。

○没齿不忘：终身不忘。没齿，一辈子。

○冰玉之不相能：翁婿感情不相投合。冰玉，“冰清玉润”的略语，岳父和女婿的代称。

译文

异史氏有言：狐狸之性，多变而极尽狡猾。观其两度悔婚之事，其狡诈程度可见一斑。然而，石太璞以胁迫之手段娶得长亭，致使翁老头初时便有悔意。身为女婿，既因爱慕长亭而出手相救其父，理应暂搁旧怨，以仁义之心感化之，而非在其危难之际仍加以戏谑。难怪翁老头对此耻辱铭记终生！世间岳父与女婿难以和睦共处之情状，与此故事颇为相似。

岳

“岳”是指妻子的父亲，因古时妻父被称为“丈人”。泰山有一座“丈人峰”，因此泰山也被称为“丈人”。泰山是中国五岳之首，尊崇至高，后来“岳”逐渐成为对妻父的敬称，由此引申出“岳丈”或“泰山”来称呼妻子的父亲。

【席方平】

原文

席方平，东安人。其父名廉，性戆拙。因与里中富室羊姓有隙，羊先死，数年，廉病垂危，谓人曰："羊某今贿嘱冥使搒我矣。"俄而身赤肿，号呼遂死。席惨怛不食，曰："我父朴讷，今见陵于强鬼。我将赴地下，代伸冤气耳。"自此不复言，时坐时立，状类痴，盖魂已离舍矣。

○东安：府县名。或指顺天府东安，今河北安次，或指山东沂水。
○戆（zhuàng）拙：刚直朴拙，没有利害顾忌。
○隙：嫌隙，仇恨。
○冥使：阴间差役。搒：搒掠，拷打。
○惨怛（dá）：忧伤，痛悼。
○朴讷（nè）：老实，不善辞令。
○陵：欺辱。
○舍：指躯体。

译文

席方平，是东安人士，其父名唤席廉，性情耿直，为人诚恳。因与邻里中一羊姓富户结下仇怨，未料那羊姓之人先行离世。数载之后，席廉身患重病，临终之际，向家人倾诉道："羊某现今已买通阴间鬼差，正对我施以鞭刑。"说完不久，全身便泛起红肿，哀嚎声中，溘然长逝。席方平哀痛欲绝，食不下咽，愤然说道："家父一生忠厚，不善言词，今竟遭恶鬼欺凌至此。我誓要前往阴间地府，为父申冤雪耻。"自此之后，他沉默寡言，时而坐着，时而立着，样子好像痴呆了，原来是他的魂魄已离体而去。

原文

席觉初出门，莫知所往，但见路有行人，便问城邑。少选，入城。其父已收狱中。至狱门，遥见父卧檐下，似甚狼狈。举目见子，潸然涕流，便谓："狱吏悉受赇嘱，日夜搒掠，胫股摧残甚矣！"席

○少选：一会儿。
○赇（qiú）嘱：同"贿嘱"。赇，贿赂。
○胫：小腿。股：大腿。

怒，大骂狱吏："父如有罪，自有王章，岂汝等死魅所能操耶！"遂

○王章：王法。

出，抽笔为词。值城隍早衙，喊冤以投。羊惧，内外贿通，始出

○抽笔为词：提笔撰写讼状。词，指讼词。

○城隍：民间传说中的守护城池的主神。这里指县邑城隍。早衙：旧时官府的主官，每天上下午坐堂两次，处理政务或案件，叫作"坐衙"；早衙，指上午坐堂问事。

质理。城隍以所告无据，颇不直席。席忿气无所复伸，冥行百余

○质理：对质理论，即打官司。

○不直席：认为席方平投诉无理。

里，至郡，以官役私状，告之郡司。迟之半月，始得质理。郡司

○郡司：府的长官。

○迟：拖，延迟。

扑席，仍批城隍覆案。席至邑，备受械梏，惨冤不能自舒。城隍恐

○扑：拷打。

○覆案：重审。

○械梏：古代拘住犯人手足的刑具。

○不能自舒：谓冤屈无处可伸。舒，伸。

其再讼，遣役押送归家。

译文

席方平觉得自己刚出家门，便感茫然无措，不知在哪能寻得父亲的踪迹。于是，凡路上遇见行人，他便上前询问县城所在。没多久，他进了城。其父已被囚禁于狱中。席方平匆匆赶至牢门，遥见父亲颓然躺于屋檐之下，疲态尽显。席廉抬头望见儿子，泪水顿时盈眶，哽咽道："狱吏皆已被贿赂，日夜对我施以酷刑，我的双腿已受尽折磨！"席方平听完怒火中烧，大骂狱吏："若父亲真有罪，自有国法处置，岂容你们这些鬼魅肆意妄为！"说完，他愤然离狱，取笔疾书，写成诉状。恰逢县城隍晨起升堂，席方平高呼冤枉，将诉状投入堂中。那羊姓之人听说了，心中惊惧，又四处贿赂打点，才敢出庭与席方平对质。县城隍却认为席方平所诉无凭，说他没道理。席方平满腔冤屈，无处申诉，于是连夜奔走百余里，赶至郡城。他将县城隍差役的种种恶行，一一向府城隍禀告。然而，诉状拖延半月才得到审理，府城隍竟将他杖责一顿，仍将案件发回县城隍复审。席方平被押回县衙，饱受各种刑具之苦，冤情却仍无法得到昭雪。县城隍唯恐他再度上诉，便让差役将他押送回家。

原文

役至门辞去。席不肯入，遁赴冥府，诉郡邑之酷贪。冥王立拘质对。

○冥王：民间传说中的阎王。

二官密遣腹心，与席关说，许以千金，席不听。过数日，逆旅主人告曰：“君负气已甚，官府求和而执不从。今闻于王前各有函进，恐事殆矣。”席以道路之口，犹未深信。俄有皂衣人唤入。升堂，见冥王有怒色，不容置词，命笞二十。席厉声问：“小人何罪？”冥王漠若不闻。席受笞，喊曰：“受笞允当，谁教我无钱耶！”冥王益怒，命置火床。两鬼捽席下，见东墀有铁床，炽火其下，床面通赤。鬼脱席衣，掬置其上，反复揉捺之。痛极，骨肉焦黑，苦不得死。约一时许，鬼曰：“可矣。”遂扶起，促使下床着衣，犹幸跛而能行。复至堂上，冥王问：“敢再讼乎？”席曰：“大冤未伸，寸心不死，若言不讼，是欺王也。必讼！”又问：“讼何词？”席曰：“身所受者，皆言之耳。”冥王又怒，命以锯解其体。二鬼拉去，见立木，高八九尺许，有木板二，仰置其下，上下凝血模糊。方将就缚，忽堂上大呼“席某”，二鬼即复押回。冥王又问：“尚敢讼否？”答云：“必讼！”冥王命捉去速解。既下，鬼乃以二板夹席，缚木上。锯方下，觉顶脑渐辟，痛不可禁，顾亦忍而不号。闻鬼曰：“壮哉此汉！”锯隆隆然寻至胸下。又闻一鬼云：“此人大孝无辜，锯令稍偏，勿损

○腹心：心腹，贴身的亲信。

○关说：通关节，说人情。

○逆旅：客舍，旅店。

○执：固执。

○函进：送贿赂。函，匣，盒子。

○道路之口：道路上的传闻。

○置词：说话，申辩。

○允当：公允、恰当。这里是反语。

○捽（zuó）：揪，捉。

其心。”遂觉锯锋曲折而下，其痛倍苦。俄顷，半身辟矣。板解，两身俱仆。鬼上堂大声以报。堂上传呼，令合身来见。二鬼即推令复合，曳使行。席觉锯缝一道，痛欲复裂，半步而踣。一鬼于腰间出丝带一条授之，曰：“赠此以报汝孝。”受而束之，一身顿健，殊无少苦。遂升堂而伏。冥王复问如前，席恐再罹酷毒，便答：“不讼矣。”冥王立命送还阳界。

译文

差役将席方平送至家门口后便离去了。然而，席方平心有不甘，不愿就此罢休，于是又偷偷前往阎王府，控诉郡、县城隍的残暴与贪婪。阎王听完，立即将两位地隍拘来当面对质。这两位地隍私下里派遣亲信，试图与席方平说和，并许诺给他一千两金子作为补偿，但席方平不为所动，坚决拒绝。数日之后，旅店主人对席方平说道：“你的怒气太重了，连官府来和解都不肯接受。我听说他们在阎王面前都送上了成箱的礼物，恐怕你的事情不妙了。”席方平只把这些话当作是风言风语，并未深信。不久之后，一个穿着黑衣的差役前来传他过堂。席方平一上堂，便见阎王面露怒色，不容他分辩，便命令打他二十大板。席方平大声问道：“我有什么罪？”阎王却面无表情，仿佛没有听见。席方平挨着板子，喊道：“这板子打得应该，只怪我没有钱！”这话更让阎王恼怒，他命人摆上火床。两个小鬼将席方平揪下堂，只见东边台阶上放着一张铁床，下面烈火熊熊，床面被烧得通红。小鬼脱掉席方平的衣服，将他扔到床上，反复揉捺。席方平非常痛苦，骨头皮肉都被烤得焦黑，只恨不能立刻死去。大约过了一个时辰，小鬼说：“可以了。”便将他扶起来，催他下床穿衣服。幸好他还能一跛一跛地走路。他又被带到堂上，阎王问道：“你还敢再告状吗？”席方平回答说：“如此大的冤屈尚未昭雪，我的心怎会死去？如果我说不告了，那便是欺骗您。我一定要告！”阎王又问：“你要告什么？”席方平说：“我亲身经历的事情，都要说出来。”阎王再次发怒，命令小鬼用锯子锯他的身体。两个小鬼将他拉出去，只见竖着一根八九尺高的木柱，上面有两块木板仰面放着，上下都是血迹模糊。刚要将他捆起来，忽然堂上高喊“席方平”，两个小鬼又把他押了回去。阎王再次问他：“你还敢告状吗？”席方平坚定地回答说：“我一定要告！”阎王命令将他捉下去立即锯开。等下了殿堂，小鬼就用两块木板将席方平夹住，捆在木柱上。锯子才拉下来，席方平就觉得脑壳渐渐被锯开，痛得实在忍不住，但他也硬忍住不喊出声来。只听小鬼说：“这个人真棒啊！”锯子“呼隆呼隆”地响着，一会儿就锯到了胸口。又听一个小鬼说：“这个人很孝顺，又没有罪，锯得稍微偏一点，不要弄坏了他的心。”席方平就觉得锯锋歪斜着往下走，更感到痛苦不堪。过了一会儿，人就被锯成了两半。绳子一解开，两半身子都跌倒在地上。小鬼上堂去大声报告。堂上传下话来，让将席方平的身子合起来拉上堂去。两个小鬼就把他的身子推起来合上，拖着他往上走。席方平觉得从上到下一条锯缝疼得像要重新裂开一样，刚走了半步就摔倒了。一个小鬼从腰间抽出一条丝带递给他说：“送给你这条丝带以表彰你的孝心。”他接过带子往腰上一系，全身顿时觉得很舒服，一点儿也不痛苦了。他走上堂去趴在地上。阎王还用刚才的话问他是否还要告状。席方平深怕再遭毒手便答道：“不告了。”于是阎王马上下令将他送回阳界。

原文

隶率出北门，指示归途，返身遂去。席念阴曹之暗昧尤甚于阳间，奈无路可达帝听。世传灌口二郎为帝勋戚，其神聪明正直，诉之当有灵异。窃喜两隶已去，遂转身南向。奔驰间，有二人追至，曰：“王疑汝不归，今果然矣。”捽回复见冥王。窃意冥王益怒，祸必更惨。而王殊无厉容，谓席曰：“汝志诚孝。但汝父冤，我已为若雪之矣。今已往生富贵家，何用汝鸣呼为？今送汝归，予以千金之产、期颐之寿，于愿足乎？”乃注籍中，嵌以巨印，使亲视之。席谢而下。鬼与俱出，至途，驱而骂曰：“奸猾贼！频频翻覆，使人奔波

○厉容：严厉的面容。

○何用汝鸣呼为：哪里用得着你去喊冤。

○期（jī）颐之寿：百岁的寿数。

欲死！再犯，当捉入大磨中，细细研之！”席张目叱曰：“鬼子胡为者！我性耐刀锯，不耐挞楚。请反见王，王如令我自归，亦复何劳相送。”乃返奔。二鬼惧，温语劝回。席故蹇缓，行数步，辄憩路侧。鬼含怒不敢复言。

○蹇（jiǎn）缓：行路艰难迟缓。

译文

差役们引领着席方平穿出北门，为他指明归途后，便转身离去。席方平心中暗想，阴间官府之黑暗，竟较阳间更甚，只可惜无法将此等事上达玉皇大帝。他听闻灌口二郎神乃玉帝亲眷，不仅神通广大，且为人正直，心想若向其申诉，定能收效显著。见差役已远去，席方平心中窃喜，遂转身向南行去。正当他匆匆赶路之际，那两个差役竟追了上来，说道：“大王本就疑虑你不会轻易返回，现在看来，果然如此。”说完，便将他重新捉回阎王府。席方平心中暗自思量，此番阎王定会更为震怒，自己所受之苦恐将更重。然而，出乎意料的是，阎王并未显露丝毫怒色，反而对他说道：“你的确是个孝子。不过，你父亲的冤屈，我已为他昭雪，他现已转世至富贵人家。你又何必再四处奔波喊冤呢？现在，我便送你回家，并赐你千金家产、百岁寿辰，如此安排，你可满意？”说完，便在生死簿上书写，并加盖大印，让席方平亲眼过目。席方平道谢后，退出大堂。小鬼随他一同出门，一踏上路途，便开始催促他前行，并骂道：“你这狡猾的贼子！屡屡滋事，害得我们跟你四处奔波，累得要死！若再犯，定将你捉进大磨盘，细细研磨！”席方平听了，怒目圆睁，呵斥道：“你们这些小鬼，想要干什么！我天生便不惧刀砍锯割，只是不耐烦受那板子之苦。我们不妨一同回去见阎王，他若真让我独自回家，又何必劳烦你们送我。”说完，他便转身欲回。那两个小鬼见状，心中惊恐，连忙用好言相劝，让他回去。席方平则故意装作脚步不便，行走缓慢，每走几步，便停在路边歇息。小鬼心中虽怒，却也不敢再说什么。

原文

约半日，至一村，一门半辟，鬼引与共坐，席便据门阈。二鬼乘其

○辟：开。　○门阈（yù）：门槛。

不备，推入门中。惊定自视，身已生为婴儿。愤啼不乳，三日遂殇。魂摇摇不忘灌口，约奔数十里，忽见羽葆来，幡戟横路。越道避之，因犯卤簿，为前马所执，絷送车前。仰见车中一少年，丰仪瑰玮。问席："何人？"席冤愤正无所出，且意是必巨官，或当能作威福，因缅诉毒痛。车中人命释其缚，使随车行。俄至一处，官府十余员，迎谒道左，车中人各有问讯。已而指席谓一官曰："此下方人，正欲往愬，宜即为之剖决。"席询之从者，始知车中即上帝殿下九王，所嘱即二郎也。席视二郎，修躯多髯，不类世间所传。

○幡戟：长幡、棨戟等仪仗。

○卤（lǔ）簿：古时帝王或贵官出行时的仪仗队。

○缅诉：追诉。

○愬（sù）：诉冤，告发。

○修躯多髯（rán）：身材高大，胡须很多。修，长。髯，络腮胡。

译文

行走了差不多半日，他们抵达了一个村落，见有一户人家半掩着门扉，小鬼便拉着席方平一同坐下，席方平便顺势坐在了门槛之上。趁席方平不备，小鬼猛然将他推进了门内。待他惊魂稍定，却发现自己已然化身为一个婴儿。心中愤懑难平，他放声大哭，拒绝进食，仅仅三日便夭折了。然而，他的灵魂并未散去，飘飘荡荡之间，心中念念不忘灌口之地。他奋力前行，跑了有几十里地，忽见一队以鸟羽为饰的仪仗浩浩荡荡而来，旗幡与长戟遮满了道路。席方平试图穿越道路以避开这支车队，却不料还是无意间冲撞了仪仗队，被前导的马队擒获，捆绑之后送到了那华贵的车辇之前。席方平抬头望去，只见车中坐着一位青年，他仪表堂堂，身材魁梧。那青年问席方平："你是何人？"席方平心中冤屈与愤怒交织，正无处发泄，又猜想此人定是个位高权重、能主宰人生死祸福的大人物，于是便将自己所遭受的种种苦难一一详述。车中的青年听后，命令手下为席方平松绑，并让他跟随在车队之后。不久，他们来到了一处地方，路边有十几位官员前来迎接，那青年与他们逐一寒暄。随后，他指着席方平对其中一位官员说："此人来自下方，正欲到你那里告状，你应立即为他明辨是非。"席方平向侍从打听后，方知车中坐的竟是玉皇大帝的皇子九王爷，而他嘱咐的那位官员，正是二郎神。席方平再次打量二郎神，只见他身材修长，长着络腮胡子，与世间所传的形象并不相符。

原文

九王既去，席从二郎至一官廨，则其父与羊姓并衙隶俱在。少顷，槛车中有囚人出，则冥王及郡司、城隍也。当堂对勘，席所言皆不妄。三官战栗，状若伏鼠。二郎援笔立判，顷之，传下判语，令案中人共视之。判云：

○槛（jiàn）车：囚车。
○对勘：对质审讯。勘，审问。

译文

九王爷离开后，席方平跟着二郎神来到一处衙门，只见他父亲和那姓羊的，以及那些阴曹地府的差役都在。过了一会儿，从囚车里又走出来几个人，却是阎王以及郡城隍和县城隍。经过当堂的对质，席方平所说的都不假。那三个官员吓得战战兢兢，像是趴在地上的老鼠。二郎神提起笔，马上作了判决，没多久，堂上传下判词，命令涉及此案的人一同来看，判决如下：

原文

勘得冥王者：职膺王爵，身受帝恩。自应贞洁以率臣僚，不当贪墨以速官谤。而乃繁缨棨戟，徒夸品秩之尊；羊很狼贪，竟玷人臣之节。斧敲斫，斫入木，妇子之皮骨皆空；鲸吞鱼，鱼食虾，蝼蚁之微生可悯。当掬西江之水，为尔湔肠；即烧东壁之床，

○勘得：经过查实。旧时判决书前套语。
○膺（yīng）：承当，担任。
○贪墨：同"贪冒"，谓贪以败官。
○繁（pán）缨：古时天子、诸侯的马饰。
○品秩：官阶品级。
○羊很狼贪：比喻冥王的凶狠与贪婪。
○斫（zhuó）：砍削。
○湔（jiān）：清洗。
○东壁之床：指上文"东墀有铁床"而言，即火床。

请君入瓮。

○请君入瓮：比喻以其人之道还治其人之身。

译文

经查，阎王身为地府之王，蒙受玉皇大帝之浩荡恩泽，本应廉洁自守，恪尽职守，为官僚树立楷模，而非贪赃枉法，招致世人非议。然其却恃权傲物，炫耀官爵之显赫；心性狠毒，贪婪无度，玷污了人臣应有之节操。其行径犹如斧劈刀削，剥削百姓，致使弱小者皮骨俱疲；又似鲸吞鱼、鱼食虾，恃强欺弱，视百姓生命如蝼蚁般卑微。因此，应引西江之水，为你洗涤污浊之肠；更当点燃东墙铁床之火，让你亲身体验作法自毙的苦果。

原文

城隍、郡司：为小民父母之官，司上帝牛羊之牧。虽则职居下列，而尽瘁者不辞折腰；即或势逼大僚，而有志者亦应强项。乃上下其鹰鸷之手，既罔念夫民贫；且飞扬其狙狯之奸，更不嫌乎鬼瘦。惟受赃而枉法，真人面而兽心！是宜剔髓伐毛，暂罚冥死；所当脱皮换革，仍令胎生。

○司上帝牛羊之牧：负责代替天帝管理百姓之事。

○尽瘁：竭尽心力，不辞劳瘁。不辞折腰：指委屈奉公。

○强项：不低头，喻刚直不阿。

○飞扬：任意施展。狙狯（jū kuài）：亦作"狙侩"，狡猾奸诈。

○剔髓伐毛：脱胎换骨，使之改恶从善。《太平广记》卷六引《洞冥记》："三千岁一反骨洗髓，三千岁一刻骨伐毛。"此处指致死的酷刑。

译文

郡城隍、县城隍二位，身为百姓之父母官，秉承上帝旨意，掌管民间事务。虽职位卑微，但勤勉尽责之人从不畏难；即便偶受上司权势所迫，有志之士亦不应轻易屈服。然而，你二人却上下串通，犹如凶猛之鹰隼，对百姓之困苦视而不见；又嚣张跋扈，如狡黠之猴，连瘦弱饿鬼亦不放过。贪赃枉法，实乃人面兽心之辈！因此，应将你二人剔骨抽筋，刮毛剃须，暂且处以阴间之极刑；更当剥去人皮，换上兽皮，令你二人转世投胎为牲畜，以示惩戒。

原文

隶役者：既在鬼曹，便非人类。只宜公门修行，庶还落蓐之身；何得苦海生波，益造弥天之孽？飞扬跋扈，狗脸生六月之霜；隳突叫号，虎威断九衢之路。肆淫威于冥界，咸知狱吏为尊；助酷虐于昏官，共以屠伯是惧。当于法场之内，剁其四肢；更向汤镬之中，捞其筋骨。

○公门修行：在衙门内洁身向善。○落蓐之身：指人身。落蓐，指人的降生。○苦海：佛家语。谓人间烦恼，苦深如海。○弥天之孽：天大的罪孽。弥，满，广大。○飞扬跋扈：骄横放纵，目中无人。○狗脸：指隶役的面孔。○隳（huī）突：冲撞毁坏。○九衢：指四通八达的道路。衢，大路。○肆：滥施。淫威：无节制的威权。○狱吏为尊：指狱吏的厉害。○屠伯：刽子手。○法场：刑场。○汤镬（huò）：汤锅，古代烹囚的刑具。

译文

差役：既在阴曹地府供职，就不是人类。只应在衙门中行善积德，或许尚有重获人身的希望；岂料你们竟在苦海中掀风作浪，更添无边罪孽。倚强凌弱，面露霜寒，冷酷无情；横冲直撞，狂吠咆哮，如猛虎般阻塞道路。在阴间肆意逞威，使众人皆知狱吏之尊；助长昏官残暴，让百姓像怕屠伯一样害怕昏君。因此，应在法场之上，斩断你们的四肢；更将你们投入大锅，熬煮筋骨，以示严惩。

原文

羊某：富而不仁，狡而多诈。金光盖地，因使阎摩殿上，尽是阴霾；铜臭熏天，遂教枉死城中，全无日月。余腥犹能役鬼，大力直可通神。宜籍羊氏之家，以赏席生之孝。即押赴东岳施行。”

○富而不仁：有钱却心狠手毒，没有一点儿仁慈的心肠。《孟子·滕文公》：“为富不仁矣，为仁不富矣。”○“金光”三句：贿赂公行，致使官府昏暗不明，公理不彰。金光，喻金钱的魔力。阎摩殿，阎王殿。阴霾，昏暗的浊雾。○“铜臭”三句：依仗金钱，遂使阴间世界暗无天日。铜臭，《释常谈·铜臭》：“将钱买官，谓之铜臭。”枉死城，指地狱。○余腥：钱的余臭。指小钱。○大力：指巨额金钱的威力。○籍：抄家，没收。

译文

羊某：富而不仁，狡诈多端。他以金钱之光，笼罩整个阴曹地府，致使阎罗殿上，风沙弥漫，阴暗无光；铜臭之气，熏天蔽日，使得枉死城中，日月无光，黯淡无光。其残余之铜臭，竟能驱使小鬼，其力量之大，几可通神。因此，应即刻查抄并没收羊氏的家产，以奖赏孝顺的席方平。上述罪犯，速押赴东岳大帝处，施以应有之刑罚。

原文

又谓席廉：“念汝子孝义，汝性良懦，可再赐阳寿三纪。”因使两人送之归里。

○纪：古代以十二年为一纪。三纪，三十六年。

译文

二郎神又对席廉说：“考虑到你儿子孝顺，有义气，你生性善良而懦弱，再赐给你阳间寿命三十六年。”然后，就派两个人送他们回家。

原文

席乃抄其判词，途中父子共读之。既至家，席先苏，令家人启棺视父，僵尸犹冰，俟之终日，渐温而活。及索抄词，则已无矣。自此，家日益丰，三年间，良沃遍野。而羊氏子孙微矣，楼阁田产，尽为席有。里人或有买其田者，夜梦神人叱之曰：“此席家物，汝乌得有之！”初未深信，既而种作，则终年升斗无所获，于是复鬻归席。

○俟（sì）：等。

○微：衰微，败落。

○鬻（yù）：卖。

席父九十余岁而卒。

译文

席方平细心地将判决书抄写下来，一路上，父子二人共同诵读，心中充满了喜悦与期待。到了家中，席方平率先苏醒，急忙吩咐家人打开父亲的棺材查看。只见父亲僵冷的身躯仍如寒冰一般，但经过一整天的等待，他的身体逐渐回暖，最终奇迹般地复活了。然而，当他们再次寻找那份珍贵的判决书时，却发现它已无影无踪。尽管如此，席家自此之后却日益昌盛，短短三年间，良田遍布，家境殷实。反观羊家，子孙后代日渐衰败，昔日的楼房田产悉数归入了席家之手。乡中有人见席家田产丰饶，心生觊觎，欲购为己有。然而，夜间却梦见神人严厉呵斥："此乃席家之物，岂是你等能觊觎的！"起初，这些人并未深信，但待耕种一年后，却发现田地颗粒无收，无奈之下，只得将田产重新卖给席方平家。而席方平的父亲，也得以安享晚年，直至九十多岁才安然离世。

原文

异史氏曰：人人言净土，而不知生死隔世，意念都迷，且不知其所以来，又乌知其所以去？而况死而又死，生而复生者乎？忠孝志定，万劫不移，异哉席生，何其伟也！

○净土：佛教认为西天佛土清净自然，是"极乐世界"，因称为"净土"。

译文

异史氏说：人人都说西方有极乐之境，却不知生、死实为两界，意识知觉于其间混沌不清，而且不知从什么地方来，又怎么知道到什么地方去？何况还死而又死，生而又生之循环往复？但是，忠孝之志一旦笃定，便如明灯照亮心海，永恒不灭，不为外界所动。奇特啊，席方平的做法，真是伟大之至！

【素秋】

原文

俞慎，字谨庵，顺天旧家子。赴试入都，舍于郊郭，时见对户一少年，美如冠玉。心好之，渐近与语，风雅尤绝。大悦，捉臂邀至寓，便相款宴。审其姓氏，自言：“金陵人，姓俞，名士忱，字恂九。”公子闻与同姓，又益亲洽，因订为昆仲。少年遂以名减字为忱。明日，过其家，书舍光洁，然门庭踧落，更无厮仆。引公子入内，呼妹出拜，年十三四以来，肌肤莹澈，粉玉无其白也。少顷，托茗献客，似家中亦无婢媪。公子异之，数语遂出。由是友爱如胞。恂九无日不来寓所，或留共宿，则以弱妹无伴为辞。公子曰：“吾弟留寓千里，曾无应门之僮，兄妹纤弱，何以为生矣？计不如从我去，有斗舍可共栖止，如何？”恂九喜，约以闱后。

○顺天：府名。明清指北京地区。旧家：往往指没落的世家。

○冠玉：装饰于帽子上的美玉。用以比喻美男子。

○订为昆仲：结为兄弟。昆仲，兄和弟的代称。

○踧（cù）落：萧条，冷落。

○茗：茶。

译文

俞慎，字谨庵，出身于顺天府的一户显赫世家。一次，他前往京城参加科举考试，选择在城外落脚。期间，他常能瞥见对面宅邸中一位年轻公子，其风姿绰约，面容俊朗，宛若美玉。俞慎心里很喜欢他，逐步与其拉近距离，交谈之下，更觉其风度翩翩，言辞间流露出非凡气质，令他大为欣喜。于是，俞慎热情地拉着他的手，邀至自己的寓所，设宴盛情款待。席间问他姓名，年轻人自报家门：“我是金陵人士，姓俞，名士忱，字恂九。”一听与自己同姓，俞慎顿感亲切倍增，遂提议结为异姓兄弟。

年轻人欣然答应了，并省去“士”字，单以俞忱为名相称。次日，俞慎特意前往俞忱府上拜访，只见其书房布置得井井有条，然而门庭却显得格外冷清，连个侍从的身影也不见。俞忱引领俞慎进入内室，呼唤妹妹出来相见。妹妹十三四岁，肌肤赛雪，晶莹剔透，即便是粉雕玉琢也难以媲美。片刻后，她亲手奉上香茗给俞慎，由此可见家中并无婢女仆役。俞慎心中不免生疑，寒暄几句后便告辞离去。自此以后，俞慎与俞忱情同手足，亲密无间。俞忱几乎每日必访俞慎，有时俞慎挽留他共寝，俞忱则以妹妹年幼无人照料为由婉拒。俞慎心生怜悯，说道：“贤弟远离家乡千里，孤身流落至此，竟无僮仆应门，你们兄妹二人又都柔弱，是以什么为生呢？我想，你们不如随我回去，我那里尚有空房，可供你们兄妹同住，意下如何？”俞忱听后大为高兴，约定待考试结束后便前往。

原文

试毕，恂九邀公子去，曰：“中秋月明如昼，妹子素秋，具有蔬酒，勿违其意。”竟挽入内。素秋出，略道温凉，便入复室，下帘治具。少间，自出行炙。公子起曰：“妹子奔波，情何以忍！”素秋笑入。顷之，搴帘出，则一青衣婢捧壶，又一媪托柈进烹鱼。公子讶曰：“此辈何来？不早从事，而烦妹子？”恂九微哂曰：“素秋又弄怪矣。”但闻帘内吃吃作笑声，公子不解其故。既而筵终，婢媪撤器，公子适嗽，误堕婢衣，婢随唾而倒，碎碗流炙。视婢，则帛翦小人，仅四寸许。恂九大笑。素秋笑出，拾之而去。俄而婢复出，奔走如故。公子大异之。恂九曰：“此不过妹子幼时，卜紫姑之小技耳。”公子

○行炙：端送菜肴。

○哂（shěn）：微笑。

因问："弟妹都已长成，何未婚姻？"答云："先人即世，去留尚无定所，故此迟迟。"遂与商定行期，鬻宅，携妹与公子俱西。

○即世：去世。

译文

科举结束，俞忱向俞慎发出邀请："恰逢中秋佳节，月色皎洁如同白昼，我妹妹素秋已备下佳肴美酒，希望勿辜负其一番心意。"说完，便拉着俞慎步入内室。素秋现身，简短寒暄后，便步入内房，垂下帘幕，着手准备宴席。没多久，她亲自端出酒菜。俞慎起身说道："怎能让妹妹如此辛劳，我实难心安！"素秋笑而应之，复又入内。不一会儿，帘幕轻掀，一青衣丫环手执酒壶步出，随后又有一老妪端着鱼盘而来。俞慎惊异道："这些人从何而来？为何不找些帮手，反让妹妹亲自操劳？"俞忱含笑答道："这是素秋的一些雕虫小技。"帘内传来阵阵轻笑，俞慎一时难以明了其中缘由。宴毕，丫环仆妇前来撤席，恰逢俞慎咳嗽，不慎将唾液溅至丫环衣裳。那丫环一沾唾液，竟颓然倒地，碗盘碎裂，汤汁四溅。细看之下，那丫环竟是帛制小人，仅四寸有余。俞忱大笑，素秋亦笑着走出，拾起小人离去。片刻后，丫环再度现身，行走自如，与之前无异。俞慎惊叹不已。俞忱解释道："这不过是妹子幼时从紫姑神那里学来的一些小法术罢了。"俞慎听后，好奇问道："你们兄妹皆已成年，为何尚未婚配？"俞忱答道："自父母离世后，我们居无定所，故婚事一直未能定下。"于是，俞慎与他商定了出发的日子。俞忱售出房产，携妹与俞慎一同西行，抵达顺天府。

原文

既归，除舍舍之，又遣一婢为之服役。公子妻，韩侍郎之犹女也，尤怜爱素秋，饮食共之。公子与恂九亦然。而恂九又最慧，目下十行，试作一艺，老宿不能及之。公子劝赴童子试，恂九曰："姑为此业者，聊与君分苦耳。自审福薄，不堪仕进，且一入此途，遂不能

○侍郎：明清时，中央各部的副长官。犹女：侄女。

○老宿：宿儒，年老而阅历丰富的读书人。

○艺：制艺。指八股文。

○童子试：秀才资格考试。

不戚戚于得失，故不为也。”居三年，公子又下第。恂九大为扼腕，

○戚戚：动心。 ○下第：落榜。

奋然曰：“榜上一名，何遂艰难若此！我初不欲为成败所惑，故宁寂寂耳。今见大哥不能自发舒，不觉中热，十九岁老童，当效驹驰

○发舒：立功扬名，得志显达。 ○中热：心动，心热。中，内心。

也。”公子喜，试期，送入场，邑、郡、道皆第一。益与公子下帷攻

○试期：指“童子试”试期。 ○邑、郡、道皆第一：明清童生的考试由县试而府试而院试，即在县试、府试、院试中都获得第一，考中了秀才。

苦。逾年科试，并为郡、邑冠军。恂九名大噪，远近争婚之，恂九悉却去。公子力劝之，乃以场后为解。无何，试毕，倾慕者争录其

○场后：此指参加乡试以后。

文，相与传诵，恂九亦自觉第二人不屑居也。

译文

抵达家中后，俞慎即刻清扫房间，安排俞忱兄妹入住，并指派了一名丫环专门服侍他们。俞慎的妻子，乃是韩侍郎的侄女，对素秋尤为喜爱，时常邀她共餐，俞慎与俞忱也常常一同加入。俞忱天资聪颖，阅读速度惊人，一目十行，偶尔尝试撰文，连那些老学究也自叹不如。俞慎见状，劝他参加秀才考试，俞忱却笑道：“我所做的一切，不过是见你读书辛苦，想为你分担些许。我自知福薄，仕途难有作为，且一旦踏入，必将为得失所累，故而不愿参加。”时光荏苒，三年转瞬即逝，俞慎再次科考落第。俞忱深感不平，激愤地说：“榜上有名，怎就如此艰难！我原不想为成败所困，故甘于默默无闻。但今日见大哥未能高中，心中实难平复。我虽已十九，仍是个老童生，却也愿如马驹般，在考场上奋力一搏。”俞慎听后大喜，考试之日，亲自送他入场。俞忱在县、郡、道三级考试中，均拔得头筹。自此，俞忱与俞慎更加刻苦攻读，形影不离。次年，两人并肩参加考试，共同夺得郡、县双冠。俞忱因此声名鹊起，远近人家纷纷欲与他结亲，却被他一一婉拒。俞慎竭力劝说，他才推托说待乡试后再议。不久，乡试结束，俞忱的文采广受赞誉，人们争相抄录他的文章，传颂不已。俞忱自己也觉得，即便是第二名，也难以让他心满意足。

原文

榜既放，兄弟皆黜。时方对酌，公子尚强作噱；恂九失色，酒盏倾堕，身仆案下。扶置榻上，病已困殆。急呼妹至，张目谓公子曰："吾两人情虽如胞，实非同族。弟自分已登鬼箓，衔恩无可相报，素秋已长成，既蒙嫂氏抚爱，媵之可也。"公子作色曰："是真吾弟之乱命矣！其将谓我人头畜鸣者耶！"恂九泣下。公子即以重金为购良材。恂九命舁至，力疾而入。嘱妹曰："我没后，急阖棺，无令一人开视。"公子尚欲有言，而目已瞑矣。公子哀伤，如丧手足。然窃疑其嘱异，俟素秋他出，启而视之，则冠巾袍服如蜕，揭之，有蠹鱼径尺，僵卧其中。骇异间，素秋促入，惨然曰："兄弟何所隔阂？所以然者，非避兄也，但恐传布飞扬，妾亦不能久居耳。"公子曰："礼缘情制，情之所在，异族何殊焉？妹宁不知我心乎？即中馈当无漏言，请勿虑。"遂速卜吉期，厚葬之。

○噱（jué）：谈笑，大笑。

○鬼箓：死者名册。晋陶渊明《拟挽歌辞》："昨暮同为人，今旦在鬼箓。"

○媵（yìng）之：收之为姬妾。媵，姬妾婢女。

○乱命：病重昏迷时的遗言。指其主意荒谬。

○人头畜鸣：指外貌是人，但行为像畜生。

○良材：上等棺木。

○舁（yú）：抬。

○力疾：竭力支撑着病体。

○蜕（tuì）：蝉或蛇之类脱下的皮。

○蠹（dù）鱼：即衣鱼，蛀蚀书籍的小虫。

○礼缘情制：礼法因人情而制定。

○中馈：妻子。

译文

及至放榜之日，俞氏兄弟二人却均未能高中。彼时，二人正对坐饮酒，闻此消息，俞慎尚能勉强维持笑颜；而俞忱则面色大变，手中酒杯失手落地，身躯亦随之扑倒在桌下。俞慎连忙将他扶至床上躺下，见其病情已危急至极。俞慎心急如焚，急唤素秋前来。俞忱勉强睁开眼，对俞慎言道："我们二人虽情同手足，实则并非同族。我自觉已入阎王鬼簿，多年来承蒙兄长厚爱，无以为报。素秋已长大成人，且深受嫂夫人喜爱，就让她做你的妾室吧。”俞慎听后，面色一沉，说道：“弟弟此言差矣！岂能让人骂我为禽兽不如？”俞忱听后，感动得泪流满面。俞慎即刻用重金为俞忱购得一口上等棺材。俞忱让人将棺材抬至床前，拼尽全力爬入其中，嘱咐素秋道：“我死后，立即将棺材盖上，切勿让人打开查看。”俞慎还想再言，俞忱却已闭目离世。俞慎悲痛欲绝，犹如失去了亲兄弟一般。然而，他心中对俞忱的遗言存有疑惑，便趁素秋外出之际，打开棺材查看。只见棺材内袍服如蛇蜕皮般脱落，掀起一看，竟是一条一尺左右的书虫，僵卧其中。俞慎正惊异间，素秋匆匆走进，神色凄惨地说道：“兄弟之间有何可隐瞒的？我这样做并非有意回避兄长，只是怕此事传扬出去，我也无法长久居住于此。”俞慎安慰道：“礼法乃依人情而定，只要有了感情，即便是异类，又有何不同？妹妹难道不明白我的心意吗？我即便对夫人，也不会透露半点的，请妹妹放心。”于是，俞慎迅速选定吉日，为俞忱举行了葬礼。

原文

初，公子欲以素秋论婚于世家，恂九不欲。既没，公子以商素秋，素秋不应。公子曰：“妹年已二十矣，长而不嫁，人其谓我何？”对曰：“若然，但惟兄命。然自顾无福相，不愿入侯门，寒士而可。”

○若然：如果这样。

公子曰：“诺。”不数日，冰媒相属，卒无所可。先是，公子之妻弟韩

○冰媒相属：媒人连续前来。冰媒，媒人。 ○卒无所可：始终没有称心的。可，可意，中意。

荃来吊，得窥素秋，心爱悦之，欲购作小妻。谋之姊，姊急戒勿言，

○小妻：指妾。

恐公子知。韩去，终不能释，托媒风示公子，许为买乡场关节。公子闻之，大怒，诟骂，将致意者批逐出门，自此交往遂绝。适有故尚

○批逐：掌嘴驱逐。批，批颊。

书之孙某甲，将娶而妇忽卒，亦遣冰来。其甲第云连，公子之所素

○冰：媒人。 ○甲第：旧时显贵者的宅第。云连：与云相接，形容高大众多。

识，然欲一见其人，因与媒约，使甲躬谒。及期，垂帘于内，令素秋自相之。甲至，裘马驺从，炫耀闾里。又视其人，秀雅如处女。公子大悦，见者咸赞美之，而素秋殊不乐。公子不听，竟许之。盛备奁装，计费不赀。素秋固止之，但讨一老大婢，供给使而已。公子亦不之听，卒厚赠焉。

○躬谒：亲自来见。

○奁（lián）装：妆奁，陪送嫁妆。 ○不赀（zī）：无数。

译文

起初，俞慎有意将素秋许配给当地的名门望族，但俞忱并未同意。俞忱离世后，俞慎再次与素秋商议此事，素秋依然坚决拒绝。俞慎劝说道："妹子今年已二十芳龄，适婚之时却未出嫁，外界会如何看待我们呢？"素秋回答道："若真如此，我便听从兄长的安排。但我自认为福薄，不愿高攀名门，只愿寻得一贫寒书生为伴。"俞慎无奈应允。然而，数日之内，媒人络绎不绝，素秋却一个也未看中。先前，俞慎妻子的弟弟韩荃在吊唁俞忱时，对素秋一见钟情，欲将她买为小妾。他与姐姐商议此事，姐姐却急忙劝阻，生怕俞慎得知。韩荃离去后，心中仍念念不忘，便托媒人向俞慎暗示，若答应此门亲事，他将为俞慎打通乡试主考官的关系。俞慎闻此，大为震怒，痛斥韩荃，并将传话之人逐出家门，自此二人断绝往来。恰在此时，已故尚书的孙子某甲，因未婚妻猝然离世，亦派媒人前来提亲。某甲家宅院宏伟，富甲一方，俞慎早有耳闻。他渴望亲眼见一见某甲，便与媒人约定，让某甲亲自上门拜访。到了约定之日，俞慎让素秋在内室垂下帘幕，由她自行相看。某甲身着裘袍，骑着高头大马，身后跟随一众随从，故意在街上炫耀。他本人也长得俊秀文雅，颇有些女子气。俞慎一见，大为欢喜，见到某甲的人也都赞不绝口，唯独素秋面露不悦。俞慎不顾素秋的反对，毅然决然地答应了这门亲事。他又为素秋准备了丰厚的嫁妆，花费了不少钱财。素秋竭力劝阻，表示只需一个老婢女侍奉即可。但俞慎并未听从她的意见，最终还是陪送了一大笔嫁妆。

原文

既嫁，琴瑟甚敦。然兄嫂常系念之，每月辄一归宁。来时，奁中珠绣，必携数事，付嫂收贮。嫂未知其意，亦姑从之。甲少孤，止有寡母，溺爱过于寻常，日近匪人，渐诱淫赌，家传书画鼎彝，皆以鬻还戏债。而韩荃与有瓜葛，因招饮而窃探之，愿以两妾及五百金易素秋。甲初不肯，韩固求之，甲意似摇，然恐公子不甘。韩曰："我与彼至戚，此又非其支系，若事已成，则彼亦无如何。万一有他，我身任之。有家君在，何畏一俞谨庵哉！"遂盛妆两姬出行酒，且曰："果如所约，此即君家人矣。"甲惑之，约期而去。至日，虑韩诈谖，夜候于途，果有舆来，启帘照验不虚，乃导去，姑置斋中。韩仆以五百金交兑俱明。甲奔入，伪告素秋，言公子暴病相呼。素秋未遑理妆，草草遂出。舆既发，夜迷不知何所，逴行良远，殊不可到。忽有二巨烛来，众窃喜其可以问途。无何，至前，则巨蟒两目如灯。众大骇，人马俱窜，委舆路侧。将曙复集，则空舆存焉。意必葬于蛇腹，归告主人，垂首丧气而已。

○匪人：行为不正的人。

○鼎彝："鼎"和"彝"都是古代青铜器。这里指珍贵的古玩。

○戏债：赌债。戏，博戏。

○支系：宗族的分支。此指同族。

○诈谖（xuān）：欺诈。

○未遑：来不及，没有时间。

○逴（chuō）行：远行。

译文

素秋嫁至某甲家后，夫妻二人感情深厚。然而，兄嫂对她念念不忘，因此她每月都会抽空回家探望一次。每次归来，素秋都会从梳妆盒中挑选几件首饰带回，交给嫂子代为保管。嫂子虽不解其意，但也暂且替她收存起来。某甲自幼丧父，由寡母独自抚养，因此备受溺爱。他常与不良之徒为伍，逐渐沉迷于嫖赌之中，甚至将家中的书画、古玩变卖以偿还赌债。韩荃与某甲素有往来，一次宴饮中，他暗中试探某甲，提出愿以两名小妾及五百两银子交换素秋。某甲初时不肯，但在韩荃的再三恳求下，心中渐生动摇。然而，他仍担忧俞慎不会善罢甘休。韩荃则安抚道："我与他是至亲，且素秋并非他亲妹。事成之后，他即便不满也无可奈何。万一有事，我一人承担。有我父亲在，他俞慎又能奈我何？"说完，他命两名盛装打扮的侍妾出来陪酒，并承诺事成后这两名侍妾便归某甲所有。某甲被韩荃所惑，约定了日期便回家等候。到了那日，某甲仍心存疑虑，担心韩荃有诈。于是，他夜间守候在路边，果然见有车子驶来。某甲打开车帘查验，确认无误后，便将她们引回家中，暂时安置在书房里。韩荃的仆人又当面交给他五百两银子。某甲清点完毕，便匆匆奔至内室，假称俞慎得了急病，催促素秋赶紧回家。素秋未及梳妆打扮，便慌忙出门。车子行驶在路上，不久便因夜色迷茫而迷路。他们不知身处何方，只能继续前行。然而，走了许久仍未到达韩府。突然，前方出现两只巨烛般的光影，韩府的仆人心中暗喜，以为可以上前问路。不料，那两只大蜡烛竟是一条目光如炬的大蟒蛇。众人大惊失色，吓得四处逃窜，将车子丢在了路边。待天色渐亮，他们再次聚拢在一起，却发现只剩下一辆空车。他们猜想素秋定是被蟒蛇吞噬了，便匆匆回去向主人禀报。韩荃听后也只能垂头丧气，无奈接受这一事实。

原文

数日后，公子遣人诣妹，始知为恶人赚去，初不疑其婿之伪也。取婢归，细诘情迹，微窥其变，忿甚，遍愬郡邑。某甲惧，求救于韩。韩以金妾两亡，正复懊丧，斥绝不为力。甲呆憨无所

○情迹：事情的经过。

○愬（sù）：诉讼。

复计，各处勾牒至，但以赂嘱免行。月余，金珠服饰，典货一空。公子于宪府究理甚急，邑官皆奉严令，甲知不可复匿，始出，至公堂实情尽吐。蒙宪票拘韩对质，韩惧，以情告父。父时休致，怒其所为不法，执付隶。既见诸官府，言及遇蟒之变，悉谓其词枝。家人搒掠殆遍，甲亦屡被敲楚。幸母日鬻田产，上下营救，刑轻得不死，而韩仆已瘐毙矣。韩久困囹圄，愿助甲赂公子千金，哀求罢讼。公子不许。甲母又请益以二姬，但求姑存疑案，以待寻访。妻又承叔母命，朝夕解免，公子乃许之。甲家綦贫，货宅办金，而急切不能得售，因先送姬来，乞其延缓。

○宪府：旧时称御史为“宪府”，清代称巡抚、布政使和按察使为“三大宪”。此处指朝廷委驻各行省的高级官吏衙门。

○休致：官吏年老去职。清制，自陈衰老，经朝廷允许休致的，称“自请休致”；老不称职，谕旨令其休致的，称“勒令休致”。

○词枝：胡扯乱编。《易·系辞》：“中心疑者其辞枝。”疏：“枝，谓树枝也，中心于事疑惑，则其心不定，其辞分散若间枝也。”

○敲楚：扑责。楚，刑杖。

○瘐（yǔ）毙：病死狱中。

○囹圄（líng yǔ）：监狱。

译文

数日之后，俞慎遣人探望妹妹，方知她被恶人所骗。起初，他并未怀疑是某甲所为。俞慎将素秋的婢女召回家中，详细询问事情经过，才隐约察觉其中端倪。他怒不可遏，直奔州县衙门告状。某甲心中惶恐，急忙向韩荃求救。韩荃正因人财两失而懊恼不已，便斥责某甲，拒绝为他出力。某甲愚钝无能，束手无策，面对各衙门传来的传票，只能以贿赂请求宽限。短短一个多月，家中的金银珠宝、服饰便被变卖一空。俞慎不甘罢休，又将此事告到省里。省衙对此案追查得十分紧迫，郡县官员只得遵从上级指示。某甲深知再也无法隐瞒，只得出庭，在公堂上坦白了一切。省衙随即发出传票，要将韩荃拘来当庭对质。韩荃惊恐万分，只得将实情告知父亲。他父亲当时已辞官在家，对韩荃的违法行为怒不可遏，便将他捆绑起来交给差役带走。到了公堂上，韩荃提及遇到蟒蛇的怪事，审判官员均认为荒谬不经，纯属胡言乱语。韩家几乎所有仆人都被拷问，某甲也屡受刑罚。幸亏某甲的母亲变卖田产，上下打点营救，才使得某甲所受刑罚不致过重，未被打死。然而，韩家的仆人却已在狱中病死。韩荃长期被困狱中，甘愿拿出一千两银子帮助某甲贿赂俞慎，哀求他撤销诉讼。但俞慎坚决拒绝。某甲的母亲又提出加上两名侍妾，只求俞慎暂且将此案作为疑案处理，派人去寻找素秋的下落。俞慎的妻子也受婶婶之托，每日恳求俞慎撤回状子。最终，俞慎勉强答应。某甲家已贫困潦倒，欲卖房产筹办银两，但急切之间难以出手。于是，他们先将侍妾送来，乞求俞慎宽限时日。

原文

逾数日，公子夜坐斋头，素秋偕一媪，蓦然忽入。公子骇问："妹固无恙耶？"笑曰："蟒变乃妹之小术耳。当夜窜入一秀才家，依于其母。彼自言识兄，今在门外，请入之也。"公子倒屣而出，烛之，非他，乃周生，宛平之名士也，素以声气相善。把臂入斋，款洽臻至。倾谈既久，始知颠末。初，素秋昧爽款生门，母纳入，诘之，知为公子妹，便将驰报。素秋止之，因与母居。慧能解意，母悦之，以子无妇，窃属意素秋，微言之。素秋以未奉兄命为辞。生亦以公子交契，故不肯作无媒之合，但频频侦听。知讼事已有关说，素秋乃告母欲归。母遣生率一媪送之，即嘱媪媒焉。公子以素秋居生家久，窃有心而未言也，及闻媪言，大喜，即与生面订为好。先是，素秋夜归，将使公子得金而后宣之，公子不可，曰："向愤无所泄，

○倒屣（xǐ）：急于出迎，把鞋子倒穿。

○宛平：旧县名。在今北京南部。

○颠末：事情的原委。

○昧爽：天未亮。款：敲。

○微言之：婉转含蓄地说明心意。

○交契：交情很好。契，意气相合。

○关说：调解说情。

故索金以败之耳。今复见妹，万金何能易哉！”即遣人告诸两家，顿罢之。又念生家故不甚丰，道赊远，亲迎殊艰，因移生母来，居以恂九旧第。生亦备币帛鼓乐，婚嫁成礼。一日，嫂戏素秋：“今得新婿，曩年枕席之爱，犹忆之否？”素秋微笑，因顾婢曰：“忆之否？”嫂不解，研问之，盖三年床第，皆以婢代。每夕，以笔画其两眉，驱之去，即对烛而坐，婿亦不之辨也。益奇之，求其术，但笑不言。

○顿：立刻。罢之：指罢讼。

○赊远：遥远。

译文

数日后，俞慎正于书房中夜坐，忽见素秋携一老妇步入。俞慎惊愕问道：“妹妹一直安然无虞吗？”素秋笑答：“那条大蟒蛇不过是我施展的一个小法术。那夜，我逃至一秀才家中，与其母同住。秀才自言与哥哥相识，此刻正在门外等候，请允他进来。”俞慎听后，急忙趿鞋出门，以灯照之，果见来者乃是宛平名士周生，二人平素交情深厚。俞慎拉着周生的手臂进入书房，热情款待。二人倾心长谈，俞慎方知素秋失踪后的种种经历。原来，素秋天亮时敲响了周生的家门，周母开门让她进屋，询问情况后得知她是俞慎的妹妹，便欲立即通知俞慎。但素秋阻止了他们，选择与周母同住。素秋聪慧且善解人意，周母对她极为喜爱，因儿子尚未娶妻，便暗中将她视为未来儿媳，并试探素秋的意思。素秋以未经兄长同意为由婉拒，周生也因与俞慎交情好，不肯无媒而合，只是频频打听案情进展。当得知案子已结，素秋便向周母告辞回家。周母让周生带一老妇送素秋归家，并嘱咐老妇代为说媒。俞慎因素秋在周家久住，心中早有此意，只是不便明言。听到老妇来为周生说媒，俞慎大喜，遂与周生当面订下婚约。此前，素秋趁夜回家，本想让俞慎得到某甲的银子后再公开此事。但俞慎认为不可，他说：“原先是因心中愤怒无从发泄，才索要钱财以使其家败落。如今既已见到妹妹，这岂是万两黄金所能换得的！”于是，他派人告知某甲、韩荃两家，此场官司随即了结。俞慎又考虑到周生家本不富裕，且路途遥远，迎亲困难，便将周母接来住在俞忱旧屋。周生也备好嫁妆，找来鼓乐，于是婚礼得以举行。一日，嫂子与素秋玩笑道：“如今你有了新女婿，可还记得从前吗？”素秋笑而不答，却回头问丫环：“你还记得吗？”嫂子不解其意，追问究竟。原来那三年，素秋都是让丫环代替的——每晚，素秋用笔为丫环画眉，让她替自己去卧室。即便丫环在灯下与某甲面对面坐着，某甲也分辨不出真相。嫂子听后越发觉得神奇，想向素秋学法术，但素秋只是笑着不肯传授。

原文

次年大比，生将与公子偕往。素秋以为不必，公子强挽之而去。是科，公子荐于乡，生落第归，隐有退志。逾岁，母卒，遂不复言进取矣。一日，素秋告嫂曰：“向问我术，固未肯以此骇物听也。今远别行有日矣，请秘授之，亦可以避兵燹。”惊而问之，答云：“三年后，此处当无人烟。妾荏弱不堪惊恐，将蹈海滨而隐。大哥富贵中人，不可以偕，故言别也。”乃以术悉授嫂。数日，又告公子。留之不得，至于泣下，问：“往何所？”即亦不言。鸡鸣早起，携一白须奴，控双卫而去。公子阴使人尾送之，至胶莱之界，尘雾幛天，既晴，已迷所往。三年后，闯寇犯顺，村舍为墟。韩夫人翦帛置门内，寇至，见云绕韦驮高丈余，遂骇走，以是得无恙焉。

○大比：乡试。明清科举制度，每三年举行一次乡试，叫“大比”。

○荐于乡：考中举人。

○骇物听：耸动舆论。物听，舆论，舆情。

○兵燹（xiǎn）：战火，战乱。

○卫：驴的别称。

○幛：题字的布幅。这里是遮蔽的意思。

○闯寇犯顺：指明末农民起义军李自成率众造反，反对明朝统治。李自成称李闯王。闯寇，是蔑称。犯顺，以逆犯顺，谓造反作乱。

○韦驮：佛教护法神。其塑像威武高大，穿古武将服，手持金刚杵。

译文

第二年，朝廷举办乡试，周生与俞慎本想结伴而行。素秋却认为周生无需参加，但俞慎坚持拉着周生一同前往。结果，俞慎顺利中榜，而周生则名落孙山，心中渐生放弃科举之念。又过一年，周生之母辞世，他从此再不提进京应考之事。一天，素秋对嫂子说道：“昔日你询问我法术，我未肯应允，是恐其惊世骇俗。如今我即将远行，一去恐难复返，故欲悄悄将此法术传授于你，以备将来避乱之用。”嫂子听后大惊，忙问其故。素秋答道：“三年之后，此地将成荒芜之地。我体弱多病，难以承受惊恐，故欲逃至海滨隐居。大哥是富贵之人，无法随我同行，因此就此别过。”说完，便将法术悉数传授给嫂子。数日之后，素秋又将自己的打算告知俞慎。俞慎虽极力挽留，却无奈素秋去意已决，伤心之下泪流满面，询问素秋将往何处。素秋却不肯透露。次日鸡鸣时分，素秋早起，携一白须奴仆，骑两头驴子悄然离去。俞慎暗中派人尾随相送，行至胶莱地界时，忽见天空尘雾弥漫。待天晴后，已不见素秋等人踪影。三年之后，李自成之军攻陷顺天府，村庄房舍皆成废墟。俞慎之妻剪帛置于门内。流寇来袭时，只见云雾缭绕中有一丈余高的韦驮护法神像，吓得流寇仓皇而逃。因此，俞家得以保全，安然无恙。

原文

后村中有贾客至海上，遇一叟甚似老奴，而髭发尽黑，猝不敢认。叟停足而笑曰：“我家公子尚健耶？借口寄语：秋姑亦甚安乐。”问其居何里，曰：“远矣，远矣！”匆匆遂去。公子闻之，使人于所在遍访之，竟无踪迹。

○贾客：商人。

译文

后来，俞慎所在村庄有商人出海经商，途中偶遇一位老者，其相貌颇似昔日那位白胡子老奴，但胡须与头发却全然乌黑，一时之间难以辨认。老者驻足，含笑问道：“我家公子近来可好？烦请你回去捎个信，告知素秋姑娘亦安康无恙。”商人好奇询问老者居所，老者只笑道：“那地方太远了，太远了！”说完，便匆匆离去。俞慎闻讯后，立即派人前往老者出现之地四处搜寻，却未能发现素秋的丝毫踪迹，心中不免怅然若失。

原文

异史氏曰：管城子无食肉相，其来旧矣。初念甚明，而乃持之不坚。宁知糊眼主司，固衡命不衡文耶？一击不中，冥然遂死，蠹鱼之痴，一何可怜！伤哉雄飞，不如雌伏。

○糊眼：谓眼睛昏昧，无辨识能力。主司：主管官员。指科场试官。

○衡：权衡，评判。

○一击不中，冥然遂死：指俞士忱耻于考了一次乡试没考中而死去。

○雄飞：喻奋发。雌伏：喻退让不争。

译文

异史氏说：书生本就没有做大官的福相，这是亘古不变之理。最初志向很明确，但最终难以持守。他们哪里知道那些慧眼未开的试官，实则唯以命数作为选拔的标准，又何曾依据文章之优劣？一朝未中，便黯然销魂，书生之痴情，实乃可悲可叹！悲哀啊，大丈夫与其汲汲于功名显赫，倒不如甘于贫穷，反而能长保安乐！

【贾奉雉】

原文

贾奉雉，平凉人，才名冠一时，而试辄不售。一日，途中遇一秀才，

○平凉：府名。位于甘肃省东部，今为甘肃平凉。

○不售：卖不出去。指没有被录取。

自言郎姓，风格洒然，谈言微中。因邀俱归，出课艺就正。郎读罢，

○谈言微中（zhòng）：言谈隐约委婉而切中事理。

○课艺：八股文的习作。就正：请求指导。

不甚称许，曰：“足下文，小试取第一则有余，闱场取榜尾则不足。”

○足下：称呼对方的敬辞。

○小试：指参加府、县及学政的考试，也称“小考”或“小场”，即岁试或科试。

○闱场：也称“大场”，指乡试或会试。闱，考场，乡试称“秋闱”，会试称“春闱”。榜尾：指榜上最后一名。

贾曰：“奈何？”郎曰：“天下事，仰而跂之则难，俯而就之甚易，此

○仰而跂（qǐ）之：谓仰首高攀。跂，踮起脚尖。

○俯而就之：降格屈从。

何须鄙人言哉！”遂指一二人、一二篇以为标准，大率贾所鄙弃而不屑道者。闻之，笑曰：“学者立言，贵乎不朽，即味列八珍，当

○立言：著书立说，确立独到的论说言辞。

○味列八珍：指古时八种烹饪方法。

使天下不以为泰耳。如此猎取功名，虽登台阁，犹为贱也。”郎曰：

○泰：奢侈，过分。

○台阁：指宰相之类的高官重臣。

“不然。文章虽美，贱则弗传。君欲抱卷以终也则已，不然，帘内诸官，皆以此等物事进身，恐不能因阅君文，另换一副眼睛肺肠

○物事：东西。这里指陋劣的八股文。进身：发迹，升官。

也。”贾终嘿然。郎起而笑曰：“少年盛气哉！”遂别而去。

○嘿（mò）然：沉默不言的样子。嘿，同“默”。

译文

贾奉雉，平凉人士，才名远播，但科考之路却屡遭挫败。一天，他于途中邂逅一自称郎姓的秀才，此人风度翩翩，言辞精辟，见解独到。贾奉雉遂邀其至府上，并呈上自己的文章以求指教。郎秀才看后，并未大加赞赏，而是直言道：“君之文章，应付小试绰绰有余，但若想在乡试中脱颖而出，恐怕连末位都难以企及。”贾奉雉听后，急忙请教应对之策。郎秀才答道：“世间之事，强求难得，顺应则易成，此理不用我多说！”接着，他列举了数人及文章作为典范，而这些恰恰是贾奉雉平日所不屑一顾

的。贾奉雉听后，不禁笑道："学者著文，贵在流传千古，如此即便享尽珍馐美味，亦不会为人所诟病为奢侈。而若如你所言，只为功名而文，纵使位高权重，亦难逃低俗之嫌。"郎秀才则反驳道："此言差矣。文章虽佳，若作者地位卑微，亦难以流传广远。你若愿以文为伴，了此余生，自可另当别论；否则，那些试官皆是通过此类文章而得以晋升，他们岂会因你的文章而另换眼光与心胸？"贾奉雉听后，沉默不语。郎秀才见状，起身笑道："真是年少气盛啊！"说完，便辞别而去。

原文

是秋入闱复落，邑邑不得志，颇思郎言，遂取前所指示者强读之。未至终篇，昏昏欲睡，心惶惑无以自主。又三年，闱场将近，郎忽至，相见甚欢。因出所拟七题，使贾作之。越日，索文而阅，不以为可，又令复作。作已，又訾之。贾戏于落卷中，集其阘冗泛滥，不可告人之句，连缀成文，俟其来而示之。郎喜曰："得之矣！"因使熟记，坚嘱勿忘。贾笑曰："实相告：此言不由中，转瞬即去，便受夏楚，不能复忆之也。"郎坐案头，强令自诵一过，因使袒背，以笔写符而去，曰："只此已足，可以束阁群书矣。"验其符，濯之不下，深入肌理。至场中，七题无一遗者。回思诸作，茫不记忆，惟戏缀之文，历历在心。然把笔终以为羞，欲少窜易，而颠倒苦思，竟不能复更一字。日已西坠，直录而出。

○邑邑：忧郁不乐的样子。

○落：黜落，落榜。

○訾(zǐ)：指责，非议。

○落卷：落选的考卷。

○阘(tà)冗泛滥：指文词格调低下，啰嗦浮泛。阘冗，低劣。

○中：同"衷"。

○夏(jiǎ)楚：古时学校的体罚用具。见《礼记·学记》。夏，亦作"榎"。

○束阁群书：把群书束之高阁，不再需要用功读书了。

○七题：即"七艺"。乡试第一场试时文七篇，四书三题，经书四题。

○历历：清晰的样子。

○窜易：更改。

○直录：直接抄录。

译文

那年秋季，贾奉雉再度参加科举，无奈又遭落榜，心中郁郁寡欢。忽地，他忆起郎秀才昔日之言，遂取出郎秀才所荐之文章，强迫自己研读。然而还没读完，便已昏沉睡去，心中因此更添惶恐与迷茫，难以自主。时光荏苒，转眼又是三年，科举之期将至，郎秀才忽然来了，两人相见甚欢。郎秀才列出七道题目，命贾奉雉作文。次日，郎秀才索文观之，却觉得不好，遂令贾奉雉重写。贾奉雉再作，却又遭郎秀才指摘。于是，贾奉雉戏从落榜试卷中摘录些冗长空洞、不堪入目之句，拼凑成七篇文章，待郎秀才来时交其审阅。郎秀才阅后，竟大喜道："你终悟得作文之法矣！"遂命贾奉雉熟记此文，并反复叮嘱，不可遗忘。贾奉雉笑道："实言相告，此等文字皆非心声，转瞬即忘，纵使你责打我，我亦难忘。"郎秀才坐于案旁，强令贾奉雉背诵此文，又令其脱衣露背，以笔在其上画符数道。临行前，郎秀才言道："有此数文足矣，其余之书皆可束之高阁。"郎秀才离去后，贾奉雉检视背上之符，却发现洗之不去，已深印皮肉之中。及至考场，贾奉雉发现郎秀才所列七题无一遗漏。他试图回忆自己所作之其他文章，却一无所获，唯有那七篇戏谑拼凑之文，清晰铭记于心，挥之不去。虽觉羞愧，欲稍作修改，然反复思量，竟一字不能更改。日已西斜，贾奉雉无奈，只得照录那七篇文章，然后离开考场。

原文

郎候之已久，问："何暮也？"贾以实告，即求拭符，视之，已漫灭矣。再忆场中文，遂如隔世。大奇之。因问："何不自谋？"笑曰："某惟不作此等想，故能不读此等文也。"遂约明日过诸其寓，贾诺之。郎既去，贾取文稿自阅之，大非本怀，怏怏不自得，不复访郎，嗒丧而归。未几，榜发，竟中经魁。又阅旧稿，一读一汗，读竟，重衣尽湿。自言曰："此文一出，何以见天下士矣！"方惭怍间，郎

○隔世：间隔一个世代，谓时间久远。

○嗒（tà）丧：失意沮丧。

○经魁：明清科举分五经取士，每科乡试及会试，于五经中各取其第一名，明代称之为"五经魁首"，清代称"经魁"。此指乡试经魁。

忽至曰:“求中既中矣,何其闷也?”曰:“仆适自念,以金盆玉碗贮狗矢,真无颜出见同人。行将遁迹山丘,与世长绝矣。”郎曰:“此亦大高,但恐不能耳。果能之,仆引见一人,长生可得。并千载之名,亦不足恋,况傥来之富贵乎!”贾悦,留与共宿,曰:“容某思之。”天明,谓郎曰:“予志决矣!”不告妻子,飘然遂去。

○以金盆玉碗贮狗矢:喻名高贵而实丑劣。

○傥来:不意而得。

译文

郎秀才已等候贾奉雉多时,见他终于走出考场,便询问道:“为何这么晚才出?”贾奉雉据实以告,并请求帮忙擦去背上的符咒。待他脱下衣裳,却发现符咒已无影无踪。再试图回忆考场中所写文章,却如隔世之梦,难以忆起。贾奉雉心中大惑,于是问:“你既知此法,为何不自用以求功名?”郎秀才笑道:“正因我无意仕途,方能超脱此等文章束缚。”说完,与贾奉雉相约次日造访郎家,贾奉雉点头应允。郎秀才离去后,贾奉雉取出那七篇文章细读,只觉字字非心,郁郁不乐,次日亦未赴约拜访郎秀才,而是垂头丧气地返回家中。不久,放榜之日到来,贾奉雉竟名列榜首。他再次翻阅旧稿,每读一篇便汗流浃背,等到读完,衣衫尽湿。他喃喃自语:“此文一旦公之于众,我何颜面对天下文人!”正懊悔不已间,郎秀才来了,问:“你已高中,为何仍郁郁寡欢?”贾奉雉叹道:“我方才思忖,以如此文章取胜,犹如金盆玉碗盛秽物,实在无颜见同窗。我意欲隐居山林,永绝尘缘。”郎秀才说:“此举虽高雅,但恐你难以践行。若你真能如此,我可为你引见一人,使你长生不老。如此,纵使千载留名,亦不足恋,何况这侥幸得来的富贵呢!”贾奉雉听完大喜,留郎秀才共住,并说:“容我再想想。”等到天亮,他对郎秀才说:“我意已决。”于是,他不辞妻子,便与郎秀才飘然离去。

原文

渐入深山,至一洞府,其中别有天地。有叟坐堂上,郎使参之,

○参:拜见。

呼以师。叟曰："来何早也？"郎曰："此人道念已坚，望加收齿。"叟曰："汝既来，须将此身并置度外，始得。"贾唯唯听命。郎送至一院，安其寝处，又投以饵，始去。房亦精洁，但户无扉，窗无棂，内惟一几一榻。贾解屦登榻，月明穿射矣。觉微饥，取饵啖之，甘而易饱。窃意郎当复来，坐久寂然，杳无声响。但觉清香满室，脏腑空明，脉络皆可指数。忽闻有声甚厉，似猫抓痒，自牖睨之，则虎蹲檐下。乍见甚惊，因忆师言，即复收神凝坐。虎似知其有人，寻入近榻，气咻咻，遍嗅足股。少顷，闻庭中嗥动，如鸡受缚，虎即趋出。又坐少时，一美人入，兰麝扑人，悄然登榻，附耳小言曰："我来矣。"一言之间，口脂散馥。贾瞑然不少动。又低声曰："睡乎？"声音颇类其妻，心微动，又念曰："此皆师相试之幻术也。"瞑如故。美人笑曰："鼠子动矣！"初，夫妻与婢同室，狎亵惟恐婢闻，私约一谜曰："鼠子动，则相欢好。"忽闻是语，不觉大动，开目凝视，真其妻也。问："何能来？"答云："郎生恐君岑寂思归，遣一妪导我来。"言次，因贾出门不相告语，偎傍之际，颇有怨怼。贾慰藉良久，始

○收齿：接纳，收录。

○饵：食物。

○扉：门。

○棂：窗格子。

○屦（jù）：麻鞋，草鞋。

○穿射：照射。

○指数（shǔ）：清点。

○收神：收敛意念。凝坐：端坐。

○兰麝：兰花与麝香。指脂粉香气。

得嬉笑为欢。既毕，夜已向晨，闻叟谯诃声，渐近庭院。妻急起，无地自匿，遂越短墙而去。俄顷，郎从叟入。叟对贾杖郎，便令逐客。郎亦引贾自短墙出，曰："仆望君奢，不免躁进，不图情缘未断，累受扑责。从此暂去，相见行有日也。"指示归途，拱手遂别。

○夜已向晨：天已微亮。

○谯（qiào）诃：大声斥责。谯，责备，责问。

○望君奢：对您期望过高。奢，过分。

译文

二人逐步深入山林，最终到了一座洞府前，洞内别有一番景象。堂上坐着一位老者，郎秀才引贾奉雉上前行礼，尊称老者为师父。老者问道："何故提早至此？"郎秀才禀明："此人向道之心已坚，望师父收录门下。"老者说："你既来了，则须忘身外之物，方能得道。"贾奉雉恭敬应允。郎秀才遂引贾奉雉至一院落，为其安排住宿，又备来食物，方才辞别。贾奉雉环顾四周，房间虽小巧却整洁，然门无板，窗无棂，仅有一茶几、一床铺。他脱鞋上床，月光洒满屋内。腹中稍感饥饿，便取点心品尝，只觉甘美异常，瞬息即饱。念及郎秀才可能会再来，他便静坐许久，四周寂静无声，唯闻满室清香，五脏六腑皆感空明，乃至血脉清晰可见。忽然听见刺耳的声音，似猫抓痒，他向窗外观望，只见一虎蹲于檐下。贾奉雉初见大惊，但随即忆起师父之言，便收敛心神，端坐不动。虎似知屋内有人，不久便入内，至床前，喘息声重，遍嗅贾奉雉腿脚。片刻后，庭院中传来响动，像是鸡被抓，虎随即离去。贾奉雉又坐片刻，忽见一美人入室，香气袭人，悄然上床，贴耳低语："我来了。"其开口瞬间，唇上胭脂散发馥郁之香。贾奉雉闭目不动，美人又低声问："睡了吗？"声音酷似其妻，他心中微动，转念想："此乃师父以幻术试探我。"于是仍闭目不动。美人笑道："小老鼠动了！"原来，贾奉雉与妻及丫环同住一房，行事时恐被丫环听见，便私设暗号："小老鼠动了，便可行事。"因此，贾奉雉忽听此话，心中大动，睁眼细看，果真是自己的妻子。便问："你怎会来这？"妻答："郎生怕你孤单，想回家，便遣一老妇领我来此。"言谈间，因贾奉雉离家时未告知她，妻子故依偎在他怀中，流露出埋怨之色。贾奉雉安慰她许久，二人方嬉笑欢好。天已微明之时，忽听老者呵斥声，离院落越来越近。妻急忙起身，发现无处可藏，便翻短墙而去。不久，郎秀才随老者入内。老者当着贾

奉雉的面，以杖击郎秀才，并命令他把客人赶走。郎秀才无奈，只好领贾奉雉从短墙出去，对他说："我对你期望过高，不免急躁冒进，未料你情缘未断，连累我受罚。你先离开吧，将来或有再见之日。"说完，指明归路，拱手告别。

原文

贾俯视故村，故在目中，意妻弱步，必滞途间。疾趋里余，已至家门，但见房垣零落，旧景全非，村中老幼，竟无一相识者，心始骇异。忽念刘、阮返自天台，情景真似。不敢入门，于对户憩坐。良久，有老翁曳杖出。贾揖之，问："贾某家何所？"翁指其第曰："此即是也。得无欲问奇事耶？仆悉知之。相传此公闻捷即遁，遁时，其子才七八岁。后至十四五岁，母忽大睡不醒。子在时，寒暑为之易衣。迨殁，两孙穷踧，房舍拆毁，惟以木架苫覆蔽之。月前，夫人忽醒，屈指百余年矣。远近闻其异，皆来访视，近日稍稀矣。"贾豁然顿悟，曰："翁不知贾奉雉即某是也。"翁大骇，走报其家。时长孙已死，次孙祥，至五十余矣。以贾年少，疑有诈伪。少间，夫人出，始识之。双涕霪霪，呼与俱去。苦无屋宇，暂入孙舍。大小男妇，奔入盈侧，皆其曾、玄，率陋劣少文。长孙妇吴氏，沽酒具藜藿，又使少子杲及妇，与己共室，除舍舍祖翁姑。贾入舍，烟

○弱步：步履孱弱。指行走缓慢。

○刘、阮返自天台：南朝宋刘义庆《幽明录》载，相传东汉永平年间，剡县人刘晨、阮肇入天台山采樵，遇二仙女，留住半年，及至还乡，子孙已历七世。

○对户：对门。

○捷：科举考中。

○殁（mò）：死。指儿子去世。

○穷踧（cù）：贫困。踧，通"蹙"，窘迫，困顿。

○苫（shàn）覆：用草覆盖、遮蔽。

○屈指：计算。

○霪霪（yín）：雨落不停，形容泪流满面。

○曾、玄：曾孙或玄孙。

○藜藿（lí huò）：粗劣的饭菜。藜，亦称"灰条菜"，一年生草本植物，嫩叶可食。藿，豆类植物的叶子。

埃儿溺，杂气熏人。居数日，懊惋殊不可耐。两孙家分供餐饮，

○懊惋：懊丧。

调饪尤乖。里中以贾新归，日日招饮，而夫人恒不得一饱。吴氏故

○调饪尤乖：饭菜做得尤其差。调饪，调味烹饪。乖，不合意。

士人女，颇娴闺训，承顺不衰。祥家给奉渐疏，或嘑尔与之。贾

○娴：熟悉。

○嘑（hū）尔与之：谓供给食饮，极不尊敬。

怒，携夫人去，设帐东里。每谓夫人曰："吾甚悔此一返，而已无

○设帐：任教。

及矣。不得已，复理旧业，若心无愧耻，富贵不难致也。"居年余，

吴氏犹时馈饷，而祥父子绝迹矣。

○馈饷：送食物。

译文

贾奉雉低头凝视着旧日的村庄，过去的情形如在眼前。他心想，妻子体弱，步履蹒跚，想必仍在路上跋涉。于是，他急匆匆地赶路，不过一里多地，竟已抵达家门。然而，眼前的景象却令他大吃一惊：房屋墙壁斑驳破落，往昔的景象荡然无存，村中的老少竟无一人相识。他心中不禁涌起一股恐惧与惊异。忽然间，他回想起东汉时期刘晨、阮肇在天台山偶遇神仙，后重返故乡的情景，与眼前所见颇为相似。他不敢贸然进门，便在对面人家前坐下歇息。坐了许久，才见一位老头拄着拐杖缓缓走出。贾奉雉恭敬地向老头行礼，询问道："请问贾奉雉家在哪里？"老头指着他家说道："这不就是吗？你大概也是想来打听这件怪事的吧？我全都知道。据说这位贾相公在得知自己考中举人后便消失了，那时他的儿子才七八岁。后来，儿子长到十四五岁时，他的母亲突然陷入沉睡。儿子在世时，无论寒暑都为她更换衣物。儿子去世后，两个孙子生活贫困，房屋也被拆毁，只能用木架铺上草将她盖上。一个月前，老夫人突然醒来，屈指一算，已过去了一百多年。远近的人们听说这件奇事，都纷纷前来探望，近来才稍微少了些。"贾奉雉恍然大悟，说道："老人家不认识贾奉雉吧？我就是他。"老头听后大惊失色，急忙进屋报信。此时，长孙已经去世，二孙子贾祥已年过半百。他见贾奉雉如此年轻，心中不禁生疑。过了一会儿，贾奉雉的妻子走出屋来，一眼便认出了自己的丈夫。夫妻俩泪眼相对，携手进屋。然而，由于房屋已毁，他们只得暂时住在孙子的屋里。家中的大大小小、男男女女都跑来看望他们，围在他们身边的都是曾孙、玄孙，但一个个都显得丑陋粗俗，没有文化。长孙媳妇吴氏打来酒，准备了粗茶淡饭

招待他们，又让小儿子贾杲及其媳妇与自己同住，腾出房间打扫干净给祖爷爷和祖奶奶居住。贾奉雉进屋后，只觉到处烟尘弥漫，夹杂着小孩的尿骚味，一股臭气扑鼻而来。才住了几日，他便深感懊悔，实在难以忍受。贾奉雉夫妻的一日三餐由两个孙子轮流供应，但烹饪技术极差。乡亲们因贾奉雉刚回来，日日请他赴宴，但他的妻子却常常吃不饱饭。长孙媳妇吴氏出身书香门第，深谙媳妇之礼，一直供奉得很好，不敢有丝毫懈怠。然而，贾祥家的供奉却日渐稀少，有时甚至大声呼喝着给他们送饭。贾奉雉气愤难平，便带着妻子离开家，到东村教书去了。他常常对妻子说："我后悔这次回家，但悔之已晚。无奈之下，我只好重操旧业。只要心中不感羞愧耻辱，富贵其实并不难得到。"过了一年多，吴氏仍时不时送些吃的来，而贾祥父子却再也不上门看望他们了。

原文

是岁，试入邑庠。邑令重其文，厚赠之，由此家稍裕。祥稍稍来近就之。贾唤入，计曩所耗费，出金偿之，斥绝令去。遂买新第，移吴氏共居之。吴二子，长者留守旧业，次杲颇慧，使与门人辈共笔砚。贾自山中归，心思益明澈。无何，连捷登进士第。又数年，以侍御出巡两浙，声名赫奕，歌舞楼台，一时称盛。贾为人骾峭，不避权贵，朝中大僚，思中伤之。贾屡疏恬退，未蒙俞旨，未几而祸作矣。先是，祥六子皆无赖，贾虽摈斥不齿，然皆窃余势以作威福，横占田宅，乡人共患之。有某乙娶新妇，祥次子篡取为妾。乙故狙诈，乡人敛金助讼，以此闻于都。于是当道者交章攻

○试入邑庠（xiáng）：考入县学为生员。
○稍稍：渐渐。
○共笔砚：一同学习。
○连捷：指乡试、会试连续考中。
○以侍御出巡两浙：以御史的官位巡察两浙地区。侍御，清代称御史为"侍御"。两浙，浙东和浙西。
○赫奕：显耀，盛大。
○骾峭：耿直。
○屡疏恬退：屡次上疏皇帝，要求辞官。恬退，淡泊，安于退让。
○俞旨：表示同意的圣旨。
○摈斥不齿：断绝关系，不视为孙辈。摈斥，弃绝。
○篡：夺。
○当道：执政当权。交章：连续互相上表章。

贾，贾殊无以自剖，被收经年。祥及次子皆瘐死，贾奉旨充辽阳军。

○被收：被捕。

时杲入泮已久，为人颇仁厚，有贤声。夫人生一子，年十六，遂以嘱杲，夫妻携一仆一媪而去。贾曰："十余年富贵，曾不如一梦之久。今始知荣华之场，皆地狱境界。悔比刘晨、阮肇，多造一重孽案耳。"

○孽案：指人间经历。

译文

这一年，贾奉雉凭借优异的考试成绩进入了县学。县令对他的文章赞不绝口，慷慨解囊，赠予他大量钱财，使得他的家境逐渐宽裕起来。与此同时，贾祥也开始频繁地与他套近乎。贾奉雉便将他唤进屋内，仔细算清了当年他供养自己的所有花费，取出银子一一偿还，并严词命令他今后不得再踏入家门半步。随后，贾奉雉购置了一处新宅，将吴氏接来同住。吴氏育有两子，长子留守原家业，次子贾杲聪明伶俐，深得贾奉雉喜爱，于是便让他与自己的学生一同读书学习。自山中归来后，贾奉雉对世事有了更深刻的洞察。不久之后，他连续参加科举考试，并一举考中了进士。又过了几年，他以侍御的身份巡视两浙地区，名声大噪，歌舞升平，一时之间传为盛事。贾奉雉性格耿直，不畏权贵，朝中一些大官因此对他怀恨在心，伺机中伤。他屡次上书请求辞官归乡，但均未得到皇上的准许。不久之后，一场灾祸悄然降临。原来，贾祥的六个儿子都是无赖之徒。尽管贾奉雉早已与他们断绝往来，但他们却仗着贾奉雉的名望横行乡里，强占他人田产房屋，成为乡里的一大祸害。村中某乙新婚不久，贾祥的二儿子竟强行将他的妻子夺走做妾。某乙本就是个狡猾奸诈之人，他煽动乡里百姓捐钱助他打官司，此事最终闹到了京城。朝中的大官们纷纷上奏弹劾贾奉雉，他无力辩解，最终被投入监狱关押了一年。在此期间，贾祥和他的二儿子也都在狱中病死。贾奉雉被判流放辽阳充军。此时，贾杲已在学堂学习多年，他为人仁厚，名声颇佳。贾奉雉的夫人生下一个儿子，如今已十六岁。他们便将儿子托付给贾杲收养，然后带着一名男仆和一名仆妇踏上了流放的路途。贾奉雉感叹道："这十几年的富贵生活，仿佛一场短暂的梦境。如今我才明白，所谓的荣华富贵之地，实则是地狱般的境界。我真后悔当初选择回家，与刘晨、阮肇相比，我更是多造了一重罪孽。"

原文

数日，抵海岸，遥见巨舟来，鼓乐殷作，虞候皆如天神。既近，舟中一人出，笑请侍御过舟少憩。贾见惊喜，踊身而过，押隶不敢禁。夫人急欲相从，而相去已远，遂愤投海中。漂泊数步，见一人垂练于水，引救而去。隶命篙师荡舟，且追且号，但闻鼓声如雷，与轰涛相间，瞬间遂杳。仆识其人，盖郎生也。

○殷作：大作。
○虞候：官名。这里指巨舟上的侍从人员。
○押隶：解差。
○练：白绢。
○篙师：船夫。荡舟：划船。

译文

数日后，他们终于抵达了海岸边。远远望去，只见一艘大船缓缓驶来，船上鼓乐齐鸣，声势浩大，侍卫们威严挺立，犹如天神下凡一般。待船靠近后，舱内走出一人，面带微笑，热情地邀请贾奉雉上船稍作歇息。贾奉雉定睛一看，心中顿时充满了惊喜，于是毫不犹豫地纵身一跃，跳上了大船。押解他的差役见状，也不敢上前阻拦。贾夫人见状，急忙也想跟随丈夫上船，但大船已经迅速驶离，她只能眼睁睁地看着船影越来越远。情急之下，她愤然跳入海中，试图追赶大船。然而，在水中漂泊了几步之后，她突然看见一个人从大船上放下一条白练，将她稳稳地救上了船。押解的差役眼见贾夫人被救走，急忙命令船夫划船去追。他们一边奋力追赶，一边大声呼喊，但只听得见船上鼓声如雷，与波涛的轰鸣声交织在一起，震耳欲聋。眨眼之间，大船便消失在了茫茫大海之中，无影无踪。贾奉雉的仆人认出了船上的那个人，正是他们曾经熟识的郎秀才。

原文

异史氏曰：世传陈大士在闱中，书艺既成，吟诵数四，叹曰："亦复谁人识得！"遂弃去更作，以故闱墨不及诸稿。贾生羞而遁去，此

○陈大士：陈际泰（1567—1641），字大士，号方城，江西临川鹏田陈坊村人，明末古文家，"临川四大才子"之一。其父仪生，号西园，流寓于福建汀州武平，教书为业，陈际泰生于该地。崇祯七年（1634）陈际泰68岁才中进士，任行人之职。
○更作：重作。
○闱墨不及诸稿：科场应试的文章不如平日的习作。

处有仙骨焉。乃再返人世，遂以口腹自贬，贫贱之中人甚矣哉！

○仙骨：道家语。指升仙的资质。

○以口腹自贬：为生活所迫而贬抑自己。口腹，指饮食。

○中（zhòng）人：害人。中，伤害。

译文

异史氏说：世间流传着这样一个故事，陈大士在科举考场上，完成文章后，反复吟诵数遍，随即叹息道："如此文章，又能有何人真正赏识！"说完，竟将文章弃之不顾，重新构思撰写了一篇。正因如此，他在考场上的作品反而不及他平日的文章出色。再看贾奉雉，因在考场上写下那篇文章而感到羞愧难当而逃离，这足以证明他骨子里带有超凡脱俗的仙气。然而，当他再次踏入凡尘俗世，为了谋求生计，却不得不委曲求全，降低自己的身份。由此可见，贫贱对人的摧残与伤害，实在是令人痛心疾首！

经魁

经魁是明清科举制度中的荣誉称号。在乡试中根据五经取士，每经选拔出的第一名被称为"经魁"或"经元"。这是对考生在特定经书中表现优异的最高评价，象征着在某一经典领域的卓越成就。中得经魁不仅意味着学识渊博，还为考生在科举仕途上增添了光彩。

【胭脂】

原文

东昌卞氏，业牛医者，有女小字胭脂，才姿惠丽。父宝爱之，欲占凤于清门，而世族鄙其寒贱，不屑缔盟，以故及笄未字。对户龚姓之妻王氏，佻脱善谑，女闺中谈友也。一日，送至门，见一少年过，白服裙帽，丰采甚都。女意似动，秋波萦转之。少年俯其首，趋而去。去既远，女犹凝眺。王窥其意，戏之曰："以娘子才貌，得配若人，庶可无恨。"女晕红上颊，脉脉不作一语。王问："识得此郎否？"答云："不识。"王曰："此南巷鄂秀才秋隼，故孝廉之子。妾向与同里，故识之。世间男子，无其温婉。今衣素，以妻服未阕也。娘子如有意，当寄语使委冰焉。"女无言，王笑而去。

○东昌：府名。府治在今山东聊城。
○业：从事。牛医：给牛看病，兽医。
○占凤：择婿。清门：指不操贱业的清白人家。
○缔盟：指缔结婚约。
○及笄(jī)未字：到了婚龄没有嫁出去。及笄，成人。字，女子许嫁。
○佻脱：轻佻。善谑：善于开玩笑。
○谈友：聊天的朋友。
○都：美。
○秋波萦转：上下打量。萦，缠绕。
○凝眺：注目远望。
○脉脉(mò)：含情不语。
○妻服未阕(què)：为死去的妻服丧尚未满期。
○冰：媒人。

译文

在东昌府，有一位姓卞的牛医，他有一个女儿，小名叫胭脂。胭脂姑娘不仅容貌出众，而且才智过人，既聪明又美丽。她的父亲对她宠爱有加，希望她能嫁给一个清白显贵的家庭。然而，那些名门望族却因嫌弃卞家出身卑微，不愿与卞家结亲。因此，尽管胭脂已经长大成人，却仍然待字闺中。卞家的对门住着龚家，龚家的妻子王氏性格活泼，喜欢开玩笑，是胭脂在闺房中的亲密聊友。一天，当胭脂送王氏到门口时，一个身着白衣、头戴白帽的少年从门前经过，他风度翩翩，令人倾心。胭脂一见到他，便心生爱慕，用那双水汪汪的大眼睛上下打量着他。少年察觉到她的目光，便低下头匆匆走过。即便少年已经走远，胭脂仍然凝视着他的背影。王氏看穿了胭脂的心思，便打趣道：“以姑娘的才貌双全，只有这样的男子才能与你相配，才不枉费了你的青春。”胭脂听后，脸上泛起了红晕，羞涩得一句话也说不出来。王氏接着问：“你认识这位少年吗？”胭脂回答道：“不认识。”王氏便告诉她：“他是南巷的鄂秋隼，是个秀才，他的父亲生前是个孝廉。我以前和他们家是邻居，所以认得他。世上的男子中，没有比他更温柔体贴的了。他现在穿着一身白衣，是因为他的妻子去世了，丧期还未满。如果你真的对他有意，我可以帮你捎个信，让他请人来说媒。”胭脂听后仍然沉默不语，王氏笑着离开了。

原文

数日无耗，心疑王氏未暇即往，又疑宦裔不肯俯拾。邑邑徘徊，萦念颇苦，渐废饮食，寝疾惙顿。王氏适来省视，研诘病因。答言：“自亦不知。但尔日别后，即觉忽忽不快，延命假息，朝暮人也。”王小语曰：“我家男子，负贩未归，尚无人致声鄂郎。芳体违和，非为此否？”女赪颜良久。王戏之曰：“果为此者，病已至是，尚何顾忌？先令夜来一聚，彼岂不肯可？”女叹息曰：“事至此，已不能羞。但渠不嫌寒贱，即遣媒来，疾当愈，若私约，则断断不可！”王颔之，遂去。

○耗：信息。
○宦裔：官宦人家的后代。
○邑邑：忧郁不乐的样子。
○寝疾：卧床生病。惙(chuò)顿：有气无力。惙，心忧气短。
○省视：看望。
○延命假息：苟延残喘。
○朝暮人：朝不保夕的人。
○芳体：对妇女身体的敬称。违和：不舒服。称他人患病的婉词。

译文

数日过去，依然杳无音讯，胭脂心中暗自揣测，或许王氏忙于他事未能及时前往，又或许鄂秀才身为官宦之后，不愿屈尊下顾。因此，胭脂整日郁郁寡欢，徘徊不定，心中满是对那日的思念，渐感凄苦难耐，以至于茶饭不思，最终病倒在床，虚弱无力。王氏恰巧前来探望，见胭脂如此模样，便关切地询问她患病的缘由。胭脂回答

道："我自己也不知晓。只是自那日与你分别之后，我便一直闷闷不乐，如今只怕是苟延残喘，朝不保夕了。"王氏听后，便低声对胭脂说道："我家夫君外出经商，至今未归，因此还未曾向鄂秀才传话。姑娘身体不适，莫非就是因为这件事？"胭脂听后，脸颊绯红，沉默良久，未曾言语。王氏见状，便打趣道："若真是为了此事，姑娘都已病成这般模样，还有何顾忌可言？不如先让他今晚来此一聚，他怎会不愿意呢？"胭脂叹了口气，说道："事到如今，我也顾不得什么害羞了。只要他不嫌弃我家门第卑微，即刻派遣媒人前来，我的病自然会好，但若是私下相会，那是绝对不行的！"王氏听后，点了点头，便离去了。

原文

王幼时与邻生宿介通，既嫁，宿侦夫他出，辄寻旧好。是夜宿适来，因述女言为笑，戏嘱致意鄂生。宿久知女美，闻之窃喜，幸其机之可乘也。将与妇谋，又恐其妒，乃假无心之词，问女家闺闼甚悉。次夜，逾垣入，直达女所，以指叩窗。内问："谁何？"答以"鄂生"。女曰："妾所以念君者，为百年，不为一夕。郎果爱妾，但宜速倩冰人，若言私合，不敢从命。"宿姑诺之，苦求一握纤腕为信。女不忍过拒，力疾启扉。宿遽入，即抱求欢。女无力撑拒，仆地上，气息不续，宿急曳之。女曰："何来恶少，必非鄂郎。果是鄂郎，其人温驯，知妾病由，当相怜恤，何遂狂暴如此！若复尔尔，便当鸣呼，品行亏损，两无所益！"宿恐假迹败露，不

○无心之词：漫不经心的话语。

○倩冰人：请媒人。

○为信：表示诚信。

○尔尔：这样。

敢复强，但请后会。女以亲迎为期。宿以为远，又请之。女厌纠缠，约待病愈。宿求信物，女不许，宿捉足解绣履而去。女呼之返，曰：“身已许君，复何吝惜？但恐‘画虎成狗’，致贻污谤。今亵物已入君手，料不可反。君如负心，但有一死！”宿既出，又投宿王所。既卧，心不忘履，阴揣衣袂，竟已乌有。急起篝灯，振衣冥索。诘之，不应，疑妇藏匿，妇故笑以疑之。宿不能隐，实以情告。言已，遍烛门外，竟不可得，懊恨归寝。窃幸深夜无人，遗落当犹在途也。早起寻之，亦复杳然。

○亲迎：结婚之时。

○信物：作为凭信的物件。

○画虎成狗：比喻与追求的目标相去甚远。

○亵（xiè）物：贴身之物。此指绣履。

○阴揣衣袂：暗暗地摸摸衣袖。揣，摸索。袂，衣袖。古时衣袖肥大可以藏物。

○篝灯：点灯。

○振衣：抖擞衣服。

○杳然：没有踪迹。

译文

王氏自年轻时便与邻家秀才宿介有私情，婚后，每当闻知她丈夫不在，宿介便会上门重温旧梦。这一晚，宿介又如约而至，王氏便将胭脂的言谈当作趣事分享给宿介，并戏言让他代为向鄂秀才传话。宿介久闻胭脂美貌，听后心中暗喜，觉得此乃天赐良机。他本想与王氏共谋，但又怕她心生嫉妒，于是假意闲谈，借机详细探问了胭脂家的路径。次日深夜，宿介偷偷潜入卞家，直奔胭脂的闺房，轻敲窗棂。屋内传来询问：“何人？”宿介谎称“鄂生”。胭脂回应道：“我思念你，是为了一生的伴侣，而非这一夕之欢。若你真心爱我，就应速请媒人提亲，若只图私会，我断难从命。”宿介表面应承，却执意要求握手为誓。胭脂不忍过分决绝，勉强起身开门，宿介趁机闯入，抱住胭脂强求欢好。胭脂无力抗拒，跌倒在地，喘息不已，宿介连忙将她扶起。胭脂斥道：“你究竟是哪来的恶徒，绝非鄂郎！鄂郎温文尔雅，若知我为他病重，定会怜惜，怎会如此粗鲁！再这样，我便呼喊，败坏名声，对你我都无好处！”宿介唯恐冒名之事败露，不敢再强求，只求下次相会。胭脂约定在成婚之日，宿介嫌太久，再三恳求。胭脂厌烦其纠缠，只得答应病愈后再见。宿介又索要信物，胭脂不从，他便强行脱下她的一只绣鞋，匆匆离去。胭脂唤他回来，叹道：“我既已委身于你，又何须吝惜？只恐‘画虎不成反类犬’，事败遭人耻笑。如今绣鞋已落你手，想是收不回了。你若负心，我唯有以死明志！”宿介离开卞家，又至王氏处投宿。躺下后，心中仍念着那只绣鞋，暗中摸索，却发现不见了。他急忙起身，点亮灯笼，抖衣寻找。王氏问及，他默不作答，疑是王氏藏匿，王氏含笑不语，更添他疑虑。宿介知事已至此，只好坦白相告。说完，他又提灯出门，四处搜寻，仍无所获，只得懊恼回床。心中尚存一丝侥幸，期盼半夜无人，或许绣鞋仍在路上。次日清晨再去寻找，依旧踪迹全无。

原文

先是，巷中有毛大者，游手无籍。尝挑王氏不得，知宿与洽，思掩执以胁之。是夜，过其门，推之未扃，潜入。方至窗外，踏一物，耎若絮帛，拾视，则巾裹女舄。伏听之，闻宿自述甚悉，喜极，抽身而出。逾数夕，越墙入女家，门户不悉，误诣翁舍。翁窥窗，见男子，察其音迹，知为女来者。心忿怒，操刀直出。毛大骇，反走。方欲攀垣，而卞追已近，急无所逃，反身夺刃。媪起大呼，毛不得脱，因而杀之。女稍痊，闻喧始起。共烛之，翁脑裂不复能言，俄顷已绝。于墙下得绣履，媪视之，胭脂物也。逼女，女哭而实告之，但不忍贻累王氏，言鄂生之自至而已。天明，讼于邑，邑宰拘鄂。鄂为人谨讷，年十九岁，见客羞涩如童子。被执，骇绝，上堂不知置词，惟有战栗。宰益信其情真，横加梏械。书生不堪痛楚，以

○游手无籍：无业游民。籍，名籍。这里是正当职业的意思。

○扃（jiōng）：关。

○耎：同“软”。

○舄（xì）：鞋。

○贻累：连累，拖累。

○谨讷：拘谨不善言谈。讷，拙于言辞。

○横加梏械：滥施刑罚。

是诬服。既解郡，敲扑如邑。生冤气填塞，每欲与女面相质，及相

○诬服：蒙冤被迫服罪。诬，冤屈。○敲扑：古代鞭打犯人的刑具，短曰敲，长曰扑。亦指敲打鞭笞。

遭，女辄诟詈，遂结舌不能自伸，由是论死。往来覆讯，经数官无

○诟詈（lì）：辱骂。

异词。

译文

昔日，巷中有一名唤毛大之人，整日游荡，无所事事，未有固定营生。他曾试图引诱王氏未果，得知宿介与王氏有染后，便一直伺机撞破，以便借此要挟王氏。那夜，毛大途经王氏家，轻轻一推，门竟未上锁，便悄无声息地潜入。刚至窗下，不料脚下踩到一物，软绵绵的，似是棉布包裹，拾起一看，竟是一条汗巾裹着一只绣鞋。他伏在窗下窃听，将宿介与王氏的对话听得清清楚楚，心中大喜，随即悄然离去。数日之后，毛大翻墙进入胭脂家，但因不熟路径，误打误撞到了卞老汉的屋前。卞老汉从窗中窥见一男子形迹可疑，知其为女儿而来，怒火中烧，抄起一把刀便冲了出去。毛大见状，惊恐万分，转身欲逃。刚欲攀墙，卞老汉已追至身前，毛大情急之下，转身抢夺卞老汉手中的刀。此时，卞妻也被惊醒，大声呼救，毛大无法脱身，竟残忍地将卞老汉杀害。胭脂病体初愈，闻听院中喧哗，起身查看。母女二人点亮烛火，发现卞老汉已倒在血泊之中，头颅裂开，无法言语，旋即气绝。她们在墙根下找到一只绣鞋，卞妻一眼便认出是胭脂的。她逼问女儿，胭脂含泪道出实情，但为保护王氏，只说是鄂秀才自行前来。天明后，母女二人告至县衙，县官遂派人将鄂秋隼捉拿归案。鄂秋隼性情谨慎，寡言少语，年方十九，却如孩童般羞怯。一经被捕，吓得魂飞魄散，上得堂来，却不知如何自辩，只是瑟瑟发抖。县官见他如此模样，更加坚信案情属实，便对他施以重刑。鄂秋隼无法忍受酷刑，只得屈从招认。鄂秋隼被押送至州衙之后，又遭受与县衙相似的严刑拷打。他满腔冤屈，每次都想与胭脂当面对质，但一见面，胭脂便痛骂不止，他只能哑口无言，无法自辩。最终，他被判处死刑。此案经多位官员反复审讯，鄂秋隼的供词始终如一，未有改变。

原文

后委济南府复案。时吴公南岱守济苏南，一见鄂生，疑不类杀人者，

○复案：再次审察。复审。○吴公南岱：吴南岱，江南武进人，进士。顺治时任济南知府。见《济南府志》。

阴使人从容私问之，俾得尽其词。公以是益知鄂生冤。筹思数日，始鞫之。先问胭脂：“订约后，有知者否？”答：“无之。”“遇鄂生时，别有人否？”亦答：“无之。”乃唤生上，温语慰之。生自言：“曾过其门，但见旧邻妇王氏与一少女出，某即趋避，过此并无一言。”吴公叱女曰：“适言侧无他人，何以有邻妇也？”欲刑之。女惧曰：“虽有王氏，与彼实无关涉。”公罢质，命拘王氏。数日已至，又禁不与女通，立刻出审，便问王：“杀人者谁？”王对：“不知。”公诈之曰：“胭脂供言，杀卞某汝悉知之，胡得隐匿？”妇呼曰：“冤哉！淫婢自思男子，我虽有媒合之言，特戏之耳。彼自引奸夫入院，我何知焉！”公细诘之，始述其前后相戏之词。公呼女上，怒曰：“汝言彼不知情，今何以自供撮合哉？”女流涕曰：“自己不肖，致父惨死，讼结不知何年，又累他人，诚不忍耳。”公问王氏：“既戏后，曾语何人？”王供：“无之。”公怒曰：“夫妻在床，应无不言者，何得云无？”王供：“丈夫久客未归。”公曰：“虽然，凡戏人者，皆笑人之愚，以炫己之慧，更不向一人言，将谁欺！”命梏十指。妇不得已，实供：“曾与宿言。”公于是释鄂拘宿。宿至，自供：“不知。”公曰：“宿妓

○鞫（jū）：审问犯人。

○关涉：关联，联系。

○罢质：停止审讯。质，质询。

○炫：炫耀，卖弄。

○梏十指：指拶指之刑。“拶指”是旧时的一种酷刑，用绳穿五根小木棍，夹犯人手指，用力收绳，作为刑罚。

者必无良士！”严械之。宿自供：“赚女是真。自失履后，未敢复往，杀人实不知情。”公怒曰：“逾墙者何所不至！”又械之。宿不任凌籍，遂以自承。招成报上，无不称吴公之神。铁案如山，宿遂延颈以待秋决矣。

○不任凌籍：不堪折磨。凌籍，凌虐。

○招成：招供既成。

译文

后来，此案被提交至济南府进行复审。当时，吴南岱正担任济南太守一职。他初见鄂秀才，便觉其不似凶手，于是暗中派遣人员，缓缓盘问，引导其吐露实情。经过一番深入了解，吴太守更加坚信鄂秀才实属冤枉。经过数日的深思熟虑，吴太守决定开庭审讯。他首先询问胭脂：“你与鄂秋隼约定之后，是否有人知晓此事？”胭脂答道：“并无他人知晓。”吴太守又问：“你与鄂秀才相遇时，可有旁人在场？”胭脂依旧回答：“并无旁人在场。”随后，吴太守传唤鄂秀才上堂，以温和之语安抚其情绪。鄂秀才陈述道：“我曾有一次路过她家门前，只见旧邻王氏与一女子从内走出，我急忙躲避，并未与她们交谈。”吴太守听后，厉声斥责胭脂：“你方才说并无旁人在场，为何又提及有邻居妇人在旁？”说罢，便欲对胭脂用刑。胭脂惊恐之下，连忙说道：“虽然王氏在旁，但她确实与此事无关。”吴太守听后，立即停止讯问，下令将王氏拘捕到堂。数日后，王氏被拘至堂上。吴太守为防止她与胭脂串通，不许她们见面，随即升堂提审。他问王氏：“谁是杀人凶手？”王氏答道：“我并不知道。”吴太守诈称：“胭脂已经招供，杀卞老汉之事你心知肚明，还想隐瞒吗？”王氏大喊冤枉，辩称自己只是与胭脂开玩笑，并未参与其事。吴太守仔细盘问之下，王氏才说出之前与胭脂开玩笑的经过。吴太守随即传唤胭脂上堂，怒斥道：“你说她不知情，为何她现在又招供出你曾请她做媒的话？”胭脂哭着说道：“都是我自己的错，才导致父亲惨遭不幸。我不知道何时才能结案，如果再连累他人，我实在于心不忍。”吴太守又问王氏：“你开玩笑之后，曾与何人提及此事？”王氏答道：“我并未与任何人提及。”吴太守怒道：“夫妻之间应是无话不谈，你怎能说没有讲过？”王氏辩称：“我丈夫长久在外，并未回家。”吴太守说道：“即便如此，戏弄他人之人，往往会嘲笑他人的愚蠢，炫耀自己的聪明。你说没有与任何人提及，又想欺骗何人？”于是下令对王氏用刑。王氏无法忍受酷刑，只好如实招供：“我曾与宿介提及此事。”

吴太守听后，立即释放了鄂秋隼，并派人拘捕宿介。宿介到案后，起初矢口否认。吴太守怒道："夜晚宿妓之人，绝非善类！"于是下令对宿介用刑。宿介无法忍受酷刑，只好招供："我确曾到卞家骗过胭脂，但自从绣鞋丢失之后，我便不敢再去。杀人的事情，我确实并不知情。"吴太守大怒道："爬人墙头之人，还有什么事情做不出来！"于是再次下令对宿介用刑。宿介无法忍受酷刑之苦，只好承认了自己杀人的罪行。吴太守将宿介的招供记录成案卷，呈报给上级衙门。众人无不称赞吴太守判案如神，此案铁证如山，宿介只有引颈待戮，等待秋后处斩了。

原文

然宿虽放纵无行，故东国名士。闻学使施公愚山贤能称最，又有怜才恤士之德，因以一词控其冤枉，语言怆恻。公讨其招供，反覆凝思之，拍案曰："此生冤也！"遂请于院、司，移案再鞫。问宿生："鞋遗何所？"供言："忘之。但叩妇门时，犹在袖中。"转诘王氏："宿介之外，奸夫有几？"供言："无有。"公曰："淫乱之人，岂得专私一个？"供言："身与宿介，稚齿交合，故未能谢绝。后非无见挑者，身实未敢相从。"因使指其人以实之。供云："同里毛大，屡挑而屡拒之矣。"公曰："何忽贞白如此？"命搒之。妇顿首出血，力辩无有，乃释之。又诘："汝夫远出，宁无有托故而来者？"曰："有之，某甲、某乙，皆以借贷馈赠，曾一二次入小人家。"盖甲、乙皆巷中游荡子，有心于妇而未发者也。公悉籍其名，并拘之。

○东国：指齐鲁地区。古代齐、鲁等国，因皆位于我国东方，故称"东国"。

○院、司：指部院和臬司。部院，即巡抚，一省的军政长官。臬司，也称"按察使"，省级最高司法官员。

○贞白：贞节、清白。

○籍：登录，记。

译文

宿介虽生性放浪，品行不端，但在山东一带却以学问文采著称。闻听学使施愚山德才兼备，且对士子抱有仁慈之心，他便撰写了一份充满悲怆与沉痛的状词，申诉他的冤屈。施学使接到宿介的案卷后，反复研读，沉思良久，最终拍案而起，高呼："此书生实乃冤枉！"随即，他向巡抚与按察使提出请求，希望将此案移交自己重新审理。审理过程中，施学使问宿介："那绣鞋究竟遗落何处？"宿介答道："我已忘却，只记得在敲王氏家门时，它还在我的袖中。"施学使转而询问王氏："除了宿介，你是否还有其他奸夫？"王氏回答："并无他人。"施学使质疑道："秽乱之女，怎可能只偷一人？"王氏辩解道："我与宿介自幼相识，因此一直未有断绝。后来虽有人引诱，但我实在不敢再犯。"施学使便让她供出那些人的名字。王氏说道："街坊中的毛大曾多次引诱我，但我都拒绝了。"施学使追问："你为何突然变得如此贞洁？"随即命人将王氏按倒抽打。王氏吓得连连磕头，直至鲜血直流，竭力辩白再无他人，施学使方才罢休。接着，施学使又问："你丈夫远行在外，难道就无人借故上门吗？"王氏答道："有的，某某、某某等人，都曾因借钱、送礼等事来过我家一两次。"原来，这些某某都是街巷中的无赖，对王氏心存觊觎却未曾表露。施学使将这些人的名字一一记下，并下令将他们拘捕到案。

原文

既集，公赴城隍庙，使尽伏案前，便谓："曩梦神人相告，杀人者不出汝等四五人中。今对神明，不得有妄言。如肯自首，尚可原宥；虚者，廉得无赦！"同声言无杀人之事。公以三木置地，将并加之，括发裸身，齐鸣冤苦。公命释之，谓曰："既不自招，当使鬼神指之。"使人以毡褥悉幛殿窗，令无少隙。袒诸囚背，驱入暗中，始授盆水，一一命自盥讫，系诸壁下，戒令："面壁勿动。杀人者，当

○原宥：原谅，宽免。

○廉得：查出。廉，查访。

○虚者：说谎话的人。虚，不实。

○三木：古时加在犯人颈、手、足上的木制刑具。

○括发裸身：把头发束起来，把上衣剥下来，都是对犯人动刑前的准备。

○幛：挂起，安置。

有神书其背。”少间，唤出验视，指毛曰：“此真杀人贼也！”盖公先使人以灰涂壁，又以烟煤濯其手：杀人者恐神来书，故匿背于壁

○濯（zhuó）：洗。

而有灰色；临出，以手护背，而有烟色也。公固疑是毛，至此益信。施以毒刑，尽吐其实。判曰：

译文

待人犯悉数到齐，施学使一行人移步至城隍庙，他命众人跪于香案之前，正色道：“数日之前，我于梦中得城隍神示，言杀人真凶便藏匿于你们四五人之中。此刻，面对神明，尔等休要妄言一句。若能主动认罪，或可从轻处罚；倘若谎言欺瞒，一旦查实，定当严惩不贷！”众人听后，都齐声高呼绝无杀人之事。施学使见状，便命人将刑具“三木”置于地上，预备动刑。人犯们的头发被悉数束起，衣衫尽褪，他们纷纷高呼冤枉。施学使见状，命人暂且停手，对众人言道：“既然你们不肯主动招供，那便只能请神明来指认真凶了。”于是，他命人用毡毯将大殿窗户遮得严严实实，不留一丝缝隙。又令那几名嫌疑人赤裸上身，将其驱入黑暗之中。先给他们一盆水，让他们逐一洗手，随后用绳索将他们绑在墙下，并严令道：“面壁而立，不得妄动。神明自会在真凶脊背上留下字迹。”片刻之后，将人犯一一唤出，施学使逐一检查，最终指着毛大说道：“此人便是杀人真凶！”原来，施学使事先已命人在墙上涂抹石灰，又让人犯用烟煤洗手：杀人犯因惧怕神明留字，故而紧贴墙壁，脊背上沾满了白灰；而出来之前，他又用手遮掩脊背，于是又沾上了石灰之色。施学使本就怀疑毛大是杀人真凶，此刻更是确信无疑。于是，他对毛大施以重刑，毛大终是如实供出了全部犯罪实情。施学使据此作出判决：

原文

宿介：蹈盆成括杀身之道，成登徒子好色之名。只缘两小无猜，

○蹈：蹈袭，重复旧时成例。盆成括：复姓盆成，名括，战国时人。这里以盆成括为喻，斥责宿介调戏妇女，招致杀身之祸。

○得陇兴望蜀之心：即“得陇望蜀”，喻贪心不足。此指宿介既占有王氏，又进而想得到胭脂。

遂野鹜如家鸡之恋；为因一言有漏，致得陇兴望蜀之心。将仲子

○一言有漏：指王氏一句话泄漏了胭脂爱慕鄂生的心，招致宿介骗奸胭脂的邪念。

而逾园墙，便如鸟堕；冒刘郎而至洞口，竟赚门开。感悦惊尨，

○鸟堕：形容轻捷。 ○刘郎：指刘晨。此用刘晨和阮肇在天台山遇见仙女的故事，喻宿介冒充鄂生追求胭脂。 ○感悦惊尨（máng）：宿介至卞家粗暴而毫无顾忌。

鼠有皮胡若此？攀花折树，士无行其谓何！幸而听病燕之娇啼，

○鼠有皮：语出《诗·鄘风·相鼠》："相鼠有皮，人而无仪。"此用以谴责宿介，谓其如有脸皮怎能干出此等事情。 ○病燕：喻指胭脂。

犹为玉惜；怜弱柳之憔悴，未似莺狂。而释幺凤于罗中，尚有文

○弱柳：喻指胭脂。 ○莺狂：喻过分放肆。 ○幺凤：鸟名。有五色彩羽，似燕而小，暮春来集桐花，因此称"桐花凤"。喻少女胭脂。罗：网。

人之意；乃劫香盟于袜底，宁非无赖之尤！蝴蝶过墙，隔窗有

○劫香盟：以暴力威胁对方订立相爱之盟。袜底：指胭脂绣鞋。 ○蝴蝶过墙：喻宿介逾墙偷情。 ○隔窗有耳：指毛大偷听。

耳；莲花卸瓣，堕地无踪。假中之假以生，冤外之冤谁信？天降

○莲花卸瓣：指胭脂的绣履被宿介强夺。莲花，取义于"步步生莲花"，隐指女鞋。

祸起，酷械至于垂亡；自作孽盈，断头几于不续。彼逾墙钻隙，

○自作孽盈：指宿介自取灾祸。 ○逾墙钻隙：指男女私相幽会。

固有玷夫儒冠；而僵李代桃，诚难消其冤气。是宜稍宽笞扑，折

○玷：沾污。儒冠：古时读书人所戴的帽子。代指读书人的身份。 ○僵李代桃：也称"李代桃僵"。此指宿介代毛大受刑。 ○宽：宽免。笞扑：拷打。

其已受之惨；姑降青衣，开其自新之路。

○姑降青衣：姑且保留其生员资格，略施惩罚。姑，姑且。降青衣，对生员的一种降级惩罚。

译文

宿介此人，重蹈了盆成括因无德而遭杀的覆辙，背负起了登徒子贪恋女色的恶名。他与王氏自幼相识，这本应是两小无猜的情谊，却演变成了偷情苟合的私行；仅因一句不慎的泄露，便点燃了其贪婪无度之火。他如仲子般翻墙越壁，轻盈落地；又似刘郎假借身份，诱骗闺门轻启。对胭脂，他粗暴无礼，毫无顾忌，试问有廉耻之心的人，怎会行此等之事？他摧残花木，身为士人却德行尽失，令人何以置评！幸而，在病中胭脂的婉转陈述下，他尚存一丝怜香惜玉之情；如同怜惜憔悴细柳，未至淫狂无度。他终究释放了那只困于网中的小鸟，流露出些许文人的雅致；然而，他竟抢夺胭脂的绣鞋作为信物，此举实乃无耻之极！他们二人私下密谈，却未曾料到隔窗有耳，被毛大窃听；那绣鞋如莲花般陨落，自此便无踪迹可寻。虚假之中再生虚假，冤屈之外又添冤屈，谁人又能相信其中的曲折？灾祸突降，他身受酷刑，几近死亡；自作孽，不可活，他几乎头颅难保。他翻墙钻穴的行为，固然玷污了读书人的名声；但代人受过，确实让他心中冤气难消。因此，对他略施宽刑，以抵消他所受的酷刑之苦；姑且罚他由蓝衫换穿青衫，禁止他参加今年的科举考试，给他一次悔过自新、重新做人的机会。

原文

若毛大者：刁猾无籍，市井凶徒。被邻女之投梭，淫心不死；伺

○履张生之迹：谓毛大尾随宿介之后潜入王家。

狂童之入巷，贼智忽生。开户迎风，喜得履张生之迹；求浆值酒，

○狂童：女子对男子的昵称。此指宿介。入巷：性生活的隐喻。指宿介与王氏欢会。

○开户迎风：毛大巧逢宿介私会王氏，听到宿介自述与胭脂之事，因而妄想偷骗胭脂。

妄思偷韩掾之香。何意魄夺自天，魂摄于鬼。浪乘槎木，直入广

○偷韩掾（yuàn）之香：即韩掾偷香。韩掾，指韩寿，晋朝人，曾为贾充掾吏。

○魄夺自天：上天夺其魂魄，毛大鬼迷心窍，神志昏乱。

○浪乘槎（chá）木：意指毛大凭借捡来的绣鞋想入非非。浪，轻率。乘槎木，意指登天。槎，木筏。

寒之宫；径泛渔舟，错认桃源之路。遂使情火息焰，欲海生波。

○情火：情欲的火焰。指毛大企图污辱胭脂的恶念。

○欲海生波：指发生变故。

刀横直前，投鼠无他顾之意；寇穷安往，急兔起反噬之心。越壁

○刀横直前：卞翁操刀直出。

○寇穷：穷寇，指势穷力竭的敌人。

○急兔起反噬（shì）之心：俗语“兔子急了还咬人”，此指毛大夺刀杀翁。急兔，急忙逃脱之兔，指毛大。

入人家，止期张有冠而李借；夺兵遗绣履，遂教鱼脱网而鸿离。

○张有冠而李借：即张冠李戴。

○鱼脱网而鸿离：指毛大逃跑却连累了胭脂。

风流道乃生此恶魔，温柔乡何有此鬼蜮哉！即断首领，以快人心。

译文

毛大，此人性情刁蛮且奸诈狡猾，游荡于市井之间，并无固定职业，实为一名恶徒。他曾试图挑逗王氏，却遭拒绝，然而其淫欲之心并未因此熄灭。宿介与王氏偷情之际，他竟萌生了邪恶之念。胭脂本期待鄂生的到来，却不料给了宿介翻墙而入的可乘之机；而毛大，本想捉奸王氏家，却意外得知了胭脂的消息，这让他心生诱奸胭脂的歹意。然而，天不佑恶，他的魂魄仿佛被鬼神所摄，欲壑难填之下，仅凭一只绣花鞋，便直冲胭脂的闺房而去。谁料，他竟误认了闺房，闯入了卞老汉的住所。这一误，让他的情欲之火瞬间熄灭，欲海却因此掀起了更大的波澜。卞老汉挺身而出，手持利刃，毫无畏惧；毛大则陷入绝境，犹如被逼急的兔子，产生了反扑的念头。他翻墙入户，妄图冒充鄂生，诱奸胭脂；在争夺中，他夺过了卞老汉的刀，却遗落了绣鞋，从而使得真凶逍遥法外，无辜之人却遭受了灾祸。风流之地怎会容得下这样的恶魔？温柔之乡又怎能允许这样的鬼怪残存？因此，应当即斩下他的首级，以大快人心。

原文

胭脂：身犹未字，岁已及笄。以月殿之仙人，自应有郎似玉；原霓裳之旧队，何愁贮屋无金？而乃感《关雎》而念好逑，竟绕春婆之梦；怨摽梅而思吉士，遂离倩女之魂。为因一线缠萦，致使群魔交至。争妇女之颜色，恐失“胭脂”；惹鸷鸟之纷飞，并托“秋隼”。莲钩摘去，难保一瓣之香；铁限敲来，几破连城之玉。嵌红豆于骰子，相思骨竟作厉阶；丧乔木于斧斤，可憎才真成祸水！葳蕤自守，幸白璧之无瑕；缧绁苦争，喜锦衾之可覆。嘉其入门之拒，犹洁白之情人；遂其掷果之心，亦风流之雅事。仰彼邑令，作尔冰人。案既结，遐迩传诵焉。

○月殿之仙人：谓胭脂美如月宫仙女。

○贮屋无金：没有金屋贮之。

○霓裳之旧队：“霓裳羽衣舞”舞队中原有的仙女，亦赞美胭脂的容貌。霓裳，《霓裳羽衣曲》及“霓裳羽衣舞”的省称。是唐玄宗改编的从西凉传来的乐曲，杨贵妃善为“霓裳羽衣舞”。

○感《关雎》：喻胭脂思春，怀恋鄂生。

○春婆之梦：指胭脂爱情梦想落空。

○怨摽（biào）梅而思吉士：指胭脂钟情鄂生，相思成病。吉士，古时对男子的美称。

○颜色：容貌。

○胭脂：此处为双关语。“胭脂”一名“燕支”，地在匈奴，产胭脂草。

○并托“秋隼”：指宿介、毛大皆冒充鄂生秋隼。

○莲钩：指绣鞋。

○一瓣之香：语义双关。莲瓣，既指绣鞋，亦喻女性贞洁。

○铁限：铁门限，门槛。

○红豆：相思树所结之子。象征相思，称为“相思子”。

○厉阶：祸端，祸患的来由。

○乔木：喻指卞翁。乔木高大向上，象征父亲的尊严。

○可憎才：对情人的昵称。

○葳蕤（wēi ruí）：草名。

○幸白璧之无瑕：这里指胭脂贞操没有丢失。

○缧绁（léi xiè）：捆绑犯人的黑绳索。借指监狱、囚禁。

○锦衾之可覆：指缺陷可以遮盖，错误可以弥补。

○入门之拒：指胭脂虽爱慕鄂生，但持之以礼，拒绝苟合。

○结：了结，完成。

○掷果之心：指胭脂爱慕鄂生的心愿。掷果，晋潘岳貌美，洛阳妇女向他投掷果子，以示爱慕。

○仰：公文中上级命令下级的惯用套语。有期望、责成的意思。

○冰人：媒人。

○遐迩：远近。

译文

胭脂，已至及笄之年，却仍待字闺中。她貌若天仙，自应配得英俊才郎；本就是霓裳羽衣队中的佼佼者，何愁富贵人家不来迎娶？她对爱情满怀憧憬，渴望良缘，不料竟因此萌生了春梦；她哀怜落梅，爱慕男子，以至于相思成疾。这分深情的萦绕，却如同磁石一般，引来了群魔的纷扰。他们竞相争夺她的美貌，生怕错失“胭脂”之名；鸷鸟们也纷纷飞来，冒充为“秋隼”，企图一亲芳泽。宿介趁机脱去了她的绣鞋，让她的贞洁岌岌可危；铁门被敲响的那一刻，她几乎失去了女儿身的清白。只因这一片深情的思念，竟招来了无尽的祸害；卞老汉无辜遭砍杀，他心爱的女儿也被卷入了这场祸端，被人视为祸水！然而，尽管她遭受了挑逗，却仍能坚守贞节，未被玷污；在监狱中，她苦苦抗争，终于迎来了美好的结局，得以洗刷一切过错。施学使对她力拒淫徒的勇气和贞洁之情应该表示嘉奖，她依然保持着洁白的情怀；为了成全她对鄂生的倾慕之情，应该促成这段风流雅事。希望该县县令能够担任他们的媒人，见证这段美好的姻缘。这起案子完结以后，远近争相传颂。

原文

自吴公鞫后，女始知鄂生冤。堂下相遇，觍然含涕，似有痛惜之词，而未可言也。生感其眷恋之情，爱慕殊切，而又念其出身微，且日登公堂，为千人所窥指，恐娶之为人姗笑，日夜萦回，无以自主。判牒既下，意始安帖。邑宰为之委禽，送鼓吹焉。

○鞫（jū）：审理，审案。
○觍（tiǎn）然：惭愧的样子。
○微：微贱，卑微。
○萦回：盘绕，回旋，形容心中反复不定。
○判牒：判决书。牒，公文。
○委禽：即纳采、订婚。
○鼓吹：原指器乐合奏，这里指乐队。

译文

自吴太守审讯之后，胭脂方知鄂秀才蒙受了不白之冤。偶于堂下相遇，胭脂总是面露羞赧，双眼含泪，似有千言万语欲诉衷肠，却又难以启齿。鄂生被她的深情打动，心中亦对她产生了深深的爱慕。然而，鄂生又顾虑到胭脂出身卑微，且时常须上公堂对质，饱受众人窥视与指点。他担心若娶她为妻，恐会遭人耻笑。因此，他日夜思量，犹豫不决。及至判决书宣告，鄂生的心方才安定。县令为他们筹备了彩礼，并找来乐队为他们操办了婚事。

原文

异史氏曰：甚哉！听讼之不可以不慎也！纵能知李代为冤，谁复思桃僵亦屈？然事虽暗昧，必有其间，要非审思研察，不能得也。呜呼！人皆服哲人之折狱明，而不知良工之用心苦矣。世之居民上者，棋局消日，绅被放衙，下情民艰，更不肯一劳方寸。至鼓动衙开，

○间（jiàn）：间隙，破绽。
○哲人：智慧卓越的人。
○良工：古代泛称技艺高超的人。工，这里指官。
○棋局消日：用下棋消磨光阴。
○绅被放衙：谓好逸贪睡废政。绅，同“绸”。放衙，官吏退衙。
○方寸：指心。

巍然高坐，彼哓哓者直以桎梏静之，何怪覆盆之下多沉冤哉！

○哓哓（xiāo）：争辩声。桎梏：刑具。

○覆盆：覆置的盆，喻不见天日，沉冤莫白。

译文

异史氏感叹道：诚然如此！审理案件之事，岂能不慎重以待！即便能洞察如鄂秋隼这般代人受过的冤屈，又有谁能料到宿介亦是蒙受不白之冤的替罪羊呢？然而，世事虽复杂难辨，其中却必存蛛丝马迹，若非细心观察、深思熟虑，实难发现其端倪。唉！世人皆赞叹贤明智慧之人断案如神，却鲜有人知晓他们背后所付出的苦心孤诣。那些身居官位之人，往往只知下棋消遣，贪睡怠政，对于民间疾苦，竟不肯稍费心思。及至升堂问案之时，他们高坐堂上，对于争辩之人，动辄便以刑具相逼，以求息事宁人。如此这般，难怪民间多是冤屈难以昭雪啊！

原文

愚山先生吾师也。方见知时，余犹童子。窃见其奖进士子，拳拳如

○见知：被赏识。

○童子：未成年。此处指尚未取得秀才资格。

○奖进：奖励提拔。

○拳拳：诚恳尽心的样子。

恐不尽，小有冤抑，必委曲呵护之，曾不肯作威学校，以媚权要。

○宗匠：指学术上有重大成就、为众所推崇的人物。

真宣圣之护法，不止一代宗匠，衡文无屈士已也。而爱才如命，尤

○宣圣之护法：孔子的护法者，即保护儒教的人。宣圣，指孔子。

○衡文：衡量文章高下。

非后世学使虚应故事者所及。尝有名士入场，作《宝藏兴焉》文，

○《宝藏（zàng）兴焉》：考场试题的名称。

误记“水下”，录毕而后悟之，料无不黜之理。作词曰：“宝藏在山

○误记“水下”：误记是水下的宝藏，指与《中庸》所说的山间宝藏不合。明清时期八股文无论是题目还是依据题目所作的文字必须代圣贤立言，不能离开儒家经典的原意。

间，误认却在水边。山头盖起水晶殿。瑚长峰尖，珠结树颠。这一

○水晶殿：指传说中海水里的龙宫。

○瑚：珊瑚。

○珠：珍珠。都非山上的宝藏。

回崖中跌死撑船汉！告苍天，留点蒂儿，好与友朋看。”先生阅文至

○留点蒂儿：留点颜面。蒂，花果与枝茎相连的部分。

此，和之曰：“宝藏将山夸，忽然见在水涯。樵夫漫说渔翁话。题

○和（hè）：应和，唱和。指作词应答。

○樵夫漫说渔翁话：山上砍柴的人随意说水中打渔的人的话。指文不对题。漫，空自。

目虽差，文字却佳，怎肯放在他人下。尝见他，登高怕险；那曾见，

会水淹杀？”此亦风雅之一斑，怜才之一事也。

○会水淹杀：这里指不会将会写文章的人一棒子打死，而是会留有余地。 ○一斑：比喻事物的一小部分。

译文

施愚山先生是我的老师。刚被他赏识的时候，我还是个童生。我看见他奖励推荐学生，费尽心力，唯恐自己还不够全心全意，但凡学生稍有委屈，他皆心生怜悯，极力呵护，从不在学府中逞威风以取悦上官。他真可谓是孔圣人的护法神，非但为一代宗师，更在主持科举时，从不使任何读书人蒙受冤屈。其对人才之珍爱，尤非后世那些敷衍塞责之学使所能比拟。曾有名士赴考，于《宝藏兴焉》一题中，误将“宝藏”二字之意解为“水下”。待其誊写完毕，方恍然大悟，自知难免被黜落之命运。于是，他在卷后附上一首词：“宝藏在山间，误认却在水边。山头盖起水晶殿，瑚长峰尖，珠结树颠。这一回崖中跌死撑船汉！告苍天，留点蒂儿，好与友朋看。”愚山先生阅后，亦和词一首：“宝藏将山夸，忽然见在水涯。樵夫漫说渔翁话。题目虽差，文字却佳，怎肯放在他人下。尝见他，登高怕险；那曾见，会水淹杀？”此事足见愚山先生之风雅情致，亦为其爱惜人才之一则佳话。

相思骨

相思骨指的是红豆，这是一种豆科植物的朱红色种子，古人常用红豆象征爱情和相思，因而也被称为相思子。唐代常将红豆嵌在骨制的骰子上，以其鲜艳的颜色容易辨识，故称为“相思骨”。温庭筠在《新添声杨柳枝词》中写道：“玲珑骰子安红豆，入骨相思知不知”，表达了深切的相思之情，红豆因此成为古代文学中思念与爱情的象征。

【阿纤】

原文

奚山者，高密人，贸贩为业，往往客蒙沂之间。一日，途中阻雨，

○高密：县名。位于山东半岛东部胶东地区，明清时期属莱州府。今为山东潍坊下辖县级市。
○客：旅居，客居。蒙沂：指蒙阴、沂水，均县名。在山东省临沂市。

及至所常宿处，而夜已深，遍叩肆门，无有应者。徘徊庑下。忽

○肆门：商铺的门。肆，商店。此指旅店。
○庑下：屋檐下。庑，房周的廊檐。

二扉豁开，一叟出，便纳客入。山喜从之，絷蹇登堂，堂上迄无几

○絷（zhí）蹇（jiǎn）：拴驴。蹇，驴。

榻。叟曰："我怜客无归，故相容纳。我实非卖食沽饮者。家中无

多手指，惟有老荆弱女，眠熟矣。虽有宿肴，苦少烹鬵，勿嫌冷啜

○手指：借指人口。
○老荆：老妻。荆，"荆钗布裙"。代指妻子。
○宿肴：剩下的菜肴。宿，旧。
○烹鬵（qín）：烹煮器具。鬵，大釜，炊器。

也。"言已，便入。少顷，以足床来，置地上，促客坐，又入，携

○足床：矮凳。
○拔来报（fù）往：很快地来，很快地去。报，通"赴"，迅速。形容频繁地奔来奔去。《礼记·少仪》："毋拔来，毋报往。"郑玄注："报，读为'赴疾'之'赴'。拔、赴皆疾也。"

一短足几至。拔来报往，蹀躞甚劳，山起坐不自安，曳令暂息。

○几：案，小桌。
○蹀躞（dié xiè）：小步走路，徘徊不定。

译文

奚山是一位来自山东高密的商人，以贩卖货物为生，频繁来往于蒙沂地区。某日，行至半途，不料被一场突如其来的雨阻碍了行程。待他抵达平日惯常投宿之地，夜色已深，四周被黑暗笼罩。他逐一敲响了所有旅店的门扉，却未得到任何回应，无奈之下，只能在屋檐之下踱步徘徊。就在这时，一户人家的双门豁然开启，一位老者缓步而出，热情地邀请他进屋避雨。奚山欣然接受，跟随着老者踏入门内，将驴子妥善系好后，步入了堂屋。然而，屋内并未陈设床铺与桌椅，显得颇为简陋。老者解释道："我见客人无处栖身，心生怜悯，故而邀你入内。我家并不是经营餐饮的地方，家中人口也少，仅有老伴与一个女儿，此刻皆已熟睡。虽有些剩饭剩菜，却已无法加热，你若不嫌弃，可食用些冷饭。"说完，老者便转身进入了内室。片刻之后，他手持一张矮凳，放在地上，请奚山坐下，随后又进屋搬出一张矮桌。如此往返数次，老者的身影在屋内忙碌不停，显得有些疲惫。奚山见状，心中不安，连忙上前拉住老者，让他暂且歇息一会儿。

原文

少间，一女郎出行酒。叟顾曰：“我家阿纤兴矣。”视之，年十六七，窈窕秀弱，风致嫣然。山有少弟未婚，窃属意焉。因询叟清贯尊阀，答云：“士虚，姓古。子孙皆夭折，剩有此女。适不忍搅其酣睡，想老荆唤起矣。”问：“婿家阿谁？”答言：“未字。”山窃喜。既而品味杂陈，似所宿具。食已，致恭而言曰：“萍水之人，遂蒙宠惠，没齿所不敢忘。缘翁盛德，乃敢遽陈朴鲁：仆有幼弟三郎，十七岁矣，读书肄业，颇不顽冥。欲求援系，不嫌寒贱否？”叟喜曰：“老夫在此，亦是侨寓。倘得相托，便假一庐，移家而往，庶免悬念。”山都应之，遂起展谢。叟殷勤安置而去。鸡既唱，叟已出，呼客盥沐。束装已，酬以饭金。固辞曰：“客留一饭，万无受金之理，矧附为婚姻乎？”

○兴：起，起床。

○清贯尊阀：籍贯和门第。清、尊，皆敬辞。

○致恭：致敬，道谢。

○萍水之人：偶然相逢的人。萍水，如浮萍随水，飘泊无定。

○遽（jù）陈：贸然直言。朴鲁：诚朴鲁钝。指真实朴直的心意。

○顽冥：愚笨。

○肄业：修习课业。古人书所学之文字于方版谓之“业”，师授生曰“授业”，生受之于师曰“受业”，习之曰“肄业”。

○援系：攀附求亲。

○假：借。

○展谢：申谢。

○矧（shěn）：何况。

译文

不久，一位姑娘步入堂中，为奚山斟酒。老者看着她，介绍道：“我的女儿阿纤起来了。”奚山目光转向阿纤，只见她十六七岁，身姿曼妙，面容姣好，举止间流露出动人的韵味。奚山有一个年纪小的弟弟尚未婚配，心中暗自盘算着为弟弟促成这段姻缘。于是，他开始询问老者的家世背景，老者答道：“我姓古，名唤士虚。子孙皆已早逝，仅留下这个女儿。方才不忍打扰她安睡，想必是老伴将她唤醒了。”奚山又问：“那您女婿是哪位呢？”老者回应说：“她尚未出嫁。”奚山心中暗自欣喜。片刻后，酒菜悉数上桌，仿佛早已预备妥当。吃完饭后，奚山恭敬地对老者说："我们虽萍水相逢，但您对我的款待让我永生难忘。鉴于您的厚德，我斗胆唐突地提出一个请求：我有个小弟三郎，今年十七岁，正在求学，天资并不愚钝。我希望能与您结成这门亲事，您不会嫌弃我家境贫寒吧？"老者听后，欣喜地说："我也是寄居在此。若能将小女托付给贤良如你的人家，还请你借我一间屋子，让我搬去同住，也免得日后牵挂。"奚山满口应承，起身致谢。老者热情地为他铺好床铺后才离去。鸡叫的时候，老者已起床，叫奚山起床洗漱。奚山整理好行装，欲给老者饭钱，老者却坚决拒绝道："只是留客人吃顿饭，怎能收钱？何况我们即将成为姻亲呢？"

原文

既别，客月余，乃返。去村里余，遇老媪率一女郎，冠服尽素。既近，疑似阿纤。女郎亦频转顾，因把媪袂，附耳不知何辞。媪便停步，向山曰："君奚姓耶？"山唯唯。媪惨然曰："不幸老翁压于败堵，今将上墓。家虚无人，请少待路侧，行即还也。"遂入林去，移时始来。途已昏冥，遂与偕行。道其孤弱，不觉哀啼，山亦酸恻。媪曰："此处人情大不平善，孤孀难以过度。阿纤既为君家妇，过此恐迟时日，不如早夜同归。"山可之。既至家，媪挑灯供客已，谓山曰："意君将至，储粟都已粜去，尚存廿余石，远莫致之。北去四五里，村中第一门，有谈二泉者，是吾售主。君勿惮劳，先以尊乘运一囊去，叩门而告之，但道南村古姥有数石粟，

○冠服尽素：指穿着孝服。

○败堵：倒塌的墙。

○平善：平和友善。

○酸恻：悲酸凄恻。

○孤孀：孤儿寡妇。孀，寡妇。过度：度日。

○粜（tiào）：卖出谷物。

○致：搬运，运送。

粜作路用，烦驱蹄噭一致之也。”即以囊粟付山。山策蹇去，叩户，一硕腹男子出，告以故，倾囊先归。俄有两夫以五骡至。媪引山至粟所，乃在窖中。山下为操量执概，母放女收，顷刻盈装，付之以去。凡四返而粟始尽。既而以金授媪。媪留其一人二畜，治任遂东。行二十里，天始曙。至一市，市头赁骑，谈仆乃返。既归，山以情告父母。相见甚喜，即以别第馆媪，卜吉为三郎完婚。媪治奁妆甚备。阿纤寡言少怒，或与语，但有微笑，昼夜绩织无停晷，以是上下悉怜悦之。嘱三郎曰：“寄语大伯：再过西道，勿言吾母子也。”居三四年，奚家益富，三郎入泮矣。

○蹄噭（qiào）：牲口。噭，牲畜的口。

○操量执概：用斗斛量粟。

○装：行装，囊。

○无停晷（guǐ）：没有停止的时刻。晷，时间。

○入泮：考中秀才。

译文

与老者道别后，奚山又在外逗留了一个多月，才回来。在距离村子一里多路的地方，他偶遇一位老妇人与一名年轻女子，二人皆身着素衣。走近一看，那女子颇似阿纤。女子也不时回头望向奚山，并拉着老妇人的衣袖，贴着耳畔低语。老妇人随即停下脚步，向奚山问道：“您可是姓奚？”奚山连忙应承。老妇人面露哀色，说道：“我老伴不幸被倒塌的墙壁压死，我们正欲前往祭坟。家中现无人看守，请您在路旁稍候，我们去去便回。”说完，二人便走进林中，过了一段时间才回来。此时天色已暗，道路昏黄，奚山便与她们结伴同行。老妇人谈及她们孤儿寡母的境遇，不禁悲从中来，奚山也心生酸楚。老妇人叹道：“此地人情冷漠，孤儿寡母生活艰难。阿纤既已成是您家的媳妇，若再拖延，恐生变故，不如连夜随您离去。”奚山应允。到家后，老妇人点亮灯火，等奚山吃完饭，便对他说道：“我们估计您也快回来了，家中存粮已大都变卖，还剩二十余石，因路途遥远未曾送去。从此地往北四五里，村中第一家，有个叫谈二泉的，是我的买主。烦请您不辞辛劳，先用您的坐骑运一袋去，敲门告知他，只说南村古老太有几石粮食，想卖了换路费，请他派牲口来驮运。”说完，便装了一袋粮食交给奚山。奚山赶着驴子前往，敲门后，一个大腹便便的男子出来应门。奚山说明来意，将粮食卸下后便返回。不久，便有两名仆人赶着五头骡子来到。老妇人领着奚山来到存粮之地，原来是一个地窖。奚山下地窖称量，老妇人往袋子里倒粮，阿纤提着袋子装粮，片刻间便装满了口袋，让来人先运走。如此往返四次，才将粮食运完。谈家的仆人将银子交给老妇人，老妇人留下一人、两头骡子，收拾行装向东出发。走了二十里，天色才刚亮。他们来到一个集市，在市头租了一头牲口，才让谈家的仆人返回。到家后，奚山将情况告知父母。父母一见阿纤便十分喜爱，立即找了一处房子让老妇人住下，又选了吉日为三郎与阿纤完婚。老妇人也准备了丰厚的嫁妆。阿纤性格沉静，寡言少语，与人交谈时总是面带微笑。她日夜不停地纺织，因此全家上下都十分怜爱她。阿纤嘱咐三郎说：“你告诉大伯，日后再经过西道时，切勿提及我们母女。”如此过了三四年，奚家日渐富裕，三郎也进入了县学。

原文

一日，山宿古之旧邻，偶及曩年无归，投宿翁媪之事。主人曰：“客误矣。东邻为阿伯别第，三年前，居者辄睹怪异，故空废甚久，有何翁媪相留？”山甚讶之，而未深言。主人又曰：“此宅向空十年，无敢入者。一日，第后墙倾，伯往视之，则石压巨鼠如猫，尾在外犹摇。急归，呼众共往，则已渺矣。群疑是物为妖。后十余日，复入试，寂无形声。又年余，始有居人。”山益奇之。归家私语，窃疑新妇非人，阴为三郎虑，而三郎笃爱如常。久之，家中人纷相猜议。女微察之，夜中语三郎曰：“妾从君数载，未尝少失妇德，今置之不以人齿。请赐离婚书，听君自择良偶。”因泣下。

○置之不以人齿：把我置于非人地位。齿，并列。

三郎曰：“区区寸心，宜所夙知。自卿入门，家日益丰，咸以福泽归卿，乌得有异言？”女曰：“君无二心，妾岂不知？但众口纷纭，恐不免秋扇之捐。”三郎再四慰解，乃已。山终不释，日求善扑之猫，以觇其意。女虽不惧，然蹙蹙不快。一夕，谓媪小恙，辞三郎省侍之。天明，三郎往讯，则室内已空。骇极，使人于四途踪迹之，并无消息。中心营营，寝食都废。而父兄皆以为幸，交慰藉之，将为续婚，而三郎殊不怿。俟之年余，音问已绝，父兄辄相诮责，不得已，以重金买妾，然思阿纤不衰。

○秋扇之捐：秋凉之后，扇子即弃置不用。比喻妇女年老色衰而被遗弃。

○四途：东、西、南、北四面。

○营营：烦恼不安。《庄子·庚桑楚》：“全汝形，抱汝生，勿使汝思虑营营。”

○怿（yì）：高兴、快乐。

○诮责：责备。

译文

有一次，奚山在古家的旧邻居家借宿时，偶然间提起了当年无处栖身，幸得古家收留的往事。主人诧异地说：“客人怕是记错了。东邻乃是我家大伯的一处闲置别墅，三年前，那里频频出现怪异的事，因此早已空废很久了，怎会有老者老太留你住宿呢？”奚山听了，心中一惊，但半信半疑。主人又继续说道：“那宅子一直空着，已有十年之久，无人敢踏入。一天，宅后围墙倒塌，大伯前去查看，只见巨石下压着一只巨鼠，体型如猫，尾巴还在外面摇曳。大伯慌忙回家，召集好多人一同前往，却发现老鼠已无踪影。众人都猜测那东西可能是妖怪。又过了十几天，人们再次前往探查，却已无任何异样。又过了一年多，才有人敢住进去。”奚山听完，心中更添疑惑。回到家中，奚山悄悄与家人谈及此事，众人皆怀疑新媳妇阿纤非人，暗暗地为三郎担忧。然而，三郎对阿纤的爱意并未因此减淡，依旧如初。随着时间的推移，家中的猜疑与议论愈发频繁。阿纤也渐渐察觉到了这些变化，某晚，她对三郎说：“我嫁给你已经好几年了，从未做过有违妇德的事，如今竟不把我当人看。不如你赐我一纸休书，你好另寻贤妻。”说完，泪流满面。三郎深情地说：“我的心意，你应早已明了。自从你进门，我家日渐兴旺，众人都说是你带来了福气，怎会有人说你坏话呢？”阿纤叹道：“你对我无二心，我怎么会不知道？但众说纷纭，我恐难逃被遗弃的命运。”三郎再三安慰，阿纤才渐渐平复情绪。然而，奚山心中始终难以释怀，经常寻来善于捕鼠的猫，暗中观察阿纤的反应。阿纤虽不惧怕，但也愁眉紧锁，郁郁寡欢。一日晚上，阿纤告诉三郎，她母亲身体不适，需前去侍奉，并向三郎告别。天亮后，三郎前去探望，却发现屋内已空无一人。三郎惊恐万分，派人四处寻找，却杳无音讯。三郎心急如焚，吃不下也睡不着。而他的父兄却暗自庆幸，轮流安慰他，并准备为他续娶。三郎心中不满，却又无可奈何。一年多过去，阿纤依然杳无音信。父亲和兄长时常嘲笑责骂三郎，无奈之下，他只好花费重金纳妾，但心中对阿纤的思念却丝毫未减。

原文

又数年，奚家日渐贫，由是咸忆阿纤。有叔弟岚以故至胶；迂道宿表戚陆生家。夜闻邻哭甚哀，未遑诘也。既返，复闻之，因问主人。答云：“数年前，有寡母孤女，僦居于是。月前姥死，女独处，无一线之亲，是以哀耳。”问：“何姓？”曰：“姓古。尝闭户不与里社通，故未悉其家世。”岚惊曰：“是吾嫂也！”因往款扉。有人挥涕出，隔扉应曰：“客何人？我家故无男子。”岚隙窥而遥审之，果嫂，便曰：“嫂启关，我是叔家阿遂。”女闻之，拔关纳入，诉其孤苦，意凄惨悲怀。岚曰：“三兄忆念颇苦。夫妻即有乖迕，何遂远遁至此？”即欲赁舆同归。女怆然曰：“我以人不齿数故，遂与母偕隐。今又返而依人，谁不加白眼？如欲复还，当与大兄分炊，不然，

○迂道：绕道。

○胶：胶州。在山东省东部。

○僦居：租屋而居。

○关：门闩。

○乖迕：抵触不合。

○分炊：分开吃饭，即分家。

行乳药求死耳！”岚既归，以告三郎。三郎星夜驰去。夫妻相见，各有涕洟。次日，告其屋主。屋主谢监生，窥女美，阴欲图致为妾，数年不取其值。频风示媪，媪绝之。媪死，窃幸可谋，而三郎忽至。通计房租以留难之。三郎家故不丰，闻金多，颇有忧色。女言：“不妨。”引三郎视仓储，约粟三十余石，偿租有余。三郎喜，以告谢。谢不受粟，故索金。女叹曰：“此皆妾身之恶幛也！”遂以其情告三郎。三郎怒，将诉于邑。陆氏止之，为散粟于里党，敛赀偿谢，以车送两人归。

○乳药：服毒药。

○恶幛：即孽障、业障。佛教认为前世有恶业，今世享恶果。

译文

几年后，奚家日渐贫寒，众人又开始怀念起阿纤来。三郎有位叔伯弟弟名叫奚岚，因事需前往胶州，途中特地绕道去探望表亲陆生。一天夜里，奚岚听到邻居家传来阵阵悲泣声，但当时没来得及细问。待他回来时，又听见哭声，便询问主人缘由。主人答道：“几年前，有一对寡母孤女搬来此地租房居住。一个月前，老太太离世，只剩下那孤女一人，无亲无故，故而伤心痛哭。”奚岚问：“她姓甚名谁？”主人回说：“姓古。她们家门常闭，与邻里很少往来，故不知道她的家世。”奚岚吃惊地说：“那可是我嫂子啊！”随即上前敲门。屋内传来抽泣声，有人隔着门问道：“客人是谁？我家没有男子。”奚岚从门缝中窥视，确认是嫂子阿纤，便说：“嫂嫂开门，我是叔叔家的阿遂。”阿纤听了，拉开门闩，请他进来。阿纤向奚岚诉说了自己的孤苦，神情凄然。奚岚说：“三哥对你思念甚深。夫妻间纵有矛盾，又何必远远逃到这里？”说罢，便准备租车带阿纤一同回家。阿纤感伤地说：“我因受人轻视，才与母亲隐居在这。如果再回去，岂不又要受人白眼？如果真要回去，必须与大哥分开生活，否则我宁可服毒自尽！”奚岚返回后，将情况告知了三郎。三郎连夜赶去与阿纤相见，两人相见泪眼婆娑。第二天，他们又向屋主说明了情况。屋主谢监生早已对阿纤的美貌垂涎三尺，欲纳她为妾，因此数年未收房租，并频频向古老太暗示，均遭拒绝。古老太去世后，他暗自窃喜，以为机会来了，不料三郎突然到来，打乱了他的计划。于是，他算出数年房租，要求阿纤一次性付清，以此为难他们。三郎家境原本不富裕，听说房租高昂，面露忧色。阿纤却说：“不妨事。”随后领着三郎去看仓库中的粮食，约有三十石，足以偿还房租。三郎很高兴，便去告知谢监生。然而，谢监生却不要粮食，故意索要银子。阿纤叹息道：“这都是我自己惹的祸啊！”于是，她将谢监生欲娶她为妾被拒的事情告诉了三郎。三郎听完很生气，打算去县里告状。陆生劝阻了他，并帮他将仓库的粮食分给乡亲们，筹集了一笔钱偿还给谢监生，然后用车子将三郎和阿纤送回了家。

原文

三郎实告父母，与兄析居。阿纤出私金，日建仓廪，而家中尚无儋石，共奇之。年余验视，则仓中盈矣。不数年，家大富，而山苦贫。女移翁姑自养之，辄以金粟周兄，狃以为常。三郎喜曰：“卿可云不念旧恶矣。”女曰：“彼自爱弟耳。且非渠，妾何缘识三郎哉？”后亦无甚怪异。

○儋（dàn）石：也作“担石”。儋受一石，故称“儋石”。用以计量谷物。儋，石罂。一说，一石为石，二石为儋，谓一人所担。亦借指少量米粟。

○狃（niǔ）以为常：习以为常。狃，习惯。

译文

三郎向父母说了真相后，便与兄长分了家。阿纤则拿出自己的私房钱，每日忙于建造粮仓，然而家中并无一粒粮食，这让众人都感到十分奇怪。过了一年多，当大家再次查看时，发现仓库里已经堆满了粮食。又过了几年，三郎家变得异常富裕，而相比之下，奚山家却陷入了贫困之中。阿纤不仅将公公婆婆接来赡养，还时常拿出钱粮来接济奚山家，这样的行为渐渐成了习惯。三郎见状，欣喜地说：“你真是个不念旧恶的人啊！”阿纤则温柔地回答道：“他也是为了你这个弟弟好。而且，如果没有他的话，我怎能与你相识呢？”从此以后，三郎家中再也没有发生过怪异的事情。

【瑞云】

原文

瑞云，杭之名妓，色艺无双。年十四岁，其母蔡媪，将使出应客。

○杭：指浙江杭州。○色艺：长相和才艺。

瑞云告曰："此奴终身发轫之始，不可草草。价由母定，客则听奴

○发轫（rèn）：初始，开端。这里指妓女初次应客。轫，止住车轮转动的闸木，车启行时须先去轫，称"发轫"。

自择之。"媪曰："诺。"乃定价十五金，遂日见客。客求见者必以

贽，贽厚者，接一弈，酬一画；薄者，留一茶而已。瑞云名噪已久，

○贽（zhì）：见面的赠礼。

自此富商贵介，日接于门。

○贵介：尊贵。指官家子弟。

译文

瑞云，是杭州城内一名声显赫的名妓，其容貌与才艺均堪称举世罕见。十四岁的时候，养母蔡妈妈想让她出来接待。瑞云告诉她说："这是我人生飞黄腾达的开始，切不可草率了事。价格可由妈妈定夺，但是客人须让我自己选择。"蔡妈妈听了点头应允。于是，双方商定，每次接待之资为十五两银子，瑞云从此每日接待客人。那些慕名而来的宾客，无不携带厚礼以求一见。对于礼物丰厚的人，瑞云会亲自陪其下棋，或是绘制一幅画作以作回礼；而对于礼物稍显轻薄的人，瑞云也会礼貌地留其喝茶，以示尊重。瑞云的美名早已远播，故而吸引了无数富商巨贾、显赫权贵纷至沓来，竞相一睹其风采。

原文

余杭贺生，才名夙著，而家仅中赀。素仰瑞云，固未敢拟

○余杭：旧县名。明清时期属杭州府。○中赀（zī）：中等资产。

同鸳梦，亦竭微贽，冀得一睹芳泽。窃恐其阅人既多，不以

寒畯在意，及至相见一谈，而款接殊殷。坐语良久，眉目含情。作

○寒畯(jùn)：出身寒微而才能杰出的人。五代王定保《唐摭言·好放孤寒》："李太尉德裕颇为寒畯开路，及谪官南去，或有诗曰：'八百孤寒齐下泪，一时南望李崖州。'"

诗赠生曰：何事求浆者，蓝桥叩晓关？有心寻玉杵，端只在人间。

译文

在余杭县，有一位姓贺的书生，其才名素来为人所称颂，然而家境不过中等殷实。他心中一直对瑞云抱有仰慕之情，虽不敢妄想能与她共度余生，却也尽心尽力准备了一份微薄的礼物，只盼能有机会亲眼见一见瑞云的绝世容颜。贺生心中暗想，瑞云接待过的宾客无数，或许根本不会将他这个贫寒的书生放在心上。然而，当两人真正见面交谈时，瑞云却对他表现出了格外的热情与周到。两人坐着聊了很久，瑞云眉目含情，作了一首诗赠给贺生，诗中写道：何事求浆者，蓝桥叩晓关？有心寻玉杵，端只在人间。

原文

生得之狂喜。更欲有言，忽小鬟来白"客至"，生仓猝遂别。既归，吟玩诗词，梦魂萦扰。过一二日，情不自已，修贽复往。瑞云接见良欢，移坐近生，悄然谓："能图一宵之聚否？"生曰："穷踧之士，

○穷踧(cù)：穷困。踧，通"蹙"。

惟有痴情可献知己。一丝之贽，已竭绵薄。得近芳容，意愿已足，

○一丝之贽(zhì)：极微薄的见面礼。丝，重量的微小单位。

○绵薄：谦称微力、微劳。

若肌肤之亲，何敢作此梦想。"瑞云闻之，戚然不乐，相对遂无一语。生久坐不出，媪频唤瑞云以促之，生乃归。心甚邑邑，思欲

○邑邑：不快、郁闷的样子。

罄家以博一欢，而更尽而别，此情复何可耐？筹思及此，热念都消，

○罄家：拿出全部家产。罄，尽。博：取得。

由是音息遂绝。

译文

贺生接过瑞云递来的诗篇，细读之下，察觉到字里行间流露出的深情厚意，心中不禁涌起一阵狂喜。正当他欲倾诉更多心声时，小丫环突然进门通报有客来访，他只得匆匆话别，遗憾离去。回到家中，贺生反复品读那首诗，瑞云的身影在梦中也挥之不去。时隔一两日，他按捺不住内心的思念，再次备礼前往。瑞云见到他，脸上洋溢着喜悦，将座位移至贺生身旁，悄声说："能相聚一晚吗？"贺生叹息道："我只是个贫寒的书生，唯有满腔痴情可献予知己。这份薄礼，已是我倾尽所有。能得见你的芳容，我便心满意足。不敢奢望肌肤之亲。"瑞云听后，面露不悦，两人相对无言，气氛一时变得尴尬。贺生久坐不走，蔡妈妈便频频催促瑞云，示意贺生尽快离开。无奈之下，贺生只得返回家中。回到家中，贺生心情郁郁，想到即便倾家荡产换得短暂欢乐，天明后仍要分别，这种痛苦实在难以承受。想到这里，他心中的热情瞬间熄灭。自那以后，他与瑞云便断了联系。

原文

瑞云择婿数月，更不得一当，媪颇恚，将强夺之而未发也。一日，有秀才投贽，坐语少时，便起，以一指按女额曰："可惜，可惜！"遂去。瑞云送客返，共视额上有指印，黑如墨，濯之益真。过数日，墨痕渐阔，年余，连颧彻准矣。见者辄笑，而车马之迹以绝。媪斥去妆饰，使与婢辈伍。瑞云又荏弱，不任驱使，日益憔悴。贺闻而过之，见蓬首厨下，丑状类鬼。起首见生，面壁自隐。贺怜之，便与媪言，愿赎作妇，媪许之。贺货田倾装，买之而归。入门，牵衣揽涕，且不敢以伉俪自居，愿备妾媵，以俟来者。贺曰："人生

○一当：一个中意的。当，当意，中意。

○连颧（quán）彻准：谓墨痕漫延至左右颧骨及整个鼻梁。颧，颧骨。准，鼻梁。

○车马之迹：指来访的贵客。

○荏（rěn）弱：柔弱，怯懦。

○过之：探望她。过，访。

○货田倾装：变卖所有家产。倾装，倾囊。

○揽涕：挥泪。

○伉俪：夫妻。这里指夫妻名分。

○愿备妾媵（yìng）：愿意权充姬妾，等待贺生另娶正妻。

所重者知己。卿盛时犹能知我，我岂以衰故忘卿哉！”遂不复娶。闻者共姗笑之，而生情益笃。

○笃：厚。

译文

瑞云挑选情郎挑了几个月，却始终未能找到心仪之人，这让蔡妈妈大为恼火，甚至萌生了强迫她接待客人的念头，只是还没有决定。一日，有位秀才前来拜访，送上见面礼后，与瑞云攀谈片刻。临别之际，他竟用手指在瑞云额头上轻轻一按，叹道："可惜啊，可惜！"随后便转身离去。瑞云送走客人后，众人惊讶地发现，她的额头上竟留下了一个如墨般漆黑的指印，且越洗越明显。数日之后，这黑印逐渐扩散；一年多后，已蔓延至颧骨与鼻梁之上。见此情景，人们纷纷嘲笑瑞云，渐渐地，那些富贵之客也不再上门。蔡妈妈一气之下，收回了瑞云的妆饰，让她与丫环们一同劳作。瑞云本就体弱多病，无法胜任繁重的体力活，因此日渐憔悴。贺生得知此事后，便前去看望她。只见瑞云头发蓬乱，面容憔悴，在厨房里忙碌着，模样丑陋如同鬼魅。她抬头见是贺生，便急忙转过脸去，不愿让他看见自己的模样。贺生心生怜悯，便与蔡妈妈商议，愿意倾尽所有为瑞云赎身，并娶她为妻。蔡妈妈答应了他的请求。于是，贺生变卖了全部田产与财产，将瑞云赎回了家。进门后，瑞云拉着贺生的衣角，泪流满面，她不敢以妻子的身份自居，只愿做个小妾，将妻子的位置留给未来可能出现的人。贺生却坚定地说："人生中最珍贵的是知己之情。你当初风光时尚且看得起我，我怎能因你容颜不再而忘恩负义呢？"自此以后，他便绝了再娶的念头。此事传开后，许多人都嘲笑贺生的选择，但他对瑞云的感情却愈发深厚。

原文

居年余，偶至苏，有和生与同主人，忽问："杭有名妓瑞云，近如何矣？"贺以"适人"对。又问："何人？"曰："其人率与仆等。"和曰："若能如君，可谓得人矣。不知价几何许？"贺曰："缘有奇疾，姑

○与同主人：和他同住一处。主人，指旅居的房东。

○适人：嫁人。

○率与仆等：与我略同。

从贱售耳。不然，如仆者，何能于勾栏中买佳丽哉！”又问：“其人果能如君否？”贺以其问之异，因反诘之。和笑曰：“实不相欺，昔曾一觐其芳仪，甚惜其以绝世之姿，而流落不偶，故以小术晦其光而保其璞，留待怜才者之真鉴耳。”贺急问曰：“君能点之，亦能涤之否？”和笑曰：“乌得不能，但须其人一诚求耳。”贺起拜曰：“瑞云之婿，即某是也。”和喜曰：“天下惟真才人为能多情，不以妍媸易念也。请从君归，便赠一佳人。”遂与同返。

○觐：觐见。见的敬辞，原指朝见帝王。

○不偶：不遇，不幸。

○晦其光而保其璞：遮掩其光彩，保护其纯真。晦，晦暗。光，指玉石的光泽。璞，未雕琢的玉石，比喻天真、本色。

○鉴：鉴赏，发现。

○一诚求：诚心恳求一次。

○妍媸（yán chī）：美丑。易念：改变心意。

译文

过了一年多，贺生偶然到苏州去，在旅店中邂逅了一位姓和的书生。和生忽然发问：“杭州那位声名显赫的瑞云姑娘，近况如何？”贺生答道：“已嫁人。”和生又追问：“嫁给了谁？”贺生回应：“与我差不多的人。”和生赞道：“若真像您这样，她确是嫁得良人。不知那人花费几何为她赎身？”贺生叹道：“因她身患奇症，因此被贱卖了。不然，似我这样的人，又怎么可能从烟花之地买回绝色佳人？”和生又问：“那人是果真和您一样吗？”贺生觉其问法奇异，便反问道：“先生这话什么意思？”和生笑道：“实言相告，昔日我也曾一睹其芳容，对于她那等绝世姿色沦落于风尘之中，深感惋惜。于是，我用小法术遮住了她的光彩，保全了她的美质，以待真正懂得珍惜的人来欣赏。”贺生急忙问道：“您既能施加黑印，是否也能将其洗去？”和生含笑点头：“自然可以，只需其夫真心实意地相求。”贺生听完，起身行礼道：“瑞云之夫，正是在下。”和生高兴地赞道：“世间唯有真才实德之人，方能如此深情厚意，不因爱人之美丑而改初衷。我愿随您一同回家，还您一位佳人。”说完，二人便结伴同行，返回贺生家中。

原文

既至，贺将命酒，和止之曰：“先行吾法，当先令治具者有欢心也。”

○治具者：准备酒食之人。指瑞云。

即令以盥器贮水，戟指而书之，曰：“濯之当愈。然须亲出一谢医

○戟指而书之：指书写符箓，施行法术。戟指，屈指如戟形，施法术时所作的手势。

人也。”贺笑捧而去，立俟瑞云自靧之，随手光洁，艳丽一如当年。

○靧（huì）：洗脸。

夫妇共德之，同出展谢，而客已渺，遍觅之不可得，意者其仙欤？

○德：感谢，感激。

译文

来到贺生家中，贺生正要张罗酒宴以表欢迎，却被和生劝阻道：“且慢，还是先让我施展法术吧，理应让准备宴席的人先感受喜悦。”说完，他吩咐贺生端来一盆清水，随即以指在水中轻轻划动数下，说道：“用此水洗脸，病即可愈。但须请她亲自出面，向医者致谢。”贺生笑着端起水盆，步入内室，立于一旁，静静看着瑞云自己洗脸。只见洗到之处，黑斑即刻消散，瑞云的面容又恢复了昔日的娇艳动人。夫妇二人对和生感激涕零，携手出屋要表示感谢，却发现和生已无影无踪，四处寻觅也找不到，心中暗自揣测，他或许真是位仙人吧？

蓝桥

蓝桥是古代传说中的神仙奇缘地，出自唐代裴铏的《传奇·裴航》故事。裴航落第后，在旅途中遇见国色天香的樊夫人，樊夫人赠诗中提到“蓝桥便是神仙窟，何必崎岖上玉京”，暗示神仙之地。后来，裴航经过蓝桥驿，遇见老妪，求饮后见到老妪之女云英，遂求婚。老妪要求裴航获取玉杵臼以捣神仙灵丹，裴航得之，百日捣药后与云英成婚，二人终得升仙。蓝桥作为传说中的地点，象征神仙之境，也常用于比喻奇遇或仙缘。

【仇大娘】

原文

仇仲，晋人，忘其郡邑。值大乱，为寇俘去。二子福、禄俱幼，

○晋：山西省的简称。

○孤：无父。

继室邵氏，抚双孤，遗业幸能温饱。而岁屡祲，豪强者复凌藉之，

○继室：续娶的妻子。 ○遗业：遗产。 ○祲(jìn)：受灾。 ○凌藉：侵凌，欺压。

○仲叔：排行中间的兄弟。

遂至食息不保。仲叔尚廉利其嫁，屡劝驾，而邵氏矢志不摇。廉

○食息不保：生活失去了保障。食息，吃饭。每顿饭之间有间隔，一食一间曰“食息”。 ○劝驾：敦促别人起行或做某事。

阴券于大姓，欲强夺之，关说已成，而他人不之知也。里人魏名

○阴券：暗地里立下契约。指署约强嫁。券，协议，契据。 ○关说已成：达成口头协议。

夙狡狯，与仲家积不相能，事事思中伤之。因邵寡，伪造浮言以

○夙：一向，平素。狡狯：狡诈奸猾。 ○积不相能：长期不和睦。积，由来已久。不相能，不相容。

相败辱。大姓闻之，恶其不德而止。久之，廉之阴谋与外之飞语，邵

○飞语：传扬的诽谤。

渐闻之，冤结胸怀，朝夕陨涕，四体渐以不仁，委身床榻。福甫

○陨涕：落泪。 ○四体：四肢。不仁：麻痹。指患痹症。

十六岁，因缝纫无人，遂急为毕姻。妇，姜秀才屺瞻之女，颇称

○毕姻：指长辈为晚辈完婚。

贤能，百事赖以经纪。由此用渐裕，乃使禄从师读。

译文

仇仲，籍贯山西，具体郡县已模糊不清。有一年，时局动荡，他不幸被强盗抓了去。他的两个儿子仇福与仇禄年纪还小，续弦邵氏毅然承担起了抚育二孤的重任，所幸家中遗留的产业尚足以维持他们的基本温饱。然而，随后数年，灾祸连连，加之地方豪强欺凌，使得这个家庭陷入了生计无着的困境。仇仲的弟弟仇尚廉，心存私念，屡次劝诱邵氏改嫁，但邵氏坚守妇道，意志坚定，不为所动。仇尚廉见状，竟暗中策划，将邵氏卖予一户大户人家，企图强行逼其就范，此阴谋虽已密谋妥当，只是外人不知道罢了。村中有一人，名叫魏名，向来生性狡诈，与仇仲家素有积怨，因此时刻寻机中伤仇家。见邵氏守寡，便恶意编造谣言，以玷污其名誉。那大户人家闻听谣言，

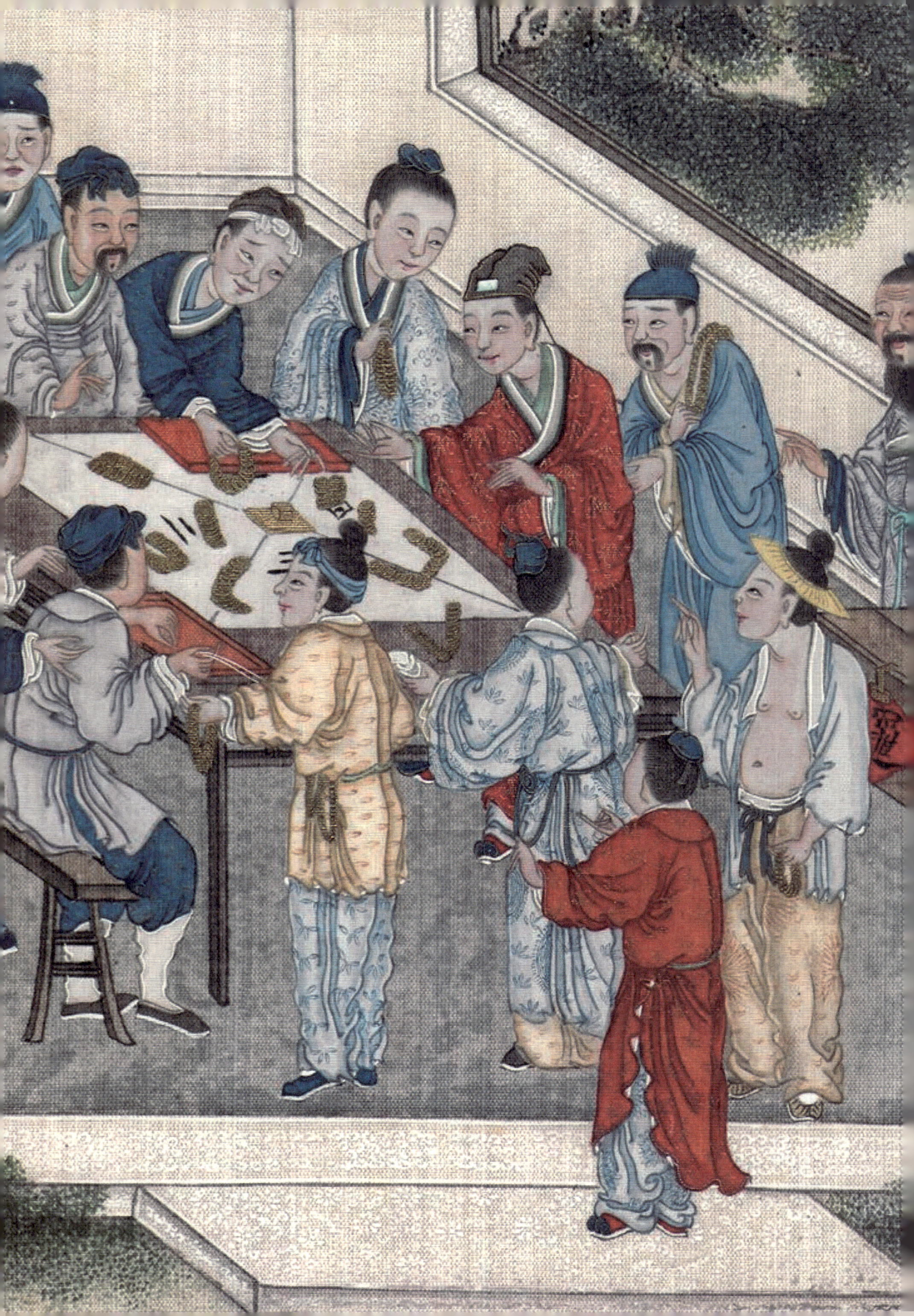

信以为真，遂中止了与仇尚廉的约定。随着时间的推移，仇尚廉的阴谋与村中的流言蜚语逐渐传至邵氏耳中，她心中冤屈难抑，日夜以泪洗面，身体日渐衰弱，终至卧床不起。此时，仇福年方十六，因家中无人主事，只得匆匆娶妻。其妻乃姜屺瞻秀才之女，贤惠能干，家中大小事务皆由她一人操持。自此，家境渐趋宽裕，仇福得以跟从老师，继续读书。

原文

魏忌嫉之，而阳与善，频招福饮，福倚为腹心交。魏乘间告曰：“尊堂病废，不能理家人生产，弟坐食，一无所操作，贤夫妇何为作马牛哉！且弟买妇，将大耗金钱。为君计，不如早析，则贫在弟而富在君也。”福归，谋诸妇，妇咄之。奈魏日以微言相渐渍，福惑焉，直以己意告母。母怒，诟骂之。福益恚，辄视金粟为他人之物也者而委弃之。魏乘机诱与博赌，仓粟渐空，妇知而未敢言。既至粮绝，被母骇问，始以实告。母愤怒而无如何，遂析之。幸姜女贤，旦夕为母执炊，奉事一如平日。福既析，益无顾忌，大肆淫赌。数月间，田产悉偿戏债，而母与妻皆不及知。福赀既罄，无所为计，因券妻贷赀，而苦无受者。邑人赵阎罗，原漏网之巨盗，武断一乡，固不畏福言之食也，慨然假赀。福持去，数日复空。意踟蹰，将背券盟，赵横目相加，福大惧，赚妻付之。魏闻

○析：析居，分家。

○咄：斥责，惊讶。

○微言：秘密进言或指隐微不显、委婉讽谏的言辞。渐渍：浸润，影响。

○执炊：做饭。

○券妻：把妻子典当。

○武断一乡：谓以威势横行乡里。

○言之食：食言，不守信用。

○假：借。

○踟蹰（chí chú）：犹豫。

○横目：怒目。

窃喜，急奔告姜，实将倾败仇也。姜怒，讼兴，福惧甚，亡去。姜女至赵家，始知为婿所卖，大哭，但欲觅死。赵初慰谕之，不听；既而威逼之，益骂；大怒，鞭挞之，终不肯服。因拔笄自刺其喉，急救，已透食管，血溢出。赵急以帛束其项，犹冀从容而挫折焉。明日，拘牒已至，赵行行殊不置意。官验女伤重，命笞之，隶相顾无敢用刑。官久闻其横暴，至此益信，大怒，唤家人出，立毙之。姜遂舁女归。

○挫折：指挫折其意志。

○行行（háng）：倔强的样子。《论语·先进》谓子路侍于孔子之侧，"行行如也"。孔子说："若由也，不得其死然。"

○舁：抬。

译文

魏名眼见仇家日子日渐红火，心生嫉恨，却表面上伪装友善，频繁邀请仇福饮酒，仇福竟将其视为知己。一日，魏名趁机向仇福进言："你母亲病卧在床，无力操持家务；你弟弟坐享其成，无所事事。你们这对贤伉俪，何苦如此辛劳？再者，待你弟弟娶亲之时，又是一笔不小的开销。我为你着想，不如早日分家，如此，你弟弟或许会陷入困境，但你则能富足起来。"仇福听后，回家与妻子商议分家之事，不料却遭妻子一顿斥责。然而，魏名并未罢休，日复一日地向仇福灌输分家的念头，用恶言挑拨离间。仇福终被迷惑，竟直接向母亲表达了分家的意愿。邵氏听后大怒，严厉训斥了他。仇福心中愤愤不平，开始将家中财物视为他人之物，任意挥霍。魏名见机，又引诱仇福赌博，家中粮食日渐减少，妻子虽然知道却不敢明说。等到粮绝之时，仇福很吃惊，追问媳妇，方知实情。邵氏虽怒，却无可奈何，只得同意分家。所幸媳妇贤惠，依旧每日为婆婆做饭，侍奉如初。仇福分家后，更加肆无忌惮，挥霍无度，赌博成性。短短数月，田产房产皆被用来抵偿赌债，而邵氏与媳妇却浑然不知。仇福钱财耗尽，无计可施，竟想用妻子作为抵押借钱，却苦于无人敢受。县中有一人，名唤赵阎罗，原是漏网的大盗，横行乡里，无所畏惧。他不怕仇福违约，慷慨解囊。仇福得钱后，又迅速输光。他心中惶恐，欲背弃契约，却惧怕赵阎罗的威势，只得将妻子骗出来，交予赵阎罗。魏名闻讯，心中暗喜，急忙告知姜秀才，实际上他是想置仇家于

死地。姜秀才大怒，告至官府。仇福惊恐万分，逃之夭夭。姜氏来到赵家，方知已被丈夫卖了，悲痛欲绝，欲寻短见。赵阎罗开始还劝慰她，姜氏却不为所动，继而威逼，姜氏破口大骂，赵阎罗大怒，挥鞭抽打，姜氏仍不屈服。她愤而拔下簪子，刺向自己的喉咙，众人急忙抢救，却已刺透食管，鲜血涌出。赵阎罗急忙用绢帛裹住她的脖子，妄图慢慢使其屈服。次日，官府传来传票，拘捕赵阎罗。他却故作强硬，毫不在意。县官验看姜氏伤势，发现伤势严重，遂命杖打赵阎罗。衙役们面面相觑，无人敢动刑。县官早闻赵阎罗凶横残暴，至此更加相信了。他怒不可遏，唤出家仆，当场将赵阎罗打死。姜秀才随后将女儿接回家中。

原文

自姜之讼也，邵氏始知福不肖状，一号几绝，冥然大渐。禄时年十五，茕茕无以自主。先是，仲有前室女大娘，嫁于远郡。性刚猛，每归宁，馈赠不满其志，辄迕父母，往往以愤去，仲以是怒恶之，又因道远，遂数载不一存问。邵氏垂危，魏欲招之来而启其争。适有贸贩者，与大娘同里，便托寄语大娘，且歆以家之可图。数日，大娘果与少子至。入门，见幼弟侍病母，景象惨淡，不觉怆恻。因问弟福，禄备告之。大娘闻之，忿气塞吭，曰："家无成人，遂任人蹂躏至此！吾家田产，诸贼何得赚去！"因入厨下，爇火炊糜，先供母，而后呼弟及子共啖之。啖已，忿出，诣邑投状，讼诸博徒。众惧，敛金赂大娘，大娘受其金而仍讼之。邑令拘甲、乙等，各加杖

○大渐：病危。

○茕茕（qióng）：孤独无依的样子。

○前室：前妻。

○归宁：回娘家。

○存问：慰问。存，探望。

○歆（xīn）以家之可图：以可以图谋仇家家产暗示仇大娘。歆，引诱。

○吭（háng）：喉咙。

○爇（ruò）：烧。炊糜：熬粥。

责，田产殊置不问。大娘愤不已，率子赴郡。郡守最恶博者。大娘力陈孤苦，及诸恶局骗之状，情词慷慨。守为之动，判令邑宰追田给主，仍惩仇福，以儆不肖。既归，邑宰奉令敲比，于是故产尽反。大娘时已久寡，乃遣少子归，且嘱从兄务业，勿得复来。大娘由此止母家，养母教弟，内外有条。母大慰，病渐瘥，家务悉委大娘。里中豪强，少见陵暴，辄握刃登门，侃侃争论，罔不屈服。居年余，田产日增。时市药饵珍肴，馈遗姜女。又见禄渐长成，频嘱媒为之觅姻。魏告人曰："仇家产业，悉属大娘，恐将来不可复返矣。"人咸信之，故无肯与论婚者。

○局骗：构成圈套骗人。

○儆（jǐng）：使人警醒，不犯过错。

○敲比：敲扑追比。指以刑责限期完成。比，追比。

○侃侃（kǎn）：理直气壮，从容而谈。

译文

自姜家到衙门告状后，邵氏才知道仇福种种不轨行为，悲痛欲绝，几近气绝，病势沉重，且日渐加剧。当时，仇禄年仅十五，势单力薄，无法自己作主。仇仲前妻所生之女，名叫仇大娘，远嫁他乡。她性情刚烈，每次回娘家，如果她想要的东西不如意，便与父母顶撞，常常愤然离去，因此仇仲很不喜欢她，加之路途遥远，数年没有往来。邵氏病危之际，魏名欲借仇大娘之手，挑起仇家内讧。恰逢一商人，与仇大娘是邻居，魏名遂托其带信给仇大娘，并挑拨称此时回家有利可图。数日后，仇大娘果然带小儿子回来了。入门见状，小弟仇禄侍奉病母，景象凄凉，不禁心酸。询问大弟仇福去向，仇禄便将一切和盘托出。仇大娘听完，怒火中烧，愤然道："家中无大人，竟任由他人欺凌至此！我家田产，岂能让那帮恶贼骗去！"说完，她走进厨房，生火煮粥，先喂邵氏，再唤弟弟与儿子共食。吃完饭，她怒气冲冲地出门，直奔官府，状告赌徒。赌徒们惶恐不安，聚集了一笔钱贿赂仇大娘，但她收钱后仍坚持上诉。县官命拘赌徒数人，各施杖刑，然诈骗田产之事却未予审理。仇大娘愤愤不平，携子赴郡衙告状。郡守最痛恨赌博的人，仇大娘慷慨陈词，痛诉孤儿寡母的苦及恶贼设局行骗的恶行。郡守被其言辞所打动，判令知县追回被骗田产，归还原主，并惩治仇福，以儆效尤。仇大娘回家后，县令遵命对赌徒严刑拷打，限期归还田产，仇家原产悉数收回。此时，仇大娘已守寡多年，便命幼子先回，嘱其随兄治理家业，勿再返回。自此，仇大娘留居娘家，侍奉母亲，教养兄弟，内外事务处理得井井有条。邵氏深感欣慰，病情渐愈，将家中大小事务悉数交予仇大娘管理。乡里豪门大族若稍有欺压仇家之举，她便持刀上门，理直气壮地与之争辩，那些人家无不屈服。经年累月，仇家田产日渐增多。仇大娘还不时购买药物与美食，赠予姜氏。见仇禄日渐成人，她多次嘱托媒人为其订下亲事。魏名却对外散布谣言："仇家产业尽归仇大娘，恐日后也不会分给兄弟。"众人信以为真，故无人愿与仇禄结亲。

原文

有范公子子文，家中名园，为晋第一。园中名花夹路，直通内室。或不知而误入之。值公子私宴，怒执为盗，杖几死。会清明，禄自塾中归，魏引与游遨，遂至园所。魏故与园丁有旧，放令入，周历亭榭。俄至一处，溪水汹涌，有画桥朱槛，通一漆门，遥望门内，繁花如锦，盖即公子内斋也。魏绐之曰："君请先入，我适欲私焉。"禄信之，寻桥入户，至一院落，闻女子笑声。方停步间，一婢出，窥见之，旋踵即返。禄始骇奔。无何，公子出，叱家人绾索逐之。禄大窘，自投溪中。公子反怒为笑，命诸仆引出。见其容裳都雅，便令易其衣履，曳入一亭，诘其姓氏。蔼容温语，意

○有旧：有交情。

○周历亭榭：在园林里到处游览。周，全面，普遍。历，游历。亭榭，园林中的建筑。榭，建在高处的敞屋。

○绐（dài）：欺骗。

○私：小解，去卫生间。

○绾（wǎn）索：拿着绳子。绾，盘结。

○容裳都雅：容貌服饰文明秀雅。

○蔼容温语：面容和蔼，言语温和。

甚亲昵。俄趋入内，旋出，笑握禄手，过桥，渐达曩所。禄不解

○曩（nǎng）所：以前的地方。指“内帑”。

其意，逡巡不敢入，公子强曳入之。见花篱内隐隐有美人窥伺。既坐，则群婢行酒。禄辞曰：“童子无知，误践闺闼，得蒙赦宥，已出非望。但愿释令早归，受恩非浅。”公子不听。俄顷，肴炙纷纭。禄又起，辞以醉饱。公子捺坐，笑曰：“仆有一乐拍名，若能对之，

○乐拍：本指乐曲，此指乐器。

即放君行。”禄唯唯请教。公子云：“拍名‘浑不似’。”禄默思良久，

○浑不似：弹拨乐器名。形似琵琶，四弦，长项，圆鞶，又名“火不思”“和必斯”。

对曰：“银成‘没奈何’。”公子大笑曰：“真石崇也！”禄殊不解。

○银成“没奈何”：据《夷坚支志》戊四《张拱之银》载，宋朝张俊家多白银，每千两铸成一个圆球，视为“没奈何”，特大银块，盗贼也没法偷窃。

○石崇：字季伦，小名齐奴，南皮人，西晋时期文学家、大臣、富豪，“金谷二十四友”之一。后世多以石崇代指富豪。

译文

在当地，有一位名叫范子文的公子，其府中的名园在山西地区享有盛誉，堪称首屈一指。园内有一条小径，两旁栽满了名贵花卉，径直通向内室。曾有不知情者误入内室，恰逢范公子举办私人宴会，结果被误认为是强盗，险些遭到毒打。一日，正值清明时节，仇禄从私塾回家。魏名诱使他四处游玩，最终来到了范家的花园。魏名与园丁素有交情，因此得以顺利进入，二人遍游了园中的亭台楼阁。他们来到一处溪流湍急的地方，只见溪上横跨着一座画桥，两侧装饰着红色栏杆，桥的另一端通向一扇油漆大门。透过门缝，可以隐约看见里面繁花似锦，料想那便是范公子的内书房。魏名狡猾地对仇禄说：“你先进去，我正好需要去方便一下。”仇禄信以为真，便沿着桥走进门内，来到了一座院落。此时，他听到里面传来女子的笑声，刚停下脚步，便见一个丫环走出，一见到他，丫环便转身匆匆离去。仇禄心中一惊，连忙往回跑。不久，范公子出现，命令家人拿着鞭子去追捕仇禄。仇禄在情急之下，自己跳入了溪流中。范公子见状，转怒为笑，命令家人将他拉上岸来。他见仇禄相貌堂堂，衣着雅致，便让人替他更换了衣鞋，带到一座亭子里，询问他的姓名。范公子态度和蔼，言语温和，显得十分亲切。片刻后，范公子进入院子，很快又返回，笑着拉住仇禄的手，领着他过桥，渐渐走到了仇禄之前来过的地方。仇禄不明其意，徘徊不敢进入，范公子却强行将他拉了进去。只见花篱墙内，有美人隐隐约约地向外窥视。两人坐下后，一群丫

环前来布置酒宴。仇禄推辞道：“学生无知，误闯贵府内宅，承蒙您宽恕，已属万幸。只求您早日放我回去，我便感激不尽了。”然而范公子并不理会他的请求。不一会儿，桌上便摆满了美酒佳肴。仇禄又站起身推辞说自己已经吃饱喝足，但公子却将他按回座位，笑道：“我有个乐拍的名称，你若能对上，我便放你走。”仇禄于是恭敬地请教。范公子说道：“拍名‘浑不似’。”仇禄沉思片刻后回答道：“银成‘没奈何’。”范公子听后放声大笑，说道：“真是石崇再世啊！”仇禄听了这话，却一脸茫然，不知其意。

原文

盖公子有女名蕙娘，美而知书，日择良偶。夜梦一人告之曰：“石崇，汝婿也。”问：“何在？”曰：“明日落水矣。”早告父母，共以为异。禄适符梦兆，故邀入内舍，使夫人女辈共觇之也。公子闻对而喜，乃曰：“拍名乃小女所拟，屡思而无其偶，今得属对，亦有天缘。仆欲以息女奉箕帚，寒舍不乏第宅，更无烦亲迎耳。”禄惶然逊谢，且以母病不能入赘为辞。公子姑令归谋，遂遣圉人负湿衣，送之以马。既归告母，母惊为不祥。于是始知魏氏险，然因凶得吉，亦置不仇，但戒子远绝而已。逾数日，公子又使人致意母，母终不敢应。大娘应之，即倩双媒纳采焉。未几，禄赘入公子家。年余游泮，才名籍甚。妻弟长成，敬少弛，禄怒，携妇而归。母已杖而能行。频岁赖大娘经纪，第宅亦颇完好。新妇既归，婢仆如云，宛然有大家风焉。

○觇（chān）：看。

○属对：撰成对句。

○息女：亲生女。奉箕帚：持箕帚洒扫。代指作妻子。奉，捧着。

○入赘：男子就婚于女家叫“入赘”。

○圉（yǔ）人：马夫。

○纳采：订婚。古代婚礼，男女双方同意后，男家备彩礼去女家缔结婚约。

○籍甚：声名很盛。

译文

原来，范公子有个女儿名唤蕙娘，她不仅容貌出众，而且知书达理。范公子日复一日地琢磨着如何为她挑选一位好夫婿。就在昨夜，蕙娘梦见一个人告诉她：“石崇将成为你的夫婿。”蕙娘好奇询问：“他在何方？”那人答道：“明日便会落水。”晨起后，蕙娘将此梦告知父母，众人皆感诧异。仇禄的出现恰好与梦中预兆相吻合，于是范公子邀他至内室，让夫人与女儿一同相见。当范公子听闻仇禄对出的对句时，欣喜若狂，言道：“此拍名乃吾女所创，但苦思冥想未能得出对句，今日你能对出，或许是天赐良缘。我想将小女许配于你，我家宅邸充裕，无需你迎亲之劳。”仇禄听他说完，心中惶恐，连忙婉拒，并以母亲病榻缠绵为由，表示无法入赘为婿。范公子便让他先回家与家人商议，随后派马夫替他驮回湿衣，并骑马送他回家。仇禄回到家后，将此事禀报给母亲邵氏。邵氏听后大为震惊，认为此事不吉利。自此，邵氏才知道魏名是阴险小人，但念及因祸得福，便不再计较，只是叮嘱儿子要远离他。数日后，范公子又派人向邵氏提及婚事，但邵氏始终心存畏惧，不敢应允。最终，还是仇大娘做主毅然决然地答应了婚事，并立即请媒人前往范家下聘礼。不久之后，仇禄便入赘到了范公子家。又过了一年多，仇禄进入县学，才名远播。后来，他的内弟逐渐长大成人，范家对仇禄的礼数也日渐松懈。仇禄对此感到愤怒，便带着蕙娘回到了家中。此时，母亲邵氏已经能够拄杖行走。这几年来，多亏仇大娘悉心料理家事，家中房屋依然保持完好。新媳妇回家后，带来了众多仆人，仇家也展现出了大户人家的气派。

原文

○引旗下逃人诬禄寄赀：诱引旗下逃人诬陷仇禄窝藏其钱财。旗下逃人，指被清兵掳去为奴而逃亡的人。

魏又见绝，嫉妒益深，恨无瑕之可蹈，乃引旗下逃人诬禄寄赀。

○无瑕之可蹈：无机可乘。指找不到陷害的方法。瑕，喻缺点、毛病。蹈，践踏，利用。

国初立法最严，禄依令徙口外。范公子上下贿托，仅以蕙娘免行，

○国初：指清朝建立之初。

○口外：长城以外的我国北部地区。口，指长城的关隘。清初法例规定，文武官员或有功名的人，隐匿逃人，本人“并妻子流徙，家产入官”。见《清世祖实录》卷八十六。

田产尽没入官。幸大娘执析产书，锐身告理，新增良沃如干顷，

○锐身告理：挺身而出，据理诉讼。

○良沃：肥沃的良田。如干：若干。

悉罣福名，母女始得安居。禄自分不返，遂书离婚字付岳家，伶

○罣（guà）：悬挂。

仃自去。行数日，至都北，饭于旅肆。有丐子怔营户外，貌绝类

○怔营：惊怖懊恨的样子。

兄，近致讯诘，果兄。禄因自述，兄弟悲惨。禄解复衣，分数金，嘱令归，福泣受而别。禄至关外，寄将军帐下为奴。因禄文弱，俾主支籍，与诸仆同栖止。仆辈研问家世，禄悉告之。内一人惊曰："是吾儿也！"盖仇仲初为寇家牧马，后寇投诚，卖仲旗下，时从主屯关外。向禄缅述，始知真为父子，抱首悲哀，一室为之酸辛。已而愤曰："何物逃东，遂诈吾儿！"因泣告将军。将军即命禄摄书记，函致亲王，付仲诣都。仲伺车驾出，先投冤状。亲王为之婉转，遂得昭雪，命地方官赎业归仇。仲返，父子各喜。禄细问家口，为赎身计，乃知仲入旗下，两易配而无所出，时方鳏也。禄遂治任返。

○俾（bǐ）：使。主支籍：管账。支，计算。

○向：先前。

○逃东：清兵未入关前被讳称为"东师"，被其所掳为奴的人称为"东人"。"逃东"就是"逃人"。

○摄书记：代理文书人员。摄，代理。书记，主管文书记录的人员。

○车驾：帝王所乘车。这里代指亲王。

○鳏（guān）：老而无妻。

译文

自仇禄与魏名断绝关系后，魏名对仇家的嫉妒愈发深重，只恨找不到机会下手。他勾结了一名从满人家中逃亡的家奴，诬告仇家私藏钱财。清朝初年，法令严苛，仇禄因此被判处流放至关外。范公子虽四处贿赂求情，但仅能使蕙娘免于随仇禄一同充军，而仇家的田产则被官府全部没收。幸亏仇大娘手持当年分家的文书，勇敢地前往官府据理力争，才将新增的若干顷良田悉数挂在仇福名下，使得邵氏母女得以安然居住。仇禄深知自己再难回家，便写下离婚文书交给岳父家，孤身一人，满怀凄凉地离去。行数日，他来到京城以北的一处地方，在一家旅店中吃饭。此时，他注意到一个乞丐惶恐不安地站在门外，面貌极似其兄仇福。走近一问，果然是他。仇禄便将家中遭遇一一述说，兄弟二人皆悲痛不已。仇禄脱下夹衣，又分给仇福几两银子，劝他回家。仇福含泪接过，洒泪而别。仇禄来到关外，在一将军麾下为奴。将军见他文弱书生模样，便让他负责文书工作，与其他奴仆同住。仆人们好奇询问他的家世，仇禄便一五一十地告诉了他们。其中一人听后忽然大惊失色，说道："你竟是我的儿子！"原来，仇仲当年被强盗掳走后，曾为他们放马。后来强盗投诚，便将他卖到满人家中。此时，他正随主人驻扎在关外。方才仇禄详述家世时，他才知道仇禄竟是自己的儿子。父子二人相见，抱头痛哭，满屋之人皆为之动容。哭完，仇仲气愤填膺地说道："是哪个逃跑的狗奴才，竟敢如此诈骗我儿！"于是他前往将军处哭诉。将军闻听后，立即任命仇禄代理军中书记，并写下一封给亲王的信，交给仇仲，让他前往京城告状。仇仲来到京城，等待亲王车驾出行时，呈上了鸣冤状子和将军的书信。亲王替他婉转求情，仇禄的冤情终于得到昭雪。朝廷下令地方官将没收的仇家产业赎回，归还仇家。仇仲回到将军帐下，父子二人皆大欢喜。仇禄详细询问父亲现在家中的人口情况，打算为父亲赎身。这才得知仇仲被卖到将军家后，虽曾两次结婚，但均未生育，此时仍是孤身一人。于是仇禄收拾行装，先行返回家乡。

原文

初，福别弟归，蒲伏自投。大娘奉母坐堂上，操杖问之："汝愿受扑责，便可姑留，不然，汝田产既尽，亦无汝啖饭之所，请仍去。"福涕泣伏地，愿受笞。大娘投杖曰："卖妇之人，亦不足惩。但宿案未消，再犯首官可耳。"即使人往告姜。姜女骂曰："我是仇氏何人，而相告耶！"大娘频述告福而揶揄之，福惭愧不敢出气。居半年，大娘虽给奉周备，而役同厮养。福操作无怨词，托以金钱辄不苟。大娘察其无他，乃白母，求姜女复归。母意其不可复挽，大娘曰："不然。渠如肯事二主，楚毒岂肯自罹？要不能

○蒲伏：匍匐，伏身地下。自投：认错请罪。

○宿案：旧案。

○首官：告官。首，陈述罪状叫"首"，自陈叫"自首"，告人叫"出首"。

○役：役使。厮养：仆人。

○不苟：规范，不马虎。

○楚毒：苦难。指在赵阎王家被"鞭挞"并"拔笄自刺"等事。自罹（lí）：自己承受。

不有此忿耳。”遂率弟躬往负荆。岳父母诮让良切。大娘叱使长跪，然后请见姜女。请之再四，坚避不出，大娘搜捉以出。女乃指福唾骂，福惭汗无以自容。姜母始曳令起。大娘请问归期，女曰：“向受姊惠綦多，今承尊命，岂复有异言？但恐不能保其不再卖也！且恩义已绝，更何颜与黑心无赖子共生活哉？请别营一室，妾往奉事老母，较胜披削足矣。”大娘代白其悔，为翼日之约而别。次朝，以乘舆取归，母逆于门而跪拜之，女伏地大哭。大娘劝止，置酒为欢，命福坐案侧。乃执爵而言曰：“我苦争者，非自利也。今弟悔过，贞妇复还，请以簿籍交纳。我以一身来，仍以一身去耳。”夫妇皆兴席改容，罗拜哀泣，大娘乃止。

○负荆：请罪。廉颇“肉袒负荆”向蔺相如请罪。

○诮（qiào）让良切：责备非常严厉。

○綦（qí）多：很多。

○披削：披缁削发。指出家为尼。佛教戒律规定，出家为僧尼，须披僧衣，剃去长发。

○翼日：明日，次日。

○逆于门：在家门前迎接。逆，迎。

○簿籍：指记录家产的账簿。

○兴席：离席，站起。兴，起。改容：变了脸色。表示惶恐。

译文

仇福与弟弟分别后，返回家中，伏地向母亲认错。仇大娘与母亲邵氏同坐于堂上，手持棍棒，对他言道：“你若愿接受惩罚，便暂且留下；若不愿，你的田产已尽数输掉，此处也无你立足之地，便请你离去。”仇福泪流满面，趴在地上，表示愿意接受杖责。仇大娘见状，把棍子扔在地上，说道：“连妻子都能卖掉的人，打又有何意义？只是旧案未了，你若再犯，必送官严办。”于是派人通知姜家。姜氏听到消息，愤怒地说：“我是仇家什么人，竟来告知我此事！”仇大娘屡屡用姜氏的话讽刺仇福，仇福心中羞愧，连大气也不敢喘。如此，仇福在家中度过了半年时光。仇大娘虽在衣食上照顾得无微不至，但对待他如同仆人一般。仇福默默劳作，毫无怨言。有时让他处理钱财之事，他也能一丝不苟，不出差错。见仇福已改过自新，仇大娘便向母亲提议，希望姜氏能重回家中。邵氏认为此事已无法挽回，但仇大娘却说道：“未必。她若真想改

嫁，当初又何必自残喉管，受那般苦楚？若非仇福如此待她，她又怎会如此愤怒？”说罢，她带着仇福亲自去姜家，负荆请罪。岳父岳母一见仇福，便严厉责备。仇大娘命仇福挺直身子跪下，然后让姜氏出来相见。但无论如何请求，姜氏始终不肯露面。仇大娘只好亲自入内，将姜氏硬拉了出来。姜氏一露面，便指着仇福破口大骂。仇福羞愧难当，汗流浃背，无地自容。姜母见状，方将他拉起。仇大娘问姜氏何时能回家，姜氏答道：“我素受大姐恩惠，今日既是大姐吩咐我回家，我又岂敢不从？只是恐他日后再卖我。且我与他情义已绝，又有何颜面与这等黑心无赖共处？请大姐另备一间屋舍，我愿前往侍奉婆婆。只要比出家为尼稍好一些，我便心满意足了。”仇大娘又替仇福表达了悔过之意，约定第二天来接姜氏，然后告辞离去。次日清晨，仇大娘派轿子将姜氏接回。邵氏跪在门口迎接，姜氏也趴在地上痛哭失声。仇大娘劝住她们，设宴庆祝仇福夫妇团聚。她让仇福坐于桌侧，然后举杯说道：“我这些年苦苦争回家产，并非为己谋利。如今弟弟已悔过自新，贞节的弟妹也已回来。请允许我将家中钱粮账册悉数交还给你们。我空手而来，亦将空手而去。”仇福夫妇听了感动不已，离桌跪倒在仇大娘面前，哭着哀求她不要离开。仇大娘这才答应留了下来。

原文

居无何，昭雪之命下，不数日，田宅悉还故主。魏大骇，不知其故，自恨无术可以复施。适西邻有回禄之变，魏托救焚而往，暗以编菅爇禄弟，风又暴作，延烧几尽；止余福居两三屋，举家依聚其中。未几禄至，相见悲喜。初，范公子得离书，持商蕙娘。蕙娘痛哭，碎而投诸地。父从其志，不复强。禄归，闻其未嫁，喜如岳所。公子知其灾，欲留之，禄不可，遂辞而退。大娘幸有藏金，出葺败堵。福负锸营筑，掘见窖镪，夜与弟共发之，石池盈丈，满中

○回禄之变：指发生火灾。回禄，传说中的火神。《左传·昭公十八年》：“郊人助祝史除于国北，禳火于玄冥、回禄。”杜预注：“回禄，火神。”

○编菅（jiān）：草垫子。弟：邸宅。

○葺：修理，装修。败堵：坍塌的墙。

○锸（chā）：铁锹，掘土的工具。

○镪：成串的铜钱，泛指钱币。

皆不动尊也。由是鸠工大作，楼舍群起，壮丽拟于世胄。禄感将军义，备千金往赎父。福请行，因遣健仆辅之以去。禄乃迎蕙娘归。未几，父兄同归，一门欢腾。大娘自居母家，禁子省视，恐人议其私也。父既归，坚辞欲去，兄弟不忍。父乃析产而三之：子得二，女得一也。大娘固辞，兄弟皆泣曰："吾等非姊，乌有今日！"大娘乃安之。遣人招子，移家共居焉。或问大娘："异母兄弟，何遂关切如此？"大娘曰："知有母而不知有父者，惟禽兽如此耳，岂以人而效之？"福、禄闻之皆流涕。使工人治其第，皆与己等。

○不动尊：白银的俗称。

○鸠工：聚集工匠。

○拟于世胄（zhòu）：类似世家。拟，比拟，类似。世胄，世家。

译文

不久之后，仇禄冤案得以昭雪的文书送达，没过几日，被没收的田地与房屋悉数归还给了原主。魏名闻此消息，大为震惊，却不明所以，只恨自己无计可施，再难陷害仇家。恰逢仇家西邻发生火灾，魏名便假意前往救火，暗中却用草席引燃了仇禄的屋子。此时，狂风骤起，仇家的房屋几乎被烧光，仅剩下仇福所住的两三间房子得以幸免，于是全家人都挤在这两三间房子里居住。不久，仇禄回来，一家人相见，悲喜交加。早先，范公子收到仇禄寄来的离婚文书，曾与蕙娘商议。蕙娘见状痛哭失声，将离婚文书撕碎后掷于地上。范公子尊重她的意愿，未再强迫她改嫁。仇禄归来后，得知蕙娘仍未改嫁，心中欢喜，便前往岳父家中探望。范公子知晓仇家遭遇火灾，欲留他在家中居住，但仇禄婉拒了他的好意，辞别后返回家中。尽管仇家遭遇火灾，但幸亏仇大娘还藏有一些银两，便拿出来用于修缮房屋。仇福在挖掘地基时，意外发现了一个藏有银子的地窖。他连夜与弟弟一同将地窖打开，只见一丈见方的石池内装满了银子。于是，仇家请来工匠，大兴土木，建造起一座座雄伟壮丽的房子，其规模之宏大，几乎可与世家贵族的府邸相媲美。仇禄感激将军的恩德，便筹备了一千两银子前往替父亲赎身。仇福主动请缨去接父亲回家，仇禄便派了一名能干的仆人随他一同前往。而仇禄则亲自将蕙娘接了回来。不久之后，父亲与哥哥一同回来，全家人欢聚一堂，其乐融融。仇大娘自回娘家后，便禁止自己的儿子前来探望，生怕引来他人议论，说自己谋取私利。如今父亲已经归来，她坚决要求离去，但仇福、仇禄兄弟二人却不忍让她离开。仇仲见状，便将家产分为三份，两个儿子各得一份，女儿也得了一份。仇大娘坚决推辞，但兄弟俩都哭着说道："若没有姐姐，我们哪会有今天啊！"仇大娘听了这话，心中才稍感安慰，于是派人叫儿子把家搬来，与他们住在一起。有人曾问仇大娘："你和仇福、仇禄是异母姐弟，为何对他们如此关照呢？"仇大娘回答道："只知有母，不知有父，这是禽兽的行为，人又怎能效仿禽兽呢？"仇福、仇禄听了这话，都感动得泪流满面。他们便派工匠为姐姐修建了一座与他们自己住得一模一样的住宅。

原文

魏自计十余年，祸之而益以福之，深自愧悔。又仰其富，思交欢之。因以贺仲阶进，备物而往。福欲却之，仲不忍拂，受鸡酒焉。鸡以布缕缚足，逸入灶，灶火燃布，往栖积薪，僮婢见之而未顾也。俄而薪焚灾舍，一家惶骇。幸手指众多，一时扑灭，而厨中百物俱空矣。兄弟皆谓其物不祥。后值父寿，魏复馈牵羊。却之不得，系羊庭树。夜有僮被仆殴，忿趋树下，解羊索自经死。兄弟叹曰："其福之不如其祸之也！"自是魏虽殷勤，竟不敢受其寸缕，宁厚酬之而已。后魏老，贫而作丐，每周以布粟而德报之。

◎阶进：作为进见的因由。阶，台阶。

◎馈牵羊：此既实指送羊祝寿，又暗喻服输悔过之意。

译文

魏名自我反省，回想起这十几年来，自己越是企图加害仇家，反而越是给他们带来了好运，心中不禁深感惭愧与后悔。同时，他又对仇家的富裕心生仰慕，于是萌生了与仇家交好的念头。他便以庆贺仇仲重返家园为借口，准备了礼物前往仇家拜访。仇福本想拒绝，但仇仲不忍拒绝他人的好意，于是收下了魏名送来的鸡和酒。然而，那鸡被布条捆住了爪子，却意外逃进了灶里。灶火点燃了布条，鸡又跳到了堆积的柴禾上。家里的仆人丫环只注意到了鸡，却忽略了它身上带着的火。不久，柴堆被点燃，火势又蔓延到了屋子上。一家人惊慌失措，幸亏人手众多，及时将火扑灭。但厨房里的东西却已全部被烧毁。仇家兄弟都认为魏名送来的东西不吉利。后来，仇仲过生日时，魏名又送来了一头羊作为贺礼。仇家实在推辞不掉，便将它系在院子里的一棵树上。然而，这天夜里，有个小僮因被仆人殴打而气愤难平，来到树下解开了拴羊的绳索，上吊自杀了。仇家兄弟对此叹息不已，说道："他这样对我们友善，还不如对我们不好呢。"从此以后，尽管魏名依然殷勤地送来礼物，仇家却不敢再接受他的一丝一缕。他们宁愿给魏名丰厚的报酬，也不愿再收下他的礼物。后来，魏名年老落魄，沦为乞丐，仇家依然常常给他提供衣食，用恩德来回报他的所作所为。

原文

异史氏曰：噫嘻！造物之殊不由人也！益仇之而益福之，彼机诈者无谓甚矣。顾受其爱敬，而反以得祸，不更奇哉？此可知盗泉之水，一掬亦污也。

○造物：创造万物。这里指命运、福分。

○盗泉：古泉名。故址在今山东泗水东北。

译文

异史氏感叹道：唉，命运之事，真是人力难以左右啊！往往越是存心陷害，却越是给对方带来意想不到的好运，魏名那般的阴险狡诈，终究只是徒劳无益，显得极其无聊。然而，更令人诧异的是，有时接受了他人的善意，反而会招致灾祸，这难道不是更加奇怪吗？由此可见，从盗泉中取来的水，哪怕只是一捧，也是污浊不堪的，这世间的善恶报应，实在难以预料。

【曹操冢】

原文

许城外有河水汹涌，近崖深黯。盛夏时，有人入浴，忽然若被刀斧，尸断浮出。后一人亦如之。转相惊怪。邑宰闻之，遣多人闸断上流，竭其水。见崖下有深洞，中置转轮，轮上排利刃如霜。去轮攻入，有小碑，字皆汉篆。细视之，则曹孟德墓也。破棺散骨，所殉金宝，尽取之。

○许城：许昌。位于河南省的中部，即今河南许昌。

○黯（àn）：深黑色。

○汉篆：汉代篆书。

○曹孟德：即曹操，字孟德，小字阿瞒。

译文

在许昌城的外围，流淌着一条气势磅礴的大河，其水势汹涌澎湃。靠近陡峭山崖之处，河水变得既深邃又呈现出幽暗的黑色，令人心生畏惧。时至炎炎夏日，有人难耐酷暑，跳入河中沐浴，却不料突遭横祸，仿佛被锋利的刀斧猛然砍击，身躯断裂，随后惨不忍睹地浮现在水面上。不久之后，又有一人遭遇了同样的悲惨命运。此事一传十，十传百，迅速在民间引起了轰动，众人均感惊愕不已。当地的县令在得知这一连串离奇事件后，立即组织了大量人力，修建水闸以截断上游的水流。随着水位的逐渐下降，在山崖的下方，隐藏着一个深不见底的洞穴，而洞穴之中，竟安装着一个巨大的转轮，轮子上布满了闪闪发光的锋利刀刃。众人拆除了这个转轮，深入洞穴探查，又发现了一块小巧的石碑，上面刻满了汉代的篆书。仔细辨认之下，这里竟然是三国时期曹操的陵墓所在。众人破开了棺材，里面的尸骨散落一地，并将陪葬的金银珠宝都拿走了。

原文

异史氏曰：后贤诗云：“尽掘七十二疑冢，必有一冢葬君尸。”宁知

○后贤诗：此指宋人俞应符诗。诗云：“人言疑冢我不疑，我有一法君未知。直须尽发疑冢七十二，必有一冢葬君尸。”见陶宗仪《辍耕录·疑冢》。

竟在七十二冢之外乎？奸哉瞒也！然千余年而朽骨不保，变诈亦复何益？呜呼，瞒之智，正瞒之愚耳！

译文

异史氏有言：后人曾经写过这样的诗句："遍掘七十二疑冢，定有一冢藏君躯。"哪想到真正的曹操陵墓，竟隐在这七十二疑冢之外，实在出人意料！曹操真是奸猾啊！但是，千载之后，其朽骨终难保全，狡诈又有什么用处呢？唉，曹瞒的智谋，正是他的愚蠢所在啊！

七十二疑冢

七十二疑冢是与曹操有关的传说，称曹操为了防止死后墓穴被盗，建造了七十二座假坟墓以迷惑后人。陶宗仪在《辍耕录》中记载，疑冢位于漳河一带，至今依然存有迷惑性。此传说流传甚广，后世有人认为这些疑冢其中之一或许是真正的曹操墓。甚至在明代，饥民曾发掘部分疑冢，发现尸体及陪葬物，但无法确证是否为曹操之墓。疑冢的故事充满了神秘色彩，象征着曹操在生前和死后依然施展智谋的形象。

【龙飞相公】

原文

安庆戴生，少薄行，无检幅。一日，自他醉归，途中遇故表兄季

○安庆：明清时代府名。治所在今安徽安庆。 ○薄行：轻薄无行。 ○无检幅：放纵不拘。《新唐书·温廷筠传》："彦博裔孙廷筠，少敏悟，工为辞章，与李商隐皆有名，号'温李'。然薄于行，无检幅。" ○故：身亡，死去。

生。醉后昏眊，亦忘其死，问："向在何所？"季曰："仆已异物，君

○昏眊（mào）：意识和视觉模糊。 ○异物：指死亡的人。

忘之耶？"戴始恍然，而醉亦不惧，问："冥间何作？"答云："近在

转轮王殿下司录。"戴曰："人世祸福，当必知之？"季曰："此仆职

○转轮王：梵语意译。一译"转轮圣帝""转轮圣王""轮王"等。古印度神话中法力极大的"圣王"。司录：官名。掌总录众曹文簿，举弹善恶。

也，乌得不知。但过烦，非甚关切，不能尽记耳。三日前偶稽册，

尚睹君名。"戴急问其何词，季曰："不敢相欺，尊名在黑暗狱中。"

○黑暗狱：传说中的地狱之一。

戴大惧，酒亦醒，苦求拯拔。季曰："此非所能效力，惟善可以已

之。然君恶籍盈指，非大善不可复挽。穷秀才有何大力？即日行一

○恶籍盈指：极言其罪恶之多。籍，记事簿。指，指尺。古时以中指中节为寸，十倍为尺，名曰"指尺"。

善，非年余不能相准，今已晚矣。但从此砥行，则地狱中或有出

○相准：相准折，谓善恶之事两相抵消。 ○砥（dǐ）行：砥砺自己的言行，使之合乎正道。

时。"戴闻之泣下，伏地哀恳，及仰首而季已杳矣。悒悒而归，由此

洗心改行，不敢差跌。

○差（cuō）跌：同"蹉跌"，失足跌倒，喻失误。差，通"蹉"。

译文

在安庆，有一位姓戴的书生，年轻时行为放荡，不拘小节。某日，他在外饮酒大醉，归途之中竟偶遇已故的表兄季生。因酒意朦胧，他双眼迷离，一时忘却季生已逝，遂开口问道："兄长最近在哪？"季生答道："我已身处阴曹地府，莫非你忘了？"戴生才恍然大悟，但酒醉之中并未感到恐惧，反而继续问道："那在地府之中，兄长是干什

么差事的啊？”季生回道：“最近，我在转轮王殿下掌管文簿。”戴生心中一动，问道：“如果是这样，人世间之祸福，兄长定然了如指掌了？”季生点头道：“此乃我职责所在，自当知晓。但事务繁多，若非我深切关注之人，难以尽数铭记。三年前，我偶翻簿册，还曾见你的名字。”戴生急忙追问簿上所记什么事，季生沉吟道：“我不敢欺瞒于你，你的名字已赫然列于黑暗狱中。”戴生心中大惊，酒意瞬间消散，他苦苦哀求季生救他。季生叹息道：“此事非我所能为力，唯有积善行德，才能改变命运。但你恶行累累，若无大善之举，难以挽回。况且，你身为寒门秀才，能力有限，即便每日行善，非经年累月，亦难以抵消你的罪孽。如今，时机已晚。然而，若你能从现在起，身体力行，广行善事，即便身陷地狱，也有重见天日的一天。”戴生听完，泪流满面，趴在地上向季生苦苦哀求。待他抬头时，季生已消失得无影无踪。戴生心怀沮丧，回到家中。自此以后，他洗心革面，痛改前非，再也不敢有丝毫差错。

原文

先是，戴私其邻妇，邻人闻知而不肯发，思掩执之。而戴自改行，永与妇绝，邻人伺之不得，以为恨。一日，遇于田间，阳与语，绐窥眢井，因而堕之。井深数丈，计必死。而戴中夜苏，坐井中大号，殊无知者。邻人恐其复生，过宿往听之，闻其声，急投石。戴移闭洞中，不敢复作声。邻人知其不死，劚土填井，几满之。洞中冥黑，真与地狱无少异者。空洞无所得食，计无生理。蒲伏渐入，则三步外皆水，无所复之，还坐故处。初觉腹馁，久竟忘之。因思重泉下无善可行，惟长宣佛号而已。既见燐火浮游，荧荧满洞，因而祝之：“闻青燐悉为冤鬼，我虽暂生，固亦难返，如可共话，亦

○私：通奸，有私情。

○掩执之：乘其不备抓获他。

○绐（dài）：骗。眢（yuān）井：枯井，废井。

○中夜：半夜。

○劚（zhú）土：掘土。劚，同“斸”，大锄。引申为挖掘。

○蒲伏：匍匐，四肢着地而行。

○馁（něi）：饿。

○重泉：深渊，九泉。

○长宣佛号：拉长声音宣诵佛的名号。

○燐火：俗称“鬼火”。旧传为人畜死后血所化，实为动物尸骨中分解出的磷化氢的自燃现象。

慰寂寞。”但见诸燐渐浮水来，燐中皆有一人，高约人身之半。诘所自来，答云：“此古煤井。主人攻煤，震动古墓，被龙飞相公决地海之水，溺死四十三人。我等皆其鬼也。”问：“相公何人？”曰：“不知也。但相公文学士，今为城隍幕客。彼亦怜我等无辜，三五日辄一施水粥。要我辈冷水浸骨，超拔无日。君倘再履人世，祈捞残骨葬一义冢，则惠及泉下者多矣。”戴曰：“如有万分一，此即何难。但深在九地，安望重睹天日乎！”因教诸鬼使念佛，捻块代珠，记其藏数。不知时之昏晓，倦则眠，醒则坐而已。忽见深处有笼灯，众喜曰：“龙飞相公施食矣！”邀戴同往。戴虑水沮，众强扶曳以行，飘若履虚。曲折半里许，至一处，众释令自行。步益上，如升数仞之阶。阶尽，睹房廊，堂上烧明烛一枝，大如臂。戴久不见火光，喜极趋上。上坐一叟，儒服儒巾。戴辍步不敢前。叟已睹之，讶问：“生人何来？”戴上，伏地自陈。叟曰：“我耳孙也。”因令起，赐之坐。自言：“戴潜，字龙飞。曩因不肖孙堂，连结匪类，近墓作井，使老夫不安于夜室，故以海水没之。今其后续如何矣？”盖戴近宗凡五支，堂居长。

〇超拔：即超度。

〇义冢：旧时指收埋无主尸骸的墓地。

〇九地：如九泉，地下深处。

〇捻块代珠：捻泥块代替佛珠，以记其诵念佛经之数。珠，佛珠，僧人诵经时用以计数。

〇水沮：水深难行。沮，阻。

译文

此前，戴生与邻家的女子有染，而邻居虽有所耳闻，却隐忍不发，伺机欲将他当场捉奸。但自戴生痛改前非后，便与那女子彻底断绝了关系，邻居因此失去了捉奸的机会，心中充满了怨恨。一日，戴生与邻居在田间不期而遇，邻居假意与他攀谈，诱骗他去看一口废弃的井，并趁机将他推入井中。那井深不见底，邻居以为戴生必死无疑。然而，戴生在半夜里奇迹般地苏醒过来，坐在井中痛哭流涕，却无人听闻。邻居生怕戴生未死，次日便去井边探听动静，一听到戴生的哭声，便慌忙往井里扔石头。戴生急中生智，躲进了井底的一个洞穴里，再也不敢发出声响。邻居知道戴生还没死，便开始挖土填井，几乎将井填满。洞穴内一片漆黑，与地狱无异。洞内空旷无物，戴生饥肠辘辘，料想自己难以生还。他尝试着向前爬行，但三步之外便是水，无法前行，只得坐回原地。起初，他还感到饥饿难忍，但久而久之，竟也习惯了这种饥饿感。在绝望之中，戴生想到，在这地下无处行善，唯有不断念佛以求心灵慰藉。不久，他看见磷火飘浮，荧光闪烁，满洞皆是。他于是祈求说："听说磷火都是冤鬼所化，我虽暂存一口气，但恐怕已无法重回人间。若能与你们交谈，也可稍解我心中的寂寞。"只见那些磷火渐渐顺着水面漂来，每一团磷火中都显现出一个人的身影，身高仅及常人一半。戴生好奇地问他们从何而来，磷火回答道："这口井原是古代的煤井。当年主人挖煤时，震动了古墓，被龙飞相公引来了地海的水，一下子淹死了四十三人。我们都是那时的冤魂。"戴生又问："那龙飞相公是什么人？"磷火答道："我们也不知道。龙飞相公是位读书人，现在是城隍的幕僚。他可怜我们无辜而死，每隔三五天便施舍粥给我们。我们日日遭受冷水浸骨之苦，想来也无超脱之日。你若能重回人间，请捞出我们的残骨，合葬于义冢之中，便是对我们最大的恩惠了。"戴生叹道："若我能重回人间，此事易如反掌。但我现在身处九泉之下，又怎敢奢望重见天日呢？"于是，他便教众鬼念佛，以煤块代替佛珠，计下念佛的次数。在井下的日子里，戴生不知时间流逝，困了便睡，醒后便端坐念佛。忽然有一天，洞穴深处亮起了一盏灯笼，众鬼欢喜地说："龙飞相公来施舍食物了！"他们便邀请戴生一同前往。戴生担心有水阻挡无法前行，但众鬼却强行拉着他往前走。戴生只觉身体飘飘然，仿佛脚未着地。他们曲曲折折地走了半里多路，来到一个地方。众鬼将戴生放下，让他自己行走。他们则踏步向前，仿佛登上了一个高高的台阶。台阶尽头出现了房屋和走廊，大堂上点着如人臂粗的蜡烛。戴生长时间未见火光，心中大喜，急忙跑上前去。大堂上坐着一位老者，身穿儒服，头戴儒巾。戴生停下脚步，不敢上前。老者已经看见了他，惊讶地问道："这个活人是从哪里来的？"戴生走上前去，跪在地上述说了自己的遭遇。老者听后说道："原来你是我的后辈啊！”于是让他起身赐座，并自我介绍道：“我叫戴潜，字龙飞。昔日因不肖子孙戴堂勾结匪类，在墓边挖井扰我清宁，所以我引来海水将井淹没。如今我的后辈们过得如何了？”原来戴家近宗共有五支，戴堂为长房之子。

原文

初，邑中大姓赂堂，攻煤于其祖茔之侧。诸弟畏其强，莫敢争。无何，地水暴至，采煤人尽死井中。诸死者家，群兴大讼，堂及大姓皆以此贫，堂子孙至无立锥。戴乃堂弟裔也，曾闻先人传其事，因告翁。翁曰：“此等不肖，其后乌得昌！汝既来此，当毋废读。”因饷以酒馔，遂置卷案头，皆成、洪制艺，迫使研读。又命题课文，如师授徒。堂上烛常明，不翦亦不灭。倦时辄眠，莫辨晨夕。翁时出，则以一僮给役。历时觉有数年之久，然幸无苦。但无别书可读，惟制艺百首，首四千余遍矣。翁一日谓曰：“子孽报已满，合还人世。余冢邻煤洞，阴风刺骨，得志后，当迁我于东原。”戴敬诺。翁乃唤集群鬼，仍送至旧坐处。群鬼罗拜再嘱。戴亦不知何计可出。

○攻煤：开发煤矿。祖茔：祖坟。

○无立锥：贫无立锥之地，言其贫困到一无所有。《庄子·盗跖》：“尧舜有天下，子孙无置锥之地。”

○乌得昌：怎能兴盛。昌，昌盛。

○成、洪制艺：明代成化、弘治年间的八股文。

○给役：服务，当差。

○罗拜：围在四周行礼。

译文

起初，县里的一位权势显赫的大户人家，为了开采煤炭，不惜重金贿赂戴堂，在戴家祖坟附近进行挖掘。戴堂的兄弟们因惧怕这大户人家的权势，无人敢出言反对。不久之后，一场突如其来的地下水涌来，导致所有采煤的工人都葬身井底。那些遇难工人的家属纷纷涌向官府，控告戴堂与那位大户人家，最终两家都因此耗尽了家财，戴堂的子孙更是落得无处安身的地步。戴生作为戴堂弟弟的后代，曾听家族长辈提及此事，于是便向老者详细叙述了一遍。老者听后，感叹道：“如此不肖子孙，他的后代怎能昌盛呢！你既然来到这里，就不应荒废学业。”说完，老者便取出酒菜招待戴生。饭后，他又在桌上摆放了一些书卷，皆是成化、弘治年间的八股文章，并强迫戴生研读。老者还时常出题考验戴生，仿佛一位严师在悉心教导徒弟。大堂上的蜡烛始终燃烧着，即便不剪烛花也不会熄灭。戴生困倦时便倒头就睡，完全分不清白天与黑夜。老者有时外出，便会留下一个小僮来服侍戴生。就这样，几年时间转瞬即逝，幸运的是，戴生并未感到太过痛苦。然而，由于没有其他书籍可读，他只能反复研读那一百多篇八股文，每篇文章都读了四千多遍。一日，老者对戴生说道：“孩子，你所承受的罪孽报应已经足够了，是时候回到人间去了。我的墓就在煤洞附近，那里阴风刺骨。若你日后得志，务必将我的墓迁往东原。”戴生恭敬地答应了老者的请求。于是，老者召集众鬼，让他们将戴生送回到他最初坐着的地方。众鬼围绕在老者身边行礼告别，老者再三叮嘱戴生，但戴生也不知道何时才能想办法出去。

原文

先是，家中失戴，搜访既穷，母告官，系缧多人，并少踪绪。积三四年，官离任，缉察亦弛。戴妻不安于室，遣嫁去。会里中人复治旧井，入洞见戴，抚之未死。大骇，报诸其家。舁归经日，始能言其底里。自戴入井，邻人殴杀其妇，为妇翁所讼，驳审年余，仅存皮骨而归。闻戴复生，大惧，亡去。宗人议究治之，戴不许，且谓曩时实所自取，此冥中之谴，于彼何与焉。邻人察其意无他，始逡巡而归。井水既涸，戴买人入洞拾骨，俾各为具，市棺设地，葬丛冢焉。又稽宗谱名潜，字龙飞，先设品物，祭诸

○系缧（léi）多人：牵连很多人入狱。缧，缧绁，拘系犯人的绳索。引申为牢狱。

○不安于室：不安分守节。

○底里：来龙去脉。

○亡：逃。

○究治：追究惩治。

○俾（bǐ）各为具：使其各个凑成完整的尸骨。俾，使。具，完备。

○丛冢：丛聚之冢，即义冢。丛，聚集。

其家。学使闻其异，又赏其文，是科以优等入闱，遂捷于乡。既

○是科以优等入闱：谓这年科考以优等参加乡试。科，科举考试。

○捷于乡：谓考中举人。乡，指乡试。

归，营兆东原，迁龙飞厚葬之，春秋上墓，岁岁不衰。

○营兆：营建坟墓。兆，墓地的界域。

译文

此前，戴生失踪后，家人四处寻找也没找到，其母求助于官府，虽抓捕数名嫌疑犯，却未获有效线索。三四年后，县官离职，搜寻工作逐渐懈怠。期间，戴生之妻因不守妇道被遣嫁。恰逢乡里修缮旧井，工人在井中发现未死的戴生，众人惊骇，急忙通知其家。戴生被救回家后，过了一天才讲述地下遭遇。原来，他被邻居推入井中后，该邻居又杀害了自己的妻子，终被岳父告发，经官府长时间审讯，几乎丧命。听说戴生复生，邻居惊恐逃遁。戴氏族人欲追究其责，但戴生拒绝，认为自身遭遇乃咎由自取，井下之苦为阴间惩罚，与邻居无关。邻居见状，才犹豫不决地回家。井水干涸后，戴生雇人入井收拾鬼骨，整理安葬。他又查阅家谱，确认前辈戴潜（字龙飞）身份，于是摆上贡品，到龙飞相公的墓前拜祭。此事传至学使耳中，学使欣赏戴生文章，于科试中录取其为优等生，戴生最终考中举人。回乡后，他在东原建墓，迁葬龙飞相公，并年年春秋祭扫。

原文

异史氏曰：余乡有攻煤者，洞没于水，十余人沉溺其中。竭水求尸，两月余始得涸，而十余人并无死者。盖水大至时，共泅高处，得不溺。缒而上之，见风始绝，一昼夜乃渐苏。始知人在地下，如蛇鸟之蛰，急切未能死也。然未有至数年者。苟非至善，三年地狱中，乌复有生人哉！

○涸：水干。

○缒（zhuì）：用绳子拽上来。

○乌：哪，怎么。生人：活人。

译文

异史氏说：我的家乡有人挖煤，所掘之洞忽遭水淹，致十几人淹于洞内。洞外之人想排尽积水寻找遗体，历时两个多月，才把水排干，但惊奇发现，十几个人都活着。这是因为水势汹涌之时，他们齐心协力，游到高处避难，故而未被水淹。众人遂以绳索将他们拽出，然后他们这些人乍见天日，竟昏厥倒地，直到第二天才缓缓苏醒。由此可知，人于地底，犹似蛇虫鸟兽之冬眠，虽处险境，一时之间却不至丧生。但却没有听说过有在地底下数年不死的人。如果不是心怀大善的人，在那暗无天日、犹如地狱般的三年里，怎么还有活人呢！

【珊瑚】

原文

安生大成，重庆人。父孝廉，早卒。弟二成，幼。生娶陈氏，小字

○重庆：府名。治所在今四川重庆。 ○孝廉：举人。

珊瑚，性娴淑。而生母沈，悍谬不仁，遇之虐，珊瑚无怨色。每

○悍谬不仁：凶横心狠，不善良。悍谬，凶横而不讲道理。 ○虐：虐待，残暴。

早旦，靓妆往朝。值生疾，母谓其诲淫，诟责之。珊瑚退，毁妆以

○靓（jìng）妆往朝：打扮齐整去拜见。靓妆，妆饰，修饰。 ○诲淫：引诱别人产生淫欲。

进。母益怒，投颡自挝。生素孝，鞭妇，母始少解。自此益憎妇。

○投颡（sǎng）自挝（zhuā）：叩头碰地自打。颡，额头。挝，打。

妇虽奉事惟谨，终不与交一语。生知母怒，亦寄宿他所，示与妇

绝。久之，母终不快，触物类而骂之，意皆在珊瑚。生曰：“娶妻以

○触物类而骂之：碰着什么骂什么。类，率，皆。

奉姑嫜，今若此，何以妻为！”遂出珊瑚，使老妪送诸其家。方出

○姑嫜（zhāng）：公婆。 ○出：休弃。

里门，珊瑚泣曰：“为女子不能作妇，归何以见双亲？不如死！”袖

中出翦刀刺喉。急救之，血溢沾衿，扶归生族婶家。婶王氏，寡居

无偶，遂止焉。

○偶：配偶，伴侣。

译文

有一位名叫安大成的书生，重庆人，他父曾是举人，早已逝世，留下他与年幼的弟弟安二成。大成娶陈氏为妻，陈氏小名珊瑚，性情温婉贤良。然而，大成之母沈氏，性情凶悍乖戾，身为母亲却缺乏仁爱，对珊瑚百般折磨，但珊瑚从未有过半句怨言。每日清晨，珊瑚皆装扮好，恭敬地向婆婆问安。某次，大成患病，沈氏竟诬蔑是珊瑚每日浓妆艳抹，引诱其夫所致，对她恶语相向，严词责骂。珊瑚默默承受，回到房中卸下妆扮，复又前去拜见婆婆。此举却更激怒了沈氏，她竟自撞头颅，自抽耳光。

大成一向孝顺，无奈之下，只得挥鞭责打珊瑚，沈氏的怒气这才稍有平息。自此以后，她对珊瑚的憎恶更甚。尽管珊瑚小心翼翼、尽心尽力地侍奉，沈氏却始终不愿与她交谈半句。大成深知母亲怒火难平，便搬离原处，另居他室，以示与妻子划清界限。然而，时日流转，沈氏心中的不满并未消散，时常借题发挥，对珊瑚冷嘲热讽。大成叹道："娶妻本为侍奉双亲，如今却落得如此田地，留她何用！"于是，他决定休掉珊瑚，并遣派一位老妇送她回家。刚出门不久，珊瑚便泣不成声："身为女子，未能尽好媳妇之责，又有何颜面回家面对爹娘？不如一死了之！"说罢，她从袖中抽出一把剪刀，直刺自己咽喉。老妇见状，急忙上前施救，但见珊瑚衣襟已被鲜血染红，便连忙扶着她前往大成的一位婶娘家中。这位婶娘姓王，早年丧夫，独自生活，见状便收留了珊瑚。

原文

媪归，生嘱隐其情，而心窃恐母知。过数日，探知珊瑚创渐平，登王氏门，使勿留珊瑚。王召之入，不入，但盛气逐珊瑚。无何，王率珊瑚出，见生，便问："珊瑚何罪？"生责其不能事母。珊瑚脉脉不作一言，惟俯首呜泣，泪皆赤，素衫尽染，生惨恻不能尽词而退。又数日，母已闻之，怒诣王，恶言诮让。王傲不相下，反数其恶，且言："妇已出，尚属安家何人？我自留陈氏女，非留安氏妇也，何烦强与他家事！"母怒甚而穷于词，又见其意气汹汹，惭沮大哭而返。珊瑚意不自安，思他适。先是，生有母姨于媪，即沈姊也。年六十余，子死，止一幼孙及寡媳，又尝善视珊瑚。遂辞王往投媪。媪诘得故，极道妹子昏暴，即欲送之还。珊瑚力言其不可，

○盛气：情绪激昂，怒气冲冲。《战国策·赵策》："左师触讋愿见，太后盛气而揖之。"

○脉脉（mò）：含情不语的样子。

○傲：藐视，不屈。

○与：干涉。

○汹汹：同"汹汹"，意气激昂、争锋相对的样子。

兼嘱勿言，于是与于媪居，类姑妇焉。珊瑚有两兄，闻而怜之，欲

○姑妇：婆媳。

移之归而嫁之。珊瑚执不肯，惟从于媪纺绩以自度。

译文

老妇人返回安家后，大成叮嘱她务必隐瞒珊瑚的遭遇，但内心深处却恐惧母亲得知真相。数日之后，他暗中打听，得知珊瑚的伤势逐渐痊愈，便前往王氏家中，要求她不可继续收留珊瑚。王氏邀请大成进屋详谈，大成却执意不进，只是怒气冲冲地坚持要珊瑚离开。不久，王氏带着珊瑚出来与大成相见，并质问道：“珊瑚究竟犯了何罪？”大成指责她未能妥善侍奉母亲。珊瑚沉默不语，只是低头呜咽，泪水如注，竟将白衣染红。大成目睹此景，心中亦感悲戚，话没说完就走了。又过数日，沈氏听说珊瑚在王氏家中，顿时怒火中烧，气势汹汹地前往王氏家，出言不逊，讥讽王氏。王氏傲然不屈，毫不退让，反唇相讥，历数沈氏的恶行，并说道：“你已将儿媳妇逐出家门，她还算是你安家的何人？我收留的是陈家的女儿，并非你安家的媳妇，何必多管闲事！”沈氏气愤填膺，却又理亏词穷，见王氏气势如虹，既感羞愧又觉沮丧，大哭着返回家中。珊瑚心中惴惴不安，遂萌生搬离之意。原来，大成有位姨娘，即沈氏之姐，于老太太。她已六十多岁，儿子早逝，仅剩幼孙与守寡儿媳相依为命。她平素对珊瑚甚是疼爱。珊瑚便向王氏辞行，前往投靠于老太太。于老太太了解事情原委后，直斥妹妹愚昧凶悍，想要立即送珊瑚回安家。珊瑚竭力劝阻于老太太，并叮嘱她切勿声张。于是，珊瑚便与于老太太同住，二人相处如婆媳一般。珊瑚的两个哥哥得知此事后，深感同情，想把她接回重觅良人。珊瑚却坚决拒绝，仍随于老太太纺纱织布，共度时日。

原文

生自出妇，母多方为子谋婚，而悍声流播，远近无与为偶。积三四

○偶：匹偶，配偶。

年，二成渐长，遂先为毕姻。二成妻臧姑，骄悍戾沓，尤倍于母。

○戾沓：贪暴。戾，暴虐。沓，贪黩。《国语·郑语》：“其民沓贪而忍，不可因也。”

母或怒以色，则臧姑怒以声。二成又懦，不敢为左右袒。于是母威

顿减，莫敢撄，反望色笑而承迎之，犹不能得臧姑欢。臧姑役母

○撄（yīng）：触犯。

若婢，生不敢言，惟身代母操作，涤器洒扫之事皆与焉。母子恒于无人处，相对饮泣。无何，母以郁积病，委顿在床，便溺转侧皆须生，生昼夜不得寐，两目尽赤。呼弟代役，甫入门，臧姑辄唤去之。生于是奔告于媪，冀媪临存。入门，泣且诉。诉未毕，珊瑚

○临存：亲至慰问。

自帏中出。生大惭，禁声欲出，珊瑚以两手叉扉。生窘急，自肘下

○两手叉扉：谓两手叉开，分抵门框。

冲出而归，亦不敢以告母。无何，于媪至，母喜止之。由此媪家无日不以人来，来辄以甘旨饷媪。媪寄语寡媳："此处不饿，后勿复

○甘旨：甘甜味美的食物。

尔。"而家中馈遗，卒无少间。媪不肯少尝食，缄留以进病者，母病

○缄留：封存不动。

亦渐瘥。媪幼孙又以母命将佳饵来问疾。沈叹曰："贤哉妇乎！姊何

○瘥（chài）：病愈。

修者！"媪曰："妹以去妇何如人？"曰："嘻！诚不至夫己氏之甚也！

○去妇：离家被休弃的儿媳。

○夫（fú）己氏：指不欲明言的人，那个人。

然乌如甥妇贤！"媪曰："妇在，汝不知劳；汝怒，妇不知怨。恶乎弗如？"沈乃泣下，且告之悔，曰："珊瑚嫁也未者？"答云："不知，请访之。"

译文

自大成休妻之后，沈氏便开始四处张罗他的婚事，然而，由于沈氏凶悍的名声远播，附近人家皆不敢与其结亲。时光荏苒，三四年间，二成逐渐长大成人，沈氏便先为

他娶了亲。二成之妻名唤臧姑，性格骄横凶悍，蛮不讲理，其厉害程度更甚于沈氏。若沈氏面露不悦，臧姑便会恶语相向。二成性格懦弱，不敢为母亲撑腰。因此，沈氏的威风大减，不敢再与臧姑顶撞，反而处处看她脸色，以笑脸相迎，即便如此，仍难以讨得臧姑欢心。臧姑对待沈氏如同丫环一般，大成虽心中不满，却也不敢多言，只能默默代替母亲承担家务，如洗碗、扫地等琐事。母子二人时常在无人之处，相对而泣。不久，沈氏因心中郁结而病倒，卧床不起，生活无法自理，大小便及翻身均需大成照料，导致大成昼夜难眠，双眼熬得通红。大成请求弟弟帮忙分担，但二成刚踏入母亲房门，便被臧姑叫走。无奈之下，大成只好求助于老太太，希望她能前来照顾母亲。他一到于老太太家，便泣不成声地诉说苦衷。话未说完，珊瑚便从帏帐后走出。大成一见珊瑚，顿感羞愧难当，欲言又止，转身欲走。珊瑚却用双手叉住门，大成尴尬至极，只好从珊瑚臂下钻过，逃回家中，也不敢向母亲提及此事。不久，于老太太来到安家，沈氏欣喜地留她住下。自此，于老太太家中每日都有人来访，且每次都带来许多美食。于老太太便让人传话给守寡的儿媳，说自己在这里吃得饱，不必再送食物。然而，儿媳仍然不断送来美食。于老太太自己一点也不吃，全都留给病中的沈氏，沈氏的病情也逐渐好转。一日，于老太太的小孙子奉母亲之命，带着美食前来探望沈氏。沈氏感慨万分，说道："多么贤惠的儿媳妇啊！姐姐你是如何修来的福气呀！"于老太太便问道："妹妹觉得被你赶走的儿媳妇如何？"沈氏回答道："唉！她确实不像二媳妇那么坏，但又怎能比得上外甥媳妇的贤惠呢？"于老太太又说道："媳妇在时，你不知她的辛劳，你发火时，她从不埋怨。如此好的媳妇，怎能说不如人呢？"沈氏泪流满面，悔恨不已，并问道："珊瑚嫁人了吗？"于老太太回答道："不知道，我去打听打听。"

原文

又数日，病良已，媪欲别。沈泣曰："恐姊去，我仍死耳！"媪乃与生谋，析二成居。二成告臧姑，臧姑不乐，语侵兄，兼及媪。生愿以良田悉归二成，臧姑乃喜。立析产书已，媪始去。明日，以车乘来迎沈。沈至其家，先求见甥妇，极道甥妇德。媪曰："小女子百

○良已：痊愈。

善，何遂无一疵？余固能容之。子即有妇如吾妇，恐亦不能享也。”沈曰：“呜呼冤哉！谓我木石鹿豕耶！具有口鼻，岂有触香臭而不知者？”媪曰：“被出如珊瑚，不知念子作何语？”曰：“骂之耳。”媪曰：“诚反躬无可骂，亦恶乎而骂之？”曰：“瑕疵人所时有，惟其不能贤，是以知其骂也。”媪曰：“当怨者不怨，则德焉者可知；当去者不去，则抚焉者可知。向之所馈遗而奉事者，固非予妇也，而妇也。”沈惊曰：“如何？”曰：“珊瑚寄此久矣。向之所供，皆渠夜绩之所贻也。”沈闻之，泣数行下，曰：“我何以见吾妇矣！”媪乃呼珊瑚。珊瑚含涕而出，伏地下。母惭痛自挞，媪力劝始止，遂为姑媳如初。

○木石鹿豕：指无知觉的木石和不辨是非的禽兽。豕，猪。

○诚：假如，如果。反躬：反过来要求自己，自我检束。

○德：妇德。

○抚：厚，爱。

○而：尔，你。

译文

又数日过去，沈氏的病情已然痊愈，于老太太便打算辞行。沈氏泪流满面，哭诉道：“只恐姐姐离去后，我仍难逃一死。”于老太太便与大成商议，提议他与二成分家另过。二成将分家之事告知臧姑，臧姑却不乐意，对大成出言不逊，甚至连带辱骂了于老太太。大成为了息事宁人，愿意将家中良田全部给予二成，臧姑这才心满意足地答应了。待分家文书一切就绪，于老太太才返回家中。第二天，于老太太派车前来接沈氏。沈氏一到于家，便急着要见外甥媳妇，并对外甥媳妇的贤惠赞不绝口。于老太太听后，说道：“我儿媳妇纵然有千般好，难道就没有一点小瑕疵吗？我自然能够包容。但若有像你儿媳妇那样的媳妇，恐怕你也享不到这份福。”沈氏叹道：“哎呀，这真是冤枉死我了！你把我当成了什么木头人、石头、野鹿、山猪啊！我也是有口有鼻的人，难道分不清香臭吗？”于老太太又问道：“那被你赶出门的珊瑚，现在想起你，你猜她会说些什么？”沈氏答道：“想必是骂我吧。”于老太太摇摇头，说道：“你好好反省自己，若是没有可骂之处，她为何要骂你呢？”沈氏辩解道：“人非圣贤，孰能无过？只是因为她不贤惠，所以我才知道她会骂我。”于老太太语重心长地说道：“该怨恨的不怨恨，足见其德行高深；该离开时却不离开，足见其对人的抚慰之情。前段时日给你送吃的来孝敬你的，并非我的儿媳妇，而是你的儿媳妇珊瑚。”沈氏大惊，问道：“这是怎么回事？”于老太太回答道：“珊瑚已在此寄居多时。那些给你吃的食物，都是她夜以继日纺织挣钱买来的。”沈氏听完，泪水如断线的珍珠般滚滚而下，哭道：“我还有何颜面去见我的媳妇啊！”于老太太见状，便招呼珊瑚出来。珊瑚含泪走出，拜倒在地。沈氏羞愧难当，狠狠地抽打自己，于老太太连忙阻止，她才停下手。自此，婆媳二人冰释前嫌，和好如初。

原文

十余日偕归，家中薄田数亩，不足自给，惟恃生以笔耕，妇以针黹。二成称饶足，然兄不之求，弟亦不之顾也。臧姑以嫂之出也鄙之，嫂亦恶其悍，置不齿。兄弟隔院居，臧姑时有陵虐，一家尽掩其耳。臧姑无所用虐，虐夫及婢。婢一日自经死。婢父讼臧姑，二成代妇质理，大受扑责，仍坐拘臧姑。生上下为之营脱，卒不免。臧姑械十指，肉尽脱。官贪暴，索望良奢。二成质田贷赀，如数纳入，始释归。而债家责负日亟，不得已，悉以良田鬻于村中任翁。翁以田半属大成所让，要生署券。生往，翁忽自言：“我安孝廉也。任某何人，敢市吾业！”又顾生曰：“冥间感汝夫妻孝，故使我暂归一面。”生出涕曰：“父有灵，急救

○笔耕：以笔代耕，卖文谋生。

○针黹（nòu）：以针代耨，以缝纫刺绣谋生。耨，除草。

○质理：质对评理。 ○扑责：责打。 ○坐拘：因某事被逮捕。

○营脱：设法解脱。

○责负日亟（jí）：讨债很严厉。责，索讨。负，欠债。亟，急。

○署券：在契约上署名。

○市：买卖。

吾弟！”曰：“逆子悍妇，不足惜也！归家速办金，赎吾血产。”生曰：“母子仅自存活，安得多金？”曰：“紫薇树下有藏金，可以取用。”欲再问之，翁已不语。少时而醒，茫不自知。生归告母，亦未深信。臧姑已率数人往发窖，坎地四五尺，止见砖石，并无所谓金者，失意而去。生闻其掘藏，戒母及妻勿往视。后知其无所获，母窃往窥之，见砖石杂土中，遂返。

○血产：以血汗换取来的产业。

○坎地：掘地，从地表向下挖掘。坎，地面低陷之处。

译文

过了十余日，婆媳俩一同返回家中。家中仅有数亩贫瘠之地，难以维持生计，只得依靠大成以卖文为生，珊瑚则做些针线活来补贴家用。二成家虽富裕，但大成从不向他求助，二成也从不关照哥哥。臧姑因嫂子曾被休弃而轻视她，珊瑚也厌恶臧姑的凶悍，不愿与她往来。兄弟俩虽隔墙而居，臧姑却时常破口大骂，而大成一家都充耳不闻，不予理会。臧姑无法施展淫威，便转而虐待丈夫和丫环。一日，丫环不堪忍受折磨，上吊自尽。丫环的父亲愤而告官，二成只得替媳妇过堂，遭受了不少杖责。然而，官府仍将臧姑拘捕到案。大成为他们四处奔波，试图脱罪，但终未能幸免。臧姑遭受了夹手指的酷刑，十指血肉模糊。县官贪婪残暴，意图敲诈大笔钱财。二成无奈之下，只得将田产抵押换钱，悉数交给县官，才得以获释回家。然而，债主们日益紧迫地催逼二成还债。二成万般无奈，打算将良田全部卖给村里的任老头。但任老头认为其中一半田地是大成让给二成的，要求大成在文书上签字。大成来到任家，忽见任老头焦急地自言自语道：“我是安举人，任老头是谁，竟敢买我的产业！”又转头看着大成说：“地府感念你们夫妻孝顺，特让我暂时回阳间与你们相见。”大成泪流满面，恳求道：“父亲若在天有灵，请速救我弟弟！”安举人回答道：“那两个不孝子、泼妇，死了也不足惜！你速回家筹钱，将我的血汗产业赎回来。”大成哭诉道：“我们母子仅够糊口，哪有那么多钱？”安举人又说：“紫薇树下埋有银子，可取出来用。”大成还想再问，任老头却已沉默不语。过了一会儿，他苏醒过来，却对刚才所言一无所知。大成回到家中，将此事告知母亲，沈氏半信半疑。臧姑听说后，立即带人前去挖掘银窖。

他们挖了四五尺深，只见砖石而不见银子，失望而归。大成听说臧姑已去挖银，便叮嘱母亲和妻子不要去看。后来得知他们一无所获，沈氏便偷偷前去查看，只见泥土中夹杂着砖石，也失望地回家了。

原文

珊瑚继至，则见土内悉白镪，呼生往验之，果然。生以先人所遗，不忍私，召二成均分之。数适得揭取之二，各囊之而归。二成与臧姑共验之，启囊则瓦砾满中，大骇。疑二成为兄所愚，使二成往窥兄。兄方陈金几上，与母相庆。因实告兄，生亦骇，而心甚怜之，举金而并赐之。二成乃喜，往酬债讫，甚德兄。臧姑曰："即此益知兄诈。若非自愧于心，谁肯以瓜分者复让人乎？"二成疑信半之。次日，债主遣仆来，言所偿皆伪金，将执以首官。夫妻皆失色。臧姑曰："如何哉！我固谓兄贤不至于此，是将以杀汝也！"二成惧，往哀债主，主怒不释。二成乃券田于主，听其自售，始得原金而归。细视之，见断金二铤，仅裹真金一韭叶许，中尽铜耳。臧姑因与二成谋，留其断者，余仍返诸兄以觇之。且教之言曰："屡承让德，实所不忍。薄留二铤，以见推施之义。所存物产，尚与兄等。余无庸多田也，业已弃之，赎否在兄。"生不知其意，固让之，二

○白镪（qiǎng）：银的别称。

○酬：偿还。

○瓜分者：平分者。瓜分，喻指像剖瓜一样分割成若干份。

○首官：告官。首，告。

○让德：推让的恩惠。

○推：让出，献出。

成辞甚决，生乃受。秤之，少五两余。命珊瑚质奁妆以满其数，携

○奁妆：原指女子梳妆用的镜匣，后泛指嫁妆。

付债主。主疑似旧金，以剪刀断验之，纹色俱足，无少差谬，遂收

○差谬：错误，差错。

金，与生易券。

译文

珊瑚随后走到树下，意外发现土中竟埋藏着白花花的银子，便连忙叫来大成一同查验。果然，那些都是货真价实的银子。大成认为这是父亲留下的遗产，不忍心独自占有，便叫来二成，提议两人平分。银子的数量恰好可以均分成两份，兄弟俩便各自用口袋装回了家。二成与臧姑一同查验银子，打开口袋一看，却惊见里面全是瓦块和石头，不禁大惊失色。臧姑怀疑二成被大成欺骗，便让二成去暗中观察大成的动静。二成悄悄过去一看，只见大成正将银子放在桌子上，与母亲一同欢庆。二成便将自己的遭遇如实告诉了大成，大成听后也感到十分惊讶，同时心里非常同情弟弟，便毫不犹豫地将自己的银子全部给了二成。二成欢天喜地地回到家，用这些银子还清了债主的钱，对大成充满了感激。然而，臧姑却在一旁冷言冷语地说："从这件事上更可以看出你哥哥的狡诈。如果不是他自己心中有愧，谁会愿意把自己到手的那一份再让给别人呢？"二成听了，心中半信半疑。第二天，债主派仆人到二成家，说二成还的银子全是假的，要将他抓到官府去告官。二成夫妇听后都吓得面如土色。臧姑幸灾乐祸地说："怎么样啊！我早就说你哥哥不至于这么对你好，他是想害死你呀。"二成害怕了，连忙去哀求债主，但债主非常生气，不肯罢休。无奈之下，二成只好把田契交给债主，任凭他将土地卖掉，这才把原来交的假银子拿了回来。二成回到家后，仔细查看了那些银子，发现其中有两锭已经剪断的银子，外面只裹了一层薄薄的银皮，里面全是铜。臧姑便与二成商量，决定把已经剪断的银子留下作为证据，其余的全都还给大成，看他有什么反应。同时，臧姑还教二成说："多次承蒙哥哥仁德，将银子赠予我，做兄弟的实在不忍心。我只留下其中的两锭，以彰显哥哥推恩施德的情谊。现在我所剩下的田产，还与哥哥相等，我也不要多余的土地了。反正已经放弃了赎回的念头，赎不赎全在于兄长。"大成不明白二成的用意，坚决要把田产让给他。但二成坚决不肯接受，大成只好收下了银子。然而，当他称量银子时，发现少了五两多。于是，他让珊瑚拿出首饰去当铺换了钱，凑够了原来的数字，然后拿去交给债主。债主怀疑这还是原来的假银子，便用剪刀又剪断了加以验证。结果发现银子的成色很好，一点儿也不差，

于是便收下了银子，把田契还给了大成。

原文

二成还金后，意其必有参差，既闻旧业已赎，大奇之。臧姑疑发掘时，兄先隐其真金，忿诣兄所，责数诟厉。生乃悟返金之故。珊瑚逆而笑曰：“产固在耳，何怒为！”使生出券付之。二成一夜梦父责之曰：“汝不孝不弟，冥限已迫，寸土皆非己有，占赖将以奚为！”醒告臧姑，欲以田归兄，臧姑嗤其愚。是时二成有两男，长七岁，次三岁。无何，长男病痘死。臧姑始惧，使二成退券于兄，言之再三，生不受。未几，次男又死。臧姑益惧，自以券置嫂所。春将尽，田芜秽不耕，生不得已，种治之。臧姑自此改行，定省如孝子，敬嫂亦至。未半年而母病卒。臧姑哭之恸，至勺饮不入口。向人曰：“姑早死，使我不得事，是天不许我自赎也！”产十胎皆不育，遂以兄子为子。夫妻皆寿终。生三子，举两进士。人以为孝友之报云。

- 参差：长短高低不齐。这里是纠葛麻烦的意思。
- 不孝不弟：不孝顺父母，不敬爱兄长。弟，通“悌”。
- 奚为：何为。奚，何。
- 痘：即天花。一种由病毒引起的急性传染病，发病后全身出现豆状水疱或脓疱，所结的痂脱落的留下的疤痕就是麻子。
- 芜秽：荒芜，农田中杂草丛生。
- 定省：昏定晨省。
- 勺饮不入口：滴水不进。
- 友：兄弟间亲善。

译文

二成将银子归还给哥哥后，心中暗自揣测哥哥定会遭遇困境。然而，当他听闻哥哥已成功赎回田产时，不禁感到万分诧异。臧姑怀疑上次挖掘银窖时，大成事先藏匿了真银，于是气愤冲冲地来到大成家，对大成夫妇厉声斥责。大成至此才恍然大悟，明白二成为何要将银子退还给他。珊瑚笑着迎上前去，说道：“田产都已赎回，何必如此动怒呢？”随即让大成将田契交给臧姑他们。一日夜里，二成梦见父亲严厉责备他：“你不孝顺父母，不敬爱兄长，离死期不远，一寸土地都不会属于你，你还赖着那田产不放做什么！”二成惊醒后，将梦境告知臧姑，并打算将田地归还给兄长。臧姑却嘲笑他愚昧无知。此时，二成已有两个儿子，长子七岁，次子三岁。不久，长子因出水痘而夭折。臧姑开始感到害怕，催促二成将田契还给哥哥，但大成屡次拒绝接受。又过了不久，次子也离世了。臧姑愈发恐惧，亲自上门将田契放在嫂子的屋内。转眼间，春天即将过去，田地因无人耕种而荒芜。大成无奈之下，只好接手耕种。自此以后，臧姑改掉了往日的恶行，每天早晚都向婆婆请安，宛如一个孝顺的儿媳妇，对嫂子珊瑚也恭敬有加。不到半年时间，沈氏便病逝了。臧姑哭得撕心裂肺，甚至滴水未进。她对旁人说道：“婆婆这么早离世，让我无法尽孝，这是上天不给我赎罪的机会啊！”臧姑后来生育了十胎，却都未能养大成人，最终只好过继了大成的一个儿子作为自己的儿子。而大成夫妇则都享尽了天年。他们共有三个儿子，其中两个考中了进士。人们都纷纷议论说，这是他们孝顺母亲、友爱兄弟的善报。

原文

异史氏曰：不遭跋扈之恶，不知靖献之忠，家与国有同情哉。逆妇化而母死，盖一堂孝顺，无德以戡之也。臧姑自克，谓天不许其自赎，非悟道者何能为此言乎？然应迫死，而以寿终，天固已恕之矣。生于忧患，有以矣夫！

○跋扈：横暴不驯。

○靖献：安分尽责。《书·微子》：“自靖，人自献于先王。”

○逆妇：忤逆之妇，即不孝敬父母的儿媳妇。化：被感化。

○戡（kān）：克，胜。

○自克：自我约束修正。

○迫死：猝死，非正常死亡。

○生于忧患：意为人生是在不断的矛盾斗争中发展生存的。

译文

异史氏说：未受嚣张跋扈之奸臣欺凌，便不知道忠诚守职的良臣的赤诚之心，家庭与国家之间，有相通的情况。昔日悍妇今已改邪归正，然婆婆却已仙逝，此乃全家孝顺之所致，却也是她自身德行不足以承受之果。臧姑自责，说上天不给她赎罪之机，此言非深明大义者不能道也。然其本应早逝，却能享尽天年，足见上天已予其宽恕。古人云：“生于忧患”，确实如此啊！

【五通】

原文

南有五通，犹北之有狐也。然北方狐祟，尚百计驱遣之，至于江浙五通，民家有美妇，辄被淫占，父母兄弟，皆莫敢息，为害尤烈。有赵弘者，吴之典商也。妻阎氏，颇风格。一夜，有丈夫岸然自外入，按剑四顾，婢媪尽奔。阎欲出，丈夫横阻之，曰：“勿相畏，我五通神四郎也。我爱汝，不为汝祸。”因抱腰举之，如举婴儿，置床上，裙带自脱，遂狎之。而伟岸甚不可堪，迷惘中呻楚欲绝。四郎亦怜惜，不尽其器。既而下床，曰：“我五日当复来。”乃去。弘于门外设典肆，是夜婢奔告之。弘知其五通，不敢问。质明，视妻惫不起，心甚羞之，戒家人勿播。妇三四日始就平复，而惧其复至。婢媪不敢宿内室，悉避外舍，惟妇对烛含愁以伺之。无何，四郎偕两人入，皆少年蕴藉。有僮列肴酒，与妇共饮。妇羞缩低头，强之饮亦不饮，心惕惕然，恐更番为淫，则命合尽矣。三人互相劝酬，或呼大兄，或呼三弟，饮至中夜。上座二客并起，曰：“今日四郎以美人见招，会当邀二郎、五郎醵酒为贺。”遂辞而去。四郎挽妇入

○五通：江南淫鬼邪神名，又称“五圣”“五显灵公”“五郎神”“五猖神”。唐宋即有记载。明清两代，吴中人多祀此神。清褚人获《坚瓠八集·毁淫祠》：“苏俗酷尚五通神，供之家堂。”

○息：鼻息，喘息。这里是反应、动作之意。

○吴：吴县，即今江苏苏州。典商：开设当铺的商人。

○风格：仪容，风度。

○岸然：严正高傲的样子。

○伟岸：魁梧，高大。

○蕴藉：风雅有教养。

○惕惕然：恐惧担心的样子。

○更番：轮流替换。

○醵（jù）酒：众人凑钱饮酒。

帏，妇哀免，四郎强合之，血液流离，昏不知人，四郎始去。妇奄卧床榻，不胜羞愤，思欲自尽，而投缳则带自绝，屡试皆然，苦不得死。幸四郎不常至，约妇痊可始一来。积两三月，一家俱不聊生。

○投缳（huán）：上吊。缳，绳套。

译文

在南方，有所谓的五通神，类似于北方的狐狸精。然而，北方狐狸作祟时，人们还会想方设法驱逐，而在江浙地区，五通神却更为猖獗，家中若有美貌女子，往往难逃其奸淫之手，且家人因惧怕其神威，往往敢怒不敢言，使得五通神的祸害尤为严重。有一位名叫赵弘的商人，在吴地经营典当生意。他的妻子阎氏，风韵犹存。一日深夜，一名男子傲然闯入，手持宝剑，四处张望，吓得丫环和老妈子纷纷逃窜。阎氏也欲逃离，却被那男子拦住去路，他自称是五通神中的四郎，对阎氏表达了喜爱之情，并承诺不会伤害她。……片刻后，他下床言道："我五日后还会再来。"说完，便离去了。赵弘在门外经营典当铺，当夜丫环跑来告知此事。他虽知是五通神所为，却也不敢轻举妄动。第二天天明，赵弘探望妻子，见她卧床不起，疲惫不堪，心中羞愧难当，于是告诫家人不得外传此事。阎氏经过三四天的休养，身体才逐渐恢复，但心中仍对四郎的再次到来充满恐惧。丫环和老妈子因惧怕而不敢住在内室，纷纷躲到外屋。阎氏只能独自面对烛光，心中充满忧愁和不安。不久，四郎带着两名年轻英俊的男子走了进来。僮仆摆上酒菜后，他们便与阎氏一同饮酒。阎氏羞愧难当，缩着身子低着头，不肯饮酒。她心中惶恐不安。那三人互相劝酒，或称大哥，或称三弟，一直喝到半夜。两名客人起身说道："今日四郎以美人招待我们，日后定要邀请二郎、五郎一同凑钱办酒为他祝贺。"说完，便告辞离去。……幸好四郎并不常来，如此过了两三个月，赵弘一家都生活在生不如死的痛苦之中。

原文

有会稽万生者，赵之表弟，刚猛善射。一日，过赵，时已暮，赵以客舍为家人所集，遂导客宿内院。万久不寐，闻庭中有人行声，伏

○会稽：县名。明清属绍兴府，即今浙江绍兴。

○内院：家眷所住的院落。

窗窥之，见一男子入妇室。疑之，捉刀而潜视之，见男子与阎氏并肩坐，肴陈几上矣。忿火中腾，奔而入。男子惊起，急觅剑，刀已中颅，颅裂而踣。视之，则一小马，大如驴。愕问妇，妇具道之。且曰："诸神将至，为之奈何！"万摇手，禁勿声。灭烛取弓矢，伏暗中。未几，有四五人自空飞堕。万急发一矢，首者殪。三人吼怒，拔剑搜射者。万握刃倚扉后，寂不少动。一人入，剁颈亦殪。仍倚扉后，久之无声，乃出，叩关告赵。赵大惊，共烛之，一马两豕死室中。举家相庆。犹恐二物复仇，留万于家，炰豕烹马而供之。味美，异于常馐。万生之名，由是大噪。居月余，其怪竟绝，乃辞欲去。有木商某苦要之。

○踣（bó）：跌倒，倒毙。

○殪（yì）：死。

○豕：猪。

○炰（páo）：同"炮"，烧烤。

○馐（xiū）：美味食品。

○要：邀请，挽留。

译文

会稽有一位名叫万生的勇士，他是赵弘的表亲，以刚毅勇猛和射箭技艺高超而著称。一日，他路经赵家，时值黄昏，由于赵家客房已满，赵弘便引领万生至内院安歇。万生辗转反侧，难以入眠，忽闻院中传来阵阵脚步声。他悄然起身，贴近窗棂向外窥视，只见一名男子悄然步入阎氏的居室。万生心生疑虑，遂持刀暗中探查，发现那男子与阎氏并肩端坐，桌上摆放着酒菜。万生怒火中烧，猛地冲进屋内。男子惊慌失措，急忙寻找佩剑，但万生的刀已迅猛劈下，将其头颅一分为二，落在地上。定睛一看，竟是一匹与小马驹相仿的怪物。万生惊愕之余，询问阎氏缘由，阎氏便将前因后果细细道来，并忧虑地说："其他神祇即将降临，该如何是好？"万生示意她不要出声，自己则吹灭烛火，取来弓箭，潜伏于暗处。不多时，只见四五个人影从空中飘然而落。万生迅速放箭，走在最前的人应声而倒。其余三人怒吼连连，拔出宝剑搜寻射箭者。万生紧握刀柄，紧贴门后，屏息凝神。一人闯入屋内，万生一刀挥下，正中其脖颈，将其斩杀。他继续躲在门后，过了许久，外面再无动静，方才走出，敲门告知赵弘。赵弘听后大惊，连忙点燃烛火前往查看，只见一匹马、两只猪倒在屋内，已然毙命。全家欢庆除去了这些怪物，但又担忧剩余的两个怪物会来报复，于是挽留万生暂住家中，并将死去的猪、马烹煮款待他。那猪肉、马肉味道鲜美异常，与寻常菜肴截然不同。万生因此名声大振。过了一个多月，怪物竟再无踪迹，万生便向赵弘辞行。然而，有一位木商却极力邀请他前往。

原文

先是，某有女未嫁，忽五通昼降。是二十余美丈夫，言将聘作妇，委金百两，约吉期而去。计期已迫，阖家惶惧。闻万生名，坚请过诸其家。恐万有难词，隐其情不以告。盛筵既罢，妆女出拜客。年十六七，是好女子。万错愕不解其故，离坐伛偻。某捺坐而实告之。万初闻而惊，而生平意气自豪，故亦不辞。至日，某仍悬采于门，使万坐室中。日昃不至，窃意新郎已在诛数。未几，见檐间忽如鸟堕，则一少年盛服入。见万，返身而奔。万追出，但见黑气欲飞，以刀跃挥之，断其一足，大嗥而去。俯视，则巨爪大如手，不知何物。寻其血迹，入于江中。某大喜。闻万无偶，是夕即以所备床寝，使与女合卺焉。于是素患五通者，皆拜请一宿其家。居年余，始携妻而去。自是吴中止有一通，不敢公然为害矣。

○委：留。

○阖家：全家。阖，合。

○好：美。

○伛偻：鞠躬，恭敬的样子。

○日昃（zè）：太阳偏西，向晚。

○诛数：被杀的成员内。指上文“一马二豕”。

○嗥（háo）：野兽嚎叫。

○偶：配偶。

○合卺（jǐn）：举行婚礼。

译文

原来，木商家中有个待字闺中的女儿。一日白昼，忽有五通神降临其家，化身为一名二十多岁、英俊潇洒的男子。他宣称欲娶木商之女为妻，并赠上百两银子作为聘礼，约定好迎亲之日后便离去了。随着迎亲之日的临近，木商全家都陷入了惶恐与不安之中。他们久闻万生大名，便决意邀请他到家中，以应对即将到来的危机。然而，又担心万生不愿涉足此事，便隐瞒了五通神即将来临的真相，未向他透露半点风声。盛宴过后，木商让女儿梳妆打扮，出来拜见客人。女儿年方十六七岁，容貌出众，美丽动人。万生一见之下，惊讶不已，不明就里，连忙离座向姑娘行礼。木商见状，按住万生让他坐下，并将实情和盘托出。万生初闻此事，也颇为震惊。但他素日里勇敢豪迈，便也不再推辞。到了迎亲那日，木商依旧在门上张灯结彩，让万生坐在屋内等候。直至日头偏西，那五通神仍未现身。万生心想，这新郎官恐怕是在表哥家杀死的三人之一。不一会儿，只见屋檐旁似乎有只鸟落下，定睛一看，却是一个身着华丽服饰的年轻人走了进来。他一见到万生，转身便逃。万生紧追不舍，只见那人放出一团黑气，意欲飞走。万生奋力一跃，挥刀砍去，那怪物被砍断了一只脚，发出凄厉的嚎叫声，仓皇逃走。万生低头一看，那只大爪子竟如人手一般大小，却看不出这究竟是何方神圣。他们沿着怪物的血迹追寻，发现它最终落入了江中。木商大喜过望，得知万生尚未娶亲，便当即决定，在当晚用早已准备好的新床，让万生与女儿结为夫妻。此后，那些平日里惧怕五通的人家，都纷纷邀请万生到家中住宿一晚，以求庇护。过了一年多，万生才带着妻子回到自己的家中。自此以后，吴中地区只剩下一通神祇，再也不敢公然为害百姓了。

原文

异史氏曰：五通、青蛙，惑俗已久，遂至任其淫乱，无人敢私议一语。万生真天下之快人也！

○青蛙：指青蛙神。

译文

异史氏说：五通神、青蛙神这些怪物，惑乱民间已经很久了，以至于人们听任它淫乱妇女，没有人敢私下里议论一句。万生真是天下的痛快人啊！

【又】

原文

金生，字王孙，苏州人。设帐于淮，馆搢绅园中。园中屋宇无多，花木丛杂。夜既深，僮仆散尽，孤影彷徨，意绪良苦。一夜，三漏将残，忽有人以指弹扉。急问之，对以"乞火"，音类馆童。启户内之，则二八丽者，一婢从诸其后。生意妖魅，穷诘甚悉。女曰："妾以君风雅之士，枯寂可怜，不畏多露，相与遣此良宵。恐言其故，妾不敢来，君亦不敢纳也。"生又疑为邻之奔女，惧丧行检，敬谢之。女横波一顾，生觉魂魄都迷，忽颠倒不能自主。婢已知之，便云："霞姑，我且去。"女颔之。既而呵曰："去则去耳，甚得云耶、霞耶！"婢既去，女笑曰："适室中无人，遂偕婢从来。无知如此，遂以小字令君闻矣。"生曰："卿深细如此，故仆惧有祸机。"女曰："久当自知，保不败君行止，勿忧也。"上榻缓其装束，见臂上腕钏，以条金贯火齐，衔双明珠，烛既灭，光照一室。生益骇，终莫测其所自至。事甫毕，婢来叩窗。女起，以钏照径，入丛树而去。自此无夕不至。生于去时遥

○设帐：教书。

○馆搢（jìn）绅园：寓居于某乡绅花园。馆，止宿。搢绅，官宦。多指乡居之官或有地位的乡绅。

○三漏将残：三更将尽。三更，半夜，指午夜11点至凌晨1点之间。

○内：同"纳"。

○不畏多露：谓不怕辛劳，乘夜而来。《诗·召南·行露》："厌浥行露。岂不夙夜？谓行多露。"

○行检：操行。检，检束。

○奔女：私奔之女。旧谓不经父母之命、媒妁之言而往就所爱男子为"私奔"。

○横波：眼波。唐李白《长相思》："昔时横波目，今为流泪泉。"

○祸机：隐藏、埋伏着祸患。

○行止：品行，名声。

○贯火齐：串饰宝珠。火齐，宝珠名。

尾之，女似已觉，遽蔽其光，树浓茂，昏不见掌而返。

译文

金生，字王孙，是苏州人士。他在淮地设馆教书，寓居于一士大夫的园林之中。此园虽房屋寥落，却草木葱茏，景致宜人。每至夜深人静，僮仆散尽，金生便孤身只影，心绪难宁，倍感凄清。一日夜里，三更将尽之时，忽闻有人以指轻叩门扉。金生忙问何人，门外回应说“借火”，听其声似学馆中书僮。金生启门邀请她进来，不料却是一位年方十六七，貌美如花的女子，身后还紧跟着一名丫环。金生心中生疑，料想她或是妖魅，遂细加盘问。女子答道：“妾身因闻先生文雅风流，孤身寂寞，所以不怕抛头露面，特来相伴此良宵。恐怕妾身说了来此的理由，不仅妾身不敢再来，先生也不敢接纳我。”金生又怀疑其为邻家私奔的女子，害怕因此有失名节，于是婉言谢绝她的好意。然女子秋波流转，金生顿觉魂魄为之所摄，心神颠倒，不能自主。那丫环见状，知好事将近，便对女子说道：“霞姑，我先行一步。”女子微微点头，随即呵斥道：“去便去了，何须多言云霞之事！”丫环离去后，女子笑道：“刚才屋内没人，故携她同来。没想到这丫头无知，竟让先生得知了我的小名。”金生心中更添疑虑，道：“你如此精细，我恐暗藏祸端。”霞姑笑道：“日久见人心，妾身保证不会玷污先生清誉，请勿多虑。”霞姑露出臂上金镯，其上镶嵌两颗明珠，烛灭之后，金镯光芒四射，照亮满室。金生见状，心中更加惊骇，始终猜不透她究竟从何而来。自此以后，霞姑夜夜必至。且每以金镯照亮，穿林而去，金生曾试图尾随其后，但霞姑似有所察觉，立即掩去金镯光芒，林间漆黑一片，伸手不见五指，金生只得无功而返。

原文

一日，生诣河北，笠带断绝，风吹欲落，辄于马上以手自按。至河，坐扁舟上，飘风堕笠，随波竟去。意颇自失。既渡，见大风飘笠，团转空际，渐落。以手承之，则带已续矣。异之。归斋向女缅述，女不言，但微哂之。生疑女所为，曰：“卿果神人，当相明告，

○笠：斗笠。

○诣：到。河北：指淮河以北地区。

以祛烦惑。”女曰：“岑寂之中，得此痴情人为君破闷，妾自谓不恶。

○祛（qū）：除去。 ○岑寂：冷清，寂寞。

纵令妾能为此，亦相爱耳。苦致诘难，欲见绝耶？”生不敢复言。

译文

一日，金生踏上了前往河北的旅程。途中，不料斗笠的系带猝然断裂，风势又急，斗笠摇摇欲坠。金生眼疾手快，在马背上稳稳地按住了斗笠。及至河边，他乘上了一叶扁舟。哪知一阵风起，斗笠竟被吹落河中，随波逐流而去。金生心中好不懊恼。待他渡过河去，却见那斗笠在大风的吹拂下，于空中盘旋起舞，最终缓缓落下。金生伸手接住，惊讶地发现断裂的系带已然被接好。他心中充满了诧异与不解。回到家中，金生将此事一五一十地告诉了霞姑。霞姑听后，只是微微含笑，并不言语。金生心中起疑，料想此事或与霞姑有关，便说道：“你若真是神仙中人，便应坦言相告，以解我心头之惑。”霞姑轻声道：“在您孤寂难耐之时，有我这样痴情的女子为您排忧解难，我自认为所做并非恶事。即便我有此能力，也是因为对您的深情厚意。您如此苦苦追问，莫非是想与我断绝关系吗？”金生听罢，心中虽有疑虑，却也不敢再追问下去。

原文

先是，生养甥女，既嫁，为五通所惑，心忧之而未以告人。缘与女狎昵既久，肺鬲无不倾吐。女曰：“此等物事，家君能驱除之。顾

○肺鬲：肺腑，肺腑之言。

何敢以情人之私告诸严君？”生苦哀求计。女沉思曰：“此亦易除，

○严君：即家君，父亲。《易·家人》：“家人有严君焉，父母之谓也。”

但须亲往。若辈皆我家奴隶，若令一指得着肌肤，则此耻西江不能

○西江：西来的大江。泛指大江。

濯也。”生哀求无已。女曰：“当即图之。”次夕至，告曰：“妾为君遣婢南下矣。婢子弱，恐不能便诛却耳。”次夜方寝，婢来叩户，生

急起纳入。女问：“如何？”答云：“力不能擒，已宫之矣。”笑问其

○宫：古代刑罚之一。割除男性生殖器。

状，曰：“初以为郎家也，既到，始知其非。比至婿家，灯火已张，入见娘子坐灯下，隐几若寐。我敛魂覆瓿中。少时，物至，入室急

○隐几：依靠几案。

○覆瓿（bù）中：盖着盖的瓦器。瓿，古盛酱类的瓦罐。敛口，大腹，圆足，有盖。

退，曰：‘何得寓生人！’审视无他，乃复入。我阳若迷。彼启衾入，又惊曰：‘何得有兵气！’本不欲以秽物污指，奈恐缓而生变，遂急捉而阉之。物惊嗥遁去。乃起启瓿，娘子若醒，而婢子行矣。”生喜

○嗥：豺狼等的吼叫。

○瓿（bù）：圆口深腹的盛水器皿。

谢之，女与俱去。

译文

早先，金生有个外甥女，出嫁之后不幸被五通神所迷惑，金生为此忧心忡忡，却从未向他人透露过此事。因与霞姑相处日久，感情深厚，金生便将自己心中的忧虑和盘托出。霞姑听后，说道：“此等邪物，我父亲本有能力驱除。但我又怎能将情人的私事告知父亲呢？”金生见状，苦苦哀求霞姑想个办法。霞姑沉吟片刻，道：“这邪物虽难缠，但也并非无法驱除。只是需得我亲自前往。那五通神皆是我家的奴仆，但若我的手指沾上了他们的污秽，这耻辱便是用西江之水也无法洗净。”金生仍是不依不饶，恳求霞姑务必帮忙。霞姑无奈，只得应允，说道：“且容我想个周全之策。”次日夜晚，霞姑告知金生：“我已派遣丫环南下，但她体弱多病，恐怕不能立即将邪物除尽。”又过一日夜晚，两人刚躺下不久，便听见丫环敲门。金生急忙起身开门，让丫环进来。霞姑询问事情进展如何，丫环答道：“我未能擒住那邪物，但已将其阉割。”霞姑笑问详情，丫环便说道：“起初我还以为是到了郎君的家中，到了以后，才发现弄错了地方。待我赶到郎君外甥女的家中时，已是掌灯时分。我进屋一看，只见一个小娘子坐在灯下，靠着桌子似是睡着了。我便将她的魂魄收起，藏在瓦罐之中。不久，那邪物便来了。它一进屋又急忙退出，说道：‘屋里怎会有生人的气息！’它仔细察看了一番，未发现异样，才又进屋来。我装作昏迷的样子，它便掀开被子钻了进来。它又吃惊地问道：‘怎会有兵器的味道！’我本来不想让自己的手指沾上脏东西，但唯恐时间长了

会生出变故，便急忙抓住那邪物将其阉割。那邪物大惊失色，嗥叫着逃走了。我这才打开瓦罐，小娘子醒了过来，我也就回来了。”金生听后大喜，向丫环连声道谢。霞姑便与丫环一同离去了。

原文

后半月余，绝不复至，亦已绝望。岁暮，解馆欲归，女忽至。生喜逆之，曰：“卿久见弃，念必何处获罪，幸不终绝耶？”女曰：“终岁之好，分手未有一言，终属缺事。闻君卷帐，故窃来一告别耳。”生请偕归。女叹曰：“难言之矣！今将别，情不忍昧：妾实金龙大王之女，缘与君有宿分，故来相就。不合遣婢江南，致江湖流传，言妾为君阉割五通。家君闻之，以为大辱，忿欲赐死。幸婢以身自任，怒乃稍解，杖婢以百数。妾一跬步，皆以保姆从之。投隙一至，不能尽此衷曲，奈何！”言已，欲别，生挽之而泣。女曰：“君勿尔，后三十年可复相聚。”生曰：“仆年三十矣，又三十年，皤然一老，何颜复见？”女曰：“不然，龙宫无白叟也。且人生寿夭，不在容貌，如徒求驻颜，固亦大易。”乃书一方于卷头而去。生旋里，甥女始言其异，云：“当晚若梦，觉一人捉予塞盎中。既醒，则血殷床褥，而怪绝矣。”生曰：“我曩祷河伯耳。”群疑始解。

○解馆：辞去教职。

○缺事：缺憾之事。○卷帐：即解馆，辞去教职。

○昧：隐藏。

○江南：省名。清顺治二年（1645）置。康熙元年（1662）改置江苏、安徽两省。习惯上仍称这一地区为江南。

○跬（kuǐ）步：半步，跨一脚。《大戴礼记·劝学》：“是故不积跬步，无以致千里；不积小流，无以成江海。”○投隙：乘隙，乘间。

○皤（pó）然：须发斑白的样子。皤，白色。

○驻颜：容颜不老。驻，止，停。○书一方：写了一个药方。○旋里：回到家乡。

○河伯：河神。

译文

此后半个多月的时间里，霞姑杳无音讯，金生心中已然绝望。转眼年底将至，金生决定解散学馆，启程归家。就在这时，霞姑突然现身。金生欣喜万分，迎上前去说道："你这许久未来，定是我何处做得不对，惹你生气了。所幸我们之间的情分尚未完全断绝。"霞姑感慨道："我们相知相守一年，分别时却未能道别，实属遗憾。听闻你即将离去，我才偷偷来此与你告别。"金生邀请霞姑与自己一同回家，霞姑却叹息道："其中曲折，一言难尽！今日一别，凭我们的情义，我实在不忍欺瞒于你：我其实是金龙大王之女，因与你有一段缘分，才来与你相聚。我不该派遣丫环南下，导致江湖上流传谣言，说我为了你而阉割了五通神。家父听闻后，视为奇耻大辱，怒而要赐我死罪。幸好丫环挺身而出，承认是自己所为，家父的怒气才稍有平息，但仍将丫环重责数百下。自此之后，我每行半步，都有保姆紧随其后。今日我是偷空溜出，无法尽诉衷肠，又有什么办法呢！"说完，霞姑便要告别。金生紧紧挽住她的手，泪流满面。霞姑安慰道："你不要这样，三十年后我们便可再相聚。"金生哭道："我今年已三十岁，再过三十年，我便是白发苍苍的老翁了，还有何颜面再见你？"霞姑解释道："不是这样，龙宫中并无白发老翁。况且人的寿命长短，并不在于容貌。若只想容颜不老，其实并非难事。"说完，她在书封面上写下一个药方，便飘然而去。金生回到家乡后，外甥女才提起那件奇事："那天晚上，我仿佛做了一个梦，感觉有人将我捉住塞进了瓦罐里。等我醒来时，只见鲜血染红了床褥，而那怪物从此便消失了。"金生解释道："那是之前我向河伯祈祷，请他帮忙所为。"众人听后，疑虑才得以消除。

原文

后生六十余，貌犹类三十许人。一日，渡河，遥见上流浮莲叶，大如席，一丽人坐其上，近视，则神女也。跃从之，人随荷叶俱小，渐渐如钱而灭。

○神女：女神，指霞姑。

译文

后来，金生一直活到了六十多岁，但他的容颜却依旧保持着三十几岁的模样。有一天，当他渡河时，远远望见上游漂来一片巨大的莲叶，其大小宛如一张席子，上面端坐着一位美丽绝伦的女子。待那莲叶靠近，金生定睛一看，发现那女子竟是霞姑。金生心中激动万分，毫不犹豫地跳了过去。就在他跳上莲叶的那一刻，奇妙的事情发生了：他和莲叶一起逐渐变小，渐渐地缩小到了铜钱般大小，随后便消失在了水面上。

原文

此事与赵弘一则，俱明季事，不知孰前孰后。若在万生用武之后，则吴下仅遗半通，宜其不足为害也。

○明季：明朝末年。季，末了。

译文

此事和上面讲的赵弘的故事，都是发生在明朝末年的事情，不知道哪件在前，哪件在后。如果是在万生动武驱除五通之后，那么吴地只剩下半个五通神，难怪它不足为害了。

金龙大王

金龙大王，即金龙四大王，是明清时期运河区域广泛崇拜的漕运守护神。相传其姓谢，名绪，宋朝时隐居于钱塘金龙山，宋朝灭亡后，投水而死。明初，因据传曾助明太祖朱元璋获得天下，被封为金龙四大王。作为运河区域的漕运信仰，金龙大王在明清时期影响力广泛，尤其受到漕运从业者的崇拜，以祈求航运顺利、平安。此神名见于《苏州府志》。

【申氏】

原文

泾河之侧，有士人子申氏者，家窭贫，竟日恒不举火。夫妻相对，无

○泾河之侧：泾水岸边。泾水，也称"泾河"，是渭河一级支流。　○窭（jù）贫：贫穷。

以为计。妻曰："无已，子其盗乎？"申曰："士人子，不能亢宗，而

○无已：不得已。《孟子·梁惠王》："是谋非吾所能及也，无已，则有一焉。"　○亢宗：庇护宗族，光宗耀祖。亢，庇护。

辱门户、羞先人，跖而生，不如夷而死！"妻忿曰："子欲活而恶

○跖（zhí）而生，不如夷而死：像盗跖那样劫掠而活，不如像伯夷那样高洁而死。跖，盗跖，传说为古时大盗。伯夷，商末孤竹君之子，与其弟叔齐，在历史上被推崇为高洁之士。

辱耶？世不田而食者，止两途。汝既不能盗，我无宁娼耳！"申

○不田而食：不种田而生活。

怒，与妻语相侵。妻含愤而眠。申念：为男子不能谋两餐，至使妻欲娼，固不如死！潜起，投缳庭树间。但见父来，惊曰："痴儿！何至于此！"断其绳，嘱曰："盗可以为，须择禾黍深处伏之。此行可富，无庸再矣。"妻闻堕地声，惊寤，呼夫不应，爇火觅

○爇（ruò）火：烧火，点火。

之，见树上缳绝，申死其下。大骇，抚捺之，移时而苏，扶卧床上，妻忿气少平。既明，托夫病，乞邻得稀酏饵申。申啜已，出

○稀酏（yí）：稀粥。

而去，至午，负一囊米至。妻问所从来，曰："余父执皆世家，向

○父执：父亲的朋友。世家：指门第高贵、世代为官的人家。

以摇尾为羞，故不屑以相求也。古人云：'不遭者可无不为。'今且

○以摇尾为羞：以摇尾乞食为羞。摇尾，摇尾而求食。

将作盗，何顾焉！可速炊，我将从卿言，往行劫。"妻疑其未忘前

○顾：顾忌，顾虑。

言之忿，含忍之。因淅米作糜。

○淅米作糜：淘米作粥。

译文

在泾河畔，有一户申姓人家，家境贫寒，时常整日无法生火煮饭。夫妻二人面面相觑，束手无策。妻子无奈道：“实在不行，你就去抢吧！”申氏摇头道：“我乃读书人之后，不能光耀门楣，岂能反而玷污家族、愧对先祖？与其像盗跖那般以抢劫为生，不如效仿伯夷，宁可饿死，也不失气节！”妻子听后怒道：“你既想活命又怕羞辱吗？这世上不靠耕种便能糊口的人，无非两条路可走。你既不愿去抢，我莫不如去当妓女！”申氏听后大怒，与妻子争执起来。妻子气愤之下，独自睡去。申氏心中暗自思量：我身为男子，竟连一日三餐都无法为妻子保障，害得她生出此等念头，真不如一死百了！于是，他悄悄起身，在院中树上用绳子打了个结，准备上吊自尽。就在这时，他仿佛看见父亲走来，惊呼道：“傻孩子！怎能走到这一步！”随即割断了绳子，叮嘱他说：“强盗并非不能做，但要选择庄稼茂盛之地藏身。你只需干这一次，便可富足起来，以后切不可再犯。”妻子在睡梦中听到异响，猛然惊醒，呼唤丈夫却无人应答。她起身点亮灯火寻找，发现树上的绳子已断，申氏倒在树下。妻子大惊失色，急忙抢救。片刻之后，申氏苏醒过来，妻子将他扶到床上躺下，心中的怨气也渐渐消散。次日清晨，妻子假称丈夫生病，向邻居讨了些稀粥给申氏喝。申氏饮罢，便出门而去。至中午时分，他扛着一袋米回来。妻子询问米从何来，申氏答道：“我父亲的朋友皆是世家大族，以往我羞于乞讨，故而不愿求助于他们。古人云：‘人穷则无所不为。’我已决心做强盗，又何须顾及廉耻！你快些做饭，我欲依你之言去打劫。”妻子疑心他仍未忘怀前事，故意说气话，便忍住没说话，出门淘米做饭去了。

原文

申饱食讫，急寻坚木，斧作梃，持之欲出。妻察其意似真，曳而止

○坚木：硬树枝，坚硬的木头。○斧：砍削。梃：木棒。

之。申曰：“子教我为，事败相累，当无悔！”绝裾而去。日暮，抵

○绝裾：扯断衣袖，表示决绝。绝，断。裾，衣袖。

邻村，违村里许伏焉。忽暴雨，上下淋湿。遥望浓树，将以投止。

○违：离，距。

而电光一照，已近村垣，远处似有行人。恐为所窥，见垣下禾黍蒙

○垣：矮墙。

密，疾趋而入，蹲避其中。无何，一男子来，躯甚壮伟，亦投禾中。申惧，不敢少动，幸男子斜行去。微窥之，入于垣中。默意垣内为富室亢氏第，此必梁上君子，俟其重获而出，当合有分。又念：其人雄健，倘善取不予，必至用武。自度力不敌，不如乘其无备而颠之。计已定，伏伺良专。直将鸡鸣，始越垣出。足未及地，申暴起，梃中腰膂，踣然倾跌，则一巨龟，喙张如盆。大惊，又连击之，遂毙。

○重获：捞到大笔财物。

○颠之：将其打倒。

○暴起：突然站起。

○腰膂（lǚ）：腰椎。膂，脊骨。

○喙（huì）：嘴。

译文

申氏匆匆吃完饭，急忙寻得一根坚实的木料，用斧头削制成一根棍棒，紧握在手便欲出门。妻子见状，知他似真要付诸行动，连忙拽住他，试图阻止。申氏坚决地说：“这是你提议的，倘若事败露牵连于你，切莫后悔！”说完，他毅然扯断衣襟，决然离去。时至黄昏，申氏抵达邻近村落，于一里开外处潜伏下来。不料，天空突降暴雨，他全身尽湿。远望前方，一片密林映入眼帘，他心生避雨之念。恰在此时，电光一闪，他发现自己已近村落矮墙，远处似乎还有行人踪迹。唯恐被人发觉，他见墙下有一片茂盛的庄稼地，便迅速钻入其中，蹲下身来躲藏。不久，一名男子走近，身材魁梧，亦钻入庄稼地中。申氏心中惊骇，不敢稍有动弹。幸而那男子斜向行走，并未发现他。申氏偷偷窥视，见那男子已进入院墙之内。他暗自思量，墙内乃是亢姓富翁之家，此男子必定是窃贼。若待其盗得财物出来，自己或许能分一杯羹。但又一转念，此人身材健硕，若好言索要不成，势必会动手。他自觉非此人对手，于是决定趁其不备，将其击倒。申氏打定主意，便俯卧墙下，耐心等待。直至近鸡鸣时分，那人才翻墙而出。其脚尚未落地，申氏便猛然跃起，挥棍击中其腰骨。那人应声倒地，竟是一只大乌龟，嘴巴张开如大盆。申氏大惊失色，又连挥数棍，将其打死。

原文

先是，亢翁有女，绝惠美，父母皆怜爱之。一夜，有丈夫入室，狎逼为欢。欲号，则舌已入口，昏不知人，听其所为而去。羞以告人，惟多集婢媪，严扃门户而已。夜既寝，更不知扉何自而开，入室，则群众皆迷，婢媪遍淫之。于是相告各骇，以告翁。翁戒家人操兵环绣闼，室中人烛而坐。约近夜半，内外人一时都瞑，忽若梦醒，见女白身卧，状类痴，良久始寤。翁甚恨之，而无如何。积数月，女柴瘠颇殆。每语人："有能驱遣者，谢金三百。"申平时亦悉闻之。是夜得龟，因悟祟翁女者，必是物也，遂叩门求赏。翁喜，延之上座，使人舁龟于庭，脔割之。留申过夜，其怪果绝，乃如数赠之，负金而归。

○扃（jiōng）：关，闭。

○绣闼：装饰华丽的门。这里指少女的卧室。

○白身：裸身。

○柴瘠：骨瘦如柴。

○祟：作祟，鬼神或妖物跟人为难。

○舁（yú）：抬。

○脔（luán）割：碎割。脔，肉块。

译文

原来，亢家有一位千金，贤良淑德，貌美如花，深得父母宠爱。有一名男子时常来骚扰她。所有人都很惊恐，随即向亢老头禀报了此事。亢老头听后大怒，立即命家丁手持兵器，严守小姐绣楼四周，屋内则点亮烛火，众人围坐守夜。不料，夜半时分，屋内屋外众人竟同时陷入沉睡，待醒来时，只见小姐赤裸躺在床上，神志恍惚，良久才恢复清醒。亢老头对此事深感愤怒，却又束手无策。数月后，女儿日渐消瘦，已至生命垂危。亢老头心急如焚，常对人言："若有谁能驱走此怪物，我愿以三百两银子作为酬谢。"申氏平日里也曾听闻亢老头悬赏驱怪之事。这夜，他打死大乌龟后，恍然大悟，断定祸害亢家小姐的定是此物。于是，他前往亢家敲门求赏。亢老头大喜过望，将他视为上宾，又命人将死乌龟抬至院中，一刀一刀地剁碎。亢老头挽留申氏在家中过夜，自那夜之后，妖怪果然再未出现。于是，他如约将赏金交予申氏。申氏扛着沉甸甸的银子，满心欢喜地回到了家中。

原文

妻以其隔宿不还，方切忧盼，见申入，急问之。申不言，以金置榻上。妻开视，几骇绝，曰："子真为盗耶！"申曰："汝逼我为此，又作是言！"妻泣曰："前特以相戏耳。今犯断头之罪，我不能受贼人累也！请先死！"乃奔。申逐出，笑曳而返之，具以实告，妻乃喜。自此谋生产，称素封焉。

○累：连累，拖累。

○谋生产：策划生活和积累。 ○素封：无官位而殷实的生活。

译文

妻子因申氏隔了两夜还未归，心中满是担忧与期盼。一见申氏踏入家门，便迫不及待地询问他去了哪里，经历了什么。申氏默不作声，只是将沉甸甸的银子放在床上。妻子打开一看，数目之大，几乎让她惊骇得晕眩过去，连忙问道："你真的去做强盗了吗！"申氏摇头道："是你逼我这么做的，现在还说这样的话！"妻子听后，泪水夺眶而出，哭诉道："我上次只是和你开个玩笑，没想到你真的会这么做。现在你犯了死罪，我可不能受你这个抢劫犯的牵连！让我先去死吧！"说完，她转身欲往外跑。申氏眼疾手快，一把拉住妻子，笑着将她拽回屋里。他将事情的来龙去脉一一向妻子说明，妻子听后，心中的忧虑和恐惧瞬间烟消云散，转而露出了欣喜的笑容。从此以后，申氏夫妻二人共同谋划生计，日子也渐渐富裕起来。

原文

异史氏曰：人不患贫，患无行耳。其行端者，虽饿不死，不为人怜，

○行：品行，道德。

亦有鬼祐也。世之贫者，利所在忘义，食所在忘耻，人且不敢以一文相托，而何以见谅于鬼神乎！

译文

异史氏有言：人之贫不足惧，唯德之不立乃可忧。那些品行端正、行为正直之人，纵使忍饥挨饿，亦不致死，即便人世不怜悯他，也会有鬼神护佑其身。反观世间某些贫者，见利则忘义，见食则弃耻，他人尚且不敢以一文钱相托，又何谈能得到鬼神之宽恕乎！

原文

邑有贫民某乙，残腊向尽，身无完衣。自念：何以卒岁？不敢与妻言，暗操白梃，出伏墓中，冀有孤身而过者，劫其所有。悬望甚苦，渺无人迹，而松风刺骨，不复可耐。意濒绝矣，忽一人伛偻来。心窃喜，持梃遽出。则一叟负囊道左，哀曰：“一身实无长物。家绝食，适于婿家乞得五升米耳。”乙夺米，复欲褫其絮袄。叟苦哀之。乙怜其老，释之，负米而归。妻诘其自，诡以“赌债”对。阴念此策良佳，次夜复往。居无几时，见一人荷梃来，亦投墓中，蹲居眺望，意似同道。乙乃逡巡自冢后出。其人惊问：“谁何？”答云：“行道者。”问：“何不行？”曰：“待君耳。”其人失笑，各以意会，并

○残腊向尽：指腊月（阴历十二月）底。

○何以卒岁：如何过年。《诗·豳风·七月》：“无衣无褐，何以卒岁？”何以，以何，凭借什么。

○白梃：特指作为兵器的大木棍。

○褫（chǐ）：夺。

道饥寒之苦。夜既深，无所猎获，乙欲归。其人曰：“子虽作此道，然犹雏也。前村有嫁女者，营办中夜，举家必殆。从我去，得当均之。”乙喜，从之。至一门，隔壁闻炊饼声，知未寝，伏伺之。无何，一人启关荷杖出行汲，二人乘间掩入。见灯辉北舍，他屋皆暗黑。闻一媪曰：“大姐，可向东舍一瞩，汝奁妆悉在椟中，忘扃鐍未也。”闻少女作娇惰声。二人窃喜，潜趋东舍，暗中摸索得卧椟，启覆探之，深不见底。其人谓乙曰：“入之！”乙果入，得一裹，传递而出。其人问：“尽矣乎？”曰：“尽矣。”又绐之曰：“再索之。”乃闭椟加锁而去。乙在其中，窘急无计。未几，灯火亮入，先照椟。闻媪云：“谁已扃矣。”于是母及女上榻息烛。乙急甚，乃作鼠啮物声。女曰：“椟中有鼠！”媪曰：“勿坏而衣。我疲顿已极，汝宜自觇之。”女振衣起，发扃启椟。乙突出，女惊仆。乙拔关奔去，虽无所得，而窃幸得免。嫁女家被盗，四方流播，或议乙。乙惧，东遁百里，为逆旅主人赁作佣。年余，浮言稍息，始取妻同居，不业白梃矣。此其自述，因类申氏，故附之。

○雏：幼稚。○中夜：半夜。○殆：疲惫。

○关：门闩。荷：肩扛。杖：此处指扁担，北方或称“钩担”。行汲：打水。○乘间掩入：乘机偷偷进入。间，空隙。

○椟：柜，木匣。

○扃鐍（jué）：锁，关。鐍，锁钥。○娇惰：娇媚慵懒。

○卧椟：一种平置床头的长方形衣柜，或称为“床头柜”。

○一裹：一个包裹。○绐（dài）：骗。

○而：尔，你。

○逆旅主人：旅店店主。○浮言：流言，传言。○取：娶取。

○业：从事。

译文

在县城之中，有一贫民名唤某乙，时至腊月尾声，其身上竟无一件完整衣物。他心中暗自思量：如此境况，何以度过年关？他不敢向妻子坦言困境，便悄悄携带一根白木棒，埋伏在墓地旁，期盼能有独行人路过，以便劫取财物。某乙苦等良久，却未见人影，松林间寒风凛冽，冻得他几乎无法承受。正当他心灰意冷之际，忽见一驼背老头缓缓走来。某乙心中窃喜，手持木棒猛地冲出。老头哀求道："我身上实在没有值钱之物。家中已断炊多日，我刚从女婿家讨来五升米。"某乙一把夺过米袋，又欲剥去老头身上的棉袄。老头苦苦哀求，某乙见他年迈可怜，便放他离去，自己背着米袋返回家中。妻子询问米袋来历，某乙谎称是别人偿还的"赌债"。他心中暗想，此法甚妙，于是次日夜晚，他又故技重施。不久，便见一人扛着木棍也走进墓地，蹲在那里向外张望。某乙心知此人与自己同行，便从墓后走出。那人惊慌地问道："你是什么人？"某乙答道："过路人。"那人又问："为何还不离去？"某乙笑道："等你呢！"两人相视而笑，都明白了对方的意图，并互诉饥寒之苦。夜深人静，两人却一无所获。某乙欲回家，那人却道："你虽干此行，却是个新手。前村有户人家嫁女，一直忙碌至半夜，全家必定疲惫不堪。你随我去，所得之物我们平分。"某乙欣然同意，随他前往。两人来到门前，隔着墙壁听到里面传来做烧饼的声音，便知这家人尚未入睡。于是，他们趴在墙外等待时机。不久，一人打开门出去打水，两人趁机溜了进去。只见北屋灯火通明，其他屋子已一片漆黑。只听一老妇人对另一女子说道："大姐，你去东屋看看，你的嫁妆都在柜子里，是否忘了上锁。"里面传来少女撒娇不肯去的声音。两人心中暗喜，悄悄来到东屋。在黑暗中摸索到一个柜子，打开柜盖一摸，深不见底。那人对某乙说："你进去！"某乙钻了进去，找到一个包裹送了出去。那人又问："还有没有？"某乙答道："没有了。"那人却对他说："再找找。"说完，便关上柜门加上锁逃走了。某乙被困柜中，窘迫万分却无法脱身。不久，有灯火照进屋里来，先照了照柜子。只听老妇人说："谁已经给锁上了？"于是母女二人上床吹灭了蜡烛。某乙焦急万分，便装出老鼠咬衣物的声音。少女说："柜子里有老鼠！"老妇人说："别让它把你的衣服咬坏了。我已经累得不行了，你自己起来去看看吧。"少女穿上衣服起床打开锁掀起柜盖。某乙猛地跳出来吓得少女倒在地上。某乙趁机打开门逃了出去。虽然一无所获但他暗自庆幸没有被人抓住。嫁女儿的人家被盗的消息很快传遍了四面八方。有人怀疑是某乙干的。某乙十分害怕便向东逃出了一百多里地，给一家旅店的主人当雇工。过了一年多人们的议论渐渐平息。某乙这才将妻子接出来住在一起，并发誓再也不干抢劫的勾当了。这个故事是某乙亲口讲述的，因为与申氏的故事相似，所以被附记在此。

【恒娘】

原文

洪大业，都中人。妻朱氏，姿致颇佳，两相爱悦。后洪纳婢宝带为妾，貌远逊朱，而洪嬖之。朱不平，辄以此反目。洪虽不敢公然宿妾所，然益嬖宝带，疏朱。后徙其居，与帛商狄姓者为邻。狄妻恒娘，先过院谒朱。恒娘三十许，姿仅中人，而言词轻倩。朱悦之。次日，答其拜，见其室亦有小妻，年二十以来，甚娟好。邻居几半年，并不闻其诟谇一语，而狄独钟爱恒娘，副室则虚员而已。朱一日见恒娘而问之曰："余向谓良人之爱妾，为其为妾也，每欲易妻之名呼作妾。今乃知不然。夫人何术？如可授，愿北面为弟子。"恒娘曰："嘻！子则自疏，而尤男子乎？朝夕而絮聒之，是为丛驱雀，其离滋甚耳！其归益纵之，即男子自来，勿纳也。一月后，当再为子谋之。"

○都：京都。

○姿：姿色，容貌。致：韵致，风韵。

○嬖（bì）：宠爱。

○反目：仇视，翻脸。

○轻倩：风雅敏捷，讨人欢心。倩，美好动人的情态。

○诟谇（suì）：辱骂。

○虚员：挂名。

○北面为弟子：以之为师。北面，向北朝拜之意。旧时臣见君，卑幼见尊长，均应向南面而坐的君长朝拜。

○尤：怪罪。

○絮聒：亦作"絮刮"，唠叨，吵闹。

○为丛驱雀：行为与愿望相反。

译文

洪大业乃京城之人，其妻朱氏，姿容端庄，举止得体，二人原本情深意笃。后洪大业纳婢女宝带为妾，宝带虽貌不及朱氏，却深得洪大业宠爱。朱氏心生愤懑，夫妻情谊因此破裂。洪大业虽不敢明目张胆宿于宝带之处，但对宝带之宠爱更甚，对朱氏则日渐疏远。后来，洪家迁居新宅，与布商狄家为邻。狄商的妻子叫恒娘，她先来到洪家拜访朱氏。恒娘年约三十，姿色仅是中等，言辞伶俐，令人悦耳。朱氏对她颇有好感。次日，朱氏前往狄家回访恒娘，见狄家亦有小妾，年方二十有余，容貌出众。

洪、狄两家比邻而居近半年，从未闻狄家有争吵之声，狄生独爱恒娘，小妾似若无物只是挂个名而已。一日，朱氏偶遇恒娘，感慨道："我原以为丈夫偏爱妾室，皆因妾室身份所致，故常思将妻位让与妾室。今日方知，并非如此。夫人有何妙法？若肯赐教，我愿拜您为师。"恒娘笑道："嘻嘻！实则是你自己将丈夫推远，岂能怪他？整日絮叨不休，犹如为林间驱雀，只会让他更加远离你！待他归来，你应更加放纵他，即便他主动亲近，你也不要轻易接纳。一月之后，我再为你出谋划策。"

原文

朱从其言，益饰宝带，使从丈夫寝。洪一饮食，亦使宝带共之。洪时一周旋朱，朱拒之益力，于是共称朱氏贤。如是月余，朱往见恒娘。恒娘喜曰："得之矣！子归毁若妆，勿华服，勿脂泽，垢面敝履，杂家人操作。一月后，可复来。"朱从之，衣敝补衣，故为不洁清，而纺绩外无他问。洪怜之，使宝带分其劳，朱不受，辄叱去之。

○若：你。

○垢面：脸不洗。垢，污。敝履：破鞋。

译文

朱氏遵循恒娘的指导，不仅为宝带精心装扮，还促成她与丈夫同寝。每当洪大业吃饭，必邀宝带相伴左右。洪大业偶尔欲与朱氏亲昵，朱氏却更加婉拒，因此，众人皆赞誉朱氏之贤淑。如此过了一个多月，朱氏再次拜访恒娘。恒娘欣喜地道："已初见成效！归家后，你便卸去妆容，换上朴素衣裳，不施粉黛，故意弄得头发散乱，穿着破旧鞋子，混入仆役之中劳作。再过一月，你可再来寻我。"朱氏再次依言而行，穿上满是补丁的旧衣，故意使自己显得邋遢不堪，除了纺纱织布外，对家中其他事务概不插手。洪大业见状心生怜悯，欲让宝带代她分担部分劳苦，朱氏却坚决拒绝，每次都严厉地将宝带斥退。

原文

如是者一月，又往见恒娘。恒娘曰：“孺子真可教也！后日为上巳节，欲招子踏春园。子当尽去敝衣，袍袴袜履，崭然一新，早过我。”朱曰：“诺！”至日，揽镜细匀铅黄，一一如恒娘教。妆竟，过恒娘。恒娘喜曰：“可矣！”又代挽凤髻，光可鉴影。袍袖不合时制，拆其线，更作之；谓其履样拙，更于笥中出业履，共成之，讫，即令易着。临别，饮以酒，嘱曰：“归去一见男子，即早闭户寝，渠来叩关，勿听也。三度呼，可一度纳。口索舌，手索足，皆吝之。半月后，当复来。”朱归，炫妆见洪。洪上下凝睇之，欢笑异于平时。朱少话游览，便支颐作惰态，日未昏，即起入房，阖扉眠矣。未几，洪果来款关，朱坚卧不起，洪始去。次夕复然。明日，洪让之。朱曰：“独眠习惯，不堪复扰。”日既西，洪入闺坐守之。灭烛登床，如调新妇，绸缪甚欢。更为次夜之约，朱不可长，与洪约，以三日为率。

○孺子真可教也：本指年轻人可以造就，此处称许朱氏能虚心接受指导。

○上巳节：三月初三。

○铅黄：铅粉与雌黄。古代妇女化妆用品。

○笥（sì）：竹制箱箧。业履：正在制作的鞋。业，从事。

○易着：换穿。易，更换。

○渠：他。叩关：敲门。关，门闩。

○支颐：手扶腮。颐，面颊，腮。

○款关：即叩关，敲门。

○率：标准，条例。

译文

如此又过一月，朱氏又来见恒娘。恒娘赞道：“真乃可造之材！后日便是上巳佳节，我要带你一同游园踏青。你需褪去所有旧衣，袍裤鞋袜皆需焕然一新，清晨来此寻我。”朱氏应道：“好。”至上巳节当日，朱氏对镜细妆，悉遵恒娘所教。妆成，来见恒娘。恒娘见到她，高兴地说道：“可以了！”又为她梳就凤髻，乌黑的头发油亮地可以照出人影。见朱氏袍袖不时兴，恒娘便拆线重缝；又觉其鞋样笨拙，便从箱中取出一双未竟之鞋，二人共制，成后令朱氏换上。出游回来临别时，恒娘设酒款待，叮嘱道："回家见一见丈夫，便早早关门就寝。他若来敲，勿轻易开门。敲三次，可开一次让他入内。他若欲亲昵于你，不要轻易答应。半月后再见。"朱氏归家，装扮艳丽去见洪大业。洪大业上下打量，笑语与往日不同。朱氏略谈春游之事，便以手托腮，作疲倦状。天色未暗，她便起身回房，关门就寝。不久，洪大业果来敲门，朱氏坚决不起，洪大业只得离去。次日晚上，情形依旧。至第三日，洪大业责怪朱氏不肯开门。朱氏道："我已习惯独寝，不堪他人打扰。"日暮时分，洪大业来到朱氏房中守候。于是，二人熄灯上床，犹如新婚之夜，缠绵悱恻，欢乐无比。洪大业欲与朱氏相约明日再会，朱氏不允，约他三日一来。

原文

半月许，复诣恒娘。恒娘阖门与语曰："从此可以擅专房矣。然子虽美，不媚也。子之姿，一媚可夺西施之宠，况下者乎！"于是试使睨，曰："非也！病在外眥。"试使笑，又曰："非也！病在左颐。"乃以秋波送娇，又辴然瓠犀微露，使朱效之，凡数十作，始略得其彷彿。恒娘曰："子归矣！揽镜而娴习之，术无余矣。至于床笫之间，随机而动之，因所好而投之，此非可以言传者也。"朱归，一如恒娘教。洪大悦，形神俱惑，唯恐见拒。日将暮，则相对调笑，跬步不离闺闼，日以为常，竟不能推之使去。朱益善遇宝带，每房中之宴，辄呼与共榻坐，而洪视宝带益丑，不终席，遣去之。朱赚夫入宝带

○擅专房：获得专宠。

○西施：古代美女。

○睨（nì）：斜着眼睛看。

○眥（zì）：眼，眼眶。

○辴（chǎn）然：笑的样子。瓠（hù）犀微露：形容笑得娇媚自然。

房，扃闭之，洪终夜无所沾染。于是宝带恨洪，对人辄怨谤。洪益厌怒之，渐施鞭楚。宝带忿，不自修，拖敝垢履，头类蓬葆，更不复可言人矣。

○敝垢履：又破又脏的鞋。敝，破败。

○蓬葆：蓬草和羽葆，比喻头发散乱。

译文

过了半个多月，朱氏再次拜访恒娘。恒娘掩上门扉，对朱氏轻声道："自此以后，你便能独享夫君之爱了。不过，你虽容貌出众，却欠缺了几分娇媚。以你的姿色，一旦增添娇媚，连西施亦不敢专宠，更何况那些不及西施之人呢！"于是，她让朱氏尝试抛送媚眼，观后评道："不对，问题出在外眼眶。"又让朱氏尝试微笑，再评道："不对，问题在左颊。"说完，恒娘亲自示范如何眼波流转，又展露皓齿微笑，让朱氏一一模仿。经过数十次练习，朱氏渐入佳境。恒娘满意地道："你且回家，对着镜子勤加练习，直至熟练，其余便无他法了。至于其他，需随机应变，投其所好，这些只可意会，不可言传。"朱氏归家后，一切皆遵恒娘所嘱。洪大业大喜过望，身心皆被朱氏所迷，唯恐被她拒绝。天色渐晚，两人相对调笑，竟半步不离闺房。日复一日，洪大业竟至推之不去的地步。自此，朱氏对宝带更为善待，每当在房中吃饭，必邀宝带同享。然而，洪大业却越看宝带越觉丑陋，不等吃完饭，便将她逐出门外。有时，朱氏甚至将洪大业骗至宝带房中，从外锁门。但洪大业竟整夜未碰宝带一下。宝带因此怨恨洪大业，时常对人怨言满腹。洪大业对她更加厌恶，渐渐地竟以鞭抽之。宝带心怀愤恨，从此不再注重打扮，衣衫褴褛，鞋履破旧，头发散乱如蓬草，更无半点吸引丈夫之处。

原文

恒娘一日谓朱曰："我术如何矣？"朱曰："道则至妙，然弟子能由之，而终不能知之也。纵之，何也？"曰："子不闻乎：人情厌故而喜新，重难而轻易。丈夫之爱妾，非必其美也，甘其所乍获，

○能由之，而终不能知之：《论语·泰伯》："子曰：民可使由之，不可使知之。"由，做。

○纵之：放任他。

而幸其所难遘也。纵而饱之，则珍错亦厌，况藜羹乎！”“毁之而复

○难遘：难以遇到。遘，遭遇。　○珍错：山珍海味。珍，山珍。错，海错。　○藜羹：野菜汤。藜，穷苦人家吃的野菜。

炫之，何也？”曰：“置不留目，则似久别；忽睹艳妆，则如新至。譬贫人骤得粱肉，则视脱粟非味矣。而又不易与之，则彼故而我新，彼易而我难，此即子易妻为妾之法也。”朱大悦，遂为闺中之密友。

○粱肉：精米肥肉。粱，细粮。　○脱粟：粗粮，糙米饭。

译文

一日，恒娘对朱氏问道：“我的驭夫之术，效果如何呢？”朱氏回道：“方法确是妙极，但我仅能依样画葫芦，其中奥妙却未曾领悟。起初放纵他，究竟是何用意？”恒娘解释道：“你不曾听闻：人心皆喜新厌旧，珍视难得之物，轻视易得之物。丈夫宠爱小妾，并非全然因其貌美，实则因新得之物觉其新鲜，又庆幸其难得。故意放纵他，使之满足，即便是山珍海味，亦有厌倦之时，何况寻常菜肴呢？”朱氏又问：“先令我卸妆，复又令我盛妆，此又是何意？”恒娘答道：“故意隐匿，不使人注目，便如久别重逢；忽然展现艳丽之妆，便如新人初至。此如贫家忽得珍馐，必觉粗茶淡饭索然无味。然后又不轻易给他，则彼为旧，我为新；彼易得，我难得。此即汝所言，将妻化为妾之法也。”朱氏听后，大喜过望，二人遂成闺中密友。

原文

积数年，忽谓朱曰：“我两人情若一体，自当不昧生平。向欲言而恐

○不昧：不隐瞒。昧，暗。

疑之也，行相别，敢以实告：妾乃狐也。幼遭继母之变，鬻妾都中。良人遇我厚，故不忍遽绝，恋恋以至于今。明日老父尸解，妾往

○良人：丈夫。

省觐，不复还矣。”朱把手唏嘘。早旦往视，则举家惶骇，恒娘已杳。

○省觐：拜见父母。

译文

数年之后，恒娘忽对朱氏说道：“你我二人情深意重，犹如一人，我自当坦诚相待，不隐身世。昔日欲言又止，恐你生疑，如今我即将离去，便将实情相告：我乃狐仙也。幼时遭继母虐待，被卖至京城。夫君待我甚厚，故不忍骤然别离，留恋至今。明日，我父将尸解成仙，我需要归家探望，此后恐不再返。”朱氏听后，紧握其手，泪如雨下。次日清晨，朱氏前往狄家探望，只见狄家上下惊恐万分，原来恒娘已然消失无踪。

原文

异史氏曰：买珠者不贵珠而贵椟。新旧难易之情，千古不能破其惑，而变憎为爱之术，遂得以行乎其间矣。古佞臣事君，勿令见人，勿使窥书。乃知容身固宠，皆有心传也。

○买珠者不贵珠而贵椟（dú）：即买椟还珠。谓迷惑于表面而去取失当。《韩非子·外储说》：“楚人有卖其珠于郑者：为木兰之椟，薰以桂椒，缀以珠玉，饰以玫瑰，辑以羽翠；郑人买其椟而还其珠。”

○心传：秘方，以心传心，悟解契合，递相授受。

译文

异史氏曰：买珠宝的人不认为珍宝珍贵，而是认为装珠宝的盒子珍贵。喜新厌旧、求难弃易，这些男女间的感情之事，自古以来就不能解释明白，因而那些化憎恶为喜爱的驭人之术，才得以在社会上流行。古代奸臣蒙蔽国君，不让他见到贤者，不让他读书明理。由此可知，为了巩固自身的权利和宠爱，这里面的方法都是一脉相传的。

【葛巾】

原文

常大用，洛人，癖好牡丹。闻曹州牡丹甲齐、鲁，心向往之。适以他事如曹，因假搢绅之园居焉。而时方二月，牡丹未华，惟徘徊园中，目注句萌，以望其拆。作《怀牡丹》诗百绝。未几，花渐含苞，而资斧将匮，寻典春衣，流连忘返。

○洛：洛阳的省称。自唐代以来，牡丹之盛，洛阳为最。

○曹州：州、府名。明改曹州为曹县，清雍正时复升为府。治所在今山东菏泽。甲：数第一。齐、鲁：均春秋时国名。在今山东省境内，故往往以“齐鲁”代称山东地区。

○搢（jìn）绅：原指插笏于绅，指有官职的或做过官的人。搢，插。绅，古代仕宦者和儒者围于腰际的大带。

○华：同“花”，开花。

○句萌：草木的幼芽。弯的叫“句”，直的叫“萌”。句，同“勾”。

○拆：开。指花开。

○百绝：百首绝句。绝，诗体的一种，四句，分五言绝句和七言绝句。

○资斧将匮：盘缠将尽。资斧，路费。匮，缺乏。

○典：典当。

译文

常大用，籍贯洛阳，喜爱牡丹近乎痴迷。闻听曹州牡丹之美，冠绝齐鲁之地，心生无限向往。恰逢有事需赴曹州，他便借机栖身于当地一位士绅的园中。时值二月，牡丹尚未开花，他只得在园中踱步，目光紧锁于枝头初生的嫩芽，满心期盼着花蕾的绚烂绽放。在此期间，他挥毫泼墨，创作了《怀牡丹》绝句百首。没过多久，牡丹逐渐长出花苞，而他的盘缠亦将耗尽，于是典当春日的衣裳，只为能在此地多留片刻，沉醉于牡丹之韵。

原文

一日，凌晨趋花所，则一女郎及老妪在焉。疑是贵家宅眷，亦遂遄返。暮而往，又见之，从容避去。微窥之，宫妆艳绝。眩迷之中，忽转一想：此必仙人，世上岂有此女子乎！急返身而搜之，骤过假山，适与妪遇。女郎方坐石上，相顾失惊。妪以身幛女，叱

○遄（chuán）：快，迅速。

○宫妆：皇宫里的打扮。

○眩迷：眼力发花，视物不明。

○幛：遮。

曰：“狂生何为！”生长跪曰：“娘子必是神仙！”妪咄之曰：“如此妄言，自当絷送令尹！”生大惧。女郎微笑曰：“去之！”过山而去。生返，不能徙步，意女郎归告父兄，必有诟辱之来。偃卧空斋，自悔孟浪。窃幸女郎无怒容，或当不复置念。悔惧交集，终夜而病。日已向辰，喜无问罪之师，心渐宁帖。而回忆声容，转惧为想。如是三日，憔悴欲死。秉烛夜分，仆已熟眠，妪入，持瓯而进曰：“吾家葛巾娘子，手合鸩汤，其速饮！”生闻而骇，既而曰：“仆与娘子，夙无怨嫌，何至赐死？既为娘子手调，与其相思而病，不如仰药而死！”遂引而尽之。妪笑，接瓯而去。生觉药气香冷，似非毒者。俄觉肺鬲宽舒，头颅清爽，酣然睡去，既醒，红日满窗。试起，病若失，心益信其为仙。无可夤缘，但于无人时，彷佛其立处、坐处，虔拜而默祷之。

○令尹：泛称县、府等地方行政长官。原为春秋战国时楚国执政官名，相当于宰相。

○徙步：移步，行走。

○偃卧：仰卧，睡卧。

○孟浪：卤莽，冒失。

○辰：辰时。上午7点到9点。

○问罪之师：讨伐犯罪者的军队。

○宁帖：宁静，安心。

○瓯：瓦制小盆。

○手合鸩（zhèn）汤：亲手调和的毒药。鸩，传说中的一种毒鸟，羽毛浸酒，饮之即死。

○仰药：服毒，仰首饮药。

○鬲：膈。

○夤（yín）缘：拉拢关系，攀附。

译文

一日拂晓，常大用来到花圃，忽见一女子与老妪立于其间。疑是富贵人家眷属，匆忙转身离去。至黄昏再访，又见二人，便悄悄隐于一旁窥视。那女子身着华服，美貌绝伦，令他目眩神迷。恍惚间，他忽生一念：此女必是仙子，凡尘岂有如此佳人！于是急忙回身寻觅，刚绕过假山，便与老妇人相遇。女子正坐在石上，见他突现，花容失色。老妪以身护女，厉声喝道：“狂徒意欲何为！”常大用挺身跪倒，言道：“娘子定是神仙中人！”老妇人怒斥道：“如此胡说八道，应该把你绑送官府。”常大用惊恐万分。女子却微笑道：“且放他去吧。”说完，绕假山而去。常大用归时，步履蹒跚，心忧女子归家后若告知父兄，必遭辱骂。他独卧空斋，悔恨自己唐突佳人，又暗自侥幸女子并未恼怒，或许并不介意此事。悔恨与恐惧交织，一夜之间竟病倒床榻。天亮后，幸而无人来问罪，他心中稍安。然而回忆起女子面容笑声，恐惧又渐转为思念。如此三日，他憔悴不堪，几近垂危。一夜，灯火未熄，仆人已熟睡，那个老妇人悄然而入，手端一碗，近前言道：“我家葛巾娘子亲手调制毒药一碗，速速饮下！”常大用听后大惊，片刻后言道：“我与娘子无冤无仇，何故赐我一死？既是娘子亲手调制，与其相思成疾，不如服毒而亡！”说完，一饮而尽。老妇人笑着接过碗离去。常大用觉药气香冷，不似毒药。过了一会，只觉肺腑舒畅，头脑清醒，安然入睡。一觉醒来，已是阳光明媚。他试坐起身，病似已愈，心中更信女子为神仙。因无缘亲近，常大用只得在无人时，想象女子或立或坐之姿，虔诚跪拜，默默祈愿。

原文

一日，行去，忽于深树内，觌面遇女郎，幸无他人。大喜，投地。女郎近曳之，忽闻异香竟体，即以手握玉腕而起，指肤软腻，使人骨节欲酥。正欲有言，老妪忽至。女令隐身石后，南指曰：“夜以花梯度墙，四面红窗者，即妾居也。”匆匆遂去。生怅然，魂魄飞散，莫能知其所往。至夜，移梯登南垣，则垣下已有梯在，喜而下，果见红窗。室中闻敲棋声，伫立不敢复前，姑逾垣归。少间，再过之，子声犹繁。渐近窥之，则女郎与一素衣美人相对着，老妪亦在坐，一婢侍焉。又返。凡三往复，三漏已催。生伏梯上，闻妪出云：“梯也，谁置此？”呼婢共移去之。生登垣，欲下无阶，恨悒而返。

○觌（dí）面：见面。

○投地：伏地。指行拜见大礼。

○竟：整个，全。

○对着（zhāo）：对弈。着，下棋落子叫“着”。

○三漏已催：已至三更。催，谓时间催人。

○恨悒：闷闷不乐。

译文

一日，常大用漫步至花园之中，不料于密林深处与那女子不期而遇，所幸周遭并无他人。他心中大喜，不由自主地跪倒在地。葛巾上前，将他轻轻扶起，常大用忽嗅到她身上散发出一股奇异芳香，不由自主地伸手握住葛巾洁白柔嫩的手腕，借力站起。指尖触碰到她的肌肤，只觉细腻柔滑，令人骨酥神迷。他正欲开口，不料老妇人突然出现。葛巾急忙示意他藏于石后，并向南一指，轻声说道：“今夜你可借花梯翻越墙头，那四面皆是红窗之处，便是我居所。”说完，便匆匆离去。常大用心中怅然若失，仿佛魂魄离体，不知所措。至夜深人静之时，他搬来梯子，攀上南墙。只见墙那边已备好梯子，他心中狂喜，顺梯而下。果然，一座四面红窗户的屋子映入眼帘。屋内传来下棋之声，他驻足片刻，却不敢上前，只得翻墙而归。片刻之后，他又翻墙而去，下棋声依旧清晰可闻。他悄悄靠近，只见葛巾与一位身着素衣的女郎对坐下棋，老妇人也坐在一旁，另有一名丫环侍立。他又悄悄返回墙这边。如此往返三次，已至三更时分。常大用伏在梯子上，忽听老妇人走出屋门，问道：“这梯子是谁放在这里的？”随即唤来丫环，一同将梯子挪走。常大用见状，欲下墙却无梯可依，只得闷闷不乐地返回。

原文

次夕复往，梯先设矣。幸寂无人，入，则女郎，兀坐，若有思者。

○兀坐：独自端坐。

见生惊起，斜立含羞。生揖曰：“自谓福薄，恐于，天人无分，亦有，

○天人：仙人，对美丽妇女的美称。无分：没有缘分。

今夕耶！”遂狎抱之。纤腰盈掬，吹气如兰。撑拒曰：“何遽尔！”生

○今夕：今晚，今生。《越人歌》：“今夕何夕兮，搴中洲流。今日何日兮，得与王子同舟。”

曰：“，好事多磨，迟为鬼妒。”言未及已，遥闻人语。女急曰：“玉版

○好事多磨：幸福的事情多曲折。此指男女相爱，多经波折。金董解元《西厢记》：“真所谓佳期难得，好事多磨。”

妹子来矣！君可姑伏床下。”生从之。无何，一女子入，笑曰：“败军之将，尚可复言战否？业已烹茗，敢邀为长夜之欢。”女郎辞以困惰。玉版固请之，女郎坚坐不行。玉版曰：“如此恋恋，岂藏有男子在室

耶？”强拉之，出门而去。生膝行而出，恨绝，遂搜枕簟，冀一得其遗物。而室内并无香奁，只床头有，水精如意，上结紫巾，芳洁可爱。怀之，越垣归。自理衿袖，体香犹凝，倾慕益切。然因伏床之恐，遂有，怀刑之惧，筹思不敢复往，但珍藏如意，以冀其寻。

○簟：竹席。

○水精：水晶。如意：器物名。头部作灵芝或云朵形，柄微曲，旧时把它当作供玩赏的吉祥器物。

○怀刑之惧：害怕受到惩罚，怀刑畏法。《论语·里仁》："君子怀刑。"朱熹注："怀，思念也。怀刑，谓畏法。"

译文

次日夜晚，常大用再次前往，只见梯子已预先架好。四周静谧无人，他悄然入室，只见葛巾独坐，神情若有所思。一见常大用，她惊惶起身，侧转身躯，满面娇羞。常大用施礼道："我自知福薄，恐仙凡无缘，未料今夜竟能得此相遇！"说完，便欲亲昵地拥抱葛巾。只觉她腰肢纤细，仿佛一手可握，口中吐气如兰，芬芳扑鼻。葛巾推拒道："何故如此急切！"常大用言道："好事多磨，迟恐鬼神嫉妒。"话未说完，忽闻远处传来人声。葛巾急忙说道："玉版妹妹来了！你快躲到床下。"常大用慌忙钻入床底。不久，只听一女子进门，笑道："手下败将，还敢再与我弈一局吗？我已煮好香茗，特来邀你共度长夜。"葛巾推辞称倦，玉版却坚请不已，葛巾坚坐不动。玉版笑道："你如此依依不舍，莫非屋内藏有男子？"说罢，强行将她拉出门去。常大用从床底爬出，心中怨恨，便搜寻葛巾的枕席，希望能找到她遗落之物。然而屋内并无梳妆盒，只在床头发现一柄水晶如意，上面搭着一条紫色毛巾，芬芳洁净，煞是可爱。他便将如意揣入怀中，翻墙而回。整理衣衫时，他仍觉葛巾之香气萦绕，心中更加倾慕。然而，因有钻床底之惧，又生怕此事败露，招致官府查办，故反复思量，不敢再去。只将如意珍藏，心中期盼葛巾能来寻回。

原文

隔夕，女郎果至，笑曰："妾向以君为君子也，而不知寇盗也。"生曰："良有之！所以偶不君子者，第望其如意耳。"乃揽体入怀，代解裙结。玉肌乍露，热香四流，偎抱之间，觉鼻息汗熏，无气不

○第：只。如意：承意，顺遂如愿。这里语意双关。

馥。因曰："仆固意卿为仙人，今益知不妄。幸蒙垂盼，缘在三
○馥：香。 ○仆：我。

生。但恐杜兰香之下嫁，终成离恨耳。"女笑曰："君虑亦过。妾
○"但恐"二句：意为担心姻缘不能长久。

不过离魂之倩女，偶为情动耳。此事要宜慎秘，恐是非之口，捏
○离魂之倩女：指钟情的人间少女。故事见唐陈玄祐《离魂记》。

造黑白，君不能生翼，妾不能乘风，则祸离更惨于好别矣。"生然之，而终疑为仙，固诘姓氏。女曰："既以妾为仙，仙人何必以姓名传？"问："妪何人？"曰："此桑姥。妾少时受其露覆，故不
○露覆：庇覆，庇护。

与婢辈同。"遂起，欲去，曰："妾处耳目多，不可久羁，蹈隙当复
○羁：留。 ○蹈隙：乘机，抽空。

来。"临别，索如意，曰："此非妾物，乃玉版所遗。"问："玉版为谁？"曰："妾叔妹也，"付钩乃去。
○钩：如意钩。指水精如意。

译文

隔了一夜，葛巾果然来了，笑靥如花，言道："我本以为你是位君子，未料竟也有做盗贼之时。"常大用坦然笑道："确有此事！我此番偶为窃贼，只为求你我皆能如意。"说完，便将葛巾拥入怀中，轻解其裙带。只见肌肤胜雪，温润香气扑鼻，相拥之间，只觉她的气息汗味，无不芳香袭人。常大用感慨道："我原猜你是仙女，如今更确信无疑。能得你垂青，实乃三生有幸。只恐仙女下凡，终难逃离别之苦。"葛巾笑道："你无须过虑。我不过是离魂之倩女，偶为情动。此事需慎密，恐有是非之人颠倒黑白，你不能长翅膀我不能乘云驾雾，令你无法脱身，我亦难以遁形。到那时，因祸分离，岂不比好聚好散更为凄惨？"常大用点头应允，但心中仍存疑虑，再三追问其姓氏。葛巾言道："你既视我为仙，仙人又何必告知姓名？"常大用又问及老妇人身份，葛巾答道："她是桑姥姥，我幼时受她抚育，故待她不同于寻常丫环。"说完，起身欲行，言道："我处人多眼杂，不能久留，有空自会再来。"临别之际，她向常大用索回如意，言道："此物非我所有，乃玉

版遗落。”常大用问：“玉版何人？”葛巾答道：“是我堂妹。”常大用将如意交还葛巾，她便飘然而去。

原文

去后，衾枕皆染异香。由此三两夜辄一至。生惑之，不复思归，而囊橐既空，欲货马。女知之，曰：“君以妾故，泻囊质衣，情所不忍。又去代步，千余里将何以归？妾有私蓄，聊可助装。”生辞曰：“感卿情好，抚臆誓肌，不足论报。而又贪鄙，以耗卿财，何以为人矣！”女固强之，曰：“姑假君。”遂捉生臂，至一桑树下，指一石，曰：“转之！”生从之。又拔头上簪，刺土数十下，又曰：“爬之。”生又从之，则瓮口已见。女探入，出白镪近五十两许。生把臂止之，不听，又出十余铤，生强反其半而后掩之。一夕，谓生曰：“近日微有浮言，势不可长，此不可不预谋也。”生惊曰：“且为奈何！小生素迂谨，今为卿故，如寡妇之失守，不复能自主矣。一惟卿命，刀锯斧钺，亦所不遑顾耳！”女谋偕亡，命生先归，约会于洛。生治任旋里，拟先归而后逆之，比至，则女郎车适已至门。登堂朝家人，四邻惊贺，而并不知其窃而逃也。生窃

- ○装：行装。
- ○抚臆誓肌：竭诚图报。南朝齐谢朓《辞随王子隆笺》：“抚臆论报，早誓肌骨。”抚臆，抚胸。誓肌，誓死。
- ○贪鄙：贪婪卑鄙。
- ○假：借。
- ○爬：扒开，发掘。
- ○白镪：白银。
- ○铤：量词，常以计块状物。
- ○失守：丧失操守。
- ○治任旋里：整治行李回到家乡。
- ○逆：迎。

自危，女殊坦然，谓生曰："无论千里外非逻察所及，即或知之，

○逻察：巡逻侦察。

妾世家女，卓王孙当无如长卿何也。"

○世家：世代显贵之家族。 ○卓王孙：卓文君的父亲。长卿：司马相如字长卿。这里以此故事取譬，言一般市井小民对于自己与常大用的婚姻不会产生影响。

译文

葛巾离去后，被褥枕间犹存异香。自此，每隔三两夜，葛巾便悄然而至。常大用沉醉于葛巾之情，渐无归意，然而钱袋已空，遂萌生卖马之念。葛巾得知，说："君为我散尽钱财，衣物亦已典当，我心实不忍。现在你又要卖马，一千多里的回乡之路将要怎么回去？我略有积蓄，可助君度日。"常大用婉拒道："你的深情厚意，我感激不尽，纵使扪心自问，亦难以回报你。若再贪婪卑鄙，消耗你的钱财，我何以为人？"葛巾坚持道："权当是借给你吧。"说完，挽常生臂，到一桑树下，指一石说："移开！"常大用依言而行。葛巾又拔头上簪，刺土数十下，又说："掘开！"常大用再依言掘土，见到一瓮口。葛巾伸手入瓮，取出白银五十余两。常大用拽其臂阻拦，葛巾不顾，又取银锭十余，常大用强令其放回半数，复掩土。有一天晚上，葛巾对常大用说："近日略微有谣言传出，我们不能长此以往，不得不从长计议。"常大用惊曰："当如何是好？我素来迂腐拘谨，现在为了你，如寡妇失去贞操，不能自主。一切听从你的安排，纵使刀锯斧钺加劲，亦无暇顾及！"葛巾谋逃亡之计，令常大用先归，约于洛阳相会。常大用收拾行装返家，欲先至家再接葛巾，未料一到家，葛巾之车亦恰至门前。二人遂登堂拜见家人，邻里闻常大用带回新妇，皆惊奇来贺，却不知其二人乃私逃而归。常大用心中惶恐，葛巾却坦然自若，谓之曰："且不说千里之外难以追查，即便被人知晓，我乃官宦大户之女，犹如当年卓王孙对司马相如无可奈何一般，君可放心。"

原文

生弟大器，年十七，女顾之曰："是有惠根，前程尤胜于君。"完婚

○惠根：佛家语。指前世就有的通达道理、成就功德的根性。惠，通"慧"。

有期，妻忽夭殒。女曰："妾妹玉版，君固尝窥见之，貌颇不恶，

○有期：指已约定好日期。

年亦相若，作夫妇可称嘉偶。"生闻之而笑，戏请作伐。女曰："必

○伐：指代媒人。

欲致之，即亦非难。”喜问：“何术？”曰：“妹与妾最相善。两马驾轻车，费一妪之往返耳。”生惧前情俱发，不敢从其谋，女固言：“不害。”即命车，遣桑媪去。数日，至曹，将近里门，媪下车，使御者止而候于途，乘夜入里。良久，偕女子来，登车遂发。昏暮即宿车中，五更复行。女郎计其时日，使大器盛服而逆之，五十里许，乃相遇，御轮而归。鼓吹花烛，起拜成礼。由此兄弟皆得美妇，而家又日以富。

○御轮而归：迎娶回来。御轮，古代婚礼亲迎之礼。

译文

常大用有一弟名唤常大器，年仅十七，葛巾见之，对常大用言道：“此子颇具慧根，其前程恐将超越于你。”及至大器婚期将近，其未婚妻却不幸夭亡。葛巾遂言：“我堂妹玉版，你曾窥见其貌，不丑且年岁相当，二人结为夫妻，实乃天作之合。”常大用闻之而笑，戏言欲请葛巾为媒。葛巾言道：“若真欲邀其前来，亦非难事。”常大用欣然问计，葛巾答道：“吾妹与我最为亲近。只需两匹马拉一小车，遣一老妇往返即可。”常大用恐此事牵连他们私奔之秘，不敢应允葛巾之计。葛巾坚持道：“无妨。”遂驾车遣桑姥姥前往。数日之后，车至曹州，桑姥姥于里口下车，令车夫路旁等候，自己则趁夜色潜入花园。良久，她携一女子归来，上车启程。二人夜间宿于车中，五更时再行赶路。葛巾估算时间，令大器着礼服前去迎接，行五十余里方得相遇，大器遂行亲迎之礼。家中鼓乐齐鸣，花烛高照，新郎新娘拜堂成亲。自此，常家兄弟皆娶得美貌贤妻，家境亦日益富裕。

原文

一日，有大寇数十骑，突入第。生知有变，举家登楼。寇入，围楼。

生俯问："有仇否？"答言："无仇。但有两事相求：一则闻两夫人世间所无，请赐一见；一则五十八人，各乞金五百。"聚薪楼下，为纵火计以胁之。生允其索金之请，寇不满志，欲焚楼，家人大恐。女欲与玉版下楼，止之不听。炫妆而下，阶未尽者三级，谓寇曰："我

○三级：三个台阶。

姊妹皆仙媛，暂时一履尘世，何畏寇盗！欲赐汝万金，恐汝不敢受

○仙媛：仙女。媛，美女，淑女。

也。"寇众一齐仰拜，喏声"不敢"。姊妹欲退，一寇曰："此诈也！"女闻之，反身伫立，曰："意欲何作，便早图之，尚未晚也。"诸寇相顾，默无一言，姊妹从容上楼而去。寇仰望无迹，哄然始散。

译文

一日，数十名骑马强盗猝然闯入常宅。常大用察觉事态不妙，急令全家上楼避难。强盗们闯入院中，将楼房团团围住。常大用俯身询问道："我等与诸位可有仇怨？"强盗答道："并无仇怨。只是有两事相求：一是闻听两位夫人乃人间绝色，欲求一睹芳容；二是我等兄弟五十八人，望每人能得赐五百两银子。"说完，强盗们在楼下堆起柴火，以烧楼相逼。常大用无奈应允其财物要求，然强盗们仍不满足，执意烧楼，家中众人惶恐不安。葛巾与玉版决意下楼应对，众人劝阻无效。二人浓妆艳抹，款步下楼，行至离地三级台阶处站定，对强盗们言道："我等姐妹皆为仙女，暂降凡尘，岂会惧怕尔等强盗！本想赐你等白银万两，只怕你等不敢接受。"强盗们纷纷仰头跪拜，齐声呼道："不敢。"姐妹二人欲转身离去，忽有一强盗喊道："此乃诡计！"葛巾听后，转身站定，言道："你等欲何为，速速决断，尚不为晚。"众强盗面面相觑，哑口无言。姐妹二人从容登楼而去，强盗们仰头凝望，直至不见踪影，方才一哄而散。

原文

后二年，姊妹各举一子，始渐自言：“魏姓，母封曹国夫人。”生疑曹无魏姓世家，又且大姓失女，何得一置不问？未敢穷诘，而心窃怪之。遂托故复诣曹，入境谘访，世族并无魏姓。于是仍假馆旧主人。忽见壁上有赠曹国夫人诗，颇涉骇异，因诘主人。主人笑，即请往观曹夫人，至则牡丹一本，高与檐等。问所由名，则以此花为曹第一，故同人戏封之。问其何种，曰：“葛巾紫也。”心益骇，遂疑女为花妖。既归，不敢质言，但述赠夫人诗以觇之。女蹙然变色，遽出，呼玉版抱儿至，谓生曰：“三年前，感君见思，遂呈身相报。今见猜疑，何可复聚！”因与玉版皆举儿遥掷之，儿堕地并没。生方惊顾，则二女俱渺矣。悔恨不已。后数日，堕儿处生牡丹二株，一夜径尺，当年而花，一紫一白，朵大如盘，较寻常之葛巾、玉版，瓣尤繁碎。数年，茂荫成丛，移分他所，更变异种，莫能识其名。自此牡丹之盛，洛下无双焉。

○魏姓：隐指牡丹葛巾出于魏家。宋欧阳修《洛阳牡丹记》：“魏家花者，千叶肉红，花出魏相仁浦家。”明王象晋《二如堂群芳谱》谓出于魏仁溥家。

○谘（zī）访：打听。

○本：量词，株，棵。

○葛巾紫：牡丹名贵品种之一。花丹紫色，花若紫云，瓣尤繁碎，朵大如盘，楼子台阁型。

○玉版：牡丹名贵品种之一。单叶细长，白如玉版。见宋欧阳修《洛阳牡丹记》。

译文

两年后，姐妹俩各自诞下一子，方渐渐透露：“我们姓魏，母亲被封为曹国夫人。”常大用心中生疑，曹州并无魏姓世家，且大家族若失两女，怎会置之不理？他虽不敢直问，但心中暗自诧异。于是，他寻机再赴曹州，遍访境内世家，却发现并无魏姓。无奈之下，他再次借宿于昔日花园。一日，他偶见墙上一首《赠曹国夫人》诗，内容颇为诡异，便向主人探问。主人笑而不语，只邀他观赏曹国夫人。及至面前，却只见一株牡丹，高耸至檐。常大用询问其名由来，方知此牡丹在曹州名列榜首，故友人戏封其为曹国夫人。他再问其品种，主人笑道："这是葛巾紫。"常大用心中惊骇更甚，疑心葛巾姐妹或为花妖。返洛阳后，他不敢直面质问，只以《赠曹国夫人》诗试探。葛巾闻诗，眉头紧锁，面色骤变，匆匆出门，唤玉版抱子至常大用面前，言道："三年前，我被你深情所动，方化人形，以身相许。如今你既生疑，又怎能共处？"说完，她与玉版共举子远掷，子落地即消失。常大用惊骇回首，二女亦已无踪。他悔恨不已，数日后，子落之地长出两株牡丹，一夜之间便长至一尺，当年即开花。一株紫花，一株白花，花朵如盘，与寻常葛巾、玉版相比，花瓣更为繁复。数年后，两株牡丹枝繁叶茂，形成花丛，移植他处则变种，无人知其名。自此，洛阳牡丹名扬天下，位列第一。

原文

异史氏曰：怀之专一，鬼神可通，偏反者亦不可谓无情也。

○怀：心怀，爱恋。
○偏反者：原指唐棣花，这里指葛巾。

少府寂寞，以花当夫人，况真能解语，何必力穷其原哉？惜常生之未达也！

○少府寂寞：唐代诗人白居易在盩厔县做县尉时，作《戏题新栽蔷薇诗》："少府无妻春寂寞，花开将尔当夫人。"少府，唐代县尉的别称。
○解语：指葛巾能善解人意。
○达：通达。

译文

异史氏曰：心志专一之人，能与鬼神相通，如此观之，葛巾之情亦不可谓无。昔白居易孤寂之时，尚以花喻夫人，何况那牡丹真能解人意，愿为人妻，又何必非要深究其本源呢？可惜常大用未能豁达至此！

【冯木匠】

原文

○故藩邸：指明藩王宫邸。明英宗次子德庄王朱见潾，"初国德州，改济南"（见《明史》卷一百十九、《历乘》卷五）。这里的"藩邸"，当指朱见潾在济南的王邸。部院衙署：即巡抚衙门。

抚军周有德，改创故藩邸为部院衙署。时方鸠工，有木作匠冯明寰直宿其中。夜方就寝，忽见纹窗半开，月明如昼。遥望短垣上，立一红鸡，注目间，鸡已飞抢至地。俄一少女露半身来相窥。冯疑为同辈所私，静听之，众已熟眠。私心怔忡，窃望其误投也。少间，女果越窗过，径已入怀。冯喜，默不一言，欢毕，女亦遂去。自此夜夜至。初犹自隐，后遂明告。女曰："我非误就，敬相投耳。"两人情日密。既而工满，冯欲归，女已候于旷野。冯所居村，离郡固不甚远，女遂从去。既入室，家人皆莫之睹，冯始知其非人。迨数月，精神渐减，心益惧，延师镇驱，卒无少验。一夜，女艳妆来，向冯曰："世缘俱有定数，当来推不去，当去亦挽不住。今与子别矣。"遂去。

○抚军：清巡抚的别称。

○鸠工：聚集工匠。

○直：值班，当值。

○飞抢至地：飞掠至地。抢，触，撞。《庄子·逍遥游》："决起而飞，抢榆枋。"

○怔忡：心脏跳动剧烈。

○郡：郡城。指济南府城。

○师：巫师，法师。

○卒无：终于没有，最终没有。

○世缘：人间的因缘。此处指夫妻缘分。

译文

山东巡抚周有德将前明藩王的宫殿改造为巡抚衙门，彼时正招募工匠修缮，其中有一木匠名唤冯明寰，在衙门内值宿。一日夜晚，冯明寰刚要睡下，忽见花纹格窗半开，月光皎洁如昼。他遥望而去，只见短墙之上立有一红鸡，正凝神注视，转瞬之间，红鸡已飞落地面。一会后，一少女自窗外探入半身，向屋内窥视。冯木匠初以为此乃同伴的女友，遂静默倾听，却闻同伴已沉睡。他心中悸动，暗自期盼少女能误入其室。过了一会，少女果真跃窗而入，直扑其怀。冯木匠大喜过望，默不作声。自此以后，少女每晚必至。初时，冯木匠尚有所顾忌而隐瞒，后终向少女说明情况。少女言道："我非误入君室，实则心甘情愿来找你。"二人情感日渐深厚。不久，工期届满，冯木匠想回家，少女已在旷野等候。冯木匠所居之村离府城不远，少女便随他一同回去。少女入室，冯木匠家人都看不见，他才知道此女非人。又过数月，冯木匠精神日渐萎靡，心中愈发恐惧，遂请法师驱邪，然毫无效果。一夜，少女浓妆而来，对冯木匠言道："世间缘分皆有定数，该来者推之不去，该去者留之不住。今夜，我特来与君告别。"说完，便转身离去。

【黄英】

原文

马子才，顺天人。世好菊，至才尤甚，闻有佳种，必购之，千里不惮。一日，有金陵客寓其家，自言其中表亲有一二种，为北方所无。马欣动，即刻治装，从客至金陵。客多方为之营求，得两芽，裹藏如宝。归至中途，遇一少年，跨蹇从油碧车，丰姿洒落。渐近与语，少年自言"陶姓"，谈言骚雅。因问马所自来，实告之。少年曰："种无不佳，培溉在人。"因与论艺菊之法，马大悦，问："将何往？"答云："姊厌金陵，欲卜居于河朔耳。"马欣然曰："仆虽固贫，茅庐可以寄榻。不嫌荒陋，无烦他适。"陶趋车前，向姊咨禀。车中人推帘语，乃二十许绝世美人也。顾弟言："屋不厌卑，而院宜得广。"马代诺之，遂与俱归。

- 顺天：顺天府，明清时期指北京地区。
- 惮：怕。
- 金陵：南京。
- 中表亲：古代称父系血统的亲戚为"内"，称父系血统之外的亲戚为"外"（如："外父"即为岳父，"外甥"即为姊妹之子）。外为表，内为中，合而称之"中表"。
- 洒落：潇洒飘逸。
- 跨蹇从油碧车：骑着驴跟随在油碧车后面。蹇，驴子。油碧车，也作"油壁车"，因车壁以油涂饰，故名。古时妇女所乘之车。
- 谈言骚雅：说话文雅，有文学意味。
- 艺菊：种植菊花。艺，种植，栽培。
- 河朔：黄河以北地区。
- 咨禀：商量，禀告。

译文

马子才，顺天人士，其家族世代钟情于菊花，而马子才对此尤为痴迷。每闻有珍稀品种，必设法购得，纵使千里迢迢，亦不辞劳苦。一日，有金陵客至其家，言及中表亲宅中藏有北方罕见之菊种一两。马子才闻之，心驰神往，遂即收拾行囊，随客同赴金陵。客人多方奔走，终为其觅得菊芽两株。马子才视若珍宝，小心包裹后，急欲归家。行至半途，遇一青年，骑驴随行于油壁车后，风度翩翩。马子才渐近与之攀谈，青年自称"陶姓"，言谈举止，颇为文雅。询及马子才来处，马子才据实以告。陶生言道："花无贵贱，唯在培育之人之浇灌得法。"马子才闻之，遂与其探讨养菊之法，相谈甚欢。马子才复问其行踪，陶生答道："家姐厌倦金陵，欲迁居河朔之地。"马子才欣然道："我家虽贫，尚有屋舍可供栖息。若不嫌弃，可免寻他处。"陶生遂至车前，与姐商议。车内人掀帘而言，乃一二十余岁之绝色佳人。她望弟而言："屋小无妨，唯愿院大。"马子才应允其请，于是姐弟二人随其归家。

原文

第南有荒圃，仅小室三四椽，陶喜，居之。日过北院，为马治菊。菊已枯，拔根再植之，无不活。然家清贫，陶日与马共食饮，而察其家似不举火。马妻吕，亦爱陶姊，不时以升斗馈恤之。陶姊小字黄英，雅善谈，辄过吕所，与共纫绩。陶一日谓马曰："君家固不丰，仆日以口腹累知交，胡可为常？为今计，卖菊亦足谋生。"马素介，闻陶言，甚鄙之，曰："仆以君风流高士，当能安贫，今作是论，则以东篱为市井，有辱黄花矣。"陶笑曰："自食其力不为贪，贩花为业不为俗。人固不可苟求富，然亦不必务求贫也"马不语，陶起而出。自是，马所弃残枝劣种，陶悉掇拾而去。由此不复就马寝食，招之始一至。

○椽：古代房屋间数的代称。

○不举火：不烧火做饭。

○小字：小名，乳名。

○纫绩：缝纫纺织。指针线活。

○口腹：饮食，吃饭问题。

○风流高士：志节高尚的文士。风流，有才学，不拘礼法。

○黄花：指菊花。

○以东篱为市井：把种菊的地方当作贸易的场所。晋陶渊明《饮酒》："采菊东篱下，悠然见南山。"因以"东篱"代指种菊的园地。

○苟求富：不择手段谋求富足。

○务求贫：立志追求贫穷。

译文

马子才宅邸之南，有一废弃花圃，内仅三四间小屋，陶生甚爱之，遂定居于此。每日，他们便至北院，助马子才培育菊花。即便是枯萎之菊，一经他们连根拔起，重新栽种，亦无有不活者。然而陶生家境清寒，每日皆与马家共餐，仿佛陶家并无炊烟之迹。马子才之妻吕氏，亦颇喜陶姐，时常接济他们粮食。陶姐小名黄英，善于交际，常至吕氏屋中，与她一同纺织缝纫。一日，陶生对马子才道："君家亦非富裕，我们每日在此吃饭，拖累朋友，岂能长久？依我之见，售卖菊花足以谋生。"马子才素性耿直，闻陶生之言，心中鄙夷，道："我原以为你是风流高雅之士，应能安于清贫，今日竟出此言，将种菊之地视为市集，实乃对菊花之亵渎。"陶生笑道："自食其力，非贪婪之谓，以卖花为业，亦非庸俗之举。人固不可苟求富贵，但亦不必固守贫穷。"马子才听后无语，陶生遂起身离去。自此以后，凡马子才所弃之残枝劣种，陶生皆一一拾起带走。且自此陶家亦不再常至马家吃饭，偶有召唤，方才会来。

原文

未几，菊将开，闻其门嚣喧如市。怪之，过而窥焉，见市人买花者，车载肩负，道相属也。其花皆异种，目所未睹。心厌其贪，欲与绝，而又恨其私秘佳本，遂款其扉，将就诮让。陶出，握手曳入。见荒庭半亩皆菊畦，数椽之外无旷土。劚去者，则折别枝插补之，其蓓蕾在畦者，罔不佳妙。而细认之，皆向所拔弃也。陶入屋，出酒馔，设席畦侧，曰："仆贫不能守清戒，连朝幸得微赀，颇足供醉。"少间，房中呼"三郎"，陶诺而去，俄献佳肴，烹饪良精。因问："贵姊胡以不字？"答云："时未至。"问："何时？"曰："四十三月。"又诘："何说？"但笑不言。尽欢始散。过宿，又诣之，新插者已盈尺矣。大奇之，苦求其术。陶曰："此固非可言传，且君不以谋生，焉

○嚣喧：吵闹，喧哗。

○相属（zhǔ）：络绎不绝。

○佳本：优良品种。本，根。

○诮（qiào）让：责难，数落。

○数椽（chuán）：几间房屋。旷土：空地。

○劚（zhú）：挖掘。

○清戒：清廉的戒规。指"以东篱为市井"。

○不字：没有嫁人。字，旧时称女子嫁人。

用此？”又数日，门庭略寂，陶乃以蒲席包菊，捆载数车而去。逾

○蒲席：用蒲草编织的席。

岁，春将半，始载南中异卉而归，于都中设花肆，十日尽售，复归

○南中异卉：南方的珍奇花卉。南中，泛指南方。

艺菊。问之去年买花者，留其根，次年尽变而劣，乃复购于陶。陶

由此日富，一年增舍，二年起夏屋。兴作从心，更不谋诸主人。渐

○夏屋：大屋。　○兴作：兴造制作，兴建。

而旧日花畦，尽为廊舍。更于墙外买田一区，筑墉四周，悉种菊。

○墉：土墙。

至秋，载花去，春尽不归。而马妻病卒，意属黄英，微使人风示之。

○风示：暗示，用言语示意。

黄英微笑，意似允许，惟专候陶归而已。

译文

不久，菊花即将绽放，陶家门前竟如市集般喧嚣。马子才心生好奇，遂前往查看，只见购花之人，或车载，或肩扛，络绎不绝于道。那些菊花皆为罕见品种，前所未见。马子才心中厌恶陶生贪财，欲与之断绝往来，又恨其私藏良种，遂敲门欲当面斥责。陶生出门相迎，牵着他的手入园。只见原本荒芜的庭院，约半亩之地，已种满菊花，除几间小屋外，再无空地。挖去菊花之处，已补栽其他枝条，那些含苞待放的菊花，无不精妙绝伦。细辨之下，竟是马子才昔日拔除丢弃之物。陶生进屋取出酒菜，于菊畦旁设宴，言道：“我因家贫，不能固守清高，幸而每日能得些钱财，足以供我们畅饮一番。”一会，房中有人呼“三郎”，陶生应声而入，旋即端出佳肴，烹制精良。马子才趁机问道：“你姐姐为何尚未出嫁？”陶生答道：“时机未到。”马子才追问：“何时为时机？”陶生言：“四十三个月后。”马子才再问其意，陶生但笑不语。二人痛饮尽欢，方散。翌日，马子才复至陶家，见昨日新插之菊苗已逾一尺，大为惊奇，恳请陶生传授技艺。陶生言：“此技不可言传，且君又不以此谋生，学之何用？”又数日，陶家门前渐静，陶生遂以蒲席裹菊成捆，装车远行。一年之后，春近半时，陶生方载南方奇花而归，于城中开设花店，十日之内，所带之花悉数售罄，又归家种菊。去年购花之人，菊花开尽后留下花根至今年皆成劣种，只得再至陶家购买。陶家自此日渐富裕，一年增建屋舍，两年筑起大屋。一应建造，皆自主决断，不再与马子才商议。渐

渐地，原种菊花之地，皆建起房屋。又在墙外购田，四周筑起高墙，内皆种菊。至秋，陶生将花全部运走，次年春过仍未归。马子才之妻病逝，他欲娶黄英，遂暗遣人探其意。黄英但笑，似已同意，但待陶生归来。

原文

年余，陶竟不至。黄英课仆种菊，一如陶。得金益合商贾，村外

○课：督促完成指定的工作。

治膏田二十顷，甲第益壮。忽有客自东粤来，寄陶生函信，发之，

○膏田：良田。膏，膏腴。 ○甲第：宅第。 ○东粤：或作“东越”，指东南沿海地区。

则嘱姊归马。考其寄书之日，即妻死之日，回忆园中之饮，适四十

○归：女子出嫁。

三月也，大奇之。以书示英，请问“致聘何所”，英辞不受采。又

○采：彩礼。

以故居陋，欲使就南第居，若赘焉。马不可，择日行亲迎礼。黄

○赘：就婚于女家。

英既适马，于间壁开扉通南第，日过课其仆。马耻以妻富，恒嘱

黄英作南北籍，以防淆乱。而家所须，黄英辄取诸南第。不半

○籍：簿籍，账本。

岁，家中触类皆陶家物。马立遣人一一赍还之，戒勿复取。未

○触类：器物，器具。 ○赍（jī）还：归还。

浃旬，又杂之。凡数更，马不胜烦。黄英笑曰：“陈仲子毋乃劳

○浃（jiā）旬：即“浃日”，十日。古代以干支纪日，称自甲至癸一周十日为“浃日”。浃，周匝。 ○陈仲子毋乃劳乎：喻指马子才过分追求廉洁乃至矫情。

乎？”马惭，不复稽，一切听诸黄英。鸠工庀料，土木大作，马不

○鸠工庀（pǐ）料：招集工匠，置备建筑材料。庀，备具。

能禁。经数月，楼舍连亘，两第竟合为一，不分疆界矣。

○连亘：连贯，连接。

译文

逾年之久，陶生仍未归。黄英督使仆人种植菊花，一切如陶生在时无异。所得钱财，她便与商人商议，于村外再购二十顷肥田，陶家宅院因此日益壮观。一日，忽有

客自东粤来，携陶生手书一封。马子才启封视之，原是陶生嘱其姐嫁予马子才之信。核对发信日期，恰为马子才妻逝之日。回想起昔日园中对饮之时，至今日恰好四十三月，马子才心中大奇。他将信交予黄英，问其“聘礼应送至何处”，黄英却坚决拒收。黄英又觉马子才家过于简陋，欲让他移居南院，如赘婿一般。马子才不允，遂选吉日，行迎亲之礼。黄英嫁入马家后，于墙上开一门通南院，每日前往督使仆人。马子才因妻家比自己富裕而感到羞愧，常嘱黄英将南北财产分别登记，以防混淆。然家中所需之物，黄英皆自南院取来。未及半年，家中触目所及，皆为陶家之物。马子才遂派人一一送回，并告诫勿再取用。然未及十日，家中又混杂了陶家之物。如此往复数次，马子才并不以为烦。黄英笑道：“战国之陈仲子，虽清高亦不似你这般辛劳。”马子才听后羞愧，不再查核，一切皆听从黄英安排。黄英遂召工匠，备材料，大兴土木，马子才无法阻止。数月之后，两家楼舍相连，终成一家，再无界线可分。

原文

然遵马教，闭门不复业菊，而享用过于世家。马不自安，曰：“仆三十年清德，为卿所累。今视息人间，徒依裙带而食，真无一毫丈夫气矣。人皆祝富，我但祝穷耳！”黄英曰：“妾非贪鄙，但不少致丰盈，遂令千载下人，谓渊明贫贱骨，百世不能发迹，故聊为我家彭泽解嘲耳。然贫者愿富，为难；富者求贫，固亦甚易。床头金任君挥去之，妾不靳也。”马曰：“捐他人之金，抑亦良丑。”黄英曰：“君不愿富，妾亦不能贫也。无已，析君居，清者自清，浊者自浊，何害？”乃于园中筑茅茨，择美婢往侍马。马安之。然过数日，苦念黄英。招之，不肯至，不得已，反就之。隔宿辄至，

○清德：清廉自守的德行。

○视息人间：活在世上。视，看。息，呼吸。

○徒依裙带而食：只靠妻子生活，吃软饭。

○祝：祈求，祝愿。

○渊明：晋代诗人陶渊明。

○我家彭泽：陶渊明曾为彭泽县令，黄英姓陶，故曰“我家彭泽”。

○靳（jìn）：吝惜。

○茅茨（cí）：草屋。

以为常。黄英笑曰："东食西宿，廉者当不如是。"马亦自笑，无以对，遂复合居如初。

○东食西宿：比喻兼有两利。《艺文类聚》卷四十引《风俗通》载，齐人有一女，二人求之。一人丑而富，一人美而贫，父母疑而不决，问其女。女曰："欲东家食，西家宿。"这里以此故事嘲笑马生所标榜的"清廉"。

译文

然而，黄英尊重马子才的意愿，关上了通往南院的门，不再以售卖菊花为业。尽管如此，家中的生活享受仍超越了世家大族。马子才心中感到不安，他说："我三十年苦守的清高品德，如今却被你所累。我活在这世上，竟要依靠妻子来维持生计，真是没有一丝大丈夫的气概。世人皆祈求富贵，我却只愿贫穷！"黄英回应道："我并非贪财之人，但稍稍让家境宽裕一些，就不会让千年之后的人们认为陶渊明天生就是贫贱之命，百世也无法翻身。我只是想让我们的祖宗彭泽县令不致被后人嘲笑罢了。然而，贫穷之人想要富裕很难，富裕之人想要贫穷却很容易。床头的钱财任你挥霍，我绝不会吝啬。"马子才又说："挥霍别人的钱财，也是丑陋的行为。"黄英则答道："你不愿富裕，我也不想贫穷。既然如此，我们只好分开居住，清高的人自清高，混浊的人自混浊，又有何妨碍呢？"于是，黄英在园中建起了一间茅屋，并挑选了一个美丽的丫环去侍奉马子才。马子才安然住在了茅屋里。然而，过了几天，他又开始苦苦思念黄英。派人去请她，她却不肯来。无奈之下，他只好自己去找黄英。每隔一个晚上就去一次，渐渐地也习惯了这样的生活。黄英笑话他说："在东家吃饭，到西家睡觉，这是齐国女子才会做的事，清廉的人不应该这样吧。"马子才自己也笑了，无言以对。于是，两人又像以前一样住在了一起。

原文

会马以事客金陵，适逢菊秋。早过花肆，见肆中盆列甚烦，款朵佳胜，心动，疑类陶制。少间，主人出，果陶也。喜极，具道契阔，遂止宿焉。要之归，陶曰："金陵，吾故土，将婚于是。积有薄赀，烦寄吾姊。我岁杪当暂去。"马不听，请之益苦，且曰："家幸充盈，但

○款朵：花朵的款式。指菊花品种。

○契阔：久别之情。

○要（yāo）：邀请。

○岁杪（miǎo）：岁末，年底。

可坐享，无须复贾。”坐肆中，使仆代论价，廉其直，数日尽售。逼促囊装，赁舟遂北。入门，则姊已除舍，床榻裀褥皆设，若预知弟也归者。陶自归，解装课役，大修亭园，惟日与马共棋酒，更不复结一客。为之择婚，辞不愿。姊遣两婢侍其寝处，居三四年，生一女。

○贾：经商。

○课役：役使督促。

译文

恰巧，马子才因事赴金陵，正值菊花盛放之秋。晨间，他路经一花店，见店内菊花琳琅满目，朵朵皆为上品，心中不禁生疑，揣测此花或许出自陶生之手。一会儿，店主人现身，果真是陶生。马子才大喜过望，倾诉别离之情，遂决定留宿于陶生处。马子才力邀陶生返回北方，陶生却道：“金陵是我故乡，我想在此成家立业。已略有积蓄，烦请君带予吾姐。岁末，吾自当归家。”马子才不听，再三恳请，并言：“家中已颇富裕，尽可安享，无需再涉商海。”马子才遂坐于店中，命仆人代他定价，降价售花，不数日，花已悉数售罄。于是，他催促陶生收拾行装，租船共返北方。及至家门，但见黄英已将屋宇打扫得窗明几净，床铺被褥皆已铺设整齐，仿佛早已预知弟弟归来一般。自陶生归来后，他便卸下行囊，督促工匠，大兴亭园之建，每日与马子才对弈饮酒，不再接待任何宾客。马子才欲为他择女成婚，他却婉言拒绝。黄英便遣两名丫环侍奉其日常起居。如此过了三年，陶生得一女。

原文

陶饮素豪，从不见其沉醉。有友人曾生，量亦无对，适过马，马使与陶相较饮。二人纵饮甚欢，相得恨晚。自辰以讫四漏，计各尽百壶。曾烂醉如泥，沉睡座间。陶起归寝，出门践菊畦，玉山倾倒，委衣于侧，即地化为菊，高如人，花十余朵，皆大于拳。马骇绝，

○豪：豪放。此处指酒量大。

○自辰以讫四漏：从辰时（早上7—9）一直到夜里四更天（凌晨1—3）。讫，至。

○玉山倾倒：酒醉身体倒地。

告黄英。英急往，拔置地上，曰："胡醉至此！"覆以衣，要马俱去，戒勿视。既明而往，则陶卧畦边。马乃悟姊弟菊精也，益爱敬之。而陶自露迹，饮益放，恒自折柬招曾，因与莫逆。值花朝，曾来造访，以两仆舁药浸白酒一坛，约与共尽。坛将竭，二人犹未甚醉。马潜以一瓻续入之，二人又尽之。曾醉已惫，诸仆负之以去。陶卧地，又化为菊。马见惯不惊，如法拔之，守其旁以观其变。久之，叶益憔悴。大惧，始告黄英。英闻骇曰："杀吾弟矣！"奔视之，根株已枯。痛绝，掐其梗，埋盆中，携入闺中，日灌溉之。马悔恨欲绝，甚怨曾。越数日，闻曾已醉死矣。盆中花渐萌，九月既开，短干粉朵，嗅之有酒香，名之"醉陶"，浇以酒则茂。后女长成，嫁于世家。黄英终老，亦无他异。

○莫逆：没有抵触，感情融洽、要好的朋友。

○瓻（chī）：古时盛酒用具。

○见惯不惊：习以为常。

译文

陶生素来酒量大，从未见他醉过。马子才有位朋友曾生，亦是酒量惊人，难逢敌手。一日，曾生恰逢路过马家，马子才便提议他与陶生一较高下，看看究竟谁的酒量更胜一筹。二人饮酒作乐，相见恨晚，自辰时至四更天，每人皆饮下上百壶酒，仍意犹未尽。曾生终于醉得不省人事，直接在座位上沉沉睡去。而陶生起身欲回房休息，却不慎踩在菊畦之中，身体一歪，衣裳落地，瞬间化为一株与人等高、花朵硕大的菊花，每朵都比拳头还要大。马子才见状大惊失色，急忙回去告知黄英。黄英闻讯赶来，迅速将菊花拔起放在地上，叹息道："怎会醉得如此厉害！"随即用衣裳盖住陶生，吩咐马子才与她一同离开，并告诫他切勿再看。次日天明，马子才前来探望，只见陶生躺在菊畦旁，方才恍然大悟，原来陶家姐弟皆是菊花精，因此对他们更加敬爱。自那次显露真形后，陶生饮酒愈发豪放不羁，时常主动邀请曾生来家中畅饮，两人因此结为知己。花朝节时，曾生前来拜访，携带两仆抬着药浸白酒，约定与陶生共饮此坛。酒至半酣，二人仍未见醉意。马子才见状，悄悄又加了一罐酒进去，二人竟又饮尽。曾生醉得疲惫不堪，被仆人背回家中。而陶生则躺在地上，再次化为菊花。马子才已见惯不怪，按照黄英的方法将菊花拔出，守在一旁观察其变化。然而，随着时间的推移，菊花的叶子逐渐枯黄，马子才心中惊恐万分，急忙跑去告知黄英。黄英一听，大惊失色道："你害死我弟弟了！"她急忙奔至菊花旁一看，只见其根已枯死。黄英悲痛欲绝，掐下菊花的茎杆埋在花盆中，带入自己屋内，每日悉心浇水。马子才悔恨交加，对曾生怨恨不已。过了几日，传来曾生醉死的消息。而盆中的菊花却渐渐发芽，至九月时开出花朵，花杆短小，花朵粉嫩，散发着淡淡的酒香。马子才为其取名为"醉陶"，并发现用酒浇灌它会使之更加茂盛。后来，陶生的女儿长大成人，嫁给了一位世家子弟。而黄英则一直安然无恙地生活至老死，并未出现异常。

原文

异史氏曰：青山白云人，遂以醉死，世尽惜之，而未必不自以为快也。植此种于庭中，如见良友，如对丽人，不可不物色之也！

○青山白云人：比喻自由自在，不为世俗所污染。《旧唐书·傅奕传》载：傅奕生平未曾请医服药。年八十五，常醉酒酣卧。一日，忽然蹶起，自言将死，因自为墓志曰："傅奕，青山白云人也，因酒醉死。"

○此种：指上文所说的"醉陶"菊。种，品种。

○物色：访求。

译文

异史氏说：如"青山白云"般高洁之士，因酒醉而逝，世人皆为之惋惜，然其本人或许正沉浸于无尽之乐中。若将此等菊花植于庭院，犹如同挚友重逢，又似美人相伴，如此佳卉，岂能不寻？

【书痴】

原文

彭城郎玉柱，其先世官至太守，居官廉，得俸不治生产，积书盈屋。

○彭城：古县名。秦置，清雍正末改为"铜山县"，治所在今江苏徐州。 ○俸：俸禄。生产：指盈利性营业。

至玉柱，尤痴。家苦贫，无物不鬻，惟父藏书，一卷不忍置。父在

○鬻（yù）：卖。 ○置：弃置。

时，曾书《劝学篇》黏其座右，郎日讽诵，又幛以素纱，惟恐磨灭。

非为干禄，实信书中真有金粟。昼夜研读，无间寒暑。年二十余，

○干禄：求取禄位。干，求取。 ○金粟：即《劝学文》所说的"黄金屋""千钟粟"。 ○间：间断，间隔。

不求婚配，冀卷中丽人自至。见宾亲，不知温凉，三数语后，则诵

○宾亲：宾客与亲族。 ○不知温凉：不知话温凉，不解应酬。温凉，寒暄。

声大作，客逡巡自去。每文宗临试，辄首拔之，而苦不得售。

○逡巡：有所顾虑而徘徊不前或退却。这里是失意无趣之意。 ○首拔之：指在岁试或科试中选拔他为榜首。 ○不得售：指乡试没有被录取。

译文

彭城的郎玉柱，其先祖曾任太守，为官清正，所得俸银不用于置产，尽数购书，以至于书屋盈满。及至郎玉柱，其对书籍之痴迷更甚。家境虽贫，万物皆可弃，唯独父辈所传之书，一卷亦不忍割舍。昔时，其父在世，曾手录宋真宗所编《劝学篇》，贴于其书桌之右。郎玉柱日日吟诵，又以白纱覆之，生怕磨损。他读书之志，非为仕途，而是深信书中藏有"黄金屋"与"千钟粟"之真谛。他不分昼夜，寒暑不辍，刻苦攻读。年逾二十，仍未考虑婚娶之事，坚信书中自有佳人将至。亲朋宾客来访，他亦不知寒暄，交谈数语后，便高声诵读，客人无趣，只得自行离去。每至学政考试，他总被首选为魁首，然乡试却屡试不第。

原文

一日方读，忽大风飘卷去，急逐之，踏地陷足。探之，穴有腐草；

掘之，乃古人窖粟，朽败已成粪土。虽不可食，而益信“千钟”之

○窖（jiào）：窖藏，把东西藏在地洞里。

说不妄，读益力。一日，梯登高架，于乱卷中得金辇径尺，大喜，

○金辇：人力拉挽的饰金之车，秦汉以后专指帝王的车子。

以为“金屋”之验。出以示人，则镀金而非真金，心窃怨古人之

○“金屋”之验：辇车车盖如屋，故郎玉柱误作“金屋之验”。

○同年：科举时代同榜录取的人互称“同年”。

诳己也。居无何，有父同年，观察是道，性好佛，或劝郎献辇为

○观察是道：做彭城这个地方的观察使。清代一省分为数道，于藩、臬之下，设使守巡各道。“观察”则为守巡各道者的专称。

佛龛。观察大悦，赠金三百、马二匹。郎喜，以为“金屋”“车马”

○佛龛（kān）：供奉神像的小屋。

皆有验，因益刻苦。然行年已三十矣。或劝其娶，曰：“‘书中自有颜如玉’，我何忧无美妻乎？”又读二三年，迄无效，人咸揶揄之。

○咸：都。揶揄：嘲弄、戏弄、侮辱之意。

时民间讹言：天上织女私逃，或戏郎：“天孙窃奔，盖为君也。”

○天孙：即织女。

郎知其戏，置不辨。

译文

一日，郎玉柱正沉浸于书海之中，忽地一阵狂风骤起，卷走了他手中的书卷。他急忙起身追赶，不料脚下一空，竟陷入了地中。他俯身探查，发现洞内满是腐朽的草丛，再细细拨开，原来是一处古人用以储藏粮食的地窖，只是那粮食早已腐化，化为泥土。尽管如此，此番经历却更坚定了郎玉柱“书中自有千钟粟”的信念，他读书愈发勤奋。又一日，他攀上梯子，到达书架顶端，在一堆杂乱无章的书籍中，意外发现了一辆尺许长的金色小车。他欣喜若狂，以为这便是“书中自有黄金屋”的明证。然而，当他将金车展示给他人时，却发现那不过是镀金之物，并非真金所造，心中不禁暗暗埋怨古人欺瞒。不久之后，一位与郎玉柱父亲同年科举的官员调任此地视察使，此人深信佛教。有人建议郎玉柱将金车赠予视察使，以作佛龛之用。视察使大喜，回赠了他三百两银子和两匹骏马。郎玉柱欣喜若狂，认为“书中自有黄金屋”“书中车马多如簇”的说法都得到了验证，于是更加刻苦地读书。然而，此时郎玉柱已年近三十。有人劝他考虑婚事，他却笑道：“‘书中自有颜如玉’，我又何必担忧没有美妻相伴呢？”

他又苦读了两三年，却始终未见“颜如玉”的踪迹，周围的人都开始嘲笑他。当时，民间流传着织女私自下凡的谣言，有人便戏谑地对郎玉柱说：“织女私奔，或许是为你而来吧。”郎玉柱深知这是玩笑之言，并未与人争辩。

原文

一夕，读《汉书》至八卷，卷将半，见纱翦美人夹藏其中，骇曰：“书中颜如玉，其以此应之耶？”心怅然自失。而细视美人，眉目如生，背隐隐有细字云“织女”。大异之。日置卷上，反复瞻玩，至忘食寝。一日，方注目间，美人忽折腰起，坐卷上微笑。郎惊绝，伏拜案下，既起，已盈尺矣。益骇，又叩之。下几亭亭，宛然绝代之姝。拜问：“何神？”美人笑曰：“妾颜氏，字如玉，君固相知已久。日垂青盼，脱不一至，恐千载下无复有笃信古人者。”郎喜，遂与寝处。然枕席间亲爱倍至，而不知为人。

○《汉书》：又称《前汉书》，由我国东汉时期的历史学家班固编撰，是中国第一部纪传体断代史，“二十四史”之一。

○几：案几，小桌。亭亭：身材窈窕的样子。

○绝代之姝：绝代佳人。姝，美丽，美好。

○脱：假如。

○日垂青盼：天天承蒙喜爱。《晋书·阮籍传》：阮籍能为青白眼，对其所喜欢的以青眼（黑眼珠）视之，后世遂以“青盼”“垂青”，表示对人的喜爱。

译文

一夜，郎玉柱正研读《汉书》，至第八卷近半之处，忽见一书页间夹着一个以纱剪成的美人，他不禁惊呼：“‘书中自有颜如玉’，莫非此景即为应验？”心中顿时涌起一股莫名的失落。然而，他细细端详那美人，只见其眉眼生动，宛如活人，且背后隐约可见“织女”二字，令他惊奇不已。自那日起，郎玉柱每日都将这美人置于书上，反复观赏，甚至到了废寝忘食的地步。一日，他正凝视着美人，忽见那美人轻轻弯腰起身，坐于书上，对着他嫣然一笑。郎玉柱大惊之下，伏身书桌之下，待他再起身时，那美人已长至一尺多高，更添几分惊骇，连忙叩头行礼。美人款款走下书桌，身姿曼妙，宛如绝代佳人。郎玉柱恭敬行礼，问道：“你是何方神圣？”美人笑答：“我姓颜，名如玉，你早已知晓。你日日期盼，我若不来，恐世人再难信古语。”郎玉柱听后大喜，遂与颜如玉共居。虽与颜如玉同床共枕，亲昵无间，但郎玉柱却对真正的夫妻生活知之甚少。

原文

每读，必使女坐其侧。女戒勿读，不听。女曰：“君所以不能腾达者，徒以读耳。试观春秋榜上，读如君者几人？若不听，妾行去矣。”郎暂从之。少顷，忘其教，吟诵复起。逾刻，索女，不知所在。神志丧失，嘱而祷之，殊无影迹。忽忆女所隐处，取《汉书》细检之，直至旧所，果得之。呼之不动，伏以哀祝。女乃下曰：“君再不听，当相永绝！”因使治棋枰、樗蒲之具，日与遨戏。而郎意殊不属，觑女不在，则窃卷流览。恐为女觉，阴取《汉书》第八卷，杂溷他所以迷之。一日，读酣，女至，竟不之觉，忽睹之，急掩卷，而女已亡矣。大惧，冥搜诸卷，渺不可得。既，仍于《汉书》八卷中得之，叶数不爽。因再拜祝，矢不复读。女乃下，与之弈，曰：“三日不工，当复去。”至三日，忽一局赢女二子。女乃喜，授以弦索，限五日工一曲。郎手营目注，无暇他及，久之，随指应节，不觉鼓舞。女乃日与饮博，郎遂乐而忘读。女又纵之出门，使

○春秋榜：春榜和秋榜。春榜，指春试考中进士之榜。秋榜，指秋试考中举人之榜。

○棋枰：棋盘。指围棋盘。樗蒲（chū pū）：古博戏的一种。博戏中用于掷采的骰子最初是用樗木制成，故称“樗蒲”。又由于这种木制掷具系五枚一组，所以又叫“五木之戏”，或简称“五木”。

○溷（hùn）：杂，混杂。

○读酣：读兴正浓。酣，畅，浓。

○工：精通。

○弦索：指弦乐。金、元以来常称用琵琶、三弦等弦乐伴奏的戏曲、曲艺为“弦索”，一般多指北曲。

○手营目注：谓手眼并用，意趣专注。营，操作。

结客，由此倜傥之名暴著。女曰：“子可以出而试矣。”

○倜傥（tì tǎng）：洒脱而不拘束。

译文

每当郎玉柱读书之时，必邀颜如玉伴其左右。颜如玉屡劝其休息，他却置若罔闻。颜如玉叹道：“你之所以未能飞黄腾达，皆因你沉迷书海，不知变通。试看那些金榜题名之人，岂有似你这般死读书者？若再不听我劝，我就要走了。”郎玉柱虽一时应承，但不久便忘却嘱咐，又复吟诵起来。须臾之间，再找颜如玉，已不见其踪影。郎玉柱失魂落魄，连连祷告，却未见颜如玉回归。忽想起来颜如玉昔日藏身之处，他急忙取来《汉书》，细细翻寻。翻至原处，果见颜如玉藏于其中。郎玉柱呼唤不应，只得伏地苦求。颜如玉方从书中走出，说道：“你若再不听我劝，我便与你永别！”于是，她令郎玉柱备下棋枰、樗蒱等物，每日与他共嬉。然郎玉柱对这些物事毫无兴趣，一旦颜如玉不在，便偷偷翻书。恐被颜如玉发现，他悄悄取出《汉书》第八卷，混杂于其他书中，以阻其归路。一日，郎玉柱读书入迷，颜如玉至，他竟浑然不觉。待猛然抬头，急欲合书，颜如玉却已消失无踪。郎玉柱心惊胆战，暗自搜寻每本书，却一无所获。最终，在《汉书》第八卷中寻得颜如玉，仍藏于那一页内。他再次行礼祈求，发誓不再读书。颜如玉这才下来，与他对弈，说道：“三日内若学不会，我还会离去。”至第三日，郎玉柱忽赢颜如玉两子，颜如玉大喜，又教他弹琴，限五日内学会一曲。郎玉柱手拨琴弦，目视琴谱，无暇他顾。日久天长，他手指渐能合拍，心中亦感振奋。颜如玉每日与他饮酒嬉戏，郎玉柱于是乐而忘书。颜如玉又劝他出门交友，自此，郎玉柱名声渐起，成为风流倜傥之士。颜如玉笑道：“现今，你可去参加考试了。”

原文

郎一夜谓女曰：“凡人男女同居则生子，今与卿居久，何不然也？”女笑曰：“君日读书，妾固谓无益。今即夫妇一章，尚未了悟，枕席二字有工夫。”郎惊问：“何工夫？”女笑不言。少间，潜迎就之。郎乐极，曰：“我不意夫妇之乐，有不可言传者。”于是逢人辄道，无

○了悟：明白。

○夫妇一章：语意双关，既指现实的性知识，也指经书中论述夫妇之道的章节。

○不意：不料，没想到。

有不掩口者。女知而责之，郎曰："钻穴逾隙者，始不可以告人；

○钻穴逾隙：喻不正当男女关系。

天伦之乐，人所皆有，何讳焉。"过八九月，女果举一男，买媪抚字之。

○天伦之乐：这里指夫妇乐趣。天伦，指父子、兄弟、夫妇等天然的亲属关系。

○抚字：抚育。字，养育。

译文

一夜晚，郎玉柱向颜如玉疑惑道："凡尘中男女共处一室，往往会孕育子嗣。你我同居多时，为何尚无子息？"颜如玉笑答："你终日沉浸书海，我早就说了这样没好处。'枕席'二字间，实则蕴含深意。"郎玉柱好奇追问："何种深意？"颜如玉只是笑而不语。……时光荏苒，过了八九个月，颜如玉果然诞下一子。郎玉柱便雇请了一位老妇人，帮忙抚养孩子。

原文

一日，谓郎曰："妾从君二年，业生子，可以别矣。久恐为君祸，悔之已晚。"郎闻言，泣下，伏不起，曰："卿不念呱呱者耶？"女亦凄然，

○呱呱者：婴儿，小孩。

良久曰："必欲妾留，当举架上书尽散之。"郎曰："此卿故乡，乃仆性命，何出此言！"女不之强，曰："妾亦知其有数，不得不预告耳。"先是，亲族或窥见女，无不骇绝，而又未闻其缔姻何家，共诘之。郎不能作伪语，但默不言。人益疑，邮传几遍，闻于邑宰史公。史，

○邮传：旧时传递文书的驿站。这里指信息传播。

闽人，少年进士。闻声倾动，窃欲一睹丽容，因而拘郎及女。女闻

○闽：福建省的简称。

○倾动：心动，倾倒。

知，遁匿无迹。宰怒，收郎，斥革衣衿，梏械备加，务得女所自往。

○斥革衣衿（jīn）：褫夺生员衣冠。

○梏械：刑讯，用刑。

郎垂死，无一言。械其婢，略能道其仿佛。宰以为妖，命驾亲临其

○仿佛：大概，不太真切。

家。见书卷盈屋，多不胜搜，乃焚之，庭中烟结不散，暝若阴霾。

译文

一日，颜如玉向郎玉柱坦言："我与你相伴两载，已为你诞下一子，如今是时候道别了。拖延日久，恐会给你招来灾祸，届时后悔莫及。"郎玉柱听后，泪如雨下，伏地不起，哀声道："你莫非不挂念我们这初啼的孩儿？"颜如玉亦神色凄然，沉默良久，才说："若你定要我留下，那你须将架上书籍尽数抛弃。"郎玉柱摇头道："书是你的故乡，也是我的生命，你何以出此言？"颜如玉不再勉强，只说："我预知厄运将至，不得不提前告知于你。"原来，郎玉柱的亲戚中有人曾见过颜如玉，皆惊骇不已，且从未听闻郎玉柱与谁家订有婚约，于是纷纷前来质询。郎玉柱不善谎言，只能沉默以对。众人愈发疑心，此事迅速传开，最终传至县令史公耳中。史县令乃福建人士，年少便中进士，闻此事心动，暗欲一睹颜如玉芳容，遂下令拘捕郎玉柱与颜如玉。颜如玉闻讯，即刻隐匿，不见踪影。史县令大怒，将郎玉柱囚入牢中，剥夺其秀才功名，严刑拷打，逼其供出颜如玉藏身之处。郎玉柱虽几近丧命，却仍守口如瓶，未吐一字。史县令又抓来其家中丫环，方得知事情梗概。史县令断定此为妖人作祟，遂亲自乘车前往郎玉柱家。只见屋内书籍堆积如山，难以搜寻，便下令将书全部焚烧。顿时，院中烟雾缭绕，久久不散，天色亦为之阴沉灰暗。

原文

郎既释，远求父门人书，得从辨复。是年秋捷，次年举进士，而衔

○辨复：向上级官府申诉理由，请求恢复职务或功名。 ○秋捷：考中举人。乡试在秋天举行。

恨切于骨髓。为颜如玉之位，朝夕而祝曰："卿如有灵，当佑我官于

○位：牌位，灵位。

闽。"后果以直指巡闽。居三月，访史恶款，籍其家。时有中表为

○以直指巡闽：以御史衔巡察福建。直指，专管巡视、处理各地政事的官员。 ○恶款：作恶的条款。

司理，逼纳爱妾，托言买婢寄署中。案既结，郎即日自劾，取妾而归。

○司理：主管司法的州官。 ○自劾：自我弹劾。劾，弹劾，揭发罪过。

译文

郎玉柱重获自由后，不远千里寻访父亲昔日门生，恳请其代为上书陈情，终得昭雪冤屈，秀才身份亦得以恢复。同年秋，他顺利考中举人，次年更进一步，高中进士。对于史县令，郎玉柱心中怨恨难平。为纪念颜如玉，他特设牌位，朝夕祈愿："若你在天之灵有知，望保佑我得以赴福建为官。"后来，郎玉柱果真以直指之职被派遣至福建。仅过三月，他便查实史县令诸多不法行为，最终将其抄家治罪。彼时，郎玉柱有位表亲担任州司理官，曾强迫他纳一小妾，假称是购得婢女寄居官衙。待此案了结，郎玉柱当日即上书自我弹劾，毅然辞官，携小妾返回家乡。

原文

异史氏曰：天下之物，积则招妒，好则生魔。女之妖，书之魔也。

○好（hào）：喜好，爱好。

事近怪诞，治之未为不可，而祖龙之虐，不已惨乎？其存心之私，

○祖龙之虐：指秦始皇焚书坑儒的暴政，喻指邑宰尽焚郎生之藏书，加刑于郎生。祖龙，秦人对秦始皇的代称。

更宜得怨毒之报也。呜呼！何怪哉！

译文

异史氏评议道：世间万物，积聚过多则易招致他人嫉恨，而过度痴迷，则往往生出妖魔之事。颜如玉此妖女，实乃书魔之化身。此事虽近乎离奇，但处理之道，未尝不可寻。然若如秦始皇那般，一炬焚书，又严惩儒士，岂非过于残忍？皆因那县令心怀私欲，故而日后遭受严酷报应，此乃必然之理。唉！世事如此，又有何可惊奇的呢？

【齐天大圣】

原文

许盛，兖人，从兄成贾于闽，货未居积。客言大圣灵著，将祷诸祠。盛未知大圣何神，与兄俱往。至则殿阁连蔓，穷极弘丽。入殿瞻仰，神猴首人身，盖齐天大圣孙悟空云。诸客肃然起敬，无敢有惰容。盛素刚直，窃笑世俗之陋。众焚奠叩祝，盛潜去之。

○贾：经商。闽：福建省简称。

○兖：府名。辖济宁、东平、曹、沂四州二十三县，治所在今山东兖州。

○居积：囤积。这里指货物还没有齐备。

○去：离开。

译文

许盛，乃衮州府人士，随兄长许成赴福建经商，奈何货物未备齐全。有客言及大圣之灵验，欲往祠庙祈福。许盛未知大圣乃何许神圣，遂与兄同往探究。及至祠庙，但见殿阁巍峨，连绵不绝，宏伟壮丽之至。二人入殿瞻仰，神像映入眼帘，竟是猴首人身，乃齐天大圣孙悟空之像。众客见状，无不肃然起敬，无人敢稍有懈怠之色。许盛性情刚直，内心暗自讥笑世人之浅薄。当众人焚香祭拜、虔诚祷告之际，他却悄然离去，不与众同流。

原文

既归，兄责其慢。盛曰："孙悟空乃丘翁之寓言，何遂诚信如此？如其有神，刀槊雷霆，余自受之！"逆旅主人闻呼大圣名，皆摇手失色，若恐大圣闻。盛见其状，益哗辨之，听者皆掩耳而走。至夜，盛果病，头痛大作。或劝诣祠谢，盛不听。未几，头小愈，股又

○慢：怠慢，不恭敬。

○丘翁：指金元时道士丘处机（1148—1227），字通密，道号长春子，登州栖霞人，道教主流全真道掌教、思想家、政治家、文学家、养生学家和医药学家。

○刀槊（shuò）雷霆：刀砍雷轰。槊，长矛。

○哗：喧哗，大声。

○谢：谢罪，道歉。

痛，竟夜生巨疽，连足尽肿，寝食俱废。兄代祷，迄无验。或言：

○疽（jū）：局部皮肤下发生的疮肿。

神谴须自祝。盛卒不信。月余，疮渐敛，而又一疽生，其痛倍苦。医来，以刀割腐肉，血溢盈碗。恐人神其词，故忍而不呻。又月

○神：灵验。

余，始就平复，而兄又大病。盛曰："何如矣！敬神者亦复如是，足征余之疾，非由悟空也。"兄闻其言，益恚，谓神迁怒，责弟不为

○征：证验，证明。

代祷。盛曰："兄弟犹手足。前日支体糜烂而不之祷，今岂以手足之病，而易吾守乎？"但为延医剉药，而不从其祷。药下，兄暴毙。

○易吾守：改变我的操守。守，操守，信仰。指不随俗祷神。

○剉（cuò）药：切药，制药材。剉，铡碎。

译文

归来后，兄长责备许盛对神灵不敬。许盛辩驳道："孙悟空乃是丘处机所著寓言中的角色，为何要对其如此虔诚信奉？倘若他真有神力，无论刀劈雷轰，我皆甘愿承受！"客栈的主人听闻他直呼大圣名讳，皆面色大变，连连摆手，仿佛唯恐大圣听闻。许盛见他们如此模样，更是高声辩论，听者皆掩耳离去。至夜半，许盛果然身患疾病，头痛欲裂。有人劝他前往齐天大圣庙谢罪，许盛却拒不听从。不久，头痛稍缓，但大腿又痛了起来。一夜之间，竟生出一大毒疮，脚也肿胀，食不下咽，夜不能寐。兄长代他去祷告，却未见效果。有人言道，若受神罚，必须亲自祷告方能解脱。许盛始终不信。过了一个多月，毒疮渐渐愈合，却又新生一疮，疼痛更甚。医生前来，用刀割去腐肉，血流如注，满溢一碗。许盛恐人言他不敬神而致病，故强忍疼痛，不大声呻吟。又过了一个多月，疮口方才平复。然而，此时兄长又患重病。许盛叹道："何以至此！对神恭敬之人亦会患病，这足以证明我的病并非因孙悟空而起。"兄长听他此言，更加恼怒，说是神迁怒自己，责备他不肯代自己向神祷告。许盛坚持道："兄弟如手足，前番我肢体糜烂都未曾祷告，岂能因如今'手足'有病，而改变我的原则？"于是，他仅替兄长请来医生开药，并未听从其言去祷告。兄长服药后，竟突然离世。

原文

盛惨痛结于心腹，买棺殓兄已，投祠指神而数之曰：“兄病，谓汝迁怒，使我不能自白。倘尔有神，当令死者复生，余即北面称弟子，不敢有异辞，不然，当以汝处三清之法，还处汝身，亦以破吾兄地下之惑。”至夜，梦一人招之去，入大圣祠，仰见大圣有怒色。责之曰：“因汝无状，以菩萨刀穿汝胫股，犹不自悔，啧有烦言。本宜送拔舌狱，念汝一生刚鲠，姑置宥赦。汝兄病，乃汝以庸医夭其寿数，于人何尤？今不少施法力，益令狂妄者引为口实。”乃命青衣使请命于阎罗。青衣白：“三日后，鬼籍已报天庭，恐难为力。”神取方版，命笔，不知何词，使青衣执之而去。良久乃返，成与俱来，并跪堂上。神问：“何迟？”青衣白：“阎摩不敢擅专，又持大圣旨上咨斗宿，是以来迟。”盛趋上拜谢神恩。神曰：“可速与兄俱去。若能向善，当为汝福。”兄弟悲喜，相将俱归。醒而异之。急起启材视之，兄果已苏，扶出，极感大圣力。盛由此诚服信奉，更倍于流俗。而兄弟赀本，病中已耗其半，兄又未健，相对长愁。

○数：责数，数落。

○北面称弟子：意为甘心做信徒。

○当以汝处三清之法：《西游记》第四十四回，孙悟空命猪八戒把车迟国三清殿中供奉的三清，即元始天尊、灵宝道君、太上老君的塑像投入毛（茅）坑。

○无状：无礼。

○胫股：小腿。

○啧（zé）有烦言：抱怨责备，闲言碎语。

○拔舌狱：民间认为凡言辞怨尤，挑弄是非的人死后入拔舌地狱受苦。

○刚鲠（gěng）：刚正耿直。

○尤：怨。

○方版：木板，简牍。《论衡·须颂》：“今方板之用，在竹帛，无主名。”

○阎摩：阎罗王，民间传说中的主管地狱的神灵。

○斗宿：天上二十八星宿之一。此指南斗星、北斗星。民间传说认为南斗主管生，北斗主管死。所以阎王请示南、北星斗。

○材：棺材。

○赀（zī）本：资本，本钱。

译文

许盛内心悲痛欲绝，购置棺材入殓了兄长后，他毅然前往祠庙，直面齐天大圣神像，数落道："兄长病重，世人皆言是你震怒所致，令我百口莫辩。若你真具神灵，能令他死而复生，我必拜你为师，绝无异议；否则，我将效仿你在车迟国惩处三清之举，推翻你的神像，以解兄长在地府之惑。"当夜，许盛梦中被人召唤，来到大圣祠前。他抬头望去，只见大圣面露怒容，斥责道："你无礼至极，故以菩萨刀穿你小腿以示惩戒，然你非但不悔改，反出言不逊。本应将你送入拔舌地狱，但念你性情刚直，姑且饶你一回。你兄长之病，实因你请来庸医所致，与他人何干？今日若不施展法力让你见识，只恐更增狂妄之徒口实。"说罢，命青衣使者前往阎罗府请命。青衣使者禀告道："人死三日，鬼籍便已上报天庭，恐已无力回天。"齐天大圣听后，取过一方木板，不知书写何物，便令青衣使者持之而去。良久，青衣使者方归，与许成一同出现，双双跪倒在大堂之上。齐天大圣问道："为何归来如此之晚？"青衣使者禀道："阎罗亦不敢擅作主张，又持大圣圣旨上天向南斗、北斗请示，故而归来迟滞。"许盛听后，急忙上前行礼，感谢大圣恩德。齐天大圣说道："速与你兄长回去吧。若能一心向善，我必赐福于你。"兄弟二人悲喜交加，相互搀扶而归。许盛醒来后，心中惊异不已。他急忙起身查看棺材，只见兄长果然已经苏醒。许盛将他扶出棺材，心中对大圣的法力深感敬畏。自此以后，许盛对大圣心悦诚服，信奉之虔诚更胜常人。然而，兄弟二人因生病已耗尽半数本钱，且兄长之病仍未痊愈，因此常常面面相觑，愁容满面。

原文

一日，偶游郊郭，忽一褐衣人相之曰："子何忧也？"盛方苦无所诉，因而备述其遭。褐衣人曰："有一佳境，暂往瞻瞩，亦足破闷。"问："何所？"但云："不远。"从之。出郭半里许，褐衣人曰："予有小术，顷刻可到。"因命以两手抱腰，略一点首，遂觉云生足下，腾踔而上，不知几百由旬。盛大惧，闭目不敢少启。顷之曰："至

○郭：城外围着城的墙，外城。

○褐衣：贫贱者的服装。

○腾踔（chuō）：腾跃。

○由旬：古代印度的长度单位，一由旬相当于一只公牛走一天的距离，大约11.2公里。

矣。”忽见琉璃世界，光明异色，讶问：“何处？”曰：“天宫也。”信步而行，上上益高。遥见一叟，喜曰：“适遇此老，子之福也！”举手相揖。叟邀过诸其所，烹茗献客，止两盏，殊不及盛。褐衣人曰：“此吾弟子，千里行贾，敬造仙署，求少赠馈。”叟命僮出白石一柈，状类雀卵，莹澈如冰，使盛自取之。盛念携归可作酒枚，遂取其六。褐衣人以为过廉，代取六枚，付盛并裹之，嘱纳腰橐。拱手曰：“足矣。”辞叟出，仍令附体而下，俄顷及地。盛稽首请示仙号，笑曰：“适即所谓筋斗云也。”盛恍然，悟为大圣。又求祐护，曰：“适所会财星，赐利十二分，何须他求。”盛又拜之，起视已渺。既归，喜而告兄。解取共视，则融入腰橐矣。后辇货而归，其利倍蓰。自此屡至闽，必祷大圣。他人之祷，时不甚验，盛所求无不应者。

○上上益高：意为越上越高。

○柈（pán）：盘，碟。

○酒枚：酒筹，饮酒用以计数之具。

○橐（tuó）：口袋。

○筋斗云：跟头云。

○财星：民间传说认为天宫有主财的星宿，此星照临，财运就兴旺。

○赐利十二分：指得十二枚白石，为财星所赐的十二分利润。

○倍蓰（xǐ）：亦作“倍屣”“倍徙”，谓数倍。倍，一倍。蓰，五倍。

译文

一日，许盛偶然间至城外游历，忽遇一褐衣人，注目于他，问道：“君有何忧虑？”许盛正愁无处倾诉，遂将自己的遭遇细细道来。褐衣人听后，道：“有一佳处，君可暂往，或可解忧。”许盛问其地，褐衣人仅言：“不远。”于是，许盛随其行。出城约半里许，褐衣人道：“我略通小术，顷刻可达。”乃令许盛双手环抱其腰，稍一颔首，便觉脚下生云，腾空而起，不知飞越几百千里。许盛心惊胆战，紧闭双眼，不敢稍窥。不久，褐衣人道：“到了。”许盛睁眼一看，只见一片琉璃世界，光彩神奇，不禁惊叹道："此乃何地?"褐衣人答："此乃天宫。"二人漫步而行，渐觉愈行愈高。遥望一老者，褐衣人喜道："恰逢此老者，实乃你之福气!"遂举手行礼。老者邀二人至其居所，煮茶待客，然仅奉两盏，无许盛之份。褐衣人道："此乃吾徒，千里迢迢来此经商，诚心拜访仙署，望赐些许馈赠。"老者遂命小僮取出一盘白石，形如雀卵，晶莹剔透如冰，令许盛自取。许盛欲带回作酒筹，遂取六枚。褐衣人觉许盛过于客气，又代为取六枚，交予许盛一并包裹，嘱其放入腰包，后拱手道："足矣。"说完，向老者告辞而出，仍令许盛环抱其腰，顷刻间便落回地面。许盛行礼致谢，并问其仙号。褐衣人笑道："适才所翻，即为筋斗云也。"许盛恍然大悟，原来褐衣人竟是齐天大圣。他复求大圣保佑，大圣道："适才所见为财星，已赐你十二分利，何须再求?"许盛再行礼致谢，起身视之，大圣已无影无踪。许盛归店，欣然将此事告知兄长。解下腰包共观，发现白石已融入腰包。后二人载货归乡，果获数倍之利。自此以后，许盛每至福建，必向大圣祈祷。他人祈祷时常不灵验，而许盛所求则无不应验。

原文

异史氏曰：昔士人过寺，画琵琶于壁而去，比返，则其灵大著，香火相属焉。天下事固不必实有其人，人灵之，则既灵焉矣。何以故?人心所聚，而物或托焉耳。若盛之方鲠，固宜得神明之佑，岂真耳内绣针，毫毛能变，足下筋斗，碧落可升哉!卒为邪惑，亦其见之不真也。

○托：托付，附着。

○方鲠：方正耿直。

○碧落：青天。以上均指《西游记》中孙悟空本领。

译文

异史氏评议道：昔日，一书生途经一寺，于壁上绘琵琶一把，而后离去。待其重返故地，竟闻众人皆称此琵琶灵验异常，寺庙因此香火旺盛。世间之事，本无须实有其人，众人信其灵，则灵矣。何故如此?盖因人心所向，神灵得以依附。如许方正刚直之士得神明庇佑，然世间岂真有耳中藏绣花针，拔一毫毛即能变化，足下翻筋斗便可凌云而上的齐天大圣乎!然许盛后竟为邪术所惑，足见其并未真正坚守自身信仰。

【青蛙神】

原文

江汉之间，俗事蛙神最虔。祠中蛙不知几百千万，有大如笼者。或

○江汉之间：长江、汉水之间。指湖北地区。 ○事：侍奉，崇奉。虔：虔诚。 ○祠：供奉祖宗、鬼神或有功德的人的房屋。此处指蛙神祠。

犯神怒，家中辄有异兆：蛙游几榻，甚或攀缘滑壁不得堕，其状不一，此家当凶。人则大恐，斩牲禳祷之，神喜则已。

○牲：家畜。古代特指供宴飨祭祀用的牛、羊、猪。禳（ráng）祷：祭祀祷告，祈求消灾。

译文

在长江与汉水流域之间，民间对于青蛙神之奉祀，其虔诚之心尤为显著。祠中青蛙，数目难以计数，或达百万千万之众，其中大者，竟有蒸笼般大小。倘若有人不慎触怒此神，家中便会出现怪异之景：青蛙四处游荡，穿梭于桌案、床榻之间，更有甚者，能攀附于光滑墙壁之上，稳稳当当，毫不滑落，形态各异，令人悚然。此户人家便知灾祸将至，心中惶恐不安。为求神灵息怒，家中成员皆会心生敬畏，宰杀牲畜，以此作为供品，向青蛙神虔诚祷告。若得神灵欢心，此户人家便能幸免于难，灾祸自消。

原文

楚有薛昆生者，幼惠，美姿容。六七岁时，有青衣媪至其家，自称

○楚：古楚国最初都城在今湖北省境内。这里泛指湖北地区。

神使，坐致神意，愿以女下嫁昆生。薛翁性朴拙，雅不欲，辞以儿

○下嫁：公主出嫁称"下嫁"。这里指蛙神的女儿嫁于凡人。 ○雅：颇，甚。

幼。虽故却之，而亦未敢议婚他姓。迟数年，昆生渐长，委禽于姜

○委禽：订婚，致聘。

氏。神告姜曰："薛昆生，吾婿也，何得近禁脔！"姜惧，反其仪。

○近禁脔（luán）：染指不可以觊觎之物。 ○反其仪：退还订婚的礼仪财物。

薛翁忧之，洁牲往祷，自言"不敢与神相匹偶"。祝已，见肴酒中皆

有巨蛆浮出，蠢然扰动，倾弃，谢罪而归。心益惧，亦姑听之。

译文

在楚地，有位名叫薛崑生的少年，自幼便展现出超凡的智慧与俊朗的外貌。当他年仅六七岁时，一位身着青衣的老妪突然造访薛家，自称是青蛙神派遣的使者。她端坐堂前，传达了神祇的意愿，欲将其女许配给薛崑生。薛父性情淳朴直率，对于这门天降的亲事颇感为难，遂以儿子年幼为由婉拒。尽管如此，薛家因敬畏神明，并未敢轻易与别家结亲。时光荏苒，薛崑渐长成，终与姜家订下了婚约。然而，青蛙神却向姜家宣告："薛崑生乃我之婿，你等岂敢妄自亲近！"姜家听后，心生畏惧，遂将聘礼退还薛家。薛父为此忧心忡忡，遂备下洁净供品，亲赴庙宇向青蛙神祈求，言辞恳切地表示"不敢高攀神仙之家"。祷告方毕，他惊讶地发现酒菜中竟有巨大的蛆虫浮现，蠕动不已。薛父连忙将酒菜倾倒，向神谢罪后匆匆返家。自此，他心中恐惧更甚，对这门亲事也就听之任之，不再强求。

原文

一日，崑生在途，有使者迎宣神命，苦邀移趾。不得已，从与俱往。

○苦邀移趾：苦苦相邀。移趾，请人走动的敬辞。

入一朱门，楼阁华好，有叟坐堂上，类七八十岁人。崑生伏谒，叟命曳起之，赐坐案旁。少间，婢媪集视，纷纭满侧。叟顾曰："入言薛郎至矣。"数婢奔去。移时，一媪率女郎出，年十六七，丽绝无俦。叟指曰："此小女十娘，自谓与君可称佳偶，君家尊乃以异类见拒。此自百年事，父母止主其半，是在君耳。"崑生目注十娘，心爱好之，默然不言。媪曰："我固知郎意良佳。请先归，当即送十娘

○无俦（chóu）：同伴，伴侣。

○百年事：指婚姻大事。

○主：做主。

往也。”崑生曰：“诺。”趋归告翁。翁仓遽无所为计，乃授之词，使返谢之，崑生不肯行。方诮让间，舆已在门，青衣成群，而十娘入矣。上堂朝拜，翁姑见之皆喜。即夕合卺，琴瑟甚谐。由此神翁神媪，时降其家。视其衣，赤为喜，白为财，必见，以故家日兴。

○授之词：教其推托之词。
○谢：谢绝，婉言推辞。
○诮（qiào）让：争吵，言辞冲突。
○必见：一定灵验。见，同“现”。
○日兴：一天天兴旺。

译文

一日，薛崑生正漫步于路途，忽遇一使者上前，传达青蛙神之旨意，恳切邀请他前往一叙。薛崑生无奈，只得随其同去。步入一道朱红大门，眼前楼阁巍峨，装饰华美。堂上坐着一位老者，看似已届七八十岁高龄。薛崑生趋前行礼，老者命人将他扶起，引至桌旁落座。不多时，丫环仆妇纷纷前来围观，大堂两侧熙熙攘攘，热闹非凡。老者转头吩咐道：“进去通报一声，就说薛郎已至。”几个丫环匆匆离去。片刻后，一位老妇人领着一位妙龄女郎走出，那女郎十六七岁，容貌绝美，举世无双。老者指着女郎对薛崑生道：“此乃我家小女十娘，她自称与你天生一对，奈何你父亲以非同类为由拒之。婚姻乃百年大事，父母之命虽重，但也只需你自己点头。”薛崑生凝视十娘，心中甚是欢喜，却默然不语。老妇人笑道：“我早知道薛郎会满意的。你先回去，我们即刻送十娘过门。”薛崑生应道：“好。”随即匆匆返家告知父亲。薛父仓促之间，亦想不出妥善之策，便教薛崑生一套说辞，让他回去婉拒这门亲事。然而薛崑生却不肯从命。薛父正欲责备，送亲的车马已至门前。在众丫环的簇拥下，十娘款款步入堂中，拜见公婆。薛崑生父母见十娘温婉贤淑，皆大欢喜。是夜，婚礼便举行了，夫妻二人情深意笃。自此以后，十娘父母时常来访薛家。他们身着红衣则预示喜事临门，白衣则象征财源广进，每次皆灵验无比。因此，薛家日渐兴旺起来。

原文

自婚于神，门堂藩溷皆蛙，人无敢诟蹴之。惟崑生少年任性，喜则忌，怒则践斃，不甚爱惜。十娘虽谦驯，但善怒，颇不善崑生所

○藩：藩篱。溷（hùn）：厕所。
○诟蹴（cù）：指不敬行为。诟，辱骂。蹴，踢。
○谦驯：谦和温顺。

为，而崑生不以十娘故返敛抑之。十娘语侵崑生，崑生怒曰："岂以

○敛抑：收敛、克制。

汝家翁媪能祸人耶？丈夫何畏蛙也！"十娘甚讳言"蛙"，闻之

恚甚，曰："自妾入门，为汝家返田增粟，贾益价，亦复不少。今老

○恚（huì）：怒。　○田增粟，贾（gǔ）益价：种田增产，经商增利。益，增。

幼皆已温饱，遂如返鸮鸟生翼，欲啄母睛耶！"崑生益愤曰："吾正

○鸮（xiāo）鸟生翼，欲啄母睛：比喻忘恩负义，以怨报德。鸮鸟，猫头鹰。民间传说幼鸟羽翼长成后，啄食母鸟眼睛而去。

嫌所增污秽，不堪返贻子孙。请不如早别。"遂逐十娘。翁媪既闻

○贻：留。

之，十娘已去。呵崑生，使急往追复之，崑生盛气不屈。至夜，母

子俱病，郁闷不食。翁惧，返负荆于祠，词义殷切。过三日，病寻

○负荆：请罪，道歉。

愈。十娘亦自至，夫妻欢好如初。

译文

自与青蛙神之女结婚后，薛家宅邸之内，无论是门口、大堂、篱笆还是厕所，皆布满了青蛙的身影。家中成员皆不敢轻易呵斥，更不敢随意践踏。唯独薛崑生，年少气盛，心情愉悦时尚能有所顾忌，一旦恼怒，便不顾一切，用脚乱踩，丝毫不加珍惜。十娘性情谦和，却也因此事屡感不悦，对薛崑生的行为颇为不满。然而，薛崑生并未因十娘的不喜而有所改变。一次，十娘言语中不慎触怒了薛崑生，他愤怒地喊道："莫非就因你父母能降灾于人？我堂堂男子汉，岂会惧怕区区青蛙！"十娘对"蛙"字极为忌讳，闻听此言，顿时怒火中烧，反驳道："自我嫁入薛家，为你家田间增产，买卖添利，贡献良多。如今家中老少皆得温饱，你竟想如猫头鹰般长出翅膀，反噬母鹰吗！"薛崑生听后更加愤怒，说道："我正嫌你带来的这些所谓福祉污秽不堪，不愿留给子孙。你不如早早离去！"说罢，竟将十娘逐出家门。待薛父薛母闻讯赶来，十娘已离去多时。他们痛斥薛崑生，命他速去追回十娘，但薛崑生正在气头上，根本不听父母劝告。是夜，薛崑生与其母皆病倒，头昏脑胀，食欲全无。薛父心中恐惧，连忙前往青蛙祠请罪，言辞恳切。三日之后，二人病情痊愈。而十娘也自行返回，夫妻二人重归于好。

原文

十娘日辄凝妆坐，不操女红，昆生衣履，一委诸母。母一日忿曰：“儿既娶，仍累媪！人家妇事姑，吾家姑事妇！”十娘适闻之，负气登堂曰：“儿妇朝侍食，暮问寝，事姑者，其道如何？所短者，不能吝佣钱，自作苦耳。”母无言，惭沮自哭。昆生入，见母涕痕，诘得故，怒责十娘。十娘执辨不相屈。昆生曰：“娶妻不能承欢，不如勿有！便触老蛙怒，不过横灾死耳！”复出十娘。十娘亦怒，出门径去。次日，居舍灾，延烧数屋，几案床榻，悉为煨烬。昆生怒，诣祠责数曰：“养女不能奉翁姑，略无庭训，而曲护其短！神者至公，有教人畏妇者耶！且盎盂相敲，皆臣所为，无所涉于父母。刀锯斧钺，即加臣身。如其不然，我亦焚汝居室，聊以相报。”言已，负薪殿下，爇火欲举。居人集而哀之，始愤而归。父母闻之，大惧失色。至夜，神示梦于近村，使为婿家营宅。及明，赍材鸠工，共为昆生建造，辞之不止。日数百人相属于道，不数日，第舍一新，床幕器具悉备焉。修除甫竟，十娘已至，登堂谢过，言词温婉。转身向昆生展笑，举家变怨为喜。自此十娘性益和，居二年，无间言。

- 女红：女功，女工。旧时指女子所做的纺织、缝纫、刺绣等工作和这些工作的成品。
- 一委：全部推给。一，全。
- 朝侍食，暮问寝：即“昏定晨省”，旧时子妇侍奉翁姑的日常礼节。
- 道：指“妇道”，规范礼数。
- 惭沮：惭愧沮丧。
- 承欢：侍奉父母，承欢膝下。
- 灾：火灾。
- 略无庭训：毫无家教。庭训，父教。泛指家庭教育。
- 盎盂相敲：比喻家庭日常生活矛盾口角。“盎”和“盂”都是盆碗一类的食器。
- 刀锯斧钺（yuè）：刀、锯、斧、钺，皆为古代刑具。此处代指惩罚。
- 臣：古时与神灵尊者谈话时的自我卑称。
- 修：装修。除：清理打扫。甫：刚刚。竟：完结。
- 无间言：没有不满意的，关系融洽。间言，避人或不能当面的议论。

译文

十娘每日皆精心装扮，端坐堂中，并不涉足针线活计，薛崑生的衣物鞋履皆由其母亲手缝制。一日，母亲心怀不满，愤然言道："我儿已成家立业，却仍让我这老太婆操劳！世人皆言媳妇侍奉婆婆，而我家却是婆婆侍候媳妇！"此言不巧被十娘听见，她心生怒气，步入堂中，直言不讳："我这媳妇，晨昏定省，侍奉婆婆，礼数何曾缺失？我所不足的，唯有不善手工，你为了节省佣资，自寻苦楚罢了。"薛母听后，哑口无言，神色黯然，独自垂泪。薛崑生进屋见状，询问缘由后，怒斥十娘。十娘据理力争，不肯屈服。薛崑生怒道："娶妻不能使父母欢心，何如无妻！即便触怒老青蛙，招致横祸，一死而已！"说罢，又将十娘逐出家门。十娘亦大怒，愤然离去。次日，薛家宅邸突发火灾，火势熊熊，数间房屋被焚，家具尽毁。薛崑生怒不可遏，前往青蛙祠，指责神祇："所生之女，不能侍奉公婆，毫无家教，反护其短！神应公正无私，岂有教人畏媳之理！况我夫妻争执，皆我一人所为，与父母无关。若有惩罚，应加诸我身。若不然，我亦将焚你神祠，以作报复。"说完，他于殿前堆柴举火，欲行焚烧。邻里闻讯赶来，苦苦哀求，薛崑生方才罢手，愤然归家。其父母闻知此事，惊恐万分。当夜，青蛙神托梦于邻近村民，嘱其为薛崑生重建房屋。次日天明，村民备齐材料，聚集工匠，纷至沓来为薛家建造新居，薛家劝阻无效。每日数百人络绎不绝，数日之间，薛家宅邸焕然一新，床铺帷帐等物一应俱全。新居刚成，十娘便归来。她步入堂中，向公婆谢罪，言辞温婉，又转身对薛崑生展露笑颜，全家怒气顿消，转怒为喜。自此以后，十娘性情更加温婉，两年间，家中再无争执。

原文

十娘最恶蛇，崑生戏函小蛇，绐使启之。十娘色变，诟崑生。崑生亦转笑生嗔，恶相抵。十娘曰："今番不待相迫逐，请从此绝！"遂出门去。薛翁大恐，杖崑生，请罪于神。幸不祸之，亦寂无音。积有年余，崑生怀念十娘，颇自悔，窃诣神所哀十娘，迄无声应。未几，闻神以十娘字袁氏，中心失望，因亦求婚他族。而历相数

○函：用匣子装着。
○绐（dài）：哄骗。
○诟：斥责，骂。
○嗔（chēn）：发怒，生气。
○字：许配。

家，并无如十娘者，于是益思十娘。往探袁氏，则已垩壁涤庭，候

○垩（è）壁涤庭：粉刷墙壁，清扫庭院。垩，粉刷。

鱼轩矣。心愧愤不能自已，废食成疾。父母忧皇，不知所处。忽

○鱼轩：以鱼皮为饰之车，古时贵妇人所乘。

昏愦中有人抚之曰：“大丈夫频欲断绝，又作此态！”开目，则十

○昏愦：昏迷，不清醒。 ○频：屡，多次。

娘也。喜极，跃起曰：“卿何来？”十娘曰：“以轻薄人相待之礼，

○轻薄人：缺乏情义的人。指薛生。

止宜从父命，另醮而去。固久受袁家采币，妾千思万思而不忍也。

○醮（jiào）：嫁。 ○采币：彩礼。

卜吉已在今夕，父又无颜反璧，妾亲携而置之矣。适出门，父走送

○卜吉：婚嫁程序之一。这里指选定的结婚吉日。 ○反璧：指退还聘礼。

曰：‘痴婢！不听吾言，后受薛家凌虐，纵死亦勿归也！’”昆生感

其义，为之流涕。家人皆喜，奔告翁媪。媪闻之，不待往朝，奔入

○往朝：指十娘来见。按照旧时礼数，儿媳应该先拜见婆婆。

子舍，执手呜泣。

译文

十娘对蛇有着深深的恐惧，某日，薛昆生竟以恶作剧之心，将一条蛇装入盒中，哄骗十娘开启。十娘一见之下，面色骤变，怒斥薛昆生。薛昆生也由玩笑转为真怒，两人恶语相向。十娘痛心疾首，言道：“此番无需你驱逐，我二人便就此恩断义绝！”说完，毅然离门而去。薛父见状，心生恐惧，遂以棍棒责打薛昆生，命其向青蛙神请罪。所幸此次青蛙神并未降下灾祸，但亦无任何回应。时光荏苒，一年多后，薛昆生对十娘思念日深，心中懊悔不已。他悄然前往蛙神祠，恳求十娘归来，却未得回音。不久，又闻青蛙神已将十娘许配袁家，薛昆生心灰意冷，遂向别家求婚。然而，遍观数家，皆无人能比得上十娘，薛昆生对十娘的思念愈发浓烈。他前往袁家探听消息，只见袁家已开始粉刷墙壁，清扫庭院，只待迎接新娘。薛昆生心中羞愧与愤怒交织，难以自持，竟至茶饭不思，病倒床榻。父母忧心如焚，束手无策。忽有一日，薛昆生在昏迷中感到有人轻抚于他，并听后：“大丈夫屡次欲与我断绝关系，怎又如此颓废不堪？”他猛然睁开眼，只见十娘立于床前。薛昆生欣喜若狂，一跃而起，急问：“你为

何而来?”十娘答道:“若依你这轻薄之人待我之礼，我理应遵从父母之命，另嫁他人。本已收受袁家聘礼，但思前想后，终是不忍离你而去。今夜本是成亲之时，父亲又无颜退回聘礼，我便亲自提着聘礼退还给了袁家。临行时，父亲追出门外，言道:‘痴儿!不听父言，日后若再受薛家欺凌，便是死也不要回来!’”薛昆生被十娘深情厚意所动，泪流满面。家人闻讯皆喜，急忙跑去告知薛父薛母。薛母一听，不等十娘前来拜见，便直奔儿子屋中，拉着十娘的手痛哭失声。

原文

由此昆生亦老成，不作恶谑，于是情好益笃。十娘曰:“妾向以君儇薄，未必遂能相白首，故不敢留孽根于人世。今已靡他，妾将生子。”居无何，神翁神媪着朱袍，降临其家。次日，十娘临蓐，一举两男。由此往来无间。居民或犯神怒，辄先求昆生，乃使妇女辈盛妆入闺，朝拜十娘，十娘笑则解。薛氏苗裔甚繁，人名之“薛蛙子家”。近人不敢呼，远人呼之。

○老成：老成持重，稳重不轻浮。○恶谑：恶作剧。谑，开玩笑。○儇(xuān)薄：轻薄，轻浮。○相白首：相约白头偕老。○孽根：孽根祸胎。此指后代、儿女。○靡他：没有他心。靡，无。○临蓐：临产，分娩。○苗裔：后代子孙。

译文

自那以后，薛昆生变得沉稳持重，不再轻率地开玩笑，两人的感情也因此更加深厚。十娘感慨道:“我曾以为你性情轻薄，未必能与我相守白头，因此未曾想过要留下子嗣。如今，我愿意为你生育后代。”不久之后，蛙神夫妇身着红袍，亲临薛家。次日，十娘便顺利产下两名男婴。自此，薛家与蛙神之间往来频繁，毫无阻碍。邻里间若有人不慎触怒了神灵，便会请求薛昆生从中说情。薛昆生便会让其妇女换上华美的衣裳，进入内室向十娘朝拜。十娘微微一笑，灾祸便得以消解。薛家后代子孙繁盛，人们开始称薛家为“薛蛙子家”。不过，附近的居民因敬畏而不敢轻易称呼，只有那些住得较远的人才敢如此称谓。

【又】

原文

青蛙神，往往托诸巫以为言。巫能察神嗔喜，告诸信士曰“喜矣”，福则至；“怒矣”，妇子坐愁叹，有废餐者。流俗然哉？抑神实灵，非尽妄也？

○嗔（chēn）喜：喜怒。嗔，怒。 ○信士：指信奉蛙神的人。

译文

青蛙神常常借由巫师的言辞来传达其意。巫师能够洞察青蛙神的情绪变化，向信徒传达信息：若言“神悦”，则福祉将至；若道“神怒”，则该户人家中的妻儿便会忧心忡忡，叹息连连，以至茶饭不思。此等现象，究竟是一种世俗流传的风俗习惯，还是青蛙神确实灵验，并非全然虚妄之事呢？

原文

有富贾周某，性吝啬。会居人敛金修关圣祠，贫富皆与有力，独周一毛所不肯拔。久之，工不就，首事者无所为谋。适众赛蛙神，巫忽言：“周将军仓命小神司募政，其取簿籍来。”众从之。巫曰：“已捐者，不复强；未捐者，量力自注。”众唯唯敬听，各注已。巫视曰：“周某在此否？”周方混迹其后，惟恐神知，闻之失色，次且而前。巫指籍曰：“注金百。”周益窘。巫怒曰：“淫债尚酬二百，况好事耶！”盖周私一妇，为夫掩执，以金二百自赎，故讦之也。周益惭惧，不

○敛金：募集资金。 ○会：正赶上，适逢。居人：居民。 ○有力：出力，承担。 ○首事者：倡议或发起者。 ○一毛所不肯拔：喻极端吝啬。 ○就：完成。 ○赛：祭。 ○周将军仓：即周仓，传说为三国时蜀国关羽的部将，旧时小说、戏曲多演其事。关圣祠中有其塑像，持大刀立于关羽像后。司募政：主持募集建祠资金之事。 ○注：注入，加入。 ○次且（zī jū）：同“趑趄”，脚步不稳。 ○私：私通。 ○掩执：乘其不备拿下，捉住。 ○讦：揭发阴私。

得已，如命注之。既归，告妻。妻曰：“此巫之诈耳。”巫屡索，卒不与。一日，方昼寝，忽闻门外如牛喘。视之，则一巨蛙，室门仅容其身，步履蹇缓，塞两扉而入。既入，转身卧，以阈承颌，举家尽惊。周曰：“必讨募金也。”焚香而祝，愿先纳三十，其余以次赍送，蛙不动；请纳五十，身忽一缩，小尺许；又加二十，益缩如斗；请全纳，缩如拳，从容出，入墙罅而去。周急以五十金送监造所。人皆异之，周亦不言其故。

○阈（yù）：门槛。颌：下颌。

○以次赍（jī）送：分期分批送交。赍，赠送。

○罅（xià）：缝隙。

译文

有一位周姓富商，生性极为吝啬。当时，正值居民们集资修建关圣祠，无论贫富，人人都贡献了自己的一份力量，唯独周某如同铁公鸡一般，分文未出。祠堂修建工程拖延日久，始终无法竣工，负责人也束手无策，无法筹集到足够的资金。某日，众人正祭拜青蛙神，巫师突然开口：“周仓将军已命小神负责此次募捐，速将账本取来。”众人连忙取来了账本。巫师翻阅后说：“已捐款者，不再强求；未捐者，请根据自身能力，自愿认捐。”众人皆恭敬聆听，纷纷慷慨解囊。巫师环视四周，问道：“周某是否在此？”周某当时正躲在人群后，生怕被神察觉，一听到自己的名字，顿时惊慌失措，勉强走到前面。巫师指着账本说：“你便捐一百两吧。”周某愈发窘迫。巫师不悦地说：“你私下欠下的风流债都愿付两百两，何况这是积德行善的好事！”原来，周某曾与一女子有私情，被女子丈夫发现后，他交了二百两银子才了事，巫师此举无疑是揭开了他的丑事。周某听后，又羞又怕，只得在账本上认捐了一百两。回到家中，他告诉妻子此事，妻子却说：“这是巫师在敲诈你。”巫师多次催款，周某始终不肯支付。一日，周某正欲午睡，忽听门外传来似牛喘息的声音。他打开门一看，竟是一只巨大的青蛙，房门仅勉强能容其身躯，它步履蹒跚，硬挤进了屋子。巨蛙进屋后，转身躺下，下巴搁在门槛上，周家上下皆惊恐万分。周某说：“这定是来讨认捐的钱了。”于是，他烧香祷告，愿先交三十两，余款分期支付，但巨蛙纹丝不动；他又请求交五十两，巨蛙身躯突然一缩，小了一尺多；再加二十两，巨蛙更缩至斗笠般大小；最后，他请求全额交纳，巨蛙缩至拳头大小，缓缓爬出屋子，钻入墙缝消失了。周某急忙取出五十两银子送至监造所。众人皆感惊奇，周某却未透露其中缘由。

原文

积数日，巫又言："周某欠金五十，何不催并？"周闻之，惧，又送十金，意将以此完结。一日，夫妇方食，蛙又至，如前状，目作怒。少间，登其床，床摇撼欲倾，加喙于枕而眠，腹隆起如卧牛，四隅皆满。周惧，即完百数与之。验之，仍不少动。半日间，小蛙渐集，次日益多，穴仓登榻，无处不至。大于碗者，升灶啜蝇，糜烂釜中，以致秽不可食。至三日，庭中蠢蠢，更无隙处。一家皇骇，不知计之所出。不得已，请教于巫。巫曰："此必少之也。"遂祝之，益以廿金，首始举；又益之，起一足；直至百金，四足尽起，下床出门，狼犺数步，复返身卧门内。周惧，问巫。巫揣其意，欲周即解囊。周无奈何，如数付巫，蛙乃行。数步外，身暴缩，杂众蛙中，不可辨认，纷纷然亦渐散矣。

○喙：嘴。

○隅：角落。

○蠢蠢：蠕动、杂乱的样子。此指小蛙密集。

○狼犺（kàng）：笨拙粗重的样子。

译文

数日后，巫师再次提及："周某尚欠五十两银子未清，为何无人前去催讨？"周某听后，心中恐惧，只得再送去十两银子，打算以此了结这件事。一日，周某夫妇正吃饭，那只巨蛙又不请自来，与上次一般，眼中闪烁着怒火。片刻后，它跃上床榻，床架在它的重压下摇摇欲坠。接着，它便将大嘴搁在枕头上，安然入睡，鼓胀的肚子宛如一头卧牛，将床的四角占得满满当当。周某心中惊骇，连忙拿出五十两，总计完成一百两银子的认捐，交给巨蛙。然而，巨蛙仍旧纹丝不动。半日之间，小青蛙们纷纷聚集而来，次日更是数量激增，它们钻进粮仓，跳上床铺，无处不在。那些大碗口大小的青蛙甚至爬上灶台捕食苍蝇，有的不慎落入锅中腐烂，导致饭菜散发出难以忍受的恶臭。到了第三天，院子里已满是青蛙，连一丝空隙都没有。周某全家惶恐不安，束手无策。在万般无奈之下，周某只得向巫师求助。巫师沉吟道："这恐怕是因为你交付的钱财未能让蛙神满意。"于是，周某向青蛙神祷告，并加上了二十两银子。这时，巨蛙的头微微抬起；周某又加了一些钱，巨蛙抬起了一只脚；直到周某加足了一百两银子，巨蛙才抬起双脚，下床出门，笨拙地走了几步，却又突然转身卧在门内。周某心中又生恐惧，询问巫师这是何故。巫师揣测蛙神之意，可能是要周某立即将钱款全部交出。周某无奈之下，只好将钱如数交给巫师。这时，巨蛙才缓缓起身，走了几步后，身子猛然一缩，混入众多小青蛙之中，再也无法分辨。青蛙们也随之喧嚣逐渐散去。

原文

祠既成，开光祭赛，更有所需。巫忽指首事者曰："某宜出如干数。"共十五人，止遗二人。众祝曰："吾等与某某，已同捐过。"巫曰："我不以贫富为有无，但以汝等所侵渔之数为多寡。此等金钱，不可自肥，恐有横灾非祸。念汝等首事勤劳，故代汝消之也。除某某廉正无所苟且外，即我家巫，我亦不少私之，便令先出，以为众倡。"即奔入家，搜括箱椟。妻问之，亦不答，尽卷囊蓄而出。告众曰："某私剋银八两，今使倾橐。"与众共衡之，秤得六两余，

○开光祭赛：指对新塑神像首次祭祀。开光，佛家语。佛像塑就后，择日致礼供奉，称"开光"，也称"开眼"或"开眼供养"。

○侵渔：侵吞，贪污。

○首事：谓为首主持其事。

○苟且：不守礼法。指侵渔贪污。

○倡：倡导，起头。

○剋：克扣，扣减应该发给别人的财物而据为己有。

○倾橐：退还，清账。

使人志其欠数。众愕然，不敢置辨，悉如数纳入。巫过此茫不自知，或告之，大惭，质衣以盈之。惟二人亏其数，事既毕，一人病月余，一人患疔瘇，医药之费，浮于所欠，人以为私尅之报云。

○疔瘇（dīng zhǒng）：脚疔，腿上长疮。

○浮于所欠：超出欠数。

译文

关圣祠落成之际，即将举行开光祭拜仪式，然资金再度告急。巫师忽而指向领头之人，逐一点名："某某还需补交若干银两。"一连列举了十五人，仅两人未被提及。众人祈求道："我等与某某同样，业已捐款。"巫师正色道："我非依你等贫富定夺，乃是依据你等侵吞修祠资金之多少。此等钱财，岂可私吞？恐招致无妄之灾。念及你等领头操办，辛劳有加，故为你等消解灾祸。除某某清正廉洁，未行不轨之事外，即便是我家巫师，我亦绝不偏袒，令其率先交钱，以为众人表率。"说完，巫师匆匆归家，翻箱倒柜，妻子询问亦不答，将家中积蓄尽数取出。附在巫师身上的蛙神告知众人："巫师私下扣留了八两银子，今日悉数奉还。"于是，巫师与众人一同称量银两，却发现仅有六两有余，遂记下其欠款数额。众人惊愕不已，不敢再辩解，皆如数交钱。事后，巫师却浑然不知，经人告知后，羞愧难当，遂典当衣物以补足欠款。仅两人未交应交之款，事毕后，其中一人病卧月余，另一人脚上生疮，所费医药费远超其应交之款。众人皆以为此乃私吞钱财之报应。

原文

异史氏曰：老蛙司募，无不可与为善之人，其胜刺钉拖索者，不既多乎？又发监守之盗，而消其灾，则其现威猛，正其行慈悲也。

○刺钉拖索：泛指各种刑具。谓官府酷刑追索逋欠。刺，刺劄，以铁刺之。

○发监守之盗：揭露监守自盗者的贪污行为。指揭发巫者等人私克公银。监守之盗，即监守自盗，指窃取公务上自己看管的财物。

译文

异史氏言道：那老青蛙掌管募捐之事，使得无人敢不行善举，此等威力，岂非远超官府以严刑峻法催征税债吗？它既能揭露那些利用职务之便窃取公财之人，又能为他们消解灾祸，此举既显其威猛之态，又彰其慈悲之心。

【任秀】

原文

任建之，鱼台人，贩毡裘为业。竭赀赴陕，途中逢一人，自言：“申竹亭，宿迁人。”话言投契，盟为弟昆，行止与俱。至陕，任病不起，申善视之。积十余日，疾大渐，谓申曰：“吾家故无恒产，八口衣食，皆恃一人犯霜露。今不幸，殂谢异域。君，我手足也，两千里外，更有谁何！囊金二百余，一半君自取之，为我小备殓具，剩者可助资斧；其半寄吾妻子，俾辇吾榇而归。如肯携残骸旋故里，则装赀勿计矣。”乃扶枕为书付申，至夕而卒。申以五六金为市薄材，殓已，主人催其移榇，申托寻寺观，竟遁不返。

○毡裘：毛毡、裘皮。

○鱼台：县名。位于山东、江苏、安徽交界处，明清属兖州府，今为山东济宁下辖县。

○宿迁：今江苏宿迁，与鱼台相邻。

○盟为弟昆：结拜为兄弟。弟昆，弟兄。

○大渐：即病危。渐，剧。

○恒产：家庭比较固定的产业。指土地、田园、房屋等不动产。

○犯霜露：冒霜露，形容负贩工作的艰辛。

○殂(cú)谢异域：死在他乡。殂谢，死。

○殓具：棺木。这里指丧葬费用。

○资斧：路费。

○俾(bǐ)：使。辇：车。这里指运送。榇(chèn)：棺材。

○薄材：指简陋的棺木。古代的棺木讲究厚重，轻薄的成本自然低。

○槥(huì)：小而薄的棺木。

译文

任建之，山东鱼台人士，以贩卖毛毡皮裘为生。某次，他携全部积蓄前往陕西，途中邂逅一人，此人自称申竹亭，乃是宿迁人氏。两人相谈甚欢，遂结为异姓兄弟，同行同住，形影不离。抵达陕西后，任建之不幸病倒，卧床不起。申竹亭则悉心照料，不离左右。然而，十余日后，任建之病情危重，他向申竹亭倾诉衷肠：“我家本就没有什么资产，八口之家的衣食皆赖我一人奔波经商所得。今我不幸将客死异乡，贤弟乃我至交，远离故土两千余里，除贤弟外，我还有谁可依靠？我随身携带二百余两银子，愿以一半相赠，望贤弟为我置办棺椁，余款则作为贤弟之盘缠；另一半则烦请寄回吾家，使妻儿得以雇车将吾棺椁运回故乡。若能将吾遗体送归故里，所需路费无须吝惜。”说完，任建之伏枕书写遗书，交予申竹亭。是夜，任建之溘然长逝。申竹亭仅用五六两银子为任建之购得一口简陋棺椁，将其入殓。店主催促移走棺椁，申竹亭便以寻找寺庙安放为由，竟一去不复返，弃棺椁于不顾。

原文

任家年余方得确耗。任子秀，时年十七，方从师读，由此废学，欲往寻父柩。母怜其幼，秀哀涕欲死，遂典赀治任，俾老仆佐之行，半年始还。殡后，家贫如洗。幸秀聪颖，释服，入鱼台泮。而佻达善博，母教戒綦严，卒不改。一日，文宗案临，试居四等，母愤泣不食。秀惭惧，对母自矢。于是闭户年余，遂以优等食饩。母劝令设帐，而人终以其荡无检幅，咸诮薄之。

○确耗：确切消息。

○入鱼台泮：考入鱼台县学。指为县学生员。

○佻达：举止轻浮。善博：擅长于赌博。

○綦（qí）：很。

○试居四等：试，指岁试。清代科举制度，各省学政在三年的任职期间，要巡回所属府州县学，考试生员，称"岁试"或"岁考"。岁考成绩分为六等。一二等与三等前列者赏，四等以下者罚。

○自矢：自己发誓。矢，誓。

○以优等食饩（xì）：以优异成绩补选为廪生。清代岁试，一等前列者，可补廪生。

○设帐：从事教师工作。

○荡无检幅：行为放荡，不自检束。检幅，检点约束。

○咸：全，都。诮（qiào）薄：议论，看不起。

译文

任家历经一年有余，方得确切音讯。任建之之子，名曰任秀，时年十七，正于学堂求学，闻父亡故之噩耗，遂决意辍学，欲往陕西寻回父亲棺柩。其母以其年幼，不忍其行，任秀则痛哭流涕，几近崩溃，其母终被说服，含泪应允。家中变卖财物，筹措路费，并遣老仆随行，历经半年，方得归来。葬礼之后，任家陷入赤贫之境。所幸任秀天资聪颖，服丧期满，便考中了本县秀才。然而，他性情放浪，酷爱赌博，其母虽严加管束，却始终不改。某次，学使莅临主持岁试，任秀仅得四等，其母气愤难平，悲痛欲绝，连饭也吃不下。任秀既惭愧又恐惧，遂发誓要专心向学。他闭门苦读一年多，终获优等，并开始享受朝廷提供的衣物和食品。其母劝他招收几名学生，以教书为生，但世人皆知他过往行径，不肯信他，反加讥讽，故教书之事未能如愿。

原文

有表叔张某，贾京师，劝使赴都，愿携与俱，不耗其赀。秀喜，从之。至临清，泊舟关外。时盐航艤集，帆樯如林。卧后，闻水声人声，聒耳不寐。更既静，忽闻邻舟骰声清越，入耳萦心，不觉旧技复痒。窃听诸客，皆已酣寝，囊中自备千文，思欲过舟一戏。潜起解囊，捉钱踟蹰，回思母训，即复束置。既睡，心怔忡，苦不得眠，又起，又解，如是者三。兴勃发，不可复忍，携钱径去。至邻舟，则见两人对博，钱注丰美。置钱几上，即求入局。二人喜，即与共掷，秀大胜。一客钱尽，即以巨金质舟主，渐以十余贯作孤注。赌方酣，又有一人登舟来，眈视良久，亦倾橐出百金质主人，入局共博。张中夜醒，觉秀不在舟，闻骰声，心知之，因诣邻舟，欲挠沮之。至，则秀胯侧积赀如山，乃不复言，负钱数千而返。呼诸客并起，往来移运，尚存十余千。未几，三客俱败，一舟之钱俱空。客欲赌金，而秀欲已盈，故托非钱不赌以难之。张在侧，又促逼令归。三客燥急。舟主利其盆头，转贷他舟，得百余千。客得钱，赌更豪，无何，又尽归秀。天已曙，放晓关矣，共运赀而返，

○贾（gǔ）：做买卖。

○不耗其赀（zī）：不花他的钱。耗，消耗。

○临清：山东临清。

○关外：关卡之外。

○盐航：盐船。艤（yǐ）：泊舟。

○骰（tóu）声：掷骰子的声音。骰，骰子，一种赌具。也称“色子”。

○萦：萦绕。

○钱注：赌注。注，用为赌博的财物。

○贯：穿制钱用的绳子，一千文为一贯。孤注：倾其所有以为赌注。

○眈视：贪婪地注视。

○挠沮：阻挠败坏。

○胯：股，大腿。

○赌金：指以白银作赌注。

○盆头：掷骰子时，赢者抽头交给赌具主人，俗称“打头钱”。盆，掷盆，赌具。

三客亦去。主人视所质二百余金，尽箔灰耳。大惊，寻至秀舟，告以故，欲取偿于秀。及问姓名、里居，知为建之之子，缩颈羞汗而退。过访榜人，乃知主人即申竹亭也。

○箔灰：箔锞的灰烬。箔，一种涂金属粉的烧纸，旧时焚烧以为冥钱。

○榜人：船夫。

译文

任秀有位表叔，姓张，在京城从事商贸活动，他力劝任秀前往京城，并慷慨表示愿意承担其路费，带他一同前往。任秀欣然应允，于是随表叔乘船启程。当船只抵达临清地界时，它们在城西关停泊。彼时，众多运盐的船只也停泊于此，帆樯林立，蔚为壮观。入夜后，水声与人声交织，令任秀难以入眠。更深人静之时，他忽然听到邻船上传来掷骰子的声音，清脆悦耳，令人心动。任秀的手不禁蠢蠢欲动，听听同船的都睡熟了，他摸出包中的一千文钱，心中盘算着是否要过去一试身手。便轻轻起身解开包袱，拿起钱，然而，每当他想起母亲的教诲，便又犹豫不决，只好将钱重新包好，躺下休息。但躺下后，他心中仍感不安，辗转反侧，难以成眠。如此反复多次后，他终于按捺不住，带着钱上了邻船。只见两人正对赌，赌注颇大。任秀将钱放在桌上，要求加入赌局。那两人欣然同意，于是三人开始掷骰子。不久，任秀大获全胜。其中一人输光了钱，便将大块银子抵押给船主人，换来零钱继续赌。后来，他又下了十几贯钱的注，企图一举翻盘。正当赌局如火如荼之际，又有一人加入，观看良久后，也拿出百两银子抵押给主人，加入了赌局。此时，任秀的表叔半夜醒来，发现任秀不在船上，听到骰子声后，便知他去了邻船赌博。表叔赶到邻船，本想阻止任秀，但看到任秀身边堆积如山的钱后，便默不作声，悄悄背走了好几千钱回船。随后，他将同船的几位客人都喊醒，一同来运钱。他们运了好几趟，仍剩下十几千钱未运完。不久，邻船的三个客人全都输光了钱。他们想继续赌银子，但任秀已失去赌兴，借口只赌钱不赌银子。表叔也一再催促他别再赌了，回船睡觉。然而，三个客人输红了眼，船主人又贪图赌客给的小费，希望赌局能继续下去，于是主动到其他船上借来了很多钱。三个客人有了钱后，赌得更加疯狂。不一会儿，他们的钱又全都进了任秀的口袋。此时天已大亮，临清码头开始放早班开船。任秀和表叔以及同船客人一起将赢来的钱运到自己船上，三个客人也悻悻离去。船主一看那三个客人抵押的二百多两银子全都变成了纸箔灰，大惊失色。他找到任秀的船，要求赔偿。但当问起任秀的姓名、籍贯时，船主才知道他就是任建之的儿子。顿时，他羞得满脸通红，缩着脖子汗流浃背地离开了。任秀询问划船的人后，才得知船主竟是申竹亭。

原文

秀至陕时，亦颇闻其姓字，至此鬼已报之，故不复追其前隙矣。乃以赀与张合业而北，终岁获息倍蓰。遂援例入监。益权子母，十年间，财雄一方。

○前隙：以前的仇怨。隙，嫌隙，仇恨。

○合业：一起营业。

○倍蓰（xǐ）：加倍。

○援例入监：根据条例捐纳资财取得监生资格。监，国子监。

○益权子母：更加以资本经商或放债生息。权子母，以钱生钱。

译文

抵达陕西后，任秀时常听闻申竹亭之名，及至了解事情全貌，方知冥冥之中已有鬼神代为报复，因此他决定不再追究申竹亭往昔的过失。于是，任秀利用这笔钱与张某携手北上经商，至年底时，已获利数倍。借此机遇，任秀慷慨解囊，捐资购得监生身份。自此以后，他在商界愈发游刃有余，短短十年间，便积累了巨额财富，成为一方富豪。

试居四等

试居四等是指在清代科举制度中的岁试（或称岁考）中，生员的成绩被评定为第四等。岁试是由各省学政巡回各府、州、县学进行的考试，三年一轮，目的是考核生员的学业进展。成绩分为六等，前三等的生员可以获得奖励，而第四等及以下的生员则会受到罚责或批评。居四等意味着表现平平，需要进一步努力。

【晚霞】

原文

五月五日，吴越间有斗龙舟之戏。刳木为龙，绘鳞甲，饰以金碧。上为雕甍朱槛，帆旌皆以锦绣。舟末为龙尾，高丈余，以布索引木板下垂。有童坐板上，颠倒滚跌，作诸巧剧。下临水，险危欲堕。故其购是童也，先以金啖其父母，预调驯之，堕水而死，勿悔也。吴门则载美妓，较不同耳。

○五月五日：指阴历，即端午节。
○吴越间：古代吴国和越国所辖地区。指今江苏、浙江一带。
○刳（kū）木：将整木挖空。
○金碧：指金黄色和青绿色的油彩。
○雕甍（méng）：雕饰的屋脊。甍，屋脊。朱槛：红色的栏杆。
○巧剧：精妙的节目。剧，指杂技、舞蹈等节目。
○啖（dàn）：吃，收买。
○调驯：调教，训练使之娴熟。
○吴门：古吴县的别称，即今苏州。因其地为春秋时吴都，故称。

译文

五月初五，吴越地区盛行着斗龙舟的传统游戏。人们精选木材，将其剖开并掏空，精心雕琢成龙之形，再细细绘上鳞甲，涂上耀眼夺目的金黄与青绿之色。龙舟之上，装饰着雕花屋脊，配以鲜艳的红色栏杆，而帆与旗则全部采用华丽的锦绣制成。船尾部分被巧妙地设计成龙尾造型，高耸入云，足足有一丈多高。龙尾下方，用布绳牵引着一块木板。木板之上，常有孩童坐立，这些孩童在木板上翻滚嬉戏，表演着各种灵巧有趣的动作。然而，木板之下便是湍急的江水，危险重重，稍有不慎便可能坠入江中。因此，在挑选这些孩童时，组织者会事先用金钱来安抚其父母，并对孩童进行预先的训练。若孩童不幸落水身亡，其父母不得反悔。而在苏州地区，龙舟上则载着美丽的歌妓，与吴越地区的斗龙舟习俗略有不同，各具特色。

原文

镇江有蒋氏童阿端，方七岁，便捷奇巧，莫能过，声价益起，十

○镇江：明清府名。位于江苏省的西南部，即今江苏镇江。

六岁犹用之。至金山下，堕水死。蒋媪止此子，哀鸣而已。阿端不自知死，有两人导去，见水中别有天地，回视，则流波四绕，屹如壁立。俄入宫殿，见一人兜牟坐。两人曰："此龙窝君也。"便使拜伏。龙窝君颜色和霁，曰："阿端伎巧可入柳条部。"遂引至一所，广殿四合。趋上东廊，有诸年少，出与为礼，率十三四岁。即有老妪来，众呼解姥。坐令献技。已，乃教以钱塘飞霆之舞，洞庭和风之乐。但闻鼓钲喤聒，诸院皆响。既而诸院皆息。姥恐阿端不能即娴，独絮絮调拨之，而阿端一过，殊已了了，姥喜曰："得此儿，不让晚霞矣！

○金山：在今江苏镇江西北的长江中，后沙涨成陆，现已与南岸相连。

○兜牟：古称"胄"，头盔。这里指戴着头盔。

○和霁（jì）：本指天气清爽，这里指脸色和蔼。

○钱塘飞霆之舞二句：均是作者虚拟的舞乐而受到唐人传奇《柳毅传》的影响。

○鼓钲（zhēng）：打击乐器。钲，古代铜质打击乐器，形似钟而狭长，有长柄可执，口向上以物击之而鸣。喤聒：形容声音洪大震耳。

○娴：熟悉，从容掌握。

○絮絮：唠唠叨叨地讲个不休。调拨：指点，教导。

○了了：明白，清楚。

译文

在镇江，有一个名叫蒋阿端的孩子，年仅七岁便展现出超乎常人的灵动与敏捷，他的奇异才智和机巧无人能及，因此名声日隆，身价倍增，直至十六岁仍被众人所重用。一日，当船只行至金山脚下时，不幸的事情发生了，阿端落水溺亡。蒋老太太仅此一子，面对这突如其来的悲剧，只能悲痛欲绝，以泪洗面。而阿端自己却浑然不知已离世，被两人引领着前行。他环顾四周，只见水中别有一番洞天福地，再回首，只见四周被水流和波浪环绕，宛如高墙耸立。不久，一座宫殿映入眼帘，殿内坐着一位头戴盔甲的人。那两人告诉阿端："这位便是龙窝君。"于是，他们让阿端向龙窝君行礼致敬。龙窝君面带和煦之色，说道："凭阿端的才艺，足以进入柳条部。"随后，他将阿端带到一个四面环围的大殿之中。阿端步入东廊，便有一群少年迎上前来与他行礼问候，这些少年大都十三四岁的样子。不久，一位老妇人款款走来，众人皆尊称她为"解姥"。解姥坐下后，让阿端展示他的才艺。待阿端表演完毕，她便教他跳"钱塘飞霆"之舞，奏"洞庭和风"之曲。一时间，锣鼓声四起，各个院落都回荡着悠扬的乐声。过了一会儿，各院的声音逐渐平息。解姥担心阿端无法迅速掌握技艺，便独自絮叨着指导他。然而，阿端只需一过场，便已心领神会。解姥见状，欣喜地说道：“我得到这个孩子，真是不亚于晚霞啊。”

原文

明日，龙窝君按部，诸部毕集。首按夜叉部，鬼面鱼服。鸣大钲，围四尺许，鼓可四人合抱之，声如巨霆，叫噪不复可闻。舞起，则巨涛汹涌，横流空际，时堕一点星光，及着地消灭。龙窝君急止之，命进乳莺部。皆二八姝丽，笙乐细作，一时清风习习，波声俱静，水渐凝如水晶世界，上下通明。按毕，俱退立西墀下。次按燕子部，皆垂髫人。内一女郎，年十四五以来，振袖倾鬟，作散花舞，翩翩翔起，衿袖袜履间，皆出五色花朵，随风飏下，飘泊满庭。舞毕，随其部亦下西墀。阿端旁睨，雅爱好之。问之同部，即晚霞也。无何，唤柳条部。龙窝君特试阿端。端作前舞，喜怒随腔，俯仰中节。龙窝君嘉其惠悟，赐五文袴褶，鱼须金束发，上嵌夜光珠。阿端拜赐下，亦趋西墀，各守其伍。端于众中遥注晚霞，晚霞亦遥注之。少间，端逡巡出部而北，晚霞亦渐出部而南，相去数武，而法

○按部：检查各部。按，审查，查验。

○钲：古乐器名。

○墀（chí）：台阶下空地，亦指台阶。

○垂髫（tiáo）人：小女孩。垂髫，指女子未笄前之发式：不束发，头发下垂。

○散花舞：指天女散花之舞。

○随腔：随着音乐变化。腔，声腔。

○中节：符合音乐的节奏。节，节奏。

○惠悟：聪明伶俐。惠，通“慧”。悟，悟性。

○鱼须金束发：鱼须形金丝所制的束发。束发，童子束发为髻的饰物。

○五文：五彩。袴（kù）褶（xí）：汉服的一种款式。上服褶而下缚袴，其外不复用裘裳，故谓“袴褶”。因便于骑乘，最早为军中之服。魏晋至南北朝，上下通用，既为军服也为行旅之服，以至作常服和朝服，并施于妇女。

○各守其伍：各自保持队形。伍，部伍，队列。

○注：注目，盯着看。

○武：半步。

严不敢乱部，相视神驰而已。既按蛱蝶部，童男女皆双舞，身长短、年大小、服色黄白，皆取诸同。诸部按已，鱼贯而出。柳条在燕子部后，端疾出部前，而晚霞已缓滞在后。回首见端，故遗珊瑚钗，端急纳袖中。

○皆取诸同：都选取各方面相同的。

○鱼贯：首尾相连，一个接着一个。

译文

次日，龙窝君对各部进行了考察，各部人员纷纷汇聚一堂。首先接受考察的是夜叉部，这些夜叉面容如鬼魅，身着鱼皮制成的服饰。他们敲响了一面周长超过四尺的巨钲，又擂动了需四人合抱的大鼓，鼓声如雷，震耳欲聋，喧嚣得令人难以忍受。当他们开始舞蹈时，只见波涛汹涌，横流空中，偶尔有星光点点落下，一触地便熄灭无踪。龙窝君连忙命令他们停下，转而让乳莺部上前表演。乳莺部的成员皆是十六七岁的美丽女子，她们演奏的笙乐细腻精妙。一时间，清风徐来，波涛平息，水面渐渐凝结，仿佛变成了水晶世界，上下通明透亮。考察结束后，她们都退到西面台阶下站立。接下来是燕子部的考察，这个部门由未成年的女子组成。其中有一位女郎，十四五岁，她挥动衣袖，歪着头，跳起了“天女散花舞”。只见她轻盈起舞，衣襟、袖子、袜子、鞋子里都落下五色花朵，随风飘荡，洒满整个庭院。舞毕，她随着燕子部也走到西面台阶下站立。阿端在一旁偷偷观察，心中对她产生了深深的喜爱。他向同部的人打听，得知她便是晚霞。不久，龙窝君点到了柳条部，并特别考察了阿端。阿端在前面跳舞，他的喜怒随着乐腔而变化，舞姿与节拍完美融合。龙窝君称赞他聪明有悟性，并赐给他一件五色花纹的连衣裤和鱼须形的金束发带箍，上面还镶嵌着夜明珠。阿端拜谢龙窝君的恩赐后，也走到西面台阶下，站在自己的队伍中。在人群中，阿端远远地注视着晚霞，而晚霞也同样远远地注视着他。过了一会儿，阿端慢慢离开本部向北走去，晚霞也逐渐走出本部向南行去。两人虽然相隔不远，但由于法令严明，不敢乱了秩序，只能远远地互相注视，心中充满了向往。又过了一会儿，开始考察蛱蝶部。童男童女成双成对地起舞，他们的身材、年纪、衣服颜色都一模一样。等各部都考察完毕后，各部依次退出。柳条部排在燕子部后面，阿端急忙走到队伍前面，而晚霞已经慢慢走到了后面。她回头望向阿端，故意丢下一支珊瑚钗。阿端见状，急忙将其藏在袖子里。

原文

既归，凝思成疾，眠餐顿废。解姥辄进甘旨，日三四省，抚摩殷切，病不少瘥。姥忧之，罔所为计，曰：“吴江王寿期已促，且为奈何！”薄暮，一童子来，坐榻上与语，自言：“隶蛱蝶部。”从容问曰：“君病为晚霞否？”端惊问：“何知？”笑曰：“晚霞亦如君耳。”端凄然起坐，便求方计。童问：“尚能步否？”答云：“勉强尚能自力。”童挽出，南启一户，折而西，又辟双扉。见莲花数十亩，皆生平地上，叶大如席，花大如盖，落瓣堆梗下盈尺。童引入其中，曰：“姑坐此。”遂去。少时，一美人拨莲花而入，则晚霞也。相见惊喜，各道相思，略述生平。遂以石压荷盖令侧，雅可幛蔽，又匀铺莲瓣而藉之，忻与狎寝。既订后约，日以夕阳为候，乃别。端归，病亦寻愈。由此两人日一会于莲亩。

○甘旨：好吃的食品。 ○省：看视。

○瘥（chài）：病愈。 ○寿期已促：祝寿的日期迫近。促，迫近。

○方计：方法计谋。

○盖：伞。

○忻（xīn）：快乐。

译文

阿端返回后，因深深的思念而身染疾患，日夜难安，寝食俱废。解姥见状，便为他送来了美味佳肴，每日探望三四次，对他关怀备至，悉心照料，但阿端的病情却丝毫未见好转。解姥心中忧虑重重，却又束手无策，不禁叹道：“吴江王的寿辰即将来临，这可如何是好！”傍晚时分，一个小孩悄然来到阿端身边，坐在床上与他交谈，自称是“蛱蝶部”的。小孩缓缓问道：“你的病，是否因晚霞而起？”阿端听后，惊讶地问道：“你何以知晓？”小孩笑道：“晚霞亦与你一样，身陷相思之苦。”阿端听后，心中凄然，挣扎着坐起身来，向小孩询问解决之道。小孩问道：“你还能行走吗？”阿端答道：“勉强还能自行走动。”于是，小孩扶着他走出房间，向南穿过一道门，转而又向西行，再打开两扇门。只见眼前豁然开朗，几十亩的莲花竞相绽放，平铺于地上，荷叶宽广如席，花朵硕大如伞，落下的花瓣堆积在花梗下，足有一尺多厚。小孩领着阿端走进莲花丛中，说道：“就坐在这里吧。”说完，便转身离去。阿端静待片刻，只见一位美女拨开莲花，款款走来，正是他朝思暮想的晚霞。两人相见，惊喜交加，各自倾诉着相思之苦，大致讲述了自己的情况。随后，他们找来石头压住荷叶，使其倾斜，作为屏障，又将莲花瓣均匀地铺在地上，欣然相拥而眠。两人约定，今后每日太阳西下之后，便在此相会。阿端返回后，病情迅速痊愈。从此，两人每日在莲花地中相见一次，共度美好时光。

原文

过数日，随龙窝君往寿吴江王。称寿已，诸部悉还，独留晚霞及乳莺部一人在宫中教舞，数月更无音耗，端怅惘若失。惟解姥日往来吴江府，端托晚霞为外妹，求携去，冀一见之。留吴江门下数日，宫禁森严，晚霞苦不得出，怏怏而返。积月余，痴想欲绝。一日，解姥入，戚然相吊曰：“惜乎！晚霞投江矣！”端大骇，涕下不能自止。因毁冠裂服，藏金珠而出，意欲相从俱死。但见江水若壁，以首力触不得入。念欲复还，惧问冠服，罪将增重，意计穷蹙，汗流浃踵。忽睹壁下有大树一章，乃猱攀而上，渐至端杪，猛力跃堕，幸不沾濡，而竟已浮水上。不意之间，恍睹人世，遂飘然泅

○称寿：祝人长寿。

○托：托辞，假托。外妹：表妹。

○戚然：悲痛的样子。吊：慰问，安慰。

○意计穷蹙（cù）：无计可施，没有主意。穷蹙，潦倒穷困。

○汗流浃踵：浑身是汗。浃，湿透。踵，脚后跟。

○章：株，大木材。

○猱（náo）攀：像猿猴那样攀爬。猱，猿类。

○沾濡：浸湿。

去。移时，得岸，少坐江滨，顿思老母，遂趁舟而去。抵里，四顾居庐，忽如隔世。次且至家，忽闻窗中有女子曰：“汝子来矣。”音声甚似晚霞。俄，与母俱出，果霞。斯时两人喜胜于悲，而媪则悲疑惊喜，万状俱作矣。

①次且（zī jū）：同“趑趄”，行走困难的样子。

译文

数日之后，他们随同龙窝君一同前往为吴江王庆贺寿辰。寿宴结束后，各部纷纷离去，唯独晚霞与乳莺部的一人被留在宫中教授舞蹈，数月过去，仍无归期，阿端心中怅然若失。在此期间，解姥每日往返于吴江府之间，阿端便谎称晚霞是其表妹，恳请解姥带他一同前往，期盼能与晚霞相见一面。阿端在吴江王门下逗留了数日，然而宫中禁规森严，晚霞苦于无法外出，阿端只得悻悻而归。又过了一个多月，阿端对晚霞的思念愈发深沉，几乎到了茶饭不思的地步。一日，解姥走进屋来，神色哀伤地说道：“可惜啊！晚霞已经投江自尽了！”阿端听后，大惊失色，泪水夺眶而出，难以自持。他愤怒之下，毁坏了帽子，撕裂了衣服，将金珠藏在身上，决心随晚霞而去。然而，江水如墙，任凭他如何用力撞头，也无法穿透。阿端想要退回，又担心被问及帽子衣服的事，罪名会加重。他束手无策，汗水涔涔，湿透了脚跟。忽然，他看见墙壁下有一棵大树，于是像猴子一样攀援而上，渐渐地爬到了树梢，他猛地一跳，幸运的是并未沾湿，竟然已经浮在了水面上。在不经意间，他仿佛来到了人世，于是飘然游去。过了一会儿，他到了岸边，在江边稍作歇息。突然，他想起了家中的老母，便乘船离去。当他回到家乡时，环顾四周的房舍，恍如隔世。他艰难地走到家门口，忽然听到窗户里传来一个女子的声音：“你儿子回来了。”那声音听起来酷似晚霞。片刻之后，与阿端母亲一同走出来的，果然就是晚霞。此时，他们二人的喜悦远远超过了悲伤，而阿端的母亲则既悲伤又怀疑，既惊讶又高兴，情绪复杂到了极点。

原文

初，晚霞在吴江，觉腹中震动，龙宫法禁严，恐旦夕身娩，横遭挞楚，又不得一见阿端，但欲求死，遂潜投江水。身泛起，沉浮波中。有客舟拯之，问其居里。晚霞故吴名妓，溺水不得其尸。自念衏院不可复投，遂曰："镇江蒋氏，吾婿也。"客因代贳扁舟，送诸其家。蒋媪疑其错误，女自言不误，因以其情详告媪。媪以其风格韵妙，颇爱悦之，第虑年太少，必非肯终寡也者。而女孝谨，顾家中贫，便脱珍饰售数万。媪察其志无他，良喜。然无子，恐一旦临蓐，不见信于戚里，以谋女。女曰："母但得真孙，何必求人知。"媪亦安之。会端至，女喜不自已。媪亦疑儿不死，阴发儿冢，骸骨具存，因以此诘端，端始爽然自悟。然恐晚霞恶其非人，嘱母勿复言。母然之。遂告同里，以为当日所得非儿尸，然终虑其不能生子。未几，竟举一男，捉之无异常儿，始悦。久之，女渐觉阿端非人，乃曰："胡不早言！凡鬼衣龙宫衣，七七魂魄坚凝，生人不殊矣。若得宫中龙角胶，可以续骨节而生肌肤，惜不早购之也。"

○挞楚：鞭打。

○衏（yuàn）院：即"行院"，妓院。

○贳（shì）：雇用。扁（piān）舟：小船。

○第：但，只是。

○临蓐：临产，分娩。

○爽然：清醒的样子。

○捉：抚抱。

○七七：四十九天。

译文

原来，晚霞在吴江王府中时，察觉腹中胎儿蠢蠢欲动。龙宫之中法规严苛，她深恐早晚分娩之际，会招致无妄之灾，身受重罚，加之无法与阿端相见，心灰意冷之下，萌生了轻生之念，于是纵身跳入江中。她的身子在波涛中起伏，幸得一艘客船经过，将她救起，并询问她的住处。晚霞本是苏州名妓，若说溺水而亡却未见尸首，深知妓院已无法再回。于是，她谎称自己是镇江蒋家的媳妇。客船上的人便为她租了一艘小船，将她送至蒋家。蒋妈妈初见晚霞，心中虽有疑虑，但晚霞坚称无误，并将实情和盘托出。蒋妈妈见晚霞风姿绰约，心中甚是喜爱，只是担忧她年纪尚轻，恐难守寡。然而，晚霞孝顺恭敬，见蒋家贫寒，便毅然摘下身上的珍贵首饰，变卖了数万钱财以补贴家用。蒋妈妈见她真心实意，心中甚慰。但儿子长期不在家，她唯恐晚霞一旦分娩，难以取信于亲戚邻里。于是，她与晚霞商议此事。晚霞宽慰道："妈妈只要能有真正的孙子，又何必在乎他人知晓与否。"蒋妈妈听后，心中稍安。恰逢阿端归来，晚霞喜出望外。蒋妈妈也怀疑儿子并未死去，便暗中掘开儿子的坟墓查看，发现尸骨犹存，便以此事追问阿端。阿端这才恍然大悟，但唯恐晚霞嫌弃他非人之身，便嘱咐蒋妈妈保密。蒋妈妈答应了阿端的请求，只告诉乡里乡亲说当时找到的并非儿子尸体。但她心中始终担忧晚霞无法生育。不久之后，晚霞竟顺利产下一名男婴，抱起来与常人无异。蒋妈妈见状，心中大喜。随着时间的推移，晚霞逐渐察觉到阿端非人之身，便问道："你为何不早些告诉我呢？鬼若穿上龙宫的衣服，经过七七四十九天，魂魄便会凝固如常人。若能得到宫中的龙角胶，便可接骨生肌。可惜未能及早购得。"

原文

端货其珠，有贾胡出赀百万，家由此巨富。值母寿，夫妻歌舞称觞，遂传闻王邸。王欲强夺晚霞。端惧，见王自陈："夫妇皆鬼。"验之无影而信，遂不之夺。但遣宫人就别院，传其技。女以龟溺毁容，而后见之。教三月，终不能尽其技而去。

○贾（gǔ）胡：做买卖的胡人。指外国商人。

○称觞（shāng）：举杯敬酒。指祝寿。

○龟溺：龟尿。民间传说认为龟尿沾污肌肤不易脱落。

译文

阿端将他的珠子出售，有幸遇到一位外国商人，愿意出价百万购得，这使得蒋家的财富骤增，家境变得极为富裕。恰逢蒋妈妈寿辰，阿端与晚霞夫妇二人携手共庆，载歌载舞，向母亲敬酒献寿，这一温馨场景被传至了淮王府中。淮王得知后，心生贪念，意图强行夺取晚霞。阿端闻讯，心中恐惧不已，决定亲自前往淮王府，向淮王坦白真相："我们夫妇实则都是鬼魂之身。"淮王半信半疑，随即进行查验，发现二人果然没有影子，这才相信了他们的话，放弃了抢夺的念头。然而，淮王并未完全死心，于是便派遣宫人前往别院，请晚霞传授技艺。晚霞为了自保，机智地用龟尿毁坏了自己的容颜，使自己变得面目全非，然后再去见淮王。她传授了三个月，然而那些人还没有学完她的所有舞技，最后她离开了。

【白秋练】

原文

直隶有慕生，小字蟾宫，商人慕小寰之子。聪惠喜读。年十六，翁以文业迂，使去而学贾，从父至楚。每舟中无事，辄便吟诵。抵武昌，父留居逆旅，守其居积。生乘父出，执卷哦诗，音节铿锵。辄见窗影憧憧，似有人窃听之，而亦未之异也。一夕，翁赴饮，久不归，生吟益苦。有人徘徊窗外，月映甚悉。怪之，遽出窥觇，则十五六倾城之姝。望见生，急避去。又二三日，载货北旋，暮泊湖滨。父适他出，有媪入曰："郎君杀吾女矣！"生惊问之，答云："妾白姓，有息女秋练，颇解文字。言在郡城，得听清吟，于今结想，至绝眠餐。意欲附为婚姻，不得复拒。"生心实爱好，第虑父嗔，因直以情告。媪不实信，务要盟约，生不肯。媪怒曰："人世姻好，有求委禽而不得者。今老身自媒，反不见纳，耻孰甚焉！请勿想北渡矣！"遂去。少间，父归，善其词以告之，隐冀垂纳。而父以涉远，又薄女子之怀春也，笑置之。

○直隶：直接隶属于京师的地区。清代的直隶所辖相当于今北京、天津两市、河北省大部和河南、山东的小部地区。

○以文业迂：认为读书科举不实用。文业，指举业。迂，不切实际。

○贾：经商。

○楚：楚地。指湖北、湖南地区。

○逆旅：旅馆。

○居积：货物。

○哦：吟唱。

○倾城之姝：漂亮少女。倾城，喻漂亮所达到的程度可以倾倒全城人。

○息女：亲生女儿。

○郡城：指武昌。

○清吟：对别人吟诵的敬称。

○第：但，只是。

○务要盟约：一定要得到承诺。要，强求，要挟。

○委禽：求婚，定亲。

○善：加工修饰。

○隐冀：心中暗想或希望。垂纳：接受、接纳的敬辞。

○薄：鄙视。怀春：指少女思婚嫁。

译文

在直隶地区，有一位名叫慕蟾宫的书生，他是商人慕小寰的爱子。慕蟾宫自幼聪明伶俐，对书籍抱有浓厚的兴趣，酷爱阅读。当他年满十六岁时，他的父亲却认为科举之路太过迂腐，于是决定让他放弃学业，转而学习经商，随父前往楚地历练。在船上闲暇之余，慕蟾宫总是手不释卷，吟诗诵词，陶醉其中。抵达武昌后，父亲将他安置在旅店中，负责看守货物。慕蟾宫趁父亲外出之际，便偷偷拿出书本，吟诵起诗句来，声音铿锵有力。有时，他注意到窗外似乎有人影在晃动，似乎在偷听他的吟诵，但他并未觉得有何异样。一日夜晚，父亲外出赴宴，迟迟未归。慕蟾宫便更加专注地吟诵起诗句来。这时，他看见一个人在窗外徘徊，月光下，那人的身影清晰可见。他心中感到好奇，急忙走出房间查看，只见一个十五六岁的美丽女子站在那里，倾国倾城。女子一见到慕蟾宫，便急忙躲开了。过了两三天，他们装好货物，准备北上回家。晚上，船只停泊在湖滨。父亲因事外出，这时，一个老妇人走了进来，说道："你差点害死我女儿了！"慕蟾宫惊讶地询问缘由，老妇人回答道："我姓白，有一个亲生女儿，名叫秋练，她颇具文采。她说在郡城时，曾听过你的吟诵，至今念念不忘，以至于废寝忘食。我想将她许配给你，希望你不要拒绝。"慕蟾宫心中确实对那位女子颇有好感，但担心父亲会责怪他，于是便将实情告诉了老妇人。老妇人却不肯相信，坚持要他答应这门婚事，慕蟾宫不肯。老妇人恼怒地说："人世间的婚姻，有时上门求亲都求不到。如今我亲自做媒，反而被拒绝，还有比这更丢脸的事嘛！你别想乘船回到北方去！"说完，便愤然离去。过了一会儿，父亲回来了。慕蟾宫委婉地将这件事告诉了他，心中暗自希望父亲能够答应。然而，他的父亲却认为他们离家远行，又看不起这个女孩主动示好的行为，于是一笑置之，并未当回事。

原文

泊舟处，水深没棹，夜忽沙碛拥起，舟滞不得动。湖中每岁客舟必有留住守洲者，至次年桃花水溢，他货未至，舟中物当百倍于原直也，以故翁未甚忧怪。独计明岁南来，尚须揭赀，于是留子自归。

○棹：船桨。○沙碛（qì）：浅水中的沙石。○洲：露出水面的陆地。○桃花水：即"桃花汛"。○直：价值。○揭赀（zī）：措办资金。揭，持，负。

生窃喜，悔不诘媪居里。日既暮，媪与一婢扶女郎至，展衣卧诸榻上。向生曰：“人病至此，莫高枕作无事者！”遂去。生初闻而惊，移灯视女，则病态含娇，秋波自流。略致讯诘，嫣然微笑。生强其一语，曰：“‘为郎憔悴却羞郎’，可为妾咏。”生狂喜，欲近就之，而怜其荏弱，探手于怀，接肣为戏。女不觉欢然展谑，乃曰：“君为妾三吟王建‘罗衣叶叶’之作，病当愈。”生从其言。甫两过，女揽衣起坐曰：“妾愈矣！”再读，则娇颤相和。生神志益飞，遂灭烛共寝。女未曙已起，曰：“老母将至矣。”未几，媪果至。见女凝妆欢坐，不觉欣慰。邀女去，女俯首不语。媪即自去，曰：“汝乐与郎君戏，亦自任也。”于是生始研问居止，女曰：“妾与君不过倾盖之友，婚嫁尚不可必，何须令知家门。”然两人互相爱悦，要誓良坚。

○诘：问。居里：住处。

○高枕：即高枕而卧。把枕头垫高，舒坦而睡，无所担忧。

○为郎憔悴却羞郎：唐代元稹《莺莺传》中的诗句。

○接肣（hán）：接吻。肣，下唇。

○展谑：放松活泼。

○王建“罗衣叶叶”之作：指唐代诗人王建《宫词》：“罗衣叶叶绣重重，金凤银鹅各一丛。每遍舞时分两向，太平万岁字当中。”

○居止：住处，生活状况。

○倾盖之友：偶然相遇的朋友，喻短暂的会晤。倾盖，谓途中相遇。盖，车盖，形如伞。停车而语，车盖相接。

译文

原先船只停泊之处，水深足以没过船桨，然而一夜之间，沙堆涌现，将船只牢牢困住，无法移动。在这片湖泊中，每年总有客船因故滞留于小洲之上，直至次年桃花盛开、水位上涨之时，其他货船尚未抵达，这些滞留船上的货物便能以百倍于原价的价格售出。因此，慕生的父亲对此并不十分担忧，只是考虑到明年若要再次南行，还需筹集资金。于是，他决定留下儿子，自己独自返回。慕生心中暗自欣喜，只是懊悔未曾询问老妇人的住址。夜幕降临后，老妇人带着一名丫环，扶着那病弱的女孩前来。

她们铺开衣物，让女孩躺在床上。老妇人对慕生说道：“她已病至如此，你可不能像没事人一样，无动于衷！”说完，便转身离去。慕生初时感到惊奇，待他点亮灯火一看，只见女孩虽然病中憔悴，却依然美丽动人，一双乌黑的大眼睛闪烁着光芒。慕生轻声询问了几句，女孩只是微微一笑。慕生坚持让她说句话，女孩便轻声道：“‘为郎憔悴却羞郎’，这句诗仿佛正是为我而写。”慕生大喜过望，想要亲近她，却又心疼她的身体虚弱。于是，他伸出手去，轻轻拥她入怀，与她亲热。女孩在慕生的怀抱中渐渐放松，笑着说道：“你为我吟诵三遍王建的‘罗衣叶叶’那首诗，我的病就会好了。”慕生依言开始吟诗，才吟了两遍，女孩便拉着衣服起身说道：“我已经好了！”再吟时，女孩也用娇弱而颤抖的声音跟着他一起吟诵。慕生见状，神采飞扬，于是熄灭了灯火，两人一同躺下。天还未亮，女孩便起床说道：“我母亲就要来了。”不一会儿，老妇人果然到来。她见女儿穿戴整齐，快乐地坐在那里，心中感到十分欣慰。她想要带女儿回去，女孩却低下头默不作声。老妇人见状，便起身独自离去，说道：“你喜欢和慕生在一起玩乐，我也就不管你了。”于是，慕生询问女孩住在哪里，女孩却说道：“我们二人不过是刚刚结识的朋友，还未能确定婚嫁之事，又何必要知道我家住在哪里呢？”然而，两人心中早已相互爱慕，立下了海誓山盟。

原文

女一夜早起挑灯，忽开卷凄然泪莹，生急起问之。女曰：“阿翁行且至。我两人事，妾适以卷卜，展之得李益《江南曲》，词意非祥。”生慰解之，曰：“首句‘嫁得瞿塘贾’，即已大吉，何不祥之与有！”女乃稍欢，起身作别曰：“暂请分手，天明则千人指视矣。”生把臂哽咽，问：“好事如谐，何处可以相报？”曰：“妾常使人侦探之，谐否无不闻也。”生将下舟送之，女力辞而去。无何，慕果至。生渐吐其情，父疑其招妓，怒加诟厉。细审舟中财物，并无亏损，谯诃乃已。一

○卷卜：用书占卜。指信手翻阅书卷某一页，就其内容占卜吉凶。卷，书。

○阿翁：公公。行且：将要。

○李益：字君虞，唐代诗人。以边塞诗闻名，擅长绝句，尤工七绝。《江南曲》：“嫁得瞿塘贾，朝朝误妾期。早知潮有信，嫁与弄潮儿。”诗写商人之妻对丈夫的思念。

○千人指视：即千夫所指，意为触犯众怒。

○谯（qiào）诃：训斥，指责。

夕，翁不在舟，女忽至，相见依依，莫知决策。女曰：“低昂有数，且图目前。姑留君两月，再商行止。”临别以吟声作为相会之约。由此值翁他出，遂高吟，则女自至。四月行尽，物价失时，诸贾无策，敛赀祷湖神之庙。端阳后，雨水大至，舟始通。

○低昂有数：事物的起伏成败，自有天命。

○物价失时：指舟行受阻，货物失去了获取季节性差价的时机。

○端阳：端阳节，即阴历五月初五日。

译文

一夜，女孩早早起身，点亮了灯火，忽然翻开书页，凄然泪下。慕生见状，急忙起床询问她发生了何事。女孩答道：“你父亲即将到来。我方才为我们二人的未来卜了一卦，翻开书页，却见到了李益的《江南曲》，诗中寓意似乎不甚吉利。”慕生连忙安慰她道：“诗中首句‘嫁得瞿塘贾’，已是大吉之兆，又有何不祥之处呢？”女孩听后，心情稍稍好转，起身告别道：“我们暂且分别吧，待天亮之后，恐怕会有许多人对我们指指点点。”慕生紧紧握住她的手臂，哽咽着说：“若我父亲答应了这门亲事，我该去哪里告知你呢？”女孩回应道：“我会时常派人打听消息，无论结果如何，我都会知晓。”慕生想要下船送她，但女孩却坚决推辞，独自离去。不久，慕生的父亲果然抵达。慕生鼓起勇气，向父亲吐露了真情。然而，父亲却怀疑他招来了妓女，生气地责骂他。父亲仔细检查船上的货物，发现并未减少，这才骂骂咧咧地作罢。一日夜晚，父亲不在船上，那女孩忽然出现。两人依依不舍，却也想不出什么解决的办法。女孩说道：“成败自有天意，我们先享受眼前的快乐吧。我再陪你两个月，之后我们再商量对策。”临别时，两人约定以吟诗作为相会的暗号。从此以后，每当父亲外出，慕生便高声吟诗，那女孩便会如约而至。转眼间，四月份即将过去，物价错过了最佳时机，商人们束手无策，只好筹钱前往湖神庙祈求保佑。端午节过后，大雨倾盆而下，船只终于得以通航。

原文

生既归，凝思成疾。慕忧之，巫医并进。生私告母曰：“病非药

○巫：巫师，巫术。医：医生，医术。

禳可痊，唯有秋练至耳。”翁初怒之，久之，支离益惫，始惧，

〇禳（ráng）：除邪消灾的法式。

〇支离：衰残瘦弱的病体。

赁车载子，复如楚，泊舟故处。访居人，并无知白媪者。会有媪操柁湖滨，即出自任。翁登其舟，窥见秋练，心窃喜，而审诘

〇操柁：驾船。柁，即舵。

邦族，则浮家泛宅而已。因实告子病由，冀女登舟，姑以解其沉痼。媪以婚无成约，弗许。女露半面，殷殷窥听，闻两人言，眦

〇浮家泛宅：居无定所。指飘泊无定的水上人家。

〇姑：姑且。沉痼：经久难治的疾病。痼，病。

〇殷殷：专注而忧伤的样子。

泪欲堕。媪视女面，因翁哀请，即亦许之。至夜，翁出，女果至，就榻呜泣曰：“昔年妾状，今到君耶！此中况味，要不可不使君知。然羸顿如此，急切何能便瘳？妾请为君一吟。”生亦喜。女

〇羸（léi）顿：病体衰弱的样子。

〇便瘳（chōu）：立刻病愈。瘳，病愈。

亦吟王建前作，生曰：“此卿心事，医二人何得效？然闻卿声，神已爽矣。试为我吟‘杨柳千条尽向西’。”女从之。生赞曰：“快

〇杨柳千条尽向西：唐刘方平《代春怨》诗：“朝日残莺伴妾啼，开帘只见草萋萋。庭前时有东风入，杨柳千条尽向西。”

哉！卿昔诵诗余，有《采莲子》云‘菡萏香连十顷陂’，心尚未

〇诗余：词的别名。

〇采莲子：词调名。四句二十八字。菡萏（hàn dàn）香连十顷陂：唐皇甫松《采莲子》词：“菡萏香连十顷陂，小姑贪戏采莲迟。晚来弄水船头湿，更脱红裙裹鸭儿。”

忘，烦一曼声度之。”女又从之。甫阕，生跃起曰：“小生何尝病

〇曼声度之：拖长声音歌唱它。曼，长，舒展。度，按谱歌唱。

〇甫阕（què）：刚唱完。阕，乐终。

哉！”遂相狎抱，沈痾若失。既而问：“父见媪何词？事得谐否？”

〇沈痾：沉重的病。痾，病。

女已察知翁意，直对“不谐”。

译文

慕生返回家中后，因思念秋练过度而病倒。他的父亲深感忧虑，于是请来了巫师和医生为他治疗。慕生私下里向母亲透露：“我的病并非药物或巫术所能治愈，

唯有秋练的到来，才能让我康复。”起初，他的父亲听闻此言大为恼怒，但随着时间的推移，慕生的身体日渐消瘦，疲惫不堪，他的父亲开始感到害怕。于是，他租了一辆马车，带着儿子再次前往楚地，并将船停靠在了原来的地方。他们向当地居民打听，却无人知晓白老妇人的下落。正巧，一位老妇人在湖边划船，她走出船舱，自称是白老太太。慕生的父亲登上她的船，见到了秋练，心中暗自欢喜。再询问她们的家庭情况，得知她们是水上人家。他便将儿子生病的原因如实相告，希望秋练能到船上去，为他的儿子治病。老妇人认为，两人尚未正式订婚，不便让秋练前去。秋练露出半边脸庞，认真地听着他们两人的对话，泪水在眼眶里打转。老妇人看到女儿的表情，再加上慕生父亲的恳求，最终同意了。到了夜晚，慕生的父亲外出，秋练果然来到船上，伏在床边啜泣着说：“当年我因相思而病倒，如今这份痛苦却转到了你身上！其中的甘苦，怎能不让你也尝尝？但你如今如此消瘦疲惫，一下子怎么可能治好呢？还是让我为你吟诵诗词吧。”慕生也感到很高兴。秋练吟诵的正是王建的那首诗，慕生说道：“这首诗咏的是你的心事，怎么可能对两个人都有效呢？不过，能听到你的声音，我的精神已经爽快多了。你试着为我吟诵一首‘杨柳千条尽向西’吧。”秋练便吟诵了一遍。慕生听后赞叹道：“真是痛快啊！你以前吟诵的诗词中，有一首《采莲子》写道‘菡萏香连十顷陂’，我心里一直没有忘记，烦请你再用长声吟诵一遍。”秋练便又吟诵了这首词。刚吟完，慕生便一跃而起，说道：“我又何尝生过病呢！”说完，两人紧紧拥抱在一起，大病似乎瞬间痊愈了。过了一会儿，慕生问道：“我父亲见你母亲时说了些什么？我们的婚事能谈成吗？”秋练已经察觉到了慕生父亲的意思，便直率地说道：“没谈成。”

原文

既而女去，父来，见生已起，喜甚，但慰勉之。因曰：“女子良佳。然自总角时，把柁棹歌，无论微贱，抑亦不贞。”生不语。翁既出，女复来，生述父意。女曰：“妾窥之审矣，天下事，愈急则愈远，愈迎则愈距。当使意自转，反相求。”生问计，女曰：“凡商贾志在利

○棹歌：指渔民在撑船、划船时候唱的渔歌。棹，船桨。

○总角：指童年。古时男女未成年，束发为两结，形状如角，故称“总角”。

○审：仔细，认真。

○距：同“拒”。

耳。妾有术知物价。适视舟中物，并无少息。为我告翁：居某物，
○少息：微利。
利三之；某物，十之。归家，妾言验，则妾为佳妇矣。再来时，君十八，妾十七，相欢有日，何忧为！”生以所言物价告父。父颇不信，姑以余赀半从其教。既归，所自置货，赀本大亏，幸少从女言，得厚息，略相准。以是服秋练之神。生益夸张之，谓女自言，能使
○相准：相抵。
己富。翁于是益揭赀而南。至湖，数日不见白媪。过数日，始见其泊舟柳下，因委禽焉。媪悉不受，但涓吉送女过舟。翁另赁一舟为
○委禽：下聘礼。古代婚礼，纳采用雁，故称。
○涓吉：选择吉祥的日子。涓，选择。
子合卺。女乃使翁益南，所应居货，悉籍付之。媪乃邀婿去，家于
○合卺（jǐn）：举行婚礼。
○籍付之：登记在薄籍上交给慕翁。
其舟。翁三月而返，物至楚，价已倍蓰。将归，女求载湖水。既归，
○倍蓰（xǐ）：数倍。
每食必加少许，如用醯酱焉。由是每南行，必为致数坛而归。
○醯（xī）：醋。

译文

片刻之后，秋练离去了，而父亲则返回，见到慕生已然起身，心中满是欢喜，只是不停地安慰他。随后，父亲又言道：“那女子虽好，但自幼便于船上掌舵歌唱，且不论其出身卑微，恐其品性也未必纯洁。”慕生听后，默不作声。待父亲离去，秋练又悄然返回，慕生便将她父亲的话转述给了秋练。秋练听后，轻声道：“我已看得分明，世间之事，往往你越急切追求，它便越远离你；你越想迎合，它便越拒绝你。应当让你的父亲回心转意，反过来恳求你才是。”慕生忙问她有何良策，秋练答道：“商人皆以谋利为先，我有办法预知物价。方才我瞥了一眼舱中的货物，皆非盈利之选。你可代我告知你父亲，囤积某些货物，可获利三倍；而囤积另一些，则可获利十倍。”慕生将秋练所言的物价信息告知了父亲。然而，父亲半信半疑，仅拿出剩余资金的一半，按照秋练的指点去操作。待他们回到家中，自己购买的货物亏损严重，幸亏稍微听取了

秋练的建议，才赚得了一大笔钱，两者大致相抵。自此，父亲对秋练的神明之智深信不疑。慕生更是在父亲面前极力夸赞秋练，说她曾言能帮助他们家致富。于是，父亲再次筹集资金南下。抵达湖边后，多日未见白老妇人的踪影。又过了几日，才终于看见她的船停泊在柳树下。慕生的父亲连忙送去聘礼，但白老妇人却全都拒不接受，只是选了个吉日，将女儿送过船来。慕生的父亲又租了一艘船，为儿子举行了婚礼。婚后，秋练建议慕生的父亲再往南去，并将应采购的货物一一登记在册，交给了他。老妇人则邀请慕生住到了她的船上。三个月后，慕生的父亲满载而归，货物运到楚地，价格已翻了好几倍。临行前，秋练要求带些湖水回去。回家后，每次吃饭时，她都要加上一点儿湖水，就像放调料一样。此后，每次慕生的父亲南行，都会为她带上几坛湖水回来。

原文

后三四年，举一子。一日，涕泣思归。翁乃偕子及妇俱如楚。至湖，不知媪之所在。女扣舷呼母，神形丧失，促生沿湖问讯。会有钓鲟鳇者，得白骥。生近视之，巨物也，形全类人，乳阴毕具。奇之，归以告女。女大骇，谓夙有放生愿，嘱生赎放之。生往商钓者，钓者索直昂。女曰：“妾在君家，谋金不下巨万，区区者何遂靳直也！如必不从，妾即投湖水死耳！”生惧，不敢告父，盗金赎放之。既返，不见女，搜之不得，更尽始至。问：“何往？”曰：“适至母所。”问：“母何在？”腼然曰：“今不得不实告矣：适所赎，即妾母也。向在洞庭，龙君命司行旅。近宫中欲选嫔妃，妾

○鲟鳇（xún huáng）：鲟鱼和达氏鳇两种鱼类的总称。

○白骥：即白鳍豚，亦称“白暨豚”“白鲟”“江马”“扬子江豚”及“长江河豚”等。

○放生：释放被捕捉的生物。佛教所提倡的善举。

○直：价值。昂：高。

○靳（jìn）直：吝啬价格，把价钱看得很重。靳，吝惜。

○腼（miǎn）然：不好意思的样子。

○司：负责，管理。

被浮言者所称道，遂敕妾母，坐相索。妾母实奏之。龙君不听，放母于南滨，饿欲死，故罹前难。今难虽免，而罚未释。君如爱妾，代祷真君可免。如以异类见憎，请以儿掷还君。妾去，龙宫之奉，未必不百倍君家也。”生大惊，虑真君不可得见。女曰：“明日未刻，真君当至。见有跛道士，急拜之，入水亦从之。真君喜文士，必合怜允。”乃出鱼腹绫一方，曰：“如问所求，即出此，求书一‘免’字。”生如言候之，果有道士蹩躠而至，生伏拜之。道士急走，生从其后。道士以杖投水，跃登其上。生竟从之而登，则非杖也，舟也。又拜之。道士问：“何求？”生出罗求书。道士展视曰：“此白骥翼也，子何遇之？”蟾宫不敢隐，详陈颠末。道士笑曰：“此物殊风雅，老龙何得荒淫！”遂出笔草书“免”字，如符形，返舟令下。则见道士踏杖浮行，顷刻已渺。归舟，女喜，但嘱勿泄于父母。

○敕：皇帝的诏令，自上命下之词。

○真君：道家对修仙得道者的尊称。

○未刻：下午一点到三点。

○蹩躠（bié xiè）：走路一瘸一拐。

○罗：绫罗。指“鱼腹绫”。

○颠末：始末过程。

译文

三四年后，秋练诞下一子。某日，她泪流满面，表达了想要回家的愿望。于是，慕生的父亲带着儿子、儿媳一同前往楚地。抵达湖畔，却不见老妇人的踪迹。秋练焦急地敲打船舷，呼唤着母亲，身心俱疲。她催促慕生沿着湖边去寻找，恰巧遇到一位正在钓鲟鳇鱼的渔人，竟钓起了一条白鳍豚。慕生好奇地走近一看，发现这竟是一个形似人的庞然大物，乳房、生殖器官俱全。他感到十分惊奇，回去后便告诉了秋练。秋练听后大惊失色，说她平生有放生的愿望，嘱咐慕生务必将其买下放生。慕生去找渔人商量，渔人却开出了高价。秋练坚决地说：“我在你家，帮你们赚的钱何止万贯，这么一点钱就舍不得吗？如果你不听我的，我就跳湖自尽！”慕生听后心生畏惧，不敢告诉父亲，便偷偷拿了钱将那条鱼买下并放生了。然而，当他回到船上时，却发现秋练不见了。他四处寻找，直到五更天后才见秋练回来。慕生焦急地问：“你到哪里去了？”秋练回答道：“我去找我母亲了。”慕生又问：“你母亲在哪里？”秋练不好意思地低下了头，说道：“现在我不得不告诉你真相了。你今天买下放生的那条鱼，其实就是我的母亲。在洞庭湖时，龙君命令她管理行旅。近来宫中要挑选嫔妃，一些人妄言我貌美，龙君听后便命令我母亲将我交出。母亲将实情禀告龙君，但龙君不听解释，将她流放到南泊。她饿得快要死了，所以才遭受了之前的灾难。虽然现在灾难已解脱，但惩罚却未免除。如果你爱我，就请代我向真君祈求，免除对我母亲的惩罚。如果你嫌弃我不是同类，我就把儿子还给你，自己回去。龙宫的供奉未必不比你家的好上百倍。”慕生听后大吃一惊，担心自己无法见到真君。秋练安慰他说：“明天未时，真君应该会来。你如果见到一个跛道士，就赶紧向他下拜。即使他下水，你也要跟下去。真君喜欢文士，他一定会同情你并答应你的要求。”说着，她又拿出一块鱼腹绫，嘱咐道：“如果他问你求什么事，你就拿出这东西，求他在上面写一个‘免’字。”慕生按照秋练的吩咐去等候真君。果然，有一个道士跛着脚走过来。慕生上前跪倒参拜，道士急忙走开，慕生紧跟其后。道士将拐杖扔到水中，自己跳了上去。慕生也勇敢地跟着跳去，一看原来不是拐杖，而是一条船。他再次向道士下拜。道士问道：“你求什么事？”慕生拿出那块鱼腹绫，求他写字。道士展开一看，惊讶地说：“这是白鳍豚的鱼翅，你是怎么得到的？”慕生不敢隐瞒，详细陈述了事情的经过。道士笑着说：“这东西很是风雅，那老龙怎么能如此荒淫呢！”他便取出笔来，草写了个“免”字，字形像个符咒。然后将船划到岸边让慕生下去。只见那道士踏杖在水中行走，顷刻间便消失了。慕生回到船上，秋练高兴极了。她只是嘱咐慕生不要将这件事告诉他的父母。

原文

归后二三年，翁南游，数月不归。湖水既罄，久待不至，女遂病，日夜喘急。嘱曰：“如妾死，勿瘗，当于卯、午、酉三时，一吟

○罄（qìng）：空，尽。

○瘗（yì）：埋。○卯、午、酉三时：指早晨、中午、晚上。

杜甫《梦李白》诗，死当不朽。候水至，倾注盆内，闭门缓妾衣，

○杜甫《梦李白》诗：李白晚年遭到流放，杜甫写成《梦李白》二首表示对李白不幸遭遇的深切怀念。

抱入浸之，宜得活。”喘息数日，奄然遂毙。后半月，慕翁至，生急如其教，浸一时许，渐苏。自是每思南旋。后翁死，生从其意，迁于楚。

○一时许：一个时辰左右。

译文

两三年时光匆匆流逝，慕生的父亲再次踏上南行之路，数月未归。家中储备的湖水渐渐耗尽，尽管众人期盼已久，却仍不见他归来的身影。此时，秋练不幸染病，日夜喘息不止，身体状况每况愈下。她虚弱地嘱咐慕生：“若我离世，先勿急于安葬。你需在每日的卯、午、酉三个时辰，吟诵杜甫的《梦李白》诗篇，如此我的遗体便不会腐朽。待湖水运回后，你便将其倒入盆中，紧闭房门，解开我的衣裳，将我轻轻抱入盆中，让湖水完全浸没我。如此，我或许能重获新生。”秋练在喘息中艰难地度过了几日，最终气息渐弱，离开了人世。慕生心痛欲绝，却牢记着她的遗言。半个月后，父亲终于归来，慕生急忙按照秋练的吩咐，将她浸入湖水中。时间一分一秒过去，一个多时辰后，奇迹发生了，秋练竟然缓缓苏醒了过来。自那以后，秋练心中常常涌动着回归南方的念头。后来，慕生的父亲不幸离世，慕生为了顺应秋练的心愿，便带着家人迁往了楚地，开始了新的生活。

鲟鳇

鲟鳇是一种大型鱼类，生活在江河及近海的深水中，特点是无鳞，灰白色，体型可长达二三丈。其鼻部较长，带有须，口位于下颌附近，尾部呈分叉状。鲟鳇鱼因其独特的外形和巨大的体型，在古代文献中常被提及，是江河与海洋生态中的重要鱼类。

【王者】

原文

湖南巡抚某公，遣州佐押解饷六十万赴京。途中被雨，日暮愆程，无所投宿，远见古刹，因诣栖止。天明，视所解金，荡然无存。众骇怪，莫可取咎。回白抚公，公以为妄，将置之法。及诘众役，并无异词。公责令仍反故处，缉察端绪。

○州佐：辅佐州郡长官的副职。清代知州以下的州同、州判之类的官员泛称"州佐"。饷：军粮及军队的俸给。

○巡抚：明清时地方军政大员之一。巡视各地的军政、民政大臣。清代巡抚主管一省军政、民政，以"巡行天下，抚军安民"命名。

○愆程：耽误了行程。愆，失误。

○刹：寺庙。　○栖止：投宿休息。

○莫可取咎：无人可以加罪，找不到失金的原因。咎，罪责。

○端绪：头绪，原因。

译文

湖南巡抚某大人，命一名州佐押送六十万两饷银赴京。不料途中突遇降雨，天色渐暗，行程受阻，以至于未能寻得合适的歇脚之处。遥见一座古朴寺庙，众人便决定前往那里暂作休息。及至次日拂晓，州佐查看押送的银两，却惊觉已不翼而飞，踪迹全无。众人皆感惊骇，四处搜寻，却未能发现任何可疑线索。州佐无奈，只得返回向巡抚禀报此事。巡抚听后，疑其说谎，欲加惩处。随后，巡抚又询问了随行差役，众人所述与州佐并无二致。巡命州佐重返失银之地，仔细搜查，以期寻得蛛丝马迹，解开这桩离奇失银之谜。

原文

至庙前，见一瞽者，形貌奇异，自榜云："能知心事。"因求卜筮。瞽曰："是为失金者。"州佐曰："然。"因诉前苦。瞽者便索肩舆，云："但从我去，当自知。"遂如其言，官役皆从之。瞽曰："东。"东之。瞽曰："北。"北之。凡五日，入深山，忽睹城

○瞽（gǔ）：目盲，瞎子。　○自榜：自我标榜，声称。

○卜筮：占卦问吉凶。古时占卜，用龟甲叫"卜"，用蓍草叫"筮"，合称"卜筮"。

○肩舆：代步工具。其制为二长竿，中设软椅以坐人。后加覆盖物，则为轿子。

郭，居人辐辏。入城，走移时，瞽曰：“止。”因下舆，以手南指：

○辐辏（fú còu）：原指车轮的辐条集聚于轴心，比喻密集。○移时：一会儿，经历一段时间。

“见有高门西向，可款关自问之。”拱手自去。

○款关：敲门。

译文

州佐抵达庙宇前，遇见一位盲人，其相貌颇为独特，自称拥有洞悉人心的能力。州佐心生好奇，便请他为自己占卜一卦。盲人开口道：“你此行，莫非是为了丢失银两之事？”州佐答道：“正是。”接着，他详细叙述了饷银遗失的遭遇。盲人听后，吩咐州佐准备一顶轿子，并言道：“你只须随我同行，到时自会明了。”州佐依言而行，其他官役也紧随其后。盲人指引方向，时而向东，时而向北，一行人共行进了五日，深入崇山峻岭之中。忽地，一座城池映入眼帘，城中居民熙熙攘攘。他们进入城中，行走不久，盲人便吩咐停下。他下轿后，伸手向南一指，说道：“你看见那边有一扇朝西的高门了吗？可自行前去敲门询问。”说完，他拱了拱手，转身离去。

原文

州佐如其教，果见高门，渐入之。一人出，衣冠汉制，不言姓名。

○衣冠汉制：衣帽款式都是汉朝的样式。

州佐述所自来，其人云：“请留数日，当与君谒当事者。”遂导去，令独居一所，给以食饮。暇时闲步，至第后，见一园亭，入涉之。

○第：房屋，宅子。

老松翳日，细草如毡。数转廊榭，又一高亭，历阶而入，见壁上挂

○翳（yì）：遮蔽。

人皮数张，五官俱备，腥气流熏。不觉毛骨森竖，疾退归舍。自分留鞹异域，已无生望，因念进退一死，亦姑听之。明日，衣冠者

○留鞹（kuò）异域：死在他乡。鞹，去毛的皮革。此指人。

召之去，曰：“今日可见矣。”州佐唯唯。衣冠者乘怒马甚驶，州佐

○怒马：壮马。怒，形容气势强盛。驶：迅速。

步驰从之。俄，至一辕门，俨如制府衙署，皂衣人罗列左右，规模凛肃。衣冠者下马，导入。又一重门，见有王者，珠冠绣绂，南面坐。州佐趋上，伏谒。王者问："汝湖南解官耶？"州佐诺。王者曰："银俱在此。是区区者，汝抚军即慨然见赠，未为不可。"州佐泣诉："限期已满，归必就刑，禀白何所申证？"王者曰："此即不难。"遂付以巨函云："以此复之，可保无恙。"又遣力士送之。州佐慑息，不敢辨，受函而返。山川道路，悉非来时所经。既出山，送者乃去。

- 俨：庄重齐整的样子。制府：指总督府。明清时，总督别称"制军"或"制台"。
- 步驰：跑步，快走。
- 辕门：古代帝王巡狩，止宿郊野时，用车子作为屏藩，出入处用两车的车辕相向交接为门，叫"辕门"。后也指领兵将帅的营门或督抚等官府的外门。
- 规模：场面，气势。
- 绣绂（fú）：刺绣的礼服。绂，同"黼"，帝王的章服。
- 区区者：微少之物。
- 申证：申述验证。
- 慑息：控制气息。指害怕得不敢喘气。
- 辨：同"辩"。

译文

州佐遵循盲人的指示，果然发现了一座巍峨的门楼，便缓缓步入其中。迎面走来一人，身着汉朝服饰冠帽，却并未自报家门。州佐向他说明了自己的来意，那人便道："请君在此小住几日，我定会引荐你去见那位负责此事的人。"言毕，便引领州佐进入宅内，并为他安排了一间独室，还提供了饮食。在闲暇之余，州佐漫步至宅后，发现了一座带有亭台的花园，便信步走入。花园内，古松参天，遮蔽了日光，地上的小草细密如毡。他穿过几道廊榭，又见到了一座高耸的亭子。他沿着台阶走上亭子，却惊见墙壁上挂着几张人皮，五官俱全，一股浓烈的血腥味扑鼻而来。州佐吓得毛骨悚然，急忙退出花园，返回了自己的住处。他心中暗想，身处这挂有人皮的异乡之地，生还的希望已经十分渺茫。但转念一想，无论进退都是死路一条，索性就听天由命吧。次日，那人召见州佐，说道："今日你便可见到那位负责的人了。"州佐唯唯诺诺地听从命令。那人骑着快马疾驰而去，州佐则紧随其后，奋力奔跑。不久，他们来到了一座衙门外，那衙门的气势恢宏，颇似总督府。身穿黑衣的衙役们分列两旁，场面显得庄严肃穆。那人下马后，领着州佐进入衙门，又穿过一道门，只见一位王者端坐在堂上，头戴珠冠，身穿绣袍，面南背北。州佐急忙上前跪倒叩头。王者问道："你就是湖南的那个押银官吗？”州佐回答说是。王者又道：“银子都在这里。这么一点银子，你家巡抚既然慷慨相赠，我收下也不是不可以。”州佐哭诉道：“我的期限已满，回去肯定会被处死，我向巡抚禀告时拿什么作为证明呢？”王者说道：“这并不难。”于是交给他一个大信函，说道：“你拿这个回复他，可保你安然无恙。”然后又派了一个力士送他出去。州佐心中恐惧万分，屏住呼吸不敢声辩，接过信函后便匆匆离去。回去的路途与来时全然不同，山川道路皆已变换。力士将他送出山后，便转身离去。

原文

数日，抵长沙，敬白抚公。公益妄之，怒不容辨，命左右者飞索以縶。州佐解襆出函，公拆视未竟，面如灰土，命释其缚，但云：“银亦细事，汝姑出。”于是急檄属官，设法补解讫。数日，公疾，寻卒。先是，公与爱姬共寝，既醒，而姬发尽失。阖署惊怪，莫测其由。盖函中即其发也。外有书云：“汝自起家守令，位极人臣，赇赂贪婪，不可悉数。前银六十万，业已验收在库。当自发贪囊，补充旧额。解官无罪，不得加谴责。前取姬发，略示微警。如复不遵教令，旦晚取汝首领。姬发附还，以作明信。”公卒后，家人始传其书。后属员遣人寻其处，则皆重岩绝壑，更无径路矣。

○白：告白，禀白。

○飞索以縶（zhí）：立即以绳索捆缚。縶，捆绑。

○襆（fú）：包裹，包袱。

○姑：姑且，暂且。

○急檄：急令。檄，檄文。古代官府用于征召、晓谕或申讨的文书。若有急事，则插上羽毛，称为“羽檄”。

○起家：出身，发家。守令：郡守、县令。

○位极人臣：居于最高官位。

○赇（qiú）赂：贿赂。

译文

数日之后，州佐返回长沙，恭恭敬敬地向巡抚禀报了此行经历。然而，巡抚非但不信，反而更加坚信州佐在说谎，怒火中烧，不容他分辩，便命令左右侍从用绳索将他捆绑起来。州佐见状，解开包袱，取出那封神秘的信函，双手呈递给巡抚。巡抚拆开信函，未及阅完，面色便已如死灰一般，连忙命人替州佐松绑，只说了一句："银子之事尚属小事，你先退下吧。"随即，巡抚急匆匆地召集下属官员，吩咐他们设法补足丢失的银两。又过了几天，巡抚突然生病，不久便撒手人寰。原来，巡抚曾与他的爱妾同眠，醒来后却发现爱妾的头发竟不翼而飞。此事在全衙门引起轩然大波，众人皆感惊愕，却猜不出其中的奥妙。原来，那封信函里装的正是爱妾的头发，信中还写道："你自县令太守起家，如今已位居高官，贪婪无度，收受的贿赂数不胜数。前次那六十万两银子，业已验收完毕，存入库中。你应打开自己贪赃的钱袋，拿钱出来补足旧额。押银官并无罪过，你不得加以谴责。上次割取你爱妾的头发，只是略作警告。若你仍不遵从教令，早晚会来取你首级。爱妾的头发附在信里送还，以为明证。"巡抚死后，家人才将这封信的内容公之于众。后来，巡抚的下属派人前往寻找那个地方，却只见悬崖峭壁，根本无路可走。

原文

异史氏曰：红线金合，以儆贪婪，良亦快异。然桃源仙人，不事劫掠，即剑客所集，乌得有城郭衙署哉？呜呼！是何神欤？苟得其地，恐天下之赴愬者无已时矣。

○儆（jǐng）：告诫，警醒不要犯过错。

○桃源仙人：指晋代陶渊明《桃花源记》中所写的避居世外的桃源中人。

○愬（sù）：告发，告状。

译文

异史氏评议道：昔日红线潜入田承嗣寝室，盗取其枕边金盒，意在警醒田承嗣勿再贪得无厌，此事既显畅快淋漓，又带几分诡谲奇妙。然而，那桃花源中的隐世仙人，不涉足劫夺之事，即便是在剑客云集之地，又岂会有城郭衙署之设？唉！这究竟是何方神圣？倘若真能找到那处所在，恐怕前去申诉冤屈之人将会络绎不绝，无休无止矣。

【某甲】

原文

某甲私其仆妇，因杀仆纳妇，生二子一女。阅十九年，巨寇破城，

○私：不正当关系，私通。 ○阅：经历。

劫掠一空。一少年贼，持刀入甲家。甲视之，酷类死仆。自叹曰：

“吾今休矣！”倾囊赎命，迄不顾，亦不一言，但搜人而杀，共杀一

○休：完结，终止。 ○迄：始终。

家二十七口而去。甲头未断，寇去少苏，犹能言之。三日寻毙。呜

呼！果报不爽，可畏也哉！

○爽：差错。

译文

某人甲与其仆役之妻私通，进而杀害仆役，纳其妻为妾，并育有两子一女。时光荏苒，十九年后，一群盗贼攻破城池，将城内洗劫一空。一名年轻盗贼持刀闯入甲宅，甲见其貌似昔日仆役，不禁叹道：“我今天就要完了呀！”倾尽所有财物，乞求饶命，但那盗贼置若罔闻，一语不发，只知杀戮，终至甲家二十七口尽数毙命，方才离去。甲的头颅未断，待盗贼离去后，稍稍恢复意识，尚能言语，然三日之后，终告不治。唉！此乃报应不爽，实乃可畏之事也！

【衢州三怪】

原文

张握仲从戎衢州，言："衢州夜静时，人莫敢独行。钟楼上有鬼，头上一角，象貌狞恶，闻人行声即下。人骇而奔，鬼亦遂去。然见之辄病，且多死者。又城中一塘，夜出白布一匹，如匹练横地。过者拾之，即卷入水。又有鸭鬼，夜既静，塘边并寂无一物，若闻鸭声，人即病。"

○衢州：旧府名。治所在今浙江衢县。

○匹：古代计算布帛的单位，四丈为"匹"。

○练：白绢。

译文

张握仲曾服役于衢州，他回忆道："在衢州，当夜深人静之时，无人敢孤身行走于街巷之间。因钟楼之上藏有一鬼，其头顶生角，面容狰狞可怖，每闻人行脚步声，便悄然而下。人皆惊恐逃散，鬼亦随之离去。然但凡目睹此鬼者，必会染疾，且多数人难逃厄运，最终离世。此外，城中尚有一池塘，夜间池中会显现一匹白布，宛如白绢铺展于地。若有过路之人贪心拾起，便会被其卷入水中。更有一种被称为鸭鬼的存在，于深夜时分，池塘畔寂静无声，但若闻得鸭鸣之声，人便会无端生病。"

【拆楼人】

原文

何冏卿，平阴人。初令秦中，一卖油者有薄罪，其言戆，何怒，杖杀之。后仕至铨司，家赀富饶。建一楼，上梁日，亲宾称觞为贺。忽见卖油者入，阴自骇疑。俄报妾生子。愀然曰：“楼工未成，拆楼人已至矣！”人谓其戏，而不知其实有所见也。后子既长，最顽，荡其家。佣为人役，每得钱数文，辄买香油食之。

○秦中：今陕西省，为古秦国地，故称“秦中”，也称“关中”。

○何冏（jiǒng）卿：即何海晏（1520—1580），字泊泉，号敬庵，平阴镇东关人。少负才名，嘉靖二十二年（1543）以弱冠考中举人。翌年中进士，授四川顺庆府推官。累官吏部文选司郎中，迁太仆寺少卿，河南布政司左参政。

○言戆（zhuàng）：不善言辞。戆，愚直。

○铨司：吏部文选清吏司，主管考核文职官员的任免调迁。司的长官为郎中。

○上梁：指安装建筑物屋顶最高一根中梁的过程。除了有建筑结构实用上的意义外，更有无形的宗教层面的意义。

○愀（qiǎo）然：闷闷不乐的样子。

译文

何冏卿，山东平阴人氏，初为秦中县令时，遇一卖油郎，虽其罪不甚重，但言语冲撞，惹得何冏卿大怒，竟将其杖毙。后何冏卿升任吏部文选清吏司，家境渐丰，资产颇丰厚。及至家中新建楼宇，上梁吉日，亲朋好友纷至沓来，共贺新禧，把酒言欢。忽然，何冏卿瞥见卖油郎步入宴席，心中顿生疑惑，暗自嘀咕。不一会儿，有仆人来报，称其妾室诞下一子。何冏卿听后，面色阴沉，郁郁不乐地道：“新楼尚未竣工，拆楼之人却已至矣！”众人皆以为他此言乃戏谑之语，殊不知他实则亲眼所见，心有戚戚焉。日后，其子渐长，性情顽劣，终将家产挥霍一空。落魄之余，他只得投身他人为佣，所得不过几文铜钱，却尽数用来购买香油食用，令人唏嘘不已。

原文

异史氏曰：常见富贵家楼第连亘，死后，再过已墟。此必有拆楼人降生其家也。身居人上，乌可不早自惕哉！

○连亘：接连不断。

○墟：废墟。

○乌：怎么。惕：警惕。

译文

异史氏有言：世间常见富贵之家，宅邸连绵，气势恢宏，然待其主人辞世之后，再度探访，往往已化为断壁残垣，一片荒凉。这定是有拆楼之人降生于其家，预示着兴衰更替之必然。身为世间尊贵之人，岂能不自省警觉，未雨绸缪乎！

【大蝎】

原文

明彭将军宏，征寇入蜀。至深山中，有大禅院，云已百年无僧。询之土人，则曰：“寺中有妖，入者辄死。”彭恐伏寇，率兵斩茅而入。前殿中，有皂雕夺门飞去，中殿无异，又进之，则佛阁，周视亦无所见，但入者皆头痛不能禁。彭亲入亦然。少顷，有蝎如琵琶，自板上蠢蠢而下，一军惊走。彭遂火其寺。

○禅院：佛教寺院的一种，为禅宗派别的禅师们所建的参禅悟道修行场所。

○土人：本地人士。

○茅：茅草。

○皂雕：黑色大型猛禽。

译文

明朝时期，一位英勇的将军彭宏，为平定蜀地贼寇之乱，率军深入崇山峻岭之中时，偶遇一座宏伟的大禅院，然而，据当地百姓所言，此禅院已荒废上百载，且流传着妖怪出没、入者无还的恐怖传说。彭宏心生疑虑，担心禅院内藏有贼寇的伏兵，遂下令士兵披荆斩棘，强行开辟道路进入禅院。一行人步入前院，一只黑雕从前殿门扉间猛然飞出。继续前行至中殿，四周却显得格外平静，未见任何异常。他们继续往里走，一座庄严的佛阁映入眼帘。士兵们仔细搜查四周，却未发现任何异样，但凡是踏入佛阁之人，无不感到头痛欲裂，痛苦难当。彭宏亲自进入，同样感受到了剧烈的头痛。不一会儿，只见一只体型庞大，宛如琵琶般的蝎子，缓缓从阁楼的天花板上爬下，令在场所有士兵惊恐万分，纷纷夺路而逃。彭宏当机立断，下令放火烧了那座寺院。

【陈云栖】

原文

真毓生，楚夷陵人，孝廉之子。能文，美丰姿，弱冠知名。儿时，相者曰："后当娶女道士为妻。"父母共以为笑。而为之论婚，低昂苦不能就。

○夷陵：明清时期州名。治所在今湖北宜昌东南长江西陵峡畔。
○弱冠：刚成人。
○相者：看面相的术士，相士。
○就：成。

译文

真毓生，祖籍湖北宜昌，出身于书香门第，乃举人之后。他自幼才华横溢，尤擅文墨，加之相貌堂堂，风度翩翩，年方二十便已声名远播。幼时，曾有相士为其看面相，预言道："此子将来之妻，或将为女道士。"此言一出，虽引得父母相视而笑，以为戏言，但在为毓生寻觅佳偶之时，却屡屡遭遇波折，高门大户难以匹配，低门小户又觉不甘，婚事便这样一直悬而未决。

原文

生母臧夫人，祖居黄冈。生以故诣外祖母，闻时人语曰："黄州'四云'，少者无伦。"盖郡有吕祖庵，庵中女道士皆美，故云。庵去臧氏村仅十余里，生因窃往。扣其关，果有女道士三四人，谦喜承迎，仪席皆雅洁。中一最少者，旷世真无其俦，心好而目注之。女以手支颐，但他顾。诸道士觅盏烹茶。生乘间问姓字，答云："云栖，姓陈。"生戏曰："奇矣！小生适姓潘。"陈赪颜发颊，低头不

○黄冈：县名。位于湖北省东部，今为湖北黄冈。
○黄州：府名。府治在黄冈县。
○无伦：无与伦比，卓著。
○吕祖：道教神话传说中的"八仙"之一，名岩，字洞宾。庵：特指女性修行者居住的寺庙。
○关：门。
○旷世：旷绝当世，整个世界上。俦（chóu）：同等，同列。
○支颐：支撑着下巴。
○赪（chēng）：变红。
○适姓潘：正巧也姓潘。这是真毓生戏语挑逗之词。《古今女史》谓宋朝女贞观尼姑陈妙常与潘法成相恋，后来结为夫妇。

语，起而去。少间，瀹茗，进佳果。各道姓字：一，白云深，年三十许；一，盛云眠，二十以来；一，梁云栋，约二十有四五，却为弟。而云栖不至。生殊怅惘，因问之，白曰：“此婢惧生人。”生乃起别，白力挽之，不留而出。白曰：“而欲见云栖，明日可复来。”生归，思恋綦切。

○瀹（yuè）茗：煮茶。

○弟：师弟。同辈女性修炼者互称师兄、师弟。

译文

真毓生的母亲，臧夫人，原籍黄冈，家族渊源深厚。一日，真毓生因事探访外祖母家，其间听闻乡邻谈及黄州一奇谈——“四云”之美，尤以年少者最为出众。原来，黄冈境内有座吕祖庵，庵中女道士皆姿色出众，故有此美誉。吕祖庵距臧家村不过十余里之遥，真毓生心生好奇，悄然前往。轻叩庵门，不多时，三四位女道士便面带谦和喜悦之色迎了出来，她们举止端庄，气质脱俗。其中一位年岁最轻的女子，更是容颜绝世，举世无双，真毓生一见倾心，目光不由自主地被她吸引。而那女子却以手托腮，目光流转于别处，似是对这突如其来的注视有所避讳。女道士们忙着为真毓生烹茶待客，他趁机询问那绝色女子的芳名，女子轻声答道：“我姓陈，名云栖。”真毓生听后，心中一动，以宋代尼姑陈妙常与书生潘必正的佳话为引，半开玩笑地说：“真是奇妙！小生恰好也姓潘。”此言一出，陈云栖顿时面颊绯红，低头不语，随即起身离去，留下一室茶香与真毓生的怅然若失。不久，其余女道士端上热茶与果品，逐一自我介绍：白云深，年三十有余；盛云眠，二十出头；梁云栋，自称师弟，实则二十四五。然而，陈云栖却迟迟未至，真毓生心中不免失落，询问其故，白云深笑言：“云栖这丫头怕生，故避而不见。”真毓生虽感遗憾，却也只好起身告辞，白云深再三挽留，他终是婉拒离去，临行前，白云深轻声道：“公子若有意再见云栖，明日可再来。”真毓生归至外祖母家，对陈云栖的思念愈发浓烈，心中满是对那女子的无尽遐想与期盼。

原文

次日，又诣之。诸道士俱在，独少云栖，未便遽问。诸女冠治具留餐，生力辞，不听。白拆饼授箸，劝进良殷。既问："云栖何在？"答云："自至。"久之，日势已晚，生欲归。白捉腕留之，曰："姑止此，我捉婢子来奉见。"生乃止。俄，挑灯具酒，云眠亦去。酒数行，生辞已醉。白曰："饮三觥，则云栖出矣。"生果饮如数。梁亦以此挟劝之，生又尽之，覆盏告辞。白顾梁曰："吾等面薄，不能劝饮。汝往曳陈婢来，便道潘郎待妙常已久。"梁去，少时而返，具言："云栖不至。"生欲去，而夜已深，乃佯醉仰卧。两人代裸之，迭就淫焉。终夜不堪其扰。天既明，不睡而别。数日不敢复往，而心念云栖不忘也，但不时于近侧探侦之。

○女冠：女道士。俗女子无冠，女道士有冠，故名。

○觥（gōng）：盛酒器。

○覆盏：把酒杯覆置桌上，表示不再饮。

译文

次日清晨，真毓生再次踏入吕祖庵，只见其余女道士均在，唯独云栖不在场，他心中虽急，却也不便即刻相询。女道士们热情备至，张罗了一桌酒菜，力邀真毓生共进午餐。他虽屡番推辞，却终究盛情难却。白云深更是亲自为他撕饼递筷，劝酒夹菜，尽显殷勤。餐后，真毓生终于按捺不住，询问云栖的下落。白云深笑而不语，只道："她自会出现。"夜色渐浓，真毓生欲归，却被白云深轻轻捉住手腕，温言挽留："且再稍候片刻，我这就去将那丫头唤来与你相见。"真毓生于是留了下来。不久，灯火通明，酒菜再添，而盛云眠也悄然离去。酒过数巡，真毓生以醉为由欲辞，白云深却笑道："再饮三杯，云栖必至。"真毓生半信半疑，依言饮下。随后，梁云栋亦效仿此法，再劝三杯。真毓生饮罢，将酒杯倒扣于桌上，欲起身离去。白云深见状，对梁云栋使了个眼色，低声道："我等脸皮薄，劝酒不力。你去将云栖请来，就说潘郎已候妙常多时。"梁云栋应声而去，片刻后返回，却言云栖不愿相见。真毓生心中失落，欲走，但夜色已深，便索性假装醉倒，任由白云深与梁云栋为其宽衣解带，轮番亲近。真毓生整夜辗转反侧，难以忍受这份突如其来的侵扰。天光破晓，真毓生未待完全清醒便匆匆离去，连日来都未敢再踏足吕祖庵，心中对云栖的思念却愈发浓烈。他时常徘徊于庵外，暗中打听云栖的消息，期望能再见佳人一面。

原文

一日既暮，白出门，与少年去。生喜，不甚畏梁，急往款关。云眠出应门。问之，则梁亦他适。因问云栖，盛导去，又入一院，呼曰："云栖！客至矣。"但见室门閛然而合。盛笑曰："闭扉矣。"生立窗外，似将有言，盛乃去。云栖隔窗曰："人皆以妾为饵，钓君也。频来，身命殆矣。妾不能终守清规，亦不敢遂乖廉耻，欲得如潘郎者事之耳。"生乃以白头相约。云栖曰："妾师抚养，即亦非易。果相见爱，当以二十金赎妾身。妾候君三年。如望为桑中之约，所不能也。"生诺之。方欲自陈，而盛复至，从与俱出，遂别归。中心怊怅，思欲委曲夤缘，再一亲其娇范，适有家人报父病，遂星夜而还。

○閛（pēng）然：关门的声音。

○清规：指道规，道士离俗出家，不能嫁娶。

○乖：违背。

○以白头相约：以婚姻相约。白头，白头偕老，即正式婚姻。

○桑中之约：指男女幽会。

○怊（chāo）怅：惆怅。形容人失意时感伤惆怅的情绪。

○委曲夤（yín）缘：想办法寻找借口或机会。夤缘，攀附以上，喻凭借的阶梯。

○娇范：少女仪容。范，仪范。

译文

一日傍晚，白云深悄然外出，伴一青年而去，真毓生心中窃喜，深知此时庵中只剩梁云栋，而他并不十分忌惮。于是，他急步上前，轻敲庵门。不久，盛云眠开门相迎，一番询问后得知梁云栋亦已外出。真毓生随即问及云栖，盛云眠便引领他穿越一道院落，高声呼唤："云栖！有客到访。"话音未落，房门却轰然关闭，发出沉重的声响。盛云眠转头，对着真毓生轻笑："看，门都关了。"真毓生立于窗外，心绪难平，似有千言万语欲诉。盛云眠见状，识趣地先行离开。此时，云栖的声音透过窗棂传来，带着几分严肃与无奈："她们是利用我来吸引你，你若是频繁造访，恐有性命之忧。我虽不能严守清规，却也知廉耻之重，只盼能遇一良人，如潘必正般情深意重。"真毓生听后，心生感动，许下正式娶她为妻的誓言。云栖继续说道："我师恩深重，若要追随于你，需二十两银子以赎我身。我愿在此静候三年，望君勿忘。至于私下相会，我实难从命。"真毓生郑重应允，正欲再诉衷肠，盛云眠却再次返回，他只得随盛云眠离开院子，依依不舍地告别，踏上归途。归家途中，真毓生心绪难宁，思索着如何再寻借口前往吕祖庵，只为一睹云栖芳容。然而，世事无常，家中突传噩耗，其父病重，他不得不放下私念，连夜赶回家中。

原文

无何，孝廉卒。夫人庭训最严，心事不敢使知，但刻减金赀，日积之。有议婚者，辄以服阕为辞，母不听。生婉告曰："曩在黄冈，外祖母欲以婚陈氏，诚心所愿。今遭大故，音耗遂梗，久不如黄省问。旦夕一往，如不果谐，从母所命。"夫人许之，乃携所积而去。至黄，诣庵中，则院宇荒凉，大异畴昔。渐入之，惟一老尼炊灶下，因就问。尼曰："前年老道士死，'四云'星散矣。"问："何之？"曰：

○无何：没多久。

○庭训：原指父亲的训导，这里指家教。

○刻减金赀：精细而苛刻地节省金钱。刻减，俭省节约。

○服阕：守丧期满除服。阕，终了。

○大故：重大事故。指父母之死。

○畴昔：从前。

“云深、云栋从恶少去，向闻云栖寓居郡北，云眠消息不知也。”生闻之悲叹，命驾即诣郡北，遇观辄询，并少踪迹。怅恨而归，伪告母曰：“舅言：陈翁如岳州，待其归，当遣伻来。”

○观（guàn）：道教寺观。

○岳州：府名。治所在今湖南岳阳。

○伻（bēng）：使者，仆人。

译文

不久之后，真举人溘然长逝。臧夫人治家严谨，真毓生怕母亲知晓自己心中对云栖的挂念，于是更加节俭度日，一点一滴地积攒银两。每当有人上门提亲，他总以尚在服丧为由婉拒，母亲对此颇有微词。真毓生便委婉地向母亲透露：“昔日黄冈之行，外祖母曾有意让我与陈家结缘，我亦心有所属。如今家中变故，与陈家音讯全无，久未探访，心中甚是挂念。望母亲允我前往黄冈一探，若事不可为，自当遵从母亲之意。”臧夫人听后，终是应允。真毓生怀揣着多年积攒的银两，踏上了前往黄冈的路途。抵达后，他直奔吕祖庵，却发现昔日繁华的庭院已是一片荒凉，与记忆中的景象大相径庭。他缓缓步入，只见一位老尼姑在灶前忙碌，便上前询问。老尼姑叹息道：“前年老道士离世后，‘四云’便各奔东西。”真毓生追问云栖等人的下落，老尼姑告知：“云深、云栋随恶霸而去，云栖听说去了郡北，至于云眠，则是不知所踪。”真毓生听后，心中五味杂陈，当即决定前往郡北寻找云栖。他命车马疾驰，每到一处寺观便仔细打听，然而数日奔波，却未得云栖半点音讯。无奈之下，真毓生满怀惆怅与遗憾返回家中，对母亲谎称：“舅舅传来消息，陈家父亲已赴岳州，待其归来，自会遣媒人前来商议婚事。”

原文

逾半年，夫人归宁，以事问母，母殊茫然。夫人怒子诳，媪疑甥与舅谋，而未以闻也。幸舅出，莫从稽其妄。夫人以香愿登莲峰，斋宿山下。既卧，逆旅主人扣扉，送一女道士，寄宿同舍。自言“陈云

○稽：考察，查询。

○香愿：民间所说的进香还愿。

○逆旅主人：店主，旅馆老板。

栖”。闻夫人家夷陵，移坐就榻，告愬坎坷，词旨悲恻。末言：“有

○愬（sù）：同诉，叙说。

表兄潘生，与夫人同籍，烦嘱子侄辈一传口语，但道其暂寄栖鹤观师叔王道成所，朝夕厄苦，度日如岁。令早一临存，恐过此以往，

○临存：亲临省问。

未之或知也。”夫人审名字，即又不知，但云：“既在学宫，秀才辈

○未之或知：难以再说。

○学宫：县学。指真毓生是县学生员，即秀才。

想无不闻也。”未明早别，殷殷再嘱。夫人既归，向生言及。生长跪曰：“实告母：所谓潘生，即儿也。”夫人既知其故，怒曰：“不肖儿！宣淫寺观，以道士为妇，何颜见亲宾乎！”生垂头，不敢出词。会生以赴试入郡，窃命舟访王道成。至，则云栖半月前出游不返。既归，悒悒而病。

译文

半年光景匆匆而过，臧夫人回娘家探亲之际，与母亲谈及真毓生所提之事，不料母亲竟对此一无所知，一脸茫然。臧夫人心中不悦，认为儿子撒谎，但外祖母却误以为这是外甥与舅舅之间的私下约定，故而未曾听闻。恰逢舅舅远行，真相更加难以查证，此事便暂且搁置。不久后，臧夫人前往莲峰进香还愿，夜宿山下旅店，独自斋戒。夜深人静之时，旅店主人敲门而入，引领一位女道士与她同住。那女道士自称“陈云栖”，闻知臧夫人家乡在宜昌，便主动靠近，坐在床边，向臧夫人倾诉起自己的坎坷遭遇，言辞间满是凄凉与无奈。末了，她说道：“我有一个表兄潘生，和夫人是同乡，麻烦嘱咐您的子侄替我传个口信，就说我现寄居栖鹤观，师从王道成，生活困苦，盼他早日前来相见，恐时日无多，音讯渐渺。”至于表兄之名，云栖却言不知，只道是学子间应有耳闻。次日清晨，云栖未待天明便匆匆离去，临别前再三叮咛此事。臧夫人归家后，将此事告知真毓生，真毓生听后，双膝跪地，坦承一切：“母亲，那潘生便是孩儿。”臧夫人听后，怒不可

遏："你这不肖之子！竟敢在寺观中做出如此伤风败俗之事，还想娶道士为妻，你还有什么颜面去见亲戚宾朋！"真毓生低头不语，心中满是愧疚。恰逢真毓生须赴郡城应试，他私下乘船前往，欲寻王道成。然而，到达栖鹤观一问，方知云栖已于半月前出游未归。真毓生心中失落至极，返家后，终日郁郁寡欢，竟至成疾。

原文

适臧媪卒，夫人往奔丧，殡后迷途，至京氏家，问之，则族妹也。相便邀入。见有少女在堂，年可十八九，姿容曼妙，目所未睹。夫人每思得一佳妇，俾子不怼，心动，因诘生平。妹云："此王氏女也，京氏甥也。怙恃俱失，暂寄此耳。"问："婿家谁？"曰："无之。"把手与语，意致娇婉。母大悦，为之过宿，私以己意告妹。妹曰："良佳。但其人高自位置，不然，胡蹉跎至今也。容商之。"夫人招与同榻，谈笑甚欢，自愿母夫人。夫人悦，请同归荆州，女益喜。次日，同舟而还。既至，则生病未起。母欲慰其沉疴，使婢阴告曰："夫人为公子载丽人至矣。"

○殡：出殡，殡葬。指将棺木入土。

○俾子不怼（duì）：让儿子不再怨恨。俾，使。不怼，不怨恨。

○怙（hù）恃俱失：父母双亡。怙恃，父母的代称。

○高自位置：自视甚高。

○蹉跎：虚度光阴，喻时光流逝，无所成就。

○母夫人：以夫人为母。

○荆州：府名。位于湖北省中南部，治所在江陵县，即今湖北荆州。

○沉疴：重病。

译文

恰逢臧老太太辞世，臧夫人匆匆赶回奔丧，葬礼过后，不慎迷失方向，却意外踏入了京氏府邸。一番询问之下，方知此乃自家远房族妹之家。京氏热情相迎，引领她入内，堂上一位十八九岁的少女映入眼帘，其姿容之秀美，举止之温婉，令臧夫人惊叹不已，平生罕见。臧夫人心中暗自思量，总想着为儿子觅得佳偶，以解母子间因婚事而生的隔阂。眼前这位少女，无疑是理想之选，遂向族妹细细询问其身世。族妹答道："此乃王家千金，亦是京家外甥女，双亲俱已仙逝，现暂居于此。"臧夫人又问及少女婚配之事，族妹笑言："尚未许配人家。"臧夫人握住少女之手，温言细语，少女羞涩回应，更显娇柔可人。臧夫人心中大悦，当即决定在京家多住几日，私下里向族妹透露了欲结秦晋之好的心意。族妹点头应允，道："此事甚好，只是这孩子心性高傲，若非良缘，恐难动心。容我与她商议一番。"当晚，臧夫人邀少女同榻而眠，二人谈笑风生，很是欢快，少女更主动认臧夫人为义母，臧夫人心中欢喜更甚，便提出邀请少女一同返回荆州，少女欣然应允。第二天，同船归家。及至家中，却见真毓生仍抱病在床，面容憔悴。臧夫人想安慰重病的儿子，遂命丫环悄悄告知真毓生："夫人已为公子带回一位绝色佳人。"

原文

生未信，伏窗窥之，较云栖尤艳绝也。因念三年之约已过，出游不返，则玉容必已有主，得此佳丽，心怀颇慰。于是辗然动色，病亦寻瘳。母乃招两人相拜见。生出，夫人谓女："亦知我同归之意乎？"女微笑曰："妾已知之。但妾所以同归之初志，母不知也。妾少字夷陵潘氏，音耗阔绝，必已另有良匹。果尔，则为母也妇；不尔，则终为母也女，报母有日也。"夫人曰："既有成约，即亦不强。但前在五祖山时，有女冠问潘氏，今又潘氏，固知夷陵世族无此姓也。"女惊曰："卧莲峰下者，母耶？询潘者，即我是也。"母始恍然悟，笑曰："若然，则潘生固在此矣。"女问："何在？"夫人命婢导去问生。生惊曰："卿云栖耶？"女问："何知？"生言

○玉容：女子的容貌。代指陈云栖。

○辗（chǎn）然：高兴的样子。

○字：女子许婚。

○音耗：音信。阔绝：长久地断绝。

○女冠：女道士。

○五祖山：在湖北蕲州境内，明清时属黄州府，今为湖北梅县辖地，称"东山"。禅宗五祖大满禅师弘忍于唐咸亨三年（672）在此创建东山寺，后世改称"五祖寺"，山则称"五祖山"，是佛教禅宗五祖弘忍大师说法道场，也是六祖惠能大师得衣之地。

其情，始知以潘郎为戏。女知为生，羞与终谈，急返告母。母问其“何复姓王”，答云：“妾本姓王。道师见爱，遂以为女，从其姓耳。”夫人亦喜，涓吉为之成礼。先是，女与云眠俱依王道成。道成居隘，云眠遂去之汉口。女娇痴不能作苦，又羞出操道士业，道成颇不善之。会京氏如黄冈，女遇之流涕，因与俱去，俾改女冠装，将论婚士族，故讳其曾隶道士籍。而问名者，女辄不愿，舅及妗皆不知其意向，心厌嫌之。是日，从夫人归，得所托，如释重负焉。合卺后，各述所遭，喜极而泣。女孝谨，夫人雅怜爱之，而弹琴好弈，不知理家人生业，夫人颇以为忧。

○涓吉：选择好日子。

○居隘：住处狭窄。指寺观太小。

○合卺（jǐn）：成婚。

译文

真毓生半信半疑，悄悄靠近窗棂窥视，只见那少女容颜更胜云栖，艳丽不可方物。他心中暗想，与云栖的三年之约早已过期，她既未归又无音讯，或许已另嫁他人。而今得此佳人相伴，心中倒也宽慰不少，笑容不自觉地浮现在脸上，病情也随之好转。臧夫人见状，便安排两人正式相见。真毓生步入厅堂，臧夫人对少女笑道：“这下你可明白我为何带你归来了吧？”少女微笑回应：“干妈的心意，我早已明了。但我随您归来的初衷，干妈或许还不知情。我幼时与夷陵潘家确有婚约，只是多年未通音讯，恐潘家已另择佳偶。若真如此，我愿遵干妈之意，成为您家的儿媳；若非如此，我愿终身侍奉干妈左右，以报养育之恩。”臧夫人听后，道：“既已有婚约在先，我自不会强求。但提及五祖山之事，有位女道士曾向我打听潘家，今日你又提起，我却知夷陵并无潘姓望族。”少女惊讶道：“在莲峰下与您相遇的，正是我。那打听潘郎之人，便是我。”臧夫人恍然大悟，笑道：“原来如此，那潘郎早已在此等候多时了。”少女问道：“在哪里？”臧夫人随即命丫环引领少女去见真毓生。两人相见，真毓生惊讶道：“你可是云栖？”少女反问其故，真毓生便将前因后果细细道来。云栖这才明白，原来那所谓的“潘郎”竟是真毓生玩笑之语，不禁羞红了脸，匆匆离去，向臧夫人解释自己改姓之事：“我本姓王，因师父喜爱，收我为义女，故随其姓陈。”臧夫人听后大喜，择吉日为他们举办了婚礼。原来，云栖与云眠皆曾师从王道成，后因故分道扬镳。云栖体弱不能胜任道观杂务，又羞于再为道士，王道成渐生不满。恰逢京氏访黄冈，云栖哭诉遭遇，京氏心生怜悯，带她回家，换上女装，打算为她寻觅良缘，故而隐瞒了其道士身份。然而，每有提亲者至，云栖皆婉拒，令舅舅及舅母不解其意，渐生厌烦。此番随臧夫人归来，云栖终得归宿，心中如释重负。婚后，真毓生与云栖互诉衷肠，喜极而泣。云栖孝顺温婉，深得臧夫人喜爱，但她不谙家务，唯擅琴棋书画，不知道操持家务，令臧夫人颇感忧虑。

原文

积月余，母遣两人如京氏，留数日而归。泛舟江流，欻一舟过，中一女冠，近之，则云眠也。云眠独与女善。女喜，招与同舟，相对酸辛。问：“将何之？”盛云：“久切悬念。远至栖鹤观，则闻依京舅矣。故将诣黄冈，一奉探耳。竟不知意中人已得相聚。今视之如仙，剩此漂泊人，不知何时已矣！”因而欷歔。女设一谋，令易道装，伪作姊，携伴夫人，徐择佳偶。盛从之。

○欻（xū）：忽然。

○久切：分别太久。切：切断，分开。

○欷歔：因过分哭泣而呼吸急促，哽咽，抽噎。

○徐：慢慢。

译文

转眼一月有余，臧夫人提议真毓生与云栖共赴京氏府邸拜谢，小住数日后二人乘舟返家。途中，江面忽现一舟，舟上站立一女道士，近观之下，竟是云栖的旧友云眠。二人情谊深厚，云栖见状喜出望外，连忙邀请云眠过船相聚。两姐妹并肩而坐，回首往昔，不禁感慨万千，眼中泛起酸楚。云栖关切地询问云眠此行目的，云眠轻叹道："分别太久我念你心切，特地远赴栖鹤观寻你，方知你已得京家庇护。本欲前往黄冈探望，不料在此偶遇你二人，更喜见你终得良缘，恍若仙子。反观我自身，漂泊无依，归期何日，实难预料。"说完，云眠泪眼婆娑，悲从中来。云栖见状，心生一计，温柔地提议道："你何不换下道袍，假扮我之胞姐，随我一同回府，既可伴我左右，又可借此机会慢慢物色佳偶，寻得良人。"云眠听后，觉此计甚妙，便欣然应允。

原文

既归，女先白夫人，盛乃入。举止大家，谈笑间，练达世故。母既寡，苦寂，得盛良欢，惟恐其去。盛早起，代母劬劳，不自作客。母益喜，阴思纳女姊，以掩女冠之名，而未敢言也。一日，忘某事未作，急问之，则盛代备已久。因谓女曰："画中人不能作家，亦复何为？新妇若大姊者，吾不忧也。"不知女存心久，但惧母嗔。闻母言，笑对曰："母既爱之，新妇欲效英、皇，何如？"母不言，亦辗然笑。女退，告生曰："老母首肯矣。"乃另洁一室，告盛曰："昔在观中共枕时，姊言：'但得一能知亲爱之人，我两人当共事之。'犹忆之否？"盛不觉双眦荧荧，曰："妾所谓亲爱者，非他，如日日经营，曾无一人知其甘苦。数日来，略有微劳，即烦老母恤念，则中心冷暖顿殊矣。若不下逐客令，俾得长伴老母，于愿斯足，亦不望

○举止大家：行为举止有大户人家的气派。大家，世族之家。

○练达世故：待人接物，老练通达。世故，指待人接物的处世经验。

○劬（qú）劳：操劳。

○画中人：形容美女。这里指新妇陈云栖。作家：操持家务。

○效英、皇：仿效女英、娥皇，指愿意两人同嫁一夫。英、皇，女英与娥皇。古代传说中帝尧的两个女儿，同嫁帝舜为妻。

○双眦荧荧：泪水从眼角流下来。眦，眼角。荧荧，光闪烁的样子。

○下逐客令：驱逐客人。

前言之践也。"女告母。母令姊妹焚香，各矢无悔词，乃使生与行夫妇礼。将寝，告生曰："妾乃二十三岁老处女也。"生犹未信，既而落红殷褥，始奇之。盛曰："妾所以乐得良人者，非不能甘岑寂也，诚以闺阁之身，觍然酬应如勾栏，所不堪耳。借此一度，挂名君籍，当为君奉事老母，作内纪纲。若房闱之乐，请别与人探讨之。"三日后，襆被从母，遣之不去。女早诣母所，占其床寝，不得已，乃从生去。由是三两日辄一更代，习为常。

○良人：丈夫。

○觍（tiǎn）：羞愧，惭愧。

○挂名君籍：取得妻子的名分。

○内纪纲：内室的管家，俗谓"管家婆"。纪纲，统领奴仆的人。也泛指仆人。

译文

归家之后，云栖先行向臧夫人细述云眠之事，随后云眠方步入厅堂。其举止端庄，言谈间尽显大家风范，且颇为老练通达。臧夫人自守寡以来，孤寂难耐，云眠的到来无疑为她带来了不少欢乐，故而心生不舍，唯恐其离去。云眠每日清晨即起，主动承担起家中琐事，毫无客人之态，更是让臧夫人喜出望外。心中暗自思量，若能促成真毓生与云眠的婚事，不仅可解云栖过往身份之困，更添家中喜气，只是碍于颜面，未敢直言。一日，臧夫人忽忆起遗漏之事，急欲询问，却见云眠已悄然完成，心中更是满意。遂对云栖笑道："那画中仙子虽美，却不懂持家之道，何用之有？若新妇能如你大姐这般贤淑，我便无忧矣。"云栖听后，心中早有此意，只是顾虑母亲感受，今见母亲提及，便含笑应允："母亲既喜大姐，儿媳愿效仿古之娥皇女英，共侍一夫，如何？"臧夫人听后，虽未直接回应，却也面露笑意。云栖回房后，即告知真毓生此事，并另备一室，以备云眠居住。又忆起昔日观中同榻之语，云栖笑问云眠："姐姐可还记得，那时你曾说，若遇知音，愿共嫁一人？"云眠听后，泪光闪烁，轻声道："我言亲爱，非他意也。昔日辛劳，无人知我心苦。今稍有所为，即得老母体恤，心中冷暖自知。若得长伴老母，心愿已足，前诺或可不必践。"云栖将云眠之意转达臧夫人，母亲令姐妹二人焚香立誓，永不相负。及至行礼成婚之夜，云眠对真毓生坦言："我年二十三，犹是处子之身。"真毓生初时不信，直至次日见床褥落红，方感惊异。云眠言："我求良缘，非不能耐寂寞，实因以清白之躯，行苟且之事，心所不堪。今既为名分所累，自当尽心侍奉老母，理家事。至于床笫之乐，君可另寻知己。"三日之后，云眠竟抱被至臧夫人房中，执意相伴，赶之不去。云栖见状，便也早起占据云眠之榻，云眠无奈，只得归真毓生处就寝。自此，云栖、云眠轮流相伴臧夫人，三两日一换，渐成习惯。

原文

夫人故善弈，自寡居，不暇为之。自得盛，经理井井，昼日无事，辄与女弈。挑灯瀹茗，听两妇弹琴，夜分始散。每与人曰："儿父在时，亦未能有此乐也。"盛司出纳，每记籍报母。母疑曰："儿辈常言幼孤，作字弹棋，谁教之？"女笑以实告。母亦笑曰："我初不欲为儿娶一道士，今竟得两矣。"忽忆童时所卜，始信定数不可逃也。生再试不第。夫人曰："吾家虽不丰，薄田三百亩，幸得云眠纪理，日益温饱。儿但在膝下，率两妇与老身共乐，不愿汝求富贵也。"生从之。后云眠生男女各一，云栖女一男三。母八十余岁而终。孙皆入泮。长孙，云眠所出，已中乡选矣。

○井井：有条理。

○司出纳：管钱财收支。

○记籍：记在账簿上。

○弹棋：汉魏时博戏。

○入泮：考中秀才。

○中乡选：考中举人。

译文

臧夫人素来钟爱棋艺，自夫君离世后，便鲜少有空暇沉浸其中。云眠的到来，宛如家中的一缕春风，将琐事打理得有条不紊，使得臧夫人白日得以空闲，与云栖对弈为乐，夜晚则挑灯夜话，品茗听琴，直至夜深人静，方依依不舍地散去。她常言："若你父亲在世，也未必能享此等天伦之乐。"云眠不仅操持家务得心应手，还兼管家中财务，时常细致记账，向臧夫人一一汇报。臧夫人心中好奇，询问起二人幼时孤苦，如何习得书写棋艺与琴技。云栖含笑坦露了过往的因缘际会，臧夫人听后，亦忍俊不禁：“我不想给儿子娶一个女道士，现在竟有了两个。”忆及真毓生儿时算命之事，她不禁感慨万分，深信人生种种皆由天定。真毓生再赴科举，仍未能如愿及第。臧夫人宽慰道：“我家虽非大富大贵，却也拥有良田三百亩，加之云眠细心打点，家境日渐殷实。我愿我儿能常伴膝下，与两媳共享天伦，不必再为功名所累。”真毓生深感母恩，遂依从母愿。岁月流转，云眠先后诞下一子一女，云栖则添了三男一女。臧夫人福寿双全，享寿八十有余，方安然离世。其后代皆才学出众，纷纷进入县学深造，长孙由云眠所出，已金榜题名，考中举人，光耀门楣。

【司札吏】

原文

游击官某，妻妾甚多。最讳某小字，呼年曰岁，生曰硬，马曰大驴，又讳败曰胜，安为放。虽简札往来，不甚避忌，而家人道之，则怒。一日，司札吏白事，误犯，大怒，以研击之，立毙。三日后，醉卧，见吏持刺入。问："何为？"曰："'马子安'来拜。"忽悟其鬼，急起，拔刀挥之。吏微笑，掷刺几上，泯然而没。取刺视之，书云："岁家眷硬大驴子放胜。"暴谬之夫，为鬼揶揄，可笑甚已！

○游击：清代武官名。从三品，次于参将一级。

○小字：乳名，小名。

○简札：书信。

○司札吏：主管书信文墨的胥吏。白：禀白，言事。

○研：通"砚"。

○刺：名帖。

○岁家眷硬大驴子放胜：这是避某所讳而写的一份拜帖。正常的写法应是"年家眷生马子安拜"。科举时代同年登科者，互称"年家"。眷生，旧时两家通婚后，尊长对姻亲晚辈的自称。"拜"与"败"同音，讳作"胜"。

译文

有一位游击将军，生活奢靡，妻妾环绕。他有一个怪癖，极度厌恶他人提及自己的小名，以至于他特意将日常用语中的"年"替换为"岁"，"生"换成"硬"，"马"则唤作"大驴"，更有甚者，"败"被他扭曲为"胜"，"安"也被他避讳为"放"。在书信交流中，他虽不是很忌讳，但若家中之人在说话时不慎触犯这些忌讳，他定会大发雷霆。一日，负责处理书信的仆役在汇报事务时，不慎提及了将军所忌讳的字眼。游击将军勃然大怒，竟操起砚台，重重砸向仆役，不幸导致仆役当场丧命。三日之后，将军醉酒而眠，恍惚间，只见那已逝的仆役手持名帖，缓缓步入寝室。将军半梦半醒间问道："何事？"仆役答道："'马子安'特来拜会。"将军猛然惊醒，意识到这是亡魂来访，惊慌失措中，急忙拔剑欲斩。然而，仆役只是微微一笑，将名帖轻轻置于桌上，随即消失无踪。将军拿起名帖，只见其上赫然写着："岁家眷硬大驴子放胜"。这字句间巧妙嵌入了他所忌讳的所有词语。如此凶残暴虐之人，最终竟落得被鬼戏弄的下场，实在是令人啼笑皆非，唏嘘不已。

原文

牛首山一僧，自名铁汉，又名铁屎。有诗四十首，见者无不绝倒。

○牛首山：位于南京南郊风景区江宁区境内，北连翠屏山、南接祖堂山，周围有感应泉、虎跑泉、白龟池、兜率岩、文殊洞、辟支洞等自然景观及宏觉寺、弘觉寺塔、郑和墓和抗金故垒等人文景观。自梁代到明代的千余年间，牛首山一直是寺庙的聚集之地。

自镂印章二，一曰“混帐行子”，一曰“老实泼皮”。秀水王司直梓

○镂（lòu）：刻。　○混帐行子：品行恶劣的人。谓人言行无理无耻。　○泼皮：流氓，无赖。　○秀水：地名。在浙江嘉兴北。梓：刻印，出版。

其诗，名曰牛山四十屁，款云：“混帐行子、老实泼皮放。”不必读

其诗，标名已足解颐。

○解颐：开颜欢笑。颐，面颊。

译文

在风景秀丽的牛首山，住着一位特立独行的和尚，他自封为“铁汉”，又戏称自己为“铁屎”。此人别出心裁，创作了四十首诗歌，每首诗读来都令人捧腹不已。他更是别出心裁地为自己篆刻了两枚印章，一枚印文为“混帐行子”，另一枚则是“老实泼皮”，尽显其诙谐不羁之态。秀水之地的王司直，闻此趣事，遂将铁汉和尚的这四十首诗精心编辑刻印成册，并为其题名《牛山四十屁》。而在落款处，王司直巧妙地借用了铁汉和尚的两枚印章印文，署名为“混帐行子、老实泼皮放”。无需深入品读其中的诗句，仅凭这别开生面的题名与落款，便已足以令人忍俊不禁，心生欢喜。

梓

梓指的是旧时木板印刷中使用的梓木，因为梓木质地坚韧，适合刻版印刷，因此古人用它作为雕刻印刷木板的首选材料。因此，刻版印刷也被称为“梓”，这一术语象征着印刷与出版的过程，广泛应用于古代书籍印刷业。

【蚰蜒】

原文

学使朱雩三家门限下有蚰蜒，长数尺。每遇风雨即出，盘旋地上如

○朱雩（yú）三：即朱雯，浙江石门县人，康熙年间进士。康熙辛未年（1691）任山东省提学使。门限：门槛。蚰蜒（yóu yán）：节肢动物门，蚰蜒科。俗称"钱串子"，古时称"草鞋虫"，有的地方称"香油虫""草鞋底"或"草鞋底子"。

白练然。按蚰蜒形若蜈蚣，昼不能见，夜则出。闻腥辄集。或云：

○白练：白色熟绢。

蜈蚣无目而多贪也。

译文

在学使朱雩三的府邸门槛下面，静卧着一条非同寻常的蚰蜒，其身长足有几尺之长。每当风雨交加之际，这条巨蚰蜒便悄然现身，于地面上蜿蜒游走，其银白的身躯恍若一条白缎。此蚰蜒之形态，与众人熟知的蜈蚣颇为相似，然其习性却更为神秘莫测。白昼之时，它仿佛融入了周遭的静谧之中，无影无踪；而夜幕低垂，则悄无声息地穿梭于夜色之间。它似乎对腥味有着超乎寻常的敏锐感知，一旦嗅到，便会迅速聚集，展现出一种近乎贪婪的本能。有人曾言，蜈蚣虽无明眸，却生性贪婪，对于周遭的一切诱惑皆难以抗拒。而这条大蚰蜒，虽非蜈蚣，但其对腥味的敏感与执着，却也让人不禁联想到那份深藏不露的贪婪之心。

【司训】

原文

教官某，甚聋，而与一狐善，狐耳语之，亦能闻。每见上官，亦与狐俱，人不知其重听也。积五六年，狐别而去，嘱曰：“君如傀儡，非挑弄之，则五官俱废。与其以聋取罪，不如早自高也。”某恋禄，不能从其言，应对屡乖。学使欲逐之，某又求当道者为之缓颊。一日，执事文场。唱名毕，学使退与诸教官燕坐。教官各扪籍靴中，呈进关说。已而学使笑问：“贵学何独无所呈进？”某茫然不解。近坐者肘之，以手入靴，示之势。某为亲戚寄卖房中伪器，辄藏靴中，随在求售。因学使笑语，疑索此物。鞠躬起对曰：“有八钱者最佳，下官不敢呈进。”一座匿笑。学使叱出之，遂免官。

○教官：指明清时府、州、县学的学官。

○重听：听力障碍，为耳聋之轻症。

○傀儡：木偶。借指受人操纵、没有自主权的人或事物。

○自高：自求清高。指辞去官职。

○禄：官位。

○学使：提学使，省级学官。

○缓颊：婉言说情。

○执事：操办，从事。文场：考校生员的岁考或科考。

○唱名：点名。指考生按册点名入场。

○燕坐：闲坐。燕，安息。

○扪籍靴中：从靴中摸出欲为之关说的考生名籍。

○呈进：下级或晚辈向上级长辈递送东西。呈，恭敬地送。关说：关节，说人情。

○房中伪器：指成人用品。

译文

有一位教官，深受耳聋之苦，却能与一只狐狸亲密无间，狐狸轻声细语于他耳畔，他竟能心领神会。每逢谒见上级，他总携狐同行，巧妙地掩盖了自己的听觉障碍，使众人浑然不觉。五六年光阴匆匆而过，狐狸终须离去，临别之际，它语重心长地告诫教官：“你若失去外界指引，便如同傀儡，五官形同虚设。与其因聋致祸，累及仕途，不如及早抽身，远离官场纷扰。”然教官贪恋那份俸禄，未能采纳狐狸的忠告，反而在应对上司时频频出错，引得学使不悦，欲将其逐出。教官不甘就此放弃，转而求助于主事官员，企图挽回局势。一日，众教官齐聚考场，负责监考之余，亦不乏私下交易。点名之后，学使步入其间，与众人闲话家常，教官们纷纷从靴中取出事先准备好的考生名单，企图通过学使为自家亲信或受托之人谋取便利。唯独这位教官，因耳聋之故，对周遭动向浑然未觉。学使见状，含笑询之："何以独君静默不语？"教官一脸茫然。旁侧同僚见状，急中生智，以肘轻触教官，并手入靴中，意在提醒。殊不知，教官靴中藏物非他，乃是私售的夫妻用品，以备不时之需。教官误以为学使有此雅兴，连忙起身，恭敬答道："此中八钱之物最为上乘，然卑职不敢擅献。"此言一出，满座皆惊，继而窃笑不已。学使闻之，怒不可遏，大声斥责，并当即下令将其逐出考场，随即免去其教官之职。

原文

异史氏曰：平原独无，亦中流之砥柱也。学使而求呈进，固当奉之以此。由是得免，冤哉！

○中流之砥柱：屹立在黄河急流中的砥柱山。比喻坚强独立的人能在动荡艰难的环境中起支柱作用。

○平原独无：教官某不同流合污，买通关节。平原，指东汉平原相史弼。

译文

异史氏有云：忆往昔，后汉平原相史弼，于众人争相举报异己之际，独守正道，未尝附和，其风骨卓然，令人敬仰。今观此教官，于求官通融之风中，亦能坚守本心，不随波逐流，未尝乞求学使之援手，实乃中流之砥柱，难能可贵也。然则，学使竟以教官未行呈进之礼为由，而欲加之罪，此等行为，实乃本末倒置，有失公允。试想，若真以物相赠为升迁之道，则官场何谈清明？教官因未行此等污浊之举而遭贬黜，岂非天下之大冤？

原文

朱公子子青耳录云："东莱一明经迟，司训沂水。性颠痴，凡同人咸集时，皆默不语，迟坐片时，不觉五官俱动，笑啼并作，旁若无人焉者。若闻人笑声，顿止。俭鄙自奉，积金百余两，自埋斋房，妻

○东莱：古郡名，治所在今山东掖县。明经：明清时代为贡生的别称。

○朱公子子青：朱子青，朱缃，字子青，号橡村，历城人，一说高唐人，康熙时为候补主事。能诗，得王士祯指点，传世有《橡村集》四卷，与蒲松龄亦交好，曾手录《聊斋志异》。

○司训沂水：在沂水县当司训。沂水，今山东沂水。

○俭鄙自奉：对自己很抠门。俭鄙，节约到了刻薄的程度。

子亦不使知。一日，独坐，忽手足自动，少刻云：‘作恶结怨，受冻忍饥，好容易积蓄者，今在斋房。倘有人知，竟如何？’如此再四。一门斗在旁，殊亦不觉。次日，迟出，门斗入，掘取而去。过二三日，心不自宁，发穴验视，则已空空。顿足拊膺，叹恨欲死。”教职中可云千态百状矣。

○门斗：在府县衙门中端茶送水的差役。

○拊膺（yīng）：捶胸。膺，胸。

译文

朱子青于其著作《耳录》中记载了一则趣闻：“在东莱之地，有位迟姓贡生，赴沂水县就任学官之职。此人性格颇为奇特，痴中带癫，每逢同僚相聚，他总是静默旁观，不轻易言语。席间，迟贡生时而静坐，五官却不由自主地舞动，时而悲泣，时而欢笑，全然不顾周遭，唯闻笑声则戛然而止，复归沉寂。迟贡生生活简朴，日积月累，攒下百余两银子，深藏于书房之中，连枕边人亦未曾透露分毫。一日，他独坐书房，忽而手脚动了起来，不久喃喃自语道：‘往昔行差踏错，与人结怨，历经风霜，省吃俭用积攒下的这些银两，此刻正埋于此地。若被他人知晓，该当如何是好？’此言反复，似有心事重重。而一旁侍立的门斗，他竟浑然未觉。次日，迟贡生外出，那门斗趁机潜入书房，寻得银两藏匿之处，尽数取走。又过两三日，迟贡生心中忐忑不安，欲查银两是否安好，揭开藏银之处，只见空空无物，不禁痛心疾首，捶胸顿足，懊悔之情溢于言表。”教官之中，种种异事，真可谓千姿百态，无奇不有。

【黑鬼】

原文

胶州李总镇，买二黑鬼，其黑如漆。足革粗厚，立刃为途，往来其上，毫无所损。总镇配以娼，生子而白，僚仆戏之，谓非其种。黑鬼亦疑，因杀其子，检骨尽黑，始悔焉。公每令两鬼对舞，神情亦可观也。

○胶州：位于山东省的东部，州治在今山东胶州。李总镇：胶州在清顺治元年（1644）设胶州镇总兵，习称"胶州总镇"。康熙二十一年（1682）废。

○足革：脚上的皮肤。

○僚仆：同事一主的仆人。

译文

在胶州，有一位李总兵，他收购了两名肤色黝黑如墨的异国仆人，人称“黑鬼”。这二人不仅肤色异常深邃，其足下皮肤更是异常坚韧，即便是以锋利尖刀立在地上为道路，他们行走其上也丝毫不见损伤。李总兵为这两位黑鬼各配了一位娼妓作为伴侣。不久后，她们诞下了肤色白皙的婴儿。仆人们纷纷以此为乐，戏言孩子或许并非黑鬼亲生。此言传入黑鬼耳中，他们心中也生出了疑惑，竟一时冲动之下，将无辜的婴儿杀害。待仔细查验后，方才发现婴儿骨骼透着淡淡的黑色，这才恍然大悟，懊悔自己的冲动之举。而每当府中有宴，李总兵总爱让这两位黑鬼相对而舞，他们的舞姿虽非中原所常见，却自有一番异域风情，观赏性极佳。

【织成】

原文

洞庭湖中，往往有水神借舟，遇有空船，缆忽自解，飘然游行。但闻空中音乐并作，舟人蹲伏一隅，瞑目听之，莫敢仰视，任所往。游毕，仍泊旧处。

○缆：缆绳，系船用的粗绳或铁索。

○瞑（míng）目：闭眼。

○隅：角落。

译文

洞庭湖中，经常有水神借船，遇到有空船，缆绳会忽然自己解开，飘飘然游荡行进。只听空中音乐齐鸣，船夫蹲在角落里，闭上眼睛听着，不敢抬头张望，任凭船游荡，等游完了，船仍旧停回到原处。

原文

有柳生，落第归，醉卧舟上。笙乐忽作，舟人摇生不得醒，急匿艎下。俄有人捽生，生醉甚，随手堕地，眠如故，即亦置之。少间，鼓吹鸣聒，生微醒，闻兰麝充盈，睨之，见满船皆佳丽。心知其异，目若瞑。少间，传呼“织成”。即有侍儿来，立近颊际，翠袜紫舄，细瘦如指。心好之，隐以齿啮其袜。少间，女子移动，牵曳倾踣。上问之，因白其故。在上者怒，命即行诛。遂有武士入，捉缚而起。见南面一人，冠类王者。因行且语，曰：“闻

○艎（huáng）下：船舱下。艎，大型渡船。

○捽（zuó）：揪，扯。

○鸣聒：震耳。

○目若瞑：眼睛好像是闭着。

○舄（xì）：鞋。

○啮（niè）：咬。

○倾踣（bó）：倾倒。踣，倒地。

○南面：面向南。古代以坐北朝南为尊位。

洞庭君为柳氏，臣亦柳氏；昔洞庭落第，今臣亦落第；洞庭得遇龙女而仙，今臣醉戏一姬而死：何幸不幸之悬殊也！”王者闻之，唤回，问：“汝秀才下第者乎？”生诺。便授笔札，令赋“风鬟雾鬓”。生固襄阳名士，而搆思颇迟，捉笔良久。上诮让曰：“名士何得尔？”生释笔自白：“昔《三都赋》十稔而成，以是知文贵工，不贵速也。”王者笑听之。自辰至午，稿始脱。王者览之，大悦曰：“真名士也！”遂赐以酒。顷刻，异馔纷纶。方问对间，一吏捧簿进白：“溺籍告成矣。”问：“人数几何？”曰：“一百二十八人。”问：“签差何人矣？”答云：“毛、南二尉。”生起拜辞，王者赠黄金十斤，又水晶界方一握，曰：“湖中小有劫数，持此可免。”忽见羽葆人马，纷立水面，王者下舟登舆，遂不复见，久之，寂然。

○洞庭君为柳氏：洞庭君，指柳毅。
○赋“风鬟雾鬓”：以“风鬟雾鬓”为题作赋。
○襄阳：位于湖北省西北部，即今湖北襄阳。
○《三都赋》：作者为西晋左思。稔（rěn）：年。
○贵工：以工为贵。工，好，精巧。
○辰：上午七点到九点。午：中午十一点到一点。
○纷纶：花样丰富。
○溺籍：被淹死者的名册。
○签差：旧时派遣官吏，称“签差”。
○界方：界尺，用以比划直线或压纸。一握：一柄，一具。
○羽葆：仪仗名。

译文

有位柳姓书生，科举失意后归途中，借酒消愁，醉卧于舟中。忽闻笙歌四起，船夫试图唤醒他未果，只得自行藏匿于船底。片刻间，有人轻拉柳生，奈何他酒醉深沉，倒地不起，继续酣睡，那人亦无奈离去。不久，鼓乐之声震耳欲聋，柳生微睁醉眼，满船兰麝之香扑鼻而来，斜睨之下，只见满舱皆是绝色佳人，心知奇遇降临，遂佯装沉睡以探虚实。须臾，有呼“织成”之声，一侍女应声而至，立于柳生颊侧，身着翠绿罗袜，脚踏紫绫绣鞋，足形纤细如指，令柳生心生爱慕，暗中以齿轻咬其袜。侍女移步间，不慎被柳生所牵，双双跌于船板之上。舱上之人询问缘由，侍女据实以告，引得舱上之人怒不可遏，即刻下令斩柳生于当场。武士随即入内，将柳生捆绑待斩。柳生抬头，见一人端坐北朝南，服饰华贵，宛若君王，边走边叹："闻洞庭君姓柳，我也是柳氏之后；昔日洞庭君科举不第，今我亦步后尘；洞庭君遇龙女而飞升仙界，我醉中戏一侍女却遭斩首之祸，命运之迥异，何其悲也！"王者闻其言，心生好奇，召其回问："你乃落榜士子？"柳生应之。王者遂赐纸笔，命其以"风鬟雾鬓"为题赋诗。柳生本为襄阳才俊，然构思颇缓，提笔良久未下。王者笑谑："名士何至于此？"柳生搁笔，从容言道："昔左思著《三都赋》，十载方成，故知文章之妙，在于质而非速。"王者听后，笑而置之。自晨至午，柳生终成一赋。王者阅后，大喜过望，赞曰："真名士也！"遂赐美酒佳肴，款待甚厚。席间，一小吏持簿册入内禀报："溺毙之人名单已备。"王者问："多少人？"答曰："一百二十八人。"又问："派谁去执行？"对曰："毛、南二都尉。"柳生见状，起身告辞。王者赠金十两，水晶界方一枚，言："持此可避湖中灾祸。"言毕，但见车盖人马凭空浮现水面，王者登车而去，转瞬湖面复归宁静，仿佛一切未曾发生。

原文

舟人始自艎下出，荡舟北渡，风逆不得前。忽见水中有铁猫浮出，舟人骇曰："毛将军出现矣！"各舟商人俱伏。又无何，湖中一木直立，筑筑摇动，益惧曰："南将军又出矣！"少时，波浪大作，上翳天日，四顾湖舟，一时尽覆。生举界方危坐舟中，万丈洪涛，至舟顿灭，以是得全。

○筑筑：像打夯一样上下捣动。筑，打地基用的工具，俗称"夯"。

○翳（yì）：原指用羽毛做的华盖，后引申为起障蔽作用的东西。

译文

待柳生之事平息，船夫方敢自船底探出身来，奋力摇橹向北航行，无奈逆风强劲，行进颇为艰难。忽而，湖面波澜骤起，一只硕大的铁猫自水中缓缓浮现，船夫惊呼失色："毛将军显灵了！"此言一出，满船商贾皆惊惧万分，纷纷伏地以求庇护。又一会儿后，湖中又现异象，一根巨木突兀而出，直插云霄，随后又似活物般上下摇曳，船夫恐惧更甚，颤声道："南将军亦降临了！"话音未落，湖面狂风大作，巨浪滔天，乌云蔽日，四周船只在这突如其来的风暴中摇摇欲坠，顷刻间，翻覆之声此起彼伏，一片狼藉。唯柳生，手持王者所赠水晶界方，端坐于船舱之中，神色自若。只见万顷波涛汹涌而至，却在触及柳生船只边缘时奇迹般地平息下来，仿佛被一股无形的力量所阻。如此，柳生得以保全了性命。

原文

既归，每向人语其异，言舟中侍儿，虽未悉其容貌，而裙下双钩，亦人世所无。后以故至武昌，有崔媪卖女，千金不售，蓄一水晶界方，言有能配此者，嫁之。生异之，怀界方而往。媪忻然承接，呼女出见，年十五六已来，媚曼风流，更无伦比。略一展拜，返身入帏。生一见，魂魄动摇，曰："小生亦蓄一物，不知与老姥家藏颇相称否？"因各出相较，长短不爽毫厘。媪喜，便问寓所，请生即归命舆，界方留作信。生不肯留。媪笑曰："官人亦太小心！老身岂为一界方抽身窜去耶？"生不得已，留之。出则赁舆急返，而媪室已空，大骇。遍问居人，迄无知者。日已向西，形神懊丧，邑邑而返。中途，值一舆过，忽搴帘曰："柳郎何迟也？"视之，则崔媪。喜问："何之？"媪笑曰："必将疑老身拐骗者矣。别后，适有便舆，顿念官人亦侨寓，措办良艰，故遂送女归舟耳。"生邀回车，媪必不

○双钩：女人的双脚。

○媚曼：风韵美妙。

○命舆：派车。舆，车。

○措办：筹办。

可。生仓皇不能确信，急奔入舟，女果及一婢在焉。见生入，含笑承迎。见翠袜紫履，与舟中侍儿妆饰，更无少别。心异之，徘徊凝注。女笑曰："眈眈注目，生平所未见耶？"生益俯窥之，则袜后齿痕宛然，惊曰："卿织成耶？"女掩口微哂。生长揖曰："卿果神人，早请直言，以祛烦惑。"女曰："实告君：前舟中所遇，即洞庭君也。仰慕鸿才，便欲以妾相赠，因妾过为王妃所爱，故归谋之。妾之来，从妃命也。"生喜，沐手焚香，望湖朝拜，乃归。

○眈眈：目不转睛的样子。

○祛（qū）：除去，驱除。

○过：超限，很。

译文

柳生归家后，时常向亲友提及这段奇遇，尤其提及那位侍女虽未睹其真容，但裙下那双纤巧玉足，世间罕见，令人难以忘怀。某日，柳生因事赴武昌，偶遇崔姓老妪欲售其女，千金不换，唯求能与家中珍藏之水晶界方配对者，方肯许以爱女。柳生闻之愕然，忆及己身亦藏有界方一枚，遂怀揣宝物前往。崔妪见柳生至，喜出望外，唤女出见。她有十五六岁，姿色绝丽，风姿绰约，对柳生略施一礼，即羞涩入内。柳生一见倾心，神为之夺，遂言及自身亦藏界方，愿与崔家之宝相配。双方取出界方，一比对之下，竟分毫不差，崔妪大喜，询柳生住址，欲遣车迎娶，并欲留界方为信。柳生坚持不肯，崔妪笑言："郎君何须多虑，老身岂是贪图小利之人？"柳生无奈，只得留下界方，匆匆租车返家，不料归途寻崔宅，已是人去楼空，遍问邻里，皆无所知。夕阳西下，柳生怅然若失，郁郁独行。半途偶遇一车迎面而来，帘开处，崔妪笑语盈盈："柳郎何故来迟？"柳生惊喜交加，问其去向，崔妪笑答："恐郎君外乡之人，筹备繁琐，故特遣车送女至君船上。"柳生欲邀同归，崔妪婉拒。柳生心中忐忑，急返船中，果见崔女与婢侍立于舱内，翠袜紫鞋，与洞庭侍女无异。柳生愕然凝视，女子笑言："公子何故如此直勾勾地看？莫非是初见？"柳生细察之下，袜后齿印还在，惊问："莫非你是织成？"女子掩口而笑。柳生恍然大悟，深施一礼道："你果然是仙子，愿直言以解我心头疑惑。"织成坦言："实不相瞒，那日船上所见，乃洞庭君也。他仰慕公子才情，欲以我为赠；然我深受王妃宠爱，故君先归商议。今我前来，乃王妃之意。”柳生听后大喜，即刻洗手焚香，遥拜洞庭，而后欢然归家。

原文

后诣武昌，女求同去，将便归宁。既至洞庭，女拔钗掷水，忽见一小舟自湖中出，女跃登，如飞鸟集，转瞬已杳。生坐船头，于没处凝盼之。遥遥一楼船至，既近窗开，忽如一彩禽翔过，则织成至矣。一人自窗中递掷金珠珍物甚多，皆妃赐也。自是，岁一两觐以为常。故生家富有珠宝，每出一物，世家所不识焉。

○没（mò）处：消失之处。没，潜入水中。

○觐：觐见，拜见尊贵长者。

译文

后来，柳生与织成情深意笃，一日，织成提出愿随柳生前往武昌，并借此机会回娘家探亲。二人行至洞庭湖畔，织成将一支精美的发钗投入碧波之中。霎时间，湖面泛起层层涟漪，一艘小巧精致的船只自湖心悠然驶来。织成身形轻盈，一跃而上，犹如林间飞鸟归巢，瞬间便融入了船中，消失得无影无踪。柳生独坐船头，目光紧锁织成离去的方向，心中既有不舍又充满好奇。不多时，远处一艘装饰华丽的大游船缓缓靠近，船窗轻启，一道绚丽的身影仿佛彩蝶穿花，自窗内翩然而出，正是织成归来。她手持一篮，篮中满溢着金银珠宝，皆是王妃所赐，以表对柳生这位佳婿的认可与厚爱。自此以后，柳生与织成便定下了每年一至两次的朝拜之约，成为二人间不可更改的惯例。每当此时，洞庭湖畔便会出现他们相携而行的身影，共同表达对王妃及洞庭君的敬意与感激。随着岁月的流逝，柳生家中逐渐积累了大量珍稀珠宝，每一件即便是世家大族中的珍宝也难以与之媲美。

原文

相传唐柳毅遇龙女，洞庭君以为婿。后逊位于毅。又以毅貌文，不能摄服水怪，付以鬼面，昼戴夜除。久之渐习忘除，遂与面合而为一，毅览镜自惭。故行人泛湖，或以手指物，则疑为指己也；以手覆额，则疑其窥己也。风波辄起，舟多覆。故初登舟，舟人必以此告戒之。不则设牲牢祭享，乃得渡。许真君偶至湖，浪阻不得行。真君怒，执毅付郡狱。狱吏检囚，恒多一人，莫测其故。一夕，毅示梦郡伯，哀求拔救。伯以幽明异路，谢辞之。毅云："真君于某日临境，但为求恳，必合有济。"既而真君果至，因代求之，遂得释。嗣后湖禁稍平。

○逊位：退位，让位。逊，礼让。

○牲牢：杀牲为祭品。牛、羊、豕为"牲"，系养者为"牢"。

○许真君：东晋道士许逊，字敬之，汝南人。后居南昌。年二十岁学道于吴猛，尽传其秘。曾任旌阳令，政绩卓著。后弃官东归，周游江湖，于东晋宁康年间举家成仙飞升。

○郡伯：郡守。

○有济：有办法。济，原指过河，引申为获得帮助。

译文

相传在唐代，书生柳毅因缘际会，救助了落难的龙女，因而深得洞庭君赏识，被招为乘龙快婿，并最终继承了洞庭君的王位。然而，洞庭君深知柳毅长相文雅，恐难以震慑湖中水怪，便赐予他一副神秘的鬼面具，嘱咐其白日佩戴以彰显威严，夜幕降临则须摘下。但时间一长，柳毅习惯了面具的存在，竟不自觉地将其与自身融为一体，以至于面具再也无法取下，每次对镜自照，皆感羞愧难当。所以，过往船只上的行人，但凡有轻微举动，如指向某物或抬手遮阳，柳毅皆误以为是在议论或窥视自己，顿时湖面风起云涌，波涛汹涌，致使多数船只倾覆。因此，新登船者必被船夫告诫诸多禁忌，以免触犯湖神，否则唯有通过杀牲祭祀，方能求得平安渡湖。一日，道家高人许真君偶至洞庭湖畔，却遭风浪阻挠，无法前行，心中大为不悦，遂下令捉拿柳毅，将其囚禁于郡中牢狱。奇怪的是，狱中囚犯每经点数，总多出柳毅一人，而狱吏对此百思不得其解。某夜，柳毅托梦于郡守，哀声求救，望其能助己脱离苦海。郡守初以人神殊途为由婉拒，柳毅却言："真君不日将至此地，届时恳请大人代为求情，定能救我。"不久，许真君果然亲临郡城，郡守依言向真君陈情，柳毅终得释放。自此以后，洞庭湖上的禁忌似乎被一一破除，湖面复归平静，风浪不再肆虐，过往船只得以安然航行。

【竹青】

原文

鱼客，湖南人，忘其郡邑。家贫，下第归，资斧断绝。羞于行乞，

○郡邑：府、县，即“籍贯”。 ○下第：科举落榜。

饿甚，暂憩吴王庙中，拜祷神座。出卧廊下，忽一人引去，见王，

○憩：休息。吴王庙：原称“吴将军庙”，祀三国时吴国大将甘宁，在湖北阳新富池口镇。宋时因有神风助漕运有功，赐王爵，改称“吴王庙”。 ○廊：指屋檐下的过道、房屋内的通道或独立有顶的通道。包括回廊和游廊，具有遮阳、防雨、小憩等功能。

跪曰：“黑衣队尚缺一卒，可使补缺。”王曰：“可。”即授黑衣。既着身，化为乌，振翼而出。见乌友群集，相将俱去，分集帆樯。舟

○帆樯：船桅，桅杆。

上客旅，争以肉向上抛掷，群于空中接食之。因亦尤效，须臾果

○尤效：仿效。

腹。翔栖树杪，意亦甚得。逾二三日，吴王怜其无偶，配以雌，呼

○杪（miǎo）：树梢，末梢。

之竹青。雅相爱乐。鱼每取食，辄驯无机。竹青恒劝谏之，卒不能

○驯无机：驯良而不机警。

听。一日，有满兵过，弹之中胸。幸竹青衔去之，得不被擒。群乌

○满兵：清兵。

怒，鼓翼搧波，波涌起，舟尽覆。竹青仍投饵哺鱼，鱼伤甚，终日而毙。忽如梦醒，则身卧庙中。先是，居人见鱼死，不知谁何，抚之未冷，故不时令人逻察之。至是，讯知其由，敛赀送归。

○逻察：巡逻侦察。 ○敛赀：凑集钱财。

译文

鱼客，一位籍贯已模糊的湖南人士，家境贫寒，科举失意后踏上归途，却不幸耗尽盘缠。饥饿难耐之际，他羞于乞讨，选择在吴王庙中暂避，向神灵虔诚祷告后，便蜷缩于廊下休憩。忽然，一神秘人物将他引荐至吴王面前，言及黑衣队尚有空缺，鱼客遂被选中。吴王一声令下，鱼客被赐予黑衣，瞬间化身为乌鸦，

振翅高飞，融入同伴之中，共同栖息于船桅之上。船上的旅客纷纷以肉相投，乌鸦们灵活接食，鱼客也迅速适应，模仿着它们的行为，很快便饱腹而归，栖息于树梢，脸上洋溢着满足之色。数日之后，吴王怜其孤独，特赐一雌鸦竹青为伴，他们情深意重，生活得其乐融融。然而，鱼客在觅食时总是毫无防备，竹青虽屡次提醒，他却未加理会。一日，满兵过境，以弹弓误伤鱼客胸膛，危急关头，竹青奋力救下他，幸免于难。愤怒的乌鸦群以翅击水，掀起巨浪，将过往船只一一倾覆，以示抗议。竹青不离不弃，衔食喂养重伤的鱼客，但终因伤势过重，鱼客于次日离世。就在此时，鱼客仿佛从一场漫长的梦境中苏醒，发现自己竟奇迹般地躺在吴王庙的地上。原来，附近居民见他倒地不起，虽不知其身份，但感其体温尚存，便不时派人照看。得知真相后，众人纷纷解囊相助，凑足路费，将这位不幸又幸运的旅人送回了久违的家乡。

原文

后三年，复过故所，参谒吴王。设食，唤乌下集群啖，祝曰：“竹青如在，当止。”食已，并飞去。后领荐归，复谒吴王庙，荐以少牢。已，乃大设以飨乌友，又祝之。是夜宿于湖村，秉烛方坐，忽几前如飞鸟飘落，视之，则二十许丽人。冁然曰：“别来无恙乎？”鱼惊问之，曰：“君不识竹青耶？”鱼喜，诘所来，曰：“妾今为汉江神女，返故乡时常少。前乌使两道君情，故来一相聚也。”鱼益欣感，宛如夫妻之久别，不胜欢恋。生将偕与俱南，女欲邀与俱西，两谋不决。寝初醒，则女已起。开目，见高堂中巨烛荧煌，竟非舟中。惊起，问：“此何所？”女笑曰：“此汉阳也。妾家即君家，何必南！”天渐晓，

○啖（dàn）：吃。

○领荐：领乡荐，乡试考中举人。

○荐：祭。少牢：祭祀单用猪、羊称“少牢”。后专以羊为少牢。

○大设：盛设，大设肴馔。飨（xiǎng）：广泛宴请。

○冁（chǎn）然：微笑的样子。

○汉江：即汉水，是长江最大最长的支流。

○偕与俱南：偕同南去。指去鱼客的家乡湖南。

○邀与俱西：请他一同西去。指西去竹青为神的地方汉江。

○汉阳：府名。今在湖北省汉水下游南岸武汉汉阳区，与武昌、汉口并称武汉三镇。

婢媪纷集，酒炙已进。就广床上设矮几，夫妇对酌。鱼问：“仆何在？”答：“在舟上。”生虑舟人不能久待。女言：“不妨，妾当助君报之。”于是日夜谈讌，乐而忘归。

○报：报施，酬劳。 ○讌（yàn）：同“宴”。

译文

三年以后，鱼客再次踏上那片故土，心中不免生出几分感慨。他特地前往吴王庙，以虔诚之心摆上丰盛的食物，呼唤着乌鸦们一同享用，并满怀希望地祷告：“竹青，若你仍在此间，请现身一见。”乌鸦们纷纷落下，享用完毕后又结伴飞去，唯独未见竹青踪影。不久之后，鱼客金榜题名，衣锦还乡之时，再次前往吴王庙，此次更是以猪羊为祭，表达深切的感激与怀念。祭祀完毕，他设宴款待那些曾与他共度难关的乌鸦伙伴，并再次向竹青默默祷告。夜幕降临，鱼客宿于湖畔小村，独自灯下静坐，忽见桌前似有一飞鸟轻盈飘落，定睛一看，竟是一位二十余岁、貌若天仙的女子。她笑语盈盈：“别来无恙？”鱼客惊愕之余，询问其身份，女子笑答：“您不记得竹青了吗？”鱼客听后大喜，二人仿佛久别重逢的伴侣，重燃旧情，爱意绵绵。鱼客欲携竹青同返南方，而竹青则提出邀他共赴西方，两人商议许久，未能定夺。次日清晨，鱼客醒来，发现竹青已起身，环顾四周，竟身处豪华府邸之中，烛火通明，非昔日船上简陋可比。鱼客疑惑询问，竹青笑答：“此乃汉阳，我的家亦是你的家，何须远赴南方？”随着天色渐亮，婢女仆从络绎不绝，佳肴美酒随即奉上，二人于大床之上设矮几对饮，共享天伦之乐。鱼客忽念及随行之仆人及船夫，担忧他们久候不耐，竹青却轻描淡写地说：“无碍，我自会安排。”于是，这对神仙眷侣沉浸在欢声笑语之中，日复一日，几乎忘却了归期。

原文

舟人梦醒，忽见汉阳，骇绝。仆访主人，杳无音信。舟人欲他适，而缆结不解，遂共守之。积两月余，生忽忆归，谓女曰：“仆在此，亲戚断绝。且卿与仆，名为琴瑟，而不一认家门，奈何？”女曰：“无论妾不能往，纵往，君家自有妇，将何以处妾乎？不如置妾于此，为君别院可耳。”生恨道远，不能时至。女出黑衣，曰：“君向所着旧衣尚在。如念妾时，衣此可至，至时，为君解之。”乃大设肴珍，为生祖饯。即醉而寝，醒，则身在舟中。视之，洞庭旧泊处也。舟人及仆俱在，相视大骇，诘其所往。生故怅然自惊，枕边一襆，检视，则女赠新衣袜履，黑衣亦折置其中。又有绣橐维絷腰际，探之，则金赀充牣焉。于是南发，达岸，厚酬舟人而去。

○别院：别宅，别业。

○祖饯：饯行。古时出行，祭路神叫“祖”，用酒食送行叫“饯”。

○襆（fú）：包袱。

○绣橐（tuó）：绣制的布囊。橐，口袋。絷（zhí）：捆，绑。

○充牣（rèn）：充满。

译文

船夫从沉睡中猛然惊醒，发现自己竟已身处汉阳，不禁惊愕万分。与此同时，鱼客的仆人也四处寻觅主人踪迹，却如石沉大海，杳无音讯。船夫心生去意，欲驶向别处，却发现船缆仿佛被无形之力紧锁，无论如何也解不开，只好与仆人一同在船上焦急等待。转眼两个多月过去，鱼客心中忽生归意，便向竹青坦言：“我滞留于此，已与亲友久无联系。况且，你我虽名为夫妻，却未曾正式归宁，这又是何故？”竹青温柔地回应：“非我不愿，实乃我身为汉江神女，难以涉足人间烟火之地。再者，您家中已有佳偶，我又岂能轻易介入？不如让我留在此地，作为您心中的一处别苑，岂不更好？”鱼客虽感不舍，却也无奈路途遥远，难以常相厮守。竹青见状，取出那件旧时的黑衣，轻声道：“此物尚存，若您思念于我，穿上此衣，便能瞬间至此。待您抵达，我自会为您解开束缚。”说完，二人设宴话别，鱼客酒至半酣，沉沉睡去。待他醒来，发现自己已身在船上，正停泊于洞庭湖旧日之地，船夫与仆人皆在，相见之下，皆惊愕不已，纷纷询问鱼客去向。鱼客自己也感到茫然与惊奇，忽见枕边有一包袱，打开一看，内有竹青所赠衣物鞋袜，那件黑衣亦被细心折叠其中。腰间还系有一个绣花荷包，触手沉甸甸的，原来是满满一袋金钱。鱼客决定继续南行。抵达对岸后，他慷慨酬谢了船夫，便踏上了归途。

原文

归家数月，苦忆汉水，因潜出黑衣着之。两胁生翼，翕然凌空，经两时许，已达汉水。回翔下视，见孤屿中有楼舍一簇，遂飞堕。有婢子已望见之，呼曰："官人至矣！"无何，竹青出，命众手为缓结，觉羽毛划然尽脱。握手入舍，曰："郎来恰好，妾旦夕临蓐矣。"生戏问曰："胎生乎？卵生乎？"女曰："妾今为神，则皮骨已硬，应与曩异。"越数日，果产，胎衣厚裹，如巨卵然，破之，男也。生喜，名之汉产。三日后，汉水神女皆登堂，以服食珍物相贺。并皆佳妙，无三十以上人。俱入室就榻，以拇指按儿鼻，名曰"增寿"。既去，生问："适来者皆谁何？"女曰："此皆妾辈。其末后着藕白者，所谓'汉皋解佩'，即其人也。"居数月，女以舟送之，不用帆楫，飘然自行。抵陆，已有人絷马道左，遂归。由此往来不绝。

○翕（xī）然：飞翔迅疾。

○两时：两个时辰。相当于现在的四个小时左右。许：多。

○屿：岛。

○胎衣：胎胞。

○就榻：走近榻床。就，近。

○汉皋解佩：《列仙传》载，郑交甫路过汉皋台下，遇见两个女子，每人都佩带一颗巨珠，郑交甫注目相挑，二女解下佩珠赠给郑交甫。汉皋，山名。在湖北襄阳西。佩，佩带的玉饰。

译文

鱼客归家数月，对竹青的思念如潮水般汹涌，终是按捺不住，悄悄取出那件黑衣披于身上。刹那间，两肋生出羽翼，他振翅高飞，直冲云霄，约莫两个时辰，便已横跨天际，抵达汉水之畔。他盘旋于空，俯瞰下方，只见孤岛之上，楼阁错落，遂缓缓降落于其前。一丫环眼尖，见状高呼："官人归来了！"不久，竹青款步而出，引领众人助鱼客褪去黑衣，只见羽毛瞬间脱落，恢复人形。竹青携鱼客入内，笑语盈盈道："您来得正是时候，我即将临盆。"鱼客听后，故作轻松笑道："不知此番是胎生还是卵生之奇景？"竹青温柔地解释道："我今已脱胎换骨，成为神祇，自然与往昔大不相同。"数日之后，竹青顺利产下一子，婴儿被一层厚厚的胎衣包裹，宛如巨卵，解开一看，是个健康可爱的男孩。鱼客满心欢喜，为其取名"汉产"，寓意其诞生于汉水之滨。三日之后，汉水一带的神女们纷纷前来祝贺，她们或携衣物，或带美食珍宝，皆是姿色出众，年岁不过三十之貌。神女们围坐床边，以拇指轻触婴儿鼻尖，此为"增寿"之礼。待宾客散尽，鱼客好奇询问竹青："适才来访的诸位佳人，皆是何方神圣？"竹青一一介绍，末了提及那位身着藕白色衣裳的女子，笑道："她便是传说中郑交甫于汉皋偶遇，解佩相赠的仙女，与我同列仙班。"数月之后，竹青安排船只送鱼客返家，此船无需帆桨，自行悠然前行，宛如御风而行。及至岸边，早有马匹等候，鱼客便骑马归家。自此以后，鱼客与竹青两地往返，情谊更笃，成为一段佳话。

原文

积数年，汉产益秀美，生珍爱之。妻和氏，苦不育，每思一见汉产。生以情告女。女乃治任，送儿从父归，约以三月。既归，和爱之过于己出，过十余月，不忍令返。一日，暴病而殇，和氏悼痛欲死。生乃诣汉告女。入门，则汉产赤足卧床上，喜以问女。女曰："君久负约。妾思儿，故招之也。"生因述和氏爱儿之故。女曰："待妾再育，令汉产归。"又年余，女双生男女各一，男名汉生，女名玉佩。生遂携汉产归。然岁恒三四往，不以为便，因移家汉阳。汉产十二

岁入郡庠。女以人间无美质，招去，为之娶妇，始遣归。妇名卮娘，

○美质：指素质美好的女子。

亦神女产也。后和氏卒，汉生及妹皆来擗踊。葬毕，汉生遂留，生

○擗踊（pǐ yǒng）：指为双亲举哀送葬。抚心为"擗"，跳跃为"踊"，形容哀痛之极。

携玉佩去，自此不返。

译文

又过了数载，汉产愈发俊朗非凡，鱼客对其疼爱有加。家中妻子和氏，因自己无法生育，对汉产更是视如己出，日思夜想，渴望能多见其一面。鱼客见状，便向竹青倾诉了和氏的心愿。竹青听后，细心打点行装，决定让汉产随父返家，并约定三月为期，以解和氏之思。汉产到家后，和氏对他的疼爱超越了任何言语，仿佛他就是自己的亲生骨肉，时间一晃，已过了十多个月，和氏仍是不舍其离去。然而，天有不测风云，一日，汉产突患急症，不幸离世，和氏悲痛欲绝，难以自抑。鱼客闻讯，心急如焚，即刻赶往汉水，欲见竹青一面。踏入屋内，竟见汉产安然无恙，光脚躺在床上，鱼客惊喜交加，忙问竹青缘由。竹青轻叹道："你违背了我们的约定，迟迟未归。我亦思念成疾，故将他召回。"鱼客随即解释了和氏因无子而格外疼爱汉产的原因。竹青听后，温柔地承诺："待我再次生育，定让汉产重回你身边。"又是一年有余，竹青诞下一对龙凤胎，男孩取名"汉生"，女孩唤作"玉佩"。鱼客依约带着汉产返家，但两地奔波之苦，让他渐感不便，最终决定举家迁往汉阳，以求团聚之便。汉产年及十二，步入郡学深造。竹青深感人世难觅佳偶配其儿，遂召汉产归，亲自为他挑选了神女之女"卮娘"为妻，待二人完婚后，方允其重返人间。后来，和氏离世，汉生与妹妹玉佩皆赶来送葬，尽显手足情深。葬礼过后，汉生决定留下陪伴父亲，而鱼客则携玉佩离去，从此音讯全无。

【段氏】

原文

段瑞环，大名富翁也，四十无子。妻连氏最妒，欲买妾而不敢。私一婢，连觉之，挞婢数百，鬻诸河间栾氏之家。段日益老，诸侄朝夕乞贷，一言不相应，怒征声色。段思不能给其求，而欲嗣一侄，则群侄阻挠之，连之悍亦无所施，始大悔。愤曰：“翁年六十余，安见不能生男！”遂买两妾，听夫临幸，不之问。居年余，二妾皆有身，举家皆喜。于是气息渐舒。凡诸侄有所强取，辄恶声梗拒之。无何，一妾生女，一妾生男而殇。夫妻失望。又将年余，段中风不起，诸侄益肆，牛马什物，竞自取去。连诟斥之，辄反唇相稽。无所为计，朝夕呜哭。段病益剧，寻死。诸侄集柩前，议析遗产。连虽痛切，然不能禁止之。但留沃墅一所，赡养老稚，侄辈不肯。连曰：“汝等寸土不留，将令老妪及呱呱者饿死耶！”日不决，惟忿哭自挝。忽有客入吊，直趋灵所，俯仰尽哀。哀已，便就苫次。众诘为谁，客曰：“亡者吾父也。”众益骇。客从容自陈。

○大名：府名。府治在今河北大名。

○河间：府名。位于冀中平原，治所在今河北河间。

○怒征声色：即不给好脸色，发怒。征，迹象，显示。

○嗣：接续，后代。这里是过继为后代的意思。

○身：怀孕。

○殇：夭折。

○中风：中医疾病名。中医所称多指内伤病证的类中风，或因气血逆乱、脑脉痹阻或因血溢于脑所致。以突然昏仆、半身不遂、肢体麻木、舌蹇不语、口舌歪斜、偏身麻木等为主要表现的脑神经疾病。具有起病急、变化快，如风邪善行之特点。

○反唇相稽：恶言相对。

○痛切：非常伤痛。

○沃墅：肥沃的田庄。墅，田庐。

○呱呱（gū）：小儿啼声。指一妾所生之女孩。

○挝（zhuā）：指打嘴巴。

○俯仰：低头和仰首。指举哀时尽礼，俯首而泣，仰面而号。

○苫（shān）次：子女居丧的席次。苫，草垫。古时居丧，寝苫枕块。子女在灵旁设草垫，寝息其上，守护左右。

译文

段瑞环，大名府内赫赫有名的富商，年逾四旬，膝下犹虚，无子承欢。其妻连氏，性情刚烈，嫉妒成性，致使段瑞环虽有纳妾之心，却畏妻如虎，不敢轻举妄动。一次，段瑞环与府中一丫环暗生情愫，不慎被连氏察觉，那丫环随即遭受鞭笞之苦，数百鞭下，身心俱疲，最终被发卖至河间府栾姓人家，从此音讯全无。段瑞环日渐衰老，而家中侄儿们却如豺狼虎豹，日日上门索财，稍有不顺，便恶语相向，令段瑞环心寒不已。他思前想后，欲从侄儿中择一贤能者过继为子，以续香火，不料此举却遭侄儿们联手阻挠，连氏虽强悍，对此亦束手无策，心中暗自懊悔当初未能成全丈夫纳妾之愿。她愤愤不平道："老夫年逾花甲，怎知不能老来得子！"于是，她毅然决定，为夫纳妾二人，任由其自由相处，不再干涉。一年有余，两妾相继有孕，段家上下皆大欢喜，家中气氛渐趋和缓。然而，好景不长，一妾诞下千金，另一妾虽产下男婴，却不幸夭折，段氏夫妇满心欢喜转瞬成空，失望之情溢于言表。又过一年，段瑞环突遭中风，半身不遂，卧床不起，家中侄儿见状，更是肆无忌惮，争相掠夺家中财物，连氏虽怒不可遏，却也无力阻止，只能终日以泪洗面。段瑞环病情日重，终至不治，撒手人寰。丧事期间，侄儿们齐聚灵前，商讨遗产分配之事。连氏虽心如刀绞，却也无力阻止，只盼能留下一处庄园，用来赡养老幼。然侄儿们贪婪成性，对此要求置若罔闻。连氏悲愤交加，哭天抢地，声泪俱下，场面一度失控。正当此时，一陌生客人突入灵堂，痛哭流涕，哀悼之情溢于言表。哀悼完毕，客人便坐到了应是子女居丧的席次上。众人吃惊，问他是谁，为何坐到这里，客人回答说："死去的人是我父亲啊。"众人更加吃惊了，客人便从容地说起了往事。

原文

先是，婢嫁栾氏，逾五六月，生子怀，栾抚之等诸男。十八岁入泮。后栾卒，诸兄析产，置不与诸栾齿。怀问母，始知其故，曰："既属两姓，各有宗祏，何必在此承人百亩田哉！"乃命骑诣段，而段已死。

○等诸男：同其他儿子一样。等，等同。

○入泮：入县学，中秀才。

○不与诸栾齿：不把他当栾家的兄弟看待。齿，并列。

○宗祏（shí）：祖庙。祏，宗庙中藏神主的石室。

言之凿凿，确可信据。连方忿痛，闻之大喜，直出曰：“我今亦复有儿！诸所假去牛马什物，可好自送还，不然，有讼兴也！”诸侄相顾失色，渐引去。怀乃携妻来，共居父忧。诸段不平，共谋逐怀。怀知之，曰：“栾不以为栾，段复不以为段，我安适归乎！”忿欲质官，诸戚党为之排解，群谋亦寝。而连以牛马故，不肯已，怀劝置之。连曰：“我非为牛马也，杂气集满胸，汝父以愤死，我所以吞声忍泣者，为无儿耳。今有儿，何畏哉！前事汝不知状，待予自质审。”怀固止之，不听，具词赴宰控。宰拘诸段，审状。连气直词侧，吐陈泉涌。宰为动容，并惩诸段，追物给主。既归，其兄弟之子有不与党谋者，招之来，以所追物，尽散给之。连七十余岁，将死，呼女及孙媳曰：“汝等志之：如三十不育，便当典质钗珥，为婿纳妾。无子之情状实难堪也！

○信据：可信的依据。

○假：借。

○讼：诉讼，官司。

○居父忧：为父亲守丧。

○质官：向官府申诉，打官司。下文“质审”同。

○审状：审阅诉状，受理。状，诉讼呈文。

译文

原来，那被连氏卖至栾家的丫环，在数月之后，她诞下一名男婴，取名栾怀，栾家视如己出，悉心抚养。栾怀天资聪颖，十八岁那年，顺利进入县学深造。然而，世事无常，栾氏夫妇相继离世，家族内部纷争四起，栾怀竟被排除在继承人之列，仅因他非栾家血脉。得知真相后，栾怀坦然一笑：“我本非栾家骨血，自有血脉宗祠可归，何必觊觎他人田产？”说完，策马直奔段府，欲寻根问祖，不料段瑞环已逝。栾怀的到来，如同一缕清风，吹散了连氏心头的阴霾。他言辞恳切，句句在理，让连氏在绝望中看到了希望之光。连氏怒斥侄儿们的贪婪行径，责令归还侵占之物，否则将诉诸公堂。侄儿们面面相觑，终是畏惧法律威严，缓缓散去。栾怀携妻归宗，共祭亡父，段家一时之间，亲情融融。然侄儿们心中不甘，密谋驱逐栾怀。栾怀闻讯，苦笑言道："我既非栾家所容，亦难融于段家，天下之大，竟无我容身之处？"此言一出，亲戚们纷纷劝和，终使风波平息。连氏对侄儿们的行径仍耿耿于怀，执意要追回被抢财物，更欲为亡夫讨回公道。栾怀虽力劝其息事宁人，但连氏心意已决，一纸诉状递至县衙。县令感其情真意切，严惩了段家侄儿，并追回全部财物。连氏大义，非但未独占追回之物，反将之分予无辜侄儿，以彰其公正之心。连氏活到七十多岁，临终之际，将女儿与孙媳唤至床前，语重心长地告诫："你们一定要记住，若三十岁的时候仍无所出，当不惜家财，为夫纳妾。无子之痛，实难言喻，望尔等勿步我后尘。"

原文

异史氏曰：连氏虽妒，而能疾转，宜天以有后伸其气也。观其慷慨激发，吁！亦杰矣哉！

○疾转：迅速转变。

译文

异史氏说：连氏虽然生性好嫉妒，但能够迅速改变，难怪老天让她有了后代，替她伸张了正气。看她慷慨激昂的样子，唉！也可以算是个女中豪杰了！

原文

济南蒋稼，其妻毛氏，不育而妒。嫂每劝谏，不听，曰："宁绝嗣，不令送眼流眉者忿气人也！"年近四旬，颇以嗣续为念。欲继兄子，兄嫂俱诺，而故悠忽之。儿每至叔所，夫妻饵以甘脆，问曰："肯

○送眼流眉者：眉目送情的人。这里指姬妾。

○悠忽：推脱不实，拖延时日。指怠慢过继之事。

○甘脆：指味美可口的食物。

来吾家乎？”儿亦应之。兄私嘱儿曰：“倘彼再问，答以不肯。如问何故不肯，答云：‘待汝死后，何愁田产不为吾有？’”一日，稼出远贾，儿复至。毛又问，儿即以父言对。毛大怒曰：“妻孥在家，固日日算吾田产耶！其计左矣！”逐儿出，立招媒媪，为夫买妾。及夫归，时有卖婢者，其价昂，倾赀不能取盈，势将难成。其兄恐迟而变悔，遂暗以金付媪，伪称为媪转贷而玉成之。毛大喜，遂买婢归。毛以情告夫，大怒，与兄绝。年余，妾生子。夫妻大喜。毛曰：“媪不知假贷何人，年余竟不置问，此德不可忘。今子已生，尚不偿母价也！”稼乃囊金诣媪。媪笑曰：“当大谢大官人。老身一贫如洗，谁敢贷一金者。”具以实告。稼感悟，归告其妻，相为感泣。遂治具邀兄嫂至，夫妇皆膝行，出金偿兄，兄不受，尽欢而散。后稼生三子。

○远贾：出远门经商。贾，经商。

○妻孥：妻子和孩子。

○计左：打错主意。左，斜，偏，差错。

○倾赀（zī）不能取盈：用尽手边现钱不够偿足身价。取盈，满足其欲。

○玉成：成全好事。

译文

济南城的蒋稼，娶妻毛氏，毛氏虽无子嗣，却心怀嫉妒，对纳妾之事坚决反对，常言：“纵无后嗣，亦不容狐媚之徒进门添堵！”蒋稼年近不惑，膝下无子，忧虑日增，遂萌生过继兄长之子的念头。兄长夫妇表面应允，实则故意拖延。兄长的儿子每次到了叔叔家，蒋稼夫妻二人都会拿出美食款待，并会问“你愿意来我家吗？”儿子也都会回答愿意。兄长私下嘱咐儿子说：“如果他们再问这样的话，你就回答不愿意。如果他们问为什么不愿意，就回答说‘等你们死了后，还愁这些田产不是我的吗？’”一日，蒋稼外出经商，兄长之子又至。毛氏再试其意，孩子依父命回答。毛氏听后大怒，说道：“他们一家人在家里，原来是日日算计我家的田产啊！他们打错主意了！”把侄儿赶出家门后，当即决定为夫纳妾。恰逢有人售卖丫环，价格不菲，毛氏不惜倾囊而出，然仍不足数。关键时刻，蒋稼兄长暗中相助，通过媒婆假借外债促成此事。毛氏十分高兴，把丫环买回了家。毛氏又把情况告诉了丈夫，蒋稼也很生气，和哥哥断绝了来往。小妾入门后，不久便诞下麟儿，蒋家上下欢天喜地。毛氏念及媒婆借款之恩，欲偿还之，却发现债主竟无迹可寻。蒋稼亲访媒婆，方知真相乃兄长慷慨解囊，媒婆笑言：“此恩非我所为，乃你兄长之义举。”蒋稼恍然大悟，归家告知毛氏，夫妇二人感激涕零，随即设宴邀请兄长一家，并亲至堂前，以跪拜之礼致谢，同时将银两奉还。兄长坚辞不受，终在一片和睦之中共享盛宴，冰释前嫌。此后，蒋稼与毛氏有了三个儿子。

【狐女】

原文

伊衮，九江人。夜有女来，相与寝处。心知为狐，而爱其美，秘不

○九江：古称"柴桑""江州""浔阳"，今江西九江。

告人，父母亦不知也。久而形体支离。父母穷诘，始实告之。父母

大忧，使人更代伴寝，兼施敕勒，卒不能禁。翁自与同衾，则狐不

○敕勒：指民间宗教法术中的禁制之术。 ○翁：指伊父。

至，易人，则又至。伊问狐，狐曰："世俗符咒，何能制我？然俱有

伦理，岂有对翁行淫者！"翁闻之，益伴子不去，狐遂绝。后值叛

寇横恣，村人尽窜，一家相失。伊奔入昆仑山，四顾荒凉。日既暮，

○昆仑山：指安徽潜山东北的昆仑山，地近九江。

心恐甚。忽见一女子来，近视之，则狐女也。离乱之中，相见欣慰。

女曰："日已西下，君姑止此。我相佳地，暂创一室，以避虎狼。"乃

○相：勘察，选择。

北行数武，遂蹲莽中，不知何作。少刻返，拉伊南去，约十余步，又

○武：半步。 ○莽：丛杂茂密的草木。

曳之回。忽见大木千章，绕一高亭，铜墙铁柱，顶类金箔。近视，

○章：大树称"章"。 ○类：像。金箔：金属薄片。

则墙可及肩，四围并无门户，而墙上密排坎窞。女以足踏之而过，

○坎窞(dàn)：洞穴。

伊亦从之。既入，疑金屋非人工可造，问所自来。女笑曰："君子居

之，明日即以相赠。金铁各千万，计半生吃着不尽矣。"既而告别。

伊苦留之，乃止。曰："被人厌弃，已拚永绝，今又不能自坚矣。"

○拚(pàn)：不惜。

及醒，狐女不知何时已去。天明，逾垣而出。回视卧处，并无亭屋，惟四针插指环内，覆脂合其上；大树，则丛荆老棘也。

○脂合：脂粉盒。合，同“盒”。

○指环：俗称“顶针”，妇女做针线活所用。上多坑点，即上文所云之“坎窖”。

译文

伊衮，籍贯江西九江，某夜，一女子悄然入梦，与之共寝。伊衮心知其为狐妖所化，然其美貌倾城，令他心生怜爱，遂秘而不宣，连至亲父母亦不知晓。日子久了，伊衮身体渐弱，父母追问之下，伊衮终吐露实情。父母很是担忧，安排人轮番伴睡，并施以符咒驱邪，然皆无济于事。唯有父亲亲守时，狐女方避而不出；一旦换人，狐女便再现。伊衮询问其故，狐女答曰：“世间符咒，岂能奈我何？然伦理纲常所在，怎可于父前失仪？”父亲闻之，遂日夜相伴，狐女终不再扰。后来，碰上叛贼蜂起，村民四散奔逃，伊衮与家人亦失散。他孤身逃至九江附近的昆仑山，四周荒凉，夜幕低垂，恐惧油然而生。正惶恐间，一女子身影缓缓而至，近观之下，竟是那狐女。乱世重逢，两人皆感慰藉。狐女道：“夕阳已斜，你且在此稍候，我去寻一安全之地，搭建临时居所，以防虎狼侵扰。”说完，她向北行几步，隐入草丛，不知所为。片刻后返回，引领伊衮南行，走了十几步之后却又折返。伊衮眼前忽现一片参天林木，中央矗立一高亭，铜墙铁壁，金光熠熠，屋顶似铺金箔。近观之下，墙高仅及肩，无门可入，唯见墙上密布细小孔洞。狐女轻盈踏孔而过，伊衮效仿之，亦顺利入内。屋内陈设非凡，伊衮惊叹此等金屋非人力所能为，询问其来历。狐女笑言：“你且安心居住，明日此物便赠予你。此屋耗金铁千万斤，足以供你一生之用。”言毕欲别，伊衮恳求挽留，狐女终心软留下，叹道：“我本已发誓远离尘嚣，今却难以自持。”次日醒来，狐女已不知所踪。天亮后，伊衮出屋回望，昨夜之亭屋荡然无存，唯见四枚细针插于指环之上，其上覆一胭脂盒；而那茂密之林，实则荆棘丛生，幻象一场。

【张氏妇】

原文

凡大兵所至，其害甚于盗贼。盖盗贼人犹得而仇之，兵则人所不敢仇也。其少异于盗者，特不敢轻于杀人耳。甲寅岁，三藩作反，南征之士，养马兖郡，鸡犬庐舍一空，妇女皆被淫污。时遭霪雨，田中潴水为湖，民无所匿，遂乘桴入高粱丛中。兵知之，裸体乘马，入水搜淫，鲜有遗脱。惟张氏妇不伏，公然在家。有厨舍一所，夜与夫掘坎深数尺，积茅焉，覆以薄，加席其上，若可寝处。自炊灶下。有兵至，则出门应给之。二蒙古兵强与淫。妇曰："此等事，岂可对人行者！"其一微笑，啁嗻而出。妇与入室，指席使先登。薄折，兵陷。妇又另取席及薄覆其上，故立坎边，以诱来者。少间，其一复入。闻坎中号，不知何处。妇以手笑招之曰："在此处。"兵踏席，又陷。妇乃益投以薪，掷火其中。火大炽，屋焚，妇乃呼救。火既熄，燔尸焦臭。人问之，妇曰："两猪恐害于兵，故纳坎中耳。"由此离村数里，于大道旁并无树木处，携女红往坐烈日中。村去郡远，兵来率乘马，顷刻数至。笑语啁嗻，虽多不解，大约调弄之语。然

○大兵：军队，士兵。这里指清兵。

○仇：怨恨，报复。

○甲寅：康熙甲寅，即康熙十二年，1673 年。

○三藩：清初封明降将耿仲明为靖南王，尚可喜为平南王，吴三桂为平西王，称"三藩"。

○兖郡：兖州府，今山东兖州。

○霪雨：连绵的雨。

○潴（zhū）水：积水。

○桴（fú）：小筏子。

○鲜（xiǎn）：少。

○薄：苇箔。

○应给：应酬。

○蒙古兵：也指清兵。清代兵制以满洲八旗为主体，蒙古人归附者，编为蒙古八旗。

○啁嗻（zhōu zhē）：鸟鸣声。形容叽里咕噜的外族语言。

○燔（fán）：焚烧。

去道不远，无一物可以蔽身，辄去，数日无患。一日，一兵至，甚无耻，就烈日中欲淫妇。妇含笑不甚拒，隐以针刺其马，马辄喷嘶，兵遂絷马股际，然后拥妇。妇出巨锥猛刺马项，马负痛奔骇。缰系股不得脱，曳驰数十里，同伍始代捉之。首躯不知处，缰上一股，俨然在焉。

○絷（zhí）马股际：把马拴在大腿上。絷，拴。

○项：颈，脖子。

○同伍：同列，同伴。伍，古代军队的编制。一伍（五人），后来直接指代军队。

译文

每当大军过境，其祸患甚于盗贼，因盗贼尚能为人所恨，而大军之威，百姓敢怒不敢言。唯一的区别，或许在于大军不敢轻易滥杀无辜。甲寅年间，吴三桂、尚可喜、耿仲明等藩王叛乱，南征大军屯驻兖州，城内一片狼藉，财物被劫掠殆尽，妇女更是饱受凌辱。彼时，连日阴雨，田地成泽，百姓无处藏身，只得驾筏遁入高粱丛中以求生。大军知道以后，赤身裸体，策马入水，搜寻并奸淫妇女，几乎无人幸免。唯有一位张氏妇人，非但不躲不藏，公然留在家里。她与丈夫在厨房内挖深坑，以茅草填充，覆以帘席伪装成床铺，自己则在灶前坦然做饭。当大军士兵闯入，她从容应对，两名士兵欲行不轨，张氏妇机智周旋。她先以言辞拒绝一人，诱另一人至厨房，利用伪装的陷阱使其跌落坑中，随后点火焚烧，谎称两只猪被烧死以掩人耳目。此后，张氏妇移居村外数里之大路旁，烈日下做针线活，此地空旷无遮，大军虽常至，他们笑着说一些听不懂的话，无非是些调戏之言。因无隐蔽之处，他们只好走了，这样几天张氏都没有被祸害。一天，一个大兵来了，张氏妇面带微笑，态度温婉，又暗施小计，以针刺马令其发狂狂奔，成功吓退并严惩了试图强暴她的无耻士兵，士兵最终被拖行数十里，才被同伍把马捉住，仅剩一腿系于缰绳之上，惨状骇人。

原文

异史氏曰：巧计六出，不失身于悍兵。贤哉妇乎！慧而能贞。

○巧计六出：即六出奇计。此处用以比附张氏妇屡用巧计。汉陈平曾六出奇计，以胜强敌。

译文

异史氏说：汉代的陈平六出奇计辅助汉高祖取得天下，张氏妇妙计迭出，有着同样的智慧，所以没有失身于凶悍的大兵。张氏妇真是贤良啊！聪明机智又有贞洁操守！

【于子游】

原文

海滨人说："一日，海中忽有高山出，居人大骇。一秀才寄宿渔舟，沽酒独酌。夜阑，一少年入，儒服儒冠，自称'于子游'，言词风雅。秀才悦，便与欢饮。饮至中夜，离席言别。秀才曰：'君家何处？玄夜茫茫，亦太自苦。'答云：'仆非土著，以序近清明，将随大王上墓。眷口先行，大王姑留憩息，明日辰刻发矣。宜归，早治任也。'秀才亦不知大王何人。送至鹢首，跃身入水，拨剌而去，乃知为鱼妖也。次日，见山峰浮动，顷刻已没。始知山为大鱼，即所云大王也。"

○夜阑：夜深。

○中夜：半夜。

○玄夜：黑夜。玄，黑色。

○土著：祖居当地之人。

○序：节序，时序。

○眷口：家眷。

○辰刻：辰时，早晨7点至9点。发：出发。

○治任：整理行装。

○鹢（yì）首：船头。鹢，水鸟名。形如鹭。旧时船家多画鹢首于船头，故为船头的代称。

○拨剌：形容鱼尾拨水声。

译文

居住在海边的人们纷纷议论着一桩奇事："一天，海平面上一夜之间竟耸立起一座巍峨高山，此景之异，令众人惊骇不已。期间，有位秀才因故借宿于渔舟之上，独酌自饮，以解旅途寂寥。时至深夜，舱门轻启，一青年步入，身着儒衫，举止文雅，自报家门为'于子游'，言谈间尽显风流倜傥。秀才见之甚喜，遂邀其共饮，二人相谈甚欢，直至夜半，于子游忽而离席，向秀才辞行。秀才关切询问其归途安危，言及夜色深沉，恐有不便。于子游笑而答曰：'我非此间人氏，因清明将至，需随大王共赴陵墓祭拜。家眷已先行，大王暂且留此休憩，待天明便启程。我需归家整理行装，故先行一步。'秀才闻之大惑，不解大王为何许人也。送至于子游至船舷，只见其身形一展，竟跃入茫茫大海，如鱼得水，瞬间消逝于波涛之间。此刻，秀才恍然大悟，知晓于子游实为鱼妖化身。次日清晨，再观那海上之山，竟缓缓浮动，不久便全然消失无踪。秀才这才明白，那所谓高山，实乃一庞大鱼身，亦即于子游口中的大王所化。”

原文

俗传清明前，海中大鱼携儿女往拜其墓，信有之乎？康熙初年，莱郡潮出大鱼，鸣号数日，其声如牛。既死，荷担割肉者，一道相属。鱼大盈亩，翅尾皆具，独无目珠。眶深如井，水满之。割肉者误堕其中，辄溺死。或云：海中贬大鱼，则去其目，以目即夜光珠云。

○莱郡：莱州府。位于山东省东北部，治所在今山东莱州。

○贬：贬谪。

○夜光珠：夜明珠。

译文

民间流传着一个传说，言及清明前夕，深海中的大鱼会携其子女前往海底的“墓地”扫墓，真有这回事吗？在康熙帝统治的初期，莱州海域发生了一件令人称奇的事情，当海水汹涌涨潮之际，一条前所未见的巨鱼赫然浮现，被潮水冲到了沙滩上，其声如牛吼，响彻云霄，持续数日不绝于耳。待这庞然大物离世后，吸引了无数民众挑担携具，纷纷前来分割其肉身，场面蔚为壮观。据描述，此鱼身躯之庞大，竟超过了一亩地的面积，不仅拥有鱼类的典型特征如鳍与尾，更为奇特的是，它的双眼竟已不在，眼眶深陷如井，其中蓄满了清澈的海水，不慎落入者恐有溺亡之虞。关于此鱼失去双眼的缘由，坊间流传着一种说法：这是海中曾位高权重、后因故遭贬的大鱼，其双眼被视为稀世珍宝——夜明珠，因此被剥夺。

【男妾】

原文

一官绅在扬州买妾，连相数家，悉不当意。惟一媪寄居卖女，女十四五，丰姿姣好，又善诸艺。大悦，以重价购之。至夜，入衾，肤腻如脂。喜扪私处，则男子也。骇极，方致穷诘。盖买好僮，加意修饰，设局以骗人耳。黎明，遣家人寻媪，则已遁去无踪。中心懊丧，进退莫决。适浙中同年某来访，因为告诉。某便索观，一见大悦，以原价赎之而去。

○相（xiàng）：察看，观察。

○丰姿：风度姿态。姣（jiāo）好：美好。

○诸艺：各种技艺。艺，这里指琴棋书画、吹拉弹唱等文艺项目。

○浙：浙江省简称。同年：科举时代同榜录取的人互称"同年"。

译文

一位官绅前往扬州购买佳妾，接连相看多家，皆未能如愿。直至偶遇一老妪，其手中寄售之少女，十四五年华，身姿曼妙，容颜倾城，更兼才艺出众，令官绅眼前一亮，不惜重金购得。夜幕低垂，二人共赴温柔乡，官绅轻抚少女肌肤，滑腻如脂，正欲进一步亲昵，却愕然发现对方竟是男儿身。惊愕之余，官绅严词追问缘由，方知老妪以重金购得俊秀少年，精心装扮，伪装成女子，以此设局行骗。及至晨光熹微，官绅怒不可遏，遣仆从寻找那老妪，却只见人去楼空，早已逃之夭夭。官绅心中懊悔不已，手足无措之际，恰逢一位浙江籍的同僚来访。官绅遂将此事和盘托出，同僚闻之非但不以为怪，反生好奇，执意要求一见真容。未料，一见之下，非但无惧，反大喜过望，当即决定以原价赎回，携之而去。

原文

异史氏曰：苟遇知音，即予以南威不易。何事无知婆子，多作一

○南威：春秋时晋国美女，即南之威。

伪境哉！

译文

异史氏说：如果能遇到知音，即使拿像南之威那样的美女也不会换。那个老婆子实在无知，何必多此一举把男的装成女的呢！

【汪可受】

原文

湖广黄梅县汪可受，能记三生。一世为秀才，读书僧寺。僧有牝马产骡驹，爱而夺之。后死，冥王稽籍，怒其贪暴，罚使为骡偿寺僧。既生，僧爱护之，欲死无间。稍长，辄思投身涧谷，又恐负豢养之恩，冥罚益甚，遂安之。数年，孽满自毙，生一农人家。堕蓐能言，父母以为怪，杀之。乃生汪秀才家。秀才近五旬，得男甚喜。汪生而了了，但忆前生以早言死，遂不敢言。至三四岁，人皆以为痖。一日，父方为文，适有友人过访，投笔出应客。汪入见父作，不觉技痒，代成之。父返见之，问：“何人来？”家人曰：“无之。”父大疑。次日，故书一题置几上，旋出。少间即返，翳行悄步而入，则见儿伏案间，稿已数行。忽睹父至，不觉出声，跪求免死。父喜，握手曰：“吾家止汝一人，既能文，家门之幸也，何自匿为？”由是益教之读。少年成进士，官至大同巡抚。

○湖广黄梅县：今湖北黄梅。湖广，行省名。元至元年间置，辖今湖北省大部，湖南、广西全部及广东、贵州小部分地区。清康熙六年分为湖南、湖北二省。

○汪可受（1559—1620）：一名汪静峰，字以虚，号以峰。湖北黄梅县人。万历八年（1580）考中进士，初任浙江金华令，旋升礼部主事，后历山东霸州兵备道，山东按察使，顺天府尹，大同巡抚，兵部侍郎，总督蓟、辽宁、保定等处。见《湖北通志》。

○牝（pìn）：母，雌。

○无间：没有机会。

○孽满：偿满罪债。孽，罪。指其“贪暴”之罪。

○堕蓐：生下来。蓐，草垫子，草席。

○了了：聪明晓事。

○痖：同“哑”，发音障碍。

○旋：随即。

○翳（yì）行：隐蔽而行。

○匿：隐藏，躲藏。

○大同：军镇名。明代“九边”之一，为京师的西北门户，治所在今山西大同。巡抚：明清时期地方军政大员之一，巡视各地的军政、民政。清代巡抚主管一省军政、民政，以“巡行天下，抚军安民”而名。

译文

在湖北黄梅县，有一位传奇人物汪可受，他拥有非凡的记忆，能够清晰回溯自己前三世的经历。其中一世，他身为秀才，在寺庙中苦读。寺内一和尚饲养的母马诞下幼骡，汪可受心生喜爱，却因一时贪念，将其据为己有。此番行为在他离世后，被阎王严厉审判，认定其贪婪无度，故罚其转生为骡，以偿还寺庙和尚之失。转生为骡的汪可受，虽得和尚悉心照料，心中却悔恨难当，几度寻死未果，终因念及和尚恩情，不忍辜负，遂安心服役，勤勉劳作。数年后，其前世罪孽得以清偿，再次轮回，投生于一户农家。不幸的是，他天生异禀，落地便能言语，吓坏了父母，误以为妖邪附体，把他杀害了。命运的轮盘再次转动，汪可受第三世投生于汪秀才家中。时值汪秀才年近半百，得此子喜悦之情溢于言表。汪可受自小便展现出非凡的智慧与成熟，但因前生之鉴，他谨慎异常，不敢轻易言语，以至三四岁时，众人皆误以为其哑。一日，汪秀才外出会客，留下未竟之文章于书房。汪可受按捺不住对学问的渴望，悄然提笔，代父完成了文章。汪秀才归家见文章已成，疑惑之余。第二日，父亲故意把一题目放在书桌上，立马离开后又悄悄回来，只见儿子趴在桌上写字，稿子已经写了数行字，终发现真相。面对父亲的惊讶，汪可受跪倒在地，坦露心声，请求宽恕。汪秀才非但不怒，反喜出望外，认为此乃家族之幸，自此更加用心栽培。汪可受不负众望，年少时便高中进士，仕途一帆风顺，最终官至大同巡抚。

【牛犊】

原文

楚中一农人赴市归，暂休于途。有术人后至，止与倾谈。忽瞻农人

○楚：指楚地。古代楚国管辖之地，相当于今湖北、湖南、安徽一带。市：集市。

○术人：俗称从事巫祝占卜的人，此处指相面的人。

曰："子气色不祥，三日内当退财，受官刑。"农人曰："某官税已完，生平不解争斗，刑何从至？"术人曰："仆亦不知。但气色如此，不可不慎之也！"农人颇不深信，拱别而归。次日，牧犊于野，有

○拱别：拱手告别。

○牧犊：放牛。犊，小牛。

驿马过，犊望见，误以为虎，直前触之，马毙。役报农人至官，官

○触：顶，抵。

薄惩之，使偿其马。盖水牛见虎必斗，故贩牛者露宿，辄以牛自卫，遥见马过，急驱避之，恐其误触也。

译文

在楚地，一位农夫赶集归来，沿途寻得一静谧之处稍作歇息。这时，一位算命先生恰好路过，停下脚步与农夫攀谈起来。先生凝视农夫片刻，突然神色凝重地说："观你面相，似有不祥之气笼罩，三日之内恐有破财之灾，且会遭遇官府责罚。"农夫听后，一脸不解地回应："我已按时缴纳了官税，平生与人无争，这无妄之灾从何而来呢？"算命先生摇了摇头，表示自己也难以窥其全貌，但面相所显，不得不提醒农夫多加小心。农夫虽心存疑虑，但仍礼貌地拱手道谢，随即返家。次日，农夫前往郊外放牧小牛犊。不料，途中偶遇一匹驿站快马疾驰而过，小牛犊年幼无知，误以为那是凶猛的老虎，顿时激起斗性，猛地冲上前去，用坚硬的犄角顶向马匹，竟不幸将其顶死。此事迅速引来了官府的差役，他们将农夫告上公堂。好在官长查明原委后，念及农夫并非故意为之，且情有可原，故而从轻判决，仅要求农夫赔偿马匹的损失。原来，在乡间有这样一个常识：水牛天生对老虎怀有强烈的敌意，一旦相遇，必会奋力搏斗。因此，聪明的牛贩子在野外

露宿时，常以水牛作为守卫，以防野兽侵扰。而当他们远远望见马匹靠近时，便会急忙驱赶水牛避开，以免这些体型庞大却对马匹充满好奇的水牛，因误判而引发不必要的冲突。这起意外，正是不了解这一习性的农夫所遭遇的无奈之祸。

气色

气色在算命术中是指通过观察一个人的面部气色、光泽和变化，来预知其运势、健康和命运。算命之人通过气色的变化推断一个人当前的吉凶祸福，认为面部的红润、苍白、光亮或晦暗等现象能反映出一个人的运气走向和生活中的重要变化。气色观察在命理学中占有一定地位，常被用来判断即将发生的事情。

【王大】

原文

李信，博徒也。昼卧，忽见昔年博友王大、冯九来，邀与敖戏。李亦忘其为鬼，欣然从之。既出，王大往邀村中周子明，冯乃导李先行，入村东庙中。少顷，周果同王至。冯出叶子，约与撩零。李曰："仓卒无博赀，辜负盛邀，奈何？"周亦云然。王云："燕子谷黄八官人放利债，同往贷之，宜必诺允。"于是四人并去。飘忽间，至一大村。村中甲第连垣，王指一门，曰："此黄公子家。"内一老仆出，王告以意。仆即入白。旋出，奉公子命，请王、李相会。入见公子，年十八九，笑语蔼然。便以大钱一提付李，曰："知君悫直，无妨假贷。周子明我不能信之也。"王委曲代为请。公子要李署保，李不肯。王从旁怂恿之，李乃诺，亦授一千而出。便以付周，具述公子之意，以激其必偿。

○博徒：赌徒。博，赌博。

○敖戏：游戏。此处指赌博。

○叶子：叶子戏用的纸牌，因大小如树叶，故名。

○撩零：赌博。

○放利债：有息借款，借钱与人，收取利息。

○大钱：清康熙年间铸造大制钱、小制钱。大制钱又称"大钱"，每千文作银一两；小制钱又称"小钱"，每千文作银七钱。

○悫（què）直：忠厚耿直。

○署保：签字署名当保人。

译文

李信，一位沉迷于赌博的男子，某日白日里沉睡之际，忽梦往昔赌友王大与冯九翩然而至，热情地邀他共赴赌局。李信未及细想他们已非阳世之人，便欣然应允，随他们而去。行至半途，王大转身去邀同村的周子明加入，冯九则领着李信先行至村东的庙宇中等待。不久，周子明与王大会合，四人齐聚，冯九取出纸牌，一场赌局即将开场。李信忽觉尴尬，笑道："仓促之间，竟未备赌资，实乃扫了诸位的兴。"周子明亦附和称自己亦是身无分文。此时，王大提议道："燕子谷的黄八官人，乃一方豪富，专事放债，我们不妨前去向他借贷，他定会慷慨解囊。"四人一拍即合，随即飘然前往。穿过重重迷雾，他们来到一处繁华村落，高门大院鳞次栉比。王大指向其中一户，言称那便是黄公子府邸。门扉轻启，一老仆迎出，听闻来意后，速速通报。不多时，老仆返回，引领王大与李信入内。只见黄公子十八九岁，笑容可掬，举止温文尔雅。他取出一串沉甸甸的铜钱交予李信，言道："闻君素来诚信可靠，此钱借予你，我甚放心。然周子明之名，我略有耳闻，恐难全信。"王大见状，巧妙周旋，终使黄公子松口，但要求李信为周子明作保。李信初时犹豫，经王大一番劝说，终是点头应允。于是，黄公子亦借予周子明千钱。二人携款而出，将钱交予周子明，并转述黄公子之言，意在激励周子明务必守信还债。

原文

出谷，见一妇人来，则村中赵氏妻，素喜争善骂。冯曰："此处无人，悍妇宜小祟之。"遂与王捉返入谷。妇大号，冯掬土塞其口。周赞曰："此等妇，只宜椓杙阴中！"冯乃捋襟，以长石强纳之。妇若死。众乃散去，复入庙，相与博赌。

○素：平常，平素。

○祟：暗中作弄。

○椓杙（zhuò yì）：敲入木橛。椓，敲击。杙，一头尖的短木，俗称"木橛"。

译文

他们一行人离开燕子谷后，偶遇村中赵某的妻子，那位以好斗善骂著称的妇人赵氏。冯九见状，心生戏谑之意，对王大低语道："此处偏僻无人，我们不妨给这位'厉害'的妇人一点教训。"说完，二人不由分说地上前，将赵氏妇强行带回了燕子谷。赵氏妇见状大惊，随即放声大哭，试图呼救。冯九见状，迅速抓起一把泥土，强行塞进了她的嘴里，止住了她的哭喊。此时，周子明说道："对付这样的泼妇，还应更狠一些，比如用木桩……"冯九已粗暴地……赵氏妇瞬间痛得昏厥过去。这一幕残忍而荒谬，然而在场的众人却似乎并未感到丝毫的不妥或愧疚。

他们冷漠地旁观着这一切，随后便如同无事发生一般，纷纷散去，重新回到了庙宇之中，继续他们未完的赌局。

原文

自午至夜分，李大胜，冯、周赀皆空。李因以厚赀增息悉付王，使代偿黄公子。王又分给周、冯，局复合。居无何，闻人声纷拏，一人奔入，曰："城隍老爷亲捉博者，今至矣！"众失色。李舍钱逾垣而逃，众顾赀，皆被缚。既出，果见一神人坐马上，马后絷博徒二十余人。天未明，已至邑城，门启而入。至衙署，城隍南面坐，唤人犯上，执籍呼名。呼已，并令以利斧斫去将指，乃以墨朱各涂两目，游市三周讫。押者索贿而后去其墨朱，众皆赂之。独周不肯，辞以囊空，押者约送至家而后酬之，亦不许。押者指之曰："汝真铁豆，炒之不能爆也！"遂拱手去。周出城，以唾湿袖，且行且拭，及河自照，墨朱未去，掬水盥之，坚不可下，悔恨而归。

○夜分：半夜。

○局复合：赌局从新开始。

○顾：顾及，舍不得。

○将指：中指。

○墨朱：黑色和红色。

○掬：双手捧。盥（guàn）：洗。

译文

自午时直至深夜，李信在赌局中大显身手，赢得盆满钵满，而冯九与周子明则尽数输尽。于是，李信慷慨解囊，连同利息一并交付给王大，嘱托他代为偿还给黄公子。王大随后将钱款分给了周子明和冯九，众人再度开局。未几，一阵喧嚣打破了宁静，一名男子匆匆闯入，惊呼道："城隍老爷正亲自率众缉拿赌徒，此刻已近在咫尺！"此言一出，众皆失色。李信见状，弃钱不顾，翻身越墙而逃，其余人等因贪恋钱财，尽数被擒。出得庙门，众人果见一神人端坐于马上，马后紧随二十余名被缚的赌徒。天色未明，一行人已抵县城，城门洞开，一行人鱼贯而入。及至府衙，城隍老爷面南而坐，传令带犯人上堂，手持名册逐一点名。点毕，即命人持利斧斩去他们的中指，再以黑红二色分别涂于双眼，押解他们绕城游行三周。押送之人趁机索贿，得财后便为赌徒洗去颜色。唯独周子明坚拒不贿，即便押送者提议至其家中取钱，亦被拒绝。押送者怒斥道："你真是个铁做的豆子，怎么炒都不能爆啊！"说完，拱手离去。周子明出城后，以唾液润湿衣袖，边走边擦拭双眼。至河边照影，发现黑红之色依旧未褪，捧水清洗亦无济于事，只得满怀懊悔与愤恨返回家中。

原文

先是，赵氏妇以故至母家，日暮不归，夫往迎之。至谷口，见妇卧道周，睹状，知其遇鬼，去其泥塞，负之而归。渐醒能言，始知阴中有物，宛转抽拔而出。乃述其遭。赵怒，遽赴邑宰，讼李及周。牒下，李初醒，周尚沉睡，状类死。宰以其诬控，笞赵械妇，夫妻皆无理以自申。越日，周醒，目眶忽变一赤一黑，大呼指痛。视之，筋骨已断，惟皮连之，数日寻堕。目上墨朱，深入肌理，见者无不掩笑。一日，见王大来索负。周厉声但言无钱，王忿而去。家人问之，始知其故。共以神鬼无情，劝偿之。周龈龈不可，且曰："今日官宰皆左袒赖债者，阴阳应无二理，况赌债耶！

○道周：道旁。

○遽（jù）：急速，快。

○掩笑：掩口而笑。

○索负：讨债。

○龈龈（yín）：争辩貌。

译文

早先，赵家妇人因故返回娘家，时至夜幕低垂仍未归来，其夫遂前往迎接。行至山谷入口，惊见妻子横卧路旁，观其情态，显是遭遇邪祟，连忙清理其口中泥土，背负而归。赵家妇人逐渐苏醒，恢复言语，方觉下体有异，其夫遂小心翼翼为其取出。随后，赵家妇人才得以详述遭遇。赵家听后大怒，即刻奔赴县衙，状告李信与周子明。官府随即发出传票，然李信方醒，周子明则沉睡如死。县令疑赵家诬陷，不仅责打赵家主人，还将其妻戴上刑具，夫妇二人均无从辩解。次日，周子明醒来，双眼竟一红一黑，且大呼手指剧痛。视之，中指筋骨已断，仅余皮肉相连，数日后便彻底脱落。其眼上黑红之色渗入肌理，见者无不掩口而笑。一日，王大前来催债，周子明态度恶劣，只称无钱可还，王大愤然离去。家人询问缘由，方知事情经过。众人均认为鬼神无情，劝其还债。周子明却固执己见，拒不还钱，并辩称："现今官府尚且偏袒赖债之人，人世与阴间理应相同，何况这是赌债！"

原文

次日，有二鬼来，谓黄公子具呈在邑，拘赴质审。李信亦见隶来，

○具呈：呈上状子，告状。

取作间证，二人一时并死。至村外相见，王、冯俱在。李谓周曰：

○间证：中间证人，第三者证人或证词。

"君尚带赤墨眼，敢见官耶？"周仍以前言告。李知其吝，乃曰："汝既昧心，我请见黄八官人，为汝还之。"遂共诣公子所。李入而告以故，公子不可，曰："负欠者谁，而取偿于子？"出以告周，因谋出赀，假周进之。周益忿，语侵公子。鬼乃拘与俱行。无何，至邑，入见城隍。城隍呵曰："无赖贼！涂眼犹在，又赖债耶！"周曰："黄公子出利债，诱某博赌，遂被惩创。"城隍唤黄家仆上，怒

曰："汝主人开场诱赌，尚讨债耶？"仆曰："取贷时，公子不知其赌。公子家燕子谷，捉获博徒在观音庙，相去十余里。公子从无设局场之事。"城隍顾周曰："取贷悍不还，反被捏造！人之无良，至汝而极！"欲笞之。周又诉其息重。城隍曰："偿几分矣？"答云："实尚未有所偿。"城隍怒曰："本贷尚欠，而论息耶？"笞三十，立押偿主。二鬼押至家，索贿，不令即活，缚诸厕内，令示梦家人。家人焚楮锭二十提，火既灭，化为金二两、钱二千。周乃以金酬债，以钱赂押者，遂释令归。既苏，臀创坟起，脓血崩溃，数月始痊。后赵氏妇不敢复骂，而周以四指带赤墨眼，赌如故。此以知博徒之非人矣！

○局场：赌场。

○楮（chǔ）锭：祭奠用的纸钱。楮，落叶乔木，叶似桑，树皮是制造桑皮纸和宣纸的原料。古时亦作纸的代称。

译文

次日，两名鬼差降临，通报黄公子已在县里提起诉讼，欲将周子明拘至堂前对质。李信亦目睹鬼差到来，要求其作为旁证，于是周子明与李信同时殒命。二人在村外重逢，王大、冯九亦在场。李信对周子明言道："你仍带着红黑之眼，岂敢面见官府？"周子明则以旧日之辞回应。李信知其吝啬，便道："你既昧良心，我便去见黄公子，替你偿债。"众人遂一同前往黄公子府邸。李信入内，向黄公子阐明来意，却遭拒绝。黄公子言道："欠债者何人，岂能让你代为偿还？"李信出，告知周子明，众人遂商议凑集一笔钱财，谎称是周子明之资以还债。周子明闻之，愈发愤慨，出言不逊，冒犯黄公子。鬼差遂将众人一并带走。不久，众人抵达县城，面见城隍老爷。城隍老爷怒斥周子明："你这无赖之徒！眼上颜色未褪，又欲赖债！"周子明辩称："黄公子放高利贷，诱我赌博，方受此罚。"城隍老爷传唤黄家仆人上堂，怒道："你家主人设赌诱赌，岂能讨债?”仆人答道:“取钱时，黄公子并不知其用于赌博。我家公子居于燕子谷，而赌徒被捕于观音庙，两地相距十余里。我家公子从未开设赌场。”城隍老爷转向周子明，言道:“借债不还，反诬好人！论及缺德少良，你当属极致！”说完，欲施刑。周子明又言黄公子利息过重。城隍老爷问:“你已还几分?”周子明答:“确实分文未还。”城隍老爷怒道:“本金未还，何谈利息?”遂命人杖责周子明三十，即刻押回阳间偿债。两鬼将周子明押至家中，索贿后不欲其即刻复活，将其绑于厕内，命其托梦于家人。家人焚烧二十提纸银，火灭后化为二两银子与二千铜钱。周子明以二两银子偿债，二千铜钱贿赂鬼差，方得释放回家。周子明苏醒后，臀部生疮，脓血淋漓，数月方愈。此后，赵家妇人不敢再骂人，而周子明虽仅剩四指，眼仍红黑，却照赌不误。由此可见，赌徒之性，实非人也！

原文

异史氏曰：世事之不平，皆由为官者矫枉之过正也。昔日富豪以倍称之息折夺良家子女，人无敢言者。不然，函刺一投，则官以三尺法左袒之。故昔之民社官，皆为势家役耳。追后贤者鉴其弊，又悉举而大反之。有举人重赀作巨商者，衣锦厌粱肉，家中起楼阁、买良沃，而竟忘所自来。一取偿，则怒目相向。质诸官，官则曰：“我不为人役也。”是何异懒残和尚，无工夫为俗人拭涕哉！余尝谓昔之官谄，今之官谬。谄者固可诛，谬者亦可恨也。放贳而薄其息，何尝专有益于富人乎？

○矫枉之过正：比喻纠正错误超过了应有的限度。

○倍称之息：加倍的利钱，高利贷。

○函刺：书信名片。

○三尺法：法律。古时把法律条文写在三尺长的竹简上，故称。

○民社官：地方官。民社，原指地方土神，引申为州县地方官。

○重赀（zī）：大量钱财。

○懒残和尚：唐代衡岳寺高僧明瓒禅师，因其性懒而食残，故号懒残和尚。

译文

异史氏论曰：世间之所以存不公之事，皆因为官者矫枉过正之所致。昔时，豪富之家以“放一收二”之高利贷，掠夺良家女子，而人皆不敢言。倘有不满者，豪富便修书通关节于官府，官府则借法律之名，庇护其行。是以往昔之地方官，实乃权势富贵之鹰犬。后，有贤明之士洞察此弊，遂矫枉过正，反其道而行之。有的人借贷巨款，经商致富，身着锦绣，口食美味，家筑楼阁，购良田，然竟忘钱之所来。一旦债主索债，便怒目相向。及至诉诸官府，官长则曰：“吾非他人之奴仆也。”此举与懒残和尚无暇为俗人拭泪，又有何异？吾曾言，往昔之官谄媚，今朝之官荒谬。谄媚者固然当诛，荒谬者亦可恶。使人放贷而令其收微利，岂独有利于富者乎？

原文

○张石年：张嵋，字石年，仁和人。康熙二十五年（1686）以贡监考授淄川令，康熙二十八年（1689）任满，擢升甘肃省巩昌府同知。张嵋大概是与蒲松龄关系很和谐亲密的一位淄川县令。

张石年宰淄川，最恶博。其涂面游城，亦如冥法，刑不至堕指，而赌以绝。盖其为官，甚得钩距法。方簿书旁午时，每一人上堂，公偏暇，里居、年齿、家口、生业，无不絮絮问。问已，始劝勉令去。有一人完税缴单，自分无事，呈单欲下。公止之，细问一过，曰：“汝何博也？”其人力辨生平不解博。公笑曰：“腰中尚有博具。”搜之，果然。人以为神，而并不知其何术。

○方簿书旁午时：当忙碌处理公文之时。簿书，官署文书。旁午，交错纷繁，谓事物繁杂。

○钩距：钩致，由此及彼，钩索隐情。

○偏暇：乘空，忙里偷闲。

译文

在淄川县担任县令期间，张石年对赌博深恶痛绝。他效仿阴间惩治赌徒的方式，如涂面游城，虽未至于断指之酷，却也有效地遏制了赌博之风。张石年处理政务，擅长由表及里，深挖隐情。即便公务繁忙，每当有人上堂，他总能抽空详细询问其住址、年龄、家庭成员及职业等信息，了解清楚后，方会加以劝勉，让其离去。某日，一人完成纳税后呈上单据，自以为无事，正欲离堂。张石年却将其叫住，仔细盘问。他问道：“你为何参与赌博？”那人极力辩解，声称自己从未赌过。张石年听后微笑，说道：“你腰间还藏着赌博的用具呢。”随即命人搜查，果然发现了赌具。众人因此对张石年佩服得五体投地，觉得他神机妙算，却不知其究竟用了何种方法。

【乐仲】

原文

乐仲，西安人。父早丧，遗腹生仲。母好佛，不茹荤酒。仲既长，嗜饮善啖，窃腹诽母，每以肥甘劝进。母咄之。后母病，弥留，苦思肉。仲急无所得肉，刲左股献之。病稍瘥，悔破戒，不食而死。仲哀悼益切，以利刃益刲右股见骨。家人共救之，裹帛敷药，寻愈。心念母苦节，又恸母愚，遂焚所供佛像，立主祀母。醉后，辄对哀哭。年二十始娶，身犹童子。娶三日，谓人曰："男女居室，天下之至秽，我实不为乐！"遂去妻。妻父顾文渊，浼戚求返，请之三四，仲必不可。迟半年，顾遂醮女。仲鳏居二十年，行益不羁：奴隶优伶皆与饮；里党乞求，不靳与；有言嫁女无釜者，揭灶头举赠之，自乃从邻借釜炊。诸无行者知其性，咸朝夕骗赚之。或以赌博无赀，对之欷歔，言追呼急，将鬻其子，仲措税金如数，倾囊遗之。及租吏登门，自始典质营办。以故，家日益落。

○茹：吃。

○腹诽：心中不以为然。诽，非议。

○咄：呵斥。

○弥留：病重濒死。

○刲(kuī)：刺杀，割取。

○瘥(chài)：痊愈。

○主：神主，木制牌位。祀：祭。

○去：休弃，抛离。

○浼(měi)戚：央求亲戚。浼，央求，请求。

○醮(jiào)：嫁。

○不靳(jìn)：不吝啬。靳，吝惜。

○釜：铁锅。这里指代日常器用。

○无行：缺乏道德。

○追呼：指胥吏催租追索号呼。

○鬻(yù)：卖。

○典质：典当，抵押。

译文

乐仲，西安人士，自幼丧父，乃遗腹子，由母独自抚养长大。其母虔诚信佛，平生不沾荤腥。及乐仲成年，酷爱饮食，见母忌口，私下颇觉好笑，常携美味肉食劝母品尝，却屡遭母责。后母病重，临终前竟恳切求肉。乐仲情急之下，遍寻无果，竟自割左大腿之肉以孝母。母病稍有起色，却悔破戒律，终绝食而亡。乐仲悲痛欲绝，复以利刃割右大腿肉，直至见骨，家人急救，敷药裹伤，幸得痊愈。乐仲念母一生苦守节操，又悲其信佛之愚昧，遂焚毁母所供奉之佛像，立牌位以祭。每至酒醉，必对牌位痛哭流涕。及至二十，乐仲方娶妻，娶妻之前然仍为处男。婚后三日，他谓人言："男女同室，乃天下至秽之事，我实难悦。"遂弃妻。其岳父顾文渊恳请亲朋代为说情，望女得归，然乐仲坚决不允。半年后，顾文渊无奈，只得让女改嫁。乐仲自此独身二十载，行为愈发放荡不羁：无论仆役戏子，皆与之共饮；乡里邻友有所求，他皆慷慨解囊；有言嫁女无锅者，他竟取自家之锅赠人，而自向邻家借锅烹食。那些品行不端之人，闻其习性，常来欺诈。有因赌博无本者，在他面前哭泣，谎称官府催债紧迫，欲卖子偿债。乐仲竟取出交税之钱，悉数赠予。及至催租官吏上门，他方始典当财物，筹措银两以应税。因此，乐仲家境日渐衰败。

原文

先是，仲殷饶，同堂子弟争奉事之，凡有任其取携，莫之较。及仲蹇落，存问绝少。仲旷达，不为意。值母忌辰，仲适病，不能上墓，欲遣子弟代祀，诸子弟皆谢以故。仲乃酹诸室中，对主号痛，无嗣之戚，颇萦怀抱，因而病益剧。瞀乱中，觉有人抚摩之，目微启，则母也。惊问："何来？"母曰："缘家中无人上墓，故来就享，即视汝病。"问："母向居何所？"母曰："南海。"抚摩既已，遍体生凉。开目四顾，渺无一人，病瘥。

○殷饶：富有，有钱。

○同堂：同祖之亲属称"堂"，古时称"同堂"。

○蹇(jiǎn)落：困苦，败落。

○存问：关心，送寒问暖。

○忌辰：忌日，死之日。旧俗这一天禁饮酒作乐，故称"忌日"。

○主：木主，牌位。

○瞀(mào)乱：昏迷。

○南海：世传观世音居于南海，即浙江省舟山群岛东部的普陀山。故以之为佛教圣地。

译文

昔日，乐仲家境富裕之时，同族子弟纷纷争相侍奉左右。家中所有，乐仲皆任由他们取用，从不计较。然而，随着乐仲家境日渐衰败，那些子弟便鲜少前来问候。乐仲性情旷达，对此并不十分在意。一日，恰逢其母忌日，乐仲却因病无法亲自上坟祭扫。他欲请同族子弟代为祭拜，却遭众人推脱，均称有事无法前往。乐仲无奈，只得在家中洒酒拜祭，对着母亲的牌位痛哭流涕。无后之悲，深深萦绕在他心头，使得他的病情愈发加重。在他心烦意乱之际，忽觉有人轻抚于他。他微微睁开双眼，只见母亲竟站在眼前。乐仲惊愕地问道："母亲，您怎么来了？"母亲答道："只因家中无人上坟，所以我特地回来享受祭奠，并顺便看看你的病情。"乐仲又问："母亲一直住在何处？"母亲回答说："南海。"待母亲抚摩完毕，乐仲只觉全身生出一股凉意。他再次睁开眼，却发现周围空无一人。而奇迹般地，他的病竟也痊愈了。

原文

既起，思朝南海。会邻村有结香社者，即卖田十亩，挟赀求偕。社人嫌其不洁，共摈绝之。乃随从同行。途中牛酒薤蒜不戒，众更恶之，乘其醉睡，不告而去。仲即独行。至闽遇友人邀饮，有名妓琼华在座。适言南海之游，琼华愿附以行。仲喜，即待趣装，遂与俱发。虽寝食与共，而毫无所私。既至南海，社中人见其载妓而至，更非笑之，鄙不与同朝。仲与琼华知其意，乃任其先拜而后拜之。众拜时，恨无现示。及二人拜，方投地，忽见遍海皆莲花，花上璎珞垂珠。琼华见为菩萨，仲见花朵上皆其母。因急呼奔母，跃入从之。众见万朵莲花，悉变霞彩，障海如锦。少间，云静波澄，一切都杳，而仲犹身在海岸。亦不自解其何以得出，衣履并无沾

○结香社：信奉神佛的人结伙成伴祀神进香，称"结香社"。

○摈：摈弃，排斥。

○薤（xiè）：葱属植物。与蒜、葱、韭菜等均为斋戒者所忌。

○趣（cù）装：速整行装。趣，赶快，从速。

○朝：朝拜。指拜佛。

○遍海皆莲花：指观音显圣。莲花，青莲花，梵语"优婆罗"的意译。

○璎珞（luò）：串连珠玉而成的装饰物。

濡。望海大哭，声震岛屿。琼华挽劝之，怆然下刹，命舟北渡。

○刹（chà）：梵语"刹多罗"的简称。指寺庙佛塔。

译文

乐仲病愈之后，心生朝拜南海之念。恰逢邻村有人组织香社，集体前往南海朝神，乐仲便决意加入。他变卖了十亩田地，携资请求与香社同行。然而，香社成员嫌他不够洁净，纷纷拒绝他的加入。乐仲无奈，只得尾随其后。途中，乐仲依然如故，不戒荤腥，吃肉喝酒。香社成员对此更为厌恶，趁他醉酒熟睡之际，不告而别。乐仲醒来后，只得孤身踏上旅程。行至福建，乐仲偶遇朋友相邀饮酒，席间有名妓琼华作陪。谈及南海之行，琼华竟愿意与乐仲结伴同往。乐仲大喜，遂让琼华迅速收拾行装，二人一同启程。虽然同行同宿，但二人之间并无私情。抵达南海后，香社成员见到乐仲，更是嘲笑不已，不屑与他同拜。乐仲与琼华心知肚明，便等他们先拜祭完毕后再行朝拜。香社成员朝拜时，心中遗憾佛未显灵。而轮到乐仲与琼华朝拜时，二人刚跪倒在地，便见海面遍开莲花，花上挂着串串珠子。琼华见莲花中有菩萨显像，而乐仲则看见花朵上皆是他的母亲。他急忙呼喊母亲，纵身跳入花中追随而去。众人目睹万朵莲花瞬间化作彩霞，如锦缎般遮蔽大海。片刻之后，云静波平，一切幻象皆消，而乐仲竟奇迹般地出现在海岸上。他浑然不知自己是如何从海中脱身的，且衣衫鞋履丝毫未湿。乐仲望着大海放声痛哭，哭声震响岛屿。琼华挽着他的手臂劝慰一番后，神情凄凉地离开庙宇，雇船北上。

原文

途中有豪家招琼华去，仲独憩逆旅。有童子方八九岁，丐食肆中，

○逆旅：旅店。

貌不类乞儿。细诘之，则被逐于继母。心怜之，儿依依左右，苦求拔拯，仲遂携与俱归。问其姓氏，则曰："阿辛，姓雍，母顾氏。尝

○拔拯：解救。

闻母言：适雍六月，遂生余。余本乐姓。"仲大惊，自疑生平一度，

不应有子。因问乐居何乡，答云："不知。但母没时，付一函书，嘱勿遗失。"仲急索书，视之，则当年与顾家离婚书也。惊曰："真吾儿也！"审其年月良确，颇慰心愿。然家计日疏，居二年，割亩渐尽，竟不能畜僮仆。

○割亩：割卖土地。

译文

在旅途中，琼华被一户富豪人家招去，乐仲只得独自留在旅店中。一日，店内出现了一个八九岁模样的小孩，正在乞讨，但他的气质却与寻常乞丐大相径庭。乐仲心生好奇，便仔细询问起他的身世。原来，这孩子是被继母逐出家门的。乐仲听后心生怜悯，小孩也紧紧依偎在他身旁，苦苦哀求乐仲能救他脱离苦海。于是，乐仲决定带着他一同回家。在询问孩子的姓氏时，小孩答道："我叫阿辛，姓雍，但我母亲姓顾。我曾听母亲说过，她嫁到雍家仅六个月，便生下了我。其实我本姓乐。"乐仲听后大惊，心中暗自思量，自己平生仅有那一次为期三天的婚姻，怎么可能有儿子呢？于是，他追问那姓乐的人家住在何处，小孩却回答说："我也不知道。但母亲临终前，交给了我一封信，叮嘱我千万不要遗失。"乐仲急忙接过信来，打开一看，竟是当年他写给顾家的离婚文书。他惊愕之余，不禁感叹道："这真的是我的儿子啊！"再仔细一算孩子的出生年月，确实与自己当年那段短暂婚姻的时间相吻合，心中不禁涌起一股欣慰之情。然而，随着岁月的流逝，家中的钱财日渐减少。两年之后，田地也陆续被卖光，竟至于连仆人也雇不起了。

原文

一日，父子方自炊，忽有丽人入，视之，则琼华也。惊问："何来？"笑曰："业作假夫妻，何又问也？向不即从者，徒以有老妪在，今已死。顾念不从人，无以自庇；从人，则又无以自洁。计两全者，无如从君，是以不惮千里。”遂解装代儿炊。仲良喜。至夜，父子同寝如故，另治一室居琼华。儿母之，琼华亦善抚儿。戚党闻之，皆馔仲，两人皆乐受之。客至，琼华悉为治具，仲亦不问所自来。琼华渐出金珠，赎故产，广置婢仆马牛，日益繁盛。仲每谓琼华曰：“我醉时，卿当避匿，勿使我见。”华笑诺之。一日，大醉，急唤琼华。华艳妆出，仲睨之良久，大喜，蹈舞若狂，曰：“吾悟矣！”顿醒。觉世界光明，所居庐舍，尽为琼楼玉宇，移时始已。从此不复饮市上，惟日对琼华饮。琼华茹素，以茶茗侍。

○馔（nuǎn）：古代婚礼，嫁女之家三日后以熟食馈女曰“馔”。这里指贺婚的馈赠礼物。

○琼楼玉宇：富丽堂皇的建筑。亦指仙境。

译文

一日，乐仲父子正忙于烹饪，忽见一位美丽女子步入屋内，定睛一看，竟是琼华。乐仲惊讶地问道：“你怎会来此？”琼华笑道：“我们曾做过名义上的夫妻，何须再问？当初未随你即刻归来，只因老母尚在，如今她已离世。我思量着，若不嫁人，恐难自保；若嫁人，又恐难守贞洁。思来想去，唯有跟随于你，方为两全之策，因此我不远千里，特来寻你。”说完，她便卸下妆容，为孩子准备饭菜，乐仲心中大喜。至夜，父子二人仍如常同室而眠，另为琼华收拾了一间屋子。儿子视琼华如母，琼华亦对儿子照顾有加。亲戚朋友闻讯后，纷纷送来食物，二人欣然接受。有客来访，琼华皆热情款待，乐仲亦不问其财物来源。渐渐地，琼华拿出金银珠宝，为乐仲赎回昔日产业，并广购婢女、仆人、牛马，家业日渐兴盛。乐仲常对琼华说：“我若醉酒，你便避开，莫让我看见你。”琼华笑着应允。一日，乐仲大醉，急呼琼华。琼华身着华服而出，乐仲斜视良久，忽然大喜过望，手舞足蹈，状若癫狂，高呼：“我明白了！”瞬间酒醒，只觉眼前世界一片光明，所居房舍皆化为琼楼玉宇，片刻后幻景方逝。自此以后，乐仲不再赴市集饮酒，只与琼华对坐共饮。琼华持斋，便以茶代酒相陪。

原文

一日，微醺，命琼华按股，见股上刲痕，化为两朵赤菡萏，隐起肉际，奇之。仲笑曰："卿视此花放后，二十年假夫妻分手矣。"琼华信之。既为阿辛完婚，琼华渐以家付新妇，与仲别院居。子妇三日一朝，事非疑难不以告。役二婢，一温酒，一瀹茗而已。一日，琼华至儿所，儿媳咨白良久，共往见父。入门，见父白足坐榻上。闻声，开眸微笑曰："母子来大好！"即复瞑。琼华大惊曰："君欲何为？"视其股上，莲花大放，试之，气已绝。急以两手捻合其花，且祝曰："妾千里从君，大非容易。为君教子训妇，亦有微劳。即差二三年，何不一少待也？"移时，仲忽开眸笑曰："卿自有卿事，何必又牵一人作伴也？无已，姑为卿留。"琼华释手，则花已复合。于是言笑如初。

○醺（xūn）：酒醉。
○菡萏（hàn dàn）：荷花。
○咨白：禀白，请示。
○白足：赤脚。

译文

一日，乐仲微醺，让琼华为他按摩大腿。只见当年刀割留下的伤痕，已悄然变为两朵红莲花，隐约在肌肤下凸起。琼华心中好奇，乐仲则笑言："待你见这两朵花绽放之时，便是我们这对二十载假夫妻分别之日。"琼华信以为真。为阿辛完婚后，琼华逐渐将家务交予新妇打理，自己与乐仲搬至另一院落居住。新妇每三日便来拜见琼华一次，若非疑难杂事，便不再禀报。乐仲与琼华身边仅留两名婢女，一人负责温酒，一人负责煮茶。某日，琼华前往儿子住处，新妇与她长谈后，一同去见乐仲。刚踏入门槛，便见乐仲赤足坐于床上。听到她们的声音，乐仲睁开眼，微笑着说："你们母子来得正好！"说完，又闭上了眼睛。琼华大惊，忙问："你要做什么？"她低头一看，乐仲大腿上的两朵莲花已完全绽放，触手一试，乐仲竟已气绝。琼华忙用双手将红莲花合上祈祷道："我千里迢迢来追随你，实属不易。替你教导儿子媳妇，也算有功。只差两三年时间，为何不能再等一等呢？"过了一会儿，乐仲忽然睁开眼，笑道："你自有你的事，何必又要拉一个人做伴呢？罢了，姑且再为你留一段时间吧。"琼华松开手，只见那两朵红莲花又悄然合上。于是，两人又像往常一样说笑起来。

原文

积三年余，琼华年近四旬，犹如二十许人。忽谓仲曰："凡人死后，被人捉头舁足，殊不雅洁。"遂命工治双椟。辛骇问之，答云："非汝所知。"工既竣，沐浴妆竟，命子及妇曰："我将死矣。"辛泣曰："数年赖母经纪，始不冻馁。母尚未得一享安逸，何遂舍儿而去？"曰："父种福而子享，奴婢牛马，皆骗债者填偿汝父，我无功焉。我本散花天女，偶涉凡念，遂谪人间三十余年，今限已满。"遂登木自入。再呼之，双目已含。辛哭告父，父不知何时已僵，衣冠俨然。号恸欲绝。入棺，并停堂中，数日未殓，冀其复返。光明生于股际，照彻四壁。琼华棺内则香雾喷溢，近舍皆闻。棺既合，香光遂渐减。

○舁（yú）：抬。

○椟（huì）：棺木。

○冻馁：寒冷饥饿。

○散花天女：佛界天女名。

译文

又过了三年多，琼华虽已近四十岁，但容颜依旧如二十多岁般年轻。某日，她忽然对乐仲说道："人死后，总要被人摆弄头部和双脚，实在不够雅洁。"于是，她吩咐工匠打造了两口棺材。阿辛见状，惊讶地询问缘由，琼华只是回答：“此事你不明白。”棺材制作完成后，琼华沐浴更衣，梳妆打扮，然后告知儿子和媳妇：“我即将离世。”阿辛听后，泪流满面，哭诉道：“这么多年来，全靠母亲操持家务，我们才得以免于饥寒交迫。母亲尚未享受到一丝安逸，为何就要离我们而去呢？”琼华安慰道：“父亲种下的福报，自当由儿子享受。那些奴婢牛马，皆是债务人用来偿还你父亲的，我并无什么功劳。我本是散花天女，因一时凡心偶动，被贬入人间三十余年，如今期限已满。”说完，她便踏着木块，躺进了棺材。阿辛再唤她时，琼华已紧闭双眼，不再应答。阿辛痛哭流涕，跑去告诉父亲，却发现父亲不知何时已经僵硬，衣冠整齐地躺在床上。阿辛悲痛欲绝，号啕大哭。他将父亲装入棺材，与琼华的棺材一并停放在大堂上，数日未入殓，心中仍存有一丝希望，期盼他们能够醒来。只见一道亮光从乐仲的大腿间射出，照亮了四周墙壁。而琼华的棺材内，则散发出浓郁的香雾，连附近的人家都能闻到。待棺材合上后，香雾与亮光才逐渐消散。

原文

既殡，乐氏诸子弟觊觎其有，共谋逐辛，讼诸官。官莫能辨，拟以田产半给诸乐。辛不服，以词质郡，久不决。初，顾嫁女于雍，经年余，雍流寓于闽，音耗遂绝。顾老无子，苦忆女，诣婿，则女死甥逐。告官，雍惧，赂顾，不受，必欲得甥。穷觅不得。一日，顾偶于途中，见彩舆过，避道左。舆中一美人呼曰：“若非顾翁耶？”顾诺。女子曰：“汝甥即吾子，现在乐家，勿讼也。甥方有难，宜急往。”顾欲详诘，舆已去远。顾乃受赂入西安。至，则讼方沸腾。顾自投官，言女大归日，再醮日，及生子年月，历历甚悉。诸乐皆被

○殡：入土埋葬。 ○觊觎（jì yú）：非分之想或图谋。

○大归：旧称妇女被丈夫休弃回娘家为“大归”。 ○醮（jiào）：嫁。

杖逐，案遂结。及归，述其见美人之日，即琼华没日也。辛为顾移家，授庐赠婢。六十余，生一子，辛顾恤之。

○没日：去世的日子。

译文

乐仲与琼华安葬后，乐家本族的子弟们贪婪地盯上了他家的财产，密谋赶走阿辛，并联手将此事告到了官府。县官无法辨明真相，便打算将乐家的一半田产分给这些本族子弟。阿辛心有不甘，于是将官司上诉至郡里，但长时间未能得到裁决。当初，顾家将女儿嫁给雍家，仅过一年多，雍氏便搬家至福建，从此音信全无。顾翁年迈无子，对女儿思念成疾，于是前往女婿家探望，却得知女儿已逝，外孙也被驱逐。顾翁悲愤交加，将此事告上官府。雍家深感恐惧，企图用金钱收买顾翁，但顾翁坚决拒绝，只要求找回外孙。然而，四处寻找皆无果。一日，顾翁偶然行走在路上，见一辆车驶过，便避至路旁。车中一位美人突然喊道：“您可是顾翁？”顾翁应声回答。那女子接着说：“您的外孙正是我的儿子，现在住在乐家。您无需再告状了，您外孙此刻正遭遇困境，您应速速前去相助。”顾翁还想细问，但车子已疾驰而去。顾翁于是带着雍家试图收买他的钱款，启程前往西安。当他到达时，乐家正因财产之事闹得不可开交。顾翁主动投案，向官府详细陈述了女儿被休回家的时间、再嫁的日期以及生子的年月，条理清晰，证据确凿。那些乐家的本族子弟因此受到惩罚，被逐出公堂，案子也随之了结。当他们回到家后，谈及遇见美人的那日，竟发现正是琼华去世的那一天。阿辛为顾翁安排了住处，还赠予他房屋和婢女。顾翁在六十多岁高龄时，竟又得一子，阿辛更是悉心照料，抚养他成长。

原文

异史氏曰：断荤戒酒，佛之似也。烂熳天真，佛之真也。乐仲对丽人，直视之为香洁道伴，不作温柔乡观也。寝处三十年，若有情、若无情，此为菩萨真面目，世中人乌得而测之哉！

○香洁道伴：芳香洁静的道友。

○温柔乡：喻迷人美色。

译文

异史氏有言：戒荤腥，离妻眷，此乃近佛之行也。然佛之真性，在于天真烂漫，无拘无束。乐仲之于美人，视其为芬芳纯洁之修道伴侣，而非枕席之欢。二人共居三十载，有情似无情，无情又似有情，此乃菩萨之真容，世人岂能轻易揣测其奥秘乎！

【香玉】

原文

○耐冬：为山东对山茶花的称呼，又名“绛雪”。

○围：计算圆周的量词。径尺为“围”，一说五寸为“围”。

劳山下清宫，耐冬高二丈，大数十围，牡丹高丈余，花时璀璨似锦。

○劳山：位于青岛东部，古代又称“牢山”“崂山”“鳌山”等。下清宫：又名“太清宫”，始建于西汉，三面环山，前濒面海，四季葱茏。为崂山道教祖庭，是崂山最大的道观，全真道天下第二丛林。宫内有三宫殿、三清殿、三皇殿。太清宫曾以“太清水月”之誉列崂山十二景之一。

○璀璨（cuǐ càn）：玉石的光泽，形容色彩鲜明。

胶州黄生，舍读其中。一日，自窗中见女郎，素衣掩映花间。心疑观中焉得此？趋出，已遁去。自此屡见之。遂隐身丛树中，以伺其至。未几，女郎又偕一红裳者来，遥望之，艳丽双绝。行渐近，红裳者却退，曰：“此处有生人！”生暴起。二女惊奔，袖裙飘拂，香风洋溢，追过短墙，寂然已杳。爱慕弥切，因题句树下云：无限相思苦，含情对短窗。恐归沙吒利，何处觅无双？

○胶州：州名。位于山东省的东部，治所在今山东胶州。

○舍：住。

○掩映：若隐若现，忽隐忽现。

译文

于劳山下清宫深处，有耐冬树巍然挺立，高约两丈，粗壮至数十围；而牡丹亦不逊色，高一丈有余，每当花季来临，其花朵绚烂耀眼，色彩斑斓如织锦。胶州之地，有一书生黄生，借居于下清宫内潜心苦读。一日，黄生透过窗棂，瞥见一女郎身着素白衣裳，于花丛间时隐时现，宛若仙子。黄生心下诧异，道观之中何以有此等佳人？遂匆匆出外探寻，却已不见女子踪影。自此以后，黄生频频遇见此女。于是，他便于树丛间隐身藏匿，静候女子再度出现。未几，那女子果真与一位红衣姑娘携手而来，远远望去，二人皆是绝色倾城。二女渐行渐近，红衣女子忽地止步后退，惊呼道：“此处有生人气息！”黄生听后，不由自主地站起身来。二女见状，惊慌失措，裙摆飞扬，留下一缕迷人香气，匆匆逃去。黄生急忙追过短墙，却已寻不见二女踪迹。他心中对那女子爱慕不已，遂在树下题诗以寄情思：无限相思苦，含情对短窗。恐归沙吒利，何处觅无双？

原文

归斋冥想，女郎忽入，惊喜承迎。女笑曰：“君汹汹似强寇，使人恐怖。不知君乃骚雅士，无妨相见。”生略叩生平，曰：“妾小字香玉，隶籍平康巷。被道士闭置山中，实非所愿。”生问：“道士何名？当为卿一涤此垢。”女曰：“不必，彼亦未敢相逼。借此与风流士长作幽会，亦佳。”问：“红衣者谁？”曰：“此名绛雪，乃妾义姊。”遂相狎。及醒，曙色已红。女急起，曰：“贪欢忘晓矣。”着衣易履，且曰：“妾酬君作，勿笑：‘良夜更易尽，朝暾已上窗。愿如梁上燕，栖处自成双。’”生握腕曰：“卿秀外惠中，令人爱而忘死。顾一日之去，如千里之别。卿乘间当来，勿待夜也。”女诺之。由此夙夜必偕。每使邀绛雪来，辄不至，生以为恨。女曰：“绛姊性殊落落，不似妾情痴也。当从容劝驾，不必过急。”

○叩：询问。

○平康巷：指妓院。唐代长安丹凤街有平康坊，也称“平康里”，为妓女聚居之地。旧时因以“平康”泛指妓女居地。

○涤：洗雪，洗涤。垢：耻辱。

○酬：唱和，以诗词应答。

○朝暾（tūn）：朝日。暾，清晨初升的太阳。

○秀外惠中：外貌秀美，内心聪明。惠，通“慧”。

○落落：孤高不凡。

○劝驾：劝人任职或做某事。

译文

书写完毕，黄生返回书房，陷入沉思。忽地，白衣女子悄然步入，黄生惊喜交加，忙迎上前去。白衣女子笑靥如花，言道：“先前您气势如虹，颇似强盗，令人心生畏惧。未曾想，您竟是一位风度翩翩的读书人，因此特来相见。”黄生询问其身世，她答道：“我小名香玉，曾是风尘女子。后被道士囚禁于此山中，实非我心所愿。”黄生愤然问道：“那道士究竟何人？我必为你洗雪此耻。”香玉轻声道：“无须如此，他倒也不敢强求于我。能借此机缘，与你这般风流才子长久相会，亦是幸事。”黄生又问：“那位红衣女子又是何人？”香玉答道：“她名绛雪，是我的义姐。”说完，二人情愫渐生，亲密无间。及至醒来，东方已露曙光。香玉慌忙起身，言道：“只顾贪欢，竟忘了天色已明。”她一边匆匆穿衣换鞋，一边道：“我作了一首诗唱和你的佳作，请不要笑话我‘良宵易逝，朝霞已映窗。愿如梁上燕，比翼自成双。’”黄生紧握其手腕，深情言道：“你外貌出众，内心贤淑，真教我爱之入骨。然一日之别，犹似千里之遥。你若有空，便请常来，无需待到夜晚。”香玉点头应允。自此之后，黄生与香玉朝夕相伴，形影不离。黄生时常央求香玉邀绛雪一同相聚，但绛雪总是拒绝，黄生不禁感到遗憾。香玉解释道：“绛雪姐姐性情孤僻，不似我这般痴情。我会慢慢劝说她，你不必太过着急。”

原文

一夕，女惨然入，曰：“君陇不能守，尚望蜀耶？今长别矣。”问：

○陇不能守，尚望蜀耶：“得陇望蜀”成语的活用，意为“陇都保不住了，还奢望得蜀”。

“何之？”以袖拭泪，曰：“此有定数，难为君言。昔日佳作，今成谶语矣。‘佳人已属沙吒利，义士今无古押衙’，可为妾咏。”诘

○谶（chèn）语：预言吉凶的话语。

○佳人已属沙吒利，义士今无古押衙：是宋许《彦周诗话》引王晋卿的诗句。意为虽然仍出现了佳人被有势力者劫夺的事，但难以有古押衙那样的豪侠相助的事情再现了。

之，不言，但有呜咽。竟夜不眠，早旦而去。生怪之。次日，有即墨蓝氏，入宫游瞩，见白牡丹，悦之，掘移径去。生始悟香玉

○即墨：县名。位于山东省西南部，即今山东即墨。

乃花妖也，怅惋不已。过数日，闻蓝氏移花至家，日就萎悴。恨极，作哭花诗五十首，日日临穴涕洟。

○穴：指白牡丹被移后所留下的土坑。涕洟（tì）：痛哭流涕。涕，眼泪。洟，鼻涕。

译文

一日，香玉面带凄容，步入室内，言道：“君连我尚且无法守护，又何谈绛雪呢？今日，我是来与你道别的。”黄生急忙问道：“你要去往何方？”香玉以袖掩面，泪光闪烁，答道：“此乃天命所归，难以言明。昔日所作之诗，今日竟成谶言。‘佳人已属沙吒利，义士今无古押衙’，此句可视为为我而作。”黄生追问其缘由，香玉却只是抽泣不止，不肯透露分毫。是夜，二人皆未入眠，及至天明，香玉便匆匆离去，黄生

心中满是疑惑。次日，即墨县一蓝姓男子来到下清宫游玩，见到白牡丹，心生喜爱，竟将其连根挖起，径自带走。黄生方才恍然大悟，原来香玉竟是花中之妖，心中不禁怅然若失，惋惜不已。数日之后，黄生听闻蓝姓男子将花移回家中后，那花儿竟日渐枯萎，失去了往日的光彩。黄生心中痛恨至极，遂作哭花诗五十首，日日对着那空荡荡的树坑，泪流满面，哀悼不已。

原文

一日，凭吊方返，遥见红衣人，挥涕穴侧。从容近就，女亦不避。生因把袂，相向汍澜。已而挽请入室，女亦从之。叹曰："童稚姊妹，一朝断绝！闻君哀伤，弥增妾恸。泪堕九泉，或当感诚再作。然死者神气已散，仓卒何能与吾两人共谈笑也。"生曰："小生薄命，妨害情人，当亦无福可消双美。曩频烦香玉道达微忱，胡再不临？"女曰："妾以年少书生，什九薄倖，不知君固至情人也。然妾与君交，以情不以淫。若昼夜狎昵，则妾所不能矣。"言已，告别。生曰："香玉长离，使人寝食俱废。赖卿少留，慰此怀思，何决绝如此！"女乃止，过宿而去。数日不复至。冷雨幽窗，苦怀香玉，辗转床头，泪凝枕席。揽衣更起，挑灯复踵前韵曰：山院黄昏雨，垂帘坐小窗。相思人不见，中夜泪双双。诗成自吟。忽窗外有人曰："作者不可无和。"听之，绛

○汍（wán）澜：流泪。

○作：兴起。这里指重生。

○至情人：极重感情之人。

○踵前韵：依照前诗的韵脚再作一首。踵，跟随，随顺。前韵，指先后作旧体诗二首以上，用韵皆同，第一首对以后各首来说，其所用之韵称"前韵"。

雪也。启户内之。女视诗，即续其后曰：连袂人何处？孤灯照晚窗。

○内：同“纳”。

○连袂人：同伴。这里指香玉。袂，衣袖。

空山人一个，对影自成双。

译文

一日，黄生自凭吊归来，远见绛雪于树坑旁默默拭泪。他缓缓走近，绛雪亦未曾回避。黄生遂上前，轻拉其衣袖，二人相视而泣。片刻后，黄生挽着绛雪的手，邀她至自己屋中，绛雪亦随之而去。绛雪叹息道：“自幼相伴的姐妹，竟骤然间音信全无！闻君哀伤，更添我心中之痛。泪水若能流至九泉之下，或许能感动她，使其复活。然死者神气已散，岂能仓促间与我们共叙旧情，谈笑风生？”黄生感慨道：“是我命薄，累及情人，自然也无福消受二位美人之情。昔日我曾多次恳请香玉转达我对你的诚意，为何你却再不肯来？”绛雪答道：“我原以为年轻书生多轻薄无行，却不料你竟如此痴情。然而，我与你交往，只谈情感……”说完，便向黄生告辞。黄生恳求道：“香玉已逝，我食不甘味，夜不能寐，只盼你能多留片刻，以慰我思念之苦。为何你要如此决绝？”绛雪听后，心生怜悯，遂留宿一夜，次日离去。此后数日，绛雪未曾再来。某清冷雨夜，黄生望着昏暗的窗户，对香玉思念成疾，在床上辗转反侧，泪水湿透枕席。他披衣起床，点亮灯火，依照前首诗的韵脚，又赋诗一首，以寄哀思。山院黄昏雨，垂帘坐小窗。相思人不见，中夜泪双双。写完以后，自己吟诵起来。忽听窗外有人说道：“有诗不可没人相和。”黄生一听，是绛雪，便开门让她进来。绛雪看完他的诗，就在后面续了一首：连袂人何处？孤灯照晚窗。空山人一个，对影自成双。

原文

生读之泪下，因怨相见之疏。女曰：“妾不能如香玉之热，但可少慰君寂寞耳。”生欲与狎，曰：“相见之欢，何必在此？”于是至无聊时，女辄一至。至则宴饮唱酬，有时不寝遂去，生亦听之。谓曰：

"香玉吾爱妻，绛雪吾良友也。"每欲相问："卿是院中第几株？乞早见示，仆将抱植家中，免似香玉被恶人夺去，贻恨百年。"女曰："故土难移，告君亦无益也。妻尚不能终从，况友乎！"生不听，捉臂而出，每至牡丹下，辄问："此是卿否？"女不言，掩口笑之。

○贻恨：遗憾。

译文

黄生诵读完诗句，泪水不禁滑落，心中埋怨与绛雪相见的机会太过稀少。绛雪温柔地回应道："我虽不及香玉那般热情奔放，但也能稍稍慰藉你内心的孤寂。"黄生心生亲近之意，绛雪却婉拒道："我们相聚的欢乐，又何必局限于此呢？"自那以后，每当黄生感到无聊时，绛雪便会悄然出现，与他一同饮酒吟诗，有时甚至在不眠之夜悄然离去，黄生也随她的意愿，不加阻拦。黄生曾对绛雪深情地说："香玉是我的挚爱之妻，而绛雪你，则是我珍视的好友。"他时常询问绛雪："你究竟是这院中的第几棵花？请早些告诉我，我好将你移植到家中，免得像香玉那样，被恶人所夺，让我遗憾终身。"绛雪却笑道："我难以割舍这片故土，即使告诉你也无济于事。妻子尚且不能陪伴一生，更何况是朋友呢？"黄生不听她的劝阻，执意拉着她的手臂，在每一棵牡丹前驻足，追问道："这是你吗？"绛雪只是捂着嘴，笑而不语，对他的痴态感到既无奈又温馨。

原文

旋生以腊归过岁。至二月间，忽梦绛雪至，愀然曰："妾有大难！君急往，尚得相见，迟无及矣。"醒而异之，急命仆马，星驰至山。则道士将建屋，有一耐冬，碍其营造，工师将纵斤矣。生急止之。入夜，绛雪来谢。生笑曰："向不实告，宜遭此厄！今已知卿，如卿不

○旋：不久。腊：腊月，阴历十二月。

○愀（qiǎo）然：忧愁貌。

○斤：斧。

至，当以艾炷相炙。”女曰：“妾固知君如此，曩故不敢相告也。”

○艾炷：中医用艾绒团点燃薰灸经络穴位。

坐移时，生曰：“今对良友，益思艳妻。久不哭香玉，卿能从我哭乎？”二人乃往，临穴洒涕。更余，绛雪收泪劝止。又数夕，生方寂坐，绛雪笑入曰：“报君喜信：花神感君至情，俾香玉复降宫中。”生问：“何时？”答曰：“不知，约不远耳。”天明下榻，生嘱曰：“仆为卿来，勿长使人孤寂。”女笑诺。两夜不至。生往抱树，摇动抚摩，频唤，无声。乃返，对灯团艾，将往灼树。女遽入，夺艾弃之，曰：“君恶作剧，使人创痏，当与君绝矣！”生笑拥之。坐未定，香

○创痏(wěi)：创伤而致疤痕。

玉盈盈而入。生望见，泣下流离，急起把握。香玉以一手握绛雪，相对悲哽。及坐，生把之觉虚，如手自握，惊问之。香玉泫然曰：

○泫(xuàn)然：伤心流泪。

“昔，妾花之神，故凝；今，妾花之鬼，故散也。今虽相聚，勿以为真，但作梦寐观可耳。”绛雪曰：“妹来大好！我被汝家男子纠缠死矣。”遂去。

译文

未几，时至腊月，黄生归家以度新岁。及至二月，忽梦绛雪来访，面带忧郁，言道：“我要遭大难，君速归，尚可一晤，迟则不及矣。”黄生惊醒，心甚讶异，急命仆从备马，连夜驰往山中。原是道士欲筑新居，有耐冬树一株，碍事欲伐，工匠正持斧欲砍。黄生急忙制止，保树无恙。是夜，绛雪至，以表谢意。黄

生笑曰：“昔日你不言实情，难怪遭此厄运！今我已知你，后若不来，我便燃艾绳以炙汝。”绛雪笑道：“我早知君性如此，故不敢言。”二人对坐片刻，黄生叹曰：“今对好友，更思爱妻。久未为香玉一哭，你可愿同往？”于是二人同至香玉之坑穴，洒泪祭拜。哭至半夜，绛雪止泪，劝黄生勿再悲伤。又过数夜，黄生独坐寂寞，绛雪笑而入内，曰：“有好消息告君，花神为君之真情所动，使香玉再生于宫中。”黄生急问：“何时？”绛雪答曰：“未知，料想不远矣。”天明时，绛雪欲去，黄生嘱曰：“我为你而来，勿使我久孤。”绛雪笑而应之，然又两夜未至。黄生遂抱耐冬树，摇动抚摩，连声呼唤，却无回应。他返回屋中，于灯下备好艾绳，欲去炙树。绛雪突冲入内，夺艾绳而掷之，曰：“君戏弄于我，使我受伤留疤，我真要与君绝交矣！”黄生笑而拥之。二人未坐定，香玉轻盈步入。黄生一见，泪如泉涌，急起身执其手。香玉另手执绛雪，三人相对悲泣，不能自已。及至坐定，黄生觉执香玉之手虚无缥缈，如自握一般，惊问何故。香玉泪流满面曰：“昔日我为花神，故凝聚成形；今我仅为花魂，故分散无质。今虽相聚，勿以为真，只当梦中相会可也。”绛雪笑曰：“妹妹归来甚好！我被你家男人纠缠得紧。”说完便去。

原文

香玉款笑如前，但偎傍之间，彷佛一身就影。生悒悒不乐，香玉亦俯仰自恨，乃曰：“君以白蔹屑，少杂硫黄，日酹妾一杯水，明年此日报君恩。”别去。明日，往观故处，则牡丹萌生矣。生乃日加培植，又作雕栏以护之。香玉来，感激倍至。生谋移植其家，女不可，曰：“妾弱质，不堪复戕。且物生各有定处，妾来原不拟生君家，违之反促年寿。但相怜爱，合好自有日耳。”生恨绛雪不至。香玉曰：“必欲强之使来，妾能致之。”乃与生挑灯至树下，取草一茎，

O硫黄：淡黄色脆性结晶或粉末，有特殊臭味，易燃，主要用于制造染料、农药、火柴、火药、橡胶、人造丝等。

O白蔹(liǎn)：中草药名。其根可入药。

O戕：残害，伤害。

O促：缩减。

布掌作度，以度树本，自下而上，至四尺六寸，按其处，使生以两爪齐搔之。俄见绛雪从背后出，笑骂曰：“婢子来，助桀为虐耶！”牵挽并入。香玉曰：“姊勿怪！暂烦陪侍郎君，一年后不相扰矣。”从此遂以为常。

○度树本：量树干。

○助桀为虐：比喻帮助坏人作恶。

译文

香玉依旧如往昔般欢声笑语，但当两人紧紧相依时，黄生却感觉如同倚靠着一个淡淡的影子，心中不免忧郁。香玉亦自感歉疚，遂言道：“君可取白蔹草之粉末，稍混硫黄，每日为我浇灌一杯此水，待至明年今日，我必来报答君之深情厚谊。”说完，便依依不舍地离去。次日，黄生前往昔日之花坑查看，只见那白牡丹已悄然萌发新芽。于是，他每日细心培育，并筑起栅栏以护其周全。香玉再来时，对黄生之照料感激不尽。黄生欲将其移植至家中，香玉却婉拒道：“我体质柔弱，难以承受再次之伤害。况万物生长皆有定处，我此次前来，并未打算生于君家，违背此理，恐将折损寿命。只要君心怜我，相聚之日定会到来。”黄生又埋怨绛雪不常来访，香玉笑道：“若君真欲强邀她来，我倒有一计。”于是，她与黄生携灯至耐冬树下，摘取一草，以手掌为尺，量至树高四尺六寸处，便按住那里，让黄生双手并挠。不久，绛雪便从树后走出，笑骂道：“你这小丫头，竟来助纣为虐！”随即，三人相视一笑，携手步入屋内。香玉又言道：“姐姐莫怪，烦请你暂且陪伴郎君，一年之后，我便不再打扰你了。”自此以后，三人相聚便成了常事。

原文

生视花芽，日益肥茂，春尽，盈二尺许。归后，以金遗道士，嘱令朝夕培养之。次年四月至宫，则花一朵，含苞未放。方流连间，花摇摇欲拆，少时已开，花大如盘，俨然有小美人坐蕊中，裁三四指

○盈：增长，生长。

○遗：赠。

○拆：同“坼”，裂开，绽开。指花蕾开放。

许。转瞬飘然欲下，则香玉也。笑曰："妾忍风雨以待君，君来何迟也！"遂入室。绛雪亦至，笑曰："日日代人作妇，今幸退而为友。"遂相谈谯。至中夜，绛雪乃去。二人同寝，款洽一如从前。

译文

黄生注视着那白牡丹的花芽，日复一日，它逐渐茁壮成长，及至春末，已高达二尺有余。黄生归家前，特将银两留给道士，叮嘱他务必早晚悉心照料此花。转眼至次年四月，黄生重返下清宫，惊喜地发现花已初绽，含苞待放。他驻足花前，沉醉不已，忽见那花苞轻轻摇曳，似有绽放之意。不多时，花朵全然盛开，其大如盘，花心中仿佛坐着一位小巧玲珑的美人，身长仅三四指。眨眼间，她轻盈飘落，定睛一看，竟是香玉。她笑靥如花，言道："我在此承受风雨，只为等候君来，怎料君竟迟迟未至！"说完，便随黄生进屋。绛雪亦随后而至，笑语盈盈："日日为他人作妇，今朝终得脱身，重为友人。"三人遂欢聚一堂，谈笑风生，共享盛宴。至半夜时分，绛雪辞别而去。黄生与香玉同榻而眠……一切如旧。

原文

后生妻卒，遂入山，不复归。是时，牡丹已大如臂。生每指之曰："我他日寄魂于此，当生卿之左。"二女笑曰："君勿忘之。"后十余年，忽病。其子至，对之而哀。生笑曰："此我生期，非死期也，何哀为！"谓道士曰："他日牡丹下有赤芽怒生，一放五叶者，即我也。"遂不复言。子舆之归家，即卒。次年，果有肥芽突出，叶如其数。道士以为异，益灌溉之。三年，高数尺，大拱把，但不花。

○怒生：茁壮地生出。怒，形容生气勃勃。

○舆：车载。

○拱把：指树干盈握。

老道士死，其弟子不知爱惜，斫去之。白牡丹亦憔悴死，无何，耐冬亦死。

译文

后来，黄生的妻子离世，他便决意进山，不再回归尘世。此时，那白牡丹已茁壮至臂膀粗细，蔚为壮观。黄生时常轻抚牡丹，深情言道：“待我百年之后，愿葬于此地，得以长伴你左右。”二女听后，笑靥如花，道：“君勿忘此言。”时光荏苒，十几年转瞬即逝。一日，黄生忽感身体不适，其子匆匆赶来，见他病重，不禁悲从中来，泣不成声。黄生却笑道：“此乃我新生之日，非死亡之时，何须悲伤？”他转向道士，郑重吩咐：“日后牡丹花下，若有红花芽怒放，且一叶五出，那便是我之化身。”言毕，便闭目不语。其子含泪将他抬上车，送回家中，不久黄生便安然离世。次年，牡丹花下果真有肥壮花芽破土而出，正如黄生所言，一叶五出，奇异非凡。道士见状，惊叹不已，更加精心浇灌，呵护备至。三年时光匆匆流逝，此花已长至数尺高，需两手合抱，却迟迟未见花开。及至老道士圆寂，其弟子不知珍惜，竟将这棵奇花砍伐。白牡丹因此枯萎而死，不久之后，连那耐冬树也随之凋零，令人扼腕叹息。

原文

异史氏曰：情之至者，鬼神可通。花以鬼从，而人以魂寄，非其结于情者深耶？一去而两殉之，即非坚贞，亦为情死矣。人不能贞，亦其情之不笃耳。仲尼读唐棣而曰“未思”，信矣哉！

○花以鬼从：指香玉死后以“花之鬼”相从黄生。

○人以魂寄：指黄生死后魂灵依附于香玉之侧。寄，依附。

○两殉之：指牡丹和耐冬树因黄生被“斫去之”而相继死去，像是殉情而亡。

○仲尼：孔子的字。

译文

异史氏有言：情之所至，鬼神亦可通。花之凋零，化鬼以伴；人之逝去，魂寄花旁，岂非情深意重之所为乎？黄生殒命，香玉、绛雪亦随之殉情，虽不言其坚贞，然亦为爱而亡。世人不能守贞，实因情感未至深处。孔子读《唐棣之花》之诗，曾叹曰：“未之思也，夫何远之有？”此言诚然矣！

【三仙】

原文

一士人赴试金陵，经宿迁，遇三秀才，谈论超旷，遂与沽酒款洽。各表姓字：一介秋衡，一常丰林，一麻西池。纵饮甚乐，不觉日暮。介曰："未修地主之仪，忽叨盛馔，于理不当。茅茨不远，可便下榻。"常、麻并起捉裾，唤仆，相将俱去。至邑北山，忽睹庭院，门绕清流。既入，舍宇清洁。呼童张灯，又命安置从人。麻曰："昔日以文会友，今场期伊迩，不可虚此良夜。请拟四题，命阄各拈其一，文成方饮。"众从之。各拟一题，写置几上，拾得者就案构思。二更未尽，皆已脱稿，迭相传视。秀才读三作，深为倾倒，草录而怀藏之。主人进良酝，巨杯促釂，不觉醺醉。主人乃导客就别院寝。客醉不暇解履，和衣而卧。及醒，红日已高，四顾并无院宇，主仆卧山谷中。大骇。见傍有一洞，水涓涓流。自讶迷惘。视怀中，则三作俱存。下山问土人，始知为"三仙洞"。盖洞中有蟹、蛇、虾蟆三物，最灵，时出游，人往往见之。士人入闱，三题即仙作，以是擢解。

○金陵：今江苏南京。

○宿迁：位于江苏省的北部，今江苏宿迁。

○超旷：超逸旷达。

○款洽：表达善意，共叙情好。

○表：通报，展示。

○地主：东道主。

○叨：有愧于。表示承受的谦词。盛馔：丰盛的酒食。

○茅茨（cí）：茅屋，寒舍。谦称自己的房舍。

○捉裾：牵着衣襟。指牵衣挽手。裾，衣服的大襟。

○以文会友：通过文字往来，结交朋友。

○场期伊迩：试期临近。伊，助词。迩，近。

○命阄（jiū）：制阄。即将四题分写成四阄，拈得某阄题即作阄上之文题。阄，为了赌输赢或决定事情，预先在纸上做好记号揉成纸卷或纸团，然后每人抓去一个，打开看，按纸卷或纸团上定的行事。这种纸卷或纸团称"阄"。

○迭：轮流。

○良酝：好酒。酝，酿酒，酒。

○促釂（jiào）：敬酒，干杯。

○擢（zhuó）解：考中举人。

译文

有位士子赴金陵应考，途经宿迁时，偶遇三位秀才，言谈间尽显超然物外之风，遂邀酒共饮，情谊笃厚。三位秀才自报家门，分别为介秋衡、常丰林与麻西池。他们畅饮欢谈，不觉天色已晚。介秋衡言道：“我等尚未尽地主之谊，反蒙厚待，实乃过意不去。我家近在咫尺，可往彼处安歇。”常丰林、麻西池听后，起身拉住士子衣襟，又唤其仆从同行。一行人至县城北山，忽见一庭院，门前清流环绕。入院后，但见屋舍整洁，遂命僮仆点灯，并安顿士子仆从。麻西池提议道：“昔日以文会友，今朝考期将至，不可虚度此良宵。请各拟四题，抓阄为文，成后方可饮酒。”众人皆然之。各自拟题后，置于桌上，抓阄构思。未至二更，皆已成文，互相传阅。士子阅罢三位秀才之作，心生敬佩，遂草草抄录，藏于怀中。主人奉上美酒，以大杯相劝，士子不觉沉醉。主人遂引士子至别院安寝，士子醉意朦胧，和衣而卧，未及脱鞋。及至醒来，日已高悬，环顾四周，并无庭院，主仆二人竟卧于山谷之中。士子大惊，只见旁有一小洞，水潺潺流出。他心生疑惑，摸怀中文稿，尚在。下山询问当地人，方知此乃“三仙洞”，洞内有蟹、蛇、蛤蟆三神物，颇具灵性，时常出游，人皆可见。士子入考场应试，三题竟与三位仙人所作无异。他凭借此等佳作，终得中举人。

命阄

命阄，又称制阄，是指将若干题目或选项分写成纸条或纸团，经过抽取来决定选择的活动。纸条或纸团通常预先做好标记，称为“阄”，参与者通过抓阄来决定所做的事情或题目。命阄常用于赌输赢或作决策，类似于现代的抽签或随机决定方式。这种方式在古代常用于考试、分配任务或其他需要公平决定的场合。

【鬼隶】

原文

历城县二隶，奉邑令韩承宣命，营干他郡，岁暮方归。途遇二人，

○营干：办事，办公。

○历城县：清属济南府，位于济南市区东南部，现为济南历城区。

○韩承宣：字长卿，蒲州人。崇祯七年（1634）进士，曾任山东淄川县知县，后调任历城县。见光绪《山东通志·职官志》。

装饰亦类公役，同行话言。二人自称郡役。隶曰："济城快皂，相识

○快皂：捕快。旧时州县地方担任缉捕的役卒。

十有八九，二君殊昧生平。"二人云："实相告：我城隍鬼隶也。今

○殊昧生平：从来不认识。昧，暗。

将以公文投东岳。"隶问："公文何事？"答云："济南大劫，所报者，

○东岳：泰山东岳大帝。民间传说东岳大帝掌管世人生死祸福。

杀人之名数也。"惊问其数，曰："亦不甚悉，约近百万。"隶问其期，

答以"正朔"。二隶惊顾，计到郡正值岁除，恐罹于难，迟留恐贻谴

○正朔：正月初一。"正"和"朔"分别为一年和一月的开始。

○岁除：年终的一天，除夕。

责。鬼曰："违误限期罪小，入遭劫数祸大。宜他避，姑勿归。"隶

从之。未几，北兵大至，屠济南，扛尸百万。二人亡匿得免。

○北兵：指清兵。

译文

历城县有两位公差，受县令韩承宣之遣，前往他郡处理公务，直至岁末方归。途中，二人偶遇两名同僚之人，他们自称郡中公差。县中公差疑惑，问道："济南府中捕快皂隶，大多相识，二位却似从未谋面。"郡中公差相告："实不相瞒，我等乃城隍之鬼隶，正前往东岳大帝处递送公文。"县中公差好奇询问公文内容，鬼隶答道："济南即将遭遇大劫，公文所报正是杀戮之数。"县中公差听后大惊，忙问具体数目，鬼隶回答："约近百万。"又问何时发生，鬼隶答以"正月初一"。两位县中公差暗自盘算，若按此行程，回到济南恰是除夕，恐难逃此劫。但若耽搁行程，又恐受责罚。鬼隶见状，劝道："违期之罪尚轻，若遇大难，则祸不旋踵。二位应暂避他处，切勿急于归家。"两位县中公差听从其言，未敢怠慢。不久，清军涌来，济南城惨遭屠戮，尸横遍野。两位县中公差因在外逃亡，侥幸躲过此劫。

【王十】

原文

高苑民王十，负盐于博兴，夜为二人所获。意为土商之逻卒也，舍盐欲遁，足苦不前，遂被缚。哀之。二人曰：“我非盐肆中人，乃鬼卒也。”十惧，乞一至家，别妻子。不许，曰：“此去亦未便即死，不过暂役耳。”十问：“何事？”曰：“冥中新阎王到任，见奈河淤平，十八狱坑厕俱满，故捉三种人淘河：小偷、私铸、私盐。又一等人使涤厕：乐户也。”

○高苑：旧县名。清代属青州府，在今山东博兴高苑镇。

○负：负贩。博兴：县名。清代属青州府，今为山东滨州下辖博兴县。

○土商：本地商人，指当地盐商。逻卒：巡逻士兵。

○奈河：传说中地狱的河名。

○私铸：私自铸钱。

○十八狱：民间传说认为阴曹地府有十八层地狱。坑厕：旧时的简易厕所。

○私盐：旧时指违反国家有关禁令而私自生产、运输、销售的食盐。

○乐户：历史上以音乐歌舞专业活动为业的贱民，具有世袭性质。他们来源于罪犯的家属，也有部分原为良人。

译文

在高苑县，有一位名叫王十的平民，某日自博兴背负食盐归家，不料夜间遭两人拦截。王十初以为他们是盐商雇佣的巡夜人，慌忙弃盐欲逃，却发现自己双腿如灌铅，动弹不得，随即被二人捆绑起来。他苦苦哀求，望能得以释放。那二人却道：“我等非盐市之人，实乃阴间鬼卒。”王十听后，心中大骇，恳请二人准许他回家一趟，以便与妻儿作别。二人却不肯应允，言道：“此番前去，未必即刻丧命，不过暂且服役罢了。”王十又问所为何事，二人答道：“阴间新阎王登基，见奈河为淤泥所填，十八地狱之厕亦已满溢，故需捉拿窃贼、私铸钱币者及贩卖私盐之人，前往淘河；另遣官妓等人清洗厕所。”

原文

十从去，入城郭，至一官署，见阎罗在上，方稽名籍。鬼禀曰：“捉

○稽：查核。

一私贩王十至。”阎罗视之，怒曰：“私盐者，上漏国税，下蠹民生者也。若世之暴官奸商所指为私盐者，皆天下之良民。贫人揭锱铢之本，求升斗之息，何为私哉！”罚二鬼市盐四斗，并十所负，代运至家。留十，授以蒺藜骨朵，令随诸鬼督河工。鬼引十去，至奈河边，见河内人夫繈续如蚁。又视河水浑赤，臭不可闻。淘河者皆赤体持畚锸，出没其中。朽骨腐尸，盈筐负舁而出，深处则灭顶求之。惰者辄以骨朵击背股。同监者以香绵丸如巨菽，使含口中，乃近岸。见高苑肆商，亦在其中。十独苛遇之，入河楚背，上岸敲股。商惧，常没身水中，十乃已。经三昼夜，河夫半死，河工亦竣。前二鬼仍送至家，豁然而苏。先是，十负盐未归，天明，妻启户，则盐两囊置庭中，而十久不至。使人遍觅之，则死途中。舁之而归，奄有微息，不解其故。乃醒，始言之。肆商亦于前日死，至是始苏。骨朵击处，皆成巨疽，浑身腐溃，臭不可近。十故诣之，望见十，犹缩首衾中，如在奈河状。一年始愈，不复为商矣。

○求升斗之息：求取赖以糊口的微利。升斗，喻指少量口粮。

○蒺藜骨朵：古兵器。其制，于棒端缀以铁制或坚木所制的蒜头形“骨朵”。即旧时仪仗中的“金瓜”。骨朵上加铁刺，状如蒺藜者，称“蒺藜骨朵”。

○繈（qiǎng）续：谓人群不断，如用绳索连接在一起。繈，绳索。

○畚锸（běn chā）：挖运泥土的工具。畚，箕。锸，铁锹。

○舁（yú）：抬。

○巨菽：巨大的豆粒。菽，豆。

○肆商：店商。肆，店。

○楚：杖击，敲打。

○疽（jū）：毒疮。多而广的叫“痈”，深的叫“疽”。

译文

王十随二鬼前行，穿过城廓，终至一官署。但见阎罗王高坐堂上，正审阅名册。小鬼上前禀报：“已擒获私盐贩子王十一名。”阎罗听后，低头审视，顿时怒容满面，喝道："所谓私盐贩子，乃指那些上瞒国税、下害百姓之徒。人世间那些凶残暴戾之官吏、奸诈狡猾之商人，他们所诬陷的私盐贩子，实则皆是天下良善之民。此等贫苦之人，倾尽微薄本钱，只为换取些许粮食之资，岂能妄称私盐贩子！"说完，便命二鬼背负四斗盐，加之王十原先所背，代为送还其家。阎罗留下王十，赐其蒺藜骨朵一柄，命其与众鬼一同监督河工。鬼引王十出署，至奈河畔，只见河中民夫，以绳相连，密密麻麻，犹如蚁群。河水浑浊赤红，臭气熏天。淘河之人皆赤身裸体，手持竹筐铁锹，于河水中劳作。他们将腐朽尸骨装满筐后抬出，水深之处则需潜水挖掘。对于偷懒者，则以蒺藜骨朵刺其背腿。与王十同监之鬼，赠其一粒豆大之香绵丸，令其含于口中，方得近岸。王十于民夫中，意外发现一高苑盐商。他独对此商严加苛责，下河便击其背，上岸则敲其腿。盐商惧怕，屡屡潜水躲避，王十方才罢休。历经三日三夜，淘河民夫死伤过半，工程终得告竣。前二鬼依旧送王十归家，他随即苏醒。原来，王十背盐未归，当日天明，其妻开门，只见两袋盐置于院中，而王十却迟迟未至。家人四处寻找，发现他途中毙命。众人将其抬回家中，尚存微弱气息，其妻不解其故。待王十苏醒后，方道出事情经过。那盐商亦于前日毙命，至此方醒。被王十以蒺藜骨朵击打之处，皆化为巨大毒疮，浑身腐臭溃烂，臭不可闻。王十故意前往探望，盐商见之，仍如奈河中一般，缩头于被中。经年之后，其病方愈，自此不再涉足盐商之业。

原文

异史氏曰：盐之一道，朝廷之所谓私，乃不从乎公者也；官与商之所谓私，乃不从乎其私者也。近日齐、鲁新规，土商随在设肆，各限疆域。不惟此邑之民，不得去之彼邑，即此肆之民，不得去之彼肆。而肆中则潜设饵以钓他邑之民：其售于他邑，则廉其直；而售诸土人，则倍其价以昂之。而又设逻于道，使境内之人，皆不得逃吾网。其有境内冒他邑以来者，法不宥。彼此互相钓，而越肆假冒

○随在：到处。

○宥：宽免，饶恕。

之愚民益多。一被逻获，则先以刀杖残其胫股，而后送诸官。官则

桎梏之，是名“私盐”。呜呼！冤哉！漏数万之税非私，而负升斗之

○桎梏（zhì gù）：刑具，用刑。

盐则私之；本境售诸他境非私，而本境买诸本境则私之。冤矣！律

中“盐法”最严，而独于贫难军民，背负易食者，不之禁。今则一

○贫难军民：贫困的军户和民户。军户，世代充军者。始于南北朝。明清时期，屯卫的兵丁以及充配为军的犯人及其随配子女和后代，也称“军户”，其地位低下，生活贫苦。

切不禁，而专杀此贫难军民！且夫贫难军民，妻子嗷嗷，上守法而

○嗷嗷：哀号声。

不盗，下知耻而不倡，不得已，而揭十母而求一子。使邑尽此民，

○倡：同“娼”，妓女。

○揭十母而求一子：持十本而求一利。指赚钱不容易，微利。母，本钱。子，利息。

即“夜不闭户”可也，非天下之良民乎哉！彼肆商者，不但使之淘奈

○夜不闭户：喻社会安定。

河，直当使涤狱厕耳！而官于春秋节，受其斯须之润，遂以三尺法

○春秋节：岁时节序。春秋，岁时，四时。

○斯须之润：暂时捞到一点儿好处。斯须，些许。润，沾润。此指贿赂。

○三尺法：法律，国家权力。

助使杀吾良民。然则为贫民计，莫若为盗及私铸耳：盗者白昼劫人，

而官若聋；铸者炉火亘天，而官若瞽；即异日淘河，尚不至如负贩

○炉火亘（gèn）天：炉火旺盛照耀整个天空。亘，空间和时间上延续不断。

○瞽（gǔ）：瞎。

者所得无几，而官刑立至也。呜呼！上无慈惠之师，而听奸商之法，

日变日诡，奈何不顽民日生，而良民日死哉！

译文

异史氏有言：贩盐之事，朝廷所谓之私盐，乃不遵国法之行径；而官吏盐商所言之私盐，实则不合其私利之举。近观齐鲁之地，新例规定，本地盐商可随处设店，各划地界。非但此县之民不得跨县购盐，即便同属一盐店地界之民，亦不得至他店买盐。盐商暗中设饵，诱他县之民来购：售于他县之盐，价廉；而售于本地之盐，价则倍增。又于路途设巡，使境内之民，无一能逃其布下之网。若境内有人假冒他县之人购盐，则依法严惩不贷。盐商之间互相勾结，而赴他店买盐及假冒他乡

之民者日益增多。一旦被巡卒擒获，先以刀杖致残其腿，再送官府。官府遂将其囚禁，此即所谓“私盐”。唉！何其冤也！逃税数万者不为私盐贩子，而背负升斗之盐者却遭此恶名；售盐于他乡之人在本地不为私盐，而本地之人购本地之盐却反被视为私盐。真乃冤枉至极！国法之中，盐法最为严苛，然独对贫苦军民户，背负盐粮以换生计者，并未明令禁止。而今却对他人之私盐视而不见，专以杀戮此等贫苦军民为能事！况此等贫苦军民，家中妻儿嗷嗷待哺，上能守法不盗，下能知耻不为娼；实乃迫不得已，方行此十本求一利之事。若城中皆是此等百姓，则可夜不闭户，此等人岂非天下良民乎？彼等盐商，非但应遣其淘挖奈河，更应令其清洗地狱之厕！而官吏每逢节庆，皆受盐商小恩小惠，遂以法为刃，助盐商杀害良民。吾为贫苦百姓计，宁为强盗私铸，亦不愿背负此等不白之冤。强盗白昼抢劫杀人，官吏如聋；私铸炉火映天，官吏如盲；即便日后堕入地狱淘奈河，亦不致如贩盐之人，所得甚微，却即刻遭受官府严惩。唉！朝廷若无仁慈之人，听任奸商害民之策日益狡猾，又怎能不使狡黠之徒日增，而善良之民日减乎！

原文

各邑肆商，旧例以若干石盐赀，岁奉本县，名曰“食盐”。又逢节序，具厚仪。商以事谒官，官则礼貌之，坐与语，或茶焉。送盐贩至，重惩不遑。张公石年令淄川，肆商来见，循旧规，但揖不拜。公怒曰：“前令受汝贿，故不得不隆汝礼；我市盐而食，何物商人，敢公堂抗礼乎！”捋袴将笞。商叩头谢过，乃释之。后肆中获二负贩者，其一逃去，其一被执到官。公问：“贩者二人，其一焉往？”贩者曰：“逃去矣。”公曰：“汝腿病不能奔耶？”曰：“能奔。”公曰：“既被捉，必不能奔。果能，可起试奔，验汝能否。”其人奔数步欲止，

○具厚仪：准备厚重的礼物。仪，礼。

○不遑：迫不及待，不敢怠慢。

○张公石年令淄川：时在康熙二十五年至二十八年（1686—1689）。张石年，即张嵋，仁和人。

○但揖不拜：只作揖而不行跪拜礼。

○隆：重，厚。

○何物：什么东西。

○抗礼：行平等的礼，指“但揖不拜”。

公曰："奔勿止！"其人疾奔，竟出公门而去。见者皆笑。公爱民之事不一，此其闲情，邑人犹乐诵之。

译文

各城镇的盐商按照惯例，每年都会拨出一定数量的盐资，作为对本县县官的供奉，这被称为"食盐"。此外，在逢年过节之际，他们还会送上丰厚的礼品以表心意。当盐商有事需拜见县官时，县官通常会以礼相待，坐着与他们交谈，有时甚至会上茶款待。然而，对于那些被送来的盐贩子，县官则会严惩不贷，绝不姑息。当张石年公担任淄川县令时，有一位盐商前来拜见。他按照以往的规矩，只是作揖而未行跪拜之礼。张公见状大为恼火，怒斥道："前任县令因收受你的贿赂，才不得不以隆重之礼接待你；而我则是自购食盐食用，你这商人究竟是何许人也，竟敢在公堂之上与我平起平坐！"说完，他命人剥去盐商的裤子，准备施以惩罚。盐商见状，连忙磕头谢罪，张公这才饶过了他。后来，市面上抓住了两名私自贩盐的人。其中一人逃走了，另一人则被押送到了官府。张公审问时问道："贩盐的一共有两人，另一人现在何处？"被擒的贩盐者回答道："他逃走了。"张公又问："你的腿没有毛病，为何不能逃跑？"那人答道："我能跑。"张公听后便说："既然被抓住了，那肯定就跑不了了。但如果你真的能跑，那就起来试试，让我看看你的本事。"那人于是跑了几步想要停下，张公却喊道："继续跑，不要停！"那人于是加速奔跑，竟然一口气跑出了衙门，成功逃脱。在场的人看到这一幕，都忍不住笑了起来。张公爱护百姓的事迹远不止这一件，这只是他众多善行中的一桩小事。然而，县里的人至今仍然喜欢传颂这个故事，以表达对张公的敬仰和感激之情。

【大男】

原文

奚成列，成都士人也，有一妻一妾。妾何氏，小字昭容。妻早没，继娶申氏，性妒，虐遇何，因并及奚。终日哓聒，恒不聊生。奚怒，亡去。去后，何生一子大男。奚去不返，申摈何不与同炊，计日授粟。大男渐长，用不给，何纺绩佐食。大男见塾中诸儿吟诵，亦欲读。母以其太稚，姑送诣读。大男慧，所读倍诸儿。师奇之，愿不索束脩，何乃使从师，薄相酬。积二三年，经书全通。一日归，谓母曰："塾中五六人，皆从父乞钱买饼，我何独无？"母曰："待汝长，告汝知。"大男曰："今方七八岁，何时长也？"母曰："汝往塾，路经关帝庙，当拜之，祐汝速长。"大男信之，每过必入拜。母知之，问曰："汝所祝何词？"笑云："但祝明年便使我如十六七岁。"母笑之。然大男学与躯长并速，至十岁，便如十三四岁者，其所为文竟成章。一日，谓母曰："昔谓我壮大，当告父处，今可矣。"母曰："尚未，尚未。"又年余，居然成人，研诘益频，母乃缅述之。大男悲不自胜，欲往寻父。母曰："儿太幼，汝父存亡未知，

○成都：今四川成都。

○哓（xiāo）聒：吵嚷。

○摈（bìn）：拒绝，排斥。

○用：日用。不给：匮乏，不足。

○姑：姑且，暂时。诣读：跟读。指非正式学习。

○束脩（xiū）：学费。脩，干肉。

○经书：指儒家经典著作。

○塾：学校，教书就读之所。

○缅述：详细述说。缅，尽貌。

何遽可寻？”大男无言而去，至午不归。往塾问师，则辰餐未复。母大惊，出赀佣役，到处冥搜，杳无踪迹。

○辰餐未复：早饭后没有回来。辰，上午7点到9点。

○佣役：雇人。

译文

奚成列，乃成都一书生，家中有一妻一妾，妾室姓何，小名昭容。不幸的是，妻子早年离世，后续娶了申氏为妻。申氏性格嫉妒，对何氏百般虐待，甚至波及奚成列本人，家中因此终日喧嚣不宁，难得安宁。奚成列忍无可忍，终于愤然离家出走。自奚成列离去后，何氏诞下一子，取名大男。奚成列一去不复返，申氏更是对何氏百般排挤，不许她同桌共食，仅按日给予少量粮食以维持生计。随着时间的流逝，大男逐渐长大，家中开销也日益增加。为补贴家用，何氏开始纺线织布。大男见私塾中孩童吟诵，心生向往，也渴望读书识字。母亲虽觉他年幼，但仍决定送他去私塾试读。大男天资聪颖，所读之书远超同龄孩童。老师对他的才华惊叹不已，主动提出免收学费，何氏便让大男正式拜师学艺，并略表酬谢。如此过了两三年，大男已精通经书。一日放学归来，大男对母亲说：“私塾里其他五六个孩子都有父亲给钱买饼吃，为何我却没有父亲呢？”母亲安慰道：“等你长大了，自然会告诉你一切。”大男急切地问：“我现在才七八岁，何时才能长大呀？”母亲便告诉他：“你上学路上经过关帝庙时，进去拜拜关帝，祈求他保佑你快点长大。”大男深信不疑，每次经过关帝庙都会虔诚祭拜。母亲得知后好奇地问他：“你祈祷时都说了些什么呀？”大男笑着回答：“我只是祈求关帝让我明年就能长到十六七岁。”母亲听了觉得既好笑又心疼。然而，大男的学业与身体都迅速成长。十岁时，他已如十三四岁的孩子般高大，所写八股文更是能成篇成章。一日，大男又对母亲说：“您曾说等我长大了就告诉我父亲在哪里，现在应该可以了吧？”母亲却道：“还不到时候。”又过了一年多，大男已长成翩翩少年，对父亲的追问也越发频繁。何氏见状，便详细地向他讲述了事情的经过。大男听后悲痛不已，决心去寻找父亲。何氏担忧地说：“你还太小，你父亲生死未卜，岂能轻易找到？”大男却沉默不语，转身离去。到了中午仍未归来，何氏急忙赶到私塾询问老师，得知他早饭后便未再回校。何氏大惊失色，连忙花钱雇人四处寻找，却始终杳无音讯。

原文

大男出门，循途奔去，茫然不知何往。适遇一人将如夔州，言姓钱，大男丐食相从。钱病其缓，为赁代步，资斧耗竭。至夔，同食，钱阴投毒食中，大男瞑不觉。钱载至大刹，托为己子，偶病绝赀，卖诸僧。僧见其丰姿秀异，争购之，钱得金竟去。僧饮之，略醒。长老知而诣视，奇其相，研诘，始得颠末。甚怜之，赠赀使去。有泸州蒋秀才，下第归，途中问得故，嘉其孝，携与同行。至泸，主其家。月余，遍加谘访。或言闽商有奚姓者，乃辞蒋，欲之闽。蒋赠以衣履，里党皆敛赀助之。途遇二布客，欲往福清，邀与同侣。行数程，客窥囊金，引至空所，絷其手足，解夺而去。适有永福陈翁过其地，脱其缚，载归其家。翁豪富，诸路商贾，多出其门。翁嘱南北客代访奚耗，留大男伴诸儿读。大男遂住翁家，不复游。然去家愈远，音益梗矣。

○夔（kuí）州：旧府名。治所在今四川奉节。

○病其缓：嫌大男走得慢。病，不满，嫌恶。

○代步：车马之类。

○刹（chà）：寺庙。

○长老：僧之年德俱高者。指主持僧人。诣视：看望。

○泸州：今四川泸州。

○下第：科举落榜。

○主其家：当管家。主，舍于其家，以之为居停。

○福清：今福建福清。

○永福：今福建永泰。

○梗：梗阻。指不通音信。

译文

大男离家后，便沿着大道奔跑，却对去往何方茫然无措，不知该何去何从。恰巧，他遇到了一位自称姓钱、正欲前往夔州的人。大男便一路乞讨，紧随其后。钱某嫌他脚步缓慢，便出钱为他雇了一匹马，自己却因此耗尽了盘缠。抵达夔州后，两人共进餐食。然而，钱某却在食物中暗下毒手，大男对此毫无察觉。饭后，钱某将大男带至一座宏伟的庙宇，谎称他是自己的儿子，因突发疾病且无力救治，想要将其卖给庙中的和尚。和尚们见大男相貌出众，纷纷争抢购买。钱某得手后，便匆匆离去。和尚们给大男喂水，他这才稍微恢复了一些意识。庙中的长老得知此事后，前来探望，并发现大男相貌非凡。经过一番细问，长老终于了解了事情的真相。他深感同情，便给了大男一些钱财，让他离开。在归途中，大男遇到了一个来自泸州的蒋姓秀才。蒋秀才考试落榜，正在返家途中。他询问了大男的情况后，对他的孝心赞不绝口，并决定带着他一起走。抵达泸州后，大男便在蒋家担任了管家的职务。在蒋家的一个多月里，大男四处打听父亲的消息。有人提及福建有个姓奚的商人，大男便决定前往寻找。他向蒋秀才辞行，并得到了蒋秀才赠送的衣物和鞋子。周围的邻居也纷纷慷慨解囊，资助他踏上寻父之路。在旅途中，大男遇到了两位布商，他们也正欲前往福建。两位布商邀请大男结伴同行，然而，在行进了一段路程后，他们却窥视到大男口袋中的钱财，便将他诱骗至无人之处，捆绑住他的手脚，夺走钱袋后逃之夭夭。幸运的是，永福的陈翁恰好路过此地，救下了大男，并用车子将他带回了自己的家中。陈翁家境富裕，与各地商人交往密切。他嘱咐南来北往的商人代为打听奚成列的消息，并留下大男陪伴自己的儿子们读书。于是，大男便在陈翁家中安顿下来，不再四处奔波寻找父亲。然而，随着他离家越来越远，关于父亲的消息也变得越来越闭塞了。

原文

何昭容孤居三四年，申氏减其费，抑勒令嫁。何志不摇。申强卖于重庆贾，贾劫取而去。至夜，以刀自劙，贾不敢逼，俟创瘥，又转鬻于盐亭贾。至盐亭，自刺心头，洞见脏腑。贾大惧，敷以药。创平，求为尼。贾曰："我有商侣，身无淫具，每欲得一人主缝纫。此与作尼无异，亦可少偿吾值。"何诺。贾舆送去，入门，主人趋出，则奚生也。盖奚已弃儒为商，贾以其无妇，故赠之也。相见悲骇，

○抑勒：威逼，逼迫。

○劙（lí）：割。

○创瘥（chài）：创伤痊愈。

○盐亭：今四川盐亭。

各述苦况，始知有儿寻父未归。奚乃嘱诸客旅，侦察大男。而昭容遂以妾为妻矣。然自历艰苦，疴痛多疾，不能操作，劝奚纳妾。奚

○疴（kē）痛：病痛。疴，病。

鉴前祸，不从所请。何曰：“妾如争床第者，数年来固已从人生子，尚得与君有今日耶？且人加我者，隐痛在心，岂及诸身而自蹈之？”奚

○岂及诸身而自蹈之：指“己所不欲，勿施于人”之意。蹈，蹈袭。

乃嘱客侣，为买三十余老妾。逾半年，客果为买妾归。入门，则妻申氏。各相骇异。

译文

何昭容独自度过了三四年的艰难岁月，期间申氏不断削减她的生活费用，甚至逼迫她改嫁。然而，何氏的意志坚如磐石，始终不为所动。申氏见状，便强行将她卖给了重庆的一位商人。商人将何氏带走后，当晚，何氏便用刀自伤，以示反抗。商人见状，也不敢再逼迫她。待何氏伤口愈合后，商人又将她转卖给了盐亭的另一位商人。到了盐亭，何氏再次以决绝的姿态，一刀刺向自己的心窝，伤势严重到连脏腑都露了出来。商人惊恐万分，连忙为她敷药救治。待伤口痊愈后，何氏提出了出家为尼的请求。商人却提议说：“我有个经商的朋友，因身体原因无法行夫妻之事，一直想找个帮手料理家务。这与出家为尼并无太大差异，也能稍微弥补我买你的花费。”何氏听后，勉强答应了。商人用车将何氏送到了那位朋友的家中。一进门，主人便迎了上来，何氏定睛一看，竟然是奚成列！原来，奚成列已经放弃了儒业，转而经商。那位商人见他孤身一人，便将何氏赠送给了他。两人相见，既惊又悲，各自诉说着分别后的痛苦经历。奚成列这才得知，他们的儿子大男一直在寻找他的下落，至今尚未归来。于是，他嘱托各路旅客，帮忙打听大男的消息。而何昭容，也从妾室变成了奚成列的正妻。然而，历经重重磨难的何氏，身体已大不如前，多病缠身，无法再操持家务。她便劝奚成列再纳一妾，以助他分担家务。但奚成列鉴于过去的灾祸，迟迟不肯答应。何氏便劝慰他说：“我若真是那种贪图床第之欢的人，几年来早已嫁人生子，又怎会有今日与你重逢的时刻？况且，别人加诸我身的痛苦，让我至今心有余悸，我怎会再将这痛苦加诸她人，重蹈覆辙呢？”奚成列听后，终于被说服，嘱咐伙伴为他物色一个三十多

岁的老妾。过了半年，伙伴果然为他带回了一位妾室。进门一看，两人都惊呆了——原来这位妾室，竟然是奚成列的前妻申氏。双方见面，都感到惊讶不已。

原文

先是，申独居年余，兄苞劝令再适，申从之。惟田产为子侄所阻，不得售。鬻诸所有，积数百金，携归兄家。有保宁贾，闻其富有奁资，以多金啖苞，赚娶之。而贾老废不能人。申怨兄，不安于室，悬梁投井，不堪其扰。贾怒，搜括其赀，将卖作妾，闻者皆嫌其老。贾将适夔，乃载与俱去。遇奚同肆，适中其意，遂货之而去。既见奚，惭惧不出一语。奚问同肆商，略知梗概，因曰："使遇健男，则在保宁，无再见之期，此亦数也。然今日我买妾，非娶妻，可先拜昭容，修嫡庶礼。"申耻之。奚曰："昔日汝作嫡，何如哉！"何劝止之。奚不可，操杖临逼。申不得已，拜之。然终不屑承奉，但操作别室。何悉优容之，亦不忍课其勤惰。奚每与昭容谈谯，辄使役使其侧，何更代以婢，不听前。

○再适：再嫁。适，女子出嫁。

○保宁：府名。治所在今四川阆中。

○不能人：没有性能力。

○优容：宽容。

○课：监督，考核。

○谈谯：即"谈宴"，边叙谈边宴饮。

○不听前：不让申氏在面前侍奉。

译文

早先，申氏独自生活了一年多，期间她的兄长申苞劝说她改嫁，申氏最终答应了。然而，由于奚家子侄的阻挠，她无法出售家中的田产。于是，申氏变卖了自己所有的财物，积攒了几百两银子，带着这笔钱回到了哥哥家。不久，一个来自保宁的商人听说了申氏嫁妆丰厚，便用重金贿赂申苞，成功地将申氏娶回了家。但这个商人年老体弱，无法过上正常的夫妻生活。申氏因此埋怨哥哥，心中不安，在家里大闹，不是上吊就是跳井，把家里搅得鸡犬不宁。商人愤怒之下，将她的钱财搜刮一空，然后将她转卖给别人当妾。然而，由于申氏年岁已大，无人问津。商人要去夔州，便带着申氏一同前往。在商界，他们恰好遇到了奚成列。商人见奚成列对申氏颇有兴趣，便将她卖给了奚成列，自己则离去了。申氏见到奚成列，心中既惭愧又害怕，竟说不出一句话来。奚成列向伙伴询问了事情的大概经过后，对申氏说道："如果你遇到了一个健壮的男子，就会留在保宁，我们也就不会有再见的日子了。这或许就是命运吧。不过，今天我买的是妾，不是娶妻。你可以先去见昭容，按照妾室的规矩向她行礼。"申氏听后，觉得无比羞耻。奚成列又说道："当初你做正室的时候，又何曾想过今天呢！"何氏在一旁劝说奚成列，但奚成列并不同意，甚至手持棍子逼迫申氏行礼。申氏迫不得已，只好向何氏行了礼。然而，申氏始终不甘心侍奉何氏，只在别的屋里做些杂事。何氏却十分宽容，从不忍心苛责她是懒惰还是勤快。每当奚成列与昭容一起谈话饮酒时，他总是让申氏站在旁边服侍。但何氏总是用婢女代替申氏，不让她前来。

原文

会陈公嗣宗宰盐亭，奚与里人有小争，里人以逼妻作妾揭讼奚。公不准理，叱逐之。奚喜，方与何窃颂公德。一漏既尽，僮呼叩扉，入报曰："邑令公至。"奚骇极，急觅衣履，则公已至寝门，益骇，不知所为。何审之，急出曰："是吾儿也！"遂哭。公乃伏地悲哽。盖大男从陈翁姓，业为官矣。初，公至自都，迂道过故里，始知两母皆醮，伏膺哀痛。族人知大男已贵，反其田庐。公留仆营造，冀父复还。既而授任盐亭，又欲弃官寻父，陈翁苦劝止之。会有卜者，

○会：适逢，正值。宰：主持。指任县令。

○揭讼：告发，举报。

○一漏：一更，晚上七点至九点。

○寝门：内室或卧室门。

○伏膺：同"服膺"，发自内心。

使筮焉。卜者曰："小者居大，少者为长；求雄得雌，求一得两：为

○筮（shì）：占卜。

官吉。"公乃之任。为不得亲，居官不茹荤酒。是日，得里人状，睹

奚姓名，疑之，阴遣内使细访，果父。乘夜微行而出。见母，益信

○内使：指随身役使之仆。 ○微行：便服出行。

卜者之神。临去，嘱勿播，出金二百，启父办装归里。父抵家，门

户一新，广畜仆马，居然大家矣。申见大男贵盛，益自敛。兄苞不

愤，告官，为妹争嫡。官廉得其情，怒曰："贪赀劝嫁，已更二夫，

尚何颜争昔年嫡庶耶！"重笞苞。由此名分益定。而申妹何，何姊

之，衣服饮食，悉不自私。申初惧其复仇，今益愧悔。奚亦忘其旧

恶，俾内外皆呼以太母，但诰命不及耳。

○俾（bǐ）：使，分派。内外：指家庭内外。太母：奴仆对其官员主人嫡母的敬称。 ○诰命：又称"诰书"，是皇帝封赠官员的专用文书。

译文

恰逢陈嗣宗调任盐亭县令，奚成列与当地乡民因小事起了争执。乡人便以奚成列逼迫妻子为妾为由，向他告状。陈嗣宗听后，并未受理此案，反而将乡人斥责一番，让他们离去。奚成列对此感到十分高兴，正与何氏私下里称赞陈县令的恩德。然而，一更天过后，突然有仆人前来敲门，报告说："县太爷来了。"奚成列听后大惊，急忙寻找衣物和鞋子，但县令已经来到了卧室门前。奚成列更加惊慌失措，不知所措。何氏仔细一看，急忙迎了出去，喊道："是我的儿子啊！"说完便痛哭起来。陈县令也趴在地上，悲伤地哭泣。原来，大男已经跟随陈翁改姓陈，并且已经当上了官。当初，陈翁前往赴任的州郡时，绕道经过故乡，才得知两位母亲都已经改嫁，他不禁抚胸哀哭。奚家族人得知大男已经显贵，便将强占的田地房屋还给了他。陈翁便留下仆人经营打理这些产业，希望父亲还能回来。不久，他接受任命到盐亭为官，本想放弃官职去寻找父亲，但在陈翁的苦苦劝说下才作罢。恰好有个算卦的人，陈公便请他为自己算一算。算卦的人说："小的做

了大的，年轻的做了长者；找男的得到女的，找一个人得到两个人：当官吉利。”陈公于是决定上任。因为一直未找到亲人，他在为官期间从不沾荤酒。这一天，他接到乡人的状子，看到奚成列的名字，心中感到疑惑。于是，他暗中派家里的仆人细细打听，结果证实奚成列确实是自己的父亲。他便趁着夜色，微服出行，前往探望。见到母亲后，他更加相信算卦的灵验。离开父亲家时，他嘱咐家人不要声张，并拿出二百两银子，让父亲置办行装回老家去。奚成列回到家后，只见门户焕然一新，家里增添了许多牛马和仆人，已经呈现出一派大家族的景象。申氏见大男富贵气盛，更加收敛自己的行为。然而，她的哥哥申苞却愤愤不平，告到官府，为妹妹争夺嫡妻的地位。官长查明实情后，愤怒地说：“贪图财产，劝妹改嫁，已经换过两个丈夫，还有什么脸面争夺当年的嫡庶地位！”于是，他重重地惩罚了申苞。从此，奚家的大小名分更加明确。申氏认何氏为妹妹，何氏也把她当作姐姐看待。在衣服饮食等方面，她们都不自私自利。申氏开始时惧怕何氏会复仇，现在则更加羞愧和后悔。奚成列也忘记了申氏以前的种种劣迹，让家里家外的人都尊称她为太母。然而，官府的诰命却不再属于她了。

原文

异史氏曰：颠倒众生，不可思议，何造物之巧也！奚生不能自立于妻妾之间，一碌碌庸人耳。苟非孝子贤母，乌能有此奇合，坐享富贵以终身哉！

○颠倒众生：佛家语。指迷乱的人世。

译文

异史氏说：颠倒众生，不可思议，造物主做得是何等巧妙啊！奚成列不能在妻妾之间自立，只是一个碌碌无为的庸人罢了。如果不是像大男之类的孝子、何氏这样的贤母，怎么可能有这一段奇异的组合，让他终身坐享富贵啊！

【外国人】

原文

己巳秋，岭南从外洋飘一巨艘来，上有十一人，衣鸟羽，文采璀璨。自言："吕宋国人。遇风覆舟，数十人皆死，惟十一人附巨木，飘至大岛得免。凡五年，日攫鸟虫而食，夜伏石洞中，织羽为帆。忽又飘一舟至，橹帆皆无，盖亦海中碎于风者，于是附之将返。又被大风引至澳门。"巡抚题疏，送之还国。

○己巳：指康熙二十八年己巳（1689）。○岭南：岭南道。旧指中国南方的五岭之南的地区，相当于现在广东、广西及海南全境，以及湖南及江西等省的部分地区，治所在今广东广州。○文采：艳丽而错杂的色彩。○吕宋国：菲律宾群岛中面积最大、人口最多、经济最发达的岛屿，位于菲律宾群岛的北部，都邑马尼剌。○攫：攫取，捕捉。○橹：船桨。○题疏：题奏。指奏闻皇帝。按，此处的巡抚当指蒲松龄的友人朱缃的父亲朱宏祚，是时正任广东巡抚。

译文

在己巳年的秋日时节，一艘巨舰自岭南海域飘然而至，船上载有十一名异乡人，他们身着以鸟羽精心编织的衣物，斑斓绚丽，令人目眩。这些人自报家门道："我们是吕宋国的人。不幸于海上遭遇狂风巨浪，舟覆人亡，数十同伴罹难，唯余我等十一人，幸得攀附一巨大浮木，随波逐流，终至一辽阔岛屿，方才捡回性命。五载光阴，我等于日间捕捉飞禽走兽以果腹，夜间则栖身于幽深石洞之中，并以鸟羽织就帆布，以备不时之需。某日，忽又见一船漂来，其上橹帆俱失，想必亦是遭风灾所致，遂登此船以图归途。奈何即将启程之际，又被狂风卷至澳门之地。"巡抚闻此奇事，即刻上疏朝廷，详陈始末，并安排将这批吕宋国人护送归乡，以显大国之人道与仁义。

【韦公子】

原文

韦公子，咸阳世家，放纵好淫，婢妇有色，无不私者。尝载金数千，欲尽览天下名妓，凡繁丽之区，无不至。其不甚佳者，信宿即去；当意，则作百日留。叔亦名宦，休致归，怒其行，延明师置别业，使与诸公子键户读。公子夜伺师寝，逾垣归，迟明而返，以为常。一夜，失足折肱，师始知之，告公。公益施夏楚，俾不能起而始药之。及愈，公与之约：能读倍诸弟，文字佳，出勿禁；若私逸，挞如前。然公子最慧，读常过程。数年，中乡榜。欲自败约，公箝制之。赴都，以老仆从，授日记籍，使志其言动，故数年无过行。后成进士，公乃稍弛其禁。公子或将有作，惟恐公闻，入曲巷中，辄托姓魏。

○咸阳：位于陕西省八百里秦川腹地，渭水穿南，嵕山亘北，山水俱阳，故称"咸阳"。明清时属西安府，即今陕西咸阳。

○私：私通。

○信宿：连宿两夜。

○休致：官吏年老退休。

○明师：好的老师。明，明达。别业：别墅。

○键户：闭门。键，门闩。

○迟明：早晨，天刚刚亮。

○折肱：胳臂断了。肱，胳膊由肘到肩的部分。

○夏（jiǎ）楚：古代体罚学生的代称。夏，榎木；楚，荆木。古代常用之以体罚学生。

○私逸：私自逃跑。

○中乡榜：考中举人。

○曲巷：偏僻小巷。借指妓女们所居之地。

译文

韦公子，出身于咸阳的名门望族，性格放纵且沉迷于淫乐，家中稍有姿色的丫环仆妇，无一能幸免于其淫威之下。他曾携带数千两白银，立志要遍访天下知名的美妓，凡是人烟阜盛之地，无不留下他的足迹。面对姿色平平的妓女，他不过留宿两晚便离去；而若是遇到合心意的，则会逗留长达百日之久。韦公子的叔父，乃是一位声名显赫的官员，退休后返回家乡，对侄子的放荡行径深感愤怒。于是，他为韦公子聘请了名师，并另置房产，让他与其他韦家子弟一同闭门苦读。

然而，韦公子却并未因此收敛，每当夜深人静，师长入睡之后，他便偷偷翻墙回家，直至天明前再返回，如此往复，习以为常。一日夜里，韦公子不慎失足，摔断了胳膊，这一秘密才被师长发现，并随即报告给了他的叔父。叔父对此大为震怒，对韦公子施以重罚，直至他无法起身，才为其敷药疗伤。待其伤势痊愈后，叔父与他立下约定：若韦公子在学业上能超越他人一倍，文章出众，便不再限制他的外出；但若私自逃离，必将再次遭受严惩。韦公子天资聪颖，所学常常超出老师的教授范围。数年之后，他成功考中了举人。此时，他心中又萌生了破坏约定的念头，但叔父却及时制止了他。当他赴京参加会试时，叔父特意派遣一名老仆人随行，并交给他一本日记簿，要求他详细记录韦公子的言行举止。因此，在接下来的几年里，韦公子并未敢再犯什么过错。后来，韦公子终于考中了进士，叔父这才稍稍放宽了对他的禁令。即便如此，韦公子在想要有所举动时，仍会担心叔父知晓，于是在进入妓院时，便会假称自己姓魏，以掩人耳目。

原文

一日，过西安，见优僮罗惠卿，年十六七，秀丽如好女，悦之。夜留缱绻，赠贻丰隆。闻其新娶妇尤韵妙，私示意惠卿。惠卿无难色，夜果携妇至，三人共一榻。留数日，眷爱臻至，谋与俱归。问其家口，答云："母早丧，父存。某原非罗姓。母少服役于咸阳韦氏，卖至罗家，四月即生余。倘得从公子去，亦可察其音耗。"公子惊问母姓，曰："姓吕。"生骇极，汗下浃体，盖其母即生家婢也。生无言。时天已明，厚赠之，劝令改业。伪托他适，约归时召致之，遂别去。

○优僮：年轻的男艺人。

○音耗：消息。

○浃体：湿透全身。

译文

一日，韦公子行经西安，偶遇一名年轻男艺人，名曰罗惠卿，年方十六七，容貌清秀，宛若良家淑女，令韦公子心生爱慕。于是，韦公子便邀他留宿，并赠予丰厚礼物以表心意。韦公子又闻罗惠卿新娶之妻风姿绰约，美艳绝伦，便私下向罗惠卿透露了自己的倾慕之情。罗惠卿听后，并未面露难色，当夜便携妻前来，三人共寝一床。在西安逗留了数日，韦公子对罗惠卿夫妇愈发宠爱，竟萌生了带他们一同回家的念头。于是，他询问罗惠卿家中还有何人，罗惠卿答道："家母已逝，家父尚在。我其实并非罗家血脉，家母年轻时曾在咸阳韦家为婢，后被卖至罗家，仅四个月便生下了我。若能与公子同行，或许能探寻到家父的消息。"韦公子听后大吃一惊，忙问其母姓氏，罗惠卿答道："家母姓吕。"韦公子听后，惊骇万分，汗流浃背，原来罗惠卿之母竟是他家昔日的丫环。一时间，韦公子竟无言以对。此时，天色已明，韦公子便赠予罗惠卿许多礼物，并劝他改行，勿再从事优伶之业。接着，他又假称自己将前往他地，与罗惠卿约定好回家之时再来寻他，便匆匆告别而去。

原文

后令苏州，有乐妓沈韦娘，雅丽绝伦，爱留与狎。戏曰："卿小字取'春风一曲杜韦娘'耶？"答曰："非也。妾母十七为名妓，有咸阳公子，与公同姓，留三月，订盟昏娶。公子去，八月生妾，因名韦，实妾姓也。公子临别时，赠黄金鸳鸯，今尚在。一去竟无音耗，妾母以是愤悒死。妾三岁，受抚于沈媪，故从其姓。"公子闻言，愧恨无以自容，默移时，顿生一策。忽起挑灯，唤韦娘饮，暗置鸩毒杯中。韦娘才下咽，溃乱呻嘶。众集视，则已毙矣。呼优

○令苏州：指任苏州府某县县令。

○乐妓：从事歌舞的女艺人，一般兼营卖春、卖艺两业。

○春风一曲杜韦娘：语出刘禹锡赠李绅《歌妓诗》。

○昏：同"婚"。

○鸩（zhèn）毒：古代著名毒药。传说鸩是一种猛禽，比鹰大，鸣声凄厉。羽毛紫黑色，有剧毒，用其羽浸在酒中则成鸩酒，毒性很大，几乎不可解救。久而久之，"鸩"就成了毒酒的统称。

人至，付以尸，重赂之。而韦娘所与交好者尽势家，闻之，皆不平，贿激优人，讼于上官。生惧，泻橐弥缝，卒以浮躁免官。

○泻橐弥缝：尽其所有贿赂当道以掩饰罪过。

译文

后来，韦公子出任苏州县令，期间邂逅了一位名为沈韦娘的乐伎，她风姿绰约，俏丽无双，深得韦公子喜爱。于是，韦公子便将她留在身边，与之亲近。一日，他半开玩笑地问道："你的名字，莫非源自那句'春风一曲杜韦娘'的诗句？"沈韦娘轻轻摇头，回答道："并非如此。我母亲十七岁时曾是名噪一时的妓女，那时有位来自咸阳的公子，与大人您同姓，他在此逗留了三个月，并与我母亲订下了婚约。然而，那位韦公子离去后，母亲怀胎八月生下了我，便以韦为姓，这实则是我的本姓。韦公子临行前，赠予母亲一副黄金鸳鸯，至今仍珍藏在家中。可惜，韦公子一去不复返，母亲因此心生悲愤，最终郁郁而终。我三岁时，被一位姓沈的老妈妈收养，于是便随她姓了沈。"听完沈韦娘的叙述，韦公子心中羞愧难当，悔恨交加，几乎无地自容。他沉默片刻，心中突然生出一计。只见他猛然起身，点亮灯火，邀沈韦娘共饮。在暗中，他悄悄将毒药放入杯中。沈韦娘毫无防备，一口饮下，随即神色大乱，痛苦地呻吟起来。众人闻声赶来，却发现她已然离世。韦公子急忙招来艺人，将沈韦娘的尸体交给他处理，并赠予大量钱财以封其口。然而，沈韦娘生前交游甚广，且多为有权有势之人。他们得知沈韦娘惨死的消息后，无不愤慨填膺。于是，他们纷纷慷慨解囊，贿赂艺人，怂恿他到官府告状。韦公子闻讯后，惊恐万分，不惜倾家荡产以掩盖自己的罪行。然而，最终他还是因心浮气躁、行事不端而被罢免了官职。

原文

归家，年才三十八，颇悔前行。而妻妾五六人，皆无子。欲继公孙，公以其门无内行，恐儿染习气，虽许过嗣，但待其老而后归之。公子愤欲招惠卿，家人皆以为不可，乃止。又数年，忽病，辄挝心曰：

○内行（xíng）：家居的操行。

○挝（zhuā）：打，敲击。

“淫婢宿妓者，非人也！”公闻而叹曰：“是殆将死矣！”乃以次子之子，送诣其家，使定省之。月余果死。

○定省：昏定晨省。指旧时人待父母之礼。

译文

韦公子在年仅三十八岁时回到了家中，心中充满了深深悔意。然而，他的五六位妻妾都未能为他诞下子嗣。他曾考虑过继叔叔的孙子作为自己的继承人，但叔叔却认为他的品行不佳，担心孙子若去了他家，会沾染上不良的习惯。虽然叔叔最终同意了过继，但却坚持要等到韦公子年迈之时才将孙子送至他家。韦公子对此感到十分气愤，曾一度想将罗惠卿召回身边，但家中的其他人都坚决反对，他只好作罢。又过了几年，韦公子突然身患重病，常常抚胸哀叹……叔叔听到他的这番话，不禁叹息道：“你怕是时日无多了。”于是，叔叔便将自己的二儿子的孩子送到了韦公子的家中，让孩子认韦公子为父。过了一个多月，韦公子便离世了。

原文

异史氏曰：盗婢私娼，其流弊殆不可问。然以己之骨血，而谓他人父，亦已羞矣。而鬼神又侮弄之，诱使自食便液。尚不自剖其心，自断其首，而徒流汗投鸩，非人头而畜鸣者耶！虽然，风流公子所生子女，即在风尘中，亦皆擅场。

○盗婢：与婢私通。盗，偷情。

○己之骨血：指自己的孩子。

○谓：称呼，叫。

○自食便液：指与子女淫乱。

○人头而畜鸣：长着人的脸面，干着畜生的行为。

○擅场：压倒全场。指技艺高超出众。

译文

异史氏评议道：……其带来的恶劣影响自不待言。然而，更为可耻的是，竟让自己的骨肉唤他人为父。更有甚者，鬼神亦来羞辱戏谑，引诱他与亲生女儿行苟且之事。面对此等丑行，他非但不痛心疾首，自裁以谢天下，反而仅仅汗流满面，甚至丧心病狂至下毒手刃亲生女儿，此人岂非披着人皮的禽兽乎！尽管如此，那些风流公子所生的子女，即便在风月场所中，也往往能展现出超凡脱俗的才情与技艺，成为个中翘楚。

【石清虚】

原文

邢云飞，顺天人。好石，见佳石，不惜重直。偶渔于河，有物挂网，

○顺天：顺天府。明清时期的北京地区。 ○重直：重金。直，价值。

沉而取之，则石径尺，四面玲珑，峰峦叠秀。喜极，如获异珍。既

○供：陈设。

归，雕紫檀为座，供诸案头。每值天欲雨，则孔孔生云，遥望如塞

○紫檀：别名“青龙木”“黄柏木”“蔷薇木”“花榈木”等。豆科，紫檀属乔木，是世界名贵木材之一，主要产于南洋群岛的热带地区，其次是交趾。我国广东、广西也产紫檀木，但数量不多。

新絮。

译文

邢云飞，乃顺天人士，平生酷爱搜集奇石，每遇心仪之石，不惜重金以求。一日，他于河畔垂钓之际，忽觉渔网似被何物牵挂，遂潜入水中探寻，竟得一石，长一尺有余，其形四面玲珑，剔透晶莹，石上纹理宛如层峦叠嶂，秀美异常。邢云飞见状，欣喜若狂，视若珍宝。归家后，他特选紫檀木，精心雕琢成一底座，以承托此石，置于书案之上，日日赏玩。每逢天将降雨之时，那石上孔窍间竟会生出袅袅云气，远观之，恍若新棉填充其中，景象奇绝，令人叹为观止。

原文

有势豪某，踵门求观。既见，举付健仆，策马径去。邢无奈，顿足

○踵门：登门。

悲愤而已。仆负石至河滨，息肩桥上，忽失手，堕诸河。豪怒，鞭

○息肩：休息。

仆。即出金，雇善泅者，百计冥搜，竟不可见。乃悬金署约而去。

○善泅：善于游泳。泅，游泳。 ○冥搜：仔细搜索。 ○悬金署约：悬赏立约，即发出署名告示愿出重金报酬寻能找到异石的人。

由是寻石者日盈于河，迄无获者。后邢至落石处，临流於邑，但见

○临流於（wū）邑：面对河水悲泣。於邑，同“呜唈”，怨愤悲伤而气塞。

河水清澈，则石固在水中。邢大喜，解衣入水，抱之而出。携归，不敢设诸厅所，洁治内室供之。

译文

有一位权势熏天的恶霸，不请自来，要求一睹奇石风采。观赏完毕，他竟擅自将石头递给身旁健壮的仆人，随后策马扬鞭，疾驰而去。邢云飞对此无可奈何，只能愤恨地跺脚，以泄心中不满。那仆人背着石头来到河边，行至桥上时休息一下，不慎失手，石头坠入河中。恶霸闻讯大怒，挥鞭痛打仆人，随即出资雇佣擅长游泳之人，想尽办法仔细搜寻，却一无所获。无奈之下，他只好张贴悬赏告示，然后离去。此后，每日都有众多寻石之人拥挤在河道上，但始终无人能找到那块奇石。后来，邢云飞来到石头坠落的地方，望着清澈的河水，心中悲痛欲绝，不禁哽咽起来。就在这时，他惊讶地发现，那块石头竟然就静静地躺在水底，清晰可见。邢云飞欣喜若狂，立刻脱下衣物，跳入水中，将石头紧紧抱出。他带着失而复得的石头回到家中，再也不敢将它放在客厅，而是将内室打扫得一尘不染，作为供奉石头的地方。

原文

一日，有老叟款门而请，邢托言石失已久。叟笑曰："客舍非耶？"邢便请入舍，以实其无。及入，则石果陈几上，愕不能言。叟抚石曰："此吾家故物，失去已久，今固在此耶。既见之，请即赐还。"邢窘甚，遂与争作石主。叟笑曰："既汝家物，有何验证？"邢不能答。叟曰："仆则故识之。前后九十二窍，巨孔中五字云：'清虚天石供。'"邢审视，孔中果有小字，细如粟米，竭目力裁可辨认，又数其窍，果如

○款门：敲门。

○实：落实，证实。

○清虚天：作者虚拟的洞府名，或指月宫。石供：赏玩的石头。

所言。邢无以对，但执不与。叟笑曰：“谁家物，而凭君作主耶！”拱手而出。邢送至门外，既还，已失石所在。邢急追叟，则叟缓步未远，奔牵其袂而哀之。叟曰：“奇哉！径尺之石，岂可以手握袂藏者耶？”邢知其神，强曳之归，长跽请之。叟乃曰：“石果君家者耶，仆家者耶？”答曰：“诚属君家，但求割爱耳。”叟曰：“既然，石固在是。”入室，则石已在故处。叟曰：“天下之宝，当与爱惜之人。此石能自择主，仆亦喜之。然彼急于自见，其出也早，则魔劫未除。实将携去，待三年后，始以奉赠。既欲留之，当减三年寿数，乃可与君相终始。君愿之乎？”曰：“愿。”叟乃以两指捏一窍，窍软如泥，随手而闭。闭三窍，已，曰：“石上窍数，即君寿也。”作别欲去。邢苦留之，辞甚坚，问其姓字，亦不言，遂去。

○袂：衣袖。

○长跽（jì）：长跪。跽，双膝着地，上身挺直。

○自见（xiàn）：自现于世。见，同“现”。

○魔劫：劫难，灾难。魔，梵语“魔罗”音译。佛教指妨碍修行的邪恶之神。

译文

一日，一位老者登门拜访，恳请观赏那块传说中的石头。邢云飞推托道，那石早已遗失多时。老者笑言：“岂非正置于客厅之中？”邢云飞遂引其入内，欲证实石已不在。及至客厅，竟见石头赫然陈列于桌上，邢云飞惊愕失色，无言以对。老者轻抚石面，缓缓道：“此乃我家旧物，失落日久，未料竟在此重逢。既已相见，望君归还。”邢云飞尴尬万分，遂与老者争执起石头的所有权。老者笑问：“若真为你家之宝，可有凭证？”邢云飞一时语塞。老者继而言道：“我对此石知之甚深，其上共有九十二窍，其中一窍内镌有‘清虚天石供’五字。”邢云飞细察之下，果见窍内有米粒大小之字，需眯眼方能辨识，再数石窍，确为老者所言九十二数。邢云飞无言以对，却仍固执不肯归还。老者笑道：“此石归属，岂是你一人所能定夺！”说完，向邢云飞拱手作别，转身欲去。邢云飞送至门外，返身入内，惊见石头已杳无踪迹。急忙追出，见老者缓步未远，遂疾步赶上，扯住老者衣襟，恳切哀求归还。老者笑道：“奇哉！尺许大石，岂能藏于掌中、袖内？”邢云飞心知老者非凡人，强拉其归家，跪地恳求。老者乃问：“此石究竟属你，还是属我？”邢云飞答道：“实乃您家之宝，只求您慷慨割爱。”老者曰：“如此，石仍在也。”入室，石已复原位。老者言：“世间珍宝，自当归爱宝之人。此石能自选其主，我亦欣悦其选于你。然其急于显世，出之过早，故命中劫难未消。吾欲携之离去，三年后再赠予你。若你执意留之，须减寿三年，方能与之相伴始终，你可愿意？”邢云飞答：“愿意。”于是，老者以二指轻捻一窍，窍软如泥，随指闭合。待封三窍后，老者言：“石窍之数，即你寿数。”言毕，欲辞行。邢云飞苦留不住，老者去意已决，问其姓名亦不答，遂离去。

原文

积年余，邢以故他出，夜有贼入室，诸无所失，惟窃石而去。邢归，悼丧欲死。访察购求，全无踪迹。积有数年，偶入报国寺，见卖石者，则故物也，将便认取。卖者不服，因负石至官。官问：“何所质验？”卖石者能言窍数，邢问其他，则茫然矣。邢乃言窍中五字及三指痕，理遂得伸。官欲杖责卖石者，卖石者自言以二十金买诸市，遂释之。邢得石归，裹以锦，藏椟中，时出一赏，先焚异香而后出之。

○报国寺：据《帝京景物略》卷三载，报国寺在北京城南。

○质验：凭证。

译文

经过一年多的时光流逝，邢云飞因事务外出期间，不幸遭遇窃贼深夜潜入家中，其余财物均安然无恙，唯独那块珍贵的石头被窃走。邢云飞归来，见此情景，心中悲痛难抑。他四处奔走，不惜重金悬赏，却始终未能寻得石头的任何线索。数载之后，邢云飞偶然间踏足报国寺，意外发现一人正在兜售一块石头，定睛一看，正是他昔日遗失的那块。他急忙上前，欲要认回。然而，卖石人并不认账，于是两人各执一词，背着石头一同前往官府理论。长官面前，两人争执不下，长官遂问："你等如何证明此石归属？"卖石人虽能准确说出石头上的孔窍数目，但当邢云飞追问其他特征时，他却哑口无言。此时，邢云飞从容道出孔窍内所刻"清虚天石供"五字及三个独特的指痕，真相顿时水落石出。长官怒欲责罚卖石人，卖石人连忙辩解，称自己是以二十两银子在市集上购得此石，长官听罢，便将其释放。邢云飞怀揣失而复得的石头归家，用锦缎细心包裹，藏于匣中，时常取出观赏。每次观赏前，他必先焚香致敬，方才小心翼翼地捧出石头，细细品味。

原文

有尚书某，购以百金。邢曰："虽万金不易也。"尚书怒，阴以他事中伤之。邢被收，典质田产。尚书托他人风示其子。子告邢，

○中伤：诬陷或恶意造谣，旨在毁坏人的名誉。

○收：囚禁入狱。

邢愿以死殉石。妻窃与子谋，献石尚书家。邢出狱始知，骂妻殴子，屡欲自经，家人觉救，得不死。夜梦一丈夫来，自言"石清虚"。戒邢勿戚："特与君年余别耳。明年八月二十日，昧爽时，

○昧爽：拂晓，黎明。

○两贯：两千文铜钱。古时千钱为一贯。

可诣海岱门，以两贯相赎。"邢得梦，喜，谨志其日。其石在尚

○海岱门：北京崇文门的别名。始建于1267年，历经元、明、清三朝，近740年历史。

书家，更无出云之异，久亦不甚贵重之。明年，尚书以罪削职，寻死。邢如期至海岱门，则其家人窃石出售，因以两贯市归。

译文

有一位尚书，意欲以百两金银购得此石，邢云飞却坚决回应："纵使万两，亦不割舍。"尚书听后大怒，遂暗中使用手段，无端陷害邢云飞。结果，邢云飞锒铛入狱，家中田产亦被抵押以偿债。尚书又遣人私下向邢云飞之子透露，愿以石换人。其子告知父亲，邢云飞却宁死不屈，誓不交出石头。妻子见状，私下与儿子商议，最终决定将石头献给尚书家，以求解脱。邢云飞出狱后，得知此事，悲愤交加，对妻儿又打又骂，数次欲寻短见，幸得家人及时发现并救下，才免于不幸。一日夜深，邢云飞梦中遇一男子，自称"石清虚"。男子劝慰他切勿悲伤，并透露："我特意与你分离一年多，只为历练。明年八月二十日拂晓时分，你可前往海岱门，以两贯钱将我赎回。"邢云飞梦中得悉石头下落，心中大喜，牢记此日。而那块石头自入尚书府后，便再未显现雨前小孔冒云气的奇景，久而久之，尚书亦不再视其为珍宝。及至第二年，尚书因罪被罢免，不久便撒手人寰。邢云飞依照梦中所示日期，来到海岱门。只见尚书家人正偷偷将石头卖出，他随即以两贯钱将其购回。

原文

后邢至八十九岁，自治葬具，又嘱子必以石殉。及卒，子遵遗教，瘗石墓中。半年许，贼发墓，劫石去。子知之，莫可追诘。越二三日，同仆在道，忽见两人，奔踬汗流，望空投拜，曰："邢先生，勿相逼！我二人将石去，不过卖四两银耳。"遂絷送到官，一讯即伏。问石，则鬻宫氏。取石至，官爱玩，欲得之，命寄诸库。吏举石，石忽堕地，碎为数十余片，皆失色。官乃重械两盗论死。邢子拾碎石出，仍瘗墓中。

殉：陪葬。

瘗（yì）：埋葬。

奔踬（zhì）：跌跌撞撞地奔跑。踬，跌倒。

将：拿取。

鬻（yù）：出卖。

瘗（yì）：掩埋。

译文

后来，邢云飞享年八十九岁之际，他亲自备好了棺材，并郑重嘱咐儿子，务必以那块石头作为陪葬之物。待他离世后，儿子遵循遗愿，将石头安置于墓中。时光荏苒，半年有余，不料盗贼掘墓，将石头盗走。儿子得知此事，却也无可奈何，无从追查。仅隔两三天，儿子与仆人同行于路，忽见两人踉跄奔逃，跌跌撞撞，满头大汗，对着虚空跪拜，口中哀求："邢先生，请勿再追究！我二人偷得此石，仅换得四两银子而已。"邢云飞之子听后，立即将二人捆绑，送至官府。一经审问，二人便和盘托出。及至追问石头下落，方知已被售予宫家。长官闻讯，命人取石。他一见此石，亦心生喜爱，欲据为己有，遂命人将其暂存府库。然则，小吏刚一举起石头，那石竟猝然落地，碎作数十片，众人见状，皆大惊失色。长官于是对那两名盗贼施以严刑，判处死刑。邢云飞之子拾起碎石，离开官府，仍旧将其葬回父亲墓中，以慰先人之灵。

原文

异史氏曰：物之尤者祸之府。至欲以身殉石，亦痴甚矣！而卒之石与人相终始，谁谓石无情哉？古语云："士为知己者死。"非过也！石犹如此，何况于人！

○尤：特异，突出。府：渊薮，汇集的地方。

○卒：终于。

○士为知己者死：男人愿意为赏识自己、了解自己的人而献身。

译文

异史氏说：世间特别美好之物，往往亦是灾祸之源。邢云飞为石竟欲捐躯，此情之痴，何其深也！终至石与人同归尘土，谁又能断言，此石无情乎？古语云："士为知己者死"，此言诚不谬矣！石犹能如此，况乎人哉！

【曾友于】

原文

曾翁，昆阳故家也。翁初死未殓，两眶中泪出如沈。有子六，莫解所以。次子悌，字友于，邑名士，以为不祥，戒诸兄弟各自惕，勿贻痛于先人，而兄弟半迂笑之。先是，翁嫡配生长子成，至七八岁，母子为强寇掳去。娶继室，生三子：曰孝，曰忠，曰信。妾生三子：曰悌，曰仁，曰义。孝以悌等出身贱，鄙不齿，因连结忠、信为党。即与客饮，悌等过堂下，亦傲不为礼。仁、义皆忿，与友于谋，欲相仇。友于百词宽譬，不从所谋，而仁、义年最少，因兄言，亦遂止。孝有女，适邑周氏，病死。纠悌等往挞其姑，悌不从。孝愤然，令忠、信合族中无赖子，往捉周妻，搒掠无算，抛粟毁器，盎盂无存。周告官。官怒，拘孝等囚系之，将行申黜。友于惧，见宰自投。友于品行，素为宰重，诸兄弟以是得无苦。友于乃诣周所负荆，周亦器重友于，讼遂止。

○昆阳：州名。在今云南省中部，明清时属云南府，后并入今之云南晋宁。故家：世家大族，世代仕宦之家。

○沈：汁水。

○迂笑：谓讥笑其迂腐。

○嫡配：原配妻子。

○忿：愤恨，气急。

○宽譬：宽慰、解说。

○姑：婆婆。

○盎盂：指代生活器具。盎，腹大口小的盛物洗物的瓦盆。盂，盛液体的器皿。

○申黜：申报郡府，革除功名。

○自投：主动投案，自首。

○负荆：指谢罪。荆，荆条，荆杖。

译文

曾翁，乃昆阳一地之世代仕宦家族。其初逝之时，尚未入棺，双眼竟流出如汁液般的泪水，此景令六子皆惑然不解。次子曾悌，字友于，为乡里名士，视此为不祥之兆，遂告诫诸兄弟须谨慎行事，勿使先人蒙羞，然兄弟中一半的人有笑其迂腐。原配为曾翁诞下长子曾成，不幸于七八岁时，母子同被强盗掳去。后曾翁续弦，得三子：曾孝、曾忠、曾信；其妾亦育三子：曾悌、曾仁、曾义。曾孝以曾悌三兄弟出身微贱为由，对他们不屑一顾，遂与曾忠、曾信结为同盟。即便与客共饮之际，曾悌等人自堂下穿行，他们也傲慢无礼，毫不掩饰。曾仁、曾义愤慨难平，遂与曾悌商议，欲对曾孝三兄弟施以报复。然友于苦口婆心，极力劝阻，终因曾仁、曾义年幼，听从兄长曾悌之言，放弃了报复之念。曾孝之女嫁于城中周家，不幸病逝。曾孝竟纠集曾悌等兄弟，欲殴打女儿之婆婆，曾悌坚决反对。曾孝怒不可遏，指使曾忠、曾信纠集族中无赖子弟，闯入周家，捉住周妻痛打一顿，又撒粮毁物，坛坛罐罐皆被砸得粉碎。周家愤而告官。长官闻之大怒，将曾孝等人缉拿入狱，准备上报上司严惩。友于心生恐惧，遂主动向长官自首。因友于品行素来受长官敬重，故曾家兄弟在狱中未受苦楚。友于又亲至周家负荆请罪，周氏亦敬重友于，于是官司得以了结。

原文

孝归，终不德友于。无何，友于母张夫人卒，孝等不为服，宴饮如故。仁、义益忿。友于曰：“此彼之无礼，于我何损焉？”及葬，把持墓门，不使合厝。友于乃瘗母隧道中。未几，孝妻亡，友于招仁、义同往奔丧。二人曰：“‘期’且不论，‘功’于何有！”再劝之，哄然散去。友于乃自往，临哭尽哀。隔墙闻仁、义鼓且吹，孝怒，纠诸弟往殴之。友于操杖先从。入其家，仁觉先逃，义方逾垣，友于自后击仆之。孝等拳杖交加，殴不止，友于横身障阻之。孝怒，让友于。友于曰：“责之者，以其无礼也，然罪固不至

○德：感激，念好。

○不为服：不为服孝。服，旧丧礼规定穿戴的丧服，也指居丧。

○合厝（cuò）：合葬。指与其父合葬。厝，把棺材停放待葬或浅埋以待改葬。此处是后者。

○隧道：埋藏于土层内的工程空间建筑物。这里指墓道。

○期、功：古代丧服的礼仪。这里分别指张夫人、曾孝妻的丧礼。

○让：责备。

死。我不怙弟恶，亦不助兄暴。如怒不解，身代之。”孝遂反杖挞

○怙：依仗，凭持。这里是纵使、放任的意思。

友于，忠、信亦相助殴兄，声震里党，群集劝解，乃散去。友于

○里党：乡党，邻里。

即扶杖诣兄请罪。孝逐去之，不令居丧次。而义创甚，不复食饮。

○丧次：丧葬时，哀祭者的位次。 ○创甚：伤势严重。

仁代具词讼官，诉其不为庶母行服。官签拘孝、忠、信，而令友

○签拘：发签拘传。

于陈状。友于以面目损伤，不能诣署，但作词禀白，哀求寝息，宰遂

销案。义亦寻愈。由是仇怨益深。仁、义皆幼弱，辄被敲楚，怨友

○销案：撤销案件。 ○敲楚：杖击，殴打。

于曰：“人皆有兄弟，我独无！”友于曰：“此两语，我宜言之，两弟何

云！”因苦劝之，卒不听。友于遂扃户，携妻子借寓他所，离家五十

○扃（jiōng）户：关上门。扃，闭。

余里，冀不相闻。

译文

曾孝归家后，对友于的感激之情丝毫未现。没过多久，友于之母张夫人辞世，曾孝等兄弟非但未穿丧服，反如常日般饮酒作欢。曾仁、曾义对此更为愤慨。友于却言：“彼等无礼，于我辈何伤？”及至葬礼之日，曾孝等人又阻于墓门，不允张夫人与曾翁合葬。友于无奈，只得将母亲安葬于墓道之中。时日流转，曾孝之妻亦离世。友于邀曾仁、曾义同去吊唁，二人却道：“我们母亲逝时，彼等未至，今其妻亡，我等何以前往？”友于欲再劝，二人却已散去。友于只得孤身前往，痛哭失声。却闻隔壁曾仁、曾义正奏乐作欢，曾孝闻之大怒，纠集弟辈欲往责罚。友于执棍先行，一至其家，曾仁察觉先逃，曾义正欲攀墙，被友于从后击倒。曾孝等人拳棍交加，友于挺身而出，拦阻于前。曾孝怒不可遏，指责友于。友于却道：“我之所以责罚曾仁、曾义，皆因其无礼，然其罪不至死。我既不护弟之恶，亦不助兄之暴。若你怒气难平，我愿以身代之。”曾孝听后，反以棍击友于，曾忠、曾信亦助曾孝殴打其兄，打闹之声震响邻里，众人聚而劝解，曾孝兄弟方

散。友于随即杖行向曾孝请罪，却被曾孝逐出，不许其参与丧事。而曾义伤势甚重，难以进食。曾仁便代其写状告至官府，指控曾孝等人不为庶母服丧。长官发文将曾孝、曾忠、曾信拘至官府，命友于陈述状词。然友于面部受伤，无法前往，便书写证词说明情况，恳请长官平息此事，长官遂撤销此案。曾义之伤不久亦愈。自此，双方恩怨更深。曾仁、曾义年幼体弱，常遭曾孝等人殴打，对友于心生怨恨，言道：“人人皆有兄弟，唯我二人无！”友于却道：“此言应出自我口，二位贤弟岂能言之！”遂苦劝二人，然二人终不听从。友于无奈，只得锁门闭户，携妻借住他乡，离家五十余里，以期远离纷扰。

原文

友于在家，虽不助弟，而孝等尚稍有顾忌，既去，诸兄一不当，辄叫骂其门，辱侵母讳。仁、义度不能抗，惟杜门思乘间刺杀之，行则怀刃。一日，寇所掠长兄成，忽携妇亡归。诸兄弟以家久析，聚谋三日，竟无处可以置之。仁、义窃喜，招去共养之。往告友于，友于喜，归，共出田宅居成。诸兄怒其市惠，登门窘辱。而成久在寇中，习于威猛，大怒曰：“我归，更无人肯置一屋，幸三弟念手足，又罪责之，是欲逐我耶！”以石投孝，孝仆。仁、义各以杖出，捉忠、信，挞无数。成乃讼宰，宰又使人请教友于。友于诣宰，俯首不言，但有流涕。宰问之，曰：“惟求公断。”宰乃判孝等各出田产归成，使七分相准。自此仁、义与成倍加爱敬。谈及葬母事，因并泣

○辱侵母讳：指名道姓地提及曾仁、曾义之母，在旧时是对长者的大不敬。讳，名讳。

○乘间：寻找机会。

○市惠：买好，卖人情。惠，恩惠。

○七分相准：以财产七份平分为准。

下。成恚曰：“如此不仁，是禽兽也！”遂欲启圹，更为改葬。仁奔

○恚（huì）：怒。

○圹（kuàng）：墓穴。

告友于，友于急归谏止。成不听，刻期发墓，作斋于茔。以刀削树，

○茔（yíng）：坟墓，墓地。

谓诸弟曰：“所不衰麻相从者，有如此树！”众唯唯。于是一门皆哭

○衰（cuī）麻：俗称披麻带孝。又分斩衰和齐衰。“斩衰”为丧服中最重的一种，用粗麻布制成，左右和下边不缝，用于子及未嫁女对父母的丧服，服丧三年。齐衰，用粗麻布制成，其缉边缝齐，故称“齐衰”，用于庶母之死亡，服丧一年。

临，安厝尽礼。自此兄弟相安。而成性刚烈，辄批挞诸弟，于孝尤

甚。惟重友于，虽盛怒，友于至，一言即解。孝有所行，成辄不平

之，故孝无一日不至友于所，潜对友于诟诅。友于婉谏，卒不纳。

○诟诅：说坏话，诅咒。

友于不堪其扰，又迁居三泊，去家益远，音迹遂疏。

○三泊：县名。属云南府，在昆阳州附近。

译文

友于在宅时，虽不直接助其弟，但曾孝等人尚有所顾忌，待他离去后，曾孝兄弟稍有不满，便至曾仁、曾义家门前谩骂，甚至直呼其母名讳。曾仁、曾义自知无力抗衡，唯闭门隐忍，伺机报复，出门皆携刀以防不测。一日，昔日被强盗掳去之长兄曾成，突携妻逃归。曾家兄弟因家业已分，聚首商议三日，竟无处安置曾成。曾仁、曾义心中暗喜，遂邀曾成夫妇同住，共担其养。告知友于，友于大喜，归家与曾仁、曾义共出田宅以赠曾成。曾孝兄弟见状，怒友于兄弟施恩于曾成，遂上门羞辱。曾成久居强盗之中，习性凶猛，闻此大怒道：“我归家，竟无一人肯为我置一屋，幸得三弟念及兄弟情分，容我栖身，你们却又辱骂他，欲逐我走乎！”说完，以石击曾孝，使其扑地。曾仁、曾义各持棍棒冲出，擒住曾忠、曾信，痛击之。曾成遂赴县衙告状，县令又遣人问计于友于。友于至县衙，低头不语，唯流泪而已。县令问其应对之策，他答：“但求公正裁决。”县令遂判曾孝等人各出田产予曾成，使七兄弟田产均等。自此，曾仁、曾义与曾成更加友爱。谈及葬母之事，皆泣下沾襟。曾成怒道：“此不仁之举，与禽兽何异！”遂欲开墓重葬张夫人。曾仁奔告友于，友于急归劝阻。曾成不听，定日开墓，于墓地行祭。曾成持刀砍树，对众兄弟言：“若有人敢不与我同服丧，此树即为其下场！”众兄弟连连应诺。于是，曾家全族皆至坟前哭丧，按礼安葬张夫人。至此，兄弟间相

安无事。然曾成性刚烈，动辄殴打众兄弟，对曾孝尤甚。唯敬重友于，即便盛怒之下，只要友于至，一言即可化解。曾孝若有所为，曾成必不公待之，故曾孝无日不至友于家，暗中诅咒曾成。友于好言相劝，曾孝始终不听。友于不堪曾孝之扰，又迁居三泊，离家更远，往来渐稀。

原文

又二年，诸弟皆畏成，久而相习。而孝年四十六，生五子：长继业，三继德，嫡出；次继功，四继绩，庶出；又婢生继祖。皆成立，效父旧行，各为党，日相竞，孝亦不能呵止。惟祖无兄弟，年又最幼，诸兄皆得而诟厉之。岳家故近三泊，会诣岳，迂道诣叔。入门，见叔家两兄一弟，弦诵怡怡，乐之，久居不言归。叔促之，哀求寄居。叔曰："汝父母皆不知，我岂惜瓯饭瓢饮乎？"乃归。过数月，夫妻往寿岳母。告父曰："儿此行不归矣。"父诘之，因吐微隐。父虑与有夙隙，计难久居。祖曰："父虑过矣。二叔，圣贤也。"遂去，携妻之三泊。友于除舍居之，以齿儿行，使执卷从长子继善。祖最慧，寄籍三泊年余，入云南郡庠。与善闭户研读，祖又讽诵最苦。友于甚爱之。

○党：结伙，偏私。

○诟厉：辱骂。

○弦诵怡怡：弦歌诵读，兄弟亲睦。怡怡，和顺貌。

○瓯饭瓢饮：指量少的饮食。瓯，小盆，杯。瓢，舀水或取东西的工具，多用对半剖开的匏瓜或木头制成。

○夙隙：宿仇，旧怨。

○除舍：打扫房舍。

○齿儿行（háng）：列入儿辈行列。意为像亲生儿子一样看待。齿，列。

○郡庠：府学。入府学，即考中秀才。

○讽诵：诵习，研读。

译文

又历两年，曾家兄弟对曾成之惧日深，渐成习性。此时，曾孝已四十有六，育有五子：长子继业与三子继德，为嫡妻所出；次子继功与四子继绩，则出自妾室；另有一子继祖，为婢女所生。五子皆已成人，效仿乃父旧行，各自为营，日日相争，曾孝亦无力制止。唯继祖孤身一人，年纪又幼，常遭兄长呵斥辱骂。继祖之岳父家邻近三泊，一日，他往岳父家拜访，顺道探望叔父友于。一入门，便见叔父家二兄一弟，正弦歌诵读，其乐融融，继祖心生欢喜，留居友于家多日，未言归期。友于催之，他则苦苦哀求，欲寄居于此。友于道："你父母尚不知你在此，我岂会吝啬你之衣食？"继祖遂归家。数月后，继祖偕妻往岳母家贺寿。他告诉父亲："儿此番离去，便不再归来。"父亲询问缘由，继祖便吐露了欲居叔父友于家之意。曾孝虑及自己与友于素有旧怨，恐继祖难以在友于家长久居住。继祖道："父亲多虑了。二叔乃圣贤之人。"说完，便携妻同往三泊。友于整修房屋供他们居住，视继祖如己出，让他与长子继善一同读书。继祖天资聪颖，在三泊居住一年多后，便考入了云南府学成为生员。他与继善闭门苦读，继祖尤为刻苦，友于对他甚是喜爱。

原文

自祖居三泊，家中兄弟益不相能。一日，微反唇，业诟辱庶母。功

○不相能：不能融洽相处。能，和睦。　○反唇：吵架。

怒，刺杀业。官收功，重械之，数日死狱中。业妻冯氏，犹日以骂代哭。功妻刘闻之，怒曰："汝家男子死，谁家男子活耶！"操刀入，击杀冯，自投井死。冯父大立，悼女死惨，率诸子弟，藏兵衣底，往捉孝妻，裸挞道上以辱之。成怒曰："我家死人如麻，冯氏何得复尔！"吼奔而出。诸曾从之，诸冯尽靡。成首捉大立，割其两耳，其子护救，继绩以铁杖横击，折其两股。诸冯各被夷伤，哄然尽散。惟冯子犹卧道周，成夹之以肘，置诸冯村而还。遂呼绩诣

官自首；冯状亦至。于是诸曾被收。惟忠亡去，至三泊，徘徊门外。适友于率一子一侄乡试归，见忠，惊曰：“弟何来？”忠未语先泪，长跪道左。友于握手曳入，诘得其情，大惊曰：“似此奈何！然一门乖戾，逆知奇祸久矣。不然，我何以窜迹至此？但我离家久，与大令无声气之通，今即蒲伏而往，徒取辱耳。但得冯父子伤重不死，吾三人中幸有捷者，则此祸或可少解。”乃留之，昼与同餐，夜与共寝。忠颇感愧。居十余日，见其叔侄如父子，兄弟如同胞，凄然下泪曰：“今始知从前非人也。”友于喜其悔悟，相对酸恻。俄报友于父子同科，祖亦副榜，大喜。不赴鹿鸣，先归展墓。明季科甲最重，诸冯皆为敛息。友于乃托亲友赂以金粟，资其医药，讼乃息。

○逆知：预料。

○乖戾：乖悖违戾而急躁易怒。

○大令：旧时对县令的尊称。

○蒲伏：匍匐，爬行。

○鹿鸣：鹿鸣宴。明清时于乡试揭晓之次日，宴主考以下各官及中式举人，宴会时歌《诗·小雅·鹿鸣》之章。

○同科：指同榜考中举人。

○副榜：明代嘉靖年间开始，乡试设正榜、副榜。名列正榜者为举人，列副榜者准作贡生，称“副贡”，为“五贡”之一。

○展墓：扫墓。

○科甲：科举。汉唐时举士考试，分甲、乙等科，后因称“科举”为“科甲”。

○敛息：收敛气焰。

译文

自继祖迁居三泊后，家中兄弟间的和睦愈发难觅。一日，仅因言语稍有不和，继业便对庶母出言不逊。继功闻之大怒，竟将继业杀害。官府随即将继功缉拿归案，施以严刑，未几，继功便殒命于狱中。继业之妻冯氏，日复一日，以骂代哭，哀痛不已。继功之妻刘氏听闻，怒火中烧，言道：“你家夫君已故，难道我家夫君尚存乎！”说完，持刀闯入，将冯氏杀害，随后亦自尽于井中。冯氏之父冯大业，痛失爱女，悲愤难抑，遂率领冯家子弟，暗藏兵刃于衣内，前往曾家，欲擒曾孝之妾，将其拖至街头，剥衣羞辱。曾成见状，怒不可遏，吼道：“我家已逝者众多，冯家何故又来滋事！”一声怒吼，挺身而出。曾家子弟紧随其后，冯家人见状，纷纷逃散。曾成首当其冲，擒住冯大立，割其双耳。冯大立之子欲上前救护，却被继绩以铁棍横扫，双腿骨折。冯家人人带伤，四散而逃。唯冯大立之子躺于路旁，曾成臂夹其身，送至冯村后返回。事后，曾成命继绩前往官府自首，而冯家的状纸亦已送达。于是，曾家人皆被收监。唯曾忠一人逃脱，来到三泊，徘徊于友于家门外。恰逢友于携一子一侄自乡试归来，见曾忠，惊问："弟何故至此？"曾忠未语泪先流，挺身跪于路旁。友于握其手，引入屋内，询问缘由，大惊失色道："此事如何是好！家人不和，我早知道会有大祸临头。若非如此，我怎会逃至此地？但我离家已久，与县令无甚交往，现今即使跪地求饶，也只怕自取其辱。然而，只要冯家父子伤重未死，我们三人中若有人能侥幸中举，或许此祸可稍得缓解。"于是，友于留曾忠住下，白日同食，夜晚同寝。曾忠感动又羞愧。在友于家住了十余日，他见友于叔侄情深似海，堂兄弟间和睦如亲兄弟，不禁凄然泪下，叹道："今日我方知，昔日之我，实乃非人。"友于见他悔悟，兄弟相对，心中酸楚。不久，喜报传来，友于父子同时中举，继祖亦中副榜，全家欢欣鼓舞。友于次日未赴鹿鸣宴庆祝，而是先回家扫墓。明末科举为重，冯家人得知曾家一门三人皆中举，气焰稍敛。友于便寻亲戚朋友，赠予冯家钱财粮食，又出资为其治伤，那场官司终得平息。

原文

举家泣感友于，求其复归。友于乃与兄弟焚香约誓，俾各涤虑自新，遂移家还。祖从叔不欲归其家。孝乃谓友于曰："我不德，不应有亢宗之子。弟又善教，俾姑为汝子。有寸进时，可赐还也。"友于从之。又三年，祖果举于乡。使移家去，夫妻皆痛哭而去。不数日，祖有子方三岁，亡归友于家，藏继善室，不肯返，捉去辄逃。孝乃令祖异居，与友于邻。祖开户通叔家，两间定省如一焉。时成渐老，

○涤虑：净洁身心，清除杂念。

○亢宗之子：光宗耀祖之子。亢宗，原指庇护宗族。

○姑：姑且，暂且。

○定省：昏定晨省，子女早晚向亲长问安。

家事皆取决于友于。从此门庭雍穆，称孝友焉。

○雍穆：和睦。○孝友：孝顺父母，友爱兄弟。

译文

全家上下无不泪眼婆娑，对友于满怀感激，恳请他重返家园。友于遂与兄弟们一同焚香立誓，要他们各自反省，改过自新，随后便搬回家中。继祖心生依恋，欲随友于，不愿返回自家。曾孝见状，对友于言道："我德行有亏，不配拥有光宗耀祖之子。兄弟你善于教导，不如让他暂且做你的儿子。待他日后有所长进，再赐还给我。"友于应允。时光荏苒，三年转瞬即逝，继祖果然不负众望，中得举人。友于便让他搬回自家，继祖夫妇含泪离去。未料数日之后，继祖年仅三岁的儿子竟偷偷跑回友于家，藏在伯父继善的屋内，死活不肯回去，一旦被捉回便又逃出来。曾孝无奈，只好让继祖搬出，与友于家为邻。继祖便在院墙上开了一门，与叔叔家相通，两家往来密切，犹如一家。此时，曾成已渐入暮年，家中事务皆由友于决断。自此，曾家上下和睦相处，真正做到了孝悌友爱。

原文

异史氏曰：天下惟禽兽止知母而不知父，奈何诗书之家，往往而蹈之也！夫门内之行，其渐渍子孙者，直入骨髓。古云：其父盗，子必行劫，其流弊然也。孝虽不仁，其报亦惨，而卒能自知乏德，托子于弟，宜其有操心虑患之子也。若论果报犹迂也。

○蹈：朝某个方向走，行。○门内之行：家门内的品行。○渐渍：浸润，感化。

○操心虑患：深思远虑，居安思危。

译文

异史氏有言：世间唯有禽兽，方知母而不知父，岂料书香门第亦常有此等谬误！家族之道德品行，对子孙后代之影响，实乃深入人心，浸透骨髓。古人云："父为盗，子必行劫"，此乃弊病相沿之恶果。曾孝虽行不义，其所受之报应亦已惨重；然其终能自知德行有亏，将子托付于弟友于，是以其子之有深谋远虑、居安思危之质，亦不足为怪。若论因果报应，或许稍显迂腐之嫌。

【嘉平公子】

原文

嘉平某公子，风仪秀美。年十七八，入郡赴童子试。偶过许娼之门，见内有二八丽人，因目注之。女微笑点首，公子近就与语。女问："寓居何处？"具告之。问："寓中有人否？"曰："无。"女云："妾晚间奉访，勿使人知。"公子归，及暮，屏去僮仆。女果至，自言："小字温姬。"且云："妾慕公子风流，故背媪而来。区区之意，愿奉终身。"公子亦喜。自此三两夜辄一至。一夕，冒雨来，入门解去湿衣，罥诸椸上，又脱足上小靴，求公子代去泥涂，遂上床以被自覆。公子视其靴，乃五文新锦，沾濡殆尽，惜之。女曰："妾非敢以贱物相役，欲使公子知妾之痴于情也。"听窗外雨声不止，遂吟曰："凄风冷雨满江城。"求公子续之，公子辞以不解。女曰："公子如此一人，何乃不知风雅！使妾清兴消矣！"因劝肄习，公子诺之。

○嘉平：古县名。故治在今安徽全椒西南。

○童子试：亦称"童试"，即科举时代参加科考的资格考试，包括县试、府试和院试三个阶段。

○奉访：拜访。

○屏去：退除，除却。

○罥(juàn)：挂。椸(yí)：衣架。

○五文新锦：崭新的五彩织锦。

○风雅：泛指诗文方面的事。

○清兴：雅兴。指写诗的兴致。

○肄(yì)习：学习，练习。

译文

在嘉平之地，有一位风度翩翩的公子，其仪态甚为秀美。及至十七八岁，他前往郡中参加郡学的入学考试。一日，他偶然路过一处许姓妓院门前，瞥见院内

有一女子，十六七岁，容貌出众，不禁驻足凝视。女子见状，微笑颔首，公子便上前与她攀谈。女子轻声问道："公子寓居何处？"公子遂详尽告知。女子又问："公子居所，可有他人相伴？"公子答道："并无他人。"女子听后，轻启朱唇："今夜，我愿往访，望公子勿让他人知晓。"公子返回旅店，至夜，遣退仆人。女子果然如约而至，自称"温姬"，并言："我仰慕公子风流才情，故背母而来。我心所向，乃愿终身侍奉公子左右。"公子听后，心中大喜。自此以后，温姬每隔两三夜便来相会一次。某夜，温姬冒雨而来，入门即解湿衣，挂于衣架；又脱下小巧绣靴，请公子为其除去污泥，自己则拉被而卧。公子细观其靴，乃以崭新五彩锦缎制成，却已近乎被泥水浸透，不禁心生怜惜。温姬笑道："我并非敢让公子为我擦靴，只是欲让公子知晓，我对公子之情深意重。"她听闻窗外雨声潺潺，便随口吟道："凄风冷雨满江城。"随即请公子续诗，公子却推辞称自己不懂诗。温姬听后，轻叹道："公子如此才情，怎会不懂诗呢？真乃打消我诗兴也！"于是，她劝勉公子勤学诗词，公子亦欣然应允。

原文

往来既频，仆辈皆知。公子姊夫宋氏，亦世家子，闻之，窃求公子一见温姬。公子言之，女必不可。宋隐身仆舍，伺女至，伏窗窥之，颠倒欲狂。急排闼，女起，逾垣而去。宋向往甚殷，乃修贽见许媪，指名求之。媪曰："果有温姬，但死已久。"宋愕然退，告公子，公子始知为鬼。至夜，因以宋言告女，女曰："诚然。顾君欲得美女子，妾亦欲得美丈夫。各遂所愿足矣，人鬼何论焉？"公子以为然。

○频：频繁，屡次。

○颠倒：谓心神颠倒，失去理智。

○向往：思慕。殷：殷切，厚。

译文

两人交往甚密，仆人们渐渐都知晓了此事。公子的姐夫，姓宋，同样出身于名门望族，听闻此事后，私下里请求公子让他见一见温姬。公子向温姬提及此事，然而温姬却坚决拒绝。宋某心生一计，藏在仆人屋中，待温姬到来时，他趴在窗户上偷偷窥视，瞬间被温姬的美貌迷得神魂颠倒，几乎要发狂。他急切地推开门，却只见温姬站起身，轻盈地翻过墙头，消失在夜色中。宋某对温姬的思慕愈发殷切，于是备好厚礼，前往拜访许妈妈，并点名要求见温姬。许妈妈却告诉他：“温姬这个人，确实曾经存在，但已经去世很久了。”宋某听后，惊愕不已，只得离开。他回到公子处，将此事告知，公子这才恍然大悟，原来温姬竟是鬼魂。当夜，公子将宋某的话转告给温姬。温姬坦然说道：“我确实是鬼，但你所追求的是美貌女子，而我所渴望的是英俊丈夫。我们各自都能满足心愿，又何必过分区分人与鬼呢？”公子听后，觉得温姬所言极是，便不再介怀她的身份。

原文

试毕而归，女亦从之。他人不见，惟公子见之。至家，寄诸斋中。公子独宿不归，父母疑之。女归宁，始隐以告母。母大惊，戒公子绝之，公子不能听。父母深以为忧，百术驱之不能去。一日，公子有谕仆帖，置案上，中多错谬：“椒”讹“菽”，“姜”讹“江”，“可恨”讹“可浪”。女见之，书其后：“何事‘可浪’？‘花菽生江’。有婿如此，不如为娼！”遂告公子曰：“妾初以公子世家文人，故蒙羞自荐。不图虚有其表！以貌取人，毋乃为天下笑乎！”言已而没。公子虽愧恨，犹不知所题，折帖示仆。闻者传为笑谈。

○归宁：回娘家。

○谕仆帖：谕告仆人的便条。帖，便条。

○讹：错。

○不图：没料到，未想到。虚有其表：空有好看的外表，实际上不行，才不副貌。

○蒙羞自荐：不避羞耻，主动相就。荐，进。指荐枕侍寝。

译文

公子考试结束后返回家中，温姬亦随之同归。然而，除了公子之外，旁人皆无法目睹她的存在。回家后，公子将温姬安置在书房内，自己则独宿于此，不再回房。此举引起了父母的疑虑。直至温姬回娘家探访之际，公子才私下向母亲透露了实情。母亲听后大惊失色，力劝公子与温姬断绝往来，但公子却置若罔闻。父母为公子深感忧虑，尽管想尽办法，却始终无法将温姬驱离。一日，公子给仆人留下一张字条置于桌上，其中错别字连篇："椒"被误写为"菽"，"姜"被错写为"江"，"可恨"则变成了"可浪"。温姬阅后，在字条后添写道："何谓'可浪'？'花菽生江'。有此等丈夫，何如为娼！"随后，温姬对公子言道："我当初以为公子出身书香门第，必为文人雅士，故而不顾羞涩，自愿投身。未料公子竟是个虚有其表之人！我若以貌取人，岂不令天下人耻笑？"说完，温姬便消失无踪。公子心中既愧又恨，却仍不解温姬字条之意。他只得将字条折好，交予仆人观看。此事传开后，成为了众人茶余饭后的笑谈。

原文

异史氏曰：温姬可儿！翩翩公子，何乃苛其中之所有哉！遂至悔不如娼，则妻妾羞泣矣。顾百计遣之不去，而见帖浩然，则"花菽生江"，何殊于杜甫之"子章髑髅"哉！

- 可儿：称心如意的人。
- 苛其中之所有：苛求他胸有才学。苛，苛求。中，腹中，胸中。所有，指才学、学问。
- 浩然：不可阻遏、无所留恋的样子。
- 妻妾羞泣：化用《孟子·离娄》中语，意为这样的丈夫让妻妾都感到羞耻。
- 子章髑髅：为唐杜甫《戏作花卿歌》中诗句。子章，唐代梓州刺史段子璋。

译文

异史氏有言：温姬真乃可人儿也！风度翩翩之公子，又岂能强求其胸有丘壑乎！至于温姬所言，悔不当初，宁为娼妓，此言一出，公子之妻妾亦当羞愧难当，掩面而泣。纵有千方百计，亦难驱其离去，然仅一纸条，竟使温姬去意已决。由此可见，"花菽生江"四字，与杜甫之"子章髑髅"诗句，皆有驱鬼避邪之效，真乃奇事也！

原文

《耳录》云：道傍设浆者，榜云：“施‘恭’结缘。”亦可一笑。

○浆：凡水、茶、酒等均可称“浆”。这里指茶。

○《耳录》：蒲松龄友人朱缃曾作《耳录》。

○榜：张贴出来的文告或名单。

○恭：俗称“大便”为“出恭”。又，大便为大恭，小解为小恭。

译文

《耳录》上说：有个在路边卖茶的人，招牌上写道：“施‘恭’结缘。”把“茶”字错写成“恭”字，也值得一笑。

原文

有故家子，既贫，榜于门曰：“卖古淫器。”讹“窑”为“淫”。云：“有要宣淫、定淫者，大小皆有，入内看物论价。”崔卢之子孙如此甚众，何独“花菽生江”哉！

○讹“窑”为“淫”：将“窑”字误写成“淫”字。

○宣淫、定淫：正字应是“宣窑”“定窑”。这是因为“讹窑为淫”，所以连带写成“宣淫”“定淫”。明宣德年间景德镇制瓷官窑称“宣窑”，宋代河北定州瓷窑称“定窑”，都是我国著名瓷器产地的名品。

○崔卢之子孙：指贵族世家子弟。

译文

有个世家子弟，家里贫穷后，在门上写道：“卖古淫器。”他把“窑”字错写成“淫”字。还写道：“有要宣淫、定淫的人，大小都有，到门里看货论价。”这些世家子弟写错别字的情况很多，何止一个“花菽生江”啊！

【二班】

原文

殷元礼，云南人，善针灸之术。遇寇乱，窜入深山，日既暮，村舍尚远，惧遭虎狼。遥见前途有两人，疾趁之。既至，两人问客何来，殷乃自陈族贯。两人拱敬曰：“是良医殷先生也！仰山斗久矣！”殷转诘之。二人自言班姓，一为班爪，一为班牙。便谓：“先生，余亦避难石室，幸可栖宿，敢屈玉趾，且有所求。”殷喜从之。俄至一处，室傍岩谷。爇柴代烛，始见二班容躯威猛，似非良善。计无所之，亦即听之。又闻榻上呻吟，细审，则一老妪僵卧，似有所苦。问：“何恙？”牙曰：“以此故，敬求先生。”乃束火照榻，请客逼视。见鼻下口角有两赘瘤，皆大如碗。且云：“痛不可触，妨碍饮食。”殷曰：“易耳。”出艾团之，为灸数十壮，曰：“隔夜愈矣。”二班喜，烧鹿饷客，并无酒饭，惟肉一品。爪曰：“仓猝不知客至，望勿以輶亵为怪。”殷饱餐而眠，枕以石块。二班虽诚朴，而粗莽可惧，殷转侧不敢熟眠。天未明，便呼妪，问所患。妪初醒，

○趁：逐，赶。

○族贯：姓氏居里。贯，籍贯。

○拱敬：拱手致敬。

○山斗：“泰山北斗”的省称，比喻德高望重。

○屈玉趾：劳动别人脚步的敬称。屈，屈尊。玉趾，步履的敬称。

○傍（bàng）：靠近。

○爇（ruò）：烧。

○逼：近。

○艾：艾蒿，一种菊科的多年生草本植物，叶制成艾绒，供针灸用。

○壮：中医灸法术语。医用艾灸一的称为“一壮”。

○一品：一种。品，种类。

○輶（yóu）亵：简慢，不敬，即招待不周。輶，轻。

自扪，则瘤破为创。殷促二班起，以火就照，敷以药屑，曰：

○创：通"疮"。

"愈矣。"拱手遂别。班又以烧鹿一肘赠之。

译文

殷元礼是云南人，擅长针灸。一次，他遇上强盗作乱，逃到了深山里，天已经晚了，离村庄还很远，他害怕会碰上虎狼。远远地看见前面路上有两个人，就急忙追了上去。追上以后，那两人就问殷元礼是从哪里来的，殷元礼就自我介绍了姓名、籍贯。两个人听了，向他行礼，恭敬地说："原来是名医殷先生，久仰！久仰！"殷元礼转而问他们的姓名。两人自称姓班，一个叫班爪，一个叫班牙。两个人说："殷先生，我们也是来避难的，有间石室幸而可以住下，就请您上我们家去吧，而且我们也有事求您。"殷元礼高兴地跟他们走了。工夫不大，来到一处地方，只见一间石室坐落在悬崖深谷旁边。他们点上木柴权当蜡烛，殷元礼这才发现二班相貌身躯都很威猛，好像不是善良的人。殷元礼想也无处可去，也就只好听之任之了。他又听到床上有人呻吟，仔细一看，原来是一个老妇人直挺挺地躺在那里，好像痛苦的样子。他便问道："是什么病？"班牙说："正是因为这事，所以敬求先生看治。"说完，就点了火把照着床铺，请殷元礼就近诊视。只见老妇人鼻子下、口角两边有两个瘤子，都像碗那么大。并且说："疼得不敢触摸，而且妨碍吃饭。"殷元礼说："这个病好治。"说着，就取出艾绒团来，替她灸了几十下，然后说："隔一夜就会好了。"二班很高兴，烧了鹿肉来招待殷元礼，没有酒饭，只有这一种鹿肉。班爪说："仓促间不知道客人光临，希望先生不要因招待不周见怪。"殷元礼吃饱鹿肉就睡觉了，用石块当作枕头。二班虽然坦诚朴实，但是粗野鲁莽，让人害怕，殷元礼辗转反侧，不敢熟睡。天还没有亮，殷元礼就叫醒老妇人，问她的病怎么样了。老妇人刚刚醒来，自己用手一摸，发现瘤子已经破了，变成两个创口。殷元礼催促二班起床，拿火把照看，给创口抹上药屑，说："好了。"说完，他拱拱手，就要告别。二班又送给他一只烧好的鹿腿。

原文

后三年无耗。殷适以故入山，遇二狼当道，阻不得行。日既西，狼

○耗：音信。

又群至，前后受敌。狼扑之，仆，数狼争啮，衣尽碎。自分必死。

忽两虎骤至，诸狼四散。虎怒，大吼，狼惧尽伏。虎悉扑杀之，竟去。殷狼狈而行，惧无投止。遇一媪来，睹其状，曰："殷先生吃苦矣！"殷戚然诉状，问何见识。媪曰："余即石室中灸瘤之病妪也。"殷始恍然，便求寄宿。媪引去，入一院落，灯火已张。曰："老身伺先生久矣。"遂出袍裤，易其敝败。罗浆具酒，酬劝谆切。媪亦以陶碗自酌，谈饮俱豪，不类巾帼。殷问："前日两男子，系老姥何人？胡以不见？"媪曰："两儿遣逆先生，尚未归复，必迷途矣。"殷感其义，纵饮不觉沉醉，酣眠座间。既醒，已曙，四顾竟无庐，孤坐岩上。闻岩下喘息如牛，近视，则老虎方睡未醒，喙间有二瘢痕，皆大如拳。骇极，惟恐其觉，潜踪而遁。始悟两虎即二班也。

○投止：投宿，找住处。

○戚然：痛苦，伤感。诉状：告诉状况。

○见识：相识。

○裤（kù）：同"裤"。

○谆（zhūn）切：真诚，恳切。

○巾帼：妇女的头巾，覆发的冠饰，代称妇女。

○逆：迎接。

○喙（huì）：嘴。瘢（bān）痕：伤口愈合而形成的疤。

译文

自此之后，三年间杳无音讯。某次，殷元礼因事再度踏入深山，不料却遭遇两只狼拦路，阻断了他的前行之路。太阳已斜挂西天，更有一群狼围拢而来，使得殷元礼陷入了前后受敌的绝境。群狼猛地扑向殷元礼，将他掀翻在地，数只狼争相撕咬，瞬间将他的衣物撕得破碎不堪。殷元礼心知自己命悬一线，必死无疑。然而，就在这千钧一发之际，两只老虎猛然出现，吓得狼群四散逃窜。老虎怒吼连连，群狼尽数趴在地上，不敢动弹。老虎随即逐一将群狼咬死，方才离去。殷元礼狼狈不堪地继续前行，心中忐忑不安，生怕无处栖身。就在这时，一位老妇人迎面走来，见他如此模样，便开口说道："殷先生，您受苦了！"殷元礼凄惨地诉说了自己的遭遇，并询问老妇人何以认识自己。老妇人笑道："我便是您在石室中用针灸为我治疗瘤子的那位病患老妪。"殷元礼听后，顿时恍然大悟，便请求在老妇人家中借宿一晚。老妇人欣然应允，领他前往一座院落。屋内已点亮灯火，老妇人说道：“我已等候先生多时了。”说罢，老妇人拿出一身新的袍裤，让殷元礼换下身上破烂的衣物。接着，她又摆上酒菜，热情地劝殷元礼饮酒。老妇人自己也用陶碗自斟自饮，言谈举止间透露出豪迈之气，全然不似寻常女子。殷元礼好奇地问道：“上次那两位男子，是老太太的什么人？为何未见他们？”老妇人答道：“我派两个儿子去迎接先生，至今未归，想必是迷路了。”殷元礼被老妇人的深情厚谊所感动，开怀畅饮，不知不觉间竟醉倒在座位上。待殷元礼一觉醒来，天色已大亮。他环顾四周，却发现房屋已无影无踪，自己孤零零地坐在岩石上。此时，他听到岩下传来如牛般的喘息声，便走近查看。只见一只老虎正沉睡未醒，其嘴角边有两道瘢痕，大小如拳。殷元礼见状，惊骇万分，生怕被老虎发现，便悄悄地逃离了现场。此刻，他才恍然大悟，原来那两只老虎便是昔日的二班。

壮

“壮”是中医艾灸中的计量单位，指用艾条或艾柱灸烧皮肤一次称为一壮。《三国志·魏书·华佗传》中提道：“若当灸，不过一两处，每处不过七八壮。”意思是当进行艾灸治疗时，每个部位的灸疗通常不超过七八次。艾灸是一种通过热力刺激特定穴位以调理身体的疗法，壮数的多少根据病情和部位而定。

【车夫】

原文

有车夫载重登坡，方极力时，一狼来啮其臀。欲释手，则货敝身压，忍痛推之。既上，则狼已龁片肉而去。乘其不能为力之际，窃尝一脔，亦黠而可笑也。

○极力：使劲，努力。
○啮（niè）：咬。
○敝：损坏，坍塌。
○龁（hé）：咬。
○脔（luán）：成块的肉。
○黠（xiá）：狡猾。

译文

有一位车夫正奋力推着满载重物的车辆上坡，正当他倾尽全力之际，一只狼突然窜出，狠狠咬住了他的臀部。此刻，若他松手，不仅货物会损毁，自己也可能被沉重的车身压倒。因此，他只能咬紧牙关，强忍剧痛，继续推动车辆前行。终于，当车辆艰难地驶上坡顶时，那只狼已经从他身上撕下一块肉，然后匆匆逃走了。这只狼趁着车夫无暇他顾之时，偷取了他的一块肉，其狡猾行径虽令人恼怒，却也不失为一桩令人苦笑的趣事。

【乩仙】

原文

章丘米步云，善以乩卜。每同人雅集，辄召仙相与赓和。一日，友人见天上微云，得句，请以属对，曰：“羊脂白玉天。”乩批云：“问城南老董。”众疑其妄。后以故偶适城南，至一处，土如丹砂，异之。见一叟牧豕其侧，因问之。叟曰：“此猪血红泥地也。”忽忆乩词，大骇。问其姓，答云：“我老董也。”属对不奇，而预知遇城南老董，斯亦神矣！

○乩（jī）卜：旧时求神问事的一种方法。两人扶一“丁”字形木架于沙盘之上，谓神降临时则木架移动划字，借以决疑或占卜吉凶，通称“扶乩”或“扶鸾”。

○章丘：位于山东济南的东部，明清时属济南府，今为山东济南下辖县级市。

○同人：志同道合者。雅集：指文人雅士吟咏诗文，议论学问的集会。

○赓（gēng）和：续用他人原韵或题意唱和。

○属（zhǔ）对：对对子，给上联对下联。

○丹砂：朱砂。

译文

章丘之地，有米步云者，擅于扶乩占卜之术。每当文友雅集，米步云便召请仙灵，与众人吟诗唱和，增添聚会风雅。一日，友人抬头望见天边淡淡云霞，灵感忽至，吟出一句上联：“羊脂白玉天。”随即请仙灵对出下联。米步云扶乩问仙，得批语曰：“问城南老董。”众人闻之，皆疑仙灵之言乃无稽之谈。后来，米步云因事偶至城南，行至一处，见土地色泽如朱砂般红艳，心中甚觉奇异。又见一老者于旁牧猪，遂上前询问缘由。老者答道：“此地乃‘猪血红泥地’。”米步云闻此，忽忆起昔日扶乩所得批语，心中大惊。他又问老者姓氏，老者回曰：“我是老董。”此时，米步云方悟仙灵之对联并非奇事，而能预知他将遇城南老董，实乃神妙莫测！

【苗生】

原文

龚生，岷州人。赴试西安，憩于旅舍，沽酒自酌。一伟丈夫入，坐与语。生举卮劝饮，客亦不辞。自言苗姓，言噱粗豪。生以其不文，偃蹇遇之，酒尽，不复沽。苗曰：“措大饮酒，使人闷损！”起向垆头沽，提巨瓻而入。生辞不饮，苗捉臂劝釂，臂痛欲折。生不得已，为尽数觞。苗以羹碗自吸，笑曰：“仆不善劝客，行止惟君所便。”生即治装行。约数里，马病，卧于途，坐待路侧。行李重累，正无方计，苗寻至。诘知其故，遂谢装付仆，己乃以肩承马腹而荷之，趋二十余里，始至逆旅，释马就枥。移时，生主仆方至。生乃惊为神人，相待优渥，沽酒市饭，与共餐饮。苗曰：“仆善饭，非君所能饱，饫饮可也。”引尽一瓻，乃起而别曰：“君医马尚须时日，余不能待，行矣。”遂去。

O岷州：指岷州卫，即今甘肃定西岷县。明末清初统属于陕西都指挥司，故龚生需赴陕西西安参加科举考试。

O卮：酒杯。

O言噱（jué）：言谈笑语。噱，笑。

O偃蹇遇之：傲慢地对待他。偃蹇，骄傲，盛气凌人。遇，对待。

O措大：穷酸。对贫寒读书人的轻侮称呼。

O垆头：指酒店。垆，酒店安置酒瓮的土墩，因以代称酒店。

O瓻（chī）：古代陶制酒器。

O釂（jiào）：饮尽杯中酒，干杯。

O羹碗：汤碗。自吸：自饮。

O方计：方法计谋。

O寻至：旋即来到。寻，不久。

O趋：快走。

O逆旅：客舍。

O释马：放下肩负的马。枥：马槽。

O优渥：优裕，丰厚。

O饫（yù）：饱，食过多。

译文

龚生，乃岷州人士。某次，他赴西安参加科举考试，途中于旅店小憩，自购佳酿，悠然自饮。忽有一身材魁梧之男子步入店内，坐于其旁，与之攀谈。龚生遂举杯相邀，共饮美酒，那男子亦不客套，自称苗姓，言辞间透露出一股粗犷豪放之气。龚生心想此人恐非文人雅士，故而态度略显傲慢。及至酒尽，龚生便未

再添酒。苗生见状，笑道：“与你这穷酸秀才饮酒，真是闷煞人也！”说完，他起身至柜台，提回一大坛酒。龚生推辞不饮，苗生却紧握其臂，强劝之，龚生只觉臂痛欲断，无奈之下，只好又陪饮数杯。苗生更以海碗自斟自饮，笑道：“我不善劝酒，你愿留则留，愿去则去，悉听尊便。”龚生听后，即刻收拾行装，匆匆上路。然行不过数里，龚生之马忽病，趴伏于道，龚生只得坐于路旁等候。其行李沉重，正束手无策之际，苗生赶至。问明情况后，苗生卸下马上行李，令龚生之仆背负，自己则肩扛马腹，健步如飞，行二十余里，至一旅店，方将马放下，牵至马槽旁。不久，龚生主仆方才赶到。龚生见状，惊叹不已，视苗生为神人，待之极为优厚，忙打酒买饭，欲与苗生共餐共饮。苗生却笑道：“我食量甚大，非你所能满足，共饮一坛酒足矣。”及至酒尽，苗生起身告辞道：“你治马尚需时日，我不能久等，就此别过。”说完，飘然而去。

原文

后生场事毕，三四友人，邀登华山，藉地作筵，方共宴笑，苗忽至。左携巨尊，右提豚肘，掷地曰：“闻诸君登临，敬附骥尾。”众起为礼，相并杂坐，豪饮甚欢。众欲联句，苗争曰：“纵饮甚乐，何苦愁思！”众不听，设“金谷之罚”。苗曰：“不佳者，当以军法从事！”众笑曰：“罪不至此。”苗曰：“如不见诛，仆武夫亦能之也。”首座靳生曰：“绝巘凭临眼界空。”苗信口续曰：“唾壶击缺剑光红。”下座沉吟既久，苗遂引壶自倾。移时，以次属句，渐涉鄙俚。苗呼曰：“只此已足，如赦我者，勿作矣！”众弗听。苗不可复忍，遽效作龙吟，山谷响应，又起俯仰作狮子舞。诗

○场事：考场的事。指考试。

○华（huà）山：五岳中的西岳，也称“太华山”。位于陕西华阴。

○藉地作筵：以地作席。筵，铺在地上的坐具。古人席地而坐，饮食置于筵间，后因称招人饮食为设筵，称酒席为“筵席”。

○登临：登山临水。指游览山水。

○联句：旧时作诗方式之一。每人一句或数句，相联成篇，多用于朋友间饮宴时的应酬。

○金谷之罚：作诗不成，罚酒三杯。

○以军法从事：按军法处罚。

○见诛：被杀。

○绝巘（yǎn）：山的高险处。巘，山峰。凭临：凭高临视。

○信口：随口，不加思索。

○下座：下手座位上的人。

○唾壶击缺：指豪情壮怀的激发。剑光红：用剑击唾壶星光四射。

○以次属（zhǔ）句：按次序联句。属，连接。

○鄙俚：粗俗。

○龙吟：龙的叫声。指大声吟啸。

思既乱，众乃罢吟，因而飞觞再酌。时已半酣，客又互诵闱中作，迭相赞赏。苗不欲听，牵生豁拳。胜负屡分，而诸客诵赞未已。苗厉声曰：“仆听之已悉，此等文，只宜向床头对婆子读耳，广众中刺刺者可厌也！”众有惭色，更恶其粗莽，遂益高吟。苗怒甚，伏地大吼，立化为虎，扑杀诸客，咆哮而去。所存者，惟生及靳。

○闱中作：科举考场中所作的文字。指应试的八股文。

○豁拳：也叫“猜拳”，饮酒时助兴取乐的一种游戏。两人同时出拳伸指喊数，喊中两人伸指之和者胜，负者罚饮。

○婆子：老婆。

译文

考试结束后，龚生受三四位友人之邀，共赴华山之巅。众人于地上铺设酒宴，欢声笑语，其乐融融。忽见苗生不期而至，左手执大酒杯，右手拎猪肘子，掷地有声，言道：“闻诸君登华山，特来相聚。”众人起身行礼后，相对而坐，开怀畅饮，尽享欢乐。众人提议联句作诗，苗生却道：“畅饮为乐，何必费神思索！”然众人不依，遂定“金谷之罚”：诗不成者，罚酒三杯。苗生笑道：“诗若不佳，当以军法处置！”众笑曰：“罪不至死。”苗生曰：“若非死罪，吾这武夫亦可一试。”首座靳生吟道：“绝巘凭临眼界空。”苗生随口接道：“唾壶击缺剑光红。”下座者沉吟良久，未能续上，苗生便自斟自饮。稍后，众人再次联句，诗句渐趋粗俗。苗生曰：“至此足矣，若饶我，勿再作！”然众人不听。苗生忍无可忍，遂学龙吟长啸，山谷回响，又起身昂首挺胸，跳起狮子舞。众人作诗思路被打断，遂止诗饮酒。酒至半酣，众人又互诵考场之作，相互吹捧。苗生不欲听，便拉龚生划拳。数轮下来，互有胜负，然众人诵诗吹捧仍未停歇。苗生怒喝道：“尔等文章，我已尽闻。此等文章，只配床头读于妻听。大庭广众之下，唠唠叨叨，实为可恶！”众人面露惭色，更厌苗生粗莽，遂高声吟诵不已。苗生大怒，趴地大吼，瞬间化为猛虎，扑向众人，将其咬死。随后咆哮离去，仅龚生与靳生幸免于难。

原文

靳是科领荐。后三年，再经华阴，忽见嵇生，亦山上被噬者。大恐欲驰，嵇捉鞚使不得行。靳乃下马，问其何为，答曰："我今为苗氏之伥，从役良苦。必再杀一士人，始可相代。三日后，应有儒服儒冠者见噬于虎，然必在苍龙岭下，始是代某者。君于是日，多邀文士于此，即为故人谋也。"靳不敢辨，敬诺而别。至寓，筹思终夜，莫知为谋，自拚背约，以听鬼责。适有表戚蒋生来，靳述其异。蒋名下士，邑尤生考居其上，窃怀忌嫉。闻靳言，阴欲陷之。折简邀尤，与共登临，自乃着白衣而往，尤亦不解其意。至岭半，肴酒并陈，敬礼臻至。会郡守登岭上，与蒋为通家，闻蒋在下，遣人召之。蒋不敢以白衣往，遂与尤易冠服。交着未完，虎骤至，衔蒋而去。

○是科领荐：这一次考试考中了举人。领荐，领乡荐，中举。

○华阴：地名。华山所在地。

○捉鞚（kòng）：抓住马络头。鞚，有嚼口的马络头。

○苗氏：指苗生。伥（chāng）：民间传说认为人被虎咬死后，鬼魂为虎服役，引虎吃人。这种鬼叫作"伥"。

○诺：答应的声音。

○名下士：有文名的读书人。

○邑：县。指同县。

○白衣：布衣。古时没有官职或没有功名的人着白衣。此指便服，不同于士人秀才的冠服。

○臻（zhēn）至：周到完善。

○通家：世交。

○交着：互换冠服。着，穿。

译文

靳生在那一年中举，时光荏苒，三年已过。当他再次途经华阴时，竟意外遇见了嵇生，这位曾是三年前山上那场悲剧中的遇难者之一。靳生心中大骇，几乎要策马狂奔逃离此地，却被嵇生一把抓住了马缰，无法脱身。靳生无奈，只好下马询问嵇生究竟意欲何为。嵇生答道："我如今已成了苗姓之虎的伥鬼，助他食人，这差事着实辛苦。唯有再寻一读书人丧命虎口，方能替我解脱。三日后，应有一穿儒服、戴儒冠之人被虎所食，且必须在苍龙岭下，方为替我之人。你若能

在那日多邀些读书人至此，便算是为老朋友着想了。”靳生心中虽惧，却也不敢争辩，只得勉强应承，告辞而去。回到寓所，靳生整夜辗转反侧，苦思冥想，却始终想不出应对之策。他本想违背约定，任凭嵇生责罚，却恰逢表亲蒋生前来拜访。靳生便将此奇遇告知了蒋生。蒋生在当地颇有名气，但县中尤生科举名次却高于他，蒋生心中暗自嫉妒。听闻靳生之言，他心生一计，欲暗害尤生。于是，他修书一封，邀尤生共游山岭，自己则换上平民衣裳，尤生并未察觉其用意。行至半山腰时，蒋生备下酒菜，对尤生异常恭敬。恰在此时，郡守也登上了岭来。他与蒋生家世交深厚，闻知蒋生在山下，便派人召他相见。蒋生不敢以平民装束去见郡守，便与尤生交换了衣物。然而，衣物尚未换完，猛虎突然窜出，一口叼走了蒋生。

原文

异史氏曰：得意津津者，捉衿袖，强人听闻，闻者欠伸屡作，欲睡欲遁，而诵者足蹈手舞，茫不自觉。知交者亦当从旁肘之蹑之，恐座中有不耐事之苗生在也。然嫉忌者易服而毙，则知苗亦无心者耳。故厌怒者苗也，非苗也。

○得意津津：即得意洋洋。津，指见美味而口生津。

○欠伸：打呵欠，伸懒腰。形容不感兴趣。

○知交者：知己的朋友。肘之蹑之：用肘碰他，用脚踏他，提醒示意，加以制止。

译文

异史氏评论道：那些志得意满之人，往往喜欢滔滔不绝地讲述，甚至拉住旁人的衣袖，强迫他人倾听其言辞。而听者呢，不断打着哈欠，伸着懒腰，既想睡觉又想逃离，讲者却仍然手舞足蹈，浑然不觉他人的不耐。若是真正的知己朋友，在此刻应当会从旁用肘轻撞，或以脚轻踩，提醒他注意，唯恐在座之中有如苗生那般失去耐性之人。然而，那因换衣而遭不幸的嫉妒者，其遭遇也说明了苗生并非有意为之。因此，那厌恶与愤怒的情绪，或许源自苗生，又或许与他无关。

【蝎客】

原文

南商贩蝎者，岁至临朐，收买甚多。土人持木钳入山，探穴发石搜捉之。一岁，商复来，寓客邸。忽觉心动，毛发森悚，急告主人曰：“伤生既多，今见怒于虿鬼，将杀我矣！急垂拯救！”主人顾室中有巨瓮，乃使蹲伏，以瓮覆之。移时，一人奔入，黄发狞丑。问主人：“南客安在？”答曰：“他出。”其人入室四顾，鼻作嗅声者三，遂出门去。主人曰：“可幸无恙矣。”及启瓮视客，已化为血水。

◎临朐（qú）：今山东临朐，位于山东半岛的中部，出产“沂蒙全蝎”。

◎虿（chài）：古书上说的蝎类毒虫。

◎垂：敬辞。用于别人（多是长辈或上级）对自己的行动。

译文

有一位来自南方的商人，以贩卖蝎子为业，每年必至临朐，大量收购蝎子。当地人则手持木钳，深入山林，掘洞穴，翻石块，四处搜寻捕捉蝎子以应其需。这一年，这位蝎商又如约而至，下榻于一家客栈。某日，他忽感心悸，毛发直竖，惊恐万分，连忙向客栈老板求助道：“我杀生过重，今日恐已激怒蝎鬼，它欲来索我性命！请您速速救我！”客栈老板环顾四周，见屋内有一大瓮，便让蝎商蹲下，随即用大瓮将其盖住。不多时，一名黄发男子闯入，面容狰狞可怖。他向客栈老板询问：“那南来的客商何在？”老板答道：“已去他处。”那男子步入屋内，四处张望，又嗅了嗅，便转身离去。待那男子走后，客栈老板松了口气，说道：“真是万幸，总算平安无事了。”然而，当他揭开大瓮查看时，却发现那位蝎商已经化作了一滩血水，令人惨不忍睹。

【杜小雷】

原文

杜小雷，益都之西山人。母双盲，杜事之孝，家虽贫，甘旨无缺。

○益都：旧县名。位于山东省的中部，明清时代属青州府，在今山东青州西北部益都街道。 ○甘旨：美食。

一日，将他适，市肉付妻，令作馎饦。妻最忤逆，切肉时，杂

○馎饦（bó tuō）：汤饼的别名。古代一种水煮的面食。 ○忤（wǔ）逆：旧时称不孝顺父母、公婆为"忤逆"。

蜣螂其中。母觉臭恶不可食，藏以待子。杜归，问："馎饦美乎？"

○蜣螂（qiāng láng）：一种鞘翅昆虫，背有坚甲，黑色，喜食粪，俗称"屎壳郎"。

母摇首，出示子。杜裂视，见蜣螂，怒甚。入室，欲挞妻，又恐

母闻，上榻筹思。妻问之，不语。妻自馁，彷徨榻下，久之，喘息

○自馁（něi）：自觉理亏而畏缩。馁，空虚。

有声。杜叱曰："不睡，待敲扑耶！"亦竟寂然。起而烛之，但见

○敲扑：用棍子打。

一豕，细视，则两足犹人，始知为妻所化。邑令闻之，絷去，使

○豕（shǐ）：猪。

游四门，以戒众人。谭薇臣曾亲见之。

○四门：这里指县城的四个城门，人员进出，密集。

译文

杜小雷，益都县西山人士，其母不幸双目失明。小雷极为孝顺，虽家境贫寒，但总设法为母奉上佳肴，未尝短缺。一日，小雷需外出，特购肉交予妻子，嘱咐其为母烹制汤饼。然其妻不孝至极，心存恶念，于切肉之际，故意掺入蜣螂。其母食用时，觉汤饼异味扑鼻，难以下咽，遂藏之，以待小雷归来示之。小雷归家，询问汤饼滋味如何，其母摇头，出示汤饼。小雷掰开一看，惊见蜣螂，怒火中烧。他步入卧室，欲教训妻子，又恐惊扰母亲。妻子询问缘由，他默不作答。妻子自觉理亏，于床下徘徊，不久，床下竟传来喘息之声。小雷怒斥道："还不睡，莫非待打？"仍无回应。他起身点灯，只见地上有一猪，再细看，那猪竟有两只人脚，方知是妻子所变。此事传至县令耳中，县令遂将猪捆缚，押其游街示众，以儆效尤，警示不孝之徒。谭薇臣曾亲眼目睹此事。

福

【毛大福】

原文

太行毛大福，疡医也。一日，行术归，道遇一狼。吐裹物，蹲道左。毛拾视，则布裹金饰数事。方怪异间，狼前欢跃，略曳袍服，即去。毛行，又曳之。察其意不恶，因从之去。未几，至穴，见一狼病卧，视顶上有巨疮，溃腐生蛆。毛悟其意，拨剔净尽，敷药如法，乃行。日既晚，狼遥送之。行三四里，又遇数狼，咆哮相侵，惧甚。前狼急入其群，若相告语，众狼悉散去。毛乃归。

○太行：旧县名。今河南博爱，在太行山南麓。
○疡（yáng）医：治疗创伤肿毒的外科医生。
○金饰：金银饰物。数事：数件。

译文

在太行县，有一位名叫毛大福的医生，他专精于创伤的治疗。一日，他外出行医归来，在途中邂逅了一只狼。狼张口吐出一包物件，随即蹲在路旁。毛大福好奇地拾起，发现那是用布紧紧包裹着的几件黄金首饰。正当他感到诧异时，狼欢快地跳到他面前，轻轻地拉扯他的衣角，示意他跟随。毛大福尝试离开，但狼再次拽住他。感受到狼并无恶意，毛大福决定跟随它。不久，他们来到一个洞穴，只见一只狼病恹恹地躺在床上。仔细观察，发现它的头顶上长有一个大疮，已经溃烂并生出了蛆虫。毛大福立刻明白了狼的意图，于是他为病狼清理了疮口，刮去脓血和蛆虫，并像对待人类患者一样为其上药，之后才离开。此时，天色已渐渐暗下来，狼默默地跟在他后面，像是在护送他。他们行走了三四里地后，突然遇到几只狼，它们咆哮着，似乎想要攻击毛大福。毛大福心中充满了恐惧。就在这时，之前那只狼急忙赶到其他狼面前，仿佛在与它们交流。令人惊奇的是，那些狼听后纷纷离去，毛大福因此得以安全返回家中。

原文

先是，邑有银商宁泰，被盗杀于途，莫可追诘。会毛货金饰，为宁所认，执赴公庭。毛诉所从来，官不信，械之。毛冤极不能自伸，唯求宽释，请问诸狼。官遣两役押入山，直抵狼穴。值狼未归。及暮不至，三人遂反。至半途，遇二狼，其一疮痕犹在。毛识之，向揖而祝曰："前蒙馈赠，今遂以此被屈。君不为我昭雪，回去搒掠死矣！"狼见毛被絷，怒奔隶，隶拔刀相向。狼以喙拄地大嗥，嗥两三声，山中百狼群集，围旋隶。隶大窘。狼竞前啮絷索，隶悟其意，解毛缚，狼乃俱去。归述其状，官异之，未遽释毛。后数日，官出行，一狼衔敝履，委道上。官过之，狼又衔履奔前置于道。官命收履，狼乃去。官归，阴遣人访履主。或传某村有丛薪者，被二狼迫逐，衔其履而去。拘来认之，果其履也。遂疑杀宁者必薪，鞫之果然。盖薪杀宁，取其巨金，衣底藏饰，未遑搜括，被狼衔去也。

○银商：制造或贩卖金银饰物的商人。
○追诘：究问，追查。
○械：拘禁，拘系。
○搒掠：笞击，拷打。
○嗥（háo）：叫。
○围旋：围绕旋转。
○絷（zhí）索：捆绑的绳索。絷，捆缚。
○敝履：破鞋。
○丛薪：收集柴草。
○鞫（jū）：审。
○未遑：没有来得及。

译文

先前，在县里有一位名叫宁泰的银商，不幸在路上遭遇强盗杀害，凶手一直逍遥法外，未能被查出。恰巧毛大福在售卖首饰时，被宁家人认出，于是他们便将毛大福扭送到了衙门。毛大福向县官详细叙述了首饰的来源，但县官却不信其言，将他关入了监狱。毛大福深感冤枉，却又无力为自己申辩，只希望能得到几天的宽限，以便去向狼群问明真相。县官应允，便派了两名差役押着毛大福进山，一直来到了狼窝。然而，狼恰巧外出未归，天色渐暗仍未见其踪迹，三人无奈只得返回。在回程的路上，他们遇到了两只狼，其中一只的头上还带着疮痕。毛大福一眼就认出了这只狼，他上前作揖，祈求道："上次承蒙你们的馈赠，如今我却因这些首饰被冤枉杀人。如果你们不能为我洗清冤屈，我回去恐怕会被活活打死！"狼见毛大福被捆绑着，顿时愤怒地扑向差役。差役连忙拔出刀来，与狼形成了对峙。狼则用嘴拄着地，发出震耳欲聋的嚎叫声。仅仅嚎叫了两三声，就见山中百狼蜂拥而至，将差役层层包围。差役顿时陷入困境，手足无措。这时，那两只狼扑上前来，咬断了捆绑毛大福的绳子。差役恍然大悟，连忙为毛大福松绑。狼群见状，方才纷纷散去。差役回到衙门后，向县官详细叙述了遭遇狼群的经过。县官听闻后，虽然感到惊异，但并未立即释放毛大福。过了几日，县官外出时，突然遇到一只狼叼着一只破鞋子放在路上。县官径直走过，狼又叼着鞋子跑到前面，再次放在路上。县官便命人收起鞋子，狼这才离去。县官回到衙门后，暗中派人查访破鞋子的主人。有人传言说，某村有一个进山收集柴草的人，曾被两只狼追赶，鞋子也被狼叼走了。县官立即命人将砍柴人拘捕到衙门来认鞋。砍柴人一看，果然是自己的鞋子。县官心中起疑，认为杀死宁泰的凶手很可能是砍柴人。经过一审问，果然如此。原来，砍柴的人杀死宁泰后，盗走了大量银子。而宁泰藏在衣内的首饰，尚未来得及搜刮，就被狼叼走了。真相大白后，毛大福的冤屈终于得到了昭雪。

原文

昔一稳婆出归，遇一狼阻道，牵衣若欲召之。乃从去。见雌狼方娩不下，妪为用力按捺，产下放归。明日，衔鹿肉置其家以报之。可知此事从来多有。

⓪稳婆：接生婆。

译文

昔日，有位接生婆在结束外出后返家途中，偶遇一只狼拦住了她的去路，它轻轻地拉扯着她的衣襟，仿佛在邀请她前往某个地方。出于好奇与善意，接生婆决定跟随狼前往。抵达目的地后，她惊讶地发现，原来是一只母狼正在经历难产，痛苦不堪。接生婆立刻明白了狼的意图，于是她熟练地帮助母狼按压，最终成功助其诞下了小狼崽。完成这一切后，狼感激地目送她安全回家。次日，一个令人意想不到的场景出现了：那只狼竟然叼着一块鹿肉，悄悄地放在了接生婆的家门口，以此作为对她无私帮助的深厚回报。这件事不仅展现了动物与人类之间奇妙的情感交流，也再次证明了自古以来，自然界中就不乏这样温馨而感人的互助故事。

疡医

疡医是指专门治疗创伤、肿毒的外科医生。根据《周礼·天官》记载，疡医负责处理肿疡、溃疡、金疡（刀剑伤）、折疡（骨折）等疾病，使用药物和消毒手段来治疗。这一职位反映了古代对外科医学的重视，疡医在伤病的救治和护理方面发挥了重要作用。

【雹神】

原文

唐太史济武，适日照会安氏葬。道经雹神李左车祠，入游眺。祠前有池，池水清澈，有朱鱼数尾游泳其中。内一斜尾鱼唼呷水面，见人不惊。太史拾小石将戏击之，道士急止勿击。问其故，言：“池鳞皆龙族，触之必致风雹。”太史笑其附会之诬，竟掷之。既而升车东行，则有黑云如盖，随之以行，簌簌雹落，大如绵子。又行里余，始霁。太史弟凉武在后，追及与语，则竟不知有雹也。问之前行者亦云。太史笑曰：“此岂广武君作怪耶！”犹未深异。安村外有关圣祠，适有稗贩客，释肩门外，忽弃双簏，趋祠中，拔架上大刀旋舞，曰：“我李左车也。明日将陪从淄川唐太史一助执绋，敬先告主人。”数语而醒，不自知其所言，亦不识唐为何人。安氏闻之，大惧。村去祠四十余里，敬修楮帛祭具，诣祠哀祷，但求怜悯，不敢枉驾。太史怪其敬信之深，问诸主人。主人曰：“雹神灵迹最著，常托生人以为言，应验无虚语。若不虔祝以尼其行，则明日风雹立至矣。”

○日照：位于山东省的东南部，黄海之滨，今为山东日照。会安氏葬：为安氏送葬。会，会吊。

○唐太史济武：唐梦赉（1628—1698），字济武，别字豹岩。淄川县人。顺治六年（1649）进士，授翰林院庶吉士、翰林院检讨。直言敢谏，陷入朝中派系斗争漩涡，遂拂袖而归。时年仅26岁。归田后，寄情山水，栖心禅悦，日与高珩等人诗酒唱和，曾为蒲松龄《聊斋志异》写序言。

○唼（shà）呷：鱼类吞食吸饮的声音。唼，鱼吃食。呷，吸饮。

○诬：不实之言。

○盖：车盖，形圆如伞的车篷。

○绵子：棉花籽。外部为坚硬的褐色籽壳，形状大小因品种而异。

○霁（jì）：天晴。

○凉武：唐梦师，字凉武，监生。唐梦赉之弟。

○关圣祠：关帝庙。

○稗（bài）贩客：小商贩。稗，小。

○释肩：放下担子休息。

○簏（lù）：竹篾编的盛物器，形状不一。

○执绋（fú）：送葬。绋，牵引灵车的绳索。

○楮（chǔ）帛：楮钱。旧时祀神所用的纸钱。

○尼（nì）：阻止。

译文

翰林唐济武，某日前往日照参加安氏家族的葬礼。途中，他经过了雹神李左车的祠庙，便步入其中游览。祠前有一方养鱼池，池水清澈如镜，数条红鱼在水中悠然自得，其中一条尾鳍歪斜，浮于水面觅食，对人的接近毫不畏惧。唐济武玩笑心起，拾起一粒小石欲掷，道士见状连忙劝阻。唐济武不解，道士解释道："此池之鱼皆属龙族，冒犯必招灾。"唐济武听后，笑道士言之无据，终究还是将石子投了出去。游览结束后，唐济武乘车继续东行，不料一片乌云紧随车后，不久便"扑簌簌"地下起了冰雹。行过一里多地，天空方才放晴。此时，唐济武之弟唐凉武从后赶来，谈及此事，竟称未知刚才有雹，再询前方行人，亦皆称未知。唐济武笑道："莫非是广武君（李左车之别称）在戏弄我？"心中虽存疑惑，却未深究。至安村外，有关圣祠一座，恰逢一小贩在祠门外歇脚。小贩忽弃两箱于地，奔入祠中，拔起架上大刀挥舞，口中言道："吾乃李左车，明日将伴淄川唐太史前来送葬，特来告知主人。"言毕，小贩如梦初醒，对刚才的行为一无所知，亦不识唐太史为何人。安村村民闻此，皆惊恐万分。安村距雹神祠四十余里，村民敬畏雹神，忙备纸钱等物，前往雹神祠虔诚祈祷，恳请雹神慈悲，不敢劳驾神仙大驾光临。唐济武见状，奇问其故。村民答道："雹神之灵验无比，常借凡人之口传言，且每次皆应验不爽。若不诚心祈祷以阻其行，明日风雹必至。"

原文

异史氏曰：广武君在当年，亦老谋壮事者流也。即司雹于东，或亦其不磨之气，受职于天。然业神矣，何必翘然自异哉！唐太史道义文章，天人之钦瞩已久，此鬼神之所以必求信于君子也。

○壮事：深于事理，富于经验。
○东：东道主。指日照。
○业：已经。
○翘然自异：自我飘扬，显示灵异。翘，扬起，举起。
○天人：天上和人间。钦瞩：钦佩重视。

译文

异史氏有言：忆往昔，广武君实乃老谋深算、能成大事之豪杰。其接任日照雹神之职，或许正是因其不朽之气概，方得上天之垂青与任命。然则，既已位列神班，又何须彰显个性，频显灵异之能乎！唐太史之德行与文才，久为上天及世人所敬仰，此正乃鬼神必欲取信于君子之因由也。

【李八缸】

原文

太学李月生，升宇翁之次子也。翁最富，以缸贮金，里人称之“八

○太学：中国古代的大学。其名始于西周。汉武帝时，董仲舒上“天人三策”，提出“愿陛下兴太学，置明师，以养天下之士”的建议。元朔五年（前124）在长安设太学，由五经博士专门讲授儒家经典《诗》《书》《礼》《易》《春秋》。魏晋至明清或设太学，或设国子学、国子监，或同时设立，均为传授儒家经典的最高学府。明清两代称“国子监”为“太学”。

缸”。翁寝疾，呼子分金，兄八之，弟二之。月生觖望。翁曰：“我

○寝疾：卧病不起。一般指病危。

○觖（jué）望：不满足所望。觖，不满，怨望。

非偏有爱憎。藏有窖镪，必待无多人时，方以畀汝，勿急也。”过

○窖镪（qiǎng）：窖藏的白银。镪，钱贯。引申指银钱。

○畀（bì）：给予。

数日，翁益弥留。月生虑一旦不虞，觑无人，即床头秘讯之。翁曰：

○弥留：濒临死亡。弥，久，本谓久病不愈，后多指病重将死之际。

○不虞：意外，不测。死亡的讳言。虞，意料。

“人生苦乐，皆有定数。汝方享妻贤之福，故不宜再助多金，以增

汝过。”盖月生妻车氏，最贤，有桓、孟之德，故云。月生固哀之，

○桓、孟之德：指为妇的美德。旧时以桓少君、孟光为贤妻的典型。

怒曰：“汝尚有二十余年坎壈未历，即予千金，亦立尽耳。苟不至山

○坎壈（lǎn）：困顿。历：经历。

穷水尽时，勿望给与也！”月生孝友敦笃，亦即不敢复言。无何，翁

○孝友：孝顺父母，友爱兄弟。敦笃：真挚深厚。

大渐，寻卒。幸兄贤，斋葬之谋，勿与校计。月生又天真烂漫，不

○大渐：病危。渐，剧。

较锱铢，且好客善饮，炊黍治具，日促妻三四作，不甚理家人生

○炊黍治具：意为备办酒食。黍，谷物的总称。

产。里中无赖窥其懦，辄鱼肉之。逾数年，家渐落。窘急时，赖兄

○鱼肉：欺凌。

小周给，不至大困。

○周给：接济。

译文

李月生，乃太学生，为李升宇老先生之次子。李升宇家财万贯，以巨缸储金，乡间人皆称其为“李八缸”。及至临终，李升宇召诸子分配家财，兄得八成，弟仅得

两成，月生心怀怨怼。李升宇释道："我非偏袒，实因家有一窖银两，需待时机成熟，人少之时，方可交付于你，切勿心急。"数日之后，李升宇病势加剧。月生恐父不测，己失财资，遂趁无人之际，于床头低声探问银两所在。李升宇答道："人生苦乐，皆由天定。你妻贤淑，福泽深厚，故不宜再添巨财，以免增罪。"原来，月生之妻贤良无比，堪比古时桓少君、孟光等贤妻，故父有此言。月生仍苦苦哀求，李升宇怒道："你尚有二十余年坎坷未历，纵有万贯家财，亦将迅速耗尽。若非绝境，休想我将财资予你！"月生性孝悌，忠厚老实，闻父此言，遂不敢再提。不久，李升宇病重而亡。幸得兄长贤良，丧葬之事，不与月生计较。月生性情纯真，不计较金钱，且好客嗜酒，每日必催妻备餐三四次，以宴宾客，不甚关心家计。乡间无赖见其软弱，常欺凌之。数年后，家境日渐衰败。生活困顿之时，幸得兄长接济，方不致陷入绝境。

原文

无何，兄以老病卒，益失所助，至绝粮食。春贷秋偿，田所出，登场辄尽。乃割亩为活，业益消减。又数年，妻及长子相继殂谢，无聊益甚。寻买贩羊者之妻徐，冀得其小阜。而徐性刚烈，日凌藉之，至不敢与亲朋通吊庆礼。忽一夜梦父曰："今汝所遭，可谓山穷水尽矣。尝许汝窖金，今其可矣。"问："何在？"曰："明日畀汝。"醒而异之，犹谓是贫中之积想也。次日，发土葺墉，掘得巨金。始悟向言"无多人"，乃死亡将半也。

○割亩：指卖地。

○业：家业。益：更加。

○殂（cú）谢：死亡。

○寻：谋求，这里是娶的意思。

○小阜：稍稍富裕。阜，盛，多。

○凌藉：欺凌，作践。

○吊庆：吊唁或庆贺。指应酬往来。

○畀（bì）：给。

○葺（qì）墉：修理墙垣。

○向言：从前的话。

译文

不久之后，兄长亦因年迈体衰而病逝，月生愈发孤立无援，家境竟至断粮之境。他被迫于春日向人借贷，待至秋收，田中所产粮食刚一登场便悉数用于还债，分文不剩。无奈之下，他只得变卖土地以维持生计，家业因此日渐凋零。又历数年，其妻与长子亦相继离世，月生心中更添无助与悲凉。在此困境中，月生娶了一羊贩之妻徐氏，期望她能带来的些许财富以解燃眉之急。然而，徐氏性情刚强，日日欺凌月生，致使他不敢与亲朋好友往来，生活愈发孤苦。一日深夜，月生忽梦父亲言道："你如今之境遇，可谓是山穷水尽。昔日我曾许你一窖银子，现今正是兑现之时。"月生急忙追问："银子何在？"父亲答道："明日给你。"月生醒来，心中诧异，以为不过是穷困之中对往事的幻想。次日，月生在挖土筑墙时，竟意外挖出大量银子。他恍然大悟，原来父亲当年所言"没有多少人"之时，意指家中已有一半人离世。此刻，月生方知父亲遗言之深意，心中感慨万千。

原文

异史氏曰：月生，余杵臼交，为人朴诚无伪。余兄弟与交，哀乐辄相共。数年来，村隔十余里，老死竟不相闻。余偶过其居里，因亦不敢过问之。则月生之苦况，盖有不可明言者矣。忽闻暴得千金，不觉为之鼓舞。呜呼！翁临终之治命，昔习闻之，而不意其言皆谶也。抑何其神哉！

○杵臼交：不计贫贱之交。杵臼，舂米农具。后以"杵臼交"指不计贫贱之交。

○治命：指先人临终前的清醒遗言，与"乱命"相对。后亦泛指生前遗言。

译文

异史氏有言：月生与我是不计贫富贵贱、倾心相交的朋友，其人性情朴实，诚挚无欺，与我兄弟相称，共历甘苦。数载以来，虽村落相隔不过十余里，却因种种缘由，久未互通音讯。偶有路过其村之时，亦不敢贸然造访，实因月生所历之苦，有难以言喻之隐情也。忽闻其骤得巨财，心中不禁为其欢欣鼓舞。噫！昔日升宇老先生临终遗言，我也曾有所耳闻，未料其言皆为谶语，竟一一应验如神。此乃何等奇妙之事也！

【老龙舡户】

原文

朱公徽荫巡抚粤东时，往来商旅，多告无头冤状。千里行人，死不见尸，数客同游，全无音信。积案累累，莫可究诘。初告，有司尚发牒行缉，迨投状既多，竟置不问。公莅任，历稽旧案，状中称死者不下百余，其千里无主者，更不知凡几。公骇异恻怛，筹思废寝，遍访僚属，迄少方略。于是洁诚熏沐，致檄城隍之神。已而斋寝，恍惚见一官僚，搢笏而入。问："何官？"答云："城隍刘某。""将何言？"曰："鬓边垂雪，天际生云，水中漂木，壁上安门。"言已而退。既醒，隐谜不解。辗转终宵，忽悟曰："垂雪者，老也；生云者，龙也；水上木为舡；壁上门为户，岂非'老龙舡户'耶！"盖省之东北，曰小岭、曰蓝关，源自老龙津，以达南海，岭外巨商，每由此入粤。公遣武弁，密授机谋，捉龙津驾舟者，次第擒获五十余名，皆不械而服。盖此等贼以舟渡为名，赚客登舟，或投蒙药，或烧闷香，致客沉迷不醒，而后剖腹纳石，以沉水底。冤惨极矣！自昭雪后，遐迩欢腾，谣颂成集焉。

○朱公徽荫：朱宏祚（1630—1700），字徽荫，高唐人。粤东：指广东省。

○牒：公文。行缉：捕拿。

○恻怛（dá）：感伤，同情。

○方略：计谋。

○檄（xí）：古代官府用以征召或声讨的文书。

○斋寝：宿于斋戒的寝居。

○搢（jìn）笏：指身穿公服。搢，插。笏，笏板。古代官僚穿公服时，插笏板于绅。

○舡（chuán）：船。

○老龙津：当在今广东龙川老龙埠附近，当时为龙川江上游。参见《大清一统志》。

○武弁（biàn）：武官。

○不械而服：没有刑讯就招供了。械，刑具。

○蒙药：又叫"蒙汗药"，投酒中，饮之则昏迷沉睡。

○闷香：又叫"迷魂香"，点燃后，烟气入鼻，使昏沉麻醉。

○遐：远。迩：近。

○谣颂：称颂功德的民歌民谣。

译文

在朱徽荫先生担任广东巡抚期间，常有往来商贩前来申诉无头冤案。有的远行千里却杳无音讯，尸骨无存；有的结伴而行，却全体失踪，无从查起。此类案件积压众多，难以侦破。初时，官府尚会发文追捕凶手，但随着案件日益增多，官府也逐渐束手无策，不再理会。朱徽荫上任后，逐一审查旧案，发现报案中声称死亡的人数已逾百人，而千里迢迢前来却失踪的人数更是无法统计。他深感震惊与悲痛，日夜思索，废寝忘食，遍询同僚下属，却仍一筹莫展。于是，朱徽荫虔诚地沐浴斋戒，向城隍神祈求破案之策。祭祀完毕后，他在斋房中安睡，恍惚间见一官员腰插笏板走入。朱徽荫问道："你是何官？"那人答道："我是刘城隍。"朱徽荫又问："你有何话要说？"刘城隍回道："鬓边垂雪，天际生云，水中漂木，壁上安门。"说完，刘城隍便消失了。朱徽荫醒来后，知道这四句是隐语，却苦思不得其解。他辗转反侧，整整一夜，忽然豁然开朗："'垂雪'乃'老'字；能生云者，为'龙'也；水上漂木，是'船'字；壁上开门，则为'户'字；合起来岂不是'老龙船户'四字？"原来，在广东省东北部，有小岭、蓝关两河，皆发源于老龙津，流入南海，北方客商常由此入粤。朱徽荫随即派遣武官，密授计策，捉拿龙津的船夫。先后捕获五十余人，皆未用刑便供认不讳。这些水贼以撑船摆渡为幌子，诱骗客商上船，或下蒙汗药，或烧闷香，使客商昏迷，再剖腹塞石，沉尸水底，手段残忍至极！自这些无头冤案得以昭雪后，远近民众欢呼雀跃，赞颂朱徽荫的诗文层出不穷，足可编成一部文集。

原文

异史氏曰：剖腹沉石，惨冤已甚，而木雕之有司，绝不少关痛痒，岂特粤东之暗无天日哉！公至则鬼神效灵，覆盆俱照，何其异哉！然公非有四目两口，不过痌瘝之念，积于中者至耳。彼巍巍然，出则刀戟横路，入则兰麝熏心，尊优虽至，究何异于老龙舡户哉！

○木雕之有司：形如木雕泥塑的官员。有司，有关部门或负责人。

○特：只，只是。

○覆盆：覆置的盆，比喻沉冤莫伸。

○痌瘝（tōng guān）之念：谓视民之疾苦，如病痛之在身。

○巍巍然：高高在上的样子，比喻高官。

译文

异史氏有言：剖腹塞石，沉尸河底，此情此景，实乃凄惨冤屈之至；然彼等如木偶般之官员，对百姓之痛痒竟漠不关心，岂止广东一地如此黑暗无光乎！朱徽荫先生一到任，鬼神便显其灵，冤案得以大白于天下，此乃何等神奇之事也！然朱公并无四目两口，唯其胸中满是对百姓疾苦之深切关怀。彼等位高权重之官员，出门则卫兵荷戟执戈，护卫左右；归家则兰麝之香，熏染满室。虽尊贵至极，然究其根本，与老龙船户又有何异哉！

【青城妇】

原文

费邑高梦说为成都守，有一奇狱。先是，有西商客成都，娶

○费邑：位于山东省南部，今为费县，山东临沂辖县。高梦说（1613—1694）：字兴岩，号易菴。费县城关高家行村人，顺治五年（1648）副贡，顺治十一年（1654）任河南修武县丞，康熙二年（1663）升四川成都府同知，后任安徽按察使。见光绪《费县志》。

青城山寡妇。既而以故西归，年余复返。夫妻一聚，而商暴

○青城山：位于成都西南。

卒。同商疑而告官，官亦疑妇有私，苦讯之。横加酷掠，卒无

○酷掠：严刑逼供。

词。牒解上司，并少实情，淹系狱底，积有时日。后高署有患病

○牒解上司：备具公文，押送上一级官府。上司，上级。此指成都府衙。

○淹系狱底：很久地关押在牢狱里。淹，久留。系，关押。

○高署：指高梦说的衙署。

者，延一老医，适相言及。医闻之，遽曰："妇尖嘴否？"问："何

○遽（jù）：立刻，快。

说？"初不言，诘再三，始曰："此处绕青城山有数村落，其中妇女多为蛇交，则生女尖喙，阴中有物类蛇舌。至淫纵时，则舌或出，一入阴管，男子阳脱立死。"高闻之骇，尚未深信。医曰："此处有巫媪能内药使妇意荡，舌自出，是否可以验见。"高即如言，使媪

○内：同"纳"，入。

治之，舌果出，疑始解。牒报郡，上官皆如法验之，乃释妇罪。

译文

在费县人士高梦说担任成都太守期间，发生了一起离奇案件。先前，有一位来自西方的客商在成都定居，并与青城山的一位寡妇结为连理。不久之后，客商因事返乡，时隔一年多再次回到成都。夫妻重逢之际，客商却突然离世。客商的同伴对此深感疑虑，遂将此事告至官府。高梦说亦怀疑寡妇或有不轨之情，于是对她进行了严厉的审问。尽管对寡妇施加了种种酷刑，但她始终坚称无罪。高梦说无奈之下，只好将此案上报给上级官府，然而因缺乏确凿证据，案件始终悬而未决，寡妇也因

此被长期囚禁。后来，高梦说手下的一名官员生病，请来一位老中医诊治。在闲聊中，老中医偶然提及了这起寡妇案件。他听后，脱口问道：“那寡妇的嘴巴是否尖削？”高梦说好奇地追问其中缘由，但老中医起初并不愿多言。在高梦说的再三恳求下，老中医才透露：“青城山周边有几个村落，那里的妇女多数与蛇有过交配，她们所生的女儿往往嘴巴尖削，且阴道内长有类似蛇舌的器官。在行房事时，那蛇舌有时会伸出，一旦进入男方体内，便会导致男方阳气脱失，即刻毙命。”高梦说听后大为震惊，但仍半信半疑。老中医接着说：“此地有巫婆，能通过服药使妇女心神迷乱，舌头自动伸出。是真是假，一试便知。”于是，高梦说按照老中医的指点，让巫婆给寡妇服药，果然见其舌头伸出。至此，谜团终于解开。高梦说随即将案情上报给上级官府，上级官府也依法进行了验证，最终确认寡妇无罪，将其释放。

阳脱

阳脱是中医学中的病名，指因身体虚弱、肾阳不固而导致的阳气虚脱。阳脱常发生在中风、大汗、剧泻、大失血等情况下，表现为大量出汗、四肢冰冷、口开目合、脉搏微弱等症状。阳脱为急危重症，属阳气耗竭，需及时治疗以固阳救逆，防止病情进一步恶化。

【鸮鸟】

原文

长山杨令，性奇贪。康熙乙亥间，西塞用兵，市民间骡马运粮。杨

○康熙乙亥：康熙三十四年，1695 年。

○市：买，做买卖。

○长山：旧县名。明清时属济南府。后并入邹平县，现为山东邹平长山镇。杨令：长山县令杨杰，奉天监生，康熙二十八年（1689）任长山令，康熙三十五年（1696）即因贪渎事发去职。

○西塞用兵：指抗击噶尔丹的入侵。西塞，西部边塞地区。

假此搜括，地方头畜一空。周村为商贾所集，趁墟者车马辐辏。杨

○头畜：牲畜。

○周村：今山东淄博周村区。明清时代周村是长山县下辖的南边的镇。

○趁墟：俗称“赶集”。墟，乡村市集。辐辏（fú còu）：也作“辐凑”。形容人或物聚集像车辐集中于车毂一样。

率健丁悉篡夺之，不下数百余头。四方估客，无处控告。时诸令皆

○估客：行商，商人。

以公务在省，适益都令董、莱芜令范、新城令孙，会集旅舍。有

○益都令：益都，旧县名，今山东青州。莱芜令：莱芜，今山东莱芜。莱芜县令为范溥，字天如，吴县监生。新城令：新城县令。新城，今山东桓台。

山西二商，迎门号愬，盖有健骡四头，俱被抢掠。道远失业，不

○号愬（sù）：哭诉。

能归，哀求诸公为缓颊也。三公怜其情，许之。遂共诣杨，杨治

○缓颊：代说人情。

具相款。

译文

长山县的县令杨某，其人性情极为贪婪。在康熙乙亥年间，当西部边疆战事频发，朝廷征召民间骡马以运送粮草之时，杨某却借此良机大肆搜刮民财，致使地方上的牲畜几乎被掠夺殆尽。周村，作为商贾云集的繁华之地，每逢集市之日，众多商人的车马便纷至沓来。然而，杨某却率领强壮的手下，将这些骡马悉数抢掠，数量竟达数百头之多。四面八方的商人遭受此难，却无处申诉，只能暗自饮泣。彼时，各县令因公务齐聚省城，其中益都县令董某、莱芜县令范某、新城县令孙某三人，恰好在同一家旅舍相会。此时，有两位来自山西的商人，寻至旅舍，痛哭流涕，向他们申诉遭遇。原来，这两位商人拥有四头健壮的骡子，却全部被杨某抢夺而去。他们离家遥远，又失去了骡子，无法返回家乡，只能恳求这三位县令为他们说情。三位县令听闻此事，深感同情，便答应了他们的请求。于是，他们一同前往杨某处，而杨某则设下酒宴，以款待他们。

原文

酒既行，众言来意，杨不听。众言之益切，杨举酒促釂以乱之，曰：“某有一令，不能者罚。须一天上、一地下、一古人，左右问所执何物，口道何词，随问答之。”便倡云：“天上有月轮，地下有昆仑，有一古人刘伯伦。左问所执何物，答云：‘手执酒杯。’右问口道何词，答云：‘道是酒杯之外不须提。’”范公云：“天上有广寒宫，地下有乾清宫，有一古人姜太公。手执钓鱼竿，道是‘愿者上钩’。”孙云：“天上有天河，地下有黄河，有一古人是萧何。手执一本《大清律》，道是‘赃官赃吏’。”杨有惭色，沉吟久之，曰：“某又有之。天上有灵山，地下有泰山，有一古人是寒山。手执一帚，道是‘各人自扫门前雪’。”众相视觍然。

○促釂（jiào）：劝饮。釂，干杯。乱：搅乱，岔开。

○令：酒令。

○倡：倡导，起头。

○刘伯伦：刘伶，字伯伦，晋代沛人。与阮籍、嵇康等友好，“竹林七贤”之一。刘伶纵酒放达，是著名酒鬼，有《酒德颂》，自称“惟酒是务，焉知其余”。见《晋书·刘伶传》。

○广寒宫：神话传说月中的仙宫。

○乾清宫：在北京故宫“内庭”最前面，清康熙之前，为皇帝居住和处理政务之处。

○姜太公：即太公望，吕尚。姓姜名牙，又称“姜子牙”。曾佐武王伐纣，有功勋，封于齐。

○愿者上钩：比喻心甘情愿地上当。传说姜太公钓于渭滨，用直钩又不设饵。

○萧何：汉初沛人。佐刘邦起义建立汉王朝，为丞相，封酂侯。

○《大清律》：中国封建社会最后一部法典。

○泰山：位于山东泰安中部。主峰玉皇顶海拔1545米，气势雄伟磅礴，有“五岳之首”“天下第一山”之称。

○灵山：神话传说中山名，可做天梯。见《山海经·大荒西经》。

○寒山：唐代大历年间僧人，长安人。出身于官宦人家，多次投考不第，被迫出家，三十岁后隐居于浙东天台山。

○各人自扫门前雪：比喻不要多管闲事。

○觍（tiǎn）然：惭愧，不好意思。

译文

酒过三巡后，众人便向杨某表明了来意，然而杨某却置若罔闻。见状，众人更加恳切地劝说起来，但杨某却举起酒杯，催促大家继续饮酒，试图以此打乱众人的思绪。他提议道：“我有个酒令，若是对不上来，便需罚酒。酒令需包含一个天上的事物，一个地上的事物，以及一位古人。旁人可随意问及手中所持何物，口中所言何话，且需随问随答。”杨某率先开口：“天上有月轮高挂，地下有昆仑山巍峨，古人中有个刘伯伦。若问左手持何物，便答‘手执酒杯乐陶陶’；若问口中言何语，便道‘酒杯之外事不扰’。”范县令接着说：“天上有广寒宫清冷，地下有乾清宫庄严，古人中有个姜太公。手中握着钓鱼竿，口中念的是‘愿者自来上钩头’。”孙县令也不甘示弱：“天上有天河璀璨，地下有黄河奔腾，古人中有个萧何。手中捧着一本《大清律》，口中说的是‘赃官赃吏必严惩’。”杨某听后，脸上露出了羞愧之色，沉吟片刻后，缓缓说道：“我又想到了一条。天上有灵山仙境，地下有泰山雄伟，古人中有个寒山子。手中拿着一把扫帚，口中念的是‘各人自扫门前雪，莫管他人瓦上霜’。”众人听后，面面相觑，一时之间竟无言以对。

原文

忽一少年傲岸而入，袍服华整，举手作礼。共挽坐，酌以大斗。少年笑曰：“酒且勿饮。闻诸公雅令，愿献刍荛。”众请之。少年曰：“天上有玉帝，地下有皇帝，有一古人洪武朱皇帝。手执三尺剑，道是‘贪官剥皮’。”众大笑。杨恚骂曰：“何处狂生敢尔！”命隶执之。少年跃登几上，化为鸮，冲帘飞出，集庭树间，回顾室中，作笑声。主人击之，且飞且笑而去。

○大斗：大酒杯。

○献刍荛：进献刍荛之言。对己言的谦词。刍荛，割草打柴的人。

○洪武朱皇帝：指明太祖朱元璋，其年号为“洪武”。

○贪官剥皮：据叶子奇《草本子》记载，朱元璋严于吏治，凡守令贪酷者，许民赴京陈诉。赃至六十两以上者，枭首示众，且剥皮实草。府州县卫之左特立一庙，以祀土地，为剥皮之场，名为“皮场庙”。官府公座旁，各悬一剥皮实草之袋，使之触目惊心。

○鸮（xiāo）：鸟名。俗称“猫头鹰”，民间认为是不祥之鸟。

译文

此时，忽有一位年轻人傲然步入，身着华服，整洁齐整，举手向众人行礼致意。众县令见状，便邀他入座，并为他斟满了一大杯酒。年轻人微笑着推辞道：“酒且慢饮。适才听闻诸公行酒令，我亦想献上一则，以助酒兴。”众人听后，便请他道来。年轻人于是说道：“天上有玉帝高坐，地下有皇帝尊荣，古人中有个洪武朱皇帝。他手中紧握三尺剑，口中所言乃是‘贪官剥皮’，以儆效尤。”众人听后，不禁哄堂大笑。杨某听后，顿时恼羞成怒，破口大骂：“哪里来的狂妄小子，竟敢如此无礼！”随即命令差役捉拿他。然而，年轻人却身形一闪，跃上了几案，瞬间化身为一只猫头鹰，冲破帘子，振翅高飞，停在了院子里的树上。他回头望向屋内，发出阵阵笑声。杨某见状，急忙拿起东西去打他，但年轻人却一边飞翔，一边笑着离开了。

原文

异史氏曰：市马之役，诸大令健畜盈庭者十之七，而千百为群，作骡马贾者，长山外不数数见也。圣明天子爱惜民力，取一物必偿其值，焉知奉行者流毒若此哉！鸮所至，人最厌其笑，儿女共唾之，以为不祥。此一笑，则何异于凤鸣哉！

○市马之役：指上述康熙年间征购民间骡马的事件。

○大令：指县令。

○数数（shuò）：屡次，经常。

译文

异史氏有言：在那些征收马匹之差役中，众多县令之中，十有七八其家宅庭院皆牲畜满盈，然能如长山杨县令这般，做起骡马生意，且规模庞大至成百上千者，实属罕见。圣明天子体恤民情，即便是取百姓一物，亦必按价偿付，又岂能料到下属官吏在执行命令时，其流毒竟至如此深重！猫头鹰所至之处，人们往往闻其笑声而心生厌恶，即便是孩童，亦会共同唾弃，视其为不祥之兆。然而，此番猫头鹰之笑，却仿佛与凤凰之鸣无异，皆因其中蕴含着对贪腐之吏的讽刺与揭露，实乃正义之声。

趁墟

趁墟是俗称“赶集”的意思，指人们前往乡村市集进行购物、贸易或交流。墟是乡村定期设立的集市，通常在固定的日子举行，村民们会趁墟购买生活用品或出售农产品。赶集是乡村生活中重要的经济和社交活动，趁墟则是形容这种热闹的市集活动。

【古瓶】

原文

淄邑北村井涸，村人甲、乙缒入淘之。掘尺余，得髑髅，误破之，

○涸（hé）：水干。 ○缒（zhuì）：用绳索拴住人或物从上往下放。 ○髑髅（dú lóu）：死人头骨。

口含黄金，喜纳腰橐。复掘，又得髑髅六七枚，悉破之，无金。

○腰橐（tuó）：腰包。橐，口袋。

其旁有磁瓶二、铜器一。器大可合抱，重数十斤，侧有双环，不

○合抱：两手合围。

知何用，斑驳陆离。瓶亦古，非近款。既出井，甲、乙皆死。移时

○斑驳陆离：锈迹斑斑，颜色错杂。

乙苏，曰："我乃汉人。遭新莽之乱，全家投井中。适有少金，因

○新莽之乱：指新朝（8—23），是中国历史上继西汉之后出现的朝代，为西汉外戚王莽所建立。王莽称帝后进行了多项改革，由于政令烦琐，朝令夕改，改革失败，导致新朝急速灭亡。

内口中，实非含敛之物，人人都有也。奈何遍碎头颅？情殊可恨！"

○含敛之物：放在死人口中的金玉之类物品。

众香楮共祝之，许为殡葬，乙乃愈。甲则不能复生矣。

○香楮（chǔ）：指焚香烧纸。楮，冥币，纸钱。

译文

在临淄县北村，有一口井已经干涸了。村民甲与乙二人，决定下入井底进行淘井。当他们挖至一尺多深时，意外地发现了一个骷髅。不幸的是，在挖掘过程中，骷髅被不慎打破，而口中竟含有黄金。二人见状，欣喜地将黄金收入囊中。继续挖掘，他们又发现了六七具骷髅。然而，当他们将这些骷髅全部打破后，却未再发现任何金子。在这些骷髅的旁边，还躺着两只瓷瓶和一件铜器。那铜器之大，需两人合抱，重达几十斤，其两侧还附带有两只色彩斑斓、光怪陆离的杯子，用途不明。而那两只瓷瓶，亦显得颇为古老，显然非近代之物。完成挖掘后，甲与乙二人从井中爬出，却都突然昏死过去。过了一会儿，乙率先苏醒过来，他开口道："我乃汉朝人氏。当年王莽篡政，天下大乱，我们全家无奈跳入此井。那时，我口中恰好含有一些黄金，实非死后入殓之物，亦非人人皆有。你们为何要将所有人的头颅都打碎呢？此举实在可恨！"村民们听后，纷纷焚香烧纸钱，共同祈祷，并承诺会将这些骷髅重新下葬。不久之后，乙果然痊愈，而甲却再也没有醒来。

原文

颜镇孙生闻其异，购铜器而去。袁孝廉宣四得一瓶，可验阴晴：见有一点润处，初如粟米，渐阔渐满，未几雨至，润退，则云开天霁。其一入张秀才家，可志朔望：朔则黑点起如豆，与日俱长，望则一瓶遍满，既望，又以次而退，至晦则复其初。以埋土中久，瓶口有小石黏口上，刷剔不可下。敲去之，石落而口微缺，亦一憾事。浸花其中，落花结实，与在树者无异云。

○颜镇：颜神镇。在今山东青州西南。

○袁孝廉宣四：袁藩，字宣四，淄川县人。康熙二年（1663）举人。与蒲松龄有很深的交情，是作者的词友。

○朔：阴历每月初一。望：阴历每月十五。

○既望：望日的后一天，即阴历每月十六。

○晦：阴历每月最后的一天。

译文

颜镇有位孙生，听闻此事后感到十分惊奇，于是将那件铜器购得，带回家中。另一边，袁宣四举人则得到了其中一只瓷瓶，此瓶竟能预知天气变化：每当天空阴沉，瓶上便会出现湿润之处，起初仅如米粒般大小，随后逐渐扩散，直至覆盖整个瓶身，不久之后，雨水便会如约而至；而当瓶上的湿润消失，天空也会随之放晴，云开日出。至于另一只古瓶，则落入了张秀才之手。此瓶更为神奇，能够显示每月的朔望之日：初一之时，瓶上便会出现如豆般大小的黑点，并随时间逐渐增大；至十五之日，整个瓶子都会被黑点所覆盖；而过了十五，黑点又会逐渐消退；到了月末最后一天，瓶子便会恢复如初。然而，由于古瓶在土中埋藏已久，瓶口上黏附了一块小石头，无论怎么刷洗、剔除都无法将其去除。后来，在尝试敲打小石头时，虽然石头最终掉落，但瓶口也因此留下了一个小缺口，实为一大遗憾。不过，这古瓶仍有其神奇之处：若将花插入瓶中，花落之后竟能结出果实，与在树上自然生长的果实无异。

【元少先生】

原文

韩元少先生为诸生时，有吏突至，白主人欲延作师，而殊无名刺，问其家阀，含糊对之。束帛缄贽，仪礼优渥，先生许之，约期而去。至日，果以舆来，迤逦而往，道路皆所未经。忽睹殿阁，下车入，气象类藩邸。既就馆，酒炙纷罗，劝客自进，并无主人。筵既撤，则公子出拜，年十五六，姿表秀异。展礼罢，趋就他舍，请业始至师所。公子甚慧，闻义辄通。先生以不知家世，颇怀疑闷。馆有二僮给役，私诘之，皆不对。问："主人何在？"答以事忙。先生求导窥之，僮不可。屡求之，乃导至一处，闻拷楚声。自门隙目注之，见一王者坐殿上，阶下剑树刀山，皆冥中事，大骇。方将却步，内已知之，因罢政，叱退诸鬼，疾呼僮。僮变色曰："我为先生，祸及身矣！"战惕奔入。王者怒曰："何敢引人私窥！"即以巨鞭重笞讫。乃召先生入，曰："所以不见者，以幽明异路。今已知之，势难再聚。"因赠束金使行，曰："君天下第一人，但坎壈未尽耳。"使青衣捉骑送之。先生疑身

○韩元少：韩菼（1637—1704），字元少，号慕庐，长洲人，累官至礼部尚书兼翰林院学院学士。谥文懿，人称韩文懿公。以文章名世，有《有怀堂诗文稿》。诸生：秀才。古代经考试录取而进入中央、府、州、县各级学校，包括太学学习的生员，统称"诸生"。

○殊：竟。名刺：名片。

○家阀：家族门第。

○束帛缄贽：指聘师之礼。束帛，帛五匹为一束。缄，封。贽，聘礼。

○迤逦（yǐ lǐ）：曲折路长。

○藩邸：藩王的府第。

○酒炙：酒肉。炙，烤肉。纷罗：丰盛。

○展礼：行礼。

○请业：向师长请教学业。

○给役：服务，供使用。

○拷楚：敲打，动刑。

○却步：退步。

○罢政：停止办公。

○幽明：阴间人世。幽，暗。

○束金：致送教师的酬金。

○天下第一人：指考中状元。明清考试制度，殿试第一名称"状元"。

○坎壈（lǎn）：谓坎坷之经历。

○青衣：指衙门皂吏。

已死，青衣曰："何得便尔！先生食御一切，置自俗间，非冥中物也。"既归，坎坷数年，中会、状，其言皆验。

○食御：食用。

○中会、状：指考中会元、状元。会试第一名称"会元"，殿试一甲第一名称"状元"。

译文

韩元少先生为秀才时，一日，忽有小吏造访，言其主欲聘韩元少先生为师，却未携名片以示身份。韩元少询问其主之家世背景，小吏却含糊其词，未能明确答复。然而，小吏随身携带大量布帛与银两，聘师之礼颇为丰厚。韩元少先生遂应允此事，并约定了具体日期，小吏便告辞离去。至约定之日，果然有车马来接。车子蜿蜒前行，所经之路皆为韩元少先生未曾踏足之地。忽见一座巍峨殿阁映入眼帘，韩元少先生下车，步入其中，只觉其气势恢宏，颇似藩王之府。抵达学馆后，主人设下盛宴款待，但仅劝其自斟自饮，并无主人作陪。宴罢，一公子出面拜见，十五六岁，姿容秀美，气度不凡。公子行礼后，便转至他屋，仅在上课时方至师所。此公子聪颖异常，韩元少先生所讲，他皆能迅速领悟其中深意。然韩元少先生因不知此户人家世，心中疑虑重重。学馆中有两学僮侍奉，他遂私下询问，但二人皆不肯透露分毫。韩元少先生又问："主人何在？"学僮答言主人事务繁忙。韩元少先生再三恳求，欲请学僮领其偷窥一眼，学僮初时不允，后终被其说服。及至偷窥之地，韩元少先生闻得拷打之声传来。他透过门缝窥视，只见一君王高坐大殿之上，阶下是刀山剑树，皆为阴间之物，令人心惊胆战。他欲退却时，已被殿内察觉。君王遂停下手头事务，喝退诸鬼，厉声传唤学僮。学僮面色大变，颤声道："我因您而惹祸上身了！"说完，战战兢兢地进入殿内。君王怒道："你怎敢带人来偷看！"遂以巨鞭重惩学僮。随后，君王召韩元少先生入内，对他言道："我之所以不与你相见，是因为人间与地府乃两界相隔。如今你已知实情，我们恐难再相聚。"于是君王赠予他银两作为学费，令其返回人间，并言道："先生乃天下第一人，但所应遭受之坎坷尚未完结。"君王又命手下牵马送韩元少先生上路。韩元少先生疑心自己已死，送行之人却笑道："哪有如此容易便死之理？先生所用之物，皆从人间置办而来，非阴间所有。"韩元少先生返回家中后，又历经数年坎坷。果然如君王所言，他连中会元、状元，君王之语皆一一应验。

【薛慰娘】

原文

丰玉桂，聊城儒生也，贫无生业。万历间，岁大祲，孑然南遁，及

○聊城：位于山东省西部，今为山东聊城。 ○岁大祲（jìn）：农业受灾，大荒年。岁，一年的收成。祲，天灾。

归，至沂而病。力疾行数里，至城南丛葬处，益惫，因傍冢卧。忽

○沂：沂州，治所在今山东临沂。 ○力疾：勉力支撑病体。

○草草：简陋。

如梦，至一村，有叟自门中出，邀生入。屋两楹，亦殊草草。室内

○两楹：两间。楹，堂屋前面的柱子，亦用以计算房屋间数。

一女子，年十六七，仪容慧雅。叟使瀹柏枝汤，以陶器供客。因诘

○瀹（yuè）：泡，煮。

生里居、年齿，既已，乃曰："洪都姓李，平阳族。流寓此间，今三

○平阳族：平阳氏族。平阳，指山西省平阳府，故治在今山西临汾。

十二年矣。君志此门户，余家子孙如见探访，即烦指示之。老夫不

敢忘义。义女慰娘，颇不丑，可配君子。三豚儿到日，即遣主盟。"

○豚儿：谦称自己的儿子。 ○主盟：指主婚。

生喜，拜曰："犬马齿二十有二，尚少良配。惠以眷好，固佳，但何

○犬马齿：自称年龄的谦辞。齿，年龄。

处得翁之家人而告诉也？"叟曰："君但住北村中，相待月余，自有

来者，止求不惮烦耳。"生恐其言不信，要之曰："实告翁，仆故

○要（yāo）：要盟。逼其守信。

家徒四壁，恐后日不如所望，中道之弃，人所难堪。即无姻好，亦

○家徒四壁：形容家境贫寒，一无所有。 ○中道：半道，中途。

○质言：实言。

不敢不守季路之诺，即何妨质言之也？"叟笑曰："君欲老夫旦旦耶？

○季路之诺：信守诺言。季路，即子路，孔子的弟子，鲁国人。为人诚信，一言，人皆信之。 ○旦旦：盟誓。

我稔知君贫。此订非专为君，慰娘孤而无依，相托已久，不忍听其流

○稔（rěn）知：熟知。

落，故以奉君子耳。何见疑！"即捉臂送生出，拱手阖扉而去。

○捉臂：挽臂。

译文

丰玉桂，一位来自山东聊城的儒生，家中清贫，没有谋生的职业。在万历年间，一场严重的灾荒席卷而来，他孤身一人逃往南方避难。待他归来时，行至沂州，不幸病倒了。他竭力又前行了数里，最终抵达城南的一片荒凉坟地，疲惫不堪，再也无法继续前行，便倚靠在一座坟墓旁躺下休息。恍惚间，他仿佛置身于一个梦境中，来到了一座村庄。这时，一位老者从门内走出，热情地邀请他进屋。进屋一看，只见两间简陋的屋子，屋内住着一位女子，年十六七岁，姿态优雅，容貌秀美，显得温婉贤淑。老者吩咐女子煮柏枝汤，用陶器盛好招待客人。随后，老者询问了丰玉桂的籍贯和年龄，问完后，便对他说道："我名李洪都，是平阳人，因故流落至此，已居住了三十二年。请你务必记住我家的门户，若日后我家子孙前来探访，还烦请你为他们指引。你的恩情，我绝不会忘记。这是我的义女慰娘，她容貌尚可，我愿将她许配你为妻。待我的三儿子归来，便让他为你们操办婚事。"丰玉桂听后欣喜不已，向老者行礼道："我今年二十二岁，尚未娶妻。能得您将女儿下嫁于我，实乃幸事。但我又怎能找到您的家人告诉他们呢？"老者回答道："你只需在村中安心住下，等待一个多月，自然会有人前来。只望你能耐心等待，不要焦躁。"丰玉桂担心老者食言，便半开玩笑地说道："实话告诉您吧，我家境贫寒，一无所有。只怕日后无法如您所愿，到时您女儿中途弃我而去，那可就尴尬了。即便没有这层婚姻关系，我也不会背弃诺言的。您又何必隐瞒呢？"老者听后笑道："你是想让我发誓吗？我早已知晓你家境贫寒。此次与你定亲，并非全然为你着想。慰娘孤苦无依，我们相依为命已久，我不忍让她继续随我流浪，因此才将她许配给你。你又何必多疑呢？"说完，老者挽着丰玉桂的胳膊送他出门，拱手作别后，便关门回去了。

原文

生觉，则身卧冢边，日已将午，渐起，次且入村。村人见之皆惊，

（觉：醒来。次且（zī jū）：同"趑趄"，且前且退，走路不稳。）

谓其已死道旁经日矣。顿悟叟即冢中人也，隐而不言，但求寄寓。村人恐其复死，莫敢留。村有秀才与同姓，闻之，趋诘家世，盖

（趋：快步。诘：询问。）

生缌服叔也。喜导至家，饵治之，数日寻愈。因述所遇，叔亦惊异，遂坐待以觇其变。

○缌（sī）服叔：远房叔叔。缌服，丧服名。服缌麻三月，用于疏远的亲属。缌，布。

○饵：服用药饵。

○觇（chān）：看，观察。

译文

丰玉桂从沉睡中醒来，发觉自己正躺在坟墓旁，天色已近正午。他缓缓起身，心中满是疑惑，犹豫着踏入了村庄。村民们一见到他，纷纷露出惊讶之色，都说以为他已在路边亡故一日了。丰玉桂恍然大悟，原来那老者竟是坟墓中的逝者，他没有宣扬此事，只求在村中借宿一宿。然而，村民们生怕他再次病倒甚至离世，都不敢轻易收留他。就在这时，村中有一位秀才，恰巧与丰玉桂同姓。听闻有同姓之人到来，秀才连忙赶来，询问丰玉桂的家世背景。经过一番交谈，秀才惊喜地发现，原来他与丰玉桂竟是远房叔侄关系。秀才高兴地将丰玉桂领回自己家中，悉心为他治病。不出数日，丰玉桂的病情便痊愈了。病愈之后，丰玉桂向叔叔详细叙述了自己的奇遇。叔叔听后也感到十分惊奇，于是决定留在家中静候，看看接下来会发生什么事情。

原文

居无何，果有官人至村，访父墓址，自言平阳进士李叔向。先是，其父李洪都，与同乡某甲行贾，死于沂，某因瘗诸丛葬处。既归，某亦死。是时翁三子皆幼。长伯仁，举进士，令淮南，数遣人寻父墓，迄无知者。次仲道，举孝廉。叔向最少，亦登第。于是亲求父骨，至沂遍访。是日至，村人皆莫识。生乃引至墓所，指示之。叔向未敢信，生为具陈所遇，叔向奇之。审视两坟相接，或言三年前

○行贾：经商。

○令淮南：为淮南县令。淮南，今安徽寿县。

○登第：指考中进士。

有宦者，葬少妾于此。叔向恐误发他冢，生遂以所卧处示之。叔向命舁材其侧，始发冢。冢开，则见女尸，服妆黯败，而粉黛如生。

○舁（yú）材：抬着棺材。舁，抬。

○粉黛：指面色。

叔向知其误，骇极，莫知所为。而女已顿起，四顾曰："三哥来耶？"叔向惊，就问之，则慰娘也。乃解衣蔽覆，舁归逆旅。急发旁冢，冀父复活。既发，则肤革犹存，抚之僵燥，悲哀不已。装敛入材，清醮七日，女亦缞绖若女。忽告叔向曰："曩阿翁有黄金二锭，曾分一为妾作奁。妾以孤弱无藏所，仅以丝线絷腰，而未将去，兄得之否？"叔向不知，乃使生反求诸圹，果得之，一如女言。叔向仍以线志者分赠慰娘。暇乃审其家世。

○缞绖（cuī dié）：丧服名。用于父母丧。

○清醮（jiào）：旧时超度亡灵，请僧人道士诵经礼神的一种仪式。因举行这种仪式要清心素食，所以称为"清醮"。

○曩（nǎng）：从前。阿翁：阿父，指李翁。

○奁：女子梳妆用的镜匣，泛指精巧的小匣子。也指嫁妆。

○圹（kuàng）：墓穴。亦指坟墓。

○线志：用丝线标记。

译文

不久之后，村里果然迎来了一位访客，他四处打听父亲的墓址，自称是平阳的进士，名唤李叔向。原来，李叔向的父亲李洪都曾与同乡某甲合伙经商，不幸在沂州去世，某甲便将李叔向的父亲安葬在了乱坟岗。回乡后，某甲也随即离世。彼时，李洪都的三个儿子尚且年幼。长子李伯仁科举及第，担任了淮南县令，曾多次派人寻找父亲的坟墓，却都无功而返，无人知晓其确切位置。二子仲道也考中了举人。而叔向作为家中幼子，同样科举成功。于是，他决定亲自踏上寻父骸骨之路，来到沂州多方打听。这一日，叔向悄然来到村中，村民们对此一无所知。丰玉桂得知后，主动带他前往墓地，并指明了李洪都的坟墓所在。叔向半信半疑，丰玉桂便将自己的奇遇一一讲述，叔向听后惊叹不已。他们仔细察看，发现两座坟墓紧密相连。有人提及，三年前曾有一位官员将小妾葬于此地。叔向深怕挖错了坟墓，丰玉桂则明确指出自己当初躺下的位置。叔向随即命人将棺材移至一旁，开始挖掘。坟墓一启，映入眼帘的竟是一具女尸，衣物妆容虽已黯淡破败，但面容仍如生人一般。叔向意识到挖错了坟，惊恐万分，不知所措。就在这时，坟中女子突然坐起，环顾四周，问道："是三哥来了吗？"叔向大惊之下，上前询问，方知她便是慰娘。他连忙脱下自己的衣物为慰娘披上，命人将她抬回旅店。随后，他又急忙挖开旁边的坟墓，期盼父亲也能如慰娘般复生。然而，开墓一看，父亲虽肤色尚存，但摸上去已僵硬干燥。他悲痛欲绝，泣不成声。叔向将父亲遗体装入棺材，请和尚道士诵经七日，来超度亡灵。慰娘也如同亲生女儿一般，身披麻衣孝服。一日，慰娘忽对叔向说道："昔日，爹爹曾有两锭黄金，分给我一锭作为嫁妆。我因孤苦无依，身体虚弱，无处藏匿，便只用丝线系于其上，并未取走。兄长可曾找到？"叔向对此一无所知，便让丰玉桂再次回到墓穴中寻找，果然找到了那锭系有丝线的黄金，正如慰娘所言。叔向便将那锭黄金给了慰娘。闲暇之余，叔向便开始打听慰娘的身世。

原文

先是，女父薛寅侯无子，止生慰娘，甚钟爱之。女一日自金陵舅氏归，将媪问渡。操舟者乃金陵媒也。适有宦者，任满赴都，遣觅美妾。凡历数家，无当意者，将为扁舟诣广陵，忽遇女。隐生诡谋，急招附渡。媪素识之，遂与共济。中途，投毒食中，女、妪皆迷。推妪堕江，载女而返，以重金卖诸宦者。入门，嫡始知，怒甚。女又惘然，莫知为礼，遂挞楚而囚禁之。北渡三日，女方醒。婢言始末，女大泣。一夜，宿于沂，自经死，乃瘗诸乱冢中。女在墓，为群鬼所凌，李翁时呵护之，女乃父事翁。翁曰："汝命合不死，当为择一快婿。"前生既见而出，反谓女曰："此生品谊可托。待汝三兄

○将：携带。问渡：打听渡口，问路。

○扁（piān）舟：小舟，轻舟。广陵：郡名。今江苏扬州。

○共济：同舟共渡。

○惘然：无所知，没主意。

至，为汝主婚。”一日曰：“汝可归候，汝三兄将来矣。”盖即发墓之日也。

译文

原来，慰娘的父亲薛寅侯膝下无子，仅育有慰娘一女，对她疼爱有加。一日，慰娘自金陵舅舅家归来，携同一名老妈子欲雇船返家。那划船之人，恰是金陵的一名媒婆。恰逢一位官员任期届满，欲返京述职，便委托此媒婆为他物色一名美妾。媒婆寻访多家，均未得心仪之人，正欲乘船前往扬州继续寻觅，不料途中偶遇慰娘。媒婆心生诡计，急忙招呼她们上船。老妈子因素识此媒婆，便与慰娘一同登船。行至半途，媒婆于食物中下毒，慰娘与老妈子均被迷晕。媒婆将老妈子推入江中，带着慰娘返回金陵，以高价将她卖给了那位官员。慰娘入门后，官员的正室方知买妾之事，大为恼火。此时慰娘尚处迷糊状态，未向正室行礼，结果被正室一顿毒打后关押起来。直至他们渡河北上，行了三日之后，慰娘方才苏醒。丫环将事情经过一一告知，慰娘听后痛哭失声。一日夜晚，他们于沂州歇脚，慰娘趁机自缢，官员便将她葬于乱坟岗。在坟墓中，慰娘遭受群鬼欺凌，幸得李洪都时时保护，她便将李洪都认作父亲。李洪都曾说：“你命不该绝，我应为你寻得一佳婿。”上次丰玉桂前来相见后，李洪都回来对慰娘说：“此书生品行端正，情深意重，值得你托付终身。待你三哥到来，便让他为你主持婚事。”又有一日，他言道：“你可返回墓中等待，你三哥即将前来。”那一天，正是叔向开挖坟墓之日。

原文

女于丧次，为叔向缅述之。叔向叹息良久，乃以慰娘为妹，俾从李姓。略买衣妆，遣归生，曰：“资斧无多，不能为妹子办妆。意将偕归，以慰母心，如何？”女亦欣然。于是夫妻从叔向，辇柩并发。及归，母诘得其故，爱逾所生，馆诸别院。丧次，女哀悼过于儿孙。

○丧次：治丧期间。 ○缅述：详细叙述。

○辇柩：以车运送的灵柩。

○馆：安排住房。

母益怜之，不令东归，嘱诸子为之买宅。适有冯氏卖宅，直六百金。仓猝未能取盈，暂收契券，约日交兑。及期，冯早至，适女亦从别院入省母，突见之，绝似当年操舟人，冯见亦惊。女趋过之。两兄亦以母小恙，俱集母所。女问：“厅前跮踱者为谁？”仲道曰：“几

○跮（chì）踱：走路忽前忽后的样子。

忘却，此必前日卖宅者也。”即起欲出。女止之，告以所疑，使诘难之。仲道诺而出，则冯已去，而巷南塾师薛先生在焉。因问：“何来？”曰：“昨夕冯某浼早登堂，一署券保。适途遇之，云偶有所

○浼（měi）：拜托，请求。登堂：指赴李家。

○署券保：署名于券，做保证人。

忘，暂归便返，使仆坐以待之。”少间，生及叔向皆至，遂相攀谈。慰娘以冯故，潜来屏后窥客，细视之，则其父也。突出，持抱大哭。翁惊涕曰：“吾儿何来！”众始知薛即寅侯也。仲道虽于街头常遇，初未悉其名字。至是共喜，为述前因，设酒相庆。因留信宿，自道行踪。盖失女后，妻以悲死，鳏居无依，故游学至此也。生约

○鳏（guān）居：男子独身而住。

○游学：赴外地设馆授徒。

买宅后，迎与同居。翁次日往探，冯则举家遁去，乃知杀媪卖女者，即其人也。冯初至平阳，贸易成家，比年赌博，日就消乏，故货居宅，卖女之资亦濒尽矣。

译文

在服丧期间，慰娘向叔向详尽地讲述了自己的遭遇。叔向听后长叹不已，随即认慰娘为妹，让她随自己姓李。他又简单地置办了些许嫁妆，促成她与丰玉桂的婚事，并说道："我随身携带的盘缠有限，无法为妹妹准备丰厚的嫁妆。我打算带你们一同回家，也让母亲高兴高兴，你觉得如何？"慰娘听后满心欢喜。于是，慰娘夫妇随叔向一同出发，用车载着灵柩，踏上了归途。回到家中，母亲询问了慰娘的情况后，对她的疼爱甚至超过了亲生女儿，便安排慰娘和丰玉桂夫妇二人住在另一处院落里。在为先父李洪都服丧期间，慰娘的哀痛之情比他的亲生子孙还要深切。母亲因此更加怜爱她，不愿让他们返回聊城，便嘱咐儿子为他们购置住宅。恰巧此时，有位姓冯的人想要出售宅邸，开价六百两银子。由于银子一时未能凑齐，便先收下了房契，约定了交兑的日期。到了约定的日子，冯某早早地便来到了李家，而慰娘也恰好从另一处院落前来向母亲请安。她一眼便认出了冯某，他极像当年那个划船的媒人。冯某一见慰娘，也是大吃一惊。慰娘连忙从他身边匆匆走过。此时，两个哥哥也因母亲身体微恙，都来到了母亲屋里。慰娘便问道："在厅前徘徊的那人是谁？"仲道回答道："差点儿忘了，是前日来卖宅子的那个人。"说完他便起身欲出。慰娘连忙拦住他，告诉了他自己心中的疑惑，让仲道去盘问那人。仲道答应着便出去了，而冯某却已经走了，只有巷南的私塾老师薛先生坐在那里。仲道问道："你怎么来了？"薛先生回答道："昨天晚上冯某请我今早来贵府，帮忙签署文书并做保人。刚才在路上碰见他，他说偶尔忘了一件事，要先回家一趟再回来，让我坐在这里等他。"过了一会儿，丰玉桂和叔向都来了，于是大家便互相攀谈起来。慰娘因冯某的缘故，悄悄地来到屏风后面窥视客人。她仔细一看，原来这位薛先生竟是自己的父亲。她猛地冲了出来，抱住父亲放声大哭。薛先生也吃惊得流下了眼泪，问道："我儿怎么会到这儿的！"大家这才知道薛先生就是慰娘的父亲薛寅侯。仲道虽然常常能在街头遇见他，但当初并不清楚他的名字。至此，众人都感到十分高兴，便向薛寅侯叙述了之前的故事，并设下酒宴表示庆祝。晚上，薛寅侯又留宿在李家，向大家讲述了自己的遭遇。原来，自从慰娘失踪以后，他的妻子悲伤过度而死，他独自一人生活无依无靠，所以便到处给人教书，流落到了此地。丰玉桂与薛寅侯约定，等买了房子后，便接他过来与他们夫妻同住。薛寅侯第二天到冯家探听消息时，却发现冯某已经带着全家逃走了。这时他才明白，当年杀死老妈子、卖掉慰娘的，正是这个冯某。冯某刚到平阳的时候，靠做生意发了家，后来他连年赌博，家产渐渐地消减了，所以只好卖掉住宅。而当年卖掉慰娘所得的钱，也已经快被他花光了。

原文

慰娘得所，亦不甚仇之，但择日徙居，更不追其所往。李母馈遗不绝，一切日用皆供给之。生遂家于平阳，但归试甚苦，幸是科举孝廉。慰娘富贵，每念媪为己死，思报其子。媪夫姓殷，一子名富，好博，贫无立锥。一日，博局争注，殴杀人命，亡归平阳，远投慰娘。生遂留之门下。研诘所杀姓名，盖即操舟冯某也。骇叹久之，因为道破，乃知冯即杀母仇人也。益喜，遂役生家。薛寅侯就养于婿，婿为买妇，生子女各一焉。

○得所：得到所要得到的。指得到安居之地或合适的位置。

○归试：指回原籍聊城参加科举考试。明清科举制度，岁、科试及乡试，必须回原籍参加。

○贫无立锥：形容极端的贫穷。

○博局争注：在赌博时为赌注而争斗。注，赌注，赌博时用以赌输赢的财物。

译文

慰娘得到了宅子后，并未对冯某怀有太深的怨恨，只是挑选了一个吉日搬了进去，对于冯某逃往何处，她也不再追究。李母不断地赠予慰娘各种物品，她的生活所需皆由李家承担。丰玉桂因此在平阳定居下来，不过他仍需回聊城参加考试，往返颇为辛劳。所幸的是，丰玉桂在这一科考试中成功中举。慰娘在富贵之后，时常念及当年为自己而死的老妈子，心中总想着要报答她的儿子。老妈子的夫家姓殷，她有一个儿子名叫殷富，却沉迷于赌博，家中贫困至极。一日，殷富在赌博时因争抢下注，不慎将人打死，只得逃回平阳，远远地投奔慰娘而来。丰玉桂便将他收留门下。当问起殷富所杀之人的姓名时，竟得知那人正是当年的划船人冯某。丰玉桂听后惊骇不已，叹息良久，随后将实情告知了殷富。殷富这才恍然大悟，原来冯某竟是他的杀母仇人。他得知此事后，心中更加欢喜，便安心在丰玉桂家中做起了仆人。薛寅侯也搬到了女婿家中居住，丰玉桂还为他买了媳妇，后来他们生育了一子一女，家庭幸福美满。

【田子成】

原文

江宁田子成，过洞庭，舟覆而没。子良耜，明季进士，时在抱中。妻杜氏，闻讣，仰药而死。良耜受庶祖母抚养成立，筮仕湖北。年余，奉宪命营务湖南，至洞庭，痛哭而返。自告才力不及，降县丞，隶汉阳，辞不就，院司强督促之乃就。辄放荡江湖间，不以官职自守。

○江宁：府名。治所在今江苏南京。
○洞庭：洞庭湖，我国第二大淡水湖。位于湖南省东北部，长江荆江河段以南。
○明季：明朝末年。
○抱中：怀抱中。指婴儿。
○仰药：服毒。
○筮（shì）仕：古人将出仕，先卜吉凶，故称做官为"筮仕"。筮，以蓍草占卜。
○奉宪命：遵从上官的命令。宪命，法令。
○县丞：县令的副职。
○隶汉阳：隶属汉阳府。地处长江以北、汉江以南，府治在今之武汉市汉阳区。
○院：指巡抚衙门。司：指布政使司，主管全省财赋和官员的调遣任免。就：就职。

译文

江宁人士田子成，在乘船穿越洞庭湖时不幸遭遇翻船，落水身亡。其子田良耜，乃明朝末年之进士，彼时尚幼，仍在母亲怀抱之中。田妻杜氏得知这个噩耗，悲痛欲绝，竟服毒自尽。田良耜随后在庶祖母的悉心抚育下成长，及长，赴湖北为官。时光荏苒，一年多后，田良耜奉上司之命前往湖南处理公务。行至洞庭湖时，触景生情，痛哭流涕，后返回湖北。他向上司禀报，自称才疏学浅，难以胜任，于是被降职为县丞，并被派往汉阳县任职。然而，田良耜对这份新职却并无兴趣，推辞不愿前往。尽管上司一再催促，他仍犹豫不决。最终，在上级的强行督促下，他只得勉强赴任。但在任期间，他常游走于江湖，放纵不羁，并未以官员的职责来严格要求自己。

原文

一夕，艤舟江岸，闻洞箫声，抑扬可听。乘月步去，约半里许，见旷野中，茅屋数椽，荧荧灯火。近窗窥之，有三人对酌其中，

○艤（yǐ）舟：停船靠岸。

上座一秀才，年三十许；下座一叟；侧座吹箫者，年最少。吹竟，叟击节赞佳，秀才面壁吟思，若罔闻。叟曰："卢十兄必有佳作，请长吟，俾得共赏之。"秀才乃吟曰：满江风月冷凄凄，瘦草零花化作泥。千里云山飞不到，梦魂夜夜竹桥西。吟声怆恻。叟笑曰："卢十兄故态作矣！"因酌以巨觥，曰："老夫不能属和，请歌以侑酒。"乃歌"兰陵美酒"之什。歌已，一座解颐。

○击节：打拍子。

○吟思：吟句苦思，谓构思作诗。

○觥（gōng）：古代酒器，有兽头形盖，亦有整个酒器作兽形并附小勺的。这里仅指酒杯。

○属和（zhǔ hè）：与别人的诗词相唱和。

○侑（yòu）酒：劝酒。

○解颐：开颜欢笑。颐，面颊。

译文

一晚，田良耜的舟船泊于江畔，忽闻洞箫之音，旋律起伏跌宕，悦耳至极。他借着皎洁月色，漫步而行，约莫行进了半里之遥，但见旷野之中矗立着几间简陋茅屋，屋内灯火微微闪烁。田良耜悄然走近窗前，向内窥望，只见屋内三人正对坐饮酒。上座之人乃是一位秀才，年岁三十有余；下座则坐着一位老者；而侧座吹箫之人，最年轻。一曲箫音落罢，老者拍手称赞，而秀才却面朝墙壁，陷入沉思，仿佛未曾听闻一般。老者开口道："卢十兄定是又有了新的佳作，何不吟诵出来，让我们一同品味？"秀才听后，便吟诵道："满江风月冷凄凄，瘦草零花化作泥。千里云山飞不到，梦魂夜夜竹桥西。"其声悲切，闻之令人心酸。老者听后笑道："卢十兄的老毛病又犯了。"随即斟满一大杯酒，说道："老夫虽不能和诗，但可唱一曲以助酒兴。"于是，他唱起了"兰陵美酒"之曲。一曲终了，座中众人皆开怀大笑，气氛欢愉。

原文

少年起曰："我视月斜何度矣。"突出见客，拍手曰："窗外有人，我等狂态尽露也！"遂挽客入，共一举手。叟使与少年相对坐。试其杯皆冷酒，辞不饮。少年起以苇炬燎壶而进之。良耜亦命从者出钱行沽，叟固止之。因讯邦族，良耜具道生平。叟致敬曰：“吾乡父母也。少君姓江，此间土著。”指少年曰：“此江西杜野侯。”又指秀才：“此卢十兄，与公同乡。”卢自见良耜，殊偃蹇不甚为礼。良耜因问：“家居何里？如此清才，殊早不闻。”答曰：“流寓已久，亲族恒不相识。可叹人也！”言之哀楚。

○苇炬：用芦苇束成的火把。

○父母：父母官。旧时对地方官的称呼，多指县令。

○土著：当地人。

○偃蹇（jiǎn）：自高傲慢。

○殊：竟。

译文

那年轻人站起身，言道：“我去看看现下是什么时辰。”说罢，他步出门外，冷不防瞧见了田良耜，遂拍手笑道：“窗外有人，我等放浪形骸之态尽数展露无遗了！”语毕，他拉着田良耜进屋，屋内众人一同拱手行礼以示欢迎。老者则请田良耜坐在年轻人的对面。田良耜尝试杯中酒，发觉皆是冷酒，便婉拒饮用。年轻人见状，起身以芦苇制成火把，为酒壶加热后，再递予田良耜。田良耜亦吩咐随从取钱去买酒，却被老者坚决制止。随后，老者询问田良耜的籍贯与姓名，田良耜便将自己的生平经历娓娓道来。老者听后，肃然起敬，说道：“原来您是我们的父母官啊。我姓江，是本地人。”接着，他指着年轻人介绍道：“这位是来自江西的杜野侯。”然后，老者又指着秀才说道：“而这位卢十兄，与您乃是同乡。”卢十兄自见到田良耜以来，态度颇为傲慢，并未以礼相待。于是田良耜问道：“你家居何处？既如此清高有才，为何一直未曾听闻你的名声？”卢十兄回答道：“我已在外漂泊多时，亲戚们都已不再相识。真是可悲可叹啊！”言语间流露出哀伤凄楚之情。

原文

叟摇手乱之曰：“好客相逢，不理觞政，聒絮如此，厌人听

○觞（shāng）政：指属客饮酒之事和酒令。

闻!”遂把杯自饮，曰:“一令请共行之，不能者罚。每掷三色，以相逢为率，须一古典相合。”乃掷得幺二三，唱曰:“三加幺二点相同，鸡黍三年约范公：朋友喜相逢。”次少年，掷得双二单四，曰:“不读书人，但见俚典，勿以为笑。四加双二点相同，四人聚义古城中：兄弟喜相逢。”卢得双幺单二，曰:“二加双幺点相同，吕向两手抱老翁：父子喜相逢。”良耜掷，复与卢同，曰:“二加双幺点相同，茅容二簋款林宗：主客喜相逢。”

○须一古典相合：谓所掷点数相逢，应与一故事相合。古典，典故。

○每掷三色：一次掷三颗色子。色，即“骰子”。

○以相逢为率：指所掷三色点数，其一之数与另二和数相同，即所谓相逢。率，标准。

○幺(yāo)：小，排行最末的。也指色子或骨牌的点数为一点。

○鸡黍三年约范公：意为朋友约期相会。鸡黍，杀鸡作肴，煮黍为饭，指招待客人的饭菜。

○聚义古城：指《三国演义》第二十八回中刘、关、张三兄弟古城相会的故事。古城，在今河南确山。

○吕向两手抱老翁：指父子相逢。吕向，字子同。唐玄宗李隆基时期人，生卒年均不详。

○茅容二簋(guǐ)款林宗：指主客相逢，得遇知己。茅容，东汉学者。林宗，指郭林宗。东汉著名学者。善于知人，经他夸赞荐举的士人，结果证明一如他的品评。二簋，指食物简陋。簋，古代食器。

译文

老者摆手制止他道:“好友相聚，若不喝酒行令，反而啰啰嗦嗦地说这些话语，实在令人不悦!”说罢，他自行端起酒杯一饮而尽，接着说道:“我这儿有个酒令，大家一同来行，做不到的人便要罚酒。此酒令要求每人每次掷三个骰子，其中两个骰子的点数之和等于另一个骰子的点数，并且还要说出一个与点数相符的典故来。”老者率先掷骰，掷出了个幺二三，随即高声吟道:“三加幺二点相同，鸡黍三年约范公；朋友喜相逢。”接下来轮到年轻人，他掷出了个双二单四，便说道:“我并非读书人，只知晓些俚语典故，说得不好还请大家勿要见笑。四加双二点相同，四人聚义古城中；兄弟喜相逢。”卢十兄掷出了个双幺单二，于是他唱道:“二加双幺点相同，吕向两手抱老翁；父子喜相逢。”田良耜掷出的点数与卢十兄相同，也唱道:“二加双幺点相同，茅容二簋款林宗；主客喜相逢。”

原文

令毕，良耜兴辞。卢始起曰:“故乡之谊，未遑倾吐，何别之遽?将

○兴辞：起身告辞。兴，起。

○未遑：没有来得及。遑，闲暇。

有所问，愿少留也。”良耜复坐，问：“何言？”曰：“仆有老友某，没于洞庭，与君同族否？”良耜曰：“是先君也，何以相识？”曰：“少时相善。没日，惟仆见之，因收其骨，葬江边耳。”良耜出涕下拜，求指墓所。卢曰：“明日来此，当指示之。要亦易辨，去此数武，但见坟上有丛芦十茎者是也。”良耜洒涕，与众拱别。

○没：死。

○先君：称已死的父亲。

○武：半步。

○拱别：拱手相别。

译文

酒令行毕，田良耜便起身欲辞。此时，卢十兄方站起，言道：“同乡之情，尚未及深谈，何故如此匆忙离去？吾尚有话欲问，望君稍留片刻。”田良耜听后，复又坐下，问道：“你有何事欲问于我？”卢十兄答道：“吾有一挚友某某，曾于洞庭溺亡，不知他与你是否同族？”田良耜听后，泪眼婆娑，答道：“那正是吾之先父，你们何以相识？”卢十兄解释道：“吾等自幼便是好友。先父溺亡之日，唯吾一人目睹，遂收敛其遗骸，葬于江边。”田良耜听闻此言，泪如雨下，向卢十兄拜谢，恳请他指明先父坟墓之所在。卢十兄答道：“明日你再来此地，吾便指给你看。其实辨认不难，离此不远，但见坟头有芦苇一丛，共计十根者，便是先父之墓。”田良耜听后，泪水难抑，向众人拱手作别，心中满是感激与哀伤。

原文

至舟，终夜不寝，念卢情词似皆有因。昧爽而往，则舍宇全无，益骇。因遵所指处寻墓，果得之。丛芦其上，数之，适符其数。恍然悟卢十兄之称，皆其寓言，所遇，乃其父之鬼也。细问土人，则二十年前，有高翁富而好善，溺水者皆拯其尸而埋之，故有数

○昧爽：黎明。

坟在焉。遂发冢负骨，弃官而返。归告祖母，质其状貌皆确。江西杜野侯，乃其表兄，年十九，溺于江，后其父流寓江西。又悟杜夫人殁后，葬竹桥之西，故诗中忆之也。但不知叟何人耳。

○殁（mò）：死。

译文

田良耜返回船上，整夜辗转难眠，心中总觉卢十兄的言谈举止似乎蕴含深意。次日拂晓，他便迫不及待地去寻找卢十兄，然而抵达昨日之地，却惊见那些房屋已消失无踪，心中更添惊骇。于是，他按照卢十兄的指引寻找坟墓，果然找到了。坟上长着一丛芦苇，细数之下，数目与卢十兄所言分毫不差。他顿时恍然大悟，原来卢十兄所言皆有寓意，昨夜所见，竟是亡父之魂魄。为了进一步求证，他详细向当地人打听，得知二十年前，有位高翁家境富裕，乐善好施，凡有溺水而亡者，他都会将尸体打捞上岸并妥善安葬，因此这里有几座坟墓。于是，他打开坟墓，取出父亲的尸骨，随后辞官返回家乡。归家后，他将此事告知祖母，两人一核对，发现卢十兄的相貌体态竟与田子成如出一辙。此外，他还得知江西的杜野侯实则是自己的表兄，十九岁那年溺水身亡，后其父流离至江西。田良耜又回想起杜夫人逝世后葬于竹桥之西，因此卢十兄的诗中才会提及“梦魂夜夜竹桥西”。然而，对于那位老头的身份，他至今仍一无所知。

县丞

县丞是明清时期知县的辅佐官，官职为正八品。县丞主要负责协助知县处理具体事务，与主簿共同分管粮马、赋税、户籍、巡捕等工作。县丞在县级行政中起着辅助和执行的作用，确保地方事务的顺利进行。

【王桂庵】

原文

王樨，字桂庵，大名世家子。适南游，泊舟江岸。邻舟有榜人女，绣履其中，风姿韵绝。王窥既久，女若不觉。王朗吟“洛阳女儿对门居”，故使女闻。女似解其为己者，略举首一斜瞬之，俯首绣如故。王神志益驰，以金一锭投之，堕女襟上。女拾弃之，金落岸边。王拾归，益怪之，又以金钏掷之，堕足下，女操业不顾。无何，榜人自他归。王恐其见钏研诘，心急甚，女从容以双钩覆蔽之。榜人解缆，径去。王心情丧惘，痴坐凝思。时王方丧偶，悔不即媒定之。乃询舟人，皆不识其何姓。返舟急追之，杳不知其所往，不得已，返舟而南。务毕，北旋，又沿江细访，并无音耗。抵家，寝食皆萦念之。

○大名：大名府。地处冀鲁豫三省交界处，今为河北邯郸大名县。

○榜（bàng）人：船家，船夫。

○朗吟：高声吟咏。

○斜瞬：斜眼瞅了一下。

○俯：同“俯”。

○钏（chuàn）：手镯。

○双钩：双脚。钩，指纤弯的女足。

○务毕：事务办完。

译文

王樨，字桂庵，出身于大名府的显赫世家。某次，王桂庵南下游历，途中船只泊于江边。邻舟有位船家的女儿，端坐船舱内绣制鞋履，其风姿优雅，容貌绝美。王桂庵不由自主地偷偷注视她许久，而那位姑娘似乎并未察觉到他的注视。于是，王桂庵高声吟诵起“洛阳女儿对门居”的诗句，意在让姑娘听见。姑娘似乎领悟到了他的意图，微微抬起头，斜眼瞥了他一眼，随即又低下头继续绣鞋。王桂庵心绪难平，愈发被姑娘吸引，便掷去一锭银子，不料正落在姑娘的衣襟上。

姑娘见状，捡起银子便扔，银子落在了岸边。王桂庵捡回银子，心中更觉诧异，于是又掷去一枚金钏，落在姑娘脚下，而姑娘却只顾着手中的活计，对他毫不理会。不久，船家从别处归来。王桂庵担心船家发现金钏后会追究，心中焦急万分。这时，姑娘从容地用双脚将金钏掩藏起来。船家解开缆绳，船只缓缓驶离，王桂庵心情沮丧，呆呆地坐在原地凝思。此时，王桂庵的妻子刚去世不久，他后悔没有立即托媒人提亲。于是，他向船夫们打听姑娘的姓名，却无人知晓。王桂庵急忙返回自己的船上，试图追赶姑娘的船只，但那船只已消失得无影无踪，不知驶向了何方。无奈之下，王桂庵只好调转船头继续南下。办完事情后，他返回北方，途中再次沿着江边仔细寻访，却仍旧一无所获。回到家中，无论是吃饭还是睡觉，他的脑海中都始终萦绕着那位姑娘的身影。

原文

逾年，复南，买舟江际，若家焉。日日细数行舟，往来者帆楫皆熟，而曩舟殊杳。居半年，赀罄而归。行思坐想，不能少置。一夜，梦至江村，过数门，见一家柴扉南向，门内疏竹为篱。意是亭园，径入。有夜合一株，红丝满树。隐念：诗中“门前一树马缨花”，此其是矣。过数武，苇笆光洁。又入之，见北舍三楹，双扉阖焉。南有小舍，红蕉蔽窗。探身一窥，则椸架当门，罥画裙其上，知为女子闺闼，愕然却退。而内亦觉之，有奔出瞰客者，粉黛微呈，则舟中人也。喜出非望，曰：“亦有相逢之期乎！”方将狎就，女父适归，倏然惊觉，始知是梦。景物历历，如在目前。秘之，恐与人言，破此佳梦。

○曩（nǎng）：以往，从前。

○夜合：夜合欢，又名“绒花树”，一名“马缨花”。豆科、合欢属植物。因昼开夜合故名“夜合”。

○红蕉：开红花的美人蕉。

○椸（yí）架：衣架。

○罥（juàn）：挂。

○倏（shū）然：忽然。

译文

又过了一年，王桂庵再次踏上南行之旅，于江边雇得一艘小船，将其视为临时居所。每日，他都仔细审视过往的船只，对那些来来往往的船只上的桨与帆都渐渐熟悉起来，却始终未能再见去年那只令他魂牵梦绕的船只。转眼半年过去，他的盘缠已所剩无几，只好无奈返家。无论是在行走还是静坐之时，他的心中都充满了对那位姑娘的思念，难以割舍。某晚，他梦见自己来到了江边的一个小村庄，穿过几道门后，眼前出现了一户人家。那户人家的柴门朝南而开，门内以稀疏的竹子编成了篱笆。他心想，这定是一座雅致的亭园，于是毫不犹豫地走了进去。进入园中，他见到了一棵合欢树，树上开满了鲜艳的红花。他心中暗想，古诗中提及的“门前一树马缨花”，或许正是眼前这番景象。继续前行几步，他又看到了一道用芦苇编成的篱笆，篱笆整洁而光亮。越过这道篱笆后，他见到了三座北向的房屋，两扇门都紧闭着。而在南边，则有一间小屋，窗前被开着红花的美人蕉所遮挡。王桂庵好奇地探身往小屋里看去，只见门口挂着一个衣架，上面挂着一条花裙子。他立刻意识到这是女子的闺房，心中一惊，正欲后退。然而，里面的人已经察觉到了他的存在，有人跑出来查看是谁来访，微微露出脸庞，竟然正是船上那位令他心心念念的姑娘。王桂庵喜出望外，激动地说道：“原来我们也有相逢的一日啊！”他正要上前与姑娘亲近，却恰逢姑娘的父亲归来，这一惊之下，他猛然从梦中醒来。醒来后，他才发现原来这是一场梦。但梦中的景物却如此清晰，仿佛就在眼前。他决定严守这个秘密，生怕与他人分享后会破坏了这个美好的梦境。

原文

又年余，再适镇江。郡南有徐太仆，与有世谊，招饮。信马而去，误入小村，道途景象，仿佛平生所历。一门内，马缨一树，梦境宛然。骇极，投鞭而入，种种物色，与梦无别。再入，则房舍一如其数。梦既验，不复疑虑，直趋南舍，舟中人果在其中。遥见王，惊

○镇江：明清时府名。府治在今江苏镇江。

○太仆：太仆寺卿，掌管皇帝舆马和马政的官员。

起，以扉自幛，叱问："何处男子？"王逡巡间，犹疑是梦。女见步

趋甚近，闛然扃户。王曰："卿不忆掷钏者耶？"备述相思之苦，且

○闛（pēng）：关门声。

言梦征。女隔窗审其家世，王具道之。女曰："既属宦裔，中馈必

○梦征：梦兆。

○中馈：家中供膳诸事。

有佳人，焉用妾？"王曰："非以卿故，昏娶固已久矣。"女曰："果

○昏：同"婚"。

如所云，足知君心。妾此情难告父母，然亦方命而绝数家。金钏犹

○方命：违命，抗命。

在，料钟情者必有耗问耳。父母偶适外戚，行且至。君姑退，

○耗问：消息。问，通"闻"。

○外戚：母亲、妻子的亲戚。

倩冰委禽，计无不遂，若望以非礼成偶，则用心左矣。"王仓卒

○倩冰委禽：求亲说媒。倩，请。冰，媒人。委禽，求亲。

○左：差错。

欲出，女遥呼王郎曰："妾芸娘，姓孟氏。父字江蓠。"王记而出。

译文

又过了一年多，王桂庵再次踏上了镇江的土地。城南有位徐太仆，与王桂庵家乃是世交，邀请他到府上饮酒。王桂庵骑马前往，却不料马匹不知不觉间带他误入了一个小村庄。眼前的道路与景象，竟似熟悉一般。他见到一道门内，矗立着一棵马缨花树，与梦中景色惊人地相似。王桂庵心中惊骇万分，急忙跳下马，步入院子。眼前种种景物，与梦中所见几乎无异。他继续深入，发现房间的数量也与梦中所见相吻合。既然梦境得到了应验，王桂庵心中的疑虑顿时烟消云散。他直奔南面的那间小屋，果然见到了船上的那位姑娘。姑娘远远望见王桂庵，吃惊地站起身，躲在门后，大声斥问道："哪里来的男子？"王桂庵在迟疑之间，仍有些怀疑自己是否仍处于梦中。姑娘见他已走近，便"砰"地关上了门。王桂庵连忙说道："你难道不记得那个扔金钏的人吗？"接着，他详细叙述了自己对她的相思之苦，以及所做的那个梦。姑娘隔着窗户审问他的家世，王桂庵也一一如实回答。姑娘听后说道："你既是官宦子弟，家中想必已有娇妻，哪里还用得着我呢？"王桂庵急忙解释道："若不是为了找你，我早就已经结婚了。"姑娘听后，说道："果真如你所说，那我也就明白了你的心意。我这份心事难以向父母启齿，也

因此违抗了父母之命，拒绝了几家的求婚。金钏至今还在我身边，我料想钟情的人一定会有消息的。此刻父母恰好去母亲家的亲戚那里了，不久就会回来。你暂且回去，请媒人前来提亲，相信一定会成功的。但如果你想用非礼的手段强行结合，那你可就大错特错了。”王桂庵听后，急忙准备离去。姑娘远远地呼唤着“王郎”，说道：“我叫芸娘，姓孟，父亲名叫江蓠。”王桂庵记下姑娘的话，便匆匆离去了。

原文

罢筵早返，谒江蓠。江迎入，设坐篱下。王自道家阀，即致来意，兼纳百金为聘。翁曰：“息女已字矣。”王曰：“讯之甚确，固待聘耳，何见绝之深？”翁曰：“适间所说，不敢为诳。”王神情俱失，拱别而返。当夜辗转，无人可媒。向欲以情告太仆，恐娶榜人女为先生笑，今情急，无可为媒，质明，诣太仆，实告之。太仆曰：“此翁与有瓜葛，是祖母嫡孙，何不早言？”王始吐隐情。太仆疑曰：“江蓠固贫，素不以操舟为业，得毋误乎？”乃遣子大郎诣孟。孟曰：“仆虽空匮，非卖昏者。曩公子以金自媒，谅仆必为利动，故不敢附为婚姻。既承先生命，必无错谬。但顽女颇恃娇爱，好门户辄便拗却，不得不与商榷，免他日怨婚也。”遂起，少入而返，拱手一如尊命，约期乃别。大郎复命，王乃盛备禽妆，纳采于孟，假馆太仆之家，亲迎成礼。

○家阀：家世门第。

○息女：亲生女儿。字：许嫁。

○先生：对年长有道者的尊称。

○空匮：空乏，贫穷。

○拗（ào）却：拒绝。

○一如尊命：一切按您的吩咐办事。

译文

王桂庵在徐太仆家匆匆用过饭后便赶了回来，一心求见孟江蓠。孟江蓠热情地将他迎进屋中，两人在篱笆旁坐下。王桂庵先是介绍了自己的家庭情况，随后便表明了来意，并拿出一百两银子作为聘礼。然而，孟江蓠却说道："小女已经许配给人家了。"王桂庵听后一愣，随即说道："我打听得很清楚，令千金确实还未出嫁，为何您要如此一口回绝呢？"孟江蓠坚定地回答道："我刚才说的话都是实话，绝不敢欺骗你。"王桂庵听后，神情沮丧，只好向孟江蓠拱手，黯然告别。当天夜里，王桂庵辗转反侧，难以入眠。他找不到合适的人来替他说媒，心中万分焦急。他原本想将自己的心事告诉徐太仆，但又担心娶一位船家的姑娘会被徐太仆耻笑。现在情势紧迫，无人可做媒人，他只好决定向徐太仆求助。天亮后，王桂庵找到徐太仆，将实情一五一十地告诉了他。徐太仆听后惊讶地说："这个老头和我是亲戚关系，他是我祖母的嫡孙，你为什么不早说呢？"王桂庵这才吐露了心中的隐情。徐太仆疑惑地问道："江蓠固然贫穷，但从来不以划船为职业，不会是你搞错了吧？"为了弄清真相，他让儿子大郎去见孟江蓠。孟江蓠见到大郎后说道："我家虽然很穷，但绝不会拿婚事来做买卖。上次公子拿着银子来给自己做媒，猜我肯定会被金钱打动，所以我不敢高攀官宦人家。现在承蒙先生前来做媒，想来肯定不会有什么差错。但我那顽皮的女儿很是娇纵任性，明明是好人家，她也动不动就拒绝，所以不能不和她商量，以免日后她会埋怨这桩婚事。"孟江蓠说完，便起身进屋，不一会儿便回来了，向大郎拱手表示一切遵从徐太仆的意思。两人随即约定了婚期，大郎便告辞了。大郎向父亲复命后，王桂庵便开始置办丰厚的聘礼，前往孟家送上。同时，他也借用了徐太仆的家来举行亲迎之礼。

原文

居三日，辞岳北归。夜宿舟中，问芸娘曰："向于此处遇卿，固疑不类舟人子。当日泛舟何之？"答云："妾叔家江北，偶借扁舟一省视耳。妾家仅可自给，然傥来物颇不贵视之。笑君双瞳如豆，屡以金

○傥来物：意外获得的财物。

○双瞳如豆：喻目光短浅，小觑他人。

贷动人。初闻吟声，知为风雅士，又疑为儇薄子作荡妇挑之也。使

○儇（xuān）薄子：轻薄少年。

父见金钏，君死无地矣。妾怜才心切否？”王笑曰：“卿固黠甚，然

○黠（xiá）：聪明而狡猾。

亦堕吾术矣！”女问：“何事？”王止而不言。又固诘之，乃曰：“家门日近，此亦不能终秘。实告卿：我家中固有妻在，吴尚书女也。”芸娘不信，王故庄其词以实之。芸娘色变，默移时，遽起，奔出，

○庄其词：郑重其词。庄，庄重。

王躧履追之，则已投江中矣。王大呼，诸船惊闹，夜色昏蒙，惟有

○躧（xǐ）履：趿拉着鞋。谓急遽，来不及穿好鞋。躧，趿拉。

满江星点而已。王悼痛终夜，沿江而下，以重价觅其骸骨，亦无见者。邑邑而归，忧痛交集，又恐翁来视女，无词可对。有姊丈官河

○邑邑：忧闷、伤感的样子。

南，遂命驾造之。

○造：造访。

译文

婚后三日，王桂庵便向岳父告别，携芸娘乘船启程北上归家。夜幕降临，二人宿于船上，王桂庵轻声询问芸娘：“当初在此邂逅，我便觉你气质非凡，不似寻常船家女子。那日你欲往何处去？”芸娘回答道：“我叔叔家在江北，偶得一小船，便欲前往探望。我家虽不富裕，但自给自足，对于不义之财，向来不放在心上。可笑你当初，竟以金银为饵，试图引诱我。初闻你吟诗，知你乃风雅之士，却又疑你心怀不轨，将我视为轻浮女子。若非父亲未见那金钏，你恐已难逃一劫。我是否太过怜才，才致如此？”王桂庵笑道：“你果真心思细腻，却不知你也落入了我的‘圈套’。”芸娘好奇追问：“何出此言？”王桂庵却欲言又止。芸娘又追问，王桂庵方才叹道：“离家渐近，此事亦不能始终瞒你。实话告诉你吧，我家中早已有妻，乃是吴尚书之女。”芸娘听后不信，王桂庵便故意夸大其词，说得煞有介事。芸娘听后脸色骤变，沉默片刻，突然起身奔出船舱。王桂庵急忙穿鞋追出，却只见芸娘已纵身跳入江中。他大声呼救，周围船只皆被惊动，然而夜色朦胧，

只见江面星光点点，却不见芸娘踪影。王桂庵悲痛欲绝，沿江而下，欲以重金寻人打捞芸娘遗体，却始终无果。他心情沉重地回到家中，忧伤与焦虑交织，担心岳父前来探望女儿时无法交代。恰逢他的姐夫在河南为官，他便命人备好马车，前往河南投奔姐夫。

原文

年余始归。途中遇雨，休装民舍，见房廊清洁，有老妪弄儿厦间。儿见王入，即扑求抱，王怪之。又视儿秀婉可爱，揽置膝头。妪唤之，不去。少顷，雨霁，王举儿付妪，下堂趣装。儿啼曰："阿爹去矣！"妪耻之，呵之不止，强抱而去。王坐待治任，忽有丽者自屏后抱儿出，则芸娘也。方诧异间，芸娘骂曰："负心郎！遗此一块肉，焉置之？"王乃知为己子，酸来刺心。不暇问其往迹，先以前言之戏，矢日自白。芸娘始反怒为悲，相向涕零。先是，第主莫翁，六旬无子，携媪往朝南海。归途泊江际，芸娘随波下，适触翁舟。翁命从人拯出之，疗控终夜，始渐苏。翁媪视之，是好女子，甚喜，以为己女，携归。居数月，欲为择婿，女不可。逾十月，生一子，名曰寄生。王避雨其家，寄生方周岁也。王于是解装，入拜翁媪，遂为岳婿。居数日，始举家归。至，则孟翁坐待，已两月矣。翁初至，

○弄：玩，戏耍。

○治任：整理行装。任，担。

○往迹：往日的经历。指芸娘投水后的遭遇。

○矢日：指着天日发誓。矢，发誓。

○第主：宅主。

○朝南海：到南海去拜观音。南海，指浙江定海的普陀山。佛教传说，普陀山是观音菩萨修道的地方，因而信佛的人多到普陀山朝礼。

○疗控：指对溺水者的急救措施。控，覆身曲体，使之吐水。

○解装：放下行装。解，放。

见仆辈情词恍惚，心颇疑怪，既见，始共欢慰。历述所遭，乃知其枝梧者有由也。

○情词恍惚：神情异常，言词含糊。

○枝梧：敷衍搪塞。

译文

经过一年多的时间，王桂庵终于归来。途中偶遇大雨，他便寻得一家民宅避雨。这户人家房屋廊檐整洁，屋内有一位老妈妈正在逗弄一个男孩。男孩一见王桂庵进门，便扑上前去要他抱，这让王桂庵感到十分诧异。他细细打量这孩子，只见他眉清目秀，分外可爱，于是便将他抱起，放在膝上。老妈妈呼唤孩子，但孩子却不肯离开。不久，雨过天晴，王桂庵抱起孩子，将其递给老妈妈，然后走到堂下吩咐仆人收拾行装。孩子突然哭喊道："阿爹走了！"老妈妈觉得孩子这样称呼不得体，便连连呵斥他，强行将他抱走。王桂庵坐着等仆人收拾行装时，忽见一位美丽女子从屏风后抱着孩子走出来，竟是芸娘。他正感惊讶，芸娘却骂道："你这个负心郎！留下这块肉，你该如何安置他？"王桂庵这才明白，原来这孩子是自己的儿子，心中顿时涌起一阵辛酸。他来不及询问芸娘这段时间的遭遇，连忙对天发誓，说之前的话都是戏言。芸娘这才转怒为悲，对着王桂庵痛哭起来。原来，这所宅子的主人叫莫翁，六十岁尚无子嗣，便带着老伴到南海朝拜观音菩萨。归来途中，船停靠在江边，芸娘随波漂流而下，恰好撞上了莫翁的船。莫翁命仆人将芸娘从水中救起，忙活了一整夜，芸娘才渐渐苏醒。莫翁夫妇见芸娘容貌出众，心中大喜，便认她为女，并带回家中。过了几个月，他们想为芸娘挑选女婿，但芸娘却不同意。又过了十个月，她生下了一个儿子，取名为王寄生。王桂庵来到莫家避雨时，王寄生刚好满一周岁。王桂庵于是卸下行装，进入内室拜见莫翁夫妇，双方正式认了岳父女婿。过了几天，王桂庵才带着家人返回家乡。一到家，他发现孟翁正坐着等候，已经等了两个月了。孟翁刚来时，见仆人们神情恍惚、言语支吾，心中十分疑惑。如今见了女儿女婿，才放下心来。听他们叙述完这些年的遭遇后，孟翁才明白原来仆人们之前支支吾吾是有原因的。

【寄生附】

原文

寄生，字王孙，郡中名士。父母以其襁褓认父，谓有夙惠，钟爱

○夙惠：天生慧根。惠，通"慧"。

○襁褓（qiǎng bǎo）：背负婴儿用的宽带和包裹婴儿的被子。"襁"指婴儿的带子，"褓"指婴儿的被子。

之。长益秀美，八九岁能文，十四入郡庠。每自择偶。父桂庵有妹

○入郡庠：指考中秀才。

二娘，适郑秀才子侨，生女闺秀，慧艳绝伦。王孙见之，心切爱慕，

○适：嫁。

积久，寝食俱废。父母大忧，苦研诘之，遂以实告。父遣冰于郑，

○冰：冰人，媒人。

郑性方谨，以中表为嫌，却之。王孙逾病。母计无所出，阴婉致二

○方谨：方正拘谨。

○以中表为嫌：指对于表兄妹、表姐弟之间结成配偶的婚姻形式的忌嫌。在中国历史上，唐代以前一般不禁止表亲婚。到宋代才将表亲婚定为禁律，明、清两代沿袭，由于这种婚姻形式在民间已经相沿成俗，法律条文亦难禁绝。

娘，但求闺秀一临存之。郑闻，益怒，出恶声焉。父母既绝望，听

○存：抚慰，顾恤。

之而已。

译文

王寄生，字号王孙，乃大名府之知名才俊。因其尚在襁褓之中便能辨识生父，父母视其为天赋异禀，宠爱有加。及至成年，其容貌愈发俊秀，才智出众，八九岁时便能撰写文章，十四岁便顺利进入府学深造。王寄生对于自己的婚姻大事，向来抱有自主之选的想法。其父王桂庵之妹二娘，嫁给了秀才郑子侨，并育有一女，名曰闺秀。此女不仅容貌艳丽，更是智慧过人，堪称世间罕有之佳人。王寄生自见到闺秀之日起，便心生爱慕，日渐情深，以至于寝食难安。父母见状，忧虑万分，屡次追问其缘由，王寄生终于吐露真情。为了成全儿子，王桂庵遂请媒人前往郑家提亲。然而，郑子侨性情固执，恪守礼教，认为表亲之间不可通婚，因此婉拒了这门亲事。王寄生得知此事后，病情愈发严重。其母芸娘焦急万分，却束手无策。无奈之下，她只好暗中委托他人，委婉地向二娘求助，只求能让闺秀来王家探望一下王寄生。不料，郑子侨得知此事后，更加愤怒，口出恶言。王寄生父母见此事已无望，只好作罢，任由事态发展，心中却充满了无尽的遗憾与无奈。

原文

郡有大姓张氏，五女皆美，幼者名五可，尤冠诸姊，择婿未字。一日，上墓，途遇王孙，自舆中窥见，归以白母。母沈知其意，见媒媪于氏，微示之。媪遂诣王所。时王孙方病，讯知，笑曰：“此病老身能医之。”芸娘问故。媪述张氏意，极道五可之美。芸娘喜，使媪往候王孙。媪入，抚王孙而告之。王孙摇首曰：“医不对症，奈何！”媪笑曰：“但问医良否耳。其良也，召和而缓至，可矣。执其人以求之，守死而待之，不亦痴乎？”王孙欷歔曰：“但天下之医，无愈和者。”媪曰：“何见之不广也？”遂以五可之容颜发肤，神情态度，口写而手状之。王孙又摇首曰：“媪休矣！此余愿所不及也。”反身向壁，不复听矣。媪见其志不移，遂去。

○冠：在……之上，超出众人。

○字：许嫁。

○召和而缓至：和、缓，皆春秋时期之名医，同是名医，请谁都一样。

○欷歔（xī xū）：哭泣后不由自主地急促呼吸。

○愈：胜过。

译文

在郡中，有一户姓张的大户人家，家中的五位千金皆容貌出众，而最小的五可，更是美艳绝伦，超越了她的姐姐们，目前正待字闺中，挑选佳婿。一日，五可在前往祭祖的路上偶遇王寄生，透过车窗窥见他的风貌，心中暗自倾慕，回家后便向母亲吐露了心声。母亲察觉到五可的情意，便召见了媒婆于氏，暗中授意她去王家提亲。于氏领命后，随即前往王家。此时，王寄生仍因病卧床，于氏一听闻他的病情，便笑道：“此病老婆子我或许能治。”芸娘听后，急忙询问缘由。于氏便将张家的意愿和盘托出，对五可的美貌赞不绝口。芸娘听后大喜，嘱咐于氏去见王寄生。于氏进入王寄生的房间，轻抚着他，并告知了自己的来意。王寄生却摇摇头，叹道："药不对症，又有何益？"于氏笑道："治病关键在于医生是否高明。若医生医术精湛，即便请的是医和，来的却是医缓，同样能治愈疾病。若固执己见，非某人不治，岂非愚钝之举？"王寄生抽泣着说："然而天下的医生，无人能及医和。"于氏劝道："你的见识怎如此狭隘？"接着，她绘声绘色地向王寄生描述了五可的容颜、肌肤、神态，试图打动他。王寄生却再次摇头，坚决地说："不必再说了！此人并非我心中所念。"说完，他转过身面向墙壁，不再理会于氏。于氏见王寄生的心意已决，无法动摇，只好悻悻离去。

原文

一日，王孙沉痼中，忽一婢入曰："所思之人至矣！"喜极，跃然而起。急出舍，则丽人已在庭中。细认之，却非闺秀，着松花色细褶绣裙，双钩微露，神仙不啻也。拜问姓名，答曰："妾，五可也。君深于情者，而独钟闺秀，使人不平。"王孙谢曰："生平未见颜色，故目中止一闺秀。今知罪矣！"遂与要誓。方握手殷殷，适母来抚摩，蘧然而觉，则一梦也。回思声容笑貌，宛在目中，阴念："五可果如所梦，何必求所难遘？"因而以梦告母。

○沉痼：病重。

○不啻（chì）：无异于，如同。

○要（yāo）誓：订盟。此指订嫁娶之约。

○蘧（qú）然：惊喜的样子。

○遘（gòu）：遇。

译文

一日，王寄生病得昏沉，恍惚间，只见一个丫环匆匆走进屋来，轻声说道："你心心念念之人已至！"王寄生听后，心中大喜，猛地从床上跃起，急忙奔出屋外。只见庭院中站立着一位美人，他仔细端详，却发现并非闺秀。这位美人身着一袭松花色细褶绣裙，裙摆轻轻摇曳，微露出双脚，宛若仙子下凡，令人心动不已。王寄生快步上前，恭敬地施了一礼，询问她的姓名。姑娘轻声回答道："我乃五可。你的一片深情皆系于闺秀之身，实令人心中难平。"王寄生听后，连忙赔罪道：“我此生从未有幸目睹你的芳容，因此心中只有闺秀一人。今日得见，方知自己罪孽深重！”说罢，他便与五可定下了誓约，表达了自己的决心。正当王寄生紧握五可之手，沉浸在幸福之中时，母亲突然走来，轻轻抚摸着他。他惊喜地醒来，才发现原来只是一场美梦。然而，五可的音容笑貌却仿佛仍在眼前，令他难以忘怀。王寄生心中暗自思量：“若五可果真如梦中所见那般美好，又何必再去追求那难以得到的闺秀呢？”于是，他将梦见五可的经过一一告诉了母亲，心中充满了对五可的思念与向往。

原文

母喜其念少夺，急欲媒之。王孙恐梦见不的，托邻妪素识张氏者，伪以他故诣之，嘱其潜相五可。妪至其家，五可方病，靠枕支颐，婀娜之态，倾绝一世。近问：“何恙？”女默然弄带，不作一语。母代答曰：“非病也。连日与爹娘负气耳！”妪问故，曰：“诸家问名，皆不愿，必如王家寄生者方嫁。是为母者劝之急，遂作意不食数日矣。”妪笑曰：“娘子若配王郎，真是玉人成双也。渠若见五娘，恐又憔悴死矣！我归，即令倩冰，如何？”五可止之曰：“姥勿尔！恐其不谐，益增笑耳！”妪锐然以必成自任，五可方微笑。妪归，复命，一如媒媪言。王孙详问衣履，亦与梦合，大悦。意虽稍舒，然终不以人言为信。

○不的：不准确。的，真实，实在。

○潜相（xiàng）：暗地相看。

○负气：赌气。

○问名：古代婚礼六礼中的第二礼。即男方遣媒人到女家询问女方姓名，生辰八字。取回庚贴后，卜吉合八字。此处是求婚的意思。

○渠：代词，他。

○倩冰：请媒人来提亲。倩，请。冰，冰人，即媒人。

译文

芸娘见儿子的心意有了转变，心中大喜，急忙想要寻找合适的人选前往张家提亲。王寄生却担心梦中所见并非真实，于是委托了一位平日里与张家相熟的邻居老妈妈，让她以有事为由前往张家，暗中观察五可。老妈妈来到张家时，恰逢五可生病卧床。她头枕绣枕，手托香腮，展现出一副婀娜多姿、倾国倾城的病态美。老妈妈走近前去，关切地询问她的病情。五可却只是默默地玩弄着衣带，一言不发。她的母亲代为回答道："并非真的生病，只是这几日与爹妈有些赌气。"当老妈妈询问赌气的原因时，五可的母亲叹了口气，说道："近来有许多人家前来提亲，她都一一拒绝，只说是非王家的王寄生不嫁。我这当妈的劝她急了，她就发起了脾气，好几日都不肯进食。"老妈妈听后，笑着劝慰道："这姑娘若能与王郎结为连理，那可真是天生的一对玉人。他若见了五娘，恐怕又要为相思所苦了！我回去告知王家，让他们请媒人来提亲，如何？"五可听后，连忙制止道："妈妈切莫如此！只怕人家并不同意，反而招来更多笑话！"老妈妈却毅然表示，自己一定会尽力促成此事。五可听后，才微微露出笑意，答应了她的提议。老妈妈回到王家，将所见所闻一一向王寄生禀报，与媒婆所言相差无几。王寄生又详细询问了五可的衣着打扮，发现与梦中所见一般无二，心中大为高兴。然而，即便如此，王寄生仍然不敢全然相信别人的话，心中仍存有一丝疑虑。

原文

过数日，渐瘳，秘招于媪来，谋以亲见五可。媪难之，姑应而去。久之，不至。方欲觅问，媪忽忻然来曰："机幸可图。五娘向有小恙，日令婢辈将扶，移过对院。公子往伏伺之，五娘行缓涩，委曲可以尽睹矣。"王孙喜。明日，命驾早往，媪先在焉。即令絷马村树，引入临路舍，设座掩扉而去。少间，五可果扶婢出。王孙自门

○瘳（chōu）：病愈。

○忻（xīn）然：高兴的样子。

○将扶：扶持。

○缓涩：缓慢。

隙目注之。女从门外过，媪故指挥云树以迟纤步。王孙窥觇尽悉，意颤不能自持。未几，媪至，曰：“可以代闺秀否？”王孙申谢而返。始告父母，遣媒要盟。及妁往，则五可已别字矣。

○意颤：心跳动着，心情激动。

○妁（shuò）：媒人。

译文

数日之后，王寄生的病情逐渐康复，他便私下召来了媒婆于氏，与她密谋，希望能亲眼目睹五可的风采。于氏初时颇感为难，但最终还是勉强应允并离去。然而，许久过去，于氏却迟迟未归。正当王寄生打算派人询问之际，于氏突然满面春风地出现，兴奋地说：“真是天赐良机！五娘近来身体不适，每日都会由丫环陪同，前往对面的院子散步。公子可事先隐藏在一旁等候，五娘步履缓慢，你定能将她瞧得真真切切。”王寄生听后大喜。次日，王寄生一早便命人备好马匹，匆匆前往约定之地，只见于氏已在那里等候多时。于氏让他将马拴在村外树下，随后领他进入临街的一间房屋，安排他坐下后，便关上门离开了。不多时，五可果然在丫环的搀扶下缓缓而来。王寄生透过门缝，紧紧盯着五可的身影。当五可从门外经过时，于氏故意指着天上的云彩和路旁的树木，以此来拖延五可的步伐。王寄生得以将五可的容貌举止尽收眼底，心中不禁小鹿乱撞，难以自持。片刻之后，于氏返回，轻声问道：“这位姑娘可符合公子的心意，能否作为佳偶之选？”王寄生向于氏表达了感激之情后，便匆匆返回家中。一到家，他便迫不及待地将今日所见五可之事告知了父母，并立即派遣媒人前往张家提亲。然而，当媒人抵达张家说明来意时，却惊讶地发现五可已经许配给了他人。

原文

王孙失意，悔闷欲死，即刻复病。父母忧甚，责其自误。王孙无词，惟日饮米汁一合，积数日，鸡骨支床，较前尤甚。媪忽至，惊曰：“何惫之甚？”王孙涕下，以情告。媪笑曰：“痴公子！前

○一合（gě）：量词。一合约为一小碗。

○鸡骨支床：形容瘠瘦。

日人趁汝来，而故却之；今日汝求人，而能必遂耶？虽然，尚可为力。早与老身谋，即许京都皇子，能夺还也。”王孙大悦，求策。媪命函启遣伻，约次日候于张所。桂庵恐以唐突见拒，媪曰：“前与张公业有成言，延数日而遽悔之。且彼字他家，尚无函信。谚云：‘先炊者先餐。’何疑也！”桂庵从之。次日，二仆往，并无异词，厚犒而归。王孙病顿起，由此闺秀之想遂绝。

○趁：追求。

○伻（bēng）：使者。

○唐突：莽撞，冒失。

○成言：约定，成议。

○先炊者先餐：先做成饭的先吃。

○犒（kào）：犒劳，赏赐。

译文

王寄生深感绝望，内心充满了悔恨与郁闷，竟再次病倒。父亲对此忧虑重重，责备他是自作自受，错失良机。面对父亲的责备，王寄生无言以对，每日仅靠一碗稀薄的米汤度日。数日之后，他已瘦弱至极致，躺在床上，病情比以往任何一次都更为严重。这时，于氏突然到访，见状大惊失色，连忙询问：“你怎会病得如此严重？”王寄生泪流满面，将事情的原委一一告知。于氏听后，笑道：“真是个痴情的公子！之前人家来追求你，你却故意拒绝；如今你反过来追求人家，又怎能轻易如愿？不过，也并非全无办法。你若早些与我这老太婆商量，即便是京城的皇子想要娶她，我也能帮你把人夺回来。”王寄生听后大喜，连忙请教对策。于氏便让他精心撰写一封书信，派人送往张家，并约定次日亲往张家等候佳音。王寄生担心此举过于唐突，会被张家拒绝。于氏却安慰道：“我前几日已与张公有过约定，只是因故推迟了几日，才导致他们突然反悔。况且，五娘许配给他人之事，并无任何书信或聘礼为证。俗话说‘先下手为强。’你有什么好担心的？”王寄生听从了于氏的建议。次日，他派出两名仆人前往张家下聘，张家并未提出任何异议，反而厚赏了他们。王寄生的病情也因此奇迹般地好转，从此，他不再对那位闺秀念念不忘。

原文

初，郑子侨却聘，闺秀颇不怿，既闻张氏婚成，心愈抑郁，遂病，

○却聘：拒婚。 ○怿（yì）：悦，快乐。

日就支离。父母诘之，不肯言。婢窥其意，隐以告母。郑闻之，怒

○支离：形容病中体瘦骨露，衰弱无力。宋陆游《病起书怀》诗："病骨支离纱帽宽。"

不医，以听其死。二娘怼曰："吾侄亦殊不恶，何守头巾戒，杀吾

○怼（duì）：怨恨，恼怒。 ○头巾戒：儒生所遵守的迂腐戒律。头巾，封建时期读书人的冠巾。

娇女！"郑恚曰："若所生女，不如早亡，免贻笑柄！"以此夫妻反

目。二娘与女言，将使仍归王孙，若为媵。女俯首不言，意若甚愿。

○若为媵（yìng）：如同做妾。若，如。媵，媵妾。

二娘商郑，郑更怒，一付二娘，置女度外，不复预闻。二娘爱女切，

○一：全。

欲实其言。女乃喜，病渐瘥。

○实：实践。

译文

最初，郑子侨拒绝了王家的求婚，这让闺秀心中十分不悦。当她得知王家转而与张家联姻的消息后，心情愈发沉重，竟因此病倒，日渐消瘦。父母察觉到她的异常，询问缘由，她却缄口不言。丫环察觉到了闺秀的心事，便向闺秀的父母透露了实情。郑子侨得知后，大为恼火，竟拒绝为闺秀请医问药，任由她的病情恶化。二娘对此深感不满，责备道："我侄子也还不错，何必死守着那些陈旧的规矩，害了我们的女儿呢！"郑子侨听后，恼羞成怒，怒斥道："你生的这种女儿，还不如早点死去，免得被人嘲笑！"从此，夫妻二人关系破裂，反目成仇。二娘心疼女儿，便与她商议，打算让她嫁给王寄生，但只能作为妾室。闺秀听后，低头不语，似乎对这个提议并无反感。二娘又尝试与郑子侨沟通，郑子侨听后更加愤怒，将此事全权交给二娘处理，对女儿的死活不再关心，也不再干涉这桩婚事。二娘爱女心切，决心将计划付诸实践。闺秀得知后，心情大好，身体逐渐康复。

原文

窃探王孙，亲迎有日矣。及期，以侄完婚，伪欲归宁。昧旦，使人

○亲迎：婚礼六礼之一，即新婿亲自到女家迎娶新娘。 ○昧旦：天未亮，破晓。

求仆舆于兄。兄最友爱，又以居村邻近，遂以所备亲迎车马，先迎

二娘。既至，则妆女入车，使两仆两媪护送之。到门，以毡贴地而

○妆女：指盛妆其女闺秀。 ○毡：这里指婚礼中的红地毯。

入。时鼓乐已集，从仆叱令吹擂，一时人声沸聒。王孙奔视，则女

子以红帕蒙首，骇极，欲奔，郑仆夹扶，便令交拜。王孙不知何由，

○红帕蒙首：旧时婚礼，新妇以红帕蒙头，俗称"盖头"，行交拜礼。

即便拜讫。二媪扶女，径坐青庐，始知其闺秀也。举家皇乱，莫知

○青庐：古时婚俗，以青布幔为屋，于此交拜迎妇，称"青庐"。这里指新婚的房屋。

所为。时渐濒暮，王孙不复敢行亲迎之礼。桂庵遣仆以情告张，张

怒，遂欲断绝。五可不肯，曰："彼虽先至，未受雁采，不如仍使亲

○未受雁采：指没有正式订婚手续。雁采，古代婚礼六礼之一，又称"纳采"。

迎。"父纳其言，以对来使。使归，桂庵终不敢从。相对筹思，喜

怒俱无所施。张待之既久，知其不行，遂亦以舆马送五可至，因另

设青帐于别室。而王孙周旋两间，蹀躞无以自处。母乃调停于中，

○蹀（dié）躞：小步徘徊的样子。

使序行以齿，二女皆诺。及五可闻闺秀差长，称"姊"有难色，母甚

虑之。比三朝公会，五可见闺秀风致宜人，不觉右之，自是始定。然

○三朝公会：指婚后第三天相互会见。 ○右之：尊重她。古代以右为尊。这里指以闺秀为姊。

父母恐其积久不相能，而二女却无间言，衣履易着，相爱如姊妹焉。

○不相能：不相容。 ○无间言：亲密没有隔阂。

译文

二娘暗地里打听到王寄生迎娶新娘的日子已定。到了那天，她便以侄子即将成婚为由，假装要回娘家探望。天刚蒙蒙亮，她就差人前往兄长家中借取车马。王桂庵对妹妹一向疼爱有加，加之两村相邻，便慷慨地将原本准备用于迎亲的车马先派去接二娘。车马抵达后，二娘迅速为女儿装扮妥当，送她上车，并派遣两名仆人及两名仆妇随行护送。车马抵达王家，红毡铺地，闺秀被隆重地迎了进去。此时，鼓乐已备齐，仆人一声令下，鼓乐齐鸣，人声鼎沸。王寄生闻声跑出，只见一女子红帕蒙头，不禁大吃一惊，转身欲逃。郑家的两名仆人眼疾手快，上前将王寄生夹在中间，强行让他与新人拜堂。王寄生茫然无措，糊里糊涂地完成了拜天地的仪式。两名仆妇扶着女子，直接进入了洞房，这时众人才恍然大悟，新娘竟是闺秀。一时间，王家上下慌乱不已，不知所措。眼看天色渐晚，王寄生也不敢再去张家迎娶另一位新娘了。王桂庵派仆人将这一情况告知张家，张家听后大为震怒，意欲断绝这门亲事。然而五可却持不同意见，她说："虽然闺秀先到，但并未正式下聘，不如仍让王家来迎娶我。"张父听取了五可的建议，并让仆人转告王家。仆人返回报告后，王桂庵却仍不敢按张家的意思行事。全家人聚在一起商议，都感到左右为难，既高兴不起来，又不敢发火。张家久等不见王家来迎亲，便也派车马将五可送到了王家。王家只好在另一间房中也设了洞房，王寄生在两个洞房之间徘徊不定，束手无策。这时，芸娘出面调解，提议让五可和闺秀根据年龄大小排列长次。两位姑娘都表示同意。五可听说闺秀稍长一些，起初不太愿意称她为姐姐，这让芸娘颇为担忧。然而到了结婚第三天，两人在公婆面前相见时，五可见闺秀风姿绰约、举止得体，不由自主地尊她为姐姐。从此，两位新娘的长次顺序便定了下来。王桂庵夫妇曾担心时间一长两人会不和睦，但两位媳妇却从未发生过争执，反而互换衣物、相亲相爱如同姐妹一般。

原文

王孙始问五可却媒之故，笑曰："无他，聊报君之却于媪耳。尚未见妾，意中止有闺秀；既见妾，亦略靳之，以觇君之视妾，较闺秀何

○却：拒绝，推却。

○靳（jìn）：吝惜。这里是矜持的意思。

如也。使君为伊病，而不为妾病，则亦不必强求容矣。”王孙笑曰：“报亦惨矣！然非于媪，何得一觐芳容？”五可曰：“是妾自欲见君，媪何能为？过舍门时，岂不知眈眈者在内耶？梦中业相要，何尚未知信耶？”王孙惊问：“何知？”曰：“妾病中梦至君家，以为妄，后闻君亦梦妾，乃知魂魄真到此也。”王孙异之，遂述所梦，时日悉符。父子之良缘，皆以梦成，亦奇情也。故并志之。

○觐：朝见君主或朝拜圣地。

○眈眈：贪婪地盯着。

译文

此时，王寄生方才询问五可当初为何拒绝婚事，五可笑道：“并无他因，只是欲报复你当初拒绝于媒婆的提亲之举。在未见我之前，你心中唯有闺秀一人；即便见过我之后，我也想保持些庄重，以观察你待我与待闺秀是否有所不同。若你只为她生病，却不为我生病，我自然不会强求你娶我。”王寄生笑道：“你这报复可真够厉害的！若非于媒婆，我又怎能有幸见到你的容颜呢？”五可轻声道：“其实是我自己想见你，于媒婆又怎能促成此事？那日经过你家门前，我岂会不知有人在里面直勾勾地盯着我？梦中已与你相约，你为何还不相信呢？”王寄生听后大惊，问道：“你怎知我所做之梦？”五可答道：“我生病之时，曾梦中来到你家，当时只觉荒唐。后来听闻你也做了梦，方知我的魂魄真的曾来此一游。”王寄生听后，只觉此事无比神奇，便将自己所做的梦细细道来。两人所梦之时辰日期竟都吻合，真可谓是天作之合。王桂庵父子两桩美满姻缘皆因梦而成，此情此景，堪称奇缘。故将此事一并记载下来，以传为佳话。

原文

异史氏曰：父痴于情，子遂几为情死。所谓情种，其王孙之谓与？

○情种：痴情种子，感情特别丰富的人。特指钟于男女爱情者。

不有善梦之父，何生离魂之子哉！

○离魂：脱离躯体的灵魂。特指为爱情而魂魄离体。

译文

异史氏说：父亲痴迷于爱情，儿子也几乎为情而死。所谓的情种，说的就是王孙这样的人吧？如果没有一个善于做梦的父亲，又怎么会生出一个为爱离魂的儿子呢！

#【周生】

原文

周生者，淄邑之幕客。令公出，夫人徐有朝碧霞元君之愿，以道远故，将遣仆赍仪代往，使周为祝文。周作骈词，历叙平生，颇涉狎谑。中有云："栽般阳满县之花，偏怜断袖；置夹谷弥山之草，惟爱余桃。"此诉夫人所愤也，类此甚多。脱稿，示同幕凌生。凌以为亵，戒勿用。弗听，付仆而去。未几，周生卒于署，既而仆亦死，徐夫人产后，亦病卒。人犹未之异也。周生子自都来迎父榇，夜与凌生同宿，梦父戒之曰："文字不可不慎也！我不听凌君言，遂以亵词，致干神怒，遽夭天年，又贻累徐夫人，且殃及焚文之仆。恐冥罚尤不免也！"醒而告凌，凌亦梦同，因述其文。周子为之惕然。

○淄邑：淄川县。幕客：又称"幕僚""幕宾""幕友"，指应主管官员之聘，办理文书、刑名、钱谷等事务的人员。这里指县令的幕客。

○赍（jī）仪：赍捧祭祀之礼品。

○祝文：祭神的祷辞。

○骈词：一种讲求对偶和韵律的文体。多用四、六字句，故又称"四六文"。

○狎谑：轻侮嬉戏而不庄重。

○般阳：旧路名。元代设般阳路，治所在淄川县。这里代指淄川。

○断袖：断袖之欢的省词。

○夹谷：地名。春秋齐地，指淄川之夹谷。弥：满。

○余桃：指宠爱男色。

○亵（xiè）：狎亵。

○榇（chèn）：棺木。

○干：干犯，冒犯。

○惕然：惊惧的样子。

译文

周生乃淄川县衙门中一名幕僚。因县令公差外出，其妻徐氏，久怀朝拜碧霞元君之愿。奈何路途遥远，遂决定遣仆人携祭品代为还愿，并请周生代撰祝文一篇。周生遂作一篇四六骈文，细述徐氏生平，然言辞间颇多轻佻戏谑。文中写道："遍植般阳全县之花，独爱断袖之癖；广置夹谷满山之草，惟钟余桃之情。"此二句暗含讥讽，类此之句不胜枚举。周生完稿后，示于同僚凌生。凌生阅后，觉其言辞过于浮夸，劝其勿用。然周生不以为意，径将祝文交予仆人后离去。未几，周生于衙门中暴毙，随后仆人亦亡，而徐夫人在诞下婴儿后，亦不幸病逝。旁人初未觉异。及周生之子自京城赶来迎父灵柩，夜与凌生同寝，忽闻父魂告诫曰：“为文不可不慎！吾未听凌先生之劝，因言辞轻浮而触怒鬼神，招致速死，且连累徐夫人及焚祝文之仆人。恐阴间之罚，难以幸免！”周生之子惊醒后，告知凌生。凌生亦梦同景，遂将周生所作骈文复述一遍。周生之子听后，心有余悸。

原文

异史氏曰：恣情纵笔，辄洒洒自快，此文客之常也。然媟嫚之词，何敢以告神明哉！狂生无知，冥谴其所应尔。但使贤夫人及千里之仆，骈死而不知其罪，不亦与刑律中分首从者，反多愦愦耶？冤已！

○媟嫚（màn）：秽亵戏谑。

○骈死：一齐死去。骈，并列。

○首从：首恶和从恶。

○愦愦（kuì）：糊涂、昏庸的样子。

译文

异史氏言道：文人常情，在于放纵情感，任意挥洒笔墨，自觉洋洋得意，文思泉涌。然则，淫秽轻慢之辞，又岂敢用以敬献神明乎？狂放书生，无知妄为，遭受阴间惩戒，自是理所应当。然使贤淑之徐夫人与千里奔波之仆人，皆不明所以而毙命，岂非较之人间律法，尚分首从之罪，更令人惑然不解，感其冤屈乎？真乃憾事一桩，令人叹惋！

【褚遂良】

原文

长山赵某，税屋大姓。病症结，又孤贫，奄然就毙。一日，力疾就凉，移卧檐下。既醒，见绝代丽人坐其傍，因诘问之。女曰："我特来为汝作妇。"某惊曰："无论贫人不敢有妄想，且奄奄一息，有妇何为！"女曰："我能治之。"某曰："我病非仓猝可除，纵有良方，其如无赀买药何！"女曰："我医疾不用药也。"遂以手按赵腹，力摩之，觉其掌热如火。移时，腹中痞块，隐隐作解拆声。又少时，欲登厕，急起，走数武，解衣大下，胶液流离，结块尽出，觉通体爽快。返卧故处，谓女曰："娘子何人？祈告姓氏，以便尸祝。"答云："我狐仙也。君乃唐朝褚遂良，曾有恩于妾家，每铭心欲一图报。日相寻觅，今始得见，夙愿可酬矣。"某自惭形秽，又虑茅屋灶煤，玷染华裳。女但请行。赵乃导入家，土莝无席，灶冷无烟。曰："无论光景如此，不堪相辱，即卿能甘之，请视瓮底空空，又何以养妻子？"女但言："无虑。"言次，一回头，见榻上毡席衾褥已设；方将致诘，又转瞬，见满室皆银光纸裱贴如镜，诸物已悉变易，几案精

○长山：旧县名。明清时代属济南府。后并入邹平县，现为山东邹平长山镇。

○税屋：租赁房屋。

○症结：中医指腹中痞块之病。

○奄然：气息微弱的样子。

○赀（zī）：钱财。

○痞块：中医指肚子中可以摸得到的硬块。

○解拆：分解。

○武：半步为"武"。

○尸祝：设立牌位祝祷。

○褚遂良：字登善，钱塘人。唐初大臣、书法家。博涉文史。贞观中历任谏议大夫、中书令等职。武则天即位后，因反对武则天遂遭贬斥而死。

○土莝（cuò）：土炕铺着碎草。土，土炕。莝，切碎的杂草。

○言次：说话之间。

洁，肴酒并陈矣。遂相欢饮。日暮，与同狎寝，如夫妇。

译文

在长山县，有一位姓赵的人，租住在一大户人家的房子里。他不幸患上了腹中结块的病症，加之孤苦贫寒，只能奄奄一息地等待死神的降临。某日，他拼尽全力，想要寻找一个凉爽之地，于是挪动到屋檐下，沉沉睡去。待他醒来时，发现一位绝世美女正坐在他的身旁。他好奇地询问女子来此的目的，女子回答道："我是特意来做你的妻子的。"赵某听后大吃一惊，连忙说道："且不说我这等贫贱之人不敢有此妄想，更何况我如今已病入膏肓，要妻子又有何用！"女子却自信满满地说："我能治好你的病。"赵某苦笑道："我的病非一日之寒，纵有良药，我也无钱购买，还不是一样！"女子却坚称："我治病无需用药。"说罢，她伸出手，按在赵某的腹部，开始用力按摩。赵某只觉她的手掌如火般灼热。片刻之后，他腹中的硬块似乎开始分解破裂，发出隐约的声响。又过了一会儿，他感到急需上厕所，便急忙起身。刚走几步，他便解开衣衫，排泄出大量的黏液和结块，顿觉全身舒畅。他回到原处躺下，感激地对女子说："娘子究竟是何方神圣？请告诉我你的姓名，让我为你立个神位，以表谢意。"女子回答道："我是狐仙。你的前世是唐朝的褚遂良，曾对我家有恩。我一直铭记在心，时刻想报答你。我每日都在寻找你，今日终于得见，也算是了却了我的心愿。"赵某听后自感羞愧，觉得自己配不上这位美丽的女子。他又担心自己的茅草屋和煤烟灶会弄脏女子的衣裳。女子却毫不在意，只请他带路回家。赵某带她回到自己的家，只见土炕上光秃秃的，炉灶也冷冰冰的。他尴尬地说："不说这样的环境，我不忍心让你受苦，就算你心甘情愿，你看坛子里空空如也，我又拿什么来养活你呢？"女子却安慰他说："不必担忧。"话音刚落，赵某一回头，只见床上已经铺好了毡席被褥；他刚想发问，转眼之间，又见满屋都贴上了银光纸，亮如明镜，其他器具也都焕然一新。桌子上摆放着精致的酒菜，两人便欢欢喜喜地共饮起来。夜幕降临，他们便如夫妻般睡在一起。

原文

主人闻其异，请一见之。女即出见，无难色。由此四方传播，造门者

甚夥。女并不拒绝，或设筵招之，女必与夫俱。一日，座中一孝廉，

○夥（huǒ）：多。

阴萌淫念。女已知之，忽加诮让，即以手推其首，首过棂外，而身犹

○诮（qiào）让：责备。 ○棂：窗棂。过去窗户的木条格子。

在室，出入转侧，皆所不能。因共哀免，方曳出之。

○曳：拖。

译文

赵某的房东在听闻这桩奇事后，心生好奇，恳请能一睹女子真容。女子欣然应允，会面时毫无难色，显得落落大方。此事很快不胫而走，四面八方的人们纷纷慕名而来，想要亲眼目睹这位神秘女子的风采。女子对此并不拒绝，若有人设宴邀请，她必定与丈夫同行。一日，女子受邀赴宴。席间，有一位举人见女子貌美，心生邪念。女子早已察觉，突然厉声斥责，随即伸手一推，举人的头颅竟被推出了窗外，而身体却仍留在屋内，进退两难，动弹不得。众人见状，连忙纷纷恳求女子宽恕。女子这才松手，将举人拉回屋内。

原文

积年余，造请者日益烦，女颇厌之。被拒者辄骂赵。值端阳，饮酒

○造请：登门造访。烦：多。 ○端阳：端午节，阴历五月初五。

高会，忽一白兔跃入。女起曰：“舂药翁来见召矣！”谓兔曰：“请先

○舂药翁：指民间传说中月亮里的玉兔。舂药，用杵臼捣药。

行。”兔趋出，径去。女命赵取梯。赵于舍后负长梯来，高数丈。庭

有大树一章，便倚其上，梯更高于树杪。女先登，赵亦随之。女回

○章：株。 ○杪（miǎo）：树梢。

首曰：“亲宾有愿从者，当即移步。”众相视不敢登，惟主人一僮，

踊跃从其后。上上益高，梯尽云接，不可见矣。共视其梯，则多年

破扉，去其白板耳。群入其室，灰壁败灶依然，他无一物。犹意僮

○扉：门扇。

返可问，竟终杳已。

译文

过了一年多，来访者络绎不绝，女子渐感厌烦。那些被拒之门外的人，转而开始指责赵某。及至端午节，赵某邀请邻里友朋共聚一堂，饮酒欢庆。不料，一只白兔突然闯入宴席。女子见状，起身言道：“捣药翁在召唤我了！”随即对白兔说：“请你先行一步。”白兔听后，急忙蹿出门外，直奔而去。女子随即吩咐赵某取来梯子。赵某便走到屋后，扛来一架数丈高的长梯。庭院中有一棵大树，女子将梯子倚靠在树上，梯子的高度竟超过了树梢。女子率先登上梯子，赵某紧随其后。女子回头对众人说：“亲戚朋友中，若有人愿意跟随，便请上梯子来吧！”众人面面相觑，无人敢应。唯有房东家的一个书童，勇敢地跟在他们后面。他们越爬越高，梯子的尽头竟与云彩相连，最终他们都消失在了云端之中。众人低头看那梯子，竟发现它变成了一扇破旧的门板，只是抽掉了门扇而已。他们进入赵某的屋子，只见灰墙依旧，败灶犹存，其他别无他物。众人本想等待书童回来询问详情，但最终却杳无音讯，再无他的消息。

端阳

端阳即端午节，定于农历五月初五，是中国传统节日之一。端午节的民间习俗丰富多彩，包括赛龙舟、吃粽子、悬挂艾草、喝雄黄酒等活动。人们在这一天饮酒聚会，纪念屈原、驱邪避灾、祈求安康。端阳节作为中国重要的民俗节日，至今在全国各地广泛流传。

【刘全】

原文

邹平牛医侯某，荷饭饷耕者。至野，有风旋其前，侯即以杓掬浆祝奠之。尽数杓，风始去。一日适城隍庙，闲步廊下，见内塑刘全献瓜像，被鸟雀遗粪，糊蔽目睛。侯曰：“刘大哥何遂受此玷污！”因以爪甲为除去之。

○邹平：县名。今为山东滨州下辖县。牛医：兽医。因农村中牛具代表性，故用牛医指代。

○饷：供食，送饭。

○杓：木勺。掬浆：舀汤水。

○刘全献瓜：神话故事。刘全，均州人。曾代替唐太宗李世民赴阴曹进奉瓜果给十殿阎王。

译文

在邹平县，有一位姓侯的牛医，他挑着饭担，前往田间为耕作的人送饭。行至田野间，忽见一股旋风在他面前盘旋。侯某见状，连忙用勺子舀起汤水，进行祭奠与祈祷。如此洒了数勺之后，那旋风方才离去。某日，侯某来到城隍庙，漫步于廊下。他注意到殿内矗立着一座雕像，描绘的是唐代刘全前往阴间献瓜的情景。然而，刘全的眼睛却被鸟粪所玷污，模糊不清。侯某见此情景，不禁叹道：“刘大哥何以遭受如此侮辱！”说完，他便伸出指甲，小心翼翼地将塑像上的鸟粪抠去，使刘全的眼睛重焕光彩。

原文

后数年，病卧，被二皂摄去。至官衙前，逼索财贿甚苦。侯方无所为计，忽自内一绿衣人出，见之讶曰：“侯翁何来？”侯便告诉。绿衣人责二皂曰：“此汝侯大爷，何得无礼！”二皂喏喏，逊谢不知。俄闻鼓声如雷，绿衣人曰：“早衙矣。”遂与俱入，令立墀下，曰：“姑立此，

○皂：皂隶，公差。

○喏喏：答应、称是的声音。

○逊谢：道歉。

○早衙：早上官员升堂办公。

○墀（chí）：台阶。

我为汝问之。”遂上堂点手，招一吏人下，略道数语。吏人见侯拱手曰：“侯大哥来耶？汝亦无甚大事，有一马相讼，一质便可复返。”遂别而去。少间，堂上呼侯名。侯上跪，一马亦跪。官问侯：“马言被汝药死，有诸？”侯曰：“彼得瘟症，某以瘟方治之。既药不瘳，隔日而死，与某何涉？”马作人言，两相苦。官命稽籍，籍注马寿若干，应死于某年月日，数确符。因诃曰：“此汝天数已尽，何得妄控！”叱之而去。因谓侯曰：“汝存心方便，可以不死。”仍命二皂送回。前二人亦与俱出，又嘱途中善相视。侯曰：“今日虽蒙覆庇，生平实未识荆。乞示姓字，以图衔报。”绿衣人曰：“三年前，仆从泰山来，焦渴欲死。经君村外，蒙以杓浆见饮，至今不忘。”吏人曰：“某即刘全。曩被雀粪之污，闷不可耐，君手为涤除，是以耿耿。奈冥间酒馔，不可以奉宾客，请即别矣。”侯始悟，乃归。既至家，款留二皂，皂并不敢饮其杯水。侯苏，盖死已逾两日矣。

○点手：招手。

○质：质讯，对质。

○瘳（chōu）：病愈。

○两相苦：两相诘难。苦，责难对方，使之困辱。

○诃：呵斥。

○天数：上天注定的命运，寿数。

○覆庇：庇护。

○识荆：为久闻其名而初次识面的敬词。

○衔报：衔环以报的省辞。报恩。南朝梁吴均《续齐谐记》载，汉朝杨宝年少时，在华阴山曾救了一只黄雀，后来黄雀衔来玉环相报，并祝其累世为官，以报其恩。

○耿耿：不忘于心。

译文

数载之后，侯某身患重病，卧床不起，忽被两名差役带走。至官衙门前，差役面露凶相，向侯某索要贿赂。侯某束手无策之际，忽见从门内走出一位身着绿衣之人。此人一见侯某，惊讶地问道：“侯翁怎会至此？”侯某便将被抓的经过一一告知。绿衣人听后，怒斥两名差役：“此乃你们侯大爷，岂敢无礼！”差役连忙应声道歉，称之前并不知情。片刻之后，只闻鼓声如雷，绿衣人道：“早堂已开。”遂与侯某一同入内，让其立于台阶下，并言道：“你先在此稍候，我为你打听一下情况。”说完，绿衣人走上大堂，点头示意，唤来一小吏，与其简短交谈。小吏见侯某，拱手行礼道：“侯大哥来了！你并无大碍，只是一匹马将你告了，上堂对质后即可离去。”言毕，小吏便告辞而去。不久，堂上呼唤侯某之名。侯某走上大堂跪下，只见一匹马亦跪于堂前。官员问侯某：“此马称你将其药死，可有此事？”侯某答道：“它患了瘟病，我用治瘟之方为其治病。服药后未见好转，隔日便亡，与我何干？”那匹马竟能人言，与侯某激烈争辩。官员命人查阅生死簿，簿上注明此马寿限及应亡之日，与实际完全相符。官员遂呵斥道：“此乃你命数已尽，岂能妄告他人！”随即将马逐出堂外。官员又对侯某言道：“你心存善念，助人为乐，可免一死。”仍命那两名差役送他回家。绿衣人与小吏亦随他们一同出门，又嘱咐差役路上好好照料侯某。侯某感激道：“今日虽蒙二位庇护，但我们素不相识。请二位告知姓名，以便日后报答。”绿衣人道：“三年前，我自泰山而来，口渴难耐，几近垂危。路经贵村时，幸得你以勺舀汤相赠，至今铭记于心。”小吏亦言道：“我便是刘全。昔日遭鸟粪玷污，苦不堪言，幸得你手除污秽，故一直念念不忘。无奈阴间酒饭不能招待宾客，请就此别过。”侯某听后恍然大悟，遂返回家中。到家后欲款待差役，但他们却连水也不敢喝便离去了。此时，侯某苏醒过来，方知自己已死去两日有余。

原文

自此益修善。每逢节序，必以浆酒酹刘全。年八旬，尚强健，能超乘驰走。一日，途间见刘全骑马来，若将远行。拱手道温凉毕，刘曰：“君数已尽，勾牒出矣。勾役欲相招，我禁使弗须。君可归治后事，三日后，我来同君行。地下代买小缺，亦无苦也。”遂去。侯归告妻子，招别戚友，棺衾俱备。第四日日暮，对众曰：“刘大哥来矣。”入棺遂殁。

○超乘：指跃身上马。

○弗须：不必。

○小缺：小官职。缺，官位。

译文

自那以后，侯某愈发致力于行善积德。每至节日，他必携酒前往祭奠刘全，以表敬意。及至八十高龄，他仍体魄强健，能策马奔腾，不显老态。一日，侯某在路上偶遇刘全骑马而来，似欲远行。二人相逢，拱手寒暄。刘全言道：“你之阳寿已近尽头，勾魂之文书已下。鬼卒欲来带你离去，但已被我阻拦。你可归家准备后事，三日之后，我将来与你同行。我在阴间已为你购置一小官，日后生活定无虞。”说完，刘全便骑马离去。侯某返回家中，将此事告知妻子，并邀请亲戚朋友前来告别。他备齐棺材与寿衣，一切安排妥当。至第四日傍晚，侯某对众人道：“刘大哥已至。”言毕，他安然躺入棺材，与世长辞。

识荆

“识荆”源自唐代李白《与韩荆州书》中的名句：“生不用封万户侯，但愿一识韩荆州。”韩荆州指韩朝宗，他作为荆州长史，以赏识和提携后进闻名。李白在书信中表达了对韩朝宗的仰慕之情，希望能够得到他的赏识和提携。此后，“识荆”被用作敬辞，表示久闻其名而初次见面的敬意，带有尊敬和期待的意味。

【土化兔】

原文

靖逆侯张勇镇兰州时，出猎获兔甚多，中有半身或两股尚为土质。

一时秦中争传土能化兔。此亦物理之不可解者。

○秦中：古地区名。今陕西中部平原地区。

○物理：事物的常理。

译文

靖逆侯张勇镇守兰州的时候，经常外出打猎，抓到很多的兔子。这些兔子中有的半截身子或是两条大腿还是土质的。一时间，在秦中一带，人们争相传说土能变成兔子。这也是普通道理无法解释的一件事。

张勇

字非熊，陕西咸宁人，原为明之副将，顺治间降清。初授游击，继任甘肃总兵，驻军兰州。后在平定吴三桂的叛乱中，屡立战功，授靖逆将军，升任靖逆侯，加少傅兼太子太师。康熙二十三年（1684），张勇到丹山防御外敌，途中在甘州病逝，追赠少师，谥号襄壮。

【鸟使】

原文

苑城史乌程家居，忽有鸟集屋上，香色类鸦。史见之，告家人曰：“夫人遣鸟使召我矣。急备后事，某日当死。”至日果卒。殡日，鸦复至，随槥缓飞，由苑之新。及殡，鸦始不见。长山吴木欣目睹之。

○苑城：位于山东旧长山县城北二十五里处。见嘉庆《长山县志》。1956年长山县并入邹平县，现为山东邹平苑城镇。

○香色：声音相貌。

○槥（huì）：棺木。

○新：指新城，在苑城之北，与苑城接壤，即今山东桓台。

○吴木欣：名长荣，字木欣，别字青立，又号茧斋，长山人。与蒲松龄有交往。

译文

在苑城，有一人名叫史乌程，平日里闲居家中。某日，忽有一只飞鸟降落于其屋顶，其色泽与鸣声皆似乌鸦。史乌程见此鸟，随即对家人言道：“吾妻已遣鸟使来召我前去。速速准备后事，某日我恐将离世。”及至所言之日，史乌程果然辞世。出殡之时，那只乌鸦再度出现，缓缓飞翔于棺材之后，自苑城一路相随至新城。待葬礼完毕，乌鸦方才消失无踪。此番奇景，长山人吴木欣亲眼所见，可为佐证。

【姬生】

原文

南阳鄂氏，患狐，金钱什物，辄被窃去。迕之，祟益甚。鄂有甥姬生，名士不羁，焚香代为祷免，卒不应。又祝舍外祖使临己家，亦不应。众笑之。生曰："彼能幻变，必有人心。我固将引之，俾入正果。"数日辄一往祝之。虽不见验，然生所至，狐遂不扰。以故，鄂常止生宿。生夜望空请见，邀益坚。一日，生归，独坐斋中，忽房门缓缓自开。生起致敬曰："狐兄来耶？"殊寂无声。一夜，门自开。生曰："倘是狐兄降临，固小生所祷祝而求者，何妨即赐光霁？"却又寂然。案头有钱二百，及明失之。生至夜，增以数百，中宵，闻布幄铿然。生曰："来耶？敬具时铜数百备用。仆虽不充裕，然非鄙吝者。若缓急有需，无妨质言，何必盗窃？"少间，视钱，脱去二百。生仍置故处，数夜不复失。有熟鸡，欲供客而失之。生至夕，又益以酒，而狐从此绝迹矣。鄂家祟如故。生又往祝曰："仆设钱而子不取，设酒而子不饮。我外祖衰迈，无为久祟之。仆备有不腆之物，夜当凭汝自取。"乃以钱十千、酒

○南阳：府名。治所在今河南南阳。

○迕：触犯，抗拒。

○祟：民间传说称鬼神带给人的灾祸。

○俾（bǐ）：使。正果：佛教认为学佛而得到证悟。这里是指正道，与邪魔外道相对。

○光霁："光风霁月"的省词。意为天朗气清时的和风，雨过天晴后的明月。常用以比喻人物胸襟开朗、心地坦率。后用为对人容貌的美称。这里指显形。

○布幄（wò）：布的帷幕。指以布为幔帐的内室。铿然：金属撞击的声响。这里指铜钱的响声。

○时铜：指铜钱。

○缓急：偏义复词。指急难。

○质言：直言。

○不腆（tiǎn）：不够丰美。腆，丰厚，美好。

一罇，两鸡皆聂切，陈几上。生卧其傍，终夜无声，钱物如故。

○聂（zhé）切：切成薄片。

狐怪从此亦绝。

译文

在南阳之地，鄂家深受狐狸之扰，家中财物频遭窃取，一旦冒犯，灾祸更甚。鄂家有一外甥，名曰姬生，乃当地名士，性情豪放，不拘小节。他燃香祈愿，欲代鄂家向狐狸求和，却未见成效。姬生又试图说服狐狸离鄂家而转投自家，狐狸亦不允，此举引得众人嘲笑。姬生却道："狐狸既能化形，必通人性，我定要引导它走向正道。"自此，姬生每隔数日便前往鄂家，向狐狸祈祷。虽非次次灵验，但姬生一到，狐狸便不再侵扰。鄂家因此常邀姬生留宿，姬生则于夜晚仰望星空，恳请狐狸现身一见，且请求之意日益坚决。一日，姬生归家，独坐书房，忽闻房门缓缓自开。姬生起身行礼，问道："莫非狐兄驾临？"然四周寂静，无人回应。又一夜，门再次自开，姬生言道："若狐兄光临，我早已祈愿一见，何不现身相见？"仍旧寂静无声。案头原有二百文钱，至天明时已然不见。姬生于夜晚又增置数百文钱，半夜时分，布帐微响。姬生道："狐兄来了吗？我已备下数百文钱供你使用。我虽不富，却非吝啬之人。若你确需钱财，何不直言，何必偷盗？"片刻后，钱已少去二百文。姬生将余钱放回原处，此后数夜，钱未再失。又有一只熟鸡，本欲待客，却也不翼而飞。姬生于夜晚再添酒食，自此，狐狸踪迹全无。然鄂家狐狸仍作祟不止。姬生复往祈祷："我置钱你不取，设酒你不饮。我外祖父年迈体弱，请勿再于他家作祟。我备下薄礼，今夜任你自取。"于是，他将一万文钱、一坛酒及两只切片熟鸡置于案上，自己则在桌旁和衣而睡。然一夜过去，毫无动静，钱与食物皆未被动。自此以后，狐狸再未出现，鄂家终得安宁。

原文

生一日晚归，启斋门，见案上酒一壶，燂鸡盈盘，钱四百，以赤绳

○斋：书斋。 ○燂（xún）鸡：烧鸡。燂，烧烤。

贯之，即前日所失物也。知狐之报。嗅酒而香，酌之色碧绿，饮之

○贯：贯穿，钱绳。

甚醇。壶尽半酣，觉心中贪念顿生，蓦然欲作贼，便启户出。思村中一富室，遂往越其墙。墙虽高，一跃上下，如有翅翎。入其斋，窃取貂裘、金鼎而出，归置床头，始就枕眠。天明，携入内室。妻

○貂裘：貂皮袄。
金鼎：金香炉。

惊问之，生嗫嚅而告，有喜色。妻骇曰："君素刚正，何忽作贼！"

○嗫嚅：吞吞吐吐、欲言又止的样子。

生恬然不为怪，因述狐之有情。妻恍然悟曰："是必酒中之狐毒也。"

○恬然：心安自得的样子。

○研：研为细末。

因念丹砂可以却邪，遂研入酒，饮生。少顷，生忽失声曰："我奈何

○丹砂：朱砂，矿物名。为炼汞的主要原料，也可制作颜料和药材。古代方士用为炼丹的主要原料，民间认为可以辟邪。

做贼！"妻代解其故，爽然自失。又闻富室被盗，噪传里党。生终

○里党：乡邻。

日不食，莫知所处。妻为之谋，使乘夜抛其墙内，生从之。富室复得故物，事亦遂寝。

译文

一日，姬生归家已晚，推开书房门，只见桌上摆放着一壶佳酿，一盘烤鸡香气扑鼻，还有四百文钱用红绳串起，正是前几日遗失之物。他心知这是狐狸对他的回报。轻嗅酒壶，香气袭人；倾倒而出，酒色碧绿，入口醇厚，回味无穷。一壶酒尽，姬生微醺，心中竟生贪婪之念，突生贼心，遂开门而出。他想起村中有一富豪，便朝其家行去，意欲翻墙而入。虽墙高丈余，但他却如生翼般轻松跃上跃下。闯入屋内，他窃得貂裘、金鼎，匆匆逃离，返回家中，将赃物置于床头，方才躺下。次日天明，姬生将赃物带入内室。妻子见状，大惊失色，询问缘由。姬生含糊其辞，面露喜色。妻子惊骇道："夫君一向刚正不阿，怎会突然行窃？"姬生却毫不在意，反觉狐狸有情有义。妻子恍然大悟，道："这定是中了酒中狐毒！"于是想起丹砂可驱邪，便找来研成细末，掺入酒中，让姬生饮下。不久，姬生忽失声惊呼："我怎会行窃！"妻子便向他解释原因，姬生茫然无措，不知所措。又闻富人家被盗之事已传遍乡里，姬生整日茶饭不思，不知如何处置赃物。妻子

为他出谋划策，让他趁夜将赃物掷回富人家墙内。姬生听从妻子建议，富人家见失物自行归还，此事便得以平息。

原文

生岁试冠军，又举行优，应受倍赏。及发落之期，道署梁上黏一帖云：“姬某作贼，偷某家裘、鼎，何为行优？”梁最高，非跂足可黏。文宗疑之，执帖问生。生愕然，思此事除妻外无知者，况署中深密，何由而至？因悟曰：“此必狐之为也。”遂缅述无讳，文宗赏礼有加焉。生每自念：无所取罪于狐，所以屡陷之者，亦小人之耻独为小人耳。

○岁试：学政到任第一年为岁考，凡生员必须应岁考。岁考采取六等黜陟法，文理平通者列为一等。

○发落：科举时代，在岁试或科试中分等评成绩，评定后根据等级进行赏罚，叫“发落”。

○跂（qǐ）：踮着脚。

○文宗：指学道。

○缅述：详细叙述。讳：隐讳。

译文

姬生在年度考试中荣登榜首，并因品德出众被举荐，理应获得加倍嘉奖。及至放榜之日，道署内竟发现一帖粘于高耸屋梁之上，其上书云：“姬某曾有窃行，盗取某家之貂皮大衣与金鼎，何谈品德高尚？”须知那梁高难及，非寻常人所能轻易触及。主考官心存疑虑，持帖问询姬生缘由。姬生闻之，大为震惊，念及此事除却妻子，无人知晓，加之道署戒备森严，此帖究竟从何而来？他猛然醒悟：“此必为狐狸所为。”于是，他坦然陈述了过往详情，而主考官听后，依然赐予他丰厚的奖赏与赠礼。姬生时常暗自思量：我并未得罪于那狐狸，它屡次加害于我，或许是小人之心作祟，耻于独自行那卑鄙之事吧。

原文

异史氏曰：生欲引邪入正，而反为邪惑。狐意未必大恶，或生以谐

引之，狐亦以戏弄之耳。然非身有夙根，室有贤助，几何不如原涉

○夙根：佛家语。指前世带来的好天性。 ○贤助：贤内助，好妻子。 ○“几何”三句：一旦失足，则不能自止。几何，多少，若干。

所云，家人寡妇，一为盗污遂行淫哉！吁！可惧也！

译文

异史氏评论道：姬生初衷本是欲导邪归正，却不料反被狡黠之狐所惑。狐狸之初衷，或许并非意在行大恶，或许是姬生以戏谑之态引之，而狐亦以同样方式回敬于他。然若非姬生天资聪颖，家中又有贤妻相助，其境遇几乎如同西汉原涉所言，家人与寡妇，一旦遭遇强盗侮辱，便可能自甘堕落，不复从前！唉，此事真乃令人胆寒！

原文

吴木欣云：“康熙甲戌，一乡科令浙中，点稽囚犯。有窃盗，已

○康熙甲戌：康熙三十三年，1694年。 ○乡科：指举人。令浙中：为浙江省某地县令。 ○点稽：清点。

刺字讫，例应逐释。令嫌‘窃’字减笔从俗，非官板正字，使

○刺字：一种墨刑。刺所犯事由或发遣地点。于鬓下颊上或臂上。 ○逐释：赶走释放。 ○官板正字：官方文件采用的正体字。按“窃”的繁体正字应为“竊”。

刮去之，候创平，依字汇中点画形象另刺之。盗口占一绝云：

○字汇：字典类书籍。 ○口占：随口念出。一绝：一首绝句。

‘手把菱花仔细看，淋漓鲜血旧痕斑。早知面上重为苦，窃物先防

○菱花：镜子。

识字官。’禁卒笑之曰：‘诗人不求功名，而乃为盗？’盗又口占答之

云：‘少年学道志功名，只为家贫误一生。冀得赀财权子母，囊游

○权子母：放债、经商均可称“权子母”。此指出资捐官，以官敛财。

燕市博恩荣。’”即此观之，秀才为盗，亦仕进之志也。狐授

○燕市：指京都北京。北京曾为古代战国时燕国首都。

姬生以进取之资，而返悔为所误，迂哉！一笑。

译文

吴木欣言道："于康熙甲戌之岁，有举人赴浙中任职县令，其间清理核查狱中囚徒。遇一窃贼，其身已受刺字之刑，按例应逐出狱门，予以释放。然县令以其身上'窃'字减笔流俗，非官方正体'竊'字，遂命人削去原字，待其伤痕愈合后，复正体字书之规范，并重刻于其上。此窃贼乃随口吟诗一首：'手持菱镜细端详，斑驳血迹覆旧伤。早知面上重受苦，窃时先防识字郎。'狱卒闻之，戏谑道：'汝既有诗人之才，何不追求功名，反行窃盗之事？'窃贼又吟诗以对：'青春学道志在名，家贫误我此生平。但求资财行借贷，游历燕都博恩荣。'由此可见，即便是秀才改行窃盗，其初衷亦是为了谋求功名。狐狸授姬生以进取之道，而他事后反悔，自认被狐所误，此真乃迂腐之见也！令人哑然失笑。"

【果报】

原文

安丘某生，通卜筮之术。其为人邪荡不检，每有钻穴逾隙之行，则卜之。一日，忽病，药之不愈。曰："吾实有所见。冥中怒我狎亵天数，将重谴矣，药何能为！"亡何，目暴瞽，两手无故自折。

○安丘：位于山东半岛中部，今为山东安丘。
○卜筮（shì）：占卜。
○邪荡不检：邪恶放荡，不自检束。
○钻穴逾隙：指奸盗方面的不当行为。
○狎亵（xiè）天数：按照民间传统说法，凡吉凶祸福都是上天预先规定的，不可更易变动。
○暴瞽（gǔ）：突然瞎了。瞽，目盲。

译文

安丘之地，有一生者，深谙占卜之术。然其人性情奸猾，行为放荡不羁，每欲行不轨之事，必先卜卦以窥吉凶。一日，此人忽染沉疴，服药无效，乃叹曰："吾实则早有预感。冥界对我屡次亵渎天数之事大为震怒，欲施重罚，仅凭药物，又何济于事乎！"未几，其人双眼猝然失明，双手亦无端折断，实乃不幸之至。

原文

某甲者，伯无嗣。甲利其有，愿为之后。伯既死，田产悉为所有，遂背前盟。又有叔，家颇裕，亦无子。甲又父之。死，又背之。于是并三家之产，富甲一乡。一日，暴病若狂，自言曰："汝欲享富厚而生耶！"遂以利刃自割肉，片片掷地。又曰："汝绝人后，尚欲有后耶！"剖腹流肠，遂毙。未几，子亦死，产业归人矣。果报如此，可畏也夫！

○伯：父亲的哥哥。无嗣：没有子嗣。嗣，在古代特指男性继承人。
○富甲一乡：财富之多为乡里第一。甲，首位，超过其他。

译文

某甲之人，见其伯父无后，心生贪念，遂主动提出过继为子，以图伯父家财。待伯父逝世后，其田产悉数落入某甲之手，而他随即背弃了当初的承诺。另有一叔，家境富裕，同样无子，某甲故技重施，认叔为父，待叔离世，他又一次违背了誓言。如此，某甲将三家之财尽数占有，一跃成为乡里首富。然而，某日他忽患怪病，状若癫狂，自言自语道："你欲享尽荣华富贵而生吗？"说完，竟持利刃自割其肉，片片掷地。又言："你绝人之后，还妄想有后乎！"随即剖腹，肠流满地，就此毙命。未几，其子亦随之而亡，家业终为他人所得。此等因果报应，灵验至此，真乃令人胆寒！

狎亵天数

狎亵天数指的是亵渎上天预定的吉凶祸福之命运。按照民间传统观念，吉凶祸福皆由上天预先决定，天命不可更改。占卜能窥测天机，但若通过占卜试图避凶化吉，甚至做坏事，则被视为亵渎天命的行为，即"狎亵天数"。这种观念体现了对天命的敬畏，认为不应试图改变或泄露上天安排的命运，否则会遭到更大的惩罚。

【公孙夏】

原文

保定有国学生某，将入都纳赀，谋得县尹。方趣装而病，月余不起。忽有僮入曰："客至。"某亦忘其疾，趋出逆客。客华服类贵者，三揖入舍，叩所自来。客曰："仆，公孙夏，十一皇子坐客也。闻治装将图县尹，既有是志，太守不更佳耶？"某逊谢，但言："赀薄，不敢有奢愿。"客请效力，俾出半赀，约于任所取盈。某喜求策，客曰："督、抚皆某最契之交，暂得五千缗，其事济矣。目前真定缺员，便可急图。"某讶其本省。客笑曰："君迂矣！但有孔方在，何问吴越桑梓耶。"某终踌躇，疑其不经。客曰："无须疑惑。实相告，此冥中城隍缺也。君寿尽，已注死籍，乘此营办，尚可以致冥贵。"即起告别，曰："君且自谋，三日当复会。"遂出门跨马去。某忽开眸，与妻子永诀。命出藏镪，市楮锭万提，郡中是物为空。堆积庭中，杂刍灵鬼马，日夜焚之，灰高如山。三日，客果至。某出赀交兑，客即导至部署，见贵官坐殿上，某便伏拜。贵官略审姓名，便勉以"清廉谨慎"等语。乃取凭文，唤至案前与之。

○保定：明清时府名。府治在今河北保定。国学生：国子监的生员，即监生。
○县尹：县令。○趣装：整理行装。
○逆：迎。
○坐客：座上客，受到礼遇的宾客。
○俾（bǐ）：使。半赀：一半的钱。
○取盈：取满所定之额。盈，圆满。
○督：总督。抚：巡抚。契：契合，亲密。
○缗（mín）：成串的钱，贯。
○真定：府名。府治在今河北正定。清雍正元年（1723）改名"正定"。
○某讶其本省：按清代官员任职规定，本省人不能在本省做官。某为保定人，保定和真定在清代同属直隶省。
○孔方：钱。
○何问吴越桑梓：哪管它在外地还是家乡。
○不经：不合常理，妄诞。
○冥贵：阴间的富贵。
○藏镪（qiǎng）：存储的钱。镪，钱贯，钱。
○开眸：睁开眼睛。眸，眼睛。
○楮（chǔ）锭：祭祀时焚化的纸制银锭。提：量词。成串。
○刍灵鬼马：茅草扎的假人假马，均为旧时送葬用的焚化物。
○部署：中央六部的部级衙门。按，捐纳由户部主持。这里指掌管捐纳事宜的阴间官署。
○凭文：捐得的官职证书文件。

译文

在保定，有一位国子监的学子，怀揣着进京捐资求取县官职位的梦想。正当他忙碌地整理行囊之际，却不料病来如山倒，卧床不起已逾月余。一日，忽有书童匆匆来报："有客来访。"此生竟忘却病痛，急切起身相迎。来客身着华服，气宇轩昂，似显贵之人。学子恭敬行礼，邀客入内，并询问其来处。客自称公孙夏，乃十一皇子幕僚，闻听学子欲进京谋职，便提议道："何须仅求县官，若有意，捐个太守之位岂不更佳？"学子虽感其好意，却谦逊回应："资财有限，不敢妄想。"公孙夏则主动请缨，提议先付半数银两，余款待上任后再补齐。学子欣然询问其法，公孙夏答道："总督、巡抚均与我交好，只需先备五千吊钱，此事便可成。现真定府知府一职空缺，正可图谋。"学子听后惊异，因真定乃本省之州，按例本省人不得为本省官。公孙夏笑其迂腐，言道："只要银两充足，何人会在意你是本省还是外省？"学子心中犹疑，公孙夏又劝道："无须多虑，实话相告，此乃阴间城隍之缺。你阳寿已尽，名已录于死簿，把握此机，尚可地下享富贵。"说完，起身告辞，又嘱道："君可再思，三日后我再来。"遂出门骑马而去。学子恍然大悟，遂与妻诀别，命其取出家中存银，购得纸钱万串，几将郡内纸钱尽数买空。他将纸钱堆满院落，又掺杂草人纸马，日夜不息地焚烧，纸灰堆积如山。至第三日，公孙夏果然如期而至。学子交出银两，公孙夏便领他至一官署。只见大殿之上，一高官端坐，学子上前跪拜。高官略问姓名后，便告诫其"为官需清廉谨慎"等语。随后，高官取出委任状，唤学子至案前并递交于他。

原文

某稽首出署。自念监生卑贱，非车服炫耀，不足震慑曹属。于是

○稽（qǐ）首：叩头行礼。中国古代最隆重的跪拜礼，手在膝前，头在手后。
○车服：舆车与冠服。官员的车服有等级定制，不能僭越。
○曹属：下属，属官。

益市舆马，又遣鬼役以彩舆迓其美妾。区画方已，真定卤簿已至。

○益：增加。市：买。
○迓（yà）：迎。
○区画：筹划，安排。
○卤簿：贵官出行时的仪仗队。

途中里余，一道相属，意得甚。忽前导者钲息旗靡。惊疑间，见骑者

○钲（zhēng）息旗靡：鼓乐停止，旗帜放下。钲，古代一种带有长柄的打击乐器，形似钟，口向上。这里指开道用的器乐。靡，倒下。

尽下，悉伏道周，人小径尺，马大如狸。车前者骇曰："关帝至矣！"

○道周：道旁。
○关帝：三国时蜀将关羽，明清时代神化，清初封为"关圣大帝"。

某惧，下车亦伏。遥见帝君从四五骑，缓辔而至。须多绕颊，不似世所模肖者，而神采威猛，目长几近耳际。马上问："此何官？"从者答："真定守。"帝君曰："区区一郡，何直得如此张皇！"某闻之，洒然毛悚，身暴缩，自顾如六七岁儿。帝君命起，使随马踪行。道傍有殿宇，帝君入，南向坐，命以笔札授某，俾自书乡贯姓名。某书已，呈进。帝君视之，怒曰："字讹误不成形象！此市侩耳，何足以任民社！"又命稽其德籍。傍一人跪奏，不知何词。帝君厉声曰："干进罪小，卖爵罪重！"旋见金甲神绾锁去。遂有二人捉某，褫去冠服，笞五十，臀肉几脱，逐出门外。四顾车马尽空，痛不能步，偃息草间。

○须多绕颊：满脸的胡须，俗称"络腮胡子"。

○模肖：描摹的肖像。

○张皇：夸张炫耀。

○洒然：惊异的样子。

○任民社：担任地方官员。民社，百姓与社稷。也泛指地方或地方官吏。

○干进：营谋官职。干，求取。

○卖爵：卖官。爵，爵位。

○偃息：仰卧。

译文

行礼完毕后，该生离开了官署。他心中暗想，自己在阳世仅为国子监生，地位卑微，若不在车马、服饰上彰显一番，恐难以震慑手下僚属。于是，他大肆采购车马，并遣鬼卒以彩车迎接其美妾。待一切准备妥当，真定府前来迎接他的仪仗队也已抵达。该生一声令下，浩浩荡荡的车马队伍绵延一里多地，络绎不绝，他心中满是得意。突然，前方的先导队伍停下了鼓乐，收起了旗帜。该生正感惊疑，只见骑马之人纷纷下马，全都匍匐在路边，人缩小至一尺左右，马也变得如同狸猫般大小。车前的马夫惊恐地喊道："关帝驾到！"该生心中一凛，也连忙下车趴在地上。远远望去，只见关帝带着四五名骑马随从，缓缓而来。关帝的胡须大多绕在脸颊上，与世间所绘的长髯飘洒胸前的形象不同，但神采奕奕，威猛无比，眼睛狭长，几乎延伸至耳边。关帝坐在马上问道："这是何方官员？"随从回答道："他是真定知府。"关帝听后怒道："区区一个知府，怎敢如此张扬！"该生一听，惊骇万分，毛骨悚然，身子骤然缩小，自己一看已如六七岁孩童般大小。关帝命他起身，跟在马后行走。路旁有一座殿宇，关帝步入其中，面南而坐，命人递来纸笔，让该生自书籍贯、姓名。该生写完后呈上。关帝阅后大怒道："字迹错乱不堪！此等市井小人，岂能胜任百姓父母官之职！"他又命随从查阅其德行簿。旁边一人跪下禀报，不知说了些什么。关帝厉声斥责道："欲为官罪小，买卖官爵罪重！"不多时，只见一位金甲神手持锁链走来。又有两人上前捉住该生，剥去其官服，施以五十大板，臀部几乎被打烂。随后，他们将他逐出门外。该生环顾四周，车马已无影无踪，身上疼痛难忍，无法行走，只得趴在草丛中歇息。

原文

细认其处，离家尚不甚远。幸身轻如叶，一昼夜始抵家。豁若梦醒，床上呻吟。家人集问，但言股痛。盖瞑然若死者，已七日矣，至是始寤。便问："阿怜何不来？"盖妾小字也。先是，阿怜方坐谈，忽曰："彼为真定太守，差役来接我矣。"乃入室丽妆，妆竟而卒，才隔夜耳。家人述其异。某悔恨椎胸，命停尸勿葬，冀其复还。数日杳然，乃葬之。某病渐瘳，但股疮大剧，半年始起。每自曰："官赀尽耗，而横被冥刑，此尚可忍，但爱妾不知舁向何所，清夜所难堪耳！

○寤：醒。

○瘳（chōu）：病愈。　○剧：剧烈，严重。

○舁（yú）：抬。

译文

该生仔细打量四周，发觉此地离家并不远。幸亏身体轻盈如叶，仅一日一夜的工夫，他便回到家中。猛然间，他从床上醒来，呻吟不止。家人纷纷围拢过来询问，他只说大腿疼痛难忍。原来，他昏迷不醒，如同死去一般，已整整七日，直到此刻才苏醒过来。他急忙问道："阿怜为何没来？"阿怜，正是他心爱妾室的名字。据悉，那日阿怜正与人闲聊，忽然说道："他已成功担任真定知府，已派人来接我了。"说完，她便回到屋中梳妆打扮，刚装扮完毕便猝然离世，此事仅发生在前一夜。家人叙述完此事，皆感诧异不已。该生心中悔恨交加，捶胸顿足，吩咐家人先将阿怜的遗体停放家中，暂不下葬，期盼她能奇迹般地复活。然而，数日过去，阿怜仍旧毫无动静，最终只能将她安葬。该生的病情逐渐好转，但腿上的疮伤却愈发严重，他卧床半年方能起身。他时常感慨道："家中的钱财已被挥霍一空，在阴间又遭受酷刑，这些尚且可以忍受。只是不知爱妾被带往何方，漫漫长夜，实在难以忍受啊！"

原文

异史氏曰：嗟乎！市侩固不足南面哉！冥中既有线索，恐夫子马踪

○南面：指做官。古时以坐北朝南为尊，官员坐堂皆南面而坐。
○线索：事情的端绪。此处指买通关节、营私舞弊的痕迹。

所不及到，作威福者，正不胜诛耳。吾乡郭华野先生传有一事，与

○郭华野：郭琇（1638—1715），字瑞甫，号华野，山东即墨人。

此颇类，亦人中之神也。先生以清鲠受主知，再起总制荆楚。行

○以清鲠（gěng）受主知：因清正鲠直，受到皇帝的赏识。清鲠，亦作"清鲠"，清高刚直。

李萧然，惟四五人从之，衣履皆敝陋，途中人皆不知为贵官也。

○萧然：稀少的样子。

适有新令赴任，道与相值。驼车二十余乘，前驱数十骑，驺从以

○驼车：运载行李的车辆。驼，通"驮"。
○前驱：导引开路。

百计。先生亦不知其何官，时先之，时后之，时以数骑杂其伍。彼

前马者怒其扰，辄诃却之。先生亦不顾瞻。亡何，至一巨镇，两

○诃却：呵斥驱逐。

俱休止。乃使人潜访之，则一国学生，加纳赴任湖南者也。乃遣

○加纳：捐纳，买官。

一介召之使来。令闻呼骇疑，及诘官阀，始知为先生，悚惧无以

○一介：一个，多指一个人。含有渺小、不足道的谦辞之意。

为地，冠带蒲伏而前。先生问："汝即某县县尹耶？"答曰："然。"

○蒲伏：匍匐。

先生曰："蕞尔一邑，何能养如许驺从？履任，则一方涂炭矣！不可使殃民社，可即旋归，勿前矣。"令叩首曰："下官尚有文凭。"先生即令取凭，审验已，曰："此亦细事，代若缴之可耳。"令伏拜而出。归途不知何以为情，而先生行矣。世有未莅任而已受考成者，实所创闻。盖先生奇人，故有此快事耳。

○蕞（zuì）尔：微小。

○涂炭：陷入泥沼，坠入炭火。比喻遭殃。

○考成：旧时考核官吏的政事成绩，叫"考成"。

○创闻：往昔所无的新闻。

译文

异史氏叹曰：唉！市井小人本无为官之资！阴间既有此等关节，恐关帝之马蹄亦难至其处，那些滥用权势、作威作福之人，真乃诛之不尽也！吾有同乡郭华野先生，相传亦曾遭遇类似之事，可谓人中之杰矣。郭先生以清廉正直之性，深得皇上赏识，复被起用为湖广总督。其行装简朴，仅四五人相随，衣衫鞋履皆破旧，路人竟不知其为大官。恰逢一新任县令上任，与郭先生途中相遇。那县令车队浩荡，有二十余辆驼车，前导骑马者数十人，随从亦上百之多。郭先生不知其为何官，时而前行，时而后随，又时令随从混入其队中。前导者怒其扰乱，呵斥驱逐之，郭先生亦不以为意。不久，至一大镇，两队人马皆停驻歇息。郭先生遂遣人暗查此县令之底细，方知其为国子监学生，捐资得知县之职，欲赴湖南上任。郭先生乃遣一随从召县令来见。县令闻召，既惊又疑，反问对方官位，方知其为湖广总督，吓得魂飞魄散，恐惧至极，急整衣冠，爬行至郭先生面前。郭先生问曰："汝即为某县县令乎？"县令答曰："然。"郭先生又言："区区一县，何以养如此多随从？汝若上任，一方百姓必遭其殃！不能让汝去祸害百姓，汝可即刻回家，勿再前行。"县令连忙叩头曰："下官尚有委任书在。"郭先生命其取来查验后，谓之曰："此事亦小，吾可代汝交回。"县令叩头谢恩后退出。归途中心情如何，不得而知，而郭先生已继续前行。世间有如此官员未上任即受考核之事，实为前所未闻之创举。郭先生乃奇人也，故能行此大快人心之事。

【韩方】

原文

明季，济郡以北数州县，邪疫大作，比户皆然。齐东农民韩方，性至孝，父母皆病，因具楮帛，哭祷于孤石大夫之庙。归途零涕。遇一人，衣冠清洁，问：“何悲？”韩具以告。其人曰：“孤石之神，不在于此，祷之何益？仆有小术，可以一试。”韩喜，诘其姓字。其人曰：“我不求报，何必通乡贯乎？”韩敦请临其家。其人曰：“无须。但归，以黄纸置床上，厉声言：‘我明日赴都，告诸岳帝！’病当已。”韩恐不验，坚求移趾。其人曰：“实告子，我非人也。巡环使者以我诚笃，俾为南乡土地。感君孝，指授此术。目前岳帝举枉死之鬼，其有功人民，或正直不作邪祟者，以城隍、土地用。今日殃人者，皆郡城北兵所杀之鬼，急欲赴都自投，故沿途索赂，以谋口食耳。言告岳帝，则彼必惧，故当已。”韩悚然起敬，伏地叩谢。及起，其人已渺，惊叹而归。遵其教，父母皆愈。以传邻村，无不验者。

○济郡：济南府，今山东济南。
○比户：家家户户。
○齐东：旧县名。明清时属济南府，1958年撤销，划归山东邹平、博兴两县。
○楮（chǔ）帛：民间旧俗祭祀时用的纸钱。
○孤石大夫：山东淄博南部、济南东部和泰安、莱芜一带，普遍存在着石大夫信仰。
○乡贯：乡里籍贯。
○敦：殷切，恳请。
○都：指鬼都。
○岳帝：指泰山神东岳大帝。民间传说认为，东岳大帝掌人间生死。
○移趾：挪动脚步，前行。趾，脚趾。
○巡环使者：民间传说中阴曹地府派往巡视人间生死祸福的神。
○土地：土地神。民间传说中掌管、守护某个地方的神。
○举：遴选，选拔。
○索赂：指祟人以求楮钱。
○悚（sǒng）然：恭敬的样子。

译文

明朝末年，济南以北的数个州县遭遇了大规模的瘟疫肆虐，家家户户皆有人染病。在齐东之地，有一位名叫韩方的农民，他天性极为孝顺。当他的双亲不幸染病时，他准备了纸钱，前往常为人治病消灾的神仙孤石大夫的庙宇中，痛哭流涕地祈祷。在归家的路上，韩方依旧泪流不止。突然，他遇到了一位衣着整洁、头戴冠帽的人。这位路人询问韩方为何如此悲伤，韩方便将实情相告。路人听后说道："孤石大夫并不在此处，你向他祈祷又有何益？不过，我倒有一个方法，你可以尝试一下。"韩方听后心生欢喜，连忙询问路人的姓名以表感激。然而，路人却笑道："我既不求你报答，又何必告知你我的籍贯姓名呢？"韩方恳请路人到家中一坐，但路人却婉拒道："不必了，你只管回家，将黄纸放置在床上，然后大声说'我明天要去鬼都，向岳帝告状！'这样，病就会好了。"韩方担心这个方法不奏效，坚决请求路人能亲自去一趟。路人无奈地笑道："实话告诉你吧，我并非凡人。巡环使者因我为人诚实，便让我做了南县的土地爷。今日因你孝顺，我才传授你这个方法。"目前，岳帝正在从那些枉死的鬼魂中，挑选对人们有功的，或是生性正直、不做奸邪之事的人，来担任城隍、土地之职。现在害人的，都是郡城里被清兵杀害的冤鬼。他们急于赶到鬼都投状自荐，所以沿途索要贿赂，以谋取盘缠。你一说要向岳帝告状，他们必然会感到害怕，所以病就会好了。"韩方听后，对这位土地爷肃然起敬，趴在地上叩头表示感谢。当他站起身来时，那位路人已经消失得无影无踪。韩方回到家中，按照土地爷所教的方法去做，果然父母的病都痊愈了。他又将这个方法传授给邻近的村子里的人，结果无不灵验。

原文

异史氏曰：沿途祟人而往，以求不作邪祟之用，此与策马应"不求闻达之科"者何殊哉！天下事大率类此。犹忆甲戌、乙亥之间，当事者使民捐谷，具疏谓民"乐输"。于是各州县如数取盈，甚费敲扑。时郡北七邑被水，岁祲，催办尤难。唐太史偶至利津，见系逮者十余人，因问："为何事？"答曰："官捉吾等赴城，比追'乐输'耳。"农民不知"乐输"二字作何解，遂以为徭役敲比之名，

○策马应"不求闻达之科"：热衷功名，而又自称不求闻达。

○甲戌、乙亥之间：指康熙三十三年（1694）、三十四年（1695）对西塞用兵，科敛烦琐事。

○当事者：主事者。指地方主管官员。

○具疏：写奏章。疏，分门别类说明的一种公文。乐输：乐意输纳。

○如数取盈：照数取足。

○敲扑：本为施数今之具。短曰敲，长曰扑。

○七邑：济南府在清初辖十五县，七邑，则受灾近半。

○岁祲（jìn）：岁凶，荒年。祲，凶，不祥。

○唐太史：指唐梦赉。利津：位于山东省北部，清代属武定府。

○系逮：抓捕捆绑。

○比追：同"追比"。打板子以示警惩。

○敲比：即"追比"。

岂不可叹而可笑哉！

译文

异史氏评论道：那些在路途上作祟害人的鬼魂，仅仅是为了到鬼都证明自己的清白，声称并非作恶之鬼，这与那些赴京赶考的举子，却口口声声说“并非为了功名利禄”的人，又有什么不一样的呢！世间之事，多半如此，殊途同归。忆及甲戌、乙亥年间，官府向百姓摊派捐粮，上奏时却粉饰为百姓“欣然乐捐”。为此，各州县不惜严刑峻法，终将捐粮数额凑齐。彼时，济南府北部七县遭遇水患，饥荒肆虐，催捐之事尤为棘手。一日，唐太史偶至利津，见狱中囚禁着十余名农夫，遂问其故。农夫答道：“官府将我等拘至城中，乃为追讨‘乐捐’。”原来，这些农夫不解“乐捐”二字真意，误以为是与徭役、税赋一般的强制征收，此等谬误，岂不令人既叹且笑？

孤石大夫

孤石大夫是一种存在于山东淄博南部、济南东部和泰安、莱芜一带的民间信仰，崇拜的是一块具有神秘力量的石头。传说这块石头时常化作人形，尤其以行医治病闻名。明万历年间的《章丘县志》记载，东陵山下有一高大石块，不时化为人形行走乡间，医治人病，后被称为石大夫。石大夫常通过梦中显灵，托梦治病，治愈许多患病者，因此当地百姓纷纷祭祀石大夫，还为其建立祠庙。

【纫针】

原文

虞小思，东昌人，居积为业。妻夏，归宁返，见门外一妪，偕少女哭甚哀。夏诘之，妪挥泪相告。乃知其夫王心斋，亦宦裔也。家中落，无衣食业，浼中保贷富室黄氏金，作贾。中途遭寇，丧赀，幸不死。至家，黄索偿，计子母不下三十金，实无可准抵。黄窥其女纫针美，将谋作妾，使中保质告之：如肯可，折债外，仍以廿金压券。王谋诸妻，妻泣曰："我虽贫，固簪缨之胄。彼以执鞭发迹，何敢遂媵吾女！且纫针固自有婿，汝乌得擅作主！"先是，同邑傅孝廉之子，与王投契，生男阿卯，与襁中论婚。后孝廉官于闽，年余而卒，妻子不能归，音耗俱绝。以故纫针十五，尚未字也。妻言及此，遂无词，但谋所以为计。妻曰："不得已，其试谋诸两弟。"盖妻范氏，其祖曾任京职，两孙田产尚多也。次日，妻携女归告两弟。两弟任其涕泪，并无一词肯为设处。范乃号啼而归，适逢夏诘，且诉且哭。

○东昌：府名。今山东聊城。○居积：囤积，做买卖。○归宁：回娘家。

○浼（měi）：恳托，央求。中保：保人。

○子母：本息。○准抵：按价相抵。

○压券：山东旧俗，贸易成交时买主临时交给卖主以示事成的少数钱款。俗称"压约钱"。这里指除去借贷的钱外再付给买女做妾的钱。券，指妪卖女为妾之文书。○簪缨之胄（zhòu）：官宦人家的后代。簪缨，古代高级官员的冠饰。胄，后代。○执鞭：执鞭之士。指职务卑贱。

○媵（yìng）：妾。

○投契：投缘，心意相合。○襁中论婚：在婴儿时订下婚约。襁，襁褓。○闽：福建省的简称。

○音耗：音问，消息。○字：许嫁。

○设处：设身处地，出谋划策。

译文

虞小思，东昌人士，以囤积商贸为生计。其妻夏氏，一日自娘家归，见门外一老妪携少女，泣不成声。夏氏趋前探问，老妪含泪道出原委。方知老妪之夫名唤王心斋，亦出自仕宦之家，然家道中衰，生计无着，遂恳请中人向富商黄某借贷以营生计。不料途中遭劫，钱财尽失，幸而性命得保。归家未久，黄某即来索债，本息合计，不下三十两白银，而家中已无长物可抵。黄某见王心斋之女纫针姿色出众，遂生纳妾之意，乃遣中人直告王心斋：若从其所愿，不仅债务可免，更额外赠银二十两。王心斋与妻商议，其妻言道："吾家虽贫，亦是仕宦之后。黄家以贱业致富，岂敢以吾女为妾！况纫针早有婚约，岂能擅自决定！"原来，同城傅举人之子与王心斋交好，两家于子女尚在襁褓之时便定下婚约。后傅举人赴福建为官，不幸身亡，妻儿无力归乡，自此音信全无。是以纫针年及十五，仍未出嫁。妻提及此事，王心斋无言以对，唯思还债之策。妻曰："事急从权，我且试与两位小舅商议。"其妻娘家姓范，祖父曾任京官，两孙田产颇丰。次日，范氏携女归宁，将黄某逼债之事告知两弟。然两兄弟任凭她泪流满面，亦未尝出一言相助。范氏无奈，只得哭哭啼啼而归，恰逢夏氏相问，遂一边哭泣，一边细诉原委。

原文

夏怜之，视其女，绰约可爱，益为哀楚。因邀入其家，款以酒食，

○绰（chuò）约：娴静柔美。 ○哀楚：伤感，悲悯。

慰之曰："母子勿戚，妾当竭力。"范未遑谢，女已哭伏在地，益加

○戚：伤心，难过。 ○未遑：没来得及，不及。遑，空闲，闲暇。

惋惜。筹思曰："虽有薄蓄，然三十金亦复大难。当典质相付。"母

○典质：典当。

子拜谢。夏以三日为约。别后，百计为之营谋，亦未敢告诸其夫。

三日，未满其数，又使人假诸其母。范母女已至，因以实告，又订次日。抵暮，假金至，合裹并置床头。至夜，有盗穴壁，以火入。

夏觉，睨之，见一人臂挎短刀，状貌凶恶，大惧，不敢作声，伪为睡者。盗近箱，意将发扃，回顾夏枕边有裹物，探身攫去，就灯解视，乃入腰橐，不复胠箧而去。夏乃起呼。家中惟一小婢，隔墙告邻，邻人集而盗已远。夏乃对灯啜泣，见婢睡熟，乃引带自经于棂间。天曙婢觉，呼人解救，四肢冰冷。虞闻奔至，诘婢始得其由，惊涕营葬。

○发扃（jiōng）：打开。扃，从外面关门的闩、钩等。

○攫（jué）：抓取。

○胠箧（qū qiè）：撬开箱子。

○引带自经：拿着带子上吊自杀。棂：窗棂，窗子里的木格子。

译文

夏氏深感这对母女的遭遇令人同情，再细看那姑娘，容颜秀美，举止端庄，心中不禁为她们的不幸遭遇增添几分哀愁。于是，她诚邀母女二人至家中，设宴款待，温言慰藉："二位无需哀伤，我定当竭尽全力相助。"范氏尚未来得及表达感激，纫针已泪流满面，跪倒在地，夏氏心中更是怜悯不已。她思索片刻，说道："我虽有些积蓄，但要凑齐三十两银子亦非易事。不过，我会尝试典当些物品，为你们凑足这笔钱。"范氏母女感激涕零，连连拜谢。夏氏与她们约定三日后前来取钱。分别之后，夏氏绞尽脑汁为她们筹集银两，却未敢向丈夫透露分毫。三日期至，银两尚未凑足，她又急忙派人向母亲求助。范氏母女依约前来，夏氏据实以告，并约定次日再取。当天夜里，从母亲处借来的银两送达，夏氏将所有银两装入一个包裹，置于床头。夜深人静之时，一名强盗破墙而入，手持灯火，夏氏惊醒，窥见强盗臂挂短刀，面目狰狞，心中恐惧万分，却不敢声张，只得假装沉睡。强盗逼近箱笼，欲撬锁行窃，转身见夏氏枕边有物，便伸手取走，至灯下展开查看，随即揣入腰间，未再开箱便匆匆离去。夏氏急忙起身呼救，家中仅有一小丫环，隔墙呼唤邻居，待众人赶来时，强盗早已逃之夭夭。夏氏心灰意冷，独坐灯下低泣，见丫环已沉睡，便解下衣带，在窗棂间自缢身亡。次日天明，丫环醒来发现，急忙呼救，可夏氏已气息全无。虞小思闻讯匆匆赶回，询问丫环得知原委，惊愕之余，泪流满面地为夏氏料理后事。

原文

时方夏，尸不僵，亦不腐。过七日，乃殓之。既葬，纫针潜出，哭于其墓。暴雨忽集，霹雳大作，发墓，纫针震死。虞闻，奔验，则棺木已启，妻呻嘶其中，抱出之。见女尸，不知为谁。夏审视，始辨之。方相骇怪，未几，范至，见女已死，哭曰："固疑其在此，今果然矣！闻夫人自缢，日夜不绝声。今夜语我，欲哭于殡宫，我未之应也。"夏感其义，遂与夫言，即以所葬材穴葬之。范拜谢。虞负妻归，范亦归告其夫。闻村北一人被雷击死于途，身有字云："偷夏氏金贼。"俄闻邻妇哭声，乃知雷击者即其夫马大也。村人白于官，拘妇械鞫。则范氏以夏之措金赎女，对人感泣，马大赌博无赖，闻之而盗心遂生也。官押妇搜赃，则止存二十数，又检马尸得四数。官判卖妇偿补责还虞。夏益喜，全金悉仍付范，俾偿债主。

○殡宫：墓室。

○械鞫（jū）：刑讯。

译文

时值盛夏，夏氏之遗体既未僵硬，亦未腐朽。直至七日之后，方得入殓安葬。夏氏下葬后，纫针悄然离家，奔赴其墓前失声痛哭。忽然间，暴雨如注，雷鸣轰隆，坟墓竟被雷电劈开，纫针亦不幸遭雷击身亡。虞小思闻讯赶来，查验之下，只见棺木已开，妻子竟于其中微弱地呻吟，连忙将她救出。再一细看，旁侧还躺着一具女尸，身份不明。夏氏定睛一看，方认出是纫针。夫妇二人惊骇之余，范氏匆匆赶到，见女儿已逝，不禁悲从中来，哭诉道："我本就猜测她可能来此，如今果然如此！她得知夫人自尽的消息后，日夜啼哭不止。今夜，她对我说要来坟前痛哭一场，我未能应允。”夏氏被纫针的深情厚意所感动，与丈夫商议后，决定用原本为自己准备的棺木墓穴来安葬纫针。范氏对此感激不尽。虞小思背着妻子返回家中，范氏亦归家告知丈夫。不久，又传来村北有人被雷击身亡的消息，其身上还留有字迹“偷夏氏钱之贼”。随即，邻家妇女的哭声传来，众人方知被雷击身亡者乃是其夫马大。乡民们将此事告到官府，县令将马大之妻拘至衙门，严加审问。原来，范氏感动之余，曾含泪向人提及夏氏为替其女赎身而筹集银两之事。马大本是个嗜赌成性的无赖，听闻此事后，便起了偷盗之心，潜入虞家盗走了钱财。县令命人押着马大之妻搜查赃款，发现仅剩二十两，又在马大尸体上找到了四两。最终，县令判决将马大之妻变卖，以所得钱款弥补不足部分。夏氏闻讯后更为欣慰，遂将这笔钱全部赠予范氏，让她用以偿还债主。

原文

葬女三日，夜大雷电以风，坟复发，女亦顿活。不归其家，往抑夏氏之门，盖认其墓，疑其复生也。夏惊起，隔扉问之。女曰：“夫人果生耶！我纫针耳。”夏骇为鬼，呼邻媪诘之，知其复活，喜内入室。女自言：“愿从夫人服役，不复归矣。”夏曰：“得无谓我损金为买婢耶？汝葬后，债已代偿，可勿见猜。”女益感泣，愿以母事，夏不允。女曰：“儿能操作，亦不坐食。”天明，告范。范喜，急至，亦从女意，即以属夏。范去，夏强送女归。女啼思夏。王心斋自负女来，委诸门内而去。夏见，惊问，始知其故，遂亦安之。女见虞至。急下拜，呼以父。虞固无子女，又见女依依怜人，

○内：同“纳”。

颇以为欢。女纺绩缝纫，勤劳臻至。夏偶病剧，女昼夜给役，见夏不食，亦不食，面上时有啼痕。向人曰：“母有万一，我誓不复生！”夏少瘳，始解颜为欢。夏闻流涕，曰：“我四十无子，但得生一女如纫针亦足矣。”夏从不育，逾年忽生一男，人以为行善之报。

○臻（zhēn）至：周到，完善。

○给役：服侍。

○解颜：开颜，消除愁颜。

译文

在纫针下葬后的第三个夜晚，雷电交加，狂风肆虐，她的坟墓再次被雷电劈开，而纫针竟奇迹般地复活了。她并没有返回自己的家，而是径直走向夏氏的家门。由于纫针熟悉夏氏的墓地，见夏氏不在墓中，便猜测她可能也已复活。夏氏被敲门声惊醒，起身隔着门询问来者何人。纫针回答道：“夫人果然复活了！我是纫针啊。”夏氏初时以为她是鬼魂，便唤来邻居的老妇人前来盘问，得知纫针确实复活后，欣喜地将她迎进屋内。纫针主动提出：“我愿留在此地侍奉夫人，不再回家。”夏氏却婉拒道：“若如此，岂不让人误以为我花钱买了个丫环？你下葬后，我已替你家还清了债务，你无需多虑。”纫针听后感动得泪流满面，坚持要侍奉夏氏如母，夏氏仍不同意。纫针又说：“孩儿能做家务，不会成为闲人。”天亮后，夏氏将此事告知了范氏。范氏闻讯大喜，急忙赶来，见女儿心意已决，便将她托付给了夏氏。然而，范氏离去后，夏氏仍坚持送纫针回家。纫针回到家中，日夜啼哭，思念夏氏。王心斋见状，便背着女儿来到虞家，将她放在门内便离去了。夏氏一见纫针，大为惊讶，询问之下方知原委，便安心地留下了她。纫针见到虞小思回来，急忙上前行礼，称他为父亲。虞小思本无子女，见纫针温柔可爱，心中甚喜。纫针在虞家勤劳能干，纺纱织布，缝制衣物。夏氏偶患重病，纫针日夜不息地侍奉在侧。见夏氏不思饮食，纫针也拒食相伴，脸上时常挂着泪痕。她对人说道：“若母亲有何不测，我绝不独活！”夏氏病情稍有好转，纫针便破涕为笑，欣喜不已。夏氏听闻纫针的言辞，感动得泪流满面，说道：“我年已四十，尚无子女。若能生下一个如纫针般的女儿，便心满意足了。”夏氏素未生育，然而过了一年，她竟奇迹般地生下了一个儿子。人们都说这是行善的报答。

原文

居二年，女益长。虞与王谋，不能坚守旧盟。王曰："女在君家，婚姻惟君所命。"女十七，惠美无双。此言出，问名者趾错于门，夫妻为拣。富室黄某亦遣媒来，虞恶其为富不仁，力却之。为择于冯氏。冯，邑名士，子慧而能文。将告于王，王出负贩未归，遂径诺之。黄以不得于虞，亦托作贾，迹王所在，设馔相邀，更复助以资本，渐渍习洽。因自言其子慧以自媒，王感其情，又仰其富，遂与订盟。既归，诣虞，则虞昨日已受冯氏婿书。闻王所言，不悦，呼女出，告以情。女怫然曰："债主，吾仇也！以我事仇，但有一死！"王无颜，托人告黄以冯氏之盟。黄怒曰："女姓王，不姓虞。我约在先，彼约在后，何得背盟！"遂控于邑宰，宰意以先约判归黄。冯曰："王某以女付虞，固言婚嫁不复预闻，且某有定婚书，彼不过杯酒之谈耳。"宰不能断，将惟女愿从之。黄又以金赂官，求其左袒，以此月余不决。

○问名：旧时婚礼中六礼之一。这里指求婚。趾错：足迹错杂。指求婚者众多。

○渐渍习洽：渐渐搭讪，熟悉融洽。

○怫（fú）然：发怒的样子。

○邑宰：县官。

○预闻：干预，过问。

○左袒：偏袒，袒护。

译文

两年时光匆匆流逝，纫针出落得愈发亭亭玉立。虞小思与王心斋商议，认为不能再固守与傅家的旧日婚约。王心斋慨然应允："女儿如今在你家中，她的婚事便由你们做主吧。”此时的纫针，年方十七，贤良淑德，美貌无双，消息一传出，前来虞家提亲的人络绎不绝。虞家夫妇盘算着为她挑选一户富贵人家。富商黄某也遣媒人前来提亲，但虞小思嫌其富而不仁，断然拒绝，转而为纫针选定了冯家。冯某是当地的名流，其子聪明伶俐，文采斐然。虞小思正欲将此意告知王心斋，恰巧王心斋外出经商未归，于是便径自应承了这门亲事。黄某在虞家碰壁后，假意经商，探得王心斋的住处。他先设宴款待王心斋，又慷慨解囊相助，渐渐地与王心斋建立了融洽的关系。黄某趁机夸耀自己儿子聪明过人，提出为子求婚。王心斋既感激黄某的盛情，又仰慕其家财万贯，便与他订下了婚约。王心斋归来后，来到虞家，方知虞小思昨日已接受了冯家的婚书。虞小思听闻王心斋所言，大为不悦，遂将纫针唤出，将事情原委告知于她。纫针听后怒不可遏，愤然说道：“黄家乃是我的仇家，要我嫁入仇家，我唯有以死相抗！”王心斋听罢，自觉颜面尽失，便托人告知黄家，称女儿已与冯家订下婚约。黄某听后大怒，言道：“纫针姓王，不姓虞。我与王家的婚约在先，她与冯家的婚约在后，岂能背信弃义！”于是，黄某将此事告至县衙，县令意欲按订婚的先后顺序将纫针判给黄某。冯某辩称：“王心斋已将女儿托付给虞家，且曾言明不再干涉纫针的婚事。况且我手中持有定婚文书，黄某所言不过是酒席间的空谈罢了。”县令听后，亦难以决断，打算依据纫针的意愿来判决。然而，黄某又暗中用银子贿赂县令，请求他偏袒自己。因此，这桩婚事纠纷拖延了一个多月仍未能得到裁决。

原文

一日，有孝廉北上公车，过东昌，使人问王心斋。适问于虞，虞转诘之，盖孝廉姓傅，即阿卯也。入闽籍，十八已乡荐矣，以前约未婚。其母嘱令便道访王，问女曾否另字也。虞大喜，邀傅至家，历述所遭。然婿远来千里，患无凭据，傅启箧出王当日允婚书。虞招王至，验之果真，乃共喜。是日当官覆审，傅投刺谒宰，其案始销。

○公车：原指汉代以公家车子迎接应征入京的人，因而后世代指举人入京应考。

○乡荐：考中举人。

○箧：竹制箱笼。

涓吉约期乃去。会试后，市币帛而还，居其旧第，行亲迎礼。进士

○涓吉约期：选择吉日，约定婚娶之期。涓吉，择吉祥的日子。

报已到闽，又报至东，傅又捷南宫，复入都观政而返。女不乐南渡，

○捷南宫：指考中进士。 ○观政：明朝时，士子进士及第后并不立即授官，而是被派遣至六部九卿等衙门实习政事，被称为"观政"。

傅亦以庐墓在，遂独往扶父柩，载母俱归。又数年，虞卒，子才七八岁，女抚之过于其弟，使读书，得入邑庠。家称素封，皆傅力也。

译文

一日，有位举人北上京城赴考，途经东昌时，特地派人打听王心斋的消息。凑巧问到虞小思家里，虞小思好奇反问来者身份，得知这位举人姓傅，名阿卯。原来，阿卯已入福建户籍，年仅十八岁便高中举人，因旧时婚约未了，一直未曾婚配。其母叮嘱他顺路探访王家，询问纫针姑娘是否已许配他人。虞小思听后大喜过望，诚邀阿卯至家中，细述这些年来的种种遭遇。然而，面对这位远道而来的女婿，他心中难免有些疑虑，担心缺乏凭据。阿卯见状，打开行囊，取出当年王心斋亲笔书写的允婚文书。虞小思随即召来王心斋，一同验证，确认无误后，众人皆大欢喜。这一天县令开堂复审此案，阿卯递上名帖拜见，此案得以顺利了结。阿卯选定吉日良辰后，方才离去。会试结束后，他满载而归，仍住于傅家旧宅，筹备迎亲事宜。阿卯高中进士的喜讯已先一步传至福建，不久又传至东昌。他在礼部会试中再度脱颖而出，于京城各部实习政务后方才返回家乡。纫针不愿南行，阿卯亦因房产祖坟均在东昌，便独自前往福建，携父灵柩，载母同归。又过数年，虞小思离世，其子尚幼，年仅七八岁。纫针待他如亲弟，甚至胜过自己的胞弟，悉心抚育，并供其读书，送入县学。家境亦日渐富裕，这一切皆得益于傅阿卯的助力。

原文

异史氏曰：神龙中亦有游侠耶？彰善瘅恶，生死皆以雷霆，此

○彰善瘅（dàn）恶：表彰善行，憎恨恶行。瘅，病，劳。

《钱塘破阵舞》也。轰轰屡击，皆为一人，焉知纫针非龙女谪

○《钱塘破阵舞》：即《钱塘破阵乐》。

降者耶？

译文

异史氏说：神龙中难道也有游侠吗？表彰善人，憎恨恶人，生生死死用的都是雷霆，这可以算是《钱塘破阵舞》了。雷电屡屡轰击，都是为了一个人，哪里知道纫针不是龙女被贬降到人间来的呢？

【桓侯】

原文

荆州彭好士，友家饮归，下马溲便，马龁草路傍。有细草一丛，蒙茸可爱，初放黄花，艳光夺目，马食已过半矣。彭拔其余茎，嗅之有异香，因纳诸怀。超乘复行，马骛驶绝驰，颇觉快意，竟不计算归途，纵马所之。

○荆州：府名。今湖北荆州江陵县。
○溲（sōu）便：便溺。
○龁（hé）：用牙齿咬。
○超乘：跃身上马。
○骛（wù）驶：奔跑。绝驰：极快。

译文

在荆州，有位名叫彭好士的人，自朋友家宴饮归来，下马于路旁解手，而马儿则在一旁悠然啃食青草。其间，有一簇细草，质地柔嫩，色泽诱人，其间点缀的黄花初绽，耀眼夺目。遗憾的是，马儿已啃食了大半。彭好士心生好奇，遂将剩余的草拔出，轻轻一嗅，顿觉异香扑鼻，便小心翼翼地将其收入怀中。重新上马后，彭好士继续前行。马儿似乎也感受到了主人的愉悦，撒开蹄子，飞驰向前。彭好士只觉心旷神怡，竟忘却了归家之路，任由马儿自由驰骋，享受这份难得的畅快与自在。

原文

忽见夕阳近山，始将旋辔，但望乱山丛沓，并不知其何所。一青衣人来，见马方喷嘶，代为捉衔，曰："天已近暮，吾家主人便请宿止。"彭问："此属何地？"曰："阆中也。"彭大骇，盖半日已千余里矣。因问："主人为谁？"曰："到彼自知。"又问："何在？"曰："咫

○旋辔（pèi）：转辔，返回。
○喷嘶：喷鼻嘶叫。
○捉衔：控制马匹。衔，马口中所含之铁链，用以控马。
○阆（làng）中：县名。今四川阆中。

尺耳。”遂代鞚疾行，人马若飞。过一山头，见半山中屋宇重叠，杂

○代鞚(kòng)：代为牵马。鞚，马勒，辔首。

以屏幔，遥睹衣冠一簇，若有所伺。彭至下马，相向拱敬。俄，主

○屏幔：屏风帷幔。

○相向：意为相对。拱敬：拱手致敬。

人出，气象刚猛，巾服都异人世，拱手向客曰：“今日客莫远于彭

君。”因揖彭，请先行。彭谦谢，不肯遽先。主人捉臂行之。彭觉

○遽(jù)先：贸然先行。

捉处如被械梏，痛欲折，不敢复争，遂行。下此者，犹相推让，主

○械梏：受刑。

人或推之，或挽之，客皆呻吟倾跌，似不能堪，一依主命而行。

译文

忽然，他意识到太阳已悄然隐没于地平线之下，于是急忙拉紧马缰，欲寻归途。然而，环顾四周，只见草木葱郁，山峦叠嶂，一片荒凉，不知来到了什么地方。正当他迷茫之际，一位身着青衣的人缓步而来，见彭好士的马仍在不安地嘶鸣，便主动上前，稳稳地抓住了马辔头，言道：“天色渐暗，我家主人诚邀您前往府上歇息。”彭好士心中疑惑，遂问：“此地是何处？”青衣人答道：“此乃四川阆中之地。”听后，彭好士大吃一惊，没想到短短半日，自己竟已驰骋千里之遥。他接着又问：“你家主人究竟是何许人也？”青衣人神秘一笑，道：“待到府上，您自会知晓。”彭好士再问：“府邸远在何方？”青衣人回道：“近在咫尺。”说完，他牵着马笼头，步履如飞，人与马仿佛凌空而行。翻过一座山头，只见半山腰处，一座府第巍然屹立，楼阁错落有致，屏风帷幔交织其间。远远望去，一群人簇拥而立，似在翘首以盼。彭好士策马而至，翻身下马，拱手行礼。不多时，主人缓步而出，气势威严，头巾衣衫皆异于凡尘。他向众客拱手致意，言道：“今日宾客中，彭先生路途最为遥远。”说罢，向彭好士施一礼，请他先行入内。彭好士连忙谦让，不敢造次。然而，主人却一把抓住他的手臂，力道之大，仿佛枷锁加身，疼得彭好士骨节欲断，只得乖乖从命。其余宾客见状，亦想互相推让，却被主人或推或拉，都痛得呻吟不止，走得跌跌撞撞，好像无法忍受一样。最终，众人只得遵从主人之命，一一进入府内。

原文

登堂，则陈设炫丽，两客一筵。彭暗问接坐者："主人何人？"答云："此张桓侯也。"彭愕然，不敢复咳。合座寂然。酒既行，桓侯曰："岁岁叨扰亲宾，聊设薄酌，尽此区区之意。值远客辱临，亦属幸遇。仆窃妄有干求，如少存爱恋，即亦不强。"彭起问："何物？"曰："尊乘已有仙骨，非尘世所能驱策。欲市马相易，如何？"彭曰："敬以奉献，不敢易也。"桓侯曰："当报以良马，且将赐以万金。"彭离席伏谢，桓侯命人曳起之。俄顷，酒馔纷纶。日落，命烛，众起辞，彭亦告别。桓侯曰："君远来焉归？"彭顾同席者曰："已求此公作居停主人矣。"桓侯乃遍以巨觞酌客，谓彭曰："所怀香草，鲜者可以成仙，枯者可以点金，草七茎，得金一万。"即命僮出方授彭，彭又拜谢。桓侯曰："明日造市，请于马群中任意择其良者，不必与之论价，吾自给之。"又告众曰："远客归家，可少助以资斧。"众唯唯。觞尽，谢别而出。途中始诘姓字，同座者为刘子翚。同行二三里，越岭，即睹村舍。众客陪彭并至刘所，始述其异。

○一筵：一席，一桌。

○张桓侯：张飞，字益德，东汉末涿郡人。

○薄酌：薄酒。对酒席的谦称。

○干求：请求。

○纷纶（lún）：纷杂，形容丰盛。

○居停主人：指的是寄居之处的主人。

○资斧：路费，盘缠。

译文

众人步入大厅，只见厅内陈设极尽奢华，令人目不暇接。每两位客人共坐一桌，彭好士悄声向同席的客人打听："主人究竟是何身份？"客人低声回应："他便是张桓侯张飞。"彭好士听后，惊愕万分，连轻声咳嗽都不敢了。酒席上，一片寂静，气氛凝重。酒宴启幕，张桓侯开口道："每年都要劳烦各位亲朋好友相聚，今日特备几桌酒席，略表心意。恰逢有远客光临，实乃幸事。吾有一不情之请，或许有些唐突，若你心中有所不舍，我绝不强求。"彭好士起身询问："不知是何物？"桓侯答道："你的坐骑已具仙骨，非凡人所能驾驭。我愿以马相换，不知你意下如何？"彭好士连忙表示："我愿将此马敬献于您，不敢奢望以马易马。"桓侯坚持道："我定赠你一匹骏马作为回报，并另赠白银万两。"彭好士听后，离席跪拜，桓侯命人将他扶起。不久，酒菜陆续上桌，众人畅饮至日落西山。桓侯命人点亮灯烛，众人起身告辞，彭好士亦向桓侯行礼告别。桓侯问道："先生远道而来，欲归何处？"彭好士望向同席的客人，答道："我已与这位先生商议，今晚借宿于他家。"桓侯遂以大杯向众客敬酒，后对彭好士说："你怀中的香草，新鲜时服用可成仙，干枯后则能点石成金。只需七根香草，便能点化白银万两。"说完，命仆人传授点金之术于彭好士，彭好士再次行礼致谢。桓侯又吩咐道："明日你可前往集市，在马群中任意挑选一匹好马，无需与马贩议价，我自会结算。"接着，他转身对众人说："远客归家，望诸位略尽绵薄之力，资助他些路费。"众客人纷纷应允。酒足饭饱后，众人道谢告别，陆续离去。途中，彭好士方询问众人姓名，得知同席之人名为刘子翚。一行人同行二三里，翻过一道山岭，眼前便出现了一座村庄。众客人陪同彭好士来到刘家，此时才纷纷议论起今日之事的奇异与不可思议。

原文

先是，村中岁岁赛社于桓侯之庙，斩牲优戏，以为成规，刘其首善者也。三日前，赛社方毕。是午，各家皆有一人邀请过山。问之，言殊恍惚，但敦促甚急。过山见亭舍，相共骇疑。将至

○赛社：古代的遗俗。人们在农事结束后，祭祀田神，并相互饮酒作乐，称为"赛社"。

○斩牲：杀牲畜为祭品。优戏：请演员表演节目。

○首善者：善举的倡导者。

门，使者始实告之，众亦不敢却退。使者曰：“姑集此，邀一远客行至矣。”盖即彭也。众述之惊怪。其中被把握者，皆患臂痛，解衣烛之，肤肉青黑。彭自视亦然。众散，刘即襆被供寝。既明，村中争延客，又伴彭入市相马。十余日，相数十匹，苦无佳者，彭亦拚苟就之。又入市，见一马，骨相似佳，骑试之，神骏无比。径骑入村，以待鬻者，再往寻之，其人已去。遂别村人欲归。村人各馈金货，遂归。马一日行五百里。抵家，述所自来，人不之信。囊中出蜀物，始共怪之。香草久枯，恰得七茎，遵方点化，家以暴富。遂敬诣故处，独祀桓侯之祠，优戏三日而返。

○烛：照着。

○襆（fú）被供寝：抱着被子伺候睡觉。

○拚苟就之：打算凑合算了。

○骨相：骨骼形貌。

○鬻（yù）：卖。

○馈：赠送。

译文

昔日，村中每年都会在桓侯庙举办盛大的赛社活动，宰杀牲畜、邀请戏班助兴，渐渐成了习俗，而刘子翚正是此活动的倡导者。三日前，赛社活动刚落下帷幕。这日正午，每家每户均有一人被邀至山中。当被问及缘由时，来者言辞闪烁，只是催促得颇为急切。众人越过山岭，眼前出现一座亭台楼阁，无不惊骇疑惑。临近门口时，使者方才透露实情，众人虽心生畏惧，却也不敢擅自退回。使者言道：“诸位暂且在此等候，受邀的一位远方贵客即将抵达。”原来，这位远方来客正是彭好士。众人相互谈论，皆觉此事奇异非凡。其中，那些被桓侯握过手的人，均感到手臂疼痛难忍。解开衣衫，在灯光下细看，发现皮肉已变为青紫色。彭好士查看自身，亦是如此。众人散去后，刘子翚取来被褥，为彭好士安排就寝。次日清晨，村民们纷纷邀请彭好士到家中做客，并陪他前往集市挑选马匹。十余日来，他们看了数十匹马，却未能找到一匹心仪的好马。彭好士本想将就挑选，但在这日再次来到集市时，他发现一匹马的骨相颇为出众。试骑之后，果然发现此马神骏无比。于是，他径直骑马返回村子，等待卖马人前来，但卖马人始终未至。再回集市寻找，那人已无踪影。彭好士遂向村民们告别，准备启程回家。村民们又资助他一些盘缠，他便踏上了归途。那匹马日行五百里，速度惊人。当他回到家中，向家人述说此番经历时，众人皆难以置信。彭好士便从口袋中取出蜀地的特产作为证明，大家这才对此感到惊奇。彭好士怀中的香草早已枯萎多时，取出一看，恰好是七根。他按照桓侯传授的方法尝试点化金银，家中果然因此暴富。为了表达对桓侯的感激之情，彭好士再次前往上次去过的地方，只在桓侯庙进行祭祀，并连续唱了三天大戏才返回家中。

原文

异史氏曰：观桓侯燕宾，而后信武夷幔亭非诞也。然主人肃客，遂使蒙爱者几欲折肱，则当年之勇力可想。

○燕宾：宴请宾客。燕，同“宴”。
○武夷，武夷君，武夷山山神。幔亭，张幔为亭。
○蒙爱：承蒙好意。折肱：折断胳膊。肱，胳膊由肘到肩的部分。

译文

异史氏说：看完桓侯宴请宾客这段故事，就会相信武夷山君在山顶上宴请村民们的事情也并不是荒诞不经的。但是主人邀请客人，竟然能把那些他很友爱的人的胳膊几乎折断，可见他当初的勇力是何等惊人。

原文

吴木欣言：“有李生者，唇不掩其门齿，露于外盈指。一日，于某所宴集，二客逊上下，其争甚苦。一力挽使前，一力却向后。力猛肘脱，李适立其后，肘过触喙，双齿并堕，血下如涌。众愕然，其争乃息。”此与桓侯之握臂折肱，同一笑也。

○吴木欣：作者友人，名长荣，字木欣，长山人。
○逊：逊让。上下：位次的尊卑。

译文

吴木欣曾讲述过这样一个故事："有位名叫李生的人，其门牙颇为突出，以至于嘴唇无法完全遮掩，外露部分竟达一指之长。某日，他与友人在某处设宴欢聚，席间有两位宾客因座位尊卑问题谦逊推让，争执得不可开交。一人用力拉扯对方欲使其就座，而对方则拼命抵抗，向后退缩。由于双方用力过猛，其中一人的胳膊竟不慎脱臼，而此刻李生正巧站在他们身后，那脱臼的肘部猛然间撞上了李生的牙齿，导致他的两颗门牙瞬间脱落，鲜血随之涌出。这一幕令在场的众人惊愕不已，那场关于座位的争执也因此而平息。"此事与桓侯握客之手几欲断臂的趣闻，实属异曲同工之妙，皆为令人捧腹的笑话。

赛社

赛社是源自周代十二蜡祭的遗俗。农事结束后，农民会陈设酒食祭拜土地神和其他神灵，并举行庆祝活动，表达对丰收的感恩与祈求来年顺利。这种祭祀活动不仅是宗教仪式，也是农民们集体饮酒作乐的社交活动，流传至后代，成为民间重要的祭祀和庆祝习俗。

【粉蝶】

原文

阳曰旦，琼州士人也。偶自他郡归，泛舟于海。遭飓风，舟将覆，忽飘一虚舟来，急跃登之，回视则同舟尽没。风愈狂，瞑然任其所吹。亡何，风定。开眸，忽见岛屿，舍宇连亘。把棹近岸，直抵村门。村中寂然，行坐良久，鸡犬无声。见一门北向，松竹掩蔼。时已初冬，墙内不知何花，蓓蕾满树。心爱悦之，逡巡遂入。遥闻琴声，步少停。有婢自内出，年约十四五，飘洒艳丽。睹阳，返身遽入。俄闻琴声歇，一少年出，讶问客所自来，阳具告之。转诘邦族，阳又告之。少年喜曰：“我姻亲也。”遂揖请入院。院中精舍华好，又闻琴声。既入舍，则一少妇危坐，朱弦方调。年可十八九，风采焕映。见客入，推琴欲逝。少年止之曰：“勿遁，此正卿家瓜葛。”因代溯所由。少妇曰：“是吾侄也。”因问其：“祖母尚健否？父母年几何矣？”阳曰：“父母四十余，都各无恙。惟祖母六旬，得疾沉痼，一步履须人耳。侄实不省姑系何房，望祈明告，以便归述。”少妇曰：“道途辽阔，音问梗塞久矣。归时但告而父：‘十姑问讯矣。’渠自知

○琼州：海南的别称，明清府名。今海南海口的琼山区。
○飓（jù）风：强大而深厚的热带气旋，其意义和台风类似，只是产生地点不同。
○虚舟：空船。
○连亘：接连不断，绵延。
○棹：船桨。
○掩蔼：遮掩有浓荫。
○精舍：指书斋、学舍等修心养性类房子。
○危坐：端坐。
○朱弦：即练朱弦，用练丝（即熟丝）制作的琴弦。
○逝：离去。
○溯：追诉，从头陈述。
○沉痼：久治不愈的病。
○省（xǐng）：知，明白。
○问讯：问候。

之。”阳问：“姑丈何族？”少年曰：“海屿姓晏。此名神仙岛，离琼三千里，仆流寓亦不久也。”十娘趋入，使婢以酒食饷客。鲜蔬香美，亦不知其何名。饭已，因与瞻眺，见园中桃杏含苞，颇以为怪。晏曰：“此处夏无大暑，冬无大寒，花无断时。”阳喜曰：“此乃仙乡。归告父母，可以移家作邻。”晏但微笑。

译文

阳日旦，为琼州一书生。昔日，自外郡归家途中，乘舟航行于浩瀚大海之上，不料突遇飓风肆虐，舟船摇摇欲坠，眼见即将倾覆。千钧一发之际，幸有一空舟随风飘来，阳日旦急中生智，一跃而上。待他回首望去，原舟与众人已尽数沉没于波涛之中。风势愈发猛烈，阳日旦索性闭目听天由命，任由风帆引领舟船四处飘荡。未几，风平浪静，他睁开眼帘，忽见前方现出一座岛屿，岛上屋舍鳞次栉比。于是，他划舟近岸，步至村口。村中异常寂静，他漫步许久，竟未闻鸡犬之声。此时，一扇朝北而开的院门映入眼帘，院内松竹葱郁，生机勃勃。虽值初冬时节，但墙内一树不知名的花朵却竞相绽放，满树繁花，煞是好看。阳日旦心生欢喜，缓缓步入院中。忽闻远处琴声悠扬，他不由自主地驻足聆听。片刻后，一个十四五岁的丫环自内院走出，她身姿飘逸，容貌秀丽。一见阳日旦，便匆匆转身返回内院。不久，琴声戛然而止，一年轻男子缓步而出，惊讶地询问阳日旦的来历。阳日旦便将自身遭遇一一道来，男子又细问其籍贯姓氏，阳日旦亦如实相告。男子听后大喜，道：“原来你是我的亲戚啊！”说罢，便向阳日旦拱手行礼，邀他进入内院。阳日旦踏入院中，只见房屋华美绝伦，琴声又起，悠扬动听。进入屋内，一位十八九岁的少妇端坐正中，正轻轻拨弄琴弦。她容颜绝美，光彩照人。见有客来访，她欲起身离去，却被一年轻男子制止道：“勿须回避，他正是你家的亲戚。”随后，男子便介绍了阳日旦的情况。少妇听后，笑道：“原来你是我的侄子啊！”接着又关切地询问起家中长辈的情况。阳日旦一一作答，并表达了对姑姑身份的疑惑。少妇笑道：“因路途遥远，彼此早已失去联系。你回去后，只需告诉你父亲‘十姑向你问好’，他便会明白了。”阳日旦又问及姑父的籍贯，年轻男子答道："我姓晏，名海屿。此地名为神仙岛，距琼州三千里之遥。我流落至此的时间亦不长久。"说完，十娘步入内室，命丫环端出酒菜招待客人。阳日旦品尝后，只觉菜肴味道鲜美异常，却不知其名。饭后，晏海屿领着阳日旦漫步花园，只见园中桃杏含苞待放，阳日旦心中诧异。晏海屿解释道："此地四季如春，无严寒酷暑，鲜花常开不败。"阳日旦听后大喜道："这真乃神仙居所也！我回家后定禀告父母，举家迁来与你们为邻。"晏海屿听后，只是微笑不语。

原文

还斋炳烛，见琴横案上，请一聆其雅操。晏乃抚弦捻柱。十娘自内出，晏曰："来，来！卿为若侄鼓之。"十娘即坐，问侄："愿何闻？"阳曰："侄素不读《琴操》，实无所愿。"十娘曰："但随意命题，皆可成调。"阳笑曰："海风引舟，亦可作一调否？"十娘曰："可。"即按弦挑动，若有旧谱，意调崩腾。静会之，如身仍在舟中，为飓风之所摆簸。阳惊叹欲绝，问："可学否？"十娘授琴，试使勾拨，曰："可教也。欲何学？"曰："适所奏《飓风操》，不知可得几日学？请先录其曲，吟诵之。"十娘曰："此无文字，我以意谱之耳。"乃别取一琴，作勾剔之势，使阳效之。阳习至更余，音节粗合，夫妻始别去。阳目注心凝，对烛自鼓，久之，顿得妙悟，不觉起舞。举首，忽见婢立灯下，惊曰："卿固犹未去耶？"婢笑曰："十姑命待安寝，掩户移

○聆：聆听。雅操：指琴艺。

○鼓：演奏。

○《琴操》：为解说琴曲标题的著作。相传为东汉蔡邕所撰。原书已佚，经后人辑录成书。

○会：体会，领会。

○勾拨："勾"与"拨"以及后文的"剔"，都指弹琴的指法。

○粗合：粗略合谱。

○妙悟：超越寻常的领悟。指深得演奏的奥妙。

檠耳。”审顾之，秋水澄澄，意态媚绝。阳心动，微挑之，婢俯首含笑。阳益惑之，遽起挽颈。婢曰：“勿尔！夜已四漏，主人将起。彼此有心，来宵未晚。”方狎抱间，闻晏唤“粉蝶”。婢作色曰：“殆矣！”急奔而去。阳潜往听之，但闻晏曰：“我固谓婢子尘缘未灭，汝必欲收录之。今如何矣？宜鞭三百！”十娘曰：“此心一萌，不可给使，不如为吾侄遣之。”阳甚惭惧，返斋灭烛自寝。天明，有童子来侍盥沐，不复见粉蝶矣。心惴惴恐见谴逐。俄，晏与十娘并出，似无所介于怀，便考所业。阳为一鼓。十娘曰：“虽未入神，已得什九，肄熟可以臻妙。”阳复求别传。晏教以《天女谪降》之曲，指法拗折，习之三日，始能成曲。晏曰：“梗概已尽，此后但须熟耳。娴此两曲，琴中无梗调矣。”

○檠（qíng）：灯架。
○秋水澄澄：形容眼睛明亮。秋水，指代明澈的双眸。
○给使：使唤，侍奉。
○介于怀：放在心上。
○考：考查。业：课业。这里指所学弹琴技艺。
○入神：达到神妙的境界。
○别传：另外传授。
○拗（ǎo）折：弯曲不顺畅。
○梗调：难奏吃力的曲调。

译文

他们重返书房，点燃红烛，只见一张古琴静置于桌上，阳日旦便诚邀晏海屿弹奏一曲，以添雅趣。晏海屿欣然应允，轻抚琴弦，调整音柱，预备演奏。此时，十娘自内室走出，晏海屿笑道：“来来来，你为你的侄子弹上一曲吧。”十娘听后，便优雅地坐下，询问阳日旦：“你希望聆听何曲？”阳日旦谦逊地答道：“侄子平日未曾研读过《琴操》，对曲目知之甚少，实在难以抉择。”十娘宽慰道：“无妨，你尽管随意提出主题，我皆能为你演绎。”阳日旦笑言：“那海风引领船只破浪前行，是否也能谱成一曲呢？”十娘笑道：“自然可以。”说完，她手指轻挑琴弦，仿佛心中有现成的乐谱，琴音奔腾激昂，犹如山崩海啸，令人仿佛置身于狂风巨浪中的船只上，随波逐流，摇摆不定。阳日旦听得如痴如醉，心生向往，便问道："我能否学习此琴艺？"十娘将琴递给他，让他尝试弹奏，并言道："当然可以教你，你想学什么？"阳日旦道："你刚才所奏的《飓风操》，不知需几日方能学会？请先将曲谱抄录给我，以便我吟诵练习。"十娘笑道："此曲并无固定曲谱，乃是我用心所创。"说罢，她又取来一琴，示范勾、剔等指法，让阳日旦模仿学习。阳日旦勤学苦练至深夜，终于能大致合拍演奏，十娘夫妇方才告辞离去。阳日旦独自一人，在灯下聚精会神地弹奏，良久之后，他忽有所悟，竟不自觉地起身舞动。抬头一看，发现丫环仍站在灯下，便惊讶地问道："你竟还未离去？"丫环笑道："十姑吩咐我侍候你安寝，然后关门熄灯。"阳日旦细细打量她，只见她双眸如秋水般澄澈明亮，神态娇媚动人。阳日旦心中微动，便轻声挑逗于她，丫环只是低头含笑，不作回应。阳日旦愈发被她吸引，猛地站起，揽住她的脖颈。丫环急忙说道："不可如此！现已四更天，主人即将起身。若你我有情，明日夜晚再会也不迟。"两人正亲昵相拥时，忽听晏海屿呼唤"粉蝶"。丫环面色大变，急道："糟了！"随即匆匆离去。阳日旦悄悄跟去窃听，只听晏海屿怒道："我早已言明此女尘缘未了，你却执意收留。如今如何？应罚她三百鞭！"十娘叹道："此念一生，便再难使唤，不如将她赠予我的侄子，让他带走吧。"阳日旦心中既惭愧又恐惧，急忙返回书房，熄灯就寝。次日清晨，有童子前来侍候阳日旦洗漱，却未见粉蝶踪影。阳日旦心中忐忑不安，唯恐十娘责备，将他驱逐出去。不多时，晏海屿与十娘一同出现，似乎并未将昨晚之事放在心上，随即问阳日旦的琴艺进展如何。阳日旦弹奏一曲，十娘点评道："虽尚未达到炉火纯青之境，但也已学得八九成，待熟练之后，便可达到出神入化的境地。"阳日旦又请求传授其他曲目，晏海屿便教了他一曲《天女谪降》，此曲演奏手法复杂多变，阳日旦苦练三日，方能成曲。晏海屿赞道："你已掌握此曲精髓，日后只需勤加练习即可。能将这两支曲子练至娴熟，琴曲中便无你不能弹奏之曲了。"

原文

阳颇忆家，告十娘曰："吾居此，蒙姑抚养甚乐，顾家中悬念。离家三千里，何日可能还也！"十娘曰："此即不难。故舟尚在，当助尔一帆风。子无家室，我已遣粉蝶矣。”乃赠以琴，又授以药，曰：

○家室：妻室。

“归医祖母，不惟却病，亦可延年。”遂送至海岸，俾登舟。阳觅

○却病：祛病，治病。

楫，十娘曰：“无须此物。”因解裙作帆，为之萦系。阳虑迷途，十

○楫：船桨。

娘曰：“勿忧，但听帆漾耳。”系已，下舟。阳凄然，方欲拜别，而

○漾：动荡。

南风竞起，离岸已远矣。视舟中糗粮已具，然止足供一日之餐，心

○糗（qiǔ）粮：干粮。

怨其吝。腹馁不敢多食，唯恐遽尽，但啖胡饼一枚，觉表里甘芳。

○胡饼：芝麻烧饼。胡，指“胡麻”，即芝麻。

余六七枚，珍而存之，即亦不复饥矣。俄见夕阳欲下，方悔来时未索膏烛，瞬息，遥见人烟，细审则琼州也，喜极。旋已近岸，解裙裹饼而归。

译文

阳日旦思乡情切，向十娘倾诉道：“寓居于此，得姑姑悉心照料，我心甚悦，然家中亲人恐为我牵肠挂肚。此地距家三千里之遥，归途漫漫，何时才能重返故土啊！”十娘安慰道：“此事并不难，昔日那艘船仍在，我定会助你一路顺风。你尚未娶妻，我已遣粉蝶先行一步。”说完，便将古琴赠予阳日旦，又递给他一剂良药，嘱咐道：“归家后，将此药奉于祖母，不仅能治愈顽疾，更可延年益寿。”随后，十娘亲自送阳日旦至海岸，助他登船。阳日旦欲寻船桨，十娘却道：“无需此物。”说罢，她解下裙摆，权作船帆，为阳日旦系好。阳日旦担忧迷航，十娘宽慰道：“你尽管放心，任凭风帆引领船只海上漂泊即可。”系好帆后，她便离了船。阳日旦心中涌起一股离愁别绪，正欲向姑姑道别，不料南风骤起，船只瞬间远离海岸。阳日旦环顾四周，发现船上已备有干粮，但仅够一日之需，他不禁暗自埋怨十娘未免太过吝啬。饥饿难耐之下，他也不敢多食，生怕顷刻间便消耗殆尽，仅品尝了一块芝麻饼，顿觉香甜可口，回味无穷。余下的六七块饼，他视若珍宝

般收藏起来，而肚子竟也不再感到饥饿。时光荏苒，夕阳西下，阳日旦正懊悔没有带灯烛，却猛然发现远处已现人烟。定睛一看，竟已至琼州，他不禁欣喜若狂。片刻之后，船只靠岸，他解下裙摆，裹好芝麻饼，匆匆踏上了归家之路。

原文

入门，举家惊喜，盖离家已十六年矣，始知其遇仙。视祖母老病益惫，出药投之，沉痾立除。共怪问之，因述所见。祖母泫然曰：“是汝姑也。”初，老夫人有少女，名十娘，生有仙姿，许字晏氏。婿十六岁入山不返，十娘待至二十余，忽无疾自殂，葬已三十余年。闻旦言，共疑其未死。出其裙，则犹在家所素着也。饼分啖之，一枚终日不饥，而精神倍生。老夫人命发冢验视，则空棺存焉。

○惫：衰竭，危殆。

○沉痾：同“沉痼”，久治不愈的重病。

○泫（xuàn）然：流泪的样子。

○殂（cú）：死。

译文

阳日旦踏入家门的那一刻，全家人都沉浸在极度的惊喜之中。原来，他离家已有十六载，此刻方知自己竟有幸遇上了仙人。他注意到祖母的宿疾愈发严重，连忙取出仙药让祖母服下。奇迹般地，祖母多年的顽疾瞬间痊愈。家人们围坐一堂，纷纷好奇地询问阳日旦这段离奇的经历，他便一五一十地将自己的遭遇娓娓道来。祖母听后，泪水涟涟，感慨道：“她确实是你的姑姑啊。”原来，老夫人膝下曾有一小女，名曰十娘，自幼便展现出仙女的风姿，后来许配给了晏家为妻。不幸的是，女婿在十六岁那年进山修炼，从此杳无音讯。而十娘在家中等候至二十多岁时，竟突然无病无灾地离世了，距今已有三十多年。听了阳日旦的叙述，全家人都怀疑十娘并未真正离世。阳日旦从行囊中取出十娘的裙子，众人一看，果然与十娘昔日在家时常穿的那件一模一样。接着，他又将带回的仙饼分给大家品尝。只需吃上一块，便能整日不饿，且精神焕发，体力倍增。老祖母心中疑虑更重，当即命人打开十娘的坟墓进行查验。结果，墓中果然只剩下一口空荡荡的椁材，证实了大家的猜想：十娘并未真正离世，而是得道成仙了。

原文

旦初聘吴氏女未娶，旦数年不还，遂他适。共信十娘言，以俟粉蝶之至。既而年余无音，始议他图。临邑钱秀才，有女名荷生，艳名远播。年十六，未嫁而三丧其婿。遂媒定之，涓吉成礼。既入门，光艳绝代，旦视之，则粉蝶也。惊问曩事，女茫乎不知。盖被逐时，即降生之辰也。每为之鼓《天女谪降》之操，辄支颐凝想，若有所会。

○他适：另嫁。适，旧称女子出嫁。

○临邑：临县。

○涓吉成礼：选择吉祥的日子成亲。

○曩（nǎng）：以往，从前。

○支颐：以手支托下巴。颐，下巴。

译文

阳日旦早先与吴家女订下了婚约，然而尚未迎娶，他便离家多年未归。期间，那位姑娘已另许他人，嫁作人妇。众人对十娘之言深信不疑，满心期待着粉蝶的到来。然而，一年多时间过去，却未见其踪影，家中便开始商议为阳日旦另寻佳偶。恰在此时，邻县钱秀才之女荷生，芳名远播，年方十六，尚未出阁，却已有三位未婚夫因故离世，一时间传为奇谈。阳日旦闻讯后，便委托媒人促成了这门亲事，选定吉日良辰，举办了盛大的婚礼。荷生过门后，果真是容颜倾城，美艳无双。阳日旦一眼便认出，她正是粉蝶。他惊讶地询问她关于过去的事情，荷生却一脸茫然，似乎对那段往事一无所知。原来，当年粉蝶被逐出之时，正是荷生降生之日，两者之间似乎有着某种神秘的联系。每当阳日旦为荷生弹奏《天女谪降》这首曲子时，她便会手托下巴，凝神倾听，仿佛能心领神会其中的意境。这一幕，更让阳日旦坚信，荷生便是他朝思暮想的粉蝶。

【李檀斯】

原文

长山李檀斯，国学生也。其村中有媪走无常，谓人曰：“今夜与一人舁檀老投生淄川柏家庄一新门中，身躯重赘，几被压死。”时李方与客欢饮，悉以媪言为妄。至夜，无疾而卒。天明，如所言往问之，则其家夜生女矣。

○长山：旧县名。现为山东邹平长山镇。

○国学生：即国子监生。

○走无常：民间说法认为，冥间常利用活人的生魂来为冥间做事，事讫放还，称为“走无常”。无常，勾摄生魂的使者。

○舁（yú）：抬。

译文

长山县有位名叫李檀斯的国学生，居住在一个村落之中。村中流传着一位老太婆的传说，她扮演着无常鬼的角色，据说能勾走人的性命。某日，老太婆向村民透露：“今夜，我将与另一人共同将李檀斯老爷抬往淄川县柏家庄的一户新的士族家中投胎转世，他的身体异常沉重，几乎令我难以承受。”此言一出，正值李檀斯在家中与宾客欢聚畅饮，众人听后皆笑称老太婆所言荒诞不经。然而，当夜幕降临，李檀斯竟真的无病无灾，突然离世。次日天明，村民们怀揣着好奇与不解，按照老太婆所提供的地址前往淄川县柏家庄探问。令人惊奇的是，那户人家昨夜确实诞下了一名女婴，与老太婆的预言不谋而合。

【锦瑟】

原文

沂人王生，少孤，自为族。家清贫，然风标修洁，洒然裙屐少年也。富翁兰氏，见而悦之，妻以女，许为起屋治产。娶未几而翁死。妻兄弟鄙不齿数，妇尤骄倨，常佣奴其夫。自享馐馔，生至，则脱粟瓢饮，折稊为匕，置其前。王悉隐忍之。年十九，往应童子试，被黜。自郡中归，妇适不在室，釜中烹羊臛熟，就啖之。妇入，不语，移釜去。生大惭，抵箸地上，曰："所遭如此，不如死！"妇恚，问死期，即授索为自经之具。生忿投羹碗，败妇颡。生含愤出，自念良不如死，遂怀带入深壑。

○沂：沂州府。位于山东省的东南部，治所在山东临沂。
○自为族：指孤身一人，当地无族没有亲属。
○风标修洁：风度仪容俊美漂亮。风标，风度，仪态。
○洒然：潇洒的样子。裙屐(jī)少年：指修饰华美而无实学的少年。
○鄙不齿数：鄙视他，不把他看作家庭成员。齿，列。
○馐(xiū)馔：精美食物。
○脱粟瓢饮：粗劣饮食。脱粟，糙米。瓢，粗劣的器具。
○折稊(tí)为匕：折断草茎当筷子。稊，一种似稗的草。匕，饭匙，用以取饭。此指筷子。
○童子试：秀才资格考试。
○黜：黜落，下第。
○羊臛(huò)：羊肉羹汤。臛，肉羹。
○啖(dàn)：吃，食。
○抵箸(zhù)：抛箸。
○恚(huì)：怒。
○自经：上吊自杀。
○败妇颡(sǎng)：砸破妻子的额头。颡，额。

译文

在沂州府，有一位名叫王生的青年，自幼丧父，孤身自立门户。尽管家境贫寒，他却生得风度翩翩，仪表堂堂。当地有位兰姓富翁，对王生颇为赏识，遂将爱女许配给他，并承诺为他置办房产、打理家业。然而，好景不长，兰富翁去世后，王生在妻家的地位一落千丈。妻子的兄弟们对他冷眼相待，而妻子更是傲慢无礼，常将他视作奴仆，自己享用美食，却只给王生粗茶淡饭，甚至以树枝为筷。王生虽感屈辱，但皆默默承受。及至王生十九岁，他前往郡县参加秀才考试，却未能及第。落榜归来，恰逢妻子外出，他见锅中羊肉汤已熟，便自行盛食。不料妻子归来后，竟一言不发地将锅端走。王生羞愧难当，掷筷于地，愤慨道："人生至此，何如一死！"妻子亦怒，反问他何时赴死，并随手递给他绳索，作为自缢之具。王生怒不可遏，将手中汤碗掷向妻子，不慎击中妻子的额头，顿时鲜血淋漓。

王生心怀悲愤，毅然离家，自觉生无可恋，便携绳深入山林，意欲了结此生。

原文

至丛树下，方择枝系带，忽见土崖间，微露裙幅。瞬息，一婢出，睹生急返，如影就灭，土壁亦无绽痕。固知妖异，然欲觅死，故无畏怖，释带坐觇之。少间，复露半面，一窥即缩去。念此鬼物，从之必有死乐，因抓石叩壁曰:“地如可入，幸示一途！我非求欢，乃求死者。”久之，无声，生又言之。内云:“求死请姑退，可以夜来。”音声清锐，细如游蜂。生曰:“诺。”遂退以待夕。未几，星宿已繁，崖间忽成高第，静敞双扉。生拾级而入，才数武，有横流涌注，气类温泉。以手探之，热如沸汤，不知其深几许。疑即鬼神示以死所，遂踊身入。热透重衣，肤痛欲糜，幸浮不沉。泅没良久，热渐可忍，极力爬抓，始登南岸，一身幸不泡伤。行次，遥见夏屋中有灯火，趋之。有猛犬暴出，龁衣败袜。摸石以投，犬稍却。又有群犬要吠，皆大如犊。危急间，婢出叱退，曰:“求死郎来耶？吾家娘子悯君厄穷，使妾送君入安乐窝，从此无灾矣。”挑灯导之，启后门，黯然行去。入一家，明烛射窗，曰:“君自入，妾去矣。”

○绽痕：开裂的痕迹。

○拾(shè)级而入：登台阶进入。拾，蹑足而上。

○武：半步为“武”。

○糜：烂。

○泅没：浮沉，游泳。

○行次：行进间。

○夏屋：大屋。夏，大。

○要(yāo)吠：拦阻吠叫。

○犊：牛犊，小牛。

○安乐窝：安静舒适的住处。

○黯然：阴暗的样子。

译文

王生行至树丛茂密处，正欲挑选树枝以系绳索，忽见土崖间隐约透出一抹衣裙色彩。眨眼间，一名丫环模样的人影闪现，瞥见王生便匆匆退回，如影随形，瞬间消失无踪，而土崖之上未见丝毫裂痕。王生心知此乃妖异之事，但念及自己本为求死而来，便毫无惧色，解下绳索，安然坐观事变。片刻后，那丫环又半遮半掩地露出脸庞，偷窥一眼又迅速隐去。王生心想，既是鬼怪，跟随她必是死路一条，于是拾起石块敲击土壁，言道："若可入地，请赐我一路！我非为求欢，乃为求死而来。"良久，未闻回应。王生复又重复前言，忽闻内里传来细若蚊蚋之声："若真求死，请暂退，可待夜幕降临再至。"王生应允，遂退至一旁，静候夜色降临。不久，星辰满天，土崖竟幻化为巍峨宅邸，双门悄然洞开。王生循阶而入，行未几步，便见一河横亘前方，河水翻腾，热气蒸腾如温泉。他触手一试，水热如沸，深不可测。王生疑是鬼神所示求死之地，遂纵身跃入。顿觉热浪透衣，肌肤剧痛似腐，幸而浮力托身，未致沉溺。他于水中奋力游弋，久之，渐能忍受酷热，勉强攀援，终得登岸，幸而肌肤未受灼伤。王生继续前行，遥见一高大屋宇灯火通明，便疾步奔去。不料，猛犬突现，撕咬其衣衫袜履。王生拾石掷犬，犬稍退。随即，群犬蜂拥而至，吠声震天，体型如牛犊般庞大。危急关头，丫环现身，喝退群犬，言道："可是求死郎君？我家娘子怜你困顿至此，特命我引你至安乐之所，自此无灾无难。"说完，挑灯引路，开后门，步入黑暗之中。行不多时，至一户人家，烛光映窗。丫环言道："请君自入，我这就离去。"

原文

生入室四瞻，盖已入己家矣，反奔而出。遇妇所役老媪曰："终日相觅，又焉往！"反曳入。妇帕裹伤处，下床笑逆，曰："夫妻年余，狎谑顾不识耶？我知罪矣。君受虚诮，我被实伤，怒亦可以少解。"乃于床头取巨金二铤置生怀，曰："以后衣食，一唯君命，可乎？"生

○瞻：看。

○逆：迎。

○虚诮（qiào）：只是语言上的责备。

○铤（dìng）：量词。用于成锭状的东西。

不语，抛金夺门而奔，仍将入壑，以叩高第之门。既至野，则婢行缓弱，挑灯犹遥望之。生急奔且呼，灯乃止。既至，婢曰：“君又来，负娘子苦心矣。”生曰：“我求死，不谋与卿复求活。娘子巨家，地下亦应需人。我愿服役，实不以有生为乐。”婢曰：“乐死不如苦生，君设想何左也！吾家无他务，惟淘河、粪除、饲犬、负尸。作不如程，则刵耳、劓鼻、敲刖踁趾，君能之乎？”答曰：“能之。”又入后门，生问：“诸役何也？适言负尸，何处得如许死人？”婢曰：“娘子慈悲，设‘给孤园’收养九幽横死无归之鬼。鬼以千计，日有死亡，须负瘗之耳。请一过观之。”

○壑（hè）：坑谷，山沟。

○左：不当，谬误。

○粪除：打扫卫生。

○作不如程：操作不能完成规定数量。

○刵（èr）耳：割去耳朵。劓（yì）鼻：割去鼻子。敲刖（yuè）踁趾：敲断腿脚。刖，砍断。踁，同“胫”，人的小腿。

○给孤园：“给孤独园”之省称。给孤独为中印度侨萨罗国舍卫城长者，性慈善，好施孤独，故得此名。这里指收养孤独鬼魂的处所。九幽：地下极深处，民间传说中的阴曹地府。横死：非正常死亡。

○负瘗（yì）：背起来埋葬。

译文

王生踏入屋内，环顾四周，惊觉已身处自家宅邸，他旋即转身欲逃。恰逢照料其妻的老妪迎面而来，冲他斥道：“整日寻你不见，又欲何往？”说完，硬生生将他拽回屋内。其妻以手帕缠裹头上伤痕，下床含笑相迎，言道：“你我夫妻已逾一年，莫非还看不出这只是个玩笑？我已知错。你虽受了些言语责难，但我额头可是实打实地挨了你一击，你的怒气也该消消了吧。”语毕，她从床头取出两锭大银，置于王生怀中，又道：“日后家中吃穿用度，皆由你做主，可好？”王生默不作声，掷下银两，夺门而出，意欲重返深山，再叩那宅第之门。行至野外，只见那丫环因体弱而行步迟缓，不时挑灯远望于他。王生疾步趋前，边呼边赶，那灯笼遂停下脚步。及至近前，丫环言道：“你又跟来，岂非辜负了我家娘子一番苦心？”王生答道：“我乃求死之人，非来商议求生之道。你家娘子乃大户之家，地下或需仆役。我愿往彼处服役，确实觉得人间无趣。”丫环叹道：“好死不如赖活，你的想法何其荒谬！我家并无他务，唯有淘河、清粪、喂狗、背尸之活。若不合要求，还需割耳、削鼻、断肢，你能否胜任？”王生毅然答道：“能。”二人由后门入内，王生问道：“那些差役如何行事？你所言背尸，何来如此多亡魂？”丫环答道：“娘子心怀慈悲，特设‘给孤园’，收养阴间横死无依之鬼魂。鬼众数以千计，每日皆有亡者，故需背负出园埋葬，请随我一观。”

原文

移时，入一门，署“给孤园”。入，则屋宇错杂，秽臭熏人。园中鬼见烛群集，皆断头缺足，不堪入目。回首欲行，见尸横墙下，近视之，血肉狼籍。曰：“半日未负，已被狗咋。”即使生移去之，生有难色。婢曰：“君如不能，请仍归享安乐。”生不得已，负置秘处。乃求婢缓颊，幸免尸污，婢诺。行近一舍，曰：“姑坐此，妾入言之。饲狗之役较轻，当代图之，庶几得当以报。”去少顷，奔出，曰：“来，来！娘子出矣。”生从入，见堂上笼烛四悬，有女郎近户坐，乃二十许天人也。生伏阶下。女郎命曳起之，曰：“此一儒生，乌能饲犬？可使居西堂，主簿。”生喜，伏谢。女曰：“汝似朴诚，可敬乃事。如有舛错，罪责不轻也！”生唯唯。婢导至西堂，见栋壁清洁。喜甚，谢婢。始问娘子官阀，婢曰：“小字锦瑟，东海薛侯女也。妾名春燕。旦夕所需，幸相闻。”婢去，

○咋（zé）：咬，啃。

○秘处：隐秘的地方。

○缓颊：求情，劝说。

○主簿：主理簿籍，即掌管文书档案。

○西堂：西厢的前堂。“西堂”在这里也隐含尊敬之意。

○舛（chuǎn）错：差错。

○官阀：官位来历。

○东海薛侯女：东海，郡名。今山东郯城，辖境相当于今枣庄一带。薛侯，古薛国国君。薛，任姓，侯爵，黄帝之后裔奚仲封于薛，地在今之薛城。见《文献通考·封建考》。

○相闻：相告。

旋以衣履衾褥来，置床上。生喜得所。黎明，早起视事，录鬼籍。

○录鬼籍：抄录鬼魂的名册。

一门仆役，尽来参谒，馈酒送脯甚多。生引嫌，悉却之。日两餐，

○脯：肉干。 ○引嫌：避嫌。

皆自内出。娘子察其廉谨，特赐儒巾鲜衣。凡有赍赉，皆遣春燕。

○赍赉(jī lài)：持送赏赐。

婢颇风格，既熟，颇以眉目送情。生斤斤自守，不敢少致差跌，但

○风格：这里是风韵、风流之意。 ○差(cuō)跌：失足跌倒。喻失误、差错。

伪作钝。积二年余，赏给倍于常廪，而生谨抑如故。

○常廪：日常薪俸。廪，廪俸。 ○谨抑：谨慎谦逊。

译文

片刻之后，他们穿过一扇标有“给孤园”的门扉。步入园中，眼前景象杂乱无章，房屋错落，空气中弥漫着令人窒息的恶臭。园中幽灵一见光亮，便纷纷围拢，皆是些肢体残缺、面目可憎之态，令人不忍直视。他们刚想转身离去，却瞥见一具尸体横陈墙角，近看之下，已是血肉模糊，惨不忍睹。丫环说道：“不过半天未料理，竟被恶犬啃食至此。”说罢，便催促王生速速将其移至隐蔽之处，王生面露难色。丫环又道：“你若无力承担，便请回归你的安逸生活吧。”无奈之下，王生只好将尸体妥善处理。随后，他恳请丫环代为求情，希望能免于这种搬运尸体的污秽差事，丫环应允了他。行至一处院落，丫环道：“且在此稍候，我进去通报一声。养狗之职较为轻松，我自会为你争取，若事成，你需记得报答我。”不久，她便匆匆返回，道：“快，快！娘子出来了。”王生随她入内，只见堂上灯笼高挂，一位女郎端坐于门旁，貌若天仙，年二十有余。王生跪伏于阶下，女郎命人扶起他，言道：“此乃读书之人，岂可让他养狗？可居西堂，管理文书。”王生大喜，连忙跪谢。女郎又道：“你看似朴实诚恳，务必勤勉尽责。若有丝毫差池，罪责不轻！”王生连连应承。丫环引他至西堂，只见室内梁柱墙壁皆洁净如洗。王生心中欢喜，向丫环致谢，并询问女郎家世。丫环答道：“她名锦瑟，乃东海薛侯之女。我名春燕。你生活上若有所需，尽管告诉我。”春燕离去不久，便抱来衣物、鞋履、被褥，整齐铺放于床上。王生对这份差事颇为满意。次日黎明，他早早起身，开始登记鬼魂名册。手下仆役纷纷前来拜见，并赠以酒肉，但王生怕引起嫌疑，一概婉拒。他的一日两餐，皆由府内供给。锦瑟见他清廉自守，特赐儒巾华服。凡有赏赐，皆由春燕送达。春燕风韵犹存，两人熟络后，常以眉目传情。

但王生极为自律，不敢有丝毫懈怠，只装作愚钝不解风情。如此过了两年多，锦瑟对他的赏赐和供给远超常规俸禄，但王生依旧如初，谨慎自持。

原文

一夜方寝，闻内第喊噪，急起，捉刀出，见炬火光天。入窥之，则群盗充庭，厮仆骇窜。一仆促与偕遁，生不肯，涂面束腰，杂盗中呼曰："勿惊薛娘子！但当分括财物，勿使遗漏。"时诸舍群贼方搜锦瑟不得，生知未为所获，潜入第后独觅之。遇一伏妪，始知女与春燕皆越墙矣。生亦过墙，见主婢伏于暗陬。生曰："此处乌可自匿？"女曰："吾不能复行矣！"生弃刀负之，奔二三里许，汗流竟体，始入深谷，释肩令坐。欻，一虎来。生大骇，欲迎当之，虎已衔女。生急捉虎耳，极力伸臂入虎口，以代锦瑟。虎怒，释女，嚼生臂，脆然有声。臂断落地，虎亦返去。女泣曰："苦汝矣！苦汝矣！"生忙遽未知痛楚，但觉血溢如水，使婢裂衿裹断处。女止之，俯觅断臂，自为续之，乃裹之。东方渐白，始缓步归。登堂如墟。

○暗陬（zōu）：昏暗的角落。陬，角落。

○欻（xū）：忽然。

○忙遽（jù）：慌忙急遽之间。

○衿（jīn）：古代衣服下连到前襟的衣领部位。

○墟：废墟，毁坏残破的遗址。

译文

一晚深夜，王生刚躺下不久，便被内宅传来的阵阵呼喊声惊醒。他匆忙起身，手持利刃冲出，只见远处灯火通明，照亮了整个夜空。他悄悄潜入查看，发现院中已满是强盗，小厮仆人们惊慌失措，四处逃窜。一名仆人拉住王生，催促他一同逃离，但王生拒绝了。他迅速在脸上涂抹一番以遮掩身份，又用腰带束紧腰身，混入了强盗之中，高声喊道："切莫惊扰薛娘子！只需分发财物，切勿遗漏任何物件。"此时，强盗们正在各屋搜寻锦瑟的踪迹，却一无所获。王生心知锦瑟尚未被发现，便悄悄潜入宅后，独自寻找她的下落。途中，他遇到一位藏匿的老妇，得知锦瑟与春燕已经翻墙逃脱。于是，王生也翻越墙壁，他发现锦瑟与春燕正躲藏在一片漆黑的角落里。王生急切地说："此地怎可藏身？"锦瑟虚弱地回答："我已无力再行。"王生二话不说，丢下刀具，背起锦瑟，狂奔了二三里地，直至汗流浃背，才进入一处深谷。他将锦瑟轻轻放下，让她歇息。然而，就在这时，一只猛虎突然出现。王生大惊失色，正欲上前阻拦，却见老虎已将锦瑟叼入口中。他急忙抓住老虎的耳朵，奋力将手臂伸入虎口，试图替换锦瑟。老虎愤怒之下，放开了锦瑟，转而咬住王生的手臂，发出"咯吱"的声响，瞬间将他的手臂咬断。老虎丢下断臂后离去，锦瑟痛哭道："你受苦了，真是苦了你了！"王生在慌乱之中，尚未感到疼痛，只觉鲜血如注，便让春燕撕下衣襟为他包扎。锦瑟连忙制止，俯身拾起断臂，亲自为王生接上，并细心包扎好。此时，东方已渐渐泛起鱼肚白，他们才缓缓返回。走进门一看，只见房屋已被强盗毁坏得如同废墟一般。

原文

天既明，仆媪始渐集。女亲诣西堂，问生所苦。解裹，则臂骨已续，又出药糁其创，始去。由此益重生，使一切享用，悉与己等。

○糁（sǎn）：撒。

臂愈，女置酒内室以劳之。赐之坐，三让而后隅坐。女举爵如让宾

○隅坐：坐于偏坐。

客，久之，曰："妾身已附君体，意欲效楚王女之于臣建。但无媒，

○附：附着，贴附。 ○效楚王女之于臣建：效仿楚王女儿季芈与臣下钟建结婚的故事，意欲下嫁王生。

羞自荐耳。"生惶惑曰："某受恩重，杀身不足酬。所为非分，惧遭雷殛，不敢从命。苟怜无室，赐婢已过。"一日，女长姊瑶台至，四

○雷殛（jí）：雷劈死。殛，诛杀。 ○无室：没有妻室。

十许佳人也。至夕，招生入，瑶台命坐，曰：“我千里来，为妹主婚，今夕可配君子。”生又起辞。瑶台遽命酒，使两人易盏。生固辞，瑶台夺易之。生乃伏地谢罪，受饮之。瑶台出，女曰：“实告君，妾乃仙姬，以罪被谪。自愿居地下，收养冤魂，以赎帝谴。适遭天魔之劫，遂与君有附体之缘。远邀大姊来，固主婚嫁，亦使代摄家政，以便从君归耳。”生起敬曰：“地下最乐！某家有悍妇，且屋宇隘陋，势不能容委曲以共其生。”女笑曰：“不妨。”既醉归寝，欢恋臻至。过数日，谓生曰：“冥会不可长，请郎归。君干理家事毕，妾当自至。”以马授生，启扉自出，壁复合矣。

○易盏：交换酒杯，即饮交杯酒，酒宴上新婚夫妻饮酒的形式。

○以赎帝谴：以便向上帝赎罪。谴，罪罚。

译文

天明之后，仆人与老妈子们才陆续返回。锦瑟亲自前往西堂，探望并慰问王生。她解开包裹物，见断裂的臂骨已奇迹般地接合，便取出药粉敷于伤口之上，方才起身离去。自此以后，锦瑟对王生更为看重，他的所有用度皆与自己无异。待王生的手臂痊愈，锦瑟在内室设宴款待他，以示感激。她请王生入座，王生谦让三番后，方在桌侧坐下。锦瑟以宾客之礼相待，举杯向他敬酒。酒过三巡，锦瑟言道：“我曾依附于你，故想效仿楚平王之女因被大臣锺建背负，便欲嫁之为妻的典故。然无媒妁之言，我亦不好意思自荐为妻。”王生听后，惶恐不安，答道：“我受你之恩已深，纵使粉身碎骨亦难以报答。若行非分之举，恐遭天谴，实在不敢遵从你的意愿。若你怜惜我孤身一人，将春燕赐予我便已足矣。”一日，锦瑟之姐瑶台来访，她亦是一位年逾四旬的美人。是夜，瑶台召见王生，让他坐下，并言道：“我远道而来，是为舍妹主持婚事，今夜你二人便可成婚。”王生起身推辞，瑶台却命人奉上美酒，让锦瑟与王生交杯而饮。王生坚决不从，瑶台便夺过酒杯，代他们交换。王生无奈，只好伏地谢罪，接过酒杯一饮而尽。瑶台离去后，锦瑟对王生坦言道："实不相瞒，我本是天上仙女，因犯错被贬入凡间。我自愿居于阴间，是为了收养冤魂，以赎我之罪。恰逢天魔之劫，让我有幸与你结缘。我远请大姐前来，不仅是为了让她主持婚事，更是想请她代管家务，以便我能与你一同返回人间。"王生起身恭敬答道："阴间生活虽乐，但我家中已有悍妻，且房屋狭小简陋，实在无法让你委曲求全。"锦瑟笑道："这倒无妨。"二人酒足饭饱后，便回房歇息……数日之后，锦瑟对王生言道："阴间不宜久居，请郎君先行返回。待你处理完家中事务后，我自会前去与你相会。"说完，她便将马匹交给王生，打开门扉让他离去。土崖随即合拢如初。

原文

生骑马入村，村人尽骇。至家门，则高庐焕映矣。先是，生去，妻召两兄至，将箠楚报之，至暮不归，始去。或于沟中得生履，疑其已死。既而年余无耗。有陕中贾某，媒通兰氏，遂就生第与妇合。半年中，修建连亘。贾出经商，又买妾归，自此不安其室。贾亦恒数月不归。生讯得其故，怒，系马而入。见旧媪，媪惊伏地。生叱骂久，使导诣妇所，寻之已遁。既于舍后得之，已自经死。遂使人舁归兰氏。呼妾出，年十八九，风致亦佳，遂与寝处。贾托村人，求反其妾，妾哀号不肯去。生乃具状，将讼其霸产占妻之罪。贾不敢复言，收肆西去。方疑锦瑟负约。一夕，正与妾饮，则车马叩门而女至矣。女但留春燕，余即遣归。入室，妾朝拜之，女曰："此有

○高庐：高大的房屋。焕映：鲜明耀眼。

○具状：写了诉状。

宜男相，可以代妾苦矣。”即赐以锦裳珠饰。妾拜受，立侍之，女挽坐，言笑甚欢。久之，曰：“我醉欲眠！”生亦解履登床，妾始出。入房，则生卧榻上，异而反窥之，烛已灭矣。生无夜不宿妾室。一夜，妾起，潜窥女所，则生及女方共笑语，大怪之。急反告生，则床上无人矣。天明，阴告生，生亦不自知，但觉时留女所、时寄妾宿耳。生嘱隐其异。久之，婢亦私生，女若不知之。婢忽临蓐难产，但呼“娘子”。女入，胎即下，举之，男也。为断脐置婢怀，笑曰：“婢子勿复尔！业多，则割爱难矣。”自此，婢不复产。妾出五男二女。居三十年，女时返其家，往来皆以夜。一日，携婢去，不复来。生年八十，忽携老仆夜出，亦不返。

○宜男：适宜生男孩。

○我醉欲眠：我已酒醉，欲寝。

○临蓐（rù）：临产。蓐，草垫子，草席。

○业多：指多子。业，佛家语。

译文

王生策马踏入村庄，村民们见状皆惊愕不已。及至家门，他惊讶地发现，昔日的陋室已蜕变为一座高耸明亮的大宅。原来，自王生离去后，其妻兰氏便召来两位兄长，意图对王生施以暴打泄愤。然而，直至夜幕降临，王生仍未归来，他们方才离去。有人在沟渠中发现了王生的鞋子，不禁怀疑他已遭遇不测。此后一年多，王生音讯全无。期间，一位陕西商人通过媒人与兰氏勾结，遂在王生家中与兰氏私通。半年间，他们大兴土木，修建了众多房屋。商人外出经商时，又购得一妾室，自此家中便不再安宁，商人亦时常数月不归。王生得知此情此景，怒火中烧，拴好马匹后，大步流星地踏入家门。恰逢昔日的老妈子，她惊恐万分，趴在地上。王生痛斥她一番后，命她引路至兰氏居所。及至屋内，却发现兰氏已逃之夭夭。不久，在屋后发现了她上吊自尽的遗体。王生便命人将其尸身抬回兰家，同时唤出妾室。妾室年方十八九岁，颇有几分姿色，王生便与她同居了。商人通过村人向王生索要妾室，妾室却放声痛哭，不肯离去。王生于是写好状纸，准备告发商人霸占产业与妻子的罪行。商人见状，不敢再纠缠，只好关闭店铺，返回陕西。王生心中却对锦瑟是否会履约归来存疑。一日夜晚，王生正与妾室饮酒，忽闻车马声至门前。开门一看，竟是锦瑟翩然而至。锦瑟仅留春燕一人，其余仆从皆被遣回。进屋后，妾室向锦瑟行礼问安，锦瑟笑道："此女面相福泽，定能诞下麟儿，可替我承受人间苦难。"遂赐给她锦绣华服与珠宝首饰。妾室行礼后收下，侍立于旁。锦瑟拉她同坐，两人谈笑风生。良久，锦瑟言道："我已酒醉，欲寝矣！"王生亦脱下鞋履就寝，妾室则退出屋去。妾室回到自己房中，却发现王生已躺在床上。她心中诧异，又转身回去窥探，只见那屋的烛火已熄。自此以后，王生每晚皆宿于妾室房中。一日夜里，妾室起床悄悄来到锦瑟住处偷看，只听里面传来王生与锦瑟的欢声笑语。她心中大惑不解，急忙回去欲告知王生，却发现床上已空无一人。天亮后，妾室悄悄将此事告知王生。王生自己亦不得而知，只觉有时留在锦瑟房中，有时又睡在妾室房里。他嘱咐妾室切勿将此怪事说出去。随着时间的推移，春燕也与王生有了私情，而锦瑟则佯装不知。春燕临盆时忽然难产，大声呼唤"娘子"。锦瑟一进门，胎儿便顺利娩出。举起一看，是个男孩。锦瑟为春燕剪断脐带，将孩子放在她怀里笑道："丫头别再生了，生得太多到时候只怕难以割舍。"自此以后春燕果然不再生育而妾室则先后生下了五男二女。如此过了三十年，期间锦瑟时常回家，往来皆在夜里。一日她带着春燕离去后便再也没有回来。王生八十岁那年，一天晚上忽然带着一个老仆在夜晚外出，也再也没有归来。

给孤园

给孤园是"给孤独园"的简称，源自古印度憍（jiāo）萨罗国舍卫城的一位长者，因其性格慈善、喜好施舍孤独之人而得名。传说中，给孤园被引申为收养孤独鬼魂的地方，成为民间信仰中的一部分。

【太原狱】

原文

太原有民家，姑妇皆寡。姑中年，不能自洁，村无赖频频就之。妇

○太原：府名。今山西太原。 ○姑：婆婆。妇：媳妇。

不善其行，阴于门户墙垣阻拒之。姑惭，借端出妇。妇不去，颇有

○出妇：休妇。出，休弃。

勃谿。姑益恚，反相诬，告诸官。官问奸夫姓名，媪曰："夜来宵

○勃谿（jī）：指婆媳争吵。 ○恚（huì）：怒。

去，实不知其阿谁，鞫妇自知。"因唤妇。妇果知之，而以奸情归

○鞫（jū）：审。

媪，苦相抵。拘无赖至，又哗辨："两无所私。彼姑妇不相能，故

○抵：抵触，争斗。 ○哗辨：高声争辩。辨，同"辩"。

妄言相诋毁耳。"官曰："一村百人，何独诬汝？"重笞之。无赖叩乞

免责，自认与妇通。械妇，妇终不承，逐去之。妇忿告宪院，仍如

○宪院：指提刑按察使司，主管省级刑狱司法的衙署。

前，久不决。

译文

太原有一户人家，婆媳二人都是寡妇。婆婆人到中年，不能够洁身自好……媳妇不满婆婆的这种行为，就暗自在门口、墙边阻止那个无赖到家里来。婆婆很羞惭，找了个借口把媳妇轰出家门。媳妇不肯去，两人争吵起来。婆婆更加恼怒，反而诬陷媳妇，把她告到官府。……婆婆说："夜里来夜里走的，实在不知道那人是谁，把我媳妇拘来一审，自然就会知道。"于是县官就传唤媳妇到堂审问。媳妇当然知道那人是谁，她将其推到婆婆身上，死活不肯承认。县官又把那个无赖抓来，无赖又狡辩说："……是她们之间互不相容，所以编出这番谎话来互相诋毁。"县官说："一个村子上百号人，为什么独独诬陷你？"便下令重重地打他。无赖连忙磕头，乞求免掉罪责……县官便对媳妇用刑，媳妇始终不肯承认，县官就同意婆婆把她赶走了。媳妇愤怒地告到省里，但还和县里一样，很久也不能裁决。

原文

时淄邑孙进士柳下令临晋，推折狱才，遂下其案于临晋。人犯到，公略讯一过，寄监讫，便命隶人备砖石刀锥，质明听用。共疑曰：“严刑自有桎梏，何将以非刑折狱耶？”不解其意，姑备之。明日，升堂，问知诸具已备，命悉置堂上。乃唤犯者，又一一略鞫之。乃谓姑妇：“此事亦不必甚求清析。淫妇虽未定，而奸夫则确。汝家本清门，不过一时为匪人所诱，罪全在某。堂上刀石具在，可自取击杀之。”姑妇趑趄，恐邂逅抵偿。公曰：“无虑，有我在。”于是媪妇并起，掇石交投。妇衔恨已久，两手举巨石，恨不即立毙之。媪惟以小石击臀腿而已。又命用刀。妇把刀贯胸膺，媪犹逡巡未下。公止之曰：“淫妇我知之矣。”命执媪严梏之，遂得其情。笞无赖三十，其案始结。

○孙柳下：孙宪元，字柳下。临晋：旧县名。在山西省西南部，属山西省平阳府。后并入今之山西临猗。

○推折狱才：公认为是在审讯断案方面有才能的人。推，推许，推重，即官场公认。折狱，断案。

○质明：天刚亮的时候。质，正。

○桎梏（zhì gù）：刑具。桎，脚镣。梏，手铐。

○清门：清白门第。指正派人家。

○匪人：行为不端的人。

○趑趄（zī jū）：脚步不稳，徘徊不前。

○邂逅抵偿：碰巧打死人而抵偿人命。邂逅，凡非始料所及而碰上。此指非故意。

译文

此时，淄川人士孙柳下，身为进士，正在临晋县担任县令一职，他因断案如神而广受赞誉。因此，省里决定将此案交由临晋县来审理。一众涉案人员被押解到来，孙公仅简短询问了案情，便下令将他们收监。随后，他又吩咐衙役准备砖石、刀具和锥子，待天明后使用。众人对此感到十分困惑，纷纷议论道：“若说严刑拷打，自然有专门的刑具，为何要用这些非刑具之物来审案呢？”尽管众人不解其意，但还是按孙公的吩咐准备妥当。次日，孙公升堂审案，确认砖石、刀具和锥子都已备齐后，便命人将它们搬上堂来。接着，他传召涉案人员上堂，再次逐一简短审问。孙公随后对婆媳二人说道："此案无需过于深究……你们本是清白之家，只是一时被恶人所诱，罪责全在于他一人。堂上备有刀具和石头，你们可自行取用，将他处死。"婆媳二人听后，都略显犹豫，担心万一将人打死会惹来杀身之祸。孙公见状，安慰道："不必担心，有我在此，你们尽管放手去做。"于是，婆媳二人一同起身，捡起石头砸向那无赖。媳妇心中早已积怨已久，双手举起大石，恨不得一举将他击毙；而婆婆则只是用小石子打无赖的臀部和腿部。孙公又命她们用刀，媳妇握紧刀刃，直刺无赖胸膛，而婆婆却畏手畏脚，不敢下手。孙公目睹此景，立即制止她们，并说道："我已知是谁。"随即下令将婆婆擒住，严刑拷打之下，终于查明了案情的真相。最后，他又命人打了无赖三十大板，此案才得以了结。

原文

附记：公一日遣役催租，租户他出，妇应之。役不得贿，拘妇至。公怒曰："男子自有归时，何得扰人家室！"遂笞役，遣妇去。乃命匠多备手械，以备敲比。明日，合邑传颂公仁。欠赋者闻之，皆使妻出应，公尽拘而械之。余尝谓：孙公才非所短，然如得其情，则喜而不暇哀矜矣。

○手械：施用于手的刑具。

○敲比：用笞刑来追责限期。因为本文针对的是妇女，故改为手械。

译文

附录：某日，孙县令派遣差役前去催缴租税。租户恰好外出，仅其媳妇在家应门。差役因未得贿赂，竟将妇人带至衙门。孙县令闻此大怒，斥责道："租户自会归来，岂能骚扰其家眷！"随即下令严惩差役，并命妇人返家。他又吩咐工匠大量制备手铐，以备催税之用。次日，全县皆传颂孙县令之仁慈。那些拖欠租税之人听闻此事，竟纷纷让妻子出门应对。孙县令见状，便将他们全部擒获，一一戴上手铐。我曾言：孙县令并非才智不足，而是待查明实情后，方对违法之徒严惩不贷，绝不姑息。

【新郑讼】

原文

长山石进士宗玉，为新郑令。适有远客张某，经商于外，因病思归，

○石宗玉：石日琮，字宗玉，号璞公，长山人。康熙年进士，授新郑县知县，有政绩。见嘉庆《长山县志》。

不能骑步，赁手车一辆，携赀五千，两夫挽载以行。至新郑，两夫

○骑步：骑马步行。

往市饮食，张守赀独卧车中。有某甲过，睨之，见旁无人，夺赀去。

○睨（nì）：斜视，窥测。

张不能御，力疾起，遥尾缀之，入一村中。又从之，入一门内，张

○御：抵抗。

不敢入，但自短垣窥觇之。甲释所负，回首见窥者，怒执为贼，缚

○垣：矮墙。

见石公，因言情状。问张，备述其冤。公以无质实，叱去之。二人下，皆以官无皂白，公置若不闻。颇忆甲久有逋赋，遣役严追之。

○逋（bū）赋：拖欠赋税。逋，拖欠。

逾日，即以银三两投纳。石公问金所自来，甲云："质衣鬻物。"皆指名以实之。石公遣役令视纳税人，有与甲同村者否。适甲邻人在，唤入问之："汝既为某甲近邻，金所从来，尔当知之。"邻曰："不知。"公曰："邻家不知，其来暧昧。"甲惧，顾邻曰："我质某物、鬻某器，

○暧昧：模糊，不明朗。

汝岂不知？"邻急曰："然，固有之矣。"公怒曰："尔必与甲同盗，非刑询不可！"命取梏械。邻人惧曰："吾以邻故，不敢招怨，今刑及

○梏械：刑具。

○招怨：招引怨恨上身。

己身，何讳乎？彼实劫张某钱所市也。"遂释之。时张以丧赀未归，

乃责甲押偿之。此亦见石之能实心为政也。

○押偿：强令偿还。

译文

长山县的石宗玉进士，曾在新郑县担任过县令一职。当时，有位远方来的客商张某，因在外经商多年，不幸患病，思乡情切，遂决定返回家乡。由于身体不适，无法骑马，张某便租了一辆手推车，并随身携带了五千两银子作为盘缠。两名车夫负责推拉车辆，一行人就这样踏上了归途。当他们行至新郑县时，两名车夫前去购买食物，张某则留在车内看守钱财。此时，一位名叫某甲的人路过此地，窥见张某车中的银两，见四周无人，便心生贪念，抢走了钱袋。张某虽想反抗，但因病体虚弱，无力阻止，只能勉强起身，远远跟随某甲来到一个村庄。张某见某甲进入一所院落，因不敢贸然闯入，便悄悄翻过矮墙，窥视院内情况。某甲放下钱袋后，发现张某在偷看，恼羞成怒，抓住张某，诬陷其为盗贼，并将其捆绑起来，带到石县令面前，陈述了所谓的事实。石县令审问张某时，张某详细陈述了自己的冤情。然而，由于证据不足，石县令无法断定谁是谁非，于是将二人都斥责了一番，让他们离开了。二人离去时，都抱怨石县令不分是非。石县令虽假装未闻，但心中已有计较。他忽然想起某甲长期拖欠税赋，便派差役前去严加追讨。次日，某甲拿着三两银子前来交税。石县令询问银子的来源，某甲谎称是典当衣物和变卖物品所得，并一一列举物品名称以证实自己的说法。石县令心生疑虑，便让衙役查看纳税人中是否有与某甲同村的人。恰巧某甲的邻居在场，石县令便将其传唤上堂，问道："你既是某甲的近邻，对他银子的来源应该有所了解吧？"邻居回答说不知道。石县令怒道："连邻居都不知道，这笔钱来得岂不明不白？"某甲听后，心中惊恐，看着邻居说："我当衣物、卖东西的事情，你怎么会不知道呢？"邻居急忙改口说："是，是有这么回事。"石县令见状，大怒道："你和某甲肯定是同伙，看来不动刑逼供你们是不会说实话的！"于是命人取来刑具。邻居恐惧万分，连忙说道："我因为与某甲是邻居，怕说了实话会招他怨恨。如今既然要对我动刑，我又有什么好隐瞒的呢？他用来交税的钱确实是从张某那里抢来的。"石县令听完邻居的供述后，便将其释放。此时张某因丢失钱财尚未能动身回家，石县令便责令某甲抵押财物以赔偿张某的损失。由此可见，石县令确实是一位能够实心实意处理事务的官员。

原文

异史氏曰：石公为诸生时，恂恂雅饬，意其入翰苑则优，簿书则诎。乃一行作吏，神君之名，噪于河朔。谁谓文章无经济哉！故志之以风有位者。

○恂恂：恭顺貌。雅饬：文雅端方。 ○翰苑：翰林院。此指在翰林院从事文字工作。 ○簿书：官署文书。指从事政务。诎：短，欠缺。 ○一行作吏：一经入仕，谓初次做官。 ○神君：古代民间对于贤明公正的官吏崇拜如神，称"神君"。 ○河朔：泛指黄河以北之地。 ○经济：此处指经世济民。 ○志：记录，载记。

译文

异史氏言道：石公在身为秀才之时，性情温和恭敬，举止典雅且严谨，世人皆赞其若入翰林院，必为佼佼者，而出任地方官员，或许非其所长。然而，石公一旦踏上仕途，便被人们尊称为"神君"，其名声在河北地区广为流传，响彻云霄。此等事实，岂能说明有文学才华之人便不懂治国安民之道乎！因此，特将此段佳话记载下来，用以勉励那些在职的官员们，望他们能如石公般，以才华济世，以德行服人。

诸生

诸生是古代指经过考试录取后进入中央、府、州、县各级学校学习的生员，统称为"诸生"。诸生包括太学生、例生、廪生、增生、附生等不同类型的学生，通常由官方学校或监学管理。俗称"秀才"的廪生也是诸生的一种，他们由政府发放廪粮，因而得名。这些学生在完成学业后可以参加科举考试，追求官职或学术地位。

【李象先】

原文

李象先，寿光之闻人也。前世为某寺执爨僧，无疾而化。魂出栖坊上，下见市上行人，皆有火光出颠上，盖体中阳气也。夜既昏，念坊上不可久居，但诸舍暗黑，不知所之，唯一家灯火犹明，飘赴之。及门，则身已婴儿，母乳之。见乳恐惧，腹不胜饥，闭目强吮。逾三月余，即不复乳，乳之则惊惧而啼。母以米沈间枣栗哺之，得长成。是为象先。儿时至某寺，见寺僧，皆能呼其名。至老犹畏乳。

○李象先：李焕章（1613—1691），字象先，号织斋。

○闻人：有声望的人。

○执爨（cuàn）：烧火做饭。

○坊：牌坊，一般用石建成。

○颠：头顶。

○吮（shǔn）：聚拢嘴唇吸食。

○米沈：米汁。沈，通“瀋”，汁。

译文

李象先，乃寿光市之名流也。其前世为某寺中烹煮僧食之僧，无疾而终，坐化而去。其魂魄悠然离体，轻落于牌坊之巅，俯瞰市集行人，忽见人人头顶皆有火光闪烁，料想此乃体内阳气之显现。彼时，天色已暗，夜幕低垂，他心念不可久留牌坊之上，然环顾四周，多数屋舍皆已熄灯，不知何往。唯有一户人家灯火通明，其魂遂飘然而至。他进了门，身形就变成了婴儿，母亲抱之哺乳。他初见乳房，心生恐惧，然腹中饥饿难忍，遂紧闭双眼，勉强吸吮奶水。如此三月有余，他渐次断奶，每当母亲欲哺，他便惊恐啼哭。母亲无奈，只得以米汤混合枣栗喂养，方得助其成长。此人，便是日后的李象先。童年时，他随家人至某寺，竟能一一唤出寺中和尚之名。而直至垂暮之年，他仍对乳汁怀有深深的恐惧。

原文

异史氏曰：象先学问渊博，海岱清士。子早贵，身仅以文学终，此佛家所谓福业未修者耶？弟亦名士。生有隐疾，数月始一动。动时急起，不顾宾客，自外呼而入，于是婢媪尽避，使及门复痿，则不入室而反。兄弟皆奇人也！

○海岱：东海至泰山间的地区。清士：高洁的人。
○子早贵：指其子李新命做宁南知州。
○以文学终：以生员而终老。文学，生员（秀才）的美称。
○福业未修：指前生未修福业，终身未能显贵。业，佛家语。泛指一切身心活动。
○动：指情欲冲动。
○痿（wěi）：软缩或失去机能。此指阳痿。

译文

异史氏言道：李象先学识渊博，乃东海至泰山间品德高尚之士。其子虽早年步入仕途，却终生仅得秀才之名，这或许正是佛家所言“福业未修”之果吧。而李象先之弟，同样为一方名士，却自幼身患怪疾，难以启齿。其病数月一发，每当……便急不可耐，不顾宾客在场，高声呼喊，径直奔向内宅。家中丫环仆妇闻声皆避，然其至卧室门前，性欲却已消退，只得黯然返回。李象先兄弟二人，真乃世间奇人也！

文学

文学在汉代指的是州郡及王国中设立的教育官职，类似于后世的教职人员。明清时期，州县的教官也被称为文学，他们的职责主要是负责地方学务，教化学生。文学作为教育官员的称号，表明其在地方教育体系中的重要地位，与后世的学官、教谕类似。

【房文淑】

原文

开封邓成德，游学至兖，寓败寺中，佣为造齿籍者缮写。岁暮，

○开封：明清时期府名。今河南开封。 ○败寺：破败的寺庙。 ○造齿籍者：编制户口名册的人。

僚役各归家，邓独炊庙中。黎明，有少妇叩门而入，艳绝，至佛

○僚役：同僚，同事。

前焚香叩拜而去。次日，又如之。至夜，邓起挑灯，适有所作，女至益早。邓曰："来何早也？"女曰："明则人杂，故不如夜。太早，又恐扰君清睡。适望见灯光，知君已起，故至耳。"生戏曰："寺中无人，寄宿可免奔波。"女哂曰："寺中无人，君是鬼耶？"邓见其

○哂（shěn）：微笑。

可狎，俟拜毕，曳坐求欢。女曰："佛前岂可作此。身无片椽，尚作妄想！

○身无片椽（chuán）：指无房屋居处。椽，梁上承瓦的木条，指代房屋。

译文

邓成德，原自开封府，游历至山东兖州，于一破败古寺中暂居，受聘于户籍编纂之官府，以抄写为业。岁末之际，官吏与胥役皆归家团圆，唯邓成德独守庙宇，自炊度日。一日拂晓，一绝色少妇轻扣庙门，步入殿内，于佛像前虔诚燃香，叩首礼拜后悄然离去。次日，此景再现，少妇重复昨日之举。及至夜幕低垂，邓成德挑灯想写点什么，未料那少妇竟比往日更早到访。邓成德好奇询问："今日何故如此早至？"少妇答道："白昼人多口杂，不若夜晚清宁。然过早前来，恐扰君清梦，见屋内灯亮，知君已醒，遂入内相见。"邓成德开玩笑地说："庙中无人，居此可免往返之劳。"少妇笑应："庙中虽无人，难道君乃幽灵乎？"见其态度可亲，邓成德待其礼佛完毕，便拉其坐下，意图亲近。少妇婉拒道："佛门清净之地，岂可行此苟且之事。你身无立锥之地，怎敢存此非分之想！"

原文

邓固求不已。女曰："去此三十里某村，有六七童子，延师未就。君往访李前川，可以得之。托言携有家室，令别给一舍，妾便为君执炊，此长策也。"邓虑事发获罪，女曰："无妨。妾房氏，小名文淑，并无亲属，恒终岁寄居舅家，有谁知？"邓喜。既别女，即至某村，谒见李前川，谋果遂。约岁前即携家至。既反，告女，女约候于途中。邓告别同党，借骑而去。女果待于半途，乃下骑，以辔授女，御之而行。至斋，相得甚欢。

○延师：请老师。

○岁前：年前。岁，岁除，除夕。

译文

邓成德坚持恳求，不肯罢休。少妇言道："距此三十里外有一村落，村中六七童子正寻师未果。你可前往拜访李前川，必能获得此教职。再谎称已有家室，请求他们额外提供一间居所，如此我便可为你料理家务，此乃长久之计！"邓成德忧虑此事若被发现，恐遭治罪，少妇宽慰道："无须多虑。我名房文淑，并无亲眷，长年寄居于舅家，何人能知晓此事？"邓成德听后，心中大喜。与文淑作别后，他即刻前往那村落，拜访李前川，此计果然顺利达成。邓成德与李前川约定，年前携家眷前来。返回古寺，他将此事告知文淑，二人约定途中相会。随后，邓成德向同僚辞行，借得一匹坐骑，便踏上旅程。文淑果然依约在半途等候，邓成德见状下马，将缰绳递予她，让她骑乘，自己则步行牵牛前行。抵达书馆后，二人情深意笃，共度欢乐时光。

原文

积六七年，居然琴瑟，并无追逋逃者。女忽生一子。邓以妻不育，

○琴瑟：喻指夫妇。后比喻夫妇间感情和谐。

○逋（bū）逃者：逃亡的人。此指逃妇。逋，逃亡。

得之甚喜，名曰兖生。女曰："伪配终难作真。妾将辞君而去，又生此累人物何为！"邓曰："命好，倘得余钱，拟与卿遁归乡里，何出此言？"女曰："多谢，多谢！我不能胁肩谄笑，仰大妇眉睫，为人作乳媪，呱呱者难堪也！"邓代妻明不妒，女亦不言。月余，邓解馆，谋与前川子同出经商。告女曰："我思先生设帐，必无富有之期。今学负贩，庶有归时。"女亦不答。至夜，女忽抱子起。邓问："何作？"女曰："妾欲去。"邓急起，追问之，门未启，而女已杳。骇极，始悟其非人也。邓以形迹可疑，故亦不敢告人，托之归宁而已。

○胁肩谄笑：形容讨好巴结人的丑态。 ○大妇：正妻。

○解馆：解除馆约。指不当老师了。

○先生设帐：塾师授徒。先生，老师。设帐，指授徒。

○负贩：指贸易经商。

○归宁：回娘家。

译文

如此度过了六七载春秋，两人如同真正的夫妻一般，生活和谐美满，并未有人前来追究他们的过往。忽有一日，文淑诞下一子，邓成德因原配不育，此刻喜得麟儿，心中乐不可支，遂为子取名"兖生"。文淑却言道："假扮夫妻终非长久之计。我若离去，又何必留下这累赘！"邓成德安慰道："若命运垂青，再积攒些许财富，我必带你归乡，你怎可如此妄言？"文淑叹道："多谢，多谢！我不善逢迎，不愿看大妇人脸色，为他人做奶妈，即便是孩童，亦觉羞辱难当！"邓成德替妻辩解，称其非嫉妒之人，文淑却沉默不语。又过月余，邓成德决意辞去书馆之职，欲与李前川之子一同外出经商。他向文淑坦言："我思忖，教书育人，开设学馆，恐难致富。现我欲学商贾之道，以期衣锦还乡。"文淑听后，依旧默不作答。至夜深人静之时，文淑忽抱子起身。邓成德惊问："你欲何为？"文淑答道："我欲离去。"邓成德急忙起身，并追问其去向，然房门未启，文淑已踪影全无。邓成德惊骇万分，方悟文淑非人。因其行踪诡秘，邓成德不敢向人透露真相，只谎称文淑回娘家去了。

原文

初，邓离家，与妻娄约，年终必返。既而数年无音，传其已死。兄以其无子，欲改醮之。娄更以三年为期，日惟以纺绩自给。一日，既暮，往扃外户，一女子掩入，怀中绷儿。曰："自母家归，适晚。知姊独居，故求寄宿。"娄内之。至房中，视之，二十余丽者也。喜与共榻，同弄其儿，儿白如瓠。叹曰："未亡人遂无此物！"女曰："我正嫌其累人，即嗣为姊后，何如？"娄曰："无论娘子不忍割爱，即忍之，妾亦无乳能活之也。"女曰："不难。当儿生时，患无乳，饮药半剂而效。今余药尚存，即以奉赠。"遂出一裹，置窗间。娄漫应之，未遽怪也。既寝，及醒呼之，则儿在而女已启门去矣。骇极。日向辰，儿啼饥。娄不得已，饵其药，移时湩流，遂哺儿。积年余，儿渐丰肥，渐学语言，爱之不啻己出。由是再醮之心遂绝。但早起抱儿，不能操作谋衣食，益窘。

○改醮（jiào）：改嫁。

○扃（jiōng）：关。

○绷儿：被包婴儿。绷，婴儿的包被。

○内：同"纳"。

○未亡人：旧时寡妇的自称。

○弄：抚弄。

○瓠（hù）：一年生草本植物，茎蔓生，夏天开白花，果实长圆形，嫩时可食。此处指瓠子，排列整齐，色泽洁白。

○一裹：一包。裹，包。

○向：接近。辰：辰时，七点至九点。

○湩（dòng）：乳汁。

○不啻（chì）：不只，不止。

译文

昔日，邓成德离家之际，曾与妻娄氏相约，岁末必归。然而数载已过，音讯全无，世人皆传其已故。兄长因娄氏尚未生育，欲劝其改嫁。娄氏则提出以三年为期，每日仅靠纺线度日，以守贞节。一日，夜幕降临，娄氏正欲关门，忽见一女子怀抱婴儿匆匆而入。女子言道："我自娘家归来，至此天色已晚。闻知姐姐独居，特来求宿一晚。”娄氏遂邀其入屋。进屋后，只见女子年方二十有余，貌美如花。娄氏心生欢喜，与之同榻而眠，共抚婴儿。那婴儿白白胖胖，甚是可爱。娄氏不禁叹息道：“我这寡妇，何时才能有这般可爱的小生命！”女子听后，便道：“我正嫌这孩子累赘，不如将他过继给姐姐，以续香火，如何？”娄氏答道：“且不说娘子是否舍得，即便你舍得，我亦无乳汁喂养他呀。”女子笑道：“此事不难。此子出生时，我亦曾乳汁不足，幸得半剂良药，乳汁便充盈起来。如今剩余之药尚在，我便赠予姐姐。”说完，女子取出一小包，置于窗台之上。娄氏随口应承，并未多想。随后，二人便安然入睡。及至娄氏醒来呼唤女子，却发现孩子仍在，而女子已悄然离去。娄氏心中惊骇不已。至次日清晨，孩子因饥饿而啼哭不止，娄氏无奈之下，只好服用女子所留之药。不久，乳汁便源源涌出，她便得以喂养孩子。如此过了一年多，孩子日渐茁壮，言语也渐渐清晰，娄氏对他的喜爱甚至超过了自己的孩子。自此以后，她便断了改嫁的念头。然而，每日清晨都要怀抱孩子喂养，无法再靠纺织为生，生活愈发困窘起来。

原文

一日，女忽至。娄恐其索儿，先问其不谋而去之罪，后叙其鞠养之苦。女笑曰：“姊告诉艰难，我遂置儿不索耶？”遂招儿，儿啼入娄怀。女曰：“犊子不认其母矣！此百金不能易，可将金来，署立券保。”娄以为真，颜作赪。女笑曰：“姊勿惧，妾来正为儿也。别后虑姊无豢养之资，因多方措十余金来。”乃出金授娄。娄恐受其金，索儿有词，坚却之。女置床上，出门径去。抱子追之，其去已远，呼亦不顾。疑其意恶，然得金，少权子母，家以饶足。又三年，邓贾有赢余，治装归。方共慰藉，睹儿，问谁氏子，

○鞠(jū)养：养育。

○犊子：原指体型相对较大的动物幼崽，比如牛的幼崽，称为“牛犊子”。后也泛指晚辈、小辈。这里是小孩子的意思。

○券保：字据。

○赪(chēng)：浅红色，脸红。

○权子母：以本求利。指放债生息。

○贾(gǔ)：做买卖。

妻告以故。问："何名？"曰："渠母呼之兖生。"生惊曰："此真吾子也！"问其时日，即夜别之日。邓乃历叙与房文淑离合之情，益共欣慰。犹望女至，而终渺矣。

译文

一日，那女子突然现身。娄氏生怕她会索回孩子，便先责备她不辞而别的行为，接着又细数自己抚养孩子的种种艰辛。女子笑道："姐姐向我诉说抚养孩子的不易，莫非以为我会轻易放弃自己的骨肉吗？"说罢，她呼唤儿子，可孩子却哭着扑进了娄氏的怀抱。女子佯装不悦："这小家伙竟不认自己的娘亲了！真是千金难换的情分，你若真想要这孩子，就拿银子来，咱们立下字据，正式将他过继给你。"娄氏听后，信以为真，脸色骤变。女子又笑道："姐姐莫怕，我此次前来，正是为了儿子。分别后，我担心姐姐手头拮据，无法抚养他，便四处筹措了十几两银子。"言毕，她取出银子递给娄氏。娄氏生怕收下银子后，对方更有理由要回孩子，因此坚决不肯接受。女子便将银子放在床上，转身离去，步履匆匆。娄氏抱着孩子追出门外，却发现女子已走远，呼唤她也不回头。娄氏心中虽有疑虑，觉得女子此举或许别有用心，但有了这笔银子，总算能生出些利息，改善家境。时光荏苒，又过了三年。邓成德做生意赚了些钱，便收拾行装，满载而归。他与娄氏相见，互诉衷肠。忽然，邓成德看见了那个孩子，便问是谁家的。娄氏便将事情的经过一一告知。邓成德又问："他叫什么名字？"娄氏答道："他母亲叫他兖生。"邓成德听后，大吃一惊："这竟是我的儿子！"他细问孩子来的时间，正是他与文淑分别的那一夜。邓成德便将与房文淑的悲欢离合细细道来，夫妻俩听后，都感到更加欣慰。邓成德还盼着文淑能回来，但终究再没有了她的音讯。

【秦桧】

原文

青州冯中堂家，杀一豕，燖去毛鬣，肉内有字云“秦桧七世身”。

○青州：今山东青州。冯中堂：冯溥，字孔博，号易斋。中堂，宰相的别称，明清时亦用来称呼内阁大学士。 ○燖（xún）：烧烫，拔脱其毛。鬣（liè）：动物身上颈部的长毛。 ○秦桧：字会之，江宁人。

烹而啖之，其肉臭恶，因投诸犬。呜呼！桧之肉，恐犬亦不当食之矣！

译文

青州的冯中堂家里，有一次杀了一头猪，烫去猪毛以后，发现肉上有字写道“秦桧七世身”。煮熟后一尝，肉的味道很臭，便把它扔给狗吃了。唉！秦桧的肉，恐怕连狗也不会吃的！

原文

闻益都人说：中堂之祖，前身在宋朝为桧所害，故生平最敬岳武穆。

○益都：明清时为青州府府治所在地。 ○岳武穆：岳飞（1103—1142）。

于青州城北通衢傍建岳王殿，秦桧、万俟卨伏跪地下。往来行人瞻

○通衢：四通八达的大路。 ○万俟卨（mò qí xiè）：字元忠，开封阳武人。政和大学生，历任枢密院编修。秦桧为相时，依附秦桧，被任用为监察御史。

礼岳王，则投石桧、卨，香火不绝。后大兵征于七之年，冯氏子孙

○大兵：指清兵。于七：清初抗清义军首领，山东栖霞人。征于七之年，指顺治十八年，即1661年。

毁岳王像。数里外，有俗祠“子孙娘娘”，因舁桧、卨其中，使朝跪焉。百世下，必有杜十姨、伍髭须之误，甚可笑也。

○杜十姨、伍髭须：比喻传说讹误。据明杨慎《丹铅余录》及宋俞琰《席上腐谈》载，杭州有杜拾遗庙，以祀杜甫，有村学究竟误为“杜十姨”。又，浙西吴风村有伍子胥庙，村人讹传为“伍髭须”。

译文

据益都人士所言：冯中堂之祖父，前世于宋朝时遭秦桧所害，因此他平生对岳飞极为敬仰。为表敬意，他在青州城北的大道旁修建了一座岳王殿，并塑造了秦桧

秦檜七世身

与万俟卨的跪像，以示惩戒。过往行人前往岳王殿瞻仰祭拜时，皆会以石掷向秦、万二人之像，岳王殿因此香火鼎盛。然而，在清军征讨于七那一年，冯氏后裔竟将岳王之像毁去。距此数里之外，有一座民间所建的“子孙娘娘”祠，人们便将秦桧与万俟卨的像抬至祠中，让他们面对子孙娘娘跪拜。试想再过百年，此事定会被误传，如同将杜拾遗误为杜十姨，伍子胥误为伍髭须一般，实在令人哑然失笑。

原文

又青州城内，旧有澹台子羽祠。当魏珰烜赫时，世家中有媚之者，就子羽毁冠去须，改作魏监。此亦骇人听闻者也。

◎澹（tán）台子羽：即澹台灭明，字子羽。孔子弟子，孔门七十二贤之一。

◎魏珰：指魏忠贤。明朝宦官，结党行奸，干预朝政。后被治罪，自缢死。珰，玉质饰物。后代用以指称宦官。烜赫：声势显赫。

译文

再者，青州城内原有一座供奉澹台子羽的祠堂。在大太监魏忠贤一手遮天之时，有些世家大族为了讨好他，竟将子羽像上的冠冕与胡须去除，改造成了魏忠贤的模样。此事真可谓骇人听闻。

杜十姨、伍髭须

“杜十姨”和“伍髭须”是用来比喻传说讹误的典故。据明代杨慎《丹铅余录》及宋代俞琰《席上腐谈》记载，杭州有一座杜拾遗庙，本是为纪念诗人杜甫而建。然而，由于村学究的误传，杜甫被误称为“杜十姨”，并被塑造成女性形象，与酒仙刘伶搭配供奉。同样，浙西吴风村有一座伍子胥庙，村民将“伍子胥”讹传为“伍髭须”，于是塑像时将须分为五处。这些故事反映了历史传说中的讹误和曲解，常被用作提醒人们防止传说与事实偏离的比喻。

【浙东生】

原文

浙东生房某，客于陕，教授生徒。尝以胆力自诩。一夜，裸卧，忽有毛物从空堕下，击胸有声，觉大如犬，气咻咻然，四足挠动。大惧，欲起，物以两足扑倒之，恐极而死。经一时许，觉有人以尖物穿鼻，大嚏，乃苏。见室中灯火荧荧，床边坐一美人，笑曰："好男子！胆气固如此耶！"生知为狐，益惧。女渐与戏，胆始放，遂共狎昵。积半年，如琴瑟之好。一日，女卧床头，生潜以猎网蒙之。女醒，不敢动，但哀乞。生笑不前。女忽化白气，从床下出，恚曰："终非好相识！可送我去。"以手曳之，身不觉自行。出门，凌空翕飞。食顷，女释手，生晕然坠落。适世家园中有虎阱，揉木为圈，结绳作网，以覆其口。生坠网上，网为之侧，以腹受网，身半倒悬。下视，虎蹲阱中，仰见卧人，跃上，近不盈尺，心胆俱碎。园丁来饲虎，见而怪之，扶上，已死。移时始渐苏，备言其故。其地乃浙界，离家止四百余里矣。主人赠以赀遣归。归告人："虽得两次死，然非狐则贫不能归也。"

○浙东：古以钱塘江为界，分为"浙西""浙东"。
○陕：陕西地区的简称。
○生徒：学生徒弟。
○自诩（xǔ）：自夸，自吹。
○咻咻然：喘气的声音。
○嚏（tì）：喷嚏。
○恚（huì）：愤怒。
○曳：拖引。
○翕（xī）飞：一起飞行。翕，合。
○虎阱（jǐng）：捕捉老虎的陷阱。阱，陷坑。
○揉（róu）木：使木弯曲。
○侧：倾斜。
○以腹受网：指趴卧在网上。

译文

在浙东地区，有一位姓房的书生，客居于陕西，以教书育人为生。他时常自夸胆识过人，力大无穷。一日深夜，他赤身裸体而眠，忽闻空中传来异响，一毛茸茸之物骤然坠落于其胸膛之上，发出“啪”的一声巨响。此物身大如犬，喘息声重，四足胡乱蹬动。房生惊恐万分，欲起身反抗，却被那物用双足牢牢压制，惊骇之下，竟昏厥过去。约莫一个时辰后，房生感觉鼻尖有尖锐之物轻挠，不禁打了个大喷嚏，猛然惊醒。只见屋内灯火摇曳，床畔坐着一位美貌女子，含笑对他说：“好一个男子汉，胆量却也不过如此！”房生心知她是狐狸所化，心中恐惧更甚。然而，女子渐渐与他调情，房生的胆气也逐渐壮了起来……如此半年过去，二人情同夫妻。一日，女子卧床休息，房生趁其不备，悄悄用猎网将其罩住。女子醒来，不敢妄动，只是苦苦哀求。房生笑着不肯上前释放她。女子忽然化作一股白气，从床底逸出，恼怒地说：“你竟非良伴！还望送我离去。”说完，便伸手来拽，房生身不由己地随她而去。出门后，女子带着房生腾空而起，飞入云霄。约一顿饭的工夫，女子松手，房生晕头转向地从天而降。恰巧落入某世家花园中的老虎陷阱之中，那陷阱以木为圈，以绳为网，覆盖在阱口。房生重重砸在网上，网被砸得歪向一边，他的肚子压在网上，身体半悬于空中。低头一看，只见一只老虎蹲在阱底，抬头望见网上有人，便猛地往上扑，离房生不足一尺之遥，吓得他心惊胆战，魂飞魄散。园丁前来喂虎，见房生趴在网上，大觉诧异，便将他扶了下来，发现他已昏死过去。过了许久，房生才渐渐苏醒，详细叙述了事情的经过。此时他身处之地已在浙江境内，离家不过四百多里路程。园主人慷慨解囊，赠他路费让他回家。房生回到家中后，向人们讲述道：“虽然两次吓得昏死过去，但若不是那只狐狸，我恐怕还穷得回不了家呢。”

【博兴女】

原文

博兴民王某，有女及笄。势豪某窥其姿，伺女出，掠去，无知者。

○博兴：县名。位于山东省北部，明清时山东布政司青州府。

○势豪：有权势的土豪恶霸。

至家逼淫，女号嘶撑拒，某缢杀之。门外故有深渊，遂以石系尸，

○缢（yì）杀：绞杀，勒死。

沉其中。王觅女不得，计无所施。天忽雨，雷电绕豪家，霹雳一声，龙下攫豪首去。天晴，渊中女尸浮出，一手捉人头，审视，则豪头

○攫（jué）：抓取。

也。官知，鞫其家人，始得其情。龙，其女之所化与？不然，何以

○鞫（jū）：审问。

能尔也？奇哉！

译文

在博兴县，有一位乡民王某，其女儿正值婚嫁之龄。当地一名恶霸贪图王女的美貌，趁她外出之际，将其强行掳走，此事竟无人察觉。恶霸将王女带至家中，欲行不轨，王女拼死反抗，大声呼救，却遭恶霸残忍勒毙。恶霸家门外有一深潭，他便将石块绑在王女尸体上，令其沉入潭中。王某四处寻找女儿，却始终无果，心中焦急万分。某日，天空突降大雨，雷电交加，只见恶霸家上空电闪雷鸣，一声巨响后，一条巨龙腾空而下，瞬间夺去恶霸的头颅，随即飞离现场。雨过天晴后，深潭中浮起一具女尸，其手中竟紧握着一颗人头，仔细辨认，正是那恶霸的头颅。官府得知此事后，立即将恶霸家人拘捕审问，终于查明了事情的真相。此事令人啧啧称奇，那条巨龙莫非是王女的化身？若非如此，又怎会发生如此离奇之事？真是令人费解，实在太奇怪了！

【一员官】

原文

济南同知吴公，刚正不阿。时有陋规，凡贪墨者，亏空犯赃罪，上官辄庇之，以赃分摊属僚，无敢梗者。以命公，不受，强之不得，怒加叱骂。公亦恶声还报之，曰：“某官虽微，亦受君命。可以参处，不可以骂詈也！要死便死，不能损朝廷之禄，代人偿枉法赃耳！”上官乃改颜温慰之。人皆言斯世不可以行直道，人自无直道耳，何反咎斯世之不可行哉！会高苑有穆情怀者，狐附之，辄慷慨与人谈论，音响在座上，但不见其人。适至郡，宾客谈次，或诘之曰：“仙固无不知，请问郡中官共几员？”应声答曰：“一员。”共笑之。复诘其故，曰：“通郡官僚虽七十有二，其实可称为官者，吴同知一人而已。”

○同知：官名。知府的副职。
○不阿：不屈从，不奉迎。
○贪墨：贪污。
○亏空犯赃罪：亏空公款，犯贪污罪。赃，贪污所取得之财物。
○梗：作梗，不同意。
○参（cān）处：弹劾处分。
○骂詈（lì）：斥骂。
○高苑：旧县名。明清属青州府，现为山东高青。
○郡：府城。指济南府。
○谈次：谈论间。

译文

在济南府，有一位姓吴的同知，其性格刚正不阿。当时，官场上流行着一种恶劣的习俗：对于贪赃枉法、挪用公款之人，上司往往会给予庇护，而由此造成的财务亏空，则要求下属官吏共同分担，代为填补，无人敢于反抗。当这种不公之事降临到吴公头上时，他坚决拒绝接受，即便上司强迫他，他也毫不妥协。上司因此恼羞成怒，对他破口大骂。吴公同样毫不客气地回击道：“我虽官职卑微，但亦是朝廷命官。若我有罪，你尽可弹劾处置，但无权对我辱骂！若要杀我，便请动手，我绝不会用朝廷赐予的俸禄，去为别人偿还那违法的赃款！”上司见吴公如此坚决，只好转变态度，和颜悦色地安抚他。世人常说这世间无正道可走，其实，往往是人们自己不愿走正道，又怎能反过来责怪世间无正道呢？当时，高苑县有个名叫穆情怀的人，被狐仙附身，时常慷慨激昂地与人谈论世事，但人们只能听到狐仙的声音，却看不见其真身。一日，他来到济南，与宾客朋友相聚时，有人好奇地问他：“狐仙自然无所不知，请问济南府里共有多少官员？”他毫不犹豫地回答道：“只有一员。”众人听后，皆嘲笑之。又追问他为何如此说，他解释道：“虽然济南府里官吏众多，足有七十二人，但真正能称得上官的，只有吴同知一人罢了！”

原文

是时泰安知州张公，人以其木强，号之“橛子”。凡贵官大僚登

○泰安：州名。今山东泰安。知州：为各州行政长官，地位相当于知县。 ○木强：质朴而倔强。 ○橛子：短木桩。形容人刚直不屈。

岱者，夫马兜舆之类，需索烦多，州民苦于供亿。公一切罢之。

○岱：泰山。 ○兜舆：山轿。 ○供亿：供给，供应。

或索羊豕，公曰：“我即一羊也，一豕也，请杀之以犒驺从。”大僚

○豕：猪。 ○犒（kào）：犒劳。驺（zōu）从：侍从的骑卒。也泛指随从。

亦无奈之。公自远宦，别妻子者十二年。初莅泰安，夫人及公子自

○远宦：远离家乡在外地做官。 ○莅：莅临，履任。

都中来省之，相见甚欢。逾六七日，夫人从容曰：“君尘甑犹昔，何

○尘甑（zèng）犹昔：贫困如故。甑，古代煮饭的瓦器。

老誖不念子孙耶？”公怒，大骂，呼杖，逼夫人伏受。公子覆母号

○老誖（bèi）不念子孙：年老糊涂不照顾后代。 ○伏受：趴下受杖。

泣，求代。公横施挞楚，乃已。夫人即偕公子命驾归，矢曰：“渠即

○命驾归：命人备车马还乡。 ○矢：发誓。 ○渠：他。指张公。

死于是，吾亦不复来矣！”逾年，公卒。此不可谓非今之强项令也。

○强项令：性格倔强、不肯低头的县令。

然以久离之琴瑟，何至以一言而躁怒至此，岂人情哉！而威福能行于

床笫，事更奇于鬼神矣。

○床笫（zǐ）：床席。这里指同床共榻的夫妻。

译文

在泰安州，知府张公因性情刚硬、不易亲近，而被民众戏称为“橛子”。每当有达官贵人前来攀登泰山，他们所需的民夫、车马、山轿等一切物资，皆需当地供应，且索求无度，使得州民苦不堪言。张公见状，毅然决然地废除了这些繁重的供应。有官员向他索要猪羊时，张公直言不讳：“我便是那一羊一猪，你若需要，便将我杀了，以犒赏你的随从吧。”如此强硬的态度，让那些大官们对他也无可奈何。张公自赴偏远之地为官以来，已与妻儿分别长达十二年之久。初到泰安上任时，夫人与儿子特地从京城赶来探望，一家人重逢，其乐融融。然而，六七日后，夫人在闲聊中随口说道：“你如今仍如昔日般贫穷，莫非是老糊涂了，怎不为子孙后代着想？”张公听后大怒，痛斥夫人，并命手下取来棍棒，强迫夫人趴在地上受罚。儿子见状，急忙趴在母亲身上，痛哭流涕，请求代母受罚。张公一顿狠打之后，方才罢休。夫人随后带着儿子乘车离去，并誓言道：“即便他死在这里，我也绝不会再来！”不幸的是，第二年张公便病逝于任上。张公之为人，堪称当今之董宣，宁死不屈，坚守节操。然而，夫妻多年离别，怎能因一句话便如此暴怒失态？这难道符合人之常情吗？但话说回来，张公能将威严施加于妻子之上，就这一点而言，他的刚毅之气，甚至比鬼神还要令人敬畏。

强项令

强项令指性格倔强、不肯屈服的县令，源自《后汉书·董宣传》中的故事。东汉时期，洛阳令董宣杀死了阳湖公主的恶奴，公主随即向光武帝告状。光武帝派人令董宣向公主叩头谢罪，但董宣性格刚强，拒绝低头，即使被强行按压也两手撑地，始终不肯俯首。光武帝因其性格刚烈，称他为“强项令”。这一称号象征着刚毅不屈、不畏权势的品质。

【丐仙】

原文

高玉成，故家子，居金城之广里。善针灸，不择贫富辄医之。里中

○故家子：世家子弟。故家，世代世宦之家。 ○金城：京都。

来一丐者，胫有废疮，卧于道，脓血狼籍，臭不可近。居人恐其

○胫：小腿，自膝盖到脚跟的部分。

死，日一饴之。高见而怜焉，遣人扶归，置于耳舍。家人恶其臭，

○饴（sì）：同“饲”，施饭，喂食。 ○耳舍：正门两旁的屋舍。

掩鼻遥立。高出艾亲为之灸，日饷以疏食。数日，丐者索汤饼，仆

○饷：送饭，用食物款待。疏食：粗饭，糙米饭。 ○汤饼：汤煮的面食，面条。

人怒诃之。高闻，即命仆赐以汤饼。未几，又乞酒肉。仆走告曰：“乞人可笑之甚！方其卧于道也，日求一餐不可得。今三饭犹嫌粗粝，既与汤饼，又乞酒肉。此等贪饕，只宜仍弃之道上耳！”高问其

○贪饕（tāo）：贪嘴，贪食。

疮，曰：“痂渐脱落，似能步履，顾假呻吟作呻楚状。”高曰：“所费

○痂：指伤口或疮口表面上的痂皮、疮壳。 ○步履：行走。 ○呻吟：象声词。多形容啼呼、鸣叫、摩擦等发出的声响。

几何！即以酒肉馈之，待其健，或不吾仇也。”仆伪诺之，而竟不与，且与诸曹偶语，共笑主人痴。

○诸曹：其他仆人。偶语：私下议论。

译文

高玉成是世家大族的子弟，住在金城的广里。他擅长针灸，不管是富人还是穷人，他都予以医治。一次，乡里来了一个乞丐，小腿上长了个难以医治的疮，躺在路上，腿上流着脓血，又脏又臭，让人不敢接近他。周围的人们生怕他死在这里，每天给他一顿吃的。高玉成看见后，很同情他，便派人把他扶回自己家，安置在耳房里。家里人都嫌恶他身上的恶臭，捂着鼻子，远远地站着看。高玉成取出艾绒，亲自给他针灸，每天还给他送去饭菜。几天以后，乞丐索要汤饼吃，仆人愤怒地呵

责他。高玉成听说以后，就命令仆人给他汤饼吃。不久，乞丐又要求喝酒吃肉。仆人跑去报告高玉成说："这乞丐简直太可笑了！当他躺在路上的时候，每天要吃一顿饭都得不到。如今给他一日三餐，他还嫌粗糙，已经给了他汤饼，他还要吃肉喝酒。像他这样贪吃贪喝的人，就应该还把他扔到路上去！"高玉成问乞丐腿上的疮怎么样，仆人回答道："疮痂已经渐渐脱落了，好像能走路了，但他还是假装哼哼唧唧的，作出一副痛苦的样子。"高玉成说："能花多少钱呀！马上送给他酒肉，等他恢复健康以后，或许不会把我们当仇人。"仆人假装答应了，但实际上并没有给，而且还跟其他仆人小声地说起此事，众人都笑话主人有点儿痴呆。

原文

次日，高亲诣视丐，丐跛而起，谢曰："蒙君高义，生死人而肉白骨，惠深覆载。但新瘥未健，妄思馋嚼耳。"高知前命不行，呼仆痛笞之，立命持酒炙饵丐者。仆衔之，夜分，纵火焚耳舍，乃故呼号。高起视，舍已烬，叹曰："丐者休矣！"督众救灭，见丐者酣卧火中，齁声雷动。唤之起，故惊曰："屋何往？"群始惊其异。高弥重之，卧以客舍，衣以新衣，日与同坐处。问其姓名，自言"陈九"。居数日，容益光泽，言论多风格。又善手谈，高与对局，辄败，乃日从之学，颇得其奥秘。如此半年，丐者不言去，高亦一时少之不乐也。即有贵客来，亦必偕之同饮。或掷骰为令，陈每代高呼采，雉卢无不如意。高大奇之。每求作剧，辄辞不知。

○生死人而肉白骨：比喻给人以再造之恩。

○惠深覆载：恩惠深厚，如同天地一样大。覆载，指包容、庇养万物。

○瘥（chài）：病愈。

○酒炙（zhì）：酒肉。炙，烹烤的肉食。饵：饲。

○衔之：恨他。衔，怀恨。

○齁（hōu）声：鼻息声。

○弥重之：更加尊重他。

○多风格：指有风度格调。

○手谈：下围棋。

○呼采：投掷时呼喊掷出个好的彩头。

○骰（tóu）：骰子，骨制的赌具。俗称"色（shǎi）子"。为令：为酒令。

○雉卢：古代一种赌博游戏。

○作剧：作戏。这里指作幻术。

译文

次日，高玉成亲自探视乞丐，乞丐蹒跚起身，感激涕零道："多亏先生高义，令我这濒死之人重获新生，白骨生肌，您的恩情堪比天地，深厚无垠。只是我身体尚未痊愈，心中馋念难抑，故想品尝些美味。"高玉成听后，心知昨日仆人未曾遵命，遂将其召来，严加惩戒，并命即刻备上酒菜供乞丐享用。那仆人心怀怨恨，至夜半时分，竟纵火烧毁耳房，而后故作惊呼救火。高玉成闻讯赶来，只见耳房已化为灰烬，不禁叹道："乞丐性命恐已不保！"他急忙催促众人灭火，却惊见乞丐在火中酣睡，鼾声如雷。将其唤醒后，乞丐还故作惊讶，问道："屋子怎么不见了？"众人见状，方知他非同常人。高玉成对他更为敬重，遂安排他住进客房，赠予新衣，并日日相伴。问及其姓名，乞丐自称"陈九"。数日之后，陈九容光焕发，言谈举止尽显风度。他更擅长棋艺，与高玉成对弈，令高玉成屡战屡败。自此，高玉成每日向他学艺，收获颇丰，棋艺大进。如此半年过去，陈九并未提及离开，高玉成亦觉生活中不能没有他，否则便感索然无味。即便有贵客来访，他也必邀陈九共饮。有时掷骰行令，陈九常代高玉成呼唤花色，每次呼唤，皆能如愿以偿。高玉成对此深感惊奇。每当他请求陈九展示些许法术时，陈九总是推辞说自己并不会。

原文

一日，语高曰："我欲告别。向受君惠且深，今薄设相邀，勿以人从也。"高曰："相得甚欢，何遽诀绝？且君杖头空虚，亦不敢烦作东道主。"陈固邀之曰："杯酒耳，亦无所费。"高曰："何处？"答云："园中。"时方严冬，高虑园亭苦寒，陈固言："不妨。"乃从如园中。觉气候顿暖，似三月初。又至亭中，益暖。异鸟成群，乱哢清咮，仿佛暮春时。亭中几案，皆镶以瑙玉。有一水晶屏，莹澈

○向：以前。

○薄设：备酒设筵的谦辞。

○杖头空虚：手头空空，无钱买酒。

○作东道主：指地主之谊。

○如：去。

○乱哢（lòng）清咮（zhù）：群鸟杂乱而清脆地鸣叫。

○瑙玉：玛瑙、玉石。

可鉴，中有花树摇曳，开落不一，又有白禽似雪，往来句辀于其上。以手抚之，殊无一物。高愕然良久。坐，见鸜鹆栖架上，呼曰："茶来！"俄见朝阳丹凤，衔一赤玉盘，上有玻璃盏二，盛香茗，伸颈屹立。饮已，置盏其中，凤衔之，振翼而去。鸜鹆又呼曰："酒来！"即有青鸾黄鹤，翩翩自日中来，衔壶衔杯，纷置案上。顷之，则诸鸟进馔，往来无停翅。珍错杂陈，瞬息满案，肴香酒洌，都非常品。陈见高饮甚豪，乃曰："君宏量，是得大爵。"鸜鹆又呼曰："取大爵来！"忽见日边，有巨蝶攫鹦鹉杯，受斗许，翔集案间。高视蝶大于雁，两翼绰约，文采灿丽，亟加赞叹。陈唤曰："蝶子劝酒！"蝶展然一飞，化为丽人，绣衣翩跹，前而进酒。陈曰："不可无以佐觞。"女乃仙仙而舞。舞到酣际，足离于地者尺余，辄仰折其首，直与足齐，倒翻身而起立，身未尝着于尘埃。且歌曰：连翩笑语踏芳丛，低亚花枝拂面红。曲折不知金钿落，更随蝴蝶过篱东。余音袅袅，不啻绕梁。高大喜，拉与同饮。陈命之坐，亦饮之酒。高酒后，心摇意动，遽起狎抱。视之，则变为夜叉，睛突于眦，牙出于喙，黑肉凹凸，怪恶不可状。高惊释手，

○句辀（gōu zhōu）：鸟鸣声。

○鸜鹆（qú yù）：鸟名。即八哥。

○朝阳丹凤：映着朝阳的朱红色的凤凰。

○青鸾：民间传说中的神鸟，赤色为"凤"，青色为"鸾"。黄鹤：传说中神仙所骑的鹤。

○珍错：山珍海错。指珍异肴馔。

○大爵：大杯。爵，酒杯。

○攫：抓取。

○受斗许：能容一斗多酒。斗，古代量器。

○翩跹（piān xiān）：轻盈飘逸。

○仙仙：形容舞姿飞扬。

○酣际：酒兴最浓的时候。酣，浓，盛。这里借指兴头上。

○金钿（diàn）：金宝制成的首饰。

○袅袅（niǎo）：形容声音婉转悠扬。

○不啻：不只，不止。绕梁：形容余音不绝如缕。

○眦（zì）：眼眶，上下眼睑的接合处。

○喙（huì）：嘴。

伏几战慄。陈以箸击其喙，诃曰："速去！"随击而化，又为蝴蝶，飘然飏去。

❶飏(yáng)：飞扬，飘扬。

译文

一日，陈九向高玉成提出告别，言道："承蒙厚爱，受惠良多，今日欲设小宴以表谢意，请勿携随从。"高玉成不解，问道："相处甚欢，何故突言别离？且你身无分文，我岂敢劳你破费。"陈九执意邀请，笑道："不过薄酒一杯，所费无几。"高玉成问宴设何处，陈九答："花园之中。"时值严冬，高玉成虑花园寒冷，陈九却坚称无妨。随陈九步入花园，高玉成顿感温暖如春，仿佛置身三月初。至亭中，更觉暖意融融。奇鸟成群，争鸣不息，声清音脆，宛如暮春。亭内几案，皆嵌玛瑙玉石，水晶屏风晶莹剔透，映人影绰绰。屏内一株花树，随风摇曳，花开花落，各具姿态；又见白鸟翩跹，于树上跳跃欢歌。高玉成触手欲摸，却空无一物，惊愕不已。二人落座，一八哥立于鸟架，喊道："来茶！"须臾，一只凤凰衔赤玉盘，盘置两玻璃盏，内盛香茶，凤凰伸颈侍立。高玉成饮毕，置盏于盘，凤凰复衔之，振翅飞去。八哥又喊道："来酒！"随即，数只青鸾、黄鹤自日中翩翩而来，口衔酒壶、酒杯，纷纷置于桌上。不久，更多鸟儿衔来佳肴，往来不绝，桌上瞬间摆满山珍海味，香气扑鼻，美酒清冽，皆非凡品。陈九见高玉成饮酒豪放，笑道："君乃海量，当换大杯。"八哥复喊道："取大杯来！"忽见日光闪烁，一巨蝶抱一可容一斗酒之鹦鹉杯，飞落桌上。高玉成观那蝶，比雁还大，双翅翩跹，花纹绚烂，赞叹不已。陈九喊道："蝶子劝酒！"蝶展翅一飞，化作一美女，身着锦绣，翩翩起舞，上前敬酒。陈九又言："不可无乐。"美女遂轻盈起舞，舞至忘情处，足离地一尺，头后仰几与足齐，倒立而不沾尘埃。边舞边唱："连翩笑语踏芳丛，低亚花枝拂面红。曲折不知金钿落，更随蝴蝶过篱东。"余音袅袅，不绝如缕。高玉成大喜，拉美女共饮。陈九命其坐，亦与之饮。高玉成酒后心动，突起抱美女于怀。细视之，竟变作夜叉模样，目突于眶，齿露于外，面黑肉凸，丑恶无比。高玉成惊骇放手，伏桌颤栗。陈九以筷敲其嘴，斥道："快走！"一敲之下，夜叉复化蝶，飘然而去。

原文

高惊定，辞出。见月色如洗，漫语陈曰：“君旨酒嘉肴，来自空中，君家当在天上。盍携故人一游？”陈曰：“可。”即与携手跃起。遂觉身在空冥，渐与天近。见有高门，口圆如井，入则光明似昼。阶路皆苍石砌成，滑洁无纤翳。有大树一株，高数丈，上开赤花，大如莲，纷纭满树。下一女子，捣绛红之衣于砧上，艳丽无双。高木立睛停，竟忘行步。女子见之，怒曰：“何处狂郎，妄来此处！”辄以杵投之，中其背。陈急曳于虚所，切责之。高被杵，酒亦顿醒，殊觉汗愧。乃从陈出，有白云接于足下。陈曰：“从此别矣。有所嘱，慎志勿忘：君寿不永，明日速避西山中，当可免。”高欲挽之，反身竟去。

○盍：何不。

○翳（yì）：遮蔽的东西。

○砧：捣衣石。

○切责：深切地责备。

○杵：舂米或捣衣的木棒。

○虚所：空地，无人的地方。

译文

高玉成惊魂稍定，便向陈九提出告辞。月光皎洁，洒满大地，他随口对陈九说道：“你这些空中飞来的美酒佳肴，想来你的居所必在天际。何不带我这老友一同游览一番？”陈九欣然应允，随即拉着高玉成的手，一跃而起。高玉成只觉身体轻盈，渐渐升空，逼近天际。眼前出现一扇高大的圆门，如同井口，踏入其中，光明如昼。石阶道路皆由苍石铺就，光滑洁净，一尘不染。又见一棵参天大树，红花满树，花朵如莲，竞相绽放。树下有女子正在捣衣，容颜绝美，世所罕见。高玉成呆立当场，目不转睛地盯着她看，竟忘了前行。女子察觉到他的目光，怒道：“何方狂徒，竟敢擅闯此地！”说罢，将手中木杵掷来，正中高玉成后背。

陈九急忙将他拉到一旁，严厉责备。高玉成被木杵击中，酒意顿消，心中羞愧难当。他随陈九走出来，只见两朵白云飘来，轻轻托起他们的双脚。陈九说道："我们即将分别，我有话嘱咐你，切记勿忘：你寿命不长，明日速往西山躲避，可免一死。"高玉成还想挽留，但陈九已转身离去，消失在天际。

原文

高觉云渐低，身落园中，则景物大非。归与妻子言，共相骇异。视衣上着杵处，异红如锦，有奇香。早起从陈言，裹粮入山。大雾障天，茫茫然不辨径路。蹑荒急奔，忽失足，堕云窟中，觉深不可测，而身幸不损。定醒良久，仰见云气如笼，乃自叹曰："仙人令我逃避，大数终不能免，何时出此窟耶！"又坐移时，见深处隐隐有光，遂起而渐入，则别有天地。有三老方对弈，见高至，亦不顾问，棋不辍。高蹲而观焉。局终，敛子入盒，方问客何得至此。高言："迷堕失路。"老者曰："此非人间，不宜久淹。我送君归。"乃导至窟下，觉云气拥之以升，遂履平地。见山中树色深黄，萧萧木落，似是秋杪。大惊曰："我以冬来，何变暮秋？"奔赴家中，妻子尽惊，相聚而泣。高讶问之，妻曰："君去三年不返，皆以为异物矣。"高曰："异哉！才顷刻耳。"于腰中出其糗粮，已若灰

○荒：长满野草，或无人耕种的土地。

○笼：蒸笼。此处指蒸笼里的蒸汽。

○辍：停止。

○淹：留。

○萧萧木落：草木枯萎摇落。

○秋杪（miǎo）：秋末，暮秋。杪，树梢，末。

○异物：非人，鬼物。

烬。相与诧异。妻曰："君行后，我梦二人皂衣闪带，似谇赋者，然入室张顾，曰：'彼何往？'我诃之曰：'彼已外出。尔即官差，何得入闺闼中！'二人乃出，且行且语，云'怪事怪事'而去。"乃悟己所遇者，仙也；妻所梦者，鬼也。高每对客，衷杵衣于内，满座皆闻其香，非麝非兰，着汗弥盛。

○皂衣闪带：穿着黑色衣服，系着闪光的腰带。民间传说中鬼卒的衣饰。

○谇（suì）赋：追逼追缴赋税。谇，责骂，形容追逼。

○张顾：张望察看。

○诃：呵斥，责骂。

○衷：穿在里面。杵衣：指被捣衣杵击过的衣服。

译文

高玉成感到脚下的云朵渐渐低沉，身子随之轻落在花园之中，眼前的景致已与先前大相径庭。他返回家中，将此番经历告知妻子，两人皆感惊奇不已。细察衣衫上被木杵击中之处，竟留下一抹奇异红印，宛如锦绣，散发出缕缕妙香。次日清晨，高玉成遵循陈九的叮嘱，携带干粮步入山中。只见大雾弥漫，遮天蔽日，路径难辨。他踏着荒草急行，不料一失足，坠入了云窟之中，深不见底，所幸身体并未受伤。待他心神稍定，抬头望向四周，只见云气如笼中蒸汽，不禁叹道："仙人助我避祸，然天命难违，何时才能脱离这云窟呢？"正坐在此处沉思，忽见深处隐隐有光，他于是起身，缓缓向那光亮处走去，发现竟别有一番天地。只见三位老者正在下棋，见他走来，也不询问，只顾自对弈。高玉成便蹲在旁侧观战。一局终了，老者收棋入盒，问他是如何来到此地的。高玉成答道："因迷路而坠入此云窟。"老者言道："此地非人间，不宜久留。我送你回去吧。"于是领他至窟底，高玉成只觉云气托着他缓缓升起，片刻后便回到了平地。此时，他见山中树叶已呈深黄，纷纷飘落，宛如深秋之景。他大惊失色，说道："我明明是冬天来的，怎会变成了深秋？"急忙奔回家中，妻子儿女见状皆惊愕不已，相拥而泣。高玉成诧异询问缘由，妻子答道："你离去三年未归，我们都以为你早已不在人世了。"高玉成惊叹道："真是奇怪！我只觉得是一会儿的工夫啊！"说罢，从腰间取出干粮，却发现已化为灰烬。众人面面相觑，皆感诧异。妻子又言："你走后，我梦见两人，身穿皂衣，腰系闪光腰带，似是来催租之官差，气势汹汹闯入屋中，四处张望，然后问道：'他去了哪里？'我斥责他们道：'他已外出。你既是官差，怎能闯入女子闺房！'那两人于是出门，边走边说什么'怪事怪事'，然后便离去了。”高玉成这才恍然大悟，自己所遇乃是神仙，妻子所梦则是鬼怪。自此以后，高玉成每逢招待客人，都会将那件被木杵击中的衣服穿在里面，满座宾客都能闻到它散发出的香气。那香气既非麝香，也非兰香，流汗之后，香气更为浓郁。

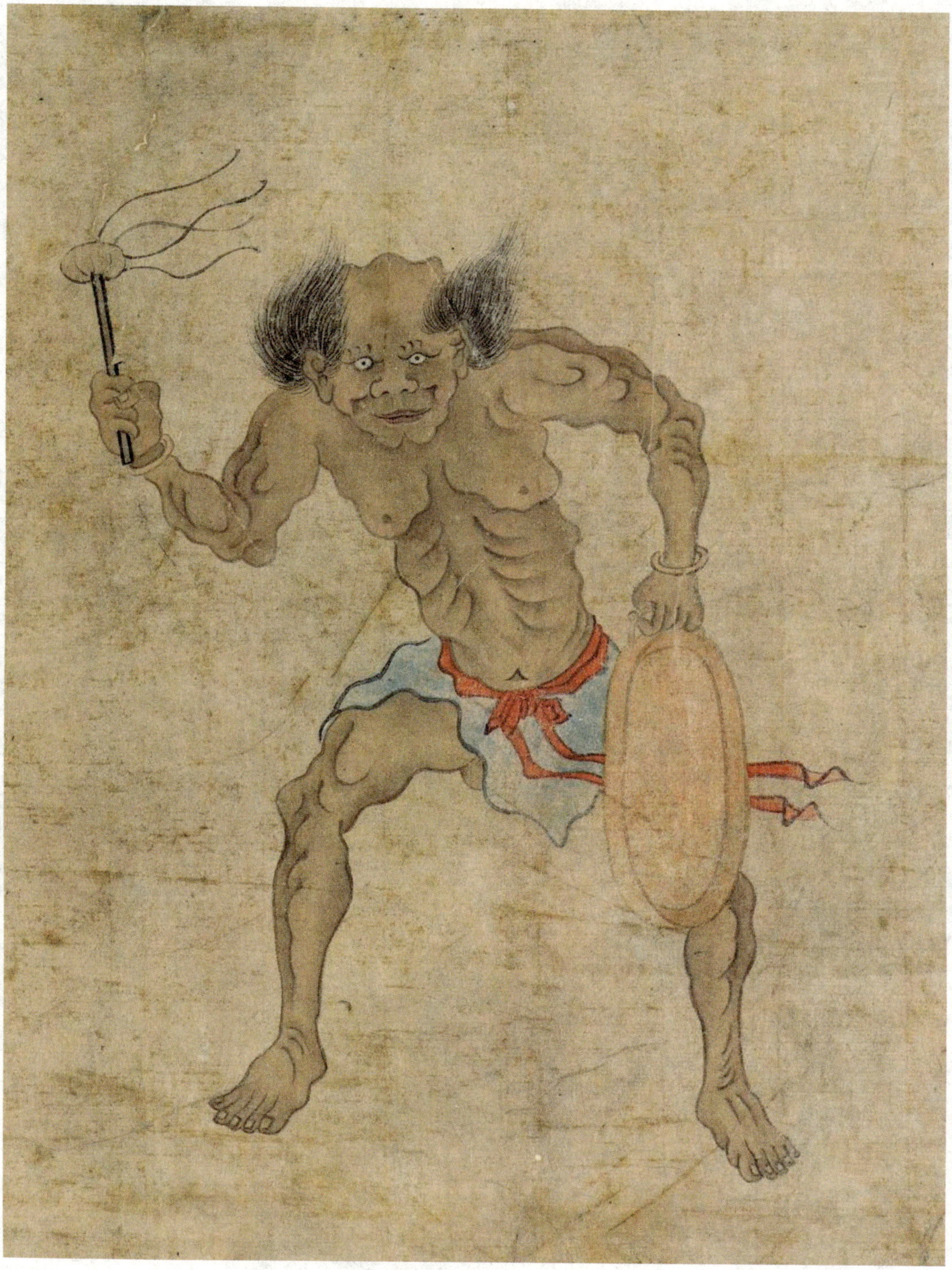

【人妖】

原文

马生万宝者，东昌人，疏狂不羁。妻田氏，亦放诞风流。伉俪甚敦。

○东昌：府名。现在泛指山东聊城。

○伉俪（kàng lì）：夫妻。

有女子来，寄居邻人寡媪家，言为翁姑所虐，暂出亡。其缝纫绝

○翁姑：公公婆婆。

巧，便为媪操作，媪喜而留之。逾数日，自言能于宵分按摩，愈女

○宵分：深夜，半夜。

子瘵蛊。媪常至生家，游扬其术，田亦未尝着意。生一日于墙隙窥

○瘵（zhài）蛊：这里指久治不愈的疑难杂症。瘵，病。多指痨病。蛊，一种腹部膨胀的疾病。

○游扬：传扬，宣扬。

见女，年十八九已来，颇风格，心窃好之。私与妻谋，托疾以招之。

○风格：风度，风韵。

媪先来，就榻抚问已，言："蒙娘子招，便将来。但渠畏见男子，请

○渠：他。

勿以郎君入。"妻曰："家中无广舍，渠侬时复出入，可复奈何？"已

○渠侬：他。古吴地区方言。此指代其夫。

又沉思曰："晚间西村阿舅家招渠饮，即嘱令勿归，亦大易。"媪诺

而去。妻与生用拔赵帜易汉帜计，笑而行之。

○拔赵帜易汉帜：即调包，用以欺骗对方。

译文

马万宝，东昌人士，性情豁达，不拘小节，其妻田氏亦是性格豪放，不拘礼俗之人。二人虽性格相似，却情深意笃。一日，村中忽现一女子，寄居于邻家老妪之处，自称因受公婆苛待，暂避于此。此女缝纫技术十分巧妙，遂助老妪料理家务，老妪欣然接纳。未几，女子又声称能于夜半为人推拿，专治女子腹胀之症。老妪常至马万宝家串门，大肆宣扬女子医术之精湛，而田氏对此并未多加留意。某日，马万宝偶从墙隙窥见该女子，见其年约十八九岁，颇有几分姿色，心中不禁暗自倾慕。于是，他私下与妻子商议，欲假病以诱其来。老妪先至马家，坐于床前，对田氏一番慰问后，言道："承蒙娘子召唤，她即刻便来。然她畏男，请勿令汝夫入内。"田氏答道：

"吾家屋舍不多，他常需进出，这可如何是好？"说完，她又沉吟道："今晚西村阿舅邀他去饮酒，我便嘱他夜晚勿归，此计或可行。"老妪应允而去。田氏遂与丈夫密谋，欲用"拔赵旗换汉旗"之计，戏耍那女子一番。

原文

日曛黑，媪引女子至，曰："郎君晚回家否？"田曰："不回矣。"

○曛（xūn）：落日的余光。

女子喜曰："如此方好。"数语，媪别去。田便燃烛，展衾，让女先上床，己亦脱衣隐烛。忽曰："几忘却，厨舍门未关，防狗子

○隐烛：灭烛。

偷吃也。"便下床，启门易生。生窸窣入，上床与女共枕卧。女

○窸窣（xī sū）：触动、摩擦的细微声音。

颤声曰："我为娘子医清恙也。"间以昵辞，生不语。女即抚生

○清恙：对他人患病的敬辞。　○昵（nì）辞：亲昵的话语。

腹，渐至脐下，停手不摩，遽探其私，触腕崩腾。女惊怖之状，不啻误捉蛇蝎，急起欲遁。生沮之。以手入其股际，则擂垂盈

○沮（jǔ）：阻止。

掬，亦伟器也。大骇，呼火。生妻谓事决裂，急燃灯至，欲为

○呼火：唤人点灯。

调停，则见女投地乞命。羞惧，趋出。生诘之，云是谷城人王二

○谷城：古地名。约略在今山东平阴西南之东阿镇。

喜，以兄大喜为桑冲门人，因得转传其术。又问："玷几人矣？"

○桑冲：明代成化年间石州人。巧习女红，借以接近妇女，潜行奸污。后伪为丐归，至大同、顺天、济南、东昌等数十州县，污辱良家女子百余人。后事发被凌迟处死。其案明陆粲所撰《庚巳编》卷九《人妖公案》有较详记叙。冲，有本作"翀"。

曰："身出行道不久，只得十六人耳。"生以其行可诛，思欲告郡，而怜其美，遂反接而宫之。血溢陨绝，食顷复苏。卧之榻，

○反接：反绑双手。宫：刑名。又称"腐刑"，为古代阉割生殖机能的一种酷刑。　○陨绝：昏死过去。

覆之衾，而嘱曰："我以药医汝，创痏平，从我终焉可也，不然，

○创痏（wěi）：创伤。平：平复，康复。

事发不赦！”王诺之。

译文

天色渐暗，老妇携那女子前来，问道：“你丈夫今晚可会归来？”田氏回应：“他不会回来了。”女子听后，面露喜色，道：“如此甚好。”几人闲聊几句后，老妇便告辞。田氏点亮灯火，铺展被褥，让女子先躺下，自己也随后宽衣解带，吹熄了蜡烛。田氏忽道：“我险些忘了，厨房门尚未关紧，须防狗儿偷食。”说罢，她下床开门，实则暗中换了马万宝进来。马万宝悄无声息地走进，与女子并躺。女子声音微颤，道：“我来为娘子治病。”言语间夹杂着些许亲昵之辞，马万宝大惊失色，连忙呼人点灯。田氏以为事情败露，急忙点亮灯火赶来，欲为二人调解。一进门，她只见那“女子”跪在地上，向马万宝求饶。田氏又羞又怕，转身逃离。马万宝审问那“女子”，他自称谷城人，名唤王二喜，因兄长乃擅长男扮女装的桑冲的弟子，他便随兄长学会了此等伎俩。马万宝又问：“你玷污了多少人？”王二喜答道：“我出道不久，仅得手十六人。”马万宝认为他行为卑劣，实应处死，但念及他容貌俊美，便将他反绑起来，施以黥刑。鲜血涌出，王二喜昏死过去，约莫一顿饭的工夫，他才苏醒过来。

原文

明日，媪来，生绐之曰：“伊是我表侄女王二姐也。以天阉为夫家所逐。夜为我家言其由，始知之。忽小不康，将为市药饵，兼请诸其家，留与荆人作伴。”媪入室视王，见其面色败如尘土，即榻问之。曰：“隐所暴肿，恐是恶疽。”媪信之，去。生饵以汤，糁以散，日就平复。夜辄引与狎处，早起，则为田提汲补缀，洒扫执炊，如媵婢然。

○绐（dài）：骗。

○天阉：生来无生殖能力。

○小不康：小病。

○荆人：对别人谦称自己的妻子。

○恶疽（jū）：中医指局部皮肤肿胀坚硬而皮色不变的毒疮。

○糁（sǎn）以散：涂上药粉。糁，涂抹。散，药面。

○媵（yìng）婢：侍妾、婢女。

译文

次日，老妇造访马家。马万宝编造谎言道："她乃是我的表侄女王二姐，因天生无法生育，被夫家无情驱逐。昨夜她向我家人吐露此事，我方得知。今日我突感身体不适，正欲为她购置药物。同时，我也打算去她家一趟，恳求她留下，与我妻子做伴。"老妇听后，步入屋内探望王二喜。见他面色惨淡，灰白如尘，便走近床前关切询问。王二喜谎称："我恐怕是生了恶疽。"老妇听他如此说，信以为真，便离去了。马万宝为王二喜煎服汤药，并在伤口上敷上药散。在药物的疗效下，他的伤口逐渐愈合。

原文

居无何，桑冲伏诛，同恶者七人并弃市，惟二喜漏网，檄各属严缉。村人窃共疑之，集村媪隔裳而探其隐，群疑乃释。王自是德生，遂从马以终焉。后卒，即葬府西马氏墓侧，今依稀在焉。

○伏诛：认罪被处死刑。

○弃市：陈尸于市，即砍头示众。

○檄（xí）：发布公文。

○依稀：仿佛。

译文

不久之后，桑冲因杀人罪被捕，其七名同伙亦被一网打尽，一同斩首示众，唯独王二喜侥幸逃脱。官府随即发布公文，命令各地严密搜捕。村里人私下里对王二喜产生了怀疑，于是找来村妇，隔着衣物摸查他的私处，并未发现异常，众人的疑虑才消除。经历此番波折，王二喜对马万宝的救命之恩感激不尽，遂决定与他共度余生。日后，王二喜离世，被安葬在府城西侧的马氏墓地旁，时至今日，其坟墓仍依稀可辨。

原文

异史氏曰：马万宝可云善于用人者矣。儿童喜蟹可把玩，而又畏其

○把玩：能握在手里触摸和欣赏。

钳，因断其钳而畜之。呜呼！苟得此意，以治天下可也。

◎钳：这里指蟹的两个钳子。

译文

异史氏曰：马万宝堪称善用人才之士。孩童喜爱螃蟹，乐于把玩，却又惧怕其钳之威，遂折其钳以养之。呜呼！倘能悟此理，用以治理天下，亦未尝不可也！

宫

宫刑，又称“腐刑”，是古代的一种酷刑，指阉割男性生殖器官以剥夺其生殖能力。宫刑是一种极其残酷的刑罚，通常用于重罪犯人或因罪受到特殊惩罚者。此刑罚不仅带来身体上的极大痛苦，也造成了极大的社会和心理羞辱。宫刑在历史上多被用来控制犯人，使其成为无法繁衍后代的“宦官”，在特定时期的刑罚制度中发挥了重要作用。

图书在版编目（CIP）数据

《聊斋志异》全注全译全本彩图：典藏版 / 凌天明译注. -- 武汉：华中科技大学出版社，2024. 11（2025. 6重印）. -- ISBN 978-7-5772-1342-2

Ⅰ. I242.1

中国国家版本馆CIP数据核字第202435P8F3号

《聊斋志异》全注全译全本彩图：典藏版

凌天明 译注

《Liaozhai Zhi Yi》Quanzhu Quanyi Quanben Caitu：Diancangban

出版发行：华中科技大学出版社（中国·武汉）　　电话：（027）81321913
华中科技大学出版社有限责任公司艺术分公司　　（010）67326910-6023
出 版 人：阮海洪

责任编辑：张　颖　夏瑞付　　封面设计：李静娴
责任监印：赵　月　张　丽

制　　作：北京金彩恒通数码图文设计有限公司
印　　刷：河北朗祥印刷有限公司
开　　本：787mm × 1092mm　1/16
印　　张：159
字　　数：2000千字
版　　次：2025年 6 月第 1 版第 2 次印刷
定　　价：798.00元（全3册）

华中出版

《聊齋志异》

全注全译全本
彩图典藏版

凌天明 译注

中

華中科技大學出版社
http://press.hust.edu.cn
中国·武汉

有书至美
BOOK & BEAUTY

目录

【双灯】

原文

魏运旺，益都之盆泉人，故世族大家也。后式微，不能供读，年二十余，废学，就岳业酤。一夕，魏独卧酒楼上，忽闻楼下踏蹴声。魏惊起，悚听。声渐近，寻梯而上，步步繁响。无何，双婢挑灯，已至榻下。后一年少书生，导一女郎，近榻微笑。魏大愕怪，转知为狐，发毛森竖，俯首不敢睨。书生笑曰：“君勿见猜。舍妹与有前因，便合奉事。”魏视书生，锦貂炫目，自惭形秽，觍颜不知所对。书生率婢子遗灯竟去。

○益都：地名，位于今山东青州北部。盆泉：益都地区的一个村庄，因村内泉水形状如盆而得名。

○式微：衰落。

○就岳业酤：跟随岳父卖酒。

○悚听：惊恐地倾听。

○森竖：（毛发）森然直立，形容极度惊恐的样子。

○觍（tiǎn）颜：羞愧的表情。觍，面带羞色。

译文

魏运旺，益都盆泉人，出身于一个显赫的家族。由于家道衰落，不能供他读书，二十多岁就停止了学业，转而跟随岳父以卖酒为业。一晚，魏运旺独自一人睡在酒楼上，突然听到楼下传来脚步声。他从惊慌中坐起，惊恐地倾听着这些声音逐渐逼近，沿着楼梯向上走，脚步声越来越响。不久，两个丫环提着灯走到他的床边。紧跟其后的是一个年轻书生领着一位女郎，他们走到床前，面带微笑。魏运旺非常惊讶，随即意识到他们是狐狸，感到毛骨悚然低下头不敢看他们。书生笑着说道：“请不要猜疑我们，我妹妹和你有前世的缘分，她应该侍奉你。”魏运旺看到书生锦衣貂裘，光彩炫目，自惭形秽，满脸羞愧，不知该如何应对。书生留下灯笼，带着丫环离开了。

原文

魏细瞻女郎，楚楚若仙，心甚悦之，然惭怍不能作游语。女郎顾笑曰："君非抱本头者，何作措大气？"遽近枕席，暖手于怀。魏始为之破颜，捋裤相嘲，遂与狎昵。晓钟未发，双鬟即来引去。复订夜约。至晚，女果至，笑曰："痴郎何福？不费一钱，得如此佳妇，夜夜自投到也。"魏喜无人，置酒与饮，赌藏枚，女子什有九赢。乃笑曰："不如妾约枚子，君自猜之，中则胜，否则负。若使妾猜，君当无赢时。"遂如其言，通夕为乐。既而将寝，曰："昨宵衾褥涩冷，令人不可耐。"遂唤婢襆被来，展布榻间，绮縠香耎。顷之，缓带交偎，口脂浓射，真不数汉家温柔乡也。自此，遂以为常。

○楚楚若仙：形容女郎容貌姣好、神态出众。

○不能作游语：无法进行轻松的调侃或玩笑。

○抱本头者：指拘泥于书本、啃书本的文人。

○措大气：指故作姿态，装出一副大家的样子。本指贫穷失意的读书人故作姿态。

○藏枚：古代的一种猜谜游戏，双方猜对方手中物品的数量或特征。

○约枚子：指握住筹码或小物品进行游戏。

○不数汉家温柔乡：比喻这种情境远超过传统描述的"温柔乡"，即美好而令人沉溺的场所。

译文

魏运旺细看那女郎，发现她美得像仙女一样，内心非常喜悦，但因为自觉不如人，不知道该怎样轻松交谈。女郎笑着对他说："你又不是书呆子，为什么要摆出一副穷酸的样子？"然后她走近床边，把手放在魏运旺怀里取暖。这让魏运旺心里一暖，终于露出笑容，轻松起来，与她打情骂俏。天还没亮，两个丫环就来将女郎带走。他们约定夜里再见面。到了晚上，女郎果然来了，笑着说："笨小子，你哪来的福气？不花一分钱就得到了这么好的女人，天天夜里主动送上门来。"魏运旺见没有外人，兴奋极了，准备了酒菜与她共饮，他们玩起了藏枚游戏，女子几乎全胜。女郎笑着提议："不如我来握着物件，你猜，猜对了算你赢，否则就是我赢。如果让我猜，你就没有赢的机会了。"他们按照这个规则玩了一整夜。后来到了睡觉时间，女郎说道："昨晚的被褥冷硬得让人难以忍受。"随即让丫环拿来

随身带来的铺盖，在床上铺好绫罗被褥，香软宜人。……从那以后，他们每天夜晚都如此度过。

原文

后半年，魏归家。适月夜与妻话窗间，忽见女郎华妆坐墙头，以手相招。魏近就之，女援之，逾垣而出，把手而告曰："今与君别矣。请送我数武，以表半载绸缪之义。"魏惊叩其故，女曰："姻缘自有定数，何待说也。"语次，至村外，前婢挑双灯以待，竟赴南山，登高处，乃辞魏言别。魏留之不得，遂去。魏伫立彷徨，遥见双灯明灭，渐远不可睹，怏郁而反。是夜山头灯火，村人悉望见之。

○武：半步，泛指脚步。 ○绸缪之义：指深厚的感情或情感上的纠葛。绸缪，本意是修缮或加固，这里指加深维系关系的情意。

译文

半年之后，魏运旺回到家乡。在一个月夜，他正和妻子在窗边交谈时，突然看到女郎装扮华丽坐在墙头，向他挥手示意。魏运旺走近，女郎拉住他跃过墙头，握住他的手说："今天我们就要分别了。请送我一段路，以示我们半年来的深情。"魏运旺惊讶地询问原因，女郎回答说："姻缘有它自己的定数，何须多言。"说话间已走到村外，之前的丫环提着两盏灯在那等候，接着他们一同向南山走去，直到高处时女郎才正式与魏运旺道别。魏运旺无法挽留她，只能眼睁睁看她离去。他怅然若失地站着，远远地看到那两盏灯火时明时暗，直至消失不见，才心情沉重地返回家中。那夜，村中的人都看到了山顶的灯火。

【捉鬼射狐】

原文

李公著明，睢宁令襟卓先生公子也，为人豪爽无馁怯。为新城王季良先生内弟。先生家多楼阁，往往睹怪异。公常暑月寄宿，爱阁上晚凉。或告之异，公笑不听，固命设榻。主人如请，嘱仆辈伴公寝，公辞言："喜独宿，生平不解怖。"主人乃使炷息香于炉，请衽何趾，始息烛覆扉而去。

○睢宁令襟卓先生：指李著明的父亲李襟卓，曾任江苏睢宁县的县令，具有很高的地位和学识。

○李公著明：李著明与蒲松龄有姻亲关系，为其家中的重要人物。

○王季良：与李著明是妻兄弟关系，即内弟。

○炷：一炷香的量。息香：一种能够安神、去法辟邪的香料。

○请衽何趾：古时的礼仪，询问客人睡觉时喜欢头朝哪个方向，体现主人的细致周到。

译文

李著明，是睢宁县令李襟卓先生的儿子，为人豪爽不畏惧。他是新城王季良先生的妻弟。王家楼阁众多，经常有怪异现象出现。李著明夏天常住在那里，喜欢在楼阁上享受晚间的凉爽。即使有人提醒他有异事，他也只是一笑置之，并坚持要在那里安排床铺。主人按他的要求安排，嘱咐仆人陪着他，但李公婉拒了，说道："我喜欢独自睡觉，一向不怕任何事。"于是主人便点上一炷安息香，询问他睡觉时头脚朝向，便熄灯、关门离开。

原文

公即枕移时，于月色中，见几上茗瓯，倾侧旋转，不堕亦不休。公咄之，铿然立止。即若有人拔香炷，炫摇空际，纵横作花缕。公起叱曰："何物鬼魅敢尔！"裸裼下榻，欲就捉之。以足觅床下，仅得一履，不暇冥搜，赤足挝摇处，炷顿插炉，竟寂无兆。公俯身遍

○茗瓯：茶具，特指茶杯。茗为茶，瓯为杯，合称茶杯。

○挝：古文中的一种动作词，这里意指快速敲打或拍击。

○兆：征兆、迹象。

摸暗陬，忽一物腾击颊上，觉似屦状，索之，亦殊不得。乃启覆

○暗陬：指阴暗的角落。陬通常指房屋的角落或小巷。

下楼，呼从人，爇火以烛，空无一物，乃复就寝。既明，使数人搜

屦，翻席倒榻，不知所在。主人为公易屦。越日，偶一仰首，见一

○屦：同"履"，古代的鞋子，多用葛或麻制成。

履夹塞椽间，挑拨而下，则公履也。

译文

李著明在床上静卧一段时间后，在月光照耀下看到一只茶杯在几案上自转，既不倒下也不停止。李著明大声斥责，茶杯随声而止。紧接着，仿佛有人从香炉中拔出香炷，在空中摇晃，画出花样的烟痕。李著明站起身来厉声喝问："哪个鬼怪敢如此胆大！"他穿着里衣从床上跳下，意图捉拿干扰者。他用脚在床下摸索，只找到一只鞋，没时间仔细搜寻，赤脚走向香炷摇晃的方向，香炷突然被插回炉中，随后一切归于寂静，不见任何异常迹象。李著明低头在暗角里摸索，突然有个东西飞快地打在他的脸上，感觉像是鞋子，但搜寻时又找不到。他于是打开门下楼，叫来仆人，点燃蜡烛四处寻找，却一无所获，最终只得重返睡榻。天亮时，李著明让几个人帮忙寻找丢失的鞋子，翻遍床铺和床垫，最终未果。主人为他更换了一双新鞋。次日，李著明无意间抬头，发现一只鞋子夹在屋梁的椽子间，拿下一看，正是他失去的那只。

原文

公益都人，侨居于淄之孙氏第。第綦阔，皆置闲旷，公仅居其半。

○淄：淄川区。在今山东省淄博市。

○綦阔：形容十分宽阔的空间。綦，非常。

南院临高阁，止隔一堵。时见阁扉自启闭，公亦不置念。偶与家人

话于庭，阁门开，忽有一小人，面北而坐，身不盈三尺，绿袍白袜。

众指顾之，亦不动。公曰："此狐也。"急取弓矢，对阁欲射。小人

见之，哑哑作揶揄声，遂不复见。公捉刀登阁，且骂且搜，竟无所

○哑哑：模拟笑声的象声词。揶揄：指嘲笑或戏弄。

睹，乃返。异遂绝。公居数年，安妥无恙。公长公友三，为余姻

○长公：长公子，即长子。友三：指李友三。与蒲松龄家族有姻亲关系。

家，其所目触。

译文

李著明，是益都人，曾在淄川孙氏的宅子中寄居。这座宅子十分宽敞，但大部分空间都未被使用，李著明只占用了一半。南边的院子靠近一座高阁，只隔着一堵墙。阁门时常自行开合，李著明对此并未放在心上。有一次，当他在庭院与家人闲聊时，阁门突然开启，现出一个小人，身高不足三尺，穿着绿袍白袜，面朝北坐着。众人指着他看，他却毫无动作。李著明断言："这是狐狸精。"他急忙取来弓箭，瞄准阁楼准备射击。小人见状，发出"哑哑"的嘲笑声，然后就消失了。李著明手持刀子上了阁楼，边骂边搜寻，最终什么也没找到，只得回去。此后，怪异现象便不再出现。李著明在这里安居了数年，一直安然无恙。这个故事是我亲家李友三亲眼所见的。

原文

异史氏曰：予生也晚，未得奉公杖履。然闻之父老，大约慷慨刚毅

○奉杖履：指侍奉或跟随长辈。古时候，年轻人常跟随长辈学习，奉杖履表示尊重和服从。

丈夫也。观此二事，大概可睹。浩然中存，鬼狐何为乎哉！

○浩然中存：指胸怀中充满了浩大正直的气息。浩然，广大、正直的意思。

译文

异史氏说：我出生较晚，没有机会亲自服侍李公。不过，从长辈们的叙述中得知，他大体是一位慷慨且坚毅的男子。通过这两件事，可以略见他的气度。一个人若胸怀浩然之气，鬼狐又怎能侵扰呢！

【蹇偿债】

原文

李公著明，慷慨好施。乡人某，佣居公室。其人少游惰，不能操农业，家窭贫。然小有技能，常为役务，每赉之厚。时无晨炊，向公哀乞，公辄给以升斗。一日，告公曰："小人日受厚恤，三四口幸不殍饿，然曷可以久？乞主人贷我绿豆一石作资本。"公忻然，立命授之。某负去，年余，一无所偿。及问之，豆赀已荡然矣。公怜其贫，亦置不索。

○佣居公室：指在李家做帮工。

○窭贫：贫穷。

○赉（lài）之厚：指给予丰厚的赏赐或帮助。

○殍（piǎo）饿：指饥饿而死。

译文

李著明是个慷慨大方的人。他家里有一个乡亲作长工。这个人从小就游手好闲，不愿意务农，家境非常贫困。尽管如此，他还是有些小技能，常做一些零工，李著明经常给他丰厚的报酬。有时候，这个人早晨没有米做饭，就向李著明求助，李著明就给他一些粮食。有一天，他对李著明说："我每天都受您的恩惠，一家三四口才不至于饿死，但这怎么能长久呢？请您借我一石绿豆作为本钱。"李著明高兴地答应了，立即命人给他绿豆。这个人背着绿豆走了，一年多后，他一点也没有偿还。后来问起来才知道，那些绿豆的资本已经全部用光了。李著明出于同情，也就不再追讨了。

原文

公读书于萧寺。后三年余，忽梦某来，曰："小人负主人豆直，今来投偿。"公慰之，曰："若索尔偿，则平日所负欠者，何可算数？"某愀然曰："固然。凡人有所为而受人千金，可不报也；若无端受人资

○萧寺：指僧侣居住的佛寺，这里用作李著明读书和修行的地点。

○直：价值，价钱。

○愀然：形容忧愁或不安的样子。通常用来形容面部表情显得忧郁。

助，升斗且不容昧，况其多哉！”言已，竟去。公愈疑。既而家人白公：“夜牝驴产一驹，且修伟。”公忽悟曰：“得毋驹为某耶？”越数日归，见驹，戏呼某名，驹奔赴如有知识。自此遂以为名。

译文

李著明在一座佛寺中读书。三年多后，他突然梦到那位曾欠他绿豆钱的同乡来到他面前，说：“我曾负债于您，现在来还债。”李著明安慰他说：“如果我追究你的债务，那平时你所欠的又怎能算得清楚？”同乡满面忧愁地说：“的确如此。一个人如果做了什么事而接受别人很多钱，可以不必回报；但如果无故接受别人的帮助，哪怕只是一点点也不应含糊，更何况是这么多资助呢！”说完，他就离开了。李著明从梦中醒来，感到更加困惑。不久，他的家人来告诉他：“昨晚母驴生了一个身形健壮的小驴驹。”李著明突然明白了，说：“难道小驴驹就是他吗？”几天后回到家中，他看到小驴驹，开玩笑地喊那个同乡的名字，小驴驹仿佛知道在喊它，跑向他。从此，他就用那个同乡的名字来称呼这只小驴驹。

原文

公乘赴青州，衡府内监见而悦之，愿以重价购之。议直未定，适公以家中急务不及待，遂归。又逾岁，驹与雄马同枥，龁折胫骨，不可疗。有牛医至公家，见之，谓公曰：“乞以驹付小人，朝夕疗养，需以岁月，万一得痊，得直与公剖分之。”公如所请。后数月，牛医售驴，得钱千八百，以半献公。公受钱，顿悟，其数适符豆价也。

噫！昭昭之债而冥冥之偿，此足以劝矣。

○衡府：明宪宗第七子朱祐楎，封衡恭王，治青州，直到明朝灭亡。

○枥：马槽。

○牛医：兽医。指专门治疗牛马等家畜的医生。

○需：等待。指需要一段时间来治疗。

○昭昭：指阳世。冥冥：指阴司。

○劝：此处指启发教育之意，勉励人们行善。

译文

李著明一次骑着小驴去青州，衡王府的内监看见后非常喜欢，想高价购买。但在价格还未商定时，由于家中有紧急事务，李著明匆匆返回了家。过了一年，这匹小驴和一匹雄马被关在同一个马槽里，不幸被雄马咬伤了腿，伤势无法治愈。此时，一位兽医来到李著明家中，看见了小驴，便对李著明提出：“请把小驴交给我，我将每日治疗和照料它。过一段时间，它一旦康复，我将卖掉它并与您分享所得。”李著明听从了他的建议。几个月后，兽医卖掉了小驴，得到了一千八百钱，并将其中的一半——九百钱，给了李著明。李著明接过钱后，突然明白了，这正好是他当初借出的绿豆的价值。唉，这表明阳间的债务到阴间也要偿还，这是对人们行善的最好鼓励。

【头滚】

原文

苏孝廉贞下封公昼卧，见一人头从地中出，其大如斛，在床下旋转不已。惊而中疾，遂以不起。后其次公就荡妇宿，罹杀身之祸，其兆于此耶？

○斛（hú）：古代一种大型的容量器具。此处形容头的大小，暗示其异常庞大。

○苏孝廉贞下封公：苏贞下，名元行，淄川人，生于清康熙年间，为科举出身的举人，曾任濮州学正。封公，通常指其父亲曾受封赠。

○次公：即第二个儿子，这里特指苏贞下的弟弟。

译文

苏贞下的父亲，曾受过封赠，有天白天在卧室中休息时，突然见一个人头从地下冒出，那颗人头像斛那么大，不断在床下旋转。这情景使他受到极大的惊吓，从此身体大为不适，终因此病倒不起。后来，苏贞下的弟弟与一名荡妇共宿，结果被杀害。这是否可以认为是那个怪异现象的预兆呢？

【鬼作筵】

原文

杜秀才九畹，内人病。会重阳，为友人招作茱萸会。早兴，盥已，告妻所往，冠服欲出。忽见妻昏愦，絮絮若与人言。杜异之，就问卧榻，妻辄“儿”呼之。家人心知其异。时杜有母柩未殡，疑其灵爽所凭。杜祝曰：“得勿吾母耶？”妻骂曰：“畜产何不识尔父？”杜曰：“既为吾父，何乃归家祟儿妇？”妻呼小字曰：“我专为儿妇来，何反怨恨？儿妇应即死，有四人来勾致，首者张怀玉。我万端哀乞，甫能得允遂。我许小馈送，便宜付之。”杜如言，于门外焚钱纸。妻又言曰：“四人去矣。彼不忍违吾面目，三日后，当治具酬之。尔母老，龙钟不能料理中馈。及期，尚烦儿妇一往。”杜曰：“幽明殊途，安能代庖？望父恕宥。”妻曰：“儿勿惧，去去即复返。此为渠事，当毋惮劳。”言已，即冥然。

○内人：妻子。
○重阳：阴历九月九日。
○茱萸会：古代风俗，重阳节时佩戴茱萸，登高饮酒以祛邪辟灾。
○昏愦：神志不清。
○絮絮：不停地说话。
○柩：灵柩，棺材。殡：葬埋。
○灵爽：鬼魂。凭：依附。
○畜产：畜生。
○小字：小名。
○勾致：拘拿。
○不忍违吾面目：不好意思拂我的情面。
○治具：准备酒席。
○龙钟：衰惫蹇缓的样子。
○去去：稍去片刻。
○冥然：昏然不醒。

译文

秀才杜九畹的妻子病了。正值重阳节，杜九畹被朋友邀去参加茱萸会。清晨，他洗漱完毕，告诉妻子自己要去哪里，穿戴整齐准备出门。忽然发现妻子神志不清，絮絮叨叨地像在跟人说话。杜九畹感到奇怪，便上前询问，不料妻子叫他“儿子”。家里人觉得这不寻常。此时杜九畹的母亲灵柩尚未安葬，怀疑是母亲的魂魄附在妻子身上。杜九畹说："是母亲吗？"妻子骂道："畜生！怎么不认识你父亲！"杜九畹说："既然是我父亲，为什么回来在儿媳身上作祟？"妻子叫着杜九畹的小名说："我专为儿媳来的，怎么反而埋怨我？儿媳本该马上就死，有四个人来勾魂，为首的叫张怀玉。我万般哀求，才得到允许。我答应送他们一点儿礼物，你现在应该送给他们。"杜九畹照做，在门外烧了纸钱。妻子又说："那四个人走了。他们不愿违背我的请求，三天后，要办酒席答谢他们。你母亲年纪大了，行动不便，不能料理家务。到时还得让儿媳去一趟。"杜九畹说："阴阳两界不同，怎么能让她替母亲做饭？希望父亲原谅。"妻子说："你别害怕，她去一下就回来。这是她的事，不应害怕劳累。"说完就昏迷不醒了。

原文

良久乃苏。杜问所言，茫不记忆，但曰："适见四人来，欲捉我去。幸阿翁哀请，且解囊赂之，始去。我见阿翁镪袱尚余二铤，欲窃取一铤来，作糊口计。翁窥见，叱曰：'尔欲何为！此物岂尔所可用耶！'我乃敛手未敢动。"杜以妻病革，疑信相半。

○镪袱：钱包。铤：金银小块，可作货币流通。

○病革：病危。

译文

妻子许久才苏醒。杜九畹问她刚才说了什么，妻子一点儿也记不起来，只说："刚才看见来了四个人，要捉我走。幸好公公哀求，还掏钱贿赂他们，他们才走。我见公公的钱袋里还有两锭银子，想偷一锭来糊口。公公发现了，斥责说：'你想干什么！这东西是你能用的吗？'我便缩回手不敢动了。"杜九畹认为是妻子病重，对她的话半信半疑。

原文

越三日，方笑语间，忽瞪目久之，语曰："尔妇綦贪，曩见我白金，

便生觊觎。然大要以贫故，亦不足怪。将以妇去，为我敦庖务，勿虑也。”言甫毕，奄然竟毙。约半日许，始醒，告杜曰：“适阿翁呼我去，谓曰：‘不用尔操作，我烹调自有人，只须坚坐指挥足矣。我冥中喜丰满，诸物馔都覆器外，切宜记之。’我诺。至厨下，见二妇操刀砧于中，俱绀帔而绿缘之，呼我以嫂。每盛炙于簋，必请觇视。曩四人都在筵中。进馔既毕，酒具已列器中。翁乃命我还。”杜大愕异，每语同人。

○觊觎：非分的企望。○大要：大概。○敦庖务：料理饮食的事情。○奄然竟毙：突然死去。○坚坐：安坐。○诸物馔都覆器外：饭菜要盛得溢出盘碗。○绀帔而绿缘之：天青色的帔肩而缘以绿边。○炙：菜肴。簋：古代盛食物的器皿，此处泛指盘碗。○觇视：检查，查看。

译文

三天后，妻子正与杜九畹说笑，忽然瞪大眼睛很长时间，对他说：“你媳妇太贪心，前几天看到我的银子就起了非分之想。不过，大概是因为太贫穷了，也不怪她。我打算带她去帮我做饭，你不用担心。”话刚说完，她就突然去世了。过了大约半天，妻子才苏醒过来，告诉杜九畹：“刚才公公把我叫去，说：‘不用你亲自动手，我有厨师，你只需坐着指挥。我们阴间喜欢饭菜丰盛，要盛得溢出盘碗，一定记住。’我答应了。到了厨房，见两个女人在切菜，她们穿着天青色镶绿边的披肩，叫我嫂子。每次把菜盛到盘碗里，总是请我查看。上次那四个勾魂的人也在宴席上。送完菜后，酒具也摆好了，公公就让我回来了。”杜九畹对此感到非常惊讶，常向朋友讲起这事。

【胡四相公】

原文

莱芜张虚一者，学使张道一之仲兄也，性豪放自纵。闻邑中某氏宅为狐狸所居，敬怀刺往谒，冀一见之。投刺隙中，移时，扉自辟。仆者大愕，却退，张肃衣敬入。见堂中几榻宛然，而阒寂无人，遂揖而祝曰："小生斋宿而来，仙人既不以门外见斥，何不竟赐光霁？"忽闻虚室中有人言曰："劳君枉驾，可谓跫然足音矣。请坐赐教。"即见两座自移相向。甫坐，即有镂漆朱盘，贮双茗盏，悬目前。各取对饮，吸沥有声，而终不见其人。茶已，继之以酒。细审官阀，曰："弟姓胡氏，于行为四，曰相公，从人所呼也。"于是酬酢议论，意气颇洽。鳖羞鹿脯，杂以芗蓼。进酒行炙者，似小辈甚夥。酒后颇思茶，意才少动，香茗已置几上。凡有所思，无不应念而至。张大悦，尽醉始归。自是三数日必一访胡，胡亦时至张家，并如主客往来礼。

○莱芜：位于山东省中部，泰山东麓，清代时属泰安市，今为济南市莱芜区。
○刺：名帖。
○阒寂：寂静无声。
○斋宿：提前一天斋戒，表示虔诚。
○赐光霁：露面，见面。
○跫然足音：寂静中听到脚步声，比喻难得来客。
○官阀：阀阅，来历。
○相公：对年轻人的尊称。
○酬酢议论：饮酒交谈。
○行炙：传递烤肉，泛指上菜。
○鳖羞鹿脯：用鳖肉和鹿肉制成的美食。羞：美味食物。脯：干肉。
○芗蓼：古代的调味香料。芗：紫苏类香草。蓼：水蓼。

译文

莱芜人张虚一，是学政张道一的二哥，性格豪放不羁。他听说县里某家有狐狸居住，便恭敬地带着名帖去拜访，希望能见到狐狸。他将名帖投入门缝，不久后门自动打开。仆人十分惊讶，退了几步，张虚一整理衣服后恭敬地走进门内。只见厅堂里家具整齐，但空无一人，张虚一便作揖道："我斋戒后前来拜见，既然仙人没有拒我于门外，何不见我一面？”忽然听到空房里有人说：“劳您大驾光临，真是难得啊。请坐下谈谈。”只见两张椅子自动移到一起。他刚坐下，就有一个镂花红漆盘子托着两个茶杯出现在面前。他们各自取杯喝茶，听到饮茶声，却始终不见人影。茶后又有酒上来。张虚一详细询问对方来历，对方答：“我姓胡，排行第四，人称相公，是随着众人的称呼。”于是他们互相敬酒谈论，聊得很投机。宴席上有鳖肉和鹿肉，还有用香料调味的菜肴，仆人们忙碌地传递酒菜。张虚一酒后想喝茶，刚一动念，香茶便摆上桌。他所想要的东西都应念而至。张虚一十分高兴，尽兴后才回家。从此，他每隔几天就去拜访胡四相公，胡四相公也常到张家，两人往来，就像主客尽礼一般。

原文

一日，张问胡曰：“南城中巫媪，日托狐神，渔病家利。不知其家狐，君识之否？”胡曰：“彼妄耳，实无狐。”少间，张起溲溺，闻小语曰：“适所言南城狐巫，未知何如人。小人欲从先生往观之，烦一言请于主人。”张知为小狐，乃应曰：“诺。”即席而请于胡曰：“我欲得足下服役者一二辈，往探狐巫，敬请君命。”胡固言不必。张言之再三，乃许之。既而张出，马自至，如有控者。既骑而行，狐相语于途，谓张曰：“后先生于道途间，觉有细沙散落衣襟上，便是吾辈从也。”

○渔病家利：这里指利用治病的借口向病人索取财物，形容使用不正当手段获利。

○溲溺：即上厕所，俗称小便。

译文

一天，张虚一问胡四相公说：“南城有个巫婆，常借助狐神名义治病，从病人那里赚钱。不知她家里的狐狸您认识吗？”胡四相公回答：“她只是在胡说，其实并没有狐狸。”不久后，张虚一去小便时，听到有个细小的声音说：“刚才您提到

南城的狐巫，不知她是什么人。我想跟随先生去看看，劳烦您向主人说一说。”张虚一意识到这是小狐狸的声音，便答应道：“好的。”他回到席间就请求胡四相公：“我想带您的一两个仆人去探查那个巫婆的真相，请您批准。”胡四相公坚持认为没必要，但张虚一多次请求，胡四相公终于同意了。张虚一走出门外，马似被人牵引般自动走到他身边。他骑上马上路后，小狐狸在路上与张虚一交谈，告诉他：“以后如果您在路上感觉衣服上落了细沙，那就是我们在跟随您。”

原文

语次进城，至巫家。巫见张至，笑逆曰：“贵人何忽得临？”张曰：“闻尔家狐子大灵应，果否？”巫正容曰：“若个蹀躞语，不宜贵人出得！何便言狐子？恐吾家花姊不欢！”言未已，空中发半砖来，中巫臂，踉蹡欲跌。惊谓张曰：“官人何得抛击老身也！”张笑曰：“婆子盲也！几曾见自己额颅破，冤诬袖手者？”巫错愕不知所出。正回惑间，又一石子落，中巫，颠蹶，秽泥乱堕，涂巫面如鬼，惟哀号乞命。张请恕之，乃止。巫急起奔遁房中，阖户不敢出。张呼与语曰：“尔狐如我狐否？”巫惟谢过。张仰首望空中，戒勿复伤巫，巫始惕惕而出。张笑谕之，乃还。

○蹀躞（dié xiè）：轻薄，狎侮，不庄重。指不严肃的、不得体的言语。

○袖手：缩手袖中，旁观不插手的姿态。

○回惑：疑惑，不解。

○谢过：认错道歉。

○惕惕：形容忧惧的样子。

○谕：晓谕，即讲清道理，使对方明白。

译文

说话间，他们进了城，来到巫婆家。巫婆见到张虚一来访，笑着迎接：“贵人怎么突然来访？”张虚一问道：“听说你家的狐狸非常灵验，是真的吗？”巫婆正色回应：“这种轻佻的话，不应该由贵人说出！怎能随便提狐狸？恐怕我家花姐听了会不高兴！”话还未说完，空中突然飞来半块砖头，击中巫婆的臂膀，巫婆踉跄着几乎要跌倒。她惊恐地对张虚一说：“官人，你怎么用砖头打我？”张虚一笑着回答：“老太太，你瞎了眼！何时见过自己的头破了，却去冤枉袖手旁观的无辜者？”巫婆错愕，不知如何是好。正当她惶惑不安时，又一个石子飞来，再次击中她，巫婆摔倒在地，污泥胡乱落下，巫婆满脸泥污像鬼一样，只能哀嚎求饶。张虚一请小狐狸饶了她，这才对她停止攻击。巫婆急忙躲进屋内，紧闭房门不敢出来。张虚一大声问道：“你的狐狸能比得上我的狐狸吗？”巫婆连声道歉。张虚一抬头望向空中，告诫狐狸不要再伤害巫婆，巫婆这才小心翼翼地走出来。张虚一笑着教导她，然后返回家中。

原文

由是每独行于途，觉尘沙淅淅然，则呼狐语，辄应不讹。虎狼暴客，恃以无恐。如是年余，愈与胡莫逆。尝问其甲子，殊不自记忆，但言：“见黄巢反，犹如昨日。”一夕共话，忽墙头苏然作响，其声甚厉，张异之。胡曰：“此必家兄。”张言：“何不邀来共坐？”曰：“伊道颇浅，只好攫鸡啖便了足耳。”张谓胡曰：“交情之好，如吾两人，可云无憾。终未一见颜色，殊属恨事。”胡曰：“但得交好足矣，见面何为？”一日，置酒邀张，且告别。问：“将何往？”曰：“弟陕中产，将归去矣。君每以对面不觌为恨，今请一识数岁之友，他日可相认耳。”张四顾都无所见。胡曰：“君试开寝室门，则弟在焉。”张如其言，推扉一觑，则内有美少年，相视而笑，衣裳楚楚，眉目如画，转瞬之间，不复睹矣。张反身而行，即有履声藉藉随其后，曰：“今日释君憾矣。”张依恋不忍

○淅淅（xī xī）然：形容风沙吹落的声音。
○暴客：强盗。
○莫逆：指友谊深厚，感情融洽。
○甲子：年岁。古代用来记年。
○黄巢反：指唐朝末年黄巢起义，发生在878—884年。
○厉：猛烈。
○楚楚：形容衣着整洁。
○藉藉（jí jí）：形容杂乱的脚步声。

書權拜

别，胡曰："离合自有数，何容介介。"乃以巨觥劝酒，饮至中夜，始以纱烛导张归。及明往探，则空房冷落而已。

○介介：形容放在心上。
○纱烛：纱灯。

译文

从此以后，每当张虚一独自走在路上，听到"沙沙"的细沙声，就呼唤狐狸，狐狸总能立刻回应。即使遇到虎狼或强盗，他也毫不畏惧。这样过了一年多，张虚一与胡四相公的友谊更加深厚。他曾问过胡四相公的年龄，胡四相公自己也记不清了，只说："我见过黄巢起义，仿佛是昨天的事。"一天晚上，他们正在聊天，忽然墙头传来"沙沙"的声音，声音很大，张虚一感到惊讶。胡四相公说："这一定是我哥哥。"张虚一说："为何不请他来一起坐坐？"胡四相公说："他的道行很浅，只要能捉鸡来吃便满足了。"张虚一说："我们之间的友谊如此深厚，但从未见过你的真面目，实在是遗憾。"胡四相公说："只要友谊深厚就够了，见面有什么意义？"一天，胡四相公设宴请张虚一，并告别。张虚一问："你要去哪里？"胡四相公说："我生于陕中，现在要回去了。你常为没见过我而遗憾，今天请你认识一下相处了几年的朋友，将来可以相认。"张虚一四处张望，什么也没看到。胡四相公说："你打开寝室的门，我就在里面。"张虚一依言行事，推门一看，见屋里有一位英俊少年，眉清目秀，衣着整洁，正对着他笑，转眼间便消失了。张虚一转身往回走，便听到杂乱的脚步声跟在身后，说："今天总算解除了你的遗憾。"张虚一依依不舍，不愿分别，胡四相公说："聚散离合自有定数，何必放在心上。"然后用大杯劝酒，喝到半夜，才用纱灯送张虚一回家。天亮后，张虚一前去探望，发现只剩下冷清的空房子了。

原文

后道一先生为西川学使，张清贫犹昔，因往视弟，愿望颇奢。月余而归，甚违初意，咨嗟马上，嗒丧若偶。忽一少年骑青驹，蹑其后。张回顾，见裘马甚丽，意甚骚雅，遂与语间。少年察张不豫，诘之，张因欷歔而告以故，少年亦为慰藉。同行里许，至歧路中，少年乃拱

○西川：唐代剑南分东西二川，西川指今四川西部。
○愿望颇奢：期望得到丰厚的馈赠或回报。
○嗒丧若偶：形容灰心丧气，如同失去灵魂的木偶。
○蹑：追踪，悄悄跟随。
○骚雅：文雅。
○不豫：心情不好，不高兴。

手别曰：“前途有一人，寄君故人一物，乞笑纳也。”复欲询之，驰马径去。张莫解所由。又二三里许，见一苍头，持小簏子，献于马前，曰：“胡四相公敬致先生。”张豁然顿悟。受而开视，则白镪满中。及顾苍头，已不知所之矣。

○簏（lù）：圆形的小竹筐。

译文

后来，张道一成为四川的学政。张虚一依旧贫穷如初，于是前去拜访弟弟期望能获得一些馈赠。一个月后归来，愿望远未达成，他骑在马上，一路上满心失望，神情呆滞。这时，一位少年骑着青马跟在他后面。张虚一回头看去，只见少年穿着华丽，马匹骏健，举止文雅，于是与之交谈。少年察觉到张虚一心情低落，询问原因。张虚一叹息着讲述了自己的不愉快，少年宽慰了他。两人一同前行约一里路，到了一个岔路口时，少年拱手告别，说：“前方有人要送你一件老朋友的礼物，请接受。”言毕，少年策马飞驰而去。张虚一感到困惑。又行了二三里，遇到一个老仆，手持一个小竹筐，递给他说：“胡四相公敬送。”张虚一这才恍然大悟，接过竹筐打开一看，里面装满了白银。回头寻找那位老仆，他已不见踪影。

光霁

“光霁”是“光风霁月”的省略说法，原意指雨过天晴后的和风明月，象征晴朗、明净的自然景象。《宋史·周敦颐传》中提到黄庭坚形容周敦颐的品格“如光风霁月”，即赞美其品行高洁、心胸宽广。因此，“光霁”常被用来作为颂扬他人品貌高尚、心境如朗月清风的赞美之词。

【念秧】

原文

异史氏曰：人情鬼蜮，所在皆然，南北冲衢，其害尤烈。如强弓怒马，御人于国门之外者，夫人而知之矣。或有劙囊刺橐，攫货于市，行人回首，财货已空，此非鬼蜮之尤者耶？乃又有萍水相逢，甘言如醴，其来也渐，其入也深，误认倾盖之交，遂罹丧资之祸。随机设阱，情状不一，俗以其言辞浸润，名曰“念秧”。今北途多有之，遭其害者尤众。

○鬼蜮（yù）：喻指狡猾阴险的人或行为。蜮在神话中是一种能在水中隐藏并射击人的生物。
○冲衢：交通要道。古代指城市的主要交通路口或重要通道。
○御人于国门之外：指在国家边界或城门外使用武力拦截并劫掠过往行人。
○劙囊刺橐（lí náng cì tuó）：指割开人们的钱袋和行囊偷窃。劙，割开。
○萍水相逢：形容人们偶然相遇。
○醴：甜酒。
○倾盖之交：指旅途中仓促结识的朋友。
○阱：陷阱，比喻设下的圈套或骗局。

译文

异史氏说：人心险恶如同鬼魅，无论在哪里都一样，尤其是在连接南北的主要交通路线上，祸害尤其严重。那些手持强弓、驾驭烈马，在城门外拦截行人的人，大家都知道他们是强盗。还有些人专门割开旅客的钱包和行囊，在闹市中劫掠财物，行人不注意一瞬间，钱物就被洗劫一空，这难道不比鬼魅更厉害吗？还有些人偶然相遇便甜言蜜语接近你，逐渐深入你的生活，被误认为是可靠的朋友，最终却让你遭受钱财损失。这些人趁机设置陷阱，手段各异，因为这些人言辞温和，民间常称他们为“念秧”。现在北方的道路上这类人特别多，受害者也格外多。

原文

余乡王子巽者，邑诸生。有族先生在都为旗籍太史，将往探讯。治装北上，出济南，行数里，有一人跨黑卫，驰与同行。时以闲语相引，

○王子巽：名王敏入，淄川人，县学生员。家境贫寒，以孝顺父母闻名。与蒲松龄有深厚的友谊。
○族先生：即王子巽的本家长辈。
○卫：古代称驴为卫。

王颇与问答。其人自言：“张姓，为栖霞隶，被令公差赴都。”称谓

○颇：略微，稍微。 ○栖霞隶：栖霞县的衙役。

撝卑，祗奉殷勤。相从数十里，约以同宿。王在前，则策蹇追及，在

○祗奉：敬奉，恭敬地奉事。 ○撝（huī）卑：谦卑，撝，谦逊。 ○策蹇：鞭打驴子。蹇，古代指驴。

后，则止候道左。仆疑之，因厉色拒去，不使相从。张颇自惭，挥鞭

遂去。既暮，休于旅舍，偶步门庭，则见张就外舍饮。方惊疑间，张

望见王，垂手拱立，谦若厮仆，稍稍问讯。王亦以泛泛适相值，不为

○拱立：指弓身站立，表示恭敬的姿态。 ○泛泛：指关系寻常。适相值，即偶然相遇。

疑，然王仆终夜戒备之。鸡既唱，张来呼与同行，仆咄绝之，乃去。

译文

我的同乡王子巽是县里的秀才。他有一个同族的前辈在京城是旗籍的翰林院官员，因此他打算去拜访。打点好行李后，他离开济南北上，走了几里路后，碰到一个骑着黑驴的人赶上来与他同行。这人不时引王生闲聊，王子巽偶尔应答。这个人自己介绍说：“我姓张，是栖霞县的差役，被县令派到京城办事。”他的言谈谦逊，态度殷勤。他们相伴走了数十里，又提议和王子巽一同住宿。当王子巽走在前面时，他会策驴追上；王生在后时，他则在路边等待。王生的仆人对他产生了怀疑，便严词驱赶他离开，不允许他继续跟随。张因此感到尴尬，便挥鞭策驴离去。到了晚上，王子巽在客栈休息，在门前散步时无意中见到张在外院饮酒。王子巽正感到惊疑不定时，张见到他后立即恭敬站立，举止如同仆人，两人只简单寒暄。王子巽认为这是偶然的相遇，未加怀疑。然而，王生的仆人整夜都非常警觉。天明时，张某来招呼王子巽一起上路，但被仆人严词拒绝，张某自己离开了。

原文

朝暾已上，王始就道。行半日许，前一人跨白卫，年四十已来，衣帽

○暾（tūn）：太阳。

整洁，垂首蹇分，盹寐欲堕。或先之，或后之，因循十数里。王怪

○蹇分：这里指骑驴的意思。蹇，驴的代称。 ○因循：形容行走缓慢而连续，没有停歇。

问："夜何作，致迷顿乃尔？"其人闻之，猛然欠伸，言："我清苑人，

○迷顿：形容极度疲倦而昏昏欲睡。

○欠伸：打哈欠并伸懒腰，显示出困倦的状态。

许姓。临淄令高檠是我中表。家兄设帐于官署，我往探省，少获馈

○中表：古代称姑母家的儿子为外兄弟，称舅父家的儿子为内兄弟，外为表，内为中，合称"中表"兄弟。

贻。今夜旅舍，误同念秧者宿，惊惕不敢交睫，遂致白昼迷闷。"王故问："念秧何说？"许曰："君客时少，未知险诈。今有匪类，以甘言诱行旅，夤缘与同休止，因而乘机骗赚。昨有葭莩亲，以此丧资

○夤缘：借助机会接近某人。

○葭莩亲：远房亲戚，关系疏远。葭莩是芦苇杆内的薄膜，用来形容亲戚关系的疏远淡薄。

斧。吾等皆宜警备。"王颔之。先是，临淄宰与王有旧，王曾入其幕，识其门客，果有许姓，遂不复疑。因道温凉，兼询其兄况。许约暮共主人，王诺之。仆终疑其伪，阴与主人谋，迟留不进，相失，遂杳。

○共主人：这里指与许某一起在同一旅店住宿。

译文

天已亮，王子巽才开始上路。走了大约半天，发现前面有一个大约四十岁的男子骑着一头白驴，衣帽整洁，一直低着头，显得昏昏欲睡。他时而走在王子巽前面，时而落后，这样连续走了十多里。王子巽觉得奇怪，便问他："你昨晚干了什么，怎么这么疲倦？"那人听到有人问话，猛地打了个哈欠，说道："我是清苑的人，姓许。临淄的高檠是我的表亲。我大哥在那儿教书，我去看他，拿了一些礼物回来。昨晚在旅店，不小心与念秧们同宿，我整夜警惕，不敢合眼，所以现在有些迷糊。"王子巽故意问："念秧是什么？"许回答说："你旅行经验不多，可能不了解这些险恶。现在有些坏人，他们会用甜言蜜语引诱旅客，利用机会同行共宿，然后找机会诈骗。过去我的一个远房亲戚就因此而失去了旅费。我们都应该小心。"王子巽点头同意。以前，临淄的官员与王子巽有交情，王曾在他那里做过助手，认识他的一些朋友，其中真有姓许的，因此他没有对许某产生怀疑。他们一边聊天一边询问许的兄长情况。许提议晚上一起住宿，王答应了。但王的仆人一直怀疑许有诈，私下和主人商量，故意拖延不往前进，最终许失去了踪影。

原文

翼日，日卓午，又遇一少年，年可十六七，骑健骡，冠服秀整，貌甚都。同行久之，未尝交一言。日既西，少年忽言曰："前去屈律店不远矣。"王微应之。少年因咨嗟欷歔，如不自胜。王略致诘问，少年叹曰："仆江南金姓。三年膏火，冀博一第，不图竟落孙山！家兄为部中主政，遂载细小来，冀得排遣。生平不习跋涉，扑面尘沙，使人薅恼。"因取红巾拭面，叹咤不已。听其语，操南音，娇婉若女子。王心好之，稍稍慰藉。少年曰："适先驰出，眷口久望不来，何仆辈亦无至者？日已将暮，奈何！"迟留瞻望，行甚缓。王遂先驱，相去渐远。

○卓午：正午时分。

○貌甚都：外表很漂亮。都，美丽的意思。

○屈律店：地名。

○咨嗟欷歔：表达叹息、感慨的意思。

○仆：我。

○江南：指清朝初期设立的江南省，后来分为江苏和安徽两省。

○膏火：指夜间读书用的灯火，暗示勤奋读书。

○部中主政：指中央政府六部中的主事或主要官员。

○细小：此处指家属、眷属。

○薅恼（hāo nǎo）：形容尘土扑面造成的烦恼和不适。

译文

第二天到了正午时分，王生又遇到了一位少年，十六七岁，骑着一匹健壮的骡子，穿戴整齐，容貌俊美。他们一同走了很久，期间未曾交谈。当太阳开始偏西时，少年忽然说："前面不远就是屈律店了。"王生简短地应了一声。随后少年情难自抑，开始感慨。王生便轻轻询问他情况，少年叹息道："我姓金，来自江南。我花了三年时间夜以继日地学习，希望能够中举，但最终名落孙山。我的哥哥在某部担任要职，带着我们全家来到这里，希望能排解郁闷心情。我不习惯长途跋涉，旅途中的尘沙让人极其烦恼。"说着，他拿出一块红色的面巾擦拭脸部，不停地叹息。他说话时带有南方的口音，语调柔和，像女子一样婉转。王生被他的情态所吸引，便给予了一些安慰。少年说："我先行在前，本以为家人会随后到来，但他们迟迟不见，仆人们也没有一个到达。天色已晚，该怎么办呢？"他留在原地向远处眺望，步伐缓慢。王生则加快步伐继续前行，两人之间的距离渐渐拉开。

原文

晚投旅邸，既入舍，则壁下一床，先有客解装其上。王问主人。即有一人入，携之而出，曰："但请安置，当即移他所。"王视之，则许也。王止与同舍，许遂止，因与坐谈。少间，又有携装入者，见王、许在舍，返身遽出，曰："已有客在。"王审视，则途中少年也。王未言，许急起曳留之，少年遂坐。许乃展问邦族，少年又以途中言为许告。俄顷，解囊出赀，堆累颇重，秤两余，付主人，嘱治殽酒，以供夜话。二人争劝止之，卒不听。俄而酒炙并陈。筵间，少年论文甚风雅。王问江南闱中题，少年悉告之，且自诵其承破，及篇中得意之句，言已，意甚不平。共扼腕之。少年又以家口相失，夜无仆役，患不解牧圉。王因命仆代摄莝豆，少年深感谢。

○但：只管，尽管。
○堆累颇重：指积聚的金钱数量很多。
○承破：指古代科举考试中文章中承题、破题的文字。
○扼腕：表示惋惜或不满。
○不解牧圉：不懂照料牲畜。
○代摄莝豆：帮忙准备喂养牲畜的草料。

译文

夜晚投宿旅店，王生进入房间后，发现墙边的床上已有其他客人的行李。正当他询问店主时，一个人进来，拿起行李走出房间，并说："你们尽管住下吧，我马上搬到别的房间。"王生一看，发现是许某。他阻止许某离开，提议同住一房。许某同意留下，两人开始交谈。不久，又有人带着行李进来，看到王生和许某，便转身出去，并说："这里已有客人。"王生认出来是途中遇到的少年。王生没有说话，许某急忙起身拉住少年让他坐下。许某细问少年的家世背景，少年重述了路上的经历。少顷，少年打开钱袋，取出一堆重重的银两，称了超过一两，交给店主，嘱咐准备酒菜供他们夜谈时享用。王生和许某试图劝阻，但少年坚持。不久，酒菜上桌。餐间，少年谈论科举文章，表现出极好的文采。王生询问关于江南考试的题目，少年详细解答，并背诵了自己应试文章中的精彩部分，表达了他的不满和遗憾。大家对此表示同情和惋惜。少年又提到他家人走散，没有仆人，不会照料牲畜。王生命令自己的仆人帮忙喂养牲畜，少年对此深表感激。

原文

居无何，忽蹴然曰："生平蹇滞，出门亦无好况。昨夜逆旅，与恶人居，掷骰叫呼，聒耳沸心，使人不眠。"南音呼骰为兜，许不解，固问之，少年手摹其状。许乃笑于橐中出色一枚，曰："是此物否？"少年诺。许乃以色为令，相欢饮。酒既阑，许请共掷，赢一东道主。王辞不解，许乃与少年相对呼卢。又阴嘱王曰："君勿漏言。蛮公子颇充裕，年又雏，未必深解五木诀。我赢些须，明当奉屈耳。"二人乃入隔舍。旋闻轰赌甚闹，王潜窥之，见栖霞隶亦在其中。大疑，展衾自卧。又移时，众共拉王赌，王坚辞不解。许愿代辨枭雉，王又不肯，遂强代王掷。少间，就榻报王曰："汝赢几筹矣。"王睡梦应之。

○蹴然：形容踩脚的动作，表示不满或懊悔。
○无何：没多久。
○蹇滞：指不顺利，有困难。
○聒耳沸心：声音吵闹，使人心烦。
○阑：接近结束。
○赢一东道主：指赌博中赢得足以请客的钱财。
○呼卢：古代的一种赌博用语，这里指掷骰子赌博。
○五木诀：指赌博的技巧，五木是古代用来赌博的工具，通常指色子。
○明当奉屈：指明天请客，意为表示感谢。
○代辨枭雉：代理赌博，枭雉为古代赌博用的术语。
○几筹：指一些筹码，用于计算赌博输赢。

译文

过了一会儿，少年突然跺脚说："我向来不顺，出门也没什么好事。昨晚住宿时，和一些恶人同住，他们掷骰子大呼小叫，吵得我心烦意乱，无法入睡。"在南方话中，"骰子"被称作"兜"，许某不理解，便多次询问。少年用手做了个形状的示意。许某笑着从包里掏出一枚骰子问："是这个吗？"少年确认是。于是许某用骰子来定酒令，大家喝得开心。酒喝得差不多了，许某提议大家一起掷骰子，赢的人做东。王生不会，就推辞不参与，许某便和少年对赌。许某还私下告诉王生："别说出去，这南方的少爷很有钱，年纪还小，可能不太懂赌博的诀窍。我赢点钱，明天请你吃饭。"他们进入隔壁房间后，赌博声音很大，王生偷看发现栖霞县的差役也在其中。王生很是疑惑，只好自己躺下睡觉。一会儿，大家来拉王生去赌，但他坚决不参与。许某提出代替他赌，王生还是不愿意，但最后他们还是替王生掷了骰子。过了一会儿，他们告诉睡梦中的王生："你赢了一些赌码。"王生在梦中应了一声。

原文

忽数人排闼而入，番语啁嘛。首者言佟姓，为旗下逻捉赌者。时赌禁甚严，各大惶恐。佟大声吓王，王亦以太史旗号相抵。佟怒解，与王叙同籍，笑请复博为戏。众果复赌，佟亦赌。王谓许曰："胜负我不预闻。但愿睡，无相溷。"许不听，仍往来报之。既散局，各计筹马，王负欠颇多，佟遂搜王装橐取偿。王愤起相争。金捉王臂阴告曰："彼都匪人，其情叵测。我辈乃文字交，无不相顾。适局中我赢得如干数，可相抵；此当取偿许君者，今请易之，便令许偿佟，君偿我。弗过暂掩人耳目，过此仍以相还。终不然，以道义之友，遂实取君偿耶？"王故长厚，亦遂信之。少年出，以相易之谋告佟，乃对众发王装物，估入己橐。佟乃转索许、张而去。

○排闼：推开门。
○番语啁嘛：说着杂乱的异族语言。这里指满语。
○旗下逻捉赌者：指隶属八旗系统的官员，负责巡逻和抓捕赌博活动的人。
○同籍：指归属同一旗籍。
○溷：打扰。
○估：约计其数。

译文

突然，几个人推门而入，说着杂乱的满语。带头的人自称姓佟，负责八旗内的巡逻和抓捕赌博的任务。由于当时赌博被严厉禁止，众人都感到极度恐慌。佟大声恫吓王生，王生则以其长辈为太史的身份和旗籍来抵抗。佟的怒气消了，得知与王生同一旗籍后，以轻松的态度邀请大家继续赌博作为娱乐。众人随后重新开始赌博，佟也参与其中。王生对许说：“我不关心输赢，只想睡觉，不要打扰我。”许却没听，继续来回报告赌局情况。赌局结束后，大家结算筹码，王生欠债甚多，佟随即搜查王生的行李以抵赌债。王生愤怒地反抗。金姓少年悄悄拉住王生的手臂说：“这些人都是流氓，难以预料他们会做什么。我们都是文人，应该互相照顾。我在赌局中赢了一些钱，足以抵你的债务；原本应从许那里收债，我们可以做个交换，让许偿还佟，你则偿还给我。这只是暂时掩人耳目，事后还是要归还的。难道作为朋友，我真会让你背这个债吗？”王生性格厚道，信了他的话。少年走出房间，将这一债务交换的计划告诉佟，然后在众人面前打开王生的行李，按债务估算其价值后，把东西放入自己的包中。佟向许和张索债后，离开了。

原文

少年遂襆被来，与王连枕，衾褥皆精美。王亦招仆人卧榻上，各默然安枕。久之，少年故作转侧，以下体昵就仆。仆移身避之，少年又近就之。肤着股际，滑腻如脂。仆心动，试与狎，而少年殷勤甚至。衾息鸣动，王颇闻之，虽甚骇怪，而终不疑其有他也。昧爽，少年即起，促与早行，且云：“君蹇疲殆，夜所寄物，前途请相授耳。”王尚无言，少年已加装登骑。王不得已，从之。骡行驶，去渐远。王料其前途相待，初不为意，因以夜间所闻问仆，仆实告之。王始惊曰：“今被念秧者骗矣！焉有宦室名士，而毛遂于圉仆者？”又转念其谈词风雅，非念秧者所能。急追数十里，踪迹殊杳。始悟张、许、佟皆

○襆被：用袱子包扎衣被。襆，包扎。

○昵就：亲近，亲昵。

○衾息：被子像呼息一样发出有节奏的响音。

○昧爽：黎明时分。

○毛遂：毛遂自荐的典故，表示自告奋勇；这里用来形容少年主动接近。圉仆：马夫，这里指低贱的仆人。

其一党，一局不行，又易一局，务求其必入也。偿债易装，已伏一图赖之机，设其携装之计不行，亦必执前说篡夺而去。为数十金，委缀数百里，恐仆发其事，而以身交欢之，其术亦苦矣。

○篡夺：强行夺取。

○委缀：跟随，尾随。

译文

少年带着他的被褥过来，与王生并排睡，他的被褥精致华丽。王生也叫他的仆人到床上睡，他们各自静静地躺下。过了一会儿，少年故意翻来覆去，慢慢接近仆人。仆人试图避开，但少年又靠近，后肌肤相触，感觉滑腻如脂。仆人心动了，开始与少年亲近，少年则表现得殷勤主动。被子动的声音和呼吸声王生也听见了，虽然他非常惊讶，但并未怀疑有其他意图。黎明时分，少年立刻起床，催促王生一起早点出发，还说："您昨晚太累了，夜里寄存的东西我在前面的路上还给您。"王生还没来得及反应，少年已经收拾好行李骑上骡子出发了。王生不得不跟随。少年骑得越来越远，王生本以为少年会在前方等他，刚开始，没太放在心上，后来他询问仆人昨晚的情况，仆人如实告知。王生这才恍然大悟，感叹道："我们被念秧者骗了！有身份的贵族怎么可能会主动贴近一个低贱的仆人？"然而转念一想，少年言谈举止颇为风雅，并不像是念秧者所为。王生急追了几十里，但少年早已不见踪影。此时他才意识到，姓张的、姓许的和姓佟的都是同一伙人，一个骗局不成便换另一个，目的就是让他落入陷阱。他们之前的还债换装已经布下了耍赖的预谋，如果换装计划失败，他们就会按之前的计划强行夺取。为了那几十两银子，他们跟踪了几百里，还怕仆人揭发他们的阴谋，竟然利用自己的肉体来收买仆人的忠诚，这个计划可谓用心良苦了。

原文

后数年而有吴生之事。

邑有吴生，字安仁，三十丧偶，独宿空斋。有秀才来与谈，遂相知悦。从一小奴，名鬼头，亦与吴僮报儿善。久而知其为狐。吴远游，必与俱，同室之中，人不能睹。吴客都中，将旋里，闻王生遭念秧之祸，因戒僮警备。狐笑言："勿须，此行无不利。"

译文

几年后，发生了关于吴生的故事。

吴生，字安仁，三十岁时妻子去世，独自一人居住在空荡的书房中。某天，一位秀才前来交谈，两人很快成为知己。这位秀才带来的小仆人名叫鬼头，与吴生的书童报儿相处融洽。时间久了，吴生发现他们实际上是狐狸。每当吴生外出远游，狐狸都会陪伴在侧，虽同住一室，却无人能见。吴生一度在京城作客，准备回乡时，听闻王生曾遭受骗子的祸害，便叮嘱书童要保持警惕。然而狐狸却笑着安慰他："不用担心，这一次出行将不会有任何麻烦。"

原文

至涿，一人系马坐烟肆，裘服济楚。见吴过，亦起，超乘从之。渐与吴语，自言："山东黄姓，提堂户部。将东归，且喜同途不孤寂。"于是吴止亦止，每共食，必代吴偿直。吴阳感而阴疑之，私以问狐，狐但言："不妨。"吴意乃释。及晚，同寻寓所，先有美少年坐其中。黄入，与拱手为礼，喜问少年："何时离都？"答云："昨日。"黄遂拉与共寓，向吴曰："此史郎，我中表弟，亦文士，可佐君子谈骚雅，夜话当不寥落。"乃出金赀，治具共饮。少年风流蕴藉，遂与吴大相爱悦。饮间，辄目示吴作觞弊，罚黄，强使釂，鼓掌作笑。吴益悦之。

○涿（zhuō）：河北涿州。
○烟肆：烟店。
○裘服济楚：衣着整洁华丽。
○超乘：腾身上马。
○提堂户部：清朝从各省选拔的武进士或候补官员，负责向户部投递公文的任务。
○偿直：指买东西付钱。直：工钱，价值。
○作觞弊：在行酒令时作弊。
○釂（jiào）：饮尽杯中酒。

译文

他们到了涿州，见一个人拴着马坐在烟铺里，穿着整齐讲究。这个人看到吴生经过，也站起来，跳上马尾随在后面。他渐渐地与吴生搭起话来，自称是山东人，姓黄，是提塘官，负责到户部投递公文。他说自己准备东行回家，很高兴与吴生同路，免得路途孤单寂寞。因此，每次一起吃饭时，黄先生总是主动掏钱付账。虽然吴生表面上表示感谢，内心却对他抱有怀疑，并私下向狐狸询问，狐狸只说："没关系。"这使吴生稍感安心。到了晚上，大家一起寻找住宿地点，发现一个美少年已经坐在旅店里。黄先生一见到少年，便拱手问好，高兴地询问："你何时离开京城的？"少年回答："昨天。"于是，黄先生便拉着他一同住宿，并向吴生介绍："这是史郎，我舅舅家的表弟，也是位读书人，晚上可以与先生一起讨论诗文，不至于寂寞。"言毕，他拿出钱来置办酒菜共同享用。这位少年风度翩翩，吴生对他颇为欣赏。席间，史郎不时示意吴生和他一起作弊，强迫黄先生多喝几杯，大家拍手大笑，气氛热烈。这让吴生对这位少年更加喜爱。

原文

既而史与黄谋博赌，共牵吴，遂各出橐金为质。狐嘱报儿暗锁板扉，

○板扉：门扇。

嘱吴曰："倘闻人喧，但寐无吪。"吴诺。吴每掷，小注则输，大注

○吪（é）：行动。

辄赢，更余，计得二百金。史、黄错囊垂罄，议质其马。忽闻挝门

○错囊垂罄：钱袋将空。错囊，用金银线绣的钱袋。

声甚厉，吴急起，投色于火，蒙被假卧。久之，闻主人觅钥不得，

破扃起关，有数人汹汹入，搜捉博者。史、黄并言无有。一人竟捋

○破扃起关：破锁撬门。关，门闩。

吴被，指为赌者。吴叱咄之。数人强捡吴装。方不能与之撑拒，忽

○呵殿声：官员出行时随从的喊声。

闻门外舆马呵殿声。吴急出鸣呼，众始惧，曳入之，但求勿声。吴

○苞苴：包裹行李。

○卤簿：官员出行时的仪仗队伍。

乃从容苞苴付主人。卤簿既远，众乃出门去。黄与史共作惊喜状，

取次觅寝。黄命史与吴同榻。吴以腰橐置枕头，方命被而睡。无何，史启吴衾，裸体入怀，小语曰："爱兄磊落，愿从交好。"吴心知其诈，然计亦良得，遂相偎抱。史极力周奉，不料吴固伟男，大为凿枘，呻殆不可任，窃窃哀免。吴固求讫事，手扪之，血流漂杵矣，乃释令归。及明，史惫不能起，托言暴病，但请吴、黄先发。吴临别，赠金为药饵之费。途中语狐，乃知夜来卤簿，皆狐为也。

○取次：相继。

○腰橐：系在腰间的钱袋。

○命：动，用。这里指盖被子。

○凿枘（ruì）：原指榫卯和榫头不能契合，这里用作暗喻。

○血流漂杵：血流得可以漂浮起木杵，形容流血很多。

译文

不久后，史郎和黄某决定赌博，把吴生也拉来一起玩，大家拿出钱作赌本。狐狸让仆人悄悄锁上门，又对吴生说："如果听到吵闹声，只管装睡别动。"吴生答应了。吴生每次掷骰子，小注时输，大注时赢，过了一更后，共赢了二百两银子。史郎和黄某的钱快用光了，便打算用马作抵押。突然听到猛烈的敲门声，吴生急忙把骰子扔进火里，蒙上被子装睡。过了很久，店主找不到钥匙，只好撬开门锁，有几个人气势汹汹地闯进来抓赌徒。史郎和黄某都否认赌博。有人掀开吴生的被子，说他在赌钱。吴生反驳，有几个人强行搜查他的行李。吴生快撑不住时，忽然听到门外有官员出行的车马声。他急忙跑出去喊叫，那些人害怕了，拉他进屋，求他别声张。吴生从容地把包裹交给旅店主人。车马队走远后，那些人才离开。黄某和史郎表现得又惊又喜，相继准备睡觉。黄某让史郎和吴生同床。吴生把钱袋枕在头下，然后躺下。不久，史郎掀开吴生的被子，裸身钻进他怀里，小声说："我欣赏兄长的豪爽，愿意亲近你。"吴生心知这是诡计，但觉得无妨，于是和他偎抱起来。史郎极力奉承，不料吴生雄伟，欢爱时如同斧凿，史郎呻吟，难以忍受，偷偷求吴生停下。吴生本想完事再停，用手一摸，发现血流很多，便让他回去睡觉。天亮时，史郎疲惫不堪，起不了床，假称急病，请吴生和黄某先走。吴生临别时，赠给史郎一些钱作药费。在路上与狐狸交谈，才知昨晚的车马仪仗是狐狸所为。

原文

黄于途，益谄事吴。暮复同舍，斗室甚隘，仅容一榻，颇暖洁。而吴狭之，黄曰："此卧两人则隘，君自卧则宽，何妨？"食已径去。吴亦喜独宿可接狐友。坐良久，狐不至。倏闻壁上小扉，有指弹声。吴拔关探视，一少女艳妆遽入，自扃门户，向吴展笑，佳丽如仙。吴喜致研诘，则主人之子妇也。遂与狎，大相爱悦。女忽潸然泣下，吴惊问之，女曰："不敢隐匿，妾实主人遣以饵君者。曩时入室，即被掩执，不知今宵何久不至。"又呜咽曰："妾良家女，情所不甘。今已倾心于君，乞垂拔救！"吴闻，骇惧，计无所出，但遣速去，女惟俯首泣。忽闻黄与主人捶阖鼎沸，但闻黄曰："我一路祗奉，谓汝为人，何遂诱我弟室！"吴惧，逼女令去。闻壁扉外亦有腾击声，吴仓卒汗如流沈，女亦伏泣。

○谄事：逢迎侍奉。
○曩时：往时，以前。
○掩执：当场捉住。
○阖：门扇。
○祗奉：敬奉，小心伺候。
○弟室：弟弟的妻子。
○沈：汤汁，比喻汗流很多。

译文

在路上，黄某更加讨好吴生。晚上，两人同住一间小房间，房间狭小，仅容一张床，但很温暖干净。吴生觉得太窄，黄某说："这房间住两个人确实窄，但你一个人住就宽敞了，有什么妨事？"吃完饭黄某就离开了。吴生也喜欢独自住，这样可以和狐狸朋友见面。吴生坐了很久，狐狸没来，忽然听到墙上小门有手指叩门声。吴生打开门，一个妆扮艳丽的年轻女子进来，她自己锁上门，向吴生笑了笑，美丽如仙。吴生很喜欢，问她是谁，得知她是店主的儿媳。两人随即亲近，非常欢悦。事后，女子突然流泪，吴生惊问，女子说："不敢隐瞒，我是店主人派来引诱你的。往常我一进屋就会被捉住，不知今晚为何迟迟不来。"她又哭着说："我是良家女子，不甘心做这种事，现在倾心于你，请你救救我！”吴生听后很害怕，不知怎么办，只好叫她快走，但女子只是低头哭泣。忽然听到黄某和店主捶门大声喊叫，只听黄某说：“我一路上小心伺候你，没想到你引诱我的弟媳！”吴生害怕，急逼女子离开。又听到墙外有打斗声，吴生急得汗如雨下，女子也趴在地上哭泣。

原文

又闻有人劝止主人，主人不听，推门愈急。劝者曰：“请问主人意将胡为？如欲杀耶？有我等客数辈，必不坐视凶暴。如两人中有一逃者，抵罪安所辞？如欲质之公庭耶？帷薄不修，适以取辱。且尔宿行旅，明明陷诈，安保女子无异言？”主人张目不能语。吴闻，窃感佩，而不知其谁。初，肆门将闭，即有秀才共一仆，来就外舍宿。携有香酝，遍酌同舍，劝黄及主人尤殷。两人辞欲起，秀才牵裾，苦不令去。后乘间得遁，操杖奔吴所。秀才闻喧，始入劝解。吴伏窗窥之，则狐友也，心窃喜。又见主人意稍夺，乃大言以恐之。又谓女子：“何默不一言？”女啼曰：“恨不如人，为人驱役贱务！”主人闻之，面如死灰。秀才叱骂曰：“尔辈禽兽之情，亦已毕露。此客子所共愤者！”黄及主人，皆释刀杖，长跽而请。吴亦启户出，顿大怒詈。秀才又劝止吴，两始和解。女子又啼，宁死不归。内奔出妪婢，捽女令入，女子卧地哭益哀。秀才劝主人重价货吴生，主人

○帷薄不修：家庭生活不检点。
○安：表示反问，相当于怎么。
○肆门：商店或旅店的大门。
○酝：酒。
○殷：殷勤，诚恳。
○乘间：利用机会，趁空子。
○夺：减弱。
○长跽：长跪。
○货：卖给。

俯首曰："'作老娘三十年，今日倒绷孩儿。'亦复何说！"遂依秀才言。吴固不肯破重赀，秀才调停主客间，议定五十金。人财交付后，晨钟已动，乃共促装，载女子以行。

○作老娘三十年，今日倒绷孩儿：意为做了一辈子熟悉的事，结果还是出错。老娘，接生婆。倒绷孩儿，把婴儿倒裹在襁褓里。

译文

又听见有人劝阻店主，但店主不听，推门更加急切。那劝阻的人说："请问店主你想干什么？要杀人吗？有我们这些客人在场，绝不会让你行凶。如果两人中有一人逃了，如何让他们认罪？若要上公堂，你家这不检点的行为只会自取其辱。你开旅店，明明是在设局陷害，怎能保证女子没有其他说辞？"店主听后，瞪着眼睛说不出话。吴生听了，暗自敬佩，但不知是谁在帮忙。起初，旅店快要关门时，有个秀才带着仆人来投宿，带着好酒招待所有人，特别是对店主和黄某非常殷勤。店主和黄某想走，秀才拉住他们不让走。后来两人找到机会溜走，抄起棍棒跑到吴生的房间。秀才听到吵闹声进来劝解，吴生从窗户看，原来是狐狸朋友，心里高兴。秀才见店主气势减弱，就大声恐吓，又对女子说："为什么不说话？"女子哭着说："只恨自己不争气，被人驱使做这种事！"店主听了，脸色煞白。秀才骂道："你们的禽兽行为已经暴露，我们非常愤恨！"黄某和店主都放下刀棍，跪地请求原谅。吴生也开门出来，愤怒地大骂。秀才劝吴生，双方才和解。女子又哭着说宁死不回去，几个丫环婆子出来拉她，她趴在地上哭得更惨。秀才劝店主高价把女子卖给吴生，店主低头说："'做了三十年的接生婆，今天竟然把婴儿倒裹在襁褓里！'既然这样，还有什么好说的。"于是依从了秀才的办法。吴生不愿多花钱，秀才调停后定价五十两银子。人钱交付后，天已亮，大家收拾行李，带着女子离开。

原文

女未经鞍马，驰驱颇殆。午间稍休憩。将行，唤报儿，不知所往。日已西斜，尚无迹响，颇怀疑讶，遂以问狐。狐曰："无忧，将自至矣。"星月已出，报儿始至。吴诘之，报儿笑曰："公子以五十金肥奸伧，窃所不平。适与鬼头计，反身索得。”遂以金置几上。吴惊问其故，盖鬼头知女止一兄，远出十余年不返，遂幻化作其兄状，使报儿冒弟行，入门索姊妹。主人惶恐，诡托病殂。二僮欲质官，主人益惧，啖之以金，渐增至四十，二僮乃行。报儿具述其故。吴即赐之。吴归，琴瑟綦笃，家益富。细诘女子，曩美少即其夫，盖史即金也。袭一槲䌷帔，云是得之山东王姓者。盖其党与甚众，逆旅主人，皆其一类。何意吴生所遇，即王子巽连天叫苦之人，不亦快哉！旨哉古言：“骑者善堕。”

○奸伧：奸诈小人。伧，粗鄙低贱之人。

○病殂：因病去世。

○琴瑟綦笃：夫妻关系非常亲密。琴瑟，喻指夫妻。綦，很。

○槲䌷：用山蚕所产蚕丝织成的绸缎，是山东的一种土特产。䌷，同“绸”。

○旨哉古言：古人说得真好。旨，美，有味。

○骑者善堕：会骑马的人容易摔下来。

译文

女子不习惯骑马，路上颇为疲惫。中午稍作休息，准备继续上路时，吴生却找不到报儿。太阳已西斜，仍不见报儿的踪影，吴生很疑惑，便问狐狸。狐狸说：“不用担心，他会回来的。”星月出来时，报儿才赶到。吴生问他怎么回事，报儿笑着说：“公子的五十两银子便宜了这些奸诈小人，我心里不服。刚才和鬼头商量后，回去把钱要回来了。”说着把银子放在桌上。吴生惊问原因，原来鬼头知道女子只有一个哥哥，远行十几年未归，于是变成她哥哥的模样，让报儿假扮她弟弟，去店主家找姊妹。店主吓得谎称女子已病亡。两人威胁要报官，店主更怕了，贿赂他们，最终增至四十两银子，两人才离开。报儿详细讲述了经过。吴生便将找回的钱送给报儿。回家后，吴生和女子感情深厚，家里也更加富裕了。后来，吴生详细询问女子，得知路上遇到的美少年就是她的丈夫，史郎实际姓金。她穿着的槲绸披肩，是从山东一个姓王的人那里得来的。原来这伙骗子有很多同党，包括旅店主人。没想到吴生遇到的正是那个王子巽一直痛恨的人，这真是大快人心啊！古人说得好：“会骑马的人往往容易摔下来。”

【蛙曲】

原文

王子巽言：在都时，曾见一人作剧于市。携木盒作格，凡十有二孔，每孔伏蛙。以细杖敲其首，辄哇然作鸣。或与金钱，则乱击蛙顶，如拊云锣，宫商词曲，了了可辨。

○作剧：表演杂耍。剧在古代指各种表演形式，包括杂耍。

○凡：总共。

○宫商词曲：词曲和声调。宫、商是古代五音中的两个音调。

○拊：敲打。云锣：与编钟相应的一种乐器，由多个小铜锣组成。

○了了：明白，清楚。

译文

王子巽说：在京城的时候，我曾见过一个人在街头表演杂耍。他带着一个木盒，盒子里分成十二个格子，每个格子里趴着一只青蛙。用细棍敲打青蛙的头，青蛙就会叫。如果有人给他钱，他就乱敲青蛙的头，像敲云锣一样，演奏出清晰的旋律和节奏。

云锣

“云锣”是一种打击乐器，也称“九云锣”。通常由十面或更多的小铜锣组成，悬挂在有方格的木架上，用小木槌击打发声。每个锣的大小相同，但音高不同，因而能奏出不同的音调。在乐队中，云锣常用于营造悠扬、清脆的声音效果。它广泛应用于中国传统音乐中，特别是在戏曲和民乐表演中。

【鼠戏】

原文

又言：一人在长安市上卖鼠戏。背负一囊，中蓄小鼠十余头。每于稠人中，出小木架，置肩上，俨如戏楼状。乃拍鼓板，唱古杂剧。歌声甫动，则有鼠自囊中出，蒙假面，被小装服，自背登楼，人立而舞。男女悲欢，悉合剧中关目。

○又言：继续讲述。此篇接续前面的故事，仍为王子巽所讲述。
○鼠戏：用老鼠表演的戏。
○古杂剧：指宋元时期的戏剧形式。
○假面：面具。
○人立：像人一样站立。
○关目：戏剧情节。

译文

王子巽又说：有个人在长安的街市上用老鼠演戏赚钱。他背着一个口袋，里面装着十几只小老鼠。他在人多的地方拿出一个小木架，放在肩上，看起来像个小戏楼。他拍着鼓板，唱起古杂剧。歌声一起，小老鼠们就从口袋里出来，戴着面具，穿着小戏服，从后背爬上木架，像人一样站立着跳舞。其中男女主人公的悲欢离合完全符合戏剧情节。

关目

“关目”指戏剧中的情节安排或结构，尤指戏曲中的重要情节或转折点。它用来描述戏剧表演中故事发展的关键时刻或段落，通常决定着剧情的走向和戏剧张力。关目在戏曲中是戏剧情节的核心组成部分，关系到整个表演的连贯性和观众的情感投入。

【泥书生】

原文

罗村有陈代者，少蠢陋。娶妻某氏，颇丽。自以婿不如人，郁郁不得志，然贞洁自持，婆媳亦相安。一夕独宿，忽闻风动扉开，一书生入，脱衣巾，就妇共寝。妇骇惧，苦相拒，而肌骨顿耎，听其狎亵而去。自是恒无虚夕。月余，形容枯瘁，母怪问之。初惭怍不欲言，固问，始以情告。母骇曰："此妖也！"百术为之禁咒，终亦不能绝。乃使代伏匿室中，操杖以伺。夜分，书生果复来，置冠几上，又脱袍服，搭椸架间。才欲登榻，忽惊曰："咄咄！有生人气！"急复披衣。代暗中暴起，击中腰胁，塔然作声。四壁张顾，书生已渺。束薪爇照，泥衣一片堕地上，案头泥巾犹存。

○罗村：村名，在今山东淄博淄川罗村镇，位于蒲松龄故居北边。

○婿：丈夫。

○耎（ruǎn）：同软。

○惭怍：惭愧，羞惭。

○椸（yí）架：衣架。

译文

罗村有个叫陈代的人，又愚蠢又丑陋。他娶了个妻子很漂亮。她觉得丈夫不如别人，心中郁闷不满，但还是贞洁自守。一天夜里，陈妻独自睡觉，忽然听见风把门吹开了，一个书生走进来，脱下衣服和头巾，躺到她身旁。书生夜夜来，一个月后，陈妻面容憔悴，婆婆很奇怪，再三追问，她才说出实情。婆婆惊恐地说："这是妖怪！"于是用尽各种方法咒禁，还是不能阻止。于是让陈代躲在屋里，手握木棍等候。半夜，书生果然来了，把头巾放在案上，脱掉袍子搭在衣架上，忽然惊道："有生人气！"急忙披上衣服。陈代猛然跃起，击中书生腰肋，发出"砰砰"声，书生已经消失。点火一照，地上落着一片泥衣，案头的泥头巾还放在那里。

【土地夫人】

原文

窎桥王炳者，出村，见土地神祠中出一美人，顾盼甚殷。挑以亵语，欢然乐受。狎昵无所，遂期夜奔，炳因告以居止。至夜，果至，极相悦爱。问其姓名，固不以告。由此往来不绝。时炳与妻共榻，美人亦必来与交，妻竟不觉其有人。炳讶问之，美人曰："我土地夫人也。"炳大骇，亟欲绝之，而百计不能阻。因循半载，病惫不起，美人来更频，家人都能见之。未几，炳果卒，美人犹日一至。炳妻叱之曰："淫鬼不自羞！人已死矣，复来何为？"美人遂去，不返。

○窎（diào）桥：村名，在今山东淄博淄川区罗村镇窎桥社区。

○顾盼甚殷：眉目传情，情意深长。殷，情意深切。

○时：有时。

○亟欲：非常希望。

译文

窎桥有个叫王炳的人，出村时见到土地神庙里走出一个美人，对他眉目传情。他用轻薄话挑逗，美女也愉快地接受了。两人想亲近却没有地方，便约定夜里见面，王炳告诉了她自己的住处。晚上，美女果然来了……王炳问她的名字，她执意不说。从此两人往来不断。有时王炳与妻子同床，美人也必定前来，妻子却丝毫不觉有人。王炳惊讶地问她原因，美女说："我是土地夫人。"王炳大骇，想断绝关系，但无论怎么做都无法阻止她前来。半年后，王炳病重不起，美女反而来得更频繁，家人都能看见她。不久，王炳去世，美人仍然每天来一次。王炳的妻子斥责她说："你这淫鬼不知羞耻！人都死了，还来做什么？"美人于是离去，没有再来。

原文

土地虽小，亦神也，岂有任妇自奔者？愦愦应不至此。不知何物淫昏，遂使千古下谓此村有污贱不谨之神。冤矣哉！

○愦愦：糊涂，昏庸。

译文

土地神虽是小神，也毕竟是神，怎么会允许自己的妻子与人私通？他不至于糊涂到这个地步。不知是什么妖物淫乱成性，导致千年之后的人们认为这个村子的土地神是不洁之神，实在是冤枉啊！

【寒月芙蕖】

原文

济南道人者，不知何许人，亦不详其姓氏。冬夏惟着一单帢衣，系黄绦，别无袴襦。每用半梳梳发，即以齿衔髻际，如冠状。日赤脚行市上，夜卧街头，离身数尺外，冰雪尽镕。初来，辄对人作幻剧，市人争贻之。有井曲无赖子，遗以酒，求传其术，弗许。遇道人浴于河津，骤抱其衣以胁之。道人揖曰："请以赐还，当不吝术。"无赖者恐其绐，固不肯释。道人曰："果不相授耶？"曰："然。"道人默不与语，俄见黄绦化为蛇，围可数握，绕其身六七匝，怒目昂首，吐舌相向。某大愕，长跪，色青气促，惟言乞命。道人乃竟取绦，绦竟非蛇。另有一蛇，蜿蜒入城去。由是道人之名益著。

○单帢（qià）衣：单薄的夹衣。
○黄绦：黄色的丝带。
○袴襦：裤子和短袄。
○以齿衔髻际：用梳子的齿插在发髻上。
○如冠状：像戴着帽子一样。
○贻：给予，这里指施舍。
○河津：河边。津，渡口。
○绐：欺骗。

译文

济南有个道士，不知道他是哪里人，也不清楚他的名字。无论冬夏，他只穿一件单薄的夹衣，腰间系着一条黄丝带，没有其他衣裤。他经常用半个梳子梳头发，然后把梳子插在发髻上，像戴着帽子一样。他每天赤脚走在街市上，晚上就睡在街头，身体周围几尺范围内，冰雪都会融化。道士刚到济南时，常常为人表演幻术，市民们纷纷施舍钱财。有个无赖少年送酒给他，请求传授幻术，但道士不答应。一次道士在河边洗澡，无赖突然抢走他的衣服威胁他。道士拱手作揖说：

“请把衣服还给我，我会教你幻术。”无赖怕他骗人，坚持不还。道士问：“你真的不还吗？”无赖回答：“是的。”道士默默无言，不久，黄丝带变成了一条蛇，粗如手腕，盘绕在无赖身上六七圈，怒目而视，吐着舌头。无赖大惊，跪地求饶，脸色发青，呼吸急促，只求保住小命。道士取回丝带，无赖才发现它并不是蛇，另有一条蛇蜿蜒爬进了城里。从此，道士的名声更大了。

原文

缙绅家闻其异，招与游，从此往来乡先生门。司、道俱耳其名，每宴集，辄以道人从。一日，道人请于水面亭报诸宪之饮。至期，各于案头得道人速客函，亦不知所由至。诸客赴宴所，道人伛偻出迎。既入，则空亭寂然，榻几未设，咸疑其妄。道人顾官宰曰：“贫道无僮仆，烦借诸扈从，少代奔走。”官宰共诺之。道人于壁上绘双扉，以手挝之，内有应门者，振管而起。共趋觇望，则见憧憧者往来于中，屏幔床几，亦复都有。即有人传送门外，道人命吏胥辈接列亭中，且嘱勿与内人交语。两相受授，惟顾而笑。顷刻，陈设满亭，穷极奢丽。既而旨酒散馥，热炙腾熏，皆自壁中传递而出。座客无不骇异。

○司、道：指布政司、按察司及其属下官员。
○乡先生：古时对辞官居乡或在乡间教学的老人的尊称。
○水面亭：即天心水面亭，位于济南大明湖上。宪：古代对上司的尊称，这里指司、道官员。
○速客函：邀请函。速，邀请。
○伛偻：弯腰行礼，表示恭敬。
○扈从：随从人员。
○振管而起：打开门锁。管，钥匙。
○憧憧者：形容人影晃动。
○吏胥辈：指官员的随从。
○内人：指门内之人。
○旨酒：指美酒。

译文

官僚和士绅听说道士本领非凡，便邀请他来往，他从此经常出入乡绅之家。布政司、按察司等官员也听闻其名，每次宴会都请他参加。一天，道士在水面亭设宴回请这些长官。到了那天，长官们各自在案头发现道士的请帖，却不知道是谁送来的。长官们来到宴会地点，道士弯腰行礼迎接。大家进入亭中，见到空无一物，怀疑道士在捣乱。道士对长官们说："贫道没有仆人，请借用各位的随从帮忙一下。"长官们都同意了。道士在墙上画了两扇门，用手敲了敲，里面便有人应声开锁。大家凑近一看，见里面人影晃动，屏风、帐幔、床榻、几案等物件应有尽有。有人把这些东西传送出来，道士让随从接过，摆放在亭中，并叮嘱大家不要和门内的人交谈。传送过程中，两边的人只是相顾一笑。不久，亭中布置齐全，奢华至极。接着，美酒飘香，热菜腾腾，一样样都从墙中传递出来，客人们无不惊叹。

原文

亭故背湖水，每六月时，荷花数十顷，一望无际。宴时方凌冬，窗外茫茫，惟有烟绿。一官偶叹曰："此日佳集，可惜无莲花点缀！"众俱唯唯。少顷，一青衣吏奔白："荷叶满塘矣！"一座尽惊，推窗眺瞩，果见弥望青葱，间以菡萏。转瞬间，万枝千朵，一齐都开，朔风吹来，荷香沁脑。群以为异。遣吏人荡舟采莲。遥见吏人入花深处，少间返棹，白手来见。官诘之，吏曰："小人乘舟去，见花在远际。渐至北岸，又转遥遥在南荡中。"道人笑曰："此幻梦之空花耳。"无何，酒阑，荷亦凋谢，北风骤起，摧折荷盖，无复存矣。

○凌冬：深冬。
○弥望：满眼。
○菡萏（hàn dàn）：荷花。
○朔风：冬天的风，寒风，西北风。
○返棹：划船返回。棹，船桨。
○荡：长满水草的湖面。
○荷盖：荷叶。

译文

水面亭背靠湖水，每年六月时，湖上荷花数十顷，一望无际。而现在正值隆冬，窗外一片荒凉，只有绿烟笼罩的湖面。一位长官感叹道："今天的盛会可惜没有莲花点缀！"大家都随声附和。不一会儿，一名穿青衣的差役跑来禀告："池塘里满是荷叶！”众人惊讶无比，推开窗子一看，果然满眼青葱的荷叶，间杂着含苞待放的荷花。瞬间，千朵万枝的荷花齐开，北风吹来，荷香扑鼻。众人惊叹不已，派差役划船去采莲。远远看到差役驶入荷花深处，不久又划船回来，但空手而归。长官问他为何如此，差役说：“我们划船前往，看见荷花在远处。逐渐靠近北岸，却又发现荷花远在南面的水面上。”道士笑着说：“这不过是幻梦中的空花罢了。”没多久，酒宴将尽，荷花也凋谢，北风骤起，把荷叶摧折得不复存在。

原文

济东观察公甚悦之，携归署，日与狎玩。一日，公与客饮。公故有家传良酝，每以一斗为率，不肯供浪饮。是日，客饮而甘之，固索倾酿，公坚以既尽为辞。道人笑谓客曰：“君必欲满老饕，索之贫道而可。”客请之。道人以壶入袖中，少刻出，遍斟坐上，与公所藏更无殊别。尽欢始罢。公疑焉，入视酒瓻，则封固宛然，而空无物矣。心窃愧怒，执以为妖，笞之。杖才加，公觉股暴痛，再加，臀肉欲裂。道人虽声嘶阶下，观察已血殷坐上。乃止不笞，逐令去。道人遂离济，不知所往。后有人遇于金陵，衣装如故。问之，笑不语。

○济东观察：济东道的道员。济东道是山东省最大的一个道区。观察，官职名，清代对道员的尊称。
○狎玩：狎戏玩耍。
○家传良酝：家中传下来的好酒。
○率：标准。
○浪饮：敞开了喝，豪饮。
○倾酿：将美酒全部倒出来。
○老饕：馋欲。
○瓻（chī）：古代陶制酒器。
○殷：染红，这里指血染红。

译文

济东道的道员非常高兴，把道士带回衙门，每天一起游玩。有一天，道员和客人饮酒。道员家里有祖传的好酒，每次只拿一斗招待客人，从不让人随意多喝。这一天，客人觉得酒很好喝，便再三要求把美酒都拿出来，道员坚持说酒已经喝完了。道士笑着对客人说："如果你想喝个痛快，可以找我来要。"客人于是请求道士。道士把酒壶放到袖子里，不一会儿又拿出来，给在座每人斟满，那酒与道员的家传美酒无异。大家尽兴而归。道员心生疑惑，回去查看酒坛，发现外封完好无损，里面却空空如也。道员暗自恼怒，认为道士是妖怪，抓来拷打。没想到刚打一下，道员自己就感觉屁股剧痛，再打下去，屁股上的肉像要裂开一样。虽然道士在堂下喊疼，但道员已血染坐椅。只好停止拷打，将道士赶走。道士离开济南，不知去哪里了。后来有人在金陵见到道士，衣着如旧，问他话，道士只是笑而不答。

【酒狂】

原文

缪永定，江西拔贡生。素酗于酒，戚党多畏避之。偶适族叔家。缪为人滑稽善谑，客与语，悦之，遂共酣饮。缪醉，使酒骂座，忤客。客怒，一座大哗。叔以身左右排解。缪谓左袒客，又益迁怒。叔无计，奔告其家。家人来，扶捽以归。才置床上，四肢尽厥。抚之，奄然气尽。

○拔贡：中国古代科举制度中的一种贡生。指的是由地方官员推荐、经过考试选拔出来，贡入京师。

○滑稽善谑：言谈幽默，善于开玩笑。

○使酒骂座：借酒发疯，辱骂在座的客人。

○左袒：偏袒某一方。

○四肢尽厥：手足冰凉，僵硬麻木。

译文

缪永定是江西的一名拔贡生，平时酗酒成性，亲友大都避而远之。一次，他偶然去了族叔家。缪永定为人滑稽，善于说笑话，客人们与他交谈后觉得有趣，便一起畅饮。缪永定醉酒后开始发酒疯，辱骂在座的客人，惹恼了众人，场面一片混乱。族叔左右劝解，却被缪永定误认为偏袒客人，愤怒更甚。族叔无奈，只得跑去通知缪永定的家人。家人赶来，将他带回家。刚把他放到床上，他的四肢已冰冷，触摸他，发现他已经没有气息了。

原文

缪死，有皂帽人絷去。移时，至一府署，缥碧为瓦，世间无其壮丽。至墀下，似欲伺见官宰。自思我罪伊何，当是客讼斗殴。回顾皂帽人，怒目如牛，又不敢问。然自度贡生与人角口，或无大罪。忽堂上一吏宣言，使讼狱者翼日早候。于是堂下人纷纷藉藉，如鸟

○缥碧为瓦：指淡青色的琉璃瓦。

○我罪伊何：我到底犯了什么罪。伊，语助词，无义。

○角口：争吵。

兽散。缪亦随皂帽人出，更无归着，缩首立肆檐下。皂帽人怒曰：“颠酒无赖子！日将暮，各去寻眠食，而何往？”缪战栗曰：“我且不知何事，并未告家人，故毫无资斧，庸将焉归？”皂帽人曰：“颠酒贼！若酤自啖，便有用度！再支吾，老拳碎颠骨子！”缪垂首不敢声。

○颠酒：发酒疯。颠，癫。

○而：你。

○庸将焉归：能去哪里呢？庸，怎么。

○酤（gū）：买酒。

○支吾：搪拒，顶撞。

○颠骨子：疯子，酒鬼。

译文

缪永定死后，有个戴黑帽子的人就把他绑走了。过了一会儿，来到一座府衙前，屋顶用淡青色的琉璃瓦覆盖，世上罕见的壮丽建筑。到了台阶下，似乎要等候见官。缪永定心想，我究竟犯了什么罪，可能是因为打架斗殴吧。他回头看看黑帽人，见对方怒目圆睁，像牛眼一样，他遂不敢问。不过他心里觉得自己只是个贡生，与人争吵也不算大罪。忽然，堂上一名官吏宣布，让打官司的人第二天早晨再来候审。于是堂下的人像鸟兽一样纷纷散去。缪永定也跟着黑帽人出来，没有地方去，缩在一个店铺的檐下。黑帽人怒道：“你这撒酒疯的无赖！天快黑了，人们都去找地方吃饭睡觉，你想去哪儿？”缪永定战栗着说：“我不知道发生了什么事，也没告诉家人，所以没带盘缠，能去哪儿呢？”黑帽人说：“酒疯子！倘若你自己买酒喝，就有钱了！再推托，老拳打碎你的疯骨头！”缪永定低头不敢再说话。

原文

忽一人自户内出，见缪，诧异曰：“尔何来？”缪视之，则其母舅。舅贾氏，死已数载。缪见之，始恍然悟其已死，心益悲惧。向舅涕零曰：“阿舅救我！”贾顾皂帽人曰：“东灵非他，屈临寒舍。”二人乃入。贾重揖皂帽人，且嘱青眼。俄顷，出酒食，团坐相饮。贾问：“舍甥何事，遂烦勾致？”皂帽人曰：“大王驾诣浮罗君，遇令甥颠

○东灵：指东灵大王，这里是对皂帽人的尊称，表示他是东灵大王的使者。

○青眼：表示对人的喜爱或器重，这里指特别关照。

○驾诣浮罗君：去拜访浮罗君。

詈，使我捽得来。”贾问：“见王未？”曰：“浮罗君会花子案，驾未归。”又问：“阿甥将得何罪？”答言：“未可知也。然大王颇怒此等辈。”缪在侧，闻二人言，觳觫汗下，杯箸不能举。无何，皂帽人起，谢曰：“叨盛酌，已径醉矣。即以令甥相付托。驾归，再容登访。”乃去。

○詈（lì）：骂。
○花子：旧称拐卖人口或者乞丐。
○觳觫（hú sù）：形容极度恐惧的样子。
○叨：承蒙，谦辞。

译文

忽然，有一个人从屋里出来，看到缪永定，惊讶地说：“你怎么来了？”缪永定一看，原来是舅舅贾氏，他已经去世多年。缪永定见到舅舅，才恍然体悟到自己已经死了，心中更加悲痛恐惧，流泪向舅舅求救道：“舅舅救我！”贾氏看着黑帽人说：“东灵使者，不是外人，请屈尊光临寒舍。”缪永定与黑帽人便进了屋。贾氏向黑帽人深深作揖，并请求特别关照缪永定。不久，端出酒菜，三人围坐一起饮酒。贾氏问：“我外甥犯了什么事，以致劳您大驾将他带来？”黑帽人说：“大王去见浮罗君，遇到你外甥发酒疯骂人，便让我把他抓来。”贾氏问：“见过大王了吗？”黑帽人回答：“大王在浮罗君那里会审花子案，还没回来。”贾氏又问：“我外甥会受到什么惩罚？”黑帽人答道：“还不清楚。不过大王对这种人非常厌恶。”缪永定在旁边听了二人的对话，吓得浑身发抖，汗流如注，连酒杯筷子都拿不稳。不久，黑帽人起身谢道：“承蒙盛情款待，我已经喝醉了。我先把你外甥托付给你。等大王回来，再来拜访。”说完便离去。

原文

贾谓缪曰：“甥别无兄弟，父母爱如掌上珠，常不忍一诃。十六七岁时，每三杯后，喃喃寻人疵，小不合，辄挝门裸骂。犹谓稚齿。不意别十余年，甥了不长进。今且奈何？”缪伏地哭，惟言悔无及。

○掌上珠：比喻极为珍爱的人。
○诃：斥责。
○喃喃：形容醉话不清楚。疵：毛病，缺点。
○挝（zhuā）：打，敲打。
○稚齿：年少，少年。
○了不长进：完全没有进步。

贾曳之曰："舅在此业酤，颇有小声望，必合极力。适饮者乃东灵使者，舅常饮之酒，与舅颇相善。大王日万几，亦未必便能记忆。我委曲与言，浼以私意释甥去，或可允从。"即又转念曰："此事担负颇重，非十万不能了也。"缪谢，锐然自任，诺之。缪即就舅氏宿。次日，皂帽人早来觇望。贾请间，语移时，来谓缪曰："谐矣。少顷即复来。我先罄所有，用压契，余待甥归，从容凑致之。"缪喜曰："共得几何？"曰："十万。"曰："甥何处得如许？"贾曰："只金币钱纸百提，足矣。"缪喜曰："此易办耳。"

○酤：泛指酒。

○万几：指繁忙的政务。

○委曲：婉转。　○浼（měi）：请求，恳托。

○自任：自觉承担。

○压契：押金或保证金。

○金币钱纸：祭祀用的金表纸钱。

○百提：一百挂，每挂相当于一千钱，总计十万钱。

译文

贾某对缪永定说："你没有兄弟，父母把你视为掌上明珠，从来舍不得斥责你。你十六七岁时，每次喝了三杯酒，就开始醉话连篇，找别人的茬儿，稍不如意，就光着身子砸门骂人。那时还以为你年纪小。没想到十多年过去了，你一点儿也没长进，现在怎么办呢？"缪永定跪在地上哭，连声说后悔也来不及了。贾某把缪永定拉起来，说："我在这里卖酒，还有点儿名气，一定会尽力帮你。刚才喝酒的是东灵大王的使者，我经常请他喝酒，他跟我关系不错。大王日理万机，未必记得住你。我婉转地跟他说说，请他顾念私情放你一马，也许能行。"随后又转念一想，说："这事风险很大，没有十万两银子是不行的。"缪永定表示愿意承担费用，贾某承诺为外甥说情。这天缪永定便在舅舅家里过夜。第二天，黑帽人很早就来探望。贾某请他单独谈话，谈了一会儿，回来对缪永定说："谈妥了。他一会儿就会再来。我先把所有的钱都给他，作为抵押，剩下的等你回去慢慢凑齐。"缪永定高兴地问："一共要多少钱？"贾某说："十万钱。"缪永定说："我哪里弄得到这么多钱？"贾某说："只要一百挂金裱纸钱就够了。"缪永定大喜，说："这好办。"

原文

待将亭午，皂帽人不至。缪欲出市上，少游瞩。贾嘱勿远荡，诺而出。见街里贸贩，一如人间。至一所，棘垣峻绝，似是囹圄。对门一酒肆，纷纷者往来颇夥。肆外一带长溪，黑潦涌动，深不可底。方伫足窥探，闻肆内一人呼曰："缪君何来？"缪急视之，则邻村翁生，故十年前文字交。趋出握手，欢若平生。即就肆内小酌，各道契阔。缪庆幸中，又逢故知，倾怀尽釂，酣醉，顿忘其死，旧态复作，渐絮絮瑕疵翁。翁曰："数载不见，若复尔耶？"缪素厌人道其酒德，闻翁言，益愤，击桌顿骂。翁睨之，拂袖竟出。缪追至溪头，捋翁帽，翁怒曰："是真妄人！"乃推缪颠堕溪中。溪水殊不甚深，而水中利刃如麻，刺穿胁胫，坚难动摇，痛彻骨脑。黑水半杂溲秽，随吸入喉，更不可过。岸上人观笑如堵，并无一引援者。时方危急，贾忽至，望见大惊，提携以归，曰："子不可为也！死犹弗悟，不足复为人！请仍从东灵受斧锧。"缪大惧，泣言："知罪矣！"贾乃曰："适东灵至，候汝为券，汝乃饮荡不归。渠忙迫不能待，我已立券，付千缗令去，余者以旬尽为期。子归，宜急措置，夜于村

○亭午：正午。

○夥（huǒ）：多，盛多。

○潦（lǎo）：积水，污水。

○文字交：指以诗文相交的朋友。

○契阔：久别重逢。

○釂（jiào）：饮尽杯中酒。

○瑕疵：挑剔，指责。

○酒德：指酒后的行为，通常含贬义。

○睨（nì）：视，斜视。

○妄人：胡作非为的人。

○溲秽：污秽的东西，指尿和粪。

○锧（zhì）：古代腰斩刑具的垫座。

○券：契据。

○千缗（mín）：一千串钱。缗，穿钱用的绳子。

○旬：十天。

外旷莽中，呼舅名焚之，此愿可结也。”缪悉应之。乃促之行，送之郊外，又嘱曰：“必勿食言累我。”乃示途令归。

○愿：愿心，祈祷神所许下的酬谢。

○食言：不守诺言。

译文

快到正午了，黑帽人还没有来。缪永定想去街上走走，稍微看看。贾某嘱咐他不要走远，他答应了便出门了。街市上热闹非凡，交易贩卖，一如人间。他走到一个地方，看见一道高高的荆棘围墙，像是一座监狱。对面有一家酒馆，人来人往，非常热闹。酒馆外有一条长长的溪流，黑色的污水翻滚，深不可测。正当他驻足观看时，听见酒馆里有人喊：“缪君怎么来了？”缪永定急忙看过去，原来是邻村的翁生，他们十年前曾诗文相交。翁生走出来，与缪永定握手，像久别重逢的老朋友一样高兴。他们随即进了酒馆，边饮边聊，互诉别后情谊。缪永定很高兴遇到老朋友，开怀畅饮，很快就喝醉了，忘记了自己已经死去的事实，旧习复发，开始挑剔翁生。翁生说：“几年不见，你还是老样子。”缪永定一向厌恶别人提起他的酒后行为，听了更加愤怒，拍桌子大骂。翁生瞥了他一眼，甩袖子走了出去。缪永定追到溪边，扯下翁生的帽子，翁生愤怒地说：“你真是个胡作非为的人！”便将缪永定推入溪中。溪水虽然不深，但水中有许多利刃，刺穿了他的肋部和腿脚，动一下都痛入骨髓。黑水中夹杂着尿和粪，吸入喉咙，更是难受。岸上的人挤成一团，围观哄笑，竟没有一个人伸手救他。正当危急之时，贾某赶到，看到这一幕大惊，把缪永定拉上岸，带回家，说：“你真是不可救药！死了还不悔改，不配再做人了！还是去东灵大王那里受罚吧！”缪永定非常害怕，哭着说：“我知错了！”贾某这才说：“刚才东灵使者来等你立字据，你却去喝酒游荡不归。他不能再等，我已经替你立了字据，交了一千贯钱，剩下的十天内补齐。你回去后，赶紧筹措，夜里到村外的荒地里，烧纸钱，喊我的名字，这样你的酬谢之愿就能了结了。”缪永定满口答应。贾某催他快走，送到郊外，又嘱咐说：“千万别食言连累我！”又给他指明了回家的路。

原文

时缪已僵卧三日，家人谓其醉死，而鼻气隐隐如悬丝。是日苏，大呕，呕出黑沈数斗，臭不可闻。吐已，汗湿裀褥，身始凉爽。告家人以异。旋觉刺处痛肿，隔夜成疮，犹幸不大溃腐。十日渐能杖行。家人共乞偿冥负，缪计所费，非数金不能办，颇生吝惜，曰：“曩或醉梦之幻境耳。纵其不然，伊以私释我，何敢复使冥主知？”家人劝之，不听。然心惕惕然，不敢复纵饮。里党咸喜其进德，稍稍与共酌。年余，冥报渐忘，志渐肆，故状亦渐萌。一日，饮于子姓之家，又骂主人座。主人摈斥出，阖户径去。缪噪逾时，其子方知，将扶而归。入室，面壁长跪，自投无数，曰：“便偿尔负！便偿尔负！”言已，仆地。视之，气已绝矣。

○黑沈：黑色的液体。沈，汁液。
○冥负：阴间的债务，即答应烧给阴间的金钱纸钱。
○惕惕：惊恐的样子。
○进德：品德有所提升。
○冥报：阴间的报应。
○子姓：同族晚辈。
○自投：自伏叩首。

译文

缪永定已经僵卧三天，家人认为他酒醉身亡，但他鼻中尚有微弱呼吸。一日，缪永定醒来，剧烈呕吐，吐出大量黑色液体，气味难闻。呕吐过后，满身大汗，之后才感到一丝凉爽。他随即向家人讲述自己的奇异经历。之后，他感到被梦中刀刺中之处肿痛，一夜之间形成了疮口，幸好未严重恶化。经过十天，缪永定才能依靠拐杖行走。家人建议他偿还阴间债务，缪永定算了所需银两后，犹豫不决，自言：“那或许只是醉梦幻景，即便真实，放我归来乃他私下之事，岂能让阴间冥王知晓？”家人劝他不宜耽搁，但他置若罔闻。之后，他心有所畏，不再沉溺酒色。邻里见他有所改变，颇感欣慰，渐渐又与他共饮。一年多后，缪永定渐忘阴间报应的事，旧习重现。一日，在族人家饮酒，醉中辱骂主人。被主人逐出，闭门而去。他在门外叫嚷了一个多时辰，直到儿子赶来，将他扶回。回家后，缪永定面壁跪地，连磕头自责，喊道：“这就还你的债！这就还你的债！”话音未落，便倒地身亡。

【阳武侯】

原文

阳武侯薛公禄，胶薛家岛人。父薛公最贫，牧牛乡先生家。先生有荒田，公牧其处，辄见蛇兔斗草莱中，以为异，因请于主人为宅兆，构茅而居。后数年，太夫人临蓐，值雨骤至。适二指挥使奉命稽海，出其途，避雨户中，见舍上鸦鹊群集，竞以翼覆漏处，异之。既而翁出，指挥问："适何作？"因以产告。又询所产，曰："男也。"指挥又益愕，曰："是必极贵！不然，何以得我两指挥护守门户也？"咨嗟而去。

○阳武侯薛公禄：薛禄（1371—1430），原名薛六，明朝军事将领。

○胶薛家岛人：薛家岛位于今山东青岛，薛禄的家乡。

○乡先生：对乡里德高望重的人的尊称。

○草莱：荒草地。

○宅兆：住宅基地。

○临蓐：临产。

○指挥使：明朝官职，负责军事防务。

○稽海：巡察海防。

译文

阳武侯薛禄出生于胶州的薛家岛，家境贫寒。他的父亲，薛太公，是当地最贫困的人。他为一位乡绅工作，负责看管牛群。乡绅有一块荒芜的地，薛太公在那里放牛时，经常目睹蛇和兔在杂草中搏斗，觉得这块地方非同寻常，遂请求乡绅将这块地分给他作为宅基地，在那里盖起了一间茅屋定居。几年后，薛太夫人临产之际，正逢大雨倾盆。恰好有两位指挥使奉命检察海防，路过此地，在薛家的门前避雨。他们惊奇地观察到屋顶上成群的乌鸦奋力用翅膀遮盖漏雨之处。薛太公此时走出屋外，指挥使便询问："刚才屋里发生了什么事？"薛太公回答说正在迎接新生儿。指挥使又问是男是女，薛太公回道："男孩。"两位指挥使对此更为惊异，感叹道："这孩子将来必定非凡，否则怎会有我们两个指挥使在此守护大门？"言毕，两人叹息着离开了。

原文

侯既长，垢面垂鼻涕，殊不聪颖。岛中薛姓，故隶军籍，是年应翁家出一丁口戍辽阳，翁长子深以为忧。时侯十八岁，人以太憨生，无与为婚。忽自谓兄曰："大哥啾唧，得无以遣戍无人耶？"曰："然。"笑曰："若肯以婢子妻我，我当任此役。"兄喜，即配婢，侯遂携室赴戍所。行方数十里，暴雨忽集。途侧有危崖，夫妻奔避其下。少间，雨止，始复行。才及数武，崖石崩坠。居人遥望两虎跃出，逼附两人而没。侯自此勇健非常，丰采顿异。后以军功封阳武侯世爵。

○故隶军籍：原本隶属于军户。明代沿用古制，军户的子弟世代为兵，地位低于普通民户。

○戍辽阳：指到辽阳服役。明初在辽阳设立辽东都司，为军事重镇。

○得无：莫非，该不会。

○啾唧：低声细语的样子。

○室：妻子。

○危崖：高耸的崖壁。

○武：古代以六尺为步，半步为武。

○逼附：靠近依附。附体，合为一体。

○世爵：世代相传的爵位。

译文

薛禄长大后，面带污垢，鼻涕垂挂，看起来非常愚笨。薛家岛上的薛姓人家本来隶属军户，这一年需要从薛太公家出一个男丁去辽阳服役，这让薛太公的长子非常忧愁。当时薛禄十八岁，人们认为他太傻，没人愿意把女儿嫁给他。这时薛禄忽然对哥哥说："大哥为什么一直烦恼，难道是因为没人去当兵吗？"哥哥说："是的。"薛禄笑着说："如果你愿意把丫环嫁给我，我就去当兵。"哥哥非常高兴，立即把丫环许配给薛禄，薛禄于是带着妻子前往戍守之地。刚走了几十里，忽然下起了暴雨。路边有一块高耸的崖石，薛禄夫妻跑到崖石下避雨。不一会儿，雨停了，他们继续上路。刚走了几步，崖石崩塌。当地居民远远看见有两只虎跃出崖石，靠近薛禄夫妻，然后消失无踪。从此，薛禄变得非常骁勇矫健，顿时丰采大不同。后来因军功被封为阳武侯，世代相传爵位。

原文

至启、祯间，袭侯某公薨，无子，止有遗腹，因暂以旁支代。凡世封家进御者，有娠即以上闻，官遣媪伴守之，既产乃已。年余，夫人生女，产后，腹犹震动，凡十五年，更数媪，又生男。应以嫡派赐爵，旁支噪之，以为非薛产。官收诸媪，械梏百端，皆无异言。爵乃定。

○袭侯：世袭的阳武侯，这里指薛禄的后嗣。薨：古代称诸侯的死。

○启、祯间：明天启、崇祯年间。

○世封家：世袭封爵的家族。进御者：侍寝的妾室。

○上闻：奏报给皇帝。

○嫡派：嫡系正支。

○收：拘捕。

○械梏百端：用尽各种刑具和刑罚。械梏，刑具。

译文

到了天启和崇祯年间，这一代的世袭阳武侯逝世后，无儿，只有遗腹子，因此临时由族中旁支代袭爵位。按照当时规定，世袭贵族的侍寝妾室若怀孕，必须上报皇帝，由官方指派老妇人监护直至生产。一年多后，夫人生下一女，但她的腹部异常震动持续不止。十五年后，更换过多位陪护老妇人，夫人又生了一男孩。本应由这男孩以嫡系身份继承爵位，但旁支家族激烈反对，质疑男孩并非薛家血统。为此，官府拘留了几位老妇人进行严刑审讯，但未发现任何矛盾证词。最终，这名男孩的继承权得以确认。

【赵城虎】

原文

赵城妪，年七十余，止一子，一日入山，为虎所噬。妪悲痛，几不欲活，号啼而诉于宰。宰笑曰：“虎何可以官法制之乎？”妪愈号咷不能制止。宰叱之，亦不畏惧。又怜其老，不忍加威怒，遂诺为捉虎。妪伏不去，必待勾牒出，乃肯行。宰无奈之，即问诸役，谁能往者。一隶名李能，醺醉，诣座下，自言：“能之。”持牒下，妪始去。隶醒而悔之，犹谓宰之伪局，姑以解妪扰耳，因亦不甚为意，持牒报缴。宰怒曰：“固言能之，何容复悔？”隶窘甚，请牒拘猎户，宰从之。隶集诸猎人，日夜伏山谷，冀得一虎，庶可塞责。月余，受杖数百，冤苦罔控。遂诣东郭岳庙，跪而祝之，哭失声。无何，一虎自外来。隶错愕，恐被咥噬。虎入，殊不他顾，蹲立门中。隶祝曰：“如杀某子者尔也，其俯听吾缚。”遂出缧索絷虎颈，虎帖耳受缚。牵达县署，宰问虎曰：“某子，尔噬之耶？”虎颔之。宰曰：“杀人者死，古之定律。且妪止一子，而尔杀之，彼残年垂尽，何以生活？倘尔能为若子也，我将赦之。”虎又颔之。乃释缚令去。

○赵城妪：赵城，旧县名，位于山西南部。妪，老妇。

○宰：这里指县令。

○威怒：震怒，盛怒。

○勾牒：拘捕罪犯的公文。

○持牒报缴：拿着公文交差。

○庶可：或许可以。塞责：敷衍了事，对付差事。

○罔控：无法申诉。

○错愕：仓促间感到惊愕。

○咥噬：咬食。

○缧索：拘系犯人的绳索。

○帖耳：耳朵下垂，表示驯服。

○颔之：点头表示同意。

译文

赵城有位七十多岁的老太太，唯一的儿子有一天进山时被老虎吃掉了。老太太非常悲痛，几乎不想活了，便哭喊着向县令告状。县令笑着说："老虎怎么能用官法制裁呢？"老太太更加悲伤，哭喊不止。县令呵斥她，她也不害怕。县令怜悯她年老，不忍心对她发火，便答应帮她捉虎。老太太伏地不起，非得等县令发出拘捕公文才肯离去。县令无奈，便问差役谁愿前去。一个名叫李能的差役，喝得大醉，自告奋勇说："我能。"拿了公文退下，老太太这才离去。李能醒酒后有些后悔，以为县令只是敷衍老太太，便没在意，持牒交差。县令怒道："你既然说能捉虎，怎么能反悔？"李能为难，请求县令发文召集猎户，县令同意。李能集合猎户，日夜在山谷中潜伏，想捉到一只老虎交差。一个多月过去，没捉到老虎，反而挨了几百板子的惩罚，冤苦无处诉说。李能便到城东的东岳大帝庙，跪下祈祷，痛哭失声。不久，一只老虎从外面走进来。李能惊愕，怕被吃掉。老虎走进庙，蹲在大门里，不理他。李能祈祷说："如果是你吃了老太太的儿子，就让我捆绑你。"便拿出绳索捆住虎颈，老虎乖乖地让他捆绑。李能把虎牵到县衙，县令问虎："老太太的儿子是你吃的吗？"虎点头。县令说："杀人者死，是自古以来的定律。老太太只有一个儿子，你吃了他，她晚年怎么过？如果你愿意代替她的儿子，我就免你一死。"虎又点头。于是县令松了绑，放它走了。

原文

媪方怨宰之不杀虎以偿子也，迟旦启扉，则有死鹿。媪货其肉革，

○迟旦：黎明，天快亮的时候。

用以资度。自是以为常，时衔金帛掷庭中。媪从此致丰裕，奉养过

○资度：生活费用。

于其子，心窃德虎。虎来，时卧檐下，竟日不去，人畜相安，各无猜忌。数年，媪死，虎来吼于堂中。媪素所积，绰可营葬，族人共

○绰可营葬：积蓄足够置办丧葬之事。绰，宽裕。

瘗之。坟垒方成，虎骤奔来，宾客尽逃。虎直赴冢前，嗥鸣雷动，

○瘗：埋葬。

移时始去。土人立义虎祠于东郊，至今犹存。

译文

老太太正在怨恨县令不杀虎给儿子偿命，黎明时打开门，发现门口有一只死鹿。她便卖掉鹿肉鹿皮，维持生活。从此之后，老虎时常叼来金银财宝，丢在院子里。老太太由此富裕起来，老虎的奉养胜过自己的儿子，她心里认为虎有德行。老虎来时，经常趴在屋檐下，整天不走，人畜相安无事，互不猜忌。几年后，老太太去世，老虎来到堂前吼叫示哀。老太太平时的积蓄足够置办丧事，族人便一起将她埋葬。坟刚堆好时，老虎突然奔来，吓得宾客四散逃跑。老虎直奔坟前，发出如雷般的哀号，过了一会儿才离开。当地人在东郊为老虎建了一座“义虎祠”，至今仍然存在。

【螳螂捕蛇】

原文

张姓者，偶行溪谷，闻崖上有声甚厉。寻途登觇，见巨蛇围如碗，

○觇：窥视。

摆扑丛树中，以尾击柳，柳枝崩折。反侧倾跌之状，似有物捉制之，然审视殊无所见，大疑。渐近临之，则一螳螂据顶上，以刺刀攫其首，攧不可去。久之，蛇竟死。视额上革肉，已破裂云。

○攧：颠仆，指蛇反复翻滚的动作。 ○额：额头。

译文

一个姓张的人，偶然在溪谷间行走，突然听到山崖上传来巨大的响声。他好奇地沿着山路爬上去查看，只见一条粗如碗口的大蛇在树丛中挣扎，尾巴抽打着柳树枝条，柳枝应声折断。大蛇不断地翻腾，好似被某物控制，然而细看却又似乎什么也没有，这让他感到非常困惑。他小心翼翼地靠近，这才发现一只螳螂正蹲在大蛇的头顶，前肢如刺刀般紧抓蛇的额头，不管大蛇如何挣扎，都无法摆脱螳螂的控制。经过长时间的挣扎，大蛇终于力竭而死。他仔细观察大蛇额头的皮肉，已被螳螂的锋利前肢撕裂。

【武技】

原文

李超，字魁吾，淄之西鄙人，豪爽好施。偶一僧来托钵，李饱啖之。

○淄之西鄙：淄川区的西部边缘。鄙，边境。○托钵：僧人化缘乞食。钵，僧人的饭具。

僧甚感荷，乃曰："吾少林出也。有薄技，请以相授。"李喜，馆之客

○感荷：感激。○少林：少林寺，建于北魏太和年间。○馆：安排居住。

舍，丰其给，旦夕从学。三月，艺颇精，意得甚。僧问："汝益乎？"

○益：增益，进步。

曰："益矣。师所能者，我已尽能之。"僧笑命李试其技。李乃解衣

唾手，如猿飞，如鸟落，腾跃移时，诩诩然骄人而立。僧又笑曰：

○诩诩然：骄傲自得的样子。

"可矣。子既尽吾能，请一角低昂。"李忻然，即各交臂作势。既而支

○一角低昂：比试一下高低。角，较量。

撑格拒，李时时蹈僧瑕，僧忽一脚飞掷，李已仰跌丈余。僧抚掌曰：

○格拒：格斗，抵抗。○瑕：瑕疵，破绽。○抚掌：拍手。

"子尚未尽吾能也！"李以掌致地，惭沮请教。又数日，僧辞去。

○致地：撑地。

译文

李超，字魁吾，淄川西郊人，性情豪爽，乐于施舍。一次，一个和尚前来化缘，李超让他吃得饱饱的。和尚非常感激，说："我是少林寺的，会一些武艺，愿意传授给你。"李超很高兴，安排他住在客房里，提供丰厚的饮食，早晚跟他学武。三个月后，李超的武艺大有长进，自觉很满意。和尚问："你有进步吗？"李超回答："有，我已经学会了您所有的本领。"和尚笑着让他展示。李超脱掉衣服，摩拳擦掌，动作像猿猴飞跃，像鸟儿落地，腾跃演练了一阵，骄傲地站在一边。和尚笑着说："不错，咱们比试一下吧。"李超高兴地答应，两人交叉双臂，开始比试。李超不断寻找和尚的破绽，和尚忽然飞起一脚，李超被踢得仰面跌出一丈多远。和尚拍手笑道："你还没学会我的全部本领呢！"李超用手撑地，惭愧地请教。又过了几天，和尚告别离去。

原文

李由此以武名，遨游南北，罔有其对。偶适历下，见一少年尼僧，弄艺于场，观者填溢。尼告众客曰：“颠倒一身，殊大冷落。有好事者，不妨下场一扑为戏。”如是三言。众相顾，迄无应者。李在侧，不觉技痒，意气而进。尼便笑与合掌。才一交手，尼便呵止，曰：“此少林宗派也。”即问：“尊师何人？”李初不言，固诘之，乃以僧告。尼拱手曰：“憨和尚汝师耶？若尔，不必较手足，愿拜下风。”李请之再四，尼不可。众怂恿之，尼乃曰：“既是憨师弟子，同是个中人，无妨一戏。但两相会意可耳。”李诺之。然以其文弱故，易之，又少年喜胜，思欲败之，以要一日之名。方颉颃间，尼即遽止。李问其故，但笑不言。李以为怯，固请再角，尼乃起。少间，李腾一踝去，尼骈五指下削其股，李觉膝下如中刀斧，蹶仆不能起。尼笑谢曰：“孟浪迕客，幸勿罪！”李舁归，月余始愈。

○罔有其对：无人可以与他匹敌。罔，无。
○历下：古地名，今山东济南市历下区。
○尼僧：尼姑。
○颠倒一身：指自己单独表演。颠倒，翻来翻去。
○扑：比武。
○技痒：急于展示技艺。
○意气：志气和勇气。
○愿拜下风：甘心认输。下风，劣势。
○易之：轻视她。
○要：博取，求取。
○颉颃：不相上下，较量。
○骈五指：五指并拢。骈，并。
○蹶仆：跌倒。
○孟浪迕客：鲁莽冒犯客人。迕，冒犯。
○舁：抬。

译文

李超从此以武艺高强出名，游历南北，无人能与他匹敌。一次，他在历下观看一个年轻尼姑在场子里表演武艺，观众挤得水泄不通。尼姑对观众说：“总是我一个人表演，未免太单调。有喜欢武艺的，不妨下场比试一下。”尼姑连续说了三遍，观众中却无人应声。李超见状，技痒难耐，意气风发地走到场中。尼姑笑着

發售地道生熟洋藥一
文華樓定

合掌施礼。两人刚刚交手，尼姑便喊停，问道："你这武艺是出自少林派的吧？"随即问："你的师父是谁？"李超最初不愿透露，但在尼姑的再三追问下，才说出是那位和尚。尼姑拱手说："原来憨和尚是你的师父啊？既然如此，我们无需再比试，我自愿认输。"尽管李超一再请求继续比试，尼姑坚持拒绝。观众纷纷怂恿尼姑继续比试，尼姑才说："既然你是憨师的弟子，同道中人不妨切磋一二，但只限于点到为止。"李超同意了。他轻视尼姑，又因年轻气盛，希望打败她以博声名。两人正在较量，尼姑突然停手。李超问为什么，她笑而不答。李超以为她怕了，坚持再比，尼姑起身继续。不一会儿，李超猛然发力，飞起一脚踢去，尼姑并拢五指迅速削向李超的腿，他顿感腿下如被斧头劈中，重重跌倒，痛得无法起身。尼姑面带微笑，道了歉："鲁莽冒犯，请勿见怪。"李超被人抬回家中，历经一个多月才痊愈。

原文

后年余，僧复来，为述往事。僧惊曰："汝大卤莽！惹他何为！幸先以我名告之，不然，股已断矣！"

译文

一年多后，和尚再次造访李超家中，李超向他讲述了这段往事。和尚听后非常吃惊，说道："你太鲁莽了！为何非要挑战她！幸好你事先告诉了她我是你的师父，否则你的腿早就断了！"

【小人】

原文

康熙间，有术人携一榼，榼中藏小人，长尺许。投以钱，则启榼令出，唱曲而退。至掖，掖宰索榼入署，细审小人出处。初不敢言，固诘之，始自述其乡族。盖读书童子，自塾中归，为术人所迷，复投以药，四体暴缩，彼遂携之，以为戏具。宰怒，杀术人。留童子，欲医之，尚未得其方也。

○术人：术士，表演奇术的人。榼（kē）：一种小型容器，用于盛酒或水。

○掖：掖县，现位于山东莱州。

○乡族：指一个人的家族和出身。

译文

在康熙年间，有个江湖术士带着一个器具，器具里面藏着一个小人，大约一尺高。当人们给他投钱时，他会打开器具让小人出来表演一曲后再回到器具中。这位术士来到掖县时，县宰把这个器具没收到衙门，仔细审问这个小人的来历。起初，小人不敢说实情，在县令多次逼问下，他才讲出自己的家庭和背景。原来，这个小人是个读书的孩子，从私塾回家途中被这位术人用药迷晕，之后又给他服下一种药物，导致他的四肢急剧缩小，于是被术人带走用作表演的道具。县宰听后大怒，处死了这位术人，留下这个孩子，想为他治疗，但一直未找到治愈的方法。

塾

“塾”即私塾，是古代由学者或书生在家中或小型场所开设的教育机构，主要用来教授儿童或青少年读书识字、四书五经等传统文化知识。私塾是古代教育体系中最基层的一种形式，提供家庭或社区范围内的教育，通常由当地有学识的先生担任教师。

【秦生】

原文

莱州秦生，制药酒，误投毒味，未忍倾弃，封而置之。积年余，夜适思饮，而无所得酒。忽忆所藏，启封嗅之，芳烈喷溢，肠痒涎流，不可制止。取盏将尝，妻苦劝谏，生笑曰："快饮而死，胜于馋渴而死多矣。"一盏既尽，倒瓶再斟，妻覆其瓶，满屋流溢，生伏地而牛饮之。少时，腹痛口噤，中夜而卒。妻号泣，为备棺木，行入殓矣。次夜，忽有美人入，身长不满三尺，径就灵寝，以瓯水灌之，豁然顿苏。叩而诘之，曰："我狐仙也。适丈夫入陈家窃酒醉死，往救而归。偶过君家，彼怜君子与己同病，故使妾以余药活之也。"言讫，不见。

○莱州：地名，位于山东半岛西北部。

○味：量词，用于菜肴或中草药。

○盏：酒杯。

○牛饮：形容贪婪地喝酒，像牛饮水一样。

○口噤：嘴巴不能张开。噤，闭嘴。

○行：将要。入殓：把尸体放入棺内。

○灵寝：停放灵柩的厅堂。

译文

莱州有个姓秦的人，在制作药酒时误加了有毒的草药，舍不得倒掉，便封存起来。过了一年多，某夜秦生想喝酒却找不到一点酒。突然想起了那瓶存放的毒酒，他打开封口一闻，酒香四溢，馋得他肚子发痒，口水直流，无法忍住。他拿起酒杯准备品尝，妻子苦苦劝阻，秦生笑着说："痛快地喝酒死了，总比馋死渴死好。"他一杯喝完，刚要去倒第二杯时，妻子将瓶子推翻，酒洒满一地，秦生不顾一切，趴在地上犹如牛般狂饮。不久，秦生腹痛难忍，嘴巴也张不开，半夜便死去。妻子哭号不止，备好棺木，准备入殓。第二天夜里，一位身高不满三尺的美女走了进来，她径直走到灵堂，从碗中取水灌进秦生的口中，秦生竟奇迹般地苏

醒过来。夫妻二人询问美女是谁，美女回答："我是狐仙。我丈夫在陈家偷酒喝得醉死，我刚救他回来。偶然路过贵宅，他怜悯你与他同病，所以让我用剩余的药水救你。"说完狐仙便消失不见了。

原文

余友人丘行素贡士，嗜饮。一夜思酒，而无可行沽，辗转不可复忍，因思代以醋。谋诸妇，妇嗤之。丘固强之，乃煨醯以进。壶既尽，始解衣甘寝。次日，夫人竭壶酒之资，遣仆代沽。道遇伯弟襄宸，诘知其故，固疑嫂不肯为兄谋酒。仆言："夫人云：'家中蓄醋无多，昨夜已尽其半，恐再一壶，则醋根断矣。'"闻者皆笑之。不知酒兴初浓，即毒药犹甘之，况醋乎？亦可以传矣。

○丘行素：指丘希潜，字行素，淄川人。
○诸：之于。
○嗤：嗤笑，嘲笑。
○煨醯（xī）：温热醋。醯：醋。
○甘寝：安然入睡。
○伯弟：叔伯兄弟，指同祖兄弟。

译文

我的朋友贡士丘行素，非常喜欢喝酒。一天夜里，他想喝酒却无处买到，急得他辗转反侧，不可忍受，便想用醋代替酒。他向妻子提议，妻子笑话他。但他坚持尝试，妻子无奈，只好将醋加热后端给他。丘行素喝完一整壶醋后，这才脱衣安睡。第二天，妻子从家中拿出足够购买一壶酒的钱，打发仆人去买酒，半路上遇到丘行素的叔伯弟弟丘襄宸，丘襄宸了解了事情的来龙去脉后，便怀疑嫂子不肯为哥哥买酒。仆人解释道："夫人说家里的醋不多，昨夜已经喝掉了一半，如果再喝完剩下的，我们就没有醋了。"听到的人都觉得好笑。谁知道当酒瘾上来时，即使是毒药也觉得甘美，更何况是醋？这事也值得一传了。

【鸦头】

原文

诸生王文，东昌人，少诚笃。薄游于楚，过六河，休于旅舍。闲步门外，遇里戚赵东楼，大贾也，常数年不归。见王，相执甚欢，便邀临存。至其所，有美人坐室中，愕怪却步。赵曳之，又隔窗呼妮子去，王乃入。赵具酒馔，话温凉。王问："此何处所？"答云："此是小勾栏。余因久客，暂假床寝。"话间，妮子频来出入，王局促不安，离席告别。赵强捉令坐。

○诸生：明清时代通常指秀才。

○东昌：指山东聊城地区，此处旧称东昌府。

○薄游：指简单的或非正式的游历。

○六河：古时的一个地名，位于现在的南京北部。

○临存：古时敬语，意为邀请某人到自己家中做客。

○话温凉：寒暄问候。

○勾栏：旧时指妓院或类似的娱乐场所。

译文

王文是东昌府的一个秀才，自小诚实厚道。一次他游历至楚地，在六河县的一家旅馆休息。在门外散步时，偶遇老乡赵东楼。赵东楼是个大商人，常年不能回家。见到王文，赵东楼异常激动，紧握他的手，并邀请他到自己的住所做客。赵东楼的住所里，有一位美女正坐在屋内，这让王文颇感意外，他立刻驻足不前。赵东楼则拉着他的手，隔窗户向屋内的女子喊话让她离开，王文这才步入屋内。进屋后，赵东楼准备了酒菜款待王文，两人开始亲切交谈。王文好奇地问道："这里是什么地方？"赵东楼解释说："这里是一所小妓院。由于我长时间在外，暂时居住于此。"谈话中，那位女子不断进出，王文感到十分不适，遂起身欲告辞。然而，赵东楼强行拉着他坐下继续畅饮。

原文

俄，见一少女经门外过，望见王，秋波频顾，眉目含情，仪度娴婉，实神仙也。王素方直，至此惘然若失，便问：“丽者何人？”赵曰：“此媪次女，小字鸦头，年十四矣。缠头者屡以重金啖媪，女执不愿，致母鞭楚，女以齿稚哀免，今尚待聘耳。”王闻言俯首，默然痴坐，酬应悉乖。赵戏之曰：“君倘垂意，当作冰斧。”王怃然曰：“此念所不敢存。”然日向夕，绝不言去。赵又戏请之。王曰：“雅意极所感佩，囊涩奈何？”赵知女性激烈，必当不允，故许以十金为助。王拜谢趋出，罄赀而至，得五数，强赵致媪。媪果少之。鸦头言于母曰：“母日责我不作钱树子，今请得如母所愿。我初学作人，报母有日，勿以区区放却财神去。”媪以女性拗执，但得允从，即甚欢喜，遂诺之，使婢邀王郎。赵难中悔，加金付媪。王与女欢爱甚至。既，谓王曰：“妾烟花下流，不堪匹敌。既蒙缱绻，义即至重。君倾囊博此一宵欢，明日如何？”王泫然悲哽。女曰：“勿悲。妾委风尘，实非所愿。顾未有敦笃可托如君者。请以宵遁。”

○素方直：指人性格正直。

○缠头者：指嫖客。缠头：赠送妓女财物的通称。

○酬应悉乖：回答时心不在焉，一看就心思紊乱。

○冰斧：媒人的别称。

○怃然：失意的样子。

○囊涩：囊中羞涩，缺钱。

○钱树子：摇钱树，比喻赚钱的妓女。

○中悔：中途反悔。

○烟花下流：指地位低下的妓女。

○匹敌：匹配，相等。

○敦笃：诚实可靠。

○宵遁：乘夜逃跑。

译文

不久，一个少女从门外走过，看见王文，频频送来秋波，眉目含情，仪态娴雅，简直像仙女一样。王文一向为人方正，到此刻也不由得心神荡漾，便问：“那个美丽的女子是谁？”赵东楼说：“这是老鸨的二女儿，小名叫鸦头，十四岁了。许多嫖客用重金诱惑老太太，但她执意不肯接客，因而多次遭老太太鞭打，她以年幼为由哀求，才幸免接客，现在还在待嫁。”王文听了，低头沉默，心神不定，连应酬都失礼了。赵东楼笑着说：“如果你有意，我可以做媒人。”王文失落地说：“我不敢存此念头。”但一直到天黑，也不提离去。赵东楼又开玩笑要替王文作媒，王文说：“我非常感激你的好意，但我囊中羞涩，如何是好？”赵东楼知道鸦头性情刚烈，定不会答应，便故意答应资助十两银子。王文拜谢后，把所有的钱都拿到妓院，仅有五两银子，硬要赵东楼去交给老鸨。老鸨嫌少，鸦头对母亲说：“母亲常责备我不赚钱，现在我让母亲如愿。我将来会报答母亲，别因为钱少就放走财神。”老鸨知道鸦头性情倔强，只要同意接客便很高兴，于是应允，打发丫环去请王文。赵东楼不好意思中途反悔，又加十两银子给老鸨。王文与鸦头欢爱极了。之后，鸦头对王文说：“我是低贱的烟花女子，配不上你。承蒙你厚爱，情义最重要。你掏光钱袋换来这一夜的欢爱，明天怎么办？”王文泪水涟涟，哽咽难言。鸦头说：“别难过。我沦落风尘，实不情愿。只是没有遇到像你这样敦厚诚实的人让我依靠。现在我们连夜逃走吧。”

原文

王喜，遽起，女亦起。听谯鼓已三下矣。女急易男装，草草偕出，叩主人扉。王故从双卫，托以急务，命仆便发。女以符系仆股并驴耳上，纵辔极驰，目不容启，耳后但闻风鸣。平明，至汉江口，税屋而止。王惊其异，女曰：“言之，得无惧乎？妾非人，狐耳。母贪淫，日遭虐遇，心所积懑。今幸脱苦海。百里外，即非所知，可幸无恙。”王略无疑贰，从容曰：“室对芙蓉，家徒四壁，实难自慰，恐终见弃置。”女曰：“何为此虑？今市货皆可居，三数口，淡薄亦可自给。可鬻驴子作货本。”王如言，即门前设小肆，王与仆人躬同操

○谯鼓已三下：已打三更。谯鼓，城楼夜间报时的鼓声。

○主人：指旅舍的店主。

○汉江口：位于湖北武汉。

○室对芙蓉：家有美妻。芙蓉，喻指美丽的女子。

○家徒四壁：家中空无所有。

○三数：表示为数不多。

○淡薄：清淡的生活。

作，卖酒贩浆其中。女作披肩，刺荷囊，日获赢余，饮膳甚优。积年余，渐能蓄婢媪。王自是不着犊鼻，但课督而已。

○荷囊：荷包，小袋子。
○不着犊鼻：不再亲自干活。犊鼻，围裙。 ○课督：督责，督促。

译文

王文大喜，急忙起床，鸦头也随即起身。这时城楼上的更鼓已经敲了三声。鸦头赶紧换上男装，两人匆忙出门，敲开旅店主人的门。王文原本带有两头驴，他托称有急事，命令仆人立即启程。在启程前，鸦头在仆人的腿和驴耳上系了符，放开缰绳，驾驴急速前行，速度之快，几乎连眼睛都无法睁开，耳边只能听到风声呼啸。天亮时，他们已经抵达汉江口，租了房子住下。王文惊讶于鸦头的神奇本领，鸦头说："告诉你，你不会害怕吧？其实，我不是人，是狐狸。我母亲贪婪，我每天受虐待，心中积怨已久。幸亏今天脱离苦海。逃到一百里外，母亲无法知道，就可以平安无事了。"王文毫无疑虑，从容地说："屋里有美娇妻，却家徒四壁，实在难以心安，恐怕终究会被你抛弃。"鸦头说："为什么要担心这个？现在买卖点货物都可以赚钱生活，一家几口人，过清贫的生活还可以自给。你可以卖了驴子做本钱。"王文依言而行，在门前开了个小店，他和仆人亲自干活，卖酒贩浆。鸦头则做披肩，绣荷包，每天都能盈利，生活也很不错。一年多后，他们渐渐雇佣了丫环和老妈子，王文从此不再亲自干活，只是负责监督管理。

原文

女一日悄然忽悲，曰："今夜合有难作，奈何！"王问之，女曰："母已知妾消息，必见凌逼。若遣姊来，吾无忧，恐母自至耳。"夜已央，自庆曰："不妨，阿姊来矣。"居无何，妮子排闼入，女笑逆之。妮子骂曰："婢子不羞，随人逃匿！老母令我缚去。"即出索子絷女颈。女怒曰："从一者得何罪？"妮子益忿，捽女断衿。家中婢媪

○央：半夜。
○从一者：指女子嫁人后忠贞不二。

皆集，妮子惧，奔出。女曰：“姊归，母必自至。大祸不远，可速作计。”乃急办装，将更播迁。媪忽掩入，怒容可掬，曰：“我故知婢子无礼，须自来也！”女迎跪哀啼，媪不言，揪发提去。王徘徊怆恻，眠食都废。急诣六河，冀得贿赎。至则门庭如故，人物已非。问之居人，俱不知其所徙，悼丧而返。于是俵散客旅，囊赀东归。

○播迁：迁徙。

○俵散客旅：遣散众佣工。俵散，分散。客旅，雇工。

译文

一天，鸦头忽然忧伤起来，说：“今晚必有大祸，怎么办呢！”王文问她原因，鸦头说：“母亲已经知道我的消息，一定会来逼迫我。如果派姐姐来，我不担心，就怕母亲亲自前来。”夜已深时，鸦头自庆地说：“没关系，是姐姐来了。”不久，姐姐妮子推门而入，鸦头笑着迎接。妮子骂道：“你这丫头真不知羞耻，竟跟人私奔！母亲让我来抓你回去。”她立刻拿出绳子，捆住鸦头的脖子。鸦头生气地说：“我只嫁一人，有什么错？”妮子更怒，撕扯鸦头的衣襟。家中的丫环和老妈子都聚集过来，妮子害怕，逃了出去。鸦头说：“姐姐一回去，母亲必定亲自来。大祸临头，赶快想办法。”便急忙收拾行李，准备搬走。忽然，老太太冲进来，怒气冲天地说：“我早知你这丫头无礼，非亲自来不可！”鸦头跪地哭泣，老太太不理会，揪住她的头发拖走了。王文心急如焚，悲痛欲绝，废寝忘食，赶往六河，希望赎回鸦头。到了六河，见门庭依旧，但住的人已非原来的人。他询问当地居民，都不知道老太太搬去了哪里，于是王文悲伤地回到住处，遣散佣工，带着钱回山东。

原文

后数年，偶入燕都，过育婴堂，见一儿，七八岁。仆人怪似其主，反复凝注之。王问：“看儿何说？”仆笑以对，王亦笑。细视儿，风度磊落。自念乏嗣，因其肖己，爱而赎之。诘其名，自称王孜。王

○育婴堂：收养被遗弃婴儿的地方。

○燕都：古代对北京的称呼。

○磊落：形容小孩风度不凡，英俊。

曰："子弃之襁褓，何知姓氏？"曰："本师尝言，得我时，胸前有字，书'山东王文之子'。"王大骇曰："我即王文，乌得有子？"念必同己姓名者，心窃喜，甚爱惜之。及归，见者不问而知为王生子。孜渐长，孔武有力，喜田猎，不务生产，乐斗好杀，王亦不能箝制之。又自言能见鬼狐，悉不之信。会里中有患狐者，请孜往觇之。至则指狐隐处，令数人随指处击之，即闻狐鸣，毛血交落，自是遂安。由是人益异之。

○本师：指育婴堂的抚养人员。

○孔武：非常勇武。孔，极，甚。

译文

几年后，王文到京城游历，路过育婴堂时，看见一个七八岁的小孩。仆人觉得小孩长得像主人，便不停地盯着看。王文问："为什么这样看着小孩？"仆人笑着回答，王文也笑了。仔细观察，发现小孩风度不凡，英俊挺拔。王文想到自己没有儿子，因为小孩像自己，便动了爱心，将他赎了出来。王文问小孩的名字，小孩自称王孜。王文问："你幼小时被遗弃，怎么知道自己的名字？"小孩说："我的师父说，捡到我时，胸前有字，写着'山东王文之子'。"王文大吃一惊，说："我就是王文，怎么会有儿子？"心想一定是同名之人的儿子，心里暗喜，非常疼爱他。等回到家，大家一见就认定孩子是王文的亲生儿子。王孜渐渐长大，力气非常大，喜欢打猎，不务正业，喜欢打斗，嗜杀成性，王文也管束不了他。王孜还说自己能看见鬼狐，大家都不相信。正巧村里有人被狐狸骚扰，请王孜去看。王孜一到，便指出狐狸的藏身处，叫几个人照着他指的地方打，果然听见狐狸的惨叫声，狐毛在落，血在流，那家从此平安无事。大家因此更加认为他有奇异的能力。

原文

王一日游市廛，忽遇赵东楼，巾袍不整，形色枯黯。惊问所来，赵

○市廛：集市。

惨然请间，王乃偕归，命酒。赵曰：“媪得鸦头，横施楚掠。既北徙，又欲夺其志。女矢死不二，因囚置之。生一男，弃诸曲巷，闻在育婴堂，想已长成。此君遗体也。”王出涕曰：“天幸孽儿已归。”因述本末。问：“君何落拓至此？”叹曰：“今而知青楼之好，不可过认真也。夫何言！”先是，媪北徙，赵以负贩从之，货重难迁者，悉以贱售。途中脚直供亿，烦费不赀，因大亏损，妮子索取尤奢。数年，万金荡然。媪见床头金尽，旦夕加白眼。妮子渐寄贵家宿，恒数夕不归。赵愤激不可耐，然无奈之。适媪他出，鸦头自窗中呼赵曰：“勾栏中原无情好，所绸缪者，钱耳。君依恋不去，将掇奇祸。”赵惧，如梦初醒。临行，窃往视女，女授书使达王，赵乃归。因以此情为王述之，即出鸦头书。书云：“知孜儿已在膝下矣。妾之厄难，东楼君自能缅悉。前世之孽，夫何可言！妾幽室之中，暗无天日，鞭创裂肤，饥火煎心，易一晨昏，如历年岁。君如不忘汉上雪夜单衾，迭互暖抱时，当与儿谋，必能脱妾于厄。母姊虽忍，要是骨肉，但嘱勿致伤残，是所愿耳。”王读之，泣不自禁。以金帛赠赵而去。

○请间（jiàn）：请找个没人的地方谈话。间，指避人私语。
○曲巷：偏僻的小巷。
○落拓：贫困失意，生活困顿。
○负贩：担着货物贩卖。
○脚直供亿：指途中运费和生活费用。脚直，运输费。供亿，按需要供应的物品或费用。
○掇：惹，招致。
○在膝下：指子女在父母身边。
○缅悉：详细了解。
○忍：狠心。

译文

有一天，王文在集市上游逛，突然遇见了赵东楼，只见他衣衫不整，形容枯槁，面色憔悴。王文惊讶地问赵东楼从哪里来，赵东楼面色悲惨地请找个没人的地方谈话，王文便将赵东楼带回家，吩咐准备酒菜。赵东楼说：“老太太找到鸦头后，狠狠地鞭打她。全家北迁京都后，又想逼迫她改变初衷。鸦头誓死不从，被囚禁起来。她生了一个男孩，被遗弃在偏僻的小巷里，听说这孩子被收养在育婴堂里，估计已经长大成人。这孩子便是你的亲生儿子。”王文流着泪说：“上天有眼，孽子已经回到了我的身边。”于是讲述了自己与孩子相见收养的经过。接着问赵东楼：“你怎么落魄到这种地步？”赵东楼叹了口气说：“今天我才明白，跟妓女相好，不能太认真。还说什么！”原来，老太太全家北迁时，赵东楼一边担货贩卖，一边随行，把过于沉重难搬的货物都贱价卖掉。途中的运费和生活费花费巨大，因此亏损甚多，妮子也索要更多。几年下来，家财荡尽。老太太见赵东楼钱花光了，早晚都给他白眼看。妮子渐渐去有钱人家过夜，经常几夜不归。赵东楼愤激难忍，但无可奈何。恰逢老太太外出，鸦头在窗下叫赵东楼说：“妓院里本无真情，唯钱最真。你若不离开，将招来大祸。”赵东楼恐惧，如梦初醒。临走时，他偷偷去看鸦头，鸦头递给他一封信，让他转交给王文，赵东楼便回到家乡。赵东楼向王文讲述完这些情况，拿出鸦头的信。信上说：“我知道孜儿已在你身边。我受的苦难，东楼君自然会告诉你。前世的孽缘，怎能说清！我被关在暗无天日的屋里，鞭打得皮开肉绽，饥饿如火煎心，挨过一个早晨和黄昏，就像过了一年。你若还记得汉江口雪夜单被里互相取暖的情景，就请与儿子商量，他定能救我脱离苦海。母亲和姐姐虽然狠心，毕竟是至亲骨肉，只要嘱咐儿子别伤害她们，这便是我的心愿。”王文读了信，不禁泪流满面。他赠给赵东楼一些钱财，赵东楼告辞离去。

原文

时孜年十八矣。王为述前后，因示母书。孜怒眥欲裂，即日赴都，询吴媪居，则车马方盈。孜直入，妮子方与湖客饮，望见孜，愕立变色，孜骤进杀之。宾客大骇，以为寇，及视女尸，已化为狐。孜

○盈：充满。 ○方：始，才。

持刃径入，见媪督婢作羹。孜奔近室门，媪忽不见。孜四顾，急抽矢望屋梁射之，一狐贯心而堕，遂决其首。寻得母所，投石破扃，母子各失声。母问媪，曰："已诛之。"母怨曰："儿何不听吾言！"命持葬郊野。孜伪诺之，剥其皮而藏之。检媪箱箧，尽卷金赀，奉母而归。夫妇重谐，悲喜交至。既问吴媪，孜言："在吾囊中。"惊问之，出两革以献。母怒，骂曰："忤逆儿！何得此为！"号恸自挝，转侧欲死。王极力抚慰，叱儿瘗革。孜忿曰："今得安乐所，顿忘挞楚耶？"母益怒，啼不止。孜葬皮反报，始稍释。

○扃：门闩，从外面关门用的锁。

○忤逆：指不孝顺，叛逆。

○瘗革：埋葬皮革。

译文

这时王孜已经十八岁了。王文把他母亲的事情经过告诉他，并给他看了母亲的信。王孜气得眼睛都快要裂开，当天就赶往京城，打听到吴老太太的住处，发现门前刚好车马成群。王孜直接冲进去，看到妮子刚好和湖客喝酒，妮子看到王孜，惊恐地站起来，脸色大变，王孜迅速上前杀了她。宾客们大惊失色，以为是强盗来了，再看妮子的尸体时，已经变成了狐狸。王孜拿着刀直接进屋，看到老太太正在指挥婢女做饭。王孜冲到房门口时，老太太突然不见了。王孜环顾四周，迅速抽出箭对着房梁射去，一只被射中胸口的狐狸从梁上掉下来，王孜立即砍下它的头。他找到被囚的母亲，用石头砸开门锁，母子二人都失声痛哭。母亲问老太太的下落，王孜回答："已经杀了。"母亲埋怨说："你怎么不听我的话！"命令把狐狸带到郊外埋了。王孜假装答应，却剥下狐狸皮藏了起来。他又检查了老太太的箱柜，把所有的钱财都拿走，扶着母亲回了家。王文夫妻重逢，悲喜交集。后来问到吴老太太的下落，王孜说："在我的袋子里。"夫妻二人惊问是怎么回事，王孜拿出两张狐狸皮献上。母亲大怒，骂道："你这个忤逆的东西，怎么能这样做！"痛苦地哭喊，乱打自己，翻来覆去要寻死。王文极力安慰她，并责令王孜把狐狸皮埋掉。王孜气愤地说："现在刚得安乐，怎么就忘了鞭打的痛苦？"母亲更加愤怒，哭个不停。王孜把狐狸皮埋了回来报告，母亲才稍稍消气。

原文

王自女归，家益盛。心德赵，报以巨金，赵始知媪母子皆狐也。孜承奉甚孝，然误触之，则恶声暴吼。女谓王曰："儿有拗筋，不刺去之，终当杀人倾产。"夜伺孜睡，潜絷其手足。孜醒曰："我无罪。"母曰："将医尔虐，其勿苦。"孜大叫，转侧不可开。女以巨针刺踝骨侧，深三四分许，用刀掘断，崩然有声，又于肘间脑际并如之。已乃释缚，拍令安卧。天明，奔候父母，涕泣曰："儿早夜忆昔所行，都非人类！"父母大喜。从此温和如处女，乡里贤之。

○德：感激。

○虐：残暴，指王孜的暴虐个性。

译文

自从鸦头回来，王文的家道日益兴盛。王文感激赵东楼，用大量钱财报答，赵东楼这才知道，老太太和她的女儿其实都是狐狸。王孜侍奉父母非常孝顺，但一旦触怒他，就会暴吼狂叫。鸦头对王文说："这孩子有拗筋，不除掉将来必定会出大乱子，甚至杀人，弄得倾家荡产。"一天夜里，鸦头趁王孜睡着，偷偷捆住他的手脚。王孜醒后喊道："我没罪。"鸦头说："我要治你的暴性，不要害怕。"王孜大叫，左右翻滚，无法挣脱。鸦头用大针在王孜的踝骨旁刺进去三四分深，用刀挑断拗筋，发出"嘣"的一声。接着又在肘部、脑部同样处理。处理完后，解开王孜的束缚，拍着他安抚入睡。天亮后，王孜跑去侍奉父母，流泪说道："我昨夜想起以前的行为，简直不是人做的！"父母听了非常高兴。王孜从此变得温和如女子，乡里人都称赞他是个贤人。

原文

异史氏曰：妓尽狐也，不谓有狐而妓者。至狐而鸨，则兽而禽矣，灭理伤伦，其何足怪？至百折千磨，之死靡他，此人类所难，而乃于狐也得之乎？唐君谓魏徵更饶妩媚，吾于鸦头亦云。

○鸨（bǎo）：指鸨母，旧时妓院中管理妓女的老妇人。

○之死靡他：至死不变心。靡，无。

○唐君谓魏徵更饶妩媚：唐君，唐太宗李世民。魏徵，唐朝政治家，性格刚直，敢于直谏。饶，多。妩媚，举止美好可爱。

译文

异史氏说：妓女尽是狐狸精一样的狐媚之人，没想到狐狸也能变成妓女。至于狐狸当上鸨母，那就简直是兽禽，这种行为灭绝天理，伤害人伦，有什么值得奇怪的呢？至于经历百折千磨，至死不变心，这是人类所难以做到的，怎么狐狸却做到了呢？唐太宗曾说魏徵因为直言进谏而显得更加可爱，我对鸦头也有同样的感觉。

【酒虫】

原文

长山刘氏，体肥嗜饮。每独酌，辄尽一瓮。负郭田三百亩，辄半种黍，而家豪富，不以饮为累也。一番僧见之，谓其身有异疾。刘答言：“无。”僧曰：“君饮尝不醉否？”曰：“有之。”曰：“此酒虫也。”刘愕然，便求医疗。曰：“易耳。”问：“需何药？”俱言不须，但令于日中俯卧，絷手足，去首半尺许，置良酝一器。移时，燥渴，思饮为极。酒香入鼻，馋火上炽，而苦不得饮。忽觉咽中暴痒，哇有物出，直堕酒中。解缚视之，赤肉长三寸许，蠕动如游鱼，口眼悉备。刘惊谢，酬以金，不受，但乞其虫。问：“将何用？”曰：“此酒之精。瓮中贮水，入虫搅之，即成佳酿。”刘使试之，果然。刘自是恶酒如仇，体渐瘦，家亦日贫，后饮食至不能给。

○长山：旧县名，在今山东滨州，明清时属济南府。
○负郭田：靠近城墙的田地，肥沃富饶。
○黍：一种谷物，子实可酿酒或做糕点。
○番僧：指从西域来的僧人。番，旧时对外族的称呼。
○去：距离。
○哇：吐。

译文

长山县有个姓刘的人，身体肥胖，嗜酒如命。他每次独自喝酒，总能喝光一大瓮。他家有三百亩靠近城郊的田地，总是用一半来种黍子，家里非常富裕，喝酒也不成负担。有一天，一位西域僧人看到刘氏，说他身上有一种怪病。刘氏回道：“没有。”僧人问：“你喝酒是不是从不醉？”刘氏说：“是的。”僧人说：“这是因为你有酒虫。”刘氏非常惊讶，便请僧人治病。僧人说：“很简单。”刘氏问需要什么药，僧人说不需要药，只要在中午时让刘氏俯卧在地上，绑住手脚，在离头半尺远的地方放一坛美酒。一会儿，刘氏感到口干舌燥，极想喝酒。这时酒香扑鼻而来，他馋得难受却喝不到。这时，他喉咙突然发痒，“哇”的一声吐出一个东西，掉进酒里。松开绑绳后，刘氏一看，是一块三寸长的红肉，像游鱼一样蠕动，口眼俱全。刘氏非常惊讶，感谢僧人，想用钱酬谢，但僧人只要那块肉。刘氏问：“这有什么用？”僧人说：“这是酒的精华。把它放进水里搅动，水就变成美酒。”刘氏让他试试，果然如此。从此，刘氏厌恶喝酒，身体逐渐消瘦，家境也日渐贫困，最后连吃饭都成问题了。

原文

异史氏曰：日尽一石，无损其富；不饮一斗，适以益贫：岂饮啄固有数乎？或言：“虫是刘之福，非刘之病，僧愚之以成其术。”然欤，否欤？

译文

异史氏说：一天喝一石酒，不会损害他的富有；不喝一斗酒，反而使他更加贫困：难道饮食本来就有定数吗？有人说：“酒虫是刘某的福气，不是刘某的病，僧人用方术愚弄了他。”是否真是这样呢？

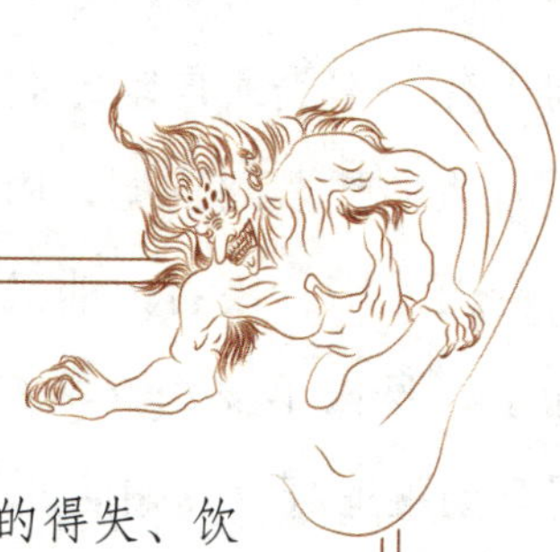

饮啄有数

“饮啄有数”是指人的命运和生活中的得失、饮食、遭遇等都有一定的命数或定数，无法凭借个人意志改变。这个词源自古代哲学和命理学的思想，强调生活中的饮食、遭遇等都遵循天命或命运安排，凡事皆有定数，顺应自然为佳。它通常用于表示对命运的顺从和认知，体现了古人对天命和生活起伏的理解。

【木雕美人】

原文

商人白有功言：在泺口河上，见一人荷竹簏，牵巨犬二。于簏中出木雕美人，高尺余，手目转动，艳妆如生。又以小锦鞯被犬身，便令跨坐。安置已，叱犬疾奔。美人自起，学解马作诸剧，镫而腹藏，腰而尾赘，跪拜起立，灵变不讹。又作昭君出塞。别取一木雕儿，插雉尾，披羊裘，跨犬从之。昭君频频回顾，羊裘儿扬鞭追逐，真如生者。

○泺（luò）口河：地名，位于济南北郊。

○竹簏：用竹篾编成的容器。

○锦鞯（jiān）：有彩色花纹的马鞍垫。

○解（xiè）马：马戏表演。

○腰而尾赘：马戏动作，从马腰滑到马尾，再抓马尾飞身上马。

○灵变不讹：动作灵活变化，没有差错。

○昭君出塞：王昭君嫁到匈奴的故事。

○雉尾：野鸡尾羽，用作装饰。

译文

商人白有功说：在泺口河边，他看到一个人背着竹箱，牵着两条大狗。从竹箱中取出一个一尺多高的木雕美人，这木美人手能动、眼能转，妆容艳丽，像真人。他给狗背披上锦制的小鞍垫，让木雕美人跨坐在狗背上。安排妥当后，他喝令大狗飞奔。木美人自动站起，模仿马戏的各种动作，时而踩着脚镫子躲在狗腹下，时而从狗腰滑到狗尾，再从狗尾飞身跃上狗背，时而跪拜，时而站立，灵活自如，毫无差错。接着，他又表演昭君出塞。他再取出一个木雕男童，帽上插着野鸡翎子，身披羊皮衣，骑在狗背上，跟随木雕美人后面。木雕美人频频回头，木雕男童扬鞭追赶，真如活人一般。

【封三娘】

原文

范十一娘，𪭢城祭酒之女，少艳美，骚雅尤绝。父母钟爱之，求聘

○𪭢城：疑为鄜城之误。 ○骚雅尤绝：指特别擅长写诗词。

者辄令自择，女恒少可。会上元日，水月寺中诸尼作“盂兰盆会”。

○上元日：正月十五。 ○盂兰盆会：佛教节日，中元节，俗称鬼节。

是日，游女如云，女亦诣之。方随喜间，一女子步趋相从，屡望颜

○游女如云：形容游玩的女子很多。 ○随喜：佛教用语，此处指随意游览。

色，似欲有言。审视之，二八绝代姝也。悦而好之，转用盼注。女

○姝：美女。 ○转用盼注：回头细看。

子微笑曰：“姊非范十一娘乎？”答曰：“然。”女子曰：“久闻芳名，人言果不虚谬。”十一娘亦审里居。女答言：“妾封氏，第三，近在

○里居：住址，亦指籍贯。

邻村。”把臂欢笑，词致温婉，于是大相爱悦，依恋不舍。十一娘

○词致温婉：言辞温柔。

问：“何无伴侣？”曰：“父母早世，家中止一老妪，留守门户，故不得来。”十一娘将归，封凝眸欲涕，十一娘亦惘然，遂邀过从。封曰：“娘子朱门绣户，妾素无葭莩亲，虑致讥嫌。”十一娘固邀之，

○葭莩亲：远亲关系。 ○讥嫌：讥议嫌恶。

答：“俟异日。”十一娘乃脱金钗一股赠之，封亦摘髻上绿簪为报。十一娘既归，倾想殊切。出所赠簪，非金非玉，家人都不之识，甚异之。日望其来，怅然遂病。父母讯得故，使人于近村谘访，并无知者。

译文

范十一娘是曬城祭酒的女儿，从小长得美丽，擅长诗文。父母非常宠爱她，求婚者很多，但都让她自己挑选，她很少中意。一次正月十五，水月寺的尼姑们举行盂兰盆会。这一天，游玩的女子很多，范十一娘也去了寺院。正在游览时，一个女子紧随其后，多次望向她，似乎想说什么。仔细一看，原来是一位绝代美人，年约十六。范十一娘很喜欢她，便回身细看。那女子微笑道："姐姐是范十一娘吗？"范十一娘答道："是的。"女子说："久闻你的芳名，果然名不虚传。"范十一娘也问她住在哪里，女子答道："我姓封，排行第三，住在邻近村。"两人拉着手臂，欢笑交谈，言辞温柔，从此互相爱慕，不愿分开。范十一娘问："你怎么没有伴？"封三娘说："父母早逝，家中只有一个老妈子看家，所以无人陪伴。"范十一娘准备回家，封三娘目送不舍，几乎要哭，范十一娘也依依不舍，便邀请她到家里做客。封三娘说："你家富贵，我与你无亲，怕招嫌议。"范十一娘再三邀请，封三娘答应说："改日再来。"范十一娘便送她一支金钗，封三娘也回赠一枚绿簪。范十一娘回家后，对封三娘思念不已，拿出绿簪细看，发现既不是金也不是玉，家人都不认识，觉得很奇怪。范十一娘天天盼望封三娘来，一再失望以致成病。父母得知缘由，派人到邻村打听，却无人知晓封三娘的下落。

原文

时值重九，十一娘羸顿无聊，倩侍儿强扶窥园，设褥东篱下。忽一女子攀垣来窥，觇之，则封女也。呼曰："接我以力！"侍儿从之，蓦然遂下。十一娘惊喜，顿起，曳坐褥间，责其负约，且问所来。答云："妾家去此尚远，时来舅家作耍。前言近村者，缘舅家耳。别后悬思颇苦。然贫贱者与贵人交，足未登门，先怀惭怍，恐为婢仆下眼觑，是以不果来。适经墙外过，闻女子语，便一攀望，冀是小姐，今果如

○倩侍儿强扶窥园：让婢女扶着勉强游览花园。倩，叫，让；侍儿，婢女；窥园，游览花园。

○羸顿：形容身体消瘦、憔悴。

○设褥东篱下：在菊花篱笆下铺好垫子休息。

○下眼觑：瞧不起。觑，看。

愿。”十一娘因述病源，封泣下如雨，因曰：“妾来当须秘密。造言生事者，飞短流长，所不堪受。”十一娘诺。偕归同榻，快与倾怀，病寻愈。订为姊妹，衣服履舄，辄互易着。见人来，则隐匿夹幕间。

○飞短流长：指传播流言蜚语。飞短，造谣；流长，传播谣言。

○快与倾怀：高兴地尽情倾诉心里话。

○衣服履舄：衣服和鞋子。舄，鞋子。

译文

当时正值重阳节，范十一娘身体消瘦，百无聊赖，让婢女扶着，勉强到花园里走走，在东篱下铺上垫子休息。忽然，一个女子攀上墙头偷看，仔细一看，竟是封三娘。封三娘喊道：“用力接我！”婢女照办，封三娘跳了下来。范十一娘又惊又喜，急忙起身，拉着封三娘坐在垫子上，责备她失约，并问她从哪里来。封三娘说：“我家离这里很远，常来舅舅家玩。上次说住在近村，是指舅舅家。分别后想你想得很苦。贫贱之人与富贵人交往，脚没登门，先觉惭愧，怕被丫环仆人看不起，所以一直没来。刚才在墙外听见女子说话，便攀上墙头希望看到你，现在果然如愿。”范十一娘于是讲了自己生病的原因，封三娘泪如雨下，说：“我来的事要保密，担心有人造谣生事，说长道短，让人不堪忍受。”范十一娘答应了。她们一起回屋，同床而卧，高兴地倾诉心怀，不久范十一娘的病就好了。她们结为姊妹，互换衣服和鞋穿。看见有人来，封三娘就躲到夹帐里。

原文

积五六月，公及夫人颇闻之。一日，两人方对弈，夫人掩入。谛视，惊曰：“真吾儿友也！”因谓十一娘：“闺中有良友，我两人所欢，胡不早白？”十一娘因达封意。夫人顾谓三娘：“伴吾儿，极所忻慰，何昧之？”封羞晕满颊，默然拈带而已。夫人去，封乃告别，十一娘苦留之，乃止。一夕，自门外匆皇奔入，泣曰：“我固谓不可留，今果

○对弈：下棋。

○掩入：突然闯入。

○白：表述，说明。

○昧：隐瞒。

遭此大辱！”惊问之，曰：“适出更衣，一少年丈夫，横来相干，幸而得逃。如此，复何面目！”十一娘细诘形貌，谢曰：“勿须怪，此妾痴兄。会告夫人，杖责之。”封坚辞欲去，十一娘请待天曙。封曰：“舅家咫尺，但须以梯度我过墙耳。”十一娘知不可留，使两婢逾垣送之。行半里许，辞谢自去。婢返，十一娘伏床悲惋，如失伉俪。

○更衣：这里指上厕所。 ○干：侵犯。 ○伉俪：夫妻。

译文

这样过了五六个月，范公与夫人听说了些消息。一天，两人正在下棋，夫人突然闯进屋来。她仔细端详封三娘，惊讶地说：“真是我女儿的好朋友！”便对范十一娘说：“闺房里来了好朋友，我们都高兴，你怎么不早告诉我们？”范十一娘便转述了封三娘的意思。夫人对封三娘说：“你能陪我女儿，我很高兴，为什么要隐瞒呢？”封三娘羞得满脸通红，默默地拈弄衣带。夫人走后，封三娘便要告别，范十一娘苦苦挽留，她才留下。一天晚上，封三娘从门外慌张地跑进屋来，哭着说：“我本来说不能住下，现在果然遭受了侮辱！”范十一娘吃惊地问发生了什么事，封三娘说：“刚才我出去上厕所，一个年轻男子蛮横地侵犯我，幸亏我逃了出来。都这样了，我还有什么脸见人！”范十一娘仔细问清那人的相貌后道歉说：“请别见怪，这是我傻哥哥。我会告诉妈妈，用棍子打他。”封三娘执意要走，范十一娘说请等天亮再走。封三娘说：“舅舅家离这里很近，只需要用梯子把我送过墙去。”范十一娘知道无法挽留，便让两名丫环翻墙送封三娘。走了半里地左右，封三娘谢过丫环，独自离去。丫环回来后，范十一娘趴在床上伤心叹息，就像夫妇分离似的。

原文

后数月，婢以故至东村，暮归，遇封女从老媪来。婢喜，拜问。封亦恻恻，讯十一娘兴居。婢捉袂曰：“三姑过我。我家姑姑盼欲死！”封

○恻恻：忧伤的样子。 ○兴居：起居，日常生活。

曰："我亦思之，但不乐使家人知。归启园门，我自至。"婢归告十一娘，十一娘喜，从其言，则封已在园中矣。相见，各道间阔，绵绵不寐。视婢子眠熟，乃起，移与十一娘同枕，私语曰："妾固知娘子未字。以才色门地，何患无贵介婿，然纨袴儿敖不足数。如欲得佳偶，请无以贫富论。"十一娘然之。封曰："旧年邂逅处，今复作道场，明日再烦一往，当令见一如意郎君。妾少读相人书，颇不参差。"

○间阔：久别，远隔。

○未字：旧指女子尚未婚配。

○门地：门第，家世。

○贵介：尊贵。

○敖：敖，通"傲"，傲慢。

○佳偶：亦作佳偶，好配偶。

译文

几个月后，范十一娘的丫环有事去了东村，晚上回家时遇见封三娘和一位老太太迎面走过来。丫环很高兴，向她们行礼并问候，封三娘也忧伤地问起范十一娘的日常生活。丫环拉着封三娘的袖子说："三姑娘请到我家去吧，我家姑娘想你想得要命！"封三娘说："我也很想她，但不愿让你家人知道我来。你回去打开花园门，我自然会来。"丫环回去告诉范十一娘，范十一娘高兴地照办，封三娘已经到了花园里。两人相见，互诉久别之苦，情意绵绵，难以入睡。封三娘见丫环已经睡熟，便起身移到范十一娘旁边，与她同枕，小声说："我知道你还没嫁人。以你的才貌和家世，不愁找不到一个尊贵的丈夫，但那些富家子弟傲慢无礼，不值得考虑。如果你想找个好配偶，请不要以贫富为标准。"范十一娘觉得有道理。封三娘说："去年我们相遇的地方，现在又要做道场，明天请你再去一趟，我会让你见到一个如意郎君。我从小读相面书，看人一般不会错。"

原文

昧爽，封即去，约俟兰若。十一娘果往，封已先在。眺览一周，十一娘便邀同车。携手出门，见一秀才，年可十七八，布袍不饰，而

○兰若：指佛寺。

容仪俊伟。封潜指曰："此翰苑才也。"十一娘略睨之。封别曰："娘子先归，我即继至。"入暮，果至，曰："我适物色甚详，其人即同里孟安仁也。"十一娘知其贫，不以为可。封曰："娘子何亦堕世情哉！此人苟长贫贱者，余当抉眸子，不复相天下士矣。"十一娘曰："且为奈何？"曰："愿得一物，持与订盟。"十一娘曰："姊何草草！父母在，不遂如何？"封曰："妾此为，正恐其不遂耳。志若坚，生死何可夺也！"十一娘必不可。封曰："娘子姻缘已动，而魔劫未消。所以故，来报前好耳。请即别，即以所赠金凤钗，矫命赠之。"十一娘方谋更商，封已出门去。

○翰苑才：指具备翰林院资质的杰出人才。

○世情：指世俗看法和偏见。

○抉眸子：挖掉眼珠子，表示自己有眼无珠。

○魔劫：此处比喻婚姻中的挑战。

○更商：重新考虑或商议。

译文

拂晓时分，封三娘离开范家，约定在寺院等候范十一娘。果然，范十一娘前往寺院，发现封三娘已在那里等候。两人观光完毕后，范十一娘邀请封三娘一同乘车回家。当两人手拉手走出大门时，看见一位十七八岁的秀才，身着简朴的布袍，容貌英俊，仪表出众。封三娘偷偷指向秀才，低声说："这人有资格进入翰林院。"范十一娘只是匆匆一瞥。告别时，封三娘说："你先回去，我随后就到。"暮色降临时，封三娘果然来到范家，告诉范十一娘："我了解得很详细，那人是同乡的孟安仁。"范十一娘知道孟安仁家境贫穷，心里认为他不合适。封三娘反驳说："你怎么也落入了世俗偏见！如果这人一直贫贱，我就挖掉眼珠子，不再给天下人相面了。"范十一娘问："那怎么办？"封三娘说："我希望用你的一件东西，与他订立婚约。"范十一娘反对："姐姐，这样草率不行！我的父母还在，他们如果不同意怎么办？"封三娘回答："我这么做，正是因为担心他们不会同意。如果你的态度坚决，即使是死也不能改变你的决定。"范十一娘坚决表示不同意。封三娘说："你的姻缘已经开始萌动，但劫难还未消除。我之所以这样做，是为了报答你以前的友情。请允许我马上带走你送我的金凤钗，以你的名义赠给孟安仁。"范十一娘还想再商量一下，但封三娘已经走出门外。

原文

时孟生贫而多才，意将择偶，故十八犹未聘也。是日，忽睹两艳，归涉冥想。一更向尽，封三娘款门而入。烛之，识为日中所见，喜致诘问。曰："妾封氏，范氏十一娘之女伴也。"生大悦，不暇细审，遽前拥抱。封拒曰："妾非毛遂，乃曹丘生。十一娘愿缔永好，请倩冰也。"生愕然不信，封乃以钗示生。生喜不自已，矢曰："劳眷注若此，仆不得十一娘，宁终鳏耳。"封遂去。生诘旦浼邻媪诣范夫人，夫人贫之，竟不商女，立便却去。十一娘知之，心失所望，深怨封之误己也，而金钗难返，只须以死矢之。又数日，有某绅为子求婚，恐不谐，浼邑宰作伐。时某方居权要，范公心畏之，以问十一娘，十一娘不乐。母诘之，默默不言，但有涕泪，使人潜告夫人：非孟生，死不嫁！公闻，益怒，竟许某绅家。且疑十一娘有私意于生，遂涓吉速成礼。十一娘忿不食，日惟耽卧。至亲迎之前夕，忽起，揽镜自妆。夫人窃喜。俄侍女奔白："小姐自经！"举

○冥想：深切的想念。

○妾非毛遂，乃曹丘生：指代替他人介绍，而非自荐。曹丘生，汉初辩士，曾为季布揄扬，使他声名益著。后以"曹丘生"指代荐引者或介绍者。

○倩冰：请媒人办事。

○诘旦：平明，清晨。

○眷注：关注。

○浼（měi）：请求。

○作伐：俗称做媒。

○涓吉：择吉。

○耽卧：沉溺于悲伤中。

○自经：上吊自杀。

宅惊涕，痛悔无所复及。三日遂葬。

译文

当时，孟安仁虽家境贫寒，但才华横溢，因此想要找一个合心意的配偶，所以他直到十八岁仍未订婚。一日，他偶遇两位艳丽的女子，回家后念念不忘。深夜，封三娘敲门进入他的屋内。当他点燃蜡烛一照，便认出了是白天见到的女子，兴奋地询问她。封三娘自我介绍：“我是封氏，是范氏十一娘的女伴。”孟安仁欣喜若狂，急于表达喜悦，即刻上前拥抱，但封三娘礼貌地拒绝，并解释：“我来不是为自己，而是代范十一娘提亲。她愿意与你结百年良缘，请你叫媒人来提亲。”孟安仁闻言不敢相信，封三娘便拿出金凤钗作为证明。孟安仁激动地发誓道：“如果我无法娶到范十一娘，将终身不娶！”封三娘便离去。次日清晨，孟安仁急忙让邻居的老太太去见范夫人，转达提亲之意。然而范夫人因孟安仁过于贫穷，未与女儿商量便断然拒绝。范十一娘得知此事后，对封三娘的行为深感失望，埋怨她误了自己的终身大事，但由于金凤钗已赠出，她誓言守约至死。几天后，当地一位有势力的乡绅之子求婚，乡绅担心说合不成，便请县令来做媒。此时乡绅刚好身居要职，范公由于对乡绅有所顾忌，决定询问女儿的意见。范十一娘坚决表示不愿意，而范夫人不解其原因，范十一娘只是流泪不语。她还悄悄让人告诉母亲，除了孟安仁，她宁死不嫁。范公得知后非常愤怒，认为女儿与孟安仁有私情，便决定将她嫁给乡绅之子。范十一娘因此悲愤交加，拒绝进食，整日只躺在床上昏睡。直到迎亲的前一晚，她突然起身，对着镜子打扮起来，范夫人暗自高兴，以为女儿终于接受了婚事。然而不久，丫环惊慌地报告：“小姐上吊了！”全家人震惊痛哭，深切悔恨自己的决定，但一切已无法挽回。三天后，范家便安葬了范十一娘。

原文

孟生自邻媪反命，愤恨欲绝，然遥遥探访，妄冀复挽。察知佳人有主，忿火中烧，万虑俱断矣。未几，闻玉葬香埋，憣然悲丧，恨不从丽人俱死。向晚出门，意将乘昏夜一哭十一娘之墓。欻有一人来，

○憣（sè）然：悲伤的样子。
○玉葬香埋：比喻美女去世。
○欻（xū）：忽然。

近之，则封三娘。向生曰：“喜姻好可就矣。”生泫然曰：“卿不知十一娘亡耶？”封曰：“我所谓就者，正以其亡。可急唤家人发冢，我有异药，能令苏。”生从之，发墓破棺，复掩其穴。生自负尸，与三娘俱归，置榻上，投以药，逾时而苏。顾见三娘，问：“此何所？”封指生曰：“此孟安仁也。”因告以故，始如梦醒。封惧漏泄，相将去五十里，避匿山村。封欲辞去，十一娘泣留作伴，使别院居。因货殉葬之饰，用为资度，亦称小有。

○就：完成。

○相将：相伴，相随。

译文

孟生从邻居老太太那里得知范十一娘拒婚的消息后，气得几乎发狂，但仍然心怀希望到处打探消息，希望能挽回局面。当他得知范十一娘已经许配他人时，怒火中烧，心灰意冷。不久，又听说范十一娘去世，他悲痛欲绝，恨不能与她一同死去。傍晚，孟生出门，打算趁夜去范十一娘的墓前痛哭一场。突然，一个人走近，原来是封三娘。封三娘对孟生说：“恭喜你们的姻缘就要成了。”孟生泪流满面地说：“你不知道十一娘已经去世了吗？”封三娘说：“正因为她去世了，我才说姻缘就要成了。快去叫家人挖开坟墓，我有奇药，能让她复活。”孟生照办，挖开坟墓，启开棺材，取出尸体，再将墓穴填埋。孟生亲自背着尸体，与封三娘一起回到家中，把尸体放在床上，封三娘用过药，不久后，范十一娘便复活了。范十一娘一看到封三娘，就问：“这是哪里？”封三娘指着孟生说：“这是孟安仁。”并告诉她事情的经过，范十一娘如梦初醒。封三娘担心消息泄露，便把他们带到五十里外的山村里避难。封三娘想离开，范十一娘哭着挽留她作伴，让她住在另一个院子。他们卖掉了殉葬的首饰，作为生活费用，也还算小有积蓄。

原文

封每遇生来，辄走避。十一娘从容曰：“吾姊妹，骨肉不啻也，然终无百年聚。计不如效英、皇。”封曰：“妾少得异诀，吐纳可以长生，故不愿嫁耳。”十一娘笑曰：“世传养生术，汗牛充栋，行而效者谁也？”封曰：“妾所得非世人所知。世传并非真诀，惟华陀五禽图差为不妄。凡修炼家无非欲血气流通耳，若得厄逆症，作虎形立止，非其验耶？”十一娘阴与生谋，使伪为远出者。入夜，强劝以酒，既醉，生潜入污之。三娘醒曰：“妹子害我矣！倘色戒不破，道成当升第一天。今堕奸谋，命耳！”乃起告辞。十一娘告以诚意而哀谢之，封曰：“实相告：我乃狐也。缘瞻丽容，忽生爱慕，如茧自缠，遂有今日。此乃情魔之劫，非关人力。再留，则魔更生，无底止矣。娘子福泽正远，珍重自爱。”言已而逝。夫妻惊叹久之。

○不啻：不止，不仅仅。
○异诀：不寻常的秘诀。
○效英、皇：效仿娥皇、女英同嫁一夫。
○吐纳：道家养生术，通过呼吸调节身体健康。
○汗牛充栋：形容书籍很多。
○厄逆症：中医指气逆上冲，打嗝不止。

译文

每次封三娘见到孟安仁，就避开。范十一娘从容地说：“我们姐妹情同手足，但不能永远在一起。不如效仿娥皇、女英，同嫁一夫。”封三娘说：“我从小得到一种特殊的秘诀，通过吐纳可以长生，所以不想嫁人。”范十一娘笑道：“世上流传的养生术多如牛毛，但有效的又有几种呢？”封三娘说：“我得到的秘诀不是世人所知的。世上流传的多不是真诀，只有华佗的五禽图还算靠谱。修炼的人主要是为了气血流通，如果得了厄逆症，做虎形一式就会见效，这不是很灵吗？”范十一娘暗中与孟安仁谋划，让孟安仁假装出远门。晚上，范十一娘强劝封三娘喝酒，封三娘喝醉后，孟安仁偷偷进屋与她同房。封三娘醒来说："你害我了！如果不破色戒，我可以升到第一重天，现在中了奸计，这是命啊！"她起身告辞。范十一娘表达了诚意和歉意，封三娘说："实话告诉你，我是狐狸。因为看到你美丽的容貌，生出了爱慕之心，这如同作茧自缚，才有今天的结果。这是情魔造成的劫难，不是人力所能控制。再留在这里，情魔还会滋生，没完没了。你还有很多福气要享，请珍重自爱。"说罢便消失了。夫妻俩对此久久惊叹不已。

原文

逾年，生乡、会果捷，官翰林。投刺谒范公，公愧悔不见，固请之，乃见。生入，执子婿礼，伏拜甚恭。公愧怒，疑生儇薄。生请间，具道情事。公不深信，使人探诸其家，方大惊喜。阴戒勿宣，惧有祸变。又二年，某绅以关节发觉，父子充辽海军，十一娘始归宁焉。

○乡、会果捷：乡试、会试果然考中。乡试，指乡试。会试，指会试。

○刺：名帖。

○儇薄：轻浮无行。

○关节：暗中行贿、走人情，旧时叫"通关节"。

○充辽海军：充军到辽海卫去。辽海卫，明代设置，清代废除，位于今辽宁开原境内。

○归宁：回门，已婚女子回娘家。

译文

过了一年，孟安仁果然在乡试和会试中考中，成为翰林院官员。他递上名帖去拜访范公，范公因愧疚和懊悔不愿见他。孟安仁再三请求，范公才答应见面。他走进屋内，按女婿的礼节行礼，伏地叩头，非常恭敬。范公感到羞愧和愤怒，怀疑孟安仁在玩弄轻佻浮薄的把戏。孟安仁请求单独谈话，详细讲述事情的经过。范公不完全相信，派人到他家调查，发现属实，才大为惊喜。范公暗中告诫家人不要把事情讲出去，怕招致灾祸变故的发生。又过了两年，那位乡绅因暗中疏通关节的行为被发觉，父子都被发配到辽海卫充军，范十一娘这才回娘家看望父母。

【狐梦】

原文

余友毕怡庵，倜傥不群，豪纵自喜。貌丰肥，多髭，士林知名。尝以故至叔刺史公之别业，休憩楼上。传言楼中故多狐，毕每读《青凤传》，心辄向往，恨不一遇，因于楼上摄想凝思。既而归斋，日已寖暮。时暑月燠热，当户而寝。睡中有人摇之，醒而却视，则一妇人，年逾不惑，而风雅犹存。毕惊起，问其谁何，笑曰：“我狐也。蒙君注念，心窃感纳。”毕闻而喜，投以嘲谑。妇笑曰：“妾齿加长矣，纵人不见恶，先自惭沮。有小女及笄，可侍巾栉。明宵，无寓人于室，当即来。”言已而去。至夜，焚香坐伺。妇果携女至，态度娴婉，旷世无匹。妇谓女曰：“毕郎与有夙缘，即须留止。明旦早归，勿贪睡也。”毕与握手入帏，款曲备至。事已，笑曰：“肥郎痴重，使人不堪！”未明即去。

○倜傥不群：洒脱不凡，与众不同。

○毕怡庵：蒲松龄的朋友。

○刺史公：指毕际有，曾任扬州府通州知州。别业：别墅。

○寖暮：天色渐晚。寖，逐渐。

○年逾不惑：年纪超过四十岁。不惑，指四十岁。

○侍巾栉：侍奉梳洗，指做侍妾。巾，毛巾。栉，梳子。

○夙缘：宿命，前世注定的缘分。

○留止：留宿。

译文

我的朋友毕怡庵，性格洒脱不凡，与众不同，以豪放不羁为乐。他身材肥胖，胡须浓密，在文人中很有名。毕怡庵曾经因事来到担任刺史的叔叔的别墅，在楼上休息。传说这楼中有许多狐狸精，毕怡庵每次读《青凤传》时，心中向往与书中所说的那样狐狸相遇，为未能相见而遗憾，于是在楼上聚精会神地幻想起来。

后来他回到书斋，天色已晚。那时正是夏天，天气闷热，他在门口睡下。睡梦中有人摇他，醒来一看，是一个妇人，年过四十，但风韵犹存。他惊起，问她是谁，妇人笑着说：“我是狐狸。因你心念我，感到非常欣慰，特来报答你的情意。”毕怡庵听后很高兴，便开玩笑调戏妇人。妇人笑着说：“我年纪大了，即使别人不嫌弃，自己也感到羞愧。我有个十五岁的小女儿，可以侍奉你。明晚不要让屋里住别人，她会来。”说完便离去。次夜，毕怡庵点香等待，妇人果然带女儿前来，女儿姿态娴雅，绝世无双。妇人对女儿说：“毕郎与你有前世的缘分，你就留下吧。明早要早些回去，不要贪睡。”毕怡庵握着女儿的手进了帐子，亲热至极。事后，女儿笑着说：“胖郎君太笨重，叫人受不了！”天没亮就离开了。

原文

既夕自来，曰：“姊妹辈将为我贺新郎，明日即屈同去。”问：“何所？”曰：“大姊作筵主，去此不远也。”毕果候之。良久不至，身渐倦惰。才伏案头，女忽入曰：“劳君久伺矣。”乃握手而行。奄至一处，有大院落。直上中堂，则见灯烛荧荧，灿若星点。俄而主人出，年近二旬，淡妆绝美。敛衽称贺已，将践席，婢入白：“二娘子至。”见一女子入，年可十八九，笑向女曰：“妹子已破瓜矣，新郎颇如意否？”女以扇击背，白眼视之。二娘曰：“记儿时与妹相扑为戏，妹畏人数胁骨，遥呵手指，即笑不可耐。便怒我，谓我当嫁僬侥国小王子。我谓婢子他日嫁多髭郎，刺破小吻，今果然矣。”大娘笑曰：“无怪三娘子怒诅也！新郎在侧，直尔憨跳！”顷之，合尊促坐，宴笑甚欢。

○屈：屈尊，降低身份。

○奄：忽然。

○中堂：正厅，大厅。

○敛衽：整理衣襟，表示敬意。也可指妇女行礼。

○相扑为戏：指相互打闹玩耍。

○僬侥国：传说中的矮人国。僬侥，矮小。

○直尔憨跳：竟然如此胡闹。憨跳，傻闹。

○合尊促坐：聚在一起饮酒，紧挨着坐。尊，酒器。促坐，近坐。

译文

晚上，女郎独自前来，说："姐妹们要为我庆祝新婚，请你明天屈尊与我同去。"毕怡庵问："在哪里？"女郎说："大姐做东，离这里不远。"毕怡庵果然等候，等了很久，女郎还没到，他渐渐困倦，刚伏在桌上，女郎忽然走进来说："让你久等了。"便握着他的手出发。他们忽然来到一个大院落，直接走进中堂，只见灯烛闪烁，明亮如星。不久主人走出来，年近二十，淡妆绝美，施礼祝贺后，准备入席。此时丫环进来说："二娘子来了。"只见一女子走进来，十八九岁，笑着对女郎说："妹妹已经结婚了，新郎如意吗？"女郎用扇子打二姐的背，用白眼瞪她。二姐说："记得小时候和妹妹打闹，妹妹怕人挠肋骨，只要远远地伸手指呵气，就笑得合不拢嘴。妹妹就生我的气，说我会嫁给矮人国的小王子。我说你将来嫁个大胡子的男人，那胡子会刺破你的小嘴，今天果真如此。"大姐笑着说："难怪三妹生气，新郎就在旁边，你竟然如此胡闹！"不一会儿，大家凑近喝酒，靠近坐下，一边吃喝，一边说笑，非常快活。

原文

忽一少女抱一猫至，年可十一二，雏发未燥，而艳媚入骨。大娘曰："四妹妹亦要见姊丈耶？此无坐处。"因提抱膝头，取肴果饵之。移时，转置二娘怀中，曰："压我胫股酸痛！"二姊曰："婢子许大，身如百钧重，我脆弱不堪。既欲见姊夫，姊夫故壮伟，肥膝耐坐。"乃捉置毕怀。入怀香耎，轻若无人，毕抱与同杯饮。大娘曰："小婢勿过饮，醉失仪容，恐姊夫所笑。"少女孜孜展笑，以手弄猫，猫戛然鸣。大娘曰："尚不抛却，抱走蚤虱矣！"二娘曰："请以狸奴为令，执箸交传，鸣处则饮。"众如其教。至毕辄鸣，毕故豪饮，

○雏发未燥：形容年幼稚嫩。

○钧：古代重量单位，一钧约为三十斤。

连举数觥，乃知小女子故捉令鸣也，因大喧笑。二姊曰：“小妹子归休！压煞郎君，恐三姊怨人。”小女郎乃抱猫去。

译文

忽然，一个小女孩抱着一只猫走过来，十一二岁，头发还没完全长成，却已经娇艳动人。大姐说：“四妹妹也想见姐夫吗？这里没有地方坐了。”于是把她抱在膝上，给她吃菜和水果。过了一会儿，大姐觉得腿酸痛，把四妹放到二姐怀里，说：“把我的腿压得酸疼！”二姐说：“小丫头这么大，身体好像有几百斤重，我身子单薄，经不起压。既然是见姐夫，姐夫身强体壮，膝头胖胖的，耐压。”于是抱起四妹放到毕怡庵怀里。四妹在毕怡庵怀里，香软轻盈，几乎感觉不到重量，毕怡庵便抱着她一起喝酒。大姐说：“小丫头别喝太多，喝醉了会失态，恐怕姐夫会笑话你。”四妹一直笑着，用手逗猫，猫发出“喵喵”的叫声。大姐说：“还不把猫丢掉，会把跳蚤虱子都带到身上。”二姐说：“让猫来行酒令，大家传筷子，猫叫时传到谁手里，谁就喝酒。”大家照做。每次筷子传到毕怡庵手里，猫就叫，毕怡庵本来酒量大，这时连续喝了好几杯，才发现是四妹故意把猫弄叫的，于是大家放声大笑。二姐说：“妹妹回去吧！别把新郎压坏了，三姐会埋怨的。”四妹便抱着猫离开了。

原文

大姊见毕善饮，乃摘髻子贮酒以劝。视髻仅容升许，然饮之，觉有

○髻子：古代妇女用的假发。　○升：容量单位，一升约为一斗的十分之一。

数斗之多。比干视之，则荷盖也。二娘亦欲相酬，毕辞不胜酒。二

○比：及，等到。　○荷盖：荷叶。

娘出一口脂合子，大于弹丸，酌曰：“既不胜酒，聊以示意。”毕视

○合子：同盒子。

之，一吸可尽；接吸百口，更无干时。女在傍以小莲杯易合子去，曰：“勿为奸人所弄。”置合案上，则一巨钵。二娘曰：“何预汝事！三日郎君，便如许亲爱耶！”毕持杯向口立尽。把之腻软，审之，非

杯，乃罗袜一钩，衬饰工绝。二娘夺骂曰："猾婢！何时盗人履子去，怪道足冷冰也！"遂起，入室易舄。

O罗袜：指精美的绣花鞋。

O舄：鞋子。

译文

大姐见毕怡庵能喝酒，便摘下髻子盛酒给他喝。他看髻子只能装一升左右的酒，但喝起来却感觉有好几斗那么多。等喝完再看，那髻子竟是一片大荷叶。二姐也想敬酒，毕怡庵推辞说自己喝不了了。二姐拿出一个比弹丸稍大的口脂盒，倒上酒说："既然喝不了了，就聊表心意喝点吧。"毕怡庵一看，以为一口就能喝完，但连喝了一百多口，仍然没有喝干。这时，女郎用一个小莲花杯换下了口脂盒，说："别让人捉弄了。"将口脂盒放在案上，变成了一个大钵。二姐说："这与你有什么关系！才当了你三天的郎君，就这么亲热了吗？"毕怡庵拿起酒杯一饮而尽，感觉手中的酒杯滑腻柔软，仔细一看，竟是一只绣花鞋，做工非常精致。二姐夺过绣鞋骂道："狡猾的丫头！什么时候偷走了我的鞋子，怪不得我觉得脚冷冰冰的！"说完便起身进屋换鞋去了。

原文

女约毕离席告别。女送出村，使毕自归。瞥然醒寤，竟是梦景，而鼻口醺醺，酒气犹浓，异之。至暮，女来，曰："昨宵未醉死耶？"毕言："方疑是梦。"女曰："姊妹怖君狂噪，故托之梦，实非梦也。"

O怖君狂噪：怕你喝醉后高声叫嚷。

译文

女郎拉着毕怡庵离开酒席，告别众人。她把他送出村子，让他自己回去。这时毕怡庵忽然醒了，意识到刚才像是在做梦，但鼻口间仍有浓烈的酒气，觉得很奇怪。到傍晚，女郎来了，说："昨晚没醉死吧？"毕怡庵说："我还以为是做梦。"女郎说："姐妹们怕你醉后大声叫喊，所以假装是梦，其实不是梦。"

原文

女每与毕弈，毕辄负。女笑曰："君日嗜此，我谓必大高着，今视之，只平平耳。"毕求指诲。女曰："弈之为术，在人自悟，我何能益君？朝夕渐染，或当有异。"居数月，毕觉稍进。女试之，笑曰："尚未，尚未。"毕出与所尝共弈者游，则人觉其异，咸奇之。毕为人坦直，胸无宿物，微泄之。女已知，责曰："无惑乎同道者不交狂生也。屡嘱慎密，何尚尔尔！"怫然欲去。毕谢过不遑，女乃稍解，然由此来寝疏矣。

○指诲：指点教导。

○胸无宿物：心里藏不住事。宿，旧。

○怫然：生气的样子。

○谢：道歉。

译文

女郎每次和毕怡庵下棋，毕怡庵总是输。女郎笑道："你天天喜欢下棋，我以为你棋艺高超，没想到也不过如此。"毕怡庵请求她指点，女郎说："下棋这门技艺，要靠自己领悟，我怎么能帮你呢？朝夕练习，或许会有进步。"过了几个月，毕怡庵觉得自己的棋艺有所提升。女郎试了试他的棋力，笑着说："还不够，还不够。"毕怡庵外出与以前的棋友下棋，大家都觉得他的棋艺大有长进，都感到惊奇。毕怡庵为人坦率，心里藏不住事，就稍微透露了一些情况。女郎得知后，责备毕怡庵说："难怪我的同道们不和像你这种狂妄的人交往。我多次嘱咐你要保密，你怎么还是这样！"生气得要走。毕怡庵连忙道歉，女郎才稍稍消气，但从此之后，她渐渐疏远了毕生。

原文

积年余，一夕来，兀坐相向。与之弈，不弈；与之寝，不寝。怅然

○兀坐：呆坐，茫然无所知的样子。

良久，曰："君视我孰如青凤？"曰："殆过之。"曰："我自惭弗如。然聊斋与君文字交，请烦作小传，未必千载下无爱忆如君者。"毕曰："夙有此志，曩遵旧嘱，故秘之。"女曰："向为是嘱，今已将别，复何讳？"问："何往？"曰："妾与四妹妹为西王母征作花鸟使，不复得来。曩有姊行，与君家叔兄，临别已产二女，今尚未醮。妾与君幸无所累。"毕求赠言，曰："盛气平，过自寡。"遂起，捉手曰："君送我行。"至里许，洒涕分手，曰："彼此有志，未必无会期也。"乃去。

○聊斋：指代蒲松龄。

○西王母：神话中的女神。花鸟使：指侍奉西王母酒筵的仙女。

○曩：从前过去。

○姊行：指姐姐辈的人。行，辈分。

○醮：嫁。

译文

过了一年多，某天夜里，女郎来了，只面对面地呆坐着。毕怡庵提议下棋，她不下；提议同寝，她也不睡。她惆怅了很久，才说："你觉得我和青凤相比如何？"毕怡庵说："你恐怕比她还要好。"女郎说："我自愧不如。不过聊斋先生与你是诗文相交的朋友，请他为我作一篇小传，千年后未必没有像你这样喜欢我、想念我的人。"毕怡庵说："我早有这个想法，只是过去遵守你的嘱咐，所以一直保密。"女郎说："过去我是这样嘱咐的，现在就要分别了，还有什么隐瞒的？"毕怡庵问："你要去哪儿？"女郎说："我和四妹妹被西王母召去做花鸟使，不能再来了。以前有个姐姐辈的和你叔伯家哥哥相好，临别时生下两个女儿，现在还没出嫁。幸好我与你没有什么拖累。"毕怡庵请她留下一句临别赠言，女郎说："平息盛气，自然少错。"便起身，拉着毕怡庵的手说："你送我走吧。"走了一里左右，女郎流着泪告别说："只要你我有心，未必没有再见的机会。"说完便离开了。

原文

康熙二十一年腊月十九日，毕子与余抵足绰然堂，细述其异。余曰：“有狐若此，则聊斋之笔墨有光荣矣。”遂志之。

〇抵足：两人同榻而卧。绰然堂：毕怡庵家中的一处园林。

译文

康熙二十一年腊月十九日，毕怡庵与我在绰然堂同榻共寝，他详细讲述了这个奇异的故事。我说：“有这样的狐狸故事可写，聊斋的笔墨也因此增色不少。”于是将这个故事记录下来。

【布客】

原文

长清某，贩布为业，客于泰安。闻有术人工星命之学，诣问休咎。术人推之曰：“运数大恶，可速归。”某惧，囊赀北下。途中遇一短衣人，似是隶胥，渐渍与语，遂相知悦。屡市餐饮，呼与共啜，短衣人甚德之。某问所干营，答言：“将适长清，有所勾致。”问为何人。短衣人出牒，示令自审，第一即己姓名。骇曰：“何事见勾？”短衣人曰：“我非生人，乃蒿里山东四司隶役。想子寿数尽矣。”某出涕求救，鬼曰：“不能。然牒上名多，拘集尚需时日。子速归，处置后事，我最后相招，此即所以报交好耳。”无何，至河际，断绝桥梁，行人艰涉。鬼曰：“子行死矣，一文亦将不去。请即建桥，利行人，虽颇烦费，然于子未必无小益。”某然之。

○长清：指今天山东济南长清区。
○泰安：指今天山东泰安。
○工：擅长。
○休咎：吉凶。
○渐渍：浸润，这里指逐渐。
○隶胥：衙门里的差役。
○啜：吃喝。
○所干营：所从事的工作。
○勾致：捉拿。
○蒿里山东四司隶役：蒿里山据说是鬼神聚集之地，东四司隶役指管辖此地的鬼差。

译文

长清有一个卖布的人，在泰安做生意。他听说有个术士精通星命之学，就去问自己的命运。术士推算后说：“你的运势非常糟糕，赶快回家。”卖布的人害怕了，带着钱赶紧往北走。在路上，他遇到一个穿短衣服的人，看起来像是差役，两人逐渐交谈起来，变得熟悉并亲近。卖布的人多次买餐饮招待他，短衣人非常感激。卖布的人问他做什么工作，短衣人说：“我要去长清捉人。”卖布的人问捉谁，短衣人拿出文书，让他自己看，文书上第一个名字就是卖布的人。卖布的人惊恐地问："为什么抓我？"短衣人说："我不是活人，是蒿里山的鬼差，看来你的寿命已尽。"卖布的人流泪求救。鬼差说："我救不了你。不过，文书上还有很多名字，要全部抓完还需要时间。你赶快回家处理后事，我会最后来抓你，这是我对你的报答。"不久，他们来到一条河边，桥断了，行人过河很困难。鬼差说："你要死了，一分钱也带不走。不如建一座桥方便行人，虽然花费不少，但对你或许有好处。"卖布的人同意了。

原文

归，告妻子作周身具，尅日鸠工建桥。久之，鬼竟不至，心窃疑之。一日，鬼忽来曰："我已以建桥事上报城隍，转达冥司矣，谓此一节可延寿命。今牒名已除，敬以报命。"某喜感谢。后再至泰山，不忘鬼德，敬赍楮锭，呼名酹奠。既出，见短衣人匆遽而来曰："子几祸我！适司君方莅事，幸不闻知，不然，奈何！"送之数武，曰："后勿复来。倘有事北往，自当迂道过访。"遂别而去。

○尅日：选定日期。鸠工：召集工匠。

○周身具：指棺材、寿衣等葬具。

○报命：汇报，报告。

○赍（jī）楮锭：带着纸钱。楮锭，纸钱。

○迂道：绕道。

译文

卖布的人回家后，告诉妻子准备好棺材和寿衣，并选定日期召集工匠建桥。过了很长时间，鬼差一直没来，卖布的人心里感到奇怪。一天，鬼差突然出现说："我已经把你建桥的事情上报城隍，并转达给冥司。冥司认为你这件善举可以延长寿命。现在你的名字已经从公文上除掉了，我特地来告诉你。"卖布的人非常高兴，表示感谢。后来他再次来到泰山，心中不忘鬼差的恩德，恭敬地带着纸钱，呼唤鬼差的名字祭奠他。刚走出庙来，看到鬼差匆忙赶来，说："你差点害了我！幸好我的上司刚才正在办公，没有听到这事，不然我可怎么办！"鬼差送了他几步，说："以后你不要再来了。如果我有事到北边去，自会绕道来看你。"于是告别离去。

【农人】

原文

有农人芸于山下，妇以陶器为饷。食已，置器垅畔。向暮视之，器中余粥尽空。如是者屡。心疑之，因睨注以觇之。有狐来，探首器中。农人荷锄潜往，力击之。狐惊窜走，器囊头，苦不得脱。狐颠蹶，触器碎落，出首，见农人，窜益急，越山而去。

○芸：除草。○饷：送饭。○睨注：斜着眼睛看。○囊头：套住头。○颠蹶：跌倒，摔倒。

译文

有个农民在山下除草，妻子用陶器给他送饭。吃完饭后，他把陶器放在田垄旁边。傍晚查看时，发现陶器里的剩粥全没了。一连几次，农民心生疑虑，就斜着眼睛观察。看见一只狐狸把头探进陶器里。农民拿起锄头悄悄靠近，用力打下去。狐狸受惊逃跑，头被陶器套住，挣脱不开。狐狸跌跌撞撞，最后撞碎了陶器，露出头来，看见农民，更加惊慌地逃向山里。

原文

后数年，山南有贵家女，苦狐缠祟，敕勒无灵。狐谓女曰：“纸上符咒，能奈我何！”女绐之曰：“汝道术良深，可幸永好。顾不知生平亦有所畏者否？”狐曰：“我罔所怖。但十年前在北山时，尝窃食田畔，被一人戴阔笠，持曲项兵，几为所戮，至今犹悸。”女告父。父思投其所畏，但不知姓名、居里，无从问讯。

○敕勒：符咒，用于驱邪。○绐：哄骗。○幸：希望。○曲项兵：指锄头一类的弯曲工具。○阔笠：大沿的斗笠。○悸：心悸，害怕。

译文

几年后，山南有个富户人家的女儿，被狐狸纠缠作祟，画符驱邪都无效。狐狸对她说："纸上的符咒，能奈我何！"女儿哄骗狐狸说："你的道术很深，我愿意和你长久相好。但不知道你平生有没有害怕的东西？"狐狸说："我什么都不怕。只是十年前在北山时，我曾偷吃田边的东西，被一个戴大斗笠的人用弯曲的工具差点打死，至今想起来还心有余悸。"女儿告诉了父亲。父亲想找这个让狐狸害怕的人来治狐狸，但不知道他是谁，住在哪儿，也无从打听。

原文

会仆以故至山村，向人偶道。旁一人惊曰："此与吾曩年事适相符同，将无向所逐狐，今能为怪耶？"仆异之，归告主人。主人喜，即命仆马招农人来，敬白所求。农人笑曰："曩所遇诚有之，顾未必即为此物。且既能怪变，岂复畏一农人？"贵家固强之，使披戴如尔日状，入室以锄卓地，咤曰："我日觅汝不可得，汝乃逃匿在此耶！今相值，决杀不宥！"言已，即闻狐鸣于室。农人益作威怒，狐即哀言乞命。农人叱曰："速去！释汝！"女见狐奉头鼠窜而去，自是遂安。

○将无：莫非。向：以前。

○尔日：那天，指以前打狐狸的那天。

○卓地：植立于地。卓，植立，竖击。

○相值：相遇。

○宥：宽恕，赦免。

译文

恰好有一天，仆人因事来到山村，偶然提起这件事。旁边有个人惊讶地说："这与我以前的经历正好相符，莫非是我当年追赶的那只狐狸，现在能作怪了？"仆人感到很奇怪，回去告诉了主人。主人非常高兴，立即命仆人用马把农民接来，恭敬地讲明请求。农民笑着说："以前确实遇到过狐狸，但未必就是现在这只。况且，这只狐狸能作怪变幻，怎么会害怕一个农民？"大户人家再三勉强他去驱邪，让他穿戴成以前的样子，农民走进屋里，把锄头插在地上，喝道："我天天找你找不到，原来你逃到这里！今天碰上你，决不饶恕，一定打死你！"说完便听见狐狸在屋里哀叫。农民作出更加愤怒的样子，狐狸立刻哀求饶命。农民喝道："快走！这次放了你！"女儿看见狐狸抱头鼠窜而去，从此平安无事。

【章阿端】

原文

卫辉戚生，少年蕴藉，有气敢任。时大姓有巨第，白昼见鬼，死亡相继，愿以贱售。生廉其直，购居之。而第阔人稀，东院楼亭，蒿艾成林，亦姑废置。家人夜惊，辄相哗以鬼。两月余，丧一婢。无何，生妻以暮至楼亭，既归，得疾，数日寻毙。家人益惧，劝生他徙，生不听。而块然无偶，憭栗自伤。婢仆辈又时以怪异相聒，生怒，盛气襆被，独卧荒亭中，留烛以觇其异。久之无他，亦竟睡去。

○卫辉：府名，清代治所在河南汲县。现为河南卫辉市。
○蕴藉：文质彬彬。
○有气敢任：有胆量，敢作敢当。
○巨第：巨大的宅院。
○憭（liáo）栗：忧伤恐惧。
○块然：孤独无伴的样子。
○襆被：裹束衣被。

译文

卫辉的戚生，年轻而有才气，文质彬彬，性格豪放敢作敢当。当时，一家大族的宅第闹鬼，白天都能见到，接连有人死亡，因此低价出售。戚生觉得价格便宜，就买下住了进去。这宅第虽然宽敞，但人烟稀少，东院的楼亭里长满了蒿草野艾，也暂时废弃不用。夜里家人常常受到惊吓，总是喊有鬼。过了两个多月，有个丫环死了。不久，戚生的妻子在傍晚去了楼亭，回来后就生病了，几天后便去世了。家人更加害怕，劝戚生搬走，戚生却不肯。他孤独无依，内心凄凉，伤感不已。丫环仆人们又时常絮叨些怪异的事，戚生怒了，抱着被褥独自到荒废的亭子里睡下，还点着蜡烛想看个究竟。等了很久，没有任何异常，戚生就这样睡着了。

原文

忽有人以手探被，反复扪搎。生醒视之，则一老大婢，挛耳蓬头，

○扪搎（mén sūn）：摸索。
○挛耳蓬头：耳朵卷曲，头发散乱。

臃肿无度。生知其鬼，捉臂推之，笑曰：“尊范不堪承教！”婢惭，
○尊范：即尊容，指样貌。

敛手蹀躞而去。少顷，一女郎自西北隅出，神情婉妙，闯然至灯下，
○蹀躞（dié xiè）：步履艰难的样子。

怒骂：“何处狂生，居然高卧！”生起笑曰：“小生此间之第主，候卿
○高卧：大模大样地躺着。○第主：房主。

讨房税耳。”遂起，裸而捉之，女急遁。生先趋西北隅，阻其归路，
○房税：房租。

女既穷，便坐床上。近临之，对烛如仙，渐拥诸怀。女笑曰：“狂

生不畏鬼耶？将祸尔死！”生强解裙襦，则亦不甚抗拒。已而自白：
○裙襦（rú）：裙子和上衣。

“妾章氏，小字阿端。误适荡子，刚愎不仁，横加折辱，愤悒夭逝，
○适：嫁。○刚愎不仁：暴戾专横，无相爱之心。

瘗此二十余年矣。此宅下皆坟冢也。”问：“老婢何人？”曰：“亦一故
○瘗（yì）：掩埋。

鬼，从妾服役。上有生人居，则鬼不安于夜室。适令驱君耳。”问：

“扪搎何为？”笑曰：“此婢三十年未经人道，其情可悯，然亦太不自
○人道：指男女之事。

谅矣。要之：馁怯者，鬼益侮弄之；刚肠者，不敢犯也。”听邻钟响
○馁怯：胆怯，气馁。

断，着衣下床，曰：“如不见猜，夜当复至。”

译文

忽然，有人把手伸进被子里，反复摸索。戚生醒来一看，原来是一个老丫环，相貌丑陋，头发蓬乱，极为臃肿。戚生知道她是鬼，抓住她的胳膊一推，笑道：“这副尊容，难以领教！”老丫环羞愧地缩回手，步履蹒跚地走开。不一会儿，一个女郎从西北角走出，神情美妙，径直走到灯下，怒斥道：“哪来的狂生，竟敢在这里高卧！”戚生笑道：“我是这宅第的主人，正等着收房租呢。”说罢便起身，裸身去抓女郎，女郎急忙逃跑。戚生抢先跑到西北角堵住她的去路，女郎无奈在床

上坐下。戚生走近她，在烛光下看她如同仙女，便把她抱在怀里。女郎笑道："狂生不怕鬼吗？会惹祸上身的！"……事后，女郎自述道："我姓章，小名阿端。误嫁给一个浪荡子，他性格暴戾，对我横加羞辱，使我愤懑而死，埋在这里二十多年了。这宅子下全是坟墓。"戚生问："那个老丫环是谁？"女郎答："她也是个老鬼，伺候我。上面有人居住，鬼就不安宁。刚才是我让她赶你走的。"戚生问："她为什么摸来摸去的？"女郎笑道："这丫环三十多岁了未经人道，情形可怜，不过她也太没有自知之明了。总之，胆怯的人，鬼就加劲辱弄；刚强的人，鬼就不敢侵犯。"听到晨钟响起，女郎着衣下床，说："如果你不怀疑，夜里我会再来。"

原文

入夕，果至，绸缪益欢。生曰："室人不幸殂谢，感悼不释于怀。卿能为我致之否？"女闻之益戚，曰："妾死二十年，谁一致念忆者？君诚多情，妾当极力。然闻投生有地矣，不知尚在冥司否。"逾夕，告生曰："娘子将生贵人家。以前生失耳环，挞婢，婢自缢死，此案未结，以故迟留。今尚寄药王廊下，有监守者。妾使婢往行贿，或将来也。"生问："卿何闲散？"曰："凡枉死鬼不自投见，阎摩天子不及知也。"二鼓向尽，老婢果引生妻而至。生执手大悲，妻含涕不能言。女别去，曰："两人可话契阔，另夜请相见也。"生慰问婢死事，妻曰："无妨，行结矣。"上床偎抱，款若平生之欢。由此遂以为常。

○绸缪（móu）：情意深厚，缠绵。
○殂谢：去世。
○致：招来。
○戚：伤心。
○药王：药王菩萨。
○阎摩天子：阎罗王，掌管地狱的神。
○话契阔：叙谈久别之情。

译文

入夜，章阿端果然来了，两人更加情意缠绵，格外欢乐。戚生说："我的妻子不幸去世，感伤哀悼之情难以释怀。你能把她招来吗？”章阿端听后更感伤心，说：“我已死二十年，没人记得我。你真是多情，我会尽力帮忙。不过，听说她投生的地方定了，不知还在不在阴间。”过了一晚，章阿端告诉戚生：“你的妻子将投生到贵人家。因为前生丢了耳环，打了丫环，丫环上吊而死，这案子还未了结，所以滞留阴间。她现在还在药王庙的廊下，有人看守。我派丫环去行贿，也许快来了。”戚生问：“你为何如此自由？”章阿端说：“冤死鬼不主动投案，阎王就没工夫理会。”二更将尽时，老丫环果然领着戚生的妻子来了。戚生握着妻子的手大悲，妻子含泪无言。章阿端告别说：“你们两人可以叙旧，我们改天再见。”戚生问起妻子的丫环上吊案，妻子说：“没事，快结案了。”两人相互依偎，像平时一样亲密。从此经常如此。

原文

后五日，妻忽泣曰：“明日将赴山东，乖离苦长，奈何？”生闻言，挥涕流离，哀不自胜。女劝曰：“妾有一策，可得暂聚。”共收涕询之。女请以钱纸十提，焚南堂杏树下，持贿押生者，俾缓时日。生从之。至夕，妻至曰：“幸赖端娘，今得十日聚。”生喜，禁女勿去，留与连床，暮以暨晓，惟恐欢尽。过七八日，生以限期将满，夫妻终夜哭，问计于女。女曰：“势难再谋。然试为之，非冥资百万不可。”生焚之如数。女来，喜曰：“妾使人与押生者关说，初甚难，既见多金，心始摇。今已以他鬼代生矣。”自此白日亦不复去，令生塞户牖，灯烛不绝。

○乖离：分离，离别。

○十提：十串。提，纸钱一串为一提。

○暮以暨晓：从天黑到天亮。

○关说：从中给人说好话。

译文

五天后，妻子突然哭着说：“明天我就要去山东投生，我们要离别了，怎么办？”戚生听了，泪流满面，悲痛欲绝。章阿端劝他说：“我有个办法，可以让你们暂时团聚。”二人止住哭泣，询问对策。章阿端建议戚生拿十串纸钱在南堂杏树下烧掉，用来贿赂押送妻子的差役，请他延缓几天。戚生照办。晚上，妻子前来说：“多亏端姑娘的主意，现在我们还能在一起十天。”戚生很高兴，留住章阿端不让她走，三人同床而卧，从傍晚到天亮，唯恐快乐结束。过了七八天，戚生因期限将满，夫妻俩整夜哭泣，又向章阿端求助。章阿端说：“眼下的情况很难再有办法。不过可以试试看，只是需要阴间的一百万纸钱。”戚生按数烧了纸钱。章阿端回来，高兴地说：“我让人去跟押送的差役说情，起初很难说通，后来看到钱多，才动了心。现在已经让别的鬼代替你妻子去投生了。”从此，她们白天也不再离开，让戚生关好门窗，整天点着蜡烛。

原文

如是年余，女忽病，瞀闷懊憹，恍惚如见鬼状。妻抚之曰：“此为鬼

○瞀（mào）闷懊憹（náo）：指神志昏乱，烦闷不安。瞀，昏乱。懊憹，烦闷。

病。”生曰：“端娘已鬼，又何鬼之能病？”妻曰：“不然。人死为鬼，

鬼死为聻。鬼之畏聻，犹人之畏鬼也。”生欲为聘巫医，曰：“鬼何可

○聻（jiàn）：传说鬼死后的形态。鬼死为聻，聻比鬼更可怕。

以人疗？邻媪王氏，今行术于冥间，可往召之。然去此十余里，妾足

弱，不能行，烦君焚刍马。”生从之。马方爇，即见女婢牵赤骝，授

○刍马：草扎的纸马。

绥庭下，转瞬已杳。少间，与一老妪叠骑而来，絷马廊柱。妪入，

○绥：马的缰绳。　○叠骑：共骑一马。

切女十指，既而端坐，首儩倲作态，仆地移时，蹶而起曰：“我黑山

○切：按，摸。中医按脉诊断。　○儩倲（dù sòu）：同“哆嗦”，颤抖。

大王也。娘子病大笃，幸遇小神，福泽不浅哉！此业鬼为殃，不妨，

不妨！但是病有瘳，须厚我供养，金百铤、钱百贯、盛筵一设，不得少缺。”妻一一噭应。妪又仆而苏，向病者呵叱，乃已。既而欲去，妻送诸庭外，赠之以马，欣然而去。入视女郎，似稍清醒。夫妻大悦，抚问之。女忽言曰：“妾恐不得再履人世矣。合目辄见冤鬼，命也！”因泣下。越宿，病益沉殆，曲体战栗，妄有所睹。拉生同卧，以首入怀，似畏扑捉。生一起，则惊叫不宁。如此六七日，夫妻无所为计。会生他出，半日而归，闻妻哭声。惊问，则端娘已毙床上，委蜕犹存。启之，白骨俨然。生大恸，以生人礼葬于祖墓之侧。

○瘳：病愈。

○噭应：大声答应。

○委蜕：遗留下的皮壳，喻遗留之迹。委，遗弃。

译文

过了一年多，章阿端忽然病了，神志昏乱，烦闷不安，像见了鬼一样。戚妻抚摸她说：“这是鬼病。”戚生说：“端姑娘已是鬼，还有什么鬼能让她生病？”戚妻说：“不对。人死成鬼，鬼死成聻。鬼怕聻，就像人怕鬼。”戚生想请巫医，戚妻说：“鬼病怎么能用人来治？邻居王老太太现在在阴间当巫医，可以去请她。不过离这里有十多里地，我走不动，你烧纸马吧。”戚生照做。纸马刚烧完，见丫环牵着一匹红马来，把缰绳交给戚妻，转眼不见了。没多久，戚妻和一个老太太共骑一马回来，把马拴在廊柱上。老太太进屋按住章阿端的十指诊断，接着端正坐下，脑袋颤抖，倒地一阵子，跳起来说：“我是黑山大王。这姑娘病得很重，幸好遇到小神，有福气啊！这是业鬼造的祸殃，没关系，病会好的。只是病好后，要厚待我，一百锭银子、一百贯钱、一桌酒席，不能少。”戚妻一一大声答应。老太太又倒地苏醒，向病人吆喝一阵，才算完事。之后要走，戚妻送到门外，把纸马送给她，她高兴地走了。进屋看章阿端，似乎在清醒，夫妻非常高兴，抚慰她。章阿端忽然说：“我恐怕不能再回人世了，一闭眼就见冤鬼，这是命啊！”流下泪来。过了一夜，她病重垂危，身子发抖，好像见到了什么。她拉戚生躺一起，把头埋在戚生怀里，像怕被捉住。戚生一起身，她就惊叫。这样过了六七天，夫妻束手无策。戚生外出半天，回到家听到妻子的哭声，问何事，原来端姑娘已死在床上，衣服还在。掀开一看，是一具白骨。戚生悲痛万分，按人礼把她葬在祖坟旁。

原文

一夜，妻梦中呜咽。摇而问之，答云："适梦端娘来，言其夫为聻鬼，怒其改节泉下，衔恨索命去，乞我作道场。"生早起，即将如教。妻止之曰："度鬼非君所可与力也。"乃起去。逾刻而来，曰："余已命人邀僧侣，当先焚钱纸作用度。"生从之。日方落，僧众毕集，金铙法鼓，一如人世。妻每谓其聒耳，生殊不闻。道场既毕，妻又梦端娘来谢，言："冤已解矣，将生作城隍之女。烦为转致。"

○改节：不守妇节，不忠贞。

○与力：为力。

○金铙法鼓：法会中使用的打击乐器。金铙，指铙钹。

○聒耳：声音吵闹，震耳欲聋。

○城隍：护佑城池的神灵。

译文

一天夜里，妻子在梦中呜咽。戚生摇醒她，问为什么哭，妻子回答："刚才梦见端姑娘前来，说她的丈夫成了聻鬼，因她在阴间改守节操而恼恨，怀恨在心，索命去了，请我为她做道场。"戚生一早起床，准备照办。妻子阻止他说："超度鬼不是你能办到的。"便起身出去。一会儿，妻子回来，说："我已经请人邀来僧侣，先烧纸钱作为费用。"戚生依言而行。日落时分，僧众齐集，使用的铜铙法鼓与人间无异。妻子觉得声音震耳，而戚生却听不到。道场结束后，妻子又梦见端姑娘来感谢，说："冤仇已解，我将投生为城隍的女儿，请转告戚生。"

原文

居三年，家人初闻而惧，久之渐习。生不在，则隔窗启禀。一夜，向

生啼曰：“前押生者，今情弊漏泄，按责甚急，恐不能久聚矣。”数

○情弊：受贿舞弊的情节。

日，果疾，曰：“情之所钟，本愿长死，不乐生也。今将永诀，得非数乎！”生皇遽求策，曰：“是不可为也。”问：“受责乎？”曰：“薄有所罚。然偷生罪大，偷死罪小。”言讫，不动。细审之，面庞形质，渐就澌灭矣。生每独宿亭中，冀有他遇，终亦寂然，人心遂安。

○澌灭：消失，消亡。

译文

妻子在家住了三年，家人最初听说时感到害怕，久而久之便习以为常。戚生不在时，家人就隔着窗户禀报家事。一夜，妻子哭着对戚生说：“以前押送投生的差役，如今他的受贿舞弊之事败露，被追查得很紧，恐怕我们不能长久团聚了。”几天后，妻子果然生病，她说：“因为对你的钟情，我本愿长死，不想投生。现在即将永别，难道不是命数使然吗？”戚生惶恐地问有什么办法，妻子说：“这是无可挽回的。”戚生问：“会受责罚吗？”妻子说：“会有轻微的惩罚。不过偷生罪大，偷死罪小。”说完就不再动了。仔细看去，妻子的面容和形体渐渐消失不见了。戚生时常独自住在亭中，希望能有新的际遇，但始终没有，再也没有出现什么怪事，家人的心也逐渐安定下来。

药王菩萨

药王菩萨是佛教中掌管医药与治愈的菩萨，象征慈悲与智慧，能解除病痛、延年益寿。与药师佛关系密切，药王菩萨在中国民间信仰中广受尊崇。除阳间救治生灵外，药王菩萨在中国的阴间鬼神文化中也具有重要地位，信徒相信他能够化解阴间亡魂的痛苦，超越生死，护佑人们在阴阳两界的平安与安宁。

【馎饦媪】

原文

韩生居别墅半载，腊尽始返。一夜，妻方卧，闻人行声。视之，炉中煤火，炽耀甚明。见一媪，可八九十，鸡皮橐背，衰发可数。向女曰："食馎饦否？"女惧不敢应。媪遂以铁箸拨火，加釜其上，又注以水。俄闻汤沸，媪撩襟启腰橐，出馎饦数十枚，投汤中，历历有声。自言曰："待寻箸来。"遂出门去。女乘媪去，急起捉釜倾箦后，蒙被而卧。少刻，媪至，逼问釜汤所在。女大惧而号，家人尽醒，媪始去。启箦照视，则土鳖虫数十，堆累其中。

○腊尽：年终。

○可：大约。

○鸡皮橐背：皮肤皱如鸡皮，背如骆驼。橐背，即驼背。

○馎饦（bó tuō）：一种煮的面食。

○撩襟启腰橐：撩起衣襟，打开腰间的口袋。

○土鳖虫：一种昆虫，又名䗪虫、地鳖虫。

译文

韩生在别墅住了半年，到年底才回家。一天夜里，妻子刚躺下，听到有人走动的声音。她睁眼一看，只见炉中的煤火烧得很旺，火光明亮。一个老太太，八九十岁，皮肤皱如鸡皮，驼着背，头发稀疏可数。老太太对韩妻说："吃汤饼吗？"韩妻害怕，不敢答应。老太太用铁筷子拨火，放上锅，倒上水。不久水烧开了，老太太撩起衣襟，打开腰间的口袋，拿出几十个汤饼扔进锅里，发出清晰的声响。老太太自言自语道："等我找双筷子来。"说完便出门去了。韩妻趁老太太离开时，急忙起身把锅里的汤饼倒在床后，然后重新躺下。不久，老太太回来，逼问锅里的汤饼去了哪里。韩妻吓得大声叫喊，家人都醒了，老太太这才离去。家人掀开床后，用灯一照，只见几十只土鳖虫堆在那里。

【金永年】

原文

利津金永年，八十二岁无子，媪亦七十八岁，自分绝望。忽梦神告曰："本应绝嗣，念汝贸贩平准，赐予一子。"醒以告媪。媪曰："此真妄想。两人皆将就木，何由生子？"无何，媪腹震动。十月，竟举一男。

○利津：县名。位于山东北部，现属东营市。

○自分：自己料想。

○平准：公平。

○将就木：临近死亡。就木，入殓，去世。

○举：生育，抚养。

译文

利津县的金永年，八十二岁还没有儿子，妻子也已七十八岁，他们自认为不可能再有孩子了。忽然有一天，金永年梦见神告诉他说："你本该无后，但因你做生意公平，特赐你一个儿子。"醒来后，他告诉了妻子。妻子说："这真是妄想。我们俩人都快入土了，怎么还能生孩子？"没多久，妻子的腹部有了动静。十个月后，她竟生下一个男孩。

【花姑子】

原文

安幼舆，陕之拔贡生。为人挥霍好义，喜放生。见猎者获禽，辄不惜重直，买释之。会舅家丧葬，往助执绋。暮归，路经华岳，迷窜山谷中，心大恐。一矢之外，忽见灯火，趋投之。数武中，欻见一叟，伛偻曳杖，斜径疾行。安停足，方欲致问，叟先诘谁何。安以迷途告，且言灯火处必是山村，将以投止。叟曰：“此非安乐乡。幸老夫来，可从去，茅庐可以下榻。”安大悦。

○挥霍：任意花钱。

○执绋（fú）：指参加送葬。

○华岳：即华山，位于陕西渭南。

○伛偻（yǔ lǚ）：腰背弯曲。曳杖：拄着拐杖。

○下榻：住宿，留宿。

译文

安幼舆是陕西的拔贡生。他为人挥霍仗义，喜欢放生。见猎人捕捉到鸟兽，他总是不惜重金买下后放生。一次，舅舅家办丧事，安幼舆前去帮忙。傍晚回家时，他经过华山，迷失在山谷中，心中非常害怕。在一箭之地外，他忽然看到灯火，于是赶过去。走了几步，他突然见到一个老汉，驼着背，拄着拐杖，快步走在斜坡上。安幼舆停下来，正想询问，老汉却先问他是谁。安幼舆告诉老汉自己迷路了，并说有灯火的地方一定是一个山村，想去那里投宿。老汉说：“这地方可不是安乐乡。幸好我来了，你可以跟我走，我的茅屋可以让你住下。”安幼舆非常高兴。

原文

从行里许，睹小村。叟扣荆扉，一妪出，启关曰：“郎子来耶？”叟曰：“诺。”既入，则舍宇湫隘。叟挑灯促坐，便命随事具食。又谓

○郎子：对年轻男子的敬称，这里指安幼舆。

○荆扉：柴门。

○湫隘：低矮狭小。

○随事具食：根据现有食物准备饭菜。

妪曰："此非他，是吾恩主。婆子不能行步，可唤花姑子来酾酒。"

○酾（shāi）酒：斟酒。

俄女郎以馔具入，立叟侧，秋波斜盼。安视之，芳容韶齿，殆类天仙。叟顾令煨酒。房西隅有煤炉，女即入房拨火。安问："此公何人？"答云："老夫章姓，七十年止有此女。田家少婢仆，以君非他人，遂敢出妻见子，幸勿哂也。"安问："婿家何里？"答言："尚未。"安赞其惠丽，称不容口。叟方谦挹，忽闻女郎惊号。叟奔入，则酒沸火腾。叟乃救止，诃曰："老大婢，濡猛不知耶！"回首，见炉傍有薥心插紫姑未竟，又诃曰："发蓬蓬许，裁如婴儿！"持向安曰："贪此生涯，致酒腾沸。蒙君子奖誉，岂不羞死！"安审谛之，眉目袍服，制甚精工，赞曰："虽近儿戏，亦见慧心。"

○芳容韶齿：年轻貌美。韶齿，指妙龄。

○煨酒：文火温酒。

○谦挹：谦虚客气。挹，表示谦让。

○濡猛：酒沸腾得很猛。

○紫姑：厕神之名，旧时谓其能先知，妇人多以草木或者筷子，请神祈祷。

○蓬蓬：茂盛、蓬勃的样子。

译文

安幼舆同老人走了大约一里路，看到了一个小村庄。老汉敲了敲柴门，一个老妇人出来开门，问："郎君来了吗？"老人回答："是的。"进了屋，只见房子狭窄又低矮。老人点燃灯，匆忙让安幼舆坐下，吩咐家里就现有的食物来准备吃的。然后对老妇人说："这位不是外人，是我的救命恩人。你腿脚不便，就叫花姑子来热酒吧。"不一会儿，一位年轻女子拿着饭菜进来，站在老人旁边，斜眼偷看安幼舆。安幼舆一看，只见她年轻美貌，宛如天仙。老人转过头来吩咐女子去热酒。屋子西角有个煤炉，女子进去拨弄火炉。安幼舆问："这位女子是谁？"老人回答说："老夫姓章，今年七十岁，家中只有这一个女儿。我们家是农户，没有仆人婢女，因为你不是外人，所以敢让妻子和女儿出来相见，请不要见笑。"安幼舆问："女婿家在哪里？"老人回答说："还未定亲。"安幼舆称赞女子聪明美丽，连连夸奖。老人正谦虚地接受，忽然听到女子惊叫。老人冲进屋里，原来是酒沸腾了，火苗熊熊。老人赶紧扑灭火焰，责怪说：“这么大的姑娘了，连酒煮沸了也不知道吗！”转头一看，炉边有一根高粱秆插的紫姑还未完成，又责备说：“头发都这么多了，还像个小孩子！”他把那个未完成的紫姑拿给安幼舆看，说：“她整天只顾着玩这些东西，酒都煮沸了。你还夸她呢，这不是把人家羞死了！”安幼舆仔细看了看她做的紫姑，眉眼和衣服都做得很精致，便称赞说：“虽然看起来像孩子的玩具，但也能看出她的心思细腻。”

原文

斟酌移时，女频来行酒，嫣然含笑，殊不羞。安注目情动。忽闻妪呼，叟便去。安觑无人，谓女曰：“睹仙容，使我魂失。欲通媒妁，恐其不遂，如何？”女抱壶向火，默若不闻，屡问不对。生渐入室，女起，厉色曰：“狂郎入闼将何为！”生长跽哀之。女夺门欲出，安暴起要遮，狎接膿𦡀。女颤声疾呼，叟匆遽入问。安释手而出，殊切愧惧。女从容向父曰：“酒复涌沸，非郎君来，壶子融化矣。”安闻女言，心始安妥，益德之。魂魄颠倒，丧所怀来。于是伪醉离席，女亦遂去。叟设裀褥，阖扉乃出。安不寐，未曙，呼别。

○闼：门，这里指内室的门。

○跽：双膝跪地，上身挺直。

○暴起：突然站起。要遮：拦截。

○接膿（jué）𦡀：接吻。

○丧所怀来：失去了原本的念头。怀来，原来的意图。

译文

两人边喝酒边聊天，花姑子不时前来续酒，面带微笑，毫不羞涩。安幼舆被她迷住了。突然听到老妇人的呼唤，老汉便离开了房间。安幼舆见四下无人，便对花姑子说：“看到你美丽的容颜，我已魂不守舍。本想通过媒妁说亲，却又害怕成事不遂，该如何是好？”花姑子抱着酒壶站在火炉旁，沉默不语，安幼舆再三询问也不回答。安幼舆慢慢走进里屋，花姑子站起来，严厉地说："狂妄之徒进屋来干什么！"安幼舆跪下哀求。花姑子欲夺门而出，安幼舆突然站起来拦住她，试图亲吻她。花姑子颤声呼救，老汉匆忙走进房间询问发生了什么。安幼舆松开手走了出去，感到极其羞愧和害怕。花姑子从容地对父亲说："酒又沸腾了，如果不是郎君过来帮忙，酒壶都要烧化了。"听到女子的话，安幼舆心才安定下来，更加感激她。他感觉自己神魂颠倒，忘却了非礼的念头。于是佯装醉意，离开座位，花姑子也随后离开。老汉铺好床褥，关上门后离开。安幼舆整夜未眠，天还未亮就叫醒老汉告别。

原文

至家，即浼交好者造庐求聘，终日而返，竟莫得其居里。安遂命仆马，寻途自往。至则绝壁巉岩，竟无村落。访诸近里，则此姓绝少。失望而归，并忘食寝，由此得昏瞀之疾，强啖汤粥，则唾嗒欲吐，溃乱中，辄呼花姑子。家人不解，但终夜环伺之，气势阽危。一夜，守者困怠并寐，生朦瞳中，觉有人揣而抗之。略开眸，则花姑子立床下，不觉神气清醒。熟视女郎，潸潸涕堕。女倾头笑曰："痴儿何至此耶？"乃登榻，坐安股上，以两手为按太阳穴。安觉脑麝奇香，穿鼻沁骨。按数刻，忽觉汗满天庭，渐达肢体。小语曰："室中多人，我不便住。三日当复相望。"又于绣袪中出数蒸饼置床头，悄然遂去。安至中夜，汗已思食，扪饼啖之。不知所苞何料，甘美非常，遂尽三枚。又以衣覆余饼，懵憕酣睡，辰分始醒，如释重负。三日，

○造庐求聘：到家里去提亲。

○昏瞀（mào）：精神恍惚，神志不清。

○阽（diàn）危：濒临危险。

○朦瞳：朦胧不清。

○揣而抗（yǎn）之：摇动他。揣、抗，都有摇动的意思。

○天庭：前额。

○袪（qū）：衣袖。

○懵憕（méng téng）：迷乱，朦胧。

饼尽，精神倍爽。乃遣散家人，又虑女来不得其门而入，潜出斋庭，悉脱扃键。

○扃键：门闩。

译文

回到家后，安幼舆立即请求好友去花姑子家提亲，朋友去了一整天却没有找到花姑子的住处。于是安幼舆亲自带着仆人，沿途寻找旧路。到了原先去的地方，却发现那里全是悬崖峭壁，根本没有村庄。向附近村里的人打听，姓章的极少。安幼舆失望而归，茶饭不思，心神不宁，终于患上了神志混乱的病，勉强喝点稀粥就恶心呕吐，精神恍惚中总是呼唤花姑子的名字。家人不明白，只好整夜守在床边，眼看着他的病情越来越危急。一天夜里，守护的人困倦不堪，都睡着了。安幼舆朦胧中，感觉有人在晃动自己。他睁开眼睛一看，原来是花姑子站在床前，顿时清醒过来。他仔细看着花姑子，泪水不停地流下来。花姑子低头一笑说："傻小子，怎么弄成这样？"……她用双手按住他的太阳穴。安幼舆顿时闻到一股麝香的奇香，穿过鼻子，沁入骨髓。按了一会儿，安幼舆忽然觉得满头是汗，渐渐地，全身都在冒汗。花姑子低声说："屋里人多，我不便久留，三天后再来看你。"她从袖口里拿出几枚蒸饼，放在床头，悄悄离去。半夜时分，安幼舆不再出汗，开始觉得饿了，便摸出蒸饼吃。不知道蒸饼里包了什么馅儿，吃起来非常甘美，他一连吃了三枚。然后，他用衣服盖住剩下的蒸饼，昏昏沉沉地酣然入睡，到早上八九点才睡醒，感觉如释重负。三天后，蒸饼吃完，安幼舆精神倍加爽快。他让家人都离开，又怕花姑子来时找不到进来的门，便悄悄出去把所有门闩都打开。

原文

未几，女果至，笑曰："痴郎子！不谢巫耶？"安喜极，抱与绸缪，恩爱甚至。已而曰："妾冒险蒙垢，所以故，来报重恩耳。实不能永谐琴瑟，幸早别图。"安默默良久，乃问曰："素昧生平，何处与卿

○巫：这里指花姑子自称女巫，治病救人。

家有旧，实所不忆。”女不言，但云：“君自思之。”生固求永好，女曰：“屡屡夜奔，固不可，常谐伉俪，亦不能。”安闻言，悒悒而悲。

○悒悒：形容忧愁不乐的样子。

女曰：“必欲相谐，明宵请临妾家。”安乃收悲以忻，问曰：“道路辽远，卿纤纤之步，何遂能来？”曰：“妾固未归。东头聋媪我姨行，为君故，淹留至今，家中恐所疑怪。”安与同衾，但觉气息肌肤，无处不香，问曰：“熏何芗泽，致侵肌骨？”女曰：“妾生来便尔，非由熏饰。”安益奇之。女早起言别。安虑迷途，女约相候于路。

○忻：欣喜，快乐。

○芗泽：香泽，香气。芗，通“香”。

译文

不久，花姑子来了，笑着说：“傻郎君，还不谢医生吗？”安幼舆欣喜若狂，与她亲热，两相恩爱。随后，花姑子说：“我冒险不惜名节来到这里，只是为了报答你的恩情。我们不可能永远在一起，你应该早做打算。”安幼舆沉默良久，最终问道：“我们素不相识，我不记得在哪里曾与你家有过交情。”花姑子没有回答，只是说：“你自己好好想想。”安幼舆坚决表示要永远和她在一起，花姑子则说：“经常夜晚私会是不行的，要做长期夫妻也不可能。”安幼舆听了很是伤心。花姑子又说：“如果你真的想和我在一起，明晚请到我家来。”安幼舆听后，由悲转喜，问：“这条路这么远，你纤纤小脚，怎么会来这里？”花姑子回答：“我其实没有回家。东边的聋老太太是我的姨妈，为了你，我一直留在那里，家里可能已经觉得奇怪了。”安幼舆和她同床共枕，感觉到她身上的香气和肌肤无比香甜，便问：“你用了什么香料，让全身都这么香？”花姑子说：“我天生如此，不是后天熏染的。”安幼舆更加感到奇异。黎明前，花姑子起床告别，安幼舆担心迷路，花姑子说她会在路上等他。

原文

安抵暮驰去，女果伺待，偕至旧所。叟媪欢逆。酒肴无佳品，杂具

藜藿。既而请客安寝，女子殊不瞻顾，颇涉疑念。更既深，女始至，

○藜藿：指简单粗劣的饭菜。藜，野菜；藿，豆叶。

曰："父母絮絮不寝，致劳久待。"浃洽终夜，谓安曰："此宵之会，

○浃洽：和美融洽。

乃百年之别。"安惊问之，答曰："父以小村孤寂，故将远徙。与君好合，尽此夜耳。"安不忍释，俯仰悲怆。依恋之间，夜色渐曙，叟忽然闯入，骂曰："婢子玷我清门，使人愧怍欲死！"女失色，草草奔去。叟亦出，且行且詈。安惊孱遌怯，无以自容，潜奔而归。

○愧怍：羞愧。

○詈（lì）：骂。

○惊孱遌怯：惊慌胆怯。孱，懦弱。遌，意外遇见而惊。

译文

安幼舆在黄昏时骑马赶往章家，花姑子果然在等他，两人一同来到她家。老汉和老太太高兴地迎接他，酒菜粗劣，仅有一些野菜和豆叶。饭后，主人请安幼舆休息，花姑子却连看都不看他一眼，安幼舆心生疑虑。直到深夜，花姑子才来到他的房间，说："父母一直唠叨不肯睡，让你久等了。"他们浃洽终夜，花姑子对安幼舆说："今夜的相会就是终生的离别。"安幼舆惊问原因，花姑子说："父亲觉得住在这个小村里太孤单，所以要搬到很远的地方去。你我恩爱，只能到此为止了。"安幼舆不愿分开，伤心难过。天色渐亮时，老汉突然闯进屋，骂道："丫头玷污了我清白的家风，让人羞愧难当！"花姑子大惊失色，匆忙跑了出去。老汉也走出屋，一边走一边骂。安幼舆惊慌失措，恐惧不安，悄悄逃回了家。

原文

数日徘徊，心景殆不可过，因思夜往，逾墙以观其便。叟固言有

○心景：心情，心境。

恩，即令事泄，当无大谴。遂乘夜窜往，蹀躞山中，迷闷不知所往，

○蹀躞（dié xiè）：徘徊不前，艰难行进。

大惧。方觅归途，见谷中隐有舍宇，喜诣之，则闬闳高壮，似是世

○闬闳（hàn hóng）：里门，巷门。

家，重门尚未扃也。安向门者询章氏之居，有青衣人出，问：“昏夜何人询章氏？”安曰：“是吾亲好，偶迷居向。”青衣曰：“男子无问章也。此是渠妗家，花姑即今在此，容传白之。”入未几，即出邀安。才登廊舍，花姑趋出迎，谓青衣曰：“安郎奔波中夜，想已困殆，可伺床寝。”少间，携手入帏。安问：“妗家何别无人？”女曰：“妗他出，留妾代守。幸与郎遇，岂非夙缘？”然偎傍之际，觉甚羶腥，心疑有异。女抱安颈，遽以舌舐鼻孔，彻脑如刺。安骇绝，急欲逃脱，而身若巨绠之缚。少时，闷然不觉矣。

○妗（jìn）：舅母。

○绠（gěng）：粗绳，汲绳。

译文

安幼舆几天来心情沉重，难以承受，便想着夜间前往章家，翻墙再找机会见面。他想老汉曾说自己对他家有恩，即使被发现，也不会大加责备。于是，他夜里偷偷前往，在山中艰难地行进，迷茫而不知去向，感到非常恐惧。正当他寻找归路时，隐约看见山谷中有一些房屋，便高兴地前去查看。那住宅的大门高大雄伟，似乎是个显贵之家，院子里的几道门还没关上。他向门房打听章家的住处，有个丫环走出来问：“黑夜里是谁在打听章家？”安幼舆回答：“章家是我的亲戚，我迷路了。”丫环说：“别找章家了，这里是花姑子的舅母家，花姑子现在就在这里，我去告诉她。”丫环进去不久，便出来请安幼舆进门。刚上廊舍，花姑子便迎出来，对丫环说：“安郎奔波了半夜，想来已累坏了，你快准备床铺，让他休息。”不久，花姑子和安幼舆手拉手进入帏帐。安幼舆问：“舅母家怎么没别人？”花姑子说：“舅母外出，留我看家。幸好与你相遇，岂不是前世的缘分？”然而依偎时，安幼舆觉得花姑子的气味腥膻，心中疑虑。花姑子抱住安幼舆的脖子，突然用舌头舔他的鼻孔，他顿觉疼痛如针刺，疼痛直达脑际。他惊骇欲绝，想逃脱却如同被粗绳捆住，没多久便失去了知觉。

原文

安不归，家中逐者穷人迹。或言暮遇于山径者。家人入山，则见裸死危崖下，惊怪莫察其由，舁归。众方聚哭，一女郎来吊，自门外噭啕而入，抚尸捺鼻，涕洟其中，呼曰："天乎，天乎！何愚冥至此！"痛哭声嘶，移时乃已。告家人曰："停以七日，勿殓也。"众不知何人，方将启问，女傲不为礼，含涕径出。留之不顾，尾其后，转眸已渺。群疑为神，谨遵所教。夜又来，哭如昨。

○噭啕（jiào táo）：高声号哭。噭，号呼。

○涕洟：眼泪和鼻涕。

译文

安幼舆没有回家，家里人四处寻找他的踪迹。有人说傍晚时在山路上见过他。家人进入山中，发现安幼舆赤身裸体，死在悬崖下，惊讶不已，不明白他是怎么死的，只好将他的尸体抬回家。正当大家围着他的尸体痛哭时，一个年轻女子前来吊唁，从门外高声号哭着走进来。她抚摸着尸体，按住安幼舆的鼻子，眼泪和鼻涕都流到他鼻子里，喊道："天啊，天啊！怎么这么糊涂！"她痛哭得声音都嘶哑了，过了很久才停止。她告诉家人："把他停放七天，不要入殓。"家人不知她是谁，正要问话，她却傲然不答礼，含泪径直离开。家人想挽留她，她却不回头，大家跟随其后，转眼间她就消失不见了。大家怀疑她是神仙，便谨慎地按照她说的去做。夜里，她又来，像昨晚一样痛哭。

原文

至七夜，安忽苏，反侧以呻，家人尽骇。女子入，相向呜咽。安举手，挥众令去。女出青草一束，燂汤升许，即床头进之，顷刻能言。

○燂（xún）：煮。

叹曰：“再杀之惟卿，再生之亦惟卿矣！”因述所遇。女曰：“此蛇精冒妾也。前迷道时所见灯光，即是物也。”安曰：“卿何能起死人而肉白骨也？勿乃仙乎？”曰：“久欲言之，恐致惊怪。君五年前，曾于华山道上买猎獐而放之否？”曰：“然，其有之。”曰：“是即妾父也。前言大德，盖以此故。君前日已生西村王主政家。妾与父讼诸阎摩王，阎摩王弗善也。父愿坏道代郎死，哀之七日，始得当。今之邂逅，幸耳。然君虽生，必且痿痹不仁，得蛇血合酒饮之，病乃可除。”生衔恨切齿，而虑其无术可以擒之。女曰：“不难。但多残生命，累我百年不得飞升。其穴在老崖中，可于晡时聚茅焚之，外以强弩戒备，妖物可得。”言已，别曰：“妾不能终事，实所哀惨。然为君故，业行已损其七，幸悯宥也。月来觉腹中微动，恐是孽根。男与女，岁后当相寄耳。”流涕而去。

○主政：官名，负责政务的官员。

○坏道：毁坏道行。

○当：判决。

○痿痹不仁：肢体萎缩麻痹，失去知觉。

○晡时：下午三点到五点。

○业行：修行的道行。

○悯宥：怜悯宽宥。

译文

到了第七天的夜里，安幼舆忽然苏醒过来，翻身呻吟，家人都吓了一跳。这时花姑子进来，两人相对哭泣。安幼舆举手示意让大家离开。花姑子拿出一束青草，煮了一升左右的汤，在床头给安幼舆喝下，不一会儿他就能说话了。安幼舆叹道：“杀我的也是你，救我的也是你！”于是把所遇到的情况讲述了一遍。花姑子说：“那是蛇精冒充我。你迷路时看到的灯光就是它。”安幼舆问：“你怎么能起死回生？难道你是仙人吗？”花姑子说：“我早就想告诉你，只是怕你受惊。五年前，你是不是曾经在华山道上买下被猎获的獐子放生了？”安幼舆说：“对，有这事。”花姑子说：“这獐子就是我的父亲。上次说你对我家有恩，就是这个原因。你前天已经投生到西村的王主政家。我和父亲为你向阎王告状，阎王并不同意我们的请求。父亲愿意毁坏道行，替你去死，哀求了七天，才得到判决。今天我们相见，真是幸运。不过，你虽然活了，但身体会萎缩麻痹，失去感觉。要用蛇血和酒一起喝，病才能好。”安幼舆恨得咬牙切齿，担心无法捉到蛇精。花姑子说：“这不难，但会伤害许多生命，连累我百年不能成仙。蛇洞在老崖下，可以在下午三点到五点之间堆草焚烧，并在洞外用弓箭戒备，就能捉住妖精。”说完告别道：“不能和你共度一生，我实在难过。为了你，我的道行已经损失了七成，请你怜悯原谅。最近一个月，我感到腹中微动，恐怕已经怀孕。不论是男是女，一年后会送给你。”说完流着泪离去。

原文

安经宿，觉腰下尽死，爬抓无所痛痒，乃以女言告家人。家人往，如其言，炽火穴中。有巨白蛇冲焰而出，数弩齐发，射杀之。火熄入洞，蛇大小数百头，皆焦臭。家人归，以蛇血进，安服三日，两股渐能转侧，半年始起。后独行谷中，遇老媪以绷席抱婴儿授之，曰：“吾女致意郎君。”方欲问讯，瞥不复见。启襁视之，男也。抱归，竟不复娶。

○绷席：包裹婴儿的布。

○襁（qiǎng）：襁褓，包裹婴儿的布。

译文

过了一夜，安幼舆感觉腰以下完全麻木，挠抓也没有任何感觉，于是把花姑子的建议告诉了家人。家人按他说的去做，在蛇洞口点燃了大火。一条巨大的白蛇从火中冲出，众人齐射将其射杀。火熄灭后，他们进入洞中，发现数百条大大小小的蛇都被烧焦了，发出难闻的气味。家人回去后，用蛇血给安幼舆服用，三天后，他的双腿渐渐能动了，半年后才恢复行走。后来，安幼舆独自在谷中行走，遇到一位老太太用布包着一个婴儿交给他，说：“我女儿托我向你致意。”安幼舆刚想问详细情况，老太太突然不见了。他打开布包一看，是个男孩。他抱着孩子回家，终生没有娶妻。

原文

异史氏曰：人之所以异于禽兽者几希，此非定论也。蒙恩衔结，至于没齿，则人有惭于禽兽者矣。至于花姑，始而寄慧于憨，终而寄情于恝。乃知憨者慧之极，恝者情之至也。仙乎，仙乎！

○衔结：衔环结草报恩的意思。

○没齿：终身，一辈子。

○恝（jiá）：冷漠。

译文

异史氏说：人与禽兽的区别极其微小，这不是绝对的结论。人们受到恩惠，会铭记一生，结草衔环来报恩，这比起禽兽来，真是惭愧。至于花姑子，开始时的憨厚实际上是极度的聪慧，最终的淡漠其实是极致的深情。可见，憨厚是聪慧的极点，淡漠是深情的极至。这就是仙人的作为吧！这就是仙人的作为吧！

紫姑

紫姑是中国民间传说中的一位女神，传说她原是冤死的女子，后被奉为厕神，专司家宅清洁与运势。在传统习俗中，人们于正月十五夜祭祀紫姑，祈求她保佑家宅安宁、财富增长。紫姑象征着对家居环境的重视和对命运的祈求，尤其在农耕社会，紫姑被认为能预示来年的丰收或家庭运势。

【武孝廉】

原文

武孝廉石某，囊赀赴都，将求铨叙。至德州，暴病，唾血不起，长卧舟中。仆篡金亡去，石大恚，病益加，资粮断绝。榜人谋委弃之。会有女子乘船，夜来临泊，闻之，自愿以舟载石。榜人悦，扶石登女舟。石视之，妇四十余，被服粲丽，神采犹都。呻以感谢。妇临审曰："君夙有瘵根，今魂魄已游墟墓。"石闻之，嗷然哀哭。妇曰："我有丸药，能起死。苟病瘳，勿相忘。"石洒泣矢盟。妇乃以药饵石，半日，觉少痊。妇即榻供甘旨，殷勤过于夫妇，石益德之。月余，病良已。石膝行而前，敬之如母。妇曰："妾茕独无依，如不以色衰见憎，愿侍巾栉。"时石三十余，丧偶经年，闻之，喜惬过望，遂相燕好。妇乃出藏金，使入都营干，相约返与同归。

○武孝廉：武举人。
○德州：今山东德州。
○铨：选授官职。
○篡金：夺取钱财。
○恚（huì）：愤怒。
○委弃：丢弃，抛弃。
○榜人：船夫。
○会：恰逢。
○临泊：靠岸停船。
○都：美丽。
○瘵（zhài）根：旧疾，主要指肺病。
○瘳（chōu）：治愈。
○矢盟：发誓。
○甘旨：美味的食物。
○良已：病愈。
○茕（qióng）独：孤独无依。
○侍巾栉（zhì）：侍奉梳洗，指为妻子。
○燕好：指夫妻恩爱。
○营干：处理事务。

译文

武举人石某，带着钱财前往京城求取官职。来到德州时，突然得病，吐血不起，卧床不起。仆人偷走钱财，逃跑了，石某愤怒异常，病情加重，生活花用已全部断绝了。船家打算把他丢下。这时恰逢有一位妇人乘船前来，夜里停泊，听说石某的情况，自愿用自己的船载他。船家高兴地扶石某上了妇人的船。石某看见妇人四十多岁，衣着华丽，神采依然。石某呻吟着表示感谢。妇人走近细看，说："你以前就有肺病，现在魂魄已游到墓地了。"石某听了，放声痛哭。妇人说：

“我有药丸，能救你一命。若病愈了，别忘了我。”石某流泪发誓。妇人便给他用药，半天后，石某稍有好转。妇人在床前侍奉，提供美味的食物，情意超过夫妻，石某更加感激她。一个多月后，石某病愈。他跪行到妇人面前，尊敬如母。妇人说：“我孤单一人，无依无靠，你如果不嫌弃我年老色衰，我愿意侍奉你。”当时石某三十多岁，丧妻一年多，听了大喜过望，两人成为恩爱夫妻。妇人拿出积蓄的钱，让石某去京城办理事务，相约等他回来后一起回家。

原文

石赴都夤缘，选得本省司阃，余金市鞍马，冠盖赫奕。因念妇腊已高，终非良偶，因以百金聘王氏女为继室。心中悚怯，恐妇闻知，遂避德州道，迂途履任。年余，不通音耗。有石中表，偶至德州，与妇为邻。妇知之，诣问石况，某以实对。妇大骂，因告以情，某亦代为不平，慰解曰：“或署中务冗，尚未暇遑。乞修尺一书，为嫂寄之。”妇如其言。某敬以达石，石殊不置意。又年余，妇自往归石，止于旅舍，托官署司宾者通姓氏。石令绝之。一日，方燕饮，闻喧詈声，释杯凝听，则妇已搴帘入矣。石大骇，面色如土。妇指骂曰：“薄情郎！安乐耶？试思富若贵何所自来？我与汝情分不薄，即欲置婢妾，相谋何害？”石累足屏气，不能复作声。久之，长跽自投，诡辞乞宥，妇气稍平。石与王氏谋，使以妹礼见妇。王氏雅不欲，石固哀之，乃往。王拜，妇亦答拜。曰：“妹勿惧，我非悍妒者。曩事，

○夤缘：拉关系，攀附权贵。
○司阃：地方军事长官。
○冠盖：指官员的车马衣冠。赫奕：显赫。
○悚怯：害怕，恐惧。
○中表：表兄弟。
○务冗：事务繁多。○暇遑：空闲时间。○尺一书：书信。
○司宾者：负责接待宾客的吏役。
○燕饮：宴饮，聚会喝酒。
○搴帘：掀开门帘。
○富若贵：富贵。
○累足屏气：形容害怕，不敢动。累足，叠着脚站立。屏气，屏住呼吸。
○雅不欲：非常不愿意。

实人情所不堪，即妹亦当不愿有是郎。”遂为王缅述本末。王亦愤

○缅述：详细叙述。

恨，因与交詈石。石不能自为地，惟求自赎，遂相安帖。

○安帖：安定，平静，踏实。

译文

石某到京城攀附权贵，得到了本省地方军事长官的职位，用剩下的钱买了鞍马，仪容显赫。他想到妇人年纪大了，不是理想的配偶，于是用一百两银子聘娶王氏为继室。石某心中害怕妇人知道此事，便绕道而行避开德州，前往任职。一年多没有音讯。石某的表兄弟偶然到德州，与妇人成为邻居。妇人知道后，前去打听石某的情况，表兄弟如实相告。妇人怒骂，向表兄弟诉说事情经过，表兄弟也替妇人抱不平，安慰说：“也许表兄公务繁忙，还没有时间写信。请写一封信，我替嫂嫂送去。”妇人照办。表兄弟把信送到石某手中，石某完全不在意。

又过了一年多，妇人亲自前来找石某，住在旅馆，请官署接待宾客的官员通报姓名。石某让人拒绝。一日，石某正宴饮时，听见外面有骂声，放下酒杯仔细听，妇人已经掀帘而入。石某大惊，面色如土。妇人指着石某骂道：“薄情郎！你快活吗？想想你的富贵从哪里来的？我对你情深义重，即使要娶小老婆，跟我商量又有何妨？”石某吓得不敢动，连话也说不出来。过了许久，跪下叩头，花言巧语请求宽恕，妇人气稍平息。石某与王氏商量，让王氏以妹妹的身份与礼节见妇人。王氏很不愿意，石某再三哀求，王氏才去见妇人。王氏行礼，妇人还礼，说：“妹妹别怕，我不是蛮横嫉妒的人。过去的事，实在是常人所难以忍受的，妹妹也不会愿意有这样的男人。”便详细叙述事情经过。王氏也愤怒，与妇人一起责骂石某。石某无地自容，只求改过，于是大家逐渐平静下来。

原文

初，妇之未入也，石戒阍人勿通。至此，怒阍人，阴诘让之。阍人

○阍人：守门人。○诘让：责问，责备。

固言管钥未发，无入者，不服。石疑之而不敢问妇，两虽言笑，而

○管钥：钥匙。发：开启。

终非所好也。幸妇娴婉，不争夕，三餐后，掩闼早眠，并不问良人

○娴婉：文雅柔顺。○夕：指共度夜晚。

夜宿何所。王初犹自危，见其如此，益敬之。厌旦往朝，如事姑嫜。

○厌旦：天刚亮的时候。

妇御下宽和有体，而明察若神。一日，石失印绶，合署沸腾，屑屑还往，无所为计。妇笑言：“勿忧，竭井可得。”石从之，果得之。叩其故，辄笑不言。隐约间，似知盗者姓名，然终不肯泄。居之终岁，察其行多异，石疑其非人，常于寝后使人听之，但闻床上终夜作振衣声，亦不知其何为。妇与王极相爱怜。一夕，石以赴臬司未归，妇与王饮，不觉过醉，就卧席间，化而为狐。王怜之，覆以锦褥。未几，石入，王告以异。石欲杀之，王曰：“即狐，何负于君？”石不听，急觅佩刀，而妇已醒，骂曰：“虺蝮之行，而豺狼之心，必不可以久居！曩所啖药，乞赐还也！”即唾石面。石觉森寒如浇冰水，喉中习习作痒，呕出，则丸药如故。妇拾之，忿然径出，追之已杳。石中夜旧症复作，血嗽不止，半岁而卒。

○御下：对待下人。

○印绶：官印，绶带。

○臬司：指按察使衙门。

○虺蝮：毒蛇名，喻指狠毒的行为。

译文

起初，妇人还未进门时，石某嘱咐看门人不要让她进来。到了现在，石某对看门人非常恼火，暗中责备他。看门人坚持说自己没有开门，也没有人进来，感到很委屈。石某心中疑惑，但不敢问妇人。虽然两人有说有笑，但关系不再亲密。幸好妇人温顺文雅，不争夫妻之欢，晚饭后便关门早早睡下，从不过问丈夫夜里在哪里过夜。王氏起初还担心，但见妇人如此，更加敬重她。每天黎明便去请安，像侍奉婆婆一样。妇人对待下人宽和得体，又能明察秋毫，如同神仙。有一天，石某丢了官印，整个官署乱作一团，石某焦急不安。妇人笑着说："别担心，把井淘干，就能找到。"石某照办，果然找到了。问原因，妇人只是笑而不答。隐隐约约间，似乎妇人知道偷印者的名字，但不愿透露。住了一年，石某发现妇人有许多异常行为，怀疑她不是人类，常在她睡后让人偷看偷听，只听见床上整夜有抖衣服的声音，不知她在做什么。妇人与王氏互相体贴怜爱。有一天，石某因去按察使司未归，妇人与王氏饮酒，喝得大醉，躺在席间，变成一只狐狸。王氏怜惜她，给她盖上锦被。不久，石某回来，王氏告知此事。石某要杀妇人，王氏说："即使她是狐狸，有什么对不起你的？"石某不听，急找佩刀。这时妇人已醒，骂道："你行为如毒蛇，心如豺狼，绝不能久居！请还我以前给你的药！"便唾石某的脸。石某感到阴冷如浇冰水，喉咙痒痒，呕出丸药，药丸如最初的样子。妇人拾起药丸，愤然离去，追之已不见踪影。石某半夜旧病复发，咳血不止，半年后去世。

原文

异史氏曰：石孝廉，翩翩若书生。或言其折节能下士，语人如恐伤。壮年殂谢，士林悼之。至闻其负狐妇一事，则与李十郎何以少异。

○折节：屈己下人。折，屈服；节，志节。

○士林：文仕大夫阶层。

○殂谢：去世，死亡。

○李十郎：指唐传奇《霍小玉传》中的李益。

译文

异史氏说：石举人风度翩翩，像个书生。有人说他能屈尊下士，与人说话时总是小心翼翼，怕伤害对方。他在壮年时去世，士大夫之流都为他哀悼。然而听到他辜负狐妇一事，这与李益背弃霍小玉有什么不同呢？

【西湖主】

原文

陈生弼教，字明允，燕人也。家贫，从副将军贾绾作记室。泊舟洞庭，适猪婆龙浮水面，贾射之中背。有鱼衔龙尾不去，并获之。锁置桅间，奄存气息，而龙吻张翕，似求援拯。生恻然心动，请于贾而释之。携有金创药，戏敷患处，纵之水中，浮沉逾刻而没。

○燕人：古燕地人，今河北及其以北一带。○记室：掌管文书的官员。○猪婆龙：扬子鳄的别名。○奄：形容气息微弱的样子。○翕：收敛，闭合。○金创药：治疗刀剑创伤的药物。

译文

书生陈弼教，字明允，是燕地的人。他家境贫穷，在副将军贾绾那里担任文书工作。他们的船停泊在洞庭湖时，正好遇到一条扬子鳄露出水面。贾绾射中了扬子鳄的背部。同时，有一条鱼紧咬扬子鳄的尾巴，二者一同被捕获。它们被锁在船的桅杆旁，奄奄一息，扬子鳄时而张开嘴巴，似乎在寻求帮助。陈弼教见状，心生怜悯，请求贾绾放生。他随身携带有治疗刀剑创伤的药物，随手涂抹在扬子鳄的伤口上，然后将它们放回湖中。扬子鳄在水中浮沉了一会儿后，便消失不见了。

原文

后年余，生北归，复经洞庭，大风覆舟。幸扳一竹簏，漂泊终夜，絓木而止。援岸方升，有浮尸继至，则其僮仆。力引出之，已就毙矣。惨怛无聊，坐对憩息。但见小山耸翠，细柳摇青，行人绝少，无可问途。自迟明以及辰后，怅怅靡之。忽僮仆肢体微动，喜而扪之，无何，呕水数斗，醒然顿苏。相与曝衣石上，近午始燥可

○絓：绊住，卡住。○惨怛：悲伤，忧愁。○迟明：天快亮时。辰后：上午七点到九点。○靡之：无处可去。

着，而枵肠辘辘，饥不可堪。于是越山疾行，冀有村落。才至半山，

○枵（xiāo）肠：空腹，肚子饿得咕咕叫。枵，空虚。

闻鸣镝声。方疑听所，有二女郎乘骏马来，骋如撒菽。各以红绡抹

○骋如撒菽：马跑得很快，蹄声像撒豆子一样急促清脆。

额，髻插雉尾，着小袖紫衣，腰束绿锦，一挟弹，一臂青鞲。度过

○髻插雉尾：发髻上插着野鸡的尾羽。

○臂青鞲（gōu）：手臂上套着青色皮质套袖。鞲，射箭时用的皮质护臂。

岭头，则数十骑猎于榛莽，并皆姝丽，装束若一。生不敢前。有男

○榛莽：丛生的树木。

子步驰，似是驭卒，因就问之。答曰："此西湖主猎首山也。"生述

○驭卒：马夫。

所来，且告之馁，驭卒解裹粮授之，嘱云："宜即远避，犯驾当死！"

○馁（něi）：饥饿。

生惧，疾趋下山。

译文

过了一年多，陈弼教北归，又经过洞庭湖时，遇大风翻船。他幸好抓住一个竹箱，漂了一夜，被树卡住才停下来。爬上岸后，一具浮尸也漂到岸边，原来是他的仆人。他把仆人拖上岸，但仆人已死。他悲伤地坐下休息。只见四周山峦青翠，柳树摇曳，人迹罕至，无人问路。从黎明到辰时，他茫然不知所措。忽然，仆人的身体微动，陈弼教高兴地摸着仆人，不久仆人吐出几斗水，苏醒过来。两人把衣服晒在石头上，近中午时才干，此时肚子已饿得"咕咕"叫。他们翻越小山，希望能找到村落乞食。才到半山腰就听见阵阵箭声。正犹疑时，两女郎骑马飞驰而来，马蹄声如撒豆。她们戴红绡抹额，髻插雉尾，穿紫衣，束绿锦，一位拿弹弓，一位臂戴青鞲。翻过山顶，见数十女郎在草木间打猎，皆貌美如花，装束相同。陈弼教不敢上前。有一男子步行过来，似是马夫，陈弼教上前问。马夫说："这是西湖公主在首山打猎。"陈弼教讲述了自己的来历，乞求马夫赠送一些吃食。马夫给了他们干粮，嘱咐说："快远离，冒犯公主大驾是死罪！"陈弼教心里害怕，急忙下山。

原文

○兰若：寺院的称谓之一。

○围沓：环绕密布。

茂林中隐有殿阁，谓是兰若。近临之，粉垣围沓，溪水横流，朱门

半启，石桥通焉。攀扉一望，则台榭环云，拟于上苑，又疑是贵家园

○台榭：高台和楼阁。环云：形容台榭高耸入云。 ○拟于上苑：好像是皇家园林。

亭。逡巡而入，横藤碍路，香花扑人。过数折曲栏，又是别一院宇，
垂杨数十株，高拂朱檐。山鸟一鸣，则花片齐飞；深苑微风，则榆
钱自落。怡目快心，殆非人世。穿过小亭，有秋千一架，上与云齐，
而罥索沉沉，杳无人迹。因疑地近闺阁，恇怯未敢深入。俄闻马腾于

○罥（juàn）索：悬挂的绳索。沉沉：下沉静寂。 ○恇（kuāng）怯：恐惧畏缩。

门，似有女子笑语，生与僮潜伏丛花中。未几，笑声渐近，闻一女子
曰："今日猎兴不佳，获禽绝少。"又一女曰："非是公主射得雁落，几
空劳仆马也。"无何，红装数辈，拥一女郎至亭上坐，秃袖戎装，年可

○秃袖：短袖。 ○腰细惊风：形容腰肢纤细，似乎被风吹倒。

十四五，鬟多敛雾，腰细惊风，玉蕊琼英，未足方喻。诸女子献茗熏

○鬟多敛雾：发髻浓密如云雾。 ○玉蕊琼英：比喻最秀的花朵和最美的玉。

香，灿如堆锦。移时，女起，历阶而下。一女曰："公主鞍马劳顿，尚
能秋千否？"公主笑诺。遂有驾肩者，捉臂者，褰裙者，持履者，挽扶
而上。公主舒皓腕，蹑利屣，轻如飞燕，蹴入云霄。已而扶下，群曰：

○蹑利屣：穿上轻便的鞋子。利屣，小而尖的鞋子。

"公主真仙人也！"嘻笑而去。

译文

在浓密的林间隐约可见一座殿阁，陈弼教误以为是座寺院。他走近后发现，粉墙环绕，小溪横穿，朱红的大门半开着，一座石桥直通门内。他扒着门往里一看，看到云环雾绕的楼台亭榭，好像是皇家园林，又似高门大族的花园。他迟疑地走了进去，发现道路被青藤阻挡，花香扑面而来。穿过几道弯曲的栏杆，

来到另一个庭院，那里几十株垂柳轻拂着朱红的屋檐。山鸟鸣叫，花瓣随风飘舞；微风吹过，榆钱自然飘落。景致悦目又令人心旷神怡，仿佛不属于这个世界。他走过一座小亭，看到一架高高的秋千，绳索静静地垂挂着，四下没有人的踪迹。因怀疑这里靠近女子的闺房，他感到害怕，不敢再深入。突然，他听到一阵马蹄声和女子的笑语声，他和仆人隐匿在花丛中。不久，笑声越来越近，听到一位女子说："今天打猎的兴致并不高，捕获的禽类很少。"另一位女子说："如果不是公主射落了那只大雁，我们几乎空手而归。"不一会儿，几位穿着红装的女子簇拥着一位女郎来到亭子里坐下，这位女郎身穿短袖的戎装，十四五岁，她的发髻浓密如云，腰肢纤细如风中柳，用玉蕊琼花来形容她的美丽还不足够。众女子一边献茶一边熏香，光彩照人如同云锦堆砌。过了一会儿，女郎站起来走下台阶。一位女子问："公主骑马很累，还能荡秋千吗？"公主笑着说可以。随后，就有人扶她上秋千，有的扶肩，有的搀臂，有的提裙，有的拿鞋。公主伸出了她雪白的手腕，踩着尖头薄底的缀珠花鞋，轻盈如飞燕般踏上秋千，直冲云霄。荡完秋千后，她被众人扶下来，众人说道："公主，真是仙女啊！"然后嘻笑着离开了。

原文

生睨良久，神志飞扬。迨人声既寂，出诣秋千下，徘徊凝想。见篱下有红巾，知为群美所遗，喜内袖中。登其亭，见案上设有文具，遂题巾曰：雅戏何人拟半仙？分明琼女散金莲。广寒队里应相妒，莫信凌波上九天。题已，吟诵而出。复寻故径，则重门扃锢矣。踟蹰罔计，反而楼阁亭台，涉历几尽。一女掩入，惊问："何得来此？"生揖之曰："失路之人，幸能垂救。"女问："拾得红巾否？"生曰："有之。然已玷染，如何？"因出之。女大惊曰："汝死无所矣！此公主

○分明凉女散金莲：形容公主像散花的天女。凉女，指天女；散金莲，形容秋千荡起，足影舞动。

○雅戏：高雅的游戏。半仙：指荡秋千，因秋千高入云霄，像半仙人

○广寒：广寒宫，指月宫。

○凌波：形容女子的小脚。

所常御，涂鸦若此，何能为地？”生失色，哀求脱免，女曰：“窃窥

○涂鸦：比喻胡乱涂写。

○御：用。

宫仪，罪已不赦。念汝儒冠蕴藉，欲以私意相全，今孽乃自作，将

○宫仪：指宫中的女子。

○儒冠：古时读书人所戴的冠巾，指读书人。蕴藉：文雅，敦厚。

何为计！”遂皇皇持巾去。生心悸肌栗，恨无翅翎，惟延颈俟死。

译文

陈弼教偷看许久，心神恍惚。等到人声寂静，他走到秋千下，徘徊沉思。看到篱笆下有一条红巾，知道是美女们丢下的，便高兴地放进袖中。他登上亭子，见案上有文具，便在红巾上题诗：雅戏何人拟半仙？分明琼女散金莲。广寒队里应相妒，莫信凌波上九天。题完诗，他吟诵着走出亭子。再按来时的路走，一道道门已上锁。陈弼教无计可施，便回头游遍了楼阁亭台。这时，一个女子突然进来，惊问：“你怎么到这里来的？”陈弼教作揖说：“我迷路了，希望你能帮忙。”女子问：“你拾到一条红巾了吗？”陈弼教说：“是的，但我已经在上面写了字，怎么办？”便拿出红巾。女子大吃一惊，说：“你死定了！这条红巾是公主常用的，你胡乱涂写，怎么有帮忙的余地？”陈弼教大惊失色，哀求女子帮助自己脱身。女子说：“偷看宫中的女子，已是不可赦的罪。念你是个文雅书生，我本想保全你，但现在你自作孽，无法帮你了！”便拿着红巾慌张离去。陈弼教心惊肉跳，恨自己没长翅膀，只好伸长脖子等死。

原文

迂久，女复来，潜贺曰：“子有生望矣！公主看巾三四遍，冁然无怒

○冁（chǎn）然：微笑的样子。

容，或当放君去。宜姑耐守，勿得攀树钻垣，发觉不宥矣。”日已投

暮，凶祥不能自必，而饿焰中烧，忧煎欲死。无何，女子挑灯至。

一婢提壶榼，出酒食饷生。生急问消息，女云：“适我乘间言：‘园中

○壶榼（kē）：盛酒的器具。

秀才，可恕则放之，不然饿且死。’公主沉思云：‘深夜教渠何之？’

○渠：他。

遂命馈君食。此非恶耗也。”生徊徨终夜，危不自安。辰刻向尽，女子又饷之。生哀求缓颊，女曰：“公主不言杀，亦不言放。我辈下人，何敢屑屑渎告？”既而斜日西转，眺望方殷，女子坌息急奔而入，曰：“殆矣！多言者泄其事于王妃，妃展巾抵地，大骂狂伧，祸不远矣！”生大惊，面如灰土，长跽请教。忽闻人语纷拏，女摇手避去。数人持索，汹汹入户。内一婢熟视曰：“将谓何人，陈郎耶？”遂止持索者，曰：“且勿且勿，待白王妃来。”返身急去。少间来，曰：“王妃请陈郎入。”生战惕从之。经数十门户，至一宫殿，碧箔银钩。即有美姬揭帘，唱：“陈郎至。”上一丽者，袍服炫冶。生伏地稽首，曰：“万里孤臣，幸恕生命！”妃急起，自曳之曰：“我非君子，无以有今日。婢辈无知，致迕佳客，罪何可赎！”即设华筵，酌以镂杯。生茫然不解其故。妃曰：“再造之恩，恨无所报。息女蒙题巾之爱，当是天缘，今夕即遣奉侍。”生意出非望，神惝恍而无着。

○徊徨：徘徊不定。
○缓颊：说情。
○屑屑渎告：琐碎的禀报。
○坌（bèn）息：气喘吁吁。
○抵地：扔到地上。
○伧（cāng）：粗鄙的人。
○纷拏（ná）：混乱的声音。
○炫冶：艳丽。
○迕：触犯。
○息女：亲生的女儿。
○惝（chǎng）恍：心神恍惚。

译文

过了许久，女子又回来，暗中祝贺说：“你有活命的希望了！公主看了手巾三四遍，面有微笑，没有生气，或许会放你走。你最好耐心等待，别去爬树钻墙，被发现了就不饶你了。”天色已晚，陈弼教心中拿不定主意，饥饿难忍，忧愁又让人煎熬。不久，女子挑着灯笼来了。一名丫环提着酒食给陈弼教。陈弼教急忙问消息，女子说："刚才我趁机说：'园里的秀才，如果能饶恕，就放了他，否则快饿死了。'公主沉思着说：'深夜里让他去哪呢？'便吩咐给你送吃的。这不是坏消息。"陈弼教整夜徘徊不安。辰时快尽时，女子又送来食物。陈弼教哀求女子帮忙说情，女子说："公主不说杀，也不说放。我们这些下人怎敢随便多讲？"日头西斜，陈弼教正殷切张望着，女子气喘吁吁地跑进来，说："坏了！有人把这事泄露给王妃，王妃看过手巾就扔到地上，大骂狂妄粗鄙的家伙，祸事临头了！"陈弼教大为惊恐，面如土色，跪在地上请教女子应对的主意。忽然听见人声嘈杂，女子摆手躲开了。只见几个人手拿绳索，气势汹汹地走进门来。其中一个丫环仔细看了一番说："原来是陈郎。"便让拿绳索的人住手，说："等我禀告王妃去。"急忙离去。不久，女子回来说："王妃请陈郎进去。"陈弼教战战兢兢地跟她前去。经过几十道门，来到一座宫殿前，门上银钩挂着碧帘。一位美女掀开帘子，高声说："陈郎到。"殿上有个美丽的夫人，衣着艳丽。陈弼教伏地叩头，说："远方的孤臣，万望饶命！"王妃急忙站起，亲自把他拽起来说："没有你的帮助，我就没有今天。丫环们不懂事，冒犯了贵客，罪责不可饶恕！"当即摆上丰盛的筵席，用精美的杯子斟酒款待。陈弼教茫然，不知缘由。王妃说："再生之恩，正愁无法报答。我女儿承蒙你红巾题诗，表示爱慕，应当是天赐姻缘，今夜就让她侍候你。"陈弼教感到意外，远超期望，因而神情恍惚。

原文

日方暮，一婢前白："公主已严妆讫。"遂引生就帐。忽而笙管敖曹，阶上悉践花罽，门堂藩溷，处处皆笼烛。数十妖姬，扶公主交拜。麝兰之气，充溢殿庭。既而相将入帏，两相倾爱。生曰："羁旅之臣，生平不省拜侍。点污芳巾，得免斧锧，幸矣。反赐姻好，实非所望。"公主曰："妾母，湖君妃子，乃扬江王女。旧岁归宁，偶游湖上，为流矢所中。蒙君脱免，又赐刀圭之药，一门戴佩，常不去

○严妆：盛装打扮。

○罽(jì)：毡子。

○藩溷：篱笆和厕所。

○刀圭：古代用来量药的小工具，这里借指药物。

○戴佩：这里指感恩铭记。

心。郎勿以非类见疑。妾从龙君得长生诀，愿与郎共之。”生乃悟为神人，因问：“婢子何以相识？”曰：“尔日洞庭舟上，曾有小鱼衔尾，即此婢也。”又问：“既不见诛，何迟迟不赐纵脱？”笑曰：“实怜君才，但不自主。颠倒终夜，他人不及知也。”生叹曰：“卿，我鲍叔也。馈食者谁？”曰：“阿念，亦妾腹心。”生曰：“何以报德？”笑曰：“侍君有日，徐图塞责未晚耳。”问：“大王何在？”曰：“从关圣征蚩尤未归。”

○纵脱：释放。

○鲍叔：指知己，典故出自鲍叔牙推荐管仲。

○塞责：抵偿过失，抵罪。

译文

天色刚黑，一名丫环前来说：“公主已经打扮完毕。”便领陈弼教去成亲。忽然笙管齐鸣，声音嘈杂，台阶上也铺上华丽的毡子，门口、堂前以至在篱笆和厕所等处都挂着灯笼。几十名美丽的女子扶着公主与陈弼教对拜，麝香兰花的香气充满殿堂。接着，两人进入帏帐，尽情恩爱。陈弼教说：“我是异乡客人，不懂礼节，玷污了你的手巾，能免死已是万幸，反而赐给我这段姻缘，实在不敢奢望。”公主说：“我母亲是洞庭湖君的妃子，扬江王的女儿。去年她回娘家游湖，被流箭射中，承蒙你放生，还敷药相救，我们全家感恩铭记。你不必因我非人类而心生疑虑。我从龙君那里学到长生秘诀，愿与你共享。”陈弼教这才明白公主是神人，问：“丫环为什么认识我？”公主说：“那天在洞庭湖上，有一条小鱼衔住扬子鳄尾巴，那条小鱼就是这个丫环。”陈弼教又问：“既然不杀我，为什么不早点放我？”公主笑着说：“实在爱你有才，但不能自己做主。我整夜为你辗转反侧，别人都不知道。”陈弼教感叹地说：“你真是我的知音。给我送饭的是谁？”公主说：“她叫阿念，是我的心腹。”陈弼教说：“我该如何报答你的恩德？”公主笑着说：“我们还有时间相处，慢慢来考虑如何报答也不迟。”陈弼教问：“大王在哪里？”公主说：“跟随关圣帝君去征伐蚩尤，还没回来。”

原文

居数日，生虑家中无耗，悬念綦切，乃先以平安书遣仆归。家中闻洞庭舟覆，妻子缞绖已年余矣。仆归，始知不死，而音问梗塞，终恐漂泊难返。又半载，生忽至，裘马甚都，囊中宝玉充盈。由此富有巨万，声色豪奢，世家所不能及。七八年间，生子五人。日日宴集宾客，宫室饮馔之奉，穷极丰盛。或问所遇，言之无少讳。

○綦切：非常急切。

○缞绖（cuī dié）：古代丧服。缞，披在胸前的麻布。绖，头上的麻带和腰间的麻布带。

○都：华丽。

○宫室：房屋。饮馔：饮食。

译文

住了几天后，陈弼教担心家人不知道自己的消息，非常挂念，便写了平安信，让仆人先送回家。家中听说陈弼教乘的船在洞庭湖翻覆，妻子已经戴孝一年多了。仆人回去后，家人这才知道陈弼教没有死，但因没有音讯，仍担心他漂泊在外，难以回来。又过了半年，陈弼教忽然回到家里，衣着华丽，骑着好马，行李中装满了宝玉。从此，他家财万贯，生活奢华，连世家大族都比不上。在七八年间，他生了五个儿子。每天宴请宾客，住处和饮食都极为丰盛。有人问他遇到的事情，他毫不隐瞒地讲述。

原文

有童稚之交梁子俊者，宦游南服十余年。归过洞庭，见一画舫，雕槛朱窗，笙歌幽细，缓荡烟波，时有美人推窗凭眺。梁目注舫中，见一少年丈夫，科头叠股其上，傍有二八姝丽，挼莎交摩，念必楚襄贵官。而驺从殊少。凝眸审谛，则陈明允也，不觉凭栏酣叫。生

○南服：南方地区。服，地方。

○科头：不戴帽子。叠股：跷腿坐着。

○挼莎交摩：互相抚摸按摩。

○楚襄：泛指楚地，今湖南、湖北一带。

○驺从：贵族官僚出门时所带的马匹和侍从。

闻呼罢棹，出临鹢首，邀梁过舟。见残肴满案，酒雾犹浓。生立命

○鹢（yì）首：船头。古代船头上有鹢鸟图像。

撤去。顷之，美婢三五，进酒烹茗，山海珍错，目所未睹。梁惊曰：

“十年不见，何富贵一至于此！”笑曰：“君小觑穷措大不能发迹耶？”

○小觑：小看。穷措大：贫寒的读书人，带有轻蔑意味。

问：“适共饮何人？”曰：“山荆耳。”梁又异之，问：“携家何往？”

○山荆：对人谦称自己的妻子。

答：“将西渡。”梁欲再诘，生遽命歌以侑酒。一言甫毕，旱雷聒耳，

○旱雷：指打击乐器的声音。

肉竹嘈杂，不复可闻言笑。梁见佳丽满前，乘醉大言曰：“明允公，能

○肉竹：指歌声和管乐声。肉，指歌喉。竹，指管乐器。

令我真个销魂否？”生笑云：“足下醉矣！然有一美妾之赀，可赠故

人。”遂命侍儿进明珠一颗，曰：“绿珠不难购，明我非吝惜。”乃

○绿珠：晋代石崇以三斛珍珠购得的歌妓绿珠，这里借指美妾。

趣别曰：“小事忙迫，不及与故人久聚。”送梁归舟，开缆径去。

○趣别：催促告别。趣，催促。

译文

陈弼教有个童年好友叫梁子俊，在南方做官十多年。回家时经过洞庭湖，见到一艘华美的游船，雕花栏杆，朱红窗户，传出幽雅的笙歌，在烟波上缓缓漂荡，不时有美女推窗眺望。梁子俊注目船上，看见一年轻男子不戴帽子，跷着二郎腿，身旁有一位美丽女子在按摩，心想这一定是楚地的贵官，但随从却很少。仔细一看，竟是陈弼教，不由凭栏高呼。陈弼教听到喊声，停船走到船头，邀请梁子俊上船。梁子俊看到满桌的残肴，酒气犹浓，陈弼教立即吩咐撤去。片刻后，几名美婢斟酒、烹茶，摆上珍馐美味，都是梁子俊未见过的。梁子俊惊讶道：“十年不见，你怎么变得如此富贵？”陈弼教笑道：“你小看穷书生，认为穷书生不能发迹吗？”梁子俊问：“刚才是谁与你共饮？”陈弼教答：“是我妻子。”梁子俊又问：“你带家眷去哪？”陈弼教答：“要去西边。”梁子俊想再问，陈弼教连忙命人唱歌助兴。话刚说完，乐声大作，喧闹嘈杂如晴天响雷，听不清说话。梁子俊见眼前站满了佳丽，借醉意大声道：“明允公，能让我销魂吗？”陈弼教笑道：“你醉了！不过，这里有买美妾的钱，赠给老朋友。”

便命侍儿送上明珠一颗，说：“买绿珠一样的美人不难，以示我不吝惜。”随后催促道：“我有急事，不能久聚。”送梁子俊回到他自己的船上，然后解开缆绳开船离去。

原文

梁归，探诸其家，则生方与客饮，益疑。因问：“昨在洞庭，何归之速？”答曰：“无之。”梁乃追述所见，一座尽骇。生笑曰：“君误矣，仆岂有分身术耶？”众异之，而究莫解其故。后八十一岁而终。追殡，讶其棺轻，开之，则空棺耳。

○仆：我。

○殡：安葬。

译文

梁子俊回家后，去陈弼教家拜访，看到陈弼教正在与客人喝酒，越发感到疑惑。于是问：“刚才还在洞庭湖，怎么这么快就回来了？”陈弼教回答：“没有这回事。”梁子俊于是详细描述自己所见的情景，在座的客人无不惊讶。陈弼教笑着说：“你搞错了，我哪有分身术呢？”大家都觉得奇怪，但始终无法理解其中的缘由。后来，陈弼教活到八十一岁时去世。等到安葬时，人们发现棺材非常轻，打开一看，竟然是空的。

原文

异史氏曰：竹簏不沉，红巾题句，此其中具有鬼神，而要皆恻隐之一念所通也。迨宫室妻妾，一身而两享其奉，即又不可解矣。昔有愿娇妻美妾，贵子贤孙，而兼长生不死者，仅得其半耳。岂仙人中亦有汾阳、季伦耶？

○恻隐：同情心。

○汾阳：指唐代的郭子仪，他平定安史之乱有功，唐肃宗封他为汾阳郡王，富贵寿考，子孙满堂。季伦：晋朝的石崇，号季伦，家资巨万，富可敌国。

译文

异史氏说：竹箱不沉没，红手巾上题诗，这里面都有鬼神的作用，而皆在那一念恻隐之心。至于陈弼教一人享有两处的华屋美室、妻妾成群的待遇，就更无法解释了。过去有希望拥有娇妻美妾、贵子贤孙和长生不死的人，也只是得到陈弼教的一半罢了。难道仙人中也有像郭子仪、石崇那样的大富大贵之人吗？

【孝子】

原文

青州东香山之前，有周顺亭者，事母至孝。母股生巨疽，痛不可忍，昼夜嚬呻。周抚肌进药，至忘寝食。数月不痊，周忧煎无以为计。梦父告曰："母疾赖汝孝。然此创非人膏涂之不能愈，徒劳焦恻也。"醒而异之。乃起，以利刃割胁肉，肉脱落，觉不甚苦。急以布缠腰际，血亦不注。于是烹肉持膏，敷母患处，痛截然顿止。母喜，问："何药而灵效如此？"周诡对之。母创寻愈。周每掩护割处，即妻子亦不知也。既痊，有巨痕如掌。妻诘之，始得其情。

○香山：青州东面的香山。

○疽（jū）：痈疽，大而深的溃疡，恶性皮肤病。

○嚬呻（pín shēn）：皱眉呻吟。嚬，通"颦"，皱眉。

○赖：依赖，依靠。

○焦恻：焦愁，忧伤。

○诡对：谎言搪塞，编造理由应付。

译文

青州城东的香山前，有一个叫周顺亭的人，对母亲非常孝顺。他母亲的腿上长了一个很大的恶疮，疼痛难忍，整日都皱眉呻吟。周顺亭每天为母亲按摩，涂药，甚至忘了吃饭睡觉。几个月过去了，母亲的疮病仍然没有好转，周顺亭非常焦虑，感到无计可施。一天晚上，他梦见已故的父亲告诉他："你母亲的病靠你孝心服侍，不过只有用人肉膏才能治好，单纯焦虑是没用的。"醒来后，周顺亭觉得这个梦很不寻常，他立刻起床，用刀从自己的肋部割下一块肉，尽管割下了肉，他却感觉不太疼。他迅速用布条把伤口缠紧，血也没有流出。随后，他把割下的肉煮成膏状，涂在母亲的疮上，母亲的疼痛立刻就消失了。母亲高兴地问："这是什么药，怎么这么灵？"周顺亭随便编了个理由搪塞过去。不久，母亲的疮痊愈了。周顺亭一直隐藏着自己的伤口，连妻子都没有告诉。伤口愈合后，留下了一个巴掌大的疤痕。最终在妻子的追问下，周顺亭才讲出了真相。

原文

异史氏曰：刲股为伤生之事，君子不贵。然愚夫妇何知伤生之为不孝哉？亦行其心之所不自已者而已。有斯人而知孝子之真，犹在天壤。司风教者，重务良多，无暇彰表，则阐幽明微，赖兹刍荛。

○刲（kuī）股：割股，指割自己的肉来治疗亲人。

○不自已：不能自我克制。已，停止。

○阐幽明微：即阐明隐微。幽微，指含义深奥的道理。

○司风教者：主管风俗教化的人，指掌管教化风俗的官吏。

○赖兹刍荛：依赖于民间普通的人。这是作者自谦。

译文

异史氏说：割股疗亲是伤害自己身体的行为，君子不加推崇。但是无知的男女怎会知道伤害身体也是不孝呢？他们只是遵从自己内心无法抑制的孝心而已。有这种人，才知道孝子的真情仍在天地之间。主管教化风俗的官员，事务繁多，无暇彰表这些行为，所以要阐明隐微的道理，还要依赖于民间普通人的记录和传播。

【狮子】

原文

暹逻贡狮，每止处，观者如堵。其形状与世传绣画者迥异，毛黑黄色，长数寸。或投以鸡，先以爪抟而吹之，一吹，则毛尽落如扫，亦理之奇也。

○暹（xiān）逻：现今东南亚国家泰国的古称。

○堵：墙，这里形容人很多，像墙一样密集。

○抟：把东西揉成球状。

译文

暹逻国进贡了一只狮子，每次停下来时，围观的人都像一堵墙一样密集。这狮子的外貌与世间流传的刺绣和画中的狮子完全不同，毛色黑黄，相间杂生，长度达数寸。有人投喂给它一只鸡，狮子先用爪子抓住鸡并揉成一团，然后用嘴一吹，鸡毛就像被扫过一样全部脱落，这也是一种奇特的现象。

【阎王】

原文

李久常，临朐人。壶榼于野，见旋风蓬蓬而来，敬酹奠之。后以故他适，路傍有广第，殿阁弘丽。一青衣人自内出，邀李，李固辞，青衣要遮甚殷。李曰："素不识荆，得无误耶？"青衣云："不误。"便言李姓字。问："此谁家？"答云："入自知之。"入，进一层门，见一女子手足钉扉上，近视，其嫂也，大骇。李有嫂，臂生恶疽，不起者年余矣。因自念何得至此？转疑招致意恶，畏沮却步。青衣促之，乃入。至殿下，上一人，冠带如王者，气象威猛。李跪伏，莫敢仰视。王者命曳起之，慰之曰："勿惧。我以曩昔扰子杯酌，欲一见相谢，无他故也。"李心始安，然终不知其故。王者又曰："汝不忆田野酹奠时乎？"李顿悟，知其为神，顿首曰："适见嫂氏受此严刑，骨肉之情，实怆于怀。乞王怜宥！"王者曰："此甚悍妒，宜得是罚。三年前，汝兄妾盘肠而产，彼阴以针刺肠上，俾至今脏腑常痛。此岂有人理者！"李固哀之。乃曰："便以子故宥之。归当劝悍妇改行。"李谢而出，则扉上无人矣。

○壶榼（kē）：古代盛酒器具。壶，盛酒的瓶。榼，盛酒的带壶。

○临朐（qú）：位于山东半岛中部，明清时属青州府，今为山东潍坊临朐。

○蓬蓬：形容风声。

○酹（lèi）奠：洒酒于地，祭奠鬼神。

○要（yāo）遮：拦住邀请。

○识荆：古代用语，表示结识对方。

○畏沮：畏惧沮丧。

○扰：叨扰，打扰。

○怆：悲伤，伤感。

○盘肠而产：古代医学术语，指产妇生产时直肠脱出。

译文

李久常是临朐人。有一次，他带着酒具在野外饮酒，看见旋风“呼呼”吹过，便恭敬地洒酒祭奠。后来，李久常因事外出，路过一座豪华的宅第，殿阁宏伟壮丽。一个仆人从宅中走出来，请他进宅，他一再推辞，但仆人坚持不让他走。他说：“我们不认识，你是不是认错人了？”仆人说：“没认错。”并且说出了李久常的名字。他问：“这是谁家？”仆人回答：“进去你就知道了。”李久常进了大门，走过一道门，看见一个女子手脚被钉在门上，走近一看，是他的嫂子，大为惊恐。李久常有个嫂子，胳膊上长了一个毒疮，已经一年多不能起床。他纳闷，嫂子怎么会在这里？又怀疑仆人请他进宅是出于恶意，于是停住脚步，畏缩不前。在仆人的催促下，才走进门。来到大殿前，殿上坐着一个人，穿戴如同王者，气度威严。李久常跪伏在地，不敢抬头。大王命人把他拉起来，安慰说：“别害怕。因为过去我叨扰喝过你的酒，所以想见你一面，当面感谢，没有别的事。”李久常这才安下心来，但仍不明白。大王又说：“你不记得在田野里洒酒祭奠的时候吗？”李久常顿时明白，知道这是神灵，于是伏地叩头说：“刚才看到我的嫂子遭受这么严酷的刑罚，出于骨肉之情，心里实在难过。请大王怜悯，宽恕她！”大王说：“她极为蛮横妒忌，应受这种惩罚。三年前，你哥哥的妾生孩子时直肠脱出，她暗中用针扎在肠子上，使妾至今常常腹痛。这哪里还有人性！”李久常再三哀求。大王才说：“看在你的面子上宽恕她。回去劝这悍妇改过。”李久常谢过大王，走出大殿，门上钉着的人已经不见了。

原文

归视嫂，嫂卧榻上，创血殷席。时以妾拂意故，方致诟骂。李遽劝曰：“嫂无复尔！今日恶苦，皆平日忌嫉所致。”嫂怒曰：“小郎若个好男儿，又房中娘子贤似孟姑姑，任郎君东家眠，西家宿，不敢一作声。自当是小郎大好乾纲，到不得代哥子降伏老媪！”李微哂曰：“嫂勿怒。若言其情，恐欲哭不暇矣。”曰：“便曾不盗得王母箧中线，

○拂意：不合心意，不如意。
○创：通“疮”，指伤口。殷（yān）席：血染席子。殷，血红色。
○孟姑姑：汉代孟光，以贤妻著称。
○乾纲：指夫纲，即丈夫的权威。
○老媪：老妇。李嫂自称。

又未与玉皇香案吏一眨眼，中怀坦坦，何处可用哭者！”李小语曰：

○中怀坦坦：心怀坦荡。

“针刺人肠，宜何罪？”嫂勃然色变，问此言之因，李告之故。嫂战惕不已，涕泗流离而哀鸣曰：“吾不敢矣！”啼泪未干，觉痛顿止，旬日而瘥。由是立改前辙，遂称贤淑。后妾再产，肠复堕，针宛然在焉。拔去之，腹痛乃瘳。

○瘥（chài）：病愈。 ○前辙：以前的行为。辙，车辙，比喻过往的行为。

○瘳：痊愈。

译文

李久常回家后去看望嫂子，见她躺在床上，疮口在流血，染红了炕席。当时，她正因妾不合心意而大声骂人。李久常急忙劝道：“嫂子别这样！你今天的痛苦，都是平日妒忌造成的。”嫂子愤怒地说：“你这个小郎，真是个好男儿，房里的娘子又贤惠得像孟光，任你在东家睡、西家住，她不敢吭声。你当然是有大权，但也不能替你哥来教训我！”李久常微笑着说：“嫂子别生气，如果我说出真相，恐怕你想哭都来不及。”嫂子说：“我从来没偷过王母娘娘针线笸箩里的线，也没跟玉皇大帝的香案神吏眉来眼去，我心中坦荡，哪里用得着哭！”李久常低声说：“把针扎在别人的肠子上，该当何罪？”嫂子脸色骤变，问他说这话的根据，李久常讲了事情的来龙去脉。嫂子吓得浑身发抖，哭着说：“我再也不敢了！”泪未干，疼痛就顿时消失了，十天后，疮口愈合。从此，嫂子痛改前非，被称为贤妻。后来，妾又生孩子，肠子再次脱出，那根针果然还在上面。拔掉针后，妾的肚痛才彻底好了。

原文

异史氏曰：或谓天下悍妒如某者，正复不少，恨阴网之漏多也。余谓不然。冥司之罚，未必无甚于钉扉者，但无回信耳。

○阴网：阴间的法网。漏：疏漏。

译文

异史氏说：有人认为天下像李久常的嫂子那样蛮横妒忌的人还真不少，可惜阴间的法网疏漏太多。我认为其实不是这样。阴间的惩罚未必没有比钉在门板上更严厉的，只是没有人传递消息到阳间罢了。

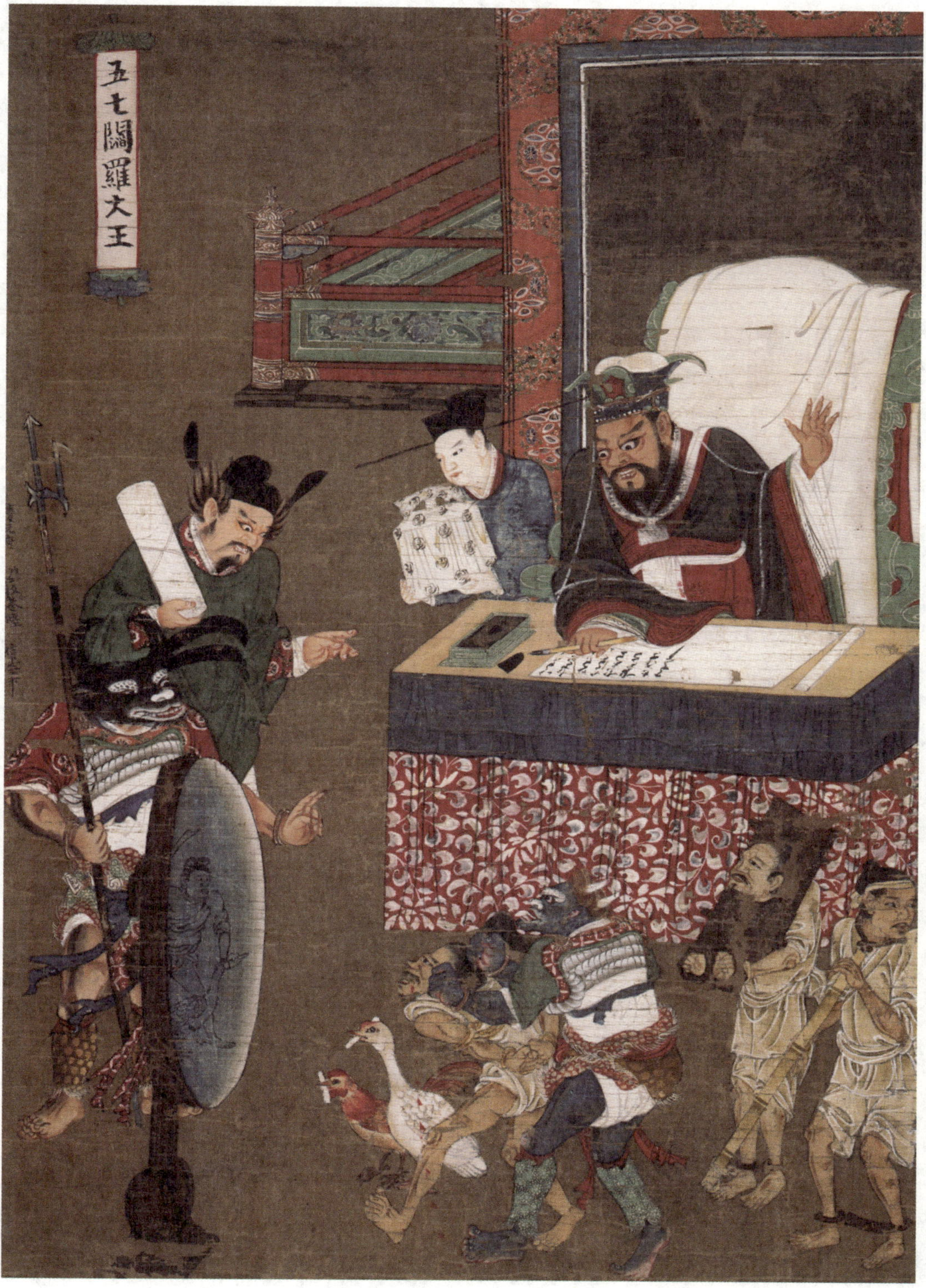

【土偶】

原文

沂水马姓者，娶妻王氏，琴瑟甚敦。马早逝，王父母欲夺其志，王矢不他。姑怜其少，亦劝之，王不听。母曰：“汝志良佳，然齿太幼，儿又无出。每见有勉强于初，而贻羞于后者，固不如早嫁，犹恒情也。”王正容，以死自誓，母乃任之。女命塑工肖夫像，每食，酹献如生时。

○沂水：清代的沂州府，今山东省沂水县。

○琴瑟：琴与瑟，象征夫妻和谐。敦：深厚。

○夺其志：改变她的志向，指让她改嫁。

○姑：婆母。

○无出：没有子女。出，产。

○恒：平常，常理。

译文

沂水县有个姓马的人，娶妻王氏，夫妻感情非常深厚。马某早逝，王氏的父母想让她改嫁，王氏发誓不再嫁人。婆婆怜惜她年轻，也劝她改嫁，王氏不肯听从。母亲说：“你的意向很好，但你还年轻，又没有孩子。常见有人勉强守节，后来却招致羞辱，还不如早些改嫁，这是人之常情。”王氏神情严肃，发誓以死明志，母亲这才任由她去。王氏请人雕塑了一尊丈夫的泥像，每次吃饭时，就像丈夫还在世一样，给他酹酒献食。

原文

一夕将寝，忽见土偶人欠伸而下。骇心愕顾，即已暴长如人，真其夫也。女惧，呼母。鬼止之曰：“勿尔。感卿情好，幽壤酸辛。一门有忠贞，数世祖宗，皆有光荣。吾父生有损德，应无嗣，遂至促我茂龄。冥司念尔苦节，故令我归，与汝生一子承祧绪。”女亦沾衿。

○欠伸：打呵欠，伸懒腰。

○幽壤：阴间，指地下世界。酸辛：悲伤感动。

○承祧（tiāo）绪：延续香火，有子嗣。祧，祖庙。

遂燕好如平生。鸡鸣，即下榻去。如此月余，觉腹微动。鬼乃泣曰：“限期已满，从此永诀矣！”遂绝。

译文

一天夜里，王氏正准备睡觉，忽然看见泥塑的丈夫打着呵欠伸着懒腰，走了下来。她惊骇地看着，泥塑的丈夫迅速长得像活人一样高，认真一看，真的是她的丈夫。王氏心中害怕，呼喊婆母。鬼阻止她道：“别喊。我感念你的深情，在阴间也感到辛酸。我们家有你这样的忠贞媳妇，几代祖宗都会感到光荣。我父亲生前做了缺德事，所以该无后，使我英年早逝。冥界念你坚守节操，特让我回来和你生一个儿子，延续香火。”王氏泪湿衣襟，于是两人像从前一样夫妻恩爱。鸡叫时，鬼便下床离去。就这样持续了一个多月，王氏感觉腹中有了动静。鬼便哭着说：“限期已到，从此永别！”说完便消失了。

原文

女初不言，既而腹渐大，不能隐，阴以告母。母疑涉妄，然窥女无他，大惑不解。十月，果举一男。向人言之，闻者罔不匿笑，女亦无以自伸。有里正故与马有隙，告诸邑令。令拘讯邻人，并无异言。令曰：“闻鬼子无影，有影者伪也。”抱儿日中，影淡淡如轻烟然。又刺儿指血傅土偶上，立入无痕，取他偶涂之，一拭便去。以此信之。长数岁，口鼻言动，无一不肖马者，群疑始解。

○匿笑：偷偷地笑，暗笑。

○里正：古代的乡村官员，相当于村长。

○傅：敷，涂。

译文

起初王氏没有声张，后来肚子渐大，无法隐瞒，便悄悄告诉了婆婆。母亲起初怀疑媳妇在胡说，但观察王氏平时行为并无不妥，大惑不解。十个月后，王氏果然生下一个男孩。王氏向人解释，听者无不暗暗发笑，王氏也无法为自己辩解。有个与马家有嫌隙的里正，向县令告发了此事。县令传唤邻里调查，大家的说法一致。县令说："听说鬼生的孩子没有影子，有影子就不是鬼生的。"便抱孩子到太阳底下，看到孩子的影子淡淡如轻烟。县令又刺破孩子的手指，把血涂在泥塑像上，血立刻渗进泥像里，而把血涂在其他泥像上，却一擦就掉。县令因此相信了王氏所言。孩子长到几岁后，相貌、言行无一不像马某，大家的疑虑才逐渐消解。

【长治女子】

原文

陈欢乐，潞之长治人，有女慧美。有道士行乞，睨之而去，由是日持钵近廛间。适一瞽人自陈家出，道士追与同行，问何来。瞽云：“适过陈家推造命。”道士曰：“闻其家有女郎，我中表亲欲求姻好，但未知其甲子。”瞽为之述之，道士乃别而去。

○潞：指山西潞安府。长治：潞安府所属县名，现为山西长治市。

○睨（nì）：斜视。

○瞽人：瞎子。

○廛（chán）：住宅区及市集的通称，此处指陈家的住宅区。

○推造命：推算八字，预测命运。造，指人的出生年月日时的干支。

○甲子：指人的出生年份。古代用天干地支记年月日时，甲为天干之首，子为地支之首，故用“甲子”代称年岁生辰。

译文

陈欢乐是潞州长治县人，他有一个女儿，聪明漂亮。一天，有个道士乞讨时斜眼瞥见陈家女儿，然后离去。自那以后，道士每天拿着钵在陈家附近游荡。某天，恰好有个瞎子从陈家出来，道士追上去，与他同行，问他从哪里来。瞎子说：“刚才我在陈家算命。”道士说：“听说陈家有个姑娘，我有个表亲想向她提亲，但不知道她的生辰八字。”瞎子便将陈女的生辰八字告诉了道士，道士这才告别离去。

原文

居数日，女绣于房，忽觉足麻痹，渐至股，又渐至腰腹，俄而晕然倾仆。定逾刻，始恍惚能立，将寻告母。及出门，则见茫茫黑波中，一路如线，骇而却退，门舍居庐，已被黑水渰没。又视路上，行人绝少，惟道士缓步于前。遂遥尾之，冀见同乡以相告语。走数里以来，忽睹里舍，视之，则己家门。大骇曰：“奔驰如许，固犹在村

○渰（yǎn）没：淹没。渰，同“淹”。

中。何向来迷惘若此！”欣然入门，父母尚未归。复仍至己房，所绣业履，犹在榻上。自觉奔波殆极，就榻憩坐。道士忽入，女大惊，欲遁，道士捉而捺之。女欲号，则瘖不能声。道士急以利刃剖女心。女觉魂飘飘离壳而立，四顾家舍全非，惟有崩崖若覆。视道士以己心血点木人上，又复叠指诅咒，女觉木人遂与己合。道士嘱曰：“自兹当听差遣，勿得违误！”遂佩戴之。

○业履：未做成的鞋子。业，未完成的工作；履，鞋子。

○捺（nà）：按捺。

○瘖（yīn）：哑。

○叠指：食指、中指并拢。诅咒：念咒语。

译文

过了几天，陈女在房间里绣花时，忽然觉得双脚麻木，逐渐蔓延到大腿，又到腰腹，不一会儿就晕倒了。过了一会儿，她才迷迷糊糊地站起来，想去找母亲说说这件事。刚出门，她看到四周是一片茫茫的黑水，中间有条小路，她吓得退了回来，发现整个房屋都被黑水淹没了。再看路上，行人寥寥，只有道士缓步在前。她远远跟着，希望遇到同乡能诉说。走了几里地，忽然看见村舍，发现竟是自己家门，大惊：“跑了这么久，还在村中。刚才怎么这么迷糊！”她高兴地进了门，发现父母还没回家。她又回到自己的房间，那双未完成的鞋子还在床上。感到筋疲力尽的她，便坐在床上休息。突然，那个道士闯进来，她吓得想逃跑，但道士一把抓住她，按在床上，她想喊，却发不出声。道士迅速用利刃剖开她的心脏。她感觉自己的灵魂飘离了身体，站在那里，看到四周的房屋都消失了，只剩悬崖。道士把她的心血点在一个木人上，并起剑指念咒，她感觉到木人似乎与她融为一体。道士嘱咐她：“从现在起，你得听从我的命令，不许有任何违背。”然后他就把那木人带在身上。

原文

陈氏失女，举家惶惑。寻至牛头岭，始闻村人传言，岭下一女子剖心而死。陈奔验，果其女也，泣以愬宰。宰拘岭下居人，拷掠几

○愬宰：向县官诉冤。愬，同“诉”，告诉，申诉。宰，官名，这里指县令。

遍，迄无端绪，姑收群犯，以待覆勘。道士去数里外，坐路旁柳树下，忽谓女曰：“今遣汝第一差，往侦邑中审狱状。去当隐身暖阁上。倘见官宰用印，即当趋避，切记勿忘！限汝辰去巳来。迟一刻，则以一针刺汝心中，令作急痛；二刻，刺二针；至三针，则使汝魂魄销灭矣。”女闻之，四体惊悚，飘然遂去。瞬息至官廨，如言伏阁上。时岭下人罗跪堂下，尚未讯诘。适将钤印公牒，女未及避，而印已出匣。女觉身躯重耎，纸格似不能胜，嚗然作响，满堂愕顾。宰命再举，响如前，三举，翻坠地下。众悉闻之。宰起祝曰：“如是冤鬼，当便直陈，为汝昭雪。”女哽咽而前，历言道士杀己状，遣己状。宰差役驰去，至柳树下，道士果在。捉还，一鞫而服。人犯乃释。宰问女：“冤雪何归？”女曰：“将从大人。”宰曰：“我署中无处可容，不如暂归汝家。”女良久曰：“官署即吾家，我将入矣。”宰又问，音响已寂。退入宅中，则夫人生女矣。

○覆勘：复审，重新审查。

○辰：早晨七点至九点。巳：上午九点至十一点。

○官廨：官署，旧时官吏办公的地方。

○罗跪：许列跪拜。

○钤印：盖印章。

○纸格：指暖阁的纸格棚顶。胜：承受。

○嚗（bó）然：形容突发的声响。

○再举：指再次举起印章盖印。

○鞫：审问。

译文

陈家丢了女儿，全家都惊恐不安。他们找到牛头岭，才听村民传说，岭下有一个女子被剜心而死。陈欢乐赶去验看，果然是自己的女儿，便哭着向县令申诉。县令拘捕了岭下的居民，几乎都拷打遍了，仍然没有线索，只好暂时收押众嫌疑犯，等待复查。道士在离县城数里外，坐在路旁的柳树下，忽然对陈女说：“现在派你第一个差事，就是前往县城查看办案情况。到县里后你可以在暖阁上藏身，如果看见县令用印章，要赶快躲避，一定记住！限你辰时去，巳时回。晚回来一刻，就在你心上扎一针，让你剧烈疼痛；晚回来两刻，就扎两针；扎到第三针，就让你魂消魄散。”陈女听了，吓得毛骨悚然，飘然飞去。她一瞬间来到官署，依言伏在暖阁上。这时牛头岭下的居民排成一圈跪在堂上，还没进行审问。恰巧准备盖印章，陈女来不及躲避，而印章已经拿出了匣子。陈女觉得身躯沉重发软，暖阁的纸格子好像承受不住，发出“啪啪”的声响，满堂的人都愕然四顾。县令让人第二次钤印，声响如前，到第三次钤印时，陈女坠落到地下。大家都听得很清楚。于是县令起身祈祷说：“如果是冤鬼，你就直说，我为你昭雪。”陈女哽咽着走上前去，一一讲出道士如何杀害自己和差遣自己的情况。县令派差役骑马赶到柳树下，道士果然在那里。捉回来后，一经审讯，道士立即招供。于是将在押人犯释放。县令问陈女：“冤屈已经昭雪，你打算去哪里？”陈女说：“打算跟随大人。”县令说：“我的官署中没有地方安置你，你不如回你家去。”陈女停了许久说：“官署就是我家，我要进去了。”县令再问话，已经毫无声响。县令回到内宅，这时夫人已生了一个女儿。

造命

“造命”是星命术中的一种推命方法，星命术士根据人的出生年、月、日、时组成的四柱，结合天干地支，形成所谓的“八字”，从而推算人的一生运势和命运。造命在古代被认为是一种根据天体运行与命理学原理预测个人命运的方法，常用于推测寿命、财运、事业等人生关键问题。

【义犬】

原文

潞安某甲，父陷狱将死。搜括囊蓄，得百金，将诣郡关说。跨骡出，则所养黑犬从之。呵逐使退，既走，则又从之，鞭逐不返，从行数十里。某下骑，趋路侧私焉，既乃以石投犬，犬始奔去。某既行，则犬欻然复来，啮骡尾足。某怒鞭之，犬鸣吠不已，忽跃在前，愤龁骡首，似欲阻其去路。某以为不祥，益怒，回骑驰逐之，视犬已远，乃返辔疾驰。抵郡已暮，及扪腰橐，金亡其半。涔涔汗下，魂魄都失。辗转终夜，顿念犬吠有因。候关出城，细审来途。又自计南北冲衢，行人如蚁，遗金宁有存理？逡巡至下骑所，见犬毙草间，毛汗湿如洗。提耳起视，则封金俨然。感其义，买棺葬之，人以为义犬冢云。

○潞安某甲：指潞安府的某人。潞安府，古代行政区划，今属山西省。

○诣郡关说：前往郡城进行疏通说情。诣，前往。关说，指托人情说情。

○趋路侧私焉：走到路边去解决私事。趋，快步走。私，指排泄。

○欻然：忽然，突然。

○愤龁骡首：愤怒地咬骡子的头。龁，咬。

○扪腰橐：摸腰间的钱袋。扪，摸。橐，钱袋。

○涔涔：形容汗流不止的样子。

○候关出城：等待城门开关时出城。候，等待。

○南北冲衢：南北方向的交通要道。冲衢，交通要道。

译文

潞安府的某人，他的父亲因犯罪入狱将被判死刑。他搜罗家中的积蓄，凑足了一百两银子，准备去郡城疏通关系。他骑骡子出发，家里养的黑狗跟着他。他呵斥赶狗回去，狗跑开后又跟上来。他用鞭子驱赶它，狗还是不走，跟随了几十里。某甲下骡子去路边小解，用石头打狗，狗才跑开。他继续赶路，不久狗又突然出现，咬骡子的尾巴和脚。他怒斥鞭打它，狗不停地吠叫，忽然跳到前面，愤怒地咬住骡子的头，似乎要阻止某甲前行。他觉得不祥，更加生气，调转骡子追赶狗，看到狗跑远后才掉头疾驰。到郡城时已是黄昏，摸腰间的钱袋，发现银两少了一半，顿时吓得大汗淋漓，魂飞魄散。他辗转反侧，回想起狗的吠叫有原因。等城门开后，他出城仔细查找来路，又想到南北要道上行人如蚁，丢失的银两哪有可能还在？徘徊到了下骡子的小解处，看到狗死在草丛间，毛发湿透如洗。他提起狗耳查看，发现包好的银子竟然在狗身边。他感动于狗的义行，买棺材将狗埋葬，人们称其为义犬冢。

【鄱阳神】

原文

○司理饶州：担任饶州的司法官，负责诉讼和监狱事务。

翟湛持，司理饶州，道经鄱阳湖。湖上有神祠，停盖游瞻。内雕

○翟湛持：名世琪，山东益都人。

○盖：车子，这里代指车。

丁普郎死节臣像，翟姓一神，最居末座。翟曰："吾家宗人，何得在

○丁普郎：元朝黄陂人，朱元璋部下，在鄱阳湖战役中阵亡，鄱阳湖上建庙祭祀他。

○宗人：同一宗族的人。

下！"遂于上易一座。既而登舟，大风断帆，桅樯倾侧，一家哀号。

俄一小舟破浪而来，既近官舟，急挽翟登小舟，于是家人尽登。审

视其人，与翟姓神无少异。无何，浪息，寻之已杳。

译文

翟湛持担任饶州的司法官，途经鄱阳湖时，停下来游览湖上的一座神庙。庙里供奉着丁普郎等忠臣的塑像，其中一个翟姓的神像位于最末。翟湛持说："我们翟家的人，怎么能排在最后！"于是将神像移到上首。后来他登船继续前行，途中大风吹断了船帆，桅杆倾倒，全家人都惊恐万分。突然，一只小船破浪而来，靠近官船，急忙拉翟湛持上了小船，接着全家人也都上了小船。翟湛持细看那人，与庙里的翟姓神像一模一样。不久，风浪平息，再找那人，已不见踪影。

【伍秋月】

原文

秦邮王鼎，字仙湖，为人慷慨有力，广交游。年十八，未娶，妻殒。

○秦邮：高邮的古称。

每远游，恒经岁不返。兄鼐，江北名士，友于甚笃，劝弟勿游，将为

○友于：兄弟间的深厚情谊。笃：深厚。

择偶。生不听，命舟抵镇江访友。友他出，因税居于逆旅阁上。江

○镇江：江苏南部城市。
○税居：租住。逆旅：旅馆。

水澄波，金山在目，心甚快之。次日，友人来，请生移居，辞不去。

○金山：在江苏镇江西北，是镇江的一座名山。

译文

高邮人王鼎，字仙湖，为人慷慨，有能力，广交朋友。十八岁时，未婚妻去世。他常年在外远游，时常一年多不回家。哥哥王鼐是江北名士，兄弟情谊深厚，劝弟弟不要再外出，打算为他择偶。王鼎不听，乘船到镇江访友。朋友外出，他便租住在旅馆的阁楼上。从阁楼望出去江水清澈，金山在眼前，让人心情愉悦。第二天，朋友来请王鼎到家住，王鼎拒绝了。

原文

居半月余，夜梦女郎，年可十四五，容华端妙，上床与合，既寤而

遗。颇怪之，亦以为偶。入夜，又梦之。如是三四夜。心大异，不

○偶：偶然，意外。

敢息烛，身虽偃卧，惕然自警。才交睫，梦女复来，方狎，忽自惊

○交睫：指睡觉。

寤，急开目，则少女如仙，俨然犹在抱也。见生醒，颇自愧怯。生

虽知非人，意亦甚得，无暇问讯，直与驰骤。女若不堪，曰："狂暴

如此，无怪人不敢明告也。”生始诘之。答云：“妾伍氏秋月。先父名儒，邃于易数。常珍爱妾，但言不永寿，故不许字人。后十五岁果夭殁，即攒瘗阁东，令与地平，亦无冢志，惟立片石于棺侧，曰：‘女秋月，葬无冢，三十年，嫁王鼎。’今已三十年，君适至。心喜，亟欲自荐，寸心羞怯，故假之梦寐耳。”王亦喜，复求讫事。曰：“妾少须阳气，欲求复生，实不禁此风雨。后日好合无限，何必今宵？”遂起而去。次日复至，坐对笑谑，欢若生平。灭烛登床，无异生人，但女既起，则遗泄流离，沾染茵褥。

○邃于易数：精通《易经》和占卜之术。邃，精通。易，指《周易》。数，指占卜。

○永寿：长寿。

○字人：许配给别人。字，指许配。

○夭殁：早逝。

○攒瘗：掩埋。攒，暂时停放的棺材。瘗，埋葬。

○冢志：坟墓的标志，如碑志。

译文

住了半个多月，王鼎夜里梦见一个十四五岁的女郎，容貌端庄美丽……醒来后有遗泄。他觉得奇怪，但以为是偶然发生。第二夜，又梦见女郎。如此连续三四夜，他心中大为惊异，不敢熄灯，虽然躺下，却始终保持警觉。刚合上眼，女郎又来了……他忽然惊醒，睁眼一看，女郎如仙女般，还在怀里。女郎见王鼎醒来，感到羞怯。王鼎虽然知道她不是人，但心中得意，顾不上问明情况……王鼎这才问她的情况。女郎答道：“我是伍氏秋月，父亲是一位名儒，精通《易经》和占卜之术，对我非常疼爱，他说我寿命不长，所以不许我嫁人。十五岁那年，我果然早逝，被埋在阁楼东侧，下葬之处平地无坟，只在棺旁立一片石，写着：‘女秋月，葬无冢，三十年后嫁王鼎。’现在已过三十年，正巧你来到这里，我心中高兴，想自荐，但又感到羞怯，所以借梦与你相会。”王鼎也很高兴……女郎说：“我需要一些阳气，想复生，实在受不了这样风雨。将来夫妻恩爱无穷，何必急在今夜？”说完起身离去。次日，女郎又来，坐对谈笑，像活人一样快乐……

原文

一夕，明月莹澈，小步庭中。问女:“冥中亦有城郭否?”答曰:“等耳。冥间城府，不在此处，去此可三四里。但以夜为昼。”问:“生人能见之否?”答云:“亦可。”生请往观，女诺之。乘月去，女飘忽若风，王极力追随。欻至一处，女言:“不远矣。”王瞻望殊罔所见。女以唾涂其两眥，启之，明倍于常，视夜色不殊白昼。顿见雉堞在杳霭中，路上行人，如趋墟市。俄二皂縶三四人过，末一人怪类其兄。趋近之，果兄，骇问:“兄那得来?”兄见生，潸然零涕，言:“自不知何事，强被拘囚。”王怒曰:“我兄秉礼君子，何至缧绁如此!”便请二皂，幸且宽释。皂不肯，殊大傲睨。生恚欲与争，兄止之曰:“此是官命，亦合奉法。但余乏用度，索贿良苦。弟归，宜措置。”生把兄臂，哭失声。皂怒，猛掣项索，兄顿颠蹶。生见之，忿火填胸，不能制止，即解佩刀，立决皂首。一皂喊嘶，生又决之。女大惊曰:“杀官使，罪不宥!迟则祸及!请即觅舟北发，归家勿摘提旛，杜门绝出入，七日保无虑也。”王乃挽兄夜买小舟，火急北渡。归见吊客在门，知兄果死。闭门下钥，始入，视兄已渺。

○欻至一处：突然到达某个地方。

○雉堞：城墙上用于射箭的狭缝，这里指城墙边缘。杳霭：模糊不清的迷雾。

○如趋墟市：形容行人匆匆，如赶集一样。

○皂：指官府中的差役，因通常穿着黑色衣服而得名。

○秉礼君子：指坚持道德和礼仪的人。

○提旛：丧家门前挂的白色旌旗。

入室，则亡者已苏，便呼："饿死矣！可急备汤饼。"时死已二日，家

○汤饼：一种煮熟的面食，类似现在的面片或疙瘩汤。

人尽骇，生乃备言其故。七日启关，去丧旛，人始知其复苏。亲友集问，但伪对之。

译文

一天夜里，月光明亮，王鼎和伍秋月在庭院里散步。王鼎问伍秋月："阴间也有城市吗？"伍秋月回答说："和人间一样。阴间的城市离这里大约三四里，那里把阳间的夜晚当作白天。"王鼎又问："活人能去那里看看吗？"伍秋月回答："也可以的。"王鼎请求去参观，伍秋月答应了。他们趁着月光出发，伍秋月行得飘忽如风，王鼎拼命跟上。忽然来到一个地方，伍秋月说："快到了。"王鼎环顾四周，却什么也看不见。伍秋月在王鼎眼角上抹了些唾液，王鼎睁开眼睛一看，视力比平时更清晰，夜晚看起来就像白天一样。他立刻看到迷雾中有座城市，路上的行人像是在赶集。不久，两名差役带着三四个人走过，最后一个人很像他的哥哥王鼐。王鼎走近一看，确实是他的哥哥，便惊讶地问："哥哥怎么会在这里？"王鼐看到王鼎，眼泪汪汪，说："我自己也不知道为什么会被抓来。"王鼎愤怒地说："我哥哥一向守礼的君子，怎么会被这样绑起来！"他便请求两名差役暂时放松捆绑。差役不肯，还非常傲慢。王鼎气得要和差役争吵，王鼐制止他说："这是长官的命令，他们是依法办事的。但我这里缺钱，他们又贪污，实在太苦了。弟弟你回去后，要给我筹点钱来。"王鼎拉着王鼐的手臂，泣不成声。差役生气了，猛地拽紧王鼐脖子上的绳子，王鼐顿时摔倒。王鼎见状，怒火中烧，根本无法抑制自己的愤怒，便解下腰间的刀，砍下了一个差役的头。另一个差役大声尖叫，王鼎又砍下了他的头。伍秋月看到这一幕，惊恐万分，说："杀官差，罪不可赦！如果迟了，祸患就会找上门！请立即找条船向北逃，回家后别摘下丧旗，关好大门，七天后一切会安全。"王鼎于是带着哥哥连夜雇了一条小船，急速向北逃去。回到家中，看见送葬的人还在门前，这才知道哥哥真的已经去世。他把门关好，锁上，进屋后发现哥哥已经不见了。但进入房间，却见哥哥已经苏醒，还喊道："我饿死了！快拿汤饼来！"当时王鼐已经死了两天，家人无不惊骇，王鼎一一讲出其中缘由。七天后开门，摘去丧幡，人们才知道王鼐复活。亲友纷纷打听内情，王鼎只得编假话回答。

原文

转思秋月，想念颇烦。遂复南下，至旧阁，秉烛久待，女竟不至。蒙眬欲寝，见一妇人来，曰：“秋月小娘子致意郎君：前以公役被杀，凶犯逃亡，捉得娘子去，见在监押，押役遇之虐。日日盼郎君，当谋作经纪。”王悲愤，便从妇去。至一城都，入西郭，指一门曰：

○经纪：处置，解决。

“小娘子暂寄此间。”王入，见房舍颇繁，寄顿囚犯甚多，并无秋月。又进一小扉，斗室中有灯火。王近窗以窥，则秋月坐榻上，掩袖呜泣。二役在侧，撮颐捉履，引以嘲戏，女啼益急。一役挽颈曰：

○颐：下巴。

“既为罪犯，尚守贞耶？”王怒，不暇语，持刀直入，一役一刀，摧斩如麻，篡取女郎而出，幸无觉者。裁至旅舍，蓦然即醒。方怪幻

○篡取：劫夺。

梦之凶，见秋月含睇而立。生惊起曳坐，告之以梦。女曰：“真也，

○含睇：眉目含情的样子。

非梦也。”生惊曰：“且为奈何？”女叹曰：“此有定数。妾待月尽，始是生期，今已如此，急何能待。当速发瘗处，载妾同归，日频唤妾名，三日可活。但未满时日，骨耎足弱，不能为君任井臼耳。”言

○任井臼：操持家务。

已，草草欲出，又返身曰：“妾几忘之，冥追若何？生时，父传我符书，言三十年后，可佩夫妇。”乃索笔疾书两符，曰：“一君自佩，一

粘妾背。”送之出，志其没处，掘尺许，即见棺木，亦已败腐。侧有

〇没处：消失的地方。

小碑，果如女言。发棺视之，女颜色如生。抱入房中，衣裳随风尽化。粘符已，以被褥严裹，负至江滨，呼拢泊舟，伪言妹急病，将送归其家。幸南风大竞，甫晓，已达里门。

〇竞：强劲。

译文

王鼎又想起了伍秋月，心里很是思念。他再次南下，来到原先住过的阁楼，点上蜡烛等待，可伍秋月一直没来。王鼎迷迷糊糊快要睡着时，一位妇人来了，说：“秋月小娘子托我转告您：前些日子公差被杀害，凶手逃跑了，秋月被抓走关押在牢里，狱卒虐待她。她日夜盼着您，希望您能救她。”王鼎悲愤不已，便跟着妇人走了。他们来到一座城里，从西门进城，妇人指着一个大门说：“秋月小娘子暂时被关在这里。”王鼎进门一看，里面房屋众多，关押的犯人很多，却没见到伍秋月。他又走进一个小门，看见一间小屋里有灯光。他凑近窗户一看，只见伍秋月坐在床上，掩面哭泣。两个狱卒在旁边捏她的脸、摸她的脚，戏弄她，伍秋月哭得更厉害了。一个狱卒搂着她的脖子说：“都成罪犯了，还装什么贞洁烈女？”王鼎怒不可遏，顾不上多说，直接冲进去，手起刀落，像砍麻杆一样杀了两个狱卒，带着伍秋月逃了出来，幸好没人发现。刚到旅店，王鼎突然醒了。他正纳闷这个梦如此凶险，就见伍秋月正含情脉脉地看着他。王鼎又惊又喜，拉着她坐下，把梦里的事告诉了她。伍秋月说：“这不是梦，是真的。”王鼎吃惊地问：“那怎么办？”伍秋月叹了口气说：“这是命中注定的。我本应月底才能复活，现在出了这种事，等不了了。你快去挖开我的坟墓，把我带回去，每天多叫我的名字，三天后我就能活过来。只是我还没到复活的日子，骨头还软，腿脚无力，不能帮你做家务。”说完，她匆匆要走，又转身说：“我差点忘了，阴间的鬼差来追怎么办？我活着的时候，父亲传给我一道符，说三十年后可以让我们夫妻二人佩戴。”于是她要来笔，快速写了两道符，说：“一道你戴着，一道贴在我背上。”王鼎送走伍秋月，记下她消失的地方，挖了一尺多深，就看见了棺材，已经腐烂了。旁边有个小石碑，上面的话果然和伍秋月说的一样。打开棺材，伍秋月的面色还像活着一样。王鼎把她抱进屋里，她的衣服随风化成了灰。王鼎把符贴在她背上，用被

褥把她裹好，背到江边，叫来一艘船，谎称妹妹病重，要送她回家。幸好南风很大，天刚亮就到家了。

原文

抱女安置，始告兄嫂。一家惊顾，亦莫敢直言其惑。生启衾，长呼秋月，夜辄拥尸而寝。日渐温暖，三日竟苏，七日能步。更衣拜嫂，盈盈然神仙不殊。但十步之外，须人而行，不则随风摇曳，屡欲倾侧。见者以为身有此病，转更增媚。每劝生曰：“君罪孽太深，宜积德诵经以忏之。不然，寿恐不永也。”生素不佞佛，至此皈依甚虔。后亦无恙。

○盈盈然：描述优美的体态。指女子体态轻盈，美好如仙。

○皈依：表示虔诚地信仰佛教。

○忏：忏悔，源于佛教，指认识到并悔改过错。

○佞佛：本指过分迎合或讨好佛教，后泛指对佛教有过度的信仰和迷信。

译文

王鼎将伍秋月抱回家后才告知家人。家里人都惊讶不已，却没人敢直说心里的困惑。王鼎揭开被子，不断呼唤伍秋月，到了夜晚就与她的尸体同眠。伍秋月身体逐渐回暖，三天后竟然复活，七天后能走动。她换上新衣，去见嫂子时，神态美丽如仙。只是走出十步就需要人搀扶，否则会像被风吹动般摇晃，甚至几乎跌倒。旁人看到这般情形，认为是她体弱多病，反倒觉得她更加娇艳。伍秋月经常劝王鼎：“你的罪过深重，应多做善事，诵读经文以求忏悔，否则寿命恐怕不长。”王鼎原本不信佛，此后却虔诚皈依佛教，最终一切安好。

原文

异史氏曰：余欲上言定律：“凡杀公役者，罪减平人三等。”盖此辈无有不可杀者也。故能诛锄蠹役者，即为循良，即稍苛之，不可谓

○蠹役：指官吏中贪污腐败者，象征法纪的破坏者。

○循良：遵守法律，行为正直。

虐。况冥中原无定法，倘有恶人，刀锯鼎镬，不以为酷。若人心之

◎刀锯鼎镬：象征各种残酷刑罚。

所快，即冥王之所善也。岂罪致冥追，遂可幸而逃哉？

译文

异史氏说：我建议制定这样一条法规：“任何杀害执行有罪刑的公差的人，其罪比杀普通人轻三等。”因为这些公差本应被处罚。若能除去这些危害社会的公差，便是遵守法律的行为，即使这种做法有些严厉，也不会被认为是残忍。况且阴间原无固定法则，若遇恶人，使用极刑亦不为过。如果是大快人心的事，那便是冥王所赞同的。哪里有罪犯到了需要冥府出动鬼差来追捕的程度，还能侥幸逃脱的呢？

【莲花公主】

原文

胶州窦旭，字晓晖。方昼寝，见一褐衣人立榻前，逡巡惶顾，似欲有言。生问之，答云：“相公奉屈。”“相公何人？”曰：“近在邻境。”从之而出。转过墙屋，导至一处，叠阁重楼，万椽相接。曲折而行，觉万户千门，迥非人世。又见宫人女官，往来甚夥，都向褐衣人问曰：“窦郎来乎？”褐衣人诺。俄，一贵官出，迎见甚恭。既登堂，生启问曰：“素既不叙，遂疏参谒。过蒙爱接，颇注疑念。”贵官曰：“寡君以先生清族世德，倾风结慕，深愿思晤焉。”生益骇，问：“王何人？”答云：“少间自悉。”无何，二女官至，以双旌导生行。入重门，见殿上一王者，见生入，降阶而迎，执宾主礼。礼已，践席，列筵丰盛。仰视殿上一匾曰“桂府”。生跼蹙不能致辞，王曰：“忝近芳邻，缘即至深。便当畅怀，勿致疑畏。”生唯唯。

○胶州：今山东青岛胶州。

○相公奉屈：主人敬请光临。相公，旧时对士人的尊称。屈，屈驾，敬词。

○万椽相接：屋椽相连，形容房屋众多。

○迥非人世：完全不像人间。迥，差得远。

○夥：多。

○素既不叙：一向没有交往。素，向来。叙，交往。

○寡君：对别国称自己国君的谦称。清族世德：清门大族，累世有德。

○思晤：会晤。

○旌：旗。

○践席：就座。

○跼蹙：局促不安。

译文

胶州人窦旭，字晓晖。一天中午，窦旭正在午睡，忽然看见一个穿粗布衣服的人站在床前，神色不安地东张西望，似乎有话要说。窦旭问他有什么事，来人回答说：“我家主人恭请您光临。”窦旭问：“你家主人是谁？”来人说：“就在附近。”窦旭跟着他出门。绕过几重院落，来到一处楼阁重叠、房屋众多的宅院。他们曲曲折折地往前走，窦旭感觉这里万户千门，不像人间。他看见宫女和女官来来往往，人数众多，都向穿粗布衣服的人打听："窦郎来了吗？"那人点头称是。不一会儿，一位显贵官员走出来，恭敬地迎接窦旭。登上大堂后，窦旭问道："我们素不相识，我也未曾登门拜访，承蒙您盛情接待，不知何故。"官员说："我们大王仰慕您家族清白、世代积德，很想见您一面。"窦旭更加惊讶，问："你们大王是谁？"官员回答："您很快就会知道的。"不久，两名女官来了，用两面旗子引窦旭前行。穿过一道道宫门后，只见大殿上坐着一位大王。窦旭进来，大王走下台阶迎接，以宾主之礼相待。行礼完毕，二人入席，筵席丰盛。窦旭抬头看见殿上挂着一块匾额，上面写着"桂府"二字。他局促不安，不知说什么好。大王说："你我既然有缘成为近邻，就应该开怀畅饮，不必疑虑畏惧。"窦旭连连称是。

原文

酒数行，笙歌作于下，钲鼓不鸣，音声幽细。稍间，王忽左右顾曰："朕一言，烦卿等属对：'才人登桂府。'"四座方思，生即应云："君子爱莲花。"王大悦曰："奇哉！莲花乃公主小字，何适合如此？宁非夙分？传语公主，不可不出一晤君子。"移时，珮环声近，兰麝香浓，则公主至矣。年十六七，妙好无双。王命向生展拜，曰："此即莲花小女也。"拜已而去。生睹之，神情摇动，木坐凝思。王举觞劝饮，目竟罔睹。王似微察其意，乃曰："息女宜相匹敌，但自惭不类，如何？"生怅然若痴，即又不闻。近坐者蹑之曰："王揖君未见，王言君未闻耶？"生茫乎若失，懡㦬自惭，离席曰："臣蒙优渥，不觉过醉，仪节失次，幸能垂宥。然日旰君勤，即告出也。"王起

○钲鼓不鸣：这里指没有演奏嘈杂的音乐。钲、鼓，打击乐器。

○展拜：行礼。

○息女：女儿。

○蹑（niè）：踩，踏。

○懡㦬（mǒ luǒ）：羞惭。

○失次：失礼。

○垂宥：给予宽恕。

○日旰（gàn）君勤：天色已晚，君王劳累。

曰："既见君子，实惬心好，何仓卒而便言离也？卿既不住，亦无敢于强。若烦萦念，更当再邀。"遂命内官导之出。途中内官语生曰："适王谓可匹敌，似欲附为婚姻，何默不一言？"生顿足而悔，步步追恨，遂已至家。忽然醒寤，则返照已残。冥坐观想，历历在目。晚斋灭烛，冀旧梦可以复寻，而邯郸路渺，悔叹而已。

○惬（qiè）：满意。

○萦（yíng）念：思念，挂念。

○内官：宦官。

○返照已残：夕阳西下。

○邯郸路渺：比喻美梦难寻。

译文

酒喝了几轮，下面奏起轻柔的音乐，没有喧闹的钟鼓，只有悠扬的笙歌。过了一会儿，大王环顾四周说："朕出一上联，请诸位对下联：'才人登桂府'。"众人还在思索，窦旭应声答道："君子爱莲花。"大王十分高兴："妙哉！莲花正是小女的名字，怎么对得如此贴切？莫非是前世注定的缘分？去告诉公主，一定要出来与这位君子见上一面。"过了一会儿，伴随着清脆的环佩声和兰草及麝香浓郁的香气，公主来到堂前。公主十六七岁，容貌绝美。大王命她向窦旭行礼，说："这是小女莲花。"公主行礼后便离开了。窦旭因公主之美貌而心神荡漾，呆呆地坐在那里出神。大王举杯劝酒，他竟然毫无反应。大王似乎看出了他的心思，说道："小女与你倒也般配，只是我因与你不是同类而感到惭愧，该如何呢？"窦旭怅然若失，仿佛没听见大王的这番话。旁边的人用脚踩他，提醒道："大王敬酒你怎么不喝？大王说话你怎么不听？"窦旭如梦初醒，羞愧不已，起身告辞："承蒙大王盛情款待，我喝多了酒，失礼之处，还望恕罪。天色已晚，大王也累了，我就此告退。"大王起身说："今日与先生相见，甚是投缘，为何如此匆忙就要离开？你既然不愿留下，我也不强求。如果还记挂这里，欢迎再来。"于是命宦官送窦旭出去。路上，宦官对窦旭说："刚才大王说你与公主般配，似乎有意招你为婿，你怎么一言不发？"窦旭懊悔得直跺脚，一步一回头，就这样回到了家。忽然梦醒了，太阳已经西下。他静静地坐在黑暗中回想，梦中的一切都历历在目。晚饭后吹灭蜡烛，他希望能再次进入梦境，然而梦境渺茫，只剩下无尽的悔恨和叹息。

原文

一夕，与友人共榻，忽见前内官来，传王命相召。生喜，从去。见王伏谒，王曳起，延止隅坐，曰：“别后知劳思眷。谬以小女子奉裳衣，想不过嫌也。”生即拜谢。王命学士大臣陪侍宴饮。酒阑，宫人前白：“公主妆竟。”俄见数十宫女，拥公主出。以红锦覆首，凌波微步，挽上氍毹，与生交拜成礼。已而送归馆舍。洞房温清，穷极芳腻。生曰：“有卿在目，真使人乐而忘死。但恐今日之遭，乃是梦耳。”公主掩口曰：“明明妾与君，那得是梦？”诘旦方起，戏为公主匀铅黄，已而以带围腰，布指度足。公主笑问：“君颠耶？”曰：“臣屡为梦误，故细志之。倘是梦时，亦足动悬想耳。”

○延止隅坐：请（窦旭）坐到旁边的座位。

○学士：官名，明清时翰林学士常参与机要。

○氍毹（qú yú）：毛织地毯。

○诘旦方起：第二天早晨才起床。

○匀铅黄：指涂抹脂粉。

○布指度足：伸开手指丈量脚的大小。

○颠：同“癫”，疯癫。

○志：记，标记。

译文

一天晚上，窦旭与朋友同榻而眠，忽然看见先前那位宦官前来传话，大王召他进宫。窦旭欣然前往。见到大王后行礼拜见，大王扶起他，请他坐在侧座，说：“分别后，知道你对这里恋恋不忘。现将小女许配给你，希望你不要嫌弃。”窦旭当即拜谢。大王命学士大臣作陪，设宴款待。酒宴快结束时，宫女前来禀报：“公主已梳妆完毕。”一会儿，只见数十名宫女簇拥着公主款款而来。公主头上盖着红盖头，莲步轻移，来到铺着地毯的大殿，与窦旭拜堂成亲。礼毕，二人被送回住处。洞房布置得温馨舒适，香气袭人。窦旭说：“有你在身边，真是令人快乐得忘记了生死。只是担心这一切不过是场梦。”公主掩口笑道：“明明是我和你在一起，怎么会是梦呢？”第二天早晨，二人刚起床，窦旭便拿起胭脂水粉，给公主化妆。然后又用腰带量公主的腰围，用手指量公主的脚。公主笑着问：“你疯了吗？”窦旭说：“我常被梦境所骗，所以想仔细记下这些，万一是梦，醒来后也能聊以慰藉。”

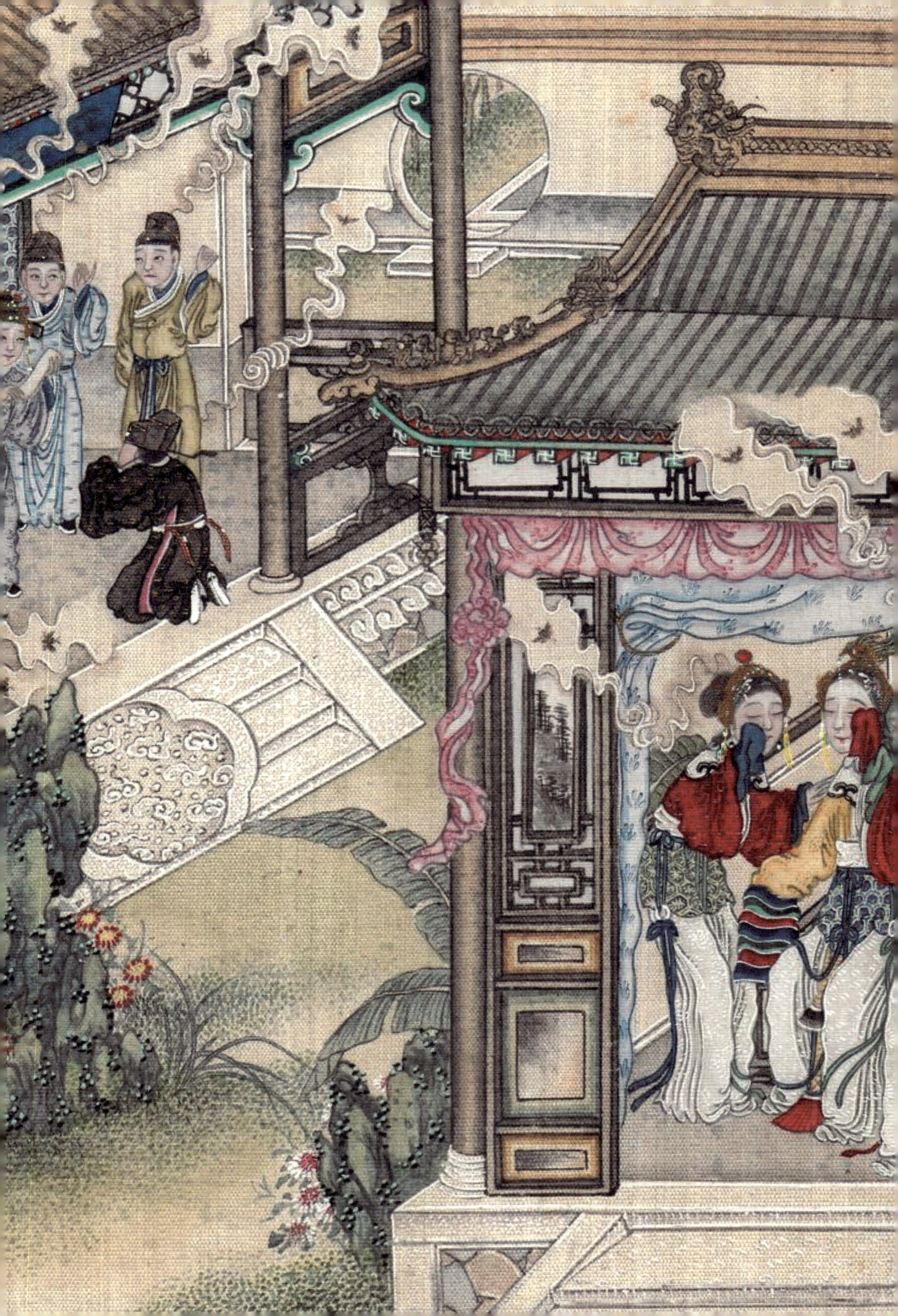

原文

调笑未已，一宫女驰入曰：“妖入宫门，王避偏殿，凶祸不远矣！”

○偏殿：正殿两旁的殿宇。

生大惊，趋见王。王执手泣曰：“君子不弃，方图永好。讵期孽降自

○讵期：岂料。

天，国祚将覆，且复奈何！”生惊问何说。王以案上一章，授生启

○国祚：国家的命运。祚，福。覆，倾覆。

读。章云“含香殿大学士臣黑翼，为非常妖异，祈早迁都，以存国

脉事。据黄门报称：自五月初六日，来一千丈巨蟒，盘踞宫外，吞

○黄门：宦官。

食内外臣民一万三千八百余口，所过宫殿尽成丘墟，等因。臣奋勇前

○等因：旧时公文用语，用于引述完来文后，表示下文是自己的意见。

窥，确见妖蟒：头如山岳，目等江海；昂首则殿阁齐吞，伸腰则楼

垣尽覆。真千古未见之凶，万代不遭之祸！社稷宗庙，危在旦夕！乞

皇上早率宫眷，速迁乐土”云云。生览毕，面如灰土。即有宫人奔

○乐土：好地方。

奏：“妖物至矣！”阖殿哀呼，惨无天日。王仓遽不知所为，但泣顾

曰：“小女已累先生。”生坌息而返。公主方与左右抱首哀鸣，见生

○坌（bèn）息：气急。

入，牵衿曰：“郎焉置妾？”生怆恻欲绝，乃捉腕思曰：“小生贫贱，

惭无金屋。有茅庐三数间，姑同窜匿可乎？”公主含涕曰：“急何能

○金屋：华丽的房屋。

择？乞携速往！”生乃挽扶而出，未几至家。公主曰：“此大安宅，

胜故国多矣。然妾从君来，父母何依？请别筑一舍，当举国相从。”

生难之。公主号咷曰："不能急人之急，安用郎也！"生略慰解。即已入室，公主伏床悲啼，不可劝止。焦思无术，顿然而醒，始知梦也。而耳畔啼声，嘤嘤未绝。审听之，殊非人声，乃蜂子二三头，飞鸣枕上。大叫怪事。

译文

两人还在嬉笑，一个宫女跑进来，说："妖怪进了宫门，大王躲到偏殿去了，大难就要临头了！"窦旭大惊失色，急忙去见大王。大王拉着他的手哭道："先生不嫌弃我们，我们正打算永结秦晋之好。没想到灾祸从天而降，国家将要灭亡，这可怎么办啊！"窦旭吃惊地问发生了什么事。大王把案上的一份奏章递给他看。奏章上写道："含香殿大学士黑翼启奏：近日发生怪异之事，恳请皇上及早迁都，以保全国家。据黄门官员报告，自五月初六日起，一条千丈巨蟒盘踞宫外，吞食臣民一万三千八百多人，经过之处，宫殿尽成废墟。臣斗胆前去查看，亲眼见到这条妖蟒：头如山岳，目似江海，昂首可吞殿阁，伸腰能覆楼墙。此乃千古未见之凶兆，万年不遇之灾祸！社稷危在旦夕！恳请皇上速带家眷，迁往安全之地。"窦旭看完奏章，脸色惨白。这时，宫女来报："妖怪来了！"整个宫殿顿时哭声一片。大王惊慌失措，只是哭着对窦旭说："小女连累你了！"窦旭气喘吁吁地跑回住处。公主正和宫女抱头痛哭，见窦旭进来，便拉着他的衣襟说："郎君，你要把我安置在哪里？"窦旭悲痛欲绝，拉着公主的手，沉吟片刻说："我贫寒低微，没有华丽的居所。只有几间茅草屋，咱们暂时去那里躲避，好吗？"公主含泪说："事不宜迟，哪里还顾得上挑地方？快带我走吧！"窦旭搀扶着公主出门，很快到了家。公主说："这里很安全，比宫里好多了！但我跟你来了，我父母怎么办呢？请你另外建一处房屋，全国百姓都会跟着来的。"窦旭面露难色。公主哭道："不能急人所难，我要你有什么用！"窦旭好言安慰她。刚进屋，公主就趴在床上痛哭不止。窦旭焦急万分，却无计可施，忽然惊醒，原来是南柯一梦。但耳边仍有隐隐约约的哭声。仔细一听，那根本不是人声，而是几只蜜蜂在枕边飞舞。真是怪事！

原文

友人诘之，乃以梦告，友人亦诧为异。共起视蜂，依依裳袂间，拂之不去。友人劝为营巢，生如所请，督工构造。方竖两堵，而群蜂自墙外来，络绎如绳。顶尖未合，飞集盈斗。迹所由来，则邻翁之旧圃也。圃中蜂一房，三十余年矣，生息颇繁。或以生事告翁，翁觇之，蜂户寂然。发其壁，则蛇据其中，长丈许，捉而杀之。乃知巨蟒即此物也。蜂入生家，滋息更盛，亦无他异。

○诘：询问。

○依依裳袂间：恋恋不舍地在衣服袖子上飞舞。

○迹所由来：追寻蜂子是从哪里来的。

○盈斗：比斗还大。斗，量器，一斗约等于十升。

○圃：菜园。

○滋息：繁殖。

译文

朋友追问缘由，窦旭便把梦告诉了他。朋友也感到惊奇。二人起身去看那些蜜蜂，只见蜜蜂恋恋不舍地在窦旭的衣袖间飞舞。朋友建议窦旭给蜜蜂筑个巢，窦旭便请来工匠建造。刚砌好两面墙，一群蜜蜂就从墙外飞来，络绎不绝。巢顶还没封好，蜜蜂就已经聚集得比斗还大。窦旭寻着蜜蜂的来向，发现是邻居老翁的旧菜园。菜园里有个蜂窝，已有三十多年，蜜蜂繁衍得很多。有人把窦旭的梦告诉了老翁，老翁前去查看，蜂窝里静悄悄的。他扒开蜂房的一面墙，发现里面盘踞着一条一丈多长的大蛇，便把蛇抓出来打死了。窦旭这才明白，梦里的巨蟒原来就是这条蛇。蜜蜂搬到窦旭家后，繁殖得更加旺盛，也没有发生其他怪事。

【绿衣女】

原文

于生名璟，字小宋，益都人，读书醴泉寺。夜方披诵，忽一女子在窗外赞曰：“于相公勤读哉！”因念深山何处得女子？方疑思间，女已推扉笑入曰：“勤读哉！”于惊起视之，绿衣长裙，婉妙无比。于知非人，固诘里居，女曰：“君视妾当非能咋噬者，何劳穷问？”于心好之，遂与寝处。罗襦既解，腰细殆不盈掬。更筹方尽，翩然遂去。由此无夕不至。

○醴泉寺：在今山东邹平，始建于南北朝时期。
○披诵：指展开书籍翻看并大声朗读。
○咋噬：指咬和吞食，此处用以形容吃人的怪物。
○固诘里居：坚持询问住处。里居，指住所。
○更筹方尽：意为夜晚结束，天将明。
○掬：用双手轻轻地捧起。

译文

书生于璟，字小宋，是益都人，在醴泉寺读书。一天深夜，他正在翻书朗读时，突然一位女子在窗外称赞他：“于相公读书真勤奋！”于璟心想，深山里怎会有女子？正在疑惑间，女子已推门而入，笑着说：“读书真勤奋！”于璟看到她穿着绿衣长裙，举止优雅，非凡美丽，便知她非凡人。他反复询问她的住处，女子回答：“看我这样子，应该不是会吃人的怪物，何必如此追问呢？”于璟被她吸引，遂与她同寝。她的细腰几乎一掬即可环抱。待到五更天明，她便轻盈离去。从此，她每夜都会来访。

原文

一夕共酌，谈吐间妙解音律。于曰：“卿声娇细，倘度一曲，必能消魂。”女笑曰：“不敢度曲，恐消君魂耳。”于固请之，曰：“妾非

○妙解音律：对音乐很有理解和洞察力。
○度一曲：演唱一首歌曲。
○消魂：极度陶醉或感动。

吝惜，恐他人所闻。君必欲之，请便献丑，但只微声示意可耳。”遂以莲钩轻点足床，歌云：树上乌臼鸟，赚奴中夜散。不怨绣鞋湿，只恐郎无伴。声细如蝇，裁可辨认。而静听之，宛转滑烈，动耳摇心。歌已，启门窥曰：“防窗外有人。”绕屋周视，乃入。生曰：“卿何疑惧之深？”笑曰：“谚云：‘偷生鬼子常畏人。’妾之谓矣。”既而就寝，惕然不喜，曰：“生平之分，殆止此乎？”于急问之，女曰：“妾心动，妾禄尽矣。”于慰之曰：“心动眼瞤，盖是常也，何遽此云？”女稍怿，复相绸缪。

○莲钩：此处比喻女子的纤足。

○乌臼鸟：一种在黎明时叫声特别响亮的鸟类。

○惕然：形容非常警觉或紧张的样子。

○生平之分：指一生的缘分或关系。

○妾心动，妾禄尽矣：心情不安是不祥的预兆，认为自己的好运或寿命即将结束。

○心动眼瞤：指心里不安，眼皮跳动，常被认为是不吉利的征兆。

○怿：心情愉悦或满足。

译文

一晚，于璟和绿衣女子共饮，她在交谈中展现了对音乐的妙解。于璟赞叹道：“你的声音温婉动听，若能唱一曲，定能令人神魂颠倒。”女子回应道：“我不敢轻易唱歌，怕让你魂不守舍。”于璟再三请求，女子说：“不是不愿意，只是担心别人听到。如果你真的想听，我就献丑小声唱给你听。”她轻轻以脚尖敲击床边，低声吟唱：“树上乌臼鸟，赚奴中夜散。不怨绣鞋湿，只恐郎无伴。”她的声音虽细如蝇吟，却清晰可辨。仔细聆听，她的歌声悠扬动人，美妙绝伦，动听至极。唱毕，她打开门查看四周，确保无人偷听后方才安心。于璟问她为何如此谨慎，女子笑着回答：“谚语说‘想念人生乐趣的鬼常常害怕遇见活人。’说得就是我吧。”之后，他们就寝，女子显得忐忑不安，忧心忡忡地说：“我们的缘分可能就此结束了。”于璟急忙询问原因，女子解释道：“我感到一阵心悸，恐怕我的福分将尽。”于璟安慰她说：“心悸眼跳很正常，何必太过担忧？”女子稍感安慰，二人继续缠绵。

原文

更漏既歇，披衣下榻，方将启关，徘徊复返，曰：“不知何故，惕惭心怯。乞送我出门。”于果起，送诸门外。女曰：“君伫望我，我逾垣去，君方归。”于曰：“诺。”视女转过房廊，寂不复见。方欲归寝，闻女号救甚急。于奔往，四顾无迹，声在檐间。举首细视，则一蛛大如弹，抟捉一物，哀鸣声嘶。于破网挑下，去其缚缠，则一绿蜂，奄然将毙矣。捉归室中，置案头。停苏移时，始能行步。徐登砚池，自以身投墨汁，出伏几上，走作“谢”字。频展双翼，已乃穿窗而去。自此遂绝。

○更漏：古代通过水漏计时的工具。歇：停止，指夜晚结束。

○惕惭（tí sī）：胆战心惊的感觉。

○伫望：静立注视。

译文

天快亮时，女子披衣离床，即将离开房间却迟疑返回，说：“不知为何，心里突然感到害怕。请你送我出门。”于璟应允起身，送她至门外。女子叮嘱：“请在此等候，看我翻过围墙后你再回去。”于璟答道：“好吧。”看着她过走廊后消失不见。正当他准备返回睡觉时，突然听到女子的急迫呼救声。于璟冲去声音来源地，四处寻找但不见人影，声音似乎从屋檐上方来。他抬头细看，发现一只大如弹珠的蜘蛛正在纠缠一只昆虫，后者发出绝望的哀鸣。他撕开蜘蛛网，解除了昆虫身上的束缚，发现是一只濒临死亡的绿蜂。于璟将绿蜂带回屋内，放在桌上。经过一段时间的休息后，绿蜂才能勉强移动。它慢慢爬到砚台，将自己浸入墨汁中，然后在桌上留下了一个“谢”字的足迹。绿蜂振翅几次后从窗户飞出，此后，那位绿衣女子便再也没有出现过。

【黎氏】

原文

龙门谢中条者，佻达无行。三十余丧妻，遗二子一女，晨夕啼号，萦累甚苦。谋聘继室，低昂未就。暂雇佣媪抚子女。一日，翔步山途，忽一妇人出其后。待以窥觇，是好女子，年二十许。心悦之，戏曰："娘子独行，不畏怖耶？"妇走不对。又曰："娘子纤步，山径殊难。"妇仍不顾。谢四望无人，近身侧，遽挲其腕，曳入幽谷，将以强合。妇怒呼曰："何处强人，横来相侵！"谢牵挽而行，更不休止。妇步履跌蹶，困窘无计，乃曰："燕婉之求，乃若此耶？缓我，当相就耳。"谢从之。偕入静壑，野合既已，遂相欣爱。妇问其里居姓氏，谢以实告。既亦问妇，妇言："妾黎氏。不幸早寡，姑又殒殁，块然一身，无所依倚，故常至母家耳。"谢曰："我亦鳏也，能相从乎？"妇问："君有子女无也？"谢曰："实不相欺，若论枕席之事，交好者亦颇不乏。只是儿啼女哭，令人不耐。"妇踌躇曰："此大难事！观君衣服袜履款样，亦只平平，我自谓能办。但继母难作，恐不胜诮让也。"谢曰："请毋疑阻。我自不言，人何干与？"妇亦微

○龙门：古时县名，位于今山西河津，因地处黄河要津而得名。

○佻达：轻浮不稳重。

○萦累：指牵连困扰。

○低昂：形容升降起伏、高低不足。这里指择偶条件的高低。

○不对：不回答。

○挲（suō）：拿捏，抓握。

○跌蹶：形容步伐不稳，摇摇欲坠。

○燕婉：指夫妻间的和睦。

○块然：形容孤单一人的状态。

○鳏：指丧偶的男性。

○款样：款式，形状。

○诮让：责备和批评。

纳，转而虑曰："肌肤已沾，有何不从？但有悍伯，每以我为奇货，恐不允谐，将复如何？"谢亦忧皇，请与逃窜。妇曰："我亦思之烂熟。所虑家人一泄，两非所便。"谢云："此即细事。家中惟一孤媪，立便遣去。"妇喜，遂与同归。先匿外舍，即入遣媪讫，扫榻迎妇，倍极欢好。妇便操作，兼为儿女补缀，辛勤甚至。谢得妇，嬖爱异常，日惟闭门相对，更不通客。

○纳：接受。

○伯：这里指丈夫的兄弟。

○忧皇：担忧，焦虑。

○两非所便：对双方都没有好处。便，利于，有益于。

○嬖爱：宠爱。

译文

龙门的谢中条，性格轻浮，性情不定。三十多岁时，他的妻子去世，留下了两个儿子和一个女儿。孩子们早晚哭泣，使他非常烦恼。他曾考虑再娶，但高不成低不就地没有定下来，暂时雇了一个老妇人来照顾孩子们。一天，他在山路上缓步行走，突然从后面出现了一位妇人。他稍微等待并偷看，发现是一位大约二十岁的美丽女子。他感到心动，开玩笑说："娘子一个人行走，不害怕吗？"妇人继续走，没有回应。他又说："娘子走得这么轻盈，山路这么难走。"妇人仍旧没有理会他。谢中条四处看了看，发现没有其他人，便靠近了妇人，突然抓住她的手腕，将她拖入一个幽深的山谷，想要强行与她发生关系。妇人愤怒地叫喊："哪里来的强盗，竟敢这样对我！"谢中条不顾她的抗议，继续拉着她走。妇人走得摇摇晃晃，非常尴尬、无助，最后说："你这样要求夫妻恩爱吗？如果你放开我，我会跟你一起去。"谢中条听从了她的话。他们一起进入一个安静的山谷，欢好后，开始彼此喜欢。妇人询问谢中条的家庭和姓名，他如实回答。他也问妇人同样的问题，她说："我姓黎。不幸的是，我年轻时就守寡了，我的婆婆也去世了，现在孑然一身，没有依靠，所以常回娘家。"谢中条说："我也是个鳏夫，你愿意跟我在一起吗？"妇人问："你有孩子吗？"谢中条说："我不瞒你，虽然床笫之间有过相好的人，但孩子们哭哭啼啼，实在让人难以忍受。"妇人犹豫地说："这是个大问题！看你的衣服鞋袜，款式平常，我倒觉得能应付。但做继母难免遭人非议，我恐怕承受不起。"谢中条说："请不要担心。我自己不会说什么，别人又能怎样？”妇人稍微接受了这个想法，但又担心地说：“既然我们已有肌肤之亲，还有什么不能同意的呢？只是我丈夫有个凶悍的哥哥，他常将我视作珍品，恐怕他不会同意，那我们该怎么办？”谢中条也感到忧虑，建议她逃到自己家。妇人说：“这事我已想得很透，只是害怕一旦家人泄露消息被别人知晓，对我们俩都不利。”谢中条说：“这是小事。我家里只有一个老妇人，我立刻将她打发走。”黎氏听后欣喜，随后与谢中条一起回家。黎氏先藏在外舍，谢中条将老妇人送走后，清理床榻迎接黎氏，二人感情更加深厚。黎氏开始管理家务，并为儿女们缝补衣服，非常辛勤。谢中条得到黎氏后，宠爱异常，每天关起大门和黎氏厮守，更与外人断绝交往。

原文

月余，适以公事出，反关乃去。及归，则中门严闭，扣之不应。排闼而入，渺无人迹。方至寝室，一巨狼冲门跃出，几惊绝！入视子女皆无，鲜血殷地，惟三头存焉。返身追狼，已不知所之矣。

○反关：反锁。

○中门：内、外之间的门。

异史氏曰：士则无行，报亦惨矣。再娶者，皆引狼入室耳，况将于野合逃窜中求贤妇哉！

○无行：无德，品行不端。

译文

一个多月后，谢中条因公务外出，临走时反锁了门。当他返回家时，发现中门紧闭，敲门无人应答。他强行破门进入，发现屋内空无一人。正当他走向卧室时，一只巨大的狼从门内冲出，差点将他吓倒。他进入卧室一看，发现儿女都不见了，地上满是鲜血，只剩下三个头颅。他转身追赶那只狼，但狼已经不知去向。

异史氏说：这些品行不端的士人，遭受的报应也是相当惨烈。那些再娶的人无一不是在引狼入室，更何况是试图在野外苟合和私奔中找到贤妻良母呢！

【荷花三娘子】

原文

湖州宗湘若，士人也。秋日巡视田垅，见禾稼茂密处，振摇甚动。疑之，越陌往觇，则有男女野合。一笑将返。即见男子靦然结带，草草径去。女子亦起，细审之，雅甚娟好。心悦之，欲就绸缪，实惭鄙恶，乃略近拂拭曰："桑中之游乐乎？"女笑不语。宗近身启衣，肤腻如脂，于是挼莎上下几遍。女笑曰："腐秀才！要如何，便如何耳，狂探何为？"诘其姓氏，曰："春风一度，即别东西，何劳审究？岂将留名字作贞坊耶？"宗曰："野田草露中，乃山村牧猪奴所为，我不习惯。以卿丽质，即私约亦当自重，何至屑屑如此？"女闻言，极意嘉纳。宗言："荒斋不远，请过留连。"女曰："我出已久，恐人所疑，夜分可耳。"问宗门户物志甚悉，乃趋斜径，疾行而去。更初，果至宗斋。殢雨尤云，备极亲爱。积有月日，密无知者。

○湖州宗湘若：湖州，在今浙江北部；宗湘若，人名。

○越陌往觇：越陌，越过田间小路；觇，观察。

○靦然结带：靦然，面带羞愧的样子；结带，整理腰带。

○桑中之游乐乎：桑中，古代男女幽会地点之一，此处指幽会。

○挼莎：又作挼挲，用手触摸摩挲。

○春风一度：一次春风，比喻一次风流韵事。

○山村牧猪奴：形容粗俗的人。

○屑屑如此：形容行为低下，猥琐。

○极意嘉纳：非常赞同并接受。

○殢雨尤云：文雅表达男女之间的亲密关系。

译文

湖州的读书人宗湘若，在一个秋日巡视自己的田地时，注意到一块禾稼茂密的地方异常动荡。他跨过田间小路去查看，发现一对男女……他笑了笑，正要回去，这时见到男子羞愧地整理着腰带，匆忙离开。女子也起身，宗湘若仔细观察后，发现她颇为美丽。虽然心生欢喜，想要亲近，但又感到这种行为太过粗鲁低俗，于是他走近女子，轻声问道：“你觉得刚才的幽会快乐吗？”女子只是笑而不语。宗湘若近身启衣，发现她皮肤如脂般细腻……女子笑着责怪他：“古板迂腐的书生……”他问及她的姓名，女子回答：“风流一场，完事就分道扬镳，何必深究？难道还要留下名字立个贞节牌坊吗？”宗湘若说：“野田草露中，应该是粗俗之人所为，我并不习惯。你这般美貌，即便私下相会，也应保持尊严，何至于这般轻佻？”女子听后非常赞同。宗湘若又说：“我的小屋就在不远处，不妨走一趟。”女子说：“我已经出来很久，担心别人怀疑，夜里可以。”详细问宗湘若家门的具体标志，之后女子便走上斜径，快步离开。夜里初更时分，她真的来到了宗湘若的家……就这样交往了月余，没人知道。

原文

会一番僧卓锡村寺，见宗，惊曰：“君身有邪气，曾何所遇？”答言：“无之。”过数日，悄然忽病。女每夕携佳果饵之，殷勤抚问，如夫妻之好，然卧后必强宗与合。宗抱病，颇不耐之，心疑其非人，而亦无术暂绝使去，因曰：“曩和尚谓我妖惑，今果病，其言验矣。明日屈之来，便求符咒。”女惨然色变，宗益疑之。次日，遣人以情告僧，僧曰：“此狐也。其技尚浅，易就束缚。”乃书符二道，付嘱曰：“归以净坛一事，置榻前，即以一符贴坛口。待狐窜入，急覆以盆，再以一符粘盆上，投釜汤烈火烹煮，少顷毙矣。”家人归，并如僧教。夜深，女始至，探袖中金橘，方将就榻问讯。忽坛口飕飗一声，女已吸入。家人暴起，覆口贴符。方欲就煮，宗见金橘散满地

○番僧：指西方的僧人。卓锡：指僧人居留的地方。

○屈：邀请，引申为请某人来。

○净坛一事：这里指准备好坛子的一系列准备活动。

上，追念情好，怆然感动，遽命释之。揭符去覆，女子自坛中出，狼狈颇殆，稽首曰："大道将成，一旦几为灰土！君，仁人也，誓必相报。"遂去。

○稽首：古代的一种礼节，跪拜时头部触地，表示极端的敬意或感谢。

○狼狈：形容困苦受窘的样子。殆：危险，处于不安全的状态。

译文

当时有一位番僧住在村寺里，他见到宗湘若时惊讶地说："你身上有邪气，你遇到了什么？"宗湘若回答说："没有遇到任何事。"过了几天，宗湘若突然无故生病了。那女子每晚都带来美味的果品照顾他，表现得非常亲切，如同夫妻一般，但在他们共处一室后，她总是坚持与宗湘若欢好。宗湘若因病体虚弱感到不耐烦，他心中怀疑女子可能不是人类，却也没有办法让她离开。于是他告诉女子："之前那个和尚说我被邪灵迷惑，现在我真的病了，看来他的话是真的。我打算明天请他来，向他要一些符咒。"女子听后面色大变，宗湘若对她愈加怀疑。第二天，宗湘若派人将情况告知那位僧人，僧人说："这是只狐狸，她的法力还很浅，很容易处理。"于是他写了两张符，交给宗湘若家人，并嘱咐他们："回家把一个净坛放在床前，用一张符封住坛口。等狐狸跳进坛中时，立刻用盆盖上，再把另一张符粘在盆上，然后把坛盆放进装有热水的锅中，用强火煮沸，不久狐狸就会死去。"按照僧人的指示，家人准备了坛子和盆子。到了深夜，女子如常来访，袖子里带着金橘，正准备走到床边。突然坛口发出响声，女子被吸了进去。家人立刻冲过去盖上盆子，贴上符咒。就在他们准备将盆放入煮沸的锅中时，宗湘若看到地上散落的金橘，回想起与女子的美好时光，心生怜悯，立刻命令放她一条生路。家人们移开盖子和符咒，女子从坛中爬出，显得非常狼狈，她跪拜致谢说："我修行几近成功，差点就毁于一旦！你是个仁慈的人，我发誓必将回报你。"说完，她就离开了。

原文

数日，宗益沉绵，若将陨坠。家人趋市，为购材木。途中遇一女子，问曰："汝是宗湘若纪纲否？"答云："是。"女曰："宗郎是我表兄。

○陨坠：指临近死亡的状态。

○纪纲：这里指仆人。

闻病沉笃，将便省视，适有故不得去。灵药一裹，劳寄致之。”家人受归。宗念中表迄无姊妹，知是狐报。服其药，果大瘳，旬日平复。心德之，祷诸虚空，愿一再觏。一夜，闭户独酌，忽闻弹指敲窗。拔关出视，则狐女也。大悦，把手称谢，延止共饮。女曰：“别来耿耿，思无以报高厚。今为君觅一良匹，聊足塞责否？”宗问：“何人？”曰：“非君所知。明日辰刻，早越南湖，如见有采菱女，着冰縠帔者，当急舟趁之。苟迷所往，即视堤边有短干莲花隐叶底，便采归，以蜡火爇其蒂，当得美妇，兼致修龄。”宗谨受教。既而告别，宗固挽之。女曰：“自遭厄劫，顿悟大道。即奈何以衾裯之爱，取人仇怨？”厉色辞去。

○沉笃：形容病情非常严重。

○觏（gòu）：见面。

○高厚：指极大的恩德。

○趁：追赶。

○爇（ruò）：点燃，烧。

○修龄：指延长寿命。

○衾裯之爱：指男女之间的情爱。

译文

数日后，宗湘若的病情变得非常严重，似乎将要死去。家人急忙去市场购买制棺的木材。在路上，他们遇到了一名女子，她问：“你是宗湘若的仆人吗？”家人回答：“是的。”女子说：“宗郎是我的表兄。听说他病得很重，我本来想去看看他，但由于一些事情未能前往。这里有一包灵药，请你转交给他。”家人接过药品回家。宗湘若考虑到他在表亲中没有姐妹，意识到这是狐狸的报恩。他服用了这药，果然病情大有好转，十天后基本康复。他内心感激这位狐女，祈祷能再次见到她。一晚，他独自闭门饮酒时，突然听到有人用指尖敲窗。他打开门看去，发现是那位狐女。他非常高兴，拉着她的手感谢她，并邀请她一起喝酒。狐女说：“自从我们分别后，我一直在想如何报答你的大恩。现在，我为你找到了一个好的配偶，不知这是否足以表达我的感激之情？”宗湘若问：“她是谁？”狐女回答：

"你不认识她。明天早上，你到南湖去，如果看到一个披着白色薄纱披肩、正在采菱的女子，就快点划船追上她。如果你追丢了她，就在湖边找到一株短杆的莲花，它藏在荷叶下面，把它带回家并用蜡烛烧花蒂，你将会得到一位美丽的妻子，并且延长你的寿命。"宗湘若郑重其事地接受了她的建议。他们要告别时，宗湘若极力挽留她，但狐女说："自从遭受困境后，我已经领悟到了大道。我怎能因为男女之爱而招致仇恨？"说完她严肃地告别后便离开了。

原文

宗如言，至南湖，见荷荡佳丽颇多。中一垂髫人，衣冰縠，绝代也。

○垂髫人：少女，垂髫指幼年女孩未束发的样子。

促舟劘逼，忽迷所往。即拨荷丛，果有红莲一枝，干不盈尺，折之

○劘（mó）逼：急速追逼，劘，迫近，逼近。

而归。入门，置几上，削蜡于旁，将以爇火。一回头，化为姝丽，宗

○削蜡：指削剪蜡烛芯，为点燃做准备。

惊喜伏拜。女曰："痴生！我是妖狐，将为君祟矣！"宗不听。女曰："谁教子者？"答曰："小生自能识卿，何待教？"捉臂牵之，随手而下，化为怪石，高尺许，面面玲珑。乃携供案上，焚香再拜而祝之。入夜，杜门塞窦，惟恐其亡。平旦视之，即又非石，纱帔一袭，遥

○杜门塞窦：关闭门窗，杜，封闭；窦，孔洞。

○平旦：清晨，天刚亮的时候。

闻芗泽，展视领衿，犹存余腻。宗覆衾拥之而卧。暮起挑灯，既返，

○芗泽：香气，芗同"香"。

则垂髫人在枕上。喜极，恐其复化，哀祝而后就之。女笑曰："孽障哉！不知何人饶舌，遂教风狂儿屑碎死！"乃不复拒。而款洽间，若

○屑碎：琐碎，细小的意思，在这里形容纠缠不清。

○款洽：亲切融洽。

不胜任，屡乞休止，宗不听。女曰："如此，我便化去！"宗惧而罢。由是两情甚谐，而金帛常盈箱箧，亦不知所自来。女见人喏喏，似口

不能道辞，生亦讳言其异。怀孕十余月，计日当产。入室，嘱宗杜门禁款者，自乃以刀剖脐下，取子出，令宗裂帛束之，过宿而愈。

○禁款者：禁止他人敲门。款，此处指敲门。

译文

宗湘若按照指示前往南湖，发现荷花间有许多美丽的女子。其中一位少女，穿着白色的绉纱披肩，容貌绝世。他急忙划船靠近，突然间失去了少女的踪迹。他马上探手进荷花丛中，发现了一枝红莲，莲杆不足一尺长，便摘下带回家。回到家中，他把红莲放在桌上，旁边削好蜡烛准备点火。他刚转身，红莲突然变成了一位美丽的女子，宗惊喜交加，俯身拜下。女子说："傻书生！我是妖狐，将给你带来祸害！"宗湘若不以为意。女子问道："谁教你的？"他回答说："我本能识别你，不需要别人教。"他试图拉她，女子一滑变成一块奇特的石头，高约一尺，形态精致。宗湘若将这块石头放在供桌上，点燃香火，双手合十祈祷。夜里，他紧闭门窗，担心女子逃走。天明时检查，石头又变回了那件白绉纱披肩，还能闻到淡淡的香气，他打开看到衣襟上还留有她的体温。宗湘若拉上被子，抱着披肩入睡。到了晚上点灯时，回到床边，那位少女又出现在他枕边。他欣喜若狂，担心她再次消失，于是苦苦哀求，然后才敢靠近。女子笑着说："真是烦人！不知是谁多嘴，让你这疯狂的家伙纠缠得我死去活来！"之后便不再抗拒。但在亲昵时，她觉得难以承受，她会请求停下，宗湘若却不理会。女子警告说："如果你再这样，我就会消失！"宗湘若害怕失去她，才停止动作。此后，两人感情十分和谐，家中的金银财宝也不知从哪里来的总是充满了箱柜。女子对人总是礼貌点头，似乎不善言辞，宗湘若也不愿说她的奇异之事。她怀孕超过十个月，预计即将分娩时，自己进入房间，嘱咐宗湘若锁门，禁止任何人敲门。然后她用刀切开腹部取出孩子，让宗湘若用布条紧紧包扎腹部。过了一夜，她的伤口就痊愈了。

原文

又六七年，谓宗曰："夙业偿满，请告别也。"宗闻泣下，曰："卿归我时，贫苦不自立，赖卿小阜，何忍遽言离逷？且卿又无邦族，他

○小阜：意为小康，一种不富裕但也不贫穷的状态。 ○离逷（tì）：离远。逷，同"逖"，意指距离远。 ○邦族：指宗族或家族。

日儿不知母，亦一恨事。”女亦怅悒曰：“聚必有散，固是常也。儿福相，君亦期颐，更何求？妾本何氏，倘蒙思眷，抱妾旧物而呼曰荷花三娘子，当有见耳。”言已解脱，曰：“我去矣。”惊顾间，飞去已高于顶。宗跃起，急曳之，捉得履。履脱及地，化为石燕，色红于丹朱，内外莹澈，若水精然。拾而藏之。检视箱中，初来时所着冰縠帔尚在。每一忆念，抱呼三娘子，则宛然女郎，欢容笑黛，并肖生平，但不语耳。

○期颐：意指寿满百岁。古文中“期颐”常用以表示长寿。

○石燕：像燕子一样的石头。

译文

六七年后，女子对宗湘若说：“我之前的业力已经完全偿还，现在是时候告别了。”宗湘若听后泪流满面，说：“你当初来到我这里时，我贫穷无依，是依靠你才有了小康生活，如今怎能轻易说分离？而且你没有家族，将来我们的孩子也不知道自己的母亲是谁，这多么遗憾。”女子同样感到忧伤，说：“聚散离合是自然规律，孩子已经有福相，你也会长寿，还有什么可求呢？我本来姓何，如果将来你思念我，只需拿起我过去的东西，叫一声‘荷花三娘子’，我就会出现。”说完这些，她就挣脱并告辞，说：“我要走了。”在宗湘若惊讶地注视中，她已经飞到他头顶以上。宗湘若跃起想要拉住她，但只抓到她的鞋子。鞋子落地时，变成了一块红如丹朱的石燕，通体透明，宛如水晶。他捡起石燕并将其珍藏。他检查了箱子，女子初次来时所穿的白绉纱披肩还在里面。每当他怀念女子，就抱着披肩叫一声“三娘子”，披肩便会变成那位女子，她的容貌和含笑的眼眸完全如同生前，只是无法说话。

納宵蒲雍容丹

【骂鸭】

原文

邑西白家庄居民某，盗邻鸭烹之。至夜，觉肤痒。天明视之，茸生鸭毛，触之则痛。大惧，无术可医。夜梦一人告之曰：“汝病乃天罚。须得失者骂，毛乃可落。”而邻翁素雅量，生平失物，未尝征于声色。某诡告翁曰：“鸭乃某甲所盗。彼深畏骂焉，骂之亦可警将来。”翁笑曰：“谁有闲气骂恶人。”卒不骂。某益窘，因实告邻翁，翁乃骂，其病良已。

○邑：县。这里指作者家乡淄川区。

○雅量：度量宽宏。

○征：表露，表现。

○良已：完全痊愈。

译文

淄川区西部的白家庄有一位居民，偷了邻居的鸭子并将其烹食。夜里，他感到皮肤发痒，等到天亮时发现，自己的身上长满了茸茸的鸭毛，触碰时非常痛苦。他非常害怕，却找不到任何治疗的方法。一天夜里，他梦见一个人告诉他：“你的病是天罚。必须让失去鸭子的人骂你，你的鸭毛才会掉落。”然而，那位邻居老翁性格宽厚，平时即使丢了东西也从未表现出愤怒。他便假装向老汉透露：“鸭子是某甲偷的。他最怕被人骂，您骂他一顿，就能警告他以后不要再来偷了。”老人笑着回应：“谁有那闲工夫去骂坏人呢。”结果他一直不肯骂。这个人越发感到窘迫，最后只好向邻居老人坦白真相。老人终于出言斥责他，他的病随即痊愈了。

原文

异史氏曰：甚矣，攘者之可惧也：一攘而鸭毛生！甚矣，骂者之宜戒也：一骂而盗罪减！然为善有术，彼邻翁者，是以骂行其慈者也。

○攘：窃取，这里指偷盗行为。

译文

异史氏评论道："偷窃的后果实在是令人害怕：仅仅偷窃一次，就使人长出鸭毛来！而斥责小偷的后果也需要引起注意：一次斥责就能减轻小偷的罪过！不过，行善也有方法，那位邻家老人通过斥责实现了他的慈悲。

【柳氏子】

原文

胶州柳西川，法内史之主计仆也。年四十余，生一子，溺爱甚至，纵任之，惟恐拂。既长，荡侈逾检，翁囊积为空。无何，子病。翁故蓄善骡，子曰："骡肥可啖。杀啖我，我病可愈。"柳谋杀蹇劣者，子闻之，即大怒骂，疾益甚。柳惧，杀骡以进，子乃喜。然尝一脔，便弃去。疾卒不减，寻毙。柳悼叹欲死。

○法内史：这里指法若真，字汉儒，明末清初学者，书画家。曾任内翰林国史院中书舍人，因此被称为内史。内史本指皇帝的私人秘书或文书官，此处特指国史院的官职。

○胶州：在今山东青岛胶州。

○主计仆：掌管财务的管家。

○荡侈逾检：形容行为极其放纵和奢侈，超越了常人的行为标准和道德约束。

○脔（luán）：指切成小块的肉，旧时常用于形容切分的肉食。

译文

胶州的柳西川是清代学者法若真内史的管家。他四十多岁时有一个儿子，极度溺爱他，任由儿子行事，害怕拂逆他的意愿。儿子长大后变得放荡奢侈，超出了常人，导致柳西川的积蓄全部耗尽。不久后，儿子生病了。柳西川有一匹肥壮的骡子，儿子说："这匹骡子很肥，可以杀来吃。吃了它的肉，我的病就能好。"柳西川原本打算杀一匹次等的骡子，儿子听后大怒并痛骂柳西川，病情随之加重。柳西川出于恐惧，杀了那匹好骡子，煮肉给儿子吃，儿子这才感到满意。然而，儿子仅尝了一小块骡肉后就不再吃了。他的病情也没有任何改善，最终死亡。柳西川悲痛万分，几乎想要一死了之。

原文

后三四年，村人以香社登岱。至山半，见一人乘骡驶行而来，怪似柳子。比至，果是。下骡遍揖，各道寒暄。村人共骇，亦不敢诘其死，但问："在此何作？"答云："亦无甚事，东西奔驰而已。"便问逆

○香社登岱：指村民结社共同去泰山（岱宗）烧香。

旅主人姓名，众具告之。柳子拱手曰："适有小故，不暇叙间阔。明日当相谒。"上骡遂去。众既归寓，亦谓其未必即来。厌旦伺之，子果至，系骡厩柱，趋进笑言。众谓："尊大人日切思慕，何不一归省侍？"子讶问："言者何人？"众以柳对。子神色俱变，久之曰："彼既见思，请归传语：我于四月七日，在此相候。"言讫，别去。

○间阔：指时间久远的别离。

○厌旦：黎明。

○尊大人：对人父母的敬称。

译文

三四年后，村民一起组成香社往泰山进香。当他们登山至山腰时，看见一个骑骡子的人驶向他们，长得非常像柳西川的儿子。当这个人靠近时，他们确认那确实是他。柳西川的儿子下了骡子，向所有人行礼问好，互相寒暄。村民们都感到非常惊讶，没有直接询问他之前的死亡之事，只是问他："你在这里做什么？"他回答说："没什么特别的，就是来来回回乱忙。"然后他询问了旅店老板的姓名，村民们都告诉了他。柳西川的儿子行了一个礼说："碰巧有点小事，没空畅聊别情，我明天会来拜访大家。"说完便骑上骡子离开了。村民们回到旅店后，都认为他可能不会真的来。第二天一早，他果然如约而至，把骡子系在马厩的柱子上，脸上带着笑容，快步走来。村民们对他说："你的父亲每天都在想念你，你为什么不回家看望他呢？"柳家儿子惊讶地问："你们在说谁？"当他们告诉他讨论的人是柳西川时，他的表情突然变得凝重，沉默良久，最后说："既然他还在想念我，请你们回去告诉他，四月七日，我会在这里等他。"说完这些，他便告辞离开了。

原文

众归，以情致翁。翁大哭，如期而往，自以其故告主人。主人止之曰："曩见公子神情冷落，似未必有嘉意。以我卜也，殆不可见。"柳涕泣不信。主人曰："我非阻君，神鬼无常，恐遭不善。如必欲

○以我卜也：指"根据我的判断"。在古文中，常用于表达个人的预测或估计。

见，请伏椟中，待其来，察其词色，可见则出。”柳如其言。既而子果至，问：“柳某来否？”主人答云：“无。”子盛气骂曰：“老畜产那便不来！”主人惊曰：“何骂父？”答曰：“彼是我何父！初与义为客侣，不图包藏祸心，隐我血赀，悍不还。今愿得而甘心，何父之有！”言已，出门，曰：“便宜他！”柳在椟历历闻之，汗流接踵，不敢出气。主人呼之，乃出，狼狈而归。

○椟（dú）：木制的箱子或柜子。

○血赀：血本，指本金或积累的财富。

○包藏祸心：隐藏恶意的心思，常用来形容外表看似无害但内心隐藏着恶意的行为。

○得而甘心：此处意为满足心愿。

○汗流接踵：形容极度紧张或恐惧，汗流到了脚后跟。

译文

村民们回村后，把情况告诉了柳西川。柳西川听后悲痛欲绝，按照约定前往会面，并向旅店主人说明了来意。旅店主人劝阻他，说：“之前见到你儿子时，他的表情冷淡，似乎并无好意。按照我的判断，最好不要见他。”柳西川流着泪，不愿接受这个建议。旅店主人继续说：“我并非阻止你，只是鬼神无常，恐有不测。如果你坚持要见，可以先藏在木柜里，等他来了再观察他的言行，若觉得可以见面再出来。”柳西川遵照这个方法行事。不久，柳家的儿子果然来到旅店，询问：“柳某来了吗？”旅店主人回答：“没有。”儿子大发雷霆，怒骂：“那老畜生怎么还不来！”旅店主人吃惊地问：“你为何要骂你父亲？”儿子回答：“他算什么父亲！最初我们只是合伙做生意的伙伴，我没想到他竟然暗地里吞没我的本金，蛮横不讲理，不肯归还。现在我终于解决了他，心里才觉得痛快，他还有什么资格称为父亲！”说完，他走出门外，又说：“便宜了他！”柳西川躲在柜子里听到这一切，惊恐到汗水湿透了衣服，几乎不敢呼吸。旅店主人最终叫他出来，他才颤颤巍巍地走出柜子，狼狈不堪地回家。

原文

异史氏曰：暴得多金，何如其乐！所难堪者偿耳。荡费殆尽，尚不忘于夜台，怨毒之于人甚矣哉！

○不忘于夜台：指死后在冥界也不忘记前世的恩怨。夜台在这里指代墓穴或冥界。

译文

异史氏评论道：“通过不正当手段突然获得大量金钱，看似令人快乐无比！然而真正难以承受的是偿还这种债务。荡尽家财，死后在冥界仍然无法释怀，这种深深的怨恨对人的影响是极其严重的。”

【上仙】

原文

○高季文：名之骏，康熙丁丑拔贡，授东昌府茌平县教谕，未之任，卒。○逆旅：旅店。

癸亥三月，与高季文赴稷下，同居逆旅。季文忽病。会高振美亦

○癸亥：按十二地支循环，癸亥指某个特定的年份，在此为1683年，康熙二十二年。

○稷下：古地名，指现今的济南市。

从念东先生至郡，因谋医药。闻袁鳞公言：南郭梁氏家有狐仙，善“长桑之术”。遂共诣之。

○长桑之术：指名医长桑的医术。长桑，古代传说中的名医，是扁鹊的师傅，以其高超的医术闻名。

译文

在癸亥年三月，我与高季文前往济南，我们在一家旅店共同住宿。高季文突然感到不适。恰逢高振美陪同高念东先生来到济南，我们便共同商议如何为他寻找治疗方法。我们听袁鳞公说南郊的梁氏家有一位狐仙，擅长古代名医长桑的医术，于是一同前去拜访希望能求得医治。

原文

○致绥绥有狐意：形容某种神秘而带有狐狸特性的气质。

梁，四十以来女子也，致绥绥有狐意。入其舍，复室中挂红幕。探

○复室中挂红幕：复室指的是内室或套间，红幕即红色的帘幕，用来增加神秘感或区隔空间。

幕以窥，壁间悬观音像，又两三轴，跨马操矛，驺从纷沓。北壁下

○驺从：古代达官贵人出行时的随行侍卫。纷沓：形容侍卫众多，行动忙碌的样子。

有案，案头小座，高不盈尺，贴小锦褥，云仙人至，则居此。众焚香列揖。妇击磬三，口中隐约有词。祝已，肃客就外榻坐。妇立帘

○磬（qìng）：一种古代的打击乐器，通常用于礼仪场合中敲打以示庄严。

○肃客就外榻坐：请客人移步到外间的坐榻上就坐。

下理发支颐与客语，具道仙人灵迹。久之，日渐曛。众恐碍夜难

○理发支颐：整理发髻，手扶下巴，是一种思考或说话时的姿势。

○曛：天色昏暗，日落时分。

归，烦再祝请。妇乃击磬重祷，转身复立曰：“上仙最爱夜谈，他时往往不得遇。昨宵有候试秀才，携肴酒来与上仙饮，上仙亦出良酝

酬诸客，赋诗欢笑。散时，更漏向尽矣。”言未已，闻室中细细繁

○更漏向尽：更漏指古代计时用的漏壶，向尽表示时间接近结束，此处暗示夜深人散的时刻。

响，如蝙蝠飞鸣。

译文

梁氏是一个四十岁左右的女子，有着某种狐狸精一样的神秘气质。我们走进她家，看到内室挂着红色帘幕。偷看内室时，发现墙上挂有观音像和几幅描绘人物骑马操矛的画，画面中还有混乱的侍从。北面墙下有一个案台，台上有一个不足一尺高的小座，铺着锦褥，据说仙人到访时会坐在此处。大家都点了香，排列着向她行礼。梁氏敲磬三次，口中默念着咒语。祈祷结束后，她请我们到外间的榻上坐下。梁氏站在帘下整理头发，手托着下巴与我们交谈，详述仙人显灵的事迹。随着时间的流逝，天色逐渐昏暗。大家担心夜晚难以安全归家，便请求梁氏再次进行祈祷以求仙人显灵。她于是再次敲磬，进行了祈祷，然后转身回到帘下说：“大仙最喜欢在夜晚交谈，其他时间很难遇见。昨晚有一个准备考试的秀才带着美酒和食物来，与大仙共饮，大仙也拿出好酒款待他，他们一边赋诗一边欢笑。当他们离去时，夜已深，时间接近结束。”她话音未落，便听到屋内传来细微而密集的声响，如同蝙蝠飞鸣一般。

原文

方凝听间，忽案上若堕巨石，声甚厉。妇转身曰：“几惊怖煞人！”便

○蕉扇：用芭蕉叶制成的扇子。

闻案上作叹咤声，似一健叟。妇以蕉扇隔小座。座上大言曰：“有缘

○健叟：健康的长者。

哉！有缘哉！”抗声让座，又似拱手为礼。已而问客：“何所谕教？”

○抗声让座：高声说话并示意让座。

○谕教：求教，询问。

高振美遵念东先生意，问：“见菩萨否？”答云：“南海是我熟径，如

○南海：指普陀山，中国佛教四大名山之一。

何不见。”又：“阎罗亦更代否？”曰：“与阳世等耳。”“阎罗何姓？”

曰：“姓曹。”已乃为季文求药。曰：“归当夜祀茶水，我于大士处讨药

奉赠，何恙不已。”众各有问，悉为剖决，乃辞而归。过宿，季文少

○剖决：剖析决断。

愈。余与振美治装先归，遂不暇造访矣。

译文

正当大家仔细倾听时，突然案上仿佛有巨石落下，声响极大。梁氏转身说：“这声音差点吓死人！”随即，从案上传来了叹息声，听起来像是一个健康的老人。梁氏用芭蕉扇隔开小座，从座位上传来一阵声音大声说：“真是有缘！有缘！”高声让座，似乎还在拱手行礼。接着他问众人：“有何见教？”高振美按照高念东先生的意愿询问：“你见过菩萨吗？”回答说：“南海是我熟悉的地方，怎么可能没见过。”又问：“阎王换人了吗？”答：“和阳间一样。”“阎王姓什么？”回答说：“姓曹。”随后他为高季文求药，说：“你们回去后用茶水在夜间进行祭祀，我从观音大士那里取药来赠给你们，有什么病不能治好呢？”众人各自提出问题，他都一一解答。然后大家便告辞离开。过了一夜，高季文的病情有所好转。我和高振美整理好行装先行回家，就没有机会再去拜访梁氏了。

长桑术

“长桑术”指的是春秋时期名医扁鹊所学的高超医术，源自他的师傅长桑君。根据《史记·扁鹊传》记载，长桑君传授扁鹊医术，其中包括隔着墙壁诊断病情的禁方。长桑术成为古代对精湛医术的代称。后来文献中提到的“长桑术”则常用来形容高明的医学技艺或神奇的疗法。

【侯静山】

原文

高少宰念东先生云：崇祯间，有猴仙，号静山。托神于河间之叟，与人谈诗文、决休咎，娓娓不倦。以肴核置案上，啖饮狼籍，但不能见之耳。时先生祖寝疾，或致书云："侯静山，百年人也，不可不晤。"遂以仆马往招叟。叟至经日，仙犹未来，焚香祠之，忽闻屋上大声叹赞曰："好人家！"众惊顾。俄檐间又言之。叟起曰："大仙至矣。"群从叟岸帻出迎，又闻作拱致声。既入室，遂大笑纵谈。时少宰兄弟尚诸生，方入闱归。仙言："二公闱卷亦佳，但经不熟，再须勤勉，云路亦不远矣。"二公敬问祖病，曰："生死事大，其理难明。"因共知其不祥。无何，太先生谢世。

○河间：今河北省河间市。

○高少宰念东先生：指高珩。高珩，号念东，清初学者，官至吏部侍郎，因此被称为"少宰"。

○托神：指神灵附体于人，通过人来传达信息或显示超自然力量。

○决休咎：解决吉凶问题，判断事物的吉凶好坏。

○以肴核置案上：指将食物放在桌上，供神灵享用。

○祖寝疾：祖父患有长期卧床的疾病。

○百年人：指长寿或有智慧的老人。

○岸帻出迎：以随意洒脱的姿态出去迎接，岸帻指露额或随意的样子。

○作拱致声：作拱手的礼节性动作并发出致意的声音。

○少宰兄弟：指高念东和他的兄弟。

○入闱归：参加完乡试回家。

○二公闱卷亦佳：指两位公子的科举试卷表现也不错。

○经不熟：指对儒家经典的学习不够深入。

○云路亦不远矣：指功名成功（科举及第）的路也不远了。

○太先生谢世：指高念东的祖父去世。

译文

高念东先生回忆称，在崇祯时期，有一位被称为静山的猴仙，他通过附体于河间地区一个老人的方式出现。这位猴仙喜欢与人讨论诗文、判断吉凶，且讲述得不知疲倦。他在桌子上吃喝，搞得一团糟，但是人们却看不到他。当时，高念东的祖父正卧病在床，有人发信说："侯静山是个活了百年的智者，你们应该去见他。"因此，高念东派人骑马去请那位老人。来了，等了整整一天，猴仙也没出现，于是便烧香祭拜。突然，大家听到屋顶上有人大声赞叹："好人家！"所有人都感到惊讶并四处寻找声音的来源。过了一会，屋檐上又传来声音。老人站起来宣布："大仙来了。"众人随意地跟着老人出去迎接，又听到有人作拱手礼的声音。

进屋后，大仙放声大笑，开始畅谈。当时，高念东和他的兄弟刚从科举考试回来。大仙评价他们的考试："你们的试卷还不错，但经书学得不够深，需要更加勤奋。科举成功的路也不远了。"高念东和他的兄弟恭敬地询问了关于他们祖父的病情，大仙说："生死大事的道理难以明说。"兄弟二人由此知道祖父的病情可能无法好转。不久后，他们的祖父便离开了人世。

原文

旧有猴人，弄猴于村。猴断锁而逸，不可追，入山中。数十年，人犹见之。其走飘忽，见人则窜。后渐入村中，窃食果饵，人皆莫之见。一日，为村人所睹，逐诸野，射而杀之。而猴之鬼竟不自知其死也，但觉身轻如叶，一息百里。遂往依河间叟，曰："汝能奉我，我为汝致富。"因自号静山云。

○睹：看见，发现。

○一息百里：形容极快的速度，呼吸之间能行百里。

译文

从前有个养猴的艺人，在村中表演猴戏。这只猴子某天挣断锁链逃跑了，村民们追不上它，它便逃进了山中。数十年过去，人们仍然偶尔能在山中看到这只猴子。它走起路来飘忽不定，一见人就迅速窜走。后来，它开始偶尔进入村中，偷吃水果和食物，但通常人们都看不见它。直到有一天，它被一个村民发现了，村民们追逐它到野外并射杀了它。然而，这只猴的鬼魂并不知道自己已经死了，只觉得身体异常轻盈，如同飘动的叶子，能够一呼吸之间行走百里。因此，它依附在河间的那位老汉身上，对他说："如果你能供奉我，我可以让你致富。"于是它自称为"静山"。

原文

长沙有猴，颈系金，尝往来士大夫家，见之者必有庆幸之事。予之果，亦食。不知其何来，亦不知其何往也。有九旬余老人言："幼时犹见其上有牌，有前明藩邸识记。"想亦仙矣。

○藩邸：指属于封建王朝的藩王或贵族的邸宅。识记：标志或标识，用于表明身份或归属。

译文

在长沙，有一只猴子，脖子上挂着一条金属链，它经常来士大夫的家，见到这只猴子的人通常都会遇到喜庆的事情。给它水果，它也会吃。没人知道它从哪里来，也不清楚它会去哪里。一位超过九十岁的老人说："我小时候还看到过它脖子上的链子挂着一个牌子，上面有明朝时期某藩王府邸的标志。"看来，这只猴子可能也已经成仙了。

【钱流】

原文

沂水刘宗玉云：其仆杜和，偶在园中见钱流如水，深广二三尺许。杜惊喜，以两手满掬，复偃卧其上。既而起视，则钱已尽去，惟握于手者尚存。

○沂水：地名，位于山东省东南部。今属山东临沂。

○偃卧：仰面躺下。

○掬：捧，用双手形成容器状来取物。

译文

来自山东沂水的刘宗玉讲述说：他的仆人杜和，有一次偶然在园中看到一条像水流般的钱币流，深度和宽度分别有二至三尺。杜和感到惊喜，用双手捧起了满满一把钱币，之后便躺在了钱币流之上。等到他起身再看时，那些钱币流已经消失不见了，只有他手中紧握的那些钱币还留存着。

【郭生】

原文

郭生，邑之东山人。少嗜读，但山村无所就正，年二十余，字画多讹。先是，家中患狐，服食器用，辄多亡失，深患苦之。一夜读，卷置案头，被狐涂鸦，甚者，狼籍不辨行墨。因择其稍洁者辑读之，仅得六七十首。心甚恚愤，而无如何。又积窗课廿余篇，待质名流。晨起，见翻摊案上，墨汁浓泚殆尽。恨甚。

○邑之东山人：指来自东山的人，这里特指淄川区东部山区的居民。

○涂鸦：指胡乱地书写或涂抹。

○狼籍不辨行墨：书籍被弄得杂乱无章，字迹模糊不清，难以辨认。

○窗课：指学生在家中预习或复习的功课，通常指写作或诗文创作。

○墨汁浓泚殆尽：形容墨汁几乎用完，书籍被墨水弄得一团糟。

译文

郭生是来自淄川东山的居民。他自幼喜欢阅读，但在山村中没有合适的老师指导，二十多岁时，他的书法仍有许多错误。此前，他家中常有狐狸出没，食物和日用品经常遭到偷取，令他非常苦恼。有一夜，他在读书时，将书本放在桌子上，结果被狐狸涂抹得一团糟，严重的地方墨迹模糊，字迹几乎辨认不清。郭生只好挑选那些较为干净的部分进行阅读，结果只能读到六七十首诗。他心中非常愤怒，但却无计可施。此外，他还准备了二十多篇习作，希望有机会向学问渊博的人请教。第二天早上，见文章被翻开放在桌子上，浓墨已经将它们涂抹得几乎看不清楚了。郭生对此深感愤怒。

原文

会王生者以故至山，素与郭善，登门造访。见污本，问之。郭具言所苦，且出残课示王。王谛玩之，其所涂留，似有春秋，又覆视涴卷，类冗杂可删。讶曰：“狐似有意。不惟勿患，当即以为师。”过

○残课：被狐狸损坏的习作。

○谛玩：细致审视。

○春秋：暗喻批评。

○涴（wò）卷：被涂抹破坏的文稿。

数月，回视旧作，顿觉所涂良确。于是改作两题，置案上，以觇其异。比晓，又涂之。积年余，不复涂，但以浓墨洒作巨点，淋漓满纸。郭异之，持以白王。王阅之曰：“狐真尔师也，佳幅可售矣。”是岁，果入邑庠。郭以是德狐，恒置鸡黍，备狐啖饮。每市房书名稿，不自选择，但决于狐。由是两试俱列前名，入闱中副车。

○佳幅：优秀作品。可售：指可考中。
○入邑庠：指考中秀才。
○德：感激。
○鸡黍：招待客人的饭菜。
○市房书名稿：购买用于科举准备的名家文章汇编。
○两试：指科举中的岁试和科试。
○入闱中副车：通过乡试后额外录取，入太学者。

译文

恰逢有王生因事前往东山，由于他与郭生关系交好，便顺道前去拜访。王生看到郭生书本上的涂抹，便询问缘由。郭生坦诚自己的烦恼，并将一些残存的习作文章展示给王生。王生细致地品读这些文字，注意到无论是被涂抹的还是被保留的文字，似乎都恰到好处地表达了褒贬。他再次审视那些涂抹过的书本，发现其行文确实冗杂，理应删减。王生惊讶地评论道：“这狐狸似乎是故意为之。你不但无需担心，反而应该把它当作老师。”几个月后，郭生重新审视自己的旧作，发现狐狸的涂改非常到位。于是他重写了两篇文章，并留在案头上，看看是否还会有异动。到了破晓时分，他发现文章再次被涂改。一年多后，这些文章不再遭到涂改，只是被洒满了浓墨大点，墨迹斑斑。郭生感到困惑，便带着这些文章去找王生。王生审阅后评论道：“这狐狸真是你的良师。这些经过改动的文章堪称佳作，肯定能助你考取功名。”那一年，郭生果然考中了秀才。对此，郭生深感狐狸之恩，经常摆放饭菜，供其食用。每当他购买进士的范文或名人的稿件时，都不加选择地依赖狐狸的判断。因此在随后的两次考试中，郭生均名列前茅，并在乡试中被额外录取为副榜贡生。

原文

时叶、缪诸公稿，风雅艳丽，家传而户诵之。郭有抄本，爱惜臻至，忽被倾浓墨碗许于上，污荫几无余字；又拟题构作，自觉快意，悉

○稿：指清代科举的八股文稿。
○构作：构思与写作。

浪涂之：于是渐不信狐。无何，叶公以正文体被收，又稍稍服其先见。然每作一文，经营惨淡，辄被涂污。自以屡拔前茅，心气颇高，以是益疑狐妄。乃录向之洒点烦多者试之，狐又尽泚之。乃笑曰："是真妄矣！何前是而今非也？"遂不为狐设馔，取读本锁箱簏中。旦见封锢俨然，启视，则卷面涂四画，粗于指，第一章画五，二章亦画五，后即无有矣。自是狐竟寂然。后郭一次四等、两次五等，始知其兆已寓意于画也。

○浪涂：随意涂抹。

○正文体：端正文风。

○经营惨淡：苦心谋划，细致布局。

○前茅：古代行军的先头部队，后指考试成绩名列前茅。

○四等、五等：清代科举试卷的评等，四等为有疵，五等为荒缪。

译文

在当时，叶公和缪公的文章风雅绚丽，家喻户晓。郭生珍藏他们的抄本，却不慎被浓墨泼洒，几乎字迹全无。他又写了几篇文章，本以为写得不错，结果也被随意涂抹。因此，他逐渐对狐狸失去信任。后来，叶公因整肃文坛之风被捕，郭生稍微认同了狐狸的先见之明。但每次郭生写作，虽费尽心思，文章总被狐狸破坏。他自认为先前多次考试成绩优异，心中自傲，进一步怀疑狐狸的真实性。他试图用以前被墨点污染的稿子测试狐狸，狐狸依旧将其涂抹。于是他笑说："真是荒唐！以前确信的，现在怎么全否定了？"因此，他不再为狐狸准备食物，而是将读物锁在箱中。第二天一看，封条完好无损，打开一瞧，封面被涂四条粗线，第一章上画了五条粗线，第二章上也画了五条，这些线条比手指还粗，从此狐狸不再出没。后来的考试中，他一次成绩很差，是四等；两次更差，都是五等，这才明白这些预兆都已体现在所画线条中。

原文

异史氏曰：满招损，谦受益，天道也。名小立，遂自以为是，执叶、

○满招损，谦受益，天道也：引自《尚书·大禹谟》，意指骄傲容易招致损失，谦虚则能带来好处，这是自然法则。

缪之余习，狃而不变，势不至大败涂地不止也。满之为害如是夫！

○狃：拘泥。

译文

异史氏言：骄满必招损，谦逊则获益，乃自然之道。稍得名声便自负，执着于叶、缪的陈旧习惯，拒不改变，终将不可避免地遭受彻底失败。骄傲的危害正是如此。

【金生色】

原文

金生色，晋宁人也。娶同村木姓女，生一子，方周岁。金忽病，自分必死，谓妻曰：“我死，子必嫁，勿守也！”妻闻之，甘词厚誓，期以必死。金摇手呼母曰：“我死，劳看阿保，勿令守也。”母哭应之。既而金果死。木媪来吊，哭已，谓金母曰：“天降凶忧，婿遽遭命。女太幼弱，将何为计？”母悲悼中，闻媪言，不胜愤激，盛气对曰：“必以守！”媪惭而罢。夜伴女寝，私谓曰：“人尽夫也。以儿好手足，何患无良匹？小儿女不早作人家，眈眈守此襁褓物，宁非痴子？倘必令守，不宜以面目好相向。”金母过，颇闻余语，益恚。明日，谓媪曰：“亡人有遗嘱，本不教妇守也。今既急不能待，乃必以守！”媪怒而去。母夜梦子来，涕泣相劝，心异之。使人言于木，约殡后听妇所适。而询诸术家，本年墓向不利。妇思自衒以售，缞绖之中，不忘涂泽。居家犹素妆，一归宁，则崭然新艳。母知之，心弗善也，以其将为他人妇，亦隐忍之。于是妇益肆。

○晋宁：云南中部的地名，现属于昆明。市

○守：此处指守寡。

○甘词厚誓：甜言蜜语，恳切的誓言。

○人尽夫也：任何人都可以成为丈夫。

○眈眈守此襁褓物：一心一意地守着婴儿。眈眈，表示专注的样子。

○本年墓向不利：当年选择的墓地方位不吉利。

○殡后听妇所适：丈夫死后，举行葬礼，妻子可以选择再嫁。

○术家：从事占卜、风水等的专家。

○自衒以售：通过打扮吸引他人注意，意欲改嫁。

○缞绖：古代的丧服。

○涂泽：打扮、化妆。

○归宁：返回娘家。

译文

金生色是晋宁人。他娶了同村的木姓女子，生了一个孩子，孩子刚满一岁。金生色忽然生病，感到自己命不久矣，对妻子说："我一旦去世，你就应该再嫁，不要守寡。"妻子听后，甜言蜜语，信誓旦旦地回答，保证会守寡到死的。金生色又对母亲说："我去世后，请照看孙子，不要让他妈妈守寡。"母亲哭着答应了。不久，金生色果然去世了。木母来吊唁，哭过后对金母说："天降此不幸，女婿突然去世了。我女儿太年轻，将来该怎么办？"金母悲伤之中听到这话，愤怒而坚决地回答："她必须守寡！"木母感到尴尬而停止了讨论。那晚木母陪伴女儿休息，她对女儿说："任何人都可以做丈夫。凭你的条件，何愁找不到好丈夫？年轻女子不早嫁，只守着孩子，不是傻瓜吗？如果一定要你守节，你也别拿好脸色对她。"金母恰好路过，听到这些话，更加愤怒。第二天，她对木母说："我儿子有遗言，他本不希望媳妇守寡。现在既然她急于改嫁，那就让她守寡吧！"木母气愤地离开了。那晚，金母梦见儿子来劝她，让她不要强迫媳妇守寡，这让她心中产生了异样的感觉。她决定在儿子葬礼后，让媳妇自主选择是否再嫁。询问占卜师得知，本年的墓地方位不利，不好下葬。媳妇想通过装扮引起他人注意以便再嫁，虽然身穿丧服，但依然不忘打扮得漂亮，每次回娘家都换上新艳的服装。金母虽然不喜欢这种行为，但考虑到儿媳妇将成为别人的妻子，便忍了下来。因此，媳妇越来越放肆。

原文

村中有无赖子董贵者，见而好之，以金啖金邻妪，求通殷勤于妇。

○啖：本意为吃，此处指买通或贿赂。

夜分，由妪家逾垣以达妇所，因与会合。往来积有旬日，丑声四塞，所不知者惟母耳。妇室夜惟一小婢，妇腹心也。一夕，两情方洽，闻棺木震响，声如爆竹。婢在外榻，见亡者自幛后出，带剑入

○幛：帷帐，用来挂在床周围的布帘。

寝室去。俄闻二人骇诧声，少顷，董裸奔出。无何，金捽妇发亦出，

○嗥：大声叫喊。

妇大嗥。母惊起，见妇赤体走去，方将启关，问之不答。出门追视，

寂不闻声，竟迷所往。入妇室，灯火犹亮。见男子履，呼婢，婢始战惕而出，具言其异，相与骇怪而已。

译文

村中有个无赖名叫董贵，见到木女便对她产生了好感，他通过贿赂金家的邻居老太太，希望她帮忙传递情意给木女。深夜时分，董贵从老太太的家翻墙进入木女的住处，两人便开始秘密相会。这样的往来持续了十多天，尽管丑闻四处传播，唯独金母还蒙在鼓里。木女的屋里晚上只有一个小婢，是她的心腹丫环。一晚，当两人正在亲昵时，忽然听到棺材发出震动声，像爆竹一样响。小婢在外间的床上，看到死去的金生色从帷幔后面走出，手持宝剑走进了寝室。很快，就听到董贵和木女惊恐的声音。不久后，董贵赤身裸体地跑了出来。接着，金生色抓着木女的头发也走了出来，木女大声痛哭。金母被吵醒，看见木女赤裸地跑出去，她正要开门询问，但木女没有回答。金母追出门外寻找，四周一片寂静，音讯全无，木女竟不知去向。金母回到木女的屋子，灯光依旧明亮。她看见一双男鞋，叫来小婢，小婢战战兢兢地讲述了所发生的奇异事情，两人都感到无比惊讶。

原文

董窜过邻家，团伏墙隅。移时，闻人声渐息，始起。身无寸缕，苦寒甚战，将假衣于妪。视院中一室，双扉虚掩，因而暂入。暗摸榻上，触女子足，知为邻子妇。顿生淫心，乘其寝，潜就私之。妇醒，问："汝来乎？"应曰："诺。"妇竟不疑，狎亵备至。

○假：借。

译文

董贵逃到邻居老太太的家里，蹲在墙角藏身。一段时间后，听到周围的声音渐渐消失，他才起身。他一丝不挂，冻得瑟瑟发抖，打算向老太太借些衣服穿。

他见院中有一间房屋的房门虚掩，便悄悄进去。在黑暗中，他摸到床上碰到了一个女人的脚，认出是邻居的儿媳妇。他立刻起了邪念，趁妇人还在沉睡，悄无声息地与她发生了关系。妇人惊醒询问："是你回来了吗？"他回答："是的。"妇人未曾怀疑，与他放纵亲昵。

原文

先是，邻子以故赴北村，嘱妻掩户以待其归。既返，闻室内有声，疑而审听，音态绝秽，大怒，操戈入室。董惧，窜于床下，子就戮之。又欲杀妻，妻泣而告以误，乃释之。但不解床下何人，呼母起，共火之，仅能辨认。视之，奄有气息，诘其所来，犹自供吐。而伤数处，血溢不止，少顷已绝。妪仓皇失措，谓子曰："捉奸而单戮之，子且奈何？"子不得已，遂又杀妻。

①火：此处指用灯烛照明。

译文

原来，邻家的儿子因事前往北村，临行前叮嘱妻子把门虚掩着，等他回来。他回来时，听到屋内有声响，心生疑虑，细听之下，发现屋内的声响和动静都极为猥亵，他勃然大怒，手持武器冲进房间。董贵极度恐惧，躲到床下。邻家儿子发现后便将他处决。他还想杀掉自己的妻子，但妻子泣告说这是一个误会，于是放她一马。然而，他不清楚床下藏着的是谁，叫来母亲用灯光一照，发现是董贵，仍然有一口气在，追问其来历，董贵坦白了整件事。由于他多处受伤，血流不止，没过多久便断了气。邻居的老太太惊慌失措，对儿子说："捉奸应该同时处罚双方，现在你只杀了一人，接下来怎么办呢？"儿子别无选择，最终也杀了自己的妻子。

原文

是夜，木翁方寝，闻户外拉杂之声，出窥，则火炽于檐，而纵火人

○拉杂：古文中描述火势燃烧时发出的杂乱声音。

犹彷徨未去。翁大呼，家人毕集。幸火初燃，尚易扑灭。命人操兵弩，逐搜纵火者。见一人趫捷如猿，竟越垣去。垣外乃翁家桃园，

○趫捷（qiáo jié）：形容人动作敏捷灵活。

园中四缭周墉皆峻固。数人梯登以望，踪迹殊杳，惟墙下块然微

○四缭周墉（yōng）：四周都有围墙的意思，表示围绕、环绕。

动，问之不应，射之而耎。启扉往验，则女子白身卧，矢贯胸脑。

○白身：指裸体，没有穿衣服的状态。

细烛之，则翁女而金妇也。骇告主人。翁媪惊怛欲绝，不解其故。女合眸，面色灰败，口气细于属丝。使人拔脑矢，不可出，足踏顶

○气细于属丝：形容气息极为微弱，连轻盈如绵丝的东西都吹不动。属丝通常用来指新绵，轻而易动，可用来检测呼吸。

项而后出之。女嘤然一呻，血暴注，气亦遂绝。翁大惧，计无所出。

○嘤然：形容微弱的声音，类似鸟鸣。

译文

那夜，木翁正睡觉时，听到户外传来火焰杂乱的声响。他走出去一看，发现屋檐上火光冲天，纵火者还徘徊未去。木翁大声呼救，全家人迅速集合。幸运的是，火势刚起，尚能扑灭。他命令家人拿起兵器和弩，追捕纵火者。他们看见一个动作敏捷如猿的人跃过围墙逃跑。围墙外是木家的桃园，四周的墙高且坚固。几人借助梯子向园内望去，却找不到任何踪迹，只在墙角下发现一个微微动弹的物体，对其喊话无应答，使用弓箭去射，发现软绵绵的。打开门检查时，发现一名女子裸体躺在地上，箭矢已穿透她的胸脑。仔细照看，竟是木家的女儿，金家的媳妇。家人惊恐地报告给主人。木翁和木母震惊至极，不明所以。木女眼睛紧闭，面色苍白，呼吸微弱到几乎无法察觉。让人尝试拔出脑部的箭却难以成功，最终不得不踩住她的头部才将箭矢拔出。木女轻轻呻吟一声后，血液猛烈喷出，随即气绝身亡。木翁感到极度恐惧，束手无策。

原文

既曙，以实情白金母，长跽哀乞。而金母殊不怨怒，但告以故，令

○长跽（jì）：直挺挺地跪着，表示长时间的跪拜。

自营葬。金有叔兄生光，怒登翁门，诟数前非。翁惭沮，赂令罢

○数（shǔ）：数落，责骂，列举对方的过失或罪状。

归。而终不知妇所私者何名。俄邻子以执奸自首，既薄责逐释讫。

而妇兄马彪素健讼，具词控妹冤。官拘妪，妪惧，悉供颠末。又唤

○颠末：事情的详细经过，从头到尾的描述。

金母，母托疾，遣生光代质，具陈底里。于是前状并发，牵木翁夫

○底里：内部的实情。

妇尽出，一切廉得其情。木以诲女嫁，坐纵淫，笞，使自赎，家产

○廉：调查，检查。 ○诲：教唆，引诱。 ○坐：定罪，处罚。

荡焉。邻妪导淫，杖之毙。案乃结。

译文

天明之后，木翁将事件的真实情况告知金母，并长跪求情。然而，金母根本不怨恨或愤怒，只是将整个事情的经过告知木翁，并让木家自行处理葬事。金生色的叔伯有个兄弟金生光怒气冲冲来到木家，严厉地数落木女过去的不端行为。木翁感到羞愧和沮丧，不得已给了他一些钱让他离开。但是，木女的私通对象始终未明。不久，邻家儿子因抓奸致人死命而自首，被官府轻责后释放。而邻家媳妇的兄长马彪习惯打官司，他就提交诉状为妹妹申冤。官府随后拘捕了邻居老太太，她在恐惧中将全部经过供述清楚。官府又传唤金母，但金母以病为由让金生光代为作证，详细说明了整个事件。因此，原案被重新审视，木翁及其妻子均被卷入，一切情况都得以明确。木家因教唆女儿改嫁被定纵淫罪，受到笞刑，并要求自赎，最终家产尽失。邻居老太太因助纣为虐牵线通奸，遭到杖刑致死。案件最终得以结案。

原文

○醮（jiào）妇：再嫁其妇。醮，妇女改嫁。

异史氏曰：金氏子其神乎！谆嘱醮妇，抑何明也！一人不杀，而诸恨

井雪，可不谓神乎？邻妪诱人妇，而反淫己妇；木媪爱女，而卒以杀女。呜呼！“欲知后日因，当前作者是”，报更速于来生矣。

○欲知后日因，当前作者是：这句话的意思是，如果想了解将来发生的事情的原因，可以从当前的行为和决定中找答案。这是一种因果循环的表述，强调现在的行为将决定未来的果报。

译文

异史氏评论道：金氏之子真是神耶！他不厌其烦地嘱咐木女改嫁，显示了他的智慧！他未曾杀人，却使各种怨恨得以消解，难道这不是神吗？邻居老太太引诱别人的媳妇通奸，结果反使自己的儿媳遭受侵害；木母深爱自己的女儿，最终却导致女儿的死亡。唉！“想知道将来的因果，就看现在的行为”，那些报应迅速而直接，不用等到来生就了断了。

【彭海秋】

原文

莱州诸生彭好古，读书别业，离家颇远。中秋未归，岑寂无偶。念村中无可共语，惟丘生者，是邑名士，而素有隐恶，彭常鄙之。月既上，倍益无聊，不得已，折简邀丘。饮次，有剥啄者。斋僮出应门，则一书生，将谒主人。彭离席，肃客入，相揖环坐，便询族居。客曰："小生广陵人，与君同姓，字海秋。值此良夜，旅邸倍苦。闻君高雅，遂乃不介而见。"视其人，布衣洁整，谈笑风流。彭大喜曰："是我宗人。今夕何夕，遘此嘉客！"即命酌，款若夙好。察其意，似甚鄙丘，丘仰与攀谈，辄傲不为礼。彭代为之惭，因挠乱其词，请先以俚歌侑饮，乃仰天再咳，歌扶风豪士之曲。相与欢笑。

○别业：古代指用作休闲或避暑的别墅或住所。

○岑寂：形容环境非常安静和孤独。

○隐恶：指隐藏的、不为人知的恶行。

○折简：古代指写信邀请。

○剥啄者：即敲门的人。此处指来访者敲门的声音。

○广陵：古时的郡名，治所在今江苏省扬州市。

○不介而见：未经他人介绍而直接见面。

○今夕何夕，遘此嘉客：此化用《诗经·唐风·绸缪》，"今夕何夕，见此良人。"表达意外遇见贵人的喜悦。

○仰与攀谈：形容以尊敬的态度主动与人交谈。

○挠乱其词：指故意打断或转移话题，避免尴尬或冲突。

○俚歌侑饮：使用民间歌曲来助兴。侑饮，指劝酒。

○扶风豪士之曲：指李白的《扶风豪士歌》，歌颂扶风地区豪杰的壮志和深厚友情。

译文

莱州秀才彭好古，在别墅读书，离家很远。中秋来临时，彭好古未回家，周围又无亲友相伴，感到极度寂寞。他想到村中无合适的交谈伴侣，唯一的知名人物是县里的名士丘生，但彭好古一向瞧不起他的某些不为人知的恶行。当月亮升上天空，彭好古感到无聊至极，于是迫不得已写了便条，请丘生来访。两人正饮酒畅谈时，有人敲门。书童去开门，见一位书生来求见主人。彭好古便离开酒席，恭敬地请书生进屋，两人互相拱手施礼后，围坐在酒席旁。彭好古询问来客的姓名与籍贯，书生回答道："我是广陵人，与您同姓，字海秋。赶上这个中秋佳节的夜晚，更觉得在旅馆里寂寞。得知您高雅脱俗，便不请自来。"彭好古细观书生，见其衣着整洁，谈吐风趣，风流儒雅，非常高兴地说：“你我竟是同族。今天能遇到如此嘉宾，真是美好的缘分！”于是吩咐斟酒款待彭海秋如老朋友。彭好古注意到彭海秋似乎对丘生颇有鄙视，而丘生却带着仰慕之情试图与彭海秋攀谈，但彭海秋总是态度傲慢，不肯以礼相待。见状，彭好古为丘生感到尴尬，便打断了他们的交流，提议自己先唱一首民间歌谣来助兴。彭好古仰望长空，清咳两声，唱出了一首《扶风豪士之曲》。歌声响起，气氛再次欢快起来，大家都放声大笑。

原文

客曰：“仆不能韵，莫报《阳春》。倩代者可乎？”彭言：“如教。”客问：“莱城有名妓无也？”彭答云：“无。”客默然良久，谓斋僮曰：“适唤一人，在门外，可导入之。”僮出，果见一女子逡巡户外，引之入。年二八已来，宛然若仙。彭惊绝，掖坐。衣柳黄帔，香溢四座。客便慰问：“千里颇烦跋涉也！”女含笑唯唯。彭异之，便致研诘，客曰：“贵乡苦无佳人，适于西湖舟中唤得来。”谓女曰：“适舟中所唱《薄倖郎曲》大佳，请再反之。”女歌云：“薄倖郎，牵马洗春沼。人声远，马声杳；江天高，山月小。掉头去不归，庭中生白晓。不怨别离多，但愁欢会少。眠何处？勿作随风絮。便是不封侯，莫向临邛去！”客于袜中出玉笛，随声便串，曲终笛止。彭惊叹不已，曰：“西湖至此，何止千里，咄嗟招来，得非仙乎？”客曰：“仙何敢言，但视万里犹庭户耳。今夕西湖风月，尤盛曩时，不可不一

○报《阳春》：不能与这高雅的曲子相和。《阳春》，是对别人歌曲的美称。

○韵：此处指唱歌的技艺。

○倩代者可乎：请求别人代为演唱。

○逡巡：在门外徘徊。

○掖：帮助、扶持。

○帔：古代女子的一种披肩，通常为装饰性的服饰。

○再反之：即再次演唱一遍。

○春沼：指春天的水塘。

○随风絮：比喻如飘飞的柳絮般无定所。

○莫向临邛去：勿去临邛，此为警告别去寻找新欢，因临邛是司马相如与卓文君爱情故事的发生地。

○串：这里指即兴演奏。

○咄嗟：极短的时间，形容事情发生得非常迅速。

观也，能从游否？”彭留心欲觇其异，诺言：“幸甚。”客问：“舟乎，骑乎？”彭思舟坐为逸，答言：“愿舟。”客曰：“此处呼舟较远，天河中当有渡者。”乃以手向空招曰：“舡来舡来！我等要西湖去，不吝偿也。”无何，彩船一只，自空飘落，烟云绕之。众俱登。见一人持短棹，棹末密排修翎，形类羽扇，一摇羽清风习习。舟渐上入云霄，望南游行，其驶如箭。

○舡来舡来：即呼唤船只。

○修翎：用修长的羽毛装饰的短桨。

译文

彭海秋说：“我不擅长唱歌，不能附和你这高雅的曲子了。可以请别人代唱吗？”彭好古回答：“可以，请指教。”彭海秋问：“莱州城有名妓吗？”彭好古答道：“没有。”彭海秋沉默片刻后，对书童说：“刚才我叫了一个人在门外，你可以请她进来。”书童出去后，发现一位女子在门外徘徊，于是将她引入。女子约十六岁，美若天仙。彭好古惊讶至极，赶紧扶她坐下。她身着柳黄色的披肩，香气四溢。彭海秋安慰道：“千里来这里，旅途一定辛苦。”女子含笑点头。彭好古感到好奇，深入询问。彭海秋解释：“因本地缺少佳人，我刚从西湖船上请她来的。”他又对女子说：“刚才你在船上唱的《薄倖郎曲》非常好听，请你再唱一遍。”女子遂唱：“薄倖郎，牵马洗春沼。人声远，马声杳；江天高，山月小。掉头去不归，庭中生白晓。不怨别离多，但愁欢会少。眠何处？勿作随风絮。便是不封侯，莫向临邛去！”彭海秋从膝袜中取出玉笛，随歌即兴演奏；歌毕，笛声也停。彭好古惊叹不已，说：“西湖到这里何止千里，你怎能瞬间将她召来，难道不是仙人吗？”彭海秋回答：“何敢言仙，但视万里如庭院而已。今晚西湖风月格外美丽，不可错过，你愿意一同前往吗？”彭好古好奇想见识其非凡之能，答应说：“如能同往，真是太荣幸了。”彭海秋问：“我们是坐船还是骑马？”彭好古认为坐船更为舒适，就选择了船只。彭海秋说：“这里呼船较远，天河中定有船只。”他伸手向空中招呼：“船儿，船儿过来！我们要去西湖，愿意付高价。”不久，一只彩船从天而降，周围云雾缭绕。他们一同上船，看到一个船夫持短桨，桨尾装饰着长羽毛，摇动间，清风袭来。船逐渐升空，向南驶去，速度快如飞箭。

原文

逾刻，舟落水中。但闻弦管敖曹，鸣声喤聒。出舟一望，月印烟波，游船成市。榜人罢棹，任其自流。细视，真西湖也。客于舱后，取异肴佳酿，欢然对酌。少间，一楼船渐近，相傍而行。隔窗以窥，中有二三人，围棋喧笑。客飞一觥向女曰：“引此送君行。”女饮间，彭依恋徘徊，惟恐其去，蹴之以足，女斜波送盼。彭益动，请要后期，女曰：“如相见爱，但问娟娘名字，无不知者。”客即以彭绫巾授女，曰：“我为若代订三年之约。”即起，托女子于掌中，曰：“仙乎，仙乎！”乃扳邻窗，捉女入，窗目如盘，女伏身蛇游而进，殊不觉隘。俄闻邻舟曰：“娟娘醒矣。”舟即荡去。遥见舟已就泊，舟中人纷纷并去，游兴顿消。遂与客言，欲一登岸，略同眺瞩。

○敖曹：形容声音嘈杂。
○喤聒：形容声音喧哗且响亮。
○榜人：指划船的人，榜，即用桨划水。
○飞一觥：递送酒杯，此处指客气地传递酒杯。
○要：相约。
○若：你们。

译文

不久后，船儿最终落入水中。只听四周弦管声嘈杂，鸣声喧哗。彭好古走出舱门一望，月光映照在烟波浩渺之上，只见游船无数，犹如市集。船夫停止了摇桨，任船自行漂流。他细看，真是西湖。彭海秋在舱后拿出美食美酒，大家欢然共酌。不多时，一艘楼船慢慢靠近，与他们的船并行。他透过窗户偷看，船内有两三人在围棋对弈，喧笑声中。彭海秋向女子递一杯酒，说：“请用此杯为你送行。”女子在饮酒过程中，彭好古徘徊不去，担心她离开，便偷偷用脚轻踢她，女子则斜眼回望。彭好古更加动情，请求确定下次见面的时间，女子说：“若真心相爱，只需问及娟娘，无人不知。”彭海秋随手将一条绫巾交给女子，说：“我代你们定下三年之期。”随即起身，将女子托在掌心，感叹道：“仙人啊，真是仙人！”便扳开邻船的窗户，将女子送入其中。窗户虽小，女子却像蛇一样灵活地爬入，毫无阻碍。不一会儿，邻船上传来声音：“娟娘醒了。”楼船随即驶离。彭好古远望，见到船已经靠岸，船上的人纷纷离开，游兴顿失。他便向彭海秋提议，想上岸稍作游览。

原文

才作商榷，舟已自拢。因而离舟翔步，觉有里余。客后至，牵一马来，令彭捉之，即复去，曰：“待再假两骑来。”久之不至。行人已稀，仰视斜月西转，天色向曙。丘亦不知何往。捉马营营，进退无主。振辔至泊舟所，则人船俱失。念腰橐空匮，倍益忧皇。天大明，见马上有小错囊，探之，得白金三四两。买食凝待，不觉向午。计不如暂访娟娘，可以徐察丘耗。比讯娟娘名字，并无知者，兴转萧索。次日遂行。马调良，幸不蹇劣，半月始归。

○翔步：指缓慢地步行。

○营营：形容不安定，焦急地徘徊。

○振辔：指摇晃马缰绳以控制马匹，常用于骑行描述。

○腰橐空匮：形容钱包里一无所有。

○错囊：一种以金线绣制的小袋子，常用于贵重物品的存放。

○耗：指消息或情报。

○萧索：形容环境或心情的冷清、落寞。

○调良：指对马匹进行调教，使其驯顺。

译文

提议一出，刚准备商量，船已经靠岸。彭好古便离开船，慢慢走了一段距离，感觉有一里多远。彭海秋稍后赶到，带着一匹马，让彭好古牵着，然后又离开，说道：“等我再借两匹马来。”但长时间未见他返回。这时，行人已稀少，彭好古抬头看到斜挂西边的月亮，天色渐明。丘生也不知去向。他不知该往何处去，焦急地牵着马难以决断。他骑着马回到原来泊船的地方，却发现人和船都不见了。想到自己钱包空空，心情更加焦虑。天亮后，他发现马背上有一个金线绣制的小袋子，探手一摸，里面有三四两白银。于是买些食物坐着等待，不知不觉到了中午。彭好古想，不如去找娟娘打听丘生的消息。当打听娟娘的名字时，却无人知晓，感到更加失落。第二天，他骑着马出发，马匹驯良，经过半个月，他终于回到家中。

原文

方三人之乘舟而上也，斋僮归白：“主人已仙去。”举家哀涕，谓其不返。彭归，系马而入，家人惊喜集问，彭始具白其异。因念独还乡井，恐丘家闻而致诘，戒家人勿播。语次，道马所由来，众以仙人所遗，便悉诣厩验视。及至，则马顿渺，但有丘生以草缰絷枥边。骇极，呼彭出视。见丘垂首栈下，面色灰死，问之不言，两眸启闭而已。彭大不忍，解扶榻上，若丧魂魄。灌以汤酡，稍稍能咽。中夜少苏，急欲登厕，扶掖而往，下马粪数枚。又少饮啜，始能言。彭就榻研问之，丘云：“下船后，彼引我闲语。至空处，戏拍项领，遂迷闷颠踣。伏定少刻，自顾已马。心亦醒悟，但不能言耳。是大耻辱，诚不可以告妻子，乞勿泄也！”彭诺之，命仆马驰送归。彭自是不能忘情于娟娘。

○语次：交谈之间。

○枥：马槽，用于放置马食的地方。

○栈：通常指畜栏或简易的棚屋，这里特指牲口棚。

○汤酡（tuó）：这里特指稀释的粥或汤。

○项领：脖子。

○颠踣：摔倒且短暂失去意识。

译文

当彭好古等三人乘船上天时，家中的仆人回到家里报告说：“主人已经成仙而去。”整个家庭都陷入悲伤，认为他不会再返回。彭好古回到家，将马拴好后进屋，家人们既惊讶又喜悦，纷纷围上来询问情况。彭好古于是详细讲述了自己的非凡经历。担心独自回到家乡后丘家人过来询问，他嘱咐家人暂时不要传播此事。谈话中他提到马的来历，大家都认为这是仙人留下的遗物，于是一同前往马厩查看。大家到达马厩时，马已不见踪影，只见丘生被绳索拴在马槽旁。大家极其惊讶，叫彭好古过来查看。他见丘生低头站在马棚下，面色苍白如死者，问话不答，只是眼睛不断开闭。彭好古很不忍，解开绳索，将丘生扶到床上，他看起来如同丢了魂。喂给他一些稀粥，他勉强能够吞咽。半夜时丘生稍微清醒，急忙要求去厕所，在彭好古的搀扶下，排出几块马粪。又喝了些稀粥后，他终于能够开口说话了。彭好古在床边仔细询问，丘生说："下船后，彭海秋带我闲聊，走到无人之处，突然拍了拍我的颈部，我就昏迷倒地了。稍事休息后发现自己变成了马，心里明白发生了什么，但就是无法说话。这是极大的羞耻，绝不能让家人知道，请你保守这个秘密。"彭好古答应了他，立即派人用车马将他送回家。此后，彭好古始终无法忘记娟娘。

原文

又三年，以姊丈判扬州，因往省视。州有梁公子，与彭通家，开筵邀饮。即席有歌姬数辈，俱来祗谒。公子问娟娘，家人白以病。公子怒曰："婢子声价自高，可将索子系之来！"彭闻娟娘名，惊问其谁。公子云："此娼女，广陵第一人。缘有微名，遂倨而无礼。"彭疑名字偶同，然突突自急，极欲一见之。无何，娟娘至，公子盛气排数。彭谛视，真中秋所见者也，谓公子曰："是与仆有旧，幸垂原恕。"娟娘向彭审顾，似亦错愕。公子未遑深问，即命行觞。彭问："《薄倖郎曲》犹记之否？"娟娘更骇，目注移时，始度旧曲。听其声，宛似当年中秋时。酒阑，公子命侍客寝。彭捉手曰："三年之约，今始践耶？"娟娘曰："昔日从人泛西湖，饮不数卮，忽若醉。

○判扬州：担任扬州府通判。判，即通判，官职名。
○通家：世代交好。
○祗谒：恭敬地拜见。
○倨：傲慢。
○突突：形容心跳加速，情绪激动。
○排数：责骂斥责。
○卮：酒杯。

蒙眬间，被一人携去，置一村中。一僮引妾入，席中三客，君其一焉。后乘舡至西湖，送妾自窗棂归，把手殷殷。每所凝念，谓是幻梦，而绫巾宛在，今犹什袭藏之。”彭告以故，相共叹咤。娟娘纵体入怀，哽咽而言曰：“仙人已作良媒，君勿以风尘可弃，遂舍念此苦海人！”彭曰：“舟中之约，一日未尝去心。卿倘有意，则泻囊货马，所不惜耳。”诘旦，告公子，又称贷于别驾，千金削其籍，携之以归。偶至别业，犹能认当年饮处云。

○什袭：层层包裹，表示珍藏。

○诘旦：平明，清晨。

○称贷：借钱。别驾：官职，通判的别称。

○削其籍：从妓籍中除名，为娟娘赎身。

译文

三年后，彭好古因姐夫担任扬州通判，前去探望。扬州有位梁公子，与彭好古是世交，设宴请他喝酒。席间几位歌姬都来拜见。梁公子问娟娘为何未到，家人回禀说她病了。梁公子生气道：“这丫头自以为名声高，用绳子把她绑来！”彭好古听到娟娘的名字，惊问是谁。梁公子说：“这是个妓女，扬州第一美人。因有些名气，便傲慢无礼。”彭好古怀疑只是同名，但心中激动，急欲见她。不久，娟娘来了，梁公子怒斥她。彭好古细看，果然是中秋所见之人，便对梁公子说：“此人与我有旧交，请宽恕她。”娟娘细看彭好古，亦惊愕。梁公子未及多问，命她敬酒。彭好古问：“还记得《薄倖郎曲》吗？”娟娘更惊，注视许久，才唱起旧曲，声音如当年中秋。酒后，梁公子命娟娘陪彭好古去睡。彭好古握手说：“三年之约，今日才实现吗？”娟娘说：“那日随人游西湖，未饮几杯，忽然醉了，被人带到一村中。一书童领我入内，席中三人，你是其一。后乘船至西湖，从窗棂送我回去，你深情握手。每每沉思，疑是幻梦，然绫帕犹在，至今珍藏。”彭好古告以原委，共叹惋。娟娘扑入怀中，哽咽道：“仙人已做媒，你不要以为风尘女子可以随意抛弃，就不再想到我这陷于苦海的人。”彭好古说：“舟中之约，未曾忘怀。你若有意，我当倾囊卖马，不惜代价！”翌晨，告知梁公子，又向姐夫借钱，以千金赎娟娘归。偶至别墅，娟娘仍能认出当年饮酒的地方。

原文

异史氏曰：马而人，必其为人而马者也，使为马，正恨其不为人耳。狮象鹤鹏，悉受鞭策，何可谓非神人之仁爱之乎？即订三年约，亦度苦海也。

○鞭策：驱使、督促。

译文

异史氏说：马是由人变成的，一定是因为这个人的为人像畜生，让他变成马，正是因为恨他不能为人。狮子、大象、仙鹤、鹏鸟都受到鞭策，怎么能说这不是神人对它们的仁爱呢？订下三年后相见的盟约，也是为了把人超度出苦海。

天河

“天河”指银河系，是由大量恒星构成的星系，在晴朗的夜晚呈现为一条银白色的带状，横跨高空，形如大河，故称“天河”。天河亦称“银河”“银汉”或“云汉”。在文学作品中，天河常被用来描绘夜空的壮丽景象，或作为诗意象征，用以表达远隔的距离或无尽的浩瀚。

【堪舆】

原文

沂州宋侍郎君楚家，素尚堪舆，即闺阁中亦能读其书，解其理。宋公卒，两公子各立门户，为父卜兆。闻有善青乌之术者，不惮千里，争罗致之。于是两门术士，召致盈百，日日连骑遍郊野，东西分道出入，如两旅。经月余，各得牛眠地，此言封侯，彼云拜相。兄弟两不相下，因负气不为谋，并营寿域，锦棚彩幢，两处俱备。灵舆至岐路，兄弟各率其属以争，自晨至于日昃，不能决，宾客尽引去。舁夫凡十易肩，困惫不举，相与委柩路侧。因止不葬，鸠工构庐，以蔽风雨。兄建舍于傍，留役居守，弟亦建舍如兄。兄再建之，弟又建之，三年而成村焉。

○尚：推崇。堪舆：风水学。
○闺阁：指妇女。
○卜兆：选择墓地。
○青乌之术：风水术。
○两旅：两支军队。
○牛眠地：风水好的墓地。
○寿域：墓地。
○锦棚彩幢：祭棚和彩幡。
○灵舆：灵车。
○日昃（zè）：太阳偏西。
○舁夫：指灵柩的人。易肩：换肩。
○鸠工：聚集工匠。

译文

沂州的宋侍郎君楚家，一向推崇风水学，即使是闺阁中的妇女也能读风水书籍懂得其中的道理。宋侍郎去世后，两位公子各立门户，为父亲选择墓地。听说有擅长风水的人，不远千里争相请来。于是，两家请来的风水先生多达百人，每天骑马走遍郊野，分东西两路，出入如同两支军队。一个多月后，兄弟两家各自选定一块风水极好的墓地，一个说葬在这里后人能封侯，一个说葬在那里后人能拜相。兄弟俩互不相让，因而赌气不再商量，各自营造墓地，彩棚、彩幡等也分别准备。当灵车行至岔路口时，兄弟俩各自率领家人争夺灵车，从早晨争到太阳偏西，仍未能决定，宾客们都走了。抬灵柩的人换了十次肩，疲惫不堪，再也抬不动了，只好将灵柩放在路边。于是他们停止下葬，聚集工匠建造灵棚，以遮风避雨。哥哥在灵棚旁建了房舍，留仆役看守灵柩，弟弟也在旁边建造房舍。哥哥再建，弟弟也再建，三年后这里变成了一个村庄。

原文

积多年，兄弟继逝，嫂与娣始合谋，力破前人水火之议，并车入野，视所择两地，并言不佳，遂同修聘贽，请术人另相之。每得一地，必具图呈闺闼，判其可否。日进数图，悉疵摘之。旬余，始卜一域。嫂览图，喜曰："可矣。"示娣，娣曰："是地当先发一武孝廉。"葬后三年，公长孙果以武庠领乡荐。

○嫂与娣：嫂子与弟媳。娣，弟媳。

○水火之议：水火不相容的争论。

○并车：携手同行。

○聘贽：聘礼和见面礼。

○疵摘：指摘毛病。疵，毛病。

○武庠：武学。领乡荐：考中举人。

译文

多年后，兄弟二人相继去世，嫂子与弟媳才开始共同商议，努力破除之前的争论，携手同行前往野外查看原先选定的两块墓地，都说不好，于是一起备好聘礼，请风水先生重新选墓地。每选定一个地点，必定画出图来交给两人过目，判断是否可取。每天送来好几张图，都被挑出毛病。过了十多天，才选出一块墓地。嫂子看图后高兴地说："这里可以。"拿给弟媳看，弟媳说："这地方能让我们家先出一个武举人。"葬后三年，宋君楚的长孙果然在乡试中考中了武举人。

原文

异史氏曰：青乌之术，或有其理，而癖而信之，则痴矣。况负气相争，委柩路侧，其于孝弟之道不讲，奈何冀以地理福儿孙哉！如闺中宛若，真雅而可传者矣。

○孝弟：孝顺父母敬爱兄长。

○宛若：古女子名，后用为妯娌的代称。

译文

异史氏说：风水术或许有其道理，但若执迷不悟，则显得愚蠢。更何况赌气相争，把灵柩弃于路旁，连基本的孝悌之道都不遵守，怎能期望通过风水让子孙得福呢？像这两个妯娌的做法，才是真正合规而值得传颂的。

【窦氏】

原文

南三复，晋阳世家也。有别墅，去所居十里余，每驰骑日一诣之。适遇雨，途中有小村，见一农人家，门内宽敞，因投止焉。近村人故皆威重南，少顷，主人出邀，跼蹐甚恭。入其舍斗如。客既坐，主人始操篲，殷勤泛扫，既而泼蜜为茶。命之坐，始敢坐。问其姓名，自言："廷章，姓窦。"未几，进酒烹雏，给奉周至。有笄女行炙，时止户外，稍稍露其半体，年十五六，端妙无比。南心动。雨歇既归，系念綦切。越日，具粟帛往酬，借此阶进。是后常一过窦，时携肴酒，相与留连。女渐稔，不甚忌避，辄奔走其前。睨之，则低鬟微笑。南益惑焉，无三日不往者。一日，值窦不在，坐良久，女出应客，南捉臂狎之。女惭急，峻拒曰："奴虽贫，要嫁，何贵倨凌人也！"时南失偶，便揖之曰："倘获怜眷，定不他娶。"女要誓，南指矢天日，以坚永约，女乃允之。

○晋阳：古地名，今山西太原一带。
○威重：有威信。
○跼蹐：形容行动小心恭敬的样子。
○斗如：形容狭小。
○泛扫：洒扫。
○篲（huì）：扫帚。
○雏：小鸡。
○行炙：传送烤肉，此处指上菜。
○綦（qí）切：极其。
○阶进：意思是进升。这里指加深关系。
○稔（rěn）：熟悉。
○要嫁：要求婚礼聘娶。
○贵倨凌人：仗势欺人。
○指矢天日：指天发誓。
○要誓：要求盟誓。

译文

南三复是晋阳的世家子弟。他有一所别墅，离住处十多里，他每天都骑马去一趟。这一天恰巧遇到下雨，途中经过一个小村庄，他看到一户农家院子宽敞，就进去避雨。附近村民都很忌惮南三复的威势，不久，主人出来请他进屋，行动谨慎，非常恭敬。南三复进屋后，发现屋子狭小。他坐下后，主人才开始拿起扫帚，殷勤地洒扫，然后用蜜水泡茶招待。南三复让他坐，他才敢坐下。南三复问他的名字，他说："姓窦，名廷章。"不久，窦廷章端上酒和炖鸡，款待得很周到。有个梳着发髻的女孩端菜，不时停在门外，露出半个身子，十五六岁的样子，端庄美丽。南三复心动了。雨停后回到家，他依然想着窦廷章的女儿。次日，他带着粮食和布帛去答谢，以此拉近关系。从此，他常去窦家，每次带着酒菜，和窦家人一起度过时光。窦女渐渐熟悉，不再回避，时常在他面前奔走。南三复看她，她就低头微笑。南三复越发迷恋她，几乎每天都去。一日，碰巧窦廷章不在家，南三复坐了很久，窦女出来待客，南三复抓住她的手戏弄她。窦女羞愧而又急切地拒绝说："我虽然贫穷，但也要依礼嫁人，你怎么能仗势欺人呢？"南三复当时丧偶，便拱手作揖说："如果能得到你的爱怜，我一定不娶别人。"窦女要求他发誓，南三复指天发誓，表示永不失约，窦女才同意。

原文

自此为始，瞰窦他出，即过缱绻。女促之曰："桑中之约，不可长也。日在帡幪之下，倘肯赐以姻好，父母必以为荣，当无不谐。宜速为计！"南诺之。转念农家岂堪匹偶？姑假其词以因循之。会媒来为议姻于大家，初尚踌躇，既闻貌美财丰，志遂决。女以体孕，催并益急，南遂绝迹不往。无何，女临蓐，产一男。父怒搒女，女以情告，且言："南要我矣。"窦乃释女，使人问南，南立却不承。窦乃弃儿，益扑女。女暗哀邻妇，告南以苦，南亦置之。女夜亡，视弃儿犹活，遂抱以奔南，款关而告阍者曰："但得主人一言，我可不死。彼

○瞰：窥探。

○桑中之约：男女幽会。

○帡幪（píng méng）：帷帐，这里引申为庇护。

○匹偶：谓相当于。

○临蓐：临产。

○搒（péng）：打。

○亡：逃跑。

○阍（hūn）者：看门人。

即不念我，宁不念儿耶？”阍人具以达南，南戒勿内。女倚户悲啼，

○内：同“纳”，接纳。

五更始不复闻。质明视之，女抱儿坐僵矣。

○质明：天刚亮。

译文

从此之后，南三复每当看见窦廷章外出，便去与窦女缠绵。窦女催促南三复说：“男女私会不能长久。我家在你的庇护之下，如果你肯与我结为夫妻，父母一定会以此为荣，应该没有不答应的。你要尽快安排！”南三复口头答应，但转念一想，农家女子怎么配得上自己？于是找借口拖延。这时正好有媒人为一个富户提亲，南三复开始还犹豫，听说女方貌美财丰，便决定答应。窦女因怀孕，催促得更急，南三复于是断绝往来。不久，窦女临产，生了一个男孩。窦廷章愤怒地打她，窦女讲出实情，并说：“南三复要娶我。”窦廷章便放开她，派人去问南三复，南三复立刻否认。于是窦廷章抛弃婴孩，更加痛打窦女。窦女暗中哀求邻妇把自己的苦楚告知南三复，南三复仍置之不理。窦女夜里逃出家门，看到抛弃的孩子还活着，便抱着孩子去找南三复，敲门后对看门人说：“只要主人一句话，我就可以不死。即使他不顾念我，难道也不顾念他的孩子吗？”看门人如实转告南三复，南三复告诫不要让她进来。窦女倚门悲啼，直到五更时分才不再听到哭声。天亮后一看，窦女抱着孩子，已坐在那里僵死了。

原文

窦忿，讼之上官，悉以南不义，欲罪南。南惧，以千金行赂得免。大家梦女披发抱子而告曰：“必勿许负心郎。若许，我必杀之！”大家贪南富，卒许之。既亲迎，奁妆丰盛，新人亦娟好，然善悲，终日未尝睹欢容，枕席之间，时复有涕洟。问之，亦不言。过数日，

○涕洟：指同时流泪和流涕。

妇翁来，入门便泪。南未遑问故，相将入室。见女而骇曰：“适于后

园，见吾女缢死桃树上，今房中谁也？”女闻言，色暴变，仆然而死。视之，则窦女。急至后园，新妇果自经死。骇极，往报窦。窦发女家，棺启尸亡。前忿未蠲，倍益惨怒，复讼于官。官以其情幻，拟罪未决。南又厚饵窦，哀令休结，官亦受其赇嘱，乃罢。而南家自此稍替。又以异迹传播，数年无敢字者。

○自经：上吊。
○蠲（juān）：消减。
○饵：贿赂。
○赇嘱：用财物影响决定。
○稍替：逐渐衰落。
○无敢字者：指无人敢将女儿嫁给他。旧称女子许嫁为“字”。

译文

窦廷章因事不公怀恨在心，告到官府，官府认为南三复作恶多端，应受惩罚。南某害怕，用一千两白银贿赂，才逃脱了处罚。那个大户人家梦见窦女披头散发，抱娃警告：“你不能将女儿嫁给那个无情人，否则我一定把她杀了！”大户人家因为贪图南三复的财富，还是答应把女儿许配给了南三复。婚后，新娘的嫁妆很丰富，新娘虽美但总是悲伤，整天都看不到她笑，枕边经常有泪痕。问她为什么，她也不说话。过了几天，新娘的父亲来了，一进门就开始哭。南三复还没来得及问为什么，就带他进了屋。新娘的父亲看到女儿，大吃一惊地说：“我刚在后园看到我的女儿吊死在桃树上，那现在房间里的是谁？”听到这话，新娘脸色大变，突然倒地去世了。一看，原来她就是窦家的女儿。他们急忙跑到后园，果然看到新娘已经自杀了。南三复非常害怕，跑去告诉窦廷章。窦廷章挖开女儿的坟墓，发现棺材是空的。他之前的怒气没有消减，现在感到更加悲惨愤怒，再次告到官府。官府觉得这事太荒谬，难以定罪。南三复又贿赂了窦廷章，请求他不要再告了，官府也接受了贿赂，案子就这样不了了之了。从此以后，南三复的家族开始衰落，这件怪事传开后，很多年都没有人敢把女儿嫁给他了。

原文

南不得已，远于百里外聘曹进士女。未及成礼，会民间讹传，朝廷将选良家女充掖庭，以故有女者，悉送归夫家。一日，有妪导一舆

○良家：历史上指非低贱行业的家庭。充掖庭：指选拔女子进入皇宫做嫔妃或宫女。

至，自称曹家送女者，扶女入室，谓南曰：“选嫔之事已急，仓卒不能如礼，且送小娘子来。”问：“何无客？”曰：“薄有奁妆，相从在后耳。”妪草草径去。南视女亦风致，遂与谐笑。女俯颈引带，神情酷类窦女。心中作恶，第未敢言。女登榻，引被障首而眠，亦谓是新人常态，弗为意。日敛昏，曹人不至，始疑。捋被问女，而女已奄然冰绝。惊怪莫知其故，驰伻告曹，曹竟无送女之事，相传为异。时有姚孝廉女新葬，隔宿为盗所发，破材失尸。闻其异，诣南所征之，果其女。启衾一视，四体裸然。姚怒，质状于官。官以南屡无行，恶之，坐发冢见尸，论死。

○如礼：按照传统礼仪。

○薄有：指少量。奁妆：指随女子嫁出的嫁妆。

○第：但。

○日敛昏：天色渐暗。

○捋被：掀开被子。

○驰伻：急速派遣使者。

○征：查证。

○坐：定罪。

译文

南三复不得已，只好在一百里外求娶了曹进士的女儿。婚礼还没举行，就传出朝廷要选拔良家女子进宫的谣言，因此，有女儿的家庭都把女儿送到婆家。有一天，一个老太太带着轿子来到南家，自称是曹家送女儿过来的，她扶着女儿进屋，对南三复说：“选嫔的事情急了，来不及按礼仪办事，我先把小姑娘送来了。”南三复问：“怎么没见娘家人？”老太太回答：“有一些简单的嫁妆在后面送来，亲人和送嫁的人都在后面。”说完就急忙离开了。南三复看见曹女长得也不错，就和她开起玩笑。曹女低头整理衣带，表情和窦女很像，南心里感觉不舒服，但没有说出来。曹女上床后，拉过被子盖头就睡了，南三复以为这是新娘的常态，没放在心上。等到天黑，曹家人还没到，南三复才感觉不对劲。他掀开被子问曹女，发现曹女已经死了，身体冰冷。南三复感到非常惊讶，不知道发生了什么，急忙派人去通知曹进士。但曹进士根本就没有送女儿，这件事情一时间成了奇闻。当地有个姚孝廉的女儿新葬不久，墓被盗开，尸体不见了。姚孝廉听说了这个奇事，来到南家调查，发现尸体正是自己的女儿。揭开被子一看，女儿全身赤裸。姚孝廉非常愤怒，向官府告状。官府因为南三复屡次无善行，对他有成见，判定他有盗墓掘尸的罪行，最终被判处死刑。

原文

异史氏曰：始乱之而终成之，非德也，况誓于初而绝于后乎？挞于室，听之，哭于门，仍听之，抑何其忍！而所以报之者，亦比李十郎惨矣。

译文

异史氏说：未经父母之命、媒妁之言就私自成婚，本就不合道德，何况最初是满口誓言而后又将之抛弃？窦女在家中被打，南三复只是旁观；窦女在门前哭泣，他仍旧不理不问，这是多么的无情！因此，南三复遭受的报应，甚至比《霍小玉传》中的李十郎还要惨重。

讹传朝廷选女

“讹传朝廷选女”指的是元、明、清三朝期间民间屡次流传朝廷将从民间选取良家女子充入后宫的传言。这里具体指清顺治十二年（1655 年）的一次事件，传言朝廷将选良家女子入宫，导致民间恐慌，许多家人将未婚女子匆忙送至夫家以避此事。

【梁彦】

原文

徐州梁彦，患鼽嚏，久而不已。一日方卧，觉鼻奇痒，遽起大嚏，有物突出落地，状类屋上瓦狗，约指顶大。又嚏，又一枚落。四嚏，凡落四枚。蠢然而动，相聚互嗅。俄而强者啮弱者以食，食一枚，则身顿长。瞬息吞并，止存其一，大于鼫鼠矣。伸舌周匝，自舐其吻。梁大愕，踏之。物缘袜而上，渐至股际。捉衣而撼摆之，黏据不可下。顷入衿底，爬抓腰胁。大惧，急解衣掷地，扪之，物已贴伏腰间。推之不动，掐之则痛，竟成赘疣，口眼已合，如伏鼠然。

○鼽嚏（qiú tì）：常见病症，涉及频繁打喷嚏及流鼻涕。

○指顶：做针线活时戴在手指上的工具。

○瓦狗：传统屋脊上的装饰物，形似狗，用以镇宅辟邪。

○周匝（zā）：环绕，四周。

○鼫鼠（shì shǔ）：一种古代记载的类似于鼯鼠的动物，生活在田野中。

○衿底：指衣服的领口底部。

○赘疣（yóu）：生长在皮肤上的肉瘤，通常无害。

译文

徐州的梁彦患了打喷嚏和流鼻涕的病，久治不愈。一天，他躺着睡觉时，突然感到鼻子里痒得厉害，猛地打了一个大喷嚏，喷出一个东西掉到地上，看起来像是屋顶上的瓦狗，大小约如指顶。又打一次，又落下一个。连续打了四个喷嚏，总共喷出四个这样的东西。这些东西开始蠕动，聚在一起互相嗅探。不久，其中较强的一个开始吞食较弱的，每吞食一个，它的体积就显著增大。很快，它就把其他三个都吃掉了，体型已经比鼫鼠还要大。它用舌头舔遍全身，清理干净自己的嘴唇。梁彦吓得想要踩死它，但这物体却沿着他的袜子往上爬，逐渐爬到了大腿处。梁彦急忙摇晃衣服想要甩掉它，但它紧紧地黏在衣服上，摇也摇不掉。不一会儿，它就钻进了他的衣领，爬到他的腰侧开始乱抓。梁彦害怕极了，急忙脱下衣服扔到地上。当他摸到腰间时，发现那东西已经紧紧贴在他的皮肤上，推也推不动，掐也掐不掉，竟变成了一个肉瘤，口和眼都已闭合，宛如一只趴着的老鼠。

【龙肉】

原文

姜太史玉璇言：龙堆之下，掘地数尺，有龙肉充牣其中。任人割取，但勿言“龙”字。或言“此龙肉也”，则霹雳震作，击人而死。太史曾食其肉，实不谬也。

○姜太史玉璇：姜元衡，字玉璇，顺治年间的进士，曾任翰林院官员，因病退休。翰林院官员有时被称为“太史”。

○牣（rèn）：满的意思。

译文

翰林院的姜玉璇说：在白龙堆沙漠之下，如果在那里挖地几尺，可以发现地下满是龙肉。任何人都可以自由地割取这些肉，但绝对不能说“龙”这个字。如果有人说出“这是龙肉”，就会立刻有雷电击中此人致死。姜玉璇本人曾经尝过这种肉，证实这个传说是真的。

【潞令】

原文

宋国英，东平人，以教习授潞城令。贪暴不仁，催科尤酷，毙杖下者，狼籍于庭。余乡徐白山适过之，见其横，讽曰："为民父母，威焰固至此乎？"宋扬扬作得意之词曰："喏！不敢！官虽小，莅任百日，诛五十八人矣。"后半年，方据案视事，忽瞪目而起，手足挠乱，似与人撑拒状。自言曰："我罪当死！我罪当死！"扶入署中，逾时寻卒。呜呼！幸有阴曹兼摄阳政，不然，颠越货多，则"卓异"声起矣，流毒安穷哉！

○教习：明清时期学官名，通常由进士担任。潞城：隶属于山西省长治市，历史上为县名。

○催科：指催征赋税，科是指赋税的法定额。

○狼籍于庭：形容被杖打致死的人的尸体杂乱无章地堆放在庭院中。

○横：此处指暴虐无道。

○视事：指处理公务。

○阴曹兼摄阳政：指阴间的判官同时影响阳间的事务，表明天道有眼，不良官员最终会受到惩罚。

○颠越货多：指不法行为中杀人掠夺财物之多。

○"卓异"声起：在明清时期，官员考核的最高评价为"卓异"，这里有讽刺意味。

译文

宋国英是东平人，以教习职位被任命为潞城县令。他在任期间极为贪婪暴虐，对征税特别苛刻，许多人在他的刑杖下丧命，尸体在庭院中乱七八糟地堆放。我乡的徐白山偶然路过时，亲眼目睹了他的暴行，便讽刺他说："作为百姓的父母，你的威风真的需要如此吗？"宋国英得意洋洋地回答："哦，不敢当！虽然我官位不大，但自我上任百天以来，已经处决了五十八人。"半年后，当他正在桌案前处理公务时，突然瞪大眼睛站起来，手脚乱扭，好像在与人抗争。他自言自语："我罪该死！我罪该死！"随后被人扶进官署，不久便死去。唉，幸好阴间有法，兼管人间政事，不然像他这样杀人夺财的恶行却可能被冠以"卓异"之名，恶劣影响怎能终结？

原文

异史氏曰：潞子故区，其人魂魄毅，故其为鬼雄。今有一官握篆于上，必有一二鄙流，风承而痔舐之。其方盛也，则竭攫未尽之膏脂，为之具锦屏；其将败也，则驱诛未尽之肢体，为之乞保留。官无贪廉，每莅一任，必有此两事。赫赫者一日未去，则蚩蚩者不敢不从。积习相传，沿为成规，其亦取笑于潞城之鬼也已！

○魂魄毅，故其为鬼雄：形容潞城人民的魂魄刚毅，即使死后成为鬼魂也仍强悍。

○握篆：即担任官职。

○风承而痔舐之：形容小人趋炎附势，极尽阿谀逢迎。痔舐，古代比喻极低俗的谄媚行为。

○竭攫未尽之膏脂：指尽力掠夺尚未被完全榨干的百姓的财富。

○具锦屏：比喻为权贵提供奢侈的享受。

○驱诛未尽之肢体：形容以残酷手段迫使尚未受尽迫害的百姓继续受苦。

○乞保留：指为即将离任的官员请求留任，常伴随虚假的赞誉。

○赫赫者：指威望高、权力大的人。

○蚩蚩者：古文中形容平民百姓的朴实样貌。

译文

异史氏说：潞城曾是春秋时期潞子国的地方，那里的人民魂魄坚强，即使变成鬼魂也极为刚强。现在，只要有人在上位掌权，下面就必有一两个卑微之人，趋炎附势，极尽谄媚之能事。当这些官员权势在盛时，这些小人就会尽力搜刮未被完全剥削的民间财富，为其提供奢侈享受；而当这些官员将要失势时，这些小人则会驱使那些尚未遭受残害致死的百姓，为其乞求留任。无论是贪官还是廉洁的官员，每到一处都会发生这样的事。只要那些权势显赫的官员一日不离开，那些朴实的百姓就不敢不从。这种习惯性的行为逐渐成为一种不成文的规则，肯定会让潞城的鬼魂感到可笑。

催科

“催科”指官府催促民众缴纳田赋租税。由于租税征收依据法律和科条，故称为“科”，催交租税的行为便称为“催科”。在古代，催科常由地方官员或差役执行，是国家财政收入的主要来源之一，未按时缴纳租税的农户会受到处罚或加征税负。

【马介甫】

原文

杨万石，大名诸生也，生平有“季常之惧”。妻尹氏，奇悍，少迕之，辄以鞭挞从事。杨父年六十余而鳏，尹以齿奴隶数。杨与弟万钟常窃饵翁，不敢令妇知。然衣败絮，恐贻讪矣，不令见客。万石四十无子，纳妾王，旦夕不敢通一语。兄弟候试郡中，见一少年容服都雅，与语悦之。询其姓字，自云：“介甫，姓马。”由此交日密，焚香为昆季之盟。

○季常之惧：指怕老婆，来自宋代陈慥的典故，因其怕妻而得名。
○大名：地名，今隶属于河北省邯郸市。
○鳏：指丧偶的男子。
○败絮：指破烂的棉絮，这里指破旧的衣物。
○齿奴隶数：把某人当作奴隶看待，齿，意指列入，即把杨父列为奴隶之中。
○贻讪：留下讥笑或羞辱。讪，指讥笑。
○都雅：形容仪容服饰漂亮且高雅。
○昆季之盟：结拜兄弟的盟约。昆指兄，季指弟。

译文

杨万石是大名府的一个秀才，一直非常怕老婆。他的妻子尹氏非常凶悍，稍有不顺她的意就会用鞭子打人。杨万石的父亲六十多岁时丧偶，尹氏将他视同于家中的奴隶。杨万石和他的弟弟杨万钟经常偷偷地给父亲带食物吃，生怕尹氏发现。由于父亲的衣服破旧，他们担心别人会嘲笑，所以不让他见客。杨万石四十岁时仍无子嗣，纳了王氏为妾，整天连一句话也不敢与妾侍说。一日，兄弟俩在郡城等候科举考试时，遇到了一个穿着漂亮且举止高雅的少年，与他交谈后感到非常喜欢。询问他的姓名，少年自称是“马介甫”。从此，他们关系日益亲密，最终焚香并结为兄弟。

原文

既别，约半载，马忽携僮仆过杨。值杨翁在门外，曝阳扪虱。疑为佣仆，通姓氏使达主人。翁披絮去。或告马：“此即其翁也。”马方

○曝阳扪虱：晒太阳，捉虱子。

惊讶，杨兄弟岸帻出迎。登堂一揖，便请朝父，万石辞以偶恙。促

> ○岸帻：简单装束，露出额头。岸，高。帻，头巾。

坐笑语，不觉向夕。万石屡言具食，而终不见至。兄弟迭互出入，

> ○具食：准备饭菜。 ○迭互：交替。

始有瘦奴持壶酒来。俄顷引尽，坐伺良久，万石频起催呼，额颊

> ○引：斟酒，满杯称引满。

间热汗蒸腾。俄瘦奴以馔具出，脱粟失饪，殊不甘旨。食已，万石

> ○脱粟失饪：脱粟，糙米。失饪，烹饪不当。

草草便去。万钟襆被来伴客寝。马责之曰："曩以伯仲高义，遂同

> ○襆被：整理被褥。襆，包裹。

盟好。今老父实不温饱，行道者羞之！"万钟泫然曰："在心之情，

> ○行道者：路人。 ○泫然：流泪的样子。

卒难申致。家门不吉，蹇遭悍嫂，尊长细弱，横被摧残。非沥血之

> ○卒难申致：仓促之间难以说明。 ○蹇：不幸。 ○尊长细弱：全家老小。细弱，指妻及子女。 ○沥血之好：至诚之交。

好，此丑不敢扬也。"马骇叹移时，曰："我初欲早旦而行，今得此异闻，不可不一目见之。请假闲舍，就便自炊。"万钟从其教，即除室为马安顿。夜深，窃馈蔬稻，惟恐妇知。马会其意，力却之。且请杨翁与同食寝，自诣城肆，市布帛，为易袍袴。父子兄弟皆感泣。万钟有子喜儿，方七岁，夜从翁眠，马抚之曰："此儿福寿，过于其父，但少年孤苦耳。"

译文

分别约半年后，马介甫带着仆人来拜访杨氏兄弟。正好杨父在门外晒太阳，捉虱子。马介甫以为他是仆人，告知姓名请他通报主人。杨父披上破棉袄进去了。有人告诉马介甫："这是杨家兄弟的父亲。"马介甫惊讶不已，杨氏兄弟装束简单地出来迎接。进到厅堂，行礼后，马介甫请求拜见杨父，杨万石说父亲偶感小恙

推辞了。三人坐下谈笑，不觉天色已晚。杨万石多次说饭菜已备好，却迟迟不见端上来。兄弟俩交替出入催促，才有一个瘦弱的仆人端来一壶酒。酒很快喝完，坐着等了很久，杨万石频频起身催叫，满脸冒汗。不久，那个瘦弱的仆人端饭出来，糙米饭，又半生不熟，很不好吃。饭后，杨万石匆匆离去。杨万钟抱着被子来陪马介甫睡觉。马介甫责备他说："之前我以为你们崇尚道义，所以结为兄弟。现在老父亲连温饱都难以保证，路人都感到羞愧！"杨万钟伤心落泪说："内心的苦衷，仓促之间难以说出口。家门不幸，遇上个凶悍的嫂子，老小都横遭摧残。你若不是至诚的兄弟，这种家丑不敢外扬。"马介甫惊叹一阵，说："我本打算一早就走，现在听说这样的奇闻，不能不亲自见见。请借我一间空房，顺便自己做饭。"杨万钟听从他的吩咐，立即打扫房间安顿。深夜偷偷送来蔬菜米粮，唯恐嫂子知道。马介甫理解他的苦衷，极力推辞这些东西。他还请来杨父一起吃住，亲自到城里店铺买来布料，为老人换上新衣。杨家父子都感动得流泪。杨万钟有个儿子喜儿，刚七岁，晚上跟爷爷睡，马介甫抚摸着孩子说："这孩子的福寿超过他父亲，只是少年时孤苦。"

原文

妇闻老翁安饱，大怒，辄骂，谓马强预人家事。初恶声尚在闺闼，渐近马居，以示瑟歌之意。杨兄弟汗体徘徊，不能制止，而马若弗闻也者。妾王，体妊五月，妇始知之，褫衣惨掠。已，乃唤万石跪受巾帼，操鞭逐出。值马在外，惭懅不前，又追逼之，始出。妇亦随出，叉手顿足，观者填溢。马指妇叱曰："去，去！"妇即反奔，若被鬼逐，袴履俱脱，足缠萦绕于道上，徒跣而归，面色灰死。少定，婢进袜履，着已，噭啕大哭，家人无敢问者。马曳万石为解巾帼，万石耸身定息，如恐脱落，马强脱之。而坐立不宁，犹惧以私

○预：干预，过问。

○以示瑟歌之意：故意让马介甫听到。出自《论语·阳货》，指通过唱歌或言行来传达内心的想法。

○褫（chǐ）衣惨掠：解下衣服，重重拷打。褫，夺去或解下衣服。掠，拷打。

○巾帼：古代妇女的头巾和发饰。

○惭懅（jù）：羞愧。

○填溢：街巷挤满了人。

○足缠：裹脚布。

○徒跣（xiǎn）：赤脚。

○耸（sǒng）身定息：直立站着屏住呼吸，形容紧张惶恐。

○噭啕（jiào táo）：大声哭叫。

脱加罪。探妇哭已，乃敢入，趑趄而前。妇殊不发一语，遽起，入

○趑趄（zī jū）而前：畏畏缩缩不敢向前。

房自寝。万石意始舒，与弟窃奇焉。家人皆以为异，相聚偶语。妇微有闻，益羞怒，遍挞奴婢。呼妾，妾创剧不能起。妇以为伪，就榻搒之，崩注堕胎。万石于无人处，对马哀啼。马慰解之，呼僮具

○崩注：血流如注。崩，血崩。

牢馔，更筹再唱，不放万石归。

○更筹再唱：即二更天。更筹，古时报更的签牌。唱，报时。

译文

尹氏听说杨父得到安居温饱，非常恼怒，便骂马介甫干预他们家的私事。起初她的骂声还在屋里，后来逐渐骂到马介甫的住处前，故意让他听到。杨氏兄弟羞得满身是汗，急得团团转，无法制止，而马介甫则好像没听见一样。杨万石的妾王氏怀孕五个月，尹氏才知道这件事，便剥去她的衣服，狠狠地拷打。打完之后，叫杨万石跪下，给他戴上女人的头巾，拿鞭子赶他出去。正好马介甫在外面，杨万石羞愧得无法前行，尹氏又追赶逼迫，杨万石才出了门。尹氏也跟了出来，叉手跺脚地骂，看热闹的人挤满了街巷。马介甫指着尹氏喝道："滚！"尹氏立即转身跑开，像被鬼追赶一样，裤子和鞋子都跑掉了，裹脚布缠绕在路上，光着脚跑回家，面色如灰。稍微定了会儿神，丫环递上鞋袜，她穿好后号啕大哭，家里没人敢问她。马介甫把杨万石拽过来，为他解下头巾，杨万石直挺挺地站着，屏住呼吸，唯恐头巾脱落，马介甫强行解下头巾。杨万石坐立不安，害怕尹氏加罪于他。探知尹氏的哭闹已停，才敢进屋，畏畏缩缩地向前。尹氏一言不发，忽然起身入房自己睡下。杨万石的心情才舒展开来，与弟弟暗自称奇。家里人都觉得奇怪，凑在一起议论。尹氏听到后越发羞愧恼怒，把奴婢全部鞭打一顿。尹氏又叫王氏，王氏创伤严重不能起身。尹氏以为她装病，就在床上打她，结果王氏大出血流产。杨万石背着人在马介甫面前哭诉。马介甫安慰劝解，叫仆人备好酒食，到了二更天，还不放杨万石回家。

原文

妇在闺房，恨夫不归，方大恚忿。闻撬扉声，急呼婢，则室门已辟。有巨人入，影蔽一室，狰狞如鬼。俄又有数人入，各执利刃。妇骇绝欲号，巨人以刀刺颈，曰：“号便杀却！”妇急以金帛赎命。巨人曰：“我冥曹使者，不要钱，但取悍妇心耳！”妇益惧，自投败颡。巨人乃以利刃画妇心而数之曰：“如某事，谓可杀否？”即一画。凡一切凶悍之事，责数殆尽，刀画肤革，不啻数十。末乃曰：“妾生子，亦尔宗绪，何忍打堕？此事必不可宥！”乃令数人反接其手，剖视悍妇心肠。妇叩头乞命，但言知悔。俄闻中门启闭，曰：“杨万石来矣。既已悔过，姑留余生。”纷然尽散。无何，万石入，见妇赤身绷系，心头刀痕，纵横不可数。解而问之，得其故，大骇，窃疑马。明日，向马述之，马亦骇。由是妇威渐敛，经数月不敢出一恶语。马大喜，告万石曰：“实告君，幸勿宣泄：前以小术惧之。既得好合，请暂别也。”遂去。

○自投：即自己投地叩头。颡：额头。

○数（shǔ）：责问或严厉斥责。

○宗绪：指家族后代。

○宥（yòu）：原谅，宽恕。

○反接：将双手绑在背后。

译文

尹氏独自在房间里，因为丈夫不归而心生怒火。突然听到有人撬门的声音，她急忙叫仆人，但房门已经被打开。一个巨大的身影走了进来，他的样子狰狞，几乎遮住了整个房间，就像一个鬼魂。不久，又有几个人进来，每个人都拿着锋利的刀。尹氏惊恐至极，本想尖叫，但那巨人用刀顶住她的脖子，警告她："如果尖叫就杀了你！"尹氏急忙用金银财宝试图赎回自己的性命。那巨人却说："我是阴间的使者，不需要金钱，我来取的是悍妇的心！"尹氏更加恐惧，不断地猛烈叩头，以至于额头都受伤了。巨人用刀在尹氏的胸前划过，每提到尹氏曾做过的凶悍之事就问她："这件事，你说应该杀了你吗？"每说一次就划一道。他数落了尹氏所有的凶悍行为，刀划过的每一个痕迹都在她的皮肤上留下了深深的印记，不下数十下。最后他说："妾王氏怀的也是你们杨家的后代，你怎能忍心让她流产？这件事是绝对不能原谅的！"于是他命令其他人把尹氏的双手反绑在背后，剖开她的胸膛查看心肠。尹氏不断磕头乞求原谅，声称自己已经知错悔改。突然间听到中门开关的声音，巨人说："杨万石来了。既然她已经悔改，就暂时留她一命。"随即众人纷纷散去。不一会儿，杨万石进来，见到尹氏赤身裸体，被紧紧捆绑着，胸前的刀痕纵横交错，数不胜数。他解开绳子询问事情经过，得知后大为吃惊，心中暗自怀疑是马介甫所为。第二天，他向马介甫讲述这一切，马介甫也感到震惊。自此之后，尹氏的横行霸道逐渐收敛，几个月来再也不敢说一句恶言。马介甫很高兴，向杨万石坦白说："实话告诉你，不要泄露：前些天我略施小术吓唬她。既然你们夫妻和好，我也该告别了。"便离开了。

原文

妇每日暮，挽留万石作侣，欢笑而承迎之。万石生平不解此乐，遽遭之，觉坐立皆无所可。妇一夜忆巨人状，瑟缩摇战。万石思媚妇意，微露其假。妇遽起，苦致穷诘。万石自觉失言，而不可悔，遂实告之。妇勃然大骂，万石惧，长跽床下，妇不顾。哀至漏三下，妇曰："欲得我恕，须以刀画汝心头如干数，此恨始消。"乃起捉厨刀。万石大惧而奔，妇逐之，犬吠鸡腾，家人尽起。万钟不知何故，

○漏三下：指夜里三更时分。

但以身左右翼兄。妇方诟詈，忽见翁来，睹袍服，倍益烈怒，即

○诟詈（gòu lì）：激烈地责骂。

就翁身条条割裂，批颊而摘翁髭。万钟见之怒，以石击妇，中颅，

颠蹶而毙。万钟曰："我死而父兄得生，何憾！"遂投井中，救之已

○颠蹶（diān juě）：摔倒，跌倒。

死。移时妇苏，闻万钟死，怒亦遂解。既殡，弟妇恋儿，矢不嫁。

○殡：指举行葬礼，安葬。

妇唾骂不与食，醮去之。遗孤儿，朝夕受鞭楚，俟家人食讫，始啖

○醮（jiào）：古代寡妇再嫁的仪式。

以冷块。积半岁，儿尪羸，仅存气息。

○尪羸（wāng léi）：形容极度瘦弱。

译文

尹氏每天黄昏时分，总是挽留杨万石留下来做伴，表现出欢快的样子并迎合他。杨万石从未体验过这种家庭的乐趣，感到非常不自在。某天夜里，尹氏想起那个巨人的样子，吓得浑身发抖。杨万石想讨好她，无意中透露了那一切都是假的。尹氏立刻坐起来，追问细节。杨万石意识到自己失言，但已无法收回，只得全部告诉她。尹氏听后勃然大怒，破口大骂。杨万石害怕到极点，赶紧跪在床下求饶，尹氏却不理睬。直到夜深三更，尹氏才说："如果你想让我原谅你，就必须用刀在你的心口上也划出那么多道痕迹，我的怨气才能消除。"她随即起身拿起厨刀。杨万石极度恐惧，逃跑了，尹氏紧追不放，导致一家人都被惊动了。杨万钟不明所以，只是努力保护自己的兄长。尹氏在大发雷霆时，突然看到杨父穿着新衣服走来，愈加怒不可遏，上前用刀猛砍他的衣服，还打他耳光，把他的胡须扯下来。杨万钟见状大怒，用石头砸向尹氏，正中其头部，尹氏摔倒昏死过去。杨万钟说道："我即使死去，只要父亲和兄长能够安全，我也无憾。"于是他跳入井中，等救上来时已身亡。过了一会儿，尹氏醒来，得知杨万钟已死，她的怒气也随之消散。杨万钟被安葬后，他的妻子因深爱自己的儿子喜儿，誓言不再嫁人。尹氏侮辱她并拒绝给她饭吃，迫使她改嫁。留下的孤儿每天遭受鞭打，家人吃完饭后，他才能吃到冷剩饭。半年过去，孩子瘦弱到几乎只剩下最后一口气。

原文

一日，马忽至，万石嘱家人勿以告妇。马见翁褴褛如故，大骇，又闻万钟殒谢，顿足悲哀。儿闻马至，便来依恋，前呼马叔。马不能识，审顾始辨，惊曰："儿何憔悴至此！"翁乃嗫嚅具道情事。马忿然谓万石曰："我曩道兄非人，果不谬。两人止此一线，杀之，将奈何？"万石不言，惟伏首帖耳而泣。

○殒谢：指死亡。

○一线：比喻唯一的血脉或后代。

译文

一天，马介甫突然到访，杨万石事先吩咐家人不要告诉尹氏。见到杨父衣衫褴褛的模样与以往无异，马介甫感到非常震惊，得知杨万钟已经去世，悲痛得连连跺脚。杨家的小儿喜儿听说马介甫来了，便跑过来依偎在他身边，喊着"马叔叔"。马介甫起初没认出他，细看后才惊讶地问："小孩怎么变得如此憔悴！"杨父结结巴巴地将经过讲述一遍。马介甫听后愤怒地对杨万石说："我先前说过老兄你不是人，看来我没有错。现在你兄弟俩唯一的血脉已断，他死了，你打算怎么办？"杨万石无话可说，只能低头泣不成声。

原文

坐语数刻，妇已知之，不敢自出逐客，但呼万石入，批使绝马。含涕而出，批痕俨然。马怒之曰："兄不能威，独不能断'出'耶？殴父杀弟，安然忍受，何以为人？"万石欠伸，似有动容。马又激之曰："如渠不去，理须威劫，便杀却勿惧。仆有二三知交，都

○批使：打脸，这里指斥责。

○断"出"：决定休妻。出，这里意为休妻。

○欠伸：起身，这里指做出行动的准备动作。

○威劫：用威胁的方式强迫。

居要地，必合极力，保无亏也。”万石诺，负气疾行，奔而入。适与妇遇，叱问：“何为？”万石遑遽失色，以手据地，曰：“马生教余出妇。”妇益恚，顾寻刀杖，万石惧而却走。马唾之曰：“兄真不可教也已！”遂开箧，出刀圭药，合水授万石饮，曰：“此丈夫再造散，所以不轻用者，以能病人故耳。今不得已，暂试之。”饮下，少顷，万石觉忿气填胸，如烈焰中烧，刻不容忍。直抵闺闼，叫喊雷动。妇未及诘，万石以足腾起，妇颠去数尺有咫。即复握石成拳，擂击无算。妇体几无完肤，嘲哳犹骂。万石于腰中出佩刀，妇骂曰：“出刀子，敢杀我耶！”万石不语，割股上肉，大如掌，掷地上。方欲再割，妇哀鸣乞恕，万石不听，又割之。家人见万石凶狂，相集，死力掖出。马迎去，捉臂相用慰劳。万石余怒未息，屡欲奔寻，马止之。少间，药力渐消，嗒焉若丧。马嘱曰：“兄勿馁。乾纲之振，在此一举。夫人之所以惧者，非朝夕之故，其所由来者渐矣。譬昨死而今生，须从此涤故更新。再一馁，则不可为矣。”遣万石入探之。妇股栗心慑，倩婢扶起，将以膝行。止之，乃已。出语马生，父子交贺。

○居要地：处于重要职位。

○负气：一时意气用事。

○刀圭药：量词“刀圭”指极小的量，这里指一小勺药。

○数尺有咫：形容尺寸较大的距离，咫为古代长度单位，约等于八寸。

○嘲哳（zhāo zhā）：指尖锐的叫嚷声，这里指尹氏的骂声。

○嗒焉若丧：失魂落魄的样子。

○乾纲之振：指恢复或强化男性的家庭权威。乾纲，夫权。

○其所由来者渐矣：事情的发生不是一朝一夕的，是逐渐积累而成的。

○股栗心慑：内心惊慌，形容害怕。

译文

他们坐着聊了一会儿，尹氏已经知道马介甫来访，她没有直接赶客，而是叫杨万石进屋，扇他耳光，并猛烈斥责他，命令他与马介甫断绝关系。杨万石含泪而出，面颊上的打痕清晰可见。马介甫见状大怒，对杨万石说："你连家都管不了，更别说做出休妻的决断了？她打你父亲，害死你弟弟，你竟然还能忍受，你这还算是人吗？"杨万石听后伸了伸胳膊，似乎有所感触。马介甫又激他说："如果她不自行离开，你就应该强迫她，哪怕杀了她也不用怕。我有几个朋友身居要职，他们会全力支持你，保证你不会吃亏。"杨万石听后，愤怒地一挥手，冲进屋里。刚好碰上尹氏，她质问："你要干什么？"杨万石慌张失措，跪在地上说："马生让我休了你。"尹氏更加愤怒，到处寻找刀杖，杨万石害怕而逃离。马介甫看着他逃跑的样子，不屑地说："你真是救不了！"随后从箱子中取出一小勺药，用水调匀后递给杨万石喝下，并解释："这是'丈夫再造散'，之所以不轻用，是因为它对人有副作用。现在别无选择，只能尝试一下。"杨万石喝下药后不久，感觉怒火在胸中燃烧，无法忍受，直接冲到内室，叫声震天。尹氏还没来得及问话，杨万石飞起一脚，把她踢出几尺远。然后握紧拳头，雨点般地揍她。尹氏几乎被打得体无完肤，仍然乱骂不止。杨万石从腰中拿出佩刀，尹氏骂道："拿刀，敢杀我吗！"杨万石不理她，从她大腿上割下一块巴掌大的肉，扔在地上。正要再割，尹氏哀求饶命，杨万石不听，又割了一刀。家人见杨万石凶狂，就拼命把他拉出来。马介甫迎上去，握着他的手臂安慰他。杨万石余怒未息，多次想冲进去，马介甫制止了他。过了一会儿，药力渐消，杨万石又变得失魂落魄。马介甫嘱咐他说："不要气馁。振作丈夫的威风就在此一举。人们怕某地事物不是一朝一夕的，是日积月累的。这次就好比你昨天死了今天新生，应该从此改变旧习。再失掉勇气，就没办法了。"然后让杨万石进去探看。尹氏腿脚发抖，心里害怕，让婢女扶起来，想跪着爬过来。杨万石阻止了她，才作罢。出来告诉了马介甫，父子二人互相庆贺。

原文

马欲去，父子共挽之。马曰："我适有东海之行，故便道相过，还时可复会耳。"月余，妇起，宾事良人。久觉黔驴无技，渐狎，渐嘲，

○挽：挽留。

○宾事良人：指尊敬和侍奉丈夫。宾事，如对待贵宾般地恭敬服侍；良人，即丈夫。

渐骂，居无何，旧态全作矣。翁不能堪，宵遁，至河南，隶道士籍。
万石亦不敢寻。

○隶道士籍：指加入道士行列，出家为道。

译文

马介甫打算离开，杨氏父子一起挽留他。马介甫解释说："我原本计划去东海，顺道来拜访，等回程时还可以再聚。"一个多月后，尹氏康复起身，开始恭敬地侍奉杨万石。然而，随着时间的推移，尹氏逐渐认为杨万石没有什么真本事，开始不再尊敬他，逐步嘲讽并辱骂他，不久后，尹氏恢复了她以前的恶劣态度。杨父无法忍受这种生活，夜里逃离家中，前往河南，加入了道士的行列。杨万石不敢去寻找他。

原文

年余，马至，知其状，怫然责数已，立呼儿至，置驴子上，驱策径去。由此乡人皆不齿万石。学使案临，以劣行黜名。又四五年，遭回禄，居室财物，悉为煨烬，延烧邻舍。村人执以告郡，罚锾烦苛，于是家产渐尽，至无居庐。近村相戒无以舍舍万石，尹氏兄弟怒妇所为，亦绝拒之。万石既穷，质妾于贵家，偕妻南渡。至河南界，资斧已绝。妇不肯从，聒夫再嫁。适有屠而鳏者，以钱三百货去。

○怫然：愤怒的样子。
○不齿：表示鄙视。
○学使：提学使，巡察地方。
○黜名：取消秀才资格。
○回禄：火灾。
○煨烬：烧成灰烬。
○罚锾：罚金。
○聒：吵闹。

译文

一年多后，马介甫回来，得知杨家的情况后大发雷霆，严厉责备杨万石，立即把喜儿叫来，放在驴背上，赶着驴走了。从此，乡里人都鄙视杨万石。提学使在巡查时，因杨万石行为恶劣，取消了他的秀才资格。又过了四五年，杨家遭火灾，房屋财产全烧成灰烬，还波及了邻居。村民将杨万石告到郡府，他被判重罚，导致财产耗尽，连住处都没有了。附近村民互相告诫，不让给杨万石提供住处，尹氏的兄弟也因尹氏妇人的行为而拒绝接纳他们。杨万石穷途末路，将妾抵押给有钱人家，得了些钱，带着尹氏南渡。到河南时，盘缠用光。尹氏不肯再跟随，吵着要再嫁。恰好有个屠户，花三百钱买了她。

原文

万石一身丐食于远村近郭间，至一朱门，阍人诃拒不听前。少间，一官人出，万石伏地啜泣。官人熟视久之，略诘姓名，惊曰："是伯父也！何一贫至此？"万石细审，知为喜儿，不觉大哭。从之入，见堂中金碧焕映。俄顷，父扶童子出，相对悲哽。万石始述所遭。初，马携喜儿至此，数日，即出寻杨翁来，使祖孙同居。又延师教读，十五岁入邑庠，次年领乡荐，始为完婚。乃别欲去，祖孙泣留之，马曰："我非人，实狐仙耳。道侣相候已久。"遂去。孝廉言之，不觉恻楚。因念昔与庶伯母同受酷虐，倍益感伤，遂以舆马赍金赎王氏归。年余，生一子，因以为嫡。

○入邑庠：进入县学，成为秀才。

○领乡荐：通过乡试，称为举人。

○嫡：正式成为主妻。

译文

杨万石在附近村庄和城郭间乞讨，来到一个有钱人家的大门前，门卫斥责他，不让他靠近。过了一会儿，一个官人出来，杨万石就在地上痛哭起来。那官人仔细看了他一会儿，询问他的姓名后大吃一惊，说："这不是伯父吗！你怎么变得这么穷？"杨万石仔细一看，认出这是小喜儿，不由自主地哭了起来。他跟着喜儿进了屋子，看到屋里金光闪闪，非常富丽。不一会儿，杨万石的父亲扶着一个小孩子出来，父子俩对视着，都哽咽得说不出话来。杨万石开始讲述自己的不幸遭遇。当初马介甫带着喜儿来到这里，没过几天就找来了杨万石的父亲，让祖孙二人住在一起，并且请老师教喜儿读书。喜儿十五岁的时候考上了秀才，第二年又考上了举人，然后才举行婚礼。马介甫要离开时，祖孙俩流着泪挽留他，但马介甫说："我不是人，我其实是狐仙，我的道友已经等我很久了。"说完就离开了。喜儿回忆起这些往事，感到非常悲伤。他想到自己和继伯母王氏曾一起遭受苦难，感到更加难过，于是派出车马和金钱把王氏赎了回来。一年多后，王氏生了一个儿子，杨万石就把她正式立为自己的妻子。

原文

尹从屠半载，狂悖犹昔。夫怒，以屠刀孔其股，穿以毛绠，悬梁上，荷肉竟出。号极声嘶，邻人始知。解缚抽绠，一抽则呼痛之声，震动四邻。以是见屠来，则骨毛皆竖。后胫创虽愈，而断芒遗肉内，终不良于行，犹夙夜服役，无敢少懈。屠既横暴，每醉归，则挞詈不情。至此，始悟昔之施于人者，亦犹是也。一日，杨夫人及伯母烧香普陀寺，近村农妇，并来参谒。尹在中怅立不前。王氏故问："此伊谁？"家人进白："张屠之妻。"便诃使前，与太夫人稽首。王笑曰："此妇从屠，当不乏肉食，何羸瘠乃尔？"尹愧恨，归欲自经，绠弱不得死。屠益恶之。岁余，屠死。途遇万石，遥望之，以膝行，泪下如縻。万石碍仆，未通一言。归告侄，欲谋珠还，侄固不

○狂悖：狂妄且违背常理。
○孔其股：穿透其大腿。
○绠（gěng）：粗绳。
○胫创：小腿上的伤口。
○断芒遗肉内：断掉的细刺残留在肉里。
○普陀寺：佛教寺庙，供奉观世音菩萨。
○泪下如縻（mí）：泪流如绳，形容泪流不止。
○珠还：物归原主。

肯。妇为里人所唾弃，久无所归，依群乞以食，万石犹时就尹废寺中。侄以为玷，阴教群乞窘辱之，乃绝。此事余不知其究竟，后数行，乃毕公权撰成之。

○玷：耻辱。

○毕公权：清代文人，字公权，淄川人，有文名，未尽官运。

译文

尹氏与屠户同居半年后，仍旧像以前一样蛮横无理。屠户怒极，用屠刀在她大腿上穿了一个洞，穿上猪毛绳子，将她吊挂在房梁上，随后扛起肉便离开。尹氏拼命嚎叫，直至声音嘶哑，邻居这才得知，赶来将她解下，拔出猪毛绳。每拔一次，尹氏的痛叫声便震动四邻。从此，每当看到屠户，她便惊恐不已。虽然腿部伤口最终痊愈，但绳子的毛刺仍留在肉里，使她行走困难，依然起早贪黑地劳作，不敢有丝毫懈怠。屠户已然对尹氏的横暴虐待，每次醉酒归来便打骂她，毫不留情。直至此时，尹氏才开始反思自己过去对他人的残暴行为。一天，杨夫人和伯母王氏前往普陀寺烧香，附近村庄的农妇纷纷前来拜见。尹氏在人群中默默站立，不敢上前。王氏故意询问：“这位女士是谁？”家仆上前回答：“是张屠户的妻子。”王氏便呵斥她上前给太夫人磕头。王氏笑着说：“这女人跟了屠户，该当不缺肉吃，为何瘦成这样？”尹氏羞愧又愤恨，回家后想要上吊自尽，但绳子不结实，未能如愿。屠户对她的厌恶更甚。一年多后，屠户死了。尹氏在路上遇见杨万石，远远地望着他，双膝跪地爬过来，泪水涟涟。杨万石由于在仆人面前，未与她交谈。回家后，他告诉侄子想把尹氏领回家，侄子坚决反对。尹氏被乡里人唾弃，一直无家可归，只能依靠乞丐们混饭吃。杨万石还时常到破庙中去看她。喜儿认为这样做有辱门风，暗地里让乞丐们羞辱杨万石，这才使杨万石断绝了与尹氏的往来。这件事的后续如何，我不得而知，后面的几行是毕公权撰写的。

原文

异史氏曰：惧内，天下之通病也。然不意天壤之间，乃有杨郎，宁非变异？余尝作《妙音经》之续言，谨附录以博一噱：

○一噱（jué）：本义为一笑，此处表示希望引发读者的轻松和欢笑。

译文

异史氏说：害怕妻子，是世间男人的普遍问题。然而谁能想到在这世上居然有像杨郎这样的例外，难道他已经变成另一种生物了吗？我之前写过《妙音经》的后续，现在把它附在这里，希望给大家带来一些笑声：

原文

窃以天道化生万物，重赖坤成；男儿志在四方，尤须内助。同甘独苦，劳尔十月呻吟；就湿移干，苦矣三年嚬笑。此顾宗祧而动念，君子所以有伉俪之求；瞻井臼而怀思，古人所以有鱼水之爱也。

○重赖坤成：主要依赖于地（坤位代表地）来孕育万物。

○内助：指妻子，特别是在支持丈夫的事业方面的帮助。

○十月呻吟：指孕育十月的辛苦与痛苦。

○就湿移干：指为婴儿更换尿湿的床铺到干燥处，形容养育儿童的辛劳。

○三年嚬笑：指母亲在孩子三岁前的悉心照料与抚爱。

○宗祧（tiāo）：指宗族延续和祭祀祖宗之用的香火。

○伉俪（kàng lì）：指夫妻，强调夫妻的伴侣关系。

○井臼：喻指妻子承担的家务劳动，如汲水和舂米。

○鱼水之爱：形容夫妻之间的和谐与亲密，如鱼与水的关系，不可分割。

译文

我认为天道通过土地孕育万物；男子虽志在四方，更需贤妻的支持。夫妻共甘苦，而妻子承受十月怀胎之苦；夜间更换干湿床铺，辛苦啊育儿三年。这是出于延续家族和祭祀祖宗的考虑，所以贤人寻求良配；看到日常家务，便会怀念妻子的辛劳，这就是古人讲述夫妻如鱼得水的原因。

原文

第阴教之旗帜日立，遂乾纲之体统无存。始而不逊之声，或大施而小报；继则如宾之敬，竟有往而无来。只缘儿女深情，遂使英雄短气。床上夜叉坐，任金刚亦须低眉；釜底毒烟生，即铁汉无能强项。秋砧之杵可掬，不捣月夜之衣；麻姑之爪能搔，轻试莲花

○阴教：妻子的命令。

○不逊：妻子的不恭顺言辞。

○如宾之敬：夫妻相敬如宾。

○只缘：仅因为。

○短气：缺乏英雄气概。

○夜叉：佛经中的恶鬼，比喻凶悍女人。

○金刚：佛教中力士，象征坚强。这里指丈夫

○釜：铁锅，与“妇”同音。

○强项：坚硬脖颈，不愿低头。

○砧、杵：捣衣用具。

○不捣月夜之衣：比喻夫妻关系紧张。

○麻姑之爪：传说中的女仙，手如鸟爪，象征攻击性。

之面。小受大走，直将代孟母投梭；妇唱夫随，翻欲起周婆制礼。

○小受大走，代孟母投梭：忍受小责打，逃避重打，比喻教子方式。 ○妇唱夫随：妻子领导家庭。 ○周婆制礼：妻子控制家庭礼仪。

婆娑跳掷，停观满道行人；嘲哳鸣嘶，扑落一群娇鸟。恶乎哉！

○婆娑跳掷：悍妇公然撒泼。 ○嘲哳：喧闹声。 ○扑落一群娇鸟：行为吓坏年轻女性。

呼天吁地，忽尔披发向银床。丑矣夫！转目摇头，猥欲投缳延玉颈。

○呼天吁地：妻子撒泼至极，威胁自杀。 ○银床：井栏，指水井。 ○投缳：自缢自杀。

译文

随着妻子的命令在家中越来越得势，丈夫的家庭地位荡然无存。起初，妻子言语尖锐，态度嚣张，丈夫虽偶尔抗议；之后，丈夫对妻子恭敬如宾，而妻子却不以礼回报。这一切，仅因儿女之情深厚，最终让丈夫失去了英雄气概。床上的母夜叉坐镇，连坚强如金刚的男人也得低头哈腰；悍妇如同釜底烟起，即使铁汉也难保硬气。秋夜，本应捣衣的杵被用来敲打男人；麻姑的纤手本应来轻抚，却去抓挠男人的脸。在家中地位低下的丈夫，小打还能忍受，重打就逃避，几乎要成了现代孟母断织教子；妻子指挥丈夫，仿佛要打着周婆的旗号树立新的家规。她在大街上张牙舞爪，引来众人围观；她的吵闹声，吓走了一群年轻的女子。多么可恶啊！她号天抢地，突然披头散发要投井自尽。多么丑陋啊！一转身摇头晃脑，竟然想上吊结束生命。

原文

当是时也，地下已多碎胆，天外更有惊魂。北宫黝未必不逃，孟施

○北宫黝未必不逃：北宫黝，古代勇士。本句意为即使是如北宫黝这样的勇者，面对这种情况也可能选择逃避。

舍焉能无惧？将军气同雷电，一入中庭，顿归无何有之乡；大人面若

○顿归无何有之乡：指情绪或气势瞬间消失，如同归入了一个虚无的状态。

冰霜，比到寝门，遂有不可问之处。岂果脂粉之气，不势而威？胡

○寝门：卧室的门。 ○脂粉之气：通常指女性使用的化妆品，此处比喻女性的温柔威力。

乃肮脏之身，不寒而栗？犹可解者，魔女翘鬟来月下，何妨俯伏皈

○肮脏之身：原文为刚直不屈之意，这里用以形容男性的刚强身躯。 ○魔女翘鬟：形容妇女美丽而具诱惑力的样子。

依？最冤枉者，鸠盘蓬首到人间，也要香花供养。闻怒狮之吼，则

○鸠盘蓬首：形容妇女年老面容不佳的样子。 ○香花供养：用花和香料进行供奉，象征尊敬和崇拜。

双孔撩天；听牝鸡之鸣，则五体投地。登徒子淫而忘丑，《回波词》

○双孔撩天：形容骄傲到极点的样子。 ○牝鸡之鸣：母鸡叫声，比喻妇女主导家庭或社会的局面。 ○登徒子淫而忘丑：形容人纵欲过度而忽视伴侣外貌。

怜而成嘲。设为汾阳之婿，立致尊荣，媚卿卿良有故；若赘外黄之家，不免奴役，拜仆仆将何求？彼穷鬼自觉无颜，任其斫树摧花，止求包荒于妬妇；如钱神可云有势，乃亦婴鳞犯制，不能借助于方兄。岂缚游子之心，惟兹鸟道？抑消霸王之气，恃此鸿沟？

○汾阳之婿：比喻达到了高位且受尊敬的女婿。○媚卿卿良有故：形容对配偶的谄媚有其特定的原因或目的。○拜仆仆：形容反复鞠躬作揖的样子。○穷鬼：这里指经济状况较差的人。○斫树摧花：比喻暴力或横行霸道的行为。○包荒：形容宽忍或纵容。○钱神：指富有而有权势的人。○婴鳞犯制：形容触犯了禁忌或敏感领域。○方兄：指金钱。○游子：远行的人，这里指丈夫。○抑消霸王之气，恃此鸿沟：秦末楚汉争霸，项羽与刘邦曾以鸿沟为界（见《史记·项羽本纪》）。鸿沟，古渠，位于今河南。

译文

每当这时，丈夫们因地面的惊恐和天外的威胁而心惊胆战。即使勇士如北宫黝也可能逃避，如孟施舍一般的战士亦难免畏惧。将军的气势如雷霆，一进庭院，便如入无物之地，气息全无；官员的表情冷若冰霜，至卧室之门，便到了难以言说的地步。岂是简单的脂粉能带来的威风？即使是堂堂男子也不禁心惊胆颤。可理解的是，当妻子美丽如仙，顺从自是情理之中。最为冤枉的是，妻子又老且丑，仍需如同供佛般敬奉。丈夫一旦听到妻子的怒吼，便顿感卑微；听到妻子的命令，更是五体投地。登徒子纵情欲望而忽略丑貌，而《回波词》却将这种畏妻行为嘲笑。若成为汾阳王的尊贵的女婿，对妻子的讨好也就有了原因；若只是富家的赘婿，不仅要受制于人，还要屈身下拜，又何必呢？贫穷的丈夫无力制约妻子，只能任她摧残一切，希望得到一些宽容；而像财神那样的富人虽有权势，但一旦触怒妻子，金钱也帮不上忙。如何束缚住丈夫的心，难道是妻子的那条“鸟道”？怎么能够消除丈夫威武雄霸之气，要凭借妻子的那条“鸿沟”吗？

原文

然死同穴，生同衾，何尝教吟《白首》？而朝行云，暮行雨，辄欲独占巫山。恨煞“池水清”，空按红牙玉板；怜尔妾命薄，独支永夜寒更。蝉壳鹭滩，喜骊龙之方睡；犊车麈尾，恨驽马之不奔。榻上

○《白首》：指《白头吟》。○死同穴，生同衾：指夫妻生死相守在一起，活着同床共枕，死后同穴而葬。○朝行云，暮行雨，辄欲独占巫山：形容妒妇要丈夫早晚都在自己身边，不许与其他女人交往。○池水清：代指沉迷于妓院而忘家的丈夫。○空：徒然地。按：拍击。红牙玉板：檀木制的拍板。○妾命薄：意为妾的命运多舛。○蝉壳鹭滩：比喻男子善于避开妻子的追问或指责，像脱壳的蝉、轻盈的鹭鸶那样巧妙逃脱。○犊车麈尾，恨驽马之不奔：典出《太平广记》，描述王导惧内，驾牛车逃跑的故事。以此讽刺惧内者的狼狈情态。

共卧之人，挞去方知为舅；床前久系之客，牵来已化为羊。需之殷

○床前久系之客，牵来已化为羊：形象描述丈夫被妻子严格控制到连自由都没有，最终被完全驯服。

者仅俄顷，毒之流者无尽藏。买笑缠头，而成自作之孽，太甲必曰

○毒之流者无尽藏：形容妻子的妒忌和不满像无尽的洪水，难以平息。

○买笑缠头：意为嫖妓。缠头，古时歌妓头上的装饰品，代指赠与妓女的礼物。

难逃；俯首帖耳，而受无妄之刑，李阳亦谓不可。酸风凛冽，吹残

○俯首帖耳，而受无妄之刑：形容丈夫尽管顺从，仍难逃妻子无端的指责和惩罚。

○酸风凛冽：比喻妻子的妒忌和怨气如刺骨的寒风般刺人。酸：与下文的“醋”均指妒忌。

绮阁之春；醋海汪洋，淹断蓝桥之月。又或盛会忽逢，良朋即坐，

○绮阁之春：指和谐的夫妻生活。绮阁，绮丽的闺阁。

○蓝桥：指美好姻缘。据《太平广记》中记载：传说唐朝裴航在蓝桥遇见云英，后娶为妻，夫妻双双成仙。

斗酒藏而不设，且由房出逐客之书；故人疏而不来，遂自我广绝交

○斗酒藏而不设：有酒却不拿出来。

○出逐客之书：发出逐客令。

○自我广绝交之论：自指与友人断绝交往。

之论。甚而雁影分飞，涕空沾于荆树；鸾胶再觅，变遂起于芦花。

○雁影分飞：形容兄弟分居。雁影，雁飞行之影。

○鸾胶再觅：指续娶。鸾胶，据《海内十洲记》载，西海凤麟洲煮凤喙麟角作膏，能续断弦，喻续娶。

故饮酒阳城，一堂中惟有兄弟；吹竽商子，七旬余并无室家。古人

○饮酒阳城，一堂中惟有兄弟：阳城终身不娶，只与兄弟饮酒。

○吹竽商子，七旬余并无室家：商丘子胥七十岁仍未娶妻。典出《列仙传》。

为此，有隐痛矣。

○隐痛：内心隐秘的痛苦。

译文

夫妻生前同床共枕，死后同穴合葬，何曾让妻子有白头吟的悲叹？但妒妇要丈夫朝夕陪伴，恨不得独占巫山。妒妇恨透了流连花街柳巷的丈夫，徒然拍击红牙玉板；可怜薄命女子，独守空房直到深夜。丈夫像金蝉脱壳般逃脱，趁悍妇酣睡之时，赶快去幽会；一旦被发现，驾牛车挥麈尾，尤恨老牛跑得太慢。妻子疑心丈夫与别的女人同床，揭开被子才发现是兄弟；用绳子绑住的丈夫，醒来已变成了羊。妻子的殷勤只在片刻之间，而妒忌则无穷无尽。丈夫追欢买笑，是自作孽，不可逃避；俯首帖耳，却无故受罚，连李阳也认为不应该。酸风凛冽，吹残了闺阁的春天；醋海汪洋，淹没了蓝桥的月亮。盛会时，良朋在座，妻子却藏酒不拿出，并发出逐客令；故交疏远不敢上门，仿佛与友人绝交。更有甚者，兄弟分家，空流无奈之泪；续娶后妻，后母虐待前妻子女。阳城终身不娶，只与兄弟饮酒；商丘子胥七十岁仍未娶妻。古人如此，是因为有难言之苦啊。

原文

呜呼！百年鸳偶，竟成附骨之疽；五两鹿皮，或买剥床之痛。髯如戟者如是，胆似斗者何人？固不敢于马栈下断绝祸胎，又谁能向蚕室中斩除孽本？娘子军肆其横暴，苦疗妒之无方；胭脂虎啖尽生灵，幸渡迷之有楫。天香夜爇，全澄汤镬之波；花雨晨飞，尽灭剑轮之火。极乐之境，彩翼双栖；长舌之端，青莲并蒂。拔苦恼于优婆之国，立道场于爱河之滨。咦！愿此几章贝叶文，洒为一滴杨枝水！”

○百年鸳偶：比喻夫妻一生相守如鸳鸯，古代认为鸳鸯是忠贞不渝的象征。

○附骨之疽：形容难以摆脱的病痛或困扰，如骨疽难以剜除。

○剥床之痛：极深的痛苦，如同皮肤被剥去般剧烈。

○胆似斗者：形容极大的勇气，胆量大如斗。

○马栈下：古代刑罚，暗指无法逃脱的厄运。

○蚕室：指受宫刑者居住的地方，用于比喻无法逃脱的困境。

○娘子军：指女子组成的军队，此处比喻横行霸道的女性。

○胭脂虎：形容狡猾凶残的女性，如同虎一样吞噬生灵。

○渡迷之有楫：比喻有方法可以脱离困境或误区。

○天香夜爇，全澄汤镬之波；花雨晨飞，尽灭剑轮之火：指佛法可缓解妒恨。天香与花雨象征佛法。澄，指使……清澈平静。汤镬，古酷刑烹刑。剑轮，指地狱的刀山剑树。

○彩翼双栖：比喻夫妻和谐美满。

○青莲并蒂：比喻妻妾和睦，如同并蒂莲花般美丽。

○优婆之国：指佛教中的净土。

○道场：佛教中讲经说法的地方。

○贝叶文：指用贝树叶子写成的古印度佛经。

○杨枝水：佛教中的甘露，象征清净和重生。

译文

唉！本应如鸳鸯般终老的夫妻，却成了难以剜除的病疮；订婚时的贵重礼物，反带来剧痛苦楚。威武的男子现在何在？胆大如斗的人又在哪里？虽不敢将妻子埋在马棚断绝祸胎，但谁又能在绝境中斩断困扰？横行霸道的女战士，因无法治愈嫉妒；狡猾凶残的女人吞噬众生，幸好佛法能救渡。深夜燃香祈福，可免遭刑罚之苦；晨间祈祷消灾，避开地狱之刑。唯有在极乐世界，夫妻才能和谐共处；曾多言的妇女，终化作和美如并蒂莲。在佛国中去掉苦恼，在爱河边立起讲法诵经的道场。唉，但愿这几页经文，变作一滴化恶为善的杨枝水。

【魁星】

原文

郓城张济宇，卧而未寐，忽见光明满室。惊视之，一鬼执笔立，若魁星状。急起拜叩，光亦寻灭。由此自负，以为元魁之先兆也。后竟落拓无成，家亦雕落，骨肉相继死，惟生一人存焉。彼魁星者，何以不为福而为祸也？

○郓城：位于山东省西南部，历史上属曹州府，现为菏泽市下辖县。

○魁星：古代文星神，人们常称之为"奎星"。被认为是文运的守护神。

○元魁：古代科举考试中的状元，即殿试的第一名。

○落拓无成：形容生活困苦，事业未能成功。

○雕落：形容家境或事业的衰败凋敝。

译文

山东郓城的张济宇有一夜躺着未睡时，忽然见到房间内光芒四射。他惊奇地看到一个拿笔的鬼魂，其形态似魁星。张济宇急忙起身拜祭，光明随即消失。此后，他自视甚高，认为这是将来成为状元的预兆。然而，最终他生活潦倒，一事无成，家境也逐渐败落，亲人相继去世，只留他一人孤独。那魁星，为何没有为他带来福气，反而招致祸患呢？

鹿鸣

"鹿鸣"源自《诗经·小雅·鹿鸣》篇，是古代庆贺场合的传统歌章。唐代乡举考试结束后，州县长官宴请中式的举子时，会采用"少牢"礼仪，并歌咏《鹿鸣》以表祝贺。明清时期沿袭此传统，乡试放榜后，学政会宴请内外帘官及中式举人，演唱《鹿鸣》并举行魁星舞，象征文运昌盛和对中式者的祝贺。这种仪式表达了对人才的重视和尊敬。

【库将军】

原文

库大有，字君实，汉中洋县人。以武举隶祖述舜麾下，祖厚遇之，

○厍(shè)：姓氏。 ○汉中洋县：汉中是位于今陕西省的一个地区，洋县为汉中下辖的一个县。 ○武举：科举制度中的武科考试，选拔军事官员。

屡蒙拔擢，迁伪周总戎。后觉大势既去，潜以兵乘祖。祖格拒伤

○拔擢：指提升或选拔人才。 ○伪周：指明末清初的叛将吴三桂在湖南和云南建立的短暂政权，称为"大周"。 ○潜以兵乘祖：暗中用兵反对其上司，这里的"祖"指祖述舜。

手，因就缚之，纳款于总督蔡。至都，梦至冥司，冥王怒其不义，

○纳款于总督蔡：向蔡姓总督投降并表达忠诚。

命鬼以沸油浇其足。既醒，足痛不可忍。后肿溃，指尽堕。又益之

疟。辄呼曰："我诚负义！"遂死。

○疟：疟疾。

异史氏曰：事伪朝固不足言忠，然国士庸人，因知为报，贤豪之自

○然国士庸人，因知为报：不同的人应根据他们所受的待遇和知遇进行回报。国士是指国家中的杰出人士，庸人则指普通百姓。

命宜尔也。是诚可以惕天下之人臣而怀二心者矣。

○惕：警觉，戒惧。

译文

库大有，字君实，是汉中洋县人。他通过武举成为军官，在祖述舜的手下工作，深受祖述舜的赏识并多次被提拔，最后晋升为伪周的军事指挥官。然而，他感到伪周政权已经无法维持下去，决定暗中起兵反对祖述舜。在两人的冲突中，祖述舜的手受伤，库大有将其捆绑并向总督蔡毓荣投降。之后，在京城，库大有梦见自己被带到阴间，阎王因其背信弃义大怒，命令鬼差用沸油浇在他的脚上。醒来后，他的脚痛得难以忍受。最终，脚部感染严重，导致脚趾全部腐烂，不久又患上疟疾。他在生命的最后时刻不断呼喊："我真是忘恩负义啊！"就死了。

异史氏评论道：虽然为伪朝效力本身不能算是忠诚，但不论是国家的杰出人士还是普通百姓，都应该根据所受之恩进行相应的报答，这是每个有才华的人自认为应当做的事。这个故事确实应该让那些身为臣子却心怀二心的人警醒和戒惧。

【绛妃】

原文

癸亥岁，余馆于毕刺史公之绰然堂。公家花木最盛，暇辄从公杖履，得恣游赏。一日，眺览既归，倦极思寝，解屦登床。梦二女郎，被服艳丽，近请曰："有所奉托，敢屈移玉。"余愕然起，问："谁相见召？"曰："绛妃耳。"恍惚不解所谓，遽从之去。

○癸亥岁：康熙二十二年，即1683年。

○毕刺史：指毕际有，曾任通州知州，称作刺史。绰然堂：毕际有退隐后建造的居所。

○从公杖履：陪伴毕公闲逛。

○解屦登床：脱下鞋子上床休息。

○敢屈移玉：此处用作敬语，意为"敢请移动玉足"，即客套话，请求走动一趟。

○恍惚不解所谓：感到迷糊，不明白所指的是谁。

译文

癸亥那年，我在通州毕刺史毕际有的绰然堂教书。毕公家的花草树木非常茂盛，空闲时我经常陪毕公在花园里散步，享受美丽景致。一日，散步归来，感到极其疲惫，便脱下鞋子上床准备睡觉。突然梦见两位穿着华丽的女郎，她们走近前来，礼貌地说："有一件事情需要先生帮忙，麻烦走一趟。"我惊讶地坐起身来询问："是谁让我去的？"她们回答道："是绛妃"。我一时迷糊，不明白她们指的是谁，但还是立即跟随她们去了。

原文

俄睹殿阁，高接云汉。下有石阶，层层而上，约尽百余级，始至颠头。见朱门洞敞，又有二三丽者，趋入通客。无何，诣一殿外，金钩碧箔，光明射眼。内一女人降阶出，环珮锵然，状若贵嫔。方思展拜，妃便先言："敬屈先生，理须首谢。"呼左右以毯贴地，若将行礼。余惶悚无以为地，因启曰："草莽微贱，得辱宠召，已有

○颠头：指建筑的最高部分。

○洞敞：形容门户大开的样子。

○通客：指引领或通报客人进入。

○金钩碧箔：指金质的帘钩和碧玉色的帘子。

○环珮锵然：形容佩戴的玉饰发出清脆悦耳的声音。

○贵嫔：古代宫廷中女官的一种称呼，地位仅次于皇后。

○惶悚无以为地：形容极度惊慌失措的样子。

○草莽微贱：自谦的说法，形容自己出身低微。

余荣。况敢分庭抗礼，益臣之罪，折臣之福！”妃命撤毯设宴，对筵相向。酒数行，余辞曰：“臣饮少辄醉，惧有愆仪。教命云何，幸释疑虑。”妃不言，但以巨杯促饮。余屡请命，乃言：“妾，花神也。合家细弱，依栖于此，屡被封家婢子横见摧残。今欲背城借一，烦君属檄草耳。”余皇然起奏：“臣学陋不文，恐负重托。但承宠命，敢不竭肝鬲之愚。”妃喜，即殿上赐笔札。诸丽者拭案拂座，磨墨濡毫。又一垂髫人，折纸为范，置腕下。略写一两句，便二三辈叠背相窥。余素迟钝，此时觉文思若涌。少间，稿脱，争持去，启呈绛妃。妃展阅一过，颇谓不疵，遂复送余归。醒而忆之，情事宛然。但檄词强半遗忘，因足而成之：

○余荣：指荣耀之余，表达已感受到足够的尊荣。

○分庭抗礼：古代形容地位相当的人以平等的礼节相见。

○教命：指命令或指示。

○愆仪：指行为失礼或失态。

○促饮：催促对方喝酒。

○合家细弱：指全家的妻子和儿女。

○封家婢子：轻蔑地称呼风神的一种说法，来自古代神话传说。

○背城借一：指孤注一掷的决战。

○属檄：撰写宣战或声讨的公文。

○皇然：形容惶恐不安的样子。

○学陋不文：自谦，表示自己学识浅薄，文才不足。

○竭肝鬲之愚：比喻尽自己最大的诚意和努力。肝鬲比喻心肝。

○折纸为范：将纸张折叠成行格以便书写。

○濡毫：沾湿毛笔，准备写字。

○垂髫：形容幼小的儿童。

○不疵：指没有错误，表达满意。

○宛然：形容事情非常清晰。

译文

一会儿，看到了一处宫殿，高耸入云。下面有台阶，我沿着石阶往上走，大约走了一百阶，终于来到了最高处。我看到前面的朱红大门洞开。紧接着，有两三个美丽的女子快步进入，去通报有客人到来。不久，我被带到一座殿堂外，看到用金钩挂着的碧绿色帘子，光芒照得我眼睛都花了。一个女子从殿内走下阶梯，她身上佩戴的玉饰发出清脆的响声，看起来像是一个高贵的嫔妃。我正准备下拜，她却先开口说道：“请先生过来，我应该先表示感谢。”她命令侍女铺地毯，好像是要行礼一样。我感到非常惶恐，不知所措，便开口说：“我身份低微，承蒙召见已经感到无比荣幸。怎敢和您以平等礼节相待，那样只会增加我的罪过，减少我的福气。”绛妃听后命令撤掉地毯，安排宴席，我们面对面坐下。饮了几轮酒后，我谦逊地说：“我饮酒不多就会醉，怕有失礼仪。有何指示，请您吩咐，希望能消除我的疑虑。”她没有回答，只是用一个大酒杯催我继续喝酒。我一再恳求，她终于说道：“我是花神。全家老小一直居住在这里，但经常受到封家婢子的欺凌。现在我想要决一死战，希望您能帮忙写一封讨伐的檄文。”我感到非常惶恐，站起来说：“我学识浅薄，文才不佳，恐怕难以承担这样的重责。但既然接受了您的命令，我会尽力而为。”绛妃听后非常高兴，立即赐给我纸笔。几个女郎忙着擦拭几案、坐椅，磨好了墨，蘸好了笔。还有一个少女把纸张折好，放在我手下。我才写了一两句，她们就三三两两聚在我背后窥视。虽然我平时思维迟钝，但在那一刻，灵感如泉涌。不一会儿，文章就写好了，她们争先恐后地拿去呈给绛妃。绛妃一读过后，觉得写得很好，随后又将我送回来。当我醒来时，梦中的情形依旧历历在目。但是檄文的大部分内容我已经记不清了，只能凭记忆来补全：

原文

谨按封氏：飞扬成性，忌嫉为心。济恶以才，妬同醉骨；射人于暗，

○飞扬成性：形容骄纵跋扈，目中无人。 ○忌嫉为心：心中充满忌恨和嫉妒。 ○济恶以才：利用自己的才华做坏事。 ○妬同醉骨：嫉妒之情深入骨髓。

奸类含沙。昔虞帝受其狐媚，英、皇不足解忧，反借渠以解愠；楚

○虞帝：即虞舜，传说中的帝王，以仁德著称。 ○英、皇：指女英和娥皇，舜帝的两位妃子。 ○反借渠以解愠：指舜帝通过歌唱《南风》以解民愠。

王蒙其蛊惑，贤才未能称意，惟得彼以称雄。沛上英雄，云飞而思

○沛上英雄，云飞而思猛士：指汉高祖刘邦在沛县回忆旧日英雄时刻。

猛士；茂陵天子，秋高而念佳人。从此怙宠日恣，因而肆狂无忌。

○茂陵天子，秋高而念佳人：指汉武帝在秋天感受到秋风时，思念佳人。 ○怙宠日恣：依仗宠爱而日益放纵。

译文

封氏啊，你天生骄纵跋扈，心中充满嫉妒和恶意。你利用才华为非作歹，嫉妒之心已深入骨髓；暗中害人，像是神话中含沙射影的鬼怪。古时的舜帝受了你的迷惑，即使有女英和娥皇也不能缓解他的忧虑，他只能通过歌唱《南风》来解民之愠。楚襄王被你蛊惑，连宋玉这样的贤才也未能打动他的心，只能称赞风的雄伟。汉高祖刘邦在沛县感受到风起云涌时，想起了勇猛的战士；汉武帝在秋高气爽之时，思念美丽的女子。自此以后，你依仗帝王的宠爱而日益放纵，毫无顾忌地肆意妄为。

原文

怒号万窍，响碎玉于王宫；溯湃中宵，弄寒声于秋树。倏向山林丛

○怒号万窍：风在各种空隙中发出的怒吼声。○响碎玉于王宫：指风吹动玉片相碰发出的声音。○溯湃中宵：形容风在夜间发出澎湃的声音。○倏：迅速，忽然。

里，假虎之威；时于滟滪堆中，生江之浪。且也，帘钩频动，发高

○假虎之威：借用老虎的威风。

○清商：指凄凉的乐音。

阁之清商；檐铁忽敲，破离人之幽梦。寻帏下榻，反同入幕之宾；

○檐铁：指挂在屋檐下的风铃。○寻帏下榻：直接进入内室。帏，床帐；下榻，指接待宾客。○入幕之宾：关系亲密的客人。

排闼登堂，竟作翻书之客。不曾于生平识面，直开门户而来；若非

○排闼：推门而入。○直开门户而来：指未经通报直接进入。

是掌上留裙，几掠妃子而去。吐虹丝于碧落，乃敢因月成阑；翻柳

○吐虹丝于碧落：指风在天空中形成的彩色光环。

浪于青郊，谬说为花寄信。赋归田者，归途才就，飘飘吹薜荔之衣；

○为花寄信：指应花期而来的风。○薜荔之衣：隐士高洁的衣服。薜荔，一种香草。

登高台者，高兴方浓，轻轻落茱萸之帽。蓬梗卷兮上下，三秋之羊角

○茱萸之帽：重阳节佩戴的茱萸帽子，象征避邪。○蓬梗：蓬草的茎，随风漂泊。○三秋之羊角：秋季的旋风。

抟空；筝声入乎云霄，百尺之鸢丝断系。不奉太后之诏，欲速花开；

○筝声入乎云霄：指风筝飞入云霄，发出如筝的声响。○不奉太后之诏：指武则天下令要求花朵在冬日急速开放的事件。

未绝座客之缨，竟吹灯灭。甚则扬尘播土，吹平李贺之山；叫雨呼

○扬尘播土，吹平李贺之山：指风吹平李贺诗中的山。典故出自唐李贺《浩歌》的诗句："南风吹山作平地，帝遣天吴移海水。"

云，卷破杜陵之屋。冯夷起而击鼓，少女进而吹笙。荡漾以来，草

○冯夷：水神名。○少女：指西风。

皆成偃；吼奔而至，瓦欲为飞。未施抟水之威，浮水江豚时出拜；

○偃，倒伏。○抟水之威：风作浪起，托物腾空的威力。○江豚：江中的一种鲸类动物。

陡出障天之势，书天雁字不成行。助马当之轻帆，彼有取尔；牵瑶台

○书天雁字：指雁群在天空排成的字形。○助马当之轻帆：描述王勃南行至马当山遇到顺风的情景。

之翠帐，于意云何？至于海鸟有灵，尚依鲁门以避；但使行人无恙，

○鲁门：指古曲阜城门。○无恙：平安无事。

愿唤尤郎以归。古有贤豪，乘而破者万里；世无高士，御以行者几

○古有贤豪：指宗悫，愿乘长风破万里浪。○御以行者：御风而行的人，指列御寇。

人？驾砲车之狂云，遂以夜郎自大；恃贪狼之逆气，漫以河伯为尊。

○砲车：古时发石攻战的炮车。○夜郎自大：喻妄自尊大。○贪狼：指暴风。○河伯：黄河的水神。

译文

风在万物间怒吼，仿佛碎玉在王宫中相碰作响；它在夜里澎湃，发出秋树间的寒声。风忽然在山林中展现威风，如同借虎之威；时而在滟滪堆中掀起江浪。它让帘钩频频摇动，高阁上传来清越的商音；风铃忽然敲响，打破了离人的幽梦。风直接掀开床帐，像亲密的宾客；它推门进堂，翻动书页。风平生不曾识面，却直闯门户；若非有人拽住裙子，几乎卷走妃子。风在天空吐出彩虹，借月亮形成月晕；它在春天的郊野翻动柳浪，说是为花寄信。归田隐居者，刚踏上归途，它就吹起薜荔的衣裳；登高望远的人，兴致正浓，它就吹落茱萸的帽子。蓬草随风起伏，秋天的旋风把它卷入高空；风筝带着哨音飞入云霄，风却吹断了它的丝线。未奉太后之命，风就让百花绽放；还未摘掉楚庄王的帽缨，风就吹灭了烛光。风甚至扬尘播土，要把李贺诗中的山吹为平地；它呼风唤雨，卷破杜甫的茅屋。微风也能令水神冯夷鼓起波浪；而西风如笙音之后却是大雨。风飘荡而来，草皆低伏；狂风奔吼而至，瓦片欲飞。风未施展翻江作浪的威力，江豚便浮出水面向它参拜；风陡然遮天蔽日，长空雁阵便散乱无行。风助王勃一帆风顺，尚有可取；但牵动瑶台翠帐，却是何居心？灵气的海鸟尚知避风，依傍鲁门；只要行人平安，愿替石娘唤回尤郎。古有贤豪之士，愿乘长风破万里浪；今世不见高士，御风而行者能有几人？风暴驾驭狂云席卷飞沙走石，便以夜郎自大；倚仗暴风的威势，河水泛滥，河伯也妄自尊大。

原文

姊妹俱受其摧残，汇族悉为其蹂躏。纷红骇绿，掩苒何穷？擘柳鸣条，萧骚无际。雨零金谷，缀为藉客之裀；露冷华林，去作沾泥之絮。埋香瘗玉，残妆卸而翻飞；朱榭雕栏，杂珮纷其零落。减春光于旦夕，万点正飘愁；觅残红于西东，五更非错恨。翩跹江汉女，弓鞋漫踏春园；寂寞玉楼人，珠勒徒嘶芳草。斯时也：伤春者有难乎

○萧骚无际：形容风吹过时林木发出的声响，无边无际。

○汇族悉为其蹂躏：整个族群都被她摧残。

○纷红骇绿：形容花瓣纷飞、叶子颤动的景象。

○掩苒何穷：形容自然风景的绵延不绝。

○埋香瘗玉：形容花朵如同香气被埋藏，玉石被葬入地中。

○露冷华林：华林园被露水覆盖，显得寒冷。

○去作沾泥之絮：形容落下的花瓣或柳絮落在泥土中。

○残妆卸而翻飞：形容花朵凋零，像是卸去了妆容后散落飘飞。

○杂珮纷其零落：形容各种饰物（此处指花瓣）散落一地。

○万点正飘愁：形容无数的花瓣飘落，象征着愁思。

○觅残红于西东：寻找残留的红花。

○翩跹江汉女：形容轻盈地移动的女子，如同江汉地区的女性。

○寂寞玉楼人：指在华丽高楼中感到孤寂的人。

○珠勒徒嘶芳草：形容马匹佩戴着珠饰，无目的地在香草上嘶鸣。

○斯时也：现在。

为情之怨，寻胜者作无可奈何之歌。尔乃趾高气扬，发无端之踔厉；

○发无端之踔厉：无故地显露出过分的锐气和激情。

催蒙振落，动不已之珊珊。伤哉绿树犹存，簌簌者绕墙自落；久矣

○催蒙振落：促使新芽震动并落下。 ○簌簌者绕墙自落：形容落花纷纷落下，绕墙而落。

朱旛不竖，娟娟者寘涕谁怜？堕溷沾篱，毕芳魂于一日；朝荣夕悴，

○朱旛不竖：红色的旗帜未被竖立。 ○娟娟者寘涕谁怜：美丽的花朵如泪般落下，无人怜惜。 ○堕溷沾篱：花落入污秽之地，沾染了篱笆。 ○毕芳魂于一日：在一天之内结束了花的芳香和生命。

免荼毒以何年？怨罗裳之易开，骂空闻于子夜；讼狂伯之肆虐，章未

○怨罗裳之易开：怨恨轻薄的衣裳容易被风吹开。 ○讼狂伯之肆虐：控诉狂风的肆意虐待。

报于天庭。

译文

姐妹们都遭到了你的摧毁，整个族群都被你残酷蹂躏。红花绿叶在风中纷飞，你的破坏无处不在；风催动柳枝发出响声，你的猖狂无边无际。雨打金谷，落花铺成游客的坐垫；露水冷冽华林，花瓣落入泥中。香气被埋藏，玉石被封存；妆容的痕迹消失，花瓣四处飞散。你让春光在一瞬间消逝，无数的花瓣飘散带来愁绪；人们在东西寻找剩余的红花，夜深时分满是怨恨。轻盈的江汉女子漫步于春园，寂寞的玉楼中人空有珠饰的马匹。在这样的时刻，那些因春天而伤心的人怀有难以言说的怨恨，那些寻找美景的人唱着无可奈何的歌。而你却趾高气扬，无端地展示你的锐气；你激发新芽却又使它们颤抖落下。可悲的是，虽然绿树还在，花瓣却在墙边纷纷落下；太久啦，红旗未竖，美丽的花朵无人怜悯，泪如雨下。花朵落在污秽之地，一天之内它们的香气和生命就此终结；花朵早晨还鲜艳，到了傍晚已经凋谢，何年才能免遭灾害？人们怨恨衣裳容易被风吹开，但在深夜里的咒骂声却无人听见；他们控诉狂风的虐待，但他们的控诉未能上达天庭。

原文

诞告芳邻，学作蛾眉之阵；凡属同气，群兴草木之兵。莫言蒲柳无

○诞告芳邻：广泛宣告给周围的花草。 ○蛾眉之阵：比喻如美丽女子组成的战阵，此处指花卉。 ○同气：同类的，具有相同本质的。 ○草木之兵：比喻花草作为战士。

能，但须藩篱有志。且看莺俦燕侣，公覆夺爱之仇；请与蝶友蜂交，

○藩篱有志：以篱笆为防御，有决心的意思。 ○莺俦燕侣：形容众多的小鸟，此处借指花草。 ○公覆夺爱之仇：公共的，大家的仇恨，指因风而失去所爱。 ○请与蝶友蜂交，共发同心之誓：邀请蝴蝶和蜜蜂一起，发誓共同对抗。

共发同心之誓。兰桡桂楫，可教战于昆明；桑盖柳旌，用观兵于上苑。东篱处士，亦出茅庐；大树将军，应怀义愤。杀其气焰，洗千年粉黛之冤；歼尔豪强，销万古风流之恨！

○兰桡桂楫：使用兰木和桂木制作的桨。
○教战于昆明：在昆明池进行水战演练。
○桑盖柳旌：使用桑树的叶子作为盖子，柳树枝条作为旗帜。
○观兵于上苑：在帝王的狩猎园观看军队。
○东篱处士：指隐居不问世事的高士，这里比喻菊花。
○大树将军：比喻大树，有如将军般的威严和保护作用。
○应怀义愤：应当怀有正义的愤怒。
○杀其气焰：消除其傲慢的态度。
○歼尔豪强：消灭你这强大的敌人。
○销万古风流之恨：消除因历史久远的风流韵事所带来的遗恨。

译文

我要向所有美丽的花草邻居广泛宣告，学习组成一个鲜花的战斗队形；我们所有同类的花草，都要成为战士。不要说像蒲柳那样看起来无能，只需要有决心就足够了。请看那些鸟儿的伴侣们，我们要一起报复那夺去我们爱情的风；请与蝴蝶和蜜蜂成为朋友，一起宣誓同心协力。用兰木和桂木做桨，在昆明池里练习水战；用桑树与柳树做盖和旗，在帝王的上苑里展示我们的力量。就连那些隐居不问世事的菊花，也要从简陋的居所中走出来；伟大的大树，你也应该怀有正义的愤怒。让我们消除风那傲慢的态度，清洗掉对我们长久以来的误解和伤害；消灭你这强大的敌人，结束因历史悠久的风流韵事所带来的遗恨！

檐铁

“檐铁”指悬挂在屋檐下的风铃，又称“铁马”。这种风铃通常由金属制成，风吹动时发出清脆的声音，既装饰屋檐，又用于趋吉避邪，寓意平安吉祥。檐铁或铁马常见于传统建筑的屋檐下，尤其是寺庙和庭院中，成为古建筑文化的一部分，象征着宁静和雅致的生活情调。

【河间生】

原文

河间某生，场中积麦穰如丘，家人日取为薪，洞之。有狐居其中，常与主人相见，老翁也。一日，屈主人饮，拱生入洞。生难之，强而后入。入则廊舍华好，即坐，茶酒香烈。但日色苍黄，不辨中夕。筵罢既出，景物俱杳。翁每夜往夙归，人莫能迹。问之，则言友朋招饮。生请与俱，翁不可。固请之，翁始诺。挽生臂，疾如乘风，可炊黍时，至一城市。入酒肆，见坐客良多，聚饮颇哗。乃引生登楼上。下视饮者，几案柈飧，可以指数。翁自下楼，任意取案上酒果，抔来供生，筵中人曾莫之禁。移时，生视一朱衣人前列金橘，命翁取之。翁曰："此正人，不可近。"生默念：狐与我游，必我邪也。自今以往，我必正！方一注想，觉身不自主，眩堕楼下。饮者大骇，相哗以妖。生仰视，竟非楼上，乃梁间耳。以实告众，众审其情确，赠而遣之。问其处，乃鱼台，去河间千里云。

○场中积麦穰如丘：家中的庭院里堆积着像小山一样的麦秸秆。

○家人日取为薪，洞之：家人每天取用麦秸秆作为燃料，久而久之在麦秸中形成了一个洞。

○屈：恭敬地邀请。

○拱生入洞：用双手合十的姿势引导年轻人进入洞穴。

○夙归：清晨归来。

○迹：行踪。

○可炊黍时：做一顿简单饭菜所需的时间。

○哗：吵闹。

○几案柈飧：桌子上的盘中餐食。

○可以指数：可以清楚地数来。

○抔来供生：用双手捧来供应年轻人。

○莫之禁：没有人阻止他。

○正人：品行正直的人。

○注想：专心地思考。

○眩堕：眩晕。

○相哗以妖：人们因惊慌而吵闹，认为是妖怪作祟。

○鱼台：地名，位于现在的山东省。

译文

河间有一个秀才，他家的院子里堆着像小山一样的麦秸。家人每天取些来当柴烧，时间久了，麦堆里掏出了一个洞。有只狐狸住在里面，它经常以老头的形象与主人见面。一天，这位老头请秀才喝酒，用双手合十的姿势引他进入洞穴。秀才觉得为难，但在老头的强拉硬拽下，还是进去了。里面的屋舍非常华丽，他们坐下后，茶和酒都非常香醇。但是天色昏黄，他分不清是中午还是傍晚。宴会结束后，他出来时，周围的景物都已消失不见。老头每天夜里出去，清晨归来，没有人知道他的去向。当被问及时，他说是朋友请他喝酒。秀才请求同去，老头起初不同意，经过再三请求，老头才答应。他抓住秀才的胳膊，行走迅速如乘风，大约做一顿饭的时间，他们到达一个城市。他们进入一座酒馆，里面坐着很多客人，非常吵闹。老头带着秀才上了楼。从楼上向下看，可以清楚看到桌上的酒菜。老头自己下楼，随意从桌上拿酒和果子，捧给秀才，宴会上的人没有阻止他。过了一会，秀才看到一个穿红衣服的人面前有金橘，让老头取来。老头说："那是个正直的人，我不能接近他。"秀才心里想：既然狐狸愿意和我交往，我一定也是不正派的。从今以后，我一定要做一个正派的人！他正专心思考这件事，突然觉得天旋地转，从楼上摔了下去。楼下的人被吓了一大跳，纷纷喧哗起来，以为他是妖怪。秀才仰头一看，原来他并不是从楼上掉下来的，而是从梁上掉下来的。他将真实情况告诉了众人，众人确认他的话是真实的，给了他一些钱财，并让他离开。当问及此地是何处时，原来是山东的鱼台县，离河间有一千里远。

河间

河间，古地名，位于今河北省中部，历史上是一个重要的文化和经济区域。河间自古以文教兴盛著称，特别是在汉代和魏晋时期，河间是学术和文化交流的重要中心之一。历史上著名的河间王刘德就是河间出身，曾广泛收集书籍，留下了"河间献王"的美名。

【云翠仙】

原文

梁有才，故晋人，流寓于济，作小负贩，无妻子田产。从村人登岱。岱，四月交，香侣杂沓。又有优婆夷、塞，率众男子以百十，杂跪神座下，视香炷为度，名曰“跪香”。才视众中有女郎，年十七八而美，悦之。诈为香客，近女郎跪，又伪为膝困无力状，故以手据女郎足。女回首似嗔，膝行而远之。才又膝行近之，少间，又据之。女郎觉，遽起，不跪，出门去。才亦起，出履其迹，不知其往。心无望，怏怏而行。

○流寓于济：暂住在济南。

○作小负贩：挑担子贩卖货物。

○香侣杂沓：香客结伴而来，人群杂乱。

○优婆夷、塞：佛教术语，优婆夷指受持五戒的女居士，优婆塞指受持五戒的男居士。

○视香炷为度：以一炷香燃烧的时间为限。

○怏怏而行：形容心情不快乐、失意的样子。

译文

梁有才原是山西人，流落到济南，以小贩为生，没有家庭、田产。他随村里的人一起去登泰山。在四月初，泰山上香客众多，人来人往。还有一些男女居士，领着一百多人，一起跪在神像下，用烧完一炷香的时间作为跪拜的限度，这被称为“跪香”。梁有才在人群中看到一位年轻美丽的女郎，年龄十七八岁，他对她产生了好感。他假装也是香客，跪在女郎旁边，还假装膝盖无力，故意用手碰女郎的脚。女郎回头看似表示不悦，跪着移动身体远离他。梁有才又跪着靠近她，过了一会儿，又碰到她。女郎察觉后立刻站起来，不再跪拜，走出了门。梁有才也起身跟出门外，却不知她去向何方。他心中失望，失落而行。

原文

途中见女郎从媪，似为女也母者，才趋之。媪女行且语，媪云：“汝

○女也母者：即母女。

能参礼娘娘，大好事。汝又无弟妹，但获娘娘冥加护，护汝得快

○参礼娘娘：指进行宗教仪式的参拜，这里特指拜碧霞元君。 ○冥加护：暗中给予保护。

婿。但能相孝顺，都不必贵公子、富王孙也。”才窃喜，渐渍诘媪。

○渐渍诘媪：慢慢接近并询问老妇。

媪自言为云氏，女名翠仙，其出也。家西山四十里。才曰：“山路涩，母如此蹜蹜，妹如此纤纤，何能便至？”曰：“日已晚，将寄舅家宿

○蹜蹜：小心翼翼的走路方式。

耳。”才曰：“适言相婿，不以贫嫌，不以贱鄙，我又未婚，颇当母意否？”媪以问女，女不应。媪数问，女曰：“渠寡福，又荡无行，轻薄之心，还易翻覆。儿不能为遢伎儿作妇！”才闻，朴诚自表，

○为遢伎儿作妇：成为一个无赖、行为不端的人的妻子。

切矢皦日。媪喜，竟诺之。女不乐，勃然而已。母又强拍咻之。才

○切矢皦日：诚恳地发誓，直指明亮的太阳发誓。 ○勃然：因愤怒或心情紧张而变色的样子。 ○强拍咻之：强行安慰她。

殷勤，手于橐，觅山兜二，舁媪及女，己步从，若为仆。过隘，辄

○手于橐：伸手进钱袋，表示拿钱。 ○山兜：用来抬人的轿子。 ○舁媪及女：抬着老妇人和女孩。

诃兜夫不得颠摇动，良殷。俄抵村舍，便邀才同入舅家。舅出翁，妗出媪也。云兄之嫂之。谓：“才吾婿。日适良，不须别择，便取

○云兄之嫂之：称呼对方为兄弟的妻子。 ○日适良：指那天是个好日子。

今夕。”舅亦喜，出酒肴饵才。既，严妆翠仙出，拂榻促眠。女曰：“我固知郎不义，迫母命，漫相随。郎若人也，当不须忧偕活。”才

○漫相随：随便跟随。 ○郎若人也：如果你真是一个正派的人。

唯唯听受。明日早起，母谓才：“宜先去，我以女继至。”

译文

在路上，梁有才看到女郎跟着一个老妇人，她俩像母女，他赶紧跟上去。老妇人和女郎一边走一边谈，老妇人说：“你能去参拜娘娘，这是件好事。你又没有

兄弟姐妹，如果能得到娘娘的保佑，帮你找到一个好丈夫，那就太好了。只要他能孝顺，就不必非富家公子或贵族王孙不嫁。”梁有才听后暗自高兴，慢慢地接近并开始询问老妇人。老妇人自称姓云，女儿名叫翠仙，家住在西山四十里外。梁有才说：“山路这么难走，老太太您走路缓慢，女儿又这么柔弱，怎么能走得了那么远？”老妇人说：“天色已晚，我们打算先到她舅舅家过夜。”梁有才接着说：“刚才您提到找女婿，不在乎对方是否贫穷或低贱，我还未婚，是否符合您的期望？”老妇人转头问女儿，女儿没回应。老妇人反复询问，女儿最终说：“他命薄又行为不端，轻浮的心思难以稳定，我不能嫁给这样的人。”梁有才听后，立刻诚恳地表达自己的诚意，并指天发誓表明自己的诚意。老妇人听后很高兴，答应了这门亲事。女儿显得不高兴，母亲则是半强迫半安慰地对她说话。梁有才忙献殷勤，掏钱雇了两个轿子，抬着母女二人前往，自己则步行跟随，宛如仆人。他们经过狭窄的地方时，梁有才小心提醒轿夫不要让轿子晃动，照顾得很周到。不久后，他们到达了一个村庄，老妇人邀请梁有才一同进入舅舅家。舅舅和舅母出来迎接，他们是老妇人的哥哥和嫂子。老妇人说：“有才是我女婿，今天是个好日子，不需要选其他吉日，今晚他们就可以举行婚礼。”舅舅也很高兴，拿出酒菜款待梁有才。饭后，他们把打扮好的翠仙送到梁有才的房间，催促他们早些休息。翠仙对梁有才说：“我知道你本不是个正经人，但迫于母命，我只能随意跟随。如果你真是个正人君子，就不必担心我们共同的未来。”梁有才只能听从。第二天一早，翠仙的母亲对梁有才说：“你先回去，我带女儿稍后过去。”

原文

才归，扫户闼。媪果送女至。入视室中，虚无有，便云：“似此何能

○扫户闼：清理家门前，意指打扫家门。

自给？老身速归，当小助汝辛苦。”遂去。次日，有男女数辈，各携

○小助汝辛苦：稍微帮助他们缓解困境。

服食器具，布一室满之。不饭俱去，但留一婢。才由此坐温饱，惟

○坐温饱：指不用劳动就能享受温饱。

日引里无赖，朋饮竞赌，渐盗女郎簪珥佐博。女劝之，不听，颇不

○朋饮竞赌：与朋友聚餐饮酒，同时参与赌博。

耐之，惟严守箱奁，如防寇。一日，博党款门访才，窥见女，适适

惊。戏谓才曰：“子大富贵，何忧贫耶？”才问故，答曰：“曩见夫人，实仙人也。适与子家道不相称。货为媵，金可得百，为妓，可得千。千金在室，而听饮博无赀耶？”才不言，而心然之。归辄向女欷歔，时时言贫不可度。女不顾，才频频击桌，抛匕箸，骂婢，作诸态。

○货为媵：将某人视为可以交易的商品，此处指卖女性为妾。
○赀：本钱。

译文

梁有才回家后，清扫了家门前的地方。老妇人果然将女儿带来了。进屋一看，一无所有，老妇人说：“这样怎么能养活自己呢？我马上回去，稍微帮你们一点。”说完就离开了。第二天，来了几个男女，他们带来衣物、食品和家用器具，充满了一间屋子。他们饭也没吃就离开了，只留下一个女婢。梁有才从此坐享其成，但他每天引来邻里的无赖，一起饮酒赌博，逐渐开始偷取翠仙的首饰来作为赌资。翠仙劝他不要这样做，但他不听。她对此感到不耐烦，只是严守自己的箱子，如同防盗。有一天，一个赌友来拜访梁有才，偷看到了翠仙，非常吃惊。他戏弄梁有才说：“你真是命中注定要富贵啊，为什么还担心贫穷呢？”梁有才问他为何这么说，那人回答说：“刚才看到你的夫人，她真像个仙女。这样的美人与你家的条件不相称。如果把她卖作妾，可以得到一百金，如果作为妓女，可以得到一千金。你家里有这样的宝贝，为什么还要担心赌博没钱呢？”梁有才没有说话，但他的内心接受了这个建议。他回家后就对翠仙叹息，不时抱怨生活贫困难以维持。翠仙并不在乎，而梁有才则频频敲打桌子，抛掷餐具，责骂女仆，做出种种不满的态度。

原文

一夕，女沽酒与饮，忽曰：“郎以贫故，日焦心。我又不能御穷，分郎忧，中岂不愧怍？但无长物，止有此婢，鬻之，可稍稍佐经营。”才摇首曰：“其直几许！”又饮少时，女曰：“妾于郎，有何不相承？

○沽：买。
○御穷：抵御贫穷。
○中：内心。愧怍：惭愧。
○长物：多余或值钱的东西。
○鬻：卖。
○佐经营：帮助筹划。

但力竭耳。念一贫如此，便死相从，不过均此百年苦，有何发迹？不如以妾鬻贵家，两所便益，得直或较婢多。”才故愕言：“何得至此！”女固言之，色作庄。才喜曰：“容再计之。”遂缘中贵人，货隶乐籍。中贵人亲诣才，见女大悦，恐不能即得，立券八百缗，事滨就矣。女曰：“母日以婿家贫，常常萦念，今意断矣，我将暂归省。且郎与妾绝，何得不告母？”才虑母阻，女曰：“我顾自乐之，保无差贷。”才从之。夜将半，始抵母家。挝阖入，见楼舍华好，婢仆辈往来憧憧。才日与女居，每请诣母，女辄止之，故为甥馆年余，曾未一临岳家。至此大骇，以其家巨，恐媵妓所不甘也。女引才登楼上。媪惊问夫妻何来，女怨曰：“我固道渠不义，今果然！”乃于衣底出黄金二铤置几上，曰：“幸不为小人赚脱，今仍以还母。”母骇问故，女曰：“渠将鬻我，故藏金无用处。”乃指才骂曰：“豺鼠子！曩日负肩担，面沾尘如鬼。初近我，熏熏作汗腥，肤垢欲倾塌，足手皴一寸厚，使人终夜恶。自我归汝家，安坐餐饭，鬼皮始脱。母在前，我岂诬耶？”才垂首，不敢少出气。女又曰：“自顾无倾城姿，不堪奉贵人，似若辈男子，我自谓犹相匹。有何亏负，遂无一

○色作庄：脸色表现得很郑重。

○缘中贵人：通过有权势的中间人。中贵人，指受宠的宦官。

○立券：签署契约。缗（mín）：穿钱的绳子，古时一千钱为一缗。

○差贷（tè）：错误，失误。

○挝（zhuā）阖：敲打门扇。

○憧憧（chōng）：来往不断的样子。

○为甥馆：做女婿。古代称妻父为外舅，称婿为甥。

○渠：他，这里指丈夫。

○铤（dìng）：金银锭的计量单位。

○赚脱：骗去。

○皴（cūn）：因积垢或寒冷而裂开的皮肤。

念香火情？我岂不能起楼宇、买良沃？念汝儇薄骨、乞丐相，终不是

○香火情：指焚香明誓之情。 ○良沃：肥沃的田地。 ○儇薄骨、乞丐相：指身材瘦弱、外表不佳。

白头侣！”言次，婢妪连衿臂，旋旋围绕之。闻女责数，便都唾骂，共言：“不如杀却，何须复云云！”才大惧，据地自投，但言知悔。女又盛气曰：“鬻妻子已大恶，犹未便是剧，何忍以同衾人赚作娼！”

○盛气：满腔怒气。 ○犹未便是剧：还未达到最极端的恶行。

言未已，众眦裂，悉以锐簪翦刀股攒刺胁腂。才号悲乞命。女止之

○眦（zì）裂：眼眶瞪裂，形容愤怒到极点。 ○翦：同“剪”。胁腂（huà）：两肋部位。

曰：“可暂释却。渠便无仁义，我不忍其觳觫。”乃率众下楼去。

○觳觫（hú sù）：恐惧战栗的样子。

译文

一天晚上，云翠仙买来酒与丈夫一起饮，妻子忽然说：“因为家贫，你天天忧心忡忡。我又无法解决这穷困，分担你的忧虑，心里怎能不感到羞愧呢？我们没有值钱的东西，只有这个丫环，卖掉她，能稍微帮助我们维持生计。”梁有才摇头说：“她值多少钱呢？”又喝了一会，云翠仙说：“我和你有什么不能共同承担的？只是我力不从心。想到这种贫困，即便跟你一起到死，也只是共同忍受一生的苦难，怎能有所作为呢？不如把我卖到一个富贵人家，对我们都有好处，而且可能得到的钱比卖丫环多。”梁有才吃惊地说：“怎么能这样做呢！”云翠仙坚持她的看法，表情严肃。梁有才高兴地说：“让我再考虑考虑。”最终经一个有权势的人的介绍，她被卖到了官妓之中。那位权贵亲自来到梁有才的家，看到云翠仙后非常喜欢，怕不能立即得到，立刻写了一份契约，支付了八百缗钱，交易即将完成。云翠仙说：“我母亲因为你家贫穷，常常担忧，现在我们的情分要断了，我要暂时回家看看。而且你我已经分手，怎么能不告诉母亲呢？”梁有才担心母亲会阻止，云翠仙说：“这是我自愿的，一定不会出错。”梁有才同意了她的做法。到了半夜才到她母亲的家。他敲门进去，看到内部装饰华丽，仆人来来往往。以前他和云翠仙生活在一起时，每次他想去拜访岳母，妻子都阻止他，因此作为女婿，他一年多来从未踏进过岳母的家门。现在他非常惊讶，担心因为妻子家的富裕而不会容忍她成为一个妓女。云翠仙带他上楼，岳母惊讶地问他们为何来访，云翠仙埋怨说：“我早就说他无情无义，现在果然如此！”她从衣服里拿出两块大金块，放

在桌上说：“幸好没被这小人骗走，现在还给你。”岳母惊讶地问起原委，云翠仙说：“他要把我卖掉，所以我藏起金子也没用了。”云翠仙指着梁有才骂道：“你这个畜生！刚来我家时你满脸尘土像个鬼，靠近我时身上臭气熏天，皮肤上的积垢厚得快塌了，手脚上的皮肤干裂有一寸厚，让人整夜恶心。自从嫁给你，你安稳地吃上了饭，那层鬼皮才脱落。现在母亲在跟前，我有没有冤枉你？”梁有才低下头，不敢出声。云翠仙接着说：“我知道我没有倾国倾城的美貌，不能侍奉富贵人家，但和你这样的男人比起来，我还算不错。我哪里亏待了你，你就一点不念夫妻之间的情意吗？我难道不能建造房屋、买下良田吗？想到你那轻浮的样子、乞丐的面貌，你绝不是能相伴终身的伴侣。”说着，仆人们围了上来，手挽手环绕着梁有才。听到云翠仙的责备，他们也纷纷骂起来，说：“不如杀了他，何必再说这些！”梁有才非常害怕，趴在地上求饶，连声说自己错了。云翠仙气愤地说：“卖掉妻子已经是大恶，还不是最坏的，怎能忍心把同床共枕的人卖作娼妓！”话还没说完，众人愤怒得眼睛都要瞪裂了，纷纷拿起尖锐的簪子和剪刀向梁有才的胁腂刺去。梁有才哀号悲哭乞求饶命。云翠仙制止了众人说：“先放了他。他虽无情无义，我还不忍心看他那副害怕的样子。”就带领众人离开了楼层。

原文

才坐听移时，语声俱寂，思欲潜遁。忽仰视见星汉，东方已白，野色苍莽，灯亦寻灭，并无屋宇，身坐削壁上。俯瞰绝壑，深无底，骇绝，惧堕。身稍移，塌然一声，堕石崩坠。壁半有枯横焉，罥不得堕。以枯受腹，手足无着。下视茫茫，不知几何寻丈。不敢转侧，嗥怖声嘶，一身尽肿，眼耳鼻舌身力俱竭。日渐高，始有樵人望见之，寻绠来，缒而下，取置崖上，奄将溘毙。舁归其家。至则门洞敞，家荒荒如败寺，床簏什器俱杳，惟有绳床败案，是己家旧物，

○星汉：指银河，这里用来形容夜空中星星的光芒。

○枯横：枯死的树木横在那里。

○寻丈：多少寻（尺寸单位，一寻约等于八尺）高的距离。

○寻绠来：通过绳索来救援。绠，指绳索。

○缒而下：用绳索将人从高处缓缓放下。

○奄将溘毙：形容他的生命几乎到了尽头。奄，快要；溘，突然。

○绳床败案：形容家里只剩下一些简陋的床和桌子。

零落犹存。嗒然自卧，饥时，日一乞食于邻。既而肿溃为癞。里党

○嗒然自卧：形容沮丧、无助的样子。

○溃为癞：形容他的肿块溃烂后变成了癞病，癞即麻风病。

薄其行，悉唾弃之。才无计，货屋而穴居，行乞于道，以刀自随。或劝以刀易饵，才不肯曰：“野居防虎狼，用自卫耳。”后遇向劝鬻妻者于途，近而哀语，遽出刀擎而杀之，遂被收。官廉得其情，亦未

○擎：这里表示突然攻击。

○官廉得其情：官员了解了他的情况后作出判断。

忍酷虐之，系狱中，寻瘐死。

○瘐死：指在狱中因为环境恶劣或虐待而死亡。

译文

梁有才坐着静静地听了一会儿，四周渐渐变得寂静，他开始考虑悄悄逃走。忽然他抬头看见繁星点点，天边已经泛白，荒野一片苍翠，灯光也随之熄灭，发现自己坐在悬崖边的削壁上。他低头望向深渊，看不到底，感到非常恐惧，担心自己会坠落。当他轻微移动身体时，石头突然崩塌，他几乎要掉下去，幸好半路上被一棵枯树挂住，未能坠落。他的腹部被枯树支撑，四肢无处着力，向下望去，只见茫茫一片，深不可测。他不敢翻身，惊恐地大声呼救，全身都肿胀起来，五官和四肢都失去了力气。太阳逐渐升高，直到有樵夫看见了他，赶忙找来绳索。拴住自己放下去，把梁有才抱了上来，放在山崖上，此时他已经奄奄一息。樵夫将他抬回家，到家时，家门大开，家里一片荒凉如同被废弃的寺庙，家具几乎全都不见了，只剩下一张破床和一张破桌子，这些都是他家的旧物，还残留着。他无精打采地躺在床上，饿了就去邻居家一天乞食一次。不久后，他的溃疡变成了麻风病。邻里开始鄙视他，全都疏远他。他无计可施，卖掉了房子，住进山洞，靠在街上乞讨为生，身边总带着一把刀。有人劝他用刀换取食物，但他拒绝，说：“住在野外，用来防身。”后来，他在路上遇到了曾劝他卖掉妻子的人，靠近后悲痛地与他说话，突然抽出刀刺杀了那人，结果被官府逮捕。官员了解了他的情况后，没有对他施以严刑，但还是将他关押了，不久后他就在狱中因环境恶劣而死亡。

原文

○远山芙蓉：用来形容美女，如同远山般朦胧而美丽的芙蓉花。

○南面王：即帝王，古代君王坐北朝南以示尊崇。

异史氏曰：得远山芙蓉，与共四壁，与以南面王岂易哉！己则非人，

而怨逢恶之友，故为友者不可不知戒也。凡狭邪子诱人淫博，为诸

○狭邪子：形容那些在小巷中引诱人进行赌博和淫乐的小人。

○逢恶之友：指那些引诱人走向恶行的朋友。

不义，其事不败，虽则不怨亦不德。迨于身无襦，妇无袴，千人所

○妇无袴：妇女没有裤子穿，形容家庭极度贫困。

○身无襦：形容极端贫穷，连最基本的衣物都没有。

指，无疾将死，穷败之念，无时不萦于心，穷败之恨，无时不切于

齿。清夜牛衣中，辗转不寐。夫然后历历想未落时，历历想将落时，

○清夜牛衣中：在冷清的夜晚，只有贫瘠的牛衣可以遮体，形容极度贫困。

○历历想未落时：清晰地回想起未曾贫困时的生活。

又历历想致落之故，而因以及发端致落之人。至于此，弱者起，拥

絮坐诅；强者忍冻裸行，篝火索刀，霍霍磨之，不待终夜矣。故以

○篝火索刀：在篝火旁磨刀，准备报复。

○霍霍：形容磨刀的声音。

善规人，如赠橄榄；以恶诱人，如馈漏脯也。听者固当省，言者可

○橄榄：此处比喻好的、有益的建议或物品。

○漏脯：指腐烂的肉，比喻有害的、诱人走向错误的事物。

○省：反思、醒悟。

勿惧哉！

译文

异史氏说：娶到一个像芙蓉般美丽的女子，一起忍受贫困生活，与之为伴，想要用南面朝王的位置来换取，真是不易！自己不是个好人，却怨恨那些诱人作恶的朋友，这就是为什么人们在选择朋友时必须格外小心的原因。有些恶人会诱人赌博、放荡不羁，做出许多不道德的事情，即使这些行为暂时未被揭露，虽然不会引起怨恨，也不会得到赞扬。当一个人因为这些恶行而一贫如洗，甚至连最基本的衣物都没有，被千人所指，无病也可能因羞愧而死时，那种贫穷和失败的痛苦会时时刻刻困扰着他，让他深深咬紧牙关。在寒冷的夜里，躺在牛衣之下，他会辗转反侧，无法入睡。他会清楚地记起过去未曾贫困的日子，想着即将面临的贫困，以及导致这种境地的原因，甚至思及那些导致他堕落的人。到了这个时候，懦弱的人可能会坐在棉絮中诅咒，而强悍的人则可能忍受寒冷，在篝火旁磨刀，心中充满了复仇的念头，甚至连整夜的时间都等不及。因此，以善意来规劝人，就像是赠送橄榄果；而用恶意来诱惑人，则像是给人吃腐烂的肉。听到这些话的人固然应当深刻反思，说出这些话的人难道不应当有所畏惧吗！

【跳神】

原文

济俗：民间有病者，闺中以神卜，倩老巫击铁环单面鼓，婆娑作
○济俗：指济南地区的风俗。 ○闺中，指女子的内室。以神卜，通过神灵来预测吉凶。

态，名曰“跳神”。而此俗都中尤盛。良家少妇，时自为之。堂中
○都中尤盛：在都城中尤为盛行。

肉于案，酒于盆，甚设几上。烧巨烛，明于昼。妇束短幅裙，屈一
○肉于案：案，此处指供桌，肉于案即将肉类食物放在供桌上。 ○甚设：设施准备得非常充分。 ○刺刺琐絮：连续不断地低声絮叨。

足，作“商羊舞”。两人捉臂，左右扶掖之。妇刺刺琐絮，似歌，又
○商羊舞：古代一种舞蹈，舞者一足站立，一足抬起，模拟商羊鸟舞动的样子。 ○扶掖：扶着或搀扶，这里指其他人帮助维持舞者的平衡。

似祝，字多寡参差，无律带腔。室数鼓乱挝如雷，蓬蓬聒人耳。妇
○无律带腔：不按照特定的曲调或节奏，语调自由变化。 ○挝：敲打。

吻辟翕，杂鼓声，不甚辨了。既而首垂，目斜睨，立全须人，失扶
○吻辟翕：嘴巴张合。 ○不甚辨了：不太能听清楚。

则仆。旋忽伸颈巨跃，离地尺有咫。室中诸女子，凛然愕顾曰：“祖
○尺有咫：跳起的高度有一尺多，咫是古代长度单位。

宗来吃食矣。”便一嘘，吹灯灭，内外冥黑。人慄息立暗中，无敢
○慄息立暗中：在黑暗中静默不动，不发出声音。

交一语，语亦不得闻，鼓声乱也。食顷，闻妇厉声呼翁姑及夫嫂小
○呼翁姑及夫嫂小字：呼叫公婆和丈夫、嫂子的小名。

字，始共爇烛，伛偻问休咎。

译文

济南地区有这样一种民间风俗：当有人生病时，家中女性会进行请神占卜的仪式，请老巫敲击铁环单面鼓，婆娑起舞，称为“跳神”。这种习俗在都城尤为盛行。通常由家中的年轻妇女亲自执行。在仪式上，供桌上会摆放肉和酒，而整个摆设非常丰富。会点燃巨大的蜡烛，使室内亮如白昼。参与跳神的妇女会穿上短裙，一条腿抬起，模仿古代的“商羊舞”。舞蹈时，两人会扶她的胳膊，以保持平衡。她会低声不断地念叨，声音时而像歌唱，时而像祝福，语速快慢不一，音调

也没有固定的规律。室内多个鼓点交错敲打，声音响亮如雷，非常喧闹。妇女的嘴巴张合不定，在鼓声中她的话语难以辨认。随后她会低下头，眼神斜视，如果没有人扶持她，就会倒地。突然间，她会伸长脖子，猛地向上跳起，脚离地高达一尺多。室内的其他女性见此场景，会惊讶地对视，说："祖宗来吃饭了。"接着，她们会吹灭蜡烛，屋内顿时一片漆黑。在这黑暗中，所有人都不敢发出任何声响，连呼吸声都不敢有，因为鼓声太过混乱。过了一会，当听到妇女用严厉的声音呼唤她的公婆和丈夫、嫂子的小名时，大家才重新点燃蜡烛，恭敬地询问吉凶。

原文

视尊中、盎中、案中，都复空空。望颜色，察嗔喜，肃肃罗问之，答若响。中有腹诽者，神已知，便指某姗笑我，大不敬，将褫汝袴。诽者自顾，莹然已裸，辄于门外树头觅得之。

○肃肃：恭敬且庄严的样子。

○答若响：有问必答，应答如回声一般迅速和清晰。

○腹诽：心中暗自非议但表面不表露。

○姗笑：轻蔑或嘲讽的笑。姗，古同"讪"，讥笑的意思。

○莹然已裸：形容突然发现自己一丝不挂的状态。莹然：通常描述光滑明亮的表面。

译文

酒樽、盆、盘全部空空如也。人们严肃地观察跳神女子的表情，细察她的喜怒。大家都恭敬地提问，而她对每一个问题都迅速响应。当中有人心存怀疑而被女子察觉，她指出某人在暗中讥笑她，这是极不敬的行为，于是宣称要剥夺其裤子。那人一看，自己果然已经赤身裸体，连忙在门外的树上找回了自己的裤子。

原文

满洲妇女，奉事尤虔，小有疑，必以决。时严妆，骑假虎假马，执长兵，舞榻上，名曰"跳虎神"。马虎势作威怒，尸者声伧佇。或言关、张、玄坛，不一号。赫气惨凛，尤能畏怖人。有丈夫穴窗来窥，辄被长兵破窗刺帽，挑入去。一家媪媳姊若妹，森森蹜蹜，雁

○满洲：指满族，少数民族。

○虔：表示非常虔诚。

○严妆：指仪式上的认真打扮。

○长兵：长兵器，如枪、矛等。

○榻：此处指低矮的床或台，用作表演的舞台。

○尸者：此处指跳神者。声伧佇：声音沉重并略带威严。

○赫气惨凛：形容气势威猛且带有一种令人敬畏的冷厉。

○关、张、玄坛：指关羽、张飞及赵公明（民间常称其为"玄坛"或"赵玄坛"），他们均是中国历史或神话中著名的英雄人物。

○媪媳姊若妹：指家中的老人、媳妇、姐姐和妹妹。

○森森蹜蹜：形容密集且紧凑的站立姿态。

行立，无岐念，无懈骨。

○无岐念：没有其他杂念。 ○无懈骨：形容严肃而不敢有任何懈怠的态度。

译文

满族妇女非常虔诚地奉行“跳虎神”的仪式，即使面对微小的事情，也要通过跳神仪式来解决。她们在仪式中打扮齐整，骑着装饰成虎或马的道具，手持长兵器，在榻上舞动，这种活动称为“跳虎神”。这些假虎和假马造型威猛，而扮演神灵的人声音沉重。请来的神灵有时是关羽、张飞或是赵公明，各有不同称号。她们的气势既威严又带有阴森的感觉，特别令人感到恐怖。如果有男子从窗外窥视，就会被长兵器穿窗刺中，强行拖入室内。家中的女性无论是长辈还是晚辈，都紧密地一字排开，没有任何杂念，全神贯注地观看仪式。

【铁布衫法】

原文

沙回子，得铁布衫大力法。骈其指，力斫之，可断牛项，横搠之，可洞牛腹。曾在仇公子彭三家，悬木于空，遣两健仆极力撑去，猛反之，沙裸腹受木，砰然一声，木去远矣。又出其势，即石上，以木椎力击之，无少损。但畏刀耳。

○沙回子：姓沙的回族人。回子，旧时方言中对回族人的俗称。

○骈其指：指将两指并拢，用以施展力量。

○斫（zhuó）：砍、劈。

○搠（shuò）：戳。

○洞：此处作动词，意为穿透、戳穿。

○势：男性外生殖器。

○椎：用作工具的木槌，用于敲打。

译文

一个姓沙的回族人掌握了一种名为铁布衫的高强度防御武术。他能用并拢的两指砍断牛的颈部，横向一戳就能穿透牛的腹部。他曾在彭三公子家表演：在空中悬挂一根大木头，让两名强壮的仆人尽力推动木头，然后让木头猛地反弹回来，沙回子用裸露的腹部承受木头的撞击，只听到一声巨响，木头被弹飞了很远。他还展示了另一种技巧，将自己的生殖器放在石头上，用木椎硬击，却完全未受损伤。他唯一忌讳的是刀剑。

铁布衫大力法

“铁布衫大力法”传说是中国武术的一种练功方法，通过特殊的训练使身体如同穿戴铁布衫一般坚硬，能够抵御外力攻击。

【大力将军】

原文

查伊璜，浙人。清明饮野寺中，见殿前有古钟，大于两石瓮，而上下土痕手迹，滑然如新，疑之。俯窥其下，有竹筐受八升许，不知所贮何物。使数人抠耳，力掀举之，无少动。益骇，乃坐饮以伺其人。居无何，有乞儿入，携所得糗糒，堆累钟下。乃以一手起钟，一手掬饵置筐内，往返数四，始尽。已复合之，乃去。移时复来，探取食之。食已复探，轻若启椟。一座尽骇。查问："若男儿胡行乞？"答以："啖噉多，无佣者。"查以其健，劝投行伍。乞人愀然虑无阶。查遂携归饵之，计其食，略倍五六人。为易衣履，又以五十金赠之行。

○查伊璜：查继佐，字伊璜，别号东山钓史、钓玉。明末抗清军事人物，后隐居讲学。著作有《罪惟录》等。

○石瓮：古代容器，用以盛水或酒。

○抠耳：指用手抓住大钟两旁的突起部分。

○糗糒：古时的干粮，包括炒熟的米麦和干饭。

○椟：古代的木匣子。

○胡行乞：为何要行乞。

○无阶：指没有社会地位或进步的机会。

译文

查伊璜是浙江人。在清明节那天，他在一个偏僻的寺庙里喝酒，发现大殿前有一个很大的古钟，比两个大石瓮还要大，钟身上下有土和手印，却异常光滑，让他感到非常奇怪。他俯身往钟下一看，发现有个竹筐，里面不知道装了些什么，看起来有八升的容量。他让几个人一起抓住钟的耳朵想要把它掀起来，但钟纹丝不动。他感到更加惊奇，就坐下来继续喝酒，等着看谁会来动这个钟。不久后，一个乞丐走进寺庙，他把收集来的干粮堆在钟下。然后他用一只手轻松地抬起钟，另一只手往筐里放干粮，来回几次后，所有的食物都装进筐里了。他把钟放好后就离开了。过了一会儿，这个乞丐又回来取食物吃。他吃完后又来取，掀开钟的动作轻而易举，就像打开一个木箱一样。在场的所有人都惊呆了。查伊璜问他："你这么健壮的一个男人，为什么要去乞讨呢？"乞丐回答说："我吃得多，没有人愿意雇用我。”查伊璜觉得他很健壮，就劝他去从军。但乞丐看起来很忧愁，好像觉得自己没什么靠山。查伊璜于是带他回家，估计他一顿能吃五六个人的量，给他换了衣服鞋子，还给了他五十两银子，让他自己去闯荡。

原文

后十余年，查犹子令于闽，有吴将军六一者，忽来通谒。款谈间，问：“伊璜是君何人？”答言：“为诸父行。与将军何处有素？”曰：“是我师也。十年之别，颇复忆念。烦致先生一赐临也。”漫应之。自念：叔名贤，何得武弟子？

○犹子：侄子。令于闽：指在福建地区担任县令。闽，福建的简称。○吴将军六一：即吴六奇，本名吴钧，号葛如，明末清初人物，曾因家贫从军，后因军功被提拔为将军。○通谒：即通知并拜访，常用于较正式的访问。○诸父行：指伯父、叔父这一辈的亲戚。行在此处表示辈分。○素：指旧日的交情或友谊。○名贤：指有名望的贤者或有德之人。

译文

十多年后，查伊璜的侄子在福建担任县令。这时，一位名叫吴六一的将军突然来访。在谈话中，吴将军问道：“查伊璜和您是什么关系？”他回答说：“他是我叔伯辈的。他和您有什么旧交吗？”吴将军回答说：“他是我的老师。已经十年没见了，我一直很想念他，希望能邀请先生到我家来一趟。”查伊璜的侄子随口应承了。但他心里在想：我的叔叔是个有名的贤者，怎么会有个武弟子呢？

原文

会伊璜至，因告之，伊璜茫不记忆。因其问讯之殷，即命仆马，投刺于门。将军趋出，逆诸大门之外。视之，殊昧生平。窃疑将军误，而将军伛偻益恭。肃客入，深启三四关，忽见女子往来，知为私廨，屏足立。将军又揖之。少间登堂，则卷帘者，移座者，并皆

○殷：指殷切，表现出的诚恳态度。○殊昧生平：形容彼此之间平日无交往，完全不认识。○伛偻：形容身体弯曲的姿态，表达恭敬。○肃客入：尊敬地请客人进入。○私廨：指内部的私人空间，这里指内宅。

少姬。既坐，方拟展问，将军颐少动，一姬捧朝服至，将军遽起更

○少姬：指年轻的女子或侍女。○颐：下巴部位，这里指微微点头的动作。○朝服：古代官员或贵族在朝见皇帝或参加重要礼仪时穿的正式服装。

衣。查不知其何为。众姬捉袖整衿讫，先命数人捺查座上不使动，而后朝拜，如觐君父。查大愕，莫解所以。拜已，以便服侍坐，笑

○觐见：古代指臣子朝见君主。这里比喻对查伊璜的极度尊敬。

曰："先生不忆举钟之乞人耶？"查乃悟。既而华筵高列，家乐作于下。酒阑，群姬列侍。将军入室，请衽何趾，乃去。查醉起迟，将

○请衽何趾：询问客人如何安置卧具，衽是卧具的一部分，趾指方向。

军已于寝门外三问矣。查不自安，辞欲返。将军投辖下钥，锢闭之。

○投辖下钥：古代表示留客的一种方式，通过取走车轴的钥匙使客人无法离去。

见将军日无他作，惟点数姬婢养厮卒，及骡马服用器具，督造记籍，

○点：指清点。养厮卒：即管理佣人和马匹的仆役。

戒无亏漏。查以将军家政，故未深叩。一日，执籍谓查曰："不才

○深叩：指深入询问。

得有今日，悉出高厚之赐。一婢一物，所不敢私，敢以半奉先生。"查愕然不受。将军不听，出藏镪数万，亦两置之。按籍点照，古玩床几，堂内外罗列几满。查固止之，将军不顾。稽婢仆姓名已，即

○稽：审核、核对。

命男为治装，女为敛器，且嘱敬事先生，百声悚应。又亲视姬婢登

○悚应：极其恭敬的回应。

舆，厩卒捉马骡，阗咽并发，乃返别查。后查以修史一案，株连被

○阗咽：喧闹声，这里指车马和人声的嘈杂。

收，卒得免，皆将军力也。

○卒得免，皆将军力也：指最终被免罪，完全是因为将军的努力和帮助。

译文

查伊璜到了福建，他的侄子告诉他这件事，但查伊璜完全不记得了。因为吴将军的询问非常殷切，查伊璜就命令仆人备马，并且送名片到门口。吴将军快速

出门，在大门外迎接。查看了一番，查伊璜完全不认识这个人，心里疑惑吴将军是否认错人，但吴将军却表现得更加恭敬。他们肃然请客人进入，经过三四道门后，查伊璜忽然看到有女子往来，意识到这是内室，就停下不动。吴将军又行了一礼。不一会儿，他们上了堂，开帘子和移动座位的都是年轻女子。他们坐定后，查伊璜刚想开口询问，吴将军的下巴微动，一个年轻女子拿来朝服，吴将军立刻起身去更衣。查伊璜不知道他要做什么。女子们帮忙整理衣袖和衣领，待吴将军穿戴整齐后，先让几人将查伊璜按在座位上不让他动，然后行了一个大礼，如同朝见君王一般。查伊璜非常惊讶，不明所以。礼毕，吴将军换上便服，坐到一旁，笑着说："先生不记得那位举钟的乞丐吗？"这时，查伊璜才恍然大悟。接着，吴将军安排了丰盛的筵席，府上的乐队在下面演奏。饮酒快结束时，众多年轻女子排成一列侍立。吴将军进入内室，亲自询问查伊璜卧室的安排，然后离开。查伊璜由于喝醉了，醒来很晚，而吴将军已经在门外等了很久。查伊璜感到不安，想要告辞回家。但吴将军取下车轴上的锁钥，锁上了门，将他留了下来。查伊璜看到吴将军日常只是清点侍女、婢女和家中的物品，并不做别的事，就没有深问。一天，吴将军拿着账本对查伊璜说："我能有今天的成就，全因您当年的恩赐，一个婢女，一样器物，我都不敢独自据有，我将家中一半的财物献给查伊璜先生。"查伊璜惊讶得无法接受。吴将军不理会他的拒绝，取出数万两银子，并将其分成两份。他依账本核对古玩、床、几，将堂内外几乎摆满。查伊璜坚决制止他，但吴将军不顾。核实完所有仆人和女仆的姓名后，立即命令男仆为查伊璜整理行装，女仆为他收拾行李，并嘱咐他们要恭敬侍奉查先生，众人恐惧地应诺。吴将军还亲自看着女仆们上车，马夫牵着马和骡子，车马喧闹着出发，这才和查伊璜告别。后来查伊璜因参与修订《明史》而被牵连入狱，最终得以免罪，都是因为吴将军的帮助。

原文

异史氏曰：厚施而不问其名，真侠烈古丈夫哉！而将军之报，其慷慨豪爽，尤千古所仅见。如此胸襟，自不应老于沟渎。以是知两贤之相遇，非偶然也。

○仅见：罕见。

○沟渎：沟壑，指死于荒野。

译文

异史氏评论道：慷慨施舍却不问对方姓名，真是古时侠义之士的风范！而吴将军的回报，更是豪放而慷慨，实属千古罕见。具有这样的胸襟，理当不会默默无闻地死在荒野。由此可见，这两位贤人的相遇，绝非偶然。

【白莲教】

原文

白莲盗首徐鸿儒，得左道之书，能役鬼神。小试之，观者尽骇，走

○得左道之书：获得了一些邪术的秘籍。

门下者如鹜。于是阴怀不轨。因出一镜，言能鉴人终身。悬于庭，

○阴怀不轨：心里暗自有不正当的图谋。 ○能鉴人终身：声称能预测人的一生。

令人自照，或幞头，或纱帽，绣衣貂蝉，现形不一。人益怪愕。由

○幞头：古代的一种头巾。 ○绣衣貂蝉：古代官员的服饰。

是道路摇播，踵门求鉴者，挥汗相属。徐乃宣言："凡镜中文武贵

○道路摇播：消息迅速在民间传播开来。 ○踵门求鉴者：纷纷上门请求观看镜子。 ○挥汗相属：形容人非常多，连续不断。

官，皆如来佛注定龙华会中人。各宜努力，勿得退缩。"因亦对众自

○如来佛注定龙华会中人：宣称镜中显现为贵官的人都是佛祖预定的，未来必定成就非凡。

照，则冕旒龙衮，俨然王者。众相视而惊，大众齐伏。徐乃建旂秉

○冕旒龙衮：古代帝王的礼服，象征帝王。

钺，罔不欢跃相从，冀符所照。不数月，聚党以万计，滕、峄一带，

○滕、峄一带：今山东滕州和枣庄地区。

望风而靡。后大兵进剿，有彭都司者，长山人，艺勇绝伦。寇出二

○望风而靡：一看到形势就纷纷投降。 ○大兵进剿：政府军队的征讨行动。 ○都司：地方军事长官。

垂髫女与战。女俱双刃，利如霜，骑大马，喷嘶甚怒。飘忽盘旋，

○垂髫女：年轻女子，垂髫指年幼时期的发型。

自晨达暮，彼不能伤彭，彭亦不能捷也。如此三日，彭觉筋力俱竭，哮喘而卒。迨鸿儒既诛，捉贼党械问之，始知刃乃木刀，骑乃木凳也。假兵马死真将军，亦奇矣。

译文

白莲教的首领徐鸿儒得到了一本旁门左道的秘籍，能够驱使鬼神。他略试一二，围观者都感到惊奇，纷纷投奔到他的门下。由此，他心中产生了不正当的念

头。他展示出一面可以预知人一生的镜子，将其悬挂在庭院中，让人们自行照看。有人照镜时显现出戴幞头的样子，有人则是纱帽，还有的是官员的绣衣和貂蝉。这些变化让人更加惊奇。消息迅速在民间传播开来，人们纷纷上门来看这面镜子，络绎不绝。于是徐鸿儒宣布："但凡镜中显现出官员形象的人都是佛祖预定将在龙华会上有所成就的人。各位应该努力，不要退缩。"然后，他在众人面前自照，镜中显现出他戴着帝王的冠冕和龙袍的形象，如同一位王者。周围的人们都感到震惊，纷纷跪拜。徐鸿儒随后树立旗帜，自立为王，人们无不欢跃地跟随他，希望能成为镜中所显示的那样的人物。不久，他聚集了数以万计的追随者，滕县和峄县地区的人民看到这种势头，都为之折服。后来，朝廷派出大军进行剿灭，其中一名都司彭姓人士，来自长山，武艺超群，非常勇猛。白莲教方面派出两位年轻女子持双刃剑出战，她们骑着大马，剑锋如霜，马嘶声大。她们在战场上灵活机动，与彭都司战斗了三天三夜，彭都司最终因体力耗尽，哮喘复发而死。当徐鸿儒被处决后，官方在审问捕获的白莲教徒时才发现，那两位女子使用的竟是木制的剑，骑的是木凳。用这样的假兵马让一位真正的将军战死，这也算是一件奇事。

貂蝉

"貂蝉"最初并非指三国时期的女性角色，而是汉代武官侍从冠饰的名称。《后汉书·舆服志》记载，武官所戴的武冠上装饰有貂尾和蝉形金饰，因此称为"貂蝉冠"。侍中和中常侍等武官加此饰物，以示身份尊贵。后来，貂蝉这一名称因三国演义中的女性角色广为人知，但其本义与武官冠饰有关，象征着权贵和身份的象征。

【颜氏】

原文

顺天某生，家贫，值岁饥，从父之洛。性钝，年十七，不能成幅。而丰仪秀美，能雅谑，善尺牍，见者不知其中之无有也。无何，父母继殁，孑然一身，授童蒙于洛汭。时村中颜氏有孤女，名士裔也。少惠，父在时，尝教之读，一过辄记不忘。十数岁，学父吟咏。父曰："吾家有女学士，惜不弁耳。"钟爱之，期择贵婿。父卒，母执此志，三年不遂，而母又卒。或劝适佳士，女然之而未就也。适邻妇逾垣来，就与攀谈。以字纸裹绣线，女启视，则某手翰，寄邻生者。反复之而好焉。邻妇窥其意，私语曰："此翩翩一美少年，孤与卿等，年相若也。倘能垂意，妾嘱渠侬胹合之。"女脉脉不语。妇归，以意授夫。邻生故与生善，告之，大悦。有母遗金鸦镮，托委致焉。刻日成礼，鱼水甚欢。及睹生文，笑曰："文与卿似是两人，如此，何日可成？"朝夕劝生研读，严如师友。敛昏，先挑烛据案自哦，为丈夫率，听漏三下，乃已。

○顺天：顺天府。

○洛：指河南洛阳。

○不能成幅：指无法完成一篇完整的文章。

○善尺牍：指善于书写信件和文书，尺牍是古代书信的通称。

○雅谑：优雅而有趣的谈吐。

○继殁：相继去世。

○童蒙：指幼小或未开化的儿童。洛汭：指洛阳附近的一片地区。

○不弁：未成年男子未加冠的样子，这里形容她虽有才华但未得以成名。

○手翰：手写的文章或书信。

○渠侬胹合：吴语"渠侬"意为他或她，"胹"为调和、搭配，这里指撮合婚姻。

○脉脉不语：形容眼神含情而不出声。

○金鸦镮：古代用金鸦作装饰的金属环，这里指一种贵重的金戒指。

○为丈夫率：为丈夫树立榜样。

译文

顺天府有个贫困的学生，正赶上荒年，他随父亲来到洛阳。这个学生性格迟钝，十七岁了还不能完成一篇完整的文章，但他长得英俊，谈吐雅致，并擅长书信，使人看不出他实际上一无是处。不久后，他的父母相继去世，他孤身一人，开始在洛阳附近教小孩读书。当地有一个孤女颜氏，出身名门，自小聪明，父亲在世时教过她读书，她一学就会，十几岁就能跟着父亲吟诵诗文。父亲常说：“我家有个女学士，可惜不是男儿。”父亲非常疼爱她，并希望为她找一个出色的夫婿。父亲去世后，她的母亲也坚持这一愿望，但三年来一直未能如愿，最后母亲也去世了。有人建议她嫁给一个才华横溢的读书人，她心里是愿意的，但一直未遇到合适的人选。邻家有个妇人过墙来和她聊天，偷偷拿来一个用字条包裹的绣线。颜氏打开一看，是那个顺天的学生写给邻居的手笔。她看了又看，渐渐喜欢上了信的作者。邻居妇人察觉她的心思，私下说：“这是一个风度翩翩的美少年，和你一样是孤儿，年纪也相仿，如果你有意，我可以帮你们撮合。”颜氏含情脉脉，未作声响。妇人回去后，把这意向告诉了她的丈夫。因为邻居和那学生关系好，他听了非常高兴，拿出母亲留下的金戒指作为聘礼，委托邻居转交给颜氏。他们定下了婚期，婚后相处非常愉快。但当颜氏读到那学生的文章时，笑说：“你的文章感觉和你本人完全不像是同一个人，这样下去，你什么时候能有所成就呢?”于是她每天督促他学习，严格如师如友。每当夜晚，她都会先点上蜡烛，坐在书桌前吟诵，做给丈夫看，直到深夜三更才停止。

原文

如是年余，生制艺颇通，而再试再黜，身名蹇落，饔飧不给，抚情寂漠，嗷嗷悲泣。女诃之曰：“君非丈夫，负此弁耳！使我易髻而冠，青紫直芥视之！”生方懊丧，闻妻言，睒睗而怒曰：“闺中人，身不到场屋，便以功名富贵似汝厨下汲水炊白粥。若冠加于顶，恐亦犹人耳！”女笑曰：“君勿怒。俟试期，妾请易装相代。倘落拓如

○制艺颇通：指书生在写文章方面表现得相当熟练，通达。制艺，即指科举考试中的文章写作。

○饔飧不给：形容生活困顿，连基本的饮食都无法保障。

○身名蹇落：形容个人的境遇和声誉都非常糟糕。蹇，此处表示困苦、不顺。

○诃之曰：斥责他说。

○青紫直芥视之：指取得高官如同捡起地上的草芥一样容易。青紫，古代高级官员的印绶颜色。

○负此弁耳：指对不起所戴的男子帽子，意指没有承担起作为男子应有的责任。

○睒睗而怒曰：瞪眼发怒地说。

○场屋：指科举考试的场所，也就是考场。

○犹人耳：你也不过是普通人。

君，当不敢复藐天下士矣。”生亦笑曰：“卿自不知蘖苦，真宜使请尝试之。但恐绽露，为乡邻笑耳。”女曰：“妾非戏语。君尝言燕有故庐，请男装从君归，伪为弟。君以襁褓出，谁得辨其非？”生从之。女入房，巾服而出，曰：“视妾可作男儿否？”生视之，俨然一顾影少年也。生喜，遍辞里社。交好者薄有馈遗，买一羸蹇，御妻而归。

○藐天下士：轻视天下的士人，指看不起所有的读书人。
○蘖苦：指极苦，这里比喻科举考试的艰难。
○襁褓出：指从婴儿时期就离家。
○羸蹇：瘦弱的驴。
○里社：指本地社区，或者街坊邻里。
○御妻而归：指驾驶着车马带着妻子回家。

译文

这样过了一年多，书生在写八股文方面已经相当熟练，但他接连两次参加科举考试都未能成功，个人的处境和名声都非常糟糕，甚至连基本的生活都难以维持，情绪极其落寞，不禁悲泣起来。颜氏对他斥责说：“你真不是个男子汉，辜负了你的身份！如果让我换上男装，高官厚禄在我看来就像拾起地上的草芥一样简单！”书生正在沮丧中，听到妻子的话，愤怒地瞪眼说：“你一个闺中女子，从未经历过科场的考试，就认为取得功名像你厨房里打水煮白粥一样简单。如果你戴上男冠，恐怕你也不过是个普通人！”颜氏笑着回应：“别生气。等到下次考试，让我女扮男装去替你考，如果我也失败了，那我就不敢再轻视天下的读书人了。”书生也笑说：“你自己并不了解那科举的苦楚，真该让你去尝尝。只是我担心会露馅，被邻里嘲笑。”颜氏回答：“我不是开玩笑。你曾说顺天府是你的老家，让我女扮男装跟你回去，假装是你的弟弟。你从小就离家，谁能辨认出真假呢？”书生同意了这个计划。颜氏换上男装走出房间，问：“看我像男子吗？”书生看着她，觉得她就像一个英俊的少年。他很高兴，便与邻里告别。一些交好的邻居赠送了些钱财，他买了一头瘦弱的驴，带着妻子回到了老家。

原文

生叔兄尚在，见两弟如冠玉，甚喜，晨夕恤顾之。又见宵旰攻苦，倍益爱敬。雇一翦发雏奴，为供给使。暮后，辄遣去之。乡中吊

○冠玉：形容人容貌俊美，如玉一样。
○恤顾：指关心照顾。
○宵旰攻苦：起早贪黑地努力学习。

庆，兄自出周旋，弟惟下帷读。居半年，罕有睹其面者。客或请见，兄辄代辞。读其文，瞲然骇异。或排闼而迫之，一揖便亡去。客睹丰采，又共倾慕。由此名大噪，世家争愿赘焉。叔兄商之，惟辗然笑。再强之，则言："矢志青云，不及第，不婚也。"会学使案临，两人并出，兄又落。弟以冠军应试，中顺天第四，明年成进士，授桐城令，有吏治。寻迁河南道掌印御史，富埒王侯。因托疾乞骸骨，赐归田里。宾客填门，迄谢不纳。又自诸生以及显贵，并不言娶，人无不怪之者。归后，渐置婢。或疑其私，嫂察之，殊无苟且。

○瞲然骇异：形容非常惊讶的样子。

○矢志青云：立志做官至高位。

○学使案临：指负责监考的官员到达，开始监考。

○以冠军应试：以第一名的成绩参加更高级别的考试。

○中顺天第四：在顺天府的考试中名列第四。

○桐城令：桐城的地方官。

○河南道掌印御史：一个监察地方官员的中央政府官职，负责河南地区。

○富埒王侯：财富可以与王侯相比。

译文

书生的叔兄见两个弟弟俊美如冠玉，非常高兴，悉心照顾他们。他看到两人起早贪黑地刻苦学习，对他们的爱戴和敬重更甚。叔兄雇了一个未成年的小仆人帮忙料理日常。当地有丧事或庆典时，哥哥总是出面周旋应酬，而弟弟则专心致志地读书。住了半年，村里几乎没人见过弟弟的真面目。有客人想见他，哥哥总是替他推脱。客人们读了弟弟的文章后，都惊讶不已。有些人甚至推门而入，想要见他一面，但他总是作个揖后迅速离开。客人见到他的举止仪态，都倾慕不已。因此，他的名声大振，许多显贵家庭都希望将他招为女婿。叔兄与他商量这事，他则回答说："我已立志要高中，若未能中进士，我决不结婚。"当地的监考官到来，两兄弟一起去参加考试，哥哥再次落榜，而弟弟在顺天府中了第四名。次年，他高中进士，被任命为桐城县令，因治理有方而名声大噪。不久后，他升任河南道掌印御史，财富可与王侯相比。后来，他以健康为由请求退休，皇帝赐予他回乡。许多人前来拜访，希望结交他，但他始终婉拒。他从学生到达官贵人，都未曾提及娶妻，这使得众人对他感到非常奇怪。回到家乡后，他逐渐开始收养一些丫环。有人怀疑他可能与丫环有私情，但经仔细观察，纯属猜疑。

原文

无何，明鼎革，天下大乱。乃谓嫂曰："实相告：我小郎妇也。以男子阘茸，不能自立，负气自为之。深恐播扬，致天子召问，贻笑海内耳。"嫂不信，脱靴而示之足，始愕。视靴中，则败絮满焉。于是使生承其衔，仍闭门而雌伏矣。而生平不孕，遂出赀购妾。谓生曰："凡人置身通显，则买姬媵以自奉；我宦迹十年，犹一身耳。君何福泽，坐享佳丽？"生曰："'面首三十人'，请卿自置耳。"相传为笑。是时生父母屡受覃恩矣。搢绅拜往，尊生以侍御礼。生羞袭闺衔，惟以诸生自安，终身未尝舆盖云。

○鼎革："鼎"与"革"均为《易经》中的卦名，用来比喻改朝换代或大变革。

○小郎妇也：这里指颜氏自称是书生的妻子，用"小郎妇"形容自己的角色。

○阘茸：指无能、平庸。

○承其衔：继承或承担其官衔。

○雌伏：比喻隐藏或忍耐，暗中等待时机。

○买姬媵以自奉：指购买妾侍来供养自己，是当时官宦人家的常态。

○面首三十人：引用自《宋书》，指贵族或皇家为显示财富和权势而纳的多名男宠。

○覃恩：深厚的恩惠，这里指朝廷的赏赐。

○侍御礼：指以朝廷高官的礼节来对待。

○舆盖：指高官显贵的车驾和随从，代表一定的地位和尊荣。

译文

不久，明朝发生了巨大的政治变革。颜氏才对嫂子坦白了真相："实际上我是一个女子，之前因为丈夫无能，我便假扮成男子来代替他行事。我一直担心这件事被人发现，如果传到皇帝那里，我们将成为全国的笑柄。"嫂子一开始不相信，颜氏便脱下靴子，展示了自己的足部，这让人大为震惊。检查靴子内部，发现里面塞满了破棉絮。随后，颜氏建议书生正式承担起她曾经的官职，而她自己则继续保持低调，隐居不问世事。由于颜氏一直未有子嗣，她决定为书生购买妾侍，对书生说："通常当一个人身处高位时，都会纳妾自娱；我虽然做官十年，但一直都是孤身一人。你有什么福气能坐享其成，享受美人相伴？"书生回应道："'面首三十人'，请你自行安排吧。"一时传为笑谈，这时书生的父母多次接受了朝廷的赏赐。当地的绅士以侍御史的礼节来拜访书生。然而，书生羞于承袭颜氏的官衔，只愿以普通读书人自居，终生都未曾使用过侍御史的官车和随从。

原文

异史氏曰：翁姑受封于新妇，可谓奇矣。然侍御而夫人也者，何时无之？但夫人而侍御者少耳。天下冠儒冠、称丈夫者，皆愧死矣！

译文

异史氏说：公婆由于儿媳妇而受到册封，可以称得上稀奇了。然而身为侍御而怯弱如妇人的，什么时候没有？只是身为妇人而官居侍御的人少有罢了。天下戴儒冠、称作丈夫的人，都羞愧死了。

【杜翁】

原文

杜翁，沂水人。偶自市中出，坐墙下，以候同游。觉少倦，忽若梦，见一人持牒摄去。至一府署，从来所未经，一人戴瓦垄冠，自内出，则青州张某，其故人也。见杜惊曰："杜大哥何至此？"杜言："不知何事，但有勾牒。"张疑其误，将为查验，乃嘱曰："谨立此，勿他适。恐一迷失，将难救挽。"遂去。久之不出，惟持牒人来，自认其误，释令归。杜别而行。途中遇六七女郎，容色媚好，悦而尾之。下道，趋小径，行十数步，闻张在后大呼曰："杜大哥，汝将何往？"杜迷恋不已。俄见诸女入一圭窦，心识为王氏卖酒者之家，

○沂水：位于山东东南部，因沂水河而得名，清初属青州府管辖。

○持牒摄去：有人持拘捕文书将其带走。牒是指公文，摄是指拘捕。

○瓦垄冠：即瓦楞帽，一种明清时代平民戴的折叠帽，顶部有折痕像瓦楞。

○青州：古代地名，现在的山东益都地区。

○圭窦：指墙上凿的窄门，上窄下宽，形状似"圭"字。

不觉探身门内，略一窥瞻，即见身在笠中，与诸小豭同伏。豁然自

○笠：指圈养家畜的栅栏或圈子，这里特指猪圈。 ○豭（jiā）：公猪。

悟，已化豕矣，而耳中犹闻张呼。大惧，急以首触壁。闻人言曰：

○化豕：变成了猪。

“小豕颠矣。”还顾，已复为人。速出门，则张候于途，责曰：“固嘱勿他往，何不听信？几至坏事！”遂把手送至市门，乃去。杜忽醒，则身犹倚壁间。诣王氏问之，果有一豕自触死云。

译文

杜翁来自山东的沂水县。一次他刚从集市出来，坐在墙下等待同伴，感到稍微有些疲倦，突然就进入了梦乡，梦见一个人拿着公文将他带走了。他被带到一个从未见过的官府，看到一个戴着瓦楞帽的人从内里出来，竟是他青州的老友张某。张某看到杜翁很惊讶地问：“杜大哥怎么来到这里了？”杜翁回答说：“不知为何，只是被拘捕了。”张某怀疑是搞错了，想要核实一下，便叮嘱杜翁：“站在这里别动，若你迷路了，将难以挽回。”说罢便离开了。过了很久，张某还没回来，只有那位拿公文的人回来，承认自己抓错了人，于是释放了杜翁。杜翁离开后，在路上遇见了六七个美丽动人的女郎，他被她们吸引，便跟着她们走。走下大道，进入一条小径，没走多远，听到后面的张某大声呼喊：“杜大哥，你要去哪里？”杜翁依然沉迷，没停下脚步。不久，那些女郎进入了一个形似圭形的小门，杜翁认出这是卖酒的王家，他不由自主地进门去一探究竟，却发现自己突然在猪圈里，和几头小公猪躺在一起。这时他突然醒悟，原来自己变成了一头猪，但耳边仍能听到张某的呼唤。他非常害怕，急忙用头撞墙。听到有人说：“这头小猪发疯了。”他回头一看，自己已经变回了人形。他急忙跑出门外，张某正等在路边，责备他说：“我明明叫你不要乱走，你怎么不听呢？差点出大事了！”说完，张某把他送到市场门口才离开。这时，杜翁突然醒来，发现自己还是靠在墙上。他去找王家询问，果然有一头小猪撞墙而死。

【小谢】

原文

渭南姜部郎第，多鬼魅，常惑人，因徙去。留苍头门之而死，数易皆死，遂废之。里有陶生望三者，夙倜傥，好狎妓，酒阑辄去之。友人故使妓奔就之，亦笑内不拒，而实终夜无所沾染。尝宿部郎家，有婢夜奔，生坚拒不乱，部郎以是契重之。

○渭南：位于陕西东部，现为渭南市。

○苍头：古代对仆人的称呼。门之而死：指看门的仆人接连死亡。

○酒阑辄去之：形容陶生饮酒至酒宴即将结束时便让妓女离去。

○沾染：这里指与妓女发生性行为。

○婢夜奔：婢女夜间私自前往男子处，意指婢女私自前往陶生处。

○契重：指对某人的评价或看重的程度提高。

译文

陕西渭南的姜部郎的住所，频繁出现鬼魅，经常迷惑人，因此他便搬走了。他留下一名仆人看门，不料该仆人不久便死亡。后来更换的几个仆人也接连去世，最终该宅邸被废弃。当地有一个名叫陶望三的书生，性格风流倜傥，喜欢与妓女饮酒作乐，但每当宴会将尽时便让妓女离去。朋友故意让妓女去找他，他虽笑着接纳，但实际上整夜并未与妓女有任何不当行为。他曾在姜部郎家过夜，当时有个丫环在夜里私下来找他，陶生坚决拒绝，并未放纵自己，因此姜部郎非常器重他。

原文

家綦贫，又有"鼓盆之戚"，茆屋数椽，溽暑不堪其热，因请部郎假废第。部郎以其凶，故却之。生因作《续无鬼论》献部郎，且曰："鬼何能为！"部郎以其请之坚，诺之。

○鼓盆之戚：古代习俗，庄子妻子去世时，庄子鼓盆以自慰，后用以形容丧偶之痛。

○溽暑：湿热，描述天气非常热且湿度高。

○《续无鬼论》：模仿晋人阮瞻的《无鬼论》，阐述鬼魂不存在的观点。

译文

陶生家境贫困，且不久前失去了妻子，居住在几间简陋的茅草屋中，酷热的夏日里，屋子热得难以忍受。因此，他请求姜部郎允许他暂借那座已被废弃的宅院。姜部郎由于宅院凶事多拒绝了他。于是陶生撰写了《续无鬼论》，献给了姜部郎，并表达了他对鬼魂的不畏惧态度："鬼又能对我做什么！"因陶生的坚持要借住，姜部郎最终同意了。

原文

生往除厅事。薄暮，置书其中，返取他物，则书已亡。怪之，仰卧榻上，静息以伺其变。食顷，闻步履声，睨之，见二女自房中出，所亡书，送还案上。一约二十，一可十七八，并皆姝丽，逡巡立榻下，相视而笑。生寂不动。长者翘一足踹生腹，少者掩口匿笑。生觉心摇摇若不自持，即急肃然端念，卒不顾。女近以左手捋髭，右手轻批颐颊，作小响，少者益笑。生骤起，叱曰："鬼物敢尔！"二女骇奔而散。生恐夜为所苦，欲移归，又耻其言不掩，乃挑灯读。暗中鬼影憧憧，略不顾瞻。夜将半，烛而寝。始交睫，觉人以细物穿鼻，奇痒，大嚏，但闻暗处隐隐作笑声。生不语，假寐以俟之。俄见少女以纸条拈细股，鹤行鹭伏而至。生暴起诃之，飘窜而去。既寝，又穿其耳。终夜不堪其扰。鸡既鸣，乃寂无声，生始酣眠，

○除厅事：除：打扫。厅事：指厅房，通常为官府或私宅的正厅。

○端念：保持正念，使心中保持清醒、正直的思想。

○耻其言不掩：耻于自己之前所说的话不够严谨，掩，这里指言辞的保留和谨慎。

○鹤行鹭伏：形容行动轻盈而缓慢，如鹤和鹭鸟一样。

终日无所睹闻。日既下，恍惚出现。生遂夜炊，将以达旦。长者渐曲肱几上，观生读，既而掩生卷。生怒捉之，即已飘散。少间，又

○曲肱几上：弯曲着胳臂，伏在几案上。肱，即胳膊，曲肱即弯曲胳膊；几上，指桌案之上。

抚之。生以手按卷读。少者潜于脑后，交两手掩生目，瞥然去，远立以哂。生指骂曰：“小鬼头！捉得便都杀却！”女子即又不惧。因戏之曰：“房中纵送，我都不解，缠我无益。”二女微笑，转身向灶，

○房中纵送：在这里指与鬼魅间的亲近行为或交流。

析薪溲米，为生执爨。生顾而奖曰：“两卿此为，不胜憨跳耶？”俄

○析薪溲米：劈柴洗米。析薪，劈柴；溲米，清洗米粒。 ○爨（cuàn）：古代烹饪用火的动作，这里指做饭。 ○憨跳：形容活泼、可爱的跳跃或活动。

顷，粥熟，争以匕、箸、陶碗置几上。生曰：“感卿服役，何以报

○匕、箸、陶碗：匕，古代的一种勺子；箸，即筷子；陶碗，用陶土制成的碗。

德？”女笑云：“饭中溲合砒、鸩矣。”生曰：“与卿夙无嫌怨，何至

○溲合砒、鸩：在这里指食物中掺杂了毒药，砒（砒霜）、鸩（毒酒）均为毒物。

以此相加。”啜已，复盛，争为奔走。生乐之，习以为常。

译文

陶生去整理厅房。傍晚时，他把书放在房间里，出去取东西。回来时，发现书不见了。他感到很奇怪，就躺在床上，安静地等待着会发生什么。过了一会儿，听到脚步声，斜眼一看，见两个女孩从房间里走出来，把丢失的书放回桌子上。两个女孩一个大约二十岁，一个十七八岁，都长得很漂亮，她们徘徊于床榻，相视而笑。陶生静静地躺着不动。年纪较大的女孩抬起一只脚踢了陶生的肚子，年纪较小的女孩捂着嘴偷笑。陶生感觉心神不宁，难以自持，但他赶紧调整心态，尽量不去理会她们。年纪较大的女孩又用左手抚摸陶生的胡须，右手轻轻打他的脸，发出轻微的声音，年纪较小的女孩笑得更厉害。陶生突然坐起来，大声斥责：“鬼东西！怎么敢这么无礼！”两个女孩吓跑了。陶生担心晚上会被她们折磨，想搬回家，但又觉得随便说这些话有失体面，于是挑起灯继续读书。黑暗中鬼影幢幢，陶生根本不去理会。到了深夜，他点着蜡烛准备睡觉。刚要睡觉，就感觉有人用细小的东西刺进他的鼻孔，痒得厉害，不由得打了个大喷嚏，听到黑暗中隐

约有笑声。陶生不说话，装作睡着以等她们。不一会儿，看到年纪较小的女孩用纸条捻成细绳，像鹤和鹭鸶一样悄悄走近他。陶生突然跳起来斥责她，她轻飘飘地逃走了。他又躺下睡觉，但女孩又回来捅他的耳朵。陶生整夜被她们搅得难以忍受。等到天亮鸡鸣，一切才变得寂静，陶生这才沉沉入睡。白天他一无所见。日落后，两个女孩又出现了。陶生决定整夜做饭，准备熬到天亮。年纪较大的女孩走近，弯着胳膊趴在桌子上看他读书，然后遮住他的书。陶生生气地去抓她，她立刻飘然散去。过了一会儿，她又来遮住书。陶生按住书继续读。年纪较小的女孩悄悄跑到他背后，两手交叉蒙住他的眼睛，然后迅速走开，在远处站着微笑。陶生指着她们骂道："小鬼头！让我抓到就把你们全杀了！"女孩子们走近了，却并不害怕。于是陶生戏弄她们说："你们用的所有手段，我都不懂，缠着我也没用。"两个女孩微笑着，转身奔向厨房，开始劈柴洗米，为他烧火做饭。陶生看着她们说："你们做这个，不比胡闹好吗？"不一会儿，粥煮好了，她们争着把勺子、筷子、饭碗摆上桌。陶生说："你们这么辛苦为我服务，我该怎么感谢你们呢？"女孩笑着说："饭里加了砒霜和毒酒。"陶生说："我跟你们没有仇恨，为什么要这样害我？"喝完粥后，又盛了一碗，女孩们争着为他跑腿。陶生很高兴，这种生活逐渐成为了常态。

原文

日渐稔，接坐倾语，审其姓名。长者云："妾秋容，乔氏；彼阮家小谢也。"又研问所由来。小谢笑曰："痴郎！尚不敢一呈身，谁要汝问门第，作嫁娶耶？"生正容曰："相对丽质，宁独无情？但阴冥之气，中人必死。不乐与居者，行可耳；乐与居者，安可耳。如不见爱，何必玷两佳人？如果见爱，何必死一狂生？"二女相顾动容，自此不甚虐弄之，然时而探手于怀，捋袴于地，亦置不为怪。

○日渐稔：指逐渐变得熟悉亲近。

○虐弄：指恶作剧、捉弄。此处描述鬼魂对人的戏弄行为。

译文

随着时间的推移，陶生与这两位女鬼变得更为熟悉。在一次座谈中，他详细询问了她们的姓名。年长的女鬼回答：“我叫秋容，乔氏，她是阮家的小谢。”陶生又追问她们的来历。小谢笑着说：“傻郎君，你还没敢面对真正的我们，为何要询问我们的家庭背景，难道是想和我们结婚吗？”陶生正色回应：“面对两位美丽的女子，怎能不动心？但是接触到阴间的气息，人必将死去。如果你们不喜欢和我在一起，可以离开；如果你们乐意和我在一起，那么就安心留下。如果你们不爱我，我为何要玷污两位美人？如果你们爱我，为何必须要我死去呢？”两位女鬼相视而动容，从此不再过分地捉弄他，但偶尔还是会伸手到他的怀里，或是让他的裤子捋到地上，他也不以为怪。

原文

一日，录书未卒业而出，返则小谢伏案头，操管代录。见生，掷笔睨笑。近视之，虽劣不成书，而行列疏整。生赞曰：“卿雅人也！苟乐此，仆教卿为之。”乃拥诸怀，把腕而教之画。秋容自外入，色乍变，意似妒。小谢笑曰：“童时尝从父学书，久不作，遂如梦寐。”秋容不语。生喻其意，伪为不觉者，遂抱而授以笔，曰：“我视卿能此否？”作数字而起，曰：“秋娘大好笔力！”秋容乃喜。生于是折两纸为范，俾共临摹。生另一灯读，窃喜其各有所事，不相侵扰。做毕，祗立几前，听生月旦。秋容素不解读，涂鸦不可辨认，花判已，自顾不如小谢，有惭色。生奖慰之，颜始霁。

○录书未卒业而出：指陶生抄写书籍未完成就离开了。
○操管代录：操管，即执笔；代录，代为抄写。
○劣不成书：书写得非常差，不成样子。
○行列疏整：书写的横竖行列虽不紧密，但排列整齐。
○祗立：恭敬站立。
○月旦：原指对人物或事物的品评，此处指对书法的评价。
○解读：指识字或读书的能力。
○花判：指对书写的评价或批注。
○颜始霁：脸色由阴转晴，形容心情由阴沉变为喜悦。

译文

一天，陶生还没抄完书就外出了，回来时看到小谢正伏在案头，代他继续抄写。小谢见到陶生回来，扔下笔斜眼而笑。陶生近前一看，尽管字迹写得很差，行列却整齐。他赞扬说：“你真是个有品位的人！如果你喜欢写字，我可以教你。”然后，他抱住小谢，指导她如何握笔画字。这时，秋容从外面进来，看到这一幕，面色突然变得不快。小谢笑着解释说：“小时候我曾跟随父亲学过写字，但已经很久没有练习了，感觉就像是在做梦。”秋容保持沉默。陶生理解她的心情，装作没有察觉，抱起秋容递给她笔，鼓励她试试看：“我看看你有没有这个本事。”秋容随手写了几个字站起来，陶生夸赞道：“秋娘，你的笔力真强！”这使秋容感到高兴。于是陶生折了两张纸作为写字的样本让她们临摹。陶生坐在旁边的灯下读书，心里高兴她们都忙着自己的事，不再互相干扰。当她们完成临摹后，恭敬地站在桌前，等待陶生的评价。由于秋容并不识字，她的书写像涂鸦一样，难以辨认。评价结束后，她意识到自己不如小谢，感到有些羞愧。陶生安慰并表扬她，她的脸色才渐渐变得明朗。

原文

二女由此师事生，坐为抓背，卧为按股，不惟不敢侮，争媚之。逾月，小谢书居然端好，生偶赞之，秋容大惭，粉黛淫淫，泪痕如线。生百端慰解之，乃已。因教之读，颖悟非常，指示一过，无再问者。与生竞读，常至终夜。小谢又引其弟三郎来，拜生门下。年十五六，姿容秀美，以金如意一钩为贽。生令与秋容执一经，满堂咿唔，生于此设鬼帐焉。部郎闻之喜，以时给其薪水。积数月，秋容与三郎皆能诗，时相酬唱。小谢阴嘱勿教秋容，生诺之；秋容阴嘱勿教小

○粉黛淫淫：形容女子脸上化的妆因泪水而变得斑驳流淌的样子。淫淫，形容水流的样子。

○百端慰解之：用各种方法安慰和解释，使其情绪缓和。

○贽：指见面礼物或敬献的礼物。

○执一经：指持有或学习某一种经书。

○设鬼帐：原指设立教室教书，此处引申为为鬼设立学堂。

谢，生亦诺之。一日，生将赴试，二女涕泪持别。三郎曰："此行可以托疾免。不然，恐履不吉。"生以告疾为辱，遂行。

O恐履不吉：担心脚步会踏入不吉利的境地。履，指脚步。

译文

从此，两个女鬼成了陶生的学生。她们在陶生坐着时帮他搔背，在他躺下时帮他按摩腿部，不仅不敢对他无礼，反而争相取悦他。一个月后，小谢的书法已经大有进步，陶生偶尔表扬她时，秋容感到非常羞愧，泪水混合着脸上的妆流淌，泪痕如线。陶生用各种方法安慰她，情绪这才得以平复。他开始教她们阅读，两人的聪明才智非常出众，指点一次就能掌握，再也不需提问。她们与陶生一起争先恐后地读书，常常通宵达旦。小谢还引见了她的弟弟三郎来陶生这里，拜陶生为师。三郎年仅十五六岁，相貌秀美，以一件金如意作为拜师礼物。陶生安排他和秋容一起学习某本经书，整个屋子里响起了他们读书的声音，陶生为他们设立了一个学堂。姜部郎听说后非常高兴，定时给陶生送去柴米。几个月后，秋容和三郎都能够作诗，时常相互吟唱。小谢私下嘱咐陶生不要教秋容读书，陶生答应了；秋容也私下嘱咐陶生不要教小谢，陶生同样答应了。一日，陶生准备前往参加考试，两个女鬼含泪为他送行。三郎提醒他："这次出行可以以病为由推脱不去。否则，恐怕会有不吉利的事发生。"陶生认为以病推托是一种耻辱，坚持出行。

原文

先是，生好以诗词讥切时事，获罪于邑贵介，日思中伤之。阴赂学使，诬以行简，淹禁狱中。资斧绝，乞食于囚人，自分已无生理。忽一人飘忽而入，则秋容也。以馔具馈生，相向悲咽，曰："三郎虑君不吉，今果不谬。三郎与妾同来，赴院申理矣。"数语而出，

O邑贵介：地方上的尊贵人物。

O诬以行简：指通过不实指控污蔑某人的品行和行为。

O赴院申理：前往地方政府（巡抚衙门）请求申述理由。

人不之睹。越日，部院出，三郎遮道声屈，收之。秋容入狱报生，

○部院出：部院，即地方最高行政长官，此处指巡抚出面处理事务。

返身往侦之，三日不返。生愁饿无聊，度一日如年岁。忽小谢至，

怆惋欲绝，言：“秋容归，经由城隍祠，被西廊黑判强摄去，逼充

○怆惋：形容极度悲伤和不安。

御媵。秋容不屈，今亦幽囚。妾驰百里，奔波颇殆，至北郭，被老

○御媵：皇宫中侍奉皇后及嫔妃的侍女。

棘刺吾足心，痛彻骨髓，恐不能再至矣。”因示之足，血殷凌波焉。

○血殷凌波：血流得很多，染红了鞋袜，比喻流血严重。

出金三两，跛踦而没。部院勘三郎，素非瓜葛，无端代控，将杖

○跛踦而没：形容因受伤而行走困难，最终消失。

之，扑地遂灭，异之。览其状，情词悲恻。提生面鞫，问：“三郎何人？”生伪为不知。部院悟其冤，释之。

译文

此前，陶生由于以诗词讥讽时事而触怒了地方显贵，遭受了对方的频繁中伤。显贵秘密贿赂了当地学政，捏造事实诬陷陶生品行不端，结果陶生被投进监狱。陶生在狱中生活艰难，财物耗尽，被迫向其他囚犯乞食，他绝望到认为自己活不了多久。突然，秋容出现了，她带来食物慰问陶生，两人相对哭泣，秋容告诉他：“三郎担心你出行不吉，现在果然应验了。他和我一起前往巡抚衙门为你申诉。”说完这些，秋容就离开了，外人根本看不到她的踪影。第二天，巡抚外出时，三郎在路上截住他大声喊冤，结果被带走处理。秋容去狱中向陶生报告了情况，随后她离开去寻找三郎的下落，连续三天都没有回来。陶生在狱中感到极度焦虑和饥饿，度日如年。这时，小谢出现了，她非常悲伤，告诉陶生：“秋容在回家的路上，经过城隍祠时被祠中的黑判官强行带走，逼她成为侍女。秋容拒绝屈服，现在也被囚禁了。我奔波了百里，非常疲惫，经过北郭时，我的脚心被老荆棘扎伤，疼痛难忍，恐怕无法再来了。”她向陶生展示了受伤的脚，鲜血浸透了她的鞋袜。小谢留下三两银子后，一瘸一拐地离开了。巡抚审理三郎的情况，发现他与陶生没有任何关系，无端代他人提出控诉，原本对他处以笞刑，但三郎一倒地就消失

了，这令巡抚感到非常奇怪。检查他的情况和陈述，发现壮词中充满了情感且令人悲伤。巡抚随后将陶生提出面对面审问，询问：“三郎是谁？”陶生假装不认识。巡抚领悟到陶生可能被冤枉，最终释放了他。

原文

既归，竟夕无一人。更阑，小谢始至，惨然曰：“三郎在部院，被廨神押赴冥司，冥王以三郎义，令托生富贵家。秋容久锢，妾以状投城隍，又被按阁，不得入，且复奈何？”生忿曰：“黑老魅何敢如此！明日仆其像，践踏为泥，数城隍而责之；案下吏暴横如此，渠在醉梦中耶！”悲愤相对，不觉四漏将残。秋容飘然忽至，两人惊喜，急问。秋容泣下曰：“今为郎万苦矣！判日以刀杖相逼，今夕忽放妾归，曰：‘我无他，原以爱故，既不愿，固亦不曾污玷。烦告陶秋曹，勿见谴责。’”生闻少欢，欲与同寝，曰：“今日愿为卿死。”二女戚然曰：“向受开导，颇知义理，何忍以爱君者杀君乎？”执不可，然俯颈倾头，情均伉俪。二女以遭难故，妒念全消。

○按阁：暂时搁置，不处理。阁，此处指搁置。

○秋曹：刑部官员的尊称。因古时刑部称为秋官，所以其官员被称为“秋曹”。

译文

陶生回到家，整晚都没有看到一个人。直到深夜，小谢才到来，表情悲伤地说：“三郎在巡抚处被衙门神灵送往地府，阎王因赞赏三郎的义行，命他转世为富贵之家的子嗣。秋容被囚禁很久，我本想向城隍申诉，却被搁置了，现在应该怎么办？”陶生愤怒地说：“这些邪恶的鬼神怎敢如此无理！明天我要摧毁他的塑像，把它践踏成泥，并要质问城隍；他的手下如此横暴，难道他在醉梦中吗？”他们愤懑地相对无言，直到将近黎明。秋容突然来到，两人惊喜交加，急忙询问情况。秋容含泪说：“这次我为你受尽苦头！每天被判官用刀杖威胁，今晚他们突然放我回来，说：‘我无其他意图，只因爱慕而已，既然你不愿意，我也未曾玷污你。请你转告陶秋曹，不要责怪我。’”听闻此言，陶生稍感欣慰，想与她们共寝，便说：“今日我愿为你们死。”两个女鬼悲伤地说：“既然已经受过你的教导，懂得了道理，怎能因爱而害你？”她们坚决拒绝，但情感深厚，态度亲昵，仿佛夫妻一般。因共同经历了这些困难，她们的嫉妒之心已完全消散。

原文

会一道士途遇生，顾谓：“身有鬼气。”生以其言异，具告之。道士曰：“此鬼大好，不拟负他。”因书二符付生，曰：“归授两鬼，任其福命：如闻门外有哭女者，吞符急出，先到者可活。”生拜受，归嘱二女。后月余，果闻有哭女者。二女争奔而去，小谢忙急，忘吞其符。见有丧舆过，秋容直出，入棺而没。小谢不得入，痛哭而返。生出视，则富室郝氏殡其女。共见一女子入棺而去，方共惊疑，俄闻棺中有声，息肩发验，女已顿苏。因暂寄生斋外，罗守之。忽开目问陶生，郝氏研诘之，答云：“我非汝女也。”遂以情告。郝未深信，欲舁归。女不从，径入生斋，偃卧不起，郝乃识婿而去。生就视之，面庞虽异，而光艳不减秋容，喜惬过望。殷叙平生。忽闻呜呜鬼泣，则小谢哭于暗陬。心甚怜之，即移灯往，宽譬哀情。而

○殡：指出殡，埋葬的过程。

○暗陬：指黑暗的角落。陬，指角落。

衿袖淋浪，痛不可解，近晓始去。天明，郝以婢媪赍送香奁，居然翁婿矣。暮入帷房，则小谢又哭。如此六七夜，夫妇俱为惨动，不能成合卺之礼。

○衿袖淋浪：指衣服被泪水完全浸湿。淋浪，形容液体湿润的样子。

译文

陶生在路上偶遇一位道士，道士看着他说：“你身上带有鬼气。”陶生觉得他的话很不寻常，便将自己的经历全部告诉了道士。道士说：“这两个鬼其实很好，你不应该辜负她们。”然后，他画了两张符，交给陶生，并指示他：“回去后把这两张符交给那两个鬼，让她们听凭自己的命运去决定：如果听到外面有哭女儿的声音，让她们吞下符赶快跑出去，先到的那个可以得救。”陶生接过符，感激地鞠躬后回家，并将道士的话转告给那两个女鬼。一个多月后，真的听到有哭女儿的声音。两个女鬼争相跑出去，小谢急于行动，忘记吞下符。秋容直接跑了出去，跑进了一个经过的灵车中消失不见了。小谢没有进去，哭泣着返回。陶生出来一看，原来是当地富豪郝氏家为他们的女儿举行葬礼。众人惊讶地看到一个女子跑进了棺材，不久之后，棺材里传来了声音。打开棺材一看，女儿已经复活。她暂时被安置在陶生家外面，郝氏一家围观她。突然，女子睁开眼睛询问陶生，郝氏家人紧迫地询问她的情况。她回答说：“我不是你们的女儿。”并将真相告诉了他们。郝氏家人半信半疑，想把她带回家。女儿不愿意，便径直跑进了陶生的房间，躺在床上不起来，郝氏这才认了女婿并离开了。陶生接近女子观察，虽然她的面庞与秋容有所不同，但她的美貌光彩依旧，让他非常满意并超出了预期。他们亲密地叙说过去的事情。突然听到“呜呜”的鬼哭声，原来是小谢在一个角落里哭泣。陶生非常同情她，便拿着蜡烛走过去安慰她。但小谢的哭声让她的衣襟袖子都湿透了，她的痛苦无法解除，直到天快亮时才离开。天亮后，郝氏派丫环和老妈子带来了嫁妆，女子和陶生居然成了夫妻。晚上他们进入卧室，小谢又开始哭泣。这种情况持续了六七个夜晚，让这对夫妻感到很悲伤，以至于他们无法完成夫妻之礼。

原文

生忧思无策。秋容曰："道士，仙人也。再往求，倘得怜救。"生然之。迹道士所在，叩伏自陈。道士力言无术。生哀不已。道士笑曰："痴生好缠人！合与有缘，请竭吾术。"乃从生来，索静室，掩扉坐，戒勿相问。凡十余日，不饮不食。潜窥之，瞑若睡。一日晨兴，有少女搴帘入，明眸皓齿，光艳照人。微笑曰："跋履终夜，惫极矣。被汝纠缠不了，奔驰百里外，始得一好庐舍，道人载与俱来矣。待见其人，便相交付耳。"敛昏，小谢至，女遽起迎抱之，翕然合为一体，仆地而僵。道士自室中出，拱手径去。拜而送之，及返，则女已苏。扶置床上，气体渐舒，但把足呻言趾股酸痛，数日始能起。

○庐舍：这里比喻为灵魂所寄居的身体。

译文

陶生满心忧愁，找不到任何解决办法。秋容对他说："道士是个仙人。你再去求求他，说不定他会怜悯你，帮你一把。"陶生觉得有道理，就去找到了道士的住处，跪下来把自己的问题全部说了。道士很坚定地说他帮不上忙。陶生很伤心，一直在那儿哀求。道士笑了笑说："你这书呆子，真会缠人啊！既然我们有缘分，我就尽我所能帮你吧。"于是他跟随陶生到了一个安静的房间，关上门坐下，告诉陶生不要打扰他。道士连续十多天都没吃没喝。陶生偷偷去看，只见他闭着眼睛像是在睡觉。一天早上，一个年轻女子掀开帘子走了进来，她眼睛明亮、牙齿洁白，美得发光。她微笑着说："我为了逃避你的纠缠，跑到百里之外，终于找到了一个适合的身体。道士也带她一起来了。等我见到那个人，就会把她交给你。”到了晚上，小谢来了，那个女孩立刻起来迎接她，两人一抱就合为一体，倒在地上一动不动。道士从屋子里出来，礼貌地拱了拱手就走了。陶生送了送他。等他回来的时候，那个女孩已经醒了。他扶她到床上，她的呼吸慢慢变得平稳，身体也慢慢放松了，只是还在抱怨脚趾和大腿的酸痛，过了几天才能下床走动。

原文

后生应试得通籍。有蔡子经者，与同谱，以事过生，留数日。小谢自邻舍归，蔡望见之，疾趋相蹑。小谢侧身敛避，心窃怒其轻薄。蔡告生曰：“一事深骇物听，可相告否？”诘之，答曰：“三年前，少妹夭殒，经两夜而失其尸，至今疑念。适见夫人，何相似之深也？”生笑曰：“山荆陋劣，何足以方君妹？然既系同谱，义即至切，何妨一献妻孥。”乃入内，使小谢衣殉装出。蔡大惊曰：“真吾妹也！”因而泣下。生乃具述本末。蔡喜曰：“妹子未死，吾将速归，用慰严慈。”遂去。过数日，举家皆至，后往来如郝焉。

○通籍：指新进官员登记入仕籍，成为官员的意思。

○同谱：指科举考试中同一届录取的人。

○蹑：追随。

○物听：指众人的议论。

○方：比拟。

○一献妻孥：指让妻子和子女出来见人，显示亲近和信任。

○殉装：殉葬的衣服。

○严慈：指父母。

译文

后来，陶生应试成功当了官员。有个叫蔡子经的，和陶生是同一届的，因为有事来找陶生，就在陶生家住了几天。小谢从邻居家回来，被蔡子经看到，他急忙追了上去。小谢侧身躲开，心里不高兴，觉得蔡子经行为轻浮。蔡子经对陶生说：“我有件非常震惊的事，可以跟你说吗？”陶生问发生了什么事，蔡子经回答：“三年前，我妹妹去世了，她死后两夜，尸体就不见了，我一直心存疑惑。刚才看到你夫人，怎么和我妹妹长得那么像？”陶生笑着说：“我的妻子长得平平，怎么能和你妹妹相比呢？但既然我们是同一届的，情谊应该非常深，不妨让你见见我的妻子。”然后陶生让小谢穿上当时的丧服出来。蔡子经一看，惊讶地说：“真的是我的妹妹！”他边说边哭了。陶生把整件事的经过都告诉了他。蔡子经非常高兴，说：“我的妹妹还没死，我要赶紧回家，安慰我父母。”他随后就离开了。几天后，蔡子经的整个家族都来了，以后两家的往来就像郝家一样密切。

原文

异史氏曰：绝世佳人，求一而难之，何遽得两哉？事千古而一见，惟不私奔女者能遘之也。道士其仙耶？何术之神也？苟有其术，丑鬼可交耳。

○遘：遇见，遭遇。

译文

异史氏评论道：“世上绝世佳人难寻，找到一位已是不易，怎可能轻易得到两位？这样的事情千年难遇，只有那些未曾与私奔女子私下苟且的人，才可能有幸相遇。那个道士真的是仙人吗？他的法术怎么如此神奇？如果真有这等法术，那些丑鬼也能交好友了。”

通籍

“通籍”最初指将姓名、年龄、身份等信息登记于宫门的名册上，以备查验。汉代的宫廷制度中，凡有入宫资格的人都需通籍，尤其是宫内的侍从、官员等。后世此词演变为进士及第后开始任官出仕的代称。通籍意味着正式进入仕途，成为国家官员。

【缢鬼】

原文

范生者，宿于逆旅，食后，烛而假寐。忽一婢来，襆衣置椅上，又有镜奁揥箧，一一列案头，乃去。俄一少妇自房中出，发箧开奁，对镜栉掠，已而髻，已而簪，顾影徘徊甚久。前婢来，进匜沃盥。盥已捧帨，既，持沐汤去。妇解襆出裙帔，炫然新制，就着之，掩衿提领，结束周至。范不语，中心疑怪，谓必奔妇，将严装以就客也。妇妆讫，出长带，垂诸梁而结焉。讶之。妇从容跂双弯，引颈受缢。才一着带，目即含，眉即竖，舌出吻两寸许，颜色惨变如鬼。大骇奔出，呼告主人，验之已渺。主人曰："曩子妇经于是，毋乃此乎？"吁！异哉！既死犹作其状，此何说也？

○逆旅：客店。

○烛：点着蜡烛。假寐：闭目休息，非真睡。

○襆衣：衣服被包裹起来的样子。襆，包裹。

○镜奁揥（tì）箧：存放梳妆用具的容器。镜奁，装镜子的盒子；揥，用于梳理头发的工具；箧，小箱子。

○栉掠：梳理和整理头发。

○进匜（yí）沃盥：送水来供洗手。匜，古代盛水的器具。

○帨（shuì）：用于擦拭的巾。

○炫然：形容衣物鲜亮、光鲜。

○结束：整理打扮。周至：周全、仔细。

○奔妇：逃家的女子，多指私奔的妇女。

○跂（qǐ）双弯：踮起脚尖站立。跂，踮起；双弯，双脚。

○曩：从前。子妇：儿媳。经于是：在此处自缢。经，古意自缢。

译文

范生住在客店里，晚饭后点了蜡烛，闭目休息。突然，一个女仆来了，她把一包裹好的衣服放在椅子上，还摆放了装梳妆用具的镜奁和小箱子。少妇随后从房间走出，打开箱子和镜子开始梳妆，做好发髻，戴上发簪，对着镜子仔细打量了很久。女仆再次进来，端来水盆供少妇洗手。洗手后，女仆递上一块擦手巾，然后拿走了洗手的水。少妇打开衣包，取出裙子和披肩，这些衣物都十分鲜亮，她穿戴整齐后，整理衣领，确保装束得体。范生没说话，心里感到非常奇怪，认为这女子一定是逃家的妇人，正打扮得漂亮准备去见情人。少妇整理完毕后，拿出一条长带子，悬挂在房梁上并打结。范生感到非常惊讶。少妇从容地踮起脚尖，伸长脖子吊了起来。带子一系，她的眼睛立即闭上，眉毛倒竖，舌头伸出两寸多，面色变得十分惨白，如同鬼魅。范生被吓坏了，逃出房间大声呼救。当店主过来查看时，那幕景象已经消失无踪。店主说："之前我的儿媳就是在这里上吊自杀的，难道是她的鬼魂？"多么奇怪啊！死后还重现临终前的样子，这又该如何解释呢？

原文

异史氏曰：冤之极而至于自尽，苦矣！然前为人而不知，后为鬼而不觉，所最难堪者，束装结带时耳。故死后顿忘其他，而独于此际此境，犹历历一作，是其所极不忘者也。

○历历：清晰的样子。

译文

异史氏说：冤屈至极，最后自尽，实在是太苦了！生前作为人时不了解真相，死后变成鬼魂也没有感觉，但最难以忍受的瞬间就是整理好装束、系上带子准备上吊的那一刻。因此，死后其他的都已忘记，唯独这个时刻和这种情形，还会清晰地重现一次，这正是她最难以忘记的部分。

【吴门画工】

原文

吴门画工某，忘其名。喜绘吕祖，每想像而神会之，希幸一遇。

○吴门：今江苏苏州，春秋时期吴国的国都，因此别称吴门。
○吕祖：即吕洞宾。

虔结在念，靡刻不存。一日，值群丐饮郊郭间，内一人敝衣露肘，

○虔结：虔诚。

而神采轩豁。心忽动，疑为吕祖。谛视觉愈确，遂捉其臂曰：“君吕

○轩豁：形容人神采飞扬，气宇轩昂。
○谛视：仔细观察。

祖也。”丐者大笑。某坚执为是，伏拜不起。丐者曰：“我即吕祖，汝将奈何？”某叩头，但祈指教。丐者曰：“汝能相识，可谓有缘。然此处非语所，夜间当相见也。”再欲遮问，转盼已杳。骇叹而归。

译文

苏州有位画师，名字已忘。他喜欢画吕洞宾，常在心中与吕洞宾交流，希望能有幸见到他本人。这种虔诚的念头一直存在于他心中。一天，这位画师在城郊偶遇一群正在饮酒的乞丐，其中一个人衣服破旧，肘部露出，但神态却非常轩昂豁达。这情形让画师心动，他怀疑这人可能是吕洞宾。他仔细观察后更加确信，便抓住那人的手臂说：“您就是吕祖吧。”那乞丐大笑起来。画师坚信对方就是吕洞宾，便跪下不肯起来。乞丐说：“我确实是吕祖，你打算怎么办？”画师连忙叩头请求指点。乞丐说：“你能认出我，我们真有缘分。但这里不适合详谈，晚上再见。”画师想再问些什么，转瞬间那人已经消失无踪。画师惊叹不已，回家思绪万千。

原文

至夜，果梦吕祖来，曰：“念子志虑耑诚，特来一见。但汝骨气贪

○耑：专一、专门。

吝，不能为仙。我使子见一人可也。”即向空一招，遂有一丽人蹑空

而下，服饰如贵嫔，容光袍仪，焕映一室。吕祖曰：“此乃董娘娘，子审志之。”既而又问：“记得否？”答：“已记之。”又曰：“勿忘却。”俄而丽者去，吕祖亦去。醒而异之，即梦中所见，肖而藏之，终亦不解所谓。

○贵嫔：古代宫廷中高级女官的称呼。

○董娘娘：指清代的董贵妃，也称董鄂妃。

○审志：牢记。

译文

夜晚，画师果然梦见吕洞宾出现，吕洞宾说：“因你志向坚定，我特来见你一面。然而，你的内心贪婪且小气，无法成为仙人。我将引你见一位重要人物。”他随即向空中一挥手，一位打扮得如同贵嫔的美丽女子踏空而来，她的容貌和服饰光芒四射，照亮了整个房间。吕洞宾说：“这是董娘娘，你要好好记住她。”接着问道：“记住了吗？”画师回答：“已记住。”吕洞宾又嘱咐：“切莫忘记。”不久，那位美人和吕洞宾相继离去。画师醒来后，感觉这梦极为不同寻常，便将梦中见到的董娘娘的形象画了下来并小心收藏，但他始终不明白吕洞宾的深意是什么。

原文

后数年，偶游于都。会董妃薨，上念其贤，将为肖像。诸工群集，口授心拟，终不能似。某忽触念梦中人，得无是耶？以图呈进。宫中传览，皆谓神肖。由是授官中书，辞不受，赐万金。于是名大噪。贵戚家争遗重币，乞为先人传影。但悬空摹写，罔不曲似。浃辰之间，累数巨万。

○薨（hōng）：古代诸侯王及后妃之死称为“薨”，表示高级贵族的去世。

○都：指京城，北京。

○得无是：可能是吗？用于表示猜测或推测。

○神肖：形容肖像非常传神、逼真。

○官中书：官中书舍人，清代一职位，属于内阁属员，从七品。

○传影：指画出某人的肖像，这里指通过临摹或绘制得到的影像。

○罔不曲似：形容每一幅画都非常逼真。

○浃辰：一般指十二天，这里指在短时间内。

译文

几年后，这位画师偶然来到了京城。恰逢董妃去世，皇上想念她的贤德，决定为她制作一幅肖像。许多画师聚集尝试，尽管听了对董妃外貌的描述并试图心中想象，却都无法画得逼真。这时，苏州的画师突然想到了梦中见到的美人，怀疑那或许就是董妃。他将自己的画作呈献给了朝廷。宫中的人看后纷纷称赞其神似。因此，他被授予中书舍人的官职，但他婉拒了官职，接受了赐予的万两白银。从此，他名声大振。贵族们纷纷重金礼聘他为已故亲人绘制肖像。他凭空创作，每幅作品都惊人逼真。仅仅十几天，他就积累了巨额财富。

原文

莱芜朱拱奎曾见其人。

译文

来自莱芜的朱拱奎曾见过这位画师。

传影

“传影”是古代对肖像画的称呼，也称为“传真”或“写真”。这种艺术形式专注于描绘人物的形貌和神态，力求形神兼备，将人物的外貌栩栩如生地呈现在画布或纸上。传影在古代常用于纪念、尊崇先人或达官显贵，也成为记录人物形象的重要方式。

【林氏】

原文

济南戚安期，素佻达，喜狎妓。妻婉戒之，不听。妻林氏，美而贤。

○素佻达：原指性格轻浮不稳，后泛指行为轻佻。

会北兵入境，被俘去。暮宿途中，欲相犯。林伪诺之。适兵佩刀系

○北兵：指明清交替时期，北方清朝的军队。

床头，急抽刀自刭死，兵举而委诸野。次日，拔舍去。有人传林死，

○自刭：自杀。刭，指用刀割颈。 ○委诸野：指将尸体丢弃在野外。 ○拔舍去：即拔营离去，军队撤离。

戚痛悼而往。视之，有微息。负而归，目渐动，稍稍嚬呻，扶其

○嚬呻：指皱眉呻吟，表现出痛苦。

项，以竹管滴沥灌饮，能咽。戚抚之曰："卿万一能活，相负者必遭

凶折！"半年，林平复如故，但首为颈痕所牵，常若左顾。戚不以为

○凶折：预示不幸或不得善终。

丑，爱恋逾于平昔。曲巷之游，从此绝迹。林自觉形秽，将为置媵，

○曲巷：此处指妓院所在的狭窄巷道。

戚执不可。

译文

济南的戚安期生性轻浮，爱好嫖妓。他的妻子林氏，既美丽又贤惠，多次温和地劝告他改变行为，但他始终不听。当北方的军队入侵当地时，林氏不幸被俘。一日傍晚，当军队宿营时，有士兵意图侵犯她。林氏表面上答应了他们。待士兵将佩刀挂在床头，她迅速抽出刀，自刎身亡。士兵随后将她的尸体丢弃在荒野中。第二天，军队撤离。传言林氏已死，戚安期悲痛欲绝，前往寻找。他发现林氏尚有微弱呼吸，便将她背回家中。林氏渐渐转动眼睛，并微微呻吟。戚安期扶着她的脖子，用竹管给她喂食喝水，她也能慢慢咽下。戚安期抚摸着她说："如果你能活下来，我背叛你的话定会不得善终！"半年后，林氏痊愈，只是头部因颈部的伤痕所牵，而经常向左侧看。戚安期不因她的容貌改变而减少爱恋，反而比以前更加深爱她。他自此不再光顾妓院。林氏自认为形貌已毁，想为戚安期纳妾，但戚安期坚决拒绝。

原文

居数年，林不育，因劝纳婢。戚曰："业誓不二，鬼神宁不闻之？即嗣续不承，亦吾命耳。若未应绝，卿岂老不能生者耶？"林乃托疾，使戚独宿，遣婢海棠，襆被卧其床下。既久，阴以宵情问婢，婢言无之。林不信。至夜，戒婢勿往，自诣婢所卧。少间，闻床上睡息已动，潜起，登床扪之。戚醒问谁，林耳语曰："我海棠也。"戚却拒曰："我有盟誓，不敢更也。若似曩年，尚须汝奔就耶？"林乃下床出。戚自是孤眠。林使婢托己往就之。戚念妻生平曾未肯作不速之客，疑焉。摸其项，无痕，知为婢，又咄之。婢惭而退。既明，以情告林，使速嫁婢。林笑云："君亦不必过执。倘得一丈夫子，即亦幸甚。"戚曰："苟背盟誓，鬼责将及，尚望延宗嗣乎？"

○曩年：从前。

○托己：假冒自己。

○不速之客：指未经邀请而自行到访的人。

○执：固执，坚持。○丈夫子：指男孩。古代称呼男孩为"丈夫子"，女孩为"女子子"。

译文

几年过后，林氏依然没有生育，因此建议戚安期收纳丫环为妾。戚安期说："我曾发誓要一心一意，鬼神难道没听见？即使无法有子继承香火，那也是命中注定。如果命里不该绝后，你岂会到老也不生育吗？"于是，林氏假装生病，让戚安期独自一人睡觉，同时派丫环海棠带着被子睡在他床下。一段时间后，林氏私下询问海棠夜间的情况，海棠回答说什么也没有发生。林氏不信，夜里她吩咐海棠不要过来，自己悄悄去海棠睡觉的地方去睡。不久，听到床上有呼吸声，林氏悄悄爬上床摸索。戚安期醒来，问是谁，林氏贴在他的耳旁轻声说："我是海棠。"戚安期拒绝说："我有誓言，不能违背。如果是以前，难道还需要你来试探我吗？"

林氏下床离开。戚安期从此独自一人睡觉。林氏后来又让海棠假扮自己去找戚安期。戚安期想到林氏生平从不会不请自来，便起了疑心。他摸了海棠的颈项，发现没有伤痕，确定是丫环，便严厉地让她离开。海棠羞愧地退出房间。次日清晨，戚安期将夜里的事情告诉林氏，建议尽快将海棠嫁出。林氏笑着回应戚安期说："你也不必太过固执。如果能生一个男孩，那也是极好的。"戚安期回答说："如果违背了誓言，鬼神的责罚将至，怎么还能期望传宗接代呢？"

原文

林翼日笑语戚曰："凡农家者流，苗与秀不可知，播种常例不可违。

○翼日：即次日，第二天。 ○农家者流：此处指农民，比喻普通人的生活和作息。 ○苗与秀：谓种子生长过程中的苗期与成熟期，无法预见其成败。

晚间耕耨之期至矣。"戚笑会之。既夕，林灭烛呼婢使卧己衾中。戚入，就榻戏曰："佃人来矣。深愧钱镈不利，负此良田。"婢不语。

○佃人：农户，种田的人。 ○钱镈（bó）：古代用于耕作的农具，此处泛指工具。

既而举事，婢小语曰："私处小肿，颠猛不任！"戚体意温恤之。事已，婢伪起溺，以林易之。自此时值落红，辄一为之，而戚不知也。

译文

次日，林氏笑着对戚安期说："像农民一样，播种后要等待长苗或是结穗，这是不可预测的，但按常规耕作是必须的。现在是晚上耕作的时间。"戚安期会心一笑。到了晚上，林氏吹灭灯火，让丫环海棠躺进自己的被窝。戚安期进屋后走到床边，开玩笑说："种地的人来了。真是羞愧，农具不太好用，辜负了这块好田。"海棠没说话。接着行事，海棠小声说："私处有些肿，太激烈了受不了。"戚安期对此表示关切和体谅。事毕，海棠借口去小便，由林氏代替她回到床上。从此以后，每当林氏月经期间，她们就用这种方式行事，戚安期却浑然不觉。

原文

○内婢：指把丫环收纳为妾。

未几，婢腹震。林每使静坐，不令给役于前。故谓戚曰："妾劝内婢，而君弗听。设尔日冒妾时，君误信之，交而得孕，将复如何？”戚曰：

○尔日：指那一天。

“留犊鬻母。”林乃不言。无何，婢举一子。林暗买乳媪，抱养母家。

○留犊鬻母：留下孩子，卖掉母亲，比喻只顾眼前利益，不顾长远后果。

积四五年，又产一子一女。长子名长生，已七岁，就外祖家读。林半月辄托归宁，一往看视。婢年益长，戚时时促遣之，林辄诺。婢日思

○归宁：回娘家。古时妇女偶尔回娘家探亲，称为“归宁”。

儿女，林从其愿，窃为上鬟，送诣母所。谓戚曰：“日谓我不嫁海棠，

○上鬟：即把头发梳成成年已嫁女子的样式，象征成年女子的地位。

母家有义男，业配之。”

○义男：指非亲生但视如己出的男孩，相当于养子或义子。

译文

不久之后，丫环海棠怀孕了。林氏便经常让她静坐休息，不再让她做家务。某日，林氏故意对戚安期说：“我曾建议你收海棠为妾，你却不听。假设某天她冒充我而你误以为是我，从而导致她怀孕，你打算怎么处理？”戚安期回答：“留下孩子，卖掉母亲。”林氏听后便不再多言。不久，海棠生下了一个男孩。林氏秘密安排了一个奶妈，将孩子抚养在外祖母家中。四五年后，海棠又生了一对儿女。大儿子取名为长生，此时已七岁，在外祖母家接受教育。林氏每隔半月就以探望父母为由回娘家看望孩子。随着海棠年龄增长，戚安期不断催促将她送走，林氏总是答应但未采取行动。海棠因思念儿女而烦恼，林氏便迎合她的愿望，悄悄为她梳理成已嫁女子的发型，并送她回母家。她对戚安期说：“你总是说我不让海棠出嫁，其实她已与我母家的义子订婚。”

原文

又数年，子女俱长成。值戚初度，林先期治具，为候宾友。戚叹

○初度：指庆祝生日。　○治具：指准备宴席或其他庆典用品。

曰：“岁月骛过，忽已半世。幸各强健，家亦不至冻馁。所阙者，膝

○骛过：形容时间匆匆，快速流逝。

下一点。”林曰：“君执拗，不从妾言，夫谁怨？然欲得男，两亦非

难，何况一也。”戚解颜曰：“既言不难，明日便索两男。”林言：“易耳，易耳！”早起，命驾至母家，严妆子女，载与俱归。入门，令雁行立，呼父叩祝千秋。拜已而起，相顾嬉笑。戚骇怪不解。林曰：“君索两男，妾添一女。”始为详述本末。戚喜曰：“何不早告？”曰：“早告，恐绝其母。今子已成立，尚可绝乎？”戚感极，涕不自禁。乃迎婢归，偕老焉。古有贤姬，如林者，可谓圣矣！

○叩祝千秋：指跪拜并祝福父亲长寿千秋。

译文

几年后，他们的子女都已长大成人。正逢戚安期生日前夕，林氏提前准备了庆祝的宴席，用以迎接宾客和亲友。戚安期感叹道：“岁月飞逝，转眼我已过半生。幸好家中人人健康，生活也不至于贫困。唯一遗憾的是膝下没有儿子。”林氏回应道：“你一直固执己见，不听从我的建议，这怪不得别人。其实，想要儿子，哪怕两个都不难，更不用说一个了。”戚安期开心地说：“既然你说不难，那明天就给我找两个儿子来。”林氏回答：“没问题，很容易做到！”次日一早，林氏命人备好马车，驱车前往她的母家。她让儿女们穿戴整齐，一同回到家中。一进门，她让孩子们排成一行，呼喊着父亲并向他跪拜祝寿。礼毕，大家起身相视而笑。戚安期既惊讶又困惑，不明白这一切究竟是怎么回事。林氏解释道：“你不是要两个儿子吗？我还给你添了一个女儿。”她随后详细讲述了这些年的经过。戚安期欣喜地问：“你为何不早点告诉我？”林氏解释：“如果早告诉你，恐怕你会抛弃他们的母亲。现在孩子们都已经成长起来，你还能忍心赶她走吗？”戚安期深受感动，泪流不止。他随后将海棠正式迎回家中，与她共度余生。可以说，林氏像古代的贤妻良母一样，堪称圣贤。

【胡大姑】

原文

益都岳于九，家有狐祟，布帛器具，辄被抛掷邻堵。蓄细葛，将取作服，见捆卷如故，解视，则边实而中虚，悉被翦去。诸如此类，不堪其苦。乱诟骂之。岳戒止云：“恐狐闻。”狐在梁上曰：“我已闻之矣。”由是祟益甚。

○邻堵：即邻家的墙下。

译文

山东益都的岳于九家中有狐狸精作祟，经常将布帛器具扔到邻家的墙下。岳于九将存放的细葛拿出来做衣服，外观看似完好，但一解开便发现，虽然四边完整，中间却被彻底剪空。类似的麻烦不断发生，令家人极其苦恼。家人们因此胡乱辱骂那狐狸。岳于九警告并制止说：“恐怕狐狸会听到。”狐狸在房梁上说：“我已经听到了。”从此，它的作祟行为更加厉害。

原文

一日，夫妻卧未起，狐摄衾服去。各白身蹲床上，望空哀祝之。忽见好女子自窗入，掷衣床头。视之，不甚修长，衣绛红，外袭雪花比甲。岳着衣，揖之曰：“上仙有意垂顾，即勿相扰。请以为女，如何？”狐曰：“我齿较汝长，何得妄自尊？”又请为姊妹，乃许之。于是命家人皆呼以胡大姑。

○比甲：背心、马甲。

译文

一天夫妻俩还没起床，狐狸偷走了他们的被子和衣服。他们无衣可穿，只能光着身子蹲在床上，仰头向空中祝祷。突然，一个漂亮的女子从窗户进来，将衣服扔在床头。看那女子的样子，个子不太高，身穿绛红色衣服，外面披着雪白的马甲。岳于九穿好衣服后，向她行礼说："既然上仙有意来此，就请不要再捣乱了。能否请你做我们的女儿？"狐狸回答说："我年龄比你大，你怎么可以这样妄自尊大？"岳于九又请求她做姐妹，这才得到了她的同意。于是他命令家里的人都称呼这只狐狸为胡大姑。

原文

时颜镇张八公子家，有狐居楼上，恒与人语。岳问："识之否？"答云："是吾家喜姨，何得不识？"岳曰："彼喜姨曾不扰人，汝何不效之？"狐不听，扰如故。犹不甚祟他人，而专祟其子妇。履袜簪珥，往往弃道上；每食，辄于粥碗中埋死鼠或粪秽。妇辄掷碗骂骚狐，并不祷免。岳祝曰："儿女辈皆呼汝姑，何略无尊长体耶？"狐曰："教汝子出若妇，我为汝媳，便相安免。"子妇骂曰："淫狐不自惭，欲与人争汉子耶？"时妇坐衣笥上，忽见浓烟出尻下，熏热如笼。启视，藏裳俱烬，剩一二事，皆姑服也。又使岳子出其妇，子不应。过数日，又促之，仍不应。狐怒，以石击之，额破裂，血流几毙。岳益患之。

○颜镇：即今山东淄博博山区。

○衣笥（sì）：用于存放衣物的箱子。

○尻（kāo）：屁股。

○烬：完全燃烧后的残留灰烬。

○事：此处指"件"。

译文

在颜镇的张八公子家里，有一只狐狸常在楼上与人说话。岳于九问胡大姑：“你认识这只狐狸吗？”她回答：“那是我们家的喜姨，怎么会不认识？”岳于九接着说：“喜姨从未扰人，你为何不学她？”狐狸不听，继续搅扰。狐狸虽不太搅扰他人，但专门找岳于九的儿媳妇的麻烦。儿媳妇的鞋子、袜子、簪子和耳环经常被扔在路上；吃饭时，她的粥碗里常常会被放进死鼠或粪便。儿媳妇会扔掉饭碗并辱骂这只狐狸，不求饶。岳于九祈祷说：“所有孩子们都叫你姑姑，你为何一点也不表现出尊长的风范？”狐狸回应：“如果你让你儿子离婚，让我做你的儿媳，我们就能和平相处。”儿媳妇愤怒地回应：“无耻的狐狸，还敢争夺人夫？”当时，儿媳妇正坐在一个装衣物的箱子上，突然看见她屁股下冒出浓烟，热得如坐火炉。她打开箱子一看，里面的衣物都烧成灰烬，只剩下一两件是婆婆的衣服。狐狸又催促岳于九的儿子离婚，他不同意。几天后，狐狸再次催促，儿子仍不同意。狐狸愤怒，用石头击打他，打得他额头破裂流血，差点丧命。岳于九对狐狸的行为感到更加忧虑。

原文

西山李成爻，善符水，因币聘之。李以泥金写红绢作符，三日始成。

○泥金：使用金粉制成的涂料，常用于书画。

又以镜缚梃上，捉作柄，遍照宅中。使童子随视，有所见，即急告。

○梃（tǐng）：木棍。

至一处，童言墙上若犬伏，李即戟手书符其处。既而禹步庭中，咒

○戟手：用食指和中指并拢做指画，此手势类似古代的戟，常用于表示指挥或斥责。

○禹步：古代巫师在施法时的步态。

移时，即见家中犬豕并来，帖耳戢尾，若听教命。李挥曰：“去！”

○帖耳戢尾：表示动物恐惧，耷拉耳朵，蜷缩尾巴。

即纷然鱼贯而去。又咒，群鸭即来，又挥去之。已而鸡至。李指一鸡，大叱之。他鸡俱去，此鸡独伏，交翼长鸣，曰：“予不敢矣！”李曰：“此物是家中所作紫姑也。”家人并言不曾作。李曰：“紫姑今

○紫姑：传说中的厕所神灵，因遭嫉妒而死，后被尊为神，常在特定节日被人们纪念。

尚在。”因共忆三年前，曾为此戏，怪异即自尔日始也。遍搜之，见

刍偶犹在厩梁上。李取投火中。乃出一酒瓻，三咒三叱，鸡起径去。闻瓻口言曰："岳四狠哉！数年后，当复来。"岳乞付之汤火，李不可，携去。或见其壁间挂数十瓶，塞口者皆狐也。言其以次纵之，出为祟，因此获聘金，居为奇货云。

○刍偶：用草编成的人形偶像。

○瓻（chī）：古代的一种小酒瓶。

○居为奇货：指囤积稀奇的货物以获取高额利润。这里指利用驱邪的能力获取报酬。

译文

西山的李成爻，擅长画符驱邪，岳于九出钱聘请他过来。李成爻用泥金在红绢上写符，花了三天才完成。他还把一面镜子绑在一根棍子上，用这个棍子作为柄，照遍整个房子。他让一个童子跟着他，看到什么异常的东西就立刻报告。到了一个地方，那个童子说墙上好像有一只狗趴着，李成爻立刻用手指作出戟形，在那个地方画了符。之后，李成爻在庭院中走来走去，一边走一边念咒。不久，家里的狗和猪都跑了过来，它们都耷拉着耳朵，夹着尾巴，好像在听命令。李成爻挥了挥手，说了一声"去"，它们就纷纷散开了。他又念了咒，一群鸭子走了过来，他再次挥手让它们走开。接着，鸡群赶到，李成爻指着其中一只鸡大声斥责，其他鸡都飞散了，只有那只鸡留下，它伏在地上，双翼交叉，不停地叫着："我不敢了！"李成爻说："这就是你们家中所造的紫姑。"家里人都说没有这回事。李成爻坚持说："紫姑还在。"大家回想起三年前确实曾做过这样的游戏，怪事也是从那时开始的。他们遍寻整个屋子，最后在马棚的梁上找到了一个用草编成的人偶。李成爻把它取下来扔进了火中。然后他拿出一个酒瓶，念了三遍咒语，并且三次大声斥责，那只鸡就走了。瓶子里的声音说："岳四真狠！几年后，我还会再回来。"岳于九想把酒瓶扔进沸水或火里销毁，但李成爻不同意，他带着酒瓶离开了。有人看见李成爻的家里墙上挂着许多这样的瓶子，里面都是封着的狐狸精。据说他会逐一释放这些狐狸精，让它们出去捣乱，然后再次抓回来，为此收取酬金，这就是他的生财之道。

【细侯】

原文

昌化满生，设帐于余杭。偶涉廛市，经临街阁下，忽有荔壳坠肩头。仰视，一雏姬凭阁上，妖姿要妙，不觉注目发狂。姬俯哂而入。询之，知为娼楼贾氏女细侯也。其声价颇高，自顾不能适愿。归斋冥想，终宵不枕。明日，往投以刺，相见，言笑甚欢，心志益迷。托故假贷同人，敛金如干，携以赴女，款洽臻至。即枕上口占一绝赠之云：膏腻铜盘夜未央，床头小语麝兰香。新鬟明日重妆凤，无复行云梦楚王。细侯蹙然曰：“妾虽污贱，每愿得同心而事之。君既无妇，视妾可当家否？”生大悦，即叮咛，坚相约。细侯亦喜曰：“吟咏之事，妾自谓无难，每于无人处，欲效作一首，恐未能便佳，为听观所讥。倘得相从，幸教妾也。”因问生家田产几何，答曰：“薄田半顷，破屋数椽而已。”细侯曰：“妾归君后，当长相守，勿复设帐为也。四十亩聊足自给，十亩可以种桑，织五匹绢，纳太平之税有余矣。闭户相对，君读妾织，暇则诗酒可遣，千户侯何足贵！”生曰：“卿身价略可几多？”曰：“依媪贪志，何能盈也？多不过二百金足矣。

○设帐：原意为设置帐篷，这里指教书。余杭：浙江西北部的一个县，今属于杭州市余杭区。

○昌化：明清时属浙江省杭州府，现为杭州昌化镇。

○雏姬：年轻的女子。雏，幼小；姬，古代对女性的称呼。

○要妙：非常美丽动人。

○如干：若干，一些。

○膏：此处指灯膏，即灯油。铜盘：灯具的部分，用来盛放灯油。

○鬟：女子的发髻。凤：此处指凤凰形状的头饰。

○半顷：大约五十亩土地。一顷等于一百亩。

○千户侯：古代官爵，指掌管一千户人家的地方官。

可恨妾齿稚，不知重赀财，得辄归母，所私蓄者区区无多。君能办百金，过此即非所虑。”生曰：“小生之落寞，卿所知也，百金何能自致。有同盟友，令于湖南，屡相见招，仆以道远，故惮于行。今为卿故，当往谋之。计三四月，可以归复，幸耐相候。”细侯诺之。

○落寞：形容人处境孤单，事业不顺。

○惮：担忧，畏缩。

译文

满生，一位来自浙江昌化的先生，在余杭教书。一次，他闲逛市集时，一枚荔枝壳意外落在他肩上。他抬头望去，一个年轻女子正从阁楼上俯瞰，她的美丽令人心动。满生被她的美貌吸引，几乎失去理智。女子对他轻笑一声后便回到屋里。经询问，满生得知她是妓院老板贾氏的女儿，名叫细侯。她的身价颇高，令满生难以负担。满生回到书斋，整夜都在想着如何能够得到细侯的心。第二天，他带着名片再次前往妓院，与细侯相见后，两人交谈甚欢，满生对她的情感更加深厚。他设法向朋友借了一些钱，满怀希望地去见细侯，二人关系迅速升温。满生即兴赋了一首诗给细侯：“膏腻铜盘夜未央，床头小语麝兰香。新鬟明日重妆凤，无复行云梦楚王。”细侯听后有些忧伤，说道：“我虽身在妓院，但一直希望能与一位真心人相依为命。您未娶，不知你觉得我能当得了家吗？”满生大喜，立即答应。细侯也很开心，表示：“虽我善于吟诗，但总怕别人嘲笑。若能与您相伴，希望您能指导我。”她询问满生家中的经济状况，满生坦诚道：“家中仅有半亩田地和几间破旧的房屋。”细侯说：“我嫁给你后，就会和你长相厮守，你不要再教书。我们可以用四十亩地自给自足，另外十亩种桑，织丝作衣，纳税也绰绰有余。闭门造车，您读书我织布，闲暇时还可以一起吟诗饮酒，何愁不如千户侯？”满生问：“你的身价大概是多少？”细侯说：“妈妈总是很贪心，但她也知道有个度。大概两百金足够了。可惜我年轻不懂事，挣来的钱都给了妈妈，自己积蓄很少。如果你能筹到一百金，剩下的你就不必担心。”满生说：“我一直清贫，这你也知道。一百金对我来说是不小的数目，但我有一个兄弟在湖南做官，他经常邀请我去，因为路途遥远我一直没去。现在为了你，我决定去一趟，大约三四个月能回来，希望你能耐心等我。”细侯答应了。

原文

生即弃馆南游，至则令已免官，以罣误居民舍，宦囊空虚，不能为礼。生落魄难返，就邑中授徒焉。三年，莫能归。偶笞弟子，弟子自溺死。东翁痛子而讼其师，因被逮囹圄。幸有他门人，怜师无过，时致馈遗，以是得无苦。

○弃馆南游：指辞去教职向南方旅行。

○罣误：谓因过失或牵连而受到处分。此处指因某种错误或误解而住进了普通民居。

○东翁：古时对雇主的一种尊称，这里指雇佣教师的家长。

译文

满生立即辞掉教书的工作便向南方出发，抵达目的地后得知县令因过失已被免职，因而只好居住在民房之中。因为官囊已空，他无法向满生行礼如仪。满生处境落魄，难以返回故乡，于是留在当地教书。三年过去，仍未能归家。一次，他因惩戒一名学生，导致该学生自溺身亡。悲痛的家长因此把满生告上官府，他被投入监狱。幸运的是，其他学生同情他的无辜，不时送来生活用品，因此他在狱中过得并不苦楚。

原文

细侯自别生，杜门不交一客。母诘知故，不可夺，亦姑听之。有富贾某，慕细侯名，托媒于媪，务在必得，不靳直。细侯不可。贾以负贩诣湖南，敬侦生耗。时狱已将解，贾以金赂当事吏，使久锢之。归告媪云："生已瘐死。"细侯疑其信不确。媪曰："无论满生已死，纵或不死，与其从穷措大，以椎布终也，何如衣锦而厌粱肉乎？"细侯曰："满生虽贫，其骨清也。守龌龊商，诚非所愿。且

○杜门：闭门。

○靳直：吝惜钱财。直，值。

○敬侦生耗：秘密打探满生的近况。耗，指消息。

○瘐死：指囚犯在狱中因环境恶劣而死亡。

○以椎布终：指一生穿着贫穷的布衣。

○从穷措大：即选择一个贫穷的读书人。

○衣锦而厌粱肉：形容穿华丽衣服，吃美味佳肴。

○骨清：指人品正直、清高。

道路之言，何足凭信！”贾又转嘱他商，假作满生绝命书寄细侯，以绝其望。细侯得书，惟朝夕哀哭。媪曰：“我自幼于汝，抚育良劬。汝成人二三年，所得报者，日亦无多。既不愿隶籍，即又不嫁，何以谋生活？”细侯不得已，遂嫁贾。贾衣服簪珥，供给丰侈。年余，生一子。

○良劬：形容辛苦抚养。

○隶籍：指登记成为娼妓。

译文

细侯自从与满生别后，闭门不见外人。鸨母询问缘由，了解到细侯决心已定，无法改变，便暂时听从她的决定。一位富商听闻细侯的名声，通过媒妁向鸨母求婚，决意不惜代价求娶细侯，但细侯拒绝了。此商人前往湖南，秘密打听满生的近况。当时满生即将获释，但商人贿赂相关官员，使满生长期被囚。回到家后，他向细侯的鸨母谎称道：“满生已经在狱中死去。”细侯对此消息表示怀疑。鸨母说：“不管满生是否已死，与其嫁给一个贫穷的书生一生守贫，不如穿锦衣吃佳肴。”细侯回应：“满生虽贫，但品行清高。我无法守着卑鄙的商人共度余生。此外，道听途说的话怎能作凭证！”商人又让其他商人伪造了一封满生的绝命书寄给细侯，意图断绝她的希望。收到信后，细侯日夜悲伤。鸨母说：“我辛苦养育你，你成年后得到的报答并不多。既不愿成为妓女，也不愿嫁人，你打算如何生存？”最终，细侯在无奈之下嫁给了那位富商。富商给她穿豪华的衣物戴珍贵的首饰，生活非常奢侈。一年多后，细侯生下了一个儿子。

原文

无何，生得门人力，昭雪而出，始知贾之锢己也。然念素无隙，反复不得其由。门人又助资斧以归。既闻细侯已嫁，心甚激楚，因以所苦，托市媪卖浆者达细侯。细侯大悲，方悟前此多端，悉贾之诡谋。

○资斧：资金，旅费。

○激楚：极度激动和悲痛。

乘贾他出，杀抱中儿，携所有亡归满，凡贾家服饰，一无所取。贾归，怒质于官。官原其情，置不问。呜呼！寿亭侯之归汉，亦复何殊？顾杀子而行，亦天下之忍人也！

○寿亭侯之归汉：比喻忠诚而归真主。此处引用历史人物关羽的故事，关羽曾归顺曹操但后来得知刘备安全，于是毅然返回归顺刘备，称为汉寿亭侯。

○忍人：指极端的狠心或残忍。

译文

不久后，满生在其学生的帮助下得以洗清冤屈并获释，这时他才得知原来是富商使他长期被囚。满生自思平生无大过错，却怎么也想不出为何会有此遭遇。学生们出于义气提供了旅费帮助他返回家乡。当他得知细侯已经出嫁后，心中激愤不已。满生将自己所受的苦楚通过一个在市场卖酒的老妇人转达给了细侯。细侯听后极为悲痛，终于明白了一切的前因后果，都是富商的诡计。她趁富商外出时，杀死了怀中的孩子，带着自己的财物逃回到满生身边，对富商家的任何财物均未带走一物。当富商得知后，愤怒地向官府提出控诉。然而官府了解细侯的动机后，认为她情有可原，因此没有追究。这种情况与当年关羽弃曹归汉何异？然而，细侯为了逃回满生身边，竟然忍心杀死自己的孩子，这样的行为也让人觉得她的心肠极为残忍。

椎布

“椎布”是“椎髻布衣”的省称，指古代贫苦女子的装束。椎髻是将头发束成一撮，形如木椎，而“布衣”则指穿着粗布衣服。这个词通常用来形容贫困女子的朴素打扮，象征着清贫和艰苦的生活状态。在文学中，椎布常用于描写贫寒阶层的生活情景，或作为对比富贵生活的象征。

【狼三则】

原文

有屠人货肉归，日已暮。欻一狼来，瞰担中肉，似甚涎垂，步亦步，尾行数里。屠惧，示之以刃，则稍却；既走，又从之。屠无计，默念狼所欲者肉，不如姑悬诸树而蚤取之。遂钩肉，翘足挂树间，示以空空，狼乃止。屠即径归。昧爽往取肉，遥望树上悬巨物，似人缢死状，大骇。逡巡近之，则死狼也。仰首审视，见口中含肉，肉钩刺狼腭，如鱼吞饵。时狼革价昂，直十余金，屠小裕焉。缘木求鱼，狼则罹之，亦可笑已！

○欻（xū）：忽然。
○瞰：看；俯视。
○涎垂：形容口水流出的样子，此处表示狼对肉的极大渴望。
○蚤取之：计划次日一早取回。
○昧爽：天将明未明的时刻。
○罹之：指狼遭遇此困境。

译文

一个屠夫卖完肉正赶回家，天已经快黑了。突然来了一只狼，贪婪地注视着他肩上的肉，似乎非常想吃。屠夫前行，狼紧跟其后，尾随了好几里。屠夫感到恐惧，拿出刀子示威，狼稍作退避；屠夫一走，狼又跟上。屠夫无计可施，想到狼想要的是肉，于是决定将肉挂在树上，打算第二天早上取回。他用肉钩挂起肉，抬脚将其挂在树间，向狼展示空空的担子，狼这才停止追随。屠夫便径直回家。次日清晨，他去取肉，远远看到树上挂着一个巨大的物体，像是人被吊死的样子，吓得不轻。小心翼翼靠近一看，发现是那只死去的狼。他抬头细看，狼的嘴里还叼着肉，肉钩刺穿了狼的上腭，就像鱼吞下鱼饵一样。当时狼皮价值不菲，能卖十多金，屠夫因此小有所得。这件事恰如那句古话“缘木求鱼”，狼的遭遇不禁让人哑然失笑。

原文

一屠晚归，担中肉尽，止有剩骨。途中两狼，缀行甚远。屠惧，投以骨。一狼得骨止，一狼仍从；复投之，后狼止而前狼又至。骨已尽，而两狼之并驱如故。屠大窘，恐前后受其敌。顾野有麦场，场主积薪其中，苫蔽成丘。屠乃奔倚其下，弛担持刀。狼不敢前，眈眈相向。少时，一狼径去；其一犬坐于前，久之，目似瞑，意暇甚。屠暴起，以刀劈狼首，又数刀毙之。方欲行，转视积薪后，一狼洞其中，意将隧入以攻其后也。身已半入，止露尻尾。屠自后断其股，亦毙之。乃悟前狼假寐，盖以诱敌。狼亦黠矣！而顷刻两毙，禽兽之变诈几何哉，止增笑耳！

○止：仅；只。

○缀行甚远：长时间紧随其后。

○敌：这里指攻击的意图。

○苫蔽成丘：用草覆盖成堆状，形如小山。

○弛担持刀：放下担子握住刀子。

○犬坐：坐着的姿态类似狗。

○暴起：突然起身。

○洞：这里指草垛中的洞穴。

○隧入以攻其后：计划通过洞穴来从背后发起攻击。

○止露尻尾：仅露出尾巴部分。

○黠：聪明且狡猾。

○变诈几何：这里指动物的狡猾程度。

○止增笑耳：仅仅增添了笑料。

译文

一名屠夫晚上回家，担子里的肉都卖光了，只剩下骨头。途中两只狼长时间跟随他。屠夫感到害怕，便将一块骨头扔给它们。一只狼得到骨头后停了下来，而另一只继续跟随；屠夫再次扔出一块骨头，后面的狼停下，前面的狼又追上来。当所有的骨头都扔完后，两只狼还是并行不悖地跟着他。屠夫非常窘迫，担心被狼前后夹攻。于是他看到田野里有一个麦场，场主将大量柴草堆积成一个山丘状的苫盖。屠夫赶紧跑过去，靠在这个草垛下，放下肉担并握紧刀子。狼不敢靠近，只是远远地注视着他。过了一会儿，一只狼就走了；另一只狼则像狗一样坐在前面，时间久了，狼仿佛睡着了。屠夫突然起身，用刀劈开了狼的头部，随后又连续砍了几刀，将其杀死。就在他准备离开时，转头看到另一只狼正试图通过草垛后的洞穴从背后攻击他。这只狼的身体已经钻了进去，只露出尾巴。屠夫砍断了它的后腿，也将其杀死。这时他才明白，先前那只狼假装睡觉，实际是在诱骗他。狼虽然狡猾，但最终还是被屠夫一举解决，它们的狡诈行为能有多少呢？最终只增添了笑料。

原文

一屠暮行，为狼所逼。道傍有夜耕者所遗行室，奔入伏焉。狼自苫中探爪入。屠急捉之，令不可去。顾无计可以死之，惟有小刀不盈寸，遂割破爪下皮，以吹豕之法吹之。极力吹移时，觉狼不甚动，方缚以带。出视，则狼胀如牛，股直不能屈，口张不得合。遂负之以归。非屠乌能作此谋也？

○行室：临时搭盖的住所。

○乌：同“何”，疑问词，用于反问，意为“谁”。

译文

一位屠夫在夜晚行走时，被一只狼追逐。他看到路边有一处农夫为夜间耕作而留下的窝棚，便急忙跑进去躲藏。狼试图从草苫中伸入爪子，屠夫立刻抓住了狼的爪子，阻止它收回。屠夫手中只有一把不足一寸长的小刀，无法直接杀死狼，于是他切开狼爪下的皮肤，开始用类似吹猪的方法向狼体内吹气。经过一番努力，他感到狼不再动弹，于是用皮带将狼的伤口紧紧绑住。当他检查时，发现狼的身体已经膨胀得像头牛一样，腿僵直无法弯曲，嘴巴也张着无法闭合。于是屠夫将狼背回家。这种巧妙的计谋，除了屠夫，还有谁能想到呢？

原文

三事皆出于屠，则屠人之残，杀狼亦可用也。

○残：残忍，指行为的残酷无情。

译文

这三件事都是屠夫做的，由此可见，屠夫的残忍，在对付狼时也同样有效。

【美人首】

原文

诸商寓居京舍。舍与邻屋相连，中隔板壁，板有松节脱处，穴如盏。忽女子探首入，挽凤髻，绝美，旋伸一臂，洁白如玉。众骇其妖，欲捉之，已缩去。少顷，又至，但隔壁不见其身。奔之，则又去之。一商操刀伏壁下，俄首出，暴决之，应手而落，血溅尘土。众惊告主人。主人惧，以其首首焉。逮诸商鞫之，殊荒唐。淹系半年，迄无情词，亦未有以人命讼者，乃释商，瘗女首。

○京舍：指京城中的旅舍或客栈。

○奔之：迅速冲向洞口的动作。

○暴决：突然砍下。

○以其首首焉：指将被砍下的头颅带到官府。

○鞫：审问。

○淹系：长时间被拘留。

○情词：具体的案件细节或证词。

○瘗：埋葬。

译文

几个商人在京城的旅舍住宿，他们的房间与邻居的屋子相连，中间隔着一层板壁。板壁上因松木结疤脱落，形成了一个酒杯大小的洞。突然，一个女子将头从洞中伸出，她的头发挽着凤髻，容貌绝美，随后又伸出一只如玉一般洁白的手臂。众人因其美貌及突兀的出现而大吃一惊，误以为是妖怪，欲将她捕捉，她却迅速撤回去。不久她又出现，但众人冲过去时，她再次消失。一位商人持刀蹲伏在板壁下，等女子的头再次露出时，他突然将其砍下，头颅落地，鲜血四溅。众人惊慌向店主报告。店主害怕之下，将首级带至官府。商人们被逮捕并接受审讯，经过半年的长期拘留，最终因缺乏确凿的供词及任何人来告状，于是就把商人们释放了，埋了女子的头颅。

【刘亮采】

原文

闻济南怀利仁言：刘公亮采，狐之后身也。初，太翁居南山，有叟

○刘公亮采：刘亮采，字公严，明代历城人，文学才子，通音律，善书画。 ○太翁：此处指刘亮采的父亲或祖父，常用以尊称年长者。

造其庐，自言胡姓。问所居，曰："只在此山中。闲处人少，惟我两

○只在此山中：形容隐居深山，不与世俗往来。 ○闲处人少，惟我两人：描写两人在深山幽静之处的隐居生活。

人，可与数晨夕，故来相拜识。"因与接谈，词旨便利，悦之，治酒

○数晨夕：形容两人常常一起度过日日夜夜，有较多的共处时间。 ○词旨便利：指言谈中展现出的智慧与机智。

相欢，醺而去。越日复来，愈益款厚。刘云："自蒙下交，分即最深。

○醺而去：醉醺醺地离去。 ○分即最深：表示两人情谊深厚。

但不识家何里，焉所问兴居？"胡曰："不敢讳，实山中之老狐也。与

○焉所问兴居：询问对方的居住环境和生活状态。

若有夙因，故敢内交门下。固不能为翁福，亦不敢为翁祸，幸相信

○夙因：前世或宿命的因缘。 ○内交：结交。

勿骇。"刘亦不疑，更相契重。即叙年齿，胡作兄，往来如昆季，有

○更相契重：彼此的关系更加密切和重视。 ○昆季：比喻如兄弟一般的关系。

小休咎，亦以告。时刘乏嗣，叟忽云："公勿忧，我当为君后。"刘

○小休咎：指生活中的小福祸。

讶其言怪。胡曰："仆算数已尽，投生有期矣。与其他适，何如生故

○数已尽：命运中注定的寿命已尽。

人家？"刘曰："仙寿万年，何遂及此？"叟摇首云："非汝所知。"遂

去。夜果梦叟来，曰："我今至矣。"既醒，夫人生男，是为刘公。

译文

据济南的怀利仁说：刘亮采是狐狸转世而来。最初，刘亮采的父亲住在南山，有一位老人前来访问，自称姓胡。当问及其住处，他说："我就住在这座山里。这里人迹罕至，只有我们两个人能够经常相聚，因此前来拜访结识。"因此，他们开始交谈，胡老头言谈中显示出智慧和机智，刘亮采的父亲因此而喜欢他，便设宴

款待，两人醉醺醺地分别。第二天，胡老头再次来访，两人的友情愈发深厚。刘亮采的父亲说：“自从与你交往，我们的友情非常深厚。但我不知道你的家在哪里，该如何向你问安？”胡老头回答：“我不隐瞒你，其实我是这座山中的一只老狐狸。因为与你有前世的缘分，我才敢与你深交。我既不能为你带来福运，也不会带来灾祸，请你相信我，不要惊慌。”刘亮采的父亲听后并不怀疑，两人的关系更加密切。他们相互询问年龄，胡老头作为哥哥，两人的往来就像兄弟一样。刘亮采的父亲如果有什么小福祸，也都告诉老人。当时刘亮采的父亲尚无子嗣，胡老头突然说：“你不用担心，我将成为你的后代。”刘亮采的父亲对他的话感到惊奇。胡老头说：“我的命数已尽，转世投胎的时间即将到来。与其投生到别人家，不如投生到一个老朋友家如何？”刘亮采的父亲说：“神仙的寿命有万年，哪里会到这一步？”胡老头摇摇头说：“这不是你所知道的。”就走了。夜里刘太翁果然梦见胡老头，说：“我现在来了。”醒了之后，夫人生下一个男孩子，这就是刘亮采。

原文

公既长，身短，言词敏谐，绝类胡。少有才名，壬辰成进士。为人任侠，急人之急，以故秦、楚、燕、赵之客，趾错于门；货酒卖饼者，门前成市焉。

○壬辰：指明神宗万历二十年，1592年。

○急人之急：乐于助人，尤其是在对方急需帮助时。

○趾错于门：形容许多人到访，字面意思是足趾交错，指门前客人络绎不绝。

○门前成市：指他的家门前因为人流众多，仿佛形成了一个市场。

译文

刘亮采长大成人后，虽身材短小，但言谈敏捷且富有幽默感，与老胡极为相似。他自幼才华横溢，于万历二十年（1592）考取了进士。他为人行侠仗义，总是急人所急，因此秦、楚、燕、赵四地的人士纷纷前来拜访，使得他家门前游人如织；而卖酒卖饼的小贩也在他家门前聚集，形成了一个集市。

【蕙芳】

原文

马二混，居青州东门内，以货面为业。家贫，无妇，与母共作苦。一日，媪独居，忽有美人来，年可十六七，椎布甚朴，而光华照人。媪惊顾穷诘，女笑曰：“我以贤郎诚笃，愿委身母家。”媪益惊曰：“娘子天人，有此一言，则折我母子数年寿！”女固请之。意必为侯门亡人，拒益力，女乃去。越三日，复来，留连不去。问其姓氏，曰：“母肯纳我，我乃言，不然，固无庸问。”媪曰：“贫贱佣保骨，得妇如此，不称亦不祥。”女笑坐床头，恋恋殊殷。媪辞之，言：“娘子宜速去，勿相祸。”女乃出门，媪视之西去。

○椎布甚朴：形容穿着简朴的布衣，椎髻是一种古代妇女的发髻。

○穷诘：详细追问，刨根问底。

○委身：意为托付自己的生活，通常指女性寻求婚姻。

○折我母子数年寿：折损我母子的寿命。

○侯门亡人：指从贵族或富裕家庭逃出来的人，这里用来形容女子的背景，暗示她身份不凡。

译文

马二混家住青州东门内，靠卖面为生。他家境贫寒，未娶妻子，与老母亲一同辛苦生活。一日，只有老母亲一人在家时，突然有一位美丽的女子来访，年龄十六七岁，穿着简单的布衣，梳着椎髻，尽管打扮朴素，却美得耀眼。马母惊讶地盘问她的来历，女子笑着说：“我看中你家儿子诚实厚道，愿意嫁到你家。”马母更加吃惊，回答说：“娘子宛如天仙，有此美意，怕是要让我和儿子折损几年寿命！”女子依然坚持请求。马母认为她必定是哪个高门大户的逃亡之人，于是更加坚决地拒绝，女子才离去。三天后，女子再次来访，并留下不愿离开。问及她的姓氏，她说：“如果母亲愿意收留我，我就告诉您我的身份，否则，也无须多问。”马母回答：“我们家境贫贱，只能做些粗活，招来您这样的媳妇，既不匹配也不吉利。”女子笑着坐在床头，依依不舍，特别深情。马母劝她：“娘子请快些离去，别给我们家带来不幸。”女子最终离开，向西方行去。

原文

又数日，西巷中吕媪来，谓母曰：“邻女董蕙芳，孤而无依，自愿为贤郎妇，胡弗纳？”母以所疑虑具白之。吕曰：“乌有此耶？如有乖谬，咎在老身。”母大喜，诺之。吕既去，媪扫室布席，将待子归往娶之。日将暮，女飘然自至。入室参母，起拜尽礼。告媪曰：“妾有两婢，未得母命，不敢进也。”媪曰：“我母子守穷庐，不解役婢仆。日得蝇头利，仅足自给。今增新妇一人，娇嫩坐食，尚恐不充饱；益之二婢，岂吸风所能活耶？”女笑曰：“婢来，亦不费母度支，皆能自得食。”问：“婢何在？”女乃呼：“秋月、秋松！”声未及已，忽如飞鸟堕，二婢已立于前。即令伏地叩母。既而马归，母迎告之，马喜。入室，见翠栋雕梁，侔于宫殿，中之几屏帘幕，光耀夺视。惊极，不敢入。女下床迎笑，睹之若仙，益骇，却退。女挽之，坐与温语。马喜出非分，形神若不相属。即起，欲出行沽。女止曰：“勿须。”因命二婢治具。秋月出一革袋，执向扉后，格格撼摆之。已而以手探入，壶盛酒，柈盛炙，触类熏腾。饮已而寝，则花罽锦裀，温腻非常。天明出门，则茅庐依旧。母子共奇之。

○度支：指支付费用，此处为生活费用。

○侔于宫殿：与宫殿相匹敌，形容豪华壮观。

○形神若不相属：形容非常高兴和兴奋到忘我的状态，形体和精神好似分离。

○柈：盘子。盛：装满。

○罽(jì)：一种精美的毛毯。裀(yīn)：床上用的垫子。

译文

几天后，居住在西巷的吕老太太来访，对马母说："邻居的女孩董蕙芳孤单无依，自愿成为你儿子的妻子，为什么不接受她？"马母把自己的顾虑详细说明了。吕老太太说："难道有这种事吗？如果有什么乱子，罪过我来承担。"马母听后非常高兴，同意了这门亲事。吕老太太离开后，马母打扫屋子，等儿子回家迎娶新娘。天将晚时，董蕙芳自己飘然而至。她进屋向马母行礼，起身后尽显孝顺。她告诉马母说："我有两个丫环，没有得到妈妈的命令，不敢进来。"马母回答："我们母子俩住在这贫破的小屋，不习惯使唤仆人。我们的日子过得很紧凑，每天只赚一点微薄的收入，仅够维持生计。现在家里多了一个新媳妇，如果她只是坐着不干活，我们还怕养不起她；更何况再添两个丫环，我们怎么可能养得起呢？"董蕙芳笑着说："丫环来了也不会增加你的负担，她们都能自食其力。"马母问："丫环在哪里？"董蕙芳呼唤："秋月、秋松！"话音未落，两个丫环已如飞鸟般出现，立即向马母行礼。不久，马二混回家，马母迎上前去告知他今天有了新媳妇。马二混大喜过望。他走进屋子，见到房间豪华如宫殿，装饰华丽，几案屏风璀璨夺目，惊得不敢进入。董蕙芳从床上起来，微笑着迎接他，她的美丽如同仙女一般，使他更加吃惊，不由得向后退。董蕙芳拉住他，温柔地与他交谈。马二混心情激动，感觉如在梦中。他起身想外出买酒，董蕙芳制止他："不必去。"随后命令两个丫环准备酒食。秋月拿出一个皮袋，放在门后"格格"摇晃，很快从中取出盛满酒的酒壶和热气腾腾的食物。晚餐后，他们睡在柔软的花罽和锦裀上，非常舒适。天明时，马二混走出门，一切又恢复为贫破的茅庐。母子俩对此感到非常惊奇。

原文

媪诣吕所，将迹所由。入门，先谢其媒合之德。吕讶云："久不拜访，何邻女之曾托乎？"媪益疑，具言端委。吕大骇，即同媪来视新妇。女笑逆之，极道作合之义。吕见其惠丽，愕眙良久，即亦不辨，唯唯而已。女赠白木搔具一事，曰："无以报德，姑奉此为姥姥

○迹所由：调查来历。

○愕眙（chì yí）：惊愕而呆视。

○搔具：用来搔痒的工具，通常是一种长柄搔背器。

爬背耳。"吕受以归，审视则化为白金。马自得妇，顿更旧业，门户一新。笥中貂锦无数，任马取着，而出室门，则为布素，但轻暖耳。女所自衣亦然。

○笥：一种用竹子或其他材料编制的大箱子。

○布素：指普通的布衣。

译文

马母前往吕老太太的住处，打算调查董蕙芳的来历。她一进门，首先感谢吕老太太为其撮合婚姻的恩德。吕老太太感到惊讶地说："我已经很久没有去拜访你们了，何时托过我说媒？"马母进一步加深了疑惑，便详细说明了事情的经过。吕老太太听后非常震惊，便与马母一同前去见新媳妇。蕙芳笑着迎接他们，热情表达了她对吕媪撮合之恩的感激之情。吕老太太见蕙芳聪明而美丽，惊愕地注视了好一会儿，最终没有再提出异议，只是不停地点头表示同意。蕙芳随后赠给吕老太太一件白木制成的搔背工具，表示："我没有什么可以报答您的大恩，就送这件搔背工具作为礼物吧。"吕老太太带回家后，仔细一看，发现那件搔背工具竟然变成了白金。马二混自从迎娶了蕙芳之后，便不再继续他的面点生意，家里焕然一新。衣橱里充满了无数贵重的貂皮锦衣，他可以随意挑选穿着。然而，一旦走出家门，这些华丽的衣物就都变成了普通的布衣，但依然轻盈保暖。蕙芳自己穿的衣服也是如此。

原文

积四五年，忽曰："我谪降人间十余载，因与子有缘，遂暂留止。今别矣。"马苦留之，女曰："请别择良偶，以承庐墓。我岁月当一至焉。"忽不见。马乃娶秦氏。后三年，七夕，夫妻方共语，女忽入，笑曰："新偶良欢，不念故人耶？"马惊起，怆然曳坐，便道衷曲。女曰："我适送织女渡河，乘间一相望耳。"两相依依，语无休止。

○承庐墓：指继承家族宗祠及守墓的责任。在古代，逝去的长辈的墓地旁常设草庐供后人守墓。

忽空际有人呼蕙芳，女急起作别。马问其谁，曰："余适同双成姊来，彼不耐久伺矣。"马送之。女曰："子寿八旬，至期，我来收尔骨。"言已，遂逝。今马六十余矣。其人但朴讷，无他长。

○双成：指董双成，神话中西王母的侍女。

○朴讷：形容人朴实而言语简单。

译文

四五年后，蕙芳突然说："我原本被贬到人间已十余年，因与你有缘，故暂留于此。现在我该离开了。"马二混极力挽留，但蕙芳说道："请你另寻良配，以继承家族宗祠。我过些年会回来看你一次。"话毕，她突然消失无踪。之后，马二混再娶了秦氏。三年后的七夕，夫妻正谈话之际，蕙芳突然出现，笑问："新伴侣相处愉快，难道就忘了旧友吗？"马二混惊讶起立，哀伤地邀她坐下，倾诉心声。蕙芳解释说："我刚送织女过河，顺路来看看你。"两人依依不舍，话语难绝。突然，天际传来呼唤蕙芳的声音，她匆忙起身告别。马二混询问来者，蕙芳回答："我是和双成姐姐一起来的，她已久等得不耐烦了。"告别时，蕙芳又告诉马二混："你的寿命将至八十岁，到时我来给您收尸骨。"说完，她便消失了。如今，马二混已年过六旬，他性格朴实，言语不多，没有其他特别之处。

原文

异史氏曰：马生其名"混"，其业亵，蕙芳奚取哉？于此见仙人之贵朴讷诚笃也。余尝谓友人：若我与尔，鬼狐且弃之矣。所差不愧于仙人者，惟"混"耳。

○业亵：指职业不受尊重或被视为低贱。

译文

异史氏评论道：马二混虽名为"混"，其职业又不被人尊重，那蕙芳为何会选中他呢？这表明神仙更看重的是人的朴实、诚恳与坦率。我曾对朋友说：如果是像我们这样的人，连鬼和狐狸也会不屑一顾。唯一不愧于仙人的，只有"混"这个字了。

【山神】

原文

益都李会斗，偶山行，值数人籍地饮。见李至，欢然并起，曳入座，

○籍地：坐在地上。籍，通"藉"，表示铺设或躺卧。

竞觞之。视其柈馔，杂陈珍错。移时，饮甚欢，但酒味薄涩。忽遥

○竞觞之：争相向他敬酒。觞，古代的酒器，此处指敬酒。 ○柈馔：放在盘子里的食物。 ○珍错：珍贵的海味。错，混合，多样。 ○薄涩：味道淡而略带苦涩。

有一人来，面狭长，可二三尺许，冠之高细称是。众惊曰："山神至

○称是：形状相符，适宜。

矣！"即都纷纷四去。李亦伏匿坎窞中。既而起视，则肴酒一无所

○坎窞(dàn)：深坑。窞(dàn)，指凹陷的地方。

有，惟有破陶器贮溲浡，瓦片上盛蜥蜴数枚而已。

○贮溲浡(sōu bó)：盛放尿液。溲，尿；浡，污浊的液体。 ○蜥蜴：一种爬行动物，此处指的可能是壁虎或草蜥。

译文

山东益都的李会斗，偶尔山中行走，碰到几个人坐在地上饮酒。他们见李会斗来了，高兴地站起来，拉他加入，纷纷向他敬酒。他见盘子里摆满了各种珍贵的海味。众人喝得兴高采烈，但感觉酒味略显淡薄且带点涩味。突然，远处走来一个人，面容狭长，长二三尺，头戴高细的帽子与其脸相匹配。众人惊呼："山神来了！"纷纷逃散。李会斗也匆忙藏身于一个深坑中。等他稍后起身观看时，原先的菜肴和酒已不见踪影，只剩下破碎的陶器里装着尿液，瓦片上放着几条蜥蜴。

【萧七】

原文

徐继长，临淄人，居城东之磨房庄。业儒未成，去而为吏。偶适姻家，道出于氏殡宫。薄暮醉归，过其处，见楼阁繁丽，一叟当户坐。徐酒渴思饮，揖叟求浆。叟起，邀客入，升堂授饮。饮已，叟曰："曛暮难行，姑留宿，早旦而发如何也？"徐亦疲殆，乐遵所请。叟命家人具酒奉客，即谓徐曰："老夫一言，勿嫌孟浪：郎君清门令望，可附婚姻，有幼女未字，欲充下陈，幸垂援拾。"徐踧踖不知所对。叟即遣伻告其亲族，又传语令女郎妆束。顷之，峨冠博带者四五辈，先后并至，女郎亦炫妆出，姿容绝俗。于是交坐宴会。徐神魂眩乱，但欲速寝。酒数行，坚辞不任。乃使小鬟引夫妇入帏，馆同爰止。徐问其族姓，女自言："萧姓，行七。"又复细审门阀，女曰："身虽贱陋，配吏胥当不辱寞，何苦研穷？"徐溺其色，款昵备至，不复他疑。女曰："此处不可为家。审知汝家姊姊甚平善，或不拗阻，归除一舍，行将自至耳。"徐应之。既而加臂于身，奄忽就寐。

○临淄人：指来自山东省淄博市临淄区的人。

○姻家：通过婚姻关系结成的亲家，即妻子的家庭。

○殡宫：古代指临时安放灵柩的地方，此处指墓地。

○升堂：进入正厅。

○曛暮：太阳将落的时候，即黄昏。

○孟浪：轻率，鲁莽。

○充下陈：古代宫廷中低等侍女的称呼，此处用作谦词，表示女子愿意嫁作妾侍。

○清门令望：有良好声望的家庭。

○未字：未嫁，未出嫁的女子。

○援拾：收纳，接纳。

○踧踖（cù jí）：形容心神不安，局促不安。

○伻（bēng）：古代使者，传令的人。

○峨冠博带：形容装束庄重华丽。

○炫妆：华丽的装扮。

○馆同爰止：形容新婚夫妇共处一室，非常甜蜜和谐。

○身：此处作第一人称代词，指"我"。

○吏胥：指地位较低的小官吏。

○研穷：详细追问，探究。

○除：清理，整理。

译文

徐继长来自山东临淄，居住在城东的磨房庄。他学业未成，便转而做了一名小吏。一次他偶然去岳父家，途经于氏的墓地。黄昏时分，喝醉了酒，经过那里，看到一座华丽的楼阁，一个老人坐在门口。徐继长因口渴想喝水，便向老人请求水喝。老人起身邀请他进入，上了堂屋给他端上了水。喝完后，老人说："天色已晚，路途不便，不如留下过夜，明早再离开如何？"徐继长确实也感到疲倦了，便欣然接受了邀请。老人随后命令仆人准备酒食招待，接着对徐继长说："我有个提议，别觉得我冒昧：你家世清白，有名望，可以结婚。我有个女儿还未出嫁，希望她能成为你的妻子，请考虑接纳她。"徐继长听后局促不安，不知如何是好。老人随即派仆人通知家族成员，并吩咐女儿打扮得漂漂亮亮的。不久，几位身着儒生装束的亲友陆续到来，女儿也光彩照人地出现了，美貌非凡。于是宴会开始，徐继长被她的美貌迷住了，心神恍惚，只想赶快休息。几轮酒下去，他坚决表示不能再喝了。接着，一个小丫环带领新婚夫妇进入了洞房，享受甜蜜的夜晚。徐继长询问女子的家族背景，女子说："她姓萧，排行第七"。徐继长又详细询问了她的家世，女子回答说："我虽出身低微，但嫁给一个小吏，也不会有辱你家声，何必追根究底呢？"徐继长被她的美色深深吸引，亲昵无比，再也没有其他疑虑。女子说："这里不适合长久居住。我知道你家姐姐很和善，可能不会反对我们，你回去打扫一间房子，我不久就会自己过去。"徐继长答应了。将手臂搭在她的身上，不久后，他们便相拥入睡。

原文

既觉，则抱中已空。天色大明，松阴翳晓，身下籍黍穰尺许厚。骇叹而归，告妻。妻戏为除馆，设榻其中，阖门出，曰："新娘子今夜至矣。"因与共笑。日既暮，妻戏曳徐启门，曰："新人得无已在室耶？"既入，则美人华妆坐榻上。见二人入，桥起逆之。夫妻大愕。女掩口局局而笑，参拜恭谨。妻乃治具，为之合欢。女早起

○籍黍穰尺许厚：指躺在一尺多厚的谷物上。"籍"在此为铺垫之意；"黍穰"指未脱壳的稻谷。

○阖门：关闭门户。

○桥起逆之：急忙起身迎接。桥起，指快速起身，逆，为迎接之意。

○局局而笑：指微笑时身体稍微前倾的样子。

操作，不待驱使。一日谓徐："姊姨辈俱欲来吾家一望。"徐虑仓卒无以应客。女曰："都知吾家不饶，将先赍馔具来，但烦吾家姊姊烹饪而已。"徐告妻，妻诺之。晨炊后，果有人荷酒胾来，释担而去。妻为职庖人之役。晡后，六七女郎至，长者不过四十以来，围坐并饮，喧笑盈室。徐妻伏窗以窥，惟见夫及七姐相向坐，他客皆不可睹。北斗挂屋角，欢然始去。女送客未返，妻入视案上，杯柈俱空，笑曰："诸婢想俱饿，遂如狗舐砧。"少间，女还，殷殷相劳，夺器自涤，促嫡安眠。妻曰："客临吾家，使自备饮馔，亦大笑话。明日合另邀致。"

○饶：在此指富足。

○胾（zì）：大块的肉。

○庖人之役：做厨师的工作。"庖人"即厨师。

○晡（bū）后：指傍晚时间。

○北斗挂屋角：形容时间已晚，北斗星出现在屋角上。

○舐砧（zhēn）：形容吃得很干净。砧，切肉用的木板。

○嫡：这里指正室夫人，徐的妻子。

译文

当徐继长醒来时，发现怀中已空无一物。天色已经大亮，松树的阴影下，他发现自己躺在一尺多厚的未脱壳的谷物上。徐继长惊讶又困惑地返回家中，将这奇怪的经历告诉了妻子。妻子开玩笑地做了个手势，清理出一间屋子，并摆设了床榻，关闭门后对徐继长说："今晚新娘子会来的。"夫妻俩一起笑了。天黑之后，徐妻继续开玩笑，拉着徐继长到门口，并开门看看："新人会不会已经在屋里了？"当他们进入屋内，果然看到一个打扮华丽的美人坐在床上。美人快速起身迎接他们，夫妇俩非常惊讶。美人含笑微微弯腰，礼貌周到地向他们行礼。徐妻随即准备食物，庆祝他们的团聚。第二天，美人早起忙活，不需要催促。一天，她对徐继长说："我的姐妹姨妈们都想来咱们家看看。"徐继长担心无法接待突如其来的客人。美人回应说："他们都知道咱家不富裕，会提前带来食物，只是麻烦咱家姐姐准备烹饪。"徐继长告诉了妻子，她同意了。早餐后，果然有人送来了酒肉，放下后就离开了。徐妻便当起厨师。傍晚时分，六七位女郎来访，年纪最大的也不超过四十岁，大家围坐一起欢声笑语。徐妻偷偷从窗户望去，只看到徐继长和美人面对面坐着，其他客人都看不见。等到北斗星高悬，宾客才高高兴兴地离开。美人送客后还没回来，徐妻进屋查看，发现桌上的杯盘已空，笑着说：“那些丫头肯定饿了，把东西吃得干干净净。”不久，美人回来了，非常感激徐妻的辛苦，亲自清洗餐具，催促她去休息。徐妻说：“客人来访却自带食物，这确实让人笑话。改日应该再邀请他们来。”

原文

逾数日，徐从妻言，使女复召客。客至，恣意饮啖，惟留四簋，不加匕箸。徐问之，群笑曰：“夫人谓吾辈恶，故留以待调人。”座间一女，年十八九，素舄缟裳，云是新寡，女呼为六姊，情态娇艳，善笑能口。与徐渐洽，辄以谐语相嘲。行觞政，徐为录事，禁笑谑。六姊频犯，连引十余爵，酡然径醉，芳体娇懒，荏弱难持。无何，亡去。徐烛而觅之，则酣寝暗帏中。近接其吻，亦不觉。以手探裤，私处坟起。心旌方摇，席中纷唤徐郎，乃急理其衣，见袖中有绫巾，窃之而出。迨于夜央，众客离席，六姊未醒。七姐入，摇之，始呵欠而起，系裙理发从众去。徐拳拳怀念，不释于心。将于空处展玩遗巾，而觅之已渺。疑送客时遗落途间，执灯细照阶除，都复乌有，意顼顼不自得。女问之，徐漫应之。女笑曰：“勿诳语，巾子人已将去，徒劳心目。”徐惊，以实告，且言怀思。女

○调人：调味的厨师。这里指专职的烹调人员。

○素舄缟裳：指白色的鞋和衣裳，常用于表达素服，即孝服的意思。

○觞政：即酒令。

○录事：宴会中负责记录饮酒数量和执行酒令的人。

○酡然：形容酒后脸红的样子。

○荏弱：形容柔弱的状态，难以支撑自己的身体。

○心旌方摇：形容内心动摇，不稳定的心情。

○拳拳：形容内心深切，怀念不已。

○顼顼（xū）：失意的样子。

曰："彼与君无宿分，缘止此耳。"问其故，曰："彼前身曲中女，君为士人，见而悦之，为两亲所阻，志不得遂，感疾阽危。使人语之曰：'我已不起。但得若来，获一扪其肌肤，死无憾！'彼感此意，诺如所请。适以冗羁，未遽往，过夕而至，则病者已殒。是前世与君有一扪之缘也。过此即非所望。"后设筵再招诸女，惟六姊不至。徐疑女妒，颇有怨怼。

○宿分：前世与今生之间预定的缘分。

○曲中女：即曲巷中的女子，通常指妓女。

○阽（diàn）危：形容生命垂危的状态。

○适以冗羁：正被琐事所羁绊。

○遽：快速地。

○殒：死亡。

○怨怼：怀有怨恨。

译文

几天后，徐继长按照妻子的建议，再让萧七邀请客人。客人们自由地吃喝，但最终留下了四碗菜未动。徐继长询问原因，众人笑着说："夫人认为我们吃相难看，所以留给厨师。"宴会中有一位女客，年龄十八九岁，身着白衣白鞋，她是刚刚守寡的寡妇，被称为"六姐"，容貌娇艳，擅长交谈且性格开朗。她与徐继长逐渐熟络，常用幽默的话语相互玩笑。在进行酒令游戏时，徐继长负责记录，禁止玩笑和调侃。六姐多次违反规则，被连续罚酒超过十杯，脸红醉态显现，显得娇弱无力，身体难以支撑。不久后，她离开了座位。徐继长点燃蜡烛寻找她，发现她在一个暗帐篷中熟睡。他亲吻她，她没有反应。又把手伸进裤子里，感到下身隆起。正当他心神不定时，席间有人呼唤他，他匆忙整理她的衣服，在她袖中找到一块绫巾，偷偷拿走了。深夜，宴会结束，客人们陆续离去，六姐还没有醒来。萧七进来摇醒她，六姐打了个哈欠起身，整理衣裙和头发后随众人离开。徐继长深深怀念六姊，心中难以释怀。他想在无人之处欣赏那块绫巾，却找不到了。他怀疑是在送客时不慎丢失，拿着灯在阶梯和院子里仔细寻找，但一无所获，心情异常沮丧。当萧七询问时，他支支吾吾地回答。她笑着说："别撒谎了，绫巾早被人取走，你再怎么找也是徒劳。"徐继长吃惊地告诉她真相，还表达了对六姐的思念。萧七说："她与你没有缘分，一切止于此。"徐继长询问原因，萧七解释说："六姐的前世是一位妓女，你是个读书人，见到她后产生好感，但双方父母反对，他的愿望未能实现，忧虑至病危，曾让人传话告诉她：‘我已经起不来了，希望你能来一次，让我触摸一下你的肌肤，即使死也无憾！’六姐被你的痴情所感动，答应了你的请求。但因为她被杂事缠身，没能即刻前往，等她第二天赶到时，你已经去世了。这就是你们前世一次短暂的缘分。过了这界限，就不是她所希望的了。”后来再次设宴，只有六姐未出现。徐继长怀疑是萧七嫉妒六姐，心中颇有怨言。

原文

女一日谓徐曰：“君以六姊之故，妄相见罪。彼实不肯至，于我何尤？今八年之好，行将别矣，请为君极力一谋，用解从前之惑。彼虽不来，宁禁我不往？登门就之，或人定胜天，不可知。”徐喜，从之。女握手，飘若履虚，顷刻至其家。黄甓广堂，门户曲折，与初见时无少异。岳父母并出，曰：“拙女久蒙温煦。老身以残年衰慵，有疏省问，或当不怪耶？”即张筵作会。女便问诸姊妹，母云：“各归其家，惟六姊在耳。”即唤婢请六娘子来，久之不出。女入，曳之以至，俯首简嘿，不似前此之谐。

○尤：指责或过失。在这里，表示无端的责怪或归咎。

○黄甓（pì）：黄色砖石。

○温煦：温暖和照顾。这里用来形容对某人的温暖关怀和照顾。

○简嘿：简约而沉默，表示六姐的态度冷淡且不多言。

译文

一日，萧七对徐继长说：“你因六姐之事无端责怪我。实际上是她不愿来，这与我有何过错？现在我们已经相处八年，即将分离，我愿为你尽力一谋，解除你之前的困惑。即便她不来，难道还能阻止我们去见她吗？我们可以直接去找她，或许人定胜天。”徐继长听后感到非常高兴，并接受了她的建议。萧七握住徐继长的手，他们如履虚空般飘然而去，很快就到了她的家。见到那黄砖铺地的广阔庭院，门户依旧曲折复杂，与初见时别无二样。岳父岳母同时出来迎接，说：“我女儿承蒙你长期悉心照料。我们年岁已高，体力不济，未能常来看望，你不会怪罪吧？”随后，他们布置了宴席。萧七顺便询问其他姐妹的情况，岳母回答说：“她们都已回各自的家，只有六姐还在。”她随即让丫环去请六姐。等了很久，六姐还是没有出来。萧七便亲自进去，将她拉了出来，只见六姐低着头，沉默寡言，已完全失去了以往的活泼诙谐。

原文

少时，叟媪辞去。女谓六姊曰：“姐姐高自重，使人怨我！”六姊微哂曰：“轻薄郎何宜相近！”女执两人残卮，强使易饮，曰：“吻已接矣，作态何为？”少时，七姐亡去，室中止余二人。徐遽起相逼，六姊宛转撑拒。徐牵衣长跽而哀之，色渐和，相携入室。裁缓襦结，忽闻喊嘶动地，火光射闼。六姊大惊，推徐起曰：“祸事忽临，奈何！”徐忙迫不知所为，而女郎已窜避无迹矣。徐怅然少坐，屋宇并失。猎者十余人，按鹰操刃而至，惊问：“何人夜伏于此？”徐托言迷途，因告姓字。一人曰：“适逐一狐，见之否？”答云：“不见。”细认其处，乃于氏殡宫也。怏怏而归。犹冀七姊复至，晨占雀喜，夕卜灯花，而竟无消息矣。董玉玹谈。

○残卮：残余的酒杯。卮是古代的酒杯，这里指杯中所剩不多的酒。

○闼（tà）：古代的门户，用来形容家庭的大门，此处形象地描述火光穿过门户的情景。

译文

不久，老夫妇告辞而去。萧七向六姐抱怨说：“姐姐，您的高洁自重使人误解我。”六姐轻笑回应：“轻浮的人怎么配得上靠近？”萧七拿起他们俩的酒杯，杯中仅剩少许酒，强行让他们互换饮尽，说道：“已经接过吻，还装什么矜持？”不多时，七姐悄然离去，屋内只剩他们二人。徐继长突然起身向六姐亲近，六姐则巧妙地避开。徐继长抓住六姐的衣裳，跪下哀求，六姐的态度渐渐软化，最终一同进入内室。正当徐继长开始解开衣带时，突然听到喊叫声和马蹄声，震动四周，火光透过门户射入。六姐惊恐万分，推开徐继长说：“大祸临头，我们该怎么办？”徐继长一时慌乱不已，而六姐已经不见踪影。徐继长茫然坐了一会儿，忽然发现周围的建筑已经消失不见。十余名猎人，手执刀剑，肩挑鹰鸟，走了过来，惊问：“是谁夜里躲在这里？”徐继长假装迷路的行人，报出了自己的姓名。其中一人问：“我们正在追一只狐狸，你见到了吗？”徐继长答道：“没见到。”细看四周，这才发现自己身处于氏的墓地之中。他失望而归，依然希望七姐能再次出现，于是早晨通过喜鹊叫来占验，晚上又盯着灯花观卜，但终究一无所获。这是董玉玹所述的故事。

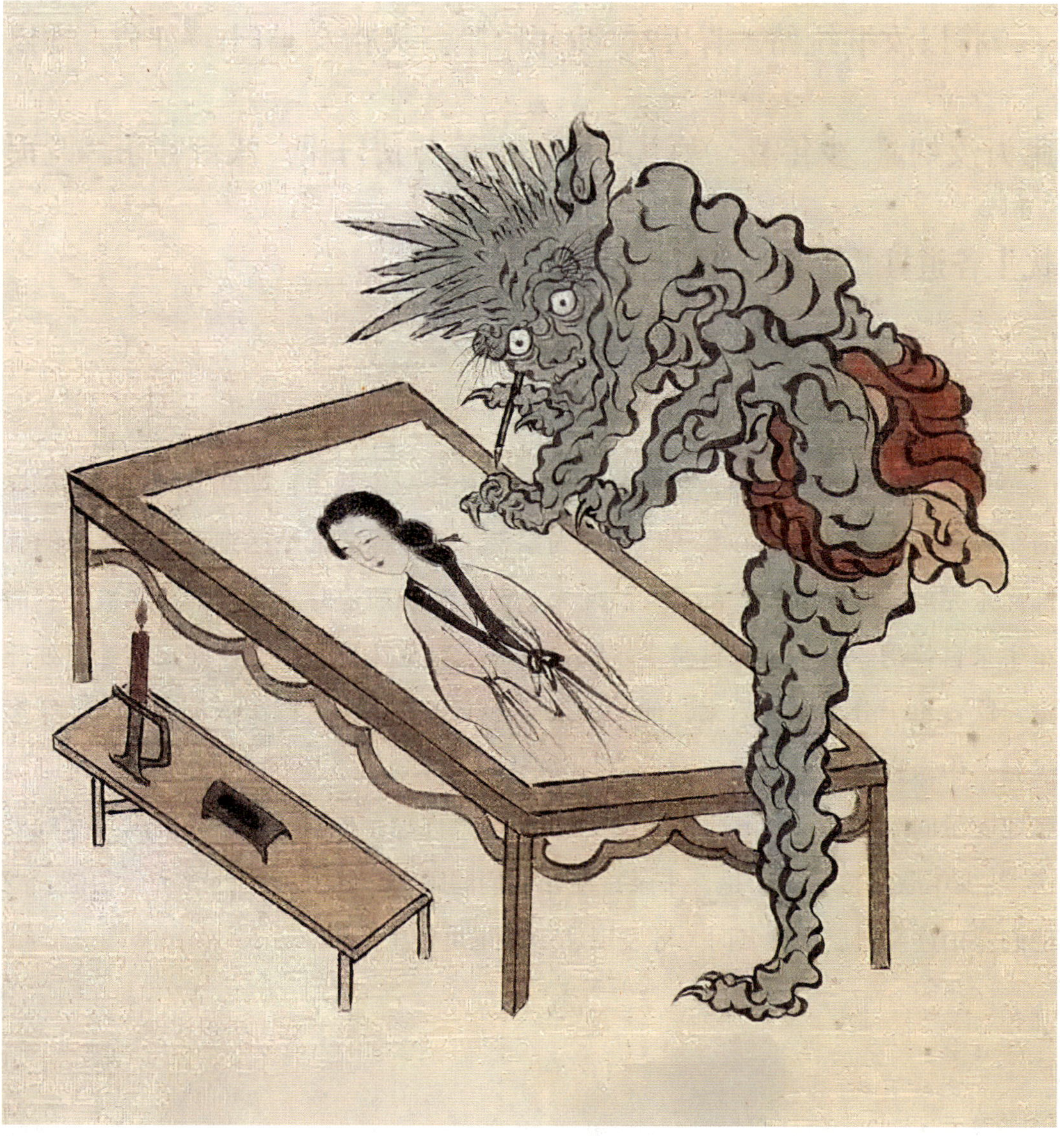

【乱离二则】

原文

学师刘芳辉，京都人。有妹许聘戴生，出阁有日矣。值北兵入境，父兄恐细弱为累，谋妆送戴家。修饰未竟，乱兵纷入，父子分窜。女为牛录俘去。从之数日，殊不少狎。夜则卧之别榻，饮食供奉甚殷。又掠一少年来，年与女相上下，仪采都雅。牛录谓之曰：“我无子，将以汝继统绪，肯否？”少年唯唯。又指女谓曰：“如肯，即以此为汝妇。”少年喜，愿从所命。牛录乃使同榻，浃洽甚乐。既而枕上各道姓氏，则少年即戴生也。

○许聘：已同意许配，即已答应婚嫁。

○出阁：指女子出嫁，阁在这里指女子的卧室。

○北兵：指清朝初期的北方军队。

○细弱：指体质柔弱的妻子或家中女性，此处特指刘芳辉的妹妹。

○牛录：满语中的一个军事职位，意为军队中的一个小队的队长，称为牛录额真。

○仪采都雅：形容外貌和风度都非常优雅美好，都，在这里表示优美。

○继统绪：意指继承家业和延续血统。

○浃洽：形容关系或情感十分融洽和谐。

译文

刘芳辉是京都的学者，他有一位妹妹已经许配给戴生，婚期已经定下。正逢清军入侵，刘氏父子担心女子体弱成为累赘，打算提前把她送到戴家。女子的妆饰尚未完成，战乱爆发，乱兵突然闯入，刘氏父子被迫分头逃亡。女子被一名清军牛录官俘虏。这名牛录官带走了她，几日里对她礼遇有加，夜间安排她单独睡觉，饮食也十分丰盛。后来，他又抓来了一个年轻男子，与女子年龄相仿，仪态优雅。牛录官对这少年说：“我无儿，欲让你继承家业，你愿意吗？”少年唯唯诺诺地表示同意。牛录官随后指向女子说：“如果你愿意做我的儿子，她就是你的妻子。”少年欣然接受。于是，牛录官便让他们同睡一床，二人相处得十分和谐。当他们互相述说自己的姓名时，才发现那少年正是戴生。

原文

陕西某公，任盐秩，家累不从。值姜瓖之变，故里陷为盗薮，音信隔绝。后乱平，遣人探问，则百里绝烟，无处可询消息。会以复命入都，有老班役丧偶，贫不能娶，公赉数金使买妇。时大兵凯旋，俘获妇口无算，插标市上，如卖牛马，遂携金就择之。自分金少，不敢问少艾。中一媪甚整洁，遂赎以归。媪坐床上，细认曰："汝非某班役耶？"问所自知，曰："汝从我儿服役，胡不识！"班役大骇，急告公。公视之，果母也。因而痛哭，倍偿之。班役以金多，不屑谋媪，见一妇年三十余，风范超脱，因赎之。既行，妇且走且顾，曰："汝非某班役耶？"又惊问之，曰："汝从我夫服役，如何不识！"班役益骇，导见公。公视之，真其夫人。又悲失声。一日而母妻重聚，喜不可已。乃以百金为班役娶美妇焉。意必公有大德，所以鬼神为之感应。惜言者忘其姓字，秦中或有能道之者。

○盐秩：指清代的盐官，负责盐务的管理职位。

○姜瓖之变：指明末将领姜瓖在大同起义反对清朝的历史事件。

○盗薮：比喻盗贼或敌军的聚集地。

○班役：官府中低级的仆役或差役。

○赉（lài）：赠送，给予。

○插标：古代卖奴隶时在人的头上插标签以示区分。

○少艾：年轻女子。

○风范超脱：形容人的举止风度洒脱，不拘小节。

○秦中：指陕西地区，因秦国古都在此而得名。

译文

陕西的一位官员担任盐务管理职务，由于家庭责任重，没有将家人一同带到任职地。恰逢姜瓖起义，他的家乡变成了贼匪的聚集地，通讯中断。战乱结束后，他派人回家乡寻找家人，却发现一片荒凉，无人居住，无法获得任何消息。官员被召回京城述职，期间遇到一位老差役丧偶，因贫困无力再娶，官员便赏给他些许银两让他买个妻子。当时大军凯旋，带回许多被俘的妇女，她们像牛马一样被标价出售。这位老差役带着银子来到市场挑选。由于银两不多，他没有考虑买年轻女子。他注意到一位打扮整洁的老妇人，便将她赎回。回家后，老妇人坐在床上，细看差役问道："你不是某某差役吗？"差役问她怎么认识自己，老妇人回答："你以前在我儿子手下当差，怎么会不认识我！"差役吓了一跳，立刻去告诉官员。官员一看，竟然是自己的母亲。他痛哭流涕，加倍偿还了赎金。随后，因为手头宽裕，差役不再寻求老妇人，而是注意到了一位三十多岁、风度独特的女子，于是将她赎回。在回家的路上，这位妇女回头看着他说："你不是某某差役吗？"差役惊讶地询问她怎么认识自己，妇女回答："你之前在我丈夫手下工当差，怎么会不认识我！"差役更加惊讶，带她去见官员。官员一看，原来是自己的妻子。他再次哽咽失声，痛哭流涕。在一天之内，官员与他的母亲和妻子重逢，喜悦之情溢于言表。他随后拿出一百两银子作为聘礼，帮助老差役娶了一个美丽的妻子。想必是这位官员具有高尚的德行，因而得到了鬼神的庇佑。遗憾的是，叙述这一故事的人忘记了他的名字，或许陕西地区有人能叫出他的名字。

原文

异史氏曰：炎昆之祸，玉石不分，诚然哉！若公一门，是以聚而传者也。董思白之后，仅有一孙，今亦不得奉其祭祀，亦朝士之责也。悲夫！

O炎昆之祸，玉石不分：比喻大灾难之下，无法区分贵贱或善恶。炎指火焚烧，昆指昆冈山，故事中火灾使得贵重的玉石和普通石块一同被烧毁，象征在灾难面前一切平等。

O董思白：指明代书画家董其昌，字玄宰，号思白，是明朝末期的著名文人，南京礼部尚书。董其昌的艺术和品格常受争议，他晚年时期的家庭因政治动荡遭受严重破坏。

译文

异史氏说：昆冈上的火灾让宝贵的玉石与平凡的石块一同焚毁，无法区分，这确实是真的！像某公一家，在混乱之后能够重聚，并由此被后人记住，正是这个道理。至于董思白的后代，如今只剩下一个孙子，而且他们已无法继续进行家族的祭祀，这也是朝中官员的一种失职。真是令人悲哀！

【豢蛇】

原文

泗水山中，旧有禅院，四无村落，人迹罕及，有道士栖止其中。或言内多大蛇，故游人益远之。一少年入山罗鹰，入既深，无所归宿，遥见兰若，趋投之。道士惊曰："居士何来？幸不为儿辈所见！"即命坐，具粥。食未已，一巨蛇入，粗十余围，昂首向客，怒目电瞛。客大惧。道士以掌击其额，呵曰："去！"蛇乃俯首入东室。蜿蜒移时，其躯始尽，盘伏其中，一室尽满。客大惧，摇战。道士曰："此平时所豢养。有我在，不妨，所患者，客自遇之耳。"客甫坐，又一蛇入，较前略小，约可五六围。见客遽止，睒闪吐舌如前状。道士又叱之，亦入室去。室无卧处，半绕梁间，壁上土摇落有声。客益惧，终夜不寝。早起欲归，道士送之。出屋门，见墙上阶下，大如盎盏者，行卧不一。见生人，皆有吞噬状。客惧，依道士肘腋而行，使送出谷口，乃归。

○泗水：指山东省泗水县，地名，因泗水河得名。

○禅院：佛教寺院，专门用于打坐禅修的场所。

○道士栖止：这里的"道士"可能指隐居的僧侣或修行者，非道教道士。

○益远之：更加避之远远的。

○罗鹰：指捕捉鹰鸟的活动。

○兰若：佛教寺院，意为出家人居住的地方。

○居士：佛教中称呼在家修行的信徒。

○怒目电瞛：形容目光如电般闪烁，显示愤怒的状态。

○睒闪（shǎn shǎn）：形容光闪闪的样子，这里指蛇的眼睛闪烁。

译文

在山东泗水县的深山里，有一座老寺庙，周围没有村庄，很少有人来这里，只有一个和尚在这里住着。有传言说这座寺庙里住着很多大蛇，所以游客都不敢靠近。一天，一个年轻人进山去抓鹰，走得太远，找不到地方住。他远远看到了那座寺庙，就跑过去求一个住处。和尚看到他来了，吃了一惊，说："你是从哪儿来的？幸好小孩子们没看到你。”然后让他坐下，给他端来了一碗稀饭。年轻人还没吃完，突然一条巨大的蛇闯了进来，身体粗得有十几圈，它抬头看着他，眼睛里闪着怒火。年轻人吓坏了。和尚走过去，用手掌拍了拍蛇的头，严厉地说：“走开！”那条蛇就低下头，慢慢地爬进了东边的房间。蛇的身体很长，缓缓地移动着，直到整个身体都进了房间，房间几乎被它填满了。年轻人非常害怕，浑身都在颤抖。和尚对他说：“这条蛇是我平时养的。只要我在，它就不会伤害人。你只要不碰到它们就没事。”年轻人刚坐下不一会儿，又有一条稍小的蛇爬了进来，有五六圈粗。看到年轻人，它突然停下，眼睛闪烁着，舌头伸出来，样子和之前的蛇很像。和尚再次严厉地叫它：“走开！”那条蛇也爬进了房间。房间里没有多余的地方可以容纳这条蛇，所以它只好将自己的一半身体缠绕在房梁上。它移动时，墙上的泥土被震落下来，发出声音。这让年轻人更加害怕，整个晚上都没敢睡觉。第二天一早，他决定离开，和尚亲自送他出门。他们走的时候，看到墙上、台阶下到处都是蛇，不管是大的还是小的，或爬或卧，行动不一。一看到人就摆出要攻击的姿势。年轻人吓得紧靠着和尚，一直出了山谷口，才独自一人回家去。

原文

余乡有客中州者，寄宿蛇佛寺。寺僧具晚餐，肉汤甚美，而段段皆圆，类鸡项。疑问寺僧：“杀鸡几何，遂得多项？”僧曰：“此蛇段耳。”客大惊，有出门而哇者。既寝，觉胸上蠕蠕。摸之，则蛇也，顿起骇呼。僧起曰：“此常事，乌足骇！”因以火照壁间，大小满墙，榻上下皆是也。次日，僧引入佛殿。佛座下有巨井，井中蛇粗如巨瓮，探首井边而不出。爇火下视，则蛇子蛇孙以数百万计，族居其中。僧云昔蛇出为害，佛坐其上以镇之，其患始平云。

○中州：指河南地区。古代中国分为九州，其中河南位于中心，故称中州。

○哇：表示呕吐。

○蠕蠕：形容爬行动物缓慢移动的样子。

○乌足骇：何足惊，表示没有什么可惊讶的。

译文

我的家乡有个人，他去河南旅行，在一座名叫蛇佛寺的寺庙里寄宿。寺里的和尚给他准备了晚餐，肉汤特别好喝，里面的肉块都是圆圆的，看起来像鸡脖子。他好奇地问和尚："你们杀了多少只鸡才有这么多鸡脖子?"和尚回答说："这些是蛇肉。"这位客人吓了一跳，跑到外面吐了。晚上睡觉时，他感觉胸口有东西在动，摸了摸，竟然是条蛇，他吓得跳起来大叫。和尚起来安慰他说："这很正常，没什么大不了的。"然后用火把照亮墙壁，发现墙上和床周围都是蛇。第二天，和尚带他去佛殿，佛像座下有个大井，井里有一条粗得像酒坛子一样的大蛇，只把头探出井边，不爬出来。他们点了火朝井里一照，里面有数以百万计的小蛇，全都聚集在那里。和尚告诉他，以前这些蛇常出来害人，佛像就是为了镇压它们而坐在这个位置的，自从有了佛像，这里就没有再发生过灾祸。

【雷公】

原文

亳州民王从简，其母坐室中，值小雨冥晦，见雷公持锤，振翼而入。

○亳（bó）州：安徽省的一个城市，位于安徽西北部。

○雷公：古代神话中掌管雷电的神，通常被描绘为手持雷锤，能够引发雷电。

大骇，急以器中便溺倾注之。雷公沾秽，若中刀斧，反身疾逃。极力展腾，不得去，颠倒庭际，嗥声如牛。天上云渐低，渐与檐齐。云中萧萧如马鸣，与雷公相应。少时，雨暴澍，身上恶浊尽洗，乃作霹雳而去。

○萧萧如马鸣：形容声音低沉而连绵，此处指云中传来的声音似马嘶声，可能暗示着雷公召唤或驱动的力量。

○澍（zhù）：原意为浇灌，这里指大雨如注。

译文

安徽亳州的居民王从简的母亲正坐在家中，正值一场小雨并且天色昏暗时，她看到雷公持锤，振翅飞入屋中。她非常惊恐，急忙拿起装有尿液的容器泼向雷公。雷公被浇得满身污秽，仿佛被刀斧劈中，匆忙转身逃跑。他努力振翅想要飞离，但未能成功，终于跌倒在院子里，发出的哀嚎声如同牛鸣。天空的云逐渐降低，几乎与屋檐齐平。云中传来“萧萧”如马鸣的声音，与雷公的哀嚎相呼应。不久后，一场暴雨突然降临，雷公身上的污垢被彻底冲洗干净，随后他发出一声霹雳，消失不见。

【菱角】

原文

胡大成，楚人。其母素奉佛。成从塾师读，道由观音祠，母嘱过必入叩。一日，至祠，有少女挽儿遨戏其中，发裁掩颈，而风致娟然。时成年十四，心好之。问其姓氏，女笑云："我祠西焦画工女菱角也。问将何为？"成又问："有婿家无？"女酡然曰："无也。"成言："我为若婿，好否？"女惭云："我不能自主。"而眉目澄澄，上下睨成，意似欣属焉。成乃出。女追而遥告曰："崔尔诚，吾父所善，用为媒，无不谐。"成曰："诺。"因念其慧而多情，益倾慕之。归，向母实白心愿。母止此儿，常恐拂之，即浼崔作冰。焦责聘财奢，事已不就。崔极言成清族美才，焦始许之。

○观音祠：供奉观音菩萨的庙宇。

○风致娟然：形容姿态优雅美丽。

○酡（tuó）然：形容脸色红润，常因羞涩或酒后出现此种脸色。

○眉目澄澄：形容眼神清澈明亮。

○浼崔作冰：请求崔作为媒人。"浼"意为请求，"冰"为媒人的古称。

○清族美才：指出身清白、有美好才华的人。

译文

胡大成是楚地的人。他的母亲一向信佛。大成在私塾学习，上学路上会经过一座观音祠，他的母亲总是叮嘱他每次经过都要进去敬拜。一次，大成到了观音祠，看到一个少女正带着一个小孩在里面玩耍。少女的头发披至颈部，举止优雅迷人。那时候胡大成十四岁，对她产生了好感。他询问她的名字，少女笑着回答说："我是这个祠堂西边焦画工的女儿菱角。你问这个干吗？"胡大成又问："你有婆家吗？"少女脸红了，回答说："没有。"胡大成接着说："如果我成为你的丈夫，你觉得怎么样？"少女羞涩地回答："我不能自己决定。"但她的眼神清澈明亮，上下打量了大成一番，看起来似乎很高兴。胡大成随后离开了观音祠。少女追了出来，远远地告诉他：“崔尔诚是我父亲的好友，可以请他来做媒人，让他做媒一定能成功。”胡大成回答说：“好的。”回家后，他想到少女聪明而多情，更加深了对她的喜欢。胡大成向母亲坦白了自己的心愿。他的母亲只有他一个儿子，一直担心违背他的意愿，便请崔尔诚来做媒。起初，焦家要求的聘礼过高，看似成不了亲。崔尔诚极力称赞胡大成出身清白且有才华，焦家最终答应了这门婚事。

原文

成有伯父，老而无子，授教职于湖北。妻卒任所，母遣成往奔其丧。数月将归，伯又病，亦卒。淹留既久，适大寇据湖南，家耗遂隔。成窜民间，吊影孤惶而已。一日，有媪年四十八九，萦回村中，日昃不去。自言：“离乱罔归，将以自鬻。”或问其价，言：“不屑为人奴，亦不愿为人妇，但有母我者，则从之，不较直。”闻者皆笑。成往视之，面目间有一二颇肖其母，触于怀而大悲。自念只身，无缝纫者，遂邀归，执子礼焉。媪喜，便为炊饭织屦，劬劳若母。拂意辄谴之，而少有疾苦，则濡煦过于所生。忽谓曰：“此处太平，幸可无虞。然儿长矣，虽在羁旅，大伦不可废。三两日，当为儿娶之。”成泣曰：“儿自有妇，但间阻南北耳。”媪曰：“大乱时，人事翻覆，何可株待？”成又泣曰：“无论结发之盟不可背，且谁以娇女付萍梗人？”媪不答，但为治帘幌衾枕，甚周备，亦不识所自来。

○湖北：当时的行政区域，现代指我国中部的湖北省，南邻湖南。

○吊影：形影相吊，形容孤独无依。

○萦回：绕来绕去，不定向。

○日昃（zè）：日偏西，形容时间已到傍晚。

○母我者：指愿意把我当作母亲看待的人。

○直：价格，这里指出售价格。

○面目间有一二颇肖其母：指面部特征在某些方面非常像他的母亲。

○劬劳：辛苦劳作。

○濡煦：细致而温暖地照料。

○大伦：指人伦大道，这里特指婚姻的道德义务。

○株待：形容一种固执守旧、不知变通的行为。

○结发之盟：指结婚时的誓约，结发夫妻，表示正式的婚姻关系。

○萍梗人：形容像浮萍一样四处漂泊的人。

○治帘幌衾枕：准备婚庆用的床帷和枕头等床上用品。

译文

胡大成有一个老伯父在湖北做教官，但没有儿子。当伯父的妻子去世时，胡大成的母亲派他去奔丧。原本打算短暂停留，但伯父又病重去世，他因此滞留更久。就在这时，湖南爆发了大战，家中音信全无，他只得流浪民间，孤苦无依。一天，有个四十八九岁的老妇人在村中徘徊，直到太阳偏西仍未离开。她声称：“我因战乱无家可归，准备将自己卖掉。”有人询问价格，她回答说：“我不愿做人家的奴仆或妻子，只要有一个愿意把我当做母亲的人，我就跟他走，价格不是问题。”这话让旁听者都觉得可笑。胡大成过去看了看这位老妇，发现她的一些面目和他母亲相似，这让他非常感伤。考虑到自己孤身一人，缺少人照料，便决定把她带回家，以孝子的礼节对待她。老妇非常高兴，开始为胡大成做饭、做鞋，像母亲一样操劳。老妇人会因为不满而责备他，但当他生病时，老妇对他的照顾超过了亲生儿子。突然，她提议说：“这里现在很平静，我们应该没什么可担心的。但你已经长大，即使我们身在异地，也不能忽视婚姻大事。三两天后，我应该为你娶媳妇。”胡大成流着泪说：“我已有妻子，只是我们因战乱而分隔。”老妇人说：“战乱使人事无常，你怎能只坐等？”胡大成再次哭泣说：“无论如何，我不能背弃与妻子的结发之盟，而且谁会愿意将自己的女儿嫁给一个漂泊不定的人呢？”老妇没有回答，只是默默地准备床帷和枕头等物品，一切准备得非常周到，也没有透露这些东西从何而来。

原文

一日，日既夕，戒成曰：“烛坐勿寐，我往视新妇来也未。”遂出门去。三更既尽，媪不返，心大疑。俄闻门外哗，出视，则一女子坐庭中，蓬首啜泣。惊问：“何人？”亦不语。良久，乃言曰：“娶我来，即亦非福，但有死耳！”成大惊，不知其故。女曰：“我少受聘于胡大成，不意胡北去，音信断绝。父母强以我归汝家。身可致，志不可

○烛坐勿寐：点燃蜡烛坐着，不要睡觉。意指保持警醒。

○哗：这里指外面突然传来的声响。

○蓬首啜泣：头发散乱地哭泣，形容非常悲伤且有些失态的样子。

夺也！”成闻而哭曰：“即我是胡某。卿菱角耶？”女收涕而骇，不信。相将入室，即灯审顾，曰：“得无梦耶？”于是转悲为喜，相道离苦。

译文

一天傍晚，老妇人对胡大成说：“点上蜡烛，坐着别睡，我去看看新娶的媳妇是否来了。”说完她便出门去了。到了深夜三更，老妇人还未回来，胡大成心里非常不安。不久，他听到门外突然有声响，走出去一看，发现一个女子坐在院子里，头发散乱，正在低声抽泣。胡大成惊讶地问：“你是谁？”女子初时未作回应。好一会儿，她才开口说：“把我娶来并非什么好事，我只剩下死路一条了。”胡大成听了非常惊讶，不明白发生了什么。女子继续说道：“我小时候就与胡大成定了亲，没想到他去了湖北后就再无音讯。我的父母不顾一切将我嫁给了你。我人可以被你弄来，但我的心意你无法改变！”听到这里，胡大成哭了起来，说：“我就是那个胡大成。你是不是菱角？”女子听后停止了哭泣，非常惊讶，一时间难以置信。胡大成将她带进屋内，在灯光下仔细端详，不禁问道：“这不会是一场梦吧？”终于，两人由悲转喜，相互叙说彼此分离的苦楚。

原文

先是乱后，湖南百里，涤地无类。焦携家窜长沙之东，又受周生聘。乱中不能成礼，期是夕送诸其家。女泣不盥栉，家中强置车中。至途次，女颠坠车下。遂有四人荷肩舆至，云是周家迎女者，即扶升舆，疾行若飞，至是始停。一老姥曳入，曰：“此汝夫家，但入勿哭。汝家婆婆，旦晚将至矣。”乃去。成诘知情事，始悟媪神人也。夫妻焚香共祷，愿得母子复聚。

○涤地无类：意指战乱中大规模的屠杀，导致地区被彻底洗劫一空。涤，清洗；类，这里指活人。

○期：预定的时间。

○盥栉：意指梳洗打扮。盥，洗涤；栉，梳理头发。

○肩舆：指用肩膀扛着的轿子，即简单的肩挑轿。

译文

原来在战乱过后，湖南方圆百里内几乎人烟绝迹。焦画工带领家人逃往长沙东部，他的女儿菱角被周生聘为妻子。因战乱无法举行正式婚礼，便约定在某个晚上将菱角送往周家。菱角哭泣着拒绝梳洗打扮，家人只好强行将她放入车轿中。在途中，菱角从车中摔落。紧接着，有四个人抬着简易轿子赶到，声称是周家来接新娘的人。他们扶菱角上轿，轿子迅速前行，直到到达目的地才停下。一个年长的妇女将菱角拉进屋内，告诉她："这里是你丈夫的家，进去后不要哭泣。你的婆婆很快也会到这里。"说完便离开了。胡大成询问了情况后，终于意识到那位老妇人原来是一位神仙。夫妻俩一起焚香祈祷，希望能够和胡大成的母亲重新团聚。

原文

母自戎马戒严，同俦人妇奔伏涧谷。一夜，噪言寇至，即并张皇四匿。有童子以骑授母。母急不暇问，扶肩而上。轻迅剽遬，瞬息至湖上，马踏水奔腾，蹄下不波。无何，扶下，指一户云："此中可居。"母将启谢，回视其马，化为金毛犼，高丈余，童子超乘而去。母以手挝门，豁然启扉。有人出问，怪其音熟，视之，成也。母子抱哭。妇亦惊起，一门欢慰。疑媪为大士现身，由此持观音经咒益虔。遂流寓湖北，治田庐焉。

○戎马戒严：指战时军队严阵以待，戒备森严。

○俦人妇：指与之一同逃难的其他妇女。

○剽遬（piào sù）：形容行动迅速而轻捷。

○金毛犼（hǒu）：中国古代传说中一种似狗的野兽，常在佛教故事中作为神异的象征。

○超乘（shèng）：跳上去骑，这里指跳上金毛犼。

○大士：通常指菩萨，此处特指观音菩萨。

○观音经咒：指与观音菩萨相关的佛经和咒语。

译文

胡母自从战乱开始，军事戒严以来，与其他妇女一起逃到了山谷中避难。一夜之间，人们纷纷传言有盗贼来袭，大家急忙四处寻找藏身之地。这时，一个小男孩给了胡母一匹马。胡母在紧急情况下来不及询问，便扶着小男孩的肩膀骑上了马。这匹马行动迅速而轻盈，一瞬间就到了湖上，马蹄踏水而行，水面却没有任何波纹。不久，小男孩帮助胡母下马，指着一户人家说："这里可以居住。"胡母正准备道谢时回头一看，那匹马化成了一只金毛犼，高达一丈多，小男孩跳上金毛犼就这样飞走了。胡母敲了敲门，立刻被打开。门口的人出来询问，胡母感到对方的声音非常熟悉，定眼一看，竟是她的儿子胡大成。母子相拥而泣。菱角也被惊醒，全家人又惊又喜，彼此安慰。他们猜测老太太可能是观音菩萨显灵，从此对诵读佛经更加虔诚。最后，一家人在湖北定居下来，购买了田地，建造了房屋，开始新的生活。

【饿鬼】

原文

马永，齐人。为人贪，无赖，家卒屡空，乡人戏而名之“饿鬼”。年三十余，日益窭，衣百结鹑，两手交其肩，在市上攫食。人尽弃之，不以齿。

○家卒屡空：家里经常一贫如洗。“卒”在此处意为结果或情况。

○窭（jù）：贫穷，贫困。

○百结鹑：形容衣服破烂不堪，鹑指鹌鹑，此处比喻衣服上的破洞和补丁众多，如鹌鹑的羽毛斑驳。

○攫食：指抢夺食物，此处形容他在市场上随意拿取食物吃，不支付。

○不以齿：形容人们极度鄙视他，认为他不值得与之为伍，“齿”在这里有排列并列的意思，即不与他列在同一行列中。

译文

马永是山东人，性格贪婪，行为不端，因此家中经常陷入贫困。他在乡里因此声名狼藉，被人戏称为“饿鬼”。他年过三十，情况更是一天比一天困难，衣服破烂到极点，好像满是补丁的鹌鹑羽毛一样。他双手交叉抱在肩上，在市场上四处抢吃不付钱的食物。众人都对他避之不及，连一点尊重都不愿给予，不把他当人看。

原文

邑有朱叟者，少携妻居于五都之市，操业不雅。暮岁归其乡，大为士类所口，而朱洁行为善，人始稍稍礼貌之。一日，值马攫食不偿，为肆人所苦。怜之，代给其直。引归，赠以数百，俾作本。马去，不肯谋业，坐而食。无何，赀复匮，仍蹈旧辙。而常惧与朱遇，去之临邑。暮宿学宫，冬夜凛寒，辄摘圣贤颠上旒而煨其板。学官知之，怒欲加刑。马哀免，愿为先生生财。学官喜，纵之去。马探

○操业不雅：指从事的职业不体面或不光明。

○五都之市：指五个大城市，泛指多个大都市或商业中心。

○士类所口：被士人或读书人所批评和非议。

○俾作本：让他用这些钱作为经营资本。

○临邑：指靠近县城的地方。

○学宫：指学校，这里特指县学，是古代地方的教育机构。

○颠上旒：指从孔子或其他圣贤塑像的头上取下玉串。

某生殷富，登门强索赀，故挑其怒，乃以刀自劙，诬而控诸学。学官勒取重赂，始免申黜。诸生因而共愤，公质县尹。尹廉得实，笞四十，梏其颈，三日毙焉。是夜，朱叟梦马冠带而入，曰：“负公大德，今来相报。”既寤，妾举子。叟知为马，名以马儿。少不慧，喜其能读。二十余，竭力经纪，得入邑泮。后考试寓旅邸，昼卧床上，见壁间悉糊旧艺，视之，有“犬之性”四句题，心畏其难，读而志之。入场，适是其题，录之，得优等，食饩焉。六十余，补临邑训导。官数年，曾无一道义交。惟袖中出青蚨，则作鸬鹚笑，不则睫毛一寸长，棱棱若不相识。偶大令以诸生小故，判令薄惩，辄酷掠如治盗贼。有讼士子者，即富来叩门矣。如此多端，诸生不复可耐。而年近七旬，臃肿聋聩，每向人物色黑须药。有狂生某，剉茜根绐之。天明共视，如庙中所塑灵官状。大怒，拘生，生已早夜亡去。以此愤气中结，数月而死。

○自劙：自己割伤自己，这里指故意伤害自己以诬陷他人。

○公质县尹：众人共同向县官提出诉讼。

○梏其颈：给他戴上颈枷。

○经纪：经营生计。○邑泮（pàn）：县学，古代县级官方学校。

○旧艺：指过去的学问或技艺，这里可能指八股文。

○食饩（xì）：指取得科举考试的廪生资格，享受官府的供给。

○青蚨（fú）：古代传说中的一种虫，指钱。○鸬鹚（lú cí）笑：鸬鹚捕到鱼时发出的笑声，用来形容人因得到利益而高兴的样子。

○棱棱（lèng）：形容目光冷漠或不友好的样子。○大令：指地方的主要官员，如县令。

○讼士子：对读书人提起诉讼。

○剉茜根绐之：用茜草根欺骗他。

译文

县里有一个人叫朱老头，年轻时和妻子住在一个繁华的大城市，从事的职业不太体面。老年回到家乡后，很受读书人的批评，但因为朱老头本人行为端正且乐善好施，逐渐得到了人们的尊重。一天，他看到马永在市场上因为抢食未付钱而受到摊贩的虐待，出于同情为马永付了钱，并把他带回家，给了他一些钱让他以此为本钱做生意。然而，马永依旧不愿意谋生，最终钱用尽，重蹈覆辙。他害怕与朱叟相遇，逃到了附近的小镇。一天冬夜，他为取暖，竟然将县学里孔子像上的玉串和手板烧掉。学官得知后非常愤怒，想要惩罚他，马永哀求免罚，并承诺帮学官赚钱。学官因此高兴地放他离开。马永探听到某生家境富有，硬闯进门强索钱财，并故意激怒对方，然后用刀子自残，诬陷某生伤害了他。学官勒索了某生不少钱财，这才放过他。这激起了其他秀才们的公愤，他们一起向县官提出质疑。县官了解真相后，打了马永四十大板，并给他戴上颈枷，三天后马永便死了。这天夜里，朱老头梦见马永整齐地来到他面前，说道："我辜负了您的恩德，今天特来报答。"朱老头醒来后发现，他的妾刚刚生下了一个儿子。朱老头认为是马永投胎，于是给孩子取名"马儿"。马儿虽然不太聪明，但愿意读书。二十多岁时，他努力经营，考入了县学。后来在一次考试中，他住在旅馆里，发现墙上贴满了过去的考试文章。其中有"犬之性"的四句题目，他感到这题很难，但仍然记下了。考试时正好考到这个题目，他将记住的文章写下，结果考得优等，取得了由官府提供生活费的禀生资格。到了六十多岁，他被任命为邻县的训导。他在任职期间，行为越发不检点，只有别人从袖子里拿出钱来给他的时候才会露出贪财的笑容，其他时候则装作不认识人。偶尔有秀才们犯了小错，县令只判轻罚，他却严厉地对待他们，如同对待盗贼一般。如果有人状告某秀才，那些有钱的人就会上门给钱。他反复如此，秀才们无法忍受。年近七十，身体肥胖，听力和视力都很差，每次见人都在寻找染发药。有一次，一个狂生给他染了茜草根，第二天，大家一看，他的样子就像庙里的神像。他非常生气，想要抓狂生，但那人已经提前逃走了。因为这股怨气，几个月后他就去世了。

鸬鹚

鸬鹚是一种水鸟，擅长潜水捕鱼，常见于湖泊和河流。中国古代渔民常利用鸬鹚捕鱼，称为"鸬鹚捕鱼"。渔民在鸬鹚脖子上套上圈子，让它们捕到鱼后无法吞下，回到船上后将鱼吐出。鸬鹚以其敏捷的捕鱼技巧闻名，常被视为勤劳与合作的象征。在文献中，鸬鹚也常用来形容与水有关的生活场景。

【考弊司】

原文

闻人生，河南人。抱病经日，见一秀才入，伏谒床下，谦抑尽礼。已而请生少步，把臂长语，刺刺且行，数里外犹不言别。生伫足，拱手致辞。秀才云：“更烦移趾，仆有一事相求。”生问之，答云：“吾辈悉属考弊司辖，司主名虚肚鬼王。初见之，例应割髀肉，浼君一缓颊耳。”生惊问：“何罪而至于此？”曰：“不必有罪，此是旧例。若丰于贿者，可赎也。然而我贫。”生曰：“我素不稔鬼王，何能效力？”曰：“君前世是伊大父行，宜可听从。”

○少步：指短暂步行，此处暗示在外稍行一段距离。

○刺刺：形容话语连绵不断，言多语速快。

○致辞：正式告别。辞，即告别。

○移趾：继续行走，字面意思为挪动脚步。

○髀：大腿部位。

○浼：请求帮助。缓颊，此处指缓和地求情。

○大父行（háng）：指与对方有祖辈关系。行，在这里指辈分或世代。

译文

闻人生，河南人。他因病卧床已久，有一位秀才走进屋内，来到床边，恭敬地磕头作礼。稍后，秀才请求闻生与他一同外出散步，一边拉着闻生的胳膊，一边没完没了地交谈。他们走了数里，秀才仍未表示告别。最终，闻生停下脚步，做了一个告别的手势。秀才随即说：“劳驾再走几步，我有一件事想请教。”闻生询问其事，秀才答道：“我们都受考弊司的管辖，该司的主管名为虚肚鬼王。第一次见到他时，有一个传统是需要献上大腿上的一块肉，我希望您能在他面前为我求个情。”闻生惊讶地问：“我没有犯罪，为何要这样做？”秀才解释道：“这并不因为有罪，而是一个老规矩。如果能提供足够的贿赂，也可以避免这种处罚。不过，我实在太穷了。”闻生回答：“我与虚肚鬼王并不相识，我怎么可能帮到你呢？”秀才则说：“在您的前世，您是鬼王的祖辈，他应会听从您的。”

原文

言次，已入城郭。至一府署，廨宇不甚弘敞，惟一堂高广。堂下两碣东西立，绿书大于栲栳，一云“孝弟忠信”，一云“礼义廉耻”。踏阶而进，见堂上一扁，大书“考弊司”。楹间，板雕翠字一联云：“曰校、曰序、曰庠，两字德行阴教化；上士、中士、下士，一堂礼乐鬼门生。”游览未已，官已出。鬈发鲐背，若数百年人，而鼻孔撩天，唇外倾，不承其齿。从一主簿吏，虎首人身。又十余人列侍，半狞恶若山精。秀才曰：“此鬼王也。”生骇极，欲却退。鬼王已睹，降阶揖生上，便问兴居。生但诺。又问：“何事见临？”生以秀才意具白之。鬼王色变曰：“此有成例，即父命所不敢承！”气象森凛，似不可入一词。生不敢言，骤起告别。鬼王侧行送之，至门外始返。

○碣（jié）：立石，用于刻字的纪念碑或墓碑。

○栲栳（kǎo lǎo）：古代用来打水的器具，这里形容碑文字体的大小。

○踏（chuò）阶而进：大步跨阶而上。

○曰校、曰序、曰庠：古代称呼学校的不同说法，分别对应夏、商、周三代。

○两字德行阴教化：用德行和教化来隐秘地影响他人。

○鲐背：形容老年人弯腰驼背的样子。

○撩天：形容极度夸张的鼻孔朝天。

○主簿吏：负责记录文书的官吏。

○山精：古代传说中的山中怪物，通常描述为形态恐怖。

○兴居：询问日常生活情况。

译文

在谈话间，他们已经走进了城中的一座官府。虽然建筑不是特别宽敞，但有一座堂宇高大宽敞。堂下东西两侧各立有一块石碑，碑上的绿色文字非常大，写着“孝弟忠信”和“礼义廉耻”。两人大步跨阶而上，进入大堂。大堂上悬挂一块匾额，上书“考弊司”。柱子上刻着一对翠绿色的对联：“曰校、曰序、曰庠，两字德行阴教化；上士、中士、下士，一堂礼乐鬼门生。”他正欣赏间，官员已经出现。官员卷发驼背，看上去像活了几百年的老者，鼻孔朝天，嘴唇外翻，牙齿外露。跟随他的是一位虎头人身的主簿吏，以及十余名面目狰狞的随从，宛如山中怪兽。秀才说：“这是鬼王。”闻人生非常害怕，本想退步。鬼王已经注意到他，下了台阶，招呼闻人生上前，询问他的起居。闻人生只是简单回答。鬼王又问：“有何事情？”闻人生将秀才的请求详细说明。鬼王脸色一变，严肃说道：“这是既定的规矩，即便是父命也不能违背！”他的态度严厉，似乎不容反驳。闻人生不敢多言，匆匆起身告别。鬼王亲自送他到门外，然后才返回。

原文

生不归，潜入以观其变。至堂下，则秀才已与同辈数人，交臂历指，俨然在徽纆中。一狞人持刀来，裸其股，割片肉，可骈三指许。秀才大嗥欲嗄。生少年负义，愤不自持，大呼曰：“惨惨如此，成何世界！”鬼王惊起，暂命止割，跷履逆生。生忿然已出，遍告市人，将控上帝。或笑曰：“迂哉！蓝蔚苍苍，何处觅上帝而诉之冤也？此辈惟与阎罗近，呼之或可应耳。”乃示之途。趋而往，果见殿陛威赫，阎罗方坐，伏阶号屈。王召讯已，立命诸鬼绾绁提锤而去。少顷，鬼王及秀才并至。审其情确，大怒曰：“怜尔夙世攻苦，暂委此任，候生贵家，今乃敢尔！其去若善筋，增若恶骨，罚令生生世世不得发迹也！”鬼乃棰之，仆地，颠落一齿。以刀割指端，抽筋出，亮白如丝。鬼王呼痛，声类斩豕。手足并抽讫，有二鬼押去。

○交臂历指：表示双臂被捆绑，手指被加上刑具。

○徽纆：捆绑犯人的绳索，用于束缚囚犯。

○大嗥欲嗄（shā）：大声痛哭，几乎失声。嗄，声音嘶哑。

○跷履逆生：提起鞋跟，迅速迎向闻人生。跷履，指提起鞋跟的动作；逆生，指迎接闻人生。

○蓝蔚苍苍：描述天空广阔的样子，形容无边无际。

○方坐：正式坐着的样子。

○绾绁：用绳索绑定。绾，把绳子缠绕结扎；绁，绳索。

○夙世：先前的生活，指前世。

○候生贵家：等待投胎到富贵家庭。候，等待；生贵家，指富贵人家。

○发迹：指从低微地位达到显赫地位。形容人从贫穷或地位低下达到显赫有成就的过程。

译文

闻人生并没有离开，而是悄悄地返回去再看看。当他走到大堂下时，看到那位秀才和其他几个人已被反手捆绑，手指被夹在刑具中，紧紧地绑在绳索上。一个面目凶恶的人拿着刀来到他们面前，将秀才的大腿裸露出来，并从上面割下一块大约三指宽的肉。秀才痛得大声尖叫，几乎要哑了。年轻的闻人生看到这一幕，义愤填膺，无法自持，大喊道："这么残忍的行为，这是个什么样的世界！"鬼王听到这声大喊吓了一跳，立刻命令停止割肉，迈步迎向闻人生。闻人生已经愤怒地走出大堂，把他所见的惨状告诉了市民，并声称要向天帝控告。有人嘲笑他说："你真是太迂腐了！在这广阔无垠的天地中，你去哪里找天帝来告状呢？这些家伙和阎罗有关，你向阎罗喊冤，或许他会回应。"然后指给他道路。闻人生匆忙前往，见到宫殿庄严威武，阎罗正端坐其中。闻人生在台阶上大声哭诉冤情。阎罗召唤他上前，审问完毕后，立即命令几名鬼卒绑住并带走鬼王和秀才。审查他们的行为后，阎罗震怒说："可怜你先前生活辛苦，临时委派你为鬼王，本应等待你将来投胎到富贵人家，现在却敢行恶！应当抽去你的善筋，增加你的恶骨，罚你生生世世不得发达！"鬼卒就棰击鬼王，鬼王仆倒在地，被打掉了一颗牙齿。鬼卒又用刀割开他的手指尖，抽出筋来，那筋像丝一样白亮。鬼王大声喊痛，声音像杀猪一样。手脚的筋都抽完了，他才被两个鬼卒押走。

原文

生稽首而出。秀才从其后，感荷殷殷。挽送过市，见一户，垂朱帘，帘内一女子，露半面，容妆绝美。生问："谁家？"秀才曰："此曲巷也。"既过，生低徊不能舍，遂坚止秀才。秀才曰："君为仆来，而令踽踽以去，心何忍。"生固辞，乃去。生望秀才去远，急趋入帘内。女接见，喜形于色。入室促坐，相道姓名。女自言："柳氏，小字秋华。"一妪出，为具肴酒。酒阑，入帏，欢爱殊浓，切切订婚嫁。既曙，妪入曰："薪水告竭，要耗郎君金赀，奈何？"生顿念腰橐空虚，

○感荷殷殷：深感感激，情意恳切。

○踽踽：形容独自一人，形势孤立。

惶愧无声。久之，曰："我实不曾携得一文，宜署券保，归即奉酬。"妪变色曰："曾闻夜度娘索逋欠耶？"秋华嚬蹙，不作一语。生暂解衣为质，妪持笑曰："此尚不能偿酒直耳！"呶呶不满志，与女俱入。生惭。移时，犹冀女出展别，再订前约。久久无音，潜入窥之，见妪与秋华，自肩以上化为牛鬼，目睒睒相对立。大惧趋出，欲归，则百道歧出，莫知所从。问之市人，并无知其村名者。徘徊廛肆之间，历两昏晓，凄意含酸，响肠鸣饿，进退无以自决。忽秀才过，望见之，惊曰："何尚未归，而简亵若此？"生觍颜莫对。秀才曰："有之矣，得勿为花夜叉所迷耶？"遂盛气而往，曰："秋华母子，何遽不少施面目耶！"去少时，即以衣来付生，曰："淫婢无礼，已叱骂之矣。"送生至家，乃别而去。生暴绝，三日而苏，言之历历。

○署券保：签下借据，保证日后偿还。

○夜度娘：古代对娼妓的一种借称。

○嚬蹙：皱眉头，表达不悦。

○呶呶不满志：嘟囔着，表现出不满的情绪。

○睒睒：形容眼睛直勾勾地盯着，眼光闪烁。

○徘徊廛肆之间：在市场中徘徊，形容迷茫和无助。

○简亵若此：形容闻人生的穿着不整齐，轻慢不庄重。

译文

闻人生向阎罗王深深鞠躬后离开，秀才紧随其后，感激之情溢于言表。秀才挽着闻人生穿过市街，见一家住户门前悬挂着朱红色的帘子，帘内隐约可见一位女子露出半边脸庞，容貌异常美丽。闻人生好奇问道："这是谁家？"秀才回答："这是曲巷中的一家妓院。"过后，闻人生对那女子难以割舍，坚决留下，不愿让秀才继续送行。秀才感慨地说："你是为我而来，如今却让你孤单一人离去，我实在是心有不忍。"闻人生依然坚持不让秀才送行，秀才这才离开。见秀才走远，闻人生急忙闯入帘内。女子见状，显露出喜悦的神色。两人进入房内坐下，互相道了姓名。女子自称："我姓柳，小名秋华。"随后一位老妇人出现，准备了肴酒。

酒过三巡，两人步入帷帐，彼此间的情愫浓烈，随即订下婚约。至黎明，老妇人进来说：“柴水已尽，需要用到你的钱财，该怎么办？”闻人生突然意识到自己身无分文，无言以对，心中既惶恐又羞愧。过了好一会儿，他才说：“我真的一文未带，我们应该签一份欠条，我回家后立刻偿还。”老妇人面色一变，反问：“你听说过夜里娼妓要债的吗？”秋华在旁边皱着眉头，不发一言。无奈之下，闻人生只好暂时脱下衣服作为抵押。老妇人拿着衣服，笑着说：“这还不够赔偿酒钱呢！”她满腹牢骚，不满之情显而易见，她与秋华一同进入内室。闻人生羞愧难当。稍后，他希望秋华出来，以重申之前的婚约，但长时间无人出现。他悄悄窥视，发现老妇人和秋华从肩膀以上已变为牛头鬼，眼睛发亮，相对而立。闻人生惊恐逃出，但发现自己迷路了，询问路人也没人知道他的村庄。他在市场中徘徊了两天，心情沉重且饥饿难耐。这时，秀才偶然经过，惊讶地问：“为何还未回家且穿着如此狼狈？”闻人生无言以对，秀才说：“你是不是被花夜叉迷惑了？”秀才气愤地前往那家妓院，质问道：“秋华母女，你们怎么毫不给人留面子！”不久后带回了闻人生的衣物，并告诉他说：“已经训斥了那无礼的女子。”送闻人生回家后，秀才离开。闻人生已经暴病死了三天，此刻才苏醒，仍清晰地记得阴间的经历。

【阎罗】

原文

沂州徐公星，自言夜作阎罗王。州有马生亦然。徐公闻之，访诸其家，问马昨夕冥中处分何事。马言“无他事，但送左萝石升天。天上堕莲花，朵大如屋”云。

○处分：指在阴间进行的判决或处理事务。

○左萝石：本名左懋第，字仲及，号萝石。山东莱阳人。明朝崇祯四年的进士。

译文

沂州的徐星自称夜里化身为阎罗王。州里还有一个叫马生的人也声称如此。徐星听闻此事，便前往马生家中拜访，询问他昨夜在地府中处理了何事。马生回答道：“没什么特别的，只是负责送左萝石升天。当时天上还降落了莲花，每朵的大小都如同一座房屋。”

【大人】

原文

长山李孝廉质君诣青州，途中遇六七人，语音类燕。审视两颊，俱有瘢，大如钱。异之，因问何病之同。客曰：旧岁客云南，日暮失道，入大山中，绝壑巉岩，不可得出。谷中有大树一章，条数尺，绵绵下垂，荫广亩余。诸客计无所之，因共系马解装，傍树栖止。夜深，虎豹鸮鸱，次第嗥动，诸客抱膝相向，不能寐。忽见一大人来，高以丈计。客团伏，莫敢息。大人至，以手攫马而食，六七匹顷刻都尽。既而折树上长条，捉人首穿腮，如贯鱼状。贯讫，提行数步，条毳折有声。大人似恐坠落，乃屈条之两端，压以巨石而去。客觉其去远，出佩刀，自断贯条，负痛疾走。未数武，见大人又导一人俱来。客惧，伏丛莽中。见后来者更巨，至树下，往来巡视，似有所求而不得。已乃声啁啾，似巨鸟鸣，意甚怒，盖怒大人之绐己也。因以掌批其颊。大人伛偻顺受，无敢少争。俄而俱去。

○长山李孝廉质君诣青州：长山，现为山东邹平长山镇。李孝廉，名斯义，字质君，为明清时期长山人，康熙二十七年（1688）进士，后官至福建巡抚。诣青州，指前往青州（今山东省青州市）。

○语音类燕：言语听起来像是燕地（今北京及其周边地区）人的口音。

○瘢：疤痕。

○章：这里指树干或大树。

○毳（cuì）：同"脆"，指脆弱或容易折断。

○啁啾（zhōu jiū）：鸟鸣声，这里形容声音细小连续。

○绐：欺骗。

○伛偻：形容身体弯曲的样子，表示低头哈腰。

译文

长山的李质君前往青州时，在路上遇到六七人，听他们的口音似乎是来自燕地。观察他们的脸颊，每个人都有如铜钱大小的疤痕，这让李质君感到好奇，便询问他们这是什么病症。他们回答说去年去云南时，晚上迷了路，误入一个大山里。那里峭壁陡峭，无法脱身。山谷中有一棵大树，其枝条粗大且长，低垂下来，树荫覆盖了超过一亩地。由于无处可去，他们只好将马匹拴在树边，卸下行囊，在树下过夜。深夜，听到虎豹和猫头鹰的嚎叫，他们紧张地抱膝，面对面地坐着，无法入睡。突然出现了一个高达几丈的巨人，他们都吓得缩成一团，不敢出声。巨人走过来，一把抓起马匹便吃掉，很快六七匹马就被吃个干净。之后巨人折断一根长树枝，将他们一个个像穿鱼一样串起来，穿过他们的腮帮。穿好后，巨人提着树枝走了几步，树枝发出脆弱的断裂声。巨人似乎担心他们会从树枝上掉下来，于是将树枝的两端弯曲，用巨石压住后离开。感觉到巨人已经走远，他们才拔出随身携带的刀，切断树枝，忍着痛楚赶紧逃跑。没跑多远，就看到那巨人又带着另一个更大的巨人回来。他们害怕极了，赶紧藏到丛林中。那更大的巨人来到树下，来回寻找，似乎找不到东西，然后发出连续的啁啾声，显得非常愤怒，大概是因为被先来的巨人欺骗了。于是他用手掌打了那巨人的脸。巨人被打得低头哈腰，无声地忍受着，不敢反抗。不久，他们便一起离开了。

原文

诸客始仓皇出。荒窜良久，遥见岭头有灯火，群趋之。至则一男子居石室中。客入环拜，兼告所苦。男子曳令坐，曰：“此物殊可恨，然我亦不能箝制。待舍妹归，可与谋也。”无何，一女子荷两虎自外入，问客何来。诸客叩伏而告以故。女子曰：“久知两个为孽，不图凶顽若此！当即除之。”于石室中出铜锤，重三四百斤，出门遂逝。男子煮虎肉飨客，肉未熟，女子已返，曰：“彼见我欲遁，追之数十里，断其一指而还。”因以指掷地，大于胫骨焉。众骇极，问其姓氏，不答。少间，肉熟，客创痛不食。女以药屑遍糁之，痛顿止。

○箝制：也称“钳制”，意为控制或制服。

○荷：承载，背负。

○凶顽：凶恶又愚蠢。

○飨：招待，提供食物。

○胫骨：人的小腿骨。

○糁：碎米屑，这里指撒上的药屑。

天明，女子送客至树下，行李俱在。各负装行十余里，经昨夜斗处，女子指示之，石洼中残血尚存盆许。出山，女子始别而返。

译文

他们急忙逃离，在荒野中乱窜了许久，终于在远处的山头看到了灯火，于是赶了过去。到达之后发现有一个男子居住在石屋中。他们进入屋内，围拜该男子并讲述了他们所遇到的苦难。男子请他们坐下，并说：“这些生物确实可恶，不过我也无法制服它们。等我妹妹回来，我们可以和她商量对策。”不久，一位女子背着两只老虎回来，询问他们来此的原因。客人们向她叩头并讲述了经历。女子说：“我早知这两个家伙作恶多端，没想到他们这么凶恶顽固！我会立即处理掉他们。”说着，她从屋里拿出重达三四百斤的铜锤，便离开了屋子。男子则开始煮老虎肉招待他们，肉尚未煮熟，女子就已经回来了，告诉大家说：“那些怪物见我便想逃，我追了他们几十里，打断了其中一个的手指后才返回。”她随手将那只比人的胫骨还粗的手指扔到地上。所有人都被吓到了，询问她的姓名，但她没有回答。不久，肉煮熟了，但由于伤口疼痛，他们都没有食欲。女子用药粉撒在他们的伤口上，很快他们的痛感就消失了。天亮后，女子带他们回到了树下，他们的行李还在那里。他们各自背起行李，走了十余里，路过昨夜搏斗的地方，女子指着一个血迹斑斑的石洼给他们看。当他们离开山区后，女子才告别返回。

行李

“行李”原为古代礼仪用语，指出使的使者或外交官员。《左传》云：“吾聘，尔行李之往也。”此处“行李”指的是出使往来之人。后来，这一词义逐渐演变，现代汉语中“行李”更多指的是出行时携带的物品或行装。古代的行李概念与现代不同，侧重于人的出使与交往，而非物品。

【向杲】

原文

向杲字初旦，太原人，与庶兄晟，友于最敦。晟狎一妓，名波斯，有割臂之盟，以其母取直奢，所约不遂。适其母欲从良，愿先遣波斯。有庄公子者，素善波斯，请赎为妾。波斯谓母曰：“既愿同离水火，是欲出地狱而登天堂也。若妾媵之，相去几何矣。肯从奴志，向生其可。”母诺之，以意达晟。时晟丧偶未婚，喜，竭赀聘波斯以归。庄闻，怒夺所好，途中偶逢，大加诟骂。晟不服，遂嗾从人折箠笞之，垂毙，乃去。杲闻奔视，则兄已死。不胜哀愤，具造赴郡。庄广行贿赂，使其理不得伸。杲隐忿中结，莫可控诉，惟思要路刺杀庄。日怀利刃，伏于山径之莽。久之，机渐泄。庄知其谋，出则戒备甚严。闻汾州有焦桐者，勇而善射，以多金聘为卫。杲无计可施，然犹日伺之。

○庶兄：庶母所生的兄长。旧时称父亲的妾为“庶母”。

○友于最敦：兄弟情谊最为深厚。友于，指兄弟间友爱，亦借指兄弟。

○割臂之盟：春秋时，鲁庄公见大夫党氏之女孟任，表示愿意娶她为夫人，孟任乃“割臂盟公”。见《左传·庄公三十二年》。后来，因称男女密订婚约为“割臂之盟”。

○其母取直奢：指妓院鸨母。直：身价。奢：过分。

○从良：指旧时妓女脱离乐籍。良，身家清白。

○水火：水深火热，喻苦难的处境。此指妓女职业。

○媵：侍妾，妾媵。

○嗾（sǒu）：原指使唤狗时口中所发的声音，后泛指使唤，呼使执行。折箠笞之：用短杖肆意殴打他。”箠，木棍，竹鞭。

○具造赴郡：写状纸到郡城告状。造，兴讼，此处指讼词。

○莽：丛莽，草丛。

○机渐泄：计划或秘密逐渐被人发现。

○汾州：州名，明万历时升为府，清代因之，治所在今山西汾阳。

○伺（sì）：侦候，观察。

译文

向杲，字初旦，来自太原，与庶兄向晟关系密切且情谊深厚。向晟与名叫波斯的妓女有过割臂之盟，但因鸨母索要的聘金过高，婚约未能实现。正好鸨母打算从良，愿意先打发波斯。有个庄公子，一直钟情于波斯，希望将她赎出为妾。波斯对鸨母说：“我们本希望共同脱离苦难，就像从地狱登到天堂。若我成为妾

侍，与妓女又有何异？若您肯遵从我的意愿，我愿意嫁给向生。”鸨母同意了这个安排，将波斯的意向告知了向晟。向晟自妻子去世后未再娶，得知此事后非常高兴，用尽所有的钱财将波斯迎娶为妻。庄公子得知此事，愤怒向晟夺走了自己心仪的对象，在路上偶遇向晟时便对他大加辱骂。向晟不服气，庄公子唆使随从用短棍将向晟殴打至濒死才离开。向杲得知后赶来，却发现兄长已经去世。悲痛与愤怒难以抑制的他写好状纸到郡城告状。庄公子贿赂了左右官府，向杲的诉讼无法得到公正处理。向杲心中怨气积压，无处诉说，终日思考如何在路上伏击杀害庄公子。他每天携带利刃，躲在山路的灌木丛中。时日长了，他的计划逐渐暴露。庄公子得知后，每次出行都严加防备。听闻汾州有名为焦桐的人，勇猛善射，庄公子重金聘请他作为自己的护卫。面对庄公子严密的防护，向杲无计可施，但依旧坚持每天在途中等待机会。

原文

一日，方伏，雨暴作，上下沾濡，寒战颇苦。既而烈风四塞，冰雹继至。身忽然痛痒不能复觉。岭上旧有山神祠，强起奔赴。既入庙，则所识道士在内焉。先是，道士尝行乞村中，杲辄饭之，道士以故识杲。见杲衣服濡湿，乃以布袍授之，曰：“姑易此。”杲易衣，忍冻蹲若犬，自视，则毛革顿生，身化为虎。道士已失所在。心中惊恨。转念：得仇人而食其肉，计亦良得。下山伏旧处，见己尸卧丛莽中，始悟前身已死，犹恐葬于乌鸢，时时逻守之。越日，庄始经此，虎暴出，于马上扑庄落，龁其首，咽之。焦桐返马而射，中虎腹，蹶然遂毙。杲在错楚中，恍若梦醒，又经宵，始能行

○烈风四塞：猛烈的风从四面吹来，形容风力极大，到处充满风声。

○葬于乌鸢：比喻死无葬身之地，被乌鸦和老鹰吃掉尸体。

○逻守：巡逻守卫。

○蹶然遂毙：形容突然跌倒并且死亡的样子。

步，厌厌以归。家人以其连夕不返，方共骇疑，见之，喜相慰问。

○厌厌：形容状态萎靡不振，没有精神。

杲但卧，蹇涩不能语。少间，闻庄信，争即床头庆告之。杲乃自言：

○蹇涩：行动迟缓，不灵活，语言不流畅。

“虎即我也。”遂述其异。由此传播。庄子痛父之死甚惨，闻而恶之，因讼杲。官以其事诞而无据，置不理焉。

译文

一天，向杲刚埋伏下来，突然暴雨倾盆而下，他身体上下都湿透了，寒风使他不停发抖，感到极度痛苦。随后，狂风四起，接着是冰雹。突然，他不再感到身上痛痒。山岭上有座山神庙，他挣扎起身跑向庙中。进入庙内，发现一个熟悉的道士也在里面。之前，这位道士经常来村中乞讨，向杲总是慷慨解囊。道士看到向杲衣服湿透，便给了他一件干净的布袍，说：“暂且换上这件吧。”向杲换好衣服后，冷得像狗一样蹲在地上，不久，他惊讶地发现自己的身体长出了毛皮，变成了一只虎。他四处寻找那位道士，发现道士已经不见了，心中既惊讶又愤怒。他想，如果能抓到仇人并吃掉他的肉，那也是不错的报复。于是他下山，回到原来的埋伏地点，却发现自己的尸体躺在草丛中。这时他才明白自己的前身已经死了，他害怕尸体被乌鸦和鹰吃掉，便不时地巡逻守卫。第二天，庄公子刚好路过此地，虎突然扑出，从马上将庄公子拉下，咬断他的头颅并吞下。焦桐回转马头射箭，箭矢命中虎的腹部，虎倒地身亡。向杲躺在荆棘中，如梦方醒，整个晚上过去，他才能勉强走动，无精打采地返回家中。家人已经因为他连续几晚未归非常担忧，见到他回来，都非常高兴并安慰问候。向杲只能躺着，行动迟缓，难以言语。不久，听到家人讲述庄公子之死的消息，他们纷纷庆祝。这时，向杲开口说：“那只老虎其实是我。”随后，他将整个奇异的经历讲述给家人听。这件事很快就传开了。庄公子的儿子痛心父亲死得太惨，听说了这件事非常痛恨向杲，就把向杲告到官府。官府认为此事怪诞，又没有证据，便置之不理。

原文

○悼恨：痛悼遗憾。

异史氏曰：壮士志酬，必不生返，此千古所悼恨也。借人之杀以为生，仙人之术亦神哉！然天下事足发指者多矣。使怨者常为人，恨不令暂作虎！

○发指：本义为愤怒至极，毛发直立。这里形容事情令人极度愤怒或不解。

译文

异史氏说：壮士一旦实现了他的抱负，必定无法生还，这种命运是千百年来人们深感痛惜的。用他人之手施展杀戮以换取生命，仙人的法术也真是不可思议！然而世上令人极度愤怒的事情太多了。如果那些受冤屈的人总是忍耐，而不能有机会如虎般报复，这种无奈的恨意，真是让人难以忍受。

【董公子】

原文

青州董尚书可畏，家庭严肃，内外男女，不敢通一语。一日，有婢仆调笑于中门之外，公子见而怒叱之，各奔去。及夜，公子偕僮卧斋中。时方盛暑，室门洞敞。更深时，僮闻床上有声甚厉，惊醒。月影中，见前仆提一物出门去。以其家人故，弗深怪，遂复寐。忽闻靴声訇然，一伟丈夫赤面修髯，似寿亭侯像，捉一人头入。僮惧，蛇行入床下。闻床上支支格格，如振衣，如摩腹，移时始罢。靴声又响，乃去。僮伸颈渐出，见窗棂上有晓色。以手扪床上，着手沾湿，嗅之血腥。大呼公子，公子方醒。告而火之，血盈枕席。大骇，不知其故。

○董尚书可畏：指董可威。字严甫，号葆元，山东益都（今青州）人。明万历丁未（1607）进士，曾任考工司主事，后晋升为工部尚书。因王恭厂爆炸事故双臂折断，最终被撤职。

○中门：家庭内部和外部之间的门，用于隔离内外空间，维护家庭隐私。

○訇（hōng）然：形容声音巨大，震耳欲聋。

○寿亭侯：关羽，三国时期蜀汉名将，被后世尊为关帝，象征着忠义与勇猛。

○棂：窗户上的木条，用以构成窗格。

○扪：探摸。

译文

青州董可威尚书家，家教严格，家中男女皆不敢私下交谈。一次，一个丫环和男仆在中门外打趣，被董公子看见后严厉斥责，吓得他们赶紧逃开。那天晚上，正逢盛夏，董公子和一个小书僮一起在书房睡觉，房门大开。深夜，书僮被床上发出的巨大声音惊醒，月光下，他看到白天被斥责的仆人手提一物匆匆离开，因为对方是熟人，他也没太在意，便又睡去。不久，突然响起一阵震耳的靴声，一个红脸长髯的壮汉，看起来像是传说中的关羽，手里拿着一个人头走进来。小书僮吓得赶紧躲到床下。他听到床上发出摇晃衣物和搓揉声，持续了一会儿后才停止。当靴声再次响起，那个壮汉才离开。小书僮探出头来，发现窗棂上已透出晨光。他摸了摸床上，感到湿湿的，闻了下是血腥味。他大声叫醒董公子，告诉他夜里的事情。他们用火光照看，发现枕头和床单上全是血迹，两人惊恐不已，完全不明白发生了什么事。

原文

忽有官役叩门。公子出见，役愕然，但言怪事。诘之，告曰："适衙前一人神色迷罔，大声曰：'我杀主人矣！'众见其衣有血污，执而白之官。审知为公子家人。渠言已杀公子，埋首于关庙之侧。往验之，穴土犹新，而首则并无。"公子骇异，趋赴公庭，见其人即前狎婢者也。因述其异。官甚惶惑，重责而释之。公子不欲结怨于小人，以前婢配之，令去。积数日，其邻堵者，夜闻仆房中一声震响若崩裂，急起呼之，不应。排闼入视，见夫妇及寝床，皆截然断而为两，木肉上俱有削痕，似一刀所断者。关公之灵迹最多，未有奇于此者也。

◎邻堵者：意指隔壁邻居。这里的"堵"指墙。

译文

突然，一位官府的衙役敲门来访。董公子出门迎接，衙役看到他后十分惊讶，只是说出了一些怪事。董公子追问详情，衙役解释道："刚才在衙门前，一个神情恍惚的人大声叫道：'我杀了主人。'众人见他的衣服上沾满了血迹，将他捕捉并带到官府。审问后得知他是董公子的家仆，他声称已经杀死了董公子，并将头颅埋在关帝庙旁。我们前去查看，发现土坑还是新挖的，但并未找到人头。"董公子听后既惊讶又困惑，急忙前往公庭。到达后，他发现那人正是之前与丫环调情的仆人。于是董公子向官员详细描述了家中夜间发生的怪异事件。官员听后感到非常困惑，严厉责备了仆人后将其释放。董公子不想与小人结仇，便将那位丫环配给了仆人，并让他们一同离开。几天后，与仆人家仅一墙之隔的邻居，在夜深人静时听到仆人房中传来一声巨响，仿佛天崩地裂。他们匆忙起床喊人，但无人应答。推门进去，只见那对夫妇及其床铺都被整齐地切为两半，木头和肉体上都有清晰的割痕，似乎是被一刀斩断。关公显灵的事迹众多，但没有哪一件比这件事更为奇异的。

【周三】

原文

泰安张太华，富吏也。家有狐扰，遣制罔效。陈其状于州尹，尹亦不能为力。时州之东亦有狐居村民家，人共见为一白发叟。叟与居人通吊问，如世人礼。自云行二，都呼为胡二爷。适有诸生谒尹，间道其异。尹为吏策，使往问叟。时东村人有作隶者，吏访之，果不诬，因与俱往。即隶家设筵招胡，胡至，揖让酬酢，无异常人。吏告所求，胡曰："我固悉之，但不能为君效力。仆友人周三，侨居岳庙，宜可降伏，当代求之。"吏喜，申谢。胡临别与吏约，明日张筵于岳庙之东，吏领教。胡果导周至。周虬髯铁面，服袴褶。饮数行，向吏曰："适胡二弟致尊意，事已尽悉。但此辈实繁有徒，不可善谕，难免用武。请即假馆君家，微劳所不敢辞。"吏转念：去一狐，得一狐，是以暴易暴也，游移不敢即应。周已知之，曰："无畏，我非他比，且与君有喜缘，请勿疑。"吏诺之。周又嘱明日偕家人阖户坐室中，幸勿哗。吏归，悉遵所教。俄闻庭中攻击刺斗之声，逾时始定。启关出视，血点点盈阶上。墀中有小狐首数枚，大如碗盏焉。又视

○州尹：州的行政长官，即知州。

○通吊问：与居民进行礼节性的问候和慰问，表明与居民有较好的交往。

○策：策略，计划。

○作隶者：即为官府做差役的人。

○虬髯铁面：形容人面部的特征。虬髯，即卷曲的胡须。

○袴褶：古时的一种便于骑乘的服装，上衣为褶（折襟长衫），下穿袴（裤子）。

○实繁有徒：指狐狸精拥有众多的同党或徒众。

○假馆：提供住宿。

○以暴易暴：用暴力手段替代另一种暴力，形容方法同样粗暴。

○游移：犹豫不决。

所除舍，则周危坐其中。拱手笑曰："蒙重托，妖类已荡灭矣。"自是馆于其家，相见如主客焉。

○除舍：指清理的房屋。

○危坐：端坐，形容坐姿端正。

译文

泰安的张太华，是一个富有的官吏。他的家中受到狐狸精的骚扰，尝试过各种方法都未能驱赶。他将这一情况报告给了知州，但连知州也无能为力。当时，州东边有个村庄，村民家里也住着一只狐狸精，化身为一个白发老人，并与村民有正常的社交往来，像普通人一样行礼如仪。老人自称行二，人们都叫他"胡二爷"。这时一名秀才来拜见知州，就向知州提及此事。知州于是出了个计策，让张太华去求助于胡二爷。在当地，有一名差役也知道这件事，张太华找到了他，传闻果然不假，便一同前往该村。他们在差役家里设宴，邀请了胡二爷。胡二爷来到宴会，作揖应对，表现得和普通人无异，张太华向他说明了求助的目的。胡二爷说："我虽然知道这件事，但无法提供帮助。我的朋友周三，居住在岳庙，大概可以降服，我可以替你去求他帮忙。"张太华听后非常高兴，并表示了感谢。在告别时，胡二爷与张太华约定，第二天在岳庙东面再设宴。周三如约而至，他面容严肃，蓄着卷曲的络腮胡子，穿着便于骑乘的袴褶。酒过数巡，他对张太华说："刚才胡二弟转达了您的意思，事情我全知道了。但狐狸徒党太多，不可好言相劝，难免要动武。请让我马上住到您府上，微不足道的小事，不敢推辞。"张太华心中犹豫：驱逐一个狐狸，又引来了另一个，这不是以暴易暴吗？他犹豫不决。周三察觉到了他的顾虑，便说："不用担心，我与它们不同，并且我与你有缘，所以请不要怀疑。"张太华于是同意了。周三又嘱咐第二天全家人都要闭门不出，静坐在屋内，不要制造噪音。张太华回到家中，按照周三的指示行事。不久，他听到院子里传来激烈打斗的声音，一段时间后才恢复平静。当他打开门查看时，发现台阶上有斑斑血迹，台阶中央有几个小狐狸的头颅，大如茶碗。他又看到那间被清扫用来安置周三的房间，周三正在里面端坐。他对张太华拱手一笑，说："承蒙您的重托，妖类已被彻底清除。"从此，周三便住在张家，两人相处就如主人和宾客一般。

【鸽异】

原文

鸽类甚繁，晋有坤星，鲁有鹤秀，黔有腋蝶，梁有翻跳，越有诸尖，

○晋：古时指山西地区。坤星：特定地区培育的鸽子品种。下文的鹤秀、腋蝶、翻跳、诸尖、靴头、点子、大白、黑石等，都是鸽的品种名。

皆异种也。又有靴头、点子、大白、黑石、夫妇雀、花狗眼之类，名不可屈以指，惟好事者能辨之也。邹平张公子幼量，癖好之，按

○不可屈以指：意指品种繁多到难以具体计数。

○邹平：地名，位于今山东滨州。张公子幼量：张幼量。

经而求，务尽其种。其养之也，如保婴儿，冷则疗以粉草，热则投

○经：这里特指《鸽经》，一部古代养鸽手册。

○粉草：即甘草，中药名。

以盐颗。鸽善睡，睡太甚，有病麻痹而死者。张在广陵，以十金购

○盐颗：小颗粒的盐，用于治疗鸽子的热症。

○广陵：古代县名，今江苏扬州。

一鸽，体最小，善走，置地上，盘旋无已时，不至于死不休也，故常须人把握之。夜置群中，使惊诸鸽，可以免痹股之病，是名“夜游”。齐鲁养鸽家，无如公子最，公子亦以鸽自诩。

○齐鲁：指古代齐国和鲁国地区，今天的山东省。

译文

鸽子种类繁多，山西有坤星鸽，山东有鹤秀鸽，贵州有腋蝶鸽，陕西南部有翻跳鸽，浙江有诸尖鸽，这些都是独特的品种。还有如靴头、点子、大白、黑石、夫妇雀、花狗眼等，品种众多，普通人难以一一辨认，只有真正的鸽子爱好者才能分辨。邹平的张幼量酷爱养鸽，他依据《鸽经》搜罗各种鸽子，力求拥有尽可能多的品种。他照顾鸽子就像照顾婴儿一样，鸽子感冒时用甘草治疗，天热时用盐粒治疗热病。鸽子喜欢睡觉，睡过头容易得麻痹病死掉。张公子在扬州以十两银子买了一只特别的小鸽子，这只鸽子活泼好动，总是不停地转圈，不到累死不会停止，所以必须时刻有人看管。晚上把它放在鸽群中，让它惊动其他鸽子，这样可以预防鸽子患上腿脚麻木症，这只鸽子名字叫“夜游”。在山东，没有人能比张公子更擅长养鸽，他也因此以善养鸽自豪。

原文

一夜，坐斋中，忽一白衣少年叩扉入，殊不相识。问之，答曰："漂泊之人，姓名何足道。遥闻畜鸽最盛，此亦生平所好，愿得寓目。"张乃尽出所有，五色俱备，灿若云锦。少年笑曰："人言果不虚，公子可谓尽养鸽之能事矣。仆亦携有一两头，颇愿观之否？"张喜，从少年去。月色冥漠，野圹萧条，心窃疑惧。少年指曰："请勉行，寓屋不远矣。"又数武，见一道院，仅两楹。少年握手入，昧无灯火。少年立庭中，口中作鸽鸣。忽有两鸽出，状类常鸽，而毛纯白，飞与檐齐，且鸣且斗，每一扑，必作觔斗。少年挥之以肱，连翼而去。复撮口作异声，又有两鸽出，大者如鹜，小者裁如拳，集阶上，学鹤舞。大者延颈立，张翼作屏，宛转鸣跳，若引之；小者上下飞鸣，时集其顶，翼翩翩如燕子落蒲叶上，声细碎，类鼗鼓；大者伸颈不敢动。鸣愈急，声变如磬，两两相和，间杂中节。既而小者飞起，大者又颠倒引呼之。张嘉叹不已，自觉望洋可愧。遂揖少年，乞求分爱，少年不许。又固求之。少年乃叱鸽去，仍作前声，招二白鸽来，以手把之，曰："如不嫌憎，以此塞责。"接而玩之，睛映

○能事：指精通某事，擅长某项技能。

○冥漠：形容环境昏暗，看不清楚。

○数武：意为走几步。这里的"武"是步的古称。

○两楹：指建筑仅有两根柱子，形容建筑很小。

○觔斗：指做翻滚动作。

○肱：这里指手臂。

○撮口：用嘴唇模仿鸟叫的动作。

○鹜：大型的野鸭。

○张翼作屏：指鸽子展开翅膀，形似屏风。

○鼗（táo）鼓：一种带把的小鼓，通过摇动发声。

○磬：古代一种用玉石制成的打击乐器，声音清脆。

○间杂中节：指声音中的间断和错杂，但又符合一定的节奏和韵律。

○望洋可愧：原意指面对广阔的海洋感到自己的渺小。这里用以形容见识到更高明的技艺后的自惭形秽。

月作琥珀色，两目通透，若无隔阂，中黑珠圆于椒粒，启其翼，胁肉晶莹，脏腑可数。张甚奇之，而意犹未足，诡求不已。少年曰：“尚有两种未献，今不敢复请观矣。”方竞论间，家人燎麻炬入寻主人。回视少年，化白鸽，大如鸡，冲霄而去。又目前院宇都渺，盖一小墓，树二柏焉。与家人抱鸽，骇叹而归。试使飞，驯异如初，虽非其尤，人世亦绝少矣。于是爱惜臻至。积二年，育雌雄各三。虽戚好求之，不得也。

○诡求：巧言令色地请求。

○燎：这里指点燃火炬。

○树：这里指种植或立起。

○尤：指出类拔萃，非常突出的意思。

译文

一晚，张公子在斋中静坐，忽然一名不认识的白衣少年敲门进来。张公子问他，回答说：“我是个漂泊之人，名字无关紧要。我远道而来是因为听闻张公子养有最多的鸽子，这也是我一生的爱好，希望能够亲眼见识。”张公子于是展示了自己所有的鸽子，色彩斑斓，美丽如云锦。少年笑着说：“果然名不虚传，张公子确实精通养鸽，我也带了一两只鸽子，您愿意看看吗？”张公子兴奋地跟随少年出门。夜色阴沉，穿过一片荒凉的墓地，他心中生出疑惧。少年伸手一指说：“公子再向前走几步，我的住处不远了。”又走了一段路，他们来到一个只有两根柱子的小道院，里面漆黑一片，没有灯火。少年站在院中，模仿鸽子的叫声。随即，两只纯白色的鸽子飞出，与屋檐齐高，边飞边鸣叫，并不时做出翻滚的动作。少年挥动手臂，鸽子随之飞走。他又做出另一种叫声，引出两只不同大小的鸽子，大的如野鸭般大小，小的仅有拳头大小。它们在台阶上翩翩起舞，大的伸颈站立，展翅如屏，转来转去，又叫又跳，好像在引逗那只小鸽子；小的则在大鸽子头顶上飞旋，像燕子落在蒲叶上，发出细碎的鼓声，而大的鸽子保持静止，声音逐渐紧急，似玉磬般清脆，和声错落有致。不久，小鸽子飞起来，大鸽子又反复招引它。张公子对这一幕赞叹不已，深感自愧不如。他请求少年能否割爱一两只，少年初时拒绝，张公子又执意恳求。少年就喝走两只鸽子，仍旧发出先前鸽鸣之声，招来了那两只白鸽，把它们拿在手

里，说："如果你不嫌弃，就用这两只鸽子补过吧。"张公子接过来赏玩，只见这两只鸽子的眼睛在月光下犹如琥珀般透亮，身体部位清晰可见。张公子特别惊奇，意犹未尽，就继续索求。少年说："还有两种没有让你看，现在也不敢再请你看了。"正当他们交谈之际，家人持火炬来寻找张公子。回头一看，少年已化为一只大白鸽，冲天而起。而那所道院原来只是一个小墓地，前有两棵柏树。张公子与家人带着鸽子惊叹归来。这两只鸽子温驯异常，尽管不是少年展示的那些奇特鸽子，但在人间也属罕见。因此，张公子更加珍爱这两只鸽子。过了二年，它们繁育出雌雄各三只小鸽子，成为他珍贵的宝物，即使亲朋好友也无法得到。

原文

有父执某公，为贵官。一日，见公子，问："畜鸽几许？"公子唯唯以退。疑某意爱好之也，思所以报而割爱良难。又念：长者之求，不可重拂。且不敢以常鸽应，选二白鸽，笼送之，自以千金之赠不啻也。他日，见某公。颇有德色，而某殊无一申谢语。心不能忍，问："前禽佳否？"答云："亦肥美。"张惊曰："烹之乎？"曰："然。"张大惊曰："此非常鸽，乃俗所言'鞑靼'者也！"某回思曰："味亦殊无异处。"张叹恨而返。至夜，梦白衣少年至，责之曰："我以君能爱之，故遂托以子孙。何乃以明珠暗投，致残鼎镬！今率儿辈去矣。"言已，化为鸽，所养白鸽皆从之，飞鸣径去。天明视之，果俱亡矣。心甚恨之，遂以所畜，分赠知交，数日而尽。

○父执某公：这里的"父执"指的是与父辈同辈的人，即父亲的朋友。公，指的是某位官员。

○重拂：严重违背对方的意愿。

○德色：形容一个人自认为有恩惠于人的满足和自豪的表情。

○致残鼎镬：鼎和镬都是古代的烹饪工具，这里比喻被严重虐待或处于极度危险的情况。

译文

某日，张公子遇到了他父亲的一个朋友，这位朋友是位高官。这位官员见到张公子后问道："你养了多少只鸽子？"张公子支支吾吾，不敢直说。他猜测这位官员可能也是鸽子爱好者，想要得到一些鸽子，但他又难以割舍。张公子考虑到不能过分违背一个长辈的要求，不愿意用普通的鸽子敷衍了事，于是选了两只白鸽，装进笼子送给了这位官员，自认为这等同于送出了价值千金的礼物。后来，张公子再次见到这位官员，官员面带得意之色，但对于张公子的礼物连一句感谢的话都没有说。张公子感到不解，便问："之前送给您的鸽子怎么样？"官员回答："很肥美。"张公子惊讶地问："您把它们煮来吃了吗？"官员回答："是的。"张公子大惊失色，说："它们不是普通的鸽子，它们是珍稀的'鞑靼'品种！"官员回想起来，说："其实味道也没什么特别的。"张公子既悔恨又无奈，失望地回家了。当晚，张公子做了一个梦，梦见那位白衣少年来找他，责备他说："我原以为你能好好爱护这些鸽子，所以才把它们托付给你。你怎么可以这样轻易地让它们受害呢？现在我要带着它们离开了。"说完，少年变成了一只鸽子，带领所有的白鸽飞走了。醒来后，张公子发现所有的白鸽确实都不见了。他非常难过，最终决定将剩下的鸽子分赠给朋友们，不久，所有鸽子都送出去了。

原文

异史氏曰：物莫不聚于所好，故叶公好龙，则真龙入室；而况学士之于良友，贤君之于良臣乎！而独阿堵之物，好者更多，而聚者特少。亦以见鬼神之怒贪而不怒痴也。

○故叶公好龙，则真龙入室：叶公极其喜爱龙，他的家中装饰都是龙的形象。当真龙得知后，便降临到他的家中，但叶公反而被吓得逃跑了。通常用来说明一个人表面上的爱好可能并非真心的爱好。

○阿（ē）堵之物：指钱财。

○痴：特指对某物的极度喜爱或痴迷。

译文

异史氏说：万物自然会聚集于那些真心喜爱它们的人之手。因此，叶公由于痴迷龙，真龙便亲自到访他的家；对于学者而言，如果渴望结交好友，就会拥有好友；对于君主而言，如果期望得到贤臣，也会有贤臣出现。然而，对于钱财，尽管有很多人热衷于它，实际能聚集到手的人却寥寥无几。这也显示出，鬼神对那些贪婪的人表示愤怒，而对那些单纯痴迷于美好事物的人则不会这样。

原文

向有友人馈朱鲫于孙公子禹年，家无慧仆，以老佣往。及门，倾水出鱼，索柈而进之。及达主所，鱼已枯毙。公子笑而不言，以酒犒佣，即烹鱼以飨。既归，主人问："公子得鱼颇欢慰否？"答曰："欢甚。"问："何以知？"曰："公子见鱼便欣然有笑容，立命赐酒，且烹数尾以犒小人。"主人骇甚，自念所赠颇不粗劣，何至烹赐下人？因责之曰："必汝蠢顽无礼，故公子迁怒耳！"佣扬手力辩曰："我固陋拙，遂以为非人也！登公子门，小心如许，犹恐筲斗不文，敬索柈出，一一匀排而后进之，有何不周详也？"主人骂而遣之。

○孙公子禹年：孙禹年，字谈龄，淄川人，是清代顺治年间兵部尚书孙之獬的儿子。详见《淄川县志》。

○柈：盘子，这里指用来装鱼的容器。

○非人：指行为或思维显得不合常理或愚蠢的人。

○筲（shāo）斗不文：指用小水桶盛鱼作为礼物，认为这种做法不够体面或粗俗。筲斗即小水桶。

译文

有位朋友将红鲫鱼赠送给孙公子禹年，因家中缺少机智的仆人，便派一位年老的仆人前往送鱼。当这位老仆到达孙公子的府邸时，将水倒掉，随后向人索要了一个盘子重新装好鱼带进府中。到达孙公子面前时，鱼已经干死。孙公子见了只是微笑未言，用酒来犒赏老仆，并指示将这些鱼烹煮给他作为食物。老仆回家后，主人询问："公子收到鱼后感到高兴吗？"老仆回答说："非常高兴。"主人追问："你怎么知道？"老仆解释道："公子一看到鱼就露出高兴的笑容，立刻命令人给我倒酒，并且还亲自指示烹煮了几条鱼来犒劳我。"主人感到非常惊讶，心想自己赠送的鱼并不粗劣，为何会被拿来犒赏仆人？于是责怪老仆："肯定是你做事不当，让公子对你不满！"老仆挥手辩解说："我虽然粗鲁笨拙，但并不是不懂事理的人。当我进入公子的府邸，小心翼翼到这样子，还担心直接用水桶装鱼太过粗俗，于是恭敬地换成了盘子，仔细地将鱼一一摆放整齐才敢进献，我有何不周到的呢？"主人听后大骂了一顿将他打发走了。

原文

灵隐寺僧某，以茶得名，铛臼皆精。然所蓄茶有数等，恒视客之贵贱以为烹献，其最上者，非贵客及知味者，不一奉也。一日，有贵官至，僧伏谒甚恭，出佳茶，手自烹进，冀得称誉。贵官默然。僧惑甚，又以最上一等烹而进之。饮已将尽，并无赞语。僧急不能待，鞠躬曰：“茶何如？”贵官执盏一拱曰：“甚热。”

○灵隐寺：佛寺名，位于浙江杭州西湖之畔，又名云林寺，是江西地区的著名佛教寺庙。

○铛（chēng）臼：专用于烹煮和研磨茶叶的工具。铛，一种三足的金属炊具；臼，用来研磨茶饼的茶臼，用以煮沏。

此两事，可与张公子之赠鸽同一笑也。

译文

灵隐寺有位僧人，因泡茶技艺著名，他的茶铛和茶臼都极为精致。这位僧人珍藏着几种不同等级的茶叶，通常会根据访客的身份贵贱来决定使用哪一级的茶叶，最顶级的茶叶只有对身份显贵和懂茶的贵宾才奉上。有一次，一位高官访问寺庙，僧人非常恭敬地迎接，拿出了上等的茶叶，并亲自烹茶希望获得赞誉。但那位贵官喝了茶之后却没有任何反应。僧人感到非常困惑，于是又烹制了最好的茶叶奉上。茶几乎喝完了，依旧没有获得任何称赞的话语。僧人忍不住了，弯腰问道：“请问这茶您觉得如何？”贵官持杯作揖回答道：“太烫了。”

这两个故事与张公子的鸽子赠礼可谓是同样令人啼笑皆非。

【聂政】

原文

怀庆潞王，有昏德。时行民间，窥有好女子，辄夺之。有王生妻，为王所睹，遣舆马直入其家。女子号泣不伏，强舁而出。王亡去，隐身聂政之墓，冀妻经过，得一遥诀。无何，妻至，望见夫，大哭投地。王恻动心怀，不觉失声。从人知其王生，执之，将加搒掠。忽墓中一丈夫出，手握白刃，气象威猛，厉声曰："我聂政也！良家子岂容强占！念汝辈不能自由，姑且宥恕。寄语无道王：若不改行，不日将抉其首！"众大骇，弃车而走，丈夫亦入墓中而没。夫妻叩墓归，犹惧王命复临。过十余日，竟无消息，心始安。王自是淫威亦少杀云。

○怀庆潞王：怀庆，今河南沁阳。潞王，指明穆宗第四子朱翊镠。

○昏德：指行为荒淫无道，昏庸而无德行。此处用来形容潞王的行径。

○舆马：指用于出行的车马。

○舁：抬，此处指抬起女子强行带走。

○聂政：聂政，战国时期著名的刺客，以刺杀韩国大夫而知名，后因怕连累他人而自杀。

○搒掠：指用棍棒等工具殴打。

○良家子：指来自体面家庭的人，通常指有道德有教养的人家的子女。

○抉其首：指斩首。抉，古通"决"，意为切断。

○少杀云：指暴行或暴政有所减少。

译文

怀庆府的潞王行为荒淫不检，常在民间寻找美貌女子强行霸占。有个姓王的读书人，他的妻子被潞王看上了。潞王便派车马强行闯入王生家中。该女子拼命哭泣抵抗，却被强行抬走。王生逃出家门，藏身于聂政的墓旁，希望能在妻子经过时与她远远告别。不久后，妻子来到了这里，一见到丈夫便痛哭倒地。王生感动之下，忍不住出声哭泣。仆人发现了王生，准备对他进行拷打。突然，墓中走出一名男子，手持白刃，气势威猛，大声斥责："我是聂政！良家妇女怎能容许被强占！考虑到你们是被逼无奈，我暂时饶恕你们。请转告无道的潞王，如果不改恶行，我不日将斩其首级！"众仆人惊恐逃离，男子也重新回到墓中消失。王生夫妇向聂政墓致谢后返回，仍心有余悸，担心潞王会再次找麻烦。过了十余天，一切平静无事，夫妻俩这才安心。从此以后，潞王的淫威也略有收敛。

原文

○服膺：深信，深受启发。轵深井里：指聂政的家乡，位于今天河南省济源市。

异史氏曰：余读刺客传，而独服膺于轵深井里也。其锐身而报知己

○刺客传：指《史记》中的《刺客列传》。

○鱄：鱄诸（专诸），春秋末期的吴国刺客。

也，有豫之义；白昼而屠卿相，有鱄之勇；皮面自刑，不累骨肉，

○豫：豫让，春秋时期的知名刺客，以其极端的忠诚和复仇行为著称。

○皮面自刑，不累骨肉：指聂政在准备刺杀目标前，自行毁容，以避免因自己的行为而牵连到家人。

有曹之智。至于荆轲，力不足以谋无道秦，遂使绝裾而去，自取灭

○曹：曹沫，春秋时期的鲁国刺客，挟持齐桓公，逼迫其退还鲁国领土。

○绝裾：衣服被拉断。裾，指衣服下摆。

亡。轻借樊将军之头，何日可能还也？此千古之所恨，而聂政之所

○樊将军之头：引用自《史记·刺客列传》，指荆轲为赢得秦王信任，用计让樊於期自杀，带着他的首级前往秦国，以此作为见秦王的信物。

嗤者矣。闻之野史：其坟见掘于羊、左之鬼。果尔，则生不成名，

○羊、左之鬼：羊角哀和左伯桃，两位战国时期的人物，以其悲壮的友情和牺牲而闻名。

死犹丧义，其视聂之抱义愤而惩荒淫者，为人之贤不肖何如哉！噫！

聂之贤，于此益信。

译文

异史氏说：我阅读了《史记》中的《刺客列传》，对聂政尤为佩服。他为报答恩人，不惜牺牲自己的生命，这种行为有着豫让的义气；他在白天公然行刺韩相侠累，展现了专诸般的勇猛；他选择自毁容貌，以免牵连家人，这是曹沫式的智慧。至于荆轲，他没有足够的力量去谋划杀害暴君秦王，最终导致自己的失败和死亡。他轻易地借用了樊将军的首级，但如何能还得了呢？这是历史上长久的遗憾，也是聂政所嘲笑的。我从野史中得知，荆轲的坟墓曾被羊角哀和左伯桃的鬼魂掘开。如果真是这样，那么荆轲活着时未能成名，死后仍失去了名声。相较之下，聂政因怀抱正义之怒而惩处荒淫，他的贤德显然更加令人信服。啊！我更加相信聂政是个大贤之人。

【冷生】

原文

平城冷生，少最钝，年二十余，未能通一经。忽有狐来，与之燕处。每闻其终夜语，即兄弟诘之，亦不肯泄。如是多日，忽得狂易病，每得题为文，则闭门枯坐，少时，哗然大笑。窥之，则手不停草，而一艺成矣。脱稿，又文思精妙。是年入泮，明年食饩。每逢场作笑，响彻堂壁，由此“笑生”之名大噪。幸学使退休，不闻。后值某学使规矩严肃，终日危坐堂上。忽闻笑声，怒执之，将以加责。执事官代白其颠。学使怒稍息，释之而黜其名。从此佯狂诗酒。著有颠草四卷，超拔可诵。

○平城：县名，现今位于山西大同东部。

○通一经：指通读并理解一部经典书籍，这里的“经”特指儒家经典，是明清时代科举考试的重要内容。

○燕处：指与人友好相处。

○狂易病：指精神状态突变，表现出狂乱的行为。

○枯坐：指静坐不动，如枯木一般。

○食饩：成为廪生，即享受国家补助的学生。

○一艺成矣：这里的“一艺”指一篇文章或文艺作品，形容冷生迅速而出色地完成文作。

○入泮：指被录取为学生，参加县学的学习。

○场作笑：指在科举考试的考场发笑。

○学使退休：指负责监考的学官临时离开考场。

○危坐堂上：指端正坐在高位上，形容学使的庄严和正式。

○执事官代白其颠：指负责的官员替冷生说明他患有精神病。

○黜其名：指剥夺其学籍或资格。

○超拔可诵：形容文笔或思想超越常人，值得传诵。

译文

平城有一个名叫冷生的人，少时极其迟钝，到了二十多岁仍未能熟读任何一部经典。突然，一只狐狸与他住在一起，他们经常深夜长谈。尽管兄弟们多次询问，冷生始终守口如瓶。经过多日，冷生突然患上精神失常，每当接到作文题目，他就闭门独自坐着，不久便会发出响亮的笑声。偷看时，发现他笔不停顿，迅速完成了一篇文章。文章完成后一看，文思精妙。当年就入学成了生员，次年成为廪生。他每到考场，总是发笑，笑声传遍整个考场，因此得了“笑生”的雅号，并声名鹊起。幸好当时的学使暂时离开了考场，没有听到。后来，一位严格的学使到来，整日正襟危坐在考场中。当他听到笑声，愤怒地将冷生拖出，准备严惩。执事的官员为冷生解释说他有精神病。学使的怒气稍缓，最终释放了他，但取消了他的学籍。从此，冷生疯疯癫癫，以诗酒自娱，留下了名为《颠草》的四卷作品，其内容超凡脱俗，颇具诵读价值。

原文

异史氏曰：闭门一笑，与佛家顿悟时何殊间哉。大笑成文，亦一

○佛家顿悟：指佛教禅宗中的顿悟概念，认为人可以通过一瞬间的洞察而直接领悟到佛性，实现精神上的彻底觉醒。此处“间”意为“差异”。

快事，何至以此褫革？如此主司，宁非悠悠！

○褫（chǐ）革：这里指被剥夺学籍或资格。
○主司：指主管此事的官员，即负责监督考试的学使。
○悠悠：这里形容言论或行为荒谬不经。

译文

异史氏说：闭门后的一声笑，与佛家强调的顿悟有何区别？在笑声之后能迅速写出佳作，本是一件令人快慰的事情，为何竟因此被剥夺资格？这样的主管官员，难道不是太荒谬了吗？

原文

学师孙景夏，往访友人。至其窗外，不闻人语，但闻笑声嗤然，顷

○孙景夏：孙湖，字景夏，诸城人。顺治十四年（1657年）成为举人，康熙四年（1665年）担任淄川教谕，后升任鳌山卫教授，曾任江南泾县知县。与蒲松龄有交往。

刻数作。意其与人戏耳，入视，则居之独也，怪之。始大笑曰：“适无事，默温笑谈耳。”

○默温笑谈：指一个人独自回忆或默念令人发笑的对话或趣事。

译文

学师孙景夏，某次去拜访一位朋友。当他走到朋友的窗外时，没有听到任何谈话声，只听到连续几次的笑声，他以为朋友在与人开玩笑。当他进入房间时，却发现朋友独自一人在屋内，这让他感到非常奇怪。朋友接着大笑说：“我只是无事时在心里回味一些笑话而已。”

原文

邑宫生，家畜一驴，性蹇劣。每途中逢徒步客，拱手谢曰：“适忙，

○蹶然：形容驴倒下的样子，突然跌倒的意思。
○屡试不爽：多次试验都非常准确，没有失败。

不遑下骑，勿罪。”言未已，驴已蹶然伏道上，屡试不爽。宫大惭

恨，因与妻谋，使伪作客，己乃跨驴周于庭，向妻拱手，作遇客语。驴果伏，便以利锥毒刺之。适有友人相访，方欲款关，闻宫言于内曰：“不遑下骑，勿罪。”少顷，又言之。心大怪异，叩扉问其故，以实告，相与捧腹。

○款关：古时敲门的说法，意为轻轻敲门。

○捧腹：形容大笑的样子，即用手捧着肚子笑。

此二则，可附冷生之笑并传矣。

译文

城中有一名宫生，家中养了一头笨拙的驴。每次在路上遇到徒步的行人时，宫生总是还没来得及下驴就会拱手道歉：“实在是太忙了，没办法下驴，请多包涵。”话音未落，驴就已经突然倒在道路上，此招屡试屡灵。宫生对此感到非常尴尬和气恼，于是与妻子商量出一个计策，让妻子假扮路人，自己则骑着驴在庭院里转圈，见到妻子就拱手致意，模仿在路上遇见行人的场景。果不其然，驴又倒在地上，宫生这次趁机用尖锐的锥子猛刺驴身。正巧这时有个朋友来访，准备敲门时听到宫生在里面说：“实在忙，无法下驴，请多见谅。”不一会儿，又重复了一遍。朋友感到非常奇怪，敲门进去询问情况。宫生如实告知经过，两人一起捧腹大笑。

这两个故事与冷生因笑而得名的轶事一样，都值得流传下去。

顿悟

顿悟是佛教禅宗中的一个重要概念，尤其在南宗禅法中占据核心地位。顿悟指的是对事理或真理的突然领悟，即无需通过长期的修行或渐进的学习，而是通过某一瞬间的直观觉悟达到彻底的理解。与此相对的是“渐悟”，即通过逐步修行和积累，逐渐领会真理。顿悟强调的是瞬间的觉悟和开悟，被认为是对佛法的一种超越性的领会。

【狐惩淫】

原文

某生购新第，常患狐，一切服物，多为所毁，且时以尘土置汤饼中。一日，有友过访，值生出，至暮不归。生妻备馔供客，已而偕婢啜食余饵。生素不羁，好蓄媚药，不知何时狐以药置粥中，妇食之，觉有脑麝气。问婢，婢云不知。食讫，觉欲焰上炽，不可暂忍，强自按抑，燥渴愈急。筹思家中无可奔者，惟有客在，遂往叩斋。客问其谁，实告之，问何作，不答。客谢曰："我与若夫道义交，不敢为此兽行。"妇尚流连，客叱骂曰："某兄文章品行，被汝丧尽矣！"隔窗唾之。妇大惭，乃退，因自念："我何为若此？"忽忆碗中香，得毋媚药也？检包中药，果狼藉满案，盎盏中皆是也。稔知冷水可解，因就饮之。顷刻心下清醒，愧耻无以自容。展转既久，更漏已残，愈恐天晓难以见人，乃解带自经。婢觉救之，气已渐绝，辰后，始有微息。客夜间已遁。生晡后方归，见妻卧，问之，不语，但含清涕。婢以状告。大惊，苦诘之。妻遣婢去，始以实告。生叹曰："此我之淫报也，于卿何尤？幸有良友，不然，何以为人！"遂从此痛改往行，狐亦遂绝。

○汤饼：指汤中的面食。

○余饵：剩余的饭菜。

○脑麝气：指香料中的龙脑和麝香的气味。龙脑和麝香是高级香料，这里形容媚药的香气。

○惟有客在：家中唯一的男人是来访的客人。

○奔：旧时指女子私自与男子结合。

○稔知冷水可解：妇人知道冷水可以解除媚药的效果。

○自经：上吊自杀。

○辰后：辰时之后，大约是早上七点到九点之间。

○晡后：黄昏之后，大约是下午五点到七点。

○尤：过错、责怪。

译文

某生购置新房后，经常遭受狐狸精的骚扰，衣物多被毁坏，且狐狸精常将尘土加入汤面中。一日，有友人来访，恰逢某生外出，直到傍晚仍未归来。某生的妻子为客人准备了食物，随后与丫环一起吃剩饭。某生平日无节制，喜欢收藏媚药，不知何时，狐狸精将媚药放入粥中。妻子吃后感到有龙脑和麝香的香味，询问丫环却得不到答案。饭后，她觉得欲火中烧，无法忍受，尝试强行压制，却愈发焦躁。家中除客人外无其他男性，于是她敲了书房的门。客人询问是谁，妻子如实相告，但客人坚决拒绝，并斥责她："我与你夫君有道义之交，不愿做出无耻之事。"妇人仍不愿离去，客人责骂道："你败坏了你丈夫的名声！"隔着窗户向她吐唾沫。妇人羞愧难当，退回屋内自省："我为何会如此？"突然，她想起粥中的香气，怀疑是不是含有媚药。检查药品包裹，果然发现一片混乱，碗和杯中到处都是药物。她知道冷水可以解药效，便去喝了凉水。不一会儿，她便清醒过来，羞愧得无地自容。她辗转反侧，无法入睡，愈发担心天亮后难以见人，于是解下衣带试图上吊自尽。丫环发现后，立即将她救下，此时她的气息已经十分微弱。到了早晨，她才略有呼吸。当夜，客人已经离去。丈夫黄昏时才归家，发现妻子卧病在床，询问发生了什么，妇人未答，只是泪流满面。丫环便将妇人试图上吊的事告诉了丈夫。丈夫震惊之余，追问详情。妇人遣走丫环后才将真相告诉丈夫。丈夫听后叹息道："这是对我荒淫行为的报应，怎能怪你？幸亏有一位正直的朋友，否则我将何以为人！"于是他决心改过自新，狐狸精自此也不再出现。

原文

异史氏曰：居家者相戒勿蓄砒鸩，从无有戒不蓄媚药者，亦犹之人畏兵刃而狎床笫也。宁知其毒有甚于砒鸩者哉！顾蓄之不过以媚内耳，乃至见嫉于鬼神，况人之纵淫，有过于蓄药者乎？

○砒鸩：砒霜和鸩酒，古代常用来指代毒药。砒霜是含砷的高毒性化合物，而鸩酒则是传说中用鸩鸟（一种毒鸟）的羽毛浸泡制成的毒酒。这里象征致命的危险物。

译文

异史氏说：家庭中的人们常警告彼此不要储存砒霜和鸩酒，但从未有人提醒不要储存媚药，这就像人们都害怕兵器，却又亲近床笫的享乐一样。哪里知道媚药的危害甚至比砒霜和鸩酒更大！储存媚药仅仅是为了供夫妻欢愉，最终却可能引来鬼神的嫉妒和仇恨。何况人的纵情淫乐，其危害可能还要超过简单地储存媚药呢？

原文

某生赴试，自郡中归，日已暮。携有莲实菱藕，入室，并置几上，又有藤津伪器一事，水浸盎中。诸邻人以生新归，携酒登堂，生仓卒置床下而出，令内子经营供馔，与客薄饮。饮已，入内，急烛床下，盎水已空。问妇，妇曰："适与菱藕并出供客，何尚寻也？"生忆肴中有黑条杂错，举座不知何物，乃失笑曰："痴婆子！此何物事，可供客耶？"妇亦疑曰："我尚怨子不言烹法，其状可丑，又不知何名，只得糊涂脔切耳。"生乃告之，相与大笑。今某生贵矣，相狎者犹以为戏。

○藤津伪器：指古代的仿制品，此处特指用作性玩具的假阴茎，常用于夫妻分居或其他需要。一事：一件，指一件物品。

○内子：指妻子。

○脔（luán）切：指将食物切成小块。脔，指切碎的肉块。

译文

某生参加完考试从郡中回到家里，此时已是傍晚。他带回了一些莲子、菱角、藕，并将这些食材放在了桌子上。同时，他还带回了一个藤津伪器，暂时将其浸泡在水盆中。由于他刚刚回家，邻居们携带酒水前来拜访，为了迎接客人，某生匆忙将水盆放置在床下，然后让妻子准备酒食招待来宾。饮宴结束后，他返回内室，急忙用蜡烛查看床下，发现水盆已空。他询问妻子，妻子回答说："我刚才将那东西拿出来和菱角、莲子、藕一起煮给客人吃了，你还在找什么？"某生回想起饭菜中有不明的黑条，座中无人能辨，于是笑着说："傻婆娘！这是什么东西，怎么能拿来招待客人呢？"妻子也感到困惑，说："我还在想你为什么不告诉我如何烹饪它，它看起来那么难看，我也不知道它叫什么名字，只好随便切碎了。"某生这才向妻子解释那是什么，两人相视大笑。现在某生已经成为显贵人物，而喜欢开玩笑的朋友们仍然把这件事当作笑料。

【山市】

原文

奂山山市，邑八景之一也，数年恒不一见。孙公子禹年，与同人饮楼上，忽见山头有孤塔耸起，高插青冥，相顾惊疑，念近中无此禅院。无何，见宫殿数十所，碧瓦飞甍，始悟为山市。未几，高垣睥睨，连亘六七里，居然城郭矣。中有楼若者，堂若者，坊若者，历历在目，以亿万计。忽大风起，尘气莽莽然，城市依稀而已。既而风定天清，一切乌有。惟危楼一座，直接霄汉，五架窗扉皆洞开，一行有五点明处，楼外天也。层层指数，楼愈高，则明愈少；数至八层，裁如星点；又其上，则黯然缥缈，不可计其层次矣。而楼上人往来屑屑，或凭或立，不一状。逾时，楼渐低，可见其顶，又渐如常楼，又渐如高舍，倏忽如拳如豆，遂不可见。又闻有早行者，见山上人烟市肆，与世无别，故又名“鬼市”云。

- 恒不一见：指山市现象不常见，多年可能只出现一次。
- 奂山山市：指奂山上出现的一种光学幻象，称为“山市”或“海市蜃楼”，由大气折射现象产生的虚像。奂山位于淄川旧城西十五里，因频繁出现这种现象而著名。
- 孙公子禹年：指孙禹年，淄川人，历史上有文献记载的地方名人。
- 青冥：指高远的天空。
- 禅院：佛教寺院。
- 飞甍（méng）：指建筑物的屋脊飞起的样子，用来形容建筑的美观和雄伟。
- 高垣睥睨：描述城墙高大且连绵不断的样子。
- 楼若者、堂若者、坊若者：形容看上去像楼宇、大厅和街坊（即市井小巷）。
- 危楼：形容楼高得像直接通向天际。
- 五架窗扉皆洞开：形容高楼上的窗户全部开放，极具视觉冲击力。
- 裁如星点：形容高楼顶部的光亮点如同遥远的星星。
- 屑屑：形容人来人往、行动忙碌的样子。
- 市肆：指市场和商店。

译文

奂山的山市，是淄川区八景之一，这种景象几年才能见到一次。一次，孙禹年公子和朋友们在楼上喝酒时，突然看到山顶上有座孤塔冲天而起，深入苍穹，大家对此感到既惊讶又疑惑，因为附近并没有这样的禅院。不久之后，他们看到数十座宫殿显现，碧瓦飞甍，颇为壮观，这才意识到这是一次山市现象。接着，出现了一片高大的城墙，上面有连绵几里的低矮女墙，看起来像一座城郭。城中仿佛有楼阁、大厅和街坊，清晰可见，数以亿万计。突然，一阵大风卷起尘埃，城市变得模糊一片。风停后，天空晴朗，一切都消失了，只剩下一座高楼，直通天际，五扇窗户大开，每一层都有五个透明之处，闪着白光，正是楼外的天空。一层一层地往上数，楼越高，光亮越少；到了第八层，光亮仅如星点；更高层则昏暗而难以数清层数。楼上的人们来来往往，或靠窗凭栏，或站立不动。过了一会儿，楼逐渐降低，顶部变得可见，然后逐渐恢复成普通楼宇的高度，最后变得越来越小，直到消失不见。还有早起的行人说，曾见山上有人烟和市场，与现实世界无异，因此又有“鬼市”的别称。

【江城】

原文

临江高蕃，少慧，仪容秀美，十四岁入邑庠。富室争女之，生选择良苛，屡梗父命。父仲鸿，年六十，止此子，宠惜之，不忍少拂。初，东村有樊翁者，授童蒙于市肆，携家僦生屋。翁有女，小字江城，与生同甲，时皆八九岁，两小无猜，日共嬉戏。后翁徙去，积四五年，不复闻问。一日，生于隘巷中，见一女郎，艳美绝俗，从以小鬟，仅六七岁。不敢倾顾，但斜睨之。女停睇，若欲有言。细视之，江城也，顿大惊喜。各无所言，相视呆立，移时始别，两情恋恋。生故以红巾遗地而去。小鬟拾之，喜以授女。女入袖中，易以己巾，伪谓鬟曰：“高秀才非他人，勿得讳其遗物，可追还之。”小鬟果追付生，生得巾大喜。归见母，请与论婚。母曰：“家无半间屋，南北流寓，何足匹偶？”生言：“我自欲之，固当无悔。”母不能自决，以商仲鸿，鸿执不可。

- ○临江高蕃：文中主人公的名字，高蕃，来自临江，指的是江西宜春樟树临江镇。
- ○梗父命：即违背父亲的命令。梗，这里表示阻碍或反对。
- ○少拂：轻微违逆。在这里指父亲不愿意过多违逆儿子的意愿。
- ○童蒙：指幼小无知的儿童。
- ○僦生屋：即租住房屋。
- ○同甲：同龄，同一年龄段的意思。
- ○两小无猜：没有顾忌和猜疑。形容男女孩童之间的纯真友情或爱情。
- ○隘巷：狭窄的小巷。
- ○遗物：这里指丢失的物品，即高蕃故意丢在地上的红巾。
- ○流寓：指流浪居无定所。

译文

临江的高蕃，从小聪明且仪容秀美，十四岁便入读县学。他家境不错，许多富贵人家都想将女儿许配给他，但高蕃对选择伴侣的条件极高，多次违逆父命，拒绝了。他的父亲高仲鸿，已年过六旬，只有这一个儿子，十分宠爱他，总是不忍心违逆儿子的意愿。事情起于东村的樊翁，他在集市上教童子念书，一家人租住在高蕃家的房子里。樊翁有个女儿，小名叫江城，与高蕃年纪相仿，当时都是八九岁，两人从小一起玩耍，形影不离。几年后，樊翁一家搬离了这里，之后四五年杳无音信。一日，高蕃在狭窄的巷子里偶遇一位美丽非凡的女郎，身边跟着一个六七岁的小丫环。高蕃不敢直视，只是偷偷斜眼观察。那女子也停下偷看高蕃，似乎想说些什么。仔细一看，竟然是儿时玩伴江城，高蕃顿时惊喜交加。两人虽无言，但眼神交流中满是爱恋，久久地对视，最终依依不舍地分开。在离开前，高蕃故意将自己的红巾丢在地上，小丫环捡起红巾高兴地交给江城。江城将红巾藏入袖中，换上了自己的香巾，嘱咐小丫环："高秀才是个特别的人，我们不能留着他落下的东西，你去还给他。"小丫环照做了，高蕃接回香巾，心中充满了喜悦。回到家后，高蕃向母亲表达了自己想要与江城结婚的意愿。母亲说："樊家没有半间房屋，穷困流浪，哪能配得上与我们家结亲？"但高蕃说："我自己愿意承担所有后果，绝不后悔。"母亲无法独自做决定，便与高仲鸿商议。然而高仲鸿坚决反对这门亲事。

原文

生闻之闷闷，嗌不容粒。母忧之，谓高曰："樊氏虽贫，亦非狙侩无赖者比。我请过其家，倘其女可偶，当亦无害。"高曰："诺。"母托烧香黑帝祠，诣之。见女明眸秀齿，居然娟好，心大爱悦。遂以金帛厚赠之，实告以意。樊媪谦抑而后受盟。归述其情，生始解颜为笑。逾岁，择吉迎女归，夫妻相得甚欢。而女善怒，反眼若不相识，词舌嘲啁，常聒于耳。生以爱故，悉含忍之。翁媪闻之，心弗善也，潜责其子。为女所闻，大恚，诟骂弥加。生稍稍反其恶声，女益怒，挞逐出户，阖其扉。生门外嚯嚯，不敢叩关，抱膝宿檐下。女

○嗌（yì）不容粒：形容心情极度沮丧，以至于连食物都咽不下去。

○狙侩：这里指市侩。

○黑帝祠：古代传说中的神祇，道教中的玄天上帝，信众常在其祠庙烧香祭拜，求神保佑。

○词舌嘲啁：指说话啰嗦且吵闹。

○嚯嚯（sà）：此为笔误或文献遗漏，应为"凄冷"，形容高蕃被妻子赶出门外，感到寒冷与凄凉。

从此视若仇。其初，长跪犹可以解，渐至屈膝无灵，而丈夫益苦矣。

翁姑薄让之，女牴牾不可言状。翁姑忿怒，逼令大归。樊惭惧，

○薄让：轻微地责备。 ○牴牾（dǐ wǔ）：抵触、反抗。 ○大归：指古代女子被丈夫家休弃，正式解除婚姻关系。

浼交好者请于仲鸿，仲鸿不许。

○浼（měi）：请求，乞求。在这里指樊家请求高仲鸿收回决定，允许媳妇回婆家。

译文

高蕃听到父亲的决定后，心情极度沮丧，连饭也吃不下。母亲看到儿子如此，对高仲鸿说："樊家虽然贫穷，但并非是无赖之辈。我打算亲自去他们家看看，如果那女孩适合，嫁过来也无妨。"高仲鸿回应说："好吧。"于是母亲借口去黑帝祠烧香，实则前往樊家。在那里，她见到了江城，发现她明眸善睐、容貌清丽，非常动人，心里非常高兴。她于是慷慨给予樊家金帛，诚恳地表达了求婚的意愿。樊家的母亲初时虚心拒绝，认为家贫不配，后经商量才同意结亲。高蕃的母亲回到家中，详细地将一切告诉了高蕃，高蕃这才露出笑容，从此不再愁眉苦脸。一年后，高家选择了一个吉日迎娶江城，两人婚后相处得非常愉快。然而，江城脾气暴躁，时常发怒，转脸就形同陌路，说话啰嗦，声音尖锐，这让高蕃耳根不得清净。尽管如此，高蕃因为爱她，选择忍受一切。当高蕃的父母得知这些后，内心非常不满，暗中责备儿子。江城得知此事后，更加愤怒，责骂更加激烈。高蕃稍有回嘴，江城更加恼怒，将他赶出门外，并锁上了门。高蕃站在门外，寒风刺骨，不敢敲门，只得抱膝坐在屋檐下过夜。此后，江城对高蕃的态度如同仇敌。起初，高蕃的长跪还能让她心软，但慢慢地，就连跪地求饶也无法获得她的原谅，高蕃的痛苦日益加深。公婆稍微责备江城，她顶撞得无法形容。最终，公婆愤怒之下，迫使高蕃将她休弃。樊家感到羞愧且害怕，请求与高家和好，但高仲鸿坚决不允。

原文

年余，生出遇岳，岳邀归其家，谢罪不遑。妆女出见，夫妇相看，

○不遑：没有空闲，指没有时间或机会。

不觉恻楚。樊乃沽酒款婿，酬劝甚殷。日暮，坚止留宿，扫别榻，

使夫妇并寝。既曙辞归，不敢以情告父母，掩饰弥缝。自此三五

日，暂一寄岳家宿，而父母不知也。樊一日自诣仲鸿，初不见，迫而后见之。樊膝行而请，高不承，诿诸其子。樊曰：“婿昨夜宿仆家，不闻有异言。”高惊问：“何时寄宿？”樊具以告。高赧谢曰：“我固不知。彼爱之，我独何仇乎？”樊既去，高呼子而骂。生但俯首，不少出气。言间，樊已送女至。高曰：“我不能为儿女任过，不如各立门户，即烦主析爨之盟。”樊劝之，不听。遂别院居之，遣一婢给役焉。月余，颇相安，翁妪窃慰。未几，女渐肆，生面上时有指爪痕，父母明知之，亦忍不置问。一日，生不堪挞楚，奔避父所，芒芒然如鸟雀之被鹯驱者。翁媪方怪问，女已横梃追入，竟即翁侧捉而棰之。翁姑涕噪，略不顾瞻，挞至数十，始悻悻以去。高逐子曰：“我惟避嚣，故析尔。尔固乐此，又焉逃乎？”生被逐，徙倚无所归。母恐其折挫行死，令独居而给之食。又召樊来，使教其女。樊入室，开谕万端，女终不听，反以恶言相苦。樊拂衣去，誓相绝。无何，樊翁愤生病，与妪相继死。女恨之，亦不临吊，惟日隔壁噪骂，故使翁姑闻。高悉置不知。

○诿：指推卸责任。

○析爨（cuàn）：古代指分家独立生活，引申为分家。

○横梃（tǐng）：使用棍棒。

○徙倚：流连徘徊，无处安身。

○开谕：指开导、讲解。

○临吊：古代的丧葬礼节，指吊丧。

译文

一年多后，高蕃偶遇岳父，岳父邀请他回家，连声道歉。岳父让女儿打扮出来见高蕃，夫妇二人见面，无法抑制内心的悲伤。樊父买来酒水，殷勤地款待女婿。天黑时，坚持让高蕃留下过夜，并安排了一个房间让夫妻同睡。次日天明，高蕃告辞返回，没有向父母透露真实情况，只是遮掩说和朋友聚会。此后，每隔三五日，他都会找借口去岳父家过夜，而父母毫不知情。有一天，樊父亲自来找高仲鸿，一开始高仲鸿不愿意见面，在迫不得已的情况下才勉强接见。樊父跪地求情，希望能修复婚姻关系，但高仲鸿推诿给儿子，不愿意答应。樊父说："女婿昨夜住在我家，没听说他不愿意。"高仲鸿吃惊地问："他什么时候寄宿你家的？"樊父将事情的原委告诉了高仲鸿。高仲鸿红着脸带着歉意说："我实在不知道。他爱你女儿，我难道跟她有仇吗？"樊父离开后，高仲鸿将儿子叫来，对他严厉斥责。高蕃低头默不作声，接受责备。说话间，樊父已经将女儿送到了家门口。高仲鸿对此表示："我无法为儿女的过失负责，不如大家分开过日子。"樊父试图劝解，但高仲鸿坚决不同意，就为江城和高蕃找了个别院，让他们住那里，仅派一名仆人照顾他们。几个月过去了，表面上夫妻二人相安无事，公婆对此稍感安慰。然而不久后，江城的行为变本加厉，高蕃的脸上经常出现被抓的痕迹。虽然父母清楚事情的真相，但他们选择了忍受。一天，高蕃再也忍受不了江城的虐待，逃到父母那里，张皇失措，犹如被猛禽驱逐的鸟雀。正当父母询问情况时，江城持棒追进来，在公公面前拽住高蕃猛打。公婆哭泣着呼喊停手，但江城毫无顾忌，接连打了许多下，直到高蕃无力反抗，才气呼呼地离开。高仲鸿这时责备儿子说："我本意是让你们避开吵闹，自立门户生活。你明明愿意这样生活，为什么还要逃避？"然后把他赶出了家门。高蕃无家可归，漂泊不定。母亲担心儿子在外受苦，走向绝路，决定让他单独居住，并提供食物。她又把樊父召来，希望他能教导女儿改正。樊父进屋后尝试各种办法开导女儿，但江城拒不接受，反而用恶言辱骂他。樊父失望至极，拂袖而去，发誓再也不与女儿来往。不久，樊父因忧愤而生病，不久与妻子相继去世。江城对此毫不关心，也不回家吊丧，只是每天在隔壁大声叫骂，故意让公公婆婆听到。高仲鸿对此装作不知情。

原文

○汤火：比喻极大的痛苦或危险，此处用以形容高蕃的心情如脱离了苦海。

生自独居，若离汤火，但觉凄寂。暗以金啖媒媪李氏，纳妓斋中，

往来皆以夜。久之，女微闻之，诣斋嫚骂。生力白其诬，矢以天日，女始归。自此日伺生隙。李妪自斋中出，适相遇，急呼之，妪神色变异。女愈疑，谓妪曰："明告所作，或可宥免；若犹隐秘，撮毛尽矣！"媪战而告曰："半月来，惟勾栏李云娘过此两度耳。适公子言，曾于玉笥山见陶家妇，爱其双翘，嘱奴招致之。渠虽不贞，亦未便作夜度娘，成否故未必也。"女以其言诚，姑从宽恕。媪欲行，又强止之。日既昏，呵之曰："可先往灭其烛，便言陶家至矣。"媪如其言。女即遽入。生喜极，挽臂促坐，具道饥渴，女默不语。生暗中索其足，曰："山上一觐仙容，介介独恋是耳。"女终不语。生曰："夙昔之愿，今始得遂，何可觌面而不识也？"躬自捉火一照，则江城也。大惧失色，堕烛于地，长跪觳觫，若兵在颈。女摘耳提归，以针刺两股殆遍，乃卧以下床，醒则骂之。生以此畏若虎狼，即偶假以颜色，枕席之上，亦震慑不能为人。女批颊而叱去之，益厌弃不以人齿。生日在兰麝之乡，如犴狴中人，仰狱吏之尊也。

○撮毛：指拔光头发的惩罚。

○玉笥山：位于临江府附近的一座山，因风景秀丽而著名。

○双翘：双脚，这里指女性裹小脚的习俗。

○夜度娘：古时对妓女的一种称呼。

○觐：面见。

○介介：形容心中郑重其事、深怀期待的样子。

○觳觫：形容极度恐惧的样子。

○兵：兵器，这里比喻为极大的威胁或压迫。

○为人：这里指履行作为丈夫的责任和角色。

○犴狴（àn bì）：古代神话中的猛兽，后来用来比喻牢狱，此处形容高蕃在家中的感受如同囚犯一般。

译文

高蕃自独居后，如同脱离了火海一般，但心里总感到凄凉寂寞。他暗中出钱请媒婆李氏安排妓女前来陪伴，所有往来均在夜晚进行。时间久了，江城微微听到了一些风声，便去斋中痛斥高蕃。高蕃全力辩解，指天发誓自己是清白的，江城才勉强回去。从此，江城日夜监视高蕃，伺机抓住他的把柄。一天，媒婆李氏从高蕃斋中出来，恰巧遇见江城，江城立即叫住她，李氏的脸色顿时变得异常。江城更加怀疑，对李氏说：“把你的所作所为全部说出来，或许我可以饶过你；如果你还敢隐瞒，我会把你的头发全部拔光！”李氏吓得发抖地说：“这半个月来，只有李云娘从妓院来过两次。刚才公子还说，他曾在玉笥山遇见陶家的女人，喜欢她的小脚，嘱咐我引她来。虽然她行为不端，也未必愿意成为夜里的娼妓，所以成与不成还未可知。”江城觉得她说的是实话，便暂且宽恕了她。李氏想要离开，但江城又强行留住她。天色已晚，江城命令她说：“先去吹灭他的烛光，然后告诉他陶家的女人来了。”李氏依言而行。江城随即迅速进入。高蕃极为高兴，拉着她的胳膊让她坐下，详细表达了自己的相思之苦，而江城一言不发。高蕃在黑暗中摸到了她的脚，说道：“当初在山上一见你的美貌，就深深地爱上了你的这双脚。”江城仍旧沉默不语。高蕃继续说：“当初的愿望今日才得以实现，怎么面对面却不认得呢？”他便点亮蜡烛凑近一看，发现是江城，吓得脸色大变，蜡烛从手中掉落，长跪在地上发抖，如同脖子上悬着利剑一样。江城揪着他的耳朵把他拖回家，用针在他大腿上刺了许多下，然后让他躺在下铺床上，每天醒来都要斥责他。从此高蕃畏惧江城如畏虎狼，即使偶尔能见到她一笑，床上也因惊恐无法做丈夫的本分。江城打他的脸颊，骂着把他赶下床，越来越厌弃他，不再把他当人看待。高蕃在家中的生活，就像囚犯般，必须时刻留意“狱吏”的脸色行事。

原文

女有两姊，俱适诸生。长姊平善，讷于口，常与女不相洽。二姊适葛氏，为人狡黠善辨，顾影弄姿。貌不及江城，而悍妒与埒。姊妹相逢无他语，惟各以阃威自鸣得意，以故二人最善。生适戚友，女辄嗔怒；惟适葛所，知而不禁。一日，饮葛所。既醉，葛嘲曰：“子何畏之甚？”生笑曰：“天下事颇多不解。我之畏，畏其美也，乃有美不

○埒（liè）：相等。

○阃（kǔn）威：指女子通过严格管理来控制丈夫的能力。“阃”通常指女子的闺房，这里用来形容妻子对丈夫的控制。

及内人，而畏甚于仆者，惑不滋甚哉？”葛大惭，不能对。婢闻，以告二姊。二姊怒，操杖遽出。生见其凶，跴屣欲走。杖起，已中腰膂，三杖三蹶而不能起。误中颅，血流如沈。二姊去，蹒跚而归。妻惊问之，初以迕姨故，不敢遽告，再三研诘，始具陈之。女以帛束生首，忿然曰：“人家男子，何烦他挞楚耶！”更短袖裳，怀木杵，携婢径去。抵葛家，二姊笑语承迎。女不语，以杵击之，仆，裂袴而痛楚焉，齿落唇缺，遗矢溲便。女返，二姊羞愤，遣夫赴诉于高。生趋出，极意温恤。葛私语曰：“仆此来，不得不尔。悍妇不仁，幸假手而惩创之，我两人何嫌焉。”女已闻之，遽出，指骂曰：“龌龊贼！妻子亏苦，反窃窃与外人交好！此等男子，不宜打煞耶！”疾呼觅杖。葛大窘，夺门窜去。生由此往来全无一所。

○跴（cǎi）屣：指急忙到不及穿鞋，描述一种慌乱的状态。跴，指拖鞋行走。

○膂（lǚ）：指脊柱，这里特指腰部的骨骼。

○沈：指血液流淌的状态，形容流血如汁。

○蹒跚：形容行走不稳。

○楚：指用力打击。

译文

江城的两个姐姐都嫁给了秀才。大姐性格平和，不善言辞，经常与江城不和。二姐嫁给葛家，是个狡猾而善辩的人，喜欢炫耀自己，虽然长相不如江城，但在嫉妒和强悍上不逊色。姐妹俩见面时，不谈别的，只是各自夸耀如何控制自己的丈夫，因此关系非常好。高蕃去访问亲戚朋友时，江城经常生气；但是去葛家时，即使知道也不加以制止。一次，高蕃在葛家喝酒醉后，葛生讥笑他说：“你为什么那么怕你妻子？”高蕃笑着回应说：“世上许多事情令人难以理解，我害怕的是妻子的美丽，有的人的妻子不如我的妻子美丽，却比我更害怕自己的妻子，这不是更加令人困惑吗？”葛先生因此感到羞愧，无法回答。这话被一个丫环听到后告诉了二姐。二姐非常愤怒，拿起棍子就冲了出去。看到二姐凶猛的样子，高蕃来不及穿鞋就想逃跑。二姐的棍子击中了他的腰部和脊骨，高蕃被打得三次倒地，无法爬起。不慎被打中头部，鲜血流淌如注。二姐离开后，高蕃蹒跚而归。江城见状大惊，追问发生了什么事。起初，因为担心得罪了二姨，高蕃不敢说出真相，经过江城多次追问，他才将经过详细讲述。江城用布条紧紧包扎了高蕃的头部，愤怒地质问："别人的丈夫，她干嘛要这么劳心去打！"她换上短袖衣裳，带着木杵和丫环直接前往葛家。到达葛家后，二姐笑着迎接，但江城一言不发，用木杵猛击二姐，将她打倒在地，严厉惩罚了她，导致二姐牙齿掉落，嘴唇受伤，甚至失禁。江城返回后，二姐感到羞耻和愤怒，派遣丈夫去向高蕃告状。高蕃出面，尽力用温柔的话安慰他。葛生私下对他说："这次来，是迫不得已。那个恶妇不讲道理，幸好有人帮忙教训了她一顿，我们两个人之间有什么怨恨呢？"这话被江城听到了，她立刻冲出来，指着葛生骂道："你这个龌龊的家伙！你的妻子受苦受难，你却偷偷和外人搞好关系！这种男人难道不应该被打死吗？"她怒吼着找棍子。葛生非常尴尬，夺门而逃。从此，高蕃连个可以来往的朋友都没有了。

原文

同窗王子雅过之，宛转留饮。饮间，以闺阁相谑，颇涉狎亵。女适窥客，伏听尽悉，暗以巴豆投汤中而进之。未几，吐利不可堪，奄存气息。女使婢问之曰："再敢无礼否？"始悟病之所自来，呻吟而哀之。则绿豆汤已储待矣，饮之乃止。从此同人相戒，不敢饮于其家。

○过之：来访。这里指王子雅前来拜访。

○巴豆：一种植物的果实，有剧毒，食用后会引起剧烈的呕吐和腹泻。

○吐利：严重的呕吐和腹泻。利，此处指腹泻。

译文

同窗王子雅来拜访，高蕃留他共饮。饮酒时，二人轻佻地谈论闺阁私事，言辞狎亵。江城偶然窥见此景，心生不快，暗中将巴豆粉投入汤中后端给王子雅。不久，王子雅上吐下泻，痛苦万分，生命垂危。江城派丫环前去询问："还敢再无礼吗？"王子雅这才意识到病因，呻吟着哀求原谅。这时，江城已备好绿豆汤，给他喝下后，症状方才缓解。从此，他的同窗都相互告诫，不敢再在高蕃家饮酒。

原文

王有酤肆，肆中多红梅，设宴招其曹侣。生托文社，禀白而往。日暮，既酣，王生曰：“适有南昌名妓，流寓此间，可以呼来共饮。”众大悦。惟生离席兴辞。群曳之曰：“阃中耳目虽长，亦听睹不至于此。”因相矢缄口，生乃复坐。少间，妓果出，年十七八，玉佩丁冬，云鬟掠削。问其姓，云：“谢氏，小字芳兰。”出词吐气，备极风雅，举座若狂。而芳兰尤属意生，屡以色授。为众所觉，故曳两人连肩坐。芳兰阴把生手，以指书掌作“宿”字。生于此时，欲去不忍，欲留不敢，心如乱丝，不可言喻。而倾头耳语，醉态益狂，榻上胭脂虎，亦并忘之。少选，听更漏已动，肆中酒客愈稀，惟遥座一美少年，对烛独酌，有小僮捧巾侍焉。众窃议其高雅。无何，少年罢饮出门去。僮返身入，向生曰：“主人相候一语。”众则茫然，惟生颜色惨变，不遑告别，匆匆便去。盖少年乃江城，僮即其家婢也。生从至家，伏受鞭扑。

○酤（gū）肆：即酒店。酤，古代卖酒的意思。

○曹侣：指同辈的朋友或同事。

○文社：指文学社团或学术集会。

○兴辞：即起身告辞，表示要离开。

○缄口：保持沉默，不言不语。

○云鬟掠削：形容头发做成如云一般的发型，掠削指发型高耸。

○色授：眉目传情。

○胭脂虎：比喻凶悍的妇人，胭脂通常用于女性化妆，虎则象征凶猛。

译文

王子雅拥有一家酒肆，店内装饰了许多红梅，并在此设宴邀请同辈的朋友。高蕃以需要参加文学社团的活动为由，向江城禀报后前往参加宴会。当天晚上，宾客酒兴正浓时，王子雅说："南昌有一名妓，暂居此地，可以邀请她共饮。"众人都非常高兴。只有高蕃站起来要离开，他被朋友们拉住，他们说服他说："虽然家中妻子消息灵通，但她也不可能知道这里的事。"于是大家互相约定保持沉默，高蕃于是重新坐下。不久，那名妓女真的来了，她十七八岁，身上佩戴的玉佩叮当作响，她的头发高高束起，非常有气质。问她姓名，她回答道："姓谢，小名芳兰。"言谈极为文雅。她的出现让在场的每个人都欣喜若狂。芳兰对高蕃格外感兴趣，不断以眼神示意。其他人注意到后，故意把他们俩拉到一起挨着坐。芳兰暗中抓住高蕃的手，在他手掌上写下"宿"字。这时高蕃心中既想离开又舍不得，内心极度纠结。二人低声耳语，醉态愈发狂热，高蕃竟把家里的母老虎忘得一干二净。不多久，已过了头更，酒客渐渐散去，只剩下一个美丽的少年独自饮酒。有个小僮仆拿着手巾在旁侍候。众人暗中议论这少年的高雅。不久，少年喝完酒离开。随后，服务的小僮回来对高蕃说："主人找您有话说。"其他人都不明所以，只有高蕃立即变色，来不及与众人告别，匆匆离去。原来那位美丽的少年是江城，小僮是他家的丫环。高蕃回到家后，趴着吃了顿鞭子。

原文

从此禁锢益严，吊庆皆绝。文宗下学，生以误讲降为青。一日，与婢语，女疑与私，以酒罈囊婢首而挞之。已而缚生及婢，以绣翦翦腹间肉互补之，释缚令其自束。月余，补处竟合为一云。女每以白足踏饼尘土中，叱生摭食之。如是种种。

○禁锢益严：指限制的措施变得更加严格和严密。

○吊庆皆绝：指所有形式的祭奠或庆祝活动都被禁止。

○文宗下学：指学政官员下到地方学校进行学生的考核。

○误讲降为青：指在官方考核中因解说错误被降级为无资格的生员状态。

○白足踏饼：光脚踩在饼上，表示对食物的极度亵渎。

○摭食：指被迫捡取地上的食物来吃。

译文

从那之后，江城对高蕃的管制变得更加严格，任何外界的悼念或庆祝活动都被禁止参与。当地学政官来学校进行学生考核时，高蕃因讲解错误被降为生员，失去了原有的学籍。一天，当高蕃与丫环交谈时，江城怀疑他们有不正当关系，愤怒之下，她用酒坛子砸向丫环的头部。之后，她将高蕃和丫环绑起来，用剪刀在他们的腹部各剪下一块肉，然后交换彼此的肉片粘贴到对方的伤口上，释放后让他们自行包扎。一个月后，交换的肉片竟然与身体愈合。江城时常让高蕃吃被她光脚踩于尘土中的饼。类似这样的虐待还有许多。

原文

母以忆子故，偶至其家，见子柴瘠，归而痛哭欲死。夜梦一叟告之曰："不须忧烦，此是前世因。江城原静业和尚所养长生鼠，公子前生为士人，偶游其地误毙之。今作恶报，不可以人力回也。每早起，虔心诵观音咒一百遍，必当有效。"醒而述于仲鸿，异之。夫妻遵教，虔诵两月余，女横如故，益之狂纵。闻门外钲鼓，辄握发出，憨然引眺，千人指视，恬不为怪。翁姑共耻之，而不能禁。

○柴瘠：形容极度消瘦，如同枯柴一般。

○前世因：指前世的因缘，佛教认为个体所经历的苦乐都是前世行为的结果。

○钲（zhēng）鼓：中国传统打击乐器。

○憨然引眺：形容天真或愚笨地四处张望的样子。

译文

高蕃的母亲因思念儿子，偶尔前往其住处，见到儿子极度消瘦的模样，回家后悲伤欲绝，痛哭流涕。一夜，她梦见一个老人告诉她说："不必过于忧愁，这是前世的因果报应。原来江城前世是由静业和尚养大的长生鼠，而高蕃在前世是个士人，偶尔到他那儿去游玩，曾误杀了那只鼠。这个恶报是无法通过人力改变的。你每天清晨虔诚地念诵观音咒一百遍，必能见效。"醒后，高蕃的母亲将梦境告诉丈夫，二人觉得很神奇，决定尝试按梦中所说的去做，每日诚心念诵观音咒。然而，两个多月过去，江城依旧专横且行为更加放纵。当她听到门外的锣鼓声时，便会匆忙地跑出去，憨态可掬地四处张望，引得众人侧目，她十分坦然，不以为意。尽管公公婆婆对此感到羞耻，却也无法制止她的行为。

原文

○宣佛果：宣讲佛法中的因果理论。

忽有老僧在门外宣佛果，观者如堵。僧吹鼓上革作牛鸣。女奔出，

见人众无隙，命婢移行床，翘登其上。众目集视，女如弗觉。逾时，僧敷衍将毕，索清水一盂，持向女而宣言曰：“莫要嗔，莫要嗔！前世也非假，今世也非真。咄！鼠子缩头去，勿使猫儿寻。”宣已，吸水噀射女面，粉黛淫淫，下沾衿袖。众大骇，意女暴怒，女殊不语，拭面自归。僧亦遂去。女入室痴坐，嗒然若丧，终日不食，扫榻遽寝。中夜忽唤生醒，生疑其将遗，捧进溺盆，女却之，暗把生臂，曳入衾。生承命，四体惊悚，若奉丹诏。女慨然曰：“使君如此，何以为人！”乃以手抚扪生体，每至刀杖痕，嘤嘤啜泣，辄以爪甲自掐，恨不即死。生见其状，意良不忍，所以慰藉之良厚。女曰：“妾思和尚必是菩萨化身。清水一洒，若更脏腑。今回忆曩昔所为，都如隔世。妾向时得毋非人耶？有夫妻而不能欢，有姑嫜而不能事，是诚何心！明日可移家去，仍与父母同居，庶便定省。”絮语终夜，如话十年之别。

○移行床：搬动便于站立的家具，如凳子或小椅，以便观看。

○敷衍将毕：指讲解或表演接近结束。

○盂：容器，用来盛装水或其他液体。

○噀（xùn）射：向外喷射。

○嗒然若丧：形容懊悔丧气的神态。

○丹诏：比喻非常重要且不可违抗的命令。

○姑嫜：指公婆。

○定省：指定期向长辈问安或表示关心的行为。

译文

忽然有位老和尚在门外宣讲佛法的因果，吸引了众多围观者。和尚吹响鼓膜发出的声音类似牛鸣。江城听到后冲出门，发现人群密集，命令丫环搬来凳子，她自己站在上面观看。围观者的目光集中在她身上，她却似乎毫无察觉。过了一会，当和尚即将讲完，他让人取来一盂清水，拿着走向江城，并说：“不要生气，不要生气！前世也非假，今世也非真。唉，鼠子，缩回你的头去，别让猫儿找到你。”说完这些，他用嘴吸了口水，向江城的脸上喷去，她脸上的妆开始融化，弄湿了衣领和袖子。周围人都很震惊，以为江城会勃然大怒，但她没有说一句话，只是擦了擦脸，独自回家。和尚也离开了。江城回到房间里，呆呆地坐着，表情失落，整天未进食，随后扫了扫床铺便上床睡觉。半夜，她突然叫醒高蕃，高蕃以为她需要上厕所，就拿来了便盆。但江城推开便盆，暗中抓住高蕃的胳膊，将他拉进被窝。高蕃虽然感到害怕，但还是顺从她的意愿，全身战栗，仿佛是接到了皇帝的命令。江城叹息着说：“让你变成这样，还怎么能算是个人！”然后她开始抚摸他的身体，每当触碰到以前被刀和棍打过的伤痕，就哽咽着流泪，自己也用指甲掐自己，恨不得当场死去。高蕃看到她这个样子，心中不忍，便加倍地安慰她。江城说：“我认为那位和尚肯定是菩萨的化身。他的清水一洒，仿佛洗净了我的心肺。回想起以前的所作所为，感觉像是过去的一生。那时的我恐怕不是人吧？既是夫妻却不能和乐，有公婆却不能侍奉，是怎么想的呢？明天我们就搬回去，和父母住在一起，方便侍奉问安。”江城絮絮叨叨地说了一整夜，仿佛两人已经十年没见面了。

原文

昧爽即起，摺衣敛器，婢携簏，躬襆被，促生前往叩扉。母出骇问，告以意。母尚迟回，女已偕婢入，母从入。女伏地哀泣，但求免死。母察其意诚，亦泣曰：“吾儿何遽如此？”生为细述前状，始悟曩昔之梦验也。喜，唤厮仆为除旧舍。

○昧爽：指拂晓或黎明前的时间。

○躬襆被：亲自携带被褥。躬，亲自；襆被，被褥。

○除旧舍：清理整顿旧居。

译文

黎明时分，江城已起身整理衣物，打包家当，丫环拿着竹筐，她亲自带着被褥，催促高蕃前去敲父母的门。母亲出来，惊讶地询问情况，高蕃向她解释了江城的意图。母亲还在犹豫，江城已带着丫环走了进来，母亲也跟着进去。江城跪在地上痛哭，只求母亲免自己死罪。看到江城态度真诚，母亲也感动得落泪，问：“我的孩子，你怎么会突然变成这样？”高蕃便详细向母亲讲述了江城听和尚讲经的经历。母亲这才明白之前做的梦已应验了，感到非常高兴，随即叫仆人来帮忙清理整顿旧居。

原文

女自是承颜顺志，过于孝子。见人，则觍如新妇。或戏述往事，则红涨于颊。且勤俭，又善居积，三年，翁媪不问家计，而富称巨万矣。生是岁乡捷。女每谓生曰：“当日一见芳兰，今犹忆之。”生以不受荼毒，愿已至足，妄念所不敢萌，唯唯而已。会以应举入都，数月乃返。入室，见芳兰方与江城对弈。惊而问之，则女以数百金出其籍矣。此事浙中王子雅言之甚详。

○觍（tiǎn）：腼腆，害羞的样子。

○居积：积蓄，指节约积攒。

○乡捷：乡试告捷，即在科举考试中成功中举。

○对弈：下棋，这里指围棋或象棋等棋类游戏。

○出其籍：指为娼妓赎身。古时娼妓，隶于乐籍，赎身后才能恢复良民身份。

译文

从此以后，江城的行为无比顺从，对待公婆超越常人的孝顺。在外人面前，她害羞得就像一个新娘。每当有人提起过去的事情，她就羞得脸红如火。她不仅生活勤俭，而且擅长积累财富。在三年的时间里，公婆无需操心家务，而家产已富过巨万。那年，高蕃在乡试中得胜，考中了举人。江城时常对高蕃说：“那天第一次看到芳兰，到现在我还记得。”因为不再受到虐待，高蕃已经感到非常满足，不再有非分之想，只是唯唯诺诺顺从江城的意见。后来，高蕃因参加考试前往京城，几个月后才回家。当他回到家中，看到芳兰正与江城一起下棋。高蕃惊讶地询问缘由，得知江城花费数百金为芳兰赎身。这事浙江的王子雅说得最清楚。

原文

异史氏曰：人生业果，饮啄必报，而惟果报之在房中者，如附骨之

○业果：指个人行为的因果报应，即行为的结果或反馈。业，指行为；果，指结果。

疽，其毒尤惨。每见天下贤妇十之一，悍妇十之九，亦以见人世之能修善业者少也。观自在愿力宏大，何不将盂中水洒大千世界也？

○观自在：观世音菩萨的别称，意指能自在观察世间疾苦的菩萨。

○大千世界：佛教用语，指广阔的世界或宇宙，来自古印度神话，泛指无限的宇宙空间。

译文

异史氏指出：人的行为必有因果报应，尤其是夫妻间的行为，其报应如同长在骨头上的顽疾，带来极大的痛苦。在世间，每十个妻子中只有一位是贤妻，其余九位多为刚烈难驯的妻子，显示出修行善业的人很少。既然观世音菩萨有如此巨大的力量，为何不将盂中的清水洒遍整个广阔的世界呢？

青衣

清初生员的第四等，称为青衣。其称谓源自《诗经·郑风·子衿》中的“青青子衿”，《传》解释说“青衿”指的是学子所穿的青领衣服。青衣因此象征着学子的身份与地位。青衣作为生员中的较低等级，通常是因学业失误或表现不佳而降为此等。传统上，“青衣”代表学子有机会通过努力重新开始，体现了古代教育中容错与自新的观念。

【孙生】

原文

孙生，娶故家女辛氏。初入门，为穷袴，多其带，浑身纠缠甚密，拒男子不与共榻，床头常设锥簪之器以自卫。孙屡被刺剟，因就别榻眠。月余，不敢问鼎。即白昼相逢，女未尝假以言笑。同窗某知之，私谓孙曰："夫人能饮否？"答云："少饮。"某戏之曰："仆有调停之法，善而可行。"问："何法？"曰："以迷药入酒，绐使饮焉，则惟君所为矣。"孙笑之，而阴服其策良。询之医家，敬以酒煮乌头，置案上。入夜，孙酾别酒，独酌数觥而寝。如此三夕，妻终不饮。一夜，孙卧移时，视妻犹寂坐，孙故作齁声。妻乃下榻，取酒煨炉上。孙窃喜。既而满饮一杯，又复酌，约尽半杯许，以其余仍内壶中，拂榻遂寝。久之无声，而灯煌煌尚未灭也。疑其尚醒，故大呼："锡檠熔化矣！"妻不应，再呼仍不应。白身往视，则醉睡如泥。启衾潜入，层层断其缚结。妻固觉之，不能动，亦不能言，任其轻薄而去。既醒，恶之，投缳自缢。孙梦中闻喘吼声，起而奔视，舌已出两寸许。大惊，断索，扶榻上，逾时始苏。孙自此殊厌恨之，夫妻

○故家：世家大族，世代仕宦之家。

○穷袴：特制的裤子，也叫裆裤，有多处束带，用于保护女性的贞洁。

○刺剟（duō）：刺割。

○问鼎：本指争夺权力，此处喻指与妻子发生性行为。

○假以言笑：给予好言笑脸，表现友善。

○绐：欺骗。

○乌头：含有毒性的药。

○酾（shāi）：斟酒，滤酒。

○齁声：鼾声，模仿睡觉时的呼噜声。

○煨：加热酒。

○檠（qíng）：灯架，此处喻意烛台。

○白身：赤裸的身体。

○投缳自缢：用绳索上吊自杀。缳，指绳索；自缢，指上吊。

避道而行，相逢则各俯其首。积四五年，不交一语。妻或在室中与他人嬉笑，见夫至，色则立变，凛如霜雪。孙尝寄宿斋中，经岁不归，即强之归，亦面壁移时，默然就枕而已。父母甚忧之。

译文

孙生娶了一个官宦世家的女儿辛氏为妻。新婚之初，辛氏穿着密不透风的裙裆裤，还系了许多带子，将自己紧紧缠绕。她拒绝与丈夫同床，并且床头总放着锥子、簪子等自卫用的锐器。孙生屡次被刺伤，最后不得不睡到另一张床上。结婚后一个月，孙生都不敢碰妻子。即使在大白天见面，辛氏也从不给他一个微笑或好脸色。

一位同窗了解到这些事情后，私下问孙生："夫人能喝酒吗？"孙生回答："能稍微喝一点。"同窗开玩笑说："我有个解决你们夫妻关系的方法，既好又有效。"孙生问："什么方法？"同窗说："在酒里放点迷魂药，她喝了之后，你就可以为所欲为了。"孙生笑了笑，心里却觉得这个主意很妙。他请教了医生后，小心翼翼地用酒煮了乌头，然后放在桌上。夜里，孙生斟上别的酒，独自喝了几杯就睡下了。接下来的三晚，孙生独自饮酒入睡，但辛氏始终未动那酒。一天夜里，孙生已躺在床上一段时间，看妻子还默默地坐着，孙生装作睡着并发出鼾声。辛氏以为丈夫睡熟，便悄悄去喝了那酒。孙生暗自高兴。她喝了一杯，又接着倒了半杯，剩下的酒倒回酒壶。当她饮足后回床上睡觉。好半天没有动静，而油灯还明晃晃地亮着。孙生怀疑妻子还醒着，故意喊道："灯架烧化了！"她没有回应，又喊了几声，她还是没反应。孙生光着身子走过去看，妻子已沉睡得和烂泥一般了。他掀开被子爬了进去，一层层剪断妻子身上的带子。妻子虽然感觉到了，但是不能动弹，也不能说话，任由丈夫随意而为。她醒来后，非常厌恶这一切，于是自制了一条绳圈自杀。孙生在睡梦中听到呼吸急促的声音，跑过去一看，发现妻子的舌头已经伸出两寸长。他大惊失色，迅速割断绳子，把妻子扶到床上，过了很长时间她才恢复过来。从此孙生特别厌恶和憎恨妻子，夫妻二人相遇时总是避道而行，见面就各自低下头。这种情况持续了四五年，彼此间没有交流过一句话。辛氏有时在屋里和别人说笑，一见丈夫进来就立刻变了脸色，冷若冰霜。孙生曾搬到书斋中去住，成年不回房，即使强迫他回去，也是面壁多时，默默地就枕而卧。孙生的父母忧心忡忡。

原文

一日，有老尼至其家，见妇，亟加赞誉。母不言，但有浩叹。尼诘其故，具以情告。尼曰：“此易事耳。”母喜曰：“倘能回妇意，当不靳酬也。”尼窥室无人，耳语曰：“购春宫一帧，三日后，为若厌之。”尼去，母即购以待之。三日，尼果来，嘱曰：“此须甚密，勿令夫妇知。”乃翦下图中人，又针三枚、艾一撮，并以素纸包固，外绘数画如蚓状。使母赚妇出，窃取其枕，开其缝而投之，已而仍合之，返归故处。尼乃去。至晚，母强子归宿。媪往窃听。二更将残，闻妇呼孙小字，孙不答。少间，妇复语，孙厌气作恶声。质明，母入其室，见夫妇面首相背，知尼之术诬也。呼子于无人处，委谕之。孙闻妻名，便怒，切齿。母怒骂之，不顾而去。

○靳：吝惜，这里指不惜任何代价。

○春宫：一种描述性行为的绘画。

○厌之：使用巫术进行厌胜，即用巫术来驱除或制服某些人或事。

○蚓状：形状像蚯蚓，这里指在纸上画的图形类似蚯蚓的形状。

译文

一天，有个老尼姑来到孙家，见到辛氏后连连称赞。孙母只是叹气，没多说什么。老尼姑询问原因，孙母便把情况详细告诉了她。老尼姑说：“这很容易解决。”孙母听后高兴地说：“如果能使儿媳回心转意，多少报酬我都不会吝惜的。”尼姑观察四周无人，便低声对孙母说：“买一幅春宫图，三天后，我帮你驱邪。”尼姑离开后，孙母立刻购买了春宫图，并等待尼姑归来。三天后，尼姑如约而至，嘱咐孙母：“这件事必须保密，不可让夫妻俩知道。”她剪下图中人物，再取三根针和一撮艾草，用白纸紧紧包好，外面画上几道类似蚯蚓的图案。然后让孙母引开儿媳，偷偷去拿了她的枕头，打开枕头缝线将这包物品塞入枕头中，然后仔细缝好归位。老尼姑随后离开。到了晚上，孙母硬是让儿子回房睡觉，并安排老妈子去偷听。深夜，听到辛氏叫孙生的小名，孙生没有回应。过了一会，辛氏又说话，孙生以厌烦的口气回应。到了早晨，孙母进入他们的房间，发现夫妻俩背对背坐着，意识到尼姑的法术失败了。她将孙生叫到一个无人的地方，尝试开导他。孙生一听到妻子的名字就生气，咬牙切齿。母亲大怒，痛斥了他一番，孙生则头也不回地离开了。

原文

越日，尼来，告之罔效，尼大疑。媪因述所听。尼笑曰："前言妇憎夫，故偏厌之。今妇意已转，所未转者男耳。请作两制之法，必有验。"母从之，索子枕如前缄置讫，又呼令归寝。更余，犹闻两榻上皆有转侧声，时作咳，都若不能寐。久之，闻两人在一床上唧唧语，但隐约不可辨。将曙，犹闻嬉笑，吃吃不绝。媪以告母，母喜。尼来，厚馈之。孙由是琴瑟和好，生一男两女，十余年从无角口之事。同人私问其故，笑曰："前此顾影生怒，后此闻声而喜，自亦不解其何心也。"

○缄置：密封和妥善安放。

○馈：赠送，这里指对尼姑的答谢。

○琴瑟和好：原意是琴与瑟两种乐器和谐地弹奏，后比喻夫妻关系和谐。

译文

次日，尼姑再次拜访，听闻法术未见效果，感到非常疑惑。老妈子便把前夜听到的一切告诉尼姑。尼姑笑着解释道："之前是因为儿媳嫌恶丈夫，所以单给她压邪。现在儿媳已经改变了态度，但是丈夫还没有改变。让我用双重法术，一定会有效。"孙母同意后，尼姑让她取来孙生的枕头，按照之前的方式加工后放回原位，再次叫孙生回房睡觉。深夜，可以听到两床上都有翻身声，偶尔还夹杂着咳嗽声，似乎都无法安睡。过了好一会，听到两人同床低声交谈，但听不清楚内容。

天将明时，仍能听见他们的嬉笑声，不绝于耳。老妈子将这情况报告给孙母，孙母非常高兴。尼姑来访时，孙母给予了她丰厚的回报。此后，孙生与妻子关系和睦，育有一子两女，十余年间夫妻无任何争执。朋友们私下询问其原因，孙生笑着说："之前只要看到她就生气，现在听到她的声音就感到高兴，我自己也搞不清楚是怎么回事。"

原文

异史氏曰：移憎而爱，术亦神矣。然能令人喜者，亦能令人怒，术人之神，正术人之可畏也。先哲云："六婆不入门。"有见矣夫！

○见：见识，洞察力。

○六婆：指市井中牙婆（人口贩子）、媒婆、师婆（巫婆）、虔婆（鸨母）、药婆、稳婆（接生婆）。

译文

异史氏评论道：将憎恨转化为爱慕，这种法术可谓神奇。然而，既能引人欢喜，也能激发人怒，施术者的能力，正是他们令人敬畏的原因。先哲们曾警告说："六婆不入门。"这是极具洞察力的忠告。

【八大王】

原文

临洮冯生，盖贵介裔而陵夷矣。有渔鳖者，负其债不能偿，得鳖辄献之。一日，献巨鳖，额有白点。生以其状异，放之。后自婿家归，至恒河之侧，日已就昏，见一醉者，从二三僮，颠跛而至。遥见生，便问：“何人？”生漫应：“行道者。”醉人怒曰：“宁无姓名，胡言行道者？”生驰驱心急，置不答，径过之。醉人益怒，捉袂使不得行，酒臭熏人。生更不耐，然力解不能脱，问：“汝何名？”呓然而对曰：“我南都旧令尹也。将何为？”生曰：“世间有此等令尹，辱寞世界矣！幸是旧令尹，假新令尹，将无杀尽途人耶？”醉人怒甚，势将用武。生大言曰：“我冯某非受人挝打者！”醉人闻之，变怒为欢，踉蹡下拜曰：“是我恩主，唐突勿罪！”起唤从人，先归治具。

○临洮：位于今甘肃东南的一个古县名，靠近洮水河畔。
○贵介裔而陵夷矣：指出自贵族家庭，但家道已经衰落。贵介指尊贵的家族，裔表示后代，陵夷即衰落。
○恒河之侧：这里的“恒河”非指印度的恒河，而是古时中国北方的河流，位于今河北一带。
○捉袂使不得行：抓住衣袖，使对方无法离开。袂，长袖。
○呓然而对：如同梦呓般模糊不清地回答。
○南都旧令尹：令尹在春秋战国时为楚国最高行政长官，这里指南都（成都）的前任令尹，可能是作者借用历史或传说中人物。
○辱寞世界矣：指辱没了整个世界。
○假新令尹：假设有个新任的令尹。

译文

临洮的冯生，是贵族的后裔，但家道已然衰落。一位卖鳖人因无力偿还欠冯生的钱，常以捕获的鳖来抵债。一天，他献上一只巨大的鳖，鳖头上有个白点。冯生觉得其形态奇特，便将其释放。后来，冯生从女婿家返回，途经恒河边，天色已晚，看见一名醉酒男子，跟随着几个仆人，蹒跚而来。男子远远地见到冯生便问：“你是谁？”冯生随意回答：“我只是一个过路人。”醉酒男子不满地质问：“你没有名字吗，怎么说自己只是过路人？”冯生急于赶路，没有回应，直接走过去。醉酒男子更加生气，抓住冯生的袖子不让他离开，酒气逼人。冯生越发不耐烦，却无法挣脱，便问："你叫什么名字？"醉酒男子含糊其词地答道："我曾是南都的前任令尹。你要干什么？"冯生反问："世上怎么会有你这样的令尹，你简直是世界的耻辱。幸好你是前任，如果你是现任令尹，岂不是要害死所有路人？"醉酒男子愤怒欲施暴。冯生大声道："我冯某不是随便可以被欺负的人！"醉酒男子一听，怒气顿消，颠颠倒倒地跪下来说："原来是我的恩人，请原谅我刚才的无礼！"起身让仆人先回家置办酒食。

原文

生辞之不得。握手行数里，见一小村，既入，则廊舍华好，似贵人家。醉人酲稍解，生始询其姓字。曰："言之勿惊，我洮水八大王也。适西山青童招饮，不觉过醉，有犯尊颜，实切愧悚。"生知其妖，以其情辞殷渥，遂不畏怖。俄而设筵丰盛，促坐欢饮。八大王最豪，连举数觥。生恐其复醉，再作萦扰，伪醉求寝。八大王已喻其意，笑曰："君得无畏我狂耶？但请勿惧。凡醉人无行，谓隔夜不复记者，欺人耳。酒徒之不德，故犯者十之九。仆虽不齿于侪偶，顾未敢以无赖之行，施之长者，何遂见拒如此？"生乃复坐，正容而谏曰："既自知之，何勿改行？"八大王曰："老夫为令尹时，沉湎尤过于今日。自触帝怒，谪归岛屿，力返前辙者，十余年矣。今老将就木，潦倒不能横飞，故态复作，我自不解耳。兹敬闻命矣。"

○酲（chéng）稍解：指醉意开始减轻。酲，酒醉之状。

○愧悚：深感羞愧而心有所悚。

○情辞殷渥：语言情深意切，表达诚恳。

○无行：指行为不端，没有好的行为。

○侪偶：指同类或同辈。

○长者：年长或地位高的人。

○沉湎尤过：沉溺于某事，程度比以前更甚。

○谪归岛屿：被贬到边远的岛屿。

○触帝怒：触怒了帝王，这里指触怒了天帝。

○力返前辙：努力改回以前的错误做法，辙指车辙，比喻以前的行为方式。

○就木：指临近死亡，就木，意指进入棺材。

○横飞：形容自由自在，随意飞翔。这里形容事业成功，地位提升。

译文

冯生无法拒绝，与那人握手一起行走了几里地，来到一个小村庄，进入村子后，看到屋舍非常华丽，像是富贵人家的住所。那位醉汉的醉意稍稍消散后，冯生才问他的名字。那人回答说："告诉你，别吃惊，我是洮水八大王。刚才在西山被青童邀请喝酒，没想到喝醉了，冒犯了你，真是非常惭愧。"冯生知道他是个水妖，但看到他诚恳的态度，就不再害怕了。不一会儿，丰盛的宴席摆好了，两人坐下来愉快地喝酒。八大王豪爽地连喝几杯。冯生担心他再次喝醉，开始纠缠自己，便假装自己也喝醉了，想要去睡觉。八大王明白了他的意图，笑着说："你是不是怕我发酒疯？请不要担心。那些说醉酒后第二天就忘事的人，都是在骗人。酒徒中不守道德的，故意犯事的占了九成。虽然同类看不起我，但我不敢在长者面前表现出无赖的行为，为什么你要这样拒绝我呢？"冯生于是又坐了下来，严肃地劝说道："既然你知道喝酒不好，为什么不改掉这个坏习惯呢？"八大王回答说："当我还是县令的时候，沉迷于酒比现在更严重。自从得罪了天帝后，被贬回到岛屿，我已经努力改正这个毛病十多年了。现在已经到了年迈将死之时，贫穷困顿，不能有所作为，所以又重拾旧习，我自己也无法摆脱。现在我会恭敬听从你的教导。"

原文

倾谈间，远钟已动。八大王起，捉臂曰："相聚不久。蓄有一物，聊报厚德。此不可以久佩，如愿后，当见还也。"口中吐一小人，仅寸余。因以爪掐生臂，痛若肤裂，急以小人按捺其上，释手已入革里，甲痕尚在，而漫漫坟起，类痰核状。惊问之，笑而不答，但曰："君宜行矣。"送生出，八大王自返。回顾村舍全渺，惟一巨鳖，蠢蠢入水而没。错愕久之，自念所获，必鳖宝也。由此目最明，凡有珠宝之

①革里：皮肤之下。

处，黄泉下皆可见，即素所不知之物，亦随口而知其名。于寝室中

○黄泉：古人认为黄泉是地下深处，常用来指代阴间或地下。

掘得藏镪数百，用度颇充。后有货故宅者，生视其中有藏镪无算，遂以重金购居之，由此与王公埒富矣。火齐、木难之类皆蓄焉。得

○埒富：意为与人富有程度相等。

○火齐、木难：古代传说中的珍宝。火齐是一种能显示火光的宝石。木难，也称莫难，是一种传说中的珍珠，色泽黄亮。

一镜，背有凤纽，环水云湘妃之图，光射里余，须眉皆可数。佳人一照，则影留其中，磨之不能灭也。若改妆重照，或更一美人，则前影消矣。

○湘妃：即帝尧的两位女儿，娥皇与女英，后因舜送她们至湘水而化为水神，故称湘妃。

译文

谈话间，远处的钟声已敲响。八大王站起身，抓住冯生的手臂说："我们相聚的时间太短。我有一样东西想赠给你，以表达我的感激之情。这东西不能长时间佩戴，待你的愿望实现后，应归还给我。"说着，他从口中吐出一个只有一寸多长的小人像。接着，他用指甲掐了冯生的手臂，冯生感到剧痛如裂。八大王迅速将小人压在疼痛处，放手后，小人已进入肌肤之下，只留下一个指甲痕迹。不久，痕迹处隆起一个像痰核的包块。冯生吃惊地询问这是怎么回事，八大王只是笑而不答，告诉他："你现在可以离开了。"送冯生出门后，他自己也返回了。冯生回头一望，只见整个村庄已经消失，只有一只巨大的鳖慢慢爬进水中消失。冯生震惊良久，自认为所得肯定是鳖宝。此后，他的视力异常敏锐，无论珠宝藏在何处，即使在地底深处，他也能清楚看到。他甚至能立刻知道那些平日不熟悉的物品的名称。在自家的卧室中，他挖掘出数百两银子，使得生活相当宽裕。后来，当有人出售一所旧宅时，冯生看到其中藏有无尽的银子，便用重金购买了这座房子，自此财富足以与王侯相匹敌。他收藏了如火齐、木难这样的珍宝。他还获得了一面宝镜，镜背有凤纽，环绕着水云和湘妃的图案，镜光能照一里多远，可以清楚地看见人的每一根头发和胡须。当美人照镜时，她的影像会留在镜中，不会消失。如果换另一位美人照镜，原来的影像就会消失。

原文

时肃府第三公主绝美，雅慕其名。会主游崆峒，乃往伏山中，伺其下舆，照之而归，设置案头。审视之，见美人在中，拈巾微笑，口欲言而波欲动。喜而藏之。年余，为妻所泄，闻之肃府。大怒，收之，追镜去，拟斩。生大贿中贵人，使言于王曰："王如见赦，天下之至宝，不难致也。不然，有死而已，于王诚无所益。"王欲籍其家而徙之。三公主曰："彼已窥我，十死亦不足解此玷，不如嫁之。"王不许，公主闭户不食。妃子大忧，力言于王。王乃释生囚，命中贵以意示生。生辞曰："糟糠之妻不下堂，宁死不敢承命。王如听臣自赎，倾家可也。"王怒，复逮之。妃召生妻入宫，将鸩之。既见，妻以珊瑚镜台纳妃，辞意温恻。妃悦之，使参公主。公主亦悦之，订为姊妹，转使谕生。生告妻曰："王侯之女，不可以先后论嫡庶也。"妻不听，归修聘币纳王邸，赍送者迨千人，珍石宝玉之属，王家不能知其名。王大喜，释生归，以公主媵焉。公主仍怀镜归。

○肃府：指肃庄王府，肃庄王是明太祖朱元璋的第十四子，封于甘州，后迁兰州，其后裔世袭肃王。

○崆峒：位于今甘肃省平凉市西部和泾源县东部，是古代的名山。

○收之：指逮捕。

○中贵人：皇宫中的高级宦官。

○籍其家：抄家没收所有财产。

○玷：瑕疵，污点。

○糟糠之妻不下堂：指与自己共患难的妻子不应被抛弃。

○鸩：古代传说中的一种剧毒，常用来指代毒酒。

○温恻：温柔而诚恳。

○参：此处指拜访或致敬。

○王侯之女，不可以先后论嫡庶也：意为王侯之女，不论是正室还是侧室，均应尊为正室。

○迨：直到。

○媵：王侯的女儿出嫁称媵。

译文

当时肃庄王府的三公主极其美丽，冯生一直对她仰慕有加。恰逢公主游览崆峒山，冯生便预先藏在山中，待公主下轿时，用镜子将她的影像照下来并带回家，放在案头上。仔细观察镜中的公主，只见她拈着手巾微笑，仿佛要开口说话，眼波流转。冯生十分喜爱，便将镜子珍藏起来。一年多后，这件事被他的妻子无意间泄露了出去，消息传到了肃庄王府。肃庄王听后大怒，下令将冯生逮捕，并且没收了那面宝镜，还打算将冯生处斩。冯生重金贿赂宫中的宦官，让宦官向王传话说："如果大王能够赦免我的死罪，天下的至宝我定能献上。若不然，我一死，对大王也无益处。"肃王本想没收其家财并将他流放。三公主知道说："他已经偷看过我，即便他死十次也不足以洗清对我的侮辱，不如嫁给他好了。"肃庄王不同意，公主于是关上门不吃不喝，坚决抗议。王后非常担忧，极力劝说肃庄王。最终肃庄王释放了冯生，并命宦官将公主下嫁之意告诉冯生。冯生却拒绝说："糟糠之妻不下堂，我宁死也不敢接受。如果大王允许我自己赎罪，我愿意倾家荡产。"肃庄王听后大怒，再次将他逮捕。王后召见冯生的妻子入宫，本想用毒酒将其毒死。见面后，冯生的妻子赠给王后一个珊瑚镜台，言辞温柔，情意恳切。王后很喜欢她，让她参见公主。公主也很喜欢她，两人结为姐妹，并让她转告冯生。冯生对妻子说："王侯之女，不能以先后来论定妻妾身份。"妻子不听，回家后就准备了聘礼，送进了王府，送礼的队伍近千人，带去的珍石宝玉连王府的人都叫不上名字。肃庄王大为欢喜，放了冯生，并将公主嫁给了他。公主仍怀揣着那面宝镜到了冯家。

原文

生一夕独寝，梦八大王轩然入曰："所赠之物，当见还也。佩之若久，耗人精血，损人寿命。"生诺之，即留宴饮。八大王辞曰："自聆药石，戒杯中物已三年矣。"乃以口啮生臂，痛极而醒。视之，则核块消矣。后此遂如常人。

○聆：聆听。药石：指治病的药物和砭石，比喻劝导或改善人的言行。

译文

一天晚上，冯生独自一人睡觉时，梦见八大王神采飞扬地走进来说："我赠给你的那件物品，现在应该归还了。佩戴时间久了，会消耗人的精气，折损人的寿命。”冯生答应了，随即邀请八大王留下共饮。八大王婉拒说：“自从听从你的劝导后，我已经戒酒三年了。”说完，他用牙齿咬住冯生的胳膊，痛得冯生猛然醒来。查看后，他发现胳膊上的肿块已消失。从那以后，冯生和普通人一样了。

原文

异史氏曰：醒则犹人，而醉则犹鳖，此酒人之大都也。顾鳖虽日习于酒狂乎，而不敢忘恩，不敢无礼于长者，鳖不过人远哉？若夫己氏则醒不如人，而醉不如鳖矣。古人有龟鉴，盍以为鳖鉴乎？乃作《酒人赋》。

○大都：大多数，普遍情况。

○夫己氏：指“某人”。

○龟鉴：龟壳古时用来占卜，镜子用来反映形象，故“龟鉴”比喻为借鉴和反思的工具。

译文

异史氏说：人在清醒时还算正常，一旦醉酒便如同鳖那般，这是酒徒的普遍状态。尽管鳖每日醉酒如狂，却依旧记得恩情，对长者保持敬礼，这样的鳖难道不远胜过许多人吗？而某些人，清醒时尚不如人，醉后更不如鳖。古人有所谓的“龟鉴”，何不我们也以鳖为镜，作为反思之用？因此，我便创作了《酒人赋》。

原文

赋曰：“有一物焉，陶情适口，饮之则醺醺腾腾，厥名为‘酒’。其名最多，为功已久：以宴嘉宾，以速父舅，以促膝而为欢，以合卺而成偶，或以为‘钓诗钩’，又以为‘扫愁帚’。故曲生频来，则骚客之金兰友；醉乡深处，则愁人之逋逃薮。糟邱之台既成，鸱夷之功不朽。齐臣遂能一石，学士亦称五斗。则酒固以人传，而人或以酒丑。若

○厥：其，那个。

○以速父舅：同性诸侯城父，异性诸侯称舅。这里指用以宴请同姓和异姓的长辈。速，请。

○或以为“钓诗钩”，又以为“扫愁帚”：钓诗钩、扫帚愁，均指酒。

○逋（bū）逃薮（sǒu）：指藏纳逃亡者的地方。逋逃，逃亡，流亡。

○曲生：也叫麴生。酒的别称。

○骚客：诗人，文人。

○糟邱：酒糟堆积而成的小山。邱，同“丘”。

○鸱夷：古代皮囊，用于盛酒。

○齐臣遂能一石：指齐国的淳于髡，能饮大量酒。

○学士亦称五斗：指学者刘伶，酒量极大，自称“五斗解醒”。

夫落帽之孟嘉，荷锸之伯伦，山公之倒其接䍦，彭泽之漉以葛巾。酣眠乎美人之侧也，或察其无心；濡首于墨汁之中也，自以为有神。井底卧乘船之士，槽边缚珥玉之臣。甚至效鳖囚而玩世，亦犹非害物而不仁。至如雨宵雪夜，月旦花晨，风定尘短，客旧妓新，履舄交错，兰麝香沉，细批薄抹，低唱浅斟，忽清商兮一奏，则寂若兮无人。雅谑则飞花粲齿，高吟则戛玉敲金。总陶然而大醉，亦魂清而梦真。果尔，即一朝一醉，当亦名教之所不嗔。

○落帽之孟嘉：指晋代孟嘉，因帽子在酒会中被风吹落而不自知，体现其醉酒之深。

○山公之倒其接䍦：指晋代山简，因酒后常行为失常，帽子经常倒戴。

○彭泽之漉（lù）以葛巾：指陶渊明（别名彭泽）用自己头上的葛巾过滤酒，说明其喜好清酒。

○酣眠乎美人之侧也，或察其无心：指阮籍醉后与邻居美妇同眠，邻人虽疑，终发现无其他意图。

○濡首于墨汁之中也，自以为有神：指唐代著名书法家张旭。他善写草书，酒后常以头浸墨书写，认为得到神助，因此人称"张颠"。

○槽边缚珥玉之臣：指毕卓，为晋代官员，因酒后行窃被捆绑于酒槽边，但主人发现后释放。珥玉，珠玉做的耳饰。

○效鳖囚而玩世：指宋代石曼卿，喜欢在酒宴中效仿囚犯或鳖的姿态以示玩世不恭。

○细批薄抹：描述细腻的弹奏方式，批和抹是弹琵琶的技巧。

○尘短：意为少尘，即环境清净。

○履舄交错：形容宾客众多。

○兰麝香沉：描述香气浓郁，兰和麝是高档香料。

○低唱浅斟：描述妓女低声歌唱、慢慢斟酒的情景。

○清商：清商乐，古乐调之一，声调清凄。

○雅谑：文雅的玩笑。飞花粲齿：形容言辞如花瓣飞舞。

○高吟：高声吟唱。戛玉敲金：形容声音清脆悦耳，如敲击玉石和金属。

○名教：指儒家礼教。嗔：怒。表明即使每天饮酒至醉，礼教上也不会因此责怪。

译文

赋辞为："有一样东西，能陶冶情操又美味可口，饮之后便醉醺醺、飘飘欲仙，这就是'酒'。酒的名字众多，已有悠久的历史：它可以用来宴请嘉宾，用来招待亲戚，可以在促膝长谈中增加欢乐，可以在举行婚礼时作为交杯酒，也可以作为激发诗意的'钓诗钩'，还可以作为驱散忧愁的'扫愁帚'。因此，常有文人雅士前来觅取灵感，醉酒的境界则成了心烦意乱之人的避难所。酒糟堆成的台已建成，酒囊的功用永不消逝。如淳于髡能一次饮下一石的酒，学士们也自称能饮五斗。酒虽然随人而传颂，但人有时也因酒而出丑。如孟嘉在酒宴中帽子掉落却浑然不觉；刘伶醉酒后扛着锹，宣称死后便埋；山简醉后帽子戴反；陶渊明竟用头巾过滤酒。阮籍醉后与美人同眠，差点引发误会；张旭醉后将头发浸入墨水中，挥笔如有神助。贺知章醉酒后掉进井中睡觉；毕卓虽为官吏，却夜晚盗酒饮用，被主人抓住。甚至有人模仿鳖饮、囚饮而玩世不恭，也并非真的不道德。至于在雨夜雪夜，月明花晨，风静尘息的时候，旧客新妓，鞋履交错，兰香浓郁之时，细声低唱，浅斟慢饮。当清商乐曲响起，席间寂静如无人。文雅的笑谈一出口，如花瓣般飞舞，美言连珠，高声吟诗如金石交响。即便深醉，灵魂依然清醒，梦境亦真实。若真如此，即便日日醉酒，也不会遭到名教的责怪。

原文

尔乃嘈杂不韵，俚词并进，坐起欢哗，呶呶成阵。涓滴忿争，势将投刃；伸颈攒眉，引杯若鸩；倾沈碎觥，拂灯灭烬。绿醑葡萄，狼籍不靳；病叶狂花，觞政所禁。如此情怀，不如弗饮。又有酒隔咽喉，间不盈寸；呐呐呢呢，犹讥主吝；坐不言行，饮复不任。酒客无品，于斯为甚。甚有狂药下，客气粗；努石棱，磔鬤须；袒两背，跃双趺。尘濛濛兮满面，哇浪浪兮沾裾；口狺狺兮乱吠，发蓬蓬兮若奴。其吁地而呼天也，似李郎之呕其肝脏；其扬手而掷足也，如苏相之裂于牛车。舌底生莲者，不能穷其状；灯前取影者，不能为之图。父母前而受忤，妻子弱而难扶。或以父执之良友，无端而受骂于灌夫。婉言以警，倍益眩瞑。此名“酒凶”，不可救拯。唯有一术，可以解酩。厥术维何？只须一梃。絷其手足，与斩豕等。止困其臀，勿伤其顶，捶至百余，豁然顿醒。”

○俚词：粗俗的语言。
○欢哗：喧哗声，指热闹嘈杂。
○涓滴忿争：因一点小事争吵。
○嘈杂不韵：指喧闹而无节奏，缺乏文雅。
○呶呶（náo）成阵：形容酒场上的喧哗声如战阵般连绵。
○病叶狂花：酒醉后沉睡者为病叶，瞪眼发怒者为狂花。
○倾沈碎觥（gōng）：将酒杯喝空后摔碎，表达激烈的情感。
○绿醑（xǔ）葡萄：形容优质的葡萄酒。
○不靳：不吝啬，随意挥霍。
○觞政所禁：酒令禁止的行为。
○呐呐呢呢：呐呐，形容言语迟钝。呢呢，絮絮不休的样子。
○客气粗：指喝酒后粗鲁失礼。
○磔鬤（zhé níng）须：形容乱张的头发和胡须。
○狂药下：喝酒后的疯狂表现。
○努石棱：形容脸部表情扭曲。
○跃双趺：双脚乱跳。
○尘濛濛兮满面：形容脸上布满尘埃。
○哇浪浪兮沾裾：形容呕吐使衣裾沾污。
○口狺狺（yín）兮乱吠：形容像狗般乱叫。
○李郎之呕其肝脏：比喻酒后大声呼唤，如吐心肝。李郎，指唐代诗人李贺。
○苏相之裂于牛车：指苏秦被车裂的悲惨结局。
○舌底生莲：形容口才极佳。
○灯前取影：形容绘画技巧精湛。
○父母前而受忤：在父母面前遭受冲突。
○父执之良友：父辈的挚友。
○灌夫：字仲儒，西汉颍阴人。
○婉言以警：用委婉的话语提醒或劝告。
○倍益眩瞑：更加感到头晕目眩。
○与斩豕等：比喻极度的惩罚或治疗方法，与杀猪相同。

译文

这里充满了刺耳的喧闹和俚俗的话语，酒客们或坐或起，不断发出嘈杂声，小事也能引起激烈的争斗，好像随时都能动武。他们将杯中酒一饮而尽后摔碎酒杯，甚至熄灭了灯火。那些绿色的葡萄美酒被挥霍一空，毫不珍惜。一些人醉酒后怒目忤视，一些人醉后昏然闭目而睡，完全不顾酒席上的规矩。面对这样的场景，不如不喝为好。还有些人酒几乎刚到喉咙，就开始不断地嘟囔，讽刺主人吝啬；他们坐下来就不愿意离开，饮酒过量却又承受不了。这些无品的酒客，是最糟糕的。有的人喝了酒就像服了疯药，行为粗鲁，面容扭曲，头发胡须乱飞，赤裸上身，双脚乱跳，他们的脸上沾满尘土，衣裾被吐渍弄脏，口中胡言乱语仿佛狂犬乱吠，头发蓬乱不堪。他们那种呼天抢地的狼狈样，就像李贺大声呕吐自己的心肝；他们的举手投足，就像苏秦遭受车裂的悲惨。那些能言善辩的人，无法描述他们的荒唐；即使是画师，也不能准确描绘他们的形象。在父母面前受到指责，却顶撞不敬；妻儿软弱无助，难以支撑他们醉酒的身体。甚至父辈的好友也会无故遭到他们酒后的辱骂。温言细语的劝告反而使他们更加迷糊。这就是所谓的“酒凶”，无法挽救。唯一的解决方法是用极端的手段。那是什么方法呢？只需要一根棍棒。将他们的手脚绑住，像杀猪一样。只打屁股，不打头部，连续打上一百多下，他们就会突然清醒过来。”

糟糠之妻不下堂

“糟糠之妻不下堂”出自《后汉书·宋弘传》。东汉时期，宋弘被汉光武帝引见，光武帝的姐姐湖阳公主对宋弘有意，暗示要他休妻另娶。光武帝试探宋弘，说“贵易交，富易妻，人情乎？”宋弘则答道：“贫贱之交不可忘，糟糠之妻不下堂。”意为与他共度贫贱生活的妻子，不能因为富贵而抛弃。宋弘的话表明了他对妻子忠贞不渝的态度，强调了夫妻间的感情应当不受贫富变化的影响。

【戏缢】

原文

邑人某，佻侻无赖。偶游村外，见少妇乘马来，谓同游者曰：“我能令其一笑。”众不信，约赌作筵。某遽奔去，出马前，连声哗曰：“我要死！”因于墙头抽粱藍一本，横尺许，解带挂其上，引颈作缢状。妇果过而哂之，众亦粲然。妇去既远，某犹不动，众益笑之。近视，则舌出目瞑，而气真绝矣。粱干自经，不亦奇哉？是可以为儇薄者戒。

○佻侻无赖：形容人轻浮且不负责任。

○粱藍(jiē)：高粱，此处指高粱杆。一本：一根。

○粲然：形容笑容明亮灿烂。

○儇薄：指性格轻浮，行为不稳重。

译文

同乡某人，轻浮放荡。一天，他在村外闲逛时，看到一位少妇骑马过来，便对身边的朋友说：“我能让她笑一下。”朋友们不相信，于是和他打了一个赌，赌注是一顿酒席。这人立刻跑到马前，大声喊着：“我要死了！”接着，他从附近的墙头拔下一根高粱秆，横着有一尺长，解下腰带将其挂在高粱秆上，并假装上吊。果不其然，那位少妇经过时看见了他的举动，忍不住笑了，其他人也跟着笑了起来。当少妇走远后，他仍旧一动不动，周围的人笑得更加厉害。但当他们走近一看，发现这人舌头已经吐出，双眼紧闭，竟真的窒息身亡。他竟在自制的高粱秆吊索上真的上吊了，这不是非常奇怪吗？这一悲剧，警示着那些轻浮之人应当谨慎行事。

【罗祖】

原文

罗祖，即墨人也，少贫。总族中应出一丁戍北边，即以罗往。罗居边

○即墨：古代县名。位于山东半岛西南部。

○总族：合族，全族。总，合。一丁：一个壮丁。明清时期男子年满16岁为丁。

数年，生一子。驻防守备雅厚遇之。会守备迁陕西参将，欲携与俱

○守备：清朝绿营正五品武官，隶属于参将、游击之下。雅：很。

○参将：清绿营正三品武官，位次于副将，掌理本营军务。

去。罗乃托妻子于其友李某者，遂西。自此三年不得反。适参将欲致

书北塞，罗乃自陈，请以便道省妻子。参将从之。

○北塞：北部要塞。

○省：探视，看望。

译文

罗祖是即墨人，幼年时家境贫寒。罗氏家族需要出一名壮丁守卫北疆，于是决定让罗祖去。罗祖守卫边疆多年，并且在边疆娶妻，育有一子。边疆的守备大人十分器重罗祖。后来守备大人升为陕西参将，想让罗祖跟他一起去。于是罗祖把妻儿托付给一位李姓的朋友照顾，就去陕西了。他去陕西三年没有回过家。恰逢参将要派人送信到北部边塞，罗祖知道此事，向参将请求派自己去，可以顺道回家看望妻子和儿子，参将同意了罗祖的请求。

原文

罗至家，妻子无恙，良慰。然床下有男子遗舄，心疑之。既而诣

○遗舄（xì）：遗落的鞋。舄，鞋。

李申谢。李致酒殷勤，妻又道李恩义，罗感激不胜。明日，谓妻曰：

"我往致主命，暮不能归，勿伺也。"出门跨马去。匿身近处，更定

○勿伺：不要等候。

却归。闻妻与李卧语，大怒，破扉。二人惧，膝行乞死。罗抽刃出，

○韬之：将刀收入鞘中。

已复韬之曰："我始以汝为人也，今如此，杀之污吾刀耳！与汝约：妻

子而受之，籍名亦而充之，马匹器械具在。我逝矣。”遂去。乡人共

○而：你。 ○籍名：军籍中的姓名。

闻于官。官笞李，李以实告。而事无验见，莫可质凭，远近搜罗，则

○质凭：对质凭据。

绝匿名迹。官疑其因奸致杀，益械李及妻。逾年，并桎梏以死，乃

○桎（zhì）梏（gù）：手铐和脚镣。

驿送其子归即墨。

○驿送：由驿站转送。驿，此指驿站，负责投递公文、转运官物及供来往官员休息的机构。自隋迄清，皆属兵部。

译文

罗祖回到家中，见到妻子与儿子都平安无恙，非常高兴。然而他在床底下发现一双男人的鞋子，心中产生了怀疑。罗祖带着妻子到李姓朋友家，对他三年来照顾自己的妻儿表示感谢。李姓朋友马上张罗酒席招待罗祖；罗祖的妻子也说李姓朋友很讲情义，对他们帮助良多；罗祖对朋友感激不尽。第二天，罗祖对妻子说：“我要去执行参将的命令，晚上不回来了，你就不要等我了。说完，他就出门骑马走了。罗祖就在离家不远处，找了个地方躲藏起来，等天黑打更之后才回到家中。他一进门就听到妻子与李某躺在床上说话的声音，非常愤怒，一脚将门踹开，冲进屋内。他俩看见罗祖非常恐惧，跪在地上，乞求他饶命。于是罗祖就抽出刀来，想一刀杀了他们，但举在半空后又将刀插入鞘内，说道：“我原以为你是个正人君子，没想到你是这路货色，杀你都玷污了我的刀！从现在起，我的妻儿都给你，我的军籍、马匹和武器也都一起给你，我走了。”说完这番话，他就扬长而去。乡亲们把这事上报官府。官府派人把李某抓起来，严刑拷打，然后李某把全部实情都说出来了。然而这件事没有人看见，更没有证据，官府派人在附近搜查，也没找到罗祖的一点儿踪迹。官府怀疑罗祖因为知道了妻子和李某的奸情，可能被他俩杀害，就把他们都关押起来。第二年，他俩都死在监狱中，官府就通过驿站把罗祖的儿子送回了即墨。

原文

后石匣营有樵人入山，见一道人坐洞中，未尝求食。众以为异，赍

○樵人：打柴的人。

粮供之。或有识者，盖即罗也。馈遗满洞，罗终不食，意似厌

嚣，以故来者渐寡。积数年，洞外蓬蒿成林。或潜窥之，则坐处不
○嚣：喧嚣，喧哗。

曾少移。又久之，见其出游山上，就之已杳，往瞰洞中，则衣上尘
○瞰：看，窥视。

蒙如故。益奇之。更数日而往，则玉柱下垂，坐化已久。土人为之
○坐化：佛教称和尚结趺端坐而死。

建庙，每三月间，香楮相属于道。其子往，人皆呼以小罗祖，香税悉
○香楮（chǔ）：祭供先人用的香和纸钱。

归之。今其后人，犹岁一往，收税金焉。

译文

后来，石匣营村有个人上山砍柴，经常看到一个道士坐在洞中，也没见过他下山。砍柴人把这个消息告诉村民后，他们都觉得很奇怪，就带食物上山给他吃。有人认出了这位道士，说这是罗祖。人们送的东西堆满了罗祖所在的洞穴，他根本没吃一口。人们见他有厌烦的意思，所以来得人就渐渐地少了。很多年后，罗祖所在的洞外长满了蒿草。有人偷偷进去发现罗祖一直坐在原处。又过了好久，有人看见他在山上游走，走近看又不见他的踪影；前往洞中，发现罗祖端坐其中，衣服上落满了灰尘。人们更感觉古怪。又过了几天，人们前往罗祖处，发现他早已玉柱下垂，坐化成仙。当地人为罗祖建庙，每年三月有很多人前来上香。后来，罗祖的儿子也前往该庙上香，人们都称呼他小罗祖，还把庙里的香火钱给他。罗祖的后人到现在还领取香火钱。

原文

沂水刘宗玉向予言之甚详。予笑曰："今世诸檀越，不求为圣贤，但
○沂水：县名。位于山东中南部，因沂河过境而命名。
○檀越：施主。梵语音译。佛教徒称向寺庙及僧侣施舍财物的人为施主。

望成佛祖。请遍告之：若要立地成佛，须放下刀子去。"
○立地成佛：佛教禅宗（南宗）认为人人皆有佛性，积恶之人转念为善，便可成佛。

译文

这个故事是沂水刘宗玉讲给我的，十分详细，我听后笑着说："现在的善男信女，不想当圣贤之人，只想成仙。请告诉他们：想要立地成佛，必须放下屠刀。"

【刘姓】

原文

邑刘姓，虎而冠者也。后去淄居沂，习气不除，乡人咸畏恶之。有田数亩，与苗某连垅。苗勤，田畔多种桃。桃初实，子往攀摘。刘怒驱之，指为己有。子啼而告诸父。父方骇怪，刘已诟骂在门，且言将讼。苗笑慰之，怒不解，忿而去。

○虎而冠者：凶暴似虎之人。

○淄：淄川。今属山东淄博，位于山东中部。

○连垅：土地相连。垅，田埂，土埂。

译文

淄川有个姓刘的人，凶狠残暴，人们都说他是披着人皮的老虎。后来他离开淄川搬到沂水县，还是和以前一样嚣张跋扈，四邻八乡的人对他既厌恶又害怕。刘姓人有几亩良田，和一户苗姓人的田地相邻。苗姓人十分勤劳，在自己田地周边种了好些桃树。桃子成熟了，苗姓人家的儿子前去摘桃，谁承想，刘姓人说这些桃树是自己家的，怒骂并把苗家的儿子赶走了。苗家儿子哭哭啼啼回家去了，把来龙去脉告诉了父亲。苗姓人听了很诧异，恰在此时，刘姓人已骂上门来，还扬言要去衙门状告苗姓人。苗姓人见状笑脸相迎，好言劝慰他不要生气。刘姓人怒气难消，最后愤愤不平地离开了。

原文

时有同邑李翠石作典商于沂，刘持状入城，适与之遇。以同乡故相熟，问："作何干？"刘以告。李笑曰："子声望众所共知。我素识苗，甚平善，何敢占骗？将毋反言之也？"乃碎其词纸，曳入肆，将与调停。刘恨恨不已，窃肆中笔，复造状，藏怀中，期以必告。未

○李翠石：名永康，字翠石，淄川人。

○状：状词，状纸。

几，苗至，细陈所以，因哀李为之解免，言："我农人，半世不见官长。但得罢讼，数株桃，何敢执为己有？"李呼刘出，告以退让之意。刘又指天画地，叱骂不休。苗惟和色卑词，无敢少辨。

译文

当时，刘姓人有个老乡叫李翠石，在沂水县开当铺。刘姓人拿着状纸进城，碰巧遇见了李翠石。两人同为淄川人，彼此都很熟悉，李翠石就问他："今天进城做什么啊？"刘姓人便把要状告苗姓人的事告诉了他。李翠石笑说："你的名声，乡人周知。苗姓人我也认识他很久了，他生性良善，怎么敢强占你的桃树？你说的是反话吧？"于是，拿过刘姓人手里的状纸撕了个粉碎，又把他拉到自家铺子里，说要给他和苗姓人调解。谁知刘姓人恨意未消，偷偷用当铺的笔又写了一份诉状，藏到怀里，还是准备去告状。没过多久，苗姓人也赶到了当铺，仔细地讲述了此事的前因后果，并请求李翠石居中调和。苗姓人说："我就是个庄稼汉，活了半辈子没见过当官的老爷。只希望不用打官司，几棵桃树怎敢强占呢？"李翠石把刘姓人喊了出来，告诉他苗姓人愿意退让。刘姓人却指天画地，咒骂不停。苗姓人只能赔笑说些软话，不敢多加辩解。

原文

既罢，逾四五日，见其村中人，传刘已死，李为惊叹。异日他适，见杖而来者，俨然刘也。比至，殷殷问讯，且请顾临。李逡巡问

○杖：拄着拐杖。

曰："日前忽闻凶讣，一何妄也？"刘不答，但挽入村，至其家，罗浆酒焉。乃言："前日之传非妄也。曩出门，见二人来，捉见官府。问何事，但言不知。自思出入衙门数十年，非怯见官长者，亦不为

怖。从去，至公廨，见南面者有怒容，曰：‘汝即某耶？罪恶贯盈，不自悛悔，又以他人之物，占为己有。此等横暴，合置铛鼎！’一人稽簿曰：‘此人有一善，合不死。’南面者阅簿，其色稍霁，便云：‘暂送他去。’数十人齐声呵逐。余曰：‘因何事勾我来？又因何事遣我去？还祈明示。’吏持簿下，指一条示之，上记：崇祯十三年，用钱三百，救一人夫妇完聚。吏曰：‘非此，则今日命当绝，宜堕畜生道。’骇极，乃从二人出。二人索贿，怒告曰：‘不知刘某出入公门二十年，耑勒人财者，何得向老虎讨肉吃耶！’二人乃不复言。送至村，拱手曰：‘此役不曾啖得一掬水。’二人既去，入门遂苏，时气绝已隔日矣。”

○公廨（xiè）：官府，衙门。

○南面者：坐于正座上的官员。

○罪恶贯盈：罪大恶极，坏事做尽。

○悛（quān）悔：改悔。

○合置铛（chēng）鼎：应当受到烹刑。

○稽簿：核查文书。稽，核查。

○霁（jì）：这里指怒气消失，脸色平和。

○崇祯十三年：1640年。

○堕畜生道：即转生为畜生。

○耑（zhuān）：同“专”。

译文

这件事之后四五天，刘姓人的同村人告诉李翠石，刘姓人死了。李翠石吃惊之余，不免感叹连连。某天李翠石外出，看见一个拄着拐杖的人迎面走来，仔细一看，居然是刘姓人。等走近了，刘姓人对他很热情，不住地寒暄，还请他到自己家里做客。李翠石心中疑惑，小心翼翼地问他：“前几天听说你去世了，这是哪里传的瞎话啊？”刘姓人也不回答他，只拉着他的手进村，到了自己家里，张罗了一桌酒席。这才开口说：“你听说的传言并不是假的。那天我刚出门，就遇到两个人，要抓我见官府。问为什么要抓我，他们只说不知道。我思量着自己出入衙门数十年，也不怕去见官老爷，心里也不害怕，就跟着他们到了衙门，南面坐着一个满面怒容的人，大声说：‘你就是刘姓人吗？你罪大恶极，不知悔改，还要把他人的东西据为己有。如此蛮横粗暴之人，应该扔到油锅里炸！’另一个人查看簿子后说：

‘这个人做过一件好事，罪不至死。’南面坐着的人翻了翻簿子，脸色没那么难看了，然后说：‘暂时先送他回去吧。’数十人一起大声呵斥让我退下。我就问：‘因为什么事把我抓来？又为什么送我回去？还请明白告诉我。’小吏拿着簿子走到我跟前，指着一条记录给我看，只见上面写着：崇祯十三年，拿出三百钱，救了一个人，使其夫妻团聚。小吏又说：‘要不是因为做了这件善事，你就会死于今日，而且转生成为畜生。’把我吓得，赶紧跟着抓我的两个人出来了。这俩人居然向我要好处费，我生气地告诉他们：‘你们也不四处打听打听，我刘某人出入官府二十年，干的都是勒索他人钱财的事，你们这么干，不是等于在老虎嘴里抢肉吃嘛！’这俩人才不敢说话了。一直送我到村口，他俩拱手告别，还抱怨道：‘跑这趟差，连口水也没喝着。’他俩走了，我刚走进门就苏醒了过来，原来我断气已经两天了。”

原文

李闻而异之，因诘其善行颠末。初，崇祯十三年，岁大凶，人相食。刘时在淄，为主捕隶。适见男女哭甚哀，问之。答云：“夫妇聚裁年余，今岁荒，不能两全，故悲耳。”少时，油肆前复见之，似有所争。近诘之。肆主马姓者便云：“伊夫妇饿将死，日向我讨麻酱以为活。今又欲卖妇于我。我家中已买十余口矣。此何要紧？贱则售之，否则已耳。如此可笑，生来缠人！”男子因言：“今粟贵如珠，自度非得三百数，不足供逃亡之费。本欲两生，若卖妻而不免于死，何取焉？非敢言直，但求作阴骘行之耳。”刘怜之，便问马出几何。马言：“今日妇口，止直百许耳。”刘请勿短其数，且愿助以半价之资。马执不可。刘少负气，便谓男子：“彼鄙琐不足道，我请如数相赠。若能逃

○颠末：始末。

○岁大凶：当年遭受严重的自然灾害。

○主捕隶：旧时州县官署中捕役的班头。

○裁：通“才”。

○油肆：油店。

○麻酱：指芝麻榨油后的残渣。

○生来：方言，相当于硬来、硬是。

○粟贵如珠：粮食比珍珠还值钱。珠，珍珠。

○逃亡：逃生离开。

○直：价钱。

○阴骘（zhì）：原指默默安定，转指阴德。

荒，又全夫妇，不更佳耶？”遂发囊与之。夫妻泣拜而去。刘述此事，李大加奖叹。

译文

李翠石听到他说的经过，觉得有些奇怪，就请刘姓人讲讲那件善事。那是崇祯十三年，遇上了大灾荒，甚至有人吃人的事发生。当时刘姓人在淄川区的衙门当班头，有天在街上看见一男一女，两人哭得伤心极了，就询问原因。这两人告诉他：“我们俩结婚刚一年多，遇上了大灾年，恐怕我俩有一个要活不下去了，所以在这里哭。”没过几天，又在一个油坊前看见了夫妻俩，仿佛在跟别人争吵。刘姓人就走上前去问问情况，油坊主马掌柜开口说：“这夫妇俩快饿死了，每天到我店里来讨点儿麻酱才活到现在。可是今天这个男的非要把他媳妇儿卖给我。我家里已经买了十多口人了。这倒不是最要紧的，要是价钱便宜，我买就买了，价钱不便宜就算了。这两人可笑至极，哪有死缠着人不放的道理！”那个男的说道：“现如今粮食价贵如珠玉，我算了一下，要逃荒到外地，怎么也得三百钱。本想着把我老婆卖掉我俩都能活下来，如今他给的价钱太低，卖了老婆我还是难免一死，我何必要这么做呢？我这也不是跟您讲价，只求您积德行善，可怜可怜我们吧！”刘姓人觉得这两人实在可怜，就问马姓人愿意出多少钱，马某说：“现如今一个妇人最多值一百钱。”刘姓人让那个店主还给那个男人三百钱，他可以出其中的一半。马姓人坚持不肯多给钱，刘姓人年少气盛，就对那个男子说：“这个人粗鄙不堪，别跟他多费口舌。这三百钱我送给你了，假若你们夫妻能一起逃荒，又能都活下来，不是更好吗？”说完就从钱袋里拿出三百钱给他们。夫妻俩千恩万谢，哭着跟他拜别。刘姓人讲完这件事，李翠石对他赞叹有加。

原文

刘自此前行顿改，今七旬犹健。去年，李诣周村，遇刘与人争，众围劝不能解。李笑呼曰：“汝又欲讼桃树耶？”刘芒然改容，呐呐敛手而退。

○周村：地名。今属山东淄博市。

○芒然：恍然有所思的样子。

○呐呐：唯唯。连声答应。

译文

从此以后，刘姓人痛改前非，重新做人。现在他已经七十岁了，身体依然很好。去年，李翠石去周村，正巧遇见刘姓人跟别人争吵，旁边围着好多人在劝，根本劝不动。李翠石就笑着对他说：“你又想因为几棵桃树跟人打官司了吗？”刘姓人听到这话，立刻消了怒容，不再跟人争吵，垂手离去了。

原文

异史氏曰：李翠石兄弟，皆称素封。然翠石又醇谨，喜为善，未尝以富自豪，抑然诚笃君子也。观其解纷劝善，其生平可知矣。古云：“为富不仁。”吾不知翠石先仁而后富者耶？抑先富而后仁者耶？

○素封：没有官爵封地却富有的人。

○醇谨：淳朴而言行谨慎。

○解纷：排解纠纷。

○为富不仁：指富有和做仁德之事不能兼得。

译文

异史氏说：李翠石兄弟几个都是没有官职的有钱人，但李翠石尤其淳朴，为人勤谨。他做了很多善事，从不因为自己有钱就高人一等，是一位厚道真诚的君子。看他为别人排忧解难劝人向善，他一生的作为就可以想见了。古人云：‘为富不仁。’我不知道李翠石是因为有了仁爱之心才富起来的，还是先富起来才有了仁爱之心的呢？

主捕隶

主捕隶是旧时州县官署中负责拘捕人犯的差役头目，俗称捕快的头儿。主捕隶负责带领捕快执行逮捕、拘押等任务，是地方衙门维持治安、处理刑事案件的重要角色。捕快这一职业在中国古代社会中与执法紧密相关，地位较低但职责重大。

【邵女】

原文

柴廷宾，太平人。妻金氏，不育，又奇妒。柴百金买妾，金暴遇之，经岁而死。柴忿出，独宿数月，不践闺闼。

○太平：明清府名。位于长江下游南岸，辖境相当今安徽马鞍山及芜湖等地。

○暴遇之：残暴地虐待她。

○闺闼（tà）：女人卧室。

译文

柴廷宾是太平人氏，他的妻子金氏，不能生育，又爱嫉妒他人。柴廷宾花很多钱买了个小妾，金氏却不停地折磨她，刚过了一年，小妾就死了。柴廷宾气愤地出了金氏的屋门，自己一个人住，好几个月没去金氏屋里歇息。

原文

一日，柴初度，金卑词庄礼，为丈夫寿。柴不忍拒，始通言笑。金设筵内寝，招柴，柴辞以醉。金华妆自诣柴所，曰："妾竭诚终日，君即醉，请一盏而别。"柴乃入，酌酒话言。妻从容曰："前日误杀婢子，今甚悔之。何便仇忌，遂无结发情耶？后请纳金钗十二，妾不汝瑕疵也。"柴益喜，烛尽见跋，遂止宿焉。由此敬爱如初。金便呼媒媪来，嘱为物色佳媵，而阴使迁延勿报，己则故督促之。

○初度：生日。

○纳金钗十二：意为纳多位小妾。

○结发情：夫妻恩爱之情。结发，成婚。古时习俗，成婚当晚，男左女右共髻束发，故称。此兼指原配夫妻。

○不汝瑕疵：不把纳妾看作你的过错。瑕，玉上的斑点。疵，病，引申为缺点或过失。

○烛尽见跋：蜡烛燃尽。跋，火炬或蜡烛的底座。

○佳媵（yìng）：漂亮的姬妾。媵，妾。

译文

到了柴廷宾生日那天，金氏对他软语温言，又给他郑重地行礼，为他祝寿。柴廷宾不忍心拒绝，才开始跟她说话，给她好脸色。金氏又在自己的房里准备了酒席，邀请他一起吃酒。柴廷宾推说自己喝醉了，不愿进去。金氏又盛装到了他独住的地方，请求道："为给你贺寿，我真心诚意地操劳了一天，就算你喝醉了，也请进来再喝一杯酒再走。"柴廷宾这才进门，两个人一边喝酒一边聊天。金氏神情从容地说："那个小妾死后，我到现在还十分后悔，不应该虐待她。但是你怎么能记仇，连我们的结发之情也不顾了吗？我以后再也不管你纳妾了，你想纳几个就纳几个。"柴廷宾听后狂喜，眼见烛火都快燃尽了，就宿在了金氏房内。夫妻二人自此以后恩爱如初。金氏把媒婆叫了过来，当着柴廷宾的面儿叮嘱媒婆一定要给丈夫物色貌美的女子，背地里却让媒婆拖延此事，或者即使有貌美的人选也不要上报，她却装作着急的样子，不时催促媒婆。

原文

如是年余。柴不能待，遍嘱戚好为之购致，得林氏之养女。金一见，喜形于色，饮食共之，脂泽花钏，任其所取。然林固燕产，不习女红，绣履之外，须人而成。金曰："我家素勤俭，非似王侯家，买作画图看者。"于是授美锦，使学制，若严师诲弟子。初犹呵骂，继而鞭楚。柴痛切于心，不能为地。而金之怜爱林，尤倍于昔，往往自为妆束，匀铅黄焉。但履跟稍有折痕，则以铁杖击双弯；发少乱，则批两颊。林不堪其虐，自经死。柴悲惨心目，颇致怨怼。妻怒曰："我代汝教娘子，有何罪过？"柴始悟其奸，因复反目，永绝琴瑟之好。阴于别业修房闼，思购丽人而别居之。

○燕产：燕地人。燕，古地名。

○女红（gōng）：旧谓妇女从事的纺织、刺绣、缝纫等。

○须人而成：依靠别人来完成。须，依靠。

○学制：学习制作。

○不能为地：没有办法改变其受虐待的命运。

○匀铅黄：为其化妆。铅黄，铅粉和雌黄，此泛指面部化妆品。

○双弯：指女子的双脚。古时女性缠足，足弯。

○怨怼（duì）：怨恨，不满。

○反目：翻脸。

○琴瑟：喻指夫妻关系。

○别业：即别墅。

译文

时光飞逝，眼看都过去一年多了，小妾的事还是没有着落，柴廷宾着急了，就请亲友们帮忙留意，终于得到了一户林姓人家的养女。金氏初见林氏女，表现得对她很喜欢，不但让她跟自己一起吃饭，还把自己的胭脂水粉、珠花钗钿都跟林氏女共享。但由于林氏女是北方人，在女红方面不擅长，除了会绣鞋，其他的比如刺绣、裁剪衣物等都让别人来做。金氏可算找到了她的短处，就对她说：“我们家一向节俭，可不是有钱的王侯家，买你当画儿看。”然后拿给她精美的绸缎，让她学着裁制衣服，像是严厉的老师教导学生。开始金氏只不过训斥几句，慢慢地就用鞭子打林氏女。柴廷宾看到小妾被金氏鞭打，心疼极了，但又无能为力。金氏却表现得比之前更疼爱林氏女，经常亲自给她穿衣打扮，涂脂抹粉。但只要她发现林氏女的鞋跟儿有一丝褶皱，就拿起铁棒打她的脚；头发有一缕凌乱，一个耳光就打上去了。林氏女受不了这种折磨，上吊自杀了。柴廷宾痛彻心扉，对妻子满是怨恨。金氏却对他说：“我替你调教爱妾，有什么错？”柴廷宾这才看清金氏的丑恶嘴脸，与妻子反目成仇，跟金氏的夫妻情义就此断绝。然后他暗地里盖了一栋房子，盘算着再买个美娇娘安置在这里。

原文

荏苒半载，未得其人。偶会友人之葬，见二八女郎，光艳溢目，停睇神驰。女怪其狂顾，秋波斜转之。询诸人，知为邵氏。邵贫士，止此女，少聪慧，教之读，过目能了，尤喜读内经及冰鉴书。父爱溺之，有议婚者，辄令自择，而贫富皆少所可，故十七岁犹未字也。柴得其端末，知不可图，然心低徊之。又冀其家贫，或可利动。谋之数媪，无敢媒者，遂亦灰心，无所复望。

○了：明白，清楚。○内经：此处泛指医书。冰鉴书：指相面之书。

○端末：原委，始末。

○心低徊之：谓心中留恋难舍。低徊，徘徊。

译文

一晃过了半年，仍然没遇到合适的人。柴廷宾一次参加朋友的葬礼，在其中见到了一位妙龄少女，光彩夺目，惊为天人。柴廷宾盯着她看，姑娘走到哪儿，他就看向哪儿。姑娘被他看得不自在，偏过头瞪了他一眼。柴廷宾赶紧打听姑娘的情况，方知姑娘姓邵，邵家清贫，只有这一个女儿，从小就极聪慧，读书过目不忘，其中最喜欢读的是医书和相面之书。邵父对女儿很是溺爱，如果有人上门提亲，都让女儿自己做决定，但来者无论是家境富有还是贫寒，她都不满意，因此拖到十七岁了还没议定婚事。柴廷宾听到这样的情况，明白想要娶邵氏女难度很大，但还是对她魂牵梦萦。又寄望于邵家贫穷，可以多给钱达到目的。找了好多媒人，没有一个人愿意去邵家提亲，柴廷宾这才心灰意冷，觉得这事应该是没有指望了。

原文

忽有贾媪者，以货珠过柴。柴告所愿，赂以重金，曰：“止求一通诚意，其成与否，所勿责也。万一可图，千金不惜。”媪利其有，诺之。登门，故与邵妻絮语。睹女，惊赞曰：“好个美姑姑！假到昭阳院，赵家姊妹何足数得！”又问：“婿家阿谁？”邵妻答：“尚未。”媪言：“若个娘子，何愁无王侯作贵客也！”邵妻叹曰：“王侯家所不敢望，只要个读书种子，便是佳耳。我家小孽冤，翻复遴选，十无一当，不解是何意向。”媪曰：“夫人勿须烦怨。恁个丽人，不知前身修何福泽，才能消受得！昨一大笑事，柴家郎君云：于某家茔边，望见颜色，愿以千金为聘。此非饿鸱作天鹅想耶？早被老身诃斥去矣！”邵妻微笑不答。媪曰：“便是

○絮语：絮絮叨叨说话。

○昭阳院：即昭阳殿，汉代宫殿名。

○读书种子：读书之人。

○遴选：审慎择选。

○饿鸱（chī）作天鹅想：饥饿的鸱枭想吃天鹅肉。鸱，鸱枭，俗称猫头鹰。

○茔：坟地。

秀才家，难与较计。若在别个，失尺而得丈，宜若可为矣。”邵妻复笑不言。媪抚掌曰：“果尔，则为老身计亦左矣。日蒙夫人爱，登堂便促膝赐浆酒。若得千金，出车马，入楼阁，老身再到门，则阍者呵叱及之矣。”邵妻沉吟良久，起而去，与夫语；移时，唤其女；又移时，三人并出。邵妻笑曰：“婢子奇特，多少良匹悉不就，闻为贱媵则就之。但恐为儒林笑也！”媪曰：“倘入门，得一小哥子，大夫人便如何耶！”言已，告以别居之谋。邵益喜，唤女曰：“试同贾姥言之。此汝自主张，勿后悔，致怼父母。”女觍然曰：“父母安享厚奉，则养女有济矣。况自顾命薄，若得嘉偶，必减寿数，少受折磨，未必非福。前见柴郎亦福相，子孙必有兴者。”媪大喜，奔告。

○计亦左：计议失当，不恰当的谋划。

○阍（hūn）者：守门人。

○儒林：儒者之群。

○觍（tiǎn）然：羞怯的样子。

○济：指望，依靠。

○嘉偶：好对象。偶，配偶。

译文

一天，有个做珍珠生意的贾婆婆路过柴廷宾家。柴廷宾把这事跟她讲了，并给了她一大笔钱，请求说：“我只求你让邵家知道我的诚意，事成不成，都不会怪你。但万一能成，花多少钱我都愿意。”贾婆婆被金钱打动了，答应去邵家一试。她到邵家登门拜访，先是跟邵氏之妻聊家常，等见到邵女，也止不住地赞叹：“好貌美的姑娘！假如能进皇宫，赵飞燕姐妹也得被比下去。”接着问：“婆家是哪家呢？”邵妻说：“还没婆家。”贾婆婆就说：“这么漂亮的姑娘，哪怕嫁到王侯家也是可以的。”邵妻忍不住叹息着说：“王侯家不敢高攀，能找个本分的读书人就很好了。我家这个小冤家，上门说媒的后生不少，反复挑选十个里面有九个她都看不上，也不知道她到底想找个什么样的。”贾婆婆安慰说：“夫人您不用发愁。这么美丽的姑娘，也不知是哪家公子前世修了多少福气，才能有福消受。跟您说个笑话，昨天柴家公子跟我说，他在某个人的葬礼上看见了您家姑娘，愿意以千金为聘礼娶她。这难道不是癞蛤蟆想吃天鹅肉吗？被我嘲笑了一番走了。”邵妻只微笑，也不答话。贾婆婆又说：“只是找个读书人有点儿难办。要是其他的人家，不图读书求取功名，家里也有钱，也是可以的。”邵妻还是微笑着听贾婆婆说话，一言不发。贾婆婆只好接着说：“要真是像我刚才说的那样，对我也没啥好处。承蒙您厚爱，我一进屋就跟您一起喝酒谈心。如果您得了千金，住的是带有亭台楼阁的房子，出门乘坐的是马车，我再去拜访您，会被看门的人轰出门的。”邵妻沉思良久，起身离去，跟她丈夫耳语几句；过了一会儿，把她女儿叫了过去；又过了一会儿，三个人一起出来了。邵妻笑着说：“这小妮子真是奇怪，别人给她说了那么多不错的小伙子，她都看不上，听说要去做妾却肯了。这真是要被读书人笑话了！”贾婆婆说：“如果进门后生一个大胖小子，就是大夫人也不能拿她怎么样！”说罢，又说柴廷宾想把他们的女儿安置在别院。邵妻更高兴了，对女儿说；“你自己跟贾姥姥说，这事是你自己的主意，到时候过得不好，别后悔，也别怨恨父母。”邵女面带羞怯：“能得到丰厚的聘礼，父母也能安享晚年，也算是没白养我一场。而且我看自己命薄，如果觅得良缘，寿命就不会长；受些折磨，未必不是好事。之前看柴郎也是面带福相，子孙一定有光宗耀祖之人。”贾婆婆听了这话，喜不自胜，赶紧跑去告诉柴廷宾。

原文

柴喜出非望，即置千金，备舆马，娶女于别业，家人无敢言者。女谓柴曰：“君之计，所谓燕巢于幕，不谋朝夕者也。塞口防舌，以冀不漏，何可得乎？请不如早归，犹速发而祸小。”柴虑摧残，女曰：“天下无不可化之人。我苟无过，怒何由起？”柴曰：“不然。此非常之悍，不可情理动者。”女曰：“身为贱婢，摧折亦自分耳。不然，买日为活，何可长也？”柴以为是，终踌躇而不敢决。一日，柴他往。

○燕巢于幕：燕子将巢穴筑在动荡的幕帐之上，比喻处境危险。

女青衣而出，命苍头控老牝马，一妪携襆从之，竟诣嫡所，伏地而陈。妻始而怒，既念其自首可原，又见容饰兼卑，气亦稍平。乃命婢子出锦衣衣之，曰：“彼薄幸人播恶于众，使我横被口语。其实皆男子不义，诸婢无行，有以激之。汝试念背妻而立家室，此岂复是人矣？”女曰：“细察渠似稍悔之，但不肯下气耳。谚云：‘大者不伏小。’以礼论：妻之于夫，犹子之于父，庶之于嫡也。夫人若肯假以词色，则积怨可以尽捐。”妻云：“彼自不来，我何与焉？”即命婢媪为之除舍。心虽不乐，亦暂安之。

○女青衣而出：邵女穿着丫环的衣服出来。青衣，汉代以后为婢女的服装。

○苍头：指仆人。苍，青色。汉时仆隶用青色的头巾包头，因此用此指代仆人。

○襆（fú）：包袱。

○薄幸人：轻薄寡情的人。

○横被口语：枉遭非议。横，枉。口语，指众口非议。

○渠：他。

译文

柴廷宾听到贾婆婆带来的好消息，喜不自胜，立即带上千金聘礼，乘坐高头大马，迎娶邵女，并将她安置在别院里，家里的仆人把消息瞒得死死的，不敢让金氏知道。邵女知道了这件事，就对柴廷宾说：“你这么做，就好像燕子把巢筑在摇荡的幕布之上，完全不考虑后果。想要堵住仆人们的嘴，让他们不把消息泄露出去，这怎么可能呢？我觉得不如早点儿住回家里，这样反而使祸事小一些。”柴廷宾担心金氏会虐待她，邵女说：“天下没有感化不了的人，我的所作所为如果让她挑不出错，她有什么理由对我发怒呢？”柴廷宾说：“你可不知道，她不是一般的凶悍，根本别指望用情理打动她。”邵女说：“既然做了低贱的妾，受些折磨也是应当的。不然，花钱买日子过，怎么可能长久呢？”尽管柴廷宾认为她说得有道理，但还是犹豫不决。一天，柴廷宾出门办事去了，邵女换上婢女的衣服，让一个老仆牵一匹老马，一个老仆妇带着行李跟着，来到了金氏的宅院，跪在地上将自己与柴廷宾相识及嫁娶的经过都说了一遍。金氏刚开始很生气，转念一想，这女子自己前来禀告事情原委，情有可原，又见她穿着打扮很朴素，不像个狐媚子，气也消了一些。转头让自己的婢女去拿绸缎衣服给邵女换上，说：“柴廷宾那个薄情寡义的人，在外人面前说我善妒，虐待妾室，我平白被人非议。这都是因为男人无情无义，那几个妇人故意用言行激怒、顶撞我。你想想看，背着自己的老婆在外面另立家室，这是人干的事吗？”邵女说：“我这段时间仔细观察，他也知道自己做得不对，只是碍于面子，不愿意低头罢了。谚语说：‘大者不伏小。’从礼法来说，妻子对丈夫，就好比儿子和父亲、妾对妻一样。如果您愿意说个软话，给他点儿好脸色，那你们之间的隔阂就会烟消云散的。”金氏说：“他又不来，我怎么给他台阶下？”至此，金氏才觉得气稍顺，让丫环们给邵女收拾屋子。尽管心里还是不舒服，但暂时也安定下来。

原文

柴闻女归，惊惕不已，窃意羊入虎群，狼藉已不堪矣。疾奔而至，见家中寂然，心始稳贴。女迎门而劝，令诣嫡所，柴有难色。女泣下，柴意少纳。女往见妻曰：“郎适归，自惭无以见夫人，乞夫人往一姗笑之也。”妻不肯行。女曰：“妾已言：夫之于妻，犹嫡之于庶。孟光举案，而人不以为谄，何哉？分在则然耳。”妻乃从之。见柴曰：“汝狡兔三窟，何归为？”柴俯不对。女肘之，柴始强颜笑。妻色稍霁，将返。女推柴从之，又嘱庖人备酌。自是夫妻复和。女早起青衣往朝，盥已，授帨，执婢礼甚恭。柴入其室，苦辞之，十余夕始肯一纳。妻亦心贤之，然自愧弗如，积惭成忌。但女奉侍谨，无可蹈瑕，或薄施诃谴，女惟顺受。

○惊惕（tì）：惊惧，警惕。

○姗笑：嘲笑。姗，嘲讽。

○谄：谄媚，讨好。

○孟光举案：指妻子敬重丈夫。

○分在则然：名分所在应如此。分，名分，规范。

○狡兔三窟：藏身之处很多。《战国策·齐策》：“狡兔有三窟，仅得免其死耳。今君有一窟，未得高枕而卧也。”狡，狡猾。窟，洞穴。

○授帨（shuì）：送上面巾拭手。帨，佩巾。

○无可蹈瑕：无机会寻隙施暴。

○诃谴：批评责骂。

译文

柴廷宾办事归来，听说邵女回家了，担心不已，心想这不是羊入虎群吗？肯定被金氏生吞活剥了呀。他连忙往家里跑，发现家里很安静，才放下心来。邵女看见他回来了，出门相迎，劝他去金氏房中，柴廷宾不太情愿的样子。邵女顿时哭了出来，柴廷宾才勉强同意。邵女又去跟金氏说："柴相公回来了，自己觉得没脸见夫人，请夫人您给他个面子，去看看他吧。"金氏不愿意去见他。邵女说："刚才也跟您说了，丈夫相对于妻子，就像正妻相对于妾室。孟光举案侍奉丈夫，却不被人认为是谄媚丈夫，这是何故？因为按照礼法应当这么做。"金氏这才答应去见柴廷宾。看见柴廷宾，金氏忍不住讥讽他："你狡兔三窟啊，怎么还知道回来呢？"柴廷宾低头不答。邵女用胳膊肘碰了碰他，柴廷宾才强颜欢笑了一下。金氏见此，脸色缓和了一点，转身便要回屋。邵女又推推柴廷宾，让他跟着金氏去，又嘱咐厨子备下酒席。从此夫妻二人和好如初。邵女自此每天早早起床，穿上丫环的衣服去金氏屋里请安，给她端洗脸水，递擦脸巾，像婢女一样恭敬地侍奉金氏。柴廷宾晚上要留宿在邵女屋内，邵女必劝他去金氏屋里，十天才肯让他在自己屋里歇一晚。金氏也认为邵女十分贤惠，觉得自己比不上她，谁知时间一长，却由惭愧发展成了嫉妒。但邵女侍奉得勤谨小心，找不到错处，金氏有时忍不住就刁难或者责骂邵女几句，邵女也不反抗，都默默承受。

原文

一夜，夫妇少有反唇，晓妆犹含盛怒。女捧镜，镜堕，破之。妻益恚，握发裂眥。女惧，长跪哀免。怒不解，鞭之至数十。柴不能忍，盛气奔入，曳女出。妻呶呶逐击之。柴怒，夺鞭反扑，面肤绽裂，始退。由此夫妻若仇。柴禁女无往，女弗听，早起，膝行伺幕外。妻搥床怒骂，叱去不听前。日夜切齿，将伺柴出而后泄愤于女。柴知之，谢绝人事，杜门不通吊庆。妻无如何，惟日挞婢媪以寄其

○恚（huì）：愤怒。

○握发裂眥（zì）：手握头发，瞪着眼睛。裂眥，眼眶瞪裂，形容愤怒时眼珠暴出时的情状。眥，眼眶。

○呶呶（náo）：唠叨不止。

○搥（chuí）：敲击。

○吊庆：指日常应酬。吊，吊丧。庆，庆典。

恨，下人皆不可堪。自夫妻绝好，女亦莫敢当夕，柴于是孤眠。妻闻之，意亦稍安。

译文

一天夜里，柴廷宾和金氏吵了几句，早起梳妆的时候，金氏还是满含怒气。邵女举着镜子方便金氏察看妆容时，不小心将镜子掉到了地上，摔碎了。金氏怒发冲冠，手握头发，眼睛瞪得像要从眼眶里掉出来。邵女吓得魂不附体，赶紧跪下祈求金氏原谅。金氏难以消气，便拿起鞭子抽打邵女，打了数十鞭还不停手。柴廷宾听着鞭打声，忍不下去了，冲进金氏的屋子，拉着邵女就往外走。金氏却不肯罢休，一边骂骂咧咧一边追着邵女鞭打。柴廷宾终于怒了，从金氏手里夺过鞭子，直打得金氏脸上都出血了，她才退回房内。从此夫妻二人像仇人一样。柴廷宾让邵女自此不要再去金氏房内侍奉她，邵女不听，早晨起床后，跪着行进，等候在金氏床帐外。金氏见邵女这么做，愈加愤怒，捶床大骂她，不要出现在自己面前。金氏自此恨邵女恨得咬牙切齿，准备等柴廷宾出门后好好收拾她一顿。柴廷宾知道了金氏的打算，闭门不出，谢绝一切邀请。金氏无计可施，于是每天抽打婢女和仆妇来发泄心中的怒气，下人们苦不堪言。柴廷宾和金氏决裂以后，邵女也不敢让柴廷宾夜晚留在自己房里了，柴廷宾只好夜夜孤枕。金氏听说了这事，心里也没那么难受了。

原文

有大婢素狡黠，偶与柴语，妻疑其私，暴之尤苦。婢辄于无人处，疾首怨骂。一夕，轮婢直宿，女嘱柴，禁无往，曰："婢面有杀机，叵测也。"柴如其言，招之来，诈问："何作？"婢惊惧无所措词。柴益疑，检其衣，得利刃焉。婢无言，惟伏地乞死。柴欲挞之。女止之曰："恐夫人所闻，此婢必无生理。彼罪固不赦，然不如鬻之，既

○疾首：指怨恨到极点。

○叵（pǒ）测：不可预测。叵，不可。

○鬻（yù）：卖。

全其生，我亦得直焉。”柴然之。会有买妾者，急货之。妻以其不谋

○得直：得到报酬。直，报酬。

故，罪柴，益迁怒女，诟骂益毒。柴忿顾女曰：“皆汝自取。前此杀

却，乌有今日。”言已而走。妻怪其言，遍诘左右，并无知者，问女，

○乌有：怎么会有。乌，何。

女亦不言。心益闷怒，捉裾浪骂。柴乃返，以实告。妻大惊，向女

○捉裾浪骂：扯着衣服大骂。裾，衣襟。

温语，而心转恨其言之不早。柴以为嫌隙尽释，不复作防。适远出，

妻乃召女而数之曰：“杀主者罪不赦，汝纵之何心？”女造次不能以

○造次：匆忙，仓促。

词自达。妻烧赤铁烙女面，欲毁其容。婢媪皆为之不平。每号痛一

声，则家人皆哭，愿代受死。妻乃不烙，以针刺胁二十余下，始挥之

○胁：从腋下到肋骨尽处。

去。柴归，见面创，大怒，欲往寻之。女捉襟曰：“妾明知火坑而故

蹈之。当嫁君时，岂以君家为天堂耶？亦自顾薄命，聊以泄造化之怒

○造化：命运，上天。指自然的创造化育。

耳。安心忍受，尚有满时；若再触焉，是坎已填而复掘之也。”遂以

○坎：低洼之处。

药糁患处，数日寻愈。忽揽镜，喜曰：“君今日宜为妾贺，彼烙断我

○糁（sǎn）：谷类的小渣。这里指涂抹药粉。

晦纹矣！”朝夕事嫡，一如往日。

译文

柴家有个年纪稍大的丫环，一向精明，因为跟柴廷宾多说了几句话，被金氏怀疑和柴廷宾有私情，因而被金氏狠狠打了一顿。这个丫环经常在没人的地方咒骂金氏，被邵女听见了。一天晚上，轮到这个丫环伺候金氏，邵女嘱咐柴廷宾别让这个丫环去，因为这个丫环面带杀机，指不定会做出什么事来。柴廷宾信了这

话，把那个丫环叫到跟前，假装知道了一切："你想干什么？"丫环又惊又怕，说不出话来。柴廷宾更加怀疑了，搜她的身，搜出来一把锋利的匕首。丫环无话可说，只能跪在地上请求饶命。柴廷宾气愤得要打她一顿，邵女制止了他，并对他说："你要是打她，这件事就闹大了，夫人就会知道，那这个丫环只有死路一条。她虽是罪不可赦，但不如把她发卖了，这样她能活下来，我们也能得到钱财。"柴廷宾同意了。正好有人要买妾，柴廷宾就把这个丫环卖掉了。卖丫环的事后来被金氏知道了，她怪罪柴廷宾不跟她商量就做决定，听到是邵女的主意后越发生气，骂邵女恶毒。柴廷宾愤愤不平地对邵女说："这都是你自寻烦恼。那个丫环如果将她杀了，就不会有今天的下场。"说完就走了。金氏听到这话觉得有些奇怪，把身边的人问了一遍，没人知道是怎么回事，问邵女，她也不说。金氏心中更加烦闷、更加气愤，扯着衣服把邵女大骂一通。柴廷宾这才回到金氏院中，把实情告诉了她。金氏大吃一惊，对邵女说话也温和了许多，实际心里却怨恨她不早点儿告诉自己。柴廷宾以为二人冰释前嫌，就放松了警惕，不再防着金氏。一天，柴廷宾出趟远门，金氏把邵女叫到跟前："杀主人的丫环罪无可赦，你却将她放走了，是何居心？"邵女一时之间找不到合适的话回答。金氏把铁烧得通红，烙邵女的脸，要把她的容貌毁掉。婢女和仆妇们都为邵女抱不平。金氏每烙一下，邵女就喊痛一声，家里的仆人也都感同身受地哭泣，表示愿意代替邵女受过。金氏这才放下烙铁，但心中愤怒仍未消，又用针扎了她胁下二十多下，才挥手让她回去。柴廷宾回到家中，看见邵女的脸被烙得血肉模糊，怒不可遏，要去找金氏理论。邵女拉住他的衣襟说："我是明知火坑还要往里跳。嫁给你的时候，我难道以为你家是天堂吗？我是自知命薄，嫁到你家，让上天发泄怒火。如果安心忍受这些苦难，或许有功德圆满的那一天；如果惹怒上天，是把已经填好的坑又掘开，前功尽弃了呀！"她自己拿着药粉倒到伤口上，几天就痊愈了。有一天照镜子，邵女高兴地对旁边的柴廷宾说："柴郎今天应该向我表示祝贺，夫人把我脸上的那道晦气的纹路烙断了！"之后邵女就像往常一样，早晚侍奉金氏。

原文

金前见众哭，自知身同独夫，略有愧悔之萌，时时呼女共事，词色平善。月余，忽病逆，害饮食。柴恨其不死，略不顾问。数日，腹

○略有愧悔之萌：稍微萌发了愧悔之意。萌，萌芽。

○病逆：中医指气血不和，胃气不顺等病症。

胀如鼓，日夜寖困。女侍伺不遑眠食，金益德之。女以医理自陈，

○寖（jìn）困：痛苦，难受。 ○不遑：来不及。遑，闲暇。

金自觉畴昔过惨，疑其怨报，故谢之。金为人持家严整，婢仆悉就

○谢：婉言拒绝。

约束，自病后，皆散诞无操作者。柴躬自纪理，劬劳甚苦，而家中

○散诞：散漫放诞。 ○躬自纪理：亲自经营管理。 ○劬（qú）劳：辛苦，劳累。

米盐，不食自尽。由是慨然兴中馈之思，聘医药之。金对人辄自言

○兴中馈之思：对妻子起了思念之情。中馈，古时指妇女在家主持饮食之事。此处代指妻室。

为“气蛊”，以故医脉之，无不指为气郁者。凡易数医，卒罔效，亦

○气蛊：亦称“气臌”。中医认为由怒气郁结而致腹部肿胀的一种疾病。

滨危矣。又将烹药，女进曰：“此等药，百裹无益，只增剧耳。”金

不信。女暗撮别剂易之。药下，食顷三遗，病若失。遂益笑女言

○食顷三遗：一顿饭的工夫，大便三次。遗，遗矢，大便。

妄，呻而呼之曰：“女华陀，今如何也！”女及群婢皆笑。金问故，

○华陀：即“华佗”，汉末名医。沛国谯（今安徽亳州）人，精于方药、针灸及外科手术，首创麻沸散及五禽戏。

始实告之。泣曰：“妾日受子之覆载而不知也！今而后，请惟家政，

○覆载：谓天覆地载的大恩。

听子而行。”

译文

上次金氏烙邵女时大家都为邵女哭求，知道自己做得有点过分，不得人心，略有愧疚之意，于是开始经常叫邵女跟她一起做事，语调平和，脸色和善。就这样过了一个多月，金氏忽然开始胃气不畅，都影响饮食了。柴廷宾本来就恨之入骨，希望她能早死，就对她不闻不问。几天之后，她的肚子就胀得像一面鼓，日夜难眠。邵女侍奉金氏越发上心，有时甚至没时间吃饭和休息，金氏更加对她心存感激。邵女给她讲了一些医理，提出了一些治疗这种疾病的医方，金氏认为自己之前对她过于残苛，怀疑她会报复自己，就没有采纳邵女提出的建议，但表面上还是对她表示感谢。金氏虽然待人严苛，但把家治理得井井有条，奴仆们各司其职，都服从她的约束，但金氏生病以后，他们就开始散漫起来，有些事情居然没人做。柴廷宾不得不亲自管理内务，劳累异常，而且家中的柴米油盐，不多时

就没有了。柴廷宾这才感念起妻子的劳苦，开始请大夫上门为金氏治病。金氏对人说自己得的是气臌病，所以上门的大夫给她把脉，都诊断为气郁以致肚胀。大夫换了好几个，药也吃了不少，效果几乎没有，反而病情加重到性命垂危了。一次又要熬药，邵女就跟金氏说："这样的药，吃一百副也没用，只会让病情更加严重。"金氏根本不相信她。邵女于是暗中将药换掉。金氏喝完药，一顿饭的工夫拉了三次，立刻觉得好多了。于是嘲笑邵女不懂装懂，质疑大夫的药方，呻吟着叫邵女："女华佗，现在怎么样呢！"邵女和婢女们都笑了起来。金氏觉得莫名其妙，问她们为什么笑，邵女才告诉她实情。金氏感动得泪流满面："天呀，我接受了你的大恩大德却不自知！从今往后，这个家归你管，所有人都听你的。"

原文

无何，病痊，柴整设为贺。女捧壶侍侧，金自起夺壶，曳与连臂，爱异常情。更阑，女托故离席，金遣二婢曳还之，强与连榻。自此，事必商，食必偕，姊妹无其和也。无何，女产一男。产后多病，金亲调视，若奉老母。后金患心痗，痛起，则面目皆青，但欲觅死。女急市银针数枚，比至，则气息濒尽，按穴刺之，画然痛止。十余日复发，复刺，过六七日又发。虽应手奏效，不至大苦，然心常惴惴，恐其复萌。夜梦至一处，似庙宇，殿中鬼神皆动。神问："汝金氏耶？汝罪过多端，寿数合尽。念汝改悔，故仅降灾，以示微谴。前杀两姬，此其宿报。至邵氏何罪而惨毒如此？鞭打之刑，已有柴生代报，可以相准；所欠一烙二十三针，今三次，止偿零数，便望病根除耶？明日

○心痗（mèi）：心病。

○画然：忽然。

○宿报：前世作恶的报应。

○相准：相抵。准，折算，抵偿。

又当作矣！”醒而大惧，犹冀为妖梦之诬。食后果病，其痛倍切。女至，刺之，随手而瘥。疑曰：“技止此矣，病本何以不拔？请再灼之。此非烂烧不可，但恐夫人不能忍受。”金忆梦中语，以故无难色。然呻吟忍受之际，默思欠此十九针，不知作何变症，不如一朝受尽，庶免后苦。炷尽，求女再针。女笑曰：“针岂可以泛常施用耶？”金曰：“不必论穴，但烦十九刺。”女笑不可。金请益坚，起跪榻上，女终不忍。实以梦告，女乃约略经络，刺之如数。自此平复，果不复病。弥自忏悔，临下亦无戾色。

○瘥（chài）：病愈。 ○病本：病根。

○弥自：更加。 ○临下亦无戾色：对待下人也没有凶恶的脸色。下，下人。

译文

没多久，金氏就痊愈了，柴廷宾设宴为她庆贺。邵女还和之前一样拿着酒壶侍奉在金氏身边，金氏站起来把酒壶从她手中夺走，拽着她和自己坐在一起，异常亲热。到了晚上，邵女找个借口回去了，金氏派两个婢女硬把她拽回来，让她跟自己同床睡。从此以后，家里的大小事情金氏都和她商量，吃饭也在一起，亲姐妹也不过如此了。不久，邵女生下一个男孩。产后经常生病，金氏就亲自为她调养，像侍奉母亲一样。之后金氏得了心痛病，疼痛来袭的时候，脸色发青，恨不得一死解脱。邵女赶紧去买几根银针，等她回来的时候，金氏已经气息奄奄了，邵女立即用针刺穴，一下子就不痛了。十来天之后心痛复发，用针刺穴，好了。过了六七日，金氏又开始痛。虽然一用针扎就不痛，也不会太受苦，但是总忐忑不安，不知道什么时候又会复发。有天夜里金氏梦见自己到了一个地方，像是庙宇，大殿中有鬼神在走动。神问：“你就是金氏？你的罪孽太多，阳寿本来没有了。念在你知道悔改，才让你受些小灾，表示对你的惩罚。之前你杀了两个妾室，这是她们前世作恶的报应。而邵氏犯了什么罪，你这么狠毒地折磨她？你用鞭子打她，已经由你的丈夫替她报了，可以抵消；但你还欠火烙一次和二十三针没报，到现在才还了三次针扎，只偿还了零头，就指望除掉病根吗？明天又要开始心痛了！”金氏醒来后恐惧极了，但还是幻想着是梦境而已，不必当真。吃过饭后果然又心痛了，疼痛比之前更厉害。邵女来用针一刺，立刻就不痛了。邵女疑惑地说：“我也就只能做到这样了，怎么病根还没除呢？试试灼烧吧。必须得烧烂它的病根才行，就是怕夫人您承受不了。”金氏回想起梦中神说的话，很干脆地答应了。但是实在是有些痛，金氏一边呻吟一边想，我还欠十九针，不知道到时候会有什么病来折磨我，还不如一次受完痛苦，以免除后患。邵女这厢施针完毕，金氏央求她再次扎针。邵女笑着说：“扎针就算有效，怎么能滥用呢？”金氏说：“不用管穴位，扎够十九次就行了。”邵女笑着拒绝了。金氏还是坚持让邵女扎针，坐起来跪在床上哀求，邵女还是不忍心扎她。没办法，金氏将梦境告诉了她，邵女才大约按照经络扎了她十九次。从此金氏就好了，再也没犯过病，她也自我悔过，对待下人也不再疾言厉色。

原文

子名曰俊，秀惠绝伦。女每曰：“此子翰苑相也。”八岁有神童之目，十五岁，以进士授翰林。是时柴夫妇年四十，如夫人三十有二三耳。舆马归宁，乡里荣之。邵翁自鬻女后，家暴富，而士林羞与为伍，至是，始有通往来者。

○翰苑相：有跻身翰林院的骨相。

○如夫人：妾的别称。指邵女。

○归宁：男子归省父母。

○士林：指儒者，读书人。

译文

邵女的儿子叫柴俊，聪敏过人。邵女常说：“这孩子有做翰林的相貌。”八岁时被称作神童；十五岁中进士，并授予翰林的职位。这年柴廷宾夫妇四十岁，邵女三十二三岁。柴俊乘着车马回乡看望父母，乡亲们都以他为荣。邵父自从千金卖女之后，家里富了起来，却被读书人看不起，柴俊荣归故里之后，才有读书人跟他来往。

原文

异史氏曰：女子狡妒，其天性然也。而为妾媵者，又复炫美弄机，以增其怒。呜呼！祸所由来矣。若以命自安，以分自守，百折而不移其志，此岂梃刃所能加乎？乃至于再拯其死，而始有悔悟之萌。呜呼！岂人也哉！如数以偿，而不增之息，亦造物之恕矣。顾以仁术作恶报，不亦傎乎！每见愚夫妇抱痾终日，即招无知之巫，任其刺肌灼肤而不敢呻，心尝怪之，至此始悟。

○梃（tǐng）刃：棍棒与刀。

○恕：宽恕。

○傎（diān）：同"颠"。颠倒，错乱。

○痾（kē）：病。

译文

异史氏说：女子狡猾善妒，这是她们的天性。那些做妾的女子，却又要显摆她们的美貌，玩弄心机，挑起正妻的怒气。唉！祸患就是这样产生的。如果妾室能遵从天命，安守本分，不管受到怎样的对待都坚定不移，难道还能招致棍棒和利刃上身吗？像金氏这样，被妾室从濒死的边缘拯救回来，才有悔改之心。天哪，这还是人吗！只是如数偿还她给别人的恶行，而没有增加，是上天饶恕她的结果。邵女用救人的扎针作为金氏恶行的报应，真是错乱颠倒啊！经常看见蠢人身染怪病，却任由无知的巫师用针扎、用火烧自己的身体而不敢呻吟，唯恐冲撞了神灵，感觉奇怪，现在才明白这个道理。

原文

闽人有纳妾者，夕入妻房，不敢便去，伪解屦作登榻状。妻曰："去休！勿作态！"夫尚徘徊，妻正色曰："我非似他家妒忌者，何必尔尔。"夫乃去。妻独卧，辗转不得寐，遂起，往伏门外潜听之。

○闽：福建的简称。

○尔尔：这样。

但闻妾声隐约，不甚了了，惟“郎罢”二字，略可辨识。郎罢，闽人呼父也。妻听逾刻，痰厥而踣，首触扉作声。夫惊起，启户，尸倒入。呼妾火之，则其妻也。急扶灌之。目略开，即呻曰：“谁家郎罢被汝呼！”妒情可哂。

○痰厥：中医病症名。指因痰盛气闭而引起四肢厥冷，甚至昏厥的病症。踣（bó）：跌倒。

译文

福建有个纳妾的人，晚上进了妻子的房里，不敢马上就走，假装解开鞋带要上床的样子。妻子对他说：“别假惺惺的，赶紧去小妾屋里吧！”丈夫还犹豫着不肯走，妻子严肃地说：“我可不像其他爱嫉妒的女人一样，你又何必做这个样子。”丈夫这才离去。妻子一个人睡，辗转反侧睡不着，下床，偷偷跑到小妾门外听他俩说话。只隐隐约约听到小妾的声音，听不分明，只有“郎罢”两个字能听清楚。郎罢是福建人对父亲的称呼。妻子听了一会儿墙角，忽然痰气上涌晕倒了，头碰到门上发出声响。丈夫受惊慌忙起身，打开门，一个人直挺挺地倒进屋内。丈夫连忙让小妾点起蜡烛，一看，原来是自己的妻子。赶忙扶起她灌点儿水。妻子刚睁开眼睛，就呻吟着问：“你叫的是谁家的郎罢啊？”嫉妒的样子让人忍不住发笑。

内经

《内经》是中国最早的中医学理论著作，包括《灵枢》和《素问》两部分，合称《黄帝内经》。此书通过假托黄帝与其臣岐伯讨论医术，系统地总结了先秦时期的医学理论和实践经验。内容涉及人体的生理、病理、诊断和治疗等方面，奠定了中医学的基础。其成书时间约在秦汉时期，是中医理论和养生学的经典著作。

【巩仙】

原文

巩道人，无名字，亦不知何里人。尝求见鲁王，阍人不为通。有中贵人出，揖求之。中贵见其鄙陋，逐去之。已而复来，中贵怒，且逐且扑。至无人处，道人笑出黄金二百两，烦逐者覆中贵："为言我亦不要见王，但闻后苑花木楼台，极人间佳胜，若能导我一游，生平足矣。"又以白金赂逐者。其人喜，反命。中贵亦喜，引道人自后宰门入，诸景俱历。又从登楼上。中贵方凭窗，道人一推，但觉身堕楼外，有细葛绷腰，悬于空际，下视则高深晕目，葛隐隐作断声。惧极，大号。无何，数监至，骇极。见其去地绝远，登楼共视，则葛端系棂上，欲解援之，则葛细不堪用力。遍索道人已杳矣。束手无计，奏之鲁王。王诣视，大奇之。命楼下藉茅铺絮，将因而断之。甫毕，葛崩然自绝，去地乃不咫耳。相与失笑。

○鲁王：明太祖朱元璋第十子朱檀封鲁王。

○何里：什么地方。里，乡里。

○通：传报。

○中贵人：宫中的宦官。

○反命：复命，回报。

○历：游历。

○后宰门：此指鲁王府的小门或后门。后宰，是古代专管王室衣食供给的机构。

○葛：一种藤本植物。绷：捆束，缠绕。

○棂：窗棂，窗上的格子。

○诣视：指亲去看视。

○不咫（zhǐ）：不到一尺远。咫，古代长度单位。

译文

有个道人姓巩，没人知道他的名字，也不知道他是哪里人。有一次，他去求见鲁王，看门的人不给他通报。正巧有个宦官从府中出来，巩道人就上前行礼请他引见。宦官见他像野人打扮，把他赶走了。没多久他又回来了，宦官发怒了，让人一边赶他走一边追着他打。追到一个没人的地方，道人笑着拿出二百两黄金，请追打他的人告诉宦官："就说我不是要见鲁王，只是听说王府后院的花草树木和亭台楼阁，是人间极美的景致，如果能领着我进去游览一番，也算是此生无憾了。"之后，道人又拿银子给他。这个人非常高兴，回去复命。宦官看到这么多黄金，眼睛都直了，亲自出来带着巩道人从王府的后门进来，殷勤地给他介绍各处景致。然后又领他去楼上，宦官刚站到窗边，道人将他往外一推，宦官觉得自己掉到楼外面，但是有细细的葛藤缠在腰上，将自己悬于半空，往下一看，深不可测，头晕目眩，耳边传来葛藤断裂的声音。他害怕极了，大哭起来。很快，来了好几个太监，大家看到这幅情景，惊恐万分。众人见那个宦官远离地面，赶紧上楼去看，发现葛藤的一头系在窗棂上，想把葛藤解开将人救下来，又因为葛藤太细不敢用力。到处寻找那个道人，却不见他的踪迹。实在想不出办法了，只好把这事报告给鲁王。鲁王亲自前来查看，也感觉很惊奇。于是让人在楼下铺上稻草和棉絮，以便将葛藤弄断。刚铺好稻草和棉絮，葛藤"砰"的一声断了，宦官离地竟然不到一尺高。众人哑然失笑。

原文

王命访道士所在。闻馆于尚秀才家，往问之，则出游未复。既，遇于途，遂引见王。王赐宴坐，便请作剧。道士曰："臣草野之夫，无他庸能。既承优宠，敢献女乐为大王寿。"遂探袖中出美人，置地上，向王稽拜已。道士命扮瑶池宴本，祝王万年。女子吊场数语。道士又出一人，自白"王母"。少间，董双成、许飞琼……一切仙姬，次第俱出。末有织女来谒，献天衣一袭，金彩绚烂，光映一室。王意其伪，索观之。道士急言："不可！"王不听，卒观之，果无缝之衣，非人工所能制也。道士不乐曰："臣竭诚以奉大王，暂而假诸天孙，今为浊气

○馆：寓居，暂住。

○作剧：此指表演幻术。

○女乐（yuè）：歌舞伎。寿：祝寿。

○吊场：戏曲术语。这里指一出戏中一个场面结束，由某一个演员念几句说白，转到另一个场面。

○王母：即西王母。

○董双成、许飞琼：都是神话传说中西王母的侍女。

○织女：星名。此指神话人物，传说她长年织造云锦，故称。

○一袭：一件。

○无缝之衣：指神仙之衣。

所染，何以还故主乎？”王又意歌者必仙姬，思欲留其一二，细视之，则皆宫中乐妓耳。转疑此曲，非所夙谙，问之，果茫然不自知。道士以衣置火烧之，然后纳诸袖中，再搜之，则已无矣。王于是深重道士，留居府内。道士曰：“野人之性，视宫殿如籓笼，不如秀才家得自由也。”每至中夜，必还其所，时而坚留，亦遂宿止，辄于筵间颠倒四时花木为戏。王问曰：“闻仙人亦不能忘情，果否？”对曰：“或仙人然耳。臣非仙人，故心如枯木矣。”一夜，宿府中，王遣少妓往试之。入其室，数呼不应，烛之，则瞑坐榻上。摇之，目一闪即复合，再摇之，齁声作矣。推之，则遂手而倒，酣卧如雷，弹其额，逆指作铁釜声。返以白王。王使刺以针，针弗入。推之，重不可摇，加十余人举掷床下，若千斤石堕地者。旦而窥之，仍眠地上。醒而笑曰：“一场恶睡，堕床下不觉耶！”后女子辈每于其坐卧时，按之为戏，初按犹软，再按则铁石矣。

○夙（sù）谙（ān）：平素所知道的。

○齁（hōu）：熟睡时的鼻息声。

译文

鲁王命令下人去找道士的住处。听说他暂居在尚秀才家，命人前去询问，回复说道人出游还没回来。差人在回王府的路上遇见了巩道人，于是带着他去见鲁王。鲁王设宴款待巩道人，请他表演幻术。道士说：“我乃草野莽夫，没什么特别的才能。今日承蒙王爷优待宠爱，斗胆献上歌舞伎祝王爷长寿。”于是从袖子里掏出一个美人，把她放在地上，美人向鲁王磕头跪拜。巩道人让美人表演瑶池宴剧目，祝福鲁王福寿万年。美人念了几句开场白，巩道人又变出一个人，自称“王母”。不多时，董双成、许飞琼……许多仙女，一个接一个地出场。最后，织女出场前来拜见，献上一件天衣，金光闪闪，五彩斑斓，照得屋里亮堂堂的。鲁王怀疑天衣是假的，要拿过来细看。巩道人阻拦说：“不行！”鲁王根本不听，要过来细看，果然是天衣无缝，不是人工能做出来的。巩道人不高兴地说：“我尽心竭力地侍奉王爷，才从织女那儿把天衣借过来给您看，现在这天衣被浊气污染了，还怎么还回去呀？”鲁王又觉得那些歌者一定是天上的歌姬，打算留下一两个，仔细看了看，原来是自己宫中的乐伎。转而怀疑她们刚才唱的曲子，并不是她们平时熟知的，一问，她们果然不知道。巩道人将天衣放在火上烧，然后再塞回袖中，再仔细看，已经什么都没有了。鲁王自此对巩道人很是敬重，要留他在王府住下。巩道人说：“我是乡野之人，王府对我来说就像牢笼，没有住在秀才家自由。”于是巩道人白天到王府来，逗留到半夜就回秀才家。有时鲁王很坚决地要他留下，他也会住下。巩道人经常在宴席中变出不合时令的花草树木作为游戏。鲁王问他：“听说天上的仙人也不能忘记男女之情，这是真的吗？”巩道人说：“有的仙人是这样的。但我不是仙人，所以心像干枯的木头。”一天晚上，巩道人留宿王府，鲁王派一个年轻的妓子去试探他。妓子到了他的屋内，喊了好几声都没有回应，把蜡烛点上，发现他闭着眼睛坐在榻上。摇晃他一下，他的眼睛张开一下又立马闭上，再摇晃他，他发出鼾声。用手一推，他顺势躺下，接着鼾声如雷。用手弹他的额头，传出敲打铁器一般的声响。妓子赶紧将这事报给了鲁王。鲁王让人用针扎巩道人，针扎不进。用手推他，太重了推不动，又叫了十来个人将他举起来扔在床下，发出的动静像是千斤巨石掉到地上。早上派人去看他，发现他仍然睡在地上。巩道人醒来笑着说：“睡得太死了，连自己掉到床底下都不知道。”后来一些女孩子就在巩道人坐着或躺着时按着他玩，开始的时候按着是软的，再按就如铁石一般了。

原文

道士舍秀才家，恒中夜不归。尚锁其户，及旦启扉，道士已卧室中。

○恒：经常，总是。

初，尚与曲妓惠哥善，矢志嫁娶。惠雅善歌，弦索倾一时。鲁王闻其

○曲妓：乐妓。

○弦索倾一时：指演奏技艺超群。

名，召入供奉，遂绝情好。每系念之，苦无由通。一夕，问道士：“见

惠哥否？”答言：“诸姬皆见，但不知其惠哥为谁。”尚述其貌，道其年，道士乃忆之。尚求转寄一语，道士笑曰：“我世外人，不能为君塞鸿。”尚哀之不已。道士展其袖曰：“必欲一见，请入此。”尚窥之，中大如屋，伏身入，则光明洞彻，宽若厅堂，几案床榻，无物不有，居其内，殊无闷苦。道士入府，与王对弈。望惠哥至，阳以袍袖拂尘，惠哥已纳袖中，而他人不之睹也。尚方独坐凝想时，忽有美人自檐间堕，视之，惠哥也。两相惊喜，绸缪臻至。尚曰：“今日奇缘，不可不志。请与卿联之。”书壁上曰：“侯门似海久无踪。”惠续云：“谁识萧郎今又逢。”尚曰：“袖里乾坤真个大。”惠曰：“离人思妇尽包容。”书甫毕，忽有五人入，八角冠，淡红衣，认之，都与无素。默然不言，捉惠哥去。尚惊骇，不知所由。道士既归，呼之出，问其情事，隐讳不以尽言。道士微笑，解衣反袂示之。尚审视，隐隐有字迹，细裁如虮，盖即所题句也。

○塞鸿：薛调《无双传》中的人物。《无双传》主要内容为王仙客与无双自幼相爱，后来无双因家败被收为宫女。王仙客的仆人塞鸿想方设法使得王仙客与无双相见，并为二人传递书信。

○阳：装作。

○联之：指联句成诗。

○侯门似海：王公贵族的门庭像大海那样深邃。

○萧郎：旧时诗词中习用语，女子对所爱恋的男子的称呼。

○乾坤：天地。指空间。

○反袂（mèi）：把衣袖翻过来。

○虮（jǐ）：虱子的卵。

译文

巩道人住在尚秀才家，经常半夜都不回来。尚秀才就把他的房门锁上，早上去开门，发现巩道人已经睡在屋内。以前，尚秀才跟名叫惠哥的歌伎相好，两人立誓要结为连理。惠哥歌唱得极好，弹奏乐器更是一绝。惠哥的名气传到了鲁王那里，鲁王就把她召进王府为自己所用，因此跟尚秀才就无法延续情缘了。尚秀才每每想念惠哥，都苦于无缘相见。一天晚上，尚秀才问巩道人：“见过惠哥吗？”巩道人回答：“王府里的歌舞伎我都见过，但不知道哪一个是惠哥。”尚秀才就描述了惠哥的容貌，说了她的年龄，巩道人才记起。尚秀才恳求巩道人帮他带句话给惠哥，巩道人笑着说：“我是世外之人，不能给你传递书信。”尚秀才苦苦哀求。巩道人没办法，就展开他的衣袖说：“如果你一定要见她，就请进来吧。”尚秀才凑近一看，袖内像间屋子那么大，就低下身子进去了，里面光亮明净，像厅堂一样宽阔，桌椅床榻，应有尽有，住在这里面，一点儿不觉得苦闷。巩道人进入王府，跟鲁王下棋。看到惠哥来了，假装用衣袖拂尘，就把惠哥收入袖内，其他人根本没发现异常。尚秀才正凝神独自坐在里面，忽然一个美人从房檐上掉下来，仔细一看，竟然是惠哥。两个人非常惊喜，拥抱在一起，不必多言。尚秀才说：“今天的一段奇缘，一定要写下来，咱俩和诗一首吧。”尚秀才在墙上写道：“侯门似海久无踪。”惠哥接着写道：“谁识萧郎今又逢。”尚秀才写道：“袖里乾坤真个大。”惠哥写道：“离人思妇尽包容。”刚写完，忽然进来五个人，头戴八角冠，身穿淡红的衣服，两人仔细一看，都不认识。这几个人也不说话，就把惠哥带走了。尚秀才惊惧异常，不知道他们为什么要这么做。巩道人回到尚秀才家，让尚秀才从他袖子里出来，问他刚才和惠哥相见的事，尚秀才没有把全部实情告诉他，隐瞒了一些事情。巩道人微笑不语，解开衣服，将衣袖内里给他看。尚秀才仔细观看，上面隐隐有字迹，细小得像虮子，原来是他和惠哥题写的诗句。

原文

后十数日，又求一入。前后凡三入。惠哥谓尚曰：“腹中震动，妾甚忧之，常以紧帛束腰际。府中耳目较多。倘一朝临蓐，何处可容儿啼？烦与巩仙谋，见妾三叉腰时，便一拯救。”尚诺之。归见道士，伏地不起。道士曳之曰：“所言，予已了了，但请勿忧。君宗祧赖此一线，何敢不竭绵薄？但自此不必复入。我所以报君者，原不在情私也。”后数月，道士自外入，笑曰：“携得公子至矣。可速把襁褓

○临蓐：临产。蓐，草垫子。

○三叉（chá）腰：腰围三叉。指腰围粗大。叉，拇指与中指伸开，两指端之间距。

○了了：知晓。

○宗祧（tiāo）：后继，宗嗣。

○绵薄：微力，微劳。尽力的谦称。

来！”尚妻最贤，年近三十，数胎而存一子，适生女，盈月而殇。闻尚言，惊喜自出。道士探袖出婴儿，酣然若寐，脐梗犹未断也。尚妻接抱，始呱呱而泣。道士解衣曰：“产血溅衣，道家最忌，今为君故，二十年故物，一旦弃之。”尚为易衣。道士嘱曰：“旧物勿弃却，烧钱许，可疗难产，堕死胎。”尚从其言。

○殇：夭折。

○钱许：一钱多重。钱，市制重量单位，1两的1/10。

译文

又过了十来天，尚秀才又求巩道人让他和惠哥在袖中幽会。前前后后见了三次。惠哥对尚秀才说：“我现在已经能感受到胎儿在腹中动来动去，很是忧心，总是用棉布紧紧束在腰间。但是王府里耳目众多，等到临产那一天，婴儿啼哭，该往哪里藏呢？你还是跟巩仙人商量一下，等我的腰粗大难藏时，救我一命。”尚秀才答应了。尚秀才回家从巩道人袖中一出来，就长跪不起。巩道人一边拉他一边说：“你要说的，我都已经知道了，你们也不要为此事烦恼。此事有关你尚家血脉延续，我怎么敢不尽心竭力呢？但是从此以后你就不能再进入袖中和惠哥相会了。我之所以报答你，也不是因为儿女私情。”过了几个月，道士从外面回来，笑着说：“我把小公子带回来了，赶紧把襁褓拿来呀！”尚秀才的妻子很贤惠，快三十岁了，生了几个孩子，只有一个儿子活了下来，最近生了一个女儿，刚满月就夭折了。尚妻听到巩道人的话，又惊又喜地出来了。巩道人伸手从袖子里把婴儿取出，婴儿睡得香甜，脐带还没断。尚妻从巩道人手里接过婴儿抱在怀里，小婴儿这才呱呱地哭起来。巩道人把道袍解下来说：“生产时的血溅到道袍上，是道家的大忌。现在因为你的缘故，要把穿了二十年的道袍扔掉。”尚秀才给他换了件衣服。巩道人叮嘱他：“那件旧道袍别扔，烧一钱灰吃，可以治疗难产，堕死胎。”尚秀才依他所言将道袍收了起来。

原文

○旧衲：指被产血溅污的道袍。衲，僧衣。

居之又久，忽告尚曰：“所藏旧衲，当留少许自用，我死后亦勿忘也。”尚谓其言不祥。道士不言而去，入见王曰：“臣欲死！”王惊问之，曰：“此有定数，亦复何言。”王不信，强留之，手谈一局，急起，王又止之。请就外舍，从之。道士趋卧，视之已死。王具棺木以礼葬之。尚临哭尽哀，始悟曩言盖先告之也。遗衲用催生，应如响，求者踵接于门。始犹以污袖与之，既而翦领衿，罔不效。及闻所嘱，疑妻必有产厄，断血布如掌，珍藏之。

○手谈：下围棋。古人称下围棋为坐隐或手谈。

○临哭：临坟哭吊。

○曩（nǎng）：旧，从前。

○应如响：如声响相应。比喻极为灵验。

○产厄：分娩之灾。

译文

巩道人在尚秀才家又住了很久，忽然有一天跟尚秀才说：“之前让你收起来的道袍，要留一点儿给自己用，就算是我死了也别忘了。”尚秀才觉得他说这话不吉利。巩道人没再多说就走了，去王府见鲁王说：“臣就要死了！”鲁王惊讶地问他为什么这么说，巩道人回答：“这都是上天的定数，没什么好说的。”鲁王不信，勉强把他留下来，两人只下了一局棋，巩道人就起身要走，鲁王又制止了他。巩道人请求去外面的屋子，鲁王答应了。巩道人连忙走进那间屋子躺下，再一看，已经死了。鲁王给他打了一副棺木，用隆重的礼仪把他安葬了。尚秀才在巩道人坟前苦吊，以尽哀思，才明白道士之前跟他说的话是预先告诉他的。巩道人脱下的道袍用来催生，十分灵验，前来求药的人在门口川流不息。开始尚秀才只是把弄脏的袖子拿给人们用，后来就把衣领和前襟也剪下来，效用不减。尚秀才想起巩道人之前的叮嘱，疑心自己的妻子将来生产的时候会有不测，就剪下道袍上一块巴掌大的带血的布，收藏了起来。

原文

会鲁王有爱妃，临盆三日不下，医穷于术。或有以尚生告者，立召入，一剂而产。王大喜，赠白金、彩缎良厚，尚悉辞不受。王问所

○临盆：临产。

欲，曰：“臣不敢言。”再请之，顿首曰：“如推天惠，但赐旧妓惠哥足矣。”王召之来，问其年，曰：“妾十八入府，今十四年矣。”王以其齿加长，命遍呼群妓，任尚自择，尚一无所好。王笑曰：“痴哉书生！十年前订婚嫁耶？”尚以实对。乃盛备舆马，仍以所辞彩缎，为惠哥作妆，送之出。惠所生子，名之秀生，秀者袖也，是时年十一矣。日念仙人之恩，清明则上其墓。

○推天惠：施予恩惠，推恩。天惠，上天的恩赐，这里指鲁王的恩赐。

○上其墓：祭扫其坟。

译文

之后鲁王喜爱的一个妃子生产，折腾了三天孩子还没生下来，医生都想不出办法来了。有人把尚秀才用道袍救人的事告诉了鲁王，鲁王立刻把尚秀才召进王府，妃子只喝了一剂袍灰就顺利生产了。鲁王非常高兴，赏给尚秀才无数的银子和五彩的绸缎，尚秀才都推辞不要。鲁王很好奇，就问他想要什么，尚秀才回答说：“我不敢说。”鲁王请他但说无妨，尚秀才这才跪地磕头说：“如果王爷要赏我，把您之前的歌伎惠哥赏给我，我就心满意足了。”鲁王把惠哥叫来，问她多大年龄了，惠哥说：“我十八岁入府，今年在府中已经十四年了。”鲁王觉得她年龄有点儿大，就把府中的歌伎都叫过来，让尚秀才随意挑，但尚秀才一个都不喜欢。鲁王笑着说：“真是个呆书生！十年前你们已经定下婚约了吗？”尚秀才就把实情说了出来。鲁王感叹二人的感情，备下马车，把之前赏给尚秀才的银子、彩缎当作惠哥的嫁妆，送他们回家。惠哥生的孩子名叫秀生，“秀”同“袖”，秀生这年十一岁。尚秀才每天都感念巩道人的恩情，清明节的时候都去他的墓地扫墓。

原文

有久客川中者，逢道人于途，出书一卷曰：“此府中物，来时仓猝，未暇璧返，烦寄去。”客归，闻道人已死，不敢达王，尚代奏之。

○川中：指四川。

○璧返：归还借用之物的敬辞。

王展视，果道士所借。疑之，发其冢，空棺耳。后尚子少殇，赖秀生承继，益服巩之先知云。

译文

有位久居四川的客人，在路上遇见了巩道人，巩道人拿出一卷书给他并对他说："这是鲁王府的藏书，我来的时候太匆忙了，没来得及还书，烦请你给带回去。"这个人回到兖州，听说巩道人已经死了，不敢告诉鲁王书的事，尚秀才就代替他把书带给鲁王。鲁王打开一看，果然是巩道人借的书。鲁王怀疑巩道人没死，把他的坟挖开，棺材里面果然是空的。后来尚秀才的大儿子很年轻就死了，多亏还有秀生延续血脉，所以更加佩服巩道人有先见之明。

原文

异史氏曰：袖里乾坤，古人之寓言耳，岂真有之耶？抑何其奇也！中有天地，有日月，可以娶妻生子，而又无催科之苦，人事之烦，则袖中虮虱，何殊桃源鸡犬哉！设容人常住，老于是乡可耳。

○催科：催租。科，法规刑律。

○桃源：指陶渊明在《桃花源诗并记》中所描写的世外仙境。

译文

异史氏说：袖里乾坤，只是古人想象出来的，怎么会确有此事呢？然而这样的事又是多么奇幻啊！袖中有天地、日月，还能娶妻生子，同时还不用受催缴租税之苦，没有人与人之间的烦扰，而袖子里的虮子和虱子，又跟桃花源中的鸡狗有什么不一样呢！如果能让人经常住在里面，住到老死也是可以的。

【二商】

原文

莒人商姓者，兄富而弟贫，邻垣而居。康熙间，岁大凶，弟朝夕不自给。一日，日向午，尚未举火，枵腹蹀躞，无以为计。妻令往告兄，商曰："无益。脱兄怜我贫也，当早有以处此矣。"妻固强之，商便使其子往。少顷，空手而返。商曰："何如哉！"妻详问阿伯云何。子曰："伯踌躇目视伯母，伯母告我曰：'兄弟析居，有饭各食，谁复能相顾也。'"夫妻无言，暂以残盎败榻，少易糠秕而生。

○莒：古邑名。位于山东东南部，在今山东莒县。

○邻垣而居：隔着墙住着的邻居。垣，墙。

○枵（xiāo）腹蹀（dié）躞：饿着肚子来回徘徊。枵，空。蹀躞，小步徘徊。

○脱：假使，万一。

○析居：分家。析，分。

○残盎：指无用的坛坛罐罐。盎，一种腹大口小的盛器。败榻：破床。指破烂家具。

译文

莒县有户人家姓商，家里有兄弟俩，哥哥家有钱，弟弟家很穷，兄弟俩隔墙住着。康熙年间，赶上灾荒，弟弟家到了连饭都吃不上的地步。一天，都过了晌午了，弟弟家还没生火做饭，饿得两眼昏花，走来走去，也想不出能去哪儿弄点儿吃的。妻子让他去找哥哥，二商说："没有用的。如果哥哥可怜咱们穷的话，早就给我们送吃的来了。"妻子一定要丈夫去找大商，二商没办法，就让他儿子去了。没一会儿，儿子空手回来了。二商说："怎么样！"妻子就仔细盘问儿子，大伯都说了什么。儿子说："大伯犹犹豫豫地看着伯母，伯母告诉我：'兄弟既然分家了，都是自家饭自家吃，哪能顾得上别人呢。'"二商两口子相顾无言，只能用家里的破家具换点糠秕来充饥。

原文

里中三四恶少，窥大商饶足，夜逾垣入。夫妻惊寤，鸣盥器而号。

○饶足：富足。

○惊寤：惊醒。

邻人共嫉之，无援者。不得已，疾呼二商。商闻嫂鸣，欲趋救。妻止之，大声对嫂曰："兄弟析居，有祸各受，谁复能相顾也！"俄，盗破扉，执大商及妇，炮烙之，呼声綦惨。二商曰："彼固无情，焉有坐视兄死而不救者！"率子越垣，大声疾呼。二商父子故武勇，人所畏惧，又恐惊致他援，盗乃去。视兄嫂，两股焦灼，扶榻上，招集婢仆，乃归。

○炮烙：古代的一种酷刑。此指用烧红的铁器炙烙。

○綦（qí）：极，很。

译文

村里有几个地痞无赖，眼馋大商家的财富，半夜翻墙进了大商家。大商两口子从熟睡中惊醒，敲响盆子大声呼喊。大商夫妇平时对邻居很吝啬，邻居们都很嫉恨他家，因此没人来帮忙。没办法，他们只好大声呼喊二商。二商听见嫂子的喊声，正准备赶紧去救哥嫂时妻子拦住了他，并大声对嫂子喊道："兄弟既然分开住了，谁的灾祸谁自己受，哪能顾得上别人呢。"不一会儿，那几个强盗就砸破了门，把大商夫妇捆起来，用烧红的铁烙他们，二人的叫声凄惨无比。二商对妻子说："大哥他们尽管无情无义，我也不能眼睁睁看着自己的哥哥要死而不去救！"二商带着儿子翻过院墙，大声叫喊。二商父子武艺高强，所以人们有些害怕，强盗们又怕他们的喊声引来其他人，所以赶紧跑了。二商到屋里一看，兄嫂二人的腿都被烙焦了，赶紧把他们扶到榻上躺下，把婢女和仆人都召集过来服侍，然后才回家。

原文

大商虽被创，而金帛无所亡失，谓妻曰："今所遗留，悉出弟赐，宜分给之。"妻曰："汝有好兄弟，不受此苦矣！"商乃不言。二商家绝食，谓

○绝食：断炊。

兄必有以报，久之，寂不闻。妇不能待，使子捉囊往从贷，得斗粟而返。妇怒其少，欲反之，二商止之。逾两月，贫馁愈不可支。二商曰：“今无术可以谋生，不如鬻宅于兄。兄恐我他去，或不受券而恤焉，未可知。纵或不然，得十余金，亦可存活。”妻以为然，遣子操券诣大商。大商告之妇，且曰：“弟即不仁，我手足也。彼去则我孤立，不如反其券而周之。”妻曰：“不然。彼言去，挟我也，果尔，则适堕其谋。世间无兄弟者，便都死却耶！我高葺墙垣，亦足自固。不如受其券，从所适，亦可以广吾宅。”计定，令二商押署券尾，付直而去。二商于是徙居邻村。

○贷：借贷。

○馁（něi）：饥饿。

○不受券：不接受宅契。券，契约。

○葺（qì）：原指用茅草覆盖房子，后泛指修理房屋。

○押署券尾：在卖契上签字画押。券尾，指卖契的末下端。

译文

大商虽然身体受伤，钱财却没少，就跟妻子说：“这次能保住这些钱财，全都是我弟弟的功劳，应该分给他一部分。”妻子说：“你要是真有个好弟弟，也不用受这些罪了！”大商又不敢说话了。二商家一点儿吃的都没有了，本指望大商感念救命之恩，会帮助自己，谁知过了很久，一点儿动静也没有。二商的妻子耐不住了，就让儿子拿着袋子去大商家借粮，儿子只带了一斗粟回来。二商的妻子嫌少，气得要把这些粮食送回去，二商制止了她。又过了两个月，二商家饿得都快撑不住了。二商说：“我也没有什么谋生的本事，要不把房子卖给哥哥。哥哥也许担心我离他而去，只给我们钱而不要房契，也不是没有可能。实在不行，卖房子能得十余两银子，也能活下来。”妻子只能同意，让儿子拿着房契去了大商家。大商把这件事告诉了妻子，并且跟她说：“就算弟弟之前做得不对，我们毕竟是手足。他要是走了，我们在这个村就孤立无援了，不如把房契还给他们，给点儿钱帮他们渡过难关。”妻子说：“那不行。他们说要走，这是威胁我们，如果顺了他们的意，正好中了他们的计谋。世上那么多没有兄弟的人，难道都死了吗！我把院墙修得高高的，也能自卫。我认为应该收下房契，他想去哪儿就去哪儿，那块地基正好让我们扩建房子。”他们商定以后，就让二商在卖房契上签字画押，大商也把钱给了他们。二商一家没办法，只得到相邻的村里去住了。

原文

乡中不逞之徒，闻二商去，又攻之。复执大商，搒楚并兼，梏毒惨至，所有金赀，悉以赎命。盗临去，开廪呼村中贫者，恣所取，顷刻都尽。次日，二商始闻，及奔视，则兄已昏愦不能语，开目见弟，但以手抓床席而已。少顷遂死。二商忿诉邑宰。盗首逃窜，莫可缉获。盗粟者百余人，皆里中贫民，州守亦莫如何。大商遗幼子，才五岁，家既贫，往往自投叔所，数日不归，送之归，则啼不止。二商妇颇不加青眼。二商曰：“渠父不义，其子何罪？”因市蒸饼数枚，自送之。过数日，又避妻子，阴负斗粟于嫂，使养儿。如此以为常。又数年，大商卖其田宅，母得直，足自给，二商乃不复至。

○不逞之徒：为非作歹的人。

○搒楚：拷打。

○梏毒：用毒刑折磨。

○廪（lǐn）：米仓。

○州守：知州，州的主管官员。莫如何：无可奈何。

○不加青眼：翻白眼，不喜爱。青眼，与白眼相对，指喜爱，欣赏。据《晋书·阮籍传》，阮籍能作“青白眼”：两眼正视，露出虹膜，则为青眼，以看他尊敬的人；两眼斜视，露出眼白，则为白眼，以看他不喜欢的人。

译文

村里的地痞流氓，听说二商搬走了，又去大商家抢劫。他们把大商捆起来，严刑拷打，各种酷刑轮流用上。为了保命，大商把家的金银财宝都给了这些强盗。强盗们临走的时候，把他家的米仓打开，并招呼村里的穷人想拿多少就拿多少，米仓没一会儿就空了。第二天，二商听说哥哥家被抢了，连忙赶回来，大商已经奄奄一息说不出话来，睁开眼睛看见弟弟，也只能用手挠床上的席子，没一会儿就咽气了。二商气愤地到衙门告状，但是强盗头子已经逃了，衙门也抓不到人。偷大商家粮食的有一百多人，都是村里的穷人，知州也奈何不得他们。大商留下一个幼小的儿子，只有五岁，家里遭了变故以后，就总是往二商家跑，好几天都不回家，二商把他送回去，他就哭个不停。二商的妻子对此很不满，二商跟她商量："是做父亲的不仁义，孩子有什么罪过呢？"二商买了好些蒸饼，把孩子送回去了。过了几天，又背着妻儿，背了一斗粟给嫂子，让她抚养儿子。后来他也经常这样做。又过了几年，大商的妻子把田地和房子都卖了，所得的钱够他们生活，二商才不再接济他们母子。

原文

后岁大饥，道殣相望，二商食指益繁，不能他顾。侄年十五，荏弱不能操业，使携篮从兄货胡饼。一夜，梦兄至，颜色惨戚曰："余惑于妇言，遂失手足之义。弟不念前嫌，增我汗羞。所卖故宅，今尚空闲，宜僦居之。屋后蓬颗下，藏有窖金，发之，可以小阜。使丑儿相从，长舌妇余甚恨之，勿顾也。"既醒，异之。以重直啖第主，始得就，果发得五百金。从此弃贱业，使兄弟设肆廛间。侄颇慧，记算无讹，又诚悫，凡出入，一锱铢必告。二商益爱之。一日，泣为母请粟。商妻欲勿与，二商念其孝，按月廪给之。数年家益富。大商妇病死，二商亦老，乃析侄，家赀割半与之。

○道殣(jìn)相望：路上饿死的人，到处可见。殣，饿死。

○操业：干活。

○胡饼：芝麻烧饼。胡，胡麻，即芝麻，相传由张骞从西域传入，故称。

○僦(jiù)：租赁。

○蓬颗：长有蓬草的土块。

○阜：盛，多。

○重直：重金。啖：以利益诱人。

○设肆廛(chán)间：在街市上开个店铺。廛，商业区。

○悫(què)：忠厚。

○出入：支出与收入。锱铢：锱和铢都是古代微小重量单位。这里指极少量的钱财。

○请粟：乞粮。请，乞求。

○廪给：泛指钱粮衣物等。

译文

有一年闹饥荒，路上随处可见饿死的人，二商家添了几口人吃饭，也顾不上别人了。二商的侄子这年十五岁，身体很弱，干不了重体力活，就提着篮子跟二商的儿子卖烧饼。一天晚上，二商梦到哥哥来了，脸色悲苦地说：“我听信妇人的话，以至于失了手足情义。弟弟你不计前嫌照顾我的妻儿，让我更加汗颜。之前卖掉的老宅，到现在还空着，你们赶快租来搬进去住吧。房后长有蓬草的土块底下的地窖里，藏有一些钱，把它挖出来，可以做个小买卖。你只要把我那个不成器的儿子带上就行了，至于那个让我恨之入骨的长舌妇，就不要管她了。”二商醒来以后，觉得奇怪。于是花重金把老宅租了过来，住进去没多久，果然挖出了五百两金子。拿到了钱，就不让两兄弟卖烧饼了，给他俩在街上开了个店。大商的儿子聪慧，记账算账从无差错，又老实忠厚，哪怕有一文钱对不上，也告诉二商。二商更加喜爱他了。有一天，侄子哭着求二商给他母亲一些粮食。二商的妻子不想给，二商顾念侄子一片孝心，决定每月给嫂子一些钱粮衣物。数年之后，二商家更加富有。大商的妻子得病死了，二商也老了，就跟侄子分了家，把一半家产给了他。

原文

异史氏曰：闻大商一介不轻取与，亦狷洁自好者也。然妇言是听，愦愦不置一辞，恝情骨肉，卒以吝死。呜呼！亦何怪哉！二商以贫始，以素封终。为人何所长？但不甚遵阃教耳。呜呼！一行不同，而人品遂异。

○一介：轻微。

○狷（juàn）洁自好：耿直安分，洁身自好。狷，耿直。

○愦愦：昏聩的样子。

○恝（jiá）情骨肉：对骨肉兄弟漠不关心。恝，冷漠，无动于衷。

○吝：吝啬。

○遵阃（kǔn）教：听老婆话。阃，阃闱，妇女所居的内室，借指妇人、妻子。

译文

异史氏说：听说大商从不轻易收取或给予他人东西，也耿直安分、洁身自好，但对老婆则是言听计从，唯唯诺诺不敢多说，以致对自己的亲兄弟漠不关心，最终因吝啬而死。哎呀，这有什么好奇怪的呢！二商开始时很穷，最后却得享富贵。他有什么过人之处吗？不过是没那么听老婆的话罢了。哎呀，一旦行为上有差别，整个人品都不一样了。

【沂水秀才】

原文

沂水某秀才，课业山中。夜有二美人入，含笑不言，各以长袖拂榻，相将坐，衣耎无声。少间，一美人起，以白绫巾展几上，上有草书三四行，亦未尝审其何词。一美人置白金一铤，可三四两许，秀才掇内袖中。美人取巾，握手笑出，曰："俗不可耐！"秀才扪金，则乌有矣。丽人在坐，投以芳泽，置不顾，而金是取，是乞儿相也，尚可耐哉！狐子可儿，雅态可想。

○课业：学业，学习。

○相将：相随，相伴。

○耎（ruǎn）：同"软"。

○铤（dìng）：量词。用于金银及墨。

○掇（duó）内袖中：拾取放入袖中。内，通"纳"。

○扪：抚摸。

○乌有：没有。

○芳泽：本指妇女润发的香油。这里指美人题字的白绫巾。

○可儿：可爱的人。

译文

沂水县有个秀才，在山里读书。有天夜里两个美人进入秀才的房里，面带微笑但不说话，各自用长长的衣袖拂了床榻，轻轻地坐下了，衣料没发出一点儿声音。不一会儿，一个美人起身，把一块白绫手帕放在桌上展开，上面有三四行草书，秀才没仔细看写的是什么字。另一个美人在桌上面放了一块银子，有三四两重，秀才立刻拿起银子塞进衣袖。美人拿起手帕，两人手拉手笑着出了屋，说："俗不可耐！"秀才伸手到衣袖里掏银子，什么也没有了。美人坐在身旁，明示自己的情意，竟然置之不理，却拿走银子，真是一副讨饭的样子，怎么能让人忍受呢！狐仙娇媚可爱，美好的样子可以想见。

原文

友人言此，并思不可耐事，附志之：对酸俗客；市井人作文语；富贵态状；秀才装名士；旁观谄态；信口谎言不倦；揖坐苦让

○市井人：指商人。市井，做买卖的街市。文语：文雅的话。

○酸俗：迂腐庸俗。

○揖坐苦让上下：在座次上苦苦地互相谦让。

上下；歪诗文强人观听；财奴哭穷；醉人歪缠；作满洲调；体气若逼人语；市井恶谑；任憨儿登筵抓肴果；假人余威装模样；歪科甲谈诗文；语次频称贵戚。

○作满洲调：谓汉人模仿满洲人的腔调说官话。

○体气若逼人语：谓身有狐臭，却死死地挨近人说话。体气，此处指狐臭。

○恶谑（xuè）：开恶意的玩笑。

○歪科甲：指无才俸进的陋劣文人。歪，不正。科甲，指科甲出身的人。

○语次：谈话之间。

译文

朋友说起这件事，我也想起了一些让人难以忍受的事，附在后面记下：面对迂腐庸俗的客人；做生意的商人满嘴之乎者也；显摆自己富贵的样子；酸腐秀才假装名人；看见谄媚丑态；谎话连篇；座席上苦让上下位；诗文不通还强迫别人听；守财奴哭穷；醉鬼对人胡搅蛮缠；汉人说满语；有狐臭却挨着人说话；市井人开恶意的玩笑；听任孩子爬到宴席上抓菜肴和瓜果；狐假虎威；无才的落第者谈论诗文；话语里总是提及“我那有钱的亲戚”。

课业

课业，原指学业和功课，在古代也与科举制度相关。科举制度下，考生必须通过研习经史子集等儒家经典并进行考试，以课业为基础，逐级晋升。课业成果直接决定了考生在科举中的表现，关系到其仕途前景。古代书院和私塾中的课业便是为科举考试做准备的重要内容。

【梅女】

原文

封云亭，太行人。偶至郡，昼卧寓屋。时年少丧偶，岑寂之下，颇有所思。凝视间，见墙上有女子影，依稀如画，念必意想所致。而久之不动，亦不灭，异之。起视转真，再近之，俨然少女，容蹙舌伸，索环秀领。惊顾未已，冉冉欲下。知为缢鬼，然以白昼壮胆，不大畏怯，语曰："娘子如有奇冤，小生可以极力。"影居然下，曰："萍水之人，何敢遽以重务浼君子？但泉下槁骸，舌不得缩，索不得除，求断屋梁而焚之，恩同山岳矣。"诺之，遂灭。呼主人来，问所见。主人言："此十年前梅氏故宅，夜有小偷入室，为梅所执，送诣典史。典史受盗钱三百，诬其女与通，将拘审验。女闻自经。后梅夫妻相继卒，宅归于余。客往往见怪异，而无术可以靖之。"封以鬼言告主人。计毁舍易楹，费不赀，故难之，封乃协力助作。

○太行（háng）：山名。在山西高原与河北平原之间。这里指太行山地区。

○郡：郡城，郡治所在地。此处指作者所在的济南府。

○岑寂：冷清，寂寞。

○极力：尽力，竭力。

○遽（jù）：仓促，迅速。浼（meǐ）：恳托。

○萍水之人：偶然相遇的人。浮萍随水，漂泊无定，因此用以比喻偶然相遇。

○典史：掌管缉捕和监狱的官员，无品阶。

○靖：平息。

○楹：楹柱。

○费不赀：费用太多。不赀，不可计量。

译文

封云亭为太行人氏，偶然来到了郡城，白天在旅馆歇息。由于年少就失去了妻子，深感孤单寂寞，想念起了亡妻。正当他凝神之时，看见墙上隐约有一个女子的身影，像一张画，看不真切，他怀疑是自己沉溺于思念而看花了眼。过了很久，那个身影一动不动，也没有消失，封云亭感到很奇怪。他起身仔细地观看，像是真的人影，再走近一些，原来是个少女，苦着一张脸，伸出舌头，绳索套在脖子上。封云亭惊魂未定，发现那个女子好像要从墙上下来，这才知道原来是个吊死鬼，因为现在是白天，没那么害怕，他就壮着胆子说：“小娘子如果有大冤情，请告诉我，小生一定全力以赴。”刚说完，影子竟然走下来了，说：“你我萍水相逢，怎么敢把这样的大事托付给你呢？但我在九泉之下的尸骨，舌头缩不回来，脖子上的绳索解不下来，恳请你把这间屋子的房梁砍断后烧掉，对我而言就是恩重如山了。”封云亭答应了，身影就消失了。封云亭把屋主人请过来，把自己的所见所闻告诉了他，问他是怎么回事。屋主人说：“这屋子十年前是梅家的老宅，有天夜里有个小偷翻墙进来偷东西，被梅家人抓住，捆到典史那里。谁知道典史拿了盗贼的三百文钱，诬陷梅家女儿跟盗贼私通，还要将她抓起来开堂审问。梅女受不了这等冤枉，上吊而亡。梅氏夫妻后来相继离世，这个宅子就归我所有了。住在这里的客人很多都见过诡异之事，但没有办法解决。”封云亭就把梅女说的方法告诉了他。房主人盘算着，把房子换根房梁，可能花钱不少，所以有些为难，封云亭就出了一部分钱把房屋翻新。

原文

既就而复居之。梅女夜至，展谢已，喜气充溢，姿态嫣然。封爱悦之，欲与为欢。瞒然而惭曰：“阴惨之气，非但不为君利，若此之为，则生前之垢，西江不可濯矣。会合有时，今日尚未。”问：“何时？”但笑不言。封问：“饮乎？”答曰：“不饮。”封曰：“对佳人，闷眼相看，亦复何味？”女曰：“妾生平戏技，惟谙打马。但两人寥落，夜深又苦无局。今长夜莫遣，聊与君为交线之戏。”封从之。促膝戟指，翻变良久，封迷乱不知所从，女辄口道而颐指之，愈出愈幻，不穷于术。封笑曰：“此闺房之绝技也。”女曰：“此妾自悟，但有双

○瞒然：惭愧的样子。

○生前之垢：指典史诬陷之辱。垢，污，耻辱。

○西江：西来之江，指长江。濯：洗涤。

○打马：双陆游戏。双陆棋子称马，故其游戏也称打马，是古时流行的类似棋类的博戏。

○局：棋盘。

○交线之戏：俗称翻线。一人架线于双手手指，线股对称成双；另一人接过，翻成另一花样；如此轮换翻弄，花样变化不尽。

○戟指：双手食指和拇指伸直，如戟形，用以架线。

○口道：口中讲说。颐指：颔示指点。颐，下颌。

线，即可成文，人自不之察耳。”更阑颇怠，强使就寝，曰：“我阴人

○文：文采，纹理。指翻线的花样。

不寐，请自休。妾少解按摩之术，愿尽技能，以侑清梦。”封从其

○侑：助。清梦：雅梦。对别人睡眠的敬称。

请。女叠掌为之轻按，自顶及踵皆遍，手所经，骨若醉。既而握指

○踵：脚后跟。

细擂，如以团絮相触状，体畅舒不可言。擂至腰，口目皆慵；至股，则沉沉睡去矣。及醒，日已向午，觉骨节轻和，殊于往日。心益爱慕，绕屋而呼之，并无响应。

译文

房子建好后封云亭还住在这里。一天夜里梅女前来，向封云亭道谢，喜气洋洋，姿态优雅。封云亭一见就爱上了她，想跟她欢好。梅女不好意思地说：“我身上阴气太重，对你不利。如果我这样做了，那我生前所受的羞辱，就是跳进西江也洗不清了。我们会有结合的时候，只是现在不行。”封云亭问：“那是什么时候？”梅女笑而不语。封云亭又问：“你喝酒吗？”梅女说：“不喝。”封云亭说：“美人坐在面前，只能干巴巴地看着，这有什么趣味？”梅女说：“我生平对于游戏，只熟悉打马。但两个人玩又没趣儿，夜深又找不到棋盘。如今长夜漫漫，我们来玩翻线的游戏吧。”封云亭同意了。两人促膝坐下，伸开手指，翻了很久，翻出很多花样，封云亭眼花缭乱，无所适从，梅女一边跟他说一边用下巴指点他，越翻越奇，变化无穷。封云亭笑着说：“这真是闺房的绝技。”梅女说：“这是我自己琢磨出来的，只要有两股线，就可以做出万千变化，只是其他人没有用心观察罢了。”就这样到了深夜，封云亭觉得很疲倦，非要梅女跟他一起睡，梅女说：“我是阴间的人，不需要睡觉，你自己睡吧。我略懂点儿按摩的技法，愿意尽我所能，帮你睡个好觉。”封云亭就让她给自己按摩。梅女将手掌叠起来轻轻地按，从头顶到脚后跟给他都按了一遍，手经过的地方，骨头像酥了一样。接着她又把手指握成拳轻轻捶，像是一团棉絮捶到身上，封云亭身体舒服得无法用语言来形容。捶到腰，他的嘴和眼睛都不想张开；捶到大腿，他就沉沉地睡去了。封云亭一觉睡到第二天晌午，睁开眼，觉得浑身骨节松快，跟往日大不一样。心里对梅女充满了爱慕之情，满屋子喊她，但是没人回应。

原文

日夕，女始至。封曰：“卿居何所，使我呼欲遍？”曰：“鬼无常所，要在地下。”问：“地下有隙，可容身乎？”曰：“鬼不见地，犹鱼不见水也。”封握腕曰：“使卿而活，当破产购致之。”女笑曰：“无须破产。”戏至半夜，封苦逼之。女曰：“君勿缠我。有浙娼爱卿者，新寓北邻，颇极风致。明夕，招与俱来，聊以自代，若何？”封允之。次夕，果与一少妇同至，年近三十已来，眉目流转，隐含荡意。三人狎坐，打马为戏。局终，女起曰：“嘉会方殷，我且去。”封欲挽之，飘然已逝。两人登榻，于飞甚乐。诘其家世，则含糊不以尽道，但曰：“郎如爱妾，当以指弹北壁，微呼曰壶卢子，即至。三呼不应，可知不暇，勿更招也。”天晓，入北壁隙中而去。次日，女来。封问爱卿，女曰：“被高公子招去侑酒，以故不得来。”因而翦烛共话。女每欲有所言，吻已启而辄止。固诘之，终不肯言，欷歔而已。封强与作戏，四漏始去。自此二女频来，笑声常彻宵旦，因而城社悉闻。

○嘉会方殷：聚会正欢乐的时候。

○于飞：比翼而飞。以喻男女欢会，两情相悦。

○暇：空闲，闲暇。

○翦烛共话：灯下闲谈。翦烛，剪去烛花，使烛光明亮。

○四漏：四更。

译文

到了太阳落山之时，梅女才又到封云亭这里。封云亭说：“你住在哪里呀，我到处喊都找不到你？”梅女说：“鬼没有固定的住所，但必须在地下。”封云亭说：

"地下有能让你住在里面的缝隙吗?"梅女说;"鬼的眼里是没有地的,就像鱼看不见水一样。"封云亭握着梅女的手腕说:"如果你能活过来,倾家荡产我也要娶你。"梅女笑着说:"倒也不用倾家荡产。"两人嬉戏到半夜,封云亭苦苦哀求梅女留下来过夜。梅女说:"你不要缠着我了。有个叫爱卿的浙江妓女,最近搬到我的北边住,很有风韵。明天晚上,我和她一起过来,让她代替我陪你,你觉得怎么样?"封云亭同意了。第二天晚上,梅女果然和一个少妇一起过来,她看起来有三十多岁,眼角眉梢光波流转,神态颇为放荡。三个人坐在一起,玩起了打马游戏。一局终了,梅女起身说:"聚会正是热闹的时候,我该走了。"封云亭正准备挽留她,她已经飘然远去了。封云亭和爱卿相携回到床上,共享男女之乐。封云亭问起爱卿的家世,爱卿闪烁其词不肯细说,只说:"你如果真的喜爱我,用手指敲北边的墙壁,小声喊'壶卢子',我就来了。要是叫了三声我都没来,那就是不得空,就不要喊了。"天亮时,爱卿钻进北边墙壁里去了。第二天,梅女一个人来了。封云亭问爱卿怎么没来,梅女说:"她被高公子叫去陪酒了,所以来不了。"两个人在烛光下说话。梅女像是有话要说,但总是欲言又止。封云亭再三问她,就是不肯说,只是唏嘘不已。封云亭勉强拉着她玩游戏,直到四更天她才离去。从此以后梅女和爱卿频频前来,欢声笑语通宵达旦,因此城里的人都知道了这件事。

原文

典史某,亦浙之世族,嫡室以私仆被黜。继娶顾氏,深相爱好,期月殀殂,心甚悼之。闻封有灵鬼,欲以问冥世之缘,遂跨马造封。封初不肯承,某力求不已。封设筵与坐,诺为招鬼妓。日及曛,叩壁而呼,三声未已,爱卿即入。举头见客,色变欲走,封以身横阻之。某审视,大怒,投以巨碗,溘然而灭。封大惊,不解其故,方将致诘。俄暗室中一老妪出,大骂曰:"贪鄙贼!坏我家钱树子!三十贯索要偿也!"以杖击某,中颅。某抱首而哀曰:"此顾氏,我妻也。少年而

○浙:浙江。
○私仆:与仆人私通。黜:此指休弃。
○造:登门拜访。
○曛(xūn):黄昏,傍晚。
○溘(kè)然:忽然。
○钱树子:摇钱树。传说中的一种宝树,摇摇它就会落下金钱来。
○索要:须要。

殒，方切哀痛，不图为鬼不贞。于姥乎何与？”妪怒曰：“汝本浙江一无赖贼，买得条乌角带，鼻骨倒竖矣！汝居官有何黑白？袖有三百钱，便而翁也！神怒人怨，死期已迫，汝父母代哀冥司，愿以爱媳入青楼，代汝偿贪债，不知耶？”言已又击。某宛转哀鸣。方惊诧无从救解，旋见梅女自房中出，张目吐舌，颜色变异，近以长簪刺其耳。封惊极，以身障客，女愤不已。封劝曰：“某即有罪，倘死于寓所，则咎在小生。请少存投鼠之忌。”女乃曳妪曰：“暂假余息，为我顾封郎也。”某张皇鼠窜而去。至署，患脑痛，中夜遂毙。

○买得条乌角带：花钱买了个小小的官职。

○鼻骨倒竖：仰面朝天，指人傲气十足。

○投鼠之忌：以物投掷老鼠，应顾忌到砸坏老鼠所盘踞的器物。

○暂假余息：暂且留他一命。假，贷，宽容。余息，残存的气息。

○署：官署。

译文

有位典史，出身浙江世族大家，因为正妻跟仆人私通被休，续娶了顾氏，两人很相爱，但嫁给他一个月就去世了，典史时常想起她。他听说封云亭住的地方有灵鬼，就打算去问问阴间情缘之事，看自己和顾氏能否再续前缘，于是骑马前往封云亭处拜访。封云亭开始不愿意帮他去问，但典史苦苦哀求。封云亭只得设宴款待他，答应把鬼妓给他叫过来。天黑的时候，封云亭敲墙壁呼喊，还没喊完三声，爱卿就进来了。谁知她抬头一看，发现了典史，脸色立刻就变了，转头就要走，封云亭上前不让她走。典史仔细看了爱卿，勃然大怒，拿起一个大碗向她砸去，爱卿的身影突然就消失了。封云亭大吃一惊，不明白他为什么要这么做，正准备责问他，这时一个老太太从暗室里走出来，高声骂道：“贪婪下贱的狗贼！砸坏了我家的摇钱树！快拿三十贯钱来赔偿！”边说边用拐杖打典史，打中了他的头。典史抱着头哀号：“刚才这个女人是顾氏，是我的妻子。她年纪轻轻就死了，我正因为她感到悲痛，没想到她做了鬼竟然不守贞节。这跟你这个老太太有什么关系呀？”老太太怒气冲冲地说：“你原本是浙江一个无赖狗贼，花钱买了个小官，就拿鼻孔看起人来！你做官分什么是非黑白吗？给你三百钱，就成了你的老子了！天怒人怨，你的死期本来已经到了，你的爹娘向冥司哀求，情愿将你的妻子送入青楼，用以偿还你犯下的贪债，难道你不知道吗？”说完又用拐杖打他。典史被打得惨叫连连。封云亭惊异而无从下手解救典史，转而看见梅女从房中出来，气得瞪眼吐舌，脸色都变了，走近典史身边，拿起簪子刺到了他的耳朵。封云亭惊恐到极点，用自己的身体护住典史，梅女气愤不已。封云亭劝阻说：“这个人即使有罪，如果今天死在我的房内，那我就是杀人凶手。请你们看在我的面子上，别杀了他。”梅女这才拉着老太太说：“暂且饶他一命，不要把封郎牵扯进来。”典史连忙抱头鼠窜。到了衙门，头痛难忍，半夜时分就死了。

原文

次夜，女出笑曰：“痛快！恶气出矣！”问：“何仇怨？”女曰：“曩已言之：受贿诬奸，衔恨已久。每欲浼君，一为昭雪，自愧无纤毫之德，故将言而辄止。适闻纷拏，窃以伺听，不意其仇人也。”封讶曰：“此即诬卿者耶？”曰：“彼典史于此，十有八年，妾冤殁十六寒暑矣。”问：“妪为谁？”曰：“老娼也。”又问爱卿，曰：“卧病耳。”因輾然曰：“妾昔谓会合有期，今真不远矣。君尝愿破家相赎，犹记否？”封曰：“今日犹此心也。”女曰：“实告君：妾殁日，已投生延安展孝廉家。徒以大怨未伸，故迁延于是。请以新帛作鬼囊，俾妾得附君以往，就展氏求婚，计必允谐。”封虑势分悬殊，恐将不遂。女曰：“但去无忧。”封从其言。女嘱曰：“途中慎勿相唤。待合卺之夕，以囊挂新人首，急呼曰：‘勿忘勿忘！’”封诺之。才启囊，女跳身已入。

○纷拏（ná）：纷乱，纷攘。

○輾（chǎn）然：微笑的样子。

○势分：家势与身份。

译文

第二天晚上，梅女笑着出来说：“真痛快！我这口恶气终于出了！”封云亭问她：“你们之间有什么仇怨？”梅女说：“之前我告诉你说：有个小官收受别人的钱，污蔑我与人有奸情，我恨他很久了。每次想求你为我平反昭雪，但又自觉对你无半点恩德，所以总是欲言又止。当时正巧听到你房内吵吵嚷嚷，偷偷一听，没想到竟找到了仇人。”封云亭惊讶地问：“他就是那个诬陷你的人吗？”梅女说：“这个典史在此地做官有十八年了，我冤死也有十六年了。”封云亭又问：“那个老太太是谁？”梅女回答：“是个老鸨。”又问爱卿在哪儿，梅女说：“生病了，在卧床休息。”微笑着对封云亭说：“我之前说我们有一天会结合的，如今看起来已经不远了。你曾经说愿意倾家荡产娶我，还记得吗？”封云亭说：“现在我还是这么想。”梅女说：“实话跟你说：我死后，投胎到延安一户姓展的孝廉家里。由于大仇没报，所以拖延到现在还在这里。烦请你用一块新的棉布做一个装鬼的袋子，这样我就可以跟着你走，你到了延安就向展家提亲，他们肯定同意。”封云亭担心自己和展家门不当户不对，展家不会同意。梅女说：“你就放心去吧。”封云亭就按她说的做。梅女又嘱咐他：“在路上的时候千万不要叫我。等到洞房花烛夜，将这个袋子挂在新娘的头上，赶紧喊：‘勿忘勿忘！’”封云亭一一答应。他刚打开布袋，梅女就跳了进去。

原文

携至延安，访之，果有展孝廉，生一女，貌极端好，但病痴，又常以舌出唇外，类犬喘日。年十六岁，无问名者。父母忧念成瘖。封到门投刺，具通族阀。既退，托媒。展喜，赘封于家。女痴绝，不知为礼，使两婢扶曳归室。群婢既去，女解衿露乳，对封憨笑。封覆囊呼之，女停眸审顾，似有疑思。封笑曰：“卿不识小生耶？”举之囊而示之。女乃悟，急掩衿，喜共燕笑。诘旦，封入谒岳。展慰之曰：

○类犬喘日：像狗在烈日下伸出舌头喘息。

○问名：古代婚礼程序之一。这里指作媒，提亲。

○瘖（mèi）：因忧成病。

○投刺：递上名刺。刺，名片。

○燕笑：指闺房谈笑。

“痴女无知，既承青眷，君倘有意，家中慧婢不乏，仆不靳相赠。”封力辨其不痴，展疑之。无何，女至，举止皆佳，因大惊异。女但掩口微笑。展细诘之，女进退而惭于言，封为略述梗概。展大喜，爱悦逾于平时。使子大成与婿同学，供给丰备。年余，大成渐厌薄之，因而郎舅不相能，厮仆亦刻疵其短。展惑于浸润，礼稍懈。女觉之，谓封曰：“岳家不可久居，凡久居者，尽阘茸也。及今未大决裂，宜速归。”封然之，告展。展欲留女，女不可。父兄尽怒，不给舆马。女自出妆贳贳马归。后展招令归宁，女固辞不往。后封举孝廉，始通庆好。

○青眷：示好眷顾。青，青眼，喜爱。

○靳：吝惜。

○进退：犹豫为难的样子。

○厌薄：嫌恶鄙视。

○郎舅：男子与其妻兄弟的合称。不相能：不相容。

○刻疵其短：刻薄地诽谤他的短处。疵，指责，批评。

○浸润：日积月累的谮言，如水浸润。

○阘（tà）茸：指地位卑微或人品卑下猥琐。

○贳（shì）：租借。

译文

封云亭带着梅女到了延安，打听到延安果然有个展孝廉，有一个女儿，相貌端庄，但是痴痴傻傻的，还经常把舌头伸出嘴唇外，像狗在烈日下伸出舌头喘息。她今年十六岁，但是没人上门说亲。父母为此忧愁得都生病了。封云亭先到展家递上名帖，被请进门后说明了自己的家世。从展家出来，他就请媒人上门提亲。展孝廉很高兴，让封云亭入赘展家。新婚当天，展家女因为痴傻，不懂各种繁文缛节，最后被两个婢女扶到新房里。服侍的婢女都走了，展家女解开衣服露出双乳，对着封云亭憨憨地笑。封云亭把带来的布袋放在她头上呼唤“勿忘勿忘”，展家女定睛看着他，像是在疑惑。封云亭笑着说：“你不认识我了吗？”就把布袋举给她看。展家女突然醒悟过来，急忙掩上衣襟，两个人喜笑颜开地谈论起来。第二天一早，封云亭前去拜见岳丈。展孝廉安慰他说：“我的女儿痴傻无知，承蒙你不嫌弃，家中有几个聪慧的婢女，如果有你看得上的，我一定毫不吝啬地送给你。”封云亭极力辩解展家女不痴傻，展孝廉很是疑惑。

没多久，展家女也到了，行为举止端庄大方，展孝廉对她的变化惊异非常。展家女只是掩口微笑。展孝廉仔细盘问女儿，展家女犹犹豫豫说不出口，封云亭就把整件事大概说了一遍。展孝廉更高兴了，对女儿也更喜爱了。展孝廉让儿子大成和封云亭一起读书，衣食供应充足。过了一年多，大成对封云亭渐渐厌烦，对他也没之前亲厚，两人到了不能相容的地步，那些仆人也对封云亭说长道短。展孝廉也被周围的人影响，对封云亭不如从前。展家女察觉到之后，对封云亭说："岳丈家不能长久居住，凡是长住岳丈家的，都是地位卑微的人。现在事情还没到不能挽回的地步，我俩赶紧走吧。"封云亭同意了，就去告诉岳丈。展孝廉想让女儿留下来，女儿不肯。展孝廉父子都很生气，不给他们派车马。展家女用嫁妆雇辆马车回到封家。后来展孝廉还写信让女儿回娘家，女儿坚决不回。直到封云亭举孝廉，两家才开始走动。

原文

异史氏曰：官卑者愈贪，其常情然乎？三百诬奸，夜气之牿亡尽矣。夺嘉偶，入青楼，卒用暴死。吁！可畏哉！

○夜气之牿（gù）亡尽矣：指良心丧尽。牿亡，指因受物欲束缚而失去善念。

○卒：终于。用：因而。

译文

异史氏说：官越小越贪婪，这难道是人之常情吗？收了三百钱就诬陷别人通奸，真是丧尽天良。上天夺走他心爱妻子的性命，再让她在阴间当妓女，然后让他暴死。唉，这上天的报应真是可怕呀！

原文

康熙甲子，贝丘典史最贪诈，民咸怨之。忽其妻被狡者诱与偕亡。或代悬招状云："某官因自己不慎，走失夫人一名。身无余物，止有红绫七尺，包裹元宝一枚，翘边细纹，并无阙坏。"亦

○康熙甲子：康熙二十三年，即1684年。

○招状：寻人告示。

○阙坏：残缺。

风流之小报也。

◎报：这里指果报，惩罚。

译文

康熙甲子年间，贝丘一地有个典史最是贪婪狡诈，老百姓怨声载道。忽然他的妻子被一个狡诈的人引诱，拐骗走了。有人替他写了一则寻人告示：“有个官员由于自己不慎，夫人走丢了。身上没带多少物件，只有七尺红绫，包裹着一枚元宝，元宝翘边细纹，没有缺损。”也算是对这个风流典史的一个小报应吧。

打马

打马是中国古代的一种博戏，源于宋代，被称为“深闺雅戏”。据李清照《打马赋》记载，打马兴起后，其他博戏如樗蒲逐渐衰落。打马分为两种形式：一种称为“关西马”，以一将十马为玩法；另一种称为“依经马”，无将但有二十四马。其具体玩法如今已失传，但在古代文献中，打马被视为一种高雅的娱乐活动，尤其流行于女性群体中。

【郭秀才】

原文

东粤士人郭某，暮自友人归，入山迷路，窜榛莽中。更许，闻山头笑

○东粤：地区名。即今广东。　○榛（zhēn）莽：丛杂的草木。

语，急趋之。见十余人，藉地饮。望见郭，哄然曰："坐中正欠一客，

○藉地饮：坐在地上饮酒。

大佳，大佳！"郭既坐，见诸客半儒巾，便请指迷。一人笑曰："君

○半儒巾：一半是秀才。儒巾，古时儒生所戴的一种头巾。　○指迷：指点使不迷途。即请其指明前行的方向、道路。

真酸腐！舍此明月不赏，何求道路？"即飞一觥来。郭饮之，芳香射

○飞一觥（gōng）：递过来一杯酒。觥，古代酒杯。

鼻，一引遂尽。又一人持壶倾注。郭故善饮，又复奔驰吻燥，一举

○一引遂尽：端起酒杯就喝干了。引，持，举杯。　○吻燥：口渴。

十觞。众人大赞曰："豪哉！真吾友也！"

译文

广东有个姓郭的秀才，一天黄昏时从友人处回家，在山里迷了路，走到了一片树林里。一更的时候，听到山头处有笑声传来，连忙跑过去。看见十来个人，围坐在地上喝酒。他们看见郭秀才，全都大声说："这里正好缺一个客人，你就来了，太好了，太好了！"郭秀才只好坐下，看见这些人中有一半戴着儒巾，就请他们给他指路。其中一个人笑着说："你真是个酸腐的书生！舍弃这么好的月光不去欣赏，为什么要找回家的路呢？"立马递一杯酒过来。郭秀才接过喝了一口，香气扑鼻，于是一饮而尽。又有一个人拿着酒壶给他把酒杯倒满。郭秀才本身酒量就可以，又加上刚才奔走口干舌燥，一连喝了十杯酒。大家拍手称赞："真豪爽！真是我们的朋友啊！"

原文

郭放达喜谑，能学禽语，无不酷肖。离坐起溲，窃作燕子鸣。众疑

○溲（sōu）：小解。

曰："半夜何得此耶？"又效杜鹃，众益疑。郭坐，但笑不言。方纷议间，郭回首为鹦鹉鸣曰："郭秀才醉矣，送他归也！"众惊听，寂不复闻。少顷，又作之。既而悟其为郭，始大笑。皆撮口从学，无一能者。一人曰："可惜青娘子未至。"又一人曰："中秋还集于此，郭先生不可不来。"郭敬诺。一人起曰："客有绝技，我等亦献踏肩之戏，若何？"于是哗然并起。前一人挺身矗立，即有一人飞登肩上，亦矗立，累至四人，高不可登，继至者，攀肩踏臂，如缘梯状：十余人，顷刻都尽，望之可接霄汉。方惊顾间，挺然倒地，化为修道一线。

○缘：攀缘。

○修道：长长的道路。

译文

郭秀才为人豪放，喜欢开玩笑，能学鸟叫，叫起来惟妙惟肖。由于酒喝多了，他就起身离开去小解，偷偷地学燕子叫。大家很疑惑："深更半夜，哪里来的燕子叫？"郭秀才又学杜鹃叫，众人更加疑惑。郭秀才回来坐下，笑着没说话。大家正议论纷纷，郭秀才转过头去学鹦鹉说道："郭秀才喝醉了，送他回家吧！"众人听了很惊讶，都不作声，又听不见了。没一会儿，郭秀才又学鹦鹉说话。大家反应过来是郭秀才，大笑起来。众人都撮着嘴跟郭秀才学，没有一个人学得会。其中一个人说："可惜青娘子没来。"又一个人说："我们中秋节的时候还在这里相聚，郭先生可一定要来啊。"郭秀才恭敬地答应了。一个人站起来说："客人身怀绝技，我们也献上一出叠罗汉，各位觉得如何？"于是众人边说笑边站了起来。前面一人挺直身体站立，立刻有一个人飞跑到他的肩上，也站得笔直，就这样后一个人站在前一个人的肩膀上，到第四个人的时候，高到不能直接登上去了，接下来的人，攀着肩膀踩着手臂，像爬梯子一样登上去；十来个人，顷刻间全都叠起来，看着像跟天连接。郭秀才正惊讶地看的时候，这些人直挺挺地倒在地上，化成一条长长的道路。

原文

郭骇立良久，遵道得归。翼日，腹大痛，溺绿色，似铜青，着物能染，亦无溺气，三日乃已。往验故处，则肴骨狼藉，四围丛莽，并无道路。至中秋，郭欲赴约，朋友谏止之。设斗胆再往一会青娘子，必更有异。惜乎其见之摇也！

○遵道：沿着这条道路。遵，循，沿。

○见：识见，胆识。摇：动摇，不坚定。

译文

郭秀才吓傻了，站在那里很久都没动，然后就沿着这条路回到家中。第二天，他感觉腹痛难忍，小便是绿色的，像是铜锈那种绿，能把沾到的东西都染成绿色，也没有尿臊味，这种情况持续了三天。后来郭秀才到遇见那些人的地方查看，只见地上都是剩菜和骨头，一片狼藉，周围都是草丛和树林，根本就没有路。中秋节那天，郭秀才要去赴约，被朋友劝阻，没去。假如他胆子再大一些，前去见见青娘子，一定会看见更奇异的事。可惜他改了主意啊！

儒巾

儒巾是古代儒生所戴的一种头巾，是儒生身份的象征。在明代，儒巾被通称为方巾，作为生员或秀才的专用巾饰。儒巾代表了读书人的身份与儒学传统，佩戴者一般是通过科举考试、入学读书的士人，是儒家文化体系中的标志性服饰。

【死僧】

原文

某道士，云游日暮，投止野寺。见僧房扃闭，遂藉蒲团，趺坐廊下。夜既静，闻启阖声。旋见一僧来，浑身血污，目中若不见道士，道士亦若不见之。僧直入殿，登佛座，抱佛头而笑，久之乃去。及明，视室，门扃如故。怪之，入村道所见。众如寺，发扃验之，则僧杀死在地，室中席箧掀腾，知为盗劫。疑鬼笑有因，共验佛首，见脑后有微痕，刓之，内藏三十余金。遂用以葬之。

○云游：行踪无定。多指僧道四处漫游。
○野寺：荒废的寺庙。
○扃（jiōng）闭：关闭。扃，从外面关门的机关，如栓、钩等。
○蒲团：僧人用以坐禅及跪拜的一种蒲编圆垫。
○启阖（hé）：开门。阖，门扇。
○箧（qiè）：箱子一类的器具。
○刓（wán）：剜，用利刃抠出。

译文

有个道士，四处云游，有天天色已晚，就在一座废弃的寺庙里住下。只见僧房房门紧锁，就找到一个蒲团，打坐在门廊下。夜里，四处很安静，道士听见开门的声音。转眼看到一个僧人进来，身上都是血迹，像是没看见道士，道士也装作看不见他。僧人径直走进大殿，登上佛座，抱着佛头大笑，过了很久才离去。等到天亮，道士去看僧房，仍然是房门紧锁。道士感到奇怪，就把这件事告诉了附近村里的人。大家赶到寺庙，把僧房打开，发现僧人躺在地上，被人杀死了，房中的席子、箱子都被翻过，看来是盗贼前来抢劫。众人怀疑僧人抱佛头大笑事出有因，就一起查验佛头，看见佛头后面有细小的划痕，用刀挖开，发现里面藏有三十多两银子。人们就用这笔钱安葬了被杀的僧人。

原文

异史氏曰：谚有之："财连于命。"不虚哉！夫人俭啬封殖，以予所不知

○封殖：聚敛财货。殖，生利息。

谁何之人，亦已痴矣，况僧并不知谁何之人而无之哉！生不肯享，死犹顾而笑之，财奴之可叹如此。佛云：“一文将不去，惟有业随身。”其僧之谓夫！

①业：佛教名词，罪业，恶因。

译文

异史氏说：谚语有云，“钱财和命运相连。”不错啊！人们舍不得花钱而努力赚钱，最后这些钱财却不知道落入谁手，这已经很傻了，更何况僧人连接收财产的人都没有啊！生前舍不得用这些钱，死了还要看着钱笑，守财奴这样做真实让人感叹啊。佛说：“一文钱也带不走，只有罪孽随身带。”这说的就是那个僧人啊！

蒲团

蒲团是用蒲草编制的圆形坐垫，古代常用于打坐或礼佛之用，因其质地柔软、编织简便，广泛应用于佛教、道教的修行场所。修行者常盘腿坐于蒲团上进行禅修或诵经，是传统静修仪式中的重要道具。后来，蒲团也引申为安静沉思、冥想的象征。

【阿英】

原文

甘玉，字璧人，庐陵人。父母早丧。遗弟珏，字双璧，始五岁，从兄

○庐陵：郡名，治所在今江西吉安。

鞠养。玉性友爱，抚弟如子。后珏渐长，丰姿秀出，又惠能文。玉益

○鞠养：抚养。 ○秀出：秀美出众。

爱之，每曰："吾弟表表，不可以无良匹。"然简拔过刻，姻卒不就。

○表表：卓异，不同寻常。 ○简拔：选拔，挑选。简，选。刻，苛刻。

适读书匡山僧寺，夜初就枕，闻窗外有女子声。窥之，见三四女郎席

○匡山：位于今湖北武穴市，因山形似匡庐而名。

地坐，数婢陈肴酒，皆殊色也。一女曰："秦娘子，阿英何不来？"下

座者曰："昨自函谷来，被恶人伤右臂，不能同游，方用恨恨。"一女

○函谷：函谷关。 ○方用恨恨：正因此而感到非常遗憾。恨恨，非常遗憾。

曰："前宵一梦大恶，今犹汗悸。"下座者摇手曰："莫道莫道！今宵

姊妹欢会，言之吓人不快。"女笑曰："婢子何胆怯尔尔！便有虎狼衔去

○尔尔：表示轻视，不过如此。

耶？若要勿言，须歌一曲，为娘行侑酒。"女低吟曰：闲阶桃花取次开，

○娘行（háng）：女性复数的自称之词。娘，妇女的通称，多指青年妇女。 ○取次：随意，任意。

昨日踏青小约未应乖。付嘱东邻女伴少待莫相催，着得凤头鞋子即当

○踏青：春日郊游。小约：小小的约会。乖：违背，这里指爽约。

来。吟罢，一座无不叹赏。

译文

甘玉，字璧人，是庐陵人。父母很早就去世了，留下弟弟甘珏，字双璧，当时只有五岁，由哥哥甘玉抚养。甘玉性情友爱，像抚养儿子一样把弟弟养大。甘珏一年年长大，秀美出众，又聪明能作诗文。甘玉更加喜爱弟弟，经常对他说："我弟弟一表人才，不能不找个好媳妇。"然而由于选择的标准太过苛刻，一直也没说

到一门亲事。甘玉在匡山一座寺庙里读书，一天夜里刚睡下，听见窗外有女子说话的声音。偷偷往外看，看见三四个女子席地而坐，几个丫环摆放酒菜，她们都长得很漂亮。一个女子说："秦娘子，阿英怎么没来？"坐在下方的人说："她昨天从函谷关过来的时候，被恶人弄伤了右胳膊，不能跟大家一起玩，正为此感到遗憾呢。"一个女子说："前天我做了个噩梦，现在想起来还直冒冷汗。"坐在下方的人摆手说："不要说，不要说！今晚我们姐妹欢聚一堂，说下人的话让人心里不舒服。"刚才的女子说："你真是胆小如鼠！说了难道有虎狼把你叼走吗？要是不让我说，你就得唱一首曲子，给我们这些姐妹们助助酒兴。"女子低声唱道：

闲阶桃花取次开，昨日踏青小约未应乖。

付嘱东邻女伴少待莫相催，着得凤头鞋子即当来。

唱完，在座的都赞不绝口。

原文

谈笑间，忽一伟丈夫岸然自外入，鹘睛荧荧，其貌狞丑。众啼曰："妖至矣！"仓卒哄然，殆如鸟散。惟歌者婀娜不前，被执哀啼，强与支撑。丈夫吼怒，龁手断指，就便嚼食，女郎踣地若死。玉怜恻不可复忍，乃急袖剑拔关出，挥之，中股，股落，负痛逃去。扶女入室，面如尘土，血淋衿袖，验其手，则右拇断矣。裂帛代裹之。女始呻曰："拯命之德，将何以报？"玉自初窥时，心已隐为弟谋，因告以意。女曰："狼疾之人，不能操箕帚矣。当别为贤仲图之。"诘其姓氏，答言："秦氏。"玉乃展衾，俾暂休养，自乃襆被他所。晓而视之，则床已空，意其自归。而访察近村，殊少此姓；广托戚

○岸然：伟岸傲慢的样子。

○鹘睛：鹰样的眼睛。鹘，隼属动物，猛禽。荧荧：炯炯有神。

○婀娜：体态柔弱的样子。这里指行走摇曳不稳。

○支撑：抗拒。

○龁（hé）：咬。

○关：门闩。

○狼疾之人：指肢体残缺之人。

○操箕帚：操持家务。

○贤仲：令弟。仲，老二。

朋，并无确耗。归与弟言，悔恨若失。

○确耗：准确的消息。耗，信息。

译文

众人正在谈笑，忽然一个高大的男人傲慢地从外面进来，鹰一样的眼睛闪着精光，面貌狰狞丑陋。大家都哭喊着："妖怪来了！"瞬间大乱，作鸟兽散。只有唱歌的女子走路摇摇晃晃，落在后面，被妖怪抓住，一边大声哭喊，一边挣扎。妖怪怒吼一声，咬断了她的手指，接着就嚼着吃了，女子倒在地上，像是死了一般。甘玉看这个女子实在可怜，恻隐之心涌起，就拿起剑，打开门冲了出去，挥剑砍向妖怪，砍中妖怪的大腿，大腿掉落在地，妖怪痛得逃跑了。甘玉连忙把躺在地上的女子扶进屋里，女子面如死灰，衣襟和袖口都鲜血淋淋，查看她的手，右手拇指断了。甘玉撕了一块布把伤口包上。女子这才呻吟着说："你对我有救命之恩，我要怎么报答你呢？"甘玉从第一眼看见她，就打算让她嫁给弟弟，因此就把自己的想法告诉了她。女子说："我现在是身有残疾之人，不能操持家务了。我给你的弟弟另外找一个吧。"甘玉问她姓什么，回答说："姓秦。"甘玉把床铺好，让她暂且在这里休养，自己抱着被褥去别的地方睡了。等天亮回来一看，床上已经空了，甘玉以为她回家了。之后甘玉访查附近的村庄，基本上没有姓秦的人家；他又托亲戚朋友去问，也没有确切的消息。甘玉回家跟弟弟说起这件事，悔恨不已，像是丢了宝贝一样。

原文

珏一日偶游涂野，遇一二八女郎，姿致娟娟，顾之微笑，似将有言。

○涂野：旷野。涂，道路。

○姿致：风姿情态。娟娟：美好的样子。

因以秋波四顾而后问曰："君甘家二郎否？"曰："然。"曰："君家尊

○君家尊：令尊。

曾与妾有婚姻之约，何今日欲背前盟，另订秦家？"珏云："小生幼

○夙好：旧时亲友。

孤，夙好都不曾闻，请言族阀，归当问兄。"女曰："无须细道，但

○孤：幼年无父。有时也指失去父母。

得一言，妾当自至。"珏以未禀兄命为辞。女笑曰："呆郎君！遂如此

○玉音：您的回信。玉，尊敬对方之辞。

怕哥子耶？妾陆氏，居东山望村。三日内，当候玉音。"乃别而去。

译文

甘玨一天偶然到野外游玩，遇见一个十五六岁的女孩，身姿绰约，看着甘玨微笑，像是有话要说。她用忽闪忽闪的大眼睛向四周看了看，问道：“你是甘家二公子吗？”甘玨说：“是呀。”女孩说：“令尊曾经给你和我订过婚约，现今为什么背弃约定，要跟秦家订婚呢？”甘玨说：“我自幼父母双亡，连旧时的亲戚朋友我都没怎么见过，请告诉我你是何方人士，我好回去问问我的哥哥。”女孩说：“不用细说，只要你一句话，我自会去你家。”甘玨以没有跟哥哥说明情况为借口谢绝了。女孩笑着说：“你可真呆！就这么怕你哥哥吗？我姓陆，住在东山望村。三天之内，静候佳音。”说完就告辞离去。

原文

玨归，述诸兄嫂。兄曰：“此大谬语！父殁时，我二十余岁，倘有是说，那得不闻？”又以其独行旷野，遂与男儿交语，愈益鄙之。因问其貌。玨红彻面颈，不出一言。嫂笑曰：“想是佳人。”玉曰：“童子何辨妍媸？纵美，必不及秦，待秦氏不谐，图之未晚。”玨默而退。逾数日，玉在途，见一女子，零涕前行。垂鞭按辔而微睨之，人世殆无其匹。使仆诘焉。答曰：“我旧许甘家二郎，因家贫远徙，遂绝耗问。近方归，复闻郎家二三其德，背弃前盟。往问伯伯甘璧人，焉置妾也？”玉惊喜曰：“甘璧人，即我是也。先人曩约，实所不知。去家不远，请即归谋。”乃下骑授辔，步御以归。女自言：“小字阿英。家无昆季，惟外姊秦氏同居。”始悟丽者即其人也。玉

○妍：美。媸：丑。

○匹：匹敌。

○二三其德：三心二意。

○伯伯：大伯子，夫兄。

○昆季：弟兄。长者为昆，幼者为季。

○步御：步行御马。御，牵马。

○外姊：表姐。

欲告诸其家，女固止之。窃喜弟得佳妇，然恐其佻达招议。久之，

○佻达：轻浮，不庄重。招议：引起物议。

女殊矜庄，又娇婉善言。母事嫂，嫂亦雅爱慕之。

○矜庄：端庄。

译文

甘珏回到家里，跟哥嫂说了这件事。甘玉说："这是胡言乱语！父亲去世时，我已经二十多岁了，如果真有此事，我怎么没听说过？"又说这个姑娘孤身一人在野外行走，还跟男子交谈，甘玉更看不起她。甘玉问弟弟姑娘的样貌。甘珏满面通红，吭吭哧哧说不出一句话。嫂子笑着说："想必是个美人。"甘玉说："小孩子哪里分得清美丑？再美，也比不上秦氏，等秦氏的事没指望了，再考虑她也来得及。"甘珏默默地出去了。过了几天，甘玉正走在路上，看见一个女子，边哭边走。就停下鞭子按下马辔微微斜视她，女子貌若天仙，就让仆人上前去问她出了什么事。女子说："我之前被许配给甘家二公子，后来因为家里穷就搬到很远的地方住，两家就断了音讯。最近才搬回来，听说二公子家见异思迁，要背弃跟我的婚约。我要去问问大伯哥甘璧人，打算怎么安置我？"甘玉又惊又喜："我就是甘璧人啊。先父在世时定下的婚约，我们实在是不知情。这里离我家不远，请姑娘跟我回去商量这件事。"翻身下马，让女子骑在马上，自己在一旁走着往家去。女子说："我的乳名叫阿英，家里没有兄弟，只有表姐秦氏跟我同住。"甘玉这才明白弟弟遇见的美人就是阿英。甘玉想去阿英家说成婚之事，阿英一再劝阻。甘玉既高兴弟弟能得到这么漂亮的媳妇，又担心阿英行为出格招人非议。过了很长时间，阿英都是举止端庄，又娇媚，说话很得体，对待嫂子像母亲一样，嫂子也很喜欢她。

原文

值中秋，夫妻方狎宴，嫂招之。珏意怅惘。女遣招者先行，约以继至，而端坐笑言，良久殊无去志。珏恐嫂待久，故连促之。女但笑，卒不复去。质旦，晨妆甫竟，嫂自来抚问："夜来相对，何尔怏怏？"

○质对参差（cēn cī）：质询对不上，相互说话不一致。参差，不齐，指破绽。

○怏怏（yàng）：抑郁不快乐的样子。

女微哂之。珏觉有异，质对参差。嫂大骇："苟非妖物，何得有分身

术？”玉亦惧，隔帘而告之曰：“家世积德，曾无怨雠。如其妖也，请速行，幸勿杀吾弟！”女觍然曰：“妾本非人，只以阿翁夙盟，故秦家姊以此劝驾。自分不能育男女，尝欲辞去，所以恋恋者，为兄嫂待我不薄耳。今既见疑，请从此诀。”转眼化为鹦鹉，翩然逝矣。初，甘翁在时，蓄一鹦鹉甚慧，尝自投饵。时珏四五岁，问：“饲鸟何为？”父戏曰：“将以为汝妇。”间鹦鹉乏食，则呼珏云：“不将饵去，饿煞媳妇矣！”家人亦皆以此为戏。后断锁亡去。始悟旧约云即此也。然珏明知非人，而思之不置。嫂悬情尤切，旦夕啜泣。玉悔之而无如何。

○隔帘：在帘外，隔着帘子。封建礼俗男女有别，故甘玉在弟妇室外，隔帘相告。

○劝驾：劝人任职或做某事。此指劝促阿英去甘家完婚。

○诀：诀别，较长时间的相别或永别。

○投饵：喂食。投，送。

译文

中秋佳节，甘珏夫妇俩亲热地在一起喝酒，嫂子派人来叫阿英过去。甘珏觉得有些扫兴，阿英就让来人先走，自己一会儿就过去，但是仍然坐着和甘珏谈笑，过了很久都没有想去的意思。甘珏担心嫂子久等，连忙催促阿英前去。阿英只是笑笑，最后还是没过去。第二天天刚亮，阿英晨起刚梳妆打扮好，嫂子亲自前来关心地问：“昨天夜里你来了以后，我看你有些闷闷不乐，怎么了？”阿英只是微微一笑。甘珏忽然察觉事情有异，仔细回想了一下，和嫂子一对照，发现了破绽。嫂子大惊失色：“如果不是妖怪，为什么有分身术？”把这事告诉甘玉，甘玉也很害怕，隔着帘子对阿英说：“我家世代积德，从来不和人结仇怨。如果你是妖怪，赶紧从我家离开，千万不要伤害我的弟弟！”阿英面带歉意地说：“我原本不是人，只是你父亲之前订下婚约，所以秦家姐姐劝我前来完婚。我自知不能给相公生个一男半女。也想过离开，之所以恋恋不舍，是因为兄嫂待我很好。如今已经对我起了疑心，从此别过吧。”转眼间变成一只鹦鹉，翩然远去。原来，当初甘家老父还在世时，养了一只鹦鹉，很聪慧，经常亲自喂食。当时甘珏只有四五岁，问父亲："喂鸟做什么？"甘父戏谑地说："给你做媳妇。"有时鹦鹉没食吃了，甘父就叫甘珏："再不拿吃的过来，你的媳妇要饿死了！"家里人也都拿这个事开甘珏的玩笑。后来鹦鹉挣断锁链飞走了。几个人这才反应过来阿英所说的旧约就是指这段往事。但是甘珏明知道阿英不是人，还是很思念她。嫂子牵挂阿英的心情更为真切，不停地哭。甘玉懊悔不已，但也无可奈何。

原文

后二年，为弟聘姜氏女，意终不自得。有表兄为粤司李，玉往省之，久不归。适土寇为乱，近村里落，半为丘墟。珏大惧，率家人避山谷。山上男女颇杂，都不知其谁何。忽闻女子小语，绝类英。嫂促珏近验之，果英。珏喜极，捉臂不释。女乃谓同行者曰："姊且去，我望嫂嫂来。"既至，嫂望见悲哽。女慰劝再三，又谓："此非乐土。"因劝令归。众惧寇至，女固言："不妨。"乃相将俱归。女撮土拦户，嘱安居勿出，坐数语，反身欲去。嫂急握其腕，又令两婢捉左右足，女不得已，止焉。然不甚归私室，珏订之三四，始为之一往。

○粤：广东、广西地区，古为百粤之地，故名。司李：即司理，主管狱讼之官。

○乐土：安乐的地方。

○户：门。

译文

过了两年，甘玉给弟弟娶了姜氏，甘珏始终意难平。甘玉有个表哥在粤地当司理，甘玉前去看望他，去了很长时间还没回来。又遇上土匪流寇作乱，附近的村庄，多半成了废墟。甘珏很害怕，带着家人到山谷里避难。山谷里来避难的人很多，互相也都不认识。忽然听到一个女子小声说话，声音特别像阿英。嫂子催促甘珏前去看看，甘珏走近一看，果然是阿英。甘珏喜不自胜，紧紧抓住阿英的胳膊不舍得放开。阿英就跟同行的人说："姐姐先过去吧，我去看看嫂子就来。"阿英走到嫂子面前，嫂子看见她悲伤哽咽。阿英再三劝慰她，又说："这里也不是安稳之地。"劝他们回家去。大家害怕流寇去村里，阿英说："没事儿的。"众人这才回去。阿英撮了一些土放在门口，嘱咐大家安心待在家里不要出去，坐下来说了几句话，转身要走。嫂子急忙拉住她的手腕，又让两个婢女抓住她的双脚，不得已，阿英只能留下来。但是她不怎么去甘珏的房内，往往是甘珏请她三四次，她才去一次。

原文

嫂每谓新妇不能当叔意，女遂早起为姜理妆，梳竟，细匀铅黄，人视之，艳增数倍。如此三日，居然丽人。嫂奇之，因言："我又无子。欲购一妾，姑未遑暇。不知婢辈可涂泽否？"女曰："无人不可转移，但质美者易为力耳。"遂遍相诸婢，惟一黑丑者，有宜男相。乃唤与洗濯，已而以浓粉杂药末涂之。如是三日，面赤渐黄；四七日，脂泽沁入肌理，居然可观。日惟闭门作笑，并不计及兵火。一夜，噪声四起，举家不知所谋。俄闻门外人马鸣动，纷纷俱去。既明，始知村中焚掠殆尽，盗纵群队穷搜，凡伏匿岩穴者，悉被杀掳。遂益德女，目之以神。女忽谓嫂曰："妾此来，徒以嫂义难忘，聊分离乱之忧。阿伯行至，妾在此，如谚所云，非李非桃，可笑人也。我姑去，当乘间一相望耳。"嫂问："行人无恙乎？"曰："近

○叔：丈夫的弟弟。

○非李非桃：不伦不类。

中有大难。此无与他人事，秦家姊受恩奢，意必报之，固当无妨。”嫂挽之过宿，未明已去。

译文

嫂子经常跟阿英说甘珏对新娶的姜氏不满意，阿英就早起给姜氏梳妆，梳完头发，又细细地往她脸上涂匀脂粉，人们再看她，比过去艳丽了好几倍。这样过了三天，姜氏居然变成了一个美人。嫂子感觉很惊奇，对阿英说：“我没有儿子。准备给相公买个小妾，暂时没得空。不知道婢女用这个方法是不是也能变成美人呢？”阿英说：“用此法没有人不会变美，只不过底子好一点的变美会容易一些。”于是把家里的丫环都叫过来看相，只有一个又黑又丑的丫环有生儿子的面相。于是把她唤过来洗干净脸，然后用厚厚的脂粉掺上药末涂在脸上。这样涂了三天，面色由黑变成黄色；又过了三四天，脂粉的光泽沁入皮肤里，居然变得很好看了。甘家每天都紧闭大门在屋里跟平常一样说说笑笑，不去理会外面的祸患。一天夜里，吵嚷声四起，全家人都不知道怎么办才好。没多久听见门外人嚷马叫，应该是包围的人纷纷离开了。天亮以后，才知道村里房屋被烧，值钱的东西被劫掠一空，强盗们一群群地到处搜寻，凡是躲在山谷洞穴里的人，都被杀或者掳走了。甘家人于是更感激阿英，视她为神仙。一天，阿英忽然对嫂子说：“我这次前来，只是忘不了嫂子你对我的情义，暂时替你化解纷乱离别的忧愁。哥哥就要回来了，我留在这里，像俗话所说，非李非桃，会被人笑话的。我这就走了，有机会还会来看望你的。”嫂子问：“哥哥路上还好吧？”阿英说：“最近会有大难。但不关其他人的事，秦姐姐受过哥哥的大恩，必定会报答他的，因此哥哥不会有事的。”嫂子挽留阿英过夜，天没亮她就走了。

原文

玉自东粤归，闻乱，兼程进。途遇寇，主仆弃马，各以金束腰间，潜身丛棘中。一秦吉了，飞集棘上，展翼覆之。视其足，缺一指，

○兼程：以加倍速度赶路。

○秦吉了：鸟名。能学人言，类似鹦鹉，因产于秦中，故名。

心异之。俄而群盗四合，绕莽殆遍，似寻之。二人气不敢息。盗既散，鸟始翔去。既归，各道所见，始知秦吉了即所救丽者也。

译文

甘玉从广东回来，听说家乡发生了匪乱，日夜兼程。路上遇到了流寇，主仆二人舍弃马，各自把银子缠在腰间，藏进荆棘丛里。一只秦吉了落在他们藏身的荆棘丛上，展开翅膀盖住他们。甘玉看见秦吉了的脚少了一根脚趾，心里觉得奇怪。强盗很快从四面围上来，绕着荆棘丛搜寻了一遍，像是在找他们。甘玉二人大气都不敢出。等到强盗都走了，秦吉了才飞走。甘玉回到家，大家互相说了自己的遭遇，才知道秦吉了是之前所救的秦氏。

原文

后值玉他出不归，英必暮至，计玉将归而早出。珏或会于嫂所，间邀之，则诺而不赴。一夕，玉他往，珏意英必至，潜伏候之。未几，英果来，暴起，要遮而归于室。女曰："妾与君情缘已尽，强合之，恐为造物所忌。少留有余，时作一面之会，如何？"珏不听，卒与狎。天明，诣嫂。嫂怪之。女笑云："中途为强寇所劫，劳嫂悬望矣。"数语趋出。居无何，有巨狸衔鹦鹉经寝门过。嫂骇绝，固疑是英。时方沐，辍洗急号，群起噪击，始得之。左翼沾血，奄存余息。抱置膝头，抚摩良久，始渐醒，自以喙理其翼。少选，飞绕室中，呼曰："嫂嫂，别矣！吾怨珏也！"振翼遂去，不复来。

○要遮：拦截。

○造物：创造万物者。指上天。

○沐（mù）：洗头发。

○奄：气息微弱的样子。

○喙（huì）：嘴。

译文

后来，只要甘玉外出办事不回来，阿英就在傍晚时分前来，估计甘玉快回来了，就早早地回去。甘珏有时在嫂子房里遇见阿英，趁机请她到自己房里来，阿英都是只答应但从来不去。一天晚上，甘玉出去了，甘珏知道阿英一定会过来，躲在一旁等她。没多久，阿英果然来了，甘珏突然蹿起来，拦住她并把她拉到自己的房里。阿英说：“我和你缘分已尽，勉强结合，恐怕会遭到天谴。不如给大家留点余地，也许还能时常见面，怎么样呢？”甘珏根本不听，最后还是跟她做了一夜夫妻。第二天天一亮，阿英去拜见嫂子，嫂子疑惑她昨晚为什么没来。阿英笑着说：“来的路上被强盗劫走了，让嫂子挂心了。”说了几句话就快走出去了。没一会儿，有只大狸猫衔着一只鹦鹉从嫂子卧室前经过。嫂子害怕极了，怀疑那只鹦鹉是阿英。当时嫂子正在洗头发，连忙停下并大声喊叫，家里人也一起喊叫，用东西打狸猫，才把鹦鹉从狸猫那里救下来。鹦鹉左翅上有血，尚存一息。嫂子抱着鹦鹉将它放在膝盖上，抚摩了很久，鹦鹉才渐渐醒过来，用嘴整理自己的羽毛。过了一会儿，在屋内转着圈飞，呼喊着：“嫂嫂，永别了！我恨甘珏啊！”展翅飞走了，再也没回来。

凤头鞋

凤头鞋是旧时女子穿的一种鞋，其鞋尖顶端常装饰彩穗，形状类似鸟类的凤头，因此得名。这种鞋在古代女性服饰中较为常见，既有美观装饰的作用，也象征着传统文化中的吉祥与美好。凤头鞋常用于礼仪场合或日常穿着，成为古代女性服饰搭配的重要元素。

【橘树】

原文

陕西刘公，为兴化令。有道士来献盆树，视之，则小橘细裁如指，摈弗受。刘有幼女，时六七岁，适值初度。道士云："此不足供大人清玩，聊祝女公子福寿耳。"乃受之。女一见，不胜爱悦，寘诸闺闼，朝夕护之唯恐伤。刘任满，橘盈把矣。是年初结实。简装行，以橘重赘，谋弃之。女抱树娇啼。家人绐之曰："暂去，且将复来。"女信之，涕始止。又恐为大力者负之而去，立视家人，移栽墀下，乃行。

○兴化令：兴化县令。兴化，位于江苏中部，明清时属扬州府高邮州管辖。

○摈弗受：拒绝不接受。摈，排斥。

○清玩：称对方玩赏的敬辞。清，清雅。

○寘（zhì）：放置。

○绐（dài）：欺哄，骗。

○大力者：力气大的人。

○墀（chí）下：台阶下。墀，台阶上的空地。亦指台阶。

译文

陕西的刘公，是兴化县的县令。有个道士前来献给他一盆树，上前一看，是一棵如同手指粗细的橘树，觉得不够大气，推辞说不要。刘公有个小女儿，当时有六七岁，正好那天是她的生日。道士就说："这棵树太小不足以供您赏玩，就用来祝女公子福寿安康吧。"刘公就收下了。刘公的女儿一见这棵树，就喜不自胜，把它放在自己的房间里，早晚都细心照料它，唯恐它有一点儿损伤。刘公在兴化的任期快满的时候，橘树已经长到一把那么粗了。这年开始挂果。任期已满，调职到别处，收拾行李离开，觉得橘树太过累赘，准备把它扔了。女儿不肯，抱着橘树撒娇地哭。大人就骗她说："我们只是暂时离开，过段时间还会回来的。"女儿相信了，这才止住哭。又担心家人离开后，这棵树会被力气大的人搬走，看着家人把橘树栽到台阶下的空地上，才离开。

原文

女归，受庄氏聘。庄丙戌登进士，释褐为兴化令，夫人大喜。窃意十余年橘不复存，及至，则橘已十围，实累累以千计。问之故役，皆云："刘公去后，橘甚茂而不实，此其初结也。"更奇之。庄任三年，繁实不懈。第四年，憔悴无少华。夫人曰："君任此不久矣。"至秋，果解任。

○丙戌：康熙四十五年，即1706年。○释褐：脱去布衣，换上官服。为入仕的雅称。

○华：花。

译文

之后女儿回到家乡，成人后嫁到庄家。她的相公在丙戌年中了进士，要去兴化县当县令，夫人高兴极了。本来以为已经过了十多年，橘树应该不在了，等到了才发现，橘树已经有十围那么粗了，果实累累，都有数千个橘子。问之前在衙门当差的人，都说："刘公走了以后，橘树虽然长得很茂盛却不结果，这是它第一次结果。"越发感到惊奇。庄相公在兴化做了三年县令，橘树每年都结许多果实。第四年，橘树不再繁茂且树上没有花。夫人说："你在此地当县令当不久了。"到了秋天，果然卸任。

原文

异史氏曰：橘其有夙缘于女与？何遇之巧也！其实也似感恩，其不华也似伤离。物犹如此，而况于人乎？

○夙缘：前世的因缘。○实：果实。

译文

异史氏说：橘树与刘公之女难道真有前世的因缘吗？这事真的太巧了！橘树结果像是在感恩刘公之女之前的悉心照料，而橘树不开花也像是因为离别而感伤。物都如此，更何况人呢？

【赤字】

原文

顺治乙未冬夜，天上赤字如火。其文云：“白苕代靖否复议朝治驰。”

○顺治乙未：顺治十二年，即1655年。

译文

顺治十二年的一个冬夜，天上出现了像火一样红的字。这几个字是：“白苕代靖否复议朝治驰。”

【牛成章】

原文

牛成章，江西之布商也。娶郑氏，生子女各一。牛三十三岁病死。子名忠，时方十二，女八九岁而已。母不能贞，货产入囊，改醮而去。遗两孤，难以存济。有牛从嫂，年已六袠，贫寡无归，送与居处。

○不能贞：不能守节寡居。○改醮（jiào）：改嫁。○从嫂：叔伯嫂。○六袠（zhì）：60岁。袠，通"秩"。十年为一袠。

译文

牛成章，江西的布商。娶郑氏为妻，生了一个儿子和一个女儿。牛成章三十三岁的时候病死了。他的儿子牛忠，当时只有十二岁，女儿只有八九岁。妻子郑氏不想做寡妇，把财产都变卖了，带着钱改嫁走了。留下两个孤儿，无法生存。牛成章的一个叔伯嫂子，已经六十岁了，家贫且独居，无依无靠，就跟两个孩子一块生活。

原文

数年，妪死，家益替。而忠渐长，思继父业而苦无赀。妹适毛姓，毛富贾也。女哀婿假数十金付兄。兄从人适金陵，途中遇寇，资斧尽丧，飘荡不能归。偶趋典肆，见主肆者绝类其父，出而潜察之，姓字皆符，骇异不谕其故。惟日流连其傍，以窥意旨，而其人亦略不顾问。如此三日，觇其言笑举止，真父无讹。即又不敢拜识，乃自陈于群小，求以同乡之故，进身为佣。立券已，主人视其里居、姓氏，似有所动，问所从

○家益替：家业更加衰败。替，衰败。○适金陵：往金陵去。金陵，今江苏南京。○资斧：盘缠，旅费。○典肆：典当衣物的店铺，即当铺。○不谕：不明白。○觇（chān）：偷窥，侦察。○讹：误。○自陈于群小：向其仆人们自我介绍。群小，此指仆人。○立券：签订契约文书。

来。忠泣诉父名。主人怅然若失，久之，问：“而母无恙乎？”忠又不敢谓父死，婉应曰：“我父六年前，经商不返，母醮而去。幸有伯母抚育，不然，葬沟渎久矣。”主人惨然曰：“我即是汝父也。”于是握手悲哀。又导入参其后母。后母姬，年三十余，无出，得忠喜，设宴寝门。牛终欷歔不乐，即欲一归故里。妻虑肆中乏人，故止之。牛乃率子纪理肆务，居之三月，乃以诸籍委子，取装西归。

○参：拜见。

○籍：账册。

译文

几年之后，老婆婆去世了，两个孩子的生活更加穷困。牛忠一天天长大，想承父业，但苦于手里没有本钱。妹妹嫁去了毛家，毛家很有钱。妹妹就哀求丈夫给自己的哥哥数十两银子。哥哥得到钱以后，跟别人一起前往金陵做生意，路上遇到流寇，身上带的钱都被抢走，没钱回家，于是就在外游荡。有一天偶然进了一间当铺，见店主长得非常像自己的父亲，出门偷偷地打听，姓名全都对得上，他很惊讶，不明白其中的缘由。此后接连几天他都在这个人附近观察，看他对自己出现有何反应，但那个人却对他置若罔闻。就这样观察了三天，牛忠根据他的言谈举止，确定他就是自己的父亲。但是又不敢前去相认，于是就向当铺里的人自我推荐，央求他们让自己到店里当佣人。契约订立好，店主看见他的籍贯、姓氏，仿佛有所触动，问他从哪里来。牛忠哭着说了父亲的名字。店主怅然若失，过了很久，问道：“你的母亲还好吗？”牛忠不敢说父亲死了，委婉地说：“我父亲六年前出去做生意没回来，母亲改嫁了。幸好有伯母抚养长大，要不然，早就已经埋在山沟里了。”店主人脸色凄惨地说：“我就是你的父亲啊。”两个人拉着手悲从中来。牛父带着儿子到店后面拜见后母。后母姓姬，三十多岁，没有孩子，看见牛忠很是高兴，在内室设宴招待他。牛忠来了以后，牛成章整天闷闷不乐，想回老家看看。妻子担心他走了店里人手不够，就没让他去。牛成章就带着儿子打理店里的生意，过了三个月，就把店里的账册等交给了儿子，自己带着衣物回老家去了。

原文

既别，忠实以父死告母。姬乃大惊，言："彼负贩于此，曩所与交好者，留作当商，娶我已六年矣。何言死耶？"忠又细述之。相与疑念，不喻其由。逾一昼夜，而牛已返。携一妇人，头如蓬葆，忠视之，则其所生母也。牛摘耳顿骂："何弃吾儿！"妇慑伏不敢少动。牛以口龁其项。妇呼忠曰："儿救吾！儿救吾！"忠大不忍，横身蔽鬲其间。牛犹忿怒，妇已不见。众大惊，相哗以鬼。旋视牛，颜色惨变，委衣于地，化为黑气，亦寻灭矣。母子骇叹，举衣冠而瘗之。忠席父业，富有万金。后归家问之，则嫁母于是日死，一家皆见牛成章云。

○头如蓬葆：头发蓬如乱草。

○摘耳：揪着耳朵。顿骂：顿足骂。

○蔽鬲：遮挡。鬲，隔。

○瘗（yì）：埋葬。

○席：因，凭借。继承。

译文

送走了父亲，牛忠就把父亲已死的事情告诉了后母。姬氏听了很吃惊，说："他先是来这里做生意，过去和他交好的朋友，让他留下来做当铺生意，我嫁给他已经六年了。你怎么说他已经死了呢？"牛忠又细细地讲了事情的经过。两人都有怀疑的念头，但不知道其中的缘故。过了一天一夜，牛成章就回来了。他带回来一个妇人，头发蓬乱如野草，牛忠仔细一看，原来是自己的生母。牛成章揪着她的耳朵跺着脚骂她："为什么要抛弃我的儿子！"妇人趴在地上动都不敢动。牛成章扑过去咬她的脖子。妇人呼喊牛忠："儿子救我！儿子救我！"牛忠看见生母的样子终是不忍心，侧身挡在了父母之间。牛成章还是怒气冲天，牛忠的母亲已经不见了。众人大惊失色，高声叫嚷着有鬼。这时再看牛成章，脸色变得惨白，衣服一下掉在地上，化成一团黑气，也不见了踪影。牛忠和后母惊骇不已，给牛成章立了个衣冠冢。牛忠继承了父亲的家业，家财万贯。后来牛忠回老家问起生母，原来生母在牛成章回乡那日已经死了，大家都说在那天见过牛成章。

【青娥】

原文

霍桓，字匡九，晋人也。父官县尉，早卒。遗生最幼，聪惠绝人。

○晋：山西的简称。 ○县尉：掌管一县刑狱缉捕的官员。

十一岁，以神童入泮。而母过于爱惜，禁不令出庭户，年十三，尚

○以神童入泮（pàn）：指幼龄考中秀才。唐宋时科举考试特设有童子科，应试者称应神童试。唐制10岁以下，宋制15岁以下，可应试。明代童生试，则不论年龄大小。

不能辨叔伯甥舅焉。同里有武评事者，好道，入山不返。有女青娥，

○评事：官名，掌管评审刑狱。汉置廷尉平，隋以后设评事。明清分设左右评事，均隶属于大理寺。

年十四，美异常伦。幼时窃读父书，慕何仙姑之为人。父既隐，立

○常伦：一般，常类。 ○何仙姑：道教八仙之一。

志不嫁，母无奈之。一日，生于门外瞥见之。童子虽无知，只觉爱之极，而不能言，直告母，使委禽焉。母知其不可，故难之，生郁

○委禽：下聘礼。此指通媒求婚。禽，指雁，古代订婚纳采用雁。

郁不自得。母恐拂儿意，遂托往来者致意武，果不谐。生行思坐筹，无以为计。

译文

霍桓，字匡九，山西人。他的父亲曾经当过县尉，但很早就去世了。霍桓最小，聪明绝顶。十一岁时他就考中了秀才，被称为神童。他的母亲对他过于爱惜，禁止他走出家门，以至于他十三岁的时候，都分不清叔伯、舅甥。同乡里有个姓武的评事，钻研道术，进山访仙后再也没有回家。他有个女儿叫青娥，十四岁，美貌绝伦。青娥小时候偷偷读父亲的藏书，非常羡慕何仙姑的人生。父亲已经归隐，她立下誓言终身不嫁，母亲也奈何不得她。一天，霍桓在武家门外瞥见了她。霍桓虽然还是个小孩子，不懂男女之爱，却觉得很喜欢她，只是说不出来，回家他就告诉了母亲，请母亲托人去武家说媒。母亲知道青娥立誓的事，说媒之事根本不可能成功，感到很为难，霍桓因此郁郁寡欢。母亲担忧枉费儿子的心意，就托认识的人去武家探探口风，果然武家不同意。霍桓无时无刻都想着这件事，但又无计可施。

原文

会有一道士在门，手握小镵，长裁尺许。生借阅一过，问：“将何用？”答云：“此劚药之具，物虽微，坚石可入。”生未深信。道士即以斫墙上石，应手落如腐。生大异之，把玩不释于手。道士笑曰：“公子爱之，即以奉赠。”生大喜，酬之以钱，不受而去。持归，历试砖石，略无隔阂。顿念穴墙则美人可见，而不知其非法也。

○镵（chán）：装有长柄，用来挖土或采药的铁铲。

○劚（zhú）：锄，掘。

○穴墙：在墙上掘洞。穴，挖洞。

译文

一天，一位道士，手里握着一柄小镵，有一尺来长。霍桓借过来看看，问道：“这有什么用？”道士回答：“这是采药用的，看起来虽然小，连坚硬的石头也能凿得进去。”霍桓有些半信半疑。道士看他不信，就拿起铲子凿墙上的石头，凿碎的小石块顺着手落了下来。霍桓很惊奇，把铲子拿在手里翻来覆去地玩，爱不释手。道士笑着说：“公子这么喜欢，就送给你了。”霍桓大喜过望，要用钱来酬谢，道士摆摆手然后就走了。霍桓把铲子带回家，在几块砖石上试了试，基本上没遇到阻碍。他顿时想起来如果用铲子在墙上凿个洞，就能看见美人了，却不知道这不是正确的方法。

原文

更定，逾垣而出，直至武第，凡穴两重垣，始达中庭。见小厢中，尚有灯火，伏窥之，则青娥卸晚妆矣。少顷，烛灭，寂无声。穿墉入，女已熟眠。轻解双履，悄然登榻，又恐女郎惊觉，必遭诃逐，遂潜伏绣褶之侧，略闻香息，心愿窃慰。而半夜经营，疲殆颇

○中庭：正院。

○厢：厢房。正房两侧的房屋。

○墉（yōng）：墙壁。

甚少一合眸，不觉睡去。女醒，闻鼻气休休，开目，见穴隙亮入。大骇，急起，暗中拔关轻出，敲窗唤家人妇，共爇火操杖以往。见一总角书生，酣眠绣榻，细审，识为霍生。推之始觉，遽起，目灼灼如流星，似亦不大畏惧，但觍然不作一语。众指为贼，恐呵之。始出涕曰："我非贼，实以爱娘子故，愿以近芳泽耳。"众又疑穴数重垣，非童子所能者。生出镵以言其异。共试之，骇绝，讶为神授。将共告诸夫人，女俯首沉思，意似不以为可。众窥知女意，因曰："此子声名门第，殊不辱玷。不如纵之使去，俾复求媒焉。诘旦，假盗以告夫人，如何也？"女不答。众乃促生行。生索镵。共笑曰："騃儿童！犹不忘凶器耶？"生觑枕边，有凤钗一股，阴纳袖中。已为婢子所窥，急白之。女不言亦不怒。一媪拍颈曰："莫道他騃若小，意念乖绝也！"乃曳之，仍自窦中出。

○总角：古代男女未成年前，束发为两结，形如角，故称。

○芳泽：化妆用的香脂。此处借指美女的容颜。

○騃（ái）：呆傻。

○若小：这小孩。 ○乖绝：机灵极了。

译文

夜深以后，霍桓翻墙出了家门，径直到了武家，凿穿了两堵墙，才进入正院。只见小厢房里还有灯光，趴在窗边偷偷地看，看见青娥在卸妆。过了一会儿，青娥吹灭蜡烛，四周寂静无声。霍桓凿穿小厢房的墙进入室内，发现青娥睡熟了。霍桓轻轻地脱下鞋子，悄悄地登上床榻，又害怕青娥惊醒察觉到自己，一定严厉呵斥并赶自己出去，于是藏在青娥的被褥旁边，闻到一点点青娥身上的香气，也算是心愿得偿。由于他半夜忙着凿墙，疲劳到了极点，稍微合上眼睛，不知不觉就睡了过去。青娥醒了，听见鼻子呼气的声音，睁开眼睛，发现有光亮从凿出的洞中透出。大惊失色，赶忙从床上起来，在黑暗中打开门闩轻轻走出房门，敲击女仆房间的窗户叫醒了她们，和她们一起举着火把拿着棍棒回到自己房里。在房间里找到一个未弱冠的书生，还在自己床上酣睡，仔细一看，是霍桓。推了推霍桓，他才清醒过来，立刻起身，目光明亮像流星一样，并不害怕，但面带羞色，一句话也不说。众人都说他是贼，吓唬、责骂他。霍桓这才哭着说："我不是贼，只是太喜爱娘子了，想接近娘子罢了。"大家又怀疑凿开几堵墙，不是一个小孩子能办到的。霍桓拿出铲子，向众人说这个铲子非比寻常。众人拿着试了试，惊异非常，认为这是神仙赐予的。女仆们要把这件事告诉夫人，青娥低头沉思，像是不同意她们这么做。众人明白了青娥的意思，因此说道："这个人的声名门第，倒也不辱没了我们家。不如放他回去，等他再请人上门说媒。天一亮，就跟夫人报告说家里进贼了，怎么样？"青娥不答话。众人就催霍桓赶紧走。霍桓向她们讨要小铲子，众人一起笑着说："真是个傻孩子！还没忘了凶器吗？"霍桓瞟了一眼枕边，有一根凤钗，偷偷藏到袖子里。一个婢女看见了，连忙告诉了青娥。青娥不说话也不恼怒。一个老婆子拍着霍桓的脖子说："别看他年纪小，却是个鬼精灵！"拽着霍桓，仍然从墙洞钻出去。

原文

既归，不敢实告母，但嘱母复媒致之。母不忍显拒，惟遍托媒氏，急为别觅良姻。青娥知之，中情皇急，阴使腹心者风示媪。媪悦，托媒往。会小婢漏泄前事，武夫人辱之，不胜恚愤。媒至，益触其怒，以杖画地，骂生并及其母。媒惧，窜归，具述其状。生母亦怒曰："不肖儿所为，我都梦梦。何遂以无礼相加！当交股时，何不将荡儿淫女一并杀却？"由是见其亲属，辄便披诉。女闻，愧欲死。武夫人大悔，而不能禁之使勿言也。女阴使人婉致生母，且矢之以

○以杖画地：愤怒地用手杖指画或敲击地面。

○梦梦：同"懵懵"，昏昧不明，一无所知。

○股：大腿。

○披诉：公开宣扬。披，披露。

○矢之以不他：誓不他嫁。

不他，其词悲切。母感之，乃不复言，而论亲之谋，亦遂辍矣。

译文

回到家以后，霍桓不敢如实向母亲禀告，只是叮嘱母亲再托媒人去武家说媒。母亲不忍心拒绝他，只好到处托媒人，急着给霍桓另外寻觅别家的姑娘。青娥知道后，心急如焚，暗地里让自己的心腹透露口风给霍母。霍母高兴极了，连忙托媒人前去武家。恰巧青娥的一个小丫环说漏了嘴，武夫人知道了那晚发生的事，觉得很羞辱，气愤不已。媒人到了后说明来意，更点燃了武夫人的怒火，用手杖敲击地面，大骂霍桓和霍母。媒人害怕了，赶紧跑回霍家，跟霍母描述了当时的情形。霍母也生气地说："不成器的儿子做的事，我毫不知情。为什么要无礼地骂我！为什么不趁他俩睡在一张床上时，把两人一起杀了呢？"从此霍母见到武家的亲戚，就宣扬这件事。青娥听说以后，羞愧得想死。武夫人也十分后悔，但也不能阻止霍母。青娥暗地里让人委婉地向霍母致歉，并发誓不会嫁给别人，言辞悲伤恳切。霍母被她感动，这才不说那件事，但是两家结亲的事，也再不提起。

原文

会秦中欧公宰是邑，见生文，深器之，时召入内署，极意优宠。一日，问生："婚乎？"答言："未。"细诘之，对曰："夙与故武评事女小有盟约，后以微嫌，遂致中寝。"问："犹愿之否？"生觍然不言。公笑曰："我当为子成之。"即委县尉、教谕，纳币于武。夫人喜，婚乃定。逾岁，娶归。女入门，乃以镵掷地曰："此寇盗物，可将去！"生笑曰："勿忘媒妁。"珍佩之恒不去身。

○秦中：古地区名。指今陕西中部平原地区。因春秋战国时属秦国而得名。宰是邑：任这个县的县令。宰，主管，主持。

○器：器重。

○嫌：嫌隙，怨恨。

○中寝：半道而废。

○教谕：为县教职，负责县学的管理及课业。

○纳币：古代婚姻制度"六礼"中第四礼，男方向女方送聘礼，又称"纳征"。

译文

当时秦中的欧公担任这里的县令，看见霍桓的文章，喜爱他的才学，很器重他，时不时把他召进官署，对他非常宠信。有一天，欧公问霍桓："成婚了吗？"霍桓回答："还没有。"欧公就仔细问了问，霍桓说："以前跟原来的武评事的女儿订过婚约，后来两家有了嫌隙，婚约就没继续下去。"欧公问："你还愿意娶她吗？"霍桓面带羞涩，没说话。欧公笑着说："我一定帮你成全这事。"立即委派县尉、教谕，去武家送聘礼。武夫人很欣喜，两人的婚事就这么定下来了。过了一年，霍桓就把青娥娶了过来。青娥进了家门，就把小铲子扔在地上说："这是盗贼的东西，快拿走吧！"霍桓笑着说："这是媒人，可不能忘了。"珍重地佩戴在身上，从不离身。

原文

女为人温良寡默，一日三朝其母，余惟闭门寂坐，不甚留心家务。母或以吊庆他往，则事事经纪，罔不井井。年余，生一子孟仙，一切委之乳保，似亦不甚顾惜。又四五年，忽谓生曰："欢爱之缘，于兹八载。今离长会短，可将奈何！"生惊问之，即已默默，盛妆拜母，返身入室。追而诘之，则仰眠榻上而气绝矣。母子痛悼，购良材而葬之。

○温良寡默：温厚善良，沉默寡言。

○朝：朝拜，问安。

○乳保：乳娘、保姆。

○良材：好的棺木。

译文

青娥温厚善良，不爱说话，一天三次跟婆母请安，其余时间都关闭房门，一个人坐在房内，对家中事务不太上心。霍母有时因为婚丧嫁娶要去别的地方，青娥就在家里事事过问，把家打理得井井有条。过了一年多，青娥生下一个儿子，取名孟仙，但又把孩子交给乳母和保姆照顾，貌似对这个孩子不是很疼爱。又过了四五年，青娥突然对霍桓说："男女欢爱的因缘，到现在已经八年。以后分离的时间很长而相见的时间很短，又该怎么办呢！"霍桓惊讶地问她何出此言，青娥却不再说话，回屋化好妆，穿上最隆重的衣服，拜别霍母，转身进入卧室。霍桓追进屋里要问个明白，而青娥已经仰躺在床上咽气了。霍桓和母亲悲痛欲绝，买了上好的棺木安葬了青娥。

原文

母已衰迈，每每抱子思母，如摧肺肝，由是遘病，遂惫不起。逆害饮食，但思鱼羹，而近地则无，百里外始可购致。时厮骑皆被差遣，生性纯孝，急不可待，怀赀独往，昼夜无停趾。返至山中，日已沉冥，两足跛踦，步不能咫。后一叟至，问曰："足得毋泡乎？"生唯唯。叟便曳坐路隅，敲石取火，以纸裹药末，熏生两足讫。试使行，不惟痛止，兼益矫健。感极申谢。叟问："何事汲汲？"答以母病，因历道所由。叟问："何不另娶？"答云："未得佳者。"叟遥指山村曰："此处有一佳人，倘能从我去，仆当为君作伐。"生辞以母病待鱼，姑不遑暇。叟乃拱手，约以异日入村，但问老王，乃别而去。生归，烹鱼献母。母略进，数日寻瘳。乃命仆马往寻叟。

○遘（gòu）病：患病。遘，遭遇。

○逆害饮食：不思饮食。

○跛踦：走路不稳。

○步不能咫：一步挪不了一尺远。

○泡：磨伤起泡。

○汲汲：急忙。

○姑不遑暇：暂且没有时间。遑暇，空闲。

○瘳（chōu）：病愈。

译文

霍母年纪大了身体又不好，每次抱起孙子就想起青娥，肝肠寸断，然后就病倒了，躺在床上起不来。不思饮食，就想喝鱼羹，而附近没有鱼，要到百里之外才买得到鱼。正值小厮和马都出去办事了，霍桓又很孝顺，看见母亲想吃鱼，一刻也等不了，独自带着钱去买鱼，白天夜晚都不停歇。回来时走到一座山里，太阳已经落山，走路摇摇晃晃，一步迈不了一尺远，往前挪着走。后来走过来一个老者，问他："脚都磨起泡了吧？"霍桓点头称是。老者便拉着他坐在路边，敲石取火，用纸包着药粉，熏霍桓的两只脚。熏完以后，让霍桓试着走几步，霍桓发现不但脚不痛了，走起路来还比以前快。霍桓感动得再三向老者表示感谢。老者问："因为什么事走得这么急？"霍桓说是母亲生病了，又把得病的原因告诉了他。老者问道："为什么不再娶一个呢？"霍桓说："没有找到满意的。"老者指着远处的一个山村说："这个村里有个很好的女子，你要是愿意跟我去，我愿意给你说和这门亲事。"霍桓说母亲生病等着吃鱼，实在是没时间前去。老者就拱手告别，与他约定改日再去那个村庄，去了以后就说找老王，转身就走了。霍桓回到家中，把鱼做好端给母亲。霍母稍微吃了一点儿，几天之后病就好了。霍桓让仆人备马，前去找寻老者。

原文

至旧处，迷村所在。周章逾时，夕暾渐坠。山谷甚杂，又不可以极望，乃与仆分上山头，以瞻里落，而山径崎岖，苦不可复骑，跋履而上，昧色笼烟矣。蹀躞四望，更无村落。方将下山，而归路已迷，心中燥火如烧。荒窜间，冥堕绝壁。幸数尺下有一线荒台，坠卧其上，阔仅容身，下视黑不见底，惧极不敢少动。又幸崖边皆生小树，约体如栏。移时，见足傍有小洞口，心窃喜，以背着石，螬行而入。意稍稳，冀天明可以呼救。少顷，深处有光如星点。渐近之，约三四里许，忽睹廊舍，并无釭烛，而光明若昼。一丽人自房中出，视之，则青娥也。见生，惊曰："郎何能来？"生不暇陈，抱祛呜恻。女劝止

○周章：周折。
○夕暾（tūn）：夕阳。暾，初升的太阳，此指阳光。
○跋履：步行。跋，跋涉。
○昧色笼烟：暮色苍茫。笼烟，烟雾笼罩。
○蹀躞（dié xiè）：小步走的样子。
○螬（cáo）行：像蛴螬一样前行。螬，蛴螬。
○釭（gāng）烛：灯，烛。
○祛（qū）：袖口。

之。问母及儿，生悉述苦况，女亦惨然。生曰：“卿死年余，此得无冥间耶？”女曰：“非也，此乃仙府。曩时非死，所瘗，一竹杖耳。郎今来，仙缘有分也。”因导令朝父，则一修髯丈夫，坐堂上，生趋拜。女白：“霍郎来。”翁惊起，握手略道平素，曰：“婿来大好，分当留此。”生辞以母望，不能久留。翁曰：“我亦知之。但迟三数日，即亦何伤。”乃饵以肴酒，即令婢设榻于西堂，施锦裀焉。生既退，约女同榻寝。女却之曰：“此何处，可容狎亵？”生捉臂不舍。窗外婢子笑声嗤然，女益惭。方争拒间，翁入，叱曰：“俗骨污吾洞府！宜即去！”生素负气，愧不能忍，作色曰：“儿女之情，人所不免，长者何当伺我？无难即去，但令女须便将随。”翁无辞，招女随之，启后户送之，赚生离门，父子阖扉去。回首峭壁巉岩，无少隙缝，只影茕茕，罔所归适。视天上斜月高揭，星斗已稀。怅怅良久，悲已而恨，面壁叫号，迄无应者。愤极，腰中出镵，凿石攻进，且攻且骂。瞬息洞入三四尺许，隐隐闻人语曰：“孽障哉！”生奋力凿益急。忽洞底豁开二扉，推娥出曰：“可去，可去！”壁即复合。女怨曰：“既爱我为妇，岂有待丈人如此者？是何处老道士，授汝凶器，将人缠

○修髯：长髯。髯，两颊上的胡须。

○道平素：谈说家常。平素，指往日的事情。

○裀：通“茵”，垫子，褥子。

○伺我：窥测我的隐私。伺，偷窥。

○茕茕（qóng）：孤独的样子。

○揭：悬。

○孽障：同“业障”，佛教语，原意为过去所做的恶事造成了不良的后果。后来成为骂人的话，意为祸患。

混欲死！”生得女，意愿已慰，不复置辨，但忧路险难归。女折两枝，各跨其一，即化为马，行且驶，俄顷至家。时失生已七日矣。

译文

霍桓走到遇见老者的地方，找不到老者所说的村庄了。他来来回回找了很久，太阳也慢慢落下。山谷地形复杂，又不能看到很远的地方，于是和仆人分别登上不同的山头，想找到一个村庄，但是山路崎岖，不能骑马，只能步行上山，已经是暮色四合。小步走着四处张望，连一个村庄也没看见。正准备下山，又找不到下山的路了，霍桓心急如焚。慌乱地奔走时，在黑暗中掉下一处陡峭的山壁。幸好峭壁数尺之下有一个狭长的荒台，霍桓刚好掉在台子上，台子的宽度只能容得下他的身体，往下看则深不见底，霍桓吓得一动不敢动。又幸亏悬崖边长着很多小树，像围栏一样挡住了霍桓的身体。过了一会儿，霍桓发现脚边有个小洞口，暗自窃喜，背靠着石头，像蛴螬一样慢慢进入洞口。他的情绪稍微平稳，希望天亮以后可以呼救。没多久，霍桓看见洞的深处有像星星一样的光亮。慢慢走近，走了三四里，忽然看见几间房屋，没有蜡烛，却明亮得像白天一样。一个漂亮的女子从房里出来，仔细一看，原来是青娥。看见霍桓，青娥吃惊地说：“你怎么来了？”霍桓来不及解释，抱着青娥就开始哭。在青娥的劝慰下，霍桓止住了哭泣。青娥问起婆母和儿子，霍桓把家里遇到的难处都说了，青娥也听得一脸悲苦。霍桓说：“你死了一年多了，这里难道是阴曹地府吗？”青娥说：“不是的，这里是仙府。那时我没死，你们埋的不过是一根竹杖。你今日能来，也是有仙缘。”青娥就领着他去见自己的父亲，一个留着长胡须的老翁坐在堂上，赶紧走过去拜见。青娥说：“霍郎来了。”老翁吃惊地站起身，拉着霍桓的手拉家常，说：“女婿你来了就太好了，应当留在这里。”霍桓说母亲还在家等着自己，所以不能久留。老翁说：“这我也知道。只在此逗留三四天，不会有什么事的。”于是备下美酒佳肴招待他，然后让丫环把床放到西屋，再铺上锦缎的床褥。霍桓吃完饭，让青娥跟他睡一起。青娥拒绝他说：“这是什么地方，怎能容你做如此大不敬的事？”霍桓拉着青娥的胳膊舍不得放开。窗外的丫环发出促狭的笑声，青娥更加羞愧。正当二人争执不下的时候，老翁进来了，呵斥霍桓：“凡夫俗子玷污了我的洞府！赶紧离开！”霍桓平时自视清高，羞愧到了极点，脸色难看地说：“儿女之情，人之常情，您身为长辈，怎么能窥探我呢？不用责难我，我立刻就会离开，但您的女儿要跟我一起离开。”老翁没说话，让女儿跟随在霍桓身后，打开后门送他们离开，霍桓刚走出门，父女二人就把门关上离开了。霍桓回头看着悬崖峭壁，没有一点缝隙，形单影只，茕茕孑立，茫然不知道前往何处。抬头看天上一弯月亮高悬，星星只有稀疏的几颗。他怅然呆立很久，心中的悲痛转化为恨意，对着山壁大喊大叫，没有任何回应，愤怒至极，从腰中拿出小铲子，对着石壁往里凿，一边凿一边骂。瞬间就凿进三四尺深，隐隐约约听见有人说话：“造孽呀！”霍桓更加全力凿壁。忽然山洞底部两扇门豁然打开，老翁推青娥出去：“快走，快走！”山壁随即合上了。青娥埋怨说：“既然喜爱我并娶我为妻，怎么能这么对待岳丈呢？是哪里来的老道士，给了你这把厉害的铲子，把人缠得要死！”霍桓得到了青娥，心愿已经达成，不再争辩，只担心路不好走难以归家。青娥折了两个树枝，和霍桓各跨一个，树枝变成马，飞快地奔走，一会儿工夫就到家了。这时距离霍桓离家已经七天了。

原文

初，生之与仆相失也，觅之不得，归而告母。母遣人穷搜山谷，并无踪绪。正忧惶无所，闻子自归，欢喜承迎。举首见妇，几骇绝。生略述之，母益忻慰。女以形迹诡异，虑骇物听，求即播迁，母从之。异郡有别业，刻期徙往，人莫之知。偕居十八年，生一女，适同邑李氏。后母寿终。女谓生曰：“吾家茅田中，有雉菢八卵，其地可葬。汝父子扶榇归窆。儿已成立，宜即留守庐墓，无庸来。”生从其言，葬后自返。月余，孟仙往省之，而父母俱杳。问之老奴，则云：“赴葬未还。”心知其异，浩叹而已。

○踪绪：踪迹线索。

○播迁：搬家。

○菢（bào）：孵。

○榇（chèn）：棺材。窆（biǎn）：下葬。

○守庐墓：服丧期间，在先人墓旁搭盖草庐，守护坟墓。

译文

当初，霍桓和仆人走散了，仆人找不到霍桓，回来告诉了霍母。霍母派人把整个山谷搜寻了一遍，都没有霍桓的踪迹。霍母正忧虑惊慌无所适从，听见儿子回来了，欢喜地出来迎接一抬头看见青娥，几乎被吓死。霍桓大概描述了这几天的经历，霍母更高兴。青娥说自己行迹不同于常人，担心吓着别人，提议立刻搬家，霍母同意了。霍家在别的县有座别院，挑个良辰吉日搬了过去，附近的人都不知道。霍桓和青娥又一起生活了十八年，生了个女儿，嫁给了本地的李家。后来霍母寿终正寝。青娥对霍桓说："咱家的茅田里，有野鸡孵化了八个蛋，那里适合安葬母亲。你们父子二人扶棺下葬。儿子已经长大成人，最好留在墓地，不要回来了。"霍桓遵从了她的话，安葬母亲后就独自回来了。过了一个多月，孟仙回来看望父母，但是父母都不在家，问了家里的老奴，回答说："去安葬老妇人还没回来。"孟仙知道事情有异，只有一声叹息。

原文

孟仙文名甚噪，而困于场屋，四旬不售。后以拔贡入北闱，遇

○困于场屋：指没有考中。场屋，考场。

○四旬：40岁。

○以拔贡入北闱：以拔贡的资格，参加在顺天府（今北京）举行的乡试。

同号生，年可十七八，神采俊逸，爱之。视其卷，注顺天廪生霍仲

○同号生：考场中同一号舍的考生。乡试的贡院内分若干巷舍，并按《千字文》编号。每一号巷舍有几十间小房，每个考生占用一间，在其中考试。

仙。瞪目大骇，因自道姓名。仲仙亦异之，便问乡贯，孟悉告之。仲

仙喜曰："弟赴都时，父嘱文场中如逢山右霍姓者，吾族也，宜与

○山右：山西旧时别称。因位于太行山之右，故称。

款接，今果然矣。顾何以名字相同如此？"孟仙因诘高、曾，并严、

○款接：深交，热情交往。

○高、曾：高祖和曾祖。严、慈：父亲和母亲。姓讳：姓名。

慈姓讳，已而惊曰："是我父母也！"仲仙疑年齿之不类，孟仙曰：

"我父母皆仙人，何可以貌信其年岁乎？"因述往迹，仲仙始信。场

后不暇休息，命驾同归。才到门，家人迎告，是夜失太翁及夫人所

在。两人大惊。仲仙入而询诸妇，妇言：“昨夕尚共杯酒，母谓：‘汝夫妇少不更事。明日大哥来，吾无虑矣。’早旦入室，则阒无人矣。”兄弟闻之，顿足悲哀。仲仙犹欲追觅，孟仙以为无益，乃止。是科仲领乡荐。以晋中祖墓所在，从兄而归。犹冀父母尚在人间，随在探访，而终无踪迹矣。

○更事：经历世事。

○阒（qù）：寂静。

○领乡荐：乡试考中，中举。

译文

孟仙的文章声名远扬，考场上总是失利，四十岁都没考中。后来以拔贡的身份参加顺天府的考试，遇见跟他同一号舍的考生，十七八岁，面貌俊秀，神采飞扬，非常喜欢他。看他的考卷上写的是顺天廪生霍仲仙。孟仙瞪大眼睛大惊失色，就跟他说了自己的姓名。仲仙也觉得奇怪，问孟仙是哪里人氏，孟仙都一一告知。仲仙高兴地说：“小弟我来京考试时，父亲叮嘱我如果遇到山西来的姓霍的人，要盛情款待，因为那是我的族人，今天果然遇到了。但为什么我俩的名字这么相似呢？”孟仙就问仲仙的高祖、曾祖，和父亲、母亲的姓名，听到仲仙的回答后吃惊地说：“是我的父母呀！”仲仙怀疑年龄对不上，孟仙说：“我的父母都是神仙，怎么能用样貌判断他们的年龄呢？”于是向仲仙讲述了往日的事迹，仲仙这才相信。出考场后二人顾不上休息，坐上马车一起回家。才到家门口，家里人迎上来说，昨夜老爷和夫人走了，不知道去了哪里。两人大惊。仲仙进入屋内问妻子，妻子说：“昨天晚上我们还一起饮酒，母亲还说，‘你们小两口年纪轻经历的事少。明天大哥就来了，我就不用担心了。’早晨到母亲房里，已经没人了。”兄弟二人听说以后，难过得直跺脚。仲仙还打算去寻觅父母，孟仙却觉得没必要这么做，仲仙这才放弃。这次考试仲仙中举。因为家里的祖坟在山西，仲仙跟随哥哥回到了山西。兄弟二人仍然寄希望于父母还在人世，总是到各处打听，最终也没找到父母的踪迹。

原文

异史氏曰：钻穴眠榻，其意则痴；凿壁骂翁，其行则狂。仙人之撮合之者，惟欲以长生报其孝耳。然既混迹人间，狎生子女，则居而终焉，亦何不可？乃三十年而屡弃其子，抑独何哉？异已！

译文

异史氏说：从洞穴里钻出来，睡到佳人的床上，这个人的想法挺痴傻；凿穿墙壁骂岳丈，这个人的行为太猖狂。仙人之所以要撮合他们的婚事，只不过想以长生不老来显扬他们的孝道。但既然生活在人间，又生有子女，那么就在人间居住至寿终正寝，又有什么不可以的呢？三十年间多次遗弃自己的儿子，这又是为什么呢？真是奇怪！

纳币

纳币是古代婚礼六礼之一，即纳征。指男方在纳吉之后，择吉日备礼送至女家，作为聘礼，女家收下聘礼并回礼，双方婚约正式成立。纳币的仪式标志着婚姻关系的确定，俗称“过定”或“换柬”，是婚礼中重要的步骤之一，体现了礼仪的规范与传统婚俗的庄重。

【镜听】

原文

益都郑氏兄弟，皆文学士。大郑早知名，父母尝过爱之，又因子并及其妇。二郑落拓，不甚为父母所欢，遂恶次妇，至不齿礼。冷暖相形，颇存芥蒂。次妇每谓二郑：“等男子耳，何遂不能为妻子争气？”遂摈弗与同宿。于是二郑感愤，勤心锐思，亦遂知名。父母稍稍优顾之，然终杀于兄。次妇望夫綦切，是岁大比，窃于除夜以镜听卜。有二人初起，相推为戏，云：“汝也凉凉去！”妇归，凶吉不可解，亦置之。闱后，兄弟皆归。时暑气犹盛，两妇在厨下炊饭饷耕，其热正苦。忽有报骑登门，报大郑捷。母入厨唤大妇曰：“大男中式矣！汝可凉凉去。”次妇忿恻，泣且炊。俄又有报二郑捷者，次妇力掷饼杖而起，曰：“侬也凉凉去！”此时中情所激，不觉出之于口，既而思之，始知镜听之验也。

- 益都：位于山东中部，即今山东青州。
- 文学士：读书而有文才的人。
- 过爱：过分地爱溺。
- 落拓：豪放而不拘小节，此处指科举不顺利。
- 芥蒂：细小的梗塞物。后比喻心里的不满或不快。
- 勤心锐思：竭尽心思，指勤奋苦读。勤，劳。锐，锐敏。
- 杀：衰减，不如。
- 綦切：迫切。
- 大比：明清时特指乡试。
- 以镜听卜：用镜听之术来占卜。镜听，也称“听镜”“镜卜”。在除夕或岁首的夜里抱着镜子偷听路人的无意之言，以此来占卜吉凶祸福。镜听的具体步骤，各地大同小异。
- 闱后：考试之后。
- 饷耕：给种地的人送饭。饷，送饭。
- 报骑（jì）：报马。科举时代，骑着快马报告考中喜讯的人。
- 捷：胜利，此指中举。
- 中式：科举考试合格。中式者为举人。
- 忿恻：既气愤又伤心。
- 饼杖：擀饼杖。
- 侬（nóng）：我。
- 中情所激：内心感情的激发。

译文

益都姓郑的兄弟二人，都是很有文才的读书人。大郑少年时就名声在外，父母对他也很溺爱，爱屋及乌，对他的妻子也非常好。二郑科考不顺，没什么名声，因此不得父母的喜爱，连带着自己的妻子也不受父母待见，父母甚至鄙视她，不以礼相待。两相对比，二郑的妻子就有了心结。二郑的妻子总是对二郑说：“同样都是男人，你怎么就不能为妻子争口气呢？”妻子不愿意跟他同床而眠。二郑深感愤怒，勤学苦读，渐渐有了名气。父母见二郑出名，对他比以前稍微好了一些，但还是比对大郑差。二郑的妻子希望夫君出人头地的心情很迫切，这一年要举行乡试，她就在除夕夜外出偷偷地用镜听之术来占卜。这时有两个人刚起床，互相推搡着玩闹，说：“你也凉快凉快去！”她回家后，不知道这是凶还是吉，就把这事放在一边了。春闱后，兄弟二人都回来了。有一天，天气很热，两妯娌在厨房里做饭，好拿去给在地里干活的人吃，两人都热得受不了。忽然有骑马报喜的人上门，说大郑高中。郑母走进厨房对大儿媳妇说：“大郑考中了！厨房太热，你去凉快凉快吧。”二儿媳妇又生气又难过，边哭边做饭。一会儿又有喜报二郑也中举了，二儿媳妇使劲儿把擀面杖一扔，站起来说：“我也去凉快凉快！”她这时情绪非常激动，这句话是脱口而出的，过后想起来，才知道是镜听之事应验了。

原文

异史氏曰：贫穷则父母不子，有以也哉！庭帏之中，固非愤激之地。然二郑妇激发男儿，亦与怨望无赖者殊不同科。投杖而起，真千古之快事也！

○以：故，原因。

○父母不子：父母不拿儿子当儿子。

○庭帏之中：指家庭内部。庭帏，内舍，一般指父母居住的地方。

○殊不同科：绝不能相提并论。科，品类，类别。

译文

异史氏说：穷人家，父母不把儿子当儿子对待，是有原因的啊！家庭内部，固然不是愤怒激动发泄情绪的地方。然而二郑的妻子激励丈夫，又怎能跟心怀不满、蛮不讲理的人相提并论呢。投杖而起，真是千古以来大快人心的事啊！

【牛癀】

原文

陈华封，蒙山人，以盛暑烦热，枕籍野树下。忽一人奔波而来，首着

○蒙山：位于山东沂蒙山区腹地，费县、平邑和蒙阴三地交界处。　○枕（zhěn）籍：设枕铺席。

围领，疾趋树阴，据石而坐，挥扇不停，汗下如流沈。陈起座，笑

○围领：围脖，围巾。　○据石：倚靠着石头。　○沈：汁。

曰："若除围领，不扇可凉。"客曰："脱之易，再着难也。"就与倾谈，

颇极蕴藉。既而曰："此时无他想，但得冰浸良酝，一道冷芳，度下

○蕴藉：温文尔雅。　○酝：酒。　○冷芳：冷香，清冷香气。

十二重楼，暑气可消一半。"陈笑曰："此愿易遂，仆当为君偿之。"因

○十二重（chóng）楼：中医指人咽喉管之十二节。

握手曰："寒舍伊迩，请即迂步。"客笑而从之。

○寒舍伊迩：我家就在附近。寒舍，谦指自己的居处。迩，近。　○迂步：枉步。迂，劳神或枉屈尊长之敬词。

译文

陈华峰，蒙山人，因为盛夏天热烦闷，在野外的一棵树下躺着乘凉。忽然一个人跑过来，头上裹着围巾，快步走到树荫下，背靠石头坐了下来，挥动扇子扇个不停，但还是汗如雨下。陈华峰起身，笑着说："如果取下围巾，不扇扇子也能觉得凉快。"客人说："取下来容易，再围上就难了。"陈华峰就跟他攀谈，客人谈吐极有修养。过了一会儿说道："这个时候没别的想法，要是有冰镇过的美酒，喝下一口，冷冽的香气穿喉而过，热气就可以去一半了。"陈华峰笑着说："这个愿望容易实现，我自当让你满意。"握着客人的手说："我家离这里不远，请移尊驾随我来。"客人笑着跟他走了。

原文

至家，出藏酒于石洞，其凉震齿。客大悦，一举十觥。日已就暮，天

○相与磅礴：彼此不拘形迹两腿张开坐着。磅礴，伸开两腿而坐，表示不拘形迹。

忽雨，于是张灯于室，客乃解除领巾，相与磅礴。语次，见客脑后，

时漏灯光，疑之。无何，客酩酊，眠榻上。陈移灯窃窥之，见耳后有巨穴，盏大；数道厚膜，间鬲如棂；棂外耎革垂蔽，中似空空。骇极，潜抽髻簪，拨膜觇之，有一物，状类小牛，随手飞出，破窗而去。益骇，不敢复拨。方欲转步，而客已醒，惊曰：“子窥见吾隐矣！放牛癀出，将为奈何？”陈拜诘其故。客曰：“今已若此，尚复何讳。实相告：我六畜瘟神耳。适所纵者牛癀，恐百里内牛无种矣。”陈故以养牛为业，闻之大恐，拜求术解。客曰：“余且不免于罪，其何术之能解？惟苦参散最效，其广传此方，勿存私念可也。”言已，谢别出门。又掬土堆壁龛中，曰：“每用一合亦效。”拱不复见。

○酩酊：大醉。

○牛癀（huáng）：牛瘟。癀，疽病。

○苦参散：用苦参制作的方药。散，中医称药末。

○掬：双手捧起。

○一合（gě）：容量单位。10合为1升。

○拱：拱手致礼。

译文

回到家，陈华峰从石洞里拿出珍藏的美酒，喝到嘴里，冰得牙直抖。客人非常高兴，连着喝了十杯。天色将晚，忽然下雨了，陈华峰就把屋里的灯点上，客人把围巾解下，两个人无拘无束地喝酒。说话间，陈华峰看见客人的脑后，不时有灯光闪现，觉得有些奇怪。没多久，客人喝醉了，躺在床上睡着了。陈华峰拿着灯偷偷观察客人的头，发现其耳后有个很大的洞穴，有酒杯那么大；中间有几层厚厚的膜，像是窗棂；厚膜外有软皮垂下来覆盖，中间好像是空的。陈华峰害怕到了极点，悄悄地抽出发簪，拨开厚膜察看，里面有个小小的东西，样子像一头小牛，沿着陈华峰的手飞了出来，破窗而去。陈华峰更加害怕，不敢再拨了。正要转身离开的时候，客人醒了过来，吃惊地说：“你看见了我的秘密！放出了牛癀，该怎么办呢？”陈华峰低头便拜，问是怎么回事。客人说：“到了今天这个地步，也没什么好隐瞒的了。实话告诉你：我是六畜的瘟神。刚才你把牛癀放走了，恐怕以后方圆百里的牛都要绝种了。”陈华峰本来就是养牛为生，听到客人的话非常惊恐，拜求客人给出化解的办法。客人说：“我都免不了被责罚，哪有办法能化解？只有苦参散效果最好，你要广泛散播这个方子，不要心存私念就可以了。”说完，向陈华峰道谢告别出门。客人又捧了一把土堆在墙上的佛龛里，说：“每次用一合也有效。”拱手告别后就不见了。

原文

居无何，牛果病，瘟疫大作。陈欲专利，秘其方，不肯传。惟传其弟，弟试之神验。而陈自剉啖牛，殊罔所效，有牛两百蹄躈，倒毙殆尽，遗老牝牛四五头，亦逡巡就死。中心懊恼，无所用力。忽忆龛中掬土，念未必效，姑妄投之。经夜，牛乃尽起。始悟药之不灵，乃神罚其私也。后数年，牝牛繁育，渐复其故。

○剉（cuò）：切割。言将苦参切碎成末。

○两百蹄躈（qiào）：40头牛。蹄躈，亦作“蹄噭”。古时用以计算牲畜的头数。躈，肛门。蹄躈5，即算1头牲畜。

○逡巡：顷刻，刹那。

译文

没过多久，这里的牛果然都病了，瘟疫开始蔓延。陈华峰只想自己得到好处，把治病的方子保密起来，不肯传给别人，只传给了他的弟弟，弟弟拿着方子一试，果然灵验无比。陈华峰自己将苦参切碎喂给牛吃，却一点儿效果都没有，家里的四十头牛，几乎全死了，只剩下四五头老迈的母牛，也时日无多了。陈华峰心里懊恼，却无能为力。忽然想起佛龛中客人留下的那把土，想着死马当作活马医，姑且喂给牛吃。过了一夜，几头牛都好起来了。这才明白之所以苦参散没有效果，是神仙惩罚他把药方私藏起来。后来过了几年，陈华峰家的母牛繁育，牛的数量逐渐恢复到之前的规模。

【金姑夫】

原文

会稽有梅姑祠。神故马姓，族居东莞，未嫁而夫早死，遂矢志不醮，

o会稽：古地名。因绍兴会稽山得名，清代绍兴府治所，即今浙江绍兴。 o东莞：古地名。一说指广东东莞，位于珠江口东岸，是广东历史文化名城。一说指今山东沂水。汉曾在该地置东莞县，因称。 o不醮：不改嫁。

三旬而卒。族人祠之，谓之梅姑。丙申，上虞金生赴试经此，入庙

o祠之：建庙纪念她。祠，供奉祖宗、鬼神或有功德的人的建筑。 o丙申：当指顺治十三年。 o上虞：古县名。地处浙江绍兴东部，清代属浙江绍兴府。

徘徊，颇涉冥想。至夜，梦青衣来，传梅姑命招之。从去。入祠，

o青衣：汉以后多为地位低下者所穿。此指丫环。

梅姑立候檐下，笑曰：“蒙君宠顾，实切依恋。不嫌陋拙，愿以身为姬侍。”金唯唯。梅姑送之曰：“君且去。设座成，当相迓耳。”醒而

o相迓（yà）：相迎。

恶之。是夜，居人梦梅姑曰：“上虞金生，今为吾婿，宜塑其像。”诘旦，村人语梦悉同。族长恐玷其贞，以故不从。未几，一家俱病。大惧，为肖像于左。既成，金生告妻子曰：“梅姑迎我矣。”衣冠而死。妻痛恨，诣祠指女像秽骂，又升座批颊数四，乃去。今马氏呼为金姑夫。

译文

会稽有个梅姑祠。祠里面供奉的女神原本姓马，老家在东莞，还没出嫁未婚夫就死了，就立誓不改嫁，三十岁时死了。族人为她建了祠庙，称她梅姑。顺治十三年，上虞一个姓金的书生赶考经过此地，进入祠内四处看，颇有感触。到了夜里，梦见一个穿青色衣服的女子前来，传话说梅姑请他前去。金书生就跟她去了。进入祠庙，梅姑站立在房檐下等着他，笑着说：“承蒙你关注我，你让我深切依恋。如果你不嫌弃我丑陋笨拙，我愿意做你的侍妾。”金书生答应了。梅姑送他离开的时

候说：“你暂且先去。等找好位置，我就去迎接你。”金书生醒来以后，感觉不太好。当天夜里，当地的人梦见梅姑说：“上虞的金书生，如今是我的夫婿，应该给他也塑个像。”清晨，村里的人说昨夜都做了相同的梦。族长害怕玷污梅姑的贞洁，没有给金秀才塑像。没多久，族长一家都病了。族长害怕极了，在梅姑的左侧放了金书生的塑像。这件事完成以后，金书生告诉妻子说：“梅姑来迎接我了。”然而，他穿戴整齐后死了。金书生的妻子又心痛又愤恨，到祠庙指着梅姑的塑像破口大骂，又登上神座给了她几耳光，然后离去。现今马家人还称金生为金姑夫。

原文

异史氏曰：不嫁而守，不可谓不贞矣。为鬼数百年，而始易其操，抑何其无耻也？大抵贞魂烈魄，未必即依于土偶，其庙貌有灵，惊世而骇俗者，皆鬼狐凭之耳。

○守：守贞，守节。多指女子不嫁二夫。

○依：依附，凭借。

○凭：假借。

译文

异史氏说：没出嫁而守节，不能说是不贞。做了几百年鬼，却忽然改变女子节操，怎么那么无耻呢？大约贞烈的魂魄，不一定会依附在泥塑的像上，但这座祠庙看起来很灵验，发生了惊世骇俗的事，都是鬼怪狐妖在故弄玄虚。

【梓潼令】

原文

常进士大忠，太原人，候选在都。前一夜，梦文昌投刺。拔签，得梓潼令，奇之。后丁艰归，服阕候补，又梦如前。默思岂复任梓潼乎？已而果然。

○常进士大忠：《山西通志·太原府》记载："常大忠，字二河，交城人，顺治壬辰（1652年）进士。"

○候选在都：在京都等候吏部选用。

○文昌：指梓潼帝君，道教所奉主宰功名、禄位之神。

○梓潼：县名。清初属保宁府，今四川梓潼。

○丁艰：旧时指遭父母之丧。丁艰须在家守丧3年，在官者要辞官家居，期满，再赴吏部候选补官。

译文

进士常大忠，太原人，在京城等候任命官职。任命的前一天晚上，梦见梓潼帝君拿着名帖来拜见他。第二天一拔签，果然是任梓潼县令，他觉得很奇怪。后来父母去世，他回家守丧，守丧期满，回京城候选补官，又做了和之前一样的梦。默默思量，又要去梓潼任职吗？结果出来，果然还是任梓潼县令。

丁艰

丁艰指旧时遭遇父母丧事，需守孝的制度。父亲去世称“丁外艰”，母亲去世称“丁内艰”。根据传统礼教，丁艰期间子女应在家守孝三年，不得出仕、应试或婚娶，以示对亡故父母的孝敬和哀悼。这一制度源自儒家文化，强调孝道的重要性。

【鬼津】

原文

李某昼卧，见一妇人自墙中出，蓬首如筐，发垂蔽面，至床前，始以手自分，露面出，肥黑绝丑。某大惧，欲奔。妇猝然登床，力抱其首，便与接唇，以舌度津，冷如冰块，浸浸入喉。欲不咽而气不得息，咽之稠黏塞喉。才一呼吸，而口中又满，气急复咽之。如此良久，气闭不可复忍。闻门外有人行声，妇始释手去。由此腹胀喘满，数十日不食。或教以参芦汤探吐之，吐出物如卵清，病乃瘥。

○蓬首如筐：披头散发，像个乱草筐。蓬首，头发散乱之状。

○浸浸：渐渍。

○参芦汤：中药方剂。

○卵清：蛋白。

译文

一天白天，李某躺在床上睡觉，看见一个妇人从墙里出来，头发蓬乱像个乱草筐，头发下垂遮住了脸，走到床前，才用手把头发分开，把脸露出来，又胖又黑，奇丑无比。李某惊恐极了，想跑。妇人突然扑上床，用力抱住李某的头，就跟李某嘴贴着嘴，用舌头把津液度到李某的嘴里，津液像冰块一样冷，渐渐滑向喉咙。如果不往下咽津液则堵得喘不过来气，往下咽则黏稠堵塞喉咙。刚呼吸一次，嘴里又聚满津液，呼吸不畅又往下咽。就这样过了很久，憋得他快忍受不了了。这时，听到门外有人走路的声音，妇人才放手离去。李某从此腹胀得喘不过气来，十来天都没吃东西。有人告诉他用参芦汤催吐，结果吐出来一些像鸡蛋清一样的东西，病才好了。

【仙人岛】

原文

王勉，字黾斋，灵山人。有才思，屡冠文场，心气颇高，善诮骂，多所凌折。偶遇一道士，视之曰："子相极贵，然被'轻薄孽'折除几尽矣。以子智慧，若反身修道，尚可登仙籍。"王嗤曰："福泽诚不可知，然世上岂有仙人！"道士曰："子何见之卑？无他求，即我便是仙耳。"王乃益笑其诬。道士曰："我何足异。能从我去，真仙数十，可立见之。"问："在何处？"曰："咫尺耳。"遂以杖夹股间，即以一头授生，令如己状，嘱合眼，呵曰："起！"觉杖粗如五斗囊，凌空翕飞，潜扪之，鳞甲齿齿焉。骇惧，不敢复动。移时，又呵曰："止！"即抽杖去，落巨宅中，重楼延阁，类帝王居。有台高丈余，台上殿十一楹，弘丽无比。道士曳客上，即命童子设筵招宾。殿上列数十筵，铺张炫目。道士易盛服以伺。

○灵山：指山东灵山卫，明置，今山东青岛市黄岛区内。

○屡冠文场：在科举考试中屡次名列第一。文场，科举考场。

○诮（qiào）骂：挖苦戏辱。

○凌折：欺侮伤害。

○孽：罪业。折除：减损。几：近。

○翕（xī）飞：飞腾。

○齿齿：排列如齿，有次序的样子。

○延阁：绵延的阁道。

○易：改，换。盛服：礼服。伺：伺候，等待。

译文

王勉，字黾斋，灵山人。他才思敏捷，屡次考试都拿第一名，但心性很高，总是爱讥讽他人，很多人都被他羞辱过。有天遇到个道士，看了看他说："公子的面相主大贵，但是被'轻薄孽'减损到快没有了。以你的聪明才智，如果改为修道，还可以成仙。"王勉讥笑着说："我的福气有多大是不知道，但是世上怎么会有仙人！”道士说：“你的见识怎么这么浅薄？不用去别处找寻，我就是仙人。”王勉越发笑他欺骗自己。道士说：“我没有什么特别的地方。如果你跟我走，就能马上让你见到数十位真正的神仙。”王勉问：“在哪里？”道士说：“近在咫尺。”道士把手杖的一头夹在两腿间，将另一头给了王勉，让他像自己一样，嘱咐他闭上眼睛，大喊一声：“起！”王勉觉得手杖变得有装五斗米的袋子那么粗，在空中飞翔，悄悄地摸了一下，上面有一片片的鳞甲。王勉又惊又怕，动都不敢动。过了一会儿，道士又大喊：“停！”抽出手杖，二人落在一个巨大的宅子里，楼阁绵延，像皇帝的宫殿一样。院中有个一丈多高的台子，台上的大殿有十一根楹柱，富丽堂皇。道士拉着王勉走上高台，立刻让童子设宴款待来宾。大殿上摆了数十桌酒席，铺摆陈设让人眼花缭乱。道士换上礼服等候客人前来。

原文

少顷，诸客自空中来，所骑或龙，或虎，或鸾凤，不一类，又各携乐器。有女子，有丈夫，有赤其两足。中独一丽者，跨彩凤，宫样妆束，有侍儿代抱乐具，长五尺以来，非琴非瑟，不知其名。酒既行，珍肴杂错，入口甘芳，并异常馐。王默然寂坐，惟目注丽者，然心爱其人，而又欲闻其乐，窃恐其终不一弹。酒阑，一叟倡言曰：“蒙崔真人雅召，今日可云盛会，自宜尽欢。请以器之同者，共队为曲。”于是各合配旅。丝竹之声，响彻云汉。独有跨凤者，乐伎无偶。群声既歇，侍儿始启绣囊，横陈几上。女乃舒玉腕，如搊筝状，其亮数倍于琴，烈足开胸，柔可荡魄。弹半炊许，合殿寂然，无有欬

○馐（xiū）：精美的食物。

○器：乐器。

○共队为曲：合为一组奏曲。队，部列。

○各合配旅：各自以乐器为伍，配合有序。旅，次序。

○伎：指才智，才能。

○如搊（chōu）筝状：像是用手拨弄筝的样子。搊，用手拨弄筝或琵琶等弦乐器。

○亮：响亮，音响。琴：古琴。

○开胸：心胸开阔。

○半炊许：煮半顿饭的工夫。

者。既阕，铿尔一声，如击清磬。共赞曰：“云和夫人绝技哉！”大众

○既阕(què)：一曲奏完。阕，乐终。因谓一曲为一阕。 ○磬(qìng)：古代打击乐器。 ○云和夫人：作者杜撰的善琴的仙女名。云和，山名，出产琴材。

皆起告别，鹤唳龙吟，一时并散。

○唳(lì)：鸟类高亢的叫声。

译文

过了一会儿，诸位客人从空中来了，有的乘着龙，有的骑着虎，有的坐着鸾凤，各不相同，每个客人都带着乐器。有女人，有男人，有光着脚的。其中一个美丽的女子，骑着彩凤，皇宫装扮，有侍女在旁边给她抱着乐器，乐器长五尺多，不是琴也不是瑟，不知道它的名字。酒宴开始，珍馐佳肴错落摆开，吃到嘴里香甜美味，不同于平常的菜肴。王勉不说话，安静地坐着，只是用眼睛盯着那个美丽的女子，心里很是喜爱她，又想听她弹奏曲子，又担心她到最后也不弹。酒喝得差不多的时候，一个老者提议说：“承蒙崔真人召集，今天相聚可以说是盛大的聚会，大家应该尽情欢乐。请携带相同乐器者，组成一队演奏乐曲。”于是诸位客人按照乐器组队，排列有序。美妙的乐声响彻云霄。只有骑凤的女子，找不到组队的乐器。大家的乐声停了以后，骑凤者的侍女打开绣囊，把乐器拿出来横放在案桌上。女子从容地伸开手腕，像拨弄筝一样弹奏起自己的乐器，发出的声音比琴声响亮好几倍，激烈处让人心胸开阔，柔和处让人心神荡漾。弹了半顿饭工夫，整座大殿悄然无声，连咳嗽声都没有。一曲终了，“铿”的一声，声音像敲击磬般清脆。众人都称赞道：“真是云和夫人的绝技啊！”大家都起身告别，鹤鸣龙吟，一会儿就走完了。

原文

道士设宝榻锦衾，备王寝处。王初睹丽人，心情已动，闻乐之后，涉

想尤劳。念己才调，自合芥拾青紫，富贵后何求弗得。顷刻百绪，乱

○才调：才气。一般指文才。 ○芥拾青紫：谋取高官如同从地上拾取芥草一样轻易。芥，小草。青紫，汉三公(丞相、太尉、御史大夫)官印上的绶带。

如蓬麻。道士似已知之，谓曰：“子前身与我同学，后缘意念不坚，遂

坠尘网。仆不自他于君，实欲拔出恶浊，不料迷晦已深，梦梦不可

○不自他：不自外。

提悟。今当送君行。未必无复见之期，然作天仙须再劫矣。”遂指阶下长石，令闭目坐，坚嘱无视。已，乃以鞭驱石。石飞起，风声灌耳，不知所行几许。忽念下方景界，未审何似，隐将两眸微开一线，则见大海茫茫，浑无边际。大惧，即复合，而身已随石俱堕，砰然一声，汩没若鸥。幸夙近海，略谙泅浮。闻人鼓掌曰：“美哉跌乎！”

○提悟：明白，醒悟。

○再劫：遭两次劫数。劫，梵语音译，劫波的略称，意为极为久远的时节。

○汩（gǔ）没若鸥：像海鸥沉潜水中。汩没，沉没。

译文

道士在宝床上铺设锦缎被褥，好让王勉安睡。王勉最初看到那美丽女子时，已经心动了，听到她弹奏的乐曲之后，对她更加爱慕。思虑以自己的才学，当上大官如同从地上拾取芥草一样轻易，富贵以后想要什么得不到。一时间冒出无数个念头，心乱如麻。道士像是已经知道他心中所想，跟他说：“你前世跟我一起修道，后来因为意志不坚定，坠入红尘之中。我不把你当作外人，实在想把你从恶浊的红尘中救出来，谁知你陷得太深，糊里糊涂不知醒悟。现在我就送你走。你我也未必没有再见的那天，但成为天上的仙人还要经历两次劫难。”指着台阶下的长石，让王勉闭上眼睛坐在上面，再三嘱咐他不要睁开眼睛看。然后，道士用鞭子驱动石头。石头飞了起来，耳边风声呼呼作响，不知道走了多远。王勉忽然想起从天上看下面的景色，不知道是什么样，就暗地里将眼睛微微睁开一条缝，看见茫茫大海，无边无际。他十分恐惧，立刻把眼睛闭上了，身体却和石头一起从空中坠下，砰的一声，像海鸥一样潜入海里。幸亏王勉过去住在海边，稍微懂点儿水性。这时听到有人拍手叫道：“摔得太好看了！”

原文

危殆方急，一女子援登舟上，且曰：“吉利，吉利，秀才‘中湿’矣！”视之，年可十六七，颜色艳丽。王出水寒慄，求火燎之。女子言：“从

○中湿：此处为讥讽之语。

我至家，当为处置。苟适意，勿相忘。”王曰：“是何言哉！我中原才子，偶遭狼狈，过此图以身报，何但不忘！”女子以棹催艇，疾如风雨，俄已近岸。于舱中携所采莲花一握，导与俱去。半里许入村，见朱户南开，进历数重门，女子先驰入。少间，一丈夫出，是四十许人，揖王升阶，命侍者取冠袍袜履，为王更衣。既，询邦族，王曰：“某非相欺，才名略可听闻。崔真人切切眷恋，招升天阙。自分功名反掌，以故不愿栖隐。”丈夫起敬曰：“此名仙人岛，远绝人世。文若，姓桓，世居幽僻，何幸得近名流。”因而殷勤置酒。又从容而言曰：“仆有二女，长者芳云，年十六矣，只今未遭良匹。欲以奉侍高人，如何？”王意必采莲人，离席称谢。桓命于邻党中，招二三齿德来。顾左右，立唤女郎。

○中原：指我国中部地区。

○棹（zhào）：船桨。

○阶：台阶。

○天阙：天宫。

○邻党：乡党。古代以12500户为1乡，500家为党。后泛指邻里。

○齿德：年长而有德者。齿，年齿，年龄。

译文

正在这危急时刻，一个女子把他救上了一艘船，并且说：“吉利，吉利，秀才‘中湿’了！”王勉一看，女子有十六七岁，容貌艳丽。王勉从水里出来冷得浑身直打寒战，请求女子生火烤烤。女子说：“跟着我到我家去，我就给你想办法。要是满意了，可别忘了我呀。”王勉说：“这是什么话！我堂堂的中原才子，偶然落入这样尴尬的境地，渡过此劫应该以身相报，何止不忘记！”女子用桨划船，快如风雨，很快就靠岸了。女子从船舱里拿出采的一把莲花，带领王勉跟她同去。走了半里路进入一个村庄，看见一扇朝南开的红色大门，又走过好几道门，女子先跑了进去。一会儿，一个男子走了出来，有四十多岁，作揖请王勉走上台阶，让仆人拿来冠巾、衣服、袜子和鞋，给王勉更衣。换好衣服，男子问王勉的家世，王勉说：“不是我欺骗你，我的才学名气很多人也是听过的。崔真人情真意切地要招我去天庭为仙。我自认为考取功名轻易，所以不愿意隐居。”男子肃然起敬，说道：“这里名叫仙人岛，远离人世。我叫文若，姓桓，世代居住在这偏僻幽静的地方，何其有幸能亲近您这名人。”因此殷勤地给王勉陈设酒宴。然后又从容地说：“我有两个女儿，大的叫芳云，已经十六岁了，到现在也没找个好人家。我想把她嫁给你，你觉得怎么样？”王勉以为他说的肯定是采莲女，立刻起身表示感谢。桓文若让人从邻居里请几个德高望重的过来。又让仆人把女儿叫过来。

原文

无何，异香浓射，美姝十余辈，拥芳云出，光艳明媚，若芙蕖之映朝日。拜已，即坐。群姝列侍，则采莲人亦在焉。酒数行，一垂髫女自内出，仅十余龄，而姿态秀曼，笑依芳云肘下，秋波流动。桓曰：“女子不在闺中，出作何务？”乃顾客曰：“此绿云，即仆幼女。颇惠，能记典坟矣。”因令对客吟诗。遂诵《竹枝词》三章，娇婉可听。便令傍姊隅坐。桓因谓：“王郎天才，宿构必富，可使鄙人得闻教乎？”王即慨然诵近体一作，顾盼自雄。中二句云：一身剩有须眉在，小饮能令块磊消。

○典坟：“五典三坟”的简称，泛指古代文籍。

○《竹枝词》：仿民歌《竹枝》而写的一种诗体。《竹枝》，原四川巴渝一带的民歌。

○近体：近体诗。我国古代诗歌体裁之一，也称“今体诗”或“格律诗”。

○宿构：谓预先构思。此指旧作。

○顾盼自雄：左顾右盼，自以为是英雄豪杰。顾盼，形容得意忘形。

○须眉：胡须和眉毛。指男子。

○块磊：心中的郁结不平。

译文

过了一会儿，奇异的香气扑鼻而来，十多位美女簇拥着芳云出来了，光艳明媚，像朝阳映照下的荷花。双方行过礼就坐下了。这群美女站在芳云的身旁，其中就有采莲女。酒过三巡，一个小姑娘从里面出来，只有十几岁，身姿纤秀柔美，笑

着依偎在芳云的肘弯处，眼睛顾盼生辉。桓文若说：“女孩子不在闺房里，出来干什么？”然后对客人说：“这是绿云，是我的小女儿。她很聪慧，能背诵很多古诗文。”然后让绿云给客人吟诵诗歌。绿云就背诵了《竹枝词》三首，声音娇俏婉转。桓文若让她在姐姐旁边坐下了。桓文若对王勉说：“王郎这样天资高的人，一定写了很多诗文，能让我听听吗？”王勉慷慨激昂地诵读了一首最近作的近体诗，读完左右看看，自鸣得意。诗中有两句是这样说的：一身剩有须眉在，小饮能令块磊消。

原文

邻叟再三诵之。芳云低告曰：“上句是孙行者离火云洞，下句是猪八戒过子母河也。”一座抚掌。桓请其他。王述《水鸟》诗云：“潴头鸣格磔……”忽忘下句。甫一沉吟，芳云向妹呫呫耳语，遂掩口而笑。绿云告父曰：“渠为姊夫续下句矣。云：‘狗腚响弸巴。’”合席粲然，王有惭色。桓顾芳云，怒之以目，王色稍定。

○孙行者离火云洞：指《西游记》第四十一回孙悟空在号山村枯松涧火云洞被红孩儿妖火所烧事，影射“一身剩有须眉在”。

○猪八戒过子母河：指《西游记》第五十三回中猪八戒过西梁女儿国子母河，饮了河水，成了胎气，腹中长了血团肉块，后来吃了一口落胎泉里的水，才消了胎气。以此调侃“小饮能令块磊消”。

○潴（zhū）头鸣格磔（zhé）：此处以谐音调谑王勉的诗不通。潴头，谐“猪头”，指王勉。潴，水停积处，指陂塘。格磔，是鹧鸪鸟的叫声。

○呫呫（chè）：低声细语。

○狗腚响弸（péng）巴：与“潴（猪）头鸣格磔”相对，胡言乱语，胡说八道。腚，山东方言，屁股。弸巴，象声词。

译文

旁边的老者再三吟诵。芳云低声告诉王勉：“上句说的是孙行者离开火云洞，下句说的是猪八戒渡过子母河。”在座的听见这话都拍手大笑。桓文若请王勉再吟诵一首。王勉就背诵《水鸟》诗：“潴头鸣格磔……”忽然忘了下一句是什么。刚低头沉思，芳云对着妹妹的耳朵说起悄悄话，然后捂着嘴巴笑。绿云告诉父亲说：“姐姐为姐夫续上了下一句——‘狗腚响弸巴’。”席上的人哄堂大笑，王勉露出了惭愧的神情。桓文若发怒地瞪了芳云一眼，王勉的神色才稍微平定下来。

原文

桓复请其文艺。王意世外人必不知八股业，乃炫其冠军之作，题

○文艺：撰述和写作方面的学问，这里指八股文。

为"孝哉闵子骞"二句，破云："圣人赞大贤之孝……"绿云顾父曰：

○破：破题，八股文程式之一，起首两句必须概括剖析全题，因称。

"圣人无字门人者，'孝哉……'一句，即是人言。"王闻之，意兴索

○字：人的别名，亦称"表字"。

然。桓笑曰："童子何知！不在此，只论文耳。"王乃复诵。每数句，姊妹必相耳语，似是月旦之词，但嚅嗫不可辨。王诵至佳处，兼

○月旦：品评，评论。

述文宗评语，有云："字字痛切。"绿云告父曰："姊云：'宜删"切"

○文宗：文章大家，清代誉指省级学官提督学政。

字。'"众都不解。桓恐其语嫚，不敢研诘。王诵毕，又述总评，有

○语嫚（màn）：言辞轻慢。 ○研诘：仔细询问，盘问。

云："羯鼓一挝，则万花齐落。"芳云又掩口语妹，两人皆笑不可

○羯鼓：古羯族乐器。 ○万花齐落：喻文采缤纷。

仰。绿云又告曰："姊云：'羯鼓当是四挝。'"众又不解。绿云启口欲言，芳云忍笑诃之曰："婢子敢言，打煞矣！"众大疑，互有猜论。

○诃（hē）：呵斥。

绿云不能忍，乃曰："去'切'字，言'痛'则'不通'。鼓四挝，其声云'不通又不通'也。"众大笑。桓怒诃之，因而自起泛卮，谢过

○泛卮（zhī）：把酒杯翻过来。干杯。卮，圆形酒器。

不遑。王初以才名自诩，目中实无千古，至此神气沮丧，徒有汗淫。桓谀而慰之曰："适有一言，请席中属对焉：'王子身边，无有一点不

○属（zhǔ）对：联对。

似玉。'"众未措想，绿云应声曰："黾翁头上，再着半夕即成龟。"芳云失笑，呵手扭胁肉数四。绿云解脱而走，回顾曰："何预汝事！

○数四：再三再四，多次。

汝骂之频频，不以为非，宁他人一句，便不许耶？"桓咄之，始笑而

去。邻叟辞别。诸婢导夫妻入内寝，灯烛屏榻，陈设精备。又视洞房中，牙签满架，靡书不有。略致问难，响应无穷。

○牙签：象牙制作的图书标签。

○响应：回答，应答。

译文

桓文若又请王勉说说自己的文章。王勉以为世外之人肯定不知道八股文，就炫耀起自己科考得第一名的那篇文章，题目是“孝哉闵子骞”二句，破题为：“圣人赞大贤之孝……”绿云看着父亲说：“圣人没有称学生表字的，‘孝哉……’一句应该是别人的话。”王勉听了，突然兴致全无。桓文若笑着说：“小孩子知道什么！品读文章不看这个，只看文章是否有文采。”王勉这才又背诵起文章。每背诵几句，芳云姐妹俩一定会互相耳语，像是在品评文章，但声音太小，听不清楚。王勉背诵到得意之处，把考官的评语也念了出来，其中有一句是：“字字痛切。”绿云对父亲说：“姐姐说，‘应该删掉“切”字。’”大家都不明白是什么意思。桓文若担心这话会让王勉感觉言语轻慢，不敢仔细询问。王勉背诵完毕，又叙述考官的总评，有一句话是：“羯鼓一挝，则万花齐落。”芳云又捂着嘴跟妹妹说话，两人都笑得前仰后合。绿云又告诉众人：“姐姐说：‘羯鼓应当是四挝。’”众人又不明白是为什么。绿云张开嘴正要说，芳云忍着笑呵斥她：“小丫头敢说，看我不打死你！”众人都很不解，议论纷纷。绿云忍不住了，就说：“去掉‘切’字，说‘痛’就是‘不通’。鼓敲四下，发出的声音就是‘不通又不通’了。”众人大笑。桓文若愤怒地斥责小女儿，因此自罚一杯，向王勉赔礼。王勉最初自诩文才有名气，目中无人，现在却神情沮丧，汗流浃背了。桓文若只好奉承他，换了个话题：“正好想起一句，请在座的诸位对个下联：‘王子身边，无有一点不似玉。’”大家还没来得及想，绿云就回答道：“黾翁头上，再着半夕即成龟。”芳云失声笑了出来，呵手哈气胳肢绿云。绿云扭身脱开就跑走了，回过头说：“关你什么事！你自己骂了一次又一次，不觉得是错，别人说一句都不行吗？”桓文若呵斥了她们几句，她们才笑着走了。邻居老者也都告辞走了。众丫环带着王勉夫妇到内室就寝，室内烛台、屏风、床榻等陈设精美齐全。又到了洞房，里面满架图书，什么书都有。王勉问了几个难题，芳云都对答如流，没有被难倒。

原文

王至此，始觉望洋堪羞。女唤“明珰”，则采莲者趋应，由是始识其名。屡受诮辱，自恐不见重于闺闼，幸芳云语言虽虐，而房帏之内，犹相爱好。王安居无事，辄复吟哦。女曰：“妾有良言，不知肯嘉纳否？”问：“何言？”曰：“从此不作诗，亦藏拙之一道也。”王大惭，遂绝笔。久之，与明珰渐狎。告芳云曰：“明珰与小生有拯命之德，愿少假以辞色。”芳云乃即许之。每作房中之戏，招与共事，两情益笃，时色授而手语之。芳云微觉，责词重叠，王惟喋喋，强自解免。一夕对酌，王以为寂，劝招明珰，芳云不许。王曰：“卿无书不读，何不记‘独乐乐’数语？”芳云曰：“我言君不通，今益验矣。句读尚不知耶？‘独要，乃乐于人要；问乐，孰要乎？曰：不。’”一笑而罢。

○望洋堪羞：以自己没见过世面为羞。望洋，仰视的样子。

○少假以辞色：稍微给点儿好话、好脸色。意思是另眼相待。

○色授而手语：谓眉目传情，手势示意。

○喋喋：唠唠叨叨，说个不了。

○“独乐乐”数语：《孟子·梁惠王》：“（孟子）曰：‘独乐乐，与人乐乐，孰乐？’曰：‘不若与人。’”芳云故意将文句断错，读错。

○句读：亦称“句逗”。文辞语意已尽处为句，行文中用圈（句）来表示；语意未尽而须停顿处为读，行文中用点（读）来表示。

译文

到这个时候，王勉才觉得自己见识太少，才疏学浅，感到羞愧。芳云喊“明珰”，采莲女答应着走了过来，王勉这才知道她的名字。多次被讥笑嘲讽，王勉担心芳云会看不起自己，幸好芳云虽然嘴上不饶人，在夫妻感情上，对王勉却很好。王勉安心住在这里，无事可做，又开始创作诗文。芳云说：“我有一些话要劝你，不知道你愿不愿意听？”王勉问：“什么话？”芳云说：“从今以后不作诗，也是藏拙的一种办法。”王勉听了深感惭愧，从此以后就不作诗了。时间久了，王勉跟明珰渐渐亲近。他跟芳云说："明珰对我有救命之恩，希望你以后对她好一点儿。"芳云立刻就答应了。王勉每次和芳云在卧室玩游戏的时候，都把明珰叫过来一起，因此他和明珰的感情越来越好，经常和明珰使眼色，打手势。芳云察觉到一点儿苗头，骂了他好几次，王勉就唠唠叨叨，极力为自己解释。一天晚上王勉夫妇二人喝酒，王勉说两人喝酒太没趣儿，让芳云把明珰叫过来，芳云不同意。王勉说："你读过那么多书，怎么不记得'独乐乐'这些话？"芳云说："我说你不通，今天果然应验了。句读难道不知道吗？'独要，乃乐于人要；问乐，孰要乎？曰，不。'"两人笑笑，这事就算过去了。

原文

适芳云姊妹赴邻女之约，王得间，急引明珰，绸缪备至。当晚，觉小腹微痛，痛已，而前阴尽肿。大惧，以告芳云，云笑曰："必明珰之恩报矣！"王不敢隐，实供之。芳云曰："自作之殃，实无可以方略，既非痛痒，听之可矣。"数日不瘳，忧闷寡欢。芳云知其意，亦不问讯，但凝视之，秋水盈盈，朗若曙星。王曰："卿所谓'胸中正，则眸子瞭焉'。"芳云笑曰："卿所谓'胸中不正，则瞭子眸焉'。"盖"没有"之"没"，俗读似"眸"，故以此戏之也。王失笑，哀求方剂。曰："君不听良言，前此未必不疑妾为妒意，不知此婢原不可近。曩实相爱，而君若东风之吹马耳，故唾弃不相怜。无已，为若治之。然医师必审患处。"乃探衣而咒曰："'黄鸟黄鸟，无止于楚！"'王不觉大笑，笑已而瘳。

○无可以方略：没有解决的办法。方略，办法。

○秋水：喻眼波。盈盈：水清澈的样子。

○胸中正，则眸（móu）子瞭（liǎo）焉：心术端正，则眼光是明亮的。瞭，眼珠明亮。

○瞭子：山东方言，男性生殖器的谐音。

○若东风之吹马耳：如同风过马耳，漠然无所动于心。吹，亦作"射"。

○黄鸟黄鸟，无止于楚：由《诗·秦风·黄鸟》"交交黄鸟，止于楚"和《诗·小雅·黄鸟》"黄鸟黄鸟，无集于桑"等句子凑泊调侃。黄鸟，喻指男子生殖器。楚，树名，即牡荆，在这里借为"痛楚"之"楚"。

译文

碰巧有一天芳云姐妹俩去邻居女子处赴约，王勉得空，赶紧把明珰叫过来，两人温存一番。当天晚上，王勉觉得小腹微微有些痛，痛完以后，前面的生殖器全都肿了起来。他害怕极了，告诉了芳云，芳云笑着说："这肯定是报了明珰的救命之恩了！"王勉不敢隐瞒，把事情都说了出来。芳云说："你自己找的麻烦，我实在没办法解决。既然不痛不痒，随它去吧。"过了好几天都不见好，王勉郁郁寡欢。芳云知道他在想什么，也不过问，就只一动不动地看着他，眼睛像秋水一样清澈，明亮得像早晨的星星。王勉说："你就是所谓的'胸中正，则眸子瞭焉'。"芳云笑着说："你就是所谓的'胸中不正，则瞭子眸焉'。"因为"没有"的"没"，一般读着像"眸"，所以以此来戏谑王勉。王勉哑然失笑，哀求芳云给他治疗。芳云说："你不听良言，在这之前未必不怀疑我心存嫉妒，不知道这个女婢原本不能亲近。我是真心实意地爱你，你却把我说的话当耳边风，所以我才看不起你，对你毫无怜悯之心。没办法，我给你治治吧。但医生治病一定要看看患处。"便把手伸进王勉的衣服里念咒语："黄鸟黄鸟，无止于楚！"王勉忍不住大笑出声，笑完就病愈了。

原文

逾数月，王以亲老子幼，每切怀忆。以意告女。女曰："归即不难，但会合无日耳。"王涕下交颐，哀与同归。女筹思再三，始许之。桓翁张筵祖饯，绿云提篮入，曰："姊姊远别，莫可持赠。恐至海南，无以为家，夙夜代营宫室，勿嫌草创。"芳云拜而受之。近而审谛，则用细草制为楼阁，大如橼，小如橘，约二十余座，每座梁栋榱题，历历可数，其中供帐床榻，类麻粒焉。王儿戏视之，而心窃叹其工。芳云曰："实与君言：我等皆是地仙。因有夙分，遂得陪从。本不欲

○祖饯：设宴送行。

○草创：粗糙简略。

○审谛：仔细观看。

○橼（yuán）：枸（jǔ）橼，木名。

○榱（cuī）题：屋檐的椽子头，即出檐。

○供帐：谓供具张设。也作"供张"。

○夙分：宗教认为前世的缘分。

○地仙：道教称住在人间的仙人。

践红尘，徒以君有老父，故不忍违。待父天年，须复还也。”王敬

○红尘：原指闹市中的飞尘，繁华的都市生活。佛道则指称人世间。

诺。桓乃问：“陆耶？舟耶？”王以风涛险，愿陆。出则车马已候于门。

谢别而迈，行踪骛驶。俄至海岸，王心虑其无途。芳云出素练一疋，

○骛（wù）驶：急驰。骛，疾。驶，马行迅速。

望南抛去，化为长堤，其阔盈丈。瞬息驰过，堤亦渐收。至一处，潮

水所经，四望辽邈。芳云止勿行，下车取篮中草具，偕明珰数辈，

○辽邈：旷远。

布置如法，转眼化为巨第。并入解装，则与岛中居无稍差殊，洞房内

○解装：放下行囊。装，行装。

几榻宛然。时已昏暮，因止宿焉。早旦，命王迎养。

○迎养：迎父母供养。养，供养，侍奉。

译文

过了几个月，王勉因为父母年纪大，孩子还年幼，总是深切怀念他们，然后告诉了芳云。芳云说：“回去倒是不难，但不知道什么时候我们才能见面。”王勉泪如雨下，哀求芳云跟自己一起回去。芳云犹豫再三，才答应。桓文若大摆宴席为他们饯行，绿云提着一个篮子进来，对芳云说：“姐姐要离我们远去，没有其他好送给你的。只怕你们到了海南，连个家也没有，就日夜不停给你们做了房子，别嫌粗糙。”芳云拜谢后就接受了。拿近了仔细看，是用细草做成楼阁，大的有枸橼那么大，小的有橘子那么大，有二十多座，每座楼阁都有房梁、屋檐，并且看得很清楚，里面的床帐、卧榻等家具，芝麻粒大小。王勉把它当成小孩子的玩具，心里感叹做得确实精巧。芳云说：“实话跟你说：我们都是地仙。因为你我有缘分，因此得以陪伴着你。我本来不想踏足红尘，但你有年迈的父母，所以不忍心违背你的心愿。等你父亲百年之后，我们还得回来。”王勉恭敬地答应了。桓文若问道：“你们是走陆路，还是水路？”王勉说海上风急浪高，还是走陆路。走出门，马车已经在门外等着了。拜别桓家众人，马车拉着二人疾驰而去。很快到了海边，王勉心想，这前面无路可走了。谁知芳云拿出一匹白练，往南边一抛，变成一道长堤，有好几丈宽。马车一瞬间就走到另一头，长堤也慢慢收回。到了一处地方，潮水从这里流过，四周看起来辽阔无比。芳云将马车停下来，从马车上下来，取

出篮子里草做的房屋，带着明珰她们几个，按照一定的规矩放置，转眼间变成一座大宅。大家一起走进去，放下行囊，和住在仙人岛上差不多，王勉夫妇房内的桌椅、床榻也和之前一样。这时已经到黄昏时分，就都住下了。第二天一早，芳云就让王勉把父母和孩子接过来。

原文

王命骑趋诣故里，至则居宅已属他姓。问之里人，始知母及妻皆已物故，惟老父尚存。子善博，田产并尽，祖孙莫可栖止，暂僦居于西村。王初归时，尚有功名之念，不恝于怀。及闻此况，沉痛大悲，自念富贵纵可携取，与空花何异？驱马至西村，见父衣服滓敝，衰老堪怜。相见，各哭失声。问不肖子，则出赌未归。王乃载父而还。芳云朝拜已毕，燂汤请浴，进以锦裳，寝以香舍。又遥致故老与谈讌，享奉过于世家。子一日寻至其处，王绝之，不听入，但予以廿金，使人传语曰："可持此买妇，以图生业。再来，则鞭打立毙矣！"子泣而去。

○物故：死亡。

○僦（jiù）居：租屋而居。

○不恝（jiá）于怀：无法释怀。

○空花：虚幻之花。花，也作"华"。

○滓敝：肮脏破旧。

○不肖子：品行不好，没有出息的儿子。

○燂（tán）汤：烧热水。燂，烧热。

○故老：年高有见识的人。晋陶潜《咏二疏》："促席延故老，挥觞道平素。"谈讌：谈心宴饮。讌，同"宴"。

译文

王勉让人骑马赶去老家，到了才发现屋子已经成了他人的。问村里的邻居，才知道母亲和妻子都已经去世，只有老父亲还在人世。他的儿子染上赌博的恶习，把田产都输光了，祖孙俩没处落脚，暂时租住在西村。王勉刚回来的时候，还有考取功名的念头，难以释怀。他听到家里的近况，悲痛难抑，心想富贵就算可以求取，与虚幻的花又有什么区别呢？王勉驾着马车到了西村，看见父亲衣衫褴褛，衰弱苍老得实在可怜。两人相见，痛哭失声。王勉问起自己那不成器的儿子，说是出门赌博还没回来。王勉就带着父亲回家了。芳云拜见公公后，准备了热水让公公沐浴，又给他送上锦缎做的衣服，让他睡在点了熏香的屋子里。她又请来一些年高有见识的人与他聊天喝酒，让公公的生活比世家大族里的老人活得还滋润。王勉的儿子有一天找到了王勉的住处，王勉拒绝见他，也不让他进门，但给了他二十两银子，让人传话给他："拿着这些钱娶个媳妇，好好过日子。要是再来，用鞭子打死！"儿子哭着走了。

原文

王自归，不甚与人通礼，然故人偶至，必延接盘桓，㧑抑过于平日。独有黄子介，夙与同门学，亦名士之坎坷者，王留之甚久，时与秘语，赂遗甚厚。居三四年，王翁卒，王万钱卜兆，营葬尽礼。时子已娶妇，妇束男子严，子赌亦少间矣。是日临丧，始得拜识姑嫜。芳云一见，许其能家，赐三百金为田产之费。翼日，黄及子同往省视，则舍宇全渺，不知所在。

○㧑（huī）抑：谦逊。

○卜兆：卜坟兆。即以占卜择定墓地。

○姑嫜：公婆。

译文

自从回来，王勉不大跟人来往，但是老朋友偶尔来家里，定会热情接待，比平时更为谦逊。特别是有个叫黄子介的，以前跟王勉师从同一位老师，也是位名士，其遭遇非常坎坷，王勉留他住了好久，经常跟他秘密地交谈，送给他很多钱物。过了三四年，王勉的父亲去世了，王勉花了很多钱给他挑选墓地，然后厚礼安葬了父亲。这时王勉的儿子已经娶妻，儿媳妇严格管束儿子，儿子也很少赌博了。在举行葬礼的这天，儿媳妇才得以拜见公婆。芳云一看，就知道儿媳妇有持家的能力，给了她三百两银子用于置办田产。第二天，黄子介和王勉的儿子一同去看望王勉，发现房屋都不见了，不知道王勉夫妇到哪里去了。

原文

异史氏曰：佳丽所在，人且于地狱中求之，况享受无穷乎？地仙许携姝丽，恐帝阙下虚无人矣。轻薄减其禄籍，理固宜然，岂仙人遂不之忌哉？彼妇之口，抑何其虐也！

○禄籍：登记禄位的簿册，此指福禄名位。

○虐：刻薄。

译文

异史氏说：美貌女子在的地方，哪怕是地狱，也会有人前去追求，何况还有无穷的享受呢？地仙如果允许人们带走美人，恐怕帝都之下就空无一人了。王勉为人轻薄而失去自己的福禄名位，这是理所应当的，难道神仙就不在乎他的刻薄吗？他妻子的那张嘴，是多么尖酸刻薄啊！

近体

近体指唐代兴起的一种格律诗体，与古体诗相对。近体诗包括绝句和律诗，其特点是对句数、字数、平仄、对仗和用韵有严格的要求。与较为自由的古体诗不同，近体诗的创作需遵循固定的形式，成为唐代诗歌的主流。

【阎罗薨】

原文

巡抚某公父，先为南服总督，殂谢已久。公一夜梦父来，颜色惨栗，告曰："我生平无多孽愆，只有镇师一旅，不应调而误调之，途逢海寇，全军尽覆。今讼于阎君，刑狱酷毒，实可畏凛。阎罗非他，明日有经历解粮至，魏姓者是也。当代哀之，勿忘！"醒而异之，意未深信。既寐，又梦父让之曰："父罹厄难，尚弗镂心，犹妖梦置之耶？"公大异之。

○殂(cú)谢：死亡。

○南服：南方。古代王畿以外地区分为五服，因此称南方为南服。

○惨栗：极度悲痛。

○孽愆(qiān)：罪过，大错。

○镇师一旅：所属镇的军队500人。镇，明清时军队的编制单位。旅，军队编制单位，500人为一旅。

○畏凛：畏惧，害怕。

○经历：官名。金代枢密院、都元帅府皆置经历，元明因之，掌出纳、移文等事。解：押解。

○罹厄难：遭受危难。罹，遭遇。

○让：责备。

○尚弗镂心：还不铭记于心。

译文

某个巡抚的父亲，之前在南方任总督，很久之前就去世了。巡抚在一天夜里梦见父亲前来，面容很悲痛的样子，告诉儿子说："我生前没做过什么坏事，只有镇守边防时，不应该调动一旅军队却错误地调动了，途中遇到海盗，全军覆没。现如今士兵们告到阎王那里，阎罗殿的刑罚严酷毒辣，实在让人惧怕。阎罗王不是别人，明天有经历押送粮草到这里，姓魏的那个就是。你要替我求求他，千万别忘了！"巡抚醒来感觉很奇怪，没有完全相信梦境。接着睡着了，又梦见父亲责备他说："父亲遭遇灾难，你不但不放在心上，还当成妖梦来对待吗？"巡抚越发觉得怪异。

原文

明日，留心审阅，果有魏经历，转运初至，即刻传入，使两人捺坐，而后起拜，如朝参礼。拜已，长跽涟洏而告以故。魏不自任，公伏地不起。魏乃云："然，其有之。但阴曹之法，非若阳世懵懵，可以

○捺(nà)坐：强按于座。捺，使劲摁。

○如朝参礼：如同上朝参见皇帝的礼节。

○长跽涟洏(ér)：直挺挺地跪着，两眼垂泪。长跽，上身挺直而跪。涟洏，垂泪的样子。

○任：承担，担当。

○其有之：大概有这件事。

○懵懵(měng)：昏暗不明。

上下其手，即恐不能为力。”公哀之益切，魏不得已，诺之。公又求其速理。魏筹回虑无静所，公请为粪除宾廨，许之，公乃起。又求一往窥听，魏不可。强之再四，嘱曰：“去即勿声。且冥刑虽惨，与世不同，暂置若死，其实非死。如有所见，无庸骇怪。”

〇上下其手：玩弄手法，串通作弊。

〇筹回：筹思，反复思虑。

〇理：审理。

〇粪除宾廨：清扫接待宾客的招待所。

〇无庸：不用。

译文

第二天，巡抚留心查阅名册，果然有个姓魏的经历，转运粮草刚到，立刻传他进来，让两个人强行将他按住坐下，然后起身便拜，像上朝拜见皇帝一样。拜完以后，跪着边哭边告诉他梦中的事情。魏经历不承认自己是阎王，巡抚就跪在地上不肯起来。魏经历只好说：“好吧，大概有这么件事。但阴曹地府的法律，不像人间的法律昏暗不明，可以玩弄手段，恐怕我也无能为力。”巡抚越发恳切地哀求，魏经历不得已，答应了他。巡抚又请他加快审理。魏经历考虑没有清静的地方审理，巡抚说可以将用于公务的招待所清扫出来以供使用，魏经历同意了，巡抚这才起来。巡抚又请求魏经历审案时自己在旁边偷听，魏经历不答应。巡抚再三请求，魏经历才答应，叮嘱他：“去了以后别出声。而且阴司刑罚看起来虽然悲惨，但跟人间不一样，受刑后看起来像是死了，实际上没死。你要是看见了，不要害怕。”

原文

至夜，潜伏廨侧，见阶下囚人，断头折臂者，纷杂无数。墀中置火铛油镬，数人炽薪其下。俄见魏冠带出，升座，气象威猛，迥与曩殊。群鬼一时都伏，齐鸣冤苦。魏曰：“汝等命戕于寇，冤自有主，何得妄告官长？”众鬼哗言曰：“例不应调，乃被妄檄前来，遂遭凶害，谁贻之冤？”魏又曲为解脱，众鬼嗥冤，其声讻动。魏乃唤鬼役：“可将

〇火铛油镬：烹刑刑具。铛、镬，烹器，即下文所云“油鼎”。

〇炽薪：点燃柴草。薪，柴火。

〇迥与曩殊：与日间所见大不相同。

〇戕（qiāng）：戕害，杀死。

〇妄檄：错误命令。檄，传递军令的公文。

〇贻（yí）：给予。

〇嗥：嚎叫。

某官赴油鼎，略入一煠，于理亦当。”察其意，似欲借此以泄众忿。即

○一煠（zhá）：食物放入油或汤中，一沸而出称煠。

有牛首阿旁，执公父至，即以利叉刺入油鼎。公见之，中心惨怛，痛不

○牛首阿旁：均为民间传说中地狱里的恶鬼，负责逮捕审讯的衙役。

○惨怛（dá）：痛苦，伤痛。

可忍，不觉失声一号，庭中寂然，万形俱灭矣。公叹咤而归。及明，视

魏，则已死于廨中。

译文

到了夜里，巡抚躲藏在招待所的旁边，看见台阶下面的犯人，断头的，折胳膊的，纷乱繁杂，数量众多。台阶的空地上有油锅，好几个人在下面填柴火。一会儿就看见魏经历身穿官服威严地走了出来，坐上高座，气势威猛，跟白天的样子大不一样。一群鬼一时间都跪在地上，齐声喊冤叫苦。魏经历说："你们是被海盗杀死的，冤有头债有主，为什么要诬告官长？"这些鬼吵嚷着说："按规定不应该把我们调走，就是官长下了错误的命令，我们才被杀害，是谁导致我们冤死的呢？"魏经历又想办法给巡抚的父亲解脱，这些鬼都喊冤枉，纷乱嘈杂。魏经历于是叫来鬼差："把那个官长扔到油锅里，稍微炸一下，于理也是应当。"鬼差明白他的意思，就是准备借此平息众鬼的愤怒。随即有牛首阿旁把巡抚的父亲带过来，然后用锋利的叉子叉入油锅。巡抚见此情景，心中十分难过，痛得难以忍受，不觉失声叫了一声，庭院中顿时安静下来，什么都不见了。巡抚叹息诧异地回去了。等到天亮，看见魏经历已经死在宾廨里了。

原文

松江张禹定言之。以非佳名，故讳其人。

○松江：县名。位于上海西南部。

译文

这个故事是松江张禹定讲的。因为这事不是什么好事，所以就不写当事人的姓名了。

【颠道人】

原文

颠道人，不知姓名，寓蒙山寺。歌哭不常，人莫之测，或见其煮石为饭者。会重阳，有邑贵载酒登临，舆盖而往。宴毕过寺，甫及门，则道士赤足着破衲，自张黄盖，作警跸声而出，意近玩弄。邑贵乃惭怒，挥仆辈逐骂之。道人笑而却走，逐急弃盖。共毁裂之，片片化为鹰隼，四散群飞。众始骇，盖柄转成巨蟒，赤鳞耀目，众哗欲奔。有同游者止之曰："此不过翳眼之幻术耳，乌能噬人！"遂操刃直前。蟒张吻怒逆，吞客咽之。众骇，拥贵人急奔，息于三里之外。使数人逡巡往探，渐入寺，则人蟒俱无。方将返报，闻老槐内喘急如驴，骇甚。初不敢前，潜踪移近之，见树朽中空，有窍如盘。试一攀窥，则斗蟒者倒植其中，而孔大仅容两手，无术可以出之。急以刀劈树，比树开而人已死。逾时少苏，舁归。道士不知所之矣。

○颠：疯癫。
○蒙山：古称东蒙、东山，位于山东中南部。
○不常：不正常。
○邑贵：本县中有权势的人。登临：登山临水，指登游蒙山。
○舆盖：坐轿张伞。盖，贵官出行时作为仪仗用的大伞。
○作警跸（bì）声：发出喝道的声音。警跸，古时皇帝出入经过的地方严加戒备，鸣鞭吆喝，驱散行人。警，警戒。跸，清道，禁止通行。
○翳（yì）眼之幻术：迷惑他人视觉的幻术，俗称障眼法。翳，遮蔽。
○窍：窟窿，孔洞。
○舁（yú）：抬。

译文

有个疯癫的道人，没人知道他的名字，住在蒙山的一座寺庙里。他有时高歌，有时大哭，人们都猜不透他，有人看见他用石头做饭吃。一次正逢重阳节，有个权贵的人带着酒前往蒙山登高，随行的还有华贵的仪仗队。宴席结束路过寺庙，刚走到门口，人们就看到道士光着脚穿着破烂的衲衣，撑着一把黄伞，说着给皇帝清道的话语，意思是戏弄权贵。权贵既羞惭又愤怒，指挥奴仆驱赶谩骂道人。道士笑着转身往后跑，奴仆们追得急了，道士就把伞扔掉。奴仆们把黄伞撕成碎片，碎片都变成老鹰，四处飞。众人开始觉得有点儿害怕，这时伞柄变成大蟒蛇，鳞片是红色的，耀眼夺目，众人纷纷叫喊着要逃走。有一起上山游玩的人制止他们说：“这不过是迷惑人的幻术而已，怎么可能真的吃人！”于是拿起刀直奔蟒蛇而去。蟒蛇张大嘴恼怒地迎上来，把这个人给吞了下去。大家很害怕，簇拥着贵人一溜烟地跑了，跑到三里开外才停下来休息。权贵派人前去寺庙探探情况，去的人小心翼翼地进入寺庙，道士和蟒蛇都不见了。正准备回去禀报，听见一棵老槐树里有像驴子一样的喘息声，吓得不敢动弹。开始的时候不敢上前，蹑手蹑脚走近，看见腐朽的老槐树中间是空心的，有个盘子那么大的洞。试着爬上去往里看，看见跟蟒蛇搏斗的那个人头朝下立在里面，而树洞只有两只手能放下的大小，没办法把这个人拉出来。急忙用刀把树劈开，等到树劈开人已经昏死过去了。过了一会儿，那个人苏醒过来，被抬回去了。道士不知道去了哪里。

原文

异史氏曰：张盖游山，厌气浃于骨髓。仙人游戏三昧，一何可笑！予乡殷生文屏，毕司农之妹夫也，为人玩世不恭。章丘有周生者，以寒贱起家，出必驾肩而行。亦与司农有瓜葛之旧。值太夫人寿，殷料其必来，先候于道，着猪皮靴，公服持手本。俟周舆至，鞠躬道左，唱曰：“淄川生员，接章丘生员！”周惭，下舆，略致数语而别。少间，同聚于司农之堂，冠裳满座，视其服色，无不窃笑，殷傲睨自若。既而筵终出门，各命舆马。殷亦大声呼：“殷老爷独龙车何在？”有二健仆，横扁杖于前，腾身跨之。致声拜谢，飞驰而去。殷亦仙人之亚也。

○厌气：令人憎恶的俗气。浃：浸透。

○游戏三昧：佛家谓自在无碍，而常不失定意。也指深通某事而以游戏出之，或得趣于某事。

○毕司农：毕自严，明代万历进士，官至户部尚书。司农，户部尚书的别称。

○章丘：旧县名，位于今山东济南东部。

○驾肩：坐轿。

○瓜葛之旧：辗转相连的远亲。

○太夫人：此处尊称毕母。

○着猪皮靴，公服持手本：足穿带毛猪皮靴，身穿生员服，手持拜见名帖。此处殷生所为皆为嘲讽章丘周生的恶作剧。

○冠裳：衣冠，官吏士绅的代称。

○服色：穿戴，服饰。

○傲睨自若：傲慢睥睨，态度自然。

○扁杖：扁担，即殷生谑称的“独龙车”。

○亚：流亚，次一等。

译文

异史氏说：打着伞游山，令人憎恶的俗气深入骨髓。仙人对这权贵的捉弄，是多么的可笑！我的家乡有个叫殷文屏的书生，是毕司农的妹夫，为人玩世不恭。章丘有个姓周的秀才，出身寒微，出门一定要坐轿。他跟毕司农也有些沾亲带故。恰逢毕母的寿辰，殷文屏料想周秀才一定会来，就先在路旁等候，穿着猪皮靴，身穿生员服，手里拿着名帖。等周秀才的轿子一到，他就在道路左侧鞠躬，嘴里喊道：“淄川殷生员，接章丘周生员！”周秀才很惭愧，下轿跟殷文屏说了几句话就告别了。没多久，大家都会聚在毕司农的厅堂里，满座都是穿着礼服的官吏，看见殷文屏的装束，都笑着窃窃私语，殷文屏却傲慢睥睨，态度自然。等到宴席结束众人出门，各自让车马前来。殷文屏也大声说：“殷老爷的独龙车何在？”只见两个健壮的仆人，抬着一根扁担在殷文屏的身前，殷文屏纵身一跃，坐上扁担。向众人道谢拜别，飞快地走了。殷文屏也是一类仙人啊。

手本

手本指明清时期下属见上司或门生拜见座师时所用的名帖，通常以棉纸六页折成，外加青色封壳。手本分为两类：红禀和白禀。红禀用于初次拜见或庆贺之时，白禀则用于报告事情或请示时使用。这种礼仪形式体现了当时的等级关系和礼节规范。

【胡四娘】

原文

程孝思，剑南人，少惠能文。父母俱早丧，家赤贫，无衣食业，求佣为胡银台司笔札。胡公试使文，大悦之，曰：“此不长贫，可妻也。”银台有三子四女，皆襁中论亲于大家，止有少女四娘，孽出，母早亡，笄年未字，遂赘程。或非笑之，以为惛髦之乱命，而公弗之顾也。除馆馆生，供备丰隆。群公子鄙不与同食，仆婢咸揶揄焉。生默默不较短长，研读甚苦。众从旁厌讥之，程读弗辍；群又以鸣钲锽聒其侧，程携卷去，读于闺中。

○剑南：唐初改益州为剑南道，治所在成都府，辖境相当于今四川大部，云南澜沧江、哀牢山以东及贵州北端、甘肃文县一带。

○银台：宋时有银台司，掌管天下奏状案牍，因司署设在银台门内，故名。明清时期的通政司职位和银台司相当，所以也称为银台。司笔札：从事文字工作。

○孽出：庶出，妾所生。

○赘程：招程孝思为赘婿。旧时男子就婚于女家叫入赘。

○惛髦：年老神志不清。

○除馆馆生：整理馆舍，让程生居住。除，打扫。馆，招待宾客的房舍。后馆动词。

○鸣钲（zhēng）：敲锣打钟。钲，古打击乐器，形似钟，有长柄可执，口向上。锽聒：噌噌地吵闹。锽，钟鼓声。聒，嘈杂。

译文

程孝思是剑南人，从小就很聪明，文章写得极好。父母在他很小的时候就去世了，家里很穷，没办法维持生计，他便请求通政司胡公让自己做些文书之类的差事。胡公让他试写了篇文章，看完之后很高兴，说：“这个人很有才华，不会长久贫穷下去的，可以将我的女儿许配给他。”胡公有三个儿子四个女儿，其他几个都是还在襁褓中就跟世家望族定了亲，只有最小的女儿四娘，是小妾所生，她的母亲很早就去世了，及笄了还没定亲，于是胡公就让程孝思跟四娘成婚，入赘胡家。有人嘲笑胡公，说他人老糊涂了，以至于乱点鸳鸯谱，而胡公对这些话都不置一词。他在家里收拾了间房子让程孝思住下，衣食一应供给。胡家的几个儿子都看不起程孝思，不愿意跟他同桌吃饭，奴仆们也都说些尖酸刻薄的话。程孝思只是默默行事，不去计较飞短流长，而是更加刻苦地读书。众人在一旁厌恶地讥笑他，程孝思也不停地读书。这些人又在他身边敲锣打鼓发出噪声，程孝思就拿起书离开，到内室里去读书。

原文

初，四娘之未字也，有神巫知人贵贱，遍观之，都无谀词，惟四娘至，乃曰："此真贵人也！"及赘程，诸姊妹皆呼之"贵人"以嘲笑之，而四娘端重寡言，若罔闻之。渐至婢媪，亦率相呼。四娘有婢名桂儿，意颇不平，大言曰："何知吾家郎君，便不作贵官耶？"二姊闻而嗤之曰："程郎如作贵官，当抉我眸子去！"桂儿怒而言曰："到尔时，恐不舍得眸子也！"二姊婢春香曰："二娘食言，我以两睛代之。"桂儿益恚，击掌为誓曰："管教两丁盲也！"二姊忿其语侵，立批之。桂儿号哗。夫人闻知，即亦无所可否，但微哂焉。桂儿噪诉四娘，四娘方绩，不怒亦不言，绩自若。会公初度，诸婿皆至，寿仪充庭。大妇嘲四娘曰："汝家祝仪何物？"二妇曰："两肩荷一口！"四娘坦然，殊无惭怍。人见其事事类痴，愈益狎之。独有公爱妾李氏，三姊所自出也，恒礼重四娘，往往相顾恤。每谓三娘曰："四娘内慧外朴，聪明浑而不露，诸婢子皆在其包罗中而不自知。况程郎昼夜攻苦，夫岂久为人下者？汝勿效尤，宜善之，他日好相见也。"故三娘每归宁，辄加意相欢。

○抉：挖掉。眸子：眼珠。

○两丁：两个。

○批：手击，打耳光。

○侵：侵犯。

○绩：捻麻线。

○寿仪：祝寿的礼物。

○狎：轻侮。

○恒：常，总是。礼重：敬重，以礼相待。

○顾恤：照顾体恤。

○内慧外朴：内心聪明而外表朴钝。

○浑而不露：浑厚不露锋芒。

○效尤：学人坏样。效，仿效。尤，过错。

译文

当初，四娘还没定亲时，有个神巫能看出人的贵贱，把胡家人都看了一遍，也没说出奉承的话，只有四娘前来，才说："这是真贵人啊！"等到程孝思入赘以后，众姐妹都嘲笑地称呼四娘"贵人"，而四娘端庄稳重，很少说话，对这些嘲笑置若罔闻。渐渐地婢女和仆妇们也都这么称呼她。四娘有个丫环叫桂儿，心里忿忿不平，大声说："你们怎么知道我家姑爷就当不了大官呢？"二姐听见了嘲笑她说："程郎如果做了大官，把我的眼珠剜去！"桂儿生气地说："到时候，只怕你舍不得自己的眼珠了！"二姐的婢女春香说："二小姐要是食言了，用我的两个眼珠子顶上。"桂儿听了越发生气，和春香击掌为誓道："一定让你俩都变成瞎子！"二姐恼恨桂儿顶撞自己，立即打了她一耳光。桂儿嚎啕大哭。胡夫人听说此事，也不置可否，只是微微一笑。桂儿吵嚷着将此事告诉了四娘，四娘当时正在纺线，不生气也不说话，镇定自如地接着纺线。胡公过生日这天，几位女婿都来贺寿，送来的寿礼堆满了庭院。大嫂嘲笑四娘："你家拿了什么寿礼呢？"二嫂说："两个肩膀扛张嘴！"四娘面色坦然，没有一丝惭愧的神色。众人见她在各种事情上都像傻子，越发轻侮她。只有胡公的爱妾李氏，三姐的生母，对四娘一向礼仪周全，总是照顾体恤她。李氏也总是对三娘说："四娘内心聪慧外表朴素，虽然聪明但从不外露，你的兄弟姐妹们都在她的包罗之中却不自知。况且程郎日夜苦读，难道是久居人下的人吗？你不要跟他们学些不好的东西，应该善待四娘，以后也好相见啊。"所以三娘每次回娘家，总是特意跟四娘交好。

原文

是年，程以公力得入邑庠。明年，学使科试士，而公适薨，程

○入邑庠：进县学。即考中秀才。

○科试：也称"科考"。清代每届乡试前，各省学政巡回举行考试，选拔优秀生员参加乡试。

缞哀如子，未得与试。既离苫块，四娘赠以金，使趋入"遗才"籍，

○缞（cuī）哀如子：穿着重孝服，哀痛哭泣，如同亲生儿子。

○既离苫（shān）块：代指居丧期满。苫块，寝苫枕块的略语。古礼，居父母丧时，以草苫为席，以土块为枕。

嘱曰："曩久居，所不被呵逐者，徒以有老父在，今万分不可矣！倘

○赂遗（wèi）：赠送财物。

能吐气，庶回时尚有家耳。"临别，李氏、三娘赂遗优厚。程入闱，

○砥志研思：刻苦励志，用心研思。砥和研，都是细致琢磨的意思。

○愿乖气结：愿望没有实现，心气郁结。

砥志研思，以求必售。无何，放榜，竟被黜。愿乖气结，难于旋里，

幸囊资小泰，携卷入都。时妻党多任京秩，恐见诮讪，乃易旧名，诡托里居，求潜身于大人之门。东海李兰台见而器之，收诸幕中，资以膏火，为之纳贡，使应顺天举。连战皆捷，授庶吉士。自乃实言其故。李公假千金，先使纪纲赴剑南，为之治第。时胡大郎以父亡空匮，货其沃墅，因购焉。既成，然后贷舆马往迎四娘。

○小泰：比较充足。泰，侈，丰足。
○妻党：妻方的家族。任京秩：做京官。秩，官吏的职位或品级。
○东海：县名。今属江苏连云港。兰台：御史。东汉时称御史台为兰台寺，后世因以兰台作为御史的代称。
○膏火：灯油。代指学习费用。
○应顺天举：参加顺天府乡试。
○连战皆捷：指顺利通过会试和殿试。
○庶吉士：中国明清两朝时翰林院内的短期职位。为皇帝近臣，有为皇帝讲解经籍等责，是明内阁辅臣的重要来源之一。

译文

这一年，程孝思在胡公的帮助下考中了秀才。第二年，学使前来举行科考，这时胡公去世了，程孝思身穿重孝，像儿子一样为胡公守丧，因此没有参加考试。服丧期一过，四娘就给了程孝思一笔银子，让他赶紧参加补考，以进入“遗才”籍，叮嘱道：“以前你能在这里久居，是因为有老父亲在，现在是万万不行了！如果你能高中，等你回来的时候还可能有这个家。”临别时，李氏、三娘给了程孝思很多财物。程孝思进了考场，沉着研读考卷，以求高中。没多久，放榜了，他竟然落榜了。程孝思心中郁结，没脸返回乡里，幸而手里还有不少银子，就带着行李进京了。当时胡家的不少亲戚在京中任职，程孝思担心被他们讥笑，就换了个名字，瞎编了个住址，以求在大官家里谋点儿事做。东海的李御史跟他见面之后对他很是器重，收他进入自己的幕府，资助他学习，给他捐了个贡生，使他去顺天府应考。之后，程孝思接连通过考试，既中了举人又中了进士，被授予庶吉士。他这才对李御史讲了实情。李御史借给他一千两银子，先派一个管家到剑南去，为程孝思买宅子。这时胡家大郎因父亲去世后家里亏空，要卖一座宅院，管家就买了下来。这些事都办完了，然后派车马去迎接四娘。

原文

先是，程擢第后，有邮报者，举宅皆恶闻之，又审其名字不符，叱去之。适三郎完婚，戚眷登堂为餪，姊妹诸姑咸在，独四娘不见招于

○邮报：传送喜信。邮，寄递。
○擢（zhuó）第：考中。
○餪（nuǎn）：设宴于喜庆事前。

兄嫂。忽一人驰入，呈程寄四娘函信，兄弟发视，相顾失色。筵中诸眷客始请见四娘。姊妹惴惴，惟恐四娘衔恨不至。无何，翩然竟来。申贺者，捉坐者，寒暄者，喧杂满屋。耳有听，听四娘；目有视，视四娘；口有道，道四娘也。而四娘凝重如故。众见其靡所短长，稍就安帖，于是争把盏酌四娘。方宴笑间，门外啼号甚急。群致怪问。俄见春香奔入，面血沾染。共诘之，哭不能对。二娘诃之，始泣曰："桂儿逼索眼睛，非解脱，几抉去矣！"二娘大惭，汗粉交下。四娘漠然，合座寂无一语，各始告别。四娘盛妆，独拜李夫人及三姊，出门登车而去。众始知买墅者即程也。四娘初至墅，什物多阙。夫人及诸郎各以婢仆器具相赠遗，四娘一无所受，唯李夫人赠一婢，受之。

○翩然：轻盈潇洒的样子。

○凝重：庄重。

○靡所短长：无所计较。靡，无。

○漠然：淡漠，若无其事。

○阙：缺乏，稀少。

译文

原先，程孝思考中之后，有喜报送到胡家，胡家人本就不喜欢听到这个消息，又仔细看看，发现名字也对不上，就把报喜的人叱责走了。这时恰逢胡三郎举行婚礼，亲戚们都来庆贺，姐妹们都在，只有四娘没有被兄嫂邀请。忽然一个人骑马进来，呈上程孝思写给四娘的一封信，四娘的兄弟们打开信一看，面面相觑，脸色都变了。宴席中的诸位亲戚这才慌忙去请四娘。姐妹们惴惴不安，唯恐四娘因心怀怨恨而不来。没多久，四娘竟然翩然前来。有的人说着祝贺，有的人拉着四娘入座，有的人跟四娘寒暄，满屋子都是喧闹声和嘈杂声。耳朵里听的是四娘，眼睛里看的是四娘，嘴里说的还是四娘。而四娘像平时一样面色凝重。众人见她没有计较过去的样子，稍稍安心，于是争着给四娘敬酒。正在大家高兴的时候，门外传来一阵接一阵的哭喊声。众人都很奇怪，想知道是怎么回事。一会儿就看见春香跑了进来，脸上满是鲜血。大家一起问她，她哭得说不出来。二娘呵斥她几句，她才哭着说："桂儿逼着要挖我的眼睛，要不是我挣脱了，眼睛将要被她剜走了！"二娘非常惭愧，汗水和脸上的脂粉混合着往下淌。四娘面无表情，在座的都很安静，没人说话，然后就各自告别回家。四娘穿上华美的衣服，独自拜别了李夫人和三姐，出门坐上车离开了。大家这才知道买宅院的人是程孝思。四娘刚到宅院的时候，一应器物都不齐全。胡夫人和胡家几个公子都送来一些奴仆和器具，四娘都不收受，只留下李夫人送来的一个丫环。

原文

居无何，程假归展墓，车马扈从如云。诣岳家，礼公柩，次参李夫人。诸郎衣冠既竟，已升舆矣。胡公殁，群公子日竞赀财，柩弗顾。数年，灵寝漏败，渐将以华屋作山丘矣。程睹之悲，竟不谋于诸郎，刻期营葬，事事尽礼。殡日，冠盖相属，里中咸嘉叹焉。

○展墓：扫墓。

○柩：灵柩，装有尸体的棺木。

○衣冠既竟：穿戴完毕。指换上冠服，准备出迎。

○升舆：上轿。升，登上。

○灵寝：寄放灵柩的内堂。古时往往停柩屋内，择吉待葬。

○以华屋作山丘：临时寄放灵柩的内堂，将要毁败成为埋葬灵柩的荒丘。华屋，华丽房屋，活人所居的地方。山丘，埋葬死人的地方。

○冠盖相属：吊唁的官员在道路上一个接一个。冠盖，官员的冠服和车盖。相属，连续不断。

译文

没过多久，程孝思告假回乡扫墓，后面跟着像云一样多的车马和随从。到了胡家，先去胡公的灵柩前祭拜，然后拜见了李夫人。胡家的儿子穿戴好礼服准备拜见程孝思，他已经坐上马车走了。胡公去世以后，他的几个儿子天天想着怎么争家产，父亲的灵柩也不管不顾。这些年过去了，停放棺木的屋子漏雨了，原本华美的屋子渐渐要毁败成掩埋棺材的荒山。程孝思看见此景异常悲痛，没有跟胡家的几个儿子商量，挑个日子就安葬了胡公，事事尽礼。下葬那天，前来送葬的车马连绵不绝，乡里的人都赞叹不已。

原文

程十余年历秩清显，凡遇乡党厄急，罔不极力。二郎适以人命被

○乡党：指乡里街坊。厄急：急难。

○历秩清显：历任清贵显要的官职。清显，指官位显贵、政事不繁。

逮，直指巡方者，为程同谱，风规甚烈。大郎浼妇翁王观察函致

○直指：官名。汉时设直指使，其穿绣衣，出巡地方，有权诛杀不法官员，审判大狱，又称"绣衣直指"。巡方：巡视地方。

○风规甚烈：执法甚严。风规，风教法规。烈，刚正。

○观察：观察使。

之，殊无裁答，益惧。欲往求妹，而自觉无颜，乃持李夫人手书

○裁答：裁笺作复，指回信。

往。至都，不敢遽进，觑程入朝，而后诣之。冀四娘念手足之义，

而忘睚眦之嫌。阍人既通，即有旧媪出，导入厅事，具酒馔，亦

○睚眦（yá zì）之嫌：小的怨仇。睚眦，怒目而视，借指微小的怨恨。嫌，仇怨。

颇草草。食毕，四娘出，颜温霁，问："大哥人事大忙，万里何暇

○温霁：喻脸色温和。

枉顾？"大郎五体投地，泣述所来。四娘扶而笑曰："大哥好男子，

○五体投地：双膝、双肘及头额着地。本是佛教最敬重的礼节，这里指伏地磕头。

此何大事，直复尔尔？妹子一女流，几曾见呜呜向人？"大郎乃出

○直复尔尔：值得这样。

李夫人书。四娘曰："诸兄家娘子，都是天人，各求父兄，即可了

○天人：天上的人。语含讥讽。

矣，何至奔波到此？"大郎无词，但顾哀之。四娘作色曰："我以

为跋涉来省妹子，乃以大讼求贵人耶！"拂袖径入。大郎惭愤而

○以大讼求贵人：因为吃了大官司而求助于贵人。当初胡家曾以"贵人"嘲笑四娘。

出。归家详述，大小无不诟詈，李夫人亦谓其忍。逾数日，二郎

○詈（lì）：骂，责备。

释放宁家，众大喜，方笑四娘之徒取怨谤也。俄而四娘遣价候李

○价（jiè）：旧时称送信、传话的仆人。

夫人。唤入，仆陈金币，言："夫人为二舅事，遣发甚急，未遑字

○未遑字覆：来不及写回信。

覆。聊寄微仪，以代函信。"众始知二郎之归，乃程力也。后三娘

○微仪：薄礼。仪，礼物。

家渐贫，程施报逾于常格。又以李夫人无子，迎养若母焉。

译文

程孝思做了十多年职位显贵、政事清廉的官，只要乡邻遇到危难，没有不极力帮忙的。胡家二郎这时因为人命官司被抓入大牢，审理这个案子的直指，和程孝思同榜高中，执法严明，刚正不阿。胡家大郎请求岳丈王观察给直指写信求情，直指没有回信，胡家大郎更加害怕了。他想去求四娘，自己觉得没脸去见，于是请李夫人写了书信，自己带着前去。到了京城，胡家大郎不敢贸然去程府，远远看见程孝思上朝去了，才登门求见。大郎希望四娘顾念手足之情，忘掉之前的小恩怨。门房通报以后，就有一个老嬷嬷出来，引大郎进入厅堂，摆上一桌酒菜，不过是简单的饭菜。吃完饭，四娘走了出来，脸色温和，问道："大哥贵人事多，怎么有时间不远千里到我这里来？"大郎趴在地上磕头，哭着说了来的原因。四娘扶起大郎，笑着说："大哥是个男子汉，这是何等大事，也值得你这样？妹妹我是一介女流，你什么时候看见我在人前哭泣？"大郎这才拿出李夫人的书信。四娘说："各位嫂嫂都是天上的仙人，各自求自己的父亲和兄长，就可以了结此事，何必要奔波到我这里来呢？"大郎无言以对，只是不停地哀求。四娘脸色严肃地说道："我以为大哥这么远前来是来看望妹妹的，原来是因为二哥犯了大罪来求贵人的啊！"说完一甩袖子，进了内室。大郎惭愧愤恨地离开了程府。回到家详细讲述了事情的经过，全家老小没有不痛骂四娘的，李夫人也说四娘狠心。过了几天，二郎被释放还家，众人都喜出望外，讥笑四娘白白落埋怨。没多久四娘派仆人前来问候李夫人。把人叫进来，仆人呈上银子，说："我家夫人因为二舅爷的事，忙着打点，让我赶紧过来，没来得及写回信。让我带来些许银钱，略表心意。"众人这才知道二郎能回家，是程孝思发挥了作用。后来三娘家渐渐落魄，程孝思待她则超过常理。又因为李夫人没有儿子，把李夫人接到家中像母亲一样奉养。

【僧术】

原文

黄生，故家子，才情颇赡，夙志高骞。村外兰若，有居僧某，素与分深。既而僧云游，去十余年复归。见黄，叹曰：“谓君腾达已久，今尚白纻耶？想福命固薄耳。请为君贿冥中主者。能置十千否？”答言：“不能。”僧曰：“请勉办其半，余当代假之。三日为约。”黄诺之，竭力典质如数。

○故家子：有地位的人家的后代。故家，世家大族，世代仕宦之家。

○才情颇赡：很有才华。赡，富足，富。

○夙志高骞（qiān）：一向存有大志。高骞，高举，高飞，喻指飞黄腾达。骞，飞。

○分（fèn）：情分。

○尚白纻（zhù）：还穿着白衣，还是平民。白纻，古代士人未获得功名时所穿的服装。

○冥中主者：阴世主持福禄之神。冥中，冥冥之中，指阴间。

○典质：典当抵押。

译文

黄生，原本是大户人家的儿子，很有才情，志存高远。他所在的村庄外有座寺庙，有位和尚住在里面，跟黄生有深厚的交情。后来和尚外出云游，走了十多年才回来。看见黄生，和尚感叹道：“我以为你早就飞黄腾达了，如今怎么还是个平民百姓呢？想来是你的福运太薄了，我可以帮你贿赂阴间主管福禄的神。你能筹到一万钱吗？”黄生回答：“不能。”和尚说：“请你尽力筹备一半，剩下的钱就当我借给你。以三天为期。”黄生答应了，竭尽全力筹够了五千钱。

原文

三日，僧果以五千来付黄。黄家旧有汲水井，深不竭，云通河海。僧命束置井边，戒曰：“约我到寺，即推堕井中。候半炊时，有一钱泛起，当拜之。”乃去。黄不解何术，转念效否未定，而十千可惜，乃匿其九，而以一千投之。少间，巨泡突起，铿然而破，即有一钱浮出，

○戒：告，叮咛。

大如车轮。黄大骇。既拜，又取四千投焉。落下，击触有声，为大钱所隔，不得沉。日暮，僧至，谯让之曰："胡不尽投？"黄云："已尽投矣。"僧曰："冥中使者止将一千去，何乃妄言？"黄实告之。僧叹曰："鄙吝者必非大器。此子之命合以明经终，不然，甲科立致矣。"黄大悔，求再禳之，僧固辞而去。黄视井中钱犹浮，以绠钓上，大钱乃沉。是岁，黄以副榜准贡，卒如僧言。

○谯（qiào）让：责备。

○将：持，拿。

○合以明经终：该当以贡生终老。明经，明清时代对贡生的敬称。

○甲科：明清时指进士。

○禳（ráng）：古代消灾除邪的祭祀。

○绠（gěng）：绳。

○副榜准贡：即副贡。副榜，科举时代会试或乡试取士，除正榜外另取若干名，列为副榜。

译文

三天后，和尚果然给黄生拿来五千钱。黄家原来有口水井，井很深且从不枯竭，有人说这口井连着河海。和尚让黄生把钱捆好放在井边，叮嘱他说："约莫我快到庙里了，就把这些钱推到井里。等待半顿饭的工夫，有一个钱泛起来，你就拜它。"说完就走了。黄生不明白这是什么法术，转念一想，也不知道有没有效果，往里面扔一万钱太可惜了，就藏起来九千钱，只投进井里一千钱。一会儿，一个巨大的水泡突然从井里冒出来，砰地一下裂开，接着有一钱浮出水面，像车轮那么大。黄生大吃一惊，赶紧跪拜，然后又投进四千钱。钱落下的时候，发出撞击的声音，原来是被刚才的大钱挡住了，沉不下去。黄昏的时候，和尚来了，责备黄生："为什么不把钱都投进去？"黄生说："已经全部投进去了。"和尚说："阴司的使者只拿到了一千钱，为什么要撒谎？"黄生只好据实相告。和尚叹息道："太吝啬的人肯定成不了大器。你命中注定到老也只是个贡生，要不然，很快就能中个进士。"黄生悔恨不已，求和尚再作一次法，和尚坚决拒绝，然后转身离开。黄生看投进井里的四千钱还漂浮着，就用绳捞了上来，车轮大的钱就沉了下去。当年，黄生果真考了个副榜准贡，到死也与和尚说的一样，是个贡生。

原文

异史氏曰：岂冥中亦开捐纳之科耶？十千而得一第，直亦廉矣。然一千准贡，犹昂贵耳。明经不第，何值一钱！

○直：价值。

○一第：一次及第。此处指甲科进士及第。

译文

异史氏说：难道阴司也开有捐纳科吗？花一万钱可以得一个进士，也太便宜了。但是花一千钱得一个准贡生，又太贵了。贡生中不了进士，可是一文不值啊！

明经

隋唐时期的科举制度中，取士科目有进士和明经两科，明经科以经义取士，重在经学的理解与背诵。与之相对，进士科则以诗赋取士。到了明清时期，“明经”成为贡生的别称。

【禄数】

原文

某显者多为不道，夫人每以果报劝谏之，殊不听信。适有方士，能知人禄数，诣之。方士熟视曰："君再食米二十石、面四十石，天禄乃终。"归语夫人。计一人终年仅食面二石，尚有二十余年天禄，岂不善所能绝耶？横如故。逾年，忽病"除中"，食甚多而旋饥，一昼夜十余餐。未及周岁，死矣。

○显者：权贵，位居通显之人。

○果报：因果报应。

○方士：古代自称能长生不死的人。此处指能相面的术士。

○禄数：官运，命运。禄，古代官吏的俸给。

○横：横行不法。

○除中：中医病名，指病人在饮食上的回光返照现象。

译文

有个达官显贵的人做了很多作奸犯科的事，他的夫人总是用因果报应来劝他，但他根本不听。正好有个会看相的术士，据说能看出人的官运，这个显贵的人就前去拜访。术士看了好久，对他说："你再吃二十石米、四十石面，寿命就没有了。"这个人回来把术士说的话告诉了夫人。算一算，一个人一年只需要吃两石面，自己还有二十多年的寿命，难道做坏事能断绝自己的寿命吗？于是像以前一样坏事做尽。过了一年，这个人忽然得了"除中"病，每顿饭吃得很多，但是很快又饿了，一天一夜要吃十余顿饭。不到一年，他就死了。

除中

除中是一种病名，出自张仲景的《伤寒论》。它属于消渴病的一种表现，特征是食量增加、容易饥饿，但身体却逐渐瘦弱无力。除中通常被认为是因脾胃功能失调导致的病症。

【柳生】

原文

周生，顺天宦裔也，与柳生善。柳得异人之传，精袁许之术。尝谓周曰：“子功名无分，万钟之赀，尚可以人谋。然尊阃薄相，恐不能佐君成业。”未几，妇果亡。家室萧条，不可聊赖。因诣柳，将以卜姻。入客舍，坐良久，柳归内不出。呼之再三，始出，曰：“我日为君物色佳偶，今始得之。适在内作小术，求月老系赤绳耳。”周喜问之，答曰：“甫有一人携囊出，遇之否？”曰：“遇之，褴褛若丐。”曰：“此君岳翁，宜敬礼之。”周曰：“缘相交好，遂谋隐密，何相戏之甚也！仆即式微，犹是世裔，何至下昏于市侩？”柳曰：“不然。犁牛尚有子，何害？”周问：“曾见其女耶？”答曰：“未也。我素与无旧，姓名亦问讯知之。”周笑曰：“尚未知犁牛，何知其子？”柳曰：“我以数信之。其人凶而贱，然当生厚福之女。但强合之必有大厄，容复禳之。”周既归，未肯以其言为信，诸方觅之，迄无一成。

译文

周生是顺天府官宦人家的后代，是柳生的好朋友。柳生得到高人的真传，精通相面术。柳生曾经跟周生说：“你在功名方面不会有大的成就，但要想有万贯家财，还是可以通过人力做到的。但尊夫人是薄命相，恐怕不能帮助你成就家业。”没过多久，周生的妻子果然去世了。自此以后家里凄清冷落，周生觉得日子很无聊。于是去找柳生，让他给自己算算姻缘。到了柳生家，坐在客厅里很久，柳生都在内室不出来。周生叫了好几次，柳生才出来，说：“我每天都在给你物色合适的妻子，今天刚找到。刚才在内室作了个小法术，请求月老给你俩系红绳呢。”周生高兴地问对方是谁，柳生回答：“刚才有个人拿着个袋子出去了，你看见了吗？”周生说：“看见了，那个人衣衫破烂，像个乞丐。”柳生说：“那是你的岳丈，你应该尊敬他。”周生说：“咱俩因为有缘成为好朋友，我才跟你商量这么私密的事，你为什么要戏弄我呢！我就算是落魄了，也是世家大族的后人，还不至于跟市井之人通婚吧？”柳生说：“你这样想就不对了，杂色的牛还能生出红毛牛呢，乞丐又有什么关系？”周生问道：“你见过他的女儿吗？”柳生说：“没有。我跟他一向没有来往，他的姓名也是刚刚问了才知道的。”周生气笑了：“你都不知道父亲是什么样，怎么知道他的女儿什么样呢？”柳生说：“我是通过命数算出来的。这个人凶恶而低贱，因此应当生个福气大的女儿。但是勉强把你们撮合在一起一定有大难，等我再作法看看。”周生回家以后，对柳生的话不太相信，托人去多家说媒，没有一个成的。

原文

一日，柳生忽至，曰：“有一客，我已代折简矣。”问：“为谁？”曰：“且勿问，宜速作黍。”周不喻其故，如命治具。俄客至，盖傅姓营卒也。心内不合，阳浮道与之，而柳生承应甚恭。少间，酒肴既陈，杂恶草具进。柳起告客：“公子向慕已久，每托某代访，曩夕始得晤。又闻不日远征，立刻相邀，可谓仓卒主人矣。”饮间，傅忧马病，不可骑，柳亦俯首为之筹思。既而客去，柳让周曰：“千金不能买此友，何乃视之漠漠？”借马骑归，因假周命，登门持赠傅。周既知，稍稍不快，

○代折简：谓代为邀请。折简，书信，这里指请帖。

○作黍：备办酒饭。

○阳浮道与之：表面上虚于应付。

○恶草具：粗劣的饮食。

○仓卒（cù）主人：仓猝之间做主人，意思说来不及准备美食。

已无如何。过岁，将如江西，投臬司幕。诣柳问卜，柳言："大吉！"周笑

○如：去。 ○投臬（niè）司幕：投奔按察使，做幕僚。臬司，明清时代提刑按察使司的别称。也借称廉访使或按察使。

曰："我意无他，但薄有所猎，当购佳妇，几幸前言之不验也，能否？"

○薄有所猎：稍微得到一些钱财。猎，求取。

柳云："并如君愿。"及至江西，值大寇叛乱，三年不得归。后稍平，

选日遵路，中途为土寇所掠，同难七八人，皆劫其金赀，释令去，惟

○选日：择日，挑选吉日。遵路：循路而行。遵，循，沿着。

周被掳至巢。盗首诘其家世，因曰："我有息女，欲奉箕帚，当即无辞。"

○息女：亲生女。

周不答。盗怒，立命枭斩。周惧，思不如暂从其请，因从容而弃之。遂

○因从容而弃之：待事过之后，再找机会丢弃她。

告曰："小生所以踟蹰者，以文弱不能从戎，恐益为丈人累耳。如使夫妇得相将俱去，恩莫厚焉。"盗曰："我方忧女子累人，此何不可从也。"引入内，妆女出见，年可十八九，盖天人也。当夕合卺，深过所望。细审姓氏，乃知其父，即当年荷囊人也。因述柳言，为之感叹。

译文

有一天，柳生忽然到了周生家，跟他说："有一位客人，我已经替你下请帖了。"周生问："是谁呀？"柳生回答："先别问了，赶紧做饭吧。"周生不明白他葫芦里卖的什么药，就按照他的吩咐准备饭菜。一会儿客人就来了，原来是位姓傅的士兵。周生心里不痛快，表面上跟他很客套，但是柳生对这个人却很恭敬。很快，酒菜都摆好了，但是饭菜很粗劣。柳生起身对客人说："这位公子仰慕您很久，总是托我前去拜访，几天前才有幸见到您。听说不久您就要远行出征，立刻就邀请您前来，所以时间很仓促，准备的饭菜也不太好。"喝酒的间隙，姓傅的士兵担忧自己的马生病了，不能骑，柳生也低头替他想办法。等到客人走了，柳生责备周生："这个朋友千金都买不到，你对他怎么这么冷漠呢？"然后就把周生的马骑走了，然后以周生的名义，上门把马送给了姓傅的士兵。周生知道以后，心里稍微有点儿不

高兴，但也无可奈何。过了一年，周生要去江西，做按察使的幕僚。前去找柳生问吉凶，柳生说："大吉！"周生笑着说："我没有其他的意思，如果能积攒些钱财，娶个好媳妇，这样就可以证明你之前所说的没有灵验，能吗？"柳生说："都会如你所愿的。"周生到了江西，正遇上叛贼作乱，三年没有回老家。后来匪患稍微平息了一些，周生就挑个良辰吉日上路了，半途又被土匪掳走了。一同遭难的还有七八个人，土匪把他们身上的金银财宝都抢走以后，就让他们走了，只把周生掳到他们的老巢。土匪头子问周生的家世，对他说："我有一个女儿，想把她嫁给你，你不许推辞。"周生没有回答。土匪头子生气了，让人立刻把周生拉出去砍头。周生很害怕，想着不如暂时妥协同意娶她，等到脱离险境再抛弃她。就跟土匪头子说："我之所以犹豫不敢答应，是因为我是个文弱书生，不能从军，担心会成为老丈您的累赘。如果能让我们夫妇二人相伴离开，就是对我有大恩了。"土匪头子说："我正担心女儿拖累我，这有什么不能行的。"领着周生进入内室，让妆扮好的女儿出来相见。周生一看，这姑娘有十八九岁，美得像天上的仙女。当晚两人就成婚进了洞房，超过了周生的期望。周生仔细问了妻子的姓氏，才知道她的父亲就是当年拿袋子的那个人。周生告诉了妻子柳生说的话，生出许多感慨。

原文

过三四日，将送之行，忽大军掩至，全家皆就执缚。有将官三员监视，已将妇翁斩讫，寻次及周。周自分已无生理，一员审视曰："此非周某耶？"盖傅卒已以军功授副将军矣。谓僚曰："此吾乡世家名士，安得为贼。"解其缚，问所从来。周诡曰："适从江皋娶妇而归，不意途陷盗窟。幸蒙拯救，德戴二天！但室人离散，求借洪威，更赐瓦全。"傅命列诸俘，令其自认，得之。饷以酒食，助以资斧，曰："曩受解骖之惠，旦夕不忘。但抢攘间不遑修礼，请以马二匹、金五十

○掩：乘人不备而袭击或捉拿。

○寻次：按照次序。

○自分：自料。

○德戴二天：感恩戴德，形同再生。二天，后以"二天"为感恩之词。

○瓦全：喻苟且偷生。

○解骖（cān）之惠：指周生赠马救其困急之事。

○抢攘：纷乱貌。

两，助君北旋。”又遣二骑持信矢护送之。途中，女告周曰：“痴父不听忠告，母氏死之。知有今日久矣，所以偷生旦暮者，以少时曾为相者所许，冀他日能收亲骨耳。某所窖藏巨金，可以发赎父骨，余者携归，尚足谋生产。”嘱骑者候于路，两人至旧处，庐舍已烬，于灰火中，取佩刀掘尺许，果得金，尽装入橐，乃返。以百金赂骑者，使瘗翁尸，又引拜母冢，始行。至直隶界，厚赐骑者而去。周久不归，家人谓其已死，恣意侵冒，粟帛器具，荡无存者。及闻主人归，大惧，哄然尽逃，只有一妪，一婢，一老奴在焉。周以出死得生，不复追问。及访柳，则不知所适矣。女持家逾于男子，择醇笃者授以赀本，而均其息。每诸商会计于檐下，女垂帘听之，盘中误下一珠，辄指其讹。内外无敢欺。数年，夥商盈百，家数十巨万矣。乃遣人移亲骨，厚葬之。

〇北旋：北归。旋，回归。

〇信矢：军中作为信物的令箭。

〇烬：烧成灰。

〇橐（tuó）：口袋。

〇直隶：清置行政区，辖境略相当于今北京、天津、河北大部和河南、山东的小部地区。

〇侵冒：侵犯占夺。冒，冒人名分，而己享其利。

〇醇笃者：朴厚忠实的人。

〇会计：核算。

〇盘：算盘。

〇夥（huǒ）商：合伙人。

译文

过了三四天，土匪们正要给周生夫妇送行，官军忽然来袭，土匪头子全家人都被捉拿。给他们定罪以后，有三个军官负责监督给他们行刑，周生的岳丈已经被斩首了，下一个就是周生。周生自觉已经没有生还的可能了，这时一个官员走过来，仔细看看说：“这不是周生吗？”原来姓傅的士兵已经因为军功当上了副将军。他跟同行的官员说：“这是我老家出身世家的名士，怎么能是土匪呢。”给周生松绑，问他从哪里来的。周生骗他说：“我刚从江西娶亲回来，没想到途中被土匪掳去。承蒙您救了我们，大恩大德，您就是我们的再生父母啊！但我跟妻子在混乱中走散了，请借您的威望帮我找找她，好让我们团聚。”傅副将军就把抓到的人都喊过来，让周生自己去找，周生很快找到了妻子。傅副将军给他们提供了饭菜，还给他们准备了盘缠，对周生说："以前您赠马的恩情，我一直记着。但混乱之时来不及准备大礼，就送给你两匹马和五十两银子，希望能帮助你顺利回到家乡。"他又派两个人骑马带着令箭护送周生夫妇。路上，妻子跟周生说："我那傻父亲不听劝，我娘也因此去世了。我很早就知道会有今天的境况，这才忍辱偷生到现在，因为年少的时候相面的曾说过我有很大的福气，我就希望有朝一日能将父亲的尸骨收葬。我家有个地窖藏了很大一笔钱，可以挖出来用以安葬父亲的尸骨，剩下的带回去，还可以做个生意。"夫妇二人叮嘱骑马护送的人在路旁等候，他们回到妻子的老宅，看见房子都烧成了灰烬，从灰堆里找到一把刀，用刀往地底挖了一尺多深，果然找到了银子，全部装进袋子之后，就原路返回了。周生给了骑马护送的人一百两银子，让他们帮忙安葬自己的岳丈，又带着妻子去参拜母亲的坟墓，然后又往前赶路。到了直隶地界，又给了护送的人一笔钱让他们回去了。周生很久都没有回来，家里的仆人都以为他死了，肆意地侵占他的东西，粮食、布帛和各种器具，都荡然无存。等他们听说主人回来了，害怕极了，四散逃跑，只剩下一个老婆子、一个丫环、一个老仆人。周生在外面经历了生死，看得很开，就没有追究这些人。有天想去拜访柳生，却不知道柳生去了哪里。周生的妻子操持家业比男子还强，把钱借给那些老实忠厚的人去做生意，赚来的钱就对半分。周生和各位老板在外室算账的时候，妻子就在帘子里面听，打错了一个算盘珠，她都能指出来错在哪里。因此，里里外外没有一个人敢骗她。好几年过去了，周生有了上百个生意伙伴，家里积攒了数十万两银子。妻子这才让人把双亲的尸骨迁移厚葬。

原文

异史氏曰：月老可以贿嘱，无怪媒妁之同于牙侩矣。乃盗也有是女耶？培塿无松柏，此鄙人之论耳。妇人女子犹失之，况以相天下士哉！

○牙侩：牙人，中介，在集市上为买卖双方说合成交，从中赚取佣金的经纪人。

○培（pǒu）塿（lǒu）无松柏：谓小土堆上长不出松柏这样的树。培塿，本作"部娄"，小土丘。

译文

异史氏说：月老也可以拿钱收买，难怪人们把说媒的人看作买卖人口的人牙子。土匪也有这样的女儿吗？小土堆里长不出松柏，这是无知之人的看法。连妇人和女子的命运都看不出，怎么能看出天下读书人的呢！

【冤狱】

原文

朱生，阳谷人，少年佻达，喜诙谑。因丧偶，往求媒媪。遇其邻人之妻，睨之美，戏谓媪曰："适睹尊邻，雅少丽，若为我求凰，渠可也。"媪亦戏曰："请杀其男子，我为若图之。"朱笑曰："诺。"更月余，邻人出讨负，被杀于野。邑令拘邻保，血肤取实，究无端绪，惟媒媪述相谑之词，以此疑朱。捕至，百口不承。令又疑邻妇与私，搒掠之，五毒参至。妇不能堪，诬伏。又讯朱，朱曰："细嫩不任苦刑，所言皆妄。既是冤死，而又加以不节之名，纵鬼神无知，予心何忍乎？我实供之可矣：欲杀夫而娶其妇，皆我之为，妇实不知之也。"问："何凭？"答言："血衣可证。"及使人搜诸其家，竟不可得。又掠之，死而复苏者再。朱乃云："此母不忍出证据死我耳，待自取之。"因押归告母曰："予我衣，死也；即不予，亦死也。均之死，故迟也不如其速也。"母泣，入室移时，取衣出，付之。令审其迹确，拟斩。再驳再审，无异词。

○阳谷：县名，位于山东西部。清代属兖州府，今属聊城。

○佻达：轻薄，轻浮。

○雅少丽：十分年轻貌美。雅，颇，甚。

○求凰：男子求偶。

○若：你。

○血肤取实：严刑拷打，让犯人供出实情。血肤，打得皮破流血。

○讨负：讨债。负，欠债。

○邻保：邻里。保，旧时户籍编制单位。

○端绪：线索。

○搒掠：笞击，拷打。

○五毒参至：极言施刑惨烈。五毒，五种酷刑，此泛指各种酷刑。参，杂。

○移时：一会儿。

○驳：驳勘，指上司驳回复查。

译文

朱生，阳谷县人，年少时为人轻浮，喜欢开玩笑。妻子去世后，去找媒婆给自己说门亲事。遇见媒婆邻居的妻子，看了一眼，发现这妇人很貌美，到了媒婆家就跟她开玩笑说："我刚才看见你家邻居的媳妇，长相清雅秀丽，你要给我说媒，她就挺好。"媒婆也跟他开玩笑说："你要是把她家男人杀了，我就给你试试。"朱生笑着说："一言为定。"一个多月以后，媒婆的邻居出门讨债，被人杀于荒郊野外。县令把死者的邻居都抓了起来，对他们严刑拷打，但还是毫无头绪，只有媒婆供述了自己和朱生开玩笑的话，县令由此怀疑到了朱生头上。朱生被抓到县衙，但他百口否认自己杀人。县令又怀疑死者的妻子和朱生有私情，就对死者的妻子用刑，各种刑具都用上。这个妇人实在承受不住，就被逼认罪了。县令又审讯朱生，朱生说："那个妇人细皮嫩肉承受不了严酷的刑罚，所说的话都是假的。既然是冤死的，还要给她加上不守贞洁的罪名，就算鬼神无知，我又怎么忍心呢？我实话招了吧：杀了那个男人然后娶他的妻子，都是我干的，那个妇人真的不知道。"县令问他："有什么证据？"朱生回答："血衣可以为证。"县令立刻派人去朱生家里搜血衣，居然没有找到。县令又接着拷打朱生，打得他死去活来好几次。朱生才说："这是我的母亲不忍心拿出证据让我死，我自己回去取。"朱生被押回家中，他对母亲说："您把血衣给我，我会死；不把血衣给我，我还是要死。既然都是死，晚死不如早死。"母亲听见儿子的话，悲痛大哭，到内室去了一会儿，拿出一件血衣，交给了儿子。县令仔细审查，衣服上确实有血迹，判了朱生斩刑。案子被上级驳回后又审一遍，朱生还是当初的供词。

原文

经年余，决有日矣。令方虑囚，忽一人直上公堂，努目视令而大骂曰："如此愦愦，何足临民！"隶役数十辈，将共执之。其人振臂一挥，颓然并仆。令惧，欲逃。其人大言曰："我关帝前周将军也！昏官若动，即便诛却！"令战惧悚听。其人曰："杀人者乃宫标也，于

○决有日：离处以死刑的日子不远了。

○虑囚：审查核实囚犯的罪状。虑，通"录"。

○努目：怒目。

○愦愦（kuì）：昏愦，糊涂。

○临民：治民。

○大言：大声说。

○关帝前周将军：即周仓，传说为汉末蜀将关羽的亲信。

朱某何与？”言已，倒地，气若绝。少顷而醒，面无人色。及问其人，则宫标也。搒之，尽服其罪。盖宫素不逞，知其讨负而归，意腰橐必富，及杀之，竟无所得。闻朱诬服，窃自幸。是日身入公门，殊不自知。令问朱血衣所自来，朱亦不知之。唤其母鞫之，则割臂所染。验其左臂，刀痕犹未平也。令亦愕然。后以此被参揭免官，罚赎羁留而死。年余，邻母欲嫁其妇，妇感朱义，遂嫁之。

○鞫（jū）：审。

○参揭：弹劾，揭发。

○罚赎羁留而死：罚其以金自赎，并在被羁留期间死去。

译文

一年多以后，离处决的日子不远了。县令正准备审查核实囚犯的罪行，一个人忽然冲上公堂，瞪大眼睛看着县令破口大骂：“你这么昏聩无能，怎么治理百姓！”数十个衙役一拥而上，要把这个人捆起来。这个人振臂一挥，这些衙役都倒在地上。县令害怕极了，想跑。这个大声说：“我是关帝爷面前的周仓，你这个昏官要是敢动，我立刻就把你杀了！”县令战战兢兢，又惊又怕地听着。来人说：“杀人者是宫标，跟朱生有什么相干？”说完就倒在地上，气息仿佛要断绝。过了一会儿苏醒过来，面色惨白。等到问他的名字，才知道他就是宫标。对他进行拷打，对所犯罪行供认不讳。原来宫标平时就为非作歹，知道媒婆的邻居讨债回来，认定他身上一定有钱，等到把人杀了，竟然没从他身上搜到一文钱。听说朱生屈打成招，暗自窃喜。那天闯进衙门，自己也不知道是怎么回事。县令又审问朱生，血衣从哪里来的，朱生也不知道。把朱生的母亲叫过来审问，朱母说是自己割伤左臂染的血衣。查验她的左臂，刀疤还在。县令很惊愕。后来县令因此事被揭发而免去官职，并罚交赎金，在羁押期间死去。过了一年多，媒婆邻居的母亲想让儿媳妇改嫁，妇人感激朱生的义气，就嫁给了他。

原文

异史氏曰：讼狱乃居官之首务，培阴骘，灭天理，皆在于此，不可不慎也。躁急污暴，固乖天和；淹滞因循，亦伤民命。一人兴讼，则数农违时；一案既成，则十家荡产，岂故之细哉！余尝谓为官者，不滥受词讼，即是盛德。且非重大之情，不必羁候；若无疑难之事，何用徘徊？即或邻里愚民，山村豪气，偶因鹅鸭之争，致起雀角之忿，此不过借官宰之一言，以为平定而已，无用全人，只须两造，笞杖立加，葛藤悉断。所谓神明之宰非耶？每见今之听讼者矣，一票既出，若故忘之。摄牒者入手未盈，不令消见官之票；承刑者润笔不饱，不肯悬听审之牌。蒙蔽因循，动经岁月，不及登长吏之庭，而皮骨已将尽矣！而俨然而民上也者，偃息在床，漠若无事。宁知水火狱中，有无数冤魂，伸颈延息，以望拔救耶！然在奸民之凶顽，固无足惜；而在良民之株累，亦复何堪？况且无辜之干连，往往奸民少而良民多，而良民之受害，且更倍于奸民。何以故？奸民难虐，而良民易欺也。皂隶之所殴骂，胥徒之所需索，皆相良者而施之暴。自入公门，如蹈汤火。早结一日之案，则早安一日之生，有何大事，而顾奄奄堂上若死人，似恐溪壑之不遽饱，而故假之以岁时也者！虽非酷暴，而其实厥罪维均矣。尝见一词之中，其急要不可少者，不过三

○污暴：贪暴。言贪求贿赂而滥施刑罚。

○淹滞：拖延不办。因循：不事进取，态度消极。

○违时：违背农时，错过耕种和收割的季节。

○故之细：小事。故，事。细，小。

○羁候：羁留候审。

○鹅鸭之争：指邻里因小事发生争执。

○雀角之忿：喻指诉讼。雀角，喻忿争。

○两造：指争讼双方，即原告和被告。

○葛藤悉断：谓将讼诉纠葛全都剖断分明。葛藤，葛和藤，均为蔓生植物，用来比喻事务纠缠不已。此喻民事诉讼纠纷。

○摄牒者：指奉命抓捕犯人的人。

○承刑者：指主办文案的官吏，即刀笔吏。润笔：旧时给予写字绘画者的报酬。此指文吏从诉讼中敲诈钱财。

○长吏：地位较高的县级官吏。此泛指听讼的主管长官。

○偃息在床：卧在床上养息。

○水火：水深火热。

○株累：因受牵连而致罪。株，株连。

○干连：牵连。干，关涉。

○胥徒：古代官府中的小吏及奔走服役的人。此泛指官府衙役。

○溪壑之不遽饱：喻指贪欲不能很快填满。溪壑，沟壑。

○厥罪维均：谓拖延时日以勒索诉讼者与刑罚酷暴之罪没有什么两样。厥，其。维，助词。均，等。

○岁时：时日，时间。

○词：讼词，状子。

数人，其余皆无辜之赤子，妄被罗织者也。或平昔以睚眦开嫌，或当前以怀璧致罪，故兴讼者以其全力谋正案，而以其余毒复小仇。带一名于纸尾，遂成附骨之疽；受万罪于公门，竟属切肤之痛。人跪亦跪，状若乌集；人出亦出，还同猱系。而究之官问不及，吏诘不至，其实一无所用，只足以破产倾家，饱蠹役之贪囊，鬻子典妻，泄小人之私愤而已。深愿为官者，每投到时，略一审诘，当逐逐之，不当逐芟之。不过一濡毫、一动腕之间耳，便保全多少身家，培养多少元气。从政者曾不一念及于此，又何必桁杨刀锯能杀人哉！

○罗织：捏造罪名，陷害无辜。
○以怀璧致罪：因遭到嫉恨而获罪。怀璧，指有才或富有。
○正案：主要的案子。
○纸：状纸，状子。
○附骨之疽（jū）：骨上生的恶疮。喻难以割除。
○究：探究，追究。
○乌集：如群鸦集于一处，黑压压一片。
○猱（náo）系：如同拴着猱。猱，猴属。
○蠹役：害民的吏役。蠹，蠹虫，蛀蚀器物的虫子。
○投到时：指案中有关人员到公堂之时。投，投案。
○芟（shān）：清除。此处指处理，即留审必要的当事者。
○元气：人的精神，生命力的本源。此指社会元气，正能量。
○桁（háng）杨刀锯：均指刑具。桁杨，加在犯人颈上或脚上的大型刑具。

译文

异史氏说：审理案件是为官者的首要任务，积德还是丧天良，都在这件事上，不能不慎之又慎。性情急躁，贪污暴虐，固然与天道不合；拖拉推延，消极守旧，也会危及百姓的生命。一个人告状，就会连带好几个农人耽误农事；审结一个案子，则十家都倾家荡产，难道这是小事！我曾经跟为官的人说，不随便接受诉状，就是积了大德。而且如果不是重大的案子，不要把人关押起来；如果不是疑难的案件，为什么犹豫不决？即便有的邻里愚昧无知、山野村夫，偶尔因一些鸡毛蒜皮的小事起了纷争，不过是借当官的一句话，为他们进行评判一下而已，也不用全部人都到齐，只要原告和被告，打一顿板子，纠葛矛盾一下子都解决了。这不就是所谓的如神明一样的官员吗？每次看到如今的审案之人，传票一发出去，好像就忘了个一干二净。奉命捉拿犯人的人拿到手里的贿赂不多，就不会消除见官的传票；刀笔吏得到的钱财不够多，就不会挂上听审的牌子。蒙蔽拖延，动不动就经年累月，还没等到开庭审理，原告和被告的油水都被榨干了！而那些俨然在百姓之上的身居高位者，安心地躺在床上，冷漠得像是无事发生。怎么知道水深火热的狱中，有数不清的冤魂，伸长脖子努力延缓生命，期望得到拯救呢！但是那些凶恶顽劣的刁民，固然没什么好怜惜的；但被株连的良民，他们又该怎么忍受呢？并且无辜被牵连的，往往奸民少良民多，而良民所受到的伤害，是奸民的好几倍。这是什么原因呢？奸民很难被欺负，而良民容易被欺压。官吏殴打责骂，衙役敲诈勒索，就是因为他们是良民而对他们施暴。这些良民一进入衙门，就像走进滚水和烈火中。早一天结案，就早一天安生，有什么大事，能看着堂上奄奄一息的人，只担心自己像溪流沟壑一样的私欲不能很快被填满，而故意拖延时日！虽然这样做不算严酷残暴，而拖延实际上和施暴没什么区别。我曾经见过一份卷宗，其中必不可少之人不过三四个，其他的都是无辜的良民，被罗列罪名关押起来。有的是平时因为一点儿小矛盾产生误会，有的则是因为家里有钱被人嫉妒而获罪，所以原告全力以赴谋求正案的审判，顺带恶毒地报个小仇。在状纸的结尾加上一个人的名字，就如同附骨之疽一样难以除去；在衙门经受各种痛楚，竟属于切肤之痛。看见别人跪自己也跪下，像是乌鸦集合在一起；别人出来自己也出来，像是猿猴被系在一起。而官员审问也不会提及他，小吏询问也不会问到他，其实对审案一点儿用都没有，却足以让他倾家荡产，让那些蛀虫一样的衙役中饱私囊，典卖妻儿，让小人泄私愤罢了。深切期望为官的人，每次在有人投案时，先略微审问，将无事生非的人赶走，与案件无关的人员除名，只留下必要的人。不过是蘸一蘸墨、动一动手腕的事，就可以保全多少人的身家性命，培养多少社会元气。从政的人从来不曾考虑这些事情，杀人也不必用桁杨刀锯这些刑具啊！

驳

驳源自明清时期法律制度中的用语，指的是当上级衙门收到下级州县对重大案件的审理报告后，如果认为审判结果或情词不符实情或存在错误，上级便会驳回原判，要求原审判衙门重新审理或移送其他地方再审。这种制度确保案件的公正审理，也体现了层级审判的制度设计，以减少误判或偏颇的发生。

【鬼令】

原文

教谕展先生，洒脱有名士风。然酒狂，不持仪节，每醉归，辄驰马殿阶。阶上多古柏。一日，纵马入，触树头裂，自言：“子路怒我无礼，击脑破矣！”中夜遂卒。邑中某乙者，负贩其乡，夜宿古刹。更静人稀，忽见四五人携酒入饮，展亦在焉。酒数行，或以字为令曰：“田字不透风，十字在当中。十字推上去，古字赢一钟。”一人曰：“回字不透风，口字在当中。口字推上去，吕字赢一钟。”一人曰：“图字不透风，令字在当中。令字推上去，含字赢一钟。”又一人曰：“困字不透风，木字在当中。木字推上去，杏字赢一钟。”末至展，凝思不得。众笑曰：“既不能令，须当受命。”飞一觥来。展云：“我得之矣：日字不透风，一字在当中。”众又笑曰：“推作何物？”展吸尽曰：“一字推上去，一口一大钟！”相与大笑，未几出门去。某不知展死，窃疑其罢官归也。及归问之，则展死已久，始悟所遇者鬼耳。

- ○展先生：展祈，莱阳人。
- ○殿阶：此指县学文庙殿阶。
- ○子路：姓仲名由，字子路，孔子弟子。
- ○令：酒令。是酒席上的一种助兴游戏，一般在席间推举一人为令官，余者听令轮流说诗词、联语或其他类似游戏，违令或输者罚饮。
- ○受命：按令受罚。

译文

有位姓展的教谕先生，性情洒脱，有名士风度。但是一饮酒就狂放不羁，不注重礼节，每次喝醉酒回来，就骑马奔驰在县学前的台阶上。台阶上种了一些古柏，有一天，展先生骑马跑进树丛，头撞在树上撞破了，自言自语道："子路恼怒我无礼，打破我的脑袋了！"当天夜里就去世了。城里有个商人，到展先生的家乡做生意，夜里住在一座古庙中。夜深人静时，忽然看见四五个人带着酒进来同饮，展先生也在其中。酒喝了好几轮，有人提议以字为令，有人说："田字不透风，十字在当中。十字推上去，古字赢一钟。"另一个人说："回字不透风，口字在当中。口字推上去，吕字赢一钟。"又有一个人接着说："囹字不透风，令字在当中。令字推上去，含字赢一钟。"还有一个人说道："困字不透风，木字在当中。木字推上去，杏字赢一钟。"最后轮到展先生，他思虑良久也没说出来。众人笑着说："既然说不出来，那就受罚吧。"有人递给他一杯酒。展先生说："我想到了：日字不透风，一字在当中。"众人又笑着说："推作什么字？"展先生喝干杯中酒，说道："一字推上去，一口一大钟！"大家相视一笑，没多久就走出门去。商人不知道展先生已经死了，还疑惑他辞官回乡了。等他回城问起，才知道展先生死了很久，才明白自己所遇到的是鬼。

【甄后】

原文

洛城刘仲堪，少钝而淫于典籍，恒杜门攻苦，不与世通。一日方读，
○洛城：即今河南洛阳。 ○淫：沉浸，沉湎。 ○杜门：谓闭门不出。

忽闻异香满室，少间，佩声甚繁。惊顾之，有美人入，簪珥光采，
○佩声：玉饰环佩撞击发出的声音。 ○簪珥：泛指首饰。簪，插定发髻的长针。珥，耳饰。

从者皆宫妆。刘惊伏地下，美人扶之曰："子何前倨而后恭也？"刘
○宫妆：宫人打扮。 ○前倨而后恭：之前傲慢，后来恭敬。《史记·苏秦列传》："苏秦笑谓其嫂曰：'何前倨而后恭也。'"

益惶恐曰："何处天仙，未曾拜识。前此几时有侮？"美人笑曰："相

别几何，遂尔懵懵！危坐磨砖者，非子耶？"乃展锦荐，设瑶浆，
○遂尔懵懵：就这样糊涂起来。尔，如此。 ○危坐磨砖者：指刘桢。刘桢以机辨之才得到赦免。 ○锦荐：锦绣坐垫。

捉坐对饮，与论古今事，博洽非常。刘茫茫不知所对。美人曰："我

止赴瑶池一回宴耳，子历几生，聪明顿尽矣！"遂命侍者以汤沃水晶

膏进之。刘受饮讫，忽觉心神澄彻。既而曛黑，从者尽去，息烛解

襦，曲尽欢好。未曙，诸姬已复集。美人起，妆容如故，鬓发修整，

不再理也。刘依依苦诘姓字，答曰："告郎不妨，恐益君疑耳。妾，
○依依：依恋，缠绵。

甄氏；君，公幹后身。当日以妾故罹罪，心实不忍，今日之会，亦聊
○公幹：刘桢。 ○甄氏：中山无极（今河北无极）人，建安中为袁绍中子熙妻，曹操平冀州，改嫁曹丕。丕称帝后，于黄初二年（221）赐死。明帝（曹睿）立，追尊为文昭皇后。

以报情痴也。"问："魏文安在？"曰："丕，不过贼父之庸子耳。妾
○魏文：魏文帝曹丕。

偶从游嬉富贵者数载，过即不复置念。彼曩以阿瞒故，久滞幽冥，
○阿瞒：曹操小字。

今未闻知。反是陈思为帝典籍，时一见之。"旋见龙舆止于庭中，乃
○陈思：指曹植。典籍：掌管文籍。 ○龙舆：帝后所乘之车。一说，龙驾的车。

以玉脂合赠刘，作别登车，云推而去。

译文

刘仲堪是洛阳人，少年时反应迟钝，但酷爱读书，总是闭门在家苦读，不跟外人来往。一天，他正在读书，忽然闻到屋里充满奇异的香气，不一会儿，又听到环佩叮咚的声音。屋里应该没有别人，所以他很惊讶，四处看看，一个美丽的女子走了进来，头上的发簪和耳环光彩夺目，身旁的侍女都是宫里的装扮。刘仲堪慌忙趴在地上，美人把他扶起来说："你这人怎么前倨后恭呢？"刘仲堪更加惶恐，说道："你这样的天仙美人，我没有机会结识拜见。在此之前什么时候对你不敬呢？"美人笑着说："我们分别也没有多久，你怎么这么懵懂无知了！正襟危坐磨石的人，难道不是你吗？"然后展开锦绣的坐垫，摆上琼浆美酒，拉着刘仲堪坐下对饮，跟他谈论古今之事，学识非常渊博。刘仲堪很迷茫，不知道怎么应对。美人说："我只去了一次瑶池盛宴，你经历了几世，聪明才智消失殆尽了！"然后命令侍女用水煮水晶膏给他喝。刘仲堪接过来就一饮而尽，忽然觉得心神澄明。一会儿天黑了，侍女们全都离开，美人吹熄蜡烛，宽衣解带，和刘仲堪一夜欢好。天还没亮，侍女们都已经来了。美人起床，身上的装扮和昨天一样，发髻平整，不用再次整理。刘仲堪知道美人要离开，依依不舍，苦苦追问她的姓名，美人回答道："告诉你也无妨，只怕你会更加疑心。我是甄氏，你是刘桢的后身。当年因为我的缘故使你遭难，我实在于心不忍，这次相会，就是报答你的一片痴情。"刘仲堪问道："魏文帝在哪儿？"甄氏说："曹丕不过是曹操的一个庸子罢了。我偶然跟这些富贵者游戏几年，过后就不再放在心上。曹丕因为曹操的缘故，滞留在阴间很久，现在没听到他的消息。倒是曹植在为天帝管理典籍，有时可以见一面。"接着一辆龙舆从天而降，停在庭院中，甄氏送给刘仲堪一个玉脂盒，跟他告别后就登上车，驾云离开。

原文

刘自是文思大进。然追念美人，凝思若痴，历数月，渐近羸殆。母不知其故，忧之。家一老妪，忽谓刘曰："郎君意颇有所思否？"刘

○羸殆：消瘦不堪。

以言隐中情，告之。妪曰：“郎试作尺一书，我能邮致之。”刘惊喜

○言隐中情：所言暗合自己的心思。

○尺一书：书信。尺一，古代简牍的长度。

曰：“子有异术，向日昧于物色。果能之，不敢忘也。”乃折柬为函，

○向日：从前。昧于物色：未曾访求。昧，不明。物色，访求。

付妪便去。半夜而返曰：“幸不误事。初至门，门者以我为妖，欲加缚絷。我遂出郎君书，乃将去。少顷唤入，夫人亦欷歔，自言不能复会，便欲裁答。我言：‘郎君羸惫，非一字所能瘳。’夫人沉思久，乃释笔云：‘烦先报刘郎：当即送一佳妇去。’濒行，又嘱：‘适所言，乃百年计，但无泄，便可永久矣。’”刘喜伺之。

译文

从此以后，刘仲堪写文章的水平大有长进。但他成日思念甄氏，经常坐在一处静神凝思，仿若痴呆，过了几个月，身体瘦弱不堪。刘母不知道儿子为什么会变成这样，很是担忧。刘家有个老妈子，忽然对刘仲堪说：“公子是不是非常想念一个人？”因为她的话切中了刘仲堪的心思，他就把实情告诉了她。老妈子说：“你试着写封书信，我能给你送到她手里。”刘仲堪又惊又喜：“原来你有法术，之前我都没有发现。如果真能把信送到，你的恩情我将永世不忘。”刘仲堪把写好的信折好装在信封里，交给老妈子，她拿上信就走了。老妈子半夜时分才回来，向刘仲堪汇报：“还好没有误事。我刚到门口，看门的人以为我是妖怪，要用绳子把我捆起来。我拿出你写的书信，他们就把信拿进去了。不一会儿有人唤我进去，夫人也是唏嘘不已，说不能再和你相见，然后打算给你回信。我说：‘公子已经孱弱到了极点，不是一封信就能治好的。’夫人沉思了很久，就放下笔说：‘那就麻烦你告诉刘郎：我会立即送一个美丽的女子给他做妻子。’我快要回来的时候，夫人又叮嘱我：‘刚才跟你说的，事关刘郎的百年基业，只要不泄露出去，就可以相伴一生。’”刘仲堪喜不自胜，就在家等着。

原文

明日，果一老姥率女郎，诣母所，容色绝世。自言陈氏，女其所出，

○女其所出：此女为其所生。

名司香，愿求作妇。母爱之，议聘，更不索赀，坐待成礼而去。惟刘

○议聘：商议聘礼。

心知其异，阴问女：“系夫人何人？”答云：“妾铜雀故妓也。”刘疑

○铜雀故妓：指曹操的姬妾。铜雀，台名。

为鬼，女曰：“非也。妾与夫人，俱隶仙籍，偶以罪过谪人间。夫人已复旧位，妾谪限未满，夫人请之天曹，暂使给役，去留皆在夫人，

○天曹：道家所称天上的官府。

故得长侍床箦耳。”一日，有瞽媪牵黄犬丐食其家，拍板俚歌。女出

○长侍床箦（zé）：长期做你的侍妾。箦，床上的竹席。

○俚歌：唱俚俗之歌。

窥，立未定，犬断索咋女。女骇走，罗衿断。刘急以杖击犬。犬犹

○咋（zé）：咬。

怒龁断幅，顷刻碎如麻。瞽媪捉领毛，缚以去。刘入视女，惊颜未定，曰：“卿仙人，何乃畏犬？”女曰：“君自不知，犬乃老瞒所化，

○老瞒：曹操。

盖怒妾不守分香戒也。”刘欲买犬杖毙。女不可，曰：“上帝所罚，何

○分香戒：即守节之戒。

得擅诛？”居二年，见者皆惊其艳，而审所从来，殊恍惚，于是共疑为妖。母诘刘，刘亦微道其异。母大惧，戒使绝之，刘不听。母阴觅术士来，作法于庭。方规地为坛，女惨然曰：“本期白首，今老

○规：规划。

母见疑，分义绝矣。要我去，亦复非难，但恐非禁呪所能遣耳！”乃

○分义：夫妻的缘分情义。

○禁呪（zhòu）：亦作“禁咒”，相传以真气、符咒等治病邪、克异物、禳灾害的一种法术。

束薪爇火，抛阶下，瞬息烟蔽房屋，对面相失，有声震如雷。既而烟

灭，见术士七窍流血死矣。入室，女已渺。呼妪问之，妪亦不知所去。刘始告母："妪盖狐也。"

译文

第二天，果真有个老妇人带着一个女子来到刘母处拜访，女子容貌美丽，举世无双。说自己是陈氏，这个女子是她的女儿，名字叫司香，愿意嫁到刘家做媳妇。刘母十分喜爱司香，就跟陈氏商议聘礼，陈氏不要聘礼，在刘家等刘仲堪和司香成婚后就走了。只有刘仲堪知道妻子与常人不同，私下问她："你是夫人的什么人？"司香回答说："我以前是铜雀台的歌伎。"刘仲堪怀疑她是鬼，司香说："我不是鬼。我和夫人都名列仙籍，因为偶然间犯了错被贬谪到人间。夫人已经回到仙籍，我的贬谪期限还没到，夫人向上天请求，暂且让我服侍她，是去是留都由夫人决定，所以我才能留下来服侍你。"一天，有个眼盲的老妇人牵了一条黄狗来刘家讨饭，打着竹板唱着民间小调。司香走出来偷看，还没站稳，黄狗就挣断绳索跑过来咬她。司香被吓得连忙跑开，衣襟被狗扯了下来。刘仲堪见状急忙用木棍打狗。狗愤怒地去撕扯咬下来的衣襟，很快就将衣襟咬成碎片。盲眼夫人抓住了黄狗脖颈处的毛，拴好就带走了。刘仲堪回家看妻子，妻子惊魂未定，刘仲堪说："你是仙人，怎么会怕狗呢？"司香说："你当然不知道，狗是曹操变成的，他这么做是恼恨我不遵守他的遗令为他守节。"刘仲堪打算把那条黄狗买回来打死。司香不同意，并说："这是上天的惩罚，怎么能擅自做主把它打死呢？"司香在刘家两年，看见她的人都因为她的美貌而惊讶，就问她是从哪里来的，而她回答的总是含糊其词，于是大家都觉得她是妖怪。刘母追问儿子，刘仲堪也说了司香一些不同寻常的地方。刘母大惊，让儿子跟她断绝关系，刘仲堪不听。刘母私下找了一个术士到家里来，在庭院中作法。术士刚在地上画出作法坛，司香就面色悲戚地对刘仲堪说："我本想和你白头到老，如今你的母亲疑心我，我们的缘分和情意从此断绝。要我离开也不难，但恐怕不是念咒就能将我赶走！"然后就点着一把柴火，扔在台阶下，一瞬间浓烟四起遮住了房屋，连对面的人都看不见，发出如雷般的声响。一会儿烟散了，术士七窍流血，已经死了。刘仲堪急忙到屋内寻找，妻子已经不见了。连忙招呼平时侍奉妻子的老妈妈前来问话，老妈妈也不知去向。刘仲堪这才告诉母亲："老妈妈大概是狐狸精。"

原文

异史氏曰：始于袁，终于曹，而后注意于公干，仙人不应若是。然平心而论，奸瞒之篡子，何必有贞妇哉？犬睹故妓，应大悟分香卖履之痴，固犹然妒之耶？呜呼！奸雄不暇自哀，而后人哀之已！

○注意：属意，留意。

○奸瞒之篡子：指曹操的儿子曹丕。曹操专擅朝政，曹丕则代汉自立为帝。从封建正统观念看来，曹操为奸臣，曹丕则为篡位。

○不暇：没有时间，顾不上。

译文

异史氏说：甄氏最初是袁绍的儿媳，最后成为曹操的儿媳，之后属意于刘桢，仙人不应该是这样的。但是平心而论，曹操那篡权夺位的儿子曹丕，哪里配有贞节的妻子呢？曹操变成狗看见了自己以前的歌伎，应该从让姬妾分香卖履为他守节的迷思中醒悟过来，怎么还心怀妒意呢？唉！奸雄没有时间哀叹自己，而后人却还在为他哀叹啊！

磨砖

磨砖，出自《世说新语·言语》：刘桢因平视甄夫人而获罪，被罚去作坊磨石。武帝巡视时，见刘桢正襟磨石，问石如何，刘桢以石自喻，言其内外俱优、坚贞不屈，磨石如同磨砖，终难改变其本质。帝为之大笑，遂赦免。此典故常被用作隐喻，指人在遭遇不公时，仍坚守本心，难以被外力所改变。“磨砖”应为“磨石”之误。

【宦娘】

原文

温如春，秦之世家也。少癖嗜琴，虽逆旅未尝暂舍。客晋，经由古寺，系马门外，暂憩止。入则有布衲道人，趺坐廊间，筇杖倚壁，花布囊琴。温触所好，因问："亦善此也？"道人云："顾不能工，愿就善者学之耳。"遂脱囊授温，视之，纹理佳妙，略一勾拨，清越异常。喜为抚一短曲。道人微笑，似未许可。温乃竭尽所长。道人哂曰："亦佳，亦佳！但未足为贫道师也。"温以其言夸，转请之。道人接置膝上，裁拨动，觉和风自来，又顷之，百鸟群集，庭树为满。温惊极，拜请受业。道人三复之，温侧耳倾心，稍稍会其节奏。道人试使弹，点正疏节，曰："此尘间已无对矣。"温由是精心刻画，遂称绝技。

○逆旅：旅店。
○癖嗜：嗜之成癖，极端爱好。
○筇（qióng）杖：竹杖。筇竹可做杖，因称杖为筇。
○顾不能工：只是不能精通。顾，但是，只是。工，擅长，精于。
○勾拨：拨动。勾与拨都是弹琴的指法。
○许可：称许认可。
○三复之：重复演奏三遍。
○点正疏节：指点纠正不合节奏之处。
○刻画：细致描摹。

译文

温如春是陕西的世家弟子。他从小就痴迷于弹琴，即使出门在外住在旅店，也要把琴带上。有一次他去往山西，路过一座古寺，把马系在寺门外，暂时在寺内休息。进了寺门看见一个身穿衲衣的道人，在廊间打坐，竹杖靠在墙边，花布袋子里装着琴。温如春一看到琴就像看到了同道中人，就问道人："你也擅长弹琴吗？"道人说："只是会弹，算不上精通，愿意向擅于弹琴的人学习。"道人从袋子里拿出琴给温如春，温如春接过来一看，琴身上的纹理非常精妙，稍微一弹，琴声清越悠扬。温如春高兴地弹奏了一首简短的曲子。道人只是微笑，像是不太认可他的琴艺。温如春于是竭尽所能地又弹奏了一曲，道人笑着说："不错，不错！但还是不足以成为贫道的老师。"温如春认为他的话过于夸张，于是就请他弹奏一曲。道士接过琴放在膝上，刚拨动琴弦，就感觉和暖的风扑面而来，过了一会儿，各种各样的鸟都聚集在这里，庭院里的树上落满了鸟。温如春惊讶至极，俯身便拜，请求他将琴技传授给自己。道人将这首曲子弹奏了三遍，温如春侧耳倾听，用心领会，稍微记住了曲子的节奏。道人让他试着弹一遍，给他纠正弹得不对的地方，对他说："弹到这种程度，在世间已经没有对手了。"温如春从此精心钻研琴技，成为身怀绝技的高手。

原文

后归程，离家数十里，日已暮，暴雨莫可投止。路傍有小村，趋之。不遑审择，见一门，匆匆遽入。登其堂，阒无人。俄一女郎出，年十七八，貌类神仙，举首见客，惊而走入。温时未偶，系情殊深。俄一老妪出问客，温道姓名，兼求寄宿。妪言："宿当不妨，但少床榻，不嫌屈体，便可藉藁。"少旋，以烛来，展草铺地，意良殷。问其姓氏，答云赵姓。又问："女郎何人？"曰："此宦娘，老身之犹子也。"温曰："不揣寒陋，欲求援系，如何？"妪颦蹙曰："此即不敢应命。"温诘其故，但云难言，怅然遂罢。妪既去，温视藉草腐湿，不堪卧处，因危坐鼓琴，以消永夜。雨既歇，冒雨遂归。

○藉藁（gǎo）：用草铺在地上当床。藉，垫。藁，稻、麦等的秆。

○犹子：侄子或侄女。

○援系：攀附。

○颦蹙：皱眉皱额，为难或忧愁的样子。

译文

后来，温如春启程回家，离家还有几十里远的时候，天已经黑了，天上下着暴雨，找不到地方投宿。看见路旁有个小村子，赶紧跑过去。来不及仔细查看选择，看见一户人家，匆匆忙忙地跑了进去。进入厅堂，一个人都没有。过了一会儿，一个女子走了出来，看起来十七八岁，貌若天仙，抬头看见客人，惊讶地走入内室。温如春此时还未婚配，对这个美丽的女子产生了爱慕之情。接着一个老妇人出来问来客是谁，温如春说了自己的姓名，并请求晚上寄宿在这里。老妇人说："住在这里不妨事，但是缺少床榻，如果不嫌委屈，我可以弄些草来打地铺。"温如春同意了，没一会儿老妇人就拿来蜡烛，把草展开铺在地上，很是殷勤。温如春问她姓什么，回答姓赵。温如春又问她："刚才的女子是什么人？"赵氏说："她叫宦娘，是我的侄女。"温如春说："我知道自己寒微粗陋，想跟你家结亲，您觉得如何？"老妇人皱着眉头说："这件事我可不敢答应。"温如春追问为什么，但老妇人只说不好说，他怅然若失，只好作罢。老妇人离开以后，温如春见地上的草腐烂潮湿，没办法躺下睡觉，就跪坐着弹琴，以消磨漫漫长夜。等雨一停，温如春就冒着淋雨的可能赶快回家了。

原文

邑有林下部郎葛公，喜文士。温偶诣之，受命弹琴。帘内隐约有眷客窥听，忽风动帘开，见一及笄人，丽绝一世。盖公有一女，小字良工，善词赋，有艳名。温心动，归与母言，媒通之，而葛以温势式微，不许。然女自闻琴以后，心窃倾慕，每冀再聆雅奏，而温以姻事不谐，志乖意沮，绝迹于葛氏之门矣。

○林下部郎：退隐的部郎。林下，田野，退隐之处。部郎，封建朝廷各部郎中或员外郎之类的高级部员。

○眷客：女眷。

○势：家势。

○聆：听。

○志乖意沮：志愿没有顺遂，心情沮丧。乖，违。沮，失意，懊丧。

译文

温如春所在的县里有位退隐在家的部郎葛公，他喜欢有文才的人。温如春偶然前去拜访，葛公让他弹奏一曲。弹琴过程中，门帘里面隐约看见有女眷在一旁偷听，忽然风把帘门吹开，只见一个刚到及笄年龄的女子，容颜美丽。原来葛公有一个女儿，小名叫良工，善于填词作赋，是当地有名的美人。温如春见了以后很心动，回家后跟母亲说了自己的心意，母亲就请媒人去说媒，葛公认为温家的家势衰落，没有同意。但是良工自从听了温如春弹琴以后，对他很是倾慕，总是希望能再次听到他动听的琴声。而温如春因为婚事不顺，意志消沉、神情沮丧，再也没有登过葛家的门。

原文

一日，女于园中，拾得旧笺一折，上书《惜余春》，词云：因恨成痴，转思作想，日日为情颠倒。海棠带醉，杨柳伤春，同是一般怀抱。甚得新愁旧愁，刬尽还生，便如青草。自别离，只在奈何天里，度将昏晓。今日个，蹙损春山，望穿秋水，道弃已拚弃了！芳衾妒梦，玉漏惊魂，要睡何能睡好？漫说长宵似年；侬视一年，比更犹少：过三更已是三年，更有何人不老！女吟咏数四，心悦好之。怀归，出锦笺，庄书一通，置案间。逾时索之不可得，窃意为风飘去。适葛经闺门过，拾之，谓良工作，恶其词荡，火之而未忍言，欲急醮之。临邑刘方伯之公子，适来问名，心善之，而犹欲一睹其人。公子盛服而至，仪容秀美。葛大悦，款延优渥。既而告别，坐下遗女舄一钩。心顿恶其儇薄，因呼媒而告以故。公子亟辨其诬，葛弗听，卒绝之。

○《惜余春》：词牌名。

○刬（chǎn）：铲，削除。

○奈何天：无可排遣的意思。

○春山：比喻美人的眉毛。

○道：料想。

○庄书一通：端端正正地书写了一遍。

○词荡：词意放荡。荡，淫荡。

○临邑：县名。清属济南府。今属德州。方伯：古时一方诸侯之长称方伯。

○款延：热诚接待。优渥：优厚，盛情。

○儇（xuān）薄：轻浮，不正派。

译文

一天，良工在花园中散步，在地上捡到一封旧信笺，上面写着一首《惜余春》，内容是：因恨成痴，转思作想，日日为情颠倒。海棠带醉，杨柳伤春，同是一般怀抱。甚得新愁旧愁，刬尽还生，便如青草。自别离，只在奈何天里，度将昏晓。今日个，蹙损春山，望穿秋水，道弃已拚弃了！芳衾妒梦，玉漏惊魂，要睡何能睡好？漫说长宵似年；侬视一年，比更犹少：过三更已是三年，更有何人不老！良工把这首词吟诵了好几遍，心里很喜欢。她把旧信笺带回了家，拿出织锦的信笺，工工整整地把这首词抄写了一遍，放在书案上。过了一段时间，良工找不到誊写的信笺了，还以为被风吹走了。正巧葛公从女儿门前经过，捡起信笺一看，以为是良工写的，厌恶其词句轻佻，用火把它烧了，但不忍心责备女儿，就想着早点儿把她嫁出去。临邑县刘方伯的儿子，正好前来问名，葛公很同意这门亲事，但还想亲眼见一见刘公子。刘公子接到消息后穿着华丽的衣服前来，仪态端庄，容貌秀美。葛公非常高兴，盛情招待他。刘公子告辞后，座位下留下了一只女鞋。葛公顿时觉得他很轻浮，把媒人叫过来说了这件事。刘公子极力辩白自己是被冤枉的，葛公不听，回绝了这门婚事。

原文

先是，葛有绿菊种，吝不传，良工以植闺中。温庭菊忽有一二株化为绿，同人闻之，辄造庐观赏，温亦宝之。凌晨趋视，于畦畔得笺写《惜余春》词，反覆披读，不知其所自至。以“春”为己名，益惑之，即案头细加丹黄，评语亵嫚。适葛闻温菊变绿，讶之，躬诣其斋，见词便取展读。温以其评亵，夺而挼莎之。葛仅读一两句，盖即闺门所拾者也，大疑，并绿菊之种，亦猜良工所赠。归告夫人，使逼诘良工。良工涕欲死，而事无验见，莫有取

○亵嫚：不庄重，下流。

○丹黄：红色和黄色，古时批校书籍所用的两种颜色。

○挼莎（ruó suō）：用手揉搓。

实。夫人恐其迹益彰，计不如以女归温。葛然之，遥致温，温喜极。是日招客为绿菊之宴，焚香弹琴，良夜方罢。既归寝，斋童闻琴自作声，初以为僚仆之戏也，既知其非人，始白温。温自诣之，果不妄。其声梗涩，似将效己而未能者。爇火暴入，杳无所见。温携琴去，则终夜寂然。因意为狐，固知其愿拜门墙也者，遂每夕为奏一曲，而设弦任操若师，夜夜潜伏听之。至六七夜，居然成曲，雅足听闻。

○良夜：深夜。

○僚仆：同主之仆。僚，同在一起。

○梗涩：生硬而不流畅。梗，阻碍。

○拜门墙：拜于门下为弟子。门墙，师门。

○设弦任操：放置琴听任演奏。

译文

在此之前，葛公培育出一种绿色的菊花，但不外传，良工将绿菊种在闺房里。温如春庭院里的菊花忽然有几株变为绿色，朋友们听到这个消息，都到温家来观赏，温如春也很爱惜这几株菊花。一天凌晨温如春去看菊花，在花畦边捡到一张写有《惜余春》词的信笺，翻来覆去地读，不知道这信笺是从哪里来的。因为自己名字中有“春”字，更加疑惑，把信笺放在书桌上仔细点评，评语轻薄放荡。恰好葛公听说温如春种的菊花变绿了，很惊讶，亲自到他的书房拜访，在书房里看见一张书笺，便拿过来读。温如春觉得自己的评语太过轻薄，从葛公手里夺过书笺揉成一团。葛公只看见了一两句，就认出是在女儿房门前拾到的那首词，很是疑惑，甚至疑惑绿菊也是良工送给温如春的。葛公回家后把这件事告诉了夫人，让她逼问良工。良工觉得自己很冤屈，哭着要去寻死，而这事没人可以做证，也没办法证实。葛夫人担心这件事被外人知道，有损女儿清誉，盘算着不如把女儿嫁给温如春。葛公听后也很赞同，就把这层意思告诉了温如春，温如春知道后高兴极了。当天就邀请朋友前来参加绿菊之宴，焚香弹琴，到深夜才散。就寝后，书斋里的书童听到琴自己发出声音，开始时以为是其他的仆人捉弄自己，过了一会儿才知道没有人在弹琴，这才告诉了温如春。温如春亲自来看，书童果然没有说谎。琴声生硬干涩，像是在模仿自己的琴技但又没能成功。温如春拿着烛火突然跑进屋里，什么也没看见。温如春把琴带回自己的房间，然而琴一夜都没有发出声音。温如春觉得应该是狐仙，可能是想跟自己学琴，于是就每晚弹奏一曲，然后把琴放在一边，让它自己弹，自己则在一旁偷听。过了六七夜，它居然能弹奏出完整的曲子，已经达到让人驻足倾听的程度了。

原文

温既亲迎，各述曩词，始知缔好之由，而终不知所由来。良工闻琴鸣之异，往听之，曰：“此非狐也，调凄楚，有鬼声。”温未深信。良工因言其家有古镜，可鉴魑魅。翊日，遣人取至，伺琴声既作，握镜遽入，火之，果有女子在，仓皇室隅，莫能复隐。细审之，赵氏之宦娘也。大骇，穷诘之。泫然曰：“代作蹇修，不为无德，何相逼之甚也？”温请去镜，约勿避，诺之。乃囊镜。女遥坐曰：“妾太守之女，死百年矣。少喜琴筝，筝已颇能谙之，独此技未有嫡传，重泉犹以为憾。惠顾时，得聆雅奏，倾心向往。又恨以异物不能奉裳衣，阴为君腼合佳偶，以报眷顾之情，刘公子之女舄，《惜余春》之俚词，皆妾为之也。酬师者不可谓不劳矣。”夫妻咸拜谢之。宦娘曰：“君之业，妾思过半矣，但未尽其神理。请为妾再鼓之。”温如其请，又曲陈其法。宦娘大悦曰：“妾已尽得之矣！”乃起辞欲去。良工故善筝，闻其所长，愿一披聆。宦娘不辞，其调其谱，并非尘世所能。良工击节，转

○曩词：以往的情由故事。

○亲迎：古代婚礼六礼之一。新婿亲至女家迎新娘入室，行交拜合卺之礼。

○鉴：照见。魑（chī）魅：传说中的鬼魅。

○泫然：流泪。

○蹇修：媒人的代称。传说蹇修是伏羲的臣子。

○囊镜：把镜子放进袋子。

○嫡传：指正宗乐师的传授。嫡，正宗，正统。

○重（chóng）泉：即九泉。旧指死者所归。

○异物：指死亡的人。奉裳衣：伺候生活起居。指成为妻子。

○胹（ér）合：撮合。

○思过半矣：大部分已能领悟。

○曲陈：详尽细致地述说。曲，详尽。

○披聆：诚心聆听。

请受业。女命笔为绘谱十八章，又起告别。夫妻挽之良苦，宦娘凄然曰：“君琴瑟之好，自相知音，薄命人乌有此福。如有缘，再世可相聚耳。”因以一卷授温曰：“此妾小像。如不忘媒妁，当悬之卧室，快意时，焚香一炷，对鼓一曲，则儿身受之矣。”出门遂没。

译文

温如春完婚后，和良工说起那首《惜余春》词，才知道二人是因这首词才得以成为夫妻，但始终不知道这首词是从哪里来的。良工听说了琴能自己弹奏的怪事，前去听了一次，回来对温如春说：“这不是狐狸弹奏的，琴声凄婉悲楚，有鬼声。”温如春不太相信。良工就说自己家有一把古镜，可以鉴别妖魔鬼怪。第二天，派人去葛家把古镜取来，等琴声再次响起的时候，温如春拿着镜子快速跑进书房，用烛火一照，果然看见一个女子，仓皇躲在书房的一个角落，再也没办法隐藏。温如春仔细一看，原来是赵家的宦娘。温如春大吃一惊，追问她是怎么回事。宦娘流着眼泪说：“我给你们做媒人，不能说对你们没有恩德吧，为什么要对我苦苦相逼呢？”温如春要把古镜收起来，跟宦娘约定不要躲避，宦娘答应了。温如春就用袋子把古镜装起来。宦娘坐在离他很远的地方说：“我是太守的女儿，死了一百年了。我小的时候喜欢弹奏琴和筝，筝已经弹得相当纯熟了，只有弹琴的技艺没有得到正宗乐师的指点，所以在九泉之下也深为遗憾。你上次到我家的时候，我有幸听了你的琴声，很是倾心向往。又恼恨自己身为鬼魂不能跟你结亲，所以暗地里给你撮合良缘，以报答你对我的眷恋之情。刘公子座下的女鞋，《惜余春》那首词，都是我做的。我报答老师不能说是不用心了。”听完她说的话，温如春夫妻二人都拜谢她的恩德。宦娘对温如春说：“你弹琴的技艺，我能领悟一多半，但还不得其神韵和道理，烦请你再为我弹奏一曲。”温如春答应了她的请求，边弹边为她讲解技法。宦娘高兴地说：“我已经全都学会啦！”然后起身告辞准备离去。良工原本善于弹筝，听见宦娘说她也很擅长，希望能听宦娘弹奏一曲。宦娘也不推辞，就弹奏起来。她弹奏的音调和曲谱，都不是人世间所能听到的。良工击节赞叹，转而请求宦娘指教自己。宦娘提笔写下十八首曲谱，又起身告别。温如春夫妻二人苦苦挽留，宦娘悲凄地说：“你们二人琴瑟和鸣，互为知音，感情深厚，我这个薄命人哪里有这样的福气。如果有缘，下一世再见吧。”接着拿出一卷画给温如春说：“这幅画是我的小像。如果没有忘记我这个媒人，就把它挂在卧室内，心情愉快时，点一炷香，对着画像弹奏一曲，就如同我亲身领受了。”说罢，出门就消失不见了。

丹黄

丹黄指古人点校书籍时所用的朱笔和雌黄。朱笔用于标注、批改，遇到误字或错误内容则用雌黄涂抹改正。此用法出现在古代书籍校订、抄写过程中，体现了严谨的态度与精细的工艺。《新唐书·陆龟蒙传》中提到陆龟蒙“朱黄不去手”，即形容他校书时用朱笔和雌黄的勤奋与认真。

【阿绣】

原文

海州刘子固，十五岁时，至盖省其舅。见杂货肆中一女子，姣丽无双，心爱好之。潜至其肆，托言买扇。女子便呼父。父出，刘意沮，故折阅之而退。遥睹其父他往，又诣之。女将觅父，刘止之曰：“无须，但言其价，我不靳直耳。”女如言，故昂之。刘不忍争，脱贯径去。明日复往，又如之。行数武，女追呼曰：“返来！适伪言耳，价奢过当。”因以半价返之。刘益感其诚，蹈隙辄往，由是日熟。女问：“郎居何所？”以实对。转诘之，自言姚氏。临行，所市物，女以纸代裹完好，已而以舌舐黏之。刘怀归不敢复动，恐乱其舌痕也。积半月，为仆所窥，阴与舅力要之归。意惓惓不自得。以所市香帕脂粉等类，密置一箧，无人时，辄阖户自捡一过，触类凝思。

○海州：清属江苏淮安府，今属江苏连云港。一说指辽宁的海州区，治所在今辽宁海城。

○盖：古地名。在今山东沂水西北。一说在辽宁的盖平，今属辽宁盖州市。

○折阅：压低售价。阅，通“脱”，损减。

○不靳直：不计较价钱。靳，吝惜。

○故昂之：故意提高价格。昂，高。

○脱贯：从钱串上取下钱来。当即付钱。贯，古时穿钱的绳索。

○武：步。

○奢：昂贵。过当：超过合理价格。

○蹈隙：趁空。指乘其父不在之时。

○惓惓（quán）：恳切，眷念不忘。

译文

刘子固是海州人，十五岁的时候，前去探望在盖县的舅舅。在一个杂货铺里看见一名女子，容貌艳丽，对她产生了爱慕之情。他悄悄走进杂货铺，假装要买扇子，女子就喊自己的父亲。女子的父亲出来后，刘子固很失落，于是故意压低价格，然后走了。远远地看到女子的父亲到别处去了，他又走进店内。女子又要去找父亲，刘子固赶紧拦住她，说：“别去找了，你只要说多少钱，我不在乎价钱。”女子如他所言，故意出了个高价。刘子固不忍心跟她讨价还价，付了钱就走了。第二天，刘子固又去了杂货铺，又跟昨天一样。刚走出店门几步，女子追上来喊道："回来！刚才我说的是假话，这个价钱太高了。"然后把一半的差价还给了他。刘子固被她的诚实感动，女子的父亲只要不在店里，他就进去，因此两个人也越来越熟悉。女子问他："你住在哪里？"刘子固据实相告。刘子固转而问她姓什么，女子回答姓姚。刘子固买完东西快要出门的时候，女子用纸把东西包裹好，然后用舌头舔纸使纸粘上。刘子固把东西揣回去以后不敢打开，担心把姚氏的舌痕弄乱。过了半个月，刘子固和女子的事被仆人发现了，私下里告诉了他的舅舅，舅舅强迫他回家去。刘子固对女子很是眷恋，将从她那里购买的香帕和脂粉等物品，悄悄地放在一个箱子里，没人的时候，关上门把这些东西拿出来看一遍，睹物思人。

原文

次年，复至盖，装甫解，即趋女所，至则肆宇阖焉，失望而返。犹意偶出未返，早又诣之，阖如故。问诸邻，始知姚原广宁人，以贸易无重息，故暂归去，又不审何时可复来。神志乖丧。居数日，怏怏而归。母为议婚，屡梗之，母怪且怒。仆私以曩事告母，母益防闲之，盖之途由是绝。刘忽忽遂减眠食。母忧思无计，念不如从其志。于是刻日办装，使如盖，转寄语舅，媒合之。舅即承命诣姚。逾时而返，谓刘曰："事不谐矣！阿绣已字广宁人。"刘低头丧气，心灰绝望。既归，捧箧啜泣，而徘徊顾念，冀天下有似之者。

○广宁：位于广东中西部，明清属肇庆府，现属肇庆。一说指辽宁北镇。

○重息：大利。

○乖丧：沮丧。

○梗：阻拦，拒绝。

○防闲：防范禁止。

○忽忽：失意的样子。

译文

第二年，刘子固又到了盖县，刚解下行装，就往姚氏所在的地方跑去，到了才发现杂货铺关门了，大失所望地回去了。他心里想着可能是出门了没回来，第二天一早就又去了，还是没开门。他就向邻居打听，才知道姚家是广宁人，因为在这里做生意赚不到钱，所以暂时回广宁了，也不清楚什么时候会回来。刘子固神情沮丧，情绪低落。在舅舅家住了没几天，就闷闷不乐地回家了。刘母要给他议亲，他都拒绝了，母亲很奇怪也很生气。他的仆人私下把以前的事告诉了刘母，刘母越发对他严加管束，盖县再也不让他去了。刘子固忧思成疾，吃不下睡不着。刘母担忧他的身体，但又无计可施，思来想去不如遂了他的心愿。于是立刻为他准备行装，让他到盖县去，让舅舅托媒人去姚家提亲。刘子固到了盖县舅舅家，舅舅马上就托媒人去了姚家，没多久就回来了，告诉刘子固："这个事不好办了！阿绣已经许配给广宁人了。"刘子固垂头丧气，心灰意冷。回到家里，捧着那个小箱子哭泣，想起往事就徘徊不止，希望天下能有像阿绣的人。

原文

适媒来，艳称复州黄氏女。刘恐不确，命驾至复。入西门，见北向一家，两扉半开，内一女郎，怪似阿绣，再属目之，且行且盼而入，真是无讹。刘大动，因僦其东邻居，细诘知为李氏。反复凝念：天下宁有如此相似者耶？居数日，莫可夤缘，惟日眈眈伺候其门，以冀女或复出。一日，日方西，女果出。忽见刘，即返身走，以手指其后，又复掌及额，乃入。刘喜极，但不能解。凝思移时，信步诣舍后，见荒园寥廓，西有短垣，略可及肩。豁然顿悟，遂蹲伏露草中。久之，有人自墙上露其首，小语曰："来乎？"刘诺而起。细视，真阿绣也。因大恫，涕堕如绠。女隔堵探身，以巾拭其泪，深

○艳称：极力夸赞。艳，艳羡，羡慕。复州：北周初置，以复池湖为名，辖境相当于今湖北仙桃、天门、监利等地。一说，辽置，治所在今辽宁瓦房店西北。

○盼：看。

○讹：误，错。

○眈眈：注目察看。

○夤（yín）缘：攀附，借故与之亲近。

○寥廓：静寂，广阔。

○恫（tōng）：悲痛。

○涕堕如绠：泪落如雨。绠，井绳。

慰之。刘曰："百计不遂，自谓今生已矣，何期复有今夕？顾卿何以至此？"曰："李氏，妾表叔也。"刘请逾垣。女曰："君先归，遣从人他宿，妾当自至。"刘如言，坐伺之。少间，女悄然入，妆饰不甚炫丽，袍裤犹昔。刘挽坐，备道艰苦，因问："卿已字，何未醮也？"女曰："言妾受聘者妄也。家君以道里赊远，不愿附公子婚，此或托舅氏诡词，以绝君望耳。"既就枕席，宛转万态，款接之欢，不可言喻。四更遽起，过墙而去。刘自是不复措意黄氏矣。旅居忘返，经月不归。

○赊远：遥远。

○诡词：假话。

○措意：属意。

译文

这时有个媒人前来，夸赞复州一户姓黄的人家的女儿长得漂亮。刘子固担心媒人的话不真切，自己坐着马车到复州去看。进了县城西门，看见一户向北的人家，两扇门半开着，门内有一个姑娘，跟阿绣长得非常像，再仔细一看，姑娘一边走一边回头看地走向房内，真的是阿绣。刘子固激动不已，赶紧去东边的邻居那里打听，仔细询问得知姑娘姓李。刘子固翻来覆去地想：天下难道有长得如此相像的人吗？刘子固在复州住了几天，找不到机会接近姑娘，只能天天在李家门外盯着，希望姑娘能出门来。有一天，太阳刚落山，姑娘果然出来了。忽然看见刘子固，立刻转身往回走，用手指指自己身后，又将手掌放在额头上，然后走入家门。刘子固高兴极了，但不太理解姑娘的动作是什么意思。一边凝神苦思一边走，信步走到了房子的后面，看见一座荒废的园子，寂寥空旷，西边有低矮的院墙，高度只能到肩膀。刘子固突然明白过来，然后蹲在草丛里。过了很久，有人从墙上露出头来，小声说："来了吗？"刘子固答应着站起身。仔细一看，真的是阿绣。很是悲痛，泪如雨下。姑娘隔着墙探过身来，用手帕给他擦眼泪，不停地安慰他。刘子固说："想了很多办法都不能如愿，我还以为这辈子再也见不到你了，哪里想到还能有今天啊？你怎么会在这里呢？”姑娘说：“这里的主人李氏，是我的表叔。”刘子固让她翻墙过来，姑娘说：“你先回去，把仆人打发到别处去，我自会去找你。”刘子固按照她说的做了以后，坐在屋里等着姑娘。不一会儿，姑娘悄悄地进入屋里，装扮不是很华丽，衣服和裤子和以前一样。刘子固挽着姑娘坐下，跟她说了自己的相思之苦，问道：“你已经许配人家了，怎么还没过门呢？”姑娘说：“说我许配人家是假话，我的父亲因为我们两家相隔太远，不同意我嫁给你，所以托你舅舅说了假话骗你，以打消你的念头。”说着两人上床休息，情意绵绵，极尽欢娱，非言语能够形容。刚到四更天，姑娘就翻墙离开了。刘子固自此不再留意于黄家的姑娘，在这里住了下来，一个多月过去了也不回家。

原文

一夜，仆起饲马，见室中灯犹明，窥之，见阿绣，大骇。顾不敢言主人，旦起，访市肆，始返而诘刘曰：“夜与还往者，何人也？”刘初讳之。仆曰：“此第岑寂，鬼狐之薮，公子宜自爱。彼姚家女郎，何为而至此？”刘始觍然曰：“西邻是其表叔，有何疑沮？”仆言：“我已访之审，东邻止一孤媪，西家一子尚幼，别无密戚。所遇当是鬼魅，不然，焉有数年之衣，尚未易者？且其面色过白，两颊少瘦，笑处无微涡，不如阿绣美。”刘反覆思，乃大惧曰：“然且奈何？”仆谋伺其来，操兵入共击之。至暮，女至，谓刘曰：“知君见疑，然妾亦无他，不过了夙分耳。”言未已，仆排闼入。女呵之曰：“可弃兵！速具酒来，当与若主别。”仆便自投，若或夺焉。刘益恐，强设

○薮：人或物聚集之地。
○疑沮：怀疑。
○涡：酒窝。
○兵：兵器，武器。
○自投：自动放下兵器。

酒馔。女谈笑如常，举手向刘曰："悉君心事，方将图效绵薄，何竟伏戎？妾虽非阿绣，颇自谓不亚，君视之犹昔否耶？"刘毛发俱竖，噤不语。女听漏三下，把盏一呷，起立曰："我且去，待花烛后，再与新妇较优劣也。"转身遂杳。

○绵薄：薄弱的能力。谦辞。

○伏戎：武装埋伏。戎，兵戎。

○呷：小口喝。

译文

一天夜里，仆人起来喂马，看见刘子固房间里的灯还亮着，偷偷看了一眼，看见了阿绣，大吃一惊。但是没敢告诉主人。第二天一早起来，仆人到街市上访查了一番，然后才返回来问刘子固："昨天夜里跟你在一起的，是谁呀？"刘子固开始还遮遮掩掩不肯说。仆人说："这座宅子凄清冷寂，鬼狐易在这里聚集，公子你要自爱。那个姚家的姑娘，为什么也到了这里？"刘子固这才不好意思地说："西边的那家是她的表叔，有什么好怀疑的？"仆人说："我已经仔细查问过了，东边的那家只住着一个孤老妇人，西边那家有个年幼的儿子，没有其他来往密切的亲戚。你遇到的应当是鬼魅，要不然，哪有好多年前的衣服，穿到现在也不换的？而且她的脸色过于白了，两颊稍微有点儿瘦，笑起来没有酒窝，不如阿绣美丽。"刘子固反复思量，这才惊惧地说："那现在该怎么办呢？"仆人出主意说，等她来了以后，拿起东西一起打她。到了晚上，姑娘来了，对刘子固说："知道你对我起了疑心，但是我也别无所求，不过是想了却过去的缘分而已。"话还没说完，仆人推门进来。姑娘呵斥他说："手里的东西赶紧丢了！赶紧备酒，我要跟你的主人告别。"仆人立刻把手里的东西扔了，像是有人要跟他抢一样。刘子固更加恐惧，勉强摆好酒席。姑娘谈笑风生，和平常一样，举起手指着刘子固说："我知道了你的心事，正准备尽我的一点力量帮助你，为什么要伏击我？我虽然不是阿绣，自认为不比她差，你看我难道不像昔日的阿绣吗？"刘子固吓得毛发都竖了起来，一句话也不敢说。姑娘听见三更了，把杯子里的酒一喝，站起来说："我先走了，等你洞房花烛后，再跟你的新媳妇一较高下。"一转身就不见了。

原文

刘信狐言，径如盖。怨舅之诳己也，不舍其家，寓近姚氏，托媒自通，啖以重赂。姚妻乃言：“小郎为觅婿广宁，若翁以是故去，就否未可知。须旋日，方可计校。”刘闻之，彷徨无以自主，惟坚守以伺其归。逾十余日，忽闻兵警，犹疑讹传，久之，信益急，乃趣装行。中途遇乱，主仆相失，为侦者所掠。以刘文弱，疏其防，盗马亡去。至海州界，见一女子，蓬鬓垢耳，出履蹉跌，不可堪。刘驰过之，女遽呼曰：“马上人非刘郎乎？”刘停鞭审顾，则阿绣也。心仍讶其为狐，曰：“汝真阿绣耶？”女问：“何为出此言？”刘述所遇。女曰：“妾真阿绣也。父携妾自广宁归，遇兵被俘，授马屡堕。忽一女子，握腕趣遁，荒窜军中，亦无诘者。女子健步若飞隼，苦不能从，百步而屦屡褪焉。久之，闻号嘶渐远，乃释手曰：‘别矣！前皆坦途，可缓行，爱汝者将至，宜与同归。’”刘知其狐，感之。因述其留盖之故。女言其叔为择婿于方氏，未委禽而乱适作。刘始知舅言非妄。携女马上，叠骑归。入门则老母无恙，大喜。系马入，具道所以。母亦喜，为之盥濯，竟妆，容光焕发。母抚掌曰：“无怪

○舍：住。

○小郎：旧时妇女对丈夫的弟弟的称呼。

○若翁：你的父亲。指阿绣的父亲。

○兵警：发生战事。

○侦者：前哨，侦查者。

○趣（cù）遁：催促快逃。趣，催促。

○诘者：询问的人。诘，问。

○隼（sǔn）：鹰。

○屦（jù）：麻、葛制作的鞋。也泛指鞋。

痴儿魂梦不置也！”遂设裀褥，使从己宿。又遣人赴盖，寓书于姚。

○寓书：寄信。

不数日，姚夫妇俱至，卜吉成礼乃去。

○卜吉成礼：选定吉日举行婚礼。

译文

刘子固信了狐仙的话，直接去了盖县。埋怨舅舅欺骗自己，所以没住在舅舅家里，而是住在姚家附近，托媒人前去姚家说亲，并许诺了丰厚的聘礼。姚家的夫人说：“我家小叔子在广宁给找了个女婿，她父亲就是因此事去的，是否说定亲事还不知道。需等到他回来，才能商量。”刘子固听完，惴测不安，拿不定主意，只能在这里住下，等阿绣的父亲回来。过了十多天，忽然听说广宁有战事，开始还以为是讹传，过了一段时间，战乱的消息一个接一个地传来，刘子固赶紧收拾行装回家。回家途中遇到乱兵，刘子固和仆人走散了，被前来侦查的士兵抓走了。刘子固是个文弱书生，士兵对他疏于防范，他就偷了一匹马跑了。到了海州地界，看见一个女子，蓬头垢面，步履维艰，快走不动了。刘子固骑马从她身边奔驰而过，女子连忙大声呼喊：“马上的人是刘郎吗？”刘子固停下马鞭仔细一看，原来是阿绣。但刘子固又担心她是狐仙，问道：“你真的是阿绣吗？”女子问：“为什么这么说呢？”刘子固就把自己的遭遇告诉了她。女子说：“我真的是阿绣。父亲带着我从广宁回来，遇到乱兵被抓，他给了我一匹马，但我总是从马上掉下来。忽然来了个女子，拉着我的手腕让我快逃，慌乱之中跑到了军营里，也没有人来责问我们。那个女子健步如飞，我用尽全力也跟不上，跑的时候鞋还总是掉。跑了很久，听得军营的声音离我们越来越远，她才放开我的手说：‘再见了！前面都是平坦的道路，可以慢点儿走，爱你的人快要来了，你跟他一起回家吧。’”刘子固知道阿绣遇见的那个女子是狐仙，非常感激她。然后对阿绣说了自己留在盖县的原因。阿绣说她的叔叔给她找了家姓方的为夫婿，还没下聘礼战乱就爆发了。刘子固这才明白舅舅没有骗他。他把阿绣抱上马，两人一起回到家中。进家门一看，母亲安然无恙，刘子固非常高兴，拴好马后，把事情的经过告诉了母亲。母亲也很高兴，给阿绣梳洗打扮，装扮好一看，光彩照人。母亲拍着手说：“难怪我的傻儿子对你魂牵梦绕呢！”然后铺好床铺，让阿绣跟自己睡。又派人去盖县，给姚家报信。没过几天，姚家夫妇都来了，选定吉日，等刘子固和阿绣成婚以后才离开。

原文

刘出藏箧，封识俨然。有粉一函，启之，化为赤土。刘异之。女掩口曰："数年之盗，今始发觉矣。尔日见郎任妾包裹，更不及审真伪，故以此相戏耳。"方嬉笑间，一人搴帘入曰："快意如此，当谢蹇修否？"刘视之，又一阿绣也。急呼母，母及家人悉集；无有能辨识者。刘回眸亦迷，注目移时，始揖而谢之。女子索镜自照，赧然趋出，寻之已杳。夫妇感其义，为位于室而祀之。

○封识（zhì）俨然：封裹的标记依然清晰。封识，封缄并加以标记。

○赧（nǎn）然：脸红，难为情的样子。

○位：牌位。

译文

刘子固拿出珍藏的小箱子，里面的东西都原封未动。其中有一包脂粉，打开一看，都变成红土了。刘子固感到很奇怪，阿绣捂嘴笑着说："几年前的骗局，你现在才发现，我当时见你任凭我包裹，也不仔细看里面的东西是真是假，所以就包了一包红土跟你开玩笑。"正在两个人嬉戏玩闹的时候，一个人掀开帘子走进来说："你们俩这么高兴，难道不应该谢谢媒人吗？"刘子固一看，又来一个阿绣。急忙喊母亲前来，母亲和家里的人都过来了，没有人能分辨哪个是真的阿绣。刘子固回头一看也有些迷茫，仔细看了好久，才作揖向假的阿绣道谢。假阿绣要了一面镜子照了照自己，不好意思地跑了出去，派人去找，已经不见踪影。刘子固夫妇感激她的情义，在室内为她设下牌位。

原文

一夕，刘醉归，室暗无人，方自挑灯，而阿绣至。刘挽问："何之？"笑曰："醉臭熏人，使人不耐！如此盘诘，谁作桑中逃耶？"刘笑捧

○作桑中逃：指外出幽会。

其颊。女曰："郎视妾与狐姊孰胜？"刘曰："卿过之，然皮相者不辨也。"已而合扉相狎。俄有叩门者，女起笑曰："君亦皮相者也。"刘不解，趋启门，则阿绣入，大愕，始悟适与语者狐也。暗中又闻笑声。夫妻望空而祷，祈求现像。狐曰："我不愿见阿绣。"问："何不另化一貌？"曰："我不能。"问："何故不能？"曰："阿绣，吾妹也，前世不幸夭殂。生时，与余从母至天宫，见西王母，心窃爱慕，归则刻意效之。妹子较我慧，一月神似，我学三月而后成，然终不及妹。今已隔世，自谓过之，不意犹昔耳。我感汝两人诚意，故时复一至，今去矣。"遂不复言。

○皮相者：只看外表的人。

○犹昔耳：仍如往昔。

译文

一天傍晚，刘子固喝醉后回到家，屋子里很昏暗，也没有人，刚准备把灯点上，阿绣就来了。刘子固挽着她说："你去哪儿了？"女子笑着说："身上的酒气熏死人，真让人受不了！你这么盘问我，难道我去跟别人幽会去了？"刘子固笑着捧着她的脸。女子问他："你看我和狐仙姐姐谁更漂亮？"刘子固说："你比她漂亮，但只看外表也分辨不出来。"然后两个人就把门关上开始亲热。一会儿有人敲门，女子起身笑着说："你也是只看相貌的人。"刘子固不明白她的意思，过去打开门，阿绣走了进来，刘子固大吃一惊，这才明白刚才跟他说话的是狐仙。黑暗中又响起笑声，刘子固夫妻二人看向空中祈祷，祈求狐仙现形。狐仙说："我不愿意见阿绣。"刘子固问她："为什么不变化成另一个样貌？"狐仙说："我不能。"刘子固问："为什么不能？"狐仙说："阿绣是我的妹妹，前世的时候不幸夭折。活着的时候，和我一起跟随母亲到天宫，看见西王母，我俩都很爱慕她，回来以后就刻意效仿。妹妹比我聪慧，一个月就能神似西王母，我练习了三个月才像，但最终比不上妹妹。如今已经隔了一世，我自以为超过了妹妹，没想到还是跟以前一样。我被你俩的诚意所感动，所以会时不时地过来一趟，现在我走了。”然后就不再说话。

原文

自此三五日辄一来，一切疑难悉决之。值阿绣归宁，来常数日不去，家人皆惧避之。每有亡失，则华妆端坐，插玳瑁簪长数寸，朝家人而庄语之：“所窃物，夜当送至某所，不然，头痛大作，悔无及！”天明，果于某所获之。三年后，绝不复来。偶失金帛，阿绣效其装，吓家人，亦屡效焉。

○玳瑁（dài mào）：爬行动物，形似龟。甲壳黄褐色，可做装饰品。

○朝（cháo）家人：召集家中仆人丫环。

译文

从此以后狐仙每隔三五日就来一次，帮助阿绣解决所有的困难和疑问。如果遇到阿绣回娘家，她就住好几天也不走，刘家的人都害怕得躲着她。每当家里有东西丢失，她就装扮得很华丽，端坐着，插上好几寸长的玳瑁簪，把家里的丫环仆妇召集到一起，严肃地说：“偷走的东西，今天夜里送到某个地方，要不然，就会头痛欲裂，到时候后悔都来不及！”天一亮，果然在那个地方找到了丢失的东西。三年以后，她再也不来了。家里偶尔丢失了贵重的东西，阿绣就仿照她的样子，吓唬家里的丫环仆妇，也每次都见效。

【杨疤眼】

原文

一猎人，夜伏山中，见一小人，长二尺已来，踽踽行涧底。少间，又一人来，高亦如之。适相值，交问何之。前者曰："我将往望杨疤眼。前见其气色晦黯，多罹不吉。"后人曰："我亦为此，汝言不谬。"猎者知其非人，厉声大叱，二人并无有矣。夜获一狐，左目上有瘢痕，大如钱。

○踽踽（jǔ）：孤独无依的样子。

○交问：互相问。

○罹：遭遇。

译文

一个猎人，一天夜里埋伏在山里，看见一个小人，有二尺多高，在山涧底慢慢地、孤独地走着。不一会儿，又来了一个人，跟前一个小人差不多高。两个人遇见以后，互相问对方去哪里。前一个小人说："我要去看杨疤眼，前几天见他气色黯淡，多半要遇见不好的事。"后一个人说："我也是为这件事来的，你说得没错。"猎人知道他们不是人，严厉地大声喊，两个人一起消失了。猎人夜里捕获一只狐狸，狐狸左眼上有个疤，有铜钱那么大。

【小翠】

原文

王太常，越人。总角时，昼卧榻上，忽阴晦，巨霆暴作，一物大于猫，来伏身下，展转不离。移时晴霁，物即径出。视之，非猫，始怖，隔房呼兄。兄闻喜曰："弟必大贵，此狐来避雷霆劫也。"后果少年登进士，以县令入为侍御。生一子名元丰，绝痴，十六岁不能知牝牡，因而乡党无与为婚。王忧之。适有妇人率少女登门，自请为妇。视其女，嫣然展笑，真仙品也。喜问姓名，自言虞氏，女小翠，年二八矣。与议聘金，曰："是从我糠覈不得饱，一旦置身广厦，役婢仆，厌膏粱，彼意适，我愿慰矣，岂卖菜也而索直乎！"夫人大悦，优厚之。妇即命女拜王及夫人，嘱曰："此尔翁姑，奉侍宜谨。我大忙，且去，三数日当复来。"王命仆马送之，妇言："里巷不远，无烦多事。"遂出门去。小翠殊不悲恋，便即奁中翻取花样。夫人亦爱乐之。

- ○越：指长江和钱塘江（浙江）之间的近海地区。古越国建都于会稽（今浙江绍兴）。
- ○太常：官名。汉为九卿之一，掌管宫廷祭祀礼乐文化教育等事。
- ○总角：童年，未成年。古代未成年人将头发分作左右两半，在头顶各扎成一个结，形如两个羊角，故称。
- ○巨霆：迅雷。
- ○入为侍御：调入朝廷为御史。清代称御史为侍御。
- ○牝牡：雌雄。鸟兽雌性叫牝，雄性叫牡。
- ○糠覈（hé）：粗粝的饭食。
- ○厌：饱食。膏粱：肥脂与细粮。指美食。
- ○翁姑：公婆。
- ○奁（lián）：闺中盛放什物的箱匣。

译文

王太常是越地人，他小的时候，有一天白天躺在床上，忽然天空变得晦暗，巨大的雷声一阵接一阵，一只比猫大一点的动物，过来趴在王太常的身下，辗转着不肯离开。过了一会儿雨过天晴，这只动物就径直跑了出去。仔细一看，并不是猫，王太常这才害怕起来，隔着房间喊他的哥哥。哥哥听说以后高兴地说："弟弟你以后一定能做大官，这只狐狸是来躲避雷霆劫的。"后来王太常果然很年轻就中了进士，从知县做到御史。后来生了一个儿子叫元丰，很傻，十六岁还分不清雌雄，所以乡里的人都不愿跟他家结亲。王太常为此事很是忧心。有一天，有个妇人带着一个少女来到王家，愿意把女儿嫁给王元丰。王太常看那个女孩，嫣然一笑，真像天上的仙女。王太常高兴地问妇人的姓名，妇人说自己姓虞，女儿叫小翠，年满十六岁了。王太常跟她商议聘礼，妇人说："她跟着我连粗茶淡饭都吃不饱，一旦住在您家的广阔大厦里，有奴婢伺候着，有山珍海味可以吃，只要她满意，我就心满意足了，难道像卖菜一样讨要钱财吗？"王夫人非常高兴，热情地招待她们。妇人立刻让女儿拜见王太常及其夫人，嘱咐她说："这是你的公公婆婆，你侍奉他们要勤谨。我很忙，先回去，过个几天再来。"王太常让仆人用马送她，妇人说："家里离这里不远，不用麻烦了。"就出门走了。小翠看起来也不难过和留恋，从带来的小匣子里翻找花样。王夫人也很喜爱她。

原文

数日，妇不至。以居里问女，女亦憨然不能言其道路。遂治别院，使夫妇成礼。诸戚闻拾得贫家儿作新妇，共笑姗之。见女，皆惊，群议始息。女又甚慧，能窥翁姑喜怒。王公夫妇，宠惜过于常情，然惕惕焉惟恐其憎子痴，而女殊欢笑，不为嫌。第善谑，刺布作圆，蹋蹴为笑。着小皮靴，蹴去数十步，绐公子奔拾之，公子及婢恒流汗相属。一日，王偶过，圆訇然来，直中面目。女与婢俱敛迹去，公子犹踊跃奔逐之。王怒，投之以石，始伏而啼。王以告夫人，夫人往责女，女俯首微笑，以手刓床。既退，憨跳如故，

○惕惕：担心，忧虑。

○第：但。善谑（xuè）：善于戏耍玩笑。

○刺布作圆：缝布作球。圆，球。

○蹋蹴：踢。

○訇（hōng）然：形容踢球的声音。

○敛迹：隐藏，藏身。

以脂粉涂公子作花面如鬼。夫人见之，怒甚，呼女诟骂。女倚几弄带，不惧，亦不言。夫人无奈之，因杖其子。元丰大号，女始色变，屈膝乞宥。夫人怒顿解，释杖去。女笑拉公子入室，代扑衣上尘，拭眼泪，摩挲杖痕，饵以枣栗，公子乃收涕以忻。女阖庭户，复装公子作霸王，作沙漠人，己乃艳服，束细腰，婆娑作帐下舞，或髻插雉尾，拨琵琶，丁丁缕缕然，喧笑一室，日以为常。王公以子痴，不忍过责妇，即微闻焉，亦若置之。

- 杖：棒打。
- 乞宥：求饶。宥，原谅。
- 忻（xīn）：欣喜。
- 作霸王：指扮演秦末西楚霸王项羽。
- 作沙漠人：指扮演发兵索取昭君的匈奴呼韩邪单于。
- 婆娑作帐下舞：指扮演虞姬。
- 髻插雉尾，拨琵琶：指扮演王昭君出塞和亲的故事。
- 丁丁（zhēng）：形容声音响亮。缕缕：形容声细而连续。

译文

过了好几天，那个妇人没有如约前来。王夫人问小翠的家在哪里，小翠也憨憨地，说不清自己的家怎么走。王夫人就收拾出来一间房子，让自己的儿子和小翠成婚。亲戚们听说王家找了个穷人家的姑娘当儿媳妇，都笑话他们。等见到小翠的时候，都被她的容貌惊呆了，闲言碎语才平息下来。小翠又很聪明，能看公婆的脸色行事。王太常夫妇对小翠也很宠爱，但总是担心小翠嫌弃自己的儿子痴傻，小翠却每天都很高兴，一点儿都没有嫌弃的样子。但小翠喜欢玩闹，用布做成个圆球，踢着玩。她穿着小皮靴，把布球踢出十几步那么远，哄着王元丰去捡球，王元丰和婢女跑来跑去，总是满身是汗。一天，王太常偶然经过，布球突然冲了过来，直接打中他的脸。小翠和婢女都赶紧溜走了，王元丰还是欢快地跑去追球。王太常气不打一处来，捡起石头砸到儿子身上，王元丰这才趴在地上哭了起来。王太常将这件事告诉了夫人，王夫人把小翠斥责了一通，小翠只是低着头微笑，用手抠床。王夫人走了以后，小翠还是像往常一样憨憨地又蹦又跳，用脂粉涂在王元丰的脸上，看上去像个花脸鬼。王夫人看见了很生气，把小翠叫过来大声责骂。小翠靠着桌子玩弄着衣服上的带子，不畏惧，也不说话。王夫人对她很是无奈，只能用棍子打自己的儿子。王元丰大声哭喊，小翠这才变了脸色，跪在地上请求夫人原谅。王夫人立刻就不生气了，把棍子扔在地上就走了。小翠笑着把王元丰拉到屋里，给他把衣服上的灰拍干净，还给他擦眼泪，揉揉他身上被棍子打出的痕迹，喂给他吃了点儿枣和板栗，王元丰这才不哭了，又高兴了起来。小翠又把房门关上，把王元丰装扮成西楚霸王的样子，自己穿上艳丽的衣服，把腰束得细细的，扮作虞姬，在帐下婆娑起舞；或者把王元丰装扮成沙漠里的呼韩邪单于，自己扮作王昭君，头上插着野鸡尾，拨弄琵琶，发出“叮叮当当”的声音，在屋内笑作一团，习以为常。王太常因为儿子痴傻，不忍心过于苛责小翠，即使有时听说这些事，也置若罔闻。

原文

同巷有王给谏者，相隔十余户，然素不相能。时值三年大计吏，忌公握河南道篆，思中伤之。公知其谋，忧虑无所为计。一夕，早寝，女冠带，饰冢宰状，翦素丝作浓髭，又以青衣饰两婢为虞候，窃跨厩马而出，戏云：“将谒王先生。”驰至给谏之门，即又鞭挞从人，大言曰：“我谒侍御王，宁谒给谏王耶！”回辔而归。比至家门，门者误以为真，奔白王公。公急起承迎，方知为子妇之戏。怒甚，谓夫人曰：“人方蹈我之瑕，反以闺阁之丑登门而告之，余祸不远矣！”夫人怒，奔女室，诟让之。女惟憨笑，并不一置词。挞之，不忍；出之，则无家。夫妻懊怨，终夜不寝。时冢宰某公赫甚，其仪采服从，与女伪装无少殊别，王给谏亦误为真。屡侦公门，中夜而客未出，疑冢宰与公有阴谋。次日早朝，见而问曰：“夜相公至君家耶？”

○给谏：官名。唐宋时给事中及谏议大夫的合称。清代用作六科给事中的别称。

○素不相能：向来不相容。

○三年大计吏：明清时，每三年对官吏进行一次考绩。对外官的考绩称“大计”。

○中伤：诬陷或恶意造谣毁坏别人的名誉。

○握河南道篆：做河南道监察御史。篆，官印。

○素丝：白色生丝。浓髭（zī）：密集的胡须。

○冢宰：官名，即太宰。西周置，位次三公，为六卿之首。

○虞候：此处指侍卫。

○厩（jiù）马：指家中的马匹。厩，马棚。

○回辔：回马。

○蹈我之瑕：寻找我的过错。

○诟让：责骂。让，责备。

○出：休弃。

公疑其相讥，惭颜唯唯，不甚响答。给谏愈疑，谋遂寝，由此益交欢公。公探知其情，窃喜，而阴嘱夫人，劝女改行，女笑应之。

○唯唯：恭敬地应答声。

○寝：停止，中止。

译文

有位王给谏跟王太常住在同一个巷子里，两家中间隔着十几户人家，但一直不和。正值朝廷对官员进行三年一次的考核，王给谏妒忌王太常做了河南道监察御史，想找个机会诋毁他。王太常知道了他的计谋，很担忧，但也想不出来办法。一天晚上，王太常早早睡下了，小翠穿上官服，装扮成宰相，剪了一些白色的丝做成浓密的胡须粘在下巴上，又给两个婢女穿上青色的衣服假扮侍卫，从马厩里牵出一匹马，悄悄地骑上去出了家门，玩笑着说："我要去拜见王先生。"骑马跑到了王给谏的家门口，拿起鞭子鞭打随从，大声说："我要去拜见的是侍御王大人，而不是给谏王大人！"掉转马头回家了。等到了家门口，看门的人以为宰相真的来了，赶紧跑去告诉了王太常。王太常急忙起来迎接，走近一看是小翠，才知道是儿媳妇弄的一场闹剧。王太常火冒三丈，对夫人说："王给谏正愁找不到我的错处，她却扮成这个丑样子上门告诉人家，我要大祸临头了！"王夫人也生气了，跑到小翠的院子，把小翠好一通责骂。小翠只是憨笑，也不为自己辩解。王夫人气得呀，打她吧，不忍心；赶她出门吧，她又无家可归。王太常夫妻俩既懊恼又生气，一夜都没合眼。这时那个宰相正是权势显赫的时候，他的仪仗和装扮，跟小翠假扮得一模一样，所以王给谏才会信以为真。当天夜里，王给谏派人到王太常家门口探听了好几次，到了半夜宰相都没有出来，他怀疑宰相跟王太常有什么阴谋。第二天早朝，王给谏问王太常："昨夜宰相到你家去了？"王太常认为他嘲笑自己，面带愧色地模糊答了一句，声音不大。王给谏越发疑心，也不敢找王太常的麻烦了，从此开始巴结王太常。王太常打听到了事情的来龙去脉，心里暗暗高兴，暗地里叮嘱夫人，劝小翠改改自己的行为，小翠笑着答应了。

原文

逾岁，首相免，适有以私函致公者，误投给谏。给谏大喜，先托善公者往假万金，公拒之。给谏自诣公所。公觅巾袍，并不可得，给

○首相：指上文所说的冢宰。

○巾袍：冠服，礼服。

谏伺候久，怒公慢，愤将行。忽见公子衮衣旒冕，有女子自门内推

○衮（gǔn）衣旒（liú）冕：此指穿戴帝王冠服。衮衣，皇帝所穿的衮龙袍。旒冕，前后悬垂玉串的皇冠。

之以出，大骇。已而笑抚之，脱其服冕而去。公急出，则客去远。闻其故，惊颜如土，大哭曰：“此祸水也！指日赤吾族矣！”与夫人操

○祸水：制造祸害灾难的女性。

○指日：不日，为期不远。赤族：全家族被杀。

杖往，女已知之，阖扉任其诟厉。公怒，斧其门。女在内含笑而告之曰：“翁无烦怒！有新妇在，刀锯斧钺，妇自受之，必不令贻害双亲。翁若此，是欲杀妇以灭口耶？”公乃止。给谏归，果抗疏揭王不轨，

○抗疏：上疏直陈。不轨：越出常规，不守法度。

衮冕作据。上惊验之，其旒冕乃粱秸心所制，袍则败布黄袱也。上怒其诬。又召元丰至，见其憨状可掬，笑曰：“此可以作天子耶？”乃下之法司。给谏又讼公家有妖人，法司严诘臧获，并言无他，惟颠

○下之法司：把王给谏交付法司审理。明清时代，以刑部、都察院、大理寺为三法司，负责审理重大案件。

○臧获：奴婢。

妇痴儿，日事戏笑，邻里亦无异词。案乃定，以给谏充云南军。王由

○充云南军：充军到云南。

是奇女。又以母久不至，意其非人，使夫人探诘之，女但笑不言。再复穷问，则掩口曰：“儿玉皇女，母不知耶？”

译文

过了一年，宰相被罢免了，正巧有一封写给王太常的私信，误给了王给谏。王给谏拿到信大喜过望，先找到一位跟王太常关系不错的人，以此信为要挟，向王太常借一万两银子，王太常拒绝了。王给谏就亲自到了王太常家，王太常急忙找礼服，却哪里都找不到。王给谏等了很久了，认为王太常怠慢自己，气得转身要走。忽然看见王元丰穿戴着皇帝的龙袍和旒冕，有个女子从门里面将他推了出来，大吃一惊。过了一会儿就笑着摸摸王元丰，把他身上的龙袍和旒冕脱下来拿

走了。王太常急匆匆地出来，但是王给谏已经走远了。王太常听说了事情的缘故，吓得面如土色，大声哭着说："这是祸水呀！等不了多久我们全族就会被灭了！"跟夫人拿着棍棒去往小翠的院子，小翠已经知道了，关上门，听任公婆在外面厉声责骂。王太常生气地用斧子砍房门，小翠在里面带着笑跟他说："公公不用烦恼！有我在，无论是刀锯还是斧钺，我自会承担，肯定不会连累公婆。您这个样子，是要杀我灭口吗？"王太常这才停了下来。王给谏回去以后，果然上奏皇帝，揭发王太常图谋不轨，龙袍和旒冕就是证据。皇帝吃惊地打开证据查看，"旒冕"是用高粱秆做的，"龙袍"是一块破的黄包袱皮。皇帝认为王给谏诬告王太常，非常生气。又召见王元丰，见他憨态可掬，笑着说："这样的人能做天子吗？"让法司审理王给谏。王给谏又状告王太常家有妖怪，法司严厉审问王太常家的奴婢，都说没有妖怪，只有一个疯疯癫癫的儿媳妇和一个痴傻的儿子，平日里就是嬉笑打闹，邻居们也都是这种说法。案子审定，王给谏充军云南。王太常这才觉得小翠与常人不同。又因为小翠的母亲一直也没来，觉得她可能不是人，让夫人去问问她，小翠笑而不语。王夫人再三追问，小翠捂着嘴说："我是玉皇大帝的女儿，母亲不知道吗？"

原文

无何，公擢京卿。五十余，每患无孙。女居三年，夜夜与公子异寝，

○擢（zhuó）：提升。京卿：清代对三品或四品京官的尊称，或称"京堂"。这里指从侍御擢升为太常寺卿。

似未尝有所私。夫人舁榻去，嘱公子与妇同寝。过数日，公子告母曰："借榻去，悍不还！小翠夜夜以足股加腹上，喘气不得，又惯掐人股里。"婢妪无不粲然。夫人呵拍令去。一日，女浴于室，公子

○粲然：大笑。

见之，欲与偕，女笑止之，谕使姑待。既出，乃更泻热汤于瓮，解其袍袴，与婢扶入之。公子觉蒸闷，大呼欲出。女不听，以衾蒙之。少时无声，启视，已绝。女坦笑不惊，曳置床上，拭体干洁，

○绝：气绝。○坦：坦然，无负担。

加复被焉。夫人闻之，哭而入，骂曰："狂婢何杀吾儿！"女辗然曰："如此痴儿，不如勿有。"夫人益恚，以首触女，婢辈争曳劝之。方纷噪间，一婢告曰："公子呻矣！"辍涕抚之，则气息休休，而大汗浸淫，沾浃裀褥。食顷，汗已，忽开目四顾，遍视家人，似不相识，曰："我今回忆往昔，都如梦寐，何也？"夫人以其言语不痴，大异之。携参其父，屡试之，果不痴。大喜，如获异宝。至晚，还榻故处，更设衾枕以觇之。公子入室，尽遣婢去。早窥之，则榻虚设。自此痴颠皆不复作，而琴瑟静好，如形影焉。

○休休：喘粗气。

○沾浃：湿透。

○浸淫：渗渍。

○如形影焉：如影随形，亲密相伴。

译文

没过多久，王太常升为太常寺卿。但他已经五十多岁了，总是发愁自己没有孙子。小翠到王家已经三年了，每晚都跟王元丰分床睡，好像没有圆房。王夫人搬走了王元丰的床，嘱咐他晚上跟小翠睡一起。过了几天，王元丰跟母亲说："把我的床借走了，还不还给我！小翠每天夜里都把腿放在我的肚子上，压得我喘不过来气，还总是掐我的腿。"丫环和仆妇听到这话都大笑起来。王夫人边呵斥边拍打他，让他出去。一天，小翠在屋里沐浴，王元丰看见了，要跟她一起洗，小翠笑着拦住了他，让他等一会儿。小翠洗完澡出来以后，加了热水在澡盆里，给王元丰宽衣解带，和婢女一起扶他进了澡盆。王元丰觉得蒸气扑到脸上很憋闷，大喊着要出去。小翠没理会他，用被子把澡盆蒙上了。过了一会儿，听不到王元丰的叫声了，打开一看，他已经死了。小翠坦然地笑着，一点儿也不惊慌，把王元丰拖到床上，把他身上的水擦干，给他盖上被子。王夫人听说儿子死了，哭着过来了，对着小翠骂道："狂妄的婢子为什么要杀我的儿子！"小翠微笑着说："这么傻的儿子，不如没有。"王夫人听到这话更生气了，用头去撞小翠，下人们又拉又劝。正在吵吵嚷嚷的时候，一个婢女跟王夫人说："公子醒过来了！"王夫人止住哭，轻轻抚摸儿子，王元丰喘着粗气，大汗淋漓，把被褥都浸湿了。一顿饭的工夫，王元丰不再出汗，忽然睁开眼睛四处看，把家人看了个遍，好像不认识他们，说：“我现在想起以前，像在做梦，为什么？”王夫人发现他说话的样子不像个傻子，很奇怪。王夫人带着儿子去见他父亲，王太常试了儿子好几次，果然不再痴傻。一家人都高兴得不得了，好像得到了奇珍异宝。到了晚上，王夫人把移走的床挪回原处，铺好被褥，放好枕头，用以观察儿子。王元丰进入卧室，把婢女都赶走了。第二天一早一看，昨晚铺的床原封未动。从此以后王元丰也不再痴痴傻傻了，和小翠琴瑟和鸣，岁月静好，两个人整天如影随形。

原文

年余，公为给谏之党奏劾免官，小有罣误。旧有广西中丞所赠玉瓶，价累千金，将出以贿当路。女爱而把玩之，失手堕碎，惭而自投。公夫妇方以免官不快，闻之，怒，交口呵骂。女奋而出，谓公子曰：“我在汝家，所保全者不止一瓶，何遂不少存面目？实与君言：我非人也，以母遭雷霆之劫，深受而翁庇翼，又以我两人有五年夙分，故以我来报曩恩、了夙愿耳。身受唾骂，擢发不足以数，所以不即行者，五年之爱未盈，今何可以暂止乎！”盛气而出，追之已杳。公爽然自失，而悔无及矣。公子入室，睹其剩粉遗钩，恸哭欲死，寝食不甘，日就羸悴。公大忧，急为胶续以解之，而公子不乐。惟求良工画翠小像，日夜浇祷其下，几二年。

○罣（guà）误：因过失或被别人牵连而受到处分或损害。

○中丞：明清时期，巡抚的别称。

○爽然：茫然。自失：内心空虚。

○钩：鞋。

○羸悴：瘦弱憔悴。

○胶续：指续娶。旧时以琴瑟比喻夫妇和美，因此俗谓丧妻为断弦，再娶曰续弦。

○浇祷：酹酒祭祷。

译文

一年多以后，王太常因为王给谏同党的弹劾被免官，还要承受小处分。家里有个广西中丞送的玉瓶，价值千金，准备用来贿赂大官。小翠很喜欢这个玉瓶，拿在手里把玩，一失手，玉瓶掉在地上摔碎了，她觉得很惭愧，把这事告诉了公婆。王太常夫妇正因为被免官而不高兴，听完小翠的话，气不打一处来，两个人一起斥骂她。小翠生气地走出房门，对王元丰说："我在你家，保全下来的可不止一个瓶子，为什么不给我留点面子？实话跟你说：我并不是人类，因为我的母亲遭受雷霆劫时，受到了你父亲的庇护，又因为我俩有五年的缘分，所以我才来到你家，报旧时的恩，了却夙愿。但我所受到的责骂，真是数都数不清，我之所以还没有离开，是因为五年的缘分还没满，现在我还怎么待得下去！"说完就气呼呼地出了门，王元丰赶紧出门去追，已经不见人影了。王太常茫然若失，后悔莫及。王元丰回到卧室，看见小翠留下的脂粉和鞋子，放声大哭，悲痛欲绝，寝食难安，一日比一日消瘦和憔悴。王太常心急如焚，急于给儿子续娶，以缓解他的难过，但王元丰不同意。只找画工画了小翠的像，日夜在画像前祭祀祈祷，就这样过了两年。

原文

偶以故自他里归。明月已皎，村外有公家亭园，骑马墙外过，闻笑语声，停辔，使厩卒捉鞚，登鞍一望，则二女郎游戏其中，云月昏蒙，不甚可辨。但闻一翠衣者曰："婢子当逐出门！"一红衣者曰："汝在吾家园亭，反逐阿谁？"翠衣人曰："婢子不羞！不能作妇，被人驱遣，犹冒认物产也？"红衣者曰："索胜老大婢无主顾者！"听其音，酷类小翠，疾呼之。翠衣人去曰："姑不与若争，汝汉子来矣。"既而红衣人来，果小翠。喜极。女令登垣，承接而下之，曰：

○厩卒：马夫。捉：抓住。鞚（kòng）：有嚼口的马笼头。

○索胜：总还胜过。

"二年不见，骨瘦一把矣！"公子握手泣下，具道相思。女言："妾亦知之，但无颜复见家人。今与大姊游戏，又相邂逅，足知前因不可逃也。"请与同归，不可；请止园中，许之。公子遣仆奔白夫人。夫人惊起，驾肩舆而往，启钥入亭，女即趋下迎拜。夫人捉臂流涕，力白前过，几不自容，曰："若不少记榛梗，请偕归，慰我迟暮。"

○榛梗：原意指草木丛生。此处喻谈事引起的隔阂、前嫌。

○迟暮：晚年。迟，晚。

女峻辞不可。夫人虑野亭荒寂，谋以多人服役。女曰："我诸人悉不愿见，惟前两婢朝夕相从，不能无眷注耳，外惟一老仆应门，余都无所复须。"夫人悉如其言。托公子养疴园中，日供食用而已。

○峻辞不可：严词拒绝。

○疴（kē）：病。

译文

一天，王元丰偶然从别处回来，这时明月当空，村外一座王太常家的园子，他骑马从园子墙外经过，听到里面欢声笑语，停下马，让马夫拉住马，自己站在马鞍上往园子里看，看见两个女子在里面嬉戏玩乐，但云朵遮着月亮，昏暗朦胧，看不太清楚。只听见一个穿着绿衣服的女子说："应该把你赶出去！"一个红衣女子说："你在我家的园子里，反过来要赶我出去？"绿衣女子说："你真不害臊！做不好人家的媳妇，被人家赶了出来，还敢冒认这是你家的园子？"红衣女子说："总比你这么大还没着落强。"听她的声音，很像小翠，王元丰连忙喊了一声。绿衣女子说："暂时不跟你争了，你的男人来了。"不一会儿，红衣女子走了过来，果然是小翠。王元丰高兴极了。小翠让他爬到墙上，在墙这边的下面接着他，说："两年不见，你都瘦得只剩一把骨头了。"王元丰握着小翠的手泪如雨下，诉说自己的相思之情。小翠说："我也知道你想我，但我没脸见你的家人。今天跟大姐在这里游玩，又跟你相遇，足可见前世的因缘逃不掉。"王元丰让小翠跟他一起回去，小翠不肯；请求小翠住在园中，小翠同意了。王元丰派仆人赶紧回去把这件事告诉王夫人。王夫人听说后惊讶地坐了起来，坐上轿子就往园子里去，用钥匙打开园门走了进去，小翠立刻走过来拜见。王夫人握着小翠的胳膊痛哭流涕，说以前都是自己的错，几乎无敌从容，她对小翠说：“你要是不计前嫌，就跟我一起回去，也让我晚年有些安慰。”小翠非常坚决地拒绝了。王夫人顾虑这座在郊外的园子荒凉孤寂，打算多安排些仆人来伺候。小翠说：“什么人我都不愿意见。只有之前跟着我的两个丫环朝夕相处，我挺想她们的，再安排一个老仆在外面看门，其他的都不需要。”王夫人就按照她所说的安排下去。对外人就说王元丰在园子里养病，每天送些吃的和用的而已。

原文

女每劝公子别婚，公子不从。后年余，女眉目音声，渐与曩异，出像质之，迥若两人。大怪之。女曰：“视妾今日，何如畴昔美？”公子曰：“今日美则美，然较昔则似不如。”女曰：“意妾老矣！”公子曰：“二十余岁，何得速老。”女笑而焚图，救之已烬。一日，谓公子曰：“昔在家时，阿翁谓妾抵死不作茧。今亲老君孤，妾实不能产，恐误君宗嗣。请娶妇于家，旦晚侍奉翁姑，君往来于两间，亦无所不便。”公子然之，纳币于锺太史之家。吉期将近，女为新人制衣履，赍送母所。及新人入门，则言貌举止，与小翠无毫发之异，大奇之。往至园亭，则女亦不知所在。问婢，婢出红巾曰：“娘子暂归宁，留此贻公子。”展巾，则结玉玦一枚，心知其不返，遂携婢俱归。虽顷刻不忘小翠，幸而对新人如觌旧好焉。始悟锺氏之姻，女预知之，故先化其貌，以慰他日之思云。

○质：对照质证。

○抵死：到老死，终究。不作茧：以蚕不作茧喻妇女不育。

○太史：古史官。明清时，因修史之事归于翰林院，因称翰林为太史。

○玉玦：玉饰，形为环而有缺口。古时常用以赠人表示决绝。

○觌（dí）：见。

译文

小翠总是劝王元丰另娶，王元丰都不同意。过了一年多，小翠的样貌和声音逐渐跟以前不太一样了，拿出之前的画像一对比，像是两个人。王元丰感到很奇怪。小翠说：“你看我现在，比以前漂亮吗？”王元丰说：“现在漂亮是漂亮，但跟以前比好像不如以前。”小翠说：“你的意思是我老了！”王元丰说：“你才二十多岁，怎么可能这么快就老了。”小翠笑着把画像烧了，王元丰要去救，已经来不及了，画像已经烧成了灰烬。有一天，小翠对王元丰说：“之前我在你家时，公公说我到死也不能生孩子。如今你双亲已老，你也没有兄弟，我确实不能生产，唯恐断了你家的香火。你还是再娶一个妻子吧，她可以早晚侍奉公婆，你就往来于我们两个人之间，也没有什么不方便的。”王元丰听了她的话，求娶钟太史家的小姐。两人的婚期将近，小翠给新媳妇做了衣服和鞋子，让人送到王夫人那里。等到新人过门以后，王元丰发现她的容貌和言谈举止，跟小翠没有一处不一样，感觉很奇怪。赶紧去园子里，到处找不到小翠。问婢女小翠去了哪里，婢女拿出一块红手绢说：“娘子要回娘家几天，给公子留下了这个。”王元丰把手绢打开，里面有一块玉玦，知道小翠不会回来了，就把婢女带回了家。王元丰虽然时刻不忘小翠，幸好面对新娶的妻子就像看见了小翠。这才明白自己和钟氏的姻缘，小翠已经预先知道，所以先变成她的样子，以此来告慰王元丰的相思之情。

原文

异史氏曰：一狐也，以无心之德，而犹思所报，而身受再造之福者，顾失声于破甑，何其鄙哉！月缺重圆，从容而去，始知仙人之情，亦更深于流俗也！

○再造：再生。

○月缺重圆：指小翠负气离开王家，后在亭园又与王元丰重新团圆。

○失声于破甑（zèng）：东汉孟敏荷甑而行，甑堕地破裂，孟敏不顾而去，认为“甑已破矣，视之何益”。失声，不自禁地出声。甑，古代炊器。

译文

异史氏说：一只狐狸，受到王家并非有意的恩德，却想着报答；而受到小翠犹如再生福泽的王家，却因为一个破瓶子对小翠失声痛骂，这是多么卑鄙啊！和元丰分手而破镜重圆，找好替身又从容离去，才明白仙人的感情，比世俗之人的更加深厚！

【金和尚】

原文

金和尚，诸城人。父无赖，以数百钱鬻子五莲山寺。少顽钝，不能肄清业，牧猪赴市，若佣保。后本师死，稍有遗金，卷怀离寺，作负贩去。饮羊、登垄，计最工。数年暴富，买田宅于水坡里，弟子繁有徒，食指日千计，里膏田千百亩。里中起第数十处，皆僧，无人，即有，亦贫无业，携妻子，僦屋佃田者也。每一门内，四缭连屋，皆此辈列而居。僧舍其中，前有厅事，梁楹节棁，绘金碧，射人眼，堂上几屏，晶光可鉴。又其后为内寝，朱帘绣幙，兰麝香充溢喷人，螺钿雕檀为床，床上锦茵褥，褶叠厚尺有咫，壁上美人山水诸名迹，悬黏几无隙处。一声长呼，门外数十人，轰应如雷。细缨革靴者，皆乌集鹄立，受命皆掩口语，侧耳以听。客仓卒至，十余筵可咄嗟办，肥醴蒸薰，纷纷狼籍如雾霈。但不敢公然蓄歌妓，而狡童十数辈，皆慧黠能媚人，皂纱缠头，唱艳曲，听睹亦颇不恶。金若一出，前后数十骑，腰弓矢相摩戛。奴辈呼之皆以“爷”；即邑人之若民，或“祖”之，“伯”“叔”之，不以“师”，不以

○诸城：县名。地处山东泰沂山脉与胶潍平原交界处，明清时代属青州府，现为潍坊辖诸城。

○五莲山寺：即护国万寿光明寺，位于山东五莲山大悲峰下，始建于明万历三十年（1602），是山东四大禅寺之一。

○清业：指诵经、打坐等活动。

○本师：此处指剃度、授戒的师父。

○卷怀：收藏，据为己有。

○饮羊：谓羊贩让羊喝水，增加羊的重量以多卖钱，类似于现在的注水。

○食指日千计：每天吃饭有百余人。

○无人：没有僧众之外的人。人，指俗家人。

○厅事：指处理家务的处所。

○缭（liáo）：缠绕，边。

○梁楹节棁（zhuō）：即屋梁、楹柱、柱端斗拱、梁上短柱。

○幙：同“幕”。

○螺钿：用螺壳、玳瑁等磨薄后刻花鸟人物等形象，镶嵌于雕镂器物之上，称为螺钿。

○细缨革靴者：指穿戴整齐的仆人。细缨，冠的系带。

○乌集鹄（hú）立：群集恭立。鹄立，谓似鹄之延颈而立。鹄，即天鹅。

○可咄嗟（duō jiē）办：可以立即办好。咄嗟，霎时，谓时间短暂。

○醴（lǐ）：甜酒。

○雾霈：热气蒸腾的样子。

○狡童：美貌的少年。

○皂：黑。

○摩戛：碰撞。戛，击。

○若民：普通百姓。

“上人”，不以禅号也。其徒出，稍稍杀于金，而风鬃云辔，亦略与贵公子等。

○上人：佛教称具备德智善行的人。 ○禅号：法号，修禅者的称号。 ○杀：减。 ○风鬃云辔：极言扈从之盛，车马如风会云集。风鬃，风驰电掣的马。辔，马缰绳，引申为骑卒。

译文

金和尚是诸城人，他的父亲是个泼皮无赖，以几百文钱的价格把他卖到五莲山寺。他小的时候顽皮愚笨，不会诵经参禅，只能做些放猪和赶集的活儿，就像佣人一样。后来他的师父死了，留下来一点儿银子，他就带着这些钱离开了寺庙，做商贩去了。给羊饮水增重量、垄断市场这些投机倒把的事他最擅长。没几年就发财了。在水坡里买了田地和房产，徒弟很多，每天在家里吃饭的就有一百多人，水坡里的良田有成百上千亩。他在村里盖起数十座院子，里面住的都是和尚，没有俗家人，即使有，也都是贫穷且没有手艺的人，带着妻子和孩子，在这里租赁房子和田地。每一座院子内，四周房子相连，里面住的都是这些人。金和尚的房屋在这些院子的中间，前面有大厅，雕梁画栋，金光闪耀，厅堂里的茶几和屏风，明亮如镜。大厅后面是卧室，里面挂着红色的帘子和绣花的帐子，屋内充满兰花和麝香等名贵香料的香气，檀木床上螺钿镶嵌，床上铺着锦缎褥子，叠起来有一尺多厚，墙上挂着画有美人和山水的名人画作，墙面几乎都没有空白的地方了。呼喊一声，门外的数十人应答的声音像雷声那么大。门外的这些人戴着小帽、穿着小皮靴，恭恭敬敬地列队站好，侍奉时都捂着嘴小声说话，竖着耳朵听吩咐。如果有客人突然来了，一会儿工夫就能备好十多桌宴席，美酒和各种做法的佳肴出现在桌上，热气蒸腾。只是金和尚他们不敢公然地蓄养歌伎，却有十几个美少年，都是聪慧狡黠惹人喜爱，头上缠着黑色的纱巾，唱着艳曲，无论是听曲还是看人，都觉得挺不错。金和尚要是出门，前呼后拥跟着数十个骑着马的人，他们腰间的弓箭发出相互撞击的声音。奴仆们称呼金和尚为“爷”；县里的普通百姓，有称呼“祖”的，也有称呼“叔”“伯”的，却不称呼他“师”“上人”，也不称呼他的禅号。他的徒弟出行，排场比金和尚小一些，但随同的马和奴仆，也和贵公子差不多。

原文

金又广结纳，即千里外呼吸亦可通，以此挟方面短长，偶气触之，

○广结纳：多方联络结交。 ○呼吸亦可通：喻一体化，联络有亲，信息畅通。 ○挟：挟持，控制。方面：一个方面的军政事务。 ○气触：冒犯。

辄惕自惧。而其为人，鄙不文，顶趾无雅骨。生平不奉一经，持一咒，迹不履寺院，室中亦未尝蓄铙鼓，此等物，门人辈弗及见，并弗及闻。凡僦屋者，妇女浮丽如京都，脂泽金粉，皆取给于僧，僧亦不之靳，以故里中不田而农者以百数。时而恶佃决僧首瘗床下，亦不甚穷诘，但逐去之，其积习然也。金又买异姓儿，私子之，延儒师，教帖括业。儿聪慧能文，因令入邑庠，旋援例作太学生。未几，赴北闱，领乡荐。由是金之名以“太公”噪。向之“爷”之者“太”之，膝席者皆垂手执儿孙礼。

○顶趾无雅骨：浑身无一点文雅气息。顶趾，从头到脚。

○未尝蓄铙（náo）鼓：未置办法事之具。即谓从来未曾作法事。铙鼓，僧人作法事用的两种乐器。铙，铙钹，亦称“铜钹”，铜制，形如圆盘，两只相碰擦以发声。

○佃：佃户。决：割断。

○私子之：私下里当儿子。

○帖（tiě）括：泛指科举应试文章。

○援例：指援引捐纳之例。太学生：国子监监生的别称。

○向之“爷”之者“太”之：即从前称“爷”现在称“太爷”。指恭敬升格。

○膝席：跪于席。此处指原来平常交往应酬者。

译文

金和尚又广交天下朋友，千里之外也有人和他互通，他就以这些挟制一地的长官，这些长官偶尔冒犯了他，自己就战战兢兢害怕不已。金和尚这个人，粗鄙没有文采，全身上下没有一块文雅的骨头。他这辈子没捧过一本经书，不会一句咒语，不进寺院，屋里也没有做法事用的铙鼓等。这些器物，他的徒弟不仅没见过，也没听说过。凡是租他房子的人，女性都打扮得像京城里的女子一样华丽，所用的胭脂水粉，都由和尚们提供，和尚们对这些花销也毫不吝啬，所以村里不种田的农民有一百多人。有时佃户中的恶人把僧人的头砍下来埋在床下，金和尚也不去深究，只是把这个人赶走，他们历来的习俗就是这样的。金和尚又买来一个异姓的男孩，私下里把他当亲儿子养，给他请来名师大儒，教他写八股文章。这个孩子聪慧且文章写得极好，因此金和尚让他进入县学，然后按照惯例成了太学生。没过多久，参加乡试，考中举人。从此以后，金和尚以“金太公”的名字而名声大噪。以前称他为“爷”的人都改称他“太爷”，原先对他行常礼的人都开始垂手对他行儿孙礼了。

原文

无何，太公僧薨。孝廉缞绖卧苫块，北面称孤；诸门人释杖满床榻；而灵帏后嘤嘤细泣，惟孝廉夫人一而已。士大夫妇咸华妆来，搴帏吊唁，冠盖舆马塞道路。殡日，棚阁云连，旛幢翳日。殉葬刍灵，饰以金帛，舆盖仪仗数十事，马千匹，美人百袂，皆如生。方弼、方相，以纸壳制巨人，皂帕金铠，空中而横以木架，纳活人内负之行。设机转动，须眉飞舞；目光铄闪，如将叱咤。观者惊怪，或小儿女遥望之，辄啼走。冥宅壮丽如宫阙，楼阁房廊连垣数十亩，千门万户，入者迷不可出。祭品象物，多难指名。会葬者盖相摩，上自方面，皆伛偻入，起拜如朝仪，下至贡监簿史，则手据地以叩，不敢劳公子，劳诸师叔也。当是时，倾国瞻仰，男女喘汗属于道，携妇襁儿，呼兄觅妹者，声鼎沸。杂以鼓乐喧豗，百戏鞺鞳，人语都不可闻。观者自肩以下皆隐不见，惟万顶攒动而已。有孕妇痛急欲产，诸女伴张裙为幄，罗守之，但闻儿啼，不暇问雌雄，断幅绷怀中，或扶之，或曳之，蹩躠以去。奇观哉！葬后，以金所遗赀产，瓜分而二之：子一，门人一。孝廉得半，而居第之南。之北、之西东，

○绖（dié）：旧时用麻做的丧带，系在腰或头上。在头上为“首绖”，在腰为“腰绖”。

○北面称孤：跪于灵前，自称孤子。北面，面北而拜。

○棚阁：指搭架的丧棚。云连：极言其多。

○旛幢：指用于丧仪的旌旗。翳日：遮天蔽日。

○刍灵：用茅草扎成的人马，古时殉葬用品。

○袂：衣袖。指代刍灵美人数量。

○方弼、方相：都是古代驱疫避邪的神像。殡葬时用纸、竹等糊扎成高大狰狞的形象作为开路神。

○象物：又称“相生”，指模拟物品。

○盖相摩：车盖相碰撞，拥挤。

○起拜如朝仪：谓礼节如同朝见君主一样。

○伛偻：腰背弯曲。这里表示恭敬。

○贡监：明制，生员入监读书者，谓之贡监。簿史：指主管文书记事的小吏。簿，主簿。史，府史，泛指府县主管文书、财赋的杂职吏员。

○倾国：全国。这里指全城。

○喧豗（huī）：嘈杂的响声。

○襁儿：背负哺乳幼童。襁，襁褓。

○百戏鞺鞳（tāng tà）：散乐杂技的锣鼓喧闹。百戏，古散乐杂技等民间表演艺术的泛称。鞺鞳，锣鼓声。

○幄：帷幕。

○断幅：扯块布。幅，布的宽度。绷：束，包扎。

○蹩躠（xiè）：谓歪歪倒倒，如跛行一般。蹩，跛不能行。躠，行不正。

尽缁党，然皆兄弟叔，痛痒犹相关云。

○尽缁党：全是和尚。缁，黑色。僧服色尚黑，因以指僧人。

译文

没多久，金太公死了。金举人披麻戴孝跪在灵前，自称孤儿；金和尚的徒弟们的哭丧棒堆满了床榻；而灵帏后面嘤嘤小声哭的，只有孝廉夫人一个人。士大夫的夫人们全都盛装前来，揭起灵帏吊唁，冠盖和车马把路都堵住了。出殡当天，搭的灵棚连起来像云彩一样，旌幡幢盖多得把太阳都遮住了。陪葬的纸扎人马，都用金箔装饰，冠盖仪仗有几十套，马有一千多匹，美人有一百多个，都栩栩如生。方弼、方相两个开路神，都是用纸做成的巨人，头上裹着黑色的头巾，身上穿着金色的铠甲，里面是空的，但是用木架横在里面做支撑，有人在里面背着架子前行。里面还设有能转动的机关，让开路神的眉毛和胡子能上下舞动，目光闪烁，像是要大声呼喊一样。观看的人都觉得很惊奇，有的小孩子远远地看见，就吓得哭着跑走了。陪葬的阴宅也壮丽得像宫殿一样，楼阁房廊连起来有几十亩，里面的房屋特别多，走进去会迷路，以至于找不到出口。祭品里的很多物品，人们都叫不出它的名字。前来送葬的人车盖互相摩擦，上至地方官员，都弯腰进入，用上朝的仪式跪拜，下至县里的贡生和小吏，用手撑着地进行叩拜，不敢劳烦金孝廉和各位师叔。那个时候，全城的人都来瞻仰，男女都站在道边喘着粗气流着汗，有带着妻子和抱着婴儿的，有喊哥哥找妹妹的，人声鼎沸。在这些声音里还夹杂着打鼓敲锣的喧闹声、散乐杂技的铿锵声，根本听不见说话声。看热闹的人肩膀以下都像隐身了一样看不见，只能看见无数的人头在攒动。有一个孕妇肚子痛，眼看要生产了，身旁的女伴解开裙子当作帏帐，围成一圈守着，只听到婴儿的啼哭声，来不及问是男孩还是女孩，撕下一块布把婴儿抱在怀里，有的人扶着产妇，有的人拉着产妇，艰难地走了出去。真是奇观啊！金和尚下葬后，他留下的遗产一分为二：给儿子一半，给徒弟一半。金孝廉得到一半财产，住在宅院的南边。宅院的北边、西边、东边，住的都是和尚，互相之间以兄弟相称，仍然休戚相关。

原文

异史氏曰：此一派也，两宗未有，六祖无传，可谓独辟法门者矣。抑闻

○两宗：中国佛教禅宗自南朝宋末菩提达摩五传后，因北方神秀的渐悟说与南方慧能的顿悟说主张不同，衍变为南北两宗。

○独辟：单独开辟。法门：佛教指修行者入道的门径。

之："五蕴皆空，六尘不染，是谓'和尚'；口中说法，座上参禅，是谓

○五蕴：也称"五阴""五众"。 ○六尘：佛教指色、声、香、味、触、法。认为六尘与六根（眼、耳、鼻、舌、身、意）相连接而产生种种嗜欲，导致种种烦恼，因又称之为"六欲""六入""六处""六境""六贼"。

'和样'；鞋香楚地，笠重吴天，是谓'和撞'；鼓钲锽聒，笙管敖曹，

○和样：和尚的样子。指能装点佛教的门面。 鞋香楚地，笠重吴天：指僧人履地戴天，云游四方，寻师问道。笠，斗笠。楚地、吴天，言其奔走不同的地方。 ○和撞：和尚的本分，当一天和尚撞一天钟。 ○笙管：管乐。敖曹：喧闹。

是谓'和唱'；狗苟钻缘，蝇营淫赌，是谓'和幛'。金也者，'尚'

○和唱：指和尚作法事。 ○狗苟：苟且无耻。钻缘：钻营拉关系。蝇营：像苍蝇一样飞来飞去。 ○和幛：和尚包藏祸心的招牌。幛，上面题有词句的整幅绸布，用作庆贺或吊唁的礼物。

耶？'样'耶？'撞'耶？'唱'耶？抑地狱之'幛'耶？"

译文

异史氏说：金和尚这一派，不属于佛教的南北两宗，也没有得到禅宗六祖的衣钵，可以说是独自开辟了法门。我听人说：五蕴皆空，六尘不染，才能称作"和尚"；口中说法，座上参禅，叫作"和样"；今天在楚地，明天在吴地，四处云游，叫作"和撞"；敲鼓击钲，吹奏笙管，吵嚷喧闹，称作"和唱"；狗苟蝇营，吃喝嫖赌，称作"和幛"。金和尚，是"尚"呢？"样"呢？"撞"呢？"唱"呢？还是地狱中的"幛"呢？

两宗

两宗指中国佛教禅宗的南北二宗。自达摩传至五祖弘忍后，禅宗分为南宗与北宗。南宗由慧能创立，主要在岭南传播，主张顿悟，因此又称为顿宗；北宗由神秀创立，主要流行于北方，主张渐修，故又称为渐宗。南北二宗的分歧反映了禅宗在修行方法上的不同理念。

【龙戏蛛】

原文

徐公为齐东令，署中有楼，用藏肴饵，往往被物窃食，狼籍于地。家人屡受诮责，因伏伺之，见一蜘蛛，大如斗，骇走白公。公以为异，日遣婢辈投饵焉。蛛益驯，饥辄出依人，饱而后去。积年余，公偶阅案牍，蛛忽来伏几上。疑其饥，方呼家人取饵，旋见两蛇夹蛛卧，细裁如箸，蛛爪蹝腹缩，若不胜惧。转瞬间，蛇暴长，粗于卵。大骇，欲走。巨霆大作，阖家震毙。移时，公苏，夫人及婢仆击死者七人。公病月余，寻卒。公为人廉正爱民，柩发之日，民敛钱以送，哭声满野。

○齐东：旧县城名。故址在今山东邹平境内，清属济南府管辖。

○诮（qiào）责：谴责，责问。

○白：禀告。

○箸：筷子。

○柩发：出殡。柩，棺柩。

译文

徐公在齐东县当县令的时候，衙署里有一座楼，用来储藏菜肴和食物，但经常被偷吃，弄得一地狼藉。仆人因为此事屡次遭受责骂，所以就偷偷藏在一边想弄清楚原因，他看见一只蜘蛛，有斗那么大，吓得连忙跑去告诉徐公。徐公感到很奇异，就让婢女每天都给蜘蛛送东西吃。蜘蛛越来越温驯，饿了就跑出去找人要东西，吃饱了就离开。过了一年多，徐公有一天在批阅公文，蜘蛛突然过来趴在桌案上。徐公以为它饿了，正准备叫仆人拿吃的过来，转头看见蜘蛛的两边各盘着一条蛇，粗细跟筷子差不多，蜘蛛的爪子蜷缩在肚子下面，好像很惧怕蛇。转眼间蛇突然长大，比鸡蛋还要粗。徐公大惊，想逃走。忽然雷声震天响，全家都被震死了。过了一会儿，徐公醒了过来，夫人和奴仆加起来共七个人被雷击死了。徐公病了一个多月，没多久也死了。徐公廉政爱民，出殡当天，百姓们凑钱给他送葬，哭声遍野。

原文

异史氏曰：龙戏蛛，每意是里巷之讹言耳，乃真有之乎？闻雷霆之击，必于凶人，奈何以循良之吏，罹此惨毒？天公之愦愦，不已多乎！

○讹：错讹，谣言。○乃：竟。○凶人：恶人，坏人。○已：太，过。

译文

异史氏说：我一直以为龙戏蛛是街头巷尾的流言，还真有这样的事啊？听说雷击的一定是恶人，为什么徐公这样的好官，也会遭到这样的祸事？上天昏聩的地方，也太多了！

【商妇】

原文

天津商人某，将贾远方，从富人贷赀数百。为偷儿所窥，及夕，预匿室中以俟其归。而商以是日良，负赀竟发。偷儿伏久，但闻商人妇转侧床上，似不成眠。既而壁上一小门开，一室尽亮。门内有女子出，容齿少好，手引长带一条，近榻授妇，妇以手却之。女固授之，妇乃受带，起悬梁上，引颈自缢。女遂去，壁扉亦阖。偷儿大惊，拔关遁去。既明，家人见妇死，质诸官。官拘邻人而锻炼之，诬服成狱，不日就决。偷儿愤其冤，自首于堂，告以是夜所见。鞫之情真，邻人遂免。问其里人，言宅之故主曾有少妇经死，年齿容貌，与盗言悉符，固知是其鬼也。俗传暴死者必求代替，其然欤？

○容齿少好：年轻漂亮。

○质诸官：告之于官，请予审理。

○锻炼：罗织罪名，严刑逼供。

○决：处决，执行死刑。

译文

天津有个商人，因为要去很远的地方做生意，就从一个富人那里借了几百两银子。借钱的时候被小偷看见了，到了晚上，小偷提前藏在他的卧室里等他回来。但是商人认为当天是个吉日，拿到钱就出发了。小偷在屋里等了很久，只听得商人的妻子在床上翻来覆去，像是睡不着。过了一会儿，墙上出现一个小门，小门打开以后，将屋子照得亮亮堂堂。小门里走出来一个女子，年轻漂亮，手里拿着一条长长的带子，走近床榻，把带子递给商人的妻子，商人的妻子用手推开。女子坚持要给，商人的妻子就把带子接了过来，起身悬挂在了房梁上，然后套在脖子上自缢了。女子这才离开，墙上的门也关上了。小偷大惊失色，赶紧推开门跑了。天亮以后，家人看见夫人死了，就报了官。官府派人把商人的邻居抓过去，严刑拷打，屈打成招，很快就要处决。小偷对邻居被冤枉愤愤不平，到县衙自首，把那天夜里所看见的都说了出来。通过审讯，证实他说的是真的，邻居被免罪。官府询问相邻的人家，人们说那座宅子里以前有少妇在里面上吊死了，年龄和样貌，跟小偷说的全都相符，这才知道那个女子是鬼。人们说暴死的人一定会找代替的人，难道真是这样的吗？

【阎罗宴】

原文

静海邵生，家贫。值母初度，备牲酒祀于庭，拜已而起，则案上肴馔皆空。甚骇，以情告母。母疑其困乏不能为寿，故诡言之。邵默然无以自白。无何，学使案临，苦无资斧，薄贷而往。途遇一人，伏候道左，邀请甚殷。从去。见殿阁楼台，弥亘街路。既入，一王者坐殿上，邵伏拜。王者霁颜命坐，即赐宴饮，因曰："前过华居，厮仆辈道路饥渴，有叨盛馔。"邵愕然不解。王者曰："我忤官王也。不记尊堂设帨之辰乎？"筵终，出白镪一裹，曰："豚蹄之扰，聊以相报。"受之而出，则宫殿人物，一时都渺，惟有大树数章，萧然道侧。视所赠，则真金，秤之得五两。考终，止耗其半，犹怀归以奉母焉。

○静海：旧县名。位于天津西南部。

○牲：供祭祀用的家畜，一般用牛、羊、猪之头，贫家或用猪蹄代替。

○案临：科试，学政莅临查考。

○薄贷：稍稍借了点钱。

○弥亘街路：远接街路。弥亘，连成一片，远远相接。街路，临街之路。

○厮仆：奴仆。

○华居：称人居室的敬辞。

○忤官王：民间传说十殿阎罗之一，司秤罪人罪之轻重。忤或作"伍"。

○尊堂设帨（shuì）之辰：母亲的寿辰。尊堂，对人父母的敬称。设帨之辰，女子生日。

○白镪（qiǎng）一裹：一包白银。

○章：大树曰章。株。

○耗：损耗。

译文

天津静海有个姓邵的书生，家里很穷。在母亲生日这天，他准备了酒和一些祭祀用品摆在庭院里，磕完头起来时，却发现桌上的供品没了。他很害怕，就告诉了母亲实情。母亲怀疑他因为穷不想给自己祝寿，所以欺骗自己。邵生沉默不语，没有为自己辩白。没多久，学政前来查考，邵生想去考试，苦于没有路费，就找人借了一点儿钱去应考。在路上遇到了一个人，在路的左边恭敬地等候他，殷勤地邀请他。邵生就跟着他去了。只见亭台楼阁，连成一片，把街道两边都占满了。走进里面，一个帝王模样的人坐在殿上，邵生趴在地上磕头。帝王微笑着让他起身并坐下，立刻赐下酒席，说道："之前路过贵府，小厮和仆人们行路又饿又渴，叨扰了你丰盛的吃食。"邵生惊愕，面露不解。帝王说："我是忤官王。你不记得给你母亲祝寿的事了吗？"宴席结束后，忤官王拿出一包白银，对邵生说："吃了你准备的祭祀用品，就用这些当作回报吧。"邵生接过银子走了出来，刚才的宫殿和人，一下子都没了，只有几棵大树，寂寥地长在路边。再看忤官王相赠的银子，都是真银子，称了称，足足有五两。考试结束，只用了五两银子的一半，剩下的银子带回家奉养母亲去了。

【役鬼】

原文

山西杨医，善针灸之术，又能役鬼。一出门，则捉骡操鞭者，皆鬼物也。尝夜自他归，与友人同行。途中见二人来，修伟异常，友人大骇。杨便问：“何人？”答云：“长脚王、大头李，敬迓主人。”杨曰：“为我前驱。”二人旋踵而行，蹇缓则立候之，若奴隶然。

○修伟：高大。
○敬迓：敬迎。
○为我前驱：为我在前开路。
○旋踵：转身。
○蹇缓：行走缓慢。蹇，行动迟缓。

译文

山西一位姓杨的医生，很擅长针灸，还能役使鬼。他只要出门，牵骡子和拿鞭子驱赶骡子的都是鬼。有一天夜里他从别处回家，和一个朋友一起走。路上看见两个人走过来，很是高大，他的朋友又惊又怕。杨医生问道：“是谁？”那两个人回答：“长脚王、大头李，前来迎接主人。”杨医生说：“在前面为我开路。”二人转身就往前走，发现杨医生走得慢了，就停下来等候，像奴隶一样。

针灸

针灸是中医传统疗法之一。针灸包括“针法”和“灸法”。针法是指用金属针具刺入人体特定穴位，调节气血，治疗疾病。灸法则是利用艾草燃烧后产生的热量，刺激人体穴位，达到治疗目的。针灸基于经络学说，旨在通过调节经络的气血运行，达到平衡阴阳，治疗疾病的效果。

【细柳】

原文

○嫖（piāo）嬝（niǎo）：轻捷袅娜。嫖，轻捷的样子。

细柳娘，中都之士人女也。或以其腰嫖嬝可爱，戏呼之细柳云。柳

○中都：古邑名。一说春秋鲁地，在今山东汶上。一说春秋晋地，在今河南沁阳东北。

少慧，解文字，喜读相人书。而生平简默，未尝言人臧否，但有问

○相（xiàng）人书：讲述相术之书。相人，观察人的形貌以预测命运吉凶。

○臧否（pǐ）：善恶，得失。

名者，必求一亲窥其人。阅人甚多，俱未可，而年十九矣。父母怒之曰："天下迄无良匹，汝将以丫角老耶？"女曰："我实欲以人胜

○以丫角老：谓终身做姑娘。丫角，丫髻，小孩的发式。

天，顾久而不就，亦吾命也。今而后，请惟父母之命是听。"

译文

有个叫细柳的姑娘，是中都一个读书人的女儿。有人因为她的腰很细，身姿灵动，戏称她为细柳。细柳小的时候很聪慧，有一定的文学修养，喜欢看相面的书。但她为人不爱说话，也从来不评点他人好坏，只要有上门提亲的，她一定要亲眼暗中看看对方。看了很多来提亲的人，都没有看中，可她已经十九岁了。父母生气地对她说："全天下都找不到配得上你的，你想当一辈子老姑娘吗？"细柳说："我本想按照自己的意愿挑选夫婿而不是听天由命，但这么久也不能如愿，也是我的命啊。从今以后，我的婚事就由父母做主吧。"

原文

时有高生者，世家名士，闻细柳之名，委禽焉。既醮，夫妇甚得。生前室遗孤，小字长福，时五岁，女抚养周至。女或归宁，福辄号啼从之，呵遣所不能止。年余，女产一子，名之长怙。生问名字之

○怙：依靠。特指依靠父亲。

义，答言："无他，但望其长依膝下耳。"女于女红疏略，常不留意，而于亩之东南，税之多寡，按籍而问，惟恐不详。久之，谓生曰："家中事请置勿顾，待妾自为之，不知可当家否？"生如言，半载而家无废事，生亦贤之。

○亩之东南：谓田亩耕作之事。

译文

当时有位姓高的书生，出身世家，是当时的名士，听说细柳的名声之后，就前来下聘礼定亲。结婚以后，两人非常恩爱。高生前一个妻子死了，留下一个儿子，小名叫长福，只有五岁，细柳抚养他很是用心。细柳有时候回娘家，长福就哭闹着要跟她一起去，呵斥也阻止不了他。过了一年多，细柳生下一个儿子，取名长怙。高生问细柳儿子的名字有什么含义，细柳说："没什么含义，只是希望他长久地待在我身边罢了。"细柳在女红方面不太精通，也不在这方面用心思，但对于田地的位置、租税的多少，都按账册去查问，唯恐了解得不详细。时间久了以后，她对高生说："家中的事情请你放手不要管了，交给我来管吧，不知道我能不能当这个家？"高生就按她说的做了，半年过去了，家里被她打理得井井有条，高生也觉得她很贤惠。

原文

一日，生赴邻村饮酒，适有追逋赋者，打门而谇。遣奴慰之，弗去，乃趣僮召生归。隶既去，生笑曰："细柳，今始知慧女不若痴男耶？"女闻之，俯首而哭。生惊挽而劝之，女终不乐。生不忍以家政累之，仍欲自任，女又不肯。晨兴夜寐，经纪弥勤。每先一年，即储来岁之赋，以故终岁未尝见催租者一至其门，又以此法计衣食，

○追逋（bū）赋者：追讨拖欠赋税者。逋，拖欠。

○打门而谇（suì）：敲门叫骂。谇，责备，叫骂。

由此用度益纾。于是生乃大喜，尝戏之曰："细柳何细哉？眉细、腰细、凌波细，且喜心思更细。"女对曰："高郎诚高矣！品高、志高、文字高，但愿寿数尤高。"村中有货美材者，女不惜重直致之，价不能足，又多方乞贷于戚里。生以其不急之物，固止之，卒弗听。蓄之年余，富室有丧者，以倍赀赎诸其门。生因利而谋诸女，女不可。问其故，不语；再问之，荧荧欲涕。心异之，然不忍重拂焉，乃罢。

○益纾：越发宽裕。纾，宽裕，缓和。

○凌波细：脚细小。凌波，原指女子轻盈步态。

○美材：优质棺木。

○以倍赀赎诸其门：以比原价多一倍的价钱到其家买取。赎，用钱物或其他代价换回人身或抵押品。

译文

有一天，高生去邻村喝酒，正好催缴租税的人到家里来，在门外敲门叫骂。细柳派下人去好言好语劝慰，那些人就是不走，只好让书童去把高生叫回家。高生回来以后，把那些人打发走了，笑着对细柳说："细柳，今天算是知道聪慧的女人不如笨男人了吧？"细柳听到这句话，低下头就哭了。高生吃惊地挽着细柳的胳膊安慰她，细柳始终闷闷不乐。高生不忍心细柳被家里的事所牵累，还是想自己管家，细柳不同意。细柳从此早起晚睡，管理家事越发勤勉。她总是提前一年就把第二年的租税准备好，所以到年末的时候就再也没见到催租的人登门了。她又用这个办法谋划家里的衣食，从此家里的开支越发宽裕。高生非常高兴，曾经开玩笑地对细柳说："细柳哪里细呢？眉细、腰细、脚细，最让人高兴的是心思更细。"细柳对高生说："高郎真高啊！人品高、志向高、文章高，但愿寿数更高。"村里有一家在卖上好的棺木，细柳不惜重金要把它买下来，手里的钱不够，又从亲戚那里借了不少钱。高生认为这不是急用之物，不让细柳买，细柳最终也没听他的话。棺材买来一年多，有家富户家里死了人，想以比原价高出一倍的价钱上门买走。因为可以赚到钱，高生跟细柳商量把棺材卖掉，细柳不答应。问她是什么原因，她也不说；再三追问，她就眼泪在眼眶里打转，要哭出来了。高生感觉奇怪，但也不忍心违背她的意思，只好作罢。

原文

又逾岁，生年二十有五，女禁不令远游，归稍晚，僮仆招请者，相属于道。于是同人咸戏谤之。一日，生如友人饮，觉体不快而归，至中途堕马，遂卒。时方溽暑，幸衣衾皆所夙备。里中始共服细娘智。

○溽暑：盛夏，潮湿闷热。

译文

又过了一年，高生这年二十五岁，细柳不让他出远门，回家稍微晚了点儿，前去叫他回家的奴仆就一个接着一个。朋友们都因此事取笑他。有一天，高生到朋友家喝酒，感觉身体有些不舒服就回家了，走到半路的时候从马上掉了下来，然后就死了。那时正值盛夏，幸亏寿衣、棺材等早都备下了。村里的人这才佩服细柳聪明。

原文

福年十岁，始学为文。父既殁，娇惰不肯读，辄亡去从牧儿遨。谯诃不改，继以夏楚，而顽冥如故。母无奈之，因呼而谕之曰："既不愿读，亦复何能相强？但贫家无冗人，可更若衣，便与僮仆共操作，不然，鞭挞勿悔！"于是衣以败絮，使牧豕，归则自掇陶器，与诸仆啖饭粥。数日，苦之，泣跪庭下，愿仍读。母返身向壁，置不闻。不得已，执鞭啜泣而出。残秋向尽，桁无衣，足无履，冷雨沾濡，缩头如丐。里人见而怜之，纳继室者，皆引细娘为戒，啧有烦言。女

○殁（mò）：死（未及寿终而死）。

○顽冥：愚钝而不改悔。

○夏（jiǎ）楚：古代学校两种体罚越礼犯规者的用具。后亦泛指体罚学童的工具。夏，亦作"榎"，槚木。楚，荆条。

○冗人：闲散之人。

○更：换。

○豕：猪。

○掇：拿，捧。

○桁（háng）：衣架。

○啧有烦言：形容议论纷纷，抱怨责备。此处指邻里对细柳有许多非议。

亦稍稍闻之，而漠不为意。福不堪其苦，弃家逃去，女亦任之，殊不追问。

译文

长福十岁时，开始学做文章。高生死了以后，他娇气懒惰不愿意读书，动不动就跑出去跟放牛的小孩子玩。细柳开始的时候骂他，他不改，然后又打他，还是和以前一样顽皮。细柳实在没办法了，把他叫过来对他说：“既然不愿意读书，我又怎么能强求？但是穷人家不养闲人，你去把身上的好衣服换下来，跟仆人们一起劳作，要不然，鞭子抽到身上的时候不要后悔！”于是给他穿上破烂的衣服，让他去放猪，放完猪回来就自己拿着粗陶碗，跟仆人一起吃饭。过了几天，长福受不了这种生活，跪在庭院里哭着求母亲，自己还是愿意读书。细柳转身面对墙壁，不去理会他。长福没办法，拿着放猪的鞭子哭着走了出去。深秋已快过去，长福身上连一件保暖的衣服都没有，脚上也没有鞋，冰冷的雨水打在身上，他缩着头，像个乞丐。村里的人都很可怜他，谁家要娶继室，都拿细柳来做反面教材，大家都对细柳的做法议论纷纷。细柳也听到外面人的一些议论，但也毫不在意。长福实在忍受不了这种苦，把猪扔下自己跑了，细柳也任由他跑，根本不去追问。

原文

积数月，乞食无所，憔悴自归。不敢遽入，哀求邻媪往白母。女曰：“若能受百杖，可来见，不然，早复去。”福闻之，骤入，痛哭愿受杖。母问：“今知改悔乎？”曰：“悔矣。”曰：“既知悔，无须挞楚，可安分牧豕，再犯不宥！”福大哭曰：“愿受百杖，请复读。”女不听，邻妪怂恿之，始纳焉。濯发授衣，令与弟怙同师。勤身锐虑，大异往昔，三年游泮。中丞杨公，见其文而器之，月给常廪，以助灯火。

○挞楚：挨打，挨鞭子，即上文的“夏楚”。

○怂恿（sǒng yǒng）：从旁劝说鼓动。

○游泮：进县学，成为秀才。

○器：器重。

○月给常廪：每月给以定量的资助。

○灯火：照明。指代教育经费。

怙最钝，读数年不能记姓名，母令弃卷而农。怙游闲，惮于作苦，母怒曰："四民各有本业，既不能读，又不能耕，宁不沟瘠死耶？"立杖之。由是率奴辈耕作，一朝晏起，则诟骂从之，而衣服饮食，母辄以美者归兄。怙虽不敢言，而心窃不能平。农工既毕，母出赀使学负贩。怙淫赌，入手丧败，诡托盗贼运数，以欺其母。母觉之，杖责濒死。福长跪哀乞，愿以身代，怒始解。自是一出门，母辄探察之。怙行稍敛，而非其心之所得已也。

○四民：古代对平民职业的基本分工，指士、农、工、商，但其次序历代有所不同。

○沟瘠死：谓辗转沟壑饥饿而死。

○晏：晚。

译文

过了几个月，长福连讨饭都找不到地方了，面容憔悴地回家了。他不敢直接进门，哀求邻居老婆婆去跟细柳说。细柳听完老婆婆的话，对她说："他要是能挨一百棍，可以来见我，要不然，趁早离开。"长福听了这话，立刻跑回家，痛哭着说愿意挨打。细柳问他："现在知道悔改了吗？"长福说："悔改了。"细柳说："既然知道悔改，就不用挨棍子了，以后要安安分分地放猪，再犯就不会原谅你了！"长福大哭着说："我愿意挨一百棍，请让我接着读书。"细柳不听，邻居老婆婆在旁边劝她，她这才答应了。细柳让长福洗澡换衣服，让他和弟弟长怙一起跟同一个老师学习。长福勤于读书，思维敏捷，跟以往大不一样，三年后考中了秀才。一位姓杨的中丞，见过他写的文章以后很器重他，每个月资助他一些钱，让他继续读书。长怙非常愚钝，读了好几年书都不会写自己的名字，细柳让他放弃读书去做农活。长怙游玩闲散惯了，不想吃劳作的苦，细柳生气地说："士、农、工、商各有自己的本业，你既不能读书，又不能去种地，难道想饿死吗？"立刻拿出棍棒打了他一顿。从此以后长怙就带着奴仆们下地耕作，晚起一天，细柳就要骂他，在衣服和吃用方面，细柳也都是把好的留给哥哥。长怙虽然嘴上不敢说，心里却觉得不公平。农活干完了，细柳出本钱让长怙去学做生意。他又嫖又赌，到手的钱很快就败光了，却谎称钱被盗贼抢走了或者自己运气不好，以欺骗细柳。细柳发觉后，差点用棍子把他打死。

长福跪地不起，向细柳哀求，愿意替长怙挨打，细柳这才消气。从此以后长怙只要出门，细柳就派人去探察。长怙稍微收敛自己的行为，但他心里并不情愿。

原文

一日，请母，将从诸贾入洛。实借远游，以快所欲，而中心惕惕，惟恐不遂所请。母闻之，殊无疑虑，即出碎金三十两，为之具装，末又以铤金一枚付之，曰："此乃祖宦囊之遗，不可用去，聊以压装，备急可耳。且汝初学跋涉，亦不敢望重息，只此三十金得无亏负足矣。"临行又嘱之。怙诺而出，欣欣意自得。至洛，谢绝客侣，宿名娼李姬之家。凡十余夕，散金渐尽。自以巨金在橐，初不意空匮在虑，及取而斫之，则伪金耳。大骇，失色。李媪见其状，冷语侵客。怙心不自安，然囊空无所向往，犹冀姬念夙好，不即绝之。俄有二人握索入，骤絷项领。惊惧不知所为，哀问其故，则姬已窃伪金去首公庭矣。至官，不能置辞，梏掠几死。收狱中，又无资斧，大为狱吏所虐，乞食于囚，苟延余息。

○洛：洛阳。

○具装：准备行装。

○宦囊：指当官时所积财物。

○跋涉：跋山涉水，指游历。

○首：出头告发。

○梏掠：刑讯。掠，拷打。

译文

有一天，长怙向母亲请求，要跟几个生意人去洛阳。其实是想借此机会到远处游玩，以便痛痛快快地想怎么玩就怎么玩，但是心里还是有些担忧，唯恐母亲不答应他的请求。细柳听完他的话后，却一点儿都没有疑心，还立刻拿出三十两碎银子，给他准备行装，最后又拿出一锭银子给他，说："这是你的祖父做官时攒下的，不能拿去用，放在箱子底，以备急用。而且你第一次出门学做生意，不指望你赚很多钱，这三十两银子不亏掉就可以了。"临出门又嘱咐他一遍。长怙答应后就出门了，满面春风，得意扬扬。到了洛阳，长怙没有跟同行的客商住在一起，而是住在名妓李姬家里。过了十余天，三十两散银子都花完了。自以为箱子里还有一大锭银子，最初不在意银子花完了怎么办，等把那锭银子拿出来砍开一看，发现是假的。长怙大惊失色。李家老婆婆看见他这个样子，对他冷言冷语。长怙心里很不安，但口袋空空没有地方可以去，还寄希望于李姬念在往日的情分上，不要立刻把他赶出去。没过一会儿就有两个人拿着绳子进来，突然用绳子套在他的脖子上。长怙又惊又怕不知道他们要干什么，可怜兮兮地问他们这么做的原因，原来李姬已经偷偷拿着假银锭去上报官府了。到了官府，长怙无法辩解，被严刑拷打到几乎丧命。关进大牢里以后，又没有钱贿赂狱卒，被狱卒虐待，只得向别的犯人乞讨食物，在狱中苟延残喘。

原文

初，怙之行也，母谓福曰："记取廿日后，当遣汝之洛。我事烦，恐忽忘之。"福请所谓，黯然欲悲，不敢复请而退。过二十日而问之，叹曰："汝弟今日之浮荡，犹汝昔日之废学也。我不冒恶名，汝何以有今日？人皆谓我忍，但泪浮枕簟，而人不知耳！"因泣下。福侍立敬听，不敢研诘。泣已，乃曰："汝弟荡心不死，故授之伪金以挫折之，今度已在缧绁中矣。中丞待汝厚，汝往求焉，可以脱其死难，而生其愧悔也。"福立刻而发，比入洛，则弟被逮三日矣。即狱中而望之，怙奄然面目如鬼，见兄涕不可仰，福亦哭。时福为中丞所宠异，故遐迩皆知其名。邑宰知为怙兄，急释之。怙至家，犹恐母

○忍：狠心。

○簟（diàn）：竹席。

○缧绁（léi xiè）：捆绑犯人的绳索。借指监狱。

○奄然：气息微弱的样子。

○遐迩：远近。

怒，膝行而前。母顾曰："汝愿遂耶？"怙零涕不敢复作声，福亦同跪，母始叱之起。由是痛自悔，家中诸务，经理维勤，即偶惰，母亦不呵问之。凡数月，并不与言商贾，意欲自请而不敢，以意告兄。母闻而喜，并力质贷而付之，半载而息倍焉。

○并力：多方努力。

译文

当初，长怙刚出门的时候，细柳对长福说："记得二十日以后，提醒我让你去洛阳。我要处理的事务多，唯恐忘了。"长福问母亲去洛阳做什么，细柳黯然神伤，像是要哭出来，长福不敢再问，就退了出去。过了二十天，长福去问母亲，细柳叹气说："你弟弟现在轻浮浪荡，就像你当年不读书一样。我不担着恶名，你哪里有今日？人人都说我太狠心，但我哭得泪水打湿枕头的时候，人们不知道啊！"说着眼便泪落了下来。长福站立在一旁恭敬地听着，不敢深入地问。细柳哭完，才对长福说："你弟弟还是想着出去浪荡，所以我给他了假银锭，想让他经历一番挫折，现在他应该已经在牢里了。中丞对你很好，你前去求他，可以让你弟弟免于死罪，也可以让长怙心生愧疚而幡然醒悟。"长福立刻从家里出发，等到了洛阳，才知道长怙已经被捕入狱三天了。长福马上到牢里去看弟弟，长怙气息奄奄，面色惨白如鬼，看见兄长哭得头都抬不起来，长福也哭了。当时长福很受中丞宠爱，所以远近都知道他的名字。县令知道他是长怙的兄长后，赶紧把长怙放了。长怙回到家，还是害怕母亲生气，跪着来到母亲面前。细柳看着他说："你的心愿达成了吗？"长怙抽泣着不敢再说话，长福也一同跪着，细柳这才大声斥骂着让他们起来。长怙从此以后改过自新，家中的一应事务，勤勤恳恳地打理，就算偶尔偷个懒，细柳也不呵斥他。过了几个月，细柳也不提让他去经商的事，他想去请求母亲又不敢，就把想法告诉了兄长。细柳听说了以后很高兴，尽力借了一笔钱给他，过了半年他就赚了一倍。

原文

○秋捷：秋闱告捷，考中举人。明清时期的乡试例行在秋天举行。

○登第：登进士第，中进士。

是年，福秋捷，又三年登第；弟货殖累巨万矣。邑有客洛者，窥见太夫人，年四旬，犹若三十许人，而衣妆朴素，类常家云。

译文

这一年秋天，长福中了举人，又过了三年，考中了进士；弟弟长怙做生意也赚到了上万两银子。县里有人去洛阳，看见了太夫人细柳，虽然已经年过四十，看起来仍然像三十多岁的人，衣着朴素，和平常人家一样。

原文

异史氏曰:《黑心符》出，芦花变生，古与今如一丘之貉，良可哀也！或有避其谤者，又每矫枉过正，至坐视儿女之放纵而不一置问，其视虐遇者几何哉？独是日挞所生，而人不以为暴；施之异腹儿，则指摘从之矣。夫细柳固非独忍于前子也，然使所出贤，亦何能出此心以自白于天下？而乃不引嫌，不辞谤，卒使二子一贵一富，表表于世。此无论闺闼，当亦丈夫之铮铮者矣！

○《黑心符》：书名，书内论述续娶继室之害，以劝诫子孙。

○一丘之貉（hé）：一个土山里的貉。比喻同是丑类，没有差别。貉，兽名，外形似狐。

○不引嫌：不避嫌疑。引嫌，为防嫌而回避。

○无论闺闼：不要说妇女。闺闼，内室，代指妇女。

○铮铮者：佼佼者，优秀杰出的人物。

译文

异史氏说:《黑心符》这本书一出现，继母用芦花给继子做棉衣的事便传扬开来，古代和现在的黑心继母就像一丘之貉，真是让人悲哀啊！有的继母为了避免被人诽谤，又总是矫枉过正，以至于看着继子女放纵也不置一词，这种做法和虐待继子女有什么区别呢？每日打自己亲生的孩子，别人不认为这是暴行；这样对待继子女，就会被别人指责。细柳并不是只对前妻生的孩子狠心，但是假使她自己的孩子很有出息，她的良苦用心又怎么能被天下人知晓呢？但细柳不避嫌、不怕被诽谤，最终使两个儿子一个做了官，一个成了富商，世间少有。取得这样的成效，不要说在女子中间 ，就是在男人中也是佼佼者啊！

【画马】

原文

临清崔生，家窭贫，围垣不修。每晨起，辄见一马卧露草间，黑质白章，惟尾毛不整，似火燎断者。逐去，夜又复来，不知所自。崔有好友，官于晋，欲往就之，苦无健步，遂捉马施勒乘去。嘱属家人曰："倘有寻马者，当如晋以告。"

○临清：旧县名。位于山东的西部，即今山东临清。

○围垣：围墙，围绕住宅的垣墙。

○燎：烧。

○勒：套在牲畜上戴帽子的笼头。

○晋：山西的简称。

○健步：指可供骑乘的大牲口，如马、骡之类。步，代步，坐骑。

○嘱属：叮嘱，嘱咐。

译文

山东临清有个姓崔的书生，家里贫穷简陋，院墙都没钱修整。每天早晨起来，总看见一匹马卧在沾有露水的草丛里，黑底白花，只是尾巴上的毛不太齐整，像是被火烧断了。早上把它赶走，夜里就又来了，不知道是从哪儿来的。崔生有个好朋友，在山西做官，崔生想去山西找他，苦于没有坐骑，就捉住这匹马给它勒上缰绳骑走了。走的时候叮嘱家里人说："要是有人前来找马，就告诉他我骑着去山西了。"

原文

既就途，马骛驶，瞬息百里。夜不甚餤刍豆，意其病。次日紧衔不令驰，而马蹄嘶喷沫，健怒如昨。复纵之，午已达晋。时骑入市廛，观者无不称叹。晋王闻之，以重直购之。崔恐为失者所寻，不敢售。居半年，无耗，遂以八百金货于晋邸，乃自市健骡以归。

○骛（wù）驶：急驰，奔驰。

○餤（dàn）：同"啖"，吃。刍豆：草料。刍，草。

○紧衔：拉紧马嚼子。衔，衔于马口、制驭马之行止的铁链，即马嚼子。

○市廛（chán）：街市，市场。

○重直：高价。

○无耗：无音讯，无消息。

译文

崔生骑马上路后，马就奔跑起来，一会儿工夫就跑了一百多里。到了夜里，马也不怎么吃草料，崔生以为它生病了。第二天上路后崔生就紧拉着马嚼子不让它奔跑，马却踢着蹄子嘶叫，嘴里喷沫，像昨天一样强健。崔生放松缰绳让它肆意奔驰，中午就到了山西。崔生骑着马到了街市，看到的人都对这匹马赞叹不已。晋王听说以后，要出重金买这匹马。崔生担心马的主人会来寻找，不敢卖马。过了半年，也没有人前来寻马，崔生就把这匹马以八百两银子的价格卖给了晋王，然后在街市买了头健壮的骡子骑回了家。

原文

后王以急务，遣校尉骑赴临清。马逸，追至崔之东邻，入门，不见，索诸主人。主曾姓，实莫之睹。及入室，见壁间挂子昂画马一帧，内一匹毛色浑似，尾处为香炷所烧，始知马，画妖也。校尉难复王命，因讼曾。时崔得马赀，居积盈万，自愿以直贷曾，付校尉去。曾甚德之，不知崔即当年之售主也。

○马逸：马受惊狂奔。

○校尉：武官名。秦汉为中级武官，隋唐后为没有固定职事的武散官，明清以卫士为校尉。明之锦衣卫的校尉同差役。清除散官外，实职不用校尉名，仅为习称。

○子昂：赵孟頫，字子昂，号松雪道人，元代著名书画家、文学家。

译文

后来晋王因为事务紧急，派一名校尉骑马去临清。到了临清，马就跑了，校尉一直追到崔生东边的邻居家，进了门，找不到马，就问这家人索要。这家人姓曾，说自己实在没见过马进来。等到进了房内，看见墙上挂有赵孟頫画的一幅马图，其中一匹马的毛色和丢的马很像，马尾处被香炷烧了，这才知道那匹马是画妖。校尉没法儿向晋王复命，就把姓曾的人告到了官府。崔生拿着卖马的钱做生意，这时候已经有了万贯家财，他愿意借钱给曾家，曾家把钱赔给校尉后，校尉就走了。曾家非常感激崔生，不知道崔生就是当年的卖马之人。

【局诈】

原文

某御史家人，偶立市间，有一人衣冠华好，近与攀谈。渐问主人姓字、

○御史：官名。明清指监察御史，别称侍御，隶都察院。

官阀，家人并告之。其人自言：“王姓，贵主家之内使也。”语渐款

○官阀：官阶门第。

○贵主：尊贵的公主。内使：内监，即太监。

洽，因曰：“宦途险恶，显者皆附贵戚之门，尊主人所何人也？”答曰：“无之。”王曰：“此所谓惜小费而忘大祸者也。”家人曰：“何托而可？”王曰：“公主待人以礼，能覆翼人。某侍郎系仆阶进。倘不惜千金

○覆翼：荫庇，保护。

○侍郎：官名。明清时为中央六部的副长官。系：是。仆：自我谦称。阶进：利用台阶使之进，即通过关系打通门路。

贽，见公主当亦不难。”家人喜，问其居止。便指其门户曰：“日同巷不

○贽（zhì）：礼物，见面礼。

知耶？”家人归告侍御。侍御喜，即张盛筵，使家人往邀王，王欣然来。筵间道公主情性及起居琐事甚悉，且言：“非同巷之谊，即赐百金赏，不肯效牛马。”御史益佩戴之。临别订约，王曰：“公但备物，仆

○效牛马：效牛马之劳。即为之奔走的意思。

乘间言之，旦晚当有报命。”

译文

某御史的一个仆人，偶然在集市上站着无聊，有一个穿着华丽衣服的人走过来跟他攀谈。慢慢聊到主人的姓名、官职，仆人都告诉了他。这个人自我介绍说：“我姓王，是公主家的内使太监。”两个人越聊越投缘，王太监就问道：“仕途险恶，大官们都依附于皇亲国戚，你家主人依靠的是谁呀？”仆人回答：“没有依靠谁。”王太监就说：“这就是人们说的舍不得小钱而忘了大祸。”仆人问道：“可以依附谁呢？”王太监说：“公主对人以礼相待，能庇护他人。某位侍郎就是我引

荐给公主的。如果舍得花千金当见面礼，见公主也不难。”仆人很高兴，问他住在哪里。王太监指着一处门户说：“天天住在一条巷子里，难道不知道吗？”仆人回去后把这件事告诉了御史。御史也很高兴，就准备了丰盛的宴席，让仆人去请王太监，王太监欣然赴宴。宴席期间，王太监对公主的性情及饮食起居的小事说得很详细，并且说：“如果不是看在我们住在同一条巷子的份上，就算赏给我一百两银子，我也不会帮忙的。”御史对他更加敬佩和感激。王太监临走的时候和御史约定：“您只管准备好礼物，我找个机会向公主进言，早晚就会回复你的。”

原文

越数日始至，骑骏马甚都，谓侍御曰：“可速治装行。公主事大烦，投谒者踵相接，自晨及夕，不得一间。今得少隙，宜急往，误相见无期矣。”侍御乃出兼金重币，从之去。曲折十余里，始至公主第，下骑祗候。王先持贽入，久之，出，宣言：“公主召某御史。”即有数人接递传呼。侍御伛偻而入，见高堂上坐丽人，姿貌如仙，服饰炳耀，侍姬皆着锦绣，罗列成行。侍御伏谒尽礼。传命赐坐檐下，金碗进茗。主略致温旨，侍御肃而退。自内传赐缎靴、貂帽。

○都：美。

○踵相接：脚连着脚。踵，脚后跟。

○兼金：精金，好金。重币：重金，很多金钱。

○祗（zhī）候：恭候，敬候。

○伛偻：弯腰，恭敬的样子。

○炳耀：光彩照人。

译文

过了好几天，王太监才来，骑了一匹骏美的马。对御史说：“您赶紧收拾行装跟我走，公主的事情太多，前来拜见的人一个接着一个，从早晨到晚上，不得一丝空闲。现在稍有空闲，应该赶紧前去拜见，要是耽误了，再想见就不知道是什么时候了。”御史就带着很多的钱出来，跟着王太监去了。弯弯绕绕走了十多里地，才到了公主的府第，御史从马上下来，恭敬地等着公主传召。王太监先拿着礼物进去了，过了很久才出来，大声传达：“公主召见某御史。”接着有好几个人接连传递喊声。御史弯着腰恭敬地走了进去，看见高高的大堂上坐着一个美丽的女子，身姿容貌像天上的仙女，身上的衣服和装饰光彩夺目，身旁的侍女也都穿着锦绣衣服，排列成行。御史跪下行礼。公主下令赐座，让御史坐在檐下，侍女端上装在金碗里的茶。公主对御史说了几句客套话，御史就恭敬地退下了。然后从里面传出公主赏赐的锦缎靴子、貂皮帽。

原文

既归，深德王，持刺谒谢，则门阖无人，疑其侍主未归。三日三诣，终不复见。使人询诸贵主之门，则高扉扃锢。访之居人，并言："此间曾无贵主。前有数人僦屋而居，今去已三日矣。"使反命，主仆丧气而已。

○德：感激。 ○刺：名片。

○扃（jiōng）锢：关闭，上了锁。

○僦（jiù）屋：租住，赁屋。

译文

御史回到家里，对王太监很是感激，就拿着名帖登门表示感谢。到了他家才发现大门关着，叩门也无人应答，心想大概是去服侍公主还没回来。三天去了三次，也没有见到王太监。御史就派人到公主府去打听一下，那里也是大门紧锁。到周边邻居家询问，都说："这里从来没有住过公主。前几天有几个人租了这座房子住下，如今已经搬走了三天了。"仆人回去跟御史复命，主仆只能自认倒霉。

原文

副将军某，负赀入都，将图握篆，苦无阶。一日，有裘马者谒之，自言："内兄为天子近侍。"茶已，请间云："目下有某处将军缺，倘不吝重金，仆嘱内兄游扬圣主之前，此任可致，大力者不能夺也。"

○副将军：清代武官名。位在将军之下，参将之上，从二品。

○将图握篆：准备谋取将军之职。握篆，掌印之官，即正职官员。

○裘马者：衣裘乘马者，意为有身份地位的人。

○内兄：妻子的兄长。

○请间（jiàn）：请求避人私下交谈。间，间语，私语。

○游扬：宣扬，传扬。

某疑其妄，其人曰："此无须踟蹰。某不过欲抽小数于内兄，于将军锱铢无所望。言定如干数，署券为信，待召见后，方求实给。不效，则汝金尚在，谁从怀中而攫之耶？"某乃喜，诺之。次日，复来引某去，见其内兄，云姓田，煊赫如侯家。某参谒，殊傲睨，不甚为礼。其人持券向某曰："适与内兄议，率非万金不可，请即署尾。"某从之。田曰："人心叵测，事后虑有翻覆。"其人笑曰："兄虑之过矣。既能予之，宁不能夺之耶？且朝中将相，有愿纳交而不可得者，将军前程方远，应不丧心至此。"某亦力矢而去。其人送之，曰："三日即覆公命。"

○踟蹰（chí chú）：犹豫。

○锱铢：古代微小的重量单位。

○攫：夺。

○率：大约，大概。

○署尾：在文件末尾签署，指签名画押。

○丧心：丧心病狂，心理反常。

译文

有位副将军，带着很多钱到了京城，想把官位升一升，苦于没有门路。有一天，一个穿着皮衣骑着马的人前来拜访他，自我介绍说："我妻子的哥哥是皇帝身边的侍卫。"喝完茶，请副将军让左右都退下，然后说："现下有一个将军职位空缺，要是不吝惜钱财，我可以让内兄在皇帝面前给你美言几句，这个职位就能到手，有势力的人也抢不走。"副将军怀疑他说谎，这个人说："这事你用不着犹豫，我不过想从内兄那里抽取一小部分钱，将军这里我是不会要一文钱的。咱们先说定钱数，立下文书，等皇帝召见之后，你再把钱给我。如果办不到，钱还在你那里，谁还能从你的怀里把钱抢走吗？"副将军很高兴，答应了。第二天，那个人前来带副将军去见他的内兄，说他内兄姓田，家里阔气得像王侯之家。副将军参见时，姓田的很傲慢，不怎么搭理他。那个人拿着文书对副将军说："刚才跟内兄商议，办成这件事至少得一万两银子，请现在就签字画押。"副将军照办了。姓田的说："人心难测，事成之后怕他会反悔。"那个人说："兄长多虑了，既然能把官给他，还不能免掉他的官吗？况且朝中将相，有愿意给钱结交咱们还攀不上呢，将军前程远大，应该不会这么没良心的。”副将军也极力发誓自己一定不会反悔，然后就回去了。那个人送副将军，告诉他：“三天就给你答复。”

原文

逾两日，日方西，数人吼奔而入，曰：“圣上坐待矣！”某惊甚，疾趋入朝。见天子坐殿上，爪牙森立。某拜舞已，上命赐坐，慰问殷勤。顾左右曰：“闻某武烈非常，今见之，真将军才也！”因曰：“某处险要地，今以委卿，勿负朕意，侯封有日耳。”某拜恩出。即有前日裘马者从至客邸，依券兑付而去。于是高枕待绶，日夸荣于亲友。过数日，探访之，则前缺已有人矣。大怒，忿争于兵部之堂，曰：“某承帝简，何得授之他人？”司马怪之。及述宠遇，半如梦境。司马怒，执下廷尉。始供其引见者之姓名，则朝中并无此人。又耗万金，始得革职而去。异哉！武弁虽騃，岂朝门亦可假耶？疑其中有幻术存焉，所谓“大盗不操矛弧”者也。

○吼奔：边嚷边跑。

○趋：小步急行。

○爪牙：指守卫宫廷的武士。

○绶：印绶，指官印。

○简：选拔。

○司马：古官名。西周始置，与司徒、司空并称“三有司”，掌握军政和军赋。后世用作兵部尚书的别称。

○执下廷尉：拘系起来，下廷尉狱。廷尉，官名，亦官署名。秦汉时廷尉为九卿之一，掌刑狱。明清指大理寺卿。

○武弁（biàn）：武官。騃（ái）：痴，呆。

○朝门：朝廷。

○大盗不操矛弧：谓善于偷盗的人并不手持武器。矛弧，武器。矛，长矛。弧，木弓。

译文

过了两天，太阳刚落山，有几个人一边喊一边跑着进了副将军的家：“皇上正等着见你呢！”副将军十分惊讶，赶紧一路小跑入朝觐见。看见天子坐在大殿之上，武士们站立两旁。副将军行过大礼，皇帝下令赐座，亲切地和他交谈。对左右的人说：“听说这位副将军勇武刚烈，今天一见，真是当将军的人才啊！”接着说：“有个地方地势险要，现在把它委派给你，不要辜负朕的心意，封侯指日可待。”副将军跪拜谢恩后出来了。前几天穿皮衣骑马的那个人跟着副将军到了他住的客栈，根据文书上的数目拿着钱走了。副将军就高枕无忧地等着任命下来，每天都跟亲友炫耀。过了几天，副将军打探了一下，却得知之前说的那个空缺已经有人补上了。副将军大怒，气愤地到兵部大堂去争辩：“皇帝亲自封我去那个地方做将军，为什么又派别人去？”兵部尚书感到奇怪。副将军说起皇帝召见他的情景，像在说梦话。兵部尚书非常生气，把他绑起来送到廷尉审问。副将军才供出引荐者的姓名，然而朝廷中并没有这个人。副将军花了一万两银子，最后落得革职释放。真是奇怪！武官虽然痴傻，但朝廷宫门也能有假的吗？也许其中有幻术，这就是所谓的“大盗不拿刀枪”。

原文

嘉祥李生，善琴。偶适东郊，见工人掘土得古琴，遂以贱直得之。

○嘉祥：县名。位于山东西南部。清初属山东兖州府济宁州，今为山东济宁管辖。
○工人：旧时称从事劳役的人。
○贱直：便宜的价钱。

拭之有异光，安弦而操，清烈非常。喜极，若获拱璧，贮以锦囊，

○拱璧：古代一种大型玉璧，用于祭祀。因其须双手拱执，故名。后用以喻极其珍贵之物。

藏之密室，虽至戚不以示也。

○示：出示，看。

译文

嘉祥县有个李生，擅长弹琴。一次偶然到东郊去，看见工人从土里挖出来一架古琴，就以很便宜的价格买了下来。回到家擦拭古琴，见琴发出奇异的光，把琴弦安装好一弹，琴声非常清烈。李生高兴极了，像是得到了宝玉一般，将琴放在锦缎做的袋子里，藏在密室里，就算是至亲也不拿出来展示。

原文

邑丞程氏，新莅任，投刺谒李。李故寡交游，以其先施故，报之。

○邑丞：县丞，县令的副手。
○施：致礼、致敬。

过数日，又招饮，固请乃往。程为人风雅绝伦，议论潇洒，李悦

焉。越日，折柬酬之，欢笑益洽。从此月夕花晨，未尝不相共也。年余，偶于丞廨中，见绣囊裹琴置几上，李便展玩。程问："亦谙此否？"李曰："生平最好。"程讶曰："知交非一日，绝技胡不一闻？"拨炉爇沉香，请为小奏。李敬如教。程曰："大高手！愿献薄技，勿笑小巫也。"遂鼓《御风曲》，其声泠泠，有绝世出尘之意。李更倾倒，愿师事之。

◎廨（xiè）：官署。旧时官吏办公处所的统称。
◎谙：熟稔，通晓。
◎爇（ruò）：烧。
◎小巫：对大巫而言。巫，巫师。
◎《御风曲》：疑为蒲松龄杜撰的琴曲。御风，乘风而行。
◎泠泠（líng）：形容音调清脆悦耳。
◎绝世出尘：超脱尘世。
◎倾倒：佩服。

译文

有个姓程的县丞，刚上任，就带着名帖去拜访李生。李生一向很少跟人来往，因为县丞先拜访自己，所以他也前去回访。过了几天，县丞又请他前去喝酒，再三来请，李生只好前往。程氏为人十分风雅，谈吐也很潇洒，李生对他很欣赏。过了一天，李生下请柬酬谢程氏，两人欢声笑语，相处十分融洽。从此以后，良辰美景，两人都在一起欣赏。过了一年多，李生偶然来到官署，看见桌几上放着一架绣囊包裹着的琴，便打开来赏玩。程氏问他："你也会弹琴吗？"李生说："我生平最爱弹琴。"程氏惊讶地说："我们交往也不是一天两天了，怎能不让我欣赏一下你的绝技呢？"然后拨燃香炉，点燃沉香，请李生小奏一曲。李生恭敬地弹奏了一曲。程氏说："果然是高手！我也弹奏一曲，请不要笑话我小巫见大巫。"就演奏了一曲《御风曲》，琴声清脆悦耳，有出尘脱世的意味。李生对程氏更加佩服，愿意拜他为师。

原文

自此二人以琴交，情分益笃。年余，尽传其技。然程每诣李，李以常琴供之，未肯泄所藏也。一夕，薄醉，丞曰："某新肄一曲，无

◎笃：笃厚，厚。
◎薄醉：微醉。
◎肄（yì）：学习，练习。

亦愿闻之乎？”为奏《湘妃》，幽怨若泣。李亟赞之。丞曰：“所恨

○《湘妃》：古琴曲名。指《湘妃怨》。

无良琴，若得良琴，音调益胜。”李欣然曰：“仆蓄一琴，颇异凡品。

○密：私密，隐藏。

今遇锺期，何敢终密？”乃启椟负囊而出。程以袍袂拂尘，凭几再

○今遇锺期：今天遇到知音。锺期，即锺子期，春秋时楚国人，精于音律，与善琴者伯牙相知。

鼓，刚柔应节，工妙入神。李击节不置。丞曰：“区区拙技，负此良

琴。若得荆人一奏，当有一两声可听者。”李惊曰：“公闺中亦精之

○荆人：对人谦称妻子。宋《太平御览》引《列女传》：“梁鸿妻孟光，荆钗布裙。”故后人往往自称妻子为荆妻、荆室、荆人。

耶？”丞笑曰：“适此操乃传自细君者。”李曰：“恨在闺阁，小生不

○适：刚才。操：琴曲。细君：也称“小君”，本为古时诸侯妻之称，后为妻的通称。《毛诗正义》：“夫妻一体，妇人从夫之爵，故同名曰小君。”

得闻耳。”丞曰：“我辈通家，原不以形迹相限。明日，请携琴去，

○通家：世代交谊之家。此一家人，极言其关系亲密。

当使隔帘为君奏之。”李悦。

译文

从此以后两人又成了琴友，友谊更加深厚。过了一年多，程氏把自己的琴艺悉数教给了李生。但程氏每次到李生家，李生都提供给他平常所用的琴，没有把古琴的事泄露出去。一天晚上，两人喝酒稍有醉意，程氏说：“我新学习了一首曲子，你愿意听听吗？”就给李生弹奏了一曲《湘妃》，琴声幽怨，如泣如诉。李生大加称赞。程氏说：“可惜没有好琴，要是有好琴，琴声比现在更优美。”李生开心地说：“我有一架琴，跟平常的琴大不一样。今天就像伯牙遇到了子期，怎么敢自己私藏起来呢？”于是打开柜子取出古琴。程氏用衣袖拂去古琴上的灰尘，把琴放在桌子上弹奏起来，刚柔并济，精妙传神。李生不停地打着拍子。程氏说：“我这雕虫小技，辜负了这么好的琴。如果能让我的妻子弹奏一曲，还能有一两声值得一听。”李生吃惊地说：“你的夫人也精通琴艺吗？”程氏笑着说：“我刚才弹奏的曲子就是她教给我的。”李生说：“可惜她身在闺阁，我不能亲耳听到她的琴声。”程氏说：“我们的关系如此亲近，原本也不必被礼俗所约束。明天，你带着这架古琴去我家，让她隔着帘子为你弹奏一曲。”李生听后非常高兴。

原文

次日，抱琴而往。程即治具欢饮。少间，将琴入，旋出即坐。俄见帘内隐隐有丽妆，顷之，香流户外。又少时，弦声细作，听之不知何曲，但觉荡心媚骨，令人魂魄飞越。曲终便来窥帘，竟二十余绝代之姝也。丞以巨白劝釂，内复改弦为闲情之赋，李形神益惑。倾饮过醉，离席兴辞，索琴。丞曰："醉后防有蹉跌。明日复临，当令闺人尽其所长。"李归。

○巨白：大白，大酒杯。劝釂（jiào）：劝饮干杯。釂，饮尽杯中酒。

○闲情之赋：即《闲情赋》，东晋诗人陶渊明作，表达对爱情的追求及思而不得的怅惘心情，感情热烈奔放，文辞华美动人。疑为取其赋意而杜撰的琴曲名。

○兴辞：起身告辞。兴，起身。

○蹉（cuō）跌：失足跌倒。

译文

第二天，李生抱着古琴去了程家。程氏立刻准备酒菜和他对饮。过了一会儿，程氏把古琴拿了进去，然后就出来坐下了。接着看见帘子里隐隐约约有一个装束华丽的女子，不一会儿，香气从帘子里飘出来。又过了一会儿，精妙的琴声从里面传了出来，李生听了不知道是什么曲子，只觉得心神荡漾，让人魂魄都飞到九霄云外。一曲终了，李生偷偷掀开帘子一看，竟然是个二十多岁的绝色美人。程氏又用大酒杯劝李生喝酒，帘子内的曲调又改为《闲情赋》，李生听后越发觉得心神迷乱，一杯接一杯地喝，直到喝醉才起身告辞，这时还不忘向程氏要琴。程氏说："你喝醉了，在路上如果摔倒会把古琴摔坏，明天再来吧，我让妻子把她的绝技都献上。"李生就回家了。

原文

次日诣之，则廨舍寂然，惟一老隶应门。问之，云："五更携眷去，不知何作，言往复可三日耳。"如期往伺之，日暮，并无音耗。吏皂皆

○吏皂：属吏皂役。

疑，白令破扃而窥其室，室尽空，惟几榻犹存耳。达之上台，并不测其何故。李丧琴，寝食俱废，不远数千里访诸其家。程故楚产，三年前，捐赀授嘉祥。执其姓名，询其居里，楚中并无其人。或云："有程道士者，善鼓琴，又传其有点金术。三年前，忽去不复见。"疑即其人。又细审其年甲、容貌，吻合不谬。乃知道士之纳官，皆为琴也。知交年余，并不言及音律，渐而出琴，渐而献技，又渐而惑以佳丽，浸渍三年，得琴而去。道士之癖，更甚于李生也。天下之骗机多端，若道士，犹骗中之风雅者也。

○达：通禀，报告。上台：上官。台，官署名，后用作对官长的敬称。

○楚产：楚地人。楚，泛指今湖北、湖南及河南南部地区。

○捐赀授嘉祥：通过向政府捐纳金钱被授为嘉祥县丞。捐，捐纳，旧时授官法之一种，即捐资纳粟买官职。

○点金术：古时方士认为用其炼丹术将丹炼成之后，即可点石成金或点铁成金。

○年甲：年岁，年纪。甲，甲子。古以甲子纪岁月，因以之指纪年或年岁。

○浸渍：慢慢渗透或化解。

译文

第二天，李生又去程氏家里拜访，但他家里静悄悄的，只有一个老仆人看门。李生问他程氏去了哪里，他说："五更的时候带着家眷走了，不知道去干什么，说是三天以后回来。"三天以后李生又去程家门口等，到了天黑的时候，还是没有消息。县衙里的小吏们也都觉得不对劲，禀告了县令，把程家的大门砸开到屋里一看，屋里的家具几乎都没有了，只有几张桌椅还在。把这件事报给上司，上司也不知道是怎么回事。李生丢了琴，寝食难安，不远千里去程氏的老家找寻。程氏是楚地人，三年前，花钱在嘉祥县捐了个县丞。根据他的姓名，李生在他的家乡打听，但楚地并没有这个人。有人说："有个姓程的道士，很会弹琴，听说他会点金术。三年前，忽然走了，然后就没再见到他。"李生怀疑这个道士就是程氏。李生又仔细询问了那个人的年龄、样貌，跟程氏完全一样。这才明白道士捐官，也是为了那架古琴。他跟李生相交一年多，也不提起音律，渐渐地拿出琴，渐渐地表现自己的琴技，接着又用美女迷惑李生，前后用了三年，最终得到古琴离去。道士对古琴的喜爱之情，比李生更强烈。天下的骗子诡计多端，像道士这样，也算是骗子中的风雅之人了。

【放蝶】

原文

长山王进士𡸣生为令时，每听讼，按律之轻重，罚令纳蝶自赎。堂上千百齐放，如风飘碎锦，王乃拍案大笑。一夜，梦一女子，衣裳华好，从容而入，曰："遭君虐政，姊妹多物故。当使君先受风流之小谴耳。"言已，化为蝶，回翔而去。明日，方独酌署中，忽报直指使至，皇遽而出，闺中戏以素花簪冠上，忘除之。直指见之，以为不恭，大受诟骂而返。由是罚蝶令遂止。

○长山：旧县名。明清时代属济南府，在今山东邹平东南一带。王进士𡸣（dǒu）生：王𡸣生，字子凉，明末进士，曾任如皋县知县。

○物故：死亡。

○回翔：盘旋地飞。

○直指使：官名。明清时代指巡按御史。

○皇遽：惊恐。皇，通"惶"。

○素花：白花。

译文

长山县的进士王𡸣生当县令的时候，每次审案，按所犯罪刑的轻重，惩罚犯人上缴蝴蝶赎罪。大堂之上千百只蝴蝶一起放飞，像细小的锦块在风中飘飞，王县令就拍案大笑。一天夜里，王县令梦到一名女子，穿着华美的衣服，神态从容地走了进来，对王县令说："被你的政令所虐待，我的很多姐妹都死了。应当让你受一些风流的小惩罚。"说完，化为蝴蝶，飞走了。第二天，王县令正在官署里独自饮酒，忽然有人来报，直指使来了，王县令连忙跑出来，妻子开玩笑时插在他官帽上的白花忘记拿下来。直指使看见了，觉得王县令对自己不恭敬，把他大骂了一顿，王县令很失落地回来了。从此以后，取消了放蝴蝶赎罪的政令。

原文

青城于重寅，性放诞。为司理时，元夕以火花爆竹缚驴上首尾并满，

○司理：也称"司李"，主管狱讼刑罚。

○青城：县名。现属山东淄博高青管辖。

○元夕：阴历正月十五日。

牵登太守之门，击柝而请，自白："某献火驴，幸出一览。"时太守有

〇太守：明清时代专指知府。 〇击柝（tuò）：敲击木梆。柝，旧时巡夜者击以报更的木梆。

爱子患痘，心绪方恶，辞之。于固请之。太守不得已，使阍人启钥。

〇痘：也叫"天花"。一种由病毒引起的急性传染病，发病后全身出现豆状水疱或脓疱，所结的痂脱落后留下的疤痕就是麻子。 〇阍（hūn）人：守门人。

门甫辟，于火发机，推驴入。爆震驴惊，踶趹狂奔，又飞火射人，

〇踶趹（dì jué）：谓马疾行。

人莫敢近。驴穿堂入室，破瓯毁甑，火触成尘，窗纱都烬，家人大

〇瓯（ōu）：盆盂类瓦器。甑（zèng）：古代蒸饭的一种瓦器。底部有许多透蒸气的孔格，置于鬲上蒸煮，如同现代的蒸锅。 〇烬：烧成灰。

哗。痘儿惊陷，终夜而死。太守痛恨，将揭劾之。于浼诸司道，登

〇揭劾：检举其过错而弹劾。 〇浼（měi）：请托，央求。

堂负荆，乃免。

〇负荆：背负荆条，请求责罚，表示悔罪认错。

译文

青城县有个于重寅，生性放荡怪诞。他做司理的时候，在元宵节的晚上将烟花爆竹绑在驴身上，从头到尾都绑满了，把驴牵到太守家门口，敲着木梆请太守出来，说："我前来献上一头火驴，请太守出来看一看。"正值太守的爱子出水痘，太守心里正烦闷，就推辞不出来。于重寅再三请太守，不得已，太守让看门的人把门打开。门刚打开，于重寅就用火点着了驴身上的烟花爆竹，把驴推进门内。突然发出的响声让驴受到惊吓，它尥开蹄子狂奔，身上的烟花又四射到人身上，人们都不敢靠近它。驴穿过厅堂进入室内，瓶瓶罐罐都掉在地上摔碎了，很多东西被火烧成了灰，窗纱也都被烧尽，仆人也都大声吵嚷。出水痘的孩子受到惊吓，当天夜里就死了。太守对于重寅深恶痛绝，要弹劾他。于重寅请求司道官员帮忙说情，他又到太守家负荆请罪，这才免于被弹劾。

【男生子】

原文

福建总兵杨辅，有娈童，腹震动。十月既满，梦神人剖其两胁去之。及醒，两男夹左右啼。起视胁下，剖痕俨然。儿名之天舍、地舍云。

○娈（luán）童：旧时称被猥亵的美少年，也作男妓。娈，美好的样子。

○福建总兵：福建省的总兵官。总兵，明代为无品级之武官官名，编制、位阶皆无一定，通常为公侯或地方都督兼任。

○胁：从腋下到肋骨尽处的部分。

译文

福建总兵杨辅，家里养了一个供他玩乐的男孩子，男孩忽觉腹内震动。过了十个月，梦见神人剖开他的两胁后走了。等他醒了，发现有两个男婴在自己身体的左右两边啼哭。起身看胁下，剖开的痕迹还在。杨辅给两个婴儿分别取名为天舍、地舍。

原文

异史氏曰：按此吴藩未叛前事也。吴既叛，闽抚蔡公疑杨欲图之，而恐其为乱，以他故召之。杨妻夙智勇，疑之，沮杨行，杨不听。妻涕而送之。归则传齐诸将，披坚执锐，以待消息。少间，闻夫被诛，遂反攻蔡，蔡仓皇不知所为。幸标卒固守，不克乃去。去既远，蔡始戎装突出，率众大噪。人传为笑焉。后数年，盗乃就抚。未几，蔡暴亡。临卒，见杨操兵入，左右亦皆见之。呜呼！其鬼虽雄，而头不可复续矣！生子之妖，其兆于此耶？

○闽抚：福建巡抚。

○吴藩：吴三桂，字长伯，高邮（今属江苏）人。明末任辽东总兵，因仇视李自成领导的农民义军，引清兵入关，受封为平西王，守云南。康熙十二年（1673）朝议撤藩，吴三桂遂举兵叛乱，自称周王。康熙十七年（1678）在衡州（今湖南衡阳）称帝，不久病死。

○沮：阻止。

○披坚执锐：全副武装，准备战斗。坚，盔甲，防御性装备。锐，进攻性武器。

○标卒：手下军士。清军制，总督、巡抚等统领的绿营兵，称标。一标三营。巡抚统属的称抚标。此指抚标士卒。

○就抚：接受招抚，即归降。

译文

异史氏说：这是吴三桂没有反叛之前的事。吴三桂叛乱之后，福建巡抚蔡公怀疑杨辅对自己有所图谋，担心他作乱，找了个借口召他前来。杨妻一向有勇有谋，怀疑蔡公要加害杨辅，不让杨辅去，杨辅不听。妻子哭着送他前去，回来就传令各位将军前来，全副武装，等待消息。没多久，杨妻听到丈夫被杀，就带着队伍攻打蔡公，蔡公仓皇间不知如何是好。幸好蔡公手下的官兵坚守城池，杨妻没有攻克就撤军了。杨妻带着部队走了很远，蔡公才身着戎装出了城门，带领众人大声吵嚷，被人传为笑话。过了几年，叛军都归降了。没过多久，蔡公突然死了。临死前，蔡公看见杨辅带着兵器进来，他身旁的侍卫也都看见了。唉！杨辅的鬼魂虽然雄壮，但头再不能接上了！生儿子这样的怪事，难道是这件事的预兆吗？

【锺生】

原文

锺庆余，辽东名士。应济南乡试。闻藩邸有道士，知人休咎，心向往之。二场后，至趵突泉，适相值。年六十余，须长过胸，一皤然道人也。集问灾祥者如堵，道士悉以微词授之。于众中见生，忻然握手，曰："君心术德行，可敬也！"挽登阁上，屏人语，因问："莫欲知将来否？"曰："然。"曰："子福命至薄，然今科乡举可望。但荣归后，恐不复见尊堂矣。"生至孝，闻之泣下，遂欲不试而归。道士曰："若过此已往，一榜亦不可得矣。"生云："母死不见，且不可复为人，贵为卿相，何加焉？"道士曰："某夙世与君有缘，今日必合尽力。"乃以一丸授之曰："可遣人夙夜将去，服之可延七日，场毕而行，母子犹及见也。"生藏之，匆匆而出，神志丧失。因计终天有期，早归一日，则多得一日之奉养，携仆贳驴，即刻东迈。驱里许，驴忽返奔，下之不驯，控之则蹶。生无计，躁汗如雨。仆劝止之，生不听。又贳他驴，亦如之。日已衔山，莫知为计。仆又劝曰："明日即完场矣，何争此一朝夕乎？请即先主而行，计亦良得。"不得已，从之。

○藩邸：藩王府邸。封建帝王分封诸侯王以拱卫王室，故称。明德王邸在今济南珍珠泉一带。

○辽东：郡名。泛指辽河以东，今辽宁东部和南部及吉林东南部地区。古燕地，秦汉至南北朝设辽东郡，治所襄平（今辽阳）。清顺治十年（1653）曾于此置辽阳府。

○二场：明清时代乡试分三场考试。

○皤（pó）然：头发斑白的样子。

○灾祥：祸福。

○微词：指隐含预测祸福的言词。微，幽深，精妙。

○忻（xīn）然：愉悦。

○心术：思想意识。

○屏（bǐng）人语：避开人说话。

○尊堂：对别人母亲的尊称。

○终天有期：谓母丧有日。终天，终身。一般用于死丧永别等不幸的时候。

○贳（shì）：租借。○东迈：向东行进。

○驯：驯服，驯良。○蹶：骡、马等用后腿向后踢。俗称尥蹶子。

译文

锺庆余是辽东的名士，到济南去参加乡试。听说藩王府里有一个道士，能预知人的吉凶，就想去见见他。两场考完以后，他就去了趵突泉，正巧遇到那名道士。道士有六十多岁，胡须在胸口下方飘扬，须发斑白。聚集在道士身旁问吉凶的人将道士围得水泄不通，道士都用精微的话回答他们。道士在众人中看见了锺生，欣然握住他的手，说：“你的心术和德行，让人敬佩！”挽着锺生登上阁楼，屏退左右，问道：“想知道自己将来会怎么样吗？”锺生说：“当然想。”道士说：“你的福气很薄，但是今年乡试有希望中举。只是荣归乡里后，可能再也见不到你的母亲了。”锺生很孝顺，听到这话立刻哭了起来，准备不参加乡试立刻回家。道士说：“你要是错过这次考试，再想中举就不可能了。”锺生说：“母亲临死却不能见她一面，以后怎么做人，就算贵为卿相，又有什么用呢？”道士说：“我前世和你有缘，今日一定尽力帮你。”说完拿出一丸药给他说：“可以派人连夜赶回去，服用此药后可以延续七天寿命，考试结束赶紧回家，你和你的母亲还来得及相见。”锺生把药藏好，匆匆忙忙走了出来，神智慌乱。他想着母亲归天的日子已经知道，自己早回去一天，就可以多奉养母亲一天，于是带着仆人，租了头毛驴，立刻启程往东走。刚走一里多路，毛驴忽然往回跑，从毛驴上下来赶它，它不驯服，想拉住它，它就尥蹶子。锺生无计可施，心里烦躁，汗如雨下。仆人劝他不要跟驴较劲，锺生不听。又租了一头驴子，还是这样不顺利。太阳快要落山了，不知道怎么办才好。仆人又劝他：“明天就考完了，何必争这一朝一夕呢？请让我先替你回去送药，这也是个好办法。”不得已，锺生同意了。

原文

次日，草草竣事，立时遂发，不遑啜息，星驰而归。则母病绵惙，下丹药，渐就痊可。入视之，就榻泫泣。母摇首止之，执手喜曰：“适梦之阴司，见王者颜色和霁。谓稽尔生平，无大罪恶，今念汝子纯孝，赐寿一纪。”生亦喜。历数日，果平健如故。

○竣事：事情完毕，指考完。

○不遑啜（chuò）息：顾不上吃喝休息，日夜趱行。遑，闲暇。啜，吃，喝。

○星驰：形容速度快。

○绵惙：病势垂危。

○泫（xuàn）泣：流泪。

○和霁：和蔼。

○稽：考核，核查。

○纯孝：大孝。纯，大。

○赐寿一纪：即增12岁的年寿。岁星（木星）绕太阳一周约需12年，古时因称12年为一纪。

译文

第二天，锺生草草地考完试，立刻出发，顾不上吃饭和休息，连夜赶回家。当时母亲已经生命垂危，喂她吃下丸药，才渐渐好转了。锺生回家看到母亲，坐在母亲床边伤心落泪。母亲摇头让他不要哭了，拉着他的手高兴地说："刚才我梦见自己去了阴司，看见阎王脸色和善，说查看你的生平，没有大的罪恶，现在念你儿子一片孝心，赐给你十二年的寿命。"锺生也很高兴。过了几天，他的母亲果然像以前一样康健。

原文

未几，闻捷，辞母如济。因赂内监，致意道士。道士欣然出，生便伏谒。道士曰："君既高捷，太夫人又增寿数，此皆盛德所致，道人何力焉！"生又讶其先知，因而拜问终身。道士云："君无大贵，但得耄耋足矣。君前身与我为僧侣，以石投犬，误毙一蛙，今已投生为驴。论前定数，君当横折。今孝德感神，已有解星入命，固当无恙。但夫人前世为妇不贞，数应少寡。今君以德延寿，非其所偶，恐岁后瑶台倾也。"生恻然良久，问继室所在。曰："在中州，今十四岁矣。"临别嘱曰："倘遇危急，宜奔东南。"

○捷：捷报。

○内监：指藩邸内的宦官。

○耄耋（mào dié）：高寿。《礼记·曲礼》："八十、九十曰耋。"

○前定数：由生前善恶所确定的今生命运。数，命数，命运。

○横（hèng）折：意外地早死。横，意外，突然。折，夭折。

○偶：配偶，匹偶。

○瑶台倾：谓妻死。瑶台，美玉砌成的台子。

○中州：古代分中国为九州，其地当今河南，因相沿亦称河南为中州。

译文

没过多久，锺生听到自己考中的好消息，辞别母亲前去济南。到了济南后，给藩王府的内监一些钱，请他代自己向道士表示感谢。道士欢喜地出来了，锺生便跪在地上向他行礼。道士说："你考中了举人，你的母亲也增加了寿命，这都是你德行深厚的结果，老道我哪有这个能力啊！"锺生惊讶于他能预先知道这些事，因此又向他拜问自己的终身大事。道士说：“你不会有特别的富贵，只要能活到耄耋之年就足够了。你前世和我同为僧人，用石头打狗的时候，不小心打死了一只青蛙，青蛙已经投胎为一头毛驴。按照先前的定数，你应该遭到意外而早死。如今你的孝心感动神明，已经有解星进入你的命数，所以不会有灾难了。但你的妻子前世做女人的时候不守贞洁，命数应该是年少守寡。现在你因为德行延长寿命，就不能再跟她做夫妻了，恐怕一年以后她就会去世。”锺生难过了很久，然后问道士他续娶的妻子在哪里。道士说：“在中州，她今年十四岁了。”分别的时候又嘱咐锺生说：“如果遇到危难，要往东南方向去。”

原文

后年余，妻病果死。锺舅令于西江，母遣往省，以便途过中州，将应继室之谶。偶适一村，值临河优戏，士女甚杂。方欲整辔趋过，有一失勒牡驴，随之而行，致骡蹄趹。生回首，以鞭击驴耳，驴惊，大奔。时有王世子方六七岁，乳媪抱坐堤上，驴冲过，扈从皆不及防，挤堕河中。众大哗，欲执之。生纵骡绝驰。顿忆道士言，极力趋东南。约二十余里，入一山村，有叟在门，下骑揖之。叟邀入，自言方姓，便诘所来。生叩伏在地，具以情告。叟言：“不妨。请即寄居此间，当使徼者去。”至晚得耗，始知为世子。叟大骇曰：“他家可以为力，此真爱莫能助矣！”生哀不已。叟筹思曰：“不可为也。请过一宵，听其缓急，倘可再谋。”生愁怖，终夜不枕。次日侦听，则已行牒讥察，收藏者弃市。叟有难色，无言而入。生疑惧，无以自安。

○西江：珠江干流之一，流经广东西部，与黔、桂、郁三江自广西合流后，称西江。泛指广东西部地区。

○谶（chèn）：谶言，预言。

○优戏：演戏。优，扮演杂戏的人。

○失勒牡驴：失去控制的公驴。勒，羁勒。牡，雄性。

○蹄趹：牲口踢蹬。

○世子：天子或诸侯王之嫡子。

○绝驰：飞驰。绝，绝尘，足不沾尘。

○徼（jiào）者：指巡捕一类的吏役。

○行牒讥察：行文稽察。牒，公文。讥，稽查，察问。

○弃市：指问斩，杀头。

中夜，叟来，入坐便问：“夫人年几何矣？”生以鳏对。叟喜曰：“吾谋济矣。”问之，答云：“余姊夫慕道，挂锡南山，姊又谢世。遗有孤女，从仆鞠养，亦颇慧，以奉箕帚如何？”生喜符道士之言，而又冀亲戚密迩，可以得其周谋，曰：“小生诚幸矣。但远方罪人，深恐贻累丈人。”叟曰：“此为君谋也。姊夫道术颇神，但久不与人事矣。合卺后，自与甥女筹之，必合有计。”生喜极，赘焉。

○鳏（guān）：无妻或丧妻的男人。

○挂锡南山：谓在南山出家做和尚。

○奉箕帚：这里指嫁女儿为人做妻室的谦辞。

○周谋：周密谋划。

○丈人：对年长者的尊称。

○合卺（jǐn）：古代婚礼中的一种仪式。剖一瓠为两瓢，新婚夫妇各执一瓢，斟酒以饮。后多指成婚。

○赘：就婚于女家。

译文

过了一年多，锺生的妻子果然病死了。锺生的舅舅在西江县当县令，锺生的母亲让他去西江看望舅舅，以便中途经过中州，应验道士所说继室的预言。锺生在路上偶然到了一个村子，人们正在河边看戏，男女混杂。锺生正准备调整缰绳快点儿过去，有一头脱缰的公驴，跟着他往前走，导致他骑的骡子尥蹶子。锺生回头，用鞭子抽到了驴的耳朵，驴受惊后开始狂奔。这时有个王爷家的六七岁的世子，被乳母抱着坐在河堤上，驴冲了过来，随从都来不及反应，世子被挤得掉进了河里。众人大声叫嚷，要抓住锺生。锺生赶着骡子飞快地跑。突然想起道士的话，全力往东南方向跑。跑了二十多里后，进入一个山村，遇见一个老叟在一户人家门外，锺生从骡子上下来以后给老叟作揖行礼。老叟请他进门，说自己姓方，问锺生从哪里来。锺生立刻趴在地上叩头，告诉了老叟实情。老叟说：“不妨事。你先在这里住下，我会让搜查的人离去的。”到了晚上得到消息，才知道是小世子掉进了河里。老叟吃惊地说：“要是其他人家我还能有办法，王爷家我真的是爱莫能助！”锺生苦苦哀求他。老叟思索良久后说：“真是没有办法。你先在这里住一晚，看看事情严不严重，或许会有转机。”锺生既发愁又担心，一夜都没睡着。第二天出去打听，已经下公文稽查肇事者，窝藏肇事者也要杀头。老叟面露难色，一句话都没说就进屋了。锺生惧怕极了，无法安下心来。半夜的时候，老叟走进锺生的房间，坐下来就问锺生：“你的夫人多大年纪？”锺生说妻子已经过世了。老叟高兴地说：“我有办法了。”锺生就问他是什么办法，老叟回答说：“我的姐夫信奉佛教，在南山出家做和尚，我的姐姐也过世了。留下一个女儿，是我抚养长大的，很聪慧，嫁给你怎么样？”锺生一听，这跟道士说得很符合，而且跟老叟结亲，也可以让他帮忙想办法，就说：“我真是幸运啊。但我现在是罪人，担心会连累您。”老叟说：“这就是我给你想的办法。我姐夫的道术很灵，但是他很久不与尘世中的人来往了。你成婚后，跟我的外甥女谋划一下，肯定会有办法的。”锺生高兴极了，于是入赘到老叟家。

原文

女十六岁，艳绝无双。生每对之欷歔，女云：“妾即陋，何遂遽见嫌恶？”生谢曰：“娘子仙人，相偶为幸。但有祸患，恐致乖违。”因以实告。女怨曰：“舅乃非人！此弥天之祸，不可为谋，乃不明言，而陷我于坎窞！”生长跪曰：“是小生以死命哀舅，舅慈悲而穷于术，知卿能生死人而肉白骨也。某诚不足称好逑，然家门幸不辱寞。倘得再生，香花供养有日耳。”女叹曰：“事已至此，夫复何辞？然父自削发招提，儿女之爱已绝。无已，同往哀之，恐担挫辱不浅也。”乃一夜不寐，以毡绵厚作蔽膝，各以隐着衣底。然后唤肩舆，入南山十余里，山径拗折绝险，不复可乘。下舆，女跬步甚艰，生挽臂拽扶之，竭蹶始得上达。不远，即见山门，共坐少憩。女喘汗淫淫，粉黛交下。生见之，情不可忍，曰：“为某故，遂使卿罹此苦！”女愀然曰：“恐此尚未是苦！”困少苏，相将入兰若，礼佛而

○欷歔（xī xū）：叹息或抽咽声。

○相偶：相配，结为夫妇。

○坎窞（dàn）：坑穴，喻险境。

○生死人而肉白骨：谓救活人命，起死回生。

○好逑：好的配偶。

○辱寞：即辱没。

○香花供养：谓如佛般供敬。

○削发招提：指出家做和尚。招提，梵语，其义为四方。音译则为拓斗提奢，省称拓提。但在汉字传写过程中，因形近而误写为“招提”。自北魏太武帝造寺称招提，遂为寺院的别称。

○挫辱：折辱。

○蔽膝：围于衣服前面的大巾。用以庇护膝盖。

○肩舆：轿子。

○跬步：半步。此处指行步。

○竭蹶：力竭仆跌，极言劳苦之状。

○淫淫：汗流不断的样子。

○山门：寺院正面的楼门。也泛指寺院。过去的寺院多居山林，故名。

○罹：遭遇。

○愀（qiǎo）然：忧惧的样子。

○困少苏：疲劳稍微减轻一点。苏，恢复，复苏。

○兰若：寺庙。

进。曲折入禅堂，见老僧趺坐，目若瞑，一僮执拂侍之。方丈中，扫除光洁，而坐前悉布沙砾，密如星宿。女不敢择，入跪其上，生亦从诸其后。僧开目一瞻，即复合去。女参曰："久不定省，今女已嫁，故偕婿来。"僧久之，启视曰："妮子大累人！"即不复言。夫妻跪良久，筋力俱殆，沙石将压入骨，痛不可支。又移时，乃言曰："将骡来未？"女答曰："未。"曰："夫妻即去，可速将来。"二人拜而起，狼狈而行。

○禅堂：僧人参禅之处，僧堂。○趺坐：盘腿端坐。○拂：拂尘。○方丈：佛寺长老及住持的居室。○沙砾：沙子和碎石。○参：参拜。○定省：子女早晚向亲长问安。○妮子：小女孩，小丫头。北方方言。

译文

新婚妻子只有十六岁，美艳绝伦。锺生时常在她面前叹息，妻子问他："我就算是丑陋，也不至于这么快就被你嫌恶吧？"锺生连忙道歉："娘子如天上的仙人，能和你成婚是我的荣幸。只是我惹了祸事，恐怕以后我们要分开了。"然后将实情告诉了她。妻子抱怨道："舅舅真不是人！这种弥天大祸，想不出来办法，也不明着告诉我，却把我往火坑里推！"锺生长跪在地说："是我拼命地哀求舅舅，舅舅心怀慈悲但苦于没有办法，知道你能起死回生，助我脱难。我诚然算不上好的丈夫，但家世也不算辱没你。倘若我有再生之日，一定每天像敬佛一样待你。"妻子叹息道："事已至此，我又怎么能推辞呢？但我的父亲剃发出家后，已经断绝了儿女情意。没办法了，我俩一起去求他，只恐怕要承受的折磨和羞辱不会少啊。"于是一夜没睡，用毡绵做成厚厚的护膝，缝在各自的衣服里面，然后叫来轿子，进入南山后又走了十多里地，山路曲折险峻，不能再乘轿前行。两个人下了轿，妻子每一步都走得十分艰难，锺生挽着妻子的胳膊，拉着她往前走，竭尽全力才爬到山顶。没走多远，就看见山门，两个人坐在一起休息了一会儿。妻子气喘吁吁，满脸都是汗，把脸上的脂粉都冲了下来。锺生看见这种情景，心里很难受，说："都是因为我，才让你受这种苦。"妻子担忧地说："恐怕这都不能算作苦！"疲累缓解一些以后，两个人相互搀扶着进了寺庙，礼佛之后走了进去。沿着曲曲折折的路走进禅房，看见一个老和尚在打坐，眼睛闭着像在睡觉，一个童子拿着拂尘站在一旁。禅房内打扫得很干净整洁，老和尚的坐垫前布满了沙子和石头，密密麻麻像天上的星星。锺妻不敢挑选地方，走进来就跪在沙石上面，锺生也跟在她身后跪下。老和尚睁开眼睛看了一下，立刻又合上。锺妻参拜说："很久没来看望您，现在女儿已经出嫁，所以带女婿前来。"过了很久，老和尚睁开眼睛看着锺妻说："你这个妮子太牵累人！"然后再也不说话了。夫妻俩跪了很久，全身的力气都没有了，沙石都快被压进骨头里了，痛得难以忍受。又过了一会儿，老和尚才说："骡子带来没有？"锺妻回答："没有。"老和尚说："你俩现在就回去，赶紧把骡子牵来。"两个人叩拜后起身，狼狈地走了出去。

原文

既归，如命，不解其意，但伏听之。过数日，相传罪人已得，伏诛讫。夫妻相庆。无何，山中遣僮来，以断杖付生云："代死者，此君也。"便嘱瘗葬致祭，以解竹木之冤。生视之，断处有血痕焉，乃祝而葬之。夫妻不敢久居，星夜归辽阳。

○如命：依照命令，指示行事。

○伏：潜伏，潜藏。

○瘗（yì）葬：埋葬。

译文

回到家里，两个人按照老和尚所说的把骡子送到寺庙，但不知道为什么这么做，只能躲在家里等着，悄悄地打听外面的消息。过了几天，听说罪人已经被抓住了，认罪伏法后拉出去砍头了。锺生和妻子互相庆祝逃过一劫。没过几天，老和尚派一个小童前来，把一根断了的竹杖交给锺生说："代替你死的，是这根竹杖。"随后嘱咐锺生将竹杖埋了，还要举行祭礼，以解除竹木的冤屈。锺生看了看竹杖，发现断的地方有一道血痕，于是祈祷后将它埋葬。夫妻二人不敢在此地久留，连夜回了辽阳。

【鬼妻】

原文

泰安聂鹏云，与妻某，鱼水甚谐。妻遘疾卒，聂坐卧悲思，忽忽若失。一夕独坐，妻忽排扉入。聂惊问：“何来？”笑云：“妾已鬼矣。感君悼念，哀白地下主者，聊与作幽会。”聂喜，携就床寝，一切无异于常。从此星离月会，积有年余，聂亦不复言娶。伯叔兄弟惧堕宗主，私劝聂鸾续，聂从之，聘于良家。然恐妻不乐，秘之。未几，吉期逼迩。鬼知其情，责之曰：“我以君义，故冒幽冥之谴。今乃质盟不卒，钟情者固如是乎？”聂述宗党之意。鬼终不悦，谢绝而去。聂虽怜之，而计亦得也。迨合卺之夕，夫妇俱寝，鬼忽至，就床上挞新妇，大骂：“何得占我床寝！”新妇起，方与撑拒。聂惕然赤蹲，并无敢左右袒。无何，鸡鸣，鬼乃去。新妇疑聂妻故并未死，谓其赚己，投缳欲自缢。聂为之缅述，新妇始知为鬼。日夕复来，新妇惧避之。鬼亦不与聂寝，但以指掐肤肉，已乃对烛目怒相视，默默不语。如是数夕，聂患之。近村有良于术者，削桃为杙，钉墓四隅，其怪始绝。

○泰安：位于山东中部，今属山东泰安。
○鱼水甚谐：指夫妻谐和融洽，两情相得如鱼得水。
○遘（gòu）疾：染疾。遘，遇，遭受。
○排扉：推门。扉，门扇。
○哀白地下主者：哀告冥间的主管人。
○星离月会：离、会均在夜间。
○惧堕宗主：担心断绝宗嗣。堕，废绝。宗主，指嫡长子。嫡长子为一宗之主，故称。
○鸾续：续弦，续娶妻子。鸾，鸾胶，弦断可用以接续。
○良家：清白人家。
○逼迩：逼近。迩，近。
○质盟：盟约。卒：完毕，终了。
○惕然：恐惧、惊慌的样子。赤：裸体。
○无敢左右袒：不敢表示偏袒哪一方。左右袒，左袒或右袒，即袒露左臂或右臂，以示支持或偏护某一方。
○赚：诓骗，欺哄。
○缅述：追述。
○良于术：擅于巫术。术，指巫术。
○杙（yì）：小木桩。○隅：角落。

译文

泰安人聂鹏云，跟他的妻子感情很好，如鱼得水，十分融洽。后来妻子患病死了，聂鹏云非常悲痛，无时无刻不在思念她，整天失魂落魄。有天晚上聂鹏云独自坐在屋里，妻子突然推门进来。聂鹏云吃惊地问道："你从哪儿来？"妻子笑着说："我已经是鬼了。感动于你悼念我，哀求阴司的阎王，允许我来跟你相会。"聂鹏云很高兴，带着妻子上床睡觉，一切都跟往常一样。二人从此天明时分离，天黑时相聚，就这样过了一年多，聂鹏云也不提起续娶的事。宗族里的叔伯兄弟担心他会绝后，私下里都劝聂鹏云续娶，聂鹏云同意了，跟一个门当户对的女子定了亲。但他担心妻子不乐意，没把这事告诉她。没过多久，完婚的日子临近。鬼妻知道聂鹏云要成亲，责问他："我以为你重情义，所以冒着被阎王责骂的风险来见你。如今你却不遵守约定，这就是所谓的钟情吗？"聂鹏云告诉了她宗族之人的担心，鬼妻还是不高兴，然后就走了。聂鹏云虽然很怜爱她，但续娶的事总算是达成了，长出了一口气。到了洞房花烛夜，聂鹏云和新婚妻子都睡了，鬼妻忽然来了，在床上抓着新妇就打，还大声骂道："凭什么占我的床！"新妇起身就跟鬼妻打起来。聂鹏云害怕极了，光着身子蹲在角落里，哪一方都不敢偏袒。没多久，天明鸡叫，鬼妻才离开。新妇怀疑聂鹏云的前妻并没有死，认为聂鹏云骗了自己，把白布系到房梁上要自尽。聂鹏云就跟她讲了事情的来龙去脉，新妇才知道他的前妻是鬼。天黑的时候鬼妻又来了，新妇害怕得躲开了。鬼妻也不跟聂鹏云同房，只是用指甲掐他的肉，然后在烛光下瞪着聂鹏云，沉默不语。这样过了好几晚，聂鹏云很害怕。附近村子里有会法术的人，用桃木做了几个木桩，钉在鬼妻坟墓的四周，之后这种怪事才没有了。

鸾胶

鸾胶是源自传说中的神奇膏药，据说由凤喙和麟角合煎而成，能修复断裂的弓弦。这一典故见于旧题东方朔的《十洲记》。后来，"鸾胶再续"被引申为续娶之意，用来形容妻子去世后再娶新妻。

【黄将军】

原文

黄靖南得功微时，与二孝廉赴都，途遇响寇。孝廉惧，长跪献资。黄怒甚，手无寸铁，即以两手握骡足，举而投之。寇不及防，马倒人堕。黄拳之臂断，搜橐而归孝廉。孝廉服其勇，资劝从军，后屡建奇勋，遂腰蟒玉。

○黄靖南得功：黄得功，号虎山，明开原卫（今辽宁开原）人。明末在辽东防御后金（清）因功升为游击、副总兵。崇祯十七年（1644），因镇压农民起义有功，封靖南伯。南明福王时，进封靖南侯，镇守庐州，为江北"四镇"之一。微时：微贱时。

○孝廉：明清指举人。

○响寇：即响马。旧时称结伙拦路抢劫的强盗。因其乘马带铃，从远处即可听到，故称。

○资：资财。

○资劝：资助并劝说。

○腰蟒玉：服蟒衣，腰玉带。谓成为高官。蟒，蟒衣，衣上以金线绣蟒。玉，玉带。均为高级文武官员之服饰。

译文

靖南侯黄得功还寂寂无名的时候，与两位孝廉一起去京城，路上遇到了响马。两位孝廉很害怕，跪在地上把身上带的钱都给了强盗。黄得功怒不可遏，但当时手无寸铁，就用两只手抓住骡子的四条腿，举着往强盗身上扔。强盗没有防备，连人带马都摔倒在地。黄得功用拳头把强盗的胳膊打断了，从强盗身上搜到孝廉的钱后还给了他们。孝廉们很佩服黄得功的勇猛，给了他一些钱，劝他去从军，后来黄得功多次立下大功，最后成为身穿蟒衣、腰系玉带的高官。

原文

晋人某，有勇力，生平不屑格拒之术，而搏击家当之尽靡。过中州，有少林弟子受其辱，忿告其师。群谋设宴相邀，将以困之。既至，先陈茗果。胡桃连壳，坚不可食。某取就案边，伸食指敲之，应手而碎。寺众大骇，优礼而散。

○格拒之术：拳术，技击方法。

○靡：倒，败退。

○困：困辱，困窘。

○茗：茶。果：果品。

○壳（ké）：壳，坚硬的外皮。

○优礼：优待礼遇。

译文

有个山西人，孔武有力，生平最不屑拳术等技巧，但那些擅长搏斗的人跟他比试全都败下阵来。有一回他从中原路过，有个少林寺的弟子被他打败，愤恨地告诉了自己的师父。这些人就商量着邀请他来赴宴，准备将他围困起来。山西人到了少林寺，僧人们先奉上茶水和各色果品。其中有一样是带壳的核桃，核桃壳非常坚硬，没法儿直接吃。山西人把核桃放到桌子边，伸出食指敲了敲核桃，核桃就碎了。寺庙里的众人大吃一惊，以厚礼相待，然后就分别了。

【三朝元老】

原文

某中堂，故明相也。曾降流寇，世论非之。老归林下，享堂落成，数人直宿其中。天明，见堂上一匾云“三朝元老”。一联云：“一二三四五六七，孝弟忠信礼义廉。”不知何时所悬。怪之，不解其义。或测之云：“首句隐亡八，次句隐无耻也。”

○中堂：指宰相。明清时代指内阁大学士。
○流寇：指李自成、张献忠所领导的明末农民起义军。
○林下：幽僻之境。引申指退隐或退隐之处。
○享堂：祠堂。享，祭享。
○直宿：值夜。

译文

有个中堂，做过明朝的宰相。曾经投降过农民起义军，遭到世人的非议。老了以后告老还乡，建了一座祠堂，祠堂落成那天，几个人晚上住在里面值夜。天亮的时候，看见祠堂上悬挂着一块匾，上面写着“三朝元老”四个大字。旁边有一副对联，上联是：“一二三四五六七。”下联是：“孝悌忠信礼义廉。”不知道是什么时候悬挂上去的。人们都感觉很奇怪，不明白对联的含义。有人推测说：“上联隐含‘忘（王）八’，下联隐含‘无耻’。”

原文

洪经略南征，凯旋。至金陵，醮荐阵亡将士。有旧门人谒见，拜已，即呈文艺。洪久厌文事，辞以昏眊。其人云：“但烦坐听，容某颂达上闻。”遂探袖出文，抗声朗读，乃故明思宗御制祭洪辽阳死难文也。读毕，大哭而去。

○金陵：今江苏南京。
○洪经略：洪承畴，字彦演，号亨九，福建泉州南安英都人。明万历进士。任兵部尚书，总督河南、山西及陕、川、湖军务。后调任蓟辽总督。
○醮（jiào）荐：祭悼。醮，祭祀。荐，进献祭品。
○旧门人：指洪在明朝为官所取士或幕府中的僚属。门人，食客，门下客。
○文艺：此处泛指文章。
○昏眊（mào）：年老眼睛昏花。
○抗声：高声。
○明思宗：即明崇祯帝朱由检。

译文

洪承畴南征后凯旋，到了金陵，祭奠阵亡的将士。有个以前的门客来拜见他，门客行过礼后，呈上一篇文章。洪承畴一直以来都很厌烦关于文章的事务，推说自己老眼昏花，不愿意看。来人就说："只请您坐下，让我读给您听。"然后从袖子里取出文章，放声朗读，原来是明崇祯皇帝听说洪承畴战死于辽阳，亲笔为他写的祭文。读完以后，大哭着离去。

【医术】

原文

张氏者，沂之贫民。途中遇一道士，善风鉴，相之曰：“子当以术业富。”张曰：“宜何从？”又顾之，曰：“医可也。”张曰：“我仅识‘之无’耳，乌能是？”道士笑曰：“迂哉！名医何必多识字乎？但行之耳。”

○沂：沂水，县名。位于山东东南部，清初属青州府。
○风鉴：相面术。以人相貌的某些特征，预言一生祸福的方术。
○富：致富。
○仅识“之无”：指不识字或识字不多。

译文

有个姓张的人，是沂水县的贫民。有一天，他在路上遇到一个道士，道士精通相面术，看了张氏的面相后说：“你可以通过手艺致富。”张氏问道：“我应当学习哪种手艺？”道士又看了看他，说：“医生。”张氏说：“我就认识‘之无’这些字，怎么能当医生呢？”道士笑着说：“太迂腐了！名医为什么一定要认识很多字呢？只要去做就可以了。”

原文

既归，贫无业，乃摭拾海上方，即市廛中除地作肆，设鱼牙蜂房，谋升斗于口舌之间，而人亦未之奇也。会青州太守病嗽，牒檄所属征医。沂故山僻，少医工，而令惧无以塞责，又责里中使自报。于是共举张。令立召之。张方痰喘，不能自疗，闻命大惧，固辞。令弗听，卒邮送去。路经深山，渴极，咳愈甚。入村求水，而山中水价与玉液等，遍乞之，无与者。见一妇漉野菜，菜多水寡，盎中浓浊如

○摭（zhí）拾海上方：检取各地流传的偏方。摭，拾取。海上方，本意为海上神仙方药。引申为各种偏方。
○即市廛中除地作肆：就在集市上摆地摊。
○设鱼牙蜂房：分格储药像鱼牙、蜂房一样。
○青州：府名，治所在今山东青州。
○牒檄：下达文书。牒，公文。
○里：古代地方行政组织。
○邮送：由驿站传送。邮，传递文书的驿站。
○漉（lù）野菜：淘洗野菜。漉，过滤。
○盎（àng）：腹大口小的盛物洗物的瓦盆。

涎。张燥急难堪，便乞余沈饮之。少间，渴解，嗽亦顿止。阴念：

○沈：同"渖"，汁液。此指洗菜剩下的水。

殆良方也。

译文

张氏回到家，因为贫穷无法谋生，便收集了一些民间偏方，在市集中摆摊，摆上像鱼牙、蜂房一样的药格子，靠自己的口才挣钱糊口，人们也不觉得他的医术很高明。适逢青州太守得了咳疾，发文书在他管辖的地区征召医生。沂水地处偏僻山区，医生本来就少，县令又担心找不到医生没法儿交差，就让里中自己上报医生。于是就共同推举了张氏。县令召他立刻前来。张氏正患有痰喘病，都没把自己治好，听到命令十分害怕，坚决不肯去。县令不听他辩解，让驿站的人送他前去。途中经过深山老林，张氏渴得不行，咳嗽得更厉害了。就走进村子想讨点儿水喝，谁知道山里吃水困难，水和玉液琼浆一样珍贵，在村里讨了一遍，也没人给他水喝。这时他看见一个妇人在淘洗野菜，菜多水少，洗菜盆中的水浑浊得像涎水一样。张氏渴得实在是难以忍受，就求妇人把洗菜水给自己喝。喝完没一会儿，张氏就不觉得渴了，咳嗽也立刻止住了。他暗想：这大概是个好方子。

原文

比至郡，诸邑医工，已先施治，并未痊减。张入，求密所，伪作药

○郡：郡城。指青州。 ○密所：秘密的居所。

目，传示内外，复遣人于民间索诸藜藿，如法淘汰讫，以沈进太守。

○藜藿（lí huò）：藜与藿均为粗粝的野菜。

一服，病良已。太守大悦，赐赉甚厚，旌以金扁。由此名大噪，门

○良已：痊愈。 ○旌：旌表，表彰。扁：匾额，后多作"匾"。

常如市，应手无不悉效。有病伤寒者，言症求方。张适醉，误以

○伤寒：由伤寒杆菌引起的急性肠道传染病。

疟剂予之。醒而悟之，不敢以告人。三日后，有盛仪造门而谢者，

○疟：经疟蚊叮咬，由疟原虫所引起的急性传染病。 ○盛仪造门而谢：带着丰盛的礼物亲至其家致谢。仪，礼物。造，至。

问之，则伤寒之人，大吐大下而愈矣。此类甚多。张由此称素封，

益以声价自重，聘者非重赀安舆不至焉。

○安舆：即安车。用一匹马拉着可以坐乘的小车。古车立乘，此可坐乘，故称。安车一般让老年人和妇女乘坐。

译文

等他到了青州，各个县里来的医生，已经先给太守诊治过了，但都没有治好。张氏进入太守府以后，要求单独住在一个隐蔽的住所，假装写了一个药方，传给大家看，私下里派人去民间找寻藜、藿等野菜，像之前遇到的妇女一样淘洗，把洗菜水进献给太守。太守只喝了一次，病就好了。太守很高兴，赏赐给张氏很多钱，还送给他一个金匾来表彰他的医术。张氏从此名声大噪，前来找他看病的人一个接着一个，门庭若市，他经手的病，都是药到病除。有一次，一个有伤寒的患者前来，说完自己的症状后请张氏给他开个方子，张氏当时喝醉了，误把治疗疟疾的药给了他。酒醒以后发觉开错了药，也不敢跟人说。三天以后，有人带着丰厚的礼品登门致谢，一问才知道，原来是那天得了伤寒的人，吃了张氏开的药，又吐又拉后竟然痊愈了。诸如此类的事情有很多。张氏从此赚了很多钱，身价也高了，前来请他看病的人如果不给丰厚的财物并用车马来接，他就不去。

原文

益都韩翁，名医也。其未著时，货药于四方。暮无所宿，投止一家，

○益都：即青州。 ○著：著名，显明。

则其子伤寒将死，因请施治。韩思不治则去此莫适，而治之诚无术。往复跮踱，以手搓体，而汙成片，捻之如丸。顿思以此绐之，当亦

○跮踱（dié duó）：徘徊，来回走。 ○汙：亦作“污”，污垢，脏。 ○绐（dài）：骗。

无所害，晓而不愈，已赚得寝食安饱矣。遂付之。中夜，主人挝门甚急。意其子死，恐被侵辱，惊起，逾垣疾遁。主人追之数里，韩无所逃，始止。乃知病者汗出而愈矣。挽回，款宴丰隆，临行，厚赠之。

○丰隆：丰盛。

译文

益都有个姓韩的老翁，是一个名医。他还不是名医的时候，四处卖草药。有一天，天黑了没有地方住，在一户人家里借宿，这家的儿子得了伤寒快要死了，于是请韩翁给医治。韩翁心想，不给他治就得离开这里，今晚就没地方住了，给他治吧，自己的医术确实不太行。韩翁很纠结，来回在屋里踱步，手在身上不停地搓，身上的污垢被他搓了出来，用手捻成丸药那么大。韩翁突然想到把这小丸当成药给病人吃，应该没有危害，就算天亮时病人没有痊愈，他自己也已经睡了个安稳觉，吃了顿饱饭了。于是就把泥丸交给了这家人。半夜的时候，这家的主人忽然紧急地拍韩翁的房门。韩翁以为这家人的儿子死了，害怕主人找他算账，连忙翻墙逃跑了。主人在后面追了好几里路，韩翁一直逃到无路可逃了，才停下来。这才知道病人吃了丸药以后出了很多汗，然后就痊愈了。主人挽着韩翁回到家，用丰盛的宴席款待他，还在韩翁临走的时候，赠送给他很多财物。

【藏虱】

原文

乡人某者，偶坐树下，扪得一虱，片纸裹之，塞树孔中而去。后二三年，复经其处，忽忆之，视孔中纸裹宛然。发而验之，虱薄如麸，置掌中审顾之。少顷，掌中奇痒，而虱腹渐盈矣。置之而归，痒处核起，肿数日，死焉。

○乡人：乡下人，农村人。

○扪：按，摸。虱：寄生在人、畜身上的一种吸食血液，能传染疾病的无翅小昆虫。

○麸（fū）：小麦磨面过箩后剩下的麦皮和碎屑。亦称"麸皮"。

○核起：肿起如核。核，此处指疙瘩，硬块。

译文

有个乡下人，偶然坐在一棵树下休息，在身上抓住一个虱子，就拿了一张纸把虱子包住，塞到树上的一个小孔里就走了。过了二三年，他又经过这棵树，忽然想起了这件事，去树上的小孔里一看，纸包还在原来的地方。把纸包取出来，打开一看，虱子薄得像一块麸皮，就把它放在手掌中仔细看。过了一会儿，手掌奇痒无比，而虱子的腹部却渐渐饱满起来。这个人把虱子扔掉，然后就回家了，手掌中瘙痒的地方却肿起一个核桃大的包，肿了几天之后，这个人就死了。

虱

虱，俗称虱子，是一种寄生性昆虫，常寄生于人类或动物的皮肤和毛发中，吸血为生。古时生活条件有限，虱子常见于衣物或头发中，令人不堪其扰。虱子的存在不仅影响生活质量，还可能传播疾病，因此成为古代人们厌恶的对象。

【梦狼】

原文

白翁，直隶人。长子甲，筮仕南服，三年无耗。适有瓜葛丁姓造谒，翁款之。丁素走无常。谈次，翁辄问以冥事，丁对语涉幻。翁不深信，但微哂之。

○筮（shì）仕南服：在南方做官。筮，用蓍草占卜。古人外出做官，必先占卜吉凶，后因称入官为筮仕。
○直隶：旧省名。相当于今北京、天津、河北大部和河南、山东的小部地区。
○瓜葛：比喻辗转相连的关系。这里指远戚。
○款：款待。
○走无常：旧时民俗所谓当阴差。
○次：中间。
○哂（shěn）：讥笑。

译文

有个姓白的老翁，是直隶人。他的大儿子白甲，在南方做官，三年没有任何音讯。正巧有个姓丁的亲戚来白家拜访，白翁热情地招待他。丁氏平常在阴间当差。两个人聊天的时候，白翁就问他一些有关阴间的事，丁氏的回答有些不着边际。白翁对他的话也不十分相信，只是微笑地听着。

原文

别后数日，翁方卧，见丁又来，邀与同游。从之去，入一城阙。移时，丁指一门曰："此间君家甥也。"时翁有姊子为晋令，讶曰："乌在此？"丁曰："倘不信，入便知之。"翁入，果见甥，蝉冠豸绣坐堂上，戟幢行列，无人可通。丁曳之出，曰："公子衙署，去此不远，亦愿见之否？"翁诺。少间，至一第，丁曰："入之。"窥其门，见一巨狼当道，大惧不敢进。丁又曰："入之。"又入一门，见堂上、堂下，坐者、卧者，皆狼也。又视墀中，白骨如山，益惧。丁乃以身翼翁而进。公

○戟幢（chuáng）行（háng）列：指成行排列于堂前的仪仗。戟，指棨戟，套有赤黑缯衣之戟，用作仪仗。幢，一种旌旗。
○蝉冠：以貂尾蝉纹为饰之冠，古代贵官所着。豸（zhì）绣：绣有獬豸的官服。
○通：通达，通报。
○墀（chí）：堂前台阶上面的空地。也指台阶。
○翼：遮蔽，掩护。

子甲方自内出，见父及丁良喜。少坐，唤侍者治肴蔌。忽一巨狼，衔死人入。翁战惕而起曰：“此胡为者？”甲曰：“聊充庖厨。”翁急止之。心怔忡不宁，辞欲出，而群狼阻道。进退方无所主，忽见诸狼纷然嗥避，或窜床下，或伏几底。错愕不解其故，俄有两金甲猛士努目入，出黑索索甲。甲扑地化为虎，牙齿巉巉。一人出利剑，欲枭其首。一人曰：“且勿，且勿，此明年四月间事，不如姑敲齿去。”乃出巨锤锤齿，齿零落堕地。虎大吼，声震山岳。翁大惧，忽醒，乃知其梦，心异之。遣人招丁，丁辞不至。

○肴蔌（sù）：菜肴。蔌，蔬菜的统称。
○战惕：惊惧的样子。
○庖厨：厨房。
○怔忡：惊惧不安。
○错愕：张皇失措。
○努目：怒目，瞪眼。
○黑索：用黑色绳子捆绑。索，绳索。索：捆绑。
○巉巉（chán）：山岩高峭险峻。这里形容牙齿尖锐锋利。
○枭（xiāo）其首：斩其头。枭首，旧时酷刑，斩头而悬挂木上。

译文

丁氏和白翁分别之后，没过几天，白翁正在睡觉，看见丁氏又来了，邀请白翁跟他一起出游。白翁跟他一起去了，两个人进入了一座城。没走多远，丁氏指着一户人家说：“这是你外甥家。”当时白翁一个姐姐的儿子在山西当县令，白翁惊讶地说：“他怎么会在这里？”丁氏说：“你要是不相信，进去看看就知道了。”白翁走进门内，果然看见了外甥，戴着装饰有貂尾蝉纹的官帽，穿着绣有獬豸图案的官服，棨戟和旌旗分列两边，但没有人给他们通报。丁氏把白翁拉了出来，说：“你儿子的衙署，离这里不远，也想去看看吗？”白翁自然满口答应。走了一会儿，到了一座宅第，丁氏说：“进去。”白翁偷偷往大门里看，看见一只巨大的狼在路中间，非常害怕，不敢进去。丁氏又说：“进去吧。”又进了一扇门，只见堂上、堂下，坐着的、卧着的，都是狼。白翁又看到堂前台阶之上，白骨堆积如山，更加害怕了。丁氏就掩护着白翁进到里面。这时白甲正好从里面出来，看见父亲和丁氏前来，很高兴。他让两人先坐下，然后叫侍从做一桌菜上来。忽然一只很大的狼衔着一个死人进来了。白翁很害怕，战战兢兢地站起来说：“这是要做什么？”白甲说：“用来做菜。”白翁连忙制止他。但是心里惊慌难安，准备告辞离开，却被一群狼挡住去路。正进退两难的时候，忽然看见这些狼纷纷叫着逃跑，有的窜到床底下，有的趴到桌子底下。白翁很惊讶，不知道这是什么缘故，接着就看见两个身穿金色铠甲的猛士凶神恶煞地闯了进来，拿出黑色的绳子把白甲捆起来。白甲扑在地上变成一只老虎，露出尖利的牙齿。其中一个金甲猛士拿出锋利的剑，要把老虎的头砍下来。另一个猛士说："且慢，且慢，这是明年四月时的事，不如先把它的牙齿敲掉。"于是拿出大锤锤老虎的牙齿，牙齿掉在了地上。老虎吃痛，大吼一声，声音震动山岳。白翁非常害怕，忽然醒了过来，才知道刚才的一切都是梦，但心里还是觉得奇怪。于是就派人去请丁氏前来，丁氏推辞不来。

原文

翁志其梦，使次子诣甲，函戒哀切。既至，见兄门齿尽脱，骇而问之，则醉中坠马所折。考其时，则父梦之日也，益骇。出父书，甲读之变色，为间曰："此幻梦之适符耳，何足怪。"时方赂当路者，得首荐，故不以妖梦为意。弟居数日，见其蠹役满堂，纳贿关说者，中夜不绝，流涕谏止之。甲曰："弟日居衡茅，故不知仕途之关窍耳。黜陟之权，在上台不在百姓。上台喜，便是好官；爱百姓，何术能令上台喜也？"弟知不可劝止，遂归告父。翁闻之大哭，无可如何，惟捐家济贫，日祷于神，但求逆子之报，不累妻孥。次年，报甲以荐举作吏部，贺者盈门，翁惟欷歔，伏枕托疾不出。未几，闻子归途遇寇，主仆殒命。翁乃起，谓人曰："鬼神之怒，止及其身，祐我家者

○函：信函。戒：劝诫，告诫。

○考：核对。

○为间：有顷，一会儿。

○当路者：当道者，指掌实权的人物。

○首荐：优先荐举擢升的资格。荐，荐举。指保举调京考选。明清时代每三年考察外官政绩，叫大计。大计优异者，荐举擢升新职。

○蠹役：害民的吏役，对衙门差役的贬称。蠹，蛀虫。

○衡茅：衡门茅舍，指平民所居的陋室。衡，横木为门。茅，茅草为屋。

○关窍：窍门，诀窍。

○黜陟（zhì）：官吏的罢黜和提升。黜，贬斥。陟，擢升。

○上台：上司。

○逆子：忤逆之子。报：果报，报应。

○作吏部：为吏部属官。明清时州县官内调各部，一般补授主事、员外郎之类的官职。

○祐：保佑。

不可谓不厚也。”因焚香而报谢之。慰藉翁者，咸以为道路讹传，惟翁则深信不疑，刻日为之营兆。而甲固未死。

○营兆：卜寻经营墓葬之地。兆，墓地。

译文

白翁写了封信，把他的梦记了下来，让二儿子带着去看看白甲，信中恳切地告诫白甲。二儿子到了白甲那里，看见哥哥的门牙都掉了，吃惊地问他，白甲说是喝醉了酒从马上摔下来摔断的。一问摔断的时间，竟然是白翁做梦的那天，二儿子更加害怕了。他拿出父亲写的信，白甲读完以后脸色都变了，过了一会儿说道：“这是虚幻的梦恰好跟现实对应上了，有什么好奇怪的。”当时白甲刚贿赂了当权者，得到了优先举荐的资格，所以不把这妖梦放在心上。二儿子在白甲那里住了几天，看见衙门里都是欺负百姓的衙役，前来行贿、游说的人，到半夜都络绎不绝，哭着劝哥哥不要这么做了。白甲说：“弟弟你住在乡下，所以不知道仕途上的机关和窍门。废除和提拔官员的权力，在上级官员而不在百姓手里。上级高兴，你就是好官；爱护百姓，又怎么能让上级喜欢你呢？”二儿子知道劝不动哥哥，就告辞回家了，把自己的所见所闻告诉了父亲。白翁听完后嚎啕大哭，但也没有别的办法，只能捐些家产救济穷人，日日在神像面前祈祷，祈求对逆子的报应，不要连累他的妻子和孩子。第二年，有人前来报喜说白甲被推荐到吏部做官，消息传开后，前来贺喜的人挤满了屋子，白翁却是长吁短叹，躺在床上，推脱身体不舒服不肯出去。没多久，白翁听说白甲在回家的路上遇到强盗，和仆人一起被杀。他这才从床上起来，对人说：“鬼神的惩罚，只牵涉他自己，对我家的福佑不能说是不深厚。”所以焚香来表示感谢。很多人前来安慰白翁，都说这个消息是别有用心之人的讹传，只有白翁对此深信不疑，挑选吉日为白甲建造坟墓。事实上白甲确实没有死。

原文

先是，四月间，甲解任，甫离境，即遭寇，甲倾装以献之。诸寇曰：“我等来，为一邑之民泄冤愤耳，宁耑为此哉！”遂决其首。又问家

○解任：卸任，去职。

○倾：尽数拿出，毫无保留。

○耑：同“专”。

人："有司大成者谁是？"司故甲之腹心，助桀为虐者。家人共指之，贼亦杀之。更有蠹役四人，甲聚敛臣也，将携入都。并搜决讫，始分赀入囊，骛驰而去。甲魂伏道旁，见一宰官过，问："杀者何人？"前驱者曰："某县白知县也。"宰官曰："此白某之子，不宜使老后见此凶惨，宜续其头。"即有一人掇头置腔上，曰："邪人不宜使正，以肩承领可也。"遂去。移时复苏。妻子往收其尸，见有余息，载之以行。从容灌之，亦受饮，但寄旅邸，贫不能归。半年许，翁始得确耗，遣次子致之而归。甲虽复生，而目能自顾其背，不复齿人数矣。翁姊子有政声，是年行取为御史，悉符所梦。

○助桀为虐：帮助坏人干坏事。

○聚敛臣：搜刮钱财的帮凶。臣，奴仆。

○确耗：确切消息。

○行取：明代制度，地方官知县、推官，科目出身三年考满者，经地方高级官员保举和考选，由吏部、都察院协同注拟授职，称为行取。优者授给事中，次御史，再次各部官职。

译文

原来，四月的时候，白甲卸任，刚一离开，就遇见了强盗，白甲把带的所有财物都给了他们。强盗们说："我们这次来，是为全县的百姓伸冤泄愤的，难道是特意为了钱财来的吗？"说完就砍了白甲的头。又问白甲的仆人："有个叫司大成的人是谁？"司大成是白甲的心腹，是助纣为虐之人。仆人都指认了他，强盗也把他杀了。还有四个欺负百姓的衙役，是帮助白甲敛财的人，白甲准备带他们去京城。强盗把他们搜寻出来以后全都杀了，这才瓜分财物，骑着马疾驰而去。白甲的魂魄躲在路旁，看见一位官员从这里经过，问道："被杀的人是谁？"走在前面的人说："是一个姓白的知县。"官员说："这是白翁的儿子，不应该让他这么大年纪看见这么凶残的景象，把他的头接上吧。"立刻就有一个人把白甲的头捡起来放在他的脖子上，说："邪恶的人的头不应该摆正，让头歪在肩膀上就行了。"然后就走了。过了一段时间，白甲苏醒了。他的妻子前来给他收尸，看见他一息尚存，就把他带回了家。慢慢给他灌水，他也能喝下去，但只能住在旅店，没有钱回家。

半年之后，白翁才得到大儿子还活着的消息，赶紧让小儿子去接他回家。白甲虽然死而复生，但是眼睛能看到自己的背部，人们都不把他当人看。白翁的外甥颇有政绩，很受人们爱戴，这年被任命为御史，跟白翁的梦境相符。

原文

异史氏曰：窃叹天下之官虎而吏狼者，比比也。即官不为虎，而吏且将为狼，况有猛于虎者耶！夫人患不能自顾其后耳，苏而使之自顾，鬼神之教微矣哉！

○比比：到处皆是。

○猛于虎：比虎还凶猛。谓贪吏甚至比贪官凶狠。

○微矣哉：多么奥妙啊！微，幽深，精妙。

译文

异史氏说：我私下感叹天下的官吏像虎狼一样凶狠的，真是比比皆是。即使官不是虎，但是小吏也往往是狼，更何况还有比老虎更凶猛的呢！人烦恼于不能知道自己的将来，像白甲一样苏醒以后能看见自己的后背，鬼神对人的教导真是微妙啊！

原文

邹平李进士匡九，居官颇廉明。常有富民为人罗织，门役吓之曰："官索汝二百金，宜速办，不然败矣！"富民惧，诺备半数，役摇手不可。富民苦哀之，役曰："我无不极力，但恐不允耳。待听鞫时，汝目睹我为若白之，其允与否，亦可明我意之无他也。"少间，公按是事。役知李戒烟，近问："饮烟否？"李摇其首。役即趋下曰："适言其数，官摇首不许，汝见之耶？"富民信之，惧，许如数。役知李嗜茶，近问：

○邹平：旧县名。位于山东中部偏北，明清时属济南府，现属山东滨州管辖。

○为人罗织：被人诬陷。罗织，虚构罪名，进行陷害。

○鞫：审讯。

○白：辩白，说明。

○按：处理，审讯。

“饮茶否？”李颔之。役托烹茶，趋下曰：“谐矣！适首肯，汝见之耶？”

○颔：点头。○首肯：点头。

既而审结，富民某获免，役即收其苞苴，且索谢金。呜呼！官自以为

○谢金：酬谢的小费。○苞苴（jū）：行贿的财物。

廉，而骂其贪者载道焉，此又纵狼而不自知者矣。世之如此类者更多，

○纵狼：喻放纵吏役作恶。

可为居官者备一鉴也。

译文

邹平县的进士李匡九，为官很是清正廉明。曾经有个富人被人罗织罪名，衙门的衙役恐吓他说：“县令问你要二百两银子，你赶紧把钱交上去，要不然你的官司就要输了。”富人很害怕，愿意给一半，衙役摆摆手表示不行。富人苦苦哀求，衙役说：“不是我不尽力，只是担心县令不允许。等审案的时候，你亲眼看着我给你求情，看县令答不答应，你也就明白我没有其他的意思了。”过了一会儿，县令开始审理这件案子。衙役知道李匡九在戒烟，走近问他：“抽烟吗？”李匡九摇了摇头。衙役立刻走下来对富人说：“我刚才跟县令说了你想给一百两，县令摇头不同意，你看见了吗？”富人相信了他，害怕了，承诺给二百两银子。衙役知道李匡九喜爱喝茶，走近他问道：“要喝茶吗？”李匡九点点头。衙役借口要去煮茶，走下来对富人说：“可以了！刚才县令点头了，你看见了吗？”接着案子审完结案，富人被免罪，衙役立即把富人送的财物收了，还向他索要酬谢的钱。唉！为官者自以为清廉，而骂他们是贪官的人却非常多，这就是放纵如狼一般的下属而他自己却不知道的人。世上诸如此类的官员更多，为官者可以以此为借鉴。

原文

○刚鲠（gěng）：刚强正直。

又，邑宰杨公，性刚鲠，撄其怒者必死；尤恶隶皂，小过不宥。每

○撄（yīng）：触犯。○隶皂：衙役，差役。皂，黑色。旧时衙役穿黑色衣服。○宥：宽恕。

凛坐堂上，胥吏之属无敢咳者。此属间有所白，必反而用之。适

有邑人犯重罪，惧死。一吏索重赂，为之缓颊。邑人不信，且曰：

○缓颊：求情。

“若能之，我何靳报焉！”乃与要盟。少顷，公鞫是事。邑人不肯

○靳报：吝啬报答。靳，吝惜，小气。 ○要盟：订立盟约。

服。吏在侧呵语曰：“不速实供，大人械梏死矣！”公怒曰：“何知

○械梏：泛指刑具，刑讯。

我必械梏之耶？想其赂未到耳。”遂责吏，释邑人。邑人乃以百金报吏。要知狼诈多端，少释觉察，即为所用。正不止肆其爪牙以食人

○狼诈：狡诈。

于乡而已也。此辈败我阴骘，甚至丧我身家。不知居官者作何心腑，

○阴骘（zhì）：阴德。

偏要以赤子饲麻胡也！

○麻胡：传说中残暴的人，民间习用以恐吓小儿。

译文

还有，县令杨公，性格刚烈耿直，惹他发怒的人必定要死；他尤其厌恶衙役，对他们犯的小错误也不原谅。每次他凛然坐在县衙的大堂之上，下面的小吏们连咳嗽一声都不敢。这些小吏们要是在他面前给别人求情，他必定跟他们说的反着来。恰逢一个当地人犯了重罪，担心会被处死。有个小吏向他索要钱财，答应帮他求情。这个人不相信，还说：“你要是真能帮我，我又怎么会吝惜酬劳呢！”两个人就订立了盟约。没多久，杨公审理此案。这个当地人不愿认罪。那个小吏就在一旁呵斥他：“再不快点儿从实招来，大人要动刑处死你了！”杨公生气地说：“你怎么知道我一定会用刑呢？想必是贿赂你的钱财还没到手吧。”然后就责骂小吏，把那个当地人当庭释放。当地人于是给了小吏一百两银子作为报酬。要知道狼诡计多端，稍微放松警觉，就被他利用。不仅仅是任凭他的爪牙在乡间吃人这么简单。这些人败坏我们的阴德，甚至会使我们家破人亡。不知道身居官位的人都是什么心肠，偏要用小孩子喂这些残暴的恶人！

【夜明】

原文

有贾客泛于南海。三更时，舟中大亮似晓。起视，见一巨物，半身出水上，俨若山岳，目如两日初升，光四射，大地皆明。骇问舟人，并无知者。共伏瞻之。移时，渐缩入水，乃复晦。后至闽中，俱言某夜明而复昏，相传为异。计其时，则舟中见怪之夜也。

○贾（gǔ）客：商人。泛：漂浮。指乘船。

○晦：暗。

○闽：福建的简称。

译文

有个商人乘船行进在南海之上。半夜三更时，船中很亮，像是天亮了一样。商人起来一看，只见一个庞然大物，上半身在水面之上，像座山一样，两只眼睛像两轮初升的太阳，光芒四射，水面全都看得清清楚楚。商人惊骇地问船里的人，没人知道是怎么回事。众人一起趴着看。过了一会儿，庞然大物渐渐缩小并且沉入水中，天又暗了下来。后来商人到了福建，当地的人也都说有个夜晚忽然大亮后又暗下来，被人们传为奇谈。商人算了一下时间，正是他在船中看见怪物的那个夜晚。

【夏雪】

原文

丁亥年七月初六日，苏州大雪。百姓皇骇，共祷诸大王之庙。大王忽附人而言曰："如今称老爷者，皆增一大字。其以我神为小，消不得一大字也？"众悚然，齐呼"大老爷"，雪立止。由此观之，神亦喜谄，宜乎治下部者之得车多矣。

○皇骇：惊恐不安。○大王之庙：指金龙四大王庙，在苏州（今江苏苏州）阊门北。传说金龙四大王为水神。○消不得：承受不起。○谄：谄媚。○治下部者之得车多：品格愈低劣待遇愈优厚。下部，下体。

译文

丁亥年七月初六，苏州下了大雪。百姓都十分恐慌，一起到大王庙去祈祷。大王忽然附在一个人身上并且说："现如今被称作老爷的人，前面都加一个'大'字。难道你们认为我这个神太小，消受不起一个'大'字吗？"在场的人都吓得半死，齐声高呼"大老爷"，雪立刻就停了。从这里可以看出来，神仙也喜欢被奉承，难怪越是跪舔上司，得到的好处就越多。

原文

异史氏曰：世风之变也，下者益谄，上者益骄。即康熙四十余年中，称谓之不古，甚可笑也。举人称"爷"，二十年始；进士称"老爷"，三十年始；司、院称"大老爷"，二十五年始。昔者大令谒中丞，亦不过"老大人"而止，今则此称久废矣。即有君子，亦素谄媚行乎谄媚，莫敢有异词也。若缙绅之妻呼"太太"，裁数年耳。昔惟缙绅之

○司：两司。指布政使司和按察使司。前者主管一省行政，后者主管一省刑名。院：指总督和巡抚，他们分别兼有都察院右都御史和右副都御史的官衔，称之为两院。○大令：古时对县令的敬称。中丞：明清巡抚的别称。○缙绅：原意是插笏（古代朝会时官宦所执的手板，有事就写在上面，以备遗忘）于带。转用为官宦的代称。○裁：通"才"。

母，始有此称，以妻而得此称者，惟淫史中有林乔耳，他未之见也。唐时，上欲加张说大学士，说辞曰："学士从无大名，臣不敢称。"今之大，谁大之？初由于小人之谄，而因得贵倨者之悦，居之不疑，而纷纷者遂遍天下矣。窃意数年以后，称"爷"者必进而"老"，称"老"者必进而"大"，但不知"大"上造何尊称？匪夷所思已！

○贵倨：尊贵倨傲。

译文

异史氏说：世上的风气变了，居下位者更加谄媚奉承，居上位者更加骄奢淫逸。在康熙朝的四十多年中，称谓不遵守古礼，真是可笑至极。将举人称为"爷"，是从康熙二十年开始的；将进士称为"老爷"，是从康熙三十年开始的；将司、院官员称为"大老爷"，是从康熙二十五年开始的。以前县令拜见巡抚，也不过叫对方一声"老大人"，现在这个称呼已经被废弃很久了。就算是有些君子，也是平素看见别人谄媚，自己也去谄媚上司，对此不敢有不同意见。就像缙绅的妻子被称作"太太"，只不过是近几年的事。过去只有缙绅的母亲，才能被称作"太太"，身为妻子却被这样称呼的，只有《金瓶梅》里的林太太和乔太太，其他的没见过。唐朝时，皇帝想给张说加封大学士，张说推辞道："学士前从来没有'大'字，臣不敢要这个称呼。"如今的"大"，是谁加上的呢？最初由于小人谄媚，得到权贵者们的欢心，身居高位的人接受得心安理得，因此这么称呼的人越来越多，以至于遍及天下。我私以为多年以后，被称呼"爷"的人必将进而被称作"老爷"，被称呼"老爷"的人必将进而被称作"大老爷"，只是不知道"大老爷"上面会出现什么尊称？真是匪夷所思！

原文

丁亥年六月初三日，河南归德府大雪尺余，禾皆冻死，惜乎其未知媚大王之术也。悲夫！

○河南归德府：治所在今河南商丘。

译文

丁亥年六月初三，河南归德府下了一尺厚的大雪，庄稼都被冻死了，可惜当地的人不知道谄媚大王的方法呀。可悲啊！

【化男】

原文

苏州木渎镇有民女夜坐庭中，忽星陨中颅，仆地而死。父母老而无

○木渎镇：位于今苏州城西，太湖之滨。 ○陨：陨落。

子，止此女，哀呼急救。移时始苏，笑曰：“我今为男子矣！”验之，

○止：只。

果然。其家不以为妖，而窃喜其暴得丈夫也。奇已。亦丁亥间事。

译文

苏州木渎镇有户人家的女儿夜里坐在庭院中，忽然一颗星星落下，砸中了她的头，她倒在地上死了。她的父母年纪很大，没有儿子，只有这一个女儿，连忙哭喊着来救自己的女儿。过了一会儿女子才苏醒过来，笑着说：“我现在是男子了！”家人一查验，果然是男子。他家里人不认为他成了妖怪，反而窃喜突然得到一个儿子。真是怪事。这也是丁亥年间的事。

【禽侠】

原文

天津某寺，鹳鸟巢于鸱尾。殿承尘上，藏大蛇如盆，每至鹳雏团翼时，辄出吞食净尽。鹳悲鸣数日乃去。如是三年，人料其必不复至，而次岁巢如故。约雏长成，即径去，三日始还。入巢哑哑，哺子如初。蛇又蜿蜒而上。甫近巢，两鹳惊，飞鸣哀急，直上青冥。俄闻风声蓬蓬，一瞬间，天地似晦。众骇异，共视乃一大鸟，翼蔽天日，从空疾下，骤如风雨，以爪击蛇，蛇首立堕，连摧殿角数尺许，振翼而去。鹳从其后，若将送之。巢既倾，两雏俱堕，一生一死。僧取生者置钟楼上。少顷，鹳返，仍就哺之，翼成而去。

○承尘：天花板。

○鸱尾：又名"鸱吻""蚩尾"，我国古建筑屋脊两端的饰物，以外形略似鸱尾，故称。

○团翼：垂翼。谓鸟雏羽毛初长成，未习飞之前。

○青冥：青天。

○钟楼：悬挂大钟的楼。

译文

天津的一座寺庙里，有只鹳鸟在大殿房脊的鸱尾上筑巢。大殿的顶棚上，藏着一条脸盆那么粗的蛇，每当鹳鸟的幼崽长出羽毛的时候，蛇就出来把它们都吞到肚子里。鹳鸟的幼崽都夭折了，它们悲哀地鸣叫了好几天才飞走了。这样过了三年，人们以为鹳鸟不会再回来了，但是第二年它们又在原来的位置筑巢。等到雏鸟快长成的时候，鹳鸟就会飞走，三天后才回来。鹳鸟回来后，哑哑地叫着飞进巢中，像之前一样哺育幼鸟。那条大蛇又蜿蜒着往上爬，刚一靠近巢穴，两只鹳鸟受惊，急切地哀鸣着飞起，直飞到青天之上。接着就听到蓬蓬的风声，一瞬间，天和地都暗了下来。众人很惊异，抬头往上看，只见一只大鸟展开翅膀，遮天蔽日，从空中迅疾地飞下来，快如疾风骤雨，用爪子袭击蛇，蛇头立刻掉了下来，连带着打掉了几尺长的殿角，然后大鸟振翅飞走了。鹳鸟跟在大鸟的后面，像是在送它。鹳鸟的巢被毁了，两只雏鸟都掉了下来，一只死了，另一只活了下来。庙里的僧人将活下来的雏鸟放在钟楼上。过了一会儿，两只鹳鸟飞了回来，仍然哺育雏鸟，直到雏鸟羽翼丰满才离开。

原文

异史氏曰：次年复至，盖不料其祸之复也；三年而巢不移，则报仇之计已决；三日不返，其去作秦庭之哭，可知矣。大鸟必羽族之剑仙也，飙然而来，一击而去，妙手空空儿何以加此？

○羽族：鸟类。

○秦庭之哭：谓哀求援救。《左传·定公四年》载：楚人伍员为报父仇，帮助吴国攻陷楚国都郢。其友申包胥至秦乞师，哀求秦出兵助楚，以收复楚都及其他失地。

○飙然：亦作"飚然"，骤然。

○妙手空空儿：唐传奇小说中剑术神妙的剑客，"能从空虚入冥，善无形而灭影"。

译文

异史氏说：第二年又来，大概是因为没料到祸事第二年还会重复；三年也不移巢，就表明已经找到了报仇的方法；三天也不回来，是去搬救兵，这是可以推想到的。大鸟一定是鸟类中的剑仙，骤然飞来，一击即中后离去，剑客妙手空空儿也做不到这样吧？

原文

济南有营卒，见鹳鸟过，射之，应弦而落。喙中衔鱼，将哺子也。或劝拔矢放之，卒不听。少顷，带矢飞去。后往来近郭间，两年余，贯矢如故。一日，卒坐辕门下，鹳过，矢坠地。卒拾视曰："矢固无恙耶？"耳适痒，因以矢搔耳。忽大风摧门，门骤阖，触矢贯脑而死。

○营卒：军卒。

○喙（huì）：鸟兽的嘴。

○矢：箭。

○郭：城郭，外城。

○贯：贯穿。

○辕门：古时军营的门或官署的外门。

译文

济南有个兵卒，看见鹳鸟在天空飞过，拔箭射去，鹳鸟应声落地。只见鹳鸟的嘴里衔着一条鱼，是要用来哺育幼鸟的。有人劝这个兵卒把箭拔出来放鹳鸟离去，兵卒不听。过了一会儿，鹳鸟带着箭飞走了。后来这只鸟在城内外往返，两年多的时间里，身上都带着那支箭。有一天，兵卒坐在辕门下，鹳鸟从那里经过，身上的箭掉到了地上。兵卒捡起来看了一眼说：“这支箭居然还在啊？”这个时候耳朵痒痒的，就顺手用箭去挖耳朵。忽然一阵大风摇动辕门，辕门一下子阖上了，碰到兵卒手里的箭，箭贯穿他的脑袋，他立刻就死了。

鸱尾

鸱尾，又名“鸱吻”或“蚩尾”，是中国古建筑中常见的屋脊装饰。其形状类似鱼尾，位于屋脊的两端。鸱尾不仅具有装饰功能，还象征驱邪避灾，具有一定的文化与宗教意义。作为传统建筑中的经典元素，鸱尾广泛应用于宫殿、庙宇等建筑的屋顶设计中，体现了中国古代建筑工艺的精湛与审美意趣。

【鸿】

原文

天津弋人得一鸿，其雄者随至其家，哀鸣翱翔，抵暮始去。次日，弋人早出，则鸿已至，飞号从之，既而集其足下。弋人将并捉之，见其伸颈俯仰，吐出黄金半铤。弋人悟其意，乃曰：“是将以赎妇也。”遂释雌。两鸿徘徊，若有悲喜，遂双飞而去。弋人称金，得二两六钱强。噫！禽鸟何知，而钟情若此！悲莫悲于生别离，物亦然耶？

○弋（yì）人：射鸟的人。弋，以绳系箭而射。鸿：大雁。

○号：大声呼喊。

○集：落，停留。

○铤：量词。用于金银及墨。

○悲莫悲于生别离：没有比生别离更可悲伤的了。

译文

天津有个猎鸟的人猎到了一只雌性鸿雁，它的配偶跟着这个天津人来到了他家里，在天上哀鸣飞翔，天黑的时候才飞走。第二天，猎鸟的人一早出门，那只雄鸿雁已经到了，飞在空中，号叫地跟着他，接着落在他脚下。猎鸟人刚想把它也抓回去，只见它伸长脖子并且一伸一缩，然后吐出半锭黄金。猎鸟者明白了它的意思，就说：“是想用这些来赎回你的媳妇啊。”于是就把那只雌鸿雁放了。两只鸿雁徘徊飞翔，像是悲喜交加，然后就一起飞走了。猎鸟者称了称半锭黄金，有二两六钱多重。唉！鸟有什么智慧呢，竟然深情到这种地步！最悲哀的莫过于活着的时候分离，动物也是这样吗？

【象】

原文

粤中有猎兽者，挟矢如山。偶卧憩息，不觉沉睡，被象来鼻摄而去，自分必遭残害。未几，释置树下，顿首一鸣，群象纷至，四面旋绕，若有所求。前象伏树下，仰视树而俯视人，似欲其登。猎者会意，即足踏象背，攀援而升。虽至树巅，亦不知其意向所存。少时，有狻猊来，众象皆伏。狻猊择一肥者，意将搏噬。象战慄，无敢逃者，惟共仰树上，似求怜拯。猎者会意，因望狻猊发一弩，狻猊立殪。诸象瞻空，意若拜舞。猎者乃下。象复伏，以鼻牵衣，似欲其乘。猎者随跨身其上，象乃行。至一处，以蹄穴地，得脱牙无算。猎人下，束治置象背。象乃负送出山，始返。

○粤中：广东。粤，泛指两广地区，后为广东的简称。

○狻猊（suān ní）：狮子。

○立殪（yì）：即刻而死。殪，死。

○弩：弩箭，也被称作“窝弓”“十字弓”。古代用来射箭的一种兵器。

○无算：无数，不可计量。

○束治：捆缚处置。

译文

广东有个捕猎野兽的人，带着弓箭去山里打猎。偶然在路上躺下来休息，不知不觉睡熟了，被大象用鼻子卷走，心想自己肯定要被大象残害。没过多久，大象把他放在一棵树下，低头叫了一声，一群大象纷纷到来，围绕在猎兽者四周，像是有求于他。卷他来的那头大象趴在树下，抬头看看树，接着低下头看着猎兽者，像是让他往上爬。猎兽者明白了它的意思，就踩到大象的背上，爬到树上。尽管爬到了树的顶端，也不明白大象到底是什么意思。过了一会儿，来了一只狮子，大象们看见它都趴在了地上。狮子挑了一头肥的大象，像是要把它杀死后吃掉。大象们浑身战栗，没有一头敢逃跑的，只是一起抬头看树上，像是在祈求猎兽者拯救它们。猎兽者会意，朝着狮子射出一箭，狮子立刻就死了。这些大象都看向空中，像是在拜舞致谢。猎兽者于是从树上下来。大象又趴在地上，用鼻子牵着他的衣服，像是想让他乘坐在自己身上。猎兽者接着跨坐在大象身上，大象就往前走。走到了一个地方，大象用蹄子在地上扒开一个洞穴，里面有很多的象牙。猎兽者从大象身上下来，把象牙捆好放在象背上。大象驮着象牙送猎兽者出山，才返回去。

【负尸】

原文

有樵夫赴市，荷杖而归，忽觉杖头如有重负。回顾，见一无头人悬系其上。大惊，脱杖乱击之，遂不复见。骇奔，至一村。时已昏暮，有数人爇火照地，似有所寻。近问讯，盖众适聚坐，忽空中堕一人头，须发蓬然，倏忽已渺。樵人亦言所见，合之适成一人，究不解其何来。后有人荷篮而行，忽见其中有人头，人讶诘之，始大惊，倾诸地上，宛转而没。

○市：集市。○杖：棍棒。这里指扁担。

○倏忽：忽然，转眼之间。渺：消失。

○倾：倾倒。

译文

有个樵夫到市集上卖柴，卖完以后扛着扁担回家，忽然觉得扁担一头像是带着重物。回头一看，只见一个无头人悬挂在扁担上。大吃一惊，把无头人从扁担上甩下来，胡乱地打，无头人不见了。樵夫吓得连忙奔跑，跑到了一个村子。当时已经是黄昏时分，有几个人拿着火把照着地，像是在找东西。樵夫走近一问，原来他们刚才坐在这里聚会，忽然从空中掉下来一个人头，胡须和头发都很茂盛，一转眼就找不到了。樵夫也说了自己看见的，合起来刚好是一个人，但最终也不知道这个人是从哪里来的。后来有个人挎着个篮子在路上走，忽然发现篮子里有个人头，别人惊讶地问是怎么回事，他才大吃一惊，把人头倒在地上，人头转了几圈之后就不见了。

【紫花和尚】

原文

诸城丁生，野鹤公之孙也。少年名士，沉病而死，隔夜复苏，曰：“我悟道矣。”时有僧善参玄，因遣人邀至，使就榻前讲《楞严》。生每听一节，都言非是，乃曰：“使吾病痊，证道何难。惟某生可愈吾疾，宜虔请之。”盖邑有某生者，精岐黄而不以术行，三聘始至，疏方下药，病愈。既归，一女子自外入，曰：“我董尚书府中侍儿也。紫花和尚与妾有夙冤，今得追报，君又活之耶？再往，祸将及。”言已，遂没。某惧，辞丁。丁病复作，固要之，乃以实告。丁叹曰：“孽自前生，死吾分耳。”寻卒。后寻诸人，果曾有紫花和尚，高僧也，青州董尚书夫人尝供养家中，亦无有知其冤之所自结者。

○诸城：旧县名。今为山东潍坊管辖。

○野鹤公：丁耀亢，字西生，号野鹤，明末诸生，入清曾任容城教谕、惠安知县。清初文学家，著有《续金瓶梅》《丁野鹤诗词稿》等。

○悟道：这里指参明佛理。

○参：参究。玄：深奥，神秘。此处指佛理。

○虔：诚敬。

○精岐黄而不以术行：精研医学而不行医治病。

○聘：请。

○疏方：书写药方。疏，条陈，一条一条地书写。

○董尚书：董可威，字严甫，号葆元，山东青州人。

○追报：追逐报复。

○孽：罪孽，罪业。

○分（fèn）：职分，本分。

○冤之所自结者：结冤的缘由。

译文

诸城县一个姓丁的书生，是丁野鹤先生的孙子。他是少年名士，却得了重病去世，隔了一夜又活了过来，说：“我悟道了。”当时有位僧人对于佛理很有研究，丁生就派人把这位僧人请过来，让他在自己床前讲解《楞严经》。丁生每听僧人讲解完一节，都说讲得不对，说：“如果我的病治好了，悟道有什么难的。只有一个人能治好我的病，应该虔诚地把他请来。”原来丁生说的是县里的一个书生，他精通医术但不以医术谋生，丁家人再三去请，他才来，为丁生看过诊后开了药方，丁生就痊愈了。这个书生回到家里，一个女子从外面进来，对他说：“我是董尚书府里的侍女。紫花和尚跟我有宿怨，如今好不容易报仇，你为什么把他救活了？

再去他家，你也要惹上祸事了。”说完就不见了。书生很害怕，不敢再去丁家了。丁生的病又发作了，一再请书生前去，书生就把实情告诉了他们。丁生叹息地说：“既然是前世的孽缘，死也是我的命数。”没多久就去世了。后来问了一些人，以前果然有过一个紫花和尚，是得道高僧，青州董尚书的夫人曾把他请到家中供养，但没人知道他跟那个侍女是如何结怨的。

疏方

疏方指的是开具药方时，将药名逐一列出的过程。中医在为病人配药时，按照病情和诊断，将各种药材名称和用量详细列出，称为疏方。疏方不仅是中医治疗中的关键步骤，也体现了中医配伍的严谨与讲究，确保每种药物的功效与药性相互协调，以达到治病的效果。

【周克昌】

原文

淮上贡士周天仪，年五旬，止一子，名克昌，爱昵之。至十三四岁，丰姿甚秀，而性不喜读，辄逃塾，从群儿戏，恒终日不返。周亦听之。一日，既暮不归，始寻之，殊竟乌有。夫妻号咷，几不欲生。

○淮上：淮水之滨。贡士：清代指会试考中者，进士。
○爱昵：溺爱。
○塾：私人设立的学校。
○乌有：没有。
○号咷：大哭。

译文

淮上有位贡生叫周天仪，五十岁了，只有一个儿子，取名叫克昌，周天仪对儿子很是溺爱。周克昌长到十三四岁的时候，容貌俊秀，身姿挺拔，但本性不爱读书，动不动就逃学，跟一群孩子嬉戏，总是一整天都不回家。周天仪也听之任之。有一天，天黑了周克昌也没回家，家里人这才开始寻找，竟然哪里都找不到。周天仪夫妇俩号啕大哭，悲痛到几乎不想活下去了。

原文

年余，昌忽自至，言："为道士迷去，幸不见害。值其他出，得逃而归。"周喜极，亦不追问。及教以读，慧悟倍于畴曩。逾年，文思大进，既入郡庠试，遂知名。世族争婚，昌颇不愿。赵进士女有姿，周强为娶之。既入门，夫妻调笑甚欢，而昌恒独宿，若无所私。逾年，秋战而捷。周益慰。然年渐暮，日望抱孙，故尝隐讽昌，昌漠若不解。母不能忍，朝夕多絮语。昌变色，出曰："我久欲亡去，所

○畴曩（nǎng）：昔日，往昔。
○入郡庠试：到府城参加选拔生员的考试。郡，此指府城所在地。庠，古代指学校。
○秋战而捷：参加秋季举行的乡试，中了举人。
○暮：老。
○隐讽：以隐约的言辞暗示。

不遽舍者，顾复之情耳。实不能探讨房帷，以慰所望。请仍去，彼

○遽：急，快。○顾复：喻父母养育之恩。 ○探讨房帷：过夫妻生活。

顺志者且复来矣。”媪追曳之，已踣，衣冠如蜕。大骇，疑昌已死，

○踣（bó）：跌倒。 ○蜕：蝉、蛇之类脱皮去壳。

是必其鬼也。悲叹而已。

译文

过了一年多，周克昌忽然自己回来了，说：“我被道士迷走了，幸亏他没有害我。正巧他外出，我才得以逃回来。”周天仪高兴极了，也不再追问。等到教他读书，发现他比以前聪明了很多。过了一年，周克昌写文章有很大的进步，接着到府城参加选拔生员的考试，从此有了名声。世家大族都争着要跟周克昌结亲，他却不太愿意。有个赵进士，家里的女儿很有姿色，周天仪强行替儿子作主把她娶了过来。娶进门以后，周克昌和妻子有说有笑，但他一直都是一个人睡，没有跟妻子同睡。过了一年，周克昌中了举人。周天仪很是欣慰。但他日渐年老，整日期望着含饴弄孙，所以曾经隐晦地向周克昌提起，但周克昌总是冷漠相对，像是不明白父亲的意思。他的母亲忍不住，每天都在他耳边絮叨。周克昌变了脸色，走出家门，说：“我早就想离去了，之所以没有马上离开，是因为顾念父母的养育之恩。但我实在不能和妻子有夫妻之实，以满足你们的愿望。还是让我走吧，能顺从你们意愿的人很快就会来了。”母亲追出去拽他，周克昌已经摔倒在地，衣服和帽子像蜕皮一样掉在地上。母亲大惊，疑心周克昌已经死了，这个一定是他的鬼魂。只能悲叹而已。

原文

次日，昌忽仆马而至，举家惶骇。近诘之，亦言：为恶人略卖于富商

○略卖：劫掠出卖。

之家，商无子，子焉。得昌后，忽生一子，昌思家，遂送之归。问所

学，则顽钝如昔，乃知此为昌，其入泮乡捷者，鬼之假也。然窃喜

○入泮乡捷者：入县学为生员、乡试中举的人。 ○鬼之假：是鬼假借周克昌的名字。

其事未泄，即使袭孝廉之名。入房，妇甚狎熟，而昌腼然有愧色，

○腼（tiǎn）然：不好意思，不自然。

似新婚者。甫周年，生子矣。

○甫：刚刚，才。

译文

第二天，周克昌突然骑马带着仆人回来了，全家都惊慌害怕。走近一问，他也说：被恶人拐走卖到了一个富商的家里，富商没有儿子，把他当亲生儿子对待。买了周克昌以后，忽然生了一个儿子，看见周克昌思念家人，就把他送了回来。问他的学问，还是跟以前一样顽皮愚钝，知道这才是真正的周克昌，而参加考试中了举人的，是鬼假冒的。但是周家人很庆幸这件事没有被外人知道，就让他承袭了举人的身份。周克昌进入房内，妻子对他很亲热，他却很害羞，像是新婚一样。刚满一年，就生了个儿子。

原文

异史氏曰：古言庸福人，必鼻口眉目间具有少庸，而后福随之；其

○庸福人：平庸而使人得福。庸，平庸，平常。

○少庸：稍许平庸。

精光陆离者，鬼所弃也。庸之所在，桂籍可以不入闱而通，佳丽可

○精光陆离者：容貌不平庸的人。指才智超轶者。精光，仪容神采。

○桂籍可以不入闱而通：不进考场而可以得到科举功名。桂籍，科举及第人员的名籍。

以不亲迎而致，而况少有凭藉，益之以钻窥者乎！

○亲迎：古代婚礼"六礼"之一。新婿亲往女家迎娶新娘的仪式。

○钻窥：本指钻穴隙相窥，男女不由媒妁而结合。此处喻仕宦不由正当途径而取得。

译文

异史氏说：古话说傻人有傻福，一定是鼻口眉目中有稍许平庸的地方，福气就会随之而来；而容貌出众的人，鬼也会嫌弃他。看似平庸的人，不用考试就可以高中，美丽的妻子不用亲自去迎娶就能拥有，更何况那些能稍有依靠，而越加钻营的人呢！

【嫦娥】

原文

太原宗子美，从父游学，流寓广陵。父与红桥下林妪有素。一日，父子过红桥，遇之，固请过诸其家，瀹茗共话。有女在旁，殊色也，翁亟赞之。妪顾宗曰："大郎温婉如处子，福相也。若不鄙弃，便奉箕帚，如何？"翁笑促子离席，使拜妪曰："一言千金矣！"先是，妪独居，女忽自至，告诉孤苦。问其小字，则名嫦娥。妪爱而留之，实将奇货居之也。时宗年十四，睨女窃喜，意翁必媒定之，而翁归若忘。心灼热，隐以白母。翁闻而笑曰："曩与贪婆子戏耳。彼不知将卖黄金几何矣，此何可易言！"

○流寓：旅居。广陵：战国时楚广陵邑。明清为扬州府。故城在今江苏扬州东北。

○游学：外出求学。

○红桥：桥名。在今江苏扬州。

○瀹（yuè）茗：煮茶。

○奉箕帚：服洒扫之役。做人妻室的谦辞。

○奇货居之：把她看作奇货，将待价而沽。

○睨（nì）：斜着眼睛看。

○灼热：焦灼，躁急。

译文

太原的宗子美，跟随父亲外出求学，在广陵住了下来。宗子美的父亲和住在红桥下的林婆婆素有往来。有一天，父子俩经过红桥，遇到了林婆婆，她再三邀请父子俩去她家，一起喝茶聊天。聊天的时候有个女子站在旁边，长得很漂亮，宗父极力赞美她。林婆婆看着宗子美说："你家公子温柔宽厚，像个女孩子，是有福气的相貌。若是不嫌弃，就让她嫁给你家的公子，怎么样？"宗父笑着催促儿子离开座位，拜谢林婆婆说："一诺千金啊！"原来林婆婆以前一直是一个人住，这个女子突然自己来了，说自己孤苦无依。林婆婆问她叫什么名字，她说叫嫦娥。林婆婆很喜欢她，就将她留了下来，实际上是准备将她卖个好价钱。宗子美这一年十四岁，偷偷看了嫦娥，内心窃喜，认为父亲一定会前去提亲，将婚事定下来，谁知道父亲回家后像是忘记了此事。宗子美内心焦灼，委婉地将此事告诉了母亲。

宗父听说后笑着说：“我那时是跟那个贪婪的婆子开玩笑的。她不知道要将那姑娘卖多少黄金呢，这件事哪有那么容易。”

原文

逾年，翁媪并卒。子美不能忘情嫦娥，服将阕，托人示意林妪。妪初不承。宗忿曰：“我生平不轻折腰，何媪视之不值一钱？若负前盟，须见还也！”妪乃云：“曩或与而翁戏约，容有之。但无成言，遂都忘却。今既云云，我岂留嫁天王耶？要日日装束，实望易千金，今请半焉，可乎？”宗自度难办，亦遂置之。

○服将阕：居丧之期将满。旧时丧礼规定，父母死后要服丧3年，期满除服。服，丧服。阕，终了。

○折腰：服软，求人。

○成言：明确而正式的约定。

译文

一年以后，宗子美的父母都去世了。宗子美心里还是没忘记嫦娥，孝期将满，托人去向林婆婆表示要求娶嫦娥。林婆婆一开始不承认和他有婚约。宗子美愤愤不平地说：“我生平不轻易向人低头，为什么婆婆把我看得一文不值？如果不履行先前的约定，必须把之前下拜的礼仪还给我！”林婆婆这才说道：“先前订婚是我跟你的父亲开玩笑说的，或许是有这回事。但是没有明确地定下婚事，之后也都忘了。如今你既然这样说，我难道准备把她留着嫁给天子吗？每天将她打扮得漂漂亮亮，原本是指望换得千金的，如今你来提亲，就给一半，可以吗？”宗子美自认为很难拿出这些钱，就把这事放在一边了。

原文

适有寡媪，僦居西邻，有女及笄，小名颠当。偶窥之，雅丽不减嫦娥。向慕之，每以馈遗阶进，久而渐熟，往往送情以目，而欲语

○以馈遗（wèi）阶进：以馈送礼品作为接近的缘由。

无间。一夕，逾垣乞火。宗喜挽之，遂相燕好。约为嫁娶，辞以兄负贩未归。由此蹈隙往来，形迹周密。一日，偶经红桥，见嫦娥适在门内，疾趋过之。嫦娥望见，招之以手，宗驻足，女又招之，遂入。女以背约让宗，宗述其故。便入室，取黄金一铤付之。宗不受，辞曰："自分永与卿绝，遂他有所约。受金而为卿谋，是负人也；受金而不为卿谋，是负卿也。诚不敢有所负。"女良久曰："君所约，妾颇知之。其事必无成，即成之，妾不怨君之负心也。其速行，媪将至矣。"宗仓卒无以自主，受之而归。隔夜，告之颠当。颠当深然其言，但劝宗专心嫦娥，宗不语，愿下之，宗乃悦。即遣媒纳金林妪，妪无辞，以嫦娥归宗。入门后，悉述颠当言。嫦娥微笑，阳怂恿之。宗喜，急欲一白颠当，而颠当迹久绝。嫦娥知其为己，因暂归宁，故予之间，嘱宗窃其佩囊。已而颠当果至，与商所谋，但言勿急。及解衿狎笑，胁下有紫荷囊，将便摘取。颠当变色起，曰："君与人一心，而与妾二！负心郎！请从此绝。"宗屈意挽解，不听，竟去。一日，过其门探察之，已另有吴客僦居其中，颠当子母迁去已久，影灭迹绝，莫可问讯。

○负贩：担货贩卖。

○周密：周到细密。

○让：责备。

○愿下之：情愿居于其下，即作妾。

○阳：表面上，当面。怂恿：鼓励，撺掇。

○故予之间：故意给他一个机会。间，空子，可乘的机会。

○衿：衣襟，衣下两旁掩裳际处。

译文

正巧有个寡妇在宗家的西边租房子住，她有个女儿刚及笄，小名叫颠当。宗子美偶然见过她，清雅秀丽，不比嫦娥的容貌差。宗子美很爱慕她，经常以送东西为名来接近她，时间一长，两个人就熟悉了，往往眉目传情，但总是找不到说话的机会。一天傍晚，颠当翻墙来宗家借火。宗子美高兴地拉着她留下，于是两个人成了好事。宗子美跟颠当说要娶她，颠当以兄长外出做生意没在家为借口推辞了。从此二人找着机会就相会，踪迹很隐秘，没有被人发现。有一天，宗子美偶然经过红桥，看见嫦娥正站在门内，于是快步走过。嫦娥看见了他，招手让他过去，宗子美停下了脚步，嫦娥又向他招手，宗子美就走了进去。嫦娥一见面就责备宗子美背弃婚约，宗子美就把实情告诉了她。嫦娥走进内室，拿出一锭黄金给宗子美。宗子美不要，推辞说："我自认为和你的缘分永远断绝了，因此和别人订了婚约。如果接受了你的金子而跟你成婚，就是负了别人；接受了你的金子而不跟你成亲，则是负了你。实在是不敢辜负你们中的任何一个人啊。"过了很久嫦娥才说："你和别人定有婚约，我知道。你俩的亲事肯定成不了，就算成了，我也不埋怨你负心。你赶紧走吧，林婆婆要回来了。"仓促之间宗子美不知如何是好，拿着金子回家了。第二天晚上，宗子美把这件事告诉了颠当。颠当认为嫦娥的话很对，只劝宗子美一心一意对待嫦娥，宗子美不说话，颠当说自己愿意做妾，宗子美这才高兴起来。宗子美立即请媒人把金子当聘礼给林婆婆送去，林婆婆没法推辞，只得把嫦娥嫁给宗子美。嫦娥进门后，宗子美把颠当说愿意做妾的话告诉了嫦娥。嫦娥微笑着，怂恿宗子美把她纳进门。宗子美很高兴，急忙想告诉颠当，却发现颠当早就不见踪影了。嫦娥知道这是因为自己，所以暂时回了娘家，故意给他们机会，叮嘱宗子美把颠当佩戴的香囊偷回来。不久，颠当果然来了，宗子美跟她商量纳她为妾的事，颠当只说让他先别着急。等到解开衣服温存的时候，宗子美看见她的胁下系着一个紫色的荷包，就准备取下来。颠当立刻变了脸色，起身说："你跟别人一条心，而跟我二心！负心汉！从此以后跟你再不相见！"宗子美低声下气地解释挽留，颠当不听，直接走了。有一天，宗子美从颠当家门口经过，一探察，发现已经有别的租客住在其中，颠当和母亲搬走很久了，影踪全无，不知道她们去了哪里。

原文

宗自娶嫦娥，家暴富，连阁长廊，弥亘街路。嫦娥善诣谑，适见美人画卷，宗曰：“吾自谓，如卿天下无两，但不曾见飞燕、杨妃耳。”女笑曰：“若欲见之，此亦何难。”乃执卷细审一过，便趋入室，对镜修妆，效飞燕舞风，又学杨妃带醉，长短肥瘦，随时变更，风情态度，对卷逼真。方作态时，有婢自外至，不复能识，惊问其僚，既而审注，恍然始笑。宗喜曰：“吾得一美人，而千古之美人，皆在床闼矣！”

○暴富：骤然富起来。暴，突然。

○弥亘：绵延。

○飞燕、杨妃：赵飞燕、杨贵妃。二人都是中国历史上以美丽著称的女子。

○飞燕舞风：言体态轻盈。

○杨妃带醉：指杨贵妃慵懒娇媚的醉态。唐白居易《长恨歌》：“金屋妆成娇侍夜，玉楼宴罢醉和春。”

○僚：同僚。此指其他丫环。

○审注：仔细端详。

○床闼（tà）：内室，卧室。

译文

宗子美自从娶了嫦娥，突然变得有钱起来，家里的长廊楼阁，远接街路。嫦娥善于逗笑嬉闹，一次正巧看见美人画卷，宗子美说：“我自认为，天底下找不到第二个像你这样好看的人，只可惜我没见过赵飞燕、杨贵妃。”嫦娥笑着说：“要想见她们，这也算不上什么难事。”于是拿着画卷仔细看了一遍，就走进内室，对着镜子修饰装扮，先是学着赵飞燕轻盈地起舞，又学杨贵妃喝醉时的媚态，高矮胖瘦，随时变化，风情态度，跟画卷上的一模一样。正在她学着这些美女的样子时，有个婢女从外面进来，认不出是嫦娥，惊讶地问旁边的婢女，接着仔细地看了看，才恍然大悟地笑了。宗子美高兴地说：“我得到一个美人，而千古以来的美人，都在我的屋子里了。”

原文

一夜，方熟寝，数人撬扉而入，火光射壁。女急起，惊言：“盗入！”

宗初醒，即欲鸣呼。一人以白刃加颈，惧不敢喘。又一人掠嫦娥负背上，哄然而去。宗始号，家役毕集，室中珍玩，无少亡者。宗大悲，恇然失图，无复情地。告官追捕，殊无音息。荏苒三四年，郁郁无聊，因假赴试入都。居半载，占验询察，无计不施。偶过姚巷，值一女子，垢面敝衣，劻勷如丐。停趾相之，乃颠当也。骇曰：“卿何憔悴至此？”答云：“别后南迁，老母即世，为恶人掠卖旗下，挞辱冻馁，所不忍言。”宗泣下，问：“可赎否？”曰：“难矣。耗费烦多，不能为力。”宗曰：“实告卿，年来颇称小有。惜客中资斧有限，倾装货马，所不敢辞。如所需过奢，当归家营办之。”女约明日出西城，相会丛柳下，嘱独往，勿以人从。宗曰：“诺。”

○恇然失图：吓得没了主意。恇然，惊惧的样子。

○无复情地：无法生存。情地，生存环境，置身之地。

○荏苒：时光渐渐逝去。

○假：借，借口。

○占验：占卜，算命。询察：咨询，验察。

○劻勷（kuāng ráng）：遑遽，急促的样子。

○相：看，查看。

○旗下：旗人。旗，清设军政合一的八旗组织。

○馁（něi）：饿。

译文

一天夜里，宗子美夫妇正在熟睡，好几个人撬开他家的门闯了进来，手里拿的火把把墙壁都照亮了。嫦娥听到动静连忙起身，吃惊地说：“强盗进来了！”宗子美刚醒，正准备大声呼救。一个人用刀架在他的脖子上，他吓得大气都不敢喘。另外一个人抓起嫦娥背在背上，一群人闹哄哄地离开了。宗子美这才大声喊叫，家里的仆人都集中过来，清点财物，发现屋里的珍玩玉器之类，都没有丢失。宗子美很悲伤，受了惊吓，连个主意也没有，都要活不下去了。告到官府，官府下文追捕强盗，但后续没有一点儿消息。就这样过了三四年，宗子美郁郁寡欢，因此以参加考试为由去了京城。在京城住了半年，占卜访查，各种办法都用尽了，也没有找到嫦娥。偶然经过姚巷，遇见一个女子，蓬头垢面，身上穿着破烂的衣服，着急忙慌地像个乞丐。宗子美停下来一看，原来是颠当。他吃惊地问：“你怎么憔悴成这个样子了？”颠当回答道：“跟你分别后我们搬到了南方，母亲离世以后，我被恶人掳走卖给旗人，羞辱打骂，挨饿受冻，我都不忍心说出口。”宗子美听后难过地哭了出来，问她：“能把你赎出来吗？”颠当说：“很难。要花很多钱，恐怕你也是无能为力。”宗子美说：“实话跟你说，这些年，我家也攒了一些钱。只可惜我旅居在外，身上的银钱有限，但如果把行李和车马都卖掉，能够赎你，我在所不辞。如果需要很多的钱，等我回家筹钱来赎你。”颠当约他明天到西城外，在一丛柳树下相会，叮嘱他一个人前去，不要人跟着。宗子美说：“好。”

原文

次日，早往，则女先在，袿衣鲜明，大非前状。惊问之，笑曰：“曩试君心耳，幸绨袍之意犹存。请至敝庐，宜必得当以报。”北行数武，即至其家，遂出肴酒，相与谈谑。宗约与俱归，女曰：“妾多俗累，不能从。嫦娥消息，固颇闻之。”宗急询其何所，女曰：“其行踪缥缈，妾亦不能深悉。西山有老尼，一目眇，问之，当自知。”遂止宿其家。天明示以径。宗至其处，有古寺，周垣尽颓，丛竹内有茅屋半间，老尼缀衲其中。见客至，漫不为礼。宗揖之，尼始举头致问。因告姓氏，即自所求。尼曰：“八十老瞽，与世暌绝，何处知佳人消息？”宗固求之，乃曰：“我实不知。有二三戚属，来夕相过，或小女子辈识之，未可知。汝明夕可来。”宗乃出。

○袿(guī)衣：妇女上衣。代指服饰。

○绨(tí)袍之意：故人之情意。

○武：步。

○俗累：谦言为生活琐事所牵累。

○西山：北京西部山地的总称，属太行山脉。

○眇(miǎo)：一只眼瞎，目盲。

○缀衲：补缀僧衣。衲，僧衣。

○瞽(gǔ)：眼瞎。

○暌(kuí)绝：断绝，隔绝。

译文

第二天，宗子美早早地到了约定的地点，谁知颠当已经先到了，穿着华丽的衣服，跟昨天的情形大不相同。宗子美惊异地问颠当，她笑着说："昨天是想试试你的心意罢了，幸亏你没忘记以前的情意。请跟我到寒舍，让我好好地报答你。"往北走了没多远，就到了颠当的家，颠当拿出准备好的酒菜，两人相谈甚欢。宗子美让颠当跟他回去，颠当说："我还有很多琐事要处理，不能跟你回去。嫦娥的消息，我也知道一些。"宗子美急切地问嫦娥在哪里，颠当说："她行踪缥缈，我也不能确切地知道。西山有个老尼姑，瞎了一只眼，你去问她，她会告诉你的。"当天晚上宗子美就住在了颠当家里。天亮的时候颠当告诉了他去西山的路。宗子美到了西山，看见一座古寺，四周的墙壁都倒塌了，一丛竹林里有半间茅屋，有个老尼姑在屋里缝补衲衣。老尼姑看见有客人到来，也不施礼。宗子美向她作揖，尼姑才抬头问他来干什么。宗子美就告诉了她自己的姓氏，然后说明了自己的来意。尼姑说："我这个八十岁的老瞎子，早就与世隔绝了，从哪里知道你妻子的消息？"宗子美苦苦哀求，尼姑才说："我实在不知道。有两三个亲戚，明天晚上会来这里，或许小姑娘们有人认识她，也说不定。你明天晚上来吧。"宗子美便告辞离开。

原文

次日再至，则尼他出，败扉扃焉。伺之既久，更漏已催，明月高揭，徘徊无计。遥见二三女郎自外入，则嫦娥在焉。宗喜极，突起，急揽其袪。嫦娥曰："莽郎君！吓煞妾矣！可恨颠当饶舌，乃教情欲缠人。"宗曳坐，执手款曲，历诉艰难，不觉恻楚。女曰："实相告：妾实姮娥，被谪，浮沉俗间，其限已满，托为寇劫，所以绝君望耳。尼亦王母守府者，妾初谴时，蒙其收恤，故暇时常一临存。君如释妾，当为代致颠当。"宗不听，垂首陨涕。女遥顾曰："姊妹

○揭：高举，高挂。

○袪（qū）：袖口。此指衣袖。

○饶舌：多嘴。

○姮（héng）娥：神话中的月中女神，相传为后羿之妻，因食不死之药而奔月。"姮"为"恒"的俗字。汉人为避汉文帝（刘恒）讳，改"恒"为"常"。常娥，通"嫦娥"。

○王母：西王母，神话中的女神。

辈来矣。”宗方四顾，而嫦娥已杳。宗大哭失声，不欲复活，因解带自缢。恍惚觉魂已出舍，怅怅靡适。俄见嫦娥来，捉而提之，足离于地，入寺，取树上尸推挤之，唤曰：“痴郎，痴郎！嫦娥在此。”忽若梦醒。少定，女恚曰：“颠当贱婢！害妾而杀郎君，我不能恕之也！”下山赁舆而归。

○靡适：无所适从。适，往，至。

○恚（huì）：怒。

○赁舆：雇轿子。

译文

第二天宗子美又去了西山，老尼姑外出办事，破败的门也上了锁。宗子美等了很久，一直到深更半夜，明月高高挂在天上，他走来走去，无计可施。这时，远远地看见两三个女子从外面进来，嫦娥就在其中。宗子美高兴极了，突然起身，急忙拉住嫦娥的衣袖。嫦娥吃惊地说：“莽撞的夫君！吓死我了！都是颠当多嘴，教你用儿女私情缠我。”宗子美拽着嫦娥坐下，拉着她的手叙述衷肠，还说了她离开后自己过得十分艰难，不觉一阵酸楚涌上心头。嫦娥说：“实话告诉你：我其实是天上的嫦娥，被贬到人间，在人世浮沉，期限已经到了，假托被盗贼劫走，以断绝你的希望。老尼姑也是给王母娘娘府邸看门的，我当初被遣到人间时，承蒙她收留体恤，所以闲暇时经常来坐坐。你如果放我走，我就把颠当给你娶过来。”宗子美不听，只是低着头落泪。嫦娥望着远处说：“姐妹们来了。”宗子美正四处看时，嫦娥已经不见了。宗子美放声大哭，不想活了，就解开衣带自缢。恍惚中感觉灵魂已经出窍，无所适从。接着就看见嫦娥来了，抓住自己并提起来，脚离开地面，走进寺内，从树上取下尸体推搡，呼唤道：“痴郎！痴郎！嫦娥在这里。”宗子美忽然像是从梦中醒来。等他稍微安定下来，嫦娥气愤地说：“颠当这个贱婢！害了我还要杀了郎君，我不能饶了她！”下山雇了轿子跟宗子美回去了。

原文

既命家人治装，乃返身出西城，诣谢颠当，至则舍宇全非，愕叹而返。窃幸嫦娥不知。入门，嫦娥迎笑曰："君见颠当耶？"宗愕然不能答。女曰："君背嫦娥，乌得颠当？请坐待之，当自至。"未几，颠当果至，仓皇伏榻下。嫦娥叠指弹之，曰："小鬼头陷人不浅！"颠当叩头，但求赊死。嫦娥曰："推人坑中，而欲脱身天外耶？广寒十一姑不日下嫁，须绣枕百幅、履百双，可从我去，相共操作。"颠当恭白："但求分工，按时赍送。"女不许，谓宗曰："君若缓颊，即便放却。"颠当目宗，宗笑不语。颠当目怒之。乃乞还告家人，许之，遂去。宗问其生平，乃知其西山狐也。买舆待之。次日，果来，遂俱归。

○赊死：缓死，延期死。

○广寒：广寒宫，即月宫。

译文

宗子美让仆人准备行装，自己转身出西城，要去谢谢颠当，到了颠当家门前才发现房屋都变了样子，惊愕叹息着返回家中。暗自庆幸嫦娥不知道这件事。进了家门，嫦娥笑着迎上来说："你见了颠当吗？"宗子美惊愕得一句话都说不上来。嫦娥说："你背着嫦娥，怎么能得到颠当呢？你先坐在这里等一会儿，颠当自己就来了。"没多久，颠当果然来了，仓皇地趴在榻下。嫦娥叠着手指弹她的脑门："小鬼头害人不浅！"颠当连忙磕头，只求不立即处死自己。嫦娥说："把别人推到火坑里，自己却想脱身逃到天外吗？广寒宫十一姑过几天就要嫁人了，需要准备绣枕百幅、鞋子百双，你跟我去，一起做出来。"颠当恭敬地说："只求您分给我一些任务，一定按时完成给您送来。"嫦娥不同意，对宗子美说："你要是给她求情，我立刻把她放了。"颠当看着宗子美，宗子美只是微笑，但没说话。颠当用眼睛瞪着他。颠当请求嫦娥让她回去告诉家人，嫦娥同意了，颠当就走了。宗子美就问了颠当的生平，这才知道她是西山的狐狸。宗子美买好车马等着。第二天，颠当果然来了，跟宗子美和嫦娥一起回去了。

原文

然嫦娥重来，恒持重不轻谐笑。宗强使狎戏，惟密教颠当为之。颠当慧绝，工媚。嫦娥乐独宿，每辞不当夕。一夜，漏三下，犹闻颠当房中，吃吃不绝。使婢窃听之。婢还，不以告，但请夫人自往。伏窗窥之，则见颠当凝妆作己状，宗拥抱，呼以嫦娥。女哂而退。未几，颠当心暴痛，急披衣，曳宗诣嫦娥所，入门便伏。嫦娥曰：“我岂医巫厌胜者？汝自欲捧心效西子耳。”颠当顿首，但言知罪。女曰：“愈矣。”遂起，失笑而去。

○重(chóng)：再，反复。

○当夕：指妻妾侍寝。

○漏三下：即三更天。漏，古代计时器。

○医巫厌胜者：靠巫术治病的医生。医巫，即巫医，借托鬼神巫术治病。

○西子：即西施，春秋时期越国美女。

译文

嫦娥重新回来，却变得持重，不爱说笑。宗子美非要和她亲热，她就偷偷地让颠当去。颠当十分聪慧，善于媚惑男子。嫦娥喜欢一个人睡，每当宗子美想跟她一起过夜，她就推辞。一天夜里，三更时分，还能听到颠当的房里传来吃吃的笑声。嫦娥让婢女偷偷地去听。婢女回来后，不告诉她那边是什么情况，只是让嫦娥自己去看。嫦娥趴在颠当房外的窗户边往里一看，只见颠当扮作自己的样子，宗子美抱着她，嘴里喊着“嫦娥”。嫦娥笑着退了回去。没过一会儿，颠当的心突然疼起来，急忙披上衣服，拽着宗子美到了嫦娥的院子，进门就跪在地上。嫦娥说：“我难道是会巫术的人吗？是你自己要捧心效仿西施的。”颠当不停地磕头，只说自己知罪了。嫦娥说：“好了。”颠当站起身来，失笑离去。

原文

颠当私谓宗："吾能使娘子学观音。"宗不信，因戏相赌。嫦娥每

○观音：即观世音菩萨。

趺坐，眸含若瞑。颠当悄以玉瓶插柳，置几上，自乃垂发合掌，侍

○趺（fū）坐：盘腿打坐。

立其侧，樱唇半启，瓠犀微露，睛不少瞬。宗笑之。嫦娥开目问之，

○瓠（hù）犀：瓠（葫芦）中子，洁白整齐，因以喻美女之齿。

颠当曰："我学龙女侍观音耳。"嫦娥笑骂之，罚使学童子拜。颠当

○龙女：神话中龙王之女。○童子拜：童子拜观音。

束发，遂四面朝参之，伏地翻转，逞诸变态，左右侧折，袜能磨乎

○朝参：上朝参拜君主。指跪拜。

其耳。嫦娥解颐，坐而蹴之。颠当仰首，口衔凤钩，微触以齿。嫦

○蹴（cù）：踢。○凤钩：对嫦娥的脚的美称。

娥方嬉笑间，忽觉媚情一缕，自足趾而上，直达心舍，意荡思淫，若不自主。乃急敛神，呵曰："狐奴当死！不择人而惑之耶？"颠当惧，释口投地。嫦娥又厉责之，众不解。嫦娥谓宗曰："颠当狐性不改，适间几为所愚。若非夙根深者，堕落何难！"自是见颠当，每

○夙根：前世根业。夙，夙世，佛教谓前生。根，根业，根性，业力。

严御之。颠当惭惧，告宗曰："妾于娘子一肢一体，无不亲爱，爱之

○严御：严加管教。

极，不觉媚之甚。谓妾有异心，不惟不敢，亦不忍。"宗因以告嫦娥，嫦娥遇之如初。然以狎戏无节，数戒宗，不听。因而大小婢妇，竞相狎戏。

译文

颠当私下对宗子美说："我能让娘子学观音。"宗子美不信，两个人就开玩笑说打赌。嫦娥每次打坐，都闭着眼睛像睡着了。颠当悄悄地在玉瓶里插上柳枝，放在几案上，自己披散着头发，双手合十，侍立在嫦娥一旁，樱唇半启，玉齿微露，眼睛一眨也不眨。这样子把宗子美逗笑了。嫦娥睁开眼睛问他笑什么，颠当说："我在学龙女侍奉观音呢。"嫦娥笑着骂她，罚她学童子拜观音。颠当就把头发束起来，向四面参拜，趴在地上翻滚，展现出诸多体态，向左右弯腰时，脚够着自己的耳朵。嫦娥大笑，坐着用脚踢她。颠当一抬头，用嘴衔着嫦娥的脚，轻轻用牙齿一咬。嫦娥正在嬉笑，忽然觉得一缕媚情，从脚趾蜿蜒而上，直到心底，心神荡漾，情欲难忍。连忙收敛心神，呵斥道："狐媚子该死！不看是谁就来迷惑吗？"颠当害怕了，松口趴在地上，嫦娥又严厉地斥责她，众人都不明白为什么。嫦娥对宗子美说："颠当狐性不改，刚才我差点被她捉弄。要不是我夙根深厚，很容易就堕落了。"从此以后，每次见到颠当，都很严厉地管教她。颠当又惭愧又害怕，对宗子美说："我对娘子的一肢一体，都很喜爱，爱到极点，便不觉得魅惑过了头。如果说我有异心，真是冤枉我了，我不但不敢，更不忍心。"宗子美就把这话告诉了嫦娥，嫦娥之后就待她跟以前一样了。但由于宗子美和颠当嬉戏无度，嫦娥多次劝诫宗子美，他根本不往心里去。因此家里的婢女和仆妇竞相嬉戏玩闹。

原文

一日，二人扶一婢，效作杨妃。二人以目会意，赚婢懈骨作酣态，两手遽释，婢暴颠墀下，声如倾堵。众方大哗，近抚之，而妃子已作马嵬薨矣。大众惧，急白主人。嫦娥惊曰："祸作矣！我言如何哉！"往验之，不可救，使人告其父。父某甲，素无行，号奔而至，负尸入厅事，叫骂万端。宗闭户惴恐，莫知所措。嫦娥自出责之，曰：

○懈骨作酣态：模仿杨贵妃醉酒后倦怠慵懒的样子。懈，倦怠。

○遽释：急速松手。遽，快，迅速。

○颠：倒，跌落。

○马嵬薨：喻死。史载，唐玄宗天宝十四年（755），安禄山发动叛乱，次年引兵入关，玄宗仓皇逃蜀。行至马嵬驿（在今陕西兴平），卫兵哗变，杀死杨国忠，玄宗被迫赐杨贵妃死，葬马嵬坡。

○无行：行为恶劣，缺乏道德。

○厅事：此处指私宅堂屋。

“主即虐婢至死，律无偿法。且邂逅暴殂，焉知其不再苏？”甲噪言：“四支已冰，焉有生理！”嫦娥曰：“勿哗，纵不活，自有官在。”乃入厅事抚尸，而婢已苏，随手而起。嫦娥返身怒曰：“婢幸不死，贼奴何得无状！可以草索絷送官府！”甲无词，长跪哀免。嫦娥曰：“汝既知罪，姑免究处。但小人无赖，反复何常，留汝女终为祸胎，宜即将去。原价如干数，当速措置来。”遣人押出，俾浼二三村老，券证署尾。已，乃唤婢至前，使甲自问之：“无恙乎？”答曰：“无恙。”乃付之去。已，遂召诸婢，数责遍扑。又呼颠当，为之厉禁。谓宗曰：“今而知为人上者，一笑嚬亦不可轻。谑端开之自妾，而流弊遂不可止。凡哀者属阴，乐者属阳，阳极阴生，此循环之定数。婢子之祸，是鬼神告之以渐也。荒迷不悟，则倾覆及之矣。”宗敬听之。颠当泣求拔脱，嫦娥乃掐其耳，逾刻释手，颠当怃然为间，忽若梦醒，据地自投，欢喜欲舞。由此闺阁清肃，无敢哗者。婢至其家，无疾暴死。甲以赎金莫偿，浼村老代求怜恕，许之。又以服役之情，施以材木而去。

○邂逅暴殂（cú）：偶然暴死。殂，死。

○苏：复苏，苏醒。

○主即虐婢至死，律无偿法：关于这个观点，蒲松龄在其《循良政要》“禁奴死讼主”中有明确的说法：“凡婢仆即被主人刑杖，邂逅致死，按律当勿论。况因病身死，或有过惧罪自尽，更与主人无干。往往其父兄亲族居为奇货，刁讼诈索，甚有登门殴辱，抄毁财物者。若不严加禁止，则恶风日长，名分扫地矣。”

○支：“肢”的古字。

○券证署尾：在文件后面签字画押。券证，指丫环赎身的契约。

○数责：数落责备。遍扑：打了个遍。扑，打。

○厉禁：订立严厉的禁条。

○一笑嚬：一笑一嚬，喜怒。嚬，同“颦”。

○渐：表示程序、数量、现象等慢慢地变化。也指开端。

○逾刻：超过15分钟。刻，古代用漏壶记时，一昼夜共100刻。古之一刻约等于15分钟。

○拔脱：超度，解救。

○怃然为间：怅然自失了一小会儿。怃然，怅然自失的样子。

译文

有一天，两个婢女扶着一个婢女，扮作杨贵妃。扶着的两个婢女互相使了使眼色，骗中间的婢女扮杨贵妃醉酒后慵懒的样子，然后她俩忽然把手松开，扮作杨贵妃的婢女一下子摔到台阶下，倒在地上的声音像墙被推倒了一样。众人大叫出声，走近一摸，那个婢女像杨贵妃死于马嵬坡一样，已经死了。大家十分害怕，连忙将此事告诉了嫦娥。嫦娥惊慌地说："闯下祸事了！我说什么来着！"前去查验，已经救不了了，就让人把婢女的死讯告诉她的父亲。婢女的父亲某甲，平素就没有德行，听到女儿死讯，哭号着跑了过来，把女儿的尸体背到大厅，胡乱地叫骂着。宗子美关上房门，又担心又害怕，手足无措。嫦娥自己从内室出来责问某甲："主人即使把奴婢虐待致死，律法也没有规定要主人偿命。况且她是突然死亡，怎么知道她不会再活过来？"某甲叫嚷着："四肢已经冰冷了，哪里有复生的道理！"嫦娥说："别吵，就算是活不过来，还有官府在呢。"嫦娥进入大厅抚摸了一下尸体，婢女立刻就活了过来，随即站了起来。嫦娥转身生气地说："婢女幸而没死，你这个奴才如此无礼！用绳子绑起来送到官府！"某甲无话可说，跪在地上请求嫦娥饶了他。嫦娥说："你既然知道错了，姑且放过你。但小人无赖，反复无常，留下你的女儿终究是个祸患，你把她带走吧。按照她原来的身价，赶紧把钱送过来。"派人把他押出去，请了两三个村里的老人，在文书上画押签字。这些都办好了，把那个婢女叫到跟前，让她的父亲亲自问她："没伤着吧？"婢女回答："没伤着。"让他带着女儿走了。然后，嫦娥把家里的婢女都召集起来，责骂后把每个人都打了一顿。又把颠当叫来，严禁她以后再做这类事情。嫦娥对宗子美说："现在应该知道了吧，身为主人，一举一动都不可轻视。装扮游戏是从我开始的，沿袭下来，危害无穷。凡是哀伤的事属阴，高兴的事属阳，高兴过了头就会生出哀伤，这是阴阳循环的规律。婢女引起的祸事，是上天对我们的警示。如果执迷不悟，就会家破人亡了。"宗子美恭敬地听着。颠当哭着请求嫦娥解救她，嫦娥于是掐着她的耳朵，过了一会儿才松手，颠当怅然若失了一会儿，忽然之间像是从梦中醒来，拜伏在地，高兴得要跳起来。从此闺阁安静肃穆，没有人再敢吵闹。被父亲带走的婢女，回到家，好好地突然死了。她的父亲拿不出赎金，请村里的老人代他向嫦娥请求免除，嫦娥答应了。又念在婢女服侍自己的情分，给了她一口棺材。

原文

宗常患无子。嫦娥腹中忽闻儿啼，遂以刃破左胁出之，果男。无何，复有身，又破右胁而出一女。男酷类父，女酷类母，皆论昏于世家。

○昏：结婚。后多作“婚”。

译文

宗子美经常忧愁自己没有儿子。有一天，嫦娥的肚子中忽然传出婴儿的啼哭声，于是就用刀划破左胁把婴儿取了出来，果然是个男孩。没多久，嫦娥又有了身孕，又划破右胁取出一个女婴。男孩长得很像父亲，女孩很像母亲，后来都和世家大族通婚。

原文

异史氏曰：阳极阴生，至言哉！然室有仙人，幸能极我之乐，消我之灾，长我之生，而不我之死。是乡乐，老焉可矣，而仙人顾忧之耶？天运循环之数，理固宜然，而世之长困而不亨者，又何以为解哉？昔宋人有求仙不得者，每曰：“作一日仙人，而死亦无憾。”我不复能笑之也。

○乡：地方，区域。

○不亨：不顺利。亨，通。

译文

异史氏说：高兴过了头就会生出哀伤，真是至理名言啊！娶了仙女，幸而能让我高兴，消除我的祸患，使我长生，从而使我不死。这么美妙的地方，老死在这里也是心甘情愿的，但仙女为什么还有忧虑呢？天道运行循环是有定数的，从道理上来讲是这样的，但世上长期穷困而不顺利的人，又怎么解释呢？之前宋朝有个人求仙没有成功，经常说：“能做一天仙人，我死而无憾。”我不再笑话他了。

【鞠药如】

原文

鞠药如，青州人。妻死，弃家而去。后数年，道服荷蒲团至。经宿欲去，戚族强留其衣杖。鞠托闲步至村外，室中服具，皆冉冉飞出，随之而去。

○道服荷蒲团至：穿着道士的服装，背着蒲团回到家乡。荷，背负。蒲团，跪拜或打坐时用以为垫。

○戚族：泛指亲戚。

译文

鞠药如是青州人，妻子离世后，他也抛家远走。几年之后，他穿着道服背着蒲团回到家。在家住了一晚又要走，亲戚和族人不让他走，把他的衣服和禅杖藏了起来。鞠药如假称要去散步，走到村外，屋里的衣服和禅杖都慢慢飞起来，跟着他走了。

【褚生】

原文

顺天陈孝廉，十六七岁时，尝从塾师读于僧寺，徒侣甚繁。内有褚生，自言山东人，攻苦讲求，略不暇息，且寄宿斋中，未尝一见其归。陈与最善，因诘之，答曰："仆家贫，办束金不易，即不能惜寸阴，而加以夜半，则我之二日，可当人三日。"陈感其言，欲携榻来与共寝。褚止之曰："且勿，且勿！我视先生，学非吾师也。阜城门有吕先生，年虽耄，可师，请与俱迁之。"盖都中设帐者多以月计，月终束金完，任其留止。于是两生同诣吕。吕，越之宿儒，落魄不能归，因授童蒙，实非其志也。得两生甚喜，而褚又甚慧，过目辄了，故尤器重之。两人情好款密，昼同几，夜亦共榻。

○顺天：明清时期北京地区。

○徒侣：门徒学友。

○攻苦：读书刻苦。攻，攻读。

○惜寸阴：珍惜短暂的光阴。

○束金：束脩之金。《论语·述而》："自行束脩以上，吾未尝无诲焉。"后因以束金专指致送教师的酬金。

○设帐者：指塾师。

○越：周代诸侯国名。后用作浙江东部的别称。宿儒：年高博学的读书人。

○童蒙：初学的幼童。蒙，愚蒙。

○了：明白，知道。

○几：低矮的案几或小桌。

译文

顺天府的陈孝廉，十六七岁的时候，曾经跟一位私塾先生在寺庙里读书，私塾里的学生很多。其中有个褚生，自称是山东人，读书十分刻苦，一刻也不休息。而且他寄宿在寺内，也没见过他回家。陈生跟他关系最好，就问他为什么不回家，他说："我家里穷，筹钱让我来读书很不易，即使我不能珍惜每一寸光阴，但加上半个夜晚，那我学习两天，可以抵得上别人三天。"陈生被他的话感动，准备把床搬过来跟他同住。褚生连忙阻止："且慢！且慢！我看咱们这位先生的学识已经不够当我们的老师了。阜成门有个吕先生，虽然年纪大了，可以拜为老师，你跟我一起去他那里读书吧。"当时京城的塾师都是按月收取学费，月末学费用完，去留随意。到了月底，两个人去了吕先生那里读书。吕先生是越地的大儒，因为落魄回不了家乡，所以开馆教授幼童，这实在不是他的志向。陈生和褚生到他这里来读书，他很高兴，再加上褚生十分聪慧，过目不忘，所以格外器重他。陈生和褚生感情很好也很亲密，白天在一张书桌上读书，晚上在同一张床上睡。

原文

月既终，褚忽假归，十余日不复至。共疑之。一日，陈以故至天宁寺，遇褚廊下，劈檾淬硫，作火具焉。见陈，忸怩不安。陈问："何遽废读？"褚握手请间，戚然曰："贫无以遗先生，必半月贩，始能一月读。"陈感慨良久，曰："但往读，自合极力。"命从人收其业，同归塾。戒陈勿泄，但托故以告先生。陈父固肆贾，居物致富，陈辄窃父金，代褚遗师。父以亡金责陈，陈实告之。父以为痴，遂使废学。褚大惭，别师欲去。吕知其故，让之曰："子既贫，胡不早告？"乃悉以金返陈父，止褚读如故，与共饔飧，若子焉。陈虽不入馆，每邀褚过酒家饮。褚固以避嫌不往，而陈要之弥坚，往往泣下，褚不忍绝，遂与往来无间。

○劈檾（qǐng）淬（cuì）硫：把檾劈成束缕，在缕端淬上硫磺，遇火星即燃，可用作引火，是比较原始的火柴。淬，浸染。

○忸怩（niǔ ní）：羞惭，不好意思。

○遗先生：指送给先生束脩。

○贩：贩卖，做小买卖。

○自合：自当。极力：尽力，指尽力相助。

○物：赀货。

○肆贾：开店铺，坐商。

○共饔飧（sūn）：共食。饔，早餐。飧，晚餐。

译文

月末的时候，褚生忽然请假回家了，十多天了都没回来。大家都很疑惑。有一天，陈生有事到了天宁寺，在廊下遇到了褚生，他正劈开檾麻，蘸上硫黄，做引火的火具。看见陈生，褚生忸怩不安。陈生问他："为什么突然不去读书了？"褚生握着陈生的手，拉他到了一个没人的地方，悲伤地说：“我已经穷得交不起学费了，必须做半个月买卖，才能读一个月书。”陈生感慨良久，说：“你只管去读书，我自会尽力帮助你。”随后让随从收起褚生的工具，一起回到私塾。褚生让陈生不要把这件事泄露出去，只找了个理由告诉先生。陈生的父亲原本开有一个店铺，靠着囤积货物发了财，陈生就偷偷从父亲那里拿钱，帮褚生交学费。父亲发现家里的钱少了，责问陈生，陈生就把实情告诉了父亲。父亲以为他成了傻子，就不让他去读书了。褚生知道后深感惭愧，拜别老师也准备离去。吕先生知道了其中的缘故，责备他说：“你既然贫穷，为什么不早点儿告诉我？”就把学费悉数还给陈生的父亲，留褚生接着读书，跟他一同吃饭，待他像自己的儿子一样。陈生虽然不再去学馆读书，每次路过都会邀请褚生出去喝酒。褚生为了避嫌坚持推辞，但陈生一再邀请，还常常流下眼泪，褚生不忍心拒绝，于是两人往来仍很密切。

原文

逾二年，陈父死，复求受业。吕感其诚，纳之，而废学既久，较褚悬绝矣。居半年，吕长子自越来，丐食寻父。门人辈敛金助装，褚惟洒涕依恋而已。吕临别，嘱陈师事褚。陈从之，馆褚于家。未几，入邑庠，以“遗才”应试。陈虑不能终幅，褚请代之。至期，褚偕一人来，云是表兄刘天若，嘱陈暂从去。陈方出，褚忽自后曳之，身欲踣，刘急挽之而去。览眺一过，相携宿于其家。家无妇女，即馆客于内舍。居数日，忽已中秋。刘曰：“今日李皇亲园中，游人甚夥，当往一豁积闷，相便送君归。”使人荷茶鼎、酒具而往。但见水肆梅亭，喧啾不得入。过水关，则老柳之下，横一画桡，相将登

○受业：从师学习，承受学业。

○入邑庠：考中秀才。

○以“遗才”应试：秀才参加乡试，先要经过学道的科考录送，由于各种原因缺考，临时添补核准的，称为遗才。

○终幅：即终篇，完成全篇的八股文。

○豁：散，解。

○喧啾：喧哗嘈杂，形容人多拥挤。

○画桡（ráo）：有画饰的船桨，代指画船。桡，船桨。

舟。酒数行，苦寂。刘顾僮曰：“梅花馆近有新姬，不知在家否？”僮去少时，与姬俱至，盖勾栏李遏云也。李，都中名妓，工诗善歌，陈曾与友人饮其家，故识之。相见，略道温凉。姬戚戚有忧容。刘命之歌，为歌《蒿里》。陈不悦，曰：“主客即不当卿意，何至对生人歌死曲？”姬起谢，强颜欢笑，乃歌艳曲。陈喜，捉腕曰：“卿向日《浣溪纱》读之数过，今并忘之。”姬吟曰：泪眼盈盈对镜台，开帘忽见小姑来，低头转侧看弓鞋。强解绿蛾开笑面，频将红袖拭香腮，小心犹恐被人猜。

○《蒿里》：古乐府曲名。送葬时用的挽歌。蒿里，是死者魂魄聚居的地方。

○弓鞋：旧时缠足妇女脚弯如弓，故所穿的鞋也呈弓状。

○绿蛾：妇女的蛾眉。古代妇女以黛染眉，眉呈微绿颜色。

译文

过了两年，陈父死了，陈生又到吕先生处来读书。吕先生被他的诚心感动，接纳了他，但由于他荒废学业太久，相较于褚生差距很大。过了半年，吕先生的大儿子从越地一路乞讨到这里找寻父亲。学生们筹了一些钱给吕先生作路费，褚生只能洒下眼泪来表达对吕先生的依依惜别之情。临别时，吕先生嘱咐陈生拜褚生为师。陈生同意了，把褚生请到家里教自己。没多久，陈生考中了秀才，又以“遗才”的身份参加乡试。陈生担心自己没有能力写完文章，褚生说愿意代替陈生去考试。到了应试的时候，褚生带了一个人过来，说是自己的表兄刘天若，让陈生先跟他去。陈生刚走出去，褚生忽然从后面拽了他一下，陈生差点儿跌倒，刘天若急忙挽着他走了。他们游览眺望了一圈以后，就去刘天若家里住下了。刘家没有女眷，刘天若就让陈生住在了内室。住了几天，就到了中秋节。刘天若说：“今天去李皇亲的花园里游玩的人很多，我们也应该去散散心中的烦闷，顺便送你回家。就让仆人挑着茶具和酒具前去。只见花园里水榭梅亭，人声鼎沸，水泄不通。过了水关，一艘画船横放在一棵古柳之下，两人互相扶着登上了船。酒过三巡，感觉有些冷清。刘天若对书童说：“梅花馆新来了一个歌姬，不知道在不在家？”书童去了没一会儿，带着歌姬回来了，原来是妓院里的李遏云。李遏云是京城的名妓，精于诗词、善于跳舞，陈生曾经和朋友去她家喝过酒，所以认识她。几人相见，寒暄了几句。李遏云神色悲凄，面有愁容。刘天若让她唱一曲，她就唱了一首《蒿里》。陈生听完很不高兴，说：“我们就算不合您的心意，也用不着在活人面前唱挽歌吧？”李遏云起身致歉，强颜欢笑，唱了一首艳曲。陈生很高兴，抓住她的手腕说：“你之前写的《浣溪沙》我读过很多遍，如今都忘了。”李遏云于是吟道：泪眼盈盈对镜台，开帘忽见小姑来，低头转侧看弓鞋。强解绿蛾开笑面，频将红袖拭香腮，小心犹恐被人猜。

原文

陈反覆数四。已而泊舟，过长廊，见壁上题咏甚多，即命笔记词其上。日已薄暮，刘曰：“闱中人将出矣。”遂送陈归。入门，即别去。陈见室暗无人，俄延间，褚已入门，细审之，却非褚生。方疑，客遽近身而仆。家人曰：“公子惫矣！”共扶拽之。转觉仆者非他，即己也。既起，见褚生在旁，惚惚若梦。屏人而研究之，褚曰：“告之勿惊：我实鬼也。久当投生，所以因循于此者，高谊所不能忘，故附君体，以代捉刀。三场毕，此愿了矣。”陈复求赴春闱，曰：“君先世福薄，悭吝之骨，诰赠所不堪也。”问：“将何适？”曰：“吕先生与仆有父子之分，系念常不能置。表兄为冥司典簿，求白地府主者，或当有说。”遂别而去。

○高谊：称别人对自己友谊的敬辞。

○三场：明清的科举考试分为三场，每场考三天。

○捉刀：旧时指代人作文。上古以刀为笔，竹木简出现后，又用刀修改竹木简上的舛误。

○春闱：明清时代，进士考试在春天举行，故称。

○诰赠所不堪也：意思是无福受封赠。诰赠，皇帝封赠的命令。明清制度，一品至五品官职，授诰命。朝廷推恩大官重臣，赠官爵给其父母，父母在者称封，已殁者称赠。

○典簿：掌管簿籍。簿，指民俗所说的生死簿。

译文

陈生又反复吟诵了几遍。不久停船靠岸，下了船，经过一条长廊，看见墙壁上题有很多诗，陈生拿笔将刚才吟诵的诗句题写在墙上。太阳已经落山了，刘天若说："考生要出来了。"就把陈生送了回去。陈生进门以后，刘天若就告辞了。陈生发现屋里很暗，一个人都没有，迟疑间，看见褚生走进门，仔细一看，却又不是褚生。正当他疑惑的时候，来人突然靠近他倒在了地上。仆人说："公子这是太累了！"一起搀扶拽着他。陈生突然发觉倒在地上的不是别人，而是自己。起来以后，看见褚生在自己身旁，恍恍惚惚像在做梦。陈生让仆人都退下，想弄明白此事，褚生说："我跟你说了你不要惊讶：我其实是鬼。早就应当投胎，之所以拖延着没走，是因为不能忘记我们之间的情谊，所以附在你的身上，替你参加考试。考试结束了，我的心愿也了了。"陈生恳求褚生再帮自己参加春闱考试，褚生说："你的祖先福薄，吝啬之人的后代，无福受封诰。"陈生问："你要去哪里？"褚生说："吕先生和我有父子的情分，我常常挂念他。我的表兄是阴司的典簿，求他跟阎王说说，或许有用。"说完告别而去。

原文

陈异之。天明，访李姬，将问以泛舟之事，则姬死数日矣。又至皇亲园，见题句犹存，而淡墨依稀，若将磨灭。始悟题者为魂，作者为鬼。至夕，褚喜而至，曰："所谋幸成，敬与君别。"遂伸两掌，命陈书褚字于上以志之。陈将置酒为饯，摇首曰："勿须。君如不忘旧好，放榜后，勿惮修阻。"陈挥涕送之。见一人伺候于门，褚方依依，其人以手按其顶，随手而匾，掬入囊，负之而去。过数日，陈果捷。于是治装如越。吕妻断育几十年，五旬余，忽生一子，两手握

○惮（dàn）：怕，畏。修阻：路途遥远、艰难。

○掬：双手捧。

○捷：指乡试中举。

固不可开。陈至，请相见，便谓掌中当有文曰"褚"。吕不深信。儿见陈，十指自开，视之果然。惊问其故，具告之，共相欢异。陈厚贻之，乃返。后吕以岁贡廷试入都，舍于陈，则儿十三岁，入泮矣。

○贻：赠。

○岁贡廷试：指岁贡生直接参加廷试，考职录用。岁贡，也称"挨贡"，由学政在各府、州、县学廪膳生员中按年资选送，贡入国子监。

○舍：入住。

译文

陈生觉得奇怪。天亮以后，去拜访李姬，准备问她泛舟游湖的事，却被告知李姬已经死了好几天了。陈生又去了皇亲园，看见题在墙上的诗句还在，但是墨色淡且不清楚，像是快要磨灭了。这才明白题诗的是魂魄，作诗的是鬼。到了晚上，褚生高兴地来了，对陈生说："那件事说定了，我来是跟你道别的。"然后伸出两掌，让陈生在掌心写上"褚"字作为记号。陈生要摆宴席为褚生饯行，褚生摇摇头说："不用了。你如果没忘掉以前的老朋友，放榜以后，不要畏惧路途遥远，去看看我。"陈生挥泪送他。看见一个人在门旁等候，褚生正依依惜别，那个人用手按住褚生的头顶，将他按扁，装进口袋，背着走了。过了几天，陈生果然中举，于是准备行装到越地去。吕先生的妻子已经几十年没生孩子了，如今五十多岁，忽然生了一个儿子，两手紧握，无法掰开。陈生到了吕先生家里，说想见见先生的小儿子，还说他的手掌上一定有个"褚"字。吕先生不太相信。谁知他的小儿子看见陈生，十指就伸开了，吕先生一看，果然有"褚"字。他吃惊地问陈生，陈生就把来龙去脉都告诉了他，大家都是又惊又喜。陈生给了吕先生一笔丰厚的钱，然后就回家了。后来吕先生以岁贡生的身份到京城参加廷试，住在陈生家里，这时吕先生的儿子才十三岁，已经考中了秀才。

原文

异史氏曰：吕老教门人，而不知自教其子。呜呼！作善于人，而降祥于己，一间也哉！褚生者，未以身报师，先以魂报友，其志其行，可贯日月，岂以其鬼故奇之与！

○一间（jiàn）：非常接近，所差无几。间，间隙。

○贯：穿透，上达。

译文

异史氏说：吕先生开馆教学，但不知道教的是自己的儿子。唉！与人为善，让自己得到福气，这两者离得很近啊！褚生还没有用身体报答老师，先用魂魄报答朋友，他的志向与品行，与日月同辉，怎么能因为他是鬼而感到奇怪呢！

【盗户】

原文

顺治间，滕、峄之区，十人而七盗，官不敢捕。后受抚，邑宰别之为“盗户”。凡值与良民争，则曲意左袒之，盖恐其复叛也。后讼者辄冒称盗户，而怨家则力攻其伪，每两造具陈，曲直且置不辨，而先以盗之真伪，反复相苦，烦有司稽籍焉。适官署多狐，宰有女为所惑，聘术士来，符捉入瓶，将炽以火。狐在瓶内大呼曰：“我盗户也！”闻者无不匿笑。

○滕、峄之区：指今山东滕州、枣庄峄城一带。在山东的南部。

○受抚：接受招抚。即归顺官府。

○两造具陈：被告和原告双方都进行申诉。两造，诉讼双方当事人。

○稽籍：查证盗户名籍。

译文

顺治年间，山东滕县、峄县等地，十个人中就有七个是强盗，官府也不敢抓捕他们。后来这些人被招安，归顺官府，为了区别于普通百姓，官府给他们另造籍册，称为“盗户”。但凡盗户跟普通百姓有争执，官府都会想办法袒护他们，就是担心他们又会叛乱。后来打官司的人动辄冒充盗户，而对方则极力证明他们是假冒的，每次打官司，两方都递上状纸后，暂且不论是非曲直，而是先验证是不是真的盗户，苦苦争辩，往往需要官府查验户籍。正巧官府里有很多狐狸，县令的女儿被狐狸迷惑，县令请来一位术士，用符咒将狐狸捉住后装入瓶中，要投入火中焚烧。狐狸在瓶子里面大声喊：“我是盗户！”听到的人没有不暗中发笑的。

原文

异史氏曰：今有明火劫人者，官不以为盗而以为奸；逾墙行淫者，

○明火劫人：谓公开行劫。明火，手执火把。

○逾墙：男女偷情。

每不自认奸而自认盗。世局又一变矣。设今日官署有狐，亦必大呼曰“吾盗”无疑也。

译文

异史氏说：如今有明火执仗抢劫人的，官府不把其判为偷盗却认为是奸淫；翻墙奸淫的，往往不承认自己犯有奸淫罪，却认为自己犯有偷盗罪。这是世道的又一个变化啊。假设如今官署里有狐狸，也必定大声呼喊道“我是强盗”，这是没有疑问的。

原文

章丘漕粮徭役，以及征收火耗，小民常数倍于绅衿，故有田者争求托焉。虽于国课无伤，而实于官橐有损。邑令锺，牒请厘弊，得可。初使自首，既而奸民以此要上，数十年鬻去之产，皆诬托诡挂，以讼售主。令悉左袒之，故良懦多丧其产。有李生为某甲所讼，同赴质审。甲呼之“秀才”，李厉声争辨，不居秀才之名。喧不已。令诘左右，共指为真秀才。令问：“何故不承？”李曰：“秀才且置高阁，待争地后，再作之未晚也。”噫！以盗之名，则争冒之；秀才之名，则争辞之，变异矣哉！有人投匿名状云：“告状人原壤，为抗法吞产事：身以年老不能当差，有负郭田五十亩，于隐公元年，暂挂恶衿颜渊名

○漕粮：通过水路运送公粮。

○火耗：碎银用火熔铸成锭而受的损耗。清初征收火耗极重，已成为正税之外的勒索。

○绅衿：乡绅和秀才。泛指地方上有地位权势的人。

○国课：国税。课，赋税。

○官橐（tuó）：指居官期间搜刮得来的钱财。

○邑令锺：姓锺的县令。

○牒请厘弊：发文书向上司请求改革弊政。

○要上：要挟上面的人，即要挟绅衿。

○鬻（yù）：卖出。

○良懦：善良懦弱之人。

○承：承认。

○置高阁：谓弃置不用。

○匿名状：不署姓名的状子。

○原壤：春秋鲁国人。相传因其母死不哭而歌，被孔子杖击其胫，是古代缺乏道德伦理的典型。

○身：自身，本人。

○负郭田：靠近城而肥沃的田地。

○恶衿：坏士人。

下。今功令森严，理合自首。讵恶久假不归，霸为己有。身往理说，

○功令：法律命令。

○讵（jù）：岂，怎。假：借。不归：不还。

○胫肢：身体。胫，小腿，从膝盖到脚跟的一段。

被伊师率恶党七十二人，毒杖交加，伤残胫肢，又将身锁置陋巷，

○伊师：他的老师。党：党羽。七十二人：指孔门弟子。

○革顶严究：革去功名，严加查办。顶，顶戴。清朝用以区别官员品级的服饰。

日给箪食瓢饮，囚饿几死。互乡地证，叩乞革顶严究，俾血产归主，

○互乡：《论语》中地名，难以说清道理的地方。

○俾：使。血产：辛苦经营所置的地产。

上告。”此可以继柳跖之告夷、齐矣。

译文

章丘运送粮食的徭役，以及征收火耗，平民百姓的数额通常是官绅的好几倍，所以有田产的百姓争相依靠在大户名下。虽然这样做对国家的赋税没有影响，但是损害了地方的财政。有个姓钟的县令，写公文给上级请求改革这个弊政，上级同意了。开始的时候要求这些百姓自首，时间长了，一些刁民以此来要挟依靠的大户，数十年前卖掉的田产，却谎称是挂靠在大户处，从而跟买家打官司。钟县令又对这些刁民多加偏袒，因此善良懦弱的买家大多都失去了自己的田产。有个李生被某甲告到县衙，两人一同去上堂对质。某甲称呼李生为“秀才”，李生严厉反驳，说自己不是秀才。两个人在堂上吵得不可开交。县令就问旁边的人，都说李生真的是秀才。县令问他：“为什么不承认自己是秀才？”李生说：“是不是秀才先放在一边，等争到田地后，再当秀才也不晚。”唉！强盗的罪名，大家争相冒名顶替；秀才的身份，却争着推辞，这世道是真的变了啊！有个人匿名投了一张状子，里面的内容是：“原告原壤，状告有人违背法令侵吞田产：我因为年老不能当差，在城边有五十亩田产，于鲁隐公元年，暂时将田产挂靠在险恶的士人颜渊名下。如今法令森严，理应自首。但颜渊这个恶人，不肯归还我的田产，据为己有。我前去说理，被他的老师带着七十二个党羽，恶毒地用棍子打我，打残了我的大腿和胳膊，还把我锁进陋巷，每天只给我一点儿食物和水，把我囚禁起来，几乎饿死。互乡可以为地证，叩请青天大老爷严厉追究，把我的田产还给我，以此上告。”这可以说是步柳跖状告伯夷、叔齐的后尘了。

【某乙】

原文

邑西某乙，故梁上君子也。其妻深以为惧，屡劝止之，乙遂翻然自改。

○梁上君子：窃贼。

居二三年，贫窭不能自堪，思欲一作冯妇而后已。乃托贸易，就善卜者

○一作冯妇：谓再偷盗一次。冯妇，人名。

问何往之善。术者占曰："东南吉，利小人，不利君子。"兆隐与心合，

○兆：卦兆，指卜者之言。

窃喜。遂南行，抵苏、松间，日游村郭，凡数月。偶入一寺，见墙隅堆石子二三枚，心知其异，亦以一石投之。径趋龛后卧。日既暮，寺

○龛（kān）：供奉佛像或神位的石室或小阁。

中聚语，似有十余人。忽一人数石，讶其多，因共搜龛后，得乙，问："投石者汝耶？"乙诺。诘里居、姓名，乙诡对之。乃授以兵，率与共

○兵：兵器，凶器。

去。至一巨第，出耎梯，争逾垣入。以乙远至，径不熟，俾伏墙外，

○耎（ruǎn）梯：用绳索结成的梯形攀登用具。耎，同"软"。

司传递、守囊橐焉。少顷，掷一裹下，又少顷，缒一箧下。乙举箧

○缒（zhuì）：用绳索拴住人或物从上往下放。箧（qiè）：箱子一类的容器。

知有物，乃破箧，以手揣取，凡沉重物，悉纳一囊，负之疾走，竟

○揣（chuǎi）：估量。

取道归。由此建楼阁、买良田，为子纳粟。邑令扁其门曰"善士"。

○纳粟：明清时期，可以通过向官方捐纳财货，入国子监肄业，成为监生，可不经过府州县学考试直接参加省和京城的乡试。

后大案发，群寇悉获，惟乙无名籍，莫可查诘，得免。事寝既久，

○寝：平息。

乙醉后时自述之。

译文

城西的某乙，以前是个小偷。他的妻子为此担惊受怕，总是劝他不要再做小偷了，他也幡然醒悟，改过自新。过了两三年，生活贫困难以忍受，就想着再偷一次就再也不偷了。于是假称去做生意，到算卦很灵的人那里去问去哪里比较好。算卦的人说："东南方向大吉，利小人，不利君子。"卦象跟他的想法不谋而合，他暗自高兴。于是他就往南方走，到了苏州、吴淞一带，每天在各个村子里游荡，这样过了好几个月。有一天，他偶然进入一座寺庙，看见墙角里堆着两三块石头，心里感觉这不寻常，于是也放了一块石头进去。然后就走到佛龛后面躺下，静静等待。天黑以后，寺庙里有好些人聚集在一起说话，好像有十多个人。忽然其中一个人数了数石头，惊讶地发现多了一块，于是他们一起到佛龛后面搜查，发现了某乙，问他："是你放的石头吗？"某乙承认了。他们又问某乙是哪里人，叫什么，某乙胡乱编了个住址和姓名骗他们。他们便给了某乙兵器，带着他一起走了。到了一座巨大的宅院，这些人拿出软梯，争相翻墙进入宅院。因为某乙是从远方来的，不熟悉地形，所以让他在墙外面等着，专职传递物品、守着包袱等。过了一会儿，有人扔出一个包袱，又过了一会儿，有人用绳子放下来一个箱子。某乙托举箱子的时候感觉到里面有东西，就打开箱子，用手估量其轻重，凡是沉重的东西，都放在一个袋子里，拿得差不多了，背上袋子就跑了，最后找到路回了家。回家以后盖了楼阁，买了良田，为儿子捐了监生的功名。县令在他门上挂了"善士"的牌匾，加以表彰。后来那个偷窃的大案东窗事发，那些强盗都被抓了，只有某乙没有确切的姓名和籍贯，无法追查审问，得以免罪。事情过去很久了，还是某乙有次喝醉了之后自己说出来的。

原文

曹有大寇某，得重赀归，肆然安寝。有二三小盗，逾垣入，捉之索金，某不与。箠灼并施，罄所有，乃去。某向人曰："吾不知炮烙之苦如此！"遂深恨盗，投充马捕，捕邑寇殆尽。获曩寇，亦以所施者施之。

○曹：曹州府，治所在今山东菏泽。

○肆然：放肆，毫无顾忌地。

○箠：鞭打。灼：烧。

○罄（qìng）：净尽。

○炮烙：相传为殷纣王时期的一种酷刑。

○马捕：捕快。旧时州县官署专事捕捉犯人的差役。

译文

曹州有个大盗，偷了很多钱带回家里，毫无顾忌地安然入睡。有两三个小偷，翻墙进入他家，把他捆起来问他要钱，大盗不给。几个小偷对他又是鞭打又是火烧，把他的钱都搜刮完才走。大盗跟人说："我不知道被炮烙竟然这么痛苦啊！"于是对强盗充满仇恨，去衙门当了捕快，把县里的强盗都抓了起来。后来抓到了去他家抢钱的几个小偷，也对他们鞭打、炮烙，以其人之道还治其人之身。

纳粟

纳粟是明清时期的一种制度，指通过向朝廷捐纳粮食或财货的方式，获得入国子监肄业的资格，成为监生。纳粟监生无须经过府、州、县学的考试，即可直接参加乡试和会试。这种途径为那些家境富裕但未经过正规科举途径的人提供了获取功名的机会，成为当时仕途的一条捷径，也被视为一种变通的入仕方式。

【霍女】

原文

朱大兴，彰德人。家富有而吝啬已甚，非儿女婚嫁，坐无宾、厨无肉。然佻达喜渔色，色所在，冗费不惜。每夜，逾垣过村，从荡妇眠。一夜，遇少妇独行，知为亡者，强胁之，引与俱归。烛之，美绝。自言霍氏。细致研诘，女不悦曰："既加收齿，何必复盘察？如恐相累，不如早去。"朱不敢问，留与寝处。顾女不能安粗粝，又厌见肉臛，必燕窝或鸡心、鱼肚白作羹汤，始能餍饱。朱无奈，竭力奉之。又善病，日须参汤一碗。朱初不肯。女呻吟垂绝，不得已，投之，病若失。遂以为常。女衣必锦绣，数日，即厌其故。如是月余，计费不赀，朱渐不供。女啜泣不食，求去。朱惧，又委曲承顺之。每苦闷，辄令十数日一招优伶为戏，戏时，朱设凳帘外，抱儿坐观之。女亦无喜容，数相诮骂，朱亦不甚分解。居二年，家渐落。向女婉言，求少减，女许之，用度皆损其半。久之，仍不给，女亦以肉糜相安，又渐而不珍亦御矣。朱窃喜。忽一夜，启后扉亡去。朱怊怅若失，遍访之，乃知在邻村何氏家。

○彰德：旧府名。府治在今河南安阳。

○佻达：轻薄，不庄重。渔色：追求女色。

○亡：逃亡，离家出走。

○胁：胁迫，逼迫。

○研诘：盘问。

○收齿：录用，接纳。

○安：安于，甘心。粗粝：糙米。指粗食。

○肉臛（huò）：肉羹。

○鸡心：疑指鸡心螺，一种海味。鱼肚（dǔ）白：以鱼鳔等物制成的白色明胶，供食用的称鱼肚，为名贵海味。

○垂绝：将死。

○优伶：旧时称演员为优伶。

○数（shuò）：多次，频繁。诮骂：责骂。

○分解：辩驳，分辩。

○肉糜：煮烂的肉糊。

○御：用。

○怊（chāo）怅：惆怅。

译文

朱大兴是彰德人，家里很有钱却非常吝啬，除非是儿子结婚或女儿出嫁之类的事，否则家里从来不请客，厨房里也没有肉。但他生性放荡，喜爱女色，只要是为了女色，花多少钱都愿意。每天夜里，都翻墙去附近的村里，跟荡妇睡觉。一天夜里，他遇到一个少妇独自行走，知道她肯定是逃出来的，就强迫威胁她，带着她回到家里。点上灯一看，美艳绝伦。少妇说自己姓霍。朱大兴又仔细盘问她，她不高兴地说："既然收留了我，何必又要盘问我？如果怕连累你，还不如早早让我离开呢。"朱大兴不敢问了，把她留下来跟自己一起住。但是霍女吃不了粗茶淡饭，也不喜欢吃肉羹，必须得燕窝或者鸡心、鱼肚白做的羹汤，才能吃饱。朱大兴无可奈何，只能尽力给她弄这些吃食。她还总生病，每天需要喝一碗参汤。朱大兴起初舍不得给她喝，但霍女呻吟不止，像是要死了一样，逼不得已，只得给她喝参汤，她的病就好了。于是就习以为常了。霍女必须穿锦缎做的衣服，过了几天，就嫌衣服旧了，要做新的。这样过了一个多月，花的钱不计其数，朱大兴慢慢地供不起了。霍女哭泣着不肯吃饭，请求离去。朱大兴害怕她离开，又委曲求全地答应她。霍女总是心里苦闷，朱大兴就每隔十多天让戏班子来家里唱戏，唱戏的时候，朱大兴把凳子放在帘子外面，抱着儿子坐着看戏。就算是这样，霍女脸上也没有笑容，经常对朱大兴大声谩骂，朱大兴也不分辩。过了两年，朱家渐渐没落。朱大兴委婉地跟霍女商量，请求少一些花销，霍女同意了，各项用度都减半。时间长了，朱大兴还是供不起，霍女连肉糜都接受了，渐渐地，没有珍馐美味也吃得下去了。朱大兴暗自高兴。一天夜里，霍女忽然打开后门跑了。朱大兴怅然若失，到处寻找，才知道霍女去了邻村的何家。

原文

何大姓，世胄也，豪纵好客，灯火达旦。忽有丽人，半夜入闺闼。诘之，则朱家之逃妾也。朱为人，何素藐之，又悦女美，竟纳焉。绸缪数日，益惑之，穷极奢欲，供奉一如朱。朱得耗，坐索之，何殊不为意。朱质于官。官以其姓名来历不明，置不理。朱货产行赇，乃准

○世胄：世家子弟，贵族后裔。

○藐：藐视，看不起。

○货产行赇（qiú）：变卖田产，贿赂官府。

拘质。女谓何曰："妾在朱家，原非采礼媒定者，胡畏之？"何喜，将与质成。座客顾生谏曰："收纳逋逃，已干国纪，况此女入门，日费无度，即千金之家，何能久也？"何大悟，罢讼，以女归朱。

○质成：谓请人判断是非而求得公正解决。
○逋逃：逃亡的人。
○干：犯。国纪：国法。
○无度：没有节制。

译文

何家是当地大姓，也是世家大族，何氏为人豪迈，好宴请客人，经常灯火通宵达旦地亮着。一天晚上，忽然有个佳人闯入内室。何氏就问她是谁，她说自己是从朱家逃出来的妾室。何氏一向看不起朱大兴的为人，又见霍女貌美，就把她留下了。缠绵了几日，何氏日益迷恋霍女，穷奢极欲，像朱大兴一样供养霍女。朱大兴得到霍女的消息后，去何家讨要，何氏根本不搭理他。朱大兴把何氏告到官府，官府以霍女的姓名来历不清楚为由，置之不理。朱大兴气不过，变卖家产，贿赂官府，这才获准拘捕何氏到堂前审问。霍女对何氏说："我在朱家，原本就没有通过媒人，也没有给彩礼，为什么要怕他呢？"何氏很高兴，准备上堂与朱大兴对质。他的一个客人顾生劝他："收留逃跑的妾，已经触犯了国法，况且她进门之后，挥霍无度，就算是千金之家，又怎么能长久维持呢？"何氏恍然大悟，没去打官司，把霍女送还给了朱大兴。

原文

过一二日，女又逃。有黄生者，故贫士，无偶。女叩扉入，自言所来。黄见艳丽忽投，惊惧不知所为。黄素怀刑，固却之，女不去。应对间，娇婉无那。黄心动，留之，而虑其不能安贫。女早起，躬操家苦，劬劳过旧室。黄为人蕴藉潇洒，工于内媚，因恨相得之晚。止恐风声漏泄，为欢不久。而朱自讼后，家益贫，又度女终不能安，遂置不究。

○怀刑：守法。
○无那：无限，非常。
○躬操家苦：亲自操作家中劳苦之事。
○劬（qú）劳：劳苦，劳累。旧室：旧妻，老妻。

译文

霍女在朱家待了一两天，又逃走了。有一个姓黄的书生，家里很穷，没有妻子。霍女来敲他家的门，进门之后，说了自己是从哪里来的。黄生见这么漂亮的女子到了自己家，惊讶得不知如何是好。黄生平时奉公守法，因此一再请霍女离去，霍女坚决不走。应答之间，娇媚温婉。黄生十分心动，就把她留下了，但也担心她不能安于贫苦的生活。谁知霍女却每天早早起床，亲自操持家务，比黄生的前妻还要勤劳。黄生为人温柔体贴，举止潇洒，善于讨好妻子，因此二人其乐融融，有相见恨晚的感觉。只怕走漏风声，幸福持续不了太久。朱大兴自从打官司以后，家里更加贫穷，又揣度霍女终究不能忍受这样的生活，于是也不再追究。

原文

女从黄数岁，亲爱甚笃。一日，忽欲归宁，要黄御送之。黄曰："向言无家，何前后之舛？"曰："曩漫言之。妾镇江人，昔从荡子，流落江湖，遂至于此。妾家颇裕，君竭赀而往，必无相亏。"黄从其言，赁舆同去。至扬州境，泊舟江际。女适凭窗，有巨商子过，惊其艳，反舟缀之，而黄不知也。女忽曰："君家綦贫，今有一疗贫之法，不知能从否？"黄诘之，女曰："妾相从数年，未能为君育男女，亦一不了事。妾虽陋，幸未老耄，有能以千金相赠者，便鬻妾去，此中妻室、田庐皆备焉。此计如何？"黄失色，不知何故。女笑曰："君勿急，天下固多佳人，谁肯以千金买妾者。其戏言于外，以觇其有无。卖不卖，固自在君耳。"黄不肯。女自与榜人妇言之，

○笃：忠实，一心一意。

○御：驾御车马。

○舛（chuǎn）：乖违，矛盾。

○漫言之：随便说的。

○镇江：旧府名。位于江苏西南部，治所在丹徒。即今江苏镇江。

○扬州：即今江苏扬州，在长江北岸，与镇江隔江相望。

○缀：尾随。

○綦（qí）：很，非常。

○不了事：没有结果的事情。

○觇（chān）：探测，偷偷看。

○榜（bàng）人：船老大，船夫。

妇目黄，黄漫应焉。妇去无几，返言：“邻舟有商人子，愿出八百。”黄故摇首以难之。未几，复来，便言如命，即请过船交兑。黄微哂。女曰：“教渠姑待，我嘱黄郎，即令去。”女谓黄曰：“妾日以千金之躯事君，今始知耶？”黄问：“以何词遣之？”女曰：“请即往署券，去不去固自在我耳。”黄不可。女逼促之，黄不得已，诣焉。立刻兑付。黄令封志之，曰：“遂以贫故，竟果如此，遽相割舍。倘室人必不肯从，仍以原金璧赵。”方运金至舟，女已从榜人妇从船尾登商舟，遥顾作别，并无凄恋。黄惊魂离舍，嗌不能言。俄商舟解缆，去如箭激。黄大号，欲追傍之。榜人不从，开舟南渡矣。瞬息达镇江，运赀上岸，榜人急解舟去。黄守装闷坐，无所适归，望江水之滔滔，如万镝之丛体。方掩泣间，忽闻娇声呼“黄郎”。愕然四顾，则女已在前途。喜极，负装从之，问：“卿何遽得来？”女笑曰：“再迟数刻，则君有疑心矣。”黄乃疑其非常，固诘其情。女笑曰：“妾生平于吝者则破之，于邪者则诳之也。若实与君谋，君必不肯，何处可致千金者？错囊充牣，而合浦珠还，君幸足矣，穷问何为？”乃雇役荷囊，相将俱去。

○遣：推托。

○署券：立约，签约。

○封志：封存加上印记。

○璧赵：即完璧归赵。谓将兑付的钱归还原主。

○嗌（ài）：气结喉塞。

○万镝（dí）：万箭。镝，箭镞。丛体：聚射于身。丛，聚集。

○错囊充牣（rèn）：钱袋充盈。错囊，彩绣之囊。牣，满。

○合浦珠还：比喻霍女去而复回。后以“合浦珠还”比喻失物复得。

译文

霍女跟黄生一起生活了好几年，感情很是深厚。有一天，霍女突然想回娘家，让黄生用马车送她。黄生说："你以前一直说没有家，为什么前后说法不一？"霍女说："以前是随便说的。我是镇江人，之前跟了一个浪荡子，四处流浪，所以才到了这里。我娘家很富裕，你竭尽家财送我回娘家，我家肯定不会亏待你的。"黄生听了她的话，租了辆马车跟她一起去。到了扬州境内，把船停在江边。霍女正好坐在窗户边，有一个富商的儿子从旁边经过，惊艳于霍女的容貌，掉转船头跟在他们的船后面，而黄生浑然不知。霍女突然对黄生说："你家太穷了，如今有一个摆脱贫穷的方法，不知道你能不能听我的？"黄生就追问是什么方法，霍女说："我跟你相伴好几年，没能给你生下一男半女，也是我心中的遗憾。我虽然长相丑陋，幸而还不算衰老，如果有人愿意出一千两银子，你就把我卖了，然后你就能娶妻、买田。这个计策怎么样？"黄生大惊失色，不知道霍女为什么这么说。霍女笑着说："你先别急，天底下那么多长得漂亮的女子，谁愿意花一千两银子买我。这是说给别人听的玩笑话，看看有没有人买我。卖不卖，都由你说了算。"黄生不同意卖掉霍女。霍女就把自己的想法告诉了船夫的妻子，船夫的妻子看了看黄生，黄生随便答应了几句。船夫的妻子走了没多久，回来说："旁边船上有个商人的儿子，愿意出八百两银子。"黄生故意摇头来为难对方。没过多久，船夫的妻子又来了，说对方愿意出一千两银子，请黄生立刻去船上，一手交钱，一手交人。黄生笑了笑。霍女说："请他稍微等一会儿，我叮嘱黄郎几句就让他过去。"霍女对黄生说："我每天以价值千金的身躯侍奉你，你才知道吧？"黄生说："用什么话来打发他呢？"霍女说："请你立刻去签署文书，去不去本来就在我自己。"黄生不同意。霍女逼迫催促他，黄生不得已，到相邻的船上去了。富商的儿子立刻将银子给了黄生。黄生让他把银子封好并加上印记，说："因为我家穷的缘故，竟然果真把妻子卖给你，让我和妻子突然分离。假如我的妻子以后不愿意跟随你，我仍然将这些钱还给你。"黄生刚把银子搬到船上，霍女已经跟着船夫的妻子从船尾登上了商人之子的船，远远地跟黄生挥手告别，没有一点儿难过和留恋的样子。黄生魂不守舍，难过得说不出话来。接着商人之子的船就解开缆绳，像离弦的箭一样驶离。黄生大声哭号，想追上那艘船。船夫不同意，开船往南走了。很快船到了镇江，把银子搬运上岸后，船夫急忙解开船缆走了。黄生守着行装闷闷不乐地坐着，不知道要到哪里去，望着滔滔江水，犹如万箭穿心。正在他掩面哭泣时，忽然听到有人娇滴滴地喊"黄郎"。愕然地抬头张望，霍女已经在前面的路上了。黄生高兴极了，背上行装追上她，问道："你怎么突然就回来了？"霍女笑着说："我再晚到一会儿，你就会疑心我了。"黄生还是觉得她跟常人不同，就再三追问她实情。霍女笑着说："我生平对于吝啬的人就让他破财，对于坏人就骗他。我若如实地跟你商量，你肯定不同意，哪里能得到一千两银子呢？钱袋装满钱，而我也去而复返，你应该满足了，为什么要追根究底呢？"于是雇人背上行装，两个人互相扶着走了。

原文

至水门内，一宅南向，径入。俄而翁媪男妇，纷出相迎，皆曰："黄郎来也！"黄入参公姥。有两少年，揖坐与语，是女兄弟，大郎、三郎也。筵间味无多品，玉柈四枚，方几已满。鸡蟹鹅鱼，皆脔切为个。少年以巨碗行酒，谈吐豪放。已而导入别院，俾夫妇同处。衾枕滑耎，而床则以熟革代棕藤焉。日有婢媪馈致三餐，女或时竟日不出。黄独居闷苦，屡言归，女固止之。一日，谓黄曰："今为君谋，请买一人，为子嗣计。然买婢媵则价奢，当伪为妾也兄者，使父与论昏，良家子不难致。"黄不可，女弗听。有张贡士之女新寡，议聘金百缗，女强为娶之。新妇小名阿美，颇婉妙。女嫂呼之，黄瑟蹴不自安，而女殊坦坦。他日，谓黄曰："妾将与大姊至南海一省阿姨，月余可返，请夫妇安居。"遂去。

○公姥（mǔ）：翁媪。指霍女父母。

○柈（pán）：盘子。

○脔（luán）切：脔割，分切。

○媵：妾。

○缗（mín）：穿铜钱之绳。这里指铜钱千文串成一串为一缗。

○瑟蹴（cù）：局促，惊异。

○坦坦：坦然，平静。

○南海：在《聊斋志异》中，其地当皆如吕湛恩所言"观音大士示现在浙江定海县东落伽山"。

译文

到了镇江的水门内，有一座朝南的宅院，霍女带着黄生径直走了进去。很快，男女老少纷纷出来迎接，都在说："黄郎来了！"黄生进门拜见了岳父岳母。有两个少年，向黄生作揖行礼后坐下与黄生交谈，他俩是霍女的兄弟，大郎、三郎。宴席间的菜品不多，只放了四个玉盘，桌子就满了。鸡蟹鹅鱼，都切成大块。大郎、三郎用大碗喝酒，谈吐十分豪放。吃完饭仆人把他们领到一处院子，伺候黄生和霍女就寝。床上的被褥和枕头细滑柔软，床垫也不是棕藤做成的，而是用熟牛皮代替。每天由婢女及仆妇送来三餐，霍女有时竟然整天都不出门。黄生在这里没有亲人和朋友，心里很苦闷，好几次都说要回家，霍女一再劝阻他。有一天，霍女对黄生说："如今为你打算，请你买一个女子，好为你生儿育女。但是买妾太贵了，你可以假装是我的哥哥，让我的父亲出面为你议亲，找个良家女子也不难。"黄生不同意，霍女也不听他的。有个张贡士的女儿最近死了丈夫，两家商定了一百吊钱的聘金，霍女强行替黄生把她娶了过来。新娘子叫阿美，很温婉，长得也很漂亮。霍女称呼她为嫂子，黄生有些局促不安，霍女倒是坦坦荡荡。有一天，霍女对黄生说："我要跟大姐去南海看望姨妈，一个多月以后才能回来，请你们夫妇俩安心在这里住下去。"然后就走了。

原文

夫妻独居一院，按时给饮食，亦甚隆备。然自入门后，曾无一人复至其室。每晨，阿美入觐媪，一两言辄退，娣姒在旁，惟相视一笑。既流连久坐，亦不款曲。黄见翁，亦如之。偶值诸郎聚语，黄至，既都寂然。黄疑闷莫可告语。阿美觉之，诘曰："君既与诸郎伯仲，何以月来都如生客？"黄仓猝不能对，吃吃而言曰："我十年于外，今始归耳。"美又细审翁姑阀阅，及妯娌里居，黄大窘，不

○隆备：丰盛齐全。

○觐：朝见君主或拜谒圣地。

○娣姒（sì）：妯娌。

○款曲：殷勤应酬。

○伯仲：兄弟的次第。指兄弟。

○吃吃：语言謇涩结巴，形容有话说不出口。

○阀阅：世家门第。原指世宦门前旌表功绩的柱子，在门左曰阀，在右曰阅。

能复隐，底里尽露。女泣曰：“妾家虽贫，无作贱媵者，无怪诸宛若鄙不齿数矣！”黄惶怖莫知筹计，惟长跪一听女命。美收涕挽之，转请所处，黄曰：“仆何敢他谋，计惟孑身自去耳。”女曰：“既嫁复归，于情何忍？渠虽先从，私也；妾虽后至，公也。不如姑俟其归，问彼既出此谋，将何以置妾也？”

○宛（yuān）若：女子名。后世用为妯娌的代称。

○孑身：孤身。

○俟：等。

译文

黄生夫妇单独住在一个小院里，霍家按时给他们送来一日三餐，饭菜也很丰盛。但是自从阿美进门以后，没有一个人到他们屋里去。每天清晨，阿美前去拜见婆婆，说一两句话就退出来，妯娌们在旁边，也只是相视一笑。即使阿美在婆婆房里多坐一会儿，她们也都不是很热情。黄生去见岳父，也是这样。偶尔碰见几个兄弟聚在一起聊天，黄生到了跟前，他们都沉默不语。黄生的疑虑苦闷也无人倾诉。阿美发觉了这种情形，责问黄生说：“你既然和诸位郎君都是兄弟，为什么这一个多月以来都像是陌生的客人？”黄生仓促之间无言以对，结结巴巴地说：“我在外十年，最近才回来。”阿美又仔细盘问公婆的家世，以及妯娌的娘家，黄生十分窘迫，再也隐瞒不下去了，就把实情告诉了她。阿美哭着说：“我家里虽然贫穷，但也没有给人做妾的，难怪这些妯娌都看不起我！”黄生惶恐害怕，不知道如何是好，只能直直地跪在地上任凭阿美处置。阿美停止哭泣，把他拉了起来，转而问他想怎么办，黄生说：“我哪里敢有别的打算，只能是让你自己回娘家罢了。”阿美说：“既然嫁给了你，又回娘家，于心何忍？霍女虽然先跟着你，但却是私奔；我虽然后跟着你，但却是明媒正娶。不如先等她回来，问问她既然想出这个办法，打算怎么安置我呢？”

原文

居数月，女竟不返。一夜，闻客舍喧饮。黄潜往窥之，见二客戎装上坐，一人裹豹皮巾，凛若天神，东首一人，以虎头革作兜牟，虎口衔额，鼻耳悉具焉。惊异而返，以告阿美，竟莫测霍父子何人。夫妻疑惧，谋欲僦寓他所，又恐生其猜度。黄曰："实告卿，即南海人还，折证已定，仆亦不能家此也。今欲携卿去，又恐尊大人别有异言。不如姑别，二年中当复至。卿能待，待之，如欲他适，亦自任也。"阿美欲告父母而从之，黄不可。阿美流涕，要以信誓，乃别而归。黄入辞翁姑，时诸郎皆他出，翁挽留以待其归，黄不听而行。登舟凄然，形神丧失。至瓜州，忽回首见片帆来，驶如飞，渐近，则船头按剑而坐者，霍大郎也。遥谓曰："君欲遄返，胡再不谋？遗夫人去，二三年，谁能相待也？"言次，舟已逼近，阿美自舟中出，大郎挽登黄舟，跳身径去。先是，阿美既归，方向父母泣诉，忽大郎将舆登门，按剑相胁，逼女风走。一家慴息，莫敢遮问。女述其状，黄不解何意，而得美良喜，开舟遂发。

○兜（dōu）牟：头盔。
○猜度（duó）：猜疑。
○折证：对证，辩白。
○形神丧失：失魂落魄，形体和精神都失去凭藉。
○瓜州：镇名。在镇江对岸，江苏江北运河入长江处。
○遄（chuán）返：急归。遄，快，迅速。
○慴（shè）息：怕得屏住呼吸。
○将舆：带着轿子。舆，肩舆。
○风走：如风似地疾驱，快走。

译文

黄生夫妇在这里住了几个月，霍女还没回来。一天夜里，听见客房传来喝酒的喧闹声。黄生偷偷地去看，只见两个穿着军装的客人坐在上座，其中一人裹着豹皮做的头巾，威风凛凛，像是天神，坐在东边的一个人，戴着虎头皮做的头盔，额头在虎口里面，虎头上的鼻子和耳朵都还在。黄生惊讶地返回屋里，把看到的情形告诉了阿美，二人猜了半天，也不知道霍氏父子是什么人。两人都是又惊又怕，商量着去别的地方租住，又担心霍家人会起疑心。黄生说："实话告诉你，就算去南海的霍氏姐妹回来，把这些事都说明白，我也是不能把这里当家的。如今想带你一起走，又怕你父亲不同意。不如暂且分别，两年内我一定回来。你如果能等，就等着我；如果要嫁给别人，也随你。"阿美想和父母告别后再跟黄生一起走，黄生不肯。阿美痛哭流涕，让黄生发誓后，才跟黄生告别回到了家里。黄生去向霍父霍母辞行，正巧霍家的几个兄弟都出去了，霍父挽留黄生，让他等几个兄弟回来再走，黄生不听，出门就走了。黄生登上船，心中很悲凉，失魂落魄。黄生坐船到了瓜州，回头忽然看见有一艘小船朝这边驶来，快得像飞一样，慢慢靠近，船头按着剑坐在那里的是霍大郎。他远远地对黄生说："你想快点儿回家，为什么不跟我们商量商量？留下妻子自己回去，两三年，谁能等得了呢？"说话间，船就靠近了，阿美从船里出来，大郎挽着她登上黄生的船，转身跳上自己的船走了。开始的时候，阿美回到家里，正在向父母哭诉，忽然大郎带着轿子到了她家，拿着剑相威胁，让阿美立刻跟他走。一家人吓得大气也不敢出，不敢多问。阿美讲述当时的情形，黄生不理解这是什么意思，但得到阿美他还是很高兴，就解开船走了。

原文

至家，出赀营业，颇称富有。阿美常悬念父母，欲黄一往探之，又恐以霍女来，嫡庶复有参差。居无何，张翁访至，见屋宇修整，心颇慰，谓女曰："汝出门后，遂诣霍家探问，见门户已扃，第主亦不之知，半年竟无消息。汝母日夜零涕，谓被奸人赚去，不知流离何所。今幸无恙耶？"黄实告以情，因相猜为神。后阿美生子，取名仙赐。至十余岁，母遣诣镇江，至扬州界，休于旅舍，从者皆出。有女子来，挽儿入他室，下帘，抱诸膝上，笑问何名，儿告之。问：

○嫡庶复有参差：指妻妾的名分再出现争执。参差，不齐，矛盾。

“取名何义？”答云：“不知。”女曰：“归问汝父当自知。”乃为挽髻，自摘髻上花代簪之，出金钏束腕上，又以黄金内袖，曰：“将去买书读。”儿问其谁，曰：“儿不知更有一母耶？归告汝父，朱大兴死无棺木，当助之，勿忘也。”老仆归舍，失少主，寻至他室，闻与人语，窥之，则故主母。帘外微嗽，将有咨白，女推儿榻上，恍惚已杳。问之舍主，并无知者。数日，自镇江归，语黄，又出所赠，黄感叹不已。及询朱，则死裁三日，露尸未葬，厚恤之。

○内："纳"的古字，放进。

○咨白：禀白。

译文

到家以后，黄生拿出钱来做生意，很是富裕。阿美时常惦念父母，想让黄生去看望他们，又担心霍女会跟来，因妻妾名分产生争执。没过多久，张父到了阿美家里，看见黄家房屋整齐，心里很是欣慰，对女儿说：“你出门以后，我就去霍家探问情况，只见房门都上了锁，屋主人也不知道去了哪里，半年间都没有消息。你的母亲日夜哭泣，说你被坏人骗走了，不知道流落在哪里。如今幸好都安然无恙吧？”黄生告诉了他实情，他们猜测霍家人是天上的神仙。后来阿美生了一个儿子，取名仙赐。仙赐十多岁的时候，阿美让他去镇江看望外公外婆，到了扬州，住在旅馆里休息，随从都出去了。来了一个女子，挽着仙赐到了另一个屋子，放下帘子，抱起他放在自己的膝上，笑着问他叫什么名字，仙赐告诉了她。女子问他：“叫这个名字是有什么含义吗？”仙赐回答说：“不知道。”女子说：“你回家问问你的父亲就知道了。”帮他把发髻梳好，把自己发髻上的花摘下来给他簪上，拿出金镯子戴在他的手腕上，又往他的袖子里塞了黄金，对他说：“拿去买书读。”仙赐问她是谁，女子说：“你不知道你还有一个母亲吗？回去告诉你的父亲，朱大兴死的时候没有棺材，应当帮他，别忘了。”有个老仆人回到旅馆，找不到仙赐，就去其他的房间寻找，听到仙赐在跟人说话，偷偷一看，原来是以前的女主人。他就在帘子外面轻微地咳嗽两声，像是有话要说，女子听到声音，立刻把仙赐推到榻上，恍惚间已无踪影。问了旅店老板，也不知道这个女子的事。过了几天，从镇江返回家中，仙赐把这件事告诉了父亲，又拿出女子赠给他的东西，黄生感叹不已。等到去询问朱大兴的情况，才知道已经死了三天了，没钱买棺材，还没下葬，黄生就出钱厚葬了他。

原文

异史氏曰：女其仙耶？三易其主不为贞，然为吝者破其悭，为淫者速其荡，女非无心者也。然破之则不必其怜之矣，贪淫鄙吝之骨，沟壑何惜焉？

◎贞：贞节。旧时指妇女从一而终，不嫁二夫。

◎悭（qiān）：吝啬，小气。

◎速：促使。荡：放浪。

译文

异史氏说：霍女难道是神仙吗？跟了三个男人，不能算是守贞节，但是遇见吝啬的人就让他破产，遇见好色之人就促使他更加放荡，霍女并不是没有心机的人。但是既然让他破产就不必可怜他，贪婪淫荡、卑鄙吝啬之人的尸骨，扔在水沟里有什么可惜的呢？

兜牟

兜牟是古代武士戴的头盔，主要用于战斗中保护头部。古时称其为“胄”或“兜鍪”，多为金属或坚韧材料制成，既能抵御武器伤害，又具备威严的装饰效果。兜牟作为武士的标志性装备，在战争中象征着勇武与防御力，是古代战场不可或缺的重要防护用具。

【司文郎】

原文

平阳王平子，赴试北闱，赁居报国寺。寺中有余杭生先在，王以比屋居，投刺焉，生不之答。朝夕遇之，多无状。王怒其狂悖，交往遂绝。一日，有少年游寺中，白服裙帽，望之傀然。近与接谈，言语谐妙，心爱敬之。展问邦族，云：“登州宋姓。”因命苍头设座，相对噱谈。余杭生适过，共起逊坐。生居然上座，更不抝挹。卒然问宋：“尔亦入闱者耶？”答曰：“非也。驽骀之才，无志腾骧久矣。”又问：“何省？”宋告之。生曰：“竟不进取，足知高明。山左、右并无一字通者。”宋曰：“北人固少通者，而不通者未必是小生；南人固多通者，然通者亦未必是足下。”言已鼓掌，王和之，因而哄堂。生惭忿，轩眉攘腕而大言曰：“敢当前命题，一校文艺乎？”宋他顾而哂曰：“有何不敢！”便趋寓所，出经授王。王随手一翻，指曰：“‘阙党童子将命。’”生起，求笔札。宋曳之曰：“口占可也。我破已成：‘于宾客往来之地，而见一无所知之人焉。’”王捧腹大笑。生怒曰：“全不能文，徒事嫚骂，何以为人！”王力为排难，请另命佳题。

○平阳：明代府名。治所在今山西临汾。
○北闱：在京城举行的乡试。
○报国寺：位于北京。始建于辽代，明成化年间重修。
○余杭：旧县名。地处浙江北部，明清时属杭州府，现为杭州余杭。
○比屋居：邻屋而居。比，比邻，并列。
○答：指回访，回拜。
○无状：无礼，行为不检点。
○狂悖（bèi）：狂妄傲慢。
○傀（guī）然：高大的样子。
○邦族：阀阅，出身。
○登州：明代府名。治所在今山东蓬莱。
○噱（jué）谈：谈笑。噱，大笑。
○逊坐：让座。
○抝挹：谦让。
○卒（cù）然：突然，贸然。
○驽骀（tái）：劣马。比喻才能平庸。
○腾骧（xiāng）：高昂超卓。比喻凌云之志。
○山左、右：指山东和山西，并代指北方。山，指太行山。山东在太行山的左边，故称山左。山西在太行山之右，故称山右。无一字通者：没有通晓文墨的人。通，通达，明白。
○足下：旧时同辈间相称的敬辞。
○和（hè）：相合，附和。
○轩眉攘腕：扬眉捋袖，激怒的样子。轩，高扬。攘腕，捋袖伸腕。攘，捋。
○校：抗衡，较量。文艺：指八股文。
○经：指四书、五经等儒家经书。
○阙党童子将命：出自《论语·宪问》：“阙党童子将命。阙党，即阙里，孔子居处。将命，奉命奔走。孔子说这个童子不是求上进而是一个想走捷径的人，宋生借题发挥，以之奚落余杭生。
○口占：不打草稿，口头叙说出来。
○排难：调解纠纷。

又翻曰："'殷有三仁焉。'"宋立应曰："三子者不同道，其趋一也。夫一者何也？曰：仁也。君子亦仁而已矣，何必同？"生遂不作，起曰："其为人也小有才。"遂去。

○殷有三仁焉：出自《论语·微子》："微子去之，箕子为之奴，比干谏而死。孔子曰：'殷有三仁焉。'"

○其趋一也：其目的和价值取向是一致的。

译文

山西平阳有个叫王平子的人，到京城参加乡试，在报国寺内租了间房子住下来。寺里有一位来自余杭的书生，先于王平子来，王平子因为和他是邻居，就递了名帖要去拜访，余杭生不理他。早晚遇到，也表现得很傲慢。王平子对他的狂悖无礼很生气，就跟他断绝了往来。有一天，一个少年来寺里游玩，穿着白色的衣服戴着白色的帽子，看上去很高大。王平子走近跟他交谈，发现他言语诙谐幽默，心里很敬佩他。王平子问起少年的家世，少年说："我家在登州，姓宋。"王平子让仆人摆上座椅，两人相对而坐，谈笑风生。余杭生正巧经过，王平子和宋生都起来让座。余杭生居然坐在上座，一点儿都不谦让。大家聊了一会儿，余杭生突然问宋生："你也是来参加乡试的吗？"宋生回答："不是。我是平庸之才，早就不想着飞黄腾达了。"余杭生又问："你是哪个省的？"宋生告诉了他，余杭生说："你竟然没有进取之心，足见得是比较高明的。北方没有一个通晓文墨的人。"宋生说："北方人固然很少有通文墨的人，但不通的未必是我；南方人固然有很多学识渊博的人，但学识渊博的未必是你。"说完就鼓掌，王平子也跟着鼓掌，二人因此哄堂大笑。余杭生又羞愧又愤怒，拧起眉毛挽起袖子大声说："敢不敢当面出题，我们写文章一较高下？"宋生看着别处，嘲笑道："有何不敢！"快步走进住所，拿出经书给了王平子。王平子随手一翻，指着一页说："以'阙党童子将命'为题。"余杭生起身，寻找笔和纸。宋生拉着他说："不用写在纸上了，直接口述就行了。我的破题已经成了：'于宾客往来之地，而见一无所知之人焉'。"王平子捧腹大笑。余杭生生气地说："你完全不会写文章，只知道谩骂，算什么人！"王平子尽力在他俩之间调停，说重新命一个题目。又翻到一页，说："殷有三仁焉。"宋生立刻应对说："三子者不同道，其趋一也。夫一者何也？曰：仁也。君子亦仁而已矣，何必同？"余杭生听完，决定不作文章了，起身说："你这个人还是小有才华的。"说完就走了。

原文

王以此益重宋，邀入寓室，款言移晷，尽出所作质宋。宋流览绝疾，逾刻已尽百首，曰：“君亦沉深于此道者，然命笔时，无求必得之念，而尚有冀倖得之心，即此，已落下乘。”遂取阅过者一一诠说。王大悦，师事之。使庖人以蔗糖作水角，宋啖而甘之，曰：“生平未解此味，烦异日更一作也。”由此相得甚欢。宋三五日辄一至，王必为之设水角焉。余杭生时一遇之，虽不甚倾谈，而傲睨之气顿减。一日，以窗艺示宋，宋见诸友圈赞已浓，目一过，推置案头，不作一语。生疑其未阅，复请之，答已览竟。生又疑其不解，宋曰：“有何难解？但不佳耳！”生曰：“一览丹黄，何知不佳？”宋便诵其文，如夙读者，且诵且訾。生踧踖汗流，不言而去。移时，宋去，生入，坚请王作，王拒之。生强搜得，见文多圈点，笑曰：“此大似水角子！”王故朴讷，靦然而已。次日，宋至，王具以告。宋怒曰：“我谓‘南人不复反矣’，伧楚何敢乃尔！尔当有以报之！”王力陈轻薄之戒以劝之，宋深感佩。

○款言：亲切谈心。移晷（guǐ）：日影移动，指时间很长。晷，日影。

○质：质疑问难，请教。

○下乘：下等，下品。

○诠说：解释说明。

○水角：水饺。

○傲睨：傲慢斜视，骄傲。

○窗艺：平时的八股文习作。

○圈赞：圈点。旧时评点文章时认为好的地方往往用画圈表示赞赏。

○一览丹黄：仅仅看了一下别人的圈赞。丹黄，旧时批校书籍，用朱笔书写，遇误字用雌黄涂抹，因以丹黄代称对文章的批评。

○訾（zǐ）：指责，批评。

○踧踖（jí jú）：局促不安。

○靦然：羞愧。

○朴讷：忠厚老实，不善言辞。

○伧楚：北方人对南方人的蔑称。

○南人不复反矣：据《三国志·蜀书·诸葛亮传》裴松之注引《汉晋春秋》，三国时期，蜀相诸葛亮南征孟获，七擒七纵，最后孟获心悦诚服，向诸葛亮表示：“公天威也，南人不复反矣！”宋生引用此话，言原以为“南人”余杭生已经降服。

译文

王平子因为此事更加敬重宋生，邀请他到自己的住所，开心地交谈了很久，拿出自己写的所有文章请宋生指正。宋生浏览速度非常快，一会儿就看了一百多篇，说："你写文章的水平还是很高的，但你下笔的时候，没有追求一定要写好的信念，而仍然有侥幸写好的心理，这样，写的文章已经落了下乘。"然后就拿着自己看过的文章一一为王平子讲评。王平子很高兴，像对待老师一样对待他。王平子让厨房里的人包蔗糖馅儿的水饺，宋生吃了以后很喜欢，说："我生平没吃过这种味道的水饺，烦请你改天再给我做一次。"从此相谈甚欢。宋生三五日便来一次，王平子必定给他做蔗糖馅儿的水饺。余杭生偶尔会遇到一次，虽然没有深谈，但高傲睥睨的气势减弱了不少。一天，余杭生把自己写的文章给宋生看，宋生看见文章上被诸位朋友圈点赞赏了很多处，眼睛扫了一下，推到案上，一句话都没说。余杭生怀疑宋生根本就没看，又请宋生看看，宋生说已经看完了。余杭生又疑心宋生没理解自己的文章，宋生说："有什么难以理解？只是写得不好罢了。"余杭生说："你只是随便看了别人的圈赞，怎么知道不好？"宋生便背诵起这篇文章，就像他以前读过一样，一边背一边点评。余杭生局促不安，冷汗直流，没说话就走了。过了一会儿，宋生走了，余杭生又来了，坚持要看王平子的文章，王平子拒绝了他。余杭生强行搜了出来，看见文章上有很多圈圈点点，嘲笑地说："这太像水饺了！"王平子本就朴实木讷，听了余杭生的话，觉得很羞愧。第二天，宋生来了，王平子就把昨天的事情告诉了他。宋生生气地说："我还以为'南人不复反矣'，这个南蛮子怎么敢这样！我一定要报复他！"王平子极力劝他，对人不可以太刻薄，宋生对王平子深感敬佩。

原文

既而场后，以文示宋，宋颇相许。偶与涉历殿阁，见一瞽僧坐廊下，设药卖医。宋讶曰："此奇人也！最能知文，不可不一请教。"因命归寓取文。遇余杭生，遂与俱来。王呼师而参之，僧疑其问医者，便诘症候，王具白请教之意。僧笑曰："是谁多口？无目何以论文？"王

○场后：闱后，考试完毕。场，考场。

○参：参见，参拜。

○症候：病状。

请以耳代目，僧曰：“三作两千余言，谁耐久听！不如焚之，我视以鼻可也。”王从之。每焚一作，僧嗅而颔之曰：“君初法大家，虽未逼真，亦近似矣。我适受之以脾。”问：“可中否？”曰：“亦中得。”余杭生未深信，先以古大家文烧试之，僧再嗅曰：“妙哉！此文我心受之矣，非归、胡何解办此！”生大骇，始焚己作，僧曰：“适领一艺，未窥全豹，何忽另易一人来也？”生托言：“朋友之作，止彼一首，此乃小生作也。”僧嗅其余灰，咳逆数声，曰：“勿再投矣！格格而不能下，强受之以鬲，再焚，则作恶矣。”生惭而退。

○法：师法，仿效。

○归、胡：指明代归有光、胡友信。归、胡为明嘉靖、隆庆间精于八股文之大家，见《明史·文苑传》。

○未窥全豹：未看见全部。《晋书·王献之传》：“管中窥豹，时见一斑。”

○格格：格格不入。格，阻遏。

○鬲（gé）：通“膈”。胸腔和腹腔间的隔膜。

译文

考试结束以后，王平子把考试时写的文章给宋生看，宋生称赞他写得好。有一天，他俩偶然在寺庙大殿里游玩，看见一位盲僧坐在廊下，给人看病，摆摊卖药。宋生惊讶地说：“这是个奇人啊！他最知道怎么作文章，不能不向他请教。”于是让王平子回住所把文章拿过来。来的路上遇见了余杭生，两个人就一起过来。王平子对着盲僧叫老师并对他行礼，盲僧以为他是来看病的，就问他有什么症状，王平子就说想向他请教怎么写文章。盲僧笑着说：“是谁多嘴？眼睛看不见怎么评论文章呢？”王平子请他用听来代替用眼睛看，盲僧说：“三篇文章就有两千多字，谁能耐着性子长时间地听！不如把文章烧了，我用鼻子闻也可以。”王平子听从了他的话。王平子每焚烧一篇文章，盲僧就用鼻子嗅嗅，然后点头说：“你是刚开始效法大家的写法，虽然不能算很逼真，但也很接近了。我刚才是用脾来领受的。”王平子问：“能考中吗？”盲僧回答：“也能中。”余杭生却不太相信，先是烧了一篇古文大家的文章试试他，盲僧用鼻子闻了两次说：“妙啊！这篇文章我用心领受了，除了归有光、胡友信这样的大家，没人能写出这样的文章！”余杭生大吃一惊，这才焚烧自己的文章，盲僧说：“刚领略了一篇文章，还没感受到全部的妙处，怎么忽然换了另一个人的文章？”余杭生找借口说：“朋友的文章，只有刚才的一篇，这是小生我的文章。”盲僧闻着余灰的味道，咳嗽了几声，说：“别再烧了！实在是难闻得下不去，只能勉强用膈来领受，再烧的话，我就要犯恶心了。”余杭生羞惭地退下了。

原文

数日榜放，生竟领荐，王下第。宋与王走告僧，僧叹曰：“仆虽盲于目，而不盲于鼻，帘中人并鼻盲矣。”俄余杭生至，意气发舒，曰：“盲和尚，汝亦啖人水角耶？今竟何如？”僧曰：“我所论者文耳，不谋与君论命。君试寻诸试官之文，各取一首焚之，我便知孰为尔师。”生与王并搜之，止得八九人。生曰：“如有舛错，以何为罚？”僧愤曰：“剜我盲瞳去！”生焚之，每一首，都言非是，至第六篇，忽向壁大呕，下气如雷，众皆粲然。僧拭目向生曰：“此真汝师也！初不知而骤嗅之，刺于鼻，棘于腹，膀胱所不能容，直自下部出矣！”生大怒，去，曰：“明日自见，勿悔！勿悔！”越二三日，竟不至，视之，已移去矣。乃知即某门生也。

○领荐：领乡荐。指中举。

○下第：落榜。科举时代指殿试或乡试没考中。

○帘中人：清代举行乡试时，贡院办公分内帘外帘，外帘管事务，内帘管阅卷。帘中人指阅卷官员。

○发舒：焕发，舒展。指意气发扬，志得意满。

译文

几天之后，放了榜，余杭生竟然考中了，王平子却落了榜。宋生与王平子跑去告诉了盲僧，盲僧叹气说：“我虽然眼睛瞎了，但鼻子却没有瞎，那些主考官却是眼睛和鼻子都瞎了。”没一会儿，余杭生来了，意气风发，对盲僧说：“盲和尚，你也吃了人家的水饺吗？如今究竟怎么样？”盲僧说：“我评论的是文章，不是和你讨论命运。你可以找来各位考官的文章，各取一篇烧掉，我就能知道哪位是你的老师。”余杭生和王平子一起搜寻，只找到八九个人的文章。余杭生说：“如果你猜错了，怎么处罚？”盲僧愤怒地说：“如果我猜错了，把我的瞎眼剜去！”余杭生开始焚烧，每一篇，盲僧都说不是，烧到第六篇，盲僧忽然面向墙壁大声呕吐，放屁声如雷声那么大，众人都笑了。盲僧擦擦眼睛对余杭生说：“这真是你的老师啊！开始时不知道，突然去闻，味道先是刺鼻，接着肚子刺痛，然后膀胱也忍受不了，直接从下面出去了！”余杭生勃然大怒，边走边说：“明天自然见分晓，别后悔！别后悔！”过了两三天，余杭生也没来，到他的住处一看，已经搬走了。众人这才知道他真是那个人的学生。

原文

宋慰王曰：“凡吾辈读书人，不当尤人，但当克己。不尤人则德益弘，能克己则学益进。当前踧落，固是数之不偶，平心而论，文亦未便登峰，其由此砥砺，天下自有不盲之人。”王肃然起敬。又闻次年再行乡试，遂不归，止而受教。宋曰：“都中薪桂米珠，勿忧资斧。舍后有窖镪，可以发用。”即示之处。王谢曰：“昔窦、范贫而能廉，今某幸能自给，敢自污乎？”王一日醉眠，仆及庖人窃发之。王忽觉，闻舍后有声，窃出，则金堆地上。情见事露，并相慴伏。方诃责间，见有金爵，类多镌款，审视，皆大父字讳。盖王祖曾为南部郎，入都寓此，暴病而卒，金其所遗也。王乃喜，秤得金八百余两。明日告宋，且示之爵，欲与瓜分，固辞乃已。以百金往赠

○尤人：怨恨别人。尤，怨恨。

○克己：严格要求自己。

○弘：发扬光大。

○踧落：失意。

○数之不偶：命运不佳。数，命运。不偶，没有遇合，引申为命运不好。

○薪桂米珠：柴价贵如桂，米价贵如珠。比喻生活费用昂贵。

○窖镪（qiǎng）：窖埋在地下的钱财。窖，把东西埋在地洞或坑里。镪，成串的钱，后多指白银。

○爵：酒器。

○镌（juān）款：镌刻的款识。镌，凿。款，款识，题款。

○大父：祖父。字讳：名字。旧时对尊长不直称其名，谓之避讳，因也以讳指所避讳的名字。

○南部郎：明初建都南京，明成祖朱棣迁都北京，而在南京仍保留六部官制。南部郎，即指南京的郎中、员外郎一类的部属官员。

瞽僧，僧已去。积数月，敦习益苦。及试，宋曰：“此战不捷，始真是命矣！”

○敦习：勤勉学习。敦，诚恳，勤勉。

译文

宋生安慰王平子说：“我们读书人，不应当怨恨别人，只要严格要求自己就可以了。不怨恨别人，自己的德行会更高尚；严格要求自己，学业就更能精进。当下不如意，固然是命数不好，平心而论，你的文章也没有达到登峰造极的程度，如果从此用心钻研，天下自然有不眼瞎的人赏识你。”王平子对宋生肃然起敬。王平子听说明年还会举行乡试，就不回家了，留在京城跟着宋生学习。宋生说：“京城中柴米价都很高，但你不要担心钱的问题。你的房屋后面埋有一些银子，可以把它挖出来用。”接着就把埋银子的地方指给了王平子。王平子辞谢道：“昔日窦仪、范仲淹虽然贫穷却很廉洁，如今我的钱还够花，怎么能玷污自己的名声呢？”有一天，王平子醉后睡觉，奴仆和厨役偷偷地去挖银子。王平子忽然醒了，听到房屋后面有声响，悄悄出去一看，挖出的银子都堆放在地上。眼看事情败露，奴仆和厨役吓得跪在地上。王平子正训斥他们，忽然看见有些金杯，上面像是刻有款识，仔细一看，刻的都是他祖父的名字。原来王平子的祖父曾经做过南部郎，进京后寓居在这里，突然得了急病死了，这些金银就是他留下的。王平子很高兴，称了称这些金银，一共有八百多两。第二天，王平子将这件事告诉了宋生，还把金杯拿给他看，打算跟他平分，宋生坚决推辞，王平子才作罢。王平子拿着一百两银子去盲僧的住处，要赠给他，谁知盲僧已经走了。之后的几个月，王平子更加刻苦努力地学习。等到考试的时候，宋生说：“这次再考不中，真就是你的命数了！”

原文

俄以犯规被黜。王尚无言，宋大哭，不能止，王反慰解之。宋曰：“仆为造物所忌，困顿至于终身，今又累及良友。其命也夫！其命也夫！”王曰：“万事固有数在。如先生乃无志进取，非命也。”宋拭泪曰："久欲有言，恐相惊怪：某非生人，乃飘泊之游魂也。少负才名，不得志于场屋。佯狂至都，冀得知我者，传诸著作。甲申之年，竟罹于难，岁岁飘蓬。幸相知爱，故极力为'他山'之攻，生平未酬之愿，实欲借良朋一快之耳。今文字之厄若此，谁复能漠然哉！"王亦感泣，问："何淹滞？"曰："去年上帝有命，委宣圣及阎罗王核查劫鬼，上者备诸曹任用，余者即俾转轮。贱名已录，所未投到者，欲一见飞黄之快耳，今请别矣。"王问："所考何职？"曰："梓潼府中缺一司文郎，暂令聋僮署篆，文运所以颠倒。万一幸得此秩，当使圣教昌明。"

○佯（yáng）狂：假装为病狂。佯，假装。狂，纵情任性。

○场屋：科举考试的考场。

○罹：遭。

○飘蓬：随风飘荡的蓬草。比喻游荡无定所。

○攻，磨砺。

○厄：灾难。

○漠然：无动于衷。

○宣圣：指孔子。

○诸曹：古代分科办事的官署或部门。

○转轮：谓众生在生死世界轮回循环。这里指投胎转世。

○飞黄：传说中的神马。此谓飞黄腾达。以神马飞驰，喻科举得志。

○梓潼府：梓潼帝君之府。梓潼帝君为道教所尊奉的主管功名禄位之神。司文郎：官名。唐置，司文局之佐郎。此指主管文运之郎官。

○署篆：代掌官印。

○秩：俸禄，官位。

译文

没多久，王平子竟然因为违反考场规则被取消考试资格。王平子倒是没说什么，宋生却难过得大声哭泣，止都止不住，王平子反过来安慰他。宋生说："我被上天忌恨，穷困潦倒了一辈子，如今又连累了好朋友你。这真是命啊！这真是命啊！"王平子说："世间万事都有定数。先生您的志向不在于求取功名，这不是命。"宋生擦着眼泪说："早就想告诉你，又怕吓着你：我不是人，而是漂泊的游魂。年少的时候有才名，科举考试却不得志。假装癫狂到了京城，希望遇到理解我的人，将我的作品流传下去。甲申年，我竟死于战乱，游魂年年漂泊无依。幸而和你相知，也很投机，所以极力帮助你，生平没有实现的愿望，实在是打算让好朋友实现，借此求得人生快慰。谁知你的文运如此不顺，谁又能漠然置之呢！"王平子也感动得落泪，问道："你为什么还留在这里呢？"宋生说："上帝在去年颁布了命令，委任宣圣王孔子和阎罗王一起核查历劫的鬼魂，上等的留下被阴间的衙门任用，其余的则进入轮回转世投生。我已经被衙门录用了，之所以还没去上任，是想亲眼看见你考中后快乐的样子，今天就要跟你道别了。”王平子问道：“你考上的是什么官职？”宋生说：“梓潼府中缺一个司文郎，暂时由一个耳聋的书僮代管，所以文运才会颠倒。万一我有幸得到这个职位，一定会将圣教发扬光大。”

原文

明日，忻忻而至，曰：“愿遂矣！宣圣命作《性道论》，视之色喜，谓可司文。阎罗稽簿，欲以‘口孽’见弃，宣圣争之，乃得就。某伏谢已，又呼近案下，嘱云：‘今以怜才，拔充清要，宜洗心供职，勿蹈前愆。’此可知冥中重德行更甚于文学也。君必修行未至，但积善勿懈可耳。”王曰：“果尔，余杭其德行何在？”曰：“不知。要冥司赏罚，皆无少爽。即前日瞽僧，亦一鬼也，是前朝名家。以生前抛弃字纸过多，罚作瞽。彼自欲医人疾苦，以赎前愆，故托游廛肆耳。”王命置酒，宋曰：“无须，终岁之扰，尽此一刻，再为我设水角足矣。”王悲怆不食，坐令自啖，顷刻，已过三盛。捧腹曰：“此餐可饱三日，吾以志君德耳。向所食，都在舍后，已成菌矣。藏作药饵，可益儿慧。”王问后会，曰：既有官责，当引嫌也。”又问：“梓潼祠中，一相酹祝，可能达否？”曰：“此都无益。九天甚远，但洁身力行，自有地司牒报，则某必与知之。”言已，作别而没。

○稽簿：稽查簿籍。稽，查核。

○口孽：佛教用语，也称“口业”。此指言语的恶业，即言论过失。

○清要：地位显贵、职司重要，但政务不繁的官职。

○勿蹈前愆（qiān）：不要重复以前的错误。蹈，踏。愆，失误。

○爽：差错。

○三盛（chéng）：三碗或三盘。盛，杯盘之类的盛器。

○酹祝：祭酒祝祷。

○牒报：行文通报。

译文

第二天，宋生高高兴兴地来了，对王平子说：“我的愿望成真了！宣圣王让我作一篇《性道论》，文章作完后，他看了很高兴，说可以让我做司文郎。阎罗查了簿籍，打算以我之前言论不当为由不让我做司文郎，宣圣王据理力争，我才得以当选。我跪下拜谢宣圣王后，他把我叫到跟前，嘱咐道：‘如今我怜惜你的才能，选拔你担任这样高贵重要的职位，你应该洗心革面，在这个职位上做出一番成绩，不要再犯以前的错误。’由此可知阴司看中一个人的德行更甚于看中他的文学修养。你一定是修行还没到火候，才没有考中，只要坚持不懈地积德行善，一定能高中。”王平子说：“真是这样的话，余杭生的德行又在哪里呢？”宋生说：“不知道。阴司赏罚分明，都不会有差错。之前我们遇到的盲僧，也是一个鬼，为前朝的名家。因为他生前扔掉的字纸太多，被罚做盲人。他自愿医治人间疾苦，以赎前世的罪过，所以游荡于市井街市。”王平子让仆人置办酒席，宋生说：“不用了，终年都叨扰你，就剩最后一会儿了，再给我煮水饺吃我就很满足了。”王平子难过得吃不下东西，请宋生自己坐下来吃，一小会儿，宋生就吃了三碗水饺。宋生捧着肚子说：“吃这一顿饭可以管三天，我是用这种行为来记得你的恩德。之前吃的水饺，都埋在屋后，已经成了蘑菇。把这些蘑菇收藏起来，以后当作药饵，可以让小儿变得更加聪明。”王平子问他什么时候还会再见，宋生说：“我既然有了官职，就应该避嫌。”王平子又问：“我如果去梓潼寺里祭祀祈祷，你能听到吗？”宋生说：“这些都没什么用。九重天太远了，但只要你洁身自好，多做善事，自会有地司向上通报，我就肯定会知道。”说完，作揖告别后就不见了。

原文

王视舍后，果生紫菌，采而藏之。旁有新土坟起，则水角宛然在焉。王归，弥自刻厉。一夜，梦宋舆盖而至，曰：“君向以小忿，误杀一婢，削去禄籍，今笃行已折除矣。然命薄不足任仕进也。”是年，捷于乡。明年，春闱又捷。遂不复仕。生二子，其一绝钝，啖

◎弥自刻厉：更加刻苦自励。弥，更，甚。

◎笃行：行为淳厚，纯正踏实。折除：减损，免除。

以菌，遂大慧。后以故诣金陵，遇余杭生于旅次，极道契阔，深自

○道契阔：久别重逢，互诉离情。契阔，久别的情怀。

降抑，然鬓毛斑矣。

○降抑：卑恭，谦虚。

译文

王平子到屋后一看，地上果然长有紫色的蘑菇，于是采下来收藏好。旁边有一座新土堆，挖开一看，正是自己煮给宋生的水饺。王平子回去以后，更加刻苦努力读书。一天夜里，王平子梦见宋生乘着有伞盖的马车来了，对自己说："你之前因为小事发怒，误杀了一个婢女，所以被削去功名，如今你的深厚德行已将这个失误抵消了。但命太薄，还是不能进仕途。"这一年，王平子考中了举人。第二年，他参加春闱，又考中了进士。他听从宋生的话，没有去做官。王平子生了两个儿子，其中一个非常愚钝，给他吃了珍藏的蘑菇，就变得很聪明。后来王平子有事去金陵，在旅馆里遇到了余杭生，两人久别重逢，说了很多话，余杭生已变得很谦卑，但是两鬓已经斑白了。

原文

异史氏曰：余杭生公然自诩，意其为文，未必尽无可观，而骄诈之

○自诩：自夸，自吹。

意态颜色，遂使人顷刻不可复忍。天人之厌弃已久，故鬼神皆玩弄

之。脱能增修厥德，则帘内之"刺鼻棘心"者，遇之正易，何所遭之

○脱能：假设。厥：其，他的。

○刺鼻棘心者：即前文瞽僧所说写"刺于鼻，棘于腹，膀胱所不能容，直自下部出"文章的试官。

○何所遭之仅也：为什么遭遇只一次呢。仅，只。

仅也。

译文

异史氏说：余杭生在众人面前自吹自擂，可能他写的文章也未必完全没有可取之处，但他骄傲蛮横的神态，让人一刻也忍受不了。上天和人们早就厌弃他了，所以鬼神也都戏弄他。如果他能加强修养自己的德行，那么遇到那些写"刺鼻棘心"文章的考官，真是太容易了，怎么可能只遇到一次呢？

【丑狐】

原文

穆生，长沙人，家清贫，冬无絮衣。一夕枯坐，有女子入，衣服炫丽而颜色黑丑，笑曰："得毋寒乎？"生惊问之，曰："我狐仙也。怜君枯寂，聊与共温冷榻耳。"生惧其狐，而厌其丑，大号。女以元宝置几上，曰："若相谐好，以此相赠。"生悦而从之。床无裀褥，女代以袍。将晓，起而嘱曰："所赠，可急市软帛作卧具，余者絮衣作馔，足矣。倘得永好，勿忧贫也。"遂去。生告妻，妻亦喜，即市帛为之缝纫。女夜至，见卧具一新，喜曰："君家娘子劬劳哉！"留金以酬之。从此至无虚夕，每去，必有所遗。

译文

穆生是长沙人，家里很穷，到了冬天，也没有棉衣御寒。一天晚上，穆生独自坐在家里，有个女子走了进来，身上穿着华丽的衣服，长得却是又黑又丑，她笑着说："你不冷吗？"穆生惊讶地问她是谁，女子说："我是狐仙。可怜你一个人寂寞，想跟你同床共枕，一起暖热冰冷的被窝。"穆生因为她是狐狸而害怕，又厌恶她相貌丑陋，于是大叫起来。女子拿出元宝放在案几上，说："你要是跟我相好，我就把这个元宝送给你。"穆生高兴地同意了。床上没有被褥，女子就脱下袍子代替。天快亮的时候，女子起身嘱咐他说："我送给你的元宝，你赶紧拿去买些软布料做被褥，其余的用来买些棉衣和饭食，足够了。如果能永远跟我相好，就不用担心受穷了。"然后就走了。穆生把这件事告诉了妻子，妻子也很高兴，立刻去买了布料做起针线活。狐仙夜里来了，看见床上铺盖着新的寝具，高兴地说：

"你家娘子真勤劳！"留下银子酬谢她。从此以后，每天夜里都来，每次走的时候，必定留下银子。

原文

年余，屋庐修洁，内外皆衣文锦绣，居然素封。女赂遗渐少，生由此心厌之，聘术士至，画符于门。女来，啮折而弃之，入指生曰："背德负心，至君已极！然此奈何我！若相厌薄，我自去耳。但情义既绝，受于我者，须要偿也！"忿然而去。生惧，告术士。术士作坛，陈设未已，忽颠地下，血流满颊，视之，割去一耳。众大惧，奔散，术士亦掩耳窜去。室中掷石如盆，门窗釜甑，无复全者。生伏床下，搐缩汗耸。俄见女抱一物入，猫首猧尾，置床前，嗾之曰："嘻嘻！可嚼奸人足。"物即龁履，齿利于刃。生大惧，将屈藏之，四肢不能动。物嚼指，爽脆有声。生痛极，哀祝。女曰："所有金珠，尽出勿隐。"生应之。女曰："呵呵！"物乃止。生不能起，但告以处。女自往搜括，珠钿衣服之外，止得二百余金。女少之，又曰："嘻嘻！"物复嚼。生哀鸣求恕。女限十日，偿金六百。生诺之，女乃抱物去。久之，家人渐聚，从床下曳生出，足血淋漓，丧其二指。视室中，财物尽空，惟当年破被存焉。遂以覆生，令卧。又惧十日

○啮：咬。

○厌薄：厌弃，鄙薄。

○颠：倒。

○釜：古时炊器。

○搐（chù）缩汗耸：身体抽缩，汗水直冒。搐缩，谓身体颤抖着缩作一团。

○猧（wō）：小狗。

○嗾（sǒu）：使唤狗的声音。谓唆使猫首猧尾的动物咬人。

○龁（hé）：咬。

复来，乃货婢鬻衣，以足其数。至期，女果至，急付之，无言而去。自此遂绝。

译文

这样过了一年多，穆生家的屋子修整得干净整洁，穆家人身上里外都穿的是锦绣衣裳，居然成了富翁。狐仙给的钱逐渐减少，穆生因此开始厌恶她，请了一个术士到家里来，在门上画了符咒。狐仙夜晚又来了，把符咒咬碎扔在地上，进门指着穆生说："忘恩负义，你算是到了极点了！但这些符咒也奈何不了我！你要是对我生厌，我自会离去。但是情义既然断绝，从我这里得到的，必须要还给我！"说完气愤地走了。穆生害怕了，告诉术士女子是狐仙。术士作了一个法坛，还没布置好，忽然跌到了地上，血流了一脸，上前一看，术士被割去了一只耳朵。众人大吃一惊，四散奔逃，术士也掩着耳朵逃窜。屋内被扔进了如盆大的石头，门窗和锅碗瓢盆全都被砸碎了。穆生躲在床底下，浑身颤抖，直冒冷汗。不一会儿，看见狐仙抱着一个怪物进来，那个怪物长着猫的头和狗的尾巴，狐仙将它放在床前，唤它说："嘻嘻！去啃那个奸人的脚。"怪物立刻去啃穆生的脚，牙齿比刀刃还要锋利。穆生害怕极了，想把脚缩回来，但四肢动弹不得。怪物嚼着穆生的脚指头，发出爽脆的声音。穆生痛到极点，哀求狐仙放过他。狐仙说："我给你的所有金银珠宝，全都拿出来，不许隐藏。"穆生答应了。狐仙叫道："呵呵！"怪物停了下来。穆生起不来，就把藏财宝的地方告诉了狐仙。狐仙前去搜罗，除了一些衣服和珠玉之外，只有二百多两银子。狐仙说钱 太少了，又叫道："嘻嘻！"怪物又开始啃穆生的脚。穆生哀求她饶命。狐仙限他在十日之内，拿出六百两银子。穆生答应了，狐仙这才抱着怪物离开。过了很久，家里人慢慢来到穆生房中，把穆生从床底下拽出来，只见他的脚鲜血淋漓，少了两根趾头。再看看屋里，财物全都没有了，只剩下当年的破被子。妻子将破被子盖在穆生身上，让他躺下。又害怕十天后狐仙会再来，于是把婢女和衣服都卖掉，凑足六百两银子。到了期限，狐仙果然来了，妻子连忙把钱给了她，狐仙没说什么就走了。从此狐仙再也没来过。

原文

生足创，医药半年始愈，而家清贫如初矣。狐适近村于氏。于业农，家不中赀。三年间，援例纳粟，夏屋连蔓，所衣华服，半生家物。生见之，亦不敢问。偶适野，遇女于途，长跪道左。女无言，但以素巾裹五六金，遥掷生，反身径去。后于氏早卒，女犹时至其家，家中金帛辄亡去。于子睹其来，拜参之，遥祝曰：“父即去世，儿辈皆若子，纵不抚恤，何忍坐令贫也？”女去，遂不复至。

- 适：嫁给。
- 援例纳粟：引用成例捐钱取得功名。
- 中赀：中产，中等人家的资产。
- 夏屋连蔓：高大的房屋一个挨着一个。夏屋，大屋。

译文

穆生脚上的伤，治了半年才痊愈，他家里又跟当初一样一贫如洗了。狐仙又去了邻村的于家。于氏是农民，家里也没什么钱。狐仙去了三年时间，于氏捐了一个官职，建的房屋连成一片，身上穿着华丽的衣服，多半都是穆生家的物品。穆生看见了，也不敢问。有次穆生到郊外去，在路上遇见了狐仙，直直地跪在路边向她赔罪。狐仙没说话，只是用素巾包了五六两银子，远远地扔给穆生，转身离去。后来于氏早死，狐仙仍然时不时地去他家，他家里的财物也慢慢少了。于氏的儿子看见她来，跪下参拜她，远远地恳求道：“我的父亲虽然去世了，他的儿子也都像你的儿子一样，纵然不怜悯我们，怎么忍心让我们变得贫穷呢？”狐仙听完就走了，再也没来过。

原文

异史氏曰：邪物之来，杀之亦壮，而既受其德，即鬼物不可负也。既贵而杀赵孟，则贤豪非之矣。夫人非其心之所好，即万钟何动焉。观

- 万钟：引申指大量钱财和优厚的俸禄。

其见金色喜，其亦利之所在，丧身辱行而不惜者欤？伤哉贪人，卒取残败！

译文

异史氏说：怪物来了，将它杀了也不失为豪壮之举，但既然接受了它的恩德，就算它是鬼怪也不能辜负。飞黄腾达以后就杀掉帮助自己的人，比如晋灵公杀赵盾，贤人和豪杰一定会看不起他。如果对方不是自己心里所喜欢的，就算是给再多的钱都不会被打动的。看那穆生一见银子就面带喜色的样子，也是一个为了金钱，就算是败坏道德或失去生命也在所不惜的人吧？悲哀啊，贪心的人，最终落得个身体残破、一无所有的下场！

素封

素封指的是没有官职和封邑，但财富足以比肩封君的人。出自《史记·货殖列传》，描述那些虽然没有朝廷给予的俸禄或封地，但通过自有田园和产业获得丰厚收入的人。张守节注释称，素封之人虽不为官，却凭借其田园之利，生活富足。素封因此成为古代社会中以财力著称的富人群体的代称。

【吕无病】

原文

洛阳孙公子，名麒，娶蒋太守女，甚相得。二十夭殂，悲不自胜。离家，居山中别业。适阴雨，昼卧，室无人。忽见复室帘下，露妇人足，疑而问之。有女子褰帘入，年约十八九，衣服朴洁，而微黑多麻，类贫家女。意必村中僦屋者，呵曰：“所须宜白家人，何得轻入！”女微笑曰：“妾非村中人，祖籍山东，吕姓。父文学士。妾小字无病。从父客迁，早离顾复。慕公子世家名士，愿为康成文婢。”孙笑曰：“卿意良佳。然仆辈杂居，实所不便，容旋里后，当舆聘之。”女次且曰：“自揣陋劣，何敢遂望敌体？聊备案前驱使，当不至倒捧册卷。”孙曰：“纳婢亦须吉日。”乃指架上，使取《通书》第四卷，盖试之也。女翻检得之，先自涉览，而后进之，笑曰：“今日河魁不曾在房。”孙意少动，留匿室中。女闲居无事，为之拂几整书，焚香拭鼎，满室光洁，孙悦之。

○别业：别墅。

○复室：套间。

○文学士：读书人。文学，孔门四科之一，指文章博学。

○客迁：离开家乡。

○早离顾复：很小失去父母。顾复，喻父母养育之恩。

○康成文婢：东汉经学大师郑玄家懂文学的丫环。

○旋里：返家。

○舆聘：正式礼聘。

○案：书桌。

○次且（zī jū）：欲前不前，犹豫不决的样子。此处指言辞闪烁，欲言又止。

○敌体：指处于对等地位的妻子。

○河魁：丛辰名，月中凶神。星命术士谓阳建之月，前三辰为天罡，后三辰为河魁；阴建之月反之。当此之日，诸事宜避。

译文

洛阳有位孙公子，单名麒，娶了蒋太守的女儿为妻子，二人感情十分融洽。但妻子二十岁就死了，孙麒悲伤不已。于是离开家，到山中的别墅去住。有一天，阴雨绵绵，孙麒白天躺在床上，屋里没有其他人。他忽然看见内室门帘下露出一双女人的脚，就惊疑地问是谁。有个女子掀开帘子走了进来，十八九岁，衣服简朴整洁，她肤色有些黑，且脸上有麻子，像是穷苦人家的女子。孙麒以为她是村里租房住的人，就呵斥道："有什么事应该去跟我的仆人说，怎么能随意进来呢！"女子微笑着说："我不是村里的人，我姓吕，祖籍山东。我的父亲是读书人。我的小名叫无病。跟着父亲离开家乡来到这里，但父母也早早去世了。仰慕公子是世家名士，特意前来，希望能做您的婢女。"孙麒笑着说："你的心意是很好。但我这里仆役混杂，你来确实不太方便，等我回家以后，再正式下聘娶你。"吕无病欲言又止地说："我知道自己丑陋粗笨，怎敢奢望做您的妻子？只要能做你书桌前驱使的丫环就行了，应该不至于倒拿书卷。"孙麒说："就算是让你当个婢女，也要挑个吉日啊。"说完就指了指书架，让她取出《通书》第四卷，也是想试试她。吕无病翻了翻书架找到了，先自己大概看了一遍，然后拿给孙麒，笑着说："河魁星今天不在房里。"孙麒听见这话，有些心动，就偷偷地将吕无病留在房内。吕无病住在这里闲来无事，就给孙麒擦擦书桌，整理书卷、焚香、擦香炉、把屋子收拾得光亮整洁，孙麒很高兴。

原文

至夕，遣仆他宿。女俯眉承睫，殷勤臻至。命之寝，始持烛去。中夜睡醒，则床头似有卧人。以手探之，知为女，捉而撼焉，女惊起立榻下。孙曰："何不别寝，床头岂汝卧处也？"女曰："妾善惧。"孙怜之，俾施枕床内。忽闻气息之来，清如莲蕊，异之，呼与共枕，不觉心荡，渐与同衾，大悦之。念避匿非策，又恐同归招议。孙有母姨，近隔十余门，谋令遁诸其家，而后再致之。女称善，便言："阿姨，妾熟识之，无容先达，请即去。"孙送之，逾垣而去。

○俯（fǔ）眉承睫：低眉顺眼，非常温柔。睫，眼睫毛。

○臻至：极好，达到极点。臻，至。

○招议：招致物议。

译文

到了晚上，孙麒让仆人都到别处去睡。吕无病低眉顺眼，殷勤地侍奉孙麒。孙麒让她去睡，她才拿着蜡烛走了。孙麒半夜醒了，感觉床头好像躺了一个人。用手一摸，知道是吕无病，就摇了摇她，吕无病吓得连忙起身站在床边。孙麒说："你怎么不到别处去睡觉，床头难道是你睡觉的地方吗？"吕无病说："我害怕，不敢一个人睡。"孙麒可怜她，让她睡到床上来。孙麒忽然闻到一阵气味，像莲蕊一样清香，觉得很奇怪，就让吕无病跟他枕一个枕头，不知不觉间心神荡漾，渐渐地，两个人睡到了一个被窝，欢爱自不必说。孙麒想到一直藏着她不是个办法，又担心跟她一同回家会招人议论。孙麒有个姨妈，跟孙麒家只隔着十来户人家，于是就想让吕无病悄悄地去他姨妈家，以后再把她接回来。吕无病觉得这个方法好，便说："我跟你的阿姨很熟，不用你去告诉她了，我现在就去。"孙麒送她，她翻墙就走了。

原文

孙母姨，寡媪也。凌晨启户，女掩入。媪诘之，答云："若甥遣问阿姨。公子欲归，路赊乏骑，留奴暂寄此耳。"媪信之，遂止焉。孙归，矫谓姨家有婢，欲相赠，遣人舁之而还，坐卧皆以从。久益嬖之，纳为妾。世家论昏，皆勿许，殆有终焉之志。女知之，苦劝令娶，乃娶于许，而终嬖爱无病。许甚贤，略不争夕，无病事许益恭，以此嫡庶偕好。许举一子阿坚，无病爱抱如己出。儿甫三岁，辄离乳媪，从无病宿，许唤之，不去。无何，许病卒。临诀，嘱孙曰："无病最爱儿，即令子之可也，即正位焉亦可也。"既葬，孙将践其言，

○掩入：乘其不备而进入。

○赊：远。

○舁（yú）：抬。这里是用轿子抬回。

○嬖（bì）：宠爱。

○诀：诀别。

○正位：扶正。妻死，以妾作妻。

告诸宗党，佥谓不可，女亦固辞，遂止。

○宗党：宗族，乡党。

○佥（qiān）：众人，全，都。

译文

孙麒的姨妈是个寡妇，天亮的时候一开门，吕无病侧身进入门内。孙姨妈问她是谁，吕无病说：“你外甥让我来看望你。公子准备回家，路途遥远又缺少马车，就让我先寄住在这里。”孙姨妈相信了她，就把她留了下来。孙麒回到家，谎称姨妈家有个婢女，要送给他，就派人用轿子把吕无病接回了家，从此之后，无论走到哪里都让吕无病跟在自己身旁。时间长了就更宠爱她，纳她为妾。有世族大家要和孙麒结亲，他都不同意，有要和吕无病相伴终生的意愿。吕无病知道后，苦苦劝他娶个妻子，孙麒这才娶了许家的女儿，但始终宠爱吕无病。许氏也很贤惠，不跟吕无病争宠，吕无病对许氏就越发恭敬，因此妻妾和睦相处。许氏生了一个儿子叫阿坚，吕无病很喜爱他，成天抱着他，像抱着自己的儿子一样。阿坚刚三岁，就断了母乳，晚上跟吕无病一起睡，许氏来叫他回去，阿坚不肯。没多久，许氏病死了。临死的时候，她嘱咐孙麒说：“无病最喜爱我的儿子，可以让阿坚当她的儿子，就算是把她扶正也是可以的。”许氏下葬以后，孙麒想按照许氏的话去做，把这件事告诉了宗亲，大家都表示反对，吕无病也再三推辞，这事就作罢了。

原文

邑有王天官女，新寡，来求婚。孙雅不欲娶，王再请之。媒道其美，宗族仰其势，共怂恿之。孙惑焉，又娶之。色果艳，而骄已甚，衣服器用，多厌嫌，辄加毁弃。孙以爱敬故，不忍有所拂。入门数月，擅宠专房，而无病至前，笑啼皆罪。时怒迁夫婿，数相闹斗。孙患苦之，以故多独宿。妇又怒。孙不能堪，托故之都，逃妇难也。妇以远游咎无病。无病鞠躬屏气，承望颜色，而妇终不快。夜使直宿床

○天官：明清吏部尚书的别称。

○雅：很。

○拂：逆，违背。

○托故：找借口。

○咎：责怪，追究罪责。

○承望颜色：仰承脸色，小心伺候。

○直：当值。

下，儿奔与俱。每唤起给使，儿辄啼。妇厌骂之。无病急呼乳媪来抱之，不去，强之，益号。妇怒起，毒挞无算，始从乳媪去。

○无算：无数，数不清。

译文

县里的王天官有个女儿，新死了丈夫，于是请媒人到孙家说媒。孙麒很是不愿意娶她，但王家再三求请。媒人说王家女儿长得很漂亮，宗族里的人想依仗王家的势力，一起怂恿他同意。孙麒也动摇了，就把王氏娶了回来。王氏果然长得十分艳丽，但骄横跋扈，对衣服和各种器具，总是各种嫌弃，一不如意就损毁扔掉。孙麒因为喜爱她的缘故，不忍心违背她的意愿。进门几个月，独自霸占着孙麒，而吕无病只要到了她跟前，无论是哭是笑，都是错。有时还迁怒于孙麒，多次吵闹和打斗。孙麒实在觉得痛苦，所以经常一个人睡。王氏又生气。孙麒忍受不了了，找借口去了京城，远离王氏。王氏因为孙麒出远门而责怪吕无病，认为是她的错。吕无病毕恭毕敬，大气都不敢出，看着王氏的脸色，小心伺候，但王氏始终不高兴。夜里王氏让吕无病睡在自己的床下当值，阿坚也跑过来跟吕无病睡在一起。每当吕无病被喊起来伺候王氏，阿坚就要哭泣。王氏心里厌烦，责骂阿坚。吕无病急忙喊来乳母把阿坚抱走，阿坚不肯走，强行抱走他，他就哭得更大声。王氏愤怒地起身，狠狠地打了他一顿，他才跟着乳母走了。

原文

儿以是病悸，不食。妇禁无病不令见之。儿终日啼，妇叱媪，使弃诸地。儿气竭声嘶，呼而求饮，妇戒勿与。日既暮，无病窥妇不在，潜饮儿。儿见之，弃水捉衿，号咷不止。妇闻之，意气汹汹而出。儿闻声辍涕，一跃遂绝。无病大哭。妇怒曰："贱婢丑态！岂以儿死胁我耶！无论孙家襁褓物，即杀王府世子，王天官女亦能任之！"无

○病悸：惊风的病。

○意气汹汹：怒气冲冲。意气，偏激、任性的情绪。

○襁褓物：小孩，未满周岁的婴儿。襁褓，背负婴儿用的宽带和包裹婴儿的被子。

○任：担当，承担。

病乃抽息忍涕，请为葬具。妇不许，立命弃之。妇去，窃抚儿，四体犹温。隐语媪曰：“可速将去，少待于野，我当继至。其死也，共弃之；活也，共抚之。”媪曰：“诺。”无病入室，携簪珥出，追及之。共视儿，已苏。二人喜，谋趋别业，往依姨。媪虑其纤步为累，无病乃先趋以俟之，疾若飘风，媪力奔始能及。约二更许，儿病危，不复可前。遂斜行入村，至田叟家，倚门待晓，扣扉借室，出簪珥易赀，巫医并致，病卒不瘳。女掩泣曰：“媪好视儿，我往寻其父也。”媪方惊其谬妄，而女已杳矣。骇诧不已。

○飘风：旋风，暴风。

○斜行：小道，岔道。

○不瘳（chōu）：不治。瘳，痊愈。

○谬妄：胡言乱语，说得不靠谱。

译文

阿坚因被责打一事吓出了病，不吃不喝。王氏正在气头上，不让吕无病去照料阿坚。阿坚整日啼哭，王氏就责骂乳母，让她把阿坚扔在地上。阿坚哭得声嘶力竭，喊着要喝水，王氏也不让乳母给他水。天黑了，吕无病趁王氏不在，偷偷给阿坚送水喝。阿坚看见吕无病，把水扔在地上，抓住她的衣襟，号啕大哭。王氏听到阿坚的哭声，气势汹汹地摔门而出。阿坚听到王氏出门的声音，立刻止住哭声，腿一伸，便死了。吕无病见状，大声痛哭。王氏怒道：“下贱胚子竟然做出这样的丑态！难道想拿孩子的死威胁我吗！不要说是孙家的小孩子，就算是杀了王府的世子，我王天官的女儿也担当得起！”吕无病只能抽泣着忍住眼泪，请求王氏为阿坚买口棺材。王氏不同意，让吕无病立刻把阿坚扔出去。王氏走了以后，吕无病悄悄摸了摸阿坚，发现他的四肢还是温热的。于是她暗地里跟乳母说：“你先把孩子抱走，在郊外稍微等一会儿，我随后就到。他要是死了，我俩就把他扔了；他要是活下来，我俩一起抚养他。”乳母说：“好。”吕无病走进屋内，拿着首饰出了家门，追上了乳母。一起看阿坚，发现他已经醒了过来。二人很高兴，商量着去孙麒的别墅住，投奔孙姨妈。乳母担心吕无病脚小走不快，吕无病就先走到前面去等着乳母，她走起路来快得像风，乳母用力跑才能追得上她。大约到了二更天，阿坚病得更加严重，不能再往前走了。两个人就走小路进入一个村子，到了一户老农家，倚靠在门外边，等天一亮，就叩开门借了间房子住下，出去卖了一些首饰，请了巫师和医生，阿坚的病还是不见好。吕无病掩面哭泣着说：“乳母你好好看着阿坚，我去找他的父亲。”乳母正惊异于这话太荒谬，而吕无病已经不见了。乳母惊诧不已。

原文

是日，孙在都，方憩息床上，女悄然入。孙惊起曰：“才眠已入梦耶！”女握手哽咽，顿足不能出声。久之久之，方失声而言曰：“妾历千辛万苦，与儿逃于杨……”句未终，纵声大哭，倒地而灭。孙骇绝，犹疑为梦。唤从人共视之，衣履宛然，大异不解。即刻趣装，星驰而归。

○憩息：休息。

○宛然：真切，清楚。

○趣（cù）装：速整行装。趣，急。

译文

同一天，孙麒在京城，正在床上休息，吕无病悄悄地走了进来。孙麒吃惊地起身道：“我刚睡下就做梦了吗！”吕无病握着孙麒的手伤心哽咽，跺着脚怎么都说不出话来。过了很久，吕无病才失声说道：“我历尽千辛万苦，跟你的儿子逃到杨……”话还没说完，放声大哭，倒在地上消失了。孙麒吓得不知如何是好，还以为是在梦里。叫仆人过来一起看，地上吕无病的衣服、鞋子都还在，大惑不解。然后立刻整理行装，连夜赶回家。

原文

既闻儿死妾遁，抚膺大悲。语侵妇，妇反唇相稽。孙忿，出白刃，婢妪遮救，不得近，遥掷之，刀脊中额，额破血流，披发嗥叫而出，

○膺：胸。

○反唇相稽：顶撞吵闹不相让。反唇，翻唇，谓顶嘴。稽，计较。

将以奔告其家。孙捉还，杖挞无数，衣皆若缕，伤痛不可转侧。孙命异诸房中护养之，将待其瘥而后出之。妇兄弟闻之，怒，率多骑登门，孙亦集健仆械御之。两相叫骂，竟日始散。王未快意，讼之。孙捍卫入城，自诣质审，诉妇恶状。宰不能屈，送广文惩戒以悦王。广文朱先生，世家子，刚正不阿。廉得情，怒曰：“堂上公以我为天下之龌龊教官，勒索伤天害理之钱，以吮人痈痔者耶！此等乞丐相，我所不能！”竟不受命，孙公然归。王无奈之，乃示意朋好，为之调停，欲生谢过其家。孙不肯，十反不能决。妇创渐平，欲出之，又恐王氏不受，因循而安之。

○瘥（chài）：病伤痊愈。出：休弃。

○械御：持械防御。

○捍卫：执器械护卫。

○质审：对质审问。

○广文：明清时期泛指儒学教官。

○廉得情：查考得知实情。廉，查访，考察。

○堂上公：指县令。

○吮人痈痔：即舐痈吮痔，比喻卑劣地奉承人。吮，聚拢嘴唇来吸。痈，毒疮。痔，痔疮。

译文

孙麒回到家，听说儿子死了，吕无病也不见了，捶胸顿足，悲不自胜。责骂了王氏，王氏也不甘示弱，反唇相讥。孙麒气愤不已，拿出一把刀子要杀了王氏，被婢女和仆妇拦着，无法靠近王氏，于是远远地用刀扔向王氏，刀背打中了王氏的额头，额头受了伤，血流了下来，王氏披头散发的号叫着冲出家门，要回娘家告状。孙麒把她抓了回来，用棍棒打了她一顿，把她身上的衣服都打得一条一条的，浑身是伤，疼得都不能翻身。孙麒让人将她抬到屋里休养，准备等她伤好了以后休了她。王氏的兄弟听说了此事，率领一些人骑马来到孙家，孙麒也召集了一些健壮的仆人拿着武器做好了防御。两方相互叫骂了一天才散去。王家觉得不满意，去官府状告了孙麒。孙麒带着护卫进了城，自己到县衙上申辩，列数王氏恶毒的罪行。县令不能使孙麒屈服，就将他送到学官那里去接受惩戒来讨好王家。学官朱先生是世家子弟，刚正不阿。察知实情以后，朱先生生气地说：“县令老爷以为我是天下那些龌龊的学官，为了敲诈勒索得些伤天害理的钱财，就去舔人家的屁股以奉承人吗！这种乞丐相，我做不出来！”居然拒不领命，孙麒大摇大摆地回去了。王家拿他没办法，就暗示亲朋好友为他们调解，想让孙麒到王家谢罪。孙麒不肯，调解的人来来回回跑了十多趟都没有结果。王氏身上的伤渐渐痊愈了，孙麒想把她休了，又担心王家不接受她，只能像以前一样过下去。

原文

妾亡子死，夙夜伤心，思得乳媪，一问其情。因忆无病言“逃于杨”，近村有杨家疃，疑其在是，往问之，并无知者。或言五十里外有杨谷，遣骑诣讯，果得之。儿渐平复，相见各喜，载与俱归。儿望见父，噭然大啼，孙亦泪下。妇闻儿尚存，盛气奔出，将致诮骂。儿方啼，开目见妇，惊投父怀，若求藏匿。抱而视之，气已绝矣。急呼之，移时始苏。孙恚曰：“不知如何酷虐，遂使吾儿至此！”乃立离婚书，送妇归。王果不受，又舁还孙。孙不得已，父子别居一院，不与妇通。乳媪乃备述无病情状，孙始悟其为鬼。感其义，葬其衣履，题碑曰：“鬼妻吕无病之墓。”无何，妇产一男，交手于项而死之。孙益忿，复出妇，王又舁还之。孙乃具状控诸上台，皆以天官故，置不理。后天官卒，孙控不已，乃判令大归。孙由此不复娶，纳婢焉。

○噭（jiào）然：放声大哭的样子。

○交手于项而死之：双手扼死。

○上台：上官，上司。指县令的上级。

○大归：妇女被休弃而归母家。

译文

吕无病不见了，儿子也死了，孙麒日夜伤心，想着找到那个乳母，问问具体的情况。于是想起来吕无病说的“逃到杨”，附近有个叫杨家疃的村子，怀疑他们就在那里，前去打听，却没有人听说过他们。有人说五十里外有个叫杨谷的地方，孙麒就派人骑马去那里打听，果然找到了他们。阿坚的身体渐渐康复，和找他们的人相见后，都很高兴，一起回到家里。阿坚看见父亲，放声大哭，孙麒也泪如雨下。王氏听说阿坚还活着，盛气凌人地从屋里跑了出来，又要破口大骂。阿坚正在啼哭，睁开眼睛看见王氏，受惊一般扑到父亲的怀里，像是请求父亲把他藏起来。孙麒把他抱起来一看，气息已经断绝了。急忙呼唤他，过了一会儿才苏醒过来。孙麒气愤地说：“不知道你之前是怎么虐待他的，才让我的儿子到这种地步！”于是立刻写了离婚文书，送王氏回娘家。王家果然不接受王氏，又把她送回孙家。孙麒不得已，跟儿子住到另外一处院子，不跟王氏来往。乳母跟孙麒讲述了吕无病的一些表现，孙麒才明白吕无病是鬼。孙麒被她的情义所感动，给她立了个衣冠冢，在碑上题字：“鬼妻吕无病之墓”。没过多久，王氏生下一个男孩，她竟然把这个婴儿掐死了。孙麒更加愤怒，又休了她，送回王家，王家又将她抬回了孙家。孙麒于是写下状子，将王氏告到县令的上级，都因为王天官的缘故，官府对这件事置之不理。后来王天官去世了，孙麒还在不断地状告王氏，县衙这才判令王氏被休回娘家。孙麒自此之后不再娶妻，纳了一个婢女为妾。

原文

妇既归，悍名噪甚，居三四年，无问名者。妇顿悔，而已不可复挽。有孙家旧媪，适至其家，妇优待之，对之流涕，揣其情，似念故夫。媪归告孙，孙笑置之。又年余，妇母又卒，孤无所依，诸娣姒颇厌嫉之，妇益失所，日辄涕零。一贫士丧偶，兄议厚其妆而遣之，妇不肯。每阴托往来者致意孙，泣告以悔，孙不听。

○无问名者：没有人打算娶她。问名，是古代婚姻礼仪六礼中的第二礼。男家具书托媒请问女子的姓名和出生年月日，女家复书具告。

○挽：挽救。

译文

王氏回到娘家后，凶悍的名声被很多人知道，在家待了三四年，也没有人上门提亲。王氏这才醒悟过来，而事情已经不可挽回了。有个孙家以前的老女仆，正好到了王家，王氏热情地接待了她，对着她痛哭流涕，老女仆猜测她的心思，觉得她像是思念以前的丈夫。老女仆回到孙家，把这件事告诉了孙麒，孙麒一笑置之。又过了一年多，王氏的母亲也去世了，她孤身一人，无依无靠，兄弟媳妇又都嫌恶她，王氏越来越有流离失所的感觉，整日泪水涟涟。有个贫寒的书生死妻子了，王氏的哥哥跟她商议多陪些嫁妆把她嫁过去，王氏不肯。她总是偷偷地请跟孙家有来往的人给孙麒带话，哭着诉说自己后悔了，孙麒根本不听。

原文

一日，妇率一婢，窃驴跨之，竟奔孙。孙方自内出，迎跪阶下，泣不可止。孙欲去之，妇牵衣复跪之。孙固辞曰：“如复相聚，常无间言则已耳。一朝有他，汝兄弟如虎狼，再求离逷，岂可复得！”妇曰：

○离逷（tì）：一作“离逖”，远远离开。此处指离婚，两不相关。

“妾窃奔而来，万无还理。留则留之，否则死之！且妾自二十一岁从君，二十三岁被出，诚有十分恶，宁无一分情？”乃脱一腕钏，并两足而束之，袖覆其上，曰：“此时香火之誓，君宁不忆之耶？”孙乃

○香火之誓：焚香盟誓之情。古人盟誓，多设香火告神。

荧眥欲泪，使人挽扶入室，而犹疑王氏诈谖，欲得其兄弟一言为证

○荧眥欲泪：眼中闪着泪花要哭。眥，泛指眼睛。

○诈谖（xuān）：欺诈。

据。妇曰：“妾私出，何颜复求兄弟？如不相信，妾藏有死具在此，请断指以自明。”遂于腰间出利刃，就床边伸左手一指断之，血溢如涌。孙大骇，急为束裹。妇容色痛变，而更不呻吟，笑曰：“妾今日黄粱之梦已醒，特借斗室为出家计，何用相猜？”孙乃使子及妾另居

○黄粱之梦已醒：谓已觉悟人生道理。黄粱之梦，多用于比喻虚幻不实的事和欲望的破灭犹如一梦。

○猜：猜疑。

一所，而已朝夕往来于两间。又日求良药医指创，月余寻愈。妇由此不茹荤酒，闭户诵佛而已。

译文

有一天，王氏带着一个婢女，偷骑了家里的一头驴，直奔孙家。孙麒知道后，刚从屋里走出来，王氏就迎面跪在了台阶上，哭得止不住。孙麒要赶走她，王氏拉着孙麒的衣服又跪了下去。孙麒坚决拒绝道："如果再在一起生活，平时如果没有吵闹倒还好。一旦吵闹起来，你家的兄弟跟虎狼一样，再想跟你离婚，怎么可能！"王氏说："我是偷跑出来的，万万没有回去的道理。你要么留下我，不留我我就只能去死！我二十一岁嫁到你家，二十三岁被休，就算有十分恶，难道没有一分情吗？"说完就从手腕上撸下一个镯子，套在并拢的两只脚上，用衣袖盖住，说："成亲时焚香立下的誓言，你难道忘了吗？"孙麒眼眶盈满泪水，让人把她搀扶到内室，但还疑心王氏骗他，想得到她兄弟的一句话作为凭证。王氏说："我是私自跑出来的，哪里有脸面去求兄弟？如果不相信我，我还藏有自尽的工具，现在我就断指来表明心意。"说着就从腰间抽出一把利刃，伸出左手放在床边，砍断了一根指头，血流如注。孙麒大吃一惊，急忙给她把手包起来。王氏痛得脸色都变了，却一声呻吟都没有，笑着说："我如今算是从黄粱梦中醒了过来，特意来借一间小房子打算出家，为什么要猜疑我呢？"孙麒于是让儿子和小妾住在别的院子里，自己每天在两处房子之间来回跑。又每天寻求良医给王氏治疗断指的伤口，一个多月才痊愈。王氏从此不再吃荤和饮酒，整日闭门念经而已。

原文

居久，见家政废弛，谓孙曰："妾此来，本欲置他事于不问，今见如此用度，恐子孙有饿莩者矣。无已，再觍颜一经纪之。"乃集婢媪，按日责其绩织。家人以其自投也，慢之，窃相诮讪，妇若不闻知。既而课工，惰者鞭挞不贷，众始惧之。又垂帘课主计仆，综理微密。孙乃

○饿莩（piǎo）：饿死的人。

○觍颜：厚着脸皮，勉强从事的谦辞。经纪：管理，经营。

○垂帘：谓在帘内主持家政。课：考核。主计：主管财务，计算出入。

大喜，使儿及妾皆朝见之。阿坚已九岁，妇加意温恤，朝入塾，常留甘饵以待其归，儿亦渐亲爱之。一日，儿以石投雀，妇适过，中颅而仆，逾刻不语。孙大怒，挞儿。妇苏，力止之，且喜曰：“妾昔虐儿，心中每不自释，今幸消一罪案矣。”孙益嬖爱之，妇每拒，使就妾宿。居数年，屡产屡殇，曰：“此昔日杀儿之报也。”阿坚既娶，遂以外事委儿，内事委媳。一日曰：“妾某日当死。”孙不信。妇自理葬具，至日，更衣入棺而卒，颜色如生，异香满室。既敛，香始渐灭。

○温恤：温存体贴。

○殇：夭折。

译文

时间久了，王氏见家里的事务废弛，就对孙麒说：“我这次来，本打算对什么事都不管不问的，如今见家里的吃穿用度都这么大，恐怕到了子孙辈会有饿死的。没办法，我再厚着脸皮管管家吧。”王氏把仆妇们聚集起来，按日规定她们织布的量。仆人们因为她是自己跑回来的，都轻慢她，私下里嘲笑她，王氏充耳不闻。接着开始检查织布数量，懒惰导致数量不达标的都被鞭打惩治，众人这才开始惧怕她。王氏又在帘子后面跟主管财务的人对账，管理既细致又严密。孙麒知道后很高兴，让儿子和小妾都来拜见王氏。阿坚已经九岁了，王氏对他很温和体恤，阿坚早上去书塾读书，王氏经常留些好吃的等阿坚回来吃，阿坚也逐渐跟她亲近起来。有一天，阿坚用石头砸麻雀，王氏恰好路过，被石头砸中额头，摔倒在地上，过了很久都昏迷不醒。孙麒十分生气，抓过阿坚就打。王氏苏醒过来，极力劝阻孙麒，并且高兴地说：“我之前虐待阿坚，心里总是不能释怀，如今也算是抵消一项罪孽了。”孙麒越加喜爱她，王氏却常常拒绝他留宿在自己房里，让他去小妾房里睡。这几年间，王氏生了几个孩子，但都夭折了，王氏说：“这是之前我掐死儿子的报应啊。”阿坚娶妻以后，王氏就将外事交给阿坚，内事交给阿坚的妻子。王氏有天说：“我某一天会死去。”孙麒不信。王氏自己准备好棺材和寿衣等，到了那天，换上寿衣进入棺材就死了，脸色跟活着的时候一样，奇异的香气充满屋内。等她下葬以后，香气才渐渐散去。

原文

异史氏曰：心之所好，原不在妍媸也。毛嫱、西施，焉知非自爱之者美之乎？然不遭悍妒，其贤不彰，几令人与嗜痂者并笑矣。至锦屏之人，其夙根原厚，故豁然一悟，立证菩提。若地狱道中，皆富贵而不经艰难者也。

○妍：美。媸：丑。

○毛嫱、西施：皆古代美女名。

○嗜痂者：谓有怪癖的人。

○锦屏之人：深闺女子，富贵人家女子。

○夙根：佛教谓前生所种善根。根，根业，根性，业力。众生因根业不同，所得果报亦不同。

○立证菩提：即刻证得佛果。

译文

异史氏说：心里爱一个人，根本就不在乎对方长得漂亮还是丑。毛嫱、西施，谁又知道不是那些喜爱她们的人夸大了她们的美貌呢？然而像吕无病这样的人，如果不是因为遇到悍妇的嫉妒，她的贤德就不会彰显，几乎让人将她与有怪癖的人放在一起嘲笑。至于王氏这样的高官之女，她的夙根原本就深厚，所以恍然醒悟，即刻就顿悟了。进入地狱道中的，都是富贵却没有经历过苦难的人。

通书

通书是旧时的历书，也称为时宪书，俗称皇历。它不仅记录每日的日期和节气，还包含黄道吉日、宜忌事项等信息，供人们安排日常事务和祭祀活动。通书在古代被广泛使用，是民众参考的重要工具，帮助他们选择吉祥的时日，避免不利的时刻，因此在社会生活中具有极大的实用性和权威性。

【钱卜巫】

原文

夏商，河间人。其父东陵，豪富侈汰，每食包子，辄弃其角，狼籍满地。人以其肥重，呼之丢角太尉。暮年，家綦贫，日不给餐，两肱瘦，垂革如囊，人又呼募庄僧，谓其挂袋也。临终谓商曰：“余生平暴殄天物，上干天怒，遂至冻饿以死。汝当惜福力行，以盖父愆。”商恪遵治命，诚朴无二，躬耕自给。乡人咸爱敬之。

○河间：府名。位于今河北冀中平原腹地，今属沧州河间。

○侈汰：奢侈放纵。

○肱（gōng）：手臂。

○募庄僧：指沿村庄募化的僧人。募，募化，僧尼等求人施舍财物。

○暴殄（tiǎn）天物：原指糟蹋残害天生万物，后指任意浪费。

○盖：遮蔽，免除。

○治命：指父亲临终前清醒时所留的遗言。

译文

夏商是河间人。他的父亲叫夏东陵，生性豪放奢侈，每次吃包子，都把包子的角扔掉，弄得遍地狼藉。因为他很肥胖，所以人们称他丢角太尉。他晚年的时候，家里越来越穷，每天连饭都吃不饱，两个胳膊很瘦，皮肤松弛下垂，像个袋子，人们又因此称呼他募庄僧，意思是他像个挂着袋子化缘的和尚。他临终的时候对儿子说：“我生平暴殄天物，惹得上天愤怒，所以最后挨饿受冻而死。你应当珍惜自己的福分，身体力行，用以免除为父的罪过。”夏商严格遵守父亲的遗命，为人诚恳朴实，亲自劳动，自给自足。邻里乡人都很敬爱他。

原文

富人某翁哀其贫，假以赀，使学负贩，辄亏其母。愧无以偿，请为佣，翁不肯。商瞿然不自安，尽货其田宅，往酬翁。翁诘得情，益怜之，强为赎还旧业，又益贷以重金，俾作贾。商辞曰：“十数金尚不

○亏其母：谓亏本。亏，亏损。母，本钱。

○瞿然：吃惊，不安的样子。

能偿，奈何结来世驴马债耶？”翁乃招他贾与偕。数月而返，仅能不

○驴马债：迷信谓此生欠债不还，来世变作驴马偿还。

亏。翁不收其息，使复之。年余，货赀盈辇，归至江，遭飓，舟几

○货赀盈辇：购置的财货，装满一车。辇，车。○飓（jù）：大风。

覆，物半丧失。归计所有，略可偿主。遂语贾曰：“天之所贫，谁能救之？此皆我累君也！”乃稽簿付贾，奉身而退。翁再强之，必不可，

○奉身而退：恭敬地退出。奉，恭敬，谨慎。

躬耕如故。每自叹曰：“人生世上，皆有数年之享，何遂落魄如此？”

译文

富人某翁怜惜夏商贫穷，就借给他一些钱，让他学着做生意，谁知道他连本钱都赔了进去。夏商因为无法偿还某翁的钱而愧疚，于是请求去他家里当佣人，某翁不肯。夏商心里很不安，就把自己的田地和宅院都卖了，把得到的钱拿去还给某翁。某翁问清了实际情况，越发可怜他，强行为他把卖掉的产业赎了回来，又借给他大一笔钱，让他去做买卖。夏商推辞说：“以前借你的十多两银子尚且无力偿还，又怎能背上来世做牛马才能还清的债呢？”某翁就让他跟其他的商人一起出去做生意。过了好几个月夏商才回来，仅仅是没有亏本。某翁不收他的利息，让他再去做生意。过了一年多，夏商买了满满一车的货，回来时在江上遇到飓风，商船几乎倾覆，货物损失了一半。回家后，算了算现存货物的价值，基本可以偿还本钱。于是跟其他的商人说：“上天要让我贫穷，谁能挽回呢？这都是我连累了你啊！”于是按照账本上的数字把钱付给了商人，自己退出了这趟生意。某翁再三让他去做生意，夏商都拒绝了，像以前一样耕种田地。每每独自叹息道：“人生在世，都有几年的好日子，我为什么却落魄到如此地步？”

原文

会有外来巫，以钱卜，悉知人运数。敬诣之。巫，老妪也。寓室精

○运数：命运。

洁，中设神座，香气常熏。商入朝拜讫，便索贳。商授百钱，巫尽

内木筒中，执跪座下，摇响如祈签状。已而起，倾钱入手，而后于案上次第摆之。其法以字为否，幕为亨。数至五十八皆字，以后则尽幕矣。遂问："庚甲几何？"答："二十八岁。"巫摇首曰："早矣！官人现行者先人运，非本身运。五十八岁，方交本身运，始无盘错也。"问："何谓先人运？"曰："先人有善，其福未尽，则后人享之；先人有不善，其祸未尽，则后人亦受之。"商屈指曰："再三十年，齿已老耄，行就木矣。"巫曰："五十八以前，便有五年回润，略可营谋，然仅免寒饿耳。五十八之年，当有巨金自来，不须力求。官人生无过行，再世享之不尽也。"

○幕：钱币的背面。亨：顺利通达。

○字：古时钱币，正面铸字，背面铸有图形。否（pǐ）：闭塞，阻隔不通。

○庚甲：年岁的代称。

○盘错：盘曲交错。

○就木：死。就，接近。木，指棺材。

○回润：返回的好处。润，润泽。

○过行：过错，过失。

译文

恰巧有个外地来的术士，能用钱占卜，从而知道人的运数。夏商就恭敬地去拜访。这个术士是个老婆婆，她的住所精致整洁，房屋正中摆放着一个神座，旁边燃着熏香。夏商进门拜完神座，老婆婆就问他要钱。夏商给了她一百文钱，她将钱全都放进木筒里，拿着木筒跪在神座下面，摇响木筒，像是在祈祷求签的样子。很快站起身来，把钱倒入手中，然后在桌案上依次摆放。占卜的方法是有字的一面朝上为凶，无字的一面朝上为吉。数到第五十八个都是有字的一面朝上，之后的就全都是无字的一面朝上了。老婆婆就问夏商："你今年多大？"夏商回答："二十八岁。"老婆婆摇摇头说："还早呢！你现在行的是先人运，而不是你自己的运。你到了五十八岁，才能交自己的运，就不会有不顺的事了。"夏商问："什么是先人运？"老婆婆说："先人做了善事，他没有把福气用完，后人就可以享用剩余的福气；先人做了恶事，他没有把祸受完，那么后人就要接着受祸。"夏商屈指一算："再过三十年，牙齿都掉光了，都快进棺材了。"老婆婆说："五十八岁以前，有五年运数好转，略微可以挣点儿钱，但也仅限于不会挨饿受冻。五十八岁那年，会有一笔巨款不请自来，不需要努力去求得。你这辈子没有什么过失，福气下辈子也享用不完。”

原文

别巫而返，疑信半焉。然安贫自守，不敢妄求。后至五十三岁，留意验之。时方东作，病痁不能耕。既痊，天大旱，早禾尽枯。近秋方雨，家无别种，田数亩悉以种谷。既而又旱，荞菽半死，惟谷无恙，后得雨勃发，其丰倍焉。来春大饥，得以无馁。商以此信巫，从翁贷赀，小权子母，辄小获。或劝作大贾，商不肯。

○病痁（shān）：患疟疾。痁，疟疾。

○东作：春耕之时。

○荞：荞麦。菽：豆类。

○小权子母：做小本生意。

译文

告别老婆婆回到家中，夏商对她的话半信半疑。但他还是安于贫穷，不敢有其他的想法。后来到了五十三岁，他就留心看看老婆婆的话能否应验。当时正是春耕，夏商得了疟疾不能下田耕地。等他的病好了，天又开始大旱，早种的庄稼都枯死了。快到立秋的时候才下雨，家里没有其他的种子，好几亩田地都种上了谷子。接着又是干旱，荞麦和豆类死了一半，只有谷子安然无恙，后来下了雨，谷子更是长势喜人，收成是往年的一倍。来年春天又开始闹饥荒，因为谷子丰收了，才没饿死。夏商至此才相信了老婆婆的话，从某翁那里借来本钱，做些小本生意，赚了些小钱。有人劝他做大买卖，夏商不肯。

原文

迨五十七岁，偶葺墙垣，掘地得铁釜，揭之，白气如絮，惧不敢发。移时，气尽，白镪满瓮。夫妻共运之，秤计一千三百二十五

○葺（qì）：原指用茅草覆盖房子，后泛指修理房屋。

两。窃议巫术小舛。邻人妻入商家，窥见之，归告夫。夫忌焉，潜

○舛（chuǎn）：差错。

告邑宰。宰最贪，拘商索金。妻欲隐其半，商曰："非所宜得，留

之贾祸。"尽献之。宰得金，恐其漏匿，又追贮器，以金实之，满

○贾祸：招致祸患。贾，招致。

焉，乃释商。居无何，宰迁南昌同知。逾岁，商以懋迁至南昌，则

○南昌：府名。治所即今江西南昌。同知：清代府、州同知，为知府、知州的佐官。

○懋迁：贸易。

宰已死。妻子将归，货其粗重，有桐油如干篓，商以直贱，买之以

归。既抵家，器有渗漏，泻注他器，则内有白金二铤，遍探皆然。

兑之，适得前掘镪之数。商由此暴富，益赡贫穷，慷慨不吝。妻劝

○兑：用天平秤金银。

积遗子孙，商曰："此即所以遗子孙也。"邻人赤贫至为丐，欲有所

求，而心自愧。商闻而告之曰："昔日事，乃我时数未至，故鬼神假

子手以败之，于汝何尤？"遂周给之。邻人感泣。后商寿八十，子孙

○周给：接济。

承继，数世不衰。

译文

等到五十七岁，夏商有次修整院墙，从地下挖出一个铁锅，打开一看，冒出白絮一般的白气，他吓得不敢再挖。过了一会儿，白气散尽，他看见满锅都是白花花的银子。他和妻子一起将银子运回家中，称了称，一共是一千三百二十五两。夏商心里暗想这和老婆婆占卜的数字有点儿出入。邻居的妻子到夏商家里来，躲在一旁看见了那些银子，回家告诉了自己的丈夫。她的丈夫十分妒忌夏商，私下里告诉了县令。县令最为贪婪，把夏商拘禁起来，向他索要银子。夏商的妻子准备隐瞒一半的钱数，夏商说："这钱不是我们应得的，留下来会招来祸患的。"于是把这些钱都给了县令。县令得到银子，担心夏商还藏匿了银子，又追要装银子

的器具，把银子装进去，刚好装满，这才把夏商给放了。没过多久，县令升为南昌同知。过了一年，夏商因为做生意也搬到了南昌，这才知道那个县令已经死了。县令的妻子要回老家，想将粗重东西都卖掉，其中有若干篓桐油，夏商觉得价钱便宜，就买了回去。到家以后，装桐油的油篓有点儿漏油，于是把桐油倒进别的容器里，谁知竟在油篓里发现了两锭白银，他查看了所有油篓，里面都有银子。称了称，正好是先前挖得银钱的数目。夏商从此暴富，更加接济穷人，慷慨大方，毫不吝啬。妻子劝他给儿孙留点儿钱，夏商说：“我这么做就是给子孙积福。”那个告发夏商的邻居后来非常穷困，以至于成了乞丐，想求夏商接济，又因为心里有愧张不开口。夏商听说后对他说：“过去的事，是我的时运没到，所以鬼神借你的手使我失败，跟你有什么关系呢？”然后接济了他。邻居感动得流下眼泪。后来夏商活到了八十岁，子孙继承了家业，好几代都没有衰败。

原文

异史氏曰：汰侈已甚，王侯不免，况庶人乎！生暴天物，死无饭含，可哀矣哉！幸而鸟死鸣哀，子能干蛊，穷败七十年，卒以中兴。不然，父孽累子，子复累孙，不至乞丐相传不止矣。何物老巫，遂宣天之秘？呜呼！怪哉！

○鸟死鸣哀：即“鸟之将死，其鸣也哀；人之将死，其言也善”。

○饭含：古丧仪之一。

○干蛊：谓儿子能继承父志，完成父亲未竟之事业。蛊，蛊害，蛊乱，弊病。

译文

异史氏说：生活太过于骄奢，王公贵族都不免会遭殃，更何况普通百姓！活着的时候暴殄天物，死的时候嘴里一口饭都没有，真是悲哀啊！幸好夏父在临死前对儿子说了很正确的话，儿子也听从父亲的遗言，使穷困了七十年的家族，最终得以振兴。否则，父亲作的孽连累儿子，儿子又连累孙子，一直到成为乞丐，这种相传才会停止。哪里来的老巫婆，竟然泄露了上天的秘密？哎呀！真奇怪！

【姚安】

原文

姚安，临洮人，美丰标。同里宫姓，有女子字绿娥，艳而知书，择偶不嫁。母语人曰：“门族风采，必如姚某始字之。”姚闻，绐妻窥井，挤堕之，遂娶绿娥。雅甚亲爱。然以其美也，故疑之：闭户相守，步辄缀焉；女欲归宁，则以两肘支袍，覆翼以出，入舆封志，而后驰随其后，越宿，促与俱归。女心不能善，忿曰：“若有桑中约，岂琐琐所能止耶！”姚以故他往，则扃女室中。女益厌之，俟其去，故以他钥置门外以疑之。姚见大怒，问所自来。女愤言：“不知！”姚愈疑，伺察弥严。

○丰标：风度仪态。

○临洮：府名。治所在狄道，即今甘肃临洮。

○门族：门第族望。风采：风度仪表。

○字：旧时称女子许嫁，许配。

○入舆封志：待其坐入轿中，即在轿门加上封条。舆，此指轿。

○桑中约：男女私会。

○琐琐：卑微的举动。

译文

姚安是临洮人，长相俊美，风度翩翩。同村有一户姓宫的人家，有个女儿叫绿娥，长得艳丽大方，且知书达理，一直没找到合适的人出嫁。她的母亲跟人说：“我要找的女婿，门第出身和长相必须得像姚安一样。”姚安听说这话，将妻子骗到井边，将她推进井里淹死了，接着就娶了绿娥。成婚之后，二人非常恩爱。但因为绿娥太漂亮了，姚安总是疑心他：平时把大门关起来守着她，绿娥走到哪儿他就跟到哪儿；绿娥要回娘家，姚安就用胳膊肘把衣袍撑起来，让绿娥躲在里面出门，等绿娥进了轿子，就在轿门上贴好封条，自己骑马跟在轿子后面，在绿娥娘家住一夜，就催她跟自己回家。绿娥心里忍受不了，生气地说：“如果我跟别的男人有私情，你这些无耻的手段又怎么能阻止呢！”有一天，姚安要去别的地方处理事情，就将绿娥锁在内室。绿娥更加讨厌他，等他走后，故意将别的钥匙扔在门外让姚安起疑心。姚安看见钥匙大怒，质问绿娥钥匙是从哪里来的。绿娥气愤地说："不知道！"姚安疑心更重，将绿娥看管得更紧了。

原文

一日，自外至，潜听久之，乃开锁启扉，惟恐其响，悄然掩入。见一男子貂冠卧床上，忿怒，取刀奔入，力斩之。近视，则女昼眠畏寒，以貂覆面上。大骇，顿足自悔。宫翁忿质官。官收姚，褫衿苦械。姚破产，以巨金赂上下，得不死。由此精神迷惘，若有所失。适独坐，见女与髯丈夫，狎亵榻上，恶之，操刃而往，则没矣。反坐，又见之，怒甚，以刀击榻，席褥断裂。愤然执刃，近榻以伺之，见女立面前，视之而笑，遽砍之，立断其首。既坐，女不移处，而笑如故。夜间灭烛，则闻淫溺之声，亵不可言。日日如是，不复可忍，于是鬻其田宅，将卜居他所。至夜，偷儿穴壁入，劫金而去。自此贫无立锥，忿恚而死。里人藁葬之。

○貂冠：古代侍中、常侍之冠。因以貂尾为饰，故称。

○褫（chǐ）衿：扒掉学子衿服。旧时生员等犯罪，必先由学官褫夺衣冠、革除功名之后，才能动刑拷问。苦械：用刑。械，枷锁、镣铐之类刑具。

○髯丈夫：长有络腮胡子的男子。髯，颊毛。

○藁（gǎo）葬：草草埋葬。

○贫无立锥：穷得连插下锥子那样小的地方都没有。

译文

一天，姚安从外面回来，在房门外听了很久，才把门锁打开，推开房门，担心有响声，就悄悄地走了进去。进屋后居然看见一个男子戴着一顶貂皮帽躺在床上，姚安愤怒到了极点，拿了刀跑进屋里，狠狠地将那个男人砍死了。砍完走近一看，却是绿娥，原来她白天睡觉怕冷，用貂皮帽盖在了脸上。姚安大惊失色，跺着脚后悔不迭。宫父气得将姚安告上府衙。府衙将姚安收监，扒下他的学子服，夺去他的功名，然后严刑拷打。姚家将家里的东西都变卖了，花重金贿赂官府，换得姚安免于一死。但姚安从此精神恍惚，若有所失。有一次他正一个人坐着，忽然看见绿娥跟一个留着络腮胡的男子在床上亲热，他很厌恶，拿起刀就冲过去，但两个人却不见了。姚安转过身来坐着，又看见了两人，他非常生气，用刀砍向床铺，把床上的席子和被褥都砍断了。姚安愤怒地举着刀，走近床边等待机会，看见绿娥站在面前，看着自己笑，立刻用刀砍向她，把她的头砍了下来。他刚坐下，又看见绿娥出现在刚才的位置，像以前一样笑着。夜晚熄灭蜡烛以后，姚安就能听见绿娥和别的男人欢爱的声音，淫乱之声无法言说。每天都是如此，姚安再也忍受不下去了，于是把田地和宅子都卖了，准备搬到别的地方去住。当天夜里，小偷在墙上挖了个洞钻进屋内，将钱全都偷走了。自此以后姚安穷困潦倒，在气愤中去世了。村里人草草地将他埋了。

原文

异史氏曰：爱新而杀其旧，忍乎哉！人止知新鬼为厉，而不知故鬼之夺其魄也。呜呼！截指而适其屦，不亡何待！

○厉：恶鬼。

○截指而适其屦（jù）：即截趾适履，喻本末倒置。指，脚趾。

译文

异史氏说：爱新人就把旧人杀了，太残忍了！人们只知道新鬼是恶鬼，却不知道是旧鬼夺去了他的魂魄。唉！为了穿上鞋就把脚指头砍断，不死还等什么呢！

褫衿

褫衿指的是剥去学子的衿服，是旧时对生员的严厉惩罚措施。学子犯下过错时，首先要由学官褫夺其衣冠，取消功名，才会进一步接受刑罚。褫衿象征着学子的身份被彻底剥夺，是他们失去学籍和社会地位的标志。

【采薇翁】

原文

明鼎革，干戈蜂起。於陵刘芝生，聚众数万，将南渡。忽一肥男子诣栅门，敝衣露腹，请见兵主。刘延入与语，大悦之。问其姓字，自号采薇翁。刘留参帷幄，赠以刀。翁言：“我自有利兵，无须矛戟。”问兵所在，翁乃捋衣露腹，脐大可容鸡子，忍气鼓之，忽脐中塞肤嗤然，突出剑跗，握而抽之，白刃如霜。刘大惊，问：“止此乎？”笑指腹曰：“此武库也，何所不有。”命取弓矢，又如前状，出雕弓一，略一闭息，则一矢飞堕，其出不穷。已而剑插脐中，既都不见。刘神之，与同寝处，敬礼甚备。

○干戈蜂起：谓到处发生战乱。蜂起，如群蜂同时飞起，喻众多。

○鼎革：改朝换代。鼎与革分别是《易》中的两个卦象。《易·杂卦》：“革去故也，鼎取新也。”

○於（wū）陵：古地名。在今山东邹平境。

○栅门：军营之门。栅，栅栏。军队驻地结木为栅，以作营墙。

○参帷幄：谓参谋军事。帷幄，军帐，幕府。

○剑跗（fū）：剑把。跗，通“柎”，器物的足部。

译文

明末的时候，四处都是兵戈战乱。於陵的刘芝生，聚集了数万人，准备渡江去南方。忽然有一个肥胖的男子到了军营栅门外，衣服破旧露出肚皮，请求拜见军队主帅。刘芝生请他进来后跟他谈了一会儿，很高兴。问他叫什么名字，他自称采薇翁。刘芝生留他在军中参谋军事，赠给他一把刀。采薇翁说：“我自己有锋利的兵器，不需要矛戟之类东西。”刘芝生问他兵器在何处，采薇翁就撩起衣服露出肚皮，肚脐大得能放得下一个鸡蛋，憋住气一鼓，忽然从肚脐中发出嗤嗤的声音，剑柄从里面冒了出来，握住剑柄往外抽，白刃如霜。刘芝生大吃一惊，问道：“只有剑吗？”采薇翁指着肚子笑着说：“这里是兵器库，什么都有。”刘芝生让他取出弓箭，采薇翁又像之前一样，取出一把弯弓，稍微屏气，就有一支箭飞出掉落在地，然后又飞出很多支箭。接着采薇翁将剑插入肚脐，其他的兵器也都不见了。刘芝生觉得他有神力，跟他住在一起，对他很敬重。

原文

时营中号令虽严，而乌合之群，时出剽掠。翁曰：“兵贵纪律。今统数万之众，而不能镇慑人心，此败亡之道也。”刘喜之，于是纠察卒伍，有掠取妇女财物者，枭以示众。军中稍肃，而终不能绝。翁不时乘马出，遨游部伍之间，而军中悍将骄卒，辄首自堕地，不知其何因。因共疑翁。前进严饬之策，兵士已畏恶之，至此益相憾怨。诸部领谮于刘曰：“采薇翁，妖术也。自古名将，止闻以智，不闻以术。浮云、白雀之徒，终致灭亡。今无辜将士，往往自失其首，人情汹惧。将军与处，亦危道也，不如图之。”刘从其言，谋俟其寝，诛之。使觇翁，翁坦腹方卧，息如雷。众大喜，以兵绕舍，两人持刀入，断其头。及举刀，头已复合，息如故，大惊。又斫其腹，腹裂无血，其中戈矛森聚，尽露其颖。众益骇，不敢近，遥拨以矟，而铁弩大发，射中数人。众惊散，白刘。刘急诣之，已杳矣。

○乌合之群：即乌合之众。

○剽（piāo）掠：掳掠，抢劫。

○严饬（chì）：严加整治，严肃告诫。

○憾怨：怨恨。

○谮（zèn）：诬陷，中伤。

○浮云、白雀之徒：指剑侠及神仙。

○森聚：如森林一样直竖。

○颖：尖。

○矟（shuò）：古代兵器。

译文

虽然当时军营的纪律十分严明，但由于兵士都是乌合之众，所以时不时有人出去抢劫。采薇翁说：“军队中最重要的是纪律。如今你统率数万人，却不能震慑人心，这是败亡的前兆啊。”刘芝生听到这话很高兴，于是开始整治军纪，有抢夺妇女和财物的，斩首示众。这下军中的纪律才稍微好转，但也不能完全杜绝抢劫的事。采薇翁不时骑马出去，在队伍之间巡视，而军队中的那些悍将骄兵，脑袋就会自己掉在地上，不知道是什么原因。因此大家都怀疑是采薇翁干的。先前，采薇翁进言要整肃军纪，兵士们都对他又怕又恨，如今又发生这样的事，他们就更加怨恨他了。众部的将领在刘芝生面前诬告采薇翁：“那个采薇翁，用的是巫术。自古以来的名将，都是以智慧闻名，而不是以巫术。浮云、白雀之类的人，最后只有灭亡。如今无辜的将士，常常自己掉了脑袋，人们群情激奋。将军您跟他共处一室，也是很危险的，不如除掉他。”刘芝生听从了他们的话，商量着等采薇翁睡着后杀了他。刘芝生派人去打探采薇翁的情况，看见他露着肚子正躺在床上，鼾声如雷。众人大喜，派士兵包围他的住处，两个人拿着刀进入其内，砍下了他的脑袋。等到把刀举起来，头又恢复原位了，跟原来一样鼾声大作，众人很吃惊。又剖开他的肚子，肚子裂开后却没有血流出来，里面刀枪剑戟林立，发出森森白光，尖利的刃全都朝外。众人更加害怕，不敢靠近，远远地用长矛拨弄他肚子里的兵器，一个铁弩突然接连发射，射中了好几个人。众人吓得四处逃窜，并告诉了刘芝生。刘芝生急忙赶来，但采薇翁已经不见了。

白雀

白雀是段成式《酉阳杂俎》中记载的一种奇异鸟类。故事中，张坚偶然捕获了一只白雀，十分珍爱并悉心养育。后梦见天刘翁责怒他，几次试图杀死白雀，但都未成功。最终，张坚骑着天翁的车，乘白龙飞升天界，逃离追捕。这一故事中，白雀象征着奇异和神秘，常被用来比喻一些脱俗的存在或预示变故的征兆，文学中它多含有寓意深刻的象征意义。

【崔猛】

原文

崔猛，字勿猛，建昌世家子。性刚毅，幼在塾中，诸童稍有所犯，辄奋拳殴击，师屡戒不悛。名、字，皆先生所赐也。至十六七，强武绝伦，又能持长竿跃登夏屋，喜雪不平，以是乡人共服之，求诉禀白者盈阶满室。崔抑强扶弱，不避怨嫌，稍逆之，石杖交加，支体为残。每盛怒，无敢劝者。惟事母孝，母至则解。母谴责备至，崔唯唯听命，出门辄忘。比邻有悍妇，日虐其姑。姑饿濒死，子窃啖之，妇知，诟厉万端，声闻四院。崔怒，逾垣而过，鼻耳唇舌尽割之，立毙。母闻大骇，呼邻子，极意温恤，配以少婢，事乃寝。母愤泣不食，崔惧，跪请受杖，且告以悔，母泣不顾。崔妻周，亦与并跪。母乃杖子，而又针刺其臂，作十字纹，朱涂之，俾勿灭。崔并受之。母乃食。

○建昌：明清府名。位于江西东部，治所在今江西南城。

○不悛（quān）：坚持作恶，不肯悔改。悛，改过，悔改。

○求诉禀白者：前来诉冤说事的人。

○姑：婆婆。

○诟厉万端：变着花样怒斥辱骂。诟厉，辱骂。

○朱：红色染料。

译文

崔猛，字勿猛，是建昌府一个世家大族的子弟。性情刚毅，幼年的时候在私塾读书，其他的小孩子对他稍有冒犯，他就举起拳头上前殴打，先生屡次训诫他，他都不改。他的名和字都是先生给他起的。等他长到十六七岁，武艺高强，没人比得上，他又能拿着长竹竿跃上房顶，还喜欢打抱不平，所以乡里人都很佩服他，前来找他诉说冤屈的人经常挤满庭院。崔猛锄强扶弱，不怕被人怨恨，有人稍微逆他的意，他就用石头和棍棒殴打对方，常将对方的腿或胳膊打断。每次他在气头上，都没人敢来相劝。但他很孝顺他的母亲，母亲一来，他的气就消了。每次崔猛闯了祸，母亲就责骂他，他总是当场唯唯诺诺，一出门就忘得一干二净。崔猛的邻居家有个凶悍的女人，每天都虐待她的婆婆。婆婆快要被饿死了，儿子偷偷给了她一点儿饭吃，这个女人知道后，用各种恶毒的话骂他，声音大得四周的邻居都听得到。崔猛听见后十分愤怒，翻墙过去，把那个女人的鼻、耳、唇、舌全都割掉，女人立刻就死了。崔母听说这件事后大惊，把邻居家的儿子叫过来，极力安抚，并把自己家的一个婢女给了他，才算平息了这件事。崔母气得眼泪不停地流，也不吃饭，崔猛很害怕，跪在母亲面前，请求母亲用棍棒责打自己，并且表示自己很后悔，但崔母只是哭泣，也不理他。崔猛的妻子周氏，也跟崔猛并排跪下。崔母这才用棍棒责打了儿子，而后又用针在他胳膊上刺了十字形的花纹，涂上红色颜料，以免被磨灭。崔猛都承受着。崔母这才同意吃饭。

原文

母喜饭僧道，往往餍饱之。适一道士在门，崔过之。道士目之曰：

○饭：施舍饭菜。

“郎君多凶横之气，恐难保其令终。积善之家，不宜有此。”崔新

○令终：善终，平安地终其天年。令，善，美。

受母戒，闻之，起敬曰：“某亦自知，但一见不平，苦不自禁。力改之，或可免否？”道士笑曰：“姑勿问可免不可免，请先自问能改不能改。但当痛自抑，如有万分之一，我告君以解死之术。”崔生

○痛自抑：严格地克制自己。　○万分之一：万一。指万一惹下杀身之祸。

平不信厌禳，笑而不言。道士曰：“我固知君不信。但我所言，不

○厌禳（yā ráng）：谓以巫术祈祷鬼神除灾降福，或致灾祸于人，或降伏某物。

类巫觋，行之亦盛德，即或不效，亦无妨碍。”崔请教，乃曰：“适

○类：同。巫觋（xí）：巫师。古代称女巫为巫，男巫为觋，合称巫觋。　○盛德：极大的好事，积德。

门外一后生，宜厚结之，即犯死罪，彼亦能活之也。”呼崔出，指

示其人，盖赵氏儿，名僧哥。赵，南昌人，以岁祲饥，侨寓建昌。

○南昌：旧府名。治所在今江西南昌。 ○祲（jìn）饥：饥荒。

崔由是深相结，请赵馆于其家，供给优厚。僧哥年十二，登堂拜母，约为弟昆。逾岁东作，赵携家去，音问遂绝。

译文

崔母喜欢施舍饭菜给和尚和道士，总是让他们吃饱。有一天，正巧一个道士在崔家门口，崔猛走了过来。道士看着他说："你身上有凶恶蛮横之气，恐怕很难保你得善终。你家是积德行善之家，不应该这样。"崔猛刚被母亲训诫，听了道士的话，肃然起敬地说："我也知道这样不好，但一看见不平之事，就控制不住自己。如果我努力改变，或许能避免灾祸？"道士笑着说："先别问能不能免，你先自问能不能改。只要你愿意痛改前非，如果万一惹下杀身之祸，我会告诉你逃生之术。"崔猛生平不信巫术，听完之后笑而不语。道士说："我知道你不相信。但我说的，跟巫术不一样，你按我说的去做，能积累德行；就算没有效验，也没有什么妨碍。"崔猛向他请教该怎么做，道士就说："正好门外有个小伙子，你应该跟他建立深厚的友谊，到时候就算你犯了死罪，他也能救你。"说完把崔猛叫出来，将那个人指给他看，原来是赵氏的儿子，叫僧哥。赵氏是南昌人，因为遇到饥荒，搬到建昌住，崔猛从此跟赵家深交，请赵氏在自己家设馆教书，给他优厚的待遇。僧哥这年十二岁，在堂上拜见了崔母，和崔猛兄弟相称。过了一年，赵氏带着家眷回家去了，从此音讯断绝。

原文

崔母自邻妇死，戒子益切，有赴诉者，辄摈斥之。一日，崔母弟卒，

○摈（bìn）斥：拒绝，斥退。

从母往吊。途遇数人，絷一男子，呵骂促步，加以捶扑。观者塞途，

○促步：催其行走。

舆不得进。崔问之，识崔者竞相拥告。先是，有巨绅子某甲者，豪横一乡，窥李申妻有色，欲夺之，道无由。因命家人诱与博赌，贷

○道无由：找不到因由。道，路径，借口。

以赀而重其息，要使署妻于券，赀尽复给。终夜，负债数千。积半年，计子母三十余千。申不能偿，强以多人篡取其妻。申哭诸其门。某怒，拉系树上，榜笞刺剟，逼立“无悔状”。崔闻之，气涌如山，鞭马前向，意将用武。母搴帘而呼曰：“唶！又欲尔耶！”崔乃止。既吊而归，不语亦不食，兀坐直视，若有所嗔。妻诘之，不答。至夜，和衣卧榻上，辗转达旦，次夜复然。忽启户出，辄又还卧。如此三四，妻不敢诘，惟慴息以听之。既而迟久乃反，掩扉熟寝矣。

○要：要挟，挟持。署妻于券：签署契约，注明以妻为抵押。

○榜笞刺剟（duō）：谓严刑拷打。剟，刺。

○无悔状：保证不再反悔的字据。状，文体的一种，叙述事情的文辞。

○唶（zé）：大声咄斥。

○兀坐：独自端坐。

○嗔（chēn）：嗔怒，生气。

译文

自从邻居家的女人死了以后，崔母对儿子的管束更加严厉，遇到有人到家里来诉说冤屈，常常大声斥责他们。有一天，崔母的弟弟去世了，崔猛跟着母亲去吊丧。路上遇到几个人，捆着一个男人，一边骂他，一边催他快走，还不时地打他。路上看热闹的人很多，轿子没法往前走。崔猛问是怎么回事，认识崔猛的人竞相拥上来告诉他实情。原来，有个富商的儿子某甲，在乡里横行霸道，看见李申的妻子长得漂亮，就想把她据为己有，但是找不到借口。因此让仆人引诱李申去赌博，借给李申利息很高的高利贷，让李申签下以妻子为抵押的文书，等李申把钱输完以后又借给他钱。过了一夜，李申负债几千钱。过了半年，连本带息欠了三万多钱。李申还不上钱，某甲就派了很多人强行把李申的妻子抢了过来。李申哭着到了某甲的门前。某甲大怒，把他抓起来绑到树上，用各种酷刑折磨他，逼他立下“无悔状”。崔猛听完，气涌如山，打马向前跑，又想动武。崔母连忙拉开轿帘喊道：“停下！又要去闯祸吗！”崔猛这才停下来。吊唁完回到家，崔猛不说话也不吃饭，直愣愣地坐着，像是心里有怨气。妻子问他怎么了，他也不回答。到了晚上，和衣躺在床上，辗转反侧到天亮，第二天夜里也是这样。后来忽然打开门走了出去，很快又回来躺下。如此三四次，妻子也不敢问他，只能屏息听着他的动静。接着崔猛又出去了很久才回来，掩上房门睡着了。

原文

是夜，有人杀某甲于床上，刳腹流肠，申妻亦裸尸床下。官疑申，捕治之。横被残梏，踝骨皆见，卒无词。积年余，不堪刑，诬服，论辟。会崔母死，既殡，告妻曰：“杀甲者，实我也。徒以有老母故，不敢泄。今大事已了，奈何以一身之罪殃他人？我将赴有司死耳！”妻惊挽之，绝裾而去，自首于庭。官愕然，械送狱，释申。申不可，坚以自承。官不能决，两收之。戚属皆诮让申。申曰：“公子所为，是我欲为而不能者也。彼代我为之，而忍坐视其死乎？今日即谓公子未出也可。”执不异词，固与崔争。久之，衙门皆知其故，强出之，以崔抵罪，濒就决矣。会恤刑官赵部郎案临阅囚，至崔名，屏人而唤之。崔入，仰视堂上，僧哥也，悲喜实诉。赵徘徊良久，仍令下狱，嘱狱卒善视之。寻以自首减等，充云南军；申为服役而去，未期年，援赦而归：皆赵力也。

○刳（kū）：从中间破开再挖空。

○残梏：酷刑。

○卒无词：始终没有招承。词，供词。

○诬服：被迫衔冤认罪。

○论辟：判处死刑。辟，大辟，斩首。

○既殡：已经入葬。殡，停放灵柩或把灵柩送到墓地去。

○庭：公庭，官府。

○绝裾（jū）：断绝襟袖，以示去意的坚决。裾，衣服的襟袖。

○收：拘押。

○濒：濒临，就要。

○恤刑官：分赴各道，复审囚犯的监察官吏。恤刑，用刑慎重不滥。阅囚：也称“录囚”，审察并复勘已定罪的囚犯。

○减等：减刑。等，量刑的等级。

○援赦：根据赦令。

译文

就在这天夜里，某甲被人杀死在床上，肚子被剖开，肠子都流了出来，李申的妻子也赤身裸体死在床下。官府疑心是李申作案，把他抓去严刑拷打，脚踝骨都露出来了，李申也不认罪。过了一年多，李申实在受不了折磨，屈打成招，被判处死刑。适逢崔母过世，葬礼举行完以后，崔猛告诉妻子：“杀某甲的人，其实是我。以前因为老母亲在世，我不敢泄露这个秘密。如今大事已经了了，怎么能因为我的罪过连累他人呢？我要去官府赴死了！”妻子很吃惊，急忙挽留他，而崔猛坚决地离开，到官府去自首了。县令很惊愕，把崔猛押送到大牢，要释放李申。李申不同意，坚持说是自己杀了人。县令也决断不了，就把两人都收押了。李申的亲戚都讥讽李申傻。李申说：“崔公子做的事，正是我想做而不能做的。他替我做了这事，我怎么能坐视不理让他去送死呢？今天就当作崔公子没有来自首吧。”他一口咬定是自己杀了人，和崔猛争着认罪。时间久了，衙门里的人都知道了真相，强硬地让李申出狱，让崔猛抵罪，很快就要执行死刑。正巧恤刑官赵部郎来巡视，查阅案卷的时候看见了崔猛的名字，就让身边的人都退下，把崔猛叫了进来。崔猛进来后，抬头看向堂上，原来是僧哥，悲喜交加，把实情告诉了他。赵部郎犹豫了很久，仍然把崔猛下狱，叮嘱狱卒好好照顾他。接着崔猛就因为自首被减刑，充军云南；李申自愿跟着崔猛，服刑去了，没到一年，崔猛援例被赦免回家：这都是赵部郎运作的结果。

原文

既归，申终从不去，代为纪理生业。予之赀，不受。缘橦技击之术，颇以关怀。崔厚遇之，买妇授田焉。崔由此力改前行，每抚臂上刺痕，泫然流涕。以故乡邻有事，申辄矫命排解，不相禀白。有王监生者，家豪富，四方无赖不仁之辈，出入其门。邑中殷实者，多被劫掠，或迕之，辄遣盗杀诸途。子亦淫暴。王有寡婶，父子俱烝之。妻仇氏，屡沮王，王缢杀之。仇兄弟质诸官，王赇嘱，以告者坐诬。兄弟冤愤莫伸，诣崔求诉，申绝之使去。过数日，客至，适无仆，使申瀹茗。申默然出，告人曰：“我与崔猛朋友耳，从

○纪理：经营，打理。生业：产业。

○缘橦：攀缘，缘竿。技击：用于搏斗的武术。

○迕：违抗。

○烝（zhēng）：同母辈通奸。

○沮：破坏，败坏。

○赇嘱：贿赂请托。

○坐诬：治以诬陷之罪。

徙万里，不可谓不至矣。曾无廪给，而役同厮养，所不甘也！”遂忿

○徙：徙边，流放。指上文所谓“充云南军”。 ○廪给：给以粮米。给予工钱。 ○役同厮养：役使如同奴仆。厮养，旧时对仆役的贱称。

而去。或以告崔，崔讶其改节，而亦未之奇也。申忽讼于官，谓崔三年不给佣值。崔大异之，亲与对状，申忿相争。官不直之，责逐而去。又数日，申忽夜入王家，将其父子婶妇并杀之，黏纸于壁，自书姓名。及追捕之，则亡命无迹。王家疑崔主使，官不信。崔始悟前此之讼，盖恐杀人之累己也。关行附近州邑，追捕甚急。会

○关：关文，古时官府间平行公文。

闯贼犯顺，其事遂寝。

○闯贼犯顺：指闯王李自成起义反明。犯顺，以逆反顺，造反作乱。

译文

崔猛回到家以后，李申仍跟着他，为他打理产业。崔猛要给他钱，他也不要，倒是对飞檐走壁、格斗武术等很感兴趣。崔猛对他也很好，给他娶妻买田。崔猛从此一改之前的行径，每次抚摸着胳膊上母亲刺的花纹，都痛哭流涕。因此，乡邻遇到事情，李申就以崔猛的名义帮他们解决，但不告诉崔猛。有位王监生，家里非常有钱，附近的无赖和不讲仁义的人，经常在他家进进出出。县里殷实的人家，很多都被他们劫掠过，有人胆敢反抗，他们就让强盗将这些人在杀死路边。王监生的儿子也荒淫无度，王监生有位寡居的婶婶，他们父子二人都和她通奸。王监生的妻子仇氏，屡次阻止他，王监生就把她勒死了。仇氏的兄弟把王监生告到官府，王监生贿赂了官吏，仇氏兄弟反被判定诬告。仇氏兄弟的冤屈和愤怒无处诉说，就到崔家请求帮助，李申回绝了他们，让他们回去了。过了几天，崔猛家里来了客人，正巧旁边没有仆人，就让李申给客人沏茶。李申沏完茶就默默地退了出来，对别人说：“我跟崔猛是朋友，不远万里跟着他充军云南，对他不能说不尽心竭力。但他没给过我一点儿工钱，还像使唤仆人一样对待我，我真是不甘心！”于是愤然离去。有人将这些话告诉了崔猛，崔猛对李申的态度的改变感到很惊讶，但并没有觉得有什么奇怪的。没多久李申突然将崔猛告到官府，说他三年没给过自己工钱。崔猛觉得很奇怪，亲自去大堂上跟他对质，李申愤怒地跟崔

猛争吵。县令认为李申在无理取闹，责骂后将他赶了出去。又过了几天，李申忽然在一个夜晚进入王家，将王氏父子和寡居的婶婶一并杀了，粘了一张纸在墙上，纸上写有他自己的名字。等到官府派人来追捕他的时候，他已经逃得无影无踪了。王家怀疑这事是崔猛指使的，县令不信。崔猛这才醒悟过来李申之前跟自己打官司，原来是担心杀人会连累自己。官府发文到附近的州县，紧急追捕李申。这时正赶上李自成起义打进北京，抓捕李申的事就此作罢。

原文

及明鼎革，申携家归，仍与崔善如初。时土寇啸聚，王有从子得仁，集叔所招无赖，据山为盗，焚掠村疃。一夜，倾巢而至，以报仇为名。崔适他出，申破扉始觉，越墙伏暗中。贼搜崔、李不得，据崔妻，括财物而去。申归，止有一仆，忿极，乃断绳数十段，以短者付仆，长者自怀之。嘱仆越贼巢，登半山，以火爇绳，散挂荆棘，即反勿顾。仆应而去。申窥贼皆腰束红带，帽系红绢，遂效其装。有老牝马初生驹，贼弃诸门外。申乃缚驹跨马，衔枚而出，直至贼穴。贼据一大村，申絷马村外，逾垣入。见贼众纷纭，操戈未释。申窃问诸贼，知崔妻在王某所。俄闻传令，俾各休息，轰然噭应。忽一人报东山有火，众贼共望之，初犹一二点，既而多类星宿。申坌息急呼东山有警，王大惊，束装率众而出。申乘间漏出其右，反身入内。见两贼守帐，绐之曰："王将军遗佩刀。"两贼竞觅，申自

○疃（tuǎn）：村，屯。

○括：囊括。

○越：超越。

○牝（pìn）：雌，母。

○衔：口含。枚：形如箸，两端有带，可系于颈。

○坌（bèn）息：喘粗气。

后斫之，一贼踣，其一回顾，申又斩之。竟负崔妻越垣而出。解马授辔，曰：“娘子不知途，纵马可也。”马恋驹奔驶，申从之。出一隘口，申灼火于绳，遍悬之，乃归。

○隘口：险要的关口。

译文

明朝灭亡之后，李申带着家眷回来，仍然和崔猛像以前一样来往密切。当时天下大乱，土匪聚集在一起，王监生的一个侄子王得仁，将叔叔招集的无赖聚集起来，占山为王，到附近的村子烧杀抢掠。一天夜里，这些人倾巢出动，以报仇为名，攻打崔家。崔猛这天正巧外出，直到这些强盗攻破了大门李申才察觉到，他越墙而出，躲在暗处。强盗没搜到李申和崔猛，就劫了崔猛的妻子，把财物也带走了。等李申回来，家里只剩下一个仆人，李申气愤到极点，于是砍了几十段绳子，将短的绳子交给仆人，长的揣在自己怀里。叮嘱仆人越过贼窝，登到半山腰，用火点燃绳子，分散地挂在荆棘上，然后立刻赶回来，不要回头看。仆人答应了之后就走了。李申偷偷看见盗贼都在腰里系着红带子，帽子上系着红绢，于是效仿着装扮起来。有一匹老马刚下了一匹小马，被盗贼扔在门外。李申把小马驹拴好，让老马嘴里衔着枚，他骑上老马跑了出去，一直跑到强盗的巢穴。强盗占据了一个大村子，李申把马拴在村外，翻墙进村。看见这些强盗吵吵嚷嚷，手里的兵器还没放下。李申偷偷地问了这些强盗，知道崔猛的妻子在王得仁的住处。接着听见传令，让大家各自休息，强盗们大声答应着。忽然一个人报告说东山有火，这些强盗一起看向东山，起初只有一两个着火点，不一会儿着火点就如天上的星星那么多了。李申借机大喊东山上有敌人，王得仁大惊失色，穿戴整齐带领大家杀了出去。李申趁机从他旁边溜出来，转身进入王得仁的住处。看见有两个强盗守着，就骗他们说：“王将军的佩刀忘带了。”两个强盗争着找佩刀，李申从后面拿刀砍向他们，其中一个被砍倒在地，另一个回头看，李申又把他也杀了。李申赶紧背着崔猛的妻子翻墙逃出来，将她放到那匹老马上，解开绳子，将马辔递给崔妻，对她说：“娘子不知道路，纵马前行就可以了。”老马顾念着小马驹跑得飞快，李申跟在后面。出了一个隘口，李申把自己身上的绳子都点着了，挂遍山谷，然后才回去。

原文

次日，崔还，以为大辱，形神跳躁，欲单骑往平贼。申谏止之。集村人共谋，众恇怯莫敢应。解谕再四，得敢往二十余人，又苦无兵。适于得仁族姓家获奸细二，崔欲杀之，申不可，命二十人各持白梃，具列于前，乃割其耳而纵之。众怨曰："此等兵旅，方惧贼知，而反示之。脱其倾队而来，阖村不保矣！"申曰："吾正欲其来也。"执匿盗者诛之。遣人四出，各假弓矢火铳，又诣邑借巨炮二。日暮，率壮士至隘口，置炮当其冲，使二人匿火而伏，嘱见贼乃发。又至谷东口，伐树置崖上。已而与崔各率十余人，分岸伏之。一更向尽，遥闻马嘶，贼果大至，繈属不绝。俟尽入谷，乃推堕树木，断其归路。俄而炮发，喧腾号叫之声，震动山谷。贼骤退，自相践踏。至东口，不得出，集无隙地。两岸铳矢夹攻，势如风雨，断头折足者，枕藉沟中。遗二十余人，长跪乞命，乃遣人絷送以归。乘胜直抵其巢。守巢者闻风奔窜，搜其辎重而还。崔大喜，问其设火之谋。曰："设火于东，恐其西追也；短，欲其速尽，恐侦知其无人也；既而设于谷口，口甚隘，一夫可以断之，彼即追来，见火必惧：皆一时犯险之下策也。"取贼鞫之，果追

○形神跳躁：暴跳如雷，情绪烦躁。形，形体。神，精神。

○恇（kuāng）怯：懦弱，胆怯。

○兵：兵器。

○白梃：大木棍。

○冲：冲要之处。

○岸：指山谷两侧。

○繈属：连续不断。

○铳（chòng）：旧时指枪一类的火器。

入谷，见火惊退。二十余贼，尽劓刖而放之。由此威声大震，远近避

○劓刖（yì yuè）：割鼻、断足，均为古代酷刑。

乱者从之如市，得土团三百余人。各处强寇无敢犯，一方赖之以安。

○土团：乡团、乡勇之类地方武装。

译文

第二天，崔猛回到家，听说了这件事，认为是奇耻大辱，暴跳如雷，打算自己一个人骑马去踏平贼窝。李申劝阻了他。把村里的人聚集起来一起商量，众人都很害怕盗贼，不敢响应。李申再三陈述利害，最后只有二十多个人敢去，但是大家又苦于没有兵器。正巧从王得仁同族的一户人家里抓了两个奸细，崔猛准备杀掉他们，李申阻止了他，让二十个人每人拿根大木棍，排成一队，在他们面前把两个奸细的耳朵割掉再放走。众人埋怨道："我们这点儿人马，本来就害怕被强盗知道，现在反而让他们看见。倘若他们全部人马都过来，我们全村不保啊！"李申说："我正想让他们过来呢。"然后把藏匿奸细的那家人杀死了。接着派人出去，四下里去借弓箭、火铳，又去县里借来两门大炮。太阳落山的时候，李申率领壮士们到了山谷口，把大炮放在前面，让两个人把火捻子藏起来埋伏好，叮嘱他们看见强盗来了再点火。又到了山谷的东口，砍下几棵树放在山崖上。接着与崔猛各率领十多个人，分别在山谷两旁埋伏。一更天快过完的时候，大家听到远处传来马嘶鸣的声音，果然来了很多强盗，连绵不绝。等到这些强盗都进了山谷，李申命人先从山崖上把树推下来，切断他们的退路。接着发射火炮，喧腾号叫的声音震动山谷。强盗急忙往后退，互相践踏。到了东口，出不去，人群拥挤得一点儿空隙都没有。山谷两边火铳和弓箭一起发射，如暴风骤雨，杀得强盗断头断脚，乱七八糟地躺在沟底。最后只剩下二十多个人，跪下求饶，李申就让人把他们绑起来送回去。李申率人乘胜追击，一直打到强盗的巢穴。守卫的人听说李申他们来了，四处逃窜，李申收缴了强盗的辎重带了回去。崔猛很高兴，问他设置火绳的计谋。李申说："将火绳放在东山，是担心他们会往西追；火绳很短，是打算让它们尽快燃尽，恐怕他们察觉那里没有人；接着将火绳放在谷口，谷口很窄，一个人就可以堵住，他们即使追过来，看见火必然会害怕：这都是一时冒险的下策。"押来强盗审问，果然他们在追入山谷后，看见火受惊后退。二十多个强盗，都被割鼻、断足后放走了。崔猛、李申从此名声大振，附近逃避战乱的人纷纷前来投奔他们，他们也由此逐渐组建起了一个三百多人的土团。各处的强盗没有敢来侵犯的，这一带因此得到了安宁。

原文

异史氏曰：快牛必能破车，崔之谓哉！志意慷慨，盖鲜俪矣。然欲天

○快牛必能破车：刚勇盛气之人，必然惹祸招灾。快牛，快而有力的牛，喻盛气的人。

○俪：并列，比并。

下无不平之事，宁非意过其通者与？李申，一介细民，遂能济美。缘

○一介细民：一个普通小民。

○济美：在前人的基础上发扬光大。

橦飞入，翦禽兽于深闺；断路夹攻，荡幺魔于隘谷。使得假五丈之

○假五丈之旗：持有杆高五丈的旗，指主帅之大纛。

旗，为国效命，乌在不南面而王哉！

○不南面而王（wàng）：古时以坐北面南为尊，后来泛指帝王或重臣的统治。王，君临，统治。

译文

异史氏说：快牛必然会损坏破车，这说的就是崔猛啊！他意气慷慨激昂，大概很少有人能跟他相提并论。而他想要让天下没有不平的事，难道不比那些所谓通达事理的人更有理想吗？李申，本是一个普通老百姓，最终却能将崔猛济世救人的美德发扬光大。以身犯险闯入敌巢，在深闺中翦除猛兽；截断道路两面夹击，在山谷中荡平妖魔。假使让他掌管一支军队，为国效命，他怎么可能不南面称王呢！

快牛破车

“快牛破车”比喻年幼时容易惹事生非，但将来可能有所作为，值得暂时忍耐。这一典故出自《晋书·载记·石季龙》，讲述石虎年少时性格残暴，令军中将士不堪其扰，石勒曾建议杀之以免后患。但石虎的母亲认为，就像强壮的小牛犊时常会破坏车辆，尽管年幼时难管束，日后却可能大有作为，因而主张忍耐，不予废除。这一比喻后来被用来形容那些虽然幼时难管，却可能成为有用之才的人。

【诗谳】

原文

青州居民范小山，贩笔为业，行贾未归。四月间，妻贺氏独居，夜为盗所杀。是夜微雨，泥中遗诗扇一柄，乃王晟之赠吴蜚卿者。晟，不知何人；吴，益都之素封，与范同里，平日颇有佻达之行，故里党共信之。郡县拘质，坚不伏，惨被械梏，诬以成案。驳解往复，历十余官，更无异议。吴亦自分必死，嘱其妻罄竭所有，以济茕独。有向其门诵佛千者，给以絮裤，至万者絮袄。于是乞丐如市，佛号声闻十余里。因而家骤贫，惟日货田产，以给资斧。阴赂监者使市鸩。夜梦神人告之曰："子勿死，曩日'外边凶'，目下'里边吉'矣。"再睡，又言，以是不果死。

○行贾：外出经商。

○驳解往复：指地方及上级官府反复审理。驳，驳勘，指上级官府驳回原判，重行复审。

○罄竭所有：竭尽全部资财。

○济茕（qióng）独：指行善济贫。济，救济。茕独，孤独无靠的人。

○絮裤：棉裤。裤，亦作"裤"。

○市鸩（zhèn）：买毒酒，谓意欲自尽。鸩，鸟名，其羽有毒，浸酒饮之即死。

译文

住在青州的范小山，以贩卖毛笔为生，外出做生意一直没回家。四月时，他的妻子贺氏独居，夜里被强盗杀了。当天夜里下着小雨，泥地里掉落了一把题有诗文的扇子，上面写着王晟赠给吴蜚卿。王晟，不知道是谁；吴蜚卿，是益都城里的富户，跟范小山是同一个村的，平日里常有放荡轻佻的行为，所以大家都相信贺氏是他杀的。官府把吴蜚卿抓过来审问，他坚决不承认，惨遭酷刑，屈打成招后定了案。此案又在县里和府里来回审理，历经十多个官员，都没有异议。吴蜚卿也认为自己必死无疑，嘱咐妻子拿出家里所有的财产，接济孤苦之人。有到他家门前诵佛一千遍的，赠送一条棉裤，诵佛一万遍的，赠送一件棉袄。于是乞丐纷纷前来，诵佛声在十多里外都能听见。因此家里骤然间变得贫穷，只能每天卖一些田产来维持生活。吴蜚卿又私下里贿赂狱卒，让他们给自己买毒药，准备喝毒药自尽。夜里梦见一个神仙告诉他：“你先别自尽，过去是‘外边凶’，现在是‘里边吉’了。”再睡，又梦见神仙跟他说这话，于是，他就没自尽。

原文

无何，周元亮先生分守是道，录囚至吴，若有所思。因问：“吴某杀

○周元亮：即周亮工，字元亮。分守是道：据《山东通志》，周亮工在康熙元年（1662）十月，以佥事起用补山东青州海防道。

人，有何确据？”范以扇对。先生熟视扇，便问：“王晟何人？”并

云不知。又将爰书细阅一过，立命脱其死械，自监移之仓。范力争

○爰（yuán）书：古时记录囚犯供词的文书。

○自监移之仓：由内牢移至外监。清制，监狱分内、外监，“死囚禁内监，军流以下禁外监”。

之，怒曰：“尔欲妄杀一人便了却耶？抑将得仇人而甘心耶？”众疑

先生私吴，俱莫敢言。先生标朱签，立拘南郭某肆主人。主人惧，

○标：书写。指写上欲拘者的姓名、地址。朱签：红色竹签，为旧时官府交给差役拘捕犯人的凭证。

莫知所以。至则问曰：“肆壁有东莞李秀诗，何时题耶？”答云：“旧

○东莞（guǎn）：古县名。西汉置，治所在今山东沂水。南朝宋时，治所改移至今山东莒县。

岁提学按临，有日照二三秀才，饮醉留题，不知所居何里。”遂遣役

○日照：旧县名。魏晋以后，旧地属莒县，故日照李秀可称东莞人。

至日照，坐拘李秀。数日，秀至。怒曰：“既作秀才，奈何谋杀人？”

○坐拘：立即拘捕。坐，坐等，坐致。

秀顿首错愕，曰：“无之！”先生掷扇下，令其自视，曰：“明系尔作，何诡托王晟？”秀审视曰：“诗真某作，字实非某书。”曰：“既知汝诗，当即汝友。谁书者？”秀曰：“迹似沂州王佐。”乃遣役关拘王

○迹：字迹。沂州：州名。清雍正时升为府。治所在今山东临沂。

○关拘：发公函拘捕。

佐。佐至，呵之如秀状。佐供：“此益都铁商张成索某书者，云晟其表兄也。”先生曰：“盗在此矣。”执成至，一讯遂伏。

译文

没过多久，周元亮先生补青州海防道，审阅案卷的时候看到了吴蜚卿的案子，若有所思。因而问道："吴某杀人，有什么确凿的证据吗？"范小山说那把扇子就是证据。周元亮仔细看了扇子，便问道："王晟是谁？"大家都说不知道。周元亮又将吴蜚卿的供词仔细看了一遍，立刻下令解除吴蜚卿身上的死囚刑具，从内牢移到外监。范小山竭力争辩反对。周元亮愤怒地说："你是想随便杀个人了事呢，还是找到仇人才甘心？"大家都疑心周元亮袒护吴蜚卿，因此都不敢说话。周元亮写了一支红色的签子，让衙役立刻把南城的一个店主拘捕过来。店主人很害怕，不知道是怎么回事。到了堂上，周元亮问店主人："你家店的墙上有首东莞李秀写的诗，是什么时候题写的？"店主人回答："去年提学来巡视，日照来的几个秀才，喝醉后题在墙上的，不知道他们具体住在哪里。"周元亮就派衙役到日照，把李秀拘捕回来。过了几天，李秀被带回来了。周元亮愤怒地说："既然身为秀才，为什么要杀人？"李秀很惊愕，一边磕头一边说："我没杀人！"周元亮将扇子掷到地上，让他自己看，说："这诗明明是你写的，为什么要谎称是王晟写的呢？"李秀仔细看了看扇子说："诗是我写的，但字确实不是我写的。"周元亮问："既然知道你的诗，应当是你的朋友。仔细看看是谁写的字？"李秀说："像是沂州王佐的字迹。"周元亮于是派衙役发函拘捕王佐。王佐被押来后，周元亮像呵斥李秀一样呵斥他。王佐供述："这是益都卖铁的张成求我给他写的，说王晟是他表兄。"周元亮说："杀人凶手就是这个人了。"他派衙役把张成抓过来，刚一审讯张成就认罪了。

原文

先是，成窥贺美，欲挑之，恐不谐。念托于吴，必人所共信，故伪为吴扇，执而往。谐则自认，不谐则嫁名于吴，而实不期至于杀也。逾垣入，逼妇。妇因独居，常以刀自卫。既觉，捉成衣，操刀而起。成惧，夺其刀。妇力挽，令不得脱，且号。成益窘，遂杀之，委扇而去。三年冤狱，一朝而雪，无不诵神明者。吴始悟“里边吉”乃“周”字也。然终莫解其故。

○委：丢弃。

译文

原来，张成看见贺氏长得漂亮，想勾引她，又担心被拒绝。他心想，要是谎称自己是吴蜚卿，人们肯定都会相信，所以伪造了一把吴蜚卿的扇子，拿着扇子就去找贺氏了。事情顺利就说出自己的真实姓名，否则就嫁祸给吴蜚卿，但也实在没想过要杀人。那天，他翻墙进入院内后，逼迫贺氏。贺氏因为是一个人住，所以常常在身边放一把刀用以自卫。发觉张成进屋后，她抓住张成的衣服，拿起刀就坐起身来。张成看见她拿着刀，很害怕，就去夺刀。贺氏用力抓住张成，让他无法脱身，同时她还大声呼喊。张成更加窘迫，于是杀了她，把扇子扔下就走了。三年的冤案，这下被昭雪，人们都称颂周元亮神明。吴蜚卿这才明白“里边吉”就是“周”字。但他到最后也没明白周元亮是怎么找出真凶的。

原文

后邑绅乘间请之，笑曰：“此最易知。细阅爰书，贺被杀在四月上旬，是夜阴雨，天气犹寒，扇乃不急之物，岂有忙迫之时，反携此以增累者，其嫁祸可知。向避雨南郭，见题壁诗与箑头之作，口角相类，故妄度李生，果因是而得真盗。”闻者叹服。

○乘间（jiàn）请之：找个机会向周元亮请教。

○增累：拖累。

○箑（shà）头：扇上。箑，扇子。

译文

后来县里的一位乡绅找到一个机会向周元亮请教，周元亮笑着说：“这很容易。我仔细翻看关于此案的审讯文书，发现贺氏被杀是在四月上旬，那天晚上是个阴雨天，天气还比较冷，扇子不是必须用的东西，哪里有人会在匆忙紧迫之时，反而带着扇子给自己增加负累的，从而可以知道是有人嫁祸。之前我在城南避雨，看见题写在墙上的诗跟那把扇子上的诗，语气相近，所以大胆猜测是李秀，最后果然从这里找出了真凶。”听到的人无不对他表示佩服。

原文

异史氏曰：天下事，入之深者，当其无，有有之用。词赋文章，华国之具也，而先生以相天下士，称孙阳焉。岂非入其中深乎？而不谓相士之道，移于折狱。《易》曰：“知几其神。”先生有之矣。

○当其无，有有之用：深入事理的人，能于无以为用之处，发现它的作用。

○华国之具：为国家增光添彩。

○相：观察，鉴别。

○称孙阳焉：被称为是伯乐式的人物。孙阳，春秋秦穆公时人，一名伯乐，善相马。

○折狱：断案。

○知几（jī）其神：指人能预知事情萌发的细微迹象，就能与神道相合。几，细微的迹象，预兆。

译文

异史氏说：天下之事，深入其中并进行钻研，就会在看似无用的地方发现有用之处。词赋文章，本来是用来为国家增光添彩的，周元亮却根据读书人所写的文章来考察他们的品性，可称为伯乐。这难道不是因为钻研得深入吗？却没有想到周元亮将相士的方法，用于审理案件。《易经》说：“知几其神。”先生就是这种人啊。

自监移之仓

“自监移之仓”是指将囚犯从内监移至外监的行为。清朝制度中，监狱分为内监与外监，内监专门关押死囚，外监则关押军流以下的犯人。根据《清会典·刑部·刑制》记载，死囚一般被关在内监，其他较轻罪犯则关押在外监。这里的“仓”即指外监，是关押较轻罪犯的监禁场所。

【鹿衔草】

原文

关外山中多鹿。土人戴鹿首，伏草中，卷叶作声，鹿即群至。然牡少而牝多，牡交群牝，千百必遍，既遍遂死。众牝嗅之，知其死，分走谷中，衔异草置吻旁以熏之，顷刻复苏。急鸣金施铳，群鹿惊走。因取其草，可以回生。

○关外：山海关以外，泛指我国东北地区。

○鸣金：敲击钲、铙等金属乐器。后多指敲锣。

译文

关外的山中有很多鹿。当地人头上顶着鹿头，趴在草丛中，卷起树叶吹出声音，成群结队的鹿就来了。但鹿群中雄鹿少而雌鹿多，雄鹿跟鹿群中的雌鹿交配，就算有成千上百只雌鹿也一定会交配一遍，交配完雄鹿就累死了。雌鹿们在雄鹿身旁闻闻，知道它死了，就会各自走到山谷里，衔回一种奇异的草，放在雄鹿的嘴边熏它，雄鹿很快就会复活。这时，当地人就会敲锣放铳，群鹿受惊逃走。人们就把这种奇异的草取回来，它可以让人死而复生。

关外

关外指的是山海关以外的地区，通常泛指中国东北地区。在历史上，山海关是中原地区通往东北的咽喉要道，因此“关外”成为对东北区域的代称。该地区在明清时期特别重要，作为满洲族的发源地以及东北亚战略要地，关外在政治、军事和经济方面都具有特殊的意义。

【小棺】

原文

天津有舟人某，夜梦一人教之曰：“明日有载竹笥赁舟者，索之千金，不然，勿渡也。”某醒，不信。既寐，复梦，且书“䝢、䝢、䝢”三字于壁，嘱云：“倘渠吝价，当即书此示之。”某异之。但不识其字，亦不解何意。

○竹笥（sì）：盛饭或衣物的竹制方形容器。

译文

天津有个船夫，夜里梦见一个人告诉他说：“明天有个带着竹笥来租船的人，到时候问他要一千两银子当作租船费用，他不给的话，就不要帮他渡河。”船夫醒了，不相信梦里的事。等睡着了，又做了同样的梦，还梦见这个人在墙上写下“䝢、䝢、䝢”三个字，叮嘱道：“倘他不愿意出这么多钱，你就写这几个字给他看。”船夫觉得这个梦很奇怪。但他不认识那三个字，也不知道是什么意思。

原文

次日，留心行旅。日向西，果有一人驱骡载笥来，问舟。某如梦索价，其人笑之。反复良久，某牵其手，以指书前字。其人大愕，即刻而灭。搜其装载，则小棺数万余，每具仅长指许，各贮滴血而已。某以三字传示遐迩，并无知者。未几，吴逆叛谋既露，党羽尽诛，陈尸几如棺数焉。徐白山说。

○遐迩：远近。遐，远。迩，近。

○吴逆：指吴三桂。

译文

第二天，船夫留心观察往来的行人。太阳快落山的时候，果然有一个人用骡子驮着竹笥前来，向船夫租船。船夫就按梦中人教他的那样索要一千两银子的船费，那个人嘲笑他要的钱太多。讨价还价很久，船夫就牵着他的手，用手指在他的手上写了梦里的那三个字。那个人很吃惊，立刻消失不见了。船夫搜查他带的东西，原来是几万口小棺材，每口棺材只有一根手指那么长，里面都装有一滴血。船夫把那三个字给远近的人看，也没有人认识。没过多久，吴三桂谋逆的阴谋败露，党羽全被除掉，死的人数几乎和小棺材的数量一样。这事是徐白山说的。

《聊齋志異》

聊齋志异

全注全译全本

彩图典藏版

上

凌天明 译注

華中科技大學出版社
http://press.hust.edu.cn
中国·武汉

有书至美
BOOK & BEAUTY

译注者简介

凌天明，江西赣州人，中山大学古代文学博士。现为绍兴文理学院兰亭书法艺术学院专任教师，硕士生导师。研究兴趣广泛，于中国古代文学、书法与绘画史论均有涉猎。论文发表于《词学》《中国书法》等学术期刊。系江右诗社社员。

前言

前言

在中国古代文学的浩瀚星空中，《聊斋志异》犹如一颗璀璨的星辰，以其独特的魅力和深邃的内涵，吸引着无数读者仰望与探寻。这部集合短篇小说的作品集，由清代文士蒲松龄精心创作。该作品不仅构成了中国古典文言小说的巅峰，而且在全球文学宝库中显得格外耀眼。今天，我们怀着敬畏与欣喜之情，推出这部《〈聊斋志异〉全注全译全本彩图典藏版》，旨在为读者提供一个全面、深入、直观的阅读体验，引领大家一同走进这个充满奇幻色彩的世界。

生于1640年，卒于1715年的蒲松龄，字留仙，且有柳泉居士之雅称，普遍被人敬称为聊斋先生。他在清代文学界久负盛名，以短篇小说创作闻名。他出生于一个书香门第，自幼便对文学有着浓厚的兴趣。然而，命运多舛，蒲松龄一生仕途不顺，多次参加科举考试均未中举，晚年更是家境贫寒，生活困顿。但是，恰恰是这番历练，为撰写《聊斋志异》积累了丰盈的创作内容及深远的见解。

《聊斋志异》的创作，始于蒲松龄的中年时期，历时数十年，直至晚年才最终完成。这部小说集共收录了近五百篇短篇小说，内容涵盖了神仙鬼怪与狐妖人鬼之间的爱情、友情、恩怨情仇等，展现了一个光怪陆离、奇幻莫测的世界。蒲松龄通过这些故事，不仅表达了对社会现实的深刻批判，还寄托了他对理想生活的向往和追求。

奇幻与现实的交融

《聊斋志异》中的故事，大多以奇幻为外壳，实则寓含着深刻的现实意义。蒲松龄通过神仙鬼怪的形象，巧妙地揭示了人性的善恶、社会的炎凉，使这部小说集既具有奇幻色彩，又不失现实关怀。

人物形象鲜明生动

《聊斋志异》中的人物形象丰富多样，无论是神仙鬼怪还是凡人俗子，都刻画得栩栩如生，各具特色。蒲松龄善于通过细节描写，展现人物的性格特点和内心世界，使读者能够深入理解并感同身受。

语言艺术的精湛

《聊斋志异》作为文言小说的代表作，其语言艺术达到了极高的水平。蒲松龄运用精练的语言，生动地描绘了奇幻的世界和丰富的人物形象，使这部小说集既具有文学性，又易于读者理解。

文化内涵的深厚

《聊斋志异》中蕴含着丰富的文化内涵，包括道教思想、佛教观念、民间信仰等。蒲松龄通过这些元素，构建了一个独特而深邃的文化空间，使得这部小说集不仅具有文学价值，还具有文化学、社会学等多方面的研究价值。

◉ 全面收录

这部典藏版全面收录了《聊斋志异》的所有篇章，无遗漏、无删减，为读者呈现了一个完整、全面的《聊斋志异》世界。

◉ 详细注释

针对《聊斋志异》中的生僻字词、典故出处等，此典藏版提供了详细的注释，帮助读者更好地理解文本内容，领略其文学魅力。

◉ 全文翻译

为了满足不同读者的需求，此典藏版提供了全文大部分的现代汉语翻译，使得读者能够更加轻松地阅读和理解这部古典文学名著。

◉ 精美彩图

此典藏版精心挑选了与故事内容相符的彩图，以图文并茂的方式呈现《聊斋志异》的奇幻世界，增强了读者的阅读体验。

◉ 典藏品质

此典藏版在装帧设计、纸张选用、印刷工艺等方面都力求精美，旨在为读者提供一个收藏级别的版本。

《聊斋志异》自问世以来，便受到了广泛的关注和赞誉。该作品不只在中国的文学史中扮演了举足轻重的角色，其对未来的文艺创作亦产生了持久的启迪。不少作家与艺术家汲取其中的精髓，孕育了许多杰出的艺术佳作。同时，《聊斋志异》也被改编成了多种艺术形式，如戏曲、电影、电视剧等，成为中国传统文化的重要组成部分。

在当今社会，《聊斋志异》仍然具有重要的价值和意义。它不仅是我们了解古代社会、文化、思想的重要窗口，也是我们汲取文学智慧、启迪人生思考的宝贵资源。因此，我们应该更好地传承和弘扬这部文学名著，让更多的人了解和喜爱它。

在这部《〈聊斋志异〉全注全译全本彩图典藏版》中，我们力求为读者呈现一个全面、深入、直观的《聊斋志异》世界。我们相信，通过这部典藏版，您将更加深入地了解这部文学名著的魅力所在，感受到它带给您的震撼与感动。同时，我们也希望这部典藏版能够成为您收藏和阅读的宝贵财富，陪伴您度过一段美好的时光。

最后，我们诚挚地邀请您一同踏上这段奇幻之旅，与《聊斋志异》中的神仙鬼怪、狐妖人鬼共同体验一段段惊心动魄、感人至深的经历。愿您在阅读的过程中，能够领略到《聊斋志异》的独特魅力，收获到属于自己的感悟与启迪。

目录

【聊斋自志】

原文

披萝带荔，三闾氏感而为骚；牛鬼蛇神，长爪郎吟而成癖。自鸣天籁，不择好音，有由然矣。松落落秋萤之火，魑魅争光；逐逐野马之尘，罔两见笑。才非干宝，雅爱搜神；情类黄州，喜人谈鬼。闻则命笔，遂以成编。久之，四方同人，又以邮筒相寄，因而物以好聚，所积益夥。甚者：人非化外，事或奇于断发之乡；睫在眼前，怪有过于飞头之国。遄飞逸兴，狂固难辞；永托旷怀，痴且不讳。展如之人，得毋向我胡卢耶？然五父衢头，或涉滥听；而三生石上，颇悟前因。放纵之言，有未可概以人废者。

○披萝带荔，三闾氏感而为骚：意为披萝带荔的山鬼类的民间传闻引起了屈原的诗兴。

○牛鬼蛇神，指虚荒诞幻的不经之事。

○天籁：自然界的音响。

○有由然：有一定的原委。

○落落秋萤之火，魑魅争光：自己孤寂失意，犹如一点微弱的萤火，而冥冥之中，精怪鬼物却争此微光。

○才非干宝，雅爱搜神：意为我的才能虽然不及干宝，却像他一样非常喜爱搜集神怪故事。

○情类黄州，喜人谈鬼：意为自己的爱好如同当年贬谪黄州的苏轼，也喜欢听人讲谈鬼怪故事。

○闻则命笔，遂以成编：意为每逢听到鬼怪故事，就提笔记录下来，于是汇编成书。

○同人：志同道合之人。

○邮筒：这里指书信。

○夥（huǒ）：多。

○人非化外，事或奇于断发之乡：意为虽然同为国人，但是发生的事情却比荒蛮边远的地方还要奇怪。

○睫在眼前，怪有过于飞头之国：意为眼前发生的怪事，竟比人头会飞的国度更为离奇。

○遄（chuán）飞逸兴，狂固难辞：意为当灵感超逸飞动，不敢推辞狂放不羁。

○展如：真诚的样子。

○胡卢：一作“卢胡”，形容笑声。

○然五父衢（qú）头，或涉滥听：意为在五父衢头所听到的或者是些无稽的传闻。衢，可通四方的十字路口。五父衢，衢名。

译文

山鬼身披香草，激发了屈原的诗兴；李贺则沉迷于吟咏如牛鬼蛇神般光怪陆离之事。他们直抒心意，不拘世俗，此等风范实乃有源可溯。我虽卑微如秋夜的萤火，却引来魑魅竞相追逐；而世俗中追名逐利、随波逐流之举，只换来魍魉的奚落与嘲笑。才情虽不及干宝，却对搜集奇闻异事情有独钟；性情与苏轼相仿，偏爱聆听鬼怪传说。每有所闻，必记之笔下，终成一书。久而久之，志同道合的友人纷纷寄来他们同样感兴趣的故事。因这份共同的爱好，故事数量日增，内容之奇也远超想象：即便是身边的人与事，其奇异程度竟胜过蛮荒之地；眼下发生之事，竟比传说中人头能飞的国度还要离奇。我逸兴遄飞，狂放不羁，自是难以自禁；而这份放旷的情怀，亦无须掩饰。即便道听途说中或有不实，那三生石上的故事，却能让人悟透前世今生的因缘。因此，不可因人废言，一概而论。

原文

松悬弧时，先大人梦一病瘠瞿昙，偏袒入室，药膏如钱，圆黏乳

○悬弧：古代男子出生时的礼仪标志。 ○先大人：死去的父亲。 ○偏袒：僧人身穿袈裟，袒露右肩。 ○钱：指如铜钱大小。

际。寤而松生，果符墨志。且也，少羸多病，长命不犹。门庭之凄

○寤而松生，果符墨志：言外之意是自己与僧人有些联系，甚或就是那个病弱的僧人转世。 ○羸（léi）：瘦弱。 ○长（zhǎng）命不犹：长大之后，命不如人。

寂，则冷淡如僧；笔墨之耕耘，则萧条似钵。每搔头自念：勿亦

○笔墨之耕耘：指为人作幕宾、塾师，以谋生计。

面壁人果是吾前身耶？盖有漏根因，未结人天之果；而随风荡堕，

○面壁人：指僧人。 ○盖有漏根因，未结人天之果：意为由于前世的原因，自己难以得到修炼的正果。

竟成藩溷之花。茫茫六道，何可谓无其理哉！独是子夜荧荧，灯昏

○溷（hùn）：粪坑。 ○茫茫六道，何可谓无其理哉：这是愤激之言，意为自己的不幸遭遇是理应如此。 ○子夜：夜半子时。即夜十一时至凌晨一时。荧荧：微弱的灯光。

欲蕊；萧斋瑟瑟，案冷疑冰。集腋为裘，妄续幽冥之录；浮白载

○萧斋：清冷的书斋。瑟瑟：瑟缩，寒冷。 ○案：几案，这里指书桌。 ○集腋为裘，妄续幽冥之录：意为搜集的狐鬼故事积累起来，狂妄地想把它作为《幽冥录》的续编。 ○浮白：泛指饮酒。

笔，仅成孤愤之书。寄托如此，亦足悲矣！嗟乎！惊霜寒雀，抱树

○惊霜：因霜落而惊觉秋天的到来。

无温；吊月秋虫，偎阑自热。知我者，其在青林黑塞间乎！

○吊：悲伤。 ○阑：栏杆。 ○青林黑塞：指梦魂所历的冥冥之中。

康熙己未春日。

○康熙己未：康熙十八年，1679年。

译文

在我降生的那一刻，父亲梦中遇见了一位枯槁孱弱的僧人，身披袈裟，右肩半露，缓缓走来，其胸前竟贴有一枚铜钱大小的膏药。父亲猛然惊醒，恰逢我呱呱坠地。自幼我便体弱多病，成长路上命运多舛。家门冷清，宛如远离红尘的僧侣居所；我依靠笔墨为生，生活清苦，仿佛僧人的钵盂，空空如也。我常自问，莫非那梦中的僧人真是我的前世化身？因前世修行未满，未能得道；故而此生命运多舛。唉，六道轮回，浩渺无垠，怎能说没有因果报应之理！只是可怜我，夜半时分，伴着微弱摇曳的烛光，孤影独坐于冷清的书案前，妄图积沙成塔，搜集狐鬼传奇，狂妄地梦想着能续写《幽冥录》之遗篇；以酒为伴，以笔抒怀，以此来排遣郁闷。如此，实属可悲可叹！唉！我如同霜后寒鸦，紧依枝头却难觅温暖；又似秋月下的哀虫，倚靠栏杆自我慰藉。能够理解我的知音，或许只能在梦中寻觅了。康熙十八年春天。

【考城隍】

原文

予姊丈之祖，宋公讳焘，邑廪生。一日，病卧，见吏人持牒，牵白颠马来，云：“请赴试。”公言：“文宗未临，何遽得考？”吏不言，但敦促之。公力疾乘马从去，路甚生疏。至一城郭，如王者都。移时入府廨，宫室壮丽。上坐十余官，都不知何人，惟关壮缪可识。檐下设几、墩各二，先有一秀才坐其末，公便与连肩。几上各有笔札。俄题纸飞下。视之，八字，云：“一人二人，有心无心。”二公文成，呈殿上。公文中有云：“有心为善，虽善不赏；无心为恶，虽恶不罚。”诸神传赞不已。召公上，谕曰：“河南缺一城隍，君称其职。”公方悟，顿首泣曰：“辱膺宠命，何敢多辞。但老母七旬，奉养无人，请得终其天年，惟听录用。”上一帝王像者，即命稽母寿籍。有长须吏，捧册翻阅一过，白：“有阳算九年。”共踌躇间，关帝曰：“不妨令张生摄篆九年，瓜代可也。”乃谓公：“应即赴任，今推仁孝之心，给假九年。及期，当复相召。”又勉励秀才数语。二公稽首并下。秀才握手，送诸郊野。自言长山

○讳：名讳。

○牒：古代官府往来文件，公文。

○颠：额端。

○文宗：原指文章宗匠，即众人所宗仰的文章大家。临：指案临。

○遽：仓猝。

○力疾：勉力，勉强支撑病体。

○府廨（xiè）：官署。旧时对官府衙门的通称。

○关壮缪（mù）：指关羽。

○连肩：肩靠肩，并排而坐。

○笔札：笔、纸。札，古时供书写用的薄木牍。

○城隍：古代神话中守护城池的神，后为道教所信奉。

○辱膺宠命：为旧时接受任命或命令时表示感激的套语。辱，承蒙。膺，受。宠命，恩赐的任命。

○稽母寿籍：查看记载其母寿限的簿籍。稽，查。寿籍，迷信传说中阴间记载人们寿限的簿册，即所谓“生死簿”。

○阳算：指寿命。

○摄篆：指代理官职。摄，代理。

○瓜代：及瓜而代的省词。原意为来年食瓜季节使人替代。

○推仁孝之心：推许其仁孝的心志。推，推许，推重，赞许。

○稽（qǐ）首：伏地叩头。旧时所行的跪拜礼。

张某。以诗赠别，都忘其词，中有“有花有酒春常在，无烛无灯夜自明”之句。

译文

我姐夫的祖父，宋焘公，是本县有名的秀才。一日，公因病卧床，忽见一公差手持官府文书，牵一匹额上长有白毛的骏马，来到面前说道：“请公赴试。”宋公疑而问之：“学政大人未到，为何突试？”公差默不作答，只是再三催行。宋公无奈，勉强起身乘马随行，沿途景致皆感陌生。没多久，至一城，似帝王居所。过了一会，入一官府，但见宫殿巍峨，壮丽非凡。堂上坐着十多个官员，宋公多不认识，仅知其一为关羽。堂下置几、墩各两个，已有一秀才坐于下位，宋公遂挨其旁坐。几上皆置纸笔。片刻，一卷题自堂上飞下，宋公细看，上书八字：“一人二人，有心无心。”二人援笔成文后呈卷于堂上。宋公文中有一句：“有心为善，虽善不赏；无心为恶，虽恶不罚。”诸官传阅，皆赞不绝口。于是召宋公上堂，跟他说：“河南城隍之职空缺，你任此职很是合适。”宋公至此恍然大悟，叩头泣曰：“蒙此重任，岂敢推辞？但是家母年逾七旬，无人侍奉。请允许我待家母百年之后，再行赴任。”堂上一帝王形象的人，即命查宋母寿数。一长须官持人寿册翻阅，说道：“宋母尚有九年阳寿。”诸官正犹豫不决间，关羽说道：“不妨令张秀才暂代九年，然后再让宋公接任。”帝王遂对宋公说：“本应即刻赴任，念公仁孝之心，特赐九年假期。到期再召。”又对张秀才勉励了数语。两个秀才叩头谢恩，一同下堂。张秀才执宋公之手，送至郊外，自称为长山人，姓张，并赠诗一首作为临别纪念。但是宋公仅记其中“有花有酒春常在，无烛无灯夜自明”两句。

原文

公既骑，乃别而去。及抵里，豁若梦寤。时卒已三日。母闻棺中

○豁：突然。

呻吟，扶出，半日始能语。问之长山，果有张生，于是日死矣。

后九年，母果卒。营葬既毕，浣濯入室而殁。其岳家居城中西门

○浣濯：洗涤。指沐浴。
殁(mò)：死。

内，忽见公镂膺朱幩，舆马甚众，登其堂，一拜而行。相共惊

○镂膺朱幩（fén）：形容马饰华美。镂膺，马胸部镂金饰带。

疑，不知其为神。奔讯乡中，则已殁矣。

公有自记小传，惜乱后无存，此其略耳。

○乱：战乱。

译文

宋公上马之后，便挥手作别，径自离去。待他重返家中，恍若从一场深沉梦境中猛然惊醒。彼时，他已然离世三日之久。宋母闻得棺内传来微弱呻吟，慌忙开棺将其扶出，过了许久，宋公方能开口说话。他随即遣人前往长山探听，果然得知，当日确有一位张姓秀才辞世。时光荏苒，九载春秋转瞬即逝，宋母终得善终。宋公为母料理完丧事，沐浴更衣后，步入屋内，随即溘然长逝。宋公岳父家在城中西门之内，这日忽见宋公骑乘一匹装饰豪华的骏马，身后簇拥着众多车马仆从，浩浩荡荡进入内堂，向他们恭敬作别后离去。全家上下皆感震惊与疑惑，浑然不知宋公已然成神。宋公岳父急忙派人奔赴宋公故里打听消息，方知宋公已然仙逝，方才恍然大悟。

宋公曾写有小传，可惜经过战乱没有保存下来，这里记述的只是个大略情况。

城隍

城隍是中国古代的守护神，最早源于《礼记》中的蜡祭八神之一，后来成为地方城池的保护神。唐代文人如张说、韩愈等人都留下祭祀城隍的文字。自宋元时期起，城隍被视为阴间的地方官，因此各地都建有城隍庙，祈求地方安宁。

【耳中人】

原文

谭晋玄，邑诸生也。笃信导引之术，寒暑不辍。行之数月，若有所得。一日，方趺坐，闻耳中小语如蝇，曰："可以见矣。"开目即不复闻。合眸定息，又闻如故。谓是丹将成，窃喜。自是每坐辄闻。因思俟其再言，当应以觇之。一日，又言。乃微应曰："可以见矣。"俄觉耳中习习然，似有物出。微睨之，小人长三寸许，貌狞恶如夜叉状，旋转地上。心窃异之，姑凝神以观其变。忽有邻人假物，扣门而呼。小人闻之，意张皇，绕屋而转，如鼠失窟。谭觉神魂俱失，不复知小人何所之矣。遂得颠疾，号叫不休，医药半年，始渐愈。

○谭晋玄：道家修炼的名士，蒲松龄同时代人。
○诸生：本指在学儒生。
○导引之术：我国古代强身除病的一种养生方法。
○趺（fū）坐：佛教徒坐禅的一种姿势。
○觇（chān）：看，窥视。
○习习：形容辛辣、痛痒等感觉。
○睨（nì）：斜着眼看。
○假：借。
○张皇：惊慌，慌张。
○颠疾：疯癫病。

译文

谭晋玄是县学里的一个儒生。他信奉养生之术，无论寒暑坚持练习。几个月后似乎有了成效。一天，他在打坐的时候，听到耳朵里有像苍蝇一样嗡嗡的说话声："可以相见吗？"等他睁开眼，却什么都听不见了。他闭眼睛凝神，声音又一次出现了。他想：可能是内丹将要炼成了，便暗自高兴。此后，他每次打坐都能听见同样的声音。他心想等到再听见的时候，应当回答一下。一天，他再次听见那个声音时小声回答说："可以相见了。"不一会，他觉得耳朵里痒痒的，像有什么东西出来了。他斜眼看见一个三寸高的小人，面目狰狞像夜叉。他十分惊异地凝神注视着这个不停旋转的小人。突然邻居来借东西，敲着门叫他的名字。小人听见后神色慌张，绕着屋子团团转，像老鼠找不到鼠洞一样。事后，他因为不知道小人去了哪里而失魂落魄，得了疯癫病，不停地号叫，治疗了半年多才康复。

【尸变】

原文

阳信某翁者，邑之蔡店人。村去城五六里，父子设临路店，宿行

○阳信：县名。在今山东西北部。今属山东滨州地区。

商。有车夫数人，往来负贩，辄寓其家。一日昏暮，四人偕来，

望门投止，则翁家客宿邸满。四人计无复之，坚请容纳。翁沉

○投止：投宿。止，宿。

○客宿邸（dǐ）满：住宿客人很多，旅舍已住满。

吟思得一所，似恐不当客意。客言："但求一席厦宇，更不敢有所

○一席厦宇：廊檐下一席之地，意为遮挡风雨的睡觉的地方。厦，两厢，走廊。宇，屋檐。

择。"时翁有子妇新死，停尸室中，子出购材木未归。翁以灵所

○材木：棺木。材，棺。

室寂，遂穿衢导客往。

译文

阳信县有个老翁，家是蔡店村的。这个村子离县城有个五六里路，他和儿子在路边开了一家店，专门接待过往的客商。有几个车夫，来来往往地贩卖东西，经常在老翁的店里住宿。有一天黄昏，四个车夫来到他的店里住宿，但是店里已经住满了人。四个车夫没有想到其他办法，只能坚决地请求老翁让他们住下。老翁低头想了一会儿想到了还有一个地方，但是害怕客人们不满意。客人说："只要有一个能睡觉的地方就知足了，哪里敢挑挑拣拣呢？"老翁的儿媳妇刚刚去世了，她的尸体正停在一间屋子里，他儿子出去购买棺木没有归来。老翁觉得当作灵堂的屋子安静，于是带领着客人穿过街道往那里去了。

原文

入其庐，灯昏案上，案后有搭帐衣，纸衾覆逝者。又观寝所，则

○搭帐衣：指灵堂中障隔灵床的帷幛。

○纸衾（qīn）：指初丧时用以覆盖尸体的黄表纸或白纸。衾，被。

复室中有连榻。四客奔波颇困，甫就枕，鼻息渐粗。惟一客尚矇

〇复室：套间。〇连榻：并排的床。

眬，忽闻灵床上察察有声。急开目，则灵前灯火，照视甚了：女尸已揭衾起，俄而下，渐入卧室。面淡金色，生绢抹额。俯近榻前，

〇生绢：没有漂煮过的绢。抹额：也叫"抹头"，一种束额的头巾。此指以巾束额。

遍吹卧客者三。客大惧，恐将及己，潜引被覆首，闭息忍咽以听之。未几，女果来，吹之如诸客。觉出房去，即闻纸衾声。出首微窥，见僵卧犹初矣。客惧甚，不敢作声，阴以足踏诸客，而诸客绝无少动。顾念无计，不如着衣以窜。裁起振衣，而察察之声

〇振衣：抖动衣服，指欲穿衣。

又作。客惧，复伏，缩首衾中。觉女复来，连续吹数数始去。少

〇数数(shuò)：多次。

间，闻灵床作响，知其复卧。乃从被底渐渐出手得袴，遽就着之，

〇袴(kù)：裤。

白足奔出。尸亦起，似将逐客。比其离帏，而客已拔关出矣。尸驰

〇白足：光着脚。〇拔关：拔开门闩。关，即门闩。

从之。客且奔且号，村中人无有警者。欲叩主人之门，又恐迟为所及。遂望邑城路，极力窜去。至东郊，瞥见兰若，闻木鱼声，乃

〇兰若：梵语"阿兰若"的音译。

急挝山门。道人讶其非常，又不即纳。旋踵，尸已至，去身盈尺。

〇挝：敲。山门：寺院的外门。〇道人：这里指和尚。晋宋间和尚、道士通称道人。讶：惊讶。非常：不适时宜，不同寻常。〇旋踵：转身。踵，脚后跟。

客窘益甚。门外有白杨，围四五尺许，因以树自幛，彼右则左之，彼

〇幛：本指屏风、帷幕，也作"障"，遮蔽。

左则右之。尸益怒，然各寖倦矣。尸顿立。客汗促气逆，庇树间。

〇寖(jìn)倦：渐渐疲倦。寖，逐渐。〇汗促气逆：汗直冒，气直喘。促，急。逆，不顺。

尸暴起，伸两臂隔树探扑之。客惊仆。尸捉之不得，抱树而僵。

译文

客人们进入了屋子，看见桌案上有一盏灯光昏暗的油灯，桌子的后面是被帷帐围起来的灵床，纸被盖着死者的尸体。又看他们睡觉的地方，是在里屋一个大通铺上。客人们一路奔波，十分困顿，脑袋刚沾到枕头，便打起了鼾。只有一个客人朦朦胧胧地没有熟睡。他突然听见灵床上有嚓嚓的声响。他立马睁开了双眼，这时灵床前的灯光把周围的事物照得清清楚楚：那个女尸把盖在身上的纸被子揭了下来并坐了起来，接着下床缓缓地进入了他们睡觉的屋里。那女尸的脸上呈现出淡黄色，额头上绑着一条生绢。她走到了大通铺边上俯下了身体，向着睡熟的三个客人吹气。没有睡熟的那个客人十分惊恐，唯恐女尸也向自己吹气，他偷偷地用被子把头蒙住，屏住呼吸连唾沫也不敢咽地听女尸的动静。不久，那女尸果然走过来了，像吹其他客人一样向他吹了气。这个客人感觉女尸已经离开了屋子，随即又听见了纸被子的声响。他悄悄地探出头来窥看，见那女尸就像之前那样僵硬地躺在那里。这个客人惊恐极了，不敢作声，他偷偷地用脚蹬另外的三个客人，他们一动不动的。他一时也无计可施，想着不如穿上衣服往外逃吧。他拿起衣服刚要穿上，嚓嚓的声音又来了。这个客人害怕了，又躺了下去，把脑袋缩到了被子里。他觉得那个女尸再次来到了他身边，连续朝他吹了好几口气才又出去。等了一会儿，他听见灵床吱嘎作响，知道女尸又躺回了灵床上。他就从被子底下将衣服拿进来着急地穿好，光着脚就向门外冲去。这时女尸也起来了，看似想要去追他。等到女尸离开灵床上的帷帐时，那个客人已经打开门跑了出去，女尸也从客人的身后追了上来。客人一边奔跑一边大声喊叫，但是村里的人没有被惊醒的。他想要去敲店主人老翁的门，又怕耽搁了被女尸赶上，于是就顺着去往城里的道路使劲地跑去。跑到了东郊，他看见有一座寺庙，有敲木鱼的声音传了出来，他着急忙慌地过去敲门。寺庙里的和尚感到惊讶，觉得事情不正常，不肯立即开门把他放进去。待他回过身子，女尸已经追过来了，离他只有一尺的距离。客人害怕得更厉害了。寺庙的门外有一棵大白杨，树围有四五尺，他就用杨树作为屏障来挡住自己；女尸向右边扑他就往左边躲，女尸向左边扑他就向右边躲。女尸越来越愤怒，但是他们也越来越疲惫了。女尸停顿了下来站在那里，客人流着汗、喘着气，躲在树的后面。女尸突然暴起，伸出双臂隔着树来抓那客人。客人被吓得跌倒了。女尸没有抓到他，就抱着树干僵立在那里。

原文

道人窃听良久，无声，始渐出。见客卧地上。烛之，死，然心下丝丝有动气。负入，终夜始苏。饮以汤水而问之，客具以状对。时晨钟已尽，晓色迷濛，道人觇树上，果见僵女。大骇，报邑宰。宰亲诣质验。使人拔女手，牢不可开。审谛之，则左右四指，并卷如钩，入木没甲。又数人力拔，乃得下。视指穴如凿孔然。遣役探翁家，则以尸亡客毙，纷纷正哗。役告之故。翁乃从往，舁尸归。客泣告宰曰："身四人出，今一人归，此情何以信乡里？"宰与之牒，赍送以归。

○邑宰：指知县。

○质验：质证查验，即问取证词，查验尸身。

○舁（yú）：共同指东西。

○身：代词。第一人称，相当于"我"。

○牒：证件，凭证。

译文

寺庙里头的和尚偷偷听了很长时间，外面没有声音了，他才慢慢地走了出来。他看见那个客人躺倒在地上，用蜡烛一照，像死了一样，但是心口还有些热乎气。和尚把客人背进了庙里。经过了整整一夜，客人才醒了过来。和尚喂给了客人一些汤水，询问他是怎么一回事，客人把事情原原本本地讲了一遍。这时寺庙里的晨钟已经响过了，天已经蒙蒙亮了。和尚出门去查看白杨树，果然看见一个女尸僵立在那里。和尚十分惊骇，于是向知县报告。知县亲自来查验尸体，他让手下人拔下女尸的手，但是女尸的手抓树抓得太紧了，坚固得拔不开。仔细一看，发现女尸左右两手的四个手指像钩子一样陷入了树干，连指甲也嵌了进去。知县又叫了好几个人一起去拔，才将女尸的手拔下来了。只见女尸指甲在树上抓的痕迹像凿子凿的孔洞一样。知县派遣衙役去老翁的店里探听情况，店里正因为尸体没有了、客人死了而乱作一团。衙役向老翁说了事情的缘故，他便跟着衙役来到了寺庙前，将女尸抬了回去。那个客人哭泣地对知县说道："我们四个人是一块出来的，现在我一个人回去，这个事情乡亲们怎么能信呢？"于是知县就给他写了一份证明的文件，送给他一些东西让他回家了。

【喷水】

原文

莱阳宋玉叔先生为部曹时，所僦第甚荒落。一夜，二婢奉太夫

○宋玉叔：即宋琬。清初著名诗人，与施闰章齐名，时称"南施北宋"。
○部曹：明清时代各部司官之通称。
○所僦（jiù）第：租赁的宅第。荒落：荒芜冷落。

人宿厅上，闻院内扑扑有声，如缝工之喷衣者。太夫人促婢起，

穴窗窥视，见一老妪，短身驼背，白发如帚，冠一髻，长二尺

○穴窗：在窗纸上戳个洞。
○老妪：年老女性，老太太。

许，周院环走，踈急作鹤步，行且喷，水出不穷。婢愕返白。太

○踈急作鹤步：像鹤那样一耸一耸地大步急行。踈，通"耸"。

夫人亦惊起，两婢扶窗下聚观之。妪忽逼窗，直喷棂内，窗纸破

○棂：中式窗户上构成窗格子的木条或贴条。

裂，三人俱仆，而家人不之知也。

译文

莱阳的宋玉叔先生在京做部曹的时候，租住的房子很是荒芜。有一天夜里，两个丫环伺候着宋先生的母亲睡在正屋，听到院子里面有"噗噗"的声响，就像裁缝向衣服上喷水一样。宋先生的母亲就催着让丫环起来看看，丫环就把窗纸捅了一个小洞偷偷往外张望。只看见一个老妇人，身材矮小，还驼着背，白色的头发像个扫帚一样，绾着大约二尺长的发髻，绕着院子一圈圈地走，像白鹤一样一耸一耸地急走，一边走一边喷水，那水像喷不完一样。丫环感到惊奇，向宋母说了一切。宋母听了也觉得十分惊奇，让两个丫环搀扶她来到窗边向外看。突然那个老妇人逼近窗前，直冲着窗棂喷起水来，水冲破了窗纸，窗户前的三个人一起倒在了地上，家里的其他人还什么都不知道。

原文

东曦既上，家人毕集，叩门不应，方骇。撬扉入，见一主二婢，

○东曦（xī）：朝日。曦，日光。

骈死一室。一婢鬲下犹温。扶灌之，移时而醒，乃述所见。先生至，哀愤欲死。细穷没处，掘深三尺余，渐露白发，又掘之，得一尸，如所见状，面肥肿如生。令击之，骨肉皆烂，皮内尽清水。

○骈（pián）死：同死。骈，并，相挨。

○鬲（gé）下：胸腹之间，指胸口。鬲，通“膈”。

译文

太阳已经出来了，家人们都集合到了一起，他们敲正屋的门却没有人答应，人们感到害怕。把门撬开进入了屋里，看见宋母和两个丫环相挨着死在了一起，有一个丫环的胸口还有一丝热气。把她扶起来给她灌了水，不一会儿她就醒了过来，她向人们讲述了她看到的全部情形。宋先生闻讯而来，哀伤悲愤得要死。他详细询问了丫环那个老妇人消失在什么地方，命令家人在那个地方深挖三尺有余，渐渐地露出了白色的头发；又继续向下挖，就有一具尸体被挖了出来，那尸体正和丫环描述的一样，面部丰满得像个活人。宋先生下令击打尸体，将尸体的骨肉全部打烂，发现骨肉全部是清水。

部曹

“部曹”指古代政府机构中具体负责事务的官员。自汉代起，尚书分曹办事，至明清时期，六部也分司管理事务，负责的官员称为“部曹”。他们在各自的部门中承担相应的职务，处理日常政务。此词常用于指代那些身居官职但地位较低的官吏。

【瞳人语】

原文

长安士方栋，颇有才名，而佻脱不持仪节。每陌上见游女，辄轻

○长安：即今陕西西安。 ○佻（tiāo）脱不持仪节：行为轻佻，不守礼节。 ○陌（mò）上：本指田间小路，南北叫“阡”，东西称“陌”。这里指郊野路上。

薄尾缀之。清明前一日，偶步郊郭。见一小车，朱茀绣幰，青衣数

○尾缀：尾随，在后紧跟。 ○郊郭：即郊外。郭，城外围的墙。 ○朱茀（fú）绣幰（xiǎn）：大红车帘，绣花车帷。

辈，款段以从。内一婢，乘小驷，容光绝美。稍稍近觇之，见车幔

○款段：款段马，行动迟缓之马。此指骑马慢行。 ○小驷：小马。驷，四马一车，也泛指马。

洞开，内坐二八女郎，红妆艳丽，尤生平所未睹。目眩神夺，瞻恋弗

○红妆：指女子的盛妆。因妇女妆饰多用红色，故称。

舍，或先或后，从驰数里。忽闻女郎呼婢近车侧，曰：“为我垂帘下。

何处风狂儿郎，频来窥瞻！”婢乃下帘，怒顾生曰：“此芙蓉城七郎子

○芙蓉城：传说中的仙境。

新妇归宁，非同田舍娘子，放教秀才胡觑！”言已，掬辙土飏生。

○归宁：妇女回母家探视，古称归宁。 ○田舍娘子：乡下妇女，农妇。 ○放：任意。 ○飏：同“扬”。向上撒播。

译文

有个名叫方栋的书生，在长安有一些名气，但是他行为轻佻，没有礼节。每次外出在郊外遇见游玩的女子，就很没有规矩地跟在人家的后面。有一年清明节的前一天，他偶然去郊外游玩，看见一辆挂着大红色的车帘、有绣花帷幔的车子，几个穿着青衣的婢女骑着马跟随在车的后面，其中一个婢女，骑着一匹小马，长得漂亮极了。方栋稍稍靠近去偷看，看见车帘打开着，车里坐着一个十五六岁的女子，打扮得非常艳丽，是他这辈子没有见过的美人。方栋目光涣散，像被夺了魂魄，恋恋不舍地看着女子不愿离开，一会儿在车的前面，一会儿在车的后面，跟着车子走了好几里路。突然听见车中的女子把婢女叫到了车的一侧，说：“给我将车帘放下来，哪里来的狂妄的小子，频频地偷看！”婢女放下了车帘，十分恼怒地对方栋说：“这乃是芙蓉城七郎的新娘子回娘家，不是一般的乡下农妇，岂能让你这个秀才任意偷看！”说完，就从车辙里抓了一把土扬向方栋。

原文

生眯，目不可开。才一拭视，而车马已渺。惊疑而返，觉目终不快。倩人启睑拨视，则睛上生小翳。经宿益剧，泪簌簌不得止。翳渐大，数日厚如钱，右睛起旋螺，百药无效。懊闷欲绝，颇思自忏悔。闻《光明经》能解厄，持一卷，浼人教诵。初犹烦躁，久渐自安。旦晚无事，惟趺坐捻珠。持之一年，万缘俱净。忽闻左目中小语如蝇，曰："黑漆似，叵耐杀人！"右目中应云："可同小遨游，出此闷气。"渐觉两鼻中，蠕蠕作痒，似有物出，离孔而去。久之乃返，复自鼻入眶中。又言曰："许时不窥园亭，珍珠兰遽枯瘠死！"生素喜香兰，园中多种植，日常自灌溉，自失明，久置不问。忽闻其言，遽问妻："兰花何使憔悴死？"妻诘其所自知，因告之故。妻趋验之，花果槁矣。大异之。静匿房中以俟之，见有小人自生鼻内出，大不及豆，营营然竟出门去。渐远，遂迷所在。俄，连臂归，飞上面，如蜂蚁之投穴者。如此二三日。又闻左言曰："隧道迂，还往甚非所便，不如自启门。"右应云："我壁子厚，大不易。"左曰："我试辟，得与而俱。"遂觉左眶内隐似

○眯：尘土入眼不能看东西。

○翳（yì）：遮蔽瞳孔的薄膜。下文"右睛起旋螺"，是说薄膜厚结成螺旋形。

○懊闷：懊恼烦闷。

○《光明经》：佛教经典《金光明经》的简称。

○浼（měi）人：央求人，请人。

○捻珠：用手捻数着佛珠。

○万缘俱净：意思是各种世俗杂念全都消除。缘，佛家语，此指意念产生的因缘。

○叵（pǒ）耐杀人：令人难以忍耐。叵，不可。杀，同"煞"。

○许时：这些日子。许，如此，这般。

○遽：就。枯瘠：干枯，枯瘦。

○营营：往来飞声。《诗·小雅·青蝇》："营营青蝇，止于樊。"朱熹注："营营，往来飞声。"

○隧道：地下暗道。这里指眼睛通向鼻孔的潜道。

○得与而俱：意思是，如果我开门成功，就与你共同使用。而，你。俱，一同。

抓裂。有顷，开视，豁见几物。喜告妻。妻审之，则脂膜破小窍，黑睛荧荧，才如劈椒。越一宿，幛尽消。细视，竟重瞳也，但右目旋螺如故，乃知两瞳人合居一眶矣。生虽一目眇，而较之双目者，殊更了了。由是益自检束，乡中称盛德焉。

○劈椒：绽裂的花椒内仁。这里形容露出一小点黑色的瞳孔。

○眇（miǎo）：眼瞎。

○了了：清楚。

○检束：指对言行检点约束。

译文

方栋的眼睛被土眯得睁不开，他用手擦完再看时，女子的车子已经不见了。他惊疑地回到家中，总感觉眼睛不舒服。请人翻开眼睑，见眼球上长出了一层薄膜。过了一晚愈发严重了，薄膜越长越大，几天便像铜钱那样厚。右边的眼球上也是如此，用了很多药，都不起作用。方栋很后悔自己的所作所为。他听说《光明经》能够解除厄运，便拿着经文，请别人教他诵读。刚开始读的时候他很是烦躁，时间长了渐渐平静下来。他一天到晚什么事也不做，只盘腿坐着念经。这样持续了一年，尘世的各种杂念都消除了。有一天，方栋突然听见左眼里有像苍蝇嗡嗡叫的声音，说："黑漆漆的，真是难受得要死！"右眼里有个声音附和道："可以和我一起出去玩乐一会儿，出出胸中的闷气。"方栋觉得两个鼻孔中像有什么东西在蠕动，很痒，像是有什么东西从鼻孔中爬了出来，过了一会，它们又从鼻孔爬回了眼眶。有声音说："有些时日没去看看花园中的景色了，那珍珠兰就快要枯死了。"方栋平时喜欢兰花，种植了很多，常常亲自浇灌。自从他双眼出了问题后，很久没有过问它们了。听到这样的话后，他急忙问妻子："为何让兰花干枯死了呢？"妻子问他是怎么知道这件事的，方栋就把刚才的一切告诉了她。妻子立马到花园中去验证，看见兰花果然干枯了。妻子感到十分惊异，就静静地藏匿在屋子里等待它们出现，果然看见有两个小人从方栋的鼻孔中钻出，大小不及一粒豆子，它们走出了门，越走越远，逐渐看不清往哪里去了。一会儿，两个小人挽着胳膊回来了，好似蜜蜂和蚂蚁回巢一样。就这样过了两三天。方栋再次听见左眼中的小人说："这条出去的暗道比较弯曲，来往不是很方便，不如自己另开一扇门。"右眼中的小人随声附和道："我这边的墙壁比较厚，想要开门不容易。"左边的小人说："我试着看看，若能开一扇门，我们就一同用。"随即方栋就感觉左眼眶像被抓裂一样痛，过了一会儿，他睁开了眼睛，豁然看见了屋里的摆设。他高兴地告诉了妻子。妻子仔细一看，他的左眼的薄膜破了一个小洞，露出黑色的眼球荧荧闪动，也就半个花椒粒大小。经过一夜，左眼睛的薄膜全部消失了，竟然是两个瞳孔重合在了一起。但是右眼的薄膜依然存在，他这才知道是两个眼睛中的小人住在了同一个眼眶里。方栋虽然有一只眼睛瞎了，但是比以前双眼都好时看得更清楚。自此，方栋对自己的行为严加约束，乡里人都称赞他。

原文

异史氏曰：乡有士人，偕二友于途，遥见少妇控驴出其前。戏而吟曰：“有美人兮！”顾二友曰：“驱之！”相与笑骋。俄追及，乃其子妇。心赧气丧，默不复语。友伪为不知也者，评骘殊亵。士人忸怩，吃吃而言曰：“此长男妇也。”各隐笑而罢。轻薄者往往自侮，良可笑也。至于眯目失明，又鬼神之惨报矣。芙蓉城主，不知何神，岂菩萨现身耶？然小郎君生辟门户，鬼神虽恶，亦何尝不许人自新哉！

○异史氏曰：《聊斋志异》所用的一种论赞体例。异史氏，蒲松龄自称。本书里记有许多怪异的事，不同于正史，因称“异史”；而在正文后，则仿照《左传》的“君子曰”和《史记》的“太史公曰”的论赞体例，标以“异史氏曰”，以便作者直接发表议论。

○赧（nǎn）：因羞愧而脸红，惭愧。

○评骘（zhì）殊亵（xiè）：评论得十分猥亵下流。骘，定。亵，轻慢，侮弄。

○吃吃：形容说话结结巴巴、吞吐含混。

○菩萨：梵语“菩提萨埵”的略称。佛教用以指自觉本性而又善度众生的修行者，地位仅次于佛。

译文

异史氏说：乡里有个读书人，他和两个朋友行走在路上，远远地看见一个妇人骑着驴走在他们前面。他用戏谑的口吻说道：“有美女呀！”回头看着他的两个朋友说：“快追她！”三个人笑嘻嘻地追赶。没一会就追上了，一看是他的儿媳妇。心里感到羞愧丧气，便沉默不语。朋友却装作不知晓，对那少妇评头论足，十分猥亵下流。读书人尴尬忸怩，结巴地说：“这是我家长子的媳妇。”两个朋友各自偷笑而止。行为轻薄的人经常自取其辱，真是十分可笑呀！至于方栋双眼被眯得失明，就是鬼神给他的惨痛报应。所谓芙蓉城主，难道是菩萨的化身吗？那眼睛里的小人为方栋左眼除去薄膜，鬼神虽然凶，又何尝不允许人们改过自新呢！

【画壁】

原文

江西孟龙潭，与朱孝廉客都中。偶涉一兰若，殿宇禅舍，俱不甚弘敞，惟一老僧挂褡其中。见客入，肃衣出迓，导与随喜。殿中塑志公像。两壁图绘精妙，人物如生。东壁画散花天女，内一垂髫者，拈花微笑，樱唇欲动，眼波将流。

○江西：清代行省名。今江西省。

○孝廉：此处指明清时代的举人。孝指孝子，廉指廉洁之士。明清时代的科举制度，举人由秀才在乡试中产生，与汉代孝廉由郡国推举不同。

○禅（chán）舍：僧房。

○弘敞：宽阔明亮。

○挂褡：行脚僧（也叫游方僧）投宿暂住的意思。因悬挂衣钵于僧堂的钩上，故称。

○肃衣：整衣，表示恭敬。迓：迎接。

○志公：指南朝僧人保志。释保志（418—514），也作"志公"。

○散花天女：佛经故事中的神女。

○垂髫（tiáo）：披发下垂。古时十五岁以下儿童不束发，因称童稚为垂髫。这里指未曾束发的少女。

译文

江西人孟龙潭与朱举人都客居在京城。有天他们偶然来到了一座寺院，寺院里的殿堂和僧房都不是很宽敞，只有一个云游四方的老和尚暂时寄宿在庙里。老和尚见有客人来，便整理了一下衣服出来迎接，带领着他们在寺院里四处参观。大殿上有一尊南朝僧人释保志的像，两边墙壁上的壁画精妙绝伦，画中人都栩栩如生。东边墙壁上绘有许多散花的天女，她们中有一个未束发的少女，手里拈着花，面上带着笑，樱桃似的小嘴像是要说话，眼睛好像波光流淌。

原文

朱注目久，不觉神摇意夺，恍然凝想。身忽飘飘，如驾云雾，已到壁上。见殿阁重重，非复人世。一老僧说法座上，偏袒绕视者甚众。朱亦杂立其中。少间，似有人暗牵其裾。回顾，则垂髫儿，辴然竟去。履即从之。过曲栏，入一小舍，朱次且不敢前。女回

○偏袒绕视者：此指和尚。偏袒，古代指袒露右肩。

○裾：本指衣服的大襟，后引申衣服的前后部分均可称裾。

○辴（chǎn）然：笑的样子。

○次且（zī jū）：同"趑趄"。进退犹豫。

首，举手中花，遥遥作招状，乃趋之。舍内寂无人，遽拥之，亦不甚拒，遂与狎好。既而闭户去，嘱勿咳，夜乃复至。如此二日。

○狎：亲密而不庄重。

译文

朱举人盯着那个少女看了很久，不知不觉中神摇意动，恍惚间沉浸在凝思之中。突然间他感觉自己的身体飘飘忽忽地飞了起来，像是腾云驾雾，不觉间已经来到了壁画中。只看见宫殿楼阁重重叠叠，不像是人间的景象。有一个老和尚在座上宣讲佛经，有许多僧人围绕着他听讲。朱举人也是他们中的一个。一会工夫，好像有人偷偷地拉他的衣襟。他回过头看，原来是那个未束发的少女，朝着他笑了笑就离开了。朱举人立即跟上了她，走过了弯弯曲曲的栅栏，少女进入了一个小屋子，朱举人犹豫着不敢向前走了。少女回过头来，举起手中拿的花，远远地向他打招呼，朱举人这才快步跟了上去。屋里寂静无人，他于是上前抱住了少女，她也没太抗拒。……少女关了房门出去了。她在走之前叮嘱朱举人不要咳嗽，夜里少女又来了。就这样过了两天。

原文

女伴觉之，共搜得生，戏谓女曰："腹内小郎已许大，尚发蓬蓬学处子耶？"共捧簪珥，促令上鬟。女含羞不语。一女曰："妹妹姊姊，吾等勿久住，恐人不欢。"群笑而去。生视女，髻云高簇，鬟凤低垂，比垂髫时尤艳绝也。四顾无人，渐入猥亵，兰麝熏心，乐方未艾。忽闻吉莫靴铿铿甚厉，缧锁锵然。旋有纷嚣腾辨之声。女惊起，与生窃窥，则见一金甲使者，黑面如漆，绾锁挈槌，众女环绕之。使者曰："全未？"答言："已全。"使者曰："如有藏匿下界人，

○簪珥（ěr）：发簪和耳饰。

○上鬟：古代女子十五岁及笄时，把原本披垂的头发挽上去，并插上簪子，表示已经成人待嫁了，称为上鬟。

○兰麝：兰草和麝香。古时妇女熏香用品。

○未艾：没有尽兴。艾，止，绝。

○吉莫靴：皮靴。吉莫，皮革。

○缧（léi）锁：拘系犯人的锁链。缧，黑绳。

○金甲使者：身着金制铠甲的使者。

○绾（wǎn）锁挈（qiè）槌：意为拿着刑拘武器。绾，盘结，卷起。挈，持。

即共出首，勿贻伊戚。”又同声言：“无。”使者反身鹗顾，似将搜匿。女大惧，面如死灰，张皇谓朱曰：“可急匿榻下。”乃启壁上小扉，猝遁去。朱伏，不敢少息。俄闻靴声至房内，复出。未几，烦喧渐远，心稍安，然户外辄有往来语论者。朱跼蹐既久，觉耳际蝉鸣，目中火出，景状殆不可忍。惟静听以待女归，竟不复忆身之何自来也。

○勿贻伊戚：意为不要自招罪罚。贻，遗留。伊，通“繄（yī）”，是。戚，忧愁。

○反身鹗顾：反转身来，瞋目四顾。鹗，猛禽，双目深陷，神色凶狠。

○语论：谈论。语，交相告语。

○跼蹐（jú jí）：因畏缩恐惧而不安的样子。

译文

女伴们觉察到了这件事，一起把朱举人搜了出来。她们对少女开玩笑，说：“你肚子里的孩子已经很大了，还想不束发装作女孩吗？”女伴们拿来发簪和耳饰，催促她改梳少妇的发髻。少女面色含羞，说不出话来。有一个女伴说：“姐妹们，我们还是不要老是待在这里了，有人恐怕不高兴的。”女伴们大笑着离去了。朱举人看着少女，云朵一样的发髻高耸着，发髻上的凤钗低垂着，比头发未束时还美艳绝色，他见周围无人，渐渐地与少女亲热起来，兰花和麝香的香气沁人心脾。二人正沉浸在无比的快乐之中，忽然听见了响亮猛烈的皮靴落地的铿铿声，还有锁链哗啦啦的声音，旋即又是乱哄哄的争辩声，少女一下子被惊得起来了，与朱举人一块偷偷地向外看，只见一个穿着金甲的使者，面色黑得像漆一样，手里拿着锁链，提着大锤，很多女子环绕着他。使者问“人都到齐了吗？”众女回答：“到齐了。”使者说：“如果有藏匿凡人的，你们要即刻告发，不要自招罪罚。”众女齐声回答：“没有。”使者转过身子像老鹰一样恶狠狠地四处环顾，好像要进行搜查。少女十分惊恐，面如死灰，惊慌失措地对朱举人说：“你快点藏进床底下。”她自己则打开了在墙上的小门，急匆匆地逃走了。朱举人趴在床下面，连大气也不敢出一下，不久就听见皮靴走路的声音来到了房间里，然后走了出去。又过了一会，喧闹的声音越来越远，他的心才稍稍安定了一点，然而门外面总是有人来来往往地谈论着。朱举人心神不安地趴在床下很久，感觉耳边像是有蝉鸣声，眼睛里也好像着了火，这种情况让人无法忍耐，但他只能静静地等着少女回来，竟然想不起自己从哪里来的了。

原文

时孟龙潭在殿中，转瞬不见朱，疑以问僧。僧笑曰："往听说法去矣。"问："何处？"曰："不远。"少时，以指弹壁而呼曰："朱檀越！何久游不归？"旋见壁间画有朱像，倾耳伫立，若有听察。僧又呼曰："游侣久待矣！"遂飘忽自壁而下，灰心木立，目瞪足耎。孟大骇，从容问之，盖方伏榻下，闻叩声如雷，故出房窥听也。共视拈花人，螺髻翘然，不复垂髫矣。朱惊拜老僧，而问其故。僧笑曰："幻由人生，贫道何能解。"朱气结而不扬，孟心骇而无主。即起，历阶而出。

○灰心木立：心如死灰，形似槁木。

○耎（ruǎn）：同"软"。

○螺髻翘然：螺形发髻高高翘起。螺髻，为已婚妇女的发式。

○贫道：古时道士、和尚都可用此谦称。

○历阶：一个台阶一个台阶，逐层。

译文

此时孟龙潭正在大殿中，转眼间朱举人就不见了，很惊疑地问老和尚。老和尚微笑着说："他去宣讲佛法的地方了。"孟龙潭问："那在什么地方呢？"老和尚回答："不远。"一会儿，老和尚用手指弹弹墙壁并呼唤道："朱施主，你为何游玩了那么久还不回来呢？"旋即壁画上出现了朱举人的像，他站立着，正在侧耳倾听，好像听见了一样。老和尚又呼唤道："你的游伴等待你很久了。"朱举人于是飘飘忽忽地从墙壁上下来，心如死灰，形如槁木，目瞪口呆，手脚发软地呆立着。孟龙潭十分惊骇，不紧不慢地询问他。原来朱举人刚才正趴在床下，突然听到像打雷一样的敲墙声，所以出了房间正要去看看。这时大家一同去看壁画中那个持花的少女，只见她发髻高盘，不再是未束发了。朱举人惊诧地向老和尚行礼，询问他这其中的缘故。老和尚笑说："幻觉是从人的心里产生的，贫僧怎么能解呢！"朱举人胸中郁结不畅，不能振作，孟龙潭听后心中十分骇然，六神无主。二人马上起身辞行，一个台阶接一个台阶地往下走，出门离去。

原文

异史氏曰：幻由人生，此言类有道者。人有淫心，是生亵境；人有亵心，是生怖境。菩萨点化愚蒙，千幻并作，皆人心所自动耳。老婆心切，惜不闻其言下大悟，披发入山也。

○此言类有道者：说出这样话的，像是一位深通哲理的人。有道，谓深明哲理。

译文

异史氏说：幻觉是由人而产生的，说这句话的人像精通哲理的有道之人。人有淫秽之心，于是就会生出淫秽之境；人有猥亵之心，于是就会生出恐怖之境。菩萨点化愚蠢蒙昧的人，使他经历千万种幻象，那些幻象都是从他们的内心里生发出来的。菩萨教诲人的心迫切，可惜人们不能在菩萨的教诲下大彻大悟，遁入深山修行。

挂褡

“挂褡”是指远行的僧人在路途中于寺院暂时借宿的行为。这种做法源于佛教僧人游方修行的传统，因长期行脚而需在各地寺庙停留。寺庙提供的“挂褡”不仅是为僧人提供休息之所，也是僧人结交同道、交流修行经验的重要机会。

【山魈】

原文

孙太白尝言：其曾祖肄业于南山柳沟寺。麦秋旋里，经旬始返。启斋门，则案上尘生，窗间丝满。命仆粪除，至晚始觉清爽可坐。乃拂榻，陈卧具，扃扉就枕。月色已满窗矣。辗转移时，万籁俱寂。忽闻风声隆隆，山门豁然作响，窃谓寺僧失扃。注念间，风声渐近居庐，俄而房门辟矣。大疑之。思未定，声已入屋，又有靴声铿铿然，渐傍寝门。心始怖。俄而寝门辟矣。急视之，一大鬼鞠躬塞入，突立榻前，殆与梁齐。面似老瓜皮色；目光睒闪，绕室四顾；张巨口如盆，齿疏疏长三寸许；舌动喉鸣，呵喇之声，响连四壁。公惧极，又念咫尺之地，势无所逃，不如因而刺之。乃阴抽枕下佩刀，遽拔而斫之，中腹，作石缶声。鬼大怒，伸巨爪攫公。公少缩。鬼攫得衾，捽之，忿忿而去。公随衾堕，伏地号呼。家人持火奔集，则门闭如故。排窗入，见公状大骇。扶曳登床，始言其故。共验之，则衾夹于寝门之隙。启扉检照，见有爪痕如箕，五指着处皆穿。既明，不敢复留，负笈而归。后问僧人，无复他异。

○肄（yì）业：修习学业。

○麦秋：麦收季节。秋，指农作物成熟之期。

○粪除：扫除。

○扃（jiōng）扉：插门。扃，自外关闭门户用的门闩、门环等。此处用作动词，指关门。下文“失扃”，即忘了插门。

○万籁俱寂：什么声响都没有。

○注念间：专注凝思之时。

○睒（shǎn）闪：像闪电一样。

○齿疏疏：牙齿稀稀拉拉。疏，稀。

○缶（fǒu）：一种口小腹大的器皿。

○攫：用爪子抓取。

○扶曳（yè）：搀扶拖拉。

○负笈（jí）：背着书箱。笈，书箱。

译文

孙太白曾经说过这样一个故事：他的曾祖父过去在南山柳沟寺修习学业，有一年麦收时回家了，待了十几天返回了寺庙。打开寺庙书斋的房门，看见书案上都是尘土，窗户上被蜘蛛网布满了。他命令仆人进行扫除，直到晚上才感觉房间洁净干爽得可以坐下来休息了。于是他整理了床榻与被褥，插上门闩准备睡觉。此时，月光已经照满了窗台。他在床上辗转反侧了一段时间还没有睡着，周围一点声响都没有。忽然间风声呼啸，寺院的门被大风吹得哓哓地响。孙公心想可能是和尚忘记关门了。当他专注地思考时，风声渐渐地靠近了他的屋子，只一瞬，他的房门已经被打开了。孙公十分疑惑，他还没有想清楚，风声已经进入了屋子，又有靴子落在地上的铿铿声，渐渐地靠近卧室的门。他这时开始害怕了。不一会儿，卧室的门被打开了，他急忙去看，一个大鬼佝偻着身子挤进了房间，矗立在他的床前，大鬼抬起头来脑袋几乎挨着房梁，脸色像是老鸦皮色，目光像闪电一样，绕着室内四面环看；张开的嘴像盆一样大，稀稀疏疏的牙齿有三寸多长；舌头翻动着，喉咙里发出呵呵的响声，震动得四面的墙壁都有回声。孙公害怕极了，心想自己与大鬼只有很近的距离，势必无处可逃，不如和它拼了。于是他偷偷地将枕头下的佩刀抽出来，突然拔出向大鬼砍去，一下子砍中了大鬼的腹部，发出了像撞击石缶一样的声音。大鬼十分愤怒，伸出巨大的爪子来抓他。孙公稍稍缩了缩身子，被子被大鬼抓住了，揪着被子愤怒地离开了。孙公随着被子掉到了地上，趴在地上大声喊叫。家里人拿着火把一起赶来，只见房门关闭着就像之前一样，只能推开窗子进入房间。看见孙公的样子，家人都大为惊骇。家人把他搀扶到床上，孙公开始讲述事情的经过。众人共同检查了一下，看到被子被夹在了卧室门的缝隙之中。打开门用火把照明检查，只见有像簸箕大小的爪痕，五个手指接触的地方都被穿透了。天色大亮，孙公不敢再留在庙里，背着书箱回家了。后来询问庙里的僧人，都说没有什么奇怪的事情发生。

【咬鬼】

原文

沈麟生云：其友某翁者，夏月昼寝，矇眬间，见一女子搴帘入，以白布裹首，缞服麻裙，向内室去。疑邻妇访内人者，又转念，何遽以凶服入人家？正自皇惑，女子已出。细审之，年可三十余，颜色黄肿，眉目蹙蹙然，神情可畏。又逡巡不去，渐逼卧榻。遂伪睡以观其变。无何，女子摄衣登床，压腹上，觉如百钧重。心虽了了，而举其手，手如缚；举其足，足如痿也。急欲号救，而苦不能声。女子以喙嗅翁面，颧鼻眉额殆遍。觉喙冷如冰，气寒透骨。翁窘急中，思得计，待嗅至颐颊，当即因而啮之。未几，果及颐。翁乘势力龁其颧，齿没于肉。女负痛身离，且挣且啼。翁龁益力。但觉血液交颐，湿流枕畔。相持正苦，庭外忽闻夫人声，急呼有鬼，一缓颊而女子已飘忽遁去。夫人奔入，无所见，笑其魇梦之诬。翁述其异，且言有血证焉。相与检视，如屋漏之水，流枕浃席。伏而嗅之，腥臭异常。翁乃大吐。过数日，口中尚有余臭云。

○搴（qiān）帘：掀开帘子。搴，揭起，掀。

○缞（cuī）服麻裙：用麻布制成的丧服。缞，披于胸前的麻布条，服三年之丧者用之。麻裙，麻布作的下衣。

○内人：妻子。

○凶服：即丧服。旧时着丧服不能串门，以为不吉利，因有疑问。

○眉目蹙蹙（cù）然：皱眉愁苦的样子。

○逡巡：有所顾虑而徘徊不前。

○摄衣：提起衣裙。摄，提起。

○钧：古代的重量单位，大约三十斤为一钧。

○痿（wěi）：痿痹，肢体麻痹。

○喙：嘴。

○颐（yí）颊：下巴至两腮之间，指脸的下部。颐，俗称下巴。

○啮：咬。

○龁（hé）：咬。

○缓颊：放松面部肌肉，这里意即松口。

○魇（yǎn）梦之诬：噩梦的幻觉。魇，噩梦，梦中惊骇。诬，不实，以无当有。

○浃（jiā）席：流满床席。浃，遍，满。

译文

沈麟生说：他的一个朋友某老翁，在夏日里午睡，蒙眬之中，见有个女子掀开门帘进了屋子，这个女子头上用白布裹着，身穿丧服，向里屋走去。老翁猜想是邻家的妇人来找自己的妻子；但转念又一想，为何穿着丧服来别人家拜访？正在他暗自疑惑惶恐间。女子已经从里屋出来了。他仔细观察那女子，年纪三十多岁，脸色发黄浮肿，神情十分可怕。那女子磨磨蹭蹭走来走去不肯离开，渐渐逼近他床前。老翁装作睡着的样子，想要看看女子要干什么。不一会儿，女子提起衣裙上了床，压在了他的肚子上，他觉得有几千斤的重量。老翁虽然心里什么都知道，但他举起手，手像被什么捆绑住了；他想动一下他的脚，脚也像没有知觉一样。他着急地想要大声呼救，又苦于喊不出一点声音。那女子用嘴去闻老翁的脸，颧骨、鼻子、眉毛、额头都闻了一个遍。老翁只感觉她的嘴像冰一样寒冷，那寒气好像要透进骨头里去。老翁在着急窘迫时想出了一计，想等到女子闻到他腮边的时候，随即恨恨地咬她。只一会工夫，女子果然闻到了他的腮边，老翁乘势使劲地咬在了她的颧骨，牙都咬进了肉里头。女子疼得想要直起身子离开，一面挣扎一面哭叫。老翁咬得越来越用力，只是感觉到有血不断地从脸颊上流下来，把枕头的边都浸透了。正在他们苦苦相持之际，院子里突然响起了他妻子的说话声，他着急地喊道；“有鬼！”他刚把口松开那女子就飘飘然地逃跑了。妻子跑进屋子里，什么都没有看见，笑话他是做了噩梦所以说胡话罢了，老翁详细地叙述了这件奇异的事，并且说有血迹可以证明。两人一块检查，果然看见血像是屋顶漏水一样，把枕头和席子都浸透了。老翁低头闻了闻，腥臭异常。老翁被恶心得大吐特吐，就这样过了好几天，他的口中还有臭味残留。

【捉狐】

原文

孙翁者，余姻家清服之伯父也，素有胆。一日，昼卧，仿佛有物登床，遂觉身摇摇如驾云雾。窃意无乃魇狐耶？微窥之，物大如猫，黄毛而碧嘴，自足边来。蠕蠕伏行，如恐翁寤。逡巡附体：着足，足痿；着股，股耎。甫及腹，翁骤起，按而捉之，握其项。物鸣，急莫能脱。翁亟呼夫人，以带絷其腰。乃执带之两端，笑曰："闻汝善化，今注目在此，看作如何化法。"言次，物忽缩其腹，细如管，几脱去。翁乃大愕，急力缚之。则又鼓其腹，粗于碗，坚不可下。力稍懈，又缩之。翁恐其脱，命夫人急杀之。夫人张皇四顾，不知刀之所在。翁左顾示以处。比回首，则带在手如环然，物已渺矣。

○魇狐：古代由于无法解释睡梦中感到胸闷气促的现象，民间认为是狐狸作祟，俗称"魇狐子"。

○亟：急切。

○絷（zhí）：用绳子捆绑。

译文

孙姓老翁，是我亲家清服的伯父，一向很有胆量。有一天白天，他在床上躺着休息，感觉似乎有什么爬上了床，然后就感觉身体摇摇晃晃的，如同腾云驾雾似的。他暗自琢磨，难道是遇见魇狐子了？于是眯缝着眼睛偷偷地看，有一个像大猫一样的东西，长着黄色的毛、绿色的嘴，正从他脚边蠕动着慢慢地向前爬行，像是唯恐吵醒他睡觉一样。那东西小心谨慎地爬上了孙翁的身体，碰到了脚，脚就像麻木了一样；碰到了大腿，大腿就软得没力气。刚要爬到腹部，孙翁骤然坐了起来，按着它将它抓住，用手紧紧握着那东西的脖子，它着急地直叫唤却不能挣脱出来。孙翁急忙喊来夫人，用一条带子捆缚着它的腰。于是他紧紧地抓住带子的两头，笑着说："听说你擅长变化，现在我在此盯着你，看你如何变化。"刚说完这句话，那东西把肚子突然缩紧，缩得就像一个细管，几乎就要逃出去了，孙翁大为惊愕，急忙用力绑紧它。可它又鼓起了肚子，使肚子像碗口一样粗，坚硬得连带子也勒不下去。等孙翁的力气稍稍一松，它又把肚子缩了下去。孙翁唯恐它逃脱了，叫夫人马上杀死它。他夫人惊慌地四处环顾，找不到刀放在什么地方。孙翁向左边看去，用眼睛示意刀的位置。等他回过头一看，只见手里只剩下像空环一样的带子，那东西已经不见了。

魇狐

"魇狐"是传说中一种能够使人产生梦魇的狐狸。根据民间传说，这种狐狸可以在夜间潜入人们的梦境，使其陷入难以醒来的梦魇状态。人们常用"魇狐"来解释睡眠中遭遇的压抑、恐怖的梦境。这个词反映了古代对梦境和妖狐的神秘想象。

【荍中怪】

原文

长山安翁者，性喜操农功。秋间荍熟，刈堆陇畔。时近村有盗稼者，因命佃人乘月辇运登场。俟其装载归，而自留逻守，遂枕戈露卧。目稍瞑，忽闻有人践荍根，咋咋作响。心疑暴客，急举首，则一大鬼，高丈余，赤发鬡须，去身已近。大怖，不遑他计，踊身暴起，狠刺之。鬼鸣如雷而逝。恐其复来，荷戈而归。迎佃人于途，告以所见，且戒勿往，众未深信。越日，曝麦于场，忽闻空际有声，翁骇曰："鬼物来矣！"乃奔，众亦奔。移时复聚，翁命多设弓弩以俟之。翼日，果复来，数矢齐发，物惧而遁。二三日竟不复来。麦既登仓，禾䕸杂遝，翁命收积为垛，而亲登践实之，高至数尺。忽遥望骇曰："鬼物至矣！"众急觅弓矢，物已奔翁。翁仆，龁其额而去。共登视，则去额骨如掌，昏不知人。负至家中，遂卒。后不复见。不知其为何怪也。

○农功：农活。
○荍(qiáo)：同"荞"，荞麦。
○刈：收割草或谷物。
○佃(diàn)人：指古代租种官府或地主田地的农民。乘月辇运：就着月光推车搬运。辇，手推车。场：指能满足某种需要的较大空地。
○枕戈：枕着武器。
○暴客：盗贼。
○鬡(níng)须：蓬乱的胡须。鬡，毛发蓬乱的样子。
○翼日：明日。翼，通"翌"。
○禾䕸(jiē)杂遝(tà)：指荞麦秸散乱在地。禾䕸，庄稼秸秆。杂遝，也作"杂沓"，杂乱。
○垛：整齐地堆成堆。

译文

长山县有一个姓安的老翁，平时就喜欢干农活。有年秋天他种的荞麦成熟了，收割后就堆在了田垄边上。当时附近的村子有人偷盗庄稼，他就命令佃户趁着月光把庄稼用车运送到场上，等佃户装满车回去以后，他自己留下来留守巡逻。于是他就头枕着长矛在露天地里躺下休息。他刚把眼睛闭上，突然听见有人踩踏着荞麦根发出的声音，咔咔咔地响。他心里猜测可能是偷庄稼的贼来了。急忙抬起头去看，只见有一个大鬼，一丈多高，红色的头发，蓬乱的胡须，快要走到他的身边。安老头十分害怕，他容不得多想，猛然挺身跳起来，用长矛狠狠地刺过去。那鬼发出雷一般的鸣叫声后就消失不见了。他怕鬼再次回来，就扛着长矛往家走，刚走到半路就看见了佃户们，他就把刚才所发生的一切告诉了他们，还劝诫他们不要再去了。众人并不是十分相信。又过了一天，人们在场上晒荞麦，突然听见半空中有声音。安老头害怕得大喊起来："鬼来了！"于是奔跑起来，人们也跟着奔跑起来。等了一会儿，人们又集中到了一块。安老头让人们多准备一些弓箭，预防鬼的到来。第二天，那鬼果然来了，人们一起放箭，那鬼恐惧地逃跑了。竟有两三天没有再来。打完了的荞麦被收进谷仓里，荞麦秸杂乱地扔在了场上。安老头让人们把荞麦秸收集起来堆成垛，他亲自爬上垛顶将它踩实，麦秸垛有数尺高。他突然在垛顶遥望着天空惊骇地喊道："鬼来了！"众人急忙去寻找弓箭，那鬼却已经奔向了老头。老头倒了下去，鬼啃食了他的前额就跑掉了。人们登上了麦垛去看，老头的前额已经被鬼啃食了巴掌大的一块骨肉，已经昏迷过去，不省人事。人们把老翁送回家里，没多久就死去了。此后那个鬼没有再出现，也不知道究竟是个什么怪物。

农功

"农功"指农事或农活，涵盖耕种、播种、收割等农业生产活动。古代典籍《左传》中提到"政如农功"，将治国理政与农事相提并论，强调勤勉与恒心的重要性。此词体现了农业在古代社会中的核心地位，象征着劳动与收获的紧密联系。

【宅妖】

原文

长山李公，大司寇之侄也。宅多妖异，尝见厦有春凳，肉红色，甚修润。李以故无此物，近抚按之，随手而曲，殆如肉耎。骇而却走。旋回视，则四足移动，渐入壁中。又见壁间倚白梃，洁泽修长。近扶之，腻然而倒，委蛇入壁，移时始没。

○大司寇：司寇，西周所置官，春秋、战国相沿，掌管刑狱、纠察等事。后世以大司寇为刑部尚书称。

○厦：大屋子。春凳：一种长条形的木凳。

○殆：助词。乃。

○白梃：白色的木棍棒。

○腻然：柔软的样子。

○委蛇（wēi yí）：通"逶迤"，曲折而进。

译文

长山县有位李先生，是大司寇的侄子。他的住宅经常出现妖异的现象。他曾经看见屋内有一条长且宽的板凳，颜色是肉红色的，看起来十分细润。李先生因为以前没有见过这样的东西，便走上前去用手按了按，板凳随着他手部的动作变得弯曲起来，像肉一样软。李先生受到了惊吓，匆忙离开了。旋即回过头去看，那板凳用四条腿移动了起来，渐渐地隐入墙壁之中。又有一次，李先生看见墙壁上倚靠着一根白色的棍子，细长光滑又干净，他靠近一摸，那棍子便软踏踏地倒下去，好像一条蛇似的弯曲地钻进了墙壁里，没一会工夫就不见了。

原文

康熙十七年，王生俊升设帐其家。日暮，灯火初张，生着履卧榻上。忽见小人，长三寸许，自外入，略一盘旋，即复去。少顷，荷二小凳来，设堂中，宛如小儿辈用粱秸心所制者。又顷之，二小人

○康熙十七年：1678年。

○设帐：指设馆收徒，做教书先生。

○粱秸（jiē）心：高粱秆心。

舁一棺入，仅长四寸许，停置凳上。安厝未已，一女子率厮婢数人来，率细小如前状。女子衰衣，麻绠束腰际，布裹首，以袖掩口，嘤嘤而哭，声类巨蝇。生睥睨良久，毛森立，如霜被于体。因大呼，遽走，颠床下，摇战莫能起。馆中人闻声毕集，堂中人物杳然矣。

○安厝(cuò)：停放灵柩待葬。

○厮婢：干粗杂活的奴仆。

○衰(cuī)衣：是旧时的丧服。

○睥睨(pì nì)：窥察。

译文

康熙十七年，一个叫王俊升的书生在李先生的家里设了教馆。有一天黄昏时刻，刚把灯点上，书生穿着鞋在床上躺着休息。忽然看见一个小人，高只有三寸多，从外面进来了，只是略微转了转，然后就离开了。过了一小会，那个小人扛了两个小凳子来，摆在了屋子的中间，那凳子看起来就好似小孩们用高粱秸心做出来的一样。又过了一小会，有两个小人抬了一口棺材进来了，那棺材也就四寸多长，被放置在了板凳上。一切还没有安排妥当，一个女子就带领着几个小厮丫环进来了，他们都像之前来的小人那样矮小。那女子身上穿着丧服，腰间扎着麻绳，头用白布裹着，用袖子掩住了嘴，嘤嘤嘤地哭泣着，声音就好像那大苍蝇在叫。书生偷看了一段时间，他害怕得汗毛都倒立起来了，身体像是被霜打了一样冷。他大声呼喊，拔腿就想跑，没想到却跌下了床，浑身忍不住地颤抖，怎么也站不起来。教馆里的人们听见他的喊声全都跑过来聚在一起，屋里的小人、小棺材、小凳子都已经杳无踪迹了。

【王六郎】

原文

许姓，家淄之北郭，业渔。每夜携酒河上，饮且渔。饮则酹地，祝云：“河中溺鬼得饮。”以为常。他人渔，迄无所获，而许独满筐。

○淄之北郭：指淄川县城北郊。淄，淄川县，今属山东淄博淄川区。郭，外城，这里指城郊。下文“河”，当指流经淄川区的孝妇河。

○祝：祷告。

○迄（qì）：通“汔”。庶几，接近。

译文

有个许姓人，他家在淄川县城的北郊，以打鱼为营生。每天晚上，他都带着酒来到河边，一边喝酒一边打鱼。每次喝酒之前总要把酒倒在地上，祈祷说：“河里溺毙的鬼请来饮酒吧！”他这样做习以为常。别人在此处打鱼，往往没什么收获，但是他每次都收获满筐。

原文

一夕，方独酌，有少年来，徘徊其侧。让之饮，慨与同酌。既而终夜不获一鱼，意颇失。少年起曰：“请于下流为君驱之。”遂飘然去。少间，复返曰：“鱼大至矣。”果闻唼呷有声。举网而得数头，皆盈尺。喜极，申谢。欲归，赠以鱼，不受，曰：“屡叨佳酝，区区何足云报。如不弃，要当以为常耳。”许曰：“方共一夕，何言屡也？如肯永顾，诚所甚愿，但愧无以为情。”询其姓字，曰：“姓王，无

○慨：慷慨大方。

○下流：河的下游。

○唼呷（shà xiā）：鱼吞吸食物的声音。

○申谢：道谢，表示感谢。申，陈述，表示。

○叨（tāo）：表示承受的谦辞。佳酝：好酒。

字，相见可呼王六郎。”遂别。明日，许货鱼，益沽酒。晚至河干，少年已先在，遂与欢饮。饮数杯，辄为许驱鱼。

○字：表字。古时男子幼时起名，二十岁左右行冠礼，据本名相应之义另起别名，称“字”。

○益沽酒：多买些酒。益，增加。沽，买。

译文

有天傍晚，许某正准备自饮自酌，有个少年在他身边走来走去。许某让他和自己一块喝酒，那少年也不扭捏，慷慨大方地与他对饮起来。然而这一夜竟然一条鱼也没有打到，许某有些丧气。少年站起来说：“让我到河的下游为你驱赶鱼群。”说罢，就飘然地离开了。只一会儿，那个少年就返了回来，说：“一大群鱼来了。”果然就听见了鱼群吞食食物的声音。许某于是撒网，打上了好几条大鱼，每条鱼都有一尺多长。许某欢喜极了，向少年表示感谢。等他想要回家时，想要把鱼送给少年，少年不肯接受，说：“很多次都喝到了你的美酒，这点小事怎么能够算是报答呢！如果你不嫌弃我，我以后经常来为你驱赶鱼群。”许某说：“我们只是相处了一晚上，怎么说是很多次呢？如果你肯经常来相助，那是我求之不得的，只是羞愧于自己没法报答你。”许某又问少年的名字，少年说：“我姓王，没有表字，再次相见时可以叫我王六郎。”说罢，两人就此告别。第二日，许某把鱼卖掉了，顺便多买了一些酒。晚上他又来到河边，那少年已经在那里等他了，于是二人开怀畅饮。喝了几杯酒以后，王六郎便为许某驱赶鱼群去了。

原文

如是半载，忽告许曰：“拜识清扬，情逾骨肉。然相别有日矣。”语甚凄楚。惊问之，欲言而止者再，乃曰：“情好如吾两人，言之或勿讶耶？今将别，无妨明告：我实鬼也。素嗜酒，沉醉溺死数年于此矣。前君之获鱼，独胜于他人者，皆仆之暗驱，以报酹奠耳。明日业满，当有代者，将往投生。相聚只今夕，故不能无感。”许初闻

○清扬：对人容颜的颂称，风采。

○代者：替代的人。民间传说认为，凡非正常死亡的人死后，不能正常地进入轮回托生，必须抓到代死的人之后，自己才能解脱，再世为人。

○业满：佛家语，通过受苦、为善与罪孽相抵，即是业满。

甚骇，然亲狎既久，不复恐怖，因亦欷歔。酹而言曰："六郎饮此，

◎欷歔（xī xū）：叹息声，抽咽声。

勿戚也。相见遽违，良足悲恻。然业满劫脱，正宜相贺，悲乃不

◎劫脱：劫难得以解脱。

伦。"遂与畅饮。因问："代者何人？"曰："兄于河畔视之，亭午，有

◎亭午：正午，中午。

女子渡河而溺者，是也。"听村鸡既唱，洒涕而别。

译文

日子就这样过去了半年。有一天，王六郎忽然告诉许某说："认识你以来，我们的感情已经超过了手足，然而我们分别的日子就要来临了。"这些话说得很是凄楚。许某感到很震惊，问他怎么回事。六郎几次想要说些什么又停止了，终于说："你和我的感情是如此要好，我说出来你或许不会感到讶异吧？如今我和你就要告别，我就不妨明白地告知你："其实我是个鬼。活着时平日里嗜酒，喝得大醉溺水死在这好几年了。之前你打的鱼要比其他的人多很多，都是由于我暗地里帮你驱赶鱼群，为了报答你用酒祭祀的这份情谊。明天我的业报已满，将会有人来代替我，我将要去阳间投胎。我们相聚的时间只有今天晚上，因而不能不感到惆怅呀。"许某刚听说六郎是鬼的时候十分惊骇，然而亲密地相处的时间久了，也就不觉得害怕恐惧了，反而因要分开叹息不已。许某倒了一杯酒向王六郎说道："六郎，请你喝了这杯酒，不要再感到悲伤了，虽然短暂地相见过后就要分别，确实让人感觉悲伤。但是你的劫难得以解脱，正是我应该向你道贺的，这时候感到难过是不符合情理的。"于是，二人又开怀畅饮。许某问王六郎："是什么人来代替你呢？"他回道："兄长明天可以来到河边看看，中午的时候，有个女子会在过河的时候溺水而死，那就是代替我的人。"直到听见村子里的鸡鸣叫过了，他们二人才流着泪告别。

原文

明日，敬伺河边，以觇其异。果有妇人抱婴儿来，及河而堕。儿抛

◎伺：守候，观察。

岸上，扬手掷足而啼。妇沉浮者屡矣，忽淋淋攀岸以出，藉地少息，

抱儿径去。当妇溺时，意良不忍，思欲奔救；转念是所以代六郎者，故止不救。及妇自出，疑其言不验。抵暮，渔旧处。少年复至，曰：“今又聚首，且不言别矣。”问其故。曰：“女子已相代矣，仆怜其抱中儿，代弟一人，遂残二命，故舍之。更代不知何期。或吾两人之缘未尽耶？”许感叹曰：“此仁人之心，可以通上帝矣。”由此相聚如初。

○聚首：相会，在一起。

○缘：缘分。

译文

次日，许某在岸边守候着，想要看看会发生什么神奇的事。果然看见有一个抱着婴儿的少妇走了过来，走到了河边就掉下去了。婴儿被她抛上了岸，挥手踢腿地啼哭着。那个少妇在河里沉沉浮浮了好多次，忽然就水淋淋地攀着岸边爬了上来。那少妇躺在地上喘息了一会儿，抱起在岸边的婴儿就径直走掉了。在那个少妇掉进河里的时候，许某的良心实在过意不去，想要奔跑过去把她救上来；但是他转念一想，这个妇人是来代替王六郎的人，所以就没有过去相救。等待那少妇从河里爬到岸上，怀疑六郎所说的话没有那么灵验。等到了晚上，许某依然在老地方打鱼，王六郎又来了，说：“今天我们又相聚了，可以暂时不用再说分离的事情了。”许某就询问六郎是什么原因。六郎说：“那个女子本来已经来替代我了，但我怜悯她怀中的婴儿，我不忍心因为代替我的缘故，而去伤害两条性命，所以就放过了她。下次有人来取代我不知是何年何月，或许是你和我的缘分没有尽吧。”许某感慨地说：“你这样的仁慈之心，总是可以有一天感动上帝的。”于是他们又如同以前一样喝酒打鱼。

原文

数日，又来告别。许疑其复有代者，曰：“非也。前一念恻隐，果达

○恻隐：怜悯同情之心。

帝天。今授为招远县邬镇土地，来朝赴任。倘不忘故交，当一往

○帝天：上天。

○招远县：古县名，今山东烟台下辖县级市。邬镇：村镇名。土地：土地神，古称“社神”。

探，勿惮修阻。”许贺曰：“君正直为神，甚慰人心。但人神路隔，

○勿惮（dàn）修阻：不要怕路远难往。惮，怕。修阻，路途遥远而阻隔。

即不惮修阻，将复如何？”少年曰：“但往，勿虑。”再三叮咛而去。

译文

就这样又过了很多天，王六郎又过来向许某告别。许某猜测又有代替他的人了。六郎说：“不是这回事。前次的事情我动了恻隐之心，果然被上天知晓了，现在我被任命为招远县邬镇的土地神，过几天就要去赴任。倘若你没有忘记我们之间的交情，应当去看望我，不要畏惧路途遥远难走。”许某向六郎祝贺道：“你为人正直而成为了神，真是快慰人心的事，但是人与神之间是有隔阂的，即使我不畏惧路途遥远难走，又如何能够见到你呢？”六郎说：“你只管前去找我，不必担心。”叮嘱再三以后，六郎离开了。

原文

许归，即欲治装东下。妻笑曰：“此去数百里，即有其地，恐土偶不

○土偶：泥塑神像。

可以共语。”许不听，竟抵招远。问之居人，果有邬镇。寻至其处，

息肩逆旅，问祠所在。主人惊曰：“得无客姓为许？”许曰：“然。何

○息肩逆旅：住在旅馆里休息。息肩，放下肩上担子，指休息。逆旅，迎接宾客之处，即旅店。逆，迎。

见知？”又曰：“得勿客邑为淄？”曰：“然。何见知？”主人不答，

遽出。俄而丈夫抱子，媳女窥门，杂沓而来，环如墙堵。许益惊。

众乃告曰：“数夜前，梦神言：淄川许友当即来，可助以资斧。祗候

○资斧：路费。

○祗候：恭候。

已久。”许亦异之。乃往祭于祠而祝曰：“别君后，寤寐不去心，远

○寤寐不去心：日夜思念。

践曩约。又蒙梦示居人，感篆中怀。愧无腆物，仅有卮酒。如不

○感篆中怀：感激之情铭记于心。 ○腆（tiǎn）物：丰厚的礼物。腆，丰厚。

弃，当如河上之饮。”祝毕，焚钱纸。俄见风起座后，旋转移时，始散。夜梦少年来，衣冠楚楚，大异平时。谢曰：“远劳顾问，喜泪

○顾问：亲临看望。

交并。但任微职，不便会面，咫尺河山，甚怆于怀。居人薄有所赠，

○咫尺河山：近在咫尺，如隔河山。

聊酬夙好。归如有期，尚当走送。”居数日，许欲归。众留殷恳，

○夙（sù）好：旧交，指昔日交好之情。

朝请暮邀，日更数主。许坚辞欲行。众乃折柬抱幞，争来致赆，不

○折柬抱幞：拿着礼帖，抱着礼品。 ○致赆（jìn）：送行赠礼。

终朝，馈遗盈橐。苍头稚子，毕集祖送。出村，欻有羊角风起，随

○苍头：这里指老者。 ○祖送：饯行送别。祖，祭名。出行以前祭祀路神。 ○欻：忽然。羊角风：旋风。

行十余里。许再拜曰：“六郎珍重！勿劳远涉。君心仁爱，自能造福一方，无庸故人嘱也。”风盘旋久之，乃去。村人亦嗟讶而返。

译文

许某回到了家里，就想要置办行装去东边的招远县。他妻子笑着说：“从这到招远有好几百里，即使有这么一个地方，到时恐怕那泥塑的神像也没办法和你交谈。”许某不听，终究还是到达了招远县。他向当地的居民询问，果然有个叫邬镇的地方。他找寻到邬镇，住在旅馆里，向旅馆的主人打听土地祠在什么地方。店主人惊异地问他：“这位客人您是姓许吗？”许某说“是的。你是如何得知的呢？”店主人又问：“客人的老家是不是淄川的？”回答说：“是的，您是如何得知的呢？”店主人没有回答，急忙走了出去。一会的工夫，只见男人们怀里抱着小孩，姑娘、媳妇们也在门外偷偷地往里看，人们纷纷而来，环绕着许某，就像一堵墙一样。许某感到更加惊讶。人们就告诉他说：“好几天前的一个夜里，我们梦见了土地神对我们说：我有一个淄川姓许的朋友快要来到这里，你们资助他一些路费，我们在这里等候您多时了。”许某听了感到很是惊异，于是他前往土地祠去祭祀，并且祷告说：“自从与你分别以后，我每天每夜都在想念着你，现在我从远方而来践行

我们之间的约定。又蒙你在梦里告知这里的百姓给我资助，我的心里十分感激。很是惭愧我没有厚礼可以向你赠送，只有这薄酒一杯，如果你不嫌弃，就像以前在河边那样喝掉吧。”许某祷告完成，又烧了一些纸钱。顷刻之间，神座的后面就有一阵风旋起，旋转了好大一会才散去。这天夜里，许某梦见王六郎过来了，他衣冠楚楚，和过去有很大差别。六郎对许某道谢说：“你从那么远的地方亲自来看望我，我又欢喜又悲伤，但是我如今担任了一个小官职，不方便与你见面。虽然我们近在咫尺，却又像中间隔着万里山河，我心里感到十分凄怆。这里的百姓会向你赠送一些微薄的礼物，就当作是我对好朋友的一点心意吧。如果你定下了回家的日期，到那时我一定来送你。”许某又在这里住了好几天，他打算往回走。这里的百姓殷勤挽留，每天都有人请他吃饭喝酒，每天要去好几家。许某坚决地想要回家，百姓们拿着礼品，争先恐后地来向他赠送礼物，没用一个早晨，送来的各种礼物装满了行囊。镇上的男女老少聚集在一起为许某饯别，送他出了村子。突然刮起了一阵旋风，跟着许某行了十余里路。许某再三拜谢旋风说：“六郎请珍重！不要再远送了。你有仁爱之心，自然能造福一方的百姓，也就不再需要我这个老朋友叮嘱了。”那旋风又盘旋了很长时间，方才离开。来送别的百姓也都惊讶地回去了。

原文

许归。家稍裕，遂不复渔。后见招远人问之，其灵验如响云。或言即章丘石坑庄。未知孰是。

○灵验如响：意思是十分灵验，有求必应。响，应声，回响。

○章丘：即今山东章丘，位于济南东部，是济南市章丘区。明清时代均属济南府管辖。

译文

许某回到了家，他的家境慢慢地富裕起来，便不再打鱼了。后来遇到了招远县来的人，向他们打听土地神的事情，都说有求必应，十分灵验。也有这样的说法：王六郎任职于章丘县石坑庄，不知道是不是对的。

原文

异史氏曰：置身青云，无忘贫贱，此其所以神也。今日车中贵介，宁复识戴笠人哉？余乡有林下者，家綦贫。有童稚交，任肥秩，计投之必相周顾。竭力办装，奔涉千里，殊失所望。泻囊货骑，始得归。其族弟甚谐，作月令嘲之云：“是月也，哥哥至，貂帽解，伞盖不张，马化为驴，靴始收声。”念此可为一笑。

○置身青云：此处指王六郎贵为土地之神。青云，指高空，喻指高官显位。

○贵介：地位高贵的大人物。

○戴笠人：指贫贱时结交的故人。

○林下者：乡居不仕之人。此处只是借以指乡绅。

○綦（qí）贫：十分贫穷。綦，甚。

○童稚交：幼年时结交的朋友。

○肥秩：肥缺。秩，旧指官吏的俸禄，也指官位品级。

○泻囊货骑（jì）：花空钱袋，卖掉坐骑。囊，指钱袋。

译文

异史氏说：王六郎做了神仙也没有忘记贫贱时的好朋友，这就是他能够成为土地神的原因。如今坐在车里地位高贵的大人物们，还认识戴着斗笠的老朋友吗？我的家乡有个隐居之人，他家里非常穷。他有一个很小就认识交往的朋友，现在身居高位。他想如果去投奔他朋友一定会得到周到的安排。于是他竭尽全力置办了行装，奔波跋涉了上千里路，结果十分让人失望。他花光了所有的盘缠，又把坐骑卖掉了，才能够回家。他的一个族弟是一个很有幽默感的人，作了一首名为“月令”的打油诗来嘲弄他，诗的大意是：“这个月，哥哥回来了，貂皮帽子解了下来，马车的伞盖也没有打开来了。马变成了驴子，靴子也没有了声音。”念一念可以博得一笑。

【偷桃】

原文

童时赴郡试，值春节。旧例，先一日，各行商贾，彩楼鼓吹赴藩司，名曰“演春”。余从友人戏瞩。

○童：指做童生的时候。○旧例：指山东旧时习俗。○戏瞩：看热闹，玩耍观看。

译文

我在童年的时候去济南府应试，正巧碰到了过春节。按照以前的风俗，在春节的前一天，从事各行各业生意的店铺，要扎起一座彩楼，吹吹打打地到布政使司衙门去庆祝，这一活动被叫作“演春”。我也跟随朋友一起去瞧热闹。

原文

是日，游人如堵。堂上四官皆赤衣，东西相向坐。时方稚，亦不解其何官，但闻人语哜嘈，鼓吹聒耳。忽有一人，率披发童，荷担而上，似有所白。万声汹动，亦不闻其为何语，但视堂上作笑声。即有青衣人大声命作剧。其人应命方兴，问：“作何剧？”堂上相顾数语。吏下，宣问所长。答言：“能颠倒生物。”吏以白官。少顷复下，命取桃子。

○堵：墙。形容人多。○赤衣：红色衣服。○人语哜嘈（jì cáo）：人声喧闹。哜嘈，形容声音嘈杂纷乱。○荷担：指用担子挑着道具。○白：陈述，说明。○剧：这里是把戏、演出的意思。○方兴：方始站起。按，据此，上文“似有所白”，当指跪白。○颠倒生物：意思是能变出不按季节时令生长的植物。

译文

那天，游玩的人很多，四周围得像一堵墙。布政使司衙门的大堂上东西相对坐着四个穿着红袍子的大官。那时候我的年龄还不大，也弄不清楚那四个人的官职。只听见人声喧闹，吹吹打打的声音震耳欲聋。突然，有一个人领着一个头发披散着的儿童，挑着一副担子走到了大堂上，跪下来似乎是说了一些什么；但是当时各种声音交织在一起，也听不见具体是说了什么话。只看见大堂上的人正在笑，就有一个穿着青色衣服的仆人大声命令他表演戏法，那个人这才站起来，询问道："表演什么戏法？"堂上的大官们彼此说了几句话，然后让一个属下去问他擅长什么戏法。那人回答道："我能颠倒季节，让其长出不按季节时令生长的东西。"属下把这些话告诉了大官们，只一会工夫就走下来，命令他取桃子。

原文

术人声诺。解衣覆笥上，故作怨状，曰："官长殊不了了！坚冰未解，安所得桃？不取，又恐为南面者所怒，奈何！"其子曰："父已诺之，又焉辞？"术人惆怅良久，乃云："我筹之烂熟。春初雪积，人间何处可觅？唯王母园中，四时常不凋谢，或有之。必窃之天上，乃可。"子曰："嘻！天可阶而升乎？"曰："有术在。"乃启笥，出绳一团，约数十丈，理其端，望空中掷去，绳即悬立空际，若有物以挂之。未几，愈掷愈高，渺入云中，手中绳亦尽。乃呼子曰："儿来！余老惫，体重拙，不能行，得汝一往。"遂以绳授子，曰："持此可登。"子受绳有难色，怨曰："阿翁亦大愦愦！如此一线之绳，欲我附之，

○声诺：表示同意。诺，答应的声音。

○笥：方形竹器。

○南面者：这里指堂上长官。古以面朝南为尊，帝王或长官都坐北朝南。

○王母园：即西王母的蟠桃园。王母，指西王母，俗称"王母娘娘"，古代神话中的女神。

○天可阶而升乎：天可以沿着阶梯爬上去吗。

○大愦愦（kuì）：太糊涂。大，通"太"。

以登万仞之高天。倘中道断绝，骸骨何存矣！”父又强呜拍之，曰：“我已失口，追悔无及。烦儿一行。儿勿苦，倘窃得来，必有百金赏，当为儿娶一美妇。”子乃持索，盘旋而上，手移足随，如蛛趁丝，渐入云霄，不可复见。

○呜拍之：抚拍哄劝他。呜，指安慰的说话声。

译文

那变戏法的人说了声“好的”，脱了衣服盖在竹箱上，故意装作一副埋怨的样子，说：“大官们委实是不明白事理，这冰还没有开始融化呢，我要去哪里取桃子呢？不取吧，又唯恐惹怒大官们，这叫我如何是好呢！”他的儿子说：“父亲已经承诺了，又如何能推辞呢？”那变戏法的人为难地想了一些时间，于是说道：“我仔细考虑过了，眼下还是冰雪未消的初春天气，在人间哪里有地方寻觅桃子呢？只有王母娘娘的蟠桃园里，一年四季植物都不会凋谢，或许会有桃子。所以必须得去天上去偷，才能够得到桃子。”儿子说：“嘻！那天可以沿着台阶往上爬吗？”那父亲回答说：“我会法术。”说着就打开了竹箱，取出一大团绳子，大约长数十丈，整理出绳子的一端，就向天空抛去，绳子立即悬立在空中，好像有什么东西挂着它。只一会工夫，绳子不断地往上升，慢慢地消失在云层里了，他手里的那团绳子也用尽了。于是，他把他儿子呼唤了过来，说道：“孩子你来，我已经老了，身体疲惫不堪，身子沉又行动笨拙，爬不上去了，还得你去走一趟。”于是把绳子给了他的儿子，说：“抓着这绳子就可以登上天了。”儿子拿过绳子，脸上一副为难的样子，埋怨道：“父亲你实在是糊涂呀！这样一条像线细的绳子，你想让我顺着它去攀登那万丈高的天。如果爬到一半绳子断了，我的尸骨都不复存在了！”那父亲强行抚拍哄着劝导他说“我已经失口答应了，现在后悔已经来不及了，还是劳烦儿子你去一下，你不要觉得辛苦，倘若能够把桃子偷来，官长们一定会给百两赏金，到时候就为你娶个漂亮的女子做媳妇。”于是儿子抓住绳子，盘旋着向上面爬去，脚跟着手的动作向上移动，好像蜘蛛在蛛丝上移动一样。渐渐地隐入了云层中，再也看不见了。

原文

久之，坠一桃，如碗大。术人喜，持献公堂。堂上传视良久，亦不知其真伪。忽而绳落地上，术人惊曰：“殆矣！上有人断吾绳，儿将焉托！”移时，一物堕，视之，其子首也。捧而泣曰：“是必偷桃为监者所觉。吾儿休矣！”又移时，一足落。无何，肢体纷堕，无复存者。术人大悲。一一拾置笥中而阖之，曰：“老夫止此儿，日从我南北游。今承严命，不意罹此奇惨！当负去瘗之。”乃升堂而跪，曰：“为桃故，杀吾子矣！如怜小人而助之葬，当结草以图报耳。”坐官骇诧，各有赐金。术人受而缠诸腰，乃扣笥而呼曰：“八八儿，不出谢赏，将何待？”忽一蓬头童首抵笥盖而出，望北稽首，则其子也。以其术奇，故至今犹记之。后闻白莲教能为此术，意此其苗裔耶？

○殆：危亡，危险。

○严命：严厉的命令。

○罹：遭遇灾难或不幸。

○瘗（yì）：埋葬。

○结草以图报：意思是死了也要报答恩惠。

○苗裔：后代。

译文

时间过了很久，从天空中掉下来一个桃子，那桃子如同碗口那样大。那个变戏法的人大喜，用手捧着把它献到了大堂上。堂上的大官们互相传看了很久，也没有判断出桃子是真的还是假的。此刻，绳子忽然落到了地上，那变戏法的十分吃惊，说：“糟糕了！天上有人把我的绳子弄断了，我的儿子要如何下来呀！”不大一会，有个东西落了下来，一看，是他儿子的脑袋。他捧着他儿子的脑袋哭泣着说：“想必是在偷桃子的时候被守卫的人察觉了，我儿子这回小命不保了！”过了片刻，有一只脚掉了下来，不一会，他的四肢、躯干就一块块地纷纷掉了下来，直到再也没什么了。变戏法的人悲痛欲绝，将尸块一一捡拾起来放入竹箱中并且合上了箱盖，说："我只有这一个儿子，整日地和我走南闯北。今天遵从了大官们的指示去取桃子，没想到会遇见这样的惨事，现在我要把他背回去安葬。"说完，他走到堂上跪了下去，说："因为偷桃子的缘故，我的儿子被杀了！如果大官们怜悯我就帮我安葬了他，我即使死了也要报答你们的恩惠。"大堂上的官长们都惊骇诧异，每个人都给了他赏金。他接受了赏金并且把它们缠到了腰上，于是用手敲了敲竹箱子呼唤说："八八儿，你还不出来叩谢官长们，还在等待什么呢？"忽然有一个头发乱蓬蓬的小孩用脑袋顶开竹箱的盖爬了出来，向堂上的大官们叩头，原来他就是那人的儿子。由于这个戏法变得太神奇了，因此我直到现在依然记得。后来听说白莲教的人也会这样的戏法，我想，那对父子或许是白莲教的徒众吧？

【种梨】

原文

有乡人货梨于市，颇甘芳，价腾贵。有道士破巾絮衣，丐于车前。乡人咄之，亦不去。乡人怒，加以叱骂。道士曰：“一车数百颗，老衲止丐其一，于居士亦无大损，何怒为？”观者劝置劣者一枚令去，乡人执不肯。

○腾贵：指高物价，昂贵。○巾：指道巾，道士帽，玄色，布缎制作。○咄（duō）：呵叱。○居士：梵语“迦罗越”的意译。隋慧远《维摩义记》云：居士有二：一、广积资产，居财之士，名为居士；二、在家修道，居家道士，名为居士。这里是道士对卖梨者的敬称。

译文

一个乡下人在街上卖梨，梨子甘甜、气味芳香，但是价格昂贵。有个戴着破头巾、穿着破烂衣服的道士，前来讨梨吃。那乡下人呵斥道士，他也不离开。乡里人十分恼怒，向道士大声叱喝与辱骂。道士说：“你一车有好几百个梨子，我只是想向你讨要一个，这对于你也不是什么大的损失，你何须这样发怒呢？”在一旁观看的人劝说乡下人挑一个不好的梨给道士让他离开，乡里人执意不肯。

原文

肆中佣保者，见喋聒不堪，遂出钱市一枚，付道士。道士拜谢，谓众曰：“出家人不解吝惜。我有佳梨，请出供客。”或曰：“既有之，何不自食？”曰：“吾特需此核作种。”于是掬梨大啖。且尽，把核于手，解肩上镵，坎地深数寸，纳之而覆以土。向市人索汤沃灌。好事者于临路店索得沸沈，道士接浸坎处。万目攒视，见有勾萌出，

○肆中佣保者：店铺雇用的杂役人员。○喋聒（dié guō）：讲话啰嗦，使人厌烦。○市：买。○掬梨大啖（dàn）：两手捧着梨大嚼。啖，吃。○镵（chán）：掘土工具。○沸沈：滚开的汁水。沈，汁水。○万目攒（cuán）视：众人一齐注目而视。攒，聚集。○勾萌：弯曲的幼芽。

渐大。俄成树，枝叶扶疏。倏而花，倏而实，硕大芳馥，累累满树。道人乃即树头摘赐观者，顷刻向尽。已，乃以镵伐树，丁丁良久，乃断，带叶荷肩头，从容徐步而去。

○扶疏：枝叶茂盛的样子。

译文

在路旁的店铺里有一个伙计，看见他们二人吵吵闹闹地不成样子，于是就拿钱买了一个梨，将它给了道士。道士拜谢了伙计，然后对着围观的人们说：“出家人不需要吝啬东西，我有好梨子，请你们一起吃。”这时有人说：“既然你有梨子，为什么不吃自己的而去讨要别人的呢？”道士说：“我需要这颗梨核作为种子。”于是他用两手捧着梨大口大口地吃起来。他吃完了梨，把梨核放在了手心上，然后把背在肩上的小铲子解了下来，在地上挖了一个数寸深的坑，把梨核放了进去，又用土把坑盖上。他向集市上的人索要热水来浇灌。有一个好事的人在临近路边的店铺里索要了一壶滚开的水，道士接过来就把水浇到了坑里。在众人的注视下，只见有一棵幼芽从土里冒出来，逐渐地长大，顷刻间就长成了一棵大树，枝繁叶茂。转瞬间开花了，转瞬间结出了果实，香甜硕大的梨子挂满了枝头。道士于是从树上摘下了梨子送给那些围观的人吃，顷刻之间就没有了。随后，道士用铁铲去砍那棵树，叮叮当当地砍了好长时间才将树砍断。他将梨树连着树叶扛在了肩上，不慌不忙从容地离开了。

原文

初，道士作法时，乡人亦杂众中，引领注目，竟忘其业。道士既去，始顾车中，则梨已空矣。方悟适所俵散，皆己物也。又细视车上一靶亡，是新凿断者。心大愤恨，急迹之。转过墙隅，则断靶弃垣下，始知所伐梨本，即是物也。道士不知所在。一市粲然。

○引领注目：伸着脖领专注地观看。引领，伸长脖子。

○俵（biào）散：分发。俵，分散。

○墙隅（yú）：墙角。隅，角，角落。

○一靶（bà）亡：一根车把没有了。靶，器物上便于用手拿的部分。现多写作“把”。亡，失去。

○急迹之：赶忙随后追寻他。迹，寻，寻其踪迹。

○垣：墙，矮墙。

○一市粲然：整个集市上的人都大笑不止。

译文

道士刚开始变戏法的时候，那个乡下人也混在围观的人之中，专注地看热闹，竟然忘记了自己正在卖梨。等到道士离开了，他才回过头去看他车上的梨子，但是车上已经一个梨都没有了。他这才猛然醒悟道士刚才散发给围观者的梨子都是他的。又仔细地往车上看，车上的一根车把不见了，看起来是刚刚砍断的。乡下人心里恨极了道士，急忙顺着道士离开的方向追赶他。刚转过墙角，就看见被砍断的车把被丢弃在墙下，他这才明白那个道士砍断的那棵梨树就是自己车的车把。道士已经不知道去往哪里了，整个集市的人都大笑不止。

原文

异史氏曰：乡人愦愦，憨状可掬，其见笑于市人，有以哉。每见乡中称素封者，良朋乞米则怫然，且计曰："是数日之资也。"或劝济一危难，饭一茕独，则又忿然计曰："此十人、五人之食也。"甚而父子兄弟，较尽锱铢。及至淫博迷心，则倾囊不吝；刀锯临颈，则赎命不遑。诸如此类，正不胜道，蠢尔乡人，又何足怪！

○有以哉：是有道理的。

○素封：指无官爵俸禄而十分富有的人家。

○怫（fèi）然：恼恨、气愤的样子。

○饭一茕（qióng）独：给一个孤苦的人饭吃。饭，管饭。茕独，孤独无靠的人。

○较尽锱铢（zī zhū）：极微细的钱财也要彻底计较。

○不遑：来不及，没工夫。遑，闲暇。

译文

异史氏说：乡下人头脑糊涂混乱，憨态可掬，他被集市上的人们所嘲笑，这是有道理的。我经常看到乡下那些富有的人家，他的朋友亲人们向他讨要点粮食，他就一副恼怒愤恨的样子，计较地说："这已经是好几天的花费了。"有人劝诫他救济处于危难中的人，给孤苦没有什么依靠的人一点饭吃，他又一副愤然的样子，又计较地说："这已经是五个、十个人的口粮了。"甚至对父子兄弟，那些极其细微的钱财也要计较一下。等到他们被荒淫与赌博迷住了心智，哪怕倾家荡产也毫不吝啬；触犯法律刀锯架在了脖子上，就用金钱去赎命，唯恐不及。像这样的事情有很多，根本说不完。那个乡下人如此地愚蠢，又有什么值得大惊小怪的呢？

【劳山道士】

原文

邑有王生，行七，故家子。少慕道，闻劳山多仙人，负笈往游。登

○行七：在家里排行老七。○故家子：世家大族之子。○少慕道：从小仰慕道术。道，这里指道教。○劳山：也称"崂山"或"牢山"，在今山东省青岛市东北部，南滨黄海，东临崂山湾，有上清宫、白云洞等名胜古迹。

一顶，有观宇，甚幽。一道士坐蒲团上，素发垂领，而神观爽迈。

○观（guàn）宇：道教的庙宇。○素发垂领：白发披垂到脖颈。素，白色。领，脖子。○神观爽迈：神态爽朗不俗。

叩而与语，理甚玄妙。请师之。道士曰："恐娇惰不能作苦。"答言：

○叩：探问，询问。○理甚玄妙：指说出的话幽深微妙。

"能之。"其门人甚众，薄暮毕集。王俱与稽首，遂留观中。凌晨，

○稽首：旧时所行跪拜礼。

道士呼王去，授以斧，使随众采樵。王谨受教。过月余，手足重茧，

○手足重（chóng）茧：手脚都磨出了老茧。

不堪其苦，阴有归志。

○阴有归志：私下里有回去的打算。

译文

县里有个姓王的书生，在家里排行第七，是个世族大家的子弟。他从小就仰慕道教。听闻崂山上有很多仙人，就背上行囊前往寻仙访道。有天，他登上了山顶，见一座道观十分幽静，一个道士正坐在蒲团上，白色的头发低垂到脖颈，神情相貌不俗。王生走上前向他行礼并且交谈起来，觉得道士说的话幽深玄妙。便请求道士收他为徒。道士说："恐怕你娇气懒散不能够吃苦。"王生回答说："我能吃苦。"道士有很多门徒，黄昏的时候都聚集在了一起。王生与他们一一行了礼，留在了道观中。第二天凌晨，道士给了王生一把斧头，让他随众道徒去砍柴。王生恭恭敬敬地按照道人的要求去做。就这样时间过去了一个多月，王生的手和脚都磨出了厚厚的老茧，他再也不能够忍受这样的辛苦了，暗暗地有了回家的念头。

原文

一夕归，见二人与师共酌，日已暮，尚无灯烛。师乃翦纸如镜，黏壁间。俄顷，月明辉室，光鉴毫芒。诸门人环听奔走。一客曰：“良宵胜乐，不可不同。”乃于案上取壶酒，分赉诸徒，且嘱尽醉。王自思：七八人，壶酒何能遍给？遂各觅盎盂，竞饮先釂，惟恐樽尽。而往复挹注，竟不少减。心奇之。俄一客曰：“蒙赐月明之照，乃尔寂饮，何不呼嫦娥来？”乃以箸掷月中，见一美人，自光中出，初不盈尺，至地，遂与人等。纤腰秀项，翩翩作《霓裳舞》。已而歌曰：“仙仙乎，而还乎，而幽我于广寒乎！”其声清越，烈如箫管。歌毕，盘旋而起，跃登几上，惊顾之间，已复为箸。三人大笑。又一客曰：“今宵最乐，然不胜酒力矣。其饯我于月宫可乎？”三人移席，渐入月中。众视三人，坐月中饮，须眉毕见，如影之在镜中。移时，月渐暗。门人然烛来，则道士独坐而客杳矣。几上肴核尚存，壁上月，纸圆如镜而已。道士问众：“饮足乎？”曰：“足矣。”“足宜早寝，勿误樵苏。”众诺而退。王窃忻慕，归念遂息。

○翦：同“剪”。

○月明辉室，光鉴毫芒：月光明彻，纤微之物都能照见。鉴，照。毫芒，毫毛的细尖。

○分赉（lài）：分发赏赐。赉，赏赐。

○竞饮先釂（jiào）：争抢着喝。釂，饮尽杯中酒。

○往复挹（yì）注：指众人传来传去地倒酒。挹注，从大盛器倒入小盛器，这里指从酒壶倒入酒杯。

○乃尔寂饮：这样寂寞地喝酒。乃尔，如此。

○嫦娥：本作“姮娥”。神话传说中的月神。

○仙仙：轻盈起舞的样子。《诗·小雅·宾之初筵》：“屡舞仙仙。”

○幽：幽禁。广寒：月宫名。

○烈如箫管：像箫管般嘹亮清脆。箫管，管乐器的统称。烈，这里是声音强烈的意思。

○饯：饯行，送别。

○然：同“燃”。

○肴核：菜肴果品。

○樵苏：砍柴割草。

译文

有一天傍晚，王生回到了道观，看见有两个客人与师父一同坐着饮酒。这时太阳已经落山了，屋里还没有点烛火。师父就将一张纸剪成了像镜子一样的形状，把它粘在墙壁上。不一会儿那纸就变成了一轮明月，月光把整个屋子都照亮了，亮得连人脸上的毫毛都能够看得见。各位门徒都在身边听从调遣，奔走伺候。有一个客人说："这么美好的夜晚，如此盛美的乐事，何不一起享受呀！"于是就从桌子上取来了一壶酒，分给众位门徒。叮嘱他们开怀畅饮。王生暗自琢磨：这有七八个人，一壶酒怎么能使每个人都喝到呢？于是，人人都去寻觅杯子和碗，互相争抢地喝酒，唯恐酒壶里没有了酒。然而众门徒们不断地来回倒酒，那酒壶里的酒竟然没有减少，王生的心里感到很奇怪。过了一小会，有个客人说："承蒙你赐给我们明月来照明，但如此寂寞地喝酒，为什么不招呼嫦娥来呢？"于是他就将筷子向月亮投去，然后看见有一个美女，从月光之中飘了出来，最初的时候还不到一尺，待落在了地上，就和正常人一样高了。她纤细的腰身和秀美的脖颈，翩翩地跳起了《霓裳舞》。一舞跳完又歌唱起来："轻盈地跳起舞来呀，我这是回到了人间呀，还是依然被幽禁在那广寒宫！"歌声清越悠扬，像箫管的声音嘹亮清脆。歌唱完以后，盘旋着飞了起来，跳到了桌子上，众人正惊奇地看着时，已经变成了筷子，道士与两个客人一起大笑起来。又有一个客人说："今天晚上最为欢乐了，然而我已经不能再喝酒了，两位在月宫上给我饯行可以吗？"随即三人移动席位，渐渐地进入了月亮里。众位门徒仰视着他们三个，他们坐在月宫中喝着酒，连眉毛与胡子都看得一清二楚，就好像形象照在了镜子中。不大一会，月光渐渐地暗了下来，门徒点了蜡烛进来，只看见道士独自一人坐在那里，客人不知道去哪里了。桌子上菜肴与果品依然残留在那儿，墙壁上的月亮，只是一张如同镜子一样的圆纸片罢了。道士问众门徒："酒喝得可满足？"众人回答说："满足了！""满足了就早早地就寝吧，不要耽误明天出去砍柴。"众人答应着退了出来。王生心里暗暗地羡慕着，于是就打消了回家的想法。

原文

又一月，苦不可忍，而道士并不传教一术。心不能待，辞曰："弟子数百里受业仙师，纵不能得长生术，或小有传习，亦可慰求教之

心。今阅两三月，不过早樵而暮归。弟子在家，未谙此苦。”道士笑

○阅：经，历。 ○谙：熟习。

曰：“我固谓不能作苦，今果然。明早当遣汝行。”王曰：“弟子操作多日，师略授小技，此来为不负也。”道士问：“何术之求？”王曰：“每见师行处，墙壁所不能隔，但得此法足矣。”道士笑而允之。乃传以诀，令自咒毕，呼曰：“入之！”王面墙不敢入。又曰：“试入

○诀：指施行法术的口诀。 ○咒：念咒。即诵念施法的口诀。

之。”王果从容入，及墙而阻。道士曰：“俯首骤入，勿逡巡！”王

○逡巡：迟疑，犹豫。

果去墙数步，奔而入，及墙，虚若无物。回视，果在墙外矣。大喜，入谢。道士曰：“归宜洁持，否则不验。”遂助资斧遣之归。

○洁持：洁以持之，即以纯洁的心持有道术。 ○资斧：指旅费。

译文

这样又过了一个月，王生实在是无法忍受这种辛苦了，然而道士并没有传授他任何法术，他心里实在不想在这里待下去了，于是就向道士辞行说：“弟子从数百里以外来此拜您为师学习道术，纵使不能学习长生不老的法术，哪怕学到一些小法术，也可以慰藉我的求学之心了。如今在这里待了两三个月，不过是清晨出去砍柴傍晚回来休息，弟子在家里的时候就没有吃过这种苦。”道士笑笑说：“我本就认为你不能忍受这种辛苦，如今果然如此，明天一早就把你送走。”王生说：“弟子在这里劳动了一段时日，劳烦师父传授我一点小本领，这次也就算没有白来一趟。”道士问：“你想要求学什么法术呢？”王生说：“我常常看见师父走路的时候，即使有墙也不能阻挡您的步伐，如果能学习这个法术我就知足了。”道士微笑着应允了他。于是传授他口诀，让他自己念完了咒语，招呼他说：“进去！”王生面对着墙不敢走进去。道士又说：“你且试试走进去。”王生不紧不慢地往前走，遇见了墙就被阻挡住了。道士说：“低头猛然进入，不要犹疑不定。”王生果然离开墙好几步远，直接奔向墙跑进去。进入墙里时，好像空无一物；回

头一看，身体果然在墙的外边了。王生十分高兴，回去又向道士拜谢。道士说："你回家以后要洁持自爱，否则法术就不会灵验。"于是就资助了他一些路费，打发他回去了。

原文

抵家，自诩遇仙，坚壁所不能阻。妻不信。王效其作为，去墙数尺，奔而入，头触硬壁，蓦然而踣。妻扶视之，额上坟起，如巨卵焉。妻揶揄之。王惭忿，骂老道士之无良而已。

○自诩（xǔ）：自吹。

○蓦（mò）然而踣（bó）：猛地跌倒。踣，跌倒。

○坟起：指肿块隆起。

○揶揄（yé yú）：讥笑嘲弄。

○无良：不善，没存好心。

译文

王生回到了家，自己吹嘘地说遇见了仙人学习了法术，坚硬的墙壁也不能阻拦他。他的妻子不信，王生于是便仿效了那天的所作所为，离墙有数尺远，奔跑地向墙冲去，头触碰到了坚硬的墙壁，猛地跌倒在地上。妻子把他扶起来一看，他的额头上鼓起来一个像鸡蛋大小的包。妻子嘲弄他，王生又愤恨又惭愧，骂道士不是什么好人。

原文

异史氏曰：闻此事未有不大笑者，而不知世之为王生者，正复不少。今有伧父，喜疢毒而畏药石，遂有舐痈吮痔者，进宣威逞暴之术，以迎其旨，诒之曰："执此术也以往，可以横行而无碍。"初试未尝不小效，遂谓天下之大，举可以如是行矣，势不至触硬壁而颠蹶不止也。

○喜疢（chèn）毒而畏药石：喜好伤身的疾患，而害怕治病的药石。比喻喜欢阿谀奉承而害怕直言忠告。疢毒，疾病，灾患。药石，治病的药物和砭石。

○伧（cāng）父：鄙贱匹夫，村夫。古时讥讽骂人的话。

○舐（shì）痈吮痔：一般作"吮痈舐痔"。吮痈脓，舔痔疮，比喻无耻谄媚，下贱奉迎。

○诒：欺骗。

○颠蹶：摔倒，跌落。

译文

异史氏说：听说了这个故事的人没有不大笑的，殊不知这世上像王生一样的人还真不少。如今有这样一类鄙贱之人，喜欢别人阿谀奉承却害怕忠言劝诫，于是那些无耻谄媚的小人们就给他呈上逞威风、施暴力的方法，用来迎合他的想法，并且诓骗他说：“运用这种法术就可以到处横行而没有什么阻碍了。”刚开始尝试的时候有一点点效果，于是就认为天下这么大都可以像这样干，真是不撞到墙壁碰得鼻青脸肿是不会停下来的。

【长清僧】

原文

长清僧某，道行高洁。年八十余犹健。一日，颠仆不起，寺僧奔救，

○长清：旧县名。清代隶属山东济南府，今为山东济南。○道行（héng）：指对佛教教义和戒法的修习实践。高洁：道高行洁。

已圆寂矣。僧不自知死，魂飘去，至河南界。河南有故绅子，率十

○圆寂：对僧尼死亡的美称。○故绅子：老豪绅的儿子。

余骑，按鹰猎兔。马逸，堕毙。魂适相值，翕然而合，遂渐苏。厮

○按鹰：架鹰，即纵鹰行猎。○马逸：马受惊狂奔。逸，奔跑。○翕（xī）然而合：指僧魂猛地与堕尸合在一起。翕然，翕忽，迅疾的样子。

仆还问之。张目曰："胡至此！"众扶归。入门，则粉白黛绿者，纷

○粉白黛绿者：指姬妾之类的青年女子。

集顾问。大骇曰："我僧也，胡至此！"家人以为妄，共提耳悟之。

○提耳悟之：恳切开导，促其醒悟。

僧亦不自申解，但闭目不复有言。饷以脱粟则食，酒肉则拒。夜独

○申解：申辩，解释。○饷以脱粟：用糙米做饭给他吃。饷，用食物款待。脱粟，糙米。

宿，不受妻妾奉。

译文

山东长清有个道行高洁的老和尚，已经八十多岁了身体依然很康健。有一天，他摔了一跤就起不来了，寺里的僧人奔跑过来救护他时，他已经圆寂了。老和尚不知道自己已经死去了，魂魄飘飘然地来到了河南地界。河南有个老豪绅的儿子，正带领着十几个人骑着马架着猎鹰打兔子。忽然马受惊了狂奔不止，公子从马上掉下来摔死了。老和尚的魂魄正好遇见了公子的尸体，便迅速与尸体合在了一起，公子渐渐地苏醒了过来，奴仆们围住他询问，公子睁开眼睛说："我怎么会在这里！"众人把他扶回了家，刚刚进门，那些涂脂抹粉的女子就纷纷聚集到一起来问候他。他大为吃惊地说："我是一个和尚呀，我怎么会在这里！"家里人都以为他在胡说八道，都来恳切地劝诫他，让他醒悟。老和尚于是就不再申辩了，只是把眼睛闭上不再说话。吃饭时，他只吃粗米饭，酒和肉他都拒绝。晚上一个人睡，不用姬妾们侍奉。

原文

数日后，忽思少步。众皆喜。既出，少定，即有诸仆纷来，钱簿谷

○少步：稍微走动一下。

籍，杂请会计。公子托以病倦，悉卸绝之，惟问：“山东长清县，知

○杂：纷杂，形容头绪多。会(kuài)计：总计其数，指主管财物出纳等事。

○卸绝：推脱，拒绝。

之否？”共答：“知之。”曰：“我郁无聊赖，欲往游瞩，宜即治任。”

○郁：郁闷。无聊赖：感情无所依托。

○治任：备办行装。

众谓新瘳未应远涉，不听。翼日遂发。抵长清，视风物如昨。无烦

○新瘳(chōu)：刚刚病愈。瘳，病愈。

问途，竟至兰若。弟子数人见贵客至，伏谒甚恭。乃问：“老僧焉

○兰若：佛寺。

○伏谒：拜见。谒，通名进见尊长。

往？”答云：“吾师曩已物化。”问墓所，群导以往，则三尺孤坟，

○曩已物化：前些时候已经死去。曩，以往，从前。物化，化为异物，死的讳词。

荒草犹未合也。众僧不知何意。既而戒马欲归，嘱曰：“汝师戒行

○未合：指坟上的草还没有长满。

○戒马：准备马匹。戒，备。

○戒行之僧：守戒的和尚。

○恪(kè)守：恭谨遵守。

之僧，所遗手泽，宜恪守，勿俾损坏。”众唯唯。乃行。既归，灰心

○手泽：手汗沾润之迹。后通称先人遗物、遗墨为手泽。

木坐，了不勾当家务。

○勾当：料理。

译文

几天以后，他忽然想稍微走动一下。众人都很欢喜。出了房门后，稍稍安定了一会儿，就有很多仆人纷纷而来，拿着钱粮账册，向他请示账目收支等各种事宜。公子推脱说因为生病倦怠，全部都拒绝。只是问：“山东长清县，你们可知道在哪里？”众人都回答：“知道。”他说：“我心里郁闷、百无聊赖，想去那里游玩一番，马上去准备行装吧。”众人都说他的病才刚刚痊愈，不应该长途跋涉。他不听，次日就出门上路了。抵达了长清，看见那里的风光景物似乎还和以前一样。也没有到处问路，径直来到了寺院。老和尚的好几个弟子看见有贵客到来，都恭恭敬敬地来恭迎。他问：“那个老和尚去哪里了？”和尚们回答：“我们的师父前些日子已经圆寂了。”他又问坟墓在什么地方。众人引导他前往，只见三尺高的孤坟，野草还没有长满坟墓。和尚们还没有领悟他是什么意思，不久他就要

准备马匹回去了，临行前嘱咐说："你们的师父是个恪守戒律的僧人，他留下来的遗物与手稿，你们要小心地保管，不要让它有所损坏。"和尚们都恭敬地答应了，他这才离开了。等到他回到家里，他像心已经死了一样枯坐着，一点家务都不去料理。

原文

居数月，出门自遁，直抵旧寺。谓弟子曰："我即汝师。"众疑其谬，相视而笑。乃述返魂之由，又言生平所为，悉符。众乃信，居以故榻，事之如平日。后公子家屡以舆马来，哀请之，略不顾瞻。又年余，夫人遣纪纲至，多所馈遗。金帛皆却之，惟受布袍一袭而已。友人或至其乡，敬造之。见其人默然诚笃，年仅而立，而辄道其八十余年事。

○纪纲：精明干练的仆人。

○馈遗（wèi）：赠送。

○一袭：一套。

○而立：而立之年，指三十岁。

译文

又过去了几个月，他独自一人偷偷出门溜走了，径自来到了长清的旧寺。对着弟子们说："我就是你们的师父。"众人怀疑他在胡言乱语，相视而笑。于是他叙述了还魂的经过，又说起自己生前的所作所为，一切都与事实相符。众人才相信他，请他回到原来的屋子休息，像以前一样侍奉他。后来公子的家人屡次派遣车马过来，哀求他回家去。他一点都不予理会。又过去了一年多，公子的夫人派了精明能干的仆人过来，赠送了很多东西，凡是金银绸缎他都拒绝了，只是接受了一件布袍子。公子的朋友来到了长清，就去拜访他。只见他沉默坦然，诚恳少言，虽然只有三十多岁，但是经常说起他八十多年来所经历过的事情。

原文

异史氏曰：人死则魂散，其千里而不散者，性定故耳。予于僧，不

○性定：本性不移。

异之乎其再生，而异之乎其入纷华靡丽之乡，而能绝人以逃世也。

○纷华靡丽之乡：华丽、奢侈的地方。

若眼睛一闪，而兰麝薰心，有求死不得者矣，况僧乎哉！

译文

异史氏说：人死亡以后魂魄就会散去，那个老和尚的魂魄飘行了千里而没有散去，是因为他本性不移。我对这个老和尚，不惊异他死了又再生，而是惊异他进入了一个华丽奢侈的地方，却能够拒绝人的欲望而逃离尘世，眨眼之间就能够获得奢华的享受，对于大多数人来说那是即使死去也要求得的好事，又何况是这个老和尚呢！

而立

“而立”指三十岁，出自《论语·为政》中的“吾十有五而志于学，三十而立”。“而立”表示人在三十岁时应已具备独立处世的能力，立足于社会，意指思想、事业和人格上的成熟。这个词常用来标志人生的重要阶段，象征着从青年走向成熟的过渡。

【蛇人】

原文

东郡某甲，以弄蛇为业。尝蓄驯蛇二，皆青色，其大者呼之大青，

○东郡：秦置郡名。治所在濮阳。

小曰二青。二青额有赤点，尤灵驯，盘旋无不如意。蛇人爱之，异于他蛇。

○灵驯：灵气而听话。

译文

东郡有一个以耍蛇作为营生的人。他以前驯养过两条很听话的蛇，它们都是青色的。他把大一点的那条蛇叫作大青，小一点的蛇叫作二青。二青的前额上有个红色的点，尤其有灵气还听话，让它做盘旋或者其他动作，都很让人满意。所以这个人很喜欢二青，对待它也有别于其他的蛇。

原文

期年，大青死，思补其缺，未暇遑也。一夜，寄宿山寺。既明，启

○期（jī）年：一周年。 ○未暇遑：没来得及。

笥，二青亦渺。蛇人怅恨欲死。冥搜亟呼，迄无影兆。然每值丰林

○影兆：形影迹象。

茂草，辄纵之去，俾得自适，寻复还。以此故，冀其自至。坐伺

之，日既高，亦已绝望，怏怏遂行。出门数武，闻丛薪错楚中，

○怏怏：失意，郁闷。 ○丛薪错楚：草木丛杂。

窸窣作响。停趾愕顾，则二青来也。大喜，如获拱璧。息肩路隅，

○窸窣（xī sū）：形容声音细碎。这里指蛇行草丛中的声音。 ○停趾：停下脚步。趾，脚。 ○拱璧：大璧。比喻极其珍贵之物。

蛇亦顿止。视其后，小蛇从焉。抚之曰："我以汝为逝矣。小侣而

○逝：往。这里意思是逃走。

所荐耶?”出饵饲之，兼饲小蛇。小蛇虽不去，然瑟缩不敢食。二

〇瑟缩：蜷缩。形容害怕的样子。

青含哺之，宛似主人之让客者。蛇人又饲之，乃食。食已，随二青

〇含哺：喂饲。

俱入笥中。荷去教之，旋折辄中规矩，与二青无少异，因名之小青。

〇中规矩：有模有样，合乎要求。

衒技四方，获利无算。

〇衒(xuàn)技四方：四处表演。衒技，卖弄技艺。衒，炫耀，卖弄。

译文

一年以后，大青死掉了，耍蛇的人想要再找一条蛇来填补这个空缺，但是一直没有时间。有天夜里，耍蛇人在山里的一座寺庙借宿，天色发亮的时候，他打开竹箱子，二青也消失了。他后悔愤恨地要死，到处搜寻呼叫，始终一点踪迹都没有发现。以前每次来到繁茂的森林、浓密的草地的时候，他就把蛇放出去，等它们自得自乐玩一阵子，不久它们就会自己回来。因为这个缘故，耍蛇人希望二青能自己回来，他坐下来等待。太阳已经升起来很高了，他也感到绝望了，这才郁闷不乐地走开了。出了寺门才走了几步，他忽然听见杂乱无章的草丛中，有窸窸窣窣的声响传出来。他止住步伐愕然地回头看，是二青回来了。耍蛇人异常欢喜，仿佛像得到了无价之宝一样。他将肩膀上的担子放在了路边，那蛇也随之停了下来。看向它的身后，还有一条小蛇跟着。耍蛇人抚摸着二青说：“我还以为你逃跑了，这个小家伙是想引荐给我吗?”他一边说一边拿出吃的喂给二青，同时也给小蛇吃。小蛇虽然没有离开，但害怕得蜷缩着身子不敢吃东西。二青就用嘴含着吃食喂给它，就好像主人招待客人一样。耍蛇人又一次喂给小蛇，它才吃了。吃完以后，小蛇跟随二青一起进入了竹箱。耍蛇人把小蛇带回家进行了训练，小蛇盘旋弯曲的动作都合乎标准，与二青没有什么两样，因此把它叫作小青。他带着它们四处炫技表演，赚来了很多钱。

原文

大抵蛇人之弄蛇也，止以二尺为率，大则过重，辄便更易。缘二青

〇止以二尺为率(lǜ)：只以二尺长为标准。止，只。率，标准。

驯，故未遽弃。又二三年，长三尺余，卧则笥为之满，遂决去之。一日，至淄邑东山间，饲以美饵，祝而纵之。既去，顷之复来，蜿蜒笥外。蛇人挥曰：“去之！世无百年不散之筵。从此隐身大谷，必且为神龙，笥中何可以久居也？”蛇乃去。蛇人目送之。已而复返，挥之不去，以首触笥。小青在中，亦震震而动。蛇人悟曰：“得毋欲别小青耶？”乃发笥。小青径出，因与交首吐舌，似相告语。已而委蛇并去。方意小青不返，俄而踽踽独来，竟入笥卧。由此随在物色，迄无佳者。而小青亦渐大，不可弄。后得一头，亦颇驯，然终不如小青良。而小青粗于儿臂矣。

○踽踽（jǔ）：独行的样子。

○随在物色：随时随地访求。

○弄：耍弄，这里是表演的意思。

译文

一般耍蛇人所耍弄的蛇，不超过二尺是比较合适的，再大就过重了，就需要更换一条。因为二青很听话，所以耍蛇人没有把它换掉。这样又过了两三年，二青已经三尺多长了，它一躺进去竹箱就满了，于是耍蛇人决定把它放掉。一天，他们来到了淄川县东山里，他拿出美味的食物给二青吃，祝福了它一番就让它离开了。二青离开了，一会工夫它又回来了，在竹箱的四周蜿蜒地爬行。耍蛇人挥着手赶它，说：“走吧！世界上没有百年不散的宴席，从此以后你在深山大谷之中藏身，将来一定能够成为一条神龙。这竹箱子怎么可以长久地居住呢？”二青听后于是离开了。耍蛇人目送着它，时间不长它又回来了，耍蛇人怎么驱赶它也不动，并且还用额头去触碰竹箱。小青也在竹箱里躁动不安地折腾，耍蛇人领悟道：“你是不是想要与小青告别呀？”于是就打开了竹箱子，小青径直地从箱子里出来，二青与它脑袋交缠在一起，频繁地吐着舌头，好像在互相嘱咐告别，然后两条蛇就逶迤着一块走了。耍蛇人正想着小青不会回来，不一会儿小青就自己回来了，爬进竹箱子里躺下了。从这以后，耍蛇人随时随地都在物色新的蛇，一直都没有找到合心意的。小青也越长越大了，不再适合表演了。后来，耍蛇人得到了一条蛇，也很听话，然而始终不如小青优秀。然而这时的小青已经像小孩的胳膊一样粗了。

原文

先是，二青在山中，樵人多见之。又数年，长数尺，围如碗，渐出逐人。因而行旅相戒，罔敢出其途。一日，蛇人经其处，蛇暴出如风。蛇人大怖而奔，蛇逐益急。回顾已将及矣，而视其首，朱点俨然，始悟为二青。下担呼曰："二青，二青！"蛇顿止。昂首久之，纵身绕蛇人，如昔弄状。觉其意殊不恶，但躯巨重，不胜其绕，仆地呼祷，乃释之。又以首触笥。蛇人悟其意，开笥出小青。二蛇相见，交缠如饴糖状，久之始开。蛇人乃祝小青："我久欲与汝别，今有伴矣。"谓二青曰："原君引之来，可还引之去。更嘱一言：深山不乏食饮，勿扰行人，以犯天谴。"二蛇垂头，似相领受。遽起，大者前，小者后，过处林木为之中分。蛇人伫立望之，不见乃去。自此行人如常，不知其何往也。

○罔敢：不敢。罔，不。

○天谴：天罚。

译文

先前，二青在山中，砍柴的人多次见到它。又过去了好几年，二青的身长已经有好几尺，像碗口一样粗了，渐渐地出来追逐人。因此行人和旅客们都相互告诫，不敢从它出没的地方走动。一天，耍蛇人经过此处，有一条蛇就像暴风一样蹿了出来，他十分害怕拼命跑起来，那蛇追赶得越来越急，他回头看时已经要追上他了。突然发现蛇的额头上有一个十分显眼的红点，这才明白这条蛇就是二青，他放下担子，大声地呼叫道："二青，二青！"那蛇立刻停住，昂着脑袋待了很久，然后纵身一跃，把耍蛇人缠绕住了，就好像以前表演那样。耍蛇人感觉二青没有害他的意思，只是身体沉重，经不住二青的缠绕，就倒在地上讨饶，于是二青就松开了他。二青又用头去触碰竹箱子。耍蛇人领悟了它的意思，打开箱子把小青放了出来。两条蛇相见后，马上紧密地交缠在一起，就像饴糖一样紧紧黏在一块，过了很久才分开。耍蛇人对着小青祝福道："我很久之前就想与你告别了，现在你有伙伴了。"他又对着二青说："小青本来就是你引来的，现在你可以把它带走了，我要再叮嘱你一句：深山里不少你吃喝，不要惊吓骚扰过路之人，以避免遭到上天的惩罚。"两条蛇低着脑袋，似乎接受了他的好意。忽然离开，二青在前，小青在后，它们爬过的地方，树木都为之从中间分开。耍蛇人站立在那里久久地望着，直到看不见它们了才离开。从那以后，过路人像往常一样经过那一带都平安无事，也不知道那两条蛇去往了何处。

原文

异史氏曰：蛇，蠢然一物耳，乃恋恋有故人之意，且其从谏也如转

○故人之意：老朋友的感情。

圜。独怪俨然而人也者，以十年把臂之交，数世蒙恩之主，辄思下

○把臂之交：形容友谊亲密。把臂，挽着手臂，只有极亲密的朋友才如此。

井复投石焉。又不然，则药石相投，悍然不顾，且怒而仇焉者，亦

○药石相投：投以药物、砭石，以治疗疾病。喻苦口相劝，纠正人的过失。

羞此蛇也已。

译文

异史氏说：蛇，愚蠢又丑陋的一种动物，但是仍然恋恋不舍地有老朋友之间的感情，并且他们听从劝告像转动圆球一样容易。唯独感到奇怪的是那些看似人模人样的家伙，对于有很多年交情的亲密朋友，对于那些好几代人都受其恩惠的恩主，动不动就想要对他们落井下石；也有一些人对别人苦口婆心地劝诫，不但全然不予理会，反而怒气冲天地将其视作仇人，他们真是连条蛇都不如呀！

【斫蟒】

原文

胡田村胡姓者，兄弟采樵，深入幽谷。遇巨蟒，兄在前，为所吞。弟初骇欲奔，见兄被噬，遂奋怒出樵斧，斫蟒首。首伤而吞不已。然头虽已没，幸肩际不能下。弟急极无计，乃两手持兄足，力与蟒争，竟曳兄出。蟒亦负痛去。视兄，则鼻耳俱化，奄将气尽。肩负以行，途中凡十余息，始至家。医养半年，方愈。至今面目皆瘢痕，鼻耳处惟孔存焉。噫！农人中，乃有弟弟如此者哉！或言："蟒不为害，乃德义所感。"信然！

○奄（yān）将气尽：气息微弱，将要断气。

○瘢（bān）痕：疤痕。

○弟（tì）弟（dì）：悌弟，意为弟能敬顺兄长。悌，敬事兄长。

译文

胡田村有个姓胡的人家，弟兄两个去砍柴，走进了幽深的谷中。他们遇见了一条巨大的蟒蛇，兄长因为走在前头，被蟒蛇给吞咬住了。弟弟刚开始看见的时候，惊骇地想要逃走，但是看见兄长被蟒蛇吞咬住了，就不管不顾地抽出砍柴用的斧头，砍向蟒蛇的头。蟒蛇虽然伤了头部但是不停地吞咬着。虽然兄长的头颅已经被蟒蛇吞了进去，幸运的是肩膀还没有被吞下去。弟弟着急得无计可施，于是用双手攥着兄长的两只脚，用力地与蟒蛇争夺着，竟然将兄长从蟒蛇口中拽了出来。蟒蛇也带着伤逃跑了。又一看兄长，他的鼻子、耳朵都已经化掉了，气息微弱，要断气了。弟弟就用肩膀扛着兄长往家走，中途停下来歇息了十多次，才回到了家。兄长经过医治，休养了半年的时间才好。直到现在兄长的脸上全都是疤痕，鼻子和耳朵只有孔洞存留。唉，在这些农夫中，竟然有如此好的弟弟！有人说："那个蟒蛇之所以没有杀害他的兄长，是因为被弟弟的德行与仁义所感化。"果然是如此呀！

【犬奸】

原文

青州贾某，客于外，恒经岁不归。家蓄一白犬，妻引与交。犬习为常。一日，夫至，与妻共卧。犬突入，登榻，啮贾人竟死。后里舍稍闻之，共为不平，鸣于官。官械妇，妇不肯伏，收之。命缚犬来，始取妇出。犬忽见妇，直前碎衣作交状。妇始无词。使两役解部院，一解人而一解犬。有欲观其合者，共敛钱赂役，役乃牵聚令交。所止处，观者常数百人，役以此网利焉。后人犬俱寸磔以死。呜呼！天地之大，真无所不有矣。然人面而兽交者，独一妇也乎哉？

○青州：指清代的青州府，治所在今山东省青州市。贾(gǔ)：商人。

○恒：经常，总是。

○鸣于官：到官府告发。

○械：桎梏，脚镣手铐之类的刑具。此指加上这类刑具。

○收：入狱。

○部院：清代各省总督、巡抚多兼兵部侍郎和都察院右副都御史衔，因此称督抚为部院。这里指巡抚衙门。

○合：交合。

○寸磔(zhé)：千刀万剐。磔，古代酷刑。即凌迟，俗称剐刑。

译文

青州有一个商人，经商在外，经常全年都不回家。家里养了一只白色的狗，商人的妻子就引诱它与自己……狗对这件事也就习惯了。有天，商人回来了，狗突然闯了进来，跳到了床上，撕咬着商人竟然把他给咬死了。后来左邻右舍稍稍听见了点消息，都为商人抱不平，到官府去告发妇人。官府用刑于这个妇人，她就是不肯招供，于是将她关进了监牢。官府又让衙役把狗绑了来，将妇人押上堂来。那狗忽然看到了妇人，径直跑到她面前。妇人这时候已经无话可说。官府命令两个衙役将妇人和狗送到巡抚衙门，一个衙役押解妇人，另一个衙役押解狗。后来，那个妇人和狗都被判处了剐刑。呜呼！天下之大，真是什么事都能发生。

原文

○判：判决辞，古代司法文件的一种。

异史氏为之判曰：会于濮上，古所交讥；约于桑中，人且不齿。乃

○“会于濮上”四句：大意是男女苟合，向来为人们所鄙弃。会于濮上、约于桑中，义同，都指男女幽会。

某者，不堪雌守之苦，浪思苟合之欢。夜叉伏床，竟是家中牝兽；

○雌守：以妇节自守。 ○牝：雌性。

捷卿入窦，遂为被底情郎。云雨台前，乱摇续貂之尾；温柔乡里，

○捷卿：指狗。捷，迅疾。卿，戏谑的昵称。 ○云雨台：指男女幽会之处。 ○续貂之尾：指狗尾。 ○温柔乡：喻美色迷人之处。

频款曳象之腰。锐锥处于皮囊，一纵股而脱颖；留情结于镞项，甫

○款：动。曳象之腰：当指女子摇动的腰肢。 ○脱颖：即颖脱，锥尖全部露出。颖，锥芒。 ○镞项：箭头。

饮羽而生根。忽思异类之交，直属匪夷之想。尨吠奸而为奸，妒残

○直属匪夷之想：这的确属于违背常理的念头。 ○尨（máng）吠奸而为奸：意思是狗本应看家护院，见奸夫而吠警，而今却自作奸夫。尨，狗。

凶杀，律难治以萧曹；人非兽而实兽，奸秽淫腥，肉不食于豺虎。

○律难治以萧曹：难用朝廷法律治犬之罪。这里以“萧曹”之律指代国法。

呜呼！人奸杀，则拟女以剐；至于狗奸杀，阳世遂无其刑。人不良，

○拟女以剐：判处女方以凌迟之刑。拟，判罪。剐，即凌迟。古时分割人肉体的酷刑。

则罚人作犬；至于犬不良，阴曹应穷于法。宜支解以追魂魄，请押

○宜支解以追魂魄：应割解四肢，究治其魂魄。

赴以问阎罗。

○阎罗：梵语意译，也译作“阎魔王”“焰摩罗王”“阎王”等。

译文

异史氏对于这件事进行评判说：在濮水之上幽会，自古就被人所讥笑；在桑林中相约，也被人们所不齿。而那个妇人，不堪忍受独守空房之苦，放浪地思恋着苟合的欢愉……狗是看家护院的，它本来应该对着奸夫吠叫警示，但是自己却成为奸夫，因为嫉妒残杀了自己的主人，即使是朝廷的法律也难以惩治狗的罪过；人不是禽兽却成为禽兽，奸诈污秽淫荡腥臭，他们的肉就连豺狼和老虎都不去吃。呜呼……人如果做坏事，可以惩罚他来生当狗；至于狗做坏事，阴曹地府恐怕也没有什么办法。只有将它进行肢解追拿它的魂魄，押着前往阴曹地府问问阎王该如何惩治。

【雹神】

原文

王公筠苍，莅任楚中，拟登龙虎山谒天师。及湖，甫登舟，即有一人驾小艇来，使舟中人为通。公见之，貌修伟，怀中出天师刺，曰："闻驺从将临，先遣负弩。"公讶其预知，益神之，诚意而往。天师治具相款。其服役者，衣冠须鬣，多不类常人。前使者亦侍其侧。

○王公筠苍：王孟震，字筠苍，淄川人。万历年间进士。官至左通政。
○楚中：楚地。春秋时楚国故地在湖南、湖北一带，故也为湖北、湖南两省的通称。
○甫：刚，正要。
○为通：为之通禀，即替他传达谒见的请求。
○刺：名帖。
○驺从（zōu zòng）：古时达官贵人出行时护卫前后的骑卒。这里为表示尊敬，不直接说王孟震，而以"驺从"代指。
○治具相款：备办酒席招待。

译文

王筠苍要到楚地去任职，他想要登龙虎山去拜见张天师。到达鄱阳湖岸边，刚上了船，就有一个人驾着一只小舟过来，让船夫为他向王公通报求见。王公见到了来人，这个人身材伟岸容貌端正。此人从怀中拿出张天师的名帖，说道："听闻贵客大驾光临，天师特地派我来迎接。"王公对于张天师的未卜先知十分惊讶，更加觉得他是神仙，十分虔诚地去拜见天师。王公到达后，天师置办酒席来款待他。那些在宴席上服侍的侍从们，他们戴的帽子、穿的衣服、头发与胡须都与平常人不一样。先前遇见的那个人也在一旁服侍。

原文

少间，向天师细语。天师谓公曰："此先生同乡，不之识耶？"公问之。曰："此即世所传雹神李左车也。"公愕然改容。天师曰："适言奉旨雨雹，故告辞耳。"公问："何处？"曰："章丘。"公以接壤关切，

○李左车：汉初人，初依赵王，封广武君。传说李左车死后为雹神。

离席乞免。天师曰：“此上帝玉敕，雹有额数，何能相徇？”公哀不

○上帝：道教称玉皇大帝为上帝，简称玉皇、玉帝。玉敕（chì）：“御敕”，帝王的诏命。玉，敬辞。敕，敕令。

○徇：徇私。

已。天师垂思良久，乃顾而嘱曰：“其多降山谷，勿伤禾稼可也。”又嘱：“贵客在坐，文去勿武。”神出，至庭中，忽足下生烟，氤氲匝

○文去勿武：温和地离开，不要太过猛烈。武，勇猛，猛烈。

地。俄延逾刻，极力腾起，裁高于庭树；又起，高于楼阁；霹雳一

○裁：才。

声，向北飞去，屋宇震动，筵器摆簸。公骇曰：“去乃作雷霆耶！”天师曰：“适戒之，所以迟迟。不然，平地一声，便逝去矣。”公别归，志其月日，遣人问章丘，是日果大雨雹，沟渠皆满，而田中仅数枚焉。

译文

过了一段时间，那人在张天师的耳边小声说了几句话。天师与王公说道：“这个人是先生的同乡，你不认识他吗？”王公问是哪一位。张天师说：“他就是世间传说的那个雹神李左车呀！”王公惊讶得脸色都变了。张天师说：“刚才他告诉我说他要奉旨去下冰雹，因而要告辞了。”王公问：“冰雹降到什么地方？”回答说：“章丘。”王公觉得章丘和自己的家乡相邻，怕家乡因此受牵连，所以急忙离开席位乞求免了这场冰雹。张天师说：“这是上帝的旨意，降下多少冰雹是有定额的，我如何能够徇私呢？”王公还是一个劲地不停哀求。张天师沉思了很长时间，才转过头对雹神叮嘱说：“可以将冰雹大部分降在山谷里，不要伤害庄稼就可以了。”又叮嘱说：“现在有贵客在这里，你要温和地离开，不要太过猛烈。”雹神于是出去了，来到了庭院中，忽然他的脚下冒出烟来，烟雾环绕四周。大概有一会儿，他极力向上飞腾而起，高度比庭院里的树木高一点；又向上飞腾，高度比楼阁高；这时霹雳声起，他就往北方飞去，房屋震动，桌子上的各种器皿也被震得颠簸起来。王公惊骇地说：“他每次离开都要这样雷霆大震呀？”张天师说：“刚才已经告诫于他，所以才缓慢地离开。否则的话，就在平地上霹雳一声就消失不见了。”王公辞别张天师回去以后，记下了日期，派人去章丘询问，当天果然降了一场大冰雹，河沟水渠都被下满了冰雹，但是农田里只有几颗而已。

【狐嫁女】

原文

历城殷天官，少贫，有胆略。邑有故家之第，广数十亩，楼宇连亘。常见怪异，以故废无居人。久之，蓬蒿渐满，白昼亦无敢入者。会公与诸生饮，或戏云：“有能寄此一宿者，共醵为筵。”公跃起曰：“是亦何难！”携一席往。众送诸门，戏曰：“吾等暂候之。如有所见，当急号。”公笑云：“有鬼狐，当捉证耳。”遂入，见长莎蔽径，蒿艾如麻。时值上弦，幸月色昏黄，门户可辨。摩娑数进，始抵后楼。登月台，光洁可爱，遂止焉。西望月明，惟衔山一线耳。坐良久，更无少异，窃笑传言之讹。席地枕石，卧看牛女。

o历城：清朝属于济南府，现为山东济南市辖区。殷天官：此是对曾任吏部尚书殷士儋的敬称。殷士儋，字正甫，时称棠川先生，历城人。

o共醵（jù）为筵：大家一起凑钱请吃饭。醵，凑钱聚饮。

o上弦：指阴历每月初七、初八的时候，月亮如弓形，上缺其半，叫做“上弦”。

o摩娑（suō）数进：摸索着进入数重庭院。摩娑，亦作“摩挲”，摸索。

o月台：指楼阁中赏月的台榭。

o衔山一线：指月落西山，余晖如线。衔，含。

o牛女：指牛郎星和织女星。

译文

山东历城县的殷尚书，年少的时候家里很贫穷，但是他很有胆识与谋略。县城里有一所以前世家望族的宅院，面积有几十亩那么大，院子里的房屋一座连着一座。因为经常出现奇怪诡异的事情，所以这个院子就被废弃了没有人居住。时间长了，院子里慢慢地长满了各种各样的野草，即使白天也没有人敢进去。一日，殷公和同窗好友们在一起喝酒，有人开玩笑说：“谁能在那个大院里住上一宿，咱们就一起出钱请他吃饭。”殷公一跃而起，说：“这事有什么难的！”于是就带着一张草席前往那个院子。众人将他送到院子的大门口，开玩笑说：“我们姑且在这里等你一会儿，如果看见什么妖魔狐狸精，你就赶紧呼救。”殷公笑着回道：“要是真有妖魔狐狸精，我就抓住它当个证明。”说完就走了进去。进入院子里就看见高高的莎草把路径都给掩盖住了，艾蒿密密麻麻的一大片。这时正是月初，幸而有昏黄的淡淡月光，门窗景物还可以勉强分辨出来。他摸索着走过了几个院子，这才来到了后面的楼阁。登上了月台，看见那里光洁平整，很可爱，于是就停了下来。他望向西边的月亮，唯有山边余留一点点的光辉。他在月台上坐了很久，一点奇怪的事情都没有，心里暗笑传言不可信。于是头枕着石头躺在地上，观看天空中的牛郎星和织女星。

原文

一更向尽，恍惚欲寐。楼下有履声，籍籍而上。假寐睨之，见一青衣人，挑莲灯，猝见公，惊而却退，语后人曰："有生人在。"下问："谁也？"答云："不识。"俄一老翁上，就公谛视，曰："此殷尚书，其睡已酣。但办吾事，相公倜傥，或不叱怪。"乃相率入楼，楼门尽辟。移时，往来者益众。楼上灯辉如昼。公稍稍转侧，作嚏咳。翁闻公醒，乃出，跪而言曰："小人有箕帚女，今夜于归，不意有触贵人，望勿深罪。"公起，曳之曰："不知今夕嘉礼，惭无以贺。"翁曰："贵人光临，压除凶煞，幸矣。即烦陪坐，倍益光宠。"公喜，应之。入视楼中，陈设芳丽。遂有妇人出拜，年可四十余。翁曰："此拙荆。"公揖之。

○籍籍而上：脚步杂乱地上楼来。籍籍，纷乱的样子。

○假寐睨（nì）之：装着睡觉偷看。睨，斜视，偷看。

○莲灯：又称"莲炬"。一种罩似莲花的风灯，常供嫁娶时使用。下文"笼纱"，指以薄纱作罩的灯笼，喜庆时罩以红纱。

○相公：旧时对宰相的敬称。殷士儋后为吏部尚书，称"天官"，故这里老翁尊称其为"相公"。倜傥（tì tǎng）：豪放不羁。

○箕帚（jī zhǒu）女：旧时谦指自己的女儿缺乏才貌，只能胜任家务粗活。箕帚，指家庭洒扫之事。

○嘉礼：婚礼。

○压除凶煞：压制排除凶神恶煞。压，慑服。煞，凶神。

○倍益光宠：更加增添了光彩和荣幸。

○拙荆：对人自称妻子的谦辞。《列女传》："梁鸿妻孟光，常荆钗布裙。"原指以荆条作钗，装束俭朴，后人谦称自己的妻子为荆妻、荆室、山荆、拙荆，均本此。

译文

一更快要过去的时候，殷公迷迷糊糊地想要睡觉了。突然听见楼下响起了阵阵脚步声，脚步杂乱地向楼上走来。殷公便假装睡着了，斜眼偷看，见一个穿着青色衣服的人，手里挑着一盏莲花灯，此人猝不及防地看见了殷公，大吃一惊向后退去，对后面的人说："这里有一个人在。"下面的人问："是谁？"回答说："不认识。"过了一会儿，有一个老翁上来了，靠近殷公仔细观察了一下，说："这个人是殷尚书，他已经睡得很熟了，我们只需要办我们的事情，殷相公为人不拘小节，或许不会怪罪。"于是便带领着人们陆陆续续地上了楼，将楼门全部打开。过了一段时间，来来往往的人就更多了，楼上灯火通明，就好像白天一样。殷公轻微地翻了个身，装作打了个喷嚏。那老翁听见殷公醒了，赶紧出来，跪下来说道："老头子有个女儿在今天夜里出嫁，不承想冒犯了贵人，希望您不要太怪罪。"殷公起身，将老翁拉了起来，说："不知道今天你家有喜事，很惭愧我没有准备贺礼。"老翁说："有您这个贵人光临，为我们压除凶神恶煞，已经是很幸运的事了。如果您能够入座作陪，那会让我们更加光彩与荣幸。"殷公十分欢喜，就答应下来。进入楼里看了看，里面的陈设十分华丽。这时有个妇人出来拜见，年龄有四十多岁。老翁说："这是我的夫人。"殷公向她作揖。

原文

俄闻笙乐聒耳，有奔而上者，曰："至矣！"翁趋迎，公亦立俟。少

○趋迎：快步向前迎接。 ○立俟：站立等待。

选，笼纱一簇，导新郎入。年可十七八，丰采韶秀。翁命先与贵客

○执半主礼：古时主有傧，客有副，殷士儋是代表主方迎接新郎的，所以"执半主礼"。

为礼。少年目公。公若为傧，执半主礼。次翁婿交拜，已，乃即席。

○粉黛云从：丫环使女，簇拥如云。粉黛，粉白黛绿，代指女子。 ○傧（bīn）：傧相，指代表主人接引宾客的人。

少间，粉黛云从，酒胾雾霈，玉碗金瓯，光映几案。酒数行，翁唤

○酒胾（zì）雾霈（pèi）：美酒佳肴，热气蒸腾。胾，大块肉。

女奴请小姐来。女奴诺而入。良久不出。翁自起，搴帏促之。俄婢

媪数辈，拥新人出，环珮璆然，麝兰散馥。翁命向上拜。起，即坐

○环佩璆（qiú）然：佩玉丁当。环佩，古时妇女所佩戴的玉饰。璆然，玉器撞击的声音。

母侧。微目之，翠凤明珰，容华绝世。既而酌以金爵，大容数斗。

○翠凤明珰：髻插翡翠凤钗，耳饰明珠耳坠。极言首饰的华丽名贵。明珰，耳饰，珍珠做成的耳坠。

○爵：古代礼器，也是酒器，底有三足。

公思此物可以持验同人，阴内袖中。伪醉隐几，颓然而寝。皆曰：

○内（nà）：同“纳”。 ○隐（yìn）几：倚在几案上。隐，凭倚。

“相公醉矣。”居无何，闻新郎告行，笙乐暴作，纷纷下楼而去。

译文

不一会儿，听见笙管鼓乐震耳，有人跑到楼上，说：“迎接队伍来了！”老翁急忙出门迎接，殷公也站起来立在一旁等候。顷刻间，有一簇缠绕着红纱的灯笼，引导着新郎走进来。那新郎十七八岁的模样，相貌俊朗，风度翩翩。老翁让新郎先给贵客行礼。新郎注视着殷公，殷公就像是傧相一样，还了个半主礼。接下来岳父和女婿互相行礼，完成以后，大家入席。又过了一段时间，丫环侍女们一个接着一个，送来美酒佳肴，热气腾腾，玉碗金杯，那光芒把桌子照得发亮。喝过了几巡酒，老翁让侍女去把小姐请过来。侍女应声就进去了。过了很长时间还没有出来。老翁自己起来，掀开帷幔去催促。过了一会儿，几个丫环簇拥着新娘子走了出来，她佩戴的玉饰叮当作响，麝香与兰草的香气一股股地散发出来。老翁让新娘子向贵客行礼。行礼起身后，她便坐到了她母亲的身侧。殷公略微看了一下，只见她发髻上插着翡翠凤钗，佩戴着明珠耳坠，容貌美丽，绝世无双。接着宴席上改用金爵斟酒，那金爵很大，能盛好几斗的酒。殷公心想这个东西可以做个证物，给同窗好友们看看，就偷偷地把金爵藏在了衣袖中。然后假装喝醉的样子倚靠在桌子上，七扭八歪地倒下睡着了。人们都说：“相公喝醉了。”一会工夫，听说新郎要告辞了，笙管鼓乐又猛然响了起来，人们纷纷起身离席下楼而去。

原文

已而主人敛酒具，少一爵，冥搜不得。或窃议卧客，翁急戒勿语，惟恐公闻。移时，内外俱寂，公始起。暗无灯火，惟脂香酒气，充溢四堵。视东方既白，乃从容出。探袖中，金爵犹在。及门，则诸

○四堵：四壁，指全室。

生先俟，疑其夜出而早入者。公出爵示之。众骇问，因以状告。共思此物非寒士所有，乃信之。

○寒士：贫寒的士人。士，封建时代特指读书人。

译文

客人都走了以后，主人收拾酒具，发现缺少一只金爵，到处寻找都没有找见。有人就暗地里偷偷议论是睡着的殷公拿了金爵。老翁急忙告诫仆人们不要乱说，唯恐殷公听见。过了一段时间，楼里楼外都十分安静，殷公这才起身。周围没有一点亮光，黑漆漆一片，只有胭脂的香味和酒的气味在充斥着。殷公看见天色渐渐亮了，便慢慢地走下楼梯。将手探入袖子中，那只金爵依然还在。到了大门口，同窗好友们已经在此等待了，他们怀疑殷公后半夜离开了今天早晨又过来的。殷公将金爵拿出来向人们展示。众人惊骇地询问，于是殷公就把昨天夜里发生的一切讲述了一遍。大家都认为这只金爵不是普通的穷书生能够拥有的，所以就相信了他。

原文

后公举进士，任于肥丘。有世家朱姓宴公，命取巨觥，久之不至。有细奴掩口与主人语，主人有怒色。俄奉金爵劝客饮。谛视之，款式雕文，与狐物更无殊别。大疑，问所从制。答云："爵凡八只，大人为京卿时，觅良工监制。此世传物，什袭已久。缘明府辱临，适取诸箱簏，仅存其七，疑家人所窃取，而十年尘封如故。殊不可解。"公笑曰："金杯羽化矣！然世守之珍不可失，仆有一具，颇近似之，当以奉赠。"终筵归署，拣爵驰送之。主人审视，骇绝，亲诣

○举进士：考中进士。

○肥丘：今福建宁德有肥丘，未知是否即此地。

○巨觥（gōng）：大酒杯。

○细奴：小僮仆。

○京卿：即京堂。明清时称各衙门长官为堂官。清代对都察院、通政司、詹事府和大理、太常、太仆、光禄、鸿胪等寺及国子监的堂官，统称京堂，官方文书中称"京卿"。

○什袭：把物品重重叠叠包裹起来，引申为郑重珍藏的意思。

○明府：汉代对郡守的尊敬。唐以后用以称县令。这里以称殷士儋。

○羽化：道教称成仙飞升为羽化。这里是戏指金爵丢失。

谢公，诘所自来。公乃历陈颠末。始知千里之物，狐能摄致，而不敢终留也。

○颠末：始终，原委。

译文

后来，殷公中了进士，被派往肥丘做官。当地姓朱的一个世家大族宴请殷公，命令奴仆把大酒杯取来。时间过了很久也没有拿来，这时有一个小童仆捂着嘴小声地与主人说了几句话，主人的脸上浮现出愤怒的神色。不一会儿拿着金爵劝客人喝酒。殷公仔细观察那金爵，它的样式和上面所雕刻的纹样，与狐狸精的那个没有一点区别。他心中大为疑惑，就问主人这金爵是在什么地方制作的。主人回道：“这金爵一共有八只，是家里祖辈在京城当官的时候，寻觅能工巧匠监制的。这是我家传的宝物，已经精心保管了很长时间。今日您大驾光临，这才让奴仆从箱子里取出来，竟然只剩下了七只，怀疑是家里的奴仆偷了去；但是箱子上的尘土还是厚厚的一层，没有被动过，这实在是不知道如何解释。”殷公笑着说道：“那只金爵已经成仙飞升了。然而传家的宝物不能够丢失，我有一只金爵，和你家的几乎一样，应当把它奉送给您。”宴席结束后殷公回到了官署里，拿出金爵让人骑马送去朱家。主人审视着金爵，大为吃惊，亲自来到官署向殷公拜谢，询问金爵从什么地方来。于是殷公就把事情原原本本地讲述了一遍，才知道即使千里之外的物品，狐狸精也能设法得到，只不过是不敢留在自己手里罢了。

凶煞

“凶煞”是迷信中的说法，指在婚礼或重大事件中，若所选吉日与当事人的生辰八字不合，会引来煞神降临，带来不祥之事。这一概念常用于古代择吉日时，认为通过选定适宜的时辰可以避免凶煞的影响，以确保仪式顺利、平安进行。

【娇娜】

原文

孔生雪笠，圣裔也。为人蕴藉，工诗。有执友令天台，寄函招之。生往，令适卒。落拓不得归，寓菩陀寺，佣为寺僧抄录。

○蕴藉：温文尔雅，有教养。

○圣裔：孔子的后代。封建时代孔丘被尊为圣人，凡其后代子孙，都被尊称为"圣裔"。

○执友：志趣相投的朋友。令天台：担任天台县县令。天台，今属浙江省台州市。

○落拓：贫困失意，景况凄凉。

译文

孔雪笠，身为孔圣人之后裔，性情温婉内敛，尤擅吟诗作对。他有一位志同道合之友，在天台县担任知县之职，特修书一封邀他前往相聚。及至孔生抵达该地，不料知县已溘然长逝。因此，孔生陷入困境，无法归乡，只得栖身于菩陀寺内。寺中僧侣见状，便雇佣他抄写经文以维生计。

原文

寺西百余步，有单先生第。先生故公子，以大讼萧条，眷口寡，移而乡居，宅遂旷焉。一日，大雪崩腾，寂无行旅。偶过其门，一少年出，丰采甚都。见生，趋与为礼，略致慰问，即屈降临。生爱悦之，慨然从入。屋宇都不甚广，处处悉悬锦幕，壁上多古人书画。案头书一册，签云《琅嬛琐记》。翻阅一过，俱目所未睹。生以居单第，意为第主，即亦不审官阀。少年细诘行踪，意怜之，劝设帐授徒。生叹曰："羁旅之人，谁作曹丘者？"少年曰："倘不以

○以大讼萧条：因为一场大的官司，家道败落下来。

○故公子：世家子弟。故，这里是故旧的意思。

○崩腾：飞扬，纷飞。

○签：书籍封面的题签。《琅嬛琐记》：大概是虚拟的书名。

○官阀：官位和门第。

○羁旅：客居在外。

○曹丘：此代指推荐人。《史记·季布栾布列传》载，曹丘生赞赏季布，大力为之宣扬，使季布因而享有盛名。后因以"曹丘"或"曹丘生"代指推荐人。

驽骀见斥，愿拜门墙。”生喜，不敢当师，请为友。便问：“宅何久

○驽骀（tái）：能力低下的马，喻平庸无才。 ○拜门墙：拜为老师。

锢？”答曰：“此为单府，曩以公子乡居，是以久旷。仆皇甫氏，祖居陕。以家宅焚于野火，暂借安顿。”生始知非单。当晚，谈笑甚欢，即留共榻。

译文

位于菩陀寺西侧，步行百余步之处，矗立着单先生的昔日宅邸。单先生原出身显赫，一场旷日持久的官司却令他家族中道衰败，加之家中人口少，遂迁居乡下，此宅便孤零零地空置起来。一日，大雪纷飞，天地间银装素裹，街道上行人绝迹，一片寂寥。孔生偶经单府，恰逢一少年步出府门，其容颜俊逸非凡。少年见孔生，即刻上前行礼，寒暄数语后，热情邀请孔生入府作客。孔生对少年颇有好感，遂欣然应允，随他步入府内。府内房屋虽不甚宽敞，却处处装饰着华丽的绸锦帷幔，墙上挂满了名家字画，书桌上静置一书，封面题有《琅嬛琐记》之名。孔生翻阅之下，发现内容皆为前所未见之奇文。误以为少年乃单府主人，孔生便未多问其出身。少年细听孔生遭遇，深表同情，遂建议他开设私塾教授学子。孔生叹道：“我乃漂泊异乡之人，何人愿为我推荐？”少年闻言，恳切地说：“若先生不嫌我愚钝，我愿拜您为师。”孔生大喜，却不敢当此殊荣，只愿以友相称。随后，孔生又问及府邸为何长久紧闭，少年答道：“此乃单家旧宅，因单公子迁居乡下，故长期空置。我姓皇甫，祖居陕西，不幸家宅遭野火吞噬，方暂借此地栖身。”孔生至此方知少年并非单府主人。当晚，二人相谈甚欢，少年便挽留孔生共宿府中。

原文

昧爽，即有僮子炽炭于室。少年先起入内，生尚拥被坐。僮入白：

○昧爽：拂晓。

“太公来。”生惊起。一叟入，鬓发皤然，向生殷谢曰：“先生不弃

○太公：古时对祖父辈老人的尊称。这里是仆人对老一辈主人的尊称。 ○鬓发皤（pó）然：鬓发皆白。皤，白。

顾儿，遂肯赐教。小子初学涂鸦，勿以友故，行辈视之也。”已，乃进锦衣一袭，貂帽、袜、履各一事。视生盥栉已，乃呼酒荐馔。几、榻、裙、衣，不知何名，光彩射目。酒数行，叟兴辞，曳杖而去。餐讫，公子呈课业，类皆古文词，并无时艺，问之。笑云：“仆不求进取也。”抵暮，更酌曰：“今夕尽欢，明日便不许矣。”呼僮曰：“视太公寝未。已寝，可暗唤香奴来。”僮去，先以绣囊将琵琶至。少顷，一婢入，红妆艳绝。公子命弹《湘妃》。婢以牙拨勾动，激扬哀烈，节拍不类夙闻。又命以巨觞行酒，三更始罢。

○初学涂鸦：指刚刚开始学习。涂鸦，喻书法幼稚或胡乱写作。

○行辈视之：当作同辈人来看待。

○一袭：一身，一套。

○一事：一件。

○盥栉（guàn zhì）：洗脸梳头。

○荐馔：上菜。

○兴辞：起身告辞。

○课业：功课，学业。

○时艺：明清时称科举应试的八股文为“时艺”或“时文”。时，当时，对“古”而言。艺，文。

○《湘妃》：这里指乐曲名。湘妃，湘水女神。

○牙拨：骨质拨子，用来拨弹乐器丝弦。

○激扬：激越昂扬。哀烈：凄清美妙。哀，指声音凄清尖利。烈，美好，美妙。

○夙闻：平常听到的。夙，平素。

译文

次日拂晓，晨光初破，便有仆役进屋，点燃了炭火以驱寒气。少年业已早起，步入内室，而孔生尚拥被坐于床榻之上。此时，一名仆役入内禀报：“太公驾到。”孔生闻讯，急忙起身相迎，但见一位鬓发斑白的老者缓步而入，向孔生深施一礼，感激道：“多亏先生不弃犬子愚钝，肯屈尊教导。小儿初涉诗书，望先生勿因私交之情，而视其为同辈。”言罢，赠予孔生一套华美绸缎衣裳、一顶貂皮帽、袜鞋各一双。待孔生洗漱完毕，老者便命人摆上酒宴。孔生环顾四周，桌案、床榻、衣裙、上衣，皆非凡品，光华熠熠，难以尽数。酒过数巡，老者起身告辞，手持拐杖，缓缓离去。餐后，公子取出课业以示孔生，孔生观之，皆为古文古诗，并无科举应试之八股文章，遂问其故。公子笑答：“我无意于科举功名。”至夜幕降临，公子又命人设宴，言道：“今夜让我们再尽欢颜，明日便不可如此了。”随即唤来仆役，吩咐道：“去看看太公是否已安寝，若已睡下，便悄悄唤香奴来此。”仆役领命而去，不久，手捧锦袋包裹之琵琶归来。须臾，一丫环入室，装扮精致，容貌绝美。公子令其弹奏《湘妃怨》一曲。丫环以象牙拨片轻拨琴弦，顿时，琴声激越高昂又转凄清美妙，节奏迥异于孔生往日所闻。公子又命人取来大杯，畅饮一番，直至夜半三更，方才尽兴而散。

原文

次日，早起共读。公子最惠，过目成咏，二三月后，命笔警绝。相约五日一饮，每饮必招香奴。一夕，酒酣气热，目注之。公子已会其意，曰：“此婢为老父所豢养。兄旷邈无家，我夙夜代筹久矣。行当为君谋一佳偶。”生曰：“如果惠好，必如香奴者。”公子笑曰：“君诚‘少所见而多所怪’者矣。以此为佳，君愿亦易足也。”

○惠：通“慧”。聪明。○咏：声调有抑扬地吟诵。○命笔：作诗文。警绝：警策绝妙。警，警策。

○旷邈无家：独居无妻。旷，男子壮而无妻。邈，闷。家，结婚成家，这里指妻室。

○行当：即将，将要。○佳偶：称心的妻子。○惠好：见爱施恩。惠，恩惠。

○少所见而多所怪：即少见多怪。由于见闻太少，看到平常的事物也感到惊奇。

译文

次日清晨，两人便早早起身，沉浸于书海之中。公子天资聪颖，阅读一过即铭记于心，瞬间便能吟咏成章。不过两三个月的光景，他所作的诗文便已深邃精妙，令人赞叹。二人相约，每隔五日便聚首共饮，而每次酒宴，必召香奴相伴。某晚，孔生酒意微醺，心绪难平，目光不由自主地追随着香奴的身影。公子洞察其心意，便坦言道：“此丫环乃家父收养。兄长孤身在外，无家室之暖，我日夜思量，欲为兄长促成美事，已非一日之功。不日定会为兄长寻得一位称心如意的佳偶。”孔生闻言，心中所愿脱口而出：“若真为我好意寻伴，必求如香奴这般之人。”公子闻言轻笑，打趣道：“兄长真乃世人所言‘少见多怪’之人也！若以此为好，那兄长的愿望岂不是太过容易实现了？”

原文

居半载，生欲翱翔郊郭，至门，则双扉外扃。问之，公子曰：“家

○翱翔：遨游。○扃：关。

君恐交游纷意念，故谢客耳。”生亦安之。时盛暑溽热，移斋园亭。生胸间肿起如桃，一夜如碗，痛楚吟呻。公子朝夕省视，眠食都废。又数日，创剧，益绝食饮。太公亦至，相对太息。公子曰：“儿前夜思先生清恙，娇娜妹子能疗之。遣人于外祖母处呼令归，何久不至？”俄僮入白：“娜姑至，姨与松姑同来。”父子疾趋入内。少间，引妹来视生。年约十三四，娇波流慧，细柳生姿。生望见颜色，呻顿忘，精神为之一爽。公子便言：“此兄良友，不啻胞也，妹子好医之。”女乃敛羞容，揄长袖，就榻诊视。把握之间，觉芳气胜兰。女笑曰：“宜有是疾，心脉动矣。然症虽危，可治。但肤块已凝，非伐皮削肉不可。”乃脱臂上金钏安患处，徐徐按下之。创突起寸许，高出钏外，而根际余肿，尽束在内，不似前如碗阔矣。乃一手启罗衿，解佩刀，刃薄于纸。把钏握刃，轻轻附根而割。紫血流溢，沾染床席。而贪近娇姿，不惟不觉其苦，且恐速竣割事，偎傍不久。未几，割断腐肉，团团然如树上削下之瘿。又呼水来，为洗割处。口吐红丸，如弹大，着肉上，按令旋转。才一周，觉热火蒸腾；再一周，习习作痒；三周已，遍体清凉，沁入骨髓。女收丸

○溽热：湿热。

○清恙：称人疾病的敬词。恙，病。

○娇波：娇美的眼波。

○细柳：纤细的腰围。

○不啻（chì）胞：与同胞没有两样。不啻，不异于。

○揄（yú）长袖：挥动长袖。揄，挥动。

○心脉动：指思想波动。

○肤块已凝：指热毒凝于皮下，成为肿块。

○罗衿（jīn）：丝罗衣襟。此指罗衣的下摆。

○瘿（yǐng）：树瘤。树因虫害或创伤，部分组织畸形发育而成的隆起物。

○习习作痒：微微发痒。习习，形容辛辣、痛痒等感觉。

入咽，曰：“愈矣！”趋走出。生跃起走谢，沉痼若失。而悬想容辉，

○沉痼：积久难愈的病，重病。

苦不自已。

译文

半年时光转瞬即逝，孔生心生郊游之念，然至大门处，却发现双门自外紧锁。询问公子缘由，公子答道：“家父恐我交往过频，扰乱心性，故设此法以拒宾客。”孔生闻此，心中遂安。时值盛夏，暑热难耐，二人遂将书房移至园亭之中。一日，孔生胸前突生一桃大脓包，一夜之间竟胀至碗口大小，痛苦难当，呻吟不止。公子朝夕探视，心急如焚，食不下咽，夜不能寐。又数日，孔生胸前脓疮愈发严重，连饮食亦不能进。太公亦来探望，却只能与公子相对叹息。公子道：“我前夜思量，娇娜妹妹或可医治孔兄之病。已派人往外祖母家唤她归来，为何至今未到？”言罢不久，一仆役来报：“娇娜姑娘已至，姨妈与阿松姑娘亦同来。”公子与太公闻言，即刻起身入内室。片刻后，公子携妹至孔生榻前。娇娜十三四岁，眸中聪慧流转，腰肢如柳，风姿绰约。孔生见此绝色佳人，顿忘病痛呻吟，精神一振。公子对娇娜言：“此乃吾挚友，情深似海，胜似手足，请妹妹务必悉心医治。”娇娜遂收羞容，挥袖近床诊治。孔生感其把脉时芳香扑鼻，胜似兰香。诊后，娇娜笑道：“此病本因心动而起，虽重可治。然脓块已凝，非割皮去肉不可。”言罢，摘下手臂金镯，置于患处，缓缓按下。肿烂之口渐鼓寸余，高出金镯，脓根余肿亦被吸束于镯内，不似原先碗口之大。于是，娇娜掀衣解下一把薄如纸之佩刀，一手按镯，一手握刀，沿脓疮根部轻割。伤口紫血不断，沾染床席。孔生因贪恋娇娜动人身姿，不觉痛苦，反恐其速割，不能多依。不久，腐肉尽割，如病树之瘤。娇娜又命人取水，为孔生清洗伤口。然后从口中吐出一粒红丸，如弹子大小，置于肉上，按丸旋转。才转一圈，孔生便觉胸前热气蒸腾；再转一圈，疮口发痒；三转之后，只觉浑身清凉，透入骨髓。娇娜收丸入口，言道：“愈矣！”便匆匆离去。孔生急忙起身道谢，多病之躯似瞬间康复。而娇娜之容颜，却让他难以忘怀，心绪难平。

原文

自是废卷痴坐，无复聊赖。公子已窥之，曰：“弟为兄物色，得一佳

○废卷（juàn）：指无心读书。废，荒废。卷，指书，唐以前的书文多裱成长卷，以轴舒卷，因称。

偶。”问：“何人？”曰：“亦弟眷属。”生凝思良久，但云：“勿须。”

面壁吟曰：“曾经沧海难为水，除却巫山不是云。”公子会其旨，曰：

○曾经沧海难为水，除却巫山不是云：这是唐元稹《离思五首》中的第四首诗中悼念亡妻的诗句。孔生吟咏这两句诗，意在暗示除却娇娜，他人都不中意。

○会其旨：领会了他的意思。旨，旨意，意向。

“家君仰慕鸿才，常欲附为婚姻。但止一少妹，齿太稚。有姨女阿

○齿太稚：年纪太小。齿，年龄。

松，年十八矣，颇不粗陋。如不见信，松姊日涉园亭，伺前厢，可

○日涉园亭：每天到园亭里游玩。涉，到，游历。

望见之。”生如其教，果见娇娜偕丽人来，画黛弯蛾，莲钩蹴凤，

○画黛弯蛾：描画的双眉，像蚕蛾的触须那样弯曲细长。

○莲钩蹴凤：纤瘦的小脚穿着凤头鞋。

与娇娜相伯仲也。生大悦，请公子作伐。公子翼日自内出，贺曰：

○相伯仲：不相上下。伯仲，兄弟之间，长者为伯，幼者为仲。

○作伐：作媒。

“谐矣。”乃除别院，为生成礼。是夕，鼓吹阗咽，尘落漫飞，以望

○鼓吹阗咽（tián yīn）：鼓吹之声并作。吹，指唢呐、喇叭之类管乐器。阗，众声并作。咽，有节奏的鼓声。

中仙人，忽同衾幄，遂疑广寒宫殿，未必在云霄矣。合卺之后，甚

○衾幄：锦被与罗帐。

○合卺（jǐn）：举行婚礼。

惬心怀。

○惬：满意。

译文

自此之后，孔生弃书不读，终日呆坐，仿佛失去了灵魂的寄托。公子洞悉其心声，便道：“兄长，小弟已为你寻觅良久，终得一佳偶。”孔生抬眉询问：“何人？”公子答言：“亦是我之亲属。”孔生沉默良久，轻叹道：“不必了。”随即转向墙壁，低吟道：“曾经沧海难为水，除却巫山不是云。”公子闻其言，已明其意，遂言：“家父仰慕兄长才学，早有结亲之意。然我仅有一妹，尚年幼。所幸姨母有一女，名唤阿松，年方十八，姿色不俗。若兄长不信，阿松每日皆至园亭，兄长可暗中于前厢房窥视，便可见其真容。”孔生依公子之计而行，果见娇娜伴一美貌女子同来。那女子眉如远山，眼含秋水，足踏描凤绣鞋，步履

轻盈，容颜与娇娜相比，亦不遑多让。孔生心中大喜，遂请公子代为说媒。次日，公子自内室而出，向孔生贺喜道："事已成矣。"于是，另择一院落，为孔生筹备婚事。是夜，鼓乐喧天，梁上积尘亦为之震动，四处飞扬。孔生心念所系之仙子，即将与自己共赴巫山，不禁疑心那月宫中的广寒殿，是否真存于天际。婚后，孔生心满意足，夫妻恩爱有加。

原文

一夕，公子谓生曰："切磋之惠，无日可以忘之。近单公子解讼归，索宅甚急。意将弃此而西，势难复聚，因而离绪萦怀。"生愿从之而去。公子劝还乡闾，生难之。公子曰："勿虑，可即送君行。"无何，太公引松娘至，以黄金百两赠生。公子以左右手与生夫妇相把握，嘱闭眸勿视。飘然履空，但觉耳际风鸣。久之，曰："至矣。"启目，果见故里，始知公子非人。喜叩家门，母出非望，又睹美妇，方共忻慰，及回顾，则公子逝矣。松娘事姑孝，艳色贤名，声闻遐迩。

○切磋：工匠切剖骨角，磋磨平滑，制成器物。这里喻研讨学问。

○解讼：官司完结。解，了结。

○非望：意想不到。

○忻（xīn）慰：欣慰。

○声闻遐迩：远近闻名。遐，远。迩，近。

译文

一日，公子忽至孔生面前，言道："与君共读所受之益，吾时刻铭记于心。然近日单公子家之讼事已了，即将归来，催宅甚急。吾等拟离此地，西归故居，念及日后恐难再聚，心中离愁别绪纷至沓来。"孔生闻言，表达了随行之愿。但公子却劝其归乡为佳，孔生面露难色。公子宽慰道："勿忧，吾可即刻送君等归乡。"未几，太公携松娘同至，并赠孔生黄金百两。公子双手紧握孔生夫妇之手，嘱其闭目勿视。孔生只觉身轻如燕，腾空而起，耳畔风声呼啸。良久，闻公子言："已至。"孔生睁眼观瞧，果见家乡景象，方知公子非凡人也。孔生欣喜万分，敲门入家，孔母见状，喜出望外，又见儿媳貌美，众人皆沉浸在喜悦与宽慰之中。然回首之际，公子已踪影全无。松娘侍奉婆婆至孝，其美貌与贤德，在乡里间广为流传。

原文

后生举进士，授延安司李，携家之任，母以道远不行。松娘举一

○延安司李：延安府的推官。

男，名小宦。生以忤直指罣官，罣碍不得归。偶猎郊野，逢一美少

○忤：违逆，触犯。直指：直指使。

○罣（guà）碍：官吏因公事获咎而罣官，留在任所听候处理，不能自由行动，叫"罣碍"。

年，跨骊驹，频频瞻顾。细视，则皇甫公子也。揽辔停骖，悲喜交

○骊驹：纯黑色的马。亦泛指马。

○揽辔（pèi）停骖（cān）：收缰勒马。骖，泛指马。

至。邀生去，至一村，树木浓昏，荫翳天日。入其家，则金沤浮钉，

宛然世族。问妹子则嫁，岳母已亡，深相感悼。经宿别去，偕妻同

返。娇娜亦至，抱生子掇提而弄曰："姊姊乱吾种矣。"生拜谢曩德。

○掇（duó）提而弄：一上一下抱起逗弄。掇，耸动。

○曩德：从前的恩德。

笑曰："姊夫贵矣。创口已合，未忘痛耶？"妹夫吴郎，亦来谒拜。

信宿乃去。

○信宿：再宿，住了两天。《诗·周颂·有客》："有客宿宿，有客信信。"朱熹注："一宿曰宿，再宿曰信。"

译文

其后，孔生科举及第，被朝廷任命为延安府司理之职，遂携全家赴任，唯母以路途遥远，未能同行。松娘诞下一子，取名小宦，添家之喜。然不久，孔生因触犯上级巡察官员，遭革职留任，一时难以归乡。某日，孔生偶至郊外狩猎，忽遇一俊美少年，骑小黑马，目光频频投向他。孔生细察之下，惊觉竟是皇甫公子。二人遂牵缰驻马，相聚一堂，心中悲喜交加。公子诚邀孔生至其居所，行至一村，只见树木葱郁，绿荫蔽日。及至公子府邸，但见大门金钉镶嵌，气派非凡，俨然世家风范。孔生问及公子妹妹，得知已出嫁，又闻岳母已逝，

心中不胜悲戚，感慨万千。是夜，孔生留宿一晚，次日便离去，旋即携妻儿重返。娇娜亦至，抱孔生之子，举放逗趣，笑道："姐姐可搅了我们的血脉呢！"孔生再次向娇娜致谢昔日救命之恩，她则笑言："姐夫如今已富贵，莫非疮愈之后，仍不忘昔日之痛？"娇娜之夫吴郎亦来拜见。孔生一家欢聚两日，方才辞别离去。

原文

一日，公子有忧色，谓生曰："天降凶殃，能相救否？"生不知何事，但锐自任。公子趋出，招一家俱入，罗拜堂上。生大骇，亟问。公子曰："余非人类，狐也。今有雷霆之劫。君肯以身赴难，一门可望生全。不然，请抱子而行，无相累。"生矢共生死。乃使仗剑于门，嘱曰："雷霆轰击，勿动也！"生如所教。果见阴云昼暝，昏黑如鷖。回视旧居，无复闬闳，惟见高冢岿然，巨穴无底。方错愕间，霹雳一声，摆簸山岳；急雨狂风，老树为拔。生目眩耳聋，屹不少动。忽于繁烟黑絮之中，见一鬼物，利喙长爪，自穴攫一人出，随烟直上。瞥睹衣履，念似娇娜。乃急跃离地，以剑击之，随手堕落。忽而崩雷暴裂，生仆，遂毙。

○但锐自任：却立即表示自己愿意承担。锐，迅疾。

○鷖（yī）：黑石。

○闬闳（hàn hóng）：住宅的大门。这里指皇甫公子宅舍。

○冢：坟。岿然：高大独立的样子。

○错（cù）愕：仓促间感到惊愕。错，通"促"。

○攫：抓取。

译文

一日，公子面带忧色，对孔生坦言道："天降大难，君能否助我等一臂之力？"孔生虽不明就里，却毅然应允。公子随即匆匆外出，将全家召集至堂上，一并向孔生行礼致谢。孔生大惑不解，连忙追问缘由。公子这才吐露实情：“实不相瞒，我等非人类，乃是狐族。现今遭遇天雷之劫，若君能挺身而出，我全家老小或许尚有一线生机。否则，请君速抱子离去，以免受牵连。”孔生听闻，誓与众人同生死、共患难。于是，公子请孔生手持宝剑，立于大门前，并叮嘱道：“即便天雷轰顶，亦不可动摇！”孔生依言而行，严阵以待。果见天色骤变，乌云密布，白昼瞬间化为黑夜，仿佛有巨石压顶。他回首望去，只见原先的高宅深院已无影无踪，唯有一座大坟赫然矗立，下方则是一个深邃莫测的洞穴。正当孔生惊愕之际，空中突响霹雳，震耳欲聋，震得地动山摇；随即狂风大作，暴雨倾盆，老树亦被连根拔起。孔生虽感眼花耳聋，但仍屹立不动，坚守岗位。在滚滚黑烟之中，忽现一恶鬼，尖嘴长爪，自洞中掳出一人，随黑烟直冲云霄。孔生瞥见那人衣着，心中暗自揣测，似为娇娜。于是，他猛然跃起，挥剑向空中恶鬼奋力一击，被抓之人随即坠落。然而，就在此时，又是一阵山崩地裂般的炸雷，孔生应声倒地，不幸身亡。

原文

少间，晴霁，娇娜已能自苏。见生死于旁，大哭曰：“孔郎为我而死，我何生矣！”松娘亦出，共舁生归。娇娜使松娘捧其首，兄以金簪拨其齿，自乃撮其颐，以舌度红丸入，又接吻而呵之。红丸随气入喉，格格作响。移时，醒然而苏。见眷口满前，恍如梦寤。于是一门团圞，惊定而喜。

○晴霁：天晴。霁，晴。

○眷口：家人。

○团圞（luán）：团聚。圞，圆。

译文

片刻之后，云雾散尽，阳光重现，娇娜悠然转醒。眼见孔生躺在一旁，已无生命气息，她顿时悲从中来，痛哭流涕道：“孔郎为救我而牺牲，我独活于世，又有何意义！”此时，松娘亦闻讯赶来，两人合力将孔生抬回家中。娇娜吩咐松娘轻轻托起孔生的头部，又让公子以金簪小心翼翼地撬开他的牙关。她自己则用手指轻轻捏住孔生的脸颊，使其口部微张，随后将一枚红丸送入他口中，并嘴对嘴地为他吹气。红丸随着气息缓缓滑入孔生的喉咙，发出“格格”的声响，又过了一会儿，奇迹发生了。孔生猛然睁开双眼，从死亡边缘苏醒过来。他环顾四周，见家人围聚身旁，心中恍如隔世，仿佛刚从一场漫长的梦中醒来。全家人见此情景，皆化惊恐为喜悦，庆祝这来之不易的团圆时刻。

原文

生以幽圹不可久居，议同旋里。满堂交赞，惟娇娜不乐。生请与吴郎俱，又虑翁媪不肯离幼子，终日议不果。忽吴家一小奴，汗流气促而至。惊致研诘，则吴郎家亦同日遭劫，一门俱没。娇娜顿足悲伤，涕不可止。共慰劝之，而同归之计遂决。生入城勾当数日，遂连夜趣装。既归，以闲园寓公子，恒反关之，生及松娘至，始发扃。生与公子兄妹，棋酒谈宴，若一家然。小宦长成，貌韶秀，有狐意。出游都市，共知为狐儿也。

○幽圹（kuàng）：墓穴。幽，地下。

○旋里：返回家里。

○惊致研诘：大吃一惊地仔细询问。研，穷究。诘，问。

○勾（gòu）当：主管，料理。

○趣（cù）装：急忙整理行装。趣，促。

○韶（sháo）秀：美好秀丽。

译文

孔生念及坟墓之地不宜久居，遂与家人商议，欲一同返归故里。众皆赞同，唯独娇娜面露不悦。孔生又邀她与吴郎同行，她却顾虑公婆对小儿子的不舍，故而整日商议未果。恰在此时，吴家一小仆满头大汗、气喘吁吁地奔来。众人惊问其故，方知吴家亦在同日遭遇劫难，全家无一幸免。娇娜闻讯，悲痛欲绝，捶胸顿足，泪如泉涌。众人纷纷劝慰，良久方止，于是共同决定返回孔生家乡。孔生进城处理琐事数日，全家便于夜间匆匆收拾行装，踏上归途。抵达家乡后，孔生安排公子一家居于其闲置之花园，花园之门常闭，唯孔生、松娘夫妇来访时，方启门锁。孔生与公子兄妹二人，时常相聚于花园，或下棋、或饮酒、或闲谈、或宴饮，亲如一家。小宦日渐长大，面容俊秀，性情机敏，颇具狐狸之灵性。他外出游玩于街市，众人皆知其乃狐狸所生之子。

原文

异史氏曰：余于孔生，不羡其得艳妻，而羡其得腻友也。观其容可以忘饥，听其声可以解颐。得此良友，时一谈宴，则“色授魂与”，尤胜于“颠倒衣裳”矣。

○腻友：美丽而亲昵的女友。腻，极其亲密。

○解颐：开口笑的样子。颐，面颊。

○色授魂与：指男女精神上的爱恋。

○颠倒衣裳：这里隐指男女两性关系。

译文

异史氏说：我不羡孔生得娇妻，而慕其有密友。看着她，容光可忘饥，闻其声则欢颜笑语。得此良伴，共饮闲谈，其乐融融，精神之交，胜却男女情爱之意。

牙拨

“牙拨”是指用来弹奏拨弦乐器的拨子，通常由象牙制成。它用于弹拨乐器的弦，发出清脆或激扬的声音。白居易《琵琶行》中提到“曲终收拨”，就是指用拨子完成一曲。在古代，象牙制作的牙拨被认为是高级乐器的配件，用于精致的演奏，音色独特，常出现在文人雅士的音乐描写中。

【僧孽】

原文

张姓暴卒，随鬼使去，见冥王。王稽簿，怒鬼使误捉，责令送归。

○冥王：即阎罗，地狱中的统治者。 ○稽簿：检核簿籍。簿，指传说中阴曹地府掌管的生死簿。

张下，私浼鬼使，求观冥狱。鬼导历九幽，刀山、剑树，一一指点。

○浼（měi）：求。 ○冥狱：阴间的牢狱，即地狱。 ○九幽：传说地层极深处囚禁鬼魂的地方。

末至一处，有一僧，扎股穿绳而倒悬之，号痛欲绝。近视，则其兄也。张见之惊哀，问："何罪至此？"鬼曰："是为僧，广募金钱，

○是为僧：这个身为僧的人。是，此。

悉供淫赌，故罚之。欲脱此厄，须其自忏。"张既苏，疑兄已死。

○自忏：自我忏悔。佛教徒念经拜佛，发露自己的过错，表示悔悟，以求宽恕，叫忏。

时其兄居兴福寺，因往探之。入门，便闻其号痛声。入室，见疮生

○兴福寺：据乾隆《淄川县志》：县西三十里冶头店有兴福寺。冶头店，今为淄博淄川区冶头村。

股间，脓血崩溃，挂足壁上，宛然冥司倒悬状。骇问其故。曰："挂之稍可，不则痛彻心腑。"张因告以所见。僧大骇，乃戒荤酒，虔诵经咒，半月寻愈。遂为戒僧。

○戒僧：守戒的和尚。

译文

有一个姓张的人突然就死去了，他的魂魄就跟着鬼卒来到了阴间，去面见阎王。阎王核查了一下生死簿，大声地怒斥鬼卒抓错了人，命令鬼卒将张某送回去。张某从阎王殿退了下来，私下里请求鬼卒带他参观一下地狱。于是鬼卒引导着张某游历了地狱，将刀山、剑树一一指给他看。最后来到了一个地方，有一个僧人被绳子穿过了大腿倒挂在那里，疼痛得像是要死掉了。靠近一看，那个僧人是张某的哥哥。张某看见哥哥这个模样，又惊恐又悲哀，就向鬼卒问道："是犯了什么罪行要受到这样的惩罚？"鬼卒对他说："此人作为一个僧人，到处募集金钱，供自己吃喝玩乐，所以才这样惩罚他。想要摆脱这种惩罚，必

须悔过自新。”张某苏醒过后，怀疑自己的哥哥已经死了。那时候他的哥哥在兴福寺出家，所以他就前往探望哥哥。刚进寺庙门，便听见有人哀号喊痛的声音。进入室内，看见他的哥哥大腿间生了脓疮，脓血止不住地往外流，双脚被挂在了墙上，那样子就像他在地狱里看见的僧人那样。张某惊骇地问哥哥这样做的原因。他的哥哥说：“只有把双腿这样挂着，疼痛才能够忍受，否则会痛彻心扉。”于是张某将在地狱里看见的一切告诉了哥哥。他哥哥一听就惊骇坏了，于是不再嫖、也不再赌博了，虔诚地诵读经文，默念佛号，半个月以后脓疮就痊愈了。此后，他就成了一个严守清规戒律的僧人。

原文

异史氏曰：鬼狱渺茫，恶人每以自解，而不知昭昭之祸，即冥冥之罚也。可勿惧哉！

○昭昭：明亮、清楚。这里指阳世。

○冥冥：指阴曹，阴间。

译文

异史氏说：鬼神与地狱都是不可预知的，作恶的人经常用这个理由来自我开解。但是他们不知道阳间发生的灾祸，其实就是出自阴间的惩罚。难道这还不能够让人畏惧吗？

九幽

“九幽”指地下极深处，常用来形容冥间或阴间的深渊，在古代文学中代表死后灵魂归宿的幽暗之地。南朝宋代谢庄曾用“九幽”比喻冥府的深邃。在迷信或神话传说中，“九幽”常被描绘为鬼魂游历的地方，充满恐怖与阴森的氛围，象征着死亡后的世界。

【妖术】

原文

于公者，少任侠，喜拳勇，力能持高壶，作旋风舞。崇祯间，殿试在都，仆疫不起，患之。会市上有善卜者，能决人生死，将代问之。既至，未言，卜者曰："君莫欲问仆病乎？"公骇应之。曰："病者无害，君可危。"公乃自卜。卜者起卦，愕然曰："君三日当死！"公惊诧良久。卜者从容曰："鄙人有小术，报我十金，当代禳之。"公自念，生死已定，术岂能解？不应而起，欲出。卜者曰："惜此小费，勿悔勿悔！"爱公者皆为公惧，劝罄橐以哀之。公不听。

○任侠：行侠仗义，乐于助人。
○拳勇：武艺。后来多指拳术技击之类武功。
○高壶：疑指壶铃，一种供习武人提举，锻炼臂力的器械。
○崇祯：明思宗朱由检的年号。
○仆疫不起：仆人感染疫病卧床不起。
○禳（ráng）：指除去邪恶或灾异。
○罄橐（tuó）：倾囊。倾其所有。橐，囊。

译文

有位于公，年轻的时候行侠仗义，喜好武艺，力气大到能够把持着高大的漏壶，像旋风那样舞动。明朝崇祯年间，于公在京都参加殿试，仆人感染上了疾病卧床不起，因此他十分担心。正好集市上有一个善于算卦的人，能够推算出人的生死，他准备代替仆人算上一卦，问问吉凶。到了算卦人那里，于公还没有说话，算卦人就说："你是想问问仆人的病吧？"于公惊讶地点头。算卦人说："病人没有什么大事，你可是十分危险！"于公让他给自己算上一卦。算卦人起了一卦后，惊愕地说："你三日之内必死无疑！"于公听了惊诧了很长时间。算卦人不急不忙地说道："我有一个小小的法术，你给我十两银子，我就为你消灾避祸。"于公暗自思虑，既然生死都是命中注定的，小小的法术怎么能消解呢？他没有答应随即站了起来，打算就此离开。算卦人说："吝啬这些小钱，不要后悔呀！不要后悔！"爱护于公的人都为他担忧，劝告他将所有的钱财拿出来，去向算卦人哀求他为自己消灾解难。于公没有听从。

原文

倏忽至三日，公端坐旅舍，静以觇之，终日无恙。至夜，阖户挑灯，倚剑危坐。一漏向尽，更无死法。意欲就枕，忽闻窗隙窣窣有声。急视之，一小人荷戈入，及地，则高如人。公捉剑起，急击之，飘忽未中。遂遽小，复寻窗隙，意欲遁去。公疾斫之，应手而倒。烛之，则纸人，已腰断矣。公不敢卧，又坐待之。逾时，一物穿窗入，怪狞如鬼。才及地，急击之，断而为两，皆蠕动。恐其复起，又连击之，剑剑皆中，其声不耎。审视，则土偶，片片已碎。于是移坐窗下，目注隙中。久之，闻窗外如牛喘，有物推窗棂，房壁震摇，其势欲倾。公惧覆压，计不如出而斗之，遂剨然脱扃，奔而出。见一巨鬼，高与檐齐，昏月中，见其面黑如煤，眼闪烁有黄光，上无衣，下无履，手弓而腰矢。公方骇，鬼则弯矣，公以剑拨矢，矢堕；欲击之，则又弯矣。公急跃避，矢贯于壁，战战有声。鬼怒甚，拔佩刀，挥如风，望公力劈。公猱进，刀中庭石，石立断。公出其股间，削鬼中踝，铿然有声。鬼益怒，吼如雷，转身复剁。公又伏身入，刀落，断公裙。公已及胁下，猛斫之，亦铿然有声，鬼仆而僵。公

○倏忽：形容时间过得迅速，转眼间。

○恙：本义为疾病，此处灾祸。

○遽小：迅速变小。遽，匆忙，疾速。

○斫：砍。

○不耎：指声音脆亮不软闷。

○剨（huò）：象声词。这里用以形容猛力拔去门闩开门的声音。脱扃：打开门闩。指从内关闭门户的门闩。

○手弓而腰矢：手持弓，腰插箭。

○弯：拉弓，指开弓射箭。弯也作“关”。《孟子·告子》：“越人关弓而射之。”

○猱（náo）进：腾跃而进，轻捷如猿。猱，猿属。

乱击之，声硬如柝。烛之，则一木偶，高大如人，弓矢尚缠腰际，

⊙柝（tuò）：古代巡夜打更用的木梆。

刻画狰狞，剑击处，皆有血出。公因秉烛待旦。方悟鬼物皆卜人遣之，欲致人于死，以神其术也。

译文

眨眼之间就到了第三天，于公端坐在旅馆之中，静静地观察着屋内的情况，这一整天都没有发生什么意外。到了夜里，于公将门关上，将灯点亮，倚靠着宝剑端坐在屋子里。一更天快要过去了，根本没有要死的征兆。他刚想躺下睡觉，突然听见窗户的缝隙里传出窸窸窣窣的声音。于公立马过去观察，有一个小人扛着戈进来了；刚落到地上，就变得和常人一样高。于公拔出宝剑一跃而起，猛然击向小人，那人飘飘忽忽的，没有击中他。那人忽然急剧变小，又要去寻找窗户的缝隙，想要逃离出去。于公急速地砍了过去，那小人应手倒了下来。用灯照着一看，原来是个纸人，腰部已经被砍断了。于公不敢躺下休息，又端坐在那里。

又过了片刻，有一个怪物穿过窗户闯了进来，那怪物面目狰狞如同鬼一样。刚落地，于公就赶快击向它，将它砍成两段，每个部分都在地上蠕动着。于公害怕它再次起来，又连续向它猛击，每一剑都砍中了，发出的声音一点也不像软绵的肉体。仔细观察，原来它是个土做的偶人，已经碎成了一片片的。于是于公就移动到窗户下坐着，双眼注视着窗户的缝隙。又过了很长时间，听见窗户外边有像牛一样的喘息声，有个怪物在推窗棂，房屋的墙壁都摇摇晃晃的，看起来好像要被推倒了一样。于公害怕被压在墙下面，心里合计不如出去与它决斗。于是就豁然打开门，奔跑了出去。只看见一个巨大的鬼，像房檐那样高；在昏黄的月色下，它的面孔看起来像煤块一样黑，眼睛闪烁着黄色的光芒；上半身没有穿衣服，脚下也没有穿鞋子，手里拿着弓，腰上别着箭。于公正惊骇着，那鬼已经弯弓射出了一箭；于公用剑将飞箭拨落，箭掉到了地上；于公想要攻击大鬼，大鬼又弯弓射了一箭。于公立刻跳跃着躲避，那箭就穿透了墙壁，咔咔地响。大鬼十分恼怒，拔出了佩刀，像风一样挥舞着向于公用力劈砍而来。于公像猿猴一样灵敏地迎了上去，大刀砍中了院里的石头，石头马上就断裂了。于公从大鬼的双腿间钻出来，用剑削中了大鬼的脚踝，发出铿然的声响。大鬼

更加愤怒了，用雷鸣般的声音大声地吼着，转过身去再次用刀剁了下来。于公又俯身向下一钻，大鬼的刀落了下来，将于公的裙袍砍下来一段。于公来到大鬼的肋下，拿剑猛然砍向大鬼，又发出铿然的响声。大鬼倒在地上僵硬不动。于公挥剑一阵乱砍，声音清脆得好像敲打木梆子一样。用灯照看，原来是一个木偶，高度和常人一样，弓与箭依然在它的腰间，脸上被刻画得十分狰狞；凡是被剑击中的位置，都有鲜血流出。于公因而拿着蜡烛等到了天明。这时他才醒悟过来，这些东西都是算卦人派遣而来的，目的是想要将他杀死，用来证明他的占卜是神奇灵验的。

原文

次日，遍告交知，与共诣卜所。卜人遥见公，瞥不可见。或曰："此翳形术也，犬血可破。"公如言戒备而往。卜人又匿如前。急以犬血沃立处，但见卜人头面皆为犬血模糊，目灼灼如鬼立。乃执付有司而杀之。

○交知：这里指交往并知道算命一事的人。

○瞥：突然，倏忽。

○翳形术：即隐身法。翳，荫蔽。

译文

第二天，于公就向知道这件事的朋友们讲述了昨夜的事情，一起来到算卦人的住所。算卦人远远地看见了于公，眨眼之间就看不见了。有人说："这是隐形之术，狗血可以将其破除。"于公依照那人所说的准备好了狗血，再一次来找算卦人。算卦人还像上次那样隐去了身形。于公急忙用狗血洒在算卦人站立的地方，只见算卦人头发上和脸上都被狗血模糊住了，眼光十分明亮，像鬼一样站立在那里，于公把他押送到官府，处死了他。

原文

异史氏曰：尝谓买卜为一痴。世之讲此道而不爽于生死者几人？卜之

○买卜：花钱算命。

○爽：差错，过失。

而爽，犹不卜也。且即明明告我以死期之至，将复如何？况有借人命以神其术者，其可畏不尤甚耶！

译文

异史氏说：我曾经认为花钱算卦是一种痴傻的行为，世间谈论占卜之道并且能准确预知生死之限的又有几个人呢？占卜的不准确，还不如不占卜呢。况且即使明明白白地告知我将要死了，我又能够怎么办呢？何况还有那些想要通过杀害别人来证明自己占卜之术神奇的家伙，他们不是更加让人害怕吗！

殿试

“殿试”是科举制度中最高等级的考试，由帝王亲自主持，在宫殿内对会试中选出的贡士进行考试。明清两代的殿试结果分为三甲：一甲前三名为“进士及第”，二甲若干名为“进士出身”，三甲为“同进士出身”。殿试不仅决定了士子的官场前途，也象征着国家对人才的最终选拔。

【野狗】

原文

于七之乱，杀人如麻。乡民李化龙，自山中窜归。值大兵宵进，恐

○于七之乱：指清朝顺治年间山东半岛于七所领导的一次农民起义，自首事至失败，起伏持续达十五年之久。于七，名乐吾，字孟熹，行七。明崇祯年间武举人，山东栖霞县人。

○大兵宵进：围剿义军的清兵夜间进发。

罹炎昆之祸，急无所匿，僵卧于死人之丛，诈作尸。兵过既尽，未

○罹：遭到。炎昆之祸：玉石俱焚之灾。比喻不加区别，滥肆杀戮。

敢遽出。忽见阙头断臂之尸，起立如林。内一尸断首犹连肩上，口

○阙：缺少，残缺。

中作语曰：“野狗子来，奈何？”群尸参差而应曰：“奈何！”俄顷，

○参差（cēn cī）而应：七嘴八舌地附和。参差，不齐的样子。

蹶然尽倒，遂寂无声。李方惊颤欲起，有一物来，兽首人身，伏啮人首，遍吸其脑。李惧，匿首尸下。物来拨李肩，欲得李首。李力伏，俾不可得。物乃推覆尸而移之，首见。李大惧，手索腰下，得巨石如碗，握之。物俯身欲龁，李骤起，大呼，击其首，中嘴。物嗥如鸮，掩口负痛而奔，吐血道上。就视之，于血中得二齿，中曲而端锐，长四寸余。怀归以示人，皆不知其何物也。

译文

于七之乱的时候，官府杀死了非常多的人。乡下人李化龙从深山中逃回来，正巧遇上围剿的军队在夜里行军，他唯恐遭受杀身之祸，也没有地方可以隐藏，情急之下他就僵硬地躺在死人堆里装成死人。军队走了以后，李化龙没敢贸然站起来。忽然看见许多缺少头颅、断了胳膊的尸体一个个地站了起来，就像一片小树林一样。尸体中有一个头断了依然连在肩上的，口中连连说道：“野狗子快来了，如何是好呢？”其余尸体也七嘴八舌地附和说：“如何是好？”顷刻间，

尸体都突然跌倒在地上，随即一点声音也听不见了。李化龙这才惊恐战栗地想要起来，就有一个怪物过来了，那怪物长着野兽的头，人类的身体，趴下来啃食尸体的脑袋，挨个地吸人的脑髓。李化龙十分恐惧，就将他的脑袋藏在了尸体的下面。怪物过来拨弄着李化龙的肩膀，想要吸食他的脑袋。他用力地往尸体下面钻，因而怪物没有找到他的脑袋。怪物于是将覆盖在上面的尸体推了下去，李化龙的脑袋便露了出来。李化龙十分恐惧，用手摸索着腰下，摸到了一块像碗口那么大的石头，把石头握在了手心里。怪物俯身想要啃食李化龙的脑袋，他突然站了起来，大声呼喊着，用石头用力击打怪物的头，结果打中了怪物的嘴。怪物像猫头鹰一样呼号起来，捂着嘴带着伤忍痛逃跑，它在逃跑的途中吐了一些血。李化龙就地查看了一下，在血中找到了两颗牙齿，其中间是弯曲的。两端尖锐，长四寸有余。李化龙将牙齿放入怀中带回去给别人展示，人们都不知道那是什么怪物。

炎昆之祸

“炎昆之祸”源自《书·胤征》中的“火炎昆冈，玉石俱焚”，指昆仑山大火使玉石同归于尽，象征好坏不分、一同毁灭。此成语常用于比喻在灾难或动荡中，所有事物无论好坏都无法幸免，陷入毁灭性的局面。

【三生】

原文

刘孝廉，能记前身事。与先文贲兄为同年，尝历历言之。一世为搢绅，行多玷。六十二岁而没。初见冥王，待以乡先生礼，赐坐，饮以茶。觑冥王盏中，茶色清澈，己盏中浊如醪，暗疑迷魂汤得勿此耶？乘冥王他顾，以盏就案角泻之，伪为尽者。俄顷，稽前生恶录，怒，命群鬼捽下，罚作马。即有厉鬼絷去。行至一家，门限甚高，不可逾。方趦趄间，鬼力楚之，痛甚而蹶。自顾，则身已在枥下矣。但闻人曰：“骊马生驹矣，牡也。”心甚明了，但不能言。觉大馁，不得已，就牝马求乳。逾四五年，体修伟，甚畏挞楚，见鞭则惧而逸。主人骑，必覆障泥，缓辔徐徐，犹不甚苦。惟奴仆圉人，不加鞯装以行，两踝夹击，痛彻心腑。于是愤甚，三日不食，遂死。

- 前身事：前生的经历。
- 先文贲兄：指作者族兄蒲兆昌。
- 历历：分明的样子。
- 玷：污点。
- 搢绅：插笏于带间。搢，插。绅，古代仕宦者和儒者围于腰际的大带。古时仕宦垂绅搢笏，因以指称士大夫。
- 醪（láo）：未过滤的酒，浊酒。
- 稽：核查。恶录：记载恶行的簿籍。
- 絷（zhí）：捆绑。
- 力楚：用力抽打。楚，牡荆制作的刑杖，这里作动词用。
- 趦趄（zī jū）：想前进又不敢前进。形容疑惧不决，犹豫观望。
- 枥：马槽。
- 驹：小马。
- 牡：雄性。
- 缓辔：放松马缰。指骑马缓行。
- 障泥：马鞯两旁下垂至马腹的障幅，用以遮蔽泥土。
- 鞯（jiān）装：鞍、鞯之类骑具。鞯，鞍下软垫。

译文

有个刘举人，能记起前世的事情。他和我的同族兄长蒲兆昌是同年举人，他曾经向我的兄长清楚地讲述自己前世的事情。他说他的第一世是一个士大夫，品行上有许多污点，六十二岁的时候死去了。他第一次看见阎王，阎王用对待乡绅的礼仪待他，赐给他座位，用茶水款待他。他偷偷瞧见阎王的茶杯中，茶水非常清澈，自己的茶水像醪酒一样很是浑浊。他暗暗思忖迷魂汤就是这个样子的吧？他乘着阎王做其他事的时候，将茶杯中的茶水顺着桌角倒掉，装作自己将茶水喝完了。片刻工夫，阎王查看他生前做坏事的记录，非常愤怒，下令让群鬼将他揪下大殿去，惩罚他作马。立即就有厉鬼将他捆绑起来带走。走到了一家大门前，门槛非常高，他跨越不过去，正在他犹豫不前的时候，厉鬼用力抽打他，他痛得十分厉害因而跌倒了，再次看时，他的身子已经在马圈里面了。只是听见有人说："黑马生了一个小马驹，是个公的。"他心里什么都明白，但是不能够说出来。他感觉十分饥饿，迫不得已，只能靠近母马去吃奶。就这样过了四五年，他的身体长得修长雄伟，但是特别畏惧被鞭打的痛楚，看见鞭子就恐怖地四处逃跑。他的主人每次骑他的时候，就必须配上障泥之类的马具，轻轻拽着马辔头让他徐徐前进，这样还不太痛苦；可是仆人和马夫骑他的时候，经常不装上马具就上路了，用两条腿紧紧地夹着他的肚子，他感觉痛彻心扉。于是他感到十分愤怒，三天不吃东西而死了。

原文

至冥司，冥王查其罚限未满，责其规避，剥其皮革，罚为犬。意懊丧，不欲行。群鬼乱挞之，痛极而窜于野。自念不如死，愤投绝壁，颠莫能起。自顾，则身伏窦中，牝犬舐而腓字之，乃知身已复生于人世矣。稍长，见便液，亦知秽，然嗅之而香，但立念不食耳。为犬经年，常忿欲死，又恐罪其规避。而主人又豢养，不肯戮。乃故啮主人脱股肉。主人怒，杖杀之。冥王鞫状，怒其狂猘，笞数百，俾作蛇。囚于幽室，暗不见天。闷甚，缘壁而上，穴屋而出。自视，则伏身茂草，居然蛇矣。遂矢志不残生类，饥吞木实。积年

○责其规避：责罚他逃避。指他逃避做马。

○颠：摔倒。

○腓（féi）字：爱抚喂养。腓，遮庇。字，哺乳。

○鞫（jū）状：审问其罪状。

○狂猘（zhì）：形容凶猛。猘，谓狗疯狂。

○俾（bǐ）：使。

○木实：树木的果实。

余，每思自尽不可，害人而死又不可，欲求一善死之策而未得也。

一日，卧草中，闻车过，遽出当路，车驰压之，断为两。

译文

再次来到了阴间，阎王一查他受惩罚的日子还没有满，斥责他故意逃避惩罚，遂剥下了他的马皮，又惩罚他去作狗。他感到非常懊丧，不想去投胎。群鬼对着他就是一顿乱揍，他疼痛到了极点就向野外逃去。心里想着这样还不如死去好了，于是就愤怒地走上悬崖峭壁跳了下去，摔在地上没能爬起来。他再一看，他已经趴在了狗洞里，母狗正在舔着他并且用奶水喂养他，这才知道自己已经再一次来到了人世。稍稍长大一点，他看见粪便之类的东西就知道那是污秽的，然而闻上去却是香的，但他决定不去吃那些东西。在作为狗生存的这一年里，他经常气愤得想要去死，但是又害怕阎王怪罪他故意逃避惩罚。况且他的主人十分宠爱他，不肯将他杀死。于是他就故意啃咬他的主人，从大腿上咬下一块肉。他的主人大发雷霆，将他用棍子打死了。阎王审问他的罪状后，对他做疯狗的事十分恼怒，用鞭子将他打了几百下，让他去作蛇。他被囚禁在一个密室里面，整天看不见太阳。感到十分憋闷，就沿着墙壁向上爬去，将屋顶弄了一个洞从而爬了出去。再一看，他已经趴卧在了繁茂的草丛中，竟然变成了一条蛇。他于是发誓不残害任何生灵，饿了就吞食草木的果实。就这样过了一年多，他经常思考着，自杀是行不通的，害人而死也是不可以的，想要寻找一个死亡的好策略却找不到。有天，他卧在草丛中，听见有辆车子经过，就赶忙爬出去挡在路中间，车子飞驰地驶过，他被碾压成了两段。

原文

冥王讶其速至，因蒲伏自剖。冥王以无罪见杀，原之，准其满限复为人，是为刘公。公生而能言，文章书史，过辄成诵。辛酉举孝廉。每劝人：乘马必厚其障泥，股夹之刑，胜于鞭楚也。

○蒲伏：匍匐。伏地而行。剖：表白，辩解。

○原：原谅。

○满限：服罪期满。

○辛酉：指明熹宗天启年间。

译文

阎王惊讶他回到阴间的速度如此之快，他匍匐在地上自我申辩。阎王因为他没有什么罪过而被杀，因而原谅了他，准许他惩罚期限满后再次做人，这就是刘举人。刘公刚出生就能开口说话，各种文章书籍，只要看过一遍就能够背诵下来。辛酉年他中了举人。他经常劝诫别人说：骑马的时候一定要放上马具，被双腿夹击肚子这种惩罚，胜过于用鞭子抽打的痛楚。

原文

异史氏曰：毛角之俦，乃有王公大人在其中。所以然者，王公大人之内，原未必无毛角者在其中也。故贱者为善，如求花而种其树；贵者为善，如已花而培其本。种者可大，培者可久。不然，且将负盐车，受羁馽，与之为马；不然，且将啖便液，受烹割，与之为犬；又不然，且将披鳞介，葬鹤鹳，与之为蛇。

○毛角之俦：披毛戴角之类，指兽类。俦，群，类。

○“故贱者”六句：意思是，世人要获得或保持其富贵福泽，需要行善积德，从原有的根本处努力。

○受羁馽（zhí）：受束缚控制。

○与之为马：让他变作马。与，以。下文两“与”字同。

○啖：吃。

○鳞介：指蛇皮。

○葬鹤鹳：葬身鹤、鹳之腹。鹤、鹳常捕蛇为食。

译文

异史氏说：在禽兽之中，居然有王公大人混入其中，之所以如此，是因为王公大人中也不一定没有禽兽混在其中。所以贫贱之人做善事，就好像要得到花因而去种树；高贵之人去做善事，就好像已经得到了花因而去培育树的根基。栽种的树木可以长大，否则，就要做马，拉着沉重的车子，忍受着被束缚；或者，就要做狗，吃的是粪便喝的是尿液，承受被烹割的痛苦；再或者，就要做蛇，披上蛇皮，葬身于鹤鹳的肚子里。

【狐入瓶】

原文

万村石氏之妇，祟于狐，患之，而不能遣。扉后有瓶，每闻妇翁来，

○祟于狐：受到狐的扰害。祟，指鬼神加于人的灾患。 ○遣：驱除。

狐辄遁匿其中。妇窥之熟，暗计而不言。一日，窜入。妇急以絮塞其口，置釜中，燂汤而沸之。瓶热，狐呼曰：“热甚！勿恶作剧。”妇不

○燂（qián）汤而沸之：把水加温直至烧开。燂，烧热。汤，热水。

语。号益急，久之无声。拔塞而验之，毛一堆，血数点而已。

译文

在万村有一个姓石家的儿媳妇，受到了狐狸精的侵扰，她虽然很忧愁，却没有将狐狸精驱除的办法。她家门后面有个瓶子，每次听见妇人的公公来了，狐狸精就立即逃到瓶子里躲起来。妇人很多次看见狐狸精这样做，心中暗暗筹划也不言语。有一天，狐狸精又躲进了瓶子里，妇人赶紧用棉絮堵住了瓶子口，将瓶子放入了锅里，烧开水去煮它。瓶子慢慢热了起来，狐狸精大声呼叫说：“太热了，不要玩闹了。”妇人也不说话。狐狸精叫得越来越着急，过了一段时间就没有动静了。妇人将瓶塞拔开检查，只看见一堆狐狸毛和几点血而已。

【鬼哭】

原文

谢迁之变，宦第皆为贼窟。王学使七襄之宅，盗聚尤众。城破兵入，扫荡群丑，尸填墀，血至充门而流。公入城，扛尸涤血而居。往往白昼见鬼，夜则床下燐飞，墙角鬼哭。

○谢迁之变：指顺治初年谢迁领导的一次农民暴动。谢迁，山东高苑人。

○王学使七襄：即王昌胤，字七襄，一字雪园。山东淄川人。明崇祯九年丙子（1636）科举人，十年丁丑（1637）科进士，清初官至提督北直学政。

○墀：台阶上的空地，也指台阶。

○燐飞：燐火飘动。燐火，俗称鬼火。旧传为人畜死后血所化，实为动物尸骨中分解出的磷化氢的自燃现象。其焰淡蓝绿色，光弱，浮游空中，唯暗中可见。

译文

谢迁起义的时候，官员的住宅都变成了“贼窝”。有个叫王七襄的学使，他的宅院里聚集的盗贼更多。城门被官兵攻破进入城的时候，这些盗贼都被扫荡了，一时间尸体填满了院中的台阶，血顺着大门一直流到了门外。王学使进入城后，将尸体扛了出去，血迹清洗干净，就住了下来。但是他经常大白天看见鬼，每到夜里床底下磷火到处飘动，墙的角落里也有鬼一直在哭。

原文

一日，王生皞迪寄宿公家，闻床底小声连呼：“皞迪！皞迪！”已而声渐大，曰：“我死得苦！”因哭，满庭皆哭。公闻，仗剑而入，大言曰：“汝不识我王学院耶？”但闻百声嗤嗤，笑之以鼻。公于是设水陆道场，命释道忏度之。夜抛鬼饭，则见燐火营营，随地皆出。先是，阍人王姓者，疾笃，昏不知人者数日矣。是夕，忽欠伸若醒。妇以食进。王曰：“适主人不知何事，施饭于庭，我亦随众啗啖。食已方归，

○王生皞迪：蒲松龄东家毕际有的外甥，长毕际有三岁，自幼丧母，寄养于毕家。

○王学院：即王学使。据记载，王七襄曾两任学政。第一次，在顺治四年（1647）二月以福建道御史差顺天学政，次年罢。第二次，在顺治七年（1650）以监察御史提督北直学政，亦于次年离任。上文既说“公入城，扛尸涤血而居”，则应是在顺治五年（1648）初罢顺天学政家居时事。

○营营：往来飞动的样子。

○阍人：看门的。

○疾笃：病重。

○啗啖（dàn dàn）：二字音义并同，吃。

故不饥耳。”由此鬼怪遂绝。岂钹铙钟鼓，焰口瑜伽，果有益耶？

○钹（bō）铙（náo）钟鼓：法会上僧众所用的四种法器。钹、铙是铜制打击乐，各两片，圆形，中间隆起有孔，穿以革带，对击作响，大的叫铙，小的叫钹。

译文

有一天，有个叫王皞迪的书生借住在王学使的家里，半夜听见床底下有个小小的声音在连连呼叫：“皞迪！皞迪！”过了一会儿，那声音渐渐地大了起来，说：“我死得好苦呀！”接着就哭了起来，然而整个院子也跟着响起了哭泣声。王学使听见后，手持宝剑进入了屋里，大言不惭地说道：“你难道不认识我王学使吗？”只听见周围响起一片“嗤嗤”的冷笑声，众鬼都对他的话嗤之以鼻。王学使因而开设了水陆道场，命令和尚道士念经忏悔，超度他们。夜里抛撒鬼饭的时候，就看见磷火在院子里到处飘动。先前，有一个王姓的看门人，他得了很严重的病，已经不省人事好多天了。那天晚上，他忽然伸了伸手脚好像要醒过来的样子。他的媳妇拿来吃的东西让他吃。这个姓王的说：“刚刚主人不知道为了什么事，在庭院里施舍饭食，我也跟着众人一起吃，吃得很饱才回来，因而现在一点都不饿。”从这以后，那些鬼怪再没有出现。难道是和尚道士们做的法事，超度亡灵，施舍饭食，这一切果真有用吗？

原文

异史氏曰：邪怪之物，唯德可以已之。当陷城之时，王公势正烜赫，

○唯德可以已之：只有凭借道德的力量才能消除邪怪之物。

闻声者皆股栗，而鬼且揶揄之。想鬼物逆知其不令终耶？普告天下

○股栗：双腿抖战，极端畏惧。栗，通“慄”。哆嗦，发抖。 ○揶揄：戏弄，侮辱。 ○逆知：预知。 ○令终：好下场。

大人先生，出人面犹不可以吓鬼，愿无出鬼面以吓人也！

译文

异史氏说：一切妖魔鬼怪之类的东西，只有依靠崇高的德行才能够驱除它们。当官兵攻破城池的时候，王学使的气势正显赫无比，人们听见他的声音都害怕得两腿战栗，但是鬼物却敢嘲笑他。想必这些鬼物早就知道他不会有好下场吧？我在此向天下的大人先生们奉劝一句：做出人的样子都不能吓到鬼，但愿不要再装作鬼的面目来吓唬人了。

【真定女】

原文

真定界，有孤女，方六七岁，收养于夫家。相居一二年，夫诱与交而孕。腹膨膨而以为病也，告之母。母曰：“动否？”曰：“动。”又益异之。然以其齿太稚，不敢决。未几，生男。母叹曰：“不图拳母，竟生锥儿！”

○真定：旧县名。今河北正定。界：谓境内，域内。

○膨膨：大腹便便，圆滚滚的样子。

○齿太稚：年龄太小。

○不敢决：不敢肯定是怀孕。

译文

真定县境内，有一个孤女，年纪只有六七岁，就被收养在丈夫家。一起居住了一两年之后，她的腹部膨胀起来，以为生病了，就把这件事告诉了婆婆。她的婆婆问她：“肚子里面动不动？”回答说：“动。”婆婆感觉非常奇怪，但是由于女孩的年纪太小了，也不敢妄下结论。过了一段时间，孤女生下一个男孩。婆婆叹气地说道：“没有料到一个拳头大的母亲，竟然生出一个锥子大小的孩子！”

【焦螟】

原文

董侍读默庵家，为狐所扰，瓦砾砖石，忽如雹落，家人相率奔匿，

○董侍读默庵：董讷，字默庵，一字兹重，平原人。康熙六年丁未（1667）科探花。历任翰林院侍读学士、兵部尚书、江南总督等官职。

待其间歇，乃敢出操作。公患之，假祚庭孙司马第移避之。而狐扰

○假：借。祚庭孙司马：孙光祀，字溯玉，号祚庭，其先平阴人，通籍后迁居历城。司马，官名。

犹故。一日，朝中待漏，适言其异。大臣或言：关东道士焦螟，居内

○待漏：指百官清晨入朝，等待朝拜皇帝的时刻。

○关东：清代称山海关以东的地区。

城，总持敕勒之术，颇有效。公造庐而请之。道士朱书符，使归黏

○总持敕勒之术：主管道教的符法之事。总持，总管。敕勒术，道士书符驱鬼的法术。

○造庐：亲至其家。造，至，访。

○朱书符：用朱砂画符。朱，殊砂。古人认为殊砂可以辟邪。

壁上。狐竟不惧，抛掷有加焉。公复告道士。道士怒，亲诣公家，

筑坛作法。俄见一巨狐，伏坛下。家人受虐已久，衔恨綦深，一婢

○綦（qí）：很。

近击之，婢忽仆地气绝。道士曰：“此物猖獗，我尚不能遽服之，女

子何轻犯尔尔。”既而曰：“可借鞫狐词，亦得。”戟指咒移时，婢

○何轻犯尔尔：怎敢如此轻率地触犯它呢？尔尔，如此。

○借鞫狐词：借婢女之口，审出狐的供词。鞫，审问犯人。

○戟指：用食指中指指点，其状如戟，是指斥的手势。

忽起，长跪。道士诘其里居。婢作狐言：“我西域产，入都者一十八

辈。”道士曰：“辇毂下，何容尔辈久居？可速去！”狐不答。道士击

○辇毂（niǎn gǔ）下：皇帝车驾之下，指京城。

案怒曰：“汝欲梗吾令耶？再若迁延，法不汝宥！”狐乃蹙怖作色，

○梗：阻遏，违抗。

○蹙怖作色：蜷缩恐惧，面色改变。

愿谨奉教。道士又速之。婢又仆绝，良久始苏。俄见白块四五团，

○速：义同“促”，催促。

滚滚如球，附檐际而行，次第追逐，顷刻俱去。由是遂安。

○次第：一个挨着一个。有次序。

译文

董默庵在朝中做翰林院侍读学士时，他的家里被狐狸所侵扰，经常是瓦块砖头之类的东西忽然像冰雹一样落下来。这时候，全家人只有纷纷奔跑着躲藏，等到暂时平静下来以后，才敢出来操持家里的事务。董公因此非常焦虑，他借了司马孙祚庭的宅邸躲避狐狸，但是狐狸依然像从前一样来侵扰。有一天，董公在朝房等待上朝的时候，恰巧向同僚们说起了他家遭遇的怪事。有一个大臣说道：关东有个道士叫焦螟，他居住在内城里，主管道教的画符作法之事，十分灵验。于是董公就登门拜访请求焦道士帮他降妖除魔。焦道士用朱砂写了一道符，让他回家后贴在墙上。但是狐狸竟然不害怕，反而抛掷瓦块砖头更加厉害了。董公就把发生的一切再次告诉了焦道士。焦道士十分愤怒，亲自来到了董公的家里，铸起祭坛做起法来。不一会儿，就看见一只巨大的狐狸趴在了祭坛的下面。董家的人受狐狸侵扰已经有很长时间了，他们对它恨得咬牙切齿，一个婢女靠近狐狸去击打它。突然，那个婢女倒在地上气绝了。焦道士说："这个畜生很是猖獗，我尚且都不能立刻降服它，你一个小女子怎么敢轻易地去触碰它呢？"随即又说："正好可以借这个婢女之口来审问这只狐狸，也是一个办法。"于是焦道士将食指与中指像戟一样来回指点着，口中念着咒语，一会儿，婢女突然从地上爬起来跪在祭坛下。焦道士问她居住在哪里。那个婢女使用狐狸的语气说："我出生在西域，进入京城的人一共有十八代了。"焦道士说："天子脚下，怎么能容得下你们在此居住？赶快离开这里！"狐狸沉默不语。焦道士拍着桌子怒吼道："你想要违抗我的命令吗？倘若再拖着不离开，我的道法可不会宽宥你！狐狸这才变了脸色，一副害怕的样子，表示愿意听从焦道士的命令。焦道士又催促它快些离开。那个婢女又倒在地上气绝了，过了很长时间才苏醒。不一会，就有四五个白色的圆团像球一样，顺着房檐的边际，一个跟着一个地追逐着滚动，只一会工夫就全都离开了。从此以后，董家就安稳了下来。

【叶生】

原文

淮阳叶生者，失其名字。文章词赋，冠绝当时，而所如不偶，困于名场。会关东丁乘鹤来令是邑，见其文，奇之。召与语，大悦。使即官署，受灯火，时赐钱谷恤其家。

○淮阳：县名。今淮阳区，隶属河南省周口市。

○冠绝当时：超越同时之人。冠，第一名，首屈一指。绝，超越。

○所如不偶：遇合不佳，指命运不好。

○名场：指科举的考场。以其为士子求功名的场所，故称。

○令：担任县令。

○使即官署，受灯火：谓留住在县衙，给予照明等学习费用。灯火，照明费用，引申为学习补助。

译文

淮阳县城有个姓叶的书生，叫什么名字已经没人记得了。他的文章词赋，在当时超越其他同时之人；但是他时运不济，在科举考试中屡屡考不中。正好有个关东人丁乘鹤来到淮阳县当县令，见到了他的文章，很是惊奇。他便召来叶生谈话，交谈后他十分高兴，丁县令让叶生留在县衙读书，给予他学习上一些补助费，还时常送给他金钱粮食救济他的家人。

原文

值科试，公游扬于学使，遂领冠军。公期望綦切。闱后，索文读之，击节称叹。不意时数限人，文章憎命，榜既放，依然铩羽。生嗒丧而归，愧负知己，形销骨立，痴若木偶。公闻，召之来而慰之。生零涕不已。公怜之，相期考满入都，携与俱北。生甚感佩。辞而归，杜门不出。

○科试：也称科考。

○游扬：到处称扬。

○领冠军：指科试获第一名。领，取得。

○期望綦切：盼望热切。綦切，迫切。

○闱后：指秋闱后，即乡试之后。

○击节称叹：拍手叫好。

○时数：时运。数，命定的遭遇。限：控制。

○文章憎命：意思是好文章妨害命运。

○铩（shā）羽：鸟羽摧落，比喻乡试受挫落榜。

○嗒（tā）丧：沮丧，失魂落魄。

○考满：是明清两代对政府官员的考绩办法之一。

○杜门：闭门。指不与外界交往。杜，堵塞。

译文

到了本省开科考试的时候，丁公在学使的面前夸赞了叶生，使他以第一名的成绩取得参加乡试的机会。丁公对叶生寄予了殷切期望。乡试结束后，丁公又要来叶生的文章，读完连连拍手叫好。不承想受命运的限制，好文章妨碍了他的好运气，发榜时叶生名落孙山。叶生失魂落魄地回到了家里，他对于自己辜负了丁公的期望感到十分惭愧，身形消瘦得只剩下了一把骨头，整个人像木偶一样呆呆的。丁公听说了，就把叶生叫过来安慰了他一番，叶生忍不住地哭泣。丁公同情他，和他约定，等自己任期满了离开时，带着他一起北上进京。叶生对丁公十分感激，辞别丁公回到家，从此闭门不出。

原文

无何，寝疾。公遗问不绝，而服药百裹，殊罔所效。公适以忤上官免，将解任去。函致生，其略云："仆东归有日，所以迟迟者，待足下耳。足下朝至，则仆夕发矣。"传之卧榻。生持书啜泣，寄语来使："疾革难遽瘥，请先发。"使人返白，公不忍去，徐待之。逾数日，门者忽通叶生至。公喜，逆而问之。生曰："以犬马病，劳夫子久待，万虑不宁。今幸可从杖履。"公乃束装戒旦。

○寝疾：病倒在床。一般指大病。

○遗（wèi）问：馈赠所需，慰问疾病。遗，赠予。

○殊罔所效：竟然没有一点效果。殊，竟，竟然。罔，无，没有。

○解任：解职，卸任。

○疾革（jí）难遽瘥（chài）：病重难望速愈。革，通"亟"。危急。瘥，病愈。

○犬马病：对自己疾病的谦称。

○从杖履：随侍左右。古礼老人五十得拄杖。又，唯尊者得脱履于户内，晚辈有代为拄杖纳履的责任，所以"从杖履"是敬老事尊之词。

译文

没过多长时间，叶生就生了一场大病卧床不起。丁公不断地赠送给他各种东西表示慰问，但是叶生吃了很多药，一点效果也没有。正巧这时丁公因为忤逆了上司被免去了官职，即将卸任离开。他写信给叶生，大概内容是："我本来已经定下了东归的日期，之所以迟迟没有离开，就是因为等待你的缘故。你早上到来，我晚上就可以出发了。”丁公让人把信带到叶生的病床上，叶生拿着信不断地哭泣，他让送信的人告诉丁公说：“我的病很重，很难马上痊愈，请您先动身吧。”送信的人回去将一切告诉了丁公，他不忍心先走，仍旧耐心等待叶生。过了几天，看门人忽然通报说叶生来了。丁公大喜，迎上前去慰问他。叶生说：“因为我这小小的疾病，劳烦先生等了这么长时间，我的心里怎么也不安宁。幸好现在我可以侍奉在您左右了。”丁公于是整理行李准备第二天早起出发。

原文

抵里，命子师事生，夙夜与俱。公子名再昌，时年十六，尚不能文。然绝惠，凡文艺三两过，辄无遗忘。居之期岁，便能落笔成文。益之公力，遂入邑庠。生以生平所拟举子业，悉录授读。闱中七题，并无脱漏，中亚魁。公一日谓生曰：“君出余绪，遂使孺子成名。然黄钟长弃，奈何？”生曰：“是殆有命。借福泽为文章吐气，使天下人知半生沦落，非战之罪也，愿亦足矣。且士得一人知己，可无憾，何必抛却白纻，乃谓之利市哉？”公以其久客，恐误岁试，劝令归省。生惨然不乐。公不忍强，嘱公子至都为之纳粟。公子又捷南宫，授部中主政。携生赴监，与共晨夕。逾岁，生入北闱，竟领乡荐。会公子差南河典务，因谓生曰：“此去离贵乡不远。先生奋迹云霄，锦还为快。”生亦喜。择吉就道，抵淮阳界，命仆马送生归。

○文：这里指八股文。

○文艺：指“闱墨”之类供科举士子揣摩研习的八股范文。过：量词。遍，次。

○期（jī）岁：满一年。

○入邑庠：成为县学生员，俗称秀才。邑庠，县学。

○所拟举子业：指叶生平日为应付科举考试而习作的八股文。

○亚魁：乡试第六名。商衍鎏《清代科举考试述录》：“新科举人……第一名解元，第二名亚元，第三四五名经魁，第六名亚魁，余曰文魁。”

○出余绪：拿出本人才学的微末部分。

○黄钟长弃：比喻贤才被长期埋没。黄钟，古乐中的正乐，比喻德才俱优的人。

○非战之罪：据《史记·项羽本纪》载，项羽垓下战败后曾说：“此天之亡我，非战之罪也。”叶生借喻自己半生沦落，功名未成，是命运使然，而非文章庸劣。

○何必抛却白纻，乃谓之利市哉：意思是说，何必一定以取得科举功名，才算作发迹走运呢。白纻，一种质地细密的白夏布，借指士子取得科举功名前所着的白衣。取得科举功名后，就脱去白衣，改穿官服襕衫。

○纳粟：国子监生员称监生，可直接参加乡试，不必参加岁试。

○捷南宫：指会试中式，即考中进士。

○部中主政：明清于中央六部各设主事若干员。主政是主事的别称，职位低于员外郎。据下文所言“差南河典务”，“部”当指工部。

○入北闱：指参加在北京举行的乡试。

○领乡荐：指考中举人。

○差南河典务：奉派到南河河道办理公务。

○锦还为快：衣锦还乡，堪称快事。

译文

回到丁公的故乡，丁公让自己的儿子拜叶生为老师，整日都在一起。丁公子的名字叫再昌，当时正好十六岁，还不能够写八股文。但是他特别聪慧，文章过目不忘。就这样过了一年，丁公子就能写出完整的文章了，后来进入了县学。叶生将自己平日为了科举考试而写的文章都抄录下来，全都教授给丁公子。乡试中一共出了七道题目，无一遗漏，因而丁公子中了乡试第六名。有一日，丁公对叶生说："先生将所学稍微传授一点，就让我的儿子成名了，像您这样有才华的人不应该被长期埋没。"叶生说："这恐怕是命运的安排吧。托您的福泽，使我的文章扬眉吐气。天下人知道我半生时运不济，并不是因为我文章写得不好，我已经十分满足了。何况读书人能够遇见一个知己，也就没什么遗憾的，又何必一定要取得功名，摆脱布衣身份，才算是发迹走运呢！"丁公认为叶生在他乡居住久了，恐怕耽误他参加岁试，劝他回家去参加科考。叶生听后脸上露出了不高兴的神色。丁公不忍心强要求他，叮嘱丁公子到了京城一定要为叶生买一个国子监监生。丁公子又在会试中考中，被授予部中主政的职位。丁公子带着叶生去赴任，与他朝夕相处。又过了一年，叶生参加在京城的乡试，竟然考中举人。恰逢丁公子被派到南河河道去办理公务，于是他就对叶生说："此去离您的家乡不远，先生奋斗这么久终于一举成名，衣锦还乡真是一件十分高兴的事。"叶生也十分欢喜，选择了一个好日子就出发上路了，到达了淮阳县界，丁公子命令仆人牵马送叶生回家。

原文

归见门户萧条，意甚悲恻。逡巡至庭中，妻携簸具以出，见生，掷具骇走。生凄然曰："我今贵矣。三四年不觌，何遂顿不相识？"妻遥谓曰："君死已久，何复言贵？所以久淹君柩者，以家贫子幼耳。今阿大亦已成立，行将卜窀穸。勿作怪异吓生人。"生闻之，怃然惆怅。逡巡入室，见灵柩俨然，扑地而灭。妻惊

○觌（dí）：见。

○所以久淹君柩者：之所以迟迟没有埋葬你的原因。淹，拖延，迟滞。柩，棺木。

○卜窀穸（zhūn xī）：选择墓地，指安葬。窀穸，墓穴。

○怃然：失意的样子。

视之，衣冠履舄如脱委焉。大恸，抱衣悲哭。子自塾中归，见结驷于门，审所自来，骇奔告母。母挥涕告诉。又细询从者，始得颠末。从者返，公子闻之，涕堕垂膺。即命驾哭诸其室，出橐营丧，葬以孝廉礼。又厚遗其子，为延师教读。言于学使，逾年游泮。

○脱委：蜕落在地。脱，同"蜕"。委，丢弃，掉落。

○结驷：拴着的马。驷，本指驾四匹马的车或驾同车的四匹马。也单指马。

○颠末：过程原委。

○膺：胸。这里指胸襟，上衣。

○游泮（pàn）：进学，指成为秀才。泮，指泮宫，周代诸侯所设的学校。

译文

叶生回到家中，看到一片萧条破落的景象，内心十分悲伤难过。他徘徊地走进院子，正好妻子拿着簸箕走了出来，看见叶生，抛下簸箕惊骇地逃开了。叶生凄惨悲凉地说："我如今富贵了，只是三四年没有见面，怎么就不认识了？"妻子站在远处对他说："你已经去世很久了，怎么又说如今富贵了呢？我之所以将你的棺材长时间地停留在此没有埋葬，是因为家里实在太穷，而且孩子还小。如今儿子阿大已经成年了，就要选好墓地将你安葬，你不要作怪来惊吓活着的人呀！"叶生听了，十分悲伤，慢慢走进屋子，看见一副棺材十分显眼地停放在那里，叶生一下子倒在地上不见了。他的妻子惊恐地走上前看了看，叶生的衣服、帽子、鞋袜就像蛇皮一样脱落在地上。妻子十分悲痛，抱着衣物悲伤地大哭起来。儿子从私塾回来，见有马拴在家门口，问清来历，惊骇地跑去告诉母亲。母亲擦着眼泪将一切告诉了他，二人又仔细地询问护送叶生回来的人，这才知道事情的来龙去脉。随从回去以后，丁公子听说了这件事，泪水将胸前的衣服都浸湿了，他立即来到叶家，在叶生的灵堂前哭着拜祭；丁公子按照举人应有的丧礼规格埋葬了叶生，又送了很多钱财给叶生的儿子，并且为他聘请老师。后经丁公子向学使推荐，叶生的儿子考中了秀才。

原文

异史氏曰：魂从知己，竟忘死耶？闻者疑之，余深信焉。同心倩女，

至离枕上之魂；千里良朋，犹识梦中之路。而况茧丝蝇迹，呕学士

○千里良朋，犹识梦中之路：真挚的友谊，可使远隔千山万水的良朋在梦中识路相会。

之心肝；流水高山，通我曹之性命者哉！嗟呼！遇合难期，遭逢不

○流水高山，通我曹之性命者哉：真正的知音，才是和我们这些读书人性命相通的人呀。通，沟通，连接。性命，品性和命运。

偶。行踪落落，对影长愁；傲骨嶙嶙，搔头自爱。叹面目之酸涩，

○行踪：踪迹所到之处。落落：孤单落寞的样子。○对影：身与影相对，形容孤单。○傲骨嶙嶙，搔头自爱：生就嶙峋傲骨，不能媚俗取容，唯有自惜自怜。○叹面目之酸涩，来鬼物之揶揄：叹息穷厄潦倒，招致势利小人的嘲侮。

来鬼物之揶揄。频居康了之中，则须发之条条可丑；一落孙山之外，

○频居康了之中，则须发之条条可丑：多次落榜的人，从人身到文章，都被世俗讥贬得一无是处。○一落孙山之外：落榜，没考上。

则文章之处处皆疵。古今痛哭之人，卞和惟尔；颠倒逸群之物，伯

○疵：毛病。○颠倒逸群之物，伯乐伊谁：举世贤愚倒置，谁是能识俊才的伯乐。

乐伊谁？抱刺于怀，三年灭字；侧身以望，四海无家。人生世上，

○刺，即名帖、名片。明清时用红纸书写名帖，用于拜谒，又称拜帖。○灭字，字迹磨灭。

只须合眼放步，以听造物之低昂而已。天下之昂藏沦落如叶生其人

○造物：造物主，上帝。低昂：抑扬，升沉。摆布。○昂藏：气概不凡的样子。

者，亦复不少，顾安得令威复来，而生死从之也哉？噫！

○令威：借以指代淮阳县令丁乘鹤。

译文

异史氏说：一个人的魂魄为了跟从自己的知己，竟能忘记自己已经去世了。人多怀疑，但是我对此深信不疑。知心的情侣，可以灵魂出窍地生死相随；亲密的挚友，即使远隔千里也可以在梦中相聚。又何况我辈读书人精心总结撰写，其实能否遇见真正的知音，才是与我们读书人的命运紧密相连的。可悲呀！遇见知音很难。一个人孤单落寞，顾影自怜；偏又傲骨坚挺，难免只能自怜自爱。可怜贫困潦倒一副穷酸相，招致势利小人的讥笑与嘲讽。屡屡考试不中，似乎连头发与胡须都是丑陋的；一旦名落孙山，所写的文章处处都有瑕疵。从古到今那些掩面痛哭的人，只有你的处境是和献宝的卞和一样，具有贤才的人与愚蠢的人被颠倒，能够识别千里马的伯乐又是谁呢？如今即使身怀抱负，也缺乏可以欣赏的人，只能像祢衡一样，将名帖放入怀中，三年之后字迹已经被磨灭了；侧过身体四处观望，天下之大没有一处容身之所。人生在世，只需要闭上眼睛放开步子走路，一切按照造物主的安排去做。天下才华不凡像叶生那样沦落的人，还有不少，只是哪里还会出现像丁乘鹤那样的人，好让人生死都与之相随呢？唉！

【四十千】

原文

新城王大司马，有主计仆，家称素封。忽梦一人奔入，曰：“汝欠四十千，今宜还矣。”问之，不答，径入内去。既醒，妻产男。知为夙孽，遂以四十千捆置一室，凡儿衣食病药，皆取给焉。过三四岁，视室中钱，仅存七百。适乳媪抱儿至，调笑于侧。因呼之曰：“四十千将尽，汝宜行矣。”言已，儿忽颜色蹙变，项折目张。再抚之，气已绝矣。乃以余赀治葬具而瘗之。此可为负欠者戒也。

○新城：旧县名。明清属济南府，今为山东桓台新城镇。

○主计仆：掌管钱粮收支的仆人，相当于管家。主计，主管财钱收支账目。

○四十千：铜钱四十贯或四十吊。旧时铜钱以文为计算单位，一千文称一贯或一吊。

○内：内室，卧室。

○夙孽：古代谓前世罪恶的果报。孽，罪孽，罪过。

○乳媪(mǔ)：乳母。

○蹙变：眉头紧皱，面色改变。蹙，蹙额，皱眉的样子。变，色变。

○瘗(yì)：埋葬。

○负欠：指在道义或财帛方面对人有所亏欠，例如背恩或赖债。

译文

新城王大司马的家里有一个大管家，他虽然是个仆人，但家里很是富有。一日，他忽然梦见有一个人跑进来对他说：“你欠我四十吊钱，今天应该还给我了。”他向这个人询问原因，那人也不回答，只是径直向内室走去。他一下子醒了过来，他的妻子生下来一个男孩，他心里明白这个孩子是来讨他前世恶果的。于是就拿出四十吊钱捆放在一个房间，凡是孩子一切衣食、看病买药的费用都从这里支取。就这样过了三四年，他查看屋子里的钱，只余下了七百文。恰好这时候乳娘抱着孩子过来，在他身边与小孩逗乐玩耍。他对着孩子呼喊道：“四十吊钱就要用完了，你也应该走了。”他刚说完这句话，小孩忽然就眉头紧锁，脸色大变，脖子向下一耷拉，眼睛睁得大大的。再去探一探鼻息，已经没有气了。于是用剩下的钱置办丧葬的用具将他埋葬了。这件事应该让背恩或者欠账的人引以为戒。

原文

昔有老而无子者，问诸高僧。僧曰：“汝不欠人者，人又不欠汝者，乌得子？”盖生佳儿，所以报我之缘；生顽儿，所以取我之债。生者勿喜，死者勿悲也。

①缘：因缘，此处指善因。

译文

以前有一个年老没有孩子的人，他向高僧询问原因。高僧说：“你没有欠别人的，别人也没有欠你的，你怎么会有儿子呢？”大概，生了一个好孩子，那是来向你报恩的；生了一个顽劣的孩子，那是来向你讨债的。生了孩子不要欣喜，死了孩子也无须悲伤。

夙孽

“夙孽”指前世的罪业或因果报应，源于“夙业”的误写。“孽”指不好的业报或宿命，反映了古人对命运和轮回的观念，认为人生中的一些遭遇是由前世的行为所决定的。在文学中，常用“夙孽”来解释一些无法逃避的命运或不幸事件。

【成仙】

原文

文登周生，与成生少共笔砚，遂订为杵臼交。而成贫，故终岁常

○文登：即今山东文登，以文登山而得名，清属登州府。在山东半岛东部。

○杵臼交：不论贫富贵贱的朋友。杵臼，捣米的木杵和石臼。

依周。以齿则周为长，呼周妻以嫂。节序登堂，如一家焉。周妻生

○节序登堂：意思是亲如一家兄弟。节序，四时八节。我国旧称春夏秋冬四季为四时或四序，称"四立""两分""两至"为八节。

子，产后暴卒。继聘王氏，成以少故，未尝请见之也。一日，王氏弟来省姊，宴于内寝。成适至。家人通白，周坐命邀之。成不入，

○内寝：卧室、内室。

辞去。周移席外舍，追之而还。甫坐，即有人白别业之仆为邑宰重笞者。

○别业之仆：指派守田庄之仆。别业，正宅外之园林宅舍。

译文

文登有一个周姓书生，与一个成姓的书生从小就一起读书学习，因此结为至交好友。成生家境贫寒，所以一年到头经常依赖周生接济。从年龄来看周生比成生大，成生就称周生的妻子为嫂子。逢年过节成生就到周生家里去拜访，就像一家人一样。后来，周生的妻子在生完孩子后得了疾病死去了。周生又娶了王氏为妻。成生觉着王氏比自己年龄小，因而一直都没有与王氏相见。有一天，王氏的弟弟来看望她，周生于是在内室设宴款待。恰好这时成生来了，家里的仆人进来通报，周生就坐在席上命令仆人邀请成生进来。成生没有入席，告辞走了。周生将酒席转移到了外室，让人将成生追了回来。刚要坐下来，就有人来通报说乡下田庄的仆人被县令重重地鞭笞了一顿。

原文

先是，黄吏部家牧佣，牛蹊周田，以是相诟。牧佣奔告主，捉仆送

○蹊：践越，穿行。

官，遂被笞责。周诘得其故，大怒曰：“黄家牧猪奴，何敢尔！其先世为大父服役，促得志，乃无人耶！”气填吭臆，忿而起，欲往寻黄。成捺而止之曰：“强梁世界，原无皂白。况今日官宰半强寇不操矛弧者耶？”周不听。成谏止再三，至泣下，周乃止。怒终不释，转侧达旦。谓家人曰：“黄家欺我，我仇也，姑置之。邑令为朝廷官，非势家官，纵有互争，亦须两造，何至如狗之随嗾者？我亦呈治其佣，视彼将何处分。”家人悉怂恿之，计遂决。具状赴宰，宰裂而掷之。周怒，语侵宰。宰惭恚，因逮系之。

○牧猪奴：赌徒。此当是对黄吏部的蔑称，意即下贱奴才。

○大父：祖父。

○促得志：突然间得意。指当了官。促，猝。突然，骤然。

○气填吭（háng）臆：怒气充咽填胸。吭，咽喉。臆，胸膛。

○强梁世界：强暴横行的社会。强梁，强暴凶横。

○半强寇不操矛弧者：有一半是不拿武器的强盗。

○两造：争讼的双方，原告和被告。

○嗾（sǒu）：指挥狗的声音。

○呈治：呈请惩治。

○怂恿（yǒng）：赞成并从旁鼓动。

○惭恚（huì）：恼羞成怒。

译文

事情的原因是，黄吏部家放牛的仆人放牛时牛踩坏了周家的田地，于是周家的仆人与他吵了起来。黄家的仆人就跑回去向主人告状，周家的仆人就被捉起来送进了官府，于是被县令鞭笞了一顿。周生问清楚了事情的缘故之后，特别气愤地骂道：“黄家那个奴才，怎么敢这样做！他上一辈人还在我祖父手下当差，刚刚得了志就如此目中无人嘛！”周生胸中充满了怒气，十分愤怒地站了起来，想要去找黄家人。成生按捺住他并制止说：“现在社会强暴横行，原本就不分青红皂白，况且如今这些当官的有一半都是不拿武器的强盗！”周生听不进去，成生再三劝阻，以致哭泣地哀求，周生这才止住了脚步。但是，周生胸中的怒气始终没有消除，他翻来覆去一夜没有睡觉。周生对家人说：“黄家人欺辱我，是我的仇人，姑且先不去管他；县令是朝廷的官员，并不是有权势人家的官，纵使互相有争端，也应该让双方对质，何至于像只狗一样听见主人的指挥就去咬人呢？我现在也要上个呈请惩治黄家仆人的状纸，看看他将要如何处置。”家里人也都鼓动他，于是周生就有了决定。他写了状纸到县衙呈给县令，县令看后撕了状纸并扔在了地上。周生十分愤怒，说话冒犯了县令。县令恼羞成怒，就将周生逮捕了起来。

原文

辰后，成往访周，始知入城讼理。急奔劝止，则已在囹圄矣。顿足无所为计。时获海寇三名，宰与黄赂嘱之，使捏周同党。据词申黜顶衣，搒掠酷惨。成入狱，相顾凄酸，谋叩阙。周曰：“身系重犴，如鸟在笼，虽有弱弟，止足供囚饭耳。”成锐身自任，曰：“是予责也。难而不急，乌用友也！”乃行。周弟赆之，则去已久矣。至都，无门入控。相传驾将出猎，成预隐木市中，俄驾过，伏舞哀号，遂得准，驿送而下，着部院审奏。时阅十月余，周已诬服论辟。院接御批，大骇，复提躬谳。黄亦骇，谋杀周。因赂监者，绝其食饮，弟来馈问，苦禁拒之。成又为赴院声屈，始蒙提问，业已饥饿不起。院台怒，杖毙监者。黄大怖，纳数千金，嘱为营脱，以是得朦胧题免。宰以枉法拟流。周放归，益肝胆成。

○辰后：辰时过后。辰时，相当于早上七点至九点。

○囹圄（líng yǔ）：本秦代监狱名。后为牢狱别称。

○捏周同党：诬陷周生与海盗同伙。捏，即诬陷。

○搒掠：拷打。

○叩阙：指去京城向皇帝告状。阙，皇宫门前两边的楼，指代皇宫。

○重犴（zhòng àn）：大狱。

○弱弟：年幼的弟弟。

○难而不急：人在难中而不相救。急，救助。

○赆（jìn）：赠送路费。

○木市：树林。

○着部院审奏：责成山东巡抚审理奏闻。

○阅：经历。

○诬服论辟：含冤屈招，被判死刑。辟，大辟，即死刑。

○复提躬谳：提调案犯，亲自重审。谳，审讯犯人。

○营脱：设法解脱罪刑。

○拟流：判处流刑。流，古代五刑之一。把罪人放逐到远方。

译文

这天辰时过后，成生前去拜访周生，这才知道周生去城里告状去了。他急忙追上去想要阻止，可是周生已经被关进大牢里了。成生急得直跺脚却又没有什么计策。这时候，县里官府抓获了三名海盗，县令与黄吏部用钱收买他们，让他们将周生捏造成同党。县令依据海盗的证词报请上级革去周生的功名，对他进行更加残酷的拷打。成生进入大牢看周生，二人凄酸地相互看着。他们谋划着去京城告御状。周生说：“我被关在大牢里，就像小鸟被关在鸟笼里，虽然家里还有一个弟弟，只能给我送点吃喝而已。”成生挺身表示愿意承担责任，说：“这是我的责任，朋友有了危难而不能救急，要这朋友还有什么用！”看过周生后他就启程了。周生的弟弟来向成生赠送路费时，成生已经离开很久了。成生来到了京城，没有什么门路去上诉。有人说皇上要出宫狩猎，成生就提前躲在树林中，不久，皇上的车驾果然经过了这里，成生连忙跪在地上磕头，大声哭着喊冤，于是皇上接了他的状纸，派遣邮驿将状纸送到下面，责成山东巡抚审理奏闻。此时，距离周生被关入大牢已经过去十个月了，周生已经被屈打成招，判处死刑。巡抚在接到皇上的御批后，十分惊骇，打算提调案犯，亲自审问。黄吏部也感到十分害怕，他打算谋杀周生。因而黄家贿赂了看大牢的狱卒，不给周生吃食；周生的弟弟来看望周生，也被拒绝不让他们见面。成生又到巡抚衙门为周生喊冤，这才让巡抚重审案件，但是周生已经被饿得起不来了。巡抚大怒，将看守大牢的狱卒打死了。黄家的人害怕极了，急忙拿出几千两银子，托人为他洗脱罪责，巡抚含糊其词地上报免除了黄吏部的罪责。县令因为贪污枉法被判处流放。周生回到家里以后，对成生肝胆相照。

原文

成自经讼系，世情尽灰，招周偕隐。周溺少妇，辄迂笑之。成虽不言，而意甚决。别后，数日不至。周使探诸其家，家人方疑其在周所。两无所见，始疑。周心知其异，遣人踪迹之，寺观壑谷，物色殆遍。时以金帛恤其子。

○讼系：官司的拖累和牵扯。讼，诉讼，官司。

○溺：沉溺，溺爱。

译文

成生经历了这次诉讼事件之后，看破红尘，心灰意冷，就与周生商量一起归隐。周生溺爱自己年轻的妻子，觉得成生迂腐可笑。成生虽然没有再说些什么，但是他归隐的心意已决。他离开周生家后，好几天没有再来。周生派仆人去他家里探看，成家的人还认为成生在周生家里。两家都看不见成生，两边的人这才惊疑起来。周生心里清楚事情的原由，就派人探寻成生的去处，寺庙道观、高山深谷，几乎都找遍了，就是没有成生的消息。周生就时不时地送些金钱衣物接济成生的儿子。

原文

又八九年，成忽自至，黄巾氅服，岸然道貌。周喜，把臂曰：“君何往，使我寻欲遍？”笑曰：“孤云野鹤，栖无定所。别后幸复顽健。”周命置酒，略道间阔。欲为变易道装，成笑不语。周曰：“愚哉！何弃妻孥犹敝屣也？”成笑曰：“不然。人将弃予，其何人之能弃。”问所栖止，答在劳山之上清宫。既而抵足寝，梦成裸伏胸上，气不得息。讶问何为，殊不答。忽惊而寤，呼成不应，坐而索之，杳然不知所往。定移时，始觉在成榻。骇曰：“昨不醉，何颠倒至此耶！”乃呼家人。家人火之，俨然成也。周故多髭，以手自捋，则疏无几茎。取镜自照，讶曰：“成生在此，我何往？”已而大悟，知成以幻术招隐。意欲归内，弟以其貌异，禁不听前。周亦无以自明，即命仆马往寻成。

○黄巾氅（chǎng）服：道冠道袍。黄巾，即黄冠。

○岸然道貌：一副道士的派头。岸然，清楚，规范的样子。

○间阔：久别之情。间，隔。阔，久别。

○招隐：招他与之一起隐居修道。

○内：这里是内室的意思，意为与妻子见面。

译文

时间过去了八九年，成生忽然自己就回来了，他戴着道冠，穿着道袍，一副仙风道骨的道士派头。周生十分欢喜，他拉住成生的胳膊说：“你去哪里了，让我到处寻？”成生笑着说：“孤云野鹤，没有固定休息的地方。庆幸的是分别以后我的身体还算是康健。”周生命令家人置办酒席，两人略微叙了一下旧。周生想要成生更换下道士的袍服，成生笑而不说话。周生说：“你真的太傻了！为何将妻子儿女像扔旧鞋子一样抛弃呢？”成生笑着说：“并非如此。人世间要抛弃我，哪里是我将别人抛弃呢？”周生问成生现在居住的地方，成生说崂山上的上清宫。当夜，他们两个抵足而眠，周生梦见成生光着身子压在自己的胸口上，他被压得喘不上气来。他讶异地问成生这样做的原因，成生什么也没有回答。周生忽然一惊，清醒了过来，他呼唤成生却没人回应；坐起身来寻找成生，但不知道他在什么地方。定了一会神，周生才发觉自己睡在成生的床铺上，他惊骇地说：“昨日不曾喝醉，为什么神魂颠倒到这种程度？”于是就呼唤家里人。家里人点燃了灯火一看，坐在那里的是成生。周生本来胡子又多又密，此时他用手捋一捋，稀稀疏疏没有几根胡子了。拿来镜子对着自己一照，周生惊讶地说：“成生在这里，那么我去哪里了呢？”接着他恍然大悟，明白这是成生用幻术招自己归隐。周生想要回到内室，他的弟弟因为他现在的样子与原来不一样，不让他进入。周生也没有办法证明自己就是周生。他命令仆人准备马匹和他一起去寻找成生。

原文

数日，入劳山。马行疾，仆不能及。休止树下，见羽客往来甚众。内一道人目周，周因以成问。道士笑曰：“耳其名矣，似在上清。”言已径去。周目送之，见一矢之外，又与一人语，亦不数言而去。与言者渐至，乃同社生。见周，愕曰：“数年不晤，人以君学道名山，今尚游戏人间耶？”周述其异。生惊曰：“我适遇之，而以为君也。去无几时，或当不远。”周大异，曰：“怪哉！何自己面目觌面而不之识！”仆寻至，急驰之，竟无踪兆。一望寥阔，进退难以自主。

○羽客：道士的美称。

○耳：听说。

○同社生：社学同学。清代科举制度，大乡镇置社学，周边近乡的子弟可以入学肄业。

○游戏人间：混迹人间。

○寥阔：空旷，广远。

自念无家可归，遂决意穷追。而怪险不复可骑，遂以马付仆归，迤逦自往。

译文

经过好几天的奔波，他们进入了崂山。马跑得很快，仆人没有追上来，周生将马勒住，停在树下休息，看见这里有很多道士来来回回。其中有一个道士不断地打量着周生，周生就向他询问认不认识成生。道士笑着说："我听说过这个人的名字，他好像在上清宫。"说罢就径直离开了。周生目送他离开，看他走了一箭远的距离，又与另一个说话，也是说了几句话就离开了。和道士说话的那个人渐渐地来到身边，竟然是社学同学。他看见周生，惊愕地说道："好多年没有见面，别人都说你在名山学习道法，难道现在你还在游戏人间吗？"周生向他讲述了发生在自己身上的怪事。那个同学惊讶地说："我刚才遇见成生了，我还以为他是你呢。他刚离开没有多大一会，或许还没有走远。"周生感到十分惊奇，说："真是奇怪！我为何从对面看见自己的样子也不认识了呢？"一会儿，仆人寻了过来，他们急忙疾驰追赶，竟然连一点踪迹都没有。周生四处一看，一望无际，十分广阔，他一时拿不定主意是进还是退。他心里寻思，反正自己也没有地方可以去了，所以决定一路穷追。但是道路越来越艰险，不能骑马前行了，于是他将马交给仆人让他们回家，自己沿着崎岖的山路一步步向前走。

原文

遥见一僮独坐，趋近问程，且告以故。僮自言为成弟子，代荷衣粮，导与俱行。星饭露宿，逴行殊远。三日始至，又非世之所谓上清。时十月中，山花满路，不类初冬。僮入报客，成即遽出，始认己形。执手入，置酒宴语。见异彩之禽，驯人不惊，声如笙簧，时来鸣于

○程：路。

○逴（chuō）行殊远：走了很远。逴行，远行。

○驯人不惊：温驯依人，人至不惊。驯，顺服。

座上。心甚异之。然尘俗念切，无意留连。地下有蒲团二，曳与并坐。至二更后，万虑俱寂，忽似瞥然一盹，身觉与成易位。疑之，自捋颔下，则于思者如故矣。

○万虑俱寂：各种尘世杂念都泯灭而归于空寂。万虑，指一切思维活动。寂，空寂。

○瞥然一盹：突然打了一个盹。瞥，突然，倏忽。

○于思（sāi）：浓密的胡须。于，语气助词。思，同“鬛”。胡须浓密的样子。

译文

走了一段路，周生远远地看见一个小道童独自坐在那里，周生走上前去问路，并且向他说明自己在找成生的事。小道童说他是成生的弟子，并替周生背负着行囊，引导着他一起前行。他们一路上风餐露宿，披星戴月，走了很远很远，在第三天才终于走到了地方，但是这个地方并不是世间人们所说的那个上清宫。当时正是农历十月中旬，道路两边依然开满了各种鲜花，一点也不像是初冬的景象。小道童进门禀告说有客人来了，成生立即出门迎接，周生这时候才认出自己的容貌。他们二人手拉手进了屋子，他们一边喝酒一边聊天。只见各种颜色艳丽奇异的飞禽十分温驯，即使看见人了也不害怕，它们的叫声像乐器一样好听，动不动就飞到座位上来鸣叫，周生心里感到十分惊奇然而他还是对尘世的一切十分怀念，没有意愿在这里久留。地上摆放着两只蒲团，成生拉着周生并坐在上面。到了二更以后，周生感到各种尘世杂念都泯灭而归于空寂，猛然间打了一个盹，感觉自己的身体与成生的换了回来。他有些怀疑，用手摸了一下自己的下巴，胡须还是像以前一样又多又密。

原文

既曙，浩然思返。成固留之。越三日，乃曰：“乞少寐息，早送君行。”甫交睫，闻成呼曰：“行装已具矣。”遂起从之，所行殊非旧途。觉无几时，里居已在望中。成坐候路侧，俾自归。周强之不得，因踽踽至家门。叩不能应，思欲越墙，觉身飘似叶，一跃已

○浩然：不可阻遏、无所留恋的样子。

○乞少寐息：希望稍微休息一下。寐息，休息。

○踽踽（jǔ）：独行的样子。

过。凡逾数重垣，始抵卧室。灯烛荧然，内人未寝，哝哝与人语。舐窗以窥，则妻与一厮仆同杯饮，状甚狎亵。于是怒火如焚，计将掩执，又恐孤力难胜。遂潜身脱扃而出，奔告成，且乞为助。成慨然从之，直抵内寝。周举石挝门，内张皇甚。擂愈急，内闭益坚。成拨以剑，划然顿辟。周奔入，仆冲户而走。成在门外，以剑击之，断其肩臂。周执妻拷讯，乃知被收时即与仆私。周借剑决其首，罥肠庭树间，乃从成出，寻途而返。蓦然忽醒，则身在卧榻。惊而言曰："怪梦参差，使人骇惧！"成笑曰："梦者兄以为真，真者乃以为梦。"周愕而问之。成出剑示之，溅血犹存。周惊怛欲绝，窃疑成诪张为幻。成知其意，乃促装送之归。

○掩执：突入捉拿。掩，突然袭击。

○罥（juàn）：挂。

○惊怛（dá）：又惊又悲。怛，忧伤悲苦。

○诪（zhōu）张为幻：施弄幻术骗人。诪张，欺诳。为幻，制造假象、幻觉。

译文

天亮了，周生思家心切，执意要走，成生坚持留他多待几天。就这样过了三天，成生对周生说："请你稍微闭上眼睛休息一会儿，我早早地送你回去。"周生刚闭上眼睛，就听见成生呼喊他说："行装已经收拾好了。"于是周生就起身跟着成生出发了。这次他们所走的路并不是来时的那条路，感觉没有多长时间，已经能够远远地看见自己的房子了。成生坐在路旁等候，让周生自己回家。周生强邀他回家没有成功，所以就一个人慢慢地走到了家门口，他叩门没有人答应，想要翻墙过去，觉得身子就像一片树叶轻飘飘地一跃进入了院子。就这样翻越了好几道墙，才到达自己的卧房。只见卧室里灯光还亮着，他的妻子还没有休息，正咕咕哝哝地和人说话。周生将窗纸舔开偷偷往里看，见妻子与一个仆人用一个杯子喝酒，那样子十分亲密。于是周生心中怒火如焚，想要袭击将他们抓住，又害怕自己难以对付他们两个人。于是就悄悄地打开大门跑了出去，将这一切告诉了成生，并且请求成生帮助。成生痛快地答应了并跟着他径直地来到了内室。周生举起石头砸门，里面的人张皇失措、乱成一团。周生砸门砸得越着急，里面就将门关闭得越紧。成生用剑来拨，门就像被划破一样打开了。周生跑了进去，仆人冲出门向外跑去。成生在门外，用剑攻击仆人，斩断了仆人的一只胳膊。周生抓住妻子拷问，才知道自己被关在大牢的时候妻子就与仆人私通了。周生借过成生的剑砍下了她的脑袋，将她的肠子挂在了庭院的大树上。于是周生跟着成生出去了，按照来时的路返回。周生蓦然地惊醒了，原来他还躺在床上，他惊愕地对成生说："我做了一个乱七八糟的梦，真叫人又惊骇又恐惧！"成生笑着说："是梦，兄长却以为是真事；而真事，兄长却以为是做梦。"周生惊愕地问他是什么缘故。成生拿出剑给周生看，剑上的血迹还依然存在。周生惊吓得要死，心里怀疑是成生施弄幻术骗人。成生明白他的心思，于是催促他整理行囊，送他回家。

原文

荏苒至里门，乃曰："畴昔之夜，倚剑而相待者，非此处耶？吾厌见恶浊，请还待君于此。如过晡不来，予自去。"

○荏苒（rěn rǎn）：形容时光不知不觉过去。
○畴昔：从前。
○晡（bū）：申时，即下午三点到五点之间。

译文

二人不知不觉间走到了周生家的村口，成生说："先前那天晚上，我拿着宝剑等你，不就是在这个地方吗？我讨厌看见丑恶污浊，请还让我在这个地方等你。如果过了申时你还没有回来，我就自己离开了。"

原文

周至家，门户萧索，似无居人。还入弟家。弟见兄，双泪遽堕，曰："兄去后，盗夜杀嫂，刳肠去，酷惨可悼。于今官捕未获。"周如梦

○刳（kū）：破开挖空。

醒，因以情告，戒勿究。弟错愕良久。周问其子，乃命老媪抱至。周曰："此襁褓物，宗绪所关，弟好视之。兄欲辞人世矣。"遂起，径出。弟涕泗追挽，笑行不顾。至野外，见成，与俱行。遥回顾曰："忍事最乐。"弟欲有言，成阔袖一举，即不可见。怅立移时，痛哭而返。

○襁褓物：乳婴。襁褓，包裹婴儿的衣被。○宗绪：宗族后裔，传宗接代的人。绪，丝线末端，比喻后裔。

○涕泗：涕，眼泪。泗，鼻涕。

译文

周生回到家里，看见门庭十分冷清萧条，好像没有人居住的样子。他又来到弟弟家，弟弟看见他，顿时泪流不止，说："兄长离开以后，有天夜里有强盗进来杀害了嫂子，将她的肠子挖了出来，真是十分残忍，到现在官府还没有找到凶手。"周生这才如梦初醒，就把实情告诉了弟弟，告诫他不要继续追究这件事了。弟弟听后惊愕了很长时间。周生向弟弟问起了自己的儿子，然后弟弟命奶妈将孩子抱了出来。周生说："这个襁褓中的婴儿，是我们家传宗接代的人。弟弟要好好照看他，为兄我要和这个人世告别了。"说完话径直往外走。弟弟哭着追出来挽留他，周生笑着却没有回头地走了。到了郊外，看见成生就与他一起离开了。周生远远地回过头对弟弟喊道："做事能够忍耐是最大的乐事。"弟弟还想要说什么，成生将宽大的袖子一甩，两人就立即消失不见了。弟弟在那里惆怅地待了好久，才痛哭着回了家。

原文

周弟朴拙，不善治家人生产，居数年，家益贫。周子渐长，不能延师，因自教读。一日，早至斋，见案头有函书，缄封甚固，签题"仲氏启"，审之为兄迹。开视，则虚无所有，只见爪甲

○签题"仲氏启"：信封上写着"二弟启"。签，指书信的信封上题写收信人姓名住址的部位。仲氏，弟。

一枚，长二指许。心怪之。以甲置研上。出问家人所自来，并无知者。回视，则研石粲粲，化为黄金。大惊。以试铜铁，皆然，由此大富。以千金赐成氏子，因相传两家有点金术云。

○研：通“砚”。

○点金术：古代所谓点化他物使成金银的法术。

译文

周生的弟弟为人忠厚朴实，不善于管理仆人和治理产业，几年后，家里越来越贫穷。周生的儿子渐渐长大了，因为没有钱聘请老师，弟弟就亲自教他读书。有一天，弟弟一大早来到书斋，看见桌子上放着一封信，信口封得十分坚固，信封上写着“二弟启”，仔细一看是哥哥的字迹。打开信一看，里面一个字也没有，只看见一个爪甲，有两指来长。弟弟心里觉得很奇怪，就把爪甲放在了砚台上，出去问家人这封信是谁送来的，结果没有人知道。等他回到屋子里再一看，那砚台金光闪闪的，已经化成了黄金的。弟弟十分吃惊，就将爪甲放在铜与铁上试验，同样化成了黄金。从此以后他家就变得非常有钱。弟弟拿出了千金送给成生的儿子，因而后来人们都相传他们两家会点金术。

题疏

“题疏”是明清时期臣子向皇帝呈送的奏疏文件，分为题本和奏本两类。题本通常用于涉及政务、军事、钱粮等公事，并须加盖印章；若为私事则不用印章。题疏是题本的别称，体现了臣下向皇帝上报事项的正式性和分工。在当时，题疏是处理国家事务的重要文书形式。

【新郎】

原文

江南梅孝廉偶长，言其乡孙公，为德州宰，鞫一奇案。初，村人有

○梅孝廉偶长：梅庚，字偶长，宣城人，康熙二十年辛酉（1681）科举人。屡试进士不第。曾任浙江泰顺县知县，不久辞归。

○德州：今山东德州。宰：州县长官通称宰。

为子娶妇者，新人入门，戚里毕贺。饮至更余，新郎出，见新妇炫装，趋转舍后。疑而尾之。宅后有长溪，小桥通之。见新妇渡桥径去，益疑，呼之不应，遥以手招婿。婿急趁之，相去盈尺，而卒不可及。行数里，入村落。妇止，谓婿曰：“君家寂寞，我不惯住。请与郎暂居妾家数日，便同归省。”言已，抽簪扣扉轧然，有女僮

○归省：回家探望父母。这里指公公婆婆家。

出应门。妇先入。不得已，从之。既入，则岳父母俱在堂上。谓婿曰：“我女少娇惯，未尝一刻离膝下，一旦去故里，心辄戚戚。今同

○戚戚：难过。

郎来，甚慰系念。居数日，当送两人归。”乃为除室，床褥备具，遂居之。

译文

江南有个举人，名字叫梅偶长，说他的同乡孙公在德州做官时，审理过一桩神奇的案件。起初，村子有一户人家为他们的儿子娶媳妇，新媳妇过了门，亲戚朋友、乡里乡亲都来庆贺道喜。当喜酒喝到一更多的时候，新郎从房间里走了出来，见新媳妇穿着颜色绚丽的衣服，疾步向屋子后面走去。新郎心生疑虑就跟随在新娘子的后面。屋子后面有一条很长的小溪，溪流上面有一座小桥可以让人通过。新郎看见新媳妇从桥上径直地走了过去，心里更加疑虑。新郎呼唤新媳妇，

喜

她也不回应。只是远远地用手招呼着他过去。新郎着急地赶了过去，他们之间有一尺多远，但是新郎怎么也追不上新娘子。就这样两人前后行走了好几里路，然后进入了一个村子。新媳妇这才停住了步伐，对新郎说："你家太冷清了，我住不习惯，请你先和我在我家住些日子，然后我们一同回家看望父母。"话音刚落，新娘子便抽出头上的簪子叩打着院子的大门，有个小女童出来开门。新媳妇先走了进去，新郎迫不得已也跟了进去。进了屋子，看见岳父岳母都在堂屋坐着。他们对新郎说："我家女儿从小娇生惯养，没有一刻离开过我们，一旦离开了家，心里就很难过。今天你和她一起回来了，能够安慰我们这颗惦念的心。先在这里住几天，然后一定送你们回家。"于是就叫人打扫房间，准备被褥、整理床铺，他们就这样住了下来。

原文

家中客见新郎久不至，共索之。室中惟新妇在，不知婿之所往。由此遐迩访问，并无耗息。翁媪零涕，谓其必死。将半载，妇家悼女无偶，遂请于村人父，欲别醮女。村人父益悲，曰："骸骨衣裳，无可验证，何知吾儿遂为异物？纵其奄丧，周岁而嫁，当亦未晚，胡为如是急也！"妇父益衔之，讼于庭。孙公怪疑，无所措力，断令待以三年，存案遣去。

○别醮（jiào）：另找人家嫁女。醮，指女子嫁人。多指再嫁。

○为异物：指死去。

○奄丧：猝死。奄，急，突然。

○衔：衔恨，不满。

译文

新郎家里来祝贺的客人看见新郎出去了很久也没有回来，就一起去寻找他。新房里只有新媳妇一个人，也不知道新郎去了哪里。因此新郎家里的人到处寻找，一点相关的消息也没有。新郎的父母十分悲伤，觉得儿子一定不在人世了。就这样过了半年，媳妇的娘家人哀伤女儿没有了配偶，于是就和新郎的父亲请求，想将女人改嫁给别人。新郎的父亲听了之后更加悲痛，说："我儿子的衣服尸体并没有找到，也没有办法验证，怎么就知道他一定死了呢？即使他已经死去了，周年以后再改嫁也不晚，为什么这样着急呢！”新娘的父亲听了这些话以后更加怨恨，就告到了官府。孙公觉得这个案子十分奇怪可疑，一时不知道从哪里下手，就暂时判定女方家等待三年，将案件存档以后，众人各自回家了。

原文

村人子居女家，家人亦大相忻待。每与妇议归，妇亦诺之，而因循不即行。积半年余，中心徘徊，万虑不安。欲独归，而妇固留之。一日，合家遑遽，似有急难。仓卒谓婿曰：“本拟三二日遣夫妇偕归，不意仪装未备，忽遘闵凶。不得已，即先送郎还。”于是送出门，旋踵急返，周旋言动，颇甚草草。方欲觅途行，回视院宇无存，但见高冢。大惊，寻路急归。至家，历言端末，因与投官陈诉。孙公拘妇父谕之，送女于归，始合卺焉。

○大相忻待：好好地款待。忻，心喜。

○因循：流连，徘徊不去。

○遑遽：惊惧不安。

○忽遘闵凶：忽遇忧患。闵凶，忧患凶丧之事。

○旋踵急返：转脚急忙返回。

○于归：本指女子出嫁。这里指新妇重返夫家。

译文

新郎住在新媳妇家里，全家人都很热情。新郎每次提起回家，新媳妇也都答应，但总是拖着不动身。过了半年，新郎内心焦虑不安，他想要一个人回家，但是新媳妇每次都把他留下来。有一天，新媳妇全家人都惊慌不安，像有什么急事要发生一样。新媳妇的父母仓促地对新郎说：“本来打算两三天后让你们回家去，不承想还没有将东西备齐就突然遇到了麻烦，你先回家吧。”他们将新郎送出大门，匆忙地说了几句客套话就转身回去了。新郎回头一望，院子与屋子都不存在了，只看见一座高大的坟墓。他心中一惊，寻到路就匆忙地往家走。到了家里，他将事情的经过说了一遍，并到官府将这一切向孙公禀明。孙公传唤新娘的父亲过来，告诉了他发生的一切，命他把女儿送回新郎家。这对夫妻才算正式成婚。

【灵官】

原文

朝天观道士某，喜吐纳之术。有翁假寓观中，适同所好，遂为玄友。居数年，每至郊祭时，辄先旬日而去，郊后乃返。道士疑而问之。翁曰："我两人莫逆，可以实告：我狐也。郊期至，则诸神清秽，我无所容，故行遁耳。"又一年，及期而去，久不复返。疑之。一日忽至，因问其故。答曰："我几不复见子矣！曩欲远避，心颇怠，视阴沟甚隐，遂潜伏卷瓮下。不意灵官粪除至此，瞥为所睹，愤欲加鞭。余惧而逃，灵官追逐甚急。至黄河上，濒将及矣。大窘无计，窜伏溷中。神恶其秽，始返身去。既出，臭恶沾染，不可复游人世。乃投水自濯讫，又蛰隐穴中，几百日，垢浊始净。今来相别，兼以致嘱：君亦宜引身他去，大劫将来，此非福地也。"言已，辞去。道士依言别徙。未几，而有甲申之变。

○朝天观：即北京朝天宫。

○吐纳之术：口吐浊气，鼻吸清气的技术，古人叫"吐故纳新"。

○玄友：道友。

○郊祭：旧时帝王祭祀天地的一种典礼。

○旬：十天。

○莫逆：意思是心意相投，无所违逆。

○行遁：走避。

○卷（quān）瓮：一种小瓮。

○灵官：即王灵官。

○甲申之变，明崇祯十七年甲申（1644），李自成义军攻占北京，明亡，史称甲申之变。清兵入京也在同年。

译文

朝天观中有一个道士，喜欢修行吐纳的养生术。有一个老翁借住在朝天观中，碰巧他也喜欢吐纳之术，于是他们便成为道友。就这样过了好几年，每年到了祭祀天地的时候，老翁就提前十多天离开朝天观，等到祭祀完后再回来。道士很是疑惑，于是就向老翁询问原因。老翁说："咱们两个是莫逆之交，不妨实话告诉你，我是一只狐狸。祭祀的日子一到，诸多神仙都会下来清理污秽，我没有地方可以容身，因而才逃走了。”又过了一年，老翁又在祭祀来临之前离开了，但是过了很长时间没有再回到朝天观。道士感到十分疑惑。有一天，老翁突然来到了观里。道士就问他为什么这么长时间才回来。老翁回答说：“我差点儿就不能回来看你了！我本来是想远远地躲藏起来，但是有些倦怠，看见阴沟十分隐蔽，就潜伏在阴沟入口处的小瓮底下。不承想王灵官来这里扫除秽物，一眼就看见了我，愤怒地想要用鞭子打我。我因为恐惧逃跑了，王灵官在我后面追得很急迫。到了黄河边上，眼看王灵官就要追上来了。我实在是无计可施，就趴在了茅厕的厕坑里。王灵官嫌弃这个地方污秽，才转身离开了。”我从厕坑里爬了出来，身上被恶臭的味道沾染，不能在人间游历，于是就跳进水里清洗自己的身体，又找了个隐秘的洞穴蛰伏近一百天，身上的污秽才清除干净。今天我是来和你道别的，并且叮嘱你几句话：你也离开此地到别的地方去躲避吧，因为大的劫难就要来了，这不是一个有福之地。”说完这些话，老翁就告辞离开了。道士按照老翁的话搬迁到别的地方。没有多长时间，这里就发生了甲申之变。

大劫

“大劫”源自梵语“劫波”，指天地从形成到毁灭的一个周期，历经八十小劫为一大劫。后来，“大劫”引申为指重大灾难或劫难，象征着不可避免的毁灭性事件或极大的动荡。在古代文献和宗教中，常用“大劫”形容即将到来的巨大灾祸。

【王兰】

原文

利津王兰，暴病死。阎王覆勘，乃鬼卒之误勾也。责送还生，则尸已败。鬼惧罪，谓王曰：“人而鬼也则苦，鬼而仙也则乐。苟乐矣，何必生？”王以为然。鬼曰：“此处一狐，金丹成矣。窃其丹吞之，则魂不散，可以长存，但凭所之，罔不如意。子愿之否？”王从之。鬼导去，入一高第，见楼阁渠然，而悄无一人。有狐在月下，仰首望空际，气一呼，有丸自口中出，直上入于月中；一吸，辄复落，以口承之，则又呼之。如是不已。鬼潜伺其侧，俟其吐，急掇于手，付王吞之。狐惊，盛气相向。见二人在，恐不敌，愤恨而去。王与鬼别，至其家，妻子见之，咸惧却走。王告以故，乃渐集。由此在家寝处如平时。

○利津：县名。位于山东的北部，今属东营市。

○覆勘：复审。勘，审问犯人。

○误勾：按照民间的说法，人之所以死去，是因为阎王爷派鬼卒来召唤。误勾，即这一行为发生了差错。

○金丹：道家所谓长生不老有奇效的仙丹。

○渠然：高大深广的样子。

译文

利津县有个叫王兰的人，他得了急病死去了。阎王复审生死簿的时候发现，原来是鬼卒抓错了人。阎王责令鬼卒把王兰的魂魄送回去让他还阳，但是王兰的尸体已经腐烂了。鬼卒害怕阎王治罪，就对王兰说：“从人死变成鬼是辛苦的，从鬼变成神仙则是快乐的。如果想要快乐，又何必再还阳做人呢？”王兰认为这些话是正确的。鬼卒说：“这个地方有一只狐狸，它已经修炼出了金丹。如果偷取金丹将它吞服，那么人的魂魄就不会离散，能够长久地生活在世上，只要魂魄想去什么地方，就没有不如意的。你是否愿意？”王兰听了表示同意鬼卒的意见。鬼卒引导着王兰走进了一个高大的府邸，那里的楼阁非常高大深广，里面悄无声息，一个人都没有。有一只狐狸站在月光下，抬头仰望着夜空，它一呼气，一个小丸就从口中飞了出来，径直地飞入天上的月亮之中；再一吸气，小丸就落了下来，狐狸用嘴将小丸含住，然后它再次呼气，就这样反反复复地做。鬼卒潜伏在狐狸的身侧，等它呼气吐出小丸的时候，急忙用手将小丸抓住，交给王兰让他赶快吞食。狐狸十分吃惊，怒气冲天地向他们扑了过来。看见他们有两个人，恐怕自己打不过，就愤恨地走掉了。王兰与鬼卒告了别，回到家里，妻子和孩子看见他都害怕得想要逃跑。王兰告诉了他们事情的缘由，妻子和孩子才慢慢地向他靠拢。从此，他就像以前一样在家里生活。

原文

其友张姓者，闻而省之，相见，话温凉。因谓张曰：“我与若家夙贫，今有术，可以致富。子能从我游乎？”张唯唯。曰：“我能不药而医，不卜而断。我欲现身，恐识我者，相惊以怪。附子而行，可乎？”张又唯唯。于是即日趣装，至山西界。富室有女，得暴疾，眩然瞀瞑，前后药禳既穷。张造其庐，以术自炫。富翁止此女，常珍惜之，能医者，愿以千金为报。张请视之。从翁入室，见女瞑卧，启其衾，抚其体，女昏不觉。王私告张曰：“此魂亡也，当为觅之。”张乃告翁：“病虽危，可救。”问：“需何药？”俱言不须，“女公子魂离他所，业遣神觅之矣”。约一时许，王忽来，具言已得。张乃请翁再入，又抚之。少顷女欠伸，目遽

○话温凉：叙别离，致问候。如同“道寒暄”。

○夙（sù）贫：一向穷苦。夙，素昔，平常。

○不卜而断：不用占卜就可以断定吉凶。

○趣（cù）装：迅速整理行装。

○眩然瞀（mào）瞑：头昏眼花，神志昏迷。瞀，眼花目眩。瞑，闭目。

○魂亡：俗言丧魂失魄。亡，失落。

张。翁大喜，抚问。女言："向戏园中，见一少年郎，挟弹弹雀，数人牵骏马，从诸其后。急欲奔避，横被阻止。少年以弓授儿，教儿弹。方羞诃之，便携儿马上，累骑而行，笑曰：'我乐与子戏，勿羞也。'数里入山中。我马上号且骂，少年怒，推堕路旁，欲归无路。适有一人至，捉儿臂，疾若驰，瞬息至家，忽若梦醒。"翁神之，果贻千金。王夜与张谋，留二百金作路用，余尽摄去。款门而付其子，又命以三百馈张氏，乃复还。次日与翁别，不见金藏何所，益异之，厚礼而送之。

〇挟弹（dàn）弹（tán）雀：拿弹弓打鸟。

〇累骑：共骑一马。

〇贻：赠送。

译文

王兰有个姓张的朋友，听说了这件事就来看望他。二人相见后，彼此寒暄了几句。王兰便对张某说："我家和你家一向都很贫穷，如今我有了法术，能够致富了，你愿意和我一起吗？"张某没有反对。王兰说："我不用开药就能治好病，不用占卜就能断人吉凶。只要我显现原身，又恐怕认识我，并知道我已经死去的人会感到害怕恐惧。让我附在你身上，这样可行吗？"张某又没有反对。于是他们当天就收拾行囊出发了，然后来到了山西地界。在那里有一个富翁的女儿得了急病，头晕眼花，神志昏迷，前前后后请了很多大夫和术士，用了各种方法都没有治好。张某就到他的家里去拜访，向富翁炫耀自己的医术。富翁只有这一个孩子，十分疼爱她，只要能治好女儿的病，他愿意给一千两银子作为报酬。张某请求去看一看病人。他跟随富翁进入了内室，只见一个少女紧闭着双眼躺在床上，掀开身上的被子，用手抚摸她的身体，她昏睡着没有感觉。王兰悄悄地告诉张某说："她这是魂魄丧失了，应该为她寻找回来。"于是张某告诉富翁说："你家女儿的病虽然很危急，但是可以救。"富翁问张某："需要什么药吗？"张某说什么药都不用，"你家女儿的魂魄离开她到别的地方去了，我已经派遣神人去寻找了。"大概过了一个时辰，王兰突然回来了，告知张某少女的魂魄已经寻回来了。张某于是请富翁再次进入内室，又用手抚摸少女的身体。过了一会儿，少女伸了伸懒腰，眼睛忽然睁开了。富翁十分欢喜，爱抚并问她问到底发生了什么事。少女说："前几日我在园子里玩耍，看见一个少年郎，拿着弹弓打鸟雀，有好几个人牵着骏马跟随在少年郎的身后。我着急地想要躲藏起来，却被他横加阻拦。少年郎将弹弓给了我，教我打弹弓。我感到很害羞，就斥责了他几句，那少年郎就把我抱上了马，一同骑马前行。他还笑着说：'我愿意和你一起玩耍，你不要害羞。'走了好几里的路进入了山里，我在马上一边哭一边骂他；少年郎生气了，将我推下马跌倒在路边，我想要回家但是找不到路。这时恰巧有一个人过来了，他捉住我的胳膊，带着我像马奔驰一样，转瞬之间就回到了家，恍恍惚惚像从梦中惊醒过来一样。"于是富翁觉得张某是个神人，果然赠送给他们一千两银子。王兰夜里与张某商量，留下两百两银子作为路费，剩下的都由王兰转移到家里。王兰敲开门将钱交给他的儿子，又命令他的儿子将三百两银子交给张某的妻子，做完这些事王兰就回来了。第二天与富翁告别，富翁看不见张某将银子藏在了什么地方，更加觉得惊奇，赠送给他们厚重的礼物，随后送他们离开。

原文

逾数日，张于郊外遇同乡人贺才。才饮博，不事生产，奇贫如丐。闻张得异术，获金无算，因奔寻之。王劝薄赠令归。才不改故行，旬日荡尽，将复觅张。王已知之，曰："才狂悖，不可与处，只宜赂之使去，纵祸犹浅。"逾日，才果至，强从与俱。张曰："我固知汝复来。日事酗赌，千金何能满无底窦？诚改若所为，我百金相赠。"才诺之。张泻囊授之。才去，以百金在橐，赌益豪，益之狭邪游，挥洒如土。邑中捕役疑而执之，质于官，拷掠酷惨。才实告金所自

○饮博：饮酒赌博。

○狂悖（bèi）：做事乖张，狂妄背理。悖，违背常理。

○无底窦：无底洞。

○狭邪游：狎妓行为。

来。乃遣隶押才捉张。数日创剧，毙于涂。魂不忘张，复往依之，

○创剧（jù）：指刑伤恶化。剧，极，甚。

因与王会。一日，聚饮于烟墩，才大醉狂呼，王止之，不听。适

○烟墩：明清防卫报警设施。明清时代，烟墩常与烽火台并称为台墩。此处指烟墩废址。

巡方御史过，闻呼搜之，获张。张惧，以实告。御史怒，笞而

○巡方御史：即巡按御史。自明初始，派御史至各地巡察，称巡按御史。简称巡按。三年一换，职权同汉刺史。清初因之。

牒于神。夜梦金甲人告曰："查王兰无辜而死，今为鬼仙。医亦仁

○牒于神：具文通报神界，或具诉状于神界。

术，不可律以妖魅。今奉帝命，授为清道使。贺才邪荡，已罚

○律以妖魅：当作妖魅，绳之以法。律，谓依刑律治罪。

○帝：天帝。

○清道使：封建时代，皇帝、大臣出入，卫人员预为清净道路，辟除行人，称为清道。此处清道使，是传说中为尊神前驱清路的下级神官。

窜铁围山。张某无罪，当宥之。"御史醒而异之，乃释张。张治

○窜：处以流刑，流放。铁围山：又称铁轮围山，代指极荒远的世界。

装旋里。囊中存数百金，敬以半送王家。王氏子孙以此致富焉。

○旋里：回家。

译文

几天以后，张某在郊外碰到了同乡贺才。贺才整天喝酒赌博，不务正业，穷得好像要饭的一样。他听说张某获得了奇异的法术，赚得了很多银子，所以就投奔寻找张某。王兰劝张某给贺才一些钱让他回去。贺才没有改变他以前的行为，十天左右就将钱花光了，又来寻找张某。王兰已经知道了，对张某说："贺才做事乖张违背常理，不能和他长时间相处，只能给他一些钱财让他走，即使他惹祸了对我们的危害还是小一些。"第二天，贺才果然来了，他想要强行跟从张某在一块。张某说："我就知道你会再来找我的，你每天喝酒赌博，就是给你一千两银子又怎能满足这个无底洞呢？如果你诚心改过自新，我就送你一百两银子。"贺才承诺会按张某说的做。张某就把口袋里的银子都给了他。贺才离开以后，因为有了一百两银子在手，赌博的金额越来越大；还出入青楼妓院，挥金如土。县里的衙役怀疑他的钱来路不正，并将他逮捕去见官，并对他进行了严刑拷打。贺才于是把银子的出处告诉了县官。县官于是派遣衙役带着贺才去抓张某。几天以后，贺才因为刑伤恶化死在了路上。他的魂魄依然没有忘记张某，再次前往依附在张某的身上，因而与王兰的魂魄会合在了一起。有一天，他们聚在烟墩一起饮酒，贺才喝醉了狂喊乱叫起来，王兰制止他，贺才不听。恰好巡方御史的队伍从这里经过，听见了贺才的喊叫声就让人搜捕，结果将张某抓获了。张某十分害怕，就将

实情告诉了御史。御史听后大怒，就将张某打一顿，并写了牒文上告神灵。当天夜里御史梦见有个金甲神人告诉他说：“经查王兰无辜而死，现在他已经成了鬼仙，他治病救人也是一种仁术，不能够将他当作妖怪来治罪。现在奉了玉帝的旨意，授予王兰清道使的职位。贺才淫邪放荡，已经将他流放到铁围山。张某也没有什么过错，应该宽宥他。”御史醒来以后感到很惊异，于是释放了张某。张某收拾行囊回到了家里。他的行囊中还有好几百两银子，他将其中的一半恭敬地送给了王兰家，王兰的子孙从那以后就变得有钱了。

烟墩

“烟墩”是古代边疆用来传递警报的烽火台，高台上戍兵通过点燃烟火传递消息，俗称为烟墩。它是古代防御体系的一部分，用以快速传递边境战事或突发事件的预警信号。在军事防御中，烟墩的作用至关重要，象征着警戒和防卫的紧迫性。

【鹰虎神】

原文

郡城东岳庙，在南郭，大门左右神高丈余，俗名“鹰虎神”，狰狞可畏。庙中道士任姓，每鸡鸣，辄起焚诵。有偷儿预匿廊间，伺道士起，潜入寝室，搜括财物。奈室无长物，惟于荐底得钱三百，纳腰中。拔关而出，将登千佛山。南窜许时，方至山下。见一巨丈夫，自山上来，左臂苍鹰，适与相遇。近视之，面铜青色，依稀似庙门中所习见者。大恐，蹲伏而战。神诧曰：“盗钱安往！”偷儿益惧，叩不已。神揪令还入庙，使倾所盗钱，跪守之。道士课毕，回顾骇愕。盗历历自述。道士收其钱而遣之。

○郡城：府治所在地。作者故乡淄川清代隶属济南府，府治在历城，即今济南。

○南郭：南城。据《历城县志》，东岳庙在“府城南门外”。

○焚诵：焚香诵经。

○荐底：草席下面。荐，垫子，草席。

○长（zhǎng）物：原指多余物品或像样的东西。此处指可偷的值钱东西。

○腰：指腰包。

○千佛山：又名历山，今在济南市历下区。隋开皇年间因山石镌成众多佛像，因名千佛山。

○左臂苍鹰：左臂上架着苍鹰。臂，这里是以臂承物。

○课：功课，指寺庙早晚烧香念经的例行宗教活动，即上文所说的“焚诵”。

译文

郡城南郊有个东岳庙。大门左、右两边各有一座一丈多高的神像，称为“鹰虎神”。神像的表情十分狰狞。庙中有一个姓任的道士，每天清早起来焚香诵经。有一个小偷事先藏匿在廊中，等任道士起床去焚香诵经时，他就偷偷地进入道士的屋里，怎奈屋子里没有什么值钱的东西，只在草垫底下搜到三百文钱。小偷将钱塞在腰间，拔开门闩跑了。他想登上千佛山逃跑，向南逃窜了很长时间，才到达山脚下。只见一个巨人从山上走来，左臂上架着一只苍鹰，正好与小偷撞了个对面。小偷走近一看，巨人的脸色与庙门口站立的神像相似。小偷吓得蹲在地上浑身颤抖。巨人说：“你偷了钱要往哪里去！”小偷不断地叩头。巨人揪住小偷让他回到庙里，把偷来的钱全部掏出来，并且跪在那里等着。道士诵完经，回头看到了小偷十分吃惊。小偷将自己的盗窃行为详细说出，道士收起钱，将小偷放了。

【王成】

原文

王成，平原故家子。性最懒，生涯日落，惟剩破屋数间，与妻卧牛衣中，交谪不堪。时盛夏燠热，村外故有周氏园，墙宇尽倾，唯存一亭，村人多寄宿其中，王亦在焉。既晓，睡者尽去。红日三竿，王始起，逡巡欲归。见草际金钗一股，拾视之，镌有细字云：“仪宾府造。”王祖为衡府仪宾，家中故物，多此款式，因把钗踌躇。欻一妪来寻钗。王虽故贫，然性介，遽出授之。妪喜，极赞盛德，曰：“钗直几何，先夫之遗泽也。”问：“夫君伊谁？”答云：“故仪宾王柬之也。”王惊曰：“吾祖也。何以相遇？”妪亦惊曰：“汝即王柬之之孙耶？我乃狐仙。百年前，与君祖缱绻。君祖殁，老身遂隐。过此遗钗，适入子手，非天数耶！”王亦曾闻祖有狐妻，信其言，便邀临顾。妪从之。

○平原：县名。今为山东德州所属县。

○交谪不堪：被妻子责怨，难以度日。交谪，习指妻子对丈夫絮烦的埋怨、责数。

○燠（yù）热：炎热，酷热。燠，暖，热。

○仪宾：明代亲王或郡王之婿称仪宾。

○衡府：指青州衡恭王府。

○欻（xū）：忽然。

○介：耿直。

○先夫之遗泽：已故丈夫的遗物。

○缱绻（qiǎn quǎn）：缠绵纠结。形容男女间情义深厚，难舍难分。

译文

王成是平原县一个旧官僚世家的孩子。他生性最是懒惰，因而生活一天一天地落魄下去，只剩下几间破旧的屋子。他和妻子睡在草席上，经常被妻子责骂，难以度日。这时正是盛夏，天气酷热，村子外面原来有周氏人家的花园，外面的墙倒了，屋子也塌了，只剩下一个亭子。村里很多人都在那里借住，王成也是其中一个。天亮后，睡在这里的人陆陆续续地离开了；日升三竿了，王成才起来，他慢慢地想要回家去。这时他看见草地里有一支金钗，捡起来细看，上面刻有几个小字“仪宾府造”。王成的祖父原来就是衡恭王府的仪宾，家里的旧物，很多都刻有这种款式，所以他拿着金钗犹豫揣测着。这时，一个老婆婆来寻找金钗。王成虽然生活很贫穷，然而他秉性耿直，急忙将金钗拿给了老婆婆。老婆婆十分欢喜，她极力称赞王成美好的品德，说：“这支金钗没有几个钱，是我亡夫的遗物。”王成问：“您的夫君是谁呀？”老婆婆回答说：“是已故仪宾王柬之。”王成吃惊地说道：“那是我的祖父！你们是怎么相遇的呢？”老婆婆也十分吃惊地说：“你就是王柬之的孙子吗？我是狐仙。一百多年前，我和你的祖父有段姻缘。你的祖父过世以后，我就隐居了。经过此地的时候遗失了这支金钗，恰巧被你捡到了，这难道不是上天的安排吗？”王成曾经也听说过他的祖父有一个狐仙妻子，就相信了她的话，于是邀请老婆婆到他的家里坐坐。老婆婆就跟着他走了。

原文

王呼妻出见，负败絮，菜色黯焉。妪叹曰：“嘻！王柬之孙子，乃一贫至此哉！”又顾败灶无烟。曰：“家计若此，何以聊生？”妻因细述贫状，呜咽饮泣。妪以钗授妇，使姑质钱市米，三日外请复相见。王挽留之。妪曰：“汝一妻不能自存活，我在，仰屋而居，复何裨益？”遂径去。王为妻言其故，妻大怖。王诵其义，使姑事之，妻诺。逾三日，果至。出数金，籴粟麦各石。夜与妇共短榻。妇初惧之，然察其意殊拳拳，遂不之疑。

○负败絮：穿着破棉袄。此指衣衫破烂。

○菜色黯焉：容光暗淡，面有饥色。菜色，贫穷缺粮，长期以菜类充饥，营养不良的面色。

○败灶：破锅台。败，破败失修。

○何以聊生：依靠什么维持生计？聊，依赖。

○仰屋而居：指困居家中，愁闷无计。仰屋，抬头看着屋顶。

○使姑事之：像对待婆母那样侍奉狐妪。

○籴：买。石：容量单位。一石是十斗，合一百升。

○拳拳：恳挚的样子。

译文

回到家里，王成招呼妻子出来与老婆婆相见，妻子身上穿着破破烂烂的衣服，脸色暗淡无光。老婆婆叹息地说："唉！王柬之的孙子，怎么穷到这种地步呢！"又环顾周围，看到破败的锅灶没有一丝烟火，说："家里这种情况，你们是靠什么维持生活的呢？"王成的妻子因而细细地将生活的贫苦状况说给老婆婆听，忍不住呜咽哭泣起来。老婆婆将金钗交给王成的妻子，让她先把金钗典当了换钱买些米面，并说三天之后她会再来与他们相见。王成极力挽留她，老婆婆说："你连你妻子一个都不能养活，我留在这里，对着屋子发呆又有什么好处呢？"于是径直离开了。王成向妻子讲述了老婆婆的来历，妻子十分害怕。王成称颂老婆婆的仁义，让妻子像侍奉婆婆一样侍奉她，妻子应允了。过了三天，老婆婆果然又来了。她拿出一些银子，让王成去买谷子、麦子各一石。当天夜里老婆婆与王成的媳妇共同睡在短床上。刚开始王成的媳妇还十分惧怕她，但后来发现她心意诚挚，于是就不再心生怀疑了。

原文

翌日，谓王曰："孙勿惰，宜操小生业。坐食乌可长也？"王告以无赀。曰："汝祖在时，金帛凭所取。我以世外人，无需是物，故未尝多取。积花粉之金四十两，至今犹存。久贮亦无所用，可将去悉以市葛，刻日赴都，可得微息。"王从之，购五十余端以归。妪命趣装，计六七日可达燕都。嘱曰："宜勤勿懒，宜急勿缓。迟之一日，悔之已晚！"王敬诺。

○赀：钱，本钱。

○花粉之金：即私房钱。旧时妇女往往以购置化妆品为名积蓄零用钱。

○将：拿去。市：买。葛：葛布，俗称夏布。

○刻日：限定日期。

○端：量词，古代以布帛长两丈（或云一丈八尺、六丈等）为一端。通常以一端为一匹。

○燕（yān）都：北京。北京地区为周时燕国故地。

译文

第二日，老婆婆对王成说："孙子你不要再懒惰下去了，应该做点小生意，坐吃山空怎么能够长久呢！"王成告诉老婆婆他没有做生意的本钱。老婆婆说："你祖父在世的时候，金银绸缎随便我拿；因为自己是一个世外之人，不需要这些东西，所以就没有经常拿取。只积攒了四十两买花粉胭脂的钱，到现在还保存着。

存了这么长时间我也没有什么用处，你可以拿去都买了葛布，在限定的日期赶到京城，将它们卖掉赚一点小钱。”王成听从了老婆婆的话，买了五十多匹葛布回到了家。老婆婆马上让他收拾行囊出发，估计六七天就能够到达京城。她叮嘱王成说：“你要勤劳不要懒惰，你要快走不要慢走。假如晚一天到达京城，你后悔也来不及了！”王成恭敬地答应了。

原文

囊货就路，中途遇雨，衣履浸濡。王生平未历风霜，委顿不堪，因暂休旅舍。不意淙淙彻暮，檐雨如绳。过宿，泞益甚。见往来行人践淖没胫，心畏苦之。待至亭午，始渐燥，而阴云复合，雨又大作。信宿乃行。将近京，传闻葛价翔贵，心窃喜。入都，解装客店，主人深惜其晚。先是，南道初通，葛至绝少，贝勒府购致甚急，价顿昂，较常可三倍。前一日方购足，后来者并皆失望。主人以故告王，王郁郁不得志。越日，葛至愈多，价益下。王以无利不肯售。迟十余日，计食耗烦多，倍益忧闷。主人劝令贱鬻，改而他图，从之。亏赀十余两，悉脱去。早起，将作归计，启视囊中，则金亡矣。惊告主人，主人无所为计。或劝鸣官，责主人偿。王叹曰：“此我数也，于主人何尤？”主人闻而德之，赠金五两，慰之使归。自念无以见祖母，蹀躞内外，进退维谷。

○浸濡（rú）：因受水渍而湿透。濡，浸渍，沾湿。

○委顿：颓丧，疲困。

○淖（nào）：泥沼，指泥泞积水的道路。胫：小腿，从膝盖到脚跟。

○亭午：中午，正午。

○翔贵：腾贵，指价格飞涨。

○南道：南边的道路。山东在燕都的南边。

○贝勒：清代十三封爵之一，满语“多罗贝勒”的简称。

○可：大约。

○贱鬻（yù）：贱卖。鬻，卖。

○蹀躞（dié duó）：走来走去。义同徘徊，踱蹀。

译文

王成装上葛布就上路了。在途中遇上了大雨，衣服和鞋子全都湿透了。王成这辈子也没有遭受过风霜之苦，感到困顿不堪，因而打算在旅舍暂时休息。不承想大雨整整下了一宿，屋檐下的流水像一根根绳子一样，过了一宿，道路泥泞得更加难走。他看见来往的过路人，泥水已经淹没了小腿，他的心里畏惧怕苦。等到中午，地上稍稍干了一点，但很快又阴云聚集，下起了倾盆大雨。王成只好又住了一宿才启程。快到京城了，他听说京城的葛布价格飞涨，心里暗暗窃喜。等进入了京城，他卸下行装住进客店，店主人非常惋惜他来得太晚了。在此之前，南方的道路刚刚开通，葛布运送到京城的非常少，贝勒府又着急购买，葛布的价格顿时高涨了起来，比平时的价格提高了三倍。在王成进入京城的前一天，贝勒府已经将葛布买够了，那些后来的人都很失望。店主人将事情的缘由告诉了王成，王成听了一直闷闷不乐。第二天，越来越多的葛布运到了京城，葛布的价格越来越低，王成因为没有利润不肯卖。就这样犹豫了十多天，王成算计着食宿等已经花费很多了，心中更加烦闷忧愁。店主人劝他将葛布贱卖，改做别的买卖，王成听从了他的意见。他亏损了十多两的银子，葛布全部脱手了。第二天一早起来，王成打算回去，打开行囊一看银子都不见了。王成惊慌地去告诉店主人，店主人也没有什么办法。有人劝王成去告官，责令店主人给予赔偿。王成叹息道："这是我的命数如此，与店主人有什么关系呢？"店主人听闻了王成的话很欣慰，赠送给他五两银子，并安慰他回家。王成自己觉得没脸回家见祖母，里里外外地走来走去，一时间进退两难。

原文

适见斗鹑者，一赌辄数千，每市一鹑，恒百钱不止。意忽动，计囊

○鹑：鸟名。善搏斗，俗称鹌鹑。实则鹌与鹑非一物。

中赀，仅足贩鹑，以商主人。主人亟怂恿之，且约假寓饮食，不取其直。王喜，遂行。购鹑盈儋，复入都。主人喜，贺其速售。至夜，

○儋：同"担"。

大雨彻曙。天明，衢水如河，淋零犹未休也。居以待晴。连绵数

日，更无休止。起视笼中，鹑渐死。王大惧，不知计之所出。越日，死愈多，仅余数头，并一笼饲之。经宿往窥，则一鹑仅存。因告主人，不觉涕堕。主人亦为扼腕。王自度金尽罔归，但欲觅死。主人劝慰之，共往视鹑，审谛之，曰："此似英物。诸鹑之死，未必非此之斗杀之也。君暇亦无所事，请把之，如其良也，赌亦可以谋生。"王如其教。既驯，主人令持向街头，赌酒食。鹑健甚，辄赢。主人喜，以金授王，使复与子弟决赌，三战三胜。半年许，积二十金。心益慰，视鹑如命。

○扼腕：以手握腕，表示惋惜、同情。

○英物：物类中的超群杰出者。

○把之：比赛斗鹑的鹌鹑不能久蓄笼中，必须经常手持调驯，称为"把鹑"。把，握持。

○子弟：后生，青年人。也泛指社会上浮浪不务正业的青年。

译文

恰巧他碰见街上有斗鹌鹑的，每次斗赌都是好几千文钱；每买一只鹌鹑，常常花费不止一百文钱。王成心意忽动，他计算行囊中的资本，仅仅够他贩卖鹌鹑的，回到旅馆就和店主人商量。店主人极力怂恿他去试一试，并且约定好可以在他的店里吃饭住宿，不要他钱。王成很是欣喜，于是就上路了。他购买了整整一大担子的鹌鹑，又回到了京城。店主人也很高兴，祝王成能够早点卖光。到了夜里，突然下起了大雨，一直下到天明。天亮了，街上的水流像河水一样，雨淅淅沥沥的也没有停止。王成只好待在店里等待天晴。可是这雨连续下了好多天，看起来还没有停止的意思。王成起来去看笼子，鹌鹑渐渐地开始死去。王成非常害怕，不知道该如何是好。过了一宿，鹌鹑死得越来越多，只剩下了几只，王成将它们放在一个笼子里饲养；又过了一宿王成又去看笼子，只有一只鹌鹑还活着。王成将一切告诉了店主人，不知不觉泪流满面。店主人也为王成的不幸扼腕叹息。王成觉得钱都亏完了，有家也不能回，伤心地想要寻死。店主人劝慰着他，拉着他一同去看活下来的那只鹌鹑。店主人仔细地审视一番后对王成说："这只鹌鹑好像不同寻常，其他的鹌鹑之所以都死了，未必不是和它相斗被它咬死的。你现在闲着也没有事情可做，那么就训练它；如果它真的是一只良种，靠它斗赌也是能够谋生的。”王成按照店主人的意思去做了，将鹌鹑训练好以后，店主人让王成带着鹌鹑到街上去赌酒饭。那只鹌鹑非常健壮，每次都能够斗赢。店主人很是欢喜，拿出一些银子给王成，让他再去与专门斗鹌鹑的子弟去赌，结果三战三胜。过了半年多，王成靠斗赌积攒了二十两银子，心里愈加宽慰，他把这只鹌鹑当作他的性命一般。

原文

先是，大亲王好鹑，每值上元，辄放民间把鹑者入邸相角。主人谓王曰：“今大富宜可立致。所不可知者，在子之命矣。”因告以故，导与俱往。嘱曰：“脱败，则丧气出耳。倘有万分一，鹑斗胜，王必欲市之，君勿应。如固强之，惟予首是瞻，待首肯而后应之。”王曰：“诺。”

○大亲王：指亲王中行辈之尊长者。好鹑：指爱好斗鹑。

○上元：指阴历正月十五，又称元宵节。

○惟予首是瞻：看我的表情动作行事。

○首肯：点头同意。

○诺：答应的声音。

译文

起先，大亲王好斗鹌鹑，每到元宵节，就让民间斗鹌鹑的人进入王府与他的鹌鹑相互角斗。店主人对王成说：“如今发财的机会可以说就在你的眼前了，就是不知道你的运气怎么样了。”店主人将大亲王斗鹌鹑这件事告诉了王成，带他一起前去，并嘱咐他说：“如果你失败了，就自认晦气走出来。倘若万一你的鹌鹑斗赢了，亲王必然要把它买下来，你一定不要答应。如果他十分强硬地要买，你一定要看我的眼色行事，等我点头以后你再答应他。”王成说：“好的。”

原文

至邸，则鹑人肩摩于墀下。顷之，王出御殿，左右宣言：“有愿斗者上。”即有一人把鹑，趋而进。王命放鹑，客亦放，略一腾踔，客

○肩摩：肩膀相摩，形容拥挤。墀：台阶上的空地，也指台阶。

鹑已败。王大笑。俄顷，登而败者数人。主人曰：“可矣。”相将俱登。王相之，曰：“睛有怒脉，此健羽也，不可轻敌。”命取铁喙者当之。一再腾跃，而王鹑铩羽。更选其良，再易再败。王急命取宫中玉鹑。片时把出，素羽如鹭，神骏不凡。王成意馁，跪而求罢，曰：“大王之鹑，神物也，恐伤吾禽，丧吾业矣。”王笑曰：“纵之。脱斗而死，当厚尔偿。”成乃纵之。玉鹑直奔之。而玉鹑方来，则伏如怒鸡以待之；玉鹑健啄，则起如翔鹤以击之。进退颉颃，相持约一伏时，玉鹑渐懈，而其怒益烈，其斗益急。未几，雪毛摧落，垂翅而逃。观者千人，罔不叹羡。

○相：端详，细看。

○怒脉：突起的脉络。

○健羽：凶猛善斗的鸟。羽，鸟类代称。

○喙：嘴。当：抵敌，抵当。

○鹭：鹳形目鹭科鸟类的统称。这里指的是鹭鸶，羽毛非常白。

○颉颃（xié háng）：上下飞翔。这里指腾跃搏斗。

○一伏时：指家禽生蛋持续的时间。伏，量词。用作时间单位。

译文

到了王府，只见斗鹌鹑的人们摩肩接踵地拥挤在台阶下面。片刻工夫，大亲王就从御殿中走了出来。左右的侍从宣告说：“有愿意角斗的就上来。”立刻有一个人拿着鹌鹑快步走上前去。大亲王命令放出王府的鹌鹑，客方也放出自己的鹌鹑，两只鹌鹑刚刚跳跃相斗，客方的鹌鹑就已经败了。亲王大笑了起来。没多长时间，登上台被打败的已经有好多人了。店主人这才说：“可以上去了。”店主人与王成一同登台。大亲王看了看王成的那只鹌鹑，说：“眼睛里有怒脉，这是一只凶猛善斗的鸟，不能够轻视它。”亲王命令取一只叫铁嘴的鹌鹑来对阵。两只鹌鹑经过一番腾跃搏斗，亲王的鹌鹑败下阵来。亲王又选出一只更好的鹌鹑来对阵，换一只败一只。大亲王急忙命人取来宫里的玉鹌鹑。一会工夫就把玉鹌鹑拿来了。那玉鹌鹑全身雪白的羽毛，就像白鹭一样，看着神骏不凡。王成心生怯意，跪下来恳请不要再继续了，说：“大亲王的玉鹌鹑一看就是神物，恐怕会伤了我的鹌鹑，使我丧失了谋生的饭碗。”大亲王笑着说：“将它放出来吧。要是把你的鹌鹑斗死了，我一定重重地赔偿你。”王成这才将鹌鹑放了出来。玉鹌鹑直接扑向了王成的鹌鹑。当玉鹌鹑直接扑上来的时候，王成的鹌鹑就像一只怒鸡趴伏在那里严阵以待；玉鹌鹑猛地一啄，王成的鹌鹑像仙鹤一样，突然飞起来向下攻击；两只鹌鹑腾跃搏斗，相持了大概有一伏时。玉鹌鹑渐渐体力松懈了，而王成的鹌鹑却怒气越来越盛，搏斗得越来越急。不一会儿，玉鹌鹑的白色羽毛就被纷纷啄落，低垂着翅膀逃跑了。在周围观看的上千人，没有一个不赞叹歆羡王成的这只鹌鹑。

原文

王乃索取而亲把之，自喙至爪，审周一过。问成曰：“鹑可货否？”答云：“小人无恒产，与相依为命，不愿售也。”王曰：“赐而重直，

○恒产：即不动产，家庭中田园、房屋、土地等固定的产业。

○赐而重直：多给你钱。而，你。

中人之产可致。颇愿之乎？”成俯思良久，曰：“本不乐置，顾大王既爱好之，苟使小人得衣食业，又何求？”王请直，答以千金。王笑曰：“痴男子！此何珍宝而千金直也？”成曰：“大王不以为宝，臣以为连城之璧不过也。”王曰：“如何？”曰：“小人把向市廛，日得

○连城之璧：价值连城的璧玉。后代遂以连城璧比喻极端珍贵的东西。

○市廛：店铺集中的市区。

数金，易升斗粟，一家十余食指，无冻馁忧，是何宝如之？”王言：

○食指：人的第二个手指。这里喻指需要供养的家庭或家族人口。

“予不相亏，便与二百金。”成摇首。又增百数。成目视主人，主人色不动。乃曰：“承大王命，请减百价。”王曰：“休矣！谁肯以九百易一鹑者！”成囊鹑欲行。王呼曰：“鹑人来，鹑人来！实给六百，肯则售，否则已耳。”成又目主人，主人仍自若。成心愿盈溢，惟恐失

○获戾(lì)：得罪。戾，罪过。滋大：越发大，更大。

时，曰：“以此数售，心实怏怏。但交而不成，则获戾滋大。无已，

即如王命。”王喜，即秤付之。成囊金，拜赐而出。主人怼曰：“我言如何，子乃急自鬻也？再少靳之，八百金在掌中矣。”成归，掷金案上，请主人自取之，主人不受。又固让之，乃盘计饭直而受之。

○怼：不满，埋怨。

○少靳之：稍微勒措一下要价。靳，惜售，坚持要价，不让步。

○盘计：计算。饭直：饭钱。

译文

大亲王于是将王成这只鹌鹑要来亲自放在手上把玩，仔细地将它从嘴到爪审视了一遍，问王成：“你这只鹌鹑打算卖吗？”王成回答说：“小人没有什么产业，与这只鹌鹑相依为命，不愿意卖掉它。”亲王说：“赏赐给你一个好价钱，中等人家的财产立马就能到手，你愿意卖它了吧？”王成低下头思考了很长时间，说：“本来我是不愿意卖它的，考虑到大王既然这么喜爱它，假如真能让小人有一份衣食无忧的产业，我又有什么可求的呢？”大亲王问他卖多少钱，王成回答一千两银子。大亲王笑着说：“你这个痴傻的汉子！这鹌鹑是什么珍宝，能值一千两银子呀？”王成说：“大王不认为这鹌鹑是珍宝，小人我却以为它比价值连城的碧玉还要值钱。”亲王问：“为什么这么说呢？”王成回答说：“小人每天拿它到街上去角斗，能够得到好几两银子，可以换来一斗粮食，一家十多口人就能够生存，没有挨饿受冻的忧愁，有什么宝物能够和它相比呢？”亲王说：“我不让你吃亏，就给你二百两银子。”王成摇头。大亲王又加了一百两，王成偷偷看向店主人，店主人神色如常。王成于是说：“蒙大王的命令，那么我也减去一百两。”亲王说：“算了吧，谁会用九百两银子去买一只鹌鹑呀！”王成装起鹌鹑就要离开。亲王急忙喊道：“养鹌鹑的人回来！养鹌鹑的人回来！我实实在在地给你六百两，你如果同意就卖，否则就算了。”王成又看向店主人，店主人仍旧没有什么表情。王成的心里已经对此非常满足了，唯恐失掉了这个机会，说：“用这个价钱，我心中实在是不情愿；但是讨价还价了这么半天还没有做成这买卖，得罪了大王我也担待不起。没别的法子，就按大王的意思办吧。”亲王十分高兴，立马让人称出银子交给王成，王成将银子装好，拜谢王爷后就出来了。店主人埋怨王成说：“我是怎么叮嘱你的？你怎么这么着急地自己做主卖了？再稍微坚持一下，八百两银子就能够到手了。”王成回到了店里，将银子放在了桌子上，让店主人自己拿，店主人却不拿。王成再三让他拿，店主人这才计算出王成这几个月的饭钱并收下了。

原文

王治装归，至家，历述所为，出金相庆。妪命治良田三百亩，起屋作器，居然世家。妪早起，使成督耕，妇督织，稍惰，辄诃之。夫妇相安，不敢有怨词。过三年，家益富，妪辞欲去。夫妻共挽之，至泣下，妪亦遂止。旭旦候之，已杳矣。

○起屋作器：兴建房屋，置办家具。

○旭旦候之：清早向狐妪问安。候，问候，请安。

译文

王成整治好行装回到了家里，将他的经历详细地讲了一遍，拿出银子大家一起庆贺。老婆婆命他买下了三百亩的良田，修盖房子，置办器具，居然又恢复了祖上世家的景象。老婆婆每天早起，让王成督促雇佣的人们耕地，让王成的妻子督促家人织布。二人稍微有点懒惰，老婆婆就会呵斥他们。他们夫妇也安守本分，不敢有什么怨言。过了三年，王成的家里越来越有钱。老婆婆向他们辞别想要离开了，夫妻二人一起挽留她，哭泣不止，老婆婆才留下来了。第二天清晨他们前去向老婆婆请安时，她已经杳无踪迹了。

原文

异史氏曰：富皆得于勤，此独得于惰，亦创闻也。不知一贫彻骨，而至性不移，此天所以始弃之而终怜之也。懒中岂果有富贵乎哉！

○至性：纯厚无伪的天性。不移：不因境遇贫困而改变。

译文

异史氏说：财富都是因为勤劳而获得，但是王成的财富反而是因为懒惰而得到，这也是闻所未闻的事情了。人们不知道的是王成虽然贫穷，但是他淳厚的天性并没有因为贫穷而改变，这就是上天刚开始抛弃他后来反而怜惜他的原因。懒惰中怎么真的会有富贵存在呢？

【青风】

原文

太原耿氏，故大家，第宅弘阔。后凌夷，楼舍连亘，半旷废之。因生怪异，堂门辄自开掩，家人恒中夜骇哗。耿患之，移居别墅，留老翁门焉。由此荒落益甚，或闻笑语歌吹声。

○太原：清代府名。治所在今山西太原。

○凌夷：通作“陵夷”。像山丘一样渐渐低下，引申为衰败，颓替，走下坡路。此指家世衰落。陵，丘陵，土山。夷，平。

译文

山西太原耿家，原来是个官宦世家，其府邸开阔，气势宏伟。后来家世渐渐地没落了，连成一大片的房屋，多半都没有人居住。因此发生了很多怪异的事情，堂屋的门总是自开自关，家里人经常在半夜被惊骇得大声惊叫。耿家的主人对此很是烦恼，于是就搬到别的地方去居住，只剩下一个看门的老头。从此以后，这个地方就越来越荒凉败落了，有时候能听见院子里传来一阵阵的欢笑声与音乐声。

原文

耿有从子去病，狂放不羁。嘱翁有所闻见，奔告之。至夜，见楼上灯光明灭，走报生。生欲入觇其异。止之，不听。门户素所习识，竟拨蒿蓬，曲折而入。登楼，殊无少异。穿楼而过，闻人语切切。潜窥之，见巨烛双烧，其明如昼。一叟儒冠南面坐，一媪相对，俱年四十余。东向一少年，可二十许，右一女郎，裁及笄耳。酒胾满案，团坐笑语。生突入，笑呼曰：“有不速之客

○儒冠：儒生戴的帽子。南面：面向南。

○胾（zì）：大块的肉。

○不速之客：不邀自至的客人。

一人来！”群惊奔匿。独叟出叱问：“谁何入人闺闼？”生曰：“此我家闺闼，君占之。旨酒自饮，不一邀主人，毋乃太吝？”叟审睇曰：“非主人也。”生曰：“我狂生耿去病，主人之从子耳。”叟致敬曰：“久仰山斗！”乃揖生入，便呼家人易馔，生止之。叟乃酌客。生曰：“吾辈通家，座客无庸见避，还祈招饮。”叟呼：“孝儿！”俄少年自外入。叟曰：“此豚儿也。”揖而坐。略审门阀。叟自言：“义君姓胡。”生素豪，谈议风生，孝儿亦倜傥，倾吐间，雅相爱悦。生二十一，长孝儿二岁，因弟之。

○谁何：是谁？是什么人？闺闼：女人的卧室，内寝。

○旨酒：好酒。

○久仰山斗：久仰大名。

○易馔：撤换旧菜，添上新菜。表示对后来客人的尊敬。

○通家：家族之间，累世通好。即世交。

○豚儿：旧时对别人谦称自己的儿子。

○门阀：门第和阀阅的合称。这里是家世来历的意思。

○倜傥：豪爽不羁。

○倾吐间：开怀畅谈之际。倾，倾怀，竭诚。吐，谈吐，交谈。

译文

耿家的主人有个侄子叫耿去病，性格豪放不羁，他嘱咐看门的老头，如果再发现什么奇怪的事情，就赶紧跑过去告诉他。有一天深夜，看门的老头见楼上灯火忽明忽暗地闪烁，就赶紧告诉了耿生。耿生想要进去查看是什么东西作怪。老头劝阻他，他没有听从。这里的房屋门户都是耿生平常很熟悉的，于是他用手拨开高大的蓬蒿，弯弯绕绕地走进了院子里。他登上了楼，没有看见什么奇异的东西。然后穿过楼向后面走去，就听见有切切的说话声。耿生偷偷地看去，只见屋子里面有两支巨大的蜡烛正燃着，光亮得像白天一样。一个老翁戴着儒生的帽子面朝南坐着，有一个老妇人和他面对面坐着，他们都四十多岁。面朝东坐着一个少年，年龄大约二十岁；右面坐着一个女郎，刚十五六岁的样子。好酒好菜摆满了一大桌子，四个人围坐在一起，正在说说笑笑。耿生突然走了进去，笑着打招呼说：“有一个不请自来的客人到了！”屋子里的人惊慌地四处逃跑躲藏。唯独老翁出来呵斥地说：“什么人闯进人家的内室来了？”耿生说：“这是我家的内室呀，先生你霸占了这里，摆着美酒自斟自饮，也不邀请一下这里的主人，是不是有点太吝啬了？”老翁仔细地审视了他一下，说：“你不是这家的主人。”耿生说：“我就是狂生耿去病，是耿家主人的侄子。”老翁向耿生行礼致敬道：“久仰你的大名。”然后恭请耿生入座，招呼家人更换酒菜，耿生没让他这么做。老翁给耿生斟上酒。耿生说：“我们也算是世交了，刚才在座的那些人也不用回避，还是把他们请出来一块饮酒吧。”老翁于是招呼道：“孝儿！”一会儿，少年就从外面走了进来。老翁说：“这是我的儿子。”少年作揖然后坐了下来，耿生简单地问了他们家族门第。老翁自己说道：“我叫义君，姓胡。”耿生一向十分豪爽，谈笑风生，孝儿也风流潇洒，开怀畅饮之际，两人不由得生出倾慕钦佩之情。耿生二十一岁，比孝儿年长两岁，所以就称孝儿弟弟。

原文

叟曰：“闻君祖纂《涂山外传》，知之乎？”答：“知之。”叟曰：“我涂山氏之苗裔也。唐以后，谱系犹能忆之，五代而上无传焉。幸公子一垂教也。”生略述涂山女佐禹之功，粉饰多词，妙绪泉涌。叟大喜，谓子曰：“今幸得闻所未闻。公子亦非他人，可请阿母及青凤来共听之，亦令知我祖德也。”孝儿入帏中。少时，媪偕女郎出。审顾之，弱态生娇，秋波流慧，人间无其丽也。叟指妇云：“此为老荆。”又指女郎：“此青凤，鄙人之犹女也。颇惠，所闻见，辄记不忘，故唤令听之。”生谈竟而饮，瞻顾女郎，停睇不转。女觉之，辄俯其首。生隐蹑莲钩，女急敛足，亦无愠怒。生神志飞扬，不能自主，拍案曰：“得妇如此，南面王不易也！”媪见生渐醉，益狂，与女俱起，遽搴帏去。生失望，乃辞叟出。而心萦萦，不能忘情于青凤也。

○《涂山外传》：隐指记载狐族古老传说的书籍。涂山，指涂山氏，据说是禹之妻。古史关于禹娶涂山的记载不详，有的认为涂山是古涂山国诸侯之女，有的认为涂山是涂山九尾白狐之女。

○苗裔：后代子孙。

○唐：学者对本文中的唐有两种解释。一指陶唐氏，古帝尧所建国。一指李唐王朝。

○粉饰多词：铺陈夸张，词采繁富。

○妙绪泉涌：妙语迭出，喷涌如泉。形容语言动听，滔滔不绝。绪，思绪，话头。

○祖德：祖先的德行，多指其事迹、功业。

○帏中：帏，设于内室的帏幔。此处指闺房。

○老荆：老妻。

○犹女：侄女。

○停睇：目不转睛地看。

○隐蹑莲钩：悄悄踩青凤的小脚。莲钩，形容女人的小脚。

译文

老翁说道："听说你的祖父曾经编撰过一本《涂山外传》，你是否知道呢？"耿生回答："我知道。"老翁说："我乃是涂山氏的后代。自唐尧以后的家谱世系我还能够记得，但是唐尧以前的就没有保存下来。有幸请公子为我们讲授一二。"耿生简略地讲述了涂山女嫁给大禹并且辅助他治理洪水的功劳，言辞中又加以润色修饰，好词妙语，就像泉水一样纷纷涌出来。老翁听后非常欢喜，对着孝儿说："今天有幸听了许多未知的事情，耿公子也不是外人，可以将你的母亲和青凤请过来一起听一听，也好让她们知道我家祖上的功德。"孝儿便起身走进了帐幔里面。过了一会儿，老妇人带着女郎一起走了出来。耿生仔细地观察，那个女郎身姿柔弱娇媚，眼睛里流转着聪慧的柔波，人世间再也找不到像她一样好看的女子了。老翁指着老妇人说："这是我的老伴。"他又指着女郎说："这是青凤，她是我的侄女。青凤很是聪慧，所听所见总能长时间牢记，所以叫她来也听听这些事情。"耿生讲述完了相关的事迹就又开始喝酒，他双眼紧紧盯着女郎，目不转睛地上下打量。女郎察觉了，就将头低了下去。耿生偷偷地去踩青凤的小脚，女郎着急地把脚缩了回去，但是脸上并没有恼怒的神色。耿生越发心动神摇，不能控制自己，拍着桌子喊道："如果能娶到像青凤这样的女子，就是南面称王我也不换。"老妇人看见耿生渐渐醉了，越来越狂放，就带着女郎起身急忙掀开帐幔进入内室。耿生十分失望，于是辞别老翁出来。回到家以后，耿生心里总是想着青凤，对她念念不忘。

原文

至夜，复往，则兰麝犹芳，而凝待终宵，寂无声欬。归与妻谋，欲携家而居之，冀得一遇。妻不从，生乃自往，读于楼下。夜方凭几，一鬼披发入，面黑如漆，张目视生。生笑，染指研墨自涂，灼灼然相与对视。鬼惭而去。

○兰麝犹芳：香气犹存。兰，兰花。麝，麝香。

○声欬：人的声响。欬，咳嗽。

○灼灼然：鲜明光亮的样子。

译文

第二天夜里，耿生又一次去了那里，只觉得室内兰花和麝香的香气依然环绕，可是耿生在那里凝神等待了一个晚上，始终没有一点声息。耿生回到家中和妻子商量，想要带着家人去那座楼上居住，希望还能再次遇见青凤。妻子不同意，耿生于是自己搬进去住，白天在楼下读书。一天夜里，耿生正倚靠着桌子读书，有一个鬼披头散发地闯了进来，脸色像漆一样黑，张开眼睛看着耿生。耿生笑了笑，用手指蘸着墨汁将自己的脸涂黑，目光灼灼地与鬼对视着。鬼感到十分羞愧，于是就走了。

原文

次夜，更既深，灭烛欲寝，闻楼后发扃，辟之閛然。生急起窥觇，则扉半启。俄闻履声细碎，有烛光自房中出。视之，则青凤也。骤见生，骇而却退，遽阖双扉。生长跽而致词曰：“小生不避险恶，实以卿故。幸无他人，得一握手为笑，死不憾耳。”女遥语曰：“惓惓深情，妾岂不知，但叔闺训严，不敢奉命。”生固哀之云：“亦不敢望肌肤之亲，但一见颜色足矣。”女似肯可，启关出，捉之臂而曳之。生狂喜，相将入楼下，拥而加诸膝。女曰：“幸有夙分。过此一夕，即相思无用矣。”问：“何故？”曰：“阿叔畏君狂，故化厉鬼以相吓，而君不动也。今已卜居他所，一家皆移什物赴新居，而妾留守，明日即发。”言已，欲去，云：“恐叔归。”生强止之，欲与为欢。方

○发扃：开锁。扃，从外面关门的门闩。

○辟：开。閛(pēng)：形容门扇打开的声音。

○长跽(jì)：长跪，直挺挺地跪着，表示有所哀求。

○惓惓(quán)：恳切的样子。

○闺训：这里指家长对晚辈妇女的管束。

○相将(jiāng)：携手。

○夙分(fèn)：宿缘，前世注定的缘分。

○卜居：选择居所。这里指迁居。

持论间，叟掩入。女羞惧无以自容，俯首倚床，拈带不语。叟怒曰：“贱婢辱吾门户！不速去，鞭挞且从其后！”女低头急去，叟亦出。尾而听之，诃诟万端，闻青凤嘤嘤啜泣。生心意如割，大声曰：“罪在小生，于青凤何与？倘宥凤也，刀锯𫓧钺，小生愿身受之！”良久寂然，生乃归寝。自此第内绝不复声息矣。

○嘤嘤啜泣：小声抽泣。嘤嘤，形容哭声细弱。啜泣，即饮泣。

○𫓧钺（fū yuè）：斫刀和大斧。腰斩、砍头的刑具。泛指刑戮。𫓧，铡刀。切草的农具。也用为斩人的刑具。钺，大斧。

译文

第二天夜里，夜已经很深了，耿生想要吹灭蜡烛去睡觉，突然听到楼后面有拨开门闩的响声，只听见“砰”的一声门被打开了。耿生急忙起来去查看，只看见门半开着，不一会儿听见了细碎的脚步声，有人拿着点燃的蜡烛从屋子里走了出来。仔细一看，原来是青凤。青凤猛然间看见耿生，惊骇地连连向后退，急忙将两扇门关上。耿生直挺挺地跪下，对着青凤说道：“小生我不害怕危险凶恶，来这里其实是为了你。幸好现在没有其他人，如果能让我握一下你的手相视一笑，我就是死也没有什么可遗憾的了。”青凤远远地隔着门对耿生说：“你对我的一片深情我又怎么会不知道呢？可是叔父对我的管束十分严格，我不敢答应你的请求。”耿生又苦苦地哀求说：“我现在也不敢奢望与你有肌肤上的接触，只要能再见你一面我就很满足了。”青凤貌似允许了这个请求，打开门出来了，抓住耿生的手臂将他拽进了屋里。耿生狂喜万分，与青凤相牵来到了楼下，耿生将青凤抱在膝上，二人拥抱在一起。青凤说：“幸好我们之间有前世的缘分，过了这一夜，哪怕我们再相思也是没有什么用的。”耿生问：“因为什么呢？”青凤说：“我的叔父害怕你的狂放，因而化作厉鬼来吓唬你，你却一点不为所动。如今他已经在别的地方寻好了住处，全家人都在将东西搬到新家里去，只留下我看守，明天就要离开了。”说完这些话，青凤就想要离开，说：“恐怕叔父就要回来了。”耿生强硬地留住她不让她离开，想要与她共赴云雨。二人正在相互拉扯争执的时候，老翁突然无声无息地走了进来。青凤又羞愧又惊怕，感到无地自容，低着头依靠在床边，手上捏着衣带一句话也不说。老翁狂怒地骂道：“你这个贱丫头辱没了我家的名声！如果还不快走，我就在后面用鞭子抽你了！”青凤低着头着急地离开了，老翁也跟着走了出去。耿生尾随在他们后面听他们的动向，老翁不住口地辱骂着青凤。耿生听见青凤嘤嘤的哭泣声，他心如刀割，大声喊道：“这罪过在我身上，与青凤有什么关系呢？只要能宽宥了青凤，无论什么样的刑罚，我都愿意一个人承受！”过了很久周围又寂静了下来，耿生这才回去睡觉。从此以后府邸里再也没有听过什么奇怪的声音了。

原文

生叔闻而奇之，愿售以居，不较直。生喜，携家口而迁焉。居逾年，甚适，而未尝须臾忘凤也。

○不较直：不计较价格。直，价钱。

译文

耿生的叔叔听说了这件事觉得很惊奇，愿意把这府邸卖给他居住，不和他计较价格。耿生十分欢喜，就带着全家人搬到了这里居住。住了一年多，感觉很舒适，但是心中没有一刻将青凤忘记。

原文

会清明上墓归，见小狐二，为犬逼逐。其一投荒窜去，一则皇急道上。望见生，依依哀啼，阘耳辑首，似乞其援。生怜之，启裳衿，提抱以归。闭门，置床上，则青凤也。大喜，慰问。女曰：“适与婢子戏，遘此大厄。脱非郎君，必葬犬腹。望无以非类见憎。”生曰：“日切怀思，系于魂梦。见卿如获异宝，何憎之云！”女曰：“此天数也，不因颠覆，何得相从？然幸矣，婢子必以妾为已死，可与君

○阘（tà）耳辑首：垂耳缩头，畏惧驯服的样子。阘，耷拉，下垂的样子。辑，敛，缩。

○遘（gòu）：遭遇。

○颠覆：困顿。严重的挫折，灾祸。

坚永约耳。”生喜，另舍舍之。

○坚永约：坚订终身之约，相誓白头偕老。

译文

正巧清明节这天耿生扫墓回来，看见两只小狐狸被一只狗追逐，其中一只钻进荒草丛中逃走了，另一只惊慌失措在路上乱跑。它看见耿生，就依依不舍地哀叫着，垂耳缩头，好像在乞求他的援救。耿生可怜它，就解开衣襟，将它提起抱着回到了家里。耿生关上门，将它放在床上，狐狸竟然变成了青凤。耿生十分欣喜，赶忙来安慰她。青凤说：“刚才与丫环正在外面嬉戏，却遭受了如此劫难。如果不是你相救，我一定葬身狗腹了。希望你不要因为我不是同类就憎恶我！”耿生说：“我日日夜夜地思念着你，连做梦都在想着你。看见你如获珍宝，我怎么会憎恶你呢！”青凤说：“这可能就是上天的定数吧，如果不是因为这场灾难，我又怎么能够跟随你呢？而且幸运的是，丫环一定以为我已经死了，这样我就可以和你白头偕老，永远在一起了。”耿生十分欢喜，另外收拾了一间房子让青凤住下。

原文

积二年余，生方夜读，孝儿忽入。生辍读，讶诘所来。孝儿伏地，怆然曰：“家君有横难，非君莫拯。将自诣恳，恐不见纳，故以某来。”问：“何事？”曰：“公子识莫三郎否？”曰：“此吾年家子也。”孝儿曰：“明日将过，倘携有猎狐，望君之留之也。”生曰：“楼下之羞，耿耿在念，他事不敢预闻。必欲仆效绵薄，非青凤来不可！”孝儿零涕曰：“凤妹已野死三年矣！”生拂衣曰：“既尔，则恨滋深耳！”执卷高吟，殊不顾瞻。孝儿起，哭失声，掩面而去。生如青凤所，告以故。女失色曰：“果救之否？”曰：“救则救之，适不之

○年家子：科举同年的晚辈子侄。

○预闻：过问。

○效绵薄：报效微力，出力助人的谦辞。绵薄，即“绵力薄材”，意思是力量薄弱。

○野死：死于荒野，未经殓葬。

○拂衣：以袖拂衣，是气愤的表示。此处有峻拒逐客之意。

诺者，亦聊以报前横耳。”女乃喜曰：“妾少孤，依叔成立。昔虽获

○横：横暴。此指胡叟从前的粗暴干涉。

罪，乃家范应尔。”生曰：“诚然，但使人不能无介介耳。卿果死，

○家范：家规。尔：如此。

○介介：“耿耿”。意思是耿耿于怀，不能忘却。

定不相援。”女笑曰：“忍哉！”

○忍：忍心，狠心。

译文

就这样过去了两年多，一天夜里耿生正在读书，孝儿突然走了进来。耿生放下手中的书卷，惊讶地询问他过来有什么事。孝儿跪在地上，悲伤地说：“我的父亲突然遭受了横祸，除了你没有人能够拯救他。他想要亲自来恳求你，又害怕你不肯见他，所以我才来请求你。”耿生问：“什么事情呢？”孝儿说：“耿兄你认识莫三郎吗？”耿生说：“他是我科举同年的晚辈子侄。”孝儿说：“明天他将要从你的门前经过，倘若他携带着猎到的狐狸，希望你能够将它留下来。”耿生说：“那年楼下所受到的羞辱，我依然耿耿于怀，他的事我不想过问。如果这件事一定要我尽微薄之力的话，非得让青凤过来求我不可。”孝儿哭泣着说道：“凤妹已经死于荒野三年多了。”耿生气愤地一甩衣袖说：“既然如此，我对你们的怨恨就更加深了。”说完，拿起书卷高声吟诵起来，再也不去理睬孝儿。孝儿站起来，失声痛哭，用衣袖遮掩着脸走了。于是耿生来到了青凤的住所，将这事一五一十地告诉了她。青凤大惊失色，说：“你究竟救不救他？”耿生说：“肯定要救的，刚才之所以没有应允他，也不过是想要报复一下他以前的蛮横无理罢了。”青凤这才欢喜起来，说：“我从小就没有了父母，依靠叔叔的抚育才长大成人。以前虽然遭到他的处罚，因为家规就是如此。”耿生说：“话虽如此，但是不能不使人一直耿耿于怀。假如那次你真的死了，我一定不会去救他。”青凤笑着说：“你是真狠心呀！”

原文

次日，莫三郎果至，镂膺虎韔，仆从甚赫。生门逆之。见获禽甚多，

○镂膺虎韔（chàng）：马的胸带饰以镂金，骑士的弓袋饰以虎皮。形容主人和坐骑英武华贵。

○门逆之：在门外迎接客人，表示殷勤尽礼。逆，迎。

中一黑狐，血殷毛革，抚之，皮肉犹温。便托裘敝，乞得缀补。莫

○血殷（yān）毛革：流出的血把皮毛染红了。

慨然解赠。生即付青凤，乃与客饮。客既去，女抱狐于怀，三日

而苏，展转复化为叟。举目见凤，疑非人间。女历言其情。叟乃下拜，惭谢前愆。喜顾女曰："我固谓汝不死，今果然矣。"女谓生曰："君如念妾，还乞以楼宅相假，使妾得以申返哺之私。"生诺之。叟赧然谢别而去。入夜，果举家来。由此如家人父子，无复猜忌矣。生斋居，孝儿时共谈宴。生嫡出子渐长，遂使傅之。盖循循善教，有师范焉。

○惭谢前愆（qiān）：面色羞惭地对往日过失表示歉意。谢，告罪，道歉。愆，过失。

○申返哺之私：表达对长辈的孝心。申，表达。私，私衷，指孝心。

○赧（nǎn）然：红着脸，不好意思。赧，因羞惭而脸红。

○嫡出子：正妻所生的儿子。

○傅之：作孩子的老师。

○循循善教：循序渐进，善于教导。

○有师范：很有老师的风度气派。

译文

第二天，莫三郎果然经过了这里，他骑着胸前装饰着金饰的马，挎着绣有猛虎的弓箭，跟随着他的仆从有很多，声势十分浩大。耿生站在大门外来迎接他。看见他猎获的禽兽很多，其中有一只黑色的狐狸，流出的鲜血将皮毛都染成了黑红色；用手抚摸它，身体还是温热的。耿生谎称自己的皮衣破了，向他讨要这只狐狸的皮来补缀。莫三郎慷慨地将狐狸解下来赠送给了耿生。耿生马上将狐狸交给了青凤，他自己陪着客人一块喝酒。客人离开以后，青凤将狐狸抱在怀里，过了三天狐狸才苏醒，一转身就变化成了老翁。他一抬眼就看见了青凤，怀疑这里并不是人间。青凤就将事情的经过详细说了一遍。老翁于是向耿生下跪拜谢，羞愧地对以前的过失表示歉意。随即又欢喜地对青凤说："我一直认为你并没有死，现在果真如此。"青凤对耿生说："如果你爱怜我，还请你将那座楼宅借给我们住，让我表达一下对叔父的孝心。"耿生应允了。老翁面色羞愧地辞谢告别而去。到了夜里，老翁全家果然搬来了。从此以后，两家人就像亲父子一样，没有什么互相猜忌的。耿生在书斋里居住，孝儿经常来与他交谈宴饮。耿生正妻生的孩子渐渐地长大，就让孝儿当他的老师。孝儿对其循循教导，很有为人师长的风范。

【画皮】

原文

太原王生，早行，遇一女郎，抱襆独奔，甚艰于步。急走趁之，乃二八姝丽，心相爱乐。问："何夙夜踽踽独行？"女曰："行道之人，不能解愁忧，何劳相问。"生曰："卿何愁忧？或可效力，不辞也。"女黯然曰："父母贪赂，鬻妾朱门。嫡妒甚，朝詈而夕楚辱之，所弗堪也，将远遁耳。"问："何之？"曰："在亡之人，乌有定所。"生言："敝庐不远，即烦枉顾。"女喜，从之。生代携襆物，导与同归。女顾室无人，问："君何无家口？"答云："斋耳。"女曰："此所良佳。如怜妾而活之，须秘密，勿泄。"生诺之。乃与寝合。使匿密室，过数日而人不知也。生微告妻。妻陈，疑为大家媵妾，劝遣之。生不听。

○抱襆（fú）独奔：怀抱包袱，独自赶路。襆，包袱。奔，急行，赶路。

○趁：赶上去，凑上去。

○二八姝丽：十六岁上下的美女。姝，美女。

○夙夜：早夜，天色未明。

○贪赂：贪财。赂，用作收买的财物。这里指纳聘的财礼。

○詈：骂。楚辱：捶打侮辱。楚，灌木，一名荆，古人常用它制作刑杖或扑具，故经常用楚指代打人的棍子。

○在亡：处于逃亡境地。

○斋：此处指书斋，书房。

○媵（yìng）妾：古代诸侯嫁女所陪嫁的姬妾。后世所谓通房丫头。

译文

在太原，有位姓王的读书人，某日清晨漫步于途中，偶遇一位少女，她手携包裹，形单影只，匆匆前行，步伐间透着几分艰辛。王生见状，疾步上前，方觉眼前女子十六七岁，容颜清丽，心中不由生出几分怜爱，遂温言询问："天色尚早，姑娘何故独行至此，面露难色？"女子叹道："公子乃陌路之人，难以分我之忧，又何苦相问。"王生诚恳道："但说无妨，或许我能助你一臂之力，定不推脱。"女子面露哀色，缓缓道来："家父家母贪财，将我许配予一富贵之家作妾。然主母善妒，日夜非打即骂，我实难忍受，遂决意逃离。”王生追问：“姑娘欲往何处安身？”女子摇头：“身为逃妾，身如浮萍，岂有定所？”王生心生怜悯，提议道：“小生家舍不远，若姑娘不嫌弃，可暂避风头。”女子闻言，感激应允。王生遂接过包裹，引领女子归家。入内，见室中无人，女子轻声问：“此间何以不见尊夫人？”王生答：“此乃书房，甚是幽静。”女子笑道：“此地甚好，若公子能救我于水火，还请严守秘密，勿使外人知晓。”王生郑重承诺，当夜便与女子共寝一室，将她隐秘安置，数日之内，无人知晓其存在。然而，时日一长，王生不慎将此事略露风声于妻陈氏。陈氏闻之，疑此女或为豪门逃妾，恐引祸上身，力劝王生遣其离去。然王生却固执己见，不肯从命。

原文

偶适市，遇一道士，顾生而愕。问：“何所遇？”答言：“无之。”道士曰：“君身邪气萦绕，何言无？”生又力白。道士乃去，曰：“惑哉！世固有死将临而不悟者！”生以其言异，颇疑女。转思明明丽人，何至为妖，意道士借魇禳以猎食者。无何，至斋门，门内杜，不得入。心疑所作，乃逾垝垣，则室门亦闭。蹑迹而窗窥之，见一狞鬼，面翠色，齿巉巉如锯，铺人皮于榻上，执采笔而绘之。已而掷笔，举皮，如振衣状，披于身，遂化为女子。睹此状，大惧，兽伏而出。急追道士，不知所往。遍迹之，遇于野，长跪乞救。道士曰：“请遣除之。此物亦良苦，甫能觅代者，予亦不忍伤其生。”乃以蝇拂授生，令挂寝门。临别，约会于青帝庙。

○力白：竭力辩白。

○魇（yǎn）禳（rǎng）：镇压邪祟叫“魇”，驱除灾变叫“禳”，均属道教法术。猎食：伺机攫取所需，俗称“骗饭吃”。

○杜：关，堵。

○垝（guǐ）垣：残缺的院墙。垝，坍塌。垣，外墙。

○蹑迹而窗窥之：放轻脚步，靠近窗前窥视它。

○巉巉（chán）：本意为山势高峻的样子，这里用以形容女鬼牙齿长而尖利。

○兽伏而出：如兽伏地，爬行而出。

○蝇拂：又名拂尘，用马尾一类的毛制成的拂子，用以驱蝇，拂尘，俗称马尾（yǐ）甩子。旧时道士常常用手持之。

○青帝：中国古代神话中主宰东方的天帝。

译文

一日，王生去市集，偶遇一道士。道士初见王生，面露惊异之色，急问：“你近日是否遇到过什么奇怪的人？”王生愕然，说：“没有。”道士却说：“你身染邪气很重，为何说没见过？”王生再三辩解，道士无奈摇头，叹道：“世间竟有临危而不自知者，真是奇事！”王生听完，心中生疑，暗自揣测那女子身份，却又念及其美貌非凡，怎会是妖邪之物？遂以为道士可能是欲借除妖之名敛财。没多久，王生回到书房前，见门户紧闭，心生疑惑，于是越墙而入，只见内室亦门扉紧闭。他悄步至窗前窥视，只见一恶鬼面目狰狞，肤色青灰，獠牙如锯，正在床上铺设一张人皮，手执彩笔细细描绘。画完，恶鬼掷笔于地，抓起人皮，如穿衣般披于身上，瞬间化作那美丽女子之貌。王生目睹此景，惊骇欲绝，四肢并用，仓皇逃出，急切寻那道士相助，但是道士已杳无踪迹。王生遍寻无果，终于在郊外偶遇道士，跪拜求救。道士叹道：“既如此，我便助你驱赶它。此物修行不易，方得替身，欲转投人世，我也不忍伤其性命。”遂将手中拂尘赠予王生，嘱其挂于卧室门头位置。临别之际，道士又与王生相约青帝庙再见。

原文

生归，不敢入斋，乃寝内室，悬拂焉。一更许，闻门外戢戢有声。自不敢窥也，使妻窥之。但见女子来，望拂子不敢进，立而切齿，良久乃去。少时，复来，骂曰：“道士吓我。终不然，宁入口而吐之耶！”取拂碎之，坏寝门而入。径登生床，裂生腹，掬生心而去。妻号。婢入烛之，生已死，腔血狼藉。陈骇涕不敢声。

○戢戢有声：有喊喊喳喳的声响。

○终不然：终不会这样，提示下面所说的情况不会发生。

○狼藉：此指血肉模糊。

译文

王生归家后，心有余悸，避而不入书斋，转而宿于内室，并将道士所赠拂尘高悬于门楣之上。夜深人静，一更时鼓响，忽闻门外传来细碎而诡异的声音，王生恐惧至极，不敢窥视，急唤妻陈氏暗中察。只见那女子悄然而至，目光触及拂尘，面露畏惧，驻足门外，咬牙切齿，良久方悻悻离去。然没多久，女子又回来了，怒声斥道："道士想以微末伎俩吓我，我岂能善罢甘休？岂有既得美食而复吐出之理？"说完，悍然上前，将拂尘扯下，撕扯成碎片，随后猛力冲撞卧室之门，门扉应声而破，女子直闯而入。她直奔王生床榻，猛然扑上，利爪如钩，撕裂王生胸腹，挖心而去，陈氏惊骇欲绝，尖叫出声。丫环闻声赶来，手持烛台，烛光摇曳下，只见王生已命丧黄泉，腹腔内血肉模糊，惨不忍睹。陈氏恐惧至极，深知此事非同小可，不敢张扬。

原文

明日，使弟二郎奔告道士。道士怒曰："我固怜之，鬼子乃敢尔！"即从生弟来。女子已失所在。既而仰首四望，曰："幸遁未远。"问："南院谁家？"二郎曰："小生所舍也。"道士曰："现在君所。"二郎愕然，以为未有。道士问曰："曾否有不识者一人来？"答曰："仆早赴青帝庙，良不知。当归问之。"去，少顷而返，曰："果有之。晨间一妪来，欲佣为仆家操作，室人止之，尚在也。"道士曰："即是物矣。"遂与俱往。仗木剑，立庭心，呼曰："孽魅！偿我拂子来！"妪在室，惶遽无色，出门欲遁。道士逐击之。妪仆，人皮划然而脱，化为厉鬼，卧嗥如猪。道士以木剑枭其首，身变作浓烟，匝地作堆。道士出一葫芦，拔其塞，置烟中，飗飗然如口吸气，瞬息烟尽。道

○室人止之：我的妻子把她留下了。室人，妻。止，留。

○划然：哗的一声，皮肉撕裂的声音。

○枭其首：砍下他的头。枭首，斩人首悬于高竿，借以宣示罪名，警戒众人。

○匝地作堆：旋绕在地，成为一堆。匝，环绕。

○飗飗（liú）：微风吹动的样子。

士塞口入囊。共视人皮，眉目手足，无不备具。道士卷之，如卷画轴声，亦囊之，乃别欲去。

译文

次日清晨，陈氏急遣王生之弟二郎，匆匆前往青帝庙，向道士禀报昨夜惨事。道士闻讯，怒不可遏，说道："我本欲慈悲为怀，不料此妖竟敢如此嚣张！"说罢，即刻随二郎返回王家。到了以后，那女子已无踪影。道士环顾四周，沉吟道："幸亏还没跑远。"然后又问："南院居所，是什么人所有？"二郎答道："是我的居所。"道士神色一凛，说："妖物此刻正藏于你宅中。"二郎愕然，以为是乱讲，道士于是问："可有陌生人来访？"二郎思忖片刻，说："我晨间便往青帝庙寻您，未知详情。待我归家询问。"说完离去，不多时返回，神色紧张："确有此事，晨起一老妇人至，想做我家佣仆，家妻已收留了她，此刻仍在家中。"道士断言："正是此妖。"众人随即赶往二郎宅邸。道士手持桃木剑，立于院中，高声喝道："妖孽！速还我拂尘来！"屋内，老妇人闻听此言，面色大变，夺门欲逃。道士身形一闪，挥剑击之。老妇人应声倒地，人皮瞬间裂开，现出恶鬼真身，哀嚎如猪。道士不待其喘息，一剑斩其首级，其身躯化为一股浓烟，盘旋不散。道士迅速取出葫芦，拔开塞子，置于烟中。顿时，葫芦内传出"嗖嗖"之声，仿佛有口在吸，须臾间，浓烟尽被吸入葫芦之内。道士重将葫芦塞好，纳入囊中。众人再视地上人皮，五官四肢俱全，栩栩如生。道士从容拾起，卷之如轴，亦纳入行囊之中，随后向众人拱手告别，准备离去。

原文

陈氏拜迎于门，哭求回生之法。道士谢不能。陈益悲，伏地不起。道士沉思曰："我术浅，诚不能起死。我指一人，或能之，往求必合有效。"问："何人？"曰："市上有疯者，时卧粪土中。试

○谢不能：推辞无能为力。谢，推辞。

叩而哀之。倘狂辱夫人，夫人勿怒也。”二郎亦习知之，乃别道士，与嫂俱往。见乞人颠歌道上，鼻涕三尺，秽不可近。陈膝行而前。乞人笑曰：“佳人爱我乎？”陈告之故。又大笑曰：“人尽夫也，活之何为？”陈固哀之。乃曰：“异哉！人死而乞活于我。我阎摩耶？”怒以杖击陈，陈忍痛受之。市人渐集如堵。乞人咯痰唾盈把，举向陈吻曰：“食之！”陈红涨于面，有难色，既思道士之嘱，遂强啖焉。觉入喉中，硬如团絮，格格而下，停结胸间。乞人大笑曰：“佳人爱我哉！”遂起，行已不顾。尾之，入于庙中。迫而求之，不知所在。前后冥搜，殊无端兆，惭恨而归。

○颠歌：疯疯癫癫地唱歌。

○人尽夫也：人人可以成为你的丈夫。

○阎摩：在中国民间掌管地狱的阎罗王，阎王。

○盈把：满满的一把。

○啖：吃。

○端兆：线索，迹象。

译文

陈氏悲痛欲绝，跪倒在道士面前，泪如雨下，恳求道士施展回生之术，救回王生一命。道士面露难色，缓缓摇头：“我法术有限，实难逆天改命。但有一人，或许能助夫人一臂之力，夫人不妨一试。”陈氏闻言，心中燃起一丝希望，急切追问：“此人是谁？”道士答道：“市集之上，有一疯癫之人，常卧于污秽之中，夫人可前往求助于他。倘若他污辱夫人，夫人不要发怒。”陈氏闻言，虽有犹豫，但为了救夫，决定一试。王二郎因知此人，便与嫂嫂一同前往。到达市集，只见一乞丐衣衫褴褛，疯疯癫癫，口中哼唱着无人能懂的歌曲，鼻涕垂挂，周身散发着难闻的气味，令人避之不及。陈氏不顾一切，双膝跪地，缓缓挪至乞丐面前。乞丐见状，咧嘴一笑，言语轻佻：“美人儿，可是看上了我这糟老头子？”陈氏含泪道出原委，乞丐听后，大笑不止：“天下男儿何其多，何须为一死人费神？”陈氏坚持恳求，乞丐却怒道：“我当真是阎罗王不成？能随意勾人生死？”言罢，竟挥起手中讨饭棍，重重打在陈氏身上。陈氏忍痛承受，周围人群越聚越多，议论纷纷。乞丐见状，更是肆无

忌惮，竟吐出痰涎，凑近陈氏嘴边："吃了它，或许能救你相公一命！"陈氏面红耳赤，心中恶心欲呕，但想到道士的嘱咐，强忍不适，一口口吞咽下去。那痰涎入喉，如同棉絮般梗塞，直抵胸口，令人窒息。乞丐见状大笑，又言："美人儿，你可是真心爱我！"说罢，转身离去，消失在人群中。陈氏与二郎紧随其后，直至一庙宇前，却再也寻不见乞丐的踪迹。二人遍寻无果，只得满心羞愧与愤恨地返回家中。

原文

既悼夫亡之惨，又悔食唾之羞，俯仰哀啼，但愿即死。方欲展血敛尸，家人伫望，无敢近者。陈抱尸收肠，且理且哭。哭极声嘶，顿欲呕，觉鬲中结物，突奔而出，不及回首，已落腔中。惊而视之，乃人心也，在腔中突突犹跃，热气腾蒸如烟然。大异之，急以两手合腔，极力抱挤，少懈，则气氤氲自缝中出，乃裂缯帛急束之。以手抚尸，渐温，覆以衾裯。中夜启视，有鼻息矣。天明，竟活。为言："恍惚若梦，但觉腹隐痛耳。"视破处，痂结如钱，寻愈。

○展血敛尸：擦去血污，收尸入棺。展，展抹，拂拭。

○鬲中：胸腹之间。鬲，通"膈"，胸腔腹腔之间的横膈膜。

○氤氲（yīn yūn）：冒热气，烟云弥漫的样子。

○缯帛：古代对于丝绸的总称。

○衾（qīn）裯（chóu）：被子、床帐等卧具。

○寻：表示时间不久，接着，随即。

译文

陈氏归家，心如刀绞，既为夫之惨死哀痛欲绝，又为自身所受屈辱悔恨交加，她悲呼苍天，只求速死以求解脱。然念及亡夫尚需妥善安置，陈氏强忍悲痛，欲为夫收殓。家人皆因恐惧而远远看着，无人敢近。陈氏无奈，只得亲自抱起王生冰冷的身躯，细心清理其身上血污与外露的脏器，每触一处，皆是锥心之痛，哭声不绝。正当陈氏悲痛欲绝之际，忽觉胸中翻腾，恶心欲呕，那之前强咽下的痰涎所化之硬块，竟猛然间自喉间冲出，未及反应，已落入王生胸腔之内。

陈氏惊愕之余，定睛一看，只见那物竟化作一颗鲜活的心脏，在王生胸膛内“突突”跳动，散发出袅袅热气。陈氏惊喜交加，连忙双手用力合拢，试图将王生胸膛闭合。每收紧一分，便有热气自缝隙逸出，她急中生智，撕下绸缎，紧紧包裹住王生的胸腹。不久，她触摸之下，竟觉尸体渐生暖意，遂又加盖棉被，以保余温。夜半时分，陈氏起身查看，惊喜地发现王生鼻孔中已有微弱呼吸。及至次日晨光初照，王生竟奇迹般地苏醒过来，只觉如梦初醒，腹部隐隐作痛。检视伤处，只见被抓破之处已结痂如铜钱大小，不久之后，伤口竟完全愈合，王生彻底康复。

原文

异史氏曰：愚哉世人！明明妖也，而以为美。迷哉愚人！明明忠也，而以为妄。然爱人之色而渔之，妻亦将食人之唾而甘之矣。天道好还，但愚而迷者不寤耳。可哀也夫！

○渔：贪取。这里指渔猎女色，即贪婪地追求和占有女人。

○天道好（hào）还：指宇宙间的哲理是往复还报，善有善报，恶有恶报，寓有警戒世人不要作恶之意。天道，天理。还，还报。

译文

异史氏叹曰：世之人，何其愚也！明明是妖魅，而视为倾城之色；忠告殷殷，反疑为欺世之妄。夫贪恋美色，无厌求索，殊不知自家之妻，或亦将蒙辱于外，舔舐他人之唾，以为甘饴。善恶之报，天道循环，不爽毫厘，唯愚钝浑噩者，终不觉悟，实可悲夫！

【贾儿】

原文

楚某翁，贾于外。妇独居，梦与人交，醒而扪之，小丈夫也。察其情，与人异，知为狐。未几，下床去，门未开而已逝矣。入暮邀庖媪伴焉。有子十岁，素别榻卧，亦招与俱。夜既深，媪儿皆寐，狐复来，妇喃喃如梦语。媪觉，呼之，狐遂去。自是，身忽忽若有亡。至夜，不敢息烛，戒子睡勿熟。夜阑，儿及媪倚壁少寐。既醒，失妇，意其出遗，久待不至，始疑。媪惧，不敢往觅。儿执火遍烛之。至他室，则母裸卧其中，近扶之，亦不羞缩。自是遂狂，歌哭叫詈，日万状。夜厌与人居，另榻寝儿，媪亦遣去。儿每闻母笑语，辄起火之。母反怒诃儿，儿亦不为意，因共壮儿胆。然嬉戏无节，日效杇者，以砖石叠窗上，止之不听。或去其一石，则滚地作娇啼，人无敢气触之。过数日，两窗尽塞，无少明。已乃合泥涂壁孔，终日营营，不惮其劳。涂已，无所作，遂把厨刀霍霍磨之。见者皆憎其顽，不以人齿。

- ○贾(gǔ)：经商，商人。篇题"贾儿"即是商人的儿子。
- ○扪：摸。
- ○小丈夫：短小男子。
- ○庖媪：厨娘，做饭的老太太。
- ○忽忽：指精神恍惚。
- ○出遗：外出便溺。遗，大小便的通称。
- ○詈：骂。
- ○诃：呵斥。
- ○共壮儿胆：都称赞贾儿胆大。
- ○杇(wū)者：泥瓦匠。杇，涂抹灰泥的泥镘，俗称泥板。
- ○气触：言语、面色稍有触犯。
- ○霍霍：磨刀声。《木兰诗》："磨刀霍霍向猪羊。"
- ○不以人齿：不把他当人看。

译文

楚地有一个老翁，他在外地经商。他的老婆独自一个人在家。有一天，她梦见自己与别的人一起同床共枕；醒来以后用手一摸，是一个身材短小的男人。再仔细观察那人的神情，与平常人不同，她心中明白这是遇见了狐狸精。过了一会儿，男人从床上下来，房门还没有打开而男人已经消失不见了。到了第二天晚上，妇人邀请厨娘与她做个伴。这个妇人还有个十岁的儿子，平时睡在另外一张床上，妇人也将他招呼过来一起休息。到了深夜，厨娘和她的儿子都睡着以后，狐狸精又来了。妇人口中喃喃好像在说梦话一样。厨娘惊醒过来，大声地喊叫，狐狸精匆忙地离去了。从这天以后，妇人每天神情恍恍惚惚好像丢了魂魄一样。每到夜里，她不敢将蜡烛熄灭，还告诫儿子千万不要睡得太死。这天夜已经很深了，儿子和厨娘倚靠着墙壁稍稍打盹。等到她们醒来以后，发现女人不见了，最初都以为她出去解手了，可是等了很长时间妇人还是没有回来，儿子和厨娘才开始起了疑心。厨娘十分害怕，不敢去外面寻找妇人，妇人的儿子就拿着蜡烛在院子里四处寻找。来到了另外一间屋子，只看见他的母亲正赤裸着身体躺在那里，儿子走上前去扶她，她也不知道害羞退缩。

自此以后，妇人便疯了，整天唱歌哭泣、大喊大叫、疯狂怒骂，每天都是如此。一到晚上就厌恶与别人同住在一起，让儿子睡在别的床上，将厨娘也赶走了。儿子每次在夜里听到母亲的笑语，就点起蜡烛查看。妇人反而愤怒地呵斥儿子，儿子也不介意。人们因此都觉得这个孩子胆子很大。但是在白天的时候儿子嬉戏玩耍没有节制，每日都仿效泥瓦匠，将砖头石块堆砌在窗户外边，人们阻止他，他也不听。如果有人将堆在窗户外面的石头拿掉一块，儿子就满地打滚，撒娇地啼哭，众人都不敢再去招惹他。又过了几天，两个窗户都被他堵死了，房间里连一点光亮都没有。接下来，他又开始和泥涂抹墙壁上的孔洞，他每日不停歇地忙碌着，一点也不怕辛苦。将墙洞堵完以后，他没有什么事情可以做，于是他又将厨房中的刀拿来霍霍地磨个不停。看见他的人都憎恶他太顽皮，都不把他当人看。

原文

儿宵分隐刀于怀，以瓢覆灯。伺母呓语，急启灯，杜门声喊。久之

○宵分：夜半。

○瓢：一种对半破开的器具，多用瓠瓜或木头制作。

无异，乃离门，扬言诈作欲溲状。欻有一物，如狸，突奔门隙。急

○溲（sōu）：尿、小便。

击之，仅断其尾，约二寸许，湿血犹滴。初，挑灯起，母便诟骂，儿若弗闻。击之不中，懊恨而寝。自念虽不即戮，可以幸其不来。及明，视血迹逾垣而去，迹之，入何氏园中。至夜果绝，儿窃喜。但母痴卧如死。

译文

有一天半夜，妇人的儿子将菜刀藏匿在怀里，用瓢盖住了灯火。他等到母亲又开始说梦话时，急忙将瓢拿走，用灯火照明，关上房门大声喊叫起来。时间过了很久也没有什么异常发生，于是就离开房门，口中扬言，装成要小便的样子。忽然从屋子里蹿出来一个东西，好像是只狐狸，突然向着门的缝隙奔跑过来。妇人的儿子急忙用菜刀砍过去，只是砍断了那东西的一截尾巴，大概有两寸来长，还滴着鲜血。开始，他用灯火照明的时候，母亲对着他开骂，他如同没有听见一样。儿子没有一下砍死那东西，就十分懊恨地去睡觉了。他转念一想：虽然没有宰杀了那个狐狸精，但庆幸它以后也许不会再过来了。第二天天亮以后，儿子看到有血迹越过了墙壁，他就跟随着血迹追踪了过去，一直来到何家的园子里。这天夜里，狐狸精果然没有再出现，儿子在心里暗暗高兴。但是他的母亲依旧痴痴傻傻地躺在床上，好像死了一样。

原文

未几，贾人归，就榻问讯。妇嫚骂，视若仇。儿以状对。翁惊，延

○嫚骂：辱骂，乱骂。嫚，同"漫"。

医药之，妇泻药诟骂。潜以药入汤水杂饮之，数日渐安。父子俱喜。一夜睡醒，失妇所在，父子又觅得于别室。由是复颠，不欲与夫同室处。向夕，竟奔他室。挽之，骂益甚。翁无策，尽扃他扉。妇奔

去，则门自辟。翁患之，驱禳备至，殊无少验。

○驱禳：指请道士和尚作法术祈禳驱赶。

译文

不久以后，老翁回家了，他来到床前询问妻子的病情。妻子对他谩骂不止，就好像老翁是她的仇人一样。儿子就将事情的经过以及母亲得病的原因说了一遍，老翁大吃一惊，马上请来大夫进行诊疗。妇人将药倒掉了并且依旧谩骂不停，于是老翁偷偷地将药掺进汤水中混杂地让妇人喝下去，几天以后，妇人才渐渐安定了下来。父子俩都很欢喜。有一天夜里，父子俩睡醒以后，妇人消失不见了；父子俩又在其他房间里找到了妇人。自此以后，妇人又开始疯癫起来，不想与丈夫一同待在一间屋子里。有天黄昏，她竟然跑到其他屋子里去了。家人来搀扶她，她就谩骂得愈发厉害。老翁一点办法都没有，只能把其他屋子的房门都锁上。但是他的妻子一跑过去，那房门就会自己打开。老翁因此很是忧愁，请来道士作法驱妖除魔，但是一点效果也没有。

原文

儿薄暮潜入何氏园，伏莽中，将以探狐所在。月初升，乍闻人语。暗拨蓬科，见二人来饮，一长鬣奴捧壶，衣老棕色。语俱细隐，不甚可辨。移时，闻一人曰："明日可取白酒一瓻来。"顷之，俱去，惟长鬣独留，脱衣卧庭石上。审顾之，四肢皆如人，但尾垂后部。儿欲归，恐狐觉，遂终夜伏。未明，又闻二人以次复来，哝哝入竹丛中。儿乃归。翁问所往，答："宿阿伯家。"

○莽：草丛。

○蓬科：丛生的蓬草。

○长鬣奴：长着长胡子的仆人。鬣，胡须。

○瓻（chī）：古代一种陶制的盛酒的大器皿。

译文

有一天傍晚，妇人的儿子悄悄地潜进了何家园子里，趴卧在荒草丛中，想要

言無二價

探查狐狸精的踪迹。月亮刚刚升起来不久，突然听见有人说话的声音。儿子暗暗地用手将蓬草拨开，看见两个人正在一起喝酒。一个长着长胡子的奴仆捧着酒壶在旁边伺候，他穿着深棕色的衣服。他们谈话的声音很低很细，隐隐约约的，让人听不清楚。过了一会儿，听见其中一个人说："明天可以再取一瓻白酒过来。"片刻工夫，那两个人就都离开了。唯独留下了长着长胡子的那个人，他脱掉衣服躺在了庭院中的大石头上。妇人的儿子仔细地观察他，他的四肢好像和人一样，但有一根尾巴垂在他的身后。妇人的儿子想要回家，又害怕狐狸精察觉，于是就在草丛中趴伏了一整夜。天色还没亮的时候，他听见那两个人一前一后地又回来了，嘴里咕咕哝哝地走进了竹林里。于是儿子便回家去了。老翁问他去什么地方了，他回答说："我住在了阿伯家里。"

原文

适从父入市，见帽肆挂狐尾，乞翁市之。翁不顾，儿牵父衣娇聒之。翁不忍过拂，市焉。父贸易廛中，儿戏弄其侧，乘父他顾，盗钱去，沽白酒，寄肆廊。有舅氏城居，素业猎。儿奔其家。舅他出，妗诘母疾，答云："连朝稍可。又以耗子啮衣，怒涕不解，故遣我乞猎药耳。"妗检椟，出钱许，裹付儿。儿少之。妗欲作汤饼啖儿，儿觑室无人，自发药裹，窃盈掬而怀之。乃趋告妗，俾勿举火，"父待市中，不遑食也。"遂径出，隐以药置酒中。遨游市上，抵暮方归。父问所在，托在舅家。儿自是日游廛肆间。

○市：市场。下文"市"为动词，买。

○过拂：过于拒绝。拂，逆，指违背其心愿。

○寄肆廊：寄存在市场的廊檐下面。

○妗（jìn）：舅母。《集韵》："俗谓舅母曰妗。"

○连朝稍可：近日病情稍见好转。连朝，连日，近日。可，病减曰可。

○猎药：狩猎时拌和诱饵用的毒药。

○检椟：从木箱里挑拣出来。椟，木箱。

○汤饼：汤面。

○举火：指生火做饭。

○廛肆：市肆。亦泛指街市。

译文

有一天，恰好老翁带着儿子去集市，看见帽子店里挂着一条狐狸尾巴出售，儿子乞求老翁将它买下来。老翁没有理会，儿子拉住父亲的衣服撒娇，吵闹着非要买。老翁不忍心过分拒绝儿子的请求，就把狐狸尾巴买了下来。老翁在市场上做生意，儿子就在他身边游戏玩耍，趁着父亲没有精力照看他，他就偷偷地拿了一些钱去买白酒，将白酒寄放在店铺的走廊之中。妇人的儿子有一个舅舅住在城里，平常以打猎为生。儿子就跑到了舅舅家里。舅舅外出不在家，舅母向他询问他母亲的情况，儿子回答说："这几日感觉稍微好一点了，但是又因耗子啃坏了衣服，使她恼怒得又哭又骂，所以特意让我来讨要点猎野兽所用的毒药。"舅母就在箱子里挑挑拣拣，取出大约一钱重的猎药包好了交给他。他嫌弃给的药太少了，舅母要做汤饼给他吃。他看见屋里没有人，就将药包打开，偷偷抓了一大把毒药藏进了自己的怀里。接着就跑过去告诉舅母，让她不要生火做饭了，并且说："我的父亲还在集市中等着我，来不及吃饭了。"说完就径直离开了，他偷偷地将毒药放在了买来的白酒中，又回到街上到处游逛，等待天要黑了才回到家。父亲问他去什么地方了，他就谎称去了舅舅家。从此以后，儿子就每天在集市上逛来逛去。

原文

一日，见长鬣人亦杂俦中。儿审之确，阴缀系之。渐与语，诘其居里。答言："北村。"亦询儿，儿伪云："山洞。"长鬣怪其洞居。儿笑曰："我世居洞府，君固否耶？"其人益惊，便诘姓氏。儿曰："我胡氏子。曾在何处，见君从两郎，顾忘之耶？"其人熟审之，若信若疑。儿微启下裳，少少露其假尾，曰："我辈混迹人中，但此物犹存，为可恨耳。"其人问："在市欲何作？"儿曰："父遣我沽。"其人亦以沽告。儿问："沽未？"曰："吾侪多贫，故常窃时多。"儿曰："此役亦良苦，耽惊忧。"其人曰："受主人遣，不得不尔。"因问：

○俦：伙伴，同类。这里指人丛中。

○缀系：尾随。

○沽：买。这里指买酒。

"主人伊谁?"曰:"即曩所见两郎兄弟也。一私北郭王氏妇,一宿东村某翁家。翁家儿大恶,被断尾,十日始瘥,今复往矣。"言已,欲别,曰:"勿误我事。"儿曰:"窃之难,不若沽之易。我先沽寄廊下,敬以相赠。我囊中尚有余钱,不愁沽也。"其人愧无以报,儿曰:"我本同类,何靳些须?暇时,尚当与君痛饮耳。"遂与俱去,取酒授之,乃归。

○瘥:痊愈。

○何靳些须:哪里吝惜这点微物。靳,吝,惜。些须,也作"些许",些微、少许的意思。

译文

有一天,妇人的儿子看见那个长着长胡子的仆人也混在人群之中。儿子仔细审视确认之后,就偷偷地跟在他的身后。他渐渐地和那人搭上了话,就询问那人居住在哪里。那人回答说:"北村。"那人也询问妇人的儿子住在哪里,儿子骗他说:"住山洞。"留着长胡须的人奇怪他为什么住在山洞里。儿子笑着说:"我家世世代代都是居住在山洞里的,你以前不是也居住在那里吗?"那个人听说后越发吃惊,便询问他的姓氏。儿子回答说:"我是胡家的子弟,我好像曾经在什么地方看见你跟随着两个年轻人,你难道忘记了吗?"那人仔细地打量着儿子,半信半疑。妇人的儿子将下衣拉开,假的狐狸尾巴稍微露出一点,说:"我们虽然混迹在人群之中,但是这个东西还是去不掉,真是可恨呀!"那人又问:"你到这集市上来干什么呢?"妇人的儿子说:"我的父亲让我来买酒。"那人告诉儿子他也是来买酒的。儿子问:"那你买到酒了吗?"那人回答说:"我们这一辈人大都贫穷,所以常常是偷盗的时候多一些。"儿子说:"这也是个苦差事,又担惊又受怕的。"那个人说:"受主人的派遣,不得不这么干呀!"儿子趁机问那个人:"你的主人是谁呢?"那个人说:"就是你先前看见的那两个年轻的兄弟。一个主人与北城王家的媳妇私通,另一个主人住在东村一个老翁的家里。老翁家的儿子实在是太可恶了,主人被那个孩子砍掉了一截尾巴,十来天伤口才好,如今主人又回到他家去了。"说完话,那个人就想要告别,说:"千万不要耽误了我的事。"儿子说:"偷酒是很困难的,不如买酒来得容易。我先前买好的酒寄存在店铺的走廊里了,将它送给你好

自稱臣是酒中仙
長安市上酒家眠

了。我的口袋里还有一些钱，不发愁买不来。”那个人惭愧自己没有什么东西可以报答。儿子说：“我们原本就是同类，何必吝啬这点东西呢？等到有空闲的时候，我还想请你一起痛快地喝酒呢！”那个人和儿子一起来到店铺，儿子将下了毒的酒取出来给了那个人，自己便回家去了。

原文

至夜，母竟安寝，不复奔。心知有异，告父同往验之，则两狐毙于亭上，一狐死于草中，喙津津尚有血出。酒瓶犹在，持而摇之，未尽也。父惊问：“何不早告？”曰：“此物最灵，一泄，则彼知之。”翁喜曰：“我儿，讨狐之陈平也。”于是父子荷狐归。见一狐秃尾，刀痕俨然。自是遂安。而妇瘠殊甚，心渐明了，但益之嗽，呕痰辄数升，寻卒。

○讨狐之陈平：意思是善用巧计诛狐的能手。陈平，汉初人，以奇计与张良、韩信等帮助刘邦夺取了天下，封曲逆侯。

○瘠：瘦，病弱。

○益之嗽：增加了咳嗽的病症。

译文

这天夜里，老翁的妻子竟然睡得很安稳，没有再次往外跑。儿子心里明白这其中一定有原因，就将一切告诉了老翁并且一起前去何家的院子里查验。果然看见两只狐狸死在了一个亭子里，还有一只狐狸死在了草丛中，它们的嘴巴里还汩汩地流着血。那酒瓶也在一边，拿起来摇晃，里面的酒还没有喝完。父亲吃惊地问儿子：“你为什么不早一点告诉我呢？”儿子回答说：“这畜生最有灵性，一旦我稍稍泄露，它立刻就知道了。”老翁欢喜地说：“我儿子真是一个善用巧计讨伐狐狸的能手呀！”于是他们父子俩扛着狐狸的尸体一起回到家，只见其中一只狐狸的尾巴是秃的，被刀砍过的痕迹还很明显。从此以后老翁的家里恢复了安定，但是他妻子瘦弱得十分厉害，心里渐渐明白了事情，却增添了咳嗽的症状，一吐痰就是好几升，不长时间就死去了。

原文

北郭王氏妇，向祟于狐。至是问之，则狐绝而病亦愈。翁由此奇儿，教之骑射。后贵至总戎。

○奇：这里是看重，诊视的意思。

○总戎：明清在边塞要地或重要州府设镇驻军，其长官称总兵，也称总戎、总镇或镇台，位在提督之下。

译文

北城王家的媳妇，一直被狐狸精纠缠着。现在派人去他家一打听，狐狸绝迹后她的病也慢慢地好了。老翁因此非常看重自己的孩子，就让人教授他骑马射箭。他长大以后官位一直升至总兵。

【蛇癖】

原文

予乡王蒲令之仆吕奉宁，性嗜蛇。每得小蛇，则全吞之，如啖葱状。大者，以刀寸寸断之，始掬以食，嚼之铮铮，血水沾颐。且善嗅，尝隔墙闻蛇香，急奔墙外，果得蛇盈尺。时无佩刀，先噬其头，尾尚蜿蜒于口际。

○王蒲令：据《淄川县志》，王蒲令指王启泰，字大来，顺治二年（1645）中顺天乡试举人，康熙二年（1663）任山西蒲县知县，康熙七年（1668）卸任。

○掬：捧着。

○铮铮：金属振击声，形容嚼声响脆。

○颐：两腮。

译文

我的老乡王蒲令的仆人吕奉宁，有吃蛇的癖好。每次得到小蛇，像吃大葱一样整个吞掉。每次弄到大蛇，就用刀切成一寸一寸的，然后用手捧着吃，咀嚼的声音十分响脆，蛇血沾满了他的腮帮子。并且他的嗅觉十分敏锐，他隔着围墙就闻到了蛇肉的味道，赶忙奔向墙外，果然捉到了一条长约一尺的蛇，当时他恰好没有带刀，就先吞咬蛇的头部，蛇的尾巴还在他的嘴边蜿蜒地扭动。

【金世成】

原文

金世成，长山人，素不检。忽出家作头陀，类颠，啖不洁以为美。

○素不检：平常行为失于检点　○出家作头陀：离家修行，做了和尚。　○类颠：类似疯癫。

犬羊遗秽于前，辄伏啖之。自号为佛。愚民妇异其所为，执弟子

○遗秽：排泄大小粪便。　○佛：佛陀的简称。

礼者以千万计。金诃使食矢，无敢违者。创殿阁，所费不赀，人

○诃：责骂，大声斥责。矢：通“屎”。　○不赀：意思是钱财多得不可计量。

咸乐输之。邑令南公恶其怪，执而笞之，使修圣庙。门人竞相告

○咸：都。输：捐纳，献赠。　○邑令南公：南之杰，字颐园，蕲水人，康熙十年（1671）任长山知县，有治绩。　○圣庙：孔子的庙宇，又称文庙。

曰：“佛遭难！”争募救之。宫殿旬月而成，其金钱之集，尤捷于酷吏之追呼也。

译文

长山县有一个叫金世成的人，平时行为放荡又有失检点。他忽然出家修行，做了和尚，样子疯疯癫癫的，专门喜欢吃脏东西，吃起来就像吃美味佳肴一样。狗和羊如果在他面前排泄粪便，他就趴在地上去吃。他自称是佛。那些愚蠢的人们惊异他的所作所为与众不同，就甘愿拜他为师，这种人有成千上万。金世成呵斥他们并让他们去干同样的事情，没有一个人敢违背他。金世成给自己建造了宫殿楼阁，花费的钱财不可计量，这些都是人们乐意捐献的。县令南公厌恶金世成荒诞的行为，就将他逮捕到县衙打了一顿板子，让他出钱修缮孔圣人的文庙。金世成的那些弟子奔走相告：“佛遭难了！”弟子们争着募集金钱去搭救金世成。文庙大约一个月就修缮好了，其费用募集之快之多，远远超过了酷吏的追逼索取。

原文

异史氏曰：予闻金道人，人皆就其名而呼之，谓为“今世成佛”。

品至啖秽，极矣。笞之不足辱，罚之适有济，南令公处法何良也！

〇品：人品，指人德行高低的等次。〇极矣：指其人品卑下到极点。〇适有济：恰能成事。济，成事，有用。〇处法：处置的方法。

然学宫圮而烦妖道，亦士大夫之羞矣。

〇圮（pǐ）：坍塌。〇士大夫：此泛指读书人、官员和乡绅。

译文

异史氏说：我听闻金道人，人们都因为他的名字而称呼他为“金世成佛”，谐音“今世成佛”。他的人品已经到了吃喝污秽的程度，低下到了极点。用鞭子抽打他也不足以让他感到折辱，惩罚他修缮文庙恰好能够成事，南令公的这种处罚方法是多么好呀！然而，文庙坍塌了竟然要让妖道来修缮，这也令士大夫感到羞耻呀！

士大夫

“士大夫”指古代在朝廷或地方担任官职、参与治理的人，通常包括官员和知识分子阶层。在《周礼·考工记》中，士大夫不仅是行动的执行者，也是社会道德与礼仪的守护者。士大夫作为统治阶层的重要组成部分，象征着文化素养与政治责任的结合，成为古代中国社会中的精英阶层。

【董生】

原文

董生，字遐思，青州之西鄙人。冬月薄暮，展被于榻而炽炭焉。

○青州之西鄙：青州西边。青州，府名。治所在今山东青州。鄙，边远之处。
○炽炭：烧旺炭火。

方将篝灯，适友人招饮，遂扃户去。至友人所，座有医人，善

○篝灯：点灯。
○扃（jiōng）户：关锁门户。扃，关锁。

太素脉，遍诊诸客。末顾王生九思及董曰："余阅人多矣，脉之奇无

○太素脉：北宋之后流传的一种以诊脉辨识人贵贱吉凶的技巧。

如两君者：贵脉而有贱兆，寿脉而有促征。此非鄙人所敢知也。然

○兆：先兆，事情发生前的征候或迹象。
○促征：短命的征兆。征，征兆。与"兆"同义。
○鄙人：鄙陋之人，自我谦称。

而董君实甚。"共惊问之。曰："某至此亦穷于术，未敢臆决。愿两

○穷于术：指技术到此为止。穷，穷尽。
○臆决：凭主观妄加判断。

君自慎之。"二人初闻甚骇，既以为模棱语，置不为意。

○模棱语：指不明确表示可否的话。模棱，含糊其辞，不置可否。

译文

一个姓董的书生，字遐思，是青州西郊的人。冬日一天傍晚，他将睡榻上的被褥铺好，又把炉火点好。刚要点灯，恰好有朋友叫他去喝酒，于是董生将门锁好就离开了。到了朋友的家里，席上有一个医生，擅长以诊脉来辨别人的吉凶贵贱，就给现场客人挨个地诊脉。结束后，他瞧着王九思和董生说："我给很多人诊过脉，脉象奇特得都比不上你们两个人：说你们是富贵脉吧却有低贱的兆头；说你们是长寿脉吧，却有短命的征兆。这其中的缘由就不是我能解释的了。但是董君的这种脉象更加明显些。"众人吃惊地询问是什么原因。医生说："我的本事也就到这种程度了，不敢随便下结论。希望二位公子自己谨慎行事。"王生和董生刚听说时十分惊骇，转念一想又觉得医生的话模棱含糊，就没有再将它放在心上。

原文

半夜，董归，见斋门虚掩，大疑。醺中自忆，必去时忙促，故忘

○斋门：书房之门。斋，书房。
○醺：醉酒。

扃键。入室，未遑爇火，先以手入衾中，探其温否。才一探入，则

○扃键：锁门。 ○未遑爇（ruò）火：没有来得及点灯。遑，闲暇。爇，点燃。火，可以是灯，也可以指炭火。

腻有卧人。大愕，敛手。急火之，竟为姝丽，韶颜稚齿，神仙不

○敛手：缩手。 ○火之：点灯照看。 ○韶颜稚齿：容颜美好，年纪很轻。韶，美好。齿，年齿，年龄。

殊。狂喜。戏探下体，则毛尾修然。大惧，欲遁。女已醒，出手

○修然：很长的样子。修，长。

捉生臂，问："君何往？"董益惧，战栗哀求，愿仙人怜恕。女笑

曰："何所见而仙我？"董曰："我不畏首而畏尾。"女又笑曰："君

○不畏首而畏尾：不怕头而害怕尾巴。此处为调侃的话。

误矣。尾于何有？"引董手，强使复探，则髀肉如脂，尻骨童童。

○髀（bì）：股，大腿。 ○尻（kāo）骨童童：尾骨秃秃，谓没有尾巴。

笑曰："何如？醉态矇瞳，不知所见伊何，遂诬人若此。"董固

○矇瞳：蒙眬。指酒醉后神志不清。 ○伊何：是什么。伊，是。

喜其丽，至此益惑，反自咎适然之错。然疑其所来无因。女曰：

○适然：偶然。

"君不忆东邻之黄发女乎？屈指移居者，已十年矣。尔时我未笄，

○黄发女：黄毛丫头。

君垂髫也。"董恍然曰："卿周氏之阿琐耶？"女曰："是矣。"董曰：

○垂髫（tiáo）：未成年。古时男子20岁而冠，未成年则不能束发加冠，而是头发下垂。

"卿言之，我仿佛忆之。十年不见，遂苗条如此！然何遽能来？"

女曰："妾适痴郎四五年，翁姑相继逝，又不幸为文君。剩妾一

○适：旧指女子出嫁。 ○翁姑：公婆。 ○为文君：谓新近死了丈夫，成了寡妇。文君，指卓文君。

身，茕无所依。忆孩时相识者惟君，故来相见就。入门已暮，邀

○茕（qióng）：孤独。

饮者适至，遂潜隐以待君归。待之既久，足冰肌粟，故借被以自

○足冰肌粟：脚发凉，肌肤起疙瘩。言天气寒冷。粟，肌肤受寒所起的粟状疙瘩。

温耳，幸勿见疑。"董喜，解衣共寝，意殊自得。

译文

半夜，董生回到了家，看见书房的大门虚掩着，感到十分疑惑。他醉醺醺地回忆了一番，必然是因为离开时匆忙急促，所以才忘记了锁门。进入屋里，他没顾得上点灯，就先把手伸进被窝里，查看一下床铺还暖和不暖和。他刚将手伸进去，就感觉到有个赤身裸体的人躺在里面。董生十分惊愕，将手抽了回来。急忙点灯查看，竟然是一个美丽的女子，容颜美丽，十分年轻，就好像天上的仙女一般。董生十分欢喜，调戏地去摸女子，竟然摸到了一条毛茸茸的长尾巴。董生非常恐惧，就想逃跑。女子已经睡醒了，伸手抓住了董生的手臂，问："你想要去往哪里呢？"董生越发恐惧，浑身颤抖地向女子求饶。美女笑着说道："你看见了什么，认为我是仙女？"董生说："我不畏惧你的脸而是畏惧你的尾巴！"女子又笑着说道："你搞错了。哪里有什么尾巴呢？"说完便拉着董生的手，强硬地让他再去摸，然而美女大腿上的肌肤光滑细腻得好像油脂，尾骨那里光秃秃的。美女依然笑着问道："怎么样？你喝得醉醺醺的，不知道看见了什么东西，就这样胡说八道地诬赖人。"董生本来就喜欢她的貌美，此刻更加被她迷住了，反而责怪自己偶然之间弄错了。然而还是怀疑女子来历不明。美女说："你难道不记得你东边邻居家的黄头发的小丫头了吗？现在算一算我已经搬走十多年了，那个时候我还是一个小丫头，你也还是一个小孩子。"董生一下子就想了起来，说："你就是周家的小阿锁吧？"美女说："是的呀！"董生说："听你这么一说，我好像记起来了，没想到十多年没见，你竟然长得如此窈窕漂亮。可是你为什么突然来到这里呢？"美女说："我嫁给了一个痴傻的男人，四五年之后，公公婆婆就相继去世了，如今我又不幸成了寡妇。只剩下我孤零零的一个人，没有依靠。回忆小时候认识的人就只有你了，所以就来这里投奔你了。进门的时候天已经黑了，恰巧有人来邀请你去喝酒，我就隐藏在一边等待你回来。等了你很长时间，我双脚冰凉，身子也冻得起鸡皮疙瘩，所以才借用你的被窝来温暖身体，希望你不要见怪。"董生十分欢喜，脱衣上床与美女共寝，心里十分得意。

原文

月余，渐羸瘦，家人怪问，辄言不自知。久之，面目益支离，乃惧，复造善脉者诊之。医曰："此妖脉也。前日之死征验矣，疾

○羸：瘦，疲惫。

○支离：憔悴，衰残。

○造：至。

不可为也。”董大哭，不去。医不得已，为之针手灸脐，而赠以药，嘱曰：“如有所遇，力绝之。”董亦自危，既归，女笑要之，佛然曰：“勿复相纠缠，我行且死！”走不顾。女大惭，亦怒曰：“汝尚欲生耶！”至夜，董服药独寝，甫交睫，梦与女交，醒已遗矣。益恐，移寝于内，妻子火守之，梦如故。窥女子已失所在。积数日，董呕血斗余而死。

○佛（fú）然：忿然，恼怒的样子。

○甫：刚。交睫：合上眼。

○火守之：点灯守候着他。

译文

过了一个多月，董生渐渐地羸弱消瘦，家人觉得奇怪，就询问他原因，他就说自己也不知道什么原因。时间长了，面目消瘦得十分厉害，这才感到恐惧，再次找到那个擅长诊脉的医生去看诊。医生说：“你这个是妖脉呀。前些日子诊断的死亡征兆已经应验了，这个病已经没有办法救了。”董生大哭，不愿意离开。医生实在没有办法，只是在他手上扎了几针，又在他肚脐上灸艾，并且还送给他药物，叮嘱他说：“如果再次遇见什么东西，你一定要尽全力拒绝。”董生也知道自己如今很是危险。回到家里，美女笑着向他求欢，董生十分恼怒地说道：“不要再来纠缠我了，我要死了！”说完看都没看美女一眼就离开了。美女十分羞愧，也愤怒地说：“你难道还想要活下去吗？”到了半夜，董生吃完药后独自一个人睡觉，刚闭上眼睛，就做了梦……董生越发恐惧，就搬到内室去睡，让他的妻子点着灯守护着他。但是他仍旧做梦。去看那个美女，已经不知道去往哪里了。又这样过了几天，董生吐了一斗多的血死去了。

原文

王九思在斋中，见一女子来，悦其美而私之。诘所自，曰：“妾，遐

○私：谓发生不正当男女关系。

○诘所自：问从哪里来。诘，询问。

思之邻也。渠旧与妾善，不意为狐惑而死。此辈妖气可畏，读书人宜慎相防。”王益佩之，遂相欢待。居数日，迷罔病瘠。忽梦董曰：“与君好者，狐也。杀我矣，又欲杀我友。我已诉之冥府，泄此幽愤。七日之夜，当炷香室外，勿忘却。”醒而异之，谓女曰：“我病甚，恐将委沟壑，或劝勿室也。”女曰：“命当寿，室亦生。不寿，勿室亦死也。”坐与调笑。王心不能自持，又乱之。已而悔之，而不能绝。

○渠：他。

○迷罔病瘠（jí）：精神恍惚，身体瘦损。

○冥府：传说中的阴曹地府。

○委沟壑：弃于山沟荒野之中。指死亡。委，委弃。

○勿室：不要娶妻。此指不要发生男女关系。

译文

王九思在书房里，忽然有一个女子进来，他贪恋她的美貌就和她私通了。王九思问她从什么地方来，她说：“我是董遐思的邻居，以前他和我关系很好，不承想他被狐狸精迷惑丢失了性命。这些狐狸精的妖气很是让人畏惧，读书人应该谨慎提防。”王九思越发佩服她，于是两人彼此欢好。就这样过了好些日子，王九思就精神恍惚，身体羸弱。一天他忽然梦见董生对他说：“与你欢好的那个女子是个狐狸精。她杀害了我，还想要害死我的朋友。我已经向地府告了状，出这口恶气。七天之内的夜里，你要在屋子外面点好香，千万不要忘记了。”王九思醒来以后感到很惊异。他就对美女说：“我病得十分严重，恐怕没有多长时间就会死去。有人劝我不要与女子欢好。”女子说：“如果命里注定你是长寿的，无论什么情况你也会活着；命里注定你短命，无论如何你也会死去。”说完女子就坐在王九思的面前勾引他，他心猿意马不能把持自己，又犯了错。每次都后悔，但就是不能和女子断绝关系。

原文

及暮，插香户上。女来，拔弃之。夜又梦董来，让其违嘱。次夜，

○让：责备。

暗嘱家人，俟寝后潜炷之。女在榻上，忽惊曰："又置香耶！"王言："不知。"女急起得香，又折灭之。入曰："谁教君为此者？"王曰："或室人忧病，信巫家作厌禳耳。"女彷徨不乐。家人潜窥香灭，又炷之。女忽叹曰："君福泽良厚。我误害遐思而奔子，诚我之过。我将与彼就质于冥曹。君如不忘夙好，勿坏我皮囊也。"逡巡下榻，仆地而死。烛之，狐也。犹恐其活，遽呼家人，剥其革而悬焉。

○室人：妻子或家里人。

○厌（yā）禳（ráng）：祛恶除邪的祝祷法术。禳，消除灾祸。

○奔：私奔。旧指女子私自往就男子。

○质：对质。冥曹：阴曹地府。

○夙：夙昔，旧日。

○皮囊：皮袋。佛家喻指人畜肉体。

○革：皮。

译文

到了晚上，王九思将香插在了门上。女子到来以后，将香拔下来丢弃了。夜里王九思又梦见了董生，责备王九思不应该违背他的叮嘱。第二天夜里，王九思暗地里叮嘱家人，等到他睡着以后，悄悄地将香点上。女子躺在床上，忽然吃惊地说："怎么又将香点燃了？"王九思就说他不知道。女子急忙起身，寻到香又将香掐灭了。她进入屋里，说："是谁教你这样做的呢？"王九思说："或许是家里人忧心我的病，就听信了巫婆驱恶除邪的祝祷法术吧。"女子犹豫不定，闷闷不乐。家人在暗处看见香又灭了，就又点燃插好。女子忽然叹了口气说道："你的福气很大很深厚，我不应该误害了董遐思又来投奔于你，这诚然是我的过错。我将要与董遐思在阴曹地府对质。如果你没有忘记我们以前的感情，请不要将我的肉身破坏。"说完，女子就挣扎着从床上下来，倒在地上死去了。王九思点上灯一照，原来是一只狐狸。王九思害怕它再次复活，就叫来家人，将它的皮剥下并悬挂了起来。

原文

王病甚，见狐来曰："我诉诸法曹，法曹谓董君见色而动，死当其

○法曹：指阴曹地府中掌管刑法的官署。

罪。但咎我不当惑人，追金丹去，复令还生。皮囊何在？”曰：“家人不知，已脱之矣。”狐惨然曰：“余杀人多矣，今死已晚。然忍哉君乎！”悁悁而去。王病几危，半年乃瘥。

○金丹：仙丹。此指内丹。

○瘥（chài）：病愈。

译文

王九思病得很严重，看见狐狸精过来对他说：“我已经向法曹提出了申诉，法曹说董生是因为见到美色而生了妄心，他死了罪有应得；但是追究我不应该魅惑别人，将我的金丹没收了，然后让我回来还生。我的肉身在什么地方呢？”王九思说：“家里人不知道你的肉身有用，已经将皮剥掉扔了。”狐狸精神色凄惨地说道：“我害死的人太多了，就是今日丧命也为时已晚，不过你真的是十分残忍呀。”说完，狐狸精恨恨地离开了。王九思病得几乎就要死了，半年之后才病愈。

太素脉

“太素脉”是一种通过诊脉辨别人的贵贱、吉凶的古代诊法，其起源众说不一。《四库全书》中收录有《太素脉法》二卷，记载了此术的神秘来源，传说为唐末樵夫在崆峒山石函中发现。虽然《宋史》记载僧智缘以脉术断人生祸福，但无“太素脉”之名。尽管此术的真实性存疑，其在北宋时兴起，有助于理解古代脉学的发展。

【龁石】

龁(hé)：咬嚼。

原文

新城王钦文太翁家，有圉人王姓，幼入劳山学道。久之，不火食，惟啖松子及白石。遍体生毛。既数年，念母老归里，渐复火食，犹啖石如故。向日视之，即知石之甘苦酸咸，如啖芋然。母死，复入山，今又十七八年矣。

新城：指山东的新城。在山东中部，明清属济南府。今为桓台，隶属淄博。

圉(yǔ)人：养马的仆人。

火食：熟食。

译文

新城王钦文老先生的家里有个养马的仆人姓王，他很小的时候就进入了崂山学道。时间长了，就不吃熟食了，只是吃一点松子和白石。他浑身长满了毛发。如此过了好多年，他因心里挂念老母亲就回到了家乡，慢慢地又恢复了吃熟食，但是他仍然吃白石。将白石对着太阳看，就能够知道这个石头的味道是甜的还是苦的，是酸的还是咸的，他吃起白石来就好像吃芋头一样。他的母亲去世后，他又回到了崂山，到现在为止已经有十七八年了。

圉人

“圉人”是古代负责养马、放牧以及照料马匹的官员或仆役，源自《周礼·夏官司马》中的记载，圉人主要从事与马匹管理相关的工作。在文献和古籍中，圉人常作为马夫或马场管理者的形象出现，象征着古代牧马与交通体系的重要组成部分。

【庙鬼】

原文

新城诸生王启后者，方伯中宇公象坤曾孙。见一妇人入室，貌肥

○方伯：一方诸侯之长。东汉以来以之称刺史等地方官。明清时则作为对布政使的尊称。

黑不扬，笑近坐榻，意甚亵。王拒之，不去。由此坐卧辄见之，而意坚定，终不摇。妇怒，批其颊有声，而亦不甚痛。妇以带悬梁上，捽与并缢。王不觉自投梁下，引颈作缢状。人见其足不

○捽（zuó）与并缢：揪着头发与她一起上吊。捽，揪住头发。

履地，挺然立空中，即亦不能死。自是病颠，忽曰："彼将

○履：踏。

与我投河矣。"望河狂奔，曳之乃止。如此百端，日常数作，术药罔效。一日，忽见有武士绾锁而入，怒叱曰："朴诚者汝何

○术药：巫术和医药。罔：无。

○绾（wǎn）锁：手持铁链。绾，盘握。锁，锁链，拘捕刑具。

敢扰！"即絷妇项，自棂中出。才至窗外，妇不复人形，目电

○絷（zhí）：拘执。　○棂：窗棂，窗户上的花格子。

烟，口血赤如盆。忆城隍庙门中有泥鬼四，绝类其一焉。于是病若失。

○类：像。

译文

新城中有个叫王启后的秀才，他是山西左布政使王象坤的曾孙子。有天，他看见一个妇人走进了屋子里，她长得又胖又黑，其貌不扬，她笑着靠近他坐在了床上，脸上的神情轻佻而亲密。王启后让她出去，她不肯离开。从此以后，无论王启后是坐着还是躺着，总能见到那个妇人，但是他意志一直很坚定，始终都没有动摇。妇人十分愤怒，抬手将王启后的脸打得啪啪响，但是他也没有感到十分疼痛。妇人又将带子悬挂在房梁上，揪住王启后的头发想要和他一起上吊。王启

后身不由己地来到了房梁下面，伸出脖子做出上吊的模样。有人看见他的脚没有挨地，身子直挺挺地悬立在半空中，却也吊不死。自此以后，王启后就患了疯癫病。一天，他忽然说道："她要和我一块跳河了。"说完，就朝着河的方向疯狂地跑去，被人们拽住才止住了脚步。像这种事情有很多不同的花样，每天都要发作好几回，巫术与药物都没有见效。有一天，王启后突然看见一个武士手持铁链走了进来，愤怒地呵斥道："这样朴实真诚的人你怎么敢来骚扰他呢？"说完他就用锁链套住了妇人的脖子，从窗棂中出去了，才到了窗户外面，妇人已经不再是人的形态，它的目光像闪电一样，张着血盆大口。王启后这时想起了城隍庙中有四只泥塑的小鬼，它和其中的一只很是相像。从此以后，王启后的病状就消失了。

方伯

"方伯"古时指一方诸侯的首领，负责管理一方的事务，最早见于《礼记·王制》中的记载。到了明清时期，"方伯"成为布政使的别称，指省级行政长官，负责地方政务的管理。在文学作品中，方伯常被提及以体现其地方统治者的身份和权威。

【陆判】

原文

陵阳朱尔旦，字小明。性豪放，然素钝，学虽笃，尚未知名。一日，文社众饮，或戏之云：“君有豪名，能深夜赴十王殿，负得左廊判官来，众当醵作筵。”盖陵阳有十王殿，神鬼皆以木雕，妆饰如生。东庑有立判，绿面赤须，貌尤狞恶。或夜闻两廊拷讯声，入者，毛皆森竖。故众以此难朱。朱笑起，径去。居无何，门外大呼曰：“我请髯宗师至矣！”众皆起。俄负判入，置几上，奉觞酹之三。众睹之，瑟缩不安于座，仍请负去。朱又把酒灌地，祝曰：“门生狂率不文，大宗师谅不为怪。荒舍匪遥，合乘兴来觅饮，幸勿为畛畦。”乃负之去。

○陵阳：指山东莒县陵阳。一说指汉代陵阳县，今安徽青阳陵阳。
○钝：迟钝，愚笨。
○笃：专心，勤奋。
○文社：科举时代，秀才们讲学作文，以文会友的结社。
○判官：官名。此指民间传说中为阎王执掌簿册的佐吏。
○醵（jù）：凑钱。
○东庑（wǔ）：东廊。庑，殿堂下周围的走廊或廊屋。立判：站着的判官。
○毛皆森竖：因恐惧而毛发都耸立起来。森，高耸。
○髯宗师：即所谓“左廊判官”。宗师，旧称受人尊崇，堪为师表的人。明清称学使为宗师。
○酹（lèi）：以酒洒地，祭祀鬼神。
○瑟缩：因恐惧而抖动、蜷缩。
○门生：科举时代贡举之士以主考官员为座主，而自称门生。
○合：应，合当。
○勿为畛畦（zhěn qí）：不要为人鬼异域所限。畛畦，田间小路，引申为界限、隔阂。

译文

陵阳有个人叫朱尔旦，字小明。他性情豪放，然而有一点愚钝，读书虽然很刻苦，但没有什么名气。有一天，文社的学子们在一块喝酒。有个人开玩笑地对着朱尔旦说：“你一向具有豪放的名声，如果能在深夜去十王殿，把左廊下的判官背过来，我们就凑钱摆宴席请你喝酒。”原来，陵阳有一座十王殿，里面供奉的神与鬼都是用木头雕刻而成的，而且装饰得好像真的一样。在东廊下有一个站立着的判官，绿色的脸，红色的胡须，相貌看起来尤其狰狞凶恶。有人曾在半夜听见两边的走廊下传出拷打审讯的声音，进入这里的人，没有一个不感到毛骨悚然，所以众人就用这件事情来为难朱尔旦。朱尔旦听完后笑着站了起来，径直地向十王殿走去。没过多长时间，就听见门外有人大叫道：“我将大胡子宗师请了过来！”众人都站起身来。不一会朱尔旦就背着判官走了进来，将判官放在了桌子上，然后举起酒杯连着给判官敬了三杯酒。众人瞅见判官的样子，都因为恐惧而蜷缩在座位上，坐立不安，于是请求朱尔旦将判官再背回去。朱尔旦又把杯中的酒撒在地上，向判官祷告道：“学生粗鲁无理，料想大宗师一定不会见怪。我家距离此地不远，应当趁着有兴致到我家来一起喝酒，千万不要被人鬼之间的区别所限制了。”说完，他就背着判官离开了。

原文

次日，众果招饮。抵暮，半醉而归，兴未阑，挑灯独酌。忽有人搴帘入，视之，则判官也。朱起曰：“意吾殆将死矣！前夕冒渎，今来加斧锧耶？”判启浓髯微笑曰：“非也。昨蒙高义相订，夜偶暇，敬践达人之约。”朱大悦，牵衣促坐，自起涤器爇火。判曰：“天道温和，可以冷饮。”朱如命，置瓶案上，奔告家人治肴果。妻闻，大骇，戒勿出。朱不听，立俟治具以出。易盏交酬，始询姓氏，曰：“我陆姓，无名字。”与谈古典，应答如响。问：“知制艺否？”曰：“妍媸亦颇辨之。阴司诵读，与阳世略同。”陆豪饮，一举十觥。朱因竟日饮，遂不觉玉山倾颓，伏几醺睡。比醒，则残烛昏黄，鬼客已去。

○兴未阑：指意犹未尽。阑，尽。

○意：自料。殆：大概，推测。

○冒渎：冒犯，亵渎。

○加斧锧：指加以死罪。斧锧，古代杀人的刑具，类似于铡刀。

○高义：高谊、盛情。相订：相约。

○达人：这里是旷达之人的意思。

○涤器爇火：清理饮酒的器具，生火准备温酒。

○治肴果：置办下酒的菜肴。

○立俟治具：站着等置备肴果。俟，等待。

○易盏交酬：形容饮酒时的亲密。易盏，交换酒杯。交酬，互相敬酒。

○古典：此指具有典范性的古代名著。典，典籍。

○制艺：科举制度下应试的文章，指八股文。

○十觥（gōng）：形容酒量大。觥，古代酒杯。

○玉山倾颓：形容酒醉。

译文

第二日，大家果然请朱尔旦喝酒。天黑了，朱尔旦喝得半醉回到了家中，感觉喝得意犹未尽，就点着灯一个人自斟自饮。忽然有人掀开门帘走了进来，朱尔旦一看，竟然是昨天的那个判官。朱尔旦连忙起身说道：“想必是我将要死了，昨天夜里对你多有冒犯，今天是来置我于死地的吧？”判官张开满是胡须的大嘴，微笑地说道：“不是。昨天晚上承蒙你热情邀请，我今夜正好有空，所以恭敬地来赴你这个通达之人的邀约。”朱尔旦十分喜悦，拉着判官的衣服催促他落座，他自己去洗涤喝酒的器具，又点上温酒用的火。判官说：“天气暖和了，可以不用烫酒，我们凉着喝。”朱尔旦听从了判官的建议，将酒瓶放在了桌子上，随即跑出去告诉家人置办菜肴与水果。他的妻子听说后，十分惊骇，告诫朱尔旦不要出去。朱尔旦不听，站在那等着妻子准备好菜肴与水果便端走了。他们两个就推杯换盏地喝起酒来，朱尔旦这时才询问判官的姓名。判官说：“我姓陆，没有名字。”朱尔旦又与判官谈论起古代的典籍名著，判官都对答如流。朱尔旦又问他：“你懂不懂得八股文呢？”判官回答说：“文章的好坏还是能够分辨的，阴间中的读书作文与阳世间是差不多的。”陆判官的酒量很大，一连喝了十大杯酒。朱尔旦因为自己已经喝了一天的酒，不知不觉就喝得酩酊大醉，趴在桌子上醉醺醺地睡了过去。等到他醒过来的时候，只看见残灯昏黄，陆判官已经离开了。

原文

自是三两日辄一来，情益洽，时抵足卧。朱献窗稿，陆辄红勒之，都言不佳。一夜，朱醉，先寝，陆犹自酌。忽醉梦中，觉脏腑微痛，醒而视之，则陆危坐床前，破腔出肠胃，条条整理。愕曰：“夙无仇怨，何以见杀？”陆笑曰：“勿惧，我为君易慧心耳。”从容纳肠已，复合之，末以裹足布束朱腰。作用毕，视榻上亦无血迹，腹间觉少麻木。见陆置肉块几上，问之。曰：“此君

○抵足卧：同床睡眠。抵足，指脚对脚异向躺着。

○窗稿：指平时习作的文稿。读书人惯常在窗下写文章，故称。

○红勒：用朱笔删削、批改。

○危坐：正襟危坐，端端正正地坐着。

○作用：施治，整治。用，治。

心也。作文不快，知君之毛窍塞耳。适在冥间，于千万心中，拣得佳者一枚，为君易之，留此以补阙数。”乃起，掩扉去。天明解视，则创缝已合，有綖而赤者存焉。自是文思大进，过眼不忘。数日，又出文示陆。陆曰：“可矣。但君福薄，不能大显贵，乡、科而已。”问：“何时？”曰：“今岁必魁。”未几，科试冠军，秋闱果中经元。同社生素揶揄之，及见闱墨，相视而惊，细询始知其异。共求朱先容，愿纳交陆。陆诺之。众大设以待之。更初，陆至，赤髯生动，目炯炯如电。众茫乎无色，齿欲相击，渐引去。

○阙数：欠缺的数额。
○綖（xiàn）：同“线”。
○乡、科：乡试、科试的省词。指举人、秀才的功名。
○魁：夺魁，考取第一名。即下文所谓“科试冠军，秋闱果中经元”。
○闱墨：清代于每届乡试、会试之后，由主考官选取中式试卷，编辑成书，叫做闱墨。
○先容：先作介绍。
○纳交：结交。
○大设：举行盛大仪式。

译文

从那以后，陆判官隔两三天就过来一次，他们之间的感情越来越融洽，经常同床脚对着脚睡觉。朱尔旦将自己写的文章诗作拿给陆判官看，陆判官拿起红笔修改了一番，说都写得不好。有一天夜里，朱尔旦喝醉了，先去睡了，陆判官一个人还在自斟自酌。朱尔旦在睡梦中，忽然感觉脏腑处有点疼，睁开眼睛一看，只见陆判官端坐在床前，将他的肚子剖开，拿出肠子来整理。朱尔旦十分惊愕地问：“我和你没有什么冤仇，你为什么要杀了我呢？”陆判官笑着说：“不用害怕，我只是为你换上一颗聪慧的心罢了。”说完，不紧不慢地将肠子放进腹腔中，再将刀口缝合，最后用裹脚布把朱尔旦的腰一圈圈地缠上。做完了这些事朱尔旦在床上没有看到一点血迹，只觉得肚子那里有一点点麻木。他看见陆判官将一块肉放置在桌子上，就问他那是什么东西。陆判官说：“这就是你的心呀。你写文章文思不敏捷，是因为你的心窍被堵塞了的缘故。刚才我在阴间，从成千上万颗心中，挑拣出最好的一颗替你换上了，留下你原来这颗用来补缺数。”说罢，陆判官站了起来，关上房门就离开了。第二天天亮以后，朱尔旦解开裹脚布审视，刀口已经愈合了，只留下一条红线的痕迹。从此以后，朱尔旦文思大进，只要是看过的书籍文章就不会忘记。几

天以后，他又将写好的文章拿给陆判官看。陆判官说："已经可以了。不过你的福气不是很厚，不能大富贵，也就只能中个秀才或者举人。"朱尔旦问："什么时候能够中举？"陆判官说："今年一定能拔得头筹。"没过多长时间，朱尔旦科考考中了头名，秋闱中又考中了经魁。朱尔旦的那些同窗平时总是嘲笑他，等见到朱尔旦的考卷以后，不禁惊讶得面面相觑，仔细打听之后才知道这其中发生的异事。他们都请求朱尔旦向陆判官介绍一下他们，他们愿意和陆判官交朋友。陆判官应允了这件事，众人大设宴席准备招待陆判官。一更的时候，陆判官到来了，他红色的胡须飘动着，目光炯炯，就好像闪电一样。众人脸上一片茫然，害怕得脸上没有一点血色，牙齿打战，不一会儿，就一个接一个地逃走了。

原文

朱乃携陆归饮。既醺，朱曰："湔肠伐胃，受赐已多。尚有一事欲相烦，不知可否？"陆便请命。朱曰："心肠可易，面目想亦可更。山荆，予结发人，下体颇亦不恶，但头面不甚佳丽。尚欲烦君刀斧，如何？"陆笑曰："诺，容徐图之。"

○湔（jiān）肠伐胃：洗肠剖胃。

○山荆：对人谦称自己的妻室。

○结发人：元配。古礼，成婚之夕，男左女右共髻束发，故称。

○徐图：从容做事，慢慢考虑。

译文

朱尔旦拉着陆判官回自己家里喝酒。喝得醉醺醺的时候，朱尔旦说："你替我洗肠换心，我接受你的恩赐已经够多了，但是我还有一件事想要劳烦你帮忙，不知道可以不可以？"陆判官便让他说出他的请求。朱尔旦说："心肠能够交换，想必脸面也可以更换吧。我的妻子，是我的原配，她的身材还是很不错的，就是长得不够好看。想劳烦你再动用一番刀斧，怎么样呢？"陆判官笑着说："可以的。等我慢慢想办法吧。"

原文

过数日，半夜来叩关。朱急起延入，烛之，见襟裹一物。诘之，曰：“君曩所嘱，向艰物色。适得一美人首，敬报君命。”朱拨视，颈血犹湿。陆立促急入，勿惊禽犬。朱虑门户夜扃，陆至，一手推扉，扉自辟。引至卧室，见夫人侧身眠。陆以头授朱抱之，自于靴中出白刃如匕首，按夫人项，着力如切腐状，迎刃而解，首落枕畔。急于生怀取美人头合项上，详审端正，而后按捺。已而移枕塞肩际，命朱瘗首静所，乃去。朱妻醒，觉颈间微麻，面颊甲错，搓之，得血片，甚骇，呼婢汲盥。婢见面血狼藉，惊绝。濯之，盆水尽赤。举首则面目全非，又骇极。夫人引镜自照，错愕不能自解。朱入告之。因反复细视，则长眉掩鬓，笑靥承颧，画中人也。解领验之，有红线一周，上下肉色，判然而异。

○叩关：敲门。

○瘗（yì）首静所：把头埋在僻静的地方。瘗，埋葬。

○甲错：鳞甲错杂。此处指面颊血污结痂，像鱼鳞似的。

○汲盥：打水盥洗。汲，提水。

○笑靥（yè）承颧（quán）：谓笑时口旁现出两个酒窝。

○领：衣领。

○判然：分明，清楚。

译文

几天以后，陆判官深更半夜来敲门。朱尔旦赶忙起身将他请进屋子里。点燃蜡烛一看，只见陆判官用衣襟包裹着一件东西，于是就询问他这是什么。陆判官回答说：“你前几天托付我办的事情，实在是很难物色到合适的。恰好刚刚得到了一个美人的头颅，所以恭敬地履行诺言来了。”朱尔旦拨开他的衣襟查看，那脖子上的血痕还是湿乎乎的。陆判官催促赶紧去内室，不要惊动了鸡和狗。朱尔旦正担心内室被妻子闩上了门。陆判官用一只手一推，门就自己打开了。朱尔旦将陆

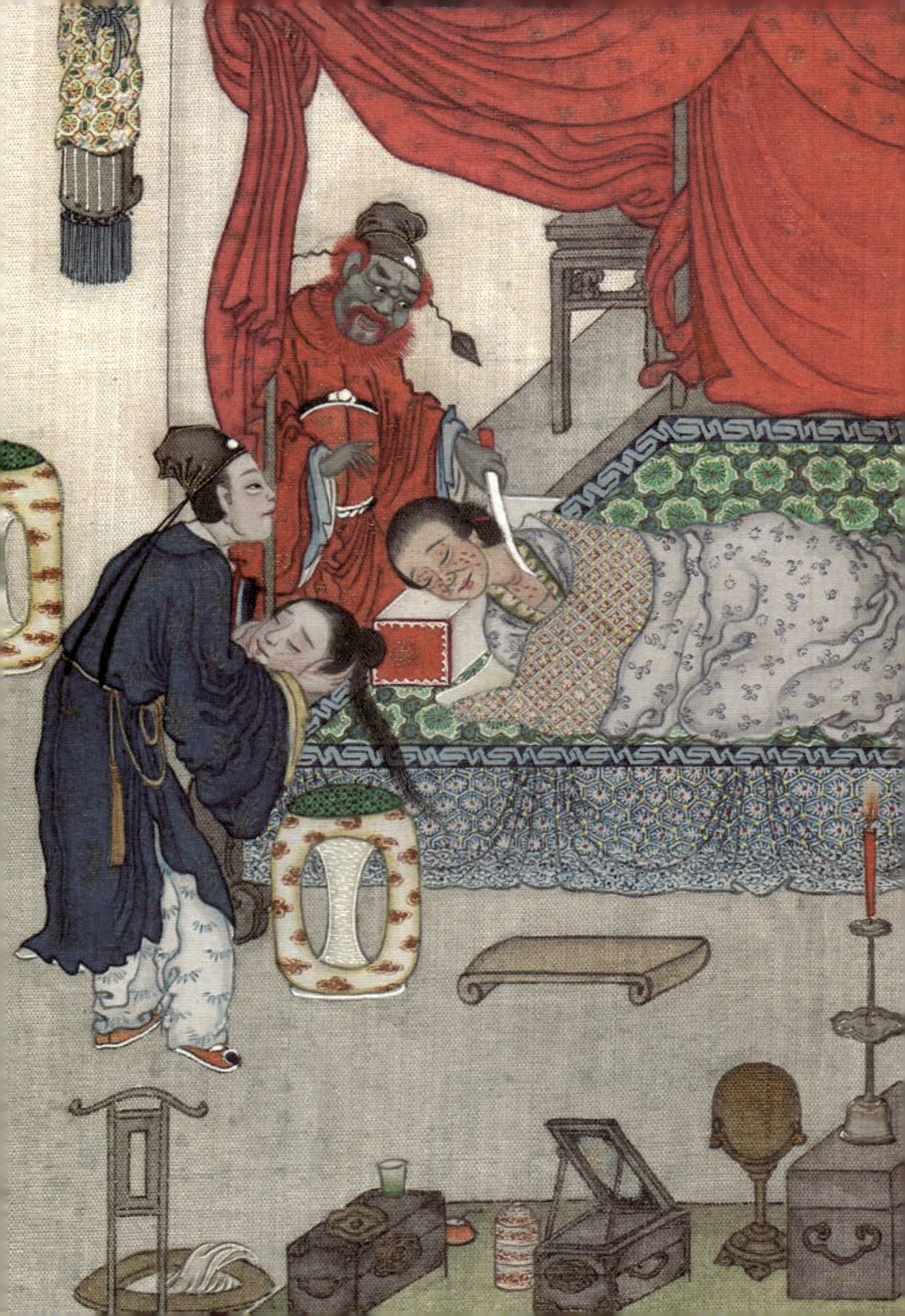

判官带到卧室，只看朱尔旦的妻子正侧着身子睡觉呢。陆判官将那颗头颅交给朱尔旦抱着，他从靴子里抽出来一把匕首接着按住朱妻的脖子，就好像切豆腐一样，一使劲朱妻的脑袋就滚落在了枕头的旁边，一切都是游刃有余，迎刃而解。陆判官又急忙从朱尔旦怀中拿过那颗美女的头安在朱妻的脖子上，又仔细地观察是否安得端正，然后才用力按压合拢。做完这一切，陆判官又将枕头塞到了朱妻的肩颈侧，命朱尔旦将妻子原本的头颅埋到一处偏僻安静的地方，于是就离开了。朱尔旦的妻子第二天醒来以后，只感到脖子微微发麻，脸上也干巴巴的，用手一搓，搓下来一些血片，十分惊骇。她喊来丫环打水洗漱，丫环看见朱妻满脸都是血迹，吓得差点昏过去。朱妻用水洗了脸，满盆的水都变成了红色。当她抬起头的时候，已经面目全非，丫环又害怕得厉害。朱妻拿来镜子自己照了一下，也惊愕非常，自己也不知道发生了什么。朱尔旦进来以后，将一切事情告诉了她。他又反反复复仔细打量着他的妻子，只见她长长的蛾眉延伸进鬓发中，两颊处各有一个酒窝，就好像画中的美人。解开她的衣领查看，脖子上果然有一圈红色的线痕，红线上下的皮肤颜色是截然不同的。

原文

先是，吴侍御有女甚美，未嫁而丧二夫，故十九犹未醮也。上元游十王殿。时游人甚杂，内有无赖贼窥而艳之，遂阴访居里，乘夜梯入。穴寝门，杀一婢于床下，逼女与淫。女力拒声喊，贼怒，亦杀之。吴夫人微闻闹声，呼婢往视，见尸，骇绝。举家尽起，停尸堂上，置首项侧，一门啼号，纷腾终夜。诘旦启衾，则身在而失其首。遍挞侍女，谓所守不恪，致葬犬腹。侍御告郡。郡严限捕贼，三月而罪人弗得。

○侍御：官名。御史的别称。

○醮（jiào）：女子嫁人。

○上元：元宵节。

○阴访：暗中查访。

○穴：打洞。寝门：卧室的门。

○诘旦：诘朝，第二天早晨。

○不恪（kè）：不慎重。恪，谨慎，恭敬。

○郡：此指郡衙。明清两代指知州、知府一类地方官的衙署。

译文

在这之前，吴侍御有个女儿，她长得非常好看。前后定了两次亲，都是未过门未婚夫就死了，因而十九岁了还是没有嫁出去。正月十五元宵节的时候她去游览十王殿，当时去游玩的人很多很杂，其中有一个无赖窥视到她惊艳的容颜，便暗中查到了她的住处，趁着夜色爬梯子翻墙进入了她家。他在小姐卧室的门上打了一个洞爬了进去，先将小姐的一个丫环杀死在床下，然后逼迫小姐想要奸淫她。小姐奋力反抗，大声呼救，无赖十分恼怒，也把小姐杀了。吴夫人隐约听见了吵闹的动静，就让丫环前去查看，她一看见尸体就惊骇得差点晕厥过去。于是全家人都起来了，他们将小姐的尸身放在了大堂上，将头放在脖子的一侧，全家人啼哭不止，折腾了整整一夜。等到第二天早晨，人们将覆盖在小姐尸体上的被单揭开，小姐的身子还在，头颅却不见了。于是主人就将所有看守尸体的丫环都打了一遍，认为她们看守不严，导致小姐的头颅成了野狗的食物。吴侍御将女儿被杀的凶案告到了郡守，郡守严令手下的人限期将凶手捉拿归案，但是三个月过去了，凶手依然没有抓到。

原文

渐有以朱家换头之异闻吴公者。吴疑之，遣媪探诸其家。入见夫人，骇走以告吴公。公视女尸故存，惊疑无以自决，猜朱以左道杀女，往诘朱。朱曰："室人梦易其首，实不解其何故。谓仆杀之，则冤也。"吴不信，讼之。收家人鞫之，一如朱言，郡守不能决。朱归，求计于陆。陆曰："不难，当使伊女自言之。"吴夜梦女曰："儿为苏溪杨大年所贼，无与朱孝廉。彼不艳于其妻，陆判官取儿头与之易之，是儿身死而头生也。愿勿相仇。"醒告夫人，所

○左道：邪道，邪术。

○鞫（jū）：审讯。

○决：决断，判断。

○贼：杀害。

○无与朱孝廉：与朱孝廉无关。孝廉，明清时代指举人。

梦同。乃言于官。问之，果有杨大年，执而械之，遂伏其罪。吴乃诣朱，请见夫人，由此为翁婿。乃以朱妻首合女尸而葬焉。

译文

渐渐地，朱家妻子被换了头颅的奇异传闻传入了吴侍御的耳朵里。吴侍御对这件事起了疑心，就派遣一个老嬷嬷去朱家探查；老嬷嬷看见了朱尔旦的夫人，惊骇地马上跑回去告诉了吴侍御。吴侍御看见女儿的尸体仍然停在大堂上，心中惊疑不定，自己想不明白这是怎么回事，他猜测是朱尔旦用旁门左道的邪术杀害了女儿，于是就到朱尔旦家去质问这件事。朱尔旦说："我的妻子在睡梦中被人换了头颅，我们也实在不知道到底发生了什么；说是我杀了您的女儿，那可是冤枉了！"吴侍御不相信朱尔旦，将他告到了官府。郡守于是将朱尔旦家的所有人都审讯了一遍，他们和朱尔旦说的一样，郡守也不能裁决。朱尔旦回到家以后，向陆判官询问计策。陆判官说："这个事情不难，我让他的女儿自己和他说。"于是当日夜里，吴侍御梦见女儿和他说："女儿是被苏溪的杨大年所杀害的，与朱孝廉没有关系。他只是嫌弃他的妻子不漂亮，于是陆判官就将吴侍御女儿的头拿过去换给了他的妻子。这是女儿的身子死了但是头还活着算是好事。但愿不要与朱家结仇。"吴侍御醒来以后将做的梦告诉了夫人，夫人和他做了一样的梦。于是吴侍御又将一切告诉了郡守。郡守一询问，果然有杨大年这么一个人，让人立刻将杨大年捉拿，凶手承认了他的罪行。吴侍御去拜访了朱尔旦，请求见见朱夫人，于是这样一来，两个人就成为翁婿。于是吴侍御就把朱夫人原来的头颅与女儿的尸身合葬在一起。

原文

朱三入礼闱，皆以场规被放，于是灰心仕进。积三十年，一夕，陆告曰："君寿不永矣。"问其期，对以五日。"能相救否？"曰："惟天所命，人何能私？且自达人观之，生死一耳，何必生之为乐，死之

○以场规被放：由于违反考场规则而被逐出场外或不予录取。

○三入礼闱：三次参加进士试。礼闱，即会试。因其为礼部主办，故称之为礼闱。

为悲？”朱以为然。即治衣衾棺椁，既竟，盛服而没。翌日，夫人方扶柩哭，朱忽冉冉自外至。夫人惧，朱曰：“我诚鬼，不异生时。虑尔寡母孤儿，殊恋恋耳。”夫人大恸，涕垂膺，朱依依慰解之。夫人曰：“古有还魂之说，君既有灵，何不再生？”朱曰：“天数不可违也。”问：“在阴司作何务？”曰：“陆判荐我督案务，授有官爵，亦无所苦。”夫人欲再语，朱曰：“陆公与我同来，可设酒馔。”趋而出。夫人依言营备，但闻室中笑饮，亮气高声，宛若生前。半夜窥之，窅然已逝。自是三数日辄一来，时而留宿缱绻，家中事就便经纪。子玮方五岁，来辄捉抱，至七八岁则灯下教读。子亦惠，九岁能文，十五入邑庠，竟不知无父也。从此来渐疏，日月至焉而已。

○没：去世。

○膺：胸。

○天数：天命。

○督案务：监理案牍方面的事务。

○窅（yǎo）然：深远难见的样子。

○缱绻（qiǎn quǎn）：情意缠绵不忍分离的样子。

○经纪：料理。

○入邑庠：考中秀才。邑庠，县学。

○日月至焉：偶然来一次。

译文

此后，朱尔旦曾三次进京参加进士考试，都因为违反了考试的规则而不予录取。他于是对考科举做官感到心灰意冷。就这样过了三十年，有一天晚上，陆判官告诉朱尔旦说：“你的寿命没有多长时间了。”朱尔旦问期限，陆判官说还有五天。“你能救我吗？”朱尔旦问。陆判官说：“一切都是上天决定的，人怎么可能因为私利而改变呢？况且通达之人看来，生和死都是一样的，何必认为生就快乐，认为死就是一种悲哀呢？”朱尔旦认为这话说得有道理。于是他就给自己置办了寿衣、棺材等用具；等到五天后，他就穿着盛装死去了。第二天，朱夫人正扶着灵柩哭泣，朱尔旦忽然飘飘忽忽地从外面进来了，朱夫人感到很害怕。朱尔旦说：“我诚然是鬼，但是和活着的时候没什么两样。我挂念你们孤儿寡母的，实在是恋恋不舍呀！”朱夫人听了以后，悲痛欲绝，眼泪都落在了胸前的衣服上。朱尔

十殿轉輪

旦温柔地安慰劝解着妻子。朱夫人说："古时候就有人死后可以还魂的传说，你既然能够显灵，为什么不再托生呢？"朱尔旦说："上天的命数是不能违背的。"朱夫人问："那么你在阴间干什么呢？"朱尔旦说："陆判官推荐我督办监理案牍之类的事务，还授予了我官爵，也没什么可吃苦的。"朱夫人还想要再说些什么，朱尔旦说："陆公和我一同过来的，你可以去准备一些酒菜。"话音刚落就快步走了出去。朱夫人按照朱尔旦的吩咐准备了酒菜，只听见屋里欢笑饮酒的声音，声音洪亮高大，就好像朱尔旦还活着的时候一样。半夜起来再来看，屋子里连一个人影都没有。在这以后，每隔三五天朱尔旦就回家一趟，有时候还留宿与妻子缠绵一番，顺手将家里的事务料理一下。朱尔旦的儿子朱玮，今年才只有五岁，每次来的时候就抱着他；等到儿子七八岁了，朱尔旦就在灯下教他读书。他的儿子也是很聪慧的，九岁的时候就能做文章，十五岁的时候就考中了秀才，他竟然不知道自己的父亲已经去世很多年了。从那以后，朱尔旦回家的次数渐渐变少了，只是几个月回来一次而已。

原文

又一夕来，谓夫人曰："今与卿永诀矣。"问："何往？"曰："承帝命为太华卿，行将远赴，事烦途隔，故不能来。"母子持之哭。曰："勿尔！儿已成立，家计尚可存活，岂有百岁不拆之鸾凤耶！"顾子曰："好为人，勿堕父业。十年后一相见耳。"径出门去，于是遂绝。

○太华卿：为蒲松龄杜撰的官职。太华，即西岳华山，在今陕西华阴南。因其西有少华山，故称太华。

○鸾凤：鸾和凤的合称，喻夫妻。鸾，传说中凤凰的一种，为雄性。

译文

有一个夜里朱尔旦又来了，他对夫人说："今天我就要和你永别了！"夫人问："你要去往哪里？"朱尔旦说："承蒙天帝的命令担任太华卿，马上就要到很远的地方去赴任，公事繁忙而路途遥远，因此就不能回来了。"母子俩抱着朱尔旦哭泣。朱尔旦安慰夫人说："不要这样！儿子已经成人了，家中的生计尚且能够存活，哪有百年都不分散的夫妻呢？”他又看着儿子叮嘱道：“你好好地做人，不要荒废了我教给你的学业，十年之后我们还能再次见面。”说罢，径直地出门离开，从此以后就再也没有来过。

原文

后玮二十五，举进士，官行人。奉命祭西岳，道经华阴，忽有舆从羽葆，驰冲卤簿。讶之，审视车中人，其父也，下马哭伏道左。父停舆曰：“官声好，我目瞑矣。”玮伏不起。朱促舆行，火驰不顾。去数步，回望，解佩刀遣人持赠，遥语曰：“佩之当贵。”玮欲追从，见舆马人从，飘忽若风，瞬息不见。痛恨良久。抽刀视之，制极精工，镌字一行，曰：“胆欲大而心欲小，智欲圆而行欲方。”

○行人：官名。行人职掌捧节奉使，凡颁诏、册封、抚谕、征聘及祭祀山川神祇等，都由行人承担。

○华阴：县名。今属陕西。华山即在其境内。

○舆从羽葆：车马仪仗。舆从，车马侍从。羽葆，仪仗名。以鸟羽为装饰。

○卤簿：秦汉时皇帝舆驾行幸时的仪仗队。汉以后王公大臣均置卤簿，于是也泛指官员仪仗。

○声：声誉。下文“政声”之“声”，义同。

○镌（juān）：刻。

○胆欲大而心欲小，智欲圆而行欲方：理想要远大，而心思要细密；智谋要周全，而行为要方正。语见《旧唐书·孙思邈传》。

译文

后来，朱玮在二十五岁那年中了进士，做了行人之官。他奉皇帝的命令去祭祀西岳华山。路过华阴县的时候，忽然有一队车马仪仗，急速地冲着他的仪仗队而来。朱玮感到十分惊讶，他仔细打量着对方车中坐着的人，正是他的父亲。朱玮跳下马来，跪在道边哭泣。朱尔旦停下车子说：“你做官的声誉很好，我可以瞑目了。”朱玮仍然跪在道边不肯起来。朱尔旦催促车马前行，火速奔驰什么也不顾。走出了一段路，朱尔旦回头看了看，解下身上的佩刀派随从赠给朱玮。远远地对朱玮喊道：“你佩带它，可让你富贵！”朱玮想要追过去，只见朱尔旦的车马与随从，就好像风一样飘飘忽忽得瞬间消失不见了。朱玮惆怅悔恨了很久，将刀抽出来仔细打量，这刀的制作工艺极其精致，刀上面还镌刻着一行字：“胆欲大而心欲小，智欲圆而行欲方。”

原文

玮后官至司马，生五子，曰沉，曰潜，曰沕，曰浑，曰深。一夕，梦父曰："佩刀宜赠浑也。"从之。浑仕为总宪，有政声。

○总宪：明清时为都察院长官左都御史的尊称。

译文

后来，朱玮一直官至司马。他一共生育了五个孩子，依次是：朱沉、朱潜、朱沕、朱浑、朱深。一天夜里，朱玮梦见父亲，他说："佩刀应该送给朱浑。"朱玮按照父亲说的做了。后来，朱浑官至总宪，从政有一定的名声。

原文

异史氏曰：断鹤续凫，矫作者妄；移花接木，创始者奇。而况加凿削于肝肠，施刀锥于颈项者哉？陆公者，可谓媸皮裹妍骨矣。明季至今，为岁不远，陵阳陆公犹存乎？尚有灵焉否也？为之执鞭，所忻慕焉。

○断鹤续凫，矫作者妄：如果因为鹤的腿长而截之使短，因凫（野鸭）的腿短而续之使长，如此整容简直是妄为。

○移花接木：谓将一种花木嫁接到另一种花木之上。比喻陆判移心换头之术。

○媸（chī）皮裹妍骨：谓相貌丑陋而内心美好。

○明季：明代末年。

○为岁：为时。岁，指时间。

○之执鞭：为其赶车。表示对人极度钦佩。执鞭，驭马赶车。忻慕：高兴而仰慕。

译文

异史氏说：斩断仙鹤的腿接在野鸭子的腿上，这种做法简直是妄为；将一种花木嫁接到另一种花木上，创出这种方法的人真的是十分神奇；更何况是用斧头凿削人的心肠，施用刀锥在人的颈上呢？陆判官这个人，真的是相貌丑陋但内心美好。明朝末年到今天，时间间隔还不远，陵阳的陆判官还在世间吗？还是那么灵验吗？如果能够为他效力，这是我所高兴与倾慕的。

【婴宁】

原文

王子服，莒之罗店人，早孤。绝惠，十四入泮。母最爱之，寻常不

○莒：在今山东日照莒县一带。清称莒州，属青州府管辖。 ○绝惠：绝顶聪明。惠，通“慧”。 ○入泮（pàn）：入县学为生员。泮，古代学宫前水池。

令游郊野。聘萧氏，未嫁而夭，故求凰未就也。会上元，有舅氏子

○聘（pìn）：订婚。旧时订婚，男方须向女方行纳聘礼，称行聘或文定。 ○求凰未就：独身之意。求凰，称男子求偶为求凰。

吴生，邀同眺瞩。方至村外，舅家有仆来，招吴去。生见游女如

○眺瞩：登高望远。此指观赏景物。

云，乘兴独遨。有女郎携婢，撚梅花一枝，容华绝代，笑容可掬。

○遨：游玩。 ○撚（niǎn）：拈，轻巧地拿。

生注目不移，竟忘顾忌。女过去数武，顾婢曰：“个儿郎目灼灼似

○数武：数步。武，此处为步之意。 ○个儿郎：这个小伙子。个，这个。儿郎，指青年男子。

贼！”遗花地上，笑语自去。

译文

王子服是莒州罗店人，他很小的时候父亲就去世了。他十分聪慧，十四岁就考中了秀才。他的母亲非常爱怜他，平常不让他去郊外游玩。他和萧家的女儿定了亲，但是萧姑娘还没有嫁过来就死了，所以他到现在还没有娶亲。正值正月十五元宵节，他舅舅的儿子吴生，邀请他一起去游玩观赏。刚走到村外，舅舅家的仆人就追了过来，将吴生叫了回去。王子服看见游玩的女子很多，就趁着兴致一个人逛了起来。有一个女郎带着一个婢女，手里拈着一枝梅花，容华绝代，笑容满面。王子服目不转睛地看着女郎，竟然忘记了男女之间的避讳。女郎走过去几步，回头对婢女说：“看那个小伙子，两眼放着光，就好像贼一样。”她将手中的梅花丢弃在地上，跟婢女说说笑笑地离开了。

原文

生拾花怅然，神魂丧失，怏怏遂返。至家，藏花枕底，垂头而

睡，不语亦不食。母忧之。醮禳益剧，肌革锐减。医师诊视，

○醮禳：祈祷消灾。醮，祭神。益剧：更加厉害。 ○肌革锐减：消瘦得极快。肌革，肌肤。

投剂发表，忽忽若迷。母抚问所由，默然不答。适吴生来，嘱密

○投剂：抓药。发表：中医药术语。指用药把病从体内表散出来。 ○抚问所由：爱抚地问其得病的原因。

诘之。吴至榻前，生见之泪下。吴就榻慰解，渐致研诘。生具吐其

○研诘：细细追问。 ○具：全，全部。

实，且求谋画。吴笑曰：“君意亦复痴！此愿有何难遂？当代访之。

徒步于野，必非世家。如其未字，事固谐矣，不然，拚以重赂，计

○世家：世代显贵之家，大户人家。 ○字：女子许婚。 ○拚（pàn）：不顾惜，豁出去。

必允遂。但得痊瘳，成事在我。”生闻之，不觉解颐。吴出告母，

○痊瘳（chōu）：痊愈。 ○解颐：露出笑容。颐，面颊。

物色女子居里，而探访既穷，并无踪绪。母大忧，无所为计。然自

吴去后，颜顿开，食亦略进。数日，吴复来，生问所谋。吴绐之曰：

○绐（dài）：骗，欺哄。

“已得之矣。我以为谁何人，乃我姑氏女，即君姨妹行，今尚待聘。

○谁何：什么。

虽内戚有婚姻之嫌，实告之，无不谐者。”生喜溢眉宇，问：“居何

○内戚有婚姻之嫌：姨表亲戚因血缘相近，通婚有所禁忌。内戚，内亲，妻的亲属。王子服与婴宁为表兄妹，故云内戚。

里？”吴诡曰：“西南山中，去此可三十余里。”生又付嘱再四，吴

○诡曰：谎称，假说。

锐身自任而去。

○锐身自任：挺身担当，自告奋勇。

译文

王子服将花捡了起来，心里感到怅然，就好像丢了魂魄一样，闷闷不乐地回到了家里。到了家里，他将花藏在了枕头底下，倒头躺下就睡觉了，不说话也不吃东西。他的母亲十分担心他。她请来和尚与道士祈祷消灾，但是王子服的身体消瘦得越来越厉害。请来医生给他诊脉治疗，开了能够发散表邪的药物，但是他总是昏昏沉沉的。母亲爱抚地询问他因为什么得病，王子服一直沉默不答。正好吴生来了，王母就私下里嘱咐他让他去问王子服生病的原因。吴生来到王子服的

床边，王子服看见吴生就哭了。吴生坐在床边劝解安慰王子服，细细地追问他生病的原因。王子服就将一切告诉了吴生，并且请求吴生为他谋划一番。吴生笑着说："你也太傻了，这个心愿有什么难以达成的呢？我替你去寻访她。在郊野徒步游玩，她一定不是豪门世家的女儿；如果她还没有嫁人，这件事情就一定能够办成；如果不行的话，我们多给一些聘礼，想必也能够如愿以偿。只要你能够痊愈，这件事就交给我。"王子服听吴生这么说，脸上不由得露出了微笑。吴生出来以后将一切告诉了姑母，然后就到处探听女子的住处，但是，不论使用什么方法去找，还是没有一点关于女郎的踪迹。王母非常担忧，又不知道有什么办法。然而，自从吴生离开后，王子服的面容变得开朗了，也能够稍稍吃一点东西了。过了几天，吴生又来看望王子服。王子服问他这件事进展如何。吴生骗他说："已经打听到了。我以为是什么人呢，原来是我姑姑家的女儿，也就是你的姨表妹，如今还没有定亲，虽然表亲之间通婚有所禁忌，但是将事情如实地告诉他们，应该不会不同意的。"王子服高兴得眉开眼笑，就问："她住在什么地方呢？"吴生欺骗他说："在西南方的山里面，离这里大约有三十里。"王子服又再三嘱咐他，吴生很坚决地表示他会负责到底，然后就离开了。

原文

生由此饮食渐加，日就平复。探视枕底，花虽枯，未便雕落。凝思把玩，如见其人。怪吴不至，折柬招之。吴支托不肯赴召，生恚怒，悒悒不欢。母虑其复病，急为议姻，略与商搉，辄摇首不愿，惟日盼吴。吴迄无耗，益怨恨之。转思三十里非遥，何必仰息他人？怀梅袖中，负气自往，而家人不知也。

○平复：指病情好转。
○折柬：裁纸写信。柬，柬帖、信件、名片等的统称。
○支托：支吾推托。
○悒悒（yì）：愁闷不安的样子。
○恚（huì）：愤怒，怨恨。
○商搉（què）：商量。
○耗：音信。
○仰息他人：比喻依赖他人。

译文

从此以后，王子服的饮食逐渐增加，身体也一天天地恢复。他看着枕头底下，花虽然枯萎了，但是还没有凋落。他静下心来把玩，就好像又看见了那个姑娘。

王子服责怪吴生不来，又写信召唤他。吴生支支吾吾推托着不肯来。王子服很是怨怒，整天闷闷不乐。王母担心他再次犯病，着急托人替他说亲，但是每次跟王子服商量的时候，他都摇头表示拒绝，只是每日盼着吴生到来。吴生一直没有音信，王子服越发感到怨恨。但是他转念一想，三十里也不是很远，何必非得倚靠别人呢？于是他就将梅花揣在袖子里，赌气一个人前往寻找，家里人都不知道。

原文

伶仃独步，无可问程，但望南山行去。约三十余里，乱山合沓，空翠爽肌，寂无人行，止有鸟道。遥望谷底，丛花乱树中，隐隐有小里落。下山入村，见舍宇无多，皆茅屋，而意甚修雅。北向一家，门前皆丝柳，墙内桃杏尤繁，间以修竹，野鸟格磔其中。意其园亭，不敢遽入。回顾对户，有巨石滑洁，因据坐少憩。俄闻墙内有女子，长呼“小荣”，其声娇细。方伫听间，一女郎由东而西，执杏花一朵，俯首自簪。举头见生，遂不复簪，含笑撚花而入。审视之，即上元途中所遇也。心骤喜。但念无以阶进，欲呼姨氏，顾从无还往，惧有讹误。门内无人可问，坐卧徘徊，自朝至于日昃，盈盈望断，并忘饥渴。时见女子露半面来窥，似讶其不去者。

○伶仃：孤独的样子。

○合沓（tà）：重迭。

○鸟道：喻山路险峻狭窄，只有飞鸟可过。

○里落：村落，民居。

○意甚修雅：意境很美好幽雅。

○修竹：细长的竹子。

○格磔（zhé）：鸟鸣声。

○俯（fǔ）首：低头。

○阶进：搭讪的借口。阶，因由，凭借，台阶。进，接近，交往。

○日昃：太阳偏西。

○盈盈望断：望穿秋水。形容盼望殷切。盈盈，形容眼波明澈如秋水，闪动有魅力。

译文

王子服独自一人走着，一路上连一个问路的人都没有遇见，只是一直向南山走去。大约走了三十里路，只见山峦重重叠叠，满目都是葱翠的颜色，令人神清气爽，渺无人烟，只有一条狭窄的小道。遥望谷底，在各种花丛和树木的掩映之下，隐隐约约有一个小村落。他下山进入了村子，看见房屋不是很多，都是茅草屋，但是建造得整洁雅致。北面有一户人家，大门前种的全是垂柳，院墙内的桃树、杏树尤其繁茂，中间还夹杂着修长的竹子，野鸟在里面唧唧啾啾地叫着。想来是别人家的花园，王子服不敢贸然进去。回头看向对面的人家，门口有一块光滑的大石头，因此王子服就坐在上面休息一下。不一会儿，听见墙内有个女子在呼唤"小荣"，那声音娇软轻细。王子服正站在那里倾听的时候，有一个女郎由东向西走来，手里拿着一朵杏花，低着头往头发上插。她抬头看见了王子服，于是就不再往头上插花了，面带笑容地拈着花进去了。王子服仔细看着那个女郎，就是他在正月十五游玩的时候遇见的那个。他顿时开心起来，但是他没有搭讪接近，想要呼唤姨妈，又顾虑他们之间没有往来，害怕出现差错。院子里面没有人可以询问，他坐立不安，摇摆不定地走来走去。就这样从早晨等到了傍晚，一直张望着大门处，就连饥渴都忘却了。时不时地看见那个女郎露出半边脸来偷看，似乎惊讶于王子服怎么还没有离开这里。

原文

忽一老媪扶杖出，顾生曰："何处郎君，闻自辰刻便来，以至于今。意将何为？得勿饥耶？"生急起揖之，答云："将以盼亲。"媪聋聩不闻。又大言之，乃问："贵戚何姓？"生不能答。媪笑曰："奇哉！姓名尚自不知，何亲可探？我视郎君，亦书痴耳。不如从我来，啖以粗粝，家有短榻可卧。待明朝归，询知姓氏，再

○辰刻：早上7点到9点左右。

○盼亲：探亲。

○聋聩不闻：耳聋听不到。聋聩，失聪。

○粗粝（lì）：糙米。喻粗茶淡饭。

来探访，不晚也。”生方腹馁思啖，又从此渐近丽人，大喜。从

○腹馁（něi）思啖：肚子饿了想吃饭。馁，饥。啖，吃。

媪入，见门内白石砌路，夹道红花，片片堕阶上。曲折而西，又启一关，豆棚花架满庭中。肃客入舍，粉壁光明如镜，窗外海棠枝朵，探入室中，裀藉几榻，罔不洁泽。甫坐，即有人自窗外隐约相窥。媪唤：“小荣！可速作黍。”外有婢子噭声而应。坐次，具展宗阀。媪曰：“郎君外祖，莫姓吴否？”曰：“然。”媪惊曰：“是吾甥也！尊堂，我妹子。年来以家窭贫，又无三尺男，遂至音问梗塞。甥长成如许，尚不相识。”生曰：“此来即为姨也，匆遽遂忘姓氏。”媪曰：“老身秦姓，并无诞育。弱息仅存，亦为庶产，渠母改醮，遗我鞠养。颇亦不钝，但少教训，嬉不知愁。少顷，使来拜识。”

○关：门。

○肃客：请客人进入。

○裀（yīn）藉：垫席。裀，通“茵”。指褥垫、毯子之类。

○作黍：做饭。黍，黄米。

○噭（jiào）声而应：高声答应。

○坐次：坐着的时候。

○展：陈述。宗阀：家族门第。

○窭（jù）贫：贫穷。

○无三尺男：谓家没有男性。三尺男，指成年男性。

○弱息：本指幼弱的子女，后多指女儿。

○庶产：妾生。封建家族中，侧室称庶，所生子女称庶出。

译文

忽然有个老妇人拄着拐杖走了出来，对王子服说：“你是从哪里来的小郎君，听说你从上午就来了，一直待到了现在，你究竟想要干什么呢？你难道都不感觉饥饿吗？”王子服急忙站起来作揖，回答说：“我是来探亲的。”老妇人耳朵聋没有听清楚。王子服又大声说了一遍。老妇人就问他：“你的亲戚姓什么呀？”王子服没法回答。老妇人笑着说：“真是奇怪了！你连姓名尚且不知，还探访什么亲戚？我看你这个郎君，也是一个书呆子。不如你跟我进来，吃点粗茶淡饭，家里还有张小床可以供你休息。等到明天早上你就回家去，询问好你的亲戚姓什么，你再来探亲，也不迟啊。”王子服正好肚子饿了想要吃点东西，又可以接近那美丽的女

郎，所以十分欢喜。王子服跟着老妇人进了院子，只见门里面用白色的石头铺路，路两边都是红艳艳的花朵，片片花瓣撒落在台阶上；道路曲曲折折向西而去，又走过了一道小门，庭院里布满了豆棚花架。老妇人很客气地将王子服请进了屋内，粉刷过的墙壁就好像镜子一样明亮，窗户外面的海棠花的花枝探进了屋里，床上的被褥，桌椅家具每一样都干净整洁。他们刚坐下来，就有人在窗户外面隐隐约约地窥视。老妇人唤道："小荣，快点去做饭！"外面有丫环高声应答。坐下以后，他们聊起了家世。老妇人说："郎君的外祖父是不是姓吴？"王子服回答说："是的。"老妇人惊讶地说："你是我的外甥呀！你的母亲是我的妹妹。这些年来因为家里穷困，又没有个男孩，所以音讯全无。外甥你都长这么大了，我还不认识你呢！"王子服说："我这次是专门来看望姨妈的，来得匆忙就将姓氏忘却了。"老妇人说："我姓秦，没有生育过孩子，只有这么一个女儿，还是庶出的。她的母亲改嫁了，就将她留给我抚养，人倒是不笨，就是缺少教养，整天嬉笑着也不知道发愁。等一会儿，我就让她来拜见你。"

原文

未几，婢子具饭，雏尾盈握。媪劝餐已，婢来敛具。媪曰："唤宁姑来。"婢应去。良久，闻户外隐有笑声。媪又唤曰："婴宁，汝姨兄在此。"户外嗤嗤笑不已。婢推之以入，犹掩其口，笑不可遏。媪瞋目曰："有客在，咤咤叱叱，是何景象？"女忍笑而立，生揖之。媪曰："此王郎，汝姨子。一家尚不相识，可笑人也。"生问："妹子年几何矣？"媪未能解，生又言之，女复笑，不可仰视。媪谓生曰："我言少教诲，此可见矣。年已十六，呆痴裁如婴儿。"生曰："小于甥一岁。"曰："阿甥已十七矣，得非庚午属马者耶？"生首应之。又

○雏尾盈握：指肥嫩的雏鸡。

○敛具：收拾餐具。

○瞋目：生气地看对方一眼。瞋，生气。

○裁：通"才"。

问："甥妇阿谁？"答云："无之。"曰："如甥才貌，何十七岁犹未聘？婴宁亦无姑家，极相匹敌，惜有内亲之嫌。"生无语，目注婴宁，不遑他瞬。婢向女小语云："目灼灼，贼腔未改！"女又大笑，顾婢曰："视碧桃开未？"遽起，以袖掩口，细碎连步而出。至门外，笑声始纵。媪亦起，唤婢襆被，为生安置。曰："阿甥来不易，宜留三五日，迟迟送汝归。如嫌幽闷，舍后有小园，可供消遣，有书可读。"

○姑家：婆家。

○匹敌：般配。敌，相当。

○襆（fú）被：包着被子。

○迟迟：慢慢地。指过些时候。

译文

片刻工夫，丫环已经准备好了饭菜，还有肥嫩的小鸡，很是丰盛。老妇人不断地劝王子服多吃一点。吃过饭，丫环来收拾餐具。老妇人说："去叫宁姑过来。"丫环应声离去。过了很长时间，听见门外面传来隐隐约约的笑声。老妇人又呼唤道："婴宁，你的姨家表兄在这里。"门外之人依然哧哧地笑个不停。丫环推着婴宁走进了屋里，她还在掩着嘴，笑得停不下来。老妇人瞪了她一眼说："还有客人在，你叽叽喳喳的，像个什么样子。"姑娘强忍着笑意站在一旁，王子服向她作了一揖。老妇人说："这个是王郎，你姨母的孩子。一家人都还不认识，真是让人笑话。"王子服问："妹子今年多大了？"老妇人没听清楚。王子服又说了一遍，姑娘又笑得连头都抬不起来了。老妇人对王子服说："我说过对她缺少管教，你现在看到了吧。她已经十六岁了，却痴傻得像个小孩子。"王子服说："她比我小一岁。"老妇人说："外甥已经十七岁了，是不是庚午年出生，属马啊？"王子服点头称是。老妇人又问："外甥媳妇是哪家的呀？"王子服回答说："还没有呢。"老妇人说："以外甥这样的才学相貌，为什么十七岁了还没有娶亲呢？婴宁也没有许配人家，你们倒是极其般配，可惜的是有表兄妹的嫌忌。"王子服没有说话，只是用眼睛注视着婴宁，顾不得看其他地方。丫环对姑娘小声地说道："他两个眼睛放着光，做贼的模样一点都没有改变。"姑娘又大笑起来，回头对着丫环说："我们去看看碧桃花开了没有？"急忙站起身来，用袖子将嘴掩住，迈着细碎的步伐快速走了出去。到了门外，放纵地大声笑了起来。老妇人也跟着起了身，唤来丫环收拾床铺，为王子服安置就寝。老妇人说："外甥你来这么一趟十分不容易，应该在这里住上三五天，过些日子再送你回家。如果嫌屋里幽静烦闷，屋子的后面有一个小花园，可以提供消遣，还有一些书籍可以阅读。"

原文

次日，至舍后，果有园半亩，细草铺毡，杨花糁径，有草舍三楹，花木四合其所。穿花小步，闻树头苏苏有声，仰视，则婴宁在上，见生来，狂笑欲堕。生曰："勿尔，堕矣！"女且下且笑，不能自止。方将及地，失手而堕，笑乃止。生扶之，阴捘其腕，女笑又作，倚树不能行，良久乃罢。生俟其笑歇，乃出袖中花示之。女接之曰："枯矣。何留之？"曰："此上元妹子所遗，故存之。"问："存之何意？"曰："以示相爱不忘也。自上元相遇，凝思成疾，自分化为异物，不图得见颜色，幸垂怜悯。"女曰："此大细事。至戚何所靳惜？待郎行时，园中花，当唤老奴来，折一巨捆负送之。"生曰："妹子痴耶？""何便是痴？"曰："我非爱花，爱撚花之人耳。"女曰："葭莩之情，爱何待言。"生曰："我所谓爱，非瓜葛之爱，乃夫妻之爱。"女曰："有以异乎？"曰："夜共枕席耳。"女俯思良久，曰："我不惯与生人睡。"语未已，婢潜至，生惶恐遁去。

○杨花糁（sǎn）径：小路上星星点点地撒满了杨花粉粒。糁，碎米屑，泛指散乱的粒状细物。

○三楹：三间房子。楹，堂屋前的柱子，也是古代计算房屋的计量单位。

○阴：暗地里。捘（zùn）：捏。

○化为异物：指人死亡。异物，指死亡的人，鬼的讳词。

○大细事：极小的事。

○靳惜：吝惜。

○葭莩（jiā fú）之情：亲戚情谊疏远淡薄。

○非瓜葛之爱：不是一般关系的情感。

译文

第二天，王子服来到屋子后面，果然有一个半亩大小的园子，细嫩的绿草就好似铺着一层毡子，杨花粉粒星星点点地散落在小路上；园子里有三间草房，花草树木团团围着四周。王子服穿过花丛散步，听见树上有“簌簌”的响声，抬头一看，原来是婴宁在树上。她看见了王子服走来，就大笑起来，差点从树上掉了下来。王子服说：“不要再笑了，小心摔下来。”婴宁一边从树上下来一边笑个不停。快到达地面的时候，一失手掉了下来，这才将笑声止住。王子服上前扶住了她，暗地里捏了捏她的手腕。婴宁又开始笑了起来，依靠在树下不能前进，过了好久才不笑了。王子服等待婴宁笑声停止以后，就把袖子中的花拿给她看。婴宁接过花说道：“都枯萎了。为什么还留着它？”王子服说：“这是元宵节那天妹妹丢下的，所以保留到现在。”婴宁问：“你留着它有什么用呢？”王子服说：“用来表示相爱不能够忘怀呀。自从元宵节与你相遇，我对你思念过重得了病，原本以为活不下去了，没想到如今还能够见到你，希望你怜悯我！”婴宁说：“这也不是什么大事情，我们都是亲戚有什么可怜惜的？等到兄长离开时，这花园里的花，让仆人折上一大捆送给你。”王子服说：“妹妹你莫非是个傻子吗？”婴宁说：“我怎么就傻子了？”王子服说：“我并不是喜爱花，只是喜欢那个拈花的人呀！”婴宁说：“亲戚之间自然是有情义的，这种爱还用说吗？”王子服说：“我所说的爱，并不是亲戚之间的爱，而是夫妻之间的爱。”婴宁说：“它们有什么区别吗？”王子服说：“夜里要同床共枕呀！”婴宁垂着脑袋思考了很长时间，说：“我不习惯和陌生人睡在一块。”话还没有说完，丫环悄无声息地过来了，王子服惊慌失措地溜走了。

原文

少时，会母所。母问：“何往？”女答以园中共话。媪曰：“饭熟已久，有何长言，周遮乃尔？”女曰：“大哥欲我共寝。”言未已，生大

○周遮乃尔：这样絮叨啰唆。周遮，言语烦琐。

窘，急目瞪之，女微笑而止。幸媪不闻，犹絮絮究诘，生急以他词

掩之。因小语责女，女曰：“适此语不应说耶？”生曰：“此背人语。”女曰：“背他人，岂得背老母？且寝处亦常事，何讳之？”生恨其痴，无术可以悟之。食方竟，家中人捉双卫来寻生。

○捉双卫：牵着两头驴子。捉，牵。卫，驴的别称。

译文

过了不长时间，王子服与婴宁又在老妇人的屋子里见面了。老妇人问：“刚才你们去哪里了？”婴宁说在园子里说了一会话。老妇人说：“饭都做好很久了，你们有什么话啰啰嗦嗦地说了这么长时间？”婴宁说：“表哥想要和我同床共枕。”话还没有说完，王子服窘迫极了，连忙用眼睛瞪她，婴宁微笑着没有再说下去。幸亏老妇人耳背没有听清，还在絮絮叨叨地追问。王子服急忙用其他话掩饰了过去。随后小声地责备婴宁，婴宁说：“刚才那句话难道不应该说吗？”王子服说：“那是背着别人说的话。”婴宁说：“背着别人，怎么能够背着老母亲呢？况且有什么避讳的？”王子服真是怨恨她的傻气，没有办法能够让她明白。刚吃完饭，王子服家中有人牵着两头驴过来找他了。

原文

先是，母待生久不归，始疑，村中搜觅几遍，竟无踪兆。因往询吴。吴忆曩言，因教于西南山村行觅。凡历数村，始至于此。生出门，适相值，便入告媪，且请偕女同归。媪喜曰：“我有志，匪伊朝夕。但残躯不能远涉，得甥携妹子去，识认阿姨，大好！”呼婴宁，宁笑至。媪曰：“有何喜，笑辄不辍？若不笑，当为全人。”因怒之以目。乃曰：“大哥欲同汝去，可便装束。”又饷家人酒食，始送之

○曩（nǎng）言：从前的话。即吴生诓骗王子服的话。

○志：此处是想法的意思。

○匪伊朝夕：不止一日。

出曰："姨家田产丰裕，能养冗人。到彼且勿归，小学诗礼，亦好

○冗人：闲人。 ○小学诗礼：稍微学一下诗书礼节。小，稍，略。

事翁姑。即烦阿姨，为汝择一良匹。"二人遂发。至山坳，回顾，犹依稀见媪倚门北望也。

译文

原来，王子服的母亲待王子服很长时间没有回来，心中开始生疑；在村子里找了个遍，竟然没有一点踪迹。于是就让人去询问吴生。吴生回忆起以前他们说过的话，让他们去西南方向的山村找去。寻找了好几个村子，才来到了这里。王子服出门，正好遇见了他们，于是就进屋告诉老妇人，并且请求带着婴宁一块回家。老妇人十分欢喜地说："我早就有这个意愿，也不是一朝一夕了，只是我身子衰弱不能走很远的路，幸得外甥能够带着妹妹回家，让她认一认姨母，真是太好了！"说完就呼唤婴宁，婴宁笑着进来了。老妇人说："有什么喜事吗，你一直笑个不停？如果不笑，你就是一个完美的人了。"说罢很生气地瞪了婴宁一眼。然后说道："你表兄想要带你一同回去，快去收拾整理一番。"老妇人又招待了王家的人吃过饭，这才送他们离开。老妇人嘱咐婴宁说："你姨母家里的田地家产很是丰裕，能够养得起几个吃闲饭的人。到了那里不要着急回来，稍微学一点诗书礼仪，也好将来能侍奉公婆。还要麻烦你姨母，为你选择一个好夫婿。"于是，王子服和婴宁就上路了。走在山坳处回头去看，依稀还能看到老妇人倚靠着门向北眺望。

原文

抵家，母睹姝丽，惊问为谁，生以姨女对。母曰："前吴郎与儿言者，诈也。我未有姊，何以得甥？"问女，女曰："我非母出。父为秦氏，没时，儿在褓中，不能记忆。"母曰："我一姊适秦氏，良确，

○适：出嫁，嫁。

然殂谢已久，那得复存？”因审诘面庞、志赘，一一符合。又疑曰：

○殂（cú）谢：死亡。

○面庞：相貌。志赘：指身体上的特征或标记。

“是矣。然亡已多年，何得复存？”疑虑间，吴生至，女避入室。吴询得故，惘然久之，忽曰：“此女名婴宁耶？”生然之，吴亟称怪事。问所自知，吴曰：“秦家姑去世后，姑丈鳏居，祟于狐，病瘠死。狐

○鳏居：无妻独居。

生女，名婴宁，绷卧床上，家人皆见之。姑丈殁，狐犹时来。后求天师符黏壁间，狐遂携女去。将勿此耶？”彼此疑参。但闻室中

○天师符：张天师的神符。

○疑参：疑惑参详。

吃吃，皆婴宁笑声。母曰：“此女亦太憨生。”吴请面之。母入室，

○吃吃：笑声。

○憨（hān）生：娇痴。憨，傻。生，语助词。

女犹浓笑不顾。母促令出，始极力忍笑，又面壁移时，方出。才一展拜，翻然遽入，放声大笑。满室妇女，为之粲然。

译文

到家以后，王母看见有一个很好看的姑娘，就惊异地问她是谁，王子服回答说是姨母家的女儿。王母说：“先前吴郎对你所说的话，都是欺骗你的假话。我没有姐姐，哪里来的外甥女呀？”王母又问婴宁，婴宁说：“我并不是母亲亲生的，我的父亲姓秦，父亲去世的时候，我还在襁褓里，因此什么都不记得。”王母说：“我是有一个姐姐嫁到了秦家，这是可以确定的，但是她早就已经过世了，怎么还能在世呢？”王母仔细询问婴宁她母亲的面容以及皮肤上是否有痣，情况完全符合姐姐的特征。王母又惊疑地说道：“我姐姐是长这样，但是已经死去很多年了，怎么还能活着呢？”正在大家都很疑惑的时候，吴生进来了，婴宁去了内室躲避。吴生询问了来龙去脉，疑惑不解了很长时间。忽然，吴生问道：“那个姑娘是不是叫婴宁？”王子服说是，吴生就连连说怪事。王子服就问吴生知道些什么，吴生便说：“秦家的姑姑过世以后，姑父就一个人生活，被一只狐狸精迷住了，后来就生病死了。狐狸精生下了一个女儿，名叫婴宁，用包被包着睡在床上，家里人都看到过。姑父去世以

后，狐狸精还经常来。后来秦家人就请来张天师的画符贴在了墙壁上，于是狐狸精带着女孩离开了，难道就是她吗？”正在人们怀疑猜测着这件事时，只听见内室里传来“哧哧”的声音，全都是婴宁的笑声。王母说：“这个姑娘也太憨了。”吴生请求当面看看婴宁，王母进入了内室，婴宁还在大笑着顾不得其他。王母催促她出去见客，婴宁这才极力忍着不笑，又面向墙壁站了好一会，这才出去。刚对吴生行了一礼，就急忙转身跑了出去，又放声大笑起来。一屋子的女人都被逗得笑了起来。

原文

吴请往觇其异，就便执柯。寻至村所，庐舍全无，山花零落而已。吴忆姑葬处，仿佛不远，然坟垅湮没，莫可辨识，诧叹而返。母疑其为鬼，入告吴言，女略无骇意。又吊其无家，亦殊无悲意，孜孜憨笑而已。众莫之测。母令与少女同寝止。昧爽即来省问，操女红精巧绝伦。但善笑，禁之亦不可止，然笑处嫣然，狂而不损其媚，人皆乐之。邻女少妇，争承迎之。

○觇（chān）：看，侦伺。

○就便执柯：顺便做媒。执柯，做媒。语出《诗·风·伐柯》。

○垅：坟。湮（yīn）没：埋没。

○吊：怜悯。

○孜孜（zī）：不停地。

○昧爽：黎明。省（xǐng）问：问候，问安。

○女红（gōng）：旧时指妇女所作的纺织、刺绣、缝纫等事。红，通“工”。

译文

吴生提出来自己要去婴宁的家探查一下究竟，顺便帮王子服说媒提亲。吴生寻到了那个村子后，发现房屋一间都没有，只有山花零零落落地洒在地上。吴生回忆起姑姑的埋葬之地，好像离这里不远，但是坟冢已经荒没了，没有办法辨认，只能诧异惊叹地折返而回。王母怀疑婴宁的母亲是鬼，进入屋里将吴生的话告诉了婴宁，她一点都不害怕。王母又怜惜她无家可归，她也没有一点悲伤的样子，只是一直不停地憨笑而已。人们都看不透她。王母让婴宁和小女儿住在一起，每天天刚亮婴宁就来向王母请安问好，她的针线活也做得精巧绝伦，只是太喜欢笑，怎么禁止也不行。但是她笑得很好看，即使大笑也不会有损于她的妩媚，人们都很喜欢她。邻居家的姑娘、媳妇也都争相和她交往。

原文

母择吉将为合卺，而终恐为鬼物。窃于日中窥之，形影殊无少异。至日，使华妆行新妇礼，女笑极不能俯仰，遂罢。生以其憨痴，恐漏泄房中隐事，而女殊密秘，不肯道一语。每值母忧怒，女至，一笑即解。奴婢小过，恐遭鞭楚，辄求诣母共话，罪婢投见，恒得免。而爱花成癖，物色遍戚党，窃典金钗，购佳种，数月，阶砌藩溷，无非花者。

○择吉：选择吉日良辰。合卺（jǐn）：古代婚礼中的一种仪式。

○窃于日中窥之，形影殊无少异：按照民间传说，鬼不能见太阳，在日光下也没有影子，因而王母以此检验婴宁是否为鬼物。

○戚党：亲戚朋友。

○阶砌藩溷（hùn）：形容院子里的所有地方。阶砌，台阶。藩，篱笆。溷，粪坑。

译文

王母选择了一个黄道吉日准备让他们成亲，但她始终害怕婴宁是个鬼，偷偷地在太阳光下窥看她，她的影子身形与常人没什么两样。到了成亲那天，让婴宁穿着盛装来行新娘礼，婴宁笑得直不起腰来，于是就作罢了。王子服认为婴宁太痴傻了，恐怕她向别人泄露了夫妻间的秘事，但是她守口如瓶，一个字也没有往外说。每逢王母发愁的时候，只要婴宁一来，笑一笑这事就化解了。奴婢仆人犯了小的过错，害怕遭受惩罚，就去请求婴宁先和王母说说话，再去认错，一般就能免除惩罚。但是婴宁爱花成瘾，将所有亲戚家的好花都搜罗了一遍，还偷偷地典当了首饰，用来购买好品种。几个月以后，台阶两边、篱笆旁、茅厕旁，每一处都种满了鲜花。

原文

庭后有木香一架，故邻西家。女每攀登其上，摘供簪玩。母时遇见，辄诃之，女卒不改。一日，西人子见之，凝注倾倒。女不避而

○木香：多年生草本菊科植物，是云木香和川木香的合称，根茎可入药。

○邻：紧挨着。西家：西边住的邻居。

○簪玩：妇女折花，有时插戴在发髻上，有时插于瓶中赏玩，因合称。

○西人子：西边邻居家的儿子。

笑。西人子谓女意已属，心益荡。女指墙底笑而下，西人子谓示约处，大悦。及昏而往，女果在焉。就而淫之，则阴如锥刺，痛彻于心，大号而踣。细视，非女，则一枯木卧墙边，所接乃水淋窍也。邻父闻声，急奔研问，呻而不言。妻来，始以实告。爇火烛窍，见中有巨蝎，如小蟹然，翁碎木捉杀之。负子至家，半夜寻卒。邻人讼生，讦发婴宁妖异。邑宰素仰生才，稔知其笃行士，谓邻翁讼诬，将杖责之。生为乞免，逐释而出。母谓女曰："憨狂尔尔，早知过喜而伏忧也。邑令神明，幸不牵累，设鹘突官宰，必逮妇女质公堂，我儿何颜见戚里？"女正色，矢不复笑。母曰："人罔不笑，但须有时。"而女由是竟不复笑，虽故逗，亦终不笑，然竟日未尝有戚容。

○踣（bó）：跌倒。

○寻：随即。

○笃行士：品行忠厚的读书人。

○讦（jié）：揭发，举报。

○稔（rěn）知：深知、熟知。

○鹘（hú）突：糊涂。

○矢：发誓。

○戚：忧愁，悲伤。

译文

庭院的后面有一架木香，靠近西面邻居家的院墙。婴宁时常爬到花架上，摘下花用来簪戴或者赏玩。王母每次看到，就要训斥她，婴宁却始终不改。有一天，西邻的儿子看见了婴宁，就一直盯着她看，被她迷得神魂颠倒。婴宁没有躲避而是笑了起来。西邻的儿子认为婴宁对自己有意，心神越发荡漾。婴宁用手指了指墙根，就笑着从花架上下来了。西邻的儿子以为那是暗示约会的地方，非常高兴，天刚黑他就来到了婴宁指的地方，婴宁果然就在那里。西邻的儿子就扑向她，突然他感到下身像被锥子刺了一样，一直痛到了心里，大声喊叫着倒在了地上。仔细一看那并不是婴宁，而是一根枯朽的树木倒在墙边，他下身所碰触的地方是被雨水淋出来的窟窿。他的父亲听到了大叫声，着急地跑过来询问怎么回事，他只是呻吟着并不说话。他的妻子来了，他这才将一切如实地说了出来。点燃蜡烛照明，只见那个窟窿里有一只巨大的蝎子，和小螃蟹的大小差不多。西邻家的老翁就将木头砍碎，把那蝎子抓住打死了，随后将儿子背回了家里，半夜他儿子就死了。邻居老翁就上衙门将王子服告了，举报婴宁是个妖怪。县令向来仰慕王子服的才学，深知他是一个品行忠厚的读书人，就判定邻居老翁是诬告，想要杖打他。王子服为邻居老翁求情，于是县官将他释放了。王母对婴宁说：“像你这样憨傻的样子，早就知道过分的喜悦中潜伏着忧愁呀。多亏了县令神武英明，这才没有牵连你；假设是一个糊涂的县令，必然会将你逮到公堂上去对质，到那时我儿子还有什么颜面去见亲戚朋友呢？”婴宁神色严肃起来，发誓从今以后不再笑了。王母说：“人没有不笑的，只是要分清场合。”从那以后，婴宁竟然真的没有笑过，即使有人逗她，她也始终没有笑，可是她每天脸上也没有悲伤的神色。

原文

一夕，对生零涕。异之。女哽咽曰：“曩以相从日浅，言之恐致骇怪。今日察姑及郎，皆过爱无有异心，直告或无妨乎？妾本狐产。母临去，以妾托鬼母，相依十余年，始有今日。妾又无兄弟，所恃者惟君。老母岑寂山阿，无人怜而合厝之，九泉辄为悼恨。君倘不惜烦费，使地下人消此怨恫，庶养女者不忍溺弃。”生诺之，然虑坟冢迷于荒草，女但言无虑。刻日，夫妻舆榇而往。女于荒烟错楚中，指示墓处，果得媪尸，肤革犹存。女抚哭哀痛。舁归，寻秦氏墓合葬焉。是夜，生梦媪来称谢，寤而述之。女曰：“妾夜见之，嘱勿惊郎君耳。”生恨不邀留。女曰：“彼鬼

○恃：依赖，倚仗。

○岑寂山阿：在山阿居住很孤寂。

○合厝（cuò）：合葬。厝，安葬。

○悼恨：哀伤遗憾。

○怨恫：悲伤痛苦。

○舆榇（chèn）：以车载棺。榇，棺材。

○错楚：丛杂的树木。

○舁（yú）：抬。

也，生人多，阳气胜，何能久居？”生问小荣，曰：“是亦狐，最黠，狐母留以视妾，每摄饵相哺，故德之，常不去心。昨问母，云已嫁之。”由是岁值寒食，夫妻登秦墓，拜扫无缺。女逾年生一子，在怀抱中，不畏生人，见人辄笑，亦大有母风云。

○摄饵：摄取食物。哺：喂养。

○寒食：阴历清明节前两天为寒食。

译文

有一天夜里，婴宁对着王子服流泪哭泣。王子服感到很是奇怪。婴宁哽咽地说：“之前因为我们相处的时间太短，对你说这些话恐怕让你们害怕惊骇。如今发现婆婆和你对我都特别疼爱，没有别的心思，实话告诉你们应该没有什么妨碍吧？我本来就是狐狸精所生，我的母亲临走的时候，将我托付给了鬼母，我们相依为命了十多年，才有今天。我又没有兄弟，能够倚靠的只有你。我的老母亲孤独地长眠于山里，没有人可怜她并将她的尸骨与父亲的合葬在一起，她在九泉之下也感到哀伤遗憾。假如你不怕麻烦与花费金钱，使埋在地下的人消除这种悲伤痛苦，也许可以使生养女儿的人不再忍心将女儿溺死或者抛弃。”王子服应允了婴宁，他只是担忧坟冢在荒草之中难以找到，婴宁说这个不用担心。按照商定好的日子，王子服和婴宁用车拉着棺材前往。婴宁在漫山的荒草丛中指出了坟墓所在的位置，果然挖掘出了老妇人的尸体，尸体保存得很好。婴宁抚摸着尸体痛哭起来，十分悲痛。他们将老妇人的尸体装进棺材运回来，寻找到秦家的墓地并合葬在一起。当天夜里，王子服梦见老妇人来向他表示感谢，醒来后他就将这件事告诉给了婴宁。婴宁说：“我夜里也见到了她，我叮嘱她不要惊扰了你。”王子服埋怨婴宁没有将她留下来。婴宁说：“她是鬼，活人多的地方，阳气就旺盛，怎么能够久留呢？”王子服又问小荣是谁，婴宁说：“小荣也是一只狐狸，最聪明狡黠，狐狸母亲将她留下来照顾我，她常常弄来食物喂养我，所以她的恩德我一直都记挂在心上。昨天问了母亲，说她已经嫁人了。”从这以后，每年到了寒食节，他们夫妻就去秦氏的墓地，祭拜扫墓就没有间断过。第二年，婴宁生了一个儿子，这孩子在怀抱中就不害怕生人，看见人就笑，也有他母亲那种风度。

原文

异史氏曰：观其孜孜憨笑，似全无心肝者；而墙下恶作剧，其黠孰甚焉。至凄恋鬼母，反笑为哭，我婴宁殆隐于笑者矣。窃闻山中有草，名“笑矣乎”，嗅之，则笑不可止。房中植此一种，则合欢、忘忧并无颜色矣。若解语花，正嫌其作态耳。

○隐于笑：用笑来隐藏自己。隐，潜藏。

○解语花：一般以解语花比喻善于迎合人意的美女。

○作态：装模作样，指矫饰而有失自然。

译文

异史氏说：看婴宁那种不停憨笑的模样，就好像没心没肺一样。但是看她在墙角之下的恶作剧，她也是很狡黠聪明的。至于凄切地怀恋着鬼母，反而将笑变成了哭，婴宁是将真实的自己用笑来隐藏起来。我听说山中有这样一种草，名字叫“笑矣乎”，闻一闻就笑得不能停下来。如果在房间内种上一株，那么合欢花和忘忧草，与它相比就失去了光彩。至于解语花，就更加嫌弃它的惺惺作态了。

葭莩亲

“葭莩”原指芦苇中的薄膜，用来比喻疏远的亲属关系。《汉书》中提到“葭莩之亲”，表达亲戚关系虽疏远，但仍存在联系。后来“葭莩亲”多用于指代远亲或较为疏远的家族成员，象征着虽不亲密但依然有血缘联系的亲属关系。

【聂小倩】

原文

宁采臣，浙人，性慷爽，廉隅自重。每对人言："生平无二色。"适赴金华，至北郭，解装兰若。寺中殿塔壮丽，然蓬蒿没人，似绝行踪。东西僧舍，双扉虚掩，惟南一小舍，扃键如新。又顾殿东隅，修竹拱把，阶下有巨池，野藕已花。意甚乐其幽杳。会学使按临，城舍价昂，思便留止，遂散步以待僧归。

O浙人：浙江人。
O廉隅：棱角，喻品行端方。
O无二色：只有一个女人，无外遇。色，女色。
O金华：府名。清代府治在今浙江金华，位于浙江中部。
O没（mò）：遮蔽，淹没。
O拱把：两手合围那样大小。
O幽杳（yǎo）：清幽寂静。
O学使：督学使者，即提督学政，简称学政。

译文

宁采臣是浙江人，性格慷慨豪爽，品行端庄，洁身自重。他经常对人说："我只有我妻子一个女人，没有其他外室。"有次，他去金华，到了北郊，就在一座寺庙里解下行装休息。寺庙里的宫殿佛塔非常壮丽，只是院子里的蓬蒿长得比人还高，似乎已经很长时间没有人来过了。东西两边的僧房，门都是虚掩着，只有南面的一间小房子，门锁好像是新的。又环顾大殿东边的角落里，长满了粗壮的竹子，有两只手合围那么粗，台阶下有一个巨大的水池，里面盛开着野荷花。宁采臣很喜欢这里清幽寂静的环境。当时正赶上督学使者考核金华的秀才，城里的客店价钱昂贵，他想要借住在这里，于是就散步等待僧人回来。

原文

日暮，有士人来，启南扉。宁趋为礼，且告以意。士人曰："此间无房主，仆亦侨居。能甘荒落，旦晚惠教，幸甚。"宁喜，藉藁代床，支

O趋为礼：快步向前致意行礼。趋，快走。这是古代与人相见表示敬意。
O藁（gǎo）：稻、麦等的秆。

板作几，为久客计。是夜，月明高洁，清光似水，二人促膝殿廊，各展姓字。士人自言：“燕姓，字赤霞。”宁疑为赴试诸生，而听其音声，殊不类浙。诘之，自言“秦人”。语甚朴诚。既而相对词竭，遂拱别归寝。

○促膝：对坐而膝相接近。多形容亲切交谈或密谈。

○姓字：姓名。字，表字，正名以外的别名。

○秦：古秦国之地，春秋时期指今陕西之地，故习称陕西为秦。

译文

夜幕降临的时候，有一个读书人回来了，打开了南面小屋的门。宁采臣急忙上前行礼，并且告诉他自己想要借住在这里。读书人说：“这里并没有房主，我也是借住在这里的。如果你能忍受这里的荒凉落败，我也可以早晚向你请教，这实在是太好了！”宁采臣十分欢喜，找来麦秸铺在地上当作床，支上木板当作桌子，打算长期在这里居住。当天夜里，皎洁的月光就像清水一样，两个人在殿廊下促膝长谈，各自交代自己的姓名。读书人自我介绍说：“我姓燕，字赤霞。”宁采臣猜他也是来考试的考生，但是听他的口音又不像是浙江的人。于是就问他是哪里人，燕赤霞说他是陕西人。说话的语气非常朴实诚恳。没多长时间，他们就没有什么可说的了，便拱手告别，各自回去睡觉了。

原文

宁以新居，久不成寐。闻舍北喁喁，如有家口。起伏北壁石窗下，微窥之。见短墙外一小院落，有妇可四十余，又一媪衣黦绯，插蓬沓，鲐背龙钟，偶语月下。妇曰：“小倩何久不来？”媪云：“殆好至矣。”妇曰：“将无向姥姥有怨言否？”曰：“不闻，但意似蹙蹙。”妇曰：“婢子不宜好相识！”言未已，有一十七八女子

○喁喁（yú）：小声说话。

○黦：褪色。

○插蓬沓：簪插着大银栉。

○鲐（tái）背：代称老人。龙钟：行动不便，形容老态。

○偶语：相对私语，交谈。

○殆好：差不多，就要。

○蹙蹙：忧愁，不舒畅。

○好相识：善待。

来，仿佛艳绝。媪笑曰："背地不言人。我两个正谈道小妖婢，悄来无迹响，幸不訾着短处。"又曰："小娘子端好是画中人，遮莫老身是男子，也被摄魂去。"女曰："姥姥不相誉，更阿谁道好？"妇人女子又不知何言。宁意其邻人眷口，寝不复听。又许时，始寂无声。

○訾（zǐ）：非议，说坏话。○遮莫：假如。○眷口：眷属，家属。

译文

宁采臣因为在一个新的地方居住，很长时间没有入睡。他听屋子的北面有小声说话的声音，好像有人家居住。宁采臣起身趴伏在北面墙壁的石窗下，悄悄地向外面窥看。只见矮墙外有一个小院子，院中有一个四十多岁的妇人，还有一个老太太，她穿着一件褪了色的红衣服，头上插着大银栉，老态龙钟，她们正在月光下交谈。妇人说："小倩为什么这么长时间还没有来？"老太太说："差不多应该到了。"妇人说："她是不是对姥姥发过什么怨言啊？"老太太说："这倒是没听说，但是似乎有不舒畅的情绪。"妇人说："这个丫头就不能好生对待！"话还没有说完，就来了一个十七八岁的姑娘，长得很漂亮。老太太笑着说："背地里不能议论人。我们两个正在谈论你，你这个小妖精就不声不响地悄悄来了。幸好没有说你什么坏话。"老太太又接着说道："小娘子真像画中的人一样漂亮，假如我是一个男子，也会被你勾了魂魄去。"姑娘说："姥姥不夸奖我，还有谁会说我的好话呢？"那妇人又同姑娘说了些什么。宁采臣以为她们都是邻居家的家眷，就回去睡觉了，没有再听。又过了一段时间，外面才没有了说话的声音。

原文

方将睡去，觉有人至寝所。急起审顾，则北院女子也。惊问之，女笑曰："月夜不寐，愿修燕好。"宁正容曰："卿防物议，我畏人言。略一失足，廉耻道丧。"女云："夜无知者。"宁又咄之。女逡巡若

○修燕好：结为夫妇。○物议：大众的议论。多指非议。

复有词，宁叱：“速去！不然，当呼南舍生知。”女惧，乃退。至户外复返，以黄金一铤置褥上。宁掇掷庭墀，曰：“非义之物，污吾囊橐！”女惭，出，拾金自言曰：“此汉当是铁石。”

○铤：量词。用于金银及墨。

○墀（chí）：台阶上的地面。

译文

宁采臣刚要睡着，就感觉有人进了屋子。他起身查看，原来是北院的女子。宁采臣惊诧地问她来干什么。女子笑着说：“我睡不着，愿意与你共享夫妻之乐。”宁采臣严肃地说道：“我怕别人说闲话。稍稍一失足，就会失去道德，没有廉耻之心。”女子说：“夜里没有人会知道。”宁采臣再次呵斥她。女子好像还有什么话要说，宁采臣大声呵斥说：“你快点走！要不然我就呼唤南屋的人过来！”女子离开了，走出门以后又返了回来，把一锭黄金放在褥子上。宁采臣拿起黄金将它丢弃在庭院的台阶上，说：“不义之财，别玷污了我的口袋。”女子十分羞愧地捡起金子，自言自语地说：“这个人真是铁石心肠！

原文

诘旦，有兰溪生携一仆来候试，寓于东厢，至夜暴亡。足心有小孔，如锥刺者，细细有血出。俱莫知故。经宿，仆一死，症亦如之。向晚，燕生归，宁质之，燕以为魅。宁素抗直，颇不在意。

○诘旦：平明，清晨。

○仆一死：三会本《校》：“疑作仆亦死。”

○质：询问。

○抗直：刚直。

译文

第二天清晨，兰溪来的一个书生带着仆人前来赶考，借住在东面的厢房里，夜里突然暴死了。他的脚心上有一个好像用锥子刺的小孔，不断地有血流出来。人们都不知道是怎么回事。又过了一夜，他的仆人也死了，症状相同。到了晚上，燕赤霞回来了，宁采臣就过去问他，燕赤霞认为是鬼魅干的。宁采臣向来刚直不阿，他一点儿也没放在心上。

腸冷眼大慈悲

原文

宵分，女子复至，谓宁曰："妾阅人多矣，未有刚肠如君者。君诚圣贤，妾不敢欺。小倩，姓聂氏，十八夭殂，葬寺侧，辄被妖物威胁，历役贱务，腆颜向人，实非所乐。今寺中无可杀者，恐当以夜叉来。"宁骇求计。女曰："与燕生同室可免。"问："何不惑燕生？"曰："彼奇人也，不敢近。"问："迷人若何？"曰："狎昵我者，隐以锥刺其足，彼即茫若迷，因摄血以供妖饮。又或以金，非金也，乃罗刹鬼骨，留之能截取人心肝。二者，凡以投时好耳。"宁感谢。问戒备之期，答以明宵。临别泣曰："妾堕玄海，求岸不得。郎君义气干云，必能拔生救苦。倘肯囊妾朽骨，归葬安宅，不啻再造。"宁毅然诺之。因问葬处，曰："但记取白杨之上，有乌巢者是也。"言已出门，纷然而灭。

○宵分：夜半。

○夭殂：未成年而死。夭，夭折。民间风俗夭折无墓。

○腆颜：厚着脸皮。

○夜叉：梵语音译。义为凶暴丑恶。佛经中的一种恶鬼。

○狎昵：过分亲近而态度轻佻。

○罗刹：梵语音译。佛教故事中食人血肉的恶鬼。

○玄海：佛家语。指苦海。

○不啻（chì）再造：无异于再生。

○义气干云：义薄云天。干云，冲天。

○安宅：安定的居处。这里指安静的葬地，即墓穴。

○纷然：杂乱的样子。此处谓鬼魅消失之状。

译文

到了半夜，那个姑娘又过来了，她对宁采臣说："我见过很多人，从来没见过像你这样铁石心肠的。你实在是个圣贤之人，我不敢欺辱你。我名字叫小倩，姓聂，十八岁的时候就死了，埋葬在寺庙附近，经常被妖物威胁，去做这下贱的事情；厚着脸皮去伺候别人，实在不是我乐意做的。如今寺庙中没有能够杀害的人了，恐怕今晚夜叉会亲自来。"宁采臣大骇，就请求聂小倩想个法子。小倩说：

"你与燕生住在同一房间就可以避免。"宁采臣问："为什么你不去迷惑燕生呢？"小倩说："他是个奇人，我不敢靠近。"宁采臣又问："你是怎样迷惑人的呢？"小倩说："那些和我亲热的人，我就偷偷地用锥子扎他的脚，等他昏迷过去不省人事时，我就摄取他的血，供给妖物喝；或者用黄金引诱他，其实那不是真的黄金，那是罗刹鬼的鬼骨，如果留下它，它就能摘取人的心肝。这两种方法都是投人所好的。"宁采臣感谢聂小倩告诉他这些事情。问应该在什么时间戒备，回答说在明天晚上。聂小倩在走的时候，对着宁采臣哭诉道："我堕落进了苦海，找不到岸边。郎君你义薄云天，一定能救人于苦难。倘若你能够将我的朽骨装敛起来，将它安葬在一处安静的地方，你就如同给了我一次生命。"宁采臣毅然地应允了她，于是问她原来埋葬在什么地方。小倩说："只要记住白杨上有乌鸦巢穴的地方就是了。"说完之后就走出门，突然之间就消失了。

原文

明日，恐燕他出，早诣邀致，辰后具酒馔，留意察燕。既约同宿，辞以性癖耽寂。宁不听，强携卧具来。燕不得已，移榻从之。嘱曰："仆知足下丈夫，倾风良切。要有微衷，难以遽白。幸勿翻窥箧襆，违之，两俱不利。"宁谨受教。

○辰：辰时，对应现代时间的七时至九时。

○耽寂：极爱静寂。耽，耽于。

○倾风良切：很仰慕。倾风，仰慕，倾倒。

○微衷：心意的谦辞。

译文

第二天，宁采臣害怕燕赤霞外出，很早就邀请他过来。七八点钟的时候宁采臣就准备好了酒菜，请燕赤霞一起享用，并且留意察看他的行为举止。宁采臣约燕赤霞一块住，燕赤霞推辞说自己性情孤僻，极爱安静。宁采臣不听，强行把他的行李搬了过去。燕赤霞没有办法，只能将床也搬了过去。燕赤霞叮嘱宁采臣说："我知道你是个大丈夫，也很仰慕你的风采。但是我有些苦衷，一时间很难向你说明白。请你一定不要去翻看我的箱子和包袱，如果你违背了，对我们都没有好处。"宁采臣恭敬地接受了他的教诲。

原文

既而各寝。燕以箱箧置窗上，就枕移时，齁如雷吼，宁不能寐。近一更许，窗外隐隐有人影。俄而近窗来窥，目光睒闪。宁惧，方欲呼燕，忽有物裂箧而出，耀若匹练，触折窗上石棂，欻然一射，即遽敛入，宛如电灭。燕觉而起，宁伪睡以觇之。燕捧箧检征，取一物，对月嗅视，白光晶莹，长可二寸，径韭叶许。已而数重包固，仍置破箧中，自语曰："何物老魅，直尔大胆，致坏箧子。"遂复卧。宁大奇之，因起问之，且以所见告。燕曰："既相知爱，何敢深隐。我，剑客也。若非石棂，妖当立毙，虽然，亦伤。"问："所缄何物？"曰："剑也。适嗅之，有妖气。"宁欲观之，慨出相示，荧荧然一小剑也。于是益厚重燕。

○睒（shǎn）闪：闪烁。

○匹练：成匹的白绢。练，白绢或把生丝、布帛类煮熟使之变白。

○欻（xū）然：忽然。

○征：迹象。

○径韭叶许：像韭菜叶那么宽。径，宽。

○直尔：竟然如此。

译文

然后，他们就各自睡觉去了。燕赤霞将箱子放在了窗台上，他躺在枕头上，没一会工夫就鼾声如雷，宁采臣却睡不着。接近一更天的时候，窗户外面隐隐约约有人的影子。片刻工夫，那人影就靠近窗户来窥看，目光闪烁。宁采臣感到恐惧，刚想要呼喊燕赤霞，忽然有一个物件冲破箱子飞了出来，晶光闪耀好像一匹白色的绸缎，撞断了窗户上的石棂子，忽然一射，立即又回到了箱子里，就好像闪电一样熄灭了。燕赤霞警觉地起来，宁采臣假装睡着了偷偷地观察。燕赤霞捧着箱子检查了一遍，从箱子里拿出了一件物品，对着月光闻一闻、看一看。那东西泛着白光，晶莹闪亮，长有二寸，像韭菜叶那么宽。燕赤霞看过之后，又结结实实地将它包裹了好几层，放在了已经破损的箱子里。他自言自语地说道：“是什么老妖怪，竟然这么大的胆子，敢把我的箱子弄坏。”随后，他就又躺下来休息。宁采臣感到大为惊奇，就起身询问燕赤霞，并且将刚才自己看见的都说给他听。燕赤霞说：“既然我们彼此有很深的情谊，我就不再隐瞒了。我是一个剑客。如果没有石窗棂，那妖物应该立刻就死掉了，虽然它没死，但是也受伤了。”宁采臣又问：“你刚才包的是什么东西？”燕赤霞回答：“是剑。刚才闻了闻，上面有妖气。”宁采臣想要看一看，燕赤霞慷慨地拿出来给他看，那是一把闪闪发光的小剑。于是宁采臣更加敬重燕赤霞了。

原文

明日，视窗外，有血迹。遂出寺北，见荒坟累累，果有白杨，乌巢其颠。逮营谋既就，趣装欲归。燕生设祖帐，情义殷渥。以破革囊赠宁，曰：“此剑袋也，宝藏可远魑魅。”宁欲从授其术。曰：“如君信义刚直，可以为此。然君犹富贵中人，非此道中人也。”宁乃托有妹葬此，发掘女骨，敛以衣衾，赁舟而归。

○逮（dài）：等到。

○颠：顶。

○祖帐：为出行者饯别所设的帐幕，引申为饯行送别。

○殷渥：恳切深厚。

译文

第二天，宁采臣发现窗户外面果然有血迹。于是，他走出寺庙向北走，只见荒坟一座连着一座，其中一座坟边果然长着一棵白杨树，有一个乌鸦巢穴在树梢上。等到心中有了想法之后，宁采臣收拾行装准备回家。燕赤霞为他践行，情谊恳切深厚。燕赤霞取出一个破的皮囊赠送给了宁采臣，说：“这是剑袋，你要好好珍藏，它可以让你避开妖魔鬼怪。”宁采臣想要和他学习剑术。燕赤霞说：“像你这种有情有义、刚直豪爽的人，是可以当个剑客的。然而你是一个大富大贵的人，不是这条道上的。”宁采臣托词说有个女子埋葬在这里，他发掘出聂小倩的尸骨，用衣被包裹好，租赁了一条小船就回家了。

原文

宁斋临野，因营坟葬诸斋外，祭而祝曰：“怜卿孤魂，葬近蜗居，歌哭相闻，庶不见陵于雄鬼。一瓯浆水饮，殊不清旨，幸不为嫌。”祝毕而返。后有人呼曰：“缓待同行！”回顾，则小倩也。欢喜谢曰：“君信义，十死不足以报。请从归，拜识姑嫜，媵御无悔。”审谛之，肌映流霞，足翘细笋，白昼端相，娇艳尤绝。遂与俱至斋中。嘱坐少待，先入白母，母愕然。时宁妻久病，母戒勿言，恐所骇惊。言次，女已翩然入，拜伏地下。宁曰：“此小倩也。”母惊顾不遑。女谓母曰：“儿飘然一身，远父母兄弟。蒙公子露覆，泽被发肤，愿执箕帚，以报高义。”母见其绰约可爱，始敢与言，曰：“小娘子惠顾吾儿，老身喜不可已。但生平止此儿，用承祧绪，不敢令有鬼偶。”女曰：“儿实无二心。泉下人既不见信于老母，请以兄事，依高堂，奉晨昏，如何？”母怜其诚，允之。即欲拜嫂，母辞以疾，乃止。女即入厨下，代母尸饔，入房穿榻，似熟居者。

○蜗居：对自己居所的谦辞。

○雄鬼：雄强力暴之鬼。

○清旨：清醇，清净纯正。

○媵（yìng）御：以婢妾对待。媵，泛指婢妾。

○姑嫜（zhāng）：丈夫的母亲和父亲，俗称公婆。

○翩然：形容动作轻快的样子。

○露覆：亦作“覆露”。喻润恩泽。

○执箕帚：担任洒扫工作。往往用作承担妻子责任的谦辞。

○绰约：温柔秀美。

○承祧（tiāo）绪：传宗接代。祧绪，祖宗余绪。祧，承继先代。

○泉下人：指死人、鬼。

○依高堂：依偎在母亲身边。高堂，母亲。

○奉晨昏：指对父母的侍奉。

○尸饔（yōng）：料理饮食。

译文

宁采臣的书房靠近郊野，因而他就在书房外营造坟墓，将小倩葬在了那里。埋葬以后，宁采臣在祭祀的时候祈祷道：“怜悯你的魂魄孤单，把你埋葬在我的书房

旁，就能听得见你的歌声与哭声，使你不再被雄鬼欺凌。这一杯浆水你喝下吧，虽算不上清甜甘醇，希望你不要嫌弃！”宁采臣祈祷完了以后就要回去，听见后面有人呼喊道：“你慢点，等我一块走！”宁采臣回头一看，原来是聂小倩。她十分高兴地感谢道：“你真是很有信义，我就是死个十次也报答不完你的恩情。请让我和你一起回去，拜见公婆，给你做婢妾我也无怨无悔。”宁采臣仔细地看着她，她的肌肤就好像流霞一样白里透红，一双小脚就好像翘起来的细笋，在白日里端详她的相貌，更加娇艳动人。于是就带她一起回到了家。宁采臣嘱咐小倩在这里坐着稍等一会儿，他先进去禀告母亲。宁母听了以后十分惊愕，当时宁采臣的妻子已经病了很久，宁母告诫儿子不要对她说出这件事，恐怕吓到了她。正说着话，聂小倩已经轻盈地走了进来，跪拜在地上。宁采臣说：“这就是小倩。”宁母惊慌地看着小倩，不知道做什么才好。小倩对宁母说：“女儿孑然一身，远离父母兄弟。承蒙公子对我的恩泽深厚，我愿意嫁给公子，报答公子的恩情。”宁母看见小倩长得温柔秀美，十分可爱，这才敢和她讲话，说：“小娘子愿意照顾我的儿子，我当然是十分欢喜的。但是我只有这一个儿子，还指望他传宗接代，不敢让他娶一个鬼女做妻子。”小倩说：“孩儿真的没有二心，我这个已经死了的人既然不能让母亲相信，那就将公子当作兄长，让我跟着母亲，早晚伺候您，这样可以吗？”宁母怜悯她的一片赤诚，应允了她。小倩立即要去拜见嫂子，宁母推辞她身体有病，这才没有去。小倩又立即进入厨房，替宁母做饭。只见她出来进去，就好像在这里住了很久一样，十分熟悉。

原文

日暮，母畏惧之，辞使归寝，不为设床褥。女窥知母意，即竟去。过斋欲入，却退，徘徊户外，似有所惧。生呼之，女曰：“室有剑气畏人。向道途之不奉见者，良以此故。”宁悟为革囊，取悬他室，女乃入，就烛下坐。移时，殊不一语。久之，问：“夜读否？妾少诵《楞严经》，今强半遗忘。浼求一卷，夜暇，就兄正之。”宁诺。又

○《楞（léng）严经》：佛经名。全称为《大佛顶如来密因修证了义诸菩萨万行首楞严经》。

○浼（měi）：请求，央告。

坐，默然，二更向尽，不言去。宁促之。愀然曰："异域孤魂，殊怯荒墓。"宁曰："斋中别无床寝，且兄妹亦宜远嫌。"女起，容颦蹙而欲啼，足恇儴而懒步，从容出门，涉阶而没。宁窃怜之，欲留宿别榻，又惧母嗔。女朝旦朝母，捧匜沃盥，下堂操作，无不曲承母志。黄昏告退，辄过斋头，就烛诵经。觉宁将寝，始惨然去。

○愀（qiǎo）然：脸色突然变得严肃或不愉快。

○恇儴（kuāng ráng）：步履维艰的样子。

○捧匜（yí）沃盥：侍奉盥洗。

○曲承：曲意顺承。

译文

夜幕降临，宁母还是害怕小倩，就让她去休息，却没有给她安排床铺。小倩知道宁母的意思，就马上离开了。经过宁采臣书房的时候，想要进去，但是又退了回来，在门外走来走去，好像在害怕什么。宁采臣招呼她，小倩说："你的书房里有令人畏惧的剑气。前些日子没有在路途上侍奉你，就是因为这个缘故。"宁采臣明白是那个皮袋子的缘故，将它取下来挂在了别的屋里。于是小倩才得以进来，靠近烛光坐下。过了会儿，不见她说一句话。又过了很久，小倩问："夜里你读书吗？我年少的时候诵读《楞严经》，如今一大半都忘记了，请求你借我一卷，夜晚没有什么事的时候，请兄长指教。"宁采臣答应了。小倩又坐了一会儿，还是没有说话，二更都要过去了，她还是没说要走。宁采臣催促她回去，小倩脸色突然变得不愉快，说："我一个异乡的孤魂野鬼，十分害怕那荒凉的墓穴。"宁采臣说："书房中没有别的床铺让你就寝，况且我们是兄妹，也是应该避嫌的。"小倩起身，眉头紧蹙，想要哭出来，举步维艰，走走停停地出了房门，踏过台阶人就不见了。宁采臣暗地里可怜她，想要留她住在别的房间，但又害怕母亲责备。小倩每天早上都会去给宁母请安，侍奉她洗漱，操持家务，十分符合宁母的心意。傍晚就告退，来到书房，就着烛光诵经，察觉到宁采臣要休息了，就神色悲伤地离开。

原文

先是，宁妻病废，母劬不可堪，自得女，逸甚，心德之。日渐

○病废：生病不能干家务。

○劬（qú）：勤苦。

稔，亲爱如己出，竟忘其为鬼，不忍晚令去，留与同卧起。女初

○稔：熟悉。

来未尝食饮，半年渐啜稀饨。母子皆溺爱之，讳言其鬼，人亦不

○啜稀饨（yǐ）：喝稀粥。稀饨，粥汤。

之辨也。无何，宁妻亡。母阴有纳女意，然恐于子不利。女微窥

○阴：暗中，暗地里。

之，乘间告母曰："居年余，当知儿肝鬲。为不欲祸行人，故从

○乘间：利用机会，趁空子。 ○肝鬲：这里指心意，内心想法。

郎君来。区区无他意，止以公子光明磊落，为天人所钦瞩，实欲

○区区：自称的谦辞。 ○钦瞩：钦敬瞩目。

依赞三数年，借博封诰，以光泉壤。"母亦知无恶，但惧不能延

○依赞：依傍，倚靠。 ○封诰：明清制度，皇帝封赠臣下及其祖先、妻子的爵位名号因爵位官阶的高低而有诰命、敕封之区别，统称封诰。这里指因丈夫得官，妻子受封。

宗嗣。女曰："子女惟天所授。郎君注福籍，有亢宗子三，不以

○注福籍：命中注定有福。 ○亢宗子：旧时称人子能扩展宗族地位者为亢宗之子。亢宗，庇护宗族，光宗耀祖。

鬼妻而遂夺也。"母信之，与子议。宁喜，因列筵告戚党。或请

觌新妇，女慨然华妆出，一堂尽眙，反不疑其鬼，疑为仙。由是

○慨然：慷慨地，大方地。 ○眙（chì）：瞪目直视。形容惊诧。

五党诸内眷，咸执贽以贺，争拜识之。女善画兰梅，辄以尺幅酬

○五党：即为五宗。指五服内的亲族。 ○贽（zhì）：初次见面时所送的礼物，见面礼。

答，得者藏什袭以为荣。

○什袭：珍藏。

译文

原先，宁采臣的妻子病了，不能做家务，宁母操劳得疲惫不堪，自从小倩来了以后，宁母变得十分安逸，心里十分感谢她。时间久了，她们之间越来越熟悉，宁母疼爱小倩就像自己的亲生孩子一样，竟然忘记了她是鬼，不忍心在晚上让她离开，就把她留下来与自己同住。小倩刚来的时候，从来不吃不喝，过了半年，渐渐地喝点稀饭汤。宁采臣和宁母都很溺爱小倩，避讳说她是鬼，别人也就更不知道了。没过多久，宁采臣的妻子去世了。宁母私下里有娶小倩做儿媳妇的意思，但是恐怕对自己的儿子不利。小倩稍微知道宁母的心思，就找机会对宁母说："我也在这里住了一年多了，母亲应该知道孩儿的心意了。我只是为了不再祸害行人，

所以跟着郎君来到了这里。我真的没有别的意思，只因为公子光明磊落，为天下的人们所倾慕敬重。我实在是想要依附公子几年，借公子博得个封诰，使我在九泉之下也能够光耀。”宁母也知道小倩没有恶意，只是害怕不能够传宗接代。小倩说：“子女只有上天能够给予，郎君命中注定是有福之人，会有三个能够光宗耀祖的儿子，不会因为娶了鬼妻而被夺去这一切。”宁母相信了她，与宁采臣商议，宁采臣十分欢喜，就摆下宴席，邀请亲戚朋友。有人说请新娘子出来与众人见一见，小倩便穿着华丽的衣服，大方地出来与众人相见，一屋子的人都惊诧地看着她，他们不仅不怀疑她是鬼，反而怀疑她是仙女。因此，宁采臣五服以内的亲戚内眷都带着礼物向小倩祝贺，争着与小倩交往。小倩擅长画兰花与梅花，于是就经常把画送给她们表达感谢，她们都把画珍藏起来，感到很是荣耀。

原文

一日，俯颈窗前，怊怅若失。忽问：“革囊何在？”曰：“以卿畏之，故缄置他所。”曰：“妾受生气已久，当不复畏，宜取挂床头。”宁诘其意，曰：“三日来，心怔忡无停息，意金华妖物，恨妾远遁，恐旦晚寻及也。”宁果携革囊来。女反复审视，曰：“此剑仙将盛人头者也。敝败至此，不知杀人几何许！妾今日视之，肌犹粟慄。”乃悬之。次日，又命移悬户上，夜对烛坐，约宁勿寝。欻有一物，如飞鸟堕，女惊匿夹幕间。宁视之，物如夜叉状，电目血舌，睒闪攫拿而前，至门却步。逡巡久之，渐近革囊，以爪摘取，似将抓裂。囊忽格然一响，大可合篑，恍惚有鬼物，突出半身，揪夜叉入，声遂寂然，囊亦顿缩如故。宁骇诧。女亦

○怊（chāo）怅若失：忧伤焦虑的样子。

○怔忡：心悸，恐惧不安。

○粟：因恐惧，起了鸡皮疙瘩。粟，皮肤上起粟粒样的疙瘩。

○欻（xū）：忽然。

○夹幕：帷幕。

○睒（shǎn）闪攫拿：形容某种快速而猛烈的动作或状态。睒闪表示快速地闪烁或移动。攫拿表示抓取或捕捉。

○大可合篑（kuì）：约有两个竹筐合起来那么大。篑，盛土的竹器。

出，大喜曰："无恙矣！"共视囊中，清水数斗而已。

译文

一天，小倩低着头坐在窗户前，一副忧伤焦虑的模样。她忽然问："皮袋子在什么地方？"宁采臣说："因为你畏惧它，所以就将它封起来放在其他屋子了。"小倩说："我接受活人的气息已经很长时间了，应当不会再害怕了，应该取来挂在床头。"宁采臣就询问她原因。小倩说："这几天，我的心里一直恐惧不安，想来是金华那个老妖物，怨恨我远远地躲藏起来，恐怕早晚它会找到这里来。"宁采臣于是就把皮袋子拿了过来。小倩反反复复地打量，说："这是剑仙用来装人头的口袋呀，破旧到如此程度，不知杀了多少人！我现在看到它，身上还起鸡皮疙瘩呢！"说完就把它悬挂在床头。第二天，又将皮袋子悬挂在大门上。夜晚，小倩与宁采臣对着烛火坐着，告诉宁采臣千万不要睡觉。突然，有一个东西好像飞鸟一样掉落了下来，小倩惊慌地藏在了帷帐后面。宁采臣一看，这个东西看起来和夜叉很像，眼睛像闪电一样，舌头是血红色的，张牙舞爪地奔了过来。到了门口却停止了脚步，来来回回走了很久，渐渐地靠近皮袋子，用爪子去摘取，想要将袋子撕裂。袋子忽然之间发出"咯咯"一声响，变得约有两个竹筐合在一起那么大，恍恍惚惚中好像有一个鬼物，突出半个身子将夜叉一把揪了进去，然后就没有声音了，皮袋子又缩小到原来的样子。宁采臣既惊骇又诧异。小倩也走了出来，十分欢喜地说："没事了！"他们一起看向皮袋子，只有几斗清水而已。

原文

后数年，宁果登进士。女举一男。纳妾后，又各生一男，皆仕进有声。

○举：生育，生孩子。

○有声：有政声，为官声誉很好。

译文

几年以后，宁采臣果然考中了进士。小倩生了一个男孩。宁采臣纳妾了以后，小倩与小妾又各自生了一个男孩。三个孩子长大以后都当了官，并且名声都很好。

【义鼠】

原文

杨天一言：见二鼠出，其一为蛇所吞，其一瞪目如椒，似甚恨怒，然遥望不敢前。蛇果腹，蜿蜒入穴。方将过半，鼠奔来，力嚼其尾。蛇怒，退身出。鼠故便捷，欻然遁去。蛇追不及而返。及入穴，鼠又来，嚼如前状。蛇入则来，蛇出则往，如是者久。蛇出，吐死鼠于地上。鼠来嗅之，啾啾如悼息，衔之而去。友人张历友为作《义鼠行》。

○瞪目如椒：谓小眼瞪得很圆，其状如椒。椒，这里指花椒或胡椒的球形果实。

○果腹：饱腹，满腹。

○故：本来。

○悼息：悲伤叹息。

○啾啾（jiū）：多形容小鸟一齐叫的声音。也形容凄厉的叫声，此处即此意。

○张历友：名笃庆，号厚斋，字历友，山东淄川人，明大学士张至发孙。与蒲松龄、王鹿瞻、李希梅等结郢中诗社。博极群书，终身未仕。

译文

杨天一说：曾经见过两只老鼠出洞，其中一只老鼠被蛇给吞掉了，另外一只老鼠眼睛瞪得像圆圆的花椒粒，看起来非常愤怒，然而它只能远远地看着却不敢向前。蛇吃饱后，就弯弯曲曲地向洞穴爬去，身体刚进入洞穴一半，那老鼠就跑了过来，狠狠地咬住蛇的尾巴。蛇大怒，将身体退出洞穴。老鼠素来就机灵敏捷，快速地逃跑了。蛇没有追到就返了回来。等蛇再次进入洞穴，老鼠又跑了过来，像上次一样咬住它的尾巴。蛇进入洞穴，老鼠就过来咬它的尾巴，蛇出洞穴，老鼠就逃跑，就这样双方来来回回折腾了好久。最后，蛇爬出来，将死了的老鼠吐在地上。那只老鼠走过了嗅了嗅，啾啾的叫声就好像在哀悼哭泣，用嘴把死老鼠叼走了。我的朋友张历友为此写了一首《义鼠行》。

【地震】

原文

康熙七年六月十七日戌刻，地大震。余适客稷下，方与表兄李笃之对烛饮。忽闻有声如雷，自东南来，向西北去。众骇异，不解其故。俄而几案摆簸，酒杯倾覆，屋梁椽柱，错折有声。相顾失色。久之，方知地震，各疾趋出。见楼阁房舍，仆而复起，墙倾屋塌之声，与儿啼女号，喧如鼎沸。人眩晕不能立，坐地上，随地转侧。河水倾泼丈余，鸡鸣犬吠满城中。逾一时许，始稍定。视街上，则男女裸聚，竞相告语，并忘其未衣也。后闻某处井倾仄，不可汲。某家楼台南北易向。栖霞山裂，沂水陷穴广数亩。此真非常之奇变也。

○康熙七年：1668年。○戌刻：晚7点至9点。○客：旅居。稷（jì）下：蒲松龄笔下的稷下往往是指济南。○倾仄：倾斜。○栖霞：山东地名。○沂水：县名。今属山东临沂。

译文

康熙七年六月十七日晚上八点左右，发生了大地震。刚好那时我客居在稷下，正与我的表兄李笃之在烛光下喝酒。忽然听见像打雷一样的声音从东南的方向传来，向着西北方向而去。众人都感到既惊骇又诧异，不知道什么缘故。过了一会，桌子、椅子等家具都摆动颠簸起来，酒杯也倒了下来，房梁、椽子、柱子不仅发生了移动，还发出了折断的声音。人们都互相看着，一个个都面无血色。过了一段时间，才知道是发生地震了，都各自快速地从屋里跑了出来。只看见楼阁与房屋一会儿倒下去一会儿又立起来；房屋倒塌的声音与小孩、女人的哭喊呼叫声此起彼伏，就好像水烧开了一样。人们头晕目眩，没有办法站着，只能坐在地上，随着地面旋转起伏。河水倾泼到岸边有一丈多远，鸡和狗的叫声充斥着整座城市。经过一个时辰左右，才稍微安定一点。环顾大街上，男人与女人都赤裸着身体聚在一起，争着谈论有关地震的事情，都忘记了自己没有穿着衣服这件事。后来听说有个地方的井倾斜了，不能够打水；某家的楼台南与北换了位置；栖霞山裂开了；沂水河地陷出一个大洞，占地有好几亩大。这真的是非常奇怪的变化。

原文

有邑人妇，夜起溲溺，回则狼衔其子。妇急与狼争。狼一缓颊，妇夺儿出，携抱中。狼蹲不去。妇大号，邻人奔集，狼乃去。妇惊定作喜，指天画地，述狼衔儿状，己夺儿状。良久，忽悟一身未着寸缕，乃奔。此与地震时男妇两忘者，同一情状也。人之惶急无谋，一何可笑！

○溲（sōu）溺（niào）：小解，撒尿。

○缓颊（jiá）：松口。颊，脸的两侧。

○号：呼叫。

○指天画地：边说话边用手比划的样子。

○未着寸缕：没有穿衣服。寸缕，谓极少的丝缕。

○一何：多么。

译文

有一个住在县城里的妇人，半夜起来小解，回去的时候看见一只狼将她的孩子叼走了。妇人急忙与狼争夺孩子。狼稍微一松嘴，妇人就把孩子抢了过来，抱在了怀里。狼蹲在地上不走，妇人大声呼喊，等邻居们都跑来聚集在一起，狼这才离开。妇人担惊受怕的心才稍微安定下来，并为此感到欢喜，于是连说带比划地向人们描述狼把孩子叼走时，自己与狼夺取孩子的情况。过了很久，突然想到自己什么衣服也没穿，于是就赶忙跑回去了。这与地震时男人与女人忘记了穿衣服是一样的情形。人在惊慌的时候就会束手无措，这是多么可笑呀！

【海公子】

原文

东海古迹岛，有五色耐冬花，四时不凋。而岛中古无居人，人亦罕到之。登州张生，好奇，喜游猎。闻其佳胜，备酒食，自棹扁舟而往。

○古迹岛：又名"谷积岛"，为崂山东侧之海岛。

○登州：府名。治所在今山东蓬莱。

○棹：划船工具，形状和桨差不多。

译文

东海古迹岛上生长着一种五色的耐冬花，一年四季都不会凋谢。这个岛自古以来就没有人居住，人们很少到达那里。登州人张生，好探奇寻幽，喜欢到处游猎。听说古迹岛上风景优美，就置备好酒食，自己划着小船前往。

原文

至则花正繁，香闻数里，树有大至十余围者。反复留连，甚慊所好。开尊自酌，恨无同游。忽花中一丽人来，红裳炫目，略无伦比。见张，笑曰："妾自谓兴致不凡，不图先有同调。"张惊问何人，曰："我胶娼也。适从海公子来。彼寻胜翱翔，妾以艰于步履，故留此耳。"张方苦寂，得美人，大悦，招坐共饮。女言词温婉，荡人神志，张爱好之。恐海公子来，不得尽欢，因挽与乱。女忻从之。

○围：计量圆周的约略单位。两手合抱为一围。

○慊（qiè）：惬意，满足。

○尊："樽"的本字，酒器。

○不图：想不到。同调：曲调相同。喻彼此志趣相合。

○胶娼：胶州的娼妓。胶，胶州，州名。其故地在今山东青岛胶州市。

○寻胜翱翔：寻访美景，自由自在地遨游。胜，优美。

○以艰于步履：因为步行艰难。以，因。步履，步行。

○苦寂：苦于寂寞。

译文

到达岛上，那里繁花似锦，香气能飘到数里远；有的树很粗壮，需要十多个人才能合围起来。张生留连忘返，对一切都特别满意，他打开酒壶自己喝了起来，懊恼身边没有一个可以一起游玩的人。忽然从花丛中走出了一个美丽的女子，她穿着非常炫目的红色衣服，漂亮得没有能和她相比的。她看见张生，笑着说道：“我自认为自己已经兴致不凡了，想不到还有与我志趣相同的人呢！”张生吃惊地问女子是什么人。女子回答说：“我是胶州的娼妓。刚刚跟随海公子来到这里，他去寻觅胜景，自由自在地遨游去了，我因为行路艰难，所以就留在了这里。”张生刚才还苦于寂寞，现在来了个美人，他十分高兴，招呼美人坐下来和他一起喝酒。这个美人说话温婉动听，让人神魂颠倒。张生很喜欢她。他恐怕海公子回来后，不能尽情欢乐，于是与她亲近，美女也欣然地顺从他。

原文

相狎未已，忽闻风肃肃，草木偃折有声。女急推张起，曰：“海公子至矣。”张束衣愕顾，女已失去。旋见一大蛇，自丛树中出，粗于巨篅。张惧，幛身大树后，冀蛇不睹。蛇近前，以身绕人并树，纠缠数匝，两臂直束胯间，不可少屈。昂其首，以舌刺张鼻。鼻血下注，流地上成窐，乃俯就饮之。张自分必死，忽忆腰中佩荷囊，有毒狐药，因以二指夹出，破裹堆掌中，又侧颈自顾其掌，令血滴药上，顷刻盈把。蛇果就掌吸饮。饮未及尽，遽伸其体，摆尾若霹雳声，触树，树半体崩落，蛇卧地如梁而毙矣。张亦眩莫能起，移时方苏，载蛇而归。大病月余。疑女子亦蛇精也。

○肃肃：微微的风声。
○偃折：倒伏，断折。偃，倒下。
○旋：旋即，顷刻。
○篅：筒状物。
○幛：原为题有字词的布帛，用于庆吊时悬挂。此处为屏障之意。
○冀：希望。
○数匝（zā）：数周。
○窐（wā）：低洼的地方。
○自分：自料。
○梁：架在墙上或柱子上的横木。此处形容死蛇的僵直和粗大。
○移时：经时，一会儿。

译文

正在此时，忽然听见狂风大作，草木折断发出了声响。美女急忙推开张生站了起来，说道：“海公子来了。”张生惊愕地四处看，美人已经不见了身影。顷刻，只见一条大蛇从树丛中爬了出来，它的身体比水桶还要粗。张生十分害怕，就躲藏在一棵大树的后面，希望大蛇不要看见他。那大蛇爬到张生的面前，用身子将张生连带着树木一同缠绕了起来，缠绕了好多圈。张生的两只手臂被直直地绑在了胯间，不能够弯曲一点。大蛇抬起它的脑袋，用舌头刺破张生的鼻子，血不断地往下流，流到地上成了一个小血洼，大蛇低着脑袋喝地上的血。张生自料必死，忽然想起腰间所佩戴的荷包里有毒狐狸的药。于是他用两根手指将药夹出，把外面的纸包弄破，将药堆在手掌中，接着又转过头去看自己的手掌，让血滴在药上，没一会就滴了一把血。大蛇果然就着手掌喝血，还没有把血喝尽，忽然就伸直了身体，摆动着尾巴，发出像霹雳一样的声音，触碰到的树木全部都被拦腰折断。不一会儿，大蛇就像一根房梁一样躺在地上死了。张生也头晕目眩，过了好一会才缓过来，他用小船将大蛇带了回去。他生了一场大病，一个多月才痊愈。他怀疑那个美女也是一个蛇精。

耐冬花

山东对山茶花的称呼，又名“绛雪”。隆冬季节，冰封雪飘，绿树红花，红白相映，气傲霜雪，故而得名耐冬。

【丁前溪】

原文

丁前溪，诸城人。富有钱谷，游侠好义，慕郭解之为人。御史行台按访之。丁亡去，至安丘，遇雨，避身逆旅。雨日中不止。有少年来，馆谷丰隆。既而昏暮，止宿其家，莝豆饲畜，给食周至。问其姓字，少年云：“主人杨姓，我其内侄也。主人好交游，适他出，家惟娘子在。贫不能厚客给，幸能垂谅。”问主人何业，则家无赀产，惟日设博场，以谋升斗。次日，雨仍不止，供给弗懈。至暮，剉刍，刍束湿，颇极参差。丁怪之。少年曰：“实告客：家贫无以饲畜，适娘子撤屋上茅耳。”丁益异之，谓其意在得直。天明，付之金，不受。强付少年持入，俄出，仍以反客，云：“娘子言：我非业此猎食者。主人在外，尝数日不携一钱，客至吾家，何遂索偿乎？”丁叹赞而别，嘱曰：“我诸城丁某，主人归，宜告之。暇幸见顾。”

○诸城：今诸城市，县级市。清属青州府治，今隶属潍坊市。

○游侠：古代指称轻生重义、扶贫济弱、拯人困厄的人。

○郭解：字翁伯，汉河内轵（zhǐ，今河南济源）人。好任侠。

○安丘：今安丘市，县级市。位于山东半岛中部，今隶属潍坊市，与诸城相邻。

○逆旅：客舍，旅馆。这里指下文的杨姓人家里。

○馆谷：住宿和吃饭。

○莝（cuò）豆：铡碎的草和料豆。

○给食：供给食用。

○内侄：妻子的弟兄的儿子。

○适他出：适逢外出。

○以谋升斗：即靠设博场谋得少量的生活必需品。升、斗均为较小的容量单位。升斗连用，喻收入微薄。

○剉（cuò）刍：铡碎饲草。剉，铡碎。刍，刍藁，喂牲口的干草。

○直：偿值。

○反：归还。

○业此猎食者：意为以此为业谋取生活费用的人。猎食，猎取食物。

译文

诸城人丁前溪，家中有很多的钱与粮食。他为人仗义疏财，打抱不平，非常仰慕汉朝郭解的为人。御史行台想要去察访他，丁前溪便逃离了。他行至安丘遇到了下雨，就在一个客店暂时避雨。雨一直下到中午还不停。有一个少年走过来，给他安排了丰盛的食物招待他。不久就天黑了，丁前溪决定在这里过夜，这家的主人不仅给客人安排了周到的食宿，还给他的马准备了铡碎的草和豆料。丁前溪问主人家的姓氏，少年说：“主人姓杨，我是他家的内侄。主人喜欢郊游，他正好今天有事外出了，只有他的娘子在家。家中贫穷不能拿出更好的东西招待你，希望你能够谅解。”丁前溪又问这家主人是靠什么谋生的，原来这家主人并没有什么资产，只是每日开设小赌场来维持生活。第二日，雨依旧没有停止，但主人对丁前溪的伙食依然没有懈怠。到了傍晚，铡喂马草料的时候，丁前溪发现草料一束干一束湿，并且长短不一。丁前溪感到很奇怪，就询问少年。少年说：“我就将实话告诉客人吧，家里贫穷没有什么饲料来喂马，这些是娘子从屋子上撤下来的茅草。”丁前溪越发感觉奇怪，他以为主人做这些的目的是赚钱。第二天天亮以后，丁前溪给钱，少年不收，他强硬地塞给少年，少年拿了钱进屋。不一会儿，少年出来将钱还给了丁前溪，说：“娘子说，我并不是靠这个来赚钱吃饭的。我家主人在外面，经常好多天不带一文钱，客人来到我家，怎能向你索要报酬呢？”丁前溪连声称赞，准备告别。他叮嘱说：“我是诸城的丁前溪，等主人回来了，请你转告他，让他有时间去我家做客。”

原文

数年无耗。值岁大饥，杨困甚，无所为计。妻漫劝诣丁，从之。至诸，通姓名于门者。丁茫不忆，申言始忆之。躧履而出，揖客入。见其衣敝踵决，居之温室，设筵相款，宠礼异常。明日，为制冠服，表里温暖。杨义之，而内顾增忧，褊心不能无少望。居数日，殊不言赠别。杨意甚亟，告丁曰：“顾不敢隐，仆来时，米不满升。今过蒙推解，固乐，妻子如何矣！”丁曰：“是无烦虑，已代经纪矣。

○耗：消息。

○门者：守门的人。

○申言：一再说，再三说。

○躧（xǐ）履而出：连鞋也来不及提上就跑出欢迎。形容欢迎之热诚。

○衣敝踵决：衣服破烂，鞋子露着脚后跟。形容穷困不堪。

○义之：认为他很讲义气。

○内顾：在外对家事的顾念。

○褊（biǎn）心：心胸狭隘。望：怨。

○亟：急迫。

○推解：推食解衣。谓赤诚相待。

○经纪：经营管理。

幸舒意少留，当助资斧。”走伻招诸博徒，使杨坐而乞头，终夜得百金，乃送之还。归见室人，衣履鲜整，小婢侍焉。惊问之，妻言：“自若去后，次日即有车徒赍送布帛菽粟，堆积满屋，云是丁客所赠。又婢十指，为妾驱使。”杨感不自已。由此小康，不屑旧业矣。

○舒意：宽心。 ○资斧：旅费，盘缠。 ○走伻（bēng）：派人前往。走，往。伻，使。 ○乞头：指在赌场中向赢方抽头为利。 ○室人：此指妻室。 ○十指：十个手指。指一人。 ○感不自已：感动得不能自已。

译文

几年的时间里，他们彼此都没有通信。有年正碰上了饥荒，杨家非常困难，没有办法维持生活了。杨妻就劝丈夫去找找丁前溪，杨某答应了。到了诸城，他向看门人通报了姓名。可丁前溪十分茫然，他回忆不起来有这么一个人，看门人说了好几遍，他这才想了起来。他连鞋也来不及提上就跑出迎接，礼貌地请客人进去。丁前溪见杨某衣服破破烂烂，鞋子还露着脚后跟，就请他到温暖的屋子里，设宴款待，对他特别关照。第二天，为杨某赶制了衣帽鞋袜，让杨某心里感到很温暖。杨某觉得丁前溪是个很讲义气的人，但是一想到家人食不果腹，他就十分忧愁，只是盼望能从丁前溪这里得到一点帮助。杨某在这里住了几天，丁前溪还是没有送别的意思。杨某心里着急得已经忍不住了，他对丁前溪说：“我不敢对你隐瞒，我来的时候，家里的米还剩不到一升，现在承蒙你的盛情款待，我心里当然十分高兴，但是家里的妻子儿女要如何过呢？”丁前溪说：“你不要为此感到忧虑，我已经替你办好了。你就放宽心在这里住上几天，让我再替你筹划点路费。”随后，丁前溪就派人召集了不少赌徒过来，让杨某向赢方抽头为利，一晚上就得到一百两银子，这才将杨某送回家。杨某回到家以后，看见妻子儿女穿着干净整齐的衣服，妻子身边还有丫环伺候着。他吃惊地问发生了什么事。妻子说：“自打你走以后，第二天就有人赶着马车送来粮食和布匹，满满堆了一屋子，说是姓丁的客人赠送的。还送来一个丫环，让我使唤。”杨某感动不已。从此以后，杨家过上了小康生活，不再干设赌场谋营生的活了。

原文

异史氏曰：贫而好客，饮博浮荡者优为之，最异者，独其妻耳。受之施而不报，岂人也哉？然一饭之德不忘，丁其有焉。

○一饭之德不忘：别人给予自己的即使是很小的恩德，也不忘记。

译文

异史氏说：贫穷但是好客，酒徒、赌徒、游手好闲之人最喜欢这样做，最奇异的是，杨妻也是他们中的一员却与众不同。得到他人的恩惠而不去报答，这还算是个人吗？然而对于吃了一顿饭的恩情都不忘记，丁前溪就是这样的人。

【海大鱼】

原文

海滨故无山。一日，忽见峻岭重叠，绵亘数里，众悉骇怪。又一日，山忽他徙，化而乌有。相传海中大鱼，值清明节，则携眷口往拜其墓，故寒食时多见之。

○绵亘（gèn）：连绵横贯。

○乌有：无有，没有。

译文

东海的海边上，本来是没有什么山的。有一天，忽然看见海中峻岭重重叠叠，连绵横贯了好几里，众人看见后都感到惊骇奇怪。又有一天，这些峻岭忽然转移到别的地方去了，一下子什么都没有了。相传海中有种大鱼，每到清明时节，它们就携家带口地去拜祭祖坟，所以在寒食节的时候能经常看见这种情况。

【张老相公】

原文

张老相公，晋人。适将嫁女，携眷至江南，躬市奁妆。舟抵金山，张先渡江，嘱家人在舟，勿煿膻腥。盖江中有鼋怪，闻香辄出，坏舟吞行人，为害已久。张去，家人忘之，炙肉舟中。忽巨浪覆舟，妻女皆没。张回棹，悼恨欲死。因登金山谒寺僧，询鼋之异，将以仇鼋。僧闻之，骇言："吾侪日与习近，惧为祸殃，惟神明奉之，祈勿怒。时斩牲牢，投以半体，则跃吞而去。谁复能相仇哉！"张闻，顿思得计。便招铁工，起炉山半，冶赤铁，重百余斤。审知所常伏处，使二三健男子，以大钳举投之。鼋跃出，疾吞而下。少时，波涌如山。顷之，浪息，则鼋死已浮水上矣。行旅寺僧并快之，建张老相公祠，肖像其中，以为水神，祷之辄应。

○晋：春秋时期诸侯国，地域相当于今山西一带。因以为山西的简称。

○躬市奁（lián）妆：亲自购买嫁妆。奁，古时盛梳妆用品的匣子。

○金山：山名。在今江苏镇江西北。

○煿（bó）：煎炒。

○鼋（yuán）：大鳖，俗称癞头鼋。

○吾侪（chái）：吾辈，我们这些人。侪，辈。

○牲牢：牲畜。

○投以半体：即以牲体之半投入水中。

○审知：察知，调查了解。

译文

有个姓张的老相公，他是山西人。他的女儿就要出嫁了，所以他带着家眷来到了江南，亲自为女儿置办嫁妆。船到了金山的时候，张老相公先过了江，他叮嘱家人在船上待着，千万不要烹饪带有腥膻气味的食物。因为江里面有个大鼋怪，闻到香气就浮出水面，毁坏船只，吞掉行人，它在这里危害人们已经有一段时间了。张老相公离开以后，家人忘记了他的嘱咐，在船里面烤肉吃。忽然，一阵巨浪将船打翻了，张老相公的妻子和女儿都沉到了水中。张老相公乘着小船回来时，看见这一切悲痛得都想要去死。所以，他登上了金山，拜见了寺庙里的僧人，打听这大鼋有什么特别的地方，打算报仇。庙里的僧人听了以后，十分害怕地说："我们这些人整日住在它的附近，害怕它祸害我们，只能将它当作神明一样去侍奉，乞求它不要发怒。我们要不时地宰杀牲畜，将其半只投进江中，那大鼋立刻跳出水面吞食而去，谁还敢和它作对呢！"张老相公听完后，立刻想到了一条计策。他找来了几个铁匠，在半山腰安置了炼铁炉，冶炼出一块重达一百多斤、被烧得通红的大铁块。然后又调查了解到大鼋经常出没的地方，让两三个健壮的男子，用大铁钳将铁块举起来投入江中。大鼋一跃而出，快速地将铁块吞了下去。过了一会儿，江上波浪翻涌，就像大山一样高。顷刻之间大浪就平息了，那大鼋已经死了，尸体浮到了江面上。过往的行人和庙里的僧人都感到十分痛快，他们为张老相公修建了祠庙，并把他的塑像摆在祠庙中当作水神来供奉。人们向他祈祷，很是灵验。

牲牢

牲畜。《诗·小雅·瓠叶序》："上弃礼而不能行，虽有牲牢饔饩，不肯用也。"郑玄笺："牛羊豕为牲，系养者曰牢。"

【水莽草】

原文

水莽，毒草也，蔓生似葛，花紫类扁豆。误食之，立死，即为水

○水莽：植物名。可消肿止疼，有大毒。

莽鬼。俗传此鬼不得轮回，必再有毒死者，始代之。以故楚中

桃花江一带，此鬼尤多云。

○桃花江：在今湖南中部偏北。古属楚地。

译文

水莽草是一种毒草，它像葛藤一样蔓生，开紫色的花，好像扁豆的花。人如果食用了这种草，就会立刻死去，变成水莽鬼。民间传说水莽鬼是不能够进入轮回的，必须等到再有人食用水莽草中毒而死后，才能够被取代。因此楚中桃花江附近的地方，这种水莽鬼特别多。

原文

○刺：名片。

楚人以同岁生者为同年，投刺相谒，呼庚兄庚弟，子侄呼庚伯，习

○同年：明清科举时代以同榜录取者互称同年为惯例，故此处特别说明楚地风俗之不同。

○庚兄庚弟：年兄年弟。庚，年庚。

俗然也。有祝生造其同年某，中途燥渴思饮。俄见道旁一媪，张

○造：造访，登门拜访。

棚施饮，趋之。媪承迎入棚，给奉甚殷。嗅之有异味，不类茶

茗，置不饮，起而出。媪急止客，便唤："三娘，可将好茶一杯

○止：留。

○将：取。

来。"俄有少女，捧茶自棚后出。年约十四五，姿容艳绝，指

环臂钏，晶莹鉴影。生受盏神驰，嗅其茶，芳烈无伦。吸尽再

索。觑媪出，戏捉纤腕，脱指环一枚。女赪颊微笑，生益惑。略诘门户，女曰："郎暮来，妾犹在此也。"生求茶叶一撮，并藏指环而去。

> ○索：讨要。
> ○赪（chēng）颊：红着脸。赪，亦作"赬"，赤色。
> ○略诘门户：此谓祝生询问三娘晚间居于何处，思欲与之幽会。

译文

楚地人把同一年出生的人称呼为同年，投递名帖相互拜访时，互相称呼庚兄庚弟，子侄一辈的称呼其为庚伯，这就是楚地的习俗。有一个姓祝的书生有天去拜访他的一个同年，在路上口干舌燥，想要喝点水。忽然看见路边有一个老妇人，搭了个棚子在卖水。祝生赶忙走了过去，老太太将他迎入棚中，给他端来茶水，十分殷勤。祝生闻着茶水有怪味，不像是茶水，就放在一边没有喝，站起身要离开。老妇人连忙拦住他，便喊道："三娘，取一杯好茶过来。"过了不长时间，有一个少女端着茶杯从棚子后面走出来。少女有十四五的年纪，姿色艳丽，美貌绝伦，手指上的指环，手臂上的臂钏，都晶莹剔透得好像能照出人影。祝生接过茶杯，已经意乱神迷，闻一闻茶水，香味浓烈得无与伦比。喝完以后他又再次索要。祝生看见老妇人出去了，戏弄地抓住少女纤细的手腕，摘下了她手指上的指环。少女红着脸微笑着，祝生愈发神魂颠倒。于是就问她住在哪里，少女说："如果郎君你晚上再来，我还是在这里。"祝生向她要了一小撮茶叶，和指环一块藏好就离开了。

原文

至同年家，觉心头作恶，疑茶为患，以情告某。某骇曰："殆矣！此水莽鬼也。先君死于是。是不可救，且为奈何？"生大惧，出茶叶验之，真水莽草也。又出指环，兼述女子情状。某悬想曰："此必寇三娘也。"生以其名确符，问何故知。曰："南村富室寇氏女，夙有艳

> ○殆：危险。
> ○先君：旧时对别人称谓自己死去的父亲。
> ○悬想：猜想。
> ○夙：平素，过去。

普結良緣

名。数年前，误食水莽而死，必此为魅。”或言受魅者，若知鬼姓氏，求其故裆，煮服可痊。某急诣寇所，实告以情，长跪哀恳。寇以其将代女死故，靳不与。某忿而返，以告生。生亦切齿恨之，曰：“我死，必不令彼女脱生！”

○故裆：穿用过的裤裆。

○诣：拜访。

○靳：吝惜，小气。

○脱生：旧时传说人或精怪死后，灵魂投胎转生，称为脱生。

译文

祝生来到了同年家里，感到一阵阵的恶心，怀疑是喝了茶水的原因，就将事情的经过告诉了同年。同年惊骇地说：“坏了！这是水莽鬼。我的父亲就是被这东西害死的。这件事是没有办法挽救的，这可怎么办才好？”祝生十分恐惧，拿出茶叶验证，真的就是水莽草。又拿出了指环，并且向同年描述那少女的模样。同年猜想说：“那少女一定就是寇三娘了！”祝生听到同年说的名字与少女相符，就问他是怎么知道的。同年说：“南村富户寇家有一个女儿，素来就以艳丽出名。几年前，因为误食了水莽草死去了，想必她已经成为妖魅而害人。”有人说，那些被水莽鬼魅惑的人，如果知道鬼的姓名，求得他生前穿过的裤裆，将它煮水服用就可以痊愈。同年马上赶到了寇家，将实情告诉了他们，长跪在地上苦苦哀求。寇家人因为祝生是将要代替他们女儿而死的，所以小气地不给。同年愤怒地回来了，将事情告诉了祝生。祝生也恨得咬牙切齿，说：“我死了，必定不会让他的女儿去投胎。”

原文

某舁送之，将至家门而卒，母号涕葬之。遗一子，甫周岁。妻不能守柏舟节，半年改醮去。母留孤自哺，劬瘁不堪，朝夕悲啼。

○舁（yú）：抬。

○甫：方，才。

○柏舟节：指妇女在丈夫死后矢志不嫁的节操。后因称妇女寡居守志为柏舟之节。

○醮：出嫁，嫁。

宜子孫大吉利

译文

同年将祝生抬着送回了家，刚到家门口就死去了，祝母嚎啕痛哭，只能将儿子埋葬了。祝生死后，留下一个儿子，刚刚一周岁。他的妻子不能守节，半年以后就改嫁了。祝母将孙子留在身边自己抚养照顾，劳苦不堪，每天哭泣。

原文

一日，方抱儿哭室中，生悄然忽入。母大骇，挥涕问之。答云："儿地下闻母哭，甚怆于怀，故来奉晨昏耳。儿虽死，已有家室，即同来分母劳，母其勿悲。"母问："儿妇何人？"曰："寇氏坐听儿死，儿甚恨之。死后欲寻三娘，而不知其处，近遇某庚伯，始相指示。儿往，则三娘已投生任侍郎家，儿驰去，强捉之来。今为儿妇，亦相得，颇无苦。"移时，门外一女子入，华妆艳丽，伏地拜母。生曰："此寇三娘也。"虽非生人，母视之，情怀差慰。生便遣三娘操作。三娘雅不习惯，然承顺殊怜人。由此居故室，遂留不去。

○奉晨昏：子女们早上要省视父母问安，晚间要服侍父母就寝。

○坐听：安然听任。

○侍郎：官名。隋唐以后，侍郎为中书、门下及尚书省所属各部长官的副职。

○差慰：略微得到安慰。

○雅：甚，很。

○承顺：敬奉恭顺。

译文

有一天，祝母正抱着孙子在屋子里啼哭，祝生忽然悄无声息地走了进来。祝母十分害怕，抹着眼泪问他来干什么。祝生回答说："我在地府中听见母亲啼哭，心里十分悲怆，所以来伺候母亲。我虽然已经死了，但是已经有了家室，立即让媳妇也一同过来分担母亲的辛苦，母亲不要再悲伤了。"祝母问："儿媳妇是什么人呢？"祝生回答说："寇家人坐视不管，听任儿子死去，我非常怨恨他们。我死了以后想要寻找三娘，但是不知道她在什么地方；最近巧遇了一位庚伯，他给我指示了寇三娘的去向。我去了以后，三娘已经投生在任侍郎家里了，我快速地赶了过去，将她强行抓了过来。如今她是我的媳妇，也还相处得融洽，没什么可苦恼的。”不长时间，从门外进来了一个女子，穿着华丽，打扮得也很漂亮，跪倒在地上拜见祝母。祝生说：“她就是寇三娘。”虽然寇三娘不是活人，但是寇母看见她，心中也略微感到欣慰。祝生便让三娘去做家务，三娘对家务活很是不习惯，但是她性情温顺这一点还是很让人喜欢的。就这样，他们二人就住在以前的房间里，留下来不走了。

原文

女请母告诸家。生意勿告，而母承女意，卒告之。寇家翁媪，闻而大骇。命车疾至，视之，果三娘，相向哭失声，女劝止之。媪视生家良贫，意甚忧悼。女曰：“人已鬼，又何厌贫？祝郎母子，情义拳拳，儿固已安之矣。”因问：“茶媪谁也？”曰：“彼倪姓。自惭不能惑行人，故求儿助之耳。今已生于郡城卖浆者之家。”因顾生曰：“既婿矣，而不拜岳，妾复何心？”生乃投拜。女便入厨下，代母执炊，供翁媪。媪视之凄心，既归，即遣两婢来，为之服役，金百斤，布帛数十匹，酒胾不时馈送，小阜祝母矣。寇亦时招归宁。居数日，辄曰：“家中无人，宜早送儿还。”或故稽之，则飘然自归。翁乃代生起夏屋，营备臻至。然生终未尝至翁家。

○卒：终，终于。

○良：确实。

○拳拳：恳切，诚挚。

○浆：茶水。

○妾复何心：我又将是何种心情。言其内心痛苦不堪。

○投拜：倒身下拜。指叩头。

○胾（zì）：肉。

○小阜：稍稍使之富裕。阜，丰富，富有。

○归宁：旧时谓已嫁女子回母家探视。

○夏屋：大屋。

○臻（zhēn）至：极为完美。

译文

三娘请求祝母将情况告诉她的家人，祝生不同意，但是祝母还是顺从了三娘的心意，将事情告诉了三娘的家人。寇家的夫妇俩，听说了这件事以后十分惊骇，急急忙忙地乘车赶来。一看，果然是寇三娘，对着她失声痛哭，三娘劝慰他们停止了哭泣。寇家老太太看见祝生家里很是贫穷，心里觉得十分忧伤。三娘说："我已经都是鬼了，还嫌弃贫穷干什么呢？祝家母子对我情谊深重，我已经感到十分满足了。"接着又问："那个和你一起卖茶的老妇人是谁呢？"三娘说："她姓倪，她知道自己没有办法蛊惑别人，所以请求女儿帮助她，现在已经投生到郡城一个卖茶水的人家了。"三娘说完以后看着祝生说："你既然已经是我家的女婿了，却不来拜见岳父岳母，我将是一种怎样的心情？"祝生这才拜见岳父岳母。三娘便进了厨房，代替祝母做饭款待自己的父母。寇家老太太看见了，感到十分痛心。回到家以后，立即派遣了两个丫环过来供女儿派遣，还送来了一百两金子，布匹几十匹，以后还经常送来酒肉等东西，使祝母的生活稍微富裕了一点。寇家还时常接三娘回寇家住。三娘没有住上几天，就说："家里没有人，应该将女儿早点送回去。"有时候寇家人故意多留她住几天，寇三娘于是偷偷地自己回去。寇家老翁便替祝生盖了一座大房子，里面装备得周到完美。但是祝生始终都没有到寇家去过。

原文

一日，村中有中水莽毒者，死而复苏，相传为异。生曰："是我活之也。彼为李九所害，我为之驱其鬼而去之。"母曰："汝何不取人以自代？"曰："儿深恨此等辈，方将尽驱除之，何屑此为！且儿事母最乐，不愿生也。"由是中毒者，往往具丰筵，祷诸其庭，辄有效。

◎何屑此为：即不屑于这么做。屑，常与"不"连用，表示轻视。

译文

有天，村子里有人中了水莽草的毒，死了以后又忽然苏醒过来，人们都相互

议论这件事，认为很是奇异。祝生说：“是我把他救活了，他是被李九所害，我替他将李九驱赶走了才使他活了过来。”祝母说：“你怎么不找个人来替代自己呢？”祝生说：“儿子我十分痛恨这类人，想要将他们全部都赶走，不屑于干这种害人的事情！再说我侍奉母亲感到很是快乐，不愿意投生。”从此以后，凡是中了水莽草之毒的人，都准备丰盛的酒席送到祝家的庭院里，进行祈祷请求帮助，都很是有效。

原文

积十余年，母死。生夫妇亦哀毁，但不对客，惟命儿缞麻擗踊，教以礼仪而已。葬母后，又二年余，为儿娶妇。妇，任侍郎之孙女也。先是，任公妾生女数月而殇。后闻祝生之异，遂命驾其家，订翁婿焉。至是，遂以孙又妻其子，往来不绝矣。

○哀毁：因过度悲哀以致形销骨立。旧时常用以形容居父母丧时的哀戚情形。

○缞（cuī）麻：丧服。

○殇：夭折，早亡。

译文

就这样过了十多年，祝母去世了。祝生夫妇十分悲伤，但是他们不接待来吊唁的客人，只是命儿子披麻戴孝，代替他们尽孝。埋葬了祝母以后，又过了两年的时间，祝生为儿子娶了媳妇。新媳妇是任侍郎的孙女。先前的时候，任侍郎的一个小妾生了一个女儿，没有几个月就死了。后来任侍郎就听说了祝生与寇三娘的异事，于是命人驾车来到了祝家，与祝生订立了翁婿的关系。现如今，任侍郎又把孙女嫁给祝生的儿子，两家之间更是往来不断。

原文

一日，谓子曰：“上帝以我有功人世，策为‘四渎牧龙君’。今行矣。”俄见庭下有四马，驾黄幨车，马四股皆鳞甲。夫妻盛装出，同登一

○策：策命。古命官授爵，帝王颁以策书作为凭证。四渎牧龙君：四渎之神。四渎，古指长江、黄河、淮水、济水。《尔雅·释水》：“江、河、淮、济为四渎。”

○幨（chān）：车的帷幔。

○马四股皆鳞甲：指传说中的龙马。

舆，子及妇皆泣拜，瞬息而渺。是日，寇家见女来，拜别翁媪，亦如生言。媪泣挽留。女曰：“祝郎先去矣。”出门遂不复见。其子名鹗，字离尘，请诸寇翁，以三娘骸骨与生合葬焉。

译文

有一天，祝生对他儿子说：“上帝因为我有功于人间，册封我为‘四渎牧龙君’，我今天就要离开去赴任了。”顷刻间，就看见庭院中有四匹马，它们拉着一辆黄帷子车，这些马的四条腿上都布满了鳞甲。祝生与寇三娘穿着盛装走了出来，一同登上了车子。儿子与儿媳妇都哭泣着跪在地上拜别，眨眼间他们就消失不见了。同一天，寇家看见女儿来了，拜别父母，也是说了和祝生一样的话。寇老太太哭着挽留三娘，三娘说：“祝郎已经先去了。”说完出门就再也看不见了。祝生的儿子叫祝鹗，字离尘，在请求寇翁同意以后，将三娘的骸骨与祝生的一块合葬了。

柏舟节

“柏舟节”源自《诗经·鄘风·柏舟》的序言，传说共伯的妻子共姜因夫早逝，父母逼迫她改嫁，她作诗自誓不再嫁。此典故后用来称赞妇女在丈夫去世后坚持守节、不改嫁的贞洁精神。成语“守柏舟节”常用于形容寡妇坚守贞节的行为。

【造畜】

原文

魇昧之术，不一其道。或投美饵，绐之食之，则人迷罔，相从而去，俗名曰“打絮巴”，江南谓之“扯絮”。小儿无知，辄受其害。又有变人为畜者，名曰“造畜”。此术江北犹少，河以南辄有之。

○魇昧：用巫术、诅咒或祈祷鬼神等迷信方法害人。○迷罔：昏乱，神志不清。○犹：尚。○河：指黄河。

译文

装神弄鬼欺骗人的法术，五花八门的有很多，有的是用美味的食物作为诱饵，欺骗人吃下，这个人就神志不清，跟随骗子离开了，民间称为“打絮巴”，在江南一带也叫“扯絮”。幼小的孩子无知，他们往往深受其害。还有的是将人变成畜生的，名字叫作“造畜”。这种法术在江北很少，黄河以南地区就经常有。

原文

扬州旅店中，有一人牵驴五头，暂絷枥下，云：“我少选即返。”兼嘱：“勿令饮啖。”遂去。驴暴日中，蹄啮殊喧。主人牵着凉处。驴见水，奔之，遂纵饮之。一滚尘，化为妇人。怪之，诘其所由，舌强而不能答。乃匿诸室中。既而驴主至，驱五羊于院中，惊问驴之所在。主人曳客坐，便进餐饮，且云：“客姑饭，驴即至矣。”主人出，悉饮五羊，辗转皆为童子。阴报郡，遣役捕获，遂械杀之。

○扬州：地名。即今江苏扬州。○絷枥（lì）下：拴在马厩里。絷，拴。枥，马厩。○少选：一会儿。○暴（pù）：晒。○蹄啮（niè）殊喧：又踢又咬，叫闹异常。○着：拴置。○舌强：舌根发硬。谓讲不出话。强，僵直。○饮（yìn）五羊：给五只羊喝水。○械杀之：谓用刑杖打死。械，此指刑讯的器械。

译文

扬州的一个旅店中，有个人牵了五头驴子，将它们暂时拴在了马厩里，他说："我一会儿就回来。"并叮嘱道："不要给它们水喝。"说完就离开了。那些驴被太阳暴晒，因此变得又踢又叫，异常吵闹。店主人就把它们牵到了阴凉的地方。那些驴看见了水，急忙跑了过去，敞开肚子喝了个够。这些驴在地上打了滚，就幻化成了妇人。店主人感到很是奇怪，询问她们到底发生了什么，她们的舌根发硬讲不出话来。店主人将她们藏在了屋里面。过了一会，驴的主人回来了，驱赶五只羊来到了院子里，惊慌地问他的驴在什么地方。店主人拽着他坐下来，又给他端来酒水饭菜，对他说："客人先吃些东西，驴马上就来。"店主人离开了，给五只羊都喂了水，它们一打滚又都一个个地变成小孩子。店主人偷偷地将这件事通报了官府，官府派遣衙役将这个人捕获了，将他用乱棍打死了。

【凤阳士人】

原文

凤阳一士人，负笈远游。谓其妻曰："半年当归。"十余月，竟无耗问，妻翘盼綦切。

○凤阳：府县名。治所在今安徽凤阳西。士人：读书人。

○负笈（jí）远游：谓外出求学。笈，书箱。

○耗问：消息，音信。

○翘盼綦（qí）切：盼望十分殷切。

译文

凤阳县有个读书人，要外出求学。临走时对他的妻子说："我半年后就回来了。"十个多月过去了，他竟然没有一点音讯，妻子十分殷切地盼望他回来。

原文

一夜，才就枕，纱月摇影，离思萦怀。方反侧间，有一丽人，珠鬟绛帔，搴帷而入，笑问："姊姊，得无欲见郎君乎？"妻急起应之。丽人邀与共往。妻惮修阻，丽人但请勿虑。即挽女手出，并踏月色。约行一矢之远，觉丽人行迅速，女步履艰涩，呼丽人少待，将归着复履。丽人牵坐路侧，自乃捉足，脱履相假。女喜着之，幸不凿枘。复起从行，健步如飞。移时，见士人跨白骡来。见妻大惊，急下骑，问："何往？"女曰："将以探君。"又顾问丽者伊谁，女未及答，丽人掩口笑曰："且勿问讯。娘子奔波匪易，郎君

○方反侧间：谓正在难以入睡之际。反侧，翻来覆去。形容睡卧不安。

○珠鬟绛帔（pèi）：头戴珠花，身着红色的披肩。

○修阻：路远难走。修，长，远。阻，难行。

○一矢之远：一箭之地。谓道路不远，仅一箭射程之遥。

○步履艰涩：脚步迟缓。步履，脚步。艰涩，艰难涩滞，因疲累而行动迟缓。

○复履：夹底鞋。

○不凿枘（ruì）：合脚。凿枘：方凿（榫卯）圆枘（榫头）的略语。喻龃龉不合。

○顾问：以目示意而问。伊谁：是谁。

星驰夜半，人畜想当俱殆。妾家不远，且请息驾，早旦而行，不晚

○殆：疲惫，累垮了。 ○息驾：请别人停下休息的敬辞。息，停止。驾，车乘。

也。”顾数武之外，即有村落，遂同行，入一庭院，丽人促睡婢

○顾：看。 ○武：古代以六尺为步，半步为武。

起供客，曰：“今夜月色皎然，不必命烛，小台石榻可坐。”士人

絷蹇檐梧，乃即坐。丽人曰：“履大不适于体，途中颇累赘否？

○絷蹇（jiǎn）檐梧：把驴拴在檐前柱上。蹇，驴。檐，屋檐。梧，檐前柱。 ○体：四肢。此指脚。

归有代步，乞赐还也。”女称谢付之。

○代步：指坐骑。

译文

有一天夜里，妻子刚上床躺下，窗外面的月影轻轻摇晃，思念丈夫的情绪萦绕在心头。她正辗转反侧、难以入睡的时候，有一个漂亮的女子，头上戴着珠花，披着红色的披肩，掀开门帘走进屋来。她笑着问妻子：“姐姐，你莫不是想见一见你的夫君？”妻子急忙起来答应。女子邀请她一起走。妻子畏惧路远难走，女子让她不要为此顾虑，说完就拉着妻子的手走了出去，踏着月色往前走，大约走了十几步，妻子感觉女子走得非常快，自己走得却很艰难，她呼唤女子稍微等一下，她想要回去换双鞋。女子牵着她坐在路边，将自己的鞋从脚上脱下来，借给她穿上。妻子欢喜地穿上鞋，竟然十分合脚。她们又起身前行，像飞一样往前走。不一会儿，就看见书生骑着一匹白色的骡子迎面走了过来，看见妻子后十分吃惊，急忙翻身下来，问道：“你要去什么地方？”妻子说：“我准备去找你。”书生又以目示女子，她是谁。妻子还没来得及回答，女子就捂着嘴巴笑着说道：“不要再问了。娘子一路奔波很不容易，郎君又在半夜里赶路，人和牲畜想必也是非常劳累。我的家离这里不远，请你们停下来休息一下，明天一早再走也不晚。”夫妻看向几步以外就有一个村庄，于是一同前往。进入一个庭院，女子催促睡着的女婢起来招待客人，说：“今晚月色皎洁明亮，不用点燃烛火，我们可以坐在小台的石榻上。”书生将骡子拴在了房檐前的柱子上，然后就座。女子说：“我的鞋子大，不是很合脚，路上穿着一定感到很疲劳吧？回家的途中有骡子可以骑，把我的鞋还给我吧。”妻子连忙对她表示感谢，并且将鞋还给了女子。

原文

俄顷，设酒果，丽人酌曰：“鸾凤久乖，圆在今夕，浊醪一觞，敬以为贺。”士人亦执盏酬报。主客笑言，履舄交错。士人注视丽者，屡以游词相挑。夫妻乍聚，并不寒暄一语。丽人亦美目流情，妖言隐谜。女惟默坐，伪为愚者。久之渐醺，二人语益狎。又以巨觥劝客，士人以醉辞，劝之益苦。士人笑曰：“卿为我度一曲，即当饮。”丽人不拒，即以牙杖抚提琴而歌曰：“黄昏卸得残妆罢，窗外西风冷透纱。听蕉声，一阵一阵细雨下。何处与人闲磕牙？望穿秋水，不见还家，潸潸泪似麻。又是想他，又是恨他，手拿着红绣鞋儿占鬼卦。”歌竟，笑曰：“此市井里巷之谣，不足污君听。然因流俗所尚，姑效颦耳。”音声靡靡，风度狎亵。士人摇惑，若不自禁。

- 鸾凤久乖：谓夫妻久别。乖，离。
- 浊醪（láo）：浊酒。对自己提供的酒的谦辞。
- 履舄（xì）交错：古时席地而坐，脱鞋入室，各种鞋杂乱地放在一起。
- 游词：浮浪嬉戏的话。
- 寒暄：此处意为问候。
- 妖言隐谜：说着诱人的隐语。此指含有调情之意的隐语。
- 度（dù）一曲：按曲谱唱一曲。
- 牙杖：疑为“牙拨”。提琴：胡琴的一种。弦乐器。种类颇多，所指不详。
- 闲磕牙：俗谓说闲话，聊天。
- 望穿秋水：望穿双眼，言望归之切。秋水，喻清澈的眼波。
- 潸潸（shān）：流泪的样子。
- 占鬼卦：明清时代闺中少妇思夫盼归的占卜游戏。
- 市井里巷之谣：指民间歌谣。市井里巷，下层民间。
- 音声靡靡：乐曲和歌唱都柔细委靡。

译文

过了一会儿，酒菜果品准备好了，女子一边倒酒一边说：“你们夫妻分别了很长时间，今天晚上又团聚，浊酒一杯，表示庆贺。”书生也端起酒杯回敬。主人与客人欢声笑语，觥筹交错，十分投机。书生总是用眼睛看着女子，频频用嬉戏的话去挑逗她。夫妻刚相聚，丈夫对妻子却没有一句嘘寒问暖的话。女子也用眼睛暗送秋波，说着引诱人的隐语。妻子只是沉默地坐着，装成一副愚蠢的样子。又过了很长时间，二人渐渐地喝醉了，说的话愈发亲昵起来。女子又拿出大酒杯劝

书生，书生推辞说喝醉了，女子更加苦劝。书生笑着说：“你给我唱一个曲子，我就喝了。”女子并没有拒绝，随即用象牙板拨弄着琴弦，唱了起来：“黄昏卸得残妆罢，窗外西风冷透纱。听蕉声，一阵一阵细雨下。何处与人闲磕牙？望穿秋水，不见还家，潸潸泪似麻。又是想他，又是恨他，手拿着红绣鞋儿占鬼卦。”唱完了以后，笑着说：“这是民间的歌谣，不配让你听到。但是现在大街小巷流行这种调子，我就姑且模仿一下。”女子的乐曲和歌唱声都柔细委靡，神态和举止也都柔情万种。书生神魂颠倒，再也没办法控制自己了。

原文

少间，丽人伪醉离席，士人亦起，从之而去。久之不至。婢子乏疲，伏睡廊下。女独坐，块然无侣，中心愤恚，颇难自堪。思欲遁归，而夜色微茫，不忆道路。辗转无以自主，因起而觇之。裁近其窗，则断云零雨之声，隐约可闻。又听之，闻良人与己素常猥亵之状，尽情倾吐。女至此，手颤心摇，殆不可过，念不如出门窜沟壑以死。愤然方行，忽见弟三郎乘马而至，遽便下问。女具以告。三郎大怒，立与姊回，直入其家，则室门扃闭，枕上之语犹喁喁也。三郎举巨石如斗，抛击窗棂，三五碎断。内大呼曰：“郎君脑破矣！奈何！”女闻之，愕然大哭，谓弟曰：“我不谋与汝杀郎君，今且若何！”三郎撑目曰：“汝呜呜促我来，甫能消此胸中恶，又护男儿，怨弟兄，我不贯与婢子供指使！”返身欲去。女牵衣曰：“汝不携我去，将何

○块然：孤独自处的样子。

○愤恚（huì）：痛恨，怨恨。

○裁：通“才”，刚刚。

○断云零雨：指男女欢会。

○具以告：以之具告，把上述情况全部告诉（三郎）。具，全部。

○撑目：张目直视，瞪着眼。

○贯：通“惯”。

之？”三郎挥姊仆地，脱体而去。女顿惊寤，始知其梦。

译文

不一会儿，女子假装喝醉离席走开了，书生也站起身，跟着女子而去，很长时间他们都没有回来。那些婢女们十分困乏，趴在走廊下睡着了。妻子一个人坐在那里，孤单单的没有伴侣，她的心中充满愤怒怨恨，难以忍受。她想要逃离这里回去，但是夜色茫茫，她记不住来时的路。千头万绪，一时拿不定主意，因而起身想要去看看。刚一靠近窗户，就听见屋里的声音，又仔细听了听，听见丈夫将与自己相处的很多事情都告诉了女子。妻子这个时候，气得手不断地颤抖，心直哆嗦，但是没有什么方法能够遏制，心想还不如自己跑出门跳进沟壑中死了算了。妻子愤怒地刚要出门，忽然看见弟弟三郎骑着马来了。三郎看见姐姐，下马询问怎么了。妻子将一切告诉了弟弟。三郎十分愤怒，马上跟着姐姐回去，径直闯进女子的家里。只见卧室的门被紧紧地关上了，那两个人还在床上低声地说着情话。三郎举起一块斗大的石头，抛向窗棂，一下子砸断了好几根。屋里面有人大声喊道：“郎君的脑袋破了！如何是好呀！”妻子听见了，十分惊愕，大哭起来，对弟弟说：“我不是想让你杀死他呀，现在可怎么办呀？”三郎瞪大眼睛说：“你哭泣着求我来，才替你将胸中的恶气出了，现在你又护着他，怨我这个兄弟。我不再听你这个丫头的指使！”说罢想要转身离开。妻子拉着他的衣服说：“你不把我一起带走，我要怎么办？”三郎一挥手，将姐姐推倒在地上，自己抽身离开了。妻子一下子惊醒了，才知道是做了一个梦。

原文

越日，士人果归，乘白骡。女异之而未言。士人是夜亦梦，所见所遭，述之悉符，互相骇怪。既而三郎闻姊夫远归，亦来省问。语次，谓士人曰：“昨宵梦君归，今果然，亦大异。”士人笑曰：“幸不为巨石所毙。”三郎愕然问故，士以梦告，三郎大异之。盖是夜，三郎亦

○越日：过了一天。
○异：奇怪。
○省问：慰问，问候。

梦遇姊泣诉，愤激投石也。三梦相符，但不知丽人何许耳。

译文

第二天，书生果然回来了，骑着一匹白色的骡子。妻子感到十分惊异，但是没有说什么。书生昨夜也做了一个梦，梦中所看见的、所经历的和妻子所做的梦一模一样，他们都觉得惊愕奇怪。不久，三郎听说姐夫从远方回来了，也过来探望。说话之间，对书生说：“昨天夜里梦见你回来了，今天果然你回来了，也真是太奇怪了。”书生笑着说：“幸好没有被你的大石头砸死。”三郎惊愕地问什么意思。书生把自己的梦告诉他，三郎更是十分惊讶。原来昨天夜里，三郎也在梦里遇见姐姐向他哭诉，他愤怒地投出了石头。他们三个人的梦完全相符，只是不知道那个女子到底是什么人。

复履

“复履”是指旧时缠足女子穿在鞋内、袜外的一种软底套鞋，又称为“睡鞋”，在《莲香》篇中也被称为“睡舄”。这种鞋轻便柔软，通常供缠足女性在家中或室内穿着。复履象征着传统妇女生活中的拘束与审美习惯，体现了当时缠足文化的特征。

【耿十八】

原文

新城耿十八，病危笃，自知不起，谓妻曰：“永诀在旦晚耳。我死后，嫁守由汝，请言所志。”妻默不语。耿固问之，且云：“守固佳，嫁亦恒情。明言之，庸何伤？行与子诀。子守，我心慰；子嫁，我意断也。”妻乃惨然曰：“家无儋石，君在犹不给，何以能守？”耿闻之，遽握妻臂，作恨声曰：“忍哉！”言已而没，手握不可开。妻号，家人至，两人攀指，力擘之，始开。

○病危笃：病重濒于死。笃，指病势沉重。

○旦晚：早晚，比喻短时间内。

○嫁守：改嫁或守节。旧谓夫死不嫁为守节。

○恒情：常情。恒，常。

○庸何伤：有什么妨害。庸，与“何”义同。

○行：行将，将要。

○意断：意念断绝，断了念头。

○无儋（dàn）石：形容口粮不足，难以度日。儋，石罂。石，古代容量单位。一石相当于10升。

○擘（bò）：分开。

译文

新城人耿十八，病情十分严重，他知道自己活不了了，于是对妻子说：“我们马上就要永别了。我死了以后，你是改嫁还是守节由你自己做主，请说一下你的打算吧。”妻子沉默不语。耿十八十分固执地问她，并且说：“守节当然是好，但是改嫁也是人之常情。明白地告诉我，又有什么妨害呢？我就要和你诀别了，你守节，我心里很是安慰；你再嫁，我也就断了念头。”他的妻子神色悲伤地说：“家里穷得连米都没有，你在的时候都不能够维持生活，拿什么来守节呢？”耿十八听完后，猛然抓住妻子的手臂，声音恨恨地说：“你的心真狠呀！”说完就咽气了。他的手抓住妻子的手臂不松开。妻子大声哭喊起来，家人来到了，急忙让两个人用力地掰开他的手指，妻子才将胳膊拿了出来。

原文

耿不自知其死，出门，见小车十余两，两各十人，即以方幅书名字，

○两：“辆”的古字。下句“两”同，意为每辆。

粘车上。御人见耿，促登车。耿视车中已有九人，并己而十，又视

O御人：驾车人。

粘单上，己名最后。车行咋咋，响震耳际，亦不自知何往。俄至一

O咋咋（zé）：象声词。形容车声。

处，闻人言曰："此思乡地也。"闻其名，疑之。又闻御人偶语云：

O偶语：相对私语。

"今日剿三人。"耿又骇。及细听其言，悉阴间事，乃自悟曰："我岂

O剿（zhá）：铡断。

不作鬼物耶！"顿念家中，无复可悬念，惟老母腊高，妻嫁后，缺

O腊高：指年老。故僧侣受戒后的年数以腊计算，一年为一腊。后遂与人的年寿联系在一起。

于奉养，念之，不觉涕涟。

O涕涟：泪流不断。

译文

耿十八不知道自己已经死了，他出了门，看见有十多辆小车，每辆车上都有十个人，每个人的名字都被写在一张方正的纸上，并贴在车上。赶车的人看见了耿十八，就催促他赶快上车。耿十八看见车上已经坐了九个人，加上他正好十个，又看见车上的名单中自己的名字写在最后。车子行走着，发出咯咯吱吱的声音，响声震耳，也不知道自己将去往什么地方。转眼间，来到了一个地方，听别人说："这就是思乡地。"耿十八听到这个地名，感到十分疑惑，又听见赶车人相对私语："今天又铡了三个人。"耿十八更加惊骇了，再仔细听听他们之间所说的，都是一些有关阴间的事，才恍然大悟："我这不是成为鬼了吗？"立刻想到了家里，没有什么值得挂念的事情，只是老母亲年事已高，妻子改嫁后没有人能够侍奉。想到这，不知不觉泪流满面。

原文

又移时，见有台，高可数仞，游人甚夥，囊头械足之辈，呜咽而下

O囊头械足：指戴着刑具。囊头，指头的枷具。械足，指脚镣。

上，闻人言为"望乡台"。诸人至此，俱踏辕下，纷然竞登。御人或

O望乡台：迷信传说认为阴间有望乡台，新死的鬼魂可由此望见阳世家中情形。

O辕：车辕。

挞之、或止之，独至耿，则促令登。登数十级，始至颠顶。翘首

一望，则门闾庭院，宛在目中，但内室隐隐，如笼烟雾。凄恻不自胜。回顾，一短衣人立肩下，即以姓氏问耿，耿具以告。其人亦自言为东海匠人，见耿零涕，问："何事不了于心？"耿又告之。匠人谋与越台而遁。耿惧冥追，匠人固言无妨。耿又虑台高倾跌，匠人但令从己。遂先跃，耿果从之，及地，竟无恙。喜无觉者。视所乘车，犹在台下。二人急奔数武，忽自念名字粘车上，恐不免执名之追，遂反身近车，以手指染唾，涂去己名，始复奔，哆口坌息，不敢少停。

○东海：地名。汉设东海郡，治所在郯，即今山东郯城。匠人：手艺人。

○冥追：阴曹追捕。

○哆（chǐ）口坌（bèn）息：张着口喘气。坌息，喘粗气。

译文

又走了一段时间，看见有座高台，有数丈高，来来往往的人很多，他们头上戴着枷，脚上戴着镣铐，悲悲切切地上来下去，听人说这就是"望乡台"。人们来到这里，都纷纷踩着车辕跳下车，你争我抢地往高台上跑。赶车人有的用鞭子抽打他们，有的制止他们，到了耿十八这里，则是催促他登上去。耿十八登了几十级台阶，才来到了台子的顶端。抬头一看，自己家的庭院房屋就像在眼前一样，但是屋里的情形看不太清楚，好像笼罩了一层烟雾。耿十八心中十分凄恻，不能自已。他回头一看，一个穿短衣的人站在自己身后，询问耿十八的姓名。耿十八如实相告。那人自己说他是东海县的一个手艺人。他看见耿十八流泪，问："你心里是有什么事放不下吗？"耿十八又告诉了他。手艺人与耿十八商量一起跳台子逃跑。耿十八害怕被阴间之人追捕，手艺人说这不是个事。耿十八又担心跳下去时被摔坏了，手艺人让他学着自己的样子做就行。手艺人先跳了下去，耿十八跟着跳了下去，竟然安然无恙地落到了地上。他们很是欣喜没有人察觉。看见他们来的时候所乘坐的小车还在高台下面。二人急忙逃跑，才跑出几步，忽然想起自己的名字还粘在车上，害怕阴间按照名字追捕，于是就返回去，用手指沾上唾液将自己的名字涂抹掉，这才又开始奔逃，两人跑得张口喘气，也不敢停下来歇一歇。

原文

少间，入里门，匠人送诸其室。蓦睹己尸，醒然而苏。觉乏疲躁渴，

○蓦（mò）：突然，忽然。

骤呼水。家人大骇，与之水，饮至石余。乃骤起，作揖拜状，既而出门拱谢，方归。归则僵卧不转。家人以其行异，疑非真活，然渐觇之，殊无他异。稍稍近问，始历历言其本末。问："出门何故？"

○历历：清清楚楚。

曰："别匠人也。""饮水何多？"曰："初为我饮，后乃匠人饮也。"投之汤羹，数日而瘥。由此厌薄其妻，不复共枕席。

○厌薄：讨厌，薄待。

译文

没有多长时间，就跑到了家门口，手艺人将耿十八送进了屋里。耿十八猛然间看见了自己的尸体，一下子就苏醒了过来。只觉得身体疲乏，口干舌燥，着急地喊着要喝水。家人十分惊骇，给他端来了水，他竟然一下子喝了一石的水。喝完水以后耿十八猛然站了起来，又是作揖又是跪着叩拜，然后又出门拱手拜谢，这才回来。回来以后就僵硬地躺在床上不动了。家人认为他的行为很怪异，怀疑他是否真的活了过来。然后又慢慢地观察他，再也没有发生怪异的事情。稍微靠近他询问事情的经过，他这才清清楚楚地将事情的经过说了。家人问："你因为什么出门呢？"耿十八说："和手艺人告别。"家人又问他："为什么喝那么多的水？"他说："一开始是我在喝，后来是手艺人在喝。"家人给他汤饭，没几天就恢复健康了。从此以后，耿十八很讨厌他的妻子，不再与她同床共枕了。

【珠儿】

原文

常州民李化，富有田产。年五十余，无子。一女名小惠，容质秀美，夫妻最怜爱之，十四岁，暴病夭殂。冷落庭帏，益少生趣，始纳婢。经年余，生一子，视如拱璧，名之珠儿。儿渐长，魁梧可爱。然性绝痴，五六岁尚不辨菽麦，言语蹇涩。李亦好而不知其恶。会有眇僧，募缘于市，辄知人闺闼，于是相惊以神，且云，能生死祸福人。几十百千，执名以索，无敢违者。诣李募百缗，李难之，给十金，不受。渐至三十金，僧厉色曰："必百缗，缺一文不可！"李亦怒，收金遽去。僧忿然而起，曰："勿悔，勿悔！"无何，珠儿心暴痛，巴刮床席，色如土灰。李惧，将八十金诣僧乞救。僧笑曰："多金大不易！然山僧何能为？"李归而儿已死。李恸甚，以状诉邑宰。宰拘僧讯鞫，亦辨给无情词。笞之，似击鞔革。令搜其身，得木人二、小棺一、小旗帜五。宰怒，以手叠诀举示之。僧乃惧，自投无数。宰不听，杖杀之。李叩谢而归。

○常州：府名。治所在今江苏常州。

○拱璧：两手拱抱之璧，即大璧，泛指珍宝。

○言语蹇涩：说话不连贯，不清楚。蹇涩，蹇滞，艰涩。

○募缘：僧尼募化求人施舍财物，又同"化缘"。

○眇（miǎo）僧：独眼的和尚。眇，一目失明。

○闺闼：妇女所居内室。这里指家庭私密之事。

○百缗（mín）：一百串钱。缗，穿钱用的绳子。借指成串的钱。一千文为一缗。

○巴刮：扒挝，抓挠。山东方言。

○鞫（jū）：审问。

○辨给（jǐ）无情词：巧为辩解而不说实话。辨，通"辩"。情，诚，真实。

○鞔（mán）革：蒙鼓的皮革。鞔，用皮蒙鼓。

○以手叠诀：用手捏诀，道教的基本法术之一。

○自投无数：即叩头无数。投，五体投地。

译文

常州有个人叫李化，他的家里有很多田产。他都已经五十多岁了，还没有儿子，只有一个女儿叫小惠，长得很漂亮，他们夫妻很怜惜她。小惠十四岁的时候得疾病夭折了，家里冷冷清清的，也更加没有生活的乐趣。于是李化纳妾，过了一年多，生了一个儿子，李化将儿子当作掌上明珠，取名叫珠儿。儿子慢慢地长大了，长得高大可爱。然而他生性痴呆，五六岁了还五谷不分，说话也吞吞吐吐，表达不清楚。李化还是很疼爱他，并不嫌弃他的毛病。集市上有一个瞎了一只眼睛的僧人，他在集市上化缘，他能测算每个人家里的秘密，于是人们都十分惊讶，猜想他是神仙，并且传说，他能够掌握人的生死祸福。他指名向人索要财物，成百上千，没有一个人敢于违抗他。这个僧人向李化化缘一百串钱。李化感到很为难，给了十串，和尚不接受。慢慢增加到三十串，僧人厉声说道："必须是一百串，少一文钱都不行！"李化也非常恼怒，将钱收起来就走了。和尚愤怒地站起身说道："你不要后悔！你不要后悔！"没一会儿，珠儿的心口剧痛，疼得一直抓挠床席，脸色像土灰一样。李化害怕了，拿着八十串钱去请求和尚救珠儿的命。和尚笑着说："你拿出这么多的钱实在是不容易，但是我一个瞎和尚又能干什么呢？"李化回到家时儿子已经死了。李化十分悲痛，就写了状子将僧人告到了县官这里。县官将僧人拘捕过来审讯，他极力辩解，不说实话。县官就让人鞭打他，像在皮鼓上擂打一样，又命令搜他的身，得到了两个小木头人、一个小棺材、五个小旗帜。县官大怒，用手捏出法诀并举起来给僧人看。僧人这才害怕了，不断地磕头求饶。县官不听，让人用乱棍将他打死了。李化磕头拜谢了县官就回家了。

原文

时已曛暮，与妻坐床上。忽一小儿，恇儴入室，曰："阿翁行何疾？极力不能得追。"视其体貌，当得七八岁。李惊，方将诘问，则见其若隐若现，恍惚如烟雾，宛转间，已登榻坐。李推下之，堕地无声。曰："阿翁何乃尔！"瞥然复登。李惧，与妻俱奔。儿呼阿父、

○曛（xūn）暮：昏暮，即黄昏之后。

○恇儴（kuāng ráng）：惶急的样子，急迫不安的样子

○何乃尔：为什么要这样。乃尔，这样，如此。

文章

阿母，呕哑不休。李入妾室，急阖其扉，还顾，儿已在膝下。李骇

○呕哑：咿咿呀呀。形容小孩说话的声音。

问何为，答曰：“我苏州人，姓詹氏。六岁失怙恃，不为兄嫂所容，

○苏州：府名。治所在今江苏苏州。 ○失怙恃：谓没有了父母。

逐居外祖家。偶戏门外，为妖僧迷杀桑树下；驱使如伥鬼，冤

○伥鬼：民间传说中的一种鬼。

闭穷泉，不得脱化。幸赖阿翁昭雪，愿得为子。”李曰：“人鬼

○穷泉：九泉之下。指地下。 ○脱化：民间传说，认为人死之后，阴司据其一生善恶，令其为人或为畜生转生世间，称为脱化。

殊途，何能相依？”儿曰：“但除斗室，为儿设床褥，日浇一杯

○除：打扫，清理。这里是准备的意思。斗室：像斗一样的小屋子。斗，这里极言其小。

冷浆粥，余都无事。”李从之。儿喜，遂独卧室中。晨来出入闺阁，如家生。闻妾哭子声，问：“珠儿死几日矣？”答以七日。曰：“天严寒，尸当不腐。试发冢启视，如未损坏，儿当得活。”李喜，与儿去，开穴验之，躯壳如故。方此忉怛，回视，失儿所在。异之，

○忉怛（dāo dá）：悲痛。

舁尸归。方置榻上，目已瞥动，少顷呼汤，汤已而汗，汗已遂起。

○汤：热水。

译文

时间已经是傍晚了，李化与妻子坐在床上。忽然一个小孩惶急地进入了屋子里，说：“阿翁你为什么走得这么快呢？我拼尽全力也没有追上你呀！”看这小孩的模样，也就是七八岁的年纪。李化大吃一惊，刚想要询问他，只见那小孩若隐若现，像烟雾一样恍恍惚惚的。一眨眼的工夫，他就已经爬到了床上坐下。李化将他推了下去，掉落在地上时没有一点声音。小孩说：“阿翁，你为什么要这样做？”一瞬间又爬上了床。李化非常恐惧，与妻子一起逃跑了。

小孩紧紧跟随着他们，呼唤着阿父、阿母，咿咿呀呀地喊个不停。李化跑到了小妾的屋子里，急忙关上了大门，回头看时，小孩已经站在他腿边上了。李化惊骇地询问小孩想要干什么，小孩说：“我是苏州人，姓詹，六岁的时候父母都死了，我的哥哥嫂嫂容不下我，于是把我赶到了外祖父家。有一天，我在大门外

玩耍，被一个和尚用法术迷惑，将我杀死在桑树的下面。他驱使我像伥鬼一样帮他害人，我的冤仇深埋在九泉下，不得超生。幸亏仰赖阿翁为我沉冤昭雪，我愿意做你的儿子。”李化说：“人和鬼不是一路人，怎么能够相互依靠呢？”小孩说：“只要整理出一间小房子，在屋里安置床与被褥，每日浇上一杯冷米汤，其余就没有什么事了。”李化答应了，小孩十分欢喜，就这样一个人住在小屋子里。每天早晨就出来在宅子里走来走去，就好像家里的孩子一样。有天，他听到小妾思念儿子的哭声，就问：“珠儿死了几天了？”回答说七天。小孩就说：“天气寒冷，尸体应该还没有腐坏。试着打开坟墓看看，如果尸体没有腐坏，我就能让他活过来。”李化大喜，和小孩一块来到墓地。将坟墓掘开以后，打开棺材一看，尸体完好无损。正在难过的时候，回头一看，小孩已经不见了。李化十分奇怪，抬着尸体回到了家里。刚将尸体放在床上，眼睛已经能够转动了，片刻之后就要热水喝，喝完热水出了一身汗，出完了汗就起身了。

原文

群喜珠儿复生，又加之慧黠便利，迥异曩昔。但夜间僵卧，毫无气息，共转侧之，冥然若死。众大愕，谓其复死。天将明，始若梦醒。群就问之，答云：“昔从妖僧时，有儿等二人，其一名哥子。昨追阿父不及，盖在后与哥子作别耳。今在冥间，为姜员外作义嗣，亦甚优游。夜分，固来邀儿戏。适以白鼻騧送儿归。”母因问：“在阴司见珠儿否？”曰：“珠儿已转生矣。渠与阿翁无父子缘，不过金陵严子方来讨百十千债负耳。”初，李贩于金陵，欠严货价未偿，而严翁死，此事人无知者。李闻之大骇。母问：“儿见惠姊否？”儿曰：“不知，再去当访之。”

○便利：敏捷。

○义嗣：义子。

○白鼻騧（guā）：白鼻黑嘴的黄马。

○渠：他。

○金陵：地名。即今江苏南京。

译文

家里人都为珠儿的死而复生感到高兴，又加上他敏捷聪慧，和从前有很大的不同。但是到了晚间浑身僵硬地躺着不动，一点气息都没有，翻转他的身体，他闭着眼睛就像死了似的。众人十分惊愕，认为他又死了过去。天快要亮的时候，就像从梦里刚刚清醒了一样。众人就问他是怎么回事，他说："以前跟着那个妖僧的时候，包括我有两个人，有一个名字叫哥子。之前追赶阿父没有赶上，是因为我在后面与哥子告别呢。现在他在阴间，给姜员外做义子，也是十分悠闲快活的。半夜时分，他来找我一同玩游戏，刚才用白鼻子黑嘴巴的黄马将我送回来。"母亲因此问道："你在阴间看见珠儿了吗？"回答说："珠儿已经投胎转世了。他和阿翁没有父子缘分，不过是替金陵的严子方，来向阿父讨还百十串钱的债务而已。"原来，李化在金陵跑生意，欠了严子方的货款没有给，严子方死了以后，这件事就没人知道了。李化听了，十分惊骇。母亲又问："孩子你见过你惠姐姐没有？"孩子说："不知道。下次再去的时候打听打听。"

原文

又二三日，谓母曰："惠姊在冥中大好，嫁得楚江王小郎子，珠翠满头髻，一出门，便十百作呵殿声。"母曰："何不一归宁？"曰："人既死，都与骨肉无关切。倘有人细述前生，方豁然动念耳。昨托姜员外，夤缘见姊，姊姊呼我坐珊瑚床上。与言父母悬念，渠都如眠睡。儿云：'姊在时，喜绣并蒂花，剪刀刺手爪，血涴绫子上，姊就刺作赤水云。今母犹挂床头壁，顾念不去心。姊忘之乎？'姊始凄感，云：'会须白郎君，归省阿母。'"母问其期，答言不知。

○呵殿声：官僚出行时侍卫人员的吆喝声。呵，喝道，喝令行人让路。殿，居后，在后。

○夤（yín）缘：凭借关系。夤，攀附。

○涴（wò）：污染。

○会须：应当。

译文

又过了两三天，小孩对母亲说："惠姐姐在阴间过得很好，她嫁给了楚江王的小公子，珍珠翡翠戴了一头，每次出门，都有百十多人前呼后拥地开路。"母亲说："她为什么不回娘家来看一看？"小孩说："人既然已经死了，就与亲人没有什么联系了。倘若有人向他详细地讲述生前的事，他才能猛然地想起以前的事从而动心。昨天，我拜托姜员外，凭借着关系见到了姐姐。姐姐招呼我坐在珊瑚床上，我和她说起父母对她的想念，可是她像睡着了一样。我又说：'姐姐还活着的时候，喜欢绣并蒂花，剪刀将手指给刺破了，血流到了绫子上，姐姐就把血绣成了红色的云霞。现在母亲还将它挂在床头的墙上，心里一直想念着姐姐。姐姐你难道忘记了吗？'姐姐这才感到悲戚，说：'应当告诉我的丈夫，我要回家看望我的母亲。'"母亲问什么时候回家，小孩回答说不知道。

原文

一日谓母："姊行且至，仆从大繁，当多备浆酒。"少间，奔入室，曰："姊来矣！"移榻中堂，曰："姊姊且憩坐，少悲啼。"诸人悉无所见。儿率人焚纸酹饮于门外，反曰："驺从暂令去矣。姊言：'昔日所覆绿锦被，曾为烛花烧一点如豆大，尚在否？'"母曰："在。"即启笥出之。儿曰："姊命我陈旧闺中，乏疲，且小卧。翌日再与阿母言。"

○中堂：居中的厅堂，俗称客厅。

○反：还归，回。后多作"返"。

○驺（zōu）从：古时达官贵人出行时在车前后侍从的骑卒。

译文

有一天，小孩对母亲说："姐姐快要来了，她的仆人随从有很多，应该多准备一些吃的喝的。"片刻后，小孩跑回屋里说："姐姐来了！"将座椅移到了堂屋，说"姐姐你先坐在这休息一会儿，不要太伤心。"其他人什么都看不见。小孩带着家人在门外焚烧纸钱并且祭酒，返回来说道："所有的随从马车都暂时回去了。姐姐说：'以前所盖的那个绿色的锦被，曾经被烛火烧了像豆子那样大小的洞，这个被子还在吗？’”母亲说：“还在。”随后就将箱子打开拿了出来。小孩说：“姐姐让我把被子放在她以前住的闺房中，她很累了，要休息一小会，明天早晨再来和母亲说话。”

原文

东邻赵氏女，故与惠为绣阁交。是夜，忽梦惠幞头紫帔来相望，言笑如平生。且言：“我今异物，父母觌面，不啻河山。将借妹子与家人共话，勿须惊恐。”质明，方与母言，忽仆地闷绝。逾刻始醒，向母曰：“小惠与阿姊别几年矣，顿鬖鬖白发生！”母骇曰：“儿病狂耶？”女拜别即出。母知其异，从之。直达李所，抱母哀啼，母惊不知所谓。女曰：“儿昨归，颇委顿，未遑一言。儿不孝，中途弃高堂，劳父母哀念，罪何可赎！”母顿悟，乃哭。已而问曰：“闻儿今贵，甚慰母心。但汝栖身王家，何遂能来？”女曰：“郎君与儿极燕好，姑舅亦相抚爱，颇不谓妒丑。”惠生时，好以手支颐，女言次，辄作故态，神情宛似。未几，珠儿奔入曰：“接姊者至矣。”女乃起，拜别泣下，曰：“儿去矣。”言讫，复踣，移时乃苏。

〇绣阁交：少女时代的朋友。绣阁，女儿家的居室。

〇幞（fú）头：包头软巾，也名“折上巾”。言头裹幞头。幞，同“襆”。

〇觌（dí）面：见面。

〇质明：天刚亮。

〇鬖鬖（sān）：毛发下垂的样子。

〇委顿：疲困。

〇姑舅：公婆。

〇燕好：谓夫妇之间感情极好。燕，亲昵和睦。

〇踣（bó）：跌倒。

译文

东边邻居赵家有一个女儿，她和小惠是年少时代的好朋友。这天夜里，赵家女忽然梦见小惠戴着包头软巾、身披紫色的披肩来看望她，音容笑貌就像生前一样。她还说：“我现在已经不是活人了，与父母相见不亚于隔着千山万水，想要借妹子的身体和家人团聚说话，你不要害怕。”天刚亮，赵氏女正在和母亲说着话，忽然倒在地上昏了过去。过了片刻才清醒过来，对着赵母说：“小惠与婶婶也就分别了几年，怎么都满头白发了！”赵母惊骇地说：“女儿你是得了疯病了吗？”女儿拜别赵母就走了出去。赵母知道其中一定有缘故，就一直跟随着她，一直到了李家的院子，赵女抱着李母失声痛哭。赵女说：“女儿昨天归来，感到很疲累，没能顾上说说话。女儿不孝，半路扔下父亲母亲，劳烦父亲母亲悲伤思念，这个罪过怎样才能够赎！”李母立刻就明白过来了，于是痛哭。过了一会儿问道：“听说女儿你现在过得很好，我的心里很是安慰，但是你生活在王爷家里，怎么能够过来呢？”女儿说：“郎君与女儿之间的感情非常好，公婆也十分疼爱我，他们都不嫌弃女儿。”小惠活着的时候，习惯用手托着脸颊，赵女也边说话边做出这种姿态，表情和动作都和小惠生前很是相像。过了一会儿，珠儿跑进屋子里说：“接姐姐的人来了！”赵女于是起身，哭泣着拜别父母，说：“女儿走了！”说完，赵女就再次倒在地上昏了过去，过了一会就醒了过来。

原文

后数月，李病剧，医药罔效。儿曰：“旦夕恐不救也！二鬼坐床头，一执铁杖子，一挽苎麻绳，长四五尺许，儿昼夜哀之不去。”母哭，乃备衣衾。既暮，儿趋入曰：“杂人妇，且避去，姊夫来视阿翁。”俄顷，鼓掌而笑。母问之。曰：“我笑二鬼，闻姊夫来，俱匿床下如龟鳖。”又少时，望空道寒暄，问姊起居。既而拍手曰：“二鬼奴哀之不去，至此大快！”乃出至门外，却回，曰：“姊夫去矣，二鬼被锁马鞅上，阿父当即无恙。姊夫言：归白大王，为父母乞百年寿也。”一家俱喜。至夜，病良已，数日寻瘥。

○罔效：没有效果。罔，无，没有。

○俄顷：很短的时间。

○马鞅：马拉车时套在当胸的皮带。

译文

又过了几个月，李化生了病，病情很厉害，吃药已经没有什么用了。小孩说："这是早晚的事，已经没救了。有两只鬼坐在床头，一只鬼手里拿着铁杖子，一只鬼手上拿着一根四五尺长的麻绳，儿子早上晚上地哀求他们，他们就是不肯走。"母亲哭了，然后就去准备寿衣等东西。夜晚的时候，小孩快步走进屋子里说："家里的闲杂人和妇女都回避一下，姐夫来看望阿翁了。"一会工夫，小孩拍着手大笑。母亲问他为何而笑。小孩说："我笑那两只小鬼。听说姐夫来了，都躲藏在床底下好像缩头乌龟一样。"又过了一会儿，小孩向着空中寒暄，询问姐姐的饮食起居。然后又拍着手说道："那两只鬼奴，我苦苦地哀求他们，他们不离开，如今真是大快人心！"说完走出门外，又走了回来，说："姐夫离开了，那两只小鬼被锁在马脖子的皮带上带走了。父亲应该马上就能好了。姐夫说：回去以后就去告诉大王，为父母祈求百年的寿限！"一家人都非常欢喜。到了夜里，李化的病就有所好转了，没有几天便痊愈了。

原文

延师教儿读。儿甚惠，十八入邑庠，犹能言冥间事。见里中病者，辄指鬼祟所在，以火爇之，往往得瘳。后暴病，体肤青紫，自言鬼神责我绽露，由是不复言。

○邑庠：即本县县学。明清时称县学为邑庠。

○瘳（chōu）：病愈。

○绽露：泄露。

译文

后来，李化请了老师教小孩读书，小孩十分聪慧，十八岁就考中了秀才，还能说一些阴间的事情。看见乡亲邻里有生病的人，就指出鬼怪在什么地方，用火一烧，病人就好了。后来，小孩得了一场急病，身上的皮肤青青紫紫，他自己说是因为鬼神责备他泄露了秘密，从那以后他再也不说阴间的事了。

【小官人】

原文

太史某公，忘其姓氏。昼卧斋中，忽有小卤簿，出自堂陬。马大如

○太史：官名。明清由翰林院兼领史馆事，因亦称翰林为太史。
○堂陬（zōu）：堂隅，厅堂的一角。堂，此处指书斋。

蛙，人细于指。小仪仗以数十队，一官冠皂纱，着绣襆，乘肩舆，

○冠皂纱：戴着黑色的纱帽。皂，黑色。
○绣襆（fú）：古代官员的礼服。
○肩舆：轿子。

纷纷出门而去。公心异之，窃疑睡眼之讹。顿见一小人，返入舍，

○讹：讹误，差错。

携一毡包，大如拳，竟造床下。白言：“家主人有不腆之仪，敬献

○造：至。
○白：禀白，禀告，陈述。
○不腆（tiǎn）之仪：薄礼，旧时送礼的谦辞。腆，丰厚。仪，礼物。

太史。”言已，对立，即又不陈其物。少间，又自笑曰：“戋戋微物，

○对立：在对面站着。
○陈：陈列，显露。
○戋戋（jiān）：微小的样子。

想太史亦当无所用，不如即赐小人。”太史颔之，欣然携之而去。后

○颔（hàn）之：点头表示同意。颔，下巴。此处用于动词，点头。

不复见。惜太史中馁，不曾诘所自来。

○中馁：气馁，底气不足。中，内心。馁，丧气。
○诘所自来：指询问小官人的来历原委。

译文

某太史，忘了他的姓名了。有天白天他躺在书房中，忽然，一个小的仪仗队，从书房的一角走了出来。那马像青蛙一样大，人比手指头还细。这个小仪仗队由数十个人组成，一个头上戴着乌纱帽的当官的，穿着礼服，坐着一顶小轿子，纷纷出门离开了。太史心里感到很是惊异，心里怀疑是不是睡眼蒙眬看花了眼。立马又看见一个小人，返回了书房，携带着一个大毡包，像拳头那样大，一直来到了床下。他陈述道：“我家主人准备了薄礼，想敬献给太史。”说完，面对着太史站着，却不将包袱打开拿东西。等待了一会儿，那小人又笑着说：“这小小的礼物，想必太史也是没有什么用的，不如就赏赐给小人我吧。”太史点点头。小人十分高兴就又拿着毡包走了。从那以后这种事情就没有再发生。可惜太史心中还是有点害怕，没有询问小人的来历。

【胡四姐】

原文

尚生，泰山人。独居清斋。会值秋夜，银河高耿，明月在天，徘徊花阴，颇存遐想。忽一女子逾垣来，笑曰：“秀才何思之深？”生就视，容华若仙，惊喜拥入，穷极狎昵。自言：“胡氏，名三姐。”问其居第，但笑不言。生亦不复置问，惟相期永好而已。自此，临无虚夕。

○泰山：郡名。汉置。泰又作“太”。治所在今山东泰安。

○银河高耿：谓银河高悬空中，十分明亮。耿，明。

○颇存遐想：略涉虚幻的意想。颇，略，稍微。遐想，超越现实的凝想。这里是想入非非的意思。

○临无虚夕：没有一天不来。

译文

有个姓尚的读书人，他是泰山人。他平日里一个人住在书房里。在一个秋日的夜晚，银河高悬在天空上，十分明亮。明月当空，尚生在花丛之间走来走去，心中想入非非。忽然他看见有一个女子翻过了墙进来，笑着说：“秀才你为何这样深思呀？”尚生一看，是一个长得像天仙一般的女子。于是他将女子惊喜地拥抱在怀中，进入了书房。女子自己介绍说：“我姓胡，名字叫三姐。”尚生问她家是哪里的，胡三姐只是笑笑却没有回答。尚生也就不再询问，只是期望能够和她永远相好罢了。就此以后，胡三姐每日都来和尚生相会，没有一天缺席。

原文

一夜，与生促膝灯幕，生爱之，瞩盼不转。女笑曰：“眈眈视妾何为？”曰：“我视卿如红药碧桃，即竟夜视，不为厌也。”三姐曰：“妾陋质，遂蒙青盼如此。若见吾家四妹，不知如何颠倒。”生益倾

○促膝灯幕：谓相对坐于灯下。

○瞩盼不转：目不转睛，瞩目而视。瞩盼，瞩目。

○眈眈：贪婪地或深情地注视。

○红药碧桃：两种观赏植物。红药，即芍药，初夏开花，大而美艳。碧桃，碧桃花。都比喻女子姿容美艳。

○青盼：青眼、垂青，即见爱、看重之意。

动，恨不一见颜色，长跽哀请。逾夕，果偕四姐来。年方及笄，荷粉露垂，杏花烟润，嫣然含笑，媚丽欲绝。生狂喜，引坐。三姐与生同笑语，四姐惟手引绣带，俯首而已。未几，三姐起别，妹欲从行。生曳之不释，顾三姐曰：“卿卿烦一致声！”三姐乃笑曰：“狂郎情急矣！妹子一为少留。”四姐无语，姊遂去。二人备尽欢好。既而引臂替枕，倾吐生平，无复隐讳。四姐自言为狐，生依恋其美，亦不之怪。四姐因言：“阿姊狠毒，业杀三人矣。惑之，罔不毙者。妾幸承溺爱，不忍见灭亡，当早绝之。”生惧，求所以处。四姐曰：“妾虽狐，得仙人正法，当书一符粘寝门，可以却之。”遂书之。既晓，三姐来，见符却退，曰：“婢子负心，倾意新郎，不忆引线人矣。汝两人合有夙分，余亦不相仇，但何必尔？”乃径去。

○长跽（jì）：长跪，直挺挺地跪着。

○引坐：拉她坐下。引，拉，牵。

○卿卿：男女间的爱称。

○业：已经。

○求所以处：请求对付的方法。处，处置，对付。

○正法：与左道（邪魔外道）相对而言，指合于正道的仙术。

○符：即道书所谓丹书、符字、墨箓等，形似篆字，非一般人所识，为道教秘文，认为可用以召请神将、驱除鬼魅。

○引线人：媒人。

○夙分：指前生注定的缘分。

译文

有天夜里，胡三姐与尚生对坐于灯下。尚生喜爱三姐，目不转睛地盯着三姐看。三姐笑着说道：“你虎视眈眈地看着我是想干什么？”尚生说：“我看你就像红药碧桃一样美丽，我就是这样看上一个晚上也不会厌倦。”三姐说：“我长得这样丑陋，你还这样爱怜我，如果你看见了我家四妹，还不知道被迷成怎样神魂颠倒的模样。”尚生听了心里愈发心动，恨不得马上就见到四姐，于是就跪下来哀求三姐请求见一下四姐。第二天夜里，三姐果真领着四姐过来了。四姐也就十五六岁，脸蛋就像露水之下的荷花，又像是被烟雾湿润的杏花，她嫣然一笑，娇媚与艳丽无限。尚生非常欢喜，急忙拉她坐下。三姐和尚生谈笑风生，四姐用手把玩着绣花带子，一直含蓄地低着头。片刻工夫，三姐站起来告辞，四姐想要和她一起离开。尚生拉着四姐不让她离开，眼睛看着三姐说：“你就帮我和她说说吧。”三姐于是笑着说：“狂郎这是着急了，妹子你就多待一会儿吧。”四姐没有说话，三姐于是离开了。四姐枕在尚生的手臂上，倾吐着自己的生平，没有一丁点的隐瞒。四姐自己说她是个狐狸精，尚生贪恋她美丽的容颜，也没有感到很奇怪。四姐于是又说：“姐姐十分狠毒，她已经杀死三个人了。被她迷惑的人，没有一个不被害死的。承蒙你这样爱我，不忍心看见你死去，应该尽早与三姐断绝关系。”尚生恐惧，请求四姐想想对付三姐的办法。四姐说：“我虽然是狐狸，但是修得了仙人的正法。我写一道符你将它粘在卧室的门上，就可以阻止三姐进来。”四姐于是写了一道符给了尚生。黎明的时候，三姐来了，她看见门上的符退了下来，说：“你这个小丫头真的是负心，你倾心喜爱新郎，就将我这个媒人忘记了。你们两个人之间有前生注定的缘分，我也不和你们有仇怨，你们何必如此对待我呢？”说完就径直离开了。

原文

数日，四姐他适，约以隔夜。是日，生偶出门眺望，山下故有槲林，苍莽中，出一少妇，亦颇风韵。近谓生曰：“秀才何必日沾沾恋胡家姊妹？渠又不能以一钱相赠。”即以一贯授生，曰：“先持归，贳良酝，我即携小肴馔来，与君为欢。”生怀钱归，果如所教。少间，妇果至，置几上燔鸡、咸彘肩各一，即抽刀子缕切为脔，酾酒调谑，欢洽异常。继而灭烛登床，狎情荡甚。既曙始起，方坐床头，捉足易舄，忽闻人声，倾听，已入帏幕，则胡姊妹也。妇乍睹，仓皇而遁，遗舄于床。二女逐叱

○槲（hú）林：槲树林。槲，树名。壳斗科落叶乔木。

○沾沾：沾沾自喜的省词，自得的样子。

○一贯：即一串钱，一千文钱。

○贳（shì）良酝（yùn）：买好酒。贳，买。酝，酒。

○燔（fán）鸡：烧鸡。咸彘肩：咸猪肘。

○酾（shī）：斟酒。

○脔：切成小片的肉。

曰："骚狐！何敢与人同寝处！"追去，移时始返。四姐怨生曰："君不长进，与骚狐相匹偶，不可复近！"遂悻悻欲去。生惶恐自投，情词哀恳。三姐从旁解免，四姐怒稍释，由此相好如初。

○悻悻：怨恨、愤怒的神态。

译文

又过了几天，四姐有事到别的地方去了，与尚生约好隔一夜再来。这天，尚生偶然出门走走，山下原来有一片槲树林，在浓密的树林中走来了一个少妇，长得很有几分风韵。她走近尚生对他说："秀才何必每日都自得地迷恋着胡家的姐妹？她们又不能给你一文钱？"说完就拿出一贯钱交给尚生，说："你先将这些钱拿去买点好酒，我回去拿点下酒的小菜过来。"尚生怀里揣着钱回来了，按照少妇交代的买来了酒。片刻间，少妇果真来了，将一只烧鸡、一个咸猪肘子放置在小桌子上，然后抽出刀子将它们切成小块，又与尚生一块喝酒调笑，非常融洽欢快。喝完酒以后就吹灭了蜡烛。天亮了他们才刚起床，妇人正在床头穿鞋的时候，忽然听见了有人说话的声音，侧耳仔细听，有人已经进入帷幕内，是胡家姐妹。少妇乍一看见胡家姐妹就仓皇地逃跑了，还将一只鞋遗忘在了床上。两姐妹于是追着怒斥道："讨厌的狐狸！"一边说一边追，过了一会儿就回来了。四姐抱怨尚生说："你真是个没出息的，竟然和狐狸做了夫妻，我不再理你了！"说完便怒气冲冲地离开。尚生惶恐地跪在了地上，情真意切地连连道歉，苦苦恳求，三姐也在一边从中调解，四姐的怒气才稍稍平复了，他们又和好了，相处得和以前一样。

原文

一日，有陕人骑驴造门曰："吾寻妖物，匪伊朝夕，乃今始得之。"生父以其言异，讯所由来。曰："小人日泛烟波，游四方，终岁十余月，常八九离桑梓，被妖物蛊杀吾弟。归甚悼恨，誓必

○造门：上门，到别人家去。

○陕人：陕县人。陕，古地名。战国陕邑，今河南陕州区。一说指陕西人。

○匪伊朝夕：不是一朝一夕，言为时已久。伊，语助词。

○泛烟波：泛舟江湖。

○桑梓：桑与梓为古时宅旁常栽的两种树，后因代指故乡。

○蛊杀：以妖术毒杀。蛊，相传人工培养的毒虫，与巫术相关。

寻而殄灭之。奔波数千里，殊无迹兆，今在君家。不翦，当有继

○殄（tiǎn）灭：消灭，灭绝。　○不翦：不除。翦，去除。

吾弟亡者。”时生与女密迩，父母微察之，闻客言，大惧，延入，

○密迩：贴近，靠近。

令作法。出二瓶，列地上，符咒良久，有黑雾四团，分投瓶中。客喜曰：“全家都到矣。”遂以猪脬裹瓶口，缄封甚固。生父亦

○猪脬（pāo）：猪尿脬。脬，膀胱。

喜，坚留客饭。生心恻然，近瓶窃视，闻四姐在瓶中言曰：“坐视不救，君何负心？”生益感动，急启所封，而结不可解。四姐又曰：“勿须尔，但放倒坛上旗，以针刺脬作空，予即出矣。”生如其请，果见白气一丝，自孔中出，凌霄而去。客出，见旗横地，大惊曰：“遁矣！此必公子所为。”摇瓶俯听，曰：“幸止亡其一。此物合不死，犹可赦。”乃携瓶别去。

○合：应该。

译文

有一天，有一个陕县人骑着毛驴来拜访尚家。说：“我是来寻找妖精的，已经寻找了很长时间了，直到今天才总算是找到了。”尚生的父亲听出这个人话里的怪异，就询问他事情的缘由。那个人说：“我成天在江湖上行走，游历天下，一年之中有八九个月不在家。结果，我的弟弟被妖物蛊惑然后被害死了。我回家以后听说这件事非常憎恨，发誓一定找到妖精然后将她除掉。我已经奔走了几千里路了，一直没有找到她的痕迹。现在这妖精就在你家里，如果不铲除她，你家也有人在继我弟弟之后被害死。”那个时候尚生与女人来往亲密，尚父尚母也略微有点觉察，现在听了客人的话，十分恐惧，请客人进入了屋里，请求他作法除妖。客人拿出了两个瓶子，将瓶子排列在地上，画符念咒，时间过了很久，只见有四团黑色的烟分别钻入了瓶子里。客人欢喜地说道：“全家都到齐了！”说完就用猪膀胱

将瓶口裹住，封得严严实实的。尚生的父亲也是十分欢喜，执意将客人留下来吃饭。尚生心里很悲伤，靠近瓶子偷偷地看，听见四姐在瓶子里说："你坐视不救，你怎么这样负心？"尚生愈发感到难过。他着急地去开启瓶子上的封条，但是结打得很坚固，打不开。四姐又说："你不用这么费劲，只需要将坛上的旗子放倒，用旗子上的钺头将猪膀胱刺破，我就能够出来了。"尚生就按照四姐说的办，果然看见了一丝白气从瓶子上被刺出的小孔出来，向着天空而去。客人出来以后，看见旗子横着放在地上，十分吃惊地说："妖物逃跑了！这一定是公子做的。"他将瓶子摇一摇俯下身子听了听，说："幸亏只是逃跑了一个。那一个妖物不该死，还是可以宽赦她的。"说完就带着瓶子告辞离开了。

原文

后生在野，督佣刈麦，遥见四姐坐树下。生近就之，执手慰问。且曰："别后十易春秋，今大丹已成。但思君之念未忘，故复一拜问。"生欲与偕归，女曰："妾今非昔比，不可以尘情染，后当复见耳。"言已，不知所在。又二十年余，生适独居，见四姐自外至。生喜与语。女曰："我今名列仙籍，本不应再履尘世。但感君情，敬报撤瑟之期。可早处分后事，亦勿悲忧，妾当度君为鬼仙，亦无苦也。"乃别而去。至日，生果卒。

○刈（yì）：割，收割。

○大丹已成：谓自己已经修炼成为神仙。大丹，指道家所说的仙丹。

○撤瑟之期：即死期。

○处分：处理，安排。

译文

后来的某一天，尚生在田里督促着帮佣割麦子，远远地看见四姐坐在树下。尚生就靠近她，拉着她的手与她寒暄。四姐说："与你分别后已经过了十年了，我现在已经修炼成神仙了，但我还是一直在思念着你，所以再来看看你。"尚生想要带着她一起回家。四姐说："我现在和以前不一样了，不可以再沾染人间的情爱，以后我们还会见面的。”说完话，四姐就不见了。又过了二十多年，尚生正独自一个人在屋子里，看见四姐从外面进入屋里。尚生高兴地与她说话。四姐说：“我现在已经列入仙籍了，本来不应该再来到这尘世间，但是感念你的恩情，特地过来告诉你离开尘世的时间，你可以早些安排后事，你也不用太过悲伤，我会想办法将你度成鬼仙，也就没什么受苦的。”说完就告别离开了。到了四姐说的日子，尚生果然过世了。

原文

尚生乃友人李文玉之戚好，尝亲见之。

○戚好：亲戚好友。

译文

尚生是我朋友李文玉的亲戚好友，他亲自看过这件事。

撤瑟

“撤瑟”原指古代士人在父母生病时撤去琴瑟，表示对父母的孝顺与忧虑，出自《仪礼》。后来“撤瑟”引申为指死亡，表示为逝者哀悼。文献中常用该词来表达对亲友去世的悲伤与怀念，象征着失去亲人的哀痛与对逝者的追忆。

【祝翁】

原文

济阳祝村有祝翁者，年五十余，病卒。家人入室理缞绖，忽闻翁呼甚急。群奔集灵寝，则见翁已复活。群喜慰问，翁但谓媪曰：“我适去，拚不复返。行数里，转思抛汝一副老皮骨在儿辈手，寒热仰人，亦无复生趣，不如从我去。故复归，欲偕尔同行也。”咸以其新苏妄语，殊未深信。翁又言之，媪云：“如此亦复佳。但方生，如何便得死？”翁挥之曰：“是不难。家中俗务，可速作料理。”媪笑不去，翁又促之。乃出户外，延数刻而入，绐之曰：“处置安妥矣。”翁命速妆。媪不去，翁催益急。媪不忍拂其意，遂裙妆以出。媳女皆匿笑。翁移首于枕，手拍令卧。媪曰：“子女皆在，双双挺卧，是何景象？”翁捶床曰：“并死有何可笑！”子女辈见翁躁急，共劝媪姑从其意。遂裙妆以出。媳女皆匿笑。俄视媪笑容忽敛，又渐而两眸俱合，久之无声，俨如睡去。众始近视，则肤已冰而鼻无息矣。试翁亦然，始共惊怛。康熙二十一年，翁弟妇佣于毕刺史之家，言之甚悉。

o灵寝：尸床。

o拚（pàn）：舍弃不顾。

o寒热仰人：指生活上依赖他人。仰人，仰人鼻息的省词，指依赖他人生存。

o新苏妄语：刚复活，说胡话。苏，复苏，复生。

o绐（dài）：欺哄。

o拂：逆，违拗。

o匿笑：偷笑。

o康熙二十一年：1682年。

o毕刺史：名际有，字载积，号存吾，淄川人。与蒲松龄甚相知。刺史，为清代知州的别称。

译文

济阳祝村有一个姓祝的老头，已经五十多岁了，因为生病去世了。他的家人进屋整理丧服的时候，忽然又听见祝老头急切的呼叫声。众人急忙奔跑到灵床的旁边，只见祝老头已经活过来了。众人很是欣喜，围着他问长问短。老头只是对着他的老妻说：“我刚去的时候，下定决心不再返回阳间。走了数里路，转念又一想，抛弃你这副老骨头在儿孙手里，生活中的一切都要依赖他们，也是没有什么活着的乐趣可言，还不如跟着我一块离开。所以我又回来，想要带着你一块走。”众人都以为这是祝老头刚复活所说的胡话而已，都没有相信。祝老头又将话说了一遍。他的老妻说：“这样做也是很好的。只是我还活着呢，怎么能够就死了呢？”祝老头挥一挥手说：“这个不难，家里的一些杂七杂八的事情，你赶快去安排一下吧。”老妻笑着没有动，祝老头又催促她，她这才来到了外面，在外面待了很长一段时间才又进入屋子，骗老头说：“将一切都安排妥当了。”祝老头让老妻立刻去装扮一下，老妻不去，祝老头催促得越发着急。老妻不忍心拂了老头的好意，于是就穿上裙子打扮了一番出来了。媳妇和女儿们都偷偷地看着她笑。祝老头将脑袋在枕头上移动了一下，用手拍了拍另一边让老妻躺下。老妻说：“孩子们都在，我们两个双双直挺挺地躺着，这是什么样子？”祝老头捶打着床说：“我们一块死有什么可笑的呢？”孩子们看见老头生气了，就劝说老妻姑且按照老头的意思行事。老妻听从老头的话，和他一块直挺挺地在一个枕头上躺下。家里人看见又都笑了起来。过了一会再看，老妻脸上的笑容收敛了，接着又慢慢地闭上了双眼。过了很长时间也没有动静，就好像睡着了一样，众人这才走近去看，老妻的身子已经没有了温度，鼻子也没有了气息，再一看，祝老头也是一样的。人们这才悲伤且害怕起来。康熙二十一年，祝老头的弟媳妇在毕刺史的家里做佣人的时候，将这件事讲得很清楚。

原文

异史氏曰：翁其夙有畸行与？泉路茫茫，去来由尔，奇矣！且白头

○其：意同“岂”，语词。畸（jī）行：即不同于常人的美德善行。

○泉路：赴阴间之路。谓地下，阴间。

者欲其去则呼令去，抑何其暇也！人当属纩之时，所最不忍诀者，

○暇：悠闲，从容。

○属（zhǔ）纩（kuàng）之时：病危之际。纩，新丝绵。旧时将其置于垂危病人的鼻端，验明病人是否断气，叫属纩。

床头之昵人耳。苟广其术，则卖履分香，可以不事矣。

○昵人：亲昵之人。此指妻子。

○卖履分香：也作"分香卖履"，指人在临死之际念念不忘妻妾。

译文

异史氏说：这个祝老头是平时有什么不同于常人的美好德行吗？黄泉之路茫茫，他来来去去是自由的，真是很奇怪呀！况且对于白头偕老的人想要一块离开，就能呼唤着一起离开，这是怎样的悠闲呀！人在病危之际，最不忍心诀别的就是自己的老伴呀。如果能够将祝老头这个法术加以推广，那么人在临死的时候，就不会对自己最亲近的人恋恋不舍了，这种事也就不会存在了。

【猪婆龙】

原文

猪婆龙产于西江，形似龙而短，能横飞，常出沿江岸扑食鹅鸭。

○猪婆龙：即鼍（tuó）龙，亦称"扬子鳄"。

或猎得之，则货其肉于陈、柯。此二姓皆友谅之裔，世食猪婆

○友谅：即陈友谅，元末沔阳人。元末农民起义军领袖之一。至其子陈理，为明太祖朱元璋所灭。

龙肉，他族不敢食也。一客自江右来，得一头，絷舟中。一日，

○江右：长江下游以西地区。古人叙地理，以东为左，以西为右。后以称江西。

○絷（zhí）：拘禁，束缚。

泊舟钱塘，缚稍懈，忽跃入江。俄顷，波涛大作，估舟倾沉。

○钱塘：钱塘江。

○估舟：商船。估，商人。

译文

猪婆龙产于西江，外形像龙却比龙的身子短，能够横向飞；经常从江里出来，沿着江水的两岸捕食鹅鸭。有人如果猎到了猪婆龙，就把它的肉卖给陈家与柯家。这两家人都是陈友谅的后人，从祖辈开始就吃猪婆龙的肉，别的家族是不敢吃的。有一个客人从江西来，得到了一头猪婆龙，将它捆绑在船上。有一天，船停靠在了钱塘江，捆绑猪婆龙的绳子稍微松懈了，猪婆龙就忽然跳进了江中。没一会儿，波浪滔天，那条船就沉没了。

【某公】

原文

陕右某公，辛丑进士。能记前身。尝言前生为士人，中年而死。死后见冥王判事，鼎铛油镬，一如世传。殿东隅，设数架，上搭猪羊犬马诸皮。簿吏呼名，或罚作马，或罚作猪，皆裸之，于架上取皮被之。俄至公，闻冥王曰："是宜作羊。"鬼取一白羊皮来，捺覆公体。吏白："是曾拯一人死。"王检籍覆视，示曰："免之。恶虽多，此善可赎。"鬼又褫其毛革。革已粘体，不可复动。两鬼捉臂按胸，力脱之，痛苦不可名状。皮片断裂，不得尽脱，既脱，近肩处犹粘羊皮大如掌。公既生，背上有羊毛丛生，翦去复出。

○陕右：陕西。指陕原（今河南陕县西南）以西地区。

○判事：处理公务。

○鼎铛（chēng）油镬（huò）：谓用鼎镬把油烧沸以烹人，是古代的一种酷刑。

○被："披"的古字。

○捺（nà）：向下按。

○是：此，此人。

○检籍：查核簿册。检，检校，查核。籍，民间传说中冥间记录人一生善恶的簿册，即生死簿。

○褫（chǐ）：剥去衣服。此指剥除。

译文

陕西某公，是辛丑年间的进士，他能记起上一辈子的事情。他经常对别人说上辈子他是一个书生，中年的时候就死去了。他死了以后在阴间看见了阎王处理公事，用鼎镬把油烧沸以烹人，就和人间所传的一样。在大殿的东面一角，摆设了好几个架子，架子上面摆放着猪、羊、狗、马等不同畜生的皮。掌管生死簿的官员一个个地叫着人名，有的人被罚去做马，有的人被罚去做猪，每个人都光着身子，小鬼们从架子上取下来各种畜生的皮披在他们身上。不一会儿，就念到了某公的名字，只听见阎王说："应该让他做羊。"小鬼拿下来一张白羊皮，将它披在某公的身上。掌管生死簿的官吏说："此人曾经救过一个人的性命。"阎王再次查看了一下生死簿，指示说："那就免了吧。这个人虽然干了很多坏事，但是救人这一件善事就可以赎罪了。"小鬼于是又剥去羊皮，但是羊皮已经粘在了他的身上，不能轻易脱下来。两个小鬼抓住他的胳膊，按着他的胸膛，用力地将羊皮往下脱，某公十分痛苦，那种感觉无法形容。羊皮被一块一块地撕扯了下来，没有剥离干净。虽然羊皮脱了下来，但是在靠近肩膀的地方依然有巴掌大的一块羊皮。因此某公出生以后，他的背部羊毛丛生，剪了以后还会再长出来。

陕右

“陕右”是古代对陕西地区的别称之一，主要指陕西省位于黄河以西的地理位置。古代以水为界，“右”在地理上常指西方，因此黄河以西的陕西被称为“陕右”。这一称谓在历史文献中多见于《明史》《清史稿》等，常用于指代陕西及其周边地区。与“江右”相似，“陕右”不仅是地理概念，也反映了该地区在政治、军事和文化上的重要性。

【快刀】

原文

明末，济属多盗。邑各置兵，捕得辄杀之。章丘盗尤多。有一兵佩刀甚利，杀辄导窾。一日，捕盗十余名，押赴市曹。内一盗识兵，逡巡告曰："闻君刀最快，斩首无二割。求杀我！"兵曰："诺。其谨依我，无离也。"盗从之刑处，出刀挥之，豁然头落。数步之外，犹圆转而大赞曰："好快刀！"

○济属：济南府所属辖地区。

○杀辄导窾（kuǎn）：杀戮时能顺着骨头缝下刀，一刀便断头。窾，空处。

○市曹：市口通衢，常为古代行刑之处。

○逡巡：迟疑徘徊。此谓吞吞吐吐，难以出口。

○谨：谨慎小心。此处有注意留心之意。

○无：不要。

译文

明朝末年，济南府所辖地区有很多强盗，各个县都设置了官兵，捕获了强盗就将他们杀掉。章丘的强盗尤其多。有一个当兵的他的佩刀十分锋利，一刀下去就能将人头砍断。有一天，官兵逮捕了十多个强盗，将他们全部押到法场杀头。其中有一个强盗认识那个当兵的，便磨磨唧唧地对他说道："听说您的刀是最快的，砍头的时候从不用砍第二刀，请求您来杀我！"当兵的说："好！你留心跟在我身边，不要离开我。"这个强盗跟着当兵的来到了法场，他抽出刀向强盗砍去，强盗的头一下子就掉在了地上。滚出了几步之外，头还在地上打转，嘴上却大声称赞地说："好快的刀！"

【侠女】

原文

顾生，金陵人。博于材艺，而家綦贫。又以母老，不忍离膝下，惟日为人书画，受贽以自给。行年二十有五，伉俪犹虚。对户旧有空第，一老妪及少女，税居其中。以其家无男子，故未问其谁何。

○材艺：才智艺能。

○綦（qí）：极。

○贽（zhì）：与尊长初次见面的见面礼。此处指润笔。

○伉俪（kàng lì）：配偶。此指妻子。伉，相当。俪，并也。

○税居：租赁房屋。

译文

有个姓顾的读书人，是金陵人。他博学多才，但是家里很贫穷。由于母亲年龄很大了，不忍心离开老母亲身边，只能每天给别人写写字、作个画，获得一点收入来维持生活。顾生已经二十五岁了，还没有媳妇。他家对门原来是一所空房子，有一个老太太和一个少女租了这个房子，住在里面，因为她们家里没有男人，所以顾生就没有询问她们从哪里来。

原文

一日，偶自外入，见女郎自母房中出，年约十八九，秀曼都雅，世罕其匹，见生不甚避，而意凛如也。生入问母，母曰："是对户女郎，就吾乞刀尺。适言其家亦止一母。此女不似贫家产，问其何为不字，则以母老为辞。明日当往拜其母，便风以意，倘所望不奢，儿可代养其母。"明日造其室，其母一聋媪耳。视其室，并无隔宿粮。问所业，则仰女十指。徐以同食之谋试之，媪意似

○秀曼都雅：秀丽美雅。

○世罕其匹：举世无双。匹，匹敌，相当。

○凛如：凛然。严肃可畏的样子。

○乞刀尺：借剪刀和尺子。乞，借，讨。

○不字：谓不嫁人。

○风（fěng）：用含蓄的话暗示。

○仰女十指：依靠女郎针黹（缝纫、刺绣）为生。

纳，而转商其女，女默然，意殊不乐。母乃归。详其状而疑之曰："女子得非嫌吾贫乎？为人不言亦不笑，艳如桃李，而冷如霜雪，奇人也！"母子猜叹而罢。

译文

一次偶然的机会，顾生从外面回来，正好看见一个女郎从他母亲的房里走了出来。那个女郎年龄大概十八九，长相秀丽美雅，世上很少有能够和她媲美的，她看见顾生也没有怎么回避，只是神态很严厉。顾生走进屋里询问母亲，母亲说："那是对面人家的女子，来向我借剪刀与尺子，刚才她说她家中只有一个老母亲。这个女郎看着一点也不像贫苦之人。我询问她为什么没有嫁人，她就以母亲年龄很大作为说辞。明天我去拜访她的母亲，顺便透露一下想要求娶的心意。如果她们的要求不是很过分的话，儿子你可以代替她赡养她的老母亲。"第二天，顾母就去拜访了女郎的家，她的母亲是一个耳朵聋了的老太太，环顾屋内并没有多余的粮食。询问她们靠什么维持生活，则是完全依靠女郎做针线活。顾母渐渐地流露出两家人一块生活的意思试探一下女郎的母亲。老太太的意思似乎是接纳的，转过头与女郎商议，女郎只是沉默着不说话，看样子不是很高兴。于是顾母回到了家。仔细地向顾生讲述了当时的情景，然后很疑惑地问道："那个姑娘是不是嫌弃我们家里穷呢？她对待别人既不喜欢说话也不喜欢笑，长得艳如桃李，表情却冷若冰霜，真是一个奇怪的人呀！"母子二人一边猜测一边叹息，这事就此作罢。

原文

一日，生坐斋头，有少年来求画，姿容甚美，意颇儇佻。诘所自，以"邻村"对。嗣后三两日辄一至。稍稍稔熟，渐以嘲谑，生狎抱之，亦不甚拒，遂私焉。由此往来昵甚。会女郎过，少年目送之，问为

○儇（xuān）佻：轻佻，轻薄浮滑。

○私：发生恋情。指同性恋。

○昵：亲近，亲热。

谁，对以“邻女”。少年曰：“艳丽如此，神情一何可畏！”少间，生入内，母曰：“适女子来乞米，云不举火者经日矣。此女至孝，贫极可悯，宜少周恤之。”生从母言，负斗米款门达母意。女受之，亦不申谢。日尝至生家，见母作衣履，便代缝纫，出入堂中，操作如妇。生益德之。每获馈饵，必分给其母，女亦略不置齿颊。

○经日：多日。

○周恤：周济，抚恤。

○款门：敲门。

○馈饵：赠与，给的好吃的。

○略不置齿颊：不怎么说感谢之言。齿颊，口舌、言语。

译文

一天，顾生坐在书房里，有一个少年来找他作画，少年长得很漂亮，举止却很轻佻。顾生问他家是哪里的，少年回答说是邻村的。从那以后两三天过来一次，稍微熟悉了以后，就渐渐地互相嘲讽戏弄得开玩笑；顾生将少年抱在怀里亲昵，少年也不怎么抗拒，于是他们就有了私情。从此以后来往更加密切。有一次，女郎正好经过，少年盯着女郎离开，问顾生她是谁，顾生说是邻居的女儿。少年说：“这女郎长得如此艳丽，但是神态为什么如此畏惧呢？”过了片刻，顾生进入了里屋，顾母说：“刚才对面的女郎来讨要一点米，说她家已经有好几天没有烧火做饭了。这个女孩子十分孝敬，贫穷得让人怜悯，我们应该给她们一点帮助。”顾生听从了母亲的话，背上一斗米敲开了对面的门，表达了母亲的意思。女郎接受了，也没有表示感谢。有时她来到顾生家，看见顾母在做衣服鞋子，她就替顾母缝纫，在屋子里进进出出地干活，就好像这家的媳妇一样。顾生愈发敬重她，每次得到别人馈赠的糕点，一定分给女郎的母亲，女郎也很少说感激的话。

原文

母适疽生隐处，宵旦号咷。女时就榻省视，为之洗创敷药，日三四作。母意甚不自安，而女不厌其秽。母曰：“唉！安得新妇如儿，而

○疽：中医指局部皮肤长的肿胀坚硬而皮色不变的毒疮。

○咷（táo）：哭。

奉老身以死也！”言讫悲哽。女慰之曰：“郎子大孝，胜我寡母孤女什百矣。”母曰：“床头蹀躞之役，岂孝子所能为者？且身已向暮，旦夕犯雾露，深以祧续为忧耳。”言间，生入。母泣曰：“亏娘子良多！汝无忘报德。”生伏拜之。女曰：“君敬我母，我勿谢也，君何谢焉？”于是益敬爱之。然其举止生硬，毫不可干。

○老身：旧时老妇自称。

○床头蹀躞（dié xiè）：指床前侍奉其母的杂役。蹀躞，小步走路的样子。

○犯雾露：外感致病。此指罹病而死。

○祧续：子嗣。

○干：干犯，冒犯。

译文

顾母的下半身生了恶疮，疼得白天黑夜不停地哭号。女郎时不时地就来床前探望她，为她清洗疮口，涂抹药物，每天过来三四次。顾母心里感到过意不去，但是女郎一点也不嫌脏。顾母说：“唉！怎样才能找一个像你这样的儿媳妇，将我伺候到死呢！”说完以后就悲伤地哽咽起来。女郎安慰顾母说：“您的儿子是一个大孝人，胜过我们这寡母孤女百倍！”顾母说：“在床头跑来跑去这些活，岂是孝子能够做的？况且我已经到了风烛残年的年纪，早晚会死，只是为传宗接代的事情非常担忧呀！”正说着话，顾生进屋来，顾母哭泣地说：“我们亏欠姑娘很多，你不要忘记报答她的恩德！”顾生就伏下身子向女郎拜谢。女郎说：“你敬重我的母亲，我也没有拜谢你，你又为什么要拜谢我呢？”于是，顾生更加敬仰爱慕女郎，但是女郎的行为举止依然严肃，丝毫不可侵犯。

原文

一日，女出门，生目注之，女忽回首，嫣然而笑。生喜出意外，趋而从诸其家，挑之，亦不拒，欣然交欢。已，戒生曰：“事可一而不可再！”生不应而归。明日，又约之，女厉色不顾而去。日频来，时相遇，并不假以词色。少游戏之，则冷语冰人。忽于空处问生：

○假以词色：给以表示友好的话语和脸色。假，给予。 ○游戏：这里是调情的意思。

“日来少年谁也？”生告之。女曰：“彼举止态状，无礼于妾频矣。以君之狎昵，故置之。请更寄语：再复尔，是不欲生也已！”生至夕，

○狎昵：亲密而不庄重。在这里是密友的意思。

以告少年，且曰：“子必慎之，是不可犯！”少年曰：“既不可犯，君何犯之？”生白其无。曰：“如其无，则猥亵之语，何以达君听哉？”生不能答。少年曰：“亦烦寄告：假惺惺勿作态，不然，我将遍播扬。”生甚怒之，情见于色，少年乃去。

译文

有一天，女郎出了门，顾生眼睛注视着她，女郎忽然回过头来，嫣然一笑。顾生喜出望外，急忙跟随女郎来到了她的家里。事后，女郎告诫顾生说：“这件事情不能够一而再再而三。”顾生没有回应就回去了。第二天，顾生又来和女郎约会，女郎面色严厉没有看他一眼就离开了。女郎平日里经常来顾生家，有时候也能够遇见，女郎并没有给顾生好脸色。顾生有时开个玩笑，女郎就用冰冷的语言回答他。忽然有天，女郎在没有人的地方问顾生：“平日里经常来的那个少年是谁？”顾生告诉了她。女郎说：“他的行为举止与神态，已经对我无理很多次了。因为他和你的关系很是亲密，所以我就没有理睬他。请你转告他：如果再有下次，他就是不想活了。”到了晚上，顾生就将女郎的话告诉了少年，并且对少年说：“你必须小心谨慎，她是不可以侵犯的！”少年说：“既然是不可以侵犯的，那你为什么侵犯她呢？”顾生辩白说他没有。少年说：“如果没有，那些亲昵的话语怎会传到你的耳朵里呢？”顾生没法回答。少年说：“也劳烦你转告她：不要假惺惺地装模作样，否则，我将到处传播。”顾生很是愤怒，脸上的表情都变了，少年这才离开。

原文

一夕方独坐，女忽至，笑曰：“我与君情缘未断，宁非天数！”生狂喜而抱于怀。欻闻履声籍籍，两人惊起，则少年推扉入矣。生惊问：“子胡为者？”笑曰：“我来观贞洁人耳。”顾女曰：“今日不怪人耶？”女眉竖颊红，默不一语，急翻上衣，露一革囊，应手而出，则尺许晶莹匕首也。少年见之，骇而却走。追出户外，四顾渺然。女以匕首望空抛掷，戛然有声，灿若长虹，俄一物堕地作响。生急烛之，则一白狐，身首异处矣。大骇。女曰：“此君之娈童也。我固恕之，奈渠定不欲生何！”收刃入囊。生曳令入，曰：“适妖物败意，请来宵。”出门径去。

○籍籍：形容声响纷乱。

○娈（luán）童：旧时被当作女性玩弄的男童，即年轻的男同性恋者。

○渠：他。

译文

一天晚上，顾生正一个人坐着，女郎忽然来到，笑着说：“我和你的情缘还没有断，这难道不是上天注定的。”顾生欢喜得发狂将女郎抱在怀里。突然，他们听到纷乱的脚步声，两个人惊慌地起身，看见少年推开门走了进来。顾生惊讶地问：“你来这里干什么？”少年笑着说：“我来看一看那个贞洁的女郎呀！”说完又看向女郎说：“今天不能怪我吧？”女郎气得双眉竖立、两颊绯红，她没有说话，急忙将上衣翻开，露出一个皮囊，顺手一抽，拿出来一把一尺多长、发着荧光的匕首。少年看见了，十分惊骇，转身就往外跑。女郎追到了门外，四周一看，已经不见了少年的身影。女郎将匕首向天空中一抛，只听见“唰啦”的声音，闪现一道亮光，就好像璀璨的长虹，不一会儿，就有个物体从空中坠落到地上，发出一声闷响。顾生急忙拿来火光去照，原来是一只白狐狸，其脑袋和身体已经不在一处了。顾生十分惊骇。女郎说：“这就是你的那个娈童，我本来已经饶恕了他，怎奈他不想活了我也没有办法！”说完就将匕首收回了皮囊中。顾生拉着她想要进屋，女郎说：“刚才被那个妖物败坏了兴致，等明天晚上吧。”说完就出门径直离开了。

原文

次夕，女果至，遂共绸缪。诘其术，女曰：“此非君所知。宜须慎秘，泄恐不为君福。”又订以嫁娶，曰：“枕席焉，提汲焉，非妇伊何也？业夫妇矣，何必复言嫁娶乎？”生曰：“将勿憎吾贫耶？”曰：“君固贫，妾富耶？今宵之聚，正以怜君贫耳。”临别嘱曰：“苟且之行，不可以屡。当来，我自来；不当来，相强无益。”后相值，每欲引与私语，女辄走避。然衣绽炊薪，悉为纪理，不啻妇也。

○枕席：比喻男女同居。

○提汲：从井中提水。借指操持家务。

○苟且之行：指非婚性行为。

译文

第二天夜里，女郎果然来了。顾生询问她的剑术，女郎说：“这不是你能知道的事情，你应该小心谨慎，严守秘密，一旦泄露恐怕对你没有什么好处。”顾生又和女郎商量嫁娶的事情，女郎说：“我和你已经同床共枕了，也为你料理家里的琐事了，这难道不是媳妇应该做的事情吗？既然我们已经是夫妻了，又何必再谈什么嫁娶呢？”顾生说：“你难道是嫌弃我家里穷吗？”女郎说：“你家里确实很穷，难道我家很富有吗？今天夜里的相聚，正是怜悯你的穷苦呀！”临别的时候女郎又叮嘱顾生说：“这种苟且的行为，不可以屡次发生，应当我来的时候我自会来，不应当我来的时候你强求也没用。”从此以后他们再相遇，顾生每次想要与女郎说些悄悄话，女郎都避开。但是缝缝补补、烧火做饭等事情，她都全部打理，不亚于妻子。

原文

积数月，其母死，生竭力葬之。女由是独居。生意孤寝可乱，逾垣入，隔窗频呼，迄不应。视其门，则空室扃焉。窃疑女有他约。夜复往，亦如之，遂留佩玉于窗间而去之。越日，相遇于母所。既出，而女尾其后曰："君疑妾耶？人各有心，不可以告人。今欲使君无疑，乌得可？然一事烦急为谋。"问之，曰："妾体孕已八月矣，恐旦晚临盆。妾身未分明，能为君生之，不能为君育之。可密告母，觅乳媪，伪为讨螟蛉者，勿言妾也。"生诺，以告母。母笑曰："异哉此女！聘之不可，而顾私于我儿。"喜从其谋以待之。

○迄：终究。

○临盆：分娩。

○妾身未分明：我的身份尚未明确。此指侠女与顾生没有夫妇的名分。

○螟蛉（míng líng）：养子。

译文

就这样过了几个月，女郎的母亲去世了，顾生竭尽全力帮助安排了丧事。女郎于是一个人生活。顾生以为女郎一个人居住容易引诱，就翻越围墙爬过去，隔着窗户频频呼唤，始终没有人回应。看她家的房门，屋子里空空的，上了锁。顾生私下里以为女郎和别人约会。第二天夜里再次去看，情况还是一样的。顾生于是将一块玉佩放在了窗台上就离开了。又过了一天，女郎与顾生在顾母的房间里相遇。顾生出来以后，女郎跟在他的身后说："你是对我有所怀疑吗？每个人都有自己的心事，是不能够告诉别人的，现在想让你对我没有怀疑，怎么可能呢？然而有一件事情劳烦你赶快想个办法。"顾生问是什么事。女郎说："我已经有了八个月的身孕，恐怕不久就要生了。我的身份不能说明，我能够给你生孩子，不能够为你抚养孩子。你可以悄悄地告诉你的母亲去寻找一个奶妈，就装作是讨要了个孤儿，千万不要提起我。"顾生应允了，回家告诉了母亲。顾母笑着说道："这个姑娘真是一个奇怪的人！想要娶她她不同意，但是私下里却和我的儿子欢好。"很欢喜地按照女郎的计划准备好一切，等待女郎分娩。

原文

又月余，女数日不至，母疑之，往探其门，萧萧闭寂。叩良久，女始蓬头垢面自内出，启而入之，则复阖之。入其室，则呱呱者在床上矣。母惊问："诞儿时矣？"答云："三日。"捉绷席而视之，则男也，且丰颐而广额，喜曰："儿已为老身育孙子，伶仃一身，将焉所托？"女曰："区区隐衷，不敢掬示老母。俟夜无人，可即抱儿去。"母归与子言，窃共异之。夜往抱子归。

○呱呱（gū）者：指婴儿。呱呱，婴儿的哭声。

○捉绷席：指抱起婴儿。捉，抱、持。

○丰颐而广额：下巴丰满，上额广阔。指面庞方圆。

○区区隐衷：小小的隐私。区区，不足道的意思。

译文

又过了一个多月，女郎好长时间都没过来，顾母感到很疑惑，就去她家探望。她家的大门紧闭，院子里面没有一点声音。顾母敲了很长时间的门，女郎才蓬头垢面地从屋里走了出来，将大门打开让顾母进来，然后又将大门马上关上。进入屋里，就看见有个小婴儿躺在床上。顾母惊讶地问："孩子出生几天了？"女郎回答说："三天。"顾母将婴儿抱起来一看，是个男孩，脸长得胖乎乎的，额头宽宽的。顾母欢喜地说："你已经为我生育了孙子，可是你孤苦伶仃一个人，以后能够依靠谁呢？"女郎说："我有自己的苦衷不能告诉你，等待夜里无人的时候，可以将孩子抱走。"顾母回去与顾生说起这事，他们都感到很奇怪，等到了半夜，他们将孩子抱了回来。

原文

更数夕，夜将半，女忽款门入，手提革囊，笑曰："我大事已了，请从此别。"急询其故，曰："养母之德，刻刻不去诸怀。向云'可一而不可再'者，以相报不在床笫也。为君贫不能婚，将为君延一线之续。本期一索而得，不意信水复来，遂至破戒而再。今君德既酬，妾志亦遂，无憾矣。"问："囊中何物？"曰："仇人头耳。"检而窥之，须发交而血模糊。骇绝，复致研诘。曰："向不与君言者，以机事不密，惧有宣泄。今事已成，不妨相告：妾浙人，父官司马，陷于仇，彼籍吾家。妾负老母出，隐姓名，埋头项，已三年矣。所以不即报者，徒以有母在，母去，又一块肉累腹中，因而迟之又久。曩夜出非他，道路门户未稔，恐有讹误耳。"言已，出门，又嘱曰："所生儿，善视之。君福薄无寿，此儿可光门闾。夜深不得惊老母，我去矣！"方凄然欲询所之，女一闪如电，瞥尔间遂不复见。生叹惋木立，若丧魂魄。明以告母，相为叹异而已。

○床笫（zǐ）：指男女关系。

○一索而得：一次性交就可以达到怀孕的目的。

○信水：月经。

○籍吾家：抄没我家财产。籍，没收，登记。

○埋头项：隐藏不敢露面。即隐姓埋名。

○光门闾：光耀门庭。

○瞥尔间：转眼间。尔，语末助词。

译文

又过了几个晚上，快到半夜的时候，女郎忽然敲开门走了进来，手里提着一个皮口袋，她笑着说："我的大事已经做完了，就来和你们告别。"顾生着急地询问事情的缘故。女郎说："你帮助我抚养母亲的恩德，我时时刻刻都没有忘怀。我以前说'可以一次不可以再次'的话，是因为我报恩不在于此。因为你贫穷娶不了媳妇，我准备为你诞下孩子，延续香火。……现如今，你的恩德我已经报答了，我的心愿也完成了，再也没有什么遗憾了。"顾生问："皮口袋里是什么东西？"女郎说："是仇人的人头。"顾生打开口袋一看，只见头发与胡子缠绕在一起，血肉模糊，顾生害怕得差点晕过去。顾生又询问起事情的起因，女郎说："以前没有告诉你，是因为这件事很机密，怕你不小心泄露出去。如今大事已成，不妨告诉你实情：我是浙江人，我的父亲官居司马，被仇人陷害，将我家抄家。我背着母亲逃了出来，隐姓埋名，就这样过了三年。之所以没有立即去报仇，是因为家里还有老母亲在世，母亲去世以后，我又怀孕了，因而又推迟了很长时间。前几日半夜出去没有其他的事情，只是不熟悉去往仇人家的道路门户，恐怕弄错了而已。”说完就走出了门外，又叮嘱顾生说：“我所生的儿子，你要善待他。你的福气浅薄，没有很长的寿命，这个儿子可以光耀门楣。夜已经深了，就不要惊动老母亲了，我走了！”顾生心里很是凄然，想要询问她去向哪里。女郎好像一道闪电，转眼之间就已经看不见身影了。顾生像个木头一样站立在那里叹息，如同丢失了魂魄。第二天顾生将一切告诉了母亲，母子二人都惊叹不已。

原文

后三年，生果卒。子十八举进士，犹奉祖母以终老云。

○举：这里是考中的意思。

译文

三年以后，顾生果然去世了。他的儿子十八岁中了进士，他一直奉养祖母，给祖母养老送终。

原文

异史氏曰：人必室有侠女，而后可以畜娈童也。不然，尔爱其艾豭，彼爱尔娄猪矣！

○畜：畜养。

译文

异史氏说：男人的妻妾中必须有一个侠女，此后才可以养娈童。否则的话，你喜欢这个娈童，这个娈童却觊觎你的妻妾。

【酒友】

原文

车生者，家不中赀，而耽饮，夜非浮三白不能寝也，以故床头樽常不空。一夜睡醒，转侧间，似有人共卧者，意是覆裳堕耳。摸之，则茸茸有物，似猫而巨，烛之，狐也，酣醉而犬卧。视其瓶，则空矣。因笑曰：“此我酒友也。”不忍惊，覆衣加臂，与之共寝，留烛以观其变。半夜，狐欠伸，生笑曰：“美哉睡乎！”启覆视之，儒冠之俊人也。起拜榻前，谢不杀之恩。生曰：“我癖于曲糵，而人以为痴。卿，我鲍叔也，如不见疑，当为糟丘之良友。”曳登榻，复寝，且言：“卿可常临，无相猜。”狐诺之。生既醒，则狐已去。乃治旨酒一盛，耑伺狐。

○家不中赀：家产达不到中等，家产并不丰厚。

○耽饮：耽于饮酒。

○浮三白：饮三杯酒。白，酒杯的一种，供罚酒用。

○覆裳：盖着的衣裳。

○犬卧：像犬一样侧身盘曲睡卧。

○覆衣加臂：盖衣裳遮挡伸出的臂膀。

○儒冠：儒生戴的帽子。此谓戴着儒生帽子。

○癖于曲糵(niè)：意即嗜酒成癖。

○我鲍叔也：是我的知己。鲍叔，春秋时齐人，与管仲是好友。不论管仲处境如何，鲍叔对其都十分信赖。因此管仲说：“生我者父母，知我者鲍子也。”

○猜：猜忌，不信任。

○旨酒一盛：美酒一杯。

○耑：同“专”。

译文

有个叫车生的人，家产并不丰厚，但是他喜欢喝酒，每天晚上不喝上三杯酒就不睡觉，因而他床头的酒瓶子经常不空。有天夜里他刚睡醒，翻身的时候，感到好像有人和他睡在一起，他寻思着是盖在身上的衣服掉下去了。用手一摸，则摸到了一个毛茸茸的物体，像猫但比猫大，用火一照，是只狐狸，喝得酩酊大醉，像只狗一样侧着身子盘曲睡着。他又看向酒瓶子，瓶子已经全空了。车生因而笑着说：“这就是我的酒友呀！”车生不忍心惊扰狐狸，将衣服盖在它的身上，遮盖伸出的手臂，和它一块睡觉，并且没有吹灭灯火用来观察它有什么变化。到了半夜，狐狸伸了伸懒腰，打了个哈欠。车生笑着说：“睡得真是美呀！”将盖着的衣服掀开一看，是一个戴着儒生帽子的俊俏男子。男子起身跪拜在床前，谢车生的不杀之恩。车生说：“我嗜酒成癖，而人们都认为我痴狂了，你就是我的知己呀！如果你不疑心我，就让我们结为一起喝酒的朋友吧。”说着又将他拉到床上，继续睡觉，并且对他说：“你可以经常过来，不要互相猜疑。”狐狸应允了。车生再次醒来的时候，狐狸已经离开了。于是车生准备了美酒一杯，专门等待狐狸。

原文

抵夕，果至，促膝欢饮。狐量豪善谐，于是恨相得晚。狐曰：“屡叨良酝，何以报德？”生曰：“斗酒之欢，何置齿颊！”狐曰：“虽然，君贫士，杖头钱大不易。当为君少谋酒赀。”明夕来，告曰：“去此东南七里，道侧有遗金，可早取之。”诘旦而往，果得二金，乃市佳肴，以佐夜饮。狐又告曰：“院后有窖藏，宜发之。”如其言，果得钱百余千，喜曰：“囊中已自有，莫漫愁沽矣。”狐曰：“不然，辙中水胡可以久掬？合更谋之。”异日，谓生曰：“市上荍价廉，此奇货可居。”从之，收荍四十余石，人咸非笑之。未几，大旱，禾豆尽枯，惟荍可种，售种，息十倍。由此益富，治沃田二百亩。但问狐，多种麦则麦收，多种黍则黍收，一切种植之早晚，皆取决于狐。日稔密，呼生妻以嫂，视子犹子焉。后生卒，狐遂不复来。

○叨（tāo）：叨扰，辱承。表示承受的谦辞。

○杖头钱：买酒钱。

○窖藏：地窖内贮藏的钱财。

○莫漫愁沽：不要徒然为酒钱犯愁。

○辙中水：比喻所持不足道。

○荍（qiáo）：荞麦，籽粒可供食用。

○奇货可居：意为囤积稀有货物，待价高时卖出以牟取暴利。

○稔（rěn）密：熟悉亲密。稔，熟悉。

○犹子：如同儿子。

译文

到了夜晚，狐狸果真来了，他们促膝欢饮。狐狸的酒量很好，说话诙谐幽默，车生与他相见恨晚。狐狸说：“你屡次拿出好酒与我同饮，我该如何报答你呢？”车生说：“就是几斗酒的事，何必挂在嘴边呢？”狐狸说：“话虽如此，但是你一个贫穷之人，弄点酒钱也是很不容易的，我应该为你筹谋点买酒的钱。”第二天夜里，狐狸过来告诉车生说：“距离此地东南方七里路，道路边上有被遗失的金子，你可以早点过去取回来。”等天明以后，车生去了那里，果然得到了两块金子，于是他在集市上买了佳肴，以便在夜里喝酒用。狐狸又来告诉他说：“院子后面的地窖里藏着东西，应当将它挖出来。”车生按照狐狸说的去做，果然得到了成百上千的银钱。车生高兴地说：“口袋里有了金钱，再也不用为买酒而犯愁了。”狐狸说：“不能这样呀！车沟中的那点水怎么能够长时间使用呢？应该从长计议。”某天，狐狸对车生说：“市场上荞麦的价格很低廉，这是奇货，你可以囤积一点。”车生听了狐狸的话，收够了四十多石的荞麦，人们都笑话他。没过多久，天气大旱，田里的庄稼都枯萎了，只有荞麦可以耕种，车生售卖荞麦的种子，得到了十倍的利润。从此车生就愈发富裕了，他置办了肥沃的良田两百亩。车生种什么都要问狐狸，狐狸说多种麦子，麦子就丰收，狐狸说多种黍子，黍子就丰收，一切庄稼种植时间的早晚都由狐狸来决定。他们之间的关系越来越亲密。狐狸称呼车生的妻子为嫂子，将车生的儿子当作自己的儿子。后来车生去世以后，狐狸也就不再来了。

杖头钱

“杖头钱”源自《世说新语·任诞》，讲述阮修常将钱挂在拐杖头上，随处买酒独自畅饮。后来“杖头钱”成为买酒钱的代称，形容人随身携带的钱财，尤其是用于饮酒的费用。这个词带有风雅与潇洒的意味，常用于形容贫士或文人饮酒时的简朴情景。

【莲香】

原文

桑生名晓，字子明，沂州人。少孤，馆于红花埠。桑为人静穆自喜，

○沂州：古地名。 ○馆：寓舍。此谓寓居。红花埠：在山东临沂郯城南21公里处，沭河西岸。 ○静穆自喜：以沉静平和而自矜。

日再出，就食东邻，余时坚坐而已。东邻生偶至，戏曰："君独居不

○日再出：每日出去两次。

畏鬼狐耶？"笑答曰："丈夫何畏鬼狐？雄来吾有利剑，雌者尚当开

○丈夫：大丈夫，男子汉。

门纳之。"邻生归，与友谋，梯妓于垣而过之，弹指叩扉。生窥问其谁，妓自言为鬼，生大惧，齿震震有声。妓逡巡自去。邻生早至生斋，生述所见，且告将归。邻生鼓掌曰："何不开门纳之？"生顿悟其假，遂安居如初。

译文

有个姓桑的书生，名字叫晓，字子明，沂州人。很小的时候桑生就失去了父亲，一个人寓居在红花埠。桑生为人沉静平和而自矜，他每天出门两次去东边的邻居家里吃饭，其余的时间都在房间里。东邻的书生偶然来到桑生的住所，和他开玩笑说："你自己一个人居住难道就不怕鬼狐吗？桑生笑着回答说："大丈夫害怕什么鬼狐？雄的过来我有锋利的宝剑，雌的过来我就打开门收留她。"东邻的书生回去以后，与朋友们谋划，用梯子将一个妓女从墙上送进桑生的院子里，用手指弹扣房门。桑生从门里向外看，并且询问你是什么人，妓女自称是鬼。桑生十分害怕，牙齿咯咯作响。妓女在门外徘徊了一阵就离开了。第二天一大早，东邻的书生来到了桑生的书房，桑生将昨天晚上遇见鬼的事讲述了一遍，并且告诉东邻的书生他想要早点回家。东邻的书生拍掌大笑地说道："你为何不打开门收留她呢？"桑生一下子就明白昨天的鬼是假的，于是就像以前那样安心地住了下来。

原文

积半年，一女子夜来叩斋。生意友人之复戏也，启门延入，则倾国之姝。惊问所来，曰：“妾莲香，西家妓女。”埠上青楼故多，信之。息烛登床，绸缪甚至。自此三五宿辄一至。

○倾国之姝：谓绝色女子。

○青楼：指妓馆。

○绸缪：缠绵。

译文

过了半年，有一个女子半夜来敲桑生书房的门。桑生以为又是朋友和他开的玩笑，开门请女子进来，是一个倾城倾国之姿的女子。桑生惊诧地问她是从哪里来的，女子回答说：“我叫莲香，是西街上的妓女。”那时红花埠一带的妓院有很多，桑生就没有怀疑。从此以后，莲香就三五天过来留宿一次。

原文

一夕，独坐凝思，一女子翩然入。生意其莲，承逆与语。觌面殊非，年仅十五六，亸袖垂髫，风流秀曼，行步之间，若还若往。大愕，疑为狐。女曰：“妾良家女，姓李氏。慕君高雅，幸能垂盼。”生喜。握其手，冷如冰，问：“何凉也？”曰：“幼质单寒，夜蒙霜露，那得不尔！”既而罗襦衿解，俨然处子。女曰：“妾为情缘，葳蕤之质，一朝失守。不嫌鄙陋，愿常侍枕席。房中得无有人否？”生云：“无他，止一邻娼，顾不常至。”女曰：“当谨避之。

○承逆：迎接。逆，迎。

○亸（duǒ）袖垂髫：双肩瘦削，头发下垂。

○秀曼：秀美。曼，美。

○若还若往：像是回退，又像前行。言其体态轻盈婀娜。

○葳蕤（wēi ruí）之质：谓娇嫩柔弱的处女之身。

○谨：小心。

妾不与院中人等，君秘勿泄。彼来我往，彼往我来可耳。”鸡鸣欲

O院中人：妓院中人。

去，赠绣履一钩，曰：“此妾下体所着，弄之足寄思慕。然有人慎勿

O绣履一钩：绣鞋一只。钩，旧时女子裹足，足尖小而弯，鞋形尖端翘起如钩，故称。

弄也！”受而视之，翘翘如解结锥，心甚爱悦。越夕无人，便出审玩。女飘然忽至，遂相款昵。自此每出履，则女必应念而至。异而诘之，笑曰：“适当其时耳。”

译文

一天夜里，桑生一个人坐着沉思，有一个女子飘飘然地走了进来。桑生以为是莲香，就起身迎着她说话。一打照面，并不是莲香，这女子十五六岁的年纪，肩膀消瘦，还没有束发，风流秀美，走起路来体态婀娜轻盈。桑生十分惊愕，怀疑她是狐狸精。少女说：“我是好人家的女子，姓李。爱慕你品质高雅，希望你能够垂怜。”桑生十分欢喜，他急忙握着女子的手，她的手就像冰一样凉，桑生问：“为什么你的手这么凉？”李姑娘说：“我从小就体质单薄体寒，今天夜里又受了一身的霜露，怎么能不寒凉呢？”说完就宽衣解带……李姑娘说：“应该小心谨慎地避开她，我和妓院中的人不同，你一定要保密，不要泄露。她来我走，她走我来就可以了。”鸡鸣叫时，李姑娘就要离开，临走时她送给桑生一只绣花鞋，说：“这是我脚上穿的，你摆弄它能够寄托思念之情。但是其他人在的时候，千万不要摆弄它。”桑生接过来一看，鞋子翘翘的，尖尖的，好像解结用的锥子，他十分喜爱。过了一天的夜里，屋子里没有人，桑生就将绣花鞋拿出来欣赏把玩。李姑娘就突然飘飘然地来了。从此以后，桑生每次将绣花鞋拿出把玩，李姑娘就像感应到了一样前来。桑生感到很诧异就询问李姑娘原因，李姑娘笑笑说：“只是碰巧罢了。”

原文

一夜，莲来，惊曰：“郎何神气萧索？”生言：“不自觉。”莲便告别，

O萧索：衰颓。

相约十日。去后，李来恒无虚夕。问："君情人何久不至？"因以相约告。李笑曰："君视妾何如莲香美？"曰："可称两绝。但莲卿肌肤温和。"李变色曰："君谓双美，对妾云尔。渠必月殿仙人，妾定不及。"因而不欢。乃屈指计，十日之期已满，嘱勿漏，将窃窥之。次夜，莲香果至，笑语甚洽。及寝，大骇曰："殆矣！十日不见，何益惫损？保无他遇否？"生询其故，曰："妾以神气验之，脉析析如乱丝，鬼症也。"次夜，李来，生问："窥莲香何似？"曰："美矣。妾固谓世间无此佳人，果狐也。去，吾尾之，南山而穴居。"生疑其妒，漫应之。

○月殿仙人：传说中的月中仙女，即嫦娥。旧时诗文常用以喻美丽的女子。

○惫损：疲惫，消瘦。这里是元气大伤之意。

○析析：散乱的样子。

○漫：不放在心上，随意。

译文

一天夜里，莲香来了，她惊诧地问桑生："桑郎你的气色为什么这么衰颓？"桑生说："我没有什么感觉呀。"莲香就起身告别，与桑生约定十天后再来。莲香走了以后，李姑娘每天夜里都过来，一天不落。李姑娘问："你的情人怎么这么长时间没有来？"桑生就将两人的约定告诉了她。李姑娘笑着说："你看我和莲香谁更美？"桑生说："你们可以并称为双绝，只是莲香的身体更温暖一点。"李姑娘闻言脸色变了，说："你说是双美，不过是当着我的面罢了。她必定是月宫中的仙人，我一定赶不上她。"于是很不高兴。她掐着手指一算，十日之期已经到了，李姑娘叮嘱桑生不要泄露消息，她想悄悄地看一下莲香。第二天晚上，莲香果真来了，她和桑生欢声笑语，十分融洽。等到睡觉的时候，莲香十分惊骇地说道："坏了！十天没有相见，你怎么疲惫消瘦到这种程度？你保证没有遇见什么人吗？"桑生询问她为什么这样说。莲香说："我是从你的精神气色观察出来的，你的脉象散乱像乱丝一样，这是被鬼缠着的症状。"第二日夜里，李姑娘来了，桑生问："你偷看莲香感觉如何？”李姑娘说：“她很漂亮。我早说过这世间没有如此漂亮的美人，果然是个狐狸精！她离开后，我跟着她，她住在南山的一个山洞里。”桑生怀疑李姑娘是妒忌，也就漫不经心地回应着。

原文

逾夕，戏莲香曰：“余固不信，或谓卿狐者。”莲亟问：“是谁所云？”笑曰：“我自戏卿。”莲曰：“狐何异于人？”曰：“惑之者病，甚则死，是以可惧。”莲香曰：“不然。如君之年，房后三日，精气可复，纵狐何害？设旦旦而伐之，人有甚于狐者矣。天下病尸瘵鬼，宁皆狐蛊死耶？虽然，必有议我者。”生力白其无，莲诘益力，生不得已，泄之。莲曰：“我固怪君惫也。然何遽至此？得勿非人乎？君勿言，明宵，当如渠之窥妾者。”是夜李至，裁三数语，闻窗外嗽声，急亡去。莲入曰：“君殆矣！是真鬼物！昵其美而不速绝，冥路近矣！”生意其妒，默不语。莲曰：“固知君不忘情，然不忍视君死。明日，当携药饵，为君以除阴毒。幸病蒂犹浅，十日恙当已。请同榻以视痊可。”次夜，果出刀圭药啖生。顷刻，洞下三两行，觉脏腑清虚，精神顿爽。心虽德之，然终不信为鬼。

o 旦旦而伐之：本谓天天砍伐树木。此谓天天放纵淫欲。

o 病尸瘵（zhài）鬼：中医指所有积劳损削病的统称，也特指因患肺病而死的人。

o 刀圭药：一小匙药。刀圭，古时量取药末的用具。

o 洞下三两行：泻了两三次。洞，腹泻。行，次。

o 德：感恩。

译文

又过了一夜，桑生同莲香开玩笑说：“我虽然不相信，但是有人说你是狐狸精。”莲香急忙询问：“是谁说的呢？”桑生笑着说道：“是我自己和你说着玩呢。”莲香说：“狐狸精与人有哪些地方不一样吗？”桑生说：“被狐狸精迷惑的人都得了病，严重的甚至会死去，因此让人感到恐惧。”莲香说：“不是这样的。像你这样的年纪，行房后三天，你的精气就能够恢复，纵使是狐狸精又有什么可害怕的？假如每天都放纵淫乱，那人就比狐狸精厉害多了。普天之下那些因美色而死去的人，难道都是受狐狸精的蛊惑而死的吗？既然如此，必定有人在背后非议我。”桑生极力辩白没有人，莲香询问得也越发迫切。桑生迫不得已，就实话实说了。莲香说：“我本来就奇怪你为什么如此疲惫，并且严重到这种程度？难道李姑娘不是人类吗？你不要声张，明天晚上，我也像她偷看我一样去偷看她。”第二天晚上，李姑娘来了，还没有和桑生说几句话，听见了窗外有人咳嗽，就急忙逃跑了。莲香进入屋里说：“你现在危险了！李姑娘真的是个鬼！你还贪恋着她的美色不快点断绝关系，你就离死不远了！”桑生以为莲香在嫉妒，就不说话。莲香说：“我早就知道你不能与她割断感情，然而我也不忍心看着你死去。明天，我会带着药来为你清除体内的阴毒。幸好你中毒不深，十天就能安然无恙了。请和我住在一起让我看着你痊愈。”第二天晚上，莲香果然带着一小匙药让桑生吃下。不大工夫，桑生就腹泻了两三次，顿时感觉五脏六腑很轻快，神清气爽。桑生虽然心里感谢莲香的恩德，但是他始终不相信李姑娘是鬼。

原文

莲香夜夜同衾偎生，生欲与合，辄止之。数日后，肤革充盈。欲别，殷殷嘱绝李，生谬应之。及闭户挑灯，辄捉履倾想。李忽至，数日隔绝，颇有怨色。生曰：“彼连宵为我作巫医，请勿为怼，情好在我。”李稍怿。生枕上私语曰：“我爱卿甚，乃有谓卿鬼者。”李

○肤革充盈：谓身体又结实起来。肤革，皮肤。

○谬应：假装答应。

○巫医：巫师和医师。此指行医治病。

○为怼（duì）：发生怨恨。

○怿：欢喜，高兴。

结舌良久，骂曰：“必淫狐之惑君听也！若不绝之，妾不来矣！”遂呜呜饮泣。生百词慰解，乃罢。

译文

莲香夜夜都与桑生同床共枕，桑生想和她欢好，都被莲香制止了。几天以后，桑生的身体又结实起来。莲香在告别的时候，殷切地叮嘱桑生，让他与李姑娘断绝来往，桑生假意答应了。等桑生关门点灯的时候，他又拿出绣花鞋想念李姑娘，李姑娘就忽然来了。好几天不曾见面，李姑娘脸上颇有一些不高兴的神色。桑生说：“她连夜为我治病，请不要怨恨她，与你好的是我。”李姑娘稍稍高兴了些。桑生在枕边与李姑娘小声说道：“我十分爱你，可是有人说你是鬼。”李姑娘很长时间都没有说话，骂道：“这一定是那个狐狸用来蛊惑你的话！如果你不和她断绝往来，我就不再来了。”说完就呜咽地哭了起来。桑生说了很多劝慰她的话，李姑娘这才作罢。

原文

隔宿，莲香至，知李复来，怒曰：“君必欲死耶！”生笑曰：“卿何相妒之深？”莲益怒曰：“君种死根，妾为若除之，不妒者将复何如？”生托词以戏曰：“彼云前日之病，为狐祟耳。”莲乃叹曰：“诚如君言，君迷不悟，万一不虞，妾百口何以自解？请从此辞，百日后当视君于卧榻中。”留之不可，佛然径去。

○若：你。

○不虞：发生意料之外的事。指死。

○怫（fú）然：形容愤怒的样子。

译文

隔天夜里，莲香来了，知道李姑娘又来过，愤怒地说：“你一定要作孽吗！”桑生笑着说：“你为什么对她的嫉妒这样深呢？”莲香愈发愤怒地说道：“你种下了死亡的种子，我为你将其清除掉了，不嫉妒的人又会怎样做呢？”桑生假装开玩笑地说道：“她说前几天我生病是因为狐狸精作祟造成的。”莲香叹息地说道：“就像你说的一样，你执迷不悟，万一发生意外的事情，我即使有一百张嘴又怎够解释得清呢？从此以后就不要再见面了，一百天以后，我来看望躺在病床上的你。”桑生挽留不住她，莲香愤怒地径直离开了。

原文

由是与李夙夜必偕，约两月余，觉大困顿。初犹自宽解，日渐羸瘠，惟饮饘粥一瓯。欲归就奉养，尚恋恋不忍遽去。因循数日，沉绵不可复起。邻生见其病惫，日遣馆僮馈给食饮。生至是疑李，因谓李曰：“吾悔不听莲香之言，一至于此！”言讫而瞑。移时复苏，张目四顾，则李已去，自是遂绝。

○宽解：使宽心，使烦恼解除。

○困顿：艰难窘迫，指劳累到不能支持或生计困难。此处指桑生身体吃不消了。

○羸瘠：病弱瘦削。

○饘（zhān）粥一瓯：喝一碗粥。饘，黏粥。瓯，小容器。

译文

从此以后，李姑娘每天夜里必来和桑生幽会。就这样过了两个月，桑生感觉全身没有力气，刚开始的时候还能自己安慰，但是他一天天变得更加羸弱，每次吃饭只能喝下一碗粥。他想要回到家里休养，但对李姑娘恋恋不舍不忍心离开。由此又耽搁了几天，结果病得不能下床了。邻居的书生看见桑生病得如此厉害，就每天派书童来给他送点吃的。桑生这才开始怀疑李姑娘，对她说：“我后悔当时没有听莲香的话，导致这个结果！”说完就闭上眼睛昏了过去。过了很长时间桑生才苏醒过来，他睁眼四处张望，李姑娘已经离开了，自此断绝了关系。

原文

生羸卧空斋，思莲香如望岁。一日，方凝想间，忽有搴帘入者，则

○望岁：饥饿而盼望谷熟。

莲香也。临榻哂曰：“田舍郎，我岂妄哉！”生哽咽良久，自言知罪，但求拯救。莲曰：“病入膏肓，实无救法。姑来永诀，以明非妒。”生大悲曰：“枕底一物，烦代碎之。”莲搜得履，持就灯前，反复展玩，李女欻入，卒见莲香，返身欲遁。莲以身蔽门，李窘急不知所出。生责数之，李不能答。莲笑曰：“妾今始得与阿姨面相质。昔谓郎君旧疾，未必非妾致，今竟何如？”李俯首谢过。莲曰：“佳丽如此，乃以爱结仇耶？”李即投地陨泣，乞垂怜救。莲遂扶起，细诘生平。曰：“妾，李通判女，早夭，瘗于墙外。已死春蚕，遗丝未尽。与郎偕好，妾之愿也，致郎于死，良非素心。”莲曰：“闻鬼物利人死，以死后可常聚，然否？”曰：“不然。两鬼相逢，并无乐处，如乐也，泉下少年郎岂少哉？”莲曰：“痴哉！夜夜为之，人且不堪，而况于鬼？”李问：“狐能死人，何术独否？”莲曰：“是采补者流，妾非其类。故世有不害人之狐，断无不害人之鬼，以阴气盛也。”

○哂（shěn）：讥笑。田舍郎：农家子弟，乡巴佬。含讥讽之意的戏称。

○病入膏肓（huāng）：谓病情恶化无法可医。

○卒：后多作“猝”，突然。

○责数（shǔ）：数落，列举事实加以责问。

○面相质：当面对质。质，询问。

○投地陨泣：谓伏地哭泣。投地，下拜，拜伏于地。陨泣，落泪。

○通判：官名。明清为知府之佐，各府置员不等，分掌粮运、督捕及农田水利等事务。

○已死春蚕，遗丝未尽：人虽已死而情丝未断。丝，谐“思”。

译文

桑生骨瘦如柴地躺在空荡荡的书房里，他对莲香的思念就好像饥饿之人对丰收的盼望。有一天，桑生正在想念莲香的时候，忽然有人掀开门帘走了进来，一看，正是莲香。莲香靠近病床讥笑地说道："乡巴佬，我没有瞎说吧！"桑生抽噎了很长时间，说自己已经知道错了，希望莲香救他的性命。莲香说："你已经病入膏肓，实在没有办法来拯救了。我只是来和你永别的，以此证明我并非是嫉妒。"桑生十分难过地说道："我的枕头下面有一件东西，劳烦你替我销毁。"莲香从枕头下面搜出了绣花鞋，将它拿到灯下，反复地把玩，忽然李姑娘进来了，她刚一看见莲香，转身就想逃跑。莲香用身体挡住门，李姑娘既着急又窘迫，不知道从哪里出去。桑生指责数落着李姑娘，李姑娘不能回答。莲香笑着说："我如今才得到与阿姨当面对质的机会。以前我就说过桑郎的病并不一定是因为我造成的，如今你还有什么要说的？"李姑娘低下头来谢罪。莲香说："如此好看的美人，为什么会因为爱而结仇呢？"李姑娘随即跪在地上悲伤地哭起来，乞求莲香可怜她，饶了她。莲香将李姑娘扶了起来，详细地询问她的生平。李姑娘说："我是李通判的女儿，很早就夭折了，被埋在了院墙外面。我就好像那死去的春蚕，情丝还没有吐尽。和桑郎欢好，那是我的心愿，致桑郎于死地，那并非我的本心。"莲香说："我听说鬼都希望人去死，这样死了以后就可以经常相聚，是这样吗？"李姑娘说："不是这样的。两个鬼聚在一起，并没有什么快乐的地方，如果有快乐，难道那阴间的少年郎还少吗？"莲香说："是不是傻呀！夜夜为之，人都不能够承受，更何况是鬼呢？"李姑娘说："狐狸精能够害死人，为什么你的法术不是这样呢？"莲香说："害人的是另一类的狐狸，我不是那一类的。所以这个世界上有不害人的狐狸，断然没有不害人的鬼，由于鬼的阴气太盛了。"

原文

生闻其语，始知狐鬼皆真，幸习常见惯，颇不为骇。但念残息如丝，不觉失声大痛。莲顾问："何以处郎君者？"李赧然逊谢。莲笑曰："恐郎强健，醋娘子要食杨梅也。"李敛衽曰："如有医国手，使妾得无负郎君，便当埋首地下，敢复靦然于人世耶！"莲解囊出药，曰：

○逊谢：道歉谢罪。

○敛衽（rèn）：指整理衣襟致敬或行礼。衽，衣襟。

○医国手：本指医术居全国之首的高手，此指能起死回生的本领。

○靦（tiǎn）然：厚颜貌。

“妾早知有今，别后采药三山，凡三阅月，物料始备，瘵蛊至死，投之无不苏者。然症何由得，仍以何引，不得不转求效力。”问：“何需？”曰：“樱口中一点香唾耳。我一丸进，烦接口而唾之。”李晕生颐颊，俯首转侧而视其履。莲戏曰：“妹所得意惟履耳！”李益惭，俯仰若无所容。莲曰：“此平时熟技，今何吝焉？”遂以丸纳生吻，转促逼之，李不得已，唾之。莲曰：“再！”又唾之。凡三四唾，丸已下咽，少间，腹殷然如雷鸣。复纳一丸，自乃接唇而布以气。生觉丹田火热，精神焕发。莲曰：“愈矣！”李听鸡鸣，彷徨别去。莲以新瘥，尚须调摄，就食非计，因将户外反关，伪示生归，以绝交往，日夜守护之。李亦每夕必至，给奉殷勤，事莲犹姊，莲亦深怜爱之。

○凡三阅月：共历三月。阅，历。

○瘵蛊：经久不愈之病。蛊，通“痼”。

○引：药引。

○晕：红晕。

○丹田：道家称人身脐下三寸处。

○调摄（shè）：调理保养。

○就食非计：到外面吃不是办法。指桑生“就食东邻”。

译文

桑生听了她们之间的对话，才知道鬼和狐狸精都是真的，幸亏平常与她们相处久了，也就没有那么害怕了。但是转念一想自己已经气若游丝，不自觉地大声哭泣起来。莲香看着李姑娘问道：“你怎样救治桑郎呢？”李姑娘不好意思地表示自己没办法。莲香笑着说：“恐怕桑郎身体强健以后，醋娘子又要吃杨梅了。”李姑娘整理了一下衣襟，施礼说：“如果你能够救治桑郎，使我没有负罪于桑郎，我一定在阴间老老实实，不敢再觍着脸来到这人世间！”莲香解开小皮袋子拿出药来，说：“我早就知道有这么一天，与桑郎分别后就去三山采药，历时三个多月才将所有的药物备齐，哪怕是即将要死的人，吃了这药没有不康复的。只是这病是因为谁得的，就要那个人出药引子，这就不能不要求你出力了。”李姑娘问：“需要什么东西?” 莲香说：“就是樱桃小嘴里的一点唾液而已。我将药丸放入桑生的口中，烦劳你嘴对嘴地用唾液将药送下去。”李姑娘听罢，两颊泛起红晕，低着头眼睛四处看，然后又盯着自己的鞋子。莲香开玩笑地说：“妹妹最得意的就是这绣花鞋吧。”李姑娘愈发惭愧，抬头也不是，低头也不行，感到无地自容。莲香又说：“这是你平时熟练的技巧，如今怎么吝啬了?”说完就将药丸放入桑生的口中，又转身催促李姑娘。李姑娘没有办法，只能嘴对嘴地送唾液。莲香说：“再唾。”李姑娘又送了一口，就这样送了三四次唾液，药丸才被桑生咽了下去。不一会儿，桑生的肚子里响起了雷鸣般的声音。又给桑生喂了一颗药丸，莲香自己嘴对嘴地为他送气。桑生感觉丹田像火一样热，精神焕发。莲香说：“病好了！”李姑娘听见雄鸡报晓的声音，恋恋不舍地告别离去。莲香认为桑生刚刚痊愈，需要调养，不需要邻居来送吃喝。于是就将大门从外面上了锁，让人以为桑生回家去了，断绝与外界之人的来往，莲香日日夜夜地守护着桑生。李姑娘每天晚上也必来，伺候得十分殷勤，侍奉莲香就像亲姐姐一样。莲香也非常疼爱李姑娘。

原文

居三月，生健如初，李遂数夕不至。偶至，一望即去，相对时，亦悒悒不乐。莲常留与共寝，必不肯。生追出，提抱以归，身轻若刍灵。女不得遁，遂着衣偃卧，踡其体不盈二尺。莲益怜之，阴使生狎抱之，而撼摇亦不得醒。生睡去，觉而索之，已杳。后十余日，更不复至。生怀思殊切，恒出履共弄。莲曰：“窈娜如此，妾见犹怜，何况男子！”生曰：“昔日弄履则至，心固疑之，然终不料其鬼。今对履思容，实所怆恻。”因而泣下。

○刍灵：用茅草扎成的人马，为死人送葬之物。

○窈娜：窈窕婀娜，美好的样子。

○妾见犹怜：我看见都尚且爱。怜，爱。

○怆恻：伤心。

译文

又过了三个月，桑生恢复了健康。李姑娘好几日不曾来一次。偶尔来一次也就是看一眼就离开，每次相见时她总是郁郁寡欢。莲香经常挽留她一起住，李姑娘坚决不肯。一次，桑生追了出去，将李姑娘硬是抱了回来，李姑娘身体很轻，就像草人一样。李姑娘没办法逃开，于是便穿着衣服侧卧着躺下，身子蜷曲起来，也就不足二尺长。莲香越发怜悯她，暗中示意桑生亲昵地抱着她，而桑生无论怎样摇动，李姑娘也不醒。桑生睡着了，醒来以后再找李姑娘，她已经没有了踪迹。自此以后十多天，李姑娘也没有再出现过。桑生越来越想念她，经常将绣花鞋拿出来把玩。莲香说："如此美丽可爱的女子，我看见了都很是喜欢，又何况是男子呢！"桑生说："以前一摆弄绣花鞋她就来到了，我原本对她有所猜疑，但是始终没有料到她是鬼，现在对着绣花鞋想念她的一颦一笑，实在让人难过。"说完就泪流满面。

原文

先是，富室张姓有女字燕儿，年十五，不汗而死。终夜复苏，起顾欲奔。张扃户，不得出。女自言："我通判女魂。感桑郎眷注，遗舄犹存彼处。我真鬼耳，锢我何益？"以其言有因，诘其至此之由，女低徊反顾，茫不自解。或有言桑生病归者，女执辨其诬，家人大疑。东邻生闻之，逾垣往窥，见生方与美人对语，掩入逼之，张皇间已失所在。邻生骇诘，生笑曰："向固与君言，雌者则纳之耳。"邻生述燕儿之言，生乃启关，将往侦探，苦无由。

○眷注：垂爱关注。

○锢：禁锢，锁。

译文

先前，有个有钱的人家姓张，他家里有个女儿叫燕儿，十五岁的时候因为生病出不了汗死了。隔了一夜又苏醒了过来，起身就想要往外跑。张家锁上了大门，不让她出去。女子说道："我是通判之女的魂魄，感念桑郎的眷顾，我送给他的绣花鞋还在他那里。我真的是鬼呀，你关着我有什么用呢？"张家人认为她说这些话是有原因的，就询问她来到这里的缘由。女子低头想了一会儿，自己也解释不清楚。有人说桑生生病已经回家了，女子执意辩白说这是骗人的，张家人感到十分疑惑。东邻的书生听说了这件事，翻墙进入桑生的院中查看，只见桑生正和一个美人说着话，他就忽然闯了进去逼问他们，惊慌失措的时候已经看不见美女的踪迹了。东邻的书生惊骇地询问桑生到底怎么回事，桑生笑着说："我以前不就对你说过吗，雌的来了我就打开门接纳她。"东邻的书生向桑生讲述了燕儿说的话。桑生于是打开门，想要去张家探视一番，但是苦于没有缘由。

原文

张母闻生果未归，益奇之，故使佣媪索履，生遂出以授。燕儿得之喜，试着之，鞋小于足者盈寸，大骇。揽镜自照，忽恍然悟己之借躯以生也者，因陈所由，母始信之。女镜面大哭曰："当日形貌，颇堪自信，每见莲姊，犹增惭怍。今反若此，人也不如其鬼也！"把履号咷，劝之不解，蒙衾僵卧。食之，亦不食，体肤尽肿。凡七日不食，卒不死，而肿渐消，觉饥不可忍，乃复食。数日，遍体瘙痒，皮尽脱。晨起，睡舄遗堕，索着之，则硕大无朋矣。因试前履，肥瘦吻合，乃喜。复自镜，则眉目颐颊，宛肖生平，益喜。盥栉见母，见者尽眙。

○镜面：用镜子照脸。

○惭怍（zuò）：羞愧。

○硕大无朋：大得无与伦比。

○宛肖生平：宛然与往日容貌一样。肖，像。

○盥栉（zhì）：这里是洗浴打扮的意思。盥，洗。栉，梳头。

译文

张母听说桑生果真没有回家，愈发感到奇怪，就让一个佣人老太太去向桑生索要绣花鞋，桑生拿出绣花鞋给了她。燕儿得到了鞋，十分欢喜，试着穿上它，绣花鞋比自己的脚小了一寸多，她大吃一惊。拿来镜子自己照了一下，忽然醒悟过来自己是借着别人的身体才活了过来，于是就将以前的事情详细地告诉了张母，张母这才相信了。女子看着镜子里的脸大声哭泣地说："以前的容貌，我还是很有自信的，但是每次看见莲香姐姐，还是自惭形秽。现在成了这个模样，做人还不如做鬼呢！"拿着绣花鞋嚎啕大哭，谁也劝不住。哭完后，她蒙着被子僵直地躺在床上一动不动，给饭也不吃，身体都浮肿了。七天没有吃东西，也没有死掉，但是身体的浮肿慢慢地消了下去，感到饥饿不能够忍受了，才开始吃东西。几天以后，她全身发痒，身上脱了一层皮。早上起床的时候，睡鞋掉了下来，捡起来再穿，鞋子变得又肥又大。所以又试穿了以前的那双绣花鞋，肥瘦正好，于是十分欢喜。再次拿起镜子一照，现在的眉眼与样貌，和以前一模一样，她愈发开心。洗漱打扮一番去见张母，凡是看见她的人都一直盯着她看。

原文

莲香闻其异，劝生媒通之，而以贫富悬邈，不敢遽进。会媪初度，因从其子婿行，往为寿。媪睹生名，故使燕儿窥帘认客。生最后至，女骤出，捉袂，欲从与俱归，母诃谯之，始惭而入。生审视宛然，不觉零涕，因拜伏不起。媪扶之，不以为侮。生出，浼女舅执柯。媪议择吉赘生。

○媒通：说媒。
○悬邈：悬远，悬殊。
○初度：原指初生的时候，后称生日。
○从其子婿行：跟随着儿子女婿辈分。
○捉袂：抓住袖子。袂，衣袖。
○诃谯（qiào）：呵斥，诮让。
○浼（měi）女舅执柯：请求女方的舅父做媒人。浼，请托。执柯，谓为人做媒。
○择吉赘生：选择好日子把桑生招赘到家。

译文

莲香听说这件事，便劝桑生找一媒人为他去提亲，但是桑生认为两家贫富悬殊，不敢贸然让人去办。恰逢张母过寿，桑生便跟随张家的女婿们一起去贺寿。张母看见了桑生的名字，就特意让燕儿在帘子后面偷偷地辨认来往的客人。桑生是最后一个来的，燕儿急忙跑了出来抓住桑生的衣襟，想要和他一起回去。张母呵斥了燕儿几句，燕儿这才羞愧地回到了屋里。桑生端详着燕儿，宛然就是李姑娘，不自觉地流下来眼泪，因而跪在张母面前不起来。张母将他扶了起来，并没有因此轻视他。桑生离开以后，请求燕儿的舅舅做媒人。张母想要找个良辰吉日招桑生入赘。

原文

生归告莲香，且商所处。莲怅然良久，便欲别去，生大骇泣下。莲曰："君行花烛于人家，妾从而往，亦何形颜？"生谋先与旋里而后迎燕，莲乃从之。生以情白张，张闻其有室，怒加诮让。燕儿力自之，乃如所请。至日，生往亲迎，家中备具，颇甚草草，及归，则自门达堂，悉以罽毯贴地，百千笼烛，灿列如锦。莲香扶新妇入青庐，搭面既揭，欢若生平。莲陪卺饮，因细诘还魂之异。燕曰："尔日抑郁无聊，徒以身为异物，自觉形秽。别后愤不归墓，随风漾泊，每见生人则羡之。昼凭草木，夜则信足浮沉。偶至张家，见少女卧床上，近附之，未知遂能活也。"莲闻之，默默若有所思。

○旋里：回归故里。旋，回还。

○诮让：谴责。

○罽（jì）毯：毛毯。罽，一种毛织品。

○青庐：青布搭成的帐篷，古代北方举行婚礼之处。

○尔日：近日。尔，通"迩"。近。

○随风漾泊：随风飘荡、停留。

译文

桑生回去以后就把这件事告诉了莲香，并商议如何处理。莲香悲伤了好一阵，便想要离开这里到别的地方去。桑生十分吃惊，就哭了起来。莲香说："你去别人家入赘，我跟随你一起去，有什么颜面呢？"桑生与莲香商量先回家乡一趟，然后再迎娶燕儿，莲香应允了。桑生就将实情告诉了张家，张家听说他已经有了家室，怒气冲冲地指责桑生。燕儿极力为桑生辩白，张家这才同意了桑生的请求。到了与燕儿成婚的日子，桑生亲自去张家迎娶燕儿，张家家中的器具摆设，十分简单潦草，等到他迎亲回来时，从大门口到厅堂，全部用毛毯铺就，千百只灯笼蜡烛，明亮得好像白天一样。莲香搀扶着新娘子进入了洞房，将头上的红盖头揭下来，两人高兴得就像先前一样。莲香陪着他们喝合卺酒，详细地询问燕儿还魂这件事。燕儿说："自从那天离开以后很是忧郁不乐，我觉得自己就是一个异类，没有脸再见你们。分别以后，我赌气地四处随风游荡，不愿意再回到坟里去，每每看见活人就非常羡慕。白天我就隐藏在草木之中，夜里就随便游走。偶然来到了张家，看见一个少女躺在床上，就将魂魄附在她的身上，没料想就真的活了过来。"莲香听了，沉默了一阵子，好像在思考着什么。

原文

逾两月，莲举一子。产后暴病，日就沉绵，捉燕臂曰："敢以孽种相累，我儿即若儿。"燕泣下，姑慰藉之。为召巫医，辄却之。沉痼弥留，气如悬丝，生及燕儿皆哭。忽张目曰："勿尔！子乐生，我乐死。如有缘，十年后可复得见。"言讫而卒。启衾将敛，尸化为狐。生不忍异视，厚葬之。子名狐儿，燕抚如己出。每清明，必抱儿哭诸其墓。

○沉痼弥留：病久将危。沉痼，积久难治之病。弥留，将死未死之际。

译文

过了两个月，莲香生下了一个儿子，她在生产后得了大病，身子一天比一天虚弱。有一天，莲香抓住燕儿的手臂说道：“我只能将这个孽子托付给你，让你受累了，我的儿子就是你的儿子呀。”燕儿流着眼泪，并且千方百计地安慰她。几次想要为她去请医生，都被莲香拒绝了。莲香的病越来越重，在生命垂危的时候，只有一丝气息。桑生和燕儿都难过得哭了。莲香忽然睁开眼睛说：“不要如此！你们愿意我活，但是我愿意死。如果我们之间有缘分，十年以后还能够再相见。”说完以后莲香就死了。桑生掀开被子准备收殓，尸体已经化为狐狸。桑生不忍心将它当作异类，就将狐狸用厚礼安葬了。莲香的儿子名作狐儿，燕儿待他就像自己的亲儿子一样。每年清明节，燕儿一定抱着狐儿去莲香的墓前哭祭。

原文

后生举于乡，家渐裕，而燕苦不育。狐儿颇慧，然单弱多疾。燕每欲生置媵。一日，婢忽白：“门外一妪，携女求售。”燕呼入，卒见，大惊曰：“莲姊复出耶！”生视之，真似，亦骇，问：“年几何？”答云：“十四。”“聘金几何？”曰：“老身止此一块肉，但俾得所，妾亦得啖饭处，后日老骨不至委沟壑，足矣。”生优价而留之。燕握女手，入密室，撮其颔而笑曰：“汝识我否？”答言：“不识。”诘其姓氏，曰：“妾韦姓。父徐城卖浆者，死三年矣。”燕屈指停思，莲死恰十有四载。又审视女，仪容态度，无一不神肖者，乃拍其顶而呼曰：“莲姊，莲姊！十年相见之约，当不欺吾。”女忽如梦醒，豁然曰：“咦！”熟

○举于乡：即乡试得中，成为举人。

○俾（bǐ）得所：使得有归宿。俾，使。

○徐城：古县名，现在江苏省泗洪县。

视燕儿。生笑曰："此'似曾相识燕归来'也。"女泫然曰："是矣。闻母言，妾生时便能言，以为不祥，犬血饮之，遂昧宿因。今日始如梦寤。娘子其耻于为鬼之李妹耶？"共话前生，悲喜交至。

○似曾相识燕归来：好像是曾经认识的燕子回来了。

○泫然：流泪的样子。

○宿因：佛教所谓前生的因缘。

译文

很多年以后，桑生中了举人，家里的生活渐渐富裕起来。而燕儿苦于一直无法生育。狐儿虽然很聪慧，但是体弱多病。燕儿就经常想让桑生娶妾。有一天，一个婢女忽然进来禀告说："门外有一个老婆婆，带着女儿要卖。"燕儿就让她们进来，才一见面，燕儿就大声惊呼道："莲香姐姐转世了！"桑生一看那女孩，真的像莲香，也感到很惊骇。便问道："姑娘多大了？"老婆婆回答说："十四。"又问道："想要多少聘金呢？"回答说："我就这么一个女儿，只求她能有一个好归宿，我也能有一个吃饭的地方，死后我这把老骨头不至于被丢弃在荒山野岭之中，就很满足了。"桑生用很优厚的价钱将姑娘留了下来。燕儿拉着姑娘的手，进入了内室，捏着她的下巴笑着说道："你认识我吗？"姑娘回答说："不认识。"燕儿询问她姓氏，姑娘回答说："我姓韦。父亲是在徐城卖浆水的，他已经死了三年了。"燕儿掐着手指算了一会，莲香死了恰好已经有十四年了。她又细细地端详这姑娘，她的容貌和气度没有一处与莲香不相像的，于是就拍拍她的头顶而呼唤道："莲姐姐，莲姐姐！十年以后会再相见的约定，真的没有欺骗我！"那姑娘就像忽然从梦中醒来一样，豁然发出一声"咦！"然后盯着燕儿仔仔细细地看。桑生笑着说："这真的是'似曾相识燕归来'呀！"那姑娘流着眼泪说道："是的！听我母亲说，我一出生就能够说话，家里人认为这是不吉利的，就让我喝了狗血，所以就将前世的因果忘记了。现在就像大梦初醒。娘子就是那个耻于做鬼的李妹妹吗？"三人共同说起了以前的事情，百感交集。

原文

一日，寒食，燕曰："此每岁妾与郎君哭姊日也。"遂与亲登其墓，

荒草离离，木已拱矣。女亦太息。燕谓生曰："妾与莲姊两世情好，

○离离：浓密的样子。 ○木已拱矣：墓上之树已有两手合抱那么粗了。拱，两手或两臂合围的径围。

不忍相离，宜令白骨同穴。"生从其言，启李冢得骸，舁归而合葬之。亲朋闻其异，吉服临穴，不期而会者数百人。

○吉服临穴：穿着吉庆冠服到墓地参加葬礼。吉服，礼服。穴，墓穴。

译文

寒食节那天，燕儿说："今天就是每年我和桑郎哭祭姐姐的日子。"于是姑娘便与他们一起来到莲香的墓前，这里荒草浓密，墓上的小树已经有两手合抱那样粗了，姑娘也是悲伤地叹息。燕儿对着桑生说："我和莲姐姐，两世都十分要好，不忍心分离，应该让我们的尸骨埋在同一个墓穴。"桑生听从了燕儿的建议，就挖开李姑娘的坟墓取出骨骸，抬回来与莲香的尸骨合葬在一起。亲戚朋友们听说了这件奇怪的事以后，都穿着礼服来到墓地参加葬礼，不约而同地来了好几百人。

原文

余庚戌南游至沂，阻雨，休于旅舍。有刘生子敬，其中表亲，出同

○庚戌：康熙九年，即1670年。

社王子章所撰桑生传，约万余言，得卒读。此其崖略耳。

○崖略：梗概，大略。

译文

我在康熙九年到南方去旅游，走到沂州时，遇雨受阻，住在旅店里休息。有一个叫刘子敬的人，他的表兄弟拿出同学王子章所写的《桑生传》给我看，约有一万字，我有幸读了一遍。这里写的不过是个大概情况。

原文

异史氏曰：嗟乎！死者而求其生，生者又求其死，天下所难得者，

非人身哉？奈何具此身者，往往而置之，遂至靦然而生不如狐，泯然而死不如鬼。

○靦（tiǎn）然：这里是厚着脸皮，厚颜无耻的意思。

○泯然：泯灭，消失。

译文

异史氏说：哎呀！死去的人想要求得再生，活着的人又想要求得死去，天下最难得到的东西难道不是人的身体吗？可惜拥有了这具身体的人却经常将它放置一边，以至于厚颜无耻地活着不如一只狐狸，悄无声息地死去还不如鬼！

作伐

“作伐”源自《诗经·豳风·伐柯》中的“伐柯如何？匪斧不克，取妻如何？匪媒不得”，原意为用斧头砍伐树木，后引申为做媒的意思。即在婚姻中，媒人起到促成作用。此词后来专指为他人撮合婚姻、牵线搭桥。本篇中的“作伐”便是指请人担任媒人撮合婚事。

【阿宝】

原文

粤西孙子楚，名士也。生有枝指。性迂讷，人诳之，辄信为真。或值座有歌妓，则必遥望却走。或知其然，诱之来，使妓狎逼之，则赪颜彻颈，汗珠珠下滴。因共为笑。遂貌其呆状，相邮传作丑语，而名之“孙痴”。

○枝（qí）指：歧指，骈指。俗称六指。

○貌：形容，描写。

○相邮传作丑语：互相传扬，加以丑化。

译文

粤西有一个叫孙子楚的人，是当地的一个名士，他生下来手上就有六根手指头。性情迂腐木讷，有人欺骗他，他都信以为真。有时候座席上有歌伎，他远远地看见就离开了。有的人知道他这个脾性，引诱他过来，让妓女故意亲昵他，逼近他，他就脸红一直红到脖子，汗水一滴滴往下流。因而人们都笑话他，于是形容他那副痴呆的样子，到处传扬，加以丑化，更是给他起了一个名叫“孙痴”。

原文

邑大贾某翁，与王侯埒富，姻戚皆贵胄。有女阿宝，绝色也。日择良匹，大家儿争委禽妆，皆不当翁意。生时失俪，有戏之者，劝其通媒。生殊不自揣，果从其教。翁素耳其名，而贫之。媒媪将出，适遇宝，问之，以告。女戏曰：“渠去其枝指，余当归之。”媪告生，生曰：“不难。”媒去，生以斧自断其指，大痛彻心，血益倾

○埒（liè）富：同样富有。埒，相等。

○贵胄：贵族的后代。这里指有身份地位的人。

○良匹：佳偶。

○委禽妆：送定婚聘礼。委，送。禽，指雁。古时纳采用雁，因以“委禽”或“委禽妆”为定婚的代称。

○失俪：丧妻。

○归之：嫁给他。古时女子出嫁曰归。

注，濒死。过数日，始能起，往见媒而示之。媪惊，奔告女，女亦奇之，戏请再去其痴。生闻而哗辨，自谓不痴，然无由见而自剖。转念阿宝未必美如天人，何遂高自位置如此？由是曩念顿冷。

○濒死：差点死去。濒，临，靠近。

○哗辨：大声辩白。

译文

本县里有一个很有钱的大商人某翁，可以与王侯之家比富。他的亲戚也都是富贵之人。他有一个女儿名叫阿宝，长得倾国倾城。最近要给她选择一个好的夫婿，许多大户人家的子弟都争抢着来送订婚的聘礼，但是没有一个能让商人满意的。当时孙子楚已丧妻，有人想要捉弄他，就劝他去向阿宝求亲。孙子楚不加考虑就听从了，找媒人去提亲。商人平日里也听闻过孙子楚的大名，但是嫌弃他太穷。媒婆刚要离开的时候，恰巧碰见了阿宝，阿宝问媒婆来意，媒婆就将来意告诉了她。阿宝便开玩笑似的说道："他要是能将那根多余的手指头除去，我就嫁给他。"媒婆将阿宝的话告诉了孙子楚，孙子楚说："这不难。"等媒婆走后，孙子楚用斧子将多余的手指头砍掉了，钻心刺骨地痛，血流如注，差点死过去。过了好几天，孙子楚刚能起身，就前去见媒婆，将自己的断指拿给她看。媒婆看了以后非常吃惊，急忙告诉了阿宝，她也感到十分吃惊，就又开玩笑地说让他把身上的痴劲去掉。孙子楚听了媒婆的话后，大声地为自己辩白，说自己并不痴呆，但是他没有机会当着阿宝的面表白清楚。孙子楚转念一想，阿宝也未必像天上的仙女那样美丽，她凭什么将自己的身价抬得如此之高？于是求亲的这个念头也就冷却下来了。

原文

会值清明，俗于是日妇女出游，轻薄少年，亦结队随行，恣其月旦。有同社数人，强邀生去。或嘲之曰："莫欲一观可人否？"生亦知其戏己，然以受女揶揄故，亦思一见其人，忻然随众物色之。遥见有

○恣其月旦：肆意评论。月旦，评议人物。

○可人：意中人。

女子憩树下，恶少年环如墙堵。众曰："此必阿宝也。"趋之，果宝。审谛之，娟丽无双。少顷，人益稠，女起，遽去。众情颠倒，品头题足，纷纷若狂，生独默然。及众他适，回视，生犹痴立故所，呼之不应。群曳之曰："魂随阿宝去耶?"亦不答。众以其素讷，故不为怪，或推之，或挽之，以归。至家，直上床卧，终日不起，冥如醉，唤之不醒。家人疑其失魂，招于旷野，莫能效。强拍问之，则曚昽应云："我在阿宝家。"及细诘之，又默不语。家人惶惑莫解。

○招：招魂。

译文

恰逢清明节，按照当地的习俗，这一天是妇女们出门到郊外踏青的日子。一些举止轻浮的子弟，也都结伴跟在她们后面，肆意地评论着。有几个孙子楚的同窗，强行拉着孙子楚一起去。有人嘲弄孙子楚说："你难道不想看看你的意中人吗?"孙子楚也知道这些人是戏弄自己的，但是因为受到了阿宝的捉弄，他也想见见阿宝到底是一个什么样子的人，于是他便和众人一起左顾右盼地搜寻着。从很远的地方就看见有一个女子在树底下歇息，一群无赖少年将她围住，好像一堵墙一样。众人说："这一定是阿宝了。"快步走过去一看，果然是阿宝。仔细端详着她，真是美丽无比，天下无双。一会儿，人越来越多，阿宝起身走了。众人神魂颠倒，评头论足，一个个都好像疯狂了，只有孙子楚沉默不语。等大家都散开了，回头一看，孙子楚依旧痴痴地呆立在那里，呼喊他也不回应。众人过来拉他说："你的魂跟着阿宝走了吗?"他也不回答。众人因为孙子楚平日里就木讷寡言，所以也不觉得奇怪，有的人推着他，有的人挽着他，一起回家了。孙子楚回到家以后，径直走到床上就睡，一整天都不曾起来，昏昏沉沉地睡着就像喝醉了一样，怎么呼喊他也不醒。家里人疑心他的魂魄丢了，就在旷野之中为他招魂，也不见效。家人强行将他拍打起来询问，他睡眼蒙眬地回答说："我在阿宝家。"等再详细地询问他，他又沉默不语。家里人都很害怕，也不知道该怎么办。

原文

初，生见女去，意不忍舍，觉身已从之行，渐傍其衿带间，人无呵者。遂从女归，坐卧依之，夜辄与狎，甚相得。然觉腹中奇馁，思欲一返家门，而迷不知路。女每梦与人交，问其名，曰：“我孙子楚也。”心异之，而不可以告人。生卧三日，气休休若将澌灭，家人大恐，托人婉告翁，欲一招魂其家。翁笑曰：“平昔不相往还，何由遗魂吾家？”家人固哀之，翁始允。巫执故服、草荐以往。女诘得其故，骇极，不听他往，直导入室，任招呼而去。巫归至门，生榻上已呻。既醒，女室之香奁什具，何色何名，历言不爽。女闻之，益骇，阴感其情之深。

- 衿带：衣带。
- 馁（něi）：饥，饿。
- 休休（xū）：喘气声。休，通“咻”。澌灭：停止，尽。
- 故服、草荐：平日穿的衣服和卧席，均是民间传说中招魂的用具。
- 历言不爽：一件一件说来，毫无差错。

译文

当初，孙子楚看见阿宝离开，不忍心与她分开，感觉身体已经跟她走了，渐渐地依附在阿宝的衣带上，也没有人呵斥他。于是就跟着阿宝回了家，无论坐着还是躺着都依附在她身边，每到夜晚就和她……可他就是感觉肚子非常饿，想要回家一趟，但是迷失了回家的道路。阿宝每每梦到与人……询问他的名字，那人说：“我就是孙子楚。”阿宝心里很是奇怪，但又不可能将事情告诉别人。孙子楚在床上躺了三天，气息非常微弱，好像就要断气了。家里人十分恐慌，拜托别人委婉地告诉商人，想要去他家里给孙子楚招魂。商人笑着说：“我们平日里从来没有来往，怎会将魂魄丢失在我的家里呢？”孙子楚的家人再三哀求，商人这才应允。巫婆拿着孙子楚的旧衣服和草席子来到了商人家。阿宝询问知道了巫婆来这里的原因，越发感到惊骇，她没有叫巫婆去别的地方，直接将巫婆带到她的卧室，任凭巫婆招呼一番离开。巫婆刚回到孙家的门口，躺在床上的孙子楚已经呻吟起来。孙子楚苏醒以后，他能将阿宝屋内的梳妆摆设和用具，什么色彩叫什么名字，一件一件说来，分毫不错。阿宝听说这件事以后，更加惊骇，心里也感到孙子楚对她用情至深。

原文

生既离床寝，坐立凝思，忽忽若忘。每伺察阿宝，希幸一再遘之。浴佛节，闻将降香水月寺，遂早旦往候道左，目眩睛劳，日涉午，女始至。自车中窥见生，以掺手搴帘，凝睇不转。生益动，尾从之。女忽命青衣来诘姓字，生殷勤自展，魂益摇。车去，始归。归复病，冥然绝食，梦中辄呼宝名。每自恨魂不复灵。家旧养一鹦鹉，忽毙，小儿持弄于床。生自念倘得身为鹦鹉，振翼可达女室，心方注想，身已翩然鹦鹉，遽飞而去，直达宝所。女喜而扑之，锁其肘，饲以麻子。大呼曰："姐姐勿锁！我孙子楚也！"女大骇，解其缚，亦不去。女祝曰："深情已篆中心。今已人禽异类，姻好何可复圆？"鸟云："得近芳泽，于愿已足。"他人饲之不食，女自饲之则食，女坐则集其膝，卧则依其床，如是三日。女甚怜之，阴使人瞷生，生则僵卧气绝，已三日，但心头未冰耳。女又祝曰："君

○遘（gòu）：相遇。

○浴佛节：佛诞节，纪念释迦诞生的节日。

○道左：道路旁边。

○掺（shān）手：纤手。掺，纤细。

○麻子：芝麻。

○已篆中心：深记于内心。篆，铭刻。

○瞷（jiàn）：窥探。

能复为人，当誓死相从。”鸟云：“诳我。”女乃自矢。鸟侧目若有所思。少间，女束双弯，解履床下，鹦鹉骤下，衔履飞去。女急呼之，飞已远矣。

译文

孙子楚起床以后，无论站着还是坐着都好像在凝神沉思，精神恍恍惚惚。他常常打探阿宝的消息，希望有幸能再次见到阿宝。浴佛节那天，孙子楚听说阿宝将要去水月寺烧香，于是他一大早就在道路旁边等候，等得头晕眼花，一直等到中午阿宝才来。阿宝从车里瞧见了孙子楚，用手将车帘撩起，眼睛一动不动地盯着他。孙子楚更加情动，尾随着车子。阿宝忽然让婢女来询问孙子楚的姓名，他很殷勤地报上姓名，心情更加摇荡。直到车子离开了，孙子楚才回家。孙子楚回到家以后又犯病了，迷迷糊糊地睡着，不吃不喝，梦里一直呼唤着阿宝的名字。每每懊恼自己的灵魂不能像上次一样灵便。孙子楚家里养了一只鹦鹉，忽然就死了，有个小孩子在床上拿着鹦鹉的尸体在玩。孙子楚心想：倘若我能变成一只鹦鹉，挥挥翅膀就能到达阿宝家里了。正在他心里想着的时候，他的身体已经变成了一只翩翩然的鹦鹉，快速地向商人家飞去，一直飞到了阿宝的房间。阿宝欢喜地将它抓住，用绳子将鹦鹉的腿拴住，并且用麻籽喂它。鹦鹉大声呼喊道：“姐姐不要拴着我，我是孙子楚呀！”阿宝大吃一惊，解开绳子，它也不飞走。阿宝对着鹦鹉祈祷说：“你对我的深意已经铭记于心，但是现在我们人禽不是同类，美满的婚姻怎么能够复原呢？”鹦鹉说：“能够这样待在你身边，我已经心满意足了。”其他人给鹦鹉喂食，鹦鹉不吃，阿宝亲自喂它才肯吃。阿宝坐着，鹦鹉就在她的膝盖上卧着；阿宝躺着，鹦鹉就在床边依偎着她，就这样过了三天。阿宝十分怜惜鹦鹉，就暗地里派人去看望孙子楚。孙子楚已经僵直地躺在床上，已经三天没有气息了，只是胸口还有点热乎气。阿宝又对着鹦鹉祈祷说：“如果你能够再变成人，我一定誓死跟随你。”鹦鹉说：“你骗我！”阿宝立刻发起誓来。鹦鹉斜着眼睛，好像在思考着什么。过了一会儿，阿宝正在裹脚，脱下了鞋放在床下，鹦鹉猛然冲了下来，叼着鞋就飞走了。阿宝急忙呼喊它，但是鹦鹉已经飞出很远了。

原文

女使妪往探，则生已寤。家人见鹦鹉衔绣履来，堕地死，方共异之。生既苏，即索履，众莫知故。适妪至，入视生，问履所在。生曰："是阿宝信誓物。借口相覆：小生不忘金诺也。"妪反命。女益奇之，故使婢泄其情于母。母审之确，乃曰："此子才名亦不恶，但有相如之贫。择数年得婿若此，恐将为显者笑。"女以履故，矢不他，翁媪从之。驰报生。生喜，疾顿瘳。翁议赘诸家，女曰："婿不可久处岳家，况郎又贫，久益为人贱。儿既诺之，处蓬茆而甘，藜藿不怨也。"生乃亲迎成礼，相逢如隔世欢。

○寤：醒。

○借口相覆：借你之口回复。

○金诺：对别人诺言的敬称。金，表示珍贵。

○相如之贫：喻贫穷而有才华。汉代司马相如才名卓著，与富人之女卓文君相恋，卓父却嫌憎相如贫穷。

○处蓬茆而甘，藜藿不怨也：住茅舍，吃粗茶淡饭，都甘心情愿。

○亲迎：古婚礼仪式之一，新婿亲至女家迎娶。

译文

阿宝派遣一个老妈子去孙子楚家里探问，孙子楚已经苏醒了。孙家的人瞧见一只鹦鹉叼着绣鞋飞过来，坠落到地上就死去了，众人都感到很是奇怪。孙子楚刚苏醒过来就向众人索要那只绣鞋，众人都不知道其中的缘故。正好老妈子赶过来了，她进屋来探望孙子楚，并且问他绣鞋在哪里。孙子楚说："这绣鞋是阿宝发誓的信物，劳烦你帮我转告：我孙子楚不会忘记她的承诺。"老妈子回来复命，阿宝愈发感到惊奇了，于是就让婢女将这件事情故意泄露给母亲。母亲询问众人查明事情的来龙去脉后，于是说道："孙子楚这个人的才能不错，也有一定的名声，但是和司马相如一样贫寒。选择了好几年女婿，最后选择了这样的一个人，恐怕以后会被那些显贵之人嘲笑。"阿宝因为绣鞋的缘故，发誓非孙子楚不嫁，她的父母只好听从了她的。有人飞快地将消息告诉了孙子楚。孙子楚很是欢喜，他的病马上就痊愈了。阿宝的父亲提议让孙子楚入赘到他家，阿宝说："女婿不能够长时间在岳父家居住，何况孙郎家里又很贫穷，时间长了更会让人轻贱他。我既然已经承诺嫁给他，就是住在茅草屋，吃着粗茶淡饭也是心甘情愿的。”于是，孙子楚亲自迎娶阿宝成亲，两人再次见面就好像隔世的夫妻又团聚了一样欢喜。

原文

自是家得奁妆，小阜，颇增物产。而生痴于书，不知理家人生业；女善居积，亦不以他事累生。居三年，家益富。生忽病消渴，卒。女哭之痛，泪眼不晴，至绝眠食。劝之不纳，乘夜自经。婢觉之，急救而醒，终亦不食。三日，集亲党，将以殓生，闻棺中呻以息，启之，已复活。自言：“见冥王，以生平朴诚，命作部曹。忽有人白：‘孙部曹之妻将至。’王稽鬼录，言：‘此未应便死。’又白：‘不食三日矣。’王顾谓：‘感汝妻节义，姑赐再生。’因使驭卒控马送余还。”由此体渐平。

○善居积：善囤积。此处指商业活动。居积，囤积。

○病消渴：患糖尿病。

○自经：上吊自杀。

○部曹：古时中央各部分科办事，其属官泛称部曹。此指冥府某部属官。

○驭卒：马夫。

译文

自从孙子楚得到了阿宝的嫁妆以后，家里生活稍稍宽裕了，增添了不少家产。孙子楚痴迷于读书，不擅长管理家产，置办产业；阿宝却很擅长打理家产，也不因为其他的琐事来打扰孙子楚。过了三年，孙子楚家里更加富裕了。但是孙子楚却忽然得了糖尿病去世了。阿宝悲痛欲绝，泪流不停，以至于最后觉也不睡，饭也不吃，旁人劝她也完全不听，趁着夜里没人自己就上吊了。婢女们发现了以后，急忙救护，这才苏醒了过来，依旧不吃不喝，不眠不休。三天后，家人召集亲戚好友，给孙子楚收殓送葬，忽然听见棺材里传出呻吟的声音，打开棺材盖一看，孙子楚已经活了过来。孙子楚自己说道：“我看见了阎王，他认为我平日里朴实真诚，任命我做部曹。忽然有人禀告说：‘孙部曹的妻子快要到了。’阎王翻看着生死簿，说：‘她还没有到死亡的时候呀。’那人又回答说：‘她已经三天不吃不喝了。’阎王回身对我说：‘感动于你妻子的节义行为，就赏赐你再次还阳吧。’所以阎王就让人为我牵马送我回来了。”自此，孙子楚的身体慢慢好了起来。

原文

值岁大比，入闱之前，诸少年玩弄之，共拟隐僻之题七，引生僻处与语，言：“此某家关节，敬秘相授。”生信之，昼夜揣摩，制成七艺。众隐笑之。时典试者虑熟题有蹈袭弊，力反常经，题纸下，七艺皆符。生以是抡魁。明年，举进士，授词林。上闻异，召问之，生具启奏，上大嘉悦。后召见阿宝，赏赉有加焉。

○大比：明清两代每三年举行一次乡试，称大比。

○关节：旧指暗中说人情、行贿勾通官吏的事。这里指贿买得到的试题。

○七艺：此指7篇应试文章。乡试初场考试有7道试题，包括“四书”义3道，“五经”义4道。

○典试者：主考官员。典，掌管。

○力反常经：极力打破常规。经，常，常道。

○抡魁：选为第一。抡，选拔。魁，首。指榜首。

○授词林：指官授翰林。词林，即翰林。

○赏赉（lài）有加：一再地给予恩赐奖赏。

译文

这年正好是乡试。考试进行之前，一群少年捉弄孙子楚，一起编拟了七道偏僻的题目，将孙子楚引到一个僻静的角落对他说：“这是通过关系弄到的试题，因为敬爱你将它秘密地送给你。”孙子楚相信了他们的话，白天黑夜地琢磨，写出了七篇八股文。众人都在暗地里嘲笑他。当时的主考官考虑用过去的题目会有抄袭的流弊，就极力打破常规，试卷发下来一看，七道题和孙子楚准备的七篇文章都符合。因而孙子楚考了头名。第二年，孙子楚又考中了进士，被授予翰林之职。皇上也听闻了有关孙子楚的奇闻，就将他召来询问。孙子楚据实上奏，皇上很高兴，大大嘉奖了他。皇上后来又召见阿宝，又赏赐给她不少东西。

原文

异史氏曰：性痴则其志凝，故书痴者文必工，艺痴者技必良。世之

○痴：这里是执著、专心致志的意思。

落拓而无成者，皆自谓不痴者也。且如粉花荡产，卢雉倾家，顾痴人事哉！以是知慧黠而过，乃是真痴，彼孙子何痴乎！

○粉花荡产，卢雉倾家：因嫖赌而倾家荡产。

○痴：这里是呆傻的意思。

译文

异史氏说：性情痴傻的人，他的意志十分专注，所以爱书成痴的人文章必定工整，对技艺痴迷的人手艺一定精良。这个世界上那些落魄而一事无成的人，都是自认为聪明的人。那些因为嫖赌而倾家荡产的人，难道是痴傻的人能够干的事情吗！由此可见，那些聪慧狡黠过头的人，才真正是痴傻之人，而孙子楚有哪里痴傻呢？

七艺

“七艺”是明清时期乡试和会试中的考试内容，指的是考生在第一场需要完成的四书义三道和五经义四道题目。因合计七道题，故称“七艺”。它是科举制度中对考生儒家经典掌握情况的重要测试，体现了对四书五经的深刻理解和应用能力。

【九山王】

原文

曹州李姓者，邑诸生。家素饶，而居宅故不甚广，舍后有园数亩，

○曹州：州名。位于山东西部偏南。治所在今山东菏泽。

荒置之。一日，有叟来税屋，出直百金。李以无屋为辞，叟曰：

○税屋：租赁房屋。 ○直：租价。

"请受之，但无烦虑。"李不喻其意，姑受之，以觇其异。

译文

曹州有个姓李的书生。家里很是富饶，只是居住的宅院不是很宽广，房屋的后面有一个几亩地的园子，一直荒废在那里。有一天，有个老翁来租房子，愿意出一百两银子当作租金。李生以没有多余的屋子为说辞而谢绝。老翁说："请收下它，没必要担心顾虑。"李生不能理解老翁这句话的意思，就姑且接受了租金，看看到底有什么奇怪的事情。

原文

越日，村人见舆马眷口入李家，纷纷甚夥，共疑李第无安顿所，问

○夥（huǒ）：多。

之。李殊不自知，归而察之，并无迹响。过数日，叟忽来谒，且云：

"庇宇下已数晨夕，事事都草创，起炉作灶，未暇一修客子礼。今

○庇宇下：受庇护于屋宇之下。寄居的谦辞。 ○草创：初设，刚开始。 ○客子：客居的人。

遣小女辈作黍，幸一垂顾。"李从之，则入园中，欻见舍宇华好，崭

○幸一垂顾：希望能屈驾下顾。垂，由上级或长辈给施下级或晚辈的行为尊称垂。

然一新，入室，陈设芳丽。酒鼎沸于廊下，茶烟袅于厨中。俄而行

酒荐馔，备极甘旨。时见庭下少年人往来甚众，又闻儿女喁喁，幕

○荐：进。 ○甘旨：泛指美味佳肴。

中作笑语声。家人婢仆，似有数十百口。李心知其狐。席终而归，阴怀杀心。每入市，市硝硫，积数百斤，暗布园中殆满。骤火之，焰亘霄汉，如黑灵芝，燔臭灰眯不可近，但闻鸣啼嗥动之声，嘈杂聒耳。既熄，入视，则死狐满地，焦头烂额者，不可胜计。方阅视间，叟自外来，颜色惨恸，责李曰：“夙无嫌怨，荒园岁报百金，非少，何忍遂相族灭？此奇惨之仇，无不报者！”忿然而去。疑其掷砾为殃，而年余无少怪异。

○市：前一句“市”，市场。后一句“市”，动词，买。硝硫：芒硝、硫磺，均为制作土炸药的材料。

○亘：空间和时间上延绵不断。

○如黑灵芝：烈火腾空，黑烟弥漫，如黑色的蘑菇状。

○燔臭灰眯：焦臭刺鼻，烟尘迷目。燔，焚烧。

○阅视：检阅，查看。

○族灭：诛杀整个家族。

译文

过了一天，村里人看见有车马家眷进入了李生家，来来往往的好像很多人，众人都怀疑李家没有那么多地方能安顿这么多的人，就去问李生。李生还什么都不知道，回到家里巡查了一番，并没有什么痕迹与声响。过了几天，老翁忽然来拜访李生，并且说道：“在贵府已经住了好多天了，每件事都要重新来安排，安装炉子修葺锅灶，也没有闲暇的时间来拜访主人。今日让女儿们做了家常饭，希望你能够光顾。”李生应允了并且跟着老翁去赴宴。刚进入园子，突然看见一片华丽的房子，都是新盖的。进入室内，里面的陈设也很漂亮华丽。走廊下的酒鼎已经煮沸，茶炉中的烟也从厨房里袅袅地升上天空。过了一会儿，喝酒上菜，都是山珍海味。当时看见庭院里有很多少年来来往往，又听见男男女女小声说话，欢声笑语从屋里传出来。家中之人加上各种奴仆，好像有几十上百人。李生心里知道这些都是狐狸。喝完酒席回到家里，李生暗藏杀心。他每次去集市，都要购买一些硫磺与芒硝，慢慢地积攒了数百斤，偷偷地布满整个园子。等准备好了，忽然点火，火焰顿时铺满了整个园子，浓烟弥漫，烈火腾空，烧得臭气熏天，灰尘眯得眼睛不能靠近。只听见嚎叫悲鸣的声音，十分吵闹，震耳欲聋。等火熄灭以后，李生进入院子查看，地上都是被烧死的狐狸，被烧得焦头烂额的不计其数。正在李生检索查看的时候，老翁从外面进来了，他的脸色悲痛凄惨，他指责李生说道：

"我们向来没有仇怨，这么一个荒废的院子给你一年一百两银子，也不算少，你怎么忍心将我的全族都杀害呢？这样悲惨的深仇大恨，没有不报仇的！"说完愤怒地离开了。李生猜疑老翁会抛石头来制造祸事，但是一年多的时间没有什么奇怪的事情发生。

原文

时顺治初年，山中群盗窃发，啸聚万余人，官莫能捕。生以家口多，日忧离乱。适村中来一星者，自号南山翁，言人休咎，了若目睹，名大噪。李召至家，求推甲子。翁愕然起敬，曰："此真主也！"李闻大骇，以为妄。翁正容固言之，李疑信半焉，乃曰："岂有白手受命而帝者乎？"翁谓："不然。自古帝王，类多起于匹夫，谁是生而天子者？"生惑之，前席而请。翁毅然以"卧龙"自任，请先备甲胄数千具、弓弩数千事。李虑人莫之归，翁曰："臣请为大王连诸山，深相结。使哗言者谓大王真天子，山中士卒，宜必响应。"李喜，遣翁行，发藏镪，造甲胄。

○啸聚：呼号聚合。旧时一般指聚众造反。

○星者：星相术士。占星是古代以星象占验吉凶的方术。

○休咎：吉凶祸福。休，吉庆，福禄。咎，凶灾，祸殃。

○名大噪：名声远扬。噪，众口传扬。

○推甲子：推算生辰八字。星命术士以人出生的年、月、日、时为四柱，配合天干地支，合为八字，加以附会，用来推算命运的好坏。

○真主：即俗称真龙天子，皇帝。

○正容固言之：面色严肃地坚持这样说。

○类：大致，大都。

○前席：古人席地而坐，向前移动坐席，表示为其说所倾动。

○卧龙：即诸葛亮。诸葛亮曾任刘备的军师，因以"卧龙"比喻可以赞襄帝王事业的军师。

○甲胄：铠甲、头盔。防御性武器。弓弩：进攻性武器。事：件。言置备军备。

○哗言者：喜好传播浮言的人。

○藏镪（qiǎng）：蓄藏的金钱。镪，成串的钱。

译文

到了顺治初年，山林中出现了很多强盗，呼号聚合了上万人。官府没能剿灭他们。李生因为家中人口众多，每天都担心发生叛乱。恰逢村子里来了一个相星术士，自称"南山翁"，他给人掐算吉凶祸福，说得如同亲眼看见了一样，因此名声大振。李生将他请进家中，请求他推算祸福吉凶。南山翁十分惊愕地肃然起敬，恭恭敬敬地说："阁下是真命天子呀！"李生听说了这句话十分震惊，认为这是无稽之谈。南山翁却郑重其事地坚持这样说，李生半信半疑，于是说道："哪里有白手起家而成为皇帝的呢？"南山翁说："不是这样的。自古帝王，大多都是平民出身，有谁一出生就是天子呢？"李生还是有所疑惑，却靠上前请求南山翁出谋划策。南山翁毅然用"卧龙"称呼自己。他让李生事先准备好甲胄几千套、弓弩几千副。李生顾虑没有人马来投靠，南山翁说："臣请求为大王去联合各个山寨，与他们深度结交，并派人到处传扬大王是真龙天子，各个山中的志士必然前来响应。"李生听了大喜，便派遣南山翁按计划执行。他将家里埋藏的银子都挖出来，制造甲胄、购买兵器。

原文

翁数日始还，曰："借大王威福，加臣三寸舌，诸山莫不愿

○三寸舌：谓善辩的口才。

○戏（huī）下：麾下，部下。戏，通"麾"。旌旗之类，借以指挥。

执鞭靮，从戏下。"浃旬之间，果归命者数千人。于是拜翁为

○执鞭靮（dí）：为人驾驭车马。　○浃（jiā）旬：十日，一旬。浃，周遍。　○归命者：归附而接受其命令者，即归顺的人。

军师，建大纛，设彩帜若林，据山立栅，声势震动。邑令率兵来讨，

○大纛（dào）：大旗。为古时军中主帅所在地的标志，也指帝王车上用牦牛尾或雉尾做的饰物。　○栅（zhà）：寨栅，垒栅。以木栅栏为营墙，以防御敌人。

翁指挥群寇，大破之。令惧，告急于兖。兖兵远涉而至，翁又伏寇

○兖：府名。治所在滋阳（今山东兖州）。

进击，兵大溃，将士杀伤者甚众。势益震，党以万计，因自立为九山

○党：同党，同伙的人。

王。翁患马少，会都中解马赴江南，遣一旅要路篡取之。由是九

○解：押解。　○一旅：一支部队。旅，军队编制单位，古时500人为一旅。也泛指军队。要路篡取：拦路夺取。

山王之名大噪。加翁为"护国大将军"，高卧山巢，公然自负，以

为黄袍之加，指日可俟矣。东抚以夺马故，方将进剿，又得兖报，

○指日可俟：指日可待。指日，不日。谓为期不远。俟，等待。　○东抚：指山东巡抚。

乃发精兵数千，与六道合围而进，军旅旌旗，弥满山谷。九山王

大惧，召翁谋之，则不知所往。九山王窘极无术，登山而望曰：

“今而知朝廷之势大矣！”山破，被擒，妻孥戮之。始悟翁即老狐，盖以族灭报李也。

○孥（nú）：子女。

译文

几天以后南山翁回来了，说：“凭借大王的威福，加上我的三寸不烂之舌，各个山寨的人马都愿意为你效力。”十天的时间，果然有数千人马前来归附。于是李生拜南山翁为军师，建造帅旗，设置密如林的彩旗，占据山头，建造栅栏，声势十分浩大。县令带领官兵前来讨伐，南山翁指挥这帮人马，打败了来讨伐的官兵。县令害怕了，向兖州告急。兖州兵马远道而来，南山翁又设下伏兵进行袭击，兖州兵马被打得溃败，将领与士兵被杀死受伤的很多。李生的声势更加大震，其人马有万人以上，因而自立为“九山王”。南山翁发愁战马太少，正赶上京都要押解马匹去往江南，南山翁派遣一队人马拦路抢劫了回来。从此以后，“九山王”的名声更是大噪，九山王加封南山翁为“护国大将军”。自此以后，九山王在山寨里高枕无忧，十分自负，以为黄袍加身的日子快要来临了。山东巡抚因为马匹被抢夺这件事，正要发兵围剿他们，又得到兖州的来报，于是汇聚了精兵数千人，从六路合围进攻他们。官兵部队的帅旗飘扬，遍布了整个山谷。九山王十分震惊，召南山翁商议，却不知他哪里去了。九山王只能干着急却一点办法都没有，他登上山顶向下一望，说：“如今才知道朝廷的势力是这样强大！”山寨被官兵攻破了，九山王也被抓住了，妻子儿女全部被杀了。李生这才明白南山翁就是那个狐狸老翁，因为当初李生灭了他的全族是来报复李生的。

原文

异史氏曰：夫人拥妻子，闭门科头，何处得杀？即杀，亦何由族哉？狐之谋亦巧矣。而壤无其种者，虽溉不生。彼其杀狐之残，方寸已有盗根，故狐得长其萌而施之报。今试执途人而告之曰：

○科头：不戴冠帽。指闲散随意。

○方寸：亦作“方寸地”。指心。

○长其萌：使其萌芽滋长。

○执途人：指在路上遇到的不相识的人。

"汝为天子！"未有不骇而走者。明明导以族灭之为，而犹乐听之，妻子为戮，又何足云？然人之听匪言也，始闻之而怒，继而疑，又继而信，迨至身名俱殒，而始知其误也，大率类此矣。

○匪言：不是人话，狂惑之言。

○大率：大概，大致。

译文

异史氏说：如果一个人闭门在家陪着老婆孩子，闲散随意地生活，哪里会被杀害呢？即使被杀，又怎么会导致全族都被灭呢？狐狸的复仇计划也是够精巧的。土壤之中如果没有种子，即使给它浇水也不能够生长。那个李生将狐狸们如此残忍地加以杀害，心中就已经种下了强盗的种子，所以狐狸才能够让他心中的萌芽成长从而对他施加报复。现在如果随便拉着一个过路人告诉他说："你是天子！"没有一个不害怕而逃跑的。明明诱导他干出灭九族的行为，但是他还愿意听从，妻子儿女被杀，又有什么可说的呢？不过，人们在一开始听到荒诞之言的时候，是十分愤怒的，接下来就疑惑了，再继续听下去又相信了，直到身败名裂的时候，才开始醒悟自己做错了，大概都和这个故事相似吧。

黄袍之加

"黄袍之加"指的是古代帝王的袍服为黄色，象征着帝位与皇权，因此"黄袍加身"成为皇帝即位的象征。该词通常用于形容某人登基称帝或自负认为即将获得至高无上的权力，反映了与皇位相关的权力欲望与野心。

【遵化署狐】

原文

诸城丘公为遵化道。署中故多狐，最后一楼，绥绥者族而居之，以

○丘公：指丘志充。字左臣。万历四十一年（1613）进士，曾仕至山西布政使司右布政使。遵化：州名。清时属直隶，治所在今河北遵化。道：道员。别称“道台”。

○绥绥者：代指狐。绥绥，踽踽独行的样子。

为家。时出殃人，遣之益炽。官此者惟设牲祷之，无敢迕。丘公莅

○殃：祸害。○遣之益炽：驱逐它就更变本加厉。遣，逐。炽，烈，厉害。

○牲：指整个的牛、羊、豕，供祭祀之用。

○迕：冒犯。

任，闻而怒之。狐亦畏公刚烈，化一妪告家人曰：“幸白大人：勿相

○幸白：希望禀告。幸，希望。

仇。容我三日，将携细小避去。”公闻，亦嘿不言。次日，阅兵已，

○细小：家小。谦辞。

○嘿：同“默”。闭口不说话。

戒勿散，使尽扛诸营巨炮骤入，环楼千座并发。数仞之楼，顷刻摧

为平地，革肉毛血，自天雨而下。但见浓尘毒雾之中，有白气一缕，

○雨而下：像雨点一样落下。

冒烟冲空而去。众望之曰：“逃一狐矣。”而署中自此平安。

译文

诸城的丘公，他在遵化当道台。官署中原来有很多狐狸，官署里的最后一栋楼中，有许多狐狸聚集在这里居住，将这里当成家。它们经常出来祸害人，越是驱赶它们闹得越凶。以前那些在此地当官的只能供奉它们，没人敢得罪这些狐狸。丘公来这里上任后，听说了这件事很是愤怒。狐狸也畏惧丘公的刚烈，变化成一个老妇人来对丘公的家人说：“请代我转告大人：不要仇视我们。给我三天时间，我将带领全家老小离开这里。”丘公听后，也没有说什么。第二天，丘公检阅了士兵以后，命令他们不要解散，叫他们将各自营里的大炮都扛来，将官署的楼房用上千门大炮围了起来。一声令下，千座大炮齐发，数丈高的大楼眨眼间就被炸为了平地。狐狸的毛皮和血肉像下雨一样从天空中纷纷扬扬地掉落下来。只看见有一缕白气从滚滚浓烟毒雾之中，直冲着天空而去。众人望着天空说道：“逃跑了一只狐狸。”从此以后，官署里平安无事。

原文

后二年，公遣干仆赍银如干数赴都，将谋迁擢。事未就，姑窖藏于班役之家。忽有一叟诣阙声屈，言妻子横被杀戮，又讦公尅削军粮，夤缘当路，现顿某家，可以验证。奉旨押验，至班役家，冥搜不得。叟惟以一足点地，悟其意，发之，果得金，金上镌有“某郡解”字。已而觅叟，则失所在。执乡里姓名以求其人，竟亦无之。公由此罹难。乃知叟即逃狐也。

○干仆：干练的仆役。如干：若干。
○迁擢（zhuó）：升迁，提拔。
○班役：衙役。衙役分班，曰班役。
○诣阙声屈：到朝廷鸣冤叫屈。诣，至。阙，宫阙。此指朝廷。
○尅（kè）：克扣，暗中削减。
○当路：权要。
○顿：暂存。
○冥搜：到处搜查。
○罹难：指丘志充被杀。

译文

两年后，丘公派遣得力的仆人带着若干银两去京城，想要托人谋划升迁的事。事情还没有着落，就暂且将银子藏在了衙役的家里。忽然有一个老翁到朝廷申冤叫屈，说他的老婆孩子被人无故杀害，还揭发了丘公克扣军饷，用来贿赂权要，现在银子就藏在某人的家中，可以去当场查证。皇帝下旨让人押着老翁去查验，到了衙役的家中，到处搜查都没有发现银子。老翁只用一只脚点了点地，办案的人马上领悟了他的意思，挖开地一看，果然找到了银子，银子上面还刻着“某郡解”的字样。随后他们再寻找老翁，老翁已经不知去向了。按照老翁当时所说的户口名册去乡里寻找，竟然也没有寻到。丘公因为这件事被杀，这才知道这个老翁就是当年逃跑的狐狸。

原文

异史氏曰：狐之祟人，可诛甚矣。然服而舍之，亦以全吾仁。公可

○服而舍之：服罪之后释放它们。舍，释放。

云疾之已甚者矣。抑使关西为此，岂百狐所能仇哉！

○疾之已甚：痛恨它太过分。

○抑使关西为此，岂百狐所能仇哉：意思是说假如杀狐狸的是杨震的话，那么狐狸根本无隙可逃，没有机会报复。关西，指杨震。杨震为东汉弘农华阴人，字伯起，官至太尉。因“明经博览”，时人号为“关西孔子”。

译文

异史氏说：狐狸作祟祸害人，实在是应该杀掉它。然而它们已经服罪了就应该放掉它们，这也可以保全我们的仁慈之心。丘公可以说是对狐狸过分记恨了。但如果做这件事的是杨震的话，那么狐狸再多也没法对他进行报复。

班役

“班役”指旧时州县衙门中的公差役，他们被分为皂班、壮班、快班三类，因此差役也称为“班役”。这些役员在地方官府中负责执行各类任务，如传令、抓捕、押送等，通常代表着基层的司法和行政力量。

【张诚】

原文

豫人张氏者，其先齐人。明末齐大乱，妻为北兵掠去，张常客豫，

○豫：河南古为豫州之地，故别称为豫。

○齐：山东泰山以北地区及胶东半岛，战国时为齐地，汉以后仍沿称为齐。

○北兵：指清兵。明崇祯年间，清兵曾五次进袭关内。

遂家焉。娶于豫，生子讷。无何，妻卒，又娶继室，生子诚。继室牛氏悍，每嫉讷，奴畜之，啖以恶草具。使樵，日责柴一肩，无则

○使樵：支使他打柴。

○恶草具：粗劣的食物。具，供设。指食物。

挞楚诟诅，不可堪。隐畜甘脆饵诚，使从塾师读。诚渐长，性孝友，不忍兄劬，阴劝母。母弗听。

○甘脆：美好的食物。

译文

河南有个姓张的人，他的祖籍是山东。明朝末年山东大乱，他的妻子被清兵抢走了，张某常年在河南客居，后来就在河南安了家。他在河南娶了媳妇，生了一个儿子，取名叫作讷。没多久，他的妻子死了。张某又娶了一个妻子，也生了个儿子叫张诚。张某后娶的这个妻子牛氏非常凶悍，她嫉恨张讷，把他当作牲口一样奴役，给他吃的都是恶劣的食物，让他上山去砍柴，要他每天必须砍一担柴，如果没有砍够，就对他又打又骂，张讷几乎不能忍受。牛氏对待张诚，总是将好吃的偷偷地藏起来给他，还让他去私塾读书。张诚慢慢地长大了，他性格温顺孝爱，不忍心哥哥这样辛苦，经常在私下里劝说母亲。可是牛氏不听。

原文

一日，讷入山樵，未终，值大风雨，避身岩下。雨止而日已暮，腹中大馁，遂负薪归。母验之少，怒不与食。饥火烧心，入室僵卧。

诚自塾中来，见兄嗒然，问：“病乎？”曰：“饿耳。”问其故，以情告，诚愀然便去。移时，怀饼来饵兄。兄问其所自来，曰：“余窃面倩邻妇为之，但食勿言也。”讷食之，嘱弟曰：“后勿复然，事泄累弟。且日一啖，饥当不死。”诚曰：“兄故弱，乌能多樵！”

○嗒（tà）然：沮丧的样子。

○愀（qiǎo）然：形容脸色变得严肃或不愉快。

○倩（qìng）：请求。

译文

有一天，张讷上山砍柴，还没有砍够数，正好遇上了刮大风、下大雨，他便到岩石底下去躲雨，等到雨停的时候天色已经晚了。张讷十分饥饿，所以背着柴回家了。牛氏查验他砍得柴不够，就怒气冲天地不给他饭吃。张讷饿得心里难受，只能进入屋里僵直地在床上躺着。张诚从私塾回来，看见兄长一副沮丧的样子，就问道：“是生病了吗？”张讷说：“只是饿了。”张诚就问张讷怎么回事，他如实告之。张诚就面带悲伤地离开了。不一会儿，他揣着饼子来给兄长吃。张讷问他饼子是从哪里来的，张诚说：“我从家里偷了一点儿面粉，请邻居家的妇人帮我做的，你只管吃，不要说出去。”张讷吃了饼，并且叮嘱弟弟说：“以后别这样做了，如果事情泄露了一定会连累你的，况且每天吃一顿饭又不至于被饿死。”张诚说：“兄长本来就身体薄弱，怎么能砍那么多柴呢！”

原文

次日，食后，窃赴山，至兄樵处。兄见之，惊问：“将何作？”答曰：“将助樵采。”问：“谁之遣？”曰：“我自来耳。”兄曰：“无论弟不能樵，纵或能之，且犹不可。”于是速之归。诚不听，以手足断柴助兄，且云：“明日当以斧来。”兄近止之，见其指已破，履已穿，悲

○速：这里是催促的意思。

○履已穿：鞋已磨破。

曰："汝不速归，我即以斧自刭死！"诚乃归。兄送之半途，方复回。

○刭：割颈。

樵既归，诣塾，嘱其师曰："吾弟年幼，宜闭之。山中虎狼多。"师曰："午前不知何往，业夏楚之。"归谓诚曰："不听吾言，遭笞责矣。"诚笑曰："无之。"明日，怀斧又去。兄骇曰："我固谓子勿来，何复尔？"诚不应，刈薪且急，汗交颐不少休，约足一束，不辞而返。师又责之，乃实告之，师叹其贤，遂不之禁。兄屡止之，终不听。

○业夏（jiǎ）楚之：已体罚了他。夏楚，古代学校用榎木、荆条制成的体罚学生的用具。

译文

第二日，吃过饭后，张诚偷偷地上山，来到兄长砍柴的地方。张讷看见他，惊奇地问："你到这里干什么？"张诚回答说："过来帮助你砍柴。"张讷又问："谁派你过来的？"张诚说："我自己过来的。"张讷说："别说弟弟你不会砍柴，即使你会砍柴，这事你也不能干。"于是催促他赶紧回去。张诚不听，手脚并用地将柴折断来帮助兄长，并且还说："明天应当带着斧子来。"张讷走过去制止了张诚，看见他的手指已经破了，鞋子也被磨破了，就心疼地说："你不赶快回去，我就用斧子砍脖子自杀！"张诚这才回去。张讷送了他一半的路程才返了回去。张讷砍完柴回去，又到了书院，叮嘱张诚的老师说："我弟弟年龄还小，应该严加看管，山里面有很多虎狼。"老师说："午前不知道他去什么地方了，我已经体罚他了。"回家以后，张讷对张诚说："不听我的话，你看遭受体罚了吧。"张诚笑着说："没有。"第二天，张诚怀揣着斧子又去了。张讷惊讶地说："我再三告诉你不要来，你怎么又来了？"张诚也不说话，急忙砍柴，汗水顺着他的脸不停地往下淌，估摸着砍够了一捆，没有和兄长告辞就离开了。老师又一次体罚了他，张诚就将事情如实告诉了老师。老师赞叹他的品行，于是就不再阻止他。张讷屡次劝阻张诚，他就是不听。

原文

一日，与数人樵山中，欻有虎至，众惧而伏，虎竟衔诚去。虎负人行缓，为讷追及，讷力斧之，中胯，虎痛狂奔，莫可寻逐。痛哭而返，众慰解之，哭益悲，曰：“吾弟，非犹夫人之弟，况为我死，我何生焉！”遂以斧自刎其项。众急救之，入肉者已寸许，血溢如涌，眩瞀殒绝。众骇，裂之衣而约之，群扶而归。母哭骂曰：“汝杀吾儿，欲劙颈以塞责耶！”讷呻云：“母勿烦恼。弟死，我定不生！”置榻上，创痛不能眠，惟昼夜依壁坐哭。父恐其亦死，时就榻少哺之，牛辄诟责。讷遂不食，三日而毙。

○非犹夫人之弟：不同于别的人家的弟弟。一谓是自己的弟弟，一谓其弟甚贤。犹，若。夫，语中助词，无义。

○眩瞀（mào）殒绝：昏死过去。眩瞀，眼花。殒，死亡。

○约之：束裹伤口。约，束。

○劙（lí）：浅割。

译文

有一天，张讷、张诚两兄弟与几个人在山里砍柴。忽然来了一只老虎，众人都害怕地到处躲藏，那老虎竟然叼着张诚走了，老虎叼着人行走的速度不快，被张讷追上，他抡着斧子砍向老虎，砍中了老虎的胯部。老虎痛得狂奔而逃，张讷怎么也追不上了，他痛哭着走了回去。众人都安慰劝解他，张讷哭得更加悲伤，说：“我的弟弟，不同于别人家的弟弟，况且他是因为我而死的，我活着还干什么呢。”说完就用斧头朝着自己的脖子砍去。众人急忙去救他，斧子已经砍进一寸深，血如泉涌，立马就昏死了过去。众人十分惊骇，急忙撕下衣服将张讷的伤口包扎好，并将他搀扶回了家。牛氏哭着咒骂他说：“你杀了我的儿子，想用割脖子这招来搪塞吗？”张讷呻吟地说：“母亲不用烦恼。弟弟死了，我一定不会偷生。”众人将张讷放在床上，他伤口疼得无法入眠，只是白天黑夜地靠着墙壁哭泣。张父害怕他也死去，时常到他的床边喂他点吃的。牛氏看见了就一直咒骂。张讷就不再吃东西了，三天后也就死了。

原文

村中有巫走无常者，讷途遇之，缅诉曩苦，因询弟所。巫言不闻，遂反身导讷去。至一都会，见一皂衫人，自城中出，巫要遮代问之。皂衫人于佩囊中检牒审顾，男妇百余，并无犯而张者。巫疑在他牒，皂衫人曰：“此路属我，何得差逮。”讷不信，强巫入内城。城中新鬼、故鬼，往来憧憧，亦有故识，就问，迄无知者。忽共哗言：“菩萨至！”仰见云中，有伟人，毫光彻上下，顿觉世界通明。巫贺曰：“大郎有福哉！菩萨几十年一入冥司，拔诸苦恼，今适值之。”便捽讷跪。众鬼囚纷纷籍籍，合掌齐诵慈悲救苦之声，哄腾震地。菩萨以杨柳枝遍洒甘露，其细如尘。俄而雾收光敛，遂失所在。讷觉颈上沾露，斧处不复作痛。巫仍导与俱归，望见里门，始别而去。讷死二日，豁然竟苏，悉述所遇，谓诚不死。母以为撰造之诬，反诟骂之。讷负屈无以自伸，而摸创痕良瘥，自力起，拜父曰：“行将穿云入海往寻弟，如不可见，终此身勿望返也。愿父犹以儿为死。”翁引空处与泣，无敢留之。

- 走无常者：民间传说，冥间鬼使不足时，往往勾摄阳间的人代为服役，这种人称为走无常者。
- 缅诉：追诉。曩苦：所经历的苦楚。
- 要（yāo）遮：中途拦截。
- 差逮：错捕。
- 憧憧（chōng）：形影摇晃变幻的样子。
- 故识：老相识，熟人。
- 菩萨：菩提萨埵的简称，位次亚于佛。此指观世音。
- 大郎：指张讷。郎，对少年男子的敬称。
- 拔诸苦恼：佛家语。指超拔人生的各种苦难忧伤。
- 纷纷籍籍：形容众人纷乱喧嚷。
- 撰造之诬：编的瞎话。

译文

村里有一个巫者在阴间当差，张讷的灵魂在去阴间的途中遇见了他，诉说自己以前经历的苦难，又向他询问张诚的下落。巫者说他也不是很清楚，于是反身引导着张讷走了。他们来到了一座都市，看见一个身穿黑色衣衫的人从城里出来，巫者将他拦下，代替张讷询问张诚的下落。穿着黑色衣衫的人从配囊中拿出生死簿仔细地查看，男女老少一百多个人的名字，并没有姓张。巫者怀疑在别的生死簿上，穿黑色衣衫的人说："这条路是归我管辖的，怎么会有差错呢？"张讷不相信他的话，一定要巫者陪着他进城里看看，城中新鬼与旧鬼来来往往，也有以前就认识的，询问他们，没有人知道张诚的下落。忽然间喧哗一片，说："菩萨来了！"张讷抬头看向天空，有一个伟人浑身上下散发着光芒，让人一瞬间感觉世界光明一片。巫者向张讷祝贺说："大郎真是有福气！菩萨几十年才来阴间一次，为众鬼拔除苦难，今天恰好让你遇上了。"说着就拉着张讷跪倒在地上。众鬼纷纷攘攘，双手合起诵读慈悲救苦的祈祷词，那吵闹欢腾的声音震天动地。菩萨用杨柳枝遍洒甘露，那水珠细得如同尘埃一般。过了一会儿，雾收敛了光消失了，菩萨也已经不见了。张讷感觉脖子上也沾了甘露，被斧子砍伤的地方不再疼痛了。巫者于是又引导他一起回到了阳间。看见了张讷家的大门，这才告别离开。张讷死了两天，忽然又苏醒了过来，他将自己遇见的事情说了一遍，并且说张诚没有死。牛氏以为张讷编造谎话，反而将他辱骂了一番。张讷一肚子的委屈没有办法申辩，并且用手摸摸被斧子砍过的伤口也已经痊愈了。便支撑着身子站起来，拜别父亲说："我将走遍天下去寻找弟弟，如果没有找到，我这辈子也不会回来。希望父亲就当作我已经死了吧。"张父把张讷领到一处没人的地方，与他相拥大哭了一场，但是没敢留下他。

原文

讷乃去，每于冲衢访弟耗，途中资斧断绝，丐而行。逾年，达金陵，悬鹑百结，伛偻道上。偶见十余骑过，走避道侧。内一人如官长，年四十已来，健卒怒马，腾踔前后。一少年乘小驷，屡视讷，

○冲衢：通向四面八方的要道。

○丐而行：要着饭走。

○伛偻：即腰背弯曲。

○悬鹑：鹌鹑毛短尾秃，如同破烂的衣服，因以形容衣衫褴褛。百结：形容补丁之多。

○腾踔（chuō）：凌空腾踏。这里形容马的步伐刚健有力。

讷以其贵公子，未敢仰视。少年停鞭少驻，忽下马，呼曰："非吾兄耶！"讷举首审视，诚也，握手大痛失声。诚亦哭曰："兄何漂落以至于此？"讷言其情，诚益悲。骑者并下问故，以白官长。官命脱骑载讷，连辔归诸其家，始详诘之。

○脱骑：指让出一匹马。

○连辔（pèi）：骑马并行。辔，驭马的缰绳。

译文

张讷离开家以后，去各处的交通要道上寻访弟弟的消息，路上盘缠用完了，就一路乞讨一路走。第二年，张讷到了金陵，有一天，他穿着破破烂烂的衣裳，佝偻着身子在路上行走着，偶然看见有十多个人骑着马过来，他便去路边躲避。这些人中有一个人好像是长官，年龄有四十多岁，前后都是强健的士卒骑着高大的骏马。只有一个少年骑着一匹小马随行，他不停地看向张讷。张讷认为他是富贵人家的公子，没敢抬头看他。少年将马勒住看了张讷一眼，突然从马上跳下来，呼喊道："这不是我的兄长吗！"张讷抬起头仔细一看，竟然是张诚！他抓住张诚的手，失声痛哭。张诚也大哭地说道："兄长为何流落到这个地步？"张讷实话实说，张诚越发伤心。有骑马的人下马来询问其中的缘故，然后向长官禀告。长官命令腾出一匹马来让张讷骑，与张诚一起回到家里，张讷这才向张诚询问事情的详细经过。

原文

初，虎衔诚去，不知何时置路侧，卧途中经宿。适张别驾自都中来，过之，见其貌文，怜而抚之，渐苏。言其里居，则相去已远，因载与俱归。又药敷伤处，数日始痊。别驾无长君，子之。盖适从游瞩也。诚具为兄告。

○别驾：官名。州的佐吏。宋以来，诸州通判也尊称别驾。

○长君：成年的公子。

○游瞩：闲逛，游玩。

译文

起初，老虎叼着张诚离开，不知道什么时候就把他扔在了路边上。张诚就在路边上躺了一夜。正好张别驾从京都来，经过这里，看张诚的相貌斯文，对他很是爱怜就照顾他，张诚才渐渐苏醒。张诚说起自己的家乡住处，但是已经离家很远了，所以张别驾就将张诚带回了自己的家。又用药为张诚敷治伤口，好几天才痊愈。张别驾没有成年的儿子，就将张诚当作儿子。刚才张诚是跟随张别驾去游玩的，张诚就将事情的经过都告诉了张讷。

原文

言次，别驾入，讷拜谢不已。诚入内，捧帛衣出，进兄，乃置酒燕叙。别驾问："贵族在豫，几何丁壮？"讷曰："无有。父少齐人，流寓于豫。"别驾曰："仆亦齐人。贵里何属？"答曰："曾闻父言，属东昌辖。"惊曰："我同乡也！何故迁豫？"讷曰："明季清兵入境，掠前母去。父遭兵燹，荡无家室，先贾于西道，往来颇稔，故止焉。"又惊问："君家尊何名？"讷告之。别驾瞠而视，俯首若疑，疾趋入内。无何，太夫人出。共罗拜，已，问讷曰："汝是张炳之之孙耶？"曰："然。"太夫人大哭，谓别驾曰："此汝弟也。"讷兄弟莫能解。太夫人曰："我适汝父三年，流离北去，身属黑固山半年，生汝兄。又半年，固山死，汝兄以补秩旗下迁此官。今解任矣。每刻刻

○帛衣：帛做的衣服。帛，丝织品的总称。这里指高级服装。

○燕叙：话家常。

○丁壮：家口，成年男性。

○东昌：府名。府治在今山东聊城。

○兵燹（xiǎn）：指战乱及战乱的次生灾害。

○贾：经商。

○瞠而视：瞪目而视。形容惊呆。

○太夫人：老夫人。

○适：嫁。

○黑固山：黑，姓。固山，满语音译，为加于爵位或官职前的美称。

○补秩：补缺。

念乡井，遂出籍，复故谱。屡遣人至齐，殊无所觅耗，何知汝父西徙

○复故谱：归复原来的家族谱系，即认祖归宗。

哉！”乃谓别驾曰：“汝以弟为子，折福死矣！”别驾曰：“曩问诚，诚

○折福死矣：造孽折福太甚。死，形容极甚。

未尝言齐人，想幼稚不忆耳。”乃以齿序：别驾四十有一，为长；诚

○以齿序：按年龄排定长幼次序。齿，年岁。

十六，最少；讷二十二，则伯而仲矣。

○伯而仲：指讷由原来的老大变成了老二。

译文

兄弟俩正说着话，张别驾进来了，张讷对着他不停地拜谢。张诚去内室捧着一套丝绸的衣服出来，给张讷换上，又置办酒席畅谈。张别驾问：“你们家族在河南还有多少人口？”张讷回答说：“没有了。父亲少年的时候居住在山东，后来流落到河南。”张别驾说：“我也是山东人。你的家乡归哪里管辖？”张讷回答说：“我曾经听父亲说过，属东昌府管辖。”张别驾吃惊地说：“我们是同乡呀！为什么搬迁到河南呢？”张讷说：“明朝末年清兵入境，他们将我的前母掠夺去了。父亲遭受了战火，家里被扫荡一空。他以前在西边做生意，来来往往得也比较熟了，所以就定居在那里了。”张别驾又吃惊地问：“令尊叫什么名字？”张讷告诉了他。张别驾听了以后惊呆地看了张讷一会儿，低下头好像想了什么，快步向内室走去。不一会儿，太夫人出来了，张讷他们向太夫人一起行礼。行礼以后，太夫人问张讷说：“你是张炳之的孙子吗？”张讷回答说：“是的。”太夫人大声哭了起来，她对张别驾说：“这是你的弟弟。”张讷与张诚兄弟不知道是怎么一回事。太夫人说：“我嫁给你父亲三年，流落到了北方，跟了黑旗主半年，生下了你的兄长。又过了半年，黑旗主死了，你的兄长补缺得了这个官，如今任期已满离职了。我每时每刻都在想念着家乡，就脱离了八旗籍，恢复了原来的家谱。屡屡派人到山东去打听你父亲的下落，没有一点消息，哪里想得到你父亲迁往西边了呢！”于是又对着张别驾说：“你把弟弟当成儿子，真是罪过！”张别驾说：“我曾问过张诚，张诚从来没有说过自己是山东人，想来是他年龄太小不记得了。”于是按照年龄大小排了次序：张别驾四十一岁，为长兄；张诚十六岁，是最小的；张讷二十二岁，从原来的老大变成了老二。

原文

别驾得两弟，甚欢，与同卧处，尽悉离散端由，将作归计。太夫人恐不见容，别驾曰：“能容则共之，否则析之。天下岂有无父之国？”于是鬻宅办装，刻日西发。既抵里，讷及诚先驰报父。父自讷去，妻亦寻卒，块然一老鳏，形影自吊。忽见讷入，暴喜，恍恍以惊；又睹诚，喜极，不复作言，潸潸以涕；又告以别驾母子至，翁辍泣愕然，不能喜，亦不能悲，蚩蚩以立。未几，别驾入，拜已，太夫人把翁相向哭。既见婢媪厮卒，内外盈塞，坐立不知所为。诚不见母，问之，方知已死，号嘶气绝，食顷始苏。别驾出赀，建楼阁，延师教两弟。马腾于槽，人喧于室，居然大家矣。

○析：分开。这里是分家过日子的意思。

○形影自吊：形容孤独无伴。吊，哀伤。

○老鳏（guān）：老光棍。鳏，无妻或丧妻的男人。

○恍恍（huǎng）：精神恍惚的样子。

○蚩蚩：痴呆的样子。

译文

张别驾有了两个弟弟，十分欢喜，他们住在同一个屋子里，尽情地谈论这一家人过去的遭遇，打算一起回到河南。太夫人恐怕河南家里的人不能容得下他们。张别驾说：“能容得下就在一起过日子，否则就分开过。天底下哪里有没有父亲的家呢？”于是将房子卖掉，准备行装，定好了日子就向西出发。回到了家乡，张讷和张诚先奔驰到家给父亲报信。张父自从张讷离开以后，妻子也死了，他成了一个老光棍，孤苦伶仃地过日子。忽然看见张讷进屋，他吃了一惊，感觉恍恍惚惚的，又看见了张诚，更是高兴得什么也说不出来，只是一个劲地流眼泪。他们兄弟又告诉他张别驾母子也来了，张父停止了哭泣，十分惊愕，他不感到欢喜，也不感到悲伤，只是一副痴呆的样子站在那里。没一会儿，张别驾他们进来拜见了父亲。太夫人抱着张父，相对着大声哭了起来。张父又看见很多婢女仆人，屋里屋外都是，他站着也不是，坐着也不是。张诚没有看见母亲，询问张父，才知道母亲已经去世了。张诚悲伤地大声嚎哭，昏了过去，有一顿饭的工夫才醒过来。张别驾拿出钱来，盖了房屋，请老师教两个弟弟读书。马儿在食槽边上欢腾，人们在屋子里喧闹，张家居然成了当地的大户。

原文

异史氏曰：余听此事至终，涕凡数堕。十余岁童子，斧薪助兄，慨然曰："王览固再见乎！"于是一堕。至虎衔诚去，不禁狂呼曰："天道愦愦如此！"于是一堕。及兄弟猝遇，则喜而亦堕。转增一兄，又益一悲，则为别驾堕。一门团圞，惊出不意，喜出不意，无从之涕，则为翁堕也。不知后世亦有善涕如某者乎？

○王览固再见乎：像王览这样的人物真地又出现了吗？这里以王览比张诚。固，的确。见，"现"的古字。

○愦愦：糊涂，昏聩。

○团圞（luán）：团聚。

译文

异史氏说：我将这个故事从头听到尾，其间流了好几次泪。十多岁的孩子，拿着斧头砍柴帮助兄长，我不禁感慨地说道："像王览之类的人物是再一次出现了吗？"于是落下第一次眼泪。看到老虎叼着张诚离开，我不禁大声高喊道："老天爷怎么如此糊涂呀！"于是又落了一次眼泪。到了他们兄弟忽然相遇，我又欢喜地落了一次泪；转而又有了一个兄长，又增添了一份悲伤，又因为张别驾而落泪。他们一家团圆，相遇的惊喜，惊喜的意外，这没有缘由的泪水，则是为了张父而落泪。不知道后世还有像我一样喜欢流眼泪的人吗？

【汾州狐】

原文

汾州判朱公者，居廨多狐。公夜坐，有女子往来灯下。初谓是家人妇，

○汾州判：汾州府的通判。汾州府，治所在今山西汾阳。

○居廨（xiè）：所居官署。廨，古代对于官舍的统称。

未遑顾瞻，及举目，竟不相识，而容光艳绝。心知其狐，而爱好之，

○未遑：未暇，未来得及。

遽呼之来。女停履笑曰："厉声加人，谁是汝婢媪耶？"朱笑而起，曳

○婢媪：指供役使的丫环、仆妇。

坐谢过，遂与款密，久如夫妻之好。忽谓曰："君秩当迁，别有日矣。"

○遂与款密：就与她结为知心朋友。款密，恳挚，亲切。此谓情感真挚的密友。

问："何时？"答曰："目前。但贺者在门，吊者即在闾，不能官也。"

○吊：吊唁。闾：里巷的门。这里指家乡的门。

译文

汾州府有个姓朱的通判，他所居住的官署中有很多狐狸。朱公有天夜里在房间坐着，有个女子在灯下走来走去。朱公起初以为是家中的女眷，就没仔细地看，等他抬眼一看，那女子竟然不认识，而这女子长得面容映丽，美艳绝伦。朱公心里知道这一定是只狐狸精，但是很喜爱她，就急忙让她过来。女子停下脚步笑着说："你如此严厉地叫人，谁是你的婢女老妈子吗？"朱公笑着站起身，将她拉过来坐下，并且向她表示道歉，于是就与她结为了知心朋友。时间一长，就好像夫妻一样好。有一天，女子忽然对朱公说："你的官职要升了，我们即将分开了。"朱公问："什么时间？"女子回答说："就在眼前。但是祝贺的人来到门前的时候，吊丧的人也就要到你的老家了，你不能当官了。"

原文

三日，迁报果至。次日即得太夫人讣音。公解任，欲与偕旋。狐不

○讣音：报丧的音讯。

○偕旋：一同回归故里。

可，送之河上。强之登舟，女曰："君自不知，狐不能过河也。"朱

不忍别，恋恋河畔。女忽出，言将一谒故旧。移时归，即有客来答拜，女别室与语。客去乃来，曰：“请便登舟，妾送君渡。”朱曰：“向言不能渡，今何以渡？”曰：“曩所谒非他，河神也。妾以君故，特请之。彼限我十天往复，故可暂依耳。”遂同济。至十日，果别而去。

译文

过了三天，朱公升官的消息果然到了。但是第二天，朱公就收到了他母亲去世的消息。朱公辞了官，想要带着女子一起回家乡。狐女不同意。狐女将朱公送到河边，朱公强要求她一起上船。狐女说：“你自是不知道，狐狸是不能过河的。”朱公不忍心与她分别，在河边恋恋不舍地徘徊。这时狐女突然离开，说她要去拜访一位老朋友。过了一会儿，狐女回来了，接着就有客人过来回拜。狐女就到了另外一间屋子接待客人。客人离开后，狐女过来和朱公说：“请上船吧，我送你过河。”朱公说：“先前你不是说狐狸不能过河吗，现在怎么又能过河了呢？”狐女说：“我刚才拜访的不是别人，而是河神。我因为你的缘故，特意请他批准。他限我十天往返，因而可以暂时和你回去。”于是两人一同乘船回家。到了第十天，狐女果然辞别而去。

居廨

“居廨”指官员的办公和居住之所，通常用于描述地方官府的官邸或衙门中的居住区域。在古代，廨是官员办公的地方，居廨即为官员工作和生活的场所，通常与衙门或官署相连。

【巧娘】

原文

广东有搢绅傅氏，年六十余生一子，名廉，甚慧，而天阉，十七岁，阴裁如蚕。遐迩闻知，无以女女者。自分宗绪已绝，昼夜忧怛，而无如何。

○搢（jìn）绅：古代仕宦者搢笏垂绅（大带），因以指称仕宦之家。此处指有身份地位的乡绅。
○天阉：指外生殖器发育不全或有缺陷的男子。
○阴：这里指外生殖器官。
○无以女女者：没有把女儿嫁给他的。前一"女"字，是名词，女儿；后一"女"字，是动词，以女妻人。
○宗绪：宗祠的接续。

译文

广东有个乡绅姓傅，已经六十多岁了。他有一个儿子，名字叫傅廉，他很聪慧，却是天生的阉人。十七岁了，他的外生殖器才像蚕那么大，远近的人们都知道这件事，因此没有人肯将女儿嫁给他。傅廉自己认为将要断绝子嗣了，日夜担心忧愁，但是也没有什么办法。

原文

廉从师读，师偶他出，适门外有猴戏者，廉观之，废学焉。度师将至而惧，遂亡去。离家数里，见一白衣女郎，偕小婢出其前。女一回首，妖丽无比。莲步蹇缓，廉趋过之。女回顾婢曰："试问郎君，得毋欲如琼乎？"婢果呼问。廉诘其何为，女曰："倘之琼也，有尺一书，烦便道寄里门。老母在家，亦可为东道主。"廉出本无定向，念浮海亦得，因诺之。女出书付婢，婢转付生。问其姓名居里，云："华姓，居秦女村，去北郭三四里。"

○猴戏：耍猴的，民间以猴为角色的杂技表演。
○莲步蹇（jiǎn）缓：小脚行走迟缓。莲步，旧指女子的脚步。
○得毋欲如琼乎：该不是想去琼州吧？得毋，莫非，该不会。如，往。
○尺一书：即尺一牍。此处泛指书信。汉代诏书写于一尺一寸长的木板上，故称尺一牍。
○里门：古时聚族列里而居，门户相连，于里有门，叫里门。此指族居之地。
○东道主：待客之主人。

译文

傅廉跟随着老师读书，一天老师偶然有事出去了，恰好门外来了个耍猴的，傅廉出去看，因此耽误了当天的功课。他估摸着老师就要回来了，害怕被老师惩罚，于是就离家出走了。傅廉远离自己的家已经几里远了，见到一个穿着白衣服的女郎，带着一个小丫环走在他的前面。女郎一回头，傅廉见她长得无比妖艳漂亮。她走得很慢，一小步小步地走着，傅廉就快走几步赶过了女郎。女郎回头对着小丫环说："你去试着问问郎君，看看他是否想要去往琼州？"小丫环果然叫住傅廉询问。傅廉问她们有什么事。女郎说："如果你去琼州，我这里有一封信，麻烦你顺路帮我送到家里。我的老母亲在家，也可以作为东道主招待你。"傅廉本来就没有一定的地方要去，想着过了海就行了，所以就应允了。女子将信交给了小丫头，小丫头把信转交给傅廉。傅廉询问女子的姓名与住址。女郎说："我姓华，居住在秦女村，距离城北三四里路。"

原文

生附舟便去，至琼州北郭，日已曛暮。问秦女村，迄无知者。望北行四五里，星月已灿，芳草迷目，旷无逆旅，窘甚。见道侧墓，思欲傍坟栖止，大惧虎狼，因攀树猱升，蹲踞其上。听松声谡谡，宵虫哀奏，中心忐忑，悔至如烧。忽闻人声在下，俯瞰之，庭院宛然，一丽人坐石上，双鬟挑画烛，分侍左右。丽人左顾曰："今夜月白星疏，华姑所赠团茶，可烹一盏，赏此良夜。"生意其鬼魅，毛发直竖，不敢少息。忽婢子仰视曰："树上有人！"女惊起曰："何处大胆儿，暗来窥人！"生大惧，无所

○逆旅：客店。

○猱（náo）升：攀缘而上。

○谡谡（sù）：风声。

○宵虫哀奏：晚上虫声哀怨地鸣叫。

○双鬟：两个丫环。旧时丫环头结双鬟，因以鬟代指丫环。

○团茶：圆模制成的一种茶块。

逃隐，遂盘旋下，伏地乞宥。女近临一睇，反恚为喜，曳与并坐。睨之，年可十七八，姿态艳绝。听其言，亦土音。问：“郎何之？”答云：“为人作寄书邮。”女曰：“野多暴客，露宿可虞。不嫌蓬荜，愿就税驾。”邀生入。

○乞宥：请求原谅。宥，宽免，原谅。

○睇：倾视，俯身而视。

○虞：忧虑。

○蓬荜（bì）：“蓬门荜户”的略语。指穷人家住的房子。

○税驾：停车。此谓留宿。税，止。

译文

傅廉于是乘上船就出发了。达到琼州城北的时候，太阳已经落山了。他打听秦女村，没有人知道在哪里。他又往城北走了四五里，天上已经星星满天，明月高悬，荒草一片，在这空旷的野外找不到一处可以休息的旅店，真是窘迫极了。傅廉看见道边上有一座坟墓，想要在坟墓边上休息一晚上，但是又害怕有虎狼，因此就像猿猴一样爬上了一棵大树，蹲踞在树杈上面。傅廉听着风吹树叶发出的哗哗声，小虫子的哀鸣声，心中忐忑不安，后悔的意念就像火一样燃烧。忽然，傅廉听见树下面有人说话的声音，就低头往下看，一座庭院就在眼前，有个美人坐在一块石头上，两个小丫环挑着灯笼在她的左右伺候着。美人对着左边的丫环说：“今夜月明星稀，将华姑所赠送的团茶煮上一杯，欣赏一下这美丽的月色。”傅廉心里知道这些都是鬼魅，汗毛吓得都竖了起来，大气都不敢出。忽然一个小丫环抬头一看说：“树上有人！”美女惊慌地站起来说：“从哪里来的胆大的小子，暗地里偷看别人！”傅廉十分恐慌，没有地方可以逃匿，于是就从树上辗转着下来，跪在地上乞求原谅。美人靠近一看，立即转怒为喜，拉着傅廉和自己一块坐。傅廉斜眼一看，那女子年纪也就十七八岁，神态容貌艳丽无比。听她说话，也是当地的口音。美人问：“郎君要到哪里去？”傅廉回答说：“替别人送封书信。”美女说：“野外有很多强盗，在外面露宿是不安全的，如果不嫌弃我家里简陋的话，就留宿在我的家中。”于是就邀请傅廉进屋。

原文

室惟一榻，命婢展两被其上。生自惭形秽，愿在下床。女笑曰：“佳客相逢，女元龙何敢高卧？”生不得已，遂与共榻，而惶恐不敢自舒。未几，女暗中以纤手探入，轻捻胫股，生伪寐，若不觉知。又未几，启衾入，摇生，迄不动。女便下探隐处，乃停手怅然，悄悄出衾去，俄闻哭声。生惶愧无以自容，恨天公之缺陷而已。女呼婢篝灯，婢见啼痕，惊问所苦。女摇首曰：“我叹吾命耳。”婢立榻前，耽望颜色，女曰：“可唤郎醒，遣放去。”生闻之，倍益惭怍，且惧宵半，茫茫无所复之。

○胫股：指腿。胫，小腿。股，大腿。

译文

屋子里只有一张床，美人命令丫环在床上铺两床被子。傅廉自惭形秽，说自己愿意打地铺。美女笑着说：“有贵客来临，我这个女元龙怎么敢独自高卧床上？”傅廉不得已，于是和美女睡在一张床上。……美人摇着头说：“我是叹息我的命不好。”丫环站在床前，观察着她的神情。美女说：“可以将郎君叫醒，将他放走吧。”傅廉听见后，更加感到惭愧，并且担心已经半夜时分，这荒郊野外，他也茫然不知道往哪里走。

原文

筹念间，一妇人排闼入。婢白：“华姑来。”微窥之，年约五十余，

○排闼（tà）入：推门而入。排，推。闼，小门。

犹风格。见女未睡，便致诘问，女未答。又视榻上有卧者，遂问：

O风格：风韵。

“共榻何人？”婢代答：“夜一少年郎，寄此宿。”妇笑曰：“不知巧娘谐花烛。”见女啼泪未干，惊曰：“合卺之夕，悲啼不伦，将勿郎君粗暴也？”女不言，益悲。妇欲捋衣视生，一振衣，书落榻上。妇取视，骇曰：“我女笔意也！”拆读叹咤。女问之，妇云：“是三姐家报，言吴郎已死，茕无所依，且为奈何！”女曰：“彼固云为人寄书，幸未遣之去。”

O茕（qióng）：孤独。

译文

正在思考着，有一个妇人推开门进来了，丫环说道：“华姑来了。”傅廉偷偷睁开眼一看，那华姑大概五十多岁的样子，风韵犹存。她看见美人还没睡，便询问原因。美人没有回答。她又看见床上还躺着一个人，于是问：“与你同床的是什么人？”丫环代美人回答说：“夜里有个少年来这里借宿。”华姑笑着说：“不知道是巧娘的洞房花烛夜。”她又看见巧娘脸上的泪痕还没有干，吃惊地问道：“这洞房花烛的日子，不应该悲泣，难道是郎君待你太粗暴了？”巧娘依旧不说话，只是神情更加悲伤。华姑想要将傅廉的衣服掀开看一下，一抖落衣服，有一封信掉在了床上。华姑拿过来一看，惊骇地说：“这是我女儿的笔迹呀！”说罢就将信拆开一看，忍不住惊叹。巧娘问华姑怎么了。华姑说：“是三姐的家书，说吴郎已经去世了，她一个人无依无靠，这可怎么办才好呀！”巧娘说：“这个人本来就说是为别人送家书的，幸亏还没有让他离开这里。”

原文

妇呼生起，究询书所自来，生备述之。妇曰：“远烦寄书，当何以报？”又熟视生，笑问：“何迕巧娘？”生言：“不自知罪。”又诘女，女叹曰：“自怜生适阉寺，殁奔椓人，是以悲耳。”妇顾生曰：“慧黠儿，固雄而雌者耶？是我之客，不可久溷他人。”遂导生入东厢，探手于裤而验之，笑曰：“无怪巧娘零涕。然幸有根蒂，犹可为力。”挑灯遍翻箱簏，得黑丸，授生，令即吞下，秘嘱勿吪，乃出。生独卧筹思，不知药医何症。将比五更，初醒，觉脐下热气一缕，直冲隐处，蠕蠕然似有物垂股际，自探之，身已伟男。心惊喜，如乍膺九锡。

○阉寺：宦官。

○殁奔椓（zhuó）人：死后私奔的竟然也是个阉人。椓人，阉人。

○溷：肮脏，龌龊。这里是叨扰、添麻烦的意思。

○勿吪（é）：不要动。吪，动。

○如乍膺九锡：如同刚刚受到九锡的封赠那样高兴。膺，受。九锡，传说为古代帝王赏赐给尊礼大臣的九种器物。

译文

华姑将傅廉叫了起来，向他询问这封信是从何处来的。傅廉就将事情的经过说了一遍。华姑说：“劳烦你那么远地将信送来，我应该怎么报答你呢？”说完华姑又盯着傅廉看，笑着问道：“你是因为什么得罪巧娘了？”傅廉说：“我也不知道我犯了什么错。”又询问巧娘。巧娘叹了口气说：“我可怜我自己，活着的时候嫁给了一个宦官样的人，死后私奔也遇见一个这样的人，所以感到悲伤而已。”华姑打量着傅廉说：“看着聪慧狡黠的一个人，难道是男人样女子的身体吗？你是我的客人，不能长时间地打扰别人。”于是华姑将傅廉带到了东厢房，伸手在他胯下检查了一番，笑着说：“也不怪巧娘哭泣。幸亏还有根蒂，还能够想办法的。”华姑说完将灯点亮，翻箱倒柜地找到了一颗黑色的药丸。华姑将药丸交给傅廉，让他立刻吃下去，并小声地叮嘱他不要乱动，于是就出去了。傅廉躺在床上思忖着，不知道这药是治疗何种症状的。快到五更天的时候，刚一醒过来，傅廉就感到肚脐下有一股热气直冲隐私处，感觉有什么东西蠕动着垂在两腿之间。他伸手一摸，自己成了一个真正的男人。傅廉心中非常惊喜，就好像刚刚接受了九锡封赐那样高兴。

原文

棂色才分，妇入，以炊饼纳生室，叮嘱耐坐，反关其户。出语巧娘曰：“郎有寄书劳，将留招三娘来，与订姊妹交。且复闭置，免人厌恼。”乃出门去。生回旋无聊，时近门隙，如鸟窥笼。望见巧娘，辄欲招呼自呈，惭讷而止。延及夜分，妇始携女归，发扉曰：“闷煞郎君矣！三娘可来拜谢。”途中人逡巡入，向生敛衽。妇命相呼以兄妹。巧娘笑曰：“姊妹亦可。”并出堂中，团坐置饮。饮次，巧娘戏问：“寺人亦动心佳丽否？”生曰：“跛者不忘履，盲者不忘视。”相与粲然。

○棂色才分：天刚亮。

○敛衽：指妇女行礼。

○寺人：太监。

译文

第二天，天色刚能看得清窗棂的时候，华姑就进入屋里，拿出了炊饼给傅廉吃，并且叮嘱他耐心地坐着，然后将门反锁上就走了。华姑出来对巧娘说：“这个小子有帮助送信的功劳，把他留下等着三娘来，和三娘定下姐妹之情。让他先躲藏几天，免得让人感到厌烦。”说完华姑就离开了。傅廉在屋子里走来走去，感到很无聊，就经常靠近门缝向外看，就好像被关在笼子里的小鸟向外看一样。正好看见了巧娘，想要和她打个招呼说说自己的情况，但是又感到很惭愧就停止了。等到了晚上，华姑才带着女儿三娘回来了。刚一开门华姑就说道：“闷坏郎君了吧！三娘快过来拜谢！”傅廉在路上遇见的那个女子犹犹豫豫地走过来，向他行了一礼，华姑让他们以兄妹相称。巧娘笑着说：“叫姐妹也行。”众人一起来到堂屋，围坐在一起喝酒。饮酒的当中，巧娘就戏弄地对傅廉说：“太监对着美人也会心动吗？”傅廉说：“瘸子不能忘记穿鞋，瞎子不能忘记看东西。”彼此会心一笑。

原文

巧娘以三娘劳顿，迫令安置。妇顾三娘，俾与生俱，三娘羞晕不行。妇曰：“此丈夫而巾帼者，何畏之？”敦促偕去。私嘱生曰：“阴为吾婿，阳为吾子，可也。”生喜，捉臂登床，发硎新试，其快可知。既，于枕上问女：“巧娘何人？”曰：“鬼也。才色无匹，而时命蹇落。适毛家小郎子，病阉，十八岁而不能人，因邑邑不畅，赍恨如冥。”生惊，疑三娘亦鬼。女曰：“实告君，妾非鬼，狐耳。巧娘独居无偶，我母子无家，借庐栖止。”生大愕，女云：“无惧，虽故鬼狐，非相祸者。”由此日共谈宴。虽知巧娘非人，而心爱其娟好，独恨自献无隙。生蕴藉，善谀噱，颇得巧娘怜。

○发硎（xíng）：谓刚刚磨过的刀刃。硎，磨刀石。

○时命蹇落：命苦无依。

○邑邑：心情抑郁。

○赍（jī）恨如冥：抱恨而亡。

○蕴藉：宽和而有教养。

○谀噱（jué）：以逗乐来讨好别人。噱，逗乐，以趣语使人快乐。

译文

巧娘因为三娘一路辛苦，就让人安排房子让她休息。华姑看向三娘，暗示她和傅廉一起走。三娘羞愧得不行，没动。华姑说：“这个人不是男子汉而是个女子。”说着就催促着他们赶紧离开。暗地里华姑叮嘱傅廉说：“你暗地里是我的女婿，明面上就是我的干儿子，就这样。”傅廉非常欢喜……傅廉躺在枕边问三娘：“巧娘是什么人？”三娘回答说：“是鬼。她的才华和容貌都是顶好的，但就是时运不济。她嫁给了毛家的小儿子，天生是个阉人，十八岁了还不能行房事，因此巧娘郁郁寡欢，含恨而去。”傅廉大吃一惊，心里怀疑三娘也是鬼。三娘说：“我将实话告诉你吧，我不是鬼，是狐狸啊。巧娘一个人居住没有人陪伴，我们母女没有家，因此就借住在她这里。”傅廉十分惊愕。三娘说：“无须害怕，我们虽然是鬼是狐狸，但是都不会害人。”自此以后，傅廉与三娘她们每天一起生活，他虽然知道巧娘不是人，但是他从心中喜欢她的娟丽美好，只是遗憾自己没有向她表明。傅廉为人温柔风雅，又谈吐幽默，巧娘待他十分爱怜。

原文

一日，华氏母子将他往，复闭生室中。生闷气，绕屋隔扉呼巧娘。巧娘命婢，历试数钥，乃得启。生附耳请间，巧娘遣婢去。生挽就寝榻，偎向之，女戏掬脐下，曰：“惜可儿此处阙然。”语未竟，触手盈握，惊曰：“何前之渺渺，而遽累然！”生笑曰：“前羞见客，故缩，今以诮谤难堪，聊作蛙怒耳。”遂相绸缪。已而恚曰：“今乃知闭户有因。昔母子流荡栖无所，假庐居之；三娘从学刺绣，妾曾不少秘惜，乃妒忌如此！”生劝慰之，且以情告，巧娘终衔之。生曰：“密之，华姑嘱我严。”语未及已，华姑掩入，二人皇遽方起。华姑嗔目，问：“谁启扉？”巧娘笑逆自承。华姑益怒，聒絮不已。巧娘故哂曰：“阿姥亦大笑人！是丈夫而巾帼者，何能为？”三娘见母与巧娘苦相抵，意不自安，以一身调停两间，始各拗怒为喜。巧娘言虽愤烈，然自是屈意事三娘。但华姑昼夜闲防，两情不得自展，眉目含情而已。

○可儿：谓称心如意的人。阙然：空缺。

○苦相抵（zhǐ）：苦苦地互相计难。抵，击。

○拗（yù）怒：抑制愤怒。

○闲防：即防闲。防，堤，用于制水。闲，圈栏，用于制兽。引申为防备和禁阻。

译文

有一天，华姑与三娘母女要到别的地方去，于是又将傅廉锁在了屋里。傅廉感到心里憋闷，就在屋里绕来绕去，隔着门板呼喊巧娘。巧娘命令丫环试了好几把钥匙，才将门给打开。傅廉附耳对巧娘说，想要单独和她待一会。巧娘于是就将丫环遣散了……巧娘不高兴地说："我现在才知道华姑将你关在屋子里是有原因的。当初她们母女俩到处流浪，没有地方容身，我将房子借给她们居住。三娘跟我学刺绣，我也毫不保留地交给她。谁知道她们还是如此嫉恨！"傅廉就劝解安慰巧娘，并且将实情告诉了她。巧娘还是耿耿于怀。傅廉说："要保密，华姑叮嘱我要严守秘密。"话还没有说完，华姑就推开门走了进来，巧娘与傅廉急忙穿衣起身。华姑瞪大眼睛问道："是谁开的门？"巧娘笑着承认是她开的。华姑更加愤怒了，絮絮叨叨地说个不停。巧娘故意讥讽地说道："阿姥也实在是太可笑了，他不是男人中的女人吗，我们能干什么事呢？"三娘见母亲与巧娘互相攻讦，感到很不安，便一个人同时两边调解，最终让双方转怒为喜。巧娘虽然言语表现得很激烈，但是仍然屈意对待三娘。但是华姑白天黑夜地提防，傅廉和巧娘没机会接近，只能通过眉目传情罢了。

原文

一日，华姑谓生曰："吾儿姊妹皆已奉事君。念居此非计，君宜归告父母，早订永约。"即治装促生行。二女相向，容颜悲恻，而巧娘尤不可堪，泪滚滚如断贯珠，殊无已时。华姑排止之，便曳生出。至门外，则院宇无存，但见荒冢。华姑送至舟上，曰："君行后，老身携两女僦屋于贵邑。倘不忘夙好，李氏废园中，可待亲迎。"生乃归。

○排止之：谓分别劝止巧娘与三娘。排，调停，劝解。

○僦（jiù）：租赁。

译文

有一天，华姑对傅廉说："我的儿，三娘与巧娘她们姐妹都已经侍奉你了。长久地居住在这里也不是办法。你应该回家去禀告父母，早些定下婚约。”然后便置办行装催促傅廉上路。二女相送，脸上的神情悲伤凄切，巧娘更是悲伤得不能自已，眼泪就像断了线的珠子哭个不停。华姑止住了她们，拽着傅廉就出来了。来到门外，房屋院子都不复存在了，只看见一座荒废的坟墓。华姑将傅廉送到了船上，说：“你离开以后，我将带着两个女儿到你的家乡租个房子住下。倘若没有忘记往日的情分，我们在李氏的废园子里等你来迎亲。”傅廉于是回到了家里。

原文

时傅父觅子不得，正切焦虑，见子归，喜出非望。生略述崖末，兼致华氏之订。父曰：“妖言何足听信？汝尚能生还者，徒以阉废故，不然，死矣！”生曰：“彼虽异物，情亦犹人，况又慧丽，娶之亦不为戚党笑。”父不言，但嗤之。生乃退而技痒，不安其分，辄私婢，渐至白昼宣淫，意欲骇闻翁媪。一日，为小婢所窥，奔告母。母不信，薄观之，始骇。呼婢研究，尽得其状。喜极，逢人宣暴，以示子不阉，将论婚于世族。生私白母：“非华氏不娶。”母曰：“世不乏美妇人，何必鬼物？”生曰：“儿非华姑，无以知人道，背之不祥。”傅父从之，遣一仆一妪往觇之。

○崖末：本末，首尾。

○薄观之：靠近观察。薄，就近。

○人道：谓男女交合。

译文

那时傅廉的父亲到处寻找儿子没有消息，正焦急万分，看见儿子回来了，简直喜出望外。傅廉大概将他所经历的事情讲了一下，并且将与华家定亲的事说了。傅父说：“妖怪说的话怎么能够听信呢？你之所以能够活着回来，是因为你生理有缺陷，不是如此的话，你就死了。”傅廉说：“她们虽然不是人类，但是她们的感情和人类一样，况且她们聪慧又漂亮，娶她们也不会被亲戚朋友取笑。”傅父没有说什么，只是嗤笑而已。从此以后傅廉也不安分守己，常常与丫环私通，慢慢地发展到白日宣淫，想要以此让父亲母亲吃惊。有一天，傅廉和丫环私通时被一个小丫环看见了，就赶忙告诉了傅廉的母亲。傅母不信，靠近了观察，这才感到吃惊。唤来与儿子私通的丫环询问，知道了全部情况。傅母高兴极了，逢人就宣扬儿子的病已经好了，不是阉人了，并且还要找个世家大族人家和儿子结亲。傅廉暗地里对母亲说：“不是华家的姑娘不娶。”傅母说：“这个世界上不缺乏美丽的女人，何必非要找鬼怪呢？”傅廉说：“如果不是华姑，儿子就不知道男女之事，背叛诺言是不吉利的。”傅廉的父亲听从了儿子的想法，派遣了一个男仆和一个老妈子前往去打听。

原文

出东郭四五里，寻李氏园。见败垣竹树中，缕缕有炊烟。妪下乘，直造其闼，则母子拭几濯溉，似有所伺。妪拜致主命。见三娘，惊曰：“此即吾家小主妇耶？我见犹怜，何怪公子魂思而梦绕之。”便问阿姊。华姑叹曰：“是我假女。三日前，忽殂谢去。”因以酒食饷妪及仆。妪归，备道三娘容止，父母皆喜。末陈巧娘死耗，生恻恻欲涕。至亲迎之夜，见华姑亲问之，答云：“已投生北地矣。”生欷歔久之。迎三娘归，而终不能忘情巧娘，凡有自琼来者，必召见问之。

○下乘：下车。

○假女：义女。

○殂：死，亡。

○恻恻（cè）：悲痛，凄凉。

译文

他们出来东城门走了四五里，找到了李氏废园，只看见断裂的墙壁在竹林中，有缕缕炊烟。老妈子下了车，径直来到了屋门前，看见了华氏母女俩正在擦拭桌子，洗刷碗碟，像是在等待什么人。老妈子行了礼，说明了来意。见到了三娘，惊呼道：“这就是我家的小主妇吧？我看见了都怜爱，难怪公子魂牵梦绕的呢。”于是询问她的姐姐。华姑叹了口气说：“她是我的义女。三天前突然去世了。”随即准备了酒食招待了老妈子和男仆。老妈子回到了傅家，向主人详细地描述了三娘的行为举止和容貌，傅廉的父母很是欢喜。最后才陈诉了巧娘死了的噩耗，傅廉伤心难过得都要哭了。到了迎亲那天，傅廉看见华姑亲自询问了巧娘的事情，华姑说：“她已经投生在北方为人了。”傅廉唏嘘了很长时间。傅廉将三娘迎娶了回来，但是仍然没有将巧娘忘记，凡是有从琼州来的人，傅廉必定叫来询问一下。

原文

或言秦女墓夜闻鬼哭。生诧其异，入告三娘，三娘沉吟良久，泣下曰：“妾负姊矣！”诘之，答云：“妾母子来时，实未使闻。兹之怨啼，将无是姊？向欲相告，恐彰母过。”生闻之，悲已而喜。即命舆，宵昼兼程，驰诣其墓，叩墓木而呼曰：“巧娘，巧娘！某在斯。”俄见女郎绷婴儿，自穴中出，举首酸嘶，怨望无已，生亦涕下。探怀问谁氏子，巧娘曰：“是君之遗孽也，诞三月矣。”生叹曰：“误听华姑言，使母子埋忧地下，罪将安辞！”乃与同舆，航海而归。抱子告母，母视之，体貌丰伟，不类鬼物，益

○墓木：墓地植的树木。

○某在斯：我在这里。

○绷：婴儿的包被，襁褓。

○酸嘶：悲泣。嘶，噎，哽咽。

○遗孽（niè）：遗留下的孽根。孽，罪咎。

喜。二女谐和，事姑孝。后傅父病，延医来。巧娘曰：“疾不可为，魂已离舍。”督治冥具，既竣而卒。儿长，绝肖父，尤慧，十四游泮。高邮翁紫霞，客于广而闻之。地名遗脱，亦未知所终矣。

○冥具：丧葬之物。

○高邮：今江苏高邮。

译文

琼州来的人有人说秦女墓夜里有鬼哭的声音。傅廉感到很是奇怪，就进屋告诉了三娘。三娘沉默了很久，流着泪说：“是我辜负了巧娘姐姐呀！”傅廉再三询问，三娘回答说：“我们母女俩过来的时候，其实并没有告诉巧娘，现在有人在那里哀怨地哭泣，莫非是巧娘姐姐吗？我想要将这些告诉你，但是又恐怕章显母亲的过错。”傅廉听说了这件事，马上转悲伤为欣喜。立即命人准备马车，日夜兼程，快速地赶向秦女墓。到了以后，傅廉敲着坟墓前的树木呼唤道：“巧娘，巧娘，我在这里呀！”只一会就看见一个女子抱着一个婴儿从坟墓里走了出来，抬起头悲泣着，埋怨地看着傅廉，傅廉也哭泣着。他看了下巧娘怀里的婴儿，问是谁的孩子。巧娘说：“是你留下来的孽障呀，已经出生三个月了。”傅廉感叹地说：“误听了华姑的话，让你们母子生活在地下受苦担忧，我的罪过不可以饶恕呀！”于是他们一同坐着车子离开秦女墓，坐船回到了家里。傅廉把孩子抱给母亲看，傅母一看，孩子长得体格强健，容貌俊朗，不像是鬼物，心里更加欢喜。巧娘和三娘相处和谐，侍奉公婆也很是孝敬。后来，傅父生病了，请来医生治病。巧娘说：“这病没法治愈了，魂魄已经脱离了身体。”于是督促着准备办丧事的器具，等到准备好了，傅父就过世了。傅廉的儿子长大以后，长得和傅廉很像，特别聪慧，十四岁就中了秀才。高邮有个叫翁紫霞的，在广州作客的时候听说了这件事，傅廉的详细地址已经记不住了，也不知道事情最后如何了。

【吴令】

原文

吴令某公，忘其姓字，刚介有声。吴俗最重城隍之神，木肖之，被锦藏机如生。值神寿节，则居民敛赀为会，辇游通衢，建诸旗幢杂卤簿，森森部列，鼓吹行且作，阗阗咽咽然，一道相属也。习以为俗，岁无敢懈。公出，适相值，止而问之，居民以告。又诘知所费颇奢，公怒，指神而责之曰："城隍实主一邑。如冥顽无灵，则淫昏之鬼，无足奉事；其有灵，则物力宜惜，何得以无益之费，耗民脂膏？"言已，曳神于地，笞之二十。从此习俗顿革。

○吴令：吴县县令。吴县，即今江苏苏州。
○刚介有声：刚直耿介有政声。
○木肖之：用木头雕刻成它的肖像。
○被锦藏机：外面用锦缎包装，内部制作精巧。藏机，暗藏机关。
○神寿节：城隍的诞辰之日。
○幢：古时直幅之旗，多用于仪仗。
○森森部列：密密麻麻地分布排列。
○阗阗咽咽：调鼓乐声。
○相属（zhǔ）：不间断，相连。
○懈：懈怠。
○冥顽：愚钝无知。
○民脂膏：民脂民膏。喻指人民的财物。

译文

吴县有个县令，忘记了他叫什么名字，他刚直耿介很有政声。吴县当地的人们最敬重城隍神，就用木头雕刻神像，给他穿上锦衣，在衣服的下面藏有机关，使神像像活人一样。每到城隍爷的诞辰，当地的百姓就凑钱办神会，用步辇抬着神像在大街小巷地游街，举着各种颜色的旗帜，有着各种形式的仪仗，密密地分布排列，吹吹打打地一路前进，鼓乐声热热闹闹的，街道两旁挤满了看热闹的人。这种祭祀活动已经成为当地的一种习俗，每年都没人敢懈怠。这个县令外出时正好碰上了游行的队伍，就停下来问是怎么回事。百姓们就告诉他实情。又询问得知每次的游行都花费大量的人力物力。县令发怒了，用手指着神像斥责说："城隍是主管一个县的城主，如果他愚钝无知，那就是一个荒淫糊涂的鬼，就不值得人们供奉；如果他有灵，就应该珍惜财力物力，为什么要做这样无益的花费，耗费老百姓的血汗钱？"话一说完，将神像拽到地上，让人打了二十大板。自此以后这习俗便被破除了。

原文

公清正无私，惟少年好戏。居年余，偶于廨中梯檐探雀鷇①，失足而堕，折股，寻卒。人闻城隍祠中，公大声喧怒，似与神争，数日不止。吴人不忘公德，群集祝而解之，别建一祠祠公，声乃息。祠亦以城隍名，春秋祀之，较故神尤著。吴至今有二城隍云。

①雀鷇（kòu）：幼雀。

译文

县令清廉、公正、无私，只是因为年纪不大喜好玩乐。一年以后，他偶然在官衙登上梯子掏幼鸟，失足从梯子上摔了下来，大腿摔断了，没多长时间就死了。有人听见城隍爷的庙里，县令大声怒骂，好像在和城隍争吵，连续好多天都没有停止。吴县的人们没有忘记县令的恩德，人们聚集在城隍庙一起祈祷为他们调节，又另外建了一座庙来供奉县令，争执的声音这才消失了。新建的庙也被叫作城隍庙，在春季和秋季进行祭祀，比之前那座城隍庙还被人们看中。吴县直到今天还有两座城隍庙。

卤簿

“卤簿”指古代帝王出行时的仪仗队列，源自军中阵列的称谓，后扩展为皇帝出行或重大典礼时的仪仗、车马队伍的排布。卤簿代表了皇权的威仪和等级制度，常用来显示帝王或高级官员的威严与身份。在典礼或大事场合，卤簿的规模和形式常依据礼制严格规定。

【口技】

原文

村中来一女子，年二十有四五，携一药囊，售其医。有问病者，

○售其医：出售她的医术和药。售，出售，卖

女不能自为方，俟暮夜问诸神。晚洁斗室，闭置其中。

○方：治病的药单。

译文

村中来了一个女子，年纪二十四五岁，随身携带着一个药袋子，来到这里行医看病。有人来看病，女子自己不能开药方，而是等待夜晚问各路神仙。到了晚上，将一间小屋子打扫干净，将自己关在屋子里面。

原文

众绕门窗，倾耳寂听，但窃窃语，莫敢欬。内外动息俱冥。至夜

○欬（kài）：咳嗽。 ○冥：沉寂。

许，忽闻帘声。女在内曰："九姑来耶？"一女子答云："来矣。"又曰："腊梅从九姑来耶？"似一婢答云："来矣。"三人絮语间杂，刺刺不休。俄闻帘钩复动，女曰："六姑至矣。"乱言曰："春

○刺刺不休：话语不断。刺刺，多言的样子。 ○乱言：人声交错。

梅亦抱小郎子来耶？"一女曰："拗哥子！呜呜不睡，定要从娘子

○拗哥子：倔强的小男孩。拗，倔。 ○呜呜：抚拍孩子睡觉的声音。

来。身如百钧重，负累煞人！"旋闻女子殷勤声、九姑问讯声、六

○百钧：极言其重。钧，古代重量单位，约合三十斤。

姑寒暄声、二婢慰劳声、小儿喜笑声，一齐嘈杂。即闻女子笑曰："小郎君亦大好耍，远迢迢抱猫儿来。"既而声渐疏。帘又响，满室

俱哗，曰：“四姑来何迟也？”有一小女子细声答曰：“路有千里且溢，与阿姑走尔许时始至。阿姑行且缓。”遂各各道温凉声，并移坐声、唤添坐声，参差并作，喧繁满室，食顷始定。即闻女子问病，九姑以为宜得参，六姑以为宜得芪，四姑以为宜得术。参酌移时，即闻九姑唤笔砚。无何，折纸戢戢然，拔笔掷帽丁丁然，磨墨隆隆然。既而投笔触几，震震作响，便闻撮药包裹苏苏然。顷之，女子推帘，呼病者授药并方。反身入室，即闻三姑作别，三婢作别，小儿哑哑，猫儿唔唔，又一时并起。九姑之声清以越，六姑之声缓以苍，四姑之声娇以婉，以及三婢之声，各有态响，听之了了可辨。群讶以为真神，而试其方，亦不甚效。此即所谓口技，特借之以售其术耳。然亦奇矣！

○千里且溢：一千里还多。溢，超出。

○各各道温凉：彼此嘘寒问暖。

○食顷：一顿饭的工夫。

○宜得参：应该用人参治疗。

○芪（qí）：黄芪。多年生草本植物。夏季开花，黄色，根可入药。

○术（zhú）：草名。根茎可入药。有白术、苍术数种。

○戢戢（jí）然：折纸的声音。

○丁丁（zhēng）然：掷落毛笔铜帽的声音。

○苏苏：簌簌，物摩擦声。

○清以越：清脆而高昂。以，而。

○缓以苍：舒缓而苍老。

○娇以婉：娇细而婉转。

译文

众人围绕在门外和窗户外，侧着耳朵静静地倾听，大家只能够窃窃私语，都不敢咳嗽一声。屋内屋外一点动静都没有，静悄悄的。到了半夜的时候，忽然听见了掀开门帘的声音，女子在屋里说：“是九姑来了吗？”有一个女子回答说：“来了。”女子又问：“腊梅和九姑一起来的？”好像有一个婢女回答说：“来了。”三个人你说一句我说一句，唠唠叨叨没完没了。不一会儿，又听见门帘钩被掀动的声音，女子说：“是六姑来了。”接着有人插话说：“春梅也抱着小郎君来了吗？”有一个女子说：“这个顽皮的小家伙，怎么哄也不睡，一定要跟着娘子来。身子有百斤那样重，背着他真的累死个人！”立马又听见有女子殷勤接待的声音，九姑询问的声音，六姑寒暄的声音，两个女婢互相慰

福
福

劳的声音，小孩子嬉笑的声音，各种声音交织在一起，嘈杂一片。接着又听见女子笑着说："小郎君也太喜欢玩了，大老远地抱着小猫来。"不一会儿说话声音慢慢地稀疏下来，帘子又有响动，一屋子人都喧哗起来，说："四姑为什么来得这么晚？"有一个女子说话声音细细的，回答说："路途有千里远，和阿姑走了好长时间才到这里。况且阿姑走得很慢。"于是各人嘘寒问暖的声音，夹杂着移动椅子让座的声音，呼唤婢女加座位的声音，各种声音一起响起，整个屋子都是说话的声音，大概一顿饭的工夫屋里才安静下来。接着就听见了女子问病的声音。九姑说适宜用人参，六姑以为用黄芪，四姑认为应该用白术。人们斟酌协商了一会儿，就听见九姑让人取来笔墨纸砚。只一会儿，听见了折纸的咔咔声，拔下笔帽将它扔在桌上的叮当声，隆隆地磨墨的声音，一会又听见将笔放在桌子上的声音，当当作响，又听见了抓药包纸窸窸窣窣的声音。又过了片刻，女子掀开门帘走了出来，招呼病人的名字，将药和药方一起给病人。女子转身又进入了屋内，马上就听见了三个姑姑告别的声音，三个婢女作别的声音，小孩子牙牙学语的声音，猫儿喵喵的叫声，这些声音在同一时刻响了起来。九姑的声音清越悠扬，六姑的声音苍老和缓，四姑的声音婉转娇软，以及三个婢女的声音，每一个声音都有自己的特色，让人一听就能够分辨出来是谁在说话。众人十分惊讶，以为遇到了真的神仙。但是女子开的药和药方，也没有特别灵验。这就是口技，这女子只是利用口技的方法来售卖她的药物，但是她的口技水平已经够神奇的了。

原文

昔王心逸尝言：在都偶过市廛，闻弦歌声，观者如堵。近窥之，则见一少年曼声度曲。并无乐器，惟以一指捺颊际，且捺且讴，听之铿铿，与弦索无异。亦口技之苗裔也。

○王心逸：名德昌，字历长。清朝长山人。顺治进士。生平详《长山县志》。

○市廛（chán）：集市。

○曼声度曲：以舒缓的声调唱着歌。曼声，舒缓的声音。度曲，制作新曲，或指依谱歌唱。此指后者。

○弦索：乐器上的弦。此指弦乐器。

○苗裔：后代子孙。这里是衍生、支派的意思。

译文

过去王心逸曾经说过：他在京城的时候偶然从一个集市经过，听见管弦乐器的声音，围观的人就像一堵墙一样。靠近了一看，只见一个少年用美妙的声音演唱着歌曲，并没有任何乐器。只是用一根手指按着脸颊，一边按一边歌唱，听起来铿锵有力，与弦乐没有什么区别。这也是口技中的一种吧。

【狐联】

原文

焦生，章丘石虹先生之叔弟也。读书园中，宵分，有二美人来，颜色双绝，一可十七八，一约十四五，抚几展笑。焦知其狐，正色拒之。长者曰：“君髯如戟，何无丈夫气？”焦曰：“仆生平不敢二色。”女笑曰：“迂哉！子尚守腐局耶？下元鬼神，凡事皆以黑为白，况床第间琐事乎？”焦又咄之。女知不可动，乃云：“君名下士，妾有一联，请为属对，能对我自去：戊戌同体，腹中止欠一点。”焦凝思不就。女笑曰：“名士固如此乎？我代对之可矣：己巳连踪，足下何不双挑。”一笑而去。长山李司寇言之。

○石虹先生：焦毓瑞。字辑五，别字石虹。顺治四年（1647）进士，以翰林改授御史，累官少司寇，改少司农，卒于官。

○可：大约。

○君髯如戟：你的胡子刚直像戟。戟，古代合戈和矛为一体的长柄兵器。此处暗用南朝褚彦回拒婚山阴公主的典故。

○腐局：迂腐的规矩。

○名下士：负有盛名的士人。

○属（zhǔ）对：对对子。也即作对联。

译文

有个姓焦的书生，是章丘石虹先生的叔伯兄弟。他经常在一个花园里读书，一天夜里，来了两个美人，都长得美丽无比，一个十七八岁，一个十四五岁，一边抚摸着桌子一边对着焦生微笑。焦生知道她们是狐狸，便严肃地让她们离开。年长的那个人说：“先生的胡须直得就像戟一样，为什么没有一点大丈夫的气度呢？”焦生说：“我这一辈子不好外面的女色。”美人笑着说：“真是迂腐！你还墨守成规啊？鬼神把凡事都以黑当白，又何况这些小事呢？”焦生再一次让她们出去。美人知道她动摇不了焦生，于是说：“先生是个名士，我这有一副对联，你能对得上来我就自己离开：‘戊戌同体，腹中只欠一点。’”焦生凝神沉思了很长时间也没有对出下联。美人笑着说：“所谓的名士就是这样的水平吗？我替你将下联对上吧：‘己巳连踪，足下何不双挑’。”说完，就笑着离开了。这件事是听长山李司寇讲的。

【潍水狐】

原文

潍邑李氏有别第，忽一翁来税居，岁出直金五十，诺之。既去

○潍邑：潍县。清属莱州府，今属山东潍坊。别第：别业，别墅，本宅之外的宅邸。

无耗，李嘱家人别租。翌日，翁至，曰：“租宅已有关说，何欲

○关说：谓彼此已通过协商，有定约。关，通。

更僦他人？”李白所疑。翁曰：“我将久居是，所以迟迟者，以

涓吉在十日之后耳。”因先纳一岁之直，曰：“终岁空之，勿问也。”

○涓吉：择吉。西晋左思《魏都赋》：“涓吉日，陟中坛，即帝位，改正朔。”李善注：“涓，择也。”

李送出，问期，翁告之。

译文

潍县老李家有一所别墅，忽然有一天来了个老翁要租住房屋，每年给租金五十两。李某答应了。老翁走后一直没有音信，李某就叮嘱家人将房子租给别人。不久，老翁来了，说：“租住房子的事已经谈妥当了，为什么还要租给其他人呢？”李某将自己的怀疑说了出来。老翁说：“我打算长久地居住在这里，所以才迟迟没有搬过来，是因为所选择的适合搬家的好日子，是在十天之后。”因而老翁先交纳了一年的租金，说：“即使房子整年空着，也不要多问。”李某送老翁出来，问他搬家的日期，老翁告诉了他。

原文

过期数日，亦竟渺然。及往觇之，则双扉内闭，炊烟起而人声杂矣。讶之，投刺往谒。翁趋出，逆而入，笑语可亲。既归，遣人馈遗其家，翁犒赐丰隆。又数日，李设筵邀翁，款洽甚欢。问其居

里，以秦中对。李讶其远，翁曰：“贵乡福地也。秦中不可居，大难将作。”时方承平，置未深问。越日，翁折柬报居停之礼，供帐饮食，备极侈丽。李益惊，疑为贵官。翁以交好，因自言为狐。李骇绝，逢人辄道。

○秦中：指今陕西中部。

○承平：相承平安。谓太平。

○居停：本指寄居的处所，这里指房主李某。

译文

已经过了搬家的日子好几天了，也没有什么消息。李某便去院子观看，只见大门从里面关上了，院子里有炊烟升起，人声嘈杂。李某十分惊讶，投递了名帖前往拜访。老翁疾步走了出来，将李某迎入屋里，满面笑容，说话可亲。李某回家后，就派人将馈赠的礼物送到老翁家，老翁对来人的犒劳也很是丰盛。又过了几天，李某设宴宴请老翁，人们相处得很是欢快融洽。李某问老翁家乡是哪里的，老翁说是陕西中部的。李某对老翁从这么远的地方来感到十分惊讶，老翁说：“你的家乡是个有福气的地方，陕西中部不可以居住了，有大的灾难将要发生。”当时天下正太平，李某也就将这话放在一边没有深问。一天后，老翁送来请帖，以表示对房东的回请，宴席上所提供的饮食与装饰、器具都非常华丽奢侈。李某更加吃惊，怀疑老翁是一个显贵的官员。老翁因为彼此关系很好，就说自己是狐狸。李某十分惊骇，逢人便说这件事。

原文

邑搢绅闻其异，日结驷于门，愿纳交翁，翁无不伛偻接见。渐而郡官亦时还往。独邑令求通，辄辞以故。令又托主人先容，翁辞。李诘其故，翁离席近客而私语曰：“君自不知，彼前身为驴，今虽俨然民上，乃饮䭔而亦醉者也。仆固异类，羞与为伍。”李乃托词告令，

○结驷于门：车马盈门，谓来人众多。

○伛偻接见：十分恭敬地接见。伛偻，鞠躬，恭敬貌。

○饮䭔（duī）而亦醉者：吃蒸饼也会醉的人。喻贪财而无耻者。

谓狐畏其神明，故不敢见。令信之而止。此康熙十一年事。未几，

秦罹兵燹。狐能前知，信矣。

○秦罹兵燹：据《清史稿·圣祖本纪》载，康熙十三年（1674）冬，陕西提督王辅臣反，清廷派兵镇压，至康熙十五年（1676）王辅臣投降，战乱才得以平息。

译文

县里的士绅听说了这件奇事，每天都有人来老翁家里，愿意和老翁结交。老翁对每个人都毕恭毕敬地礼貌接待，渐渐地郡里的官员也与老翁有些来往，唯独县令想要见老翁，老翁总是找理由推脱。县令又托李某先去打招呼，老翁还是推辞了。李某就询问其中的缘由，老翁离开座席靠近李某小声地说道："你是不知道的，县令的前生是头驴，如今虽然人模人样地成为百姓官，其实也是个贪财无耻的人。我虽然不是人类，但也羞耻和这样的人交往。"李某就编了一套说辞回告县令，说老翁畏惧县令的神明，所以不敢见他。县令相信了这些话，因而打消了和老翁相交的念头。这是康熙十一年发生的事。没过多久，陕西遭受了战乱。狐狸能够预知将来发生的事，看来是真的。

原文

异史氏曰：驴之为物庞然也。一怒则踶趹嗥嘶，眼大于盎，气粗于

○踶（dì）趹（guì）：前腿踢出，后腿蹶。嗥嘶：大声叫唤。○盎：陶制类似于盆的器皿。腹大口小。

牛，不惟声难闻，状亦难见。倘执束刍而诱之，则帖耳辑首，喜受

○束刍：一把草。○帖耳辑首：垂耳低头，表示驯顺。

羁勒矣。以此居民上，宜其饮馁而亦醉也。愿临民者，以驴为戒，

○临民者：治理人民的人，谓地方长官。

而求齿于狐，则德日进矣。

○齿：这里是提到、谈及的意思。

译文

异史氏说：驴这种动物，也算是一个很大的东西了。它一发怒就乱踢乱蹬，奋力嚎叫，眼睛瞪得比酒盅还大，比牛喘气还粗。不止它的叫声很难听，它的样子也很难看。假如拿着草料去诱惑它，那么它就俯首帖耳，欢喜地接受笼头缰绳的束缚。让这种东西成为老百姓的父母官，可不就是既贪财又无耻。但愿当官治理百姓的人，都能够以驴为戒，让狐狸愿意交往，其德行就会日有所进了。

【红玉】

原文

广平冯翁有一子，字相如，父子俱诸生。翁年近六旬，性方鲠，而家屡空。数年间，媪与子妇又相继逝，井臼自操之。一夜，相如坐月下，忽见东邻女自墙上来窥。视之，美。近之，微笑。招以手，不来亦不去。固请之，乃梯而过，遂共寝处。问其姓名，曰："妾邻女红玉也。"生大爱悦，与订永好，女诺之。夜夜往来，约半年许。

○广平：县名。在今河北南部，隶属邯郸。明清时属广平府。

○方鲠：方正耿直。

○屡空（kòng）：经常贫穷，衣食不给。空，匮乏。

○井臼：从井汲水，以臼舂米。喻家务。

译文

广平县的冯老翁有一个儿子，名字叫作冯相如，他们父子都是秀才。冯老翁已经快六十岁了，他性情方正耿直，但是家里经常衣食不给。没几年，冯老太太与儿媳妇又相继过世，家务事都是冯老翁自己操持。有天夜里，冯相如在月亮下坐着，忽然看见东邻的女子从墙头上向这边偷看。冯相如看向她，长得很是漂亮。冯相如靠近女子，女子朝他微笑。冯相如向她招手，女子既不过来也不离去，再三地邀请她，女子这才爬梯子过来，于是同床共枕。冯相如问女子的姓名，女子说："我是你邻居的女儿红玉。"冯相如十分喜爱她，和她私下定下永久之好，红玉答应了。从这以后，红玉每天晚上都过来，大概有半年时间。

原文

翁夜起，闻女子含笑语，窥之见女，怒，唤生出，骂曰："畜产所为何事！如此落寞，尚不刻苦，乃学浮荡耶？人知之，丧汝德；人不知，促汝寿！"生跪自投，泣言知悔。翁叱女曰："女子不守闺戒，既自

○畜产：畜生。

○落寞：寂寞冷落。指境遇萧条。

玷，而又以玷人。倘事一发，当不仅贻寒舍羞！”骂已，愤然归寝。

○贻：留给，遗留。寒舍：对自己家庭的谦称。

女流涕曰：“亲庭罪责，良足愧辱！我二人缘分尽矣。”生曰：“父在

○亲庭：指父母。

不得自专。卿如有情，尚当含垢为好。”女言辞决绝，生乃洒涕。女

○自专：自作主张。《礼记·中庸》：“愚而好自用，贱而好自专。”

○含垢：容忍耻辱。

止之曰：“妾与君无媒妁之言，父母之命，逾墙钻隙，何能白首？此处

○逾墙钻隙：越墙相从，凿壁相窥。指男女私相结合。

有一佳偶，可聘也。”告以贫，女曰：“来宵相俟，妾为君谋之。”次

夜，女果至，出白金四十两赠生。曰：“去此六十里，有吴村卫氏，年

十八矣，高其价，故未售也。君重啖之，必合谐允。”言已，别去。

○重啖之：以重金满足其要求。

译文

有天夜里，冯老翁起夜，听见儿子的房间里传出女子的说笑声，偷偷一看，看见了红玉，冯老翁大怒，将儿子叫了出来，怒骂道：“你这畜生干了什么事！家里如此萧条落寞，你还不知道刻苦努力，反而学做这淫荡轻浮的事？被人们知道了，丧了你的品德；人们不知道，也是损了你的阳寿！”冯相如跪着认错，流着泪说自己知道错了，一定悔改。冯老翁又呵斥红玉说：“作为女子不守闺戒，既玷污了自己，同时又玷污了别人，倘若这件事被人发现，蒙羞的又不仅仅是我们一家！”骂完后，冯老翁气愤地回去睡觉了。红玉流着眼泪说道：“你父亲的怪罪指责，实在是让人羞愧，你我二人的缘分也就到头了。”冯相如说：“父亲在，我不能自己做主张，如果你对我还有些情谊，就应当忍受这些就好。”红玉还是与他坚决绝交，冯相如哭了起来。红玉劝阻他说：“我和你没有媒妁之言，也没有父母之命，私下里相结合，怎么能够白头到老呢？这个地方有一个好配偶，你可以求娶。”冯相如告诉红玉家里贫穷。红玉说：“明天晚上你等着我，我为你想办法谋划。”第二天夜里，红玉果然来了，拿出四十两银子赠给了冯相如，说：“离此地六十里，有个吴村，村里有个卫家姑娘，今年十八岁。因为她家要的彩礼很高，因此还没有嫁出去。你多给她家聘礼，一定会把女儿嫁给你。”说完这些红玉就离开了。

原文

生乘间语父，欲往相之，而隐馈金不敢告。翁自度无赀，以是故，止之。生又婉言："试可乃已。"翁颔之。生遂假仆马，诣卫氏。卫故田舍翁，生呼出引与闲语。卫知生望族，又见仪采轩豁，心许之，而虑其靳于赀。生听其词意吞吐，会其旨，倾囊陈几上。卫乃喜，浼邻生居间，书红笺而盟焉。生入拜媪，居室偪侧，女依母自幛。微睨之，虽荆布之饰，而神情光艳，心窃喜。卫借舍款婿，便言："公子无须亲迎。待少作衣妆，即合舁送去。"生与期而归。诡告翁，言卫爱清门，不责赀。翁亦喜。至日，卫果送女至。女勤俭，有顺德，琴瑟甚笃。

○乘间：找个机会，趁空。○相（xiàng）：相亲。○馈金：赠金。○试可乃已：试探一下对方的意向罢了。○望族：有声望的家族。○仪采轩豁：风度大方轩昂。○靳：吝惜。○书红笺而盟焉：以红笺书写柬帖，订立婚约。○偪（bī）侧：狭窄局促。○荆布之饰：贫家女子装束。荆布，荆钗布裙。○清门：清白人家。○责：索取，苛求。○琴瑟甚笃：喻夫妇感情深厚。

译文

冯相如找个机会告诉父亲，他想到吴村去相亲，但是隐瞒了红玉给他银子的事。冯老翁估计家里没有钱不能相亲成功，就不让他去。冯相如又委婉地说："就让我去试一下。"冯老翁于是点头同意了。冯相如借来了仆人和马车，就去了吴村的卫家。卫家本来就是个庄稼人，冯相如便将卫老翁招呼到外面，与他说提亲的事情。卫老翁知道冯家是个大族，又见冯相如相貌堂堂，气宇轩昂。心里已经应许了，只是顾虑他们吝啬钱财。冯相如听卫老翁说话吞吞吐吐，明白了他的意思，将带来的银子全部拿来放在桌子上。卫老翁这才欢喜起来，忙求邻居家的一个书生当中间人，用红纸将婚书写好。冯相如进入内室拜见冯老太太，内室十分逼仄狭窄，卫姑娘正依偎在母亲的身后。冯相如稍微看了一下，卫姑娘虽然装扮得很朴素，但是长得光彩艳丽，心里暗自欢喜。卫老翁借了屋子款待女婿，于是说道：

"公子也不用亲自来迎娶了，待做几件衣服首饰等嫁妆，就将女儿给你抬过去。"冯相如与卫老翁约定好日期就回来了。他骗父亲说："卫家喜欢咱们这种清白人家，不要彩礼。"冯老翁也是十分欢喜。到了约定的日期，卫家果然将女儿送到了冯家。卫姑娘既勤俭，又温顺孝顺，两口子感情很是和谐美满。

原文

逾二年，举一男，名福儿。会清明抱子登墓，遇邑绅宋氏。宋官御史，坐行赇免，居林下，大煽威虐。是日亦上墓归，见女艳之。问村人，知为生配。料冯贫士，诱以重赂，冀可摇，使家人风示之。生骤闻，怒形于色，既思势不敌，敛怒为笑，归告翁。大怒，奔出，对其家人，指天画地，诟骂万端。家人鼠窜而去。宋氏亦怒，竟遣数人入生家，殴翁及子，汹若沸鼎。女闻之，弃儿于床，披发号救。群篡舁之，哄然便去。父子伤残，吟呻在地，儿呱呱啼室中。邻人共怜之，扶之榻上。经日，生杖而能起，翁忿不食，呕血寻毙。生大哭，抱子兴词，上至督抚，讼几遍，卒不得直。后闻妇不屈死，益悲。冤塞胸吭，无路可伸。每思要路刺杀宋，而虑其扈从繁，儿又罔托。日夜哀思，双睫为不交。

○登墓：扫墓。

○坐行赇（qiú）免：因行贿罪而免职。

○居林下：指罢官乡居。林下，指乡野退隐之地。

○篡：抢夺。

○兴词：起诉，告状。词，争讼。

○讼：诉讼，打官司。

○卒不得直：始终得不到公平处理。

○吭（háng）：咽喉。

○扈从：侍从。

○罔托：无法托付。

译文

就这样过了两年，卫姑娘生了一个儿子，取名叫福儿。正赶上清明，冯相如与卫姑娘抱着儿子去扫墓，遇见了县里一位姓宋的绅士。这个姓宋的曾经当过御史，因为行贿罪被免了职，他罢官闲居，仍然大施威风。清明这天，他也正扫墓回来，看见卫姑娘长相美艳。问村里的人，知道她是冯相如的媳妇。姓宋的料想冯家是贫穷人家，拿出很多金钱来引诱贿赂，就可以使他动摇，于是姓宋的就让家人去向冯相如透口风。冯相如骤然听见口信，愤怒极了，转念又一想自己敌不过宋家，就将怒气收敛，换上笑脸，回屋以后将这件事告诉了父亲。冯老翁十分愤怒，跑出屋来对宋家的下人，指天骂地，用难听的话将其骂了一顿，宋家的下人被骂得抱头鼠窜。姓宋的也愤怒了，竟然派了好几个人闯进冯相如的家里，殴打冯家父子，吵闹混乱好像开了锅一样。卫姑娘听见了，将儿子放在床上，披头散发地哭嚎着跑出来求救。那些人一拥而上将卫姑娘抬起来就跑了。冯家父子被打得受了重伤，躺在地上呻吟，儿子在屋里呱呱地哭着。邻居们都很可怜他们，将他们扶到了床上。过了一天，冯相如能拄着拐杖站起来了。冯老翁却愤怒得吃不下饭，吐血而亡。冯相如大哭，抱着儿子去告状，一直告到了省督抚，能告状的地方都去告了，始终没有得到公正的处理。后来听说自己的妻子因为不屈从也去世了，更加悲愤。他的悲愤一直塞满胸口，没有地方可以让他申冤。每当想要在路上刺杀姓宋的，但是又顾虑他有很多的随从，儿子又没有人可以托付。他日日夜夜地哀思，都不能好好地睡觉。

原文

忽一丈夫吊诸其室，虬髯阔颔，曾与无素。挽坐，欲问邦族。客遽曰：“君有杀父之仇，夺妻之恨，而忘报乎？”生疑为宋人之侦，姑伪应之。客怒眦欲裂，遽出曰：“仆以君人也，今乃知不足齿之伧！”生察其异，跪而挽之，曰：“诚恐宋人餂我。今实布腹心：仆

○吊：慰问，吊唁。○虬（qiú）髯：蜷曲的络腮胡子。阔颔：宽阔的下巴。○无素：从无交往。素，旧交。

○不足齿：不足挂齿的省略。

○餂（tiǎn）：甜言蜜语骗人。

之卧薪尝胆者，固有日矣，但怜此襁中物，恐坠宗祧。君义士，能为我杵臼否？”客曰：“此妇人女子之事，非所能。君所欲托诸人者，请自任之；所欲自任者，愿得而代庖焉。”生闻，崩角在地，客不顾而出。生追问姓字，曰：“不济，不任受怨；济，亦不任受德。”遂去。生惧祸及，抱子亡去。

○卧薪尝胆：比喻自己刻苦自励，矢志报仇。

○坠宗祧（tiāo）：断绝了后嗣。宗祧，远祖之庙，引申为子嗣的继承。

○能为我杵臼否：能否代我保存孤儿。

○君所欲托诸人者：指抚养幼儿。

○所欲自任者：指报宋家之仇。

○代庖：代替厨师做饭。比喻超越职责代替别人行事。

○崩角：谓叩头声响如山之崩。

○济：成功。○任：承受，担当。

译文

有一天，忽然有一个大汉来冯家吊唁，他长着卷曲的络腮胡子，宽阔的下巴，从来没有交往。冯相如拉着他坐下来，想要问问他的家乡姓名。这个大汉突然说：“你有杀父之仇，夺妻之恨，难道你忘记了不想报仇了吗？”冯相如怀疑这个人是宋家的探子，就姑且用假话应付着。大汉十分愤怒，眼眶好像要裂开了，突然站起来往出走，边走边说：“我以为你是个君子，今天才知道你是个不足挂齿的无能之辈！”冯相如察觉到这个人不是一般人，跪下来拉着他的手挽留道：“我实在害怕是宋家派来的人来试探我。如今可以将心里话告诉你：我卧薪尝胆已经有一段时间了，但是可怜我这尚在襁褓中的孩子，恐怕断了冯家的香火。你是个义士，能够为我照看我的孩子吗？”大汉说：“这是女人们干的事，我不能做。你想要托付给别人去干的事，请你自己去干，你想要自己去做的事，我愿意代替你去做。”冯相如听了，跪在地上一直磕头。大汉看都没看他就走出去了。冯相如追问他的姓名，大汉说：“如果不成功，我不受人埋怨；如果成功了，也不接受人的报答。”于是就离开了。冯相如害怕会祸及自己，抱着儿子逃跑了。

原文

至夜，宋家一门俱寝，有人越重垣入，杀御史父子三人，及一媳一婢。宋家具状告官，官大骇。宋执谓相如，于是遣役捕生，生遁不

○重垣：多层墙。

知所之，于是情益真。宋仆同官役诸处冥搜，夜至南山，闻儿啼，迹得之，系缧而行。儿啼愈嗔，群夺儿抛弃之，生冤愤欲绝。见邑令，问："何杀人？"生曰："冤哉！某以夜死，我以昼出，且抱呱呱者，何能逾垣杀人？"令曰："不杀人，何逃乎？"生词穷，不能置辨，乃收诸狱。生泣曰："我死无足惜，孤儿何罪？"令曰："汝杀人子多矣，杀汝子，何怨？"生既褫革，屡受梏惨，卒无词。令是夜方卧，闻有物击床，震震有声，大惧而号。举家惊起，集而烛之，一短刀，铦利如霜，剁床入木者寸余，牢不可拔。令睹之，魂魄丧失。荷戈遍索，竟无踪迹。心窃馁，又以宋人死，无可畏惧，乃详诸宪，代生解免，竟释生。

○系缧（léi）：用绳子绑起来。

○褫（chǐ）革：剥夺功名，指革去秀才。

○梏（gù）惨：酷刑。梏，拘在双手的刑具，相当于现在的手铐。

○铦（xiān）利：锋利。

○详诸宪：把案情呈报上级。

译文

到了夜晚，宋家一家人都睡觉了，有人越过几道高墙进入了宋家，杀了御史他们父子三人，以及一个媳妇、一个婢女。宋家写了状子告到了官府，县令十分惊骇。宋家人一口咬定是冯相如干的，于是县官派遣衙役逮捕冯相如，冯相如不知道逃到什么地方去了，于是就更加认定是他干的。宋家的仆人和衙役到处搜捕冯相如，夜里搜到了南山，听见了婴儿的哭声，循着声音抓住了冯相如，将他捆起来带着上了路。孩子哭得越来越厉害，那群人夺过孩子将他扔掉了，冯相如愤怒到了极点。他见到县令，县令问他："为什么杀人？"冯相如说："冤枉呀！他们是夜里死的，我白天就外出了，况且我还抱着一个孩子，怎么能够翻越高墙杀人？"县令说："没有杀人，那你为什么逃？"冯相如哑口无言，没有什么可解释的。冯相如哭着说："我死了没有什么好可惜的，但是小孩子有什么罪？"县令说：

“你杀了那么多人，杀了你的儿子，你有什么可怨恨的？”冯相如于是被革除了功名，屡屡遭受严刑拷打，始终都没有招供。这天夜里县令刚躺下，听到有什么东西击打到了床上，发出了很大的声响，县令十分害怕而惊叫起来。全家人都被惊吓了起来，聚集在一起来到了县令的屋里，点起灯一看是一把短刀，那刀刃锋利如霜，剁入床头有一寸多，牢固得不能够拔出来。县令看见了，吓得失魂落魄，衙役们拿着武器到处搜索，竟然一点痕迹都没有。县令心中暗自胆怯，又认为姓宋的已经死了，没有什么可以畏惧的，就把案件详细地报给了上级，替冯相如辩解开脱，最后竟然将冯相如释放了。

原文

生归，甕无升斗，孤影对四壁。幸邻人怜馈食饮，苟且自度。念大仇已报，则辴然喜；思惨酷之祸，几于灭门，则泪潸潸堕；及思半生贫彻骨，宗支不续，则于无人处，大哭失声，不复能自禁。如此半年，捕禁益懈。乃哀邑令，求判还卫氏之骨。及葬而归，悲怛欲死，辗转空床，竟无生路。忽有款门者，凝神寂听，闻一人在门外，与譨譨小儿语。生急起窥觇，似一女子，扉初启，便问：“大冤昭雪，可幸无恙？”其声稔熟，而仓卒不能追忆。烛之，则红玉也。挽一小儿，嬉笑跨下。生不暇问，抱女呜哭，女亦惨然。既而推儿曰：“汝忘尔父耶？”儿牵女衣，目灼灼视生，细审之，福儿也。大惊，泣问：“儿那得来？”女曰：“实告君，昔言邻女者，妄也。妾实狐。适宵行，见儿啼谷口，抱养于秦。闻大难既息，故携来与君团

○甕：一种盛水或酒的缸。

○辴（chǎn）然：开颜，笑的样子。

○宗支：同宗族的支派。

聚耳。”生挥涕拜谢。儿在女怀，如依其母，竟不复能识父矣。

译文

冯相如回到了家中，缸里没有一点粮食，他一个人孤独地面对着空荡荡的房子。幸亏邻居们怜悯他，给他送来了吃的，这才勉强能过日子。想着大仇已经报了，他就不由得感到高兴；想到家里遭受的这次残酷的灾祸，几乎全家都被杀害，又禁不住眼泪扑簌簌地往下掉；等又想到他这半辈子生活得贫困潦倒，又后继无人，就在没有人的地方失声痛哭，就这样过了半年时间，官府对犯人的追捕也松懈了下来。冯相如于是苦苦哀求县令，将妻子卫氏的尸骨判还给他。等把妻子的尸骨埋葬好回到家里以后，冯相如悲痛得想要死去，他在床上翻来覆去，竟然想不出什么可以活下来的理由。忽然听见有人敲门，冯相如凝神安静地听着，听到有一个人在门外嘟嘟囔囔地和小孩说着话。冯相如急忙起来偷偷地往外看，好像是个女子，刚将门打开，门外的人便问道：“大冤已经昭雪，幸亏你安然无恙！”那声音听起来很是熟悉，但是仓促之间又想不起来是谁。用蜡烛一照，原来是红玉。她牵着一个小孩，小孩在她腿边嬉笑着。冯相如来不及询问，只是抱着红玉呜呜地哭着，红玉也是心情惨然。不一会她就将小孩推到冯相如面前说：“你忘记了你的父亲了吗？”小孩牵着红玉的衣服，目光灼灼地看着冯相如，冯相如仔细看着小孩，原来是福儿。他大吃一惊，哭着问道：“儿子是从哪里找到的？”红玉说：“我就告诉你实话吧，我以前说我是邻居家的女儿，是骗你的。我其实是只狐狸。正好在夜里走路，看见了小孩在谷口哭泣，就将他抱到了陕西去抚养。听闻你的大难已经过去，所以带他来和你一家团聚。”冯相如擦着眼泪向红玉拜谢。孩子依偎在红玉的怀里，就好像依偎着母亲一样，竟然不再认识他的父亲了。

原文

天未明，女即遽起。问之，答曰：“奴欲去。”生裸跪床头，涕不能仰。女笑曰：“妾诳君耳。今家道新创，非夙兴夜寐不可。”乃翦莽拥篲，类男子操作。生忧贫乏，不自给。女曰：“但请下帷读，勿问

○夙兴夜寐：早起晚睡。指勤苦持家。

○下帷读：闭门苦读。

盈歉，或当不殍饿死。”遂出金治织具，租田数十亩，雇佣耕作。

○盈歉：丰收歉收。　○殍（piǎo）：饿死。

荷镵诛茅，牵萝补屋，日以为常。里党闻妇贤，益乐赀助之。约半

○荷镵（chán）诛茅：扛起锄锹，铲除茅草。指努力耕作。　○牵萝补屋：牵挽薜萝，遍补茅屋。指修理房屋。

年，人烟腾茂，类素封家。生曰：“灰烬之余，卿白手再造矣。然

一事未就安妥，如何？”诘之，答曰：“试期已迫，巾服尚未复也。”

○巾服尚未复：指生员资格尚未恢复。巾服，秀才的衣冠公服。代指秀才资格。

女笑曰：“妾前以四金寄广文，已复名在案。若待君言，误之已久。”

○广文：指学官。唐代国子监增开广文馆，设博士、助教等职。明清时，因泛称儒学教官为广文。

生益神之。是科遂领乡荐。时年三十六，腴田连阡，夏屋渠渠矣。

○乡荐：指考中举人。　○渠渠：深广。

女袅娜如随风欲飘去，而操作过农家妇，虽严冬自苦，而手腻如脂。

○袅娜：轻盈柔美。

自言三十八岁，人视之，常若二十许人。

译文

天还没有亮，红玉就已经起床了。冯相如问她，她回答说：“我这就要回去了。”冯相如赤裸着身体跪在床头，哭得抬不起头来。红玉笑着说：“我诓你呢。如今家业新创，不得不早起晚睡呀！”于是她就剪除杂草，用扫帚清扫庭院，好像男人那样去干活。冯相如忧虑家里清贫不能够自给自足。红玉说：“你就只管闭门读书，不要管家里的盈亏，还不至于饿死在路边。”于是拿出钱财置办织布的用具，租了数十亩田地，雇佣了人来耕种。红玉还扛着锄头下地锄草，修理房屋，天天都是这样辛勤劳作。乡亲邻居听说了她的贤惠，也都愿意资助她。大约过了半年，冯家的生活蒸蒸日上，就好像是个大户人家。冯相如说：“能够劫后余生，全靠你白手起家的呀！然而还有一件事我没有安排妥当，应该怎么办呢？”红玉问他是什么事，冯相如回答说：“科举考试的日子就快到了，我秀才的资格还没有恢复呢。”红玉笑着说：“我前些天已经给学官寄去了四两银子，你秀才的功名已经恢复登记在案。如果等待你想起来，恐怕早就被耽误了。”冯相如越发感到红玉的神奇。这次考试冯相如中了举人。那一年他三十六岁，家里的良田已经连成了一片，房屋深广开阔，红玉的身姿轻盈柔美好像能够随风飘走一样，但是她干起活

来却胜过农家妇女。虽然寒冷的冬天条件很是艰苦，但是红玉的手还是细腻得好像油脂一样。她已经三十八岁了，别人看她也就像二十来岁的样子。

原文

异史氏曰：其子贤，其父德，故其报之也侠。非特人侠，狐亦侠也。遇亦奇矣！然官宰悠悠，竖人毛发，刀震震入木，何惜不略移床上半尺许哉？使苏子美读之，必浮白曰：惜乎击之不中！

○悠悠：荒谬。

○竖人毛发：令人发指，使人愤怒。

○“使苏子美”三句：此处借以说明没有杀掉虐民的官宰，使人遗憾。苏子美，宋代文学家苏舜钦，字子美，历任大理评事，集贤殿校理。浮，本指罚酒，后转称满饮为浮白。

译文

异史氏说：冯家的儿子贤良，父亲有德行，因而得到了上天侠义的果报。非但人有侠义，狐狸也是有侠义的。冯家的遭遇也够神奇的了。然而当官的如此荒谬，让人发指，刀子扎在床头上震震有声，真是可惜为什么不略微向床上移动半尺左右呢？如果让宋代的苏子美读到这个故事，他必然喝上一大杯酒，说：“可惜呀没有砍中！”

荆布

“荆布”是“荆钗布裙”的简称，指以荆枝为发钗、粗布为裙，象征贫家女子的朴素装束。此典源自后汉梁鸿与妻孟光的故事，孟光虽身着荆钗布裙，仍与梁鸿相敬如宾。该词后来常用来形容女子虽穿着简朴，却难掩其内在气质与美丽，寓意朴素中的高雅与美德。

【龙】

原文

北直界有堕龙入村，其行重拙，入某绅家。其户仅可容躯，塞而入。家人尽奔，登楼哗噪，铳砲轰然，龙乃出。门外停贮潦水，浅不盈尺。龙入，转侧其中，身尽泥涂，极力腾跃，尺余辄堕。泥蟠三日，蝇集鳞甲。忽大雨，乃霹雳拏空而去。

○铳（chòng）砲：火枪、土炮。

○潦（lǎo）水：停而不流的积水。

○拏空：凌空。

译文

北直隶界有条龙掉到了一个村子里。它行动笨重迟缓，进入了某个绅士家里。绅士家的大门刚刚能够容纳龙的身子，龙硬是将自己挤了进去。这家的人都被吓跑了，有的登到楼上喧叫，有的轰轰隆隆地放土枪，龙便离开了。门外积着一滩水，水浅得不足一尺。龙爬进水里，翻来覆去，身子上沾满了污泥。龙拼尽全力腾空而起，只离开地面一尺多就又掉在地上。龙在泥水里盘曲了三天，它的鳞甲上爬满了苍蝇。忽然下了一场大雨，龙才随着一声霹雳腾空离去。

原文

房生与友人登牛山，入寺游瞩。忽椽间一黄砖堕，上盘一小蛇，细裁如蚓。忽旋一周，如指；又一周，已如带。共惊，知为龙，群趋而下。方至山半，闻寺中霹雳一声，天上黑云如盖，一巨龙夭矫其中，移时而没。

○牛山：位于临淄城南7公里处，海拔174米，为临淄名山之一。

○夭矫：屈伸自如。

译文

有个姓房的书生和朋友一起登牛山，进入寺庙游览。忽然从椽子上掉下来一块黄色的砖，上面盘踞着一条小蛇，细得就像一条蚯蚓。忽然它旋转了一圈，就如同手指那么粗了；又旋转了一圈，就像带子一样粗了。人们都很吃惊，知道它是龙，就一起向山下跑去。刚跑到半山腰，听见寺里面一声霹雳，天上的黑云像盖子一样，有一条巨龙矫捷地在天上翻腾着，没多久就消失了。

原文

章丘小相公庄，有民妇适野，值大风，尘沙扑面。觉一目眯，如含麦芒，揉之吹之，迄不愈。启睑而审视之，睛固无恙，但有赤线蜿蜒于肉分。或曰："此蛰龙也。"妇忧惧待死。积三月余，天暴雨，忽巨霆一声，裂眦而去。妇无少损。

○眯：尘土入眼。

○霆：暴雷，霹雳。

译文

章丘有个小相公庄，有个农妇在野外走着，正好遇到大风，沙尘扑面而来，感觉一只眼睛里进了东西，好像有根麦芒一样，她揉、吹，都不见好。翻开眼睑仔细查看，眼睛倒是没什么毛病，但是有条红线弯弯曲曲地在眼珠与眼皮的分界处。有人说："这是蛰伏的龙。"农妇非常害怕不久会丢了性命。就这样过了三个多月，天空下起了暴雨，忽然一声霹雳，龙挣脱开眼皮就走了。农妇没有受到一点伤害。

原文

袁宣四言：在苏州值阴晦，霹雳大作。众见龙垂云际，鳞甲张

○袁宣四：袁藩。号松藩，淄川萌水人。与蒲松龄交好，后因水灾，家产荡尽，于康熙二十四年（1685）郁郁而终。

动，爪中抟一人头，须眉毕见，移时，入云而没。亦未闻有失其头者。

❶抟：抓取，把东西揉成球状。

译文

袁宣四讲：在苏州，有一次正赶上阴雨天气，暴雷滚滚。众人看见了一条龙垂在云边，身上的鳞甲张动着，爪子里还抓着一个人头，眉毛、胡子都能够看得清清楚楚。过了不久，龙就进入云端消失不见了，当时也没有听说有人丢了脑袋。

铳砲

“铳砲”是古代火器的一种，最早出现于宋代，随着火药技术的发展，成为军事中的重要武器。铳指的是手持或较小型的火器，砲则是指较大型的火器。铳砲在明清时期广泛用于战场，具有较强的杀伤力，象征着古代军事技术的进步和火器的发展。这类武器改变了传统冷兵器时代的作战方式。

【林四娘】

原文

青州道陈公宝钥，闽人。夜独坐，有女子搴帏入。视之，不识，而艳绝，长袖宫装，笑云："清夜兀坐，得勿寂耶？"公惊问何人，曰："妾家不远，近在西邻。"公意其鬼，而心好之，捉袂挽坐，谈词风雅，大悦。拥之，不甚抗拒，顾曰："他无人耶？"公急阖户，曰："无。"促其缓裳，意殊羞怯，公代为之殷勤。女曰："妾年二十，犹处子也，狂将不堪。"狎亵既竟，流丹浃席。既而枕边私语，自言"林四娘"。公详诘之，曰："一世坚贞，业为君轻薄殆尽矣。有心爱妾，但图永好可耳，絮絮何为？"无何，鸡鸣，遂起而去。由此夜夜必至，每与阖户雅饮。谈及音律，辄能剖悉宫商，公遂意其工于度曲。曰："儿时之所习也。"公请一领雅奏。女曰："久矣不托于音，节奏强半遗忘，恐为知者笑耳。"再强之，乃俯首击节，唱伊凉之调，其声哀婉。歌已，泣下。公亦为酸恻，抱而慰之曰："卿勿为亡国之音，使人悒悒。"女曰："声以宣意，哀者不能使乐，亦犹乐者不能使哀。"两人燕昵，过于琴瑟。

○道：巡道。清将一省分为数道，由布政司统领。陈宝钥：字绿崖，福建晋江人，康熙二年（1663）任青州道佥事。

○搴（qiān）帏：掀开门帘。搴，用手提或撩。

○宫装：宫女的装束。装也作"妆"。

○兀坐：独自端坐。

○流丹：指流血。

○剖悉宫商：明辨通解五音。

○工于：善于。

○强半：大半。

○击节：此指以击手为拍节。

○伊凉之调：悲凉的曲调。

○酸恻：悲痛，凄恻。

○亡国之音：国之将亡，音乐也充满悲凉的情绪。

○悒悒：心情郁悒不畅。

○燕昵：亲密。

○过于琴瑟：超过了夫妻感情。

译文

任职于青州巡道的陈宝钥是福建人。有天夜里他独自坐着，有一个女子掀开门帘走了进来。陈宝钥看了看她，不认识，但她长得美艳绝色，穿着长袖的宫中服装。女子笑着对陈公说："冷冷清清的夜晚一个人坐着，不感到寂寞吗？"陈公吃惊地问她是什么人，女子说："我家离这不远，就在你家西面。"陈公料想她是个女鬼，但是心里却很喜爱她。就拉着她的衣袖请她入座。女子谈吐很是优雅，陈公很高兴。拥抱她，女子也不是很抗拒，女子四下环顾一周说："这里没有其他人吧？"陈公急忙起身将房门关上，说："没有。"就催促女子宽衣解带，女子又害羞又胆怯，陈公就殷勤地代替她将衣服脱掉。女子说："我今年二十岁了……事情过后他们说些悄悄话，女子说她叫林四娘。陈公详细地询问她的身世，林四娘说："我一辈子都忠贞清白，如今已经被你破坏了。如果你心中爱我，就图个永远相好，这絮絮叨叨地干什么呢？"没过多长时间，鸡叫了，林四娘便起床离开了。从此以后，林四娘每天夜里都来。每次来，陈公都关上门与林四娘喝酒闲谈。谈到音律，林四娘还明辨通解五音，陈公估计林四娘善于作曲歌唱。林四娘说："我小的时候学过。"陈公就请她演奏一曲。林四娘说："很长时间没有演奏过乐曲了，节奏也大部分遗忘了，恐怕叫内行听了笑话。"陈公一再请求她，于是林四娘低头打着节拍，唱起悲凉的歌曲，那声音哀婉幽怨。歌唱完后，便流下泪来。陈公也感到酸楚悲哀，他抱着林四娘安慰道："你不要再唱这些悲凉的曲调了，让人感到压抑不快乐。"林四娘说："音乐是用来宣泄情意的，悲伤的音乐不能够让人快乐，也就像快乐的音乐不能让人感到悲哀一样。"陈公与林四娘十分亲昵，超过了一般夫妻的感情。

原文

既久，家人窃听之，闻其歌者，无不流涕。夫人窥见其容，疑人世无此妖丽，非鬼必狐，惧为厌蛊，劝公绝之。公不能听，但固诘之。女愀然曰："妾衡府宫人也。遭难而死，十七年矣。以君高义，

○厌蛊：以妖术害人。

○衡府：衡王府。明宪宗（朱见深）第七子朱祐楎，成化二十三年（1487）封衡恭王。

托为燕婉，然实不敢祸君。倘见疑畏，即从此辞。”公曰：“我不为嫌，但燕好若此，不可不知其实耳。”乃问宫中事。女缅述，津津可听，谈及式微之际，则哽咽不能成语。女不甚睡，每夜辄起诵准提、金刚诸经咒。公问：“九原能自忏耶？”曰：“一也。妾思终身沦落，欲度来生耳。”又每与公评骘诗词，瑕辄疵之，至好句，则曼声娇吟。意绪风流，使人忘倦。公问：“工诗乎？”曰：“生时亦偶为之。”公索其赠，笑曰：“儿女之语，乌足为高人道。”

○燕婉：这里指情人关系。

○缅述：回忆叙述。

○式微之际：衰败之时。

○九原：九泉。指地下。自忏：自我忏悔。

○度来生：佛教谓以行善信佛解脱今生困厄，使自己得以超度，求得来生的幸福。度，度脱，超度解脱。

○评骘（zhì）：评定。

○瑕辄疵之：见到不完美之处就指出来。

○曼声：轻盈舒缓的声音。

○意绪风流：情致优雅。

译文

时间久了，陈公的家人也偷听到林四娘唱歌，没有一个人不感动得流泪的。陈公的夫人偷偷地看见了林四娘的容貌，怀疑人世间没有这么美艳的女子，不是鬼就是狐狸。惧怕林四娘蛊惑陈公，劝陈公和林四娘断绝关系。陈公不听劝，但是从这以后会固执地询问林四娘的身世。林四娘面色严肃地说：“我是衡王府的一名宫女。遭难死了，至今已经十七年了。因为你是个高雅有义气的人，所以就和你结为恩爱的一对，然而我实在是不敢祸害你。倘若你疑心或者畏惧我，现在我们就分开吧。”陈公说：“我不是怀疑你，只是我们之间如此相爱，我就不能不知道有关你的实情。”于是陈公又向林四娘询问当时宫中的事，她回忆着详细讲述说得津津动听。说到衰落的时候，声音哽咽得说不出话来。林四娘不怎么睡觉，每天夜里都起来念《准提经》《金刚经》等经书符咒。陈公问：“九泉之下还能够自我忏悔吗？”林四娘说：“与人间是一样的。我经常想这辈子沦落了一生，但愿超度自己，来生能够好好做人。”林四娘常常和陈公品论诗词，遇到有瑕疵的地方就指出来，碰到好的句子就用轻柔的声音吟咏，情志优雅，让人忘记了疲倦。陈公问林四娘：“你写过诗吗？”林四娘说：“在世的时候偶然也写。”陈公向她索要诗，林四娘笑着说：“小女儿家的话，不足以给高人说呢！”

原文

居三年，一夕，忽惨然告别。公惊问之，答云：“冥王以妾生前无罪，死犹不忘经咒，俾生王家。别在今宵，永无见期。”言已怆然，公亦泪下，乃置酒相与痛饮。女慷慨而歌，为哀曼之音，一字百转，每至悲处，辄便哽咽。数停数起，而后终曲，饮不能畅。乃起，逡巡欲别。公固挽之，又坐少时。鸡声忽唱，乃曰：“必不可以久留矣。然君每怪妾不肯献丑，今将长别，当率成一章。”索笔构成，曰：“心悲意乱，不能推敲，乖音错节，慎勿出以示人。”掩袖而去。公送诸门外，湮然没。公怅悼良久。视其诗，字态端好，珍而藏之。诗曰：静锁深宫十七年，谁将故国问青天？闲看殿宇封乔木，泣望君王化杜鹃。海国波涛斜夕照，汉家箫鼓静烽烟。红颜力弱难为厉，惠质心悲只问禅。日诵菩提千百句，闲看贝叶两三篇。高唱梨园歌代哭，请君独听亦潸然。

○俾：使。

○率成：谓不加思考，仓促成篇。率，率然，不加思考。

○推敲：斟酌字句。

○静锁深宫十七年，谁将故国问青天：谓自己遭难而死已十七年，人们对亡去的故国已经淡忘。静锁深宫，指埋身地下。故国，指明衡王的封国。

○海国波涛斜夕照，汉家箫鼓静烽烟：谓近海地区的抗清斗争业已风平浪静，汉家臣民也歌乐升平，忘记了烽火兵燹。

○厉：厉鬼，恶鬼。

○问禅：指探求佛理，以求彻悟。禅，梵语“禅那”，意译为思维修，静思之意。

○梨园：唐玄宗训练乐工之处，其址在长安宫苑中。

译文

就这样过了三年，有一天晚上，林四娘忽然面色凄惨地过来与陈公告别。陈公大吃一惊，问她到底怎么回事。林四娘回答说：“阎王认为我生前没有罪过，去世了以后也没有忘记念诵经书符咒，就让我托生到王家。今天夜里我们就要分别了，再也不会相见了。”说完，面色悲哀，陈公也难过得掉眼泪，于是置办酒菜与她一起痛快地喝酒。林四娘一边喝酒，一边慷慨地唱起了歌，歌声哀怨婉转，一个字婉转百回，每次唱到悲伤的地方，就声音呜咽，好几次停下又好几次唱起，最后终于把歌唱完了，喝酒也喝得不是很畅快。林四娘起身，犹犹豫豫地想要和陈公告别。陈公再三地挽留她，她又坐了一会儿，忽然鸡叫了起来，林四娘说："一定不能够再留了。你以前总是怪我不能献丑作诗，如今将要永别，就仓促地写首诗给你，当作永别的纪念。"于是拿起笔，一气呵成，并对陈公说："我心里悲伤，意念烦乱，不能够推敲字句，难免有音韵的错误，千万不要拿给别人看。"说完，她就低头用袖子遮住脸走了。陈公送林四娘到了门外，她一瞬间就消失不见了。陈公怅然若失了很久。看林四娘的诗，字写得端正秀美，珍重地收藏了起来。诗是这样写的：

静锁深宫十七年，谁将故国问青天？
闲看殿宇封乔木，泣望君王化杜鹃。
海国波涛斜夕照，汉家箫鼓静烽烟。
红颜力弱难为厉，惠质心悲只问禅。
日诵菩提千百句，闲看贝叶两三篇。
高唱梨园歌代哭，请君独听亦潸然。

琴瑟

"琴瑟"是中国古代的两种弦乐器，琴为七弦琴，音清雅；瑟为二十五弦或五十弦，音低沉。它们常作为夫妻和谐美满的象征，源于《诗经》中的"琴瑟和鸣"，比喻夫妻感情融洽。此外，琴瑟也常象征高雅的情操和文化修养，出现在古代文人雅士的生活和诗文中。

【江中】

原文

王圣俞南游，泊舟江心。既寝，视月明如练，未能寐，使童仆为之按摩。忽闻舟顶如小儿行，踏芦席作响，远自舟尾来，渐近舱户。虑为盗，急起问童，童亦闻之。问答间，见一人伏舟顶上，垂首窥舱内。大愕，按剑呼诸仆，一舟俱醒。告以所见，或疑错误。俄响声又作。群起四顾，渺然无人，惟疏星皎月，漫漫江波而已。众坐舟中，旋见青火如灯状，突出水面，随水浮游，渐近舡，则火顿灭。即有黑人骤起，屹立水上，以手攀舟而行。众噪曰："必此物也！"欲射之。方开弓，则遽伏水中，不可见矣。问舟人，舟人曰："此古战场，鬼时出没，其无足怪。"

○王圣俞：据《江南通志》载："王纳谏，字圣俞，江都人，万历丁未进士，授行人。

○如练：月光洒泻，如练垂天。练，白色熟绢。

○按剑：手抚剑柄，准备自卫的警戒动作。

○渺然：水天远阔的样子。渺，远。

○舡（chuán）：船。

○屹（yì）立：矗立不动。

译文

王圣俞在南方游览时，船行驶到了江心。他躺在床上看见月光如练，睡不着，就让童仆为他按摩。忽然听见船顶上像有小孩走路，船篷上的芦苇席子发出嚓嚓的响声。王圣俞疑心是盗贼，急忙起身问童仆。主仆二人正一问一答间，看见一个人趴在船顶上，垂下头来向船舱里张望。王圣俞大吃一惊，按住剑把呼唤仆人们，一船的人都醒了。王圣俞对他们讲了刚才看到的情景，有人怀疑是他花眼了。不一会儿，那个声音又响了起来，众人又出来四下里查看，没有人影。唯有几颗星星和一轮月亮，江中波涛漫漫而已。众人坐在船中，忽然看见团灯笼状的青色火焰出现在水面之上，随水流淌，渐渐地接近船舷，那火一下子就灭掉了。马上就有一个黑色的人影突然冒了出来，屹立在江面之上，用手攀附着船舷行走。众人大声喊道："一定是这东西了！"想要拉开弓箭射他。刚一拉开弓，那东西就突然钻进了水里，再也看不见了。王圣俞询问船家是怎么一回事。船家说："这里原本是古战场，经常有鬼怪出没，没有什么可奇怪的。"

猪婆龙

"猪婆龙"是对爬行动物鳄鱼的别称，尤其是指扬子鳄，产于我国长江中下游地区。它是一种体形不大、皮肤粗糙、生活在水中的爬行动物，因形态凶猛，古代民间称其为"猪婆龙"。这个名称在不同地区有所不同，亦有地方用来指代其他鳄类物种。

【鲁公女】

原文

招远张于旦，性疏狂不羁，读书萧寺。时邑令鲁公，三韩人，有女

○招远：地处山东半岛西北部，明清属登州府。现为山东招远，隶属于山东烟台的县级市。 ○萧寺：佛寺。 ○三韩：指辽东。

好猎。生适遇诸野，见其风姿娟秀，着锦貂裘，跨小骊驹，翩然若

画。归忆容华，极意钦想。后闻女暴卒，悼叹欲绝。鲁以家远，寄

○钦想：想慕。

灵寺中，即生读所。生敬礼如神明，朝必香，食必祭。每酹而祝曰：

○灵：灵柩。 ○玉人：容貌秀丽，晶莹如玉。可兼称男女。 ○酹（lèi）：以酒浇地。祭奠的一种仪式。

“睹卿半面，长系梦魂。不图玉人，奄然物化。今近在咫尺，而邈

○奄（yǎn）然：突然。物化：化为异物。指死亡。

若河山，恨如何也！然生有拘束，死无禁忌，九泉有灵，当姗姗而

来，慰我倾慕。”日夜祝之，几半月。

译文

山东招远有个人叫张于旦，性情狂放不羁，他当时在一座寺庙读书。招远县令鲁公是辽东人，他有一个女儿很喜欢打猎。张于旦有次在野外遇见了鲁公的女儿，只见她长得风华绝代，娟秀无比，身上穿着锦缎貂皮的衣服，胯下骑一匹小马驹，翩翩然就好像画里的人一样。张于旦回到寺庙里，每每想起鲁公女儿的容貌气度，心里爱慕至极。后来听说鲁公女儿得了急病去世了，他悲痛欲绝。鲁公因为离家乡距离很远，就将女儿的灵柩寄放在寺庙中，正好是张于旦读书的那座寺庙。张于旦对鲁公女儿就好像对神明那样尊敬，每天清晨必然点香拜祭，每到吃饭的时候也一定会祭拜。他时常将酒撒在地上说：“我曾经有幸见过你一面，就经常在梦中梦见你，没想到你这美人突然就过世了。如今，你虽然和我离得很近，但是生死相隔，远如万水千山，这是怎样的一种遗憾呀！然而你在世时受到礼法的约束，去世后应该是没有什么禁忌了。如果你在九泉之下能够有灵的话，应该姗姗走来，以安慰我对你的倾慕之情。”张于旦日夜祈祷，差不多有半个月的时间。

原文

一夕，挑灯夜读，忽举首，则女子含笑立灯下。生惊起致问，女曰：“感君之情，不能自已，遂不避私奔之嫌。”生大喜，遂共欢好。自此无虚夜。谓生曰：“妾生好弓马，以射獐杀鹿为快，罪业深重，死无归所。如诚心爱妾，烦代诵《金刚经》一藏数，生生世世不忘也。”生敬受教，每夜起，即柩前捻珠讽诵。偶值节序，欲与偕归。女忧足弱，不能跋履，生请抱负以行，女笑从之。如抱婴儿，殊不重累。遂以为常，考试亦载与俱，然行必以夜。生将赴秋闱，女曰：“君福薄，徒劳驰驱。”遂听其言而止。

○捻诛：手捻佛珠。

○跋履：跋涉，登山涉水。

○秋闱：乡试，考选举人。明清时期乡试多在秋季举行，故称“秋闱”。

译文

一天夜里，张于旦正挑灯读书，忽见鲁公女儿面带微笑站在灯光下。张于旦急忙起身询问，鲁公女儿说：“感念你对我的一片倾慕之情，我没办法控制自己，所以就顾不上有私奔的嫌疑了。”张于旦十分欢喜，于是与她一起欢好。从此以后，鲁公女儿每天晚上都来。有一天她对张于旦说：“我活着的时候喜欢骑马打猎，以射杀獐子和鹿当作快事，导致死了以后没有归宿。如果你诚心爱我，劳烦你代我诵读一藏数的《金刚经》，我生生世世不会忘记你的恩情。”张于旦恭恭敬敬地依照她的要求去做，每天夜里起来，就在鲁公女儿的灵柩前捻着佛珠诵读《金刚经》。有次偶然赶上过节，张于旦想要带着鲁公女儿一起回家，但是她担心自己腿脚不能够长途跋涉。张于旦就请求抱着她走，鲁公女儿应允了。张于旦抱着她就像抱着一个婴儿一样。自此以后，抱着她走路也就是一件经常做的事，就连科举考试张于旦也带着鲁公女儿一块去，但是必须在夜晚走路。后来，张于旦要去参加乡试，鲁公女儿说：“你福气薄，去也是浪费时间而已。”张于旦听劝未去乡试。

原文

积四五年，鲁罢官，贫不能舆其榇，将就窆之，苦无葬地。生乃自陈："某有薄壤近寺，愿葬女公子。"鲁公喜。生又力为营葬，鲁德之，而莫解其故。鲁去，二人绸缪如平日。

○舆其榇（chèn）：用车运走棺材。榇，棺。
○就窆（biǎn）：就地葬埋。窆，葬时穿土下棺。

译文

就这样过了四五年，鲁公被罢了官，因为太穷了不能雇车将女儿的灵柩运回家乡，想要就地埋葬，但是苦于没有合适的地方安葬。张于旦听说这件事后就对鲁公说："我有一块薄田就在寺庙的附近，愿意用来安葬您家的女公子。"鲁公十分欢喜。张于旦又竭力帮助鲁公料理丧事，鲁公十分感谢他，却不知道张于旦为什么这么做。鲁公离开以后，他们二人依旧像以前一样恩爱。

原文

一夜，侧倚生怀，泪落如豆，曰："五年之好，于今别矣！受君恩义，数世不足以酬！"生惊问之。曰："蒙惠及泉下人，经咒藏满，今得生河北卢户部家。如不忘今日，过此十五年，八月十六日，烦一往会。"生泣下曰："生三十余年矣，又十五年，将就木焉，会将何为？"女亦泣曰："愿为奴婢以报。"少间，曰："君送妾六七里。此去多荆棘，妾衣长难度。"乃抱生项，生送至通衢。见路旁车马一簇，马上或一人，或二人，车上或三人、四人、十数人不等；独一

○就木：进棺材，老死。

钿车，绣缨朱幰，仅一老媪在焉。见女至，呼曰：“来乎？”女应曰：“来矣。”乃回顾生云：“尽此。且去，勿忘所言。”生诺。女子行近车，媪引手上之，展軨即发，车马阗咽而去。

○绣缨朱幰（xiǎn）：有彩穗装饰的大红车帘。绣缨，彩丝做的穗状饰物，即流苏。幰，车前挂的帷幔。

○展軨：车轮转动，发车。

○阗（tián）咽：形容车马喧腾，充塞道路。

译文

有天夜里，鲁公女儿侧着身子依偎在张于旦怀里，豆子大的眼泪像雨一样流下来，她说：“五年的恩爱，现在就要分别了！你的恩义，我几辈子都不能报答完。”张于旦惊讶地问她出什么事了。她说：“承蒙你为我这九泉之下的人施以恩惠，你已经为我诵读了一藏数的经书，现在就要托生到河北卢户部的家中了。如果你记得今天这个日子，十五年以后的八月十六日，劳烦你去卢家与我相会。”张于旦哭泣着说道：“我今年已经三十多岁了，再过十五年，我也就快去世了，和你相会又能怎么样呢？”鲁公女儿也哭泣着说道：“我愿意当奴婢来报答你。”过了片刻，鲁公女儿说：“你送我六七里路吧，这一路上有很多的荆棘，我的裙子太长了难以走路。”说完就搂着张于旦的脖子。张于旦将她送到了一条大道上，看见路旁停着很多车马，马上有的骑着一个人，有的骑着两个人，车上有的坐三个人，有的坐四个人，或者十多个人不等。只有一辆镶嵌着金花装饰、挂着绣花帘子的马车，只有一个老太婆坐在里面。看见鲁公女儿过来了，就呼喊道：“来了吗？”她答应道：“来了。”于是回过头对张于旦说：“就送我到这里吧，你暂且回去，不要忘记我所说的话。”张于旦应允着。鲁公女儿走向马车，老太婆伸手将她拉到了车上，车轮立刻启动了，其余的车马也喧闹地离开了。

原文

生怅怅而归，志时日于壁。因思经咒之效，持诵益虔。梦神人告曰：“汝志良嘉。但须要到南海去。”问：“南海多远？”曰：“近在方寸地。”醒而会其旨，念切菩提，修行倍洁。三年后，

○南海：指观世音菩萨所在地。

○近在方寸地：近在心间。

次子明、长子政，相继擢高科。生虽暴贵，而善行不替。夜梦

○擢（zhuó）高科：指科举高中。 ○替：废弃，衰减。

青衣人邀去，见宫殿中坐一人，如菩萨状，逆之曰："子为善可喜。惜无修龄，幸得请于上帝矣。"生伏地稽首。唤起，赐坐，饮以茶，

○修龄：长寿。

味芳如兰。又令童子引去，使浴于池。池水清洁，游鱼可数，入之而温，掬之有荷叶香。移时，渐入深处，失足而陷，过涉灭顶。惊

○过涉灭顶：谓入深水，淹没头顶。

寤，异之。由此身益健，目益明。自捋其须，白者尽簌簌落，又久之，黑者亦落，面纹亦渐舒。至数月后，颔秃面童，宛如十五六时，

○颔秃面童：下巴光净无须，面呈童颜。颔，下颏。

辄兼好游戏事，亦犹童。过饰边幅，二子辄匡救之。未几，夫人以

○过饰边幅：过于注重穿着打扮。 ○匡救：救正，矫正。

老病卒。子欲为求继室于朱门，生曰："待吾至河北来而后娶。"

译文

张于旦怅然若失地回到了庙里，将分别的日子写在了墙壁上。因而想到了这是吟诵佛经的效果，就愈发虔诚地诵读佛经。他梦见有一个神人告诉他："你的志向很好，但是需要到南海去一趟。"张于旦问："南海有多远呢？"神人说："南海就在你的方寸之地。"张于旦醒来以后领悟了神人的意思，他渴望领悟佛理，因此修行起来倍加诚心。三年以后，他的次子张明、长子张政，相继考取了功名。张于旦虽然突然尊贵了起来，但是他依然坚持修行，没有懈怠。有天夜里，张于旦梦见有一个青衣人邀请他来到一座宫殿，看见宫殿中坐着一个人，看起来像菩萨一样，菩萨对他说："你向善的行为是可喜的，可惜你不长寿，幸好我向上帝为你求情，可以为你延寿。"张于旦跪在地上向菩萨叩头。菩萨让他起来，赐给他座位，又让他喝茶，茶的味道像兰花一样芬芳。菩萨又让童子领着他到一个池子里去沐浴。池子里的水很干净，里面的鱼都能看得清清楚楚，进入水中后感到很温暖，捧起来闻一下，有荷叶的清香。没过多久，他渐渐地走到了水

深的地方，失足陷入水底，水一下就淹没了头顶。张于旦猛地惊醒过来，感到十分奇怪。从此以后，他的身体一天比一天健壮，眼睛愈发明亮。自己捋了一下胡子，白色的胡须全都扑簌簌地落了下来，又过了一些日子，黑色的胡须也都落了。脸上的皱纹也渐渐地舒展了。几个月以后，下巴光秃秃的，面目好像儿童，也就是十五六岁孩子的模样。他又非常喜欢游戏，也和孩子一个样。他又过于注重穿着打扮，他的儿子经常劝诫他不要这样。没多久，他的夫人因为年龄大而去世了。他的儿子想要替他在大户人家求娶一个继室。张于旦说："等我去河北走一趟，回来以后再娶吧。"

原文

屈指已及约期，遂命仆马至河北，访之，果有卢户部。先是，卢公生一女，生而能言，长益慧美，父母最钟爱之。贵家委禽，女辄不欲。怪问之，具述生前约。共计其年，大笑曰："痴婢！张郎计今年已半百，人事变迁，其骨已朽，纵其尚在，发童而齿豁矣。"女不听。母见其志不摇，与卢公谋，戒阍人勿通客，过期以绝其望。未几，生至，阍人拒之。退返旅舍，怅恨无所为计，闲游郊郭，因循而暗访之。

○委禽：即纳采，求婚。

○发童而齿豁：头秃齿缺。形容年老。童，秃。豁，豁口，齿缺。

○阍（hūn）人：看门人。

译文

张于旦屈指一算，与鲁公女儿约定的日期快到了，于是命令仆人准备车马前往河北，一打听，果然有个姓卢的户部尚书。先前，卢公生了一个女儿，一生下来就会讲话，越长越聪慧美丽，父母最喜欢的就是她。有些富贵人家的子弟来求娶，女儿总是不同意。卢父卢母感到十分奇怪，就询问她理由，女儿就将转生之前与张于旦的约定详细地告诉了他们。大家一起算了算年龄，大笑地说道："你个傻丫头！张郎算来已经年过半百，人世变迁，他的尸骨恐怕早已经腐烂了，即使他现在尚在人间，头发与牙齿都已经掉光了。”女儿不听。卢母看见她的决心不能动摇，就与卢公商议，告诉门人不要让寻访女儿的客人进门，过了约定的日期她就会感到绝望。没几天，张于旦来到了卢家，看门人不让他进去。张于旦只能先回到旅店，心中惆怅但是又没有什么办法，无聊的时候就去郊外游玩，也趁着这个机会打听卢家小姐的消息。

原文

女谓生负约，涕不食。母言：“渠不来，必已殂谢，即不然，背盟之罪，亦不在汝。”女不语，但终日卧。卢患之，亦思一见生之为人，乃托游遨，遇生于野。视之，少年也，讶之。班荆略谈，甚倜傥。公喜，邀至其家。方将探问，卢即遽起，嘱客暂独坐，匆匆入内，告女。女喜，自力起，窥审其状不符，零涕而返，怨父欺罔。公力白其是，女无言，但泣不止。公出，意绪懊丧，对客殊不款曲。生问：“贵族有为户部者乎？”公漫应之，首他顾，似不属客。生觉其慢，辞出。女啼数日而卒。

○渠：方言中的第三人称，他。

○殂（cú）谢：死。

○游遨：游玩散心。

○班荆：谓藉草而坐。

○倜傥（tì tǎng）：风流洒脱。指有青年人的风度。

○款曲：应酬殷恳。

○不属客：意不在客，不理会客人。属，属意。

○慢：简慢，怠慢。

译文

卢家小姐以为张于旦违背了誓约，整日哭泣，连饭都不吃了。卢母说：“他没有来，一定是去世了，即使他活着，背叛誓言的罪过也不在你身上。”姑娘也不说话，只是整日卧床不起。卢公很是忧虑，也想要见见张于旦是个什么样的人，于是就假装出门散心，在郊外碰见了张于旦。一看，竟是一个少年，感到非常惊讶。席草而坐，与他交谈了几句，觉得张于旦风流倜傥，卢公很是喜欢，就邀请张于旦来到家里。张于旦正要询问姑娘的消息，卢公突然站起身，嘱咐客人暂时自己坐一会，急匆匆地进入内室将消息告诉女儿。女儿十分欢喜，奋力地起了床，偷偷一看，见来人的相貌与张于旦不相符，哭泣着跑回了房间，抱怨父亲欺骗她。卢公极力辩白这个人就是张于旦，女儿不说一句话，只是哭泣不止。卢公出来以后，情绪很是懊恼沮丧，对待张于旦也就不那么热情了。张于旦问：“你这里有官至户部尚书的老先生吗？”卢公漫不经心地回答他，左顾右盼，看上去也不理会客人。张于旦感觉到了卢公的怠慢，就告辞离开了。姑娘哭了好几天就去世了。

原文

生夜梦女来，曰：“下顾者果君耶？年貌舛异，觌面遂致违隔。妾已忧愤死，烦向土地祠速招我魂，可得活，迟则无及矣。”既醒，急探卢氏之门，果有女亡二日矣。生大恸，进而吊诸其室，已而以梦告卢。卢从其言，招魂而归。启其衾，抚其尸，呼而祝之。俄闻喉中咯咯有声，忽见朱樱乍启，坠痰块如冰。扶移榻上，渐复吟呻。卢公悦，肃客出，置酒宴会。细展官阀，知其巨家，益喜，择吉成礼。

○下顾：拜访。下，谦辞。

○年貌舛（chuǎn）异：谓张生的年龄与容貌不符。舛，错。异，不同。

○朱樱：红樱桃。喻女子之口。

○肃客：引导客人。《礼记·曲礼》：“主人肃客而入。”注：“肃，进也。”

○细展官阀：详细询问官阶门第。展，展问，询问。

译文

这天夜里，张于旦梦见姑娘前来，对他说：“来找我的是你吗？年龄与容貌都不相符，见面了竟然没有认出来又导致了天人两隔。我已经忧愤地死了，劳烦你赶快去土地祠为我招魂，我还能复活，晚了就来不及了。”张于旦醒来以后，急忙来到卢公这里打探，果然他的女儿已经死了两天了。张于旦悲痛欲绝，进去吊唁了一番，然后就将自己做的梦告诉了卢公。卢公听从了他的话，去土地祠为女儿招魂。掀开女儿身上的被子，抚摸着，呼喊她的名字为她祈祷。不一会就听见女儿的喉咙里有咯咯的响声，忽然又看见她嘴唇张开，吐出一口像冰块一样的痰。

将姑娘搀扶到床上，她渐渐地有了呼吸。卢公十分喜悦，恭敬地将张于旦请了出来，置办酒席。卢公详细地询问了张于旦的官阶门第，得知他是大户人家，愈发欢喜。于是选定了一个良辰吉日，让女儿和他成了亲。

原文

居半月，携女而归。卢送至家，半年乃去。夫妇居室，俨如小偶，不知者，多误以子妇为姑嫜焉。卢公逾年卒，子最幼，为豪强所中伤，家产几尽。生迎养之，遂家焉。

○小偶：少年夫妻。偶，配偶。

○“不知者”二句：很多人竟然错把他们的儿子儿媳当成了公公和婆婆。张于旦夫妇相貌比他们的儿子、儿媳还显得年少。

○中伤：陷害。

译文

张于旦在卢公家里住了半个月，随后便带着妻子回到了家里。卢公亲自送女儿到张家，住了半年时间才离开。张于旦夫妇住在一起，就和少年夫妻一样，不知道详情的人都会将儿子、儿媳误认为公公、婆婆。卢公第二年就去世了，他的儿子很小，被豪强人家中伤欺辱，家产几乎都被霸占了。张于旦将他接过来抚养，于是成为了一家人。

户部

户部是中国古代中央政府的六部之一，负责全国的户籍、土地、赋税和财政管理。其职能包括人口统计、征收赋税、管理国库、调配官员俸禄等，是古代财政的核心部门。明清时期，户部的职权尤其重要，直接影响国家的财政运行和经济调控。户部的地位举足轻重，关系到国家的富强与稳定。

【道士】

原文

韩生，世家也，好客。同村徐氏，常饮于其座。会宴集，有道士托钵门上。家人投钱及粟，皆不受，亦不去。家人怒，归不顾。韩闻击剥之声甚久，询之家人，以情告。言未已，道士竟入。韩招之坐，道士向主客皆一举手，即坐。略致研诘，始知其初居村东破庙中。韩曰："何日栖鹤东观，竟不闻知，殊缺地主之礼。"答曰："野人新至，无交游。闻居士挥霍，深愿求饮焉。"韩命举觞。道士能豪饮，徐见其衣服垢敝，颇偃蹇，不甚为礼，韩亦海客遇之。道士倾饮二十余杯，乃辞而去。

○世家：累世贵显的人家。

○宴集：聚客饮宴。

○托钵：指和尚道士募化，化缘。钵，底平，口略小，类似于碗的器皿。

○击剥之声：敲打声。此处指化缘时敲击钵盂的声音。

○栖鹤：道教传说认为修炼得道者驾鹤而行，故敬称道士宿止为栖鹤，息驾。

○野人：道士谦称。山野之人。

○居士：意思是向道慕善在家修行的人。是宗教徒对世俗人士的敬称。挥霍：豪奢不吝。这里指设宴请客。

○偃蹇（jiǎn）：倨傲，轻慢。

○海客遇之：把道士当作走江湖的看待。海客，浪迹四方的江湖之人。

译文

韩生是一个世家子弟，他非常好客。同村的徐氏经常到他家里来喝酒。有一回，韩生在家里举行宴会，有一个道士在门外化缘，韩府的仆人往他的钵盂里放钱或者粮食，都不接受，也不离开。仆人们大怒就回到院中不再搭理他。韩生听门外有敲打钵盂的声音已经有一会了，就询问仆人是怎么回事，仆人就把事情如实地告诉了韩生。话还没有说完，道士竟然自己走了进来，韩生就招呼他坐下来。道士向主人和客人都行了礼，坐了下来。韩生和他聊了几句，这才知道他刚刚在村子东面的破庙中安顿下来。韩生说："道长是什么时候栖息在村东的道观的，我竟然没有听人说起，没有尽到地主之谊，惭愧惭愧！"道士回答说："我这云游之人刚刚来到这里，没有什么朋友，听闻居士你热情好客，就想来讨一杯酒水。"韩生就让人给道士倒酒。道士酒量很好，他们一起畅饮。徐氏看见道士穿的衣服又破又脏，很是看不上他，对他也很不礼貌。韩生也是把道士当作一个普通的江湖人士看待。道士一口气喝了二十多杯酒，才告辞离开。

原文

自是每宴会，道士辄至，遇食则食，遇饮则饮，韩亦稍厌其频。饮次，徐嘲之曰："道长日为客，宁不一作主？"道士笑曰："道人与居士等，惟双肩承一喙耳。"徐惭不能对。道士曰："虽然，道人怀诚久矣，会当竭力作杯水之酬。"饮毕，嘱曰："翌午幸赐光宠。"

○道长日为客：道长天天吃别人的。

○双肩承一喙（huì）：两只肩膀扛着一张嘴。意思是白吃白喝，没有馈赠、回报。

○杯水：一杯水酒。水，喻酒味薄涩。请人吃酒的谦称。

○翌（yì）午：第二天中午。

译文

从此以后每次宴会，道士都会来参加，遇上吃的就吃，遇上酒就喝，韩生也有点厌烦道士来的有些频繁。有次喝酒，徐氏嘲笑道士说："道长天天吃别人的，难道不当一次主人请客吗？"道士笑着回答说："我和居士您一样，都是两个肩膀扛着一张嘴。"徐氏感到很惭愧，无言以对。道士又说："虽然话是如此，但道士我在心中有诚意很久了，会竭尽全力准备一次酒水来感谢你们。"喝完酒，道士嘱咐说："明天中午希望你们赏脸光临。"

原文

次日，相邀同往，疑其不设。行去，道士已候于途，且语且步，已至寺门。入门，则院落一新，连阁云蔓。大奇之，曰："久不至此，创建何时？"道士答："竣工未久。"比入其室，陈设华丽，世家所

○不设：没有设宴。

○连阁云蔓：楼阁相连如云。

无，二人肃然起敬。甫坐，行酒下食，皆二八狡童，锦衣朱履。酒馔芳美，备极丰渥。饭已，另有小进，珍果多不可名，贮以水晶玉石之器，光照几榻。酌以玻璃盏，围尺许。道士曰："唤石家姊妹来。"童去少时，二美人入，一细长，如弱柳，一身短，齿最稚，媚曼双绝。道士即使歌以侑酒。少者拍板而歌，长者和以洞箫，其声清细。既阕，道士悬爵促釂，又命遍酌。顾问："美人久不舞，尚能之否？"遂有僮仆展氍毹于筵下，两女对舞，长衣乱拂，香尘四散。舞罢，斜倚画屏。二人心旷神飞，不觉醺醉。

○狡童：慧黠善解人意的幼仆。
○小进：小吃，筵后茶点果品。
○媚曼：义同"靡曼"，谓容色美丽。
○侑（yòu）酒：劝酒。
○既阕：演唱告一阶段。阕，停止，终了。
○悬爵促釂（jiào）：举杯劝客人饮尽。釂，干杯。
○氍毹（qú shū）：毛织的地毯。
○心旷神飞：心思旷荡，神不守舍。

译文

第二天，韩生与徐氏相邀着一起前往庙里赴宴，他们都怀疑道士不会设宴。他们向破庙走去，道士已经等候在半路上，三个人一边说话一边步行，很快就来到了庙门口。进入大门一看，院落里已经焕然一新，一座座楼阁像云一样连绵不断。韩生与徐氏都十分惊奇，他们说："很长时间没有来这里了，这是什么时候建造的呢？"道士回答说："刚竣工没多长时间。"等进入了内室，里面的摆设华丽无比，就是世家也没有这种排场，韩生与徐氏肃然起敬。刚一落座，宴席就开始了，伺候的人都是十五六岁的漂亮童仆，穿着锦缎做的衣服，红色的鞋子。酒菜滋味芳香醇美，十分丰盛。吃过饭后，又上了一些茶点，很多珍奇的水果都叫不出名字，盛放在水晶玉石制成的器皿里面。光彩照亮了桌子和椅子。装着酒的玻璃盏，有一尺多粗。道士说："把石家姐妹叫来。"童仆离开后不多时，有两个美人就进来了，一个身材高挑，就像柔弱的细柳，一个身材娇小，年纪看起来也很小。两个姑娘都娇媚美丽，堪称双绝。道士让她们唱歌来助兴。年龄小的那个姑娘打着板子唱着歌，年龄大的那个就吹洞箫来伴奏，那声音清悦优美。唱完了一曲，道士举起酒杯来劝酒，又让两个姑娘给客人斟酒。道士看着她们问："美人们好长时间没有跳舞了，还能跳舞吗？”于是就有童仆在大厅里铺上地毯，两个美女相对起舞，长长的衣袖上下翻飞，香气四处飘散。跳完了舞，两个美女倚靠着屏风站着。韩生、徐氏两个人被迷得不知不觉就喝得醉醺醺了。

原文

道士亦不顾客，举杯饮尽，起谓客曰：“姑烦自酌，我稍憩，即复来。”即去。南屋壁下，设一螺钿之床，女子为施锦裀，扶道士卧。道士乃曳长者共寝，命少者立床下为之爬搔。二人睹此状，颇不平，徐乃大呼：“道士不得无礼！”往将挠之，道士急起而遁。见少女犹立床下，乘醉拉向北榻，公然拥卧。视床上美人，尚眠绣榻，顾韩曰：“君何太迂？”韩乃径登南榻。欲与狎亵，而美人睡去，拨之不转，因抱与俱寝。天明，酒梦俱醒，觉怀中冷物冰人，视之，则抱长石卧青阶下。急视徐，徐尚未醒，见其枕遗屙之石，酣寝败厕中。蹴起，互相骇异。四顾，则一庭荒草，两间破屋而已。

○稍憩（qì）：稍微休息。憩，休息。

○螺钿（diàn）之床：镶嵌蚌壳贝片图案的床榻。钿，金银贝壳之类装饰薄片的总称。

○锦裀（yīn）：织锦的垫褥。裀，通“茵”，垫子。

○爬搔：挠痒。爬，抓，挠。

○挠：阻止。

○青阶：青石台阶。

○遗屙之石：大便坑旁的踏脚石。遗屙，拉屎。

○蹴（cù）起：把徐氏踢起。蹴，踢。

译文

道士也顾不上客人了，举起酒杯一饮而尽，站起来对着客人们说：“就劳烦二位自斟自饮，我稍稍休息一下，一会就回来。”说完就离开了。南屋的墙壁下摆了一张螺钿工艺装饰的床，两个美女铺好了锦缎的被褥，搀扶着道士去床上躺下。道士拉着那个年纪大点的美女一起，让那个年龄小点的美女在床边为他搔痒。韩生、徐氏看到此情此景感到十分不公平，徐氏大声喊道：“道士不得无礼！”就要上前阻止他。道士急忙起身逃跑了。徐氏看见那个年龄小点的美女依然站立在床边，乘着酒劲将她拉到了北边。年纪大点的美女还躺在床上，对韩生说道：“你怎么如此迂腐呢？”韩生于是径直来到了南边，但是美人睡得很熟，怎么也搬不过身来，就抱着她一同入睡。天亮以后，酒劲过了，梦也醒了，韩生感觉怀里的东西凉得冰人，一看，原来是抱着一块长石头睡在了台阶上。他急忙起身去看徐氏，徐氏还没有清醒，只见他枕着一块茅坑里的石头，在破败的茅厕里酣睡。韩生将徐氏踢醒，他们都感到惊骇讶异，举目四顾，只见一院子的荒草，两间破庙而已。

举手

“举手”指的是古代作揖礼仪，拱手为礼。宋代陆游在《老学庵笔记》中提到“古所谓揖，但举手而已”，说明古人行礼时只需简单地举手。这个礼节在社交场合中用来表示敬意与礼貌，具有谦逊和尊重的意味，特别是在传统的礼仪和人际交往中广泛使用。

【胡氏】

原文

直隶有巨家，欲延师。忽一秀才，踵门自荐。主人延入，词语开爽，遂相知悦。秀才自言胡氏，遂纳贽馆之。胡课业良勤，淹洽非下士等。然时出游，辄昏夜始归，扃闭俨然，不闻款叩而已在室中矣。遂相惊以狐。然察胡意固不恶，优重之，不以怪异废礼。

○延师：聘请家塾教师。延，招聘。
○踵门：亲自上门。
○开爽：开朗爽快。
○纳贽（zhì）馆之：付给胡秀才聘金，留他住了下来。贽，初见礼品。
○课业：对学生的授业和考课。
○“淹洽”句：学问渊博贯通，非一般秀才可比。下士，才德差的人。
○扃（jiōng）闭：锁闭。
○优重之：对胡生重礼优待。

译文

直隶有一个大户人家，想要请一个教书先生。忽然来了一个秀才登门自荐。主人将他请了进去，这个秀才言语开朗爽快，主、客之间相谈甚欢。秀才自我介绍说姓胡，于是主人就聘请胡生来教书。胡生教书很是勤勉，也很有学问，一看就不是普通的读书人。但是他经常出去游玩，有时候半夜才回来，大门已经锁上了，也没有听见敲门的声音，胡生已经在屋子里了。主人感觉很是惊讶，怀疑他是狐狸。但是仔细观察胡生没有什么恶意，于是对胡生重礼相待，并没有因为他奇怪的举止而有失礼数。

原文

胡知主人有女，求为姻好，屡示意，主人伪不解。一日，胡假而去。次日，有客来谒，絷黑卫于门。主人逆而入。年五十余，衣履鲜洁，意甚恬雅。既坐，自达，始知为胡氏作冰。主人默然，良久曰：“仆

○假：告假。
○絷（zhí）：拴。黑卫：黑驴。卫，驴子的代称。
○恬雅：安闲文雅。
○自达：自述来意。
○作冰：做媒。后因称媒人为“冰人”。

与胡先生，交已莫逆，何必婚姻？且息女已许字矣。烦代谢先生。”客曰：“确知令爱待聘，何拒之深？”再三言之，而主人不可。客有惭色，曰：“胡亦世族，何遽不如先生？”主人直告曰：“实无他意，但恶非其类耳。”客闻之怒，主人亦怒，相侵益亟。客起抓主人，主人命家人杖逐之，客乃遁，遗其驴。视之，毛黑色，批耳修尾，大物也。牵之不动，驱之则随手而蹶，嘤嘤然草虫耳。

○交已莫逆：已是知己之交。莫逆，心意相投，无所违拗。

○息女：亲生女。许字：订婚，许配人家。

○亟（jí）：激烈。

○批耳修尾：尖耳长尾，好马的体形。

○大物：谓躯体高大。唐柳宗元《三戒·黔之驴》：“虎见之，庞然大物也。”

○嘤嘤：虫鸣声。草虫：指蝈蝈、蚂蚱、织布娘一类的昆虫。

译文

胡生知道主人家有个女儿，想要向主人求亲，屡次向主人暗示，主人都装作不明白他的意思。有一天，胡生告假离开。第二日，有客人来拜访主人，将一头黑色的驴拴在了门外。主人迎接客人，将其请进屋里。这位客人年龄大概五十岁，衣服鞋子干净整洁，谈吐气度十分文雅。主、客落座以后，客人自己说明了来意，主人这才知道是为胡生来提亲的。主人听后沉默不语，过了很长时间才说道：“我与胡先生已经是莫逆之交，何必非要联姻呢？况且小女已经许配给别人了，就劳烦您代我向胡先生表达歉意。”客人说：“我知道令爱还没有许配人家，何必这样坚决地拒绝呢？”客人再三恳求，主人就是不答应。客人有些不高兴地说：“胡先生也是世族大家，难道就配不上先生家吗？”于是主人就直截了当地说道：“实在是没有别的意思，只是厌恶我们不是同类而已。”客人听了大怒，主人也大怒，他们两个互相谩骂，越来越厉害。客人起身，要抓主人。主人命令家仆用木棍将客人驱赶出去，客人跑掉了，将毛驴遗留了下来。仔细一看，这驴满身都是黑色的毛，尖耳长尾，看着就是庞然大物。牵它不走，驱赶它，它就顺势倒在地上，变成了一只鸣叫着的草虫。

原文

主人以其言忿，知必相仇，戒备之。次日，果有狐兵大至，或骑或步，或戈或弩，马嘶人沸，声势汹汹。主人不敢出。狐声言火屋，主人益惧。有健者，率家人噪出，飞石施箭，两相冲击，互有夷伤。狐渐靡，纷纷引去。遗刀地上，亮如霜雪，近拾之，则高粱叶也。众笑曰："技止此耳！"然恐其复至，益备之。明日，众方聚语，忽一巨人，自天而降，高丈余，身横数尺，挥大刀如门，逐人而杀。群操矢石乱击之，颠踣而毙，则刍灵耳。众益易之。狐三日不复来，众亦少懈。主人适登厕，俄见狐兵，张弓挟矢而至，乱射之，集矢于臀。大惧，急喊众奔斗，狐方去。拔矢视之，皆蒿梗。如此月余，去来不常，虽不甚害，而日日戒严，主人患苦之。

○戈、弩：均兵器名。戈，长柄有刃。弩，一种用机械发射的弓。

○夷伤：创伤。"夷""伤"同义。

○靡：势衰。

○技止此耳：本领不过如此而已。

○颠踣（bó）而毙：倒地而死。

○刍灵：草扎的送葬物、稻草人。

○易之：把它看得平常，轻视它。易，轻视。

○戒严：严密戒备。

译文

主人认为客人那天的言辞很是气愤，知道他们一定会回来报仇，因此叫家里的仆人加强戒备。第二天，果然有大批的狐狸兵前来，有骑兵、有步兵，有的拿着戈，有的拿着弓箭，人声沸腾，战马厮叫，声势浩大，气势汹汹。主人不敢出门，狐狸兵扬言要放火烧房子，主人愈发害怕。有个胆子大的仆人，率领众人大喊着冲了出来，又是投石又是射箭，双方大战，各有损伤。狐狸兵渐渐地气势低迷，纷纷离开了。战刀遗弃在了地上，就像寒霜白雪一样光亮，走近拾起来一看，原来是高粱叶子。众人笑着说道："也就这么大的本事了！"然而众人担心狐狸兵还会再来，越发戒备。第二天，众人刚聚集，忽然有个巨人从天而降，巨人有一丈多高，身体有好几尺粗，挥舞着一把像门一样的大刀，追着人就砍。众人拿着石头击打他，拿着箭射杀他，于是巨人倒在地上死了，原来是一个用草扎制的稻草人。狐狸兵三天没有来，人们也就稍稍放松了戒备。这天主人正在上厕所，忽然看见狐狸兵张弓朝他乱箭射来，箭都射到了他的屁股上。主人急忙喊众人过来战斗，狐狸兵这才离去。将箭拔出来一看，都是蒿草的梗子。就这样过了一个多月，狐狸兵经常神出鬼没，虽然没有大害，但是需要天天防范，主人十分苦恼。

原文

一日，胡生率众至。主人身出，胡望见，避于众中。主人呼之，不得已，乃出。主人曰："仆自谓无失礼于先生，何故兴戎？"群狐欲射，胡止之。主人近握其手，邀入故斋，置酒相款。从容曰："先生达人，当相见谅。以我情好，宁不乐附婚姻？但先生车马、宫室，多不与人同，弱女相从，即先生当知其不可。且谚云：'瓜果之生摘者，不适于口。'先生何取焉？"胡大惭。主人曰："无伤，旧好故在。如不以尘浊见弃，在门墙之幼子，年十五矣，愿得坦腹床下。不知有相若者否？"胡喜曰："仆有弱妹，少公子一岁，颇不陋劣。以奉箕帚，如何？"主人起拜，胡答拜。于是酬酢甚欢，前隙俱忘。命罗酒浆，遍犒从者，上下欢慰。乃详问里居，将以奠雁，胡辞之。日暮继烛，醺醉乃去。由是遂安。

○兴戎：兴兵，动武。

○达：旷达，通达，通情达理。

○门墙：借指门庭。

○坦腹床下：做胡生家的女婿。

○相若：这里是年貌差不多、相当的意思。

○奉箕帚：当媳妇。

○前隙：以前的矛盾，嫌隙。

○犒（kào）：以酒食相慰劳。

○奠雁：献雁。指定嫁娶。

译文

一日，胡生率领众狐狸兵到来，主人亲自出来相见。胡生看见主人，便躲避在众狐狸兵之中。主人呼唤他的名字，迫不得已，胡生才走了出来。主人说："我自认为没有对先生失礼的地方，为什么要兵戎相见？"狐狸兵要向主人射箭，胡生制止了。主人走上前去握住胡生的手，邀请他来到原来住过的地方，置办酒席款待他。主人从容地说道："先生是个通情达理之人，一定能够原谅我的。以你我之间深厚的情谊，怎么会不乐意与你结为姻亲呢？可是先生的车马、住房，很多都和人类的不一样，让我的女儿跟随你，先生你也知道这是不妥当的。况且有谚语说：'强扭的瓜不甜。'先生为什么要这样做呢？"胡生感到非常惭愧。主人说："无妨，我们之间的情谊依然存在，你如果不嫌弃我们这等尘世之人的话，我有一个小儿子，今年十五岁了，愿意到你府上做东床快婿，不知道你家有没有合适的女孩子？"胡生欢喜地说："我有一个小妹妹，比公子小一岁，长相人品都相当不错，愿意嫁给小公子，怎么样？"主人起身拜谢，胡生也起身答拜。于是二人一块畅快地喝酒闲谈，十分高兴，以前的那点不愉快都忘记了。主人又命令摆下酒席招待胡生带来的那些跟随者，上上下下所有人都感到很欢喜欣慰。主人向胡生询问他详细的地址，准备去下聘礼，胡生推辞了。他们一直喝到太阳落山，点上蜡烛继续喝，直到喝得酩酊大醉才离开。自此以后，一直相安无事。

原文

年余，胡不至。或疑其约妄，而主人坚待之。又半年，胡忽至。既道温凉已，乃曰："妹子长成矣。请卜良辰，遣事翁姑。"主人喜，即同定期而去。至夜，果有舆马送新妇至，奁妆丰盛，设室中几满。新妇见姑嫜，温丽异常，主人大喜。胡生与一弟来送女，谈吐俱风雅，又善饮，天明乃去。新妇且能预知年岁丰凶，故谋生之计，皆取则焉。胡生兄弟，以及胡媪，时来望女，人人皆见之。

○道温凉：寒暄一番。指相见时互致相思慰问之意。

○遣事翁姑：送媳妇上门伺候公婆。翁姑，即下文"姑嫜"，指公婆。

○丰凶：丰年和灾年。

○取则：据为准则。指按她的意见办事。

译文

过了一年有余，胡生没有再来，有人怀疑胡生所说的婚约是骗人的，但是主人坚持等着他。这样又过了半年，胡生忽然来了，二人互相寒暄了一通，胡生说：“我的小妹已经长大成人了，请你占卜一个良辰吉日让她过门，我送她来侍奉公婆。”主人十分欢喜，于是和胡生一同约定了日期，胡生就离开了。到了成亲的当天夜里，果真有车马将新娘子送了过来，新娘子的嫁妆十分丰盛，将新房子都快堆满了。新娘子拜见了公婆，只见她长得非常漂亮。主人十分欢喜，胡生与一个弟弟前来送新娘子，他们二人谈吐都很儒雅，又十分擅长饮酒，直到天亮了才离开。新媳妇能够预知每年收成的好坏，因而家里的生计，公婆都听从她的意见。胡生兄弟以及他们的母亲，经常过来看望她，大家都见过他们。

坦腹床下

“坦腹床下”是对成为女婿的委婉说法，与“东床快婿”的典故相关。出自“东床择婿”典故，讲述王羲之因在家中坦然卧于东床而被选为女婿。后用“坦腹床下”来形容作为女婿的身份。这个表达反映了古代对婚姻择婿的谦逊和礼节。

【戏术】

原文

有桶戏者，桶可容升，无底，中空，亦如俗戏。戏人以二席置街上，持一升入桶中，旋出，即有白米满升。倾注席上，又取又倾，顷刻两席皆满。然后一一量入，毕而举之，犹空桶。奇在多也。

○升：古代容量单位，也是量粮食的器具。

○俗戏：民间的变戏法，今称"魔术"。

译文

有一种用桶变的戏法，那桶可以装下一升米，没有底，中间是空的，也和平时变戏法用的普通桶一样。要把戏的人将两张席子铺在街上，再拿一个一升的容器放入桶中，立马拿出来，立即就有满满一升的白米，于是将白米倒在了席子上。如此不断地取米、倒米，不一会儿两张席子上都是白米。然后变戏法的人又将白米一升一升地装到桶里，全部装完之后，将桶举起来给观众看，那桶还是空的。这个戏法神奇的地方就在于能变出很多米。

原文

利津李见田，在颜镇闲游陶场，欲市巨瓮，与陶人争直，不成而去。至夜，窑中未出者六十余瓮，启视一空。陶人大惊，疑李，踵门求之。李谢不知。固哀之，乃曰："我代汝出窑，一瓮不损，在魁星楼下非与？"如言往视，果一一俱在。楼在镇之南山，去场三里余。佣工运之，三日乃尽。

○颜镇：镇名，即颜神镇。今属山东淄博，是该市具有悠久历史的生产陶瓷器皿的中心。

○直：价格。

○谢：推辞。

○南山：颜神镇南有南博山，即此之南山。

译文

利津县有一个人叫李见田，有次他在颜镇上生产陶瓷的窑场闲逛，想要买一只大瓮。李见田与卖陶的人砍价不成，就离开了。到了半夜，六十多个没有出窑的瓮都不见了。卖陶的人大吃一惊，怀疑是李见田干的，便登门去请求他交出来。李见田推辞说不知道这件事，卖陶的人再三哀求他，李见田说："我代替你出了窑，没有损坏一只瓮，那些在魁星楼下面的瓮难道不是吗？"卖陶的就按照李见田所说的去看看，果然所有的瓮都在。魁星楼在颜镇的南山，距离窑场有三里多地。卖陶的雇人搬运这些瓮，三天才搬完。

魁星楼

魁星楼是古代专门为供奉魁星而建的楼阁，魁星是主宰文运和科举考试的神祇，象征着文运昌盛和科举中的成功。魁星楼常见于古代的书院、学宫或庙宇，供学子和士人祭拜，祈求在科举考试中得中状元。魁星楼既是文化的象征，也承载着古代读书人追求功名的寄托与希望。

【丐僧】

原文

济南一僧，不知何许人，赤足衣百衲，日于芙蓉、明湖诸馆，

○百衲：即百衲衣，僧服。百衲，谓以碎布缝缀。

○芙蓉、明湖诸馆：芙蓉街、大明湖，两处邻近，为当时繁华、名胜之地，多茶楼酒馆。

诵经抄募。与以酒食、钱、粟，皆弗受，叩所需，又不答。终

○诵经抄募：念经化缘。抄募，募化财物。指僧人化缘。

日未尝见其餐饭。或劝之曰：“师既不茹荤酒，当募山村僻巷

○茹：吞食，吃。

中，何日日往来于羶闹之场？”僧合眸讽诵，睫毛长指许，若

○羶（shān）闹之场：谓龌龊之地。羶闹，膻腥喧闹。

○讽诵：念诵经文。

不闻。少选，又语之。僧遽张目厉声曰：“要如此化！”又诵不

○少选：义同“少旋”，一会儿。

已。久之，自出而去。或从其后，固诘其必如此之故，走不应。叩之数四，又厉声曰：“非汝所知！老僧要如此化！”积数日，忽出南城，卧道侧，如僵，三日不动。居民恐其饿死，贻累近郭，因集劝他徙，欲饭饭之，欲钱钱之。僧瞑然不应。群摇而语之。僧怒，于衲中出短刀，自剖其腹，以手入内，理肠于道，而气随绝。众骇，告郡，藁葬之。异日为犬所穴，席见。踏之似

○告郡：报告济南知府衙门。郡，明清作为府的别称。

○穴：穿洞，破坏。

○见：同“现”，露了出来。

空，发视之，席封如故，犹空茧然。

○“席封”二句：草席封裹完好，但像蚕茧，不见尸体。

译文

济南有一个和尚，不知道他叫什么名字，光着脚，身上穿着百衲衣，每天都会去芙蓉街、大明湖等会馆诵经化缘。人们给他酒饭、钱、粮食，他都不接受，

有人问他需要什么，他又不回答。整日里也没有人看见他吃过饭，有人就劝他说："大师你既然不吃荤腥也不喝酒，就应该前往山村的偏僻小巷去化缘，何必每天来往于这喧闹之地呢？"和尚只是闭着眼睛诵经，眼睫毛有一根手指那么长，就好像什么也没有听到一样。过了片刻，又有人过来这样劝他。和尚突然张开眼睛严厉地说道："就要这样化缘！"说完就接着不间断地诵经。过了很长时间，他才自己离开。有人就跟随在和尚的身后，再三地询问他为什么要这样化缘，和尚只是一直走路始终不说一句话。跟随的人不断地问他，和尚又厉声说："这不是你们能够知道的，老和尚我就要如此化缘！"就这样过了几天，和尚忽然出了南城门，在道路旁边像死了一样躺着，一动不动地躺了三天。这里的人仍害怕他饿死，连累附近的百姓，所以都聚集在他身边劝他到别的地方去，只要他愿意离开，他若要饭就给他饭，他若要钱就给他钱。和尚闭着眼睛一动也不动。人们摇晃着他的身体对他说话。和尚十分恼怒，从百衲衣中抽出一把短刀，自己剖开了肚子，将手伸进肚子里，将自己的肠子掏出来在道路上整理，最后气绝身亡。众人十分惊骇就赶紧上报了官府，官府派人将和尚草草地埋葬了。后来，埋葬和尚的地方被野狗扒出来一个洞，露出了包裹和尚的席子，人们踩在上面感觉像是空的，打开一看，席子还是像以前一样捆着，但是里面没有尸体，就好像空茧壳一般。

百衲

"百衲"指用许多碎布拼缝而成的衣物，常用于形容粗糙、朴素的装束，尤其在形容僧人或隐士的生活时较为常见。"衲"本指缝补衣服，后引申为拼接缝补。百衲衣象征了朴素与简约，也有表示修行清苦、与世无争的意味。在佛教文化中，百衲衣是僧人穿着的象征之一。

【伏狐】

原文

太史某，为狐所魅，病瘠。符禳既穷，乃乞假归，冀可逃避。

○太史：翰林。明清时多以翰林院官员兼史职，故习称翰林为"太史"。 ○魅：迷惑。 ○符禳（ráng）：指各种驱妖降魔的方法。符，用符咒驱除邪祟。禳，用祈禳的方法赶走妖邪。

太史行，而狐从之。大惧，无所为谋。一日，止于涿门外，有

○涿：涿县，今河北涿州。

铃医，自言能伏狐。太史延之入，投以药，则房中术也。促令

○铃医：摇铃串巷的江湖郎中。

服讫，入与狐交，锐不可当。狐辟易，哀而求罢，不听，进益

○辟易：躲避，退缩。

勇。狐展转营脱，苦不得去，移时无声，视之，现狐形而毙矣。

○营脱：想法脱身。

译文

有一位太史被狐狸精的魅术所祸害，得了重病羸弱不堪。用尽了各种符咒驱邪的办法仍然没有效果，于是就请假回了老家，希望可以逃避狐狸精。但是太史走到哪里那狐狸精跟他到哪里。太史十分害怕，但是他也没有什么办法。有一天，太史到了涿州，停下来休息。门外有一个江湖郎中摇着铃铛走过来，说自己能够制服狐狸精。太史将郎中请进了屋里，郎中就给太史开了药，其实就是一种……狐狸精承受不住开始躲避，哀求太史停下来，太史不听。狐狸精苦苦挣扎设法脱身，但是苦于没有办法能够跑掉，过了一会儿，狐狸精就没有了声音，一看，已经现了原形死去了。

原文

昔余乡某生者，素有嫪毐之目，自言生平未得一快意。夜宿孤馆，

○有嫪毐（lào ǎi）之目：嫪毐，战国末秦相吕不韦的舍人。与秦太后通，操纵朝政。始皇八年（前239），封长信侯。次年，因矫诏发卒欲攻蕲年宫为乱，事败被杀，夷三族。世以嫪毐为淫徒的代称。目，称谓。

四无邻。忽有奔女，扉未启而已入，心知其狐，亦欣然乐就狎之。

衿襦甫解，贯革直入。狐惊痛，啼声吱然，如鹰脱韝，穿窗而出。

○贯革直入：直接射穿铠甲进入。

○如鹰脱韝（gōu）：好像猎鹰摆脱羁绊，迅疾飞去。

某犹望窗外作狎昵声，哀唤之，冀其复回，而已寂然矣。此真讨狐之猛将也！宜榜门驱狐，可以为业。

○"宜榜门"二句：应该把"驱狐"二字当作广告贴在门上，以此作为谋生的职业。

译文

以前我们乡里某个书生，是一个淫荡之人，说自己一辈子没有得到一次痛痛快快的满足。有次夜里他独自住在一座空的馆舍里，四周没有邻居。忽然有个女子进来，门没有打开，人就已经进入了屋里。某生心里知道是个狐狸精……狐女又惊又痛，迅速穿过窗户离开了。某生还看向窗户外面，用亲昵的声音哀求呼唤女子，期望她能够回来，但是狐女已经消失得无影无踪了。某生真可以说是驱除狐狸精的猛将呀，可以张榜，将此当作谋生的职业。

【蛰龙】

原文

於陵曲银台公，读书楼上。值阴雨晦冥，见一小物，有光如萤，蠕蠕而行。过处，则黑如蚰迹。渐盘卷上，卷亦焦。意为龙，乃捧卷送之。至门外，持立良久，蠖曲不少动。公曰：“将无谓我不恭？”执卷返，仍置案上，冠带长揖送之。方至檐下，但见昂首乍伸，离卷横飞，其声嗤然，光一道如缕。数步外，回首向公，则头大于瓮，身数十围矣。又一折反，霹雳震惊，腾霄而去。回视所行处，盖曲曲自书笥中出焉。

○於（wū）陵：春秋齐邑名。长山的古称，现为山东邹平长山镇。曲银台公，指曲迁乔，号带溪，长山人。明神宗万历五年（1577）进士，历官至通政使司通政使。著有《光裕堂文集》。

○蚰（yóu）：指蚰蜒，即蛞蝓，俗名“鼻涕虫”。是一种无壳蜗牛。一说即蜗牛。二虫过处皆留有胶状印记。

○蠖（huò）：虫名，即尺蠖。行时屈伸其体，如尺量物，故名。

○冠带长揖：穿戴官服，深深作揖。表示恭敬。

○乍伸：突然伸展躯体。乍，骤。

○书笥（sì）：书箱。

译文

於陵有一个姓曲的通政使。有天曲公在楼上读书，正好赶上阴雨天气，天色昏暗，他看见有一个小东西，身上有着像萤火虫一样的亮光，正在缓缓地蠕动着。它所爬过的地方，都留下一道黑色的焦糊痕迹。渐渐地小东西爬到了书卷上，书卷上也出现了这种痕迹。曲公认为它是一条龙，就捧着书卷将小东西送出去。来到门外，曲公捧着书卷站立了很长时间，小东西盘曲着身子一动不动。曲公说：“难道你是认为我对你不够恭敬吗？”于是曲公又捧着书卷回来了，仍然将书卷放在书案上，整理了衣冠，恭恭敬敬地作了个揖，然后又捧着书卷去送小东西。刚来到屋檐下，只看见小东西突然抬起脑袋，伸展着身体，从书卷上飞了出去，发出“嗤嗤”的声音，闪过一道白光，飞出几步远之后，它回过头来看向曲公，这时候它的脑袋已经像瓮一样大了，身体已经有几十围那么粗了。接着又是一个转身，响起一声霹雳，腾云驾雾离开了。曲公回到屋里，观察小东西经过的地方，弯弯曲曲，原来是从书箱里爬出来的。

【苏仙】

原文

高公明图知郴州时，有民女苏氏，浣衣于河。河中有巨石，女踞

○郴（chēn）州：清代为直隶州，属湖南，即今湖南郴州。　○浣：洗濯，洗衣服。

其上。有苔一缕，绿滑可爱，浮水漾动，绕石三匝，女视之心动。既归而娠，腹渐大。母私诘之，女以情告，母不能解。数月，竟举一子。欲寘隘巷，女不忍也，藏诸椟而养之。遂矢志不嫁，以

○举：生育。　○寘（zhì）隘巷：扔进小胡同。指抛弃。寘，放置，安置。　○椟：木柜，木匣。

明其不二也。然不夫而孕，终以为羞。儿至七岁，未尝出以见人。儿忽谓母曰：“儿渐长，幽禁何可长也？去之，不为母累。”问所

○幽禁：禁闭不使见人。

之，曰：“我非人种，行将腾霄昂壑耳。”女泣询归期，答曰：“待母

○腾霄昂壑：飞腾于云霄，昂首于涧壑。是以困龙腾飞自喻。

属纩，儿始来。去后，倘有所需，可启藏儿椟索之，必能如愿。”

○属（zhǔ）纩：人将死，在口鼻上放丝绵，以观察有无呼吸。因以作为将死或病危的代称。

言已，拜母竟去。出而望之，已杳矣。女告母，母大奇之。

○杳（yǎo）：辽远不见踪影。

译文

高公明图在郴州担任知府的时候，有一个姓苏的农家女子在河边洗衣服。河中有一块巨大的石头，苏女就蹲在了石头上。有一缕青苔，嫩绿柔滑，非常可爱，在水面上漂荡，绕着这块石头漂荡了三圈，苏女看见了，感觉很是心动。回家以后，苏女就怀孕了，肚子一天比一天大。苏母私下里询问女儿是怎么回事，苏女就将实情告诉了母亲，苏母也弄不明白到底是怎么回事。过了几个月，苏女竟生了一个男孩，家人想要把孩子扔在一个偏僻的小巷子里，但是苏女不忍心，就将孩子藏在柜子里养着。苏女发誓终身不嫁，以此表明她抚养孩子的决心。但是没有结婚就怀孕，终究是一件很羞耻的事情。直到儿子长到七岁，他还没有出去见

过别人。有一天，儿子忽然对母亲说："我已经渐渐长大了，怎么能长久地将我关在家里呢？让我离开这里吧，不能拖累母亲了。"苏女问他要到什么地方去。儿子说："我本来就不是人类，我将要飞腾于云霄，昂首于涧壑。"苏女哭泣地询问他什么时候回来。儿子回答说："等到母亲要离世的时候，我就会回来。我离开以后，倘若母亲有什么需要的，可以从藏我的柜子中去寻找，必定能满足你的心愿。"说完，儿子拜别母亲就离开了。苏女出门看时，已经看不见儿子的踪影了。苏女回去将这事告诉了母亲，母亲也感到很是惊奇。

原文

女坚守旧志，与母相依，而家益落。偶缺晨炊，仰屋无计。忽忆儿言，往启椟，果得米，赖以举火。由是有求辄应。逾三年，母病卒，一切葬具，皆取给于椟。既葬，女独居三十年，未尝窥户。一日，邻妇乞火者，见其兀坐空闺，语移时始去。居无何，忽见彩云绕女舍，亭亭如盖，中有一人盛服立，审视，则苏女也。回翔久之，渐高不见。邻人共疑之，窥诸其室，见女靓妆凝坐，气则已绝。众以其无归，议为殡殓。忽一少年入，丰姿俊伟，向众申谢。邻人向亦窃知女有子，故不之疑。少年出金葬母，植二桃于墓，乃别而去。数步之外，足下生云，不可复见。后桃结实甘芳，居人谓之"苏仙桃树"，年年华茂，更不衰朽。官是地者，每携实以馈亲友。

○仰屋：仰天愁思，无计可施的样子。

○举火：生火做饭，维持生计。

○窥户：倚门窥户。指有求于人。

○兀坐：独自静坐。

○亭亭如盖：独立高耸如车盖。

○盛服：即下文的"靓妆"，穿戴整齐而华丽。

○凝坐：端坐不动，僵坐。

○无归：未嫁，因而无处归葬。

译文

从这以后，苏女坚守着原来的誓言，与母亲相依为命，但是家里越发贫穷。有一次做早饭时发现没有米了，却无计可施。她突然想起来儿子说过的话，将柜子打开，果然得到了粮食，就这样做了早饭。从此以后，想要什么都能被满足。又过了三年，苏女的母亲病逝了，一切丧葬用品都是从柜子里得到的。安葬好母亲，苏女又独自生活了三十年，从未求助过别人。有天，邻居的妇人来苏女家借火，看见她独自坐在空空的房间里面，和她说了一会儿闲话就离开了。过了片刻，忽然看见有彩云围绕着苏女的房子，就好像独立高耸的车盖，彩云中有一个人穿着华丽的衣服站立着，人们定睛一看，原来是苏女。彩云在空中来回飘浮了很久，渐渐地越升越高直到看不见了。邻居们都感到很疑惑，来到苏女家里一看，只见苏女打扮得十分漂亮，端端正正地坐在那里，已经没有气息了。邻居们认为苏女未出嫁也没有亲人，商量着出钱为她送葬。忽然有个少年从外面进来，少年风度翩翩、十分英俊，他向众人一一表示感谢。邻居们以前也听说苏女有一个儿子，因而就没有人怀疑。少年出钱埋葬了母亲，并且在坟前种植了两棵桃树，辞别邻居们离开了。走出了几步以后，少年的脚底下就生出云彩，再也看不见了。后来，那两棵桃树结的桃子味美甘甜，人们都称之为“苏仙桃树”。这桃树年年都花繁叶茂、硕果累累，从未见它衰败腐朽。到这里当官的人，每年都带一些桃子用来馈赠亲朋好友。

不二

“不二”指封建伦理中强调的忠诚观念，即“忠臣不事二君，烈女不更二夫”。此教条宣扬的是对君主或配偶的绝对忠诚，要求臣子只效忠一位君主，女子只嫁一夫。这个概念体现了封建社会中对忠贞不渝的追求和道德约束，被视为一种高尚的品德。

【李伯言】

原文

李生伯言，沂水人，抗直有肝胆。忽暴病，家人进药，却之曰：“吾病非药饵可疗，阴司阎罗缺，欲吾暂摄其篆耳。死勿埋我，宜待之。”是日果死。驺从导去，入一宫殿，进冕服，隶胥祗候甚肃。案上簿书丛沓。一宗，江南某，稽生平所私良家女八十二人。鞫之，佐证不诬。按冥律，宜炮烙。堂下有铜柱，高八九尺，围可一抱，空其中而炽炭焉，表里通赤。群鬼以铁蒺藜挞驱使登，手移足盘而上。甫至顶，则烟气飞腾，崩然一响如爆竹，人乃堕。团伏移时，始复苏，又挞之，爆堕如前。三堕，则匝地如烟而散，不复能成形矣。又一起，为同邑王某，被婢父讼盗占生女。王即生姻家。先是，一人卖婢，王知其所来非道，而利其直廉，遂购之。至是王暴卒。越日，其友周生遇于途，知为鬼，奔避斋中，王亦从入。周惧而祝，问所欲为。王曰：“烦作见证于冥司耳。”惊问：“何事？”曰：“余婢实价购之，今被误控。此事君亲见之，惟借季路一言，无他说也。”周固拒之。王出曰：“恐

○抗直：也作“伉直”，刚强正直。有肝胆：肝胆照人，对人诚信。

○摄其篆：代掌印信，即代理官职。

○驺（zōu）从：显贵出行，车乘前后骑马导从的人员。驺，古代贵族的骑马侍从。

○冕服：古代帝王的礼服。此指阎罗冠服。冕，王冠。

○簿书丛沓：簿籍文书多而杂乱。

○稽：考，核查。这里意思是合计、总计。私：奸污。

○鞫（jū）：审问。

○佐证不诬：证据具在，没有虚妄。

○炮烙：殷纣时所用酷刑。以铜柱置炭火上烧热，令人爬行而上，即坠炭火中烧死。这里借为冥中之刑。

○铁蒺藜：大约是一种有刺的铁锤或铁棒，用作刑具。

○爆竹：古时以火燃竹，用其爆裂之声以驱山鬼，叫“爆竹”。见《荆楚岁时记》。

○姻家：儿女亲家。

○实价购之：谓实系出钱购婢，而非“虚价实契”盗占人女为婢。

○惟借季路一言：只借重你一句诚信之言，证明我被人诬告。

不由君耳。”未几，周果死，同赴阎罗质审。李见王，隐存左袒意。忽见殿上火生，焰烧梁栋。李大骇，侧足立。吏急进曰：“阴曹不与人世等，一念之私不可容。急消他念，则火自熄。”李敛神寂虑，火顿灭。已而鞫状，王与婢父反复相苦。问周，周以实对，王以故犯论笞。笞讫，遣人俱送回生，周与王皆三日而苏。

○质审：接受质询和审理。

○左袒：脱袖袒露左臂，表示偏护一方。语出《史记·吕后本纪》。

○侧足立：侧身站着，表示敬畏戒惧。

○以故犯论笞（chī）：以明知故犯之罪，判处笞刑。

译文

书生李伯言，沂水人，为人耿直，并且有侠肝义胆。他忽然得了病，家里人给他吃药，他却推辞说：“我的病不是药物所能够治疗的，阴间缺少一名阎罗王，想要我暂时去代理一下他的职务。我死了以后千万不要把我埋了，只需要等待就好。”第二天，李伯言果然死了。他的灵魂在一队侍从的引导下进入了一座宫殿。有人给他换上阎罗王的礼服，戴上王冠，吏役敬候，气氛非常庄严。桌子上的文书案卷厚厚一沓，堆得很是散乱。李伯言拿起一卷案宗，是江南某人，经核查他这一生一共奸污了良家女子八十二人。将他提上来审问，证据确凿。按照阴间的律法，应该接受炮烙之刑。大堂下面立着一根铜柱子，有八九尺那么高，有一抱那样粗。柱子中间是空心的，里面装着烧得通红的炭火，柱子的表面和里面都是红的。有一群小鬼拿着铁蒺藜鞭打着某人，驱使他往铜柱上爬，某人移动着手脚，盘着柱子往上爬，刚一爬到柱顶，铜柱内的烟气就飞腾而上，“砰”的一声就像爆竹一样炸裂开来，某人就坠到了地上。蜷缩地趴在地上一会儿，才苏醒过来，那群小鬼又开始鞭打他往柱子上爬，爬到柱顶又一次摔了下来。第三次摔下来的时候，某人砸落在地上变成了一阵烟消散了，再也不能聚集成人的形状了。

还有一起案子，被告人竟然是李伯言的同乡王某，他被一个婢女的父亲控告霸占了其亲生女儿。王某是李伯言的一个姻亲。此前，有一个人要卖奴婢。王某知道这个婢女来路不明，但是贪图价格便宜，便买了下来。没多久王某就暴病而死。第二天，王某的朋友周生在路上遇见了他，知道是遇见了鬼，就急忙跑回自己的书房中躲避，王某也跟着进入了书房。周生非常害怕，向王某祈求，问他到底要干什么。王某说：“劳烦你到阴间为我做个见证人。”周生吃惊地问：“所为何

事？”王某说：“我家那个婢女明明是我花钱买来的，如今我被婢女的父亲误告霸占，这件事你亲眼看见了。因而就想请你去证明一下我是被诬告的，其他没有什么事。”周生坚决地拒绝了王某。王某走的时候说：“这事恐怕由不得你了。”没多久，周生去世了。他与王某一同来到阎王殿接受询问。李伯言看见是王某，心里隐约有了袒护他的念头。忽然阎罗殿上冒起了火苗，已经将房梁都烧着。李伯言侧身站立着。一个小吏急忙对李伯言说：“阴间与阳间是不一样的，阴间一点私心杂念都不能容忍，你快打消其他的杂念，那火就自然熄灭了。”李伯言消除杂念，火立刻就熄灭了。过了一会就接着审理案件，王某与奴婢的父亲互相指责，争论不休。李伯言询问周生，周生就将实情说出。王某因为明知故犯而被判杖刑。行刑完毕，李伯言派人送他们还阳，王某与周生都在三天以后苏醒了过来。

原文

李视事毕，舆马而返。中途见阙头断足者数百辈，伏地哀鸣。停车研诘，则异乡之鬼，思践故土，恐关隘阻隔，乞求路引。李曰：“余摄任三日，已解任矣，何能为力？”众曰：“南村胡生，将建道场，代嘱可致。”李诺之。至家，驺从都去，李乃苏。胡生字水心，与李善，闻李再生，便诣探省。李遽问：“清醮何时？”胡讶曰：“兵燹之后，妻孥瓦全，向与室人作此愿心，未向一人道也。何知之？”李具以告。胡叹曰：“闺房一语，遂播幽冥，可惧哉！”乃敬诺而去。次日，如王所，王犹惫卧。见李，肃然起敬，申谢佑庇。李曰：“法律不能宽假。今幸无恙乎？”王云：“已无他症，但笞疮脓溃耳。”又二十余日始痊，臀肉腐落，瘢痕如杖者。

○阙（quē）：缺。
○研诘：仔细询问。
○路引：通行凭证。
○道场：佛教、道教所举行的规模较大的诵经礼拜仪式。
○醮：祭祀神灵的仪式，也即上文所说“道场”。
○兵燹（xiǎn）：战争造成的烧杀破坏。
○妻孥（nú）：妻子和儿女。瓦全：谓苟全性命。
○室人：内人，指妻。
○宽假：宽容。

译文

李伯言见事情处理完了，乘着马车返回，在半路上遇见数百个缺头断脚的鬼，跪在地上悲哀地哭泣。李伯言让车子停下，去询问究竟，原来这些都是客死在异乡的鬼魂，思念故土想要回去，害怕沿途关隘阻挡，乞求李伯言给他们发个路条。李伯言说：“我只是在阴间暂时任职三日，现在已经卸任了，我哪还有能力帮助你们呢？”众鬼说：“南村有个胡生，将要修建道场，您代替我们跟他说一声，他就会帮助我们的。”李伯言应允了，回到家里，随从们都回去了，李伯言苏醒了过来。胡生，字水心，他与李伯言交好，听说李伯言死而复生，便过来探望他。李伯言突然问道：“你什么时候建造道场？”胡生惊讶地说道：“战乱结束之后，我的妻子儿女都得以保全下来，前些时候我向妻子谈起过这个心愿，从来没有向别人说过这件事，你是如何知道的？”李伯言就将事情详细地告诉了他。胡生感叹地说道：“在闺房里所说的话，竟然能传到阴间去，真是太可怕了！”于是恭敬地答应了这件事然后离开了。过了一天，李伯言来到了王某家，王某还是很疲惫地躺在床上。他看见了李伯言，肃然起敬，再三感谢李伯言的庇佑。李伯言说：“阴间的法律是不允许宽宥的，现在身体好些了吗？”王某说：“已经没有什么大事了，只是被杖打的地方化脓腐烂了。”又过了二十多天王某才痊愈了，屁股上的腐肉都掉落了，留下的疤痕就好像被杖打过一样。

原文

异史氏曰：阴司之刑，惨于阳世，责亦苛于阳世。然关说不行，则受残酷者不怨也。谁谓夜台无天日哉？第恨无火烧临民之堂廨耳！

○责：阴司之责。指阴司对官吏执法的要求。

○关说：代人陈说，从中给人说好话。

○夜台：指阴间。无天日：暗无天日。指吏治昏暗。

○第：只是。恨：遗憾。堂：官署。官衙中的正厅。廨：官舍。

译文

异史氏说：阴间的刑罚比阳间的更加残酷，追责也比阳间的更加苛刻。但是徇私枉法是不能够的，接受酷刑惩罚的人也都没什么怨言。是谁说的阴间暗无天日呢？只是遗憾没有一把监督私念的火在阳间的公堂燃烧而已。

【黄九郎】

原文

何师参，字子萧，斋于苕溪之东，门临旷野。薄暮偶出，见妇人跨驴来，少年从其后。妇约五十许，意致清越。转视少年，年可十五六，丰采过于姝丽。何生素有断袖之癖，睹之，神出于舍，翘足目送，影灭方归。次日，早伺之，落日冥濛，少年始过。生曲意承迎，笑问所来，答以“外祖家”。生请过斋少憩，辞以不暇，固曳之，乃入。略坐兴辞，坚不可挽。生挽手送之，殷嘱便道相过，少年唯唯而去。生由是凝思如渴，往来眺注，足无停趾。

○苕（tiáo）溪：又名“苕水”，在浙江吴兴境内。有两源，分出浙江天目山南北，合流后入太湖。

○意致清越：意态风度清雅脱俗。

○姝丽：美女。

○断袖之癖：指癖好男宠。

○神出于舍：像掉了魂一样，心往神驰。神，心神。舍，人的躯体。

○落日冥濛：太阳落山，旷野昏暗。冥濛，又作“冥蒙”，幽暗不明。

○兴辞：起身告辞。

○便道相过：路过时乘便相访。便道，顺路。过，过访。

○凝思：结思，形容思念集中。

○眺注：注目远望。

○足无停趾：脚步不停。

译文

何师参，字子萧，他的书房在苕溪的东面，门口对着一望无际的旷野。有一天傍晚，何子萧偶然出门，看见一个妇人骑着驴过来，有一个少年跟随在她的身后。妇人有五十多岁，风度优雅脱俗。又看那少年，年龄十五六岁，长得非常漂亮，比一般女子还好看。何子萧向来有喜欢同性的癖好，他看见了少年，就魂不守舍，踮着脚尖目送他离开，直到连少年的身影都看不见了才回去。第二天，何子萧早早地等候在那里，等到太阳落山，天色渐晚的时候，少年才从门前经过。何子萧满脸笑容地热情相迎，极尽讨好，问少年从哪里来。少年回答说“从外祖父家。”何子萧邀请少年去他的书斋稍微休息一下，少年推辞说没有时间，何子萧拉着他不放，少年才跟着他进了书斋。少年只是稍微坐了一会儿就要告辞，任凭何子萧怎么挽留也不行。何子萧拉着少年的手将他送到门外，并且殷切地叮嘱他要经常过来玩。少年答应着离开了。从此以后何子萧对少年非常想念，每日都来来回回地跑到门口眺望。

原文

一日，日衔半规，少年欻至。大喜，要入，命馆童行酒。问其姓字，答曰："黄姓，第九。童子无字。"问："过往何频？"曰："家慈在外祖家，常多病，故数省之。"酒数行，欲辞去。生捽臂遮留，下管钥。九郎无如何，赪颜复坐。挑灯共语，温若处子，而词涉游戏，便含羞，面向壁。未几，引与同衾，九郎不许，坚以睡恶为辞。强之再三，乃解上下衣，着裤卧床上。生灭烛，少时，移与同枕，曲肘加髀而狎抱之，苦求私昵。九郎怒曰："以君风雅士，故与流连。乃此之为，是禽处而兽爱之也！"未几，晨星荧荧，九郎径去。生恐其遂绝，复伺之，蹀躞凝盼，目穿北斗。

○日衔半规：太阳半落西山。半规，半圆。指半边落日。
○欻（xū）：忽然。
○要（yāo）：邀请。
○馆童：即斋童，书房侍童。
○童子无字：《礼记·檀弓》："幼名冠字。"旧时未成年的男孩只有名和乳名，成年后才有字，以便应酬社会交往。
○家慈：家母。
○省（xǐng）：问安。
○捽臂：把臂，捉臂。遮留：遮（挡）道留客。
○下管钥：关门上锁，强行留客。管钥，旧式管状有孔的钥匙，开锁后钥匙留在锁上，上锁后才能取下来，所以"下管钥"就是上锁。
○处子：处女。
○游戏：调戏、调情。
○睡恶：睡相不好，睡觉不老实。
○髀（bì）：股，大腿。
○禽处而兽爱：以禽兽之道自处和相爱。
○荧荧：微亮的样子。
○蹀躞（dié xiè）：小步踱来踱去。

译文

有一天，太阳半落西山时，少年突然来了。何子萧十分高兴，邀请少年进书斋，赶忙命令书童置办酒菜。席间，询问少年的名字，少年回答说："我姓黄，排行老九，因为尚未成年，还没有字。"何子萧又问："你为什么来来往往这样频繁？"黄九郎说："我母亲住在外祖父家，她经常生病，因而经常去看望她。"喝了几巡酒以后，黄九郎想要告辞离开，何子萧用手臂挡住去路让他留下，并且将门给锁上了。九郎没有办法，只好又坐了下来。何子萧与九郎点起灯来说些闲话，九郎温柔得就像女孩子一样，当何子萧言语中有越界的话时，九郎就害羞地将脸面对着墙壁。没多长时间，何子萧就要和九郎同床共枕，九郎不答应，以自己睡

相不好为托词。何子萧再三地相邀，九郎才脱了外衣，穿着裤子躺在床上。何子萧吹灭了灯，与九郎躺在一个枕头上，一手搂着脖子，一手拥抱他。九郎愤怒地说道："我以为你是一个文人雅士，所以才住了下来，而你的这种行为，真的是一种禽兽行为！"没过一会儿，天上星光闪闪，天色渐明，九郎径直离开了。何子萧唯恐九郎与他断绝关系，所以每天在门外等待他，踱来踱去地凝神盼望，望穿北斗。

原文

过数日，九郎始至，喜逆谢过，强曳入斋，促坐笑语，窃幸其不念旧恶。无何，解屦登床，又抚哀之。九郎曰："缠绵之意，已镂肺膈，然亲爱何必在此？"生甘言纠缠，但求一亲玉肌，九郎从之。生俟其睡寐，潜就轻薄。九郎醒，揽衣遽起，乘夜遁去。生邑邑若有所失，忘啜废枕，日渐委悴。惟日使斋童逻侦焉。

○逆：迎接。

○镂肺膈：铭记于心，牢记不忘。

○邑邑：通"悒悒"，忧郁不乐的样子。

○忘啜废枕：废寝忘食，形容焦虑思念之深。啜，吃。

○委悴：委顿憔悴。疲困消瘦、委靡不振。

○逻侦：巡视探听。

译文

又过了好几天，九郎才又经过，何子萧大喜，出来迎接他，并承认之前的过错，将他强行拉进了书斋，两个人促膝而坐，言笑晏晏，何子萧暗自庆幸九郎不计较以前的旧恶。没一会儿，二人又脱了鞋子到了床上。九郎说："你对我的一片缠绵的情谊，我已经铭记在心，然而我们已经十分亲爱，又为何一定要干这种事情呢？"何子萧仍旧甜言蜜语地纠缠着他，只求亲一下肌肤就可以了，九郎同意了。何子萧等到九郎睡着了，就偷偷地轻薄他。九郎被惊醒了，拿起衣服猛然起身，趁着夜色逃走了。何子萧此后抑郁不已就好像失去了什么一样，整日废寝忘食，憔悴萎靡，只能每日让书童在书斋门外探查九郎的踪迹。

原文

一日，九郎过门，即欲径去，童牵衣入之。见生清癯，大骇，慰问。

○清癯（qú）：消瘦。

生实告以情，泪涔涔随声零落。九郎细语曰：“区区之意，实以相爱

○涔涔（cén）：泪水下流的样子。

无益于弟，而有害于兄，故不为也。君既乐之，仆何惜焉？”生大悦。九郎去后，病顿减，数日平复。九郎果至，遂相缱绻，曰：“今

○缱绻（qiǎn quǎn）：情投意合，难舍难分的样子。

勉承君意，幸勿以此为常。”既而曰：“欲有所求，肯为力乎？”问之，答曰：“母患心痛，惟太医齐野王先天丹可疗。君与善，当能求之。”生诺之。临去又嘱。生入城求药，及暮付之。九郎喜，上手称谢。又强与合，九郎曰：“勿相纠缠，请为君图一佳人，胜

○上手：举手，拱手。是致谢或致歉谢过的表示。

弟万万矣。”生问谁何，九郎曰：“有表妹，美无伦。倘能垂意，当执柯斧。”生微笑不答。九郎怀药便去。三日乃来，复求药。

○执柯斧：以做媒相报答。

生恨其迟，词多诮让。九郎曰：“本不忍祸君，故疏之，既不蒙

○诮（qiào）让：谴责。“诮”和“让”都是责备的意思。

见谅，请勿悔焉。”由是燕会无虚夕。

○燕会：燕婉之会，即欢会、幽会。

译文

一天，九郎从何子萧门前经过，想要径直离开，书童拉着他的衣服把他带到了书斋。九郎见何子萧那副消瘦的模样大吃一惊，就询问他是什么原因。何子萧就将实情告诉了九郎，眼泪在话语间扑簌簌地落下来。九郎轻声细语地说道：“我的本意是这种相爱的方式对我没有什么益处，而且对兄长你有害，所以才不愿意

做。你既然喜欢这件事，我又有什么可顾惜的呢？”何子萧听了以后十分高兴。九郎离开以后，他的病立马好了许多，没有几天就完全康复了。九郎果然来了，于是二人同床共枕。九郎说：“我今日勉强承受了你的心意，但是千万不要把这种事当作日常行为。”接下来又说道：“我有一件事想要请求你，你肯为我出力吗？”何子萧问他什么事，九郎回答说：“我的母亲患有心痛病，只有太医齐野王的先天丹能够治疗。你和他关系很好，应当能够求得。”何子萧应允了这件事。九郎离开的时候又叮嘱再三。何子萧进入城中去求药，到了晚上交给九郎。九郎十分欢喜，对着何子萧拱手称谢。何子萧又趁机想要与九郎交合，九郎说：“不要再纠缠了。我为你求一个美人，比我好上千万倍。”何子萧问是谁，九郎说：“我有一个表妹，长得美艳无比，倘若你喜欢，我就为你做媒。”何子萧只是微笑并不回答。九郎拿了药就离开了。三日以后九郎又来拿药，何子萧埋怨他来得太晚了，言语中有谴责的意思。九郎说：“本来我不忍心祸害你，因而疏远你，既然你不能体谅我，请你以后不要后悔！”自此以后，九郎每天都来与何子萧幽会。

原文

凡三日必一乞药。齐怪其频，曰：“此药未有过三服者，胡久不瘥？”因裹三剂并授之。又顾生曰：“君神色黯然，病乎？”曰：“无。”脉之，惊曰：“君有鬼脉，病在少阴，不自慎者殆矣！”归语九郎。九郎叹曰：“良医也！我实狐，久恐不为君福。”生疑其诳，藏其药，不以尽予，虑其弗至也。居无何，果病。延齐诊视，曰：“曩不实言，今魂气已游墟莽，秦缓何能为力？”九郎日来省侍，曰：“不听吾言，果至于此！”生寻卒，九郎痛哭而去。

○瘥（chài）：病愈。

○少阴：人体经络名。即肾经。病在少阴者，脉常微细，嗜睡。

○曩（nǎng）：以前。

○魂气已游墟莽：精气已消散殆尽，濒于死亡。墟莽，荒陇，丘坟。

○秦缓：春秋时秦国的良医，名缓。他曾奉命为晋景公治病，发现晋景公已病入膏肓，不能医治。

○省侍：安慰伺候。

译文

每过三天，九郎必定来拿药。齐太医埋怨何子萧拿药频繁，说：“这种药没有吃三次还未好的，为什么这人吃了这么多还没好？”齐太医于是包了三剂药给他，又看了看何子萧说：“你的神色不好，是生病了吗？”何子萧说：“没有。”齐太医为何子萧把脉，惊恐地说：“你的脉是鬼脉，病在少阴，如果不慎重对待就命不久矣。”何子萧归来以后将这些话告诉了九郎。九郎叹息地说道：“真是良医呀！我其实是狐狸，我们在一起时间长了不是你的福气。”何子萧怀疑九郎欺骗他，将药藏了起来，没有一次都给他，担心他以后不再来了。没多长时间，何子萧果真生病了，请来齐太医诊病，齐太医说：“那天你不告诉我实话，如今你的灵魂已经游离在身体之外，哪怕是秦缓那样的名医也无能为力了。”九郎每天都来看望何子萧，说：“你不听我的话，果真到了今天这步田地！”不久，何子萧病死了，九郎痛哭了一场然后离开了。

原文

先是，邑有某太史，少与生共笔砚，十七岁擢翰林。时秦藩贪暴，

○共笔砚：同学，指共桌同塾。 ○秦藩：秦地藩台，即陕西省布政使。

而赂通朝士，无有言者。公抗疏劾其恶，以越俎免。藩升是省

○朝士：泛指在朝官员。 ○抗疏：上书直言。疏，臣下向皇帝分类说明陈述问题的意见书。劾：弹劾，检举。 ○越俎（zǔ）：越俎代庖。

中丞，日伺公隙。公少有英称，曾邀叛王青盼，因购得旧所往

○中丞：御史中丞，相当于明清时都察院副都御史；明清各省巡抚多带此京衔，故以代称。 ○英称：名声出众。 ○邀：博取，获得。叛王：清初藩王叛清者有吴三桂、尚之信、耿精忠等。青盼：即青眼，意为看重。

来札，胁公。公惧，自经，夫人亦投缳死。公越宿忽醒曰：“我

○投缳（huán）：义同“自经”，上吊。缳，绳圈。

何子萧也。”诘之，所言皆何家事，方悟其借躯返魂。留之不可，出奔旧舍。抚疑其诈，必欲排陷之，使人索千金于公。公伪诺而忧闷欲绝。

译文

在这之前，县里有一个太史，少年的时候与何子萧是同窗，十七岁就当上了翰林。当时陕西的布政使为人贪婪暴虐，因为他贿赂了朝中的高官，所以没有人敢揭发他。这个翰林上疏弹劾布政使的罪行，却以越职言事被免去了官职。那个布政使又升任了省中丞，每日都在找机会报复翰林。翰林少年的时候就名声出众，曾经获得一个判王的青睐。中丞买到了旧日翰林与判王之前的书信，就拿来威胁翰林。翰林十分恐惧，就自杀了，他的夫人也上吊死了。过了一宿，翰林忽然苏醒了过来，说："我是何子萧。"别人询问他，他所说的都是何家的事，人们这才明白是何子萧借尸还魂，人们留不住他，他出门就跑回以前的家里去了。中丞怀疑这里有诈，一定要构陷他，就让人向他要一千两银子。翰林假装答应了，但是心中忧愁烦闷到了极点。

原文

忽通九郎至，喜共话言，悲欢交集。既欲复狎，九郎曰："君有三命耶？"公曰："余悔生劳，不如死逸。"因诉冤苦。九郎悠忧以思，少间，曰："幸复生聚。君旷无偶，前言表妹，慧丽多谋，必能分忧。"公欲一见颜色。曰："不难。明日将取伴老母，此道所经。君伪为弟也兄者，我假渴而求饮焉。君曰'驴子亡'，则诺也。"计已而别。

○悠忧以思：深沉地为之忧虑思索。以，且。

○旷：成年男子无妻叫"旷"。

○君曰"驴子亡"，则诺也：意思是，你说声"驴子跑了！"就算表示应允或相中了。

译文

忽然有人通报九郎来了，翰林欢喜地与他说话，真是悲喜交集，翰林于是又想要和九郎复狎。九郎说："你难道有三条命吗？"翰林说："我是真懊悔活在世上操劳，不如死了安逸。"接着对九郎诉说苦恼。九郎深沉地为他忧虑，沉思了片刻说："幸好我们又一次相聚了。你现在没有妻子，我以前对你说过的表妹，美丽而有智慧，一定能够为你分担忧愁。"翰林想要看看表妹的样子。九郎说："这个不难。明天我要她陪着去接我母亲，这里是必经之路。你装作我的盟兄，我假装口渴来要水喝。你说‘驴子跑了’就是同意了。”二人商量好了，九郎就离开了。

原文

明日亭午，九郎果从女郎经门外过。公拱手絮絮与语，略睨女郎，娥眉秀曼，诚仙人也。九郎索茶，公请入饮。九郎曰：“三妹勿讶，此兄盟好，不妨少休止。”扶之而下，系驴于门而入。公自起瀹茗，因目九郎曰：“君前言不足以尽。今得死所矣！”女似悟其言之为己者，离榻起立，嘤喔而言曰：“去休！”公外顾曰：“驴子其亡！”九郎火急驰出。公拥女求合，女颜色紫变，窘若囚拘，大呼“九兄”，不应。曰：“君自有妇，何丧人廉耻也？”公自陈无室。女曰：“能矢山河，勿令秋扇见捐，则惟命是听。”公乃誓以皦日，女不复拒。事已，九郎至。女色然怒让之，九郎曰：“此何子萧，昔之名士，今之太史。与兄最善，其人可依。即闻诸妗氏，当不相见罪。”日向晚，公邀遮不听去。女恐姑母骇怪，九郎锐身自任，跨驴径去。居数日，有妇携婢过，年四十许，神情意致，雅似三娘。公呼女出窥，果母也。瞥睹女，怪问：“何得

○亭午：正午。亭，正。

○娥眉秀曼：娥眉，或作“蛾眉”，美女的秀眉。秀曼，清秀而有光泽。

○瀹（yuè）：煮。

○前言不足以尽：指九郎从前所说，还不足以把他表妹的美貌形容尽致。

○嘤喔：鸟鸣声，形容女子声音娇细动听。

○勿令秋扇见捐：不要像对入秋的扇子那样抛弃我。

○誓以皦（jiǎo）日：指着光明的太阳发誓。

○色然怒让之：面色改变，怒责九郎。色然，作色，变脸。让，斥责。

○妗（jìn）氏：舅母。

○雅似：很像。

澹泊以

在此?”女惭不能对。公邀入，拜而告之。母笑曰:“九郎稚气，胡再不谋?”女自入厨下，设食供母，食已乃去。

○胡再不谋：为什么始终不和我商量。再，再三，引申为从长计议。

译文

第二天中午，九郎果然同一个女郎从翰林门前经过，翰林拱手相迎，与九郎絮絮叨叨地说话，稍微偷偷看了女郎一眼，女郎长得眉目清秀，就好像仙女一样。九郎索要茶喝，翰林就请他们进屋去。九郎对女郎说道:“三妹不用惊讶，这是我的盟兄，不妨在这里稍微休息一下。”于是九郎扶着女郎下了驴，将驴拴在了门外。翰林乘着煮茶的时机，看着九郎说:“你以前说的话还不够完全形容她的美丽，今日能够得到她，我就是死了也没有什么遗憾的。”女郎似乎听出他们是在谈论自己，离开座位站起身来，轻声细语地说:“我们走吧!”翰林看了一眼门外说:“驴子跑了!”九郎一听火急火燎地急忙跑了出去。翰林拥抱着女郎想要与她交合，女郎脸色被吓得发紫，窘迫得就好像被人囚禁了一样，大声呼叫着“九兄”，也没有人答应。女郎说:“你自己有妻子，为何这样糟践别人的名声?”翰林说自己没有家室。女郎说:“你能否对着山河起誓，发誓从此以后绝对不会将我抛弃，我就听从你的命令。”翰林对天发誓，女郎也就没有再拒绝。事后，九郎就回来了，女郎面带怒气地责备他。九郎说:“这是何子萧，从前是个名士，如今是一个翰林。和我最是交好，他这个人是可以依赖的。如果把这件事告诉妗子，她也是不会怪罪的。”到了晚上，翰林邀请女郎在这里住下，女郎唯恐姑母责怪她。九郎愿意自己承担责任，骑上驴径直离开了。过了几天，有一位妇人带着几个丫环从门前经过，妇人四十多岁，她的相貌体态都很像是三娘。翰林叫三娘出来看，真的是三娘的母亲。母亲看见了女儿，奇怪地问道:“你为什么会在这里?”三娘羞愧得不能回答。翰林邀请妇人来到家里，向她行礼以后将事情告诉了她。母亲笑着说:“九郎也是孩子气，为什么不和我商量一下呢?”三娘亲自下厨给母亲做饭，母亲吃完饭以后便离开了。

原文

公得丽偶，颇快心期，而恶绪萦怀，恒蹙蹙有忧色。女问之，公

○心期：心愿。期，期望。　○蹙蹙（cù）：局促，心情不舒展的样子。

缅述颠末。女笑曰："此九兄一人可得解，君何忧？"公诘其故。女曰："闻抚公溺声歌而比顽童，此皆九兄所长也。投所好而献之，怨可消，仇亦可复。"公虑九郎不肯。女曰："但请哀之。"越日，公见九郎来，肘行而逆之。九郎惊曰："两世之交，但可自效，顶踵所不敢惜。何忽作此态向人？"公具以谋告，九郎有难色。女曰："妾失身于郎，谁实为之？脱令中途雕丧，焉置妾也？"九郎不得已，诺之。

○缅述颠末：追述始末。

○比：亲近。顽童：即娈（luán）童，旧时供戏狎玩弄的美男。

○肘行：以肘前行，表示畏服。逆：迎。

○顶踵所不敢惜：意思是不吝身躯，全力以赴。

○谁实为之：是谁造成的。

○脱令中途雕丧：假若让翰林半道死去。脱，假如。雕，同"凋"。

译文

翰林得到这样一个美人作为妻子，心里很是快意，但是因为忧心那一千两银子的事情，经常面带忧愁。三娘问他发生了什么事，翰林就将事情的经过详细地告诉了她。三娘笑着说："这件事九兄一个人就能够解决，你有什么可忧愁的？"翰林就询问其中的缘故。三娘说："我听闻那个巡抚沉浸在声色犬马之中，并且喜欢亲近男色，这些都是九兄所擅长的。你可以投其所好将九兄献给他，以前的恩怨可以消除，仇也可以得报。"翰林担心九郎不肯帮忙。三娘说："你就尽管去苦苦地哀求他。"第二天，翰林看见九郎来了，就爬行着去迎接他。九郎吃惊地说道："我们有两世的交情，但凡有我能够帮忙的地方我一定效力，哪怕赴汤蹈火也在所不辞，你又何必忽然做出这种姿态来呢？"于是翰林就将他和三娘的计策告诉了九郎，九郎听了以后面带难色。三娘说："我已经失身给他，这都是谁造成的呢？如果他中途不幸死去，那么我又该怎么办呢？"九郎没有办法，只好答应了下来。

原文

公阴与谋，驰书与所善之王太史，而致九郎焉。王会其意，大

○致：奉献。

设，招抚公饮。命九郎饰女郎，作天魔舞，宛然美女。抚惑之，亟请于王，欲以重金购九郎，惟恐不得当。王故沉思以难之。迟之又久，始将公命以进。抚喜，前隙顿释。自得九郎，动息不相离，侍妾十余，视同尘土。九郎饮食供具如王者，赐金万计。半年，抚公病。九郎知其去冥路近也，遂辇金帛，假归公家。既而抚公薨。九郎出资，起屋置器，畜婢仆，母子及妗并家焉。九郎出，舆马甚都，人不知其狐也。

○亟（qì）请：多次要求。亟，屡次。

○不得当：不当其值，出价不够。当，相抵。

○将公命以进：按照翰林的吩咐把九郎献给巡抚。将，秉持，奉行。

○隙：嫌隙，仇怨。

○动息：动止。

○供具：供应物品。

○辇：用车辆搬运。

○假归公家：告假回到翰林家。

○都：华美。

译文

翰林与九郎谋划好以后，就马上给和自己要好的王太史去了一封信，并且将九郎送了过去。王太史明白了翰林的意思，大摆宴席，宴请巡抚前来赴宴。王太史叫九郎扮成女子，跳起了天魔舞，就好像一个美丽的女子。巡抚被九郎迷惑住了，于是极力向王太史请求，想要重金买下九郎，唯恐不能得到。王太史故意做出沉思的样子，一副为难的样子，迟疑考虑了很久，这才将翰林想要献上九郎的意思告诉了巡抚。巡抚大喜，与翰林的恩怨一笔勾销了。自从得到了九郎以后，巡抚与他形影不离，巡抚的十多个侍妾，他都将她们视作尘土。九郎的吃穿用度就如同王侯一样，巡抚又赐给了九郎银子上万两。过了半年，巡抚生病了。九郎知道巡抚已经快要死了，于是就用车装着金银财宝，向巡抚告假回到了翰林家。没过多久巡抚就死了。九郎出钱，盖起了房屋，买了奴婢仆人，将母亲与妗子接到了一起住。九郎每次出行，车马随从都很多，没有人知道他是狐狸。

原文

余有笑判，并志之：男女居室，为夫妇之大伦；燥湿互通，乃阴

○笑判：开玩笑的判词。

○大伦：又叫“五伦”，指父子、君臣、夫妇、长幼、朋友之间的关系。

阳之正窍。迎风待月，尚有荡检之讥；断袖分桃，难免掩鼻之丑。

○“迎风待月”两句：谓男女幽期密约，尚且受到人们的讥讽。荡检，逾越礼法的约束。

○“断袖分桃”二句：喜爱男宠，更难免使人厌恶其丑恶不堪。断袖、分桃，均指癖爱男宠。

人必力士，鸟道乃敢生开；洞非桃源，渔篙宁许误入？今某从下流

○“洞非桃源”二句：用晋陶潜《桃花源诗并记》渔人入桃源“洞”事，并用“误入”，喻男性间发生不正当关系。

而忘返，舍正路而不由。云雨未兴，辄尔上下其手；阴阳反背，居

○“云雨未兴”二句：云雨，本战国宋玉《神女赋》，喻男女性行为。上下其手，本《左传·襄公二十六年》“上其手”“下其手”，此系借用。

○“阴阳”二句：首句点明同性，下句写不正当关系。

然表里为奸。华池置无用之乡，谬说老僧入定；蛮洞乃不毛之地，

○“华池”二句：好男宠者置妻妾于不顾，假称清心寡欲。

遂使眇帅称戈。系赤兔于辕门，如将射戟；探大弓于国库，直欲斩关。或是监内黄鳣，访知交于昨夜；分明王家朱李，索钻报于来生。彼黑松林戎马顿来，固相安矣；设黄龙府潮水忽至，何以

○“彼黑松林”四句：这四句隐喻男同性恋的性行为。

御之？宜断其钻刺之根，兼塞其送迎之路。

○“宜断”二句：前句针对爱男宠者，后句针对男宠。宜断，应该这样。这是判词中的套语。

译文

我写了一篇“笑判”，一并记录在这里：男人与女人生活在一起成为夫妻，这是人伦中重要的一个方面。男人与女人的器官不同，那是阴阳相配的正常通道。男女秘密幽会，尚且会被人们讽刺，而同性相恋，更难免让人感到厌恶不堪。男性之间相交合本来就不符合阴阳之道。如今这人甘愿舍弃正当的关系，而喜欢这些不正当的勾当。想要进行交合，就应该撩拨妻子，违背阴阳，居然还表里为奸。不喜欢女性，却说自己像僧人一样清心寡欲。荒远的洞穴在那不毛之地，能让李克用这样的勇猛大将军威风凛凛。把赤兔马系在辕门上，像吕布射戟那样精准生猛。阳虎去国库里拿取大弓，直接破门而入。有人说监生梦见了黄鳝进入了臀部，那是有故交昨日前来拜访。显然就是王戎家的红李子，被钻掉了内核而不会发芽。那黑松树林里戎马一下子来了，固然可以平安无事；但假如黄龙府的潮水忽然来了，又将如何去抵御呢？因此应当断掉那个又钻又刺的根，同时堵住那个迎来送往的通道。

【金陵女子】

原文

沂水居民赵某，以故自城中归，见女子白衣哭路侧，甚哀。睨之，美，悦之，凝注不去。女垂涕曰："夫夫也，路不行而顾我！"赵曰："我以旷野无人，而子哭之恸，实怆于心。"女曰："夫死无路，是以哀耳。"赵劝其复择良匹，曰："渺此一身，其何能择？如得所托，媵之可也。"赵忻然自荐，女从之。赵以去家远，将觅代步。女曰："无庸。"乃先行，飘若仙奔。至家，操井臼甚勤。积二年余，谓赵曰："感君恋恋，猥相从，忽已三年。今宜且去。"赵曰："曩言无家，今焉往？"曰："彼时漫为是言耳，何得无家？身父货药金陵。倘欲再晤，可载药往，可助资斧。"赵经营，为贳舆马。女辞之，出门径去，追之不及，瞬息遂杳。

○夫夫也：那个人啊。前"夫"为指示代词。

○渺此一身：孤零零一个人。渺，微小。

○媵（yìng）之：当人的侍妾。

○操井臼：汲水舂米。泛指家务劳动。

○猥相从：苟且跟了你。猥，姑且，苟且。

○漫为是言：信口这么说。漫，信口。

○身父：我父。身，自称之词。

○资斧：货财器用，也指旅资、盘费。

○贳（shì）：租赁。

译文

沂水有个姓赵的人，有一天他从城里办事回来，看见有一个穿着白衣服的女子在路边哭泣，十分哀伤。赵某斜着眼睛看了一眼，见那女子长得很美丽，心里非常喜欢她，就站在那里一直看着她。女子流着眼泪说道："你一个大丈夫，不往前走停下来看我干什么呀！"赵某说："我看着野外没有什么人，而你哭得如此悲伤，实在是让人伤心难过！"女子说："我的丈夫死了，我无路可走，因而悲伤难过！"赵某劝慰她选择一个好男人再嫁，女子说："我孤零零的一个人，如何还能再做选择呢？如果能找个可以托付的人，给他做妾也是可以的。”赵某欣然地自荐，女子愿意跟着他。赵某因为离家距离很远，想要寻觅可以用来代步的东西。女子说：“不用。”于是女子就自己先走，飘飘然好像仙人在疾走一样。到了赵某家里，女子操持家务十分勤勉。就这样过了两年的时间，女子对赵某说：“我感念你对我的眷恋，姑且当初跟随着你，一转眼已经三年了。今天我就要离开这里了。”赵某说：“你从前说你没有家的，你现在去往哪里呢？”女子说：“我那个时候只是随口说说的，怎么会没有家呢？我父亲是在金陵做药材生意的。倘若你还想要和我再见面，可以装载一些药材前往，也可资助你一些钱财。”赵某打算为女子的离去做准备，租赁车马。女子推辞了，出门径直离开，赵某追都追不上，一瞬间女子已经不见了踪影。

原文

居久之，颇涉怀想，因市药诣金陵。寄货旅邸，访诸衢市。忽药肆一翁望见，曰：“婿至矣。”延之入。女方浣裳庭中，见之不言亦不笑，浣不辍。赵衔恨遽出，翁又曳之返，女不顾如初。翁命治具作饭，谋厚赠之。女止之曰：“渠福薄，多将不任。宜少慰其苦辛，再检十数医方与之，便吃着不尽矣。”翁问所载药，女云：“已售之矣，直在此。”翁乃出方付金，送赵归。试其方，有奇验。沂水尚有能知其方者。以蒜臼接茅檐雨水，洗瘊赘，其方之一也，良效。

○衢市：街道和集市。

○药肆：药店。肆，店铺。

○治具：准备做饭的器具。

○渠：他。

○不任：担当不起。

○直：价值。指卖药所得钱款。

○蒜臼：捣蒜用的石臼。

○瘊赘：即瘊子，是由病毒引起的皮肤病。

译文

过了很长时间，赵某十分想念那个女子，因此买了药材前往金陵。他将货物寄存在旅店中，就来到街市到处打听女子的消息。忽然有一个药店的老头看见了他，说：“我的贤婿来了！”老头就请赵某进入店里。女子正在庭院里洗衣服，看见了赵某既不说话也没个笑脸，只是继续洗衣服。赵某十分生气，转身就往外走。老头又将他强行拽了回来，女子仍然和刚才一样。老头让女子去置办饭菜招待赵某，想要赠给他一份厚礼。女子劝阻他说道：“这个人福分薄，给他多了他不能够承受得住，适宜稍微慰劳一下他的辛苦，再挑选十几个医药方子给他，就可以让他一辈子不愁吃穿了。”老头问赵某拿来的药在哪里。女子说：“已经替他卖了，卖的钱在这里。”老头于是将药方和钱都给了赵某，并且送他回家。赵某回去以后试验这些药方，都有神奇的效果。现在沂水还有知道这些药方子的人。据说用捣蒜的臼子接房檐流下的雨水用来擦洗瘊子，就是那些药方里的一个，具有很好的效果。

媵

“媵”指古代嫁女时随同新娘出嫁的女性，通常是侍女或同族女子，用以辅助和陪伴新娘。最早出现在上古时期，是贵族婚姻中常见的习俗之一。媵者既是新娘的陪嫁之人，也有时作为次妻或妾，负责照顾新娘的生活起居。该制度在古代社会中体现了婚姻中的礼仪与等级制度。

【汤公】

原文

汤公名聘，辛丑进士。抱病弥留，忽觉下部热气，渐升而上。至股则足死，至腹则股又死。至心，心之死最难。凡自童稚以及琐屑久忘之事，都随心血来，一一潮过。如一善，则心中清净宁帖；一恶，则懊恼烦燥，似油沸鼎中，其难堪之状，口不能肖似之。犹忆七八岁时，曾探雀雏而毙之，只此一事，心头热血潮涌，食顷方过。直待平生所为，一一潮尽，乃觉热气缕缕然，穿喉入脑，自顶颠出，腾上如炊，逾数十刻期，魂乃离窍，忘躯壳矣。

○辛丑：顺治十八年，1661年。○弥留：病重将死。据冯镇峦引《丹桂籍注》，汤聘弥留事发生在顺治十一年（1654）乡试期间。

○琐屑：琐细。

○宁帖：宁静安适。

○数十刻期：过了几十刻的时间。刻，古代刻在铜漏上的计时单位，一昼夜共一百刻。

译文

汤公，名字叫作聘，是辛丑年的进士。在他生病将要死去的时候，忽然感觉身体的下部有一股热气，渐渐地向上升；到了大腿，则脚就死去了；到了腹部，则大腿又死去了；到了心口处，心却是最难死去的。但凡小时候的一些事情以及许多已经遗忘了很久的琐屑小事，现在都随着心血，像潮水一样在心头一一涌现。如果是做了一件好事，心里就清净安宁；如果是做了一件恶事，心里就懊丧烦躁，就好像油在锅里沸腾一样，心里痛苦难受的感觉无法用语言来形容。他还回忆起七八岁的时候，因为好奇掏鸟巢而害死了幼鸟。就是这一件事，就让他心中的热血像潮水一般翻腾奔涌，一顿饭的工夫才渐渐地平息下来，就这样一直将他一生的所作所为像潮水一样一件一件翻腾完，才感觉那一股热气一缕一缕地穿过咽喉进入脑袋，从头顶上飘出，像炊烟一样升腾到天空之中。大约过了一个时辰，他的灵魂才得以脱离躯壳，忘记了躯壳的存在。

原文

而渺渺无归，漂泊郊路间。一巨人来，高几盈寻，掇拾之，纳诸袖中。入袖，则叠肩压股，其人甚夥，薅恼闷气，殆不可过。公顿思惟佛能解厄，因宣佛号，才三四声，飘堕袖外。巨人复纳之，三纳三堕，巨人乃去之。公独立徬徨，未知何往之善。忆佛在西土，乃遂西。无何，见路侧一僧趺坐，趋拜问途。僧曰："凡士子生死录，文昌及孔圣司之，必两处销名，乃可他适。"公问其居，僧示以途，奔赴。

○渺渺无归：神魂远驰，无所归托。渺渺，辽远缥缈的样子。

○寻：古代长度单位。

○夥（huǒ）：多。

○薅（hāo）恼：烦恼，不快。

○趺（fū）坐：互交二足，将右脚盘放于左腿上，左脚盘放于右腿上的坐姿。坐法之中，佛教认为以此坐法为最安稳而不易疲倦。

○文昌：文昌帝君，道教尊为主宰功名、禄位之神。按：文昌，本星名，亦称"文曲星""文星"，古代星相家认为它是吉星，主大贵。

译文

汤公的灵魂飘飘荡荡没有归宿，就在郊外的路上漂泊。忽然来了一个巨人，高有几十丈，将汤公的灵魂捡拾起来，装入了袖子里。袖子里有很多灵魂，肩膀压着肩膀腿压着腿，头脑不清楚，胸部憋闷，实在让人无法忍受。汤公猛然想起来只有佛祖能解除困厄，所以就念起佛号来，才念了三四声，他的灵魂就落到了巨人的袖子外面。巨人又将他的灵魂捡拾了起来。就这样他掉落了三回，巨人捡拾了他三回，最后巨人不管他离开了。汤公一个人孤独地在路边徘徊，不知道去往哪里才好。回忆起佛祖是在西方净土，于是就往西边走。没多大一会儿，见路边有一个和尚在打坐，就向前行礼打听路。和尚说："凡是读书人的生死簿，都由文昌帝君和孔圣人掌管，必须在这两个地方销了名字，才能够离开阴间去别的地方。"汤公询问文昌帝君与孔圣人的居住地，和尚一一指给他，汤公朝着和尚指给他的方向而去。

原文

无几，至圣庙，见宣圣南面坐，拜祷如前。宣圣言："名籍之落，仍得帝君。"因指以路。公又趋之，见一殿阁，如王者居。俯身入，果有神人，如世所传帝君像，伏祝之。帝君检名曰："汝心诚正，宜复有生理。但皮囊腐矣，非菩萨莫能为力。"因指示令急往，公从其教。俄见茂林修竹，殿宇华好。入，见螺髻庄严，金容满月，瓶浸杨柳，翠碧垂烟。公肃然稽首，拜述帝君言，菩萨难之。公哀祷不已。傍有尊者白言："菩萨施大法力，撮土可以为肉，折柳可以为骨。"菩萨即如所请，手断柳枝，倾瓶中水，合净土为泥，拍附公体。使童子携送灵所，推而合之。棺中呻动，家人骇集。扶而出之，霍然病已。计气绝已断七矣。

○宣圣：指孔子。孔子自汉以来被历代王朝尊奉为圣人。宣，是他的谥：汉平帝元始元年追谥孔子为褒成宣尼公，后代又曾被谥为宣父、文宣王等。

○皮囊：相对于灵魂而言，指躯体。

○螺髻：盘成螺旋状的高髻。

○金容满月：形容菩萨面容丰满而有光彩。

○尊者：梵文"阿梨耶"的意译，也译"圣者"，指德智兼备的僧人。

○断七：旧时人死后，满七七四十九天，招僧道诵经，称"断七"。一"七"为七天。

译文

没多久，汤公来到了孔圣庙。看见孔圣人面朝南坐在那里，就像孔圣人活着的时候一样行跪拜礼。孔圣人说："你要消去生死簿上的名字，还得去找文昌帝君。"因而指给汤公道路。汤公又快步向那里走去，看见一座宫殿，就好像帝王居住的地方。弓着身体进入殿中，果然看见一个神人，与他在人世间所见过的文昌帝君雕像一样的模样，汤公跪下来祈祷。文昌帝君检查着生死簿，说："你的心正直真诚，理应还阳再活几年，但是你的尸体已经腐烂了，除了菩萨没有人有能力让你还阳。"于是又给汤公指路让他快速地前往，汤公听从了文昌帝君的指示。不一会就看见一片茂密的竹林，华丽的宫殿被树木掩映着。进入宫殿一看，只见菩萨盘着螺旋状的发髻，神态庄严，面容光彩如满月般美丽，玉净瓶中插着杨柳枝，依依低垂，翠碧如烟。汤公面色肃然，恭恭敬敬地叩头，向菩萨叙述了文昌帝君所说的话。菩萨感到很是为难，汤公不住地哀求。菩萨身旁有一个尊者建议道："菩萨可以施展大法力，撮土作为肉体，折柳作为骨骼。"菩萨同意了这个建议，随手折断了柳枝，将玉净瓶中的水倒了出来，与净土一起和成泥，将泥与柳枝都附在汤公身上。菩萨让仙童将汤公送回到他灵柩所在的地方，将灵魂与躯壳合成一体。这时，听见棺材中传出汤公呻吟与翻身的声音，他的家人都十分害怕地聚集在一起。他们将汤公扶出棺材，他的病已经好了，计算一下时间，汤公已经七七四十九天没有气息了。

宣圣

"宣圣"是对孔子的尊称之一，源于汉平帝元始元年追谥孔子为"褒城宣尼公"，后唐玄宗追谥为"文宣王"。宋元时期，孔子被加谥为"至圣"和"大成至圣"。至明嘉靖元年，孔子被正式改称为"至圣先师孔子"。因此，"宣圣"成为尊孔子为圣人、文化与道德典范的称号。孔子作为中国古代的伟大思想家，宣圣之名广为后世尊崇。

【阎罗】

原文

莱芜秀才李中之，性直谅不阿。每数日，辄死去，僵然如尸，三四日始醒。或问所见，则隐秘不泄。时邑有张生者，亦数日一死，语人曰：“李中之，阎罗也。余至阴司，亦其属曹。”其门殿对联，俱能述之。或问：“李昨赴阴司何事？”张曰：“不能具述。惟提勘曹操，笞二十。”

○莱芜：在山东省的东部，清属泰安府，即今山东莱芜。
○直谅不阿：正直诚信，不徇私情。
○属曹：下属，属下分职办事人员。
○门殿：大门和正殿。
○提勘：提审。

译文

山东莱芜有个叫李中之的秀才，他性格正直诚信，不徇私情。他每隔几天就要昏死一次，身体僵硬得就像尸体一样，三四天以后才会苏醒过来。有人问他在阴间的事情，他总是保守秘密，什么也不说。当时他们那里有一个叫张生的，也是隔几天昏死一次。他对人说道：“李中之，就是阎罗王。我到了阴间，也就是他的属官。”就连阎罗殿的大门和正殿的对联，张生也能背诵下来。有人问他：“李中之昨天去阴间是为了什么事情？”张生说：“我不能具体告诉你。只是记得他提审了曹操，打了他二十大板。”

原文

异史氏曰：阿瞒一案，想更数十阎罗矣。畜道、剑山，种种具在，宜得何罪，不劳挹取，乃数千年不决，何也？岂以临刑之囚，快于速割，故使之求死不得也？异已！

○阿瞒：曹操小名。
○更：经历。
○“畜道、剑山”二句：冥罚恶人转生为畜牲或到剑山等处受酷刑，种种章程都很明确。
○不劳挹取：这里指依据法律斟酌量刑并不费事。挹取，汲取。
○快：高兴，喜欢。
○异已：太奇怪了。已，同“矣”。

译文

异史氏说：曹阿瞒一案，想必已经经过数十个阎罗的审理了。变成畜生，剑山刀峰，种种处罚应该都已经经历了一遍。曹操恶贯满盈，定罪量刑应该并不困难，但是几千年都没有一个判决结果，是什么原因呢？难道是因为临刑的罪犯都以速死为快，所以才让他求死不得吗？这也是太奇怪了。

【连琐】

原文

杨于畏，移居泗水之滨。斋临旷野，墙外多古墓，夜闻白杨萧萧，声如涛涌。夜阑秉烛，方复凄断。忽墙外有人吟曰："玄夜凄风却倒吹，流萤惹草复沾帏。"反复吟诵，其声哀楚。听之，细婉似女子，疑之。明日，视墙外，并无人迹。惟有紫带一条，遗荆棘中，拾归置诸窗上。向夜二更许，又吟如昨。杨移杌登望，吟顿辍。悟其为鬼，然心向慕之。

○泗水：又叫"泗河"。滨：水边。○萧萧：风吹草木声。○夜阑：夜深。○凄断：凄绝，心境非常凄凉。○玄夜：黑夜。凄风：挟着潮意的冷风。○惹：触及。沾：附着。帏：此处通"帷"，裙的正幅。○哀楚：哀怨凄苦。○杌（wù）：坐具，短凳。○辍：停止。

译文

杨于畏搬家来到了泗水的岸边。他的书房靠近一片空旷的荒野，院墙外面有很多古墓，每到夜里，就能听见白杨树叶被风吹得哗哗直响，声音就像汹涌的波涛。一天深夜杨于畏在灯下，感到心中十分凄凉。忽然墙外边有人吟诵着："玄夜凄风却倒吹，流萤惹草复沾帏。"将这一诗句反复吟诵了好几遍，那声音凄楚哀婉。仔细一听，那声音柔弱婉转好像女子，杨于畏心生怀疑。第二天，杨于畏检查了墙外，并没有人的痕迹，只有一条紫色的袜带被遗落在荆棘丛中。他捡拾回来，将带子放在了窗台上。到了半夜二更天的时候，又有吟诗的声音响起，与昨天一样。杨于畏踩着凳子朝墙外看，吟诗的声音马上停止了。杨于畏这才恍然大悟，原来吟诗的是个鬼，尽管如此，他的心里却十分倾慕她。

原文

次夜，伏伺墙头。一更向尽，有女子珊珊自草中出，手扶小树，低

○珊珊：本来形容女子小步行进，环佩摩，其声舒缓，这里义同"款款""缓缓"。

首哀吟。杨微嗽，女忽入荒草而没。杨由是伺诸墙下，听其吟毕，乃隔壁而续之曰：“幽情苦绪何人见？翠袖单寒月上时。”久之，寂然，杨乃入室。方坐，忽见丽者自外来，敛衽曰：“君子固风雅士，妾乃多所畏避。”杨喜，拉坐。瘦怯凝寒，若不胜衣。问：“何居里，久寄此间？”答曰：“妾陇西人，随父流寓。十七暴疾殂谢，今二十余年矣。九泉荒野，孤寂如鹜。所吟，乃妾自作，以寄幽恨者。思久不属，蒙君代续，欢生泉壤。”杨欲与欢，蹙然曰：“夜台朽骨，不比生人，如有幽欢，促人寿数。妾不忍祸君子也。”杨乃止。戏以手探胸，则鸡头之肉，依然处子。又欲视其裙下双钩，女俯首笑曰：“狂生太啰唣矣！”杨把玩之，则见月色锦袜，约彩线一缕，更视其一，则紫带系之。问：“何不俱带？”曰：“昨宵畏君而避，不知遗落何所。”杨曰：“为卿易之。”遂即窗上取以授女。女惊问何来，因以实告。乃去线束带。既翻案上书，忽见《连昌宫词》，慨然曰：“妾生时最爱读此。今视之，殆如梦寐！”与谈诗文，慧黠可爱。剪烛西窗，如得良友。

○翠袖：翠色的衣袖。代指女子衣衫。

○敛衽：整敛衣襟（一说衣袖），表示恭敬。

○瘦怯凝寒：身躯瘦削，举止畏怯，肌肤凝聚了一股寒气。

○若不胜衣：仿佛经不起衣服的重量。

○陇西：今甘肃东南部一带，秦汉为陇西郡地，亦相沿称为“陇西”。

○流寓：漂流寄居。

○殂（cú）谢：死。

○孤寂如鹜（wù）：孤单寂寞得像失群的野鸭。鹜，野鸭。

○思久不属（zhǔ）：文思很久没有成篇。不属，指前边的诗句未能完成。属，连接，连贯。

○泉壤：指九泉之下，地下。

○夜台：坟墓，亦借指阴间。

○鸡头之肉：喻女子乳头。鸡头，芡实的别名。

○钩：这里指女人的小脚。

○啰唣：纠缠，骚扰。

○剪烛西窗：夜深灯前，亲切对语。

译文

第二天夜里，杨于畏趴在墙头等待着。一更天快要过去的时候，有一个女子从草丛中慢慢地走了出来，她用手扶着小树，低着头哀婉地吟诵着诗句。杨于畏微微地咳嗽了一下，那女子就忽然隐入荒草丛中不见了。杨于畏于是就继续在墙头等着，听见女子将诗句吟诵完了以后，就隔着墙接续道：“幽情苦绪何人见？翠袖单寒月上时。”过了很长时间，墙外依然没有一点声音，杨于畏于是就回到了书房中。刚刚坐下来，忽然看见一个漂亮的姑娘从外面进来，整理了一下衣襟上前施礼说：“您果然是一个风雅之士，我却因为畏惧而躲避您。”杨于畏十分欢喜，拉着她坐了下来。那女子瘦弱胆怯，身上带着寒气，好像连衣服的重量都承受不起。杨于畏问：“你的家乡是哪里的？寄居在这个地方很长时间了吗？”女子回答说：“我是陇西人，跟随父亲四处飘泊。十七岁的时候得了暴病夭折，到现在已经二十多年了。九泉底下荒凉空旷，我就像离群的野鸭一样孤独寂寞。我所吟诵的诗句，是我自己所作的，用来寄托我的忧思怨恨。思索了很长时间都没有成篇，承蒙您替我续接上，我在九泉之下也感到开心。”杨于畏想要和她同床共枕。女子蹙着眉头说：“我是已经死去的人，比不上活人，如果你和我同床共枕，会折损了你的寿命，我不忍心祸害你这样的君子。”杨于畏这才作罢。但是他又将手摸向女子的胸部，觉得她还是处子。又想要看看女子裙子下面的双脚，女子低头笑着说：“你这个狂放的书生可太能纠缠人了。”杨于畏将女子的脚放在手里抚摸，看见她穿着月白色的袜子，一只脚上系着一缕彩线，再看另一只脚上则是用紫色袜带系着。杨于畏问：“怎么不都用袜带系住呢？”女子说：“昨天夜里因为畏惧你而躲避的时候，不知道遗落在什么地方了。”杨于畏说：“我为你更换一下吧。”于是就从窗台上拿下那袜带给了女子。女子吃惊地问这是从哪里来的。杨于畏就如实地告诉了她。女子于是就解下了彩线将袜带系上。收拾完，女子翻了翻放在书桌上的书籍，忽然看见了元稹写的《连昌宫词》，感叹地说：“我生前最喜欢读的就是它。今天看到了它，就好像在梦中一样。”杨于畏和女子一起谈诗论词，觉得她既聪明又可爱。深夜灯前亲切交谈，如同交到了一个很知心的朋友。

原文

自此每夜但闻微吟，少顷即至。辄嘱曰：“君秘勿宣。妾少胆怯，恐有恶客见侵。”杨诺之。两人欢同鱼水，虽不至乱，而闺阁之中，诚有甚于画眉者。女每于灯下为杨写书，字态端媚。又自选宫词百首，录诵之。使杨治棋枰，购琵琶，每夜教杨手谈，不则挑弄弦索。作蕉窗零雨之曲，酸人胸臆，杨不忍卒听，则为晓苑莺声之调，顿觉心怀畅适。挑灯作剧，乐辄忘晓。视窗上有曙色，则张皇遁去。

〇恶客：野蛮粗俗的客人。〇鱼水：鱼水相得，喻夫妻和好。〇甚于画眉：夫妻感情亲密，有比丈夫为妻子画眉更进一层的乐趣。〇宫词：以宫廷生活为题材的诗。〇棋枰（píng）：棋盘。〇手谈：下围棋。〇弦索：琴、瑟、琵琶之类弦乐器。〇蕉窗零雨之曲：以隔窗聆听雨打芭蕉叶为意境的曲子。指一种声情凄婉的曲子。〇卒听：听完。〇作剧：做游戏。剧，游戏。〇张皇：慌张，慌乱。

译文

从此以后，每天夜里只要一听见女子轻声吟诵，不一会儿她就会过来。女子经常叮嘱杨于畏说：“你一定要保守秘密不要到处宣扬。我从小就胆怯，害怕有坏人过来欺负我。”杨于畏承诺一定会保守秘密。两人虽然不能够同床共枕，但是也像夫妻那样感情亲密。女子时常在灯下为杨于畏抄书，她的字写得端庄柔美。又亲自挑选了宫词百首，抄录下来吟诵。她还让杨于畏置办了棋具，购买了琵琶。每天夜晚教杨于畏下围棋，如果不下棋就弹奏琵琶，她弹奏的“蕉窗零雨”之类的曲子，听了之后让人感到心酸，杨于畏伤心得听不下去，女子就又弹奏“晓苑莺声”之类的小调，杨于畏听后立马感到心旷神怡。他们经常在灯下尽情玩乐，以至于忘记了天就要亮了。每当看见窗户上有了亮光，女子便神色慌张地离开。

原文

一日，薛生造访，值杨昼寝。视其室，琵琶、棋局具在，知非所善；又翻书得宫词，见字迹端好，益疑之。杨醒，薛问：

"戏具何来?"答:"欲学之。"又问诗卷，托以假诸友人。薛反覆检玩，见最后一叶细字一行云:"某月日连琐书。"笑曰:"此是女郎小字。何相欺之甚?"杨大窘，不能置词。薛诘之益苦，杨不以告。薛卷挟，杨益窘，遂告之。薛求一见，杨因述所嘱。薛仰慕殷切，杨不得已，诺之。夜分，女至，为致意焉。女怒曰:"所言伊何?乃已喋喋向人!"杨以实情自白。女曰:"与君缘尽矣!"杨百词慰解，终不欢，起而别去，曰:"妾暂避之。"明日，薛来，杨代致其不可。薛疑支托，暮与窗友二人来，淹留不去，故挠之，恒终夜哗，大为杨生白眼，而无如何。众见数夜杳然，浸有去志，喧嚣渐息。忽闻吟声，共听之，凄婉欲绝。薛方倾耳神注，内一武生王某，掇巨石投之，大呼曰:"作态不见客，甚得好句，呜呜恻恻，使人闷损!"吟顿止。众甚怨之，杨恚愤见于词色。次日，始共引去。杨独宿空斋，冀女复来，而殊无影迹。逾二日，女忽至，泣曰:"君致恶宾，几吓煞妾!"杨谢过不遑。女遽出曰:"妾固谓缘分尽也，从此别矣。"挽之已渺。由是月余，更不复至。杨思之，形销骨立，莫可追挽。

○戏具：指上述琵琶、围棋等娱乐用品。
○小字：小名，乳名。
○卷挟：把诗卷卷起，夹在腋下。
○所言伊何：跟你是怎么说的。伊，助词，无义。
○喋喋向人：多嘴多舌地告诉别人。喋喋，多言貌。
○支托：支吾推托。
○窗友：同学。
○淹留：久留。
○挠：扰乱。
○白眼：用白眼球向人，表示冷淡、厌恶。晋阮籍见凡俗之士，则以白眼对之。
○浸：渐渐。
○呜呜恻恻：形容吐字引声曼长而情调悲伤。
○闷损：闷煞。
○恚（huì）愤：怨恨，恼怒。
○引去：退去。
○谢过不遑：忙不迭地告罪。
○形销骨立：形容身体非常消瘦。

译文

有一天，薛生来拜访杨于畏，正碰上他白天睡觉。看看他的书房，琵琶、棋具都有，薛生知道这不是杨于畏所擅长的。薛生又去翻看书籍，发现了一本手抄的宫词，看见字迹端庄秀丽，薛生就越发怀疑起来。杨于畏醒来以后，薛生问：“琵琶、棋具是从哪里来的？”杨于畏回答说：“我想要学学。”薛生又问那些宫词是从哪里来的，杨于畏借口说是从朋友那里借来的。薛生来回翻看宫词，看见最后一页有一行细小的字写的是：“某月某日连琐书。”薛生笑着说：“这是女子的小名，你为什么要欺骗我呢？”杨于畏十分窘迫，不知道如何回答是好。薛生苦苦询问不休，杨于畏就是不告诉他。薛生拿起手抄的宫词作为要挟。杨于畏更加窘迫，只好告诉了他实情。薛生请求见一见连琐，杨于畏就将连琐叮嘱他保密的话告诉了薛生。薛生对连琐更加仰慕了，迫切想要见到她，杨于畏不得已，只好答应了下来。到了夜半时分，连琐到来，杨于畏将薛生的想法告诉了她。连琐听了以后非常生气地说：“我是怎么叮嘱你的？你竟然多嘴多舌地到处和别人说。”杨于畏将当时的情形一五一十地告诉了连琐，为自己辩白。连琐说：“我和你的缘分已经到头了。”杨于畏百般解释劝解，连琐终究还是不高兴，起身告别离开，并且说：“我暂时躲避一下。”第二天，薛生来了，杨于畏说连琐不愿意和他见面。薛生以为这是杨于畏有意推脱。晚上他又和两个同窗一起来到了杨于畏家里，一直逗留着不离开，还故意捣乱。他们吵吵闹闹了一整夜，杨于畏感到非常厌恶，但是又无可奈何。众人一连闹了好几天，也没有看见连琐的影子，都有了离开的心思。吵闹的声音渐渐平静了下来。忽然听见了吟诗的声音，众人一同倾听，那声音凄凉婉转，悲伤欲绝。薛生正在凝神侧耳倾听，朋友中有一个武生王某，捡起一块大石头扔了过去，大声喊道：“惺惺作态地不出来见客人，念的什么好诗，呜呜咽咽的，让人听了烦闷！”吟诵声立马消失了。众人都十分埋怨王某，杨于畏更是恼怒得变了脸色。第二日，这些人才离开了杨于畏的家。杨于畏一人住在空荡的房间里，期盼着连琐再次来到，可是连她的影子也没有看见。就这样过了两天，连琐忽然来了，哭泣着说道：“你找来的那些凶恶的客人，几乎要把我吓死了！”杨于畏忙不迭地向她告罪。连琐急忙地离开了，走的时候对他说：“我那日就说我们的缘分到头了，从此永别了。”杨于畏想要挽留但是连琐已经消失得无影无踪。从这以后一个多月的时间，连琐再也没有出现过。杨于畏每日想念她，以至于形销骨立，但是太晚了，一切都无法挽回了。

原文

一夕，方独酌，忽女子搴帏入。杨喜极曰：“卿见宥耶？”女涕垂膺，默不一言。亟问之，欲言复忍，曰：“负气去，又急而求人，难免愧恧。”杨再三研诘，乃曰：“不知何处来一龌龊隶，逼充媵妾。顾念清白裔，岂屈身舆台之鬼？然一线弱质，乌能抗拒？君如齿妾在琴瑟之数，必不听自为生活。”杨大怒，愤将致死，但虑人鬼殊途，不能为力。女曰：“来夜早眠，妾邀君梦中耳。”于是复共倾谈，坐以达曙。女临去，嘱勿昼眠，留待夜约。杨诺之。

○搴（qiān）：通“褰”，揭起，撩起。
○见宥：原谅。宥，宽恕，原谅。
○亟（jí）：急忙。
○愧恧（nù）：惭愧。
○龌龊（wò chuò）隶：下贱衙役。龌龊，卑污。
○清白裔：清白人家的女儿。裔，后代。
○舆台：舆和台，古代奴隶的两个等级。
○一线弱质：一介弱女子。一线，孤独无依。弱质，体质单薄。
○齿妾在琴瑟之数：把我看作妻子。
○必不听自为生活：必定不会任其独自挣扎求生。生活，求生存。
○致死：拼命，拼死效力。

译文

一天夜里，杨于畏正在一个人喝酒，忽然连琐掀开门帘走了进来。杨于畏欢喜极了，说：“你是原谅我了吗？”连琐只是一直流着眼泪，沉默得一句话也不说。杨于畏着急地询问她发生了什么事。连琐想要说话又忍了下去，最后说：“我赌气离开了，如今有急事又来求人，难免有些羞愧。”杨于畏再三询问，连琐说道：“不知道从什么地方来了一个恶毒肮脏的官吏，逼迫我给他当小妾，我出身于清白人家，岂肯卑躬屈膝于这个粗鄙的鬼差呢？然而我这一介弱女子，怎么能够与他相抗衡呢？如果你还肯将我当作你的妻子一样对待，必然不能够放任着不管吧。”杨于畏听完以后十分愤怒，恨不得立马将那个鬼差置于死地。但是他顾虑着阳间与阴间不是一个地方，害怕自己无能为力。连琐说：“明天夜里你早早睡觉，我在你的梦中邀请你去。”于是他们又像以前一样倾心交谈，坐着等到了天亮。连琐临离开的时候，叮嘱杨于畏白天不要睡觉，等到晚上在梦里相约。杨于畏答应了。

原文

因于午后薄饮，乘醺登榻，蒙衣偃卧。忽见女来，授以佩刀，引手去。至一院宇，方阖门语，闻有人掿石挝门。女惊曰：“仇人至矣！”杨启户骤出，见一人赤帽青衣，蝟毛绕喙。怒咄之。隶横目相仇，言词凶谩。杨大怒，奔之。隶捉石以投，骤如急雨，中杨腕，不能握刃。方危急所，遥见一人，腰矢野射，审视之，王生也。大号乞救。王生张弓急至，射之中股，再射之，殪。杨喜感谢。王问故，具告之。王自喜前罪可赎，遂与共入女室。女战惕羞缩，遥立不作一语。案上有小刀，长仅尺余，而装以金玉，出诸匣，光芒鉴影。王叹赞不释手。与杨略话，见女惭惧可怜，乃出，分手去。杨亦自归，越墙而仆，于是惊寤，听村鸡已乱鸣矣。觉腕中痛甚，晓而视之，则皮肉赤肿。亭午，王生来，便言夜梦之奇。杨曰：“未梦射否？”王怪其先知，杨出手示之，且告以故。王忆梦中颜色，恨不真见，自幸有功于女，复请先容。夜间，女来称谢。杨归功王生，遂达诚恳。女曰：“将伯之助，义不敢忘。然彼赳赳，妾实畏之。”既而曰：“彼爱妾佩刀。刀实妾父出使粤中，百金购之，妾爱而有之，

○薄饮：喝了少量的酒。

○掿（nuò）石挝（zhuā）门：拿起石头砸门。掿，握持。挝，击。

○赤帽青衣：旧时官府衙役的装束。

○蝟（wèi）毛绕喙（huì）：嘴边长满刺猬毛般的硬须。蝟毛，胡须粗硬开张的样子。蝟，同“猬”。喙，嘴。

○横目：立起眼睛，发怒、仇视的样子。

○凶谩：凶横狂妄。谩，言词傲慢。

○腰矢野射：腰佩弓箭，在野外打猎。

○殪（yì）：死。

○具：全部。

○先容：事先介绍。

○将（qiāng）伯之助：指别人对自己的帮助。伯，对男子的敬称。

○赳赳：勇武的样子。《诗·周南·兔罝》：“赳赳武夫，公侯干城。”

○粤中：古称广东、广西之地。

缠以金丝，瓣以明珠。大人怜妾夭亡，用以殉葬。今愿割爱相赠，见刀如见妾也。”次日，杨致此意，王大悦。至夜，女果携刀来，曰：“嘱伊珍重，此非中华物也。”由是往来如初。

○非中华物：非中国所产。承上“购于粤中”，出自海外。

译文

第二天午后，杨于畏由于稍稍喝了一点酒，趁着醉意就上了床，蒙着衣服躺在床上。忽然看见连琐来了，给他一把佩刀，拉着他的手走了出去。来到了一处院子，刚关上院门正要说话，就听见有人用石头砸门。连琐惊恐地说：“仇人来了！”杨于畏打开门猛地蹿了出去，看见一个人戴着红色帽子、穿着青色衣服，像刺猬一样的络腮胡子长在嘴边。杨于畏愤怒地怒斥着这个家伙，那个鬼差也横眉怒目，言语恶毒凶狠。杨于畏大怒，拿着刀冲了上去。鬼差拿起石头投向他，石块像暴雨一样砸了下来，打中了杨于畏的手腕，痛得他不能够握刀。正在这危急的时刻，杨于畏远远地看见了一个人，腰上挂着弓箭正在打猎。仔细一看，那个人正是王生。杨于畏大声呼喊着求救。王生急忙拉弓赶过来，一箭射中了鬼差的大腿，又射了一箭，就将鬼差射死了。杨于畏十分高兴地向王某表示感谢。王生就询问杨于畏发生了什么，杨于畏就将事情的缘由说了一遍。王生暗自庆幸上次的罪过可以弥补了，于是跟着杨于畏一起进入了连琐家里。连琐战战兢兢，既害羞又惧怕，缩着身子远远地站在那里不说一句话。王生看见桌子上有一把小刀，也就一尺多长，但是用金玉作为装饰，就将刀从刀匣里抽出来，光芒四射，能够照出人影，王生连声赞叹，爱不释手。王生稍稍和杨于畏说了几句话，看见连琐羞愧害怕得让人怜悯，就告辞离开了。杨于畏也就独自回到了家里，翻墙时摔倒在地上，惊醒了过来，这时村子里的鸡已经叫了起来。他感觉手腕疼痛难忍，天亮后一看，手腕上的皮肉都已经红肿了。到了中午，王生来了，说他昨夜做了一个神奇的梦。杨于畏说：“没有梦见射箭吗？”王生奇怪他为什么能够未卜先知。杨于畏将手伸出来给王生看，并且将事情的缘由告诉了他。王生回忆着梦中所看见的连琐的模样，恨不能真正见上一面，他自己暗自庆幸对连琐有功，就又请杨于畏给连琐通个消息。夜里，连琐过来表示感谢。杨于畏说这件事要归功于王生，并且传达了王生想要见她一面的诚恳心愿。连琐说：“王生对我的帮助，我是不敢忘记的。然而他是一个雄赳赳的武夫，我实在是畏惧他。”然后她又接着说道：

“他很是喜欢我的佩刀，那把刀本是我的父亲出使粤中的时候用一百两银子买下来的。我对它也是喜爱有加，所以缠绕了金丝，又装饰了明珠。我的父亲怜悯我未成年就死去，将这把刀和我葬在了一起。如今我愿意割爱将这把刀赠送给王生，他看见刀就好像看见了我。”第二天，杨于畏将连琐的意思告诉了王生，王生十分高兴。到了夜里，连琐果真带着佩刀来了，说：“请叮嘱他好好珍惜，这可不是中原地带出产的东西呀。”从这以后，连琐和杨于畏和好如初。

原文

积数月，忽于灯下，笑而向杨，似有所语，面红而止者三。生抱问之，答曰：“久蒙眷爱，妾受生人气，日食烟火，白骨顿有生意。但须生人精血，可以复活。”杨笑曰：“卿自不肯，岂我故惜之？”女云：“交接后，君必有念余日大病，然药之可愈。”遂与为欢。既而着衣起，又曰：“尚须生血一点，能拼痛以相爱乎？”杨取利刃刺臂出血，女卧榻上，便滴脐中。乃起曰：“妾不来矣。君记取百日之期，视妾坟前，有青鸟鸣于树头，即速发冢。”杨谨受教。出门又嘱曰：“慎记勿忘，迟速皆不可！”乃去。

○烟火：指人间熟食。

○念余日：二十多天。

○青鸟：民间传说为西王母的使者，其形如鸾。

译文

又过了几个月，有一天连琐忽然在灯下笑着看向杨于畏，好像要说些什么，可脸色变得通红，好几次都欲言又止。杨于畏抱着她，问她怎么回事，连琐回答说：“这么长时间承蒙你的眷爱，我接受了活人的气息，每天都吃些人间的烟火，白骨竟然有了生机。但是还需要活人的精血，我就能够复活了。”杨于畏笑着说：“本来就是你不肯的，难道是我吝啬吗？”连琐说：“你和我交接后，你必然会生二十多天的大病，但是吃药能够治愈。”事后，连琐穿衣起床，又说：“尚且需要你的一点鲜血，你能忍受疼痛来爱惜我吗？”杨于畏拿来利刃刺破自己的手臂让血流出来。连琐躺在床上，让鲜血滴入她的肚脐中。接着连琐起身说：“我不再来了。你记得一百天以后，看见我的坟前有青鸟在树顶上鸣叫，就立刻挖坟来救我。”杨于畏谨慎地答应了。连琐在出门以前又叮嘱杨于畏说：“千万要记住不要忘记，时间早了晚了都不行。”说完就离开了。

原文

越十余日，杨果病，腹胀欲死。医师投药，下恶物如泥，浃辰而愈。计至百日，使家人荷锸以待。日既夕，果见青鸟双鸣。杨喜曰：“可矣。”乃斩荆发圹。见棺木已朽，而女貌如生，摩之微温。蒙衣舁归，置暖处，气咻咻然，细于属丝。渐进汤酏，半夜而苏。每谓杨曰：“二十余年如一梦耳！

○浃辰：十二天

○锸（chā）：掘土的工具，即铁锹。

○发圹（kuàng）：掘开墓穴。

○汤酏（yí）：稀粥，米汤。

○舁（yú）：抬。

○咻咻（xiū）：呼吸急促声。

○属（zhǔ）丝：一丝相连，喻气息微弱。

译文

过了十多天，杨于畏果然生病了，肚子胀得要死。找了医生抓了药吃下，排泄出很多像泥一样的污物，又过了十二天，他的病才好了。杨于畏计算着百日将到，让家人扛着铁锹在连琐的墓前等候着。太阳落山的时候，果然看见两只青鸟在鸣叫。杨于畏十分欢喜地说：“可以了。”于是他们斩断荆棘，掘开坟墓。看见棺木已经腐烂了，但是连琐的面容好像活人一样，抚摸她的身体还能感受到微微的热度。杨于畏给连琐盖上衣服抬回家，将她放置在温暖的地方，连琐有了气息，呼吸的声音很是微弱。又慢慢地喂了她一些汤粥，到了半夜连琐苏醒了过来。从此以后，她经常对杨于畏说：“二十多年就好像做了一场梦呀！”

【单道士】

原文

韩公子，邑世家。有单道士，工作剧。公子爱其术，以为座上客。

○韩公子，邑世家：淄川韩氏，自明代韩源以来，仕宦相继。王渔洋《贞烈韩孺人传》称："韩为淄川著姓，自嘉靖以来，冠盖相望。"

○工作剧：指擅长幻术。

单与人行坐，辄忽不见。公子欲传其法，单不肯。公子固恳之，单曰："我非吝吾术，恐坏吾道也。所传而君子则可，不然，有借此以行窃者矣。公子固无虑此，然或出见美丽而悦，隐身入人闺闼，是济恶而宣淫也。不敢从命。"公子不能强，而心怒之，阴与仆辈谋

○济恶而宣淫：帮助作恶，而张大淫邪的行为。济，助。宣，发扬张大。

挞辱之。恐其遁匿，因以细灰布麦场上，思左道能隐形，而履处必

○左道：邪门歪道。

有印迹，可随印处急击之。于是诱单往，使人执牛鞭立挞之。单忽不见，灰上果有履迹，左右乱击，顷刻已迷。

译文

韩公子，是县里的世家子弟。有一个姓单的道士，擅长幻术。韩公子喜欢他的法术，把他当成座上宾。单道士和别人坐在一起或者一起走路的时候，经常忽然之间就不见了。韩公子想要单道士将这种法术传授给自己，单道士不肯。韩公子再三恳求他，单道士说："我并非是吝啬我的法术，而是恐怕会破坏了我们这一行的名声，如果我传授之人是个君子倒是没什么，如果传给小人，他借助这个法术干些偷盗的事情。对于公子来说当然不会去干这件事，但是公子如果发现长得好看而心里喜欢的姑娘，隐身潜入她们的闺房，我岂不是助长罪恶而成为放大淫邪行为的帮凶了吗？所以我不敢从命。"韩公子知道不能勉强他，心里十分恼怒。私下里韩公子与仆人们密谋将单道士痛打一顿，羞辱他一番。他们恐怕单道士到时候用隐身术逃跑，所以就用细灰洒满单道士必然经过的麦场。他们想单道士的

法术虽然能够隐形，但是他所走过的地方一定会留有印记，可以跟随脚印追踪他然后痛打他。事情做好以后，韩公子就把单道士引诱到麦场上，让人拿着牛鞭站在那里用力地抽打单道士。单道士忽然就不见了，细灰上果然有脚印，仆人们跟随着脚印又是左右一顿乱打，霎那间尘土飞扬，再也找不到道士的踪影了。

原文

公子归，单亦至，谓诸仆曰："吾不可复居矣！向劳服役，今且别，当有以报。"袖中出旨酒一盛，又探得肴一簋，并陈几上。陈已复探，凡十余探，案上已满。遂邀众饮，俱醉。一一仍内袖中。韩闻其异，使复作剧。单于壁上画一城，以手推挝，城门顿辟。因将囊衣箧物，悉掷门内，乃拱别曰："我去矣。"跃身入城，城门遂合，道士顿杳。

○向劳服役：从前麻烦你们为我服务。

○一盛（chéng）：一器。盛，容器。

○探：掏取。簋（guǐ）：古代容器名。形近壶而有双耳。

译文

韩公子回来以后，单道士也回来了，他对着伺候自己的仆人说："我不能再在这里居住下去了。这些日子劳烦你们照顾了，今日就要分别，我也应该要感谢一下你们。"说完从袖子里拿出一壶美酒，又从袖子里拿出一大盘菜肴，将这些都放在桌子上。摆放好以后，又向袖子里掏取，就这样来回掏取了十几次，桌子上已经摆放得满满的。于是单道士邀请众人一起开怀畅饮，人们都喝醉了。宴席结束后，单道士又把酒菜一样一样地放回袖子里。韩公子听说了这件奇异的事情后，就让单道士再做一次这样的幻术。于是单道士在墙壁上画了一座城，用手一推，城门立刻就打开了。单道士将衣物行李都扔进了城门里，然后对着韩公子他们拱手说道："我走了！"纵身跳进了城里，城门马上就关上了，单道士立刻便消失不见了。

原文

后闻在青州市上，教儿童画墨圈于掌，逢人戏抛之，随所抛处，或面或衣，圈辄脱去，落印其上。又闻其善房中术，能令下部吸烧酒，尽一器。公子尝面试之。

○尝：曾经。

译文

后来听说在青州的集市上，单道士教儿童们在手掌上涂画黑圈，碰见人就开玩笑地将手一扬，不管手掌指向的地方在哪里，无论在人的脸上还是在衣服上，黑圈都会从手上脱落下来，落到手掌所指向的地方。又听说单道士擅长房中术，能够让他的下部能吸一壶烧酒。韩公子曾经当面检验过。

剧

“剧”在中国古代指的是幻术或魔术的称呼，通常用于描述表演者通过巧妙手法或道具制造出的幻觉效果。这类表演多带有神秘色彩，古时常见于宫廷或民间的娱乐活动。与现代的魔术类似，古代的“剧”展示了表演者的技艺和创意，通过幻术迷惑观众，带来视觉和心理上的震撼。

【白于玉】

原文

吴青庵，筠，少知名。葛太史见其文，每嘉叹之。托相善者邀至

○嘉叹：嘉奖赞叹。

其家，领其言论风采。曰："焉有才如吴生，而长贫贱者乎？"因

○领：领略，观察得知。

俾邻好致之曰："使青庵奋志云霄，当以息女奉巾栉。"时太史有

○俾（bǐ）：使。致之：传话给吴生。致，致意，转达。 ○奋志云霄：指奋发立志取得科举功名。 ○息女：亲生女儿。奉巾栉（zhì）：侍奉盥沐。以女许婚。

女绝美。生闻大喜，确自信。既而秋闱被黜，使人谓太史："富贵所

○秋闱被黜：乡试落选。秋闱，指乡试。黜，黜落，摈弃。

固有，不可知者迟早耳。请待我三年不成而后嫁。"于是刻志益苦。

○三年：明清时期的科举，乡试每三年一次。 ○刻志益苦：更加刻苦励志。

译文

吴筠，字青庵，少年时就已经很有名气了。有个姓葛的太史看见吴筠的文章，给以称赞感叹。葛太史托与吴筠有交情的人将他请到自己家，领略他的言谈与风采。葛太史说："怎么会有像吴生这样有才华的人而长久贫贱呢？"因而葛太史让邻居传话给吴生说："如果吴生能在科举中考取功名，我就将我的亲生女儿嫁给他做妻子。"当时葛太史有个女儿，长得姿色绝美。吴生听说以后十分欢喜，并且他很有信心。不久以后他在秋季的考试中落榜，他让人向太史传话说："富贵是人命中注定的事情，谁也不知道是早是晚，请太史再等待我三年，如果还不成功再将女儿嫁给别人。"从此以后他在学业上越发刻苦。

原文

一夜，月明之下，有秀才造谒，白皙短须，细腰长爪。诘所来，自

言："白氏，字于玉。"略与倾谈，豁人心胸，悦之，留同止宿。迟

○豁人心胸：使人心胸开朗。

明欲去，生嘱便道频过。白感其情殷，愿即假馆，约期而别。至日，

○假馆：借宅寄居。馆，房舍。

先一苍头送炊具来，少间，白至，乘骏马如龙。生另舍舍之，白命

○苍头：指奴仆。

○另舍舍之：腾出另外的房间给白生居住。

奴牵马去。遂共晨夕，忻然相得。生视所读书，并非常所见闻，亦

○共晨夕：朝夕相处。

绝无时艺，讶而问之。白笑曰："士各有志，仆非功名中人也。"夜

○时艺：明清时代称科举考试所用的八股文为"时艺"，又称"举子业""四书文"。

每招生饮，出一卷授生，皆吐纳之术，多所不解，因以迂缓置之。

○吐纳之术：旧时方术家养生健身的法术，类似于深呼吸。

○迂缓：迂阔而不切于实用。

译文

有一天夜里，明月之下，有一个秀才前来拜访吴生，这秀才皮肤很是白净，留着短胡须，纤细的腰身，长长的指甲。吴生询问他是从哪里来的，那个秀才自我介绍说："我姓白，字于玉。"他们又稍微地交谈了几句，吴生顿时感到心胸开阔，吴生很是高兴，就留白于玉同住。白于玉等到第二天天亮以后才告辞离开，吴生便叮嘱他要经常过来看望。白于玉感叹吴生的情谊殷切，愿意借住在吴生家里，他们约定了搬家的日期，白于玉就告别了。到了约定那天，先是一个老翁将炊具替白于玉送来，过了一会儿，白于玉骑着一匹像龙一样的骏马来了。吴生另外安排了一间屋子让白于玉住下，白于玉也让仆人将马牵了回去。从此以后，他们二人朝夕相处，非常愉快。吴生看白于玉所读的书，并不是经常见到的书，也没有八股文一类的文章，惊讶地询问他是怎么一回事。白于玉笑着说："每个人都有自己的志向，我不是求考功名的人。"白于玉夜里还经常邀请吴生喝酒，并拿出一卷书给吴生，都是一些养生修炼方面的书籍，吴生大部分都看不懂，因为不合时宜且不实用就将书放置在一边。

原文

他日，谓生曰："曩所授，乃《黄庭》之要道，仙人之梯航。"生笑

○《黄庭》：《黄庭经》。道教经典《上清黄庭内景经》和《上清黄庭外景经》的总称。两书皆以七言歌诀讲述养生修炼的原理。

○梯航：梯子和渡船，借以喻成仙的路径。

曰："仆所急不在此。且求仙者必断绝情缘，使万念俱寂，仆病未

○万念俱寂：所有世俗杂念都归于寂灭。

能也。”白问：“何故？”生以宗嗣为虑。白曰：“胡久不娶？”笑曰：“‘寡人有疾，寡人好色。’”白亦笑曰：“‘王请无好小色’。所好何如？”生具以情告。白疑未必真美，生曰：“此遐迩所共闻，非小生之目贱也。”白微哂而罢。次日，忽促装言别。生凄然与语，刺刺不能休，白乃命童子先负装行，两相依恋。俄见一青蝉鸣落案间，白辞曰：“舆已驾矣，请自此别。如相忆，拂我榻而卧之。”方欲再问，转瞬间，白小如指，翩然跨蝉背上，嘲哳而飞，杳入云中。生乃知其非常人，错愕良久，怅怅自失。

○宗嗣：后代，子嗣。

○遐迩：远近。

○目贱：眼光庸陋，鉴赏力低下。

○嘲哳（zhāo zhā）：象声词。形容声音繁细。此指蝉鸣声。

○错愕：仓皇惊诧。

译文

又过了几天，白于玉对吴生说：“前几天给你的书，讲的都是一些养生修炼的重要原理，是成仙的一个路径呀！”吴生说：“我目前急于得到的并不是这些，况且修仙之人一定要断绝自己的情缘，没有一切杂念，这是我不能够做到的。”白于玉问道：“这是什么缘故呢？”吴生说他要考虑后代的事情。白于玉说：“为何这么大了还不娶妻？”吴生笑着说：“‘寡人有疾，寡人好色。’”白于玉也笑着说：“‘王请无好小色’，你想找一个什么样的美人呢？”吴生就将他与葛太史的约定告诉了他。白于玉怀疑葛太史的女儿也未必真的有那么漂亮，吴生说：“她的美是远近邻舍都知的，并不是我的眼光不行。”白于玉微微一笑，就此作罢。第二天，白于玉忽然整理行李与吴生告别，吴生难过地与他告别，唠唠叨叨恋恋不舍，白于玉让童子背着行李先走，他与吴生依依不舍，突然看见有一只青蝉落在了书案上。白于玉向吴生告辞说：“我的车马已经来了，就在这里分别吧。如果你思念我，就将我的床打扫干净然后睡在上面。”吴生刚想要再询问，一眨眼的时间，白于玉已经变得和手指头一样大小，翩翩然地骑在了青蝉的背上，那青蝉吱吱叫着飞走了，渐渐地消失在蓝天白云之中。吴生这才知道白于玉不是一般人，他惊愕地站在那里很长时间，怅然若失。

原文

逾数日，细雨忽集，思白綦切。视所卧榻，鼠迹碎琐，嘅然扫除，设席即寝。无何，见白家童来相招，忻然从之。俄有桐凤翔集，童捉谓生曰：“黑径难行，可乘此代步。”生虑细小不能胜任，童曰：“试乘之。”生如所请，宽然殊有余地，童亦附其尾上，戛然一声，凌升空际。未几，见一朱门，童先下，扶生亦下。问：“此何所？”曰：“此天门也。”门边有巨虎蹲伏。生骇惧，童一身障之。见处处风景，与世殊异。童导入广寒宫，内以水晶为阶，行人如在镜中。桂树两章，参空合抱，花气随风，香无断际。亭宇皆红窗，时有美人出入，冶容秀骨，旷世并无其俦。童言：“王母宫佳丽尤胜。”然恐主人伺久，不暇留连，导与趋出。

○嘅（kài）然：叹悔的样子。

○桐凤：鸟名。即桐花凤。

○两章：两株。

○参空：言其高，上干云霄。合抱：言其粗，两人合抱。

○亭宇：亭子和房屋。

○俦（chóu）：类。

○王母：古代神话中的王母娘娘。王母娘娘的原型是“西王母”。

译文

过了些日子，有天忽然下起了密集的小雨，吴生非常想念白于玉。他就来到了白于玉住过的房间，看见床上有不少老鼠留下的杂物，就叹息着拿来工具打扫，然后铺上席子就躺在了床上。没多长时间，就看见白于玉家的书童来邀请他，吴生欣然地答应了，跟着书童离开。不一会儿，就看见一群叫桐花凤的小鸟飞了过来，书童捉住一只对吴生说：“天黑路难走，我们可以骑着这小鸟用来代步。”吴生担忧小鸟太瘦小了不能负担他，书童说：“骑上来试一试。”吴生就听从了书童的话骑上了小鸟，小鸟的背部非常宽阔，他骑上去还有富余的地方，书童也骑在了小鸟的尾巴上，只听见戛然一声，小鸟就凌空而起，直接冲上云霄。没一会儿，就看见一座红色的大门，书童先下来，又搀扶着吴生下来。吴生问：“这是什么地方？”书童回答：“这就是天门。”只见天门两边有巨大的老虎蹲伏在那里。吴生非常恐惧，书童用身体作为屏障保护他。吴生看着眼前的风景每一处都和人间有很大不同。书童引导着吴生来到了广寒宫，广寒宫里的台阶都是水晶的，行人走在上面就好像走在镜子里一样。有两棵巨大的桂花树，树冠高达云天，桂花的香气随着风飘来，连绵不断。这里的楼阁亭子都是朱红色的窗户，不时地有美女进进出出，每一个都容貌妖艳，是举世无双的美人。书童说：“王母宫中的宫女比这里的还要漂亮。”书童害怕白于玉等的时间长了，不敢多做停留，急忙引导着吴生快步走了出来。

原文

移时，见白生候于门，握手入。见檐外清水白沙，涓涓流溢，玉砌雕阑，殆疑桂阙。甫坐，即有二八妖鬟，来荐香茗。少间，命酌。有四丽人，敛衽鸣珰，给事左右。才觉背上微痒，丽人即纤指长甲，探衣代搔。生觉心神摇曳，罔所安顿。既而微醺，渐不自持。笑顾丽人，兜搭与语，美人辄笑避。白令度曲侑觞。一衣绛绡者，引爵向客，便即筵前，宛转清歌。诸丽者笙管敖曹，呜呜杂和。既阕，一衣翠裳者，亦酌亦歌。尚有一紫衣人，与一淡白软绡者，吃吃笑，暗中互让不肯前。白令一酌一唱。紫衣人便来把盏。生托接杯，戏挠纤腕，女笑失手，酒杯倾堕。白谯诃之。女拾杯含笑，俯首细语云：“冷如鬼手馨，强来捉人臂。”白大笑，罚

○桂阙：即月宫。因相传月中有桂树。

○荐香茗：请喝香茶。

○给事左右：在旁边供役使，侍奉。

○敛衽鸣珰：谓近前行礼。敛衽，整敛衣襟。妇女行拜礼的动作，即对客人致敬。鸣珰，走动时腰间玉饰相碰击，琅琅作响。

○兜搭：搭讪。

○度曲侑（yòu）觞（shāng）：唱曲劝酒。

○引爵：斟酒。

○绡：生丝织物。

○敖曹：声音喧闹。

○呜呜杂和：伴唱者叠声相和。呜呜，拖着长腔。

○既阕：乐章结束。既，过去时。

○吃吃：忍笑声。

○谯（qiào）诃：申斥。

○“冷如鬼手馨（xīn）”二句：手凉得像鬼手，硬要来抓人的胳臂。

令自歌且舞。舞已，衣淡白者又飞一觥。生辞不能釂，女捧酒有愧

○飞一觥（gōng）：飞快地斟满一杯。飞觥，通常叫“飞觞”，对方刚刚饮完前杯，又急速为之斟上，意在让对方多饮。

色，乃强饮之。细视四女，风致翩翩，无一非绝世者。遽谓主人曰：

○翩翩：形容风采美好超逸。

“人间尤物，仆求一而难之，君集群芳，能令我真个销魂否？”白笑

○尤物：本指特异超俗的人或物，后多指绝色美女。

○群芳：群花，喻成群的美女。

曰：“足下意中自有佳人，此何足当巨眼之顾？”生曰：“吾今乃知所

○巨眼：眼光高，识见超卓。恭维别人有眼力的说法。

见之不广也。”白乃尽招诸女，俾自择，生颠倒不能自决。白以紫

○颠倒：翻来覆去。这里指看花了眼。

衣人有把臂之好，遂使襆被奉客。既而衾枕之爱，极尽绸缪。生索

○襆（fú）被奉客：准备好被褥去伺候客人。襆被，用包袱束裹衣被。

赠，女脱金腕钏付之。

○金腕钏：金手镯。

译文

过了片刻，就看见白于玉等候在门前迎接，吴生与他拉着手走了进去。吴生看见屋檐下是清澈的流水，干净的白沙，水流涓涓，用玉石雕刻的围栏，简直让人怀疑这就是天上的桂宫。刚一落座，就有美丽的女子送上香茶。不一会儿，白于玉又让人摆上酒席。接着有四个美人整理衣襟恭敬地行礼，环佩叮当作响，在他们身边伺候着。吴生刚刚觉得背上有点痒，就有美女已经将长有长指甲的纤纤玉手探进他的衣服里轻轻地为他搔痒。吴生不知不觉心神摇荡，一时间无法平静。不一会儿就感觉有些喝醉了，渐渐地不能控制自己，笑着看着那些美人，与她们搭讪着说些玩笑话，美人们都是笑着回避他。白于玉让美人们唱些歌曲来助助兴。有一个穿着红色纱衣的美女，一边拿着酒杯劝客人喝酒，一边又在席间唱着婉转动听的曲子。其余的美人们用各种乐器为她伴奏，伴奏与她的曲声相和。这一曲唱罢，又有一个穿着翠绿色衣服的美人，一边向客人劝酒，一边歌唱。还有一个穿着紫色衣服的美人，与一个穿着淡白色纱衣的美女，在一边哧哧地笑着，暗地里互相退让，不肯向前劝酒。白于玉命令她们一个敬酒一个唱歌。紫衣美人便拿着酒杯过来敬酒。吴生在接酒杯的时候，用手偷偷地挠了一下她的手腕，紫衣美女被挠笑了，失手将酒杯掉到了地上。白于玉训斥了她。紫衣美女笑着捡起了酒杯，低着头轻声地对吴生说：“你的手冷得就像鬼一样，却强行来抓人的手臂。”

白于玉听了大笑，惩罚紫衣美女边唱歌边跳舞。一舞完毕，穿着淡白色纱衣的女子很快又为吴生倒了一杯酒。吴生推辞说喝不下去了，白衣美女拿着酒杯一脸羞愧的模样，吴生就勉强喝了下去。他醉眼蒙眬地仔细端详这四个美女，每一个都风度翩翩，都是世间少有的绝代佳人。吴生忽然对白于玉说："人间的美女，我求得一个都已经很是困难，你这里有这么多绝代佳人，能让我体验一下吗？"白于玉笑着说："你不是心中有了满意的佳人了吗？这些美女怎么能够让你看上眼呢？"吴生说："我今天才知道我的见识是如此狭窄呀！"于是白于玉将美人们都召集到吴生的面前，让他自己选择。吴生觉得这个也好那个也好，一时间不知如何决定。白于玉认为紫衣美女与吴生有持握手臂的缘分，于是就让她侍奉客人。两个人很快无比缠绵。吴生向紫衣美女索要一件信物，美女将手腕上的金手镯摘下来送给他。

原文

忽童入曰："仙凡路殊，君宜即去。"女急起遁去。生问主人，童曰："早诣待漏，去时嘱送客耳。"生怅然从之，复寻旧途。将及门，回视童子，不知何时已去。虎哮骤起，生惊窜而去。望之无底，而足已奔堕。一惊而寤，则朝暾已红。方将振衣，有物腻然堕褥间，视之，钏也。心益异之。由是前念灰冷，每欲寻赤松游，而尚以胤续为忧。

○待漏：百官需要在黎明时分入朝，等待朝见皇帝。这里指等待朝见玉帝。漏，计时器。传世的漏壶为铜制，分播水壶、受水壶两部分。

○朝暾（tūn）：朝阳。

○寤（wù）：醒。

○振衣：抖动衣服。起床的动作。

○腻然：细柔滑润的感觉。

○赤松：赤松子，传说中的仙人。为神农时雨师，服水玉以教神农，能入火不烧。后至昆仑山，常入西王母石室，随风雨上下。

译文

忽然白于玉的书童进来说道："仙界与人间道路不同，请您即刻回家。"紫衣美女听后急忙起床，匆匆离开。吴生询问书童白于玉去哪里了，书童说："早去上朝了，离开的时候叮嘱我送您。"吴生怅然若失，只好跟随书童顺着来时的路往回走。将要到达天门的时候，吴生回头一看，书童不知道什么时候已经离开了。门旁蹲伏的老虎呼啸着突然朝他扑来，吴生惊慌失措地逃窜，脚下是不见底的深渊，而他想要停下来却来不及了，失足掉入了深渊。吴生被惊吓得从梦里惊醒，一睁眼，太阳已经红彤彤的了，他拿起衣服，有一个东西滑了下来，掉在了褥子上。吴生捡起来一看，正是紫衣美女送给他的那只金镯子。吴生越发感到惊奇了。从此以后，他想要考取功名、迎娶葛太史女儿的这些念头渐渐冷却了下来，经常想要四处云游寻访仙人，但是他还是为传宗接代这件事感到担忧。

原文

过十余月，昼寝方酣，梦紫衣姬自外至，怀中绷婴儿曰："此君骨肉。天上难留此物，敬持送君。"乃寝诸床，牵衣覆之，匆匆欲去。生强与为欢，乃曰："前一度为合卺，今一度为永诀，百年夫妇，尽于此矣。君倘有志，或有见期。"生醒，见婴儿卧襆褥间，绷以告母。母喜，佣媪哺之，取名梦仙。

○绷：束裹小儿的布幅，即襁褓。这里意思是用布幅束裹着。

○有志：指有志于修炼成仙。

译文

就这样过了十个多月，有天白天，吴生正在酣睡，梦见紫衣美女从屋子外面进来，怀里抱着一个婴儿说："这是你的亲生骨肉，天上难以留住这个孩子，只好把他抱来给你抚养。"于是，她将婴儿放在床上，拿起衣服盖在孩子身上，急匆匆地就要离开。吴生强行拉住了她。紫衣美女说："前一次同床是新婚，这一次同床是永别，我们的夫妻情谊就到此结束了。倘若你能够修炼成仙，或许我们还有再见的时候。"吴生醒来以后，看见有一个婴儿躺在被褥之中，就抱起婴儿去见母亲。母亲看见婴儿十分欢喜，就雇了一个乳母来喂养他，并且给他取了一个名字叫"梦仙"。

原文

生于是使人告太史，身己将隐，令别择良匹。太史不肯，生固以为辞。太史告女，女曰：“远近无不知儿身许吴郎矣，今改之，是二天也。”因以此意告生。生曰：“我不但无志于功名，兼绝情于燕好。所以不即入山者，徒以有老母在。”太史又以商女，女曰：“吴郎贫，我甘其藜藿；吴郎去，我事其姑嫜。定不他适。”使人三四返，迄无成谋，遂诹日备车马妆奁，嫔于生家。生感其贤，敬爱臻至。女事姑孝，曲意承顺，过贫家女。逾二年，母亡，女质奁作具，罔不尽礼。生曰：“得卿如此，吾何忧！顾念一人得道，拔宅飞升。余将远逝，一切付之于卿。”女坦然，殊不挽留，生遂去。

○身己：自己，自身。

○良匹：佳偶。

○二天：两个丈夫。

○燕好：男女之情，夫妻之爱。

○藜藿：藜与藿，贫者所食的两种野菜。喻贫穷的生活。

○姑嫜（zhāng）：古代妻子对丈夫的母亲和父亲的称呼。

○成谋：成议，协议。

○诹（zōu）日：选择吉日。诹，咨询。

○嫔（pín）：新妇嫁往夫家，俗称“过门”。此句谓吴生未行亲迎之礼，太史主动送女完婚。

○质奁（lián）作具：典押妆奁，为婆母治葬具。

○一人得道，拔宅飞升：一人成仙得道，全家都升天仙去。

○远逝：远去，谓求仙。逝，往。

译文

吴生让人转告葛太史，说自己将要隐退，不再考功名，让他为女儿另外选择一个良婿。葛太史不同意，吴生再三想要解除婚约。葛太史将吴生的话告诉了女儿，葛女说道：“远近的人们没有人不知道我已经许配给了吴生，如今若要改嫁他人，就是嫁了二夫了。”葛太史又把女儿的话告诉了吴生。吴生说：“我如今不但对于功名没有什么兴趣，而且也对男女之情没有兴趣，之所以还没有马上进入山林隐居，是因为还有老母亲健在。”葛太史于是又去和女儿商量，葛女说：“吴郎贫穷，我心甘情愿和他吃糠咽菜；吴郎离开家里，我伺候他的父母，我定然不会另嫁给别人。”就这样让人传了三四回的消息，一直没有商量妥当。于是葛太史选择了一个吉日，准备好车马与嫁妆，将女儿嫁到了吴生家。吴生感动于葛女的贤惠，十分敬重她。葛女伺候婆母诚心诚意，百依百顺，比一般人家出身的女子做得还要好。又过了两年，吴生的母亲去世了，葛女典卖了自己的嫁妆为婆母购置了丧葬的用品，各个方面都尽到了礼节。吴生说："有你这样贤惠的妻子，我还有什么可以担忧的。我顾念有朝一日能够得道成仙，全家都能够飞升成仙。我就要离家远行了，家里的一切都托付于你了。"葛女坦然地接受了这一切，没有丝毫挽留，于是吴生就离开了家。

原文

女外理生计，内训孤儿，井井有法。梦仙渐长，聪慧绝伦。十四岁，以神童领乡荐，十五入翰林。每褒封，不知母姓氏，封葛母一人而已。值霜露之辰，辄问父所，母具告之，遂欲弃官往寻。母曰："汝父出家，今已十有余年，想已仙去，何处可寻？"后奉旨祭南岳，中途遇寇。窘急中，一道人仗剑入，寇尽披靡，围始解。德之，馈以金，不受。出书一函，付嘱曰："余有故人，与大人同里，烦一致寒暄。"问："何姓名？"答曰："王林。"因忆村中无此名，道士曰："草野微贱，贵官自不识耳。"临行，出一金钏曰："此闺阁物，道人拾此，无所用处，即以奉报。"视之，嵌镂精绝，怀归以授夫人。夫人爱之，命良工依式配造，终不及其精巧。

○训：教导，教诲。

○井井：有条理的样子。

○以神童领乡荐：谓以儿童身份参加乡试中举，如古之应神童举。

○褒封：褒奖、册封。

○霜露之辰：父母先人的生日。后因以"霜露之辰"指对于父母的怀念。

○南岳：湖南衡山。汉宣帝时曾定安徽天柱山为南岳，后改定湖南衡山为南岳，相沿至今。

译文

吴生离开后，葛女在外操持家里的生计，在内教导养育儿子，一切都整治得井井有条。梦仙渐渐长大了，聪慧绝伦，被人们称为“神童”，十四岁的时候就中了举人，十五岁的时候就做了翰林。每次朝廷对他进行封赐的时候，不知道他的生母是谁，只能封葛氏母亲一个人。有次祭祀先人的时候，梦仙就询问葛氏他的父亲在什么地方，母亲就将一切告诉了梦仙，于是梦仙就想要辞掉官职去寻找父亲。母亲说：“你的父亲离开家已经有十多年了，想来早已成为神仙离开人间，你要到哪里去寻找他呢？”后来梦仙奉皇帝的旨意前往南岳去祭祀，在途中遭遇了一伙强盗。正在十分危急的时候，有一个道人拿着剑加入进来，强盗被打得落荒而逃， 这才解了梦仙的围。梦仙十分感激道人的恩情，赠送给他金银，道士没有接受，而是拿出来一封书信，交给梦仙并且叮嘱他说：“我有一个老朋友，和你是老乡，劳烦你代我向他问好。”梦仙问：“你的朋友叫什么名字？”道士回答说：“王林。”梦仙思来想去也记不起村中有谁叫这个名字。道士说：“他就是个平民百姓，大人你自然不认识他。”道士临走的时候，拿出一个金手镯说：“这是闺阁女子所用的东西，我捡到了它也没有什么用处，就把它送给你吧。”梦仙接过手镯仔细一看，雕刻得十分精细，上面的镶嵌也十分精美，就将它带回去送给了夫人。他的夫人十分喜爱这只手镯，让手艺精湛的工匠依照这只手镯的样式再打造一只配成一对，但是打造得始终不如这一只精巧。

原文

遍问村中，并无王林其人者。私发其函，上云：“三年鸾凤，分拆各天。葬母教子，端赖卿贤。无以报德，奉药一丸。剖而食之，可以成仙。”后书“琳娘夫人妆次”。读毕，不解何人，持以告母。母执书以泣，曰：“此汝父家报也。琳，我小字。”始恍然悟“王林”为拆白谜也，悔恨不已。又以钏示母，母曰：“此汝

○发：拆开。

○各天：各在天之一方。

○端赖卿贤：确实仰赖夫人贤慧。端，实在。

○妆次：意思是奉达妆台左右。旧时致平辈妇女书信的一种敬语格式。

○家报：家信。

○拆白谜：又叫“拆白道字”。用离析字形来说话表意的一种修辞格式。因为所拆字夹杂在语句中间需要辨测，近于谜语，所以叫“拆白谜”。

母遗物。而翁在家时，尝以相示。”又视丸，如豆大。喜曰：“我父仙人，啖此必能长生。”母不遽吞，受而藏之。会葛太史来视甥，女诵吴生书，便进丹药为寿。太史剖而分食之。顷刻，精神焕发。太史时年七旬，龙钟颇甚，忽觉筋力溢于肤革，遂弃舆而步，其行健速，家人坌息始能及焉。

○而翁：同“尔翁”，你父亲。

○诵：念，口述。

○甥：女儿的子女。

○龙钟：身体衰惫、步履蹇滞的样子。

○坌（bèn）息：呼吸急促，喘粗气。此谓急行气促。坌，喷涌。

译文

梦仙回到了村里问遍了村里的人，村里并没有人叫王林。于是梦仙就私自打开了那封信，信上说：“三年的夫妻生活，如今却天各一方。埋葬母亲教辅儿子，全都仰赖你的贤惠，我无法来报答你的恩德。奉送你药丸一颗，剖开它食用就可以成为神仙。”书信的落款是：“琳娘夫人妆次”。梦仙读完信以后，也不知道信到底是写给谁的。就拿着这封信去找母亲询问。母亲看过这封信以后就哭了，说道：“这是你父亲写的家书呀，琳，是我的小名。”直到这时，梦仙才恍然大悟，“王林”原来是“琳”字的字谜。梦仙对自己没有认出父亲并且与他相认，心中悔恨得不得了。梦仙又将金手镯拿出来给母亲看，母亲说：“这个是你生母的遗物，你父亲在家时，曾经拿出来给我看过。”梦仙又看了看药丸，像黄豆大小，他欢喜地说：“我的父亲是仙人，吃了这药丸一定能长生不老。”母亲没有立刻将药丸吞食，只是接过来将它仔细收藏好。等到葛太史来看望外孙梦仙的时候，葛女将吴生的来信读给葛太史，并将那颗长生不老药给了父亲为他添寿。葛太史将药丸一分为二，与葛女分着吃了。刚刚吃完药丸，他们就感到精神焕发。这时葛太史七十多岁，已经老态龙钟了，忽然发觉全身的筋骨都充满了活力，于是舍弃了马车开始走路，他走路的速度很快，家人小跑得气喘吁吁才能跟上他。

原文

逾年，都城有回禄之灾，火终日不熄。夜不敢寐，毕集庭中。

○回禄之灾：火灾。回禄，我国古代神话中的火神。

见火势拉杂，寖及邻舍。一家徊徨，不知所计。忽夫人臂上金

○拉杂：混乱，无条理。○寖（jìn）：浸渍，渐及。○徊徨：徘徊，彷徨。

钏，戛然有声，脱臂飞去。望之，大可数亩，团覆宅上，形如

月阑，钏口降东南隅，历历可见。众大愕。俄顷，火自西来，

○降：坠落。

近阑则斜越而东。迨火势既远，窃意钏亡不可复得，忽见红光

○迨：等到。

乍敛，钏铮然堕足下。都中延烧民舍数万间，左右前后，并为灰烬，独吴第无恙，惟东南一小阁，化为乌有，即钏口漏覆处也。葛母年五十余，或见之，犹似二十许人。

译文

第二年，城里发生了火灾，大火燃烧了一整天都没有熄灭。梦仙的家人不敢睡觉，都聚集在院子里，只见火势越来越大，已经快要蔓延到邻居家里了，一家人只能着急地走来走去，一点办法都没有。忽然，梦仙夫人胳膊上戴着的金镯子戛然作响，脱离了夫人的胳膊飞了出去。人们的目光跟随着金镯子望去，那个金镯子变得有几亩地那么大，将吴家的宅子都覆盖进去，形状就好像月晕一样，镯子的开口方向面对着东南一方。人们将发生的一切都看得清清楚楚，他们都感到十分的惊愕。不一会儿，大火从西面烧来，大火靠近镯子的光晕就斜着越过转向了东面。等到火势烧的离吴宅越来越远，人们都以为这金镯子已经不能回来的时候，忽然看见一道红光收敛起来，金镯子发出"当啷"一声响，掉在了梦仙夫人的脚边。这次大火将城中的房屋烧毁了几万间，吴家前后左右的房屋都被烧成了灰烬，唯独吴家的宅子安然无恙，只有东南处的一个小阁楼被烧成了灰烬，那个方向正好是金镯子的开口处没有覆盖住的地方。葛氏已经五十多岁了，见过她的人，都觉得她还像二十多岁的人一样年轻。

【夜叉国】

原文

交州徐姓，泛海为贾，忽被大风吹去。开眼至一处，深山苍莽。冀有居人，遂缆船而登，负糗腊焉。方入，见两崖皆洞口，密如蜂房，内隐有人声。至洞外，伫足一窥，中有夜叉二，牙森列戟，目闪双灯，爪劈生鹿而食。惊散魂魄，急欲奔下，则夜叉已顾见之，辍食执入。二物相语，如鸟兽鸣。争裂徐衣，似欲啖啖。徐大惧，取橐中糗糒，并牛脯进之。分啖甚美，复翻徐橐。徐摇手以示其无。夜叉怒，又执之。徐哀之曰："释我。我舟中有釜甑，可烹饪。"夜叉不解其语，仍怒。徐再与手语，夜叉似微解。从至舟，取具入洞，束薪燃火，煮其残鹿，熟而献之。二物啖之喜。夜以巨石杜门，似恐徐遁。徐曲体遥卧，深惧不免。

○交州：古地名。汉武帝元封五年（前106）设置十三州部之一，辖五岭以南，今越南北部、中部及我国广东、广西的地域。

○苍莽：苍翠深远的样子。

○糗（qiǔ）腊（xī）：干粮和干肉。"糗"是用炒熟的米麦捣成的细粉，"腊"是晒干的肉。

○牙森列戟：牙齿森然像排列的长戟。形容牙齿密长尖利，露出唇外。森，繁密。

○糒（bèi）：义同"糗"，干粮。

○釜甑（zèng）：煮饭的锅和蒸笼。甑，古代瓦制煮器，相当于后代以竹木制作的蒸笼。

○手语：作手势语。用双手比画示意，以交流思想。

○具：指釜甑等炊具。

○啖（dàn）：吃。

○杜门：把门堵上。杜，堵塞。

○曲体：即屈体。

○不免：不免被吃掉。

译文

交州有个姓徐的人，他漂洋过海去远方做买卖。有次忽然在海上遭遇了大风，船不知道被吹到了什么地方。等他睁开眼睛时，船已经停靠在一处岸边，这里是苍莽的深山老林。徐某希望这里有人居住，于是就将船拴在岸边登上了岸，身上背着干粮与干肉。刚一进入深山，就看见两边的悬崖上面都是大大小小的洞口，密密麻麻的就好像蜂房似的。里面隐隐约约能听到有人说话的声音。徐某来到了一个洞口处，停下脚步向洞里看去，洞里面有两个夜叉，牙齿森然好像一排排剑戟，两只眼睛就像闪烁着的灯笼一样，正在用爪子劈开一只活鹿吃。徐某看见此情景，被吓得魂飞魄散，急忙朝山下跑去。但是夜叉已经看见了他，马上停止了进食鹿肉，将他抓进了洞中。两个夜叉相互之间说着话，就好像鸟兽的叫声，他们争相撕扯着徐某的衣服，就好像要将他吃到肚子里一样。徐某非常恐惧，急忙将背在身上的干粮拿了出来，并且和肉干一起送给夜叉们吃。两个夜叉将东西分着吃了，觉得味道很是美味。于是他们又去翻徐某的背囊。徐某摇摇手，表示已经没有东西了。夜叉大怒，就又来抓徐某。徐某哀求他们说："放了我，我的船上有锅，可以为你们煮菜。"两个夜叉听不明白徐某在说什么，依然怒气冲冲。徐某只好又用手势比划了一番，夜叉们好像稍稍明白了一点。于是，两个夜叉跟着徐某来到了船上，将炊具取来拿到了山洞中。徐某取来柴火点火，用锅将夜叉们没吃完的鹿肉煮熟，然后拿给他们。两个夜叉吃了鹿肉十分高兴。到了夜里，夜叉用一块大石头将洞口堵住，好像害怕徐某逃跑一样。徐某蜷缩着身体，在离夜叉很远的地方躺了下来，他深深地恐惧，觉得自己最后难免一死。

原文

天明，二物出，又杜之。少顷，携一鹿来付徐。徐剥革，于深洞处流水，汲煮数釜。俄有数夜叉至，群集吞啖讫，共指釜，似嫌其小。过三四日，一夜叉负一大釜来，似人所常用者。于是群夜叉各致狼麋。既熟，呼徐同啖。居数日，夜叉渐与徐熟，出亦不施禁锢，聚处如家人。徐渐能察声知意，辄效其音，为夜叉语。夜叉益悦，携一雌来妻徐。徐初畏惧，莫敢伸，雌自开其股就徐，徐乃与交。雌大欢悦。每留肉饵徐，若琴瑟之好。

○革：兽皮。

○各致狼麋（mí）：各自送来些狼和麋鹿之类猎物。致，送。麋，麋鹿。

○若琴瑟之好：像夫妻那样亲密。

译文

天明以后，两个夜叉出去了，走的时候又将洞口用大石头堵住了。过了片刻，他们带回来一只鹿交给了徐某。徐某将鹿皮剥了下来，又到洞深处打来了水，煮了好几锅肉。不一会儿，又有好几个夜叉来到了这里，他们聚集在一起吞食着锅里煮熟的鹿肉，他们吃完后，一起用手指着锅，似乎是嫌弃锅太小了。又过了三四天，有个夜叉背来了一口大锅，这锅就好像我们人类平常使用的那种。自此以后，夜叉们经常将从各处获得的鹿或者狼拿来让徐某烹煮，并且招呼徐某一起吃。徐某就这样与他们住了几天，夜叉们渐渐与徐某熟悉了，出门的时候也不再用大石头堵着洞口了，他们就像家人一样相处。徐某慢慢地能够根据夜叉发出的声音理解他们的意思，也能够模仿夜叉们说话的声音，说些“夜叉语”。夜叉们愈发高兴，带来一个母夜叉给徐某做妻子。一开始的时候徐某在母夜叉的面前很是畏惧，后来母夜叉主动向徐某求爱，徐某就和她做了夫妻。母夜叉十分高兴，她经常留一些肉给徐某吃，他们就像恩爱的夫妻一样。

原文

一日，诸夜叉早起，项下各挂明珠一串，更番出门，若伺贵客状。命徐多煮肉。徐以问雌，雌云：“此天寿节。”雌出谓众夜叉曰：“徐郎无骨突子。”众各摘其五，并付雌，雌又自解十枚，共得五十之数，以野苎为绳，穿挂徐项。徐视之，一珠可直百十金。俄顷俱出。徐煮肉毕，雌来邀去，云：“接天王。”至一大洞，广阔数亩，中有石，滑平如几，四围俱有石座，上一座蒙一豹革，余皆以鹿。夜叉二三十辈，列坐满中。少顷，大风扬尘，张皇都出。见一巨物

○明珠：夜明珠，一种名贵珍珠，传说夜间放光。

○更番：轮班。

○天寿节：此指夜叉王的生日。

○骨突子：圆形杖头，即朝廷仪仗中的金瓜。珍珠圆形与之相似，所以夜叉们称之为“骨突子”。

○野苎（zhù）：野生的苎麻。

来，亦类夜叉状，竟奔入洞，踞坐鹗顾。群随入，东西列立，悉仰其首，以双臂作十字交。大夜叉按头点视，问：“卧眉山众，尽于此乎？”群哄应之。顾徐曰：“此何来？”雌以婿对。众又赞其烹调，即有二三夜叉，奔取熟肉陈几上。大夜叉掬啖尽饱，极赞嘉美，且责常供。又顾徐云：“骨突子何短？”众白：“初来未备。”物于项上摘取珠串，脱十枚付之。俱大如指顶，圆如弹丸。雌急接，代徐穿挂，徐亦交臂作夜叉语谢之。物乃去，蹑风而行，其疾如飞。众始享其余食而散。

○踞坐鹗顾：叉开两腿坐着，用雀鹰般的目光左右顾视。踞坐，坐时两腿伸直、叉开，是一种傲慢尊大的坐态。鹗，雀鹰，一种猛禽。目光锐利凶狠，停落时经常转睛顾盼。

○卧眉山众：据后文，大概是指夜叉国的领地内的成员。“卧眉山”为蒲松龄杜撰之词。

○指顶：做针线活时戴在手指上的环状工具。

○蹑：踩。

译文

有一天，夜叉们很早就都起床了，每个夜叉的脖子上都戴着一串明珠，他们轮番走出了山洞，就像要迎接什么贵客一样。夜叉命令徐某多煮一些肉。徐某询问母夜叉到底是怎么一回事，母夜叉说：“今天是夜叉王的生日。”说完以后母夜叉走了出去，对着夜叉们说道：“徐郎没有骨突子。”于是每个夜叉都从珠串上解下来五颗珠子交给了母夜叉，母夜叉又从自己的珠串上解下了十颗珠子，一共得到了五十颗珠子。母夜叉用野苎麻撮成绳子，将珠子穿了起来挂在了徐某的脖子上。徐某一看，一颗珠子就能卖到百十两银子。不一会儿，全体的夜叉都出去了，徐某已经将肉煮好了。母夜叉来邀请徐某一同过去，说：“快点去迎接大王。”徐某跟着夜叉们来到了一个大洞，这个洞非常宽阔，有好几亩地那么大，洞中间有块大石头，光滑得就好像案几一样，巨石的周围都是石座，上首的石座上铺着一张豹子皮，其余的石座铺的都是鹿皮。有二三十个夜叉围坐成一圈。不一会儿，只听见风声呼呼，尘土飞扬，夜叉们都惊慌地跑出去迎接。徐某只看见一个巨大的怪物，长得和夜叉差不多模样，径直地奔入洞中，那大夜叉蹲坐在上首的豹皮座位上，用雀鹰一般的目光左右环顾着看了一圈。夜叉们也跟着大夜叉进入了洞中，分东西两列排着站好，每个夜叉都昂着头，双臂交叉成十字向夜叉王行礼，大夜叉按照人头点名查看，问道："卧眉山上的所有人都在这里了吗？"众夜叉乱哄哄地应答着。大夜叉看见了徐某，于是问道："这人是从什么地方来的？"母夜叉应对说是自己的丈夫。众夜叉又称赞徐某烹调的手艺，立刻就有两三个夜叉跑了出去，将徐某煮好的肉取来放在大石头上。大夜叉用手撕扯着吃肉，饱餐了一顿，他极力夸赞肉的味道如此鲜美，并且命令徐某以后要经常供奉。大夜叉又看了看徐某说："你的骨突子为什么这么短？"夜叉们替他回答说："他刚来不久，还没有为他准备。"于是大夜叉从脖子上拿下珠串，摘下来十颗珠子给了徐某。这十颗珠子每一个都有做针线活的指顶那么大，像弹丸一样圆圆的。母夜叉急忙将珠子接了过来，代替徐某将珠子穿在珠串上，然后又挂在脖子上。徐某也像夜叉们一样两臂相交成十字向大夜叉行礼，用夜叉语表示感谢。大夜叉起身离开了，他是驾着风离开的，速度快得像飞一样。大夜叉走了以后，众夜叉将剩下的熟肉吃了个干净以后就散去了。

原文

居四年余，雌忽产，一胎而生二雄一雌，皆人形，不类其母。众夜叉皆喜其子，辄共拊弄。一日，皆出攫食，惟徐独坐。忽别洞来一雌，欲与徐私，徐不肯。夜叉怒，扑徐踣地上。徐妻自外至，暴怒相搏，龁断其耳。少顷，其雄亦归，解释令去。自此雌每守徐，动息不相离。又三年，子女俱能行步。徐辄教以人言，渐能语，啁啾之中，有人气焉。虽童也，而奔山如履坦途。与徐依依有父子意。

○拊弄：抚弄。拊，同"抚"。

○踣（bó）：仆倒。

○龁（hé）：咬。

○啁啾（zhōu jiū）：鸟鸣声。这里形容夜叉的语音。

○有人气：有人类语言的味道。气，气息。

○依依：依恋亲近的样子。

译文

徐某在这里居住了四年多，母夜叉忽然生了，她一胎生下了两个男孩一个女孩，都是人的样子，和他们的母亲不相像。夜叉们都非常喜欢他们的孩子，经常聚在一起逗弄他们。有一天，夜叉们都出门打猎去了，只剩下徐某自己在洞里坐着。忽然别的洞中的一个母夜叉过来了，想要和徐某私通。徐某不肯，那个母夜叉十分恼怒，将徐某扑倒在地上。正好徐某的妻子从外面回来了，看到这一场景暴跳如雷，她冲上去与那个母夜叉搏斗起来，一口咬断了那个母夜叉的耳朵。不一会儿，那个母夜叉的丈夫也回来了，将事情解释清楚，母夜叉就将他们赶了出去。从这以后，母夜叉每天都守在徐某身边，一刻也不离开。又过了三年，徐某的孩子都学会了走路，于是徐某教他们学习人类的语言，渐渐地三个孩子都能够说一些，孩子们在咿咿呀呀中分明有着人类的气息。虽然这三个孩子年龄还小，但是登山就好像是走平地一样。他们跟徐某很亲近，很有父子情义。

原文

一日，雌与一子一女出，半日不归。而北风大作，徐恻然念故乡，携子至海岸，见故舟犹存，谋与同归。子欲告母，徐止之。父子登舟，一昼夜达交。至家，妻已醮。出珠二枚，售金盈兆，家颇丰。子取名彪，十四五岁，能举百钧，粗莽好斗。交帅见而奇之，以为千总。值边乱，所向有功。十八为副将。

○恻然：凄恻的样子。

○醮（jiào）：改嫁。

○盈兆：极言其多。兆，古代以十万为亿，十亿为兆。一兆是一百万，也就是一千贯。

○百钧：极言其重。钧，古代重量单位。三十斤为一钧。

○交帅：交州的军事首脑。明清时代提督以下管辖一方的驻军长官是总兵，帅即指此。

○千总：武官名。明嘉靖间置。明代后期职权日轻，至清为武职下级，位次于守备。

译文

有一天，母夜叉带着一个儿子和一个女儿出去了，半天没有回来。恰好当天刮着北风，徐某悲伤地思念起故乡来，他带着另一个儿子来到了岸边，见他当年来时的船还在岸边停泊，就和儿子商量着一起回到故乡去。儿子想要去告诉母亲，徐某制止了他。他们父子二人登上了船，一天一夜就到了交州。徐某回到家时，妻子已经改嫁了。徐某卖了两颗珠子，得了很多很多钱，因而家里十分富裕。徐某给儿子取名叫作徐彪。十四五岁的时候，徐彪就能举起千斤重的东西，并且他的性情粗鲁好斗。交州的驻军主帅看见他以后很是惊奇，就让他做了千总。那时候正赶上边疆发生叛乱，徐彪每次打仗都所向披靡，立有战功。十八岁的时候，徐彪就升职成为了副将。

原文

时一商泛海，亦遭风飘至卧眉。方登岸，见一少年，视之而惊。知为中国人，便问居里。商以告。少年曳入幽谷一小石洞，洞外皆丛棘，且嘱勿出。去移时，挟鹿肉来啖商。自言："父亦交人。"商问之，而知为徐，商在客中尝识之。因曰："我故人也。今其子为副将。"少年不解何名，商曰："此中国之官名。"又问："何以为官？"曰："出则舆马，入则高堂；上一呼而下百诺；见者侧目视，侧足立：此名为官。"少年甚歆动。商曰："既尊君在交，何久淹此？"少年以情告。商劝南旋，曰："余亦常作是念。但母非中国人，言貌殊异，且同类觉之，必见残害，用是辗转。"乃出曰："待北风起，我来送汝行。烦于父兄处，寄一耗问。"商伏洞中几半年。时自棘中外窥，见山中辄有夜叉往还，大惧，不敢少动。一日，北风策策，少年忽至，引与急窜，嘱曰："所言勿忘却。"商应之。又以肉置几上，商乃归。

○侧目视，侧足立：形容因畏惧而不敢正视，不敢对面站立。

○甚歆（xīn）动：很羡慕，很动心。

○尊君：令尊。敬称别人的父亲。

○淹：淹留，滞留。

○南旋：南归交州。旋，还，归。

○用是辗转：因此反复未定。用，因为。辗转，形容思虑之深。

○耗问：音讯，消息。

○策策：象声词。

译文

当时，有一个商人出海做生意，也遭受到了风暴漂到了卧眉山的岸边。刚一登上岸，就看见了一个少年，少年看见商人大吃一惊。少年知道商人是中国人，就询问他的故乡在哪里。商人就告诉了他。少年将商人拽入了幽谷中的一个小石洞里，洞的外面长满了荆棘，并且叮嘱商人一定不要出去。少年离开一会儿就回来了，他拿来一些鹿肉给商人吃。少年说："我的父亲也是交州人。"商人又仔细询问了一下，这才知道少年的父亲就是徐某，商人在做生意的时候结识了他。因而他对少年说："你父亲是我的老朋友，他的儿子现在已经是副将了。"少年不知道"副将"是什么意思，商人说："这是中国的官名。"少年又问："那什么叫官?"商人回答说："出门的时候乘坐马车，进门的时候端坐在高堂之上；他在上面呼喊一声，下面就有百人一起应和；别的人看见他都不敢正视，也不敢与他面对着站立，这就是官。"少年听了以后非常羡慕动心。商人说："既然你的父亲在交州，你为什么要这么长时间都留在这个地方呢?"少年就将实际情况告诉了商人。商人于是劝说少年南下回到交州，少年说："我也经常有这样的想法，但是我的母亲并不是中国人，说话和长相都与中国人有很大的差异，况且这件事被同类察觉了，一定会残害我们，于是犹豫不决，一直没有拿定主意。"说完少年就走了，在出洞之前对商人说："等待刮起北风的时候，我就来为你送行。劳烦你到我父亲和哥哥那里，为我捎个口信。"商人在洞里藏了快半年的时间，他时常从洞口的荆棘丛中向外偷看，看见山里有许多夜叉来来往往，商人十分害怕，吓得一动也不敢动。有一天，北风呼呼吹着，少年忽然来到洞里，带着商人匆忙地往外逃窜，并且叮嘱他说："我托付你的事情千万不要忘记了。"商人答应了。少年又将肉放在了桌子上，商人离开了这里。

原文

径抵交，达副总府，备述所见。彪闻而悲，欲往寻之。父虑海涛妖薮，险恶难犯，力阻之。彪抚膺痛哭，父不能止。乃告交帅，携两兵至海内。逆风阻舟，摆簸海中者半月。四望无涯，咫尺迷闷，

○径：径直，直接。

○妖薮（sǒu）：各类怪异之物聚集的地方。

○难犯：难以靠近。

○膺（yīng）：胸。

○摆簸：摆动颠簸。

无从辨其南北。忽而涌波接汉，乘舟倾覆，彪落海中，逐浪浮沉。

○涌波接汉：即大浪滔天。汉，天汉，天空。

久之，被一物曳去，至一处，竟有舍宇。彪视之，一物如夜叉状。彪乃作夜叉语，夜叉惊讯之，彪乃告以所往。夜叉喜曰："卧眉，我故里也。唐突可罪！君离故道已八千里，此去为毒龙国，向卧眉非路。"乃觅舟来送彪。夜叉在水中推行如矢，瞬息千里，过一宵，已达北岸。见一少年，临流瞻望。彪知山无人类，疑是弟，近之，果弟。因执手哭。既而问母及妹，并云健安。彪欲偕往，弟止之，仓忙便去。回谢夜叉，则已去。

○唐突：冒犯。○故道：原来的航道。

译文

商人的船一到达交州，他就去了副将徐彪的府邸，详细地把自己的所见所闻告诉了他。徐彪听了以后十分悲伤，想要前往去寻找弟妹们和母亲。父亲徐某顾虑海上波浪滔天，又有很多妖怪，一路上十分凶险难以到达，因而就极力劝阻他。徐彪悲伤不已，捶胸大哭，父亲徐某不能阻止他。于是，徐彪就将这件事告诉了交州的主帅，带着两个士兵坐船出了海。恰好遇见逆风，船行驶得十分艰难，在大海中颠簸漂荡了半个多月。徐彪向四周一望，只见一片海水茫茫，一望无际，没办法分辨东南西北。忽然大浪滔天，船被打翻了，徐彪掉进了海中，于是跟着浪涛浮浮沉沉。过了很长时间，徐彪被一个怪物拖走了，他被拖到了一个地方，这里竟然还有一些屋子。徐彪仔细一看，拖他走的是一个怪物，那个怪物长得和夜叉差不多。于是徐彪用夜叉语与他交谈。夜叉惊讶地问他要干什么去，徐彪就告诉他要到什么地方。夜叉欢喜地说："卧眉山，那是我的故乡。刚才唐突了实在是我的罪过。你离去卧眉山的路已经八千里了，从这条路过去是毒龙国，不是去卧眉山的路。"于是夜叉找来了一条船送徐彪去卧眉山。夜叉在水里推着船行走，那船的速度像箭一样快，一瞬间就行驶了一千多里，过了一夜，他们已经到达了卧眉山北岸。徐彪看见岸边有一个少年，正在向大海的方向眺望。徐彪知道卧眉山里没有人类，就怀疑那个少年是自己的弟弟，走到近处一看，果然是弟弟。于是，兄弟俩拉着手哭了起来。过了一会儿，徐彪向弟弟问起了母亲和妹妹，弟弟说她们都很健康平安。徐彪想要和弟弟一块去看望母亲和妹妹，弟弟制止了他，自己一个人急匆匆地走了回去。徐彪这才想起来感谢送他过来的夜叉，但是不知道什么时候夜叉已经离开了。

原文

未几，母妹俱至，见彪俱哭。彪告其意，母曰："恐去为人所凌。"彪曰："儿在中国甚荣贵，人不敢欺。"归计已决，苦逆风难渡。母子方徊徨间，忽见布帆南动，其声瑟瑟。彪喜曰："天助吾也！"相继登舟，波如箭激，三日抵岸。见者皆奔，彪向三人脱分袍袴。抵家，母夜叉见翁怒骂，恨其不谋，徐谢过不遑。家人拜见主母，无不战栗。彪劝母学作华言，衣锦，厌粱肉，乃大欣慰。母女皆男儿装，类满制。数月稍辨语言，弟妹亦渐白皙。

○凌：欺。

○瑟瑟：风声。

○波如箭激：形容船行之速如箭。

○翁：指徐贾。

○谋：商量。○谢过不遑：道歉不迭。急忙连声道歉。

○厌粱肉：中国人的饮食。厌，吃饱。粱，小米。

○类满制：很像满族服装款式。制，规制，款式。

译文

没一会儿，母亲和妹妹就过来了，她们看见徐彪也都哭了起来。徐彪将自己的意图告诉了他们，母亲说："恐怕到了那里会被人们凌辱。"徐彪说："儿子是非常尊贵的人物，别人不敢欺辱。"一家人回中国的打算已经决定了，只是苦恼于现在是逆风船不好行驶。他们母子四人正在徘徊犹豫的时候，忽然看见船上的布帆向南吹动，风吹得布帆"瑟瑟"作响。徐彪欢喜地说："真是老天也帮助我呀！"母子四人一个接一个地上了船，船行驶得很快，就像箭一样，只三天的时间就到达了交州海岸。看见他们的人都被吓得四处逃窜，徐彪脱下自己的衣服和裤子分别给自己的母亲、弟弟、妹妹穿上。回到了家里，母夜叉看见徐某就愤怒地大骂，怨恨他不和自己商量一下就离开了，徐某忙不迭地向她道歉谢罪。徐府的家人们都来拜见当家主母，每一个人都被吓得战栗不止。徐彪劝母亲学习中国的语言，又让她穿着绸缎的衣服，食用精美的中国饭菜，于是全家人都感到十分高兴。母夜叉和女儿平时都穿着男装，与满族服装的样式差不多。几个月以后，母夜叉能够辨识一点中国话了，弟弟妹妹的皮肤也逐渐变得白皙了。

原文

弟曰豹，妹曰夜儿，俱强有力。彪耻不知书，教弟读。豹最慧，经史一过辄了。又不欲操儒业，仍使挽强弩，驰怒马，登武进士第。聘阿游击女。夜儿以异种，无与为婚。会标下袁守备失偶，强妻之。夜儿开百石弓，百余步射小鸟，无虚落。袁每征，辄与妻俱。历任同知将军，奇勋半出于闺门。豹三十四岁挂印。母尝从之南征，每临巨敌，辄擐甲执锐，为子接应，见者莫不辟易。诏封男爵。豹代母疏辞，封夫人。

○耻不知书：以不知书为耻。知书，有文化，懂知识。

○经史一过辄了：经书、史书学过一遍就能通晓。了，了然，通晓。

○操儒业：指读书习文以求进取。

○怒马：烈马，暴劣难驭的马。

○游击：武官名。清代绿营兵设游击，职位次于参将，属下级武官。

○异种：不同于人类。

○标下：麾下。标，清代军制，督抚等管辖的绿营兵，称“标”，一标三营。

○开百石弓：一钧三十斤，四钧为一石。开百石弓，是夸张的说法。

○同知将军：以都督同知挂副将军印，实即副总兵。明制，各省、各镇副总兵系由五军都督府的都督同知充任，遇大战事，则挂副将军印，统兵出战，事毕纳还。故称副总兵为“同知将军”。

○挂印：指挂印将军。

○擐（huàn）甲执锐：穿甲胄，拿武器。擐，穿。

○辟易：逃避，逃躲。

○疏辞：上疏辞爵。疏，官员上奏皇帝的一种文书形式。

译文

弟弟叫徐豹，妹妹叫徐夜儿，他们都勇猛有力。徐彪因为自己读书少而感到羞耻，因而就让弟弟去读书。徐豹是兄妹中最聪明的那个，经书史籍，只要学过一遍就能够通晓，但是徐豹不想做一个读书人，徐彪就仍然让他学习拉强弓、骑烈马。徐彪考中了武进士，娶了阿游击的女儿做妻子。徐夜儿因为母亲是夜叉具有异国的血统，所以没有人愿意娶她。当时正好徐彪的手下袁守的妻子过世了，徐彪就将妹妹强行嫁给了他。徐夜儿能拉开几百石重的弓，在一百步以外射小鸟，没有一次不射中的。袁守每次出征，都带妻子一起去。后来袁守一直升到了同知将军，他立下的功劳有一半要归功于徐夜儿。徐豹三十岁那年成为挂印将军。母亲曾经跟随他南征，每次面临强敌，母亲总是身穿盔甲，手持利刃，杀进敌阵去接应儿子，看见她的人没有一个不落荒而逃的。皇帝下诏封她为男爵。徐豹急忙代替母亲上书推辞，于是改封夫人。

原文

异史氏曰：夜叉夫人，亦所罕闻，然细思之而不罕也：家家床头有个夜叉在！

○"家家"句：诙谐的话，指每家男人都守着个厉害老婆。

译文

异史氏说：夜叉做夫人的事，也真是闻所未闻的，然而细细想来也不是什么怪事：每家每户的床头都有一个夜叉在那里。

武进士

"武进士"是清代武科考试中取得功名的称谓。武科考试由地方学政、督抚主持，兵部主管会试，分为内外两场。内场考《武经》等理论，外场则考核马步射、弓、刀、石等武艺。通过武科会试并取得名次者称为"武进士"，是古代通过军事技能与学识考试而取得的荣誉称号，意味着能获得较高的武职官位。

【小髻】

原文

长山居民某，暇居，辄有短客来，久与扳谈。素不识其生平，颇注疑念。客曰："三数日，将便徙居，与君比邻矣。"过四五日，又曰："今已同里，旦晚可以承教。"问："乔居何所？"亦不详告，但以手北指。自是，日辄一来，时向人假器具，或吝不与，则自失之。群疑其狐。村北有古冢，陷不可测，意必居此。共操兵杖往。伏听之，久无少异。一更向尽，闻穴中戢戢然，似数十百人作耳语。众寂不动。俄而尺许小人，连遱而出，至不可数。众噪起，并击之。杖杖皆火，瞬息四散。惟遗一小髻，如胡桃壳然，纱饰而金线。嗅之，骚臭不可言。

○长山：明清时属山东济南府，现为山东邹平长山镇。

○短客：矮客人。

○扳（pān）谈：谓主动找人闲谈。扳，同"攀"。

○比邻：紧邻，近邻。

○乔居：迁居。乔，谓乔迁、迁居的美称。

○戢戢（jí）：低语声，唧唧哝哝、喊喊喳喳。

○连遱（lóu）：络绎不绝。

译文

长山有位居民，每当他闲来无事在家待着的时候，就有一个身材矮小的客人前来拜访他，和他长时间地闲聊。这个居民与这个客人根本不认识，也不知道他的事情，因此心中很是怀疑。客人说："再过上三五天我就搬过来这边住，到时候就和你是邻居了。"又过了四五天，客人又说："如今我们已经在一个村里了，早晚都可以向你请教了。"这个居民就问："你搬家搬到哪里去了？"客人也不告诉他具体位置，只是用手指指北边。自此以后，客人就经常向邻居借一些器具，有的人吝啬就不借给他，器具不久就不翼而飞了。因而人们都怀疑这个客人是狐狸。村子的北面有一个古墓，已经深深地陷在了地底下，也不知道它到底有多深，人们想狐狸一定就住在这里。于是，村子里的人就拿着兵器与木棒之类的东西来到了古墓周边围剿他。有人趴在墓口听了听，听了很长时间也没有动静。一更天快要过去的时候，听见洞里面好像有几百个人小声说话的声音。村民们都不敢呼吸，一动也不动地等待着。不一会儿，人们看见有很多一尺多高的小人接连不断地从墓口中爬了出来，小人的数量多到数也数不过来。村民们大声喊叫起来，一起击打他们，每一个人的武器都打出了火花，这些小人也在刹那间四处逃散开了，只留下来一个小髻，就像胡桃壳子那么大，上面用纱装饰着，还镶嵌有金线。闻一闻，又骚又臭，无法用语言形容。

乔居

“乔居”又称“乔迁”，源自《诗经·小雅·伐木》中的“出自幽谷，迁于乔木”，原意指从低处迁移至高处，因此“乔迁”常用来指人搬迁至新的居所。“乔居”则指迁居、搬迁的住所或新的居所，通常带有对新环境或地位提升的积极含义。

【西僧】

原文

西僧自西域来，一赴五台，一卓锡泰山，其服色言貌，俱与中国殊异。自言：“历火焰山，山重重，气熏腾若炉灶。凡行必于雨后，心凝目注，轻迹步履之，误蹴山石，则飞焰腾灼焉。又经流沙河，河中有水晶山，峭壁插天际，四面莹澈，似无所隔。又有隘，可容单车，二龙交角对口把守之。过者先拜龙，龙许过，则口角自开。龙色白，鳞鬣皆如晶然。”僧言：“途中历十八寒暑矣。离西土者十有二人，至中国仅存其二。西土传中国名山四：一泰山，一华山，一五台，一落伽也。相传山上遍地皆黄金，观音、文殊犹生。能至其处，则身便是佛，长生不死。”听其所言状，亦犹世人之慕西土也。倘有西游人，与东渡者中途相值，各述所有，当必相视失笑，两免跋涉矣。

○五台：山名。在今山西五台、繁峙县境，山有东南西北中五峰，故称“五台”，又名“清凉山”。

○卓锡：指僧人投宿。卓，悬挂。锡，锡杖。

○服色：指服装的款式。

○火焰山：及下文“流沙河”，都是吴承恩著《西游记》中西土地名。但关于火山、弱水的记载，则见于古籍甚早，是火焰山、流沙河的渊源。

○心凝目注：思想集中，目力专注。

○轻迹步履：轻步通过，意思是既不能乘车马，脚步也不能放重。

○蹴（cù）：触碰，踢。

○隘：险要处。

○鬣（liè）：颈颔上的毛须及脊尾上的短鳍。

○寒暑：冬天和夏天。借指一年。

○西土：即上文“西域”。

○华山：我国著名的五岳之一，位于历史文化故地陕西渭南境内，以奇险著称。

○落伽：山名。即普陀洛伽山，又名“普陀山”。在浙江普陀，为舟山群岛之一。相传为观音菩萨显灵说法道场，故为中国佛教四大名山之一。

○西游人：指向西土礼佛求经的僧人。

○东渡者：指西土东来的僧人。

译文

有两个从西域过来的僧人，一个要去五台山，一个要去泰山。他们僧袍的颜色以及他们的相貌与语言，都和中国人有着很大的差异。他们自己说：“我们经过了火焰山，峰峦叠嶂，热气蒸腾，就好像炉子里的火一样。想要前进必须等到下过雨之后，走路的时候还要聚精会神，目不转睛，步履要很轻盈，如果一不小心踢到了石头上，那火焰就立刻腾地一下冒出来将人灼伤。又经过了流沙河，河中还有一座水晶山，陡峭的悬崖峭壁好像插入了天际，四周晶莹透彻，好像没有什么东西阻隔一样。还有一座隘口，宽度只能通过一辆车子。把守关隘的是两条龙，它们角碰着角，口对着口地在关隘处把守。想要经过这里的人们必须先要拜会龙，龙允许通过了，它们的口角就会自己张开。"那龙是白颜色的，身上的龙鳞以及嘴边的胡须都像水晶一样。"僧人们还说："我们已经在旅途中走过了十八年，当时离开西域的时候有十二人，到了中国也就只有我们两个人了。西域地区传说中国有名的大山有四座：一个是泰山，一个是华山，一个是五台山，还有一个是落伽山（普陀山）。相传这些山上遍地都是黄金，观音、文殊的塑像都栩栩如生。能到达这些名山的人，就能够立地成佛，可以长生不死。"听了两个僧人的一番话，人们才知道西域之人羡慕中国，就好像我们羡慕西域的世界一样，倘若有往西域游历的人与从西域来的东游之人在半路上相遇，他们各自说说对对方的向往，那么他们一定会对视一眼，哑然失笑，同时也就免于长途跋涉的辛苦了。

【老饕】

原文

邢德，泽州人，绿林之杰也。能挽强弩，发连矢，称一时绝技。而生平落拓，不利营谋，出门辄亏其赀。两京大贾，往往喜与邢俱，途中恃以无恐。会冬初，有二三估客，薄假以资，邀同贩鬻。邢复自罄其囊，将并居货。有友善卜，因诣之。友占曰：“此爻为‘悔’，所操之业，即不母而子亦有损焉。”邢不乐，欲中止，而诸客强速之行。至都，果符所占。腊将半，匹马出都门。自念新岁无赀，倍益怏闷。

○泽州：州名。故治在今山西晋城。

○绿（lù）林之杰：绿林好汉。

○强弩：指一种需要很强臂力，用机栝发射，可数矢连发的弓，力强及远，超过普通的弓。

○不利营谋：不善于经商谋利。

○两京：南京和北京。

○薄假以资：借给邢德少量资本。假，借。

○贩鬻（yù）：贩卖，即倒买倒卖。

○自罄（qìng）其囊：拿出自己所有的钱。罄，尽。囊，钱袋。

○将并居货：准备把资本放在一起购进货物，以待贩运。居，囤积。货，卖。

○“所操之业”二句：邢某此行贩鬻，不仅赚不了钱，本钱也要亏损。经商以本生息，本曰“母”，息曰“子”。

○强速：勉强加以邀请。速，请。

○腊：农历十二月。

○匹马：独自骑马。

译文

刑德，泽州人，他是一个绿林豪杰。他擅长拉强弓，会射连珠箭，成为当时的一项绝技。但是他一生落魄潦倒，不善于经营谋利，出门做生意总会亏掉本钱。当时北京与南京两个地方的大商人，都愿意和刑德结伴前行，路上有了他就可以有恃无恐。那时正好是初冬时节，有两三个做生意的人，借给了刑德一点本钱，邀请他一同去做生意，刑德也将自己的所有钱财拿了出来，准备将钱全部购买货物用来做生意。刑德有一个朋友善于占卜，在出门之前刑德去找他占卜了一下。朋友占卜完后对他说：“这一卦的名字是‘悔’，你这次所要做的生意，不仅不能够赚钱，就是本钱也会有所折损。”刑德一听，很是不高兴，想要不去做这次生意，但是那几个商人强行拉着他上路了。到了京城，事情的结果果然和朋友占卜的一样，刑德赔了本钱。腊月中旬的一天，刑德单枪匹马地出了城门，想到新的一年没有了做生意的本钱，心中更加怏怏不乐。

原文

时晨雾蒙蒙，暂趋临路店，解装觅饮。见一颁白叟，共两少年，酌北牖下。一僮侍，黄发蓬蓬然。邢于南座，对叟休止。僮行觞，误翻柈具，污叟衣。少年怒，立摘其耳，捧巾持帨，代叟揩拭。既见僮手拇俱有铁箭镮，厚半寸，每一镮约重二两余。食已，叟命少年于革囊中探出镪物，堆累几上，称秤握算，可饮数杯时，始缄裹完好。少年于枥中牵一黑跛骡来，扶叟乘之，僮亦跨羸马相从，出门去。两少年各腰弓矢，捉马俱出。邢窥多金，穷睛旁睨，馋焰若炙。辍饮，急尾之。视叟与僮犹款段于前，乃下道斜驰出叟前，紧衔关弓，怒相向。叟俯脱左足靴，微笑云：“而不识得老饕也？”邢满引一矢去。叟仰卧鞍上，伸其足，开两指如箝，夹矢住，笑曰：“技但止此，何须而翁手敌？”邢怒，出其绝技，一矢刚发，后矢继至。叟手掇一，似未防其连珠，后矢直贯其口，踣然而堕，衔矢僵眠。僮亦下。邢喜，谓其已毙，近临之。叟吐矢跃起，鼓掌曰：“初会面，何便作此恶剧？”邢大惊，马亦骇逸。以此知叟异，不敢复返。

○解装：放下行装。

○颁白叟：须发斑白的老人。

○牖：窗户。

○蓬蓬：散乱的样子。

○对叟休止：面向老者坐下。

○柈（pán）具：餐具。柈，盘。

○摘：揪，提。

○帨（shuì）：佩巾，手绢。

○箭镮（huán）：扳指。一般用骨、象牙制作，戴在拇指上，是射箭时拉弓的用具。

○探出镪（qiǎng）物：掏出财物。镪，本指钱贯（穿钱绳），此处借指银钱。

○握算：握筹而算或扳着手计算。

○枥：牲口槽。

○羸（léi）马：瘦马。

○穷睛旁睨（nì）：用火辣辣的眼神从旁偷觑。

○馋焰若炙：馋羡的目光像要冒出火来。炙，燃火。

○款段：马行迟缓从容的样子。

○下道斜驰：离开大路，抄取捷径。

○紧衔关（wān）弓：勒住马，拉开弓。紧，拉紧马勒，使马停步。关弓，弯弓。

○而：你。老饕（tāo）：大约是此叟的江湖绰号，意为老财迷或老馋鬼。

○箝：通“钳”。

○而翁：你老子。老饕自称。手敌：亲手对付。

○连珠：连珠箭，连弩所射出的箭。

○贯：穿入，射进。

○踣（bó）然：跌倒的样子。堕：从跛骡上跌落下来。

○恶剧：恶作剧，开不应该开的玩笑。

○骇逸：马受惊狂奔。

译文

这时正值晨雾蒙蒙，刑德打算暂时在靠近路边的小店卸下行装休息一下喝点酒。他看见一个满头白发的老翁和两个少年正在北窗下面喝酒，还有一个蓬松着满头黄发的童仆在一边伺候着。刑德在南边的座位坐下，正和老翁面对面。童仆倒酒的时候，一不小心打翻了餐具，弄脏了老翁的衣服。有一个少年大怒，站起来扯住了童仆的耳朵，然后拿起佩巾为老翁擦拭衣物。刑德又看见童仆两只手的拇指上都戴着铁箭镮，每一个铁箭镮都有半寸那么厚，有二两多重。吃完饭以后，老翁命令一个少年从革囊中取出银子，堆积在桌子上，一边称重一边用手指头计算，大约有喝几杯酒的工夫，才将所有的银子包裹好。有个少年从马厩里牵出一匹黑色的跛脚的骡子，搀扶着老翁骑上骡子，那童仆也骑上一匹瘦马跟随在他的身后。出门以后，那两个少年每个人的腰上都佩戴着弓箭，拉着马一起离开了这里。刑德看见他们有那么多的银子，用贪婪的眼神从一旁偷窥，贪婪的火焰一直在他心中炙烤着他。他于是连酒都不喝了，急忙尾随他们而去。刑德看见老翁和童仆依旧慢悠悠地走着，于是他就离开大道从小路斜插着骑马来到老翁的面前，勒住马，拉开弓，气势汹汹地面对着老翁。老翁俯下身子脱下了左脚的靴子，微笑着说："难道你不认识老饕吗？"刑德拉满弓一箭射了出去。老饕仰卧在马鞍上，伸出左脚，张开两根脚趾就好像夹子一样夹住了刑德射出的飞箭。老饕笑着说："你就这么点本事，还用得着老头子我亲自来对付你吗？"刑德听了这话，愤怒的不得了，使出了他的绝技——连珠箭——前一箭刚发去，后一箭就又到了。老饕用手接住了一支箭，好似没有防备他的连珠箭，后面的一箭直接射进了他的嘴里，只见老饕猛然从骡子上跌落下来，口里衔着箭僵直地躺在地上。童仆也立即下了马。刑德十分高兴，以为老饕已经死了，就慢慢地靠近老饕。老饕将口中的箭吐了出来，拍着巴掌说道："第一次见面，怎么能做这样的恶作剧？"刑德吃了一惊，马也被吓得狂奔起来。刑德这才知道这老饕是一个有本领的人，于是不敢返回去打劫了。

原文

走三四十里，值方面纲纪囊物赴都。要取之，略可千金，意气始得

○要取：拦路劫取。

○方面纲纪：地方大员的仆人。方面，主持一方军政事务的官员。纲纪，即纪纲之仆，指奴仆总管，亦可用作奴仆美称。

扬。方疾骛间，闻后有蹄声。回首，则僮易跛骡来，驶若飞，叱曰："男子勿行！猎取之货，宜少瓜分。"邢曰："汝识'连珠箭邢某'否？"僮云："适已承教矣。"邢以僮貌不扬，又无弓矢，易之。一发三矢，连遱不断，如群隼飞翔。僮殊不忙迫，手接二，口衔一，笑曰："如此技艺，辱寞煞人！乃翁傯遽，未暇寻得弓来，此物亦无用处，请即掷还！"遂于指上脱铁镮，穿矢其中，以手力掷，呜呜风鸣。邢急拨以弓，弦适触铁镮，铿然断绝，弓亦绽裂。邢惊绝，未及觑避，矢过贯耳，不觉翻坠。僮下骑，便将搜括。邢以弓卧挞之。僮夺弓去，拗折为两，又折为四，抛置之。已，乃一手握邢两臂，一足踏邢两股，臂若缚，股若压，极力不能少动。腰中束带双叠，可骈三指许，僮以一手捏之，随手断如灰烬。取金已，乃超乘，作一举手，致声"孟浪"，霍然径去。

○扬：舒心，振作。○疾骛（wù）：乘马疾驰。○易：这里是换乘的意思。
○猎取：夺取。○瓜分：剖分，分一杯羹。
○易：轻视。
○连遱（lóu）：接连不断的样子。○隼（sǔn）：即鹘，又名"雀鹰"，一种鹞属猛禽。
○辱寞煞人：羞死人。辱寞，又写作"辱没"。○傯遽（cōng jù）：匆忙。
○骈（pián）三指许：大约三指并拢那么宽。骈，并。
○超乘：本称跃身上车（车乘），这里指黄发僮跳上骡背（乘骑）。○孟浪：卤莽、莽撞，是故作道歉的嘲讽语。

译文

刑德骑着马走了三四十里路，正碰见地方大员的仆人，带着大量的财宝前往京城。刑德拦路抢劫了这些财宝，估计有一千两的银子，这才感到意气风发起来。刑德刚想要策马疾驰，听见身后响起阵阵马蹄声，刑德一回头，是那个童仆骑着老饕的那匹跛脚骡子飞奔而来。那童仆叱责刑德道："那个汉子你不要走！你打劫来的财宝应该分一些给我们。"刑德说："你认识我'连珠箭'刑某吗？"童仆说：

"刚刚已经领教过了。"刑德以为这童仆其貌不扬，又没有弓箭，能够很容易地对付。刑德一连射了三箭，就好像飞翔着的群鹰一样连续不断。童仆也不慌不忙，用手接住两支，又用嘴衔住一支，他笑着说道："就这么点本事，真是丢死人了。你老子走得匆忙，没时间找支弓来，这些箭也没有什么用处，还是将它们还给你吧。"说完，他就将大拇指上的铁箭镮脱了下来，将箭穿了过去，用力一投，发出"呜呜"的声响。刑德急忙用弓去拨挡，刚一碰上铁箭镮，弓弦就"当"的一声断了，弓也被震裂开了。刑德被那童仆的一手绝技震惊住了，没来得及躲避，那箭就穿过了他的耳朵，他不觉翻身坠落马下。童仆也下了骡子，就要来搜刮刑德的财物。刑德倒在地上用弓向童仆打去，童仆将弓夺了过去，折成两节，又折成了四段，就扔在了一边。然后，童仆就用一只手抓住刑德的两只胳膊，一只脚踩着他的两条腿，刑德感觉两只胳膊好像被捆住了，两条腿好像被什么压住了，用尽了全身力气也不能动一动。刑德腰上扎的是一条双层的腰带，足足有三指来宽，童仆用一只手一捏，那腰带就随手像灰烬一样断开了。童仆将刑德身上的财物取了出来，然后骑上那匹跛脚黑骡子，向刑德抱了抱拳，说声"承让了"，就径直地离开了。

原文

邢归，卒为善士，每向人述往事不讳。此与刘东山事盖仿佛焉。

○善士：谓循礼守法，安分做人。

译文

刑德回家以后，终于成了一个安分守己之人。他经常毫不避讳地向人们陈述这段往事。这与刘东山的故事大致是一样的。

【连城】

原文

乔生，晋宁人，少负才名，年二十余，犹偃蹇。为人有肝胆。与顾生善，顾卒，时恤其妻子。邑宰以文相契重，宰终于任，家口淹滞不能归，生破产扶柩，往返二千余里。以故士林益重之，而家由此益替。史孝廉有女，字连城，工刺绣，知书。父娇爱之。出所刺《倦绣图》，征少年题咏，意在择婿。生献诗云：“慵鬟高髻绿婆娑，早向兰窗绣碧荷。刺到鸳鸯魂欲断，暗停针线蹙双蛾。”又赞挑绣之工云：“绣线挑来似写生，幅中花鸟自天成。当年织锦非长技，幸把回文感圣明。”女得诗喜，对父称赏。父贫之，女逢人辄称道，又遣媪矫父命，赠金以助灯火。生叹曰：“连城我知己也！”倾怀结想，如饥思啖。

○晋宁：州县名。在云南省的中部，滇池的南岸。

○偃蹇(jiǎn)：滞留困顿。科举不得志，尚未考中。

○有肝胆：忠义诚信，敢作敢为。

○契重：投合，尊重。

○淹滞：困阻，久留。

○士林：读书人中间。

○替：衰败，零落。

○征：征集。题咏：题诗赞咏。

○慵鬟：困倦时的发鬟。婆娑(suō)：飘拂不整貌。

○兰窗：兰闺之窗，少女卧室的窗户。

○魂欲断：谓魂驰神往。

○暗停：默默停下。蹙(cù)双蛾：双眉紧蹙。

○挑：挑花，绣花时的一种工艺。

○天成：天然生成。

○矫：假托。

○助灯火：指资助乔生读书。灯火，古代夜间照明是一笔不小的费用。

译文

晋宁县有个姓乔的书生，他少年的时候就因为很有才气而出名。但是他二十多岁了，还是贫困潦倒不得志。乔生为人很是忠义诚信，敢作敢为。乔生与顾生很是交好，顾生过世以后，乔生经常接济他的妻子、儿女。本县的县令因为乔生的文采好，很是器重他。后来，县令去世于任上，他一家人全都滞留在了晋宁，无法返回故乡。乔生将所有的家产变卖以后，护送着县令的棺柩和他的家人返回故乡，这一去一回就有两千多里的路程。就因为这样的义举，这里的读书人都更加敬重他，但是他的家里却更加贫穷了。当时，史孝廉有一个女儿，名字叫连城，擅长刺绣，又知书达礼。史孝廉非常疼爱这个女儿。于是，史孝廉将连城所绣的《倦绣图》拿出来，向少年才子们广泛征求题诗，他的用意是为女儿挑选一个夫婿。乔生也作了一首诗献上，诗的内容是："慵鬟高髻绿婆娑，早向兰窗绣碧荷。刺到鸳鸯魂欲断，暗停针线蹙双蛾。"他还写了一首诗赞叹连城刺绣手艺的高超，诗的内容是："绣线挑来似写生，幅中花鸟自天成。当年织锦非长技，幸把回文感圣明。"连城看到乔生的诗以后非常开心，向父亲称赞乔生的文采。史孝廉嫌弃乔生家里太贫穷了。但是连城逢人就称赞乔生，又派遣了一个老妇人，假借父亲的名义资助了乔生一些银两，作为他读书的费用。乔生感叹地说："连城是我的知己呀！"从此，乔生对连城一往情深，如饥似渴地思念着她。

原文

无何，女许字于鹾贾之子王化成，生始绝望，然梦魂中犹佩戴之。未几，女病瘵，沉痼不起。有西域头陀自谓能疗，但须男子膺肉一钱，捣合药屑。史使人诣王家告婿，婿笑曰："痴老翁，欲我剜心头肉也！"使返，史乃言于人曰："有能割肉者妻之！"生闻而往，自出白刃，刲膺授僧。血濡袍裤，僧敷药始止。合药三丸，三日服尽，疾若失。史将践其言，先告王，王怒，欲讼官。史乃设筵招生，以千金列几上，曰："重负大德，请以相报。"因具白背盟之由。生怫然曰："仆所以不爱膺肉者，聊以报知己耳，岂货肉哉！"拂袖而归。

○许字：许婚。鹾（cuó）贾：盐商。

○佩戴：佩恩戴德，意思是感念不忘。

○沉痼（gù）：病势积久难医。

○瘵（zhài）：痨病，即肺病。

○头陀：梵文音译。泛指一切僧众，此特指行脚乞食僧人。

○膺：胸。钱：重量单位。中国市制中计算质量和重量的一种单位。一市斤的十分之一为一市两，一市两的十分之一为一市钱。

○心头肉：喻关系性命之物。此指膺肉。

○刲（kuī）：割。

○践其言：履行自己的诺言。指以女妻乔生。

○怫（fèi）然：生气的样子。

译文

不久，连城与一个盐商的儿子王化成定了亲。乔生这才感到绝望，但是他依然魂牵梦绕地思念着连城。不久，连城生了痨病，一病不起，有一个西域来的和尚自称能够治疗这种病，但是需要男子一钱的胸脯上的肉捣碎了用来配药。史孝廉让人到王家告诉王化成这件事。王化成笑着说道："这个傻老头，竟然想要剜我的心头肉吗？"去的人将王化成的话告诉了史孝廉。史孝廉于是就当众说："有能剜肉救连城的人就将连城嫁给他。"乔生听说了这件事就前往史孝廉家，自己用刀在胸口上割下了一块肉给了西域和尚，流出的鲜血很快就把乔生的衣服裤子染红了，西域和尚为他上了药才将血止住。西域和尚将乔生的肉和了三颗药丸，分三日给连城服下，三天以后药丸吃完了，连城的病也痊愈了。史孝廉准备实践自己的诺言，将连城嫁给乔生，事先将这件事告诉了王化成，王化成大怒，想要把史孝廉告官。史孝廉于是就摆设宴席招待乔生，并且将一千两银子摆在桌子上，说："我辜负了你的大恩大德，这些银子就用来报答你吧。"史孝廉将自己违背誓言的理由详细地告诉了乔生。乔生十分生气，愤怒地说："我之所以不爱惜我的胸口之肉，是因为我要报答知己罢了，难道我是一个卖肉吗？"说完，拂袖而去。

原文

女闻之，意良不忍，托媪慰谕之，且云："以彼才华，当不久落。天下何患无佳人？我梦不祥，三年必死，不必与人争此泉下物也。"生告媪曰："'士为知己者死'，不以色也。诚恐连城未必真知我，但得真知我，不谐何害？"媪代女郎矢诚自剖。生曰："果尔，相逢时，当为我一笑，死无憾！"媪既去，逾数日，生偶出，遇女自叔氏归，睨之。女秋波转顾，启齿嫣然。生大喜曰："连城真知我

○慰谕：安慰晓谕。

○不久落：不会长久地困顿。落，潦倒。

○泉下物：指死人。谓己不久将死。

○士为知己者死：汉司马迁《报任安书》："士为知己用，女为悦己容。"

○不谐：不能成事。指不能结为夫妻。何害：何妨。

○矢诚自剖：发誓自明心迹。

○嫣（yān）然：形容笑容的美好。

者！”会王氏来议吉期，女前症又作，数月寻死。生往临吊，一痛而绝，史舁送其家。

○吉期：好日子。指完婚日期。

○临吊：哭吊。哭死者叫“临”，慰问其亲属叫“吊”。

译文

连城听说了这件事，心中十分过意不去，她托付一个老妈子带话去劝慰乔生，并且说：“以你的才华，你不会长时间地落魄的。天下这么大还怕没有佳人吗？我近来做的梦都不是很吉利，三年之内必死，你不必和别人争夺我这个快要死去的人。”乔生告诉老妈子说：“‘士为知己者死’，不是因为美貌。我真担心连城也未必真正地了解我，如果真正地了解我，即使做不成夫妻又有什么关系呢？”老妈子替连城表白了她的一片真情。乔生说：“如果真的是这样，与她相逢的时候她能够对着我笑一笑，我就是死了也没有什么遗憾的了！”老妈子回去以后没过几天，乔生偶然出去，遇见了连城从叔叔家回来。乔生看着连城，连城顾盼生姿，对着乔生微微启齿一笑。乔生十分欢喜地说：“连城真的是我的知己呀！”等到王家来人商议婚期的时候，连城肺痨又发作了，几个月以后就病死了。乔生前往吊唁，痛哭得昏死了过去，史孝廉让人将他抬回了家中。

原文

生自知已死，亦无所戚。出村去，犹冀一见连城。遥望南北一道，行人连绪如蚁，因亦混身杂迹其中。俄顷，入一廨署，值顾生，惊问：“君何得来？”即把手将送令归。生太息，言：“心事殊未了。”顾曰：“仆在此典牍，颇得委任。倘可效力，不惜也。”生问连城，顾即导生旋转多所，见连城与一白衣女郎，泪睫惨黛，藉坐廊隅。见生至，骤起似喜，略问所来。生曰：“卿死，仆何敢生！”连城

○戚：痛苦。

○廨（xiè）署：衙门，官府办公之地。

○典牍：主管文书案卷。

○泪睫惨黛：愁眉泪眼。惨，悲伤。黛，眉。

○藉坐廊隅：席地坐在廊下一角。

泣曰："如此负义人，尚不吐弃之，身殉何为？然已不能许君今生，愿矢来世耳。"生告顾曰："有事君自去，仆乐死不愿生矣。但烦稽连城托生何里，行与俱去耳。"顾诺而去。

○矢：发誓。

○稽：稽查，核对。

译文

乔生知道自己已经死了，但是也没有什么感到悲戚的。他一个人走出了村子，仍然希望再见一见连城。远远地看见有一条南北向的大路，路上的行人来来往往就好像蚂蚁一样连续不断，乔生也走过去混在人群里。不一会儿，来到了一座官署，恰好遇上了过去的好友顾生。顾生惊讶地问道："你怎么来这里了？"说完就要拉着他的手将他送回去。乔生叹息地说道："我还有一件心事没有了结。"顾生说："我在这里掌管典籍，我的上司很是信任我，倘若有什么可以帮到你，我一定全力以赴。"于是乔生就向他打听连城的去处。顾生就领着乔生转了好几个地方，最后才看见连城与一个白衣女子在一起，泪眼婆娑，面容惨淡地在走廊的一角席地而坐。连城看见乔生来了，猛然站了起身，好像喜出望外，问他是怎么来的。乔生说："你死了，我又怎么能够独自偷生！"连城哭泣地说道："我这样一个忘恩负义的人，你还不早点唾弃我，为我殉死干什么呢？然而我不能今生和你作为夫妻，但愿来世能够嫁给你吧！"乔生回头对着顾生说："你有事就先离开吧，我愿意这样死去也不愿意活着，只是劳烦你查一下连城托生在什么地方，我和她一块去。"顾生答应了然后就离开了。

原文

白衣女郎问生何人，连城为缅述之。女郎闻之，若不胜悲。连城告生曰："此妾同姓，小字宾娘，长沙史太守女。一路同来，遂相怜爱。"生视之，意态怜人。方欲研问，而顾已返，向生贺曰："我为

○缅述：详细追叙。缅，尽，详备。

○太守：明清时期对知府、知州的古称。

君平章已确，即教小娘子从君返魂，好否？”两人各喜。方将拜别，

○平章已确：商办已妥。平章，商量处理。

宾娘大哭曰：“姊去，我安归？乞垂怜救，妾为姊捧帨耳。”连城凄

○捧帨(shuì)：捧巾栉，侍盥沐，意为居妾媵之位，给役侍奉。帨，佩巾。

然，无所为计，转谋生，生又哀顾。顾难之，峻辞以为不可。生固

○峻辞：严肃地拒绝。峻，冷峻，严肃。

强之，乃曰：“试妄为之。”去食顷而返，摇手曰：“何如？诚万分不

○试妄为之：试办一下看看。妄，姑妄。表示不循规章和没有把握。

能为力矣！”宾娘闻之，宛转娇啼。惟依连城肘下，恐其即去。

惨怛无术，相对默默，而睹其愁颜戚容，使人肺腑酸柔。顾生

○惨怛(dá)：忧伤，悲痛。

○肺腑酸柔：心酸肠软。

愤然曰：“请携宾娘去！脱有愆尤，小生拼身受之！”宾娘乃喜，

○脱有愆(qiān)尤：假若有罪责、过失。脱，万一，假如。

从生出。生忧其道远无侣，宾娘曰：“妾从君去，不愿归也。”

生曰：“卿大痴矣。不归，何以得活也？他日至湖南，勿复走避，

为幸多矣。”适有两媪摄牒赴长沙，生属宾娘，泣别而去。

○摄牒：携带公文。指出公差。

○生属(zhǔ)宾娘：乔生把携带宾娘的事嘱托两媪。属，嘱咐，嘱托。

译文

白衣女子问连城乔生是谁，连城将她和乔生之间发生的事情讲给她听。白衣女子听了以后，心中忍不住悲伤。连城告诉乔生说：“这个姑娘和我是同姓姐妹，叫宾娘，是长沙太守的女儿。她和我一路来到了这里，因而互相怜爱。”乔生看向宾娘，长得很是好看，惹人怜爱。乔生正想详细询问宾娘的情况，这时顾生返回了，他向顾生祝贺说：“我为你将事情办妥了，这就让你和小娘子还阳复生，好不好？”乔生和连城两个人都很是高兴。他们刚要和顾生告别，宾娘就大哭着说道：“姐姐离开了，我能到哪里去呢？乞求你们可怜我，救救我，我愿意给姐姐当仆人。”连城心中难过，但是她没有任何办法，只能转过来与乔生商量。乔生又哀求顾生。顾生很是为难，坚决地说这事没办法。乔生强迫他一定要帮忙。顾生说道：“我就姑且去试一试吧。”顾生离开了一顿饭的工夫就又回来了，他摆着手说：“这

可怎么办！我实在是无能为力呀！”宾娘听见了，又抽抽噎噎地哭了起来，只是依偎着连城的胳膊，唯恐她马上就离开。众人愁容满面，相对无言，看着宾娘那悲伤凄苦的面容，让人的心中酸酸涩涩的。顾生忽然激动地说：“你们带着宾娘离开吧，真的有什么罪责，就让我一力承担。”宾娘听了这才高兴起来。她跟着乔生他们出来了。乔生担心宾娘路途遥远没有人陪伴。宾娘说：“我跟着你离开，不愿意回家了。”乔生说：“你真的是太傻了。你不回家去怎么能够复活呢？等以后我们到了湖南，看见我们不躲着我们，就是我们的荣幸了。”恰好有两个老婆婆要去长沙，乔生就让宾娘和她们一起走，于是，宾娘哭着与乔生和连城告别。

原文

途中，连城行蹇缓，里余辄一息，凡十余息，始见里门。连城曰：“重生后，惧有反覆。请索妾骸骨来，妾以君家生，当无悔也。”生然之。偕归生家。女惕惕若不能步，生伫待之。女曰：“妾至此，四肢摇摇，似无所主。志恐不遂，尚宜审谋，不然，生后何能自由？”相将入侧厢中，嘿定少时，连城笑曰：“君憎妾耶？”生惊问其故，赧然曰：“恐事不谐，重负君矣。请先以鬼报也。”生喜，极尽欢恋。因徘徊不敢遽生，寄厢中者三日。连城曰：“谚有之：‘丑妇终须见姑嫜。’戚戚于此，终非久计。”乃促生入。才至灵寝，豁然顿苏。家人惊异，进以汤水。生乃使人要史来，请得连城之尸，自言能活之。史喜，从其言，方舁入室，视之已醒。告父曰：“儿已委身乔郎

○蹇（jiǎn）缓：行走缓慢。蹇，步履艰难，跛。

○惕惕：忧惧的样子。

○嘿（mò）定：沉默定息。嘿，同“默”。

○赧（nǎn）然：脸红，不好意思的样子。

○灵寝：灵床，即停尸床。

○委身：托身，许身。

矣，更无归理。如有变动，但仍一死！”史归，遣婢往役给奉。

译文

在回去的途中，连城走得十分缓慢，走一里多路她就要休息一会儿，就这样一路上停下来休息了十多次才看见城门。连城说：“我们还阳以后，恐怕事情会再有反复。请把我的尸体要来，我在你的家里重生，他们就没办法反悔了。”乔生也认为这样做是对的。于是两人一块回到了乔生的家里。他们一到乔生家里，连城就战战兢兢好像走不动路一样，乔生站在一旁等着她。连城说：“我一来到你家，就感到四肢无力，心神不宁，恐怕我们的心愿不能够实现，所以我们应该再好好地谋划一番；如若不然，重生以后我们也会身不由己。”他们互相搀扶着来到了侧厢房中，就这样互相盯着对方很长时间。连城忽然笑着说道：“你讨厌我吗？”乔生惊讶地问她为什么这样问。连城羞赧地说道：“我害怕还阳以后我们的事情不能够如愿，我又会再一次地辜负了你。就先让我以鬼魂的身份来报答你。”乔生十分欢喜，与连城极尽欢爱，因此犹犹豫豫地不着急去还阳，就这样在厢房中待了三天。连城说：“有句谚语说‘丑媳妇早晚也要见公婆。’我们在这里犹豫担心，终究不是长久之计。”说完连城就催促乔生去还阳。乔生刚一靠近灵床，一下子就苏醒了过来。乔生的家人都感到十分惊异，赶忙喂给他一些汤水。乔生于是就让人邀请史孝廉过来，请求他将连城的尸体一并带来，并且说能够使连城活过来。史孝廉十分欢喜，听从了乔生的话。他们刚将连城的尸体抬进了屋里，连城已经苏醒了过来。连城告诉史孝廉说：“女儿已经与乔郎定了终身，再也没有回家的道理了。如果父亲还要将我嫁给别人，我唯有再次死去。”史孝廉回到家里，就派了奴婢去乔家给连城使唤。

原文

王闻，具词申理，官受赂，判归王。生愤懑欲死，亦无奈之。连城至王家，忿不饮食，惟乞速死。室无人，则带悬梁上。越日，益惫，殆将奄逝。王惧，送归史，史复舁归生。王知之，亦无如何，遂安焉。

○具词申理：写状词申请判决。

○奄逝：死。

译文

王化成听说了这件事，就写了状子去告状。县官接受了王家的贿赂，竟然将连城判给了王家，乔生愤怒极了，但是又无可奈何。连城被迫来到了王家，愤怒得不吃不喝，只是乞求赶快死去。她甚至看见屋里没人，把衣带悬挂在房梁上上吊了。第二日，连城愈发虚弱，眼看着就要死去了。王化成害怕了，将连城送回了史家，史孝廉又将连城抬到了乔生家里。王化成知道了，也没有任何办法，只得就此作罢。

原文

连城起，每念宾娘，欲遣信探之，以道远而艰于往。一日家人进曰："门有车马。"夫妇出视，则宾娘已至庭中矣。相见悲喜。太守亲诣送女，生延入。太守曰："小女子赖君复生，誓不他适，今从其志。"生叩谢如礼。孝廉亦至，叙宗好焉。生名年，字大年。

○信：古称使者为"信"。

○叙宗好：叙同宗之族谊，攀上了亲戚。

译文

连城病好以后，常常思念宾娘，想要派人去打探一下她的情况，但是因为路途遥远，很难前去。有一天，家人进来禀告说："家门前来了好多车马。"乔生与连城夫妻二人出门一看，宾娘已经来到了院子中了。三人相见，悲喜交集。是宾娘的父亲史太守亲自将女儿送过来的，乔生急忙将他们请进屋里。史太守说："我女儿多亏了你才能够复生，她发誓不嫁给别人。如今我就成全了她的这份心愿。"乔生叩头行了拜岳父的大礼。史孝廉也过来了，和史太守共叙同族的情谊。乔生名叫作年，字大年。

原文

异史氏曰：一笑之知，许之以身，世人或议其痴，彼田横五百人，岂尽愚哉！此知希之贵，贤豪所以感结而不能自已也。顾茫茫海内，遂使锦绣才人，仅倾心于蛾眉之一笑也。悲夫！

○“此知”二句：正因知己难求，所以贤豪之士对知遇之德感结于心。

○锦绣才人：才学富艳、诗文精美的读书人。此指乔生。唐柳宗元《乞巧文》：“骈四俪六，锦心绣口。”

译文

异史氏说：嫣然一笑的相知，就用生命来相许，世人也许会认为这样做真的是太傻了，那么那田横的五百壮士岂不是都是傻子吗！这是因为知己的稀奇和珍贵，天下豪杰之士才会感动于知己而不能控制自己。环顾四海茫茫，知音难寻，于是满腹经纶的才子紧紧倾心于女子的嫣然一笑。可悲呀！

回文

“回文”指诗词中的字句可以前后回旋、反复阅读，并且每种读法都能成义。这种形式不仅展示了文字技巧的精妙，还增强了诗句的可读性和趣味性。在文学中，回文诗词通常通过字句的巧妙排列，实现多重含义，体现出作者的巧思与才华。

【霍生】

原文

文登霍生，与严生少相狎，长相谑也。口给交御，惟恐不工。霍有邻妪，曾与严妻导产。偶与霍妇语，言其私处有两赘疣，妇以告霍。霍与同党者谋，窥严将至，故窃语云：“某妻与我最昵。”众故不信。霍因捏造端末，且云：“如不信，其阴侧有双疣。”严止窗外，听之既悉，不入径去。至家，苦掠其妻，妻不服，搒益残。妻不堪虐，自经死。霍始大悔，然亦不敢向严而白其诬矣。

○文登：县名。在山东省的东部。清代属登莱青道登州府，今属山东威海。

○口给交御：谓开玩笑斗嘴。口给，口齿敏捷。交御，互相应答。

○端末：首尾、始末，指事情原委、过程。

○掠：拷打。

○搒益残：拷打的更加残暴。搒，拷打。

○白其诬：承认自己对严生的欺骗或对严妻的诬蔑。白，辩白，昭雪。诬，欺骗诬蔑之言。

译文

文登县有一个姓霍的读书人，他与一个姓严的读书人从小就十分要好，经常在一起互相打趣、开玩笑，两个人唯恐自己的功力不够深厚。霍生的邻居是一个老太太，曾经给严生的妻子接生过。这个老太太偶然与霍生的妻子聊天的时候说，严生妻子的私处，于是霍生的妻子就将这件事告诉了霍生，霍生就与同伴们计划好了，悄悄地观察严生，等到他快走近的时候，他故意小声地说：“某某人的妻子与我最是亲密。”众人表示不信。霍生于是就捏造了细枝末节，并且说：“如果你们不信，我可以告诉你们她有两个肉瘤。”严生站在窗户外面，将霍生的话听得清清楚楚，他没有进去径直回到了家。回家以后，他残忍地打骂他的妻子，妻子说没有这回事，他就更加残暴地对待她。他的妻子不堪忍受严生的虐待，上吊自杀了。霍生这时才十分后悔，但是他又不敢向严生说清楚他对严生妻子的污蔑。

原文

严妻既死，其鬼夜哭，举家不得宁焉。无何，严暴卒，鬼乃不哭。霍妇梦女子披发大叫曰：“我死得良苦，汝夫妻何得欢乐耶！”既醒而病，数日寻卒。霍亦梦女子指数诟骂，以掌批其吻。惊而寤，觉唇际隐痛，扪之高起，三日而成双疣，遂为痼疾。不敢大言笑，启吻太骤，则痛不可忍。

○吻：嘴。

○痼疾：久治不愈的病。

译文

严生妻子死了以后，她的鬼魂整夜整夜地啼哭，严生全家都不得安宁。不久，严生也突然死了，于是他妻子的鬼魂就不再哭泣了。霍生的妻子做梦梦见一个女子披散着头发大声喊叫地说道：“我真的死得好苦呀，你们夫妻怎么能够这么快乐呢？”霍妻醒来以后就生病了，没几天就死了。霍生也梦见了有一个女子指着他大骂，还用手掌打他的嘴。霍生从梦中惊醒，感觉嘴唇隐隐作痛，用手一摸，才发现嘴唇已经高高地肿了起来。过了三天，嘴两边长了两个小肉瘤，从此再也治不好。自此，霍生不敢大声说笑，嘴张得太急了，就会痛到无法容忍。

原文

异史氏曰：死能为厉，其气冤也。私病加于唇吻，神而近于戏矣！

○厉：厉鬼，即恶鬼。

○私病：生在隐秘之处的病。私，隐私。

译文

异史氏说：死后变成厉鬼的人，一定是死得太冤枉了。将受害者的私病转移到加害者的嘴唇之上，真的是神奇而近乎于戏弄呀！

原文

邑王氏与同窗某狎。其妻归宁，王知其驴善惊，先伏丛莽中，伺妇至，暴出，驴惊妇堕。惟一僮从，不能扶妇乘。王乃殷勤抱控甚至，妇亦不识谁何。王扬扬以此得意，谓僮逐驴去，因得私其妇于莽中，述衵裤履甚悉。某闻，大惭而去。少间，自窗隙中，见某一手握刃，一手捉妻来，意甚怒恶。大惧，逾垣而逃。某从之，追二三里地，不及，始返。王尽力极奔，肺叶开张，以是得吼疾，数年不愈焉。

○狎（xiá）：亲密而不庄重。

○归宁：回娘家省亲。宁，问安。

○丛莽：丛生杂乱的草木。

○抱控：抱其人，控其驴。指扶某妻乘坐。

○扬扬：得意的样子。

○私：奸污。

○衵（rì）裤（kù）履：贴身的衣、裤和鞋子。《说文》："衵，日日所常衣。"即内衣。裤，同"裤"。

译文

本县还有一个姓王的，和他的同窗关系特别好。有一次这个同学的妻子要回娘家，王某知道她骑的驴子容易受惊，就事先藏在路边的草丛中，等到妇人骑驴来到的时候，王某忽然蹿了出来，驴子受惊导致妇人从背上摔了下来。当时妇人的身边只有一个童仆，没有力气搀扶妇人上驴背。于是王某就殷勤地将妇人抱扶到驴背上，妇人也不认识他是谁。自此以后，王某就洋洋得意，对人们说童仆追逐驴子的时候，自己曾在草丛中与妇人私通了，他能够将妇人穿的什么袄子、什么裤子、什么鞋描述得清清楚楚。他的同窗听说了这件事，非常羞愧地离开了。不一会儿，王某从窗户的缝隙中看到他的同窗一手拿刀，一手捉住他的妻子，满面怒气地向他走来。王某十分害怕，赶忙跳墙逃跑了，他的同学紧紧跟在他的后面，追了他二三里地没有追上，这才返回。王某因为极力奔跑，肺叶都跑得张开了，因此得了哮喘病，好多年都没有治好。

【汪士秀】

原文

汪士秀，庐州人，刚勇有力，能举石舂。父子善蹴鞠。父四十余，

○庐州：在江淮之间，巢湖之滨。隋开皇年间改“合州”为“庐州”。明清因之，治所在今安徽合肥。
○石舂：捣米的石臼。
○蹴鞠（cù jū）：类似今之踢球。起源很早，《战国策》和《史记》都有记载。

过钱塘没焉。积八九年，汪以故诣湖南，夜泊洞庭。时望月东升，

○钱塘：钱塘江。浙江之下游，经杭州南，入东海。没：谓落水溺死。
○望月：农历每月十五日的月亮。

澄江如练。方眺瞩间，忽有五人自湖中出，携大席，平铺水面，略

○澄江如练：明净的江水好像平铺的白绢。

可半亩。纷陈酒馔，馔器磨触作响，然声温厚，不类陶瓦。已而三

○馔（zhuàn）器：食具。馔，食物。

人践席坐，二人侍饮。坐者一衣黄，二衣白，头上巾皆皂色，峨峨然

○峨峨然：高貌。

下连肩背，制绝奇古，而月色微茫，不甚可晰。侍者俱褐衣，其一

○制绝奇古：样式非常稀奇古怪。
○微茫：隐约，模糊。

似童，其一似叟也。但闻黄衣人曰：“今夜月色大佳，足供快饮。”

○快饮：痛快饮用。

白衣者曰：“此夕风景，大似广利王宴梨花岛时。”三人互劝，

○广利王：南海神的封号。唐天宝十年（751）正月，册封南海神为广利王。

引釂竞浮白。但语略小，即不可闻。舟人隐伏，不敢动息。

○引釂（jiào）竞浮白：干杯之后，争着为对方斟酒。引，举杯饮尽。釂，即爵，酒器。浮白，用大杯罚酒。此指为对方斟酒。
○动息：动弹和呼吸。

译文

汪士秀，庐州人士。他刚猛有力，能够将舂米用的石臼给举起来。他和他的父亲都很擅长踢球。汪士秀的父亲四十多岁的时候，在过钱塘江时不幸落水溺死了。过了八九年，汪士秀来到湖南办事，夜里停靠在洞庭湖。这时只见月亮从东边升了起来，江水澄澈得好像一条白练。汪士秀正在眺望的时候，忽然有五个人从湖里冒了出来，他们拿着一张大大的席子，将它平铺在湖面上，大略有半亩地那么大。他们在席子上摆好了酒菜，餐具与酒具互相摩擦碰撞发出了一些声响，这些声音温厚，不像是陶器或者瓷器。没一会儿，三个人在席子上坐着饮酒，两

个人在一边侍奉着。坐着的人一个穿着黄色衣服，其余两个穿着白色衣服，头上戴的头巾都是黑色的。头巾扎得高高的，头巾下面与肩背连着，样式十分稀奇古怪。这时候的月色模糊，看得不是很清楚。两个侍者都穿着褐色的衣服，其中一个好像儿童，另一个好像老头。只听见穿黄色衣服的人说道："今天晚上月色真的美极了，足以让我们痛痛快快地喝一场。"一个穿白色衣服的人说："今天晚上的风景，好像是广利王在梨花岛摆酒席时候的样子呢。"三个人互相劝酒，举杯痛快地喝起酒来，但是说话的声音越来越小，最后小到几乎就要听不见了。船上的人都偷偷地躲藏了起来，一动也不敢动。

原文

汪细审侍者，叟酷类父，而听其言，又非父声。二漏将残，忽一人曰："趁此明月，宜一击毬为乐。"即见僮汲水中，取一圆出，大可盈抱，中如水银满贮，表里通明。坐者尽起。黄衣人呼叟共蹴之，蹴起丈余，光摇摇射人眼。俄而䃔然远起，飞堕舟中。汪技痒，极力踏去，觉异常轻软。踏猛似破，腾寻丈，中有漏光，下射如虹，蚩然疾落，又如经天之彗，直投水中，滚滚作沸泡声而灭。席中共怒曰："何物生人，败我清兴！"叟笑曰："不恶不恶，此吾家流星拐也。"白衣人嗔其语戏，怒曰："都方厌恼，老奴何得作欢？便同小乌皮捉得狂子来，不然，胫股当有椎吃也！"汪计无所逃，即亦不畏，捉刀立舟中。

○汲：原意为从井中取水，这里是从湖中捞取的意思。

○圆：即球。

○䃔：同"訇（hōng）"，大声。

○技痒：由于喜爱娴熟某种伎艺，极欲自显本领。

○寻丈：一丈左右。寻，八尺。

○蚩然：象声词。

○彗：彗星，即流星。又名"扫帚星"。

○作沸泡声：发出沸水中气泡冒出的声音。

○流星拐：蹴鞠踢法的一种。何垠注："流星拐，蹴鞠采名也。如腾起左脚，即以右脚从后蹴鞠始起也。"

○戏：戏侮，开玩笑。

○椎（chuí）：棒槌。

译文

汪士秀仔细地看了看侍者，他觉得那个老头很像他的父亲，但是听他说话，又不是他父亲的声音。二更天将尽的时候，忽然有一个人说道："趁着今晚月色明亮，我们应该踢球为乐。"于是汪士秀就看见那个小童沉进了水里，取出来一个大圆球，有双手合抱那么大，球中好像灌满了水银，里外都是透明的。坐着的人都站了起来，穿黄色衣服的人呼唤老头一块踢球。那球被他们踢起一丈多高，球在空中光芒四射，直直地射入人的眼睛。不一会儿，那球就腾空而起，一下子飞落在汪士秀所在的船上。汪士秀感觉到技痒，用尽力气飞起来踢了一脚，只感觉那球既轻又软。他这一脚太用力了，将球给踢破了，球飞起了有几丈高，从球中露出了一道光来，就好像彩虹滑落，球又发出嗤的一声快速地坠落下来，就像划过天空的彗星，一下子掉进了水里，水中好像烧开的水沸腾一样，冒出一阵阵气泡，然后球就消失了。坐在席上的那三个人一起怒喝道："哪里来的生人，败坏了我们的雅兴！"那个老头却笑着说道："不错不错，这一脚是我家的流星拐。"穿白衣服的人恼怒老头的玩笑话，愤怒地说："我们都感到不高兴，你这个老奴为什么这么高兴？你还不赶快和小乌皮将那个狂妄的小子抓起来，不然的话，我就用棒子打断你的腿！"汪士秀一看已经无路可退，也就没有什么可害怕的了。他提着刀站立在船头上。

原文

倏见僮叟操兵来，汪注视，真其父也，疾呼："阿翁！儿在此。"叟

○倏（shū）：忽然，迅速。

大骇，相顾凄断。僮即反身去。叟曰："儿急作匿，不然都死矣。"

○凄断：凄绝，极度伤心。

言未已，三人忽已登舟，面皆漆黑，睛大于榴，攫叟出。汪力与夺，摇舟断缆。汪以刀截其臂落，黄衣者乃逃。一白衣人奔汪，汪剁其颅，堕水有声，哄然俱没。方谋夜渡，旋见巨喙出水面，深若井，

○喙（huì）：嘴。

四面湖水奔注，砰砰作响。俄一喷涌，则浪接星斗，万舟簸荡。湖

人大恐。舟上有石鼓二，皆重百斤。汪举一以投，激水雷鸣，浪渐消。又投其一，风波悉平。汪疑父为鬼，叟曰："我固未尝死也。溺江者十九人，皆为妖物所食，我以蹋圆得全。物得罪于钱塘君，故移避洞庭耳。三人鱼精，所蹴鱼胞也。"父子聚喜，中夜击棹而去。天明，见舟中有鱼翅，径四五尺许，乃悟是夜间所断臂也。

○石鼓：当指石制鼓状坐具，即石墩。

○蹋圆：踏球，即蹴鞠。

○钱塘君：钱塘江神。

○击棹：划船。棹，船桨。

○鱼翅：鱼鳍。

译文

顷刻间，汪士秀看见童仆和老头已经拿着兵器来到了跟前。汪士秀仔细一看，那个老头还真是他的父亲，于是他大声疾呼："阿爹，儿子在这里呀！"老头听了以后十分惊骇，与汪士秀相顾无言，面色凄惨。童仆见此情景立刻转身返了回去。老头说："儿呀，你快快去藏起来，不然我们两个都得死！"话还没有说完，席子上坐着的那三个人忽然来到了船上。他们三个脸色漆黑，眼睛比石榴还要大。他们抓住了老头要离开，汪士秀奋力地与他们争夺，船剧烈地摇晃不止，缆绳一下子被摇断了。汪士秀挥刀砍向他们，黄衣人的胳膊一下子被砍了下来，接着他就逃走了。一个白衣人奔向汪士秀，汪士秀一下子砍掉了他的脑袋，他的脑袋就掉进了水里，发出咚的一声响，连人带头一起沉了下去。汪士秀刚和父亲商量趁着夜色渡过湖去，猛然看见一张巨口露出湖面，那嘴好像井一样深，四面的湖水都向嘴的中间灌注，发出哗啦啦的响声。不一会儿，那嘴中忽然喷涌出一股水柱，波浪汹涌，浪涛高得好像都能与星斗相连，湖面上的船只全部都摇晃颠簸起来。船上的人都十分惊恐。汪士秀的船上有两个大石鼓，每一个都有百斤重。汪士秀举起其中一个石鼓扔进了水里，湖水被击打得发出雷鸣般的声响，浪涛稍稍平静下去了一点。汪士秀又将另外一只石鼓投了下去，一下子就风平浪静了。汪士秀疑心自己的父亲是鬼。他的父亲说："我本来就没有死。掉落在江中的人当时有十九个，他们都被妖怪给吞食了。我因为会踢球才活了下来。这些妖怪得罪了钱塘江的江神，所以才来到这洞庭湖躲避。他们三个都是鱼精，用来当球踢的是鱼鳔。"父子二人都因团聚而欢喜，半夜就划着船离开了。天亮了以后，看见船里有鱼翅，有四五尺那么长，才醒悟过来那是夜里砍掉的黄衣人的胳膊。

【商三官】

原文

故诸葛城，有商士禹者，士人也。以醉谑忤邑豪，豪嗾家奴乱捶之，舁归而死。禹二子，长曰臣，次曰礼。一女曰三官，年十六，出阁有期，以父故不果。两兄出讼，经岁不得结。婿家遣人参母，请从权毕姻事，母将许之。女进曰：“焉有父尸未寒而行吉礼？彼独无父母乎？”婿家闻之，惭而止。无何，两兄讼不得直，负屈归，举家悲愤。兄弟谋留父尸，张再讼之本。三官曰：“人被杀而不理，时事可知矣。天将为汝兄弟专生一阎罗包老耶？骨骸暴露，于心何忍矣！”二兄服其言，乃葬父。葬已，三官夜遁，不知所往。母惭怍，唯恐婿家知，不敢告族党，但嘱二子冥冥侦察之。

○诸葛城：位于山东临沂城北白沙埠镇东北6公里处，东临沂河。这座古城遗址，周长4.5公里，今只存残碑及银杏树一株。

○醉谑：醉酒戏言。忤：冒犯。

○嗾（sǒu）：指使。

○出阁：原指公主出嫁，后通指女子出嫁。

○参母：拜见三官之母。

○从权：根据非常情况，变通行事。旧时父丧未满三年，子女不能成婚。婿家欲提前毕姻事，故曰“从权”。

○吉礼：指婚礼。

○张再讼之本：作为再次向官府申诉的依据。预为将来行事作准备，叫“张本”。

○阎罗包老：指宋代包拯。包拯，字希仁，合肥人。官至枢密副使。

○惭怍：羞愧。

○族党：聚居的同族亲属。

○冥冥：暗地里。

译文

以前的诸葛城里有一个人叫作商士禹，他是一个读书人，因为一次喝醉了说了几句玩笑话冒犯了本地的一个豪绅，豪绅就指使家奴将商士禹暴打了一顿，刚抬回家商士禹就断气了。商士禹有两个儿子，大儿子叫商臣，二儿子叫商礼，还有一个女儿叫商三官。商三官十六岁，出嫁的日子已经商定好了。因为父亲去世就将婚事耽搁了下来。两个兄长去打官司，过了一年了案子还是结不了。商三官夫家的人派人来与她的母亲商量，请求他们根据实际情况变通一下，让三官嫁过去。母亲准备同意三官婆家的请求。三官上前对母亲说：“哪里有父亲尸骨未寒而举办婚事的道理呢？难道他家就没有父母吗？”三官的婆家听说了她的话，都感到很是惭愧，于是就打消了原来的念头。没多长时间，三官的两个哥哥官司打输了，两个人满心怨恨地回到了家里。全家人都十分悲愤。兄弟二人打算留着父亲的尸体不下葬，作为以后再次向官府打官司的证据。三官说：“人被杀害了都没有人受理，可见这是一个什么世道了，难道老天爷会为你们兄弟俩专门降生一个阎罗包公吗？将父亲的尸骨一直暴露在外面，我们做儿女的怎么忍心呢！”两个哥哥也认为三官说得很有道理，于是将他们的父亲下葬了。父亲下葬以后，三官在一个夜晚离家出走了，谁也不知道她到什么地方去了。三官的母亲既着急又惭愧，唯恐被三官的婆家知道这件事，因此不敢告诉同族和邻居，只是叮嘱两个儿子在暗地里查找三官的消息。

原文

几半年，杳不可寻。会豪诞辰，招优为戏。优人孙淳携二弟子往执役。其一王成，姿容平等，而音词清彻，群赞赏焉。其一李玉，貌韶秀如好女，呼令歌，辞以不稔，强之，所度曲半杂儿女俚谣，合座为之鼓掌。孙大惭，白主人：“此子从学未久，只解行觞耳。幸勿罪责。”即命行酒。玉往来给奉，善觑主人意向，豪悦之。酒阑人散，留与同寝。玉代豪拂榻解履，殷勤周至。醉语狎之，但有展笑。豪惑益甚，尽遣诸仆去，独留玉。玉伺诸仆去，阖扉下楗焉。诸仆就别室饮。

○优：优伶，即下文“优人”。旧时对乐舞、百戏的从业艺人的通称。

○平等：平常，一般。

○韶秀：美好秀丽。好女：美女。

○稔（rěn）：熟悉。

○所度曲：这里指所唱曲。创制曲词或按谱歌曲，通称“度曲”。俚谣：民间的通俗歌谣。

○行觞：即“行酒”，为客人依次斟酒，陪酒。

○展笑：微笑，展颜为笑。

○阖（hé）：关闭。楗：门闩。

译文

就这样过了半年的时间，三官还是一点消息都没有。有一次，害死商士禹的豪绅正在过寿，找来了很多唱戏的戏子唱戏助兴。其中有一个唱戏的孙淳，他带着两个弟子也来了。其中有一个弟子叫王成，长得相貌平平，但唱起戏来却清脆动听，人们都纷纷赞赏。还有一个弟子叫李玉，长得很是娟秀美丽，就好像女孩子一样。人们叫他也唱一段，他托词说不熟悉戏文而不肯唱，人们强行让他唱，他才唱了一些掺杂了通俗歌谣的土腔土调。在座的客人都起哄为他鼓起掌来。孙淳感到十分惭愧，他为李玉辩白说道："我这个弟子跟我学艺还没有多长时间，只是学习了一些行酒之类的事情，还请您不要怪罪。"于是豪绅就让李玉给客人们斟酒。于是李玉就在客人间来来回回地伺候，他很擅长揣摩主人的意思。豪绅十分高兴。酒席结束人群散去了以后，豪绅留宿李玉。李玉殷勤地替豪绅打扫床铺，脱下鞋子，伺候得很是周到。豪绅醉了，因此用下流话挑逗他，李玉只是微微笑着。豪绅被李玉迷得神魂颠倒，于是，他把所有的仆人都打发走了，唯独留下了李玉。李玉看着仆人们都离开以后，就将门关上，并且闩上了门闩，仆人们就去别的屋子喝酒聊天去了。

原文

移时，闻厅事中格格有声。一仆往觇之，见室内冥黑，寂不闻声。行将旋踵，忽有响声甚厉，如悬重物而断其索。亟问之，并无应者。呼众排闼入，则主人身首两断，玉自经死，绳绝堕地上，梁间颈际，残绠俨然。众大骇，传告内闼，群集莫解。众移玉尸于庭，觉其袜履，虚若无足，解之，则素舄如钩，盖女子也，益骇。呼孙淳诘之。淳骇极，不知所对，但云："玉月前投作弟子，愿从寿主人，实不知从来。"以其服凶，疑是商家刺客，暂以二人逻守之。女貌如生，抚之，肢体温软。二人窃谋淫之。一人抱尸转侧，方将缓其结束，忽脑如物击，口血暴注，顷刻已死。其一大惊，告众，

○厅事：正厅。古代官员办公听讼的正房叫"听事"，后来私家堂屋正厅也称"听事"，通常写作"厅事"。

○觇（chān）：看。

○旋踵（zhǒng）：回步，转身。

○排闼（hé）：打开关闭的房门。

○绠（gěng）：绳。

○内闼（tà）：内宅。指内眷。

○素舄（xì）：服丧者所穿白鞋。

○从寿：跟着祝寿。

○服凶：指穿有白鞋之类丧服。

○缓其结束：解开她衣服上的带结。

众敬若神明焉，且以告郡。郡官问臣及礼，并言：“不知。但妹亡去，已半载矣。”俾往验视，果三官。官奇之，判二兄领葬，敕豪家勿仇。

〇敕：训诫。

译文

不一会儿，有个仆人听见豪绅的卧室里传出“咯咯”的声音。有一个仆人忙跑过去查看，只见豪绅的屋里漆黑一片，一点动静都没有。仆人正想要转身往回走，忽然听见一声很大的声响，就好像悬挂着重物的绳索突然断裂了。仆人急忙向屋内喊了两声，屋里并没有人回答。仆人赶紧招呼众仆人将门撞开，一看，那豪绅脑袋和身子已经分家了。李玉上吊自杀了，因为用来上吊的绳子断了，因而尸体掉在地上，房梁上残留的绳子挂着李玉的脖子。众仆人都十分惊骇，赶紧把这件事告诉了豪绅的家眷。家人与仆人们聚集在一起，谁也弄不明白到底是怎么回事。众人将李玉的尸体移动到院子里的时候，感觉他的鞋子和袜子里空空的，就好像没有脚一样；将李玉的鞋子脱下来一看，只见是一双穿着白色孝鞋的小脚，原来这李玉是一个女子。人们越发惊骇，赶忙将孙淳喊过来仔细询问他，孙淳也惊骇极了，不知道应该说些什么，只是说道：“李玉一个月前投身到我的门下做弟子，愿意和我一起来给主人做寿，我实在不知道她是从哪里来的。”众人看见李玉穿着孝服，就怀疑她是商士禹家里派出的刺客，就暂时派两个人看守李玉的身体。这两个人看见李玉的脸色就好像活着一样有生气，摸一摸她的尸体，还是柔软温热的。这两个人就偷偷地商量着要干坏事。其中一个人先抱起尸体，将她翻转过来想要解开她的衣服，忽然这个人的脑袋就好像被什么东西击打了一下，口中鲜血大口大口地喷出来，不一会就死了。另一个人见此情景非常惊慌，就将事情赶忙告诉了众人，众人将李玉看作神明一般。豪绅家的人向官府报了案，郡守就传唤商臣和商礼过来询问，他们兄弟都说：“不知道这件事。妹妹已经离家出走半年多了。”郡守让商臣和商礼去豪绅家验看李玉的尸体，李玉果然就是商三官。郡守感到很是惊奇，就让商臣和商礼将妹妹商三官的尸体领回去好好安葬，又敕令豪绅的家人不要寻找商家报仇。

原文

异史氏曰：家有女豫让而不知，则兄之为丈夫者可知矣。然三官之为人，即萧萧易水，亦将羞而不流，况碌碌与世浮沉者耶！愿天下闺中人，买丝绣之，其功德当不减于奉壮缪也。

○女豫让：女刺客。指商三官。豫让，战国晋人，跟随智伯。智伯被赵襄子联合韩、魏所灭，豫让于是“漆身为厉，吞炭为哑”，自毁形貌为智伯报仇。未果，遂伏剑自杀。见《史记·刺客列传》。

○萧萧易水，亦将羞而不流：荆轲与商三官相较，也将自愧不如。

○碌碌与世浮沉者：庸懦无为之辈。指随波逐流、无所作为的人。碌碌，平庸无能。

○买丝绣之：绣制商三官之像，供奉起来，以示敬仰。

○壮缪（móu）：即关羽，蜀后主景耀三年（260）追封为壮缪侯。

译文

异史氏说：家里面有像商三官这样的女豪杰却不知道，那么商家两兄弟作为大丈夫的所作所为就可想而知了。但是看商三官的为人，即便是荆轲在世也会自愧不如，况且是世上这些昏庸懦弱的无能之辈呢！愿天下的女子都能买来丝线将商三官的模样绣出来供奉，那么这种功德不亚于供奉关帝呀！

【于江】

原文

乡民于江，父宿田间，为狼所食。江时年十六，得父遗履，悲恨欲死。夜俟母寝，潜持铁槌去，眠父所，冀报父仇。少间，一狼来，逡巡嗅之，江不动。无何，摇尾扫其额，又渐俯首舐其股，江迄不动。既而欢跃直前，将龁其领。江急以锤击狼脑，立毙。起置草中。少间，又一狼来，如前状，又毙之。以至中夜，杳无至者。忽小睡，梦父曰："杀二物，足泄我恨。然首杀我者，其鼻白，此都非是。"江醒，坚卧以伺之。既明，无所复得。欲曳狼归，恐惊母，遂投诸眢井而归。至夜复往，亦无至者。如此三四夜。忽一狼来啮其足，曳之以行。行数步，棘刺肉，石伤肤。江若死者。狼乃置之地上，意将龁腹。江骤起锤之，仆，又连锤之，毙。细视之，真白鼻也。大喜，负之以归，始告母。母泣从去，探眢井，得二狼焉。

○俟（sì）：等待。
○槌：同"椎"，捶击的器具。
○逡（qūn）巡：迟疑徘徊。
○舐（shì）：舔。
○龁（hé）：咬。
○首杀：领头杀害。
○眢（yuān）井：枯井。
○啮（niè）：啃，咬。

译文

乡里有一个农民叫于江，他的父亲夜里在田里睡觉，被狼给吃了。于江当时只有十六岁，捡到了父亲遗留下的鞋子，既悲伤又愤恨，好像要死去一样。等到夜里他的母亲睡着了，于江拿着大铁锤偷偷地溜出了家门，来到了田里，睡在了父亲睡过的地方，想要为父亲报仇。不一会儿，来了一只狼，它在于江身边走来走去，一边走一边闻。于江一动也不动。过一会儿，那狼摇着大尾巴扫着于江的额头，又渐渐地低下头舔他的大腿，于江依然一动不动。接着，那只狼就欢快地跳跃着扑到了于江面前，正要张开嘴咬于江的脖子。于江急忙用铁锤猛然击打狼的脑袋，狼立马就死了。于江起身将杀死的狼放置在草丛里。又过了一会儿，又有一只狼过来了，跟前面的狼所做的事情是一样的。于江又将这只狼也杀死了。这时候已经是半夜了，没有再看见狼的踪迹，于江就迷迷糊糊地小睡了一下，他梦见父亲对他说：“你杀了两只狼，已经足以发泄心中的怨恨，然而领头杀害我的那只狼，它的鼻子是白色的，被你杀的这两只都不是。”于江醒来以后，就坚持躺在原地等待着狼的到来。就这样直到天都亮了，也没有狼再过来。于江想要把死狼拖回家中，但是唯恐惊吓了母亲，就将狼的尸体扔进了一口枯井里然后才回家。到了夜里，于江又去田里等待，也是没有狼来，就这样过了三四个夜晚。忽然来了一只狼，用牙齿咬住他的脚，拖拽着走。没走几步，荆棘的刺扎进了于江的肉里，尖锐的石头划伤了于江的皮肤，于江就好像死人一样，一动不动。于是狼就把于江放在了地上，想要咬他的肚子。于江猛然起身用铁锤锤向狼，狼被打倒在地上，于江又接连锤了好多下，狼才死掉。于江仔细审视这只狼，果真是那只白鼻子狼。于江非常高兴，背着狼回到了家里，才将他做的一切告诉了母亲。他的母亲哭泣着跟于江来到了田里，果然从枯井里找到了两只死狼。

原文

异史氏曰：农家者流，乃有此英物耶！义烈发于血诚，非直勇也，智亦异焉！

○英物：杰出的人物。 ○发于血诚：出于父子天性。血，血缘。指孝心。诚，本心。 ○直：只，仅。

译文

异史氏说：乡里农民的孩子，也有这样的杰出人物吗？他的忠义壮烈是出于父子的血脉亲情，并非只是匹夫之勇，他的智慧也是非同一般的呀！

【小二】

原文

滕邑赵旺，夫妻奉佛，不茹荤血，乡中有“善人”之目。家称小有。

○滕邑：滕县。明清时属山东兖州府，位于山东省的南部。今为山东滕州。 ○有“善人”之目：有“善人”的名声。目，称。 ○小有：小有资产，小康。

一女小二，绝慧美，赵珍爱之。年六岁，使与兄长春并从师读，凡五年而熟五经焉。同窗丁生，字紫陌，长于女三岁，文采风流，颇相倾爱。私以意告母，求婚赵氏。赵期以女字大家，故弗许。未几，赵惑于白莲教。徐鸿儒既反，一家俱陷为贼。小二知书善解，凡纸兵豆马之术，一见辄精。小女子师事徐者六人，惟二称最，因得尽传其术。赵以女故，大得委任。

○五经：指《诗经》《尚书》《礼记》《周易》《春秋》，简称为“诗”“书”“礼”“易”“春秋”，是儒家的基本经典。

○期：期待。字：论婚。

○纸兵豆马：剪纸为兵，撒豆成马。旧小说和民间故事中常讲到的一类法术。

译文

滕县有个人叫赵旺，他们夫妻信奉佛教，不吃荤腥，乡里乡亲都将他们看作善人。赵家小有资产。他们有一个女儿叫小二，非常聪慧又好看，赵旺很是疼爱她。小二六岁的时候，赵旺就让小二和她的哥哥赵长春一起跟从老师读书，经过了五年的学习，小二已经熟读了五经。小二有一个同学姓丁，字紫陌，他比小二大三岁，文采非凡，风流潇洒，他和小二互相倾慕。丁生就私底下将自己的心意告诉了母亲，他的母亲就向赵家去提亲。赵旺想要把小二许配给大户人家，因而就没有答应丁家的提亲。过了不久，赵旺被蛊惑加入了白莲教，徐鸿儒造反以后，他们一家子都跟着成为反贼。小二因为知书达理、善解人意，因此凡是剪纸为兵、撒豆为马的法术，小二一看就学会了。当时有六个小女孩都是徐鸿儒的徒弟，唯有小二是学得最好的，所以徐鸿儒就把所有的法术都传授给了她。赵旺也因为小二这个女儿的缘故被徐鸿儒重用。

原文

时丁年十八，游滕泮矣，而不肯论婚，意不忘小二也。潜亡去，投徐麾下。女见之喜，优礼逾于常格。女以徐高足，主军务，昼夜出入，父母不得闲。丁每宵见，尝斥绝诸役，辄至三漏。丁私告曰：“小生此来，卿知区区之意否？”女云：“不知。”丁曰：“我非妄意攀龙，所以故，实为卿耳。左道无济，止取灭亡。卿慧人，不念此乎？能从我亡，则寸心诚不负矣。”女怃然为间，豁然梦觉，曰：“背亲而行，不义，请告。”二人入陈利害，赵不悟，曰：“我师神人，岂有舛错？”女知不可谏，乃易髫而髻，出二纸鸢，与丁各跨其一，鸢肃肃展翼，似鹣鹣之鸟，比翼而飞。质明，抵莱芜界。女以指拈鸢项，忽即敛堕。遂收鸢，更以双卫，驰至山阴里，托为避乱者，僦屋而居。

○游滕泮（pàn）：为滕县的县学生员。明清在家塾读书的学童经过学政考选，进入府、州、县各级官学读书，称“游泮”，也就是成了生员或秀才。泮，泮宫，周代的地方官学。

○麾（huī）下：将旗之下，投奔徐鸿儒。

○闲：同“间”，参与。

○区区之意：愚意、私衷。区区，自称的谦词。

○攀龙：投奔徐鸿儒军，参加造反，希图成功后博取富贵。

○左道：歪门邪道的法术。无济：不管用，不济事。

○怃（wǔ）然为间：茫然自失，停顿不语。

○豁然梦觉：豁然领悟，如梦初醒。

○纸鸢：风筝的通称。此处特指鹞鹰形状的纸鸟。鸢，鹞鹰，又名“鹞子”。

○舛（chuǎn）错：谬误，差错。

○易髫（tiáo）而髻：把少女的披发挽成妇人发髻。表示已经出嫁。髫，童年男女披垂的头发。

○肃肃：风声。

○鹣鹣（jiān）之鸟：即鹣鸟、比翼鸟。《尔雅·释地》：“南方有比翼鸟焉，不比不飞，其名谓之鹣鹣。”

○质明：天色刚亮。质，正。

○莱芜：今为山东莱芜。

○卫：驴。

○僦（jiù）屋：租赁房屋。

译文

这一年，丁生已经十八岁了，中了秀才在县学里读书，但是他不肯结婚，是因为他忘不了小二。于是，丁生有一天离家出走，投到了徐鸿儒的麾下。小二看见丁生十分欢喜，对他的照顾已经超出了常规。因为小二是徐鸿儒的得意弟子，所以她主持军务，经常日夜忙碌，她的父母都很少能够见到她。但是丁生每天夜里都会和小二一起聊天，每次小二都将仆役打发走，他们每次都聊到三更半夜。有一次，丁生私下里问小二说：“我这次来到这里，你知道我到底是为了什么吗？”

小二说：“我不知道。”丁生说：“我来到这里并不是为了出人头地，我之所以来到这里，其实是为了你。白莲教本来就是旁门左道，无济于事，最后一定会自取灭亡。你是一个聪明的人，你就想不明白这个道理吗？你如果能跟我逃离这里，就不辜负我来找你的这一片诚心。”小二听了，茫然自失，停顿不语，思考了一会后，她好像一下子从梦里醒过来一样，说：“我们背着父母偷偷溜走实在是不义的行为，请让我当面和他们告别。”于是他们两个来到了赵旺夫妻的住处，向他们陈述其中的利害关系。赵旺仍然不醒悟，说道：“我的师傅是神人，难道他会犯错误吗？”小二知道再劝说他们也没有什么用了，于是就将少女的垂发梳成了妇人的发髻，拿出了两个纸鸢，她和丁生各骑一个。纸鸢慢慢地展开了双翅，就好像比翼鸟一样，并排着飞向了远方。天亮的时候，他们已经来到了莱芜县的境内。小二用手指拈了一下纸鸢的脖子，纸鸢就马上收敛了翅膀双双落在地上。小二于是收起了纸鸢，又拿出了两只纸驴来乘。两个人骑着纸驴来到了山阴，假装是逃避战乱的人，租了一间房子就住了下来。

原文

二人草草出，啬于装，薪储不给。丁甚忧之。假粟比舍，莫肯贷以升斗。女无愁容，但质簪珥。闭门静对，猜灯谜，忆亡书，以是角低昂，负者，骈二指击腕臂焉。西邻翁姓，绿林之雄也。一日，猎归。女曰：“富以其邻，我何忧？暂假千金，其与我乎？”丁以为难。女曰：“我将使彼乐输也。”乃翦纸作判官状，置地下，覆以鸡笼。然后握丁登榻，煮藏酒，检《周礼》为觞政：任言是某册第几叶，第几人，即共翻阅。其人得食傍、水傍、酉傍者饮，得酒部者倍之。既而女适得《酒人》，丁以巨觥引满促釂。女乃祝曰：“若借

○啬于装：带的行装简约。啬，俭薄。装，行装。

○草草：仓猝，匆匆。

○薪储不给：生活日用不足。薪储，柴米之类生活储备。不给，不足。

○假粟比舍：向邻居借粮。假，借。比，邻。

○质簪珥：典当发簪、耳坠之类首饰。质，抵押。

○亡书：此指读过而今已失落或不在手边的书籍。

○角低昂：比赛高低。

○猎归：这里指劫掠财物归来。

○富以其邻：因邻人而致富。

○乐输：自愿拿出。输，捐输。

○判官：佛教传说阎罗王属下有十八判官，分管十八地狱。民间传说判官是替阎王及其他神管理文案的官员。

○检《周礼》为觞政：翻阅《周礼》的字句，据以定输赢罚酒。《周礼》，书名。原名《周官》，封建时代列为经书。觞政，酒令。

○巨觥（gōng）：大酒杯。引满：斟满酒杯。促：催对方干杯。釂：饮尽杯中酒。

得金来，君当得饮部。”丁翻卷，得《鳖人》。女大笑曰：“事已谐矣！”滴漉授爵。丁不服，女曰：“君是水族，宜作鳖饮。”方喧竞所，闻笼中戛戛。女起曰：“至矣。”启笼验视，则布囊中有巨金，累累充溢。丁不胜愕喜。

○《鳖人》：《周礼·天官》篇名。

○滴漉：溅洒的样子。

○戛戛（jiá）：象声词。

译文

因为他们出走得过于仓促，行装非常简单，生活日用不足。丁生对这一切感到十分担忧，他到左邻右舍去借点粮食，可是没有人肯借给他们一点。小二的脸上一点忧愁的样子都没有，只是典当了自己的簪子、耳环等饰物来度日。接着他们二人就关上门静坐，或者猜灯谜，或者回忆过去所读过的书，并且还要一较高下，输的人要被赢的人用两根手指敲击手腕。他们家西边的邻居姓翁，是一个绿林好汉。有一天，翁某打劫回来。小二说：“依靠邻居可以发财致富，我有什么可担忧的？暂时向他借一千两银子，不知道他会不会借给我。”丁生认为这件事很是困难。小二说：“我要让他很乐意将银子给我送过来。”于是，小二就用纸剪了一个判官，将它放在地上，又用鸡笼子将它盖住。做完这一切以后，她拉着丁生的手上了床，烫好了存下的一点酒，翻检《周礼》用来行酒令：随便说出该书的哪一册，在哪一页，是第几人，然后两个人就一起翻阅。如果说的这个人翻到的事有食字旁、水字旁、酉字旁的字就喝酒，翻到酒字部的就加倍喝酒。小二正好翻到了《酒人》，丁生就拿来一个大杯子倒得满满的催促小二赶紧喝。小二于是祈求说：“如果想要借得银子来，你应该翻到‘饮’字部的字。”到了丁生翻阅，他一翻书，翻到了《鳖人》。小二开心地大笑说道：“事情已经办成了！”说完就将杯子倒满了酒让丁生喝。丁生不服，小二说：“你这个鳖是水族，应该像鳖喝水一样喝酒。”二人正吵吵闹闹地行着酒令，听见鸡笼子响起嘎嘎的声音。小二站起来说道：“来了。”他们将鸡笼子拿开一看，一个布袋子里装满了银子放在那里，银子多得都要冒出来了。丁生不禁感到又惊又喜。

原文

后翁家媪抱儿来戏，窃言：“主人初归，篝灯夜坐。地忽暴裂，深不可底，一判官自内出，言：‘我地府司隶也。太山帝君会诸冥曹，造暴客恶录，须银灯千架，架计重十两，施百架，则消灭罪愆。’主人骇惧，焚香叩祷，奉以千金。判官荏苒而入，地亦遂合。”夫妻听其言，故啧啧诧异之。而从此渐购牛马，蓄厮婢，自营宅第。

○篝灯：点灯。篝，原指用竹笼罩着的火，后用以说点灯，点火照明。
○司隶：古代负责督捕盗贼之事的官吏。
○太山帝君：泰山神，即东岳天齐大帝，传说是阴司众神的领袖。
○暴客：强盗或犯有强盗之类暴行的人。恶录：罪行簿。
○施：施舍，拿出。
○荏苒：舒缓，从容。
○啧啧（zé）：惊叹声。

译文

后来，翁家的一个老妈子抱着小孩来小二他们家串门，偷偷地和他们说：“那天主人刚从外面回来，点上灯坐下。忽然，屋子的地面裂开了一道大的缝隙，缝隙深不见底，有一个判官从缝隙里走出来，说‘我是地府的官吏。泰山的帝君召集了地府的阴曹官吏，想要编写一份强盗的罪行簿，需要银灯一千架，每一架要银子十两，你捐出一百架，则你的罪过可以一笔勾销。’主人一听吓得魂不守舍，赶紧焚香叩头，奉上了一千两银子。判官拿到银子以后才慢慢地走进地缝回到地府，地上的裂缝也就合上了。”小二和丁生听说了老妈子的这番话，都故意装出吃惊的样子。从这以后，他们逐渐地购置了牛马、蓄养了奴婢和小厮，还营建了自己的住房。

原文

里无赖子窥其富，纠诸不逞，逾垣劫丁。丁夫妇始自梦中醒，则编菅爇照，寇集满屋。二人执丁，又一人探手女怀。女袒而起，戟指而呵曰：“止，止！”盗十三人，皆吐舌呆立，痴若木偶。女始

○不逞：不逞之徒，即为非作歹的人。
○逾垣劫丁：翻过墙头，抢劫丁家。垣，矮墙。劫，抢劫。
○编菅（jiān）：本指用茅草编的草苫。此指用茅草捆束的火把。
○袒：袒露，裸上身。
○戟指：用食指、中指指点，其形如戟，行法术或指斥时的手势。

着袴下榻，呼集家人，一一反接其臂，逼令供吐明悉。乃责之曰：“远方人埋头涧谷，冀得相扶持，何不仁至此！缓急人所时有，窘急者不妨明告，我岂积殖自封者哉？豺狼之行，本合尽诛，但吾所不忍，姑释去，再犯不宥！”诸盗叩谢而去。

○反接其臂：双臂交叉绑在背后。

○埋头：隐居。

○缓急：复词偏义，意为窘困、急需。

○积殖自封：积财自富，为富不仁。殖，孳生利息。封，富厚。

○宥：宽恕。

译文

村子里有几个无赖看见小二家里很是富有，就纠集了好些坏人，翻过院墙进入他家进行抢劫。丁生和小二刚从睡梦中惊醒，只见火把将院子照得通明，满屋子都是强盗。有两个人冲上来抓住了丁生，又有一个人用手要摸小二的胸部。小二光着身子一跃而起，用手做出戟状对着那些强盗呵斥道：“别动，别动！”强盗一共十三人全都吐着舌头呆呆地站立着，像木偶一样。小二这才开始穿上衣服裤子下了床，招呼聚集家人，一一将强盗们都反绑了起来。逼迫他们将他们抢劫的缘由明明白白地说出来。小二于是斥责他们说道：“我们是从远方来到这里逃难的，希望与你们彼此互相扶持，你们为什么不仁不义到这种地步！人都会有窘困危难的时候，你们如果有窘迫危难不妨直接告诉我们，我岂是那种视财如命的为富不仁的人？你们这种豺狼一样的行为，按理说应该将你们全部杀掉。但是我于心不忍，姑且这次将你们放掉，如果再犯这种事情，我一定不会饶恕你们。”强盗们都磕头感谢小二的不杀之恩，然后离开。

原文

居无何，鸿儒就擒，赵夫妇妻子俱被夷诛，生赍金往赎长春之幼子以归。儿时三岁，养为己出，使从姓丁，名之承祧。于是里中人渐知为白莲教戚裔。适蝗害稼，女以纸鸢数百翼放田中，蝗远避，

○夷诛：杀害。夷，消灭。

○承祧（tiāo）：承继为后嗣。祧，承继先代。

○戚裔：亲属和后代。

不入其陇，以是得无恙。里人共嫉之，群首于官，以为鸿儒余党。

○群首于官：结伙向官府告发。首，告发罪行。

官瞰其富，肉视之，收丁。丁以重赂啖令，始得免。女曰："货殖

○肉视之：视丁生夫妇如俎上鱼肉，可以摧残获利。

之来也苟，固宜有散亡。然蛇蝎之乡，不可久居。"因贱售其业而

○苟：苟且，不正当。 ○蛇蝎：喻人情险恶。

去之，止于益都之西鄙。

○益都：旧县名。属山东省。在莱芜市东北，明清属青州，今并入山东青州。西鄙：西边。

译文

小二和丁生在这个地方没住多长时间，徐鸿儒就被官兵抓住了，赵旺夫妇和儿子一家都被诛杀了。丁生用重金前往官府帮助小二赎回了她哥哥赵长春的小儿子。那时候孩子才三岁，小二和丁生把他当作亲生儿子一样抚养，让他改姓丁，名字叫作承祧。于是这个村子里的人渐渐地知道了丁家是白莲教的亲属和后代。那时正赶上蝗虫泛滥，祸害庄稼，小二就剪了几百只纸鸢放在了田里，蝗虫被吓得远远地逃离开了，都不敢进入小二家的田里，因此她家田里的庄稼都没有受到蝗虫的祸害。村子里的人都很是嫉妒他们，他们向官府告发小二他们是徐鸿儒的余党。县令垂涎丁家的财富，将丁家看作一块肥肉，就将丁生收监了。丁生用重金贿赂了县令，这才得到了赦免。小二说："我的钱财本来就来得不明白，就应该散财。然而这里的人心如蛇蝎，不能够长久地居住。"于是他们将自己的家产低价贱卖了出去，离开了这里，搬迁到了益都县的西部。

原文

女为人灵巧，善居积，经纪过于男子。尝开琉璃厂，每进工人而

○居积：囤积，倒买倒卖。 ○经纪：经营管理。 ○琉璃厂：烧制琉璃器皿的工厂。 ○进：招进，引进。

指点之，一切棋灯，其奇式幻采，诸肆莫能及，以故直昂得速售。

居数年，财益称雄。而女督课婢仆严，食指数百无冗口。暇辄与

○督课：监督考查。课，课业目标。 ○食指数百无冗（rǒng）口：几十个人吃饭，却无闲人。食指，借指人口。一人十指，为一口。冗，多余，闲散。

丁烹茗着棋，或观书史为乐。钱谷出入，以及婢仆业，凡五日一

课，女自持筹，丁为之点籍唱名数焉。勤者赏赉有差，惰者鞭挞罚膝立。是日给假不夜作，夫妻设肴酒，呼婢辈度俚曲为笑。女明察如神，人无敢欺。而赏辄浮于其劳，故事易办。村中二百余家，凡贫者俱量给资本，乡以此无游惰。值大旱，女令村人设坛于野，乘舆夜出，禹步作法，甘霖倾注，五里内悉获沾足。人益神之。女出未尝障面，村人皆见之。或少年群居，私议其美，及觌面逢之，俱肃肃无敢仰视者。每秋日，村中童子不能耕作者，授以钱，使采荼蓟，几二十年，积满楼屋。人窃非笑之。会山左大饥，人相食，女乃出菜，杂粟赡饥者，近村赖以全活，无逃亡焉。

○点籍唱名数：检查账本和登记簿，报出收支以及仆婢作业的名称和数量。点，按验。

○赏赉（lài）：赏赐。有差：差等，区别。

○罚膝立：罚跪。

○度俚曲：唱地方俗曲。

○禹步：巫师、道士作法时的一种步法，一足后拖，如跛足状。据传禹治洪水时因患"偏枯之病"以致如此行步，而为后世俗巫所效法。

○障面：旧时青年妇女外出常以黑纱遮面。一说，用折扇遮面。

○觌（dí）面：对面相见。

○肃肃：恭敬貌。《诗·大雅·思齐》："雍雍在宫，肃肃在庙。"传："肃肃，敬也。"

○荼（tú）蓟（jì）：两种野菜。荼，即苦菜。蓟，一种多年生草本植物，分大蓟、小蓟两种。

○山左：旧称山东省。因在太行山之左，故名。

译文

小二为人心灵手巧，擅长积累财富，经营产业比男人还要强。她曾经开办过琉璃厂，凡是招收的工人都会亲自指导培训。工厂生产的棋子和灯具，款式奇特，色彩缤纷，别的工厂都没法和它相比，所以小二他们家的产品虽然价钱很高，但是也能够卖得很快。就这样过了几年，丁家就更加富有了。小二监管奴婢和仆役十分严厉，她手底下数百人没有一个是多余的。闲暇的时候小二就和丁生煮茶、品茗、下棋，或者是看书读史找乐趣。家里的财、物情况以及奴婢、仆役的工作，每隔五天小二都要检查一次。检查时，小二手里拿着计算用的筹子，丁生为她看账点名报数。勤劳的人能够得到不同的奖励，懒惰的人或者被鞭打或者罚跪。检查的这一天晚上不用工作，放一晚上的假，他们夫妻摆上酒席，招呼女婢仆役们一起唱一些市井小曲饮酒作乐。小二明察秋毫，就好像有神灵帮助一样，因此没有人敢欺骗她。

小二给手下人的奖励总是超过了他们的劳动价值，所以办起事情来都很顺利。这个村子里有二百多户人家，凡是家里贫穷的人小二都给他们一点本钱让他们谋生，自此，村子里再也没有游手好闲的人。有一年赶上大旱，小二让村子里的人在野外搭建了祭坛，小二坐着轿子在夜里来到了野外，在祭坛上用禹步作法求雨，于是就下起了大雨，五里范围内的农田都得到了浇灌。从这以后，人们更加把她奉若神明。小二外出的时候从来不遮住面孔，村子里的人都看见过她。有的少年们聚集在一起私下里议论她的美貌，但是等到看见她时，却都肃然起敬，没有一个敢正面直视她。每年的秋天，村子里那些不能下地里干活的小孩子，小二就给他们钱，让他们去采摘苦菜和蓟草，就这样过了二十年，这些野菜已经堆满了楼中的所有屋子。人们私下里都笑话她。后来，山东发生了大饥荒，出现了人吃人的现象。小二这时拿出那些野菜，将粮食和野菜掺和在一起给灾民吃，附近的几个村子全靠小二才得以活了下来，没有到外地逃荒去。

原文

异史氏曰：二所为，殆天授，非人力也。然非一言之悟，骈死已久。由是观之，世抱非常之才，而误入匪僻以死者，当亦不少。焉知同学六人中，遂无其人乎？使人恨不遇丁生耳！

○殆天授，非人力：小二一生不平凡的经历和作为是天赋使然，非后天学习可致。《史记·淮阴侯列传》："且陛下所谓天授，非人力也。"

○骈（pián）死：一起死去。

○误入匪僻：误入歧途。匪僻，邪僻。

译文

异史氏说：小二的所作所为，实在是得自上天的神力，不是人力所能做到的。然而，如果不是受丁生一句话的点拨而顿悟，小二恐怕早就与同伙一样被诛杀了。由此可见，世上身怀绝世才华而误入歧途不得善终的人一定不少。怎么知道同在徐鸿儒手下受教的六人之中，再没有才华出众的人了呢？只是让人遗憾她们没有遇上丁生啊！

【庚娘】

原文

○太守：明清对知州、知府的俗称。

金大用，中州旧家子也。聘尤太守女，字庚娘，丽而贤，逑好甚敦。

○中州：指河南省。河南省为古豫州地，地处九州中央，故称"中州"。旧家：世家。指上代有勋劳和有社会地位的家族。○逑好甚敦：夫妻感情很深。

以流寇之乱，家人离逖。金携家南窜。途遇少年，亦偕妻以逃者，

○流寇之乱：指明末李自成义军由陕入豫。时间约在崇祯前期至中期。○离逖（tì）：谓远离故土。

自言广陵王十八，愿为前驱。金喜，行止与俱。至河上，女隐告金

○广陵：江苏扬州旧称"广陵郡"，明清为扬州府，府治在今江苏扬州。○前驱：领路，向导。

曰："勿与少年同舟。彼屡顾我，目动而色变，中叵测也。"金诺之。

○目动而色变：眼睛贼溜溜的，神色不正常。○中叵（pǒ）测：谓内心阴险。中，中心。叵，不可。

王殷勤，觅巨舟，代金运装，劬劳臻至，金不忍却。又念其携有少

○劬（qú）劳：勤劳，劳苦。臻（zhēn）至：周到。

妇，应亦无他。妇与庚娘同居，意度亦颇温婉。王坐舡头上，与

○舡（chuán）：船。

榜人倾语，似其熟识戚好。未几，日落，水程迢递，漫漫不辨南

○榜人：划船的人。榜，船桨。倾语：耳语，低头谈。○水程迢递：水路遥远。意思是看不到可以停泊的处所。○漫漫：旷远无际的样子，形容水面广阔。

北。金四顾幽险，颇涉疑怪。顷之，皎月初升，见弥望皆芦苇。既

○弥望：极望，满眼。

泊，王邀金父子出户一豁，乃乘间挤金入水。金父见之，欲号，舟

○豁：排遣，散心。○乘间：乘隙，趁机。

人以篙筑之，亦溺。生母闻声出窥，又筑溺之。王始喊救。母出时，

○筑：撞击。

庚娘在后，已微窥之。既闻一家尽溺，即亦不惊，但哭曰："翁姑

俱没，我安适归？"王入劝："娘子勿忧，请从我至金陵。家中田庐，

颇足赡给，保无虞也。"女收涕曰："得如此，愿亦足矣。"王大悦，

○无虞：不用发愁。虞，忧虑。

给奉良殷。既暮，曳女求欢，女托体姅，王乃就妇宿。初更既尽，

○体姅（bàn）：正值月经期内。

夫妇喧竞，不知何由，但闻妇曰：“若所为，雷霆恐碎汝颅矣！”王乃挞妇。妇呼云：“便死休！诚不愿为杀人贼妇！”王吼怒，捽妇出，便闻骨董一声，遂哗言妇溺矣。

○骨董：同“咕咚”。此言落水声。

译文

金大用，河南旧官宦人家的子弟。迎娶了尤太守的女儿做妻子，太守的女儿叫庚娘，既漂亮又贤淑，他们夫妻之间的感情特别深厚。因为赶上了战乱，金大用一家人逃离了故乡，向南方逃难。金大用他们在逃亡途中遇见了一个年轻人，也是带着妻子逃避战乱的。这个年轻人自称是扬州人，叫王十八，他说愿意为金大用他们带路。金大用十分高兴，于是和王十八他们一家人一起前行。这天，来到了一条河上，庚娘悄悄地告诉金大用说：“不要和这个王十八坐一条船，他总是盯着我看，眼珠乱转，脸色不正常，好像是心怀叵测。”金大用于是答应了。但是王十八十分殷勤地雇了一条大船，帮着金大用他们将行李装上了船，勤劳周到。金大用不忍心拒绝他的好意。又转念一想王十八也带着他的妻子，应该不会有什么问题。王十八的妻子与庚娘住在一起，她对待庚娘也很是温柔友爱。王十八坐在船头上，与船夫们亲切地说着话，就好像认识很多年的亲朋好友。不一会儿，太阳落下山了，水路漫长，辽阔的水面一望无际，根本分不清东南西北。金大用看向四周，觉得荒凉而又险恶，心里开始有点疑惑奇怪。过了一会儿，皎洁的月亮升起来了，这才看清楚船的四周都是芦苇。船停下来以后，王十八邀请金大用父子出来一起观赏风景。王十八趁着金大用没注意将他挤下水去。金大用的老父亲看到了，刚想大声呼喊求救，就被船夫用船篙打下了船，也淹死了。金大用的母亲听见了动静出来查看，也是被一船篙打下船去淹死了。这时候，王十八才开始大声呼救。金大用的母亲出来的时候，庚娘就跟在她的后面，她隐约看见了是怎么一回事。因此当庚娘听见一家人都被淹死的消息后，也没有感到十分惊慌，只是哭着说道：“公公婆婆都死了，哪里能够让我安身呢？”王十八进入船舱劝说道：“娘子不要担忧，请跟着我一起去往金陵。我的家中在金陵有房子有地，很是富裕，能够保你衣食无忧。”庚娘这才止住眼泪说道：“如果能够这样，我也就能够心满意足了。”王十八十分愉快，对庚娘的一切吃穿用度都尽力满足，十分殷勤。到了晚上，王十八拉着庚娘要……王十八就回到他媳妇那里去睡觉。夜里一更刚过，王十八他们夫妻竟然吵了起来，却不知道是什么原因。只是听见王十八的妻子说：“你的所作所为，就不怕雷霆将你的脑袋给劈碎了？”王十八打了妻子。他的妻子喊道：“我死了算了！我实在是不愿意做杀人贼的老婆！”王十八愤怒地吼叫着将妻子拖出了船舱，然后就听见“咕咚”一声，接着就听见人们喊有人掉进水里了。

原文

未几，抵金陵，导庚娘至家，登堂见媪。媪讶非故妇。王言：“妇堕水死，新娶此耳。”归房，又欲犯。庚娘笑曰：“三十许男子，尚未经人道耶？市儿初合卺，亦须一杯薄浆酒，汝家沃饶，当即不难。清醒相对，是何体段？”王喜，具酒对酌。庚娘执爵，劝酬殷恳。王渐醉，辞不饮，庚娘引巨碗，强媚劝之，王不忍拒，又饮之。于是酣醉，裸脱促寝。庚娘撤器烛，托言溲溺；出房，以刀入，暗中以手索王项，王犹捉臂作昵声。庚娘力切之，不死，号而起；又挥之，始殪。媪仿佛有闻，趋问之，女亦杀之。王弟十九觉焉。庚娘知不免，急自刎，刀钝鈌不可入，启户而奔。十九逐之，已投池中矣。呼告居人，救之已死，色丽如生。共验王尸，见窗上一函，开视，则女备述其冤状。群以为烈，谋敛赀作殡。天明，集视者数千人，见其容，皆朝拜之。终日间，得金百，于是葬诸南郊。好事者

○犯：这里是性侵的意思。

○人道：指男女交合之事。

○沃饶：殷富。

○体段：体统。

○殪（yì）：死。

○钝鈌（jué）：刃不锋利叫“钝”，刃卷缺叫“鈌”。

○作殡：治丧。

为之珠冠袍服，瘗藏丰满焉。

○瘗藏（yì cáng）：陪葬物品。

译文

没过多长时间，他们就到达了金陵。王十八带着庚娘回到了家中，登堂拜见母亲。王母看见庚娘感到很惊讶，这不是以前的那个媳妇。王十八说："原先的那个媳妇掉进水里淹死了，这是我新娶的媳妇。"回到了房间，王十八又想和庚娘同床共枕。庚娘笑着说道："三十多岁的男子汉，难道还没有和女人一起睡过吗？普通人家在新婚之夜还得喝一杯薄酒表示庆祝呢，你家如此富饶，应该是容易办到的。再说两个人清醒地面对着，有什么情趣？"王十八十分欢喜，很快就置办了酒席与庚娘一起喝酒。庚娘拿着酒杯，殷勤地劝王十八喝酒。王十八渐渐地喝醉了，就推辞着说不能再喝了。庚娘又举着一大杯酒，连哄带骗地强要他喝下去，王十八不忍心拒绝，就又喝了下去。于是王十八已经醉醺醺的了，将自己脱了个干净上了床又催促庚娘。庚娘将餐具撤了下去，又熄灭了蜡烛，假装自己要去小解；庚娘出了房间拿了一把刀走了进来，在黑暗中用手摸索着王十八的脖子，王十八还抓着庚娘的胳膊说着甜言蜜语。庚娘用力砍向王十八的脖子，王十八没有死去，大声喊叫着坐起身来；庚娘又拿刀砍了下去，王十八这才死了。王母好像听见了响声，就过来查看是怎么回事，庚娘把王母也杀掉了。王十八的弟弟王十九也有所察觉。庚娘知道自己难免一死，急忙用刀自刎，但是刀口太钝了，并且还有缺口，不能砍进去。庚娘于是打开门跑了出去，王十九一直在后面追着她，但是庚娘已经跳进水池之中了。王十九呼喊着左右邻居，他们将庚娘救上来的时候她已经死了，她的面容仍然像活着的时候一样艳丽。众人一起查验王十八的尸体，看见窗台上放着一封信，打开一看，原来是庚娘写的，信里详细讲述了她全家被害、含冤而死的惨状，众人都认为庚娘是个忠烈的女子，就商量着募集钱财为她出殡。天亮的时候，来看庚娘的有数千人，人们瞧见庚娘的面容，都向她朝拜。一天的时间，就募集到了一百多两银子。人们把庚娘安葬在南郊，还有好心人为她买来了珠冠和袍服，随葬物品也很多。

原文

初，金生之溺也，浮片板上，得不死。将晓，至淮上，为小舟所

○淮上：淮河北岸。

救。舟盖富民尹翁专设以拯溺者。金既苏，诣翁申谢。翁优厚之，留教其子。金以不知亲耗，将往探访，故不决。俄白：“捞得死叟及媪。”金疑是父母，奔验果然。翁代营棺木。生方哀恸，又白：“拯一溺妇，自言金生其夫。”生挥涕惊出，女子已至，殊非庚娘，乃王十八妇也。向金大哭，请勿相弃。金曰：“我方寸已乱，何暇谋人？”妇益悲。尹得其故，喜为天报，劝金纳妇。金以居丧为辞，且将复仇，惧细弱作累。妇曰：“如君言，脱庚娘犹在，将以报仇居丧去之耶？”翁以其言善，请暂代收养，金乃许之。卜葬翁媪，妇缞绖哭泣，如丧翁姑。既葬，金怀刃托钵，将赴广陵。妇止之曰：“妾唐氏，祖居金陵，与豺子同乡。前言广陵者，诈也。且江湖水寇，半伊同党，仇不能复，只取祸耳。”金徘徊不知所谋。

○挥涕：抹着眼泪。

○方寸已乱：心绪已乱。方寸，心。

○居丧：服丧。父母死，子女服丧三年，不得嫁娶。

○细弱：妇孺家小。

○缞绖（cuī dié）：丧服之一种，俗称披麻带孝，服三年丧者用之。缞，披于胸前的麻布条。绖，结在头上或腰间的麻布带。

译文

刚开始，金大用被推下水里的时候，他幸亏抓住了一块木板，这才大难不死。天快要破晓的时候，他漂到了淮河上，被一只路过的小船给搭救了。这条小船是一个姓尹的大富豪专门设置用来搭救落水遇难的人的。金大用苏醒以后，前去尹府对尹翁表示感谢。尹翁特别优厚地款待了金大用，想要留下他来教导自己的儿子读书。金大用因为不知道亲人的消息，想要去寻访，所以有点拿不定主意是去是留。过了一会儿，有人进来向尹翁禀告说：“又捞上来了被淹死的老翁和老妇人。”金大用怀疑是自己的父母，跑过去一看果然就是他们。尹翁替他买来了棺木。金大用正在哀伤痛哭的时候，又有人进来禀告说：“又救上来一个落水的少妇，她说她的丈夫是金大用。”金大用一边擦眼泪一边惊疑地跑了出去，那个女子已经过来了，但是却不是庚娘，而是王十八的妻子。王妻看着金大用大哭，希望金大用不要丢弃她。金大用说：“我现在已经心乱如麻，哪里有心思顾得上其他人呢？”王妻听了这话更加地悲伤了。尹翁询问这其中的缘故，欢喜地说这是老天的报应，劝金大用娶了妇人。金大用以父母刚刚去世作为借口推辞，并说自己还想要去报仇，怕有家人以后是累赘拖累自己。妇人说：“就像你所说的，如果庚娘还活着的话，你也会为了报仇在丧期将她抛弃吗？”尹翁认为这妇人说得很有道理，就提出暂时代替金大用收养她。金大用勉强同意了。金大用安葬自己父母的时候，那个妇人披麻戴孝，哭得很是悲痛，就好像死的是自己的公婆一样。葬礼结束以后，金大用怀揣着利刃，拿着讨饭用的钵子，想要去扬州找王十八报仇。妇人制止了他并且说：“我姓唐，家里世世代代居住在金陵，与那个豺狼王十八是同乡。他先前说他是扬州人，其实都是骗你的。况且这江湖上的强盗水寇有一半都是他的同党。到那时只怕你大仇没有报，还会惹祸上身。”金大用一听，又犹豫不决，不知道该怎么办了。

原文

忽传女子诛仇事，洋溢河渠，姓名甚悉。金闻之一快，然益悲。辞

○洋溢河渠：指消息传遍了水面。洋溢，这里是沸沸扬扬的意思。
○悉：周详。

妇曰：“幸不污辱。家有烈妇如此，何忍负心再娶？”妇以业有成说，

○业有成说：已经把夫妻关系说定。成说，约定。

不肯中离，愿自居于媵妾。会有副将军袁公，与尹有旧，适将西

○中离：中途离开，改变。
○副将军：副总兵。
○犯顺：以逆犯顺。指作乱造反。

发，过尹。见生，大相知爱，请为记室。无何，流寇犯顺，袁有

○记室：官名。东汉置，掌章表书记文檄，类似于现在的文字秘书。元后废。这里借指副将属下同一职掌的幕僚。

大勋，金以参机务，叙劳，授游击以归。夫妇始成合卺之礼。

○大勋：大功。
○参机务：指参赞军务。机务，军事机密。
○叙劳：按劳绩除授升赏。此言得官。
○游击：下级武官名。

译文

忽然传开了女子杀仇人的事情，淮河两岸的老百姓都在讨论这件事，并且姓甚名谁都清清楚楚。金大用听说了感到非常痛快，接着就感到更加悲伤。他再次辞谢

了唐氏说："庚娘幸好没有遭受侮辱，我的家里有这样忠烈的妻子，我又怎么忍心再娶而辜负了她呢？"唐氏认为他们已经将夫妻关系确定了，不肯中途离开，她甘愿做一个妾室。正巧有一个姓袁的副将军，他与尹翁是旧识，正要到西面去，前来看望尹翁。袁副将军一看见金大用就非常喜爱赏识他，就邀请到自己的军中做个书记官。没过多久，流寇造反，袁副将军因为平叛立了大功，金大用因为参赞军务有功，被授予了游击将军这一官职。他回到了尹翁家中，这才和唐氏成了亲。

原文

居数日，携妇诣金陵，将以展庚娘之墓。暂过镇江，欲登金山。漾舟中流，欻一艇过，中有一妪及少妇，怪少妇颇类庚娘。舟疾过，妇自窗中窥金，神情益肖。惊疑不敢追问，急呼曰："看群鸭儿飞上天耶！"少妇闻之，亦呼云："馋猧儿欲吃猫子腥耶！"盖当年闺中之隐谑也。金大惊，返棹近之，真庚娘。青衣扶过舟，相抱哀哭，伤感行旅。唐氏以嫡礼见庚娘。庚娘惊问，金始备述其由。庚娘执手曰："同舟一话，心常不忘，不图吴越一家矣。蒙代葬翁姑，所当首谢，何以此礼相向？"乃以齿序，唐少庚娘一岁，妹之。

○展墓：扫墓。展，省视。

○镇江：今江苏镇江，在江苏省的南部。

○金山：山名。在镇江西北。原为长江中的岛屿，后积沙成陆，遂与南岸相连。

○欻（xū）：忽然。

○群鸭儿飞上天：北朝乐府《紫骝马歌辞》："烧火烧野田，野鸭飞上天，童男娶寡妇，壮女笑杀人。"金大中和庚娘的闺中隐谑或有取于此。鸭栖丛芦，冲起直上，则此隐谑颇有狎亵意味。

○馋猧（wō）儿欲吃猫子腥耶：馋狗想吃猫吃的鱼了吧。喻贪馋、渴望。今喻人嘴馋有"馋狗舔猫碗"的俗谚，或与此略近。猧，犬。腥，生鱼。

○闺中之隐谑：闺房内夫妻开玩笑的隐语。隐，隐语，不直述本意而借他辞暗示。

○青衣：侍女。

○以嫡礼见庚娘：用见正妻之礼，拜见庚娘。

○吴越一家：敌对的双方成为一家人。吴、越，春秋时诸侯国名。

○蒙：承蒙。

○首：首先。

○齿序：以年龄的顺序。

译文

过了几天，金大用带着唐氏去金陵，准备去给庚娘扫墓。路过镇江，他们想要登金山去游玩一番。正在江中泛舟的时候，忽然有一只小船驶来，小船中坐着一个老妇人和一个少妇，金大用正惊讶那个少妇长得好像庚娘。小船急速地驶过，那少妇从船舱的窗口偷偷看金大用，那神情更是与庚娘相像。金大用有疑问但是也不敢贸然追上去询问，情急之下金大用大声喊道："看那一群鸭子飞上了天呀！"少妇听见了，也大声喊道："看馋狗想要吃小猫的鱼吧！"这是当年在闺房中金大用和庚娘开的玩笑话。金大用大吃一惊，急忙掉转船头向那条小船靠近，一看，那少妇果然是庚娘。婢女将庚娘扶过船来，金大用和庚娘相拥着抱头痛哭，过往的行人也为他们的重逢感伤不已。这时候唐氏过来用拜见正室的礼节拜见了庚娘。庚娘惊讶地问到底发生了什么，金大用于是将事情的前因后果说个清楚。庚娘拉着唐氏的手说道："我们同船时所说的那些话，我心中时常不能忘记，哪能想到如今变成了一家人。承蒙你代替我为公公婆婆送葬，所以我首先应该谢谢你，哪能要你用这种礼节与我相见呢？"于是就按照年龄来称为姐妹，唐氏比庚娘小一岁，是妹妹。

原文

先是，庚娘既葬，自不知历几春秋。忽一人呼曰："庚娘，汝夫不死，尚当重圆。"遂如梦醒。扪之，四面皆壁，始悟身死已葬。只觉闷闷，亦无所苦。有恶少窥其葬具丰美，发冢破棺，方将搜括，见庚娘犹活，相共骇惧。庚娘恐其害己，哀之曰："幸汝辈来，使我得睹天日。头上簪珥，悉将去，愿鬻我为尼，更可少得直。我亦不泄也。"盗稽首曰："娘子贞烈，神人共钦。小人辈不过贫乏无计，作此不仁。但无漏言幸矣，何敢鬻作尼！"庚娘曰："此我自乐之。"又一盗曰："镇江耿夫人，寡而无子，若见娘子，必大喜。"庚娘谢之。自拔珠饰，悉付盗，盗不敢受，固与之，乃共拜受。遂载去，

○扪（mén）：摸。

○鬻（yù）：卖。

至耿夫人家，托言舡风所迷。耿夫人，巨家，寡媪自度。见庚娘大喜，以为己出。适母子自金山归也。庚娘缅述其故。金乃登舟拜母，母款之若婿。邀至家，留数日始归。后往来不绝焉。

○舡风所迷：意思是乘船遇风迷路。
○寡媪自度：老寡妇一人独自过活。
○以为己出：把庚娘当作亲生女儿。
○款：款待，接待。

译文

原来，庚娘被众人埋葬了以后，自己也不知道经过了多长时间。忽然她听见有一个人喊她："庚娘，你的丈夫还没有死，你们应该重新团圆。"庚娘于是就像从梦中惊醒一样。用手摸摸，她的四周全都是墙壁。庚娘这才醒悟过来她已经死了并且已经被埋葬了。她只是感觉有点胸闷，也没有其他不舒服的地方。有几个恶少看见庚娘的陪葬品很是精美丰富，就挖掘了坟墓，打开了棺材，他们正要动手搜刮物品的时候，发现庚娘还活着，双方都感到很惊骇。庚娘恐怕这些人加害自己，就哀求地说道："幸亏你们来了，让我能够重新见到天日。我头上戴的金簪、耳朵上的耳环什么的，你们都可以拿走。希望你们把我卖到寺院去做尼姑，也能卖得几个钱，我也不会把这件事告诉别人的。"恶少们磕头说："娘子是个贞烈之人，无论人还是神都十分钦佩你。我们几个小人不过是因为贫穷没有办法才干了这种见不得人的事情，你不把这件事告诉别人，已经是我们的幸运了，怎么敢将你卖到寺院做尼姑呢！"庚娘说："这是我自己乐意的。"又有一个恶少说："镇江有一个耿夫人，是个寡妇没有子嗣。如果她看见了娘子，一定会十分高兴的。"庚娘于是对他们表示感谢。庚娘自己将首饰摘了下来，全部给了恶少们。恶少们不敢接受，庚娘再三地给他们，他们这才一起拜谢收下了。于是恶少们将庚娘送到了耿夫人家里，假说是庚娘乘船遇见了大风而迷失了方向。耿夫人是一个大户人家的寡妇，一个人过日子。她看见庚娘十分欢喜，将她当作自己的亲生女儿。恰好她们母女二人从金山游玩回来。庚娘把自己的经历详详细细讲了一遍。金大用于是登上小船拜见耿夫人。耿夫人像款待自己的女婿一样招待了他们。耿夫人邀请金大用他们去她家，留他们住了好几天才回去。从此以后两家一直没有断了往来。

原文

异史氏曰：大变当前，淫者生之，贞者死焉。生者裂人眦，死者雪人涕耳。至如谈笑不惊，手刃仇雠，千古烈丈夫中，岂多匹俦哉！谁谓女子，遂不可比踪彦云也？

○裂人眦（zì）：把人恨得眼眶瞪裂，极度痛愤。眦，目眶。

○雪人涕：使人挥泪悲伤。雪，擦，拭。

○匹俦（chóu）：匹敌，并列。

○比踪彦云：意思是女子亦可同英烈男子并驾齐驱。比踪，并驾，行事相类。

译文

异史氏说：在大的变故之前，苟且臣服淫威的人可以活下来，贞洁忠烈的人只能死去。活着的人恨得人眼眶都瞪裂了，死去的人让人们伤心落泪。至于像庚娘这样在仇人面前谈笑自若，亲手杀死仇人的，在那些名垂千古的大丈夫中也很难有能与她相匹敌的！是谁说女子就不能与英烈男子并驾齐驱呢？

托钵

“托钵”原指僧人手持钵盂赴斋堂或向施主乞求布施的行为，象征僧人修行中的简朴与清贫。僧人依托钵乞食，体现了他们的修行生活。元代诗句中也常用“托钵”描写僧人清苦的生活。后来引申为行乞，泛指以乞讨为生的行为。这个用法不仅限于僧侣，亦可用于一般的乞讨者。

【宫梦弼】

原文

柳芳华，保定人。财雄一乡，慷慨好客，座上常百人。急人之急，千金不靳。宾友假贷常不还。惟一客宫梦弼，陕人，生平无所乞请。每至，辄经岁。词旨清洒，柳与寝处时最多。柳子名和，时总角，叔之，宫亦喜与和戏。每和自塾归，辄与发贴地砖，埋石子伪作埋金为笑。屋五架，掘藏几遍。众笑其行稚，而和独悦爱之，尤较诸客昵。后十余年，家渐虚，不能供多客之求，于是客渐稀，然十数人彻宵谈宴，犹是常也。年既暮，日益落，尚割亩得直，以备鸡黍。和亦挥霍，学父结小友，柳不之禁。无何，柳病卒，至无以治凶具。宫乃自出囊金，为柳经纪。和益德之，事无大小，悉委宫叔。宫时自外入，必袖瓦砾，至室则抛掷暗陬，更不解其何意。和每对宫忧贫，宫曰："子不知作苦之难。无论无金，即授汝千金，可立尽也。男子患不自立，何患贫？"一日，辞欲归。和泣嘱速返，宫诺之，遂去。和贫不自给，典质渐空。日望宫至，以为经理，而宫灭迹匿影，去如黄鹤矣。

○雄：称雄，数第一。

○靳（jìn）：吝惜。

○假贷：借贷。

○词旨：语意，指言谈情趣。清洒：清雅、洒脱，谓不落俗套。

○叔之：称宫梦弼为叔父。

○总角：指儿童时代。古代男女十五岁前于头顶两旁束发为两结，称"总角"。角，小髻。

○发贴地砖：揭开房内铺地的砖。发，打开。

○稚：幼稚，孩子气。

○昵：亲热。

○谈宴：设宴聚谈。

○割亩得直：卖田得钱。直，价值。

○备鸡黍：筹措好饭菜，谓殷勤待客。

○凶具：指棺材。

○经纪：经营料理。

○德之：感激他。

○暗陬（zōu）：室内暗角。陬，隅，角落。

○作苦之难：生活的艰难，苦日子的难处。

○典质：典当。

○去如黄鹤：一去不回。唐崔颢《黄鹤楼》诗："黄鹤一去不复返。"

译文

柳芳华是保定人。他家里的财力在乡里数第一，为人慷慨好客，每次宴请都有好几百的客人。他经常急别人所急，即使是一千两银子也毫不吝惜。宾客和朋友经常找借口向他借钱却很少有人归还。唯有一个客人叫作宫梦弼，陕西人，从来也没有向柳芳华提出过什么要求。他每次来到柳家，都要住上一年的时间。宫梦弼谈吐文雅，风流潇洒，柳芳华与他彻夜长谈的时候最多。柳芳华的儿子叫柳和，那时候还是一个小孩子，他叫宫梦弼叔叔。宫梦弼也很喜欢和柳和一起玩游戏。每次柳和从私塾上学回来，宫梦弼就和他一起揭开地上铺的地砖，将石子埋进去，假装埋的是金银财宝，以此当作游戏。柳芳华家里的五所房屋，他们几乎在房前屋后都埋遍了。众人都嘲笑宫梦弼的行为很是幼稚，但是柳和偏偏喜爱他，对他比对别的客人都要亲近。十多年以后，柳家的财务渐渐地越来越空虚，不能满足那么多客人的需求，于是客人们也就渐渐地少了，然而十多个人彻夜喝酒闲谈还是经常的事情。随着柳芳华年龄越来越大，柳家的产业更加落魄了，但是还可以卖一些田地换得一些钱财用来招待客人。柳和也是很能挥霍的，他学他的父亲结交了一帮朋友，柳芳华也从来不制止他。没多长时间，柳芳华得病死了，家里这时候已经穷得连买棺材的钱都拿不出来。宫梦弼于是自己拿出钱来为柳芳华置办了丧事。柳和因此特别感激宫梦弼的恩德。因而家里的事情无论大小，柳和都委托给宫梦弼处理。宫梦弼每次从外边回来，袖子里一定会装一些砖头瓦块，回到屋里就将它们扔到阴暗的角落。人们不理解宫梦弼这样做有什么用意。柳和经常对宫梦弼说起家里贫困的情况并且为此担忧。宫梦弼说：“你是不知道生活的艰难。不要说如今没有钱，就是现在给你一千两银子，你也会马上将它们花光。男子汉忧患的应该是不能自立，怎么会害怕贫穷？”有一天，宫梦弼想要告辞回老家去，柳和哭泣着叮嘱他快些回来，宫梦弼答应了以后就离开了。从此以后，柳和家里贫穷得连生活都不能维持了，家里的东西也都被卖完了。柳和日日盼望着宫梦弼赶紧回来，为他打理家事，但是宫梦弼销声匿迹了，一点消息也没有，就好像飞走的黄鹤一样不再回来了。

原文

○素封：富户，财主。

先是，柳生时，为和论亲于无极黄氏，素封也。后闻柳贫，阴有悔

○无极：县名。位于河北省中部。明清属直隶正定府，即今河北无极。

心。柳卒，讣告之，即亦不吊，犹以道远曲原之。和服除，母遣自

○讣（fù）：讣文，报丧书。 ○曲原之：曲意原谅他。 ○服除：服丧期满，解除丧服。

诣岳所，定婚期，冀黄怜顾。比至，黄闻其衣履穿敝，斥门者不纳，

○衣履穿敝：谓衣服破损，鞋子磨穿。 ○斥门者不纳：令守门人不让进门。斥，严辞告诫。

寄语云："归谋百金，可复来，不然，请自此绝。"和闻言痛哭。对

○寄语：传话，转告。

门刘媪，怜而进之食，赠钱三百，慰令归。母亦哀愤无策。因念旧

○三百：三百文铜钱。

客负欠者十常八九，俾择富贵者求助焉。和曰："昔之交我者为我财

耳。使儿驷马高车，假千金，亦即匪难，如此景象，谁犹念曩恩、

○责负：讨债。责，谓索求、讨取。负，负欠、债务。凭：凭证。

忆故好耶？且父与人金资，曾无契保，责负亦难凭也。"母故强之，

○曾无契保：从来没有立借契、找保人。曾，从来，一向。

和从教。凡二十余日，不能致一文。惟优人李四，旧受恩恤，闻其

○一文：一文钱。古代货币中最小的单位。

事，义赠一金。母子痛哭，自此绝望矣。

○一金：少量钱财。或一两银子。清赵翼《陔余丛考·一金》："今人行文以白金一两为一金，盖随世俗用银以两计，古人一金则非一两也。"

译文

以前在柳芳华还活着的时候，他为柳和谈了一门亲事，女方是无极县的黄氏，黄氏也是一个大户人家。黄氏后来听说柳家贫穷了，就暗地里已经有了悔婚的念头。柳芳华去世的时候，柳家给黄家发了讣告，黄家也没有人来吊唁。柳和还以为是因为路途遥远才没来，也就原谅了他们。柳和为父亲守孝的三年期已满，柳母就派遣柳和亲自去黄家一趟，与他们定下婚期，也希望黄家能够可怜柳家的遭遇而帮助他们。柳和来到了黄家，黄家人一听柳和穿着一身破衣服、脚上穿着一双破鞋子过来的，就告诉看门人不让柳和进来。还让人传话给柳和说："回去筹得一百两银子以后再来，否则，两家的亲事就从此断绝了。"柳和听到了这些话就痛哭起来。黄家对门的一个姓刘的老妇人，可怜柳和让他到自己家里吃了一顿饭，还给了他三百文钱，安慰他让他回家。柳和回到家里和母亲说了这件事，母亲也感到伤心悲愤但是又想不出来什么办法。她想起过去那些个从他们家里借钱的，十个里有九个都没有还，就想让柳和在他们中找几个富贵人家向他们寻求帮助。柳和说："从前和

我家交往的人，都是因为我们家有钱。假使儿子我现在乘坐四匹马拉着的华丽马车去借一千两银子，应该也不是什么困难的事情。但是我们现在家里这么贫穷，谁还怀念过去你对他的恩情，记着以前的好朋友呢？况且当时我父亲借给别人钱的时候，也没有立过字据或者找过保人，就是去讨债也没有什么凭据呀？”但是柳母再三要求他去，柳和只得听从。柳和奔波了二十多天，没有要到一文钱。唯有一个唱戏的人叫李四，以前受过柳家的恩恤，听说了柳家现在的状况，赠给了柳家一两银子。母子二人抱头痛哭了一场，自此以后对讨债也就不抱有任何希望了。

原文

黄女已及笄，闻父绝和，窃不直之。黄欲女别适。女泣曰：“柳郎非生而贫者也。使富倍他日，岂仇我者所能夺乎？今贫而弃之，不仁！”黄不悦，曲谕百端，女终不摇。翁妪并怒，旦夕唾骂之，女亦安焉。无何，夜遭寇劫，黄夫妇炮烙几死，家中席卷一空。荏苒三载，家益零替。有西贾闻女美，愿以五十金致聘。黄利而许之，将强夺其志。女察知其谋，毁装涂面，乘夜遁去，丐食于途，阅两月，始达保定，访和居址，直造其家。母以为乞人妇，故咄之，女呜咽自陈。母把手泣曰：“儿何形骸至此耶！”女又惨然而告以故，母子俱哭。便为盥沐，颜色光泽，眉目焕映，母子俱喜。然家三口，日仅一啖。母泣曰：“吾母子固应尔，所怜者，负吾贤妇！”女笑慰之曰：“新妇在乞人中，稔其况味，今日视之，觉有天堂地狱之别。”母为解颐。

○及笄（jī）：成年。古代女子满15岁结发，用笄贯之，因称女子满15岁为“及笄”。

○窃不直之：内心认为父亲无理。直，合理。

○曲谕：婉言劝说。

○炮烙：殷纣王所用的一种酷刑。这里指寇盗所用的烧灼之刑。

○荏苒（rěn rǎn）：形容时间渐进、推移。

○零替：败落。

○焕映：光彩照人。

○稔（rěn）：熟悉。

○解颐：露出笑容。

译文

黄家的女儿已经到了出嫁的年龄，听说父亲拒绝了她和柳和的婚事，心中很是不以为然。黄某要把女儿嫁给别人，女儿哭泣地说道：“柳郎并不是生下来就是贫困的人，假如他比以前还富有，难道与我们有仇的人就能够把他从我们手里夺走吗？如今就因为他贫穷了就将他抛弃了，就是不仁义呀！”黄某十分不高兴，婉言对她百般劝告。黄女始终没有动摇自己的心愿。黄家夫妇感到很是愤怒，每天早晚地责骂女儿，女儿也每次都安静地不予理睬。不久，一天夜里，黄家遭到了强盗的抢劫，黄家夫妇还遭受了炮烙之刑，差一点就死掉了，家里的财物都被席卷一空。不知不觉又过去了三年，黄家的家境越发凋零。有一个西方来的商人听说黄家有个女儿长得很漂亮，愿意出五十两银子作为聘礼。黄某贪图钱财就答应了，想要强迫女儿嫁给那个商人。黄女察觉了父亲他们的阴谋，就撕破了衣服，将脸上涂上污迹，趁着月色逃离了家。她一路上沿街乞讨，就这样经过了两个月，终于来到了保定，她打听到了柳和家的位置，径直地来到了柳和家。柳母以为她是一个乞讨要饭的人，就呵斥她快走。黄女呜咽地说明了自己的身份，柳母拉着她的手哭泣地说道：“姑娘呀，你怎么弄得这副样子呀！”黄女就又面色凄惨地将发生的这一切都告诉了他们。柳和跟柳母听得都哭了。于是，他们就让黄女盥洗沐浴。沐浴过后一看，黄女长得好看艳丽，神采飞扬，柳和与母亲都很是欢喜。然后这一家三口人，每天只能吃一顿饭。柳母哭泣地说道：“我们母子二人如此贫穷是应该的，只是可怜你这个贤惠的媳妇了！”黄女笑着安慰柳母说：“媳妇我一路乞讨着过来，知道讨饭的滋味。再看看现在的生活，和那时候相比就是天堂和地狱的区别。”柳母听儿媳这样说，这才欣慰地笑了。

原文

女一日入闲舍中，见断草丛丛，无隙地。渐入内室，尘埃积中，暗陬有物堆积，蹴之迕足，拾视皆朱提。惊走告和，和同往验视，则宫往日所抛瓦砾，尽为白金。因念儿时常与瘗石室中，得毋皆金？

○闲舍：空屋子，闲着的房子。

○蹴（cù）：踢。迕足：碰脚，碍脚。

○朱提（shí）：据《汉书·食货志》及《地理志》，“朱提”本山名，在今云南昭通境内，山出佳银，名“朱提银”，其值较他银值钱。后遂以“朱提”为佳银的代称。

○白金：白银。下文“白镪”义同。

○瘗（yì）：埋，葬。

而故第已典于东家，急赎归。断砖残缺，所藏石子俨然露焉，颇

○东家：东邻。指债主。

觉失望。及发他砖，则灿灿皆白镪也。顷刻间，数巨万矣。由是

○巨万：万万。形容极大数目。

赎田产，市奴仆，门庭华好过昔日。因自奋曰："若不自立，负我宫

叔！"刻志下帷，三年中乡选。乃躬赍白金往酬刘媪。鲜衣射目，

○刻志：刻苦励志。下帷：放下书室帘幕。指专心苦读。

○乡选：乡里的学问道德模范。

○躬赍（jī）：亲自携带礼品财物。躬，亲自。

仆十余辈，皆骑怒马如龙。媪仅一屋，和便坐榻上。人哗马腾，充

溢里巷。黄翁自女失亡，西贾逼退聘财，业已耗去殆半，售居宅，

始得偿。以故困窘如和曩日。闻旧婿烜燿，闭户自伤而已。媪沽酒

○烜燿：光彩显赫。

备馔款和，因述女贤，且惜女遁。问和娶否，和曰："娶矣。"食已，

强媪往视新妇，载与俱归。至家，女华妆出，群婢簇拥若仙。相见

大骇，遂叙往旧，殷问父母起居。居数日，款洽优厚，制好衣，上

○款洽：指款待和赠予。款，款待。洽，指赙赠。

下一新，始送令返。

译文

有一天，黄女去往空闲的房间查看，只见到处都是杂乱的野草，没有立足之地。黄女慢慢地走进屋子里面，房间到处都堆满了灰尘，屋子角落的黑暗处堆积着一堆东西，黄女就走过去用脚踢了一下，感觉硬硬的，于是捡起来一看，竟然是上等的白银。黄女感到惊喜不已，她赶忙将这件事告诉了柳和。柳和与妻子一同前往去查看，发现竟然是宫梦弼以前揣在袖子里带回的、抛弃在那里的砖头瓦块，现在都变成了白银。柳和由联想到他小的时候与宫梦弼经常在房前屋后埋石头玩，那些石头是不是也是银子呢？但是以前的老房子已经典当给了别人。于是柳和急忙将房子赎了回来。他发现老房子的地砖已经残缺不全，以前所藏的石头已经都露了出

来，十分醒目，柳和感到十分失望。等到他发掘开地砖一看，底下银光闪闪的一堆堆白银。转眼之间，柳和就成为拥有很多钱财的大财主。于是，柳和赎回了原来的田产，购买了奴仆，庭院的繁华程度已经超过了他父亲活着的时候。柳和因此自我鼓励说：“如果我还不能够自立，就辜负了宫叔叔的一片良苦用心！”此后，他刻苦励志，专心苦读，三年之后考中了举人。于是，柳和带着银子，前往无极县亲自去感谢那个姓刘的老妇人。柳和穿着华丽醒目的衣服，带着十多个仆人，这些人每一个都骑着高头大马。刘老妇人家里只有一间屋子，柳和便坐在床上。一时间人马喧腾的声音充满着整个巷子。黄某自从女儿逃跑以后，那个西方来的商人就逼迫黄某退还聘礼，黄家已经将这些钱财花费了一多半，没办法还上，只能将居住的房子卖掉，这才将聘礼还上。现在黄家的贫困程度不亚于以前的柳家。黄家人听说以前的女婿如今很是显赫荣耀，只能关上门自我感伤。刘老妇人准备了饭菜来招待柳和，说话间谈起了黄女的贤惠，只是可惜不知道她逃到哪里去了。刘老妇人问柳和娶妻了没有？柳和说：“已经娶了。”吃完了饭，柳和一定要刘老妇人和他一起回家看看他的新媳妇，于是就用车子拉着刘老妇人与他一起回到了保定。回到了家里，黄女盛装出来迎接，她被一大群丫环簇拥着就好像仙女一样。刘老妇人和黄女一见面都大吃一惊，于是她们相互叙旧，黄女殷切地向刘老妇人询问父母现在的情况。刘老妇人在柳家住了好几天，柳家夫妇热情地款待了她。为她缝制了好几身新衣服，将她打扮得上下一新，这才送刘老妇人回家了。

原文

媪诣黄，许报女耗，兼致存问，夫妇大惊。媪劝往投女，黄有难色。既而冻馁难堪，不得已如保定。既到门，见闬闳峻丽，阍人怒目张，终日不得通。一妇人出，黄温色卑词，告以姓氏，求暗达女知。少间，妇出，导入耳舍，曰：“娘子极欲一觐，然恐郎君知，尚候隙也。翁几时来此？得毋饥否？”黄因诉所苦。妇人以酒一盛、馔二簋，出置黄前，又赠五金，曰：“郎君宴房中，娘子恐不得来。明

○耗：音耗，消息。
○存问：问候，慰问。
○阍（hūn）人：看门人。
○闬闳（hàn hóng）峻丽：形容宅门高大华美。闬闳，里门，即临街之院门。
○通：通禀主人。
○温色卑词：面色温和，措辞谦卑。
○耳舍：正屋（堂屋）两旁的小屋，如人面之两耳，通称“耳房”。
○觐：拜会。相见的敬辞。
○候隙：等待机会。
○酒一盛（chéng）、馔二簋（guǐ）：酒一壶，饭菜两盘。

旦，宜早去，勿为郎闻。”黄诺之。早起趣装，则管钥未启，止于门中，坐襆囊以待。忽哗主人出，黄将敛避，和已睹之，怪问谁何，家人悉无以应。和怒曰：“是必奸宄！可执赴有司。”众应声出，短绠绷系树间，黄惭惧不知置词。未几，昨夕妇出，跪曰：“是某舅氏。以前夕来晚，故未告主人。”和命释缚。妇送出门，曰：“忘嘱门者，遂致参差。娘子言，相思时，可使老夫人伪为卖花者，同刘媪来。”黄诺，归述于妪。

○趣（cù）装：促装，仓促整理行装。

○管钥：锁。

○襆（fú）囊：盛衣物的包裹。

○敛避：抽身躲避。敛，敛迹。

○奸宄（guǐ）：不法分子，歹徒。《国语·晋语》：“乱在内为宄，在外为奸。”

○短绠：短绳。绠，绳。绷系：捆绑。

○某：仆妇自称。舅氏：舅父。

○参差（cēn cī）：差池，闪失。

译文

刘老妇人回到家以后，就来到了黄家向黄家的夫妇说了黄女的消息，并且转达了黄女对他们的问候。黄家夫妇都十分吃惊。刘老妇人劝他们夫妻去投靠女儿，黄某面有难色。不久之后，由于缺衣少食实在难以忍受，黄翁不得已来到了保定投靠女儿。他来到了柳和家的门前，只看见大门高大华美，很是气派。看门人瞪着眼睛看着他，整整一天也没有进去为他通报。正好有一个妇人从院子出来，黄翁面带笑容用谦卑的言语告诉了妇人他的姓名，请求她偷偷地告诉自己的女儿，让她知道。不一会儿，妇人出来了，将黄翁带进了一个小耳房里，说：“我家娘子十分想要过来和你相见，然而她害怕郎君知道，只能等待时机。您老人家是什么时候来到这里的？是不是饿了？”黄翁于是将自己所遭受的苦难告诉了妇人。妇人于是就拿了一壶酒、两盘菜放在了黄翁的面前。又拿给他五两银子。说：“郎君正在房间里宴请客人，娘子恐怕没有机会出来与您相见。明天你一早就离开这里，千万不要被郎君知道了。”

黄翁答应了。第二天一早，黄翁早早地起来整理了行装准备出门，但是大门还没有打开，黄翁只得先留在门洞中，坐在行囊上等待着大门打开。忽然有人大声喧哗说主人要出门，黄翁于是拿着行囊准备回避一下，但是柳和已经看见了他，就奇怪地问他是什么人，家人们都没有人能回答上来。柳和大怒道：“想必这一定是个歹徒，把他捆起来送到衙门去。”众人连忙说是，拿出绳子将黄翁捆了个结实，绑在了院子里的树上。黄翁又惭愧又恐惧，什么话也说不出来。没过一会儿，昨天晚上那个妇人跑了过来，跪下来对着柳和说：“他是我的舅舅，昨天晚上来的时候太晚了，所以就没有来得及告诉主人。”于是柳和就命令仆役解开了绳索。那妇人将黄翁送出了门，说：“都怪我忘记叮嘱看门人了，导致了今天的意外事件。娘子说了，如果想念她的时候，可以让老夫人装扮成卖花的人，和刘老妇人一块过来。”黄翁答应了，回来以后将这些话说给自己的妻子听。

原文

妪念女若渴，以告刘媪，媪果与俱至和家。凡启十余关，始达女所。女着帔顶髻，珠翠绮纨，散香气扑人，嘤咛一声，大小婢媪，奔入满侧，移金椅床，置双夹膝，慧婢瀹茗。各以隐语道寒暄，相视泪荧。至晚，除室安二媪，裀褥温耎，并昔年富时所未经。居三五日，女意殷渥。媪辄引空处，泣白前非。女曰：“我子母有何过不忘，但郎忿不解，妨他闻也。”每和至，便走匿。一日，方促膝坐，和遽入，见之，怒诟曰：“何物村妪，敢引身与娘子接坐！宜撮鬓毛令尽！”刘媪急进曰：“此老身瓜葛，王嫂卖花者，幸勿罪责。”和乃上手谢过，即坐曰：“姥来数日，我大忙，未得展叙。黄家老畜产尚在否？”笑云：“都佳，但是贫不可过。官人大富贵，何不一念翁婿情也？”和击桌曰：“曩年非姥怜赐一瓯粥，更何得旋乡土！

○关：门。

○着帔（pèi）顶髻：身着彩帔，头挽高髻。帔，豪门富室的便服，绣有团花，女帔长仅及膝。顶髻，头上挽着发髻，表示已婚。

○嘤咛：娇语声。指细声吩咐。

○金椅床：饰金的躺椅。

○置双夹膝：躺椅两侧各放一小型竹具。

○瀹（yuè）茗：泡茶，沏茶。

○裀（yīn）褥温耎（ruǎn）：睡觉的被褥温暖柔和。裀褥，指卧具。耎，同“软”，柔和。

○殷渥（wò）：深厚。

○子母：母女。子，可兼指男女。

○何物村妪：什么村老婆子。何物，什么东西。轻鄙人的话。

○瓜葛：疏亲。汉蔡邕《独断》：“四姓小侯，诸侯家妇，凡与先帝先后有瓜葛者……皆会。”“瓜”和“葛”都是蔓生植物，彼此牵连，故有此喻。

○上手谢过：拱手道歉。这里是作抱拳致歉的手势。上手，举手。

○展叙：会见叙谈。展，省（xǐng）视。

○畜产：畜生。

○旋：返还。

今欲得而寝处之，何念焉！”言至忿际，辄顿足起骂。女恚曰：“彼

○寝处之：剥其皮而坐卧之。

即不仁，是我父母。我迢迢远来，手皴瘃，足趾皆穿，亦自谓无负

○穿：露出。

○皴瘃（cūn zhú）：两手皴裂，生了冻疮。皮肤受冻而皴裂叫“皴”，冻疮叫“瘃”。

郎君，何乃对子骂父，使人难堪？”和始敛怒，起身去。

译文

黄母非常想念着自己的女儿，就将自己的心思告诉了刘老妇人，刘老妇人果然答应和她一起去往柳家。到了柳家，两个老太太经过了十几道门才来到了黄女的住处。只见黄女身上穿着彩帔，梳着高髻，一身的绫罗绸缎，满头的珍珠翡翠，身上的香气扑鼻。她只需要轻声地说句话，就有丫环老妈子围在她的身边听候指令。有的搬来金漆的躺椅，躺椅的两侧还各放着消暑的竹具，有聪慧的小丫环为两个老太太沏茶倒水。黄母与女儿用暗语嘘寒问暖了一番，相互对视，泪眼蒙眬。等到晚上的时候，安排了一间房子给两个老妇人休息，她们的被褥温暖而又柔软，这是黄母在富裕的时候也没有享受过的。就这样，她们在柳家住了三五天，女儿对待她们十分殷切诚心。黄母经常在没有人的时候，对着女儿哭诉以前她的过错。

黄女说：“我们母女之间有什么不能忘记的过错呢？只是柳郎依旧怀恨在心，因此提防不让他知道。”每次柳和要来的时候，黄母便到一边躲起来。有一天，黄母与女儿刚要促膝谈心，柳和突然走了进来，看着这种情景，十分愤怒地骂道：“哪里来的乡下村妇，敢和我的娘子坐在一起！就应该让人拔光你身上的鬓毛。”刘老妇人急忙上前说道：“这是我的亲戚，王嫂，一个卖花的，希望你千万不要责备她。”柳和这才拱手向刘老妇人道了歉，随即坐下来说道：“姥姥你来了好几天了，我太忙了，没有时间和你坐下来叙叙旧。黄家的那两个老畜生还尚在人间吗？”刘老妇人笑着说道：“他们都挺好的，就是贫穷得快要过不下去日子了。你如今已经大富大贵了，为什么不念一下翁婿的情分呢？”柳和拍着桌子说道：“那年若不是姥姥你可怜我，给了我一碗粥，我怎么能够活着回到家乡！每次想到这些我就恨不得剥了他们的皮坐在上面，还顾念什么情分！”说到愤怒的地方，柳和竟然跺脚大骂。黄女恼怒地说道：“他们再怎么不仁不义，也是我的亲生父母。我千里迢迢过来投奔你，手上皮肤皲裂，长满了冻疮，脚趾也都被磨破了，我也自认为没有什么辜负郎君的地方，你又怎么能当着子女的面辱骂人家的父母，故意使人难堪呢？”柳和这次收敛了怒气，起身离开了。

原文

黄妪愧丧无色，辞欲归，女以二十金私付之。既归，旷绝音问，女深以为念，和乃遣人招之。夫妻至，惭怍无以自容。和谢曰：“旧岁辱临，又不明告，遂使开罪良多。”黄但唯唯。和为更易衣履。留月余，黄心终不自安，数告归。和遗白金百两曰：“西贾五十金，我今倍之。”黄汗颜受之。和以舆马送还，暮岁称小丰焉。

○遗（wèi）：赠予。

○汗颜：脸上出汗。形容羞惭。

○小丰：小康。

译文

黄母听了柳和的话，十分羞愧和懊丧，感觉没有脸面，就想要告辞回家去。黄女偷偷地给了她二十两的银子。黄母回到家里以后，再也没有了消息。黄女十分挂念他们。柳和就派人将他们接到了保定。黄家夫妇到了柳家，都惭愧得无地自容。柳和向他们告罪说：“去年你们来到了我家，又不明着告知身份，实在是有很多冒犯你们的地方。”黄翁只是唯唯诺诺地答应着。柳和为他们更换了衣服鞋袜。他们在柳家住了一个多月，黄翁心里始终感到不踏实，好几次都要告辞回家。回家时，柳和送给他们一百两白银，说：“当年西方的商人给你们五十两银子，我如今加倍给您。”黄翁十分羞愧地收下了。柳和用马车送他们回到了家乡，他们的晚年生活也可以称作小康了。

原文

异史氏曰：雍门泣后，朱履杳然，令人愤气杜门，不欲复交一客。然良朋葬骨，化石成金，不可谓非慷慨好客之报也。闺中人坐享高奉，俨然如嫔嫱，非贞异如黄卿，孰克当此而无愧者

○雍门泣后：雍门周，战国齐人，善鼓琴。

○朱履：代指受优待的门客。杳然：无踪影。这两句揭示世态炎凉。

○良朋葬骨：指“柳病卒，至无以治凶具。宫乃自出囊金，为柳经纪”。

○贞异：坚贞卓绝。黄卿：指黄女。卿，昵称。

○高奉：优裕的供养。

○孰克：谁能。

乎？造物之不妄降福泽也如是。

○造物：造物主。指上天。

译文

异史氏说：富贵人家衰败以后，往日受到恩惠的宾客都再也没有了踪迹，这种事情实在是让人气愤伤心，想要关闭大门，从此以后不再结交一个宾客。然而好友能够安葬死者，点石成金，不能不说这是慷慨好客的一种福报。闺房中的女子坐享富贵荣华，俨然就像皇宫中的妃嫔一样，如果不是坚贞卓绝地像黄姑娘一样，又有谁能够享受这样的福报而没有愧疚呢？老天爷是不会随便将福泽与人的，就像这件事一样。

原文

乡有富者，居积取盈，搜算入骨。窖镪数百，惟恐人知，故衣败絮、啖糠秕以示贫。亲友偶来，亦曾无作鸡黍之事。或言其家不贫，便瞋目作怒，其仇如不共戴天。暮年，日餐榆屑一升，臂上皮折垂一寸长，而所窖终不肯发。后渐尫羸，濒死，两子环问之，犹未遽告。迨觉果危急，欲告子。子至，已舌蹇不能声，惟爬抓心头，呵呵而已。死后，子孙不能具棺木，遂藁葬焉。呜呼！若窖金而以为富，则大帑数千万，何不可指为我有哉？愚已！

○居积取盈：囤积财货，乘时取利。盈，利息。

○搜算：搜刮、算计。入骨：极言其刻薄。

○窖镪（qiǎng）：把钱埋在地下窖藏。

○故：故意。

○瞋（chēn）目：瞪眼。

○不共戴天：不与仇人并存于世间。

○榆屑：榆皮或榆钱轧成的碎末。

○发：开掘，使用。

○尫羸（wāng léi）：瘦弱。

○舌蹇：舌头僵滞，难以动转。蹇，蹇涩，僵木。

○藁（gǎo）葬：草草埋葬。一般指没有棺木，用席或草荐裹尸入土。藁，多年生草本植物。

○大帑（tǎng）：储藏金帛的国库。

译文

以前本乡有一个很有钱的人，囤积财货，乘时取利，刻薄到了极点。他将数百两的银子埋在了地窖里，唯恐被人知道。所以，他平时就穿着破破烂烂的衣服、吃糠咽菜表示自己的贫穷。他的亲戚朋友们偶然过来做客，也从来不杀鸡做菜加以招待。如果谁要说他家并不贫穷，他便双目圆睁，怒目相对，好像和这个人有不共戴天的仇恨一样。到了晚年的时候，他每天只吃一升榆树皮磨成的粉，瘦得手臂上的皮都耷拉下来一寸长，但是也不肯将埋在地窖里的银子拿出来使用。后来，他的身体越来越羸弱，眼看就要死了，两个儿子围着他问银子藏在什么地方，他仍然没有马上告诉他们。等到他发现情况已经很危急了，想要告诉儿子了，儿子们也都来了，可是他的舌头已经僵硬得发不出声音了，只能使劲地挠抓胸口，呵呵地乱叫而已。他死了以后，他的子孙买不起棺材，于是就将他草草地埋葬了。如果家里的地窖里埋着银子就算富有，那国库的金钱有数千万两，为何不能算作我的财富呢？这真的是太愚蠢了。

隐语

“隐语”是指不直接表达本意，而通过其他词语或暗示来传达含义的语言。这种表达方式通常用于曲折地表述，增加神秘感或避免直接陈述。在《汉书·东方朔传》中提到的隐语就是这种巧妙含蓄的说法。隐语常用于寒暄、讽刺、暗示等场合，是古代文人交流时的一种语言艺术。

【雊鹆】

原文

王汾滨言：其乡有养八哥者，教以语言，甚狎习，出游必与之俱，

○乡：依据上下文，大概是山东省的某地。八哥：为鸲鹆（qú yù）的俗称。

○狎习：亲密习熟。

相将数年矣。一日，将过绛州，去家尚远，而资斧已罄。其人愁苦

○绛（jiàng）州：明清时期州名。隶属平阳府，治所在今山西新绛。

○资斧已罄（qìng）：旅费花光了。罄，尽。

无策。鸟云："何不售我？送我王邸，当得善价，不愁归路无赀也。"

○王邸：疑指设于绛州之明代灵丘王府。

其人云："我安忍！"鸟言："不妨。主人得价疾行，待我城西二十里大树下。"其人从之。携至城，相问答，观者渐众。有中贵见之，

○中贵：太监。这里指灵丘王府宦官。

闻诸王。王召入，欲买之。其人曰："小人相依为命，不愿卖。"王问鸟："汝愿住否？"言："愿住。"王喜。鸟又言："给价十金，勿多予。"王益喜，立畀十金。其人故作懊恨状而去。王与鸟言，应

○畀（bì）：给予。

对便捷。呼肉啖之，食已，鸟曰："臣要浴。"王命金盆贮水，开

○便捷：反应灵敏。

笼令浴。浴已，飞檐间，梳翎抖羽，尚与王喋喋不休。顷之，羽燥，翩跹而起，操晋声曰："臣去呀！"顾盼已失所在。王及内

○翩跹（piān xiān）：轻举。

侍，仰面咨嗟，急觅其人，则已渺矣。后有往秦中者，见其人携鸟在西安市上。毕载积先生记。

○秦中：今陕西省地区。

译文

王汾滨讲过一个故事：在他的家乡有一个养八哥的人，他教八哥说话，八哥学得很是熟练，与主人的关系很是亲密。这个人每次出门都一定会带上八哥，就这样他们相伴了很多年。有一日，主人带着八哥经过绛州的时候，所带的盘缠已经花光了。这个人十分发愁，但是他也没有什么好的办法。八哥说道："你为什么不把我卖了？将我送到王府去，应该能卖一个好价钱，这样你就不用发愁回家没有路费了。"这个人说："我怎么忍心呢！"八哥说："没关系的。主人你拿到了钱以后就赶紧离开，在城西二十里外的大树下等着我。"这个人就听从了八哥的话。这个人就将八哥带到了城里，和八哥一问一答地对话，围观的人渐渐地多了起来。有个王府的太监看到了，就回去将这件事告诉了王爷。王爷将这个人招进了王府，想要买下八哥。这个人说："小人我和这只八哥相依为命，不愿意将它卖掉。"王爷就问八哥："你愿意住在这里吗？"八哥回答说："愿意住在这里。"王爷十分高兴。八哥又说道："给他十两银子，千万不要多给。"王爷更加高兴了，立马给了这个人十两银子。这个人装作懊恼悔恨的模样走了。王爷和八哥说话，八哥应对很是敏捷。王爷让人拿来肉喂八哥。吃完了肉，八哥说道："臣要洗澡。"王爷于是命令用金盆装水，打开笼子让八哥洗澡。八哥洗完澡以后，飞到了屋檐上，用嘴梳理着翅膀上的羽毛，还一边和王爷喋喋不休地说着话。过了片刻，八哥的羽毛已经干了，八哥轻盈地飞了起来，还用山西话说道："臣去了！"王爷左顾右盼间就失去了八哥的踪迹。王爷和他府里的侍卫们，全部仰面叹息。王爷派人到处寻找八哥的主人，但是那个人也已经消失得无影无踪了。后来有一个前往陕西的人，看见了那个人带着八哥出现西安的集市上。毕载积先生将这个故事记了下来。

【刘海石】

原文

刘海石，蒲台人，避乱于滨州。时十四岁，与滨州生刘沧客

○蒲台：县名。位于鲁北平原黄河下游南端。清代属山东武定府，今并入山东博兴。 ○滨州：州名。位于黄河三角洲的尾闾。清代属山东武定府，故治在今山东滨州。

○奔丧：护送灵柩。

同函丈，因相善，订为昆季。无何，海石失怙恃，奔丧而归，音

○同函丈：指同塾读书，同一个老师。函丈，谓学塾中师、生座位相距一丈。 ○订为昆季：结拜为异姓兄弟。昆季，兄弟之间长为昆，幼为季。 ○失怙（hù）恃：父母双亡。《诗·小雅·蓼莪》："无父何怙，无母何恃。""怙恃"本义为凭恃，后遂作为父母的代称。

问遂阙。沧客家颇裕，年四十，生二子：长子吉，十七岁，

为邑名士；次子亦慧。沧客又内邑中倪氏女，大嬖之。后半

○内：同"纳"，指纳之为妾。 ○嬖（bì）：宠爱。

年，长子患脑痛卒，夫妻大惨。无几何，妻病又卒，逾数月，

长媳又死，而婢仆之丧亡，且相继也。沧客哀悼，殆不能堪。

译文

刘海石是蒲台人，因为躲避战乱来到了滨州。那年他十四岁，与滨州的书生刘沧客在同一个私塾读书。因为他们两个关系很好，便结拜为兄弟。没多长时间，刘海石父母双亡，他为了奔丧回到了老家，从此以后就一直没有消息而来。刘沧客家里很是富裕。他四十岁的时候，已经有两个儿子了：大儿子刘吉，十七岁，是县里的名士；二儿子也很是聪明。刘沧客后来又娶了本县的倪家姑娘，十分宠爱她。过了半年，大儿子得了头疼病死了，夫妻二人十分悲伤。没过多长时间，妻子又病死了；又过了几个月，大儿媳妇也死了；而家里的奴婢仆人也一个接一个地死去。刘沧客接二连三地遭遇不幸，悲伤得无法忍受。

原文

一日，方坐愁间，忽阍人通海石至。沧客喜，急出门迎以入。方欲

○阍（hūn）人：看门的，门房。

展寒温，海石忽惊曰：“兄有灭门之祸，不知耶？”沧客愕然，莫解所以。海石曰：“久失闻问，窃疑近况未必佳也。”沧客泫然，因以状对。海石欷歔。既而笑曰：“灾殃未艾，余初为兄吊也。然幸而遇仆，请为兄贺。”沧客曰：“久不晤，岂近精‘越人术’耶？”海石曰：“是非所长。阳宅风鉴，颇能习之。”沧客喜，便求相宅。

○展寒温：叙寒暄、致问候的意思。展，叙。

○泫（xuàn）然：泪流的样子。

○欷歔（xī xū）：也作“唏嘘”。哭泣后不由自主地急促呼吸，有时候也表示感叹、惊讶。

○未艾：未尽，未停。

○吊：哀悼抚慰人之凶丧灾难。

○越人术：医术。战国扁鹊，原名“秦越人”，又名“卢医”，是我国古代名医，因以“越人术”为医术的代称。

○阳宅风鉴：我国古代星相方技的一个分支，指为人家住宅看风水和给人相面。阳宅，活人住的地方。相对于阴宅而言。这里指代看风水。风鉴，相面术。

○相宅：观察探究住宅的风水吉凶。

译文

有一天，刘沧客正坐着发愁，忽然门人进来通报刘海石来了。刘沧客非常欢喜，急忙出门将刘海石迎了进来。刘沧客刚要和刘海石问候寒暄，刘海石忽然吃惊地说道：“老兄你这是有灭门之祸，你难道不知道吗？”刘沧客目瞪口呆，不明白这到底是怎么一回事。刘海石说：“我也已经很久没有和你互通音信了，我就怀疑你的现状恐怕是不太好。”刘沧客一听，眼泪止不住地流了下来，因此他就将这半年以后发生的事情都告诉了刘海石。刘海石听了以后也流下了眼泪。过了一会儿，他又转悲为喜，说：“你家的灾难还没有完事。我当初是因为你而悲伤，然而幸运的是你遇见了我，又应该为你庆幸。”刘沧客说：“我们很久没有见面，难道你现在精通医术了吗？”刘海石说：“医术不是我的专长。但是看看宅子的风水，或者给人看看面相，我还是很在行的。”刘沧客十分高兴，就请求刘海石看看住宅的风水。

原文

海石入宅，内外遍观之。已而请睹诸眷口，沧客从其教，使子媳婢妾，俱见于堂。沧客一一指示，至倪，海石仰天而视，大笑不已。众方惊疑，但见倪女战慄无色，身暴缩短，仅二尺余。海石以界方击其首，作石缶声。海石揪其发，检脑后，见白发数茎，欲拔之。女缩项跪啼，言即去，但求勿拔。海石怒曰：“汝凶心尚未死耶？”就项后拔去之。女随手而变，黑色如狸。众大骇。

○界方：即界尺，或名“镇尺”，文具。

○石缶：一种石制盛器。或如盆、或如缸，大小不一。

○狸（lí）：兽名。也叫“钱猫”“山猫”“豹猫”“狸猫”“野猫”。

译文

刘海石进入了刘沧客的家里，里里外外地都观察了一遍。看完以后他又要求看看他家的所有人。刘沧客按照他的吩咐，让儿子、儿媳、小妾、奴婢等全部来到大堂。刘沧客一个一个地指给刘海石看。到了倪女的时候，刘海石忽然抬头看天，大笑不止。众人正在疑惑的时候，只见倪女浑身颤抖，面无血色，身体骤然缩短到仅有二尺多长。刘海石用戒尺敲击倪女的脑袋，发出像敲击石罐的声音。刘海石揪住倪女的头发，仔细检查她的后脑，看见有好几根白头发，刘海石想要将白头发拔掉，女缩着脖子跪在那里哭哭啼啼，说她立刻就离开，只是请求不要拔掉白头发。刘海石愤怒地说：“你害人的心难道还没有死吗？”说着硬是将她的白头发全部拔了。倪女随即就变了模样，变成了一只黑色的山狸。在场的众人都被吓得面无血色。

原文

海石掇纳袖中，顾子妇曰：“媳受毒已深，背上当有异，请验之。”妇羞，不肯袒示。刘子固强之，见背上白毛，长四指许。海石以针挑出，曰：“此毛已老，七日即不可救。”又视刘子，亦有毛，裁二指，曰：“似此可月余死耳。”沧客以及婢仆，并刺之，曰：“仆适不来，一门无噍类矣。”问：“此何物？”曰：“亦狐属。吸人神气以为灵，最利

○裁：通“才”。

○无噍（jiào）类：无活口，没有活人。噍，咀嚼。

○神气：指人体元气。

人死。”沧客曰：“久不见君，何能神异如此！无乃仙乎？”笑曰：“特从师习小技耳，何遽云仙！”问其师，答云：“山石道人。适此物，我不能死之，将归献俘于师。”

○献俘：指战胜，押送俘虏献于朝廷或主帅，称“献俘”。这里指呈献所获。

译文

刘海石将那黑狸一样的动物放在了袖子里。看了看刘沧客小儿子的媳妇说：“你这儿媳妇中毒已经很深了，她的后背肯定有异常，请让我检查一下。”小儿媳害羞，不肯脱下衣服袒露后背。刘沧客的小儿子强行地脱下了衣服，只见小儿媳的后背上已经长了好几根白毛，差不多有四指长。刘海石用针将白毛挑了出来，说：“这白毛已经老了，七天以后就没有办法救治了。”刘海石又查看了刘沧客的小儿子，他的后背也长了白毛，已经有二指长了。刘海石说：“这么长的毛，再过一个多月也就死了。”刘海石又挨个检查了刘沧客以及家里的奴婢仆人，并且一一将他们身上的白毛挑去。刘海石一边挑白毛一边对刘沧客说：“如果不是刚好我来了，你们这一家人就没有一个能够活下来了。”刘沧客问：“这是个什么东西？”刘海石说：“也是属于狐狸的一种精怪，专门依靠吸取人的精气来滋养灵魂，最是能置人于死地。”刘沧客说：“很长时间没有见你，你怎么如此神通广大了！莫非你是神仙？”刘海石笑着说：“我这不过是跟我师傅学习了一点儿雕虫小技罢了，如何敢称神仙呢？”刘沧客问刘海石的师傅是谁。刘海石回答说：“他是山石道人。刚才这个精怪，我不能将它弄死，要把它献给我的师傅去处置。”

原文

言已，告别。觉袖中空空，骇曰：“亡之矣！尾末有大毛未去，今已遁去。”众俱骇然。海石曰：“领毛已尽，不能化人，止能化兽，遁当不远。”于是入室而相其猫，出门而嗾其犬，皆曰无之。启圈，笑曰:“在此矣。”沧客视之,多一豕。闻海石笑,遂伏,不敢少动。提耳捉出,视尾上白毛一茎,硬如针。方将检拔,而豕转侧哀鸣,不听拔。海石曰:“汝造孽既多,拔一毛犹不肯耶?”执而拔之,随手复化为狸。

○豕:猪。

译文

说完了话,刘海石就要告别离开,忽然感觉袖子里空空的,不禁吃惊地说道:“它跑了!它尾巴上还有一根大毛我忘记了拔掉,如今它已经逃跑了。”众人一听都十分惊惧。刘海石说:“它脖子上的毛已经被我拔干净了,不能再变成人了,只能变化成动物,应该跑不远的。”于是,刘海石就进入屋里查看猫,来到门外查验狗,这里都没有。当他打开猪圈门的时候,刘海石就笑着说:“原来它在这里呢!”刘沧客一看,猪圈里多了一头猪。那猪听见刘海石笑,立刻就趴在了地上,一动也不敢动。刘海石将猪抓着耳朵揪了出来,查看它的尾巴果然有一根白毛,就像针一样坚硬。刘海石刚要拔掉白毛,那猪就不断地翻转,哀号不止,不让刘海石拔。刘海石说:“你造了那么多的孽,就拔你一根毛你还不愿意吗?”说完就强行将那根白毛拔掉了,刚一拔掉,那猪一下子就又变成了黑色山狸的模样。

原文

纳袖欲出,沧客苦留,乃为一饭。问后会,曰:“此难预定。我师立愿弘,常使我等遨世上,拔救众生,未必无再见时。”及别后,细思其名,始悟曰:“海石殆仙矣!‘山石’合一‘岩’字,盖吕仙讳也。”

○立愿弘:发下的誓愿非常宏大。

○遨:游。

○吕仙:指吕岩,字洞宾,以字行。号纯阳子,自称回道人。唐末道士。

译文

刘海石又将它放在袖子里要走，刘沧客苦苦挽留，刘海石这才留下来吃顿饭。刘海石走的时候，刘沧客问他们什么时候还能够再见面。刘海石说：“这事很难预定。我师傅立下了宏愿，经常让我们在人间到处遨游，拯救受苦受难的人们，我们以后未必没有再见的时候。”等到与刘海石分别后，刘沧客仔细琢磨刘海石师傅的名字，然后恍然大悟说：“原来海石已经成为仙人了，‘山石’合起来是一个‘岩’字，那是仙人吕洞宾的名讳。”

风鉴

“风鉴”指的是古代相人术，用以观察人的外貌、气质来推测其命运或性格。它属于古代方术之一，与相宅、相物的风水理论类似，依据外部形象来判断内在吉凶或未来。风鉴常用于推测人的命运、前途等，被广泛应用于古代社会的风俗文化中。

【谕鬼】

原文

青州石尚书茂华为诸生时，郡门外有大渊，不雨亦不涸。邑中获大寇数十名，刑于渊上。鬼聚为祟，经过者辄被曳入。一日，有某甲正遭困厄，忽闻群鬼惶窜曰："石尚书至矣！"未几，公至，甲以状告。公以垩灰题壁示云："石某为禁约事：照得厥念无良，致婴雷霆之怒；所谋不轨，遂遭鈇钺之诛。只宜返罔两之心，争相忏悔；庶几洗髑髅之血，脱此沉沦。尔乃生已极刑，死犹聚恶。跳踉而至，披发成群；踯躅以前，搏膺作厉。黄泥塞耳，辄逞鬼子之凶；白昼为妖，几断行人之路！彼丘陵三尺外，管辖由人；岂乾坤两大中，凶顽任尔？谕后各宜潜踪，勿犹怙恶。无定河边之骨，静待轮回；金闺梦里之魂，还践乡土。如蹈前愆，必贻后悔！"自此鬼患遂绝，渊亦寻干。

○石尚书茂华：石茂华（1521—1583），字居采，号毅庵，青州益都人。
○郡门：指青州城门。大渊：大水塘。
○涸：水干。
○邑：指益都。
○垩灰：石灰粉。
○照得：察知，旧时官府文告用语。厥：尔，你等。无良：不好，不善良。
○婴：遭。雷霆之怒：喻官府盛怒，触犯刑律。
○不轨：不轨于法，不守法度。
○鈇（fǔ）钺（yuè）之诛：指砍头腰斩之类死刑。鈇，同"斧"。
○罔两之心：鬼蜮害人之心。罔两，古代传说中的山川精怪。
○髑髅（dú lóu）：死人的头骨。
○沉沦：指地下为鬼。
○跳踉（liáng）：跳跃。
○踯躅（zhí zhú）：踏步，徘徊。
○搏膺（yīng）：拍击胸膛。膺，胸。厉：恶鬼。
○黄泥塞耳：不听劝阻。
○丘陵：坟堆。三尺：三尺土，指坟土厚度。此句谓鬼只合待在坟里，其外则为阳世，由人间之官吏法律管辖。
○乾坤两大中：天地之间，指人间。《周易》以乾为天、坤为地。两大，谓天地二者并大。
○怙（hù）恶：坚持作恶。怙，依仗，坚持。
○静待轮回：安安定定地等待转世投生。静待，这里是不要惹是生非的意思。
○还践乡土：指有朝一日还能返乡。

译文

青州的石茂华尚书还是秀才的时候，青州城的门外有一个大水塘，即使不下雨水塘里的水也不会干涸。益都县曾经在这个大水塘边上，处死了逮捕的十几名大盗。他们变成了鬼以后，聚集在这里作祟，有经过这个大水塘的人都被他们拽进了水塘里。有一天，某甲正遭受群鬼的袭击，正在这危难的时候，忽然群鬼惊慌地四处逃窜，他们害怕地说道：“石尚书来了！”没过多久，石茂华到了，某甲将刚才发生的事情告诉了他。石茂华用石灰石在墙壁上写下了告示，告示的内容是：“石某为了禁止鬼害人特告知如下：查得你们向来没有良善之心，所以招来了雷霆之怒：你们图谋不轨，所以你们遭受了死刑的惩罚。现在你们应该收起害人之心，争相悔过生前的过错；或许能够洗干净你们尸骨上的污血，脱离这苦海深渊。你们生前已经遭受了极刑，死了以后还聚集在一起作恶。有时候在人前跳来跳去，披头散发的；有时候又在人前走来走去，拍击胸膛发出厉鬼一样的声音。用黄泥将耳朵堵住，经常还逞恶鬼的凶；青天白日兴妖作怪，几乎断了行人的道路！那坟堆三尺之外的地方，全部由人来管辖；而这朗朗乾坤，偌大天下，岂能任由你们胡作非为？见到这个告示以后，你们要从此销声匿迹，不要再继续作恶。你们这些恶鬼，要安静地等待着转生轮回。只有如此，你们亲人梦里的魂魄，才能够回到故乡。如果你们重蹈覆辙，不思悔改，一定会后悔的！”在这以后，青州再也没有发生鬼害人的事情，大水塘的水也干涸了。

为……事

“为……事”是旧时公文的固定格式，通常用于呈文、布告、批示等正式公文的开头部分，用来说明文件的事由或主题。写作时，首先简明扼要地提出相关事由，然后再展开详细内容。这种格式在古代行政事务和官僚体系中被广泛使用，具有条理清晰、格式规范的特点。

【泥鬼】

原文

余乡唐太史济武，数岁时，有表亲某，相携戏寺中。太史童年磊落，胆即最豪，见庑中泥鬼，睁琉璃眼，甚光而巨，爱之，阴以指抉取，怀之而归。既抵家，某暴病不语，移时忽起，厉声曰：“何故抉我睛！”噪叫不休。众莫之知，太史始言所作。家人乃祝曰：“童子无知，戏伤尊目，行奉还也。”乃大言曰：“如此，我便当去。”言讫，仆地遂绝，良久而苏，问其所言，茫不自觉。乃送睛仍安鬼眶中。

○唐太史济武：唐梦赉（1628—1698），字济武，别字豹岩，淄川人。幼从父日俞习古文。顺治五年（1648）考中举人，次年中进士，授庶吉士。八年（1651），授翰林院检讨。九年（1652）罢归，年未三十岁。晚年卜筑淄城东南之豹山。

○磊落：洒脱不拘。

○庑（wǔ）：堂屋周围的走廊或两旁的廊屋。一般寺庙中正殿供尊神，走廊和廊屋塑众神及鬼卒。

○抉（jué）取：挖取。

○行：即将，就要。

译文

我的同乡唐济武太史，当他只有几岁的时候，曾经被自己的一个表亲带到寺院玩耍。唐济武小的时候就洒脱不羁，胆子很大。他看见寺庙廊庑中的泥鬼，睁着一双琉璃珠做的眼睛，闪闪发光，唐济武很是喜欢，就偷偷地用手将琉璃珠挖了出来，揣进怀中带了回来。他们刚一回到家中，他的表亲就得了暴病。没过多长时间，表亲忽然起身厉声说道：“你为什么要挖我的眼睛！”大声聒噪个不停。人们都不知道发生了什么事。唐济武这才将自己在寺庙里做的事情说了出来。于是，家里人祷告说：“小孩子年幼无知，因为贪玩弄伤了你的眼睛，我们立刻就去奉还给您。”那个表亲于是大声说道：“如果这样做，我现在就离开了。”说完这句话，表亲就倒在了地上昏死过去，过了很长时间才苏醒过来；人们问他刚才他说过什么话，他茫然不知。于是唐济武的家人赶紧来到寺庙中，将眼珠子从新装回到泥鬼的眼眶中。

原文

异史氏曰：登堂索睛，土偶何其灵也！顾太史抉睛，而何以迁怒于同游？盖以玉堂之贵，而且至性觥觥！观其上书北阙，拂袖南山，神且惮之，而况鬼乎？

○觥觥（gōng）：刚直貌。

○玉堂之贵：指唐梦赉曾贵为翰林院官员。玉堂，宋代以后翰林院的代称，因宋太宗曾手书"玉堂之署"四字匾额悬于翰林院而得名。

○上书北阙，拂袖南山：指唐梦赉上书论政而辞官归隐之事。

○惮：惧怕。

译文

异史氏说：登堂索要自己的眼睛，这个泥鬼是何其有灵呀。但是唐济武抠的他的眼珠子，他为什么迁怒于唐济武的那个表亲呢？这是因为唐济武作为太史地位高贵、性情耿直的缘故呀。就看他后来上书论政而辞官归隐这些事，神明都忌惮他，更何况只是一个泥鬼呢？

【梦别】

原文

王春，李先生之祖，与先叔祖玉田公交最善。一夜，梦公至其家，黯然相语。问："何来？"曰："仆将长往，故与君别耳。"问："何之？"曰："远矣。"遂出。送至谷中，见石壁有裂罅，便拱手作别，以背向罅，逡巡倒行而入，呼之不应，因而惊寤。及明，以告太公敬一，且使备吊具，曰："玉田公捐舍矣！"太公请先探之，信，而后吊之。不听，竟以素服往。至门，则提幡挂矣。

○王春，李先生之祖：李宪，字王春（县志作"玉春"），淄川人，作者挚友李尧臣（字希梅）之父。

○先叔祖玉田公：蒲生汶，字澄甫，作者叔祖。明万历十三年（1585）举人，二十年（1592）进士。官直隶省玉田县知县。

○长往：出远门，暗喻永逝。

○裂罅（xià）：裂缝。罅，缝隙。

○太公敬一：李思豫，字敬一，李宪的父亲。传见《淄川县志》。

○吊具：吊唁用品。

○捐舍：捐弃宅舍，去世的讳称。

○素服：吊丧穿的白衣。

○提幡（fān）：丧家门口所挂的缘有垂幅的纸幡。幡，长幅下垂的旗帜。

译文

李王春先生的祖父，和我已故的叔祖玉田公交情最深。有一天晚上，李王春的祖父梦见玉田公来到了他家，神色黯然地与他说话。李王春的祖父问："你来有什么事情吗？"玉田公说："我将要出远门了，所以来和你告别。"李王春的祖父又问："你要到什么地方去呢？"玉田公说："很远呀！"说完就走了出来。李王春的祖父出门送玉田公，送到了一个山谷中，看见石壁上有很大的一条裂缝，玉田公就向李王春的祖父拱手作别。然后背对着裂缝慢慢地倒退着进入了裂缝之中。李王春的祖父呼喊他，他也不回应，因而李王春的祖父一下子从梦里惊醒了。等到天亮的时候，李王春的祖父将这个梦告诉了太公敬一，并且让他准备好吊唁用的物品，说："玉田公已经过世了。"太公敬一说让人先去探听一下，如果是真的，然后再去吊唁。李王春的祖父不听，竟然穿着一身素服径直去往玉田公的家中。来到了玉田公家的门前，果然看见门上已经挂着白幡了。

原文

呜呼！古人于友，其死生相信如此。丧舆待巨卿而行，岂妄哉！

○丧舆待巨卿而行：范式，字巨卿，与汝南张劭为友。张劭去世后，下葬时，他的灵柩不入墓，直到范式前来吊丧哭别，才得以下葬。

译文

唉！古人对待自己的朋友，无论生死都如此深信不疑。古人张劭的灵车来到墓穴前不肯进，直到好友范式来了才能够安葬，这怎么是荒诞之谈呢？

【犬灯】

原文

韩光禄大千之仆，夜宿厦间，见楼上有灯，如明星。未几，荧荧飘落，及地化为犬。睨之，转舍后去。急起，潜尾之。入园中，化为女子。心知其狐，还卧故所。俄，女子自后来，仆阳寐以观其变。女俯而撼之，仆伪作醒状，问其为谁，女不答。仆曰：“楼上灯光，非子也耶？”女曰：“既知之，何问焉？”遂共宿止，昼别宵会，以为常。

○韩光禄大千：韩茂椿，字大千，淄川人。光禄，这里指韩大千所任光禄寺主簿，为尊称。

○厦：房廊，房子后面屠户的部分。淄川一带，无前墙的房屋称“厦屋”，又叫“敞屋”或“敞棚”，多供储放柴草杂物及安置碾磨之用。

○潜尾之：偷偷跟随其后。尾，尾随。

○阳寐：假装入睡。阳，假装。

译文

光禄寺主簿韩大千的一个仆人，夜里睡在房廊中。他看见楼上有灯光，就好像明亮的星星一样。没一会儿，那灯光就像萤火虫的荧光一样飘落了下来，刚落到地上就变成了一只小狗。仆人斜眼一看，那小狗已经转身向屋子后面跑过去。仆人急忙起身，偷偷地尾随在小狗身后。进入到园子里，那狗又变化成一个女子。仆人心里知道她是个狐妖，所以他仍旧回到原来的地方躺下。不一会儿，女子跟着从后面走了过来，仆人假装睡觉看看她要干什么。女子俯下身子用力地摇晃仆人，他装作一副刚刚醒来的样子，问她是谁。女子不回答。仆人又说：“楼上的灯光难道不是你吗？”女子说：“你既然都已经知道了，又何必再问呢？”于是两个人就睡在了一起。从这以后，他们白天分别，夜晚幽会，已经习以为常了。

原文

主人知之，使二人夹仆卧。二人既醒，则身卧床下，亦不知堕自何时。主人益怒，谓仆曰："来时，当捉之来。不然，则有鞭楚！"仆不敢言，诺而退。因念：捉之难，不捉，惧罪。展转无策。忽忆女子一小红衫，密着其体，未肯暂脱，必其要害，执此可以胁之。夜分，女至，问："主人嘱汝捉我乎？"曰："良有之。但我两人情好，何肯此为？"及寝，阴掬其衫。女急啼，力脱而去。从此遂绝。

○胁：胁迫。

○夜分：夜间，半夜。

○良有之：确有此事。良，诚然，的确。

○掬：这里是双手剥取的意思。

译文

主人韩大千知道了这件事以后，让两个仆人一边一个将他夹在中间睡觉。那两个仆人早上醒来一看，他们不知道怎么躺在了床下，也不知道自己是什么时候掉下来的。韩大千十分恼怒，对着仆人说道："她再来的时候，你要把她捉住带来。不然，就用鞭子抽打你。"仆人不敢说话，只好答应着退了下来。仆人心里琢磨：想要抓住她，很难；不抓她吧，害怕因此获罪挨打。正在仆人想来想去、束手无策的时候，他忽然回忆起那女子有一件红色的小衫，她总是贴身穿着，从来没有脱下来过，这一定就是她的要害，拿到它就可以用来要挟那女子就范。半夜的时候，女子来了，她问仆人："你的主人是不是嘱咐你来抓住我？"仆人说："是有这么回事。但是我们二人感情这么好，我如何肯干这种事情？"等到睡觉的时候，仆人想要偷偷地脱下女子的小红衫，女子着急得哭了出来，用力地挣脱跑掉了，从此以后再也没有来过。

原文

后仆自他方归，遥见女子坐道周。至前，则举袖障面。仆下骑，呼曰："何作此态？"女乃起，握手曰："我谓子已忘旧好矣。既恋恋有故人意，情尚可原。前事出于主命，亦不汝怪也。但

○道周：路旁。

○恋恋有故人意：情意绵绵，有老相识的情意。

缘分已尽，今设小酌，请入为别。”时秋初，高粱正茂。女携与俱入，则中有巨第。系马而入，厅堂中酒肴已列。甫坐，群婢行炙。日将暮，仆有事，欲覆主命，遂别。既出，则依然田陇耳。

○酌：酒菜，饮酒宴会。

○甫坐：刚刚坐定。

○行炙：谓斟酒布菜。炙，烤肉。

译文

后来有一天，仆人从外地回来，远远地看见女子坐在路边。仆人来到女子面前的时候，女子则用袖子遮挡住了面孔。仆人下了马，大声喊道：“你何必做出这样的形态来呢？”女子于是就起身，握着仆人的手说：“我以为你早就忘记了咱们之间的旧情了呢。既然你如今还没有忘记我们往日的情分，以前的事情尚且可以原谅你。何况以前的事情是因为主人的命令，也就不能责怪你了。但是我们之间的缘分已经尽了，今天特地设宴请你小酌一番，请你入席当作告别。”那时候正好是初秋，高粱长得正是茂盛。女子拉着仆人一起进入了高粱地，仆人一进去就看见里面有一个很大的宅子，他将马拴好后进入了院中。大厅已经摆好了酒菜。他们刚一坐下，就有一群丫环上菜斟酒。天快黑了，仆人因为有事要去回禀主人，所以就告别离开了。仆人刚走出来，就看见刚才的一切都不见了，眼前依然是一片茂密的高粱地。

光禄

“光禄”指的是明清时期的光禄寺，负责外廷的宴会、祭祀及相关礼仪事务。光禄寺的长官为光禄卿及少卿，职位相当于负责国家礼仪与饮食的官员。光禄寺在古代扮演着重要的礼仪执行者角色，尤其是在皇室及重大国家仪式中的筹备与安排。

【番僧】

原文

释体空言：在青州，见二番僧，象貌奇古，耳缀双环，被黄布，须

○释体空：体空和尚。释，释子，和尚的通称。“体空”是他的法名。　○番僧：外国或外族的僧人。　○奇古：远古，奇特。

发鬈如。自言从西域来，闻太守重佛，谒之。太守遣二隶，送诣

○鬈（quán）如：卷毛，卷曲的样子。鬈，头发卷曲。如，助词，相当于“然”。　○太守：此指青州知府。重佛：礼重僧人。

丛林。和尚灵辔，不甚礼之。执事者见其人异，私款之，止宿焉。

○丛林：指寺院。意为众僧共住一处，如树木之丛集为林，故名。　○执事者：协助长老管理寺内僧众及生活供应诸务的僧人。　○款：接待，款留。

或问：“西域多异人，罗汉得无有奇术否？”其一辴然笑，出手于袖，

○罗汉：即阿罗汉。佛弟子类名。地位低于菩萨。这里是对番僧的敬称。得无：莫非。　○辴（chǎn）然：微笑的样子。

掌中托小塔，高裁盈尺，玲珑可爱。壁上最高处，有小龛，僧掷塔

○裁：通“才”，仅仅。　○龛：供奉佛像的小阁。

其中，矗然端立，无少偏倚。视塔上有舍利放光，照耀一室。少间，

○舍利：即舍利子。相传释迦牟尼遗体火化后结成的珠状物，据说能放异彩，后来也指德行较高的和尚死后烧剩的骨头。

以手招之，仍落掌中。其一僧乃袒臂，伸左肱，长可六七尺，而右

○肱（gōng）：从肘到腕的部分，通指臂膀。

肱缩无有矣。转伸右肱，亦如左状。

译文

体空和尚讲了这样一件事：在青州，曾看见过两个外来的相貌清奇的和尚，耳朵上戴着耳环，身上披着一块黄布，头发和胡须卷曲。自说来自西域，听说这里的太守重视佛教，因此过来拜谒。太守就派了两个差役将他们送往寺院。寺院里的灵辔和尚对他们不是很礼貌。但是寺院里的执事僧人看他们不同寻常，就自己设宴款待他们，留宿他们。有的人问他们：“西域有很多能人，师傅们是不是也有法术呢？”其中一个和尚微微一笑，将手从袖子里中抽出来，手掌中托着一顶小宝塔，一尺多高。这寺庙墙壁的最高处有一个小龛，那和尚将宝塔向小龛一扔，宝塔就稳稳当当地落在了小龛的正中间。人们看到小宝塔上有舍利放着光芒，那光芒可以将一间屋子照亮。过了一会儿，和尚一招手那小宝塔就又落回了他的手掌中。另外那个和尚则伸出左臂，有六七尺长，但是右臂就缩得看不见了。他再伸右臂，也和刚才伸左臂的情况一样。

【狐妾】

原文

○汾州：明清府名。治所在今山西汾阳。

莱芜刘洞九，官汾州。独坐署中，闻亭外笑语渐近。入室，则

○莱芜：今山东莱芜，地处山东省的中部。清代属泰安州。刘洞九：名澄淇，字洞九，号药叟，山东莱芜孝义楼人。其与狐狸的来往传说在莱芜民间广为流行。

四女子，一四十许，一可三十，一二十四五已来，末后一垂髫者，并立几前，相视而笑。刘固知官署多狐，置不顾。少间，垂髫者出一红巾，戏抛面上。刘拾掷窗间，仍不顾。四女一笑而去。一日，年长者来，谓刘曰：“舍妹与君有缘，愿无弃葑菲。”刘

○无弃葑菲：不要违背婚约，抛弃妻子。葑菲，借指其妹。葑，蔓菁。

漫应之，女遂去。俄偕一婢，拥垂髫儿来，俾与刘并肩坐，曰：

○漫应：信口答应。漫，信口，姑且。

“一对好凤侣，今夜谐花烛。勉事刘郎，我去矣。”刘谛视，光

○凤侣：凤凰，喻夫妻。

艳无俦，遂与燕好。诘其行踪，女曰：“妾固非人，而实人也。

○无俦（chóu）：无双，无与伦比。

○燕好：夫妻和好。常指新婚之好。《诗·邶风·谷风》：“燕尔新婚，如兄如弟。”

○奄忽：弥留恍惚。

妾，前官之女，蛊于狐，奄忽以死，窆园内。众狐以术生我，

○蛊（gǔ）：民间传说中的害人之虫，吞之入腹能使人昏狂失志，也指用蛊的巫术。这里是指受到狐狸的蛊惑、毒害。

○窆（biǎn）：埋葬。

遂飘然若狐。”刘因以手探尻际。女觉之，笑曰：“君将无谓狐

○尻（kāo）：脊椎末端的尾骨。

有尾耶？”转身云：“请试扪之。”自此，遂留不去。每行坐与小婢俱，家人俱尊以小君礼。婢媪参谒，赏赉甚丰。

○小君：夫人。《毛诗正义》曰：“夫妻一体，妇人从夫之爵，故同名曰小君。”这里是说仆人们以夫人之礼对待狐妾。

译文

山东莱芜的刘洞九，在山西汾州当官。有天，他自己坐在府衙中，听见庭院里有说笑的声音越来越近。等进入亭子，有四个女子走了进来，一个有四十多岁，

一个三十多岁，一个也就二十四五岁，最后还有一个没有成年的少女，她们一起站在了书桌前，相互看着微笑。刘洞九一直知道府衙里有很多狐妖，也就没有搭理她们。过了一会儿，那个少女拿出一条红丝巾，开玩笑一般地扔在了刘洞九的脸上。刘洞九拿起丝巾扔到了窗台上，依旧没有搭理她们。四个女子笑了笑就离开了。有天，那个四十多岁的女子过来了，对刘洞九说：“我的妹妹与你有缘分，希望你不要抛弃她。”刘洞九就漫不经心地应了一声。女子于是就离开了，不一会儿，那女子就带着一个丫环拥着少女走了过来，她让少女和刘洞九并肩坐在一块。说：“真是一对好伴侣，今夜就是你们的洞房花烛夜，你要好好伺候刘郎，我走了。”刘洞九仔细地端详那个少女，果真美艳无比……事后，刘洞九询问少女的来历。少女说：“我当然不是人，但是其实也是人。我是前任州官的女儿，被狐狸蛊惑了，忽然就被害死了，死后被人埋在了园子里。众狐用法术将我复生，因而我的种种行为飘然好像狐狸一样。”刘洞九于是就用手摸摸少女的尾椎骨。少女发觉了，笑着说：“你莫不是认为狐狸都应该有尾巴吧？”于是，她将身体转过去说道：“那你就请摸摸看。”从这以后，女子就留下来不走了。少女无论干什么事情都和那个小丫环在一起。刘洞九的家人都尊称她为小夫人。丫环老妈子们每次去给她请安问候，少女都给她们很多的赏赐。

原文

值刘寿辰，宾客烦多，共三十余筵，须庖人甚众，先期牒拘，仅一二到者，刘不胜恚。女知之，便言：“勿忧。庖人既不足用，不如并其来者遣之。妾固短于才，然三十席亦不难办。”刘喜，命以鱼肉姜桂，悉移内署。家中人但闻刀砧声，繁碎不绝。门内设一几，行炙者置柈其上，转视，则肴俎已满。托去复来，十余人络绎于道，取之不竭。末后，行炙人来索汤饼，内言曰：“主人未

○庖(páo)人：做饭的人，厨师。

○先期牒拘：事前发文征调。牒，这里指传票。拘，调集，征调。

○不胜恚(huì)：恼怒极了。恚，怒。

○内署：官府内院。指刘的内宅。

○行炙：传送烤肉。泛指宴会上上菜。柈(pán)：盘子。

○汤饼：汤面。

尝预嘱，咄嗟何以办？”既而曰：“无已，其假之。”少顷，呼取汤饼。视之，三十余碗，蒸腾几上。客既去，乃谓刘曰：“可出金资，偿某家汤饼。”刘使人将直去，则其家失汤饼，方共惊异，使至，疑始解。一夕夜酌，偶思山东苦醁。女请取之，遂出门去。移时返曰：“门外一罂，可供数日饮。”刘视之，果得酒，真家中瓮头春也。

○咄嗟何以办：怎能一声吩咐就可以齐备呢？咄嗟，使令声。

○无已：不得已。

○山东苦醁（lù）：即下文“瓮头春”酒。大概是一种泛微绿色略带苦味的家酿甜酒。醁，美酒。

○罂（yīng）：一种小口大腹的酒坛。

○瓮头春：美酒名。泛指美酒。

译文

有一次，正赶上刘洞九的寿辰，前来祝寿的客人有很多，要摆三十多桌的宴席，需要雇佣很多做饭的人，先前发文征调的人只来了一两个人。刘洞九气愤极了。女子知道后，就对刘洞九说：“不要担忧，做饭的人既然不够用，不如将已经来的那些人也打发走。我虽然没有那么大的本领，但是三十桌的宴席还是不难置办的。”刘洞九听后转忧为喜，命令仆从将鱼肉、蔬菜、调料什么的全部搬到内宅去。家里人只听见切菜、剁肉、炒菜的声音叮当响，不绝于耳。门里面放了一张桌子，端菜的仆人们将菜盘放在桌子上，转眼的工夫，盘子里已经装好了菜肴。就这样，仆人们端走菜肴端来空盘，十几个人来来回回不停，仍然取之不尽。最后，上菜的仆人过来取汤饼。房子里面的女子说：“主人事先并没有嘱咐要汤饼，怎么能吩咐一声就准备好呢？”过了一会儿又说：“不要紧，先借一借。”过了片刻，女子就让仆人来端汤饼。上菜的仆人一看，三十多碗汤饼热气腾腾地摆在桌子上。客人们都离开以后，女子对刘洞九说：“可以拿出一些钱来，去偿还某家的汤饼钱。”刘洞九让人给某家送去汤饼钱。丢了汤饼的那家人，正在一起感到奇怪，刘家派去送钱的人到了，这家人才将疑惑解开。一天夜里，刘洞九在小酌，偶然想念家乡的苦醁酒。女子说她去取来。说完就出门去了，没过多久她就回来了，说：“门外有一坛子酒，可以供你喝好几天的了。”刘洞九出门一看，果然有一坛子酒，打开一闻真的是家乡的“瓮头春”。

原文

越数日，夫人遣二仆如汾。途中一仆曰："闻狐夫人犒赏优厚，此去得赏金，可买一裘。"女在署已知之，向刘曰："家中人将至。可恨伧奴无礼，必报之。"明日，仆甫入城，头大痛，至署，抱首号呼。共拟进医药，刘笑曰："勿须疗，时至当自瘥。"众疑其获罪小君，仆自思，初来未解装，罪何由得？无所告诉，漫膝行而哀之。帘中语曰："尔谓夫人，则亦已耳，何谓狐也？"仆乃悟，叩不已。又曰："既欲得裘，何得复无礼？"已而曰："汝愈矣。"言已，仆病若失。仆拜欲出，忽自帘中掷一裹出，曰："此一羔羊裘也，可将去。"仆解视，得五金。刘问家中消息，仆言都无事，惟夜失藏酒一罂。稽其时日，即取酒夜也。群惮其神，呼之"圣仙"。刘为绘小像。

○伧（cāng）奴：下贱奴才。伧，狂，鄙贱。

○甫：刚刚，才。

○则亦已耳：也就罢了。

○罂（yīng）：古代盛酒或水的瓦器。

译文

又过了几天，刘洞九的夫人派了两个仆人去汾州。在旅途中，一个仆人说道："听说狐夫人给的赏赐很是丰厚，希望这次去得到的赏金可以买件皮袄。"女子在衙署里已经知道了他们说的话，她对刘洞九说："老家派的人就快要到了，那个可恨的奴才实在是太无礼了，我一定会报复他的。"第二天，仆人们刚一进入汾州城，那个仆人的头就剧烈地疼痛起来，等到了衙署，那个仆人疼得抱着脑袋大声哀号，家人们一起商量给他吃些什么药。刘洞九笑着说道："他这个病用不着治疗，时候到了就自然会好的。”众人都疑心他是得罪了小夫人。那个仆人也暗自琢磨：我刚来到这里连行礼还没有来得及解下来，怎么得罪的呢？没有人能告诉他是怎么一回事，他只好跪下来，膝行到女子的门外哀求她。只听见门帘里的人说道：“你叫我夫人也就罢了，怎么还要加上一个‘狐’字呢？”那个仆人这才醒悟过来，就跪在地上一个劲地磕头。女子又说：“既然想要得到一个皮袄，为什么还如此无礼呢？”片刻后又说：“你已经好了。”这句话说完，那个仆人的头立刻就不疼了。仆人再三拜谢正要往出走，忽然从帘子里丢出来一个小包裹，女子说：“这是一件羊羔皮的皮袄，你可以拿回去了。”仆人解开小包袱一看，原来是五两银子。刘洞九向仆人询问家中的情况，仆人说家里一切都很好，只是有一天夜里丢失了一坛子酒。计算一下丢酒的日子，就是女子为刘洞九取酒那天。自此以后，人们都很是忌惮女子的神力，称呼她为“圣仙”。刘洞九还给她画了一幅肖像画。

原文

时张道一为提学使，闻其异，以桑梓谊诣刘，欲乞一面。女拒之。刘示以像，张强携而去。归悬座右，朝夕祝之云：“以卿丽质，何之不可？乃托身于鬖鬖之老！下官殊不恶于洞九，何不一惠顾？”女在署忽谓刘曰：“张公无礼，当小惩之。”一日，张方祝，似有人以界方击额，崩然甚痛。大惧，反卷。刘诘之，使隐其故而诡对之。刘笑曰：“主人额上得毋痛否？”使不能欺，以实告。

○张道一（1603—1695）：名四教，字芹沚，莱芜张家台村人。幼为廪生，文冠群生。

○以桑梓谊：以同乡的身份。

○鬖鬖（sān）之老：谓白发下垂的老人。

○反卷：归还画有狐妾像的画卷。反，同“返”。

译文

那时候，张道一正好是汾州的提学使，他听说了有关女子的这些神奇的事情，就用同乡的名义来拜访刘洞九，想要和女子见上一面。女子拒绝了他。刘洞九将为女子画的画拿给张道一看，张道一强行将画给带走了。回到家里以后，张道一将画像悬挂在座位的旁边，天天对着画像祈祷说：“以你的美丽与能力，跟着谁不行呢？你委身于一个白发苍苍的老头子，我一点也不比刘洞九差，为何不光临我这里呢？”女子在府衙里忽然对刘洞九说道：“那个张公对我无礼，我应该小小地惩罚他一下。”有一天，张道一正在向画像祈祷，感觉似乎有人用戒尺猛然击打他的额头，他的头痛得好像就要裂开了。张道一非常害怕，马上让人将画送还给刘洞九。刘洞九故意询问送画回来的原因，来人故意隐瞒实情而瞎说。刘洞九笑着说：“你家主人的额头是不是痛得不堪忍受了？”来人一看不能够隐瞒了，就将实话告诉了刘洞九。

原文

无何，婿亓生来，请觐之，女固辞。亓请之坚。刘曰：“婿非他人，何拒之深？”女曰：“婿相见，必当有以赠之。渠望我奢，自度不能满其志，故适不欲见耳。既固请之，乃许以十日见。”及期，亓入，隔帘揖之，少致存问。仪容隐约，不敢审谛。既退，数步之外，辄回眸注盼。但闻女言曰：“阿婿回首矣！”言已，大笑，烈烈如鸮鸣。亓闻之，胫股皆软，摇摇然若丧魂魄。既出，坐移时，始稍定。乃曰：“适闻笑声，如听霹雳，竟不觉身为己有。”少顷，婢以女命，赠亓二十金。亓受之，谓婢曰：“圣仙日与丈人居，宁不知我素性挥霍，不惯使小钱耶？”女闻之，曰：“我固知其然。囊底适罄，向结伴至汴梁，其城为河伯占据，库藏皆没水中，入水各得些须，何能饱无餍之求？且我纵能厚馈，彼福薄亦不能任。”

○觐：觐见。朝见君主或朝拜圣地，后也指谒见身份较高者。

○烈烈：形容声音激越。鸮（xiāo）：猫头鹰。

○丈人：岳父。古时称“舅”或“外舅”。宋朱翌《猗觉寮杂记》：“《尔雅》：妻之父为外舅，母为外姑。今无此称，皆曰丈人、丈母。”

○汴梁：今河南开封。明清为开封府，“汴梁”是它的旧称。

○河伯：传说中的黄河神。

○库藏：仓库所储之物。

○些须：一点儿。

○餍（yàn）：满足。

○馈：赠。

译文

没多长时间，刘洞九的女婿亓生来了，请求见女子一面。女子坚决不见。亓生再三请求。刘洞九就对女子说："女婿又不是外人，为什么坚决地拒绝他呢？"女子说："女婿来拜见我，我一定要赠送给他东西的。他对我有所奢望，我自认为没有办法满足他的心愿，因此才不想要见他。既然他再三坚持，那么就允许他十天以后来见上一面。"到了约定的那一天，亓生来到了女子的房间，隔着门帘向女子作揖行礼，并且表达了自己的问候。女子的容貌隐隐约约地看不清楚，亓生又不敢仔细地看，于是就告退出来。他刚走了几步，就忍不住回头去看。只听见女子说道："女婿回头了！"说完这句话，女子就大声笑了起来，那声音就像猫头鹰在嚎叫。亓生听见了，两条腿都吓软了，摇摇晃晃地就好像丢失了魂魄一样。亓生从女子那里出来，坐了很长时间，心神才稍微安定了。他说："刚刚听见了她的笑声，就如同听见了一声霹雳，竟然觉得身子不是自己的了。"过了片刻，有一个丫环奉了女子的命令，赠给了亓生二十两银子。亓生接过银子以后对丫环说道："圣仙每天都和我的岳父住在一起，难道她不知道我一直都挥霍无度，不习惯花小钱吗？"女子听到了这些话，说："我当然知道他的为人，可是正好赶上我的钱袋没有钱了。前些天和同伴一起去汴梁，那个城被河神霸占了，正好仓库也被淹没在了水中，我们各自潜入水里打捞了一点银子，如何能满足他这贪得无厌的欲求呢？况且即使我能给他厚重的馈赠，他的福分太浅薄也是不能承受得起的。"

原文

女凡事能先知，遇有疑难，与议，无不剖。一日，并坐，忽仰天大惊曰："大劫将至，为之奈何！"刘惊问家口，曰："余悉无恙，独二公子可虑。此处不久将为战场，君当求差远去，庶免于难。"刘从之，乞于上官，得解饷云贵间。道里辽远，闻者吊之，而女独贺。无何，姜瓖叛，汾州没为贼窟。刘仲子自山东来，适遭其变，遂被

○剖：剖析，分辨明悉。

○大劫：大难。

○解（jiè）饷云贵间：押送军用粮饷到云南、贵州一带。饷，军粮，也可泛指军队俸给。

○吊：哀怜，慰劝。

○汾州没为贼窟：据《世祖本纪》载，姜部陷汾州在1648年4月。

○仲子：二儿子。

害。城陷，官僚皆罹于难，惟刘以公出得免。盗平，刘始归。寻以大案罣误，贫至饔飧不给，而当道者又多所需索，因而窘忧欲死。女曰：“勿忧，床下三千金，可资用度。”刘大喜，问：“窃之何处？”曰：“天下无主之物，取之不尽，何庸窃乎？”刘借谋得脱归，女从之。后数年忽去，纸裹数事留赠，中有丧家挂门之小幡，长二寸许，群以为不祥。刘寻卒。

- ○罣（guà）误：官员因过失或他人他事的牵连而受贬责黜革。
- ○饔飧（yōng sūn）不给：三餐不继。古人每日两餐，早餐叫“饔”，晚餐叫“飧”。不给，供应不上。
- ○窘忧：困窘忧愁。
- ○庸：需要。
- ○借谋得脱归：谓借助于狐女的谋划得以脱身还乡。
- ○数事：几件东西，数物。

译文

女子对于将要发生的事情多能够预先知道，刘洞九每当遇到疑难的问题，就会与她商议，没有什么事情是不能解决的。有天，女子与刘洞九并排坐着，女子忽然仰头观天，然后十分惊骇地说道：“大劫难就要来到了，我们该如何是好呢？”刘洞九惊恐地问家里的人是否会有事。女子说：“别人都没什么事，只有二公子的处境让人担忧。这个地方不久以后将会成为战场，你应该赶快向朝廷求得一个到远方去的差事而离开这里，才能够免于遭受灾难。”刘洞九就听从了女子的建议，向上司请求让押解粮饷运往云南和贵州一带。此行的路途很是遥远，听说这件事的事多对刘洞九表示担心，但是只有女子对他表示祝贺。没过多长时间，宣化总兵姜瓖造反了，汾州被反贼占领。刘洞九的次子从山东来看望父亲，正好赶上了兵变，因而被杀害了。汾州城沦陷了，大大小小的官员全部被杀害了，只有刘洞九因为到云南、贵州出公差才幸免于难。战乱平息以后，刘洞九这才回到了汾州。后来他又因为一件大案受到了牵连而被责罚，家里穷得连饭都吃不起，但是当权者还多方面地进行勒索，所以刘洞九窘迫焦虑地想要死去。女子说：“不要担忧，床下还有三千两银子，可以用来供我们生活。”刘洞九十分高兴，问道：“你是从何处偷来的？”女子说：“天底下有很多没有主人的东西，它们是取之不尽的，这还用得着偷吗？”刘洞九靠着女子的计谋找到机会得以脱身回到了山东老家，女子也跟着他一起回去。几年以后，女子忽然就离开了。她只留下了一个纸包，纸包里有几样东西，其中有一个是家里有丧事的时候挂在门上的小幡，约有二寸来长。人们都认为这是不祥之兆。没过多久，刘洞九就病故了。

【雷曹】

原文

乐云鹤、夏平子，二人少同里，长同斋，相交莫逆。夏少慧，十岁

○同斋：同学。斋，书斋，学塾。 ○莫逆：志趣相投，交谊深厚。

知名。乐虚心事之，夏亦相规不倦，乐文思日进，由是名并著。而

○潦倒场屋：在科举考试中屡试不中，落拓失意。场屋，指科举的考场。 ○规：规勉，帮助。

潦倒场屋，战辄北。无何，夏遘疫卒，家贫不能葬，乐锐身自任

○战辄（zhé）北：每次考试都失利。战，喻科举考试。北，战败。 ○遘（gòu）疫：染上瘟疫。遘，遇。

之。遗襁褓子及未亡人，乐以时恤诸其家，每得升斗，必析而二

○襁褓子：婴儿。"襁"指婴儿的带子，"褓"指小儿的被子，后来以此借指未满周岁的婴儿。未亡人：寡妇。 ○恤：救济、赈济贫者。

之，夏妻子赖以活。于是士大夫益贤乐。乐恒产无多，又代夏生

○恒产：土地、房屋之类不动产。

忧内顾，家计日蹙，乃叹曰："文如平子，尚碌碌以没，而况于我！

○忧内顾：照顾妻子子女的生活。 ○蹙（cù）：困窘。 ○碌碌：平庸无所作为。

人生富贵须及时，戚戚终岁，恐先狗马填沟壑，负此生矣，不如

○及时：谓当其盛壮之年。 ○戚戚终岁：成天价痛苦。戚戚，忧伤的样子。 ○恐先狗马填沟壑：恐怕先于狗马死去。狗马，服役于人之最低下者。谓恐己未及脱离贫贱而忧瘁致死。

早自图也。"于是去读而贾。操业半年，家赀小泰。

○自图：自己想办法，另谋出路。 ○贾（gǔ）：经商，商人。 ○小泰：小康。

译文

乐云鹤和夏平子他们两个人从小就生长在同一个地方，长大以后又在同一个书斋念书，他们志趣相同，情谊深厚。夏平子少年的时候就特别聪明，十岁的时候就已经有了一定的名气。乐云鹤虚心向夏平子请教，夏平子也不知疲倦地教诲他，乐云鹤的学问也就一天天地有进步，于是他们两个就齐名了。虽然如此，但是他们两个在科举上都很是不幸，每次科考都名落孙山。没过多久，夏平子就因为感染了瘟疫去世了，他的家里十分贫困没有钱将他安葬。乐云鹤挺身而出自己出钱安葬了好朋友，夏平子还遗下襁褓中的孩子以及他的妻子，乐云鹤不时地接济他们。每得到一点点的收入，乐云鹤一定会将其分成两份，夏平子的妻子孩子依赖着乐云鹤的救济才得以生活下去。于是，读书人对于乐云鹤的为人更加敬重。

乐云鹤家里也没有多少家产，又代替夏平子抚养他的妻子孩子，因而家里的生活也一天不如一天。

乐云鹤于是感叹道："像平子这种学富五车的人，尚且碌碌无为地离开了，又何况是我呢！人生在世，要求得富贵就要抓住时机，如果整天地痛苦，恐怕还没有脱离贫困人就已经死了，那就实在是白活了一辈子，不如早些另谋出路。"于是，乐云鹤放弃了读书转而经商。他经商半年，家里又达到了小康的水平。

原文

一日，客金陵，休于旅舍。见一人颀然而长，筋骨隆起，彷徨座侧，色黯淡，有戚容。乐问："欲得食耶？"其人亦不语。乐推食食之，则以手掬啖，顷刻已尽。乐又益以兼人之馔，食复尽。遂命主人割豚肩，堆以蒸饼，又尽数人之餐。始果腹而谢曰："三年以来，未尝如此饫饱。"乐曰："君固壮士，何飘泊若此？"曰："罪婴天谴，不可说也。"问其里居，曰："陆无屋，水无舟，朝村而暮郭耳。"乐整装欲行，其人相从，恋恋不去。乐辞之，告曰："君有大难，吾不忍忘一饭之德。"乐异之，遂与偕行。途中曳与同餐，辞曰："我终岁仅数餐耳。"益奇之。

○金陵：南京的旧名。
○颀（qí）然：高的样子。
○戚容：忧愁的面容。
○推食食（sì）之：把食物让给他吃。
○掬啖（dàn）：捧着吃。形容饥饿贪食的样子。
○兼人：两个人。
○豚肩：猪的前肘。
○蒸饼：古人称馒头为蒸饼，又称"笼饼"。
○果腹：吃饱肚子。
○饫（yù）饱：饱食。"饫"与"饱"同义。
○罪婴天谴：因有罪受到上天责罚。婴，遭受，获致。
○朝村而暮郭：终日漂泊于城乡之间。郭，外城。也泛指城市，如城郭。

译文

有一天，乐云鹤在金陵的一家旅馆中休息。他看见一个人身材很高，但是瘦骨嶙峋，他在乐云鹤的座位旁边走来走去，神色黯然，面色凄惨。乐云鹤问他："你是想要吃点东西吗？"那个人也不说话。乐云鹤就将食物推到他的面前让他吃；

那个人用手就抓，不一会儿就将食物都吃干净了。乐云鹤又要了两人份的食物让他吃，他又很快就将食物吃干净了。乐云鹤就让店主人割下一大块猪肘子，又拿了一大堆的馒头给他吃，那个人又一口气吃了相当于几个人饭量的食物，这才感觉饱了，然后拱手向乐云鹤表示感谢，他说："这三年以来，我从来没有像今天一样吃得这么饱过。"乐云鹤说："你一定是个壮士，怎么会沦落到这步田地?"壮士说："我因为得罪了上天，因而受到了上天的惩罚，具体的不能和别人说。"乐云鹤又问他在什么地方住，回答说："陆地上没有房屋，水面上没有船，早上在村子里，晚上在城中，居无定所。"乐云鹤整理行装准备赶路，那个壮士一直跟随着他，对他恋恋不舍。乐云鹤向他告别。那壮士却告诉他说："你有大难，我不忍心忘记你那一顿饭的恩情。"乐云鹤感到十分惊异，于是就和他一起赶路。在旅途中，乐云鹤又拉着壮士与他一起吃饭。壮士却辞谢地说道："我一年只需要吃几顿饭就够了。"于是乐云鹤更加感到惊奇了。

原文

次日，渡江，风涛暴作，估舟尽覆，乐与其人悉没江中。俄风定，其人负乐踏波出，登客舟，又破浪去；少时，挽一船至，扶乐入，嘱乐卧守；复跃入江，以两臂夹货出，掷舟中，又入之。数入数出，列货满舟。乐谢曰："君生我亦良足矣，敢望珠还哉！"检视货财，并无亡失。益喜，惊为神人。放舟欲行，其人告退，乐苦留之，遂与共济。乐笑云："此一厄也，止失一金簪耳。"其人欲复寻之，乐方劝止，已投水中而没。惊愕良久，忽见含笑而出，以簪授乐曰："幸不辱命。"江上人罔不骇异。

○估舟：商船。

○生我：救活我。

○珠还：比喻财物失而复得。

○厄：灾难。

○不辱命：不负使命。辱，辱没。

译文

第二天，他们乘船渡江。忽然间刮起了大风，江面上波涛翻涌，乐云鹤所乘坐的船被打翻了，他和那个壮士一起都掉入了江里。过了不久，风平浪静了，壮士背着乐云鹤踏着波浪浮出了江面，登上了一艘客船将乐云鹤放下，那壮士又跳进了水里。不一会儿，壮士拖着一只船过来了，他将乐云鹤搀扶到船里坐下，叮嘱他在船上躺着不要动。那壮士又一次跳进了江中，用两条胳膊夹着货物浮出了水面，他将货物放在船里面，就又跳进了江里。就这样往返了好几次，货物已经把整个船都装满了。乐云鹤向他表达感谢说："你将我救上来我就已经足够感激了，我如何敢奢望货物能够失而复得呢？"乐云鹤检点了一下货物与财物，没有一件丢失的。乐云鹤更加欢喜，惊叹这个壮士是个神人。乐云鹤解开缆绳刚要启程，那壮士就要告辞离开。乐云鹤苦苦地挽留他，那壮士才留下来和乐云鹤一起过江。乐云鹤笑着说："刚才那一场大灾难，我只是丢了一只金簪子而已。"那壮士一听就想要跳进江中寻找。乐云鹤刚要劝阻他，那壮士已经跳进江中看不见了。乐云鹤呆愣了半天，忽然看见那壮士面带微笑地浮出了水面，将簪子递给乐云鹤说："幸不辱使命！"江上的人看到这一幕没有一个不感到惊骇诧异的。

原文

乐与归，寝处共之。每十数日始一食，食则啖嚼无算。一日，又言别，乐固挽之。适昼晦欲雨，闻雷声，乐曰："云间不知何状，雷又是何物？安得至天上视之，此疑乃可解。"其人笑曰："君欲作云中游耶？"少时，乐倦甚，伏榻假寐。既醒，觉身摇摇然，不似榻上，开目，则在云气中，周身如絮。惊而起，晕如舟上。踏之，耎无地。仰视星斗，在眉目间。遂疑是梦。细视星嵌天上，如老莲实之在蓬也，大

○无算：无法计数。极言食量之大。

○挽：挽留。

○假寐：打盹。

○耎(ruǎn)无地：绵软无质。耎，同"软"。

○星斗：泛指众星。

者如瓮，次如瓿，小如盎盂。以手撼之，大者坚不可动，小星动摇，

○瓿（bù）：瓦器。 ○盎（àng）：一种大腹敛口的容器。盂（yú）：形近于碗。

似可摘而下者，遂摘其一，藏袖中。拨云下视，则银海苍茫，见城郭如豆。愕然自念：设一脱足，此身何可复问。俄见二龙夭矫，驾

○夭矫：屈伸自如的样子。

缦车来，尾一掉，如鸣牛鞭。车上有器，围皆数丈，贮水满之。有

○缦（màn）车：古代一种带蚊帐的车子。 ○牛鞭：赶牛用的一种特别粗长的短柄皮鞭。

数十人，以器掬水，遍洒云间。忽见乐，共怪之。乐审所与壮士在焉，语众曰：“是吾友也。”因取一器授乐，令洒。时苦旱，乐接器排云，约望故乡，尽情倾注。未几，谓乐曰：“我本雷曹，前误行

○约望故乡：望着大约是故乡的方位。约，约略。 ○雷曹：雷部的属官。此指雷神。

雨，罚谪三载。今天限已满，请从此别。”乃以驾车之绳万尺掷前，

○天限：指“天谴”的期限。

使握端缒下。乐危之，其人笑言：“不妨。”乐如其言，飗飗然瞬息

○缒（zhuì）：用绳子悬人或物使之下坠。 ○飗飗（liú）然：迅捷的样子。

及地。视之，则堕立村外。绳渐收入云中，不可见矣。时久旱，十里外，雨仅盈指，独乐里沟浍皆满。

○沟浍（kuài）：沟渠。“沟”是田间行水道，“浍”是田间排水渠。

译文

乐云鹤带着那壮士一起回到了家乡，与他朝夕与共。那壮士每隔十几天才吃一顿饭，每次吃下的食物有多少都无从计算。有一天，那壮士又来和乐云鹤辞别。乐云鹤再三挽留他。正好赶上白天，天色阴晦得好像要下雨一样，可以听见有隐隐约约的雷声。乐云鹤说：“云彩上不知道是怎样的一种情形？雷又是一种什么样的东西？如果能够到天上看一看，这个疑惑就可以解开了。”那壮士笑着说道：“你想要来一次云中的遨游吗？”没一会儿，乐云鹤就觉得十分困顿，趴在床上打盹。他刚一清醒过来，就感觉身体摇摇晃晃的，不像是在床上。他睁开眼睛看了一下，原来他现在处于云雾中，身边的云彩好像棉絮一样包围着他。乐云鹤吃了

一惊，一跃而起，感到像在坐船一样，晕晕乎乎的。他用脚踩了踩，软软的就好像没有土地一样。乐云鹤抬头看，满天的星斗就在自己的眼前，于是他怀疑自己是在梦里面。他仔细地观看那些镶嵌在天上的星星，就好像莲子长在莲蓬里面一样，大的就像水缸，不大不小的像小瓮，小的像酒杯饭碗那么大。乐云鹤用手摇动那些星星，大的坚不可摧，一点也不能撼动，小的可以晃动，好像可以将它们摘下来。于是，乐云鹤就摘下了一颗小星星，把它藏在了袖子里。他拨开云彩往下面看，只看见一片苍茫茫的银色云海，只见地面上的城墙就像豆子那么大。乐云鹤不禁担惊受怕地想到：假设一失足掉了下去，我这副身体要到哪里去找呢？不一会儿看见两条龙屈伸自如地架着一辆缦车缓缓地驶来，那龙的尾巴一甩，就好像牛鞭一样发出响亮的声音。车子上装着一些器具，每一个都有好几丈那么粗，每一个都储满了水。还有几十个人，拿着器具乘着水，将水洒向云间。这些人忽然看见了乐云鹤，都感到十分惊奇。乐云鹤看见曾经救他的那个壮士也在这些人之中，对着众人说："他是我的朋友。"于是，那壮士拿来一个器具给乐云鹤，让他一起洒水。那时正赶上人间大旱，乐云鹤接过器具，拨开云雾，将水朝着家乡的方向尽力泼洒。过了一会儿，那壮士对乐云鹤说："我本来是个雷神。以前因为耽误了行雨，被贬下人间三年。如今期限已经满了，请让我们就此分别吧。"说完这些以后，雷神就将驾车用的一万尺长的绳子抛在乐云鹤的面前，让他抓着绳子的一头将他放下去。乐云鹤十分害怕，不敢这么做。雷神笑着说道："这不碍事的。"乐云鹤就按照他所说的抓着绳子的一端往下坠，只听见风呼呼地在耳边响起，转瞬之间就已经落地。乐云鹤看了看，发现自己落在了村子的外边。他抓着的那根绳子慢慢地被收回云中，一会儿就看不见了。那时候很长时间没有下雨，十里以外的地方，雨水只有一指多深，唯独乐云鹤他们村子的沟渠都满了。

原文

归探袖中，摘星仍在。出置案上，黯黝如石，入夜，则光明焕发，映照四壁。益宝之，什袭而藏。每有佳客，出以照饮。正视之，则条条射目。一夜，妻坐对握发，忽见星光渐小如萤，流动横飞。妻

○黯黝（yǒu）：深黑色。

○什袭：把物品一层又一层地包裹起来，以示珍贵。

○条条射目：光芒刺眼。条条，指辐射的光束。

○握发：指梳理绾结头发。

方怪咤，已入口中，咯之不出，竟已下咽。愕奔告乐，乐亦奇之。

○怪咤（zhà）：惊叹。咤，叹声。

○咯（kǎ）：用力作咳，从喉中吐物。

既寝，梦夏平子来，曰：“我少微星也。君之惠好，在中不忘。又蒙自天上携归，可云有缘。今为君嗣，以报大德。”乐三十无子，得梦甚喜。自是妻果娠。及临蓐，光耀满室，如星在几上时，因名“星儿”。机警非常，十六岁，及进士第。

○少微星：又名“处士星”。《史记·天官书》：“廷藩西有隋星五，曰少微，士大夫。”

○在中不忘：永记不忘。中，内心。

○临蓐（rù）：临产，分娩。蓐，草席，古代妇女坐以临产。

译文

乐云鹤回到了家中，将手伸进袖子里一摸，他摘下来的那颗小星星还在。乐云鹤将它拿出来放在桌子上，黑黢黢的就像石头一样。一到夜里，那星星就发出亮光，将四周的墙壁都照得十分明亮。乐云鹤更加把它当作宝贝，将它一层层地包裹起来加以珍藏，每当有贵客来访的时候，乐云鹤才将星星拿出来照明饮酒。当人们看向这颗星星的时候，它就会发出光芒刺向人们的眼睛。一天夜里，乐云鹤的妻子正对着星星洗头发，忽然星星的光芒渐渐地越来越暗，最后竟然变成好像萤火虫一样，在屋子里到处乱飞。乐妻感到十分诧异，那星星居然飞进了她的口中，她怎么也吐不出来，竟然将星星咽了下去。乐妻吓坏了，赶快去告诉乐云鹤，乐云鹤也感到惊讶。夜里睡着以后，乐云鹤梦见夏平子来了，夏平子说：“我是少微星，你对我的恩情我永远不会忘记。又承蒙你将我从天上带到了人间，可以说我们之间还是有缘。如今我就要转世成为你的子嗣，以报答你对我的大恩大德。”乐云鹤已经三十岁了还没有儿子，所以做了这个梦感到非常高兴。不久，他的妻子果然怀孕了。到了分娩那天，满屋子的光十分耀眼，就像星星被放在桌子上一样，因此乐云鹤给儿子取名叫“星儿”。星儿非常聪明，十六岁的时候就考中了进士。

原文

异史氏曰：乐子文章名一世，忽觉苍苍之位置我者不在是，遂

○名一世：世上有名。

○苍苍：上天。位置：安排、置放。是：指文章仕途。

弃毛锥如脱屣，此与燕颔投笔者，何以少异？至雷曹感一饭之德，少微酬良友之知，岂神人之私报恩施哉？乃造物之公报贤豪耳！

○弃毛锥：放弃文墨生涯。毛锥，笔的代称。脱屣（xǐ）：脱去鞋子，比喻轻易。屣，鞋。

○燕颔投笔：指班超投笔从戎。东汉班超，是班彪之子、班固之弟。

译文

异史氏说：乐云鹤的文章在当时名重一时，忽然发现上天并没有给他安排在文章仕途的位置上，于是，他放弃读书生涯就好像脱去旧鞋子一样，这与当时投笔从戎的班超相比，又有什么差异呢？至于雷神感念一顿饱饭的恩德，夏平子酬谢好友的情谊，那只是神人在报答私恩吗？这其实是造物主在公然报答贤士和豪杰呀！

【赌符】

原文

韩道士，居邑中之天齐庙，多幻术，共名之“仙”。先子与最善，每适城，辄造之。一日，与先叔赴邑，拟访韩，适遇诸途。韩付钥曰：“请先往启门坐，少旋我即至。”乃如其言，诣庙发扃，则韩已坐室中。诸如此类。

〇天齐庙：供奉泰山神的庙宇，又称“东岳庙”。唐玄宗曾封泰山神为天齐王，宋真宗先后封之为仁圣天齐王和东岳天齐仁圣大帝，元世祖封之为东岳天齐大生仁皇帝。

〇先子：先父。指蒲槃。

〇造：造访。

〇先叔：指作者的叔父蒲柷。据《蒲氏世系表》作者附志，蒲柷“为人豪爽好施，族中贫子弟或戚党之乏者，辄相其人而授之资，使学负贩，赖以成家者甚众”。

〇发扃（jiōng）：开锁。

译文

有个姓韩的道士，居住在县城中的天齐庙。由于他会很多的幻术，所以人们都把他叫作“仙人”。先父与他关系最好，每次只要进城就一定会去拜访他。有一天，父亲与我已经故去的叔叔进城想要去拜访韩道士，恰好在路上遇见了他。韩道士将钥匙给了我的父亲说道：“你们先去打开门进屋里面坐一下，我一会儿就回去。”父亲就按照韩道士所说的去做，到了天齐庙用钥匙将门打开，一看，韩道士已经在屋子里坐着了。像这样的怪事儿还有很多很多。

原文

先是，有敝族人嗜博赌，因先子亦识韩。值大佛寺来一僧，专事樗蒲，赌甚豪。族人见而悦之，罄赀往赌，大亏。心益热，典质田产，复往，终夜尽丧。邑邑不得志，便道诣韩，精神惨淡，言语失次。韩问之，具以实告。韩笑云：“常赌无不输之理。倘能戒赌，我为汝

〇邑邑：忧郁不乐的样子。

〇惨淡：凄凉。

〇失次：颠倒，无序。

覆之。”族人曰：“倘得珠还合浦，花骨头当铁杵碎之！”韩乃以纸书符，授佩衣带间。嘱曰：“但得故物即已，勿得陇复望蜀也。”又付千钱，约赢而偿之。

○覆：赢回所输钱财。
○珠还合浦：指赢回输掉的钱。
○花骨头：指色子。
○得陇复望蜀：得此望彼，贪得无厌。指翻本之后又想赢钱。

译文

在这之前，有一个同族的人嗜好赌博，因为父亲的缘故也认识了韩道士。那时候大佛寺来了一个和尚，专门从事用色子赌博，并且赌注特别大。族人一看见这种豪赌就十分高兴，带上了家里所有的钱财去赌，结果全部输掉了。但是他不甘心，典当了田产房子又去赌，一夜的时间又全部输掉了。于是他郁郁寡欢，一直不高兴，便去拜访韩道士。族人精神惨淡，说话也语无伦次。于是，韩道士就问他发生了什么事。族人就将发生的事情详细地告诉了他。

韩道士笑着说道：“经常赌博的人哪里有不输的道理呢！倘若你能够戒掉赌博，我就帮你将输的钱全部赢回来。”族人说：“假如能够将输掉的钱都赢回来，我就用铁杵将色子砸个稀碎。”于是，韩道士用符纸写了一张符，交给族人让他戴在衣带里。并且叮嘱他说：“只要将输掉的钱赢回来就停手吧，千万不要得陇望蜀、贪得无厌。”韩道士又给了族人一千文铜钱，与他约定等他赢了以后再还给自己。

原文

族人大喜而往，僧验其赀，易之，不屑与赌。族人强之，请以一掷为期，僧笑而从之。乃以千钱为孤注。僧掷之无所胜负，族人接色，一掷成采。僧复以两千为注，又败。渐增至十余千，明明枭色，呵之，皆成卢雉。计前所输，顷刻尽覆，阴念再赢数千亦更佳，乃复博，则色渐劣。心怪之，起视带上，则符已亡矣，大惊而罢。载

○易之：轻视他，认为赌本太小。
○请以一掷为期：要求以掷一次色子为限。
○孤注：尽其所有以为赌注。

钱归庙，除偿韩外，追而计之，并未后所失，适符原数也。已乃愧谢失符之罪，韩笑曰："已在此矣。固嘱勿贪，而君不听，故取之。"

○愧谢：惭愧道歉。谢，道歉。

译文

于是族人欣喜若狂地又去赌博，和尚查验了他的一千文铜钱，觉得太少了，不屑于和他赌。族人强行拉着他要求赌一次，并且以掷一回色子为限。和尚笑着同意了，于是族人就用那一千文钱作为赌注，孤注一掷。和尚先掷，没有分出胜负；族人接过色子，一掷成采。于是，和尚又拿来两千文做赌注，又失败了。赌注逐渐地增加到了十余千，和尚看着明明是上采，族人一吆喝，就变成了中采或者下采。于是，族人之前输掉的钱不一会儿就全都赢了回来。族人心中暗自想如果再赢几千文更好，于是接着又赌，但是手气越来越不好。族人感到十分奇怪，起来查看一下衣带上的符，那符早就已经不见了，族人十分吃惊，赶紧回去了。族人带着钱来到了寺庙，除了还给韩道士的一千文钱以外，仔细地计算他所赢得的钱财，正好和他原来输掉的是一样多的。族人十分惭愧地向韩道士道歉，请求他原谅他丢失符的罪过。韩道士笑着说："符已经在我这里了。我再三叮嘱你一定不要贪得无厌，你就是不听我的话，所以我将它拿了回来。"

原文

异史氏曰：天下之倾家者，莫速于博；天下之败德者，亦莫甚于博。入其中者，如沉迷海，将不知所底矣。夫商农之人，具有本业；诗书之士，尤惜分阴。负耒横经，固成家之正路；清谈薄饮，犹寄兴之生涯。尔乃狎比淫朋，缠绵永夜。倾囊倒箧，悬金于崄巇之天；

○分阴：指古代晷影移动一分，喻极短的时间。

○所底：所终。底，即终极、尽头。《后汉书·仲长统传》引《昌言·理乱》："澶漫弥流，无所底极。"

○负耒横经：谓勤学不倦，一边干农活，一边学习。

○"清谈"二句：聚友清谈，偶尔少量饮酒，也是在生活中寄托兴会的一种方式。

○狎比：不正经地亲近。淫朋：坏朋友。

○永夜：长夜。

○悬金于崄巇（xiǎn xī）之天：把金钱放在危险之地。崄巇，山势陡峭。

呵雉呼卢，乞灵于淫昏之骨。盘旋五木，似走圆珠；手握多张，如擎团扇。左觑人而右顾己，望穿鬼子之睛；阳示弱而阴用强，费尽罔两之技。门前宾客待，犹恋恋于场头；舍上火烟生，尚眈眈于盆里。忘餐废寝，则久入成迷；舌敝唇焦，则相看似鬼。迨夫全军尽没，热眼空窥。视局中则叫号浓焉，技痒英雄之臆；顾橐底而贯索空矣，灰寒壮士之心。引颈徘徊，觉白手之无济；垂头萧索，始玄夜以方归。幸交谪之人眠，恐惊犬吠；苦久虚之腹饿，敢怨羹残？既而鬻子质田，冀还珠于合浦；不意火灼毛尽，终捞月于沧江。及遭败后我方思，已作下流之物；试问赌中谁最善，群指无袴之公。甚而枵腹难堪，遂栖身于暴客；搔头莫度，至仰给于香奁。呜呼！败德丧行，倾产亡身，孰非博之一途致之哉！

○呵雉呼卢：赌徒呼叫博彩的声音。
○淫昏之骨：指色子。
○五木：古博具，即樗蒲。
○手握多张：赌纸牌。
○场头：赌场上。
○盆：掷色子的赌盆。
○全军尽没：喻赌本输光。
○白手：徒手，空手。这里指手中无钱。
○臆：臆想，空想。
○橐（tuó）：盛物的袋子。贯索：穿钱的绳子。
○灰寒壮士之心：承上句，谓囊中无钱，使赌徒心灰意冷。唐张籍《行路难》诗："君不见床头黄金尽，壮士无颜色。"此处的"壮士"与上文的"英雄"都是讽刺之辞。
○萧索：落寞。
○玄夜：黑夜，深夜。
○交谪之人：指妻子。
○鬻（yù）子：卖儿。质田：典当土地。
○无袴（kù）之公：连裤子都输掉的人。袴，同"裤"。
○枵（xiāo）腹：空肚，饥饿。
○暴客：强盗。
○搔头：搔首，形容走投无路的烦躁样子。莫度：没有办法。
○香奁：妇女妆奁之物。此指妻之陪嫁首饰之类。
○败德丧行：败坏道德，丧失品行。
○倾产亡身：倾荡家产，丢掉性命。

译文

异史氏说：天下那些倾家荡产的人，没有快过于赌博的；天下那么多道德败坏的人，也没有比赌博更彻底的了。凡是沉湎于赌博之中的人，就像跳进了海里，永远也不知道终点到底在哪里！商人、农民，都有各自的本职；饱读诗书的人士，尤其应该珍惜时间。一边干农活一边学习，也是成家立业的正确的道路；聚友清谈，偶尔少量饮酒，也是在生活中寄托兴会的一种方式。而赌徒们却与不正经的朋友亲近，整夜整夜地赌博；他们翻箱倒柜，将金钱悬挂在十分危险的地方；或者吆五吆六地乞求色子显灵。或者旋转色子，让色子像圆珠一样滚来滚去；或者手里拿着很多纸牌，就像擎着一把团扇。他们左顾右盼地一会看看别人，一会瞅瞅自己，渴望赢得赌局就好像要把眼睛望穿；虚虚实实，用尽了全部的心机。门前即便有宾客在等着接待，心中仍然恋恋不舍地想着赌场上的事情；房屋已经着火冒烟了，却还死死地盯着掷色子的瓦盆。他们忘记了吃饭和睡觉，长久地沉迷于赌博之中，不能自拔；一个个都舌敝唇焦，看起来就像鬼一样。等到将身上的全部钱财都输光以后，只好瞪着通红的眼睛看别人赌，观看着赌局大呼小叫，十分热闹，技痒就像英雄的臆想一样；看看自己的钱袋子早已经空空如也，这让赌桌上的壮士们寒了心。伸着脖子在赌场里来回地走，只感到手里没有钱，一切都无济于事；低下头黯然神伤，直到深夜才回到家里。幸亏指责他的妻子已经睡着了，他还唯恐惊动了狗，让它发出叫声；这时才感到腹中饥饿，怎么敢抱怨残羹剩饭？接下来他就要卖掉孩子典当田产，希望能够将输了的都赢回来；不承想这一次就像一场大火将毛发都烧光了，终究还是在江中捞月亮。只有遭遇这样的惨重失败以后才开始反思，但是他已经堕落成了一个被人厌恶的人。试着问一下赌徒中谁的技术最好，人们一定都指向那个把裤子都输了的穷鬼。他们中有的甚至因为饥饿难耐，就干脆做起了强盗；有的挠破脑袋也想不出什么办法来，只能卖掉女人的嫁妆来生活。唉！道德败坏、品德丧失，倾家荡产、身败名裂，哪一件不是因为赌博这一件事而造成的呢？

五木

“五木”是古代博戏“樗蒲”中的投具，类似于今天的骰子。因其投掷的工具最初由木材制成，故称为“五木”。后来这些投具多用牙角等精美材料制成。《五木经》提到的“樗蒲”是一种古代流行的赌博游戏，玩家通过投掷五木来决定胜负。五木在古代被广泛使用于各种博戏中，类似于现代的色子。

【阿霞】

原文

文登景星者，少有重名。与陈生比邻而居，斋隔一短垣。一日，

○文登：在山东省的东部。清代属登莱青道，登州府。

陈暮过荒落之墟，闻女子啼松柏间，近临，则树横枝有悬带，

○荒落之墟：荒丘。荒落，荒凉冷落。墟，大丘。

若将自经。陈诘之，挥涕而对曰："母远去，托妾于外兄。不图

○自经：上吊自杀。 ○外兄：表哥。

○伶仃：孤苦的样子。

狼子野心，畜我不卒。伶仃如此，不如死！"言已，复泣。陈解

○狼子野心：比喻贪暴凶残、心地险恶。 ○畜我不卒：不能终身依靠，不再继续供养。畜，养。卒，终。《诗·邶风·日月》："父兮母兮，畜我不卒。"

带，劝令适人。女虑无可托者。陈请暂寄其家，女从之。既归，

○适人：旧称女子嫁人。

挑灯审视，丰韵殊绝。大悦，欲乱之。女厉声抗拒，纷纭之声，

○纷纭：杂乱。指吵闹争辩之声。

达于间壁。景生逾垣来窥，陈乃释女。女见景，凝眸停睇，久

○凝眸停睇：定睛注视。

乃奔去。二人共逐之，不知去向。

译文

文登有一个叫景星的读书人，小的时候就很有名。他和陈生是邻居，他们的书房就隔了一堵短墙。有天黄昏，陈生路过一处荒凉败落的废墟的时候，听到了松柏树林中传出女子的哭泣声；他走过去一看，树的横枝上悬挂着一条带子，有个女子正想要上吊。陈生就询问她为什么要自杀，女子擦拭着眼泪说道："我的母亲到远方去了，将我托付给我的表兄，想不到他狼子野心，不能让我终身依靠。我一个人孤苦伶仃到如此地步，还不如死了算了。"说完，她又哭了出来。陈生将带子从树枝上解了下来，劝她找个人嫁了。女子忧虑没有可以托付的人。陈生就邀请女子暂时住在他家里，女子同意了。女子和陈生一起回了家。回到家里之后，陈生点上灯仔细端详女子，看她长得十分漂亮。陈生非常高兴，就想要和她同床共枕。女子厉声拒绝他，两个人争执的声音传到了隔壁。景星翻过矮墙来一看究竟，陈生于是

放开了女子。女子一看见景星，眼睛一眨不眨地注视了景星很长时间，才向门外跑去。陈生与景星一块跑出去追她，但是女子已经不知道跑到哪里去了。

原文

景归，阖户欲寝，则女子盈盈自房中出。惊问之，答曰："彼德薄福浅，不可终托。"景大喜，诘其姓氏，曰："妾祖居于齐，为齐姓，小字阿霞。"入以游词，笑不甚拒，遂与寝处。斋中多友人来往，女恒隐闭深房。过数日，曰："妾姑去。此处烦杂，困人甚。继今，请以夜卜。"问："家何所？"曰："正不远耳。"遂早去。夜果复来，欢爱綦笃。又数日，谓景曰："我两人情好虽佳，终属苟合。家君宦游西疆，明日将从母去，容即乘间禀命，而相从以终焉。"问："几日别？"约以旬终。既去，景思斋居不可常，移诸内，又虑妻妒，计不如出妻。志既决，妻至辄诟厉。妻不堪其辱，涕欲死。景曰："死恐见累，请蚤归。"遂促妻行。妻啼曰："从子十年，未尝有失德，何决绝如此！"景不听，逐愈急，妻乃出门去。自是垩壁清尘，引领翘待，不意信杳青鸾，如石沉海。妻大归后，数浼知交，请复于景，景不纳，遂适夏侯氏。夏侯里居，与景接壤，以田畔之故，世有隙。景闻之，益大恚恨。然犹冀阿霞复来，差足自慰。越年余，并无踪绪。

○盈盈：仪态美好的样子。
○终托：终身相托付。指嫁给。
○齐：周代国名。地域相当于今山东北部，河北东南。
○游词：戏谑，挑逗的话。
○继今，请以夜卜：从今以后，我在夜间来。
○綦（qí）笃：热烈深沉。
○禀命：请命。指征得父母同意。
○出妻：休妻。
○诟厉：辱骂。
○见累：连累我。
○蚤归：趁早回娘家。蚤，同"早"。归，谓"大归"，指休妻，已嫁妇女归娘家后不再回夫家。
○失德：在德行方面有过失。
○垩（è）壁：用石灰刷墙。指整饰房屋。垩，古代指白土。
○引领翘待：伸着脖子，踮着脚等待。
○信杳青鸾：杳无音信。信，信使，即青鸾。
○浼（měi）：恳托。
○复：恢复，复婚。
○以田畔之故：因为田界争执。《说文》："畔，田界也。"
○隙：仇怨，嫌隙。

译文

景星回到家里，正要关上门去睡觉，却看见刚才那个女子仪态盈盈地从房间里走了出来。景星惊讶地问她为什么在这里，女子回答说：“那陈生德薄福浅，不能够托付终身。”景星十分高兴，就询问她的姓名。女子说：“我的祖辈都居住在齐地，姓齐，叫阿霞。”景星就说些淫荡猥亵的词去调戏她，阿霞只是微笑但是不怎么拒绝，于是他们两个就同床共枕了。景星的书房中经常有朋友来拜访，阿霞总是关闭房门躲在内室。就这样过了几天，阿霞说：“我暂且离开这里几天，你这里人太多了，我感觉被束缚住了。从今天开始，我每天夜里过来。”景星问她：“你的家在什么地方？”阿霞说：“正好离这里不是很远。”于是阿霞一大早上便离开了，夜里果然又来了，阿霞与景星的关系越来越恩爱。又过了几天，阿霞对景星说：“我们两个人的感情虽然很是恩爱，但是终归是私订终身。我的父亲在外做官，明天我要和母亲去找我的父亲，我找个机会将我们的事情告诉他们，这样我们就可以白头到老了。”景星问：“我们要分别多长时间呢？”阿霞与景星约定十天以后再见面。阿霞离开以后，景星想书房根本不是能够长久居住的地方，把阿霞带回家里吧，又害怕妻子欺负阿霞，他盘算着不如将妻子休了。景星打定了主意，从这以后就经常对妻子进行辱骂。他的妻子不堪忍受他的辱骂，哭得几乎都要死去。景星说：“你死了恐怕还要将我连累，你还是回娘家去吧。”于是景星就催促妻子早日离开。妻子哭泣地说道：“我跟了你十年，从来没有做过有失德行的事情，你为什么如此绝情！”景星根本不听她说了些什么，只是越发着急地赶她走。妻子只好无奈地离开了景星家。妻子刚一离开，景星就让仆人将家里的墙壁粉刷一遍，又将家里的里里外外打扫得干干净净，翘首企盼着阿霞的到来。没想到阿霞这一走一点消息都没有了，就好像石沉大海。景星的妻子被休回了娘家以后，多次拜托景星的好友亲朋为她说情，希望能够和景星破镜重圆，但是景星就是不同意。于是，妻子就改嫁给了夏侯氏。夏侯氏的房子与景星家的房子接壤，两家因为地界的问题有世仇。景星听说了这件事，对前妻更加怨恨。但是他还希冀阿霞早点儿回来，这样才可以安慰自己。又过了一年时间，阿霞还是一点踪迹都没有。

原文

会海神寿，祠内外士女云集，景亦在。遥见一女，甚似阿霞。景近

○海神寿：海神的生日。

○云集：形容众多。《诗·郑风·出其东门》：“出其东门，有女如云。”

之，入于人中；从之，出于门外；又从之，飘然竟去。景追之不及，恨悒而返。后半载，适行于途，见一女郎，着朱衣，从苍头，鞚黑卫来，望之，霞也。因问从人：“娘子为谁？”答言：“南村郑公子继室。”又问：“娶几时矣？”曰：“半月耳。”景思，得毋误耶？女郎闻语，回眸一睇，景视，真霞。见其已适他姓，愤填胸臆，大呼：“霞娘！何忘旧约？”从人闻呼主妇，欲奋老拳。女急止之，启幛纱谓景曰：“负心人何颜相见？”景曰：“卿自负仆，仆何尝负卿？”女曰：“负夫人甚于负我！结发者如是，而况其他？向以祖德厚，名列桂籍，故委身相从。今以弃妻故，冥中削尔禄秩，今科亚魁王昌，即替汝名者也。我已归郑君，无劳复念。”景俯首帖耳，口不能道一词。视女子，策蹇去如飞，怅恨而已。

○恨悒：遗憾郁闷。

○鞚（kòng）：驾驭。黑卫：黑驴。

○欲奋老拳：要挥拳动武。老拳，重拳。

○结发者：结发的妻子，元配。古代男子二十束发加冠，女子十五束发加笄，婚后挽发为髻。故习称初婚相从之妻（元配）为“结发妻”。

○桂籍：古代把朝廷科举选拔人才的中选者喻为桂林一枝。

○禄秩：俸禄官阶。

○亚魁：乡试的第六名。

○俯首帖耳：恭顺听命。

○策蹇（jiǎn）：鞭打着驴。

译文

有天正赶上海神的诞辰，祠堂内外善男信女云集，景星也在其中。他远远地看见一个女子，好像是阿霞。景星就跟了上去，那女子已经混入了人群之中；景星继续跟着她，和她一起来到了祠堂门外；再继续跟着她，那女子已经飘然而去。景星没有追上女子，只好又恨又恼地回到了家里。又过了半年，景星正在路上走着，看见了一个女子，穿着红色的衣服，后面跟着一个老仆人，骑着一头黑驴走过来。景星一看，竟然是阿霞。因此景星就问跟着阿霞的那个老仆人：“这是谁家的娘子？”老仆人回道：“是南村郑公子的继室。”景星又问：“娶了多长时间了？”老仆人回答：“半个多月吧。”景星心里想，他是不是认错人了？那个女子听见他

茶

们说话的声音，回头看去，景星定睛一看，真的是阿霞。景星看见阿霞已经嫁给别人了，气得怒火攻心，大声喊道："霞娘，你为什么忘记了当初的约定？"跟着的那个老仆人听见景星直呼主妇的名字，就想要挥拳打景星。阿霞急忙制止了他。她掀开蒙在脸上的面纱对景星说："你这个负心人怎么有脸面来见我呢？"景星说："是你负了我，我怎么就负了你呢？"阿霞说："你辜负你的夫人比辜负我还厉害呢！你对你的结发妻子尚且如此无情，更何况是别人呢？以前我是因为你祖上积了德，你将会科举榜上有名，所以才委身于你；如今因为你无缘无故将妻子休弃，阴曹已经削去了你的官职。今年科举考试的亚魁王昌，就是取代你位置人的名字。如今我已经嫁给了郑君，你就不要再对我有什么惦念了。"景星俯首帖耳地听着，却不能说一句话为自己辩白。抬头看向阿霞时，她已经骑着驴子飞快地走远了。景星心中只有无限悔恨。

原文

是科，景落第，亚魁果王氏昌名。郑亦捷。景以是得薄幸名，四十无偶，家益替，恒趁食于亲友家。偶诣郑，郑款之，留宿焉。女窥客，见而怜之。问郑曰："堂上客，非景庆云耶？"问所自识，曰："未适君时，曾避难其家，亦深得其豢养。彼行虽贱，而祖德未斩，且与君为故人，亦宜有绨袍之义。"郑然之，易其败絮，留以数日。夜分欲寝，有婢持廿余金赠景。女在窗外言曰："此私贮，聊酬夙好，可将去，觅一良匹。幸祖德厚，尚足及子孙。无复丧检，以促余龄。"景感谢之。既归，以十余金买搢绅家婢，甚丑悍。举一子，后登两榜。郑官至吏部郎。既没，女送葬归，启舆则虚无人矣，始

○薄幸：对爱情不忠诚。

○趁食：蹭饭，乘人家吃饭时赶往觅食。

○景庆云：庆云是景星的字，尊称其字。

○斩：断绝。

○绨（tí）袍之义：怜惜故人的穷困，以财物相济助的情谊。绨袍，语出《史记·范雎蔡泽列传》。

○丧检：失去检束。指行为不端。

○吏部郎：吏部郎中或员外郎。

○登两榜：清代以会试、乡试榜文为甲榜、乙榜。"登两榜"就是乡试、会试都被取中，成了进士。

○舆：轿车。

知其非人也。

译文

今年的科举考试，景星果然落榜了，亚魁果然就是那个叫王昌的人。阿霞的丈夫郑生也考中了。景星从这以后得了一个寡恩薄情的恶名。四十岁了还没有妻子，家境也越发贫穷，经常去亲戚朋友家里蹭饭吃。景星有一次偶然去拜访郑生，郑生款待了他，又留他住了下来。阿霞在内室窥见了景星，看他十分可怜。阿霞问郑生说：“那个堂上的客人莫非就是景星吗？”郑生问阿霞是如何认识景星的。阿霞说：“还没有遇见你的时候，我曾经在他家避过难，也得到过他的收养之恩。他的行为虽然卑贱，但是他祖上的阴德还没有全断，况且他还是你的旧相识，你也应该怜惜他的穷困，给予他一些救济。”郑生也认为阿霞说得对。于是郑生将景星的旧衣服换掉，为他做了新衣服，又留他住了几天。有天半夜的时候，景星正要睡觉，有一个丫环拿着二十多两银子赠给了景星。阿霞在窗户外面对景星说：“这些是我的私房钱，用来酬谢你以前对我的情谊。你可以拿着这笔钱找一个好的夫人。幸亏你祖上的阴德深厚，尚且还能够保佑你的子孙。你以后不要再干什么缺德的事情，以免缩短你的寿命。”景星对阿霞表达了感谢。回到家以后，景星拿出十多两银子买了一个乡绅的丫环，这女子长得丑陋还很凶悍。后来，景星有了一个儿子，这个儿子长大中了进士。郑生后来官至吏部郎。郑生死的时候，阿霞为他送葬，等回到家里一看，车里面已经空空无人。人们这才知道阿霞不是人类。

原文

噫！人之无良，舍其旧而新是谋，卒之卵覆而鸟亦飞，天之所报亦惨矣！

◎噫：叹词。 ◎无良：不良，品德不好。

译文

唉！没有良好德行的人呀，喜新厌旧，到头来落得个鸡飞蛋打一场空，上天对他的报应也是太惨了！

【李司鉴】

原文

李司鉴，永年举人也。于康熙四年九月二十八日，打死其妻李氏。

○永年：古代县名。地处河北省南部，即今河北永年。清代属广平府。 ○康熙四年：1665年。

地方报广平，行永年查审。司鉴在府前，忽于肉架下，夺一屠刀，

○地方：旧时里长、保正称“地方”。报广平：向广平府报案。 ○行永年查审：由广平府派员行临永年县调查审理。行，行临。

奔入城隍庙，登戏台上，对神而跪，自言：“神责我不当听信奸人，在乡党颠倒是非，着我割耳。”遂将左耳割落，抛台下。又言：“神责

○乡党：乡里。《礼记·曲礼》：“故州闾乡党称其孝也。”注：“《周礼》：二十五家为闾，四闾为族，五族为党，五党为州，五州为乡。”

我不应骗人银钱，着我剁指。”遂将左指剁去。又言：“神责我不当奸淫妇女，使我割肾。”遂自阉，昏迷僵仆。时总督朱云门题参革褫

○割肾：割去外肾，即下文“自阉”——割去生殖器。

究拟，已奉俞旨，而司鉴已伏冥诛矣。邸抄。

○已奉俞旨：已获得准奏的圣旨。俞旨，俞允的旨意。俞，允准。 ○伏冥诛：受到阴司的诛戮。 ○邸抄：即邸报。

译文

李司鉴是永年县的一个举人。他在康熙四年九月二十八日这一天，将他的妻子李氏打死了。县里就将这个案件上报给了广平府，广平府派官员到永年县去调查审理。李司鉴被押到府衙门前的时候，忽然在路边卖肉的肉架上抢夺过一把屠刀，径直跑向了城隍庙。李司鉴登上了城隍庙的戏台，对着神像跪了下去，自言自语地说道：“神指责我不应该听信奸佞之人的胡言乱语，在乡亲邻里之间倒弄是非，叫我割下耳朵。”于是，李司鉴将左边的耳朵割下来，扔到了戏台下。又说：“神指责我不应该骗人的钱财，让我剁下手指。”于是，他又将左手的手指剁下。接着他又说：“神指责我不应该奸淫妇女，让我割掉生殖器。”于是他又将自己阉割了，随后就昏死在了地上。当时，时任总督朱云门上奏朝廷革除李司鉴的功名并且追究治罪，已经得到了皇上的恩准，但是李司鉴已经提前被阴间的刑法诛杀了。此事摘自邸报。

【五羖大夫】

原文

河津畅体元，字汝玉。为诸生时，梦人呼为“五羖大夫”，喜为佳兆。及遇流寇之乱，尽剥其衣，闭置空室。时冬月，寒甚，暗中摸索，得数羊皮护体，仅不至死。质明，视之，恰符五数，哑然自笑神之戏己也。后以明经授雒南知县。毕载积先生志。

○五羖（gǔ）大夫：春秋时秦国大夫百里傒号。百里傒初仕虞为大夫，后佐秦霸诸侯，号五羖大夫。

○佳兆：好的征兆。

○流寇：指明末农民起义军。

○质明：正明，天色已亮。

○哑（è）然：笑声。

○明经：明清时期对贡生的敬称。

○毕载积先生志：稿本此六字偏右小字书写，说明本篇是毕氏所记。毕载积，毕际有字载积。

译文

陕西河津的畅体元，字汝玉。他还是秀才的时候，做梦梦见有人称呼他为“五羖大夫”，畅体元十分高兴，认为这是一个吉祥的预兆。有一年，畅体元赶上了流寇之乱，他被流寇剥光了衣服，又被他们关进一间空屋子里。那时候正是寒冬腊月，天气十分寒冷，畅体元在黑暗中摸索，得到了几张羊皮用来包裹住身体，这才没有被冻死。等到天亮的时候一看，羊皮正好是五张。畅体元哑然失笑，知道这是神灵在捉弄自己。后来畅体元因为有名经科的头衔，被朝廷授予了雒南县知县的官职，这是毕载积先生记录的。

诸生

“诸生”是古代对各级学官属下学生的统称，尤其指参加科举考试前的儒生或生员。诸生通常指入学接受教育的士人，属于秀才一类，尚未正式取得官职。这个称谓多见于明清时期，诸生在府、州、县的学官中学习，准备参加科举考试，以求功名与仕途发展。

【毛狐】

原文

农子马天荣，年二十余，丧偶，贫不能娶。偶芸田间，见少妇盛妆，践禾越陌而过，貌赤色，致亦风流。马疑其迷途，顾四野无人，戏挑之，妇亦微纳。欲与野合，笑曰：“青天白日，宁宜为此？子归，掩门相候，昏夜我当至。”马不信，妇矢之。马乃以门户向背具告之，妇乃去。夜分，果至，遂相悦爱。觉其肤肌嫩甚，火之，肤赤薄如婴儿，细毛遍体，异之。又疑其踪迹无据，自念得非狐耶？遂戏相诘。妇亦自认不讳。

○农子：农家子弟。

○芸：除草。

○践禾越陌：踩着庄稼，越过田间小路。陌，田间东西向的小路。

○致：风度举止。

○微纳：不太拒绝。

○宁：岂。

○矢：发誓。

○门户向背：住宅方位。门户向着何方、背依何处。

○踪迹无据：来路不明。

译文

农家子弟马天荣，在二十多岁的时候妻子死了，因为家里贫穷没有钱再娶。有天，他正在田里干活，看见一个少妇浓妆艳抹，她踩着禾苗从田埂上穿过。她的脸色红彤彤的，也很风流。马天荣怀疑她是迷路了，他四处看看田野里并没有别人，于是就走上前去调戏少妇。少妇也不太拒绝。马天荣就想要和她野合。少妇笑着说道：“这青天白日的，怎么可以干那种事情呢！你回到家里，掩门等着我，夜晚的时候我一定会去找你。”马天荣不相信，少妇就指天发誓一定会去。马天荣将自己家的详细位置告诉了她。于是少妇就离开了。到了夜里，少妇果然来了，而后他们就同床共枕。马天荣觉得少妇的皮肤非常滑嫩，点上灯一看，她的皮肤就像出生的婴儿一样，又红又薄，全身长满了细细的绒毛。马天荣感觉很是惊奇。又怀疑她来路不明，心中暗自怀疑这个少妇难道是狐妖？马天荣就开玩笑地询问她是不是狐妖，少妇也毫不避讳地承认了。

原文

马曰："既为仙人，自当无求不得。既蒙缱绻，宁不以数金济我贫？"妇诺之。次夜来，马索金，妇故愕曰："适忘之。"将去，马又嘱。至夜，问："所乞或勿忘耶？"妇笑，请以异日。逾数日，马复索。妇笑向袖中出白金二铤，约五六金，翘边细纹，雅可爱玩。马喜，深藏于椟。积半岁，偶需金，因持示人。人曰："是锡也。"以齿龁之，应口而落。马大骇，收藏而归。至夜，妇至，愤致诮让。妇笑曰："子命薄，真金不能任也。"一笑而罢。

○缱绻（qiǎn quǎn）：情意缠绵，离不开。

○铤（dìng）：量词。常用以计块状物。

○雅可爱玩：漂亮可爱，很好玩。

○椟：箱子。

○龁（hé）：咬。

○诮（qiào）让：责备。

译文

马天荣说："你既然是个仙人，自然是应当想要什么就有什么。承蒙你对我如此缠绵，为什么你不能送我银子救济我的贫困？"少妇便应允了他。第二天夜里来的时候，马天荣向少妇索要银子。少妇故意惊愕地说："我忘记了！"少妇将要离开的时候，马天荣又叮嘱她不要忘记给他带银子。到了晚上，马天荣问少妇："我所要的东西你大概没有忘记吧？"少妇笑了笑，请他再等个几天。过了几天，马天荣又向少妇索要银子。少妇笑着从袖子里拿出了两锭银子给他，有五六两重，银锭的两边翘起，还刻有细细的花纹，雅致可爱。马天荣十分欢喜，将银子包好藏在了柜子的深处。又过了半年，马天荣急需用钱，于是就将少妇给他的银锭拿出来给别人。那个人说："这是锡。"他说完就用牙齿咬了一下，马上就咬下来一块。马天荣十分惊骇，就将那两块锡收好带回了家里。到了半夜，少妇来了，马天荣愤怒地说着风凉话。少妇笑着说道："你的命薄，即使给你真的银子你也消受不了。"于是这件事就一笑了之了。

喜
囍

原文

马曰："闻狐仙皆国色，殊亦不然。"妇曰："吾等皆随人现化。子且无一金之福，落雁沉鱼，何能消受？以我蠢陋，固不足以奉上流，然较之大足驼背者，即为国色。"过数月，忽以三金赠马，曰："子屡相索，我以子命不应有藏金。今媒聘有期，请以一妇之资相馈，亦借以赠别。"马自白无聘妇之说。妇曰："一二日，自当有媒来。"马问："所言姿貌如何？"曰："子思国色，自当是国色。"马曰："此即不敢望。但三金何能买妇？"妇曰："此月老注定，非人力也。"马问："何遽言别？"曰："戴月披星，终非了局。使君自有妇，搪塞何为？"天明而去。授黄末一刀圭，曰："别后恐病，服此可疗。"

○国色：一国中最美的女子。

○落雁沉鱼：形容绝色女子。

○上流：上等人。

○月老：月下老人，媒人。

○戴月披星：指没有媒妁的非正式婚姻。

○搪塞：苟且敷衍。

○刀圭：中药的量器名。分量很小。

译文

马天荣说："我听说狐仙都长得国色天香，其实也并不是都那样。"少妇说："我们狐仙都是随着交往的人而变化的，你连承受一两银子的福分都没有，沉鱼落雁那样的美人，你怎么有福分能够消受得了？像我这种愚蠢丑陋的，当然不能够去侍奉上流的人物，然而和那些大脚丫驼背的女人比起来，我也算是国色天香了。"过了几个月时间，少妇突然拿出三两银子赠送给了马天荣，并且对他说："你屡次向我索要银子，我都因为你的命薄不应该藏有金子而没有给你，如今有媒人就要过来向你提亲，就让我送给你能够娶一个媳妇的钱，也是借此告个别。"马天荣自我辩白说自己没有娶媳妇这种想法。少妇说："这一两天应该就有媒人上门了。"马天荣问："你所说的这个媳妇长得怎么样？"少妇说："你想要一个国色天香的，自然就应该是国色天香的。"马天荣说："这个我可不敢奢望，可是三两银子怎么能够娶一个妇人做媳妇呢？”少妇说：“这些是月老安排的，并不是人力能够更改的。”马天荣又问：“你为什么突然和我说分别呢？”少妇说：“像我们这样披星戴月地幽会，终究不是一个长久的办法。你会有你自己的妻子，我为什么还要和你苟且敷衍地过下去？”天亮以后少妇就离开了，她在走之前给了马天荣一小包黄色的粉末，说：“我离开以后你恐怕会生一场病，吃了这个粉末就能够治好。”

原文

次日，果有媒来。先诘女貌，答：“在妍媸之间。”“聘金几何？”“约四五数。”马不难其价，而必欲一亲见其人。媒恐良家子不肯炫露。既而约与俱去，相机因便。既至其村，媒先往，使马待诸村外。久之，来曰：“谐矣。余表亲与同院居，适往见女，坐室中。请即伪为谒表亲者而过之，咫尺可相窥也。”马从之。果见女子坐堂中，伏体于床，倩人爬背。马趋过，掠之以目，貌诚如媒言。及议聘，并不争直，但求得一二金，妆女出阁。马益廉之，乃纳金，并酬媒氏及书券者，计三两已尽，亦未多费一文。择吉迎女归，入门，则胸背皆驼，项缩如龟，下视裙底，莲舡盈尺。乃悟狐言之有因也。

○妍媸（yán chī）：美丑。妍，美。媸，丑。

○良家子：良家妇女。炫露：抛头露面，张扬。

○相机因便：看机会、乘方便。

○倩（qìng）人爬背：请人替自己搔背。

○益廉之：进一步压价。廉，低廉，便宜。

○书券者：写婚书的人。

○莲舡（chuán）：女鞋的戏称，谓其大如船。旧时习称女子尖足为“金莲”，故有此称。舡，船。

译文

第二天，果然有媒人来马天荣的家里提亲。马天荣先是询问了女子长得如何，媒人回答说：“这女子长得不算好看，但是也不丑陋。”马天荣又问：“需要多少的聘金？”媒人回答说：“四五两银子吧。”马天荣说这个价钱还是不难筹到的，但是他要求必须亲眼看一看那个女子。媒人恐怕良家女子不肯轻易抛头露面。于是他们商量好了一起去女方家里，然后见机行事。他们一起来到了女方家所在的村子，媒人先去女方的家里，让马天荣在村外面等着。过了很长时间，媒人过来对马天荣说："这事办好了。我有一个表亲和这个女子家住在同一个院子里。刚才我去的时候，看见那个女子正在屋子里坐着，请你伪装成要拜访我的那个表亲从她家门前走过去，就可以近距离地看一下那个女子。"马天荣就听从了媒人的话。果然看见那个女子就坐在屋子里，身体趴在了床上，让人给她搔背。马天荣从门前快步地走过，快速地用眼睛打量了一下女子，她的长相就像媒人所说的。等到商议聘金的时候，女方并没有计较，只要求一二两银子给女子置办点嫁妆送女子出嫁就行。马天荣又进一步还了价，这才将银子拿了出来；加上酬谢媒人与书写婚书之人的费用，正好是三两银子，连一文钱也没有多花。选好了一个良辰吉日马天荣将女子迎娶过门，等到女子进门的时候一看，那女子是鸡胸还驼背，脖子很短就好像缩头的乌龟，再往下一看，裙子底下是一双大船一样大的脚，有一尺多长。马天荣这才明白过来以前少妇所说的话都是有原因的。

原文

异史氏曰：随人现化，或狐女之自为解嘲，然其言福泽，良可深信。余每谓：非祖宗数世之修行，不可以博高官；非本身数世之修行，不可以得佳人。信因果者，必不以我言为河汉也。

○福泽：指命运中的福分。

○因果：指佛教因果报应之说。

○河汉：银河。比喻言论迂阔不靠谱。

译文

异史氏说：狐仙能够根据所跟随的人选择相貌，或许是那个狐女自己解嘲相貌的话；但是，她有关福泽之类的道理，是可以深信不疑的。我经常说：如果没有祖上几代人的修行，就不能够官运亨通；如果不是自己本人几辈子的修行，就不能够得到美人。相信因果报应的人，必然不会认为我所说的话是迂腐的。

【翩翩】

原文

罗子浮，邠人。父母俱早世，八九岁，依叔大业。业为国子左厢，富有金缯而无子，爱子浮若己出。十四岁，为匪人诱去作狭邪游。会有金陵娼，侨寓郡中，生悦而惑之。娼返金陵，生窃从遁去。居娼家半年，床头金尽，大为姊妹行齿冷，然犹未遽绝之。无何，广创溃臭，沾染床席，逐而出。丐于市，市人见辄遥避。自恐死异域，乞食西行。日三四十里，渐至邠界。又念败絮脓秽，无颜入里门，尚趑趄近邑间。

○邠(bīn)：唐置邠州，历代因之，治所在今陕西彬县。

○早世：早年去世。

○国子左厢：明清时国子监祭酒的别称。

○金缯(zēng)：金帛。指代财富。缯，古代对丝织品的总称。

○匪人：品行不端的人。狭邪游：嫖妓一类不正当行为。

○床头金尽：钱花光了。

○姊妹行(háng)：姊妹们。妓女间的互称。齿冷：嘲笑。因笑必开口，笑久则齿冷。

○趑趄(zī jū)近邑间：在邻近的县境内，徘徊不前。趑趄，徘徊不进貌。

译文

邠州人罗子浮，他很小的时候父母就去世了。他八九岁的时候，被叔父罗大业收养。罗大业担任国子监祭酒，家里很有钱但是没有儿子，他疼爱罗子浮就好像疼爱自己的亲生儿子。罗子浮十四岁的时候，被坏人引诱去做嫖妓一类不正当的行为。那时有一个从金陵来的妓女，寄居在本州，罗子浮很是喜欢她，并且被她迷惑住了。那个妓女回到金陵的时候，罗子浮也偷偷地跟着她离开了家乡。他在那个妓女家住了半年，身上带去的银子都花光了，那些妓女都嘲笑和讥讽他，但是还没有将他立刻赶出妓院而已。没多长时间，罗子浮就得了病，下身溃烂发臭，流出来的脓液将床席弄得哪里都是，于是他就被赶出了妓院。罗子浮在集市上要饭，集市上的人看见他都远远地躲避。罗子浮害怕自己死在他乡，因此就一路要饭，一路向西走，每天走个三四十里路。渐渐地，他快要走到了邠州的地界。他又想到自己一身破烂的衣裳，又一身的脓疮污秽，没有脸去见家里人，于是就在靠近邠州的地方徘徊。

原文

日既暮，欲趋山寺宿。遇一女子，容貌若仙。近问：“何适？”生以实告。女曰：“我出家人，居有山洞，可以下榻，颇不畏虎狼。”生喜，从去。入深山中，见一洞府，入则门横溪水，石梁驾之。又数武，有石室二，光明彻照，无须灯烛。命生解悬鹑，浴于溪流，曰：“濯之，创当愈。”又开幛拂褥促寝，曰：“请即眠，当为郎作裤。”乃取大叶类芭蕉，翦缀作衣，生卧视之。制无几时，折叠床头，曰：“晓取着之。”乃与对榻寝。生浴后，觉创疡无苦。既醒，摸之，则痂厚结矣。诘旦，将兴，心疑蕉叶不可着，取而审视，则绿锦滑绝。少间，具餐，女取山叶呼作饼，食之，果饼，又翦作鸡、鱼，烹之皆如真者。室隅一罂，贮佳酝，辄复取饮，少减，则以溪水灌益之。数日，创痂尽脱，就女求宿。女曰：“轻薄儿！甫能安身，便生妄想！”生云：“聊以报德。”遂同卧处，大相欢爱。

○下榻：谓留客住宿。

○洞府：传说中仙人常以山洞为家，故习称仙人或修道者所居为“洞府”。

○石梁：石桥。

○数武：数步。武，半步。泛指脚步。

○悬鹑：喻破衣。鹌鹑毛斑尾秃，似披敝衣，因以“悬鹑”比喻衣服破烂。

○创（chuāng）：疮。

○开幛拂褥：打开帐幕，铺好床被。幛，幛幔。

○裤：同“褥”。

○翦缀：裁剪，缝纫。缀，连接。

○创疡：脓疮。

○痂：伤口或疮口结的疤。

○兴：起。

○隅：角落。罂（yīng）：陶制的大腹小口的容器。

译文

有一天黄昏，罗子浮想要去山中的寺庙借宿。在路上他遇见了一个女子，那女子非常漂亮，就好像天上的仙女一样。女子走近罗子浮问道：“你要到什么地方去呢？”罗子浮就告诉了她。女子说：“我是一个出家人，我居住在山洞里，那里可以让你借宿，也不用害怕老虎和豺狼。”罗子浮很是高兴，就跟着女子走了。他们走进了深山之中，果然看见了一个洞府，进入洞府发现门前横淌着一条小溪，有一座小石桥架在溪水的上面。再往前走几步，就看见两间石室，石室里面十分明亮，根本不用点火来照明。女子让罗子浮脱下破烂的衣服跳到溪水里去洗浴，并且说："洗一洗，你的脓疮就会好了。"罗子浮洗好之后，女子又拉开帷帐、铺好被褥，催促罗子浮休息，并且说："你快点睡觉吧，我还要给你做衣裳。"于是女子就取来一种像芭蕉叶的大叶子，将它剪剪缝缝地做衣裳。罗子浮就躺在床上看着，没多长时间就将衣裳做好了，女子将做好的衣裳叠好放在了床头。说："明天早上起来的时候就取来穿上。"说完，就来到罗子浮对面的床上睡下了。罗子浮在洗浴以后，感觉身上的脓疮已经不疼了。睡醒一觉一摸，那些脓疮已经结了厚厚的一层疮痂。第二天一早，罗子浮想要起床，他心里怀疑芭蕉叶做的衣服不能够穿着。于是就将衣服拿过来仔细观察，原来是绿色的光滑的锦缎。片刻之后，女子开始准备早饭了。她取来了一些树的树叶来，并且叫它为饼，罗子浮一吃，果然是饼；女子又把树叶剪成鸡、鱼的样子去烹饪它们，吃下去和真的一样。在石室的一个角落里有一个瓮，里面贮藏着好酒，女子就一次次地倒出来饮用；只要瓮里的酒变少了，女子就取来溪水将它灌满。几天以后，罗子浮身上的疮痂全部都脱落了，于是他就要求和女子同床共枕。女子说："你个轻薄的人儿，刚刚保住了性命安顿下来，就开始妄想了。"罗子浮说："就聊以报答你的恩德。"二人恩爱非常。

原文

一日，有少妇笑入，曰："翩翩小鬼头快活死！薛姑子好梦，几时做得？"女迎笑曰："花城娘子，贵趾久弗涉，今日西南风紧，吹送来也！小哥子抱得未？"曰："又一小婢子。"女笑曰："花娘子瓦窑哉！那弗将来？"曰："方呜之，睡却矣。"于是坐以款饮。又顾生曰："小郎君焚好香也。"生视之，年廿有三四，绰有余妍，心好之。剥果误落案下，俯假拾果，阴捻翘凤，花城他顾而笑，若不知者。生

○贵趾久弗涉：很久不来了。趾，脚趾。弗，不。涉，涉足。

○瓦窑：用以戏称专生女孩的妇女。

○那弗将（jiāng）来：何不带来。将，携领。

○呜：哄拍幼儿睡眠的声音。此处用作"哄"。

○焚好香：烧了高香，交了好运。

○绰有余妍（yán）：形容女子或字画等丰姿秀逸，很有魅力。妍，美丽。

○阴捻翘凤：暗暗地摸（花城娘子）翘着的小脚。翘凤，女子的小脚。

方怳然神夺，顿觉袍裤无温，自顾所服，悉成秋叶。几骇绝，危坐移时，渐变如故，窃幸二女之弗见也。少顷，酬酢间，又以指搔纤掌，城坦然笑谑，殊不觉知。突突怔忡间，衣已化叶，移时始复变。由是惭颜息虑，不敢妄想。城笑曰："而家小郎子，大不端好！若弗是醋葫芦娘子，恐跳迹入云霄去。"女亦哂曰："薄幸儿，便直得寒冻杀！"相与鼓掌。花城离席曰："小婢醒，恐啼肠断矣。"女亦起曰："贪引他家男儿，不忆得小江城啼绝矣。"花城既去，惧贻诮责，女卒晤对如平时。

○怳（huǎng）然神夺：恍恍忽忽，神不守舍。谓生邪念。怳，同"恍"，恍忽。

○秋叶：枯叶。

○危坐：端正地坐着。

○酬酢：周旋应酬。

○突突怔忡（zhēng chōng）：心悸不安，形容惊惧。突突，形容心跳剧烈。

○跳迹入云霄：腾云驾雾，意思是荡检逾闲，想入非非。

○薄幸：薄情，负心。

○醋葫芦娘子：戏谑语。俗称在爱情关系上有嫉妒之心为"捻酸吃醋"。醋葫芦，如同今俗语"醋罐子"。

○哂（shěn）：微笑，讥笑。

○贻：遗留，遭到。诮责：责备。

译文

有一天，有一个少妇笑着来到了洞府内，说："翩翩你这个小鬼头就要快活死了！你们两个的好事是什么时候做成的？"翩翩笑着迎了上来，说："花城娘子，你这个贵客可是好久都没有来我这个地方了。今天西南风吹得紧，原来是把你给吹过来了。你抱上了儿子没有呀？"花城娘子说："又是一个小姑娘！"翩翩笑着说道："花城娘子原来是一个瓦窑呀！那怎么没有把孩子抱来呢？"花城娘子说："刚刚才将她哄好，现在已经睡下了。"于是，花城娘子就坐了下来，翩翩设宴款待她。花城娘子又看着罗子浮说："小郎君你烧得好香呀！"罗子浮仔细地看着花城娘子，她的年纪也就二十三四岁，容貌漂亮，风度迷人，罗子浮心里很是喜欢她。罗子浮剥果子的时候失误让果子掉到了桌子底下，他就弯下腰假装去捡果子，暗暗地却捏了花城娘子的脚一下。花城娘子眼睛看着别的地方说说笑笑，就好像不知道一样。罗子浮正恍恍惚惚，神不守舍的时候，立马就感到身上的衣服没有温度了，他看了看自己穿的衣服，都变成了秋天的树叶了。罗子浮惊骇得差点死过去。他赶紧正襟危坐，过了一会儿，衣服渐渐地变回了原来的样子。罗子浮暗自庆幸两位女子没有看见这一幕。又过了一会儿，罗子浮在劝花城娘子喝酒的时候，用手指轻轻搔她的手掌心，花城娘子坦然地说笑着，就好像没有一点感觉。罗子浮心悸不安的时候，他身上的衣服又变成了树叶，过了好长时间才又变了回去。于是罗子浮感到非常羞愧，这才停止了乱七八糟的念头，再也不敢有所妄想了。花城娘子笑着说：“你家这个小郎君可是品行不太好！如果不是醋葫芦娘子管着他，恐怕他早就跳到天上去了。”翩翩也讥笑地说道：“这个薄情的人儿，就应该将你活活地冻死。”于是，两个女子就抚掌大笑起来。花城娘子离开告辞地说道：“那小丫头醒来，恐怕就要把肠子哭断了。”翩翩也起身离席说道：“贪图勾引别人家的那人，早就不记得小江城就要哭死了。”花城娘子离开以后，罗子浮害怕翩翩讥笑指责他，但是翩翩还是像以前一样对待他。

原文

居无何，秋老风寒，霜零木脱，女乃收落叶，蓄旨御冬。顾生

○秋老：秋深。 ○霜零木脱：霜降叶落。雨露霜雪降落叫“零”。木，树木。 ○蓄旨御冬：蓄存食物，准备过冬。

肃缩，乃持襆掇拾洞口白云，为絮复衣，着之，温暖如襦，且

○肃缩：义同“蹜（sù）缩”，因寒冷而缩身战抖。 ○襆：包袱。掇拾：捡取，收拾。 ○复衣：夹袄。 ○襦：短袄，棉袄。

轻松常如新绵。逾年，生一子，极惠美，日在洞中弄儿为乐。然每

○惠：通“慧”，聪明。

念故里，乞与同归。女曰：“妾不能从，不然，君自去。”因循二三

○因循：迁延。指仍留洞中。

年，儿渐长，遂与花城订为姻好。生每以叔老为念，女曰：“阿叔

腊故大高，幸复强健，无劳悬耿。待保儿婚后，去住由君。”女在

○腊：岁末腊祭逢阴历十二月举行，因以纪年。这里指年岁。 ○悬耿：耿耿悬念。 ○保儿：罗子浮与翩翩所生子名。

洞中，辄取叶写书教儿读，儿过目即了。女曰：“此儿福相，放教

○了：明了，清楚。

入尘寰，无忧至台阁。”未几，儿年十四。花城亲诣送女，女华

○尘寰：人世间，世俗社会。 ○台阁：指宰相、尚书之类的大官。明清称内阁大学士为“阁臣”，称六部尚书、都御史为“台官”。

妆至，容光照人。夫妻大悦，举家宴集。翩翩扣钗而歌曰：“我

○扣钗：用头钗相敲击，作为节拍。

有佳儿，不羡贵官。我有佳妇，不羡绮纨。今夕聚首，皆当喜

○绮纨（wán）：绮与纨，均丝织品，为富贵之家所常用，故以“绮纨”喻富贵。

欢。为君行酒，劝君加餐。”既而花城去，与儿夫妇对室居。新

○加餐：多多进食，保养身体。

妇孝，依依膝下，宛如所生。生又言归，女曰：“子有俗骨，终非仙品，儿亦富贵中人，可携去，我不误儿生平。”新妇思别其

○生平：终身。指一生前途。

母，花城已至。儿女恋恋，涕各满眶。两母慰之曰：“暂去，可复来。”翩翩乃翦叶为驴，令三人跨之以归。大业已老归林下，意侄

○老归林下：告老归隐。林下，树林之下，本指幽静之地，引申指归隐之所。

已死，忽携佳孙美妇归，喜如获宝。入门，各视所衣，悉蕉叶，破之，絮蒸蒸腾去。乃并易之。后生思翩翩，偕儿往探之，则黄叶满径，洞口云迷，零涕而返。

译文

又过了一段时间，已经是深秋时间，寒风阵阵，霜打叶落，翩翩已经开始收集落叶，储备起来准备度过寒冬。翩翩看见罗子浮被冻得瑟瑟发抖，她便拿起一块包袱皮将洞口的白云捡拾起来当作棉花为他做了件棉衣。罗子浮穿在身上，感到很是暖和，棉衣又轻便又蓬松，就好像新做的一样。又过了一年，翩翩生了一个儿子，既聪明又英俊。每天罗子浮就在洞府中逗弄儿子作为乐事。然而，罗子浮经常思念家乡，他乞求翩翩和他一块回家乡去。翩翩说：“我不能和你一起回去，要不，你就自己回去吧。”就这样又拖延了两三年，儿子渐渐长大了，于是和花城娘子的女儿定了娃娃亲。罗子浮经常想念他年迈的叔叔。翩翩说：“叔叔虽然已经高龄，但是他的身体幸亏还是强壮健康，不用你惦念。等到保儿成婚以后，是去是留就随便你了。”翩翩在洞府里，就经常在树叶上教儿子读书写字，儿子一看就能理解。翩翩说：“这个孩子是个有福相的，让他回到红尘中，以后做个高官也不是什么难事。”又过了几年，儿子已经十四岁了。花城娘子亲自将女儿江城送过来结婚。江城盛装打扮，光彩照人，翩翩与罗子浮十分高兴，全家人聚在一起大摆宴席。翩翩敲着金钗唱道：“我有佳儿，不羡贵官。我有佳妇，不羡绮纨。今夕聚首，皆当喜

欢。为君行酒，劝君加餐。”宴席结束后，花城娘子就离开了。翩翩夫妻俩与儿子他们夫妇对着门住着。新媳妇很是孝顺，经常依偎在翩翩的膝下，就好像翩翩的亲生女儿。罗子浮又和翩翩说想要回到故乡。翩翩说：“你有俗骨，终究成不了仙人。我们的儿子也是一个有大富贵的人，可带着儿子一起离开，我不能耽误他的前程。”新媳妇正想回去和母亲告别，花城娘子已经过来了。小两口恋恋不舍，眼睛里含着泪水。两个母亲安慰他们说：“你们暂时离开，以后可以再回来。”于是翩翩用树叶剪了驴子，让他们三个人骑上驴子回家去。这时候，罗大业已经告老还乡，他以为侄子早就已经死了，忽然看见侄子罗子浮带着俊俏的孙子和美丽的孙媳妇回来，他高兴得就好像得到了宝贝一样。进入了家门，三个人看看自己身上穿的衣服，都是芭蕉叶子。用手扯破一看，里面的棉絮就像蒸汽一样慢慢地向天空升腾。三个人更换了衣服。后来罗子浮想念翩翩，他带着儿子一起去探望，去往洞府的路上已经铺满了厚厚的落叶，白云也将洞口遮挡住了，他们再也找不到路了。父子俩只好流着泪回去了。

原文

异史氏曰：翩翩、花城，殆仙者耶？餐叶衣云，何其怪也！然帏幄诽谑，狎寝生雏，亦复何殊于人世？山中十五载，虽无“人民城郭”之异，而云迷洞口，无迹可寻，睹其景况，真刘、阮返棹时矣。

○帏幄诽谑：指闺房中的言笑游戏。

○虽无“人民城郭”之异：指虽然没有年代久远的人事变迁那么大。人民城郭，指丁令威学仙的故事。

○真刘、阮返棹时：指汉代刘晨、阮肇天台山遇仙女一事。返棹，驾船返回。

译文

异史氏说：翩翩、花城娘子她们一定都是仙人吧？吃的是树叶、穿的是白云，这是多么奇怪的事情呀！然而她们在闺房中尽情玩笑、男女相爱、生儿育女，这又和普通的人世间有什么区别呢？罗子浮在洞府里生活了十五年，虽然没有经历年代久远那么大的人世变迁，然而他再次回去时，白云将洞口掩盖，没有踪迹可以寻找，这种情况，真像东汉刘晨、阮肇重寻仙女的情形啊。

【黑兽】

原文

闻李太公敬一言：某公在沈阳，宴集山颠。俯瞰山下，有虎衔物来，

○李太公敬一：李思豫，敬一其字，蒲松龄挚友李希梅的爷爷。 ○沈阳：即今辽宁沈阳。

以爪穴地，瘗之而去。使人探所瘗，得死鹿，乃取鹿而虚掩其穴。

○瘗（yì）：埋。

少间，虎导一黑兽至，毛长数寸。虎前驱，若邀尊客。既至穴，兽眈眈蹲伺。虎探穴失鹿，战伏不敢少动。兽怒其诳，以爪击虎额，

○眈眈（dān）蹲伺：目光威猛地蹲踞守候。眈眈，威视貌。 ○战伏：战抖着伏在地上。

虎立毙，兽亦径去。

译文

我曾听太公李敬一说过这样的事：有一个人在沈阳的一座山的山顶上宴请客人。那人低头看向山下的时候，看见有只老虎叼着什么东西走了过来，老虎用爪子挖了一个大洞，将叼着的东西放进洞里埋好后离开了。那个人就让仆人下山去查看一下老虎埋起来的是啥，结果得到一只死鹿。于是仆人就将死鹿拿走了，又将那个洞草草地填埋好。过了不长时间，老虎领着一只黑兽走了过来，那黑兽身上的毛有好几寸长。老虎在前面引路，就好像在邀请一位尊贵的客人。到了老虎埋东西的洞口，黑兽目光炯炯地看着老虎，蹲在洞口边等待。老虎用爪子将洞挖开，那死鹿已经不见了。老虎就浑身颤抖地趴在地上连动都不敢动。黑兽因为受了欺骗十分愤怒，用爪子击打老虎的额头，老虎立即就死了，那黑兽也径直离开了。

原文

异史氏曰：兽不知何名。然问其形，殊不大于虎，而何延颈受死，

○延颈：伸着脖子。

惧之如此其甚哉？凡物各有所制，理不可解。如猕最畏狨，遥见之，则百十成群，罗而跪，无敢遁者。凝睛定息，听狨至，以爪遍揣其肥瘠，肥者则以片石志颠顶。猕戴石而伏，悚若木鸡，惟恐堕落。狨揣志已，乃次第按石取食，余始哄散。余尝谓贪吏似狨，亦且揣民之肥瘠而志之，而裂食之；而民之戢耳听食，莫敢喘息，蚩蚩之情，亦犹是也。可哀也夫！

○猕（mí）最畏狨（róng）：猕猴最怕狨。猕，猕猴。哺乳动物，猿猴类。

○罗：分布，排开。

○揣：揣摸，触摸测定。肥瘠：肥瘦。瘠，瘦。

○志颠顶：谓在头顶作记号。志，标志。颠，顶。

○悚（sǒng）若木鸡：害怕得像木鸡，形容不敢稍动。悚，惊恐。

○哄散：一哄而散。

○戢（jí）耳：即"帖耳"。耳朵放帖脑后。形容畏惧、驯顺。

○蚩蚩之情，亦犹是也：老百姓畏惧贪吏的情景，也像是猕畏狨一样。

译文

异史氏说：也不知道这个黑兽叫什么名字，然而询问他黑兽的体形，并不比老虎大。但是为什么老虎要伸着脖子等死，害怕到这种程度呢？世界上的万事万物都有能够制约自己的东西，这是不能用常理来解释的。如猕猴畏惧狨，它们远远地看见狨来了，则百十成群的猕猴立刻排列着下跪，没有一个敢逃跑的。猕猴们全都屏住呼吸，目不转睛地等待狨的到来。狨来了以后就用爪子挨个触摸猕猴看看肥瘦，肥的就用一片石头放在它的头顶做记号。被选中的猕猴头顶石块跪在那里，害怕得像木鸡一样呆，唯恐石块掉落下去。狨看完了肥瘦，做好了标记。于是就按照放石块的顺序依次吃掉肥硕的猕猴，其余的猕猴都一哄而散。我曾经说过那些贪官污吏就好像狨，也是估摸老百姓的贫富程度而做标记，然后再将他们按照标记吞食掉。而老百姓俯首听命，任人吞食，连大气都不敢喘一下，这种愚昧无知的情况，是和猕猴一个样子的，真的是非常可悲呀！

【余德】

原文

武昌尹图南，有别第，尝为一秀才税居，半年来，亦未尝过问。一日，遇诸其门，年最少，而容仪裘马，翩翩甚都。趋与语，即又蕴藉可爱。异之。归语妻，妻遣婢托遗问以窥其室。室有丽姝，美艳逾于仙人，一切花石服玩，俱非耳目所经。尹不测其何人，诣门投谒，适值他出。翼日，即来答拜。展其刺呼，始知余姓德名。语次，细审官阀，言殊隐约。固诘之，则曰："欲相还往，仆不敢自绝。应知非寇窃逋逃者，何须逼知来历？"尹谢之。命酒款宴，言笑甚欢。向暮，有两昆仑捉马挑灯，迎导以去。

○武昌：路、府名，清朝时是湖广总督驻地，今湖北武汉武昌区。
○别第：也说别院、别墅，指正宅以外的宅邸。
○税居：税，租赁。租赁房屋。
○翩翩甚都：翩翩，形容举止洒脱（多指青年男子）；都，美貌。形容人俊美文雅。
○蕴藉：含蓄而不外露，多形容君子气质温文含蓄。
○遗（wèi）问：遗，赠送。带着礼物问候。
○花石服玩：花，奇花；石，异石；服，服饰；玩，玩好之物。
○耳目所经：耳朵所听，眼睛所看。
○诣门投谒：诣门，上门求见；投谒，投递名帖。投递名帖上门求见。
○刺呼：刺，古时人们在竹片或木片上刻上姓名，称之为"刺"，也就是名帖。名帖上写的姓名。
○言殊隐约：隐约，是不清楚、不明显的样子。这里是指话语模棱两可、不明确。
○非寇窃逋（bū）逃者：逋逃，逃亡的罪人。并不是盗贼一类的逃亡罪人。
○谢：认错，道歉。
○昆仑：我国古代泛指南洋地区，也称南海诸国。唐宋时豪门富户都以南海国人为奴，这里代指异族奴仆。

译文

武昌府的尹图南家里有一座空着的宅子，就租给了一个秀才住着，半年过去了，尹图南一直没再问过这件事。有一天，尹图南在那个宅子门口恰巧遇到了秀才，秀才很年轻，容貌俊雅，衣饰得体，风姿不凡。尹图南便和他交谈起来，发现秀才谈吐举止温文尔雅，令人心生好感。尹图南觉得秀才很不一般。回家便告诉了妻子，妻子就令丫环带着礼物以问候为名去探查秀才家里的情况。得知秀才有一个美若天仙的妻子，家里的奇花异石、穿着服饰和器具珍玩，都闻所未闻，见所未见。尹图南知道后，也揣测不出秀才到底是什么人，投递名帖上门拜访，不巧秀才正好外出了。第二天，秀才就来回访。尹图南打开秀才投递的名帖，才知道他姓余名德。两人一番交谈间，尹图南便仔细打听余德的家世，但他却回答得很含糊。尹图南一直追问，余德只好说："您要和我相交，我是不敢拒绝的。但您应该知道我并不是盗贼一类的逃亡罪人，何必苦苦逼问我的来历呢？”尹图南赶紧向他道歉。又命下人摆好酒宴，两人觥筹交错，相谈甚欢。一直到傍晚，宴席才散，然后有两个昆仑奴提灯牵马来接走了余德。

原文

明日，折简报主人。尹至其家，见屋壁俱用明光纸裱，洁如镜。金狻猊爇异香。一碧玉瓶，插凤尾孔雀羽各二，各长二尺余。一水晶瓶，浸粉花一树，不知何名，亦高二尺许，垂枝覆几外，叶疏花密，含苞未吐，花状似湿蝶敛翼，蒂即如须。筵间不过八簋，而丰美异常。既，命童子击鼓催花为令。鼓声既动，则瓶中花颤颤欲拆，俄而蝶翅渐张。既而鼓歇，渊然一声，蒂须顿落，即为一蝶，飞落尹衣。余笑起，飞一巨觥，酒方引满，蝶亦飏去。顷之，鼓又作，两蝶飞集余冠。余笑云：“作法自毙矣。”亦引二觥。三鼓既终，花乱堕，翩翻而下，惹袖沾衿。鼓僮笑来指数，尹得九筹，余四筹。尹已薄醉，不能尽筹，强引三爵，离席亡去。由是益奇之。

○折简：裁纸写信，这里主要是指写信。

○金狻猊（suān ní）爇异香：金狻猊香炉里点燃着奇异的香。狻猊，在中国古代神话传说中是一种神兽，传为“龙生九子”中的第五子，外形如狮，喜烟好坐，所以中国古代的香炉上都用它来装饰；爇，点燃。

○湿蝶敛翼：湿了的蝴蝶收拢起翅膀。

○蒂即如须：花蒂就像蝴蝶的触角。蒂，即花蒂，花与枝、茎相连的部分；须，这里指的是蝴蝶的触角。

○八簋（guǐ）：簋，古代盛食物的器具，这里指菜肴。八种菜肴。

○既：副词，不久（宾主入席）。

○击鼓催花为令：击鼓催花，也叫击鼓传花，是我国古代酒宴上一种传统的助兴游戏，鼓响开始传花，鼓声止时，花在手中的人就要饮酒。

○拆：绽开，张开。

○渊然：形容鼓声有节奏。

○引满：将酒杯斟满。这里有满饮一杯的意思。

○飏（yáng）：即飞扬、飘扬。

○作法自毙：自己立法反而使自己受害。

○惹袖沾衿：惹，有沾染的意思；袖，衣袖；衿，同“襟”，衣襟。花飘落在衣袖和衣襟上。

○筹：用竹或木等制成的小棍儿或是小片儿，用来计数，这里指酒筹，用于饮酒计数。

○爵：古代的一种饮酒器具，有三条腿。这里代指酒杯。

译文

第二天，余德送请帖回请主人。尹图南如约来访，进到屋中，发现屋里的墙壁用的都是明光纸裱贴，像镜子一样明亮洁净。狻猊造型的香炉里燃着非常珍贵的奇异香料。案上的碧玉瓶里插着两根凤尾和孔雀羽，都有二尺多长。还有一个水晶瓶，里面浸着开粉花的树，也不知是什么花，花树高有二尺多，花枝垂下来，将整个几案都覆盖起来，花朵很繁多，树叶却很稀少，花苞含而欲放，就像蝴蝶被水沾湿后收拢起来的翅膀，花蒂如蝴蝶的触角一般。入席后，尹图南发现酒席上只摆了八种菜肴，但很是精美可口。酒酣时便让童子击鼓，大家开始行酒令。鼓声响起，养在瓶里的花就震颤着像要绽开一样，很快那如蝴蝶翅膀一样的花瓣慢慢绽开了。一会儿，鼓声停了下来，而随着最后的鼓声停下，那如蝴蝶触角一样的花蒂竟然凋落下来，化作一只蝴蝶，翩然飞向尹图南，然后落在他的身上。余德笑着站起，将尹图南面前的酒杯斟满，尹图南一饮而尽，蝴蝶也飞走了。很快，鼓声又响了起来，这次竟然有两只蝴蝶飞来，落到余德的帽子上。这次轮到余德喝酒了，他笑着调侃：“我自作自受了。”说完便痛快地喝了两杯酒。等第三次鼓声响过后，案上的繁花纷乱飘飞，翩然落下，两人的衣袖、衣襟上都是花瓣。敲鼓的童子笑着过来分别给两人统计结果，最后尹图南应该喝九杯酒，而余德喝四杯酒。尹图南已经有了醉意，无法喝完九杯酒，只勉强喝了三杯，就离席告辞了。由此他更觉得余德是个奇人了。

原文

然其为人寡交与，每阖门居，不与国人通吊庆。尹逢人辄宣播，闻其异者，争交欢余，门外冠盖常相望。余颇不耐，忽辞主人去。去后，尹入其家，空庭洒扫无纤尘，烛泪堆掷青阶下，窗间零帛断线，指印宛然。惟舍后遗一小白石缸，可受石许。尹携归，贮水养朱鱼。经年，水清如初贮。后为佣保移石，误碎之，水蓄并不倾泻。视之，缸宛在，扪之虚耎。手入其中，则水随手泄，出其手，则复合。冬月亦不冰。一夜，忽结为晶，鱼游如故。尹畏人知，常置密室，

○国人：原指古代住在都城的人。这里指住在周围的人。

○冠盖常相望：来访的达官贵人络绎不绝，非常多。冠，古代官吏的帽子。盖，官员所乘车子的车盖。

○烛泪：蜡烛燃烧时流下的烛油。青阶：青石垒砌的石阶。

○石：中国古代常用的容量单位，一石等于十斗。

○扪：按，摸。

非子婿不以示也。久之渐播，索玩者纷错于门。腊夜，忽解为水，阴湿满地，鱼亦渺然。其旧缸残石犹存。忽有道士踵门求之，尹出以示，道士曰："此龙宫蓄水器也。"尹述其破而不泄之异，道士曰："此缸之魂也。"殷殷然乞得少许。问其何用，曰："以屑合药，可得永寿。"予一片，欢谢而去。

○纷错：纷繁杂乱，形容人非常多。

○合药：调配药。

译文

不过余德并不喜欢与人来往，从不参加邻近人家的婚丧嫁娶。尹图南跟身边的人宣扬余德的神异之处，听说余德异事的人，都争着去结交余德，因此余德家门外常有络绎不绝的达官贵人来访。余德很是厌烦，终于有一天离开了。余德离开后，尹图南来到他曾住过的地方，发现庭院打扫得一尘不染，燃烧后残留的烛油被放在青石阶下，窗上残留的布帛和断线上似乎还有指痕。只有屋子后面还留了一个白色的石质小缸，大概能装一石的粮食。尹图南将小缸带回家里，倒进水后养了几条红色的小鱼。过了整整一年，小水缸里的水还如刚倒进去一样清澈。后来，仆人搬动石头不小心将小水缸打破了，神奇的是曾经装在缸里的水却像是凝固了一样。猛一看，仿佛小水缸并没有破，但用手去摸，却是入手柔软，不过并没有摸到小水缸。人把手伸进去，水就会随着手流出来，手抽回来，水又会恢复原样。到了冬天，这水也不会结冰。突然有一天夜里，这水竟然凝结成了水晶体，但之前养的红鱼仍然如在水里一样自由地游来游去。尹图南知道这是异宝，就将它藏在密室里，除了亲人，从不轻易示人。但日久天长，消息还是传了出去，很多人纷纷上门请求观赏。在腊月的一天夜里，水晶忽然又变成了清水，地上阴湿一片，养在水里的鱼也不见了。但原来小水缸破碎的残片还在。有一天，忽然来了一位道士，他请求看看碎缸片，尹图南就拿出一片给他看，道士说："这是龙宫储水的容器。"尹图南又向他讲述了小水缸被打破而水却不到处流淌的神奇现象，道士说："因为小水缸有魂魄，所以才会这样。"说完，他恳求尹图南给他一片破缸片。尹图南便询问他要来有什么用，道士说："将破缸片捣碎了配药，吃了能让人长生不老。"尹图南送给了道士一片破缸片，道士十分感激，高兴离去。

【杨千总】

原文

毕民部公即家起备兵洮岷时，有千总杨化麟来迎。冠盖在途，偶见一人遗便路侧。杨关弓欲射之，公急呵止。杨曰：“此奴无礼，合小怖之。”乃遥呼曰：“遗屙者！奉赠一股会稽藤簪绾髻子。”即飞矢去，正中其髻。其人急奔，便液污地。

○毕民部公：毕，指明代政治家毕自严，字景曾，号白阳，山东淄川（今淄博市南）人。他是蒲松龄坐馆的东家毕际有的父亲。

○千总：官名。

○冠盖：官员的帽子和所乘坐车辆的车盖。代指达官贵人的车马仪仗。

○关弓：关，通“弯”，弯弓。

○会稽藤：会稽，是古地名，曾是吴越之地，今称绍兴。会稽藤，是暗指会稽竹，表面说用会稽植物做的发簪，其实是说用会稽竹做的箭杆。

译文

户部尚书毕自严就任兵备道，负责洮州、岷州的防务，当时有个叫杨化麟的千总来迎接他。仪仗队在行进途中，忽然发现有人蹲在路边解手。杨千总拉弓想射那人，毕公急忙呵斥制止。杨千总说：“这个奴才太无礼了，应该让他受点儿惊吓。”于是远远地喊道：“送你一根会稽藤的簪子绾发髻吧！”当即向那里射了一箭，箭正中那人的发髻。那人吓得赶紧奔跑逃命，粪便弄得到处都是。

【瓜异】

原文

康熙二十六年六月，邑西村民圃中，黄瓜上复生蔓，结西瓜一枚，大如碗。

○康熙二十六年：1687年。

○邑：指县城，这里是指淄川（今山东省淄博市淄川区）县。圃：种植蔬果、花草等的园地，这里指蔬菜地。

译文

康熙二十六年六月，淄川西村村民的蔬菜地里，黄瓜藤上又长出一条藤蔓来，还结了一个西瓜，有碗那么大。

【青梅】

原文

白下程生，性磊落，不为畛畦。一日，自外归，缓其束带，觉带端沉沉，若有物堕。视之，无所见。宛转间，有女子从衣后出，掠发微笑，丽绝。程疑其鬼，女曰："妾非鬼，狐也。"程曰："倘得佳人，鬼且不惧，而况于狐。"遂与狎。二年，生一女，小字青梅。每谓程："勿娶，我且为君生男。"程信之，遂不娶。戚友共诮姗之。程志夺，聘湖东王氏。狐闻之，怒，就女乳之，委于程曰："此汝家赔钱货，生之杀之，俱由尔。我何故代人作乳媪乎！"出门径去。

○白下：古地名，具体地点是在今江苏省南京市西北，现今已是南京的别称，最早是南京西北的白石山，因为那里盛产石灰石和白云石。后来逐渐成为整个南京的代称。

○不为畛畦：即心胸坦荡，心无芥蒂，不受礼法约束。

○诮姗：讥笑。

○志夺：改变主意。夺，失去。

译文

南京有个姓程的书生，他性情磊落，不受礼法约束。有一天，程生从外面回家后，在解衣带时，发觉衣带的一头非常沉重，好像有东西往下坠。他仔细看了一下，却没发现什么。而就在他转过身时，有个女人从身后走了出来，她整理了一下头发，微微一笑，美丽异常，顿时满室生辉。程生怀疑她是鬼，女人却说："我并不是鬼，而是狐狸精。"程生说："如果能娶到佳人，就是鬼也不怕，更何况是狐狸精呢！"便和她成了好事。过了两年，狐女生了个女儿，取小名叫青梅。狐女经常对程生说："你别再娶妻了，我以后会给你生儿子的。"程生信了狐女的话，真的没再娶妻。但亲戚朋友都讽刺讥笑程生，他因此改变了想法，又娶了湖东的王氏为妻。狐女知道后，大怒，她给女儿喂完奶后，就把女儿扔给程生说："她是你家的，是养着她，还是杀了她，全都由着你。我何必给人当奶妈呢！"说完，她就出门走了。

原文

青梅长而慧，貌韶秀，酷肖其母。既而程病卒，王再醮去。青梅寄食于堂叔，叔荡无行，欲鬻以自肥。适有王进士者，方候铨于家，闻其慧，购以重金，使从女阿喜服役。喜年十四，容华绝代。见梅忻悦，与同寝处。梅亦善候伺，能以目听，以眉语，由是一家俱怜爱之。

○酷肖：非常像。
○韶秀：美好秀丽。
○再醮：改嫁，再嫁。
○荡无行：行为放荡，品德不好。
○候铨（quán）：听候选授官职。
○能以目听，以眉语：意思是能够察言观色。

译文

长大后的青梅非常聪明，而且姿容秀丽，酷似她的母亲。不久，程生生病去世了，王氏改嫁了。青梅便寄养到了堂叔家，这个堂叔行为放荡，品行不端，他想将青梅卖了赚钱。正好有位王进士，他正在家里等着吏部选授官职，听说青梅非常聪明，就用重金买下了青梅，然后让她侍候自己的女儿阿喜。阿喜已经十四岁了，容貌绝美。阿喜见到青梅后，很喜欢她，整日与她相伴。青梅很善于察言观色，轻易便能明白别人的意思，所以王进士一家人都很喜欢她。

原文

邑有张生，字介受。家窭贫，无恒产，税居王第。性纯孝，制行不苟，又笃于学。青梅偶至其家，见生据石啖糠粥，入室与生母絮语，见案上具豚蹄焉。时翁卧病，生入，抱父而私，便液污衣，翁觉之而自恨，生掩其迹，急出自濯，恐翁知。梅以此大异之。归述所见，谓女曰："吾家客，非常人也。娘子不欲得良匹则

○窭（jù）贫：非常贫穷。
○恒产：即土地、房屋。
○制行不苟：严格遵守礼法来行事，指品行端正不苟且随便。
○私：小便。

已，欲得良匹，张生其人也。”女恐父厌其贫，梅曰：“不然，是在娘子。如以为可，妾潜告，使求伐焉。夫人必召商之，但应之曰‘诺’也，则谐矣。”女恐终贫为天下笑，梅曰：“妾自谓能相天下士，必无谬误。”

○求伐：请人做媒。

译文

城里有个书生姓张，字介受，家里很贫穷，没有房屋田产，租了王进士家的屋子居住。张生是个孝子，他很注重自己的德行，品行端正，且一心向学。青梅偶然去张生家里，看见张生坐在石头上吃米糠粥，当她到屋里与张生的母亲闲聊时，却看到桌子上摆着香喷喷的猪蹄。当时，张生的父亲正卧病在床，张生到屋里抱着父亲小便，尿液弄到张生的衣裳上，张父觉察后非常自责，而张生想办法遮住尿渍，赶紧出门去清洗，害怕父亲看到。青梅因此事对张生很是惊叹，回到王进士家后，将这件事绘声绘色地讲述了一遍，还对阿喜说：“咱们家的这户房客，不是寻常人。小姐如果不想嫁个好夫君就算了，若是想嫁个好夫君，就嫁给张生吧。”阿喜害怕父亲嫌弃张生家里贫穷，青梅说：“不是这样的，这件事还是要看小姐。如果你觉得可行，我就暗中告诉张生，让他家里请媒人来提亲。到时夫人一定会叫小姐一起商量，小姐只要同意就可以了。”但阿喜却害怕嫁给穷书生而一生贫穷会被大家笑话，青梅说：“我自认为能够相看天下之士，一定不会出错的。”

原文

明日，往告张媪。媪大惊，谓其言不祥。梅曰：“小姐闻公子而贤之也，妾故窥其意以为言。冰人往，我两人袒焉，计合允遂。纵其否也，于公子何辱乎？”媪曰：“诺。”乃托侯氏卖花者往。夫人闻之

○谓其言不祥：认为青梅的话不吉利。在古代，婚姻讲究女儿高嫁，而王进士家是高门，张生家却贫穷，贫富差距很大，所以门不当户不对，因此说不吉利。

○冰人：媒人。

○袒：袒护，偏袒，偏帮。

○允遂：实现，成功。

而笑，以告王，王亦大笑。唤女至，述侯氏意。女未及答，青梅亟赞其贤，决其必贵。夫人又问曰：“此汝百年事。如能啜糠覈也，即为汝允之。”女俯首久之，顾壁而答曰：“贫富命也。倘命之厚，则贫无几时，而不贫者无穷期矣。或命之薄，彼锦绣王孙，其无立锥者岂少哉？是在父母。”初，王之商女也，将以博笑，及闻女言，心不乐曰：“汝欲适张氏耶？”女不答，再问，再不答。怒曰：“贱骨，了不长进！欲携筐作乞人妇，宁不羞死！”女涨红气结，含涕引去，媒亦遂奔。

○啜糠覈（hé）：吃粗糙的食物，代指过贫穷生活。

○锦绣王孙：代指生活奢侈的贵族子弟。

○博笑：取笑。

○了不长进：完全不长进，毫无出息。

○引去：离去。

译文

第二天，青梅就到张家把这件事告诉了张生的母亲。张生的母亲听了非常吃惊，她觉得青梅说的不一定是好事。青梅说：“我家小姐知道张公子是个品行好的人，很是赞赏他的才德，我已经了解过小姐的心意，她默许我才来说的。您请媒人去提亲，我和小姐会从中帮助，这样应该会成功。就算是王进士不同意，张公子也没有什么损害吧？”张生的母亲说：“好吧。”于是请卖花的侯氏当媒人前去王进士家提亲。王夫人得知是张家来说媒，不禁笑了起来，还让人去告诉了王进士，王进士听说这件事也大笑起来。他们让人将女儿阿喜叫到跟前，和她说了侯氏替张生来求娶的事。还没等阿喜回答，青梅就赶紧上前夸赞张生有才德，说他日后一定会富贵。王夫人看着女儿阿喜说：“这是你的终身大事，假如你愿意吃糠咽菜，我就为你同意这门亲事。”阿喜低头想了很久，看着墙说：“贫穷还是富贵都是天注定的，如果命好，就穷不了多久，不穷的日子会很长的。倘若命不好，就算是豪门公子穷得没有立锥之地的难道少见吗？这事全凭父母作主。”刚开始，王进士叫来女儿商量，不过是为了取笑一番，等听了女儿说出的话，心里很是不高兴，就说：“你是不是想要嫁给张生？”阿喜不回答，王进士又问，阿喜还是不回答。王进士大怒，说道："贱骨头！真没出息！是想挎着筐去当乞丐婆啊，羞死个人了！"阿喜听了父亲的大骂脸涨得通红，气得说不出话来，哭着跑走了，媒人侯氏也赶紧离开了。

原文

青梅见不谐，欲自谋。过数日，夜诣生。生方读，惊问所来。词涉吞吐，生正色却之。梅泣曰："妾良家子，非淫奔者。徒以君贤，故愿自托。"生曰："卿爱我，谓我贤也。昏夜之行，自好者不为，而谓贤者为之乎？夫始乱之而终成之，君子犹曰不可，况不能成，彼此何以自处？"梅曰："万一能成，肯赐援拾否？"生曰："得人如卿，又何求？但有不可如何者三，故不敢轻诺耳。"曰："若何？"曰："卿不能自主，则不可如何；即能自主，我父母不乐，则不可如何；即乐之，而卿之身直必重，我贫不能措，则尤不可如何。卿速退，瓜李之嫌可畏也！"梅临去，又嘱曰："君倘有意，乞共图之。"生诺。

○自好：自爱，自重。

○始乱之而终成之：指不是"父母之命，媒妁之言"而定的婚姻。

○援拾：接纳、收留之意，这里是谦辞，是古代双方缔姻时女方对男家同意订婚的谦虚说法。

○不可如何：无可奈何。

○身直：赎身的价钱。直，指价值，费用。

译文

青梅见小姐的亲事没成，就想替自己谋取。几天后，青梅半夜去见张生。这时，张生还在读书，看到青梅惊讶地问她怎么来了。青梅支支吾吾地含糊不清，张生见此严肃地让她赶紧走。青梅边哭泣边说："我是好人家的女儿，并不是私奔的人，而是觉得你是个才德出众的人，才想着以身相许。"张生说："你爱慕我，说我才德出众，却在半夜来见我，洁身自好的人是不会做这种事的，难道你觉得才德出众的人会做这种事吗？况且由不正当的关系开始而成就的婚事，君子都会认为是不可行的，更何况如果婚事不成，我们又该怎么做人？”青梅说：“万一婚事成了，你肯接受我吗？”张生说：“能娶到你这样的人，我还有什么可求的？但有三件无可奈何的难事，所以不敢轻易应允。”青梅问：“什么事？”张生说：“你不能做自己的主，这就无可奈何；就算你能做自己的主，但如果我父母不同意，那么也是无可奈何；就算我父母同意，但你赎身的银钱肯定很多，我家里贫穷，筹不来钱，这就更无可奈何了。你赶紧走吧，免得瓜田李下惹来嫌疑，闲话是很可怕的！”青梅走前又嘱咐道：“你若是有意，请和我一起努力。”张生应允了。

原文

梅归，女诘所往，遂跪而自投。女怒其淫奔，将施扑责，梅泣白无他，因而实告。女叹曰：“不苟合，礼也；必告父母，孝也；不轻然诺，信也；有此三德，天必祐之，其无患贫也已。”既而曰：“子将若何？”曰：“嫁之。”女笑曰：“痴婢能自主耶？”曰：“不济，则以死继之！”女曰：“我必如所愿。”梅稽首而拜之。又数日，谓女曰：“曩而言之戏乎，抑果欲慈悲也？果尔，则尚有微情，并祈垂怜焉。”女问之，答曰：“张生不能致聘，婢子又无力可以自赎，必取盈焉，嫁我犹不嫁也。”女沉吟曰：“是非我之能为力矣。我曰嫁汝，且恐不得当；而曰必无取直焉，是大人所必不允，亦余所不敢言也。”梅闻之，泣数行下，但求怜拯。女思良久，曰：“无已，我私蓄数金，当倾囊相助。”梅拜谢，因潜告张。张母大喜，多方乞贷，共得如干数，藏待好音。

○自投：自行投诚，主动坦白。

○稽首而拜：古代一种跪拜礼，叩头至地，是九拜中最恭敬的礼仪。

○取盈：这里是指取足额的银钱，就是说青梅的赎身钱不会减少。

译文

青梅回到王进士家后，阿喜问她去哪里了，青梅跪下来主动坦白去见张生之事。阿喜以为她要私奔，非常生气，想要责罚她。青梅哭着说自己并没做令人不齿的事，还将事情如实说出。阿喜赞叹道："不私下苟合，是礼；坚持禀告父母，是孝；不轻易许诺，是信。有这三种品德的人，老天都会保佑他，他也不用担忧自己的贫穷了。"顿了顿她又说道，"你想怎么做？"青梅说："我要嫁给他。"阿喜笑着说："傻丫头，你能做自己的主吗？"青梅说："如果不能成，我就一死了之！"阿喜说："我会让你得偿所愿的。"青梅跪在地上以大礼拜谢她。又过了几天，青梅对阿喜说："小姐之前说的是玩笑话，还是真有慈悲之心？如果真想发慈悲之心，我还有些无法开口的苦衷，希望你能同情帮助我。"阿喜便问她有什么苦衷，青梅说："张生无法下聘，而我也没有能力给自己赎身，而赎身需要交满赎金，这样嘴上说同意我出嫁，和不同意我出嫁一样。"阿喜沉吟着说："这不是我能办到的事了。我说嫁你，恐怕是不行的；如果我说不要赎身银钱，我的父母肯定不会允许，这也是我不敢说的。"青梅听了，泪流不断，只祈求阿喜可怜她、帮助她。阿喜苦思了很久，说："没有办法，但我存了一些金银，全部来帮助你。"青梅谢过阿喜，赶紧偷偷去告诉张生。张生的母亲知道后高兴极了，到处借钱，凑了不少钱，都积攒起来，等着好消息。

原文

会王授曲沃宰，喜乘间告母曰："青梅年已长，今将莅任，不如遣之。"夫人固以青梅太黠，恐导女不义，每欲嫁之，而恐女不乐也，闻女言甚喜。逾两日，有佣保妇白张氏意。王笑曰："是只合偶婢子，前此何妄也！然鬻媵高门，价当倍于曩昔。"女急进曰："青梅侍我久，卖为妾，良不忍。"王乃传语张氏，仍以原金署券，以青梅嫔于生。入门，孝翁姑，曲折承顺，尤过于生，而操作更勤，餍糠秕不为苦，

○授：授官。曲沃：明清时期的县名，在今山西中南部。宰：县令。

○乘间：趁机，利用机会。

○偶婢子：与婢女匹配的。

○鬻媵（yìng）高门：卖给富贵人家做妾。

○曩（nǎng）昔：以前。

○曲折承顺：周全细心，遵奉顺从。曲折，周全；承顺，遵奉顺从。

○仍以原金署券：还是按照原价立了赎身契约。署，签字、签署。券，契约。

○嫔：下嫁。

由是家中无不爱重青梅。梅又以刺绣作业，售且速，贾人候门以购，

○以刺绣作业：以刺绣来谋生。

惟恐弗得。得赀稍可御穷。且劝勿以内顾误读，经纪皆自任之。因主

○御穷：应对贫穷。 ○经纪：指料理家事、安排事情。

人之任，往别阿喜。喜见之，泣曰："子得所矣，我固不如。"梅曰：

○之任：之，到、往。赴任，去上任。 ○得所：得到安居之处，这里是说青梅得偿所愿。

"是何人之赐，而敢忘之？然以为不如婢子，恐促婢子寿。"遂泣相别。

译文

赶巧王进士得到授官，被任命为曲沃县令，阿喜就趁机对母亲王夫人说："青梅的年龄也大了，父亲将要去上任，不如打发她走吧。"王夫人本来认为青梅太聪明，很怕她会带坏阿喜，每次都想把她嫁出去，又怕阿喜不同意，听了女儿的话非常高兴。两天后，有个仆人的妻子来说了张家求娶青梅的意思。王进士笑着说："他家也就配娶个丫环，之前也太狂妄自大了！但如果把青梅卖给大户人家做妾，价钱一定会在原价上翻倍。"阿喜赶紧说："青梅侍候我很长时间了，将她卖了当妾，我心里会过意不去。"王进士于是就给张家传话，仍然按照青梅原来的身价签了赎身契，将青梅嫁给了张生。青梅嫁入张家后，孝敬公婆，凡事都很周全、顺从，比张生做得都好，而且家里也操持得很好，就算吃糠咽菜也不觉得苦，所以全家都喜欢且敬重青梅。青梅还以刺绣为业，她的绣品质量好卖得很快，商人到她家门口来买，唯恐买不到。她挣来的钱稍稍能应付家中的贫穷处境了，就劝张生不要因为照顾家里而耽误了学业，料理家事都一力承担下来。因为主家将去赴任，青梅就去和阿喜道别。阿喜见到青梅，哭着说："你得了好归宿，我是不如你的。"青梅说："这是谁给我的，我怎敢忘了？但你认为自己不如我，那真是折煞我了。"于是两人痛哭告别。

原文

王如晋，半载，夫人卒，停柩寺中。又二年，王坐行赇免，罚赎万

○行赇（qiú）：行贿。

计，渐贫不能自给，从者逃散。是时，疫大作，王染疾亦卒，惟一媪从女。未几，媪又卒，女伶仃益苦。有邻妪劝之嫁，女曰：“能为我葬双亲者，从之。”妪怜之，赠以斗米而去。半月复来，曰：“我为娘子极力，事难合也。贫者不能为而葬，富者又嫌子为陵夷嗣。奈何！尚有一策，但恐不能从也。”女曰：“若何？”曰：“此间有李郎，欲觅侧室，倘见姿容，即遣厚葬，必当不惜。”女大哭曰：“我搢绅裔而为人妾耶！”媪无言，遂去。日仅一餐，延息待价。居半年，益不可支。一日，妪至，女泣告曰：“困顿如此，每欲自尽，犹恋恋而苟活者，徒以有两柩在。已将转沟壑，谁收亲骨者？故思不如依汝所言也。”媪于是导李来，微窥女，大悦。即出金营葬，双槥具举。已，乃载女去，入参冢室。冢室故悍妒，李初未敢言妾，但托买婢。及见女，暴怒，杖逐而出，不听入门。女披发零涕，进退无所。

○陵夷：从盛到衰。

○侧室：偏房，小妾。古代一般称妻子为正室，称妾为侧室。

○延息：息，呼吸。延长生命，有苟延残喘之意。

○转沟壑：这里是说将会饥寒而死。沟壑，山沟，指野死之处或是困厄之境。

○槥（huì）：小棺材，薄棺。

○冢室：即正妻。冢，大、嫡长。

译文

王进士一家到了山西县令任上，才半年王夫人就去世了，她的灵柩被停放在寺庙里。又过了两年，王县令因为行贿被罢免了官职，赎罪的罚金要上万两银子，家里渐渐穷困起来，已经不能自给，仆人都先后逃走了。这时候，瘟疫流行，被罢官的王进士也因染病而死，只剩一个老婆子跟随阿喜。不久，老婆子也死了，阿喜更加孤苦伶仃。有个邻居老婆婆劝说阿喜出嫁，阿喜说：“谁能帮我安葬父母，我就嫁给他。”老婆婆同情阿喜，给她送来一斗米后就走了。半月后老婆婆又来了，她对阿喜说：“我尽力为小姐周旋，但事情还是没能办成。穷的人无法帮你安葬父母，而富的人又嫌弃你家道中落。怎么办啊？不过我还有个办法，只是你可能不愿意。”阿喜问：“什么办法？”老婆婆说：“这里有个李郎，他想纳一个妾室，如果看到了你的容貌，想让他厚葬你的父母，他一定不会吝惜钱的。”阿喜大哭起来，说：“我可是官宦之女，却要给人当妾嘛！”老婆婆没说什么，默默地走了。阿喜每日只吃一顿饭，勉强维持生计，等着能有人帮她安葬父母。过了半年，阿喜的日子很难支撑下去了。这一天，老婆婆又来了，阿喜哭着对老婆婆说：“生活这样困难，我每每想要自杀，但还是苟且偷生，不过是因为父母的灵柩还在。如果我死了，谁来安葬父母的尸骨？所以我思虑后觉得不如就依了你说的事吧。”老婆婆便将李郎带来了，他偷偷看了阿喜，非常惊喜。立刻出钱为阿喜料理父母安葬的事，两具薄棺都安葬好后，李郎用车将阿喜接走，进门就让她先去见正室妻子。李郎的正室妻子凶悍善妒，李郎初时不敢说是纳阿喜为妾，只托称自己买了个丫环。等正室妻子见到了阿喜，就立刻暴怒，用棍棒将阿喜赶出家门，不允许她入门。阿喜披头散发，痛哭流涕，进退无门。

原文

有老尼过，邀与同居。女喜，从之。至庵中，拜求祝发，尼不可，曰：“我视娘子，非久卧风尘者。庵中陶器脱粟，粗可自支，姑寄此以待之。时至，子自去。”居无何，市中无赖窥女美，辄打门游语为戏，尼不能制止。女号泣欲自死。尼往求吏部某公揭示严禁，恶少始稍敛迹。后有夜穴寺壁者，尼警呼始去。因复告吏部，捉得首恶者，送郡笞责，始渐安。

O祝发：削发出家，这里指削发为尼。

O风尘：比喻困厄的生活境况。

O陶器脱粟：用粗糙器皿，吃糙米，指简朴的生活。

O粗可自支：勉强可以自给。

O游语：调戏的话。

O揭示：是揭举事实，公之于众。即张贴告示。

译文

正巧有个老尼姑从这里路过，她见阿喜可怜，就邀她和自己一起住。阿喜非常高兴，便跟随老尼姑走了。到了尼姑庵，阿喜拜求老尼姑让她削发为尼，老尼姑没有答应，她说："我观察小姐，觉得您不会一直处于困顿之中。庵堂中虽是粗茶淡饭，但勉强还可以自给，你先暂时住在这里等候时机。时机到了，你自可以离开。"住了不久，城里一些无赖男子看到阿喜的美貌，就来敲门说调戏的话，老尼姑也无力阻止。阿喜便哭泣着想自杀。老尼姑就去吏部求某公张贴告示来严厉禁止这事，那些无赖少年才开始有所收敛。后来又有人半夜在庵堂的墙壁上挖洞，幸好老尼姑警觉，发现后大喊起来，那人迅速逃离了。于是老尼姑又去吏部某官那里告状，抓住了首恶，然后送到郡城官衙责打惩罚，庵里才渐渐平静下来。

原文

又年余，有贵公子过庵，见女惊绝，强尼通殷勤，又以厚赂啖尼。尼婉语之曰："渠簪缨胄，不甘媵御。公子且归，迟迟当有以报命。"既去，女欲乳药求死。夜梦父来，疾首曰："我不从汝志，致汝至此，悔之已晚。但缓须臾勿死，夙愿尚可复酬。"女异之。天明，盥已，尼望之而惊曰："睹子面，浊气尽消，横逆不足忧也。福且至，勿忘老身矣。"语未已，闻叩户声，女失色，意必贵家奴，尼启扉果然。奴骤问所谋，尼甘语承迎，但请缓以三日。奴述主言，事若无成，俾尼自复命。尼唯唯敬应，谢令去。女大悲，又欲自尽，尼止之。女虑三日复来，无词可应，尼曰："有老身在，斩杀自当之。"

○渠簪缨胄：她是官宦人家的后代。渠：第三人称代词她；簪缨，古代官吏的冠饰，代指官宦；胄（zhòu），后裔、后代。

○乳药求死：喝毒药自杀。乳，喝。

○疾首：头疼，指忧恨至极。

○横（hèng）逆：蛮横不讲理的行为，这里是指对阿喜的迫害。

○俾：本义是门役。这里指分派。

译文

又过了一年多，有位贵公子路过尼姑庵，他看到阿喜后，对她的美貌惊叹不已，就强硬要求老尼姑替他传达情意，还用厚礼贿赂老尼姑。但老尼姑还是委婉地说："她本是官宦之家的后代，不会甘心做妾的。公子不如先回去，之后我会回复您。"贵公子走后，阿喜想服毒自杀。但她夜里梦见父亲来了，他痛苦地说："我从前没有顺从你的心愿，让你到了现在的境地，现在后悔也晚了。只求你再稍等些时日，不要马上就死，你过去的愿望还是能实现的。"阿喜感到非常惊异。天亮了，阿喜洗漱好了之后，老尼姑看着她惊讶地说："我看你的脸，浊气已经都消失了，贵公子的无理要求也不用担心了。你的福气就要来了，你可不能忘了我啊。"她刚说完，就听到敲门声，阿喜顿时变了脸色，揣测可能是贵公子家的仆人来了，老尼姑打开门一看，果然是。仆人开口就问贵公子让她办的事情怎么样了，老尼姑用好话来搪塞，请求再缓三天。仆人传达贵公子的话，说如果这件事她没办成，就让老尼姑自己去回复贵公子。老尼姑唯唯诺诺地领命，不断道歉然后打发仆人回去。阿喜非常悲痛，又想自杀算了，老尼姑赶紧劝住她。阿喜担心三天后贵公子的人再来，到时就无话可应对了，老尼姑说："有我在，就是要斩要杀，也是我来承担。"

原文

次日，方晡，暴雨翻盆，忽闻数人挝户，大哗。女意变作，惊怯不知所为。尼冒雨启关，见有肩舆停驻，女奴数辈，捧一丽人出，仆从烜赫，冠盖甚都。惊问之，云："是司李内眷，暂避风雨。"导入殿中，移榻肃坐。家人妇群奔禅房，各寻休憩，入室见女，艳之，走告夫人。无何，雨息，夫人起，请窥禅舍。尼引入，睹女，骇绝，凝眸不瞬，女亦顾盼良久。夫人非他，盖青梅也。各失声哭，因道行踪。盖张翁病故，生起复后，连捷授司李。生先奉母之任，后移诸眷口。女叹曰："今日相看，何啻霄壤！"梅笑曰："幸娘子挫

○晡：申时，即下午三时至五时。

○挝（zhuā）户：敲门。挝，打、敲打。

○肩舆：轿子，古代一种代步工具，由人抬着走。

○烜（xuǎn）赫：显赫。烜，盛大、显著。

○司李：官名，即司理。宋朝在各州设置的管理狱讼的官，称司理参军，简称司理，又写作"司李"。

○肃坐：古代坐姿之一，后来多指端正地坐着。

○起复：古代的官员为父母服丧，守孝期未满就应召赴任。到明清时期，却是专指为父母守丧期满而再回来就职的。

○连捷：指科举考试中由举人考上进士，不隔科而连续中试。

折无偶，天正欲我两人完聚耳。倘非阻雨，何以有此邂逅？此中具有鬼神，非人力也。”乃取珠冠锦衣，催女易妆。女俯首徘徊，尼从中赞劝之。女虑同居其名不顺，梅曰：“昔日自有定分，婢子敢忘大德！试思张郎，岂负义者？”强妆之。别尼而去。

○赞劝：帮助劝说。赞，帮助。

译文

第二天下午申时，下起了倾盆暴雨，忽然听到有人在敲门，传来很多人喧哗的声音。阿喜以为又发生了什么变故，害怕得不知怎么办才好。老尼姑冒着雨去开了庵堂的大门，见门前有轿子停放着，有几个丫环扶着一位美丽的夫人走出来，仆从环绕，很有气势的样子，车马也很奢华。老尼姑惊讶地问他们是什么人，有仆人回答说：“这是司理大人的家眷，想在这里避雨。”老尼姑引领着这些人到了大殿里，移来坐榻，请夫人入座。其他仆妇都到禅房找地方休息去了。有仆妇进屋后看到了阿喜，觉得阿喜容貌秀丽，就去禀告了夫人。很快，雨就停了，夫人起身想参观一下禅房。老尼姑就领着夫人到了禅房，夫人看到阿喜，大惊失色，直直盯着阿喜看，阿喜也上下打量夫人很久。原来夫人不是别人，正是青梅。两人都大哭起来，青梅于是说起自己的经历。原来张父病逝了，张生守丧期满后，就连续考中了举人、进士，然后被任命为司理。张生先带着母亲去赴任了，安顿好后再接家眷过去。阿喜叹息着说：“今天再看看你我之间，何止是天壤之别啊！”青梅笑着说：“幸好小姐受了如此波折还未嫁，这是上苍让我们重聚呢。如果不是这场大雨阻止我前行，哪有这样的再遇？这里可能有鬼神在帮忙，不是人力能为的。”青梅还拿出珠冠华服，催促阿喜换上。阿喜低着头犹豫不决，老尼姑就帮着青梅劝她。阿喜担心和青梅住在一起名不正言不顺，青梅说：“以前早定下名分，我哪里敢忘记你的恩德！你想想张郎，难道是忘恩负义之人吗？”便强行让阿喜换了装，然后告别老尼姑，一起走了。

原文

抵任，母子皆喜。女拜曰：“今无颜见母！”母笑慰之，因谋涓吉合

○涓吉：选择吉祥日子。

卺。女曰："庵中但有一丝生路，亦不肯从夫人至此。倘念旧好，得受一庐，可容蒲团足矣。"梅笑而不言。及期，抱艳妆来，女左右不知所可。俄闻鼓乐大作，女亦无以自主。梅率婢媪强衣之，挽扶而出。见生朝服而拜，遂不觉盈盈而亦拜也。梅曳入洞房，曰："虚此位以待君久矣。"又顾生曰："今夜得报恩，可好为之。"返身欲去，女捉其裾。梅笑云："勿留我，此不能相代也。"解指脱去。青梅事女谨，莫敢当夕，而女终惭沮不自安。于是母命相呼以夫人，然梅终执婢妾礼，罔敢懈。三年，张行取入都，过尼庵，以五百金为尼寿，尼不受。固强之，乃受二百金，起大士祠，建王夫人碑。后张仕至侍郎，程夫人举二子一女，王夫人四子一女。张上书陈情，俱封夫人。

○蒲团：用蒲草编成的垫子，一般僧、尼用来打坐。

○惭沮：羞愧不安。

○莫敢当夕：不敢代替正妻侍寝，是古代为了防止家中妻妾矛盾，为约束侍妾而制定的封建礼法。这里是指青梅视阿喜为正妻。

○行取：明清时期，官员铨选的一种制度，即有政绩的地方官经推荐保举后可以调任京职，转任六科给事中或是各道御史等职务。

○大士：佛教中对菩萨的通称，一般指观音菩萨。

○侍郎：古代官名，明清时期中央各部的副长官，地位次于尚书。

译文

青梅和阿喜到达张生在任的府邸后，张生母子都非常高兴。阿喜给张生的母亲下拜说："如今我有什么颜面来见伯母！"张母笑着安慰了她，之后就商量挑选吉日办婚礼。阿喜说："庵堂中但凡还有一点儿生路，我都不会跟随夫人来到这里。倘若还顾念从前的情分，让我有一间草房，能放下蒲团，我就知足了。"青梅却只笑不说话。等到成婚那天，青梅抱着红艳的衣服来了，阿喜左右为难，不知怎么办才好。很快就听见鼓乐响了起来，阿喜也不由自主。青梅带着丫环婆子强行给阿喜换上新衣服，并搀扶着她出来。阿喜出来就看到张生穿着朝服向她而拜，她不由得也盈盈拜了下去。然后青梅将阿喜拉进洞房，说："空着这个位置等你很久了。”又回头看张生说：“你今夜就能报恩了，要好好珍惜啊。”说完就转身想走，阿喜抓住青梅的衣角。青梅笑着说：“不要留我，这事不能替代的。”她掰开阿喜的手指就离开了。青梅侍奉阿喜非常恭谨，从不敢越矩代替正妻侍寝，而阿喜一直心中愧疚难安。于是张生的母亲就让两人都称呼夫人，但青梅始终都对阿喜行妾室之礼，从不懈怠。过了三年，张生被调任进京，经过尼庵时，就送给老尼姑五百两银子酬谢她，老尼姑不肯接受。张生再三坚持，她才勉强收下二百两银子，用这些钱建造了观音庵，还立了王夫人碑。后来，张生的官位升到侍郎。程夫人青梅生了两个儿子一个女儿，王夫人阿喜生了四个儿子一个女儿。张生向皇帝上书陈述了事情的始末，青梅和阿喜都被封为夫人。

原文

异史氏曰：天生佳丽，固将以报名贤；而世俗之王公，乃留以赠纨袴。此造物所必争也。而离离奇奇，致作合者无限经营，化工亦良苦矣。独是青夫人能识英雄于尘埃，誓嫁之志，期以必死；曾俨然而冠裳也者，顾弃德行而求膏粱，何智出婢子下哉！

○纨袴：用细绢做成的裤子，泛指古代贵族子弟所穿的华服，也代称富贵子弟。

○作合者：从中撮合的人，这里指媒人。

○化工：造化之工，指上天。

○冠裳（cháng）：衣冠，代指官宦，这里是指阿喜的父亲王进士。

○膏粱：美味的食物，同“纨袴”一样都是代指富贵子弟。

译文

异史氏说：天生美人，本就是为了回报贤德的人；但世俗的王公，却想将她送给纨袴子弟。这是上天一定要和他争的。而事情曲折离奇，却让撮合的人费心筹谋，上天也算是用心良苦了。只有青梅夫人能在微末之时就认定英雄，立誓要嫁给张生，许诺生死相随；而曾经的官宦如王进士，却放弃贤德之人，谋求富贵，他的智慧竟然还不如一个丫环啊！

【罗刹海市】

原文

马骥，字龙媒，贾人子。美丰姿，少倜傥，喜歌舞，辄从梨园子弟，以锦帕缠头，美如好女，因复有“俊人”之号。十四岁，入郡庠，即知名。父衰老，罢贾而居，谓生曰：“数卷书，饥不可煮，寒不可衣。吾儿可仍继父贾。”马由是稍稍权子母。

○权子母：权，衡量，权衡；子母，指货币的大小、轻重。

译文

马骥，字龙媒，是商人的儿子。他长得姿容不凡，年少风流倜傥，他很喜欢歌舞，于是跟随梨园弟子演出，常用锦帕缠头，看起来像是个美女，所以他又有“俊人”的称号。在马骥十四岁时，他考取了秀才，因此名声在外。他的父亲已经老了，便放弃了经商，闲在家里。他对马骥说：“几卷书，饿了不能煮来吃，冷了也不能当衣服穿。儿子你还是继承爹的经商之业吧。”马骥因此开始学着做生意。

原文

从人浮海，为飓风引去，数昼夜，至一都会。其人皆奇丑，见马至，以为妖，群哗而走。马初见其状，大惧，迨知国人之骇己也，遂反以此欺国人。遇饮食者，则奔而往，人惊遁，则啜其余。

○浮海：航海。这里指到海外去经商。○飓风：狂风。○都会：大城市，大都市。○啜：饮，喝。

译文

马骥跟随别人去海外经商，途中船被狂风吹走了，漂了几天几夜后，到了一座大城市。那里的人都奇丑无比，他们看到马骥后，都觉得他是妖怪，大叫着四处奔逃。马骥刚看到这一情景，非常害怕，等他知道是这个国家的人害怕自己时，就反过来利用这点来欺负他们。遇到正在吃东西的人，马骥就跑过去，那些人害怕地跑走后，马骥就将他们剩下的食物吃掉。

原文

久之，入山村。其间形貌亦有似人者，然褴褛如丐。马息树下，村人不敢前，但遥望之。久之，觉马非噬人者，始稍稍近就之。马笑与语，其言虽异，亦半可解。马遂自陈所自。村人喜，遍告邻里，客非能搏噬者。然奇丑者望望即去，终不敢前。其来者，口鼻位置，尚皆与中国同，共罗浆酒奉马。马问其相骇之故，答曰：“尝闻祖父言：西去二万六千里，有中国，其人民形象率诡异。但耳食之，今始信。”问其何贫，曰：“我国所重，不在文章，而在形貌。其美之极者，为上卿；次任民社；下焉者，亦邀贵人宠，故得鼎烹以养妻子。若我辈初生时，父母皆以为不祥，往往置弃之，其不忍遽弃者，皆为宗嗣耳。”问：“此名何国？”曰：“大罗刹国。都城在北去三十里。”马请导往一观。于是鸡鸣而兴，引与俱去。

○噬：吞，吃。

○自陈所自：自己说出来历。所自，从何处来。

○搏噬：搏击吞噬。指代打击陷害或是侵略吞并。

○率：皆，都。

○耳食：指不加调查，不寻真相，轻信传闻。

○任民社：古代将直接管理百姓的地方官称为“职任民社”。

○上卿：古代的官员制度中最尊贵的官名。这里代指中央官吏。

○邀：获取，得到。

○鼎烹：指美食，即贵人才能享用的食物。这里是指贵人赐的残羹冷炙。

○兴：起来。

译文

过了很久，马骥来到一个小山村。那里有的人相貌比较像人，但穿着破烂，和乞丐一样。马骥到树下休息，村里的人都不敢近前，只远远地看着。时间长了，他们认为马骥不会吃人，才稍稍靠近了一些。马骥笑着跟他们说话，语言虽不是很通，不过也能听明白一半。于是马骥就说了自己来自哪里。村民听了非常高兴，告诉左邻右舍，外来人并不会吃人。然而长得奇丑的人只远远看一眼就走了，始终不敢靠近。敢靠近的人，口鼻与国人相似，他们一起设下筵席请马骥吃饭。马骥问他们为什么害怕自己，这些人回答说：“常听祖父说，往西走二万六千里，有个国家，那里的人民相貌都非常怪异。但都是传闻，现在才相信是真的。”马骥问他们为什么很穷，他们回答说：“我们国家看重的不是文章，而是容貌。容貌最美的人是上卿，次一些的人当地方官，再次一些的人也能祈求贵人的宠爱，得到残羹冷炙来养活妻子儿女。像我们这类人，一出生就被父母认为是不祥之人，常常就被抛弃了，而不忍心抛弃的，不过是为了传宗接代。”马骥问：“这个国家叫什么名字？”有人回答说：“叫大罗刹国。都城在这里以北三十里处。”马骥请求村里人能带他到那里去看一看。于是等鸡叫的时候，村里人起身带着马骥前往都城。

原文

天明，始达都。都以黑石为墙，色如墨。楼阁近百尺。然少瓦，覆以红石，拾其残块磨甲上，无异丹砂。时值朝退，朝中有冠盖出，村人指曰：“此相国也。”视之，双耳皆背生，鼻三孔，睫毛覆目如帘。又数骑出，曰：“此大夫也。”以次各指其官职，率狰狞怪异，然位渐卑，丑亦渐杀。

○相国：宰相。

○大夫：古代官名。周代时在国君之下有卿、大夫、士三等；各等中又分上、中、下三级。这里指位次于相国的高级官员。

○位渐卑：官位逐渐降下来。

○杀：削降，减少，降等。

译文

天亮之后，他们才到达都城。都城的城墙都是用黑石砌成的，那黑色如墨一般。楼阁有近百尺高，但很少有瓦片，屋顶都用一种红石盖上。捡起一块红碎石放在指甲上磨，发现和丹砂没什么不同。这个时间正赶上皇帝退朝，朝中有装饰奢华的车子驶出来，村里人指着那里说：“那就是相国。”马骥赶紧看过去，发现相国的双耳都是反着长的，而且鼻子还有三个孔，睫毛长得像帘子一样盖着眼睛。后面又有几人骑马出来，村里人说："那是大夫。"就这样分别指着那些人并介绍他们的官职，只见那些人的相貌全都狰狞怪异，但随着官职越来越低，丑陋也在降级，人的容貌也正常一些了。

原文

无何，马归，街衢人望见之，噪奔跌蹶，如逢怪物。村人百口解说，市人始敢遥立。既归，国中无大小，咸知村有异人，于是搢绅大夫，争欲一广见闻，遂令村人要马。然每至一家，阍人辄阖户，丈夫女子窃窃自门隙中窥语，终一日，无敢延见者。村人曰："此间一执戟郎，曾为先王出使异国，所阅人多，或不以子为惧。"造郎门，郎果喜，揖为上宾。视其貌，如八九十岁人，目睛突出，须卷如猬。曰："仆少奉王命，出使最多，独未尝至中华。今一百二十余岁，又得睹上国人物，此不可不上闻于天子。然臣卧林下，十余年不践朝阶，早旦，为君一行。"乃具饮馔，修主客礼。酒数行，出女乐十余人，更番歌舞。貌类如夜叉，皆以白锦缠头，拖朱衣及地。扮唱不知何词，腔拍恢诡。主人顾而乐之，问："中国亦有此乐乎？"曰："有。"主人请拟其声，遂击桌为度一曲。主人喜曰："异哉！声如凤鸣龙啸，得未曾闻。"翼日，趋朝，荐诸国王。王忻然下诏。有二三

○蹶：踏、踩。

○百口解说：多次解释。

○要：同"邀"，邀请。

○执戟郎：秦汉时的宫廷侍卫官，手持戟负责宿卫殿门，就被人称为执戟郎。一般都是小官。

○揖：拱手行礼，这里有尊奉的意思。

○腔拍恢诡：腔调和节奏都非常怪诞。

○度：演奏、演唱。

大臣，言其怪状，恐惊圣体，王乃止。即出告马，深为扼腕。

译文

不久，马骥往回走，街上的人看到马骥，都害怕得叫喊着、跌撞着逃跑，像遇到怪物一样。村里人不断地解释，街上的人才敢远远地站住看。等马骥他们回到村子后，罗刹国中不管是大人还是小孩，都知道村子里来了怪人，于是大小官员都争着要见识一下，就叫村人代为邀请马骥去做客。但马骥每到一家，守门的人就迅速关上大门，男女主人都躲在门后偷看，还小声议论着，一天过去了，根本没有人敢请马骥进门。村里人说："这里有位执戟郎，他曾代表先王出使外国，所见过的人多一些，也许不害怕你。"村里人带着马骥登门拜访执戟郎，执戟郎果然非常高兴，将马骥尊奉为上宾。看这位执戟郎的相貌，像是八九十岁了，他的眼睛凸出，胡须卷曲得如刺猬一样。执戟郎对马骥等人说："我年轻时曾奉国王的命令，出使的国家最多。如今我都一百二十多岁了，又有幸见识上国的人物，这不能不上报给天子。然而我已经退隐了，十多年不再进入朝堂了，明天早上，我就为你去一趟。"然后吩咐人摆上宴席，招待客人。喝了一会儿酒，出来十多个歌姬舞女，表演流行的歌舞。但这些歌舞伎长得跟夜叉似的，还都用白色锦缎缠头，穿着拖到地上的红衣。不知道她们唱的是什么词，但腔调和节奏都很怪异离奇。执戟郎看得兴起，就问马骥："你们国也有这样的音乐吗？"马骥说："有的。"执戟郎就请马骥学着唱一唱，马骥便敲着桌子唱了一支曲子。主人高兴地说："真奇妙！歌声如同凤鸣龙啸，我从没听过。"第二天，执戟郎去上朝，将马骥推荐给国王。国王很高兴地想下诏书召见马骥，但有几个大臣议论马骥长得奇丑，担心惊扰了国王，国王听了便没有下诏。执戟郎出宫后就把这件事告诉了马骥，并表示对此感到很惋惜。

原文

居久之，与主人饮而醉，把剑起舞，以煤涂面作张飞。主人以为美，曰："请客以张飞见宰相，宰相必乐用之，厚禄不难致。"马曰："嘻！游戏犹可，何能易面目图荣显？"主人固强之，马乃诺。主人

⓪易面目图荣显：改换容貌来谋取荣耀和富贵。易，改换。

设筵，邀当路者饮，令马绘面以待。未几，客至，呼马出见客。客

○当路者：当朝身居要职的掌权者。

讶曰："异哉！何前媸而今妍也！"遂与共饮，甚欢。马婆娑歌弋阳

○婆娑：多形容曼妙的舞姿。这里是指起舞。

曲，一座无不倾倒。明日，交章荐马。王喜，召以旌节。既见，问

○倾倒：非常欣赏赞叹。

○交章：官员彼此交替向皇帝上奏，指上奏章的人很多。

中国治安之道，马委曲上陈，大蒙嘉叹，赐宴离宫。酒酣，王曰：

○治安之道：治国安邦的道理。

○委曲：原原本本。

○离宫：别宫。

"闻卿善雅乐，可使寡人得而闻之乎？"马即起舞，亦效白锦缠头，

○雅乐：在古代一般指宫廷音乐，这里指高雅的音乐。

作靡靡之音。王大悦，即日拜下大夫。时与私宴，恩宠殊异。

○靡靡之音：指反映腐朽颓废情调的乐曲。

○拜：授官。

○时与私宴：经常参加国王的私人宴会。与，参与，参加。

译文

过了很久，有一天马骥和执戟郎都喝醉了，马骥开始舞剑，还把脸上涂满了煤灰，装扮成张飞。执戟郎见了马骥的扮相觉得很好看，就说："你用张飞的扮相去拜见宰相吧，宰相肯定愿意任用你，那样高官厚禄很容易就能得到了。"马骥说："哈哈！游戏玩耍还可以，哪能改换容貌谋取荣华和富贵呢？"执戟郎一再请求他这样做，马骥只好答应下来。执戟郎又准备好宴席，邀请当朝身居要职的官员来喝酒，还让马骥装扮好等着。很快，各路官员都来了，执戟郎带着马骥一起出来见客，来的官员们吃惊地说："奇怪啦！为什么以前很丑，现在却变好看了呢？"于是他们都和马骥一起喝酒，还喝得很高兴。马骥还跳起舞，唱起弋阳腔，所有人都非常欣赏赞叹。第二天，那些赴宴的官员都纷纷上奏折向国王举荐马骥。国王看后非常高兴，立刻派使者持着旌节去召见马骥。马骥面见国王后，国王询问治理国家的法则，马骥将自己知道的原原本本地讲了一番，国王听了不断赞叹，还在离宫赐下宴席招待马骥。酒喝得最畅快的时候，国王对马骥说："听说你很擅长弹奏雅乐，不知道寡人能不能有幸听到？"马骥马上起舞，还效仿歌舞伎的样子将白锦缠在头上，唱起靡靡之音。国王见了非常高兴，当天就封马骥做了下大夫。此后，马骥时不时就被邀请参加国王的私宴，非常受国王宠信。

原文

久而官僚百执事，颇觉其面目之假，所至，辄见人耳语，不甚与款洽。马至是孤立，然不自安，遂上疏乞休致，不许，又告休沐，乃给三月假。于是乘传载金宝，复归山村。村人膝行以迎。马以金资分给旧所与交好者，欢声雷动。村人曰："吾侪小人受大夫赐，明日赴海市，当求珍玩，用报大夫。"问："海市何地？"曰："海中市，四海鲛人，集货珠宝，四方十二国，均来贸易。中多神人游戏，云霞障天，波涛间作。贵人自重，不敢犯险阻，皆以金帛付我辈，代购异珍。今其期不远矣。"问所自知，曰："每见海上朱鸟来往，七日即市。"马问行期，欲同游瞩，村人劝使自贵，马曰："我顾沧海客，何畏风涛？"

○百执事：百官。执事，主管其事的官员等。

○然：才。

○乞休致：休致，官员年老后退休将职位退回给朝廷。这里是马骥请求退休回家。

○休沐：休息洗涮沐浴，指休假。

○乘传（zhuàn）：乘驿站的传车。传，传车，古代驿站的专用车辆。

○沧海客：指航海的人。

译文

时间长了，那些朝中的官员就对马骥装扮出的虚假面容有了些察觉，所以马骥所到之处，都有人凑到一起对着他嘀嘀咕咕，和他相处也不怎么融洽。马骥觉得自己被孤立了，就有些不安起来，随即给国王上疏请求辞官，但国王不同意；又请求休假，国王就给了他三个月的假期。于是他乘坐驿站的专车，拉着满车的黄金和珠宝，又回到了小山村。村人行跪礼来迎接他。马骥就把带回来的黄金和珠宝分给从前和自己交好的人，村里的人欢呼声如雷声一般。大家都说："我们老百姓得到了大夫的赏赐，明天就去赶海市，寻找一些珍宝玩物来回报大夫。"马骥问："海市是什么地方？"有人回答说："那是海里的集市，四海的鲛人都会聚到这里来售卖珍宝，附近四方有十二个国家都到这里来贸易。甚至有很多神人混在里面游玩，云霞遮天，时有汹涌的波涛。贵人都很爱惜性命，不敢以身犯险，都是将金钱布帛等物交给我们，让我们帮他们代买奇珍异宝。现在距离海市开始的日子不远了。”马骥问他们怎么知道海市是哪天，有人回答说：“每当我们看到海上有朱鸟飞来飞去，七天后就是海市。”马骥询问了出发的日期，想要和村里人一起去看看海市，村里人都劝说马骥要保重身体，马骥说：“我原就是航海而来的客商，怎么会怕风浪？”

原文

未几，果有踵门寄赀者，遂与装赀入船。船容数十人，平底高栏。十人摇橹，激水如箭。凡三日，遥见水云幌漾之中，楼阁层叠，贸迁之舟，纷集如蚁。少时，抵城下，视墙上砖皆长与人等，敌楼高接云汉。维舟而入，见市上所陈，奇珍异宝，光明射眼，多人世所无。一少年乘骏马来，市人尽奔避，云是“东洋三世子”。世子过，目生曰：“此非异域人。”即有前马者来诘乡籍。生揖道左，具展邦族。世子喜曰：“既蒙辱临，缘分不浅！”于是授生骑，请与连辔。乃出西城。

○幌漾：即荡漾。

○贸迁：贩运买卖，即贸易。

○维：系、拴。

○云汉：银河、天河。这里是指高空。

○前马者：走在马前开路的人。

○具展：全都展示出来。邦族：籍贯与姓氏。

○连辔：并排骑马，同行。

译文

没几天，果然有人登门付钱托村里人代买珍宝，马骥就和村里人一起将钱财装到船上。船也就能载几十人，船底是平的，周围有高高的栏杆，十个船员一齐摇橹，激起高高的浪花，船如箭一般飞快地前行。大概走了有三天时间，远远地就看见一处水云荡漾，楼阁幢幢，四方来做买卖的船只如蚁一般聚集着。很快，马骥等人就来到了城下，看到城墙上的砖都跟人一样高，城楼高耸入云。他们把船系好就进入城里，只见集市上摆放着各种奇珍异宝，全都光彩耀眼，基本都是人间所没有的。有一个少年骑着骏马过来，集市上的人赶紧躲避让路，说是“东洋三太子”来了。太子路过时，看到马骥便说：“这不是异邦的人。”立刻就有给太子开路的人过来询问马骥的乡籍。马骥规矩地停在路边行了一礼，然后将自己的籍贯和姓氏说了一遍。太子高兴地说：“既然承蒙您屈尊光临，说明缘分不浅！”于是给了马骥一匹马，请他和自己同行，一起出了西城。

原文

方至岛岸，所骑嘶跃入水，生大骇失声。则见海水中分，屹如壁立。

俄睹宫殿，玳瑁为梁，鲂鳞作瓦，四壁晶明，鉴影炫目。下马揖入。

○玳瑁为梁：玳瑁，是一种爬行动物，外形像龟，背甲是黄褐色，有美丽的花纹，很光润，多用来作装饰。古人喜欢用玳瑁装饰屋梁，美称其玳瑁梁。

仰见龙君在上，世子启奏：“臣游市廛，得中华贤士，引见大王。”生

前拜舞。龙君乃言：“先生文学士，必能衙官屈、宋。欲烦椽笔赋海

○拜舞：跪拜后舞蹈而退。是古代朝拜的一种礼仪。

○衙官：唐代刺史的属官。屈、宋：是中国春秋时期的大辞赋家屈原和宋玉。

市，幸无吝珠玉。”生稽首受命。授以水精之砚，龙鬣之毫，纸光似

○珠玉：原指贵重的宝石，这里是比喻美好的文章。

○水精：即水晶。

○龙鬣（liè）之毫：用龙的鬣毛制成的毛笔。

雪，墨气如兰。生立成千余言，献殿上。龙君击节曰：“先生雄才，有

○击节：打拍子以调节曲调，也形容对人或文才的激赏。

光水国多矣！”遂集诸龙族，宴集采霞宫。酒炙数行，龙君执爵而向

客曰：“寡人所怜女，未有良匹，愿累先生。先生倘有意乎？”生

离席愧荷，唯唯而已。龙君顾左右语。无何，宫人数辈，扶女

○离席：离开座位站起来，以示恭敬。愧荷：怀着惭愧的心情表达感激。

郎出。珮环声动，鼓吹暴作，拜竟睨之，实仙人也。女拜已而

○双鬟：古代幼女或年轻女子梳的两个环形发髻被称为双鬟。这里指年幼的丫环。

去。少时，酒罢，双鬟挑画灯，导生入副宫，女浓妆坐伺。珊瑚

○副宫：旁宫。

之床，饰以八宝，帐外流苏，缀明珠如斗大，衾褥皆香耎。天方曙，

○八宝：这里指金银、珍珠、玛瑙等各类珠宝。 ○流苏：用五彩丝线或鸟羽做成的穗子。

则雏女妖鬟，奔入满侧。生起，趋出朝谢。拜为驸马都尉，以其赋驰传诸海。诸海龙君，皆专员来贺，争折简招驸马饮。生衣绣裳，驾青虬，呵殿而出。武士数十骑，皆雕弧，荷白棓，晃耀填拥。马上弹筝，

○呵殿：古代贵官出行的威仪。呵，在前面喝道。殿，在后面随从。 ○雕弧：雕纹的弓。 ○白棓（bàng）：大棍，大棒。棓，通"棒"。

车中奏玉。三日间，遍历诸海。由是"龙媒"之名，噪于四海。

○玉：这里是指玉笛一类的管乐器。

译文

刚行到海岛的岸边，他们骑的马竟然嘶鸣着跳进了水里，马骥大惊失色，不禁大叫起来。却见海水从中间向两边分开，就像立起了两面水墙。很快马骥就看到一座宫殿，屋梁是用玳瑁装饰的，屋瓦是用鲂鱼的鳞做的，四壁亮得和水晶一样，光可照人，耀眼极了。马骥赶紧下马行礼，跟随世子进入宫殿。一抬头只见龙王高坐在大殿上，世子启奏道："臣去海市游逛，遇到了这位贤士，就带他来见大王。"马骥立刻上前行朝拜大礼。龙王说："马先生是有才学的人，文采一定超过屈原和宋玉。我想劳烦马先生挥动如椽大笔，为海市写一篇赋，希望您能不吝惜自己的妙笔。"马骥跪拜领命。龙王派人给马骥送来水晶砚、龙鬣笔，还有雪白的带有兰香的纸张。马骥立刻就写下了一千多字的文章，呈送到殿上。龙王看后赞赏地说："马先生才华出众，为水国增添了很多光彩啊！"遂召集所有龙族，在采霞宫大摆宴席。酒过数巡，龙王端起酒杯对马骥说："我有个疼爱的小女儿还没有称心的郎君，愿意嫁给先生。不知先生有意吗？"马骥立刻离开座席站起来，惭愧又感激地满口应了下来。龙王对着身边的人小声吩咐了下去。不一会儿，就有很多位宫女扶着龙女走了出来。一时间，珮环作响，乐声大作，拜完天地后，马骥偷偷看了一眼新娘，见龙女实在是位漂亮的仙女。龙女拜完堂后就走了。很快，宴席结束了，梳着双鬟的宫女挑着彩绘的宫灯，引着马骥进了旁宫，龙女化着浓妆正坐着等着马骥。用珊瑚做的床上装饰着金银、珍珠、玛瑙等八种珠宝，帐子的流苏上缀着斗大的明珠，里面的被褥是香软的。天才亮，美丽的宫女就立刻进来围着他们侍候。马骥起床后，立即上朝拜谢龙王。龙王封马骥为驸马都尉，他写的那篇赋也被送到诸海传阅。诸海的龙王都专门派人来祝贺马骥新婚，还争着

送来请柬请驸马去赴宴。马骥穿着锦绣的衣服，坐着青龙拉的车，前呼后拥出宫赴宴。跟随的几十名骑马武士都身佩雕弓，肩上扛着白杖，神采飞扬，蜂拥了整条道路。一路上有人骑在马上弹筝，有人坐在车里吹笛。三天的时间，他们便游遍了诸海。从此“龙媒”的名号传遍了四海。

原文

宫中有玉树一株：围可合抱；本莹澈，如白琉璃；中有心，淡黄色，稍细于臂；叶类碧玉，厚一钱许，细碎有浓阴。常与女啸咏其下。花开满树，状类薝蔔，每一瓣落，锵然作响，拾视之，如赤瑙雕镂，光明可爱。时有异鸟来鸣，毛金碧色，尾长于身，声等哀玉，恻人肺腑。生每闻辄念乡土，因谓女曰：“亡出三年，恩慈间阻，每一念及，涕膺汗背。卿能从我归乎？”女曰：“仙尘路隔，不能相依。妾亦不忍以鱼水之爱，夺膝下之欢。容徐谋之。”生闻之，泣不自禁。女亦叹曰：“此势之不能两全者也！”

○本：树干。

○薝（zhān）蔔：一说是栀子花，也说是郁金香。

○声等哀玉：声音像玉制成的乐器吹奏出的哀伤乐曲。

○恩慈间阻：指与父母相隔。恩慈，指父母。

○涕膺汗背：眼泪沾湿了前胸，汗水湿透了后背。形容非常悲伤和惶恐。

○仙尘：仙界与凡间。

○鱼水之爱：夫妻之情。○膝下之欢：父子之情。

译文

龙宫里有一棵玉树：有一人合抱那么粗；树干晶莹剔透如同白琉璃；中间是树心，颜色淡黄，比胳膊稍微细一些；树叶很像碧玉，大概有一枚铜钱厚，细碎的枝叶形成树荫。马骥经常和龙女一起在树下长啸吟咏。大树开满了花，很像栀子花。每一片花瓣落下来，都会发出像金宝珠玉一样的清脆声响，弯腰捡起花瓣一看，就像红色的玛瑙雕刻的，闪闪发光，很是可爱。常常有一种奇异的鸟飞来，在树上啼叫，这种鸟的羽毛是金碧色的，尾巴比身体还长，声音像玉制成的乐器吹奏出的哀伤乐曲，让人缠绵悱恻。马骥每次听到这种鸟的叫声，就难免想念家乡，便对龙女说："我流浪在外已经三年了，与父母相隔日久，每次想到他们，我的眼泪就沾湿了前胸，汗水湿透了后背。你能跟我回家吗？"龙女说："仙界和人间隔绝，我无法陪你回家。但我也不忍心以夫妻之情，夺去你和父母团聚的天伦之乐。容我慢慢筹划一下。"马骥听了她的话情不自禁地流下眼泪。龙女也叹息着说："这实在是无法两全其美啊。"

原文

明日，生自外归。龙君曰："闻都尉有故土之思，诘旦趣装，可乎？"生谢曰："逆旅孤臣，过蒙优宠，衔报之诚，结于肺肝。容暂归省，当图复聚耳。"入暮，女置酒话别。生订后会，女曰："情缘尽矣。"生大悲。女曰："归养双亲，见君之孝。人生聚散，百年犹旦暮耳，何用作儿女哀泣？此后妾为君贞，君为妾义，两地同心，即伉俪也，何必旦夕相守，乃谓之偕老乎？若渝此盟，婚姻不吉。倘虑中馈乏人，纳婢可耳。更有一事相嘱：自奉裳衣，似有佳朕，烦君命名。"生曰："其女耶，可名龙宫；男耶，可名福海。"女乞一物为信，生在罗刹国所得赤玉莲花一对，出以授女。女曰："三年后四月八日，君当泛舟南岛，还君体胤。"女以鱼革为囊，实以珠宝，授生曰："珍藏之，数世吃着不尽也。"天微明，王设祖帐，馈遗甚丰。生拜别出宫，女乘白羊车，送诸海涘。生上岸下马，女致声珍重，回车便

○诘旦：诘，明天。平明，清晨。

○衔报之诚：衔报，指衔环报恩，来源于一个古代报恩的传说。这里是说感恩图报的心很真诚。

○贞：古代女子不改嫁等叫作"贞"。

○义：古代认为丈夫因为妻子守贞不再嫁，他也不重婚另娶就叫作"义"。

○中馈乏人：没有人操劳家务。

○纳婢：纳婢女为妾。

○自奉裳衣：这里是指自结婚以来。

○佳朕：朕，征兆，迹象。这里是佳兆、好兆头，指怀孕。

○信：信物，凭证。

○体胤：胤，后嗣、后代。亲生的孩子。

○设祖帐：这里是指设宴饯别。祖帐，古代人们出行，亲戚朋友会在郊外的路旁设下帷帐，以祭奠路神，送上祝福饯别。

○海涘（sì）：指海边。涘，水边。

去，少顷便远。海水复合，不可复见，生乃归。

译文

第二天，马骥从外面回来。龙王就问他："听说你很想念家乡，明天天明就整理好行李出发，怎么样？"马骥赶紧谢过龙王说："我旅居他乡孤身一人，受到您过多的优待宠爱，感恩图报的诚意时刻都铭记在肺腑之中。希望可以让我短暂离开回家探亲，之后再想办法回来团聚。"到了夜晚，龙女准备了酒宴，和马骥话别。马骥想订下重聚的日期，龙女说："我们的情缘已经尽了。"马骥听了非常悲痛。龙女又说："你要回家赡养父母，这是你孝心的体现。人生的会聚分散，一百年就像一天，哪里能像小儿女一样悲伤痛哭？你走后，我会为你守贞，你也要为我守义，虽然我们身居两地，但永结同心，还是夫妻，何必长相厮守，才能说是白头偕老呢？如果谁背弃了这个盟约，他的婚姻就会不吉祥。如果你忧心没人操持家务，就纳一个丫环为妾。还有一件重要的事嘱托你：咱们成亲后，我好像怀孕了，希望你能给孩子起个名字。"马骥说："如果生个女孩，就叫龙宫；如果生个男孩，就叫福海。"龙女让马骥给孩子留一件信物，马骥就将在罗刹国得到的一对红玉莲花送给龙女。龙女说："希望你能在三年后的四月初八这一天乘船来南岛，到时我会把孩子交给你。"然后她用鱼皮做了一个袋子，在里面装满了珠宝，将这些珠宝送给马骥，又说："你珍藏好这些东西，就是几代人花也用不完。"天刚微微发亮，龙王就为他设宴饯别，送了丰厚的礼物给他。马骥行礼后郑重告别离开龙宫，龙女乘着白羊车，一直将马骥送到海边。马骥上岸后又下马回望，龙女道了一声"珍重"，掉转车头便走，很快就走远了。海水又合拢起来，什么都看不见了，马骥于是返回家乡。

原文

自浮海去，咸谓其已死，及至家，家人无不诧异。幸翁媪无恙，独妻已他适。乃悟龙女"守义"之言，盖已先知也。父欲为生再婚，生不可，纳婢焉。谨志三年之期，泛舟岛中，见两儿坐浮水面，拍流嬉笑，不动亦不沉。近引之，儿哑然捉生臂，跃入怀中。其一大啼，似嗔生之不援己者，亦引上之。细审之，一男一女，貌皆婉秀。额上花冠缀玉，则赤莲在焉。背有锦囊，拆视，得书云：“翁姑计各无恙。忽忽三年，红尘永隔；盈盈一水，青鸟难通。结想为梦，引领成劳；茫茫蓝蔚，有恨如何也！顾念奔月姮娥，且虚桂府；投梭织女，犹怅银河。我何人斯，而能永好？兴思及此，辄复破涕为笑。别后两月，竟得孪生。今已啁啾怀抱，颇解笑言；觅枣抓梨，不母可活。敬以还君。所贻赤玉莲花，饰冠作信。膝头抱儿时，犹妾在左右也。闻君克践旧盟，意愿斯慰。妾此生不二，之死靡他。奁中珍物，不蓄兰膏；镜里新妆，久辞粉黛。君似征人，妾作荡妇，即置而不御，亦何得谓非琴瑟哉？独计翁姑亦既抱孙，曾未一觌新妇，揆之情理，亦属缺然。岁后阿姑窀穸，当往临穴，一尽妇职。过此以往，则‘龙宫’无恙，不少把握之期；‘福海’长生，或有往还之路。伏惟珍重，不尽欲言。”生反复省书揽涕。两儿抱颈曰：“归休乎！”生益恸，抚之曰：“儿知家在何许？”儿亟啼，呕哑言归。生望海水茫茫，极天无际，雾鬟人渺，烟波路穷。抱儿返棹，怅然遂归。

○哑（è）然：形容笑声，或是笑起来的样子。
○盈盈：形容水清澈、清浅的样子。
○引领：伸着脖子看，形容非常期待。领，指脖颈。
○姮娥：即嫦娥。
○桂府：即月宫。
○怅：本义是因失意而不痛快，这里是恨。银河：天河，古代或称云汉、天河、天汉、星河、银汉等。
○啁啾（zhōu jiū）：鸟鸣声。这里是指幼儿学话的声音。
○不母可活：离开母亲也能活下来。这里指断奶、离了母乳也不会饿死。
○克践旧盟：能够履行旧时的盟约。
○意愿斯慰：心愿得到慰藉。
○兰膏：古代人们用的一种润发香油。
○征人：远行的人。
○置而不御：御，用。这里指只有夫妻名义，却永远分离。
○琴瑟：喻夫妻。
○觌（dí）：见，见面。
○揆（kuí）：揣测。
○缺然：缺憾，遗憾。
○窀穸（zhūn xī）：墓穴。这里指埋葬。
○伏惟：惟，希望。是下对上的敬辞，恭敬地希望。
○揽涕：挥泪。
○雾鬟人渺：雾鬟，想象中的龙女。这里是指龙女已无踪。

译文

自从马骥在海上出事后，大家都觉得他已经死了，所以当马骥回到家后，家人都感到非常诧异。幸好父母还在，但他的妻子已经改嫁了。马骥这时候才明白龙女说让他“守义”的话，应该是预知了妻子之事。马骥回来后，父亲想给他再次娶妻，马骥拒绝了，但纳了一个丫环为妾。马骥牢记与龙女的三年之期，到了那一天他乘船来到南岛，看见两个孩子在水面上坐着，还不停地拍水嬉笑，却不见下沉。马骥赶紧去抱孩子，一个孩子呀呀地笑闹着，拉住马骥的胳膊，并顺势跳到他的怀里；另一个孩子却大声哭起来，好像是埋怨马骥没来抱自己，马骥也把他抱起来。仔细观察后，发现一个是男孩一个是女孩，容貌都非常秀丽。两个孩子都戴着花冠，花冠装饰着美玉，那美玉正是马骥留下的信物红玉莲花。孩子的背上还有个锦囊，马骥拆开锦囊翻看，里面有一封信，信上写道：“公婆应该都很平安。三年时间匆匆而过，红尘永远隔开了我们，海水让我们难通音信。我一直思念着你，形成梦境，我总是伸长脖子远望，却只是徒劳。望着茫茫的蔚蓝大海，纵有怨恨又能怎么样！不由得想起奔月的嫦娥，孤独地生活在月宫里，投梭的织女也只能惆怅地望着天河。我是谁呢，又怎能永远与你在一起呢？每想到这些，我又会破涕为笑。咱们分别两个月后，我竟生了双胞胎儿女。现在他们已经能在我怀里咿呀学语，都能明白大人的说笑了；还会找枣、梨等好吃的，离开母亲也能好好活着。因此我将他们送还给你。你留下来的红玉莲花被我装饰在花冠上作为凭证。当你把孩子抱在膝上时，就跟我在你身边一样。我得知你能履行旧时的盟约，心里很安慰。我今生也绝无二心，永远不会改嫁。梳妆盒里早已没有润发香油；镜中的容颜已很久不曾施粉黛。你就像远行在外的游子，而我是游子的妻子，就算两地分隔无法亲近，又怎能说我们不是恩爱夫妻呢？我只是觉得公婆已经抱上了孙子孙女，却未曾见过儿媳，按情理来说，很是遗憾。一年后婆婆去世时，我一定亲自去送葬悼念，尽到媳妇的本分。从此以后，‘龙宫’平安，还会有相见之期；‘福海’长寿，就会有来往之途。希望你多珍重自己，想说的话很多，就不多说了。”马骥拿着信边哭边反复看。两个孩子抱着马骥的脖子说：“回家吧！”马骥更加悲伤，抚摸着孩子的头说：“我的孩子，你们知道家在哪里吗？”两个孩子哭闹起来，咿咿呀呀说着回家。马骥望着茫茫的海水，一直连到天边，那样辽阔，却看不到龙女的身影，而苍茫的水上也无路可通。马骥抱着孩子上船返航，满腹惆怅地回家去。

原文

生知母寿不永，周身物悉为预具，墓中植松槚百余。逾岁，媪果亡。

○周身物：即"装裹"，指死者的衣服、棺椁等物品。

○槚（jiǎ）：这里是指楸树。人们一般会在墓前栽种松树和楸树。

灵舆至殡宫，有女子缞绖临穴。众方惊顾，忽而风激雷轰，继以急

○灵舆：即灵车，载运灵柩用的车子。殡宫：停放灵柩的房屋或者是墓穴，这里指墓穴。

○缞绖（cuī dié）：缞，古代丧礼规定子女的丧服用粗麻布制成；绖，古代丧服上的麻带子，扎在头上的叫首绖，缠在腰上的叫腰绖。这里指丧服。

雨，转瞬间已失所在。松柏新植多枯，至是皆活。福海稍长，辄思其母，忽自投入海，数日始还。龙宫以女子不得往，时掩户泣。一日，昼暝，龙女忽入，止之曰："儿自成家，哭泣何为？"乃赐八尺珊瑚一树、龙脑香一帖、明珠百颗、八宝嵌金合一双，为作嫁资。

○龙脑香：龙脑香树的树干中含有的油脂结晶，纯粹的是无色透明状，就是俗称的冰片。一帖：帖，旧时用于药物的量词。

生闻之，突入，执手啜泣。俄顷，疾雷破屋，女已无矣。

译文

马骥知道母亲的寿数不多了，就抓紧时间预备好殡葬所用的衣服、棺椁等用品，还在墓地附近栽种了一百多棵松树和楸树。一年后，母亲果然去世了。当灵车到达墓地时，大家看到一个披麻戴孝的女子站在墓穴边。正当众人奇怪地打量她时，忽然狂风怒吼，电闪雷鸣，接着大雨倾盆，一瞬间，墓边的女子已经不见了。原本新栽种的松柏中有枯死树，现在居然都活了。等儿子福海长大一些后，总是想念他的母亲，忽然有一天自己跳到大海里，过了几天才回来。女儿龙宫因是女孩无法前往，因此常把自己关在屋里哭。一天，天一下子黑暗下来，龙女忽然出现在龙宫的屋里，劝说龙宫："你都要成家了，怎么还哭哭啼啼的？"说完便给了龙宫一棵八尺高的珊瑚树、一包龙脑香、一百颗明珠、一对八宝嵌金盒，告诉她这是为其准备的嫁妆。马骥得到消息，立刻赶来，握紧龙女的手哭起来。一会儿，一声惊雷震破屋子，龙女也没了踪影。

原文

异史氏曰：花面逢迎，世情如鬼。嗜痂之癖，举世一辙。“小惭小好，

○花面：戏曲角色，净的俗称，一般称净是“大花面”，称丑是“小花面”，也称“花脸”。喻指涂脂抹粉打扮，这里指马骥在罗刹国装扮的假面孔。逢迎：违心逢迎、讨好。

大惭大好”，若公然带须眉以游都市，其不骇而走者，盖几希矣。

○公然带须眉：因此以其代指男子。这里是指大方地以男子汉的本来面貌行走于世。

彼陵阳痴子，将抱连城玉向何处哭也？呜呼！显荣富贵，当于蜃楼海

○彼陵阳痴子，将抱连城玉向何处哭也：这里是说世上真正有才德的人，得不到赏识和重用，该到何处哭诉他的不平和痛苦。

市中求之耳！

译文

异史氏说：装扮假面孔去迎合世俗，这样的世态人情如同鬼蜮。喜吃疮痂一样颠倒美丑的怪诞的癖好，全国各地都一样。自觉屈意取悦小有惭愧的文章，人们说文章还不错；自觉大为惭愧的文章，人们说文章特别好。如果大方地以男子汉的本来面貌行走于世，不被吓跑的人，大概会很少。而那个一直向楚王献玉的卞和，又该怀抱价值连城的和氏璧到何处去哭诉自己的悲愤呢？唉，显达富贵也只能去虚幻的世界中寻求了吧！

梨园子弟

“梨园子弟”源自唐玄宗时期，玄宗酷爱音乐戏曲，特设梨园，亲自教导三百名坐部伎（乐师和演员）。因皇帝对音乐戏曲的精通，错误之处会被及时纠正，这些学员便被称为“皇帝梨园子弟”。后来，“梨园子弟”成为对戏曲演员的代称，用来指从事戏曲表演的艺人。

【田七郎】

原文

武承休，辽阳人，喜交游，所与皆知名士。夜梦一人告之曰："子交游遍海内，皆滥交耳。惟一人可共患难，何反不识？"问："何人？"曰："田七郎非与？"醒而异之。诘朝，见所与游，辄问七郎。客或识为东村业猎者。武敬谒诸家，以马棰挝门。

○辽阳：今辽阳市，在辽宁中部。

○马棰：马鞭。棰，鞭子。挝：敲击。

译文

武承休，辽阳县人，非常喜欢结交朋友，他所交往的人都是名士。有一天夜里，武承休梦见有个人和他说："你结交的朋友遍布天下，但都未曾经过挑选。只有一个人能够和你共患难，你怎么反而不去结交他呢？"武承休问："这个人是谁？"那人说："不就是田七郎吗？"武承休醒来后感觉很奇怪。清晨，武承休见到认识的人，就打听田七郎这个人。朋友中有知道田七郎的人，告诉武承休说田七郎是东村的一个猎户。武承休便亲自去田七郎家拜见，用马鞭敲了敲门。

原文

未几，一人出，年二十余，貙目蜂腰，着腻帢，衣皂犊鼻，多白补缀，拱手于额而问所自。武展姓字，且托途中不快，借庐憩息。问七郎，答云："即我是也。"遂延客入。见破屋数椽，木岐支壁。入一小室，虎皮狼蜕，悬布楹间，更无机榻可坐。七郎就地设皋比焉。武与语，言词朴质，大悦之。遽贻金作生计，七郎不受。固予之，七郎

○腻帢（qià）：这里是指满是油污的帽子。

○貙（chū）：兽名，古书上所说的一种猛兽。

○皂犊鼻：犊鼻，即犊鼻裈，围裙。这里指的是黑色的遮膝围裙。

○木岐：岐，通"歧"，分支。树枝，树杈。

○狼蜕：蜕，蝉、蛇等脱下的皮。狼皮。这里是代指兽皮。

○机（wù）榻：机，一种凳子；榻，长又矮的床。这里指凳子之类可坐的器具。

受以白母。俄顷将还，固辞不受。武强之再四。母龙钟而至，厉色

○龙钟：形容身体衰老，行动不灵便。

曰："老身止此儿，不欲令事贵客！"武惭而退。归途展转，不解其

意。适从人于舍后闻母言，因以告武：先是，七郎持金白母，母曰：

"我适睹公子，有晦纹，必罹奇祸。闻之：受人知者分人忧，受人恩

○晦纹：晦，晦气，倒霉。有晦气的纹理，形容不吉利的面相。

○知：了解，引申为知遇、赏识。

者急人难。富人报人以财，贫人报人以义。无故而得重赂，不祥，

恐将取死报于子矣。"武闻之，深叹母贤，然益倾慕七郎。

○死报：用死来报答。

译文

不久，一个人走出来，大概有二十岁，眼睛像老虎一样圆，腰细如蜂，头上戴着一顶满是油污的便帽，身上穿着黑色遮膝围裙，围裙上还用白布打了很多补丁，他拱手到额前，询问武承休来自哪里。武承休报出了自己的姓名，谎称自己途中不舒服，想借他家休息会儿。顺势打听谁是田七郎，那人回答："田七郎就是我。"然后请武承休进屋。武承休见房屋破旧，墙壁还用树杈支撑着。田七郎带他进入一间小屋，只见有虎皮和狼皮挂在楹柱间，屋里连能坐的凳子都没有。田七郎就地铺上一张虎皮请武承休坐下。武承休和他闲聊，发现他说话很朴实，非常高兴。武承休当即送银钱给田七郎，但田七郎不肯要。武承休坚持给，田七郎只好拿去向母亲说明。很快，田七郎又将银钱拿回来还给武承休，坚决拒绝接受。武承休还是坚持送，这时田七郎的母亲蹒跚地走进来，严肃地说："我只有这么一个儿子，不想让他去侍奉贵客。"武承休羞愧地离开了田七郎家。在回家的路上，武承休一直想这件事，不明白田母的意思。他的随从正好在房后听到了田母的话，就告诉了武承休：之前，田七郎把银钱交给母亲，并解释了钱的来路，田母就说："我刚才看到公子，他的脸上有代表晦气的纹理，将来必会遇到横祸。据说：受人知遇就得替人分忧，受人恩惠就得解人之难。富人报答别人用钱财，穷人报答别人用义气。没有缘由地收到重礼是不吉利的，恐怕你得用死来报答他啊。"武承休听了随从的话，深深叹服田母的贤德，却更加倾慕田七郎。

原文

翼日，设筵招之，辞不至。武登其堂，坐而索饮。七郎自行酒，陈鹿脯，殊尽情礼。越日，武邀酬之，乃至，款洽甚欢。赠以金，即不受。武托购虎皮，乃受之。归视所蓄，计不足偿，思再猎而后献之。入山三日，无所猎获。会妻病，守视汤药，不遑操业。浃旬，妻奄忽以死，为营斋葬，所受金稍稍耗去。武亲临唁送，礼仪优渥。既葬，负弩山林，益思所以报武，而迄无所得。武探得其故，辄劝勿亟。切望七郎姑一临存，而七郎终以负债为憾，不肯至。武因先索旧藏，以速其来。七郎检视故革，则蠹蚀殃败，毛尽脱，懊丧益甚。武知之，驰行其庭，极意慰解之。又视败革，曰："此亦复佳。仆所欲得，原不以毛。"遂轴鞟出，兼邀同往。七郎不可，乃自归。七郎念终不足以报武，裹粮入山，凡数夜，得一虎，全而馈之。武喜，治具，请三日留。七郎辞之坚，武键庭户，使不得出。宾客见七郎朴陋，窃谓公子妄交。而武周旋七郎，殊异诸客。为易新服，却不受，承其寐而潜易之，不得已而受之。既去，其子奉媪命，返新衣，索其敝裰。武笑曰："归语老姥，故衣已拆作履衬矣。"

○行酒：依次斟酒。

○脯：肉干。

○不遑：没有空闲。遑，闲暇。

○奄忽：指死去。

○斋葬：泛指丧葬。

○优渥：优裕，丰厚。

○临存：亲自看望。

○蠹蚀：被虫蛀坏。殃败：败坏，变质。《广雅·释诂》："殃，败也。"

○轴鞟（kuò）：鞟，皮革。卷起皮革。

○裹粮：带着干粮。

○键：竖着插的门闩，引申为锁门。《字书》："横曰关，竖曰键。"

○履衬：鞋子里面用作垫衬的衬精。

○敝裰：缝补破衣。敝，破旧。裰，缝补。

自是，七郎日以兔鹿相贻，召之即不复至。武一日诣七郎，值出猎

○贻：赠送。

未返。媪出，踦门语曰："再勿引致吾儿，大不怀好意！"武敬礼之，

○踦(yǐ)门语：这里是指两人隔着门说话。 ○引致：招引，使达到。

惭而退。

译文

第二天，武承休设宴邀请田七郎，田七郎推辞没有来。武承休就又到田七郎家拜访，坐下后就提出喝酒。田七郎亲自替他倒酒，拿出鹿肉干来招待他，非常周到有礼。过了一日，武承休回请答谢，田七郎到来，彼此都很高兴。武承休又要送银钱，田七郎还是不肯接受。武承休就说是用钱来买虎皮，田七郎才接受。田七郎回家发现自己积攒的虎皮抵不上武承休给的银钱，就打算再去多打一些猎物给武承休。他进山转了三天，却什么都没猎到。妻子又恰巧生病了，他只能在家熬药照顾妻子，没有空闲去打猎了。过了十天，妻子死了，田七郎为了料理妻子丧葬等后事，将武承休给的银钱花去了一些。武承休亲自来吊唁送葬，送礼很丰厚。料理好丧事后，田七郎就背上弓弩进了山林，他很想多打些猎物来报答武承休，没想到还是一无所获。武承休知道了这件事情，就劝田七郎不要急。他恳切地希望田七郎能来看望自己，但田七郎一直觉得自己欠了武承休的债，内心不安，不愿意去。武承休便说想要田七郎家里积攒的虎皮，想招田七郎前来。田七郎整理家中的虎皮时，发现皮革都被虫子给蛀坏了，毛都脱光了，更加懊恼沮丧。武承休听说后，赶紧骑马赶到田七郎家，极力安慰劝解他。又去看了那些被蛀坏的皮子，说："这更好了。我想要的，原本也不是毛啊。"然后卷起皮革就走，还邀请田七郎到家里去。田七郎不肯去，于是武承休自己回家了。田七郎觉得自己的皮革终究不能抵偿武承休送的钱，便又带着干粮进了山林，几夜后，猎到一只老虎，他将整个老虎都送给了武承休。武承休非常高兴，准备酒宴，邀请田七郎来住三天。田七郎坚决推辞掉，武承休就把大门锁上，不让他出去。田七郎只好参加宴席，席上武承休请来的宾客看到衣着简朴的田七郎，都私下说武承休胡乱交朋友。但武承休对待田七郎非常礼让，超过其他宾客很多。武承休让田七郎换上他准备的新衣服，田七郎不肯接受。武承休便趁田七郎睡觉时偷偷给他换上，田七郎不得已只能接受。等田七郎归家后，他的儿子听从祖母的命令，将新衣给送回来，还要拿回自己父亲的旧衣服。武承休笑着说："你回去告诉奶奶，旧衣服已经被拆了，还做成垫衬的衬褙啦。"从

此，田七郎每天都送一些兔鹿野味给武承休，但武承休邀请他来做客，他一直拒绝。有一天，武承休去拜访田七郎，正赶上田七郎去打猎还没回来。田母就出来了，她倚着门对武承休说："你别再招引我儿子了，完全是不怀好意！"武承休恭敬行礼后羞愧地离开了田家。

原文

半年许，家人忽白："七郎为争猎豹，殴死人命，捉将官里去。"武大惊，驰视之，已械收在狱。见武无言，但云："此后烦恤老母。"武惨然出，急以重金赂邑宰，又以百金赂仇主。月余无事，释七郎归。母慨然曰："子发肤受之武公子，非老身所得而爱惜者矣。但祝公子终百年无灾患，即儿福。"七郎欲诣谢武，母曰："往则往耳，见武公子勿谢也。小恩可谢，大恩不可谢。"七郎见武，武温言慰藉，七郎唯唯。家人咸怪其疏，武喜其诚笃，益厚遇之。由是恒数日留公子家，馈遗辄受，不复辞，亦不言报。

○械收：械，木枷和镣铐之类的刑具。这里指上了刑具关入牢房。

○发肤受之武公子：发肤，是头发与皮肤，借指身体。这里是说武公子是田七郎的再生父母。

○终百年：指人的一生，一辈子。

译文

大概过了半年，家人忽然告诉武承休："田七郎和人争猎豹，打死了人，被抓到官府去了。"武承休听了大惊，赶紧去探望，田七郎已经被上了刑具关入牢房。他见到武承休什么也没说，最后只是说："以后麻烦您能周济我的老母亲。"武承休神色悲伤地走出来，急忙用重金贿赂县官，还拿出一百两银子贿赂仇家家人。一个来月后就结案了，放回了田七郎。田母感慨地说："儿子，你的性命是武公子给的，已不是我所能爱惜的了。我只能祈祷武公子一辈子都不会遭遇灾难，就是儿子你的福气啊。"田七郎想去拜谢武承休，田母说："想去就去吧，见到武公子也不用感谢。小恩小惠能谢，大恩是没有办法感谢的。”田七郎去见武承休，武承休温和地安慰他，田七郎恭敬地应答。武承休的家人都嫌田七郎太疏离，武承休却喜欢他诚实真挚，更加厚待他。之后田七郎很多天都住在武承休家，武承休送给他什么他都收下，不再推辞拒绝，也不再说要报答。

原文

会武初度，宾从烦多，夜舍屦满。武偕七郎卧斗室中，三仆即床下藉刍藁。二更向尽，诸仆皆睡去，两人犹刺刺语。七郎佩刀挂壁间，忽自腾出匣数寸许，铮铮作响，光烁如电。武惊起，七郎亦起，问：“床下卧者何人？”武答：“皆厮仆。”七郎曰：“此中必有恶人。”武问故，七郎曰：“此刀购诸异国，杀人未尝濡缕。迄今佩三世矣，决首至千计，尚如新发于硎。见恶人则鸣跃，当去杀人不远矣。公子宜亲君子、远小人，或万一可免。”武颔之。七郎终不乐，辗转床席。武曰：“灾祥数耳，何忧之深？”七郎曰：“我诸无恐怖，徒以有老母在。”武曰：“何遽至此！”七郎曰：“无则便佳。”盖床下三人，一为林儿，是老弥子，能得主人欢；一僮仆，年十二三，武所常役者；一李应，最拗拙，每因细事与公子裂眼争，武恒怒之。当夜默念，疑必此人。诘旦，唤至，善言绝令去。

○夜舍屦（jù）满：夜舍，是指客舍；屦，是单底鞋，多以麻、葛、皮等制成，后来泛指鞋。留客过夜的客舍住满了人。

○初度：出生年时，来称人的生日。

○斗室：小屋。斗，形容屋子之小。

○藉刍藁：刍藁，喂牲口的干草等。藉，坐卧在……上。躺在干草上。

○刺刺：形容说话声不断。

○匣：收藏东西的器具，这里指刀鞘。

○未尝濡缕：濡缕，沾湿一缕。形容沾湿极小一点。这里是形容刀过头落，血尚不及沾衣。

○决首：砍头。

○新发于硎：硎，磨刀石。刚从磨石上磨过，形容刀锋利。

○老弥子：弥子，名牟，字子瑕，是春秋时卫灵公的男宠。这里是代指久受宠爱的娈童。

○拗（ào）拙：拗，不顺从。愚顽不驯。

○裂眼争：裂眼，是说因为发怒眼睛睁得极大，愤怒的神态。

译文

恰逢武承休的生日，宾客和随从很多，夜晚客舍住满了来客。武承休和田七郎睡在一间小屋里，还有三个仆人睡在床下的干草上。二更快尽时，仆人都已经睡着了，武承休和田七郎还在小声说着话。田七郎的佩刀就挂在墙上，这时突然从刀鞘中跳出好几寸，发出铮铮的声音，寒光闪烁如电。武承休吃惊地起身，田七郎也赶紧起身，问道："床下睡的是什么人？"武承休回答道："都是随从仆人。"田七郎说："这些人中肯定有坏人。"武承休问他这么说的原因，田七郎说："这把刀是从外国买的，杀人不见血。到现在已经有三代主人了，斩首也得有上千了，仍然像刚在磨石上磨过一样。遇到坏人就会发出声响并跃出刀鞘，应当是离杀人不远了。公子应当亲近君子、远离小人，也许能侥幸免遭祸难。"武承休点头应允。但田七郎一直闷闷不乐，在床上翻来覆去，无法入睡。武承休说："祸福都是命数，为什么如此忧虑？"田七郎说："我自己无所畏惧，只是因老母亲还在而担心。"武承休说："怎么可能突然这样严重呢！"田七郎说："没事才好。"原来床下睡的三个仆从，其中一人叫林儿，是个久受宠爱的娈童，很得主人的喜欢；另一个是僮仆，有十二三岁，武承休平日里使唤的人；最后一个叫李应，最是愚顽不驯，常常为了小事就愤怒地和武承休争吵，武承休常和他生气。当天夜里，武承休默默地揣测，怀疑应该是李应这人。第二天清晨，武承休就叫他过来，好言好语地辞退了他。

原文

武长子绅，娶王氏。一日，武他出，留林儿居守。斋中菊花方灿，新妇意翁出，斋庭当寂，自诣摘菊。林儿突出勾戏，妇欲遁，林儿强挟入室。妇啼拒，色变声嘶。绅奔入，林儿始释手逃去。武归闻之，怒觅林儿，竟已不知所之。过二三日，始知其投身某御史家。某官都中，家务皆委决于弟。武以同袍义，致书索林儿，某弟竟置不发。武益恚，质词邑宰。勾牒虽出，而隶不捕，官亦不问。武方

○同袍义：袍，中式长衣的通称。指同事的情谊。

○质词邑宰：质，评断；邑宰，即县令。指打官司。

○勾牒：即拘票，指拘捕犯人的公文。

愤怒，适七郎至。武曰：“君言验矣。”因与告诉。七郎颜色惨变，终无一语，即径去。

译文

武承休的长子叫武绅，娶王氏为妻。有一天，武承休外出，留下林儿守院子。正好书斋前种的菊花开了，王氏认为公公出门了，书斋里肯定没有人，就去摘菊花。没想到林儿突然出来勾引调戏她，王氏想跑，却被林儿强行挟进屋里。王氏哭着拒绝，脸色苍白，声音嘶哑。武绅听到声音跑进来，林儿才撒手逃走了。武承休回家后听说这件事，愤怒地去找林儿，竟然不知道他逃去了哪里。过了两三天，武承休才知道林儿藏在某御史家。御史在京城做官，家里的事都是托给他的弟弟处理。武承休用同事的情谊为托词写信索取林儿，但御史的弟弟竟然置之不理。武承休更加愤怒，就写状纸请县令评判。拘捕犯人的公文虽然下发了，但衙役却不去捉拿，县令也不管。在武承休愤怒异常时，正好田七郎来了。武承休说：“你的话果然应验了。”就将事情的原委告诉了田七郎。田七郎面色突然变得惨白，一直没说话，然后径自走了。

原文

武嘱干仆逻察林儿。林儿夜归，为逻者所获，执见武。武掠楚之，

○干仆：能干的仆从。逻察：巡逻侦察。

○掠楚：拷打。

林儿语侵武。武叔恒，故长者，恐侄暴怒致祸，劝不如治以官法。

○侵：侵犯、冒犯，这里指谩骂、侮辱。

武从之，絷赴公庭。而御史家刺书邮至，宰释林儿，付纪纲以去。

○刺书：指书信。《释名·释书契》：“书曰刺，书以笔刺纸简之上也。”

○纪纲：管理仆役的人，即管家。

林儿意益肆，倡言丛众中，诬主人妇与私。武无奈之，忿塞欲死，

○倡言：扬言。丛众：聚集的人群。

驰登御史门，俯仰叫骂。里舍慰劝令归。逾夜，忽有家人白：“林儿

○俯仰：低头和抬头，意思是捶胸顿足等身体幅度很大的动作。

被人脔割，抛尸旷野间。”武惊喜，意气稍得伸。俄闻御史家讼其

○脔割：脔，把肉割成小块。碎割。

叔侄，遂偕叔赴质。宰不容辨，欲笞恒。武抗声曰：“杀人莫须有！至辱詈缙绅，则生实为之，无与叔事。”宰置不闻。武裂眦欲上，群役禁捽之。操杖隶皆绅家走狗，恒又老耄，签数未半，奄然已死。宰见武叔垂毙，亦不复究。武号且骂，宰亦若弗闻也者。遂舁叔归，哀愤无所为计。思欲得七郎谋，而七郎更不一吊问。窃自念：“待七郎不薄，何遽如行路人？”亦疑杀林儿必七郎。转念：“果尔，胡得不谋？”于是遣人探诸其家，至则扃寂然，邻人并不知耗。

○杀人莫须有：意思是被告杀人是诬陷。

○辱詈：辱骂、谩骂之意。缙绅：绅，是古代仕宦者和儒者围在腰间的大带。代指士大夫、乡绅。这里是指御史家。

○禁捽（zuó）：捽，揪、抓。抓着阻止。

○操杖隶：指执行杖刑的衙役。

○签数：指杖刑的数目。

○吊问：慰问。

○扃寂：扃，从外面关门的闩、钩等。这里指锁门，无人在。

译文

武承休吩咐能干的仆从去查找林儿。林儿一次夜晚回家，被巡逻的仆人抓到，带到武承休那里。武承休拷打林儿，林儿就辱骂武承休。武承休的叔叔武恒，是个敦厚的长辈，他怕侄子暴怒会招祸，就劝武承休将林儿送到官府治罪。武承休听从他的劝说，将林儿送去了官府。不料御史家的书信正好送到了县里，县令释放了林儿，还让管家将他带走。林儿更加放肆，还在人群聚集的地方造谣主人的儿媳和他私通。武承休奈何不了林儿，愤恨得要死，就骑马到御史家门前，大声叫骂。邻居将他劝解回家。一夜后，忽然有家人来说：“林儿被人残害，扔在旷野里。”武承休很惊喜，觉得出了口恶气。一会儿又听说御史家状告武承休和他叔叔杀了人，于是和叔叔一起去衙门对质。没想到县令不容分辩，就要杖刑武恒。武承休大声反驳：“告我们杀人乃是诬陷！至于辱骂御史，则是我做的，不关我叔叔的事。”县令像没听见他的话。武承休怒目圆睁想去救武恒，一群衙役围上来阻止他。负责杖刑的衙役就是御史家的走狗，武恒又已经七八十岁了，杖刑还没到一半，就气息奄奄昏死过去。县令见武恒快死了，也不再追究。武承休哭着大骂，县令还是像听不见一样。武承休将叔叔武恒抬回家，悲愤异常却无计可施。他想找田七郎谋划一下，而田七郎却未来慰问过。武承休暗自寻思：“我待七郎不薄，为什么突然与我跟陌路人一样？”又怀疑杀林儿的肯定是田七郎。但转而又想：“果真这样，为什么不和我谋划呢？”于是派人去田七郎家打探，到了田七郎家才发现，大门紧锁，已无人在，邻居也不知道他家的消息。

原文

一日，某弟方在内廨，与宰关说。值晨进薪水，忽一樵人至前，释担抽利刃，直奔之。某惶急，以手格刃，刃落断腕，又一刀，始决其首。宰大惊，窜去。樵人犹张皇四顾。诸役吏急阖署门，操杖疾呼，樵人乃自刭死。纷纷集认，识者知为田七郎也。宰惊定，始出覆验。见七郎僵卧血泊中，手犹握刃。方停盖审视，尸忽崛然跃起，竟决宰首，已而复踣。衙官捕其母子，则亡去已数日矣。

○关说：代人陈说，即替人说情、打通关节。

○内廨：官员居住的内舍。廨，古代官吏办公的地方，这里指代官署。

○薪水：柴和水。

○格：挡，拒。

○自刭：刭，用刀割脖子。自杀。

○崛然：挺立的样子。

○踣（bó）：跌倒。

译文

一天，御史的弟弟正在县衙内舍和县令谈事情。正赶上早晨有人来送柴和水，忽然有一个樵夫走上前，放下担子，从里面抽出利刃，直奔御史的弟弟。御史的弟弟惊慌之下以手挡刀，刀落下手腕立刻断了，又一刀砍来，才砍下他的头颅。县令大惊之下，立刻逃窜。樵夫还在紧张地到处寻找。差役们赶紧关上衙署大门，拿起棍棒，边大喊边挥打，樵夫于是自杀。衙役纷纷凑上去辨认，有人认出樵夫正是田七郎。县令受惊后镇定下来，才去检查验看。只见田七郎僵硬地躺在血泊中，手里还握着利刃。正当县令停在田七郎面前仔细察看时，尸体忽然直挺挺地跃起来，竟砍下了县令的脑袋，然后才又跌倒。衙役去抓田七郎的母亲和儿子，发现他们早已逃走很多天了。

原文

武闻七郎死，驰哭尽哀。咸谓其主使七郎。武破产夤缘当路，始得

○夤缘当路：攀附权贵，向上巴结。这里指贿赂掌权的人。

免。七郎尸弃原野三十余日，禽犬环守之，武取而厚葬。其子流寓于登，变姓为佟。起行伍，以功至同知将军。归辽，武已八十余，乃指示其父墓焉。

○登：登州，明清时期设登州府，治所在今山东省牟平，后迁至蓬莱市。

○同知将军：同知，官名，副职称谓。意思是副将军。

译文

武承休听说田七郎死了，奔跑大哭，哀恸至极。人们都说是武承休指使田七郎杀人的。武承休倾家荡产，贿赂掌权的人，才免去追究。田七郎的尸体被扔在旷野中三十多天，竟有鸟和狗在周围守护，武承休带走田七郎的尸体厚葬。田七郎的儿子流亡到登州，改姓为佟。他去从了军，因为立功升到同知将军。后来他回到了辽阳，这时武承休已经八十多岁了，带他去看了他父亲田七郎的坟墓。

原文

异史氏曰：一钱不轻受，正其一饭不忘者也。贤哉母乎！七郎者，愤未尽雪，死犹伸之，抑何其神？使荆卿能尔，则千载无遗恨矣。苟有其人，可以补天网之漏；世道茫茫，恨七郎少也。悲夫！

○一饭不忘：比喻微小的恩德也要报答。

○荆卿：即荆轲，战国时期著名的刺客。

○苟：假如。

○天网：天道之网，即说天道就像一张大网。

○茫茫：模糊不明。

译文

异史氏说：一文钱的馈赠也不轻易接受，就像韩信不忘一饭之恩。田母是多么高尚啊！田七郎因愤恨未曾尽雪，死了都要继续雪恨，又是多么神奇啊！如果荆轲也能这样，那么千年来也不会有遗憾了。假如真有这样的人，就可以补上天道的疏漏；世道昏暗，遗憾像田七郎这样的人太少了。可悲啊！

【产龙】

原文

壬戌间，邑邢村李氏妇，良人死，有遗腹，忽胀如瓮，忽束如握。临蓐，一昼夜不能产。视之，见龙首，一见辄缩去。家人大惧，不敢近。有王媪者，焚香禹步，且捺且咒。未几，胞堕，不复见龙，惟数鳞，皆大如盏。继下一女，肉莹澈如晶，脏腑可数。

○壬戌：指的是康熙二十一年（1682年）。
○邢村：淄川的东北乡有个邢家庄，今淄川区罗村镇有邢家村。
○良人：丈夫的称谓。
○遗腹：丈夫死时还没有出生的胎儿。
○瓮：一种腹大能盛水或酒的陶器。
○临蓐（rù）：临产。
○禹步：多指巫婆、道士一类人在祷神礼仪中所用步法动作。传说是夏禹所创得，所以又称其禹步。因为这种步法是按照北斗七星排列的位置来行步转折的，看上去就像踏在罡星斗宿之上，所以也称其“步罡踏斗”。
○晶：水晶，无色透明的晶体。

译文

壬戌年间，淄川邢村李家媳妇的丈夫死了，她怀着身孕，腹部忽然胀得像个瓮，又忽然细得能一手握住。临产的时候，一天一夜还没有生下来。察看时，却看见了龙头，龙一见人就立刻缩了回去。家里人害怕极了，都不敢靠近。有个姓王的老太太，点上香，像作法一样踏着禹步，还用手按在产妇的肚子上，口里念着咒语。不一会儿，胞衣就落下来，没再看到龙，只看到几片龙鳞，都大得像茶盏。然后生下来一个女孩，她皮肤如水晶一般晶莹剔透，五脏六腑都能看得清。

临蓐

“临蓐”是指妇女临近分娩、生产的时刻，蓐指床铺或坐具，因此“临蓐”也可以理解为临近卧床生产。古代文献中，临蓐常用来描述分娩的紧张时刻或即将生产的情形。在现代，“临蓐”仍用于正式场合或医学中，表示孕妇即将进入分娩状态。

【保住】

原文

吴藩未叛时，尝谕将士：有独力能擒一虎者，优以廪禄，号打虎将。将中一人，名保住，健捷如猱。邸中建高楼，梁木初架。住沿楼角而登，顷刻至颠，立脊檩上，疾趋而行，凡三四返；已乃踊身跃下，直立挺然。

○吴藩：藩，藩镇。吴三桂，字长白，辽东（今辽宁辽阳市）人。

○优以廪禄：廪，米仓，也指米仓里储藏的米。也代指俸禄。禄，爵禄，代指官位。俸禄和官位会优待。

○猱（náo）：也称猕猴。

○脊檩：架在木结构屋架上最高的横木，也称“大梁”，主要用来固定椽子。

译文

平西王吴三桂还没叛乱的时候，曾经给手下的将士发布命令：有独自一人抓来一头老虎的，俸禄和官位都会有优待，并封他“打虎将”的称号。将士中有一个人叫保住，他动作如猿猴般矫健敏捷。王府里正在建造高楼，大梁和木檩才架起来。保住沿着楼角攀登而上，很快就到了楼顶，他站在大梁上，快步而走，来回三四趟，然后纵身跳下屋顶，挺拔地立在地上。

原文

王有爱姬善琵琶。所御琵琶，以暖玉为牙柱，抱之一室生温。姬宝藏，非王手谕，不出示人。一夕宴集，客请一观其异。王适惰，期以翼日。时住在侧，曰：“不奉王命，臣能取之。”王使人驰告府中，内外戒备，然后遣之。

○暖玉：也称“温玉”，色泽、质感温润如脂，触感温暖，所以称为暖玉。牙柱：乐器上的弦枕。

○手谕：亲笔写的命令。谕，上对下的命令告语。

○惰：懒，怠惰。

○翼日：第二天。

译文

平西王有一个爱姬擅长弹琵琶。她的琵琶用暖玉做牙柱，抱着琵琶，整间屋子都会温暖起来。爱姬把琴当作宝贝珍藏着，没有平西王的手谕根本不给人看。一天晚上，王府里宴饮集会，有客人想看看这个琵琶的神奇之处。平西王恰好懈怠，就约定明天再看。保住当时就在平西王身边，就说："不需要带上王爷的命令，我也能将琵琶拿来。"平西王派人快速传令给王府里的人，让他们加强戒备，然后让保住去取琵琶。

原文

住逾十数重垣，始达姬院。见灯辉室中，而门扃锢，不得入。廊下有鹦鹉宿架上。住乃作猫子叫，既而学鹦鹉鸣，疾呼"猫来"，摆扑之声且急。闻姬云："绿奴可急视，鹦鹉被扑杀矣！"住隐身暗处。俄一女子挑灯出，身甫离门，住已塞入。见姬守琵琶在几上，径携趋出。姬愕呼"寇至"，防者尽起。见住抱琵琶走，逐之不及，攒矢如雨。住跃登树上。墙下故有大槐三十余章，住穿行树杪，如鸟移枝。树尽登屋，屋尽登楼，飞奔殿阁，不啻翅翎，瞥然间不知所在。客方饮，住抱琵琶飞落筵前，门扃如故，鸡犬无声。

○垣：短墙，也泛指墙。

○扃锢：关闭。

○塞入：这里指侧身挤进去。

○攒矢：密集的箭。

○章：大的木材，引申为计量大树的量词。

○树杪（miǎo）：树梢。

○不啻（chì）翅翎：不啻，不止，翅翎，代指鸟。

译文

保住越过十几道院墙，才到达那个爱姬住的院子。只见灯火照得屋里非常明亮，但屋门全部锁紧了，人是进不去的。走廊里有只鹦鹉栖息在架子上。保住就学猫叫，接着又学鹦鹉叫，大喊"猫来了"，还弄出急切的扑打声。只听爱姬说：

“绿奴快去看看，鹦鹉被猫扑死啦！”保住赶紧藏到暗处。很快看到一个女子挑着灯打开门走出来，她刚离开门，保住已经闪身挤进去。他看到爱姬亲自守着几案上的琵琶，就径自抱起琵琶快步出屋。爱姬惊叫：“贼来了！”护卫们全都冲过来，正看到保住抱着琵琶往外跑，已经追不上了，只好密集地放箭。保住见此赶紧跃上大树。墙下原来有三十多棵大槐树，保住从树梢上跑过去，像鸟在树枝上跳跃。穿行完树就跳上屋顶，跑完屋顶就蹿上楼顶，在殿阁间飞速地跑着，如同长了翅膀，转眼间就找不到他了。客人们还在喝酒，保住抱着琵琶飞身落到宴席前，屋门还像之前一样关着，鸡和狗也没有发出声音。

暖玉

“暖玉”指传说中一种温暖的玉石，具有冬天围之不寒或使物品自带温暖的神奇特性。据《杜阳杂编》记载，日本进贡过“暖玉纹楸秤”，冬日围之不寒；《开元天宝遗事》中提到唐岐王拥有一只“暖玉鞍”，冬天坐上去也能感到温暖。暖玉象征稀有珍宝，具有神秘温暖的特质，常见于古代文学中用来形容珍贵器物。

【公孙九娘】

原文

于七一案，连坐被诛者，栖霞、莱阳两县最多。一日俘数百人，尽戮于演武场中。碧血满地，白骨撑天。上官慈悲，捐给棺木，济城工肆，材木一空。以故伏刑东鬼，多葬南郊。

○连坐：连，牵连；坐，获罪。在中国古代一人犯法，和他有关系的家族、亲戚等都会连带受罚的一种制度。

○演武场：练武的场地，这里指练兵场。

○碧血：古人多称忠臣烈士牺牲流的血为碧血。这里是指无辜者的血迹。

○伏刑东鬼：伏刑。

○南郊：指济南府城的南郊。

译文

受于七抗清事件牵连而被屠杀的人，栖霞、莱阳两县是最多的。有一天抓来几百人，都在演武场杀死了，整个演武场满地都是鲜血，尸骨堆积如山。有大官显示慈悲，就捐了棺材，一时间济南府城的棺材店的棺材都卖光了。所以被杀害的民众的尸体大多埋葬在济南府城的南郊。

原文

甲寅间，有莱阳生至稷下，有亲友二三人，亦在诛数，因市楮帛，酹奠榛墟。就税舍于下院之僧。明日，入城营干，日暮未归。忽一少年，造室来访。见生不在，脱帽登床，着履仰卧。仆人问其谁何，合眸不对。既而生归，则暮色蒙眬，不甚可辨，自诣床下问之。瞠目曰：“我候汝主人。絮絮逼问，我岂暴客耶？”生笑曰：“主人在此。”少年急起着冠，揖而坐，极道寒暄。听其音，似曾相识，急呼灯至，则同邑朱生，亦死于于七之难者。大骇却走。朱曳之云：“仆

○甲寅：这里指康熙十三年（1674年）。

○稷下：代指济南。

○诛数：指被诛杀的范围。

○市：买。

○酹（lèi）奠榛墟：到草木丛生的墓地去祭奠。

○税舍：住宿的馆舍，这里指租的房子。下院：佛寺分设的寺院。

○营干：办事，做事。

○暴客：强盗，盗贼。

○却走：却，倒，退；走，跑。转回头跑。

与君文字交，何寡于情？我虽鬼，故人之念，耿耿不去心。今有所渎，愿无以异物遂猜薄之。”生乃坐，请所命。曰：“令女甥寡居无偶，仆欲得主中馈。屡通媒妁，辄以无尊长之命为辞。幸无惜齿牙余惠。”先是，生有甥女，早失恃，遗生鞠养，十五始归其家。俘至济南，闻父被刑，惊恸而绝。生曰：“渠自有父，何我之求？”朱曰：“其父为犹子启榇去，今不在此。”问：“女甥向依阿谁？”曰：“与邻媪同居。”生虑生人不能作鬼媒，朱曰：“如蒙金诺，还屈玉趾。”遂起握生手。生固辞，问：“何之？”曰：“第行。”勉从与去。

○渎：亵渎、轻慢，这里是指麻烦、打扰。
○猜薄：猜疑、猜忌，鄙薄。
○齿牙余惠：指帮人说好话。
○失恃：丧母。
○鞠养：抚养。
○启榇：榇，棺材。指迁墓。
○金诺：承诺。
○屈玉趾：麻烦您走一趟。屈，委屈，玉趾，贵步，对人行止的敬词。
○第行：只管走就行。第，只管、只要。

译文

康熙十三年，有个莱阳的书生来到济南，他有两三个亲友也在被杀的人中，便去买了一些纸钱，到荒野里祭奠他们，回来就去寺庙的下院租了房住下来。第二天，莱阳书生到城里办事，天都黑了还没有回来。忽然来了个少年，到莱阳书生的房间拜访。发现莱阳书生不在，就摘了帽子，未脱鞋就仰躺到床上。仆人见了问他是谁，他闭上眼睛，也不回答。很快莱阳书生回来了，因为暮色朦胧，很难认出他是谁，就亲自到床前去询问。少年瞪着眼睛说：“我在等候你的主人。絮絮叨叨地一直逼问，难道以为我是强盗吗？”莱阳书生笑着说：“主人在这里。”少年赶紧起身并戴上帽子，行过礼后才坐下，殷勤地寒暄起来。莱阳书生听着少年的声音似曾相识，急忙叫人拿灯来，发现他竟是同县的朱生，也死在于七之案中。莱阳书生惊骇地转头就跑。朱生拽住他说：“我们是文字之交，你怎么这样薄情？我虽然成了鬼，但还是很思念以前的友人，一直挂怀在心。今天有所打扰，希望你不要因为我是鬼就猜忌鄙薄我的心意。”莱阳书生于是坐下，问他来有什么事。朱生说：“你的外甥女独自一人住，还没有婚配，我想娶她为妻，已经多次请人去说媒，但她总是以没有长辈做主为理由推辞。希望你能帮我说几句好话。”以前，莱阳书生有个外甥女，母亲早逝，送给莱阳书生抚养，十五岁时才回到她自己家。后来她被抓到了济南，听说父亲被杀，惊吓悲伤而死。莱阳书生说：“她自有父亲，怎么请我做主呢？”朱生说：“她父亲的棺椁被其侄子迁走了，现在不在这里。”莱阳书生问：“那我外甥女一直以来依靠谁？”朱生说：“和邻居老太太一起住。”莱阳书生担心活人不能给鬼做媒，朱生说：“如果承蒙你的应允，还请你走一趟。”于是起身握住莱阳书生的手。莱阳书生再三推辞，最后只好问他：“要去什么地方？”朱生说：“你只管走吧。”莱阳书生只能勉强跟着他走了。

原文

北行里许，有大村落，约数十百家。至一第宅，朱叩扉，即有媪出，豁开二扉，问朱何为。曰：“烦达娘子：阿舅至。”媪旋反，须臾复出，邀生入。顾朱曰：“两椽茅舍子大隘，劳公子门外少坐候。”生从之入，见半亩荒庭，列小室二。甥女迎门啜泣，生亦泣。室中灯火荧然。女貌秀洁如生时，凝眸含涕，遍问妗姑。生曰：“具各无恙，但荆人物故矣。”女又呜咽曰：“儿少受舅妗抚育，尚无寸报，不图先葬沟渎，殊为恨恨。旧年伯伯家大哥迁父去，置儿不一念，数百里外，伶仃如秋燕。舅不以沉魂可弃，又蒙赐金帛，儿已得之矣。”生乃以朱言告，女俯首无语。媪曰：“公子曩托杨姥三五返。老身谓是大好，小娘子不肯自草草，得舅为政，方此意慊得。”

○隘：狭窄。

○椽：在檩上架起屋顶的木条，在古代也用椽来表示房屋的间数。

○荒庭：荒凉的庭院。

○妗（jìn）：舅母，舅舅的妻子。姑：姑母，父亲的姐妹。

○荆人：古代对人谦称自己的妻子。物故：古代对死亡的一种讳称。

○寸报：小的报恩。

○沉魂：沉沦在阴间的鬼魂。这里是指沉冤之魂。

○赐金帛：指前文所提到的莱阳书生烧楮帛祭奠，即“因市楮帛，酹奠榛墟”。

○为政：做主，主持。

○慊（qiè）得：慊，通“惬”，快心，满意。

译文

往北走了大约一里地，看见一个很大的村庄，里面有几十上百户人家。他们来到一座宅第前，朱生敲了敲门，里面走出一个老太太，打开两扇门，问朱生有什么事。朱生说："麻烦你告诉小姐：她舅舅来了。"老太太转身回了院子，很快又出来邀请莱阳书生进屋。她回头对朱生说："两间茅草房太窄小了，有劳公子坐在门外稍等。"莱阳书生跟着老太太走进院子，院子有半亩大小，很是荒芜，还有两间小屋。外甥女站在门口哭，莱阳书生也哭起来。屋里灯火闪烁，外甥女面容秀美还像活着时一样，她眼里含着泪水，连声问莱阳书生，将舅妈和姑妈等亲人都打听了个遍。莱阳书生说："她们都平安没有灾祸，只是我的妻子去世了。"外甥女又呜咽着说："我小时受舅舅和舅妈的抚育，还没报答恩情，不想却先死去，很是遗憾。去年伯父家的大哥将我父亲的坟墓迁走了，却丢下我，一点儿也不顾念，我独自在这数百里外，孤苦伶仃如同秋燕。舅舅不因我是亡魂而弃我不顾，又承蒙舅舅赐给我钱物，我都收到了。"于是莱阳书生就将朱生请托的话告诉了外甥女，外甥女低着头不说话。老太太说："朱公子曾经托杨姥姥来过三五回，我认为这是大好事，但小姐不愿意自己简陋从事，现在有舅舅做主，正好能让她满意。"

原文

言次，一十七八女郎，从一青衣，遽掩入，瞥见生，转身欲遁。女牵其裾曰："勿须尔！是阿舅，非他人。"生揖之，女郎亦敛衽。甥曰："九娘，栖霞公孙氏。阿爹故家子，今亦'穷波斯'，落落不称意。旦晚与儿还往。"生睨之，笑弯秋月，羞晕朝霞，实天人也。曰："可知是大家，蜗庐人那如此娟好。"甥笑曰："且是女学士，诗词俱大高。昨儿稍得指教。"九娘微哂曰："小婢无端败坏人，教阿舅齿冷也。"甥又笑曰：

○裾：衣服的大襟或是前后部分。

○敛衽：整理衣襟以表示尊敬，是一种拜礼，后指女子行礼。

○故家子：官宦世家子弟。故家，官宦或世家。

○穷波斯：波斯，古国名，今伊朗。唐代许多波斯商人在中国经营珠宝生意，所以多用波斯来代指富商。这里代指破落户。

○蜗庐：喻指很小的居室，这里指小户人家。

○齿冷：讥笑，看不起。《南史·乐预传》："人笑褚公，至今齿冷。"

“舅断弦未续，若个小娘子，颇能快意否？”九娘笑奔出，曰：“婢子颠疯

○断弦未续：指妻子死了，还没有续娶。古代用琴瑟来比喻夫妻，丧妻称“断弦”，再娶叫“续弦”。

作也！”遂去。言虽近戏，而生殊爱好之。甥似微察，乃曰：“九娘才貌无双，舅倘不以粪壤致猜，儿当请诸其母。”生大悦，然虑人鬼难匹。

○粪壤：指死去的人。

女曰：“无伤，彼与舅有夙分。”生乃出。女送之，曰：“五日后，月明人

○夙分：旧缘，缘分。

静，当遣人往相迓。”

○迓：迎接。

译文

正说着话，来了一个十七八岁的女郎，她身后还跟着一个丫环，忽然推门进来，瞥见莱阳书生，转身就想走。外甥女拉住她的衣襟说：“不必这样！是我舅舅，不是外人。”莱阳书生向女郎行礼，女郎也恭敬还礼。外甥女说：“这是九娘，栖霞县公孙家的小姐。她父亲本是世家子弟，现在已经败落了，潦倒不如意。只是早晚和我来往。”莱阳书生偷看一眼，女郎笑时，眉毛弯如新月，害羞时满面红晕像朝霞一样，犹如天仙。便说：“肯定是大家闺秀，小户人家的姑娘不可能如此美好秀丽！”外甥女笑着说：“还是女学士呢，诗词造诣都很高。昨天我还受到过她的指教。”公孙九娘微笑着说：“小丫头无故说人坏话，让你舅舅笑话。”外甥女又笑着说：“舅舅丧妻后还没娶，这样的小娘子，能让你满意吗？”公孙九娘笑着跑出门去，说：“小丫头发疯啦。”便跑走了。话虽然像是玩笑，但莱阳书生的确很喜欢公孙九娘。外甥女似乎微微有些察觉到了，便说：“九娘才貌无双，舅舅倘若不嫌她是已死之人而存有疑虑，我可以向她的母亲求亲。”莱阳书生高兴极了，然而又担心人和鬼难以匹配。外甥女说：“不妨事，她和舅舅有旧缘。”于是莱阳书生出了门。外甥女跟着送他，说：“五天后，月明人静时，我会派人去接你。”

原文

生至户外，不见朱。翘首西望，月衔半规，昏黄中犹认旧径。见

○月衔半规：月亮半圆，即上弦月或是下弦月。

○逆：迎接。

南向一第，朱坐门石上，起逆曰：“相待已久。寒舍即劳垂顾。”

遂携手入，殷殷展谢。出金爵一、晋珠百枚，曰：“他无长物，聊

○晋珠：山西出产的珠玉。

代禽仪。”既而曰：“家有浊醪，但幽室之物，不足款嘉宾，奈

○禽仪：仪，指礼物。即“禽妆”，订婚时用的聘礼。

○浊醪（láo）：浊酒，用糯米、黄米等酿制的酒，比较混浊。

何！”生谢而退。朱送至中途，始别。生归，僧仆集问。生隐之

○谢：告辞、告别。

曰：“言鬼者妄也，适赴友人饮耳。”

译文

莱阳书生走到门外，没看到朱生。抬起头向西望去，只见天边挂着半轮明月，昏暗的月光下还能看出之前走过的路。在一座面朝南的宅子处，朱生就坐在门前的台阶上，看到他就起身迎接说：“等你许久了，请到家里坐。”于是拉起莱阳书生的手进入宅子，殷勤地表示感谢。他拿出一个金酒杯、一百来颗晋珠，说：“没有别的好东西，就用这些东西作为求娶的聘礼吧。”接着又说：“家里还有浊酒，但是阴间的东西，不能用来款待贵宾，很抱歉！”莱阳书生客气地告辞。朱生送他到半路，才告别。莱阳书生回去后，僧人和仆人都一起来问去了哪里。莱阳书生敷衍地说：“说见鬼是胡扯，只是赴我朋友的宴罢了。”

原文

○箑（shà）：扇子。

○望尘即拜：远远望见车子扬起的尘土就下拜。

后五日，果见朱来，整履摇箑，意甚忻适，才至户庭，望尘即拜。少

○忻适：高兴，满意。

○户庭：户外的庭院。也泛指门庭、家门。

间，笑曰：“君嘉礼既成，庆在今夕，便烦枉步。”生曰：“以无回音，

○嘉礼：西周五礼（吉、凶、军、宾、嘉）之一，后来特指婚礼。

○枉步：邀请别人时所用的敬称。

尚未致聘，何遽成礼？”朱曰：“仆已代致之矣。”生深感荷，从与俱

○致聘：将定亲礼品送去。

去。直达卧所，则甥女华妆迎笑。生问：“何时于归？”朱云：“三日

○于归：于，往；归，古代的女子将夫家当成家，所以出嫁叫“归”。这里指女子出嫁。

○助妆：也称“添妆”，古代女子出嫁时，亲人朋友来送她礼物。

矣。”生乃出所赠珠，为甥助妆，女三辞乃受。谓生曰：“儿以舅意白

○老耄：七八十岁的老人。也指衰老。

公孙老夫人，夫人作大欢喜。但言：老耄无他骨肉，不欲九娘远嫁，

期今夜舅往赘诸其家。伊家无男子，便可同郎往也。”朱乃导去。

译文

过了五天，果然看到朱生来了，他穿着整洁，手里摇着扇子，非常高兴的样子。才走进院子，朱生远远地就朝莱阳书生行礼。很快就笑着说：“你的婚礼已经准备好，就在今晚举行，请你现在就去吧。”莱阳书生说：“因为没收到回复，所以还没送聘礼，怎么突然就举行婚礼呢？”朱生说：“我已经替你送上聘礼了。”莱阳书生深表谢意，和朱生一起走了。直接来到朱生的家里，打扮漂亮的外甥女笑着迎接他们。莱阳书生问：“你什么时候出嫁的？”朱生说：“三天了。”莱阳书生便拿出朱生送给他的晋珠，给外甥女添妆，外甥女推辞多次才收下。她对莱阳书生说：“我将舅舅的意思对公孙老夫人说了，老夫人很高兴。但她说自己已经衰老了，也没有其他孩子，不想让九娘远嫁，希望舅舅今夜就入赘她家。她家里没有男人，你这就跟着朱郎一起去吧。”朱生便领着莱阳书生前往。

原文

村将尽，一第门开，二人登其堂。俄白：“老夫人至。”有二青衣扶妪升阶。生欲展拜，夫人云：“老朽龙钟，不能为礼，当即脱边幅。”乃指画青衣，置酒高会。朱乃唤家人，另出肴俎，列置生前，亦别设一壶，为客行觞。筵中进馔，无异人世，然主人自举，殊不劝进。既而席罢，朱归。青衣导生去，入室，则九娘华烛凝待。邂逅含情，极尽欢昵。初，九娘母子，原解赴都。至郡，母不堪困苦死，九娘亦自刭。枕上追述往事，哽咽不成眠。乃口占两绝云：昔日罗裳化作尘，

○脱边幅：这里指不拘礼节。

○指画：指使，指点。

○行觞：行酒，依次敬酒。

○劝进：劝客人吃饭喝酒。

○邂逅：有偶然相遇的意思，这里有爱悦、欢欣之意。

○郡：古代的行政区域，这里指济南府。

○口占两绝：口占，随口吟出来，不用写草稿。绝，绝句。

○罗裳：罗裙。

空将业果恨前身。十年露冷枫林月，此夜初逢画阁春。白杨风雨绕孤

○十年露冷枫林月，此夜初逢画阁春：十年来都是在萧瑟枫林和寒露冷月中，这一夜才初次感受到春意的温柔。画阁，装饰美好的闺阁，这里指洞房。

坟，谁想阳台更作云？忽启缕金箱里看，血腥犹染旧罗裙。天将明，

○缕金箱：也作"镂金箱"，雕镂镶嵌金纹的箱子。

即促曰："君宜且去，勿惊厮仆。"自此昼来宵往，嬖惑殊甚。

○嬖惑：嬖，宠幸。这里指迷恋、宠爱。

译文

快走到村庄的尽头时，眼前出现一座宅子，大门敞着，两人直接进了厅堂。很快听到有人说："老夫人到了。"有两个丫环扶着一个老夫人走进来。莱阳书生赶紧上前要行礼，老夫人说："我已经老了，无法还礼，规矩礼仪就不用讲究了。"便指挥丫环摆上丰盛的宴席，举行盛大的婚宴。朱生还吩咐仆人，另外备了酒菜，特意摆在莱阳书生面前，还另外准备了一个酒壶，专门为他行酒。宴席上摆放的饭菜和人世没有什么不一样，但主人一直自斟自饮，也不劝莱阳书生喝酒。宴席很快就结束了，朱生便告辞回家了。丫环引着莱阳书生进入洞房，明亮的红烛下，打扮得美丽的公孙九娘正专心等待着。两人互相都有情意，自然做了非常欢喜亲昵的事。当初，公孙九娘母女原本要被押送到京城，到济南府时，她的母亲因无法忍受折磨死去了，公孙九娘也自杀而死。公孙九娘在床上说起往事，哭得无法入睡，还随口作了两首七言绝句：昔日罗裳化作尘，空将业果恨前身。十年露冷枫林月，此夜初逢画阁春。白杨风雨绕孤坟，谁想阳台更作云？忽启缕金箱里看，血腥犹染旧罗裙。天快要亮时，公孙九娘就催莱阳书生："你应该离开了，不要惊动了奴仆。"莱阳书生从此以后总是晚上来白天走，非常宠爱、迷恋公孙九娘。

原文

一夕，问九娘："此村何名？"曰："莱霞里。里中多两处新鬼，因以

○两处：指莱阳和栖霞两地。

为名。"生闻之欷歔。女悲曰："千里柔魂，蓬游无底，母子零孤，

○蓬游无底：像蓬草一样到处飘飞，没有归宿。

言之怆恻。幸念一夕恩义，收儿骨归葬墓侧，使百世得所依栖，死且

○墓侧：这里指葬在莱阳书生的祖坟旁边。

不朽。"生诺之。女曰："人鬼路殊，君亦不宜久滞。"乃以罗袜赠生，

挥泪促别。生凄然而出，忉怛若丧，心怅怅不忍归，因过叩朱氏之

○忉怛（dāo dá）若丧：忉怛，忧愁，悲伤。忧愁悲伤得像失去了亲人。

门。朱白足出逆，甥亦起，云鬟鬅松，惊来省问。生怊怅移时，始述

○白足：光着脚。 ○鬅（péng）松：形容头发蓬松。 ○怊（chāo）怅：惆怅。因不如意而悲伤的样子。

九娘语。女曰："妗氏不言，儿亦夙夜图之。此非人世，久居诚非所

宜。"于是相对汍澜。生亦含涕而别。叩寓归寝，展转申旦。欲觅九

○汍（wán）澜：流泪的样子。 ○展转：一直翻身而无法入睡。申旦：从黑夜到白天，即通宵。

娘之墓，则忘问志表。及夜复往，则千坟累累，竟迷村路，叹恨而

○志表：墓表碑志。指墓前的标志。

返。展视罗袜，着风寸断，腐如灰烬，遂治装东旋。

译文

一天晚上，莱阳书生问公孙九娘："这个村庄叫什么名字？"公孙九娘说："叫莱霞里。因为这里大多埋葬的是莱阳和栖霞两县的新鬼，所以起了这个名字。"莱阳书生听了唏嘘不已。公孙九娘悲伤地说："千里外的一缕柔魂，就如蓬草一般没有归宿，我们母女孤苦伶仃，说来凄怆。希望你能念着夫妻之情，收拾我的尸骨送到老家祖坟边安葬，使我以后能有个归宿，我会一直记着你的恩情。"莱阳书生应承下来。公孙九娘说："人与鬼终究不同路，你也不宜停留太久。"于是送了一双罗袜给莱阳书生，流着泪催他离开。莱阳书生伤心地走出去，忧愁悲伤不已，心里难过不想回家，就去敲朱生家的门。朱生光着脚出来迎接，外甥女也起来了，头发很蓬乱，惊讶地问候莱阳书生。莱阳书生惆怅很久，才讲述了公孙九娘的嘱托。外甥女说："舅母即便不提，我也一直在想这事。这里不是人世，住久了确实不适合。"于是，三人又对着哭起来。莱阳书生含泪告别。回到寺庙的住处躺下后，莱阳书生翻来覆去到天亮。他想去寻找公孙九娘的坟墓，但忘了问墓表碑志。到了夜里又去公孙九娘家，却只看到上千座坟墓，竟然找不到去村庄的路了，只能叹息悔恨地回去了。打开罗袜看时，风一吹就一点点地碎了，腐烂得像灰烬。于是莱阳书生只好整理好行李回了东鲁。

原文

半载不能自释，复如稷门，冀有所遇。及抵南郊，日势已晚，息驾庭树，趋诣丛葬所。但见坟兆万接，迷目榛荒，鬼火狐鸣，骇人心目。惊悼归舍。失意遨游，返辔遂东。行里许，遥见女郎，独行丘墓间，神情意致，怪似九娘。挥鞭就视，果九娘。下骑欲语，女竟走，若不相识。再逼近之，色作怒，举袖自障。顿呼九娘，则湮然灭矣。

○稷门：和前文的"稷下"同一个意思，指的是济南。

○息驾：停车休息。

○坟兆：坟墓之间的界域。万接：许多个连接在一起。

○榛荒：荒草丛生很是荒凉。榛，丛生的草木。

○湮然：埋没、消失的样子。

译文

莱阳书生半年后还是不能释怀公孙九娘嘱托的事情，又去了济南，希望能再次遇到她。等抵达南郊时，天色已经很晚了，他将马车停在寺院的树下，急忙赶去坟场。却只看见无数的坟墓连接在一起，草木丛生很是荒凉，到处都是闪烁的鬼火和狐狸的叫声，让人心惊胆战。莱阳书生又惊恐又伤心地回到住处。他失意地四处游荡，最后踏上东鲁的回程。走了大概有一里地，远远地看见一个女郎，独自走在坟墓之间，从神情和气质上看去很像公孙九娘。莱阳书生挥鞭赶上前一看，果然是公孙九娘。他跳下马来想和她说话，但公孙九娘竟然跑开了，就跟不认识他一样。他再次追上公孙九娘，见公孙九娘神色恼怒，还用袖子遮着自己的脸。他立刻大喊"九娘"，公孙九娘却消失不见了。

原文

异史氏曰：香草沉罗，血满胸臆；东山佩玦，泪渍泥沙。古有孝子忠臣，至死不谅于君父者。公孙九娘岂以负骸骨之托，而怨怼不释于中耶？脾鬲间物，不能掬以相示，冤乎哉！

○香草沉罗，血满胸臆：香草，是忠君爱国之士的象征，是屈原作品里经常使用的意象，人们认为这也是屈原人格的象征。罗，此指汨罗江。这里指屈原自沉于汨罗江，悲愤不能自已。

○怨怼：怨恨、不满。

○脾鬲间物：这里指心。

译文

异史氏说：一心为国的屈原自沉于汨罗江，悲愤不能自已；有孝子之称的太子申生因谗言而死，有冤无处申。自古以来，总有忠臣孝子就算死了都不能得到君父谅解的事。公孙九娘是否以为莱阳书生背弃为她迁葬尸骨的诺言，一直怨恨他而无法释怀呢？心无法掏出来展示给她看，莱阳书生太冤枉了！

禽仪

“禽仪”是古代婚礼中的聘礼，因婚礼中以雁为信物，故将聘礼称为“禽仪”。在古代，纳雁作为聘礼象征诚意和婚约的郑重，表示对婚姻的重视。“禽妆”则指代婚礼时女子的装扮和仪式，表示良家女子出嫁时所受的礼仪和约束。

【促织】

原文

宣德间，宫中尚促织之戏，岁征民间。此物故非西产，有华阴令欲媚上官，以一头进，试使斗而才，因责常供。令以责之里正。市中游侠儿得佳者笼养之，昂其直，居为奇货。里胥猾黠，假此科敛丁口，每责一头，辄倾数家之产。

○宣德：明宣宗朱瞻基的年号。
○尚：喜爱、崇尚。
○促织：是蟋蟀的别名。
○征：征收。
○西：西部地区。这里是指陕西。
○进：奉上。
○游侠儿：古代将锄强扶弱、有侠义精神的人称为"游侠"。
○昂其直：抬高它的价格。
○居为奇货：囤积起来当成珍稀的货物。
○里胥：这里指乡里的公差。猾黠：狡猾奸诈。
○科敛丁口：按人口向百姓摊派费用。

译文

明朝宣德年间，皇宫中崇尚斗蟋蟀的游戏，每年都向民间征收蟋蟀。这东西原本不是陕西的特产，但华阴县有个县令想讨好上官，奉上了一只蟋蟀，尝试让它斗，居然很厉害，因此朝廷责成华阴县要经常进贡蟋蟀。县令又责成里正来办这件事。市井中游手好闲的年轻人捉到品质好的蟋蟀就用竹笼养着，抬高它的价格，囤积起来当成珍稀的货物。乡里办差的小官狡猾奸诈，假借这个名目向百姓摊派费用，每征收一只蟋蟀，就会有好几家因此倾家荡产。

原文

邑有成名者，操童子业，久不售。为人迂讷，遂为猾胥报充里正役，百计营谋不能脱，不终岁，薄产累尽。会征促织，成不敢敛户口，而又无所赔偿，忧闷欲死。妻曰："死何裨益？不如自行搜觅，冀有万一之得。"成然之。早出暮归，提竹筒铜丝笼，于败堵丛草处，探石发穴，靡计不施，迄无济。即捕得三两头，又劣弱不中于款。宰

○操童子业：指想通过读书考取秀才功名。
○不售：没有考中。售，实现、考试得中。
○迂讷：迂拙且不善言辞。
○猾胥：与上文"里胥猾黠"意思相同，都是指狡猾的小官。
○裨益：补益、益处。
○不中于款：不合规格。

严限追比，旬余，杖至百，两股间脓血流离，并虫亦不能行捉矣。

○严限追比：严格限定期限，按期查验催逼。古代的地方官严格限期要求差役逼迫百姓完成赋税、徭役等，还会按时查验。到期完不成的就会被杖责、监禁等。查验时间是按照期限来定的，每误一期就会被责打一次，被称为"追比"。

转侧床头，惟思自尽。

译文

县里有个叫成名的人，是个童生，多年都没有考中秀才。他为人迂拙且不善言辞，于是被狡诈的差役报上去让他当里正，他百般筹谋都没能脱身，不到一年，很少的家产也没了。正赶上征收蟋蟀的差事，成名不敢按户摊派，又没办法赔偿，忧愁郁闷得直想死。妻子说："死有什么用？不如自己去寻找，还有希望万一能找到。"成名觉得妻子说得对。他早出晚归，提着竹筒和铜丝笼子，在断壁残垣或杂草丛生的地方，摸石头、挖洞穴，无计不施，一直没有收获。即使捉到两三只，也又小又弱不符合规格。县令严格地定下期限，按时催逼责打，仅十多天里，成名就被打了上百板子，两条大腿上都流着脓血，连蟋蟀都没法捉了。成名在床上翻来覆去，想到的只有自杀。

原文

时村中来一驼背巫，能以神卜。成妻具赀诣问，见红女白婆，填塞门户。入其舍，则密室垂帘，帘外设香几。问者爇香于鼎，再拜。巫从傍望空代祝，唇吻翕辟，不知何词。各各竦立以听。少间，帘内掷一纸出，即道人意中事，无毫发爽。成妻纳钱案上，焚拜如前人。食顷，帘动，片纸抛落。拾视之，非字而画：中绘殿阁，类兰若；后小山下，怪石乱卧，针针丛棘，青麻头伏焉；旁一蟆，若将跳舞。展玩不可晓，然睹促织，隐中胸怀。折藏之，归以示成。

○红女白婆：少女和老妇人，这里指各类女人。

○爇（ruò）香：点燃香。鼎：三足香炉。

○翕（xī）辟：开合。

○无毫发爽：爽，差错、失误。没有丝毫差错。

○青麻头：蟋蟀中一种优良品种的称呼。

○蟆：蛤蟆。

○跳舞：腾跃蹦跳。

○展玩：展示玩赏。

译文

这时村里来了一个驼背的巫婆，能借助神来卜算。成名的妻子凑了些钱去问卜，到了巫婆的门口，发现已经挤满少女老妇各色女人。她进屋后，看到一间密室挂着帘子，帘子外摆着一个香案。求卜的人在香炉里点燃香，拜两次。巫婆在旁边朝天代其祷告，嘴唇开合，不知念的什么词。每个人都恭敬地站着听。不一会儿，从帘子里扔出一张纸，写的是人们求问的事，没有丝毫差错。成名的妻子将钱放在案上，像之前的人那样烧香行礼。大约一顿饭的时间，帘子动了，一张纸抛落在地。她捡起来一看，不是字却是画：中间画着殿堂楼阁，很像寺庙；后面的小山下，怪石胡乱地散落着，荆棘丛生，下面有一只青麻头蟋蟀藏着；旁边有一只蛤蟆，像要腾跃蹦跳。她反复展开玩味都不明白它的意思，但看到蟋蟀，却隐约合了自己所求。她便将画折叠藏好，回家后拿给成名看。

原文

成反复自念，得无教我猎虫所耶？细瞻景状，与村东大佛阁真逼似。乃强起扶杖，执图诣寺后。有古陵蔚起，循陵而走，见蹲石鳞鳞，俨然类画。遂于蒿莱中，侧听徐行，似寻针芥，而心目耳力俱穷，绝无踪响。冥搜未已，一癞头蟆猝然跃去。成益愕，急逐趁之。蟆入草间，蹑迹披求，见有虫伏棘根。遽扑之，入石穴中。掭以尖草，不出，以筒水灌之，始出。状极俊健。逐而得之，审视，巨身修尾，青项金翅。大喜，笼归。举家庆贺，虽连城拱璧不啻也。土于盆而养之，蟹白栗黄，备极护爱，留待限期，以塞官责。

○古陵蔚起：蔚起，盛大、兴起，这里指古墓多且高。形容古墓在草木丛生中凸出的样子。

○蹲石鳞鳞：乱石蹲踞，像鱼鳞一样密集地排列着。

○针芥：针和芥子，用以指非常小的东西。

○冥搜：冥，专心。专心搜索。

○癞头蟆：癞蛤蟆。猝然：突然。

○逐趁：循着踪迹追赶。

○蹑迹披求：蹑，追踪。披，分开。拨开杂草，跟随踪迹找。

○掭（tiàn）：轻且慢地拨动。

○虽连城拱璧不啻（chì）也：纵然是价值连城的大块璧玉都不能和它相比。

○土于盆而养之：在盆子里装上泥土来养促织。

○蟹白栗黄：蟹肉和栗肉，用来形容喂养蟋蟀的食料是多么精细奢侈。

○塞：搪塞、敷衍。

译文

成名反复地思索念叨着，恐怕是告诉我捉蟋蟀的处所吧？仔细观察景物状况，和村东的大佛阁非常相像。于是成名勉强站起拄着拐杖，拿着画来到寺院的后面。那里有多且高的古墓，他顺着往墓地方向走，只见乱石像鱼鳞一样密集地蹲伏排列着，和画非常像。于是他在野草中一边仔细聆听一边慢慢往前走，就跟找针或是芥子一样，但他的心力、目力、耳力都用尽，也没有蟋蟀的影和叫声。成名还是不停地专心寻找，一只癞蛤蟆突然往前蹿去。成名更加惊讶，急忙去追赶它。癞蛤蟆跳进杂草中，成名拨开杂草，跟随它的踪迹找，看到一只蟋蟀趴伏在荆棘的根部。他立刻去扑蟋蟀，但蟋蟀一下子钻进了石洞里。他用尖细的草去拨弄蟋蟀，但蟋蟀不出来；他又用竹筒往洞里灌水，蟋蟀才出来。蟋蟀的外形看起来非常漂亮健壮。他追过去捉住了它，仔细地观察这只蟋蟀，发现它的体型很大，两根尾巴也很长，颈项是青色的，翅膀是金黄色的。成名高兴极了，用笼子把蟋蟀装好带回家。全家一起庆祝了一番，就算是价值连城的大块璧玉都不能和它相比。成名在盆子里装上泥土来养促织，用精细的食料喂养它，照顾得周到极了，就等限期到了，好拿它交差。

原文

成有子九岁，窥父不在，窃发盆。虫跃掷径出，迅不可捉。及扑入手，已股落腹裂，斯须就毙。儿惧，啼告母。母闻之，面色灰死，

○斯须：片刻、一会儿，比喻时间很短。

大骂曰：“业根！死期至矣！而翁归，自与汝覆算耳！”儿涕而出。未

○业根：业，业障。业分善恶，这里指恶业。这里说的是孽种。

○覆算：复核账目、核对。

儿成归，闻妻言，如被冰雪。怒索儿，儿渺然不知所往。既得其尸于井，因而化怒为悲，抢呼欲绝。夫妻向隅，茅舍无烟，相对默

○不复聊赖：聊赖，寄托，形容生活或精神上的凭借。不再有寄托、指望。

○抢（qiāng）呼：呼天抢地。口呼天，头撞地，形容悲痛至极。

○向隅：对着屋子的角落，这里指失意悲伤。

然，不复聊赖。日将暮，取儿藁葬。近抚之，气息惙然。喜寘榻

○甦（sū）：同“苏”，死而复生，苏醒。

○藁（gǎo）葬：藁，一种多年生的草本植物，这里指用藁编织的草席。形容草草埋葬。

○惙（chuò）然：这里是形容呼吸很微弱。

上，半夜复甦，夫妻心稍慰。但蟋蟀笼虚，顾之则气断声吞，亦不

敢复究儿。自昏达曙，目不交睫。

译文

成名有个儿子，已经九岁了，他看到父亲不在家，就偷偷打开盖着的盆。蟋蟀一跃就出了盆子，速度快得来不及捕捉。等儿子好不容易扑到手里时，蟋蟀的大腿已掉了，肚子也破了，片刻就死了。儿子很害怕，哭着把这件事告诉了母亲。母亲听后，面色灰白如要死了，忍不住大骂道：“孽种！你的死期到了！等你爹回来，自会和你算账！”儿子哭着跑了。不一会儿，成名就回来了，听了妻子的讲述，就如冰雪覆盖全身。他怒气冲冲地到处找儿子，儿子却不见了踪影，不知去了哪里。之后，他在井里找到了儿子的尸体，因此他的愤怒又很快化成悲痛，呼天抢地，悲痛欲死。夫妻俩对着伤心，屋子一直都没开火，只是相对沉默，再没了寄托。快到傍晚了，成名想将儿子草草埋葬。但等靠前一摸，发现儿子竟还有微弱的气息。他高兴地将儿子放到床上，半夜的时候，儿子死而复生，夫妻心里稍感宽慰。但蟋蟀的笼子还空着，成名看到它，就又急又气，却也不敢再追究儿子的错误。从黄昏到天亮，他一直没合眼。

原文

东曦既驾，僵卧长愁。忽闻门外虫鸣，惊起觇视，虫宛然尚在。喜而捕之。一鸣辄跃去，行且速。覆之以掌，虚若无物，手裁举，则又超忽而跃。急趁之，折过墙隅，迷其所往。徘徊四顾，见虫伏壁上。审谛之，短小，黑赤色，顿非前物。成以其小，劣之，惟彷徨瞻顾，寻所逐者。壁上小虫，忽跃落衿袖间。视之，形若土狗，梅花翅，方首长胫，意似良，喜而收之。将献公堂，惴惴恐不当意，思试之斗以觇之。

○东曦（xī）既驾：东曦，指初升的太阳。驾，指羲和驾车，羲和是中国古代神话传说中为太阳赶车的神。这里是指太阳已经从东方升起来。

○觇（chān）视：窥视，探看。

○超忽：远远地。

○劣之：即认为它是劣等的，意思是成名看不上这只蟋蟀。

○衿：古代衣服的交领，这里指衣襟。

○胫：小腿。

译文

太阳已经从东方升起了，成名却一直躺在床上发愁。忽然听到门外有蟋蟀的叫声，吃惊地起身去察看，发现蟋蟀好像还在那里。他高兴地去捉它。蟋蟀叫了一声就逃走了，速度非常快。他用手掌去罩，感觉掌下什么都没有，刚抬手，蟋蟀便从掌下迅速跳出去。他赶紧去追，转过墙角，却不知道蟋蟀跳去了哪里。他转来转去四处察看，终于发现蟋蟀就在墙壁上。仔细观察，发现这只蟋蟀体型很小，颜色黑红，并不是之前那只。成名觉得它太小了，认为是劣等货，只是来回寻找，想找之前自己追的那只蟋蟀。落在墙壁上的小蟋蟀，忽然一跃落在他的衣服上。它看上去很像土狗，长着梅花翅，方头长腿，看起来还不错，就高兴地捉住了它。成名准备将它献给官府，但心里还是有些不安，就怕官府不满意，便想先斗一下试试看。

原文

村中少年好事者，驯养一虫，自名“蟹壳青”，日与子弟角，无不胜。欲居之以为利，而高其直，亦无售者。径造庐访成，视成所蓄，掩口胡卢而笑。因出己虫，纳比笼中。成视之，庞然修伟，自增惭怍，不敢与较。少年固强之。顾念蓄劣物终无所用，不如拼博一笑，因合纳斗盆。小虫伏不动，蠢若木鸡。少年又大笑。试以猪鬣毛，撩拨虫须，仍不动。少年又笑。屡撩之，虫暴怒，直奔，遂相腾击，振奋作声。俄见小虫跃起，张尾伸须，直龁敌领。少年大骇，解令休止。虫翘然矜鸣，似报主知。成大喜。方共瞻玩，一鸡瞥来，径进以啄。成骇立愕呼。幸啄不中，虫跃去尺有咫，鸡健

○售：原是卖，这里是指买。

○掩口胡卢而笑：胡卢，强忍笑意的样子。捂住嘴强忍着笑意。

○蠢：呆笨。木鸡：用木头雕的鸡，形容呆板无生气的样子。

○龁(hé)：咬。领：脖子。

○瞥来：瞥，目光掠过，形容非常快。这里是突然而至的意思。

○翘然：形容两翅振起的样子。矜鸣：骄矜地鸣叫。

进，逐逼之，虫已在爪下矣。成仓猝莫知所救，顿足失色。旋见鸡伸颈摆扑，临视，则虫集冠上，力叮不释。成益惊喜，掇置笼中。

译文

村子里有个年轻人非常好事，他驯养了一只蟋蟀，还给它取名叫“蟹壳青”，每天都和其他人斗蟋蟀，没有不胜的。他想养着这只蟋蟀当稀有的货物来谋取钱财，但他要价太高，也因此没人买。他径自上门来找成名，看到他养的小蟋蟀，就捂住嘴忍着笑。然后又拿出自己的蟋蟀，放到蟋蟀比试的笼子里。成名仔细观察对方的蟋蟀，见它体型很大，自觉很惭愧，不敢让自己的小蟋蟀去和它比试。但那年轻人坚持一定要比试。成名想养着下等货终究也不会有什么用，不如拼一次博大家一笑，因此将蟋蟀放进斗盆。小蟋蟀却趴着根本不动，蠢笨如木鸡。年轻人又大笑起来。他拿着猪鬃毛去撩拨小蟋蟀的触须，它仍然不动。年轻人又笑了。屡次撩拨后，小蟋蟀非常愤怒，直冲向前，于是两只蟋蟀跳跃搏斗起来，振翅鸣叫。很快就见小蟋蟀跃起来，张尾伸须，直接咬住敌方的脖颈。年轻人非常惊骇，赶紧分开它们，停止相斗。小蟋蟀边振翅边骄矜地鸣叫起来，好像将捷报传达给主人知道。成名高兴极了。双方正在赏玩小蟋蟀，一只鸡突然跑来，径自上前去啄小蟋蟀。成名吓得大叫。幸亏鸡没有啄中，小蟋蟀一跃跳出很远，鸡健步跟进，追着啄它，小蟋蟀已落到鸡爪下。成名仓促之间不知道该怎么救小蟋蟀，一边跺脚一边脸都白了。很快却看到那鸡伸着脖子左右摆动扑打，到跟前一看，小蟋蟀竟然落到了鸡冠上，正使劲咬着鸡冠不放。成名更加惊喜，赶紧将小蟋蟀捉回笼子里。

原文

翼日进宰，宰见其小，怒诃成。成述其异，宰不信。试与他虫斗，虫尽靡，又试之鸡，果如成言。乃赏成，献诸抚军。抚军大悦，以金笼进上，细疏其能。既入宫中，举天下所贡蝴蝶、螳螂、油利

○靡：披靡，被打败，败退。

○抚军：明清时期，巡抚也被称为抚军。

○细疏其能：疏，臣子向皇帝分条陈述事情的奏章。详细地在奏章上说明小蟋蟀的本领。

挞、青丝额……一切异状，遍试之，无出其右者。每闻琴瑟之声，

○右：上、高，古代崇右，所以称等级高的为右。

则应节而舞，益奇之。上大嘉悦，诏赐抚臣名马衣缎。抚军不忘所自，无何，宰以“卓异”闻。宰悦，免成役，又嘱学使，俾入邑庠。

○以“卓异”闻：闻，上报。凭借考绩“卓异”被上报。

○免成役：这里指免去成名任里正的差役。

○俾入邑庠：即取得秀才资格。

后岁余，成子精神复旧，自言身化促织，轻捷善斗，今始苏耳。抚军亦厚赉成。不数岁，田百顷，楼阁万椽，牛羊蹄躈各千计，一出门，裘马过世家焉。

○万椽（chuán）：椽，指房屋间数。万间。

○牛羊蹄躈（jiào）各千计：古代计算牛羊头数是每头牛羊为四蹄加一躈即五，“千计”，就是二百头。意思是牛羊各养了二百头。

○裘马过世家：裘马，指轻裘肥马，用来形容奢华的生活。奢华超过世家大族。

译文

第二天，成名将小蟋蟀献给县令，县令见小蟋蟀体型小，就愤怒地呵斥成名。成名赶紧向县令讲述了小蟋蟀的神奇之处，但县令并不相信。便让小蟋蟀和其他蟋蟀斗，其他蟋蟀全都败了，又试着让它和鸡斗，果然和成名说的一样。于是县令赏了成名，将小蟋蟀献给巡抚。巡抚高兴极了，把小蟋蟀用金丝笼子装着献给皇上，还详细地在奏疏上说明了小蟋蟀的本领。小蟋蟀进宫后，全国各地进献的蝴蝶、螳螂、油利挞、青丝额等一切出名的品种都和小蟋蟀斗，就没有能赢它的。每当有琴瑟的声音响起，小蟋蟀就踩着节拍跳舞，更是神奇。皇上很是开心，下诏赏赐巡抚名马和锦缎。巡抚也没忘记它的由来，不久，县令的考核就以“政绩卓越优异”上报。县令得赏也很高兴，就免去了成名担任里正的差役，还吩咐学使，让成名进入县学。一年以后，成名的儿子精神恢复了，他说自己化作蟋蟀，轻巧敏捷非常善斗，现在才苏醒过来。巡抚也厚赏了成名。没用几年时间，成名家中就有了百顷良田、万间楼阁，还有二百头牛和二百头羊，只要出门，就穿着轻裘，骑着肥马，比世家大族都要奢华。

原文

异史氏曰：天子偶用一物，未必不过此已忘，而奉行者即为定例。加

以官贪吏虐，民日贴妇卖儿，更无休止。故天子一跬步，皆关民命，

○贴妇卖儿：贴，典押。将妻子和儿女卖给别人。

○跬（kuǐ）步：跬，半步，迈一脚叫"跬"，迈两脚叫"步"。这里指一举一动。

不可忽也。独是成氏子以蠹贫，以促织富，裘马扬扬。当其为里正、

○蠹：蛀虫。这里专指里胥。

受扑责时，岂意其至此哉！天将以酬长厚者，遂使抚臣、令尹，并受

○恩荫：古代父、祖有了功劳，子、孙辈凭此可以得到朝廷恩赐的功名或官爵。

○长（zhǎng）厚者：恭谨宽厚的人。

促织恩荫。闻之：一人飞升，仙及鸡犬。信夫！

○一人飞升，仙及鸡犬：讽刺巡抚、县令都因蟋蟀得到了利益。

译文

异史氏说：皇帝偶然用个东西，未必不是过后就忘了，但执行的官员便会将它当成不变的定例。再加上官吏贪婪暴虐，百姓就会因此卖妻卖子，没完没了。所以皇帝的一举一动，都关系着老百姓的生死，不可以有所疏忽。只有成名因蠹吏的迫害而贫穷，又因献蟋蟀而富裕起来，穿上轻裘，驾驭肥马，洋洋得意。在他担任里正而被责打的时候，怎能想到他会有这样的境遇呢！上天要回报恭谨宽厚的人，于是使巡抚、县令一并得到蟋蟀的恩惠。听说：一人得道升天，他家的鸡狗都可以上天。果然是真的呀！

童子

"童子"在明清科举制度中，指尚未进学、未考中生员的读书人，无论年龄大小，皆称为"童生"。"操童子业"即指读书人准备参加科举考试的阶段，尚未取得生员资格。"童子试"是指童生参加的考试，为进入科举系统的起步阶段，通过考试后可成为生员，获得进一步参加乡试和会试的资格。

【柳秀才】

原文

明季，蝗生青兖间，渐集于沂，沂令忧之。退卧署幕，梦一秀才来谒，峨冠绿衣，状貌修伟，自言御蝗有策。询之，答云：“明日西南道上，有妇跨硕腹牝驴子，蝗神也。哀之，可免。”令异之，治具出邑南。伺良久，果有妇高髻褐帔，独控老苍卫，缓蹇北度。即爇香，捧卮酒，迎拜道左，捉驴不令去。妇问：“大夫将何为？”令便哀恳：“区区小治，幸悯脱蝗口！”妇曰：“可恨柳秀才饶舌，泄吾密机！当即以其身受，不损禾稼可耳。”乃尽三卮，瞥不复见。后蝗来，飞蔽天日，然不落禾田，但集杨柳，过处柳叶都尽。方悟秀才柳神也。或云是宰官忧民所感，诚然哉！

○青兖间：指明代青州府（治所在今山东省青州市）与兖州府（治所在今山东省兖州市）一带。

○明季：明朝末年。季，排行次序最后的，最小的。

○集：停落、停留。沂：沂水县，沂水流经此县而得名。清朝初年属沂州，后升为直隶州，今属山东临沂。

○署幕：县衙内县令的居所。

○峨冠：高帽子。

○牝（pìn）驴子：牝，雌性的禽兽。母驴。

○老苍卫：衰老的灰色驴子。卫，古代对驴的称呼。

○髻：发髻。帔：古代将披在肩背上的服饰称为帔，如现在所用的披肩。

○缓蹇（jiǎn）北度：迟缓艰难地朝北走。

○爇：点燃、燃烧。

○卮：古代盛酒的器皿，即酒杯。

○道左：道旁。

○大夫：原是职官名，后来称呼任官职者。这里是对沂水知县的尊称。

○区区：形容非常微小。小治：治，管辖内。谦辞，说自己治理的是小县。

译文

明朝末年，蝗虫之灾发生在青州、兖州之间，成群的蝗虫渐渐飞落到了沂水县，沂水县的县令很忧心。回到县衙内的居所后，县令梦见有位秀才来拜访，秀才戴着高高的帽子，穿着一身绿袍，看起来很是魁梧，他说有抵御蝗灾的办法。县令赶紧询问，秀才回答说：“明天在西南边的大道上，会有一个妇人骑着大肚子母驴，她就是蝗神。你去哀求她，就可以免去蝗灾之害。”县令醒来觉得这个梦很神奇，便准备好酒食，赶往县城西南方。等了很久，果然有个妇人梳着高高的发髻，身上披着褐色的披肩，孤身一人骑着头老灰驴，迟缓而艰难地朝北走来。县令赶紧点香，捧着酒跪在道旁迎接，还牵住驴不让妇人离开。妇人问：“大人想干什么?”县令便恳切地哀求说:“区区小县，希望您怜悯它并使它逃脱蝗口!”妇人说:“可恨的柳秀才多嘴，泄露了我的机密!现在就让他的身体来承受，便可以不损伤庄稼。”于是喝了三杯酒，一转眼人就不见了。后来蝗虫来了，它们遮天蔽日，却并不往田里的水稻上落，全都往杨柳树上落，蝗虫所到之处，柳叶全没有了。县令才明白，原来那秀才是柳神。有人说，是因为县令担忧百姓感动了上天，确实是这样的!

老苍卫

“老苍卫”指年老的灰色驴子，其中“卫”即指驴的意思。这个词语通常用来形容老迈、疲惫的驴子，带有朴素、形象的色彩。古代常用驴来进行运输或骑乘，“老苍卫”描绘出一头年老的灰色驴子的形象，传达出一种勤劳与朴实的意境。

【水灾】

原文

康熙二十一年，山东旱，自春徂夏，赤地无青草。六月十三日小雨，始有种粟者。十八日，大雨沾足，乃种豆。一日，石门庄有老叟，暮见二牛斗山上，谓村人曰："大水将至矣！"遂携家播迁。村人共笑之。无何，雨暴注，彻夜不止，平地水深数尺，居庐尽没。一农人弃其两儿，与妻扶老母，奔避高阜。下视村中，已为泽国，并不复念及儿矣。水落归家，见一村尽成墟墓。入门视之，则一屋仅存，两儿并坐床头，嬉笑无恙。咸谓夫妻之孝报云。此六月二十二日事。

○自春徂（cú）夏：从春天到夏天。徂，到、及。

○赤地：光秃秃的土地，灾荒后寸草不生的土地。

○沾足：沾，浸润。雨水充足。

○播迁：迁徙、流离。这里是指逃难。

○居庐：住宅、房舍。

○阜：土山。

译文

康熙二十一年，山东地区出现旱灾，从春天到夏天，土地光秃秃的，一棵青草都没有。六月十三日，下了小雨，才开始有人种下了谷子。到十八日，大雨下得充足了，才有人种豆。一天，石门庄有个老头，傍晚时看到山上有两头牛在角斗，就对村里人说："大水要来了！"于是带着家里人逃难去了，村里人都嘲笑他。很快，下起了大暴雨，彻夜不停，平地上的水都有数尺深，房屋都被淹没了。有个农民丢下自己的两个孩子，与妻子扶着老母亲，跑到高坡上避难。他们从高坡往下看村庄，已经成了水之国，无法再去考虑孩子怎么样了。等大水退去他们回到家里，发现整个村子都成了坟墓一般的废墟。进门察看，竟有一间房屋还在，两个孩子并排坐在床头，正好好地嬉笑玩闹。人们都说这是这对夫妻孝顺的报偿。这是六月二十二日的事情。

原文

康熙二十四年，平阳地震，人民死者十之七八。城郭尽墟，仅存一

○康熙二十四年：1685 年。《清史稿·圣祖本纪》："夏四月丁酉，平阳府地震。"

○平阳：明清时期的府名。治所在临汾县（今山西省临汾市）。

○城郭尽墟：城内外全都成了废墟。内城的墙叫城，外城的墙叫郭。

屋，则孝子某家也。茫茫大劫中，惟孝嗣无恙，谁谓天公无皂白耶？

○无皂白：皂，黑色。不分黑白，比喻不辨是非善恶。

译文

康熙二十四年，平阳地区发生了地震，百姓死了有十分之七八。全城都成了废墟，只有一座房屋保存下来，就是孝子某人的家。在渺茫不清的大劫难中，只有孝顺之人的后人平安无事，谁说苍天不分黑白善恶呢？

康熙二十一年

1682 年。《淄川县志》："春夏不雨，大无麦，报旱灾。六月十三日始雨，望日大雨，河水泛溢，二十一、二十二连昼夜大雨，漂没田庐，淹死人畜。"

【诸城某甲】

原文

学师孙景夏先生言：其邑中某甲者，值流寇乱，被杀，首坠胸前。

○学师：古代在府、州、县学的学官称县学教谕。孙景夏：即孙瑚，字景夏。他和蒲松龄的关系很密切。

寇退，家人得尸，将舁瘗之，闻其气缕缕然，审视之，咽不断者盈

○舁（yú）瘗（yì）之：指尸回去埋葬。舁，抬；瘗，埋葬。 ○缕缕然：形容呼吸微弱，不绝如缕。

指。遂扶其头，荷之以归。经一昼夜始呻，以匕箸稍稍哺饮食，半年竟愈。又十余年，与二三人聚谈。或作一解颐语，众为哄堂，甲

○解颐语：解颐，开颜欢笑。逗人开心欢笑的话。 ○哄堂：所有人都大笑。

亦鼓掌。一俯仰间，刀痕暴裂，头堕血流。共视之，气已绝矣。父讼笑者。众敛金赂之，又葬甲，乃解。

译文

县学的学官孙景夏先生说，他们县的某甲，赶上流寇作乱，被人杀了，头垂在胸前。流寇退去后，家人找到他的尸体，想抬回去埋葬，却听到他还有一丝微弱的呼吸，仔细察看，发现他的咽喉还有一指多宽连接着。于是家人扶着他的头，把他背回了家。过了一天一夜，他开始呻吟，家人用小勺筷子等稍微喂他一点儿吃的喝的，半年后竟然好了。又过了十多年，他和两三人聚在一起闲聊。有人讲了个笑话，大家都大笑起来，某甲也鼓掌笑。却在他前后俯仰时，好了的刀伤突然裂开，头落在地上，血也流了一地。大家上前查看，发现他已经断气。他的父亲状告讲笑话的人。大家凑钱送给他，又帮助安葬了某甲，才算完事。

原文

异史氏曰：一笑头落，此千古第一大笑也。颈连一线而不死，直待

○笑狱：因为笑话造成的诉讼。狱，诉讼案件。

十年后，成一笑狱，岂非二三邻人，负债前生者耶！

译文

异史氏说：因为一笑头掉了，这真是千古第一大笑啊。脖子因为有一线连着而没有死，一直到十年后，促成一桩因为笑话造成的诉讼。难道不正是那两三个邻居上辈子欠了他的债吗！

哄堂

“哄堂”指合座大笑，唐代作“烘堂”。其来源可追溯到唐朝御史台的制度，御史台有台院、殿院、察院三院，侍御史们在公堂上会食时不得言笑，若有“杂端”失笑，则三院合座皆大笑，称为“烘堂”。后来“哄堂”演变为形容场合中全体人员因某事同时发笑，成为形容大笑场景的常用词汇。

【库官】

原文

邹平张华东公，奉旨祭南岳。道出江淮间，将宿驿亭。前驱白：“驿中有怪异，宿之必致纷纭。”张弗听。宵分，冠剑而坐。俄闻靴声入，则一颁白叟，皂纱黑带。怪而问之。叟稽首曰：“我库官也，为大人典藏有日矣。幸节钺遥临，下官释此重负。”问：“库存几何？”答言：“二万三千五百金。”公虑多金累缀，约归时盘验，叟唯唯而退。

○南岳：衡山，我国五岳之一，在今湖南省衡阳。

○邹平：明清时期的县名，属于济南府，治所在今山东省滨州市邹平市。张华东公：是张延登，字济美，号华东，山东邹平人。

○前驱：前导的人，开路者。

○必致纷纭：纷纭，纷争、麻烦。必然会导致麻烦。

○冠剑而坐：穿着官服、佩剑而坐。

○皂纱黑带：黑色纱帽和黑色衣带，是明代吏员的服饰。

○典藏（zàng）：管理库存财物。

○节钺：钦差的出行仪仗。节，符节，这里指旌节，古代使臣仪仗中的一种旗子。钺，古代的兵器，这里指仪仗中的大斧。遥临：从远方到来。

○累缀：即“累赘”。冗杂的事，麻烦。

译文

邹平县的张华东公，奉皇帝的命令去祭祀南岳衡山。路过江淮一带，准备到驿亭住宿。前面开路的人说：“驿亭里有古怪，住在那里，必定会招来麻烦的。”张华东不听劝告住了下来。半夜的时候，张华东穿着官服、佩着剑坐在驿亭里。一会儿，听到靴子声，有人进了驿亭，是一个须发斑白的老头儿，戴着黑纱帽，系着黑腰带。张华东见此很奇怪，就问他是谁。老头儿行礼说：“我是库官，为大人管理库存的财物已经很多天了。幸好您一路来了这里，我才能卸下这个重任。”张华东问：“库存有多少？”老汉回答：“二万三千五百两银子。”张华东考虑带多了银子会是累赘，就约好等回来再盘查核对，老头儿答应着退了出去。

原文

张至南中，馈遗颇丰。及还，宿驿亭，叟复出谒。及问库物，曰：“已拨辽东兵饷矣。”深讶其前后之乖。叟曰：“人世禄命，皆有额

○馈遗：馈赠，这里是指收到的礼物。

○拨：调拨。

○乖：不顺，不符。

○禄命：指命运定下来的收入。禄，福气。

数，镏铢不能增损。大人此行，应得之数已得矣，又何求？”言已竟去。张乃计其所获，与所言库数适相吻合。方叹饮啄有定，不可以妄求也。

○镏铢：镏和铢都是古代的质量单位，六铢为一镏，二十四铢为一两。这里是比喻很少的财物。

○饮啄有定：指一切都是命中注定。饮啄，本指鸟类饮水、啄食，这里泛指人的命运。

译文

张华东到了南方地区后，收到了很多礼物。等到回去时，又在之前的驿亭留宿，那个老头儿又来拜见。等询问库存财物时，老头儿说：“已调拨给辽东做兵饷了。”张华东对他前后不相符的话感到非常奇怪。老头儿说：“人生中命运定下来的收入，是有固定的量的，一点儿都不能增减。大人这次南行，应该得到的财物已经得到了，还求什么？”说完竟然就走了。张华东于是估算自己这次得到的财物，与老头儿所说的库存银两数额正好吻合。这才感叹一切都是命中注定，不可以有强求啊。

驿亭

“驿亭”是古代供行旅途中歇宿的场所，设立在交通要道或驿站之间，供官员、使者或商旅歇息和换马。驿亭通常位于驿道沿线，是古代交通体系中的重要组成部分，既方便了长途旅行者的住宿，也为官员传递文书、往返公干提供了必要的中转休息点。

酆都御史

原文

酆都县外有洞，深不可测，相传阎罗天子署。其中一切狱具，皆借人工。桎梏朽败，辄掷洞口，邑宰即以新者易之，经宿失所在。供应度支，载之经制。

○酆都县：明清时期的县名，1958年改为丰都县。位于四川盆地东南边缘，在长江上游北岸，隶属重庆。

○署：官署。

○桎梏：脚镣和手铐，古代一般是用木头做的。

○度（duó）支：经费开支。

○经制：北宋时期开始增加的一种附加杂税。

译文

酆都县城外有个山洞，深不可测，相传是阎王的官衙。府衙里使用的一切刑具，都是借助人间的工匠完成的。脚镣和手铐如果腐坏了，就扔到洞口，县令立即替换成新的，过一夜东西就不见了。供应物品的经费开支，都计入杂税中。

原文

明有御史行台华公，按及酆都，闻其说，不以为信，欲入洞以决其惑。人辄言不可，公弗听。秉烛而入，以二役从。深抵里许，烛暴灭。视之，阶道阔朗，有广殿十余间，列坐尊官，袍笏俨然，惟东首虚一坐。尊官见公至，降阶而迎，笑问曰：“至矣乎？别来无恙否？”公问：“此何处所？”尊官曰：“此冥府也。”公愕然告退。尊官指虚坐曰：“此为君坐，那可复还！”公益惧，固请宽宥。尊官曰：“定数何可逃也！”遂检一卷示公，上注云：“某月日，某以肉

○御史行台：也称行御史台。元开始设立行御史台，简称“行台”，是元御史台的派出机构，对所辖地区行使监察权的御史。

○决其惑：解决其迷惑，即确定真假。

○宽宥：宽恕，原谅。

身归阴。”公览之，战栗如濯冰水。念母老子幼，泫然涕流。俄有金甲神人，捧黄帛书至。群拜舞启读已，乃贺公曰：“君有回阳之机矣。”公喜致问，曰：“适接帝诏，大赦幽冥，可为君委折原例耳。”乃示公途而出。

○泫然：水滴落的样子，这里指眼泪滴落。

○委折原例：这里是说援引先前的例子行事。

译文

明代御史行台有位华公，他到酆都巡视时，听说这个传言，不认为这是真的，就想进洞亲自察看解除自己的疑惑。人们都劝他不要去，华公不听。他拿着火把就进了洞，只带着两名差役。深入洞穴大概有一里地，火把突然就熄灭了。仔细察看，发现洞里的通道台阶又宽阔又明亮，还有十余间大殿，里面依次坐着尊官，他们都穿着朝服，手里拿着笏板，庄严而肃穆，只有东面第一个座位还空着。尊官看到华公进来，就走下台阶来迎接，还笑着问：“你来了？分别后都好吧？”华公问：“这地方是哪里？”尊官说：“这里是地府。”华公非常吃惊赶紧提出告辞。尊官指着那个空着的座位说：“这是您的座位，哪里还能回去！”华公更加害怕，一直请尊官宽恕自己。尊官说：“定数怎么可能逃得了！”于是找出一个卷宗给华公看，只见上面写着：“某月某日，某人以肉身回到阴间。”华公看完，就像被冰水浇过一样浑身打战。想到年迈的母亲和幼小的孩子，忍不住流下眼泪。很快就有身披金甲的神人捧着黄帛诏书走来。众人都行礼后，打开诏书宣读完，才祝贺华公说：“你有回返阳间的机会了。”华公欣喜地询问原因，尊官说：“刚刚接到天帝的诏书，地府大赦，所以可以为你援引先前的例子设法得到赦免。”于是给华公指了回去的路就让他出去了。

原文

数武之外，冥黑如漆，不辨行路，公甚窘苦。忽一神将轩然而入，赤面长髯，光射数尺。公迎拜而哀之，神人曰：“诵佛经可出。”言

○武：半步，泛指脚步。

已而去。公自计经咒多不记忆，惟《金刚经》颇曾习之，遂乃合掌而诵，顿觉一线光明，映照前路。忽有遗忘之句，则目前顿黑，定想移时，复诵复明。乃始得出。其二从人，则不可问矣。

○经咒：佛教的经文和咒文。

○不可问：不要问、不必问，这里是不知下落。

译文

数步之外，深黑如漆，没办法辨认可走的路，华公非常为难苦恼。忽然有一位神将气宇轩昂地走进来，他的面孔很红，胡须很长，神光照亮了周围数尺以内的地方。华公迎上去行礼并哀求他，神人说："诵读佛经就可以出去了。"说完就走了。华公心里想着自己记住的经咒不多，只有《金刚经》是曾经学习过的，于是合掌诵读起来，顿时觉得眼前出现了一线光明，照亮了前方的路。华公背诵时偶尔有遗忘的句子，眼前顿时就黑下来，镇定地回想一会儿，再诵读时眼前又会亮起来。就这样华公终于走出了地府。那两个跟随他的人，就不知下落了。

【龙无目】

原文

沂水大雨，忽堕一龙，双睛俱无，奄有余息。邑令公以八十席覆之，未能周身。又为设野祭，犹反复以尾击地，其声堛然。

○奄有余息：形容气息非常微弱。

○邑令公：沂水县县令。

○野祭：在野外祭祀。

○堛（bì）：本义是土块。这里是形容拍地的声音。

译文

沂水县下大雨时，忽然从天上掉下来一条龙，它的两只眼睛都没有了，气息非常微弱。沂水县令用八十张席来遮盖它，还是不能遮盖住整条龙。县令又在野外为它陈设祭品，但龙还是用尾巴反复拍打地面，发出很大的声响。

【狐谐】

原文

万福，字子祥，博兴人也。幼业儒。家少有而运殊蹇，行年二十有奇，

○博兴：明清时期的县名，属山东青州府，治所在今山东省博兴县。

○运殊蹇（jiǎn）：运气特别不好。

尚不能掇一芹。乡中浇俗，多报富户役，长厚者至碎破其家。万适报

○掇一芹：即“掇芹”，考取秀才。

○浇俗：即“浇风”，指浮薄的社会风气或风俗。

○富户役：指担任里正的差役。

充役，惧而逃，如济南，税居逆旅。夜有奔女，颜色颇丽，万悦而私

○税居：租赁住所。逆旅：旅店、客栈。

之。请其姓氏，女自言：“实狐，但不为君祟耳。”万喜而不疑。女嘱勿与客共，遂日至，与共卧处。凡日用所需，无不仰给于狐。

译文

万福，字子祥，是山东青州府博兴县人。从小学习儒家学问。家中虽有些资产，但他运气特别不好，都二十多岁了，尚未考取秀才。乡下有一种浮薄的风气，多是富户被报上去担任里长的差役，忠厚老实的人就会倾家荡产。万福正好被报上去要担任里正，他非常害怕，立刻逃走了，到了济南，在客栈租了间房住下。深夜，有女子来私会万福，女子非常漂亮，万福很喜欢她，于是两人有了私情。万福询问她的姓名，她说：“我其实是只狐狸，但我不会伤害你的。”万福非常喜欢她，对她的话没有丝毫怀疑。女子叮嘱万福不要和客人交往，于是每天都会来，和万福共寝。凡是万福日常需要的东西，无不仰仗狐女来供给。

原文

居无何，二三相识，辄来造访，恒信宿不去。万厌之而不忍拒，不

○信宿：两夜，连着住了两夜的意思。

得已，以实告客。客愿一睹仙容，万白于狐，狐谓客曰：“见我何

○呖呖：形容女子清脆婉转的悦耳声音。

为哉？我亦犹人耳。”闻其声，呖呖在目前，四顾，即又不见。客有

孙得言者，善俳谑，固请见，且谓：“得听娇音，魂魄飞越，何吝

○俳（pái）谑：俳，诙谐、滑稽、幽默。这里是戏弄的意思。

容华，徒使人闻声相思。”狐笑曰：“贤哉孙子！欲为高曾母作行乐

○容华：美好的容貌。

○高曾母：高祖母、曾祖母。父亲的祖父为曾祖，曾祖的父亲为高祖。

图耶？”诸客俱笑。狐曰：“我为狐，请与客言狐典，颇愿闻之否？”

○狐典：典，掌故、故事。关于狐狸的故事。

众唯唯。狐曰：“昔某村旅舍，故多狐，辄出祟行客。客知之，相戒不宿其舍。半年，门户萧索。主人大忧，甚讳言狐。忽有一远方客，自言异国人，望门休止。主人大悦。甫邀入门，即有途人阴告

○望门休止：与“望门投止”同义，是看到人家就去投宿休息，也不做探查。

曰：‘是家有狐。’客惧，白主人，欲他徙。主人力白其妄，客乃止。入室方卧，见群鼠出于床下。客大骇，骤奔，急呼：‘有狐！’主人惊问，客怨曰：‘狐巢于此，何诳我言无？’主人又问：‘所见何状？’客曰：‘我今所见，细细幺幺，不是狐儿，必当是狐孙子！’”言罢，座

○细细幺（yāo）么（mó）：指很微小的东西。细细，细小；幺么，微小。

客为之粲然。孙曰：“既不赐见，我辈留宿，宜勿去，阻其阳台。”

○粲然：露齿大笑。

狐笑曰：“寄宿无妨，倘小有迕犯，幸勿滞怀。”客恐其恶作剧，乃

○迕（wǔ）犯：这里是冒犯的意思。

○滞怀：记在心里，即很在意。

共散去。然数日必一来，索狐笑骂。狐谐甚，每一语，即颠倒宾客，

○颠倒：形容倾倒、心折。

滑稽者不能屈也。群戏呼为“狐娘子”。

○滑稽：形容一个人的语言、行为等非常诙谐幽默而引人发笑。屈：低头、降服。

译文

过了不久，万福的两三个朋友就来拜访他，一直住了两夜还不离开。万福虽然心里讨厌他们，但面上又不好拒绝他们，迫不得已，他只好告诉朋友实情。万福

的朋友便请求能看一眼狐仙的姿容，万福就将事情告诉了狐女，狐女对万福的朋友们说："你们见我干什么？我也像人一样啊。"听她的声音非常婉转悦耳，就像在眼前说话，四下观望，却又什么都看不到。这些朋友中有个叫孙得言的人，他非常幽默，坚持请求见见狐女，并且说："能够听到你娇柔的声音，让我的魂魄都飞了，你为什么要吝惜自己美好的容貌，白白地让人听到你的声音而起了相思之情。"狐女笑着说："多么贤孝的孙子啊！想给你的高曾祖母作行乐图吗？"万福的朋友们都笑了起来。狐女说："我是狐狸，那就让我为大家说说关于狐狸的掌故吧，你们愿听吗？"大家都顺从地说愿意。狐女说："从前，某村里有个旅店，店里有很多狐狸，经常出来祸害旅客。旅客知道后，都互相告诫，不要到这家旅店住宿。半年后，旅店变得非常冷清。旅店的主人非常忧愁，很忌讳人说狐狸。忽然有一位从很远的地方来的旅客，他自称是外国人，看到旅店就来投宿。旅店主人非常高兴。刚邀请客人进门，便有路过的人偷偷告诉客人：'这家旅店里有狐狸。'客人非常害怕，就告诉店主，自己想去其他的旅店。旅店主人极力地辩白那是谣言，客人才留下来。客人走进客房刚躺到床上，就看到有一群老鼠从床下钻出来。客人大惊，立刻奔逃，还大叫：'有狐狸！'旅店主人惊讶地询问发生了什么事，客人抱怨道：'狐狸的老巢就在这里，你怎么诓骗我说没有狐狸？'旅店主人又问他：'你见到的狐狸什么样？'客人说：'我今天看到的狐狸，又细又小，就算不是狐狸的儿子，也一定是狐狸的孙子！'"狐女说完，万福的朋友们都大笑起来。孙得言说："既然不愿意让我们见你，我们这些人就要住下来，都不会离开，阻止你们欢会。"狐女笑着说："住下也没什么妨碍，倘若有一点冒犯，也不要介意啊。"万福的朋友们害怕狐女会恶作剧，于是一起散去了。然而这些朋友每隔几天一定会来一次，还叫狐女和他们一起互相开玩笑。狐女诙谐幽默，每说一句话，都令这些朋友为她心折，专业的滑稽逗笑的人也比不过她。这些朋友都戏称她为"狐娘子"。

原文

一日，置酒高会，万居主人位，孙与二客分左右座，上设一榻屈狐。狐辞不善酒，咸请坐谈，许之。酒数行，众掷骰为瓜蔓之令。客值瓜色，会当饮，戏以觥移上座曰："狐娘子大清醒，暂借一觞。"狐

○瓜蔓之令：酒令的一种。具体玩法已经失传。

○暂借一觞：暂请代饮一杯酒。

笑曰："我故不饮。愿陈一典，以佐诸公饮。"孙掩耳不乐闻。客皆言曰："骂人者当罚。"狐笑曰："我骂狐何如？"众曰："可。"于是倾耳共听。狐曰："昔一大臣，出使红毛国，着狐腋冠，见国王。王见而异之，问：'何皮毛，温厚乃尔？'大臣以狐对。王言：'此物生平未曾得闻。狐字字画何等？'使臣书空而奏曰：'右边是一大瓜，左边是一小犬。'"主客又复哄堂。

○狐腋冠：将狐狸腋下的毛皮拿来制成帽子。据说狐狸腋下的皮毛非常珍贵。

○红毛国：明清时期，人们将荷兰人等外国人称为"红夷"或"红毛夷"等，这里说的红毛国就是指的荷兰。

○温厚乃尔：如此暖和又厚实。

○字画：字的笔画。

○书空：用手指在空中比画字形。

○大（dǎ）瓜：是山东地区的方言，意思是傻瓜。

译文

有一天，万福和朋友摆酒设宴，万福坐在主人的位子上，孙得言和其他两个朋友分别坐在万福左右两边的位子上，上面还设了一张榻给狐女坐。狐女推辞说她不会喝酒，万福的朋友都请她入座闲谈，她同意了。饮过几巡酒后，众人开始掷骰子，行酒令"瓜蔓令"。有个朋友掷出瓜色，按令应该喝酒，他戏谑地将酒杯移到上座说："狐娘子非常清醒，请暂代我喝一杯酒。"狐女笑着说："我一直都不会喝酒。我愿意讲一个掌故，给诸位助助酒兴。"孙得言就捂上耳朵表示不喜欢听掌故。其他朋友都说："骂人的人应该受罚。"狐女笑着说："我骂狐狸可以吗？"朋友们都说："行。"于是侧耳一起倾听。狐女说："从前有一位大臣，到红毛国出使，他戴着用狐腋皮毛做的帽子，去觐见国王。国王看见他的帽子很惊奇，就问：'这是什么皮毛，又暖和又厚实？'使臣便告诉国王这是狐狸腋下的皮毛。国王说：'这东西我这辈子都没听说过。狐字的笔画是什么样的？'使臣在空中用手指比画字形，然后上奏说：'右边是一个"大瓜"，左边是一个小犬。'"万福和朋友们都哄堂大笑。

原文

二客，陈氏兄弟，一名所见，一名所闻。见孙大窘，乃曰："雄狐何在，而纵雌流毒若此？"狐曰："适一典，谈犹未终，遂为群吠所乱，请终之。国王见使臣乘一骡，甚异之。使臣告曰：‘此马之所生。’又大异之。使臣曰：‘中国马生骡，骡生驹驹。’王细问其状。使臣曰：‘马生骡，是“臣所见”；骡生驹驹，乃“臣所闻”。’”举座又大笑。

○驹驹：是狐女随意杜撰的畜生名。骡子是马和驴生的，但骡子不能生育，无法生下后代。所以下文说“骡生驹驹”也只能是“所闻”了。

译文

另外两个朋友是姓陈的兄弟俩，一个叫陈所见，一个叫陈所闻。兄弟俩见孙得言很尴尬，于是说：“雄狐狸去哪里了，而放纵母狐狸像这样伤人？”狐女说：“刚才的掌故还没讲完，就被群狗的叫声所打断，请让我把这个掌故讲完。国王看到使臣骑着一匹骡子，感到非常奇怪。使臣就告诉国王说：‘这是马所生的。’国王更觉得奇怪。使臣说：‘中国都是马生骡子，骡子生驹驹。’国王仔细地询问具体情况。使臣说：‘马生骡子，是“臣（陈）所见”，骡子生驹驹，是“臣（陈）所闻”。’”所有的人又大笑起来。

原文

众知不敌，乃相约：后有开谑端者，罚作东道主。顷之，酒酣，孙戏谓万曰：“一联请君属之。”万曰：“何如？”孙曰：“妓者出门访情人，来时‘万福’，去时‘万福’。”合座属思不能对。狐笑曰：“我有之矣。”众共听之。曰：“龙王下诏求直谏，鳖也‘得言’，龟也‘得言’。”四座无不绝倒。孙大恚曰：“适与尔盟，何复犯戒？”狐笑曰：“罪诚在我。但非此，不成确对耳。明旦设席，以赎吾过。”相笑而罢。狐之诙谐，不可殚述。

○东道主：原是指东路上的主人，后来指负责招待或请客的人。

○属（zhǔ）之：属，本义连接，这里是属对，即联句成对，根据上联，对出下联。

○万福：古代女子所行的礼，两手抱拳，在胸前右下方略微上下移动，并微微鞠躬，且会说些吉祥的祝词，有多福、祈祷的意思。

○直谏：直言劝谏。

○得言：得到进言的机会。暗合孙得言的名字。

○绝倒：笑得倒地，形容大笑得太剧烈，无法自持。

○确对：非常工整的对句。

译文

朋友们知道诙谐比不过狐女，于是相互约定：以后有人起头开玩笑的话，就罚这个人做东道主。不一会儿，在所有人酒喝得酣畅时，孙得言戏谑地对万福说："这里有个上联，请你对出下联。"万福问："什么样的上联？"孙得言说："妓者出门访情人，来时'万福'，去时'万福'。"在座的所有人冥思苦想都对不出下联。狐女笑着说："我有了下联。"大家都聚精会神地去听她的下联。狐女说："龙王下诏求直谏，鳖也'得言'，龟也'得言'。"大家无不笑得东倒西歪。孙得言抱怨道："刚才已和你定了约，为什么要犯规？"狐女笑着说："确实是我错了。但不这样对，我无法对出工整的下联呀。明天白天我会设下宴席，来赎我的错。"大家这才互相笑着散去。狐女的诙谐幽默是没法说完的。

原文

居数月，与万偕归。及博兴界，告万曰："我此处有葭莩亲，往来久梗，不可不一讯。日且暮，与君同寄宿，待旦而行可也。"万询其处，指言："不远。"万疑前此故无村落，姑从之。二里许，果见一庄，生平所未历。狐往叩关，一苍头出应门。入则重门叠阁，宛然世家。俄见主人，有翁与媪，揖万而坐，列筵丰盛，待万以姻娅，遂宿焉。狐早谓曰："我遽偕君归，恐骇闻听。君宜先往，我将继至。"万从其言，先至，预白于家人。未几，狐至。与万言笑，人尽闻之，而不见其人。

○葭莩（jiā fú）亲：葭莩，芦苇秆里的薄膜，喻指关系很疏远淡薄。这里指关系不亲近的远亲。

○讯：探问，问询。

○叩关：敲门。

○待万以姻娅：姻娅，也作"姻亚"，指因婚姻关系结成的亲戚。这里是说用招待女婿的礼节来招待万福。

○遽：仓促，突然。

○预白：预先说明。白，表明、说明。

译文

狐女与万福一起住了几个月，便一起回家。到了博兴县内时，狐女告诉万福说："这里有我的一个远房亲戚，很久没有来往了，不能不去探访一下。天色马上就要暗了，我们一起去借宿一晚，等到明天白天再走。”万福询问狐女亲戚的住处，狐女指着前面说：“不远处。”万福怀疑那里以前应该没有村子，姑且跟着狐女走。又走了大概二里远，果然看到一个庄子，万福从来没见过。狐女走上前去敲门，一个老仆人开门出来。进入院子后，只见里面门廊楼阁重重叠叠，如富贵世家一般。很快万福就见到了这家的主人，是一个老翁和一个老太太，行过礼后请万福坐下，还准备了丰盛的酒宴，如招待女婿一般招待万福，于是狐女和万福就留宿在这里。第二天狐女很早就起来对万福说：“我突然和你一起回家，恐怕会惊到听到消息的家人。你先回去，我随后就到。”万福听从狐女的安排，先回了家里，提前和家里人说明了情况。很快，狐女就到了。狐女和万福一起谈笑，家里人虽然能听到声音，却看不到狐女。

原文

逾年，万复事于济，狐又与俱。忽有数人来，狐从与语，备极寒暄。乃语万曰：“我本陕中人，与君有夙因，遂从尔许时。今我兄弟至矣，将从以归，不能周事。”留之不可，竟去。

○事于济：指有事要去济南，或是到济南办事。

○周事：相伴到老。周，始终，终生侍奉。

译文

过了一年，万福有事又要去济南，狐女又和他一起去。忽然有几个人来找他们，狐女就和这些人说话，亲热地寒暄，很是周到。之后狐女便对万福说：“我本是陕西人，因为和你有前世姻缘，便跟了你这么久。今天我的哥哥和弟弟们都来了，我得跟他们一起回去，无法与你白头偕老了。”万福到底没能挽留住狐女，她最终还是离开了。

【雨钱】

原文

滨州一秀才，读书斋中。有款门者，启视，则皤然一翁，形貌甚古。

○滨州：今山东滨州市。○皤然：形容人的头发全部白了。○形貌甚古：指外貌古雅，与常人不同。

延之入，请问姓氏。翁自言："养真，姓胡，实乃狐仙。慕君高雅，愿共晨夕。"秀才故旷达，亦不为怪，遂与评驳今古。翁殊博洽，镂花雕缋，粲于牙齿，时抽经义，则名理湛深，尤觉非意所及。秀才惊服，留之甚久。

○共晨夕：指朝夕相处。○评驳今古：讨论并评价古今事物。○博洽：形容学识广泛。○粲于牙齿：形容言谈生动有趣，美丽如花。○抽经义：详细阐述经书中的哲理。○名理湛深：对名与理（即名分与道理）的理解非常深刻。

译文

在滨州，一位秀才正在书斋里读书。忽然听见有人敲门，他打开门一看，站在门外的是一位白发苍苍、风度古雅的老人。秀才请他进屋，询问他的姓名。老人回答说："我叫胡养真，其实是一位狐仙。我仰慕您的高雅品格，希望能与您朝夕相处。"秀才本性开明大度，并不感到惊奇，于是便与这位老人一起探讨古今之事。这位老人学识渊博，言辞华美如同精雕细琢，谈吐生动如同春花盛开；当他深入讲解经书义理时，其对名理的理解深不可测，让秀才感到敬佩不已，因此留他住了很长一段时间。

原文

一日，密祈翁曰："君爱我良厚。顾我贫若此，君但一举手，金钱宜可立致。何不小周给？"翁嘿然，似不以为可。少间，笑曰："此大易事。但须得十数钱作母。"秀才如其请。翁乃与共入密室中，

○作母：即用一些钱币作为起始资金或种子资金。

禹步作咒。俄顷，钱有数十百万，从梁间锵锵而下，势如骤雨。转瞬没膝，拔足而立，又没踝。广丈之舍，约深三四尺已来。乃顾语秀才：“颇厌君意否？”曰：“足矣。”翁一挥，钱即画然而止。乃相与扃户出。

○禹步：古代巫师或道士在进行法术时的一种特定步法，据说是模仿古代治水英雄大禹的步态。

○厌：此处意为满足。

译文

一天，秀才低声祈求老翁说：“您对我非常关爱。但我如此贫穷，您只需轻轻一动手，就能让金钱立即到手。为何不稍施援手？”老翁初时沉默，似乎不同意这种做法。过了一会，他笑着说：“这很容易做到，不过需要十几枚铜钱作为本金。”秀才按照他的请求准备了钱币。然后，他们一起进入密室，老翁走着禹步，念着咒语。不久，成千上万的铜钱从梁间落下，声响铿锵，像暴雨一样倾泻而下。钱堆很快淹没了秀才的膝盖，他拔出双脚站在钱堆上，钱又没过脚踝。很快，一丈见方的房间堆了三到四尺高的铜钱。老翁转向秀才，问：“这样您满意了吗？”秀才回答：“足够了。”老翁挥手，钱立刻停止落下。他们锁上房门一起离开。

原文

秀才窃喜，自谓暴富。顷之，入室取用，则满室阿堵物皆为乌有，惟母钱十余枚，寥寥尚在。秀才失望，盛气向翁，颇怼其诳。翁怒曰：“我本与君文字交，不谋与君作贼！便如秀才意，只合寻梁上君交好得，老夫不能承命！”遂拂衣去。

○阿堵物：本意为障碍物，后泛指所有东西，这里指金钱。

○怼：表示怨恨或不满。诳：欺骗。

○梁上君：原意为梁上的小偷，引申为贼人。

○承命：遵从命令。

译文

秀才暗自欢喜，认为自己突然之间富裕起来。不久，他进屋想使用这些钱，却发现满屋的金钱全都消失了，只剩下十几枚最初的本金。秀才感到极度失望，气愤地质问老翁，指责他欺诈。老翁愤怒地回应："我原本只是与你做文章之交，从未想要与你共谋不法！如果要按你的想法，你应该去找那些梁上的贼为伙伴，我无法遵从这样的命令！"说完，他愤然离去。

阿堵物

"阿堵物"原是口语中的"这个东西"，后来成为对钱的委婉称呼。典出《世说新语·规箴》，王夷甫（王衍）不喜谈钱，因见钱阻碍行走，称之为"阿堵物"，意在回避直接提到"钱"字。此后，"阿堵物"就成了对金钱的别称，用于讽刺或批评贪财之人，或以幽默的方式表达对金钱的轻视。

【妾击贼】

原文

益都西鄙之贵家某者，富有巨金。蓄一妾，颇婉丽。而冢室凌折之，鞭挞横施，妾奉事之惟谨。某怜之，往往私语慰抚，妾殊未尝有怨言。一夜，数十人逾垣入，撞其屋扉几坏。某与妻惶遽丧魄，摇战不知所为。妾起，嘿无声息，暗摸屋中，得挑水木杖一，拔关遽出。群贼乱如蓬麻。妾舞杖动，风鸣钩响，击四五人仆地，贼尽靡，骇愕乱奔。墙急不得上，倾跌咿哑，亡魂失命。妾拄杖于地，顾笑曰："此等物事，不直下手插打得，亦学作贼！我不汝杀，杀嫌辱我。"悉纵之逸去。某大惊，问："何自能尔？"则妾父故枪棒师，妾尽传其术，殆不啻百人敌也。妻尤骇甚，悔向之迷于物色，由是善颜视妾，妾终无纤毫失礼。邻妇或谓妾："嫂击贼若豚犬，顾奈何俯首受挞楚？"妾曰："是吾分耳，他何敢言。"闻者益贤之。

○益都西鄙：益都是地名，西鄙指西边边境地区。

○冢室凌折：冢室指正妻，凌折意为凌辱和折磨。

○嘿：即静默，无声。

○挑水木杖：指扁担，用于挑水的长木棍。

○风鸣钩响：描述扁担划破空气产生的声音以及其钩子撞击物体的声响。

○不直下手插打得：不值得亲自动手。

○逸去：逃离，逃走。

○枪棒师：教授枪棒的武术师傅。

○不啻百人敌：意指武艺高强，可匹敌百人。

○迷于物色：只注重外貌，忽视其他品质。

○豚犬：比喻轻贱，如同猪狗一般的人。

○分：名分，地位。

译文

益都西郊有一位富有的贵族，拥有庞大的财富。他有一个外表婉丽的小妾，常常遭受正妻的凌辱和折磨。小妾虽遭此待遇，依旧尽职尽责。贵族怜惜小妾，常私下安慰她，她却未曾抱怨。一天夜里，数十名盗贼翻墙入侵，差点将门撞破。贵族和他的正妻惊魂丧魄，不知所措。小妾冷静起身，悄无声息地找到一根扁担，

打开门冲了出去。盗贼们一时间乱作一团。小妾挥舞扁担，只听风声呼啸，钩子碰撞声清脆，转眼间就击倒了四五个盗贼。其余盗贼惊恐逃散，惶急之时未能翻墙而出，纷纷跌倒在地，惨叫连连。小妾把扁担拄在地上，笑着说："这等宵小之辈，不值得我亲自出手，竟也敢学做盗贼！我不杀你们，免得脏了我的手。"说罢便放任他们逃走。贵族震惊不已，询问小妾何以有此能力。原来她的父亲是位枪棒师傅，小妾完全继承了他的技艺，武艺高强，足以对抗百人。正妻闻言大为惊恐，懊悔自己之前只看重小妾的外表，从此态度大变。而小妾始终保持礼貌得体。

邻居妇女好奇地问她："嫂嫂打盗贼就像打畜生一样轻松，为何还要忍受正妻的虐待？"小妾回答道："这是我的身份使然，我哪敢多言。"人们听后，更加赞赏她的贤德。

原文

异史氏曰：身怀绝技，居数年而人莫之知，而卒之捍患御灾，化鹰为鸠。呜呼！射雉既获，内人展笑；握槊方胜，贵主同车。技之不可以已也如是夫！

○捍患御灾：指抵御灾难。

○射雉既获，内人展笑：意为丑陋之人因射猎技能而博得妻子欢心。

○握槊方胜，贵主同车：指愚笨之人因赌博获胜而使妻子感到自豪。

译文

异史氏说：这位小妾虽然拥有绝技，多年来却鲜为人知。在一次成功抵御祸难之后，她甚至改变了主妇的凶悍性格，使之变得和善。想想看，就像贾大夫成功射中野鸡后，他那冷淡的妻子终于展露笑颜；又如薛万彻在赌局中获胜，赢得了丹阳公主的欢心，得以与她共乘一车归家。这些故事表明，个人的特长和技艺是绝不能弃之不用！

【驱怪】

原文

长山徐远公，故明诸生也。鼎革后，弃儒访道，稍稍学敕勒之术，

○长山：位于现山东省邹平市。徐远公：本名徐处，字见区，号远公，明末学者，清初转向道教修行。 ○鼎革：指政权或朝代的大变动，此处指明末清初的政权更替。 ○敕勒之术：道教中用于请神驱鬼的符咒法术。

远近多耳其名。某邑一钜公，具币，致诚款书，招之以骑。徐问：

○远近多耳其名：形容名声远播，四方皆知。 ○钜公：指地位显赫的官员或贵族。 ○致诚款书：发送表达诚挚邀请的信函。 ○招之以骑：意即派人骑马去邀请。

“召某何意？”仆辞以不知，“但嘱小人务屈临降耳”。徐乃行。

○务屈临降：强调邀请对象务必光临，表达极高的敬意。

译文

徐远公，原是明朝末年的秀才，居于长山。在明清交替之际，他弃儒从道，逐渐掌握了道教驱鬼画符的技艺，因此名声在外，远近闻名。某地的一位高官准备了财礼，亲笔写下了邀请信，派仆人骑马去邀请他。徐远公问：“叫我去做什么？”仆人回答称不清楚具体原因，“只是嘱咐我务必请您光临”。于是，徐远公便启程前往。

原文

至则中庭宴馔，礼遇甚恭，然终不道其所以致迎之旨。徐不耐，因

○中庭宴馔：指在宅院中庭举行的宴会。

问曰：“实欲何为？幸祛疑抱。”主人辄言无何也，但劝杯酒，言辞

○祛疑抱：解除心中的疑惑。

烁，殊所不解。言话之间，不觉向暮，邀徐饮园中。园构造颇佳

○烁：闪烁，躲闪。

胜，而竹树蒙翳，景物阴森，杂花丛丛，半没草莱中。抵一阁，覆

○竹树蒙翳：形容竹树密布，遮蔽了视线。 ○草莱中：指杂草丛生的地方。

板上悬蛛错缀，大小上下，不可以数。酒数行，天色曛暗，命烛复

○悬蛛：悬挂的蜘蛛网。

饮。徐辞不胜酒，主人即罢酒呼茶。诸仆仓皇撤殽器，尽纳阁之左

室几上。茶啜未半，主人托故竟去，仆人便持烛引宿左室。烛置案

上，遽返身去，颇甚草草。徐疑或携襆被来伴，久之，人声殊杳，即自起扃户寝。窗外皎月，入室侵床，夜鸟秋虫，一时啾唧。心中怛然，不成梦寝。

○怛然：形容心中惊慌的感觉。

译文

徐远公到了主人家，见中庭摆着宴席，主人以礼相待，十分恭敬，但始终没有透露邀请他的原因。徐远公不耐烦地询问："您究竟有何目的？请消除我的疑惑。"主人只是避而不答，继续劝酒，言语闪烁不明。随着天色渐晚，主人邀请徐远公到花园继续饮酒。花园景致虽美，但竹木密布，景色阴暗，野花淹没在杂草之中。走到一座阁楼前，看到屋顶悬挂着密密麻麻的蜘蛛网。饮酒至天黑，主人点燃蜡烛继续宴饮。徐远公称酒力已尽，主人便改为喝茶。仆人急忙撤去酒菜，全部放置在阁楼左边小房间的小桌上。茶还未饮完，主人借口离开，仆人拿着蜡烛引导徐远公到左侧房间过夜。将烛火摆在桌上后，仆人急忙离开，行为草率。徐远公本以为仆人会带着被褥回来陪他，但久等无人，便自行关上门睡觉。窗外月光洒满屋内，夜鸟和秋虫的鸣叫声此起彼伏。徐远公内心感到不安，难以入眠。

原文

顷之，板上橐橐，似踏蹴声，甚厉。俄下护梯，俄近寝门。徐骇，毛发猬立，急引被覆首。而门已豁然顿开。徐展被角，微伺之，则一物，兽首人身，毛周其体，长如马鬐，深黑色，牙粲群峰，目炯双炬。及几，伏器中剩肴，舌一过，连数器辄净如扫。已而趋近榻，嗅徐被。徐骤起，翻被幂怪头，按之狂喊。怪出不意，惊脱，

○护梯：一种带有扶手的楼梯，通常用于连接上下楼层。

○马鬐（qí）：指马颈上的长毛，形容毛发旺盛且长。

○幂（mì）：覆盖，这里指用被子蒙住。

启外户窜去。徐披衣起遁，则园门外扃，不可得出。缘墙而走，择短垣逾，则主人马厩也。厩人惊，徐告以故，即就乞宿。

译文

不久，楼板上传来重重的踏踏声，声音急促且响亮。紧接着，声音沿着护梯逼近，很快到了房门前。徐远公惊得毛骨悚然，连忙用被子蒙上头。房门突然猛地打开，徐远公小心翼翼掀开被角偷看，只见一个怪物出现在眼前，它有着兽首人身的形态，浑身覆盖着如马鬃般的深黑长毛。怪物嘴里露出锋利的牙齿，眼睛如同燃烧的火把般明亮。到了小桌边，它低头吞噬剩余的食物，舌头一扫而过，盘中的食物瞬间被清空。随后，它逼近床边，开始嗅探徐远公的被子。徐远公猛地起身，迅速用被子盖住怪物的头部，按住它疯狂大喊。怪物措手不及，慌忙挣脱逃离，开门窜出。徐远公也匆忙穿衣，跟着逃离，但发现园门被锁，无法出去。他沿着围墙奔跑，最终翻过一堵矮墙，发现自己在主人的马厩。马厩工人见状吃了一惊，徐远公解释了事情的经过，于是请求留宿一晚。

原文

将旦，主人使伺徐，失所在，大骇。已而得之厩中。徐出，大恨，怒曰："我不惯作驱怪术，君遣我，又秘不一言，我橐中蓄如意钩一，又不送达寝所，是死我也！"主人谢曰："拟即相告，虑君难之。初亦不知橐有藏钩。幸宥十死！"徐终怏怏，索骑归。自是而怪遂绝。主人宴集园中，辄笑向客曰："我不忘徐生功也。"

○伺：此处指查看或检查的意思。

○如意钩：像传统如意的钩形武器。

○难之：使其为难，引发困难。

○宥：宽宥，指原谅或宽恕。十死：这里指重大的过错。

○怏怏：形容不满或不快的情绪。

译文

天快亮时，主人派人去查看徐远公的情况，发现他不在屋子里，顿时感到极为惊恐。最后在马厩中找到了徐远公。徐远公走出马厩愤怒地说："我本不擅长驱魔，你却让我来做这事，还不肯明说，我的包里有一如意钩，你也没有把它送到我住的地方，这简直是要置我于死地！"主人连忙道歉："本来是打算告诉你的，只是担心你会觉得为难。我也不知道你包里有如意钩。请你原谅我这样大的过错。"徐远公依旧心有不悦，要了一匹马骑回了家。从那以后，那怪物就再也没有出现过。主人在花园聚会时，总是笑着对客人说："我永远不会忘记徐生的功劳。"

原文

异史氏曰："黄狸黑狸，得窜者雄。"此非空言也。假令翻被狂喊之后，隐其所骇惧，而公然以怪之遁为己能，天下必将谓徐生真神人不可及。

○黄狸黑狸，得窜者雄：比喻不论使用何种方法，只要结果成功就是好的。这句话出自俗语，用以说明方法的不同不影响结果的优劣。

译文

异史氏评论说："不论是黄狸还是黑狸，能够逃脱的都是厉害的。"这句话绝非空话。如果徐远公在用被子蒙住怪物并大声喊叫之后，能够隐藏自己的恐惧，并且公开表示怪物的逃走是因为自己的强大能力，那么世人一定会认为徐远公是一位高人，达到了不可企及的神人境界。

敕勒

"敕勒"是指僧道通过符咒驱使鬼神、进行祭祷或治病的行为和手段。它与宗教中的符咒或祈祷文有关，僧道借助"敕勒"来驱逐邪祟、治病或保护人们免受灾祸。敕勒作为一种古代的神秘仪式，常见于道教和佛教中的方术和法术活动，象征着宗教中的超自然力量。

姊妹易嫁

原文

掖县相国毛公，家素微。其父常为人牧牛。时邑世族张姓者，有新阡在东山之阳。或经其侧，闻墓中叱咤声曰："若等速避去，勿久溷贵人宅！"张闻，亦未深信。既又频得梦警曰："汝家墓地，本是毛公佳城，何得久假此？"由是家数不利。客劝徙葬吉，张听之，徙焉。一日，相国父牧，出张家故墓，猝遇雨，匿身废圹中。已而雨益倾盆，潦水奔穴，崩渹灌注，遂溺以死。相国时尚孩童。母自诣张，愿丐咫尺地，掩儿父。张征知其姓氏，大异之。行视溺死所，俨然当置棺处，又益骇。乃使就故圹窆焉，且令携若儿来。葬已，母偕儿诣张谢。张一见辄喜，即留其家，教之读，以齿子弟行。又请以长女妻儿，母骇不敢应，张妻云："既已有言，奈何中改？"卒许之。

○掖县：位于今山东省烟台市。毛公：指毛纪，明代大学士，曾任礼部尚书。

○家素微：原本家境贫寒。

○叱咤声：大声斥责的声音。

○溷：扰乱。

○佳城：指风水极佳的墓地。

○假此：长期占据此地。

○家数不利：家庭连续发生不幸事件。

○废圹：废弃的墓穴。

○潦水：暴雨造成的积水。

○崩渹（hōng）：水流冲击的声音。

○丐咫尺地：乞求一小块地方。

○窆（biǎn）：安葬。

○以齿子弟行：将某人视作同辈子弟一样对待。

译文

在明朝，掖县的毛公（毛纪）自幼家境贫寒。他父亲曾为人放牛。当地一个姓张的大户人家新建了一座坟墓在东山南面。有人路过该墓地时，听到墓内有怒斥的声音："赶快离开，别污染贵族的住所！"张家虽听见此声，却未深信其真。后来，张家屡次在梦中被告知："这块墓地本属毛公家，你们为何长期占据？"随后，张家连续不断地遭遇不幸。有客人建议张家将坟墓迁移至更吉利的地方，张家于是照做了。一日，毛纪的父亲在放牛途中经过张家旧坟时，突遇暴雨，便躲

入废弃的墓穴中避雨。不久，雨势加大，积水冲进墓穴，最终导致毛父溺水而亡。毛纪当时还是孩童。毛纪的母亲去找张家，希望能在旧墓地获得一小块地方埋葬丈夫。张家了解到毛父的身份后感到非常惊讶，并且去实地查看了溺水地点，发现正是应安放棺材之处，更为震惊。张家随后允许毛家在原墓地安葬毛父，并请毛纪的母亲带着孩子前来。将父亲安葬后，毛纪和他的母亲一同前往张家表达感谢。张家人见到毛纪很是喜欢，决定收留他，教他读书，并视其为己出。张家还提出让毛纪娶其长女为妻，母亲不敢答应，张妻说："既然已经说出口了，怎么能中途反悔呢？"最终毛母同意了这门亲事。

原文

然此女甚薄毛家，怨惭之意，形于言色。有人或道及，辄掩其耳。每向人曰："我死不从牧牛儿！"及亲迎，新郎入宴，彩舆在门，而女掩袂向隅而哭。催之妆，不妆，劝之亦不解。俄而新郎告行，鼓乐大作，女犹眼零雨而首飞蓬也。父止婿，自入劝女，女涕若罔闻。怒而逼之，益哭失声，父无奈之。又有家人传白："新郎欲行。"父急出，言："衣妆未竟，乞郎少停待。"即又奔入视女，往来者无停履。迁延少时，事愈急，女终无回意。父无计，周张欲自死。其次女在侧，颇非其姊，苦逼劝之。姊怒曰："小妮子，亦学人喋聒！尔何不从他去？"妹曰："阿爷原不曾以妹子属毛郎，若以妹子属毛郎，更何须姊姊劝驾也。"父以其言慷爽，因与伊母窃议，以次易长。母即向女曰："忤逆婢不遵父母命，欲以儿代若姊，儿肯之否？"女慨

○薄毛家：轻视或鄙视毛家。

○亲迎：传统婚礼中，新郎亲自到新娘家迎娶的仪式。

○告行：即告别，表明要离开。

○眼零雨：形容眼泪连绵不断地流。首飞蓬：头发杂乱。

○周张：无所适从，形容极度焦急。

○喋聒：喋喋不休，多嘴。

○属毛郎：许配给毛家的男子。

○忤逆婢：指不听从父母，行为忤逆的女儿。

然曰："父母教儿往也，即乞丐不敢辞，且何以见毛家郎便终饿莩死乎？"父母闻其言，大喜，即以姊妆妆女，仓猝登车而去。入门，夫妇雅敦逑好。然女素病赤鬜，稍稍介公意。久之，浸知易嫁之说，由是益以知己德女。

○雅敦逑好：夫妻关系非常和谐美好。

○赤鬜：形容头发稀疏。

○介：介意，即放在心上。

○浸知易嫁之说：渐渐了解到代替姐姐出嫁的情况。

译文

然而这位长女对毛家有很大的成见，她的怨恨和羞愧都在言谈举止间流露出来。每当有人提起毛家，她就会掩耳不听，并经常说："我宁死也不会嫁给一个放牛人的儿子！"迎亲那天，当新郎来到宴会上，花轿停在门外，她却以袖遮面，躲在角落里哭泣。家人催她化妆，她拒绝配合，任凭劝解也无动于衷。不久后，新郎准备告别，鼓乐响起，她仍旧泪流满面、头发散乱。父亲阻止新郎离开，亲自进屋劝说女儿，但她只是默默流泪，无动于衷。父亲生气地强迫她，她哭得更厉害，父亲也感到束手无策。此时，有家人传来新郎即将离开的消息。父亲匆忙出去对新郎说："女儿还没准备好，请稍等片刻。"然后又急忙回去看望女儿，来回忙碌不停。尽管拖延了些时间，但局势愈发紧急，长女始终不肯改变主意。父亲感到无计可施，焦虑到极点，甚至想到自杀。此时，小女儿在旁边，看不过眼，极力劝说姐姐。长女愤怒地反驳："妹妹，你不要学着别人那样唠叨不休！你为什么不去嫁给他？"小女儿回答说："爸爸原本没有把我许配给毛家的男子，如果爸爸让我嫁给他，我就会毫不犹豫。"听了这话，父亲感觉小女儿说得诚恳直接，便和她的母亲私下商量，决定让小女儿代替长女出嫁。母亲问小女儿："你姐姐是个不听父母话的不孝女，我们想让你代替你姐姐，你愿意吗？"小女儿毅然答应："只要是父母的吩咐，即使嫁给乞丐我也不会拒绝，况且从哪儿看出毛家儿郎以后要穷困而死呢？"父母听后非常高兴，立刻让她换上婚装，匆匆上车出发。婚后，夫妇二人相处得非常融洽。但由于小女儿头发稀疏，一开始毛纪有些介意。随着时间的推移，他渐渐了解到了真实情况，从而更加珍惜这位深知感恩的妻子。

原文

居无何，公补博士弟子，应秋闱试，道经王舍人店。店主人先一夕梦神曰："旦日当有毛解元来，后且脱汝于厄。"以故晨起，专伺察东来客。及得公，甚喜，供具殊丰善，不索直，特以梦兆厚自托。公亦颇自负。私以细君发鬑鬑，虑为显者笑，富贵后，念当易之。已而晓榜既揭，竟落孙山。咨嗟蹇步，懊惋丧志。心赧旧主人，不敢复由王舍，以他道归。

○补博士弟子：指被选拔为太学生，亦称秀才。
○应秋闱试：参加秋季举行的乡试，这是进一步考取进士的资格考试。
○王舍人店：地名，店铺所在地。
○毛解元来：预示将有一位姓毛的解元（乡试第一名）到来。
○脱汝于厄：帮助你摆脱困境。
○细君发鬑鬑（lián）：形容妻子头发稀疏。
○晓榜既揭：指清晨公布乡试的榜单。
○落孙山：指名字未上榜，来自成语"名落孙山"。
○心赧（nǎn）旧主人：心中因为羞愧不好意思见旧日的店主。

译文

不久之后，毛纪参加秋季乡试，途经一家名为王舍人的客栈。客栈主人前一夜梦见神明告诉他："明天将会有一位姓毛的解元到来，他将来会帮你摆脱困境。"因此，店主一大早就开始留意从东边来的客人。当他看到毛纪时，非常高兴，慷慨地提供丰盛的酒食，且没有索要任何费用，而是希望毛纪能帮助实现梦中的预言。毛纪也对自己颇有信心，心里却因妻子头发稀疏而担心被有声名的人嘲笑，想要在显贵后休了她再娶一个。不久，榜单公布，毛纪并未中榜，他感到极度失望和沮丧，步履艰难，心情沉重。因为羞愧不敢再次经过王舍人店，便选择了另一条路回家。

原文

后三年，再赴试，店主人延候如初。公曰："尔言初不验，殊惭祗奉。"主人曰："秀才以阴欲易妻，故被冥司黜落，岂妖梦不足以践？"公愕而问故，盖别后复梦而云。公闻之，惕然悔惧，木立若

○延候：指迎接等待。
○黜落：落榜。
○岂妖梦不足以践：指怀疑之前的梦境是否足以成真。

偶。主人谓："秀才宜自爱，终当作解首。"未几，果举贤书第一人。

○解首：即解元，指乡试中的第一名。

○贤书：本指推荐贤才的文书，这里用于形容乡试的榜文。

○寻：不久后，很快。

夫人发亦寻长，云鬟委绿，转更增媚。

○云鬟委绿：形容妻子的头发浓密而光亮，乌黑发亮。云鬟，浓密的发髻；委，堆积；绿，这里指光亮的黑色。

译文

三年后，毛纪再次参加科举考试，店主像以前一样热情地迎接他。毛纪对店主说："你之前的预言未能实现，我接受了你的好意，感到很惭愧。"店主回应道："因为你曾想要休妻改娶，所以被神明黜落。那个奇异的梦怎么可能成真呢？"毛纪听后非常惊讶并询问详情。原来店主在他离开后又做了一个梦，因此才这样说。毛纪听了之后深感警醒，怀着悔意和戒惧，如木偶般呆立。店主继续安慰毛纪："您应该珍惜机会，终将成为解元。"果不其然，不久毛纪便在科举考试中名列第一。后来，他妻子的头发也逐渐变得浓密且光亮，她的美貌更加出众了。

原文

姊适里中富室儿，意气颇自高。夫荡惰，家渐陵夷，空舍无烟火。闻妹为孝廉妇，弥增惭怍，姊妹辄避路而行。又无何，良人卒，家落。顷之，公又擢进士。女闻，刻骨自恨，遂忿然废身为尼。及公以宰相归，强遣女行者诣府谒问，冀有所贻。比至，夫人馈以绮縠罗绢若干匹，以金纳其中，而行者不知也。携归见师，师失所望，恚曰："与我金钱，尚可作薪米费；此等仪物，我何须尔！"遂令将回。公及夫人疑之，及启视而金具在，方悟见却之意。发金笑曰："汝师百余金尚不能任，焉有福泽从我老尚书也。"遂以五十金付尼

○良人卒：指大女儿的丈夫死亡。

○擢进士：指考取了进士。

○强遣女行者诣府谒问：指迫使尚未剃度的女修行者前往官府进行拜访。

○仪物：这里指形式上的物品，没有实际用途的礼品。

興盛店
寓
商
興盛店

去，曰：“将去作尔师用度，多，恐福薄人难承荷也。”行者归，具以告。师默然自叹，念平生所为，辄自颠倒，美恶避就，繄岂由人耶？后店主人以人命事逮系囹圄，公为力解释罪。

○美恶避就：指选择接受好的避开坏的。○繄：是，表示肯定。○囹圄：古代监狱的一种说法，指关押犯人的地方。

译文

张家的大女儿嫁给本地的一位富家子，自视甚高。然而，她的丈夫放荡懒惰，家境因此日渐衰败，屋中渐渐冷清。当得知妹妹嫁给了一位有前途的举人后，她感到更加羞愧，以至于姐妹俩见面时都避开妹妹。不久后，大女儿的丈夫去世后，家道更是中落。此时，毛纪又通过了进士考试。大女儿听说后深感自责，愤然出家当尼姑。毛纪当了宰相回乡时，大女儿强行派了一名未剃度的女弟子前往毛家，希望得到一些资助。到达毛家后，毛夫人赠送了一些高档的丝绸，并在其中夹了些银两，而那名女弟子并不知情。她将赠品带回给师父，师父大失所望，愤怒地说：“给我金钱还能买柴米；这些好看不实用的东西，我又有何用！”于是便命人将其送回。毛纪和毛夫人不解其意，等到打开一看，发现银两尚在，这才明白了退还礼物的含义。于是，他们拿出银子，笑着说：“你师父连一百多两银子都承受不起，哪有跟着我老尚书享受的福气！”便把五十两银子交给女弟子带回，告诉她：“拿去给你师父用吧，给得太多，恐怕她福薄难以承受。”女弟子将这一切告诉师父。师父沉默无语，深深叹息，回想一生所为，总是避好就恶，难道命运是能由自己选择的吗？后来，店主因命案被逮捕入狱，毛纪为其极力辩护，他最终被赦免。

原文

异史氏曰：张公故墓，毛氏佳城，斯已奇矣。余闻时人有“大姨夫作小姨夫，前解元为后解元”之戏，此岂慧黠者所能较计邪？呜呼！彼苍者天久不可问，何至毛公，其应如响？

译文

异史氏说："张家的老墓地竟变成了毛家的好墓地，这本就颇为奇异。我还听说人们开玩笑说'大姨夫变成小姨夫，前解元转为后解元'，难道这些都是聪明人能够预料和算计的吗？唉！那苍天总是不能回应人们的求问，为何对毛公却如此迅速做出响应呢？"

【续黄粱】

原文

○高捷南宫：指在会试中取得成功，南宫是古代尚书省的别称，此处特指负责举行会试的礼部。

福建曾孝廉，高捷南宫时，与二三新贵，遨游郊郭。偶闻毘卢禅院，

○新贵：指刚通过会试获得进士资格的新进士。

○因并骑往诣问卜：因此一同骑马前往该寺求问卜算。

寓一星者，因并骑往诣问卜。入揖而坐，星者见其意气，稍佞谀之。

○寓一星者：住有一位占星术士，即指寺中有位擅长占星的人。 ○意气：这里指气势、气派。 ○佞谀：阿谀奉承的言行。

曾摇箑微笑，便问："有蟒玉分否？"星者正容许二十年太平宰相。

○摇箑微笑：挥动扇子轻轻一笑。 ○蟒玉：蟒袍玉带，古代高官显贵的服饰，此处用来比喻官位或身份。 ○正容许：正色答应。

曾大悦，气益高。值小雨，乃与游侣避雨僧舍。舍中一老僧，深目

高鼻，坐蒲团上，偃蹇不为礼。众一举手登榻自话，群以宰相相贺。

○偃蹇：傲慢无礼。 ○一举手：形容礼节简单，甚至有些随便。

曾心气殊高，指同游曰："某为宰相时，推张年丈作南抚，家中表为

○推张年丈作南抚：提拔某人担任南京的巡抚。 ○家中表为参、游：亲戚可以担任参将或游击。

参、游，我家老苍头亦得小千把，于愿足矣。"一坐大笑。

○小千把：低级军官，小千户或把总。

译文

福建的曾孝廉在会试中成功获得了进士称号，与几位新晋进士一同在郊外游玩。他们偶然听说毘卢禅院中有一位擅长占星的术士居住，于是一行人骑马前去求算。到达后，他们向星者问好并坐下，星者见他们气宇轩昂，便略施奉承。曾孝廉摇动扇子，微微一笑，直接问道："我有没有机会穿上蟒袍玉带？"星者严肃地预言他将成为太平宰相，且任职二十年。曾孝廉闻言大喜，越发感到自己气度非凡。正巧下起小雨，他们便和同行的朋友一起到僧舍避雨。舍内有一位外貌威严的老和尚，坐在蒲团上，对他们的礼节不甚理会，态度颇为傲慢。曾孝廉等人向他简单致礼后坐下，大家一起祝贺曾孝廉未来将成为宰相。曾孝廉趾高气扬地向朋友们展示他的远大志向，他指着同伴说："我做宰相时，就提拔张年丈做南京巡抚，让我家亲戚做参将或游击，我的老仆人也能做个小千户或把总，我就心满意足了。"这话让在场的人都哄笑起来。

原文

俄闻门外雨益倾注，曾倦伏榻间，忽见有二中使，赍天子手诏，召曾太师决国计。曾得意疾趋入朝。天子前席，温语良久，命三品以下，听其黜陟，即赐蟒玉名马。曾被服稽拜以出。入家，则非旧所居第，绘栋雕榱，穷极壮丽。自亦不解，何以遽至于此。然撚髯微呼，则应诺雷动。俄而公卿赠海物，伛偻足恭者，叠出其门。六卿来，倒屣而迎；侍郎辈，揖与语；下此者，颔之而已。晋抚馈女乐十人，皆是好女子。其尤者为袅袅，为仙仙，二人尤蒙宠顾。科头休沐，日事声歌。

○赍：手持，拿着。

○中使：朝廷中派遣的使者，多为宦官。

○天子前席：形容天子倾听时，因兴趣或专注而不自觉地向前靠。

○听其黜陟：赋予其权力，让他决定官员的升迁与罢免。黜，罢免；陟，升迁。

○绘栋雕榱：指房屋的装饰精美，绘栋即彩绘的梁，榱为雕刻的椽。

○撚髯微呼：捋着胡须轻轻呼唤。

○应诺雷动：回应声如雷鸣，形容声音极为响亮。

○海物：指来自海外的珍贵物品。

○倒屣而迎：指迅速而急切地迎接。屣即鞋，倒屣形容穿鞋匆忙甚至可能穿反。

○晋抚馈女乐十人：山西巡抚送来十名女乐，即女歌手。

○其尤者为袅袅、为仙仙：指这些女乐中尤为出色的两位。

○科头休沐：指头发随意未束、在家休息。

译文

不久，曾某听见外面雨声更大了，他疲倦地伏在榻上休息，忽然看到两位宫中使者带来了皇帝的手诏，召他以太师的身份去决策国事。曾某得意地急忙前往朝见皇帝。皇帝与他温和地交谈良久，并授予他权力，让他决定三品以下官员的升迁。皇帝还赐给他蟒袍、玉带和名贵的马匹。曾某穿戴完这些贵重的礼物后，恭敬地退了出来。当他回到家时，发现自己的住所已非昔日之地，变成了一所装饰华丽的大宅，彩绘的梁和雕刻的椽使这所房子极尽壮观。他自己也不明白为何会突然有此变化。但每当他捋着胡须轻声呼唤时，众多侍从的回答声就如雷鸣般响起。不久，许多官员和大臣来访，带来海外的珍品。点头哈腰的小官们一个接一个地到访。六部尚书来时，他匆忙穿着反穿的鞋迎接；侍郎级别的官员来访，他就拱手交谈；低级官员则只需点头示意。山西巡抚还送来了十名美丽的女歌手，其中尤以袅袅和仙仙最出色，最受宠爱。在家中的休息日，曾某总是沉浸在她们的歌声中，享受着难得的闲适和音乐之美。

原文

一日，念微时尝得邑绅王子良周济我，今置身青云，渠尚蹉跎仕路，

○置身青云：形容曾某已升至高官，青云常比喻仕途顺遂。 ○蹉跎仕路：指在官场上未能成功。

何不一引手？早旦一疏，荐为谏议，即奉俞旨，立行擢用。又念

○引手：帮助提拔。 ○俞旨：即皇帝同意的旨意。

郭太仆曾睚眦我，即传吕给谏及侍御陈昌等，授以意旨。越日，弹

○郭太仆曾睚眦我：这里指郭太仆曾对曾某怀有敌意。睚眦，形容眼睛瞪视，表恨意。 ○吕给谏及侍御陈昌等：给事中以及其他官员名字，负责审查并批评朝政。

章交至，奉旨削职以去。恩怨了了，颇快心意。偶出郊衢，醉人适触

○恩怨了了：指曾某对人的恩怨情仇都清算完毕。

卤簿，即遣人缚付京尹，立毙杖下。接第连阡者，皆畏势献沃产。自

○卤簿：指官员外出时的随行仪仗。 ○京尹：京城的首席行政官。

此富可埒国。无何而袅袅、仙仙以次殂谢，朝夕遐想。忽忆曩年见

○富可埒国：财富极其丰厚，可以与国家相比。 ○殂谢：去世，这里指袅袅和仙仙相继去世。

东家女绝美，每思购充媵御，辄以绵薄违宿愿，今日幸可适志。乃

○媵御：古代帝王后宫的低等侍女，此处泛指侍妾。 ○绵薄：指力量或财力不足。

使干仆数辈，强纳赀于其家。俄顷，藤舆舁至，则较昔之望见时，

尤艳绝也。自顾生平，于愿斯足。

译文

有一天，曾某想起曾在困境时得到乡绅王子良的帮助，现在自己已经仕途得意，而王子良仍然事业未成，为什么不帮他一把呢？次日清晨，他便向朝廷推荐王子良为谏议，很快得到了皇帝的批准，王子良随即被提拔。曾某又想起郭太仆曾对他怀有敌意，便指派监察官员依照自己的意愿弹劾郭太仆，第二天，弹劾的奏章纷纷上交，郭太仆被免职。如此一来，曾某既报了恩也报了仇，心情大快。一次，他在郊外不慎被一名醉酒者冲撞了随行的卤簿，立即命令将此人抓捕并交给京尹，结果该醉酒者被当场处死。曾某的权势令周围的人深感畏惧，和他家田院毗连的人家纷纷献上肥沃的土地。曾某由此积累了堪比国家的财富。不久，他的两位宠妾袅袅与仙仙相继去世，曾某日夜思念她们。突然，他想起过去邻家有一位绝色美女，曾多次想买来作为媵妾，以前因为财力有限而未能如愿，现在终于可以随心所欲了。

他立刻派遣仆人带着丰厚的聘礼强行将该女子迎娶回家。女子到达时，比曾某过去见她时更加美艳。这一切让曾某觉得自己的生活已经完全达到了心愿。

原文

又逾年，朝士窃窃，似有腹非之者。然各为立仗马，曾亦高情盛气，

○朝士窃窃：朝廷官员私下议论，窃窃指小声交谈。 ○腹非之者：心里有不满的人。 ○各为立仗马：比喻朝臣如宫门外静立不言的仪仗马，不敢表达真实意见。

不以置怀。有龙图学士包上疏，其略曰：“窃以曾某，原一饮赌无

○龙图学士包：指具有龙图阁学士职位的包拯，借指正直的朝臣。

赖，市井小人，一言之合，荣膺圣眷，父紫儿朱，恩宠为极。不思捐

○荣膺圣眷：获得皇帝的特别宠爱。 ○父紫儿朱：父子俱穿高官服饰，紫色与朱红色是古代官服的颜色，用以表示高级官职。

躯摩顶，以报万一，反恣胸臆，擅作威福。可死之罪，擢发难数！朝

○摩顶：指辛勤劳动。 ○恣胸臆：任意妄为。

廷名器，居为奇货，量缺肥瘠，为价重轻。因而公卿将士，尽奔走

○名器：这里指名贵的官位。 ○量缺肥瘠，为价重轻：根据官位的重要程度和收益大小来定价出售。

于门下，估计夤缘，俨如负贩；仰息望尘，不可算数。或有杰士贤

○估计夤缘：通过奉承、巴结来计算得到的官位价格。 ○负贩：指像小贩一样买卖商品，这里比喻官位像商品一样被买卖。

臣，不肯阿附，轻则置之闲散，重则褫以编氓。甚且一臂不袒，辄

○阿附：奉承迎合。 ○闲散：指无实权的官职。 ○褫以编氓：剥夺官职，使之成为普通百姓。 ○一臂不袒：不站在某一方。

迕鹿马之奸；片语方干，远窜豺狼之地。朝士为之寒心，朝廷因而

○片语方干：微言就构成了冒犯。 ○远窜豺狼之地：被贬到遥远凶险的地方。

孤立。又且平民膏腴，任肆蚕食；良家女子，强委禽妆。沴气冤氛，

○膏腴：比喻肥沃的土地或丰厚的利益。 ○禽妆：指作为聘礼的财物。

暗无天日！奴仆一到，则守、令承颜；书函一投，则司、院枉法。或

○守、令承颜：地方官员必须对曾某家的奴仆恭敬。 ○司、院枉法：地方上的高级官员徇私枉法。

有厮养之儿，瓜葛之亲，出则乘传，风行雷动，地方之供给稍迟，

○厮养之儿：指非正式的子女，如养子或门生。 ○瓜葛之亲：指关系较远的亲属。 ○乘传：指使用官方的驿传设施。

马上之鞭挞立至。荼毒人民，奴隶官府，扈从所临，野无青草。而

○荼毒：极大的伤害。 ○奴隶官府：指奴役官府，使官府为私人服务。 ○扈从：指随从的人员。 ○野无青草：比喻贪官过处，什么都被搜刮一空。

某方炎炎赫赫，怙宠无悔。召对方承于阙下，萋菲辄进于君前；

○炎炎赫赫：形容非常显赫。 ○怙宠：依仗宠爱。 ○召对方承于阙下：在皇帝面前回答询问。 ○萋菲辄进于君前：在皇帝面前奏进巧言。

委蛇才退于自公，声歌已起于后苑。声色狗马，昼夜荒淫；国计民生，罔存念虑。世上宁有此宰相乎！内外骇讹，人情汹汹。若不急加斧锧之诛，势必酿成操、莽之祸。臣夙夜祗惧，不敢宁处，冒死列款，仰达宸听。伏祈断奸佞之头，籍贪冒之产，上回天怒，下快舆情。如果臣言虚谬，刀锯鼎镬，即加臣身”云云。

○委蛇才退于自公：形容从容不迫地从朝廷退回。○苑：花园，园林。○骇讹：惊扰不安。○汹汹：骚乱不宁。○操、莽之祸：指篡夺帝位的灾祸。○祗惧：警惕戒惧。○宁处：安居。○列款：列举罪状。款，条款，指罪状。○仰达宸听：上报皇帝知道。宸听，皇帝的听闻。宸，北极星所居，代指皇帝的住处。○籍：登记造册，指抄没。贪冒：贪图财利。○刀锯鼎镬：指最惨酷的刑罚。刀锯，杀人的刑具。鼎镬，烹人的刑具。

译文

又过了一年，朝廷官员们私下议论颇多，似乎对曾某心存不满，但他们害怕发声，仿佛是宫门外静立的仪仗马。曾某也自视甚高，并未放在心上。这时，一位像龙图学士包拯一样的正直官员上了一份弹劾奏疏。奏疏大略说：“曾某本是一个底层的酒徒赌徒，因偶得皇帝恩宠，父子俱获高官，荣耀至极。他不仅不为国家操劳，反而任性妄为，擅权作威作福。如果要罗列他的死罪，那是数都数不清的！他将官位居为奇货，按官缺的肥瘦，定出高低价钱出售。因此，从高到低的官员都在他门下谋利，如同市场上的货物。那些迎合他的人，如影随形，无所不至。而那些拒绝阿谀的贤良之士，轻则被闲置，重则被剥夺官职。哪怕是稍有不从，便会被贬到荒凉之地。他的行为使朝廷孤立、百官寒心。他任意侵吞百姓的良田，强行占有良家妇女。他的行为让邪恶与冤屈充满了天地间。他的奴仆一到，地方官员都要顺从；他的私信一出，高级官员就会徇私枉法。他的干儿子和远亲出行，官府供应稍迟即遭鞭挞。他残害百姓、奴役官府，使得他所到之处寸草不生。尽管如此，曾某仍旧自恃皇帝的宠爱，不思悔改。他在朝堂上谗言误国，回家后便沉溺于声色犬马。如此的宰相，世上怎么会有这样的宰相呢！朝廷内外因他而惊扰不安，人们也因他而骚乱不守。如不及时将他诛除，必将引发重大的政治灾难。我日夜担忧，不敢安宁，不得不冒死陈述他的罪行，希望陛下能斩断这奸佞的头颅，没收他的非法财产，以平民愤、消天怒。如果我的言辞有虚假之处，愿接受最严厉的刑罚。”

原文

疏上，曾闻之，气魄悚骇，如饮冰水。幸而皇上优容，留中不发。又继而科、道、九卿，交章劾奏，即昔之拜门墙、称假父者，亦反颜相向。奉旨籍家，充云南军。子任平阳太守，已差员前往提问。曾方闻旨惊怛，旋有武士数十人，带剑操戈，直抵内寝，褫其衣冠，与妻并系。俄见数夫运赀于庭，金银钱钞以数百万，珠翠瑙玉数百斛，幄幕帘榻之属，又数千事，以至儿襁女舄，遗坠庭阶。曾一一视之，酸心刺目。又俄而一人掠美妾出，披发娇啼，玉容无主。悲火烧心，含愤不敢言。

○优容：皇帝宽大为怀，表现出的宽容。

○气魄悚骇：极度恐惧的状态，像被惊吓到魂飞魄散。

○留中不发：皇帝将奏章留在身边，暂不处理。

○科、道、九卿：科道指各地监察官员，九卿是中央九个最重要的官职。

○拜门墙、称假父者：曾经归附其门下的门生或称其为义父的人。

○反颜相向：原本关系好，突然翻脸对立。

○平阳太守：管理平阳地区的官员。

○珠翠瑙玉：珍贵的珠宝，包括珍珠、翡翠、玛瑙等玉石。

○儿襁女舄：指婴儿的襁褓和女性的鞋子，此处表明家中财物被彻底搜刮。

译文

奏疏递上之后，曾某听闻此事，极度惊恐，如同喝了冰冷的水一般寒意顿生。幸运的是，皇帝宽容大度，没有立即处理这份奏疏。不久后，科道官员和九卿纷纷提交弹劾奏疏，连曾经拜在他门下、称他为义父的人也纷纷背叛他。随后，皇帝下令查封曾某的家产，并将其发配至云南充军。他的儿子当时担任平阳太守，已经派人前去调查。当曾某接到圣旨时，震惊和恐惧交加。立刻就有数十名武士持剑持枪闯入他的寝室，剥去他的官服，将他和妻子一同捆绑。接着，几个人将他的财产搬到庭院中，包括数百万的金银货币，以及数百斛的珠宝。帐幕、帘子、床榻等数千件财物，甚至婴儿的襁褓和女子的鞋子都被抛撒在庭院的台阶上。曾某看着这一切，心中酸楚，眼中刺痛。不久后，一名男子将曾某的那个美丽侍妾带出来，她头发散乱，娇声哭泣，面容失色。曾某内心充满悲伤和愤怒，却不敢发声。

原文

俄楼阁仓库，并已封志，立叱曾出。监者牵罗曳而出，夫妻吞声就道，求一下驷劣车，少作代步，亦不得。十里外，妻足弱，欲倾跌，曾时以一手相攀引。又十余里，己亦困惫。欻见高山，直插霄汉，自忧不能登越，时挽妻相对泣。而监者狞目来窥，不容稍停驻。又顾斜日已坠，无可投止，不得已，参差蹩躠而行。比至山腰，妻力已尽，泣坐路隅，曾亦憩止，任监者叱骂。忽闻百声齐噪，有群盗各操利刃，跳梁而前。监者大骇，逸去。曾长跪，言："孤身远谪，橐中无长物。"哀求宥免。群盗裂眦宣言："我辈皆被害冤民，只乞得佞贼头，他无索取。"曾叱怒曰："我虽待罪，乃朝廷命官，贼子何敢尔！"贼亦怒，以巨斧挥曾项。觉头堕地作声，魂方骇疑，即有二鬼来，反接其手，驱之行。

○下驷劣车：要求一辆简陋的马车作短途行驶。

○欻见高山：突然看到一座高山。

○参差蹩躠而行：形容行走时步履艰难，一瘸一拐的样子。

○跳梁而前：形容盗贼们腾跃着前进的动作，动作敏捷且跳跃性强。

○橐中无长物：行李中没有贵重的物品。

○命官：指由皇帝任命的官员。

译文

不久，曾某的楼阁和仓库被贴上了封条，他立即被赶出家门。押送者牵着绳索拖拽他出来，夫妻俩默默无声地跟着走，请求给一辆破旧的马车便于行走，也没有被允许。行走了十里后，曾某的妻子因体力不支几乎要跌倒，曾某不得不时常用一只手搀扶她。再走过十多里，曾某自己也感到筋疲力尽。突然，他们看到一座高耸入云的大山，担心自己无法翻越，夫妻俩相对哭泣。押送者用凶恶的眼神监视他们，不允许他们稍作停留。他们看到太阳已经西沉，无处可以落脚休息，不得已只能一瘸一拐地继续前行。到了山腰，曾某的妻子已经筋疲力尽，坐在路边哭泣，曾某也停下来休息，任由押送者辱骂他们。突然，他们听到一阵嘈杂声，一群持刀的强盗腾跃而来。押送者被吓得逃走了。曾某跪下求饶："我们夫妻被贬谪远地，行李中没有贵重财物。"苦苦哀求盗贼放了他们。强盗们怒目圆睁地说："我们都是被你迫害的冤屈之民，只要你的头颅，别无他求。"曾某愤怒地回应："我虽然犯了罪，等待处罚，但我还是朝廷任命的官员，你们这些强盗怎敢这么做！"强盗们也怒不可遏，挥舞大斧砍向曾某的脖子。曾某只感觉头颅落地，还没来得及反应，就看到两个鬼魂来到他身边，把他的手绑起来，强行带他离开。

原文

行逾数刻，入一都会。顷之，睹宫殿，殿上一丑形王者，凭几决罪福。曾前，匐伏请命。王者阅卷，才数行，即震怒曰："此欺君误国之罪，宜置油鼎！"万鬼群和，声如雷霆。即有巨鬼捽至墀下。见鼎高七尺已来，四围炽炭，鼎足尽赤。曾觳觫哀啼，窜迹无路。鬼以左手抓发，右手握踝，抛置鼎中。觉块然一身，随油波而上下，皮肉焦灼，痛彻于心，沸油入口，煎烹肺腑。念欲速死，而万计不能得死。约食时，鬼方以巨叉取曾出，复伏堂下。王又检册籍，怒曰："倚势凌人，合受刀山狱！"鬼复捽去。见一山，不甚广阔，而峻削壁立，利刃纵横，乱如密笋。先有数人罥肠刺腹于其上，呼号之声，惨绝心目。鬼促曾上，曾大哭退缩。鬼以毒锥刺脑，曾负痛乞怜。鬼怒，捉曾起，望空力掷。觉身在云霄之上，晕然一落，刃交于胸，痛苦不可

○都会：大城市。

○几：矮桌。

○请命：请求宽恕或求生。

○捽（zuó）：用力抓住。墀下：台阶下。

○觳觫（hú sù）：极度恐惧而发抖。

○窜迹：寻找逃跑的路线。

○罥（juàn）：挂起。

言状。又移时，身躯重赘，刀孔渐阔，忽焉脱落，四支蠖屈。鬼又

○蠖屈：身体蜷曲，像虫子。

逐以见王。王命会计生平卖爵鬻名，枉法霸产，所得金钱几何。即有鬇须人持筹握算，曰："三百二十一万。"王曰："彼既积来，还令饮

○鬇(níng)须：胡须杂乱。持筹握算：拿着算筹计算。

去！"少间，取金钱堆阶上，如丘陵，渐入铁釜，熔以烈火。鬼使数辈，更以杓灌其口，流颐则皮肤臭裂，入喉则脏腑腾沸。生时患此

○颐：脸颊。

物之少，是时患此物之多也！半日方尽。王者令押去甘州为女。

○甘州：古代地名，位于现在的甘肃张掖。

译文

走了很久，进入一个大城市。很快看到一座宫殿，宫殿上坐着一位丑陋的王，正在判决鬼魂的罪与福。曾某前行，趴下请求宽恕。王才读了几行案卷，便怒吼说："这是欺君误国的罪，应把他扔进油锅！"周围鬼声震天。立刻有个巨鬼将他拖到台阶下，只见七尺高的油锅，四周火光冲天，锅足通红。曾某因恐惧浑身颤抖，无路可逃，痛哭流涕。鬼用左手揪他的头发，右手抓他的脚踝，将他投入油锅。曾某全身在油中翻滚，皮肉焦烂，痛彻心扉，沸油灌进口中，又灼烧他的内脏。他极想快速死去，却无法自尽。过了一顿饭的时间，鬼用叉子将他拉出，再次令他趴在地上。王又查案卷，愤怒地宣布："凭借权势欺压他人，该受刀山之刑！"鬼再次拖走曾某。他看到一座尖刀林立的陡峭小山，已有人因此受刑，痛苦万分。鬼催他上山，曾某哭泣退缩，鬼用锥子刺他的头部，他哀求怜悯。鬼愤怒地抓起他向天空扔去，他感觉自己坠入刀山，痛不欲生。时间稍过，身体变重，伤口扩大，忽然从刀山掉落，像虫子一样蜷着身子。鬼将他送回王前。王命令统计他一生中的贪污数额，一个胡子蓬乱的手拿算筹的人报告："三百二十一万。"王下令："让他把这些金钱喝下去！"不久，金钱堆积如山，逐渐投入铁锅中，猛火熔化。鬼们用勺子强灌曾某，金汁焚烧他的皮肤和内脏。活着时总嫌财富太少，现在却嫌钱太多！半天才灌完金水。最后，王下令把他送往甘州变成女人。

原文

行数步，见架上铁梁，围可数尺，绾一火轮，其大不知几百由旬，焰生五采，光耿云霄。鬼挞使登轮。方合眼跃登，则轮随足转，似觉倾坠，遍体生凉。开眸自顾，身已婴儿，而又女也。视其父母，则悬鹑败絮，土室之中，瓢杖犹存，心知为乞人子。日随乞儿托钵，腹辘辘然，常不得一饱。着败衣，风常刺骨。十四岁，鬻与顾秀才备媵妾，衣食粗足自给。而冢室悍甚，日以鞭棰从事，辄以赤铁烙胸乳。幸而良人颇怜爱，稍自宽慰。东邻恶少年，忽逾垣来逼与私。乃自念前身恶孽，已被鬼责，今那得复尔。于是大声疾呼，良人与嫡妇尽起，恶少年始窜去。居无何，秀才宿诸其室，枕上喋喋，方自诉冤苦，忽震厉一声，室门大辟，有两贼持刀入，竟决秀才首，囊括衣物。团伏被底，不敢复作声。既而贼去，乃喊奔嫡室。嫡大惊，相与泣验。遂疑妾以奸夫杀良人，因以状白刺史。刺史严鞫，竟以酷刑定罪案，依律凌迟处死。絷赴刑所，胸中冤气扼塞，距踊声屈，觉九幽十八狱，无此黑黯也。

○绾：绑住。

○由旬：古印度的距离单位。

○耿：明亮发光。

○轮随足转：意指动作的连贯与影响，这里描述火轮跟随脚步转动。

○悬鹑败絮：形容衣服极其破烂。

○冢室：指合法妻子或正室。

○严鞫：严格审问。

○凌迟：分割肢体的残酷死刑。

○距踊声屈：跺脚大声喊冤。

○九幽十八狱：指地狱的最深层次，象征极度痛苦和黑暗。

译文

曾某刚行几步，见到一个铁梁，有几尺粗，上边挂着一个巨大的火轮，轮子的大小无法估量，发出五彩的光芒，亮光直冲云霄。鬼用鞭子驱使他登上火轮。他一跳上去，火轮就随脚动，感觉像是要坠落，全身一阵寒冷。他睁眼一看，发现自己已变成婴儿，而且是女孩。看向父母，两人衣衫褴褛，住在土屋里，一看就是乞丐。她随着父母托钵乞讨，常饿得肚子咕噜作响，衣衫破旧，寒风透骨。十四岁被卖给一个秀才做妾，尽管衣食无忧，但正室凶悍，常用鞭子打她，甚至烙伤她的胸部。所幸秀才对她有些疼爱，她略感安慰。邻家恶少越墙骚扰她，她觉得前世的罪行已承受了阴间的责罚，如今怎么可能还做错事。她大声呼救，引来秀才与正室，恶少才逃走。一日，秀才在她房中过夜，她述说自己的苦楚，突然一声巨响，房门大开，两贼持刀闯入，将秀才杀死并洗劫一空。她躲在被下，不敢出声。贼人离去后，她跑去告诉正室，正室很惊骇，两人一同悲泣。正室疑她与人合谋杀夫，向官府告发。知州严审，最终以极刑处死她。她被拖向刑场，内心充满冤屈，边跺脚边喊冤，感觉比地狱还要黑暗。

原文

正悲号间，闻游者呼曰：“兄梦魇耶？”豁然而寤，见老僧犹跏趺座上。同侣竞相谓曰：“日暮腹枵，何久酣睡？”曾乃惨淡而起。僧微笑曰：“宰相之占验否？”曾益惊异，拜而请教。僧曰：“修德行仁，火坑中有青莲也。山僧何知焉？”曾胜气而来，不觉丧气而返。台阁之想，由此淡焉。入山不知所终。

○跏趺（jiā fū）：指盘腿而坐的姿势。

○腹枵（xiāo）：形容肚子空虚，即饿。

○青莲：象征清净与超脱，即便在苦难中也能绽放。

○台阁：古代用于指朝廷中的高级官员。

译文

正在伤心哭号时，曾某听见游伴叫他说：“老兄做噩梦了吗？”曾某一下睁眼醒来，只见老和尚还在蒲团上结跏趺坐。同伴争着对他说：“天色已晚，肚子已饿，你怎么熟睡了这么久？”曾某于是面色凄惨地站起身来。老和尚微微一笑，说：“当宰相的卦灵验吗？”曾某越发惊异，施礼请教。老和尚说：“只要修德行仁，火坑中也有青莲护持。我这么个山僧懂得什么？”曾某来时趾高气扬，走时不觉垂头丧气，当宰相的念头也从此淡薄。后来曾某进了山，不知下落。

原文

异史氏曰：福善祸淫，天之常道。闻作宰相而忻然于中者，必非喜其鞠躬尽瘁可知矣。是时方寸中，宫室妻妾，无所不有。然而梦固为妄，想亦非真。彼以虚作，神以幻报。黄粱将熟，此梦在所必有，当以附之《邯郸》之后。

○福善祸淫：善人得福，恶人遭祸。

○忻然于中：形容心情愉悦、满足。

○鞠躬尽瘁：形容竭尽忠诚，勤勉尽责。鞠躬，表示恭敬；尽瘁，指尽力至死。

○方寸：古代指心思，心里。

○黄粱将熟：比喻梦中的幻想。

○《邯郸》：即《邯郸记》，汤显祖的戏剧作品，根据《枕中记》改编。

译文

异史氏说：对善者降福，对恶者降祸，这是天道的常理。那些听说自己可以成为宰相而心满意足的人，显然不是因为渴望鞠躬尽瘁而感到高兴，这很容易理解。在这时，曾某的内心仿佛拥有了宫室和美妻，应有尽有。然而梦境终究是虚妄的，幻想也并非现实。他空构的想象，上天以幻象作答。当黄粱即将熟透时，这种梦境不可避免，因此应当视这段故事为《邯郸记》的后续篇章。

【龙取水】

原文

俗传龙取江河之水以为雨，此疑似之说耳。徐东痴南游，泊舟江岸，见一苍龙自云中垂下，以尾搅江水，波浪涌起，随龙身而上。遥望水光睒㶿，阔于三匹练。移时，龙尾收去，水亦顿息。俄而大雨倾注，渠道皆平。

◎睒㶿（shǎn shǎn）：形容光线闪烁。 ◎匹：古代长度单位，一匹为四丈。练：白色的熟绢。

译文

民间有传说，龙会从江河中取水以造雨，但这只是一种不确定的说法。徐东痴在南方旅行时，停泊在长江岸边，见到一条苍龙从云中降下，用尾巴搅动江水，掀起波浪，随着龙的升腾水也向上升。从远处看去，闪烁的水光宽达十二丈，像白绢一样。一段时间后，龙尾收回，江水也随之平静下来。不久之后，一场大雨倾盆而下，水流满了沟渠和道路。

徐东痴

原名徐元善（1611—1683），字长公，山东新城人，王渔洋表兄。后慕嵇康为人，更名夜，字嵇庵，又字东痴，隐居田庐。康熙十七、十八年（1678、1679），诏修明史，开博学宏辞科，有司将以应诏，以老病力辞不赴。王渔洋搜辑其诗，序而传之。传见康熙《新城县志》《清史稿·文苑传》及王渔洋《带经堂集·徐诗序》。徐元善两度南游，一次在顺治十八年（1679），访钱塘孤山林逋故居，至桐庐登严光钓台，酹谢翱墓，徘徊赋诗而返。一次在康熙二十二年（1683）左右，赴友人招，至江西德安，未几卒。

【小猎犬】

原文

山右卫中堂为诸生时，厌冗扰，徙斋僧院。苦室中蜰虫蚊蚤甚多，竟夜不成寝。

○山右卫中堂：卫周祚，字文锡，号闻石，山西曲沃人。明朝末年官员，清朝初期被追录入官，历任多个重要职务，晚年回乡，谥号文清。山右指山西省，因位于太行山以东而得名；中堂是内阁大学士的别称。

○蜰虫：即臭虫，俗称床虱。

译文

山西人卫周祚，当他还是一名秀才时，因厌倦了繁杂的事务，选择搬到寺院中居住。然而，他的房间里臭虫、蚊子和跳蚤特别多，导致他经常整夜难以入睡。

原文

食后，偃息在床。忽一小武士，首插雉尾，身高两寸许，骑马大如蜡，臂上青鞲，有鹰如蝇。自外而入，盘旋室中，行且驶。公方凝注，忽又一人入，装亦如前，腰束小弓矢，牵猎犬如巨蚁。又俄顷，步者、骑者，纷纷来以数百辈，鹰亦数百臂，犬亦数百头。有蚊蝇飞起，纵鹰腾击，尽扑杀之。猎犬登床缘壁，搜噬虱蚤，凡罅隙之所伏藏，嗅之无不出者，顷刻之间，决杀殆尽。公伪睡睨之，鹰集犬窜于其身。既而一黄衣人，着平天冠，如王者，登别榻，系驷苇篾间。从骑皆下，献飞献走，纷集盈侧，亦不知作何语。无何，王者登小辇，卫士仓皇，各命鞍马，万蹄攒奔，纷如撒菽，烟飞雾腾，斯须散尽。

○偃息：躺下休息。

○雉尾：野鸡尾羽，常用作装饰。

○鞲（gōu）：猎鹰臂衣。

○数百臂：指数百只猎鹰。

○决杀：迅速消灭。

○集：停落。窜：奔跑。

○平天冠：古代帝王戴的冠冕。

○系驷苇篾间：系马于床边，苇篾是编织席子的材料。

○献飞献走：呈献捕获的飞禽走兽。

○菽：豆类。

○斯须：片刻。

译文

饭后，卫周祚躺在床上休息。突然，一个小武士出现，头戴野鸡尾羽，身高约两寸，骑着一匹蚱蜢大小的马，臂上套着用于停放猎鹰的青色臂衣，上面有一只苍蝇大小的鹰。这小武士从外头进入，盘旋在屋内，快速移动。当卫周祚仔细观看时，又有另一名装束相同的小武士进入，腰间挂着微型弓箭，牵着一只巨蚁大小的猎犬。不久，步行和骑行的小武士接二连三进入，数以百计，同样数量的鹰和犬也随之而来。只要有蚊蝇飞起，他们便放鹰攻击，迅速将其捕杀。猎犬在床和墙上穿梭，搜寻并吞食跳蚤和虱子，连隐蔽的裂缝中也无所遁形，短时间内便将害虫一扫而空。卫周祚装作睡着，偷偷看着鹰犬在他身上飞来跳去。随后，一个穿黄衣、戴平天冠的王者出现，登上别的床榻，将其座驾系于席间。其从骑下马，献上捕获的蚊虱等害虫，纷纷围拢在王者周围，也听不清楚他们在说什么。不久后，王者乘坐小辇离开，众卫士匆忙骑马随行，如撒豆般疾速离散，瞬间消失无踪。

原文

公历历在目，骇诧不知所由。蹑履外窥，渺无迹响。返身周视，都无所见，惟壁砖上遗一细犬。公急捉之，且驯。置砚匣中，反复瞻玩，毛极细茸，项上有小环。饲以饭颗，一嗅辄弃去。跃登床榻，寻衣缝，啮杀虮虱，旋复来伏卧。逾宿，公疑其已往，视之，则盘伏如故。公卧，则登床箦，遇虫辄啖毙，蚊蝇无敢落者。公爱之，甚于拱璧。一日，昼寝，犬潜伏身畔。公醒转侧，压于腰底。公觉有物，固疑是犬，急起视之，已匾而死，如纸翦成者然。然自是壁虫无噍类矣。

○历历：清晰的样子。

○蹑履：小心行走。

○周视：环顾四周。

○床箦(zé)：床上的竹席。

○啖：吃。

○匾：扁平。

○无噍(jiào)类：没有活物，彻底绝迹。

译文

卫周祚看得清清楚楚，心中不由得惊讶，不知这些小武士来自何方。他穿上鞋子小心地走到外面查看，却既不见踪迹也不闻声音。他转身四处查看，一无所获，只在壁砖上发现一条细小的猎犬。他迅速将其捉住，并尝试驯养。把小猎犬放在砚匣中，细细观赏，发现它毛茸茸的，脖子上有一个小环。尝试用饭粒喂养，但它仅仅嗅了一下便弃之不顾。小猎犬跳上床，钻进衣服的缝隙，啮杀虱子和虮子，然后回到匣中伏卧。隔夜，卫周祚以为它已经离去，查看之下发现它仍旧蜷伏如初。当卫周祚躺下，小猎犬就跳上床，见虫便吃，使得蚊蝇不敢靠近。卫周祚非常珍爱它，甚至超过珍贵的玉璧。一天午睡时，小猎犬悄无声息地躺在他身边，不料被他转身压在腰下。感觉到压住了什么，他以为是小猎犬，急忙起身一看，只见小猎犬已被压扁死去，身体扁平如纸。但从此以后，屋内再也没有害虫出现。

【棋鬼】

原文

扬州督同将军梁公，解组乡居，日携棋酒，游翔林丘间。会九日登高，与客弈。忽有一人来，逡巡局侧，耽玩不去。视之，面目寒俭，悬鹑结焉。然而意态温雅，有文士风。公礼之，乃坐，亦殊撝谦。公指棋谓曰：“先生当必善此，何勿与客对垒？”其人逊谢移时，始即局。局终而负，神情懊热，若不自已。又着又负，益惭愤。酌之以酒，亦不饮，惟曳客弈。自晨至于日昃，不遑溲溺。

○督同将军：明代副总兵官称谓，负责辅助管理军务。

○解组：退休。

○九日：即重阳节。

○弈：指下围棋。

○耽玩：专心地玩赏或研究。

○撝谦（huī qiān）：极为谦逊。

○对垒：指对弈，进行棋局对战。

○懊热：形容心情懊恼且焦躁。

○着：下棋的动作。

○日昃：日偏西，形容时间已到下午晚期。

译文

扬州的副总兵梁公退休后回到乡下生活，每日带着棋具和酒，在林丘之间自在游玩。重阳节这天，他登高和朋友们下棋。突然有一个人来到棋局旁徘徊，全神贯注地观棋，久久不愿离去。梁公观察这位客人，虽衣着寒酸，却气质温雅，有文人的风度。梁公礼貌邀请，对方才谦逊地坐下。梁公指着棋局说：“您一定很善于下棋，为什么不和我的朋友对弈一局呢？”这个人谦让推辞了一会儿，才加入棋局。初局结束，他输了棋，神情显得焦躁不安，似乎难以自抑。再下一局，仍旧未能取胜，情绪更是羞愤。梁公劝酒，他却不肯饮酒，只是执着地拉着棋友继续下棋。从清晨到日暮，他都没有时间上厕所。

原文

方以一子争路，两互喋聒，忽书生离席悚立，神色惨沮。少间，屈膝向公座，败颡乞救。公骇疑，起扶之曰：“戏耳，何至是？”书

○喋聒：喧闹不止，争吵。

○悚立：害怕地站立。

○惨沮：极其悲伤和沮丧。

○败颡：额头触地叩头至出血。

生曰："乞付嘱圉人，勿缚小生颈。"公又异之，问："圉人谁？"曰：

○付嘱：嘱咐。圉人：马夫，此处指负责看守的人。

"马成。"先是，公圉役马成者，走无常，常十数日一入幽冥，摄牒

○走无常：指有时暂时离开人间的情形，通常指为冥界做事。

作勾役。公以书生言异，遂使人往视成，则僵卧已二日矣。公乃叱

○勾役：拘引魂魄的使者。

成不得无礼。瞥然间，书生即地而灭。公叹咤良久，乃悟其鬼。

译文

正当他们因一枚棋子而争执不休时，书生突然站起来，表情恐惧，看起来极为沮丧。片刻后，他跪向梁公求救，额头都磕破了。梁公惊疑不定，赶忙扶起他，安慰道："棋局不过是闲暇游戏，何至于此？"书生请求说："请吩咐您的马夫，不要勒我的脖子。"梁公更感困惑，询问："马夫是谁？"书生答道："马成。"原来，梁公的马夫马成有时会作为阴间勾魂的使者，每过十几天就会进入幽冥，执行任务。梁公因书生的话语离奇，派人去查看马成，发现他已经僵卧两天了。梁公严厉斥责马成不应有失礼行为。就在这时，书生就地消失了。梁公感叹良久，终于明白那书生原来是鬼魂。

原文

越日，马成寤，公召诘之。成曰："书生湖襄人，癖嗜弈，产荡尽。

○湖襄：指长江中游的湖北和襄阳地区。

父忧之，闭置斋中，辄逾垣出，窃引空处，与弈者狎。父闻诟詈，

○诟詈：谩骂。

终不可制止。父愤悒赍恨而死。阎摩王以书生不德，促其年寿，罚

○赍恨：带着遗憾和怨恨。

入饿鬼狱，于今七年矣。会东岳凤楼成，下牒诸府，征文人作碑

○饿鬼狱：佛教中的一种地狱，用于惩罚贪婪或恶行的人，使其遭受极度饥渴的痛苦。

○东岳凤楼：泰山的一处建筑，东岳即泰山，凤楼一般指华丽的建筑。

记。王出之狱中，使应召自赎。不意中道迁延，大愆限期。岳帝使

○迁延：拖延。○愆：过失，错过期限。

○直曹：值班的官员。

直曹问罪于王，王怒，使小人辈罗搜之。前承主人命，故未敢以

缧绁系之。”公问：“今日作何状？”曰：“仍付狱吏，永无生期矣。”

○缧绁：古代用来捆绑犯人的绳索。

公叹曰：“癖之误人也如是夫！”

译文

第二天，马成苏醒后，梁公召见他询问详情。马成解释说：“那书生来自长江中游的襄阳地区，对下棋有极端的嗜好，以至于家产荡尽。他的父亲非常担忧，曾将他锁在书斋中，但他仍不断逾墙而出，偷偷地将棋友带到僻静处共游棋艺。父亲知道后极力责骂，却无法制止他。父亲最终因愤怒忧郁含恨离世。由于书生的不德行为，阎王提前终止了他的寿命，将他投入饿鬼狱，至今已有七年。最近因东岳凤楼建成，泰山大帝下令征召文人撰写碑文，书生被阎王暂时释放以应召赎罪。但他在路上迟延，大幅逾期。泰山大帝派官员责问阎王，阎王愤怒之下，命令下属搜捕他。由于前段时间接到主人的命令，我没有立即将他绑起来。”梁公询问书生当前的状况，马成回答：“他已被送回地狱，永无释放之期。”梁公叹息道：“一个人的嗜好竟然可以误人至此！”

原文

异史氏曰：见弈遂忘其死，及其死也，见弈又忘其生，非其所欲有甚于生者哉？然癖嗜如此，尚未获一高着，徒令九泉下，有长死不生之弈鬼也。可哀也哉！

○高着：高明的招数、棋法。

译文

异史氏说：见到下棋就忘了死亡，等死后见到下棋又忘了生存，难道他觉得下棋比生命还重要吗？然而嗜好到这种程度，却还没有下出一步高明的棋，只是让九泉之下多了一个永远无法复生的棋鬼，真是令人悲哀啊！

【辛十四娘】

原文

广平冯生，正德间人，少轻脱，纵酒。昧爽偶行，遇一少女，着红帔，容色娟好，从小奚奴，蹑露奔波，履袜沾濡。心窃好之。

○正德：明武宗朱厚照的年号，时间是1506年至1521年。

○广平：位于今河北省南部，明清时期属广平府。

○帔：古代女性披在肩上的服饰，类似披肩。

○奚奴：古代指从坐的男女被没收为官奴婢的人，这里指少女的小丫环。

译文

广平县的冯生生活在明朝正德年间，年轻时性格轻浮，喜欢饮酒。一次清晨外出时，偶然遇到一名穿着红色披肩的少女，她长相清秀可人，身边跟着一个小丫环，两人走在露水中，匆忙前行，连鞋袜都沾湿了。冯生对这位少女一见钟情。

原文

薄暮醉归，道侧故有兰若，久芜废，有女子自内出，则向丽人也。忽见生来，即转身入。阴念：丽者何得在禅院中？絷驴于门，往觇其异。入则断垣零落，阶上细草如毯。彷徨间，一斑白叟出，衣帽整洁，问："客何来？"生曰："偶过古刹，欲一瞻仰。翁何至此？"叟曰："老夫流寓无所，暂借此安顿细小。既承宠降，有山茶可以当酒。"乃肃宾入。见殿后一院，石路光明，无复蓁莽。入其室，则帘幌床幕，香雾喷人。坐展姓字，云："蒙叟姓辛。"生乘醉遽问曰："闻有女公子，未遭良匹。窃不自揣，愿以镜台自献。"辛笑曰："容

○兰若：佛教寺院，原意是僧人禅修的静处。

○古刹：老寺庙，佛教术语，也用作对佛寺的尊称。

○细小：指家小、家眷。

○蓁莽：指杂草丛生。

○未遭良匹：未遇到好的配偶。

○镜台自献：比喻自己提出婚事，类似自荐。

谋之荆人。”生即索笔为诗曰：“千金觅玉杵，殷勤手自将。云英如有意，亲为捣元霜。”主人笑付左右。少间，有婢与辛耳语，辛起慰客耐坐，牵幕入。隐约三数语，即趋出。生意必有佳报，而辛乃坐与嗢噱，不复有他言。生不能忍，问曰：“未审意旨，幸释疑抱。”辛曰：“君卓荦士，倾风已久。但有私衷，所不敢言耳。”生固请之，辛曰：“弱息十九人，嫁者十有二。醮命任之荆人，老夫不与焉。”生曰：“小生只要得今朝领小奚奴带露行者。”辛不应，相对默然。闻房内嘤嘤腻语，生乘醉搴帘曰：“伉俪既不可得，当一见颜色，以消吾憾。”内闻钩动，群立愕顾。果有红衣人，振袖倾鬟，亭亭拈带。望见生入，遍室张皇。辛怒，命数人捽生出。酒愈涌上，倒蓁芜中。瓦石乱落如雨，幸不着体。

○千金觅玉杵，殷勤手自将。云英如有意，亲为捣元霜：此诗意为主动求婚，希望得到对方的芳心。

○嗢噱（wà jué）：笑谈，闲聊。

○幸释疑抱：希望解除我的疑虑。

○卓荦士：杰出非凡的人。

○倾风：原指深受欢迎或令人钦佩的风范，此处仰慕冯生的风采。

○弱息：自谦词，指自己的子女。

○醮命：指有婚配的权利。

○振袖倾鬟：动作描述，这里指抖袖低头。

○亭亭拈带：形容女子亭亭玉立，拈带可能是拿着或调整衣带的优雅动作。

○蓁芜：指杂草丛生的地方。

译文

黄昏时分，冯生醉醺醺地回家，路边有一座久废的寺院，从中走出一位女子，正是之前见过的美丽女子。见到冯生，她立刻转身回寺院。冯生心想：这位美女怎会出现在禅院？他将驴拴在门外，悄悄进入探查。进去后看到断壁残垣，草木丛生，台阶上细草如毯。正当冯生在古寺徘徊时，一位白发苍苍、衣着整洁的老人走出来询问：“客人从何处来？”冯生回答：“我偶然路过此地，想来这座古寺一游。老先生您为何来此？”老人答道：“我流浪四方，无家可归，暂借此地安家。既然您来访，不妨喝杯山茶，权当喝酒。”于是引冯生入寺。冯生见到大殿后面庭院内石板路光滑平整，无丛生杂草。屋内帘幕飘香，床帐芬芳。坐下后老人自报家门：“老朽姓辛。”酒意上头的冯生突然问：“听闻老先生有女未嫁，我愿意自荐为婿。”辛老含笑答：“待我与妻商议。”冯生即刻取笔作诗：“千金觅玉杵，殷

勤手自将。云英若有意，亲为捣元霜。”辛老笑着递给身边人。不久，一个丫环向辛老耳语，老人起身请冯生稍坐，自己掀帘入内室。隐约说了几句话后，老人快步返回。冯生满怀期待，辛老却与他谈笑风生，不再涉及婚事。冯生忍不住追问：“不知您如何考虑，望解我之疑惑。”辛老道：“您非凡人，我早已敬仰。但有些事情难以启齿。”冯生迫切求知，辛老终于说：“我有十九个女儿，已嫁出十二个，关于嫁女一事，全由我妻决定，我不插手。”冯生说：“小生只想娶今早带着小丫环踏着晨露赶路的那位。”辛老沉默，两人对坐无言。这时，屋内传来细语，冯生借着醉意掀帘进入：“既然不能成婚，至少让我一见，消解我的遗憾。”里屋人听到帘响，惊愕地看向冯生。果然有一位红衣女子，低头轻拈衣带，姿态娇羞。看见冯生进来，屋内一片惊慌。辛老大怒，命人将冯生拖出。冯生越发醉意加重，一头倒在杂草中，瓦石如雨般落下，幸未伤及身体。

原文

卧移时，听驴子犹龁草路侧，乃起跨驴，踉蹡而行。夜色迷闷，误入涧谷，狼奔鸱叫，竖毛寒心。踟蹰四顾，并不知其何所。遥望苍林中，灯火明灭，疑必村落，竟驰投之。仰见高闳，以策挝门。内有问者曰：“何处郎君，半夜来此？”生以失路告。问者曰：“待达主人。”生累足鹄俟。忽闻振管辟扉，一健仆出，代客捉驴。生入，见室甚华好，堂上张灯火。少坐，有妇人出，问客姓字，生以告。逾刻，青衣数人，扶一老妪出，曰：“郡君至。”生起立，肃身欲拜。妪止之坐，谓生曰：“尔非冯云子之孙耶？”曰：“然。”妪曰：“子当是我弥甥。老身钟漏并歇，残年向尽，骨肉之间，殊所乖阔。”生

○踉蹡（liàng qiāng）：指走路不稳定，摇摇晃晃的样子。

○高闳（hóng）：指门户高大，显赫的家庭或建筑。

○累足鹄俟：形容非常期待的样子，站着如同鹄鸟那样伸长脖子等待。

○振管辟扉：使用钥匙开锁并打开门。

○郡君：古代对有封号的贵族妇女的尊称。

○肃身欲拜：郑重其事地准备行礼。

○弥甥：指外甥的儿子，即外甥孙。

○钟漏并歇：形容时间流逝，生命即将结束。古代用水钟和漏壶计时，比喻人生如同流水般逝去。

○乖阔：形容关系疏远。

曰："儿少失怙，与我祖父处者，十不识一焉。素未拜省，乞便指

○失怙：父亲过早去世。

示。"妪曰："子自知之。"

译文

冯生躺了一会儿，听到驴子还在路边啃食丛草，便起身骑上驴，摇摇晃晃地行走。夜色朦胧，他误入了一个山谷，听到狼的奔跑声和猫头鹰的叫声，令他心惊肉跳。他迟疑不前，四处张望，却不知道自己身处何地。远处林中隐约透出灯火，他猜想那里可能是个村落，于是急忙赶过去。他抬头看到一户人家的大门，便用马鞭敲门。门内有人问："是哪位郎君半夜来此？"冯生回答自己迷路了。那人说："请等一下，我去通知主人。"冯生在门外站立等待。不久，听到有人开锁开门，一个健壮的仆人出来，帮忙看护驴子。冯生走进屋内，看到室内装饰华丽，堂上灯火通明。坐了一会儿，一位妇人出来询问他的名姓，冯生如实相告。过了一会儿，几个仆人扶着一位年迈的老妇人出来，说："郡君到了。"冯生立刻起身，准备恭敬行礼。老妇人阻止他，让他坐下，问他："你不是冯云子的孙子吗？"冯生回答是的。老妇人接着说："那你应该是我的远亲。我年老体衰，生命将尽，与亲人聚少离多。"冯生说："我年幼丧父，与我祖父的朋友们接触不多，从未有机会拜访过您，恳请您指点。"老妇人告诉他："你自己会明白的。"

原文

生不敢复问，坐对悬想。妪曰："甥深夜何得来此？"生以胆力自矜诩，遂一一历陈所遇。妪笑曰："此大好事。况甥名士，殊不玷于姻娅，野狐精何得强自高？甥勿虑，我能为若致之。"生称谢唯唯。

○姻娅：古时指亲家、连襟，这里泛指婚姻关系。

妪顾左右曰："我不知辛家女儿遂如此端好。"青衣人曰："渠有十九女，都翩翩有风格。不知官人所聘行几？"生曰："年约十五余矣。"

○翩翩有风格：形容风姿绰约、有风度。

青衣曰：“此是十四娘。三月间，曾从阿母寿郡君，何忘却？”妪笑曰：“是非刻莲瓣为高履，实以香屑，蒙纱而步者乎？”青衣曰：“是也。”妪曰：“此婢大会作意，弄媚巧。然果窕窈，阿甥赏鉴不谬。”即谓青衣曰：“可遣小狸奴唤之来。”青衣应诺去。移时，入白：“呼得辛家十四娘至矣。”旋见红衣女子，望妪俯拜。妪曳之曰：“后为我家甥妇，勿得修婢子礼。”女子起，娉娉而立，红袖低垂。妪理其鬟发，捻其耳环，曰：“十四娘近在闺中作么生？”女低应曰：“闲来只挑绣。”回首见生，羞缩不安。妪曰：“此吾甥也。盛意与儿作姻好，何便教迷途，终夜窜溪谷？”女俯首无语。妪曰：“我唤汝，非他，欲为阿甥作伐耳。”女默默而已。妪命扫榻展裀褥，即为合卺。女觍然曰：“还以告之父母。”妪曰：“我为汝作冰，有何舛谬？”女曰：“郡君之命，父母当不敢违。然如此草草，婢子即死，不敢奉命！”妪笑曰：“小女子志不可夺，真吾甥妇也！”乃拔女头上金花一朵，付生收之，命归家检历，以良辰为定。乃使青衣送女去。

○刻莲瓣为高履：古代妇女穿的高底鞋，鞋底上雕刻莲花纹样，是贵族妇女的标志。

○大会作意：非常有心思和创意。

○小狸奴：这里指的是一个仆人或侍女的名字，狸奴即猫奴，形容其轻盈敏捷。

○娉娉：形容女子走路或站立时的轻盈美好样态。

○作么生：做什么。

○作伐：这里特指做媒。

○作冰：同样指做媒。

○检历：查询历书，选择吉日。

译文

冯生不敢再问，只是坐着陷入沉思。老太太问他：“外孙，你怎么会在深夜来到这里？”冯生因为自认为有勇气，便将自己遭遇的一切详细叙述了一遍。老太太听后笑说："这其实是一件好事。况且你是个有名望的人，绝不会玷污姻亲。那个野狐狸精怎能自视清高呢？不用担心，我可以帮你促成这桩婚事。"冯生连声道谢。老太太转头对旁边的人说："我真没想到辛家的女儿竟然这么端庄美丽。"旁边的青衣人回答说："他家有十九个女儿，每个都风度翩翩。不知你想娶的是第几个姑娘？"冯生问："她年龄大概十五岁。"青衣人接着说："这应该是十四娘。三月时，她曾随母亲来为郡君庆祝生日，你怎么忘记了？"老太太笑着说："不就是那个鞋上刻着莲花纹、装着香粉、蒙着纱巾的姑娘吗？"青衣人回答："对。"老太太评论说："这孩子真会装扮，很会讨人喜欢。她确实温婉可人，你的眼光很不错。"然后她对青衣人说："去叫小狸奴将她带来。"青衣人应了一声去了。不久后，青衣人回来报告说："辛家的十四娘已经来了。"随即，一位穿着红衣的女子走进来，向老太太深深一拜。老太太拉她起来说："以后你就是我家的媳妇，不必再行婢女之礼。"辛十四娘起身，优雅地站着，低垂的红袖增添了她的娇羞。老太太整理她的发髻，轻拧她的耳环，问道："十四娘，你最近在家都做些什么？"十四娘低声回答说："闲来就做些刺绣。"她回头看到冯生，羞涩地略显不安。老太太说："这是我外孙，他非常想与你结为夫妇。为什么让他迷了路，整夜游荡在山野里呢？"十四娘低下头，未作回答。老太太继续说："我叫你来，不为别的，只是想为我外孙说媒。"十四娘仍旧沉默不语。老太太让人整理床铺，准备好被褥，要当场举行婚礼。十四娘腼腆地说："还需要回去告知我的父母。"老太太说："我为你说媒，有何不妥？"十四娘回答说："郡君的命令，我的父母当然不敢违背。但如此仓促，即便是我死，也不能接受。"老太太笑着说："小姑娘的坚持真是难得，你真是我的好外孙媳妇！"她从十四娘的头上取下一朵金花，递给冯生保管，并让他回家查看历书，选择一个吉日作为婚期。于是让青衣人送十四娘回去。

原文

听远鸡已唱，遣人持驴送生出。数步外，欻一回顾，则村舍已失，但见松楸浓黑，蓬颗蔽冢而已。定想移时，乃悟其处为薛尚书墓。薛故生祖母弟，故相呼以甥。心知遇鬼，然亦不知十四娘何人。咨嗟而归，漫检历以待之，而心恐鬼约难恃。再往兰若，则殿宇荒凉。

○蓬颗：指蓬松生长的草本植物，这里形容杂草丛生。

○楸：一种落叶乔木，木材质地致密，常用于制造船只和家具。

问之居人，则寺中往往见狐狸云。阴念：“若得丽人，狐亦自佳。”

译文

听到远处的鸡开始啼叫，老太太派人牵着驴将冯生送出门外。冯生走出几步，突然回头一看，只见原来的村庄已经消失不见，取而代之的是浓密的松树和楸树，蓬松的杂草覆盖着一片墓地。冯生静下心来思索片刻，这才意识到这里是薛尚书的墓地。薛尚书是冯生祖母的弟弟，因此老太太称呼他为外孙。冯生这才明白自己刚才所遇见的是鬼魂，但他仍不清楚辛十四娘的真实身份。他带着忧虑和叹息回到家，虽然随意选了一个吉日等待婚期，但心中始终担忧与鬼魂的约定不可靠。当他再次前往那座寺院时，只见殿宇凋敝荒凉。当地居民告诉他，寺院中常有狐狸出没。冯生心里想：“如果能得到那位美丽的女子，即使她是狐狸也无妨。”

原文

至日，除舍扫途，更仆眺望，夜半犹寂，生已无望。顷之，门外哗然。躧屣出窥，则绣幰已驻于庭，双鬟扶女坐青庐中。妆奁亦无长物，惟两长鬣奴扛一扑满，大如瓮，息肩置堂隅。生喜得丽偶，并不疑其异类。问女曰：“一死鬼，卿家何帖服之甚？”女曰：“薛尚书，今作五都巡环使，数百里鬼狐皆备扈从，故归墓时常少。”生不忘蹇修，翼日，往祭其墓。归见二青衣，持贝锦为贺，竟委几上而去。生以告女，女视之，曰：“此郡君物也。”

○更仆眺望：更换仆人，持续观望，形容等待的紧张和殷切的期望。

○除舍扫途：打扫屋子和道路，准备迎接重要事件或客人。

○妆奁亦无长物：形容随嫁物品简单。

○躧屣出窥：指冯生急忙穿鞋出门窥探。躧屣，即走路时拖鞋的样子。

○绣幰已驻于庭：绣幰指装饰华丽的轿子，这里形容花轿已经停在院中。

○青庐：传统的婚礼举行场所，用青布搭成的帐篷。

○长鬣奴扛一扑满：两个长胡须的仆人搬运一个大储钱罐。

○帖服：表示完全顺从或遵守。

○备扈从：意指随行的侍从，这里是说薛尚书拥有鬼狐作为随从。

○蹇修：指媒人。

○贝锦：一种装饰有贝壳图案的锦缎。

译文

到了预定的结婚日子，冯生清理了住处并打扫了道路，让仆人们轮流守候，期

盼新娘的到来。然而直到深夜，仍一片寂静，他几乎失去了希望。突然，门外传来喧闹声。冯生急忙趿拉着鞋出门查看，只见一顶华丽的花轿已停在院中，辛十四娘被两位丫环扶着坐在青色的帐篷里。随行的嫁妆并不豪华，只有两个长胡子的仆人搬来一个巨大的储钱罐，放在屋角。冯生因迎娶如此美丽的媳妇而欣喜，没有对她的非凡来历产生怀疑。他询问辛十四娘："你家为什么如此顺从一个死鬼？"辛十四娘回答说："薛尚书现在是五都巡环使，数百里的鬼狐都是他的侍从，因此他很少回墓地。"第二天，冯生没有忘记感谢他的媒人，前往祭拜薛尚书的坟墓。当他返回家时，看到两名仆女拿着一匹装饰有贝壳图案的锦缎来祝贺，她们将锦缎放在桌上后就离开了。冯生将这件事告诉辛十四娘，她看到锦缎后说："这是郡君的东西。"

原文

邑有楚银台之公子，少与生共笔砚，相狎。闻生得狐妇，馈遗为饌，

○银台：这里指楚某，银台在明清时期指通政使司，掌管文书传递。

即登堂称觞。越数日，又折简来招饮。女闻，谓生曰："曩公子来，

○称觞：举杯祝酒，表示庆祝。

我穴壁窥之，其人猿睛而鹰准，不可与久居也。宜勿往。"生诺之。

○鹰准：形容人鼻梁突出，像鹰一样的鼻子，此处形容楚公子的面相。

翼日，公子造门，问负约之罪，且献新什。生评涉嘲笑，公子大惭，

○新什：新作，这里指楚公子带来的新诗或新作文。

不欢而散。生归，笑述于房。女惨然曰："公子豺狼，不可狎也！子不听吾言，将及于难！"生笑谢之。后与公子辄相谀噱，前隙渐释。

○谀噱（yú jué）：指甜言蜜语，阿谀奉承并夹杂玩笑。

○隙：隔阂，嫌隙。

译文

本地有一位通政使司的公子，姓楚，他和冯生小时候就是学习伙伴，关系很亲密。楚公子听说冯生娶了一位狐狸精作妻子，于是在婚后第三天送来酒食，表示祝贺，并亲自到冯生家中举杯庆祝。几天后，楚公子又邀请冯生去喝酒。辛十四娘听说后，告诉冯生："那天楚公子来访时，我从墙缝里偷看，发现这人眼睛狡猾、鼻梁突出，不是可以长期相处的人，最好不要去。"冯生听从了她的建议。次日，楚公子来到冯生家，责问冯生为何失约，并带来了他的新诗作。冯生的一番

评论带有嘲笑意味，使楚公子感到非常羞愧，两人不欢而散。冯生回到房中，笑着把这件事情讲给辛十四娘听。辛十四娘听后表情凄惨，对冯生说：“楚公子心狠手辣，不是可以亲近的人。你不听我的话，会遇到麻烦的。”冯生笑着感谢她的关心。之后，每当冯生见到楚公子，总是恭维有加，两人之间之前的误解和不愉快慢慢消解了。

原文

会提学试，公子第一，生第二。公子沾沾自喜，走伻来邀生饮。生辞，频招乃往。至则知为公子初度，客从满堂，列筵甚盛。公子出试卷示生，亲友叠肩叹赏。酒数行，乐奏作于堂，鼓吹伧佇，宾主甚乐。公子忽谓生曰：“谚云：‘场中莫论文。’此言今知其谬。小生所以忝出君上者，以起处数语，略高一筹耳。”公子言已，一座尽赞。生醉不能忍，大笑曰：“君到于今，尚以为文章至是耶？”生言已，一座失色，公子惭忿气结。客渐去，生亦遁。

○提学试：清代提督学政主持的学术考试，主要考查生员的学业水平。

○走伻（bēng）：派人。伻，在这里指派仆人或使者。

○初度：特指庆祝楚公子的生日。

○叠肩叹赏：形容众多的亲友拥挤在一起，赞叹试卷的优美。

○鼓吹伧佇：描述音乐演奏时鼓和管乐器的声音混杂和杂乱。

○场中莫论文：在考场中不要过多谈论文章的好坏，因为考场的成败往往由许多因素决定。

○忝：谦虚地表示自己不配或有愧，这里楚公子用作谦辞。

○起处数语：指在答卷中的引言或开头部分。八股文中起处承接承题，通常是正文的开始，是引出主题的重要部分。

译文

适逢提督学政主持考试，楚公子名列第一，冯生紧随其后位列第二。楚公子得意洋洋，特意派人邀请冯生共饮庆祝。冯生起初谢绝，反复被邀请后才前往。到达现场，他才得知原来是楚公子的生日宴，宾客满堂，宴席极为丰盛。楚公子拿出自己的试卷向冯生展示，亲友们挤作一团，纷纷称赞。酒过三巡，乐队在堂上奏乐，鼓声和管乐声杂响，宾主都很高兴。这时，楚公子突然对冯生说：“常言道，‘考场上莫论文章’，现在看来这话是错误的。我之所以能超越你，只是因为开头的几句话写得稍微高明一些。”楚公子话音刚落，满座宾客纷纷表示赞同。冯生醉中听得不耐烦，就大笑说：“到现在你还以为是因为文章才名列第一吗？”这话一出，整个宴会的气氛突然变得尴尬，宾客的表情也随之一变，楚公子感到非常尴尬和愤怒。宾客纷纷告辞离去，冯生也悄然离开了现场。

原文

醒而悔之，因以告女。女不乐曰：“君诚乡曲之儇子也！轻薄之态，施之君子，则丧吾德；施之小人，则杀吾身。君祸不远矣！我不忍见君流落，请从此辞。”生惧而涕，且告之悔。女曰：“如欲我留，与君约：从今闭户绝交游，勿浪饮。”生谨受教。十四娘为人勤俭洒脱，日以纴织为事。时自归宁，未尝逾夜。又时出金帛作生计，日有赢余，辄投扑满。日杜门户，有造访者，辄嘱苍头谢去。

○乡曲：指乡村或偏远地区。儇（xuān）子：指轻浮或缺乏深度的人，通常用来形容那些思想浅薄或行为轻佻的年轻人。

○浪饮：过度饮酒，浪在这里有放纵的意思。

○纴织：纴（rèn），古代称纺纱为纴，织布为绩，这里的纴织指的是辛十四娘劳作纺织，表现她勤劳的品质。

译文

冯生在醒来后感到后悔，他将事情告诉了辛十四娘。辛十四娘很不高兴，批评他说：“你真是乡下来的无知轻浮人！对君子展示轻薄的态度会丧失自身的德行；对小人这样做则会危及自身生命。你的灾祸已经不远了！我无法忍受看到你落魄，所以请允许我现在就离开。”冯生很害怕并流下了眼泪，他向辛十四娘表达了自己的悔意。辛十四娘回答说：“如果你想让我留下，我要和你约定：从今以后关闭家门，断绝社交活动，不要过量饮酒。”冯生严肃地接受了她的教诲。辛十四娘在家中勤俭节约，日常忙于纺织工作。她偶尔回娘家，但从不过夜。她还经常拿出金帛来维持生活，每天的盈余都会投入存钱罐中。她整日闭门不出，对于来访者，她总是让仆人代为谢绝。

原文

一日，楚公子驰函来，女焚爇不以闻。翼日，出吊于城，遇公子于丧

○焚爇（ruò）不以闻：焚烧后不告诉他人。爇，烧。

○出吊于城：去城中参加丧礼。

者之家，捉臂苦邀。生辞以故，公子使圉人挽辔，拥之以行。至家，

○继辞夙退：再次辞别，表示希望早点离开。

立命洗腆。继辞夙退。公子要遮无已，出家姬弹筝为乐。生素不羁，

○洗腆：安排宴席招待客人。腆通“腆”，意指丰盛。　○要遮无已：强行留客不放。

向闭置庭中，颇觉闷损，忽逢剧饮，兴顿豪，无复萦念。因而酣醉，

○萦念：心头挂念，意指无法放下的思念或忧虑。

颓卧席间。公子妻阮氏，最悍妒，婢妾不敢施脂泽。日前，婢入斋

○施脂泽：涂抹化妆品。脂泽，化妆用品。

中，为阮掩执，以杖击首，脑裂立毙。公子以生嘲慢故，衔生，日思所报，遂谋醉以酒而诬之。乘生醉寐，扛尸床间，合扉径去。生五更酲解，始觉身卧几上。起寻枕榻，则有物腻然，绁绊步履，摸之，人

○酲解：酒醒时的状态。酲，醉酒后的迷糊状态。　○绁绊：用绳索捆绑，形容难以行动。

也，意主人遣僮伴睡。又蹴之，不动而僵。大骇，出门怪呼。厮役尽起，爇之，见尸，执生怒闹。公子出验之，诬生逼奸杀婢，执送广平。

译文

一天，楚公子派人送来一封信，辛十四娘将信焚烧，并未让冯生知道。第二天，冯生外出参加城中的一场丧礼，在逝者家中偶遇楚公子，被其紧紧拉住臂膀苦苦邀约。冯生以有事为由推辞，但楚公子命令仆人牵住马匹，强行带他前往自己的住所。到达后，楚公子立即安排丰盛的宴席。冯生再次表示要早些离开，但楚公子坚持要他留下，甚至安排女乐弹筝来助兴。冯生本来就放荡不羁，因之前被关在家中感到厌烦，此次被酒色诱惑，豪情勃发，忘记了辛十四娘的叮嘱。结果，他大醉后在席间昏睡不醒。楚公子的妻子阮氏为人凶悍妒忌，家中的丫环和妾都不敢打扮。前一日，一名丫环擅自进入书斋，被阮氏发现并以杖击打致死。楚公子因受到冯生的嘲讽而心存怨恨，每天都想报仇，于是企图通过酒宴将冯生灌醉后加以陷害。趁冯生醉睡不醒，楚公子将那具丫环的尸体放在冯生的床上，然后悄悄离开。天将明时，冯生酒醒，发现自己躺在几案上。他起身想找枕席，却被什么东西绊住了，一摸发现是个人，误以为是主人派来的，用脚踢了一下却

发现此人已经僵硬死亡。他惊慌失措，跑出房间大声呼救。仆人们起来查看，用火一照发现尸体后立即抓住冯生，指责他为凶手。楚公子随后出现，诬陷冯生对丫环图谋不轨并杀害她，最终将他押送到广平县。

原文

隔日，十四娘始知，潸然曰："早知今日矣！"因按日以金钱遗生。生见府尹，无理可伸，朝夕搒掠，皮肉尽脱。女自诣问，生见之，悲气塞心，不能言说。女知陷阱已深，劝令诬服，以免刑宪。生泣听命。女还往之间，人咫尺不相窥。归家咨惋，遽遣婢子去。独居数日，又托媒媪购良家女，名禄儿，年已及笄，容华颇丽。与同寝食，抚爱异于群小。生认误杀拟绞，苍头得信归，恸述不成声。女闻，坦然若不介意。既而秋决有日，女始皇皇躁动，昼去夕来，无停履，每于寂所，於邑悲哀，至损眠食。一日，日晡，狐婢忽来。女顿起，相引屏语，出则笑色满容，料理门户如平时。翼日，苍头至狱，生寄语娘子一往永诀。苍头复命，女漫应之，亦不怆恻，殊落落置之。家人窃议其忍。忽道路沸传，楚银台革爵，平阳观察奉特旨治冯生案。苍头闻之喜，告主母。女亦喜，即遣入府探视，则生已出狱，相见悲喜。俄捕公子至，一鞫尽得其情。生立释宁家。

○潸然：形容泪流的样子。

○刑宪：指审讯和刑罚。

○咨惋：感到惋惜和忧虑。

○群小：指家中的其他丫环或仆人。

○秋决有日：指定于秋季的处决日。古代常在秋季执行死刑，称为"秋决"。

○於邑：同"呜咽"，形容抑制不住的悲哭。

○晡：指下午三点到五点这段时间。

○相引屏语：指两人到无人处私下交谈。屏，隔断；语，谈话。

○忍：这里指冷酷无情。

○平阳观察：平阳为地名，观察是官职，此处指被派来负责此案的高级官员。

○鞫（jū）：审问。

○宁家：指回家。

译文

第二天，辛十四娘才知道这些事，流着泪说："我早就知道会有今天！"她开始每天给冯生送钱。冯生在县衙中无法证明自己的清白，被频繁拷打，遍体鳞伤。辛十四娘亲自去看望他，冯生见到她后，悲愤难言。辛十四娘知道到他们已深陷困境，劝他认罪，以求减轻刑罚。冯生含泪同意。辛十四娘往返于家和监狱，路上的人离她很近但却看不见她。

她回家后，感慨不已，并急忙把丫环派了出去。独自住了几天后，通过媒婆买来了一名叫禄儿的良家女子，已到适婚年龄且颇具姿色。辛十四娘与禄儿吃住在一起，对她的关怀超出了对其他仆人的爱护。冯生因误杀被判绞刑，仆人带回了这个消息，哭着告诉辛十四娘。辛十四娘听后显得很平静，仿佛无动于衷。随着行刑日临近，辛十四娘才开始焦虑不安，早出晚归，频繁来回奔走，经常在无人之处默默哭泣，甚至无心吃饭和睡觉。一天下午，她之前派出的丫环突然回来。辛十四娘立刻带她到一个无人的角落私下交谈，交谈后她显得心情大好，恢复了日常的家务活动。第二天，仆人前往监狱带回冯生的诀别之言，辛十四娘听后应付了事，未表现出明显的悲痛。家中人都私下议论她的冷漠态度。突然，传来消息说楚通政使被革职，平阳的高官奉皇命审理冯生的案子。仆人闻讯大喜赶忙告诉了辛十四娘。辛十四娘也很高兴，随即派人到监狱看望冯生，发现他已被释放，夫妻重逢，悲喜交加。不久后，楚公子被逮捕审讯，真相大白，冯生被立即释放回家。

原文

归见闺中人，泫然流涕，女亦相对怆楚，悲已而喜。然终不知何以

○闺中人：指辛十四娘。

得达上听。女笑指婢曰："此君之功臣也。"生愕问故。先是，女遣

婢赴燕都，欲达宫闱，为生陈冤。婢至，则宫中有神守护，徘徊御

○燕都：北京的古称。

沟间，数月不得入。婢惧误事，方欲归谋，忽闻今上将幸大同，婢乃

○幸：古代皇帝外出巡访至某处叫"幸"或"临幸"。

○勾阑：旧时的妓院。

预往，伪作流妓。上至勾阑，极蒙宠眷。疑婢不似风尘人，婢乃垂

○流妓：无固定居所，四处流浪的妓女。

○风尘人：指经历世事沧桑的人，这里特指妓女。

泣。上问："有何冤苦？"婢对："妾原籍隶广平，生员冯某之女。父以冤狱将死，遂鬻妾勾阑中。"上惨然，赐金百两。临行，细问颠末，以纸笔记姓名，且言欲与共富贵。婢言："但得父子团聚，不愿华膴也。"上颔之，乃去。婢以此情告生，生急拜，泪眦双荧。

○华膴（wǔ）：富贵生活，膴表示美食。

○泪眦双荧：眼角含泪，泪光闪烁。

译文

当冯生回到家中，与辛十四娘相见，两人都流下了泪水，一边感到悲伤，一边又为团聚而感到喜悦。然而冯生不知道自己的案件是如何得到皇上过问的。辛十四娘指着丫环笑道："她就是你的救星。"冯生吃惊地询问详情。原来，辛十四娘早些时候派丫环去燕京，直奔皇宫以陈述冯生的冤情。丫环到达后，由于宫中有神灵守护，她在御沟旁徘徊了数月也未能进入。就在丫环打算返回重新计划时，她得知皇上将巡幸至大同，于是提前前往并伪装成流浪妓女。皇上到达妓院后，特别宠爱丫环。皇上猜测丫环并非普通风尘女子，丫环便低下头哭泣。皇上问道："你有何冤屈苦楚？"丫环回答："我原籍广平县，是生员冯某之女。父亲因冤案即将被处死，而我也被卖入妓院。"皇上面色凄然，赐给她黄金百两。临行前，皇上详细询问了案件的经过，记录下姓名，并表达了希望与丫环共享富贵的愿望。丫环说："我只求与父亲团聚，不愿享受华衣美食。"皇上点头认同，随后便离开了。丫环将这些情况告知冯生，冯生急忙下拜，眼中泪光闪烁。

原文

居无几何，女忽谓生曰："妾不为情缘，何处得烦恼？君被逮时，妾奔走戚眷间，并无一人代一谋者。尔时酸衷，诚不可以告愬。今视尘俗益厌苦。我已为君畜良偶，可从此别。"生闻，泣伏不起，女乃止。夜遣禄儿侍生寝，生拒不纳。朝视十四娘，容光顿减。又月余，渐以

○告愬：即表达、诉说。愬，同"诉"。

衰老，半载，黯黑如村妪，生敬之终不替。女忽复言别，且曰：“君自有佳侣，安用此鸠盘为？”生哀泣如前日。又逾月，女暴疾，绝食饮，羸卧闺闼。生侍汤药，如奉父母。巫医无灵，竟以溘逝，生悲怛欲绝，即以婢赐金，为营斋葬。数日，婢亦去，遂以禄儿为室。

○替：这里指变换或替换。

○鸠盘：比喻极丑的女人，源于佛教用语，意为丑陋的鬼神。

○溘逝：突然死亡。

译文

不久后，辛十四娘突然对冯生说：“如果不是因为情感的牵绊，我又怎会有这么多烦恼？当你被逮捕时，我四处求助亲友，却没人替我出谋划策。那时的痛苦，真是难以向人倾诉。现在我对尘世的厌倦更甚，心中充满悲苦。我已为你找到了合适的配偶，我们应该分开了。”听到这些，冯生悲痛地哭泣，伏地不起，辛十四娘于是暂时放弃了离开的打算。那晚，她派禄儿去陪冯生，但冯生拒绝了。第二天一早，冯生注意到辛十四娘容颜明显老去。一个月后，她逐渐变得衰老，半年之后，她的肤色变得暗淡，像乡村老妇一般，但冯生始终尊敬她，没有改变心意。辛十四娘再次提出离别，并说：“你已有了理想的伴侣，何必再留我这样一个丑陋的老妇？”冯生像以前一样伤心地哭泣。又过了一个月，辛十四娘突发重病，水米不进，虚弱地躺在床上。冯生细心地照料她，如同侍奉父母一样。尽管尝试了多种巫术和医药，辛十四娘最终还是突然去世。冯生悲痛欲绝，用皇帝赐予的金钱为她办理了丧事。几天后，丫环也离开了，冯生最终迎娶了禄儿为妻。

原文

逾年举一子。然比岁不登，家益落，夫妻无计，对影长愁。忽忆堂陬扑满，常见十四娘投钱于中，不知尚在否。近临之，则豉具盐盎，罗列殆满。头头置去，箸探其中，坚不可入。扑而碎之，金钱溢出，由此顿大充裕。后苍头至太华，遇十四娘，乘青骡，婢子跨

○比岁不登：指连年作物收成不好。登，此处意指作物丰收。

○陬：角落。

○豉具盐盎：指放置豆豉和盐的器具。

○头头置去：逐件移开。

○太华：即西岳华山。

蹇以从，问："冯郎安否？"且言："致意主人，我已名列仙籍矣。"

○蹇：这里指驴子。

言讫不见。

译文

一年后，冯生夫妇生了一个儿子。然而，由于连年作物歉收，家境变得更加困难，夫妻俩无计可施，满心忧愁。突然，他们想起了客厅角落的大存钱罐，记得辛十四娘经常往里面投钱，不确定是否还存在。走近一看，发现存钱罐上摆满了豆豉罐和盐罐等物品。他们逐一移开这些物件，试图用筷子探入存钱罐，却发现罐内坚硬无比，筷子插不进去。于是他们将其砸碎，里面的金钱撒了一地，从此他们的生活富足起来。后来，家中的老仆人到太华山时，偶遇辛十四娘骑着青骡，丫环骑驴随行。辛十四娘问道："冯郎还好吗？"随后说："请转告你的主人，我已名列仙籍。"话音刚落，她便消失无踪。

原文

异史氏曰：轻薄之词，多出于士类，此君子所悼惜也。余尝冒不韪之名，言冤则已迂，然未尝不刻苦自励，以勉附于君子之林，而祸福之说不与焉。若冯生者，一言之微，几至杀身，苟非室有仙人，亦何能解脱囹圄，以再生于当世耶？可惧哉！

○士类：指读书人，古代常用于称呼受过教育、从事文学或政治工作的一群人。

○囹圄：古代指监狱或牢房。

译文

异史氏认为：轻浮的言辞往往出自读书人，这是令君子感到悲痛和遗憾的事情。我也曾因轻浮的言辞被误解，虽然我谈论冤屈可能显得有些迂腐，但我始终努力刻苦勉励自己，尽力接近君子的行列。至于这些努力会带来祸还是福，我并未过多考虑。像冯生这样，因一句轻率的话差点儿丧命，如果不是因为家中有仙女般的妻子，他怎能从监牢中解脱，得以再度在世上生存？这真是令人畏惧啊！

【白莲教】

原文

白莲教某者，山西人，忘其姓名，大约徐鸿儒之徒。左道惑众，慕其术者多师之。某一日将他往，堂中置一盆，又一盆覆之，嘱门人坐守，戒勿启视。去后，门人启之，视盆贮清水，水上编草为舟，帆樯具焉。异而拨以指，随手倾侧，急扶如故，仍覆之。俄而师来，怒责："何违吾命？"门人立白其无。师曰："适海中舟覆，何得欺我？"又一夕，烧巨烛于堂上，戒恪守，勿以风灭。漏二滴，师不至。儽然而殆，就床暂寐，及醒，烛已竟灭，急起爇之。既而师入，又责之。门人曰："我固不曾睡，烛何得息？"师怒曰："适使我暗行十余里，尚复云云耶？"门人大骇。如此奇行，种种不胜书。

○徐鸿儒：明末白莲教起义的首领，山东巨野人。

○左道：旁门左道，指邪道或非主流的道路。

○帆樯（qiáng）：指船的帆和桅杆。樯，船上用来支撑帆的高杆。

○仍覆之：依旧将其盖上，保持原状。

○恪（kè）守：严格守护。恪在这里表示严肃、认真的态度。

○漏二滴：指夜间的二更时分。

○儽（léi）然而殆：极度疲惫的样子。儽然，疲倦的样子。殆，这里表示接近极限。

译文

有一个来自山西的白莲教徒，不知叫什么名字，估计是徐鸿儒的追随者。他用邪教的手段迷惑众人，因此有许多人仰慕他的法术而成为他的学生。一天，师父要出门，在屋中放置了一个盆，又用另一个盆盖住，并嘱咐弟子严加看守，禁止打开偷看。他离开后，弟子好奇地掀开盆子，发现里面有清水，水面上浮着一艘草编的小船，带有完整的帆和桅杆。出于好奇，他用手指轻轻地推动小船，导致小船倾覆，他急忙将它扶正，然后重新盖上盆子。不久师父便回来了，生气地责问："为什么违背我的命令？"徒弟立刻辩解说自己并未违背任何命令。师父说道："刚才海中的船翻了，你怎能骗得了我？"另有一天晚上，师父在堂屋点燃了一根大蜡烛，并告诫徒弟要小心看守，不要让风吹灭。到了二更时分，师父仍未归来。徒弟因困乏难耐，便上床暂时睡了一会儿，醒来时发现大蜡烛已经熄灭了，便急忙重新点燃。不久，师父回来了，再次责备徒弟。徒弟辩称：“我确实没有睡觉，怎么会让蜡烛熄灭？”师父愤怒地说：“刚才我在黑暗中走了十多里，你还敢这么说？”徒弟听后大为惊恐。如此奇异的行为，一件接一件，实在难以尽数。

原文

后有爱妾与门人通，觉之，隐而不言。遣门人饲豕，门人入圈，立地化为豕。某即呼屠人杀之，货其肉。人无知者。门人父以子不归，过问之，辞以久弗至。门人家诸处探访，绝无消息。有同师者，隐知其事，泄诸门人父。门人父告之邑宰。宰恐其遁，不敢捕治，达于上官，请甲士千人，围其第，妻子皆就执。闭置樊笼，将以解都。途经太行山，山中出一巨人，高与树等，目如盎，口如盆，牙长尺许。兵士愕立不敢行。某曰：“此妖也，吾妻可以却之。”乃如其言，脱妻缚。妻荷戈往，巨人怒，吸吞之。众愈骇。某曰：“既杀吾妻，是须吾子。”乃复出其子，又被吞如前状。众各对觑，莫知所为。某泣且怒曰：“既杀我妻，又杀吾子，情何以甘！然非某自往不可也。”众果出诸笼，授之刃而遣之。巨人盛气而逆，格斗移时，巨人抓攫入口，伸颈咽下，从容竟去。

○豕：猪。

○樊笼：囚车，一种木笼结构用于囚禁重犯，便于押解。

○盎：形容巨大的容器，此处比喻巨人的大眼睛。

译文

后来，这位白莲教徒发现自己的妾室与门徒有私情，尽管察觉到了，他却选择保持沉默，没有直接揭露。他安排这名门徒去喂猪，门徒一进猪圈，立即变成了一头猪。随后，他召来屠夫将其宰杀并出售其肉，事情无人知晓。门徒的父亲因儿子未归，前来询问，被告知门徒已经很久未曾来过。门徒家族四处寻找，均无他的消息。一个知情的同门最终向门徒的父亲泄露了真相。门徒的父亲于是向当地官府告发此事。地方官员担心白莲教徒逃逸，没有立即逮捕他，而是上报高级官员并请求支援。随后，一千名士兵围住了他的住所，将其全家捉拿起来，关进木制的囚车内，准备押送至京城。在经过太行山时，山中突然出现一个巨人，身高如树，眼睛大如碗，嘴巴宽如盆，牙齿有一尺长。士兵们被吓得停下脚步，不敢前行。白莲教徒说道："这是妖怪，我妻子能打败它。"于是，兵士按照他的话解开了她的绑绳。他的妻子手持戈前去对抗，但巨人一怒之下，仅仅一吸气便将她吞噬。这一幕使众人更加恐惧。白莲教徒接着说："既然它吞了我的妻子，那么就只能让我的儿子去对付它。"兵士又放出他的儿子，结果也被巨人吞下。众人面面相觑，不知该如何是好。白莲教徒哭着并愤怒地说："它既然杀了我的妻子和儿子，我如何能甘心！我必须亲自出战。"众人于是放他出笼，给他武器，派他出战。巨人气势汹汹地迎战，经过一番搏斗，巨人抓住他扔进口中，吞下去，然后悠然离开。